VIKRAM SETH

EINE GUTE PARTIE

Roman

Aus dem Englischen
von Anette Grube

HOFFMANN UND CAMPE

Originalausgabe erschien 1993 unter dem Titel »A Suitable Boy«
beim Verlag Phoenix House, London

Die Deutsche Bibliothek – CIP-Einheitsaufnahme

Seth, Vikram:
Eine gute Partie : Roman / Vikram Seth. Aus dem Engl. von
Anette Grube. – 1. Aufl. – Hamburg : Hoffmann und Campe, 1995
    Einheitssacht.: A suitable boy <dt.>
    ISBN 3-455-07068-X

Copyright © 1993 by Vikram Seth
Copyright der deutschen Ausgabe
© 1995 by Hoffmann und Campe Verlag, Hamburg
Schutzumschlag: Buchholz/Hinsch/Hensinger
Gesetzt aus der Aldus
Satz: Utesch Satztechnik GmbH, Hamburg
Druck und Bindung: Graphischer Großbetrieb, Pößneck
Printed in Germany

Für Papa und Mama und
zum Andenken an Amma

DANKSAGUNG

Mehr, viel mehr, als ich sagen kann, schulde ich Dank:
All meinen Musen, es waren strenge und auch nette;
Meiner Familie, die meine Launen hinnahm jahrelang
Und (langfristig) nicht zürnte, wie sie's wohl gern hätte;
Toten Politikern, von denen Reden und so mancher Spruch
Eingang fanden in dieses ziemlich umfangreiche Buch;
All jenen, die viel wissen und nichts vergessen,
Unerbittlich befragt' ich sie, ich war besessen;
Meiner armen Seele, ich wollt' ihr nichts Böses,
Des Schreibens Müh ertrug sie ohne Wanken.
Auch Dir, geneigter Leser, will ich danken,
Bist Du doch der sprudelnde Quell allen Erlöses.
Kauf mich, schnell, bevor Du erst anfängst zu denken:
Es kostet viel Geld und schadet den Handgelenken.

INHALT

1. Zwei Studenten lernen sich in einer Buchhandlung kennen.
   Eine Medaille verschwindet. Einer Mutter ist zum Flennen.   15

2. Eine Kurtisane singt in der Hitze der Nacht.
   Ein verliebter Musiker einen Einkauf macht.   88

3. Ein Paar treibt flußabwärts in einem Boot.
   Eine Mutter hört davon und sieht rot.   147

4. Zwei Männer auf der Spur des Leders durch Brahmpur streben.
   Ein Paar (braune) Halbschuhe wird in Auftrag gegeben.   207

5. Schüsse krachen, und die Meute ergreift die Flucht.
   Eine Abgeordnete Rache zu nehmen sucht.   244

6. Ein Baby tritt zu. Ein Radscha wutschnaubend knurrt.
   Ein junger Mann gleitet ab. Ein Vater unwirsch murrt.   309

7. In Kalkutta wird gefeiert ein rauschendes Fest.
   Ein Spaziergang Tote wieder auferstehen läßt.   390

8. Unter dem Nimbaum spielen im Dorf die Kinder.
   Im Kreis drehen sich die entkräfteten Rinder.   527

9. Eine verzweifelte Mutter scheut keine Mühen,
   Um eine gute Partie an Land zu ziehen.   574

10	Eine Wolfsjagd wird widerwillig arrangiert. Ein enttäuschter Schütze in Baitar einmarschiert.	643
11	Großgrundbesitzer klammern sich an ihr Land. Leichen pflastern den heiligen Ganges-Strand.	713
12	Was ihr wollt wird inszeniert. Beim Bridge so einiges passiert.	791
13	Ein Kind wird geboren. Der Vater ist über den Berg. Ein Schuster schreibt einen Brief. Ein Dichter schickt sein Werk.	873
14	Der Premierminister verteilt schlechte Noten. Söhne besänftigen die Geister ihrer Toten.	992
15	Zu Kerbela und Lanka lodern Flammen hell. Entfachen Wahnsinn und verbreiten ihn schnell.	1072
16	Park Street (Kalkutta) strahlt in weihnachtlichem Licht. Drei Kandidaten treffen sich von Angesicht zu Angesicht.	1134
17	Jemand wird niedergestochen, jemand anders die Augen schließt. Hohn von allen Seiten sich über persönliche Schmach ergießt.	1205
18	Eine, fünf und vierzigtausend je einen wählen. Einer gewinnt, andere zu den Verlierern zählen.	1302
19	Der Vorhang fällt. Die Protagonisten sich verneigen. Sie treten ab. Ob für immer, das wird sich zeigen.	1378

Das Überflüssige, diese höchst notwendige Sache . . .
VOLTAIRE

Das Geheimnis eines Langweilers liegt darin, alles zu sagen.
VOLTAIRE

FAMILIE MEHRA

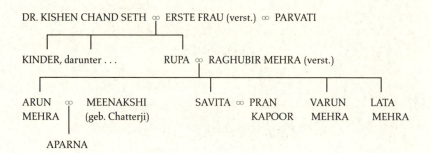

FAMILIE KAPOOR

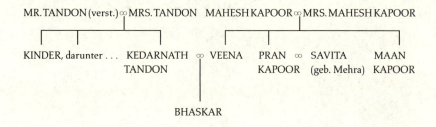

FAMILIE KHAN

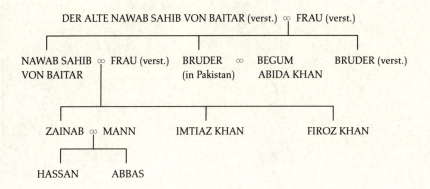

FAMILIE CHATTERJI

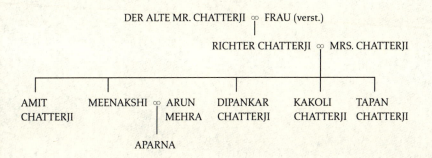

ERSTER TEIL

1.1

»Auch du wirst einen Mann heiraten, den ich aussuche«, sagte Mrs. Rupa Mehra in bestimmtem Ton zu ihrer jüngeren Tochter.

Lata wich dem gebieterischen Blick ihrer Mutter aus und sah sich in dem großen, von Lampen erhellten Garten von Prem Nivas um. Die Hochzeitsgäste hatten sich auf dem Rasen versammelt. »Hm«, sagte sie. Das ärgerte ihre Mutter noch mehr.

»Ich weiß, was deine ›Hms‹ bedeuten, junges Fräulein, und ich muß dir sagen, daß ich in dieser Angelegenheit keine ›Hms‹ dulden werde. Ich weiß, was am besten ist. Und alles, was ich tue, tue ich nur für euch. Glaubst du etwa, daß es einfach ist, diese Dinge gleich für vier Kinder zu arrangieren, ohne *seine* Hilfe?« Ihre Nase lief rot an, als sie an ihren Mann dachte, der den heutigen Freudentag, dessen war sie sicher, von irgendwo hoch oben wohlwollend miterlebte. Selbstverständlich glaubte Mrs. Rupa Mehra an Reinkarnation, aber in Augenblicken außerordentlicher Gefühlstiefe stellte sie sich vor, daß der verstorbene Raghubir Mehra noch den Körper bewohne, in dem sie ihn zu Lebzeiten gekannt hatte: den kräftigen, schwungvollen Körper eines Mannes in seinen frühen Vierzigern, bevor er in den Wirren des Zweiten Weltkriegs aufgrund von Überarbeitung einem Herzanfall erlag. Vor acht Jahren, vor acht Jahren, dachte Mrs. Rupa Mehra zutiefst bekümmert.

»Aber, Ma, du kannst doch an Savitas Hochzeitstag nicht weinen«, sagte Lata und legte zärtlich, wenn auch nicht übermäßig besorgt, einen Arm um die Schultern ihrer Mutter.

»Wenn *er* noch hier wäre, hätte ich den Sari aus Patola-Flor anziehen können, den ich zu meiner eigenen Hochzeit getragen habe«, sagte Mrs. Rupa Mehra und seufzte. »Aber für eine Witwe ist er zu prunkvoll.«

»Ma!« Lata war etwas verärgert über den Gefühlsaufwand, den ihre Mutter bei jeder nur möglichen Gelegenheit trieb. »Die Leute beobachten dich. Sie wollen dir Glück wünschen und werden sich wundern, wenn sie dich weinen sehen.«

Und tatsächlich verneigten sich lächelnd ein paar Gäste mit vor der Brust gefalteten Händen vor Mrs. Rupa Mehra; die Crème der Gesellschaft von Brahmpur, wie sie erfreut feststellte.

»Sollen sie mich doch sehen!« sagte Mrs. Rupa Mehra trotzig und tupfte sich mit einem mit 4711 Kölnisch Wasser parfümierten Taschentuch hastig die Augen. »Sie werden glauben, daß ich weine, weil ich an Savitas Hochzeitstag so glücklich bin. Alles, was ich tue, tue ich nur für euch, aber keiner weiß es zu schätzen. Ich habe so eine gute Partie für Savita ausgesucht, und ich höre nichts außer Klagen.«

Lata überlegte, daß von den vier Brüdern und Schwestern einzig die sanfte, hellhäutige, schöne Savita selbst sich nicht über die Heirat beklagt hatte.

»Er ist ein bißchen dünn, Ma«, sagte Lata, ohne sich viel dabei zu denken. Und das war noch milde ausgedrückt. Pran Kapoor, ihr zukünftiger Schwager, war spindeldürr, dunkelhäutig, schlaksig und asthmatisch.

»Dünn? Was heißt schon dünn? Jeder will heutzutage dünn sein. Sogar ich mußte den ganzen Tag fasten, was meinem Diabetes überhaupt nicht guttut. Und wenn sich Savita nicht beklagt, dann sollten alle mit ihm zufrieden sein. Arun und Varun beschweren sich die ganze Zeit: Warum haben dann nicht sie einen Mann für ihre Schwester gesucht? Pran ist ein guter, anständiger, gebildeter Khatri.«

Es war nicht zu leugnen, daß der dreißigjährige Pran ein guter Mann war, ein anständiger Mann, der der richtigen Kaste angehörte. Lata mochte Pran. Und, seltsam genug, sie kannte ihn besser als ihre Schwester – oder hatte ihn zumindest öfter als ihre Schwester gesehen. Lata studierte Englisch an der Universität von Brahmpur, und Pran Kapoor war dort ein beliebter Dozent. Lata hatte sein Seminar über das elisabethanische Drama besucht, während Savita, die Braut, nur für ungefähr eine Stunde mit ihm zusammengetroffen war, und das auch noch im Beisein ihrer Mutter.

»Savita wird schon dafür sorgen, daß er zunimmt«, fügte Mrs. Rupa Mehra hinzu. »Warum versuchst du, mich zu ärgern, wenn ich so zufrieden bin? Pran und Savita werden glücklich miteinander sein, du wirst schon sehen. Sie werden glücklich miteinander sein«, wiederholte sie mit Nachdruck. »Danke, danke.« Sie strahlte die Gäste an, die sich näherten, um sie zu begrüßen. »Es ist alles so wunderbar – der Mann meiner Träume, und so eine gute Familie. Der Minister Sahib war überaus freundlich zu uns. Und Savita ist so glücklich. Bitte, essen Sie, greifen Sie zu. Es gibt ganz köstliche Gulab-jamuns, aber wegen meines Diabetes darf ich sie nicht essen, nicht einmal nach der Trauungszeremonie. Ich darf nicht einmal Gajak essen, dem ich besonders im Winter kaum widerstehen kann. Aber bitte, essen Sie, greifen Sie zu. Ich muß hineingehen und nachsehen, was los ist. Der Zeitpunkt, den die Pandits angegeben haben, naht, und weder Braut noch Bräutigam sind zu sehen!« Sie blickte stirnrunzelnd zu Lata. Ihre jüngere Tochter war ein komplizierterer Fall als ihre ältere, gestand sie sich ein.

»Vergiß nicht, was ich dir gesagt habe«, mahnte sie.

»Hm«, sagte Lata. »Ma, dein Taschentuch schaut aus deiner Bluse raus.«
»Oh!« sagte Mrs. Rupa Mehra und stopfte es besorgt zurück. »Und sag Arun, er möge seine Pflichten bitte ernst nehmen. Er steht die ganze Zeit in der Ecke rum und redet mit dieser Meenakshi und seinem albernen Freund aus Kalkutta. Er soll sich darum kümmern, daß jeder etwas zu trinken und zu essen hat und sich gut amüsiert.«

›Diese Meenakshi‹ war Aruns schillernde Frau und ihre eigene respektlose Schwiegertochter. In den vier Jahren ihrer Ehe hatte Meenakshi in den Augen von Mrs. Rupa Mehra nur einen einzigen lohnenden Akt vollbracht, nämlich ihre über alles geliebte Enkeltochter Aparna geboren, die sich jetzt einen Weg zum braunen Seidensari ihrer Großmutter bahnte, um daran zu ziehen und so deren Aufmerksamkeit auf sich zu lenken. Mrs. Rupa Mehra war entzückt. Sie küßte sie und sagte: »Aparna, du mußt bei deiner Mama bleiben oder bei Lata Bua, sonst gehst du verloren. Und was sollen wir ohne dich machen?«

»Kann ich nicht mit dir kommen?« fragte Aparna, die, gerade drei Jahre alt, selbstverständlich eigene Ansichten und Vorlieben hatte.

»Schön wär's, Liebling«, sagte Mrs. Rupa Mehra, »aber ich muß mich darum kümmern, daß Savita Bua für die Trauung bereit ist. Sie ist jetzt schon spät dran.« Und noch einmal sah Mrs. Rupa Mehra auf die kleine goldene Uhr, die das erste Geschenk ihres Mannes gewesen war und seit zweieinhalb Jahrzehnten nicht für eine Sekunde ausgesetzt hatte.

»Ich möchte Savita Bua sehen!« sagte Aparna und gab nicht nach.
Mrs. Rupa Mehra blickte etwas entnervt drein und nickte Aparna vage zu.
Lata nahm Aparna auf den Arm. »Wenn Savita Bua herauskommt, werden wir zusammen zu ihr gehen, ja? Und ich werde dich wie jetzt auf den Arm nehmen, damit wir sie beide gut sehen können. Aber in der Zwischenzeit sollten wir vielleicht ein Eis essen. Ich hätte Lust auf eins.«

Aparna stimmte zu, so wie sie den meisten von Latas Vorschlägen zustimmte. Für Eis war es nie zu kalt. Gemeinsam gingen sie zum Büfett, die Dreijährige und die Neunzehnjährige, Hand in Hand. Von irgendwo schwebten ein paar Rosenblätter auf sie herab.

»Was gut genug für deine Schwester ist, ist auch genug für dich«, gab Mrs. Rupa Mehra Lata mit auf den Weg.

»Wir können doch nicht beide Pran heiraten«, erwiderte Lata und lachte.

1.2

Der zweite Gastgeber der Hochzeitsfeier war der Vater des Bräutigams, Mr. Mahesh Kapoor, Finanzminister des Bundesstaates Purva Pradesh. Und die Hochzeit fand in seinem großen, C-förmigen, crèmefarbenen zweistöckigen Familienanwesen Prem Nivas statt, in der ruhigsten und grünsten Wohngegend der – weitgehend – überbevölkerten Altstadt von Brahmpur. Das war so ungewöhnlich, daß ganz Brahmpur seit Tagen von nichts anderem sprach. Mrs. Rupa Mehras Vater, der eigentlich der Gastgeber hätte sein sollen, hatte plötzlich, zwei Wochen vor der Hochzeit, Anstoß genommen, sein Haus verriegelt und war verschwunden. Mrs. Rupa Mehra war verzweifelt gewesen. Der Minister Sahib war eingesprungen (»Ihre Ehre ist unsere Ehre«) und hatte darauf bestanden, selbst die Hochzeit auszurichten. Was den dadurch ausgelösten Klatsch betraf, so ignorierte er ihn.

Es war keine Frage, daß sich Mrs. Rupa Mehra an den Kosten der Hochzeit beteiligen wollte. Der Minister Sahib wollte jedoch nichts davon wissen. Auch hatte er sich niemals nach der Mitgift erkundigt. Er war ein alter Freund und Bridgepartner von Mrs. Rupa Mehras Vater, und ihm hatte gefallen, was er von Savita gesehen hatte (obwohl er sich den Namen des Mädchens nicht merken konnte). Er hatte zudem großes Verständnis für finanzielle Härten, da sie ihm selbst nicht unbekannt waren. Während des Kampfes um die Unabhängigkeit hatte er jahrelang in britischen Gefängnissen gesessen, und niemand hatte sich um seine Landwirtschaft oder sein Stoffgeschäft gekümmert. Infolgedessen waren die Einnahmen gering ausgefallen, und seine Frau und Familie hatten mit großen Schwierigkeiten fertig werden müssen.

Jene unglücklichen Zeiten waren jedoch nur noch Erinnerung für den fähigen, ungeduldigen und mächtigen Minister. Der Winter des Jahres 1950 stand vor der Tür, und Indien war seit über drei Jahren unabhängig. Aber Freiheit für das Land bedeutete nicht auch Freiheit für seinen jüngeren Sohn Maan, dem sein Vater gerade sagte: »Was gut genug für deinen Bruder ist, ist auch gut genug für dich.«

»Ja, Baoji«, erwiderte Maan lächelnd.

Mr. Mahesh Kapoor runzelte die Stirn. Sein jüngerer Sohn ahmte ihn zwar in der Gewohnheit nach, sich gut zu kleiden, nicht jedoch in dem Willen, auch hart zu arbeiten. Zudem schien er in keinerlei erwähnenswerter Weise ehrgeizig.

»Es hat keinen Zweck, auf ewig ein gutaussehender junger Nichtsnutz zu sein«, sagte sein Vater. »Und die Ehe wird dich dazu zwingen, ein geregeltes Leben zu führen und die Dinge ernst zu nehmen. Ich habe den Leuten in Benares geschrieben, und ich rechne täglich mit einer positiven Antwort.«

Die Ehe war das letzte, wofür Maan sich interessierte; er hatte in der Menge den Blick eines Freundes aufgefangen und winkte ihm zu. Hunderte von bunten kleinen Lichtern einer Kette, die durch die Hecke gezogen war, leuchteten in diesem Moment auf, und die Seidensaris und Juwelen der Frauen schimmerten und glitzerten noch heller. Die hohe, durchdringende Shehnai-Musik steigerte die Geschwindigkeit und klang voller. Maan war entzückt. Er bemerkte Lata, die sich einen Weg durch die Gästeschar bahnte. Ein ziemlich attraktives Mädchen, Savitas Schwester, dachte er. Nicht sehr groß und nicht besonders hellhäutig,

aber attraktiv mit dem ovalen Gesicht, dem scheuen Glanz in den dunklen Augen und der liebevollen Art, wie sie das Kind an der Hand führt.
»Ja, Baoji«, sagte Maan gehorsam.
»Was habe ich gesagt?« wollte sein Vater wissen.
»Du hast über die Ehe gesprochen, Baoji«, sagte Maan.
»Was habe ich über die Ehe gesagt?«
Maan war verwirrt.
»Hörst du mir denn nie zu?« fragte Mahesh Kapoor und hätte Maan am liebsten ein Ohr langgezogen. »Du bist genauso ein Nichtsnutz wie die Beamten im Finanzministerium. Du hast mir nicht zugehört, sondern Firoz zugewinkt.«
Maan schaute etwas beschämt drein. Er wußte, was sein Vater von ihm hielt. Aber bis vor ein paar Minuten hatte er sich amüsiert, und es sah Baoji ähnlich, daherzukommen und ihm die Stimmung zu verderben.
»Die Sache ist also beschlossen«, fuhr sein Vater fort. »Wirf mir später nicht vor, ich hätte dich nicht gewarnt. Und versuch nicht, diese willensschwache Frau, deine Mutter, dazu zu bringen, ihre Meinung zu ändern und mit dem Märchen zu mir zu kommen, daß du noch nicht reif genug bist, die einem erwachsenen Mann gemäße Verantwortung zu übernehmen.«
»Nein, Baoji«, sagte Maan, dem allmählich der Ernst der Lage dämmerte und der deshalb etwas bedrückt war.
»Wir haben für Veena eine gute Wahl getroffen, wir haben für Pran eine gute Wahl getroffen, und auch du wirst keinen Grund haben, dich über die Braut zu beklagen, die wir für dich ausgesucht haben.«
Maan erwiderte nichts. Er überlegte, wie er seine gute Laune wiederherstellen könnte. In seinem Zimmer oben stand eine Flasche Scotch, und vielleicht könnten er und Firoz vor der Trauungszeremonie – oder sogar dabei – für ein paar Minuten entkommen, um sich zu erfrischen.
Sein Vater schwieg, um unvermittelt ein paar Gratulanten zuzulächeln, dann wandte er sich wieder Maan zu.
»Ich will mich dir heute nicht mehr widmen müssen. Ich habe wahrhaftig anderes zu tun. Was ist nur mit Pran und diesem Mädchen los, wie heißt sie doch gleich? Es ist schon spät. Sie hätten bereits vor fünf Minuten aus dem Haus kommen und sich hier für die Jaymala treffen müssen.«
»Savita«, sprang Maan ihm zur Seite.
»Ja, ja«, sagte sein Vater ungeduldig. »Savita. Deine abergläubische Mutter wird in Panik geraten, wenn sie die günstigste Konstellation der Sterne versäumen. Geh und beruhige sie. Geh! Tu etwas Nützliches.«
Und Mahesh Kapoor widmete sich wieder seinen Pflichten als Gastgeber. Er starrte mit ungeduldig gerunzelter Stirn einen seines Amtes waltenden Priester an, der ihm daraufhin unsicher zulächelte. Er entging mit knapper Not drei Kindern, Sprößlingen seiner Verwandten vom Land, die fröhlich durch den Garten tollten, als wäre es ein Stoppelfeld, und ihn in den Magen zu stoßen und über den Haufen zu rennen drohten. Und noch bevor er zehn Schritte gegan-

gen war, hatte er einen Literaturprofessor (der Prans Karriere förderlich sein konnte), zwei einflußreiche Regierungsmitglieder der Kongreßpartei (die ihn möglicherweise im immerwährenden Machtkampf mit dem Innenminister unterstützen würden), einen Richter (der allerletzte Engländer, der nach der Unabhängigkeit noch am Hohen Gerichtshof von Brahmpur verblieben war) und seinen alten Freund, den Nawab Sahib von Baitar, begrüßt, einen der größten Landbesitzer im Staate.

1.3

Lata, die Maans Unterhaltung mit seinem Vater teilweise mit angehört hatte, mußte unwillkürlich lächeln, als sie an ihm vorüberging.

»Wie ich sehe, amüsierst du dich«, sagte Maan zu ihr auf englisch.

Er hatte mit seinem Vater in Hindi geredet, sie mit ihrer Mutter in Englisch. Maan sprach beides gut.

Lata war eingeschüchtert, wie es ihr bisweilen mit Fremden erging, besonders wenn sie so beherzt lächelten wie Maan. Soll er für uns beide lächeln, dachte sie.

»Ja«, sagte sie einsilbig und sah ihm für einen Augenblick ins Gesicht. Aparna zog an ihrer Hand.

»Tja, jetzt sind wir fast schon eine Familie«, sagte Maan, der ihre Scheu vielleicht bemerkt hatte. »In ein paar Minuten beginnt die Zeremonie.«

»Ja«, pflichtete ihm Lata bei und blickte ihn mit mehr Zuversicht an. »Meine Mutter macht sich Sorgen, daß sie nicht pünktlich anfangen.«

»Mein Vater auch«, sagte Maan.

Lata lächelte wieder, aber als Maan sie nach dem Grund fragte, schüttelte sie den Kopf.

»Ich hoffe«, sagte Maan und schnippte ein Rosenblatt von seinem schönen, enganliegenden weißen Achkan, »du lachst nicht über mich.«

»Ich lache überhaupt nicht«, sagte Lata.

»Ich meine natürlich lächeln.«

»Nein, ich lächle nicht über dich«, sagte Lata. »Ich lächle über mich.«

»Das erscheint mir höchst merkwürdig«, sagte Maan. Sein gutmütiges Gesicht nahm einen Ausdruck übertriebener Verwunderung an.

»Und ich fürchte, so wird es auch bleiben«, sagte Lata, die jetzt wirklich fast lachte. »Ich muß dafür sorgen, daß Aparna ihr Eis bekommt.«

»Versucht das Pistazieneis«, empfahl Maan. Sein Blick folgte ihrem rosa Sari. Hübsches Mädchen – in gewisser Weise, dachte er noch einmal. Aber Rosa ist die falsche Farbe für ihren Teint. Sie sollte Dunkelgrün tragen oder Dunkelblau... wie die Frau dort drüben. Seine Aufmerksamkeit wandte sich einem neuen Studienobjekt zu.

Einen Augenblick später stieß Lata mit Malati, ihrer besten Freundin, zusammen, einer Medizinstudentin, mit der sie das Zimmer im Studentenheim teilte. Malati war sehr kontaktfreudig, und ihr verschlug es Fremden gegenüber nie die Sprache. Fremde jedoch, die in ihre schönen grünen Augen blickten, waren bisweilen ihrerseits sprachlos.

»Wer war der Cad, mit dem du geredet hast?« fragte sie Lata neugierig.

Es war nicht so böse gemeint, wie es sich anhörte. Ein gutaussehender junger Mann wurde von Studentinnen der Universität von Brahmpur Cad genannt. Das Wort leitete sich von Cadbury-Schokolade ab.

»Ach, das war nur Maan, Prans jüngerer Bruder.«

»Wirklich? Er sieht umwerfend aus, und Pran ist, na ja, nicht wirklich häßlich, aber du weißt schon, dunkel und nichts Besonderes.«

»Vielleicht ist er ein dunkler Cad«, erwiderte Lata. »Bitter, aber nahrhaft.«

Malati dachte darüber nach.

»Und«, fuhr Lata fort, »daran haben mich meine Tanten in der letzten Stunde mindestens fünfmal erinnert, ich bin auch nicht gerade hellhäutig und werde deshalb auch keine gute Partie machen.«

»Laß dir das bloß nicht gefallen, Lata«, sagte Malati, die vater- und bruderlos in einem Kreis wohlmeinender Frauen aufgewachsen war.

»Ach, ich mag die meisten meiner Tanten«, sagte Lata. »Und wenn sie sich nicht solchen Spekulationen hingeben könnten, dann wäre das hier keine richtige Hochzeit für sie. Wenn sie erst mal Braut und Bräutigam zusammen sehen, werden sie sich noch besser amüsieren. Die Schöne und das Biest.«

»Also, wann immer ich ihn auf dem Campus gesehen habe, sah er wirklich aus wie ein wildes Biest«, sagte Malati. »Wie eine schwarze Giraffe.«

»Sei nicht so gemein«, sagte Lata und lachte. »Als Dozent ist Pran sehr beliebt. Ich mag ihn. Und wenn ich aus dem Heim ausziehe und bei ihnen wohne, mußt du mich dort besuchen. Und da er mein Schwager wird, mußt auch du ihn mögen. Versprich es mir.«

»Das tue ich nicht«, sagte Malati bestimmt. »Er nimmt dich mir weg.«

»Er tut nichts dergleichen, Malati«, entgegnete Lata. »Meine Mutter, mit ihrem feinen Gespür für das Haushaltsgeld, drängt mich ihm auf.«

»Tja, und warum gehorchst du deiner Mutter? Sag ihr, du könntest es nicht ertragen, dich von mir zu trennen.«

»Ich gehorche meiner Mutter immer«, sagte Lata. »Und außerdem, wer soll meine Miete zahlen, wenn nicht sie? Im übrigen wird es mir gut gefallen, eine Weile bei Savita zu wohnen. Und ich weigere mich, dich zu verlieren. Du mußt uns wirklich besuchen – und zwar oft. Wenn du es nicht tust, weiß ich, wie wenig dir an unserer Freundschaft liegt.«

Malati sah einen Augenblick lang etwas unglücklich aus, erholte sich jedoch sofort wieder. »Wer ist das?« fragte sie.

Aparna blickte sie streng und unversöhnlich an.

»Meine Nichte Aparna«, sagte Lata. »Sag hallo zu Tante Malati, Aparna.«

»Hallo«, sagte Aparna, die am Ende ihrer Geduld war. »Kann ich jetzt bitte ein Pistazieneis haben?«

»Ja, Kuchuk, natürlich, tut mir leid«, sagte Lata. »Kommt, wir gehen alle zusammen und holen uns ein Eis.«

1.4

Bald verlor Lata Malati an eine Gruppe von Freundinnen aus dem College, aber bevor sie und Aparna noch sehr viel weiterkommen konnten, wurden sie von Aparnas Eltern aufgehalten.

»Da bist du ja, du goldige kleine Ausreißerin«, sagte die schillernde Meenakshi und drückte ihrer Tochter einen Kuß auf die Stirn. »Ist sie nicht goldig, Arun? Wo bist du gewesen, du kleiner Schelm?«

»Ich hab Daadi gesucht«, erzählte Aparna. »Und dann hab ich sie gefunden, aber sie mußte ins Haus gehen wegen Savita Bua, aber ich hab nicht mitgedurft, und dann wollte Lata Bua Eis mit mir essen, aber das ging nicht, weil ...«

Aber Meenakshi hatte bereits das Interesse verloren und wandte sich an Lata.

»Dieses Rosa steht dir einfach nicht, Luts«, sagte Meenakshi. »Es fehlt ein gewisses ... ein gewisses ...«

»Je ne sais quoi?« schlug der weltmännische Freund ihres Mannes vor, der in der Nähe stand.

»Danke«, sagte Meenakshi mit so vernichtendem Charme, daß sich der junge Mann ein paar Schritte entfernte und vorgab, die Sterne zu betrachten.

»Nein, Rosa ist keine gute Farbe für dich, Luts«, beteuerte Meenakshi, reckte ihren langen goldbraunen Hals wie eine Katze und musterte ihre Schwägerin.

Sie selbst trug einen grün-goldenen Sari aus Benares-Seide, darunter ein grünes Choli, das mehr von ihrer Taille frei ließ, als die Gesellschaft von Brahmpur normalerweise zu sehen gewohnt oder privilegiert war.

»Oh«, sagte Lata, die sich plötzlich ihrer selbst bewußt wurde. Ihr war klar, daß sie sich nicht recht zu kleiden verstand, und sie dachte, daß sie neben diesem Paradiesvogel wie ein Aschenputtel wirken mußte.

»Wer war der Knabe, mit dem du geredet hast?« wollte ihr Bruder Arun wissen, der, anders als seine Frau, Latas Unterhaltung mit Maan bemerkt hatte. Arun war fünfundzwanzig, ein großer, hellhäutiger, intelligenter, ansehnlicher Rabauke, der seine Geschwister auf ihre Plätze verwies, indem er auf ihr Ego eintrommelte. Er liebte es, sie daran zu erinnern, daß er nach dem Tod ihres Vaters ›sozusagen‹ in loco parentis zu ihnen stand.

»Das war Maan, Prans Bruder.«

»Aha.« Das Wort brachte tiefste Mißbilligung zum Ausdruck.

Arun und Meenakshi waren erst an diesem Morgen mit dem Nachtzug aus

Kalkutta eingetroffen, wo Arun als einer der wenigen Inder in leitender Position in der renommierten und mehrheitlich mit Weißen besetzten Firma Bentsen & Pryce arbeitete. Er hatte weder Zeit noch Lust, die Familie – oder, wie er es nannte, den Clan – Kapoor kennenzulernen, mit der seine Mutter eine Heirat für seine Schwester arrangiert hatte. Er sah sich mit bösem Blick um. Typisch für Leute dieses Schlags, alles zu übertreiben, dachte er beim Anblick der bunten Lichter in der Hecke. Die Ungeschliffenheit der exaltierten Landespolitiker mit ihren weißen Kappen und das Kontingent von Mahesh Kapoors ländlicher Verwandtschaft erregten seine fein austarierte Verachtung. Und die Tatsache, daß weder der Brigadier des Brahmpur Cantonment noch die Brahmpurer Repräsentanten von Firmen wie Burmah Shell, Imperial Tobacco und Caltex unter den Eingeladenen waren, ließ ihn die Anwesenheit des größten Teils der Elite von Brahmpur übersehen.

»Nichts als ein Herumtreiber, würde ich sagen«, meinte Arun, dem aufgefallen war, wie Maan Lata nachgeblickt hatte, bevor er sich anderweitig umsah.

Lata lächelte, und ihr sanftmütiger Bruder Varun, der zapplige Schatten von Arun und Meenakshi, lächelte ebenfalls in einer Art geknebelter Komplizenschaft. Varun studierte – oder versuchte es zumindest – Mathematik an der Universität von Kalkutta, und er wohnte bei Arun und Meenakshi in ihrer kleinen Erdgeschoßwohnung. Er war dünn, unsicher, gutmütig und hatte einen unsteten Blick; und er war Latas Liebling. Obwohl er ein Jahr älter war als sie, meinte sie stets, ihn beschützen zu müssen. Varun hatte, auf unterschiedliche Art und Weise, Angst sowohl vor Arun als auch vor Meenakshi und irgendwie auch vor der frühreifen Aparna. Seine Begeisterung für die Mathematik beschränkte sich hauptsächlich auf die Berechnung von Gewinnchancen und Handicaps auf dem Wettzettel. Im Winter, wenn sich Varuns Erregung mit dem Fortschreiten der Rennsaison steigerte, wuchs auch der Zorn seines älteren Bruders. Arun liebte es, auch ihn einen Herumtreiber zu nennen.

Und was weißt du vom Herumtreiben, Arun Bhai? dachte Lata. Laut sagte sie: »Er schien ganz nett.«

»Eine Tante, die wir getroffen haben, hat ›Cad‹ zu ihm gesagt«, schaltete sich Aparna ein.

»Wirklich, Süße?« fragte Meenakshi interessiert. »Zeig ihn mir, Arun.« Aber Maan war nirgendwo zu sehen.

»Bis zu einem gewissen Grad ist es meine eigene Schuld«, sagte Arun in einem Tonfall, der das genaue Gegenteil ausdrückte; Arun war es nicht möglich, sich selbst für irgend etwas die Schuld zu geben. »Ich hätte wirklich etwas unternehmen sollen«, fuhr er fort. »Wenn ich nicht so viel Arbeit gehabt hätte, hätte ich dieses ganze Fiasko vielleicht verhindern können. Aber nachdem Ma sich einmal in den Kopf gesetzt hatte, daß dieser Kapoor eine geeignete Partie ist, war es nicht mehr möglich, ihr das auszureden. Es ist unmöglich, vernünftig mit Ma zu reden; sie hat zu nah am Wasser gebaut.«

Was zusätzlich geholfen hatte, Aruns Argwohn zu zerstreuen, war die Tatsache, daß Dr. Pran Kapoor Englisch lehrte. Und dennoch fand sich zu Aruns großem Bedauern kaum ein englisches Gesicht in der ganzen provinziellen Gästeschar.

»Wie fürchterlich provinziell!« sagte Meenakshi gelangweilt vor sich hin und brachte damit die Gedanken ihres Mannes auf den Punkt. »Und ganz anders als in Kalkutta. Süße, dir läuft die Nase«, fügte sie, zu Aparna gewandt, hinzu und sah sich dabei halb nach einer Ayah um, die dem Kind die Nase putzen würde.

»Mir gefällt's hier«, wagte sich Varun vor, der bemerkt hatte, daß Lata verletzt war. Er wußte, daß es ihr in Brahmpur gefiel, wenn es sich auch nicht um eine Metropole handelte.

»Sei still«, fuhr ihn Arun schroff an. Sein Urteil wurde von einem Rangniedrigeren angezweifelt, und das konnte er nicht dulden.

Varun kämpfte mit sich selbst. Er starrte wütend um sich und senkte dann den Blick.

»Sprich nicht über etwas, von dem du nichts verstehst«, fügte Arun hinzu und setzte damit noch eins drauf.

Varun blickte finster drein und schwieg.

»Hast du mich verstanden?«

»Ja«, sagte Varun.

»Ja, was?«

»Ja, Arun Bhai«, murmelte Varun.

Daß er so fertiggemacht wurde, war der Preis, den Varun üblicherweise zahlen mußte, und Lata war nicht überrascht von dem Wortwechsel. Aber Varun tat ihr leid, und Aruns Verhalten empörte sie. Sie verstand weder sein Vergnügen daran noch den Zweck des Ganzen. Sie beschloß, möglichst bald nach der Hochzeit mit Varun zu sprechen. Sie wollte ihm dabei helfen, solchen Attacken – zumindest innerlich – standzuhalten. Auch wenn ich selbst nicht sehr gut im Standhalten bin, dachte Lata.

»Tja, Arun Bhai«, sagte sie unschuldig, »ich glaube, es ist zu spät. Wir sind jetzt alle eine große, glückliche Familie, und wir werden miteinander auskommen müssen.«

Das war durchaus nicht ganz unschuldig gemeint. ›Eine große, glückliche Familie‹ war ein von ihr ironisch gebrauchter Ausdruck der Chatterjis. Meenakshi Mehra war eine Chatterji gewesen, bevor sie und Arun sich auf einer Cocktailparty kennengelernt, sich heiß, stürmisch und auf elegante Art ineinander verliebt und, zum Entsetzen beider Familien, nach einem Monat geheiratet hatten. Gleichgültig, ob Richter Chatterji vom Hohen Gerichtshof in Kalkutta und seine Frau glücklich darüber waren oder nicht, den Nicht-Bengalen Arun als erstes Anhängsel an ihrem Ring von fünf Kindern (plus Cuddles, dem Hund) willkommen heißen zu müssen, und gleichgültig, ob Mrs. Rupa Mehra bei dem Gedanken entzückt gewesen war oder nicht, daß ihr Erstgeborener, ihr Augapfel, außerhalb der Khatri-Kaste heiratete (und zudem eine verwöhnte

Schlaumeierin wie Meenakshi), Arun schätzte die Verbindung mit den Chatterjis über die Maßen. Die Chatterjis waren reich, hatten eine angemessene gesellschaftliche Stellung und ein großes Haus in Kalkutta, in dem sie riesige (und trotzdem geschmackvolle) Partys feierten. Und auch wenn die große, glückliche Familie, insbesondere Meenakshis Brüder und ihre Schwester, ihn bisweilen mit ihren ständigen langweiligen Witzeleien und ihren improvisierten Reimen nervten, so nahm er es doch hin, weil es ihm als unbestreitbar weltläufig erschien. Das war etwas ganz anderes als diese Provinzhauptstadt, diese Kapoor-Mischpoche und dieses Fest mit den knallbunten Lichtern in der Hecke – und Granatapfelsaft statt Alkohol!

»Was genau meinst du damit?« wollte Arun von Lata wissen. »Glaubst du etwa, daß wir in diese Sorte Familie eingeheiratet hätten, wenn Daddy noch am Leben wäre?«

Arun schien es kaum etwas auszumachen, daß man sie hören konnte. Lata wurde rot. Aber so brutal es auch klang, das Argument war nicht einfach von der Hand zu weisen. Wäre Raghubir Mehra nicht in seinen Vierzigern verstorben, sondern weiter so kometenhaft im Eisenbahndienst aufgestiegen, dann wäre er – als die Briten 1947 in hellen Scharen den Regierungsdienst in Indien quittierten – mit Sicherheit Vorstandsmitglied der Eisenbahngesellschaft geworden. Dank seiner hervorragenden Qualitäten und seiner Erfahrung hätte er sogar Vorsitzender werden können. Die Familie hätte sich dann nicht seit Jahren mit Mrs. Rupa Mehras geschrumpften Ersparnissen, der Unterstützung durch Freunde und, seit neuestem, dem Gehalt ihres ältesten Sohnes durchkämpfen müssen. Mrs. Rupa Mehra hätte nicht den Großteil ihres Schmucks verkaufen müssen und auch noch das kleine Haus in Darjeeling, um ihren Kindern die Schulbildung zu ermöglichen, die, wie sie meinte, wichtiger als alles andere war. Unter ihrer alles durchdringenden Sentimentalität und ihrem Festhalten an den scheinbar sicheren Objekten, die sie an ihren geliebten Mann erinnerten, verbargen sich Opferbereitschaft und ein ausgeprägter Sinn für ideelle Werte, so daß sie auf die materiellen zugunsten der unsicheren, immateriellen Vorzüge einer ausgezeichneten englischen Internatserziehung verzichtete. Und so konnten Arun und Varun auch weiterhin auf die St. George's School gehen und Savita und Lata im St. Sophia's Convent bleiben.

Für die Gesellschaft von Brahmpur mochten die Kapoors taugen, dachte Arun, aber wenn Daddy noch lebte, dann hätte sich eine Konstellation brillanter Ehen vor den staunenden Augen der Mehras entfaltet. Er zumindest hatte dieses Milieu hinter sich gelassen und, was die angeheiratete Familie anbelangte, ein gutes Los gezogen. War Prans Bruder, dieser nach den Mädchen schielende Kerl, mit dem Lata gesprochen hatte – der zudem, soweit Arun wußte, ausgerechnet einen Stoffladen in Benares führte –, überhaupt vergleichbar mit, sagen wir, Meenakshis älterem Bruder, der in Oxford Jura studiert, am Lincoln's Inn seine Ausbildung fortgesetzt und außerdem als Dichter publiziert hatte?

Aruns Spekulationen wurden von seiner Tochter auf den Boden der Tatsachen zurückgeholt, die zu brüllen drohte, wenn sie nicht ihr Eis bekäme. Sie wußte aus Erfahrung, daß Brüllen (oder die Drohung damit) bei ihren Eltern Wunder bewirkte. Schließlich brüllten die sich manchmal auch gegenseitig an und häufig die Dienstboten.

Lata blickte schuldbewußt drein. »Meine Schuld, Schätzchen«, sagte sie zu Aparna. »Wir gehen jetzt sofort, bevor wir wieder aufgehalten werden. Aber du darfst nicht weinen oder brüllen, versprich mir das. Das funktioniert bei mir nicht.«

Aparna, die das wußte, blieb still.

Aber genau in diesem Augenblick kam von der einen Seite des Hauses der Bräutigam, ganz in Weiß gekleidet, sein dunkles, nervös zuckendes Gesicht verborgen hinter Girlanden aus weißen Blumen. Alle drängten sich nach vorn zur Tür, aus der die Braut treten würde, und Aparna, von Lata Bua hochgehoben, mußte wieder einmal Leckerbissen und Drohung auf später verschieben.

1.5

Es entspricht nicht ganz der Tradition, dachte Lata unwillkürlich, daß Pran nicht auf einem weißen Pferd, auf dem vor ihm ein kleiner Neffe sitzt, zum Tor reitet, mit den Gästen des Bräutigams im Schlepptau, um seine Braut zu fordern. Aber schließlich war Prem Nivas das Haus des Bräutigams. Und hätte er sich an die Konvention gehalten, hätte Arun zweifellos weiteren Grund zum Spott gefunden. So, wie es nun einmal war, hatte Lata Schwierigkeiten, sich hinter dem Schleier aus Tuberosen den Mann vorzustellen, der über elisabethanisches Drama dozierte. Jetzt legte er eine Kette stark duftender dunkelroter Rosen um den Hals ihrer Schwester Savita – und Savita tat das gleiche bei ihm. Sie sah wunderschön aus in ihrem rot-goldenen Hochzeitssari – und ziemlich niedergeschlagen. Lata war sich nicht sicher, ob sie nicht weinte. Ihr Kopf war verhüllt, und sie sah zu Boden, zweifellos gemäß den Instruktionen ihrer Mutter. Es ziemte sich nicht einmal dann, als sie die Blumenkette um seinen Hals legte, dem Mann direkt ins Gesicht zu sehen, mit dem sie ihr Leben verbringen würde.

Nachdem die Begrüßungszeremonie beendet war, schritten Braut und Bräutigam gemeinsam in die Mitte des Gartens, wo unter den glückverheißenden Sternen ein kleines, mit weißen Blumen geschmücktes Podium errichtet worden war. Hier saßen die Priester – einer für jede Familie –, Mrs. Rupa Mehra und die Eltern des Bräutigams um ein kleines Feuer, das ihre Schwüre bezeugen würde.

Mrs. Rupa Mehras Bruder, den die Familie nur sehr selten zu Gesicht bekam, hatte früher am Tag die Verantwortung für die Reifenzeremonie übernommen. Arun ärgerte sich, weil ihm nicht gestattet worden war, ebenfalls für irgend etwas die Verantwortung zu übernehmen. Nach der Krise, von seinem Großvater mit seinem unerklärlichen Verhalten herbeigeführt, hatte er seiner Mutter vorgeschlagen, die Hochzeit nach Kalkutta zu verlegen. Aber dafür war es zu spät gewesen, und sie wollte nichts davon wissen.

Jetzt, nach dem Austausch der Blumenketten, schenkten die Gäste der eigentlichen Trauungszeremonie kaum noch Beachtung. Die Zeremonie würde ungefähr eine Stunde dauern, und die Gäste zogen es vor, über den Rasen von Prem Nivas zu schlendern und zu plaudern. Sie lachten, schüttelten sich die Hände oder falteten sie vor der Stirn; sie verschmolzen zu kleinen Gruppen, die Männer hier, die Frauen dort; sie wärmten sich an den Holzkohlefeuern in den Lehmöfen, die an strategisch wichtigen Stellen im Garten aufgestellt waren, während ihr kalter, geschwätziger Atem aufstieg; sie bewunderten die vielfarbigen Lichter und lächelten für den Fotografen, wenn er auf englisch »Bitte lächeln!« zu ihnen sagte; sie atmeten den Duft der Blumen, der Parfums und der gerösteten Gewürze ein; sie tauschten Neuigkeiten über Geburten, Todesfälle, Politik und Skandale unter dem bunten Zeltdach hinten im Garten aus, unter dem lange, mit Essen beladene Tische standen; sie setzten sich erschöpft und mit vollen Tellern in der Hand auf Stühle und ließen es sich unermüdlich schmekken. Dienstboten, manche in weißer Livree, manche in Khaki, boten den im Garten Stehenden Fruchtsäfte an, Tee, Kaffee und Snacks: Samosas, Kachauris, Laddus, Gulab-jamuns, Barfis und Gajaks wurden verzehrt und mit Puris und sechs verschiedenen Gemüsesorten nachgereicht. Freunde, die sich seit Monaten nicht mehr gesehen hatten, fielen einander mit lauten Freudenschreien in die Arme, Verwandte, die sich nur bei Hochzeiten und Bestattungen trafen, umarmten sich unter Tränen und tauschten die neuesten Nachrichten über Cousins dritten Grades aus. Latas Tante aus Kanpur, die entsetzt war über die Hautfarbe des Bräutigams, unterhielt sich mit einer Tante aus Lucknow über »Rupas schwarze Enkelkinder«, als gäbe es sie bereits. Sie machten ein Mordsgetue um Aparna, die ganz offensichtlich Rupas letztes hellhäutiges Enkelkind sein würde, und lobten sie, auch als das Pistazieneis auf ihren blaßgelben Kaschmirpullover tropfte. Die Barbarenkinder aus dem ländlichen Rudhia liefen schreiend umher, als würden sie auf dem Gut Pitthu spielen. Und statt der elegischen, festlichen Shehnai-Musik stieg jetzt ein zufriedenes Gemurmel unbeschwerter Stimmen zum Himmel empor und übertönte den unmaßgeblichen Sprechgesang der Trauungszeremonie.

Lata jedoch verfolgte sie wachsam, fasziniert und bestürzt aus der Nähe. Die zwei barbrüstigen Priester – einer sehr fett, der andere eher schlank –, denen die Kälte offensichtlich nichts ausmachte, übten sich einigermaßen unbeirrbar im Wettstreit, wer von ihnen die ausgefeiltere zeremonielle Form kannte. Und so wurde, während die Sterne für die glückverheißende Zeit auf ihrem Kurs blieben, die nicht enden wollende Sanskritlitanei heruntergespult. Der fette Priester bat sogar die Eltern des Bräutigams, ihm etwas nachzusprechen. Mahesh Kapoors Augenbrauen bebten; er konnte sich gerade noch so weit beherrschen, daß ihm nicht die Sicherungen durchbrannten.

Lata versuchte, sich Savitas Gedanken vorzustellen. Wie hatte sie nur zustimmen können, sich verheiraten zu lassen, ohne ihren Mann zu kennen? Wiewohl Savita warmherzig und entgegenkommend war, hatte sie durchaus eigene Ansichten. Lata liebte sie sehr und bewunderte ihr großmütiges, ausgeglichenes Naturell; Savitas Ausgeglichenheit bildete einen Kontrast zu ihren eigenen unberechenbaren Stimmungsschwankungen. Savita war nicht eitel, was ihre blühenden, hübschen Züge anbelangte – aber rebellierte sie nicht angesichts der Tatsache, daß Pran bei jedem noch so harmlosen Ansehnlichkeitstest durchfallen würde? Akzeptierte Savita wirklich, daß Mutter angeblich wußte, was am besten war? Es war schwierig, mit Savita zu sprechen, und noch schwieriger zu erraten, was sie dachte. Seit Lata aufs College ging, war Malati – und nicht Savita – ihre Vertraute. Und Malati, das wußte sie, hätte nie und nimmer zugestimmt, sich auf diese apodiktische Weise verheiraten zu lassen, auch nicht von allen vereinten Müttern dieser Welt.

In ein paar Minuten würde Savita auch noch ihren Namen für den von Pran aufgeben. Sie würde dann nicht mehr eine Mehra sein, wie der Rest von ihnen, sondern eine Kapoor. Arun hatte das Gott sei Dank nicht tun müssen. Lata versuchte, ›Savita Kapoor‹ zu sagen, und der Klang gefiel ihr ganz und gar nicht.

Der Rauch des Feuers – oder vielleicht auch die Pollen der Blumen – wurde Pran lästig, er hüstelte und bedeckte dabei seinen Mund mit der Hand. Seine Mutter sagte leise etwas zu ihm. Auch Savita sah kurz zu ihm auf. Mit einem Blick voll zärtlicher Besorgnis, dachte Lata. Savita, so war sie nun mal, sorgte sich um jeden, der unter irgend etwas litt. In ihrem Blick lag eine ungewöhnliche Zärtlichkeit, die Lata ärgerte und verwirrte. Savita hatte diesen Mann bislang nur eine Stunde gesehen! Und jetzt erwiderte er auch noch ihren liebevollen Blick. Das war zuviel.

Lata hatte vergessen, daß sie Pran noch vor kurzem Malati gegenüber verteidigt hatte, und entdeckte plötzlich Dinge, über die sie sich ärgern konnte.

Zum Beispiel der Name ›Prem Nivas‹: Wohnstätte der Liebe. Ein idiotischer Name für dieses Haus, in dem Ehen arrangiert wurden, dachte Lata verärgert. Und unnötig hochtrabend: als wäre es der Mittelpunkt des Universums und müßte überdies deswegen auch noch eine philosophische Meinung äußern. Und wenn man die Szene objektiv betrachtete, war sie absurd: Sieben erwachsene Personen, keine davon dumm, saßen um ein Feuer und intonierten etwas in einer toten Sprache, die nur drei von ihnen verstanden. Aber vielleicht, dachte Lata, deren Gedanken Sprünge machten, ist dieses kleine Feuer tatsächlich der Mittelpunkt des Universums. Denn hier brannte es, mitten in diesem duftenden Garten, der seinerseits im Herzen von Pasand Bagh lag, der schönsten Gegend von Brahmpur, der Hauptstadt des Staates Purva Pradesh, der im Zentrum der Ganges-Ebene lag, die wiederum das Herzland Indiens war … und so fort durch die Galaxien bis zu den äußersten Grenzen unserer Wahrnehmung und Erkenntnis. Dieser Gedanke erschien Lata keineswegs banal; er half ihr, ihren Ärger über Pran, ja, ihren Groll auf ihn zu kontrollieren.

»Lauter! Lauter! Wenn deine Mutter so genuschelt hätte, wären wir bis heute nicht verheiratet.« Mahesh Kapoor hatte sich ungeduldig seiner pummeligen kleinen Frau zugewandt, die jetzt erst recht keinen Ton mehr herausbrachte.

Pran drehte sich um und lächelte seiner Mutter aufmunternd zu – und stieg augenblicklich wieder in Latas Wertschätzung.

Mahesh Kapoor runzelte die Stirn, gab jedoch für ein paar Minuten Ruhe, bevor er erneut explodierte, diesmal wegen des Familienpriesters: »Dauert dieser Hokuspokus denn ewig?«

Der Priester sagte etwas Beruhigendes in Sanskrit, was so klang, als würde er ihn segnen, woraufhin Mahesh Kapoor sich verpflichtet fühlte, mürrisches Schweigen zu wahren. Er war aus mehreren Gründen gereizt, einer davon war der unübersehbare und unerfreuliche Anblick seines politischen Erzrivalen, des Innenministers, der in ein Gespräch mit dem großen und ehrwürdigen Chefminister S. S. Sharma vertieft war. Was hecken die aus? überlegte er. Meine dumme Frau hat darauf bestanden, Agarwal einzuladen, weil unsere Töchter befreundet sind, obwohl sie wußte, daß es mir die Feier vermiesen würde. Und jetzt unterhält sich der Chefminister mit ihm, als gäbe es sonst niemanden auf der Welt. Und das in meinem Garten!

Der zweite Hauptgrund seiner Gereiztheit war Mrs. Rupa Mehra. Mahesh Kapoor hätte, nachdem er die Verantwortung für die Feierlichkeiten übernommen hatte, zu gern eine schöne und bekannte Gasel-Sängerin zu einem Auftritt in Prem Nivas eingeladen, so wie es Tradition war, wenn ein Mitglied seiner Familie heiratete. Aber Mrs. Rupa Mehra hatte ein Machtwort gesprochen, obwohl sie nicht einmal für die Hochzeit zahlte. Sie konnte nicht dulden, daß ›diese Sorte Person‹ Liebeslieder auf der Hochzeit ihrer Tochter sang. ›Diese Sorte Person‹ bedeutete sowohl Moslem als auch Kurtisane.

Mahesh Kapoor murmelte seine Antworten, und der Priester wiederholte sie leise.

»Ja, ja, machen Sie weiter, machen Sie weiter«, sagte Mahesh Kapoor und warf finstere Blicke auf das Feuer.

Und dann wurde Savita von ihrer Mutter mit einer Handvoll Rosenblätter fortgegeben, und alle drei Frauen weinten.

Also wirklich! dachte Mahesh Kapoor. Sie werden noch das Feuer löschen. Er sah verzweifelt die Hauptschuldige an, deren Schluchzer die aufmüpfigsten waren.

Mrs. Rupa Mehra hielt es nicht einmal für nötig, ihr Taschentuch zurück in die Bluse zu stecken. Ihre Augen waren rot, und auch ihre Nase und Wangen vom Weinen gerötet. Sie dachte an ihre eigene Hochzeit. Der Duft von 4711 Kölnisch Wasser brachte unerträglich glückliche Erinnerungen an ihren verstorbenen Mann zurück. Dann dachte sie eine Generation weiter, an ihre geliebte Savita, die bald mit Pran um das Feuer schreiten würde, um ihr eigenes Eheleben zu beginnen. Möge es länger sein als meines, betete Mrs. Rupa Mehra. Möge sie diesen Sari auch noch bei der Hochzeit ihrer eigenen Tochter tragen.

Dann dachte sie eine Generation zurück, an ihren Vater, und das brachte die Tränen erneut zum Fließen. Woran sich der siebzigjährige Radiologe Dr. Kishen Chand Seth gestoßen hatte, wußte kein Mensch: wahrscheinlich an etwas, was sein Freund Mahesh Kapoor, möglicherweise aber auch seine eigene Tochter gesagt oder getan hatte. Niemand wußte es mit Sicherheit. Abgesehen davon, daß er sich weigerte, seine Pflichten als Gastgeber zu übernehmen, hatte er es vorgezogen, zur Hochzeit seiner Enkelin überhaupt nicht zu erscheinen, und war wütend nach Delhi gefahren, angeblich »zu einer Kardiologen-Konferenz«. Er hatte diese unerträgliche Parvati mitgenommen, seine fünfunddreißigjährige zweite Frau, die zehn Jahre jünger war als Mrs. Rupa Mehra.

Es war auch möglich – wiewohl seiner Tochter diese Möglichkeit nicht durch den Sinn ging –, daß er bei der Hochzeit, wäre er gekommen, verrückt geworden wäre und daß er vor dieser ganz besonderen Eventualität geflohen war. Klein und zierlich, wie er seit jeher war, aß er doch über die Maßen gern, aber wegen seiner Verdauungsbeschwerden, verbunden mit einem Diabetes, beschränkte sich seine Diät mittlerweile auf gekochte Eier, dünnen Tee, mit Wasser verdünnten Limonensaft und Pfeilwurzkekse.

Mir ist egal, wer mich anstarrt, ich habe Grund zum Weinen, sagte sich Mrs. Rupa Mehra trotzig. Ich bin heute so glücklich und unglücklich. Doch ihr Unglück dauerte nur noch ein paar Minuten. Braut und Bräutigam schritten siebenmal ums Feuer, Savita mit fügsam gesenktem Kopf und Tränen in den Wimpern; und Pran und sie waren Mann und Frau.

Nachdem die Priester ein paar abschließende Worte gesprochen hatten, standen alle auf. Die Jungvermählten wurden zu einer blumengeschmückten Bank unter einem süß duftenden hartblättrigen Harsingarbaum geleitet, der weiß und orangefarben blühte, und Glückwünsche regneten auf sie und ihre Eltern und alle anwesenden Mehras und Kapoors so reichlich herab wie in der Dämmerung die zarten Blüten dieses Baumes.

Mrs. Rupa Mehras Freude war grenzenlos. Sie verschlang die Glückwünsche wie verbotene Gulab-jamuns und blickte etwas grüblerisch zu ihrer jüngeren Tochter, die sich aus der Ferne über sie lustig zu machen schien. Oder machte sie sich über ihre Schwester lustig? Nun, sie würde noch früh genug herausfinden, wie es war, bei einer Hochzeit Tränen des Glücks zu vergießen!

Nachdem Prans vielgescholtene, niedergeschlagene, doch glückliche Mutter ihren Sohn und ihre Schwiegertochter gesegnet und nirgendwo ihren jüngeren Sohn Maan entdeckt hatte, war sie zu ihrer Tochter Veena hinübergegangen. Veena umarmte sie. Mrs. Mahesh Kapoor, zeitweilig überwältigt, sagte nichts, sondern schluchzte und lächelte gleichzeitig. Der gefürchtete Innenminister und seine Tochter Priya gesellten sich für eine Weile zu ihnen, und im Gegenzug für ihre Glückwünsche bedachte Mrs. Mahesh Kapoor jeden der beiden mit ein paar freundlichen Worten. Priya, die verheiratet war und von der Familie ihres Mannes in einem Haus im alten, engen Teil von Brahmpur nahezu gefangengehalten wurde, sagte ziemlich wehmütig, daß der Garten prächtig aussehe. Und es stimmte, dachte Mrs. Mahesh Kapoor mit stillem Stolz, der Garten sah in der Tat prächtig aus. Das Gras wuchs dicht, die cremefarbenen Gardenien dufteten, und ein paar Chrysanthemen und Rosen blühten bereits. Und die plötzliche üppige Blütenpracht des Harsingarbaumes war ein Verdienst, das sie nicht für sich in Anspruch nehmen konnte, sondern den gnädig gestimmten Göttern zuschrieb, deren wertvoller und umkämpfter Besitz er in mythischen Zeiten gewesen war.

1.6

Ihr Herr und Meister, der Finanzminister, nahm zur gleichen Zeit die Glückwünsche des Chefministers von Purva Pradesh, Shri S.S. Sharma, entgegen. Sharmaji war ein Kleiderschrank von einem Mann, der unübersehbar humpelte und unbewußt etwas mit dem Kopf wackelte, was sich verschlimmerte, wenn er, wie heute, einen anstrengenden Tag hinter sich hatte. Er regierte den Staat mit einer Mischung aus Tücke, Charisma und Wohlwollen. Delhi war weit weg und interessierte sich kaum für seine legislative und administrative Statthalterschaft. Wenn er auch über sein Gespräch mit dem Innenminister nichts verlauten ließ, war er doch guter Laune.

Als er die randalierenden Kinder aus Rudhia bemerkte, sagte er in seinem leicht näselnden Tonfall zu Mahesh Kapoor: »Sie halten sich wohl die ländliche Wählerschaft für die nächsten Wahlen warm?«

Mahesh Kapoor lächelte. Seit 1937 war er im selben städtischen Wahlbezirk im Herzen von Old Brahmpur – einem Wahlbezirk, zu dem Misri Mandi gehörte, das Viertel, in dem der Schuhhandel betrieben wurde – immer wiedergewählt worden. Trotz seines Landguts und seiner Kenntnisse ländlicher Angelegenheiten – er hatte eine Gesetzesvorlage eingebracht, die großen und unproduktiven Landbesitz im Bundesstaat abschaffen sollte – war es unvorstellbar, daß er seinen heimischen Wahlbezirk aufgeben und auf dem Land kandidieren würde. Anstelle einer Antwort deutete er auf seine Kleidung: Der schöne schwarze Achkan, den er trug, die enge eierschalenfarbene Pajama und die reichbestickten Jutis mit den nach oben gebogenen Zehenspitzen würden in einem Reisfeld ein unpassendes Bild abgeben.

»In der Politik ist nichts unmöglich«, sagte Sharmaji bedächtig. »Wenn Ihr Gesetz zur Abschaffung des Großgrundbesitzes verabschiedet wird, sind Sie für die Leute auf dem Land ein Held. Wenn Sie wollten, könnten Sie Chefminister werden. Warum nicht?« Er sprach großmütig und argwöhnisch. Er sah sich um, und sein Blick fiel auf den Nawab Sahib von Baitar, der sich über den Bart strich und sich verwundert umschaute. »Natürlich werden Sie dabei ein, zwei Freunde verlieren«, fügte er hinzu.

Mahesh Kapoor, der seinem Blick gefolgt war, ohne den Kopf zu wenden, sagte ruhig: »Es gibt Großgrundbesitzer und Großgrundbesitzer. Nicht alle sind ihrem Landbesitz in Freundschaft verbunden. Der Nawab Sahib weiß, daß es mir ums Prinzip geht.« Er hielt inne und fuhr dann fort: »Ein paar meiner eigenen Verwandten in Rudhia werden Land verlieren.«

Der Chefminister nickte, dann rieb er sich die kalten Hände. »Nun, er ist ein guter Mann«, sagte er nachsichtig. »Und sein Vater war es auch.«

Mahesh Kapoor schwieg. Das einzige, was man Sharmaji nicht nachsagen konnte, war Unbesonnenheit; und doch war das eine unbesonnene Aussage gewesen, wie es nur je eine gegeben hatte. Es war wohlbekannt, daß der Vater des Nawab Sahib von Baitar ein aktives Mitglied der Moslemliga gewesen war; und obwohl er nicht lange genug gelebt hatte, um die Staatsgründung Pakistans mitzuerleben, war es doch die Liga gewesen, der er sein Leben hauptsächlich gewidmet hatte.

Der hochgewachsene graubärtige Nawab Sahib, der bemerkt hatte, daß ihn vier Augen ansahen, hob ernst die aneinandergelegten Hände zu einem höflichen Gruß an die Stirn, dann legte er still lächelnd den Kopf schief, als ob er seinem alten Freund Glück wünschen wollte.

»Du hast nicht Firoz und Imtiaz irgendwo gesehen?« fragte er Mahesh Kapoor, nachdem er langsam herübergekommen war.

»Nein, nein – aber ich habe auch meinen eigenen Sohn nicht gesehen, deshalb vermute ich ...«

Der Nawab Sahib hob die Hände, die Handflächen nach außen, in einer Geste der Hilflosigkeit. Nach einer Weile sagte er: »Pran ist also verheiratet, und als nächster ist Maan dran. Ich kann mir vorstellen, daß er weniger gefügig ist.«

»Gefügig oder nicht, es gibt da ein paar Leute in Benares, mit denen ich geredet habe«, sagte Mahesh Kapoor entschieden. »Maan hat den Vater kennengelernt. Er ist auch im Stoffgeschäft. Wir ziehen Erkundigungen ein. Mal sehen. Und was ist mit deinen Zwillingen? Gibt es eine Doppelhochzeit mit zwei Schwestern?«

»Mal sehen, mal sehen«, sagte der Nawab Sahib und dachte voller Trauer an seine Frau, die seit vielen Jahren unter der Erde lag. »Inschallah, bald werden sie alle ein geregeltes Leben führen.«

1.7

»Auf das Gesetz«, sagte Maan und hob das dritte Glas Scotch Firoz entgegen, der mit einem eigenen Glas auf dem Bett saß. Imtiaz hatte es sich auf einem gepolsterten Stuhl bequem gemacht und musterte die Flasche.

»Danke«, sagte Firoz. »Aber hoffentlich nicht auf neue Gesetze.«

»Ach, mach dir keine Sorgen, mach dir bloß keine Sorgen, das Gesetz meines Vaters wird nie durchkommen«, sagte Maan. »Und wenn doch, wirst du immer noch viel reicher sein als ich. Schau mich doch nur an«, fügte er finster hinzu. »Ich muß für meinen Lebensunterhalt arbeiten.«

Da Firoz Rechtsanwalt war und sein Bruder Arzt, paßten sie nicht recht in das volkstümliche Bild von müßiggehenden Aristokratensöhnen.

»Und wenn es nach dem Willen meines Vaters geht«, fuhr Maan fort, »werde ich demnächst für zwei Leute Geld verdienen müssen. Und später für noch mehr. O Gott!«

»Was? Will dein Vater dich etwa verheiraten?« fragte Firoz halb lächelnd, halb stirnrunzelnd.

»Tja, seit heute abend gibt es keine Pufferzone mehr«, sagte Maan untröstlich. »Trink noch einen.«

»Nein, nein, danke, ich habe noch genug«, sagte Firoz. Er genoß den Drink, wenn auch mit etwas schlechtem Gewissen. Sein Vater mißbilligte Alkohol noch strenger als der von Maan. »Und wann schlägt dir die glückliche Stunde?« fragte er unsicher.

»Weiß Gott. Sie ziehen Erkundigungen ein«, sagte Maan.

»Das Stadium der ersten Lesung also«, fügte Imtiaz hinzu.

Aus unerfindlichem Grund erheiterte das Maan. »Die erste Lesung!« wiederholte er. »Hoffen wir, daß es nie zu einer dritten Lesung kommt! Und wenn doch, daß der Präsident seine Zustimmung verweigert!«

Er lachte und trank ein paar Schluck. »Und was ist mit deiner Hochzeit?« wollte er von Firoz wissen.

Firoz schaute sich ausweichend im Zimmer um. Es war so karg und funktional eingerichtet wie die meisten Zimmer in Prem Nivas – sie sahen aus, als würde demnächst mit der Ankunft einer ganzen Wählerschar gerechnet. »Meine Hochzeit!« sagte er lachend.

Maan nickte heftig.

»Wechsle das Thema«, sagte Firoz.

»Also, wenn du in den Garten hinuntergehen würdest, statt hier in aller Abgeschiedenheit zu trinken ...«

»Das kannst du wohl kaum Abgeschiedenheit nennen.«

»Unterbrich mich nicht«, sagte Maan und legte ihm einen Arm um die Schultern. »Also, wenn du in den Garten hinuntergehen würdest, ein gutaussehender, eleganter Kerl wie du, wärst du innerhalb von Sekunden von heiratsfähigen jungen Schönheiten umgeben. Und auch von nicht heiratsfähigen. Sie würden sich an dir festsaugen wie Bienen an einer Lotusblüte. Lockiges Haar, lockiges Haar, wann wirst du mein?«

Firoz wurde rot. »Die Metapher lautet etwas anders«, sagte er. »Männer sind die Bienen, Frauen die Lotusblüte.«

Maan zitierte ein Urdu-Gasel, in dem sich der Jäger in den Gejagten verwandelte, und Imtiaz lachte.

»Seid still, beide«, sagte Firoz und versuchte ärgerlicher zu erscheinen, als er war; er hatte genug von dieser Art Unsinn. »Ich gehe jetzt hinunter. Abba wird sich wundern, wo um alles in der Welt wir geblieben sind. Und dein Vater auch. Und außerdem sollten wir herausfinden, ob dein Bruder schon offiziell verheiratet ist – und ob du jetzt eine bildschöne Schwägerin hast, die dir die Leviten lesen und deine Exzesse zügeln wird.«

»In Ordnung, in Ordnung, wir gehen alle hinunter«, sagte Maan freundlich. »Vielleicht saugen sich ja auch ein paar Bienen an uns fest. Und wenn sie uns mitten ins Herz stechen, kann uns der Doktor Sahib hier wieder kurieren. Nicht wahr, Imtiaz? Du müßtest nur ein Rosenblatt auf die Wunde legen, stimmt's?«

»Solange keine Kontraindikationen angezeigt sind«, sagte Imtiaz ganz ernst.

»Keine Kontraindikationen«, sagte Maan und lachte, während er sie die Treppe hinunterführte.

»Kein Grund zum Lachen«, sagte Imtiaz. »Es gibt Leute, die reagieren sogar auf Rosenblätter allergisch. Apropos, du hast eins auf deiner Kappe.«

»Ja?« fragte Maan. »Diese Dinger schweben aus dem Nirgendwo herunter.«

»So ist es«, sagte Firoz, der knapp hinter ihm ging. Behutsam entfernte er es.

1.8

Da der Nawab Sahib ohne seine Söhne etwas verloren wirkte, zog ihn Mahesh Kapoors Tochter Veena in den Kreis ihrer Familie hinein. Sie fragte ihn nach seinem ältesten Kind, seiner Tochter Zainab, mit der sie in der Kindheit befreundet war, die jedoch nach ihrer Heirat in der Welt des Purdah verschwunden war. Der alte Mann sprach sehr zurückhaltend von ihr, aber mit offenkundigem Vergnügen über ihre beiden Kinder. Seine Enkelkinder waren die einzigen Wesen auf der Welt, die das Recht hatten, ihn bei der Arbeit in seiner Bibliothek zu stören. Aber der große, gelbe uralte Familiensitz, Baitar House, der nur ein paar Minuten zu Fuß von Prem Nivas entfernt lag, war mittlerweile etwas heruntergekommen, und auch die Bibliothek hatte gelitten. »Silberfischchen«, sagte der Nawab Sahib. »Und ich brauche jemanden, der mir beim Katalogisieren hilft. Das ist eine gewaltige Aufgabe und außerdem keine besonders erfreuliche. Einige frühe Ausgaben von Ghalib sind nicht mehr auffindbar und auch ein paar unschätzbare Manuskripte unseres Dichters Mast. Mein Bruder hat nie eine Liste gemacht, welche Bücher er nach Pakistan mitgenommen hat ...«

Bei dem Wort Pakistan zuckte Veenas Schwiegermutter, die alte verhutzelte Mrs. Tandon, zusammen. Vor drei Jahren hatte ihre ganze Familie vor dem Blutvergießen, den Feuersbrünsten und dem unvergeßlichen Terror aus Lahore fliehen müssen. Sie waren wohlhabend, ›begütert‹ gewesen, aber so gut wie alles, was sie besessen hatten, war verloren, und sie konnten von Glück sagen, ihr Leben gerettet zu haben. Die Narben an den Händen ihres Sohnes Kedarnath, Veenas Mann, zeugten noch immer von dem Angriff Aufständischer auf ihren Flüchtlingskonvoi. Mehrere ihrer Freunde waren brutal ermordet worden.

Die Jungen, dachte die alte Mrs. Tandon voller Bitterkeit, sind einfach unverwüstlich. Ihr Enkel Bhaskar war damals freilich erst sechs Jahre alt gewesen. Aber Veena und Kedarnath hatten nicht zugelassen, daß diese Ereignisse ihr Leben zerstörten. Sie waren in Veenas Heimatstadt zurückgekehrt, und Kedarnath hatte sich ausgerechnet im Schuhhandel – diesem verunreinigenden, kadaververarbeitenden Gewerbe – eine bescheidene Existenz aufgebaut. Der Verlust der wohlanständigen Prosperität hätte für die alte Mrs. Tandon nicht schmerzhafter sein können. Sie war willens gewesen, eine Unterhaltung mit dem Nawab Sahib über sich ergehen zu lassen, obwohl er Moslem war, aber als er Pakistan erwähnte, war das zuviel für ihre Vorstellungskraft. Sie fühlte sich elend. Das angenehme Geplauder hier in diesem Garten in Brahmpur verwandelte sich in das Geheul des blutrünstigen Mobs in den Straßen von Lahore, die bunten Lichter wurden zu Feuergarben. Täglich, bisweilen stündlich kehrte sie in Gedanken zurück in die Stadt, die sie noch immer als ihr Zuhause betrachtete. Dort war es so schön gewesen, bevor urplötzlich alles ganz grauenvoll geworden war; das Leben schien vollkommen sicher zu sein, und kurz darauf war alles verloren.

Dem Nawab Sahib entging, daß etwas nicht stimmte, aber Veena bemerkte es und wechselte das Thema auch auf die Gefahr hin, unhöflich zu wirken. »Wo ist Bhaskar?« fragte sie ihren Mann.

»Ich weiß nicht. Vorhin hat er sich in der Nähe des Büfetts rumgetrieben, der kleine Frosch«, sagte Kedarnath.

»Ich wünschte, du würdest ihn nicht so nennen«, sagte Veena. »Schließlich ist er dein Sohn. Womöglich bringt es Unglück ...«

»Es war nicht meine, sondern Maans Idee, ihn so zu nennen«, erwiderte Kedarnath lächelnd. Und da er ab und zu gern den Pantoffelhelden spielte, fügte er hinzu: »Aber ich werde ihn nennen, wie immer du willst.«

Veena führte ihre Schwiegermutter fort. Um die alte Dame abzulenken, begann sie tatsächlich nach ihrem Sohn zu suchen. Schließlich fanden sie Bhaskar. Er stand unter dem großen vielfarbigen Stoffdach, das über die Büfett-Tische gespannt war, aß jedoch nichts, sondern starrte staunend und versunken zu den kunstvollen geometrischen Mustern empor – rote Rhomben, grüne Trapeze, gelbe Quadrate und blaue Dreiecke –, aus denen das Dach zusammengesetzt war.

1.9

Die Gästeschar lichtete sich; die letzten Besucher, von denen einige Paan kauten, verabschiedeten sich am Tor. Geschenke stapelten sich neben der Bank, auf der Pran und Savita gesessen hatten. Schließlich waren nur noch sie und ein paar Familienmitglieder übrig – und gähnende Dienstboten, die die wertvolleren Einrichtungsgegenstände für die Nacht wegräumten und die Geschenke unter dem wachsamen Blick von Mrs. Rupa Mehra in einer Truhe verstauten.

Braut und Bräutigam hingen ihren eigenen Gedanken nach. Im Augenblick vermieden sie es, sich anzusehen. Sie würden die Nacht in einem sorgsam vorbereiteten Zimmer in Prem Nivas verbringen und am nächsten Tag zu einer einwöchigen Hochzeitsreise nach Simla aufbrechen.

Lata versuchte, sich das eheliche Gemach vorzustellen. Vermutlich war es mit duftenden Tuberosen geschmückt; das zumindest war Malatis Überzeugung. Tuberosen werden mich von nun an immer an Pran erinnern, dachte Lata. Ihrer Phantasie freien Lauf zu lassen erschien ihr alles andere als angenehm. Der Gedanke, daß Pran mit Savita schlafen würde, war ihr unerträglich. Sie konnte der Sache überhaupt nichts Romantisches abgewinnen. Vielleicht sind sie zu müde, dachte sie optimistisch.

»Woran denkst du, Lata?« fragte ihre Mutter.

»Ach, an gar nichts, Ma«, erwiderte Lata automatisch.

»Du hast gerade die Nase gerümpft. Ich hab's genau gesehen.«

Lata wurde rot. »Ich glaube nicht, daß ich jemals heiraten will«, sagte sie mit großer Bestimmtheit.

Mrs. Rupa Mehra war zu ermüdet von den Feierlichkeiten, zu erschöpft von ihren Gefühlen, vom Sanskrit zu milde gestimmt, von den Glückwünschen zu mitgenommen, kurz gesagt, sie war zu überreizt, so daß sie zehn Sekunden lang nichts weiter tun konnte, als Lata fassungslos anzustarren. Was um alles in der Welt war in das Mädchen gefahren? Was gut gewesen war für ihre Mutter und für die Mutter ihrer Mutter und für die Mutter der Mutter ihrer Mutter, wäre auch gut genug für sie. Aber Lata war schon immer schwierig gewesen, seltsam eigenwillig, still, aber unberechenbar – wie damals in St. Sophia's, als sie Nonne werden sollte! Aber auch Mrs. Rupa Mehra hatte einen eigenen Willen, und sie war entschlossen, sich durchzusetzen, auch wenn sie sich keine Illusionen über Latas Fügsamkeit machte.

Und doch war Lata nach einer überaus fügsamen Pflanze benannt, einer Ranke, die darauf getrimmt war, sich festzuklammern. Auch Lata sollte sich festklammern: zuerst an ihre Familie, dann an ihren Mann. Als Baby hatte sich Lata mit einem kräftigen Klammergriff festgehalten, an den sich ihre Mutter auch heute noch lebhaft und wehmütig erinnerte. Plötzlich entwich Mrs. Rupa Mehra die geistreiche Bemerkung: »Lata, du bist eine Ranke, du mußt dich an deinem Mann festklammern!«

Ihr war kein Erfolg beschieden.

»Festklammern?« sagte Lata. »Festklammern?« Sie sprach das Wort mit so unerschütterlicher Geringschätzung aus, daß ihre Mutter nicht umhin konnte, in Tränen auszubrechen. Wie schrecklich es doch war, eine undankbare Tochter zu haben. Und auf welch unvorhersehbare Weise sich ein süßes Baby entwickeln konnte.

Jetzt, da ihr die Tränen über die Wangen liefen, gelang es Mrs. Rupa Mehra umstandslos, sie von einer Tochter auf die andere zu übertragen. Sie drückte Savita an sich und schluchzte laut. »Du mußt mir schreiben, liebste Savita«, sagte sie. »Du mußt mir jeden Tag aus Simla schreiben. Pran, du bist jetzt wie mein eigener Sohn und mußt dafür sorgen, daß sie es tut. Bald werde ich in Kalkutta ganz allein sein – ganz allein.«

Das war selbstverständlich alles andere als wahr. Arun, Varun, Meenakshi und Aparna würden sich mit ihr Aruns kleine Wohnung in Sunny Park teilen. Aber Mrs. Rupa Mehra gehörte zu denjenigen, die unausgesprochen, aber dafür nur um so absoluter vom Vorrang der subjektiven vor der objektiven Wahrheit überzeugt waren.

1.10

Die Tonga fuhr klappernd die Straße entlang, und der Tonga-Wallah sang dazu: »Ein Herz zersprang zu Scherben – die eine fiel hierhin, die andere dorthin ...«

Varun begann mitzusummen, sang dann lauter und brach plötzlich wieder ab.

»Ach, sing doch weiter«, sagte Malati und stieß Lata sanft mit dem Ellbogen. »Du hast so eine schöne Stimme. Wie ein Bulbul. In einem Porzellanladen«, flüsterte sie Lata zu.

»Hä, hä, hä.« Varuns Lachen klang nervös und nicht überzeugend. Er versuchte es mit einer etwas sinistren Version – vergeblich. Er fühlte sich elend. Und Malati mit ihren grünen Augen und ihrem Sarkasmus – denn es konnte nur Sarkasmus sein – war auch keine große Hilfe.

Die Tonga war gut besetzt: vorn neben dem Tonga-Wallah saßen Varun und der kleine Bhaskar, und Rücken an Rücken mit ihnen hatten Lata und Malati – beide in einen Salwaar-Kameez gekleidet – und Aparna in ihrem mit Eiscreme bekleckerten Pullover, unter dem sie ein Kleid trug, Platz genommen. Es war ein sonniger Wintermorgen.

Dem Tonga-Wallah mit dem weißen Turban gefiel es, in rasantem Tempo über die breiten, relativ leeren Straßen dieses Stadtteils zu fahren – hier herrschte nicht so ein wahnwitziges Gedränge wie in Old Brahmpur. Er begann, auf sein Pferd einzureden und es anzutreiben.

Jetzt nahm sich Malati des populären Filmschlagers an. Es war nicht ihre Absicht, Varun zu entmutigen, aber an einem wolkenlosen Morgen machte es einfach Spaß, an zersprungene Herzen zu denken.

Varun stimmte nicht mit ein. Aber nach einer Weile nahm er sein Leben in die eigene Hand, wandte sich um und sagte: »Du hast eine – eine wunderschöne Stimme.«

Und er hatte recht. Malati liebte Musik und studierte klassischen Gesang bei Ustad Majeed Khan, einem der besten Sänger Nordindiens. Während ihres Zusammenlebens im Studentenwohnheim hatte sie auch Lata für klassische indische Musik begeistert. Als Folge summte Lata oft eine Melodie in einem ihrer bevorzugten Ragas.

Malati wies Varuns Kompliment nicht zurück.

»Findest du wirklich?« fragte sie, drehte sich zu ihm um und blickte ihm tief in die Augen. »Nett von dir, daß du das gesagt hast.«

Varun errötete bis ins Innerste seiner Seele und war für eine Weile sprachlos. Aber als sie an der Pferderennbahn von Brahmpur vorbeikamen, faßte er den Tonga-Wallah am Arm und rief: »Anhalten!«

»Was ist los?« fragte Lata.

»Ach nichts – nichts –, wenn wir's eilig haben, dann fahren wir eben weiter. Ja, fahren wir weiter.«

»Wir haben's nicht eilig, Varun Bhai«, sagte sie. »Wir gehen nur in den Zoo. Wenn du willst, halten wir an.«

Nachdem sie ausgestiegen waren, schlenderte Varun, der übermäßig aufgeregt war, zu dem weißen Lattenzaun und spähte hindurch.

»Abgesehen von Lucknow ist das die einzige Rennbahn in ganz Indien, auf der entgegen dem Uhrzeigersinn gelaufen wird«, flüsterte er ehrfürchtig, hauptsächlich zu sich selbst. »Geht angeblich auf die Rennbahn in Derby zurück«, fügte er an den jungen Bhaskar gewandt hinzu, der zufälligerweise neben ihm stand.

»Aber was ist der Unterschied?« fragte Bhaskar. »Die Strecke ist doch die gleiche, ob sie jetzt im Uhrzeigersinn oder gegen den Uhrzeigersinn laufen, oder?«

Varun überhörte Bhaskars Frage. Er hatte sich langsam, verträumt in Bewegung gesetzt, ging entgegen dem Uhrzeigersinn den Zaun entlang. Beinahe hätte er wie ein Pferd im Boden gescharrt.

Lata folgte ihm. »Varun Bhai?«

»Äh – ja? Ja?«

»Wegen gestern abend.«

»Gestern abend?« Varun zwang sich, in die Welt der Zweibeiner zurückzukehren. »Was war gestern abend?«

»Unsere Schwester hat geheiratet.«

»Ah. Ja. Ja, das weiß ich. Savita«, fügte er in der Hoffnung hinzu, durch Genauigkeit geistige Regsamkeit anzudeuten.

»Also«, sagte Lata, »laß dich von Arun Bhai nicht schikanieren. Mach das einfach nicht mit.« Ihr Lächeln erlosch, als ein Schatten auf sein Gesicht fiel. »Ich kann es nicht mit ansehen, Varun Bhai, ich kann es einfach nicht mit ansehen, wenn er dich schikaniert. Ich will damit nicht sagen, daß du frech zu ihm sein oder mit ihm streiten sollst, nur daß es dich nicht so verletzen soll wie – wie ich sehe, daß es dich verletzt.«

»Nein, nein«, sagte er unsicher.

»Nur weil er ein paar Jahre älter ist, ist er noch lange nicht dein Vater und Schulmeister und Feldwebel.«

Varun nickte betrübt. Er wußte nur zu gut, daß er, solange er im Haus seines älteren Bruders lebte, sich seinem Willen fügen mußte.

»Na, jedenfalls glaube ich, daß dir etwas mehr Selbstvertrauen nicht schaden könnte«, fuhr Lata fort. »Arun Bhai versucht, wie eine Dampfwalze alle um sich herum plattzuwalzen, und wir sind selbst schuld, wenn wir ihn einfach machen lassen. Auch mir macht er das Leben schwer, und ich lebe nicht mal in Kalkutta. Ich habe nur gedacht, ich sag dir das jetzt, zu Hause habe ich ja keine Gelegenheit, mit dir allein zu sprechen. Und morgen fährst du schon wieder.«

Lata sprach aus Erfahrung, wie Varun sehr wohl wußte. Wenn Arun ärgerlich war, redete er, wie ihm der Schnabel gewachsen war. Als Lata es sich in den Kopf gesetzt hatte, Nonne zu werden – ein verrückter pubertärer Einfall, aber ihr eigener –, hatte Arun, verärgert über den mangelnden Erfolg seiner wortreichen Versuche, ihr das Vorhaben auszureden, gesagt: »In Ordnung, mach, was du willst, werde Nonne, ruinier dein Leben, dich hätte sowieso keiner geheiratet, du siehst doch aus wie die Bibel – vorne flach und hinten flach.« Lata dankte Gott dafür, daß sie nicht an der Universität von Kalkutta studierte; so war sie zumindest den größten Teil des Jahres außer Schußweite von Aruns Donnerbüchse. Obwohl seine Worte nicht mehr der Wahrheit entsprachen, schmerzte die Erinnerung daran noch immer.

»Ich wünschte, du wärst in Kalkutta«, sagte Varun.

»Du hast doch bestimmt Freunde...« sagte Lata.

»Arun Bhai und Meenakshi Bhabhi gehen abends oft aus, und ich muß auf Aparna aufpassen«, sagte Varun und lächelte verlegen. »Nicht, daß mir das etwas ausmacht«, fügte er hinzu.

»Varun, so geht das nicht weiter«, sagte Lata und legte eine Hand auf seine herabhängende Schulter. »Du solltest mit deinen Freunden ausgehen – mit Leuten, die du wirklich magst und die dich mögen –, mindestens zweimal in der Woche. Sag einfach, daß du Nachhilfeunterricht gibst oder so was Ähnliches.« Lata hielt nichts von Notlügen, und sie wußte nicht, ob Varun geschickt im Lügen war, aber sie wollte nicht, daß die Dinge so blieben, wie sie waren. Sie machte sich Sorgen um Varun. Er war ihr auf der Hochzeit noch zappliger erschienen als vor ein paar Monaten, als sie ihn zum letztenmal gesehen hatte.

Erschreckend nahe pfiff plötzlich ein Zug, und das Tonga-Pferd scheute.

»Erstaunlich«, sagte Varun zu sich selbst, alles andere hatte er bereits wieder vergessen.

Als sie bei der Tonga anlangten, streichelte er das Pferd.

»Ist der Bahnhof weit weg?« fragte er den Tonga-Wallah.

»Nein, gleich da drüben«, antwortete der Tonga-Wallah und deutete vage auf das bebaute Gebiet jenseits des gepflegten Gartens, der zur Rennbahn gehörte. »Nicht weit vom Zoo.«

Ich frage mich, ob das für die heimischen Pferde von Vorteil ist, überlegte Varun. Ob die anderen Pferde durchgehen? Wie wirkt sich das auf die Wettquoten aus?

1.11

Als sie im Zoo waren, verbündeten sich Bhaskar und Aparna und verlangten, mit der Kindereisenbahn fahren zu dürfen, die, wie Bhaskar bemerkte, ihre Runde ebenfalls entgegen dem Uhrzeigersinn drehte. Lata und Malati wollten nach der Fahrt mit der Tonga zu Fuß gehen, aber sie wurden überstimmt. Und so saßen alle fünf zusammengedrängt in einem engen knallroten Abteil, diesmal mit dem Gesicht zueinander, während die kleine grüne Dampflok auf dem dreißig Zentimeter breiten Gleis dahinpaffte. Varun saß Malati gegenüber, ihre Knie berührten sich fast. Malati gefiel das, aber Varun war so beunruhigt, daß er verzweifelt die Giraffen anstarrte und aufmerksam die Scharen der Schulkinder betrachtete, von denen einige riesige Kugeln rosaroter Zuckerwatte verschlangen. Aparnas Augen begannen vor Vorfreude zu leuchten.

Da Bhaskar neun war und Aparna erst drei, konnten sie nicht viel miteinander anfangen. Sie wandten sich ihren jeweils bevorzugten Erwachsenen zu. Aparna, die von ihren eleganten Eltern abwechselnd mit großer Nachsicht und dann wieder mit ebensolcher Gereiztheit erzogen wurde, empfand Latas Zuneigung als beruhigend verläßlich. In Latas Gesellschaft verhielt sie sich weniger vorlaut. Bhaskar und Varun kamen blendend miteinander aus, sobald Bhaskar es geschafft hatte, daß Varun sich konzentrierte. Sie sprachen über Mathematik, mit speziellem Bezug zu Wettquoten.

Sie sahen den Elefanten, das Kamel, den Emu, die gemeine Fledermaus, den braunen Pelikan, den Rotfuchs, alle großen Raubkatzen und eine der kleineren, den schwarzgefleckten Leoparden, der wie wahnsinnig das Gitter seines Käfigs abschritt.

Aber am besten gefiel es ihnen im Reptilienhaus. Beide Kinder waren ganz versessen darauf, die Schlangengrube zu besichtigen, in der sich träge Pythons tummelten, und die gläsernen Schaukästen mit den todbringenden Vipern und Giftnattern und Kobras. Und natürlich auch die kalten gefurchten Krokodile, auf deren Rücken Schulkinder und auf Besuch weilende Dörfler Münzen warfen – während andere sich über das Geländer beugten und hinunterdeuteten und kreischten und schauderten, wenn die Tiere weit unten faul die gezackten weißen Mäuler aufrissen. Glücklicherweise fand Varun Gefallen am Sinistren und ging mit den Kindern hinein. Lata und Malati weigerten sich.

»Als Medizinstudentin sehe ich genug grauenerregende Dinge«, sagte Malati.

»Ich wünschte, du würdest Varun nicht immer auf den Arm nehmen«, sagte Lata nach einer Weile.

»Ich habe ihn nicht auf den Arm genommen«, erwiderte Malati. »Ich habe ihm nur aufmerksam zugehört. Das tut ihm gut.« Sie lachte.

»Hm – du machst ihn nervös.«

»Du nimmst deinen älteren Bruder immer in Schutz.«

»Er ist nicht – ach, ich verstehe –, ja, er ist mein kleiner älterer Bruder. Tja, ich habe eben keinen jüngeren Bruder, und so habe ich ihm wohl diese Rolle zugeschoben. Aber im Ernst, Malati, ich mache mir Sorgen um ihn. Und meine Mutter auch. Wir wissen nicht, was aus ihm werden soll, wenn er in ein paar Monaten sein Studium abschließt. Er scheint kein Talent für irgendwas zu haben. Und Arun schikaniert ihn fürchterlich. Ich wünschte, irgendein nettes Mädchen würde das Kommando übernehmen.«

»Und du denkst dabei an mich? Also ich muß sagen, daß er auf klägliche Weise ganz charmant ist. Hä, hä!« Malati imitierte Varuns Lachen.

»Mach keine Witze, Malati. Ich weiß nicht, wie Varun reagieren würde, aber meine Mutter bekäme einen Anfall«, sagte Lata.

Damit hatte sie sicherlich recht. Obwohl es schon aus geographischen Gründen ein undurchführbares Unterfangen war, hätte schon der Gedanke daran Mrs. Rupa Mehra Alpträume verursacht. Abgesehen davon, daß Malati Trivedi eins von den wenigen Mädchen war, die unter fünfhundert jungen Männern am Prince of Wales Medical College studierten, war sie berüchtigt dafür, kein Blatt vor den Mund zu nehmen, sich an den Aktivitäten der Sozialistischen Partei zu beteiligen und Liebesaffären zu haben – wenn auch nicht mit irgendeinem ihrer fünfhundert Kommilitonen, denen sie in der Regel mit Verachtung begegnete.

»Deine Mutter mag mich, das weiß ich«, sagte Malati.

»Darum geht es nicht«, sagte Lata. »Und ehrlich gesagt, es wundert mich, daß sie dich mag. Normalerweise beurteilt sie die Dinge nach dem Einfluß, den sie ausüben. Und ich hätte gedacht, daß du einen schlechten Einfluß auf mich hast.«

Aber das stimmte nicht ganz, nicht einmal von Mrs. Rupa Mehras Standpunkt aus. Malati hatte Lata zu mehr Selbstvertrauen verholfen, nachdem sie als Küken mit nassem Gefieder St. Sophia's verlassen hatte. Und Malati hatte Lata dazu gebracht, sich für klassische indische Musik zu interessieren, die (im Gegensatz zu Gaseln) Mrs. Rupa Mehras Zustimmung fand. Daß sie überhaupt zusammenwohnen konnten, lag daran, daß das medizinische College der Regierung (das normalerweise bei seinem königlichen Titel genannt wurde) nicht über die Möglichkeit verfügte, sein kleines Kontingent an Studentinnen unterzubringen, und die Universität dazu gebracht hatte, sie in ihren Studentenheimen wohnen zu lassen.

Malati war charmant, stets konservativ, aber hübsch gekleidet und konnte mit Mrs. Rupa Mehra über alles reden, angefangen bei religiösen Fastenkuren über Kochrezepte bis zur Genealogie, alles Dinge, für die sich ihre eigenen verwestlichten Kinder kaum interessierten. Zudem war sie fair, ein riesiger Pluspunkt in Mrs. Rupa Mehras unbewußter Wertetabelle. Mrs. Rupa Mehra war davon überzeugt, daß Malati Trivedi mit ihren gefährlich attraktiven grünlichen Augen Kaschmiri- oder Sindhiblut in sich haben mußte. Bislang hatte sie jedoch noch keines entdeckt.

Und obwohl sie nicht oft darüber sprachen, verband Lata und Malati, daß sie beide keinen Vater mehr hatten.

Malati hatte ihren heißgeliebten Vater im Alter von acht Jahren verloren. Er war Chirurg in Agra gewesen, ein erfolgreicher, gutaussehender Mann mit einem großen Bekanntenkreis und vielfältiger Berufserfahrung: eine Zeitlang hatte er beim Militär gearbeitet und war in Afghanistan gewesen; er hatte in Lucknow am medizinischen College gelehrt; zuletzt hatte er eine private Praxis eröffnet. Zum Zeitpunkt seines Todes besaß er, obwohl er sich nie im Sparen hervorgetan hatte, ein nicht unerhebliches Vermögen – größtenteils in Häusern angelegt. Ungefähr alle fünf Jahre ließ er alles hinter sich und zog in eine andere Stadt in Uttar Pradesh – Meerut, Bareilly, Lucknow, Agra. Wo immer er sich niederließ, baute er ein neues Haus, ohne jedoch die alten zu verkaufen. Als er starb, fiel Malatis Mutter in einen Zustand, wie es schien, nicht enden wollender Depression, unter der sie zwei Jahre litt.

Dann riß sie sich zusammen. Sie hatte eine große Familie, um die sie sich kümmern mußte, und es war unerläßlich, daß sie die Dinge auf praktische Art anging. Sie war eine einfache, idealistische, aufrechte Frau, der mehr daran lag, daß etwas richtig war als zweckmäßig oder gesellschaftlich akzeptabel oder finanziell einträglich. Und sie war entschlossen, ihre Kinder in diesem Sinne zu erziehen.

Und was für Kinder – fast nur Mädchen! Die Älteste war ein richtiger Wildfang, sechzehn Jahre, als ihr Vater starb, und bereits mit dem Sohn eines Großgrundbesitzers verheiratet; sie lebte ungefähr zwanzig Meilen von Agra entfernt zwischen zwanzig Dienstboten, Litschi-Bäumen und endlosen Feldern, aber auch nach ihrer Heirat wohnte sie oft monatelang bei ihren Schwestern in Agra. Nach dieser Tochter kamen zwei Söhne zur Welt, die jedoch beide als Kinder starben, einer im Alter von fünf Jahren, der andere mit drei. Nach den Jungen wurde Malati geboren, die acht Jahre jünger war als ihre Schwester. Sie wuchs mehr oder weniger wie ein Junge auf – wenn auch nicht als Wildfang wie ihre Schwester –, aus einer Vielzahl von Gründen, die mit ihrem frühen Kindesalter zu tun hatten: der direkte Blick ihrer ungewöhnlichen Augen, ihr knabenhaftes Aussehen, die Tatsache, daß Jungenkleidung zur Hand war, die Traurigkeit ihrer Eltern über den Tod der Söhne. Auf Malati folgten drei Mädchen, dann ein weiterer Junge, und dann starb ihr Vater.

So war Malati fast ausschließlich unter Frauen aufgewachsen; selbst ihr kleiner Bruder war wie eine kleine Schwester gewesen; er war zu jung, um wie ein Junge behandelt zu werden. (Nach einer Weile folgte er seinen Brüdern nach, vielleicht weil er zu verwirrt war, um leben zu können.) Die Mädchen wuchsen in einer Atmosphäre auf, in der Männer als Ausbeuter und als Bedrohung empfunden wurden; und viele der Männer, die Malati kennenlernte, waren genau das. Niemand durfte an die Erinnerung an ihren Vater rühren. Malati war entschlossen, Ärztin zu werden, und ließ nicht zu, daß seine Instrumente Rost ansetzten. Sie hatte die Absicht, sie eines Tages zu gebrauchen.

Wer waren diese Männer? Einer war ein Cousin, der sie um viele Dinge erleichterte, die ihr Vater gesammelt und benutzt hatte, die nach seinem Tod jedoch eingelagert worden waren. Malatis Mutter hatte ausgesondert, was sie als unwesentlich für ihr Leben betrachtete. Es war nicht mehr erforderlich, zwei Küchen zu haben, eine europäische und eine indische. Die Gedecke aus Porzellan und das Silberbesteck für westliches Essen wurden weggeräumt und ebenso wie ein gut Teil der Möbel in einer Garage gelagert. Der Cousin kam, schwatzte der trauernden Witwe die Schlüssel ab, erklärte ihr, daß er sich um alles kümmern würde, und verschwand auf Nimmerwiedersehen. Malatis Mutter bekam nicht eine Rupie vom Erlös zu sehen. »Tja«, sagte sie philosophisch, »damit habe ich wenigstens einen Teil meiner Sünden abgebüßt.«

Ein anderer war der Dienstbote, der als Mittelsmann bei der Veräußerung der Häuser fungierte. Er nahm Kontakt zu Maklern oder voraussichtlichen Käufern in den Städten auf, in denen die Häuser standen, und machte lukrative Geschäfte mit ihnen. Er war bald als Betrüger verrufen.

Ein weiterer war der jüngere Bruder ihres Vaters, der noch immer in ihrem Haus in Lucknow lebte, im Erdgeschoß mit seiner Frau, im ersten Stock mit einer Tänzerin. Als sie das Haus verkauften, hätte er sie liebend gern übers Ohr gehauen, wenn er gekonnt hätte. Er brauchte Geld für seine Tänzerin.

Dann war da noch der junge – nun ja, sechsundzwanzigjährige –, aber ziemlich niederträchtige College-Lehrer, der als Untermieter im Erdgeschoß wohnte, als Malati ungefähr fünfzehn war. Malatis Mutter wollte, daß sie Englisch lernte, und hatte kein schlechtes Gewissen, sie zu ihm zu schicken, obwohl er Junggeselle war, gleichgültig, was die Nachbarn sagten (und sie sagten eine ganze Menge, überwiegend Unfreundliches). In diesem Fall hatten die Nachbarn recht. Er verliebte sich ziemlich schnell und ziemlich heftig in Malati und bat ihre Mutter um die Erlaubnis, sie zu heiraten. Als die Mutter Malati nach ihrer Meinung fragte, reagierte diese bestürzt und entsetzt und weigerte sich rundheraus.

Am medizinischen College in Brahmpur und in der Zeit davor, als sie in Agra in die Schule ging, mußte Malati mit vielem fertig werden: Spott, Klatsch, das Festzerren der dünnen Chunni um ihren Hals und Bemerkungen wie: »Sie will wie ein Junge sein.« Das entsprach überhaupt nicht der Wahrheit. Derartige Bemerkungen waren eine Zumutung und wurden erst seltener, als sie einem Jungen, der sie über das erträgliche Maß hinaus provoziert hatte, vor seinen Freunden hart ins Gesicht schlug.

Männer fühlten sich sehr schnell zu ihr hingezogen, aber sie hielt sie ihrer Aufmerksamkeit nicht für wert. Es war nicht so, daß sie Männer wirklich haßte; meistens war das nicht der Fall. Es lag vielmehr daran, daß ihre Maßstäbe zu hoch waren. Kein Mann kam dem Bild, das sie und ihre Schwestern sich von ihrem Vater gemacht hatten, auch nur entfernt nahe, und die meisten Männer erschienen ihr unreif. Außerdem war die Ehe für eine junge Frau, die eine Karriere als Ärztin im Auge hatte, nur eine Ablenkung, und es war ihr ziemlich einerlei, ob sie jemals heiraten würde.

Sie nutzte jede Minute ihrer Zeit. Als zwölf- oder dreizehnjähriges Mädchen war sie eine Einzelgängerin, selbst in ihrer großen Familie. Sie las gern, und die anderen wußten, daß sie sie nicht stören durften, wenn sie ein Buch in der Hand hielt. In diesem Fall bestand ihre Mutter auch nicht darauf, daß sie beim Kochen oder bei der Hausarbeit half. »Malati liest« reichte, um zu verhindern, daß jemand das Zimmer betrat, in dem sie lag oder zusammengekauert saß, denn sie stürzte sich wütend auf jeden, der sie zu stören wagte. Manchmal versteckte sie sich geradezu, suchte sich eine Ecke, in der sie mit großer Wahrscheinlichkeit niemand fand. Die Menschen um sie herum verstanden schnell. Als die Jahre vergingen, begann sie, ihre jüngeren Schwestern beim Lernen anzuleiten. Was andere Belange betraf, so leitete ihre ältere Schwester, der Wildfang, alle anderen an – oder kommandierte sie vielmehr herum.

Malatis Mutter war insofern bemerkenswert, als sie wollte, daß ihre Töchter unabhängig wären. Sie wollte, daß sie, abgesehen vom Besuch einer Hindi-Mittelschule, Singen und Tanzen und Sprachen lernten (und besonders gut in Englisch wären); und wenn das bedeutete, daß sie außer Haus gehen mußten, dann gingen sie eben außer Haus – gleichgültig, was die Nachbarn sagten. Und wenn ein Lehrer ins Haus der sechs Frauen gerufen werden mußte, dann wurde er eben gerufen. Fasziniert blickten junge Männer hinauf zum ersten Stock des Hauses, wenn sie die fünf Mädchen aus vollem Halse miteinander singen hörten. Wenn die Mädchen als besonderen Leckerbissen Eis wollten, wurde ihnen erlaubt, allein zum Laden zu gehen und es dort zu essen. Als die Nachbarn ins Feld führten, daß es schamlos sei, junge Mädchen allein in Agra herumlaufen zu lassen, durften sie nur noch gelegentlich, nach Einbruch der Dunkelheit, zum Laden gehen – was vermutlich noch schlimmer, wenn auch weniger auffällig war. Malatis Mutter erklärte ihren Töchtern klipp und klar, daß sie die bestmögliche Schulbildung erhalten sollten, sich jedoch ihre Ehemänner selbst suchen müßten.

Bald nachdem sie nach Brahmpur gekommen war, verliebte sich Malati in einen verheirateten Mann, der zudem Sozialist war. Auch nach Beendigung dieser Affäre blieb sie der Sozialistischen Partei verbunden. Dann folgte eine weitere ziemlich unglückliche Liebesaffäre. Im Augenblick war sie ungebunden.

Wenn sie auch die meiste Zeit voller Tatendrang steckte, wurde Malati doch alle paar Monate krank, und ihre Mutter kam aus Agra nach Brahmpur, um sie vom bösen Blick zu heilen, einem Leiden, das der westlichen Medizin unbekannt war. Weil Malati selbst so außergewöhnliche Augen hatte, war sie ein leichtes Opfer für den bösen Blick.

Ein schmutziger grauer Kranich mit rosa Beinen beobachtete Lata und Malati aus seinen kleinen, stechenden roten Augen; dann zog sich eine dünne graue Haut von der Seite her über die Augäpfel, und er schritt bedächtig davon.

»Laß uns die Kinder mit Zuckerwatte überraschen«, sagte Lata, als ein Süßwarenverkäufer an ihnen vorüberging. »Ich frage mich, was sie so lange da drin machen. Was ist los, Malati? Woran denkst du?«

»An die Liebe«, sagte Malati.

»Ach, was für ein langweiliges Thema«, sagte Lata. »Ich werde mich niemals verlieben. Ich weiß, dir passiert das von Zeit zu Zeit. Aber ...« Sie verstummte und dachte wieder einmal mit einigem Widerwillen an Savita und Pran, die nach Simla gefahren waren. Wahrscheinlich würden sie aus den Bergen verliebt bis über beide Ohren zurückkommen. Es war unerträglich.

»Na gut, dann eben Sex.«

»O bitte, Malati«, sagte Lata und schaute sich rasch um. »Dafür interessiere ich mich genausowenig«, fügte sie errötend hinzu.

»Na gut, dann eben die Ehe. Ich frage mich, wen du heiraten wirst. Deine Mutter wird dich innerhalb des nächsten Jahres verheiraten, da bin ich mir ganz sicher. Und wie ein braves kleines Mädchen wirst du ihr gehorchen.«

»Genau«, erwiderte Lata.

Darüber ärgerte sich Malati, und sie beugte sich hinunter, um die drei Narzissen zu pflücken, die genau vor einem Schild wuchsen, auf dem *Bitte keine Blumen pflücken* stand. Eine behielt sie für sich, die beiden anderen gab sie Lata, der es peinlich war, mit dieser gesetzwidrig erworbenen Beute gesehen zu werden. Dann kaufte Malati fünf klebrige Portionen rosafarbener Zuckerwatte, reichte Lata vier Stiele zu den zwei Narzissen und begann, die fünfte Portion zu essen.

Lata brach in Lachen aus.

»Und was wird dann aus deinem Vorhaben, an einer kleinen Schule arme Kinder zu unterrichten?« fragte Malati.

»Da kommen sie«, sagte Lata.

Aparna sah wie versteinert aus und klammerte sich an Varuns Hand. Gemeinsam schlenderten sie auf den Ausgang zu und aßen dabei die Zuckerwatte. Am Drehkreuz sah ein zerlumpter Gassenjunge sehnsüchtig zu Lata empor, und sie drückte ihm schnell eine kleine Münze in die Hand. Er war kurz davor gewesen, sie anzubetteln, und war jetzt ein bißchen verblüfft, weil er etwas bekommen hatte, ohne es zu tun.

Lata steckte dem Pferd eine ihrer Narzissen in die Mähne. Wieder sang der Tonga-Wallah von dem zersprungenen Herzen. Diesmal stimmten alle mit ein. Passanten wandten den Kopf, als die Tonga an ihnen vorbeifuhr.

Die Krokodile hatten eine befreiende Wirkung auf Varun ausgeübt. Aber als sie vor Prans Haus auf dem Universitätsgelände anlangten, in dem Arun, Meenakshi und Mrs. Rupa Mehra untergebracht waren, mußte er sich den Konsequenzen der um eine Stunde verspäteten Rückkehr stellen. Aparnas Mutter und Großmutter schienen besorgt.

»Du verdammter verantwortungsloser Dummkopf«, kanzelte ihn Arun vor aller Welt ab. »Du als der Mann trägst die Verantwortung, und wenn du sagst, halb eins, dann hat es auch halb eins zu sein, vor allem, wenn du meine Tochter mitnimmst. Und meine Schwester. Ich will keine Entschuldigungen hören. Du verdammter Idiot. Und du«, fügte er wütend an Lata gewandt hinzu, »du hättest nicht zulassen dürfen, daß er die Zeit vergißt. Du weißt doch, wie er ist.«

Varun senkte den Kopf und blickte verstohlen auf seine Füße. Er dachte, welch tiefe Befriedigung es ihm verschaffen würde, seinen älteren Bruder Kopf voraus an das größte Krokodil zu verfüttern.

1.12

Lata studierte unter anderem deswegen in Brahmpur, weil hier ihr Großvater Dr. Kishen Chand Seth lebte. Als Lata hierhergekommen war, hatte er seiner Tochter Rupa versprochen, daß er auf sie aufpassen würde. Er hatte sein Versprechen nie gehalten. Dr. Kishen Chand Seth spielte entweder Bridge im Subzipore Club, oder er befehdete sich mit Leuten wie dem Finanzminister, oder er widmete sich seiner Leidenschaft für seine junge Frau Parvati, so daß ihm keine Zeit mehr blieb, um auch noch auf Lata aufzupassen. Da es der Großvater war, von dem Arun das aufbrausende Temperament geerbt hatte, war das alles in allem vielleicht gar nicht so schlecht. Jedenfalls machte es Lata nichts aus, im Studentenheim zu wohnen. Hier konnte sie besser lernen als unter den Fittichen ihres cholerischen Nana.

Gleich nach dem Tod von Raghubir Mehra waren Mrs. Rupa Mehra und ihre Familie zu ihrem Vater gezogen, der damals noch nicht wieder geheiratet hatte. Angesichts ihrer prekären Finanzlage schien das das einzig Sinnvolle; auch dachte sie, daß er vielleicht einsam wäre, und hoffte, ihm bei der Haushaltsführung helfen zu können. Das Experiment dauerte ein paar Monate und endete in einem Desaster. Es war unmöglich, mit Dr. Kishen Chand Seth zusammenzuleben. Von kleinem Wuchs, war er dennoch eine Kraft, mit der zu rechnen war, nicht nur im medizinischen College, von dem er als Direktor emeritiert worden war, sondern in ganz Brahmpur: alle Welt fürchtete ihn und gehorchte ihm zitternd. Von seiner Familie erwartete er dasselbe. Er setzte sich über Mrs. Rupa Mehras Anordnungen hinsichtlich ihrer eigenen Kinder hinweg. Er verschwand plötzlich wochenlang von zu Hause, ohne Geld oder Anweisungen für die Dienstboten zurückzulassen. Schließlich beschuldigte er seine Tochter, die sich ihr gutes Aussehen auch in der Witwenschaft bewahrt hatte, seinen Kollegen schöne Augen zu machen, wenn er sie zu sich einlud – die verzweifelte, aber gesellige Rupa war entsetzt. Der jugendliche Arun drohte, seinen Großvater zu verprügeln. Es gab Tränen und Gebrüll, und Dr. Kishen Chand Seth klopfte wütend mit seinem Spazierstock auf den Boden. Daraufhin war Mrs. Rupa Mehra schluchzend, aber entschlossen mit ihren vier Rangen ausgezogen und hatte bei mitfühlenden Freunden in Darjeeling Zuflucht gesucht.

Ein Jahr später fand mit einer neuerlichen Runde Schluchzen die Versöhnung statt. Seither liefen die Dinge mehr schlecht als recht. Die Heirat mit Parvati (die wegen des Altersunterschieds nicht nur seine Familie, sondern ganz Brahmpur entsetzt hatte), Latas Immatrikulation an der Universität von Brahmpur, Savitas Verlobung (die Dr. Kishen Chand Seth zu arrangieren mitgeholfen hatte), Savitas Hochzeit (die er fast zum Scheitern gebracht hatte und der er willentlich ferngeblieben war), all das waren Meilensteine an einer überaus holprigen Straße. Aber Familie war nun mal Familie, und, wie Mrs. Rupa Mehra sich ständig sagte, man mußte das Leben nehmen, wie es kam.

Seit Savitas Hochzeit waren bereits einige Monate ins Land gezogen. Der Winter war vorüber, und die Pythons im Zoo waren aus ihrem Winterschlaf erwacht. Rosen hatten die Narzissen abgelöst und waren ihrerseits abgelöst worden von den sich windenden Ranken, deren fünfblättrige purpurrote Blüten in der heißen Brise kreiselnd zu Boden schwebten. Die breite schlickbraune Ganga, die vorschriftsmäßig gen Osten floß – vorbei an den häßlichen Schornsteinen der Gerberei und dem marmornen Gebäude des Barsaat Mahal, vorbei an den dichtbevölkerten Basaren, Gassen, Tempeln und Moscheen von Old Brahmpur, an den Badeghats, dem Verbrennungsghat und dem Fort von Brahmpur, vorbei an den geweißten Säulen des Subzipore Clubs und dem weitläufigen Universitätsgelände –, war im Lauf des Sommers schmaler geworden, aber noch immer fuhren auf ihr unzählige Boote und Dampfer, und auf den parallel zu ihr verlegten Gleisen, die Brahmpurs südliche Grenze bildeten, ratterten die Züge.

Lata war aus dem Studentenwohnheim aus- und bei Savita und Pran eingezogen, die aus Simla bis über beide Ohren verliebt ins Flachland zurückgekehrt waren. Malati besuchte Lata oft und mochte mittlerweile den schlaksigen Pran, der einen so ungünstigen ersten Eindruck auf sie gemacht hatte. Auch Lata mochte seine korrekte, herzliche Art und regte sich nicht zu sehr auf, als sie erfuhr, daß Savita schwanger war. Mrs. Rupa Mehra schrieb aus Aruns Wohnung in Kalkutta lange Briefe an ihre Töchter und beschwerte sich wiederholt, daß sie entweder nicht schnell genug oder nicht oft genug beantwortet wurden.

Obwohl sie es aus Angst, ihre Tochter damit wütend zu machen, in keinem Brief erwähnte, hatte Mrs. Rupa Mehra – erfolglos – versucht, in Kalkutta eine geeignete Partie für Lata zu finden. Vielleicht hatte sie sich nicht genug angestrengt; schließlich erholte sie sich immer noch von Savitas aufregender, kräftezehrender Hochzeit. Aber jetzt endlich würde sie für drei Monate nach Brahmpur zurückkehren, in das Haus, das sie bereits als ihr zweites Zuhause bezeichnete: in das Haus ihrer Tochter, nicht in das ihres Vaters. Während der

Zug sich schnaufend Brahmpur näherte, der ihren Plänen günstig gesinnten Stadt, die ihr schon einen Schwiegersohn beschert hatte, schwor sich Mrs. Rupa Mehra, daß sie dort einen weiteren Versuch unternehmen würde. Ein, zwei Tage nach ihrer Ankunft würde sie ihren Vater aufsuchen und ihn um Rat fragen.

1.13

In diesem Fall war es nicht nötig, zu Dr. Kishen Chand Seth zu gehen und sich Rat zu holen. Am Tag nach Mrs. Rupa Mehras Ankunft fuhr er wutentbrannt auf das Universitätsgelände und zu Pran Kapoors Haus.

Es war drei Uhr nachmittags und brütend heiß. Pran war im Institut. Lata hörte eine Vorlesung über die metaphysischen Dichter. Savita war beim Einkaufen. Mansoor, der junge Dienstbote, versuchte, Dr. Kishen Chand Seth zu beruhigen, indem er ihm Tee, Kaffee und frisch gepreßten Limonensaft anbot. All das wurde schroff abgelehnt.

»Ist denn niemand zu Hause? Wo sind sie alle?« fragte Dr. Kishen Chand Seth erbost. Dank seiner kurzen, untersetzten und ziemlich hängebackigen Erscheinung sah er ein bißchen aus wie ein wilder, faltiger tibetanischer Wachhund. (Mrs. Rupa Mehra verdankte ihr gutes Aussehen ihrer Mutter.) Er hatte einen geschnitzten Kaschmiri-Spazierstock dabei, den er mehr benutzte, um seine Worte zu unterstreichen, als sich darauf zu stützen. Mansoor eilte ins Haus.

»Burri Memsahib?« rief er und klopfte an die Tür von Mrs. Rupa Mehras Zimmer.

»Was?...Wer?«

»Burri Memsahib, Ihr Vater ist da.«

»Oh. Oh.« Mrs. Rupa Mehra, die ein Mittagsschläfchen gehalten hatte, erwachte in einen Alptraum. »Sag ihm, daß ich sofort bei ihm sein werde, und biete ihm Tee an.«

»Ja, Memsahib.«

Mansoor betrat den Salon. Dr. Seth starrte auf einen Aschenbecher.

»Nun? Bist du nicht nur nicht ganz dicht, sondern auch noch taub?« fragte Dr. Kishen Chand Seth.

»Sie kommt sofort, Sahib.«

»Wer kommt sofort? Dummkopf!«

»Burri Memsahib, Sahib. Sie hat sich ausgeruht.«

Daß Rupa, seine mißratene Tochter, nicht nur in den Rang einer Memsahib, sondern auch noch in den einer Burri Memsahib erhoben wurde, verwirrte und ärgerte Dr. Seth.

»Möchten Sie Tee, Sahib? Oder Kaffee?« fragte Mansoor.

»Gerade eben hast du mir Nimbu Pani angeboten.«

»Ja, Sahib.«
»Ein Glas Nimbu Pani.«
»Ja, Sahib. Sofort.« Mansoor wandte sich zum Gehen.
»Und ach ...«
»Ja, Sahib?«
»Gibt es in diesem Haus Pfeilwurzkekse?«
»Ich glaube ja, Sahib.«
Mansoor ging in den Garten hinter dem Haus und pflückte ein paar Limonen, die er anschließend in der Küche auspreßte.
Dr. Kishen Chand Seth nahm die einen Tag alte Ausgabe des *Statesman*, die er der neuesten Ausgabe des *Brahmpur Chronicle* vorzog, und setzte sich in einen Sessel, um zu lesen. In diesem Haus waren sie alle nicht ganz dicht.
Mrs. Rupa Mehra kleidete sich hastig in einen schwarz-weißen Baumwollsari, ging ins Wohnzimmer und begann, sich zu entschuldigen.
»Ach, hör auf, hör auf, hör auf mit diesem Unsinn«, sagte Dr. Kishen Chand Seth ungeduldig in Hindi.
»Ja, Baoji.«
»Nachdem ich eine Woche gewartet habe, habe ich beschlossen, zu dir zu kommen. Was für eine Tochter bist du eigentlich?«
»Eine Woche?« fragte Mrs. Rupa Mehra und erbleichte.
»Ja, ja, eine Woche. Du hast richtig gehört, Burri Memsahib.«
Mrs. Rupa Mehra wußte nicht, was schlimmer war, die Wut ihres Vaters oder sein Sarkasmus.
»Aber ich bin erst gestern aus Kalkutta gekommen.«
Ihr Vater schien angesichts dieser offensichtlichen Lüge in die Luft gehen zu wollen, doch da kam Mansoor mit dem Nimbu Pani und einem Teller mit Pfeilwurzkeksen herein. Er bemerkte Dr. Seths Miene und blieb zögernd an der Tür stehen.
»Ja, ja, stell's hin, worauf wartest du noch?«
Mansoor stellte das Tablett auf der gläsernen Platte eines kleinen Tisches ab und wandte sich zum Gehen. Dr. Seth trank einen Schluck und brüllte wütend: »Schurke!«
Mansoor drehte sich, am ganzen Leib zitternd, wieder um. Er war erst sechzehn und für seinen Vater eingesprungen, der für ein paar Tage Urlaub machte. Keiner der Lehrer in der Dorfschule, die er fünf Jahre lang besucht hatte, hatte ihm auf so unberechenbare Weise Angst und Schrecken eingejagt wie Burri Memsahibs verrückter Vater.
»Du Nichtsnutz – willst du mich vergiften?«
»Nein, Sahib.«
»Was hast du mir hier gebracht?«
»Nimbu Pani, Sahib.«
Dr. Seth fixierte Mansoor mit bebenden Backen. Wollte der Junge etwa frech werden?

»Natürlich ist das Nimbu Pani. Glaubst du etwa, ich hätte gedacht, es ist Whisky?«

»Sahib.« Mansoor war verdattert.

»Was hast du hineingetan?«

»Zucker, Sahib.«

»Du Spaßvogel! Ich kriege meinen Nimbu Pani mit Salz, nicht mit Zucker«, brüllte Dr. Kishen Chand Seth. »Zucker ist Gift für mich. Ich habe Diabetes wie deine Burri Memsahib. Wie oft habe ich dir das schon gesagt?«

Mansoor war versucht, »Noch nie« zu antworten, überlegte es sich jedoch anders. Normalerweise trank Dr. Seth Tee, und er brachte Milch und Zucker getrennt dazu.

Dr. Kishen Chand Seth klopfte mit seinem Stock auf den Boden. »Geh jetzt. Warum starrst du mich an wie eine Eule?«

»Ja, Sahib. Ich werde noch ein Glas machen.«

»Laß es. Nein. Ja – mach noch ein Glas.«

»Mit Salz, Sahib.« Mansoor brachte ein Lächeln zustande. Er konnte sehr nett lächeln.

»Was lachst du wie ein Esel?« fragte Dr. Seth. »Selbstverständlich mit Salz.«

»Ja, Sahib.«

»Und, du Dummkopf ...«

»Ja, Sahib?«

»Auch mit Pfeffer.«

»Ja, Sahib.«

Dr. Kishen Chand Seth drehte sich zu seiner Tochter um. Ihr wurde flau unter seinem Blick.

»Was für eine Tochter habe ich eigentlich?« fragte er rein rhetorisch. Mrs. Rupa Mehra wartete auf die Antwort, und sie mußte nicht lange warten. »Undankbar!« Ihr Vater biß in einen Pfeilwurzkeks, um seine Meinung zu unterstreichen. »Weich!« fügte er angewidert hinzu.

Mrs. Rupa Mehra war klug genug, nicht zu widersprechen.

Dr. Kishen Chand Seth fuhr fort: »Seit einer Woche bist du hier und hast mich nicht ein einziges Mal besucht. Bin ich es, den du so haßt, oder ist es deine Stiefmutter?«

Da ihre Stiefmutter Parvati erheblich jünger war als sie, fiel es Mrs. Rupa Mehra schwer, in ihr etwas anderes zu sehen als die frühere Krankenschwester ihres Vaters und seine spätere Geliebte. Obwohl die Angelegenheit durchaus heikel war, brachte Mrs. Rupa Mehra ihr nicht nur Ressentiments entgegen. Nach dem Tod ihrer Mutter war ihr Vater drei Jahrzehnte lang einsam gewesen. Parvati war gut zu ihm und (so vermutete sie) gut für ihn. Wie auch immer, dachte Mrs. Rupa Mehra, so ist der Lauf der Welt. Am besten ist es, wenn man sich mit allen gut versteht.

»Aber ich bin erst gestern angekommen«, sagte sie. Das hatte sie ihm zwar schon vor einer Weile gesagt, aber offensichtlich glaubte er ihr nicht.

»Ach was«, sagte Dr. Seth wegwerfend.
»Mit dem Zug.«
»Du hast in deinem Brief geschrieben, daß du letzte Woche kommen wolltest.«
»Aber ich habe keinen Platz reservieren können, Baoji, und deswegen beschlossen, noch eine Woche in Kalkutta zu bleiben.« Das stimmte, aber das Vergnügen, noch etwas Zeit mit ihrer dreijährigen Enkelin zu verbringen, hatte diesen Entschluß maßgeblich beeinflußt.
»Hast du schon mal was von Telegrammen gehört?«
»Ich wollte dir erst eins schicken, Baoji, aber dann hielt ich es für nicht so wichtig. Und die Kosten ...«
»Seitdem du eine Mehra bist, weichst du ständig aus.«
Das war ein unfreundlicher Seitenhieb, der seine schmerzhafte Wirkung nicht verfehlte. Mrs. Rupa Mehra ließ den Kopf hängen.
»Hier. Iß einen Keks«, sagte ihr Vater versöhnlich.
Mrs. Rupa Mehra schüttelte den Kopf.
»Iß, du Närrin!« schrie er sie voll rauher Zuneigung an. »Oder machst du noch immer diese hirnverbrannten Fastenkuren, die deiner Gesundheit nur schaden?«
»Heute ist Ekadashi.« Mrs. Rupa Mehra fastete im Gedenken an ihren verstorbenen Mann an jedem elften Tag jeder halben Mondphase.
»Und wenn es Ekadashi hoch zehn wäre«, sagte ihr Vater mit einiger Erregung. »Seitdem du unter den Einfluß der Mehras geraten bist, bist du so religiös wie deine vom Unglück verfolgte Mutter. In dieser Familie wurden zu viele unglückselige Ehen geschlossen.«
Die lockere Kombination dieser zwei Sätze, die auf unterschiedliche, jedoch immer schmerzliche Art interpretiert werden konnten, war zuviel für Mrs. Rupa Mehra. Ihre Nase lief rot an. Die Familie ihres Mannes war ebensowenig religiös wie ausweichend. Raghubirs Brüder und Schwestern hatten sie auf eine für eine sechzehnjährige Braut sowohl liebevolle als auch tröstliche Art und Weise ins Herz geschlossen, und acht Jahre nach dem Tod ihres Mannes besuchte sie so viele wie möglich von ihnen im Verlauf ihrer, wie ihre Kinder es nannten, Jährlichen Trans-Indien-Eisenbahn-Wallfahrt. Wenn sie »so religiös wie ihre Mutter« wurde (was nicht der Fall war – zumindest noch nicht), war offensichtlich, wessen Einfluß sich durchsetzte: der ihrer Mutter, die während der Grippeepidemie nach dem Ersten Weltkrieg gestorben war, als Rupa noch ein kleines Kind war. Sie sah ein verblaßtes Bild vor sich: die Sanftmut von Dr. Kishen Chand Seths erster Frau war das absolute Gegenteil seines eigenen freidenkerischen, allopathischen Geistes. Seine Bemerkung über unglückselige Ehen verletzte die Erinnerung an zwei geliebte Seelen und war womöglich auch noch als Beleidigung des asthmatischen Pran gemeint.
»Ach, sei nicht so empfindlich!« sagte Dr. Kishen Chand Seth brutal. Er war der Meinung, daß die meisten Frauen zwei Drittel ihrer Zeit damit verbrachten, zu heulen und zu wimmern. Wozu sollte das gut sein? Als nachträglichen Gedanken fügte er hinzu: »Du solltest Lata möglichst schnell verheiraten.«

Mrs. Rupa Mehra hob ruckartig den Kopf. »Ja? Meinst du?« fragte sie. Ihr Vater schien heute noch mehr Überraschungen parat zu haben als gewöhnlich.
»Ja. Sie muß doch fast zwanzig sein. Höchste Zeit. Parvati hat erst mit über Dreißig geheiratet, und schau, wen sie abbekommen hat. Wir müssen eine gute Partie für Lata finden.«
»Ja, ja, der Ansicht bin ich auch«, sagte Mrs. Rupa Mehra. »Aber ich weiß nicht, was Lata dazu sagen wird.«
Dr. Kishen Chand Seth runzelte angesichts dieses irrelevanten Einwands die Stirn.
»Und wo finde ich eine gute Partie?« fuhr sie fort. »Bei Savita haben wir Glück gehabt.«
»Glück – darum geht es nicht! Ich habe den Kontakt geknüpft. Ist sie schwanger? Mich hält man ja nicht auf dem laufenden«, sagte Dr. Kishen Chand Seth.
»Ja, Baoji.«
Dr. Seth schwieg eine Weile, um dieses »Ja« zu interpretieren. Dann sagte er: »Höchste Zeit. Hoffentlich bekomme ich diesmal einen Urenkel.« Wieder schwieg er. »Wie geht es ihr?«
»Morgens ist ihr immer ein bißchen schlecht«, sagte Mrs. Rupa Mehra.
»Nein, Närrin, ich meine meine Urenkelin, Aruns Kind«, sagte Dr. Kishen Chand Seth ungeduldig.
»Ach, Aparna? Sie ist goldig. Sie hängt sehr an mir«, sagte Mrs. Rupa Mehra glücklich. »Arun und Meenakshi lassen dich herzlich grüßen.«
Dies schien Dr. Seth für den Augenblick zufriedenzustellen, und er kaute bedächtig einen Pfeilwurzkeks. »Weich«, beschwerte er sich. »Weich.«
Mrs. Rupa Mehra wußte, daß für ihren Vater die Dinge so sein mußten. Als Kind hatte man ihr nicht gestattet, Wasser zu den Mahlzeiten zu trinken. Jeder Bissen mußte vierundzwanzigmal gekaut werden, um die Verdauung zu unterstützen. Es war traurig mit anzusehen, daß ein Mann, der so eigenwillig und über die Maßen gern gegessen hatte, nun nur noch gekochte Eier und Kekse zu sich nehmen durfte.
»Mal sehen, was ich für Lata tun kann«, fuhr ihr Vater fort. »Am Prince of Wales arbeitet ein junger Radiologe. Ich hab vergessen, wie er heißt. Hätten wir ein bißchen früher dran gedacht und unsere Phantasie benutzt, hätten wir uns Prans jüngeren Bruder an Land ziehen und eine Doppelhochzeit ausrichten können. Aber jetzt heißt es, daß er mit diesem Mädchen aus Benares verlobt ist. Vielleicht besser so«, fügte er hinzu, weil ihm wieder eingefallen war, daß er mit dem Minister im Streit lag.
»Aber du kannst jetzt noch nicht gehen, Baoji. Sie werden alle gleich zurückkommen«, protestierte Mrs. Rupa Mehra.
»Ich kann nicht? Kann nicht? Wo sind sie, wenn ich sie sehen will?« entgegnete Dr. Kishen Chand Seth. Er schnalzte ungeduldig mit der Zunge. »Vergiß nicht, daß deine Stiefmutter nächste Woche Geburtstag hat«, fügte er auf dem Weg zur Tür hinzu.

Von der Schwelle aus sah Mrs. Rupa Mehra ihrem Vater wehmütig und besorgt nach. Auf halber Strecke zu seinem Wagen blieb er in Prans Vorgarten neben einem Beet mit roten und gelben Cannas stehen, und sie bemerkte, daß er zunehmend aufgeregter wurde. Bürokratenblumen (zu denen er auch Ringelblumen, Bougainvilleen und Petunien zählte) brachten ihn zur Weißglut. Er hatte sie vom Gelände des Prince of Wales Medical College verbannt, solange er dort uneingeschränkte Machtbefugnisse hatte; jetzt feierten sie ein Comeback. Mit einem Hieb seines Kaschmiri-Spazierstocks köpfte er eine gelbe Canna. Unter dem Blick seiner zitternden Tochter stieg er in seinen alten grauen Buick. Dieses noble Gefährt, ein Radscha unter den plebejischen Austins und Morris', die Indiens Straßen bevölkerten, hatte noch immer die zehn Jahre alte Delle von der katastrophalen Spritztour, die Arun (der für die Ferien aus St. George's gekommen war) damit unternommen hatte. Arun war der einzige in der Familie, der seinem Großvater die Stirn bieten konnte und ungeschoren davonkam, ja, deswegen sogar noch mehr geliebt wurde. Als Dr. Kishen Chand Seth losfuhr, sagte er sich, daß der Besuch zufriedenstellend verlaufen sei. Er hatte jetzt etwas, worüber er nachdenken, was er planen konnte.

Mrs. Rupa Mehra brauchte eine Weile, um sich vom nervenzehrenden Besuch ihres Vaters zu erholen. Plötzlich bemerkte sie, wie hungrig sie war, und überlegte, was sie nach Sonnenuntergang zu sich nehmen könnte. Sie durfte das Fasten nicht mit Getreideprodukten brechen, deswegen schickte sie den jungen Mansoor auf den Markt, um Kochbananen zu kaufen, die er anschließend braten sollte. Als er durch die Küche ging, um den Fahrradschlüssel und die Einkaufstasche zu holen, kam er an der Durchreiche vorbei und sah das zurückgewiesene Glas Nimbu Pani: kühl, sauer, einladend.

Er stürzte es in einem Zug hinunter.

1.14

Jeder, der Mrs. Rupa Mehra kannte, wußte, daß sie Rosen und insbesondere Abbildungen von Rosen über alles liebte, und folglich waren auf den Geburtstagskarten, die sie erhielt, meist Rosen in verschiedenen Farben und Größen abgebildet, von unterschiedlicher Fülle und Aufdringlichkeit. An diesem Nachmittag saß sie am Schreibtisch in dem Zimmer, das sie mit Lata teilte, die Lesebrille auf der Nase, und sichtete die alten Karten aus praktischen Erwägungen, obwohl das Projekt, das alte Gefühle neu aufleben ließ, sie aus dem Gleichgewicht zu bringen drohte. Rote Rosen, gelbe Rosen, ab und zu sogar eine blaue Rose, kombiniert mit Schleifen, Kätzchen und einem schuldbewußt dreinblickenden jungen Hündchen. Äpfel, Trauben und Rosen in einem Korb; Schafe auf einer Weide, im Vordergrund Rosen; Rosen in einem angelaufenen Zinnkrug, eine Schale Erdbeeren daneben; lila angehauchte Rosen, versehen mit ungezackten, gar nicht rosenartigen Blättern und runden, nahezu zum Berühren einladenden grünen Dornen: Geburtstagskarten von der Familie, von Freunden und von Leuten, die es gut mit ihr meinten, Karten aus ganz Indien und sogar ein paar aus dem Ausland – alle erinnerten sie an alles, wie ihr ältester Sohn gern bemerkte.

Mrs. Rupa Mehra warf einen flüchtigen Blick auf die alten Neujahrskarten, bevor sie sich wieder den Geburtstagsrosen zuwandte. Aus der Tiefe ihrer großen schwarzen Handtasche zog sie eine kleine Schere und versuchte zu entscheiden, welche Karte sie opfern sollte. Es kam nur höchst selten vor, daß Mrs. Rupa Mehra für irgend jemanden eine Karte kaufte, gleichgültig, wie nahe oder teuer ihr die Person war. Die Gewohnheit, aus Notwendigkeit zu sparen, hatte sich ihr tief eingeprägt, aber acht Jahre des Verzichts auf kleine luxuriöse Annehmlichkeiten konnten sie nicht dazu verleiten, die ihr heilige Gewohnheit, Glück zum Geburtstag zu wünschen, aufzugeben. Sie konnte es sich nicht leisten, Glückwunschkarten zu kaufen, also machte sie sie selbst. Die kreative Herausforderung dieser Aufgabe bereitete ihr sogar Vergnügen. Karton- und Schleifenreste, Streifen bunten Papiers, kleine Silbersterne und aufklebbare goldene Zahlen lagerten als farbenprächtiger Schatz auf dem Grund des größten ihrer drei Koffer und wurden jetzt in Dienst genommen. Die hochgehaltene Schere schnitt zu. Drei silberne Sterne mußten sich von ihren Artgenossen trennen und wurden (mit Hilfe eines ausgeliehenen Klebers – das war das einzige Utensil, das Mrs. Rupa Mehra, aus Angst vor dem Auslaufen, nicht mit sich führte) in drei Ecken auf die Vorderseite eines einmal gefalteten leeren weißen Kartons geklebt. Die vierte Ecke, die nordwestliche, sollte die zwei goldenen Zahlen aufnehmen, die das Alter des Empfängers kundtaten.

Aber jetzt hielt Mrs. Rupa Mehra inne – denn in diesem Fall war das Alter des Empfängers eine durchaus ambivalente Angelegenheit. Ihre Stiefmutter war – wie könnte sie das je vergessen? – volle zehn Jahre jünger als sie, und die anklagende ›35‹ konnte, wenn auch – oder erst recht – in Gold, ja, würde so verstanden werden, als sollte sie einen nicht akzeptablen Altersunterschied, womöglich sogar ein nicht akzeptables Motiv, zum Ausdruck bringen. Die goldenen Zahlen wurden beiseite gelegt, und ein vierter silberner Stern vollendete die harmlose Symmetrie.

Mrs. Rupa Mehra verschob die weitere Gestaltung auf später und sah sich hilfesuchend nach einem gereimten Text um. Auf der Rosen-mit-Zinnkrug-Karte standen folgende Zeilen:

»All das, was Du am lichten Weg des Lebens
an Freundlichkeit verstreut hast,
an Liebenswürdigkeit, mit der Du täglich
die anderen erfreut hast,

> an Herzlichkeit, die alle so erwärmt hat
> in allen diesen Jahren,
> das mögest Du in dieser frohen Stunde
> nun Deinerseits erfahren.«

Das paßte nicht zu Parvati, entschied Mrs. Rupa Mehra. Sie las die mit Äpfeln und Trauben illustrierte Karte.

> »Es ist ein Tag für Kuchen, Kerzen, Küsse,
> Umarmungen und Reigen,
> ein Tag, an dem Dir alle Deine Lieben
> ihre ganze Liebe zeigen.
> ein Tag, um auf dem lichten Weg des Lebens
> beglückt zurückzusehen,
> ein Tag, für den Dir alle wünschen:
> er werde wunderschön!«

Das klang vielversprechend, aber instinktiv spürte Mrs. Rupa Mehra, daß mit der vierten Zeile etwas nicht stimmte. Auch würde sie ›Küsse‹ in ›Glückwünsche‹ umwandeln müssen; Parvati mochte durchaus Küsse und Umarmungen verdienen, aber Mrs. Rupa Mehra war nicht in der Lage, sie ihr zu geben.

Wer hatte ihr diese Karte geschickt? Queenie und Pussy Kapadia, zwei unverheiratete Schwestern in den Vierzigern, die sie seit Jahren nicht mehr gesehen hatte. Unverheiratet! Das Wort klang wie Totengeläut. Mrs. Rupa Mehra unterbrach diesen Gedankengang und wandte sich entschlossen der weiteren Suche zu.

Das Hündchen kläffte einen ungereimten und deshalb unbrauchbaren Text – ein bloßes ›Alles Gute zum Geburtstag und noch viele glückliche Jahre‹ –, aber das Schaf blökte im gleichen Reimrhythmus wie die vorherigen Karten, gab jedoch marginal anders geartetetn Gefühlen Ausdruck:

> »Wie könnte ich mich heute je mit Worten
> aus zweiter Hand begnügen!
> Dir einen schönen Tag zu wünschen
> kann heute nicht genügen.
> Ich wünsche Dir, daß alle Deine Wünsche
> einst in Erfüllung gehen.
> Und für den ganzen lichten Lauf des Lebens
> bleibt dieser Wunsch bestehen.«

Ja! Der lichte Lauf des Lebens, ein Gedanke, der Mrs. Rupa Mehra lieb und teuer war, war hier in einen besonders strahlenden Rahmen eingebettet. Zudem verpflichteten sie die Zeilen zu keinerlei Beteuerung tiefempfundener Zuneigung für die zweite Frau ihres Vaters. Dennoch konnte man dem Gruß nicht vorwerfen, er wäre zu kühl und distanziert. Sie holte ihren schwarz-goldenen Mont-Blanc-Füller hervor, den Raghubir ihr zu Aruns Geburt geschenkt hatte – er ist fünfundzwanzig Jahre alt und funktioniert noch immer tadellos, dachte sie und lächelte wehmütig –, und begann zu schreiben.

Mrs. Rupa Mehras schöne Handschrift war winzig, und das erwies sich in diesem Fall als Problem. Sie hatte im Verhältnis zu ihrer Zuneigung ein zu großes Stück Karton ausgewählt, aber die Silbersterne waren aufgeklebt, und es war zu spät, daran noch etwas zu ändern. Jetzt kam es darauf an, soviel Platz wie möglich mit der Botschaft zu füllen, so daß sie nur noch wenige eigene Worte zur Ergänzung des Verses hinzufügen müßte. Deswegen schrieb sie die ersten sechs Zeilen – mit gerade so viel Abstand dazwischen, daß es nicht zu auffällig war – auf die linke Seite der Karte. Dann folgte eine Ellipse von sieben Punkten, womit der Sache der Anschein von Spannung verliehen wurde, und schließlich krachten die letzten zwei Zeilen mit donnernder Fadheit auf die rechte Seite.

»Dir, liebe Parvati, alles Gute zum Geburtstag, herzlichst, Rupa«, schrieb Mrs. Rupa Mehra mit pflichtbewußter Miene. Dann fügte sie reumütig ›st‹ in ›liebe‹ ein. Es sah jetzt etwas gedrängt aus, aber nur ein sehr aufmerksames Auge würde den Nachtrag erkennen.

Jetzt war der herzzerreißende Teil an der Reihe: Es ging nicht mehr nur darum, einen Vers zu transkribieren, sondern eine alte Karte ein für allemal zu opfern. Welche Rosen müßten verpflanzt werden? Nach einiger Überlegung entschied Mrs. Rupa Mehra, daß sie sich von keiner einzigen trennen konnte. Dann also der Hund? Er blickte betrübt, sogar schuldbewußt drein – außerdem konnte das Hundebild, so reizend es auch war, falsch verstanden werden. Die Schafe vielleicht – ja, die waren ideal. Sie waren flauschig und gefühlsneutral. Es machte ihr nichts aus, sich von ihnen zu trennen. Mrs. Rupa Mehra war Vegetarierin, während ihr Vater – zumindest früher – und Parvati passionierte Fleischesser waren. Die Rosen im Vordergrund der alten Karte wurden für zukünftigen Gebrauch zurückgelegt und die drei geschorenen Schafe vorsichtig auf neue Weiden umgesiedelt.

Bevor sie den Umschlag zuklebte, nahm Mrs. Rupa Mehra einen kleinen Block Briefpapier zur Hand und schrieb ein paar Zeilen an ihren Vater:

Liebster Baoji,
Worte können nicht ausdrücken, wie glücklich ich über deinen gestrigen Besuch war. Pran, Savita und Lata waren sehr enttäuscht. Sie hätten Dich gern gesehen, aber so ist das Leben nun mal. Ziehe bitte Erkundigungen über den Radiologen oder jeden anderen Heiratskandidaten für Lata ein. Ein anständiger Khatri wäre natürlich am besten, aber nach Aruns Heirat bin ich in der Lage, auch andere in Betracht zu ziehen. Hell- oder dunkelhäutig – man darf nicht wählerisch sein. Ich habe mich von der anstrengenden Zugfahrt erholt und verbleibe
Deine Dich stets liebende Tochter
Rupa

Im Haus war es ruhig. Sie bat Mansoor um eine Tasse Tee und beschloß, Arun einen Brief zu schreiben. Sie faltete ein grünes Inlandsbriefformular auseinander, schrieb in ihrer winzigen, klaren Handschrift das Datum darauf und begann:

Mein lieber Arun,
ich hoffe, Du fühlst Dich besser und Deine Rücken- wie auch Deine Zahnschmerzen haben nachgelassen. Ich war sehr traurig und durcheinander, daß wir im Bahnhof von Kalkutta kaum noch Zeit füreinander hatten, weil auf der Strand und der Howrah Bridge so dichter Verkehr war und Meenakshi wollte, daß du früh nach Hause kommst, und Du deswegen vor Abfahrt des Zuges gehen mußtest. Du kannst Dir gar nicht vorstellen, wie sehr ich an Dich denke – viel mehr, als Worte auszudrücken vermögen. Ich hatte geglaubt, daß die Vorbereitungen für die Party zehn Minuten hinausgeschoben werden könnten, aber es sollte nicht sein. Meenakshi weiß schon, was am besten ist. Wie auch immer, letztendlich hatten wir am Bahnhof keine Zeit mehr füreinander, und aus Enttäuschung liefen Tränen über meine Wangen. Mein lieber Varun mußte auch mit zurück, weil er mit Dir im Auto gekommen war, um mich zu verabschieden. So ist das Leben nun mal, man bekommt nicht oft, was man sich wünscht. Jetzt bete ich darum, daß Du bald wieder ganz gesund bist und bei guter Gesundheit bleibst, wohin immer Dich der Weg des Lebens führen mag, und daß Dir Dein Rücken keinen Kummer mehr bereitet, damit Du wieder Dein geliebtes Golf spielen kannst. Wenn es Gottes Wille ist, werden wir uns bald wiedersehen. Ich liebe Dich sehr und wünsche Dir Glück und Erfolg, was Du beides wohlverdienst. Dein Daddy wäre stolz auf Dich, wenn er Dich bei Bentsen & Pryce und mit Deiner Frau und Deinem Kind sehen könnte. Bitte grüß und küß meinen Liebling Aparna von mir.

Die Reise verlief ohne Zwischenfälle und wie geplant, aber ich muß gestehen, daß ich in Burdwan nicht widerstehen konnte und Mihidanas gegessen habe. Wärst Du dabeigewesen, hättest Du mich geschimpft, aber ich konnte meiner Vorliebe für Süßes einfach nicht widerstehen. Die Damen in meinem Damen-Abteil waren alle sehr nett, und wir haben Rommé und Mau-Mau gespielt und miteinander geplaudert. Eine der Damen kannte Miss Pal, die wir in Darjeeling besucht haben, die, die mit dem Offizier verlobt war, der im Krieg gestorben ist. Ich hatte das Kartenspiel in der Tasche, das mir Varun zu meinem letzten Geburtstag geschenkt hat, und es half, uns die Zeit zu vertreiben. Auf jeder Reise muß ich an die Zugfahrten mit Deinem Daddy denken. Bitte grüß Deinen Bruder von mir und sag ihm, daß er in der Tradition seines Vaters fleißig lernen soll.

Savita sieht sehr gut aus, und Pran ist ein erstklassiger Ehemann, abgesehen von seinem Asthma, und sehr fürsorglich. Ich glaube, er hat Schwierigkeiten in seinem Institut, aber er will nicht darüber reden. Gestern kam Dein Großvater zu Besuch, und er hätte ihm fachmännischen Rat geben können, aber leider war nur ich zu Hause. Da fällt mir ein, Deine Stiefgroßmutter hat nächste Woche

Geburtstag, und vielleicht solltest Du ihr eine Karte schreiben. Besser zu spät als überhaupt nicht.

Einer meiner Füße schmerzt, aber damit habe ich gerechnet. In zwei, drei Monaten fängt der Monsun an, und dann werden meine Gelenke verrückt spielen. Leider kann sich Pran mit seinem Dozentengehalt kein Auto leisten, und deswegen ist die Transportlage nicht gut. Ich nehme den Bus oder eine Tonga, um hierhin und dorthin zu gelangen, und manchmal gehe ich zu Fuß. Wie Du weißt, ist der Ganges nicht weit vom Haus entfernt, und Lata geht oft und anscheinend gern spazieren. Es ist sicher bis zum Dhobi-Ghat in der Nähe der Universität, obwohl sich dort Affen herumtreiben.

Hat Meenakshi Daddys goldene Medaillen schon fassen lassen? Mir gefällt die Idee, aus der einen einen Anhänger zu machen und aus der anderen den Deckel für einen kleinen Kardamombehälter. So kann man immer beide Seiten lesen.

Mein lieber Arun, sei mir nicht böse, aber ich habe in letzter Zeit viel über Lata nachgedacht, und ich meine, Du solltest ihr Selbstvertrauen einflößen, denn das fehlt ihr trotz ihrer hervorragenden Studienerfolge. Sie hat Angst vor Deinen Bemerkungen, manchmal habe sogar ich Angst davor. Ich weiß, daß Du es nicht so meinst, aber sie ist ein empfindliches Mädchen, und jetzt, wo sie im heiratsfähigen Alter ist, ist sie überempfindlich. Ich werde Mr. Gaurs Tochter Kalpana in Delhi schreiben – sie kennt Gott und die Welt und wird uns vielleicht helfen, eine gute Partie für Lata zu finden. Ich finde auch, daß es Zeit ist, daß Du uns dabei hilfst. Ich habe gesehen, wieviel du gearbeitet hast, und deswegen habe ich es in Kalkutta nur ganz selten erwähnt, obwohl ich ständig daran gedacht habe. Ein weiterer Bund mit einem Mann aus guter Familie, der für eine britische Firma arbeitet – er muß nicht unbedingt ein Khatri sein –, und ein Traum würde in Erfüllung gehen. Jetzt, wo das Studienjahr fast vorbei ist, hat Lata mehr Zeit. Ich mag viele Fehler haben, aber ich denke doch, daß ich eine Mutter bin, die ihre Kinder liebt und sich danach sehnt, sie alle gut versorgt zu sehen.

Bald ist wieder April, und ich fürchte, daß ich wieder sehr deprimiert und einsam sein werde, weil ich in diesem Monat immer an die Krankheit und den Tod Deines Vaters denken muß, als ob es erst gestern gewesen wäre, wo doch schon acht Jahre vergangen sind und in der Zwischenzeit so viel passiert ist. Ich weiß, daß es Tausende gibt, die mehr leiden mußten und müssen als ich, aber jedem Menschen erscheint das eigene Leiden am größten, und ich bin noch immer ein Mensch und nicht erhaben über so gewöhnliche Gefühle wie Kummer und Enttäuschung. Ich versuche mein Bestes, glaub mir, darüber erhaben zu sein, und so Gott will, wird es mir auch gelingen.

An dieser Stelle endete das Briefformular, und Mrs. Rupa Mehra begann, den freien Platz oben auf dem Papier – quer – auszufüllen.

Wie auch immer, Platz ist knapp, mein lieber Arun, und deswegen werde ich den Brief jetzt beenden. Mach Dir um mich keine Sorgen, meine Blutzuckerwerte sind bestimmt in Ordnung, Pran hat mich dazu gebracht, mich morgen vormittag im Universitätskrankenhaus untersuchen zu lassen, und ich habe streng auf meine Diät geachtet, abgesehen von einem Glas mit sehr süßem Nimbu Pani, als ich müde und erschöpft hier ankam.

Hier fuhr sie fort, indem sie auf die nichtklebende Lasche schrieb:

Ich werde jetzt Kalpana schreiben und anschließend mit Varuns Karten eine Patience legen. Viele, viele liebe Grüße an Varun und tausend Küsse für meinen kleinen Liebling Aparna und natürlich auch für Meenakshi.
Deine Dich immer liebende
Ma

Aus Angst, daß die Tinte nicht mehr für den nächsten Brief reichen würde, öffnete Mrs. Rupa Mehra ihre Handtasche und holte ein bereits angebrochenes Fäßchen mit Tinte – Parker's Quink Auswaschbares Königsblau – heraus, das sie mit Hilfe mehrerer Lagen Stoffreste und Zellophan von den anderen Dingen in ihrer Tasche getrennt hielt. Ein Fläschchen Klebstoff, das sie früher stets bei sich getragen hatte, war durch den Schlitz in der Gummikappe mit katastrophalen Folgen ausgelaufen, und seitdem war Klebstoff aus ihrer Handtasche verbannt, aber Tinte hatte bislang nur kleinere Probleme verursacht.

Mrs. Rupa Mehra nahm ein weiteres Inlandsbriefformular zur Hand, kam dann jedoch zu dem Schluß, daß das in diesem Fall Sparsamkeit am falschen Ort wäre, und begann auf einem selten benutzten Block cremefarbenen Kambrikpapiers zu schreiben:

    Liebste Kalpana,

Du warst immer wie eine Tochter für mich, und deswegen will ich offen mit Dir reden. Du weißt, wie besorgt ich wegen Lata während des letzten Jahres war. Wie Du weißt, mache ich, seitdem Dein Onkel Raghubir gestorben ist, schwere Zeiten durch, und Dein Vater – der zeit seines Lebens Deinem Onkel so nahe stand – war nach seinem betrüblichen Dahinscheiden überaus gut zu mir. Immer wenn ich nach Delhi komme, was in letzter Zeit leider selten der Fall war, fühle ich mich bei Dir so wohl, trotz der Schakale, die die ganze Nacht über hinter dem Haus bellen, und seit Deine liebe Mutter gestorben ist, fühle ich mich wie Deine Mutter.

Jetzt ist es an der Zeit, Lata unter die Haube zu bringen, und ich muß mich überall nach einem geeigneten jungen Mann umsehen. Arun sollte sich in dieser Angelegenheit eigentlich auch verantwortlich fühlen, aber Du weißt ja, wie es ist, er ist ständig mit seiner Arbeit und seiner Familie beschäftigt. Varun ist zu jung, um helfen zu können, und außerdem zu unstet. Du, meine liebe Kalpana, bist ein paar Jahre älter als Lata, und ich hoffe, daß Du mir unter Deinen alten Freunden aus dem College oder in Delhi ein paar in Frage kommende Namen nennen kannst. Vielleicht können Lata und ich während des Divali-Festes im Oktober – oder im Dezember während der Weihnachts- und Neujahrsfeiertage – nach Delhi kommen und uns umsehen? Ich erwähne das nur, um es zu erwähnen. Bitte schreibe doch, was meinst Du?

Wie geht es Deinem lieben Vater? Ich schreibe aus Brahmpur, wo ich bei Savita und Pran wohne. Allen geht es gut, aber die Hitze ist schon sehr drückend, und ich denke nur mit Schrecken an April, Mai, Juni. Schade, daß Du nicht zu ihrer Hochzeit hast kommen können, aber das mit Pimmys Blinddarmoperation kann ich verstehen. Ich habe mir große Sorgen gemacht, als ich erfuhr, daß es ihr nicht gutgeht. Ich hoffe, jetzt ist alles wieder in Ordnung. Ich bin bei guter Gesundheit, und mein Blutzuckerspiegel ist normal. Ich habe Deinen Rat zu Herzen genommen und mir eine neue Brille anpassen lassen, und jetzt kann ich ohne Mühe lesen und schreiben.

Bitte schreibe baldmöglichst an diese Adresse. Ich werde den ganzen März und April über hier sein, vielleicht sogar noch im Mai, bis Lata ihre diesjährigen Noten erfährt.

In Liebe Deine
Ma (Mrs. Rupa Mehra)

P. S. Lata äußert manchmal die Ansicht, daß sie überhaupt nicht heiraten will. Ich hoffe, daß Du ihr diese Flausen austreiben kannst. Ich weiß, wie Du über früh geschlossene Ehen denkst, nach dem, was während der Zeit Deiner Verlobung passiert ist. Aber andererseits denke ich, daß es besser ist, zu lieben und zu verlieren etc. Nicht, daß Liebe immer eine ungetrübte Freude ist.

P. P. S. Es wäre besser, wenn wir an Divali kommen könnten statt an Neujahr, weil es besser zu meinen jährlichen Reiseplänen passen würde, aber wann immer es Dir recht ist, ist es auch uns recht.

Nochmals liebe Grüße
Ma

Mrs. Rupa Mehra warf noch einen Blick auf den Brief (und ihre Unterschrift – sie bestand darauf, daß alle jungen Leute sie Ma nannten), faltete ihn ordentlich zweimal und steckte ihn in ein dazu passendes Kuvert. Sie kramte in ihrer Handtasche nach einer Briefmarke, klebte sie auf den Umschlag und schrieb (aus dem Gedächtnis) Kalpanas Adresse vorn und Prans Adresse hinten drauf. Dann schloß sie die Augen und saß ein paar Minuten lang völlig reglos da. Es war ein warmer Nachmittag. Nach einer Weile holte sie das Kartenspiel aus ihrer Handtasche. Als Mansoor eintrat, um den Tee abzuräumen und die Haushaltsbücher mit ihr durchzugehen, fand er sie über einer Patience eingedöst.

1.15

Das Imperial Book Depot war eine der besten Buchhandlungen der Stadt und in der Nabiganj gelegen, jener schicken Straße, die das letzte Bollwerk der Modernität vor dem Gassenlabyrinth der alten engen Viertel von Old Brahmpur war. Obwohl sie ein paar Meilen vom Universitätsgelände entfernt war, suchten sie mehr Studenten und Dozenten auf als den University and Allied Bookshop, der vom Campus aus in wenigen Minuten erreichbar war. Das Imperial Book Depot wurde von zwei Brüdern, Yashwant und Balwant, geführt, die beide kaum Englisch sprachen, aber (trotz ihrer frohgemuten Rundlichkeit) so tatkräftig und geschäftstüchig waren, daß das offensichtlich keine Rolle spielte. Sie hatten das am besten sortierte Lager der ganzen Stadt und waren ungemein hilfsbereit. War ein Buch im Laden nicht vorhanden, dann baten sie den Kunden, den Titel selbst auf den entsprechenden Bestellschein zu schreiben.

Zweimal in der Woche kam ein mittelloser Student und sortierte die Neuzugänge korrekt in die Regale ein. Und da die Besitzer stolz auf ihren allgemeinen und akademischen Buchbestand waren, schnappten sie sich schamlos die Universitätsdozenten, die zum Schmökern kamen, und setzten sie mit einer Tasse Tee und Verlagskatalogen in eine Ecke, damit sie die Titel anstrichen, die die Buchhandlung ihrer Meinung nach vorrätig haben sollte. Und die Dozenten kamen dieser Aufforderung bereitwillig nach, weil sie so sicherstellen konnten, daß die Bücher, die sie für ihre Kurse brauchten, für ihre Studenten verfügbar waren. Viele von ihnen mochten den University and Allied Bookshop wegen seines unausrottbar lethargischen, desinteressierten und überheblichen Stils nicht.

Nach dem Unterricht gingen Lata und Malati, beide lässig in einen Salwaar-Kameez gekleidet, in die Nabiganj, um zu bummeln und im Café Blue Danube eine Tasse Kaffee zu trinken. Diesen Ausflug, unter Universitätsstudenten als ›Ganjing‹ bekannt, konnten sie sich ungefähr einmal in der Woche leisten. Als sie am Imperial Book Depot vorbeikamen, fühlten sie sich magnetisch hineingezogen und steuerten geradewegs auf ihre jeweiligen Lieblingsregale zu, Malati zu den Romanen, Lata zu den Gedichten. Unterwegs blieb Lata in der naturwissenschaftlichen Abteilung stehen, nicht weil sie viel von Naturwissenschaften verstand, sondern weil sie im Gegenteil nichts davon verstand. Jedesmal, wenn sie ein naturwissenschaftliches Buch aufschlug und ganze Absätze unverständlicher Wörter und Symbole vor sich sah, verspürte sie ein großes Erstaunen angesichts riesiger Wissensgebiete, die ihren Horizont überstiegen – die Summe so vieler ehrenwerter und zweckgerichteter Versuche, der Welt einen objektiv nachvollziehbaren Sinn zuzuschreiben. Sie genoß dieses Gefühl; es paßte zu ihren ernsten Stimmungen. Und an diesem Nachmittag war sie ernst gestimmt. Sie griff wahllos ein Buch heraus und las einen beliebigen Absatz:

Aus De Moivres Formel folgt, daß $z^n = r^n (\cos n + i \sin n)$. Wenn die komplexe Zahl z einen Kreis um den Ursprung mit Radius r beschreibt, dann beschreibt z^n n-mal einen Kreis mit Radius r^n, während z seinen Kreis einmal beschreibt. Wir erinnern uns, daß r, der Betrag von z, geschrieben |z|, den Abstand von z zum Ursprung angibt und daß für ein $z' = x'+iy'$ gilt: der Abstand zwischen z und z' ist |z-z'|. Nach diesen Vorbemerkungen können wir mit dem Beweis des Satzes fortfahren.

Was genau ihr an diesen Sätzen gefiel, wußte sie nicht, aber sie vermittelten Gewichtigkeit, Trost, Unvermeidlichkeit. Ihre Gedanken wanderten zu Varun und seinem Mathematikstudium. Sie hoffte, daß die wenigen Worte, die sie am Tag nach der Hochzeit mit ihm gesprochen hatte, ihm gutgetan hätten. Sie hätte ihm öfter schreiben sollen, um ihm den Rücken zu stärken, aber da die Prüfungen vor der Tür standen, war ihre Zeit knapp bemessen. Nur auf Drängen Malatis – die noch weniger Zeit hatte als sie – war sie ›Ganjing‹ gegangen.

Mit ernster Miene las sie den Absatz noch einmal. »Wir erinnern uns« und »Nach diesen Vorbemerkungen« zogen sie in einen Pakt mit dem Autor dieser Wahrheiten und Geheimnisse. Die Worte waren abgesichert, und deshalb gaben sie ihr Sicherheit: die Dinge waren, was sie waren, sogar in dieser unsicheren Welt, und damit konnte sie fortfahren.

Sie lächelte, hatte ihre Umgebung vergessen. Das Buch noch in der Hand, sah sie auf. Und so schloß sie einen jungen Mann, der nicht weit von ihr stand, unbeabsichtigt in ihr Lächeln mit ein. Er war angenehm überrascht und erwiderte ihr Lächeln. Lata runzelte die Stirn und blickte wieder in das Buch. Aber sie konnte sich nicht mehr konzentrieren, und nach ein paar Augenblicken stellte sie es zurück ins Regal und ging weiter zu den Gedichten.

Lata liebte Liebesgedichte, was auch immer sie von der Liebe selbst hielt. »Maud« war eins ihrer Lieblingsgedichte. Sie begann, in einem Band von Tennyson zu blättern.

Der große junge Mann, der (wie Lata bemerkte) leicht gewelltes schwarzes Haar und hübsche, etwas adlerartige Gesichtszüge hatte, schien sich für Gedichte ebenso zu interessieren wie für Mathematik, denn ein paar Minuten später wandte er (von Lata ebenfalls nicht unbemerkt) seine Aufmerksamkeit den Regalen mit Gedichten zu und nahm eine Anthologie zur Hand. Lata spürte, daß er sie ab und zu ansah. Das ärgerte sie, und sie blickte nicht auf. Als sie es unwillkürlich doch tat, war er ganz unschuldig in seine Lektüre vertieft. Sie warf einen Blick auf den Einband seines Buches. Es war ein Penguin-Taschenbuch: *Zeitgenössische Dichtung*. Jetzt sah er auf und drehte den Spieß um. Bevor sie sich wieder abwenden konnte, sagte er: »Es ist ungewöhnlich, daß jemand sich für beides interessiert, für Dichtung und Mathematik.«

»Tatsächlich?« erwiderte Lata streng.

»Courant und Robbins – ein hervorragendes Buch.«

»Ach?« sagte Lata. Und als ihr klar wurde, daß er das Mathematikbuch meinte, das sie zufällig aus dem Regal gezogen hatte, fügte sie hinzu: »Ja?« und glaubte, damit sei das Gespräch beendet.

Aber der junge Mann wollte es fortsetzen. »Das sagt jedenfalls mein Vater. Als breitgefächerte Einführung in die verschiedenen – hm – Facetten des Fachs. Er unterrichtet Mathe an der Universität.«

Lata schaute sich um, um festzustellen, ob Malati ihnen zuhörte. Aber Malati schmökerte versunken im vorderen Teil des Ladens. Und auch sonst belauschte sie niemand; um diese Jahres- und Tageszeit war die Buchhandlung meist ziemlich leer.

»Eigentlich interessiere ich mich nicht für Mathematik«, sagte Lata bestimmt.

Der junge Mann sah etwas niedergeschlagen aus, bevor er sich anstrengte und ihr freundlich gestand: »Weißt du, ich auch nicht. Ich studiere Geschichte.«

Lata war erstaunt angesichts seiner Entschlossenheit und sagte, wobei sie ihn direkt ansah: »Ich muß jetzt gehen. Meine Freundin wartet auf mich.« Noch als sie es aussprach, bemerkte sie, wie sensibel, sogar verletzlich dieser junge Mann mit dem gewellten Haar wirkte. Dies schien im Widerspruch zu stehen zu seiner kühnen Entschlossenheit, ein unbekanntes, ihm nicht vorgestelltes Mädchen in einer Buchhandlung anzusprechen.

»Tut mir leid, vermutlich habe ich dich aufgehalten?« entschuldigte er sich, als hätte er ihre Gedanken gelesen.

»Nein«, sagte Lata. Sie wollte gerade in den vorderen Teil des Ladens gehen, als er schnell und mit einem nervösen Lächeln hinzufügte: »Darf ich dich in diesem Fall nach deinem Namen fragen?«

»Lata«, antwortete Lata kurz angebunden, obwohl sie die Logik von »in diesem Fall« nicht verstand.

»Willst du mich nicht nach meinem fragen?« fragte der junge Mann, und sein Lächeln wurde liebenswürdig breit.

»Nein«, sagte Lata freundlich und ging zu Malati, die zwei Taschenbücher in der Hand hielt.

»Wer ist er?« flüsterte Malati verschwörerisch.

»Irgend jemand«, sagte Lata und schaute etwas ängstlich zurück. »Ich weiß es nicht. Er ist mir nachgegangen und hat mich einfach angesprochen. Beeil dich. Laß uns gehen. Ich habe Hunger. Und Durst. Außerdem ist es so heiß hier.«

Der Mann am Ladentisch sah Lata und Malati mit der tatkräftigen Freundlichkeit entgegen, die er für alle Stammkunden parat hatte. Der kleine Finger seiner linken Hand suchte in den Windungen eines Ohrs nach Schmalz. Er schüttelte tadelnd und wohlwollend zugleich den Kopf und sagte in Hindi zu Malati: »Die Prüfungen stehen vor der Tür, Malatiji, und Sie kaufen immer noch Romane? Zwölf Annas und eine Rupie vier Annas machen genau zwei Rupien. Ich sollte das nicht zulassen. Ihr seid wie Töchter für mich.«

»Balwantji, Sie machen Pleite, wenn wir Ihre Romane nicht lesen. Wir opfern unsere Prüfungsnoten auf dem Altar Ihres Wohlstands«, sagte Malati.

»Ich nicht«, sagte Lata. Der junge Mann mußte hinter einem Bücherregal verschwunden sein, denn er war nirgendwo mehr zu sehen.

»Braves Mädchen, braves Mädchen«, sagte Balwant und meinte möglicherweise beide damit.

»Eigentlich wollten wir nur Kaffee trinken und gar nicht in Ihren Laden kommen«, sagte Malati. »Deswegen habe ich kein ...« Sie vollendete den Satz nicht, sondern strahlte Balwant gewinnend an.

»Nein, nein, nicht notwendig – Sie können ein andermal bezahlen«, sagte Balwant. Er und sein Bruder räumten vielen Studenten Kredit ein. Auf die Frage, ob das dem Geschäft nicht abträglich sei, antworteten sie für gewöhnlich, daß sie noch nie Geld verloren hätten, wenn sie jemandem vertrauten, der Bücher kaufte. Und sie kamen nicht schlecht dabei weg. Sie erinnerten Lata an Priester eines gut ausgestatteten Tempels. Die Ehrfurcht, mit der die Brüder Bücher behandelten, verstärkte diesen Eindruck.

»Da du plötzlich am Verhungern bist, gehen wir jetzt geradewegs ins Blue Danube«, sagte Malati entschlossen, kaum standen sie auf der Straße. »Und dort wirst du mir haargenau erzählen, was zwischen diesem Cad und dir vorgefallen ist.«

»Nichts«, sagte Lata.

»Ha!« erwiderte Malati mit freundschaftlichem Spott. »Worüber habt ihr geredet?«

»Nichts«, sagte Lata. »Im Ernst, Malati, er ist zu mir gekommen und hat angefangen, Unsinn zu reden, und ich habe ihm nicht geantwortet. Oder nur ganz einsilbig. Mach nicht aus jeder Mücke einen Elefanten.«

Sie schlenderten die Nabiganj entlang.

»Ziemlich groß«, sagte Malati nach ein paar Minuten.

Lata schwieg.

»Nicht gerade dunkel«, sagte Malati.

Lata hielt auch das einer Antwort nicht für wert. Soweit sie wußte, bezog sich ›dunkel‹ in Romanen auf die Haar-, nicht auf die Hautfarbe.

»Aber ausgesprochen gut aussehend«, insistierte Malati.

Lata zog eine Grimasse, aber zu ihrer eigenen Überraschung gefiel ihr die Beschreibung.

»Wie heißt er?« fuhr Malati fort.

»Ich weiß nicht«, sagte Lata und betrachtete sich selbst im Schaufenster eines Schuhgeschäfts.

Latas Unbeholfenheit erstaunte Malati. »Du hast eine Viertelstunde mit ihm geredet und weißt nicht, wie er heißt?«

»Wir haben keine Viertelstunde miteinander geredet«, sagte Lata. »Und ich habe so gut wie überhaupt nichts gesagt. Wenn du so wild auf ihn bist, dann geh doch zurück in die Buchhandlung und frag ihn. Wie dir macht es ihm gar nichts aus, Fremde anzusprechen.«

»Du magst ihn also nicht?«

Lata schwieg. Dann sagte sie: »Nein, ich mag ihn nicht. Warum sollte ich ihn mögen.«

»Es ist nicht so leicht für Männer, mit uns zu sprechen«, sagte Malati. »Wir sollten nicht so hart mit ihnen ins Gericht gehen.«

»Malati verteidigt das schwache Geschlecht!« sagte Lata. »Ich hätte nie gedacht, daß ich das noch erleben würde.«

»Wechsle nicht das Thema. Er sah nicht aus wie ein unverschämter Typ. Ich kenne mich da aus. Du kannst meiner langjährigen Erfahrung ruhig vertrauen.«

Lata wurde rot. »Es schien ihm ziemlich leicht zu fallen, mich anzusprechen«, sagte sie. »Als ob ich die Sorte Mädchen wäre, die ...«

»Die was?«

»Die leicht anzusprechen ist«, beendete Lata unsicher den Satz. Ihr ging durch den Sinn, wie sehr ihre Mutter ihr Verhalten mißbilligt hätte, und sie versuchte, diesen Gedanken zu verscheuchen.

»Also«, sagte Malati, die ruhiger als gewöhnlich war, als sie das Blue Danube betraten, »er sieht wirklich hübsch aus.«

Sie setzten sich.

»Hübsches Haar«, fuhr Malati fort, während sie die Speisekarte studierte.

»Laß uns bestellen«, sagte Lata. Malati schien sich in das Wort ›hübsch‹ verliebt zu haben.

Sie bestellten Kaffee und Kuchen.

»Hübsche Augen«, sagte Malati fünf Minuten später und lachte über Latas gespielte Teilnahmslosigkeit.

Lata erinnerte sich an die Nervosität des jungen Mannes, als sie ihm direkt ins Gesicht gesehen hatte.

»Ja«, stimmte sie zu. »Und weiter? Ich habe auch hübsche Augen, und ein Paar sollte doch genügen, oder?«

1.16

Während seine Schwiegermutter eine Patience legte und seine Schwägerin Malatis Suggestivfragen abwehrte, kämpfte Dr. Pran Kapoor, dieser erstklassige Ehemann und Schwiegersohn, mit den Problemen des Instituts, mit denen er seine Familie nicht behelligen wollte.

Pran empfand, obwohl er im großen und ganzen ein gelassener und freundlicher Mensch war, für den Direktor des Anglistikinstituts, Professor Mishra, einen Abscheu, der ihn beinahe krank machte. Professor O. P. Mishra war ein massiger, bleicher, schmieriger Klotz, bis ins Innerste seines Wesens berechnend und manipulativ. Die vier Mitglieder des Studienplankomitees saßen an diesem

Nachmittag um den ovalen Tisch im Dozentenzimmer des Anglistikinstituts. Es war ein ungewöhnlich heißer Tag. Das einzige Fenster (mit Blick auf einen staubigen Goldregen) stand offen, aber es herrschte absolute Windstille. Allen war unbehaglich zumute, und auf Professor Mishras Stirn sammelten sich dicke Schweißtropfen, die seine dünnen Augenbrauen benetzten und die fleischigen Flanken seiner Nase hinunterkullerten. Er machte einen Schmollmund und sagte mit seiner leutseligen Fistelstimme: »Dr. Kapoor, Sie haben Ihren Standpunkt klargemacht, aber ich glaube, Sie müssen noch etwas Überzeugungsarbeit leisten.«

Pran Kapoors Standpunkt war, daß die Lektüre von James Joyce für den Abschluß in Moderner Englischer Literatur Pflicht sein sollte. Seit zwei Semestern – seitdem er Mitglied des Studienplankomitees geworden war – drängte er darauf, und jetzt hatte sich das Komitee endlich bereit erklärt, darüber zu beraten.

Warum, fragte sich Pran, konnte er Professor Mishra auf den Tod nicht ausstehen? Obwohl Pran seine Dozentenstelle fünf Jahre zuvor unter der Direktorenschaft seines Vorgängers erhalten hatte, mußte Professor Mishra, eines der dienstältesten Mitglieder des Instituts, ein Wort dabei mitgeredet haben. Als er im Institut angefangen hatte, war Professor Mishra über seinen Schatten gesprungen und hatte ihn freundlich behandelt, hatte ihn sogar nach Hause zum Tee eingeladen. Mrs. Mishra war eine kleine, geschäftige, sorgengeplagte Frau, und Pran hatte sie gemocht. Aber trotz Professor Mishras schulterklopfender Onkelhaftigkeit, trotz seines Falstaffschen Umfangs und Charmes war Pran etwas Bedenkliches aufgefallen: Seine Frau und seine zwei Söhne hatten Angst vor ihm, so schien es zumindest.

Pran hatte nie verstanden, warum manche Menschen die Macht liebten, aber er nahm es als gegeben hin. Sein eigener Vater zum Beispiel strebte auch nach Macht: Sein Vergnügen an ihrer Ausübung war weit größer als das Vergnügen an der Fähigkeit, die eigenen ideologischen Prinzipien klar zu erkennen. Mahesh Kapoor genoß es, Finanzminister zu sein, und wahrscheinlich wäre er überglücklich gewesen, wenn er Chefminister von Purva Pradesh oder Minister im Kabinett von Premier Nehru in Delhi geworden wäre. Die Kopfschmerzen, die Überarbeitung, die Verantwortung, die mangelnde Kontrolle über die eigene Zeit, das Fehlen jeglicher Gelegenheit, von einem stillen Ort aus über die Welt nachzudenken: all das machte ihm kaum etwas aus. Vielleicht war es so, daß Mahesh Kapoor lange genug von einem stillen Ort aus über die Welt reflektiert hatte, nämlich in einer Gefängniszelle in Britisch-Indien, und jetzt brauchte, was er sich erworben hatte: eine überaus aktive Rolle im öffentlichen Leben. Es war fast so, als hätten Vater und Sohn das zweite und dritte Stadium im hinduistischen Lebensschema untereinander ausgetauscht: Der Vater lebte ganz in der Welt, während sich der Sohn nach einem Leben philosophischer Losgelöstheit von irdischen Dingen sehnte.

Pran jedoch war, ob es ihm nun gefiel oder nicht, was die heiligen Texte einen Haushaltsvorstand nennen. Er genoß Savitas Gesellschaft, sonnte sich in ihrer

Liebe, Fürsorge und Schönheit und freute sich auf die Geburt ihres Kindes. Er war entschlossen, in finanzieller Hinsicht nicht von seinem Vater abhängig zu werden, obwohl das Gehalt eines Institutsdozenten – zweihundert Rupien im Monat – kaum zum Leben ausreichte – und zum Sterben zuviel war, wie er in zynischen Momenten zu sagen pflegte. Aber er hatte sich für eine Professorenstelle beworben, die vor kurzem im Institut frei geworden war; damit war ein weniger erbärmliches Gehalt verbunden, und er würde auf der akademischen Karriereleiter eine Sprosse höher klettern. Pran machte sich nichts aus Titeln und dem damit einhergehenden Prestige, aber er wußte, daß Professorenplanstellen den eigenen Plänen förderlich waren. Er wollte ein paar Dinge erledigt sehen, und die Stelle würde ihm dabei helfen. Zudem war er davon überzeugt, daß er sie verdiente, aber er hatte auch erfahren müssen, daß Verdienst nur eines unter mehreren Kriterien war.

Die regelmäßig wiederkehrenden Asthmaanfälle, unter denen er seit seiner Kindheit litt, hatten ihn gelassen gemacht. Wenn er sich aufregte, bekam er sofort schmerzhafte Atembeschwerden, die ihn völlig außer Gefecht setzten, und deswegen hatte er es sich abgewöhnt, sich aufzuregen. Das klang ganz einfach und logisch, aber es war ein mühevoller Weg gewesen. Er hatte das Wesen der Geduld studiert, und langsam und mit viel Ausdauer hatte er gelernt, geduldig zu sein. Aber Professor O. P. Mishra ging ihm auf eine Art und Weise auf die Nerven, die er nicht vorhergesehen hatte.

»Professor Mishra«, sagte Pran, »ich freue mich, daß das Komitee beschlossen hat, über meinen Vorschlag zu beraten, und ich schätze mich glücklich, daß er als Punkt zwei auf der heutigen Tagesordnung steht und daß endlich darüber diskutiert wird. Mein wichtigstes Argument ist ganz simpel. Sie haben meine Notiz diesbezüglich gelesen«, er nickte Dr. Gupta und Dr. Narayanan auf der anderen Seite des Tisches zu, »und Sie werden, dessen bin ich sicher, nichts Radikales an meinem Vorschlag finden.« Er sah hinunter auf die blaßblaue Schrift der Matrizenabzüge vor ihm. »Wie Sie sehen, gibt es einundzwanzig Schriftsteller, deren Werke wir für so wesentlich erachten, daß unsere Examenskandidaten sie lesen müssen, um ein angemessenes Verständnis der modernen englischen Literatur zu erwerben. Aber Joyce ist nicht dabei. Und ich möchte hinzufügen, auch kein Lawrence. Diese beiden Schriftsteller ...«

»Wäre es nicht besser«, unterbrach ihn Professor Mishra, der sich eine Wimper aus dem Augenwinkel rieb, »wäre es nicht besser, wenn wir uns im Augenblick auf Joyce konzentrieren würden? Über Lawrence können wir auf unserer nächsten Sitzung im nächsten Monat reden – bevor wir uns für die Sommerferien vertagen.«

»Die beiden Punkte hängen eng miteinander zusammen«, sagte Pran und sah sich am Tisch nach Unterstützung um.

Dr. Narayanan wollte gerade etwas sagen, als Professor Mishra erklärte: »Aber nicht auf unserer heutigen Tagesordnung, Dr. Kapoor, nicht auf unserer heutigen Tagesordnung.« Er lächelte Pran zuckersüß an und blinzelte. Dann legte er seine großen weißen Hände mit den Handflächen nach unten auf den Tisch und sagte: »Aber was wollten Sie gerade sagen, als ich Sie so unhöflich unterbrach?«

Pran blickte auf diese großen weißen Hände, die aus Professor Mishras riesigem, schwabbligem, rundem Körper hervorstaken, und dachte, ich mag zwar schlank und fit aussehen, aber ich bin es nicht, und dieser Mann verfügt über ein unglaubliches Stehvermögen trotz seiner moluskenhaften Blässe und seiner Massigkeit. Wenn ich die Annahme dieses Punktes will, muß ich gelassen und gefaßt bleiben.

Er lächelte in die Runde und sagte: »Joyce ist ein großer Schriftsteller. Das wird auf der ganzen Welt anerkannt. Als Beispiel hierfür mag gelten, daß er an amerikanischen Universitäten zunehmend gelesen wird. Ich bin der Meinung, auch wir sollten ihn auf unseren Studienplan setzen.«

»Dr. Kapoor«, antwortete die Fistelstimme, »bevor man von einer weltweiten Anerkennung sprechen kann, muß erst einmal jeder Ort auf der Welt entscheiden, ob er jemanden anerkennen will oder nicht. Wir in Indien sind stolz auf unsere Unabhängigkeit – eine Unabhängigkeit, die die besten Männer mehrerer Generationen erkämpft haben, aber das brauche ich gegenüber dem illustren Sohn eines illustren Vaters nicht zu betonen. Wir sollten es uns gut überlegen, bevor wir blindlings zulassen, daß der amerikanische Wissenschaftsbetrieb uns die Prioritäten diktiert. Was meinen Sie, Dr. Narayanan?«

Dr. Narayanan, ein Apologet der Romantik, schien ein paar Sekunden lang tief in sein Innerstes zu schauen. »Das ist ein gutes Argument«, sagte er umsichtig und schüttelte zum Nachdruck den Kopf.

»Wenn wir mit unseren Kollegen nicht Schritt halten«, fuhr Professor Mishra fort, »dann vielleicht, weil wir auf den Rhythmus eines anderen Trommlers hören. Lassen Sie uns zu der Musik marschieren, die wir hören, wir hier in Indien. Um einen Amerikaner zu zitieren«, fügte er hinzu.

Pran sah auf den Tisch und sagte gelassen: »Ich bin der Meinung, daß Joyce ein großer Schriftsteller ist, weil ich glaube, daß er ein großer Schriftsteller ist, nicht weil es die Amerikaner behaupten.« Er erinnerte sich, wann er Joyce zum erstenmal gelesen hatte: Ein Freund hatte ihm den *Ulysses* geliehen, einen Monat bevor er sein Rigorosum an der Universität von Allahabad ablegen mußte, und er hatte daraufhin seine Vorbereitungen so vernachlässigt, daß er letztlich seine akademische Karriere aufs Spiel setzte.

Dr. Narayanan sah ihn an und unterstützte ihn ganz unerwarteterweise: »*Die Toten*«, sagte er. »Eine schöne Geschichte. Ich habe sie zweimal gelesen.«

Pran warf ihm einen dankbaren Blick zu.

Professor Mishra betrachtete beinahe beifällig Dr. Narayanans kleinen kahlen Kopf. »Sehr gut, sehr gut«, sagte er, als würde er einem kleinen Kind Beifall zollen. »Aber«, seine Stimme nahm einen scharfen Ton an, »Joyce hat nicht nur *Die Toten* geschrieben. Da gibt es noch den völlig unlesbaren *Ulysses*. Und das noch viel schlimmere *Finnegans Wake*. Diese Art zu schreiben ist ungesund für unsere Studenten. So wie die Dinge nun einmal liegen, spornt es sie an, schlampig und grammatikalisch inkorrekt zu schreiben. Und was ist mit dem Ende von *Ulysses*? In unseren Seminaren sitzen leicht zu beeindruckende junge Damen, und wir sind verpflichtet, ihnen die höheren Werte des Lebens nahezubringen, Dr. Kapoor – Ihre reizende Schwägerin zum Beispiel. Würden Sie ihr ein Buch wie *Ulysses* in die Hand drücken?« Professor Mishra lächelte gutmütig.

»Ja«, lautete Prans schlichte Antwort.

Dr. Narayanan blickte interessiert drein. Dr. Gupta, der sich hauptsächlich für Angelsächsisch und Mittelenglisch interessierte, betrachtete seine Fingernägel.

»Es ist ermutigend, auf einen jungen Mann zu treffen – einen jungen Dozenten«, Professor Mishra blickte hinüber zu dem hierarchiebewußten Institutsmitglied Dr. Gupta, »der seine Meinung, wie soll ich sagen, also, der seine Meinung so unumwunden zum Ausdruck bringt und sie so bereitwillig seinen Kollegen mitteilt, auch wenn sie wesentlich älter und erfahrener sind. Das ist wirklich ermutigend. Wir können natürlich anderer Meinung sein, aber Indien ist eine Demokratie, und wir können freiheraus sagen, was wir denken ...« Er schwieg eine Weile und starrte zum Fenster hinaus auf den staubigen Goldregen. »Eine Demokratie. Ja. Aber auch Demokratien müssen harte Entscheidungen treffen. Es kann zum Beispiel nur einen Institutsdirektor geben. Und wenn eine Stelle frei wird, kann sie nur mit einem der vielen verdienstvollen Bewerber besetzt werden. In der knappen Zeit, die wir zur Verfügung haben, müssen wir bereits einundzwanzig Schriftsteller durchnehmen. Wenn wir Joyce hinzufügen, wer wird dafür gestrichen?«

»Flecker«, sagte Pran, ohne auch nur einen Moment zu zögern.

Professor Mishra lachte nachsichtig. »Ach, Dr. Kapoor, Dr. Kapoor ...« Er rezitierte:

»Zieh nicht vorbei, o Karawane, und stell ein das Singen. Horch
in die Stille, da alle Vögel tot, doch etwas klappert wie ein Storch?

James Elroy Flecker, James Elroy Flecker.« Damit schien die Sache für ihn geregelt.

Pran blieb äußerlich völlig ungerührt. Meint er das ernst? dachte er. Glaubt er wirklich, was er damit impliziert? Laut sagte er: »Wenn Fletcher – Flecker unerläßlich ist, dann schlage ich vor, Joyce als zweiundzwanzigsten hinzuzufügen. Ich wäre hoch erfreut, wenn das Komitee darüber abstimmen würde.« Pran hoffte, daß das Komitee die Schande, Joyce abgelehnt (und nicht nur die Entscheidung wieder einmal hinausgeschoben) zu haben, nicht auf sich nehmen wollte.

»Ach, Dr. Kapoor, Sie sind verärgert. Ärgern Sie sich nicht. Sie wollen uns festnageln«, sagte Professort Mishra scherzhaft. Er drehte in einer Geste der gespielten Hilflosigkeit die Handflächen auf dem Tisch nach oben. »Aber wir waren uns doch einig, auf dieser Sitzung nur darüber abzustimmen, ob wir darüber abstimmen wollen.«

Das war jetzt doch zuviel für Pran, obwohl er wußte, daß es stimmte.

»Bitte mißverstehen Sie mich nicht, Professor Mishra«, sagte er, »aber dieses Argument mag von denjenigen unter uns, die sich in den raffinierteren Formen parlamentarischer Geplänkel nicht so gut auskennen, als eine Art Spitzfindigkeit aufgefaßt werden.«

»Eine Art Spitzfindigkeit ... eine Art Spitzfindigkeit.« Professor Mishra schien entzückt von diesem Ausdruck, während die anderen beiden Kollegen über Prans Insubordination entsetzt waren. (Es ist, als ob man mit zwei Dummys Bridge spielen würde, dachte Pran.) Professor Mishra fuhr fort: »So wie die Dinge nun mal liegen, werde ich uns jetzt Kaffee kommen lassen, und dann werden wir uns sammeln und die Tagesordnungspunkte in aller Ruhe durchgehen.«

Dr. Narayanan hob den Kopf bei der Aussicht auf Kaffee. Professor Mishra klatschte in die Hände, und ein magerer Peon in einer fadenscheinigen grünen Uniform kam herein.

»Ist der Kaffee fertig?« fragte Professor Mishra in Hindi.

»Ja, Sahib.«

»Gut.« Professor Mishra wies ihn mit einer Handbewegung an, ihn zu servieren.

Der Peon trug ein Tablett mit einer Kaffeekanne, einem Kännchen heißer Milch, einer Schale Zucker und vier Tassen herein. Professor Mishra bedeutete ihm, die anderen zuerst zu bedienen. Der Peon tat, wie ihm geheißen. Dann bot er Professor Mishra Kaffee an. Während sich Professor Mishra einschenkte, zog der Peon das Tablett ehrerbietig zurück. Professor Mishra wollte die Kaffeekanne abstellen, und der Peon hielt ihm das Tablett wieder näher hin. Professor Mishra nahm das Milchkännchen und goß Milch in seinen Kaffee, der Peon zog das Tablett erneut zurück. Und dieses Verhalten behielt er auch bei jedem der drei Löffel Zucker bei. Es sah aus wie ein komisches Ballett. Es wäre nichts weiter als lächerlich gewesen, dachte Pran, diese Demonstration des steilen Gefälles zwischen Macht und Servilität, zwischen Institutsdirektor und Institutsdiener, wenn es sich nur um ein anderes Institut an einer anderen Universität gehandelt hätte. Aber es handelte sich um das Anglistikinstitut der Universität von Brahmpur – und über diesen Mann mußte sich Pran bei der Berufungskommission um die Professur bewerben, die er sowohl wollte als auch brauchte.

Warum nur habe ich diesen Mann, den ich im ersten Semester für jovial, rauh, aber herzlich, weitschweifig und charmant hielt, in meinem Kopf in eine Karikatur von einem Bösewicht verwandelt? überlegte Pran und sah in seine Kaffeetasse. Verabscheut er mich? Nein, das ist seine Stärke: Er verabscheut mich nicht. Er will sich nur durchsetzen. Wenn man wirksam Politik machen will, kommt man mit Haß nicht weit. Für ihn ist das hier eine Schachpartie – auf einem etwas wackligen Brett. Er ist achtundfünfzig – in zwei Jahren wird er emeritiert. Wie werde ich noch so lange mit ihm zurechtkommen? Ein unerwarteter mörderischer Impuls durchfuhr Pran, den noch nie mörderische Impulse durchfahren hatten, und er bemerkte, daß seine Hände leicht zitterten. Und das wegen Joyce, sagte er sich. Zumindest habe ich keinen Asthmaanfall. Er sah hinunter auf den Block, auf dem er, als jüngstes Komiteemitglied, die Sitzung protokollierte. Es stand lediglich darauf:

> Anwesend: Professor O. P. Mishra (Dir.); Dr. R. B. Gupta;
> Dr. T. R. Narayanan; Dr. P. Kapoor.
> 1. Das Protokoll der letzten Sitzung wurde vorgelesen
> und gebilligt.

Wir haben nichts erreicht, dachte Pran, und wir werden nichts erreichen.
Ein paar bekannte Zeilen von Tagore kamen ihm in den Sinn:

> »Wo der klare Fluß der Vernunft seinen Weg im farblosen
> Wüstensand toter Gewohnheit nicht verloren hat;
> Wo der Geist von Dir geführt wird zu immer kühneren
> Gedanken und Handlungen –
> In jenem Himmel der Freiheit, mein Vater,
> laß mein Land erwachen.«

Zumindest sein eigener sterblicher Vater hatte ihm Prinzipien mit auf den Weg gegeben, auch wenn er ihm kaum Zeit gewidmet hatte, als er noch ein Kind gewesen war. Seine Gedanken wanderten nach Hause, zu dem kleinen weißgetünchten Haus, zu Savita, ihrer Schwester, ihrer Mutter – der Familie, die er ins Herz geschlossen hatte und die ihn ins Herz geschlossen hatte; und dann zum Ganges, der nahe am Haus vorbeifloß. (Wenn er englisch dachte, war es der Ganges und nicht die Ganga.) Er folgte ihm zuerst stromabwärts nach Patna und Kalkutta, dann stromaufwärts an Benares vorbei, bis er sich in Allahabad teilte; dort entschied er sich für die Yamuna und folgte ihr bis Delhi. Geht es in der Hauptstadt auch so kleinkariert zu? fragte er sich. So verrückt, so gemein, so albern und so zwanghaft? Wie werde ich mein ganzes Leben in Brahmpur verbringen können? Und Mishra wird mir zweifellos ein ausgezeichnetes Zeugnis schreiben, nur damit er mich los wird.

1.17

Aber jetzt lachte Dr. Gupta über eine Bemerkung Dr. Narayanans, und Professor Mishra sagte: »Konsens – Konsens ist das Ziel, das zivilisierte Ziel –, wie können wir abstimmen, wenn es zwei zu zwei ausgehen kann? Es waren fünf Pandavas, sie konnten abstimmen, wann immer sie wollten, aber selbst sie votierten immer einstimmig. Sie entschieden sich sogar einstimmig für eine Frau, ha, ha, ha! Und Dr. Varna ist wie gewöhnlich indisponiert, so daß wir wieder nur vier sind.«

Pran betrachtete voll widerwilliger Bewunderung die blinzelnden Augen, die große Nase, den Schmollmund. Die Universitätsstatuten verlangten, daß das Studienplankomitee wie alle anderen Institutskomitees eine ungerade Mitgliederzahl aufweisen sollte. Aber Professor Mishra als Institutsdirektor ernannte die Mitglieder eines jeden Komitees innerhalb seines Aufgabenbereichs stets so, daß immer ein Mitglied aus Gesundheits- oder Forschungsgründen entweder indisponiert oder abwesend war. Bei einer geraden Zahl anwesender Mitglieder war es so gut wie ausgeschlossen, daß irgend etwas bis zur Abstimmung vorangetrieben wurde. Und der Direktor, dem die Kontrolle der Tagesordnung und der Dynamik einer Sitzung oblag, vereinte unter diesen Umständen noch mehr Macht in seinen Händen.

»Ich denke, so wie die Dinge nun mal liegen, haben wir Punkt zwei genug Zeit gewidmet«, sagte Professor Mishra. »Sollen wir jetzt zu Chiasmus und Anakoluth übergehen?« Er sprach damit den von ihm selbst eingebrachten Vorschlag an, ein zu detailliertes Studium rhetorischer Figuren für Examenskandidaten in Literarischer Theorie und Kritik zu unterbinden. »Und dann haben wir noch die Frage der gerechten Zuordnung von Hilfskräften, die von unserem jüngsten Komiteemitglied gestellt wurde. Obwohl diese Frage nur in Abhängigkeit von der Zustimmung anderer Institute beantwortet werden kann. Und schließlich, nachdem die Nacht bereits mit Schatten heraufzieht«, fuhr Professor Mishra fort, »denke ich, daß wir die Sitzung beenden sollten, ohne ein übereiltes Urteil zu den Punkten fünf, sechs und sieben zu fällen, die wir im nächsten Monat besprechen können.«

Aber Pran war nicht gewillt, sich von der ungelösten Frage Joyce abbringen zu lassen. »Ich denke, daß wir uns gesammelt haben«, sagte er, »und den bereits diskutierten Vorschlag jetzt in aller Ruhe angehen können. Ich bin bereit anzuerkennen, daß der *Ulysses* vielleicht, nun, etwas schwierig für Examenskandidaten ist, aber könnte das Komitee sich damit einverstanden erklären, als einen ersten Schritt die *Dubliner* auf den Lehrplan zu setzen? Dr. Gupta, was denken Sie?«

Dr. Gupta blickte hinauf zu dem sich langsam drehenden Ventilator. Ob er Gastdozenten für Alt- und Mittelenglisch einladen konnte, hing von Professor Mishras Wohlwollen ab: Gastdozenten, die Vorträge hielten, verursachten Extrakosten, und der Institutsdirektor mußte dieses Budget billigen. Dr. Gupta wußte wie jeder andere, was »als einen ersten Schritt« bedeutete. Er sah zu Pran hinüber und sagte: »Ich wäre willens ...«

Aber was immer er eigentlich sagen wollte, er wurde sofort unterbrochen. »Wir haben etwas vergessen«, schnitt Professor Mishra ihm das Wort ab, »etwas, was sogar mir, ich muß es zugeben, bislang entfallen war. Und zwar, daß traditionellerweise der Abschluß in Moderner Englischer Literatur keine Schriftsteller mit einschließt, die den Zweiten Weltkrieg noch erlebt haben.«

Davon hatte Pran noch nie gehört, und er mußte erstaunt dreingeblickt haben, denn Professor Mishra fühlte sich zu einer Erklärung bemüßigt. »Das ist überhaupt nicht erstaunlich. So wie die Dinge nun mal liegen, brauchen wir den zeitlichen Abstand, um das Format moderner Schriftsteller objektiv beurteilen und die Würdigen in unseren Kanon aufnehmen zu können. Helfen Sie mir bitte nach, Dr. Kapoor ... wann starb Joyce?«

»1941« sagte Pran scharf. Es lag auf der Hand, daß der große weiße Wal das sehr wohl wußte.

»Na also ...« sagte Professor Mishra mit gespielter Ratlosigkeit. Sein Finger glitt die Tagesordnung hinunter.

»Eliot lebt allerdings noch«, sagte Pran ungerührt und studierte die Liste der vorgeschriebenen Autoren.

Der Institutsdirektor sah aus, als hätte man ihn ins Gesicht geschlagen. Er öffnete den Mund, schürzte dann die Lippen. Das komische Blinzeln setzte wieder ein. »Aber Eliot, Eliot, gewiß – haben wir in diesem Fall genügend objektive Kriterien – sogar Dr. Leavis ...«

Professor Mishra marschierte ganz eindeutig zum Rhythmus eines amerikanischen Trommlers, dachte Pran. Laut sagte er: »Dr. Leavis ist, wie wir alle wissen, auch ein großer Bewunderer von Lawrence ...«

»Wir sind übereingekommen, über Lawrence das nächstemal zu reden«, protestierte Professor Mishra.

Pran schaute aus dem Fenster. Es wurde dunkel, und die Blätter des Goldregens sahen jetzt frisch aus, nicht mehr staubig. Er fuhr fort, ohne Professor Mishra dabei anzublicken: »Und außerdem hat Joyce als britischer Schriftsteller einen größeren Anspruch auf einen Platz in Moderner Englischer Literatur als Eliot. Wenn wir also ...«

»Das, mein junger Freund«, fiel ihm Professor Mishra ins Wort, »könnte man, wenn ich so sagen darf, als eine Art Spitzfindigkeit auffassen.« Er erholte sich schnell von seinem Schock. Als nächstes würde er *Prufrock* zitieren.

Was hat Eliot an sich, überlegte Pran, obwohl es jetzt nicht zur Sache gehörte – aber seine Gedanken sprangen von einem Punkt zum anderen –, was hat er an sich, daß er für uns indische Intellektuelle zu einer so heiligen Kuh geworden ist? Laut sagte er: »Hoffen wir, daß T. S. Eliot noch viele Jahre vor sich hat, viele produktive Jahre. Ich bin froh, daß er, anders als Joyce, nicht 1941 gestorben ist. Aber heute haben wir 1951, das heißt, die Vorkriegsregelung, die Sie erwähnten, kann, auch wenn es sich um eine Tradition handelt, noch nicht sehr alt sein. Wenn wir sie nicht abschaffen wollen, warum sollten wir dann keine Ausnahmen zulassen? Ihr Zweck ist doch sicherlich derjenige, daß wir die Toten mehr ehren sollen als die Lebenden – oder, um es weniger skeptisch auszudrücken, daß wir die Toten vor den Lebenden schätzen sollen. Für Eliot, der sich noch seines Lebens freut, wurde eine Ausnahme gemacht. Ich schlage vor, wir machen auch für Joyce eine Ausnahme. Einen Kompromiß.« Pran hielt inne, dann fügte er hinzu: »So wie die Dinge nun mal liegen.« Er lächelte. »Dr. Narayanan, sind Sie für *Die Toten*?«

»Tja, also, ich glaube, ja«, sagte Dr. Narayanan mit der leisesten Andeutung eines Lächelns, bevor ihn Professor Mishra unterbrechen konnte.
»Dr. Gupta?« fragte Pran.
Dr. Gupta konnte Professor Mishra nicht in die Augen sehen. »Ich bin mit Dr. Narayanan einer Meinung«, sagte er.
Ein paar Sekunden lang herrschte Schweigen. Ich kann's nicht glauben, dachte Pran. Ich habe gewonnen. Ich habe gewonnen. Ich kann's nicht glauben.
Und in der Tat, so schien es. Alle wußten, daß die Zustimmung des Akademischen Beirats der Universität normalerweise eine Formalität war, wenn das Studienplankomitee eines Instituts eine Entscheidung getroffen hatte.
Als ob nichts geschehen wäre, nahm der Institutsdirektor die Zügel der Sitzung wieder in die Hand. Die großen weichen Hände befingerten die Matrizenabzüge. »Der nächste Punkt ...« sagte Professor Mishra lächelnd, dann hielt er inne und setzte noch einmal an: »Aber bevor wir uns dem nächsten Punkt zuwenden, möchte ich doch sagen, daß ich persönlich James Joyce als Schriftsteller schon immer bewundert habe. Ich bin hoch erfreut, das brauche ich nicht zu erwähnen ...«
Zwei Zeilen kamen Pran furchtbar ungebeten in den Sinn:

»Bleiche Hände, die ich neben dem Shalimar liebte,
Wo seid Ihr jetzt? Wen habt ihr verzaubert?«

Und er begann, völlig unverständlich für sich selbst, schallend zu lachen, zwanzig Sekunden lang, bis er einen Hustenanfall bekam. Er senkte den Kopf, Tränen strömten über seine Wangen. Professor Mishra bedachte ihn mit einem Blick voll ungeheuchelter Wut und Haß.
»Entschuldigen Sie, entschuldigen Sie«, murmelte Pran, als er sich erholte. Dr. Gupta klopfte ihm heftig auf den Rücken. Es half nicht. »Bitte, fahren Sie fort – ich war überwältigt –, das passiert mir manchmal ...« Aber eine weitere Erklärung war ihm nicht möglich.
Die nächsten zwei Tagesordnungspunkte wurden rasch abgehandelt, da es keine echten Meinungsverschiedenheiten gab. Danach wurde die Sitzung aufgehoben. Als Pran das Zimmer verlassen wollte, legte ihm Professor Mishra freundschaftlich den Arm um die Schultern. »Mein lieber Junge, das war eine erstklassige Vorstellung.« Pran schauderte bei der Erinnerung daran. »Sie sind ein Mann von großer Integrität, intellektuell und auch sonst.« Oje, worauf will er jetzt hinaus? dachte Pran. Professor Mishra fuhr fort: »Seit letztem Dienstag liegt mir der Kanzler in den Ohren, ich möge ihm einen Mitarbeiter meines Instituts vorschlagen – wir sind dran, wissen Sie –, der Mitglied des Studentenausschusses der Universität werden soll ...« O nein, dachte Pran, ein Tag Arbeit in der Woche. »... und ich habe beschlossen, Sie freiwillig zu melden.« Ich wußte nicht, daß man freiwillig gemeldet werden kann, dachte Pran. In der Dunkelheit – sie gingen jetzt über den Campus – fiel es Professor Mishra schwer, die starke Abneigung in

seiner Fistelstimme nicht durchklingen zu lassen. Pran konnte sich den Schmollmund, das scheinheilige Blinzeln genau vorstellen. Er schwieg, und Schweigen interpretierte der Direktor des Anglistikinstituts grundsätzlich als Zustimmung.

»Mir ist aufgefallen, daß Sie sehr beschäftigt sind, mein lieber Dr. Kapoor, mit ihren Extrakursen, dem Debattierclub, dem Kolloquium, den Theaterstücken und so weiter ...«, sagte Professor Mishra. »Die Art Dinge, die einen bei den Studenten verdientermaßen beliebt macht. Aber Sie sind verhältnismäßig neu hier – fünf Jahre sind nicht lang aus der Perspektive eines alten Kauzes, wie ich es bin –, und Sie müssen mir gestatten, Ihnen einen Rat zu geben. Schränken Sie Ihre nichtakademischen Aktivitäten ein. Reiben Sie sich nicht unnötig auf. Nehmen Sie die Dinge nicht so ernst. Wie lauten noch die wunderbaren Zeilen Yeats'?

Sie bat mich, das Leben leichtzunehmen wie die Blätter an den Zweigen,
Doch ich war jung und närrisch und eigensinnig tat mich zeigen.

Ich bin sicher, Ihre bezaubernde Frau würde das unterschreiben. Strengen Sie sich nicht zu sehr an – das sind Sie Ihrer Gesundheit schuldig. Und auch Ihrer Zukunft. In gewisser Hinsicht sind Sie selbst Ihr größter Feind.«

Aber ich bin nur mein metaphorischer Feind, dachte Pran. Meine Hartnäckigkeit hat mir die handfeste Feindschaft des mächtigen Professor Mishra eingetragen. Aber war Professor Mishra ihm jetzt, da sich Pran seinen Haß zugezogen hatte, gefährlicher oder weniger gefährlich – wenn es zum Beispiel um die freie Professorenstelle ging?

Was geht in Professor Mishras Kopf vor? fragte sich Pran. Er stellte sich seine Gedanken ungefähr folgendermaßen vor: Ich hätte diesen dreisten jungen Dozenten nie ins Studienplankomitee berufen sollen. Aber es ist zu spät, es hat keinen Sinn, es zu bedauern. Zumindest hat ihn diese Mitgliedschaft davon abgehalten, woanders Ärger zu stiften, sagen wir mal, im Komitee für die Vergabe von Studienplätzen. Dort hätte er jede Menge Einwände gegen Studenten erheben können, die ich trotz nicht ganz ausreichender Leistungen aufnehmen wollte. Was die Professur in Englisch angeht, muß ich mit den Leuten der Berufungskommission noch vor der nächsten Sitzung reden ...

Aber Pran erhielt keine weiteren Hinweise auf das geistige Innenleben dieses rätselhaften Wesens. Denn die Wege der beiden Kollegen trennten sich, und sie verabschiedeten sich voneinander unter wechselseitiger Bezeugung größten Respekts.

1.18

Meenakshi, Aruns Frau, langweilte sich tödlich, deswegen beschloß sie, sich ihre Tochter Aparna bringen zu lassen. Aparna sah zur Zeit noch hübscher aus als sonst: rundlich, hellhäutig, mit schwarzem Haar und großen Augen, die so scharf blickten wie die ihrer Mutter. Meenakshi drückte zweimal auf den elektrischen Summer (das Zeichen für die Ayah des Kindes) und sah hinunter auf das Buch in ihrem Schoß, Thomas Manns *Buddenbrooks*. Es war unsäglich langweilig. Sie wußte nicht, wie sie auch nur fünf weitere Seiten lesen sollte. Arun, der normalerweise entzückt von ihr war, hatte die lästige Angewohnheit, ihr ab und zu ein gutes Buch ans Herz zu legen, und Meenakshi interpretierte seine Vorschläge als subtile Vorschriften. »Ein wunderbares Buch...« pflegte Arun lachend zu sagen, abends in Gesellschaft der eigenartig flatterhaften Schar, mit der sie sich umgaben, einer Schar, die sich, davon war Meenakshi überzeugt, keinesfalls mehr als sie für die *Buddenbrooks* oder ähnlich verquaste germanische Erzeugnisse interessierte. »... Ich habe dieses tolle Buch von Mann gelesen, und jetzt habe ich Meenakshis Neugier geweckt.« Ein paar der Anwesenden, insbesondere der schmachtende Billy Irani, würden etwas verwundert von Arun zu Meenakshi sehen und dann über Büroangelegenheiten oder gesellschaftliche Ereignisse oder Pferderennen oder Tanzveranstaltungen oder Golf oder den Calcutta Club reden oder über »diese verdammten Politiker« oder »diese hirnlosen Bürokraten« klagen, und Thomas Mann wäre vergessen. Aber Meenakshi fühlte sich danach stets verpflichtet, zumindest so viel von dem fraglichen Buch zu lesen, daß sie den Eindruck einer gewissen Vertrautheit mit dem Inhalt vermitteln konnte, und Arun schien glücklich darüber.

Wie wunderbar Arun doch war, dachte Meenakshi, und wie wunderbar es war, in dieser hübschen Wohnung in Sunny Park zu leben, nicht weit vom Haus ihres Vaters in der Ballygunge Circular Road entfernt, aber warum nur mußten sie sich immer wieder so fürchterlich streiten? Arun war ein unglaublicher Hitzkopf und eifersüchtig bis dorthinaus, sie mußte nur dem schmachtenden Billy einen schmachtenden Blick zuwerfen, und in Arun begann es zu kochen. Es mochte wunderbar sein, später einen kochenden Ehemann im Bett zu haben, überlegte Meenakshi, aber auf diese ungetrübte Freude war nicht immer Verlaß. Manchmal war der kochende Arun auch eingeschnappt und nicht mehr zur Liebe aufgelegt. Billy Irani hatte eine Freundin, Shireen, aber das hieß in Aruns Augen nichts, und er verdächtigte seine Frau (zu Recht), daß es sie bisweilen nach seinem Freund gelüstete. Shireen ihrerseits seufzte gelegentlich bei einem Cocktail und verkündete, daß Billy unverbesserlich sei.

Als die Ayah auf ihr Läuten hin erschien, sagte Meenakshi auf eine Art Pidgin-Hindi: »Baby lao!« Die bejahrte Ayah, die meist sehr langsam reagierte, wandte sich mit knackenden Gelenken ab, um den Wunsch ihrer Herrin zu erfüllen. Aparna wurde gebracht. Sie hatte gerade ihren Mittagsschlaf gehalten, gähnte und rieb sich die Augen mit den kleinen Fäusten.

»Mummy!« sagte Aparna auf englisch. »Ich bin müde, und Miriam hat mich aufgeweckt.« Als Miriam, die Ayah, die kein Englisch verstand, ihren Namen hörte, grinste sie das Kind zahnlos und gutmütig an.

»Ich weiß, mein süßer Schatz«, sagte Meenakshi, »aber Mummy mußte dich einfach sehen, sie hat sich ganz fürchterlich gelangweilt. Komm und gib mir – ja – und jetzt auf die andere Seite.«

Aparna trug ein malvenfarbenes Rüschenkleid aus einem luftigen Material und sah, so dachte ihre Mutter, unverzeihlich bezaubernd aus. Meenakshis Blick schweifte zum Spiegel auf ihrem Schminktisch, und sie stellte hoch erfreut fest, was für ein schönes Paar sie abgaben. »Du siehst *so* hübsch aus«, teilte sie Aparna mit, »daß ich ganz viele kleine Mädchen haben will ... Aparna und Bibeka und Charulata und ...«

Aparnas starrer Blick ließ sie verstummen. »Wenn in dieses Haus noch ein Baby kommt«, sagte sie, »dann werd ich es gleich in den Papierkorb werfen.«

»Oh«, entgegnete Meenakshi nahezu bestürzt. Aparna, die unter resoluten Persönlichkeiten aufwuchs, hatte sich sehr früh ein beträchtliches Vokabular angeeignet. Aber von Dreijährigen wird nicht erwartet, daß sie sich so deutlich und zudem in Konditionalsätzen ausdrücken können. Meenakshi sah Aparna an und seufzte.

»Du bist wirklich zum Schreien«, sagte sie. »So, und jetzt sollst du deine Milch trinken.« Zur Ayah sagte sie: »Dudh lao. Ek dum!« Und Miriam machte sich knarzend auf den Weg, um dem kleinen Mädchen ein Glas Milch zu holen.

Der sich langsam entfernende Rücken der Ayah reizte Meenakshi, und sie dachte: Wir sollten wirklich einen Ersatz finden für die Z. T. Sie ist völlig senil. ›Z. T.‹ war die Abkürzung für den Namen, den sie und Arun der Ayah heimlich gegeben hatten, und Meenakshi lachte vor Vergnügen laut auf, als sie sich an die Situation am Frühstückstisch erinnerte. Arun hatte vom Kreuzworträtsel im *Statesman* aufgeblickt und gesagt: »Sorg doch bitte dafür, daß die zahnlose Tante aus dem Zimmer verschwindet. Sie verleidet mir mein Omelett.« Seitdem war Miriam die Z. T. Das Leben mit Arun ist voll überraschender amüsanter Augenblicke wie diesem, dachte Meenakshi. Wenn es nur immer so sein könnte.

Aber das Problem war, daß sie für etwas verantwortlich war, was sie haßte, nämlich die Haushaltsführung. Der älteren Tochter von Richter Chatterji war immer alles abgenommen worden – und dann hatte sie erfahren müssen, wie anstrengend es sein konnte, selbst etwas zu tun: das Personal zu beaufsichtigen (Ayah, Dienstbote-Koch, Teilzeit-Putzfrau, Teilzeit-Gärtner; Arun war für den Chauffeur verantwortlich, der von seiner Firma bezahlt wurde); die Haushaltsbücher zu führen; die Dinge zu kaufen, bei denen man sich nicht auf den Dienstboten oder die Ayah verlassen wollte; dafür zu sorgen, daß das Haushaltsgeld reichte. Letzteres fiel ihr besonders schwer. Sie war mehr oder weniger im Luxus aufgewachsen, und obwohl sie (entgegen dem Rat ihrer Eltern) auf dem romantischen Abenteuer bestanden hatte, nach der Hochzeit gänzlich auf eigenen Füßen zu stehen, war es ihr unmöglich, ihre Vorliebe für bestimmte Dinge in Schranken zu halten (ausländische Seife, ausländische Butter und so weiter), die für ein kultiviertes Leben unabdingbar waren. Sie war sich der Tatsache, daß Arun seine eigene Familie unterstützen mußte, sehr wohl bewußt und sprach ihn oft darauf an.

»Also«, hatte Arun erst kürzlich gesagt, »jetzt, wo Savita verheiratet ist, ist es eine weniger. Stimmt's, Liebling?«

Meenakshi hatte geseufzt und mit einem Zweizeiler geantwortet:

»Heirate einen – und was wird daraus?
Unzählige Mehras in deinem Haus.«

Arun hatte die Stirn gerunzelt. Wieder einmal war er daran erinnert worden, daß Meenakshis älterer Bruder ein Dichter war. Dank der langen Vertrautheit – nahezu Besessenheit – mit Reimen waren fast alle jungen Chatterjis in der Lage, Zweizeiler von bisweilen unübertrefflicher Infantilität zu improvisieren.

Die Ayah brachte die Milch und zog sich wieder zurück. Meenakshi wandte die schönen Augen erneut den *Buddenbrooks* zu, während Aparna auf dem Bett saß und ihre Milch trank. Mit einem ungeduldigen Laut warf Meenakshi den Thomas Mann auf das Bett, legte sich dazu, schloß die Augen und schlief ein. Zwanzig Minuten später wachte sie erschrocken auf, weil Aparna sie in die Brust gezwickt hatte.

»Sei nicht so gemein, Aparna, Schätzchen. Mummy versucht zu schlafen«, sagte Meenakshi.

»Du sollst nicht schlafen«, sagte Aparna. »Ich will spielen.« Anders als andere Kinder ihres Alters sprach Aparna nie in der dritten Person von sich, obwohl es ihre Mutter tat.

»Schätzchen, Süße, Mummy ist müde, sie hat ein Buch gelesen und will nicht spielen. Jetzt jedenfalls nicht. Später, wenn Daddy nach Hause kommt, kannst du mit ihm spielen. Oder du kannst mit Onkel Varun spielen, wenn er vom College kommt. Was hast du mit deinem Glas gemacht?«

»Wann kommt Daddy nach Hause?«

»Ungefähr in einer Stunde«, antwortete Meenakshi.

»Ungefähr in einer Stunde«, wiederholte Aparna nachdenklich, als ob ihr der Satz gefiele. »Ich will auch eine Halskette«, fügte sie hinzu und zog an der goldenen Kette ihrer Mutter.

Meenakshi nahm ihre Tochter in die Arme. »Und du sollst auch eine bekommen«, sagte sie und wechselte das Thema. »Geh jetzt zu Miriam.«

»Nein.«

»Dann bleib eben hier, aber sei leise, Schätzchen.«

Aparna verhielt sich eine Weile ruhig. Sie betrachtete die *Buddenbrooks*, das leere Glas, ihre schlafende Mutter, den Bettüberwurf, den Spiegel, die Zimmerdecke. Dann sagte sie versuchsweise: »Mummy?« Es folgte keine Antwort.

»Mummy?« Aparna versuchte es etwas lauter.

»Mmm?«

»MUMMY!« schrie Aparna, so laut sie konnte.

Meenakshi saß kerzengerade im Bett und schüttelte Aparna. »Willst du, daß ich dir den Hintern versohle?« fragte sie.

»Nein«, erwiderte Aparna entschieden.

»Was ist los? Warum hast du geschrien? Was willst du?«

»War dein Tag schwer, liebe Mummy?« fragte Aparna in der Hoffnung, daß ihr den Erwachsenen abgeguckter Charme eine ebenso charmante Antwort provozieren würde.

»Ja«, sagte Meenakshi kurz angebunden. »Nimm dein Glas, Schätzchen, und geh jetzt sofort zu Miriam.«

»Soll ich deine Haare kämmen?«

»Nein.«

Widerwillig stand Aparna vom Bett auf und ging zur Tür. Sie spielte mit der Idee zu sagen: »Ich werd's Daddy erzählen!«, wiewohl der Grund ihrer Beschwerde unausgesprochen blieb. Ihre Mutter schlief schon wieder friedlich, mit leicht geöffneten Lippen, ihr langes schwarzes Haar auf dem Kopfkissen ausgebreitet. Der Nachmittag war so heiß, und alles zog sie in einen langen, wohligen Schlaf. Ihre Brüste hoben und senkten sich sanft, und sie träumte von Arun, der gut aussah, flott war, für eine englische Firma arbeitete und in einer Stunde nach Hause kommen würde. Und nach einer Weile träumte sie von Billy Irani, den sie später am Abend treffen würden.

Als Arun kam, ließ er seine Aktentasche im Wohnzimmer stehen, ging ins Schlafzimmer und schloß die Tür. Als er sah, daß Meenakshi schlief, schritt er ein paar Minuten im Zimmer auf und ab, dann zog er sein Jackett aus, nahm die Krawatte ab und legte sich neben sie, ohne sie zu wecken. Aber nach einer Weile berührte er mit der Hand ihre Stirn, ihr Gesicht und dann ihre Brüste. Meenakshi schlug die Augen auf und sagte: »Oh.« Sie war einen Moment lang verwirrt. Dann fragte sie: »Wieviel Uhr ist es?«

»Halb sechs. Ich bin, wie versprochen, früh nach Hause gekommen – und du schläfst.«

»Ich konnte nicht früher schlafen, Liebling. Aparna hat mich alle paar Minuten aufgeweckt.«

»Wie sieht das Programm für den Abend aus?«

»Abendessen und tanzen gehen mit Billy und Shireen.«

»Ach ja, natürlich.« Nach einer Pause fuhr Arun fort: »Um ehrlich zu sein, Liebling, ich bin ziemlich müde. Ich frage mich, ob wir nicht einfach absagen sollten?«

»Ach, nach einem Drink wirst du ganz schnell wieder munter«, sagte Meenakshi fröhlich. »Und nach einem Blick von Shireen«, fügte sie hinzu.

»Wahrscheinlich hast du recht, meine Liebe.« Arun streckte die Hand nach ihr aus. Vor einem Monat hatte er unter Rückenschmerzen gelitten, wovon er kaum noch etwas spürte.

»Böser Junge«, sagte Meenakshi und stieß seine Hand zurück. Nach einer Weile fügte sie hinzu: »Die Z.T. hat uns mit der Ostermilk übers Ohr gehauen.«

»Ach ja? Hat sie das?« sagte Arun achtlos und wechselte dann zu einem Thema, das ihn interessierte. »Ich habe heute herausgefunden, daß uns einer unserer hiesigen Geschäftspartner bei dem neuen Papierprojekt sechzigtausend zuviel auf die Rechnung gesetzt hat. Wir haben ihn natürlich gebeten, seine Schätzungen zu revidieren, aber es ist trotzdem ziemlich schockierend... Keine Geschäftsmoral – und auch keine Moral in persönlichen Dingen. Er kam neulich ins Büro und hat mir versichert, daß er uns ein besonderes Angebot macht – wegen unserer langjährigen Geschäftsverbindungen, so hat er sich ausgedrückt. Und jetzt entdecke ich, nachdem ich mit John Mackay gesprochen habe, daß er ihnen dasselbe erzählt – aber von ihnen hat er sechzigtausend weniger verlangt.«

»Was wirst du tun?« fragte Meenakshi pflichtbewußt. Mitten in seiner Erzählung hatte sie abgeschaltet.

Arun sprach weitere fünf Minuten, Meenakshi dachte an anderes. Als er endete und sie erwartungsvoll ansah, fragte sie, wobei sie aufgrund verbliebener Schläfrigkeit ein bißchen gähnte: »Und wie hat dein Boß darauf reagiert?«

»Schwer zu sagen. Das ist bei Basil Cox nie leicht, selbst wenn er begeistert ist. In diesem Fall glaube ich, daß er sich einerseits über eine mögliche Verzögerung ärgert, andererseits mit der Einsparung hoch zufrieden ist.« Arun schüttete ihr noch einmal fünf Minuten lang sein Herz aus, während Meenakshi ihre Nägel polierte.

Arun hatte die Schlafzimmertür verriegelt, um nicht gestört zu werden, aber als Aparna die Aktentasche ihres Vaters sah, war ihr klar, daß er zu Hause war, und sie bestand darauf, eingelassen zu werden. Arun öffnete die Tür und umarmte sie, und die nächste Stunde verbrachten sie mit einem Puzzle, das eine Giraffe darstellte und das Aparna eine Woche nach dem Zoobesuch in Brahmpur in einer Spielwarenhandlung entdeckt hatte. Sie hatten das Puzzle schon mehrere Male zusammengesetzt, aber Aparna war seiner noch nicht überdrüssig. Ebensowenig Arun. Er betete seine Tochter an, und manchmal bedauerte er es, daß er und Meenakshi fast jeden Abend ausgingen. Aber man durfte das eigene Leben einfach nicht zum Stillstand kommen lassen, nur weil man ein Kind hatte. Wozu gab es schließlich Ayahs? Und wozu lebte schließlich sein Bruder bei ihnen?

»Mummy hat mir eine Halskette versprochen«, sagte Aparna.

»Wirklich, Schätzchen?« sagte Arun. »Und womit will sie sie bezahlen? Das können wir uns im Moment nicht leisten.«

Aparna sah nach dieser letzten Mitteilung so enttäuscht aus, daß Arun und Meenakshi sich gegenseitig voller Bewunderung ansahen.

»Doch, sie wird mir eine kaufen«, sagte Aparna mit ruhiger Entschlossenheit. »Jetzt will ich noch ein Puzzle legen.«

»Aber wir haben gerade erst eins gelegt.«
»Ich will aber noch ein anderes legen.«
»Spiel du mit ihr, Meenakshi«, sagte Arun.
»Nein, spiel du mit ihr«, entgegnete Meenakshi. »Ich muß mich fertigmachen. Und bitte geht ins Wohnzimmer.«

So lagen Arun und Aparna für eine Weile, ins Wohnzimmer verbannt, auf dem Teppich und legten ein Puzzle vom Victoria Memorial, während Meenakshi badete, sich anzog, parfümierte und schmückte.

Varun kehrte aus dem College zurück, schob sich an Arun vorbei in sein winziges Zimmer und setzte sich mit seinen Büchern hin. Aber er war nervös und konnte sich nicht richtig konzentrieren. Als Arun sich fertigmachen mußte, wurde Aparna ihm überlassen; und den Rest des Abends verbrachte er damit, Aparna bei Laune zu halten.

Meenakshi mit ihrem langen, schlanken Hals zog zahllose Blicke auf sich, als sie zu viert Firpos betraten, um zu Abend zu essen. Arun sagte zu Shireen, daß sie großartig aussehe, und Billy betrachtete Meenakshi inbrünstig schmachtend und meinte, daß sie göttlich aussehe, und alles war ganz wunderbar, und nach dem Essen gingen sie in den 300 Club und tanzten zu angenehm erregender Musik. Meenakshi und Arun konnten sich diesen Lebensstil nicht wirklich leisten – Billy Irani verfügte über ein Vermögen –, aber es erschien ihnen unerträglich, daß ihnen dieses Leben, für das sie so offensichtlich geschaffen waren, vorenthalten werden sollte, nur weil ihnen die Mittel fehlten. Meenakshi fielen während des ganzen Abends immer wieder die hübschen goldenen Ohrringe auf, die Shireen trug und die ihr so apart von den kleinen, samtigen Ohren baumelten.

Es war ein warmer Abend. Als sie nach Hause fuhren, sagte Arun zu Meenakshi: »Gib mir deine Hand, Liebling.« Und Meenakshi legte eine rote polierte Fingerspitze auf seine Hand und sagte: »Hier!« Arun empfand das als bezaubernd, elegant und kokett. Aber Meenakshi war mit den Gedanken woanders.

Später, als Arun bereits im Bett lag, öffnete Meenakshi ihre Schmuckschatulle (die Chatterjis hielten nichts davon, ihrer Tochter viel Schmuck zu schenken, aber sie hatte genug für ihre Erfordernisse erhalten) und nahm die zwei goldenen Medaillen heraus, die Mrs. Rupa Mehra so lieb und teuer waren und die sie Meenakshi zur Hochzeit geschenkt hatte. Sie hatte das für angemessen gehalten; sie besaß nichts anderes, was sie hätte schenken können, und sie glaubte, daß ihr Mann es gebilligt hätte. Auf der Rückseite der Medaillen war eingraviert: »Thomasson Engineering College Roorkee. Raghubir Mehra. Ing.wiss. Bester 1916«. Und »Physik. Bester 1916«. Auf der anderen Seite saßen auf einem Sockel jeweils zwei Löwen, aufrecht und streng dreinblickend. Meenakshi betrachtete die Medaillen, wog sie in der Hand, drückte die kühlen, wertvollen Scheiben an die Wangen. Sie fragte sich, wie schwer sie waren. Sie dachte an die goldene Halskette, die sie Aparna versprochen hatte, und an die goldenen Ohrringe, die sie sich praktisch selbst versprochen hatte. Sie hatte sich Shireens Ohrringe sehr genau angesehen. Sie waren wie Tropfen geformt.

Als Arun sie ungeduldig ins Bett rief, murmelte sie: »Komme schon.« Aber sie brauchte noch ein paar Minuten. »Woran denkst du, Liebling?« fragte er. »Irgend etwas scheint dich ungeheuer zu beschäftigen.« Aber instinktiv wußte Meenakshi, daß es keine gute Idee wäre, ihm zu erzählen, was ihr durch den Sinn ging – was sie mit den langweiligen Münzen zu tun gedachte –, und sie lenkte vom Thema ab, indem sie an seinem linken Ohrläppchen zu knabbern begann.

1.19

Am nächsten Morgen um zehn Uhr rief Meenakshi ihre jüngere Schwester Kakoli an.

»Kuku, eine meiner Freundinnen von den Shady Ladies – du weißt schon, das ist mein Club –, will herausfinden, wo sie ohne viel Aufsehen Gold einschmelzen lassen kann. Kennst du einen guten Juwelier?«

»Also, ich würde sagen, Satram Das oder Lilaram«, sagte Kuku, die noch nicht richtig wach war, und gähnte.

»Nein, ich rede nicht von den Juwelieren in der Park Street«, sagte Meenakshi und seufzte. »Ich will irgendwohin, wo man mich nicht kennt.«

»*Du* willst irgendwohin?«

Am anderen Ende herrschte kurz Schweigen. »Ich kann's dir genausogut sagen. Ich habe ein Paar Ohrringe ins Auge gefaßt – sie sehen toll aus – wie winzig kleine Tropfen –, und ich will die häßlichen, dicken Medaillen einschmelzen lassen, die mir Aruns Mutter zur Hochzeit geschenkt hat.«

»Oh, tu das nicht«, trällerte Kakoli etwas beunruhigt.

»Kuku, ich will deinen Rat, wo, nicht ob ich es machen lassen soll.«

»Tja, du könntest zu Sarkar gehen. Nein – versuch's bei Jauhri in der Rashbehari Avenue. Weiß Arun Bescheid?«

»Ich habe die Medaillen bekommen. Wenn Arun seine Golfschläger einschmelzen lassen will, um sich eine Rückenstütze draus machen zu lassen, hätte ich auch nichts dagegen.«

Daß sie auch beim Juwelier auf Widerstand stieß, erstaunte sie.

»Madam«, sagte Mr. Jauhri in Bengali, wobei er die ihrem Schwiegervater verliehenen Medaillen betrachtete, »das sind wunderschöne Medaillen.« Mit seinen stumpfen dunklen Fingern, die eigentlich nicht zu jemandem paßten, der so feinfühlige, filigrane Arbeiten ausführte und überwachte, strich er liebevoll über die eingravierten Löwen und um den glatten, ungeriffelten Rand.

Meenakshi fuhr sich mit dem langen rotlackierten Nagel des rechten Mittelfingers den Hals entlang.

»Ja«, sagte sie gleichgültig.

»Madam, wenn ich Ihnen einen Rat geben darf, warum geben Sie die Kette und die Ohrringe nicht gegen Bezahlung in Auftrag? Es besteht wirklich keine Notwendigkeit, diese Medaillen einzuschmelzen.« Eine gutgekleidete und offensichtlich wohlhabende Dame sollte sich doch bereitwillig mit seinem Vorschlag einverstanden erklären.

Meenakshi sah den Juwelier reserviert und überrascht an. »Da ich jetzt ungefähr das Gewicht der Medaillen kenne, schlage ich vor, nur eine, nicht beide einzuschmelzen«, sagte sie. Etwas verärgert über seine Dreistigkeit – diese Ladenbesitzer nahmen sich manchmal etwas viel heraus –, fuhr sie fort: »Ich bin hergekommen, weil ich einen Auftrag zu vergeben habe. Normalerweise hätte ich den Juwelier aufgesucht, zu dem ich immer gehe. Wie lange werden Sie brauchen?«

Mr. Jauhri ließ sich auf keine weiteren Diskussionen ein. »Zwei Wochen«, sagte er.

»Das ist ziemlich lange.«

»Nun, Sie wissen, wie es ist, Madam. Es gibt nur wenige wirklich gute Goldschmiede, und wir haben viel Arbeit.«

»Aber es ist März. Die Hochzeitssaison ist praktisch vorbei.«

»Trotzdem, Madam.«

»Na gut, dann eben in zwei Wochen«, sagte Meenakshi. Sie nahm eine Medaille – es war zufällig die für Physik – und warf sie achtlos in ihre Handtasche. Der Juwelier sah mit Bedauern auf die Medaille für Ingenieurwissenschaften, die auf einem kleinen Samtkissen auf dem Tisch lag. Er hatte nicht gewagt zu fragen, wem sie gehörte, aber als Meenakshi, nachdem er die Medaille genau gewogen hatte, die Quittung unterschrieb, schloß er aus ihrem Namen, daß sie ihrem Schwiegervater verliehen worden war. Er erfuhr nie, daß Meenakshi ihren Schwiegervater überhaupt nicht gekannt hatte und sich ihm auch nicht sonderlich verbunden fühlte.

Als sich Meenakshi zum Gehen wandte, sagte er: »Madam, sollten Sie es sich doch noch überlegen...«

Meenakshi drehte sich noch einmal um und fuhr ihn an: »Mr. Jauhri, wenn ich Ihren Rat will, dann werde ich Sie danach fragen. Ich bin zu Ihnen gekommen, weil Sie mir empfohlen wurden.«

»Ganz recht, Madam, ganz recht. Selbstverständlich ist es Ihre Entscheidung. Bis in zwei Wochen dann.« Mr. Jauhri runzelte traurig die Stirn, bevor er seinen Goldschmiedemeister rief.

Zwei Wochen später erfuhr Arun durch eine im Gespräch fallengelassene Bemerkung, was Meenakshi getan hatte. Er war außer sich.

Meenakshi seufzte. »Es hat keinen Sinn, mit dir zu reden, wenn du so wütend bist. Dann bist du so hartherzig. Komm, Aparna, Schätzchen, Daddy ist wütend auf uns, wir gehen ins andere Zimmer.«

Ein paar Tage später schrieb – oder vielmehr kritzelte – Arun folgenden Brief an seine Mutter:

Liebe Ma,
tut mir leid, daß ich nicht früher auf Deinen Brief in Sachen Lata geantwortet habe. Ja, werde auf jeden Fall die Augen offenhalten. Aber freu Dich nicht zu früh, standesgemäß sind fast nur die, die für eine britische Firma arbeiten, und die bekommen Mitgiftangebote in den Zehntausenden, sogar in den Hunderttausenden. Trotzdem Lage nicht ganz hoffnungslos. Werd's versuchen, schlage vor, Lata kommt im Sommer nach Kalkutta. Werde Kennenlernen organisieren usw. Aber sie muß kooperieren. Varun nachlässig, studiert nur, wenn ich hinter ihm her bin. Interessiert sich nicht für Mädchen, nur wie gewohnt für die vierbeinigen, und für schauderhafte Lieder. Aparna in bester Verfassung, fragt ständig nach ihrer Daadi, sei also gewiß, daß sie Dich vermißt. Daddys Ing.Wiss.-Medaille von M. eingeschmolzen für Ohrgehänge und Kette, habe Physik gerettet, sei unbesorgt. Alles andere in Ordnung, mein Rücken okay, Chatterjis wie immer, schreibe ausführlich, wenn Zeit.
              Grüße und Küsse von allen
                     Arun

Dieser kurze Brief, geschrieben in Aruns unleserlichem Telegrammstil (die vertikalen Linien der Buchstaben neigten sich in Dreißig-Grad-Winkeln mal nach rechts, mal nach links), explodierte eines Nachmittags in Brahmpur wie eine Granate. Als Mrs. Rupa Mehra ihn las, brach sie unvermittelt in Tränen aus, ohne daß einleitend (wie Arun versucht gewesen wäre anzumerken, wäre er dabeigewesen) ihre Nase rot anlief. Aber, um die Angelegenheit in ein nicht zu zynisches Licht zu tauchen, sie war fassungslos, und zwar aus gutem Grund.

Das Schreckensbild der eingeschmolzenen Medaille und die Gefühllosigkeit ihrer Schwiegertochter, die sich über jedes zarte Empfinden hinwegsetzte, wie dieser Akt abgeschmackter Eitelkeit bewies, empörten Mrs. Rupa Mehra mehr als irgend etwas anderes seit Jahren, mehr sogar als Aruns Heirat mit Meenakshi. Sie sah deutlich vor sich, wie der goldene Name ihres Mannes in einem Schmelztiegel Buchstabe für Buchstabe ausgelöscht wurde. Mrs. Rupa Mehra hatte ihren Mann nahezu im Übermaß geliebt und bewundert, und der Gedanke, daß eins der wenigen Dinge, die seine Existenz auf dieser Welt dokumentierten, auf boshafte – denn was war solch verletzende Gleichgültigkeit, wenn nicht Boshaftigkeit? – und nicht wiedergutzumachende Weise vernichtet worden war, ließ sie Tränen der Bitterkeit, der Wut und der Enttäuschung vergießen. Er war ein ausgezeichneter Student am Roorkee College gewesen, und die Erinnerungen an seine Studentenzeit waren glückliche Erinnerungen. Er hatte kaum gelernt und doch hervorragend abgeschnitten. Er war bei seinen Lehrern wie bei seinen Kommilitonen gleichermaßen beliebt gewesen. Das einzige Fach, in dem er schwache Leistungen erbracht hatte, war Zeichnen. Da war er gerade noch so durchgerutscht. Mrs. Rupa Mehra dachte an die kleinen Skizzen in den Poesiealben der Kinder und glaubte, daß seine Prüfer ignorant und ungerecht waren.

Nach einer Weile sammelte sie sich, betupfte ihre Stirn mit Kölnisch Wasser und ging hinaus in den Garten. Es war warm an diesem Tag, aber vom Fluß her wehte eine Brise. Savita schlief, und alle anderen waren ausgegangen. Sie ließ den Blick über den nicht gefegten Weg bis zu dem Beet mit den Cannas schweifen. Im Schatten eines Maulbeerbaums plauderte das junge Sweeper-Mädchen mit dem Gärtner. Ich muß mal mit ihr reden, sagte sich Mrs. Rupa Mehra gedankenverloren.

Mansoors Vater, der viel gewieftere Mateen, kam mit den Haushaltsbüchern auf die Veranda. Mrs. Rupa Mehra war nicht in der Stimmung für Buchführung, aber sie fühlte sich dazu verpflichtet. Lustlos kehrte sie zur Veranda zurück, holte ihre Brille aus der schwarzen Handtasche und wandte sich den Büchern zu.

Das Sweeper-Mädchen nahm den Besen und begann, Staub, Laub, Zweige und verwelkte Blüten vom Weg zu fegen. Mrs. Rupa Mehra starrte, ohne etwas zu sehen, auf das aufgeschlagene Haushaltsbuch.

»Soll ich später wiederkommen?« fragte Mateen.

»Nein, ich werde sie mir jetzt vornehmen. Warte einen Augenblick.« Sie nahm einen blauen Bleistift zur Hand und ging die Liste der Einkäufe durch. Seitdem Mateen aus seinem Dorf zurück war, war die Prüfung der Rechnungen viel anstrengender. Abgesehen von seiner merkwürdigen Variante der Hindi-Schrift war Mateen wesentlich erfahrener im Frisieren der Bücher als sein Sohn.

»Was ist das?« fragte Mrs. Rupa Mehra. »Noch eine Vier-Sihr-Dose Ghee? Glaubst du, wir sind Millionäre? Wann haben wir die letzte Dose gekauft?«

»Das muß vor zwei Monaten gewesen sein, Burri Memsahib.«

»Als du es dir in deinem Dorf hast gutgehen lassen, hat Mansoor da nicht eine Dose gekauft?«

»Möglicherweise, Burri Memsahib. Ich weiß es nicht. Ich habe keine gesehen.«

Mrs. Rupa Mehra blätterte die Seiten zurück, bis sie auf die Einträge in Mansoors besser zu lesender Schrift stieß. »Er hat vor einem Monat eine Dose gekauft. Für fast zwanzig Rupien. Was ist damit? Um eine Dose so schnell aufzubrauchen, muß man schon eine zwölfköpfige Familie sein.«

»Ich bin gerade erst zurückgekehrt«, erklärte Mateen mit Blick auf das fegende Mädchen.

»Wenn du freie Hand hättest, würdest du jede Woche eine Sechzehn-Sihr-Dose Ghee kaufen«, sagte Mrs. Rupa Mehra. »Finde heraus, was mit der anderen passiert ist.«

»Wir tun es in die Puris und die Parathas und in das Dal – und Memsahib sieht es gern, wenn Sahib etwas Ghee auf die Chapatis und in den Reis tut ...«

»Ja, ja«, unterbrach ihn Mrs. Rupa Mehra. »Ich kann mir selbst ausrechnen, wieviel man dafür braucht. Ich will wissen, was mit dem Rest passiert ist. Wir sind kein Selbstbedienungsladen – und wir haben auch kein Süßigkeitengeschäft.«

»Ja, Burri Memsahib.«

»Obwohl Mansoor sich ganz so verhält.«

Mateen schwieg, runzelte jedoch die Stirn, als ob er mißbilligte, was er gerade gehört hatte.

»Er ißt die süßen Sachen und trinkt den Nimbu Pani, der für Gäste bestimmt ist«, fuhr Mrs. Rupa Mehra fort.

»Ich werde mit ihm sprechen, Burri Memsahib.«

»Bei den süßen Sachen bin ich mir nicht sicher«, sagte Mrs. Rupa Mehra gewissenhaft. »Er ist ein eigensinniger Junge. Und du – du bringst mir nie meinen Tee zur rechten Zeit. Warum kümmert sich in diesem Haus niemand um mich? In Arun Sahibs Haus in Kalkutta bringt mir der Dienstbote ständig Tee. Hier fragt man mich noch nicht mal. Wenn ich ein eigenes Haus hätte, würden dort andere Sitten herrschen.«

Mateen, der begriffen hatte, daß die Rechnungsprüfung beendet war, ging, um Mrs. Rupa Mehra Tee zu holen. Eine Viertelstunde später kam Savita, die nach ihrem nachmittäglichen Nickerchen verschlafen, aber wunderschön aussah, auf die Veranda, wo sie ihre Mutter tränenüberströmt vorfand. Sie hielt Aruns Brief in der Hand und sagte:»Ohrgehänge! Er nennt es auch noch Ohr-gehänge!« Als Savita von dem Vorgefallenen unterrichtet war, verspürte sie eine Woge der Sympathie für ihre Mutter und war empört über Meenakshis Verhalten.

»Wie konnte sie bloß?« fragte sie. Hinter Savitas Sanftmut verbarg sich eine wilde Entschlossenheit, die zu verteidigen, die sie liebte. Sie hatte einen eigenen Willen, der aber so still am Werk war, daß nur diejenigen, die sie sehr gut kannten, spürten, daß ihr Leben und ihre Bedürfnisse nicht gänzlich von den sich wandelnden Umständen bestimmt wurden. Sie zog ihre Mutter an sich und sagte:»Ich wundere mich über Meenakshi. Ich werde dafür sorgen, daß der anderen Medaille nichts zustößt. Daddys Andenken ist viel mehr wert als ihre kleinkarierten Launen. Weine nicht, Ma. Ich schreibe sofort einen Brief. Oder wenn du willst, können wir gemeinsam einen Brief schreiben.«

»Nein, nein.« Mrs. Rupa Mehra blickte traurig in ihre leere Tasse.

Als Lata nach Hause kam und die Neuigkeit erfuhr, war auch sie entsetzt. Sie war der Liebling ihres Vaters gewesen und hatte seine akademischen Auszeichnungen oft und gern angesehen; und sie war sehr unglücklich, als Meenakshi sie bekam. Was können sie ihr bedeuten, hatte sie sich gefragt, verglichen mit dem, was sie seinen Töchtern bedeuten? Und jetzt hatte sie auf unerfreuliche Weise recht behalten. Sie war auch wütend auf Arun, der – das war ihre Meinung – diese leidige Sache ermöglicht hatte, indem er seine Zustimmung gegeben oder Nachsicht geübt hatte, und der in seinem albernen, oberflächlichen Brief die Angelegenheit herunterspielte. Seine brutalen kleinen Versuche, seine Mutter zu schockieren oder sich über sie lustig zu machen, brachten Lata vor Wut zum Schäumen. Was seinen Vorschlag anbetraf, daß sie nach Kalkutta fahren und mit ihm kooperieren sollte, um einen geeigneten Ehemann kennenzulernen, so beschloß Lata, dies wäre das letzte, was sie tun würde.

Pran kehrte spät vom ersten Treffen des Studentenausschusses zurück in einen Haushalt, der ganz offensichtlich in seinen Grundfesten erschüttert war, aber er war zu erschöpft, um sich sofort nach dem Grund dafür zu erkundigen. Er setzte sich in seinen Lieblingsstuhl – einen aus Prem Nivas stammenden Schaukelstuhl – und las ein paar Minuten. Dann machten er und Savita einen Spaziergang, auf dem er von der Krise in Kenntnis gesetzt wurde. Er fragte Savita, ob er den Brief, den sie an Meenakshi geschrieben hatte, lesen dürfe. Nicht daß er dem Urteil seiner Frau mißtraute – im Gegenteil. Aber er hoffte, daß er, der kein Mehra und deswegen auch nicht so verletzt und angespannt war, nicht mehr rückgängig zu machende Worte wegen ärgerlicher, nicht mehr rückgängig zu machender Fakten verhindern könnte. Familienstreitigkeiten, gleichgültig, ob es um Dinge oder Gefühle ging, waren immer bittere Angelegenheiten; sie zu verhindern war nahezu eine Bürgerpflicht.

Savita zeigte ihm den Brief gern. Pran las ihn, nickte von Zeit zu Zeit. »Sehr gut«, sagte er ernst, als würde er den Aufsatz eines Studenten loben. »Diplomatisch, aber vernichtend! Glatt und hart wie Stahl«, fuhr er in einem veränderten Tonfall fort und warf seiner Frau einen amüsierten und neugierigen Blick zu. »Ich werde dafür sorgen, daß er morgen abgeschickt wird.«

Später schaute Malati vorbei. Lata erzählte ihr die Geschichte von der Medaille. Malati revanchierte sich mit der Beschreibung einiger Experimente, die sie am College hatten durchführen müssen, und Mrs. Rupa Mehra ekelte sich so sehr, daß sie ihren Kummer vergaß – zumindest zeitweilig.

Beim Abendessen bemerkte Savita zum erstenmal, daß Malati für ihren Mann schwärmte. Es war klar ersichtlich aus der Art, wie das Mädchen ihn bei der Suppe ansah und beim Hauptgericht vermied, ihn anzusehen. Savita ärgerte sich überhaupt nicht darüber. Sie setzte voraus, daß man Pran liebte, wenn man ihn kannte; Malatis Zuneigung war ganz natürlich und völlig harmlos. Pran, das war deutlich zu sehen, bemerkte nichts von alledem. Er sprach über das Stück, das er im letzten Jahr zum Tag der Universität einstudiert hatte: *Julius Cäsar* – eine typisch universitäre Entscheidung (sagte Pran), weil die meisten Eltern nicht wollten, daß ihre Töchter auf der Bühne agierten ..., aber andererseits hätten ihm im augenblicklichen historischen Kontext die Themen Gewalt, Patriotismus und Wechsel des Regimes neue Aktualität verliehen, die ihm sonst gefehlt hätte.

Die Begriffsstutzigkeit intelligenter Männer, dachte Savita lächelnd, ist ein wesentlicher Grund, warum sie so liebenswert sind. Sie schloß für einen Moment die Augen, um ein Gebet für seine und ihre und die Gesundheit ihres ungeborenen Kindes zu sprechen.

ZWEITER TEIL

2.1

Am Holi-Morgen erwachte Maan mit einem Lächeln. Er trank gleich mehrere Glas mit Bhang gewürztes Thandai und segelte bald so hoch über allem Irdischen wie ein Drache. Er spürte die Zimmerdecke auf sich herabsinken – oder schwebte er zu ihr hinauf? Wie durch einen Nebel sah er seine Freunde Firoz und Imtiaz zusammen mit dem Nawab Sahib in Prem Nivas eintreffen, um der Familie Glückwünsche zu überbringen. Er ging auf sie zu, um ihnen ein glückliches Holi zu wünschen, brachte aber nur schallendes Gelächter zustande. Sie beschmierten sein Gesicht mit Farbe, und er lachte immer noch. Sie setzten ihn in eine Ecke, und er lachte weiter, bis ihm Tränen über die Wangen liefen. Die Zimmerdecke war jetzt völlig verschwunden, und die Wände pulsierten auf eine höchst rätselhafte Weise. Plötzlich stand Maan auf, legte seine Arme um Firoz und Imtiaz und schob beide vor sich her auf die Tür zu.

»Wohin willst du?« fragte Firoz.

»Zu Pran. Ich muß mit meiner Schwägerin Holi spielen.« Er griff nach ein paar Tüten Farbpulver und steckte sie in die Tasche seiner Kurta.

»In diesem Zustand solltest du besser nicht den Wagen deines Vaters nehmen«, sagte Firoz.

»Ach, wir nehmen eine Tonga, eine Tonga«, sagte Maan, fuchtelte mit den Armen herum und schlang sie dann um Firoz. »Aber trinkt zuerst etwas Thandai. Das hat's wirklich in sich.«

Sie hatten Glück. Es waren an diesem Morgen nicht viele Tongas unterwegs, aber als sie in die Cornwallis Road einbogen, schaukelte eine direkt auf sie zu. Das Pferd war nervös, als es auf dem Weg zur Universität an den bunt bekleckersten und lauthals Feiernden vorbeimußte. Sie bezahlten dem Tonga-Wallah den doppelten Fahrpreis und malten seine Stirn rosa und obendrein die des Pferdes grün an. Als Pran sie aussteigen sah, ging er auf sie zu und bat sie in den Garten. Auf der Veranda gleich neben der Tür stand eine große Badewanne mit rosa Farbe, und daneben lagen mehrere fußlange kupferne Spritzen. Prans Kurta und

Pajama waren durchnäßt und sein Gesicht und Haar mit gelbem und rosafarbenem Pulver verschmiert.

»Wo ist meine Bhabhi?« rief Maan.

»Ich komme nicht raus«, erwiderte Savita im Haus.

»Das macht nichts, wir kommen rein.«

»O nein, das werdet ihr nicht«, sagte Savita. »Es sei denn, ihr bringt mir einen Sari.«

»Du wirst deinen Sari schon bekommen, aber jetzt will ich erst mal, was mir zusteht«, sagte Maan.

»Sehr witzig«, sagte Savita. »Mit meinem Mann kannst du so viel Holi spielen, wie du willst, aber versprich mir, daß du mich nur ein bißchen mit Farbe beschmierst.«

»Ja, ja, versprochen. Nur ein kleiner Fleck, mehr nicht – und dann ein bißchen was aufs Gesicht deiner hübschen kleinen Schwester –, und ich bin zufrieden – bis zum nächsten Jahr.«

Savita machte vorsichtig die Tür auf. Sie trug einen alten, verblichenen Salwaar-Kameez und sah bildschön aus: lachend, argwöhnisch und fluchtbereit.

Maan hielt eine Tüte mit rosa Farbe in der linken Hand. Er verrieb etwas davon auf der Stirn seiner Schwägerin. Sie langte in die Tüte, um dasselbe mit ihm zu tun.

»Und ein bißchen was auf die Wangen«, sagte Maan, während er mehr Farbpulver auf ihrem Gesicht verteilte.

»Gut, das reicht«, sagte Savita. »Sehr gut. Ein fröhliches Holi!«

»...und ein bißchen was hier«, sagte Maan und fuhr fort, Farbe auf ihrem Hals, ihren Schultern und ihrem Rücken zu verreiben. Er hielt sie fest und streichelte sie, als sie versuchte loszukommen.

»Du bist wirklich ein Flegel, ich werd dir nie wieder trauen«, sagte Savita. »Bitte, laß mich los, hör auf, Maan, bitte – in meinem Zustand...«

»Ich bin also ein Flegel?« Maan griff nach einem Becher und tauchte ihn in die Wanne.

»Nein, nein, nein. Ich hab's nicht so gemeint. Pran, bitte hilf mir«, sagte Savita halb lachend, halb weinend. Mrs. Rupa Mehra spähte beunruhigt durchs Fenster. »Keine flüssige Farbe, Maan, bitte«, rief Savita. Ihre Stimme wurde zunehmend schriller.

Aber trotz ihres Flehens goß Maan ihr drei, vier Becher mit kaltem rosafarbenem Wasser über den Kopf und verrieb lachend das feuchte Pulver auf dem Kameez über ihren Brüsten.

Auch Lata sah aus dem Fenster und staunte über Maans kühne Ausschweifung – der Feiertag machte es möglich. Sie konnte Maans Hände nahezu spüren und dann den kalten Schock des Wassers. Zu ihrer eigenen Überraschung und zu der ihrer Mutter, die neben ihr stand, schnappte sie nach Luft und schauderte. Nichts würde sie dazu verleiten, hinauszugehen, wo Maan weiter seinem polychromen Vergnügen nachging.

»Hör auf!« schrie Savita wütend. »Was für Feiglinge seid ihr? Warum helft ihr mir nicht? Er hat Bhang genommen, ich seh's ihm an – schaut euch nur seine Augen an...«

Pran und Firoz schafften es, Maan abzulenken, indem sie ihn mit gefärbtem Wasser bespritzten, bis er in den Garten floh. Er war nicht sehr sicher auf den Beinen, stolperte und fiel in das Beet mit den gelben Cannas. Er hob seinen Kopf gerade lange genug zwischen den Blumen, um folgende Zeile zu singen: »Oh, ihr Feiernden, es ist Holi im Land des Braj!«, dann fiel er wieder um und war nicht mehr zu sehen. Eine Minute später tauchte er pünktlich wie der Kuckuck in einer Kuckucksuhr wieder auf, sang die Zeile noch einmal und verschwand erneut. Savita, die auf Rache aus war, füllte einen kleinen Messingtopf mit gefärbtem Wasser und schlich zum Cannabeet. Als er sich wieder aufsetzte, um zu singen, sah er Savita zwar mit der Lota voll Farbe, aber es war zu spät. Wütend und entschlossen schüttete sie ihm den gesamten Inhalt über Gesicht und Brust und begann zu kichern, als sie Maans verdutzte Miene bemerkte. Aber der ließ sich wieder fallen und schluchzte: »Bhabhi liebt mich nicht, meine Bhabhi liebt mich nicht.«

»Natürlich liebe ich dich nicht«, sagte Savita. »Warum sollte ich?«

Tränen liefen über Maans Gesicht, und er war untröstlich. Als Firoz ihm auf die Beine helfen wollte, klammerte er sich weinend an ihn. »Du bist mein einziger wahrer Freund. Wo sind die Süßigkeiten?«

Jetzt, da Maan außer Gefecht gesetzt war, wagte sich auch Lata heraus und spielte eine sanfte Version von Holi mit Pran, Firoz und Savita. Auch Mrs. Rupa Mehra bekam etwas Farbe ab.

Aber die ganze Zeit über fragte sich Lata, wie sie sich dabei gefühlt hätte, öffentlich und auf so intime Weise von dem gutgelaunten Maan eingerieben und beschmiert zu werden. Und dabei war der Mann verlobt! Sie hatte noch nie erlebt, daß sich jemand auch nur annähernd so wie Maan verhalten hätte – und Pran war überhaupt nicht wütend. Eine sonderbare Familie, die Kapoors, dachte sie.

Mittlerweile war auch Imtiaz ziemlich berauscht von dem Bhang im Thandai. Er saß auf der Treppe, lächelte glücklich und murmelte wiederholt ein Wort, das sich anhörte wie ›myokardial‹. Manchmal murmelte er es, dann sang er es, dann wieder klang es wie eine tiefgründige, nicht zu beantwortende Frage. Ab und zu berührte er nachdenklich das kleine Muttermal auf seiner Wange.

Eine Gruppe von ungefähr zwanzig Studenten – bis zur Unkenntlichkeit mit Farbe beschmiert – kam die Straße entlang. Sogar ein paar Mädchen waren dabei – und eine war die jetzt rothäutige (aber noch immer grünäugige) Malati. Sie hatten Professor Mishra, der nur ein paar Häuser weiter wohnte, überredet mitzukommen. Seine walfischartige Massigkeit war unverkennbar, und außerdem war er kaum mit Farbe beschmiert.

»Es ist mir eine Ehre, es ist mir eine Ehre«, sagte Pran, »aber ich hätte zu Ihnen kommen sollen, Sir, nicht Sie zu mir.«

»Ach, in diesen Dingen bin ich nicht förmlich«, sagte Professor Mishra, schürzte die Lippen und blinzelte. »Nun, wo ist die reizende Mrs. Kapoor?«

»Hallo, Professor Mishra, wie nett von Ihnen, zum Holi-Spielen zu uns zu kommen«, sagte Savita und näherte sich mit etwas Farbpulver in der Hand. »Willkommen, ihr alle. Hallo Malati, wir haben uns schon gefragt, wo du geblieben bist. Es ist schon fast Mittag. Willkommen, willkommen ...«

Professor Mishra neigte den Kopf, und Savita verrieb etwas Farbe auf seiner breiten Stirn.

Aber Maan, der bislang niedergeschlagen an Firoz' Schulter gelehnt hatte, ließ die Cannablüte fallen, mit der er gespielt hatte, und näherte sich, herzlich lächelnd, Professor Mishra. »Sie sind also der berühmt-berüchtigte Professor Mishra«, begrüßte er ihn hoch erfreut. »Wie aufregend, so einen verrufenen Mann kennenzulernen.« Er umarmte ihn freundlich. »Sagen Sie, sind Sie wirklich ein Volksfeind? Was für ein bemerkenswertes Gesicht, was für eine ausdrucksstarke Miene!« murmelte er ehrfürchtig und respektvoll, während Professor Mishra die Kinnlade herunterfiel.

»Maan«, sagte Pran erschrocken.

»So ruchlos!« sagte Maan in einem Ton uneingeschränkter Billigung.

Professor Mishra starrte ihn an.

»Mein Bruder nennt Sie Moby Dick, den großen weißen Wal«, fuhr Maan freundlich fort. »Jetzt verstehe ich, warum. Möchten Sie ein Bad nehmen?« Er deutete auf die Wanne mit dem rosafarbenen Wasser.

»Nein, nein, ich glaube nicht«, setzte Professor Mishra halbherzig an.

»Imtiaz, hilf mir«, sagte Maan.

»Myokardial«, sagte Imtiaz, um seine Hilfsbereitschaft kundzutun. Sie faßten Professor Mishra bei den Schultern und führten ihn zwangsweise zur Wanne.

»Nein, nein, ich hol mir eine Lungenentzündung«, rief der wütende Professor Mishra, der nicht wußte, wie ihm geschah.

»Hör auf, Maan«, sagte Pran scharf.

»Was meinen Sie, Doktor Sahib?« fragte Maan Imtiaz.

»Keine Kontraindikationen«, sagte Imtiaz, und die beiden stießen den verdutzten Professor in die Wanne. Naß bis auf die Knochen, über und über rosa, spritzte er wütend und konfus herum. Maan schaute zu und hielt sich vor Lachen den Bauch. Imtiaz grinste wohlwollend. Pran setzte sich auf die Treppe und vergrub den Kopf in den Händen. Alle anderen verfolgten das Schauspiel mit Entsetzen.

Professor Mishra stieg aus der Wanne und blieb einen Augenblick auf der Veranda stehen, zitternd vor Nässe und Wut. Dann blickte er sich um wie ein in die Enge getriebener Bulle und stapfte tropfend die Treppe hinunter und durch den Garten. Pran war zu konsterniert, um sich zu entschuldigen. Empört und würdevoll schritt die rosa Gestalt durchs Tor und verschwand die Straße hinunter.

Maan blickte beifallheischend in die Runde. Savita vermied es, ihn anzusehen, alle schwiegen bedrückt, und Maan spürte, daß er wieder einmal in Ungnade gefallen war.

2.2

Zurück in Prem Nivas, legte sich Maan nach einem langen Bad schlafen, in eine frische, saubere Kurta-Pajama gekleidet und glücklich unter dem Einfluß des Bhang und des warmen Nachmittags. Er träumte etwas Ungewöhnliches: Er wollte mit dem Zug nach Benares fahren, um sich dort mit seiner Verlobten zu treffen. Er wußte, sollte er den Zug versäumen, würde man ihn einsperren – unter welcher Anschuldigung, war unklar. Eine große Anzahl Polizisten, angefangen vom Polizeipräsidenten von Purva Pradesh bis hinunter zu einem Dutzend gemeinen Wachtmeistern, hatte einen Kordon um ihn gebildet und trieb ihn, zusammen mit ein paar schlammverspritzten Dörflern und ungefähr zwanzig festlich gekleideten Studentinnen, in ein Abteil. Aber er hatte etwas vergessen und bat um die Erlaubnis, gehen und es holen zu dürfen. Niemand hörte auf ihn, und er wurde zunehmend heftiger und ärgerlicher. Schließlich fiel er den Polizisten und dem Schaffner zu Füßen und flehte sie an, ihn gehen zu lassen: er habe irgendwo etwas vergessen, vielleicht zu Hause, vielleicht auf einem anderen Bahnsteig, und es sei lebenswichtig, daß er es holen dürfe. Aber die Lokomotive pfiff bereits, man hatte ihn in den Zug gedrängt. Ein paar der Frauen lachten ihn aus, und er wurde immer verzweifelter. »Bitte, laßt mich hinaus«, bat er wieder und wieder, aber der Zug war schon aus dem Bahnhof gefahren und beschleunigte das Tempo. Er blickte auf und sah ein kleines rot-weißes Schild: *Im Gefahrenfall Notbremse ziehen. Mißbrauch wird mit 50 Rupien bestraft.* Er sprang auf eine Sitzbank. Die Dörfler versuchten, ihn aufzuhalten, als sie sahen, was er vorhatte, aber er schüttelte sie ab, bekam den Griff zu fassen und zog mit ganzer Kraft daran. Vergebens. Der Zug fuhr immer schneller, und die Frauen lachten ihn jetzt noch ungenierter aus. »Ich habe da etwas vergessen«, sagte er immer wieder und deutete in die Richtung, aus der sie kamen, als ob sich der Zug seine Erklärung anhören und doch noch anhalten würde. Er holte seine Brieftasche heraus und flehte den Schaffner an: »Hier sind fünfzig Rupien. Halten Sie den Zug an. Ich bitte Sie – lassen Sie ihn zurückfahren. Es macht mir nichts aus, ins Gefängnis zu gehen.« Aber der Mann kontrollierte die Fahrkarten der anderen Fahrgäste und ignorierte Maan, als wäre er ein harmloser Irrer.

Maan erwachte schwitzend und war erleichtert, die vertrauten Dinge in seinem Zimmer in Prem Nivas zu sehen – den gepolsterten Stuhl und den Deckenventilator, den roten Teppich und die fünf oder sechs Krimis in Taschenbuchausgabe.

Er schüttelte den Traum ab und wusch sich das Gesicht. Aber als er seine bestürzte Miene im Spiegel sah, erinnerte er sich lebhaft an die Frauen aus dem Traum. Warum haben sie mich ausgelacht? fragte er sich. War ihr Lachen unfreundlich gemeint ...? Es war ja nur ein Traum, beruhigte er sich. Aber während er sich Wasser ins Gesicht spritzte, wurde er das Gefühl nicht los, daß es eine Erklärung für den Traum gab und daß er sie erfahren könnte, wenn er sich ein bißchen anstrengte. Er schloß die Augen, um sich den Traum noch einmal in Erinnerung zu rufen, aber jetzt war alles schon ganz verschwommen, und nur das Unbehagen, das Gefühl, daß er etwas vergessen hatte, blieb zurück. Die Gesichter der Frauen, der Dörfler, der Polizisten und das des Schaffners waren verschwunden. Was kann ich nur vergessen haben? fragte er sich. Warum haben sie mich ausgelacht?

Irgendwo im Haus rief sein Vater streng nach ihm: »Maan, Maan – bist du wach? In einer halben Stunde kommen die Gäste zum Konzert.« Er antwortete nicht, sondern betrachtete sich weiterhin im Spiegel. Kein schlechtes Gesicht, dachte er: lebhafte, unverbrauchte, ausgeprägte Züge, aber die Schläfen wurden schon etwas kahl! – was ihm angesichts seines Alters von nur fünfundzwanzig Jahren ein wenig unfair erschien. Ein paar Minuten später unterrichtete ihn ein Dienstbote, daß sein Vater ihn im Hof zu sprechen wünsche. Maan fragte den Dienstboten, ob seine Schwester Veena bereits eingetroffen sei, und erfuhr, daß sie und ihre Familie gekommen und bereits wieder gegangen waren. Veena hatte ihn in seinem Zimmer aufgesucht, ihn schlafend vorgefunden und nicht zugelassen, daß ihr Sohn Bhaskar ihn störte.

Maan runzelte die Stirn, gähnte und ging zum Kleiderschrank. Er interessierte sich nicht für die Gäste oder das Konzert, sondern wollte weiterschlafen, diesmal traumlos. So verbrachte er normalerweise den Abend von Holi in Benares – er schlief das Bhang aus.

Die ersten Gäste trafen ein. Die meisten trugen frische Gewänder, und abgesehen von ein bißchen roter Farbe unter den Fingernägeln und im Haar war ihnen äußerlich nichts mehr von dem morgendlichen Treiben anzusehen. Aber sie waren alle ausgezeichneter Laune und lächelten, und das lag nicht nur an der Wirkung des Bhang. Mahesh Kapoors Holi-Konzert war ein jährliches Ritual, das in Prem Nivas stattfand, solange man zurückdenken konnte. Sein Vater und sein Großvater hatten diese Tradition begründet, und nur während der Jahre, die er im Gefängnis verbracht hatte, war es ausgefallen.

Wie auch in den letzten beiden Jahren sang an diesem Abend Saeeda Bai Firozabadi. Sie lebte nicht weit entfernt von Prem Nivas, stammte aus einer Familie von Sängerinnen und Kurtisanen und hatte eine schöne, volle, gefühlsstarke Stimme. Sie war erst fünfunddreißig, aber ihr Ruhm hatte sich über die Grenzen von Brahmpur hinaus verbreitet, und sie wurde bis nach Bombay und Kalkutta zu Auftritten eingeladen. Viele von Mahesh Kapoors Gästen kamen an diesem Abend nicht so sehr um seiner beispielhaften Gastfreundschaft willen – oder vielmehr der seiner unaufdringlichen Frau –, sondern um Saeeda Bai singen zu hören. Maan, der die letzten beiden Holis in Benares verbracht hatte, wußte von ihrem Ruhm, hatte sie aber nie singen hören.

Teppiche und weiße Laken waren auf dem halbkreisförmigen Hof ausgebreitet, an den in der Kurve geweißte Räume und offene Korridore grenzten und der auf der geraden Seite zum Garten hin offen war. Es gab keine Bühne, kein

Mikrophon, und die Stelle, wo die Sängerin auftreten sollte, war nicht sichtbar vom Publikumsbereich getrennt. Es gab keine Stühle, nur Kissen und Polster, um es sich bequem zu machen, und ein paar Topfpflanzen säumten die Sitzfläche. Die ersten Gäste standen herum, nippten an Fruchtsaft oder Thandai, knabberten Kababs, Nüsse oder traditionelle Holi-Süßigkeiten. Mahesh Kapoor begrüßte die Gäste, die in den Hof traten, und wartete ungeduldig darauf, daß Maan herunterkäme und ihm zur Seite stünde, so daß er sich mit einigen Gästen etwas länger unterhalten könnte, statt höfliche Floskeln mit allen auszutauschen. Wenn er in fünf Minuten nicht hier ist, sagte sich Mahesh Kapoor, werde ich hinaufgehen und ihn selbst wach rütteln. Er hätte genausogut in Benares bleiben können, hilfreich wie er ist. Wo ist der Junge? Ich habe den Wagen bereits zu Saeeda Bai geschickt.

2.3

Der Wagen war tatsächlich schon vor über einer halben Stunde geschickt worden, um Saeeda und ihre Musiker zu holen, und Mahesh Kapoor begann sich allmählich Sorgen zu machen. Die meisten Gäste hatten bereits Platz genommen, ein paar standen noch herum und unterhielten sich. Saeeda Bai war dafür bekannt, daß sie gelegentlich, nachdem sie sich irgendwo zum Auftritt verpflichtet hatte, einer plötzlichen Eingebung folgte und woanders hinging – eine alte oder neue Flamme, einen Verwandten besuchte oder einen kleinen Freundeskreis mit ihrem Gesang beglückte. Sie verhielt sich meist so, wie es ihren Vorlieben entsprach. Diese Verhaltensweise oder vielmehr Neigung hätte ihr in beruflicher Hinsicht sehr schaden können, wären ihre Stimme und ihre Umgangsformen nicht so einnehmend gewesen. In einem gewissen Licht betrachtet, hatte ihre Verantwortungslosigkeit sogar etwas Geheimnisvolles. Dieses Licht hatte sich für Mahesh Kapoor bereits zu trüben begonnen, als er von der Tür her gedämpfte Rufe hörte: Saeeda Bai und ihre drei Musiker waren endlich eingetroffen.
 Sie sah hinreißend aus. Wenn sie während des ganzen Abends keinen Ton gesungen, sondern nur weiterhin bekannte Gesichter angelächelt und sich interessiert umgesehen hätte und bei jedem gutaussehenden Mann oder bei jeder hübschen (wenn auch modernen) Frau stehengeblieben wäre, hätte das den meisten Anwesenden gereicht. Aber nach kurzem ging sie schon zur offenen Seite des Hofes – in den Teil, der an den Garten grenzte – und setzte sich an das Harmonium, das ein Dienstbote aus dem Wagen geholt hatte. Sie zog den Pallu ihres Seidensaris auf ihrem Kopf weiter nach vorn. Er neigte dazu, nach hinten wegzurutschen, und eine ihrer charmantesten Gesten – die sie den ganzen Abend über wiederholte – bestand darin, den Sari zurechtzuziehen, damit ihr Kopf nicht unbedeckt wäre. Die Musiker – ein Tabla-Spieler, ein Sarangi-Spieler

und ein Mann, der auf der Tambura spielte – setzten sich und begannen, ihre Instrumente zu stimmen, während sie mit einem Finger der mit Ringen übersäten rechten Hand eine schwarze Taste anschlug und mit der gleichermaßen geschmückten Linken vorsichtig Luft in den Balg preßte. Der Tabla-Spieler spannte mit einem silbernen Hämmerchen die Lederriemen der rechten Trommel, der Sarangi-Spieler drehte an den Stimmwirbeln und strich mit dem Bogen ein paar Phrasen auf den Saiten. Die Zuhörer machten es sich bequem und rückten zusammen, um Neuankömmlingen Platz zu schaffen. Ein paar Jungen, manche nicht älter als sechs, setzten sich neben ihre Väter oder Onkel. Alle waren freudig gespannt. Flache Schalen mit Rosen- und Jasminblütenblättern wurden herumgereicht. Diejenigen, die wie Imtiaz noch etwas Bhang im Blut hatten, atmeten trunken ihren betörenden Duft ein.

Oben auf dem Balkon spähten zwei (weniger moderne) Frauen durch die Schlitze in einem Bambusvorhang hinunter und diskutierten über Saeeda Bais Kleidung, Schmuck, Gesicht, Benehmen, Vorleben und Stimme.

»Hübscher Sari, aber nichts Besonderes. Sie trägt immer Benares-Seide. Heute abend ist er rot. Letztes Jahr war er grün. Wie eine Ampel.«

»Schau dir die Zari-Stickerei auf ihrem Sari an.«

»Sehr ausgefallen, sehr ausgefallen – aber in ihrem Beruf braucht man das vermutlich. Armes Ding.«

»›Armes Ding‹ würde ich nicht sagen. Schau dir ihren Schmuck an. Die schwere goldene Halskette mit den Emailleeinlagen ...«

»Für meinen Geschmack ist sie etwas zu lang ...«

»Hm, na ja, jedenfalls heißt es, daß sie sie von den Sitagarh-Leuten bekommen hat.«

»Oh.«

»Und auch einige der Ringe, glaube ich. Beim Nawab von Sitagarh steht sie hoch im Kurs. Es heißt, er ist ein großer Liebhaber der Musik.«

»Und der Musikerinnen?«

»Selbstverständlich. Jetzt begrüßt sie Maheshji und seinen Sohn Maan. Er sieht sehr zufrieden aus. Ist das der Gouverneur, den er ...«

»Ja, ja, diese Kongreß-Wallahs sind doch alle gleich. Sie reden von Anspruchslosigkeit und dem einfachen Leben, und dann laden sie sich so eine Person ins Haus, um ihre Freunde zu unterhalten.«

»Also, sie ist keine Tänzerin oder so was.«

»Das nicht, aber du kannst nicht leugnen, was sie ist!«

»Aber dein Mann ist auch da.«

»Mein Mann!«

Die beiden Damen – die eine die Frau eines Hals-Nasen-Ohren-Arztes, die andere die Frau eines wichtigen Zwischenhändlers im Schuhhandel – sahen sich angesichts des männlichen Charakters verzweifelt und resigniert an.

»Jetzt begrüßt sie den Gouverneur. Schau nur, wie er grinst. Dick und klein ist er – aber angeblich ein sehr fähiger Mann.«

»Aré, was muß ein Gouverneur schon tun, außer ab und zu irgendwas einweihen und im Luxus der Gouverneursresidenz schwelgen? Kannst du hören, was sie zu ihm sagt?«

»Nein.«

»Immer wenn sie den Kopf schüttelt, blitzt der Diamant in ihrem Nasenflügel auf. Wie der Scheinwerfer von einem Auto.«

»Ein Auto, das schon viele Fahrer erlebt hat.«

»Was heißt hier ›erlebt hat‹? Sie ist erst fünfunddreißig. Die kann noch viele Meilen fahren. Und die vielen Ringe. Kein Wunder, daß sie gern mit jedem Adaab macht.«

»Hauptsächlich Diamanten und Saphire, obwohl ich von hier nicht besonders gut sehe. Was für ein großer Diamant an ihrer rechten Hand ...«

»Nein, das ist ein weißer – ich wollte sagen, ein weißer Saphir, aber es ist kein Saphir –, angeblich ist der Stein noch teurer als ein Diamant, aber ich weiß nicht mehr, wie er heißt.«

»Warum trägt sie diese vielen glitzernden Armreifen aus Glas zwischen den goldenen? Sie sehen irgendwie billig aus!«

»Sie heißt nicht umsonst Firozabadi. Auch wenn ihre Vorväter – oder Vormütter – nicht aus Firozabad kommen, so doch ihre gläsernen Armreifen. Oho, schau mal, was sie den jungen Männern für Augen macht!«

»Das ist einfach schamlos.«

»Der arme junge Mann da weiß überhaupt nicht mehr, wo er hinsehen soll.«

»Wer ist das?«

»Doktor Durranis jüngerer Sohn, Hashim. Er ist erst achtzehn.«

»Hm ...«

»Er sieht sehr gut aus. Schau mal, jetzt wird er auch noch rot.«

»Rot! Diese jungen Moslem-Männer sehen alle so unschuldig aus, aber zuinnerst sind sie lüstern, das sag ich dir. Als wir noch in Karatschi gelebt haben ...«

Aber Saeeda Bai Firozabadi, die ein paar Leute aus dem Publikum begrüßt und leise mit ihren Musikern gesprochen hatte, schob ein bißchen Paan in ihre rechte Backe, räusperte sich zweimal und begann zu singen.

2.4

Nur ein paar Worte waren der schönen Kehle entschlüpft, als die ersten »Wah! Wah!«-Rufe und andere anerkennende Kommentare des Publikums Saeeda Bai ein dankbares Lächeln abnötigten. Sie war schön, gewiß, aber worin bestand ihre Schönheit? Die meisten anwesenden Männer hätten sich schwergetan, es zu erklären; die Frauen, die oben saßen, hatten vielleicht den klareren Blick. Sie war hübsch anzuschauen, nichts weiter, aber sie verfügte über alle Merkmale einer distinguierten Kurtisane – die kleinen Gunstbeweise, die Kopfhaltung, das Aufblitzen des Diamanten in der Nase, die bezaubernde Mischung von Direktheit und Umständlichkeit, wenn sie sich denen gegenüber aufmerksam zeigte, von denen sie sich angezogen fühlte, die Kenntnis der Urdu-Dichtung, besonders der Gaselen, die auch in einem Kreis von Kennern nicht als banal galt. Aber mehr als all das – mehr als ihre Kleidung, ihre Juwelen, ihr außergewöhnliches Talent und ihre musikalische Schulung – wog die Spur von Leid in ihrer Stimme. Woher sie stammte, wußte niemand mit Gewißheit, obwohl in Brahmpur genügend Gerüchte über ihre Vergangenheit kursierten. Auch die Frauen konnten nicht behaupten, daß diese Traurigkeit nichts weiter als ein Kunstgriff sei. Sie schien irgendwie beides zu sein, tapfer und verletzlich, und es war diese Kombination, die sie unwiderstehlich machte.

Da Holi war, begann sie ihren Vortrag mit ein paar Holi-Liedern. Saeeda Bai Firozabadi war Moslime, aber sie sang die fröhlichen Beschreibungen des jungen Krishna, der mit den Milchmägden aus dem Dorf seines Pflegevaters Holi spielte, mit so viel Kraft und Charme, daß man davon überzeugt war, sie sehe die Szenen vor sich. Die kleinen Jungen unter den Zuhörern sahen sie staunend an. Auch Savita, die zum erstenmal im Haus ihrer Schwiegereltern Holi feierte und mehr aus Pflichtbewußtsein denn in Erwartung von Vergnügungen gekommen war, begann die Vorstellung zu genießen.

Mrs. Rupa Mehra, hin- und hergerissen zwischen der Notwendigkeit, ihre jüngere Tochter zu beschützen, und der Unangemessenheit, die es bedeutet hätte, wenn eine Angehörige ihrer Generation, insbesondere eine Witwe, sich unter das Publikum unten gemischt hätte, war nach oben verschwunden (nicht ohne Pran streng zu ermahnen, Lata im Auge zu behalten). Sie spähte durch einen Spalt im Vorhang und sagte zu Mrs. Mahesh Kapoor: »Zu meiner Zeit wären an einem solchen Abend keine Frauen in den Hof gelassen worden.« Es war etwas unfair von Mrs. Rupa Mehra, diesen Einwand ihrer stillen, überforderten Gastgeberin gegenüber zu erheben, die über ebendiese Frage mit ihrem Mann gesprochen hatte und von ihm ungeduldig mit dem Argument überstimmt worden war, daß sich die Zeiten eben änderten.

Während des Vortrags gingen Leute im Hof ein und aus, und wenn Saeeda irgendwo im Publikum Bewegung entdeckte, begrüßte sie den neuen Gast mit einer Handbewegung, die für einen Augenblick ihr Harmoniumspiel unterbrach. Aber die traurig gestrichenen Saiten der Sarangi waren mehr als nur eine ausreichende Begleitung für ihre Stimme, und häufig bedachte sie den Spieler mit einem anerkennenden Blick für eine besonders gelungene Passage oder Improvisation. Die meiste Aufmerksamkeit widmete sie jedoch dem jungen Hashim Durrani, der in der ersten Reihe saß und anlief wie eine rote Bete, wann immer sie ihren Gesang unterbrach, um beiläufig eine treffende Bemerkung oder einen kurzen Zweizeiler an ihn zu richten. Saeeda Bai war dafür bekannt, sich früh am Abend einen einzelnen Mann im Publikum auszusuchen und alle ihre Lieder für ihn zu singen. Er wurde für sie zur grausamen Figur, zum Schlächter, Jäger, Scharfrichter und so weiter – der Anker für ihre Gasele.

Am liebsten sang Saeeda Bai die Gasele von Mir und Ghalib, aber sie fand auch Gefallen an Vali Dakkani – und an Mast, dessen Dichtung nicht unbedingt bemerkenswert war, der aber in Brahmpur sehr geschätzt wurde, weil er hier einen Großteil seines unglücklichen Lebens verbracht und viele seiner Gasele zum erstenmal im Barsaat Mahal vorgetragen hatte, für den kulturbegeisterten Nawab von Brahmpur, bevor die Briten sein inkompetent regiertes, bankrottes und erbenloses Königreich annektierten. Ihr erstes Gasel war also eines von Mast, und kaum hatte sie die erste Zeile gesungen, ließ sich das entzückte Publikum zu Begeisterungsstürmen hinreißen.

»Ich beuge mich nicht, doch meine Kette ist zerrissen ...« begann sie und schloß halb die Augen.

»Ich beuge mich nicht, doch meine Kette ist zerrissen.
Hier sind die Dornen, unter meinen Füßen, hier.«

»Ah«, sagte Richter Maheshwari hilflos, sein Kopf vibrierte ekstatisch auf seinem plumpen Nacken. Saeeda Bai fuhr fort:

»Bin ich schuldlos, wenn keine Stimme sich erhebt
und den Jäger nennt, der mich fesselt voller Gier?«

An dieser Stelle warf Saeeda Bai einen halb schmelzenden, halb vorwurfsvollen Blick auf den armen Achtzehnjährigen. Er sah sofort zu Boden, und einer seiner Freunde stieß ihn an und wiederholte vergnügt: »Bist du schuldlos?«, was ihn noch verlegener machte.

Lata beobachtete den jungen Mann mitleidig und Saeeda Bai fasziniert. Wie kann sie nur so was tun? dachte sie bewundernd und etwas entsetzt. Sie sind Wachs in ihren Händen, und diese Männer können nichts weiter tun als grinsen und stöhnen! Und Maan ist der schlimmste von ihnen! Lata gefiel im Prinzip ernstere klassische Musik besser, aber jetzt begann sie – wie ihre Schwester – das Gasel zu genießen und ebenso die verwandelte, romantische Atmosphäre von Prem Nivas. Sie war froh, daß ihre Mutter oben war.

Saeeda Bai streckte einen Arm in Richtung Publikum aus und sang:

»Die frommen Leute meiden die Tavernentür –
und ich fürchte ihren Blick, so stier.«

»Wah! Wah!« rief Imtiaz von ganz hinten. Saeeda Bai bedankte sich mit einem hinreißenden Lächeln, runzelte dann erstaunt die Stirn, sammelte sich jedoch wieder und fuhr fort:

»Nach einer schlaflosen Nacht im Freien
die frische Morgenluft gereicht zur Zier.
Das Tor der Erkenntnis, es ist fest verriegelt,
doch ich schreite hindurch, verlauf mich schier.«

»Verlauf mich schier« wurde von zwanzig Stimmen mitgesungen. Saeeda Bai belohnte die Begeisterung mit einem Nicken. Die Unkonventionalität des letzten Verspaares wurde vom nächsten noch übertroffen:

»Ich knie in der Kaba meines Herzens
und erhebe das Antlitz, mein Abgott, im Gebet zu dir.«

Das Publikum seufzte und stöhnte; ihre Stimme brach fast bei dem Wort ›Gebet‹; man mußte selbst schon ein fühlloser Götze sein, um an dem Ganzen keinen Gefallen zu finden.

»Obschon geblendet von der Sonne, sehe ich, o Mast,
das mondbleiche Gesicht, das wolkige Haar vor mir.«

Maan war so hingerissen von Saeeda Bais Vortrag des letzten Verspaars, daß er ihr in einer unwillkürlichen Geste die Arme entgegenstreckte. Saeeda Bai räusperte sich und warf ihm einen rätselhaften Blick zu. Heiße und kalte Schauer überliefen Maan, und für eine Weile war er sprachlos, trommelte dafür jedoch den Tabla-Rhythmus auf dem Kopf eines siebenjährigen Neffen vom Lande.

»Was möchten Sie als nächstes hören, Maheshji?« fragte Saeeda Bai Maans Vater. »Was für ein großartiges Publikum Sie immer in Ihrem Haus versammeln. Und ein so kenntnisreiches, daß ich mir bisweilen überflüssig vorkomme. Ich brauche nur zwei Worte zu singen, und die Herren singen das Gasel zu Ende.«

Rufe wie »Nein, nein!«, »Was sagen Sie da?« und »Wir sind nur Ihre Schatten, Saeeda Begum!« wurden laut.

»Ich weiß, daß ich nicht wegen meiner Stimme hier bin, sondern dank Ihrer Großmut – und dessen von hoch oben«, fügte sie hinzu. »Wie ich sehe, schätzt Ihr Sohn meine armseligen Bemühungen ebenso, wie Sie es seit vielen Jahren tun. So etwas liegt wohl im Blut. Ihr Vater, möge er in Frieden ruhen, war sehr freundlich zu meiner Mutter. Und jetzt bin ich es, die Sie mit Ihrer Liebenswürdigkeit beehren.«

»Wer beehrt wen?« entgegnete Mahesh Kapoor galant.

Lata sah ihn etwas überrascht an. Maan fing ihren Blick auf und zwinkerte – und Lata erwiderte unwillkürlich sein Lächeln. Jetzt, da er ein Verwandter war, fiel ihr der Umgang mit ihm leichter. Sie erinnerte sich an sein Verhalten am Morgen, und sie mußte noch einmal lächeln. Nie wieder würde Lata eine Vorlesung von Professor Mishra hören können, ohne ihn naß und rosa und hilflos wie ein Baby aus der Wanne auftauchen zu sehen.

»Aber manche junge Männer sind so schweigsam«, fuhr Saeeda Bai fort, »daß sie ebensogut Götzenbilder in einem Tempel sein könnten. Vielleicht haben sie sich so oft die Adern aufgeschnitten, daß kein Blut mehr in ihnen fließt. Ja?« Sie lachte bezaubernd.

»Warum sollte mein Herz ihm nicht verbunden sein?«

zitierte sie.

»Heute trägt er ein farbenprächtiges Gewand.«

Jung-Hashim betrachtete schuldbewußt seine bestickte blaue Kurta. Aber Saeeda Bai sprach erbarmungslos weiter:

»Wie nur soll ich seinen guten Geschmack loben?
Ist er doch gekleidet wie ein Prinz.«

Da viele Urdu-Gedichte, wie viele persische und arabische Gedichte davor, von ihren Verfassern an junge Männer gerichtet waren, fiel es der verschmitzten Saeeda Bai leicht, eindeutige Verse über Kleidung und Benehmen der Männer zu finden, so daß kein Zweifel blieb, auf wen ihre Pfeile zielten. Hashim mochte rot werden, sich winden und auf die Unterlippe beißen, es war unwahrscheinlich, daß sich in ihrem Köcher keine Verse mehr fanden. Sie sah ihn an und rezitierte:

»Deine roten Lippen versprechen Nektar.
Zu Recht trägst du den Namen Amrit Lal!«

Hashims Freunde hielten sich mittlerweile den Bauch vor Lachen. Aber vielleicht merkte Saeeda Bai, daß er nicht mehr viele amouröse Seitenhiebe vertragen würde, und sie gönnte ihm gnädig eine kleine Verschnaufpause. Das Publikum fühlte sich jetzt beherzt, eigene Vorschläge zu machen, und nachdem Saeeda Bai ihrem Geschmack – einem ausgeprägt intellektuellen Geschmack für eine so sinnliche Sängerin – mit einem der abstruseren und beziehungsreichen Gasele von Ghalib gefrönt hatte, schlug ein Zuhörer eines seiner einfacheren, bekannten Gasele vor: »Was ist aus den Begegnungen und Abschieden geworden?«
Saeeda Bai stimmte zu, wandte sich zu Sarangi- und Tabla-Spieler um und sagte leise ein paar Worte zu ihnen. Die Sarangi spielte eine Einleitung zu dem langsamen, melancholischen, nostalgischen Gasel, das Ghalib nicht im hohen Alter geschrieben hatte, sondern als er kaum älter als die Sängerin gewesen war. Aber Saeeda Bai trug die immer mit einer Frage endenden Verspaare mit so viel Bitterkeit und Süße vor, daß selbst die Herzen der ältesten Zuhörer gerührt wurden. Wenn sie am Ende einer bekannten sentimentalen Zeile mit einstimmten, dann schien es, als würden sie sich selbst die Frage stellen, statt ihren Nach-

barn ihre Kenntnisse zu demonstrieren. Und diese Andacht führte dazu, daß die Sängerin noch mehr Gefühl in ihren Vortrag legte, so daß das schwierige letzte Verspaar, in dem Ghalib auf metaphysische Abstraktionen zurückgreift, zu einem weiteren Höhepunkt wurde, statt abzufallen.

Nach dieser ergreifenden Vorstellung fraß das Publikum Saeeda Bai aus der Hand. Diejenigen, die spätestens um elf Uhr hatten gehen wollen, schafften es nicht, sich loszureißen, und bald war es nach Mitternacht.

Maans kleiner Neffe war auf seinem Schoß eingeschlafen wie viele andere Jungen, und die Dienstboten brachten sie zu Bett. Maan selbst, der schon oft genug verliebt gewesen war und deshalb zu einer Art von heiterer Nostalgie neigte, war von Saeeda Bais letztem Gasel überwältigt und steckte sich nachdenklich eine Cashewnuß in den Mund. Was konnte er tun? Er spürte, daß er sich unweigerlich in sie verliebte. Saeeda Bai war wieder zu ihrem Spiel mit Hashim zurückgekehrt, und Maan verspürte einen kleinen Stich der Eifersucht, als sie dem Jungen eine Antwort entlocken wollte. Als

»Die Tulpe und die Rose, wie kann ich sie mit dir vergleichen?
Sie sind nichts weiter als unvollständige Metaphern«

nicht das gewünschte Ergebnis erbrachte – der junge Mann rutschte nur unruhig hin und her –, versuchte sie es mit einem beherzteren Zweizeiler:

»Deine Schönheit war es, die die Welt verzauberte –
auch der erste Flaum auf deinen Wangen war ein Wunder.«

Das traf ins Schwarze. Es handelte sich um zwei Wortspiele, ein harmloses und ein weniger harmloses: ›Welt‹ und ›Wunder‹ waren dasselbe Wort – ›aalam‹ – und ›der erste Flaum‹ konnte auch als ›ein Buchstabe‹ verstanden werden. Hashim, auf dessen Gesicht nur ein sehr dünner Flaum sproß, tat so, als würde ›khat‹ schlicht ›Buchstabe‹ bedeuten, aber trotzdem war ihm höchst unbehaglich zumute. In seiner Not sah er sich hilfesuchend nach seinem Vater um – von seinen Freunden war kein Beistand zu erwarten, sie amüsierten sich prächtig auf seine Kosten –, aber der geistesabwesende Dr. Durrani saß halb schlafend irgendwo ganz hinten. Einer seiner Freunde streichelte mit der Hand über Hashims Wange und seufzte hingerissen. Hashim wurde feuerrot und stand auf, um im Garten spazierenzugehen. Er war erst ein paar Schritte vorangekommen, als Saeeda Bai eine Ladung Ghalib auf ihn abfeuerte:

»Bei der Erwähnung meines Namens stand sie auf und ging ...«

Hashim, den Tränen nahe, machte Adaab zu Saeeda Bai und verließ den Hof. Lata, deren Augen vor innerer Erregung glänzten, tat er leid; aber auch sie mußte bald gehen, zusammen mit ihrer Mutter, Savita und Pran.

2.5

Maan dagegen hatte keinerlei Mitleid für seinen hasenherzigen Rivalen. Er ging nach vorn, nickte nach rechts und nach links, grüßte die Sängerin respektvoll und setzte sich auf Hashims Platz. Saeeda Bai freute sich, daß sich ihr für den Rest des Abends ein einnehmender, nicht ganz so spröder Freiwilliger als Inspirationsquelle zur Verfügung stellte, lächelte ihn an und sagte:

»Bleib standhaft, o mein Herz,
denn Liebe ohne Standhaftigkeit ist schwach.«

Darauf erwiderte Maan augenblicklich und fest:

»Wo immer Dagh sich hinsetzt, er bleibt.
Andere mögen gehen, er nicht!«

Das Publikum lachte, aber Saeeda Bai beschloß, das letzte Wort zu haben, indem sie es ihm mit Worten desselben Dichters vergalt:

»Dagh macht wieder einmal schöne Augen.
Er wird stolpern und in die Falle gehn.«

Diese schlagfertige Antwort quittierte das Publikum mit spontanem Applaus. Maan freute sich wie alle anderen, daß Saeeda Bai sein As übertrumpft oder, wie sie es ausgedrückt hätte, seine Neun mit einer Zehn überboten hatte. Sie lachte so laut wie die Zuschauer, und auch ihre Begleiter, der fette Tabla-Spieler und sein mageres Gegenstück, der Sarangi-Spieler, hielten sich nicht zurück. Nach einer Weile hob Saeeda Bai die Hand und bat um Ruhe: »Ich hoffe, die Hälfte des Beifalls war für meinen geistreichen jungen Freund hier bestimmt.«
    Maan entgegnete mit gespielter Reue: »Ach, Saeeda Begum, ich hatte die Stirn, mit Euch zu plänkeln – alle meine Vorkehrungen waren umsonst.«
    Wieder lachte das Publikum, und Saeeda Bai Firozabadi belohnte sein Mir-Zitat mit einem hinreißenden Vortrag des entprechenden Gasels:

»Alle meine Vorkehrungen waren umsonst, nichts kann meine
                                             Krankheit heilen.
Es war mein Herz, das litt und dann ins Grab mich steigen ließ.
Als jung ich war, ich weinte, im Alter endlich ich die Augen schloß;
die Nächte lag ich wach, die Dämmrung mich erst schlafen ließ.«

Maan sah sie an, verzaubert, hingerissen, entzückt. Wie wäre es, die Nächte wach zu liegen bis zur Dämmerung und in seinem Ohr ihre Stimme zu hören?

»Sie klagten uns Wehrlose unabhängiger Gedanken und Taten an.
Sie taten, was sie wollten, ziehen uns Verleumder und nicht nur dies.
In dieser Welt voll Dunkelheit und Licht mein Leben ist nur eins:
Stets das Elend mir von Tag zu Nacht, von Nacht zu Tag den Weg wies.
Warum fragt ihr, was aus Mirs Religion geworden ist, seinem Islam.
Mit des Brahmanen Zeichen jagt er die Götzen tief in ihrem Verlies.«

Die Nacht schritt voran, Geplänkel und Musik wechselten sich ab. Es war bereits sehr spät: von dem einstmals hundertköpfigen Publikum war noch ein Dutzend übrig. Aber Saeeda Bai war jetzt so tief in ihre Musik versunken, daß diese wenigen nach wie vor von ihr gebannt waren. Sie setzten sich vorn zu einer kleinen Gruppe zusammen. Maan wußte nicht, ob ihn das, was er sah, oder das, was er hörte, mehr faszinierte. Von Zeit zu Zeit unterbrach Saeeda Bai ihren Gesang und sprach zu ihren letzten Getreuen. Sie entließ Sarangi- und Tambura-Spieler und schließlich auch noch den Tabla-Spieler, der kaum noch die Augen offenhalten konnte. Dann bezauberte sie allein mit ihrer Stimme und dem Harmonium. Es dämmerte schon fast, als sie selbst gähnte und aufstand.

Maan sah sie halb sehnsuchtsvoll, halb lachend an. »Ich kümmere mich um den Wagen«, sagte er.

»Bis er kommt, werde ich noch ein bißchen im Garten spazierengehen«, sagte Saeeda Bai. »Jetzt ist die schönste Zeit der Nacht. Lassen Sie das«, sie deutete auf das Harmonium, »und die anderen Sachen morgen früh in mein Haus bringen. Nun denn.« Sie wandte sich an die fünf oder sechs im Hof verbliebenen Personen:

»Mir verläßt jetzt den Tempel seiner Freunde –
wir werden uns wiedersehen ...«

Maan beendete den Vers: »... so Gott will.«

Er sah sie nach Anerkennung heischend an, aber sie hatte sich bereits zum Garten gewandt.

Saeeda Bai Firozabadi, die plötzlich ›all dessen‹ überdrüssig war (aber was war ›all dessen‹?), schlenderte für ein, zwei Minuten durch den Garten von Prem Nivas. Sie berührte die glänzenden Blätter eines Pampelmusenbaums. Der Harsingarbaum war verblüht, aber die Blüten der Jakaranda waren in der Dunkelheit deutlich zu erkennen. Sie blickte auf und lächelte ein bißchen traurig. Alles war still: nicht einmal ein Wachmann, nicht einmal ein Hund war zu hören. Ihr fielen ein paar Zeilen von einem minderen Poeten, Minai, ein, und sie sagte sie laut auf:

»Die Versammlung hat sich aufgelöst; die Motten
   nehmen Abschied vom Kerzenlicht.
Es dämmert, am Himmel stehen nur noch
   ein paar Sterne, mehr nicht.«

Sie hüstelte – denn die Nacht war plötzlich kühl geworden –, schlang den dünnen Schal fester um sich und wartete darauf, daß jemand sie zu ihrem eigenen Haus begleitete, das sich auch in Pasand Bagh befand, nur wenige Minuten entfernt.

2.6

Der Tag nach Saeeda Bais Auftritt in Prem Nivas war ein Sonntag. Etwas von der ausgelassenen Atmosphäre von Holi lag noch in der Luft. Maan mußte immer an Saeeda Bai denken.

Er war ganz benommen. Am frühen Nachmittag ließ er das Harmonium zurückbringen und war versucht, selbst auch ins Auto zu steigen. Aber es schien kaum der richtige Zeitpunkt, Saeeda Bai einen Besuch abzustatten – die ihm zudem keinerlei Hinweis gegeben hatte, daß sie ihn gern wiedersehen würde.

Maan hatte nichts zu tun. Das war Teil des Problems. In Benares mußte er sich um das Geschäft kümmern; in Brahmpur wußte er meist nichts mit sich anzufangen. Aber das störte ihn nicht weiter. Er las nicht viel, aber er ging gern mit Freunden aus. Vielleicht sollte ich Firoz besuchen, dachte er.

Dann fielen ihm die Gasele von Mast wieder ein, und er sprang in eine Tonga und sagte dem Tonga-Wallah, er solle ihn zum Barsaat Mahal fahren. Maan war seit Jahren nicht mehr dort gewesen, und heute hatte er Lust, es sich wieder einmal anzusehen.

Die Tonga rollte durch die noblen grünen Wohn-›Kolonien‹ im östlichen Teil Brahmpurs und dann über die Nabiganj, die Geschäftsstraße, die das Ende der Weitläufigkeit und den Beginn von Durcheinander und Chaos markierte. Jenseits davon lagen Old Brahmpur und, fast am westlichen Ende der Altstadt, am Ganges, das schön angelegte Gelände und das noch schönere marmorne Bauwerk, das Barsaat Mahal.

Die Nabiganj war die schicke Einkaufsstraße, durch die die Hautevolee von Brahmpur abends einen Schaufensterbummel machte. Jetzt, in der Nachmittagshitze, waren kaum Fußgänger und nur wenige Autos, Tongas und Radfahrer unterwegs. Die Ladenschilder in der Nabiganj waren auf englisch beschriftet, und die Preise entsprachen den Schildern. Buchhandlungen wie das Imperial Book Depot, gut sortierte Warenhäuser wie Dowling & Snapp (jetzt unter indischem Management), Nobelschneider wie Magourian, bei dem sich Firoz alles (vom Anzug bis zum Achkan) nähen ließ, das Praha-Schuhgeschäft, ein eleganter Juwelier, Restaurants und Cafés wie das Red Fox, Chez Yasmeen und Blue Danube, zwei große Kinos – Manorma Talkies (das Hindi-Filme zeigte) und das Rialto (das mehr zu Hollywood und Ealing tendierte): alle diese Orte hatten größere oder kleinere Rollen in der einen oder anderen von Maans Liebesaffären gespielt. Aber heute, als die Tonga durch die breite Straße schaukelte, schenkte Maan seiner Umgebung keine Beachtung. Die Tonga bog in eine enge Straße und fast sofort in eine noch engere, und sie befanden sich in einer anderen Welt.

Es war gerade genug Platz, daß die Tonga durchkam zwischen den Ochsenkarren, Rikschas, Fahrrädern und Fußgängern, die Straße und Gehwege bevölkerten – die sie zudem teilten mit Barbieren, die ihrem Gewerbe im Freien nachgingen, mit Wahrsagern, wackligen Teeständen, Gemüseständen, Affenbändigern, Ohrputzern, Taschendieben, streunenden Kühen, hier und da einem verschlafenen, in verblichenem Khaki herumschlendernden Polizisten, mit schweißüberströmten Männern, die unwahrscheinliche Lasten an Kupfer, Stahlrohren, Glas oder Altpapier auf dem Rücken trugen und »Vorsicht! Vorsicht!« schrien, wobei ihre Stimmen irgendwie den Lärm übertönten, mit Messing- und Stoffgeschäften (deren Besitzer unentschlossene Käufer mit lauten Rufen und einladenden Gesten in die Läden zu locken versuchten), mit dem schmalen, aus Stein gemeißelten Eingang zur Tinny Tots School (einer englischen Mittelschule), die auf den Hof eines umgestalteten Havelis hinausging, das einem bankrotten Aristokraten gehört hatte, und mit Bettlern – jungen und alten, aggressiven und kleinlauten, leprösen, verstümmelten, geblendeten –, die bei Einbruch der Nacht still und leise die Nabiganj belagern und versuchen würden, der Polizei zu entgehen, wenn sie die Schlangen vor den Kinos abklapperten. Krähen krächzten, zerlumpte kleine Jungen erledigten Botengänge (einer schlängelte sich mit sechs kleinen schmutzigen Teegläsern auf einem billigen Blechtablett durch die Menge), Affen kreischten und hüpften in einem großen Bobaum mit bebenden Blättern herum und versuchten, unachtsame Kunden zu berauben, wenn sie einen gut bewachten Obststand verließen, Frauen in alles verhüllenden Burqas oder schillernden Saris schlenderten umher, mit und ohne Männer, ein paar Studenten standen an einem Chaatstand herum und schrien sich aus kürzester Entfernung an, entweder aus Gewohnheit oder um gehört zu werden, räudige Köter schnappten zu und wurden getreten, bis aufs Skelett abgemagerte Katzen miauten und wurden mit Steinen beworfen, und überall ließen sich Fliegen nieder: auf stinkenden, faulenden Abfallhaufen, auf den nicht bedeckten Waren des Süßigkeitenhändlers, in dessen riesigen, runden, mit Ghee gefüllten Pfannen köstliche Jalebis brutzelten, auf den Gesichtern der in Saris gekleideten Frauen – nicht jedoch auf den verhüllten Gesichtern der in Burqas gekleideten Frauen –, auf den Nüstern des Pferdes, als es den mit Scheuklappen versehenen Kopf schüttelte und versuchte, sich einen Weg durch Old Brahmpur zum Barsaat Mahal zu bahnen.

Maan wurde aus seinen Gedanken aufgeschreckt, als er Firoz neben einem Stand auf dem Gehweg erblickte. Er ließ die Tonga sofort anhalten und stieg aus.

»Firoz, dir ist ein langes Leben beschieden – gerade eben habe ich an dich gedacht. Das heißt, vor einer halben Stunde.«

Firoz erklärte, daß er herumflaniere und beschlossen habe, einen Spazierstock zu kaufen.

»Für dich oder für deinen Vater?«

»Für mich.«

»Ein Mann, der sich schon in den Zwanzigern einen Spazierstock kaufen muß, wird vielleicht doch nicht so lange leben«, sagte Maan.

Firoz stützte sich in mehreren Haltungen auf verschiedene Stöcke, entschied sich für einen und kaufte ihn, ohne um den Preis zu feilschen.

»Und du? Was machst du hier? Willst wohl der Tarbuz-ka-Bazaar einen Besuch abstatten?« fragte er.

»Sei nicht so geschmacklos«, entgegnete Maan gut gelaunt. Tarbuz-ka-Bazaar war die Straße der Sängerinnen und Prostituierten.

»Ach, was bin ich doch vergeßlich«, sagte Firoz verschmitzt. »Warum solltest du dich mit schlichten Melonen zufriedengeben, wo du doch die Pfirsiche von Samarkand essen kannst?«

Maan runzelte die Stirn.

»Was gibt's Neues von Saeeda Bai?« fuhr Firoz fort, der den Vorabend ganz hinten im Publikum miterlebt hatte. Obwohl er um Mitternacht gegangen war, hatte er gespürt, daß die Liebe, ungeachtet Maans Verlobung, wieder einmal ins Leben seines Freundes trat. Vielleicht mehr als alle anderen kannte und verstand er Maan.

»Was erwartest du?« fragte Maan ein bißchen niedergeschlagen. »Die Dinge werden so oder so ihren Lauf nehmen. Sie hat mir nicht einmal erlaubt, sie nach Hause zu begleiten.«

Das sieht Maan gar nicht ähnlich, dachte Firoz, der seinen Freund nur selten deprimiert erlebt hatte. »Wo fährst du jetzt hin?« fragte er.

»Zum Barsaat Mahal.«

»Um allem ein Ende zu setzen?« erkundigte sich Firoz mitfühlend. Die Brüstung des Barsaat Mahals ging auf den Ganges hinaus und war jedes Jahr der Schauplatz nicht weniger romantischer Selbstmorde.

»Ja, ja, um allem ein Ende zu setzen«, erwiderte Maan ungeduldig. »Sag mir, Firoz, was rätst du mir?«

Firoz lachte. »Sag das noch mal. Ich kann's nicht glauben. Maan Kapoor, der Beau von Brahmpur, zu dessen Füßen sich junge Frauen aus guter Familie, unbesorgt um ihren Ruf, zu werfen trachten wie Bienen auf eine Lotusblüte, sucht in einer Herzensangelegenheit den Rat des unbeugsamen und unbescholtenen Firoz. Du meinst doch nicht etwa eine Rechtsberatung, oder?«

»Wenn du so weitermachst...« setzte Maan verstimmt an. Plötzlich kam ihm ein Gedanke. »Firoz, warum wird Saeeda Bai auch Firozabadi genannt? Ich habe geglaubt, sie stammt aus der Gegend.«

»Ihre Familie stammt ursprünglich tatsächlich aus Firozabad. Aber das ist schon lange her. Mohsina Bai, ihre Mutter, hat sich in der Tarbuz-ka-Bazaar niedergelassen, und Saeeda Bai ist dort aufgewachsen.« Er deutete mit seinem

Stock in Richtung des verrufenen Viertels. »Aber jetzt, wo Saeeda Bai es zu was gebracht hat und in Pasand Bagh wohnt – und dieselbe Luft atmet wie du und ich –, will sie natürlich nicht, daß man über ihre Herkunft redet.«

Maan dachte eine Weile darüber nach. »Woher weißt du so viel über sie?« fragte er verwirrt.

»Ach, ich weiß nicht«, sagte Firoz und verscheuchte eine Fliege. »Diese Art Information liegt in der Luft.« Ohne auf Maans Erstaunen einzugehen, fuhr er fort: »Aber ich muß jetzt los. Mein Vater will, daß ich so einen Langweiler kennenlerne, der zum Tee kommt.« Firoz sprang in Maans Tonga. »Old Brahmpur ist zu verstopft, da kannst du nicht mit der Tonga durch, du gehst besser zu Fuß«, sagte er und ließ losfahren.

Maan schlenderte davon und dachte über das nach, was Firoz gesagt hatte – aber nicht lang. Er summte das Gasel, das ihm nicht mehr aus dem Kopf ging, blieb stehen, um Paan zu kaufen (ihm waren die würzigen dunkelgrünen Blätter des Desi-Paan lieber als die blaßgrünen des Benares-Paan), überquerte zwischen zahllosen Fahrrädern, Rikschas, Schubkarren, Männern und Kühen die Straße und fand sich in Misri Mandi neben einem kleinen Gemüsestand wieder, ganz in der Nähe des Hauses, in dem seine Schwester Veena lebte.

Maan hatte ein schlechtes Gewissen, weil er geschlafen hatte, als sie am Vortag in Prem Nivas gewesen war, und beschloß spontan, sie – und seinen Schwager Kedarnath und seinen Neffen Bhaskar – zu besuchen. Maan liebte Bhaskar und warf ihm arithmetische Probleme zu, wie ein Dompteur einer Robbe Bälle zuwirft.

Als er sich der Wohngegend von Misri Mandi näherte, wurden die Gassen enger, kühler und etwas ruhiger, obwohl noch genug Leute unterwegs waren, einfach nur herumstanden oder auf einem Mäuerchen in der Nähe des Radhakrishna-Tempels, dessen Wände von Holi noch buntgefleckt waren, Schach spielten. Die Sonne, jetzt nur noch ein schmaler Lichtstreifen über seinem Kopf, war nicht mehr drückend, und es gab weniger Fliegen. Nachdem er in eine noch engere, nur noch knapp einen Meter breite Gasse eingebogen und einer pissenden Kuh ausgewichen war, erreichte er das Haus seiner Schwester.

Es war ein sehr schmales Haus: drei Stockwerke hoch, mit einem flachen Dach, in jedem Stockwerk ungefähr eineinhalb Zimmer, auf dem Dach, in der Mitte des Treppenhauses, ein Gitter, durch das das Licht bis ins Erdgeschoß fiel. Maan trat durch die nicht verschlossene Tür ein und sah die alte Mrs. Tandon, Veenas Schwiegermutter, die etwas in einer Pfanne schmorte. Die alte Mrs. Tandon mißbilligte Veenas Vorliebe für Musik, und nur ihretwegen war die Familie am Vortag wieder gegangen, ohne Saeeda Bai zu hören. Maan bekam immer eine Gänsehaut in ihrer Gegenwart, und deswegen ging er nach einem flüchtigen Gruß eilig die Treppe hinauf und fand Veena und Kedarnath auf dem Dach – sie spielten Chaupar im Schatten eines Spaliers und waren offensichtlich in eine Auseinandersetzung vertieft.

2.7

Veena war ein paar Jahre älter als Maan, und sie schlug, was ihre Figur betraf, ihrer Mutter nach – sie war ziemlich klein und ein bißchen pummelig. Als Maan auf dem Dach erschien, sprach sie mit lauter Stimme und hatte die Stirn in ihrem runden, fröhlichen Gesicht in Falten gelegt, aber als sie ihn sah, strahlte sie ihn an. Dann erinnerte sie sich an etwas und runzelte wieder die Stirn.

»Du bist also gekommen, um dich zu entschuldigen. Gut! Und keine Sekunde zu früh. Wir haben uns gestern sehr über dich geärgert. Was für eine Art ist das, stundenlang zu schlafen, wenn du weißt, daß wir nach Prem Nivas kommen?«

»Aber ich hatte gedacht, ihr würdet euch Saeeda Bai anhören ...«

»Ja, ja«, sagte Veena und nickte. »Ich bin sicher, daß du genau daran gedacht hast, als du eingeschlafen bist. Bhang hatte selbstverständlich nichts damit zu tun. Und es war dir gerade nur entfallen, daß wir Kedarnaths Mutter nach Hause bringen mußten, bevor die Musik anfing. Zumindest Pran ist früh nach Prem Nivas gekommen, mit Savita und seiner Schwiegermutter und Lata ...«

»Ach, Pran, Pran, Pran«, sagte Maan verärgert. »Er ist immer der Held, und ich bin immer der Schurke.«

»Das ist nicht wahr, mach kein Drama draus«, sagte Veena, die Maan als kleinen Jungen vor sich sah, wie er im Garten versuchte, Tauben mit einer Steinschleuder zu treffen, und dabei so tat, als wäre er ein Bogenschütze aus dem Mahabharata. »Du hast nur kein Verantwortungsgefühl.«

»Worüber habt ihr euch gerade gestritten? Und wo ist Bhaskar?« fragte Maan, der an die Bemerkungen dachte, die sein Vater kürzlich gemacht hatte, und das Thema wechseln wollte.

»Er ist mit Freunden unterwegs, sie lassen Drachen steigen. Ja, er hat sich auch über dich geärgert und wollte dich aufwecken. Du mußt heute abend mit uns essen, um es wiedergutzumachen.«

»Hm – hm.« Maan war unentschieden und überlegte, ob er es riskieren könnte, Saeeda Bai abends zu besuchen. Er hustete. »Aber worüber habt ihr gestritten?«

»Wir haben nicht gestritten«, sagte der sanftmütige Kedarnath und lächelte Maan zu. Obwohl er erst in den Dreißigern war, wurde er bereits grau. Er war ein sorgenvoller Optimist, und im Gegensatz zu Maan hatte er einen eher zu starken Sinn für Verantwortung. Die Schwierigkeiten, nach der Teilung in Brahmpur noch einmal von vorn anzufangen, ließen ihn frühzeitig altern. Wenn er nicht gerade irgendwo in Südindien unterwegs war, um Aufträge an Land zu ziehen, arbeitete er bis spätnachts in seinem Laden in Misri Mandi. Dort wurden abends Geschäfte gemacht, wenn Zwischenhändler wie er Körbe voller Schuhe von den Schustern kauften. Nachmittags hatte er meist frei.

»Nein, wir haben nicht gestritten, überhaupt nicht. Wir haben nur über Chaupar geredet«, sagte Veena hastig, warf die Kaurimuscheln auf den Tisch, zählte ab und versetzte ihren Stein auf dem kreuzförmigen Spielfeld aus Stoff.

»Klar, was sonst«, sagte Maan.

Er setzte sich auf die Matte und betrachtete die Pflanzen in den Blumentöpfen, die Mrs. Mahesh Kapoor ihrer Tochter für den Dachgarten zur Verfügung gestellt hatte. Auf der anderen Seite hingen Veenas Saris zum Trocknen, und überall auf dem Boden waren noch bunte Holi-Farbkleckse zu sehen. Jenseits der Terrasse erstreckte sich ein Labyrinth von Dächern, Minaretten, Türmen und Tempelschrägen bis zum Bahnhof in ›Neu‹-Brahmpur. Ein paar Papierdrachen in den Holi-Farben Rosa, Grün und Gelb flatterten am wolkenlosen Himmel.

»Möchtest du etwas trinken?« fragte Veena rasch. »Ich hol dir eine Brause – oder willst du lieber Tee? Leider haben wir kein Thandai«, fügte sie ungefragt hinzu.

»Nein, danke. Aber du kannst mir meine Frage beantworten. Worum ging der Streit? Laß mich raten. Kedarnath möchte eine zweite Frau, und selbstverständlich will er deine Zustimmung.«

»Rede keinen Unsinn«, sagte Veena mit einem etwas scharfen Unterton in der Stimme. »Ich möchte ein zweites Kind und will selbstverständlich seine Zustimmung. Oh!« rief sie, da ihr die Indiskretion bewußt wurde, und sah ihren Mann an. »Ich wollte nicht – egal, er ist mein Bruder –, wir können ihn um Rat fragen.«

»Aber meine Mutter sollen wir in dieser Angelegenheit nicht um Rat fragen, nicht wahr?« konterte Kedarnath.

»Tja, jetzt ist es zu spät«, sagte Maan leutselig. »Wozu wollt ihr ein zweites Kind? Reicht euch Bhaskar nicht?«

»Wir können uns kein zweites Kind leisten«, sagte Kedarnath mit geschlossenen Augen – eine Angewohnheit, die Veena noch immer irritierte. »Zumindest nicht im Augenblick. Mein Geschäft – nun, du weißt, wie es läuft. Und jetzt droht womöglich noch ein Streik der Schuster.« Er öffnete die Augen. »Und Bhaskar ist ein so helles Köpfchen, daß wir ihn auf die besten Schulen schicken wollen. Und die sind nicht gerade billig.«

»Ja, wir wünschten, er wäre ein Dummkopf, aber leider ...«

»Veena ist nie um eine Antwort verlegen«, sagte Kedarnath. »Erst zwei Tage vor Holi hat sie mich daran erinnert, daß wir kaum mit unseren Mitteln auskommen. Die Miete, die Lebensmittel, die immer teurer werden, und so weiter. Ihre Musikstunden, die Arzneien für meine Mutter, Bhaskars Mathematikbücher und meine Zigaretten. Sie hat gesagt, daß wir jede Rupie zweimal umdrehen müssen, und jetzt meint sie, daß wir ein weiteres Kind haben sollten, weil auf jedem Reiskorn, das es essen wird, schon sein Name steht. Frauen und Logik! Weil es in ihrer Familie drei Kinder gab, meint sie, daß es ein Naturgesetz ist, drei Kinder zu haben. Kannst du mir sagen, wie wir das schaffen sollen, wenn sie alle so helle sind wie Bhaskar?«

Kedarnath, der eigentlich ziemlich unter dem Pantoffel stand, verteidigte sich mannhaft.

»Die Regel lautet, daß nur das erste Kind helle ist«, sagte Veena. »Ich garantiere dir, daß die nächsten beiden so dumm wie Pran und Maan werden.« Sie griff nach ihrem Nähzeug.

Kedarnath lächelte, nahm die gesprenkelten Kaurimuscheln in die mit Narben überzogene Hand und warf sie auf das Spielfeld. Normalerweise war er ein sehr höflicher Mensch und hätte Maan mit seiner ganzen Aufmerksamkeit bedacht, aber Chaupar war Chaupar, und hatte das Spiel erst einmal begonnen, war es so gut wie unmöglich, wieder davon abzulassen. Es machte noch süchtiger als Schach. Das Essen wurde kalt in Misri Mandi, Gäste verließen das Haus, Gläubiger bekamen einen Wutanfall, aber die Chaupar-Spieler flehten um immer noch ein letztes Spiel. Die alte Mrs. Tandon hatte das Spieltuch und die sündhaften Muscheln einmal in einen stillgelegten Brunnen auf der Straße geworfen, aber trotz der prekären Finanzlage wurde ein neues Spiel gekauft, und das pflichtvergessene Paar spielte jetzt auf dem glühendheißen Dach. So gingen sie Kedarnaths Mutter aus dem Weg, der gastritische und arthritische Probleme das Treppensteigen erschwerten. In Lahore hatte sie dank der horizontalen Architektur des Hauses und dank ihrer Rolle als selbstbewußte Matriarchin einer wohlhabenden, vereint lebenden Familie ein strenges, nachgerade tyrannisches Regiment geführt. Ihre Welt war mit dem Trauma der Teilung zusammengebrochen.

Ihre Unterhaltung wurde von einem Wutschrei unterbrochen. Auf einem nahen Dach schrie eine stattliche Frau mittleren Alters in einem scharlachroten Baumwollsari zu einem unsichtbaren Gegner hinunter: »Sie wollen mir das Blut aussaugen, soviel steht fest! Ich kann mich weder in Ruhe hinlegen noch hinsetzen. Dieses Geknalle mit dem Ball macht mich noch verrückt ... Selbstverständlich hört man unten, was auf dem Dach vor sich geht! Ihr elenden Kahars, ihr nichtsnutzigen Tellerwäscher, könnt ihr eure Kinder nicht unter Aufsicht halten?«

Als sie Veena und Kedarnath sah, ging sie über die dazwischenliegenden Dächer und quetschte sich durch einen niedrigen Spalt in der Wand. Mit ihrer schneidenden Stimme, den großen Zähnen und dem fülligen, breiten Hängebusen beeindruckte sie Maan nachhaltig.

Nachdem Veena sie vorgestellt hatte, sagte die Frau, wobei sie wild lächelte: »Aha, das ist also der, der nicht heiraten will.«

»Das ist er«, gab Veena zu. Sie wollte das Schicksal nicht in Versuchung führen, indem sie Maans halbherzige Verlobung mit dem Mädchen aus Benares erwähnte.

»Aber haben Sie mir nicht erzählt, daß Sie ihn diesem Mädchen vorgestellt haben – wie hieß sie doch gleich, helfen Sie mir auf die Sprünge –, die, die aus Allahabad gekommen ist, um ihren Bruder zu besuchen?«

»Manche Leute sind schon komisch«, sagte Maan. »Man schreibt ein ›A‹, und sie lesen ein ›Z‹.«

»Das ist doch ganz natürlich«, sagte die Frau, die wie ein Raubtier wirkte. »Ein junger Mann, eine junge Frau ...«

»Sie war sehr hübsch«, sagte Veena. »Und hatte Rehaugen.«

»Aber sie hat eine andere Nase als ihr Bruder – Gott sei Dank«, fügte die Frau hinzu.

»Nein, ihre Nase ist viel zierlicher. Und manchmal bebt sie sogar wie die eines Rehs.«

Kedarnath, der wegen des Chaupar-Spiels verzweifelte, stand auf und ging hinunter. Er konnte die Besuche dieser überfreundlichen Nachbarin nicht leiden. Seitdem ihr Mann ein Telefon in ihrem Haus hatte installieren lassen, war sie noch selbstbewußter und schriller geworden.

»Wie darf ich Sie nennen?« fragte Maan die Frau.

»Bhabhi. Einfach Bhabhi«, sagte Veena.

»Also – wie hat sie Ihnen gefallen?« fragte die Frau.

»Gut«, erwiderte Maan.

»Gut?« stürzte sich die Frau begeistert auf das Wort.

»Ich meine, gut, ich werde Sie Bhabhi nennen.«

»Er ist gerissen«, sagte Veena.

»Das bin ich auch«, versicherte die Nachbarin. »Sie sollten hierherziehen, Leute kennenlernen, sich mit netten Frauen treffen«, empfahl sie Maan. »Was ist der Reiz daran, in den Kolonien zu leben? Ich sage Ihnen, jedesmal, wenn ich nach Pasand Bagh oder Civil Lines komme, ist mein Gehirn nach vier Stunden tot. Und wenn ich in die Gassen unseres Viertels zurückkomme, dann fängt es wieder an zu schwirren. Die Leute hier kümmern sich umeinander. Wenn jemand krank wird, erkundigt sich die ganze Nachbarschaft nach ihm. Wird schwierig werden, Sie unter die Haube zu bringen. Sie sollten eine Frau haben, die etwas größer ist als der Durchschnitt ...«

»Deswegen mache ich mir keine Sorgen«, sagte Maan. »Eine kleine ist mir auch recht.«

»Es ist Ihnen also gleichgültig, ob sie groß oder klein ist, dunkel oder hell, dünn oder dick, häßlich oder schön?«

»Wieder ein ›Z‹ für ein ›A‹ gelesen«, sagte Maan und sah hinüber auf ihr Dach. »Übrigens, mir gefällt die Art, wie Sie Ihre Blusen trocknen.«

Die Frau lachte wiehernd, und das Lachen hätte entschuldigend klingen können, wenn es nicht so laut gewesen wäre. Sie blickte hinüber zu dem gestellartigen Arrangement von Stahlrohren auf ihrem Wassertank.

»Auf meinem Dach gibt es nirgendwo sonst Platz«, sagte sie. »Hier bei Ihnen sind überall Leinen gespannt ... Wissen Sie«, fuhr die Frau fort, die wieder abschweifte, »die Ehe ist schon etwas Seltsames. Im *Star-Gazer* habe ich von einer jungen Frau in Madras gelesen, die gut verheiratet war, zwei Kinder hatte, und die hat *Hulchul* fünfmal gesehen – fünfmal! –, und sie war ganz vernarrt in Daleep Kumar – und zwar so sehr, daß sie völlig verrückt geworden ist. Sie fuhr nach Bombay, offensichtlich ohne zu wissen, was sie tat, denn sie hatte nicht mal seine Adresse. Sie hat sie dann in einer dieser Fanzeitschriften gefunden, ein Taxi genommen und ihm alle möglichen verrückten, fanatischen Sprüche an den Kopf geworfen. Er hat ihr hundert Rupien gegeben, damit sie nach Hause konnte, und hat sie rausgeworfen. Aber sie ist zurückgekommen.«

»Daleep Kamur!« sagte Veena und runzelte die Stirn. »Ich finde, er ist kein guter Schauspieler. Wahrscheinlich hat er sich das nur ausgedacht, wegen der Publicity.«

»O nein, nein. Haben Sie ihn in *Deedar* gesehen? Er ist wirklich erstaunlich! Und im *Star-Gazer* steht, daß er so ein netter Mann ist – er würde nichts nur aus Publicity-Gründen tun. Sie müssen Kedarnath sagen, daß er sich in Madras vor den Frauen in acht nehmen soll, er ist doch so oft dort, und sie sind so leidenschaftlich ... Wie ich gehört habe, waschen sie nicht mal ihre Seidensaris vorsichtig, sie halten sie wie die Wäscherinnen unter den Wasserhahn und rubbeln einfach – Oh! Meine Milch!« rief die Frau plötzlich aufgeregt. »Ich muß gehen – hoffentlich ist sie noch nicht – mein Mann ...« Und sie stürzte über die Dächer davon wie eine große rote Erscheinung.

Maan brach in Lachen aus.

»Ich verschwinde auch«, sagte er. »Ich habe genug vom Leben außerhalb der Kolonien. Mir schwirrt der Kopf.«

»Du kannst noch nicht gehen«, sagte Veena streng und liebevoll zugleich. »Du bist gerade erst gekommen. Wie ich gehört habe, hast du gestern den ganzen Vormittag mit Pran und seinem Professor und Savita und Lata Holi gespielt, also kannst du doch gewiß den Nachmittag mit uns verbringen. Und Bhaskar wird sehr enttäuscht sein, wenn er dich wieder verpaßt. Du hättest ihn gestern sehen sollen. Er sah aus wie ein schwarzer Kobold.«

»Ist er heute abend im Laden?« fragte Maan und hüstelte.

»Ja. Vermutlich. Er wird sich wieder Gedanken über die Muster auf den Schuhschachteln machen. Sonderbarer Junge«, sagte Veena.

»Dann werde ich dort auf dem Rückweg vorbeischauen.«

»Auf dem Rückweg woher?« fragte Veena. »Kommst du nicht zum Abendessen?«

»Ich werd's versuchen – ich verspreche es.«

»Hast du Halsweh? Du warst lange auf, nicht wahr? Ich frage mich nur, wie lange. Oder kommt das, weil du an Holi völlig durchnäßt warst? Ich geb dir etwas Jushanda, davon wird's besser.«

»Nein – nicht dieses scheußliche Zeug«, rief Maan. »Nimm's selbst, zur Vorbeugung.«

»Hm – wie war der Abend? Und die Sängerin?«

Maan zuckte so übertrieben gleichgültig die Achseln, daß Veena begann, sich Sorgen zu machen.

»Paß auf dich auf, Maan«, warnte sie.

Maan kannte seine Schwester zu gut, als daß er seine Unschuld beteuert hätte. Außerdem würde Veena schon bald von seinem öffentlichen Flirt erfahren.

»Du willst doch nicht etwa sie besuchen?« fragte Veena scharf.
»Nein – der Himmel bewahre.«
»Ja, der Himmel bewahre. Wohin also gehst du?«
»Zum Barsaat Mahal«, sagte Maan. »Komm mit! Weißt du noch, wie wir als Kinder dort Picknicks veranstaltet haben? Komm mit. Hier spielst du sowieso nur Chaupar.«
»Du glaubst also, daß ich damit meine Tage verbringe, ja? Laß mich dir sagen, daß ich fast so hart arbeite wie Ammaji. Da fällt mir ein, gestern habe ich gesehen, daß sie die Spitze des Nimbaums abgeschnitten haben, auf den du als Kind immer zum Fenster im ersten Stock gestiegen bist. Prem Nivas sieht dadurch ganz verändert aus.«
»Ja, sie war ziemlich wütend«, sagte Maan und dachte an seine Mutter. »Sie sollten ihn nur so weit beschneiden, daß der Schlafplatz für die Geier wegfällt, aber die Stadt hat jemanden geschickt, der soviel Holz wie nur möglich runtergeschnitten hat und damit verschwunden ist. Aber du weißt ja, wie Ammaji ist. Sie hat nur gesagt: ›Was Sie getan haben, war nicht richtig.‹«
»Wenn Baoji diese Dinge nur etwas am Herzen liegen würden, hätte er mit dem Mann gemacht, was der mit dem Baum gemacht hat«, sagte Veena. »Es gibt so wenig Grün hier, daß man es wirklich schätzen lernt. Meine Freundin Priya hat auf Prans Hochzeit, als der Garten so wunderschön aussah, zu mir gesagt: ›Ich komme mir vor, als hätte man mich aus dem Käfig gelassen.‹ Sie hat nicht mal einen Dachgarten, die Arme. Und sie lassen sie kaum aus dem Haus. ›Auf dem Palankin hereingetragen, auf der Bahre wieder hinaus.‹ So werden Schwiegertöchter in ihrem Haus behandelt.« Veena schaute bedrückt über die Dächer zum nicht weit entfernten Haus ihrer Freundin. Ein Gedanke ging ihr durch den Kopf. »Hat Baoji gestern abend mit irgend jemandem über Prans Job gesprochen? Hat der Gouverneur nicht etwas mit diesen Berufungen zu tun? In seiner Eigenschaft als Kanzler der Universität?«
»Wenn ja, dann habe ich es nicht gehört.«
»Hm«, sagte Veena, nicht sehr erfreut. »So wie ich Baoji kenne, hat er wahrscheinlich dran gedacht, aber es als seiner unwürdig verworfen. Sogar wir mußten Schlange stehen, um die erbärmliche Abfindung für den Verlust unseres Geschäfts in Lahore zu bekommen. Noch dazu, wo Ammaji Tag und Nacht in den Flüchtlingslagern gearbeitet hat. Manchmal denke ich, er interessiert sich nur für Politik. Priya sagt, ihr Vater ist genauso schlimm. Also gut, acht Uhr. Ich werde dein Lieblingsgericht machen, Alu Paratha.«
»Du kannst Kedarnath herumkommandieren, mich nicht«, sagte Maan lächelnd.
»Na gut, dann geh, geh schon!« sagte Veena und warf den Kopf zurück. »Man könnte meinen, wir lebten noch in Lahore, so oft bekommen wir dich zu Gesicht.«
Maan machte einen versöhnlichen Laut, ein Zungenschnalzen, gefolgt von einem leisen Seufzer.

»Bei seinen vielen Geschäftsreisen komme ich mir manchmal vor, als hätte ich einen Viertelmann«, fuhr Veena fort. »Und einen Achtelbruder.« Sie rollte das Chaupar-Tuch zusammen. »Wann fährst du nach Benares zurück, um wieder zu arbeiten?«

»Ach, Benares«, sagte Maan lächelnd, als hätte Veena Saturn gesagt. Und Veena beließ es dabei.

2.8

Es dämmerte bereits, als Maan am Barsaat Mahal anlangte. Das Gelände war nicht überlaufen. Er schritt durch den Torbogen in der äußeren Mauer und dann durch eine Art Park, der größtenteils mit vertrocknetem Gras und dürren Büschen bedeckt war. Ein paar Antilopen ästen unter einem Nimbaum und sprangen träge davon, als er sich näherte.

Die innere Mauer war niedriger, der Torbogen weniger stattlich, dafür filigraner. Verse aus dem Koran waren mit schwarzen Steinen in die marmorne Fassade eingelegt, und bunte Steine bildeten kühne geometrische Muster. Wie die äußere Mauer verlief auch die innere an drei Seiten eines Vierecks entlang. Die vierte Seite hatten beide gemeinsam: eine steinerne, nur von einer Balustrade begrenzte Plattform, hoch über dem Ganges gelegen.

Zwischen der inneren Mauer und dem Fluß befanden sich der berühmte Garten und der kleine, wunderschöne Palast. Der Garten war ein Triumph sowohl der Geometrie als auch der Hortikultur. Die Pflanzen, die heute hier gediehen, waren – außer dem Jasmin und den dunkelroten, stark duftenden indischen Rosen – nicht mehr die gleichen, für die der Garten mehr als zweihundert Jahre zuvor angelegt wurde. Die wenigen Blumen, die jetzt noch blühten, ließen wegen der großen Hitze die Köpfe hängen. Aber die gepflegten, sorgfältig bewässerten Rasenflächen, die großen, schattenspendenden Nimbäume, die symmetrisch verteilt auf dem Gelände standen, und die schmalen Streifen aus Sandstein, die die Blumenbeete und Rasenflächen in Achtecke und Quadrate unterteilten, waren Inseln der Ruhe in der hektischen, übervölkerten Stadt. Am schönsten aber war das kleine, vollkommen geformte Lustschlößchen der Nawabs von Brahmpur, das genau in der Mitte des Gartens stand, ein filigranes Schmuckkästchen aus weißem Marmor, dessen Geist sowohl von extravaganter Verschwendung als auch von architektonischer Strenge zeugte.

Zu Zeiten der Nawabs schlugen hier Pfaue ihr Rad, und ihre heiseren Stimmen konkurrierten gelegentlich mit den musikalischen Aufführungen, die die bequem liegenden und im Abstieg begriffenen Herrscher amüsieren sollten: Tänzerinnen traten auf, ein Hofmusiker sang in dem ernsten Khyal-Stil, ein Dichterwettstreit wurde ausgetragen, ein neues Gasel des Poeten Mast rezitiert.

Der Gedanke an Mast brachte für Maan den Zauber des Vorabends zurück. Die klaren Konturen des Gasels, die weichen Konturen von Saeeda Bais Gesicht, ihr Geplänkel, das Maan jetzt lebhaft und zärtlich erschien, die Art, wie sie den Sari über ihren Kopf zog, wenn er herunterzurutschen drohte, die besondere Aufmerksamkeit, die sie Maan zuteil werden ließ, an all das erinnerte er sich, als er an der Brüstung auf und ab schlenderte und an alles mögliche, nur nicht an Selbstmord dachte. Die Brise, die vom Fluß heraufwehte, war angenehm, und Maan fühlte sich von den Ereignissen ermutigt. Er hatte sich gefragt, ob er am Abend bei Saeeda Bai vorbeischauen sollte, und jetzt war er plötzlich optimistisch.

Der weite rote Himmel wölbte sich über die schimmernde Ganga wie eine glühende Schüssel. Am gegenüberliegenden Ufer erstreckten sich die Sandflächen bis zum Horizont.

Während er auf das Wasser hinunterblickte, fiel ihm plötzlich eine Bemerkung ein, die die Mutter seiner Verlobten gemacht hatte. Sie, eine fromme Frau, war davon überzeugt, daß der gefügige Fluß zum Fest Ganga Dussehra steigen und an diesem besonderen Tag die unterste Stufe der Ghats ihrer Geburtsstadt Benares überfluten würde. Maan dachte an seine Verlobte und ihre Familie, und seine Verlobung begann ihn zu bedrücken wie immer, wenn er überhaupt daran dachte. Sein Vater hatte seine Drohung wahr gemacht und sie arrangiert; Maan, der den Weg des geringsten Widerstands gegangen war, hatte sich einverstanden erklärt, und jetzt war sie ein unheilvoller Bestandteil seines Lebens. Früher oder später würde er das Mädchen heiraten müssen. Maan fühlte sich nicht zu ihr hingezogen – sie hatten sich kaum und nur im Beisein ihrer Familien gesehen –, und er wollte nicht an sie denken. Er dachte viel lieber an Samia, die jetzt mit ihrer Familie in Pakistan lebte und nach Brahmpur kommen wollte, nur um Maan zu besuchen, oder an Sarla, die Tochter des ehemaligen Polizeipräsidenten, oder an irgendeine andere frühere Leidenschaft. Eine spätere Flamme, so hell sie auch loderte, brachte eine frühere in Maans Herzen nicht zum Erlöschen. Beim Gedanken an eine jede von ihnen verspürte er noch immer ein Aufwallen der Wärme und des Wohlwollens.

2.9

Es war bereits dunkel, als Maan zurück in die dichtbevölkerte Stadt ging, wieder einmal unsicher, ob er sein Glück bei Saeeda Bai versuchen sollte. Nach wenigen Minuten war er in Misri Mandi. Obwohl Sonntag war, wurde hier gearbeitet wie an einem Werktag. Auf dem hellleuchteten Schuhmarkt herrschte geschäftiges, lärmendes Treiben. Kedarnath Tandons Laden war geöffnet wie alle anderen Läden unter den Arkaden – bekannt als der Brahmpur Shoe Mart –

gleich neben der Hauptstraße. Die sogenannten Korb-Wallahs liefen mit ihren Körben auf dem Kopf von Laden zu Laden und boten den Großhändlern ihre Waren an: die Schuhe, die sie und ihre Familien während des Tages gefertigt hatten und die sie verkaufen mußten, um sich Lebensmittel, Leder und andere Arbeitsmaterialien für den nächsten Tag leisten zu können. Diese Schuhmacher, meist Angehörige der ›unberührbaren‹ Jatav-Kaste oder Moslems von niederem Rang, von denen nach der Teilung eine große Zahl in Brahmpur geblieben war, waren ausgemergelt und armselig gekleidet, und viele sahen verzweifelt aus. Die Schuhläden befanden sich ungefähr einen Meter über der Straße, und so konnten sie ihre Körbe auf dem Rand des mit Stoff bedeckten Fußbodens absetzen, wo sie ein potentieller Käufer in Augenschein nahm. Kedarnath zum Beispiel holte ein Paar Schuhe aus einem Korb, der ihm zur Begutachtung hingestellt wurde. Wenn er den Korb zurückwies, mußte der Verkäufer damit zum nächsten Großhändler laufen – oder zu einem unter einer anderen Arkade. Oder Kedarnath bot einen niedrigeren Preis, den der Schuhmacher akzeptieren konnte oder auch nicht. Oder Kedarnath wirtschaftete sparsam mit seinen Mitteln, indem er den Preis des Schusters zwar akzeptierte, ihn jedoch nicht ganz in bar bezahlte, sondern ihm einen Teil in einer Gutschrift oder einem ›Zettel‹ erstattete, der von einem Wechselmakler oder einem Rohmaterialienhändler angenommen wurde. Nachdem die Schuhe verkauft waren, mußten die Korb-Wallahs noch das Material für den nächsten Tag besorgen, und oft genug waren sie gezwungen, möglichst früh am Abend und zu ungünstigen Bedingungen zu verkaufen.

Maan begriff das System nicht, dessen riesiger Umsatz von einem gut funktionierenden Netzwerk von Krediten abhing, das ausschließlich auf Zetteln basierte und in dem Banken so gut wie keine Rolle spielten. Er wollte es auch nicht durchschauen; das Stoffgeschäft in Benares beruhte auf anderen finanziellen Strukturen. Er war nur vorbeigekommen, um ein bißchen zu plaudern, eine Tasse Tee zu trinken und seinen Neffen zu treffen. Bhaskar, der wie sein Vater eine weiße Kurta-Pajama trug, saß barfuß auf dem weißen Tuch, mit dem der Fußboden des Ladens bedeckt war. Ab und zu wandte sich Kedarnath mit der Bitte, etwas auszurechnen, an ihn – manchmal, damit der Junge sich nicht langweilte, manchmal, weil er wirklich seine Hilfe brauchte. Bhaskar fand den Laden höchst aufregend – es bereitete ihm Vergnügen, Rabatte oder die Portokosten für den Versandhandel auszurechnen oder über die faszinierenden geometrischen und arithmetischen Beziehungen der aufgestapelten Schuhschachteln nachzudenken. Er zögerte das Zubettgehen so lange wie möglich hinaus, um bei seinem Vater zu bleiben, und Veena mußte bisweilen öfter als einmal nach ihm schicken.

»Wie geht's dem Frosch?« fragte Maan und hielt Bhaskar die Nase zu. »Ist er wach? Er sieht heute ja sehr adrett aus.«

»Du hättest ihn gestern vormittag sehen sollen«, sagte Kedarnath. »Da waren nur noch seine Augen zu erkennen.«

Bhaskar strahlte. »Was hast du mir mitgebracht?« fragte er Maan. »Du hast geschlafen. Du mußt mir was schenken.«

»Sohn ...« setzte sein Vater tadelnd an.

»Nichts«, sagte Maan ernst, ließ seine Nase los und legte ihm die Hand auf den Mund. »Sag – was wünschst du dir? Schnell!«

Bhaskar legte nachdenklich die Stirn in Falten.

Zwei Männer, die sich über den drohenden Streik der Korb-Wallahs unterhielten, gingen vorbei. Ein Radio plärrte. Ein Polizist schrie etwas. Der Ladenjunge brachte zwei Gläser mit Tee vom Markt. Maan pustete in sein Glas und begann dann, den Tee zu trinken.

»Alles in Ordnung?« fragte er Kedarnath. »Wir hatten heute nachmittag kaum Gelegenheit, miteinander zu reden.«

Kedarnath zuckte die Achseln und nickte. »Alles in Ordnung. Aber du siehst besorgt aus.«

»Besorgt? Ich? Nein, nein«, protestierte Maan. »Aber was hört man da von einem Streik der Korb-Wallahs?«

»Nun ja«, sagte Kedarnath.

Er konnte sich den verheerenden Schaden vorstellen, den der angedrohte Streik anrichten würde, und wollte sich nicht über das Thema auslassen. Er fuhr sich bekümmert mit einer Hand durch das ergrauende Haar und schloß die Augen.

»Ich denke immer noch nach«, sagte Bhaskar.

»Das ist eine gute Angewohnheit«, sagte Maan. »Teil mir deinen Entschluß das nächstemal mit – oder schick mir eine Postkarte.«

»In Ordnung«, sagte Bhaskar mit der leisen Andeutung eines Lächelns.

»Bis bald.«

»Bis bald, Maan Maama ... ach, weißt du übrigens, daß, wenn man so ein Dreieck hat und auf den zwei Seiten so ein Quadrat dranmacht und diese zwei Quadrate zusammenzählt, dann kriegt man das Quadrat.« Bhaskar gestikulierte. »Jedesmal«, fügte er hinzu.

»Ja, das weiß ich.« Kluger Frosch, dachte Maan.

Bhaskar schien enttäuscht, aber seine Miene hellte sich sofort wieder auf. »Soll ich dir sagen, warum?« fragte er Maan.

»Heute nicht. Ich muß gehen. Willst du noch eine Rechenaufgabe zum Abschied?«

Bhaskar war versucht, »Heute nicht« zu sagen, überlegte es sich jedoch anders. »Ja«, sagte er.

»Wieviel ist 256 mal 512?« fragte Maan, der das Ergebnis schon vorher ausgerechnet hatte.

»Das ist zu einfach«, sagte Bhaskar. »Frag mich was anderes.«

»Also, wieviel ist das?«

»Ein Lakh einunddreißigtausendzweiundsiebzig.«

»Hm. Wieviel ist 400 mal 400?«

Bhaskar wandte sich beleidigt ab.

»Na gut, na gut«, sagte Maan. »Wieviel ist 789 mal 987?«

»Sieben Lakhs achtundsiebzigtausendsiebenhundertdreiundvierzig«, antwortete Bhaskar nach ein paar Sekunden.

»Ich glaub's dir«, sagte Maan. Ihm war plötzlich der Gedanke gekommen, daß er sein Glück bei Saeeda Bai, die für ihre Launen berüchtigt war, besser nicht versuchen sollte.

»Willst du es nicht nachkontrollieren?« fragte Bhaskar.

»Nein, du Genie, ich muß gehen.« Er fuhr mit der Hand durch das Haar seines Neffen, nickte seinem Schwager zu und trat hinaus auf die Hauptstraße von Misri Mandi. Dort winkte er eine Tonga heran, um nach Hause zu fahren.

Unterwegs überlegte er es sich wieder anders und fuhr direkt zu Saeeda Bais Haus.

Am Eingang stand ein Wachmann, der einen Turban aus Khaki trug, ihn musterte und ihn beschied, daß Saeeda Bai nicht zu Hause sei. Maan dachte daran, ihr eine schriftliche Nachricht zu hinterlassen, sah sich jedoch einem Problem gegenüber. In welcher Sprache sollte er schreiben? Saeeda Bai konnte sicherlich nicht Englisch lesen und Hindi wahrscheinlich auch nicht, und Urdu konnte Maan nicht schreiben. Er gab dem Wachmann eine Rupie Trinkgeld und sagte: »Bitte sag ihr, daß ich hier war, um ihr meine Aufwartung zu machen.«

Der Wachmann hob die rechte Hand zum Gruß an den Turban und fragte: »Und Sahibs Name?«

Maan wollte gerade seinen Namen nennen, als ihm etwas Besseres einfiel. »Sag ihr, ich sei derjenige, der in Liebe lebt.« Das war ein grauenhaftes Wortspiel mit Prem Nivas.

Der Wachmann nickte teilnahmslos.

Maan betrachtete das kleine, zweistöckige rosenfarbene Haus. Im Innern brannten ein paar Lichter, aber das mußte nichts bedeuten. Mutlos und zutiefst frustriert, wandte er sich ab und fuhr los in Richtung Zuhause. Aber dann tat er, was er immer tat, wenn er niedergeschlagen war und nichts mit sich anzufangen wußte – er suchte die Gesellschaft von Freunden. Er wies den Tonga-Wallah an, ihn zum Haus des Nawab Sahib von Baitar zu bringen. Als er hörte, daß Firoz und Imtiaz ausgegangen waren und erst spät zurückerwartet wurden, beschloß er, Pran einen Besuch abzustatten. Pran war über das unfreiwillige Bad des Wals nicht gerade erfreut gewesen, und Maan dachte, daß er ihn versöhnlich stimmen sollte. Er hielt seinen Bruder für einen anständigen Kerl, aber auch für einen Mann lauer, abgeklärter Gefühle. Maan dachte gut gelaunt, daß es Pran einfach nicht gegeben war, sich so verliebt und elend zu fühlen wie er selbst.

2.10

Später kehrte Maan zu dem bedauerlich schlecht erhaltenen Anwesen von Baitar House zurück, plauderte lange mit Firoz und Imtiaz und blieb über Nacht.

Imtiaz mußte sehr früh am nächsten Morgen einen Krankenbesuch machen, gähnte und verfluchte seinen Beruf.

Firoz hatte Dringendes mit einem Mandanten zu besprechen und zog sich mit ihm in eine Ecke der weitläufigen Bibliothek seines Vaters zurück, die ihm als Kanzlei diente. Dort blieb er zwei Stunden hinter verschlossenen Türen und kam dann pfeifend zu einem späten Frühstück wieder heraus.

Maan, der sein Frühstück verschoben hatte, bis Firoz zurück war, saß im Gästezimmer, blätterte im *Brahmpur Chronicle* und gähnte. Er war etwas verkatert.

Ein uraltes Faktotum der Familie des Nawab Sahib erschien, und nachdem er sich vor Maan verneigt und ihn gegrüßt hatte, verkündete er würdevoll in gemessenem Urdu, daß der jüngere Sahib – Chhoté Sahib – sofort zum Frühstück kommen werde und ob sich Maan Sahib bitte hinunterbegeben wolle?

Maan nickte. Nach einer halben Minute fiel ihm auf, daß der alte Diener noch immer in einiger Entfernung von ihm dastand und ihn erwartungsvoll ansah. Maan blickte ihn fragend an.

»Haben Sie noch einen Wunsch?« fragte der Diener, der – wie Maan bemerkte – mindestens siebzig sein mußte, aber noch ziemlich rüstig wirkte. Er muß auch gut in Form sein, dachte Maan, um mehrmals am Tag die Treppen im Haus des Nawab Sahib zu bewältigen. Maan fragte sich, warum er ihn noch nie zuvor gesehen hatte.

»Nein«, sagte Maan. »Du kannst gehen. Ich komme gleich nach unten.« Dann, als der alte Mann die aneinandergelegten Hände zu einem höflichen Gruß an die Stirn hob und sich umwandte, um zu gehen, sagte Maan: »Äh, warte ...«

Der alte Mann drehte sich wieder um und wartete ab, was Maan zu sagen hatte.

»Du mußt seit vielen Jahren beim Nawab Sahib sein.«

»Ja, Huzoor, so ist es. Ich bin ein alter Bediensteter der Familie. Die meiste Zeit meines Lebens habe ich in Baitar Fort verbracht, aber jetzt, da ich ein hohes Alter erreicht habe, hat man mich hierhergebracht.«

Maan lächelte, als er hörte, daß der alte Mann unbewußt und mit stillem Stolz mit ähnlichen Worten von sich sprach – »purana khidmatgar« –, wie Maan sie im Geiste benutzt hatte, um ihn zu charakterisieren.

Da Maan schwieg, fuhr der alte Mann fort. »Ich bin in ihre Dienste getreten, als ich, glaube ich, zehn Jahre alt war. Ich stamme aus dem Dorf Raipur des Nawab Sahib, das zum Gebiet von Baitar gehört. Damals bekam ich eine Rupie im Monat, und das war mehr, als ich für mich brauchte. Der Krieg, Huzoor, hat die Preise so in die Höhe getrieben, daß die Menschen kaum noch mit einem Vielfachen dieses Gehalts auskommen. Und jetzt, nach der Teilung – und all den damit verbundenen Problemen und weil der Bruder des Nawab Sahib nach Pakistan gegangen ist und mit all diesen Gesetzen, die das Eigentum bedrohen –, ist die Lage ungewiß, sehr«, er hielt auf der Suche nach einem anderen Wort inne, aber dann wiederholte er sich, »sehr ungewiß.«

Maan schüttelte den Kopf in der Hoffnung, daß er dadurch klarer würde, und sagte: »Gibt es hier vielleicht Aspirin?«

Der alte Mann war erfreut, daß er sich nützlich machen konnte, und sagte: »Ja, ich denke schon, Huzoor. Ich werde Ihnen welches holen.«

»Ausgezeichnet«, sagte Maan. »Nein, bring es mir nicht«, fügte er hinzu, weil er nicht wollte, daß sich der alte Mann zu sehr anstrengen mußte. »Leg mir zwei Tabletten neben meinen Teller, wenn ich zum Frühstück runterkomme. Ach, übrigens«, fuhr er fort, während er sich die zwei kleinen Tabletten neben seinem Teller vorstellte, »warum wird Firoz Chhoté Sahib genannt, wo er und Imtiaz doch zur gleichen Zeit geboren sind?«

Der alte Mann sah auf den ausladenden Magnolienbaum vor dem Fenster, der ein paar Tage nach der Geburt der Zwillinge gepflanzt worden war. Er hustete kurz und sagte: »Chhoté Sahib, das heißt Firoz Sahib, wurde sieben Minuten nach Burré Sahib geboren.«

»Aha«, sagte Maan.

»Deswegen sieht er auch zarter aus und nicht so robust wie Burré Sahib.«

Maan schwieg und dachte über diese physiologische Theorie nach.

»Er hat die feingeschnittenen Gesichtszüge seiner Mutter«, sagte der alte Mann und brach dann ab, als hätte er unzulässigerweise eine Grenze überschritten.

Maan erinnerte sich daran, daß die Begum Sahiba – die Frau des Nawab Sahib und die Mutter seiner Tochter und seiner Zwillingssöhne – ihr Leben strikt hinter dem Purdah verbracht hatte. Er fragte sich, woher ein männlicher Bediensteter wissen konnte, wie sie aussah, aber er spürte die Verlegenheit des alten Mannes und fragte nicht nach. Vielleicht aus Gesprächen unter Dienstboten, dachte er.

»So heißt es zumindest«, fügte der alte Mann hinzu. »Sie war eine sehr gute Frau, möge ihre Seele in Frieden ruhen. Sie war gut zu uns allen. Sie hatte einen starken Willen.«

Maan faszinierte das zaghafte, doch begierige Eindringen des alten Mannes in die Geschichte der Familie, der er sein ganzes Leben gewidmet hatte. Aber er war jetzt – trotz seiner Kopfschmerzen – ziemlich hungrig und beschloß, daß es nicht die richtige Zeit zum Reden sei. »Sag Chhoté Sahib, daß ich in – sieben Minuten unten sein werde.«

Wenn Maans ungewöhnliche Zeitangabe den alten Mann verwirrte, so ließ er es sich nicht anmerken. Er nickte und wollte gehen.

»Wie heißt du?« fragte Maan.

»Ghulam Rusool, Huzoor«, sagte der alte Diener.

Maan nickte, und er ging.

2.11

»Hast du gut geschlafen?« fragte Firoz und lächelte Maan an.
»Sehr gut. Aber du bist früh aufgestanden.«
»Nicht früher als sonst. Ich erledige gern viel Arbeit vor dem Frühstück. Wenn der Mandant nicht gekommen wäre, hätte ich mich an meine Akten gesetzt. Mir scheint, daß du überhaupt nicht arbeitest.«
Maan blickte auf die zwei kleinen Pillen auf seinem Teller, sagte aber nichts, und Firoz sprach weiter.
»Ich meine, ich habe keine Ahnung vom Stoffgeschäft...«
Maan stöhnte. »Soll das eine ernsthafte Unterhaltung sein?« fragte er.
»Ja, natürlich«, erwiderte Firoz und lachte. »Ich bin schon seit mindestens zwei Stunden auf.«
»Ich habe einen Kater«, sagte Maan. »Hab ein Einsehen.«
»Habe ich«, sagte Firoz und wurde etwas rot. »Wirklich.« Er sah auf die Uhr an der Wand. »Aber ich muß in den Reitclub. Eines Tages werde ich dir beibringen, wie man Polo spielt, Maan, und dein ganzer Widerspruch wird dir nichts nutzen.« Er stand auf und ging Richtung Flur.
»Gut«, sagte Maan. »Das liegt mir mehr.«
Ein Omelett wurde gebracht. Es war nur noch lauwarm, nachdem es die weite Strecke zwischen Küchentrakt und Frühstückszimmer in Baitar House zurückgelegt hatte. Maan betrachtete es eine Weile und biß dann zaghaft in eine Scheibe ungebutterten Toast. Er hatte überhaupt keinen Hunger mehr. Er schluckte die Aspirintabletten.
Firoz war inzwischen an der Vordertür angelangt und bemerkte den Privatsekretär seines Vaters, Murtaza Ali, der einen Wortwechsel mit einem jungen Mann hatte. Der junge Mann wollte den Nawab Sahib sehen. Murtaza Ali, der kaum älter war, versuchte auf seine mitfühlende, besorgte Art, ihn davon abzubringen. Der junge Mann war nicht gut gekleidet – seine Kurta war aus selbstgesponnener weißer Baumwolle –, aber sein Urdu war kultiviert, was seinen Akzent und seine Wortwahl anbelangte. Er sagte: »Aber er hat mir gesagt, ich solle um diese Uhrzeit kommen, und hier bin ich.«
Das intensive Mienenspiel in seinem mageren Gesicht ließ Firoz stehenbleiben. »Worum geht es?« fragte er.
Murtaza Ali drehte sich zu ihm und sagte: »Chhoté Sahib, es scheint, dieser junge Mann will Ihren Vater wegen eines Jobs in der Bibliothek sprechen. Er sagt, er habe einen Termin.«
»Wissen Sie was darüber?« fragte Firoz Murtaza Ali.
»Leider nicht, Chhoté Sahib.«
Der junge Mann sagte: »Ich habe unter einigen Mühen eine weite Strecke zurückgelegt. Der Nawab Sahib hat mir ausdrücklich gesagt, ich solle ihn um zehn Uhr hier aufsuchen.«

Firoz sagte nicht unfreundlich: »Sind Sie sicher, daß er heute gemeint hat?«
»Ja, absolut sicher.«
»Wenn mein Vater mit Ihnen gerechnet hätte, wüßten wir Bescheid«, meinte Firoz. »Das Problem ist, kaum hat mein Vater die Bibliothek betreten, ist er in einer anderen Welt. Ich fürchte, Sie müssen warten, bis er wieder herauskommt. Oder können Sie später noch einmal wiederkommen?«
An den Mundwinkeln des jungen Mannes war zu erkennen, daß er hart mit sich kämpfte. Er brauchte eindeutig das mit dem Job verbundene Einkommen, aber ebenso eindeutig hatte er seinen Stolz. »Ich bin nicht darauf eingestellt, hin- und hergeschickt zu werden«, sagte er bestimmt und ruhig.
Firoz war überrascht. Seine Bestimmtheit, so schien ihm, grenzte an Unhöflichkeit. Er hätte sagen können: »Der Nawabzada wird sicherlich verstehen, daß es für mich schwierig ist ...« oder eine ähnlich zuvorkommende Formulierung. Statt dessen einfach: »Ich bin nicht darauf eingestellt ...«
»Nun, das ist Ihre Sache«, sagte Firoz leichthin. »Jetzt entschuldigen Sie mich bitte, ich habe es eilig.« Als er in den Wagen stieg, runzelte er die Stirn.

2.12

Am Abend des Vortags, als Maan vorbeigekommen war, hatte Saeeda Bai einen feisten alten Kunden empfangen: den Radscha von Marh, einem kleinen Fürstentum in Madhya Pradesh. Der Radscha weilte ein paar Tage in Brahmpur, zum einen, um die Verwaltung seines Grundbesitzes in Brahmpur zu überwachen, zum anderen, um den Bau eines neuen Shiva-Tempels auf dem Grundstück, das er neben der Alamgiri-Moschee in Old Brahmpur besaß, voranzutreiben. Der Radscha kannte Brahmpur aus seiner Studentenzeit, die dreißig Jahre zurücklag; er hatte Mohsina Bais Etablissement häufig besucht, als sie mit ihrer Tochter Saeeda noch in der verrufenen Tarbuz-ka-Bazaar lebte.
Ihre Kindheit hatte Saeeda Bai zusammen mit ihrer Mutter und drei anderen Kurtisanen verbracht, deren älteste aufgrund der Tatsache, daß ihr das Haus gehörte, dessen ersten Stock sie alle gemeinsam bewohnten, jahrelang als ihre Kupplerin aufgetreten war. Saeeda Bais Mutter gefiel dieses Arrangement nicht, und als der Ruhm und die Attraktivität ihrer Tochter wuchsen, hatte sie es verstanden, ihre Unabhängigkeit zu sichern. Als Saeeda Bai ungefähr siebzehn war, fiel sie dem Maharadscha eines großen Fürstentums im Staate Rajasthan auf, später dann dem Nawab von Sitagarh; und von da an war es ständig bergauf mit ihnen gegangen.
Irgendwann hatte sich Saeeda Bai ihr jetziges Haus in Pasand Bagh leisten können und war mit Mutter und jüngerer Schwester dorthin gezogen. Alle drei Frauen, die zwanzig und fünfzehn Jahre trennten, waren attraktiv, jede auf ihre

Weise. Wenn die Mutter die Kraft und den Glanz des Messings hatte, war Saeeda das Funkeln des vom Anlaufen gefährdeten Silbers eigen, und die junge, sanftmütige Tasneem, benannt nach einer Quelle im Paradies und von Mutter und Schwester vor der Profession ihrer Vorfahrinnen beschützt, verfügte über die lebhafte Flüchtigkeit des Quecksilbers.

Mohsina Bai war vor zwei Jahren gestorben. Es war ein harter Schlag für Saeeda Bai gewesen, die bisweilen zum Friedhof ging, sich auf das Grab ihrer Mutter warf und weinte. Saeeda Bai und Tasneem wohnten jetzt allein mit zwei weiblichen Dienstboten – einem Dienstmädchen und einer Köchin – in dem Haus in Pasand Bagh. Nachts bewachte der gleichmütige Wachmann das Haus. An diesem Abend erwartete Saeeda Bai keine Besucher, die sie unterhalten mußte; sie saß mit ihrem Tabla- und ihrem Sarangi-Spieler zusammen und zerstreute sich mit Klatschgeschichten und Musik.

Saeeda Bais Musiker hätten nicht gegensätzlicher sein können. Beide waren ungefähr fünfundzwanzig, und beide waren hingebungsvolle und begabte Musiker. Sie mochten einander und waren Saeeda Bai – aus ökonomischen Gründen wie aus Gründen der Zuneigung – tief verbunden. Aber damit endete die Ähnlichkeit. Ishaq Khan, der mit leichter Hand, viel Harmoniegefühl und völlig selbstvergessen den Bogen der Sarangi führte, war ein etwas boshafter Junggeselle. Motu Chand – diesen Spitznamen trug er wegen seiner Leibesfülle – war ein zufriedener Mann und Vater von vier Kindern. Mit seinen großen Augen und der schnüffelnden Nase sah er ein bißchen wie eine Bulldogge aus, und wenn er nicht gerade wie ein Wahnsinniger auf seine Tabla eintrommelte, war er wohltuend träge.

Sie sprachen gerade über Ustad Majeed Khan, einen der berühmtesten klassischen Sänger Indiens, der für seine Unnahbarkeit berüchtigt war. Er wohnte in der Altstadt, nicht weit von dem Ort, an dem Saeeda Bai aufgewachsen war.

»Was ich nicht verstehe, Saeeda Begum«, sagte Motu Chand und lehnte sich wegen seines Bauches unbeholfen zurück, »ist, warum er uns kleinen Leuten so kritisch gegenübersteht. Dort sitzt er, den Kopf über den Wolken, wie unser Lord Shiva auf dem Berg Kailash. Warum sollte er sein drittes Auge öffnen, um uns zu verbrennen?«

»Die Launen der Großen sind unergründlich«, sagte Ishaq Khan. Er berührte mit der linken Hand seine Sarangi und fuhr fort: »Schau dir diese Sarangi an – sie ist ein edles Instrument, doch der edle Majeed Khan kann sie nicht ausstehen. Er läßt sich nie von ihr begleiten.«

Saeeda Bai nickte; Motu Chand machte zustimmende Laute. »Sie ist das schönste aller Instrumente«, sagte er.

»Kafir«, sagte Ishaq Khan und lächelte seinen Freund schief an. »Wie kannst du nur so tun, als würdest du dieses Instrument mögen? Woraus besteht es?«

»Aus Holz natürlich«, sagte Motu Chand, der sich jetzt unter Mühen wieder nach vorn beugte.

»Schau dir unseren kleinen Ringer an«, sagte Saeeda Bai und lachte. »Er muß ein paar Laddus essen.« Sie rief nach dem Mädchen und hieß es, Süßigkeiten zu holen.

Ishaq wand weiterhin die Schlingen seiner Thesen um den sich wehrenden Motu Chand.

»Holz!« rief er. »Und was noch?«

»Also, na ja, Khan Sahib – Saiten und so«, gab sich Motu geschlagen, wie es Ishaqs Absicht gewesen war.

»Und woraus sind diese Saiten gemacht?« fuhr Ishaq Khan erbarmungslos fort.

»Aha!« sagte Motu Chand, der allmählich begriff, worauf Ishaq Khan hinauswollte. Ishaq war kein schlechter Kerl, aber es schien ihm ein grausames Vergnügen zu bereiten, Motu Chand in einem Streit den kürzeren ziehen zu lassen.

»Darm«, sagte Ishaq. »Die Saiten sind aus Darm gemacht, wie du sehr wohl weißt, und die Vorderseite einer Sarangi ist aus Haut. Der Haut eines toten Tiers. Was würden deine Brahmanen von Brahmpur sagen, wenn man sie zwingen würde, sie zu berühren? Würden sie dadurch nicht unrein?«

Motu Chand wirkte niedergeschlagen, sammelte sich jedoch sofort wieder. »Wie auch immer, ich bin kein Brahmane, weißt du ...« setzte er an.

»Mach dich nicht über ihn lustig«, sagte Saeeda Bai zu Ishaq Khan.

»Ich mag diesen fetten Kafir viel zu sehr, als daß ich mich über ihn lustig machen würde«, sagte Ishaq Khan.

Das entsprach nicht der Wahrheit. Da Motu Chand ein beunruhigend ausgeglichenes Wesen hatte, liebte es Ishaq Khan mehr als alles andere, ihn aus dem Gleichgewicht zu bringen. Aber diesmal reagierte Motu Chand auf eine unangenehm philosophische Weise.

»Khan Sahib ist überaus freundlich«, sagte er. »Aber manchmal sind sogar die Unwissenden weise, und er wäre der erste, das zuzugeben. Für mich ist die Sarangi nicht das, woraus sie gemacht ist, sondern das, was man mit ihr machen kann – göttliche Töne. In den Händen eines Künstlers beginnen sogar die Därme und die Haut zu singen.« Er lächelte ein hochzufriedenes Lächeln, nahezu ein Sufi-Lächeln, und sein Gesicht legte sich in Falten. »Was sind wir schließlich alle, wenn nicht Gedärm und Haut? Und doch«, er runzelte die Stirn vor Konzentration, »in den Händen eines, der – des Einen ...« Aber jetzt trat das Mädchen mit den Süßigkeiten ein, und Motu Chands theologische Windungen fanden ein Ende. Seine dicken, wendigen Finger griffen rasch nach einem Laddu, das so rund war wie er selbst und das er sich als Ganzes in den Mund schob.

Nach einer Weile sagte Saeeda Bai: »Aber wir sprachen nicht von dem Einen da oben«, sie deutete in die Höhe, »sondern über den Einen im Westen.« Sie deutete in Richtung Old Brahmpur.

»Wo ist der Unterschied?« fragte Ishaq Khan. »Wir beten sowohl nach Westen als auch nach oben gewandt. Ich bin sicher, Ustad Majeed Khan würde es uns nicht übelnehmen, wenn wir eines Abends versehentlich ihn anbeteten.

Und warum auch nicht?« endete er zweideutig. »Wenn wir solch erhabene Kunst verehren, verehren wir Gott selbst.« Er sah Motu Chand auf der Suche nach Zustimmung an, aber Motu schien entweder zu schmollen, oder er konzentrierte sich auf das Laddu.

Das Mädchen kam wieder herein und sagte: »Am Tor gibt es Ärger.«
Saeeda Bai schien mehr interessiert als beunruhigt.
»Was für Ärger, Bibbo?« fragte sie.
Das Mädchen sah sie dreist an und sagte: »Ein junger Mann scheint sich mit dem Wachmann anzulegen.«
»Schamloses Ding, schau nicht so frech«, sagte Saeeda Bai. »Hm. Wie sieht er aus?«
»Woher sollte ich das wissen, Begum Sahiba?« wehrte sich das Mädchen.
»Stell dich nicht so an, Bibbo. Sieht er anständig aus?«
»Ja. Aber die Straßenlaternen sind nicht so hell, daß ich mehr hätte sehen können.«
»Ruf den Wachmann«, sagte Saeeda Bai. »Wir sind unter uns«, fügte sie hinzu, als das Mädchen zögerte.
»Und der junge Mann?« fragte das Mädchen.
»Wenn er, wie du sagst, anständig ist, wird er draußen warten.«
»Ja, Begum Sahiba«, erwiderte das Mädchen und tat, wie ihm geheißen.
»Wer kann das sein?« überlegte Saeeda Bai laut und schwieg dann für eine Weile.

Der Wachmann betrat das Haus, ließ seinen Speer an der Vordertür und stieg schwerfällig die Treppe zur Galerie hinauf. Auf der Schwelle zu dem Raum, in dem sie saßen, blieb er stehen und salutierte. Mit seinem Khaki-Turban, seiner Khaki-Uniform, den schweren Stiefeln und dem buschigen Schnauzbart wirkte er in dem feminin eingerichteten Zimmer völlig fehl am Platz. Aber er schien sich überhaupt nicht unbehaglich zu fühlen.

»Wer ist der Mann, und was will er?« fragte Saeeda Bai.
»Er will eingelassen werden und mit Ihnen sprechen«, antwortete der Wachmann phlegmatisch.
»Ja, ja, das kann ich mir selbst denken – wie heißt er?«
»Er will seinen Namen nicht nennen, Begum Sahiba. Und ein Nein läßt er als Antwort nicht gelten. Gestern war er auch schon da und hat eine Nachricht hinterlassen, aber sie war so dreist, daß ich beschloß, sie nicht auszurichten.«
Saeeda Bais Augen funkelten. »Du hast beschlossen, sie nicht auszurichten?«
»Der Radscha Sahib war hier«, sagte der Wachmann gelassen.
»Hm. Und wie lautet die Nachricht?«
»Daß er derjenige ist, der in Liebe lebt«, sagte der Wachmann in aller Ruhe. Er benutzte jedoch ein anderes Wort für ›Liebe‹, und so ging das Wortspiel mit Prem Nivas verloren.
»Der in Liebe lebt? Was meint er damit?« fragte Saeeda Bai Motu und Ishaq. Die beiden sahen sich an, wobei Ishaq Khan etwas verächtlich grinste.

»Diese Welt ist von Eseln bevölkert«, sagte Saeeda Bai, wobei sie unklar ließ, wen sie meinte. »Warum hat er keine schriftliche Nachricht hinterlassen? Waren das wirklich genau seine Worte? Das ist weder eine Redensart noch besonders geistreich.«

Der Wachmann befragte sein Gedächtnis und brachte eine bessere Annäherung an den tatsächlichen Wortlaut zustande. Jedenfalls kamen sowohl ›Prem‹ als auch ›Nivas‹ in dem Satz vor.

Alle drei lösten das Rätsel augenblicklich.

»Aha!« sagte Saeeda Bai vergnügt. »Ich denke, ich habe einen Bewunderer. Was meint ihr? Sollen wir ihn hereinlassen? Warum nicht?«

Keiner der anderen erhob Einwände – wie sollten sie auch? Der Wachmann wurde geheißen, den jungen Mann hereinzulassen. Und Bibbo wurde geheißen, dafür zu sorgen, daß Tasneem in ihrem Zimmer blieb.

2.13

Maan, der am Tor von einem Bein aufs andere trat, konnte sein Glück, so schnell vorgelassen zu werden, kaum fassen. Dankbarkeit für den Wachmann stieg in ihm auf, und er drückte ihm eine Rupie in die Hand. Der Wachmann führte ihn bis zur Haustür, und das Mädchen brachte ihn hinauf zu Saeeda Bais Zimmer.

Als Maans Schritte in der Galerie zu hören waren, rief sie: »Komm herein, komm herein, Dagh Sahib. Nimm Platz und erleuchte unsere Gesellschaft.«

Maan blieb einen Augenblick vor der Tür stehen und betrachtete Saeeda Bai. Er lächelte vor Freude, und Saeeda Bai konnte nicht umhin, sein Lächeln zu erwidern. Er war schlicht und tadellos gekleidet mit seiner gestärkten weißen Kurta-Pajama. Die feine Chikan-Stickerei auf der Kurta paßte zu der Stickerei auf der schmalen Kappe aus weißer Baumwolle. Seine Schuhe – Jutis-Slipper aus weichem Leder, an den Zehen nach oben gebogen – waren ebenfalls weiß.

»Wie bist du gekommen?« fragte Saeeda Bai.

»Zu Fuß.«

»Du hättest deine schönen Kleider mit Staub verschmutzen können.«

»Es ist nur ein paar Minuten von hier«, antwortete Maan schlicht.

»Bitte – setz dich.«

Maan setzte sich im Schneidersitz auf den mit weißen Tüchern bedeckten Boden.

Saeeda Bai begann, Paan zuzubereiten. Maan betrachtete sie verwundert.

»Ich war auch gestern hier, hatte aber weniger Glück.«

»Ich weiß, ich weiß«, sagte Saeeda Bai. »Dieser Dummkopf von einem Wachmann hat dich weggeschickt. Was soll ich sagen? Nicht jedem ist die Fähigkeit gegeben, feine Unterschiede zu erkennen ...«

»Aber heute bin ich da«, kommentierte Maan das Offensichtliche.

»Wo immer Dagh sich hinsetzt, er bleibt?« fragte Saeeda Bai lächelnd. Sie hielt den Kopf geneigt und streute etwas weißen Kalk auf die Betelblätter.

»Womöglich verläßt er die Gesellschaft diesmal überhaupt nicht«, sagte Maan.

Da sie ihn nicht ansah, konnte er sie betrachten, ohne in Verlegenheit zu geraten. Bevor er hereingekommen war, hatte sie ihren Kopf mit dem Sari bedeckt. Aber die weiche, glatte Haut ihres Nackens und ihrer Schultern war unbedeckt, und Maan fand die Haltung ihres Halses, als sie sich vorneigte, unbeschreiblich bezaubernd.

Nachdem sie zwei Stück Paan zubereitet hatte, steckte sie sie auf silberne, mit Quasten versehene Zahnstocher und reichte sie Maan. Er nahm sie, steckte sie in den Mund und war angenehm überrascht über den Geschmack nach Kokosnuß, einer Zutat, die Saeeda Bai gern ihrem Paan beimischte.

»Wie ich sehe, trägst du deine eigene Art von Gandhi-Kappe«, sagte Saeeda Bai, nachdem sie sich selbst Paan in den Mund geschoben hatte. Ishaq Khan und Motu Chand bot sie nichts an, aber sie schienen ja auch mit dem Hintergrund so gut wie verschmolzen zu sein.

Maan griff nervös und unsicher an seine bestickte weiße Kappe.

»Nein, nein, Dagh Sahib, mach dir keine Sorgen. Wir sind hier nicht in der Kirche.« Saeeda Bai sah ihn an. »Sie erinnert mich an andere weiße Kappen, die man in Brahmpur herumlaufen sieht. Die Köpfe, auf denen sie sitzen, sind in letzter Zeit größer geworden.«

»Ich fürchte, du klagst mich des Standes an, in den ich zufällig hineingeboren bin«, sagte Maan.

»Nein, nein«, sagte Saeeda Bai. »Dein Vater ist ein alter Schutzpatron der Künste. Ich meinte die anderen Kongreß-Wallahs.«

»Vielleicht sollte ich das nächstemal, wenn ich komme, eine andersfarbige Kappe tragen«, sagte Maan.

Saeeda Bai zog eine Braue hoch.

»Vorausgesetzt, ich werde zu dir vorgelassen«, fügte Maan ergeben hinzu.

Was für ein wohlerzogener junger Mann, dachte Saeeda Bai. Sie bedeutete Motu Chand, daß er die Tabla und das Harmonium, die in einer Ecke standen, bringen solle.

Zu Maan sagte sie: »Und was gebietet Hazrat Dagh uns zu spielen?«

»Na, irgendwas«, erwiderte Maan, der sich auf kein Geplänkel einließ.

»Hoffentlich kein Gasel«, sagte Saeeda Bai und schlug eine Taste an, damit die Sarangi und die Tabla besser gestimmt werden konnten.

»Nein?« fragte Maan enttäuscht.

»Gasele sind entweder für ein großes Publikum oder für die Intimität von Liebenden«, sagte Saeeda Bai. »Ich werde singen, wofür meine Familie am bekanntesten ist und was mein Ustad mir am besten beigebracht hat.«

Sie begann ein Thumri in Raga Pilu – »Warum also sprichst du nicht mit mir?« – und Maans Züge erhellten sich. Während sie sang, entschwebte er in einen Zustand der Berauschtheit. Der Anblick ihres Gesichts, der Klang ihrer Stimme und der Duft ihres Parfums vermischten sich mit seinem Glücksgefühl.

Nach zwei oder drei Thumris und einer Dadra bedeutete Saeeda Bai, daß sie müde sei und Maan gehen solle.

Er ging nur widerstrebend, legte jedoch mehr gute Laune an den Tag als Widerstreben. Der Wachmann fand einen Fünf-Rupien-Schein in seiner Hand. Maan schwebte auf einer Wolke nach Hause.

Irgendwann wird sie ein Gasel für mich singen, versprach er sich. Das wird sie, das wird sie ganz bestimmt.

2.14

Es war Sonntag morgen. Der Himmel war blau und klar. Der wöchentliche Vogelmarkt in der Nähe des Barsaat Mahal war in vollem Gang. Tausende von Vögeln – Beos, Rebhühner, Tauben, Sittiche; Kampfvögel, Speisevögel, Rennvögel, sprechende Vögel – saßen oder flatterten in Eisen- oder Bambusrohrkäfigen. Lauthals priesen die Händler die unübertroffene Qualität und den niedrigen Preis ihrer Ware an. Sie hatten die Gehwege okkupiert, und Käufer oder Passanten wie Ishaq mußten auf der Straße gehen, wo sie mit Rikschas, Radfahrern und gelegentlich mit einer Tonga zusammenstießen.

Es gab sogar einen Stand mit Büchern über Vögel. Ishaq nahm ein dünnes, schlecht gedrucktes Taschenbuch über Eulen und Zauberei in die Hand und blätterte es müßig durch, um sich darüber zu informieren, was man mit diesem unglücklichen Vogel anfangen konnte. Es schien sich um ein Buch über Schwarze Magie der Hindus zu handeln, *Das Tantra der Eulen*, obwohl es in Urdu gedruckt war. Er las:

»*Unfehlbares Mittel, um Arbeit zu finden*
Man nehme die Schwanzfedern einer Eule und einer Krähe und verbrenne sie zusammen in einem mit Mangoholz geschürten Feuer, bis sie zu Asche zerfallen. Wenn man auf Arbeitssuche geht, verreibe man diese Asche auf der Stirn wie ein Kastenzeichen, und man wird mit Sicherheit Arbeit finden.«

Er runzelte die Stirn und las weiter:

»*Methode, eine Frau unter Kontrolle zu halten*
Wenn Sie eine Frau unter Kontrolle halten und verhindern wollen, daß sie unter fremden Einfluß gerät, wenden Sie die im folgenden beschriebene Methode an:

Nehmen Sie zu gleichen Teilen das Blut einer Eule, eines Wildhuhns und einer Fledermaus; reiben Sie mit dieser Mixtur Ihren Penis ein und haben Sie Verkehr mit der Frau. Sie wird nie wieder einen anderen Mann begehren.«

Ishaq war nahezu schlecht. Diese Hindus! dachte er. Einer plötzlichen Eingebung folgend, kaufte er das Buch und beschloß, damit seinen Freund Motu Chand zu provozieren.

»Ich habe auch eins über Geier«, sagte der Buchverkäufer zuvorkommend.

»Nein, das hier reicht«, sagte Ishaq und spazierte weiter.

Er blieb an einem Stand stehen, wo in einem runden Käfig eine große Anzahl von winzigen, graugrünen, stoppligen Fleischbällen gefangenlagen.

»Aha!« sagte er.

Sein interessierter Blick rief augenblicklich einen Händler mit weißer Kappe, der ihn und das Buch in seiner Hand musterte, auf den Plan.

»Das sind keine gewöhnlichen Sittiche, Huzoor, das sind Sittiche aus den Bergen, Alexandriner Sittiche, wie die englischen Sahibs sagen.«

Die Engländer waren vor über drei Jahren abgezogen, aber Ishaq ließ es durchgehen. »Ich weiß, ich weiß«, sagte er.

»Ich erkenne einen Fachmann, wenn mir einer begegnet«, sagte der Händler. »Warum nehmen Sie nicht diesen? Nur zwei Rupien – er wird singen wie ein Engel.«

»Wie ein männlicher oder wie ein weiblicher Engel?« fragte Ishaq streng.

Der Händler wurde plötzlich servil.

»Oh, verzeihen Sie mir, verzeihen Sie mir. Die Leute hier sind so dumm, man erträgt es kaum, sich von den vielversprechenden Vögeln zu trennen, aber für jemanden, der sich mit Sittichen auskennt, tue ich alles, alles. Nehmen Sie diesen, Huzoor.« Und er holte einen Vogel mit großem Kopf – ein Männchen – aus dem Käfig.

Ishaq nahm ihn kurz in die Hand, legte ihn dann in den Käfig zurück.

Der Mann schüttelte den Kopf und sagte: »Was kann ich einem echten Vogelliebhaber noch Besseres bieten als den? Wollen Sie einen Vogel aus dem Distrikt Rudhia? Oder von den Bergausläufern in Horshana? Die sprechen besser als Beos.«

Ishaq sagte nur: »Zeigen Sie mir etwas, was sich wirklich zu sehen lohnt.«

Der Mann ging nach hinten und öffnete einen Käfig, in dem drei kleine, halbflügge Vögel zusammengekauert saßen. Ishaq betrachtete sie schweigend und bat dann, einen näher anschauen zu dürfen.

Er lächelte, als er an die Sittiche dachte, die er gekannt hatte. Seine Tante liebte sie und hatte einen, der schon siebzehn Jahre alt war. »Ich nehme diesen«, sagte er zu dem Mann. »Und mittlerweile müßten Sie wissen, daß ich mich mit dem Preis auch nicht übers Ohr hauen lasse.«

Sie feilschten eine Weile. Als er das Geld endlich einstecken konnte, war der Händler ziemlich verärgert. Dann, als Ishaq schon gehen wollte – seine Neuerwerbung kuschelte sich in sein Taschentuch –, sagte der Händler beflissen: »Sagen Sie mir, wie es ihm geht, wenn Sie das nächstemal vorbeikommen.«

»Wie heißen Sie?« fragte Ishaq.

»Muhammad Ismail, Huzoor. Und wie werden Sie genannt?«

»Ishaq Khan.«

»Dann sind wir Brüder!« Der Händler strahlte. »Sie dürfen Ihre Vögel nur bei mir kaufen.«

»Ja, ja«, sagte Ishaq und machte, daß er davonkam. Er hatte einen guten Vogel gekauft, der das Herz der jungen Tasneem höher schlagen lassen würde.

2.15

Ishaq ging nach Hause, aß zu Mittag und fütterte den Vogel mit einer Mischung aus Mehl und Wasser. Später machte er sich auf den Weg zu Saeeda Bais Haus, den Vogel trug er in seinem Taschentuch. Ab und zu warf er einen wohlwollenden Blick auf ihn und dachte daran, was für ein außergewöhnlicher und intelligenter Vogel er potentiell war. Er war in Hochstimmung. Ein guter Alexandriner Sittich war seine bevorzugte Papageienart. Als er sich der Nabiganj näherte, wäre er fast mit einem Handwagen zusammengestoßen.

Gegen vier Uhr traf er in Saeeda Bais Haus ein und sagte Tasneem, daß er ihr etwas mitgebracht habe. Sie sollte erraten, was es war.

»Mach dich nicht lustig über mich, Ishaq Bhai«, sagte sie und sah ihn mit ihren schönen großen Augen an. »Bitte sag mir, was es ist.«

Ishaq schaute sie an und dachte, daß ›gazellenhaft‹ wirklich der treffende Ausdruck für Tasneem war. Mit ihren feinen Zügen, groß und schlank, sah sie ihrer älteren Schwester nicht sonderlich ähnlich. Ihre Augen schimmerten feucht, und ihr Ausdruck war zärtlich. Sie war lebhaft, schien aber immer kurz davor, die Flucht zu ergreifen.

»Warum nennst du mich immer Bhai?« fragte er.

»Weil du für mich wie ein Bruder bist«, sagte Tasneem. »Und ich brauche einen Bruder. Und daß du mir immer Geschenke bringst, ist der Beweis. Jetzt spann mich bitte nicht länger auf die Folter. Ist es etwas zum Anziehen?«

»O nein – das ist nicht nötig, wenn man so schön ist wie du«, antwortete Ishaq lächelnd.

»Bitte rede nicht so.« Tasneem runzelte die Stirn. »Apa könnte dich hören, und dann gibt es Ärger.«

»Also, hier ist es …« Und Ishaq holte hervor, was aussah wie ein weicher flaumiger Ball in einem Taschentuch.

»Ein Wollknäuel! Du willst, daß ich dir ein Paar Socken stricke. Also, das werde ich nicht tun. Ich habe Besseres zu tun.«

»Zum Beispiel?«

»Zum Beispiel ...« begann Tasneem und verstummte dann. Sie blickte unsicher in den großen Spiegel an der Wand. Was tat sie schon? Sie half der Köchin und schnitt Gemüse, unterhielt sich mit ihrer Schwester, las Romane, klatschte mit dem Dienstmädchen und dachte über das Leben nach. Aber bevor sie sich diesem Thema eingehender widmen konnte, bewegte sich der Ball, und ihre Augen strahlten vor Freude.

»Siehst du«, sagte Ishaq, »es ist eine Maus.«

»Es ist keine«, sagte Tasneem verächtlich. »Es ist ein Vogel. Ich bin kein Kind mehr, wie du weißt.«

»Und ich bin nicht dein Bruder, wie du weißt«, sagte Ishaq. Er wickelte den Sittich aus, und gemeinsam sahen sie ihn sich an. Dann stellte er ihn auf einen Tisch neben eine rotlackierte Vase. Der stopplige Fleischball sah nicht gerade anziehend aus.

»Wie hübsch«, sagte Tasneem.

»Ich hab ihn heute morgen ausgesucht«, sagte Ishaq. »Ich hab Stunden dafür gebraucht, aber ich wollte einen, der genau der richtige für dich ist.«

Tasneem betrachtete den Vogel, streckte dann eine Hand aus und berührte ihn. Trotz der Stoppeln fühlte er sich sehr weich an. Er war noch hellgrün, da seine Federn erst zu sprießen begannen.

»Ein Sittich?«

»Ja, aber kein gewöhnlicher. Er kommt aus den Bergen. Er wird so gut reden wie ein Beo.«

Nachdem Mohsina Bai gestorben war, war ihr überaus gesprächiger Beo ihr bald gefolgt, und Tasneem war ohne den Vogel noch einsamer gewesen. Aber sie war froh, daß Ishaq ihr keinen Beo mitgebracht hatte, sondern einen anderen Vogel. Das war doppelt rücksichtsvoll von ihm.

»Wie heißt er?«

Ishaq lachte. »Warum soll er einen Namen haben? ›Tota‹ reicht. Er ist kein Schlachtroß, das man ›Ruksh‹ oder ›Bucephalas‹ nennen muß.«

Beide standen da und betrachteten den kleinen Sittich. Im gleichen Augenblick streckten sie eine Hand aus, um ihn zu berühren. Tasneem zog ihre Hand schnell wieder zurück.

»Du zuerst«, sagte Ishaq. »Ich hab ihn schon den ganzen Tag gehabt.«

»Hat er was gegessen?«

»Ein bißchen Mehl, mit Wasser vermischt.«

»Wie bekommt man so kleine Vögel?«

Ihre Augen waren auf gleicher Höhe, und Ishaq, der ihren mit einem gelben Schal bedeckten Kopf ansah, sprach, ohne auf seine Worte zu achten.

»Oh, man holt sie aus dem Nest, wenn sie noch ganz jung sind – wenn man sie nicht als Jungvögel holt, lernen sie nicht sprechen –, und man sollte immer ein Männchen nehmen – sie bekommen einen hübschen rot-schwarzen Ring um den Hals –, Männchen sind intelligenter. Die Vögel von den Ausläufern der Berge sprechen am besten, weißt du. An einem Stand hatten sie drei aus demselben Nest, und ich mußte es mir gut überlegen, bevor ich mich für den entschied ...«

»Du meinst, man hat ihn von seinen Brüdern und Schwestern getrennt?« unterbrach ihn Tasneem.

»Aber natürlich. Das mußte sein. Wenn man ein Pärchen nimmt, lernen sie nicht zu imitieren, was wir sagen.«

»Wie grausam.« In Tasneems Augen glänzten Tränen.

»Aber er war ja schon aus dem Nest genommen, als ich ihn gekauft habe«, sagte Ishaq, der sich ärgerte, daß er ihr Schmerzen bereitet hatte. »Man kann sie nicht wieder zurücksetzen, ihre Eltern nehmen sie nicht mehr an.« Er legte seine Hand auf ihre – sie zog sie nicht sofort zurück – und fuhr fort: »Jetzt liegt es an dir, daß es ihm gutgeht. Setz ihn in einem Nest aus Stoff in den Käfig, in dem deine Mutter ihren Beo gehalten hat. In den ersten Tagen kannst du ihn mit angefeuchtetem Kichererbsenmehl oder mit über Nacht eingeweichtem Dal füttern. Wenn er den Käfig nicht mag, besorg ich einen anderen.«

Tasneem zog ihre Hand sachte unter der von Ishaq hervor. Armer Sittich, geliebt und gefangen! Von einem Käfig in den nächsten. Und sie würde diese vier Wände gegen vier andere austauschen. Ihre Schwester, die fünfzehn Jahre älter war als sie und über viel Lebenserfahrung verfügte, würde schon bald alles arrangieren. Und dann ...

»Manchmal wünschte ich, ich könnte fliegen ...« Sie hielt verlegen inne.

Ishaq sah sie ernst an. »Es ist gut, daß wir das nicht können, Tasneem – oder kannst du dir das Durcheinander vorstellen? Die Polizei hat es schon schwer genug, den Verkehr im Chowk zu kontrollieren – aber wenn wir auch noch so fliegen wie gehen könnten, wäre es noch hundertmal schlimmer.«

Tasneem versuchte, nicht zu lächeln.

»Aber noch schlimmer wäre es, wenn die Vögel nicht fliegen, sondern nur so gehen könnten wie wir«, fuhr Ishaq fort. »Stell dir nur vor, wie sie abends auf der Nabiganj mit ihren Spazierstöcken auf und ab schlendern.«

Jetzt lachte sie. Auch Ishaq begann zu lachen, und beide spürten, daß ihnen vor Vergnügen an dem Bild, das sie heraufbeschworen hatten, die Tränen über die Wangen kullerten. Ishaq wischte sie mit der Hand fort, Tasneem mit ihrer gelben Dupatta. Ihr Lachen hallte im ganzen Haus wider.

Der kleine Sittich saß ganz still auf dem Tisch neben der rotlackierten Vase; seine durchscheinende Kehle hob und senkte sich.

Saeeda Bai, aus ihrem Nachmittagsschlaf geweckt, kam ins Zimmer und sagte überrascht mit einem etwas strengen Unterton: »Ishaq – was geht hier vor? Kann man nicht mal mehr am Nachmittag ausruhen?« Dann blieb ihr Blick an dem kleinen Sittich hängen, und sie schnalzte gereizt mit der Zunge.

»Nein – ich will keine Vögel mehr in diesem Haus. Der elende Beo von Mutter hat mich genug geärgert.« Sie hielt inne und fügte dann hinzu: »Eine Sängerin ist genug in diesem Haus. Schau, daß du ihn los wirst.«

2.16

Keiner sagte ein Wort. Nach einer Weile brach Saeeda Bai das Schweigen. »Ishaq, du bist früh gekommen«, sagte sie.

Ishaq blickte schuldbewußt drein. Tasneem sah mit einem kleinen Schluchzer zu Boden. Der Sittich machte einen halbherzigen Versuch, sich zu bewegen. Saeeda Bai schaute von einem zum anderen und sagte unvermittelt: »Wo ist überhaupt deine Sarangi?«

Ishaq bemerkte, daß er sie tatsächlich nicht mitgebracht hatte. Er wurde rot. »Ich habe sie vergessen. Ich habe nur an den Sittich gedacht.«

»Nun?«

»Ich gehe sie sofort holen.«

»Der Radscha von Marh hat sich für heute abend angekündigt.«

»Bin schon unterwegs«, sagte Ishaq und fügte dann mit einem Blick auf Tasneem hinzu: »Soll ich den Sittich wieder mitnehmen?«

»Nein, nein«, sagte Saeeda Bai, »warum solltest du ihn mitnehmen? Geh und hol deine Sarangi. Und vertrödle nicht den ganzen Tag damit.«

Ishaq eilte davon.

Tasneem, die den Tränen nahe gewesen war, sah dankbar zu ihrer Schwester. Saeeda Bai jedoch war mit den Gedanken ganz woanders. Die Sache mit dem Vogel hatte sie aus einem seltsamen, quälenden Traum geweckt, in dem es um den Tod ihrer Mutter und ihr eigenes früheres Leben gegangen war – und nachdem Ishaq fort war, schlug die Atmosphäre von Angst und auch Schuld wieder über ihr zusammen.

Tasneem, die merkte, daß ihre Schwester bedrückt war, nahm ihre Hand.

»Was ist los, Apa?« fragte sie und benutzte die zärtliche und respektvolle Anrede, die sie ihrer älteren Schwester gegenüber häufig gebrauchte.

Saeeda Bai begann zu schluchzen, zog Tasneem an sich und küßte ihre Stirn und ihre Wangen.

»Du bist der einzige Mensch auf der Welt, an dem mir etwas liegt«, sagte sie. »Gebe Gott, daß du immer glücklich bist ...«

Tasneem umarmte sie und sagte: »Warum weinst du, Apa? Warum bist du so erschöpft? Ist es Ammi-jaans Grab, an das du denkst?«

»Ja, ja, das ist es, das ist es«, sagte Saeeda Bai rasch und wandte sich ab. »Hol den Käfig aus Ammi-jaans altem Zimmer. Mach ihn sauber und bring ihn her. Und weich etwas Dal ein – Chané-ki-dal –, damit er später was zu essen hat.«

Tasneem ging in die Küche. Saeeda Bai setzte sich, sie schien etwas benommen. Dann nahm sie den kleinen Sittich in beide Hände, um ihn zu wärmen. So saß sie da, als das Mädchen hereinkam und sagte, daß jemand vom Haus des Nawab Sahib gekommen sei und draußen warte.

Saeeda Bai riß sich zusammen und trocknete sich die Augen. »Laß ihn herein«, sagte sie.

Aber als Firoz eintrat, gut aussehend und lächelnd, den eleganten Spazierstock lässig in der rechten Hand, stieß sie doch einen Laut des Erstaunens aus.
»Sie?«
»Ja«, sagte Firoz. »Ich bringe dir einen Umschlag von meinem Vater.«
»Sie sind spät dran... Ich meine, normalerweise schickt er vormittags jemanden«, murmelte Saeeda Bai und versuchte, der Konfusion in ihrem Kopf Herr zu werden. »Bitte, setzen Sie sich, setzen Sie sich.«
Bislang hatte der Nawab Sahib jeden Monat einen Dienstboten mit dem Umschlag geschickt. Während der letzten zwei Monate, so erinnerte sich Saeeda Bai, war es ein paar Tage nach ihrer Periode gewesen. Und natürlich auch diesen Monat...
Sie wurde von Firoz aus ihren Gedanken gerissen. »Ich bin zufälligerweise dem Privatsekretär meines Vaters begegnet, der gerade kommen...«
»Ja, ja.« Saeeda Bai schien aufgebracht. Firoz fragte sich, warum sein Auftauchen sie in solche Bedrängnis brachte. Daß vor vielen Jahren offenbar etwas zwischen dem Nawab Sahib und Saeeda Bais Mutter gewesen war – und daß sein Vater ihr nach wie vor monatlich etwas Geld schickte, um die Familie zu unterstützen –, war sicherlich nicht dazu angetan, sie so aus der Fassung zu bringen. Dann wurde ihm klar, daß sie schon vor seiner Ankunft wegen etwas ganz anderem erregt gewesen sein mußte.
Ich bin zu einem schlechten Zeitpunkt gekommen, dachte er und beschloß zu gehen.
Tasneem kam mit einem kupfernen Vogelkäfig herein und blieb unvermittelt stehen, kaum hatte sie ihn erblickt.
Sie sahen einander an. Für Tasneem war Firoz nur ein weiterer gutaussehender Bewunderer ihrer Schwester – aber überraschend gut aussehend. Sie senkte den Blick und sah ihn dann erneut an.
Sie stand da mit ihrer gelben Dupatta, den Vogelkäfig in der rechten Hand, und ihr Mund war vor Erstaunen leicht geöffnet – vielleicht angesichts seines Erstaunens. Firoz starrte sie unverwandt an.
»Sind wir uns schon einmal begegnet?« fragte er leise, und sein Herz raste.
Tasneem wollte gerade antworten, als Saeeda Bai sagte: »Wann immer meine Schwester das Haus verläßt, trägt sie den Purdah. Und heute ist es das erstemal, daß der Nawabzada meine armselige Unterkunft mit seiner Anwesenheit beehrt. Es ist also unmöglich, daß ihr einander schon einmal begegnet seid. Tasneem, stell den Käfig ab, und mach deine Arabischübungen. Ich habe nicht umsonst einen neuen Lehrer für dich angestellt.«
»Aber...« begann Tasneem.
»Geh sofort auf dein Zimmer. Ich werde mich um den Vogel kümmern. Hast du das Dal eingeweicht?«
»Ich...«
»Dann mach das sofort. Oder willst du, daß der Vogel verhungert?«
Als die verwirrte Tasneem den Raum verlassen hatte, versuchte Firoz, seine

Gedanken zu ordnen. Sein Mund war trocken. Er war eigentümlich durcheinander. Gewiß sind wir uns, so dachte er, wenn nicht auf dieser sterblichen Stufe, so doch in einem früheren Leben begegnet. Dieser Gedanke, der der Religion, der er nominell anhing, zuwiderlief, bewegte ihn dafür nur um so tiefer. Das Mädchen mit dem Vogelkäfig hatte ihn in wenigen kurzen Augenblicken zutiefst und auf höchst beunruhigende Weise verunsichert.

Nach einem kurzen Austausch von Höflichkeiten mit Saeeda Bai, die ebensowenig auf seine Worte zu hören schien wie er auf ihre, verließ er langsamen Schritts das Haus.

Saeeda saß ein paar Minuten lang vollkommen reglos auf dem Sofa. Ihre Hände hielten noch immer vorsichtig den kleinen Sittich. Er schien eingeschlafen zu sein. Sie wickelte ihn in ein Stück Tuch und setzte ihn wieder neben die rotlackierte Vase. Von draußen hörte sie den Ruf zum Abendgebet, und sie bedeckte den Kopf.

In ganz Indien, auf der ganzen Welt, wenn die Sonne oder der Schatten der Dunkelheit von Ost nach West wandert, werden sie vom Ruf zum Gebet begleitet, und in einer Wellenbewegung gehen die Menschen auf die Knie, um zu Gott zu beten. Fünf Wellen jeden Tag – eine für jedes Namaaz – bewegen sich von Längengrad zu Längengrad über den Globus. Die Elemente, aus denen sie bestehen, wechseln die Richtung wie Eisenspäne in der Nähe eines Magneten – sie orientieren sich am Haus Gottes in Mekka. Saeeda Bai stand auf, ging in einen inneren Raum des Hauses, wo sie die rituellen Waschungen vollzog und zu beten begann:

>»Im Namen Allahs,
>des Erbarmers, des Barmherzigen
>Lob sei Allah, dem Weltenherrn,
>dem Erbarmer, dem Barmherzigen,
>dem König am Tag des Gerichts!
>
>Dir dienen wir und zu Dir rufen um Hilfe wir;
>leite uns den rechten Pfad,
>den Pfad derer, denen Du gnädig bist,
>nicht derer, denen Du zürnst, und nicht der Irrenden.«

Aber während sie kniete und sich auf den Boden warf, ging ihr immer wieder eine furchterregende Zeile aus dem Heiligen Buch durch den Kopf:

>»Ob ihr verbergt, was in euern Brüsten ist,
>oder ob ihr es kundtut, Allah weiß es.«

2.17

Bibbo, Saeeda Bais hübsches junges Dienstmädchen, spürte, daß ihre Herrin bekümmert war, und gedachte sie dadurch aufzuheitern, daß sie vom Radscha von Marh sprach, der am Abend erwartet wurde. Mit seinen Tigerjagden und seinen Schlupfwinkeln in den Bergen, mit seinem Ruf als Tempelbauer und Tyrann und seinen sonderbaren sexuellen Vorlieben war der Radscha nicht gerade das ideale Sujet für befreiendes Lachen. Er war gekommen, um im Zentrum der Altstadt den Grundstein für den Shiva-Tempel zu legen, sein neuestes Projekt. Der Tempel sollte direkt neben der alten Moschee erstehen, die Kaiser Aurangzeb zweieinhalb Jahrhunderte zuvor auf den Ruinen eines früheren Shiva-Tempels errichtet hatte. Wenn es nach dem Radscha von Marh gegangen wäre, dann wäre der Grundstein seines Tempels auf dem Schutt der Moschee gelegt worden.

Angesichts dieses Hintergrunds war es besonders bemerkenswert, daß der Radscha von Marh einst so vernarrt in Saeeda Bai gewesen war, daß er ihr vor ein paar Jahren einen Heiratsantrag gemacht hatte, obwohl es überhaupt nicht in Frage kam, daß sie ihrem moslemischen Glauben abschwor. Der Gedanke, seine Frau zu werden, hatte Saeeda Bai so sehr beunruhigt, daß sie unannehmbare Bedingungen stellte. Alle eventuellen Kinder des Radschas von seiner gegenwärtigen Frau sollten enterbt werden, und Saeeda Bais erster Sohn von ihm – vorausgesetzt, sie würde einen Sohn gebären – sollte Marh erben. Saeeda Bai stellte diese Forderungen an den Radscha, obwohl die Rani von Marh und die Dowager Rani von Marh ihr mit Freundlichkeit begegnet waren, als sie anläßlich der Hochzeit der Schwester des Radschas vor ihnen aufgetreten war; sie mochte die Ranis und wußte, daß ihre Bedingungen auf keinen Fall angenommen werden konnten. Aber der Radscha dachte mehr mit dem Unterleib als mit dem Kopf. Er akzeptierte ihre Forderungen, und Saeeda Bai, die in der Falle saß, mußte ernsthaft erkranken und sich von gefälligen Ärzten bescheinigen lassen, daß ein Umzug aus der Stadt in das bergige Fürstentum sehr wahrscheinlich ihren Tod bedeuten würde.

Der Radscha, der einem riesigen Wasserbüffel ähnelte, wurde für eine Weile gefährlich unruhig. Er argwöhnte ein doppeltes Spiel und geriet in einen blindwütigen Alkohol- und Blutrausch; vermutlich heuerte er nur deswegen niemanden an, der Saeeda Bai umbringen sollte, weil er wußte, daß die Briten, wenn sie die Wahrheit herausfanden, ihn wahrscheinlich absetzen würden – so wie sie andere Radschas und sogar Maharadschas in vergleichbaren Fällen abgesetzt hatten.

Davon war dem Mädchen Bibbo nicht allzuviel bekannt, aber sie hatte davon gehört, daß der Radscha ihrer Herrin vor ein paar Jahren einen Heiratsantrag gemacht hatte. Saeeda Bai sprach mit Tasneems Vogel – etwas früh in Anbetracht seines Alters, aber Saeeda Bai glaubte, daß Vögel das Sprechen ganz jung lernen mußten –, als Bibbo erschien.

»Sollen für den Radscha Sahib besondere Vorbereitungen getroffen werden?« fragte sie.
»Warum denn das? Nein, natürlich nicht«, sagte Saeeda Bai.
»Vielleicht sollte ich eine Girlande aus Ringelblumen besorgen ...«
»Bist du von Sinnen, Bibbo?«
»... für ihn zum Essen.«
Saeeda Bai lächelte.
Bibbo fuhr fort: »Werden wir nach Marh ziehen müssen, Rani Sahiba?«
»Ach, sei still«, sagte Saeeda Bai.
»Aber ein Fürstentum zu regieren ...«
»Heutzutage werden die Fürstentümer von Delhi regiert. Und hör mal, Bibbo, es wäre nicht die Krone, die ich heiraten würde, sondern der Büffel, der sie trägt. Geh jetzt – sonst ruinierst du noch die Erziehung dieses Sittichs.«
Das Mädchen wandte sich um.
»Ach ja, bring mir ein bißchen Zucker, und sieh nach, ob das Dal schon weich ist. Wahrscheinlich noch nicht.«
Saeeda Bai wandte sich wieder dem Sittich zu, der in einem Nest aus Stoff mitten im Käfig saß, in dem einst Mohsina Bais Beo gehalten wurde.
»Also, Miya Mitthu«, sagte Saeeda Bai betrübt zum Sittich. »Du solltest schon in jungem Alter anständige und glückverheißende Dinge lernen, sonst bist du fürs Leben verdorben wie dieser unflätige Beo. Wie heißt es doch? Wer sein Abc nicht richtig lernt, wird nie zu einem Kalligraphen. Was meinst du dazu? Willst du lernen?«
Der kleine federlose Fleischball war nicht in der Lage zu antworten und blieb stumm.
»Sieh mich an«, sagte Saeeda Bai. »Ich fühle mich noch jung, obwohl ich zugeben muß, daß ich nicht mehr so jung bin wie du. Ich muß den Abend mit diesem widerlichen, häßlichen Mann verbringen, der fünfundfünfzig ist, in der Nase bohrt und rülpst und der schon betrunken ist, wenn er hier ankommt. Dann muß ich ihm romantische Lieder vorsingen. Alle Welt denkt, ich bin der Inbegriff der Romantik, Miya Mitthu, aber was ist mit meinen Gefühlen? Wie kann ich für diese uralten Tiere etwas empfinden, an denen die Haut herunterhängt – wie an den alten Kühen, die durch den Chowk streunen?«
Der Sittich öffnete den Schnabel.
»Miya Mitthu«, sagte Saeeda Bai.
Der Sittich wiegte sich von einer Seite auf die andere. Sein großer Kopf wakkelte.
»Miya Mitthu«, wiederholte Saeeda Bai in dem Versuch, ihm die Silben einzuprägen.
Der Sittich schloß den Schnabel.
»Was ich heute abend wirklich will, ist nicht, daß ich jemanden unterhalten muß, sondern daß mich jemand unterhält. Jemand, der jung und hübsch ist.«
Saeeda Bai lächelte bei dem Gedanken an Maan.

»Was hältst du von ihm, Miya Mitthu? Ach, tut mir leid, du kennst Dagh Sahib ja noch nicht, du bist ja erst seit heute hier. Und du hast Hunger, deswegen weigerst du dich auch, mit mir zu sprechen – mit leerem Magen kann man keine Bhajans singen. Tut mir leid, daß der Service in diesem Etablissement etwas schleppend ist, aber Bibbo ist ein schusseliges Mädchen.«

Aber kurz darauf tauchte Bibbo wieder auf, und der Sittich wurde gefüttert.

Die alte Köchin hatte beschlossen, daß es besser war, für den Vogel ein bißchen Dal zu kochen und dann abkühlen zu lassen, statt es nur einzuweichen. Jetzt kam sie herein, um ihn sich anzusehen.

Ishaq Khan kehrte mit seiner Sarangi zurück und blickte etwas beschämt drein.

Motu Chand gesellte sich zu ihnen und bewunderte den Sittich.

Tasneem legte den Roman weg, den sie gerade las, kam herein und sagte mehrmals »Miya Mitthu« und »Mitthu Miya« zu dem Sittich, und jedesmal machte Ishaqs Herz einen Satz. Zumindest liebte sie seinen Vogel.

Und zu gegebener Zeit wurde der Radscha von Marh gemeldet.

2.18

Seine Hoheit der Radscha von Marh war bei seiner Ankunft nicht so betrunken wie sonst, behob die Situation aber rasch. Er hatte eine Flasche seines Lieblingswhiskys dabei, Black Dog. Das erinnerte Saeeda Bai sofort an einen seiner unsympathischeren Charakterzüge, nämlich daß es ihn ungemein erregte, Hunde beim Kopulieren zu beobachten. Als Saeeda Bai in Marh gewesen war, hatte er zweimal Rüden dazu gebracht, eine läufige Hündin zu besteigen. Nach diesem Vorspiel warf er sich mit seinem eigenen feisten Leib auf Saeeda Bai.

Dies hatte sich ein paar Jahre vor der Unabhängigkeit ereignet; trotz ihres Abscheus hatte Saeeda Bai nicht gleich aus Marh fliehen können, wo der grobe Radscha uneingeschränkt regierte, lediglich von einigen wenigen angewiderten, aber taktvollen Briten etwas im Zaum gehalten. Später fürchtete sie den schwerfälligen, brutalen Mann und seine bezahlten Schläger zu sehr, um die Beziehung zu ihm endgültig zu kappen. Sie konnte nur hoffen, daß seine Besuche in Brahmpur mit der Zeit seltener würden.

Seit seinen Studententagen in Brahmpur, als er einen erträglich präsentablen Eindruck gemacht hatte, war der Radscha degeneriert. Sein Sohn, der von der Rani und der Dowager Rani vor der Lebensart seines Vaters beschützt worden war, studierte jetzt selbst an der Universität von Brahmpur; zweifellos würde auch er, wenn er als Erwachsener in das feudale Marh zurückkehrte, den mütterlichen Einfluß abschütteln und so tamasisch werden wie sein Vater: ignorant, brutal, faul und vulgär.

Der Vater kümmerte sich während seines Aufenthalts in der Stadt nicht um seinen Sohn, sondern stattete Kurtisanen und Prostituierten Besuche ab. Heute war Saeeda Bai wieder an der Reihe. Kleine Diamanten steckten in seinen Ohren, ein Rubin zierte seinen seidenen Turban, und er roch stark nach Moschusöl. Er legte einen kleinen seidenen Beutel mit fünfhundert Rupien auf den Tisch neben der Tür zu dem Zimmer, in dem Saeeda Bai empfing. Der Radscha lehnte sich dann an ein dickes weißes Polster auf dem mit weißen Tüchern bedeckten Boden und nahm zwei Gläser von dem niedrigen Tischchen neben den Tablas und dem Harmonium. Der Black Dog wurde geöffnet, und Whisky floß in die beiden Gläser. Die Musiker warteten unten.

»Wie lange ist es her, daß meine Augen Euch erblickt haben?« sagte Saeeda Bai, nippte an ihrem Whisky und hätte wegen des starken Geschmacks am liebsten eine Grimasse gezogen.

Der Radscha war zu sehr mit seinem Drink beschäftigt, um an eine Antwort zu denken.

»Ihr seid ein so seltener Anblick wie der Mond an Id.«

Der Radscha reagierte auf diese Liebenswürdigkeit mit einem Grunzen. Nach ein paar Whiskys wurde er etwas umgänglicher und lobte ihre Schönheit – bevor er sie grob gegen die Tür stieß, die in ihr Schlafzimmer führte.

Nach einer halben Stunde kamen sie wieder heraus, und die Musiker wurden gerufen. Saeeda Bai sah etwas unwohl aus.

Er ließ sie dieselben Gasele wie immer singen; sie sang sie wie immer mit der an den herzzerreißenden Stellen brechenden Stimme – etwas, was ihr keinerlei Schwierigkeiten bereitete. Ab und zu nippte sie an ihrem Whisky. Der Radscha hatte mittlerweile ein Drittel der Flasche geleert, und seine Augen wurden allmählich blutunterlaufen. Von Zeit zu Zeit rief er in unterschiedslosem Lob »Wah! Wah!« oder rülpste oder schnaubte oder schnappte nach Luft oder kratzte sich zwischen den Beinen.

2.19

Während oben Gasele gesungen wurden, näherte sich Maan dem Haus. Auf der Straße konnte er den Gesang nicht hören. Er sagte dem Wachmann, er sei gekommen, Saeeda Bai einen Besuch abzustatten, aber der sture Mann beschied ihn, daß sie indisponiert sei.

»Oh«, sagte Maan, und seine Stimme klang sehr besorgt. »Laß mich hinein – ich will wissen, wie es ihr geht –, vielleicht kann ich einen Arzt holen.«

»Begum Sahiba empfängt heute niemanden.«

»Aber ich habe etwas für sie mitgebracht«, sagte Maan. In seiner linken Hand hielt er ein großes Buch. Mit der Rechten griff er in die Tasche und zog seine Brieftasche heraus. »Würdest du dafür sorgen, daß sie es bekommt?«

»Ja, Huzoor«, sagte der Wachmann und nahm den Fünf-Rupien-Schein entgegen.

»Also dann ...« sagte Maan und ging langsam und mit einem enttäuschten Blick auf das rosenfarbene Haus hinter dem kleinen grünen Tor davon.

Ein paar Minuten später trug der Wachmann das Buch zur Vordertür und gab es Bibbo.

»Was – für mich?« sagte Bibbo kokett.

Der Wachmann sah sie so vollkommen ausdruckslos an, daß seine Miene schon wieder vielsagend war. »Nein. Und sag der Begum Sahiba, daß es von dem jungen Mann ist, der neulich da war.«

»Der Mann, der dir so viel Ärger mit der Begum Sahiba eingebracht hat?«

»Es gab keinen Ärger.«

Und der Wachmann ging zurück zum Tor.

Bibbo kicherte und schloß die Tür. Eine Zeitlang betrachtete sie das Buch. Es war sehr ansprechend und enthielt – abgesehen vom Text – Bilder von ermatteten Männern und Frauen in wechselnder romantischer Umgebung. Ein Bild tat es ihr besonders an. Eine Frau in einem schwarzen Gewand kniete mit geschlossenen Augen neben einem Grab. Im Hintergrund, oberhalb einer hohen Mauer, standen Sterne am Himmel. Im Vordergrund wuchs ein kleiner, knorriger, blattloser Baum, dessen verschlungene Wurzeln zwischen Steinen hervorschauten. Bibbo stand eine Weile verwundert da. Und ohne an den Radscha von Marh zu denken, schlug sie das Buch zu, um es Saeeda Bai zu bringen.

Wie der Funke an einer langen Zündschnur wanderte das Buch vom Tor zur Vordertür, durch die Eingangshalle, die Treppe hinauf und die Galerie entlang bis zur offenen Tür des Zimmers, in dem Saeeda Bai für den Radscha sang. Als Bibbo ihn sah, blieb sie abrupt stehen und versuchte, sich stillschweigend zurückzuziehen. Aber Saeeda Bai hatte sie schon bemerkt. Sie unterbrach das Gasel, das sie gerade sang.

»Bibbo, was ist los? Komm herein.«

»Nichts, Saeeda Begum. Ich komme später wieder.«

»Was ist mit dem Mädchen? Erst unterbricht sie uns, und dann heißt es: ›Nichts, Saeeda Begum. Ich komme später wieder.‹ Was hältst du da in der Hand?«

»Nichts, Begum Sahiba.«

»Wir wollen uns dieses Nichts doch einmal ansehen«, sagte Saeeda Bai.

Bibbo trat mit einem ängstlichen Salaam ein und reichte ihr das Buch. Auf dem braunen Umschlag stand mit goldenen Buchstaben in Urdu: *Das poetische Werk Ghalibs – Ein Album mit Bildern von Chughtai*

Es war ganz offensichtlich keine gewöhnliche Ausgabe der gesammelten Gedichte Ghalibs. Saeeda Bai konnte nicht widerstehen und schlug das Buch auf. Sie blätterte darin. Es enthielt eine kurze Einleitung und einen Aufsatz des Malers Chugtai, sämtliche Urdu-Gedichte des großen Ghalib, Tafeln mit wunderschönen Gemälden im persischen Stil (jedes illustrierte ein, zwei Zeilen aus Ghalibs Gedichten) und einen kurzen englischen Text. Der englische Text ist wahrscheinlich ein Vorwort, wenn man das Buch andersherum hält, dachte Saeeda Bai, die sich immer wieder darüber amüsierte, daß man englische Bücher am falschen Ende aufschlug.

Sie war so begeistert von dem Geschenk, daß sie es auf das Harmonium legte und die Illustrationen zu betrachten begann. »Wer hat es geschickt?« fragte sie, als sie sah, daß es keine Widmung enthielt. In ihrer Freude hatte sie den Radscha völlig vergessen, der vor Wut und Eifersucht kochte.

Bibbo, die sich hilfesuchend im Raum umsah, sagte: »Der Wachmann hat es gebracht.«

Sie spürte die gefährliche Wut des Radschas und wollte nicht, daß ihre Herrin unfreiwillig ihre Freude zur Schau stellte, wenn sie den Namen ihres Bewunderers direkt erwähnte. Außerdem würde der Radscha für den jungen Mann nicht gerade freundschaftliche Gefühle hegen; und Bibbo war zwar ein Schlingel, wünschte Maan aber nichts Böses. Ganz im Gegenteil.

Saeeda Bai betrachtete jetzt mit gesenktem Kopf das Bild einer alten Frau, einer jungen Frau und eines Jungen, die vor einem Fenster beteten, hinter dem der Neumond bei Sonnenuntergang zu sehen war. »Ja, ja«, sagte sie, »aber wer hat es geschickt?« Sie blickte auf und runzelte die Stirn.

Bibbo, die jetzt unter starkem Druck stand, versuchte Maan so elliptisch wie möglich zu erwähnen. In der Hoffnung, daß der Radscha es nicht bemerken würde, deutete sie auf einen Fleck auf dem weiß ausgelegten Boden – der Radscha hatte etwas Whisky verschüttet – und sagte: »Ich weiß es nicht. Es wurde kein Name genannt. Kann ich gehen?«

»Ja, ja – was für ein Dummkopf du...« sagte ihre Herrin, die angesichts von Bibbos rätselhaftem Verhalten ungeduldig wurde.

Aber der Radscha von Marh hatte jetzt genug von dieser dreisten Störung. Mit einem häßlichen Schnauben ging er auf Saeeda Bai zu, um ihr das Buch aus den Händen zu reißen. Wenn sie es nicht im letzten Moment schnell weggezogen hätte, wäre es ihm gelungen.

Er keuchte und sagte: »Wer ist er? Wieviel ist sein Leben wert? Wie heißt er? Soll diese Vorführung meiner Unterhaltung dienen?«

»Nein – nein«, sagte Saeeda Bai, »bitte verzeiht dem albernen Mädchen. Es ist unmöglich, diesen dummen Dingern Etikette und Taktgefühl beizubringen.« Um ihn milde zu stimmen, fügte sie hinzu: »Aber seht Euch dieses Bild an – ist es nicht wunderschön? Die im Gebet erhobenen Hände – der Sonnenuntergang, die weiße Kuppel und das Minarett der Moschee...«

Das war das falsche Wort. Mit einem gutturalen, wütenden Grunzen riß der Radscha die Seite aus dem Buch, die sie ihm hinhielt. Saeeda Bai starrte ihn wie versteinert an.

»Spielt!« brüllte er Motu und Ishaq an. Und zu Saeeda Bai sagte er, wobei er sein Gesicht bedrohlich nach vorn schob: »Sing! Sing das Gasel zu Ende. Nein!

Fang noch einmal von vorne an. Vergiß nicht, wer dich für diesen Abend gekauft hat.«

Saeeda Bai schob die herausgerissene Seite in das Buch zurück, schlug es zu und legte es neben das Harmonium. Dann schloß sie die Augen und begann erneut, das Liebeslied zu singen. Ihre Stimme bebte und klang leblos. Sie war sich nicht einmal der Worte bewußt, die sie sang. Hinter ihren Tränen schwelte Weißglut. Wenn sie frei gewesen wäre, hätte sie sich auf den Radscha gestürzt – ihren Whisky in seine roten Glubschaugen geschüttet, sein Gesicht zerkratzt, ihn auf die Straße geworfen. Aber in ihrer weltlichen Weisheit wußte sie, daß sie völlig machtlos war. Um diese Gedanken zu verscheuchen, dachte sie über Bibbos Geste nach.

Whisky? Schnaps? Boden? Tuch? fragte sie sich.

Dann kam sie plötzlich darauf, was Bibbo ihr hatte sagen wollen. Das Wort für Fleck war gemeint – ›dagh‹.

Das Lied kam jetzt aus ihrem Herzen, nicht nur von ihren Lippen, und Saeeda Bai öffnete die Augen, lächelte und sah auf den Whiskyfleck. Als ob ein schwarzer Hund dort hingepißt hat! dachte sie. Ich muß diesem blitzschnell schaltenden Mädchen ein Geschenk machen.

Sie dachte an Maan, den Mann – den einzigen Mann –, den sie mochte und über den sie, das spürte sie, beinahe absolute Macht ausüben könnte. Vielleicht hatte sie ihn nicht gut genug behandelt – vielleicht war sie angesichts seiner Vernarrtheit zu hochmütig gewesen.

Das Gasel, das sie sang, erwachte zum Leben. Ishaq Khan staunte und verstand es nicht. Auch Motu Chand war überrascht.

Und es hatte so viel Charme, den Wüterich zu beruhigen. Dem Radscha von Marh sank der Kopf langsam auf die Brust, und nach einer Weile begann er zu schnarchen.

2.20

Am nächsten Abend, als sich Maan beim Wachmann nach Saeeda Bais Gesundheit erkundigte, wurde ihm mitgeteilt, daß sie hinterlassen habe, man solle ihn zu ihr schicken. Das war wunderbar in Anbetracht der Tatsache, daß Maan weder am Tag zuvor noch an diesem seinen Besuch angekündigt hatte.

Bevor er am Ende der Eingangshalle die Treppe hinaufging, blieb er stehen, bewunderte sein Spiegelbild und grüßte sich leise mit »Adaab arz, Dagh Sahib«, wobei er gut gelaunt die aneinandergelegten Hände an die Stirn führte. Wie immer war er in eine makellose Kurta-Pajama gekleidet, und er trug wieder die weiße Kappe, die Saeeda Bai zu einem Kommentar veranlaßt hatte.

Als er die Galerie erreichte, die im ersten Stock die Halle säumte, blieb er erneut stehen. Kein Laut war zu hören, keine Musik, kein Gespräch. Saeeda Bai war wahrscheinlich allein. Freudige Erwartung erfüllte ihn; sein Herz begann, höher zu schlagen.

Sie mußte seine Schritte gehört haben, denn sie legte den dünnen Roman weg, in dem sie gelesen hatte – zumindest deutete die Illustration auf dem Umschlag auf einen Roman hin –, und stand auf, um ihn zu begrüßen.

Als er auf der Schwelle stand, sagte sie: »Dagh Sahib, Dagh Sahib, das hättest du nicht tun dürfen.«

Maan sah sie an – sie wirkte etwas müde. Sie trug denselben roten Seidensari, den sie in Prem Nivas getragen hatte. Er lächelte und sagte: »Jedes Ding strebt an den ihm angemessenen Ort. Ein Buch will in der Nähe seines aufrichtigsten Bewunderers sein. So wie die hilflose Motte in der Nähe der Kerze sein will, die sie unwiderstehlich anzieht.«

»Aber, Maan Sahib, Bücher werden mit Bedacht ausgewählt und mit Liebe behandelt«, sagte Saeeda Bai. Sie nannte ihn – zum erstenmal? – zärtlich bei seinem richtigen Namen und ignorierte seine auf konventionelle Weise galante Bemerkung. »Dieses Buch muß viele Jahre in deiner Bibliothek gestanden haben. Du hättest dich nicht von ihm trennen dürfen.«

Das Buch stand tatsächlich in Maans Bücherregal, aber in Benares. Aus irgendeinem Grund hatte er sich daran erinnert und sofort an Saeeda Bai gedacht. Nach eingehender Suche hatte er bei einem Buchhändler im Chowk eine erstklassige antiquarische Ausgabe davon gefunden. Aber in seiner Freude, sich so liebevoll angesprochen zu hören, sagte er jetzt nur: »Das Urdu, selbst in den Gedichten, die ich auswendig kenne, ist an mich vergeudet. Ich kann es nicht lesen. Hat es dir gefallen?«

»Ja«, sagte Saeeda Bai sehr ruhig. »Alle schenken mir Juwelen oder andere glitzernde Dinge, aber nichts hat meine Augen und mein Herz so erfreut wie dein Geschenk. Aber warum stehen wir? Bitte setz dich.«

Maan setzte sich. Er roch den gleichen schwachen Duft, der ihm in diesem Raum schon zuvor aufgefallen war. Aber heute verband sich Rosenessenz mit etwas Moschus, eine Mischung, die den robusten Maan vor Sehnsucht schwach werden ließ.

»Möchtest du einen Whisky, Dagh Sahib?« fragte Saeeda Bai. »Es tut mir leid, daß wir nur diese eine Sorte haben.« Sie deutete auf die halbleere Flasche Black Dog.

»Aber das ist ein ausgezeichneter Whisky, Saeeda Begum«, sagte Maan.

»Er steht schon länger hier herum«, sagte sie und reichte ihm ein Glas.

Maan saß eine Weile schweigend an ein langes, rundes Polster gelehnt und nippte an seinem Scotch. Dann sagte er: »Ich habe mich oft über die Zweizeiler gewundert, die Chugthai zu seinen Bildern inspirierten, bin aber nie dazu gekommen, jemanden, der Urdu kann, darum zu bitten, sie mir vorzulesen. Ein Bild hat mich immer wieder fasziniert. Ich kann es beschreiben, ohne das Buch aufzuschlagen. Es stellt eine Wasserlandschaft dar, in Orange- und Brauntönen, mit einem Baum, einem verdorrten Baum, der aus dem Wasser aufragt. Und irgendwo in der Mitte schwimmt auf dem Wasser eine Lotusblüte, auf der eine kleine rauchende Öllampe steht. Weißt du, welches Bild ich meine? Ich glaube, es ist ziemlich am Anfang. Bedeckt von einem Seidenpapier, auf dem nur ein englisches Wort steht: ›Leben!‹ Das ist sehr geheimnisvoll – und darunter steht ein Vers in Urdu. Vielleicht kannst du ihn mir übersetzen?«

Saeeda Bai griff nach dem Buch. Sie setzte sich links neben Maan, und während er die Seiten seines prächtigen Geschenks umblätterte, betete sie, daß er nicht bis zu der herausgerissenen Seite kommen würde, die sie sorgfältig wieder hineingeklebt hatte. Die englischen Titel waren merkwürdig knapp. Nach ›Um die Geliebte‹, ›Die randvolle Tasse‹ und ›Die vergebliche Nachtwache‹ stieß er auf ›Leben!‹.

»Das ist es«, sagte er, während sie das geheimnisvolle Bild betrachteten. »Ghalib hat viele Zweizeiler geschrieben, in denen Lampen vorkommen. Ich frage mich, welcher Vers das ist.«

Saeeda Bai schlug das Seidenpapier zurück, und dabei berührten sich kurz ihre Hände. Leise einatmend, sah Saeeda Bai auf das Urdu-Gedicht und las es dann vor:

»Das Pferd der Zeit galoppiert rasant: seht nur, wo es stehenbleibt.
Weder ist die Hand am Zügel noch der Fuß im Steigbügel.«

Maan lachte. »Tja, das sollte mich lehren, wie gefährlich es ist, Schlußfolgerungen aus unsicheren Annahmen zu ziehen.«

Sie lasen noch mehr Verse, und dann sagte Saeeda Bai: »Als ich heute morgen das Buch las, habe ich mich gefragt, was in Englisch auf den Seiten am Schluß steht.«

Am Anfang des Buches, so wie ich es sehe, dachte Maan, noch immer lächelnd. »Vermutlich ist es die englische Übersetzung des Urdu-Textes am anderen Ende des Buches – aber warum schauen wir nicht nach.«

»Gewiß«, sagte Saeeda Bai. »Aber dazu müssen wir die Plätze tauschen, und du mußt dich links von mir setzen. Du liest einen Satz auf englisch, und ich kann die Übersetzung in Urdu lesen. Das ist, als hätte ich einen Privatlehrer«, fügte sie hinzu und lächelte leise.

Die Nähe von Saeeda Bai während der letzten Minuten, so bezaubernd sie war, stellte jetzt ein kleines Problem für Maan dar. Bevor er aufstand, um den Platz mit ihr zu tauschen, mußte er seine Kleidung zurechtziehen, damit sie nicht sah, wie erregt er war. Aber als er wieder saß, schien ihm, daß sich Saeeda Bai königlich amüsierte. Sie ist ein richtiger Sitam-zareef, dachte er, ein lächelnder Tyrann.

»Nun, Ustad Sahib, fangen wir mit unserer Übungsstunde an«, sagte sie und zog eine Braue in die Höhe.

»Also gut«, sagte Maan, der sie nicht ansah, sich aber ihrer Nähe nur zu bewußt war. »Der erste Punkt ist eine Einführung von einem gewissen James Cousins zu Chugthais Illustrationen.«

»Aha. Der erste Punkt in Urdu ist eine Ausführung des Malers, was er mit der Veröffentlichung dieses Buches zu erreichen hoffte.«
»Mein zweiter Punkt ist ein Vorwort für das gesamte Buch, vom Dichter Iqbal.«
»Und meiner ist ein langer Aufsatz, wiederum von Chugtai selbst, zu mehreren Themen, darunter seine Ansichten über Kunst.«
»Schau dir das an«, sagte Maan, der sich plötzlich für das, was er las, interessierte. »Ich hatte ganz vergessen, was für ein hochtrabendes Vorwort Iqbal geschrieben hat. Er scheint nur über seine eigenen Bücher zu reden, nicht über dasjenige, was er eigentlich vorstellen sollte. ›In einem Buch habe ich das geschrieben, in einem anderen Buch habe ich jenes geschrieben‹ – und er macht nur ein paar gönnerhafte Bemerkungen über Chugtai und darüber, wie jung er ist...« Er brach empört ab.
»Dagh Sahib«, sagte Saeeda Bai, »du bist ja ganz erregt.«
Sie sahen einander an. Maan war durch ihre Direktheit etwas aus dem Gleichgewicht gebracht. Es schien ihm, als müßte sie an sich halten, um nicht laut herauszulachen. »Vielleicht sollte ich dich mit einem melancholischen Gasel beruhigen«, fuhr Saeeda Bai fort.
»Ja, warum versuchst du es nicht?« sagte Maan, der daran dachte, was sie ihm über Gasele gesagt hatte. »Mal sehen, wie sich das auf mich auswirkt.«
»Ich werde meine Musiker rufen.«
»Nein«, sagte Maan und legte seine Hand auf ihre. »Du und das Harmonium, ihr seid genug.«
»Auch nicht den Tabla-Spieler?«
»Mein Herz wird im Rhythmus dazu schlagen.«
Mit einer angedeuteten Neigung des Kopfes – eine Geste, die Maans Herz fast stillstehen ließ – fügte sie sich. »Wärst du in der Lage, aufzustehen und mir das Harmonium zu bringen?« fragte sie verschmitzt.
»Hm«, sagte Maan und blieb sitzen.
»Und wie ich sehe, ist auch dein Glas leer.«
Maan beschloß, sich durch nichts mehr in Verlegenheit bringen zu lassen, und stand auf. Er brachte ihr das Harmonium und füllte sein Glas nach. Saeeda Bai summte ein paar Töne und sagte dann: »Ja, jetzt weiß ich, welches Gasel paßt.« Und sie sang die rätselhaften Zeilen:

»Kein Staubkorn im Garten ist vergeudet.
Der Weg ist wie eine Lampe für den Fleck der Tulpe.«

Bei dem Wort ›dagh‹ warf Saeeda Bai Maan einen kurzen amüsierten Blick zu. Das nächste Verspaar war nicht besonders aufregend. Aber dann folgte:

»Die Rose lacht über den Gesang der Nachtigall –
was man Liebe nennt, ist nur eine Verwirrung des Geistes.«

Maan, der diese Zeilen sehr gut kannte, mußte höchst bestürzt dreingeblickt haben, denn sobald ihn Saeeda Bai ansah, warf sie den Kopf zurück und lachte vor Vergnügen. Der Anblick ihres nackten, sanft geschwungenen weißen Halses, ihr unerwartetes, etwas heiseres Lachen und die pikante Tatsache, daß er nicht wußte, ob sie mit ihm oder über ihn lachte, genügten, und Maan vergaß sich. Bevor er wußte, was er tat, und obwohl ihm das Harmonium im Weg stand, beugte er sich vor und küßte Saeeda Bais Nacken, und bevor sie wußte, was sie tat, erwiderte sie seine Küsse.

»Nicht jetzt, Dagh Sahib, nicht jetzt«, sagte sie, etwas außer Atem.

»Jetzt – jetzt ...« sagte Maan.

»Dann gehen wir besser in das andere Zimmer. Du hast es dir zur Gewohnheit gemacht, meine Gasele zu unterbrechen.«

»Wann habe ich dich schon einmal unterbrochen?« fragte Maan, als sie ihn zur Tür führte.

»Das erzähle ich dir ein andermal«, sagte Saeeda Bai.

DRITTER TEIL

3.1

Am Sonntag wurde in Prans Haus gewöhnlich etwas später gefrühstückt als während der Woche. Der *Brahmpur Chronicle* war bereits da, und Prans Nase steckte in der Sonntagsbeilage. Savita saß neben ihm, aß ihren Toast und bestrich seinen mit Butter. Mrs. Rupa Mehra kam herein und fragte besorgt: »Habt ihr Lata gesehen?«

Pran schüttelte hinter der Zeitung den Kopf.

»Nein, Ma«, sagte Savita.

»Hoffentlich ist ihr nichts passiert«, sagte Mrs. Rupa Mehra besorgt. Sie blickte sich um und wandte sich an Mateen: »Wo ist die Gewürzmischung? Mich vergißt du immer beim Tischdecken.«

»Was sollte ihr passiert sein, Ma?« sagte Pran. »Wir sind hier in Brahmpur und nicht in Kalkutta.«

»Kalkutta ist ein sehr sicherer Ort«, verteidigte Mrs. Rupa Mehra die Stadt, in der ihr einziges Enkelkind lebte. »Es ist zwar groß, aber die Menschen dort sind gut. Ein Mädchen kann jederzeit allein ausgehen.«

»Ma, du hast nur Heimweh nach Arun«, sagte Savita. »Alle Welt weiß doch, daß er dein Lieblingskind ist.«

»Ich habe kein Lieblingskind.«

Das Telefon klingelte. »Ich geh schon«, sagte Pran beiläufig. »Wahrscheinlich geht es um den Debattierwettbewerb heute abend. Warum lasse ich mich nur immer breitschlagen, solche idiotischen Aktivitäten zu organisieren?«

»Damit dir deine Studentinnen anbetungsvolle Blicke zuwerfen«, sagte Savita.

Pran nahm den Hörer ab. Die beiden anderen setzten ihr Frühstück fort. An einem scharfen, lauten Ton in Prans Stimme erkannte Savita, daß es sich um etwas Ernstes handelte. Pran wirkte bestürzt und blickte besorgt zu Mrs. Rupa Mehra.

»Ma...« sagte Pran. Mehr brachte er nicht heraus.

»Es ist wegen Lata«, sagte Mrs. Rupa Mehra, die in seinem Gesicht lesen konnte. »Sie hat einen Unfall gehabt.«

»Nein ...« sagte Pran.
»Gott sei Dank.«
»Sie ist durchgebrannt ...« sagte Pran.
»O mein Gott«, sagte Mrs. Rupa Mehra.
»Mit wem?« fragte Savita, die völlig reglos mit einem Stück Toast in der Hand dasaß.
»Mit Maan«, antwortete Pran und schüttelte ungläubig den Kopf. »Wie ...« fuhr er fort, dann fehlten ihm zeitweilig die Worte.
»O mein Gott«, sagten Savita und ihre Mutter nahezu gleichzeitig.
Eine Weile herrschte betroffenes Schweigen.
»Er hat meinen Vater vom Bahnhof angerufen«, fuhr Pran, noch immer kopfschüttelnd, fort. »Warum hat er nicht mit mir darüber gesprochen? Es gibt doch keine Einwände gegen diese Verbindung, abgesehen davon, daß Maan schon verlobt ist...«
»Keine Einwände...« flüsterte Mrs. Rupa Mehra verdattert. Ihre Nase war rot angelaufen, und zwei Tränen kullerten ungehindert ihre Wangen hinunter. Sie hatte die Hände wie zum Gebet gefaltet.
»Dein Bruder«, sagte Savita empört, »mag sich für den Größten halten, aber wie kommst du nur darauf, daß wir ...«
»Oh, meine arme Tochter, oh, meine arme Tochter«, schluchzte Mrs. Rupa Mehra.
Die Tür ging auf, und Lata kam herein. »Ja, Ma?« sagte sie. »Du hast mich gerufen?« Sie sah überrascht auf das dramatische Tableau und ging zu ihrer Mutter, um sie zu trösten. »Also, was ist los?« fragte sie und blickte in die Runde. »Hoffentlich geht es nicht um die zweite Medaille.«
»Sag, daß es nicht wahr ist, sag, daß es nicht wahr ist«, rief Mrs. Rupa Mehra. »Wie hast du nur daran denken können, so etwas zu tun? Und noch dazu mit Maan! Wie kannst du mir nur das Herz so brechen?« Ein Gedanke schoß ihr durch den Kopf. »Aber – es kann nicht sein. Der Bahnhof?«
»Ich war auf keinem Bahnhof. Was geht hier vor, Ma? Pran hat mir gesagt, ihr wolltet euch zusammensetzen und Pläne für meine Zukunft schmieden«, sie runzelte die Stirn, »und daß es mich nur in Verlegenheit bringen würde, wenn ich dabei wäre. Und deswegen sollte ich erst spät zum Frühstück kommen. Was habe ich nur getan, daß ihr alle so durcheinander seid?«
Savita sah Pran verärgert und erstaunt an; aber er gähnte nur, was sie noch wütender machte.
»Wer nicht weiß, welcher Tag heute ist«, sagte Pran und deutete mit dem Finger oben auf die Zeitung, »braucht sich nicht zu wundern.«
Es war der erste April.
Mrs. Rupa Mehra hörte auf zu weinen, war aber immer noch durcheinander. Savita sah ihren Mann und ihre Schwester streng und vorwurfsvoll an und sagte: »Ma, das ist Prans und Latas Vorstellung von einem Aprilscherz.«
»Meine nicht«, sagte Lata, die zu begreifen begann, was in ihrer Abwesenheit

geschehen war. Sie fing an zu lachen. Dann setzte sie sich und sah die anderen an.
»Also wirklich, Pran«, sagte Savita. Dann wandte sie sich an ihre Schwester: »Das ist überhaupt nicht zum Lachen, Lata.«
»Genau«, pflichtete Mrs. Rupa Mehra ihr bei. »Und die Prüfungen stehen kurz bevor – du wirst dich beim Lernen nicht mehr konzentrieren können – und die viele Zeit und das viele Geld – alles umsonst. Lach nicht.«
»Jetzt seid alle wieder fröhlich. Lata ist noch immer unverheiratet. Der liebe Gott ist noch immer in seinem Himmel«, sagte Pran ohne eine Spur von Reue und versteckte sich wieder, still in sich hineinlachend, hinter seiner Zeitung. Savita und Mrs. Rupa Mehra durchbohrten den *Brahmpur Chronicle* mit Blicken.
Ein Gedanke schoß Savita durch den Kopf. »Ich hätte eine Fehlgeburt haben können«, sagte sie.
»O nein«, erwiderte Pran unbekümmert. »Du bist robust. Ich bin der Anfällige. Außerdem habe ich mir das nur dir zuliebe einfallen lassen, um etwas Schwung in den Sonntagvormittag zu bringen. Du beschwerst dich immer, daß die Sonntage so langweilig sind.«
»Also, da ist mir Langeweile lieber. Willst du dich nicht wenigstens bei uns entschuldigen?«
»Natürlich«, sagte Pran bereitwillig. Obwohl er nicht besonders glücklich war, daß er seine Schwiegermutter zum Weinen gebracht hatte, war er doch hoch erfreut, daß ihm der Spaß gelungen war. Und Lata zumindest hatte sich amüsiert. »Es tut mir leid, Ma. Es tut mir leid, Liebling.«
»Das hoffe ich. Bei Lata mußt du dich auch noch entschuldigen«, sagte Savita.
»Es tut mir leid, Lata«, sagte Pran und lachte. »Du mußt Hunger haben. Warum läßt du dir nicht ein Ei bringen? Aber eigentlich«, fuhr er fort und verspielte wieder ein gut Teil des zurückgewonnenen Wohlwollens, »sehe ich keinen Grund, mich zu entschuldigen. Mir liegt nichts an diesen Aprilscherzen. Aber weil ich in eine verwestlichte Familie eingeheiratet habe, dachte ich mir: Pran, du darfst dich nicht unterkriegen lassen, sonst halten sie dich für einen Bauerntölpel, und dann wirst du Arun Mehra nie wieder in die Augen sehen können.«
»Ständig mußt du abfällige Bemerkungen über meinen Bruder machen«, sagte Savita. »Das geht so seit der Hochzeit. Über deinen läßt sich genausoviel sagen. Mehr sogar.«
Pran dachte einen Augenblick darüber nach. Die Leute begannen, über Maan zu reden.
»Na gut, Liebling, vergib mir«, sagte er mit etwas aufrichtigerer Zerknirschung in der Stimme. »Was muß ich tun, um es wiedergutzumachen?«
»Geh mit uns ins Kino«, sagte Savita unverzüglich. »Ich möchte heute einen Hindi-Film sehen – nur um zu beweisen, wie verwestlicht ich bin.« Savita liebte Hindi-Filme (je sentimentaler, desto besser); und sie wußte, daß Pran sie meistens nicht ausstehen konnte.

»Einen Hindi-Film?« sagte Pran. »Ich dachte, die seltsamen Vorlieben werdender Mütter beschränken sich auf Essen und Trinken.«
»Gut, das ist also abgemacht«, sagte Savita. »Welchen wollen wir ansehen?«
»Tut mir leid«, sagte Pran, »es geht nicht. Heute abend findet diese Debatte statt.«
»Dann eben eine Nachmittagsvorstellung«, sagte Savita und leckte entschlossen die Butter von ihrem Toast.
»Okay, okay, ich habe es mir selbst eingebrockt«, sagte Pran und schlug die Filmanzeigen in der Zeitung auf. »Wie wär's damit? *Sangraam*. Läuft im Odeon. ›Von allen gefeiert – das neueste Filmwunder. Nur für Erwachsene.‹ Ashok Kumar spielt mit – er läßt Mas Herz höher schlagen.«
»Du machst dich über mich lustig«, sagte Mrs. Rupa Mehra etwas besänftigt. »Aber mir gefällt, wie er spielt. Trotzdem, weißt du, diese Filme nur für Erwachsene, ich glaube ...«
»In Ordnung«, sagte Pran. »Der nächste. Nein – der läuft nicht nachmittags. Hm, hm, hier, das hört sich interessant an. *Kaalé Badal*. Ein romantisches Liebesepos. Mit Meena, Shyam, Gulab, Jeevan und so weiter und so fort, sogar Baby Tabassum spielt mit. Das ist genau das richtige für dich in deinem Zustand«, fügte er an Savita gewandt hinzu.
»Nein«, sagte Savita. »Alle diese Schauspieler mag ich nicht.«
»Diese Familie hat ihre Eigenarten«, sagte Pran. »Erst wollen sie einen Film sehen, dann lehnen sie alle Angebote ab.«
»Lies weiter«, sagte Savita ziemlich streng.
»Ja, Memsahib. Dann haben wir noch *Hulchul*. Große Galaeröffnung. Mit Nargis ...«
»Die gefällt mir«, sagte Mrs. Rupa Mehra. »Sie hat ein so ausdrucksvolles Gesicht ...«
»Daleep Kumar ... «
»Ach!« sagte Mrs. Rupa Mehra.
»Halte dich zurück, Ma«, sagte Pran. »Sitara, Yaqub, K. N. Singh und Jeevan. ›Eine großartige Geschichte. Großartige Stars. Großartige Musik. In den dreißig Jahren indischer Filmgeschichte hat es keinen vergleichbaren Film gegeben.‹ Nun?«
»Wo läuft er?«
»Im Majestic. ›Renoviert, luxuriös ausgestattet, und eine Klimaanlage sorgt für angenehme Kühle.‹«
»Das klingt in jeder Beziehung gut«, sagte Mrs. Rupa Mehra mit vorsichtigem Optimismus, als würde es sich um eine aussichtsreiche Partie für Lata handeln.
»Aber wartet!« sagte Pran. »Hier ist eine so große Anzeige, daß ich sie übersehen habe: *Deedar*. Der läuft, einen Moment, in den ebenso gut ausgestatteten Manorma Talkies, wo es auch eine Klimaanlage gibt. Hier schreiben sie: ›Starbesetzung! Die fünfte Woche im Programm. Deftige Lieder und eine Liebesge-

schichte, daß Ihnen warm ums Herz wird. Mit Nargis, Ashok Kumar ...‹« Er hielt inne und wartete auf einen Ausruf seiner Schwiegermutter.

»Immer machst du dich über mich lustig, Pran«, sagte Mrs. Rupa Mehra vergnügt. Die Tränen waren vergessen.

»›Nimmi, Daleep Kumar‹ – du hast Glück, Ma –, ›Yaqub, Baby Tabassum‹ – wir haben einen Haupttreffer gelandet: ›Wunderbare Lieder, die in allen Straßen der Stadt gesungen werden. Von allen bejubelt, beklatscht und bewundert. Der einzige Film für die ganze Familie. Ein Film, der Ihnen die Sprache verschlägt. Ein Himmel voller Melodien. Filmkars *Deedar*! Ein Juwel mit Starbesetzung! In den nächsten Jahren wird es keinen großartigeren Film geben.‹ Also, was sagt ihr?«

Er schaute in drei staunende Gesichter. »Ihr seid wie vom Donner gerührt!« sagte Pran zufrieden. »Zum zweitenmal heute vormittag.«

3.2

An diesem Nachmittag gingen die vier in die Manorma Talkies, damit ihnen warm ums Herz wurde. Sie kauften Karten für die besten Plätze im ersten Rang, hoch über dem Volk, und eine Tafel Cadbury-Schokolade, von der Lata und Savita den größten Teil aßen. Trotz ihres Diabetes bekam auch Mrs. Rupa Mehra ein Stückchen, und Pran wollte nicht mehr als eins. Pran und Lata vergossen beinahe keine Träne, Savita schniefte, und Mrs. Rupa Mehra schluchzte hemmungslos. Der Film war wirklich sehr traurig, und auch die Lieder waren traurig, und es war unmöglich zu sagen, was sie mehr rührte, das bedauernswerte Schicksal des blinden Sängers oder die zarte Liebesgeschichte. Und es wäre für alle ein ungetrübtes Vergnügen gewesen, hätte nicht ein, zwei Reihen hinter ihnen ein Mann gesessen, der jedesmal, wenn der blinde Daleep Kumar auf der Leinwand erschien, lautstark weinte und mehrmals sogar mit seinem Stock auf den Boden klopfte, vielleicht um einen wütenden Protest gegen das Schicksal oder den Regisseur einzulegen. Irgendwann hielt es Pran nicht länger aus, drehte sich um und rief: »Sir, wäre es Ihnen vielleicht möglich, darauf zu verzichten, mit dem Stock auf den Boden zu ...«

Er hielt abrupt inne, als er sah, daß es sich bei dem Übeltäter um Mrs. Rupa Mehras Vater handelte. »Ach du liebe Zeit«, sagte er zu Savita, »es ist dein Großvater. Es tut mir leid, Sir. Bitte, nehmen Sie mir nicht übel, was ich gesagt habe, Sir. Ma ist auch hier, Sir, ich meine natürlich Mrs. Rupa Mehra. Tut mir schrecklich leid. Und Savita und Lata sind auch hier. Ich hoffe, wir sehen Sie nach dem Film noch.«

Mittlerweile wurde Pran seinerseits von anderen Zuschauern zum Schweigen aufgefordert, und er drehte sich kopfschüttelnd wieder zur Leinwand um.

Die anderen waren ebenfalls entsetzt. Aber all das hatte keinerlei Wirkung auf die Gefühle des Dr. Kishen Chand Seth, der während der letzten halben Stunde des Films so laut und heftig weinte wie zuvor.

Wieso haben wir uns in der Pause nicht gesehen? fragte sich Pran. Und hat er uns auch nicht bemerkt? Wir sitzen doch genau vor ihm. Was Pran nicht wissen konnte, war, daß Dr. Kishen Chand Seth, kaum hatte ein Film ihn in seinen Bann gezogen, für jeden anderen visuellen oder akustischen Reiz unzugänglich war. Was die Pause anbetraf, so war – und blieb – die Sache ein Rätsel, noch dazu, da Dr. Kishen Chand Seth zusammen mit seiner Frau Parvati gekommen war.

Als der Film zu Ende war und sie wie alle anderen aus dem Saal gedrängt wurden, trafen sie sich in der Eingangshalle. Dr. Kishen Chand Seth vergoß noch immer eine Flut von Tränen, die anderen tupften sich mit Taschentüchern die Augen.

Parvati und Mrs. Rupa Mehra versuchten tapfer, aber erfolglos vorzugeben, daß sie sich mochten. Parvati war eine kräftige, knochige, ziemlich hartgesottene Frau von fünfunddreißig Jahren. Sie hatte braune, sonnengegerbte Haut und eine Haltung gegenüber der Welt, die eine Ausweitung ihrer Haltung gegenüber ihren geschwächteren Patienten zu sein schien: sie wirkte, als hätte sie eben beschlossen, niemandes Bettpfanne mehr zu leeren. Sie trug einen Sari aus Crêpe Georgette, der mit rosaroten Tannenzapfen bedruckt war, dazu nicht etwa einen rosa-, sondern einen orangefarbenen Lippenstift.

Mrs. Rupa Mehra, die sich vor dieser eindrucksvollen Gestalt fürchtete, versuchte zu erklären, warum sie Parvati an ihrem Geburtstag nicht hatte besuchen können.

»Aber es freut mich, daß wir uns jetzt hier getroffen haben«, fügte sie hinzu.

»Ja, mich auch«, sagte Parvati. »Erst neulich habe ich zu Kishy gesagt ...«

Aber den Rest des Satzes bekam Mrs. Rupa Mehra nicht mehr mit, denn nie zuvor hatte sie von ihrem siebzigjährigen Vater in solch abscheulichen, trivialen Worten reden hören. ›Mein Mann‹ war schlimm genug, aber ›Kishy‹? Sie sah ihn an, aber er schien noch immer eingeschlossen in einer Welt aus Zelluloid.

Nach ein paar Minuten durchbrach Dr. Kishen Chand Seth diese sentimentale Aura und verkündete: »Wir müssen nach Hause.«

»Kommt doch noch zum Tee mit zu uns und geht dann nach Hause«, schlug Pran vor.

»Nein, nein, unmöglich, heute nicht. Ein andermal. Ja. Sag deinem Vater, daß wir morgen mit ihm zum Bridge rechnen. Um Punkt halb acht. Pünktlich wie die Chirurgen, nicht wie die Politiker.«

»Oh«, sagte Pran und lächelte erfreut, »aber gern. Ich freue mich, daß ihr euer Mißverständnis ausgeräumt habt.«

Dr. Kishen Chand Seth wurde sich mit Schrecken bewußt, daß dem selbstverständlich nicht so war. In dem trüben Filmdunst, der ihn eingehüllt hatte – in *Deedar* hatten gute Freunde bittere Worte miteinander gewechselt –, hatte er seinen Streit mit Mahesh Kapoor völlig vergessen. Er sah Pran verdrossen an. Parvati traf eine Entscheidung.

»Ja, in Gedanken hat es mein Mann ausgeräumt. Bitte sag ihm, daß wir uns auf seinen Besuch freuen.« Sie sah Dr. Seth um Zustimmung heischend an; er gab einen angewiderten Grunzlaut von sich, dachte jedoch, daß es besser wäre, den Dingen ihren Lauf zu lassen. Plötzlich wandte er seine Aufmerksamkeit etwas anderem zu.

»Wann?« fragte er und deutete mit dem Knauf seines Stocks auf Savitas Bauch.

»August oder September, wurde uns gesagt«, erklärte Pran etwas vage, als hätte er Angst, daß Dr. Kishen Chand Seth plötzlich die Dinge in die Hand nehmen würde.

Dr. Kishen Chand Seth wandte sich zu Lata. »Warum bist du noch nicht verheiratet? Gefällt dir mein Radiologe nicht?« fragte er sie.

Lata sah ihn an und versuchte, ihre Überraschung zu verbergen. Ihr Gesicht brannte.

»Du hast sie dem Radiologen noch nicht vorgestellt«, schaltete sich Mrs. Rupa Mehra rasch ein. »Und jetzt stehen die Prüfungen bevor.«

»Welcher Radiologe?« fragte Lata. »Noch ein Aprilscherz?«

»Ja, der Radiologe. Ruf mich morgen an«, sagte Dr. Kishen Chand Seth zu seiner Tochter. »Erinnere mich dran, Parvati. Und jetzt müssen wir gehen. Und nächste Woche muß ich mir diesen Film noch einmal ansehen. Er ist so traurig«, fügte er beifällig hinzu.

Auf dem Weg zu seinem grauen Buick bemerkte Dr. Kishen Chand Seth einen falsch geparkten Wagen. Er brüllte den diensthabenden Polizisten an, der auf der vielbefahrenen Kreuzung stand. Der Polizist, der den furchterregenden Dr. Seth kannte, so wie ihn die meisten Ordnung und Unordnung schaffenden Kräfte in Brahmpur kannten, kam prompt zu ihm und notierte die Autonummer. Ein Bettler humpelte an ihnen vorbei und bat um ein paar Paisas. Dr. Kishen Chand Seth sah ihn wutentbrannt an und versetzte ihm mit seinem Stock einen brutalen Schlag gegen ein Bein. Er und Parvati stiegen ins Auto, und der Polizist regelte den Verkehr für sie.

3.3

»Keine Gespräche, bitte«, sagte die Aufsichtsperson.

»Ich wollte mir nur ein Lineal leihen, Sir.«

»Wenn Sie sich ein Lineal leihen müssen, dann über mich.«

»Ja, Sir.«

Der junge Mann setzte sich wieder und wandte sich erneut den Fragen zu. Eine Fliege brummte gegen ein Fenster des Prüfungszimmers. Draußen war neben der steinernen Treppe die rote Krone eines Gul-Mohur-Baumes zu sehen. Die Ventilatoren drehten sich langsam. Reihe über Reihe Köpfe, Reihe über Reihe Hände, Tropfen über Tropfen Tinte, Worte über Worte. Jemand stand auf, um sich Wasser aus dem irdenen Krug neben der Tür einzuschenken. Jemand anders lehnte sich auf seinem Stuhl zurück und seufzte.

Lata hatte eine halbe Stunde zuvor zu schreiben aufgehört und starrte seitdem auf ihr Papier, ohne etwas zu sehen. Sie zitterte. Sie konnte keine Sekunde über die Antworten nachdenken. Sie atmete tief ein, auf ihrer Stirn stand Schweiß. Keines der Mädchen neben ihr bemerkte etwas. Wer waren sie? Sie kannte sie nicht aus den Anglistikvorlesungen.

Was bedeuten diese Fragen? wunderte sie sich. Und wie ist es möglich, daß ich sie vor einer Weile noch beantworten konnte? Verdienen Shakespeares tragische Helden ihr Schicksal? Verdient irgend jemand sein Schicksal? Sie sah sich erneut um. Was ist nur los mit mir, die ich sonst keinerlei Schwierigkeiten mit Prüfungen habe? Ich habe keine Kopfschmerzen, ich habe meine Periode nicht, wie also lautet meine Entschuldigung? Was wird Ma sagen...

Sie sah ihr Schlafzimmer in Prans Haus vor sich. Sie sah die drei Koffer ihrer Mutter vor sich, in denen sich fast alles befand, was sie besaß. Die Standardausrüstung ihrer Jährlichen Trans-Indien-Eisenbahn-Wallfahrt stapelte sich in einer Ecke, darauf saß wie ein selbstbewußter schwarzer Schwan ihre große Handtasche. Gleich daneben standen eine kleine, quadratische dunkelgrüne Ausgabe der Bhagavad Gita und ein Glas für ihre falschen Zähne. Sie trug die Prothese seit einem Autounfall vor zehn Jahren.

Was würde mein Vater von mir denken? fragte sich Lata. Mit seiner brillanten Karriere – seinen Goldmedaillen –, wie kann ich ihn nur so enttäuschen? Es war April, als er starb. Auch damals blühten die Gul-Mohurs... Ich muß mich konzentrieren. Ich muß mich konzentrieren. Irgend etwas ist mit mir geschehen, und ich darf nicht in Panik geraten. Ich muß mich entspannen, und dann wird alles wieder gut.

Wieder versank sie in einen Traum. Die Fliege summte beständig weiter.

»Bitte nicht summen. Ruhe bitte.«

Lata bemerkte mit Schrecken, daß sie es war, die leise vor sich hin gesummt hatte, und daß ihre Nachbarinnen sie jetzt ansahen: Die eine schien verwirrt, die andere verärgert. Sie blickte hinunter auf das Papier. Die blaßblauen Linien erstreckten sich über die leere Seite ohne irgendeine Bedeutung.

»Wenn du es beim erstenmal nicht schaffst...«, hörte sie die Stimme ihrer Mutter sagen.

Sie blätterte schnell zu einer anderen Frage zurück, die sie bereits beantwortet hatte, aber was sie geschrieben hatte, ergab keinen Sinn.

»Das Verschwinden von Julius Cäsar aus seinem eigenen Stück schon im III. Akt scheint anzudeuten...«

Lata stützte den Kopf auf die Hände.

»Geht es Ihnen nicht gut?«

Sie hob den Kopf und blickte in das besorgte Gesicht eines jungen Dozenten vom Philosophie-Institut, der zufällig an diesem Tag Aufsicht führen mußte.
»Doch.«
»Bestimmt?« murmelte er.
Lata nickte.
Sie nahm ihren Stift und begann wieder zu schreiben.
Nach ein paar Minten verkündete der Aufsichtführende: »Noch eine halbe Stunde.«
Lata wurde bewußt, daß sich mindestens eine der drei Prüfungsstunden in nichts aufgelöst hatte. Bislang hatte sie erst zwei Fragen beantwortet. Von der Ankündigung auf Trab gebracht, begann sie, die beiden verbleibenden Fragen – vollkommen willkürlich – zu beantworten, mit einem schnellen, panischen Gekritzel, wobei sie ihre Finger mit Tinte beschmierte, das Papier bekleckste und kaum wußte, was sie eigentlich schrieb. Das Summen der Fliege schien sich in ihren Kopf verlagert zu haben. Ihre normalerweise gut lesbare Handschrift sah jetzt schlimmer aus als die von Arun, und dieser Gedanke drohte sie erneut zu lähmen.
»Noch fünf Minuten.«
Lata schrieb weiter, ohne sich viel Gedanken darüber zu machen, was sie schrieb.
»Bitte legen Sie die Stifte weg.«
Latas Hand bewegte sich noch immer über das Papier.
»Bitte nicht mehr schreiben. Die Zeit ist um.«
Lata legte ihren Stift weg und vergrub den Kopf in den Händen.
»Bitte bringen Sie Ihre Papiere nach vorn. Und vergewissern Sie sich, daß Ihre Immatrikulationsnummer korrekt vorne draufsteht und daß zusätzliche Seiten, falls Sie welche beschrieben haben, in der richtigen Reihenfolge eingefügt sind. Keine Gespräche bitte, bis Sie den Raum verlassen haben.«
Lata gab ihre Papiere ab. Auf dem Weg hinaus legte sie ihr rechtes Handgelenk für ein paar Sekunden an den kühlen irdenen Krug.
Sie wußte nicht, was über sie gekommen war.

3.4

Lata blieb eine Weile vor dem Prüfungszimmer stehen. Die Sonne schien auf die steinerne Treppe. Die Kuppe ihres Mittelfingers war mit dunkelblauer Tinte verschmiert, und sie betrachtete sie stirnrunzelnd. Sie war den Tränen nahe.
Andere Anglistikstudenten standen auf der Treppe und erörterten die Prüfung. Die Diskussion wurde von einem optimistischen pummeligen Mädchen dominiert, das an den Fingern die von ihr richtig beantworteten Fragen abzählte.

»In dieser Prüfung war ich wirklich gut, da bin ich ganz sicher«, sagte sie. »Besonders, was die Frage zu *King Lear* angeht. Meiner Meinung nach lautet die Antwort: ›Ja.‹« Andere wirkten aufgeregt oder bedrückt. Aber alle waren sich einig, daß einige der Fragen wesentlich schwieriger ausgefallen waren, als notwendig gewesen wäre. Eine Gruppe von Geschichtsstudenten stand nicht weit entfernt und diskutierte über ihre Prüfung, die zur selben Zeit im selben Gebäude stattgefunden hatte. Einer von ihnen war der junge Mann, der Lata im Imperial Book Depot angesprochen hatte. Er sah etwas besorgt aus, denn er hatte während der letzten Monate viel Zeit für nicht im Lehrplan vorgesehene Aktivitäten aufgewendet – vor allem für Kricket –, und das hatte er in der Prüfung zu spüren bekommen.

Lata ging zu der Bank unter dem Gul-Mohur-Baum und setzte sich, um sich zu sammeln. Wenn sie zum Mittagessen zu Hause wäre, würden sie sie mit hundert Fragen zur Prüfung quälen. Sie betrachtete die roten Blüten, die zu ihren Füßen verstreut lagen. In Gedanken hörte sie noch immer das Summen der Fliege.

Der junge Mann, der sich mit seinen Kommilitonen unterhielt, hatte beobachtet, wie sie die Treppe hinuntergegangen war. Als sie sich auf die Bank unter den Baum setzte, beschloß er, mit ihr zu sprechen. Er sagte seinen Freunden, daß er zum Mittagessen nach Hause müsse – daß sein Vater auf ihn warte –, und eilte auf dem Weg, der an dem Gul-Mohur-Baum vorbeiführte, davon. Als er zu der Bank kam, stieß er einen Laut der Überraschung aus und blieb stehen.

»Hallo«, sagte er.

Lata hob den Kopf und erkannte ihn. Aus Verlegenheit, daß er sie in ihrem unübersehbaren Kummer antraf, wurde sie rot.

»Vermutlich erinnerst du dich nicht mehr an mich?« sagte er.

»Doch«, sagte Lata, die erstaunt war, weil er fortfuhr, mit ihr zu sprechen, obwohl sie doch ganz offensichtlich wollte, daß er weiterging. Sie sagte nichts, und auch er schwieg ein paar Sekunden.

»Wir sind uns der Buchhandlung begegnet«, sagte er.

»Ja«, sagte Lata. Dann fügte sie rasch hinzu: »Bitte, laß mich allein. Mir ist nicht danach, mit irgend jemandem zu reden.«

»Es ist wegen der Prüfung, nicht wahr?«

»Ja.«

»Mach dir keine Sorgen«, sagte er. »In fünf Jahren wirst du alles vergessen haben.«

Das empörte Lata. Ihr lag nichts an seiner leichtfertigen Philosophie. Wer, um alles in der Welt, glaubte er zu sein? Warum zischte er nicht einfach ab – wie diese blöde Fliege?

»Ich sage das nur«, fuhr er fort, »weil ein Student meines Vaters sich umzubringen versuchte, da er glaubte, in seinem Examen schlecht abgeschnitten zu haben. Zum Glück gelang es ihm nicht, denn als die Ergebnisse mitgeteilt wurden, hatte er eine Eins.«

»Wie kann man nur glauben, daß man in Mathematik schlecht abgeschnitten hat, wenn man tatsächlich sehr gut war?« fragte Lata, die sich unwillkürlich dafür interessierte. »Die Antworten sind entweder richtig oder falsch. In Geschichte oder Englisch kann ich es verstehen, aber ...«

»Also, das ist ein ermutigender Gedanke«, sagte der junge Mann, der sich freute, daß sie nicht alles vergessen hatte, was er ihr von sich erzählt hatte. »Vielleicht haben wir beide gar nicht so schlecht abgeschnitten, wie wir jetzt glauben.«

»Du hast also auch kein gutes Gefühl?« fragte Lata.

»Nein«, erwiderte er schlicht.

Lata konnte es kaum glauben, da er überhaupt nicht bekümmert wirkte.

Eine Weile schwiegen sie. Ein paar Freunde des jungen Mannes gingen vorüber, verzichteten jedoch taktvoll darauf, ihn zu grüßen. Er war sich jedoch sicher, daß sie ihn später mit Fragen über den Beginn einer großen Leidenschaft löchern würden.

»Mach dir keine Sorgen«, fuhr er fort. »Eine von sechs Prüfungen muß schwierig sein. Möchtest du ein trockenes Taschentuch.«

»Nein, danke.« Lata starrte ihn wütend an, dann blickte sie weg.

»Als ich da oben stand und mich elend fühlte«, sagte er und deutete auf die Treppe, »sah ich, daß du hier noch viel elender aussiehst, und das hat mich aufgeheitert. Darf ich mich zu dir setzen?«

»Bitte nicht«, sagte Lata. Dann wurde ihr bewußt, wie unhöflich ihre Worte geklungen hatten, und sie sagte: »Nein, setz dich ruhig. Aber ich muß gehen. Ich hoffe, du hast besser abgeschnitten, als du jetzt glaubst.«

»Ich hoffe, du wirst dich bald besser fühlen«, sagte der junge Mann und setzte sich. »Hat es geholfen, daß du mit mir gesprochen hast?«

»Nein, überhaupt nicht.«

»Oh.« Der junge Mann schien etwas beunruhigt. »Na ja, vergiß jedenfalls nicht, daß es Dinge gibt, die wichtiger sind als Prüfungen.« Er lehnte sich auf der Bank zurück und sah hinauf zu den orangeroten Blüten.

»Zum Beispiel?«

»Zum Beispiel Freundschaft«, sagte er ein bißchen streng.

»Wirklich?« Lata mußte unwillkürlich lächeln.

»Wirklich. Daß ich mit dir gesprochen habe, hat mich auf jeden Fall aufgeheitert.« Aber er blickte nach wie vor etwas streng drein.

Lata stand auf und entfernte sich von der Bank.

»Du hast doch nichts dagegen, wenn ich dich ein Stück begleite?« fragte er und stand ebenfalls auf.

»Ich kann dich ja nicht davon abhalten«, erwiderte Lata. »Indien ist mittlerweile ein freies Land.«

»Na gut. Ich setze mich wieder auf die Bank und denke an dich«, sagte er melodramatisch und setzte sich wieder. »Und an diesen reizenden und geheimnisvollen Tintenfleck auf deiner Nase. Holi ist schon eine Zeitlang her.«

Lata stieß einen ungeduldigen Laut aus und ging davon. Der junge Mann sah ihr nach, und sie war sich dessen bewußt. Um ihre Verlegenheit zu überspielen, rieb sie ihren tintenverschmierten Mittelfinger am Daumen. Sie ärgerte sich über ihn und über sich selbst, und ihr unerwartetes Vergnügen an seiner unerwarteten Gesellschaft verunsicherte sie. Aber zumindest vergaß sie über diesem Gedanken ihre Angst, in der Prüfung schlecht abgeschnitten zu haben, und sie wünschte sich nichts so sehr, als auf der Stelle in einen Spiegel zu sehen.

3.5

Später am Nachmittag spazierten Lata und Malati und zwei Freundinnen zum Jakarandahain, wo sie sich gern aufhielten und lernten. Traditionell war der Jakarandahain ein Treffpunkt nur für Mädchen. Malati hatte ein unverhältnismäßig dickes medizinisches Lehrbuch bei sich.

Es war ein heißer Tag. Die zwei schlenderten Hand in Hand unter den Jakarandabäumen umher. Zarte, malvenfarbene Blüten schwebten zur Erde. Als sie außer Hörweite der anderen waren, sagte Malati stillvergnügt: »Woran denkst du?«

Als Lata sie daraufhin fragend ansah, fuhr Malati unbeirrt fort: »Nein, nein, du brauchst mich gar nicht so anzuschauen. Ich weiß, daß dir etwas Sorgen macht. Ich weiß sogar, was dir Sorgen macht. Ich habe meine Informanten.«

»Ich weiß, was du sagen willst, aber es stimmt nicht.«

Malati sah ihre Freundin an und sagte: »Die christliche Erziehung in St. Sophia's hat einen schlechten Einfluß auf dich gehabt, Lata. Sie hat dich zu einer schauderhaften Lügnerin gemacht. Nein, so meine ich es nicht. Ich meine, wenn du lügst, dann lügst du schauderhaft.«

»Also gut, was wolltest du sagen?«

»Jetzt hab ich's vergessen.«

»Bitte«, sagte Lata, »deswegen bin ich nicht von meinen Büchern aufgestanden. Sei nicht gemein, red deutlich mit mir, und mach dich nicht über mich lustig. Es ist auch so schon schlimm genug.«

»Warum? Hast du dich schon verliebt? Es ist höchste Zeit, der Frühling ist bereits vorbei.«

»Natürlich nicht.« Lata war empört. »Bist du wahnsinnig?«

»Nein.«

»Warum stellst du dann so seltsame Fragen?«

»Ich habe gehört, daß er nach der Prüfung ganz vertraulich zu der Bank gekommen ist, auf der du gesessen hast. Deshalb nehme ich an, daß ihr euch ab und zu getroffen habt, seitdem du ihn im Imperial Book Depot kennengelernt hast.« Aus der Beschreibung ihres Informanten hatte Malati geschlossen, daß es sich um denselben jungen Mann handelte. Und sie freute sich, daß sie recht behalten hatte.

Lata sah ihre Freundin mit mehr Verzweiflung als Zuneigung im Blick an. Neuigkeiten machen zu schnell die Runde, dachte sie, und Malati hat ihre Ohren überall.

»Wir haben uns keineswegs ab und zu getroffen«, sagte sie. »Ich weiß nicht, woher du deine Informationen beziehst, Malati. Mir wär's lieber, du würdest über Musik reden oder die Nachrichten oder irgend etwas Vernünftiges. Von mir aus über deinen Sozialismus. Wir haben uns heute erst zum zweitenmal gesehen, und ich weiß nicht mal, wie er heißt. Komm, wir setzen uns. Gib mir dein Buch. Wenn ich ein, zwei Absätze lese, die ich nicht verstehe, wird es mir bessergehen.«

»Du weißt nicht mal, wie er heißt?« sagte Malati und starrte Lata an, als wäre sie die Wahnsinnige. »Armer Kerl! Weiß er, wie du heißt?«

»Ich glaube, ich hab's ihm in der Buchhandlung gesagt. Ja, das habe ich. Und dann hat er mich gefragt, ob ich nicht seinen Namen wissen will, und ich habe nein gesagt.«

»Und jetzt wünschst du dir, das hättest du nicht getan«, sagte Malati und beobachtete ihr Gesicht genau.

Lata schwieg, setzte sich und lehnte sich gegen einen Jakarandabaum.

»Und vermutlich hätte er ihn dir gern verraten«, sagte Malati und setzte sich ebenfalls.

»Vermutlich«, sagte Lata lachend.

»Armer Elefant.«

»Armer – was?«

»Du weißt schon: ›Mach nicht aus jeder Mücke einen Elefanten‹«, imitierte Malati Lata.

Lata wurde rot.

»Er gefällt dir, nicht wahr? Wenn du lügst, merke ich es sofort.«

Lata antwortete nicht gleich. Sie war in der Lage gewesen, ihrer Mutter beim Mittagessen einigermaßen gelassen gegenüberzutreten, trotz ihres seltsamen, tranceartigen Zustands während der Prüfung. Dann sagte sie: »Er hat gemerkt, daß ich nach der Prüfung niedergeschlagen war. Ich glaube nicht, daß es ihm leichtgefallen ist, zu mir zu kommen und mit mir zu reden, weil ich ihn doch in der Buchhandlung, na ja, habe abblitzen lassen.«

»Ach, ich weiß nicht«, sagte Malati beiläufig. »Männer sind solche Flegel. Vielleicht hat er es einfach als Herausforderung angesehen. Sie stacheln einander an, die idiotischsten Dinge zu tun – zum Beispiel das Studentinnenwohnheim an Holi zu stürmen. Sie halten sich für solche Helden.«

»Er ist kein Flegel«, sagte Lata entrüstet. »Und was sein Heldentum anbelangt, so glaube ich wohl, daß es ein bißchen Mut erfordert, etwas zu unternehmen, wenn man weiß, daß einem womöglich der Kopf abgerissen wird. Etwas Ähnliches hast du selbst im Blue Danube gesagt.«

»Nicht Mut, sondern Dreistigkeit«, sagte Malati, die sich köstlich über die Reaktionen ihrer Freundin amüsierte. »Männer verlieben sich nicht, sie sind nur dreist. Als wir vier vorhin hierhergegangen sind, sind uns zwei feige Jungen auf Fahrrädern gefolgt. Keiner hat sich wirklich getraut, uns anzusprechen, aber keiner wollte es zugeben. Deswegen waren sie ziemlich erleichtert, als wir in den Hain gegangen sind und sich die Sache damit erledigt hatte.«

Lata schwieg. Sie legte sich ins Gras und starrte durch die Zweige des Jakarandabaumes zum Himmel empor. Sie dachte an den Fleck auf ihrer Nase, den sie vor dem Mittagessen abgewaschen hatte.

»Manchmal kommen sie zu zweit zu dir«, fuhr Malati fort, »und grinsen sich gegenseitig an, anstatt dich anzulächeln. Ein andermal haben sie eine Riesenangst, daß dem Freund eine bessere ›Masche‹ einfällt, und dann nehmen sie doch tatsächlich ihr Leben in die eigenen Hände und kommen allein zu dir. Und worin besteht ihre Masche? Neun- von zehnmal fragen sie dich: ›Leihst du mir deine Notizen?‹ – vielleicht begleitet von einem lauwarmen, dümmlichen ›Namasté‹. Was für eine Masche hat denn dein Elefanten-Mann drauf?«

Lata stieß mit dem Fuß nach Malati.

»Tut mir leid – ich meine natürlich dein Herzblatt.«

»Was er gesagt hat?« fragte sich Lata laut. Als sie versuchte, sich genau an den Beginn des Gesprächs zu erinnern, merkte sie, daß das Ereignis in ihrem Gedächtnis bereits verschwamm, obwohl es erst vor ein paar Stunden stattgefunden hatte. Woran sie sich jedoch erinnerte, war, daß ihre anfängliche Nervosität in Gegenwart des jungen Mannes sich in ein Gefühl angenehmer Verwirrung aufgelöst hatte: Wenigstens ein Mensch, wenn auch nur ein gutaussehender Fremder, hatte verstanden, daß sie durcheinander und niedergeschlagen war, und hatte sich die Mühe gemacht, ihre Laune zu heben.

3.6

Zwei Tage später fand im Bharatendu, einem der beiden großen Auditorien der Stadt, ein Konzert statt. Einer der auftretenden Künstler war Ustad Majeed Khan.

Lata und Malati hatten es geschafft, Karten zu bekommen. Ebenso Hema, ihre hochgewachsene, dünne, temperamentvolle Freundin, die gemeinsam mit zahllosen Cousins und Cousinen in einem Haus nahe der Nabiganj wohnte. Sie alle standen unter der Obhut eines strengen älteren Familienmitglieds, das alle Welt ›Tauji‹ nannte. Hemas Tauji oblag eine schwierige Aufgabe, da er nicht nur für das Wohlbefinden und den Ruf der Mädchen verantwortlich war, sondern auch dafür sorgen mußte, daß die Jungen nicht irgendeine Art Unfug anstellten – wozu sie nun einmal neigten. Oft genug hatte er sein Schicksal verflucht, das einzige Mitglied einer großen und weitverzweigten Familie zu sein, das in einer Universitätsstadt lebte. Wenn man ihm mehr Ärger verursachte, als er ertragen konnte, drohte er, alle auf der Stelle nach Hause zurückzuschicken. Aber seine Frau, die alle Welt ›Taiji‹ nannte und die selbst mit größter Strenge erzogen worden war, hätte es als höchst bedauernswert empfunden, wenn ihre Nichten und Großnichten unter ebensolchem Zwang hätten aufwachsen müssen. Sie schaffte es, anstelle der Mädchen zu erreichen, was diese nicht selbst durchsetzen konnten.

Am Abend des Konzerts war es Hema und ihren Cousinen auf diese Art gelungen, Taujis großen rotbraunen Packard auszuleihen, und sie fuhren durch die ganze Stadt und sammelten ihre Freundinnen ein. Kaum war Tauji außer Sicht, hatten sie seinen wütenden Abschiedsgruß auch schon vergessen: »Blumen? Blumen im Haar? In der Prüfungszeit lauft ihr davon – nur um euch diese Unterhaltungsmusik anzuhören! Alle Welt wird glauben, ihr seid völlig außer Rand und Band geraten – ihr werdet nie einen Mann finden.«

Elf Mädchen, darunter Lata und Malati, entstiegen dem Packard vor dem Bharatendu-Auditorium. Seltsamerweise waren ihre Saris nicht zerknittert, obwohl sie etwas zerzaust aussahen. Sie blieben vor dem Konzertsaal stehen, ordneten sich und den anderen die Frisuren und schnatterten aufgeregt. Dann strömten sie in einem farbenprächtig schillernden Zug hinein. Sie konnten nicht alle beieinandersitzen und teilten sich in Zweier- und Dreiergruppen auf, setzten sich, gespannt, aber trotzdem wortreich. Ein paar Ventilatoren drehten sich über ihren Köpfen, aber die Luft war noch stickig, da es ein heißer Tag gewesen war. Lata und ihre Freundinnen fächelten sich mit den Programmheften Kühlung zu und warteten darauf, daß die Vorstellung begann.

Die erste Hälfte bestand aus dem enttäuschend uninspirierten Sitarspiel eines bekannten Musikers. In der Pause standen Lata und Malati in der Halle neben der Treppe, als der Elefanten-Mann auf sie zukam.

Malati sah ihn als erste, stieß Lata an und sagte: »Begegnung Nummer drei. Ich werde mich rar machen.«

»Malati, bitte bleib da«, sagte Lata, plötzlich verzweifelt, aber Malati war mit der Ermahnung »Sei keine Maus, sei eine Tigerin« verschwunden.

Der junge Mann näherte sich ihr mit halbwegs sicherem Schritt.

»Darf ich dich stören?« fragte er nicht sehr laut.

Im Lärm der vollen Halle verstand Lata nicht, was er gesagt hatte, und machte eine entsprechende Geste.

Der junge Mann faßte das als Zustimmung auf. Er trat näher, lächelte sie an und sagte: »Ich habe mich gefragt, ob es in Ordnung ist, dich zu unterbrechen.«

»Mich zu unterbrechen?« sagte Lata. »Aber ich tue ja gar nichts.« Ihr Herz raste.

»Ich meine, dich beim Nachdenken zu unterbrechen.«

»Ich habe nicht nachgedacht«, sagte Lata und versuchte, eine plötzliche Gedankenflut einzudämmen. Ihr fiel Malatis Bemerkung ein, daß sie eine schauderhafte Lügnerin sei, und sie spürte, wie sie rot wurde.

»Die Luft drinnen ist ziemlich stickig«, sagte der junge Mann. »Hier draußen natürlich auch.«

Lata nickte. Ich bin weder eine Maus noch eine Tigerin, dachte sie, ich bin ein Igel.

»Schöne Musik«, sagte er.

»Ja«, stimmte Lata zu, obwohl sie anderer Meinung war. Daß er so nahe bei ihr stand, machte sie ganz kribbelig. Zudem war es ihr peinlich, daß sie mit einem jungen Mann gesehen werden könnte. Sie wußte, daß sie sich nur umzusehen brauchte, um jemanden zu entdecken, der sie kannte und beobachtete. Aber nachdem sie schon zweimal unfreundlich zu ihm gewesen war, wollte sie ihn nicht wieder abblitzen lassen. Andererseits fiel es ihr schwer, etwas zur Konversation beizutragen, weil sie so zerstreut war. Da sie ihm nicht in die Augen sehen konnte, blickte sie zu Boden.

Der junge Mann sagte: »... obwohl ich natürlich nicht sehr oft hierherkomme. Du etwa?«

Lata, die verdutzt war, weil sie den Anfang des Satzes nicht gehört hatte, schwieg.

»Du bist nicht sehr gesprächig«, sagte er.

»Ich bin nie sehr gesprächig. So gleicht es sich aus.«

»Nein, das stimmt nicht«, sagte der junge Mann mit einem leisen Lächeln. »Du und deine Freundinnen, ihr habt geschnattert wie eine Schar junger Spatzen, als ihr hereingekommen seid – und ein paar haben sogar noch geredet, als der Sitarspieler schon sein Instrument stimmte.«

»Glaubst du etwa«, sagte Lata und sah ihn streng an, »daß Männer nicht soviel schnattern und reden wie Frauen?«

»Das glaube ich«, sagte der junge Mann leichthin. Er freute sich, daß sie endlich mit ihm sprach. »Die Natur hat es so eingerichtet. Soll ich dir eine Legende über Akbar und Birbal erzählen? Sie ist für dieses Thema von großer Bedeutung.«

»Ich weiß nicht«, sagte Lata. »Wenn ich sie gehört habe, werde ich dir sagen, ob du sie hättest erzählen sollen oder nicht.«

»Vielleicht bei unserem nächsten Treffen?«

Lata nahm diese Bemerkung sehr kühl auf.

»Vermutlich wird es eines geben«, sagte sie. »Wir scheinen uns immer wieder zufällig über den Weg zu laufen.«

»Müssen wir es dem Zufall überlassen? Als ich über dich und deine Freundinnen gesprochen habe – also ich will sagen, daß ich hauptsächlich Augen für dich hatte. Als du hereingekommen bist, habe ich mir gedacht, wie hübsch du aussiehst – in deinem schlichten grünen Sari und mit der weißen Rose im Haar.«

Das Wort ›hauptsächlich‹ bekümmerte Lata ein bißchen, aber der Rest war Musik in ihren Ohren. Sie lächelte.

Er erwiderte ihr Lächeln und wurde auf einmal sehr konkret.

»Die Literarische Gesellschaft von Brahmpur veranstaltet ein Treffen am

Freitag um fünf Uhr im Haus des alten Mr. Nowrojee – 20 Hastings Road. Das kann ganz interessant werden – und jeder, der will, kann kommen. Angesichts der bevorstehenden Semesterferien sind auch Nichtmitglieder willkommen, damit die Besucherzahlen nicht so sinken.«

Die Semesterferien, dachte Lata. Vielleicht werden wir uns nie wiedersehen. Der Gedanke machte sie traurig.

»Ach, jetzt weiß ich wieder, was ich dich fragen wollte«, sagte sie.

»Ja?« Der junge Mann blickte etwas verwirrt drein. »Nur zu.«

»Wie heißt du?« fragte Lata.

Der junge Mann grinste glücklich. »Ah! Ich dachte schon, du würdest nie fragen. Ich heiße Kabir, aber seit kurzem nennen mich meine Freunde Galahad.«

»Warum das?« fragte Lata erstaunt.

»Weil sie glauben, daß ich meine Zeit ausschließlich damit verbringe, in Not geratene Fräuleins zu retten.«

»Ich war in keiner so großen Not, daß ich gerettet werden mußte.«

Kabir lachte. »Ich weiß, daß es nicht so war, du weißt, daß es nicht so war, aber meine Freunde sind so dumm.«

»Meine Freundinnen auch«, sagte Lata treulos. Aber Malati hatte sie schließlich hängenlassen.

»Sollen wir nicht auch noch unsere Nachnamen austauschen?« Der junge Mann wollte Vorteile aus der Situation ziehen.

Das instinktive Bedürfnis, sich selbst zu schützen, ließ Lata zögern. Sie mochte ihn, und sie hoffte sehr, ihn wiederzusehen – aber als nächstes würde er sie womöglich nach ihrer Adresse fragen. Visionen, wie sie von Mrs. Rupa Mehra verhört wurde, schossen ihr durch den Kopf.

»Nein, das nicht«, sagte Lata. Dann wurde ihr klar, daß sie ihn mit ihrer Abruptheit vielleicht verletzt hatte, und sie platzte mit der ersten Frage heraus, die ihr in den Sinn kam. »Hast du Brüder und Schwestern?«

»Ja, einen jüngeren Bruder.«

»Keine Schwester?« Lata lächelte, obwohl sie nicht wußte, warum.

»Bis letztes Jahr hatte ich auch eine jüngere Schwester.«

»Oh – das tut mir leid«, sagte Lata bestürzt. »Das muß schrecklich für dich gewesen sein – und für deine Eltern.«

»Ja, für meinen Vater«, sagte Kabir ruhig. »Aber es scheint, Ustad Majeed Khan will anfangen. Wir sollten hineingehen.«

Lata, von einer Woge von Zuneigung und sogar Zärtlichkeit überkommen, hörte ihn kaum; aber als er auf die Tür zuging, folgte sie ihm. Im Saal hatte der Meister bereits seinen langsamen, wunderbaren Vortrag des Raga Shri begonnen. Sie trennten sich, nahmen ihre Plätze wieder ein und hörten zu.

3.7

Normalerweise wäre Lata vollkommen in Ustad Majeed Khans Musik aufgegangen. So wie Malati, die neben ihr saß. Aber die Begegnung mit Kabir ließ ihre Gedanken in so viele Richtungen wandern, und das zum Teil gleichzeitig, daß sie genausogut einem Schweigen hätte lauschen können. Sie fühlte sich plötzlich unbeschwert und lächelte bei dem Gedanken an die weiße Rose in ihrem Haar. Eine Weile später, als ihr der letzte Teil ihrer Unterhaltung durch den Kopf ging, tadelte sie sich für ihre Gefühllosigkeit. Sie versuchte herauszufinden, was er gemeint hatte, als er – noch dazu so ruhig – sagte: »Ja, für meinen Vater.« War seine Mutter schon gestorben? Dann wären er und Lata in einer erstaunlich ähnlichen Lage. Oder war seine Mutter ihrer Familie so entfremdet, daß ihr der Verlust ihrer Tochter nicht klar war oder kaum etwas ausmachte? Warum denke ich nur so unerhörte Dinge? fragte sich Lata. Als Kabir gesagt hatte: »Bis letztes Jahr hatte ich auch eine jüngere Schwester«, konnte das tatsächlich nur den Schluß zulassen, den Lata automatisch gezogen hatte? Aber der arme Kerl war bei diesen letzten Worten, die sie gewechselt hatten, so angespannt und bedrückt gewesen, daß er selbst vorgeschlagen hatte, sie sollten in den Konzertsaal zurückgehen.

Malati war nett und klug genug, sie weder anzusehen noch anzustoßen. Und bald konzentrierte sich Lata auf die Musik und verlor sich darin.

3.8

Das nächstemal, als Lata Kabir sah, wirkte er alles andere als angespannt und bedrückt. Sie ging mit einem Buch und einem Aktenordner unter dem Arm über den Campus, als sie ihn und einen anderen Studenten, beide in Kricketkleidung, den Weg zum Sportplatz entlangschlendern sah. Kabir schwang im Gehen beiläufig ein Schlagholz, und die zwei schienen sich entspannt und unbekümmert zu unterhalten. Lata war zu weit hinter ihnen, um sie verstehen zu können. Plötzlich warf Kabir den Kopf zurück und lachte schallend. Er sah im morgendlichen Sonnenschein so hübsch aus, und sein Lachen klang so offenherzig und gelöst, daß Lata, die eigentlich in die Bibliothek wollte, ihnen unwillkürlich folgte. Sie war erstaunt darüber, schalt sich jedoch nicht dafür. Warum sollte ich nicht? dachte sie. Er hat mich schon dreimal angesprochen, warum sollte ich ihm nicht einmal nachgehen? Aber ich dachte, die Kricketsaison sei bereits vorbei. Ich wußte nicht, daß während der Prüfungen Spiele stattfinden.

Kabir wollte mit seinem Freund ein bißchen an den Malen trainieren. Auf diese Weise erholte er sich vom Lernen. Am entgegengesetzten Ende des Sportplatzes, wo die Male aufgestellt waren, gab es ein kleines Bambuswäldchen. Lata setzte sich dort in den Schatten und beobachtete, ohne selbst gesehen zu werden, die beiden, die sich mit Schlagholz und Ball abwechselten. Sie hatte keine Ahnung von Kricket – auch Prans Begeisterung für dieses Spiel hatte daran nichts geändert –, aber der Anblick des ganz in Weiß gekleideten Kabir bezauberte sie – mit am Kragen offenem Hemd, ohne Mütze, das Haar zerzaust, lief er an, um den Ball zu werfen, oder stand an der Schlagmallinie und schwang den Schläger mit, wie es schien, müheloser Geschicklichkeit. Kabir war ungefähr ein Meter fünfundsiebzig groß, schlank und athletisch gebaut, seine Hautfarbe war ›hell bis weizengelb‹, er hatte eine Adlernase und gewelltes schwarzes Haar. Lata wußte nicht, wie lange sie dort saß, aber es mußte mindestens eine halbe Stunde gewesen sein. Das Geräusch, wenn das Schlagholz den Ball traf, der leise raschelnde Bambus, das Zwitschern der Spatzen, die Rufe eines Beopärchens und vor allem das unbeschwerte Lachen der jungen Männer und ihre nicht verständliche Unterhaltung, all das ließ sie sich selbst vergessen. Es dauerte eine Weile, bis sie wieder zu sich kam.

Ich benehme mich wie eine hypnotisierte Gopi, dachte sie. Demnächst werde ich zwar nicht Krishnas Flöte, dafür aber Kabirs Schlagholz beneiden! Bei diesem Gedanken mußte sie lächeln, dann stand sie auf, entfernte ein paar vertrocknete Blätter von ihrem Salwaar-Kameez und ging – nach wie vor unbemerkt – denselben Weg zurück, den sie gekommen war.

»Du mußt herausfinden, wer er ist«, sagte sie zu Malati am Nachmittag, riß ein Blatt vom Baum und fuhr sich damit gedankenverloren über den Arm.

»Von wem sprichst du?« fragte Malati. Sie war entzückt.

Lata gab einen verzweifelten Laut von sich.

»Tja, ich hätte dir nach dem Konzert etwas über ihn erzählen können, wenn du mich gelassen hättest«, meinte Malati.

»Was zum Beispiel?« fragte Lata erwartungsvoll.

»Also, zwei Informationen für den Anfang« – Malati ließ sie zappeln. »Er heißt Kabir und spielt Kricket.«

»Aber das weiß ich doch schon. Und das ist auch schon alles. Weißt du denn nicht mehr?«

»Nein.« Malati spielte mit dem Gedanken, seiner Familie einen Hang zur Kriminalität anzudichten, entschied jedoch, daß das zu grausam gewesen wäre.

»Aber du hast doch gesagt ›für den Anfang‹. Das heißt doch, daß du noch mehr weißt.«

»Nein. Gerade als ich meinem Informanten noch ein paar Fragen stellen wollte, begann die zweite Hälfte des Konzerts.«

»Wenn du dich ein bißchen anstrengst, kannst du bestimmt alles über ihn herausfinden.« Latas Vertrauen in ihre Freundin war rührend.

Malati bezweifelte es. Sie hatte zwar einen großen Bekanntenkreis, aber das Semester näherte sich dem Ende, und sie wußte nicht, wo sie mit ihren Nachforschungen beginnen sollte. Viele Studenten – diejenigen, die ihre Prüfungen bereits hinter sich hatten – waren schon aus Brahmpur abgereist, darunter ihr Informant vom Abend des Konzerts. In ein paar Tagen würde sie selbst für eine Weile nach Agra fahren.

»Die Detektei Trivedi braucht ein paar Hinweise, um anfangen zu können«, sagte sie. »Und die Zeit ist knapp. Du mußt noch einmal eure Gespräche im Geist durchgehen. Weißt du denn nicht noch etwas über ihn, was mir helfen könnte?«

Lata dachte eine Zeitlang nach, aber ihr fiel nichts ein. »Nichts«, sagte sie. »Oder warte – sein Vater unterrichtet Mathe.«

»An der Universität von Brahmpur?«

»Weiß ich nicht. Und noch etwas: Ich glaube, er interessiert sich für Literatur. Er will, daß ich morgen zu einem Treffen der Literatur-Gesellschaft komme.«

»Warum gehst du nicht einfach hin und fragst ihn selbst?« sagte Malati, die eine überzeugte Anhängerin des couragierten Vorgehens war. »Zum Beispiel, ob er sich die Zähne mit Kolynos putzt. ›Das Kolynos-Lächeln ist unwiderstehlich.‹«

»Ich kann nicht«, sagte Lata so vehement, daß Malati etwas verblüfft war.

»Du hast dich doch nicht ernstlich in ihn verknallt!« sagte sie. »Du weißt nichts über ihn oder seine Familie – nicht mal seinen Nachnamen.«

»Ich denke, daß ich wichtigere Dinge über ihn weiß als das«, sagte Lata.

»Ja, ja. Wie zum Beispiel, daß seine Zähne strahlend weiß sind und sein Haar pechschwarz ist. ›Sie schwebte auf einer verzauberten Wolke im siebten Himmel und spürte seine Gegenwart mit jeder Faser ihres Wesens. Er war ihre ganze Welt. Er war das A und O ihres Lebens.‹ Ich kenne das Gefühl.«

»Wenn du Unsinn reden willst ...« sagte Lata und spürte, daß sie errötete.

»Nein, nein, nein, nein, nein«, sagte Malati und lachte. »Ich werde mein Bestes tun und soviel wie möglich über ihn herausfinden.«

Mehrere Möglichkeiten gingen ihr durch den Kopf: die Kricket-Berichte in der Universitätszeitschrift. Das Institut für Mathematik. Das Büro des Kanzlers.

Laut sagte sie: »Überlaß mir den Elefanten. Ich werde eine Mücke aus ihm machen und sie dir auf dem Teller servieren. Wie auch immer, du siehst nicht so aus, als hättest du noch eine Prüfung vor dir. Verliebt zu sein steht dir gut. Du solltest dich öfter verknallen.«

»Ich werde mich an deinen Rat halten«, sagte Lata. »Wenn du erst mal Ärztin bist, mußt du das allen deinen Patienten verschreiben.«

3.9

Um fünf Uhr am nächsten Nachmittag traf Lata in Nummer 20 Hastings Road ein. Am Vormittag hatte sie ihre letzte Prüfung abgelegt. Sie war überzeugt, daß sie nicht gut abgeschnitten hatte, aber wenn sie sich deswegen aufzuregen begann, dachte sie an Kabir, und sofort besserte sich ihre Stimmung. Jetzt sah sie sich unter den fünfzehn Männern und Frauen um, die sich in Mr. Nowrojees Wohnzimmer versammelt hatten – dem Raum, in dem, soweit man zurückdenken konnte, die wöchentliche Zusammenkunft der Literarischen Gesellschaft Brahmpurs stattfand. Aber Kabir war entweder noch nicht da, oder er hatte es sich anders überlegt und kam gar nicht.

Das Zimmer stand voll von Sesseln mit Blümchenmuster und dicken Kissen mit Blümchenmuster.

Mr. Nowrojee, ein dünner, kleiner, gutmütiger Mann mit einem tadellosen weißen Spitzbart und in einem tadellosen hellgrauen Anzug, leitete die Veranstaltung. Als er Lata bemerkte, stellte er sich vor und hieß sie willkommen. Die anderen, die in kleinen Gruppen zusammenstanden oder -saßen, schenkten ihr keine Beachtung. Da sie sich unbehaglich fühlte, ging sie zu einem Fenster und sah hinaus auf einen kleinen gepflegten Garten mit einer Sonnenuhr in der Mitte. Sie freute sich so sehr darauf, ihn zu sehen, daß sie den Gedanken, er würde vielleicht gar nicht kommen, ungestüm beiseite schob.

»Guten Tag, Kabir.«

»Guten Tag, Mr. Nowrojee.«

Bei der Erwähnung seines Namens und beim Klang seiner leisen, angenehmen Stimme wandte sich Lata um und lächelte ihn so überglücklich an, daß er eine Hand an die Stirn führte und ein paar kleine Schritte zurücktaumelte.

Lata wußte nicht, was sie von seinem Gekasper, das glücklicherweise niemand bemerkt hatte, halten sollte. Mr. Nowrojee saß jetzt an einem kleinen rechteckigen Pult am Ende des Zimmers und hüstelte leise, um die Aufmerksamkeit auf sich zu lenken. Lata und Kabir setzten sich auf ein leeres Sofa an der Wand, die am weitesten von dem Pult entfernt war. Bevor sie etwas zueinander sagen konnten, überreichte ein Mann mittleren Alters mit einem runden, fröhlichen Gesicht und hellen Augen den beiden jeweils ein Bündel Durchschläge, die mit Gedichten beschrieben zu sein schienen.

»Makhijani«, sagte er geheimnisvoll, bevor er weiterging.

Mr. Nowrojee trank einen Schluck Wasser aus einem der drei Gläser, die vor ihm standen. »Verehrte Mitglieder der Literarischen Gesellschaft von Brahmpur – liebe Freunde«, sagte er mit einer Stimme, die da, wo Lata und Kabir saßen, kaum noch zu hören war. »Wir haben uns hier zur 1698. Zusammenkunft unserer Gesellschaft eingefunden. Ich erkläre die Sitzung hiermit für eröffnet.«

Er sah wehmütig zum Fenster hinaus und putzte seine Brille mit einem Taschentuch. Dann fuhr er fort: »Ich erinnere mich noch daran, als Edmund Blunden hier gesprochen hat. Er sagte – und ich erinnere mich an seine Worte bis zum heutigen Tag –, er sagte ...«

Mr. Nowrojee hielt inne, hüstelte und sah auf das Blatt Papier, das vor ihm lag. Seine Haut schien ebenso dünn zu sein wie das Papier.

Er fuhr fort: »1698. Sitzung. Mitglieder der Gesellschaft tragen eigene Gedichte vor. Kopien wurden, wie ich sehe, bereits verteilt. Nächste Woche wird uns Professor O. P. Mishra vom Anglistikinstitut einen Vortrag zum Thema: ›Eliot: Im Dahinschwinden?‹ halten.«

Lata, die an Professor Mishras Vorlesungen trotz der rosa Farbe, mit der sie ihn jetzt im Geiste immer vor sich sah, Vergnügen fand, schien interessiert, obwohl der Titel ihr ein Rätsel aufgab.

»Drei Dichter werden heute aus ihren eigenen Werken lesen«, fuhr Mr. Nowrojee fort, »anschließend, so hoffe ich, werden Sie mit uns Tee trinken. Es tut mir leid, daß mein junger Freund Mr. Sorabjee nicht die Zeit gefunden hat zu kommen«, fügte er leise tadelnd hinzu.

Mr. Sorabjee, siebenundfünfzig Jahre alt und – wie auch Mr. Nowrojee – ein Parse, war der Proktor der Universität von Brahmpur. Er ließ nur selten eine Sitzung der Literarischen Gesellschaften aus, sei es die Literarische Gesellschaft der Universität oder die der Stadt. Aber wenn Mitglieder ihre eigenen literarischen Anstrengungen zum besten gaben, vermied er es hinzugehen.

Mr. Nowrojee lächelte unentschlossen. »Die Künstler, die heute lesen, sind Dr. Vikas Makhijani, Mrs. Supriya Joshi ...«

»Shrimati Supriya Joshi«, sagte eine dröhnende Frauenstimme. Die großbusige Mrs. Joshi war aufgestanden, um ihre Korrektur anzubringen.

»Äh, ja, äh, unsere begabte Dichterin Shrimati Supriya Joshi – und natürlich ich selbst, Mr. R. P. Nowrojee. Da ich hier schon am Rednerpult sitze, nehme ich mir das Vorrecht heraus, als erster vorzutragen – verstehen Sie meine Gedichte als eine Art Aperitif zu der gehaltvolleren Kost, die folgen wird. Bon appétit.« Er gestattete sich ein trauriges, etwas frostiges Kichern, bevor er sich räusperte und einen weiteren Schluck Wasser trank.

»Das erste Gedicht, das ich Ihnen vortragen möchte, trägt den Titel ›Qualvolle Leidenschaft‹«, sagte Mr. Nowrojee geziert. Dann las er folgendes Gedicht:

»Mich quält eine zarte Leidenschaft,
und ihre Glut, sie verlischt nie.
Des Herbstes Laub verliert schon jede Kraft:
Mich quält eine zarte Leidenschaft.
Und des Frühlings große Pracht
mit heißer Liebe mich erfüllt – und mich –
mich quält eine zarte Leidenschaft.
und ihre Glut, sie verlischt nie.«

Bei den letzten Zeilen schien Mr. Nowrojee mannhaft die Tränen zurückzuhalten. Er sah in den Garten hinaus, riß sich zusammen und sagte: »Das war ein Triolett. Jetzt werde ich eine Ballade vortragen. Sie heißt: ›Erstickte Flammen‹.«

Nachdem er dieses und drei weitere Gedichte auf ähnliche Art, jedoch mit schwindender Kraft, vorgetragen hatte, hielt er völlig verausgabt inne. Dann stand er auf wie jemand, der eine unendlich weite und anstrengende Reise hinter sich gebracht hat, und ließ sich in einen Sessel nicht weit vom Rednerpult sinken.

In der kurzen Pause bis zum nächsten Vortrag sah Kabir Lata fragend an, und sie erwiderte seinen Blick. Sie versuchten beide, das Lachen zurückzuhalten, und als sie sich anschauten, wurde das nicht gerade leichter.

Glücklicherweise eilte der Mann mit dem fröhlichen runden Gesicht, der zuvor die Gedichte verteilt hatte, die er jetzt vorzulesen gedachte, energisch an das Rednerpult und sagte, bevor er sich setzte, ein einziges Wort: »Makhijani.«

Nachdem er seinen Namen bekanntgegeben hatte, sah er noch fröhlicher aus. Er blätterte in dem Bündel Papier mit einer Miene intensiver, vergnügter Konzentration und lächelte dann Mr. Nowrojee an, der in seinem Sessel schrumpfte wie ein Spatz, der sich vor einem Sturm in eine Mauernische duckt. Mr. Nowrojee hatte zu einem früheren Zeitpunkt versucht, Dr. Makhijani zu überreden, nicht vorzutragen, war jedoch auf eine so gutmütige Ablehnung gestoßen, daß er nachgeben mußte. Aber da er die Gedichte früher am Tag gelesen hatte, konnte er nicht umhin zu wünschen, das Bankett hätte mit dem Aperitif geendet.

»Eine Hymne auf Mutter Indien«, sagte Dr. Makhijani schulmeisterhaft und strahlte sein Publikum an. Er beugte sich mit der Konzentration eines stämmigen Schmieds nach vorn und las das ganze Gedicht vor, einschließlich der Strophennummern, die er herausdonnerte, als würde er einem Hufeisen einen Hammerschlag versetzen.

»1. Wer nicht trinken hat sehen an Mutterbrüsten beiden
   Milch ein Kind, trägt die Mutter Lumpen oder Seiden?
   Die Liebe einer lieben Mutter auf immer uns erhalten bleibe.
   In des Dichters Worten: Mutter, vor dir ich mich verneige.

2. Wie ärmlich doch der Arzt Patienten behandelt.
   Herzen hört er ab, doch sein eigen Herz, wohin es wandelt?
   Wo ist der Arzt, der meine Schmerzen heilen kann?
   Warum leidet Mutter? Wann kommt Hilfe, wann?

3. Ihr Gewand regendurchnäßt von Mai oder Monsun.
   Wie Savitri von Yama holt sie sich Sohn um Sohn.
   Besiegt den Tod mit Millionen Jungen und Alten,
   einer Nation keuscher, tugendhafter Gestalten.

4. Von der Küste Kanyakumari bis nach Kaschmir,
   vom Tiger von Assam bis zum wilden Biest von Gir,
   der Freiheit Dämmerung liebkost ihr Gesicht,
   Gangas Fluten tragen mühelos ihr Gewicht.

> 5. Wie beschreiben die Leibeigenschaft der Mutter,
> in Ketten und umzingelt von der perversen Otter.
> Die Briten Verbrecher, die Inder lächelnde Sklaven:
> Solch Schande schreit nach den höchsten Strafen.«

Während er die vorhergehende Stanze las, wurde Dr. Makhijani höchst aufgeregt, doch die nächste stellte seinen Gleichmut wieder her:

> »6. Vergeßt nicht die Geschichte unserer Helden,
> mit Muttermilch genährt, eroberten sie Welten.
> Sie kämpften wild und hart, legten die Saat
> für unseren starken, schönen indischen Staat.«

Dr. Makhijani nickte dem nervösen Mr. Nowrojee zu und pries jetzt dessen Namensvetter, einen der Väter der indischen Freiheitsbewegung:

> »7. Dadabhai Naoroji kam ins Parlament,
> als Abgeordneter vom Himmel gesend't.
> Aber Mutters volle Brüste er nie vergaß:
> Er träumte von Indien, dessen Früchte er aß.«

Lata und Kabir sahen sich mit einer Mischung aus Vergnügen und Entsetzen an.

> »8. B. G. Tilak aus Maharashtra jubelte laut.
> ›Swaraj ist mein Geburtsrecht‹, darauf er gebaut.
> Doch böse Menschen warfen ihn in den schwülen Kerker.
> Sechs Jahre in Forts von Mandalay machten ihn stärker.

> 9. Das dreiste Bengalen die Mutter schmähte.
> Des Terroristen Waffe in der Hand, Kalis Kind mähte.
> Draupadis Sari wird lang und länger –
> Duryodhanas schmähliche Kreise werden enger.«

Dr. Makhijanis Stimme bebte bei diesen anschaulichen Zeilen vor Streitlust. Viele Stanzen später nahm er sich Figuren der unmittelbaren Vergangenheit und Gegenwart an:

> »26. Mahatma kam zu uns wie des Sommers ›andhi‹,
> wer kehrte da Dung und Schmutz? Es war M. K. Gandhi.
> Mord hat den Frieden beschädigt jenseits aller Maßen.
> Respekt und Freundschaften flossen hinab die Gassen.«

An dieser Stelle stand Dr. Makhijani zum Zeichen der Ehrerbietung auf und blieb während der letzten drei Strophen stehen:

»27. Als die Briten abzogen Knall auf Fall,
unser Premierminister wurde Jawahar Lal.
Eine Morgenröte über dem Thron sich erhob,
und Indien den Gruß der Freiheit entbot.

28. Moslems, Hindus, Sikhs, Christen verehren ihn.
Parsen, Dschainas, Buddhisten lobpreisen ihn.
Unter aller Augen mit königlicher Haltung
verströmt er den Geist unabhängiger Verwaltung.

29. Wir sind frei, jeder ein Radscha oder eine Rani.
Es gibt keine Sklaven mehr, sagt Makhijani.
Freiheit, Gleichheit, Brüderlichkeit garantiert die Verfassung.
Wir huldigen dir, o Mutter, ohn' Unterlassung.«

In der Tradition der Urdu- und Hindi-Dichtung hatte der Barde seinen eigenen Namen in die letzte Stanze eingebaut. Jetzt setzte er sich, wischte sich den Schweiß von der Stirn und strahlte übers ganze Gesicht.

Kabir hatte etwas auf einen Zettel gekritzelt, den er Lata reichte. Zufällig berührten sich dabei ihre Hände. Obwohl ihr Bemühen, das Lachen zu unterdrücken, bereits Schmerzen verursachte, wurde sie bei seiner Berührung ganz aufgeregt. Er war es, der nach ein paar Sekunden seine Hand zurückzog, und sie konnte lesen, was er geschrieben hatte:

»Fort will ich von diesem Gelichter
trotz Anwesenheit berühmter Dichter.
Laß mich nicht im Stich, flieh mit mir
von Mr. Nowrojee, ich dank es dir.«

Es konnte nicht ganz mit Dr. Makhijanis Werk mithalten, aber die Botschaft war klar. Wie auf ein Signal hin standen Lata und Kabir auf, und bevor sie der enttäuschte Dr. Makhijani aufhalten konnte, waren sie schon zur Tür hinaus.

Draußen, auf der unpoetischen Straße, lachten sie eine Weile aus ganzem Herzen und zitierten abwechselnd Zeilen aus Dr. Makhijanis patriotischer Hymne. Als ihr Lachen verklungen war, sagte Kabir: »Wie wär's mit einem Kaffee? Wir könnten ins Blue Danube gehen.«

Lata, die fürchtete, dort Bekannte zu treffen, und bereits an Mrs. Rupa Mehra dachte, sagte: »Nein, ich kann wirklich nicht. Ich muß nach Hause. Zu meiner Mutter«, fügte sie verschmitzt hinzu.

Kabir konnte den Blick nicht von ihr abwenden.

»Aber du hast deine Prüfungen hinter dir«, sagte er. »Das solltest du feiern. Ich bin es, der noch zwei Prüfungen schreiben muß.«

»Ich wünschte, ich könnte mitkommen. Aber es war schon sehr wagemutig von mir, dich hier zu treffen.«

»Können wir uns dann nächste Woche hier wieder treffen? Zu: ›Eliot: Im Dahinschwinden?‹« Kabir machte eine überspannte Geste, wie sie einem geckenhaften Höfling anstand, und Lata mußte lächeln.

»Bist du denn nächsten Freitag in Brahmpur?« fragte sie. »Die Ferien...«

»O ja. Ich lebe hier.«

Er wollte sich nicht verabschieden, aber schließlich tat er es doch.

»Also bis nächsten Freitag – oder vorher«, sagte er und stieg auf sein Fahrrad. »Soll ich dich wirklich nicht noch irgendwo hinbringen – auf meinem Fahrrad? Mit oder ohne Tintenfleck, du siehst bezaubernd aus.«

Lata wurde rot und sah sich um.

»Nein, wirklich nicht. Auf Wiedersehen«, sagte sie. »Und – hm – vielen Dank.«

3.10

Als Lata nach Hause kam, mied sie Mutter und Schwester und ging direkt in ihr Zimmer. Sie legte sich aufs Bett und starrte an die Decke, so wie sie ein paar Tage zuvor im Gras gelegen und durch die Äste des Jakarandabaumes zum Himmel emporgestarrt hatte. Die zufällige Berührung seiner Hand, als er ihr den Zettel gereicht hatte, war es, woran sie sich vor allem erinnern wollte.

Später, während des Abendessens, klingelte das Telefon. Lata, die direkt daneben saß, nahm den Hörer ab.

»Hallo?« sagte sie.

»Hallo – Lata?« sagte Malati.

»Ja«, sagte Lata erfreut.

»Ich habe ein paar Dinge herausgefunden. Und weil ich heute abend für zwei Wochen wegfahre, habe ich gedacht, ich sag's dir gleich. Bist du allein?« fragte Malati vorsichtig.

»Nein.«

»Wirst du in einer halben Stunde allein sein?«

»Nein, das glaube ich nicht.«

»Ich habe keine guten Nachrichten«, sagte Malati ernst. »Du vergißt ihn besser.«

Lata sagte nichts.

»Bist du noch da?« fragte Malati besorgt.

»Ja«, sagte Lata und sah die anderen an, die um den Tisch saßen. »Sprich weiter.«

»Also, er spielt in der Kricketmannschaft der Universität«, sagte Malati, die ihrer Freundin nur ungern die schlechte Neuigkeit mitteilte. »In der Universitätszeitschrift ist ein Foto der Mannschaft.«

»Ja und?« sagte Lata verwirrt. »Aber was ...«

»Lata«, sagte Malati, die nicht länger um den heißen Brei herumreden konnte. »Sein Nachname ist Durrani.«

Na und? dachte Lata. Was bedeutet das? Stammte er aus dem Sind? Wie zum Beispiel – hm – Chetwani oder Advani – oder – oder Makhijani?

»Er ist Moslem«, sagte Malati und unterbrach ihren Gedankengang. »Bist du noch da?«

Lata starrte vor sich hin. Savita legte Messer und Gabel beiseite und sah ihre Schwester besorgt an.

Malati fuhr fort: »Du hast keine Chance. Deine Familie wird sich nie und nimmer mit ihm abfinden. Vergiß ihn. Verbuch es als Erfahrung. Und frag in Zukunft immer nach dem Nachnamen, wenn du jemanden mit einem zweideutigen Vornamen kennenlernst ... Warum sagst du nichts? Hörst du mir zu?«

»Ja«, sagte Lata, ihr Herz in Aufruhr.

Hundert Fragen kamen ihr in den Sinn, und mehr als je zuvor brauchte sie den Rat, das Mitgefühl und die Hilfe ihrer Freundin. Sie sagte bedächtig und ruhig: »Ich muß jetzt aufhören. Wir sind gerade beim Abendessen.«

Malati sagte: »Ich hab einfach nicht dran gedacht – ich hab wirklich nicht dran gedacht – du auch nicht, oder? Mit so einem Namen – alle Kabirs, die ich kenne, sind Hindus –, Kabir Bhandare, Kabir Sondhi ...«

»Ich hab auch nicht dran gedacht«, sagte Lata. »Vielen Dank, Malu«, fügte sie hinzu und nannte sie bei ihrem Kosenamen. »Danke, daß du – tja ...«

»Es tut mir so leid. Arme Lata.«

»Nein. Wir sehen uns, wenn du zurück bist.«

»Lies einen oder zwei P. G. Wodehouse«, riet ihr Malati zum Abschied. »Bis bald.«

»Bis bald«, sagte Lata und legte langsam auf.

Sie setzte sich wieder, konnte jedoch nichts mehr essen. Mrs. Rupa Mehra begann sofort, Fragen zu stellen. Savita entschied, im Augenblick nichts zu sagen. Pran blickte verwirrt von einer zur anderen.

»Es ist nichts«, sagte Lata und sah in das ängstliche Gesicht ihrer Mutter.

Nach dem Essen ging sie in ihr Zimmer. Sie ertrug es nicht mehr, sich mit ihrer Familie zu unterhalten oder die Spätnachrichten im Radio zu hören. Sie legte sich aufs Bett, preßte das Gesicht ins Kopfkissen und brach – so leise wie möglich – in Tränen aus. Wieder und wieder sagte sie seinen Namen voll Liebe und vorwurfsvoller Wut.

3.11

Malati mußte ihr nicht sagen, daß es unmöglich war. Lata wußte es selbst nur zu gut. Sie kannte ihre Mutter und konnte sich den Schmerz und das Entsetzen vorstellen, unter denen sie leiden würde, sollte sie erfahren, daß ihre Tochter sich mit einem jungen Moslem getroffen hatte.

Jeder Junge war besorgniserregend, aber *das* wäre eine unglaubliche Schande, ein unglaublicher Schmerz. Lata konnte Mrs. Rupa Mehra sagen hören: »Was habe ich in meinem früheren Leben nur getan, um das zu verdienen?« Und sie sah die Tränen ihrer Mutter vor sich, wenn diese sich dem Grauen stellen mußte, ihre geliebte Tochter den namenlosen »ihnen« auszuliefern. Sie wäre untröstlich, und es würde ihr das Alter verbittern.

Lata lag im Bett. Es wurde hell. Ihre Mutter hatte wie jeden Morgen, wenn es dämmerte, zwei Kapitel der Gita gelesen. Die Gita forderte Zurückhaltung, stille Andacht, Gleichgültigkeit gegenüber dem Lohn von Handlungen. Das war eine Lektion, die Mrs. Rupa Mehra nie lernen würde, einfach nicht lernen konnte. Sie entsprach nicht ihrem Temperament; sie sich immer wieder vor Augen zu führen dagegen schon. An dem Tag, an dem sie gelernt hätte, zurückhaltend, ruhig und gleichgültig zu sein, wäre sie nicht mehr sie selbst.

Lata wußte, daß ihre Mutter sich Sorgen um sie machte. Aber vielleicht schrieb sie Latas unübersehbaren Kummer während der nächsten Tage ihrer Angst vor den Prüfungsergebnissen zu.

Wenn nur Malati hier wäre, dachte Lata.

Wenn sie ihn nur gar nicht kennengelernt hätte. Wenn sich ihre Hände nur nicht berührt hätten. Wenn nur.

Wenn ich nur aufhören könnte, mich wie eine Närrin zu benehmen! sagte sich Lata. Malati behauptete stets, daß es die verliebten Jungen waren, die sich wie Schwachköpfe verhielten, in ihren Zimmern im Studentenheim seufzten und sich im shelleyartigen Sirup der Gasele wälzten. Erst in einer Woche würde sie Kabir wiedersehen. Wenn sie gewußt hätte, wie sie ihn früher erreichen könnte, wäre sie noch unentschlossener gewesen.

Sie dachte daran, wie sie am Tag zuvor vor Mr. Nowrojees Haus gelacht hatten, und Tränen der Wut schossen ihr in die Augen. Sie ging zu Prans Bücherregal und zog den erstbesten P. G. Wodehouse heraus, auf den ihr Blick fiel: *Schwein oder Nichtschwein*. Die schnoddrige Malati gab gute Ratschläge.

»Geht's dir gut?« fragte Savita.

»Ja«, sagte Lata. »Hat es sich letzte Nacht bewegt?«

»Ich glaube, nicht. Zumindest bin ich nicht aufgewacht.«

»Männer sollten Kinder austragen«, sagte Lata etwas zusammenhanglos. »Ich werde am Fluß spazierengehen.« Sie nahm zu Recht an, daß Savita in ihrem Zustand nicht mit ihr den steilen Pfad vom Campus zum sandigen Ufer hinuntergehen würde.

Sie tauschte ihre Slipper gegen Sandalen aus, mit denen es sich leichter ging. Als sie den lehmigen Abhang, fast eine Klippe aus Schlamm, zum Ufer der Ganga hinunterstieg, sah sie einen Trupp Affen, der in zwei Banyanbäumen herumtollte, deren Äste miteinander verschlungen waren, als gehörten sie zu einem Baum. Eine kleine, fleckig orangefarbene Statue eines Gottes war zwischen die beiden Hauptstämme geklemmt. Die Affen freuten sich gewöhnlich, Lata zu sehen – wann immer sie daran dachte, brachte sie ihnen Obst und Nüsse mit. Heute hatte sie nicht daran gedacht, und die Affen machten aus ihrer Mißbilligung keinen Hehl. Ein paar der kleineren zupften sie am Ellbogen, während ein großer – ein ungestümer männlicher Affe – von ferne verärgert die Zähne fletschte.

Sie brauchte Ablenkung. Plötzlich fühlte sie sich stark zur Tierwelt hingezogen, die ihr, vermutlich zu Unrecht, weniger kompliziert erschien als die Welt der Menschen. Obwohl sie die Klippe schon halb hinuntergestiegen war, ging sie wieder hinauf und in die Küche, wo sie für die Affen eine Papiertüte mit Erdnüssen füllte und eine andere mit Musammis. Sie mochten sie nicht so gern wie Orangen, aber im Sommer gab es nur die dickschaligen, grünen, süßen Limonen.

Die Affen waren jedoch überaus begeistert. Noch bevor sie »Aa! Aa!« sagen konnte – wie sie einmal einen alten Sadhu hatte sagen hören, um sie anzulocken –, hatten die Affen die Tüten entdeckt. Sie scharten sich um sie, grapschten und griffen danach, bettelten, kletterten aufgeregt die Bäume hinauf und hinunter, hängten sich an Äste und Luftwurzeln und streckten ihr die Hände entgegen. Die kleinen kreischten, die großen knurrten. Ein brutales Tier – vielleicht der Affe, der zuvor die Zähne gefletscht hatte – steckte sich die Erdnüsse in die Backen und versuchte, immer noch mehr zu ergattern. Lata verstreute ein paar, aber die meisten verfütterte sie mit der Hand. Auch sie selbst aß davon. Die zwei kleinsten Affen zupften – und streichelten – sie wie zuvor am Ellbogen. Als sie die geschlossene Hand hinhielt, um sie aufzuziehen, öffneten sie sie behutsam mit den Fingern, nicht mit den Zähnen.

Als sie versuchte, die Musammis zu schälen, griffen die stärksten Affen ein. Normalerweise gelang es ihr, die Früchte gerecht zu verteilen, aber heute nahmen ihr drei ziemlich große Affen die Musammis einfach weg. Einer ging ein Stück den Abhang hinab und setzte sich auf eine große Wurzel, um zu essen: er schälte sie halb und aß dann von innen heraus. Ein weniger Wählerischer aß sie mit der Schale.

Lata lachte und schwang schließlich die Tüte mit den restlichen Erdnüssen über dem Kopf; die Tüte segelte in einen Baum, wo sie sich hoch oben in einem Ast verfing. Dann fiel sie ein Stück hinunter und blieb wieder an einem Ast hängen. Ein großer Affe mit rotem Hintern kletterte hinauf und drehte sich dabei ab und zu um, um zwei andere Affen abzuschrecken, die sich an den Luftwurzeln des Banyanbaumes hinaufhangelten. Er ergriff die Tüte und kletterte höher, um sein Monopol auszunutzen. Aber er hielt sie verkehrt herum, und die Nüsse fielen heraus. Daraufhin kletterte ein aufgeregtes Affenbaby von Ast zu Ast, verlor den Halt, schlug sich den Kopf am Stamm an und stürzte zu Boden, wo es schreiend davonrannte.

Anstatt wie geplant zum Fluß hinunterzugehen, setzte sich Lata auf die Wurzel, auf der der Affe die Musammis gegessen hatte, und versuchte, das Buch zu lesen. Es konnte sie nicht ablenken. Sie stand auf, ging den Abhang wieder hinauf und zur Bibliothek.

Sie blätterte in den Ausgaben der Universitätszeitung des letzten Semesters und las mit höchstem Interesse, worauf sie früher nicht einmal einen Blick geworfen hatte: die Kricketberichte und die Namen unter den Mannschaftsfotos. Der Verfasser der Artikel signierte mit »S.K.« und befleißigte sich eines lebhaften, förmlichen Stils. So schrieb er zum Beispiel nicht über Akhilesh und Kabir, sondern über Mr. Mittal und Mr. Durrani und ihre exzellenten Leistungen beim siebten Durchgang.

Kabir schien ein guter Werfer und ein relativ guter Schlagmann zu sein. Obwohl er in der Reihenfolge der Schlagmänner ziemlich weit hinten kam, hatte er nicht wenige Spiele gerettet, indem er angesichts einer beträchtlichen gegnerischen Übermacht unerschütterlich blieb. Und er mußte ein unglaublich schneller Läufer sein, denn er war bisweilen drei Läufe gerannt, einmal sogar vier. In den Worten von S.K.:

»Der Reporter hat so etwas noch nie gesehen. Richtig ist, daß das Außenfeld wegen des morgendlichen Regens nicht nur schwer zu bewältigen war, sondern regelrecht als Bremse wirkte. Unleugbar ist, daß das Tor unseres Gegners ungewöhnlich weit entfernt war. Unbestreitbar ist, daß in den Reihen der gegnerischen Feldspieler Verwirrung herrschte und daß einer von ihnen bei der Verfolgung des Balls ausrutschte und stürzte. Aber was in Erinnerung bleiben wird, sind nicht diese widrigen Umstände. Woran sich die Brahmpurer auch noch in Zukunft erinnern werden, sind die zwei menschlichen Geschosse, die wie Quecksilber mit einer Geschwindigkeit von Linie zu Linie und wieder zurück flogen, die weniger dem Spielfeld als vielmehr der Aschenbahn angemessen und selbst dort ungewöhnlich ist. Mr. Durrani und Mr. Mittal rannten vier Läufe – was es noch nie gegeben hat – bei einem Ball, der nicht einmal die Grenzlinie überflog; und daß sie mit über einem Meter Vorsprung am jeweils anderen Mal ankamen, bestätigt die Tatsache, daß sie kein unvernünftiges und unverhältnismäßiges Risiko eingegangen waren.«

Lata las über Spiele – und durchlebte sie –, die von den jüngsten Begebenheiten schmerzlich überlagert wurden, auch für die Beteiligten, und je mehr sie las, desto mehr verliebte sie sich in Kabir – in den Kabir, den sie kannte, und in den Kabir, den ihr das umsichtige Auge von S.K. enthüllte.

Mr. Durrani, dachte sie, wir sollten in einer anderen Welt leben.

Wenn Kabir, wie er gesagt hatte, in der Stadt lebte, dann war es sehr wahrscheinlich, daß sein Vater an der Universität von Brahmpur lehrte. Lata nahm jetzt in einem Anfall von Forscherdrang – sie hatte nicht gewußt, daß er in ihr schlummerte – das dicke Vorlesungsverzeichnis in die Hand und fand, wonach sie suchte, unter ›Naturwissenschaftlich-technische Fakultät: Institut für Mathematik‹. Dr. Durrani war nicht Direktor des Instituts, aber drei magische Buchstaben nach seinem Namen verrieten ihr, daß er Mitglied der Königlichen Akademie der Naturwissenschaften war, und das wog zwanzig Professorentitel auf.

»Und Mrs. Durrani?« fragte sich Lata laut. Was war mit ihr? Und mit Kabirs Bruder und seiner Schwester, die er »bis vor einem Jahr« hatte? Während der letzten Tage hatte sie immer wieder an diese flüchtigen Wesen und seine flüchtigen Bemerkungen über sie denken müssen. Aber auch wenn sie im Verlauf ihrer frohgemuten Unterhaltung vor Mr. Nowrojees Haus an sie gedacht hätte – was nicht der Fall war –, hätte sie sich nicht getraut, ihn über sie auszufragen. Jetzt war es zu spät. Wenn sie ihre eigene Familie nicht verlieren wollte, dann mußte sie vor dem hellen Sonnenstrahl, der sich plötzlich in ihr Leben verirrt hatte, in den Schatten flüchten.

Vor der Bibliothek versuchte sie, Inventur zu machen. Ihr wurde klar, daß sie am nächsten Freitag nicht zur Zusammenkunft der Literarischen Gesellschaft von Brahmpur gehen konnte.

»Lata: Im Dahinschwinden?« sagte sie, lachte kurz auf und merkte, daß ihr Tränen übers Gesicht liefen.

Nicht weinen! dachte sie. Sonst findet sich womöglich ein anderer Galahad. Daraufhin mußte sie wieder lachen. Aber es war ein Lachen, das nichts leichter machte, sondern im Gegenteil noch mehr beunruhigte.

3.12

Kabir wartete am nächsten Samstag morgen nicht weit von ihrem Haus auf sie, als sie einen Spaziergang machte. Er saß auf seinem Fahrrad, das an einem Baum lehnte, und sah eher aus wie ein grimmig dreinblickender Reiter. Als sie ihn bemerkte, schlug ihr das Herz bis zum Hals.

Es war unmöglich, eine Begegnung mit ihm zu vermeiden. Er hatte eindeutig auf sie gewartet. Sie versuchte, tapfer zu sein.

»Hallo, Kabir.«

»Hallo. Ich dachte schon, du kämst nie mehr aus dem Haus.«

»Woher weißt du, wo ich wohne?«

»Ich habe Nachforschungen angestellt«, sagte er, ohne zu lächeln.

»Wen hast du gefragt?« sagte Lata, die sich wegen der Nachforschungen, die sie selbst ›angestellt‹ hatte, etwas schuldbewußt fühlte.

»Das spielt keine Rolle«, sagte Kabir und schüttelte den Kopf.

Lata sah ihn bekümmert an. »Sind deine Prüfungen vorbei?« fragte sie; ihr Tonfall verriet eine Spur zärtlicher Gefühle.

»Ja. Seit gestern.« Weiter ließ er sich nicht darüber aus.

Lata starrte unglücklich sein Fahrrad an. Am liebsten hätte sie zu ihm gesagt: Warum hast du es mir nicht gesagt? Warum hast du mir nicht von dir erzählt, als wir uns in der Buchhandlung zum erstenmal begegnet sind? Dann hätte ich dafür Sorge getragen, daß ich nichts für dich empfinde. Aber wie oft hatten sie sich denn schon gesehen; und waren sie in irgendeinem Sinn des Wortes so intim miteinander, daß sie eine so direkte, nahezu verzweifelte Frage hätte stellen können? Spürte er, was sie für ihn empfand? Er mochte sie, das wußte sie. Aber was wußte sie sonst?

Er kam eventuellen Fragen ihrerseits zuvor, indem er fragte: »Warum bist du gestern nicht gekommen?«

»Ich konnte nicht«, erwiderte sie hilflos.

»Zerr nicht so an deiner Dupatta, du zerknitterst sie.«

»Oh, tut mir leid.« Lata blickte erstaunt auf ihre Hände.

»Ich habe auf dich gewartet. Ich bin extra früh hingegangen und habe mir den ganzen Vortrag angehört. Ich habe sogar Mrs. Nowrojees steinharte Kekse gemampft. Zu dem Zeitpunkt hatte ich dann ziemlichen Hunger.«

»Oh – ich wußte gar nicht, daß es eine Mrs. Nowrojee gibt«, sagte Lata und stürzte sich auf seine letzte Bemerkung. »Ich habe mich schon gefragt, wer ihn zu seinem Gedicht inspiriert hat, wie hieß es doch gleich – ›Qualvolle Leidenschaft‹? Kannst du dir ihre Reaktion darauf vorstellen? Wie sieht sie aus?«

»Lata«, sagte Kabir, und es klang schmerzlich, »als nächstes wirst du mich noch fragen, ob Professor Mishras Vortrag gut war. Er war gut, aber es war mir gleichgültig. Mrs. Nowrojee ist fett und hellhäutig, aber nichts könnte mir gleichgültiger sein. Warum bist du nicht gekommen?«

»Ich konnte nicht«, sagte Lata leise. Es wäre viel besser, überlegte sie, wenn ich Wut aufbieten könnte, um seine Fragen zu beantworten. Aber alles, was sie aufbieten konnte, war Bestürzung.

»Dann komm jetzt mit mir einen Kaffee trinken im Universitätscafé.«

»Ich kann nicht«, sagte sie.

Er schüttelte verwundert den Kopf.

»Ich kann wirklich nicht«, wiederholte sie. »Bitte, laß mich gehen.«

»Ich halte dich nicht auf.«

Lata sah ihn an und seufzte. »Wir können hier nicht herumstehen.«

Kabir blieb von den vielen ›Ich-kann-nicht‹, ›Ich-konnte-nicht‹ unbeeindruckt.

»Dann stellen wir uns eben woanders hin. Machen wir einen Spaziergang im Curzon Park.«

»O nein«, sagte Lata. Alle Welt ging im Curzon Park spazieren.

»Wo dann?«

Sie gingen zu den Banyanbäumen auf dem Abhang, der hinunter zum Ufer des Flusses führte. Kabir kettete sein Fahrrad oben an einen Baum. Die Affen waren nirgendwo zu sehen. Durch das nahezu reglose Laub der knorrigen Bäume schauten sie auf den Ganges. Der breite braune Fluß glitzerte im Sonnenlicht. Keiner von beiden sagte etwas. Lata setzte sich auf die erhöhte Wurzel, und Kabir tat es ihr nach.

»Wie schön es hier ist«, sagte sie.

Kabir nickte. Um seinen Mund war ein bitterer Zug. Hätte er etwas gesagt, hätte man seiner Stimme die Bitterkeit angehört.

Obwohl Malati sie streng vor ihm gewarnt hatte, wollte Lata einfach nur ein bißchen bei ihm sein. Wenn er jetzt hätte aufstehen und gehen wollen, hätte sie versucht, ihn davon abzuhalten. Auch wenn sie nicht miteinander sprachen – sogar in seiner derzeitigen Stimmung wollte sie neben ihm sitzen.

Kabir sah auf den Fluß hinunter. Mit unerwartetem Eifer, als hätte er seinen Mißmut plötzlich vergessen, sagte er: »Laß uns Boot fahren.«

Lata dachte an Windermere, den See nahe dem Hohen Gerichtshof, wo manchmal Institutsfeiern stattfanden. Freunde mieteten dort Boote und fuhren gemeinsam auf den See hinaus. An Samstagen wimmelte es dort vor verheirateten Paaren und ihren Kindern.

»Alle Welt ist auf dem Windermere«, sagte Lata. »Jemand wird uns erkennen.«

»Ich hab nicht vom Windermere gesprochen, sondern vom Ganges. Es wundert mich immer wieder, daß die Leute auf diesem blöden See segeln oder rudern, wenn sie den großartigsten Fluß der Welt vor der Haustür haben. Wir fahren den Ganges hinauf bis zum Barsaat Mahal. Das ist ein wunderschöner Anblick bei Nacht. Wir sagen dem Mann am Ruder, er soll das Boot ruhig in der Mitte des Flusses halten, und dann siehst du, wie es sich im Mondlicht im Wasser spiegelt.« Er blickte ihr ins Gesicht.

Lata ertrug es nicht, ihn anzusehen.

Kabir verstand nicht, warum sie so unnahbar und niedergeschlagen war. Ebensowenig verstand er, warum er plötzlich in ihrer Gunst gesunken war.

»Warum bist du so abwesend? Hat es etwas mit mir zu tun? Habe ich irgend etwas gesagt?«

Lata schüttelte den Kopf.

»Habe ich irgend etwas getan?«

Aus irgendeinem Grund fiel ihr ein, daß er viermal diesen unmöglichen Lauf gerannt war. Wieder schüttelte sie den Kopf.

»In fünf Jahren wirst du das alles vergessen haben«, sagte sie.

»Was für eine Antwort ist das?« fragte Kabir beunruhigt.

»Das hast du einmal zu mir gesagt.«

»Wirklich?« Kabir war überrascht.

»Ja, auf der Bank, als du mich gerettet hast. Ich kann wirklich nicht mit dir kommen, Kabir, wirklich nicht«, sagte Lata mit plötzlicher Vehemenz. »Du solltest eigentlich klüger sein, als mich zu fragen, ob ich mit dir um Mitternacht Boot fahre.« Ah, hier war die gesegnete Wut.

Kabir wollte ihr in gleicher Tonart antworten, hielt sich jedoch zurück. Statt dessen sagte er nach einer Weile erstaunlich ruhig: »Ich werde dir nicht erzählen, daß ich nur für die Treffen mit dir lebe. Wahrscheinlich weißt du das. Es muß nicht bei Mondschein sein. Die Dämmerung tut's auch. Wenn du dir wegen der Leute Sorgen machst – das ist nicht nötig. Niemand wird uns sehen. Niemand, den wir kennen, geht in der Dämmerung Boot fahren. Bring eine Freundin mit. Bring zehn Freundinnen mit, wenn du willst. Ich will dir nur zeigen, wie sich das Barsaat Mahal im Wasser spiegelt. Wenn deine Stimmung nichts mit mir zu tun hat, dann mußt du mitkommen.«

»In der Dämmerung ...« sagte Lata, die laut dachte. »In der Dämmerung kann nichts passieren.«

»Kann nichts passieren?« Kabir sah sie ungläubig an. »Vertraust du mir nicht?«

Da Lata nichts sagte, fuhr Kabir fort: »Bin ich dir denn völlig gleichgültig?«

Sie schwieg.

»Hör mal«, sagte Kabir. »Wenn dich jemand fragt, dann sag, es handelt sich um einen Ausflug, der der Weiterbildung dient. Bei Tag. Mit einer Freundin oder so vielen Freundinnen, wie du mitbringen willst. Der Nawab Sahib von Baitar hat mir Zugang zu seiner Bibliothek verschafft, und ich bin auf ein paar erstaunliche Tatsachen über das Bauwerk gestoßen. Ihr werdet meine Studenten sein, ich bin der Führer: ›Ein junger Geschichtsstudent – jetzt fällt mir sein Name nicht mehr ein – er hat uns die Stellen von historischem Interesse gezeigt – versehen mit einem annehmbaren Kommentar –, wirklich ein ganz netter Kerl.‹«

Lata lächelte wehmütig.

Kabir, der spürte, daß er einen unsichtbaren Verteidigungswall fast durchbrochen hatte, sagte: »Am Montag morgen Punkt sechs Uhr erwarte ich dich und deine Freundinnen hier an dieser Stelle. Zieh einen Pullover an, auf dem Fluß weht eine Brise.« Er endete mit einem Makhijanischen Knittelvers:

»Oh, Miss Lata, triff mich hier,
weit entfernt vom Windermere.
Auf die Ganga wir wollen ziehn,
viele Sies und nur ein Ihn.«

Lata lachte.

»Sag, daß du kommen wirst«, sagte Kabir.

»Na gut.« Lata schüttelte den Kopf, nicht um – wie es Kabir schien – ihre Entscheidung halb wieder zurückzunehmen, sondern weil sie ihre eigene Schwäche bedauerte.

3.13

Lata wollte nicht von zehn Freundinnen begleitet werden, und selbst wenn sie es gewollt hätte, wäre sie nicht in der Lage gewesen, auch nur halb so viele aufzutreiben. Eine war genug. Malati war leider nicht in Brahmpur. Lata beschloß, zu Hema zu gehen und sie zu überreden mitzukommen. Hema wurde ganz aufgeregt und stimmte sofort zu. Es klang romantisch und verschwörerisch. »Ich werde niemandem davon erzählen«, sagte sie, beging jedoch den Fehler, es einer ihrer zahllosen Cousinen anzuvertrauen – unter Androhung lebenslanger Feindschaft, sollte sie es weitererzählen –, die es ihrerseits – unter ähnlich strengen Bedingungen – einer weiteren Cousine verriet. Innerhalb eines Tages wußte Taiji davon. Taiji, normalerweise nachsichtig, sah große Gefahren in diesem Unternehmen. Sie wußte nicht – ebensowenig wie Hema –, daß Kabir Moslem war. Aber um sechs Uhr morgens mit einem jungen Mann – egal, wer er war – eine Bootsfahrt zu unternehmen: das ging selbst Taiji zu weit. Sie verbot es Hema. Hema schmollte, fügte sich jedoch und rief Lata am Sonntag abend an. Lata ging höchst aufgeregt zu Bett, aber da sie sich nun mal entschlossen hatte, schlief sie nicht schlecht.

Sie konnte Kabir nicht schon wieder versetzen. Sie stellte sich vor, wie er unter den Banyanbäumen stand, fror und sich sorgte, nicht mal Mrs. Nowrojees granitene Kekse zum Knabbern hatte, Minute um Minute wartete, und sie kam nicht. Um Viertel vor sechs am nächsten Morgen stand sie auf, kleidete sich schnell an, zog einen ausgebeulten grauen Pullover über, der einst ihrem Vater gehört hatte, sagte ihrer Mutter, daß sie einen langen Spaziergang auf dem Universitätsgelände machen wolle, und ging zu der mit Kabir verabredeten Stelle.

Er wartete bereits auf sie. Es war hell, und von überall her drang das Gezwitscher erwachender Vögel.

»Mit diesem Pullover siehst du sehr ungewöhnlich aus«, sagte Kabir zufrieden.

»Du siehst aus wie immer«, sagte sie ebenfalls zufrieden. »Wartest du schon lange?«

Er schüttelte den Kopf.

Sie erzählte ihm von der Aufregung mit Hema.

»Hoffentlich sagst du mir jetzt nicht ab, nur weil du keine Anstandsdame dabeihast«, sagte er.

»Nein«, sagte Lata, die sich so verwegen wie Malati fühlte. Sie hatte an diesem Morgen kaum Zeit gehabt, nachzudenken, und sie hatte auch keine Lust dazu. Trotz der Aufregung vom Vorabend sah ihr ovales Gesicht frisch und hübsch aus, und ihre lebhaften Augen blickten wach.

Sie stiegen zum Fluß hinunter und gingen eine Weile am sandigen Ufer entlang, bis sie zu ein paar Steinstufen kamen. Wäscher standen im Wasser, die nasse Kleidungsstücke auf den Stufen ausschlugen. Oben am Ende eines Pfads, der an dieser Stelle den Abhang hinaufführte, standen ein paar gelangweilte, mit Wäschebündeln überladene kleine Esel. Der Hund eines Wäschers kläffte sie aufgeregt an.

»Bist du sicher, daß wir ein Boot kriegen?« fragte Lata.

»Ja, es ist immer jemand da. Ich hab das schon oft gemacht.«

Ein kleiner, scharfer Schmerz durchfuhr Lata, obwohl Kabir nur hatte sagen wollen, daß er gern in der Morgendämmerung auf die Ganga hinausfuhr.

»Dort ist einer«, sagte er. Ein Mann fuhr mit seinem Boot in der Flußmitte auf und ab. Es war April, der Fluß führte wenig Wasser, und die Strömung war träge. Kabir hielt die Hände an den Mund und rief: »Aré, mallah!«

Der Mann machte jedoch keinerlei Anstalten, zu ihnen zu rudern. »Was gibt's?« schrie er in Hindi mit starkem Brahmpur-Akzent; er sprach das Wort ›hai‹ mit besonderem Nachdruck aus.

»Können Sie uns zu einer Stelle bringen, an der wir das Barsaat Mahal und sein Spiegelbild sehen können?« rief Kabir.

»Klar!«

»Wieviel?«

»Zwei Rupien.« Er näherte sich jetzt mit seinem alten flachen Boot dem Ufer. Kabir wurde ärgerlich. »Schämen Sie sich nicht, so viel zu verlangen?«

»So viel verlangen alle, Sahib.«

»Ich bin kein Fremder, den Sie übers Ohr hauen können.«

»Ach«, sagte Lata. »Fang keinen Streit an wegen nichts...« Sie brach mitten im Satz ab; vermutlich würde Kabir darauf bestehen zu bezahlen, und wie sie hatte er wahrscheinlich nicht viel Geld.

Kabir schrie ärgerlich weiter, und zwar so laut, daß seine Rufe das Aufklatschen der Wäsche auf den Stufen des Ghats übertönten: »Wir kommen mit leeren Händen auf die Welt und verlassen sie mit leeren Händen. Müssen Sie schon so früh am Morgen lügen? Können Sie das Geld mitnehmen, wenn Sie sterben?«

Der Mann, der von dieser philosophischen Ansprache vermutlich fasziniert war, sagte: »Sahib, kommen Sie her. Was immer Sie mir geben wollen, ich werde zufrieden sein.« Er deutete auf eine zweihundert Meter weit entfernte Stelle, wo das Boot nahe genug ans Ufer gelangen konnte. Als Lata und Kabir dort ankamen, war er stromaufwärts gerudert.

»Er ist weg«, sagte Lata. »Vielleicht finden wir einen anderen.«

Kabir schüttelte den Kopf. »Es ist abgemacht. Er wird zurückkommen.«

Der Mann, der stromaufwärts zum gegenüberliegenden Ufer gerudert war, holte dort etwas ab und kam zurück.

»Können Sie schwimmen?« fragte er.

»Ich ja«, sagte Kabir und sah Lata an.

»Nein, ich nicht.«

Kabir schien überrascht.

»Ich habe es nie gelernt«, erklärte sie. »Darjeeling und Mussourie.«

»Ich vertraue auf Ihre Ruderkünste«, sagte Kabir zum Bootsführer, einem braunen Mann mit verhutzeltem Gesicht, der mit einem Hemd und einem Lungi sowie einem wollenen Bundi, der seine Brust bedeckte, bekleidet war. »Wenn etwas passiert, kümmern Sie sich um sich selbst, ich kümmere mich um sie.«

»In Ordnung«, sagte der Mann.

»Also, wieviel?«

»Was immer Sie mir ...«

»Nein«, sagte Kabir, »lassen Sie uns einen Preis ausmachen. So habe ich es immer gehalten.«

»In Ordnung«, sagte der Mann. »Wieviel halten Sie für angemessen?«

»Eine Rupie und vier Annas.«

»In Ordnung.«

Kabir stieg in das Boot und streckte dann Lata die Hand entgegen. Mit sicherem Griff zog er sie zu sich. Sie strahlte und wirkte glücklich. Er hielt ihre Hand eine Sekunde länger fest als nötig. Dann, als er spürte, daß sie ihm ihre Hand entziehen wollte, ließ er los.

Über dem Fluß lag noch ein schwacher Dunst. Kabir und Lata saßen dem rudernden Bootsführer gegenüber. Sie waren schon gut zweihundert Meter vom Dhobi-Ghat entfernt, aber das Geräusch der aufklatschenden Wäsche war noch leise zu hören. Das Ufer versank im Nebel.

»Ach«, sagte Kabir, »es ist wunderschön hier auf dem Fluß bei Nebel – und zu dieser Jahreszeit ist er selten. Er erinnert mich an die Ferien, die wir einmal in Simla verbracht haben. Alle Probleme lösten sich in nichts auf. Es war, als wären wir eine vollkommen andere Familie.«

»Fahrt ihr noch immer jedes Jahr in die Berge?« fragte Lata. Sie war in St. Sophia's in Mussourie in die Schule gegangen, aber jetzt konnten sie es sich nicht mehr leisten, ein Haus in den Bergen zu mieten.

»Ja. Mein Vater besteht darauf. Normalerweise fahren wir jedes Jahr woandershin – Almora, Nainital, Ranikhet, Mussourie, Simla, sogar Darjeeling. Er behauptet, die frische Luft eröffne ihm ›neue Annahmen‹, was immer das heißen soll. Einmal, als wir aus den Bergen zurückkamen, sagte er, daß er wie Zarathustra in sechs Wochen in den Bergen so viele mathematische Einsichten gewonnen habe, daß sie für ein Leben ausreichen würden. Aber natürlich sind wir im nächsten Jahr wieder hingefahren.«

»Und du?« fragte Lata. »Was ist mit dir?«

»Mit mir?« Irgendeine Erinnerung schien Kabir zu betrüben.

»Gefällt es dir in den Bergen? Wirst du auch dieses Jahr fahren?«

»Ich weiß nicht, ob wir dieses Jahr fahren. Mir gefällt es dort oben. Es ist, als ob man schwimmen würde.«

»Schwimmen?« fragte Lata. Sie tauchte eine Hand ins Wasser.

Kabir hatte eine Idee. Er sagte zum Bootsführer: »Wieviel verlangen Sie von Leuten aus der Stadt, wenn Sie sie vom Dhobi-Ghat bis ganz hinauf zum Barsaat Mahal bringen?«

»Vier Annas pro Person.«

»Also dann sollten wir Ihnen eine Rupie zahlen – höchstens –, noch dazu geht die Hälfte der Fahrt flußabwärts. Und ich zahle Ihnen eine Rupie vier Annas. Das ist also nicht unfair.«

»Ich beklage mich nicht.«

Der Nebel hatte sich aufgelöst, und vor ihnen am Ufer erhob sich das riesige graue Gebäude des Forts von Brahmpur. Davor erstreckte sich ein breiter Sandstrand. Daneben führte eine große Rampe aus Erde zum Sandstrand hinunter. Ganz oben stand ein großer Bobaum, dessen Blätter in der morgendlichen Brise schimmerten.

»Wie meinst du das, es ist wie Schwimmen?« fragte Lata.

»Ach ja, ich meinte, daß man sich in einem vollkommen anderen Element befindet. Man bewegt sich anders – und infolgedessen denkt man anders. Als ich einmal in Gulmarg Schlitten gefahren bin, dachte ich, ich würde gar nicht wirklich existieren. Es gab nur die saubere, reine Luft, den Schnee, das schnelle Dahingleiten. Das triste Flachland holt einen in die Realität zurück. Außer vielleicht hier auf dem Fluß.«

»Wie Musik?« fragte Lata sowohl sich selbst als auch Kabir.

»Hm, ja, ich denke schon, auf andere Art«, überlegte Kabir. »Nein, nicht wirklich«, entschied er.

Er hatte daran gedacht, wie sich durch eine veränderte körperliche Aktivität die Stimmung verändert.

»Aber mir ergeht es so mit Musik«, sagte Lata, die ihren eigenen Gedanken nachhing. »Einfach nur auf der Tambura zu spielen, ohne eine Note zu singen, versetzt mich in Trance. Manchmal spiele ich eine Viertelstunde lang und vergesse mich selbst dabei. Wenn mir alles zuviel wird, dann spiele ich Tambura. Und wenn ich daran denke, daß mich Malati erst letztes Jahr dazu gebracht hat zu singen, dann wird mir klar, was für ein Glück ich gehabt habe. Meine Mutter ist so unmusikalisch, daß ich sie immer gebeten habe aufzuhören, wenn sie mir als Kind etwas vorgesungen hat, und meine Ayah mußte an ihrer Stelle singen.«

Kabir lächelte. Er legte einen Arm um ihre Schultern, und anstatt zu protestieren, ließ sie ihn gewähren. Der Arm schien sich am richtigen Ort zu befinden.

»Warum sagst du nichts?« fragte sie.

»Ich hab einfach gehofft, du würdest weitersprechen. Es kommt nicht oft vor, daß du von dir erzählst. Manchmal denke ich, daß ich überhaupt nichts von dir weiß. Wer zum Beispiel ist diese Malati?«

»Überhaupt nichts?« sagte Lata, die sich an eine Unterhaltung mit Malati erinnerte. »Und das nach all den Nachforschungen, die du angestellt hast?«

»Ja. Erzähl mir von dir.«

»So geht das nicht. Du mußt schon genauer sein. Wo soll ich anfangen?«

»Irgendwo. Fang mit dem Anfang an, mach weiter bis zum Ende, und dann kannst du aufhören.«

»Also, da ich noch nicht gefrühstückt habe, wirst du dir mindestens sechs unwahrscheinliche Dinge anhören müssen.«

»Gut«, sagte Kabir und lachte.

»Nur daß in meinem Leben keine sechs unwahrscheinlichen Dinge passiert sind. Es ist ziemlich eintönig.«

»Fang mit deiner Familie an.«

Lata begann, von ihrer Familie zu erzählen – von ihrem geliebten Vater, der noch jetzt einen schützenden Schatten auf sie zu werfen schien, nicht zuletzt erkennbar an dem grauen Pullover; von ihrer Mutter, die so nah am Wasser gebaut hatte, ihrer Gita und ihrer liebenswürdigen Redseligkeit; von Arun, Meenakshi, Aparna und Varun in Kalkutta; und natürlich von Savita und Pran und dem Baby. Sie erzählte freiheraus, rückte sogar ein klein bißchen näher an Kabir. Seltsamerweise, obwohl sie manchmal sehr unsicher war, zweifelte sie nicht an seiner Zuneigung.

Das Fort und das sandige Ufer lagen hinter ihnen, ebenso das Verbrennungsghat, die Tempel von Old Brahmpur und die Minarette der Alamgiri-Moschee. Jetzt fuhren sie um eine weitläufige Biegung des Flusses und sahen das grazile weiße Bauwerk des Barsaat Mahal vor sich, zuerst von der Seite, dann von vorn.

Das Wasser war nicht klar, aber ruhig, und die Oberfläche wirkte wie trübes Glas. Der Bootsführer ruderte in die Mitte des Flusses. Dann brachte er das Boot auf eine Linie mit der vertikalen Achse des Barsaat Mahal und stieß die lange Stange, die er zuvor vom anderen Ufer geholt hatte, in den Fluß. Sie drang in den Schlamm ein, und das Boot verharrte reglos auf dem Wasser.

»Bleiben Sie sitzen und sehen Sie fünf Minuten einfach nur hin«, sagte der Bootsführer. »Das ist ein Anblick, den Sie Ihr Leben lang nicht vergessen werden.«

Und so war es, nie in ihrem Leben vergaßen sie diesen Anblick. Das Barsaat Mahal, Schauplatz von Staatskunst und Intrigen, Liebesaffären und ausschweifenden Vergnügungen, Prachtentfaltung und langsamem Verfall, war verwandelt in eine abstrakte Form von unübertrefflicher Schönheit. Es erhob sich über der glatten Mauer zum Fluß, sein Abbild im Wasser nahezu vollkommen, nahezu spiegelglatt. Selbst die Geräusche der Altstadt waren hier nur noch gedämpft zu hören. Ein paar Minuten lang sagten sie nichts.

3.14

Unaufgefordert zog der Bootsführer nach einer Weile die Stange aus dem Schlamm am Grund des Flusses. Er ruderte weiter stromaufwärts, am Barsaat Mahal vorbei. Der Fluß wurde etwas schmaler, als vom anderen Ufer eine sandige Landzunge fast bis in die Flußmitte ragte. Die Schornsteine einer Schuhfabrik, eine Gerberei und eine Mühle kamen in Sicht. Kabir streckte sich und gähnte, nahm den Arm von Latas Schultern.

»Ich drehe jetzt um, und dann lassen wir uns vorbeitreiben«, sagte der Bootsführer.

Kabir nickte.

»Hier beginnt für mich der leichte Teil«, sagte der Bootsführer und wendete das Boot. »Gut, daß es noch nicht so heiß ist.« Jetzt ließ er das Boot mit der Strömung abwärts treiben, wobei er mit einem gelegentlichen Ruderschlag steuerte.

»Viele Leute begehen dort Selbstmord«, sagte er fröhlich und deutete auf die glatte Mauer, die vom Barsaat Mahal steil ins Wasser hinabführte. »Erst letzte Woche wieder. Je heißer es ist, um so verrückter werden die Leute. Verrückt sind sie, wirklich verrückt.« Er gestikulierte in Richtung Ufer. Er war ganz eindeutig der Meinung, daß Menschen, die ausschließlich auf dem Land lebten, nicht ganz richtig im Kopf sein konnten.

Als sie am Barsaat Mahal vorbeitrieben, holte Kabir eine kleine Broschüre mit dem Titel *Diamond-Führer von Brahmpur* aus der Tasche und las Lata folgendes vor:

»Obwohl Fatima Jaan nur die dritte Frau des Nawab Khushwaqt war, erbaute er für sie das erhabene Barsaat Mahal. Ihre feminine Anmut, ihre Herzensgüte und ihr Scharfsinn erwiesen sich als so einflußreich, daß der Nawab Khushwaqt bald seine ganze Zuneigung auf seine neue Braut konzentrierte; ihre leidenschaftliche Liebe machte sie zu unzertrennlichen Gefährten sowohl in den Palästen als auch am Hof. Für sie erbaute er das Barsaat Mahal, dieses filigrane Wunderwerk aus weißem Marmor, damit sie dort ihr Leben verbringen und ihren Vergnügungen nachgehen konnten.

Einmal begleitete sie ihn sogar auf einem Feldzug. Während dieser Zeit schenkte sie einem schwächlichen Sohn das Leben, dann warf sie, überanstrengt, wie ihr Körper war, ihrem Herrn einen verzweifelten Blick zu. Der Nawab erschrak über die Maßen, Kummer erfüllte sein Herz, und sein Gesicht wurde leichenblaß ... O weh! Am 23. April 1735 schloß Fatima Jaan im Alter von 33 Jahren viel zu früh für immer die Augen vor ihrem untröstlichen Geliebten.«

»Stimmt das alles?« fragte Lata lachend.

»Jedes Wort. Vertraue deinem Geschichtslehrer.« Er fuhr fort zu lesen:

»Der Nawab Khushwaqt war so bekümmert, daß sich sein Geist verwirrte, er war sogar bereit zu sterben, was er natürlich nicht tat. Eine lange Zeit konnte er sie trotz aller Anstrengungen, die unternommen wurden, nicht vergessen. Jeden Freitag ging er zu Fuß zum Grab seiner Lieblingsfrau und las an der letzten Ruhestätte ihrer Knochen selbst die Fatiha.«

»Bitte«, sagte Lata. »Bitte hör auf. Du verdirbst mir noch das ganze Barsaat Mahal.« Aber Kabir las erbarmungslos weiter:

»Nach ihrem Tod verkam der Palast und bot einen traurigen Anblick. Die Becken mit den goldenen und silbernen Fischen reizten den Nawab nicht mehr zu sportlichen Aktivitäten. Er wurde dumpf und zügellos. Er ließ einen dunklen Raum bauen, in dem widerspenstige Mitglieder des Harems gehängt wurden, und ihre Leichen warf man in den Fluß. Diese Praxis hinterließ einen Fleck auf seinem Ruhm. Zu jener Zeit wurde die Bestrafung ohne Ansehen des Geschlechts durchgeführt. Es gab kein Gesetz außer den Befehlen des Nawabs, und die Strafen waren drastisch und grausam.

Aus den Brunnen strömte noch duftendes Naß, und ununterbrochen plätscherte Wasser über den Boden. Der Palast war ein himmlischer Ort, an dem Schönheit und Charme über allem herrschten. Nach dem Dahinscheiden der einen Einzigen seines Lebens – was bedeuteten ihm da noch die zahllosen blühenden Damen? Er tat seinen letzten Atemzug am 14. Januar, den Blick unverwandt auf ein Porträt von F. Jaan gerichtet.«

»In welchem Jahr ist er gestorben?« fragte Lata.

»Ich glaube, zu diesem Punkt schweigt sich der *Diamond-Führer von Brahmpur* aus, aber ich weiß es trotzdem. Es war 1766. Außerdem erklärt er nicht, warum es überhaupt Barsaat Mahal heißt.«

»Warum heißt es so?« fragte Lata. »Weil ununterbrochen Wasser plätscherte?«

»Es hat etwas mit dem Dichter Mast zu tun«, sagte Kabir. »Früher hieß es Fatima Mahal. Mast zog hier einmal während eines Vortrags einen poetischen Vergleich zwischen Khushwaqts ununterbrochenem Tränenstrom und dem Monsunregen. Das Gasel, das dieses Verspaar enthält, wurde sehr bekannt.«

»Aha«, sagte Lata und schloß die Augen.

»Und die Nachfolger des Nawabs«, fuhr Kabir fort, »darunter sein schwächlicher Sohn, hielten sich während des Monsuns häufiger als sonst in den Parkanlagen von Fatima Mahal auf. Während des Regens hörte fast alles auf, nur die Vergnügungen nicht. Daher der Name.«

»Und welche Geschichte wolltest du mir von Akbar und Birbal erzählen?«

»Von Akbar und Birbal?«

»Nicht heute, beim Konzert.«

»Wollte ich dir eine Geschichte erzählen? Es gibt so viele Geschichten über sie. Welche meinte ich? In welchem Zusammenhang?«

Wie kommt es nur, fragte sich Lata, daß er sich an Äußerungen, die ich mir so gut gemerkt habe, nicht mehr erinnert?

»Du hast gesagt, ich und meine Freundinnen kommen dir vor wie schnatternde Spatzen.«

»Ach ja.« Kabir strahlte. »Sie geht folgendermaßen: Akbar langweilte sich, deshalb bat er seinen Hofstaat, ihm etwas wirklich Erstaunliches zu erzählen – aber nicht etwas, wovon sie nur gehört hatten, sondern etwas, was sie selbst erlebt hatten. Die erstaunlichste Geschichte würde einen Preis gewinnen. Alle seine Höflinge und Minister kamen mit höchst erstaunlichen Dingen an – mit sehr gewöhnlichen allerdings. Einer erzählte, er hätte einen Elefanten gesehen, der angesichts einer Ameise vor Schreck laut trompetete. Ein anderer sagte, er hätte ein Schiff über den Himmel fliegen sehen. Wieder ein anderer, daß er einen Scheich getroffen habe, der in der Erde vergrabene Schätze sehen konnte. Wieder ein anderer, daß er einem Büffel mit drei Köpfen begegnet sei. Und so weiter und so fort. Als Birbal an der Reihe war, sagte er zuerst nichts. Schließlich gab er zu, am selben Tag etwas Ungewöhnliches auf dem Weg zum Hof gesehen zu haben: Unter einem Baum saßen ungefähr fünfzig Frauen beieinander, und keine von ihnen sagte ein Wort. Sofort stimmten alle überein, daß Birbal den Preis bekommen sollte.« Kabir warf den Kopf zurück und lachte.

Lata gefiel die Geschichte nicht, und sie wollte es ihm gerade sagen, als sie an Mrs. Rupa Mehra dachte, der es unmöglich war, auch nur ein paar Minuten still zu sein, gleichgültig, ob sie bekümmert war oder sich freute, ob sie krank oder gesund war, ob sie in einem Eisenbahnabteil saß oder in einem Konzertsaal, nirgendwo.

»Warum mußt du mich immer an meine Mutter denken lassen?« fragte Lata.

»Tue ich das? Das wollte ich nicht.« Er legte seinen Arm wieder um sie und schwieg. Seine Gedanken wanderten zu seiner eigenen Familie.

Auch Lata schwieg; sie wußte noch immer nicht, warum sie bei der einen Prüfung so in Panik geraten war, und es verwunderte sie nach wie vor.

Brahmpur glitt am Ufer vorbei, aber jetzt herrschte am Strand schon lebhafterer Betrieb. Der Bootsführer hielt sich auf der Rückfahrt näher am Ufer. Sie konnten deutlich die Ruder anderer Boote hören; Badende, die Wasser verspritzten, sich räusperten, husteten und die Nase putzten; krächzende Krähen; Verse aus den heiligen Schriften, die über einen Lautsprecher verkündet wurden, und jenseits des sandigen Ufers den Klang von Tempelglocken und Tritonshörnern.

Der Fluß strömte an dieser Stelle genau nach Osten, und die höher stehende Sonne wurde auf seiner Oberfläche reflektiert. Ein Ringelblumenkranz schwamm auf dem Wasser. Scheiterhaufen brannten auf dem Verbrennungsghat. Aus dem Fort wehten laute Befehle zum Paradieren herüber. Als sie weiter stromabwärts trieben, hörten sie wieder das ununterbrochene Rufen der Wäscher und das gelegentliche »Ia« ihrer Esel.

Das Boot erreichte die Stufen. Kabir bot dem Bootsführer zwei Rupien an.

Er lehnte edelmütig ab.

»Wir haben vorher einen Preis ausgemacht. Das nächstemal kommen Sie wieder zu mir«, sagte er.

Als das Boot anlegte, spürte Lata einen Stich des Bedauerns. Sie dachte daran, was Kabir über das Schwimmen und Schlittenfahren gesagt hatte – über die

Leichtigkeit, die ein neues Element verleiht, über eine andere Art von Bewegung. Das Schaukeln des Bootes, ihr Gefühl von Freiheit und Abgeschiedenheit von der Welt wäre bald Vergangenheit. Aber nachdem Kabir ihr beim Aussteigen geholfen hatte, entzog sie ihm ihre Hand nicht, und sie gingen Hand in Hand am Flußufer entlang bis zu den Banyanbäumen und dem kleinen Schrein. Sie sprachen nicht viel.

In ihren Slippern war es schwieriger, den Weg hinaufzusteigen, als ihn hinunterzugehen, aber er half ihr. Er mag sanft sein, dachte sie, aber er ist zweifellos auch stark. Sie wunderte sich jetzt, daß sie nicht über die Universität geredet hatten, über Prüfungen, Kricket, Lehrer, Pläne, die Welt oben auf der Klippe. Sie segnete die Skrupel von Hemas Taiji.

Sie setzten sich auf die gewundene Wurzel der beiden miteinander verwachsenen Banyanbäume. Lata wußte nicht, was sie sagen sollte. Plötzlich hörte sie sich »Kabir, interessierst du dich für Politik?« fragen.

Er sah sie verblüfft an, sagte schlicht: »Nein« – und küßte sie.

Ihr Herz geriet in Aufruhr. Und sie erwiderte seinen Kuß – ohne sich etwas dabei zu denken –, aber mit einem Gefühl der Überraschung über sich selbst: daß sie so leichtsinnig und glücklich sein konnte.

Nach dem Kuß begann Lata wieder zu denken, und das aufgeregter als je zuvor.

»Ich liebe dich«, sagte Kabir.

Als sie schwieg, fuhr er fort: »Willst du nichts sagen?«

»Oh, ich liebe dich auch«, sagte Lata und nannte damit eine Tatsache, die für sie ganz offensichtlich war und es demzufolge auch für ihn hätte sein müssen. »Aber es ist sinnlos, es festzustellen, also nimm's zurück.«

Kabir erschrak. Aber bevor er etwas entgegnen konnte, fuhr Lata fort: »Kabir, warum hast du mir deinen Nachnamen nicht gesagt?«

»Er lautet Durrani.«

»Ich weiß.« Als sie ihn den Namen so beiläufig aussprechen hörte, brachen wieder alle Sorgen über sie herein.

»Du weißt es?« Kabir war überrascht. »Aber im Konzert wolltest du ihn doch nicht wissen.«

Lata lächelte; sein Erinnerungsvermögen war sehr selektiv. Dann wurde sie wieder ernst.

»Du bist Moslem«, sagte sie ruhig.

»Ja, ja, aber warum ist das so wichtig? Warst du deswegen manchmal so seltsam und distanziert?« In seinen Augen blitzte es schelmisch.

»Wichtig?« Jetzt war Lata an der Reihe, überrascht zu sein. »Es ist das Wichtigste überhaupt. Weißt du nicht, was das in meiner Familie heißt?« Weigerte er sich willentlich, die Schwierigkeiten zu sehen, oder glaubte er wirklich, daß es gleichgültig war?

Kabir nahm ihre Hand und sagte: »Du liebst mich. Und ich liebe dich. Nur das zählt.«

Lata insistierte. »Macht es deinem Vater nichts aus?«

»Nein. Im Gegensatz zu vielen Moslemfamilien lebten wir während und vor der Teilung sehr behütet. Er denkt kaum an etwas anderes als an seine Parameter und Perimeter. Und eine Gleichung verändert sich nicht, ob sie nun mit roter oder mit grüner Tinte geschrieben ist. Ich verstehe nicht, warum wir darüber reden müssen.«

Lata band sich den grauen Pullover um die Taille, und sie gingen den Weg ganz nach oben. Sie kamen überein, sich in drei Tagen am selben Ort zur gleichen Zeit wieder zu treffen. Kabir wäre die nächsten beiden Tage damit beschäftigt, seinem Vater zu helfen. Er kettete sein Fahrrad los, sah sich rasch um und küßte sie noch einmal. Als er davonradeln wollte, sagte sie: »Hast du schon mal jemanden geküßt?«

»Wie bitte?« Er blickte amüsiert drein.

Sie sah ihm ins Gesicht, ohne die Frage zu wiederholen.

»Meinst du, im ganzen Leben?« fragte er. »Nein, ich glaube nicht. Jedenfalls nicht ernsthaft.«

Dann fuhr er davon.

3.15

Später am Tag saß Mrs. Rupa Mehra mit ihren Töchtern beisammen und bestickte für das Baby ein winziges Taschentuch mit einer Rose. Weiß war hinsichtlich des Geschlechts des Kindes eine neutrale Farbe, Weiß auf Weiß wäre für Mrs. Rupa Mehras Geschmack zu trist gewesen, und deshalb hatte sie sich für Gelb entschieden. Nach ihrer geliebten Enkeltochter Aparna wünschte sie sich einen Enkelsohn – und sie sagte voraus, daß es ein Junge würde. Sie hätte das Taschentuch auch in Blau besticken können, aber das wäre vom Schicksal sicherlich als Einladung aufgefaßt worden, das Geschlecht des Kindes im Mutterleib zu ändern.

Rafi Ahmad Kidwai, Indiens Minister für Kommunikationswesen, hatte eine Erhöhung der Postgebühren angekündigt. Da Mrs. Rupa Mehra mindestens ein Drittel ihrer Zeit damit verbrachte, die vielen Briefe zu beantworten, die sie erhielt, war das ein harter Schlag für sie. Rafi Sahib war der weltlichste, am wenigsten seiner Glaubensgemeinschaft verbundene Mann, den man sich vorstellen konnte, aber er war Moslem. Mrs. Rupa Mehra war darauf aus, jemanden zu attackieren, und er eignete sich als Zielscheibe. »Nehru verwöhnt sie zu sehr, er spricht nur noch mit Azad und Kidwai, glaubt er etwa, der Premierminister von Pakistan zu sein? Dann soll er sich doch bei denen mal umsehen.«

Lata und Savita ließen ihre Mutter normalerweise reden, aber heute widersprach Lata: »Ma, ich bin überhaupt nicht deiner Meinung. Er ist der Premierminister aller Inder, nicht nur der Hindus. Was ist so schlimm daran, daß er zwei Moslems im Kabinett hat?«

»Du hast zu viele gebildete Ideen«, erwiderte Mrs. Rupa Mehra, der normalerweise nichts über Bildung ging.

Mrs. Rupa Mehra war vielleicht auch aufgebracht, weil die älteren Frauen keine Fortschritte dabei machten, Mahesh Kapoor die Zustimmung abzuringen, an Ramnavami in Prem Nivas die Ramcharitmanas vortragen zu lassen. Der Shiva-Tempel im Chowk machte Mahesh Kapoor Sorgen, und viele der mächtigsten Großgrundbesitzer, die durch sein Gesetz zur Abschaffung des Großgrundbesitzes enteignet würden, waren Moslems. Er war der Ansicht, daß er die Situation nicht noch verschlimmern sollte.

»Ich kenne diese Moslems«, sagte Mrs. Rupa Mehra düster, hauptsächlich zu sich selbst. In diesem Moment dachte sie nicht an Onkel Shafi und Talat Khala, alte Freunde der Familie.

Lata sah sie empört an, sagte jedoch nichts. Savita sah Lata an, sagte jedoch ebenfalls nichts.

»Schau mich nicht so entsetzt an«, sagte Mrs. Rupa Mehra entrüstet zu ihrer jüngeren Tochter. »Ich kenne die Fakten. Du nicht. Du hast keine Lebenserfahrung.«

Lata sagte: »Ich gehe lernen.« Sie erhob sich von Prans Schaukelstuhl, auf dem sie gesessen hatte.

Mrs. Rupa Mehra war streitlustig. »Warum? Warum mußt du jetzt lernen? Deine Prüfungen sind vorbei. Lernst du schon für die nächsten? Ruh dich doch ein bißchen auf deinen Lorbeeren aus. Setz dich wieder und unterhalte dich mit mir. Oder geh spazieren. Das wird dir guttun.«

»Ich war heute morgen schon spazieren. Ich gehe ständig spazieren.«

»Du bist ein stures Kind«, sagte Mrs. Rupa Mehra.

Ja, dachte Lata, und mit der leisen Andeutung eines Lächelns ging sie in ihr Zimmer.

Savita hatte den kleinen Zwist verfolgt und hielt die Provokation für zu geringfügig, zu unpersönlich, als daß Lata sich unter normalen Umständen so aufgeregt hätte. Irgend etwas lag ihr schwer auf dem Herzen. Der Anruf Malatis, der eine so unübersehbare Wirkung auf Lata hatte, fiel Savita wieder ein. Die zwei und zwei, die sie zusammenzählte, ergaben nicht ganz vier, aber das Paar schwanenförmiger Ziffern nebeneinander war beunruhigend genug. Sie machte sich Sorgen um ihre Schwester. Lata schien sich zur Zeit in einem aufgeregten, launenhaften Zustand zu befinden, sich jedoch niemandem anvertrauen zu wollen. Und Malati, ihre Freundin und Vertraute, war nicht in der Stadt. Savita wartete auf eine Gelegenheit, mit Lata allein zu sprechen, was nicht einfach war. Als sie sich bot, ergriff sie sie sofort.

Lata lag auf ihrem Bett, den Kopf auf die Hände gestützt, und las. Sie hatte *Schwein oder Nichtschwein* beendet und war zu *Galahad auf Schloß Blandings* übergegangen. Sie dachte, dies wäre ein passender Titel, jetzt, da Kabir und sie ineinander verliebt waren. Die beiden Tage ohne ihn würden ihr wie ein Monat vorkommen, und sie mußte sich mit soviel Wodehouse wie möglich ablenken.

Lata war über die Störung nicht gerade erfreut, obwohl es ihre Schwester war.

»Darf ich mich aufs Bett setzen?« fragte Savita.

Lata nickte, und Savita setzte sich.

»Was liest du da?« fragte Savita.

Lata hielt das Buch einen Augenblick hoch, um sie zu informieren, dann las sie weiter.

»Mir geht's heute nicht so gut«, sagte Savita.

»Oh.« Lata richtete sich sofort auf und sah ihre Schwester an. »Hast du deine Periode oder so?«

Savita lachte. »Wenn man schwanger ist, hat man keine Periode.« Sie blickte Lata erstaunt an. »Wußtest du das nicht?« Savita meinte über diese elementare Tatsache seit langem Bescheid zu wissen, aber vielleicht war das nicht der Fall.

»Nein.« Da ihre Unterhaltungen mit Malati thematisch sehr weitreichend waren, wunderte sich Lata, daß sie darüber nie gesprochen hatten. Aber sie empfand es als vollkommen in Ordnung, daß Savita nicht gleichzeitig mit zwei physischen Problemen fertig werden mußte. »Was ist es dann?«

»Ach, nichts. Ich weiß es nicht. Manchmal ergeht es mir so – in letzter Zeit öfter. Vielleicht mache ich mir zu viele Sorgen um Prans Gesundheit.« Sie legte zärtlich den Arm um Latas Schultern.

Savita war keine launische Person, und Lata wußte das. Sie sah ihre Schwester voller Zuneigung an und sagte: »Liebst du Pran?« Das schien ihr plötzlich eine sehr wichtige Frage.

»Natürlich liebe ich ihn«, sagte Savita überrascht.

»Warum ›natürlich‹, Didi?«

»Ich weiß nicht«, erwiderte Savita. »Ich liebe ihn. Ich fühle mich wohler, wenn er da ist. Ich mache mir Sorgen um ihn. Und manchmal mache ich mir auch Sorgen um sein Baby.«

»Ach, dem geht's gut, so wie er in deinem Bauch zustößt.«

Lata legte sich wieder hin und wollte weiterlesen. Aber sie konnte sich nicht mal mehr auf Wodehouse konzentrieren. Nach einer Weile sagte sie: »Gefällt es dir, schwanger zu sein?«

»Ja.« Savita lächelte.

»Gefällt es dir, verheiratet zu sein?«

»Ja.« Savitas Lächeln wurde breiter.

»Mit einem Mann, der für dich ausgewählt wurde – den du vorher nicht wirklich gekannt hast?«

»Sprich nicht über Pran, als ob er ein Fremder wäre«, sagte Savita verwirrt. »Du bist manchmal komisch, Lata. Magst du ihn nicht auch?«

»Doch.« Lata runzelte die Stirn angesichts dieser unlogischen Schlußfolgerung. »Aber ich muß ihm nicht so nahe sein wie du. Was ich nicht verstehe, ist

– also, es waren andere Leute, die beschlossen, daß er geeignet für dich ist –, aber wenn du ihn nicht anziehend gefunden hättest ...«

Sie dachte daran, daß Pran kein gutaussehender Mann war, und sie glaubte nicht, daß seine Güte ein Ersatz war für – wofür? – einen attraktiven jungen Mann.

»Warum fragst du mich das?« Savita strich über das Haar ihrer Schwester.

»Weil ich vielleicht eines Tages vor einem solchen Problem stehen werde.«

»Bist du verliebt, Lata?«

Der Kopf unter Savitas Hand fuhr etwas in die Höhe und tat dann so, als ob es nicht so wäre. Savita hatte ihre Antwort, und in weniger als einer halben Stunde wußte sie fast alle Einzelheiten über Kabir und Lata und ihre Begegnungen. Lata war so erleichtert, mit jemandem zu sprechen, der sie liebte und verstand, daß sie all ihre Hoffnungen und Visionen von Glückseligkeit vor Savita ausbreitete. Savita erkannte sofort, wie unmöglich alles war, ließ Lata jedoch weitersprechen. Sie wurde zunehmend trauriger, während Lata sich immer mehr begeisterte.

»Was soll ich nur tun?« fragte Lata.

»Tun?« wiederholte Savita. Die einzige Antwort, die ihr einfiel, lautete, Kabir sofort aufzugeben, bevor ihre Verliebtheit größer wurde, aber sie war klug genug, es Lata, die bisweilen zum Trotz neigte, nicht zu sagen.

»Soll ich es Ma erzählen?« fragte Lata.

»Nein! Nein. Erzähl Ma auf keinen Fall davon.« Savita konnte sich das Entsetzen und den Schmerz ihrer Mutter vorstellen.

»Erzähl du's bitte auch niemandem, Didi. Niemandem.«

»Ich kann vor Pran keine Geheimnisse haben.«

»Bitte, nur dieses eine Mal. Gerüchte machen so schnell die Runde. Du bist meine *Schwester*. Du kennst diesen Mann nicht einmal ein Jahr.« Kaum hatte sie die letzten Worte ausgesprochen, bereute sie, sich so über Pran geäußert zu haben, den sie jetzt wirklich mochte. Sie hätte sich anders ausdrücken sollen.

Savita nickte etwas unglücklich.

Obwohl Savita die verschwörerische Atmosphäre nicht recht war, die ihre Frage schaffen würde, meinte sie ihrer Schwester helfen, sie auf gewisse Weise sogar beschützen zu müssen. »Sollte ich Kabir nicht kennenlernen?« fragte sie.

»Ich werde ihn fragen«, sagte Lata. Sie war sich sicher, daß Kabir nichts dagegen hätte, jemanden zu treffen, der grundsätzlich sympathisch war, aber sie glaubte auch nicht, daß es ihm sehr viel Spaß bereiten würde. Außerdem wollte sie nicht, daß er jetzt schon Mitglieder ihrer Familie kennenlernte. Sie spürte, daß dann alles belastet und konfus werden könnte und daß die sorglose Atmosphäre ihres Bootsausflugs rasch verfliegen würde.

»Bitte, sei vorsichtig, Lata«, sagte Savita. »Er sieht vielleicht sehr gut aus und mag aus einer guten Familie kommen, aber ...«

Sie ließ die zweite Hälfte des Satzes offen, und später versuchte Lata, ihn mit mehreren Varianten zu vervollständigen.

3.16

Am frühen Abend, als die Hitze nicht mehr so drückend war, besuchte Savita ihre Schwiegermutter, die sie sehr ins Herz geschlossen hatte. Seit fast einer Woche hatten sie sich nicht mehr gesehen. Mrs. Mahesh Kapoor war draußen im Garten und eilte auf Savita zu, als sie die Tonga halten sah. Sie freute sich über den Besuch, zugleich war ihr jedoch etwas bange, wenn Savita in ihrem Zustand in einer holpernden Tonga fuhr. Sie befragte Savita nach ihrer eigenen und nach Prans Gesundheit; beschwerte sich, daß Pran sich so selten sehen ließ; erkundigte sich nach Mrs. Rupa Mehra, die sie am nächsten Tag in Prem Nivas erwartete, und wollte wissen, ob zufällig einer von Savitas Brüdern in der Stadt sei. Savita, etwas verwirrt über die letzte Frage, verneinte. Dann schlenderten Mrs. Mahesh Kapoor und sie durch den Garten.

Der Garten sah etwas vertrocknet aus, obwohl er vor ein paar Tagen ausgiebig gewässert worden war; aber ein Gul-Mohur-Baum stand in voller Blüte. Seine Blüten waren nicht orangerot, sondern scharlachrot. Im Garten von Prem Nivas wirkt alles intensiver, dachte Savita. Es schien fast, als wüßten die Pflanzen, daß ihre Herrin, auch wenn sie sich über eine schwache Vorstellung nicht beklagen würde, nicht glücklich wäre, wenn sie nicht ihr Bestes gaben.

Der Obergärtner Gajraj und Mrs. Mahesh Kapoor stritten sich seit ein paar Tagen. Sie waren einer Meinung darüber, von welchen Pflanzen Ableger gemacht, welche neu gepflanzt, welche Sträucher beschnitten und wann die kleinen Chrysanthemen in größere Töpfe umgesetzt werden sollten. Doch seitdem der Erdboden für die Aussaat von neuem Gras vorbereitet wurde, war es zu einer offensichtlich nicht beizulegenden Meinungsverschiedenheit gekommen.

Mrs. Mahesh Kapoor hatte – als eine Art Experiment – vorgeschlagen, daß ein Teil der Fläche dieses Jahr vor der Saat nicht planiert werden sollte. Dies erschien dem Mali als in höchstem Maße exzentrisch und weit abweichend von Mrs. Mahesh Kapoors üblichen Instruktionen. Er jammerte, daß der Rasen nicht angemessen gesprengt werden könne; daß es schwierig würde, ihn zu mähen; daß sich während des Monsuns und der Regenfälle im Winter Schlammpfützen bilden würden; daß die Reiher, die sich von Wasserkäfern und anderen Insekten ernährten, über den Garten herfallen würden; daß die Jury des Gartengestaltungskomitees den Mangel an Ebenheit als Mangel an Ausgewogenheit – natürlich nur in ästhetischer Hinsicht – werten würde.

Mrs. Mahesh Kapoor hielt dagegen, daß sie nur den Rasen neben und nicht vor dem Haus etwas uneben gestalten wollte; daß es sich um eine kaum ins Auge fallende Unebenheit handelte; daß man die höher gelegenen Stellen mit einem Schlauch wässern könnte; daß der kleine Teil, der sich als zu schwierig zum Mähen erwiese für den großen stumpfen Rasenmäher, der von dem friedfertigen weißen Ochsen der staatlichen Baubehörde gezogen wurde, mit einem kleinen ausländischen Rasenmäher gemäht werden könnte, den sie sich von einer

Freundin leihen würde; daß das Gartengestaltungskomitee sich ihren Garten für eine Stunde im Februar ansehen würde, während er ihr das ganze Jahr über gefallen müsse; daß Unebenheit nichts mit Unausgewogenheit zu tun habe; und daß es die Schlammpfützen und Reiher waren, die sie überhaupt auf das Experiment hatten kommen lassen.

An einem Tag Ende Dezember, zwei Monate nach Savitas Hochzeit, als der nach Honig duftende Harsingarbaum noch blühte, als die Rosen in ihrer ersten vollen Blüte standen, als sich die Knospen des Steinkrauts und der rosa Bartnelken gerade geöffnet hatten, als die Beete mit dem federblättrigen Rittersporn, soweit die Rebhühner sie nicht bis fast zu den Wurzeln abgefressen hatten, ihr Bestes taten, um sich vor den hohen Reihen ebenso federblättriger, aber nicht so wohlschmeckender Schmuckkörbchen zu erholen, hatte ein gewaltiger, nahezu sintflutartiger Regensturm gewütet. Es war düster, stürmisch und kalt gewesen, zwei Tage lang war die Sonne nicht herausgekommen, aber im Garten hatte es von Vögeln gewimmelt: Reiher, Rebhühner, Beos, kleine, aufgeplusterte graue Schwätzer, die jeweils in Gruppen von sieben ununterbrochen schnatterten, Wiedehopfe und die unterschiedlichsten Sittiche, die sie an die Farben der Kongreß-Flagge erinnerten, ein Kiebitzpärchen mit roten Kehllappen und ein Geierpärchen, das mit großen Zweigen im Schnabel zum Nimbaum flog. Trotz ihres Heldentums im Ramayana hatte sich Mrs. Mahesh Kapoor nie wirklich mit Geiern anfreunden können. Aber wer sie wahrhaft entzückt hatte, das waren die drei behäbigen, zerzausten Reiher gewesen, die nahezu reglos neben einer großen Pfütze standen und aufs Wasser starrten, sich für jeden Schritt unendlich lang Zeit ließen und mit der quatschenden Bodenbeschaffenheit höchst zufrieden waren. Sobald die Sonne wieder schien, waren die Tümpel auf dem ebenen Rasen jedoch schnell ausgetrocknet. Die gastfreundliche Mrs. Mahesh Kapoor wollte ihren Rasen noch ein paar Reihern mehr anbieten und diesbezüglich nichts dem Zufall überlassen.

All das erklärte sie ihrer Schwiegertochter, wobei sie wegen ihrer Allergie gegen die Nimblüten ab und zu nach Luft schnappte. Savita dachte, daß Mrs. Mahesh Kapoor selbst ein bißchen wie ein Reiher aussah. Sie war unscheinbar, erdbraun, im Gegensatz zu den anderen ihrer Art pummelig, wenig elegant, etwas krumm gebaut, aber wachsam und unendlich geduldig, und wenn sie sich zu einem Höhenflug aufschwang, konnte sie plötzlich strahlendweiße Flügel entfalten.

Savita amüsierte sich über ihren Vergleich und lächelte. Aber Mrs. Mahesh Kapoor, die ihr Lächeln erwiderte, versuchte nicht herauszufinden, worüber Savita sich so freute.

Sie ist ganz anders als Ma, dachte Savita, während sie weiter durch den Garten spazierten. Sie sah Ähnlichkeiten zwischen Mrs. Mahesh Kapoor und Pran und eine auffällige körperliche Ähnlichkeit zwischen ihr und der lebhaften Veena. Aber daß sie einen Sohn wie Maan zustande gebracht hatte, das amüsierte und erstaunte Savita nach wie vor.

3.17

Am nächsten Vormittag trafen sich Mrs. Rupa Mehra, die alte Mrs. Tandon und Mrs. Mahesh Kapoor in Prem Nivas zu einem Plauderstündchen. Es paßte, daß die freundliche, sanftmütige Mrs. Mahesh Kapoor die Gastgeberin war. Sie war die Samdhin – die ›Ko-Schwiegermutter‹ – der beiden anderen, das verbindende Glied in der Kette. Außerdem war sie die einzige, deren Mann noch lebte, die einzige, die noch Herrin im eigenen Haus war.

Mrs. Rupa Mehra liebte Gesellschaft jeder Art, und diese Art Gesellschaft war ideal. Zuerst tranken sie Tee und aßen Matthri mit Mango-Pickle, das Mrs. Mahesh Kapoor selbst zubereitet hatte. Alle fanden es ganz köstlich. Das Pickle-Rezept wurde eingehend analysiert und mit sieben oder acht anderen Rezepten für Mango-Pickle verglichen. Was die Matthri anbelangte, sagte Mrs. Rupa Mehra: »Sie sind genau, wie sie sein sollten: kroß und hauchzart, aber sie fallen nicht auseinander.«

»Ich kann wegen meiner Verdauung nicht viel davon essen«, sagte die alte Mrs. Tandon und nahm sich noch eins.

»Was kann man machen, wenn man alt wird«, sagte Mrs. Rupa Mehra voller Mitgefühl. Sie war erst Mitte Vierzig, stellte sich in Gesellschaft von Älteren jedoch gern vor, auch sie wäre älter; und da sie seit mehreren Jahren Witwe war, glaubte sie, die Erfahrungen des Alters zumindest teilweise gemacht zu haben.

Sie unterhielten sich in Hindi, gelegentlich benutzten sie ein englisches Wort. Wenn Mrs. Mahesh Kapoor zum Beispiel über ihren Mann redete, nannte sie ihn meist ›Minister Sahib‹. Manchmal sprach sie sogar von ihm als von ›Prans Vater‹. Ihn bei seinem Namen zu nennen war undenkbar. Auch ›mein Mann‹ war unannehmbar für sie, aber ›mein dieser‹ war in Ordnung.

Sie verglichen die jetzigen Gemüsepreise mit denen von vor einem Jahr. Dem Minister Sahib waren die Klauseln seines Gesetzentwurfes wichtiger als sein Essen, aber bisweilen wurde er sehr ärgerlich, wenn es zu sehr oder zu wenig gesalzen war oder überhaupt zu stark gewürzt war. Besonders gern mochte er Karela, das bitterste Gemüse überhaupt – je bitterer, um so besser.

Mrs. Rupa Mehra fühlte sich besonders zur alten Mrs. Tandon hingezogen. Für jemanden, der davon überzeugt war, daß die Fahrgäste in einem Eisenbahnabteil hauptsächlich deswegen existierten, um in ein Netzwerk von Bekanntschaften integriert zu werden, war die Samdhin der Samdhin so etwas wie eine Schwester. Sie waren beide verwitwet, und beide hatten komplizierte Schwiegertöchter. Mrs. Rupa Mehra klagte über Meenakshi; sie hatte ihnen bereits vor ein paar Wochen von der so kaltblütig eingeschmolzenen Medaille erzählt. Aber die alte Mrs. Tandon konnte sich in Anwesenheit von Mrs. Mahesh Kapoor selbstverständlich nicht über Veena und ihre Vorliebe für weltliche Musik beschweren.

Auch die Enkelkinder waren Gesprächsthema: Bhaskar, Aparna und Savitas ungeborenes Kind, keines wurde ausgelassen.

Dann nahm die Unterhaltung eine andere Tonart an.

»Können wir denn nichts wegen Ramnavami tun? Will der Minister Sahib seine Meinung nicht ändern?« fragte die alte Mrs. Tandon, die unerbittlich frömmste der drei Frauen.

»Uff! Was soll ich sagen, er ist so stur«, sagte Mrs. Mahesh Kapoor. »Und zur Zeit steht er so unter Druck, daß er bei jedem Wort von mir sofort unwirsch wird. Dieser Tage geht's mir oft schlecht, aber deswegen mache ich mir keine Sorgen, nur seinetwegen mache ich mir große Sorgen.« Sie lächelte. »Ich sage es freiheraus«, fuhr sie in ihrem ruhigen Tonfall fort, »ich habe Angst, überhaupt noch etwas zu ihm zu sagen. Ich habe zu ihm gesagt: ›Gut, wenn du nicht willst, daß alle Ramcharitmanas vorgetragen werden, dann soll wenigstens ein Priester Teile davon vortragen, vielleicht nur den Sundara Kanda‹, und alles, was er darauf gesagt hat, war: ›Ihr Frauen werdet noch die ganze Stadt in Brand stecken. Macht, was ihr wollt!‹ Und dann ist er aus dem Zimmer gestürmt.«

Mrs. Rupa Mehra und Mrs. Tandon gaben Laute des Mitgefühls von sich.

»Später ist er in der größten Hitze im Garten auf und ab marschiert, was weder gut für ihn noch gut für die Pflanzen ist. Ich habe zu ihm gesagt, daß wir Maans zukünftige Schwiegereltern aus Benares dazu einladen könnten. Sie mögen solche Darbietungen sehr gern. Das wird helfen, die Verbindung zu zementieren. Maan ist so«, sie suchte nach dem richtigen Wort, »so unkontrollierbar dieser Tage.« Bekümmert brach sie ab.

Gerüchte über Maan und Saeeda Bai grassierten mittlerweile in Brahmpur.

»Was hat er gesagt?« fragte Mrs. Rupa Mehra gespannt.

»Er hat einfach nur abgewinkt und gesagt: ›Immer diese Intrigen und Verschwörungen!‹«

Die alte Mrs. Tandon schüttelte den Kopf. »Als Zaidis Sohn die Prüfung für den öffentlichen Dienst bestanden hatte, organisierte seine Frau eine Lesung des ganzen Korans in ihrem Haus. Dreißig Frauen sind gekommen, und jede von ihnen hat eine – wie heißt das doch gleich? – Paara, ja Paara vorgelesen.« Das Wort schien ihr zu mißfallen.

»Wirklich?« fragte Mrs. Rupa Mehra, der diese Ungerechtigkeit einen Stich versetzte. »Soll ich mit dem Minister Sahib sprechen?« Sie hatte das vage Gefühl, daß das etwas nützen könnte.

»Nein, nein, nein«, sagte Mrs. Mahesh Kapoor, die der Gedanke, diese zwei willensstarken Personen würden aufeinanderstoßen, beunruhigte. »Er wird nur wieder Ausflüchte machen. Als ich das Thema einmal angesprochen habe, hat er nur gesagt: ›Wenn du das unbedingt haben mußt, dann geh zu deinem guten Freund, dem Innenminister – er hat für diesen Unfug sicherlich viel übrig.‹ Danach habe ich vor lauter Angst nichts mehr gesagt.«

Sie alle beklagten den allgemeinen Niedergang wahrer Frömmigkeit.

Die alte Mrs. Tandon sagte: »Heutzutage wollen sie alle ein großes Brimborium im Tempel – Gesänge und Bhajans, Lesungen und Gespräche und Puja –, aber zu Hause halten sie keine richtigen Zeremonien mehr ab.«

»Stimmt«, sagten die beiden anderen.

Die alte Mrs. Tandon fuhr fort: »In einem halben Jahr wird es zumindest in unserer Nachbarschaft eine richtige Ramlila geben. Bhaskar ist noch zu jung, um eine der Hauptrollen zu spielen, aber er kann sicherlich einen Affenkrieger darstellen.«

»Lata mag Affen sehr gern«, sagte Mrs. Rupa Mehra geistesabwesend.

Die alte Mrs. Tandon und Mrs. Mahesh Kapoor warfen einander einen bedeutungsvollen Blick zu.

Mrs. Rupa Mehra erwachte aus ihrer Geistesabwesenheit und sah die beiden anderen an. »Stimmt irgend etwas nicht?« fragte sie.

»Bevor du gekommen bist, haben wir uns unterhalten – du weißt schon, einfach nur so«, sagte die alte Mrs. Tandon beruhigend.

»Über Lata?« fragte Mrs. Rupa Mehra, die ihren Tonfall genauso korrekt interpretierte wie ihren Blick.

Die beiden Damen sahen einander wieder an und nickten ernst.

»Erzählt schnell«, sagte Mrs. Rupa Mehra, die jetzt ernstlich beunruhigt war.

»Siehst du, die Sache ist die«, sagte Mrs. Mahesh Kapoor leise, »bitte paß auf deine Tochter auf, denn jemand hat sie gestern morgen mit einem Jungen am Gangesufer in der Nähe des Dhobi-Ghat spazierengehen sehen.«

»Mit welchem Jungen?«

»Das weiß ich nicht. Aber sie gingen Hand in Hand.«

»Wer hat sie gesehen?«

»Warum sollte ich es dir verheimlichen?« sagte Mrs. Mahesh Kapoor voller Mitgefühl. »Avtar Bhais Schwager. Er hat Lata erkannt, aber nicht den jungen Mann. Ich habe zu ihm gesagt, daß es einer deiner Söhne gewesen sein müsse, aber von Savita weiß ich, daß sie in Kalkutta sind.«

Mrs. Rupa Mehras Nase lief vor lauter Kummer und Scham rot an. Zwei Tränen kullerten über ihre Wangen, und sie kramte in ihrer geräumigen Handtasche nach einem bestickten Taschentuch.

»Gestern morgen?« fragte sie mit zittriger Stimme.

Sie versuchte sich zu erinnern, was Lata gesagt hatte, wo sie gewesen sei. So was passierte, wenn man seinen Kindern vertraute, wenn man sie frei herumlaufen, sie spazierengehen ließ, wo sie wollten. Nirgendwo waren sie sicher.

»Das hat er gesagt«, sagte Mrs. Mahesh Kapoor leise. »Trink noch etwas Tee. Beunruhige dich nicht zu sehr. Die Mädchen sehen heutzutage diese modernen Liebesfilme, und das beeinflußt sie natürlich. Aber Lata ist ein braves Mädchen. Rede mit ihr.«

Aber Mrs. Rupa Mehra war in höchstem Maße beunruhigt, stürzte ihren Tee hinunter, nachdem sie ihn versehentlich mit Zucker gesüßt hatte, und brach auf, sobald es die Höflichkeit gestattete.

3.18

Mrs. Rupa Mehra stürmte atemlos zur Tür herein.

In der Tonga hatte sie geweint. Der Tonga-Wallah, den es beunruhigte, daß eine so gut gekleidete Dame in der Öffentlichkeit hemmungslos weinte, hatte vor sich hin geredet und so getan, als würde er es nicht bemerken. Als sie zu Hause ankam, hatte sie nicht nur das bestickte Taschentuch naßgeweint, sondern auch noch ihr Reservetaschentuch.

»O meine Tochter!« schluchzte sie. »O meine Tochter!«

»Ja, Ma?« sagte Savita. Sie war bestürzt über das tränenverschmierte Gesicht ihrer Mutter.

»Nicht du«, sagte Mrs. Rupa Mehra. »Wo ist die schamlose Lata?«

Savita ahnte, daß ihre Mutter etwas herausgefunden hatte. Aber was? Und wieviel? Instinktiv ging sie zu ihr, um sie zu beruhigen.

»Setz dich, Ma, beruhige dich, trink etwas Tee«, sagte Savita und führte Mrs. Rupa Mehra, die ganz außer sich schien, zu ihrem Lieblingssessel.

»Tee! Tee! Und noch mehr Tee!« sagte Mrs. Rupa Mehra in ihrem unerschütterlichen Elend.

Savita ging, um Mateen um Tee für sie beide zu bitten.

»Wo ist sie? Was soll jetzt aus uns allen werden? Wer wird sie jetzt noch heiraten?«

»Ma, dramatisiere die Sache nicht zu sehr«, sagte Savita besänftigend. »Das wird vorübergehen.«

Mrs. Rupa Mehra setzte sich abrupt auf. »Du wußtest es also! Du wußtest es! Und du hast mir nichts davon gesagt. Ich mußte es von Fremden erfahren.« Dieser neue Verrat leitete eine weitere Runde Schluchzen ein.

Savita faßte ihre Mutter an den Schultern und reichte ihr ein frisches Taschentuch. Nach ein paar Minuten sagte Savita: »Hör auf zu weinen, Ma, hör auf zu weinen. Was hat man dir erzählt?«

»Oh, meine arme Lata – ist er aus einer guten Familie? Ich habe geahnt, daß irgend etwas vor sich geht. O Gott! Was würde ihr Vater sagen, wenn er noch am Leben wäre? O meine Tochter.«

»Ma, sein Vater lehrt Mathematik an der Universität. Er ist ein anständiger Junge. Und Lata ist ein vernünftiges Mädchen.«

Mateen brachte den Tee, registrierte die Szene mit respektvollem Interesse und zog sich wieder in die Küche zurück.

Lata kam kurz darauf herein. Sie war mit einem Buch in den Banyanhain gegangen, wo sie eine Weile ungestört im Wodehouse gelesen und ihren verzauberten Gedanken nachgehangen hatte. Noch zwei Tage, noch einen Tag, und sie würde Kabir wiedersehen.

Sie war auf die Szene, die sich ihr bot, nicht gefaßt und blieb in der Tür stehen.

»Wo warst du, junges Fräulein?« verlangte Mrs. Rupa Mehra zu wissen, ihre Stimme zitterte vor Zorn.
»Spazieren«, antwortete Lata zögernd.
»Spazieren? Spazieren?« Mrs. Rupa Mehras Stimme schwoll zu einem Crescendo an. »Ich werde dich spazierengehen lehren.«
Latas Mund stand offen, und sie sah Savita an. Savita schüttelte den Kopf und winkte kaum wahrnehmbar mit der rechten Hand, um ihr zu bedeuten, daß nicht sie sie verraten hatte.
»Wer ist er?« fragte Mrs. Rupa Mehra. »Komm her. Komm sofort her.«
Lata sah Savita an. Savita nickte.
»Nur ein Freund«, sagte Lata und näherte sich ihrer Mutter.
»Nur ein Freund! Ein Freund! Und mit Freunden hält man Händchen? Habe ich dich dafür großgezogen? Euch alle – und habe ich ...«
»Setz dich, Ma«, sagte Savita, denn Mrs. Rupa Mehra war halb aufgestanden.
»Von wem weißt du es?« fragte Lata. »Hemas Taiji?«
»Hemas Taiji? Hemas Taiji? Weiß sie auch Bescheid?« rief Mrs. Rupa Mehra mit neuer Empörung aus. »Sie läßt diese Mädchen am Abend mit Blumen im Haar in der ganzen Stadt herumlaufen. Wer es mir erzählt hat? Das elende Mädchen will wissen, wer es mir erzählt hat. Niemand hat es mir erzählt. Die ganze Stadt spricht davon, alle Welt weiß Bescheid. Alle Welt hat geglaubt, du seist ein anständiges Mädchen mit einem guten Ruf – und jetzt ist es zu spät. Zu spät«, schluchzte sie.
»Ma, du sagst doch immer, daß Malati ein nettes Mädchen ist«, sagte Lata, um sich zu verteidigen. »Und sie hat auch Freunde – das weißt du doch –, alle Welt weiß das.«
»Sei still! Gib mir keine frechen Antworten! Ich geb dir gleich zwei Ohrfeigen. Treibst dich schamlos am Dhobi-Ghat herum und amüsierst dich.«
»Aber Malati ...«
»Malati! Malati! Ich rede von dir, nicht von Malati. Studiert Medizin und schneidet Frösche auseinander ...« Mrs. Rupa Mehras Stimme wurde noch lauter. »Willst du etwa sein wie sie? Und deine Mutter lügst du an. Ich werde dich nie wieder spazierengehen lassen. Du bleibst hier im Haus, hast du mich verstanden? Hast du mich verstanden?« Mrs. Rupa Mehra war aufgestanden.
»Ja, Ma«, sagte Lata, die sich beschämt daran erinnerte, daß sie ihre Mutter hatte anlügen müssen, um Kabir treffen zu können. Ihre Verzauberung war zerrupft; sie fühlte sich beunruhigt und elend.
»Wie heißt er?«
»Kabir«, sagte Lata und wurde blaß.
»Kabir und wie weiter?«
Lata stand reglos da und antwortete nicht. Ein Träne floß ihr über die Wange.
Mrs. Rupa Mehra war nicht in der Stimmung für Mitgefühl. Was sollten all diese lächerlichen Tränen? Sie ergriff Latas Ohr und zog daran. Lata schnappte nach Luft.

»Er hat doch einen Nachnamen, oder etwa nicht? Wie heißt er – Kabir Lal, Kabir Mehra –, oder wie? Willst du mit der Antwort warten, bis der Tee kalt ist? Oder hast du ihn vergessen?«
Lata schloß die Augen.
»Kabir Durrani«, sagte sie und wartete, daß das Haus einstürzte.
Die drei Silben taten ihre Wirkung. Mrs. Rupa Mehra griff sich ans Herz, öffnete entsetzt den Mund, sah sich im Zimmer um, ohne etwas zu sehen, und setzte sich.
Savita hastete zu ihr. Ihr Herz schlug viel zu schnell.
Mrs. Rupa Mehra sah eine letzte kleine Möglichkeit. »Ist er Parse?« fragte sie leise, nahezu flehentlich. Der Gedanke war schrecklich, aber nicht ganz so verheerend und entsetzlich. Aber ein Blick in Savitas Gesicht genügte.
»Ein Moslem!« sagte Mrs. Rupa Mehra mehr zu sich als zu irgend jemand anders. »Was habe ich in meinem früheren Leben nur getan, um das über meine geliebte Tochter zu bringen?«
Savita stand neben ihr und hielt ihre Hand. Mrs. Rupa Mehras Hand war vollkommen reglos, während sie vor sich hin starrte. Mit einemmal wurde sie sich der sanften Wölbung von Savitas Bauch bewußt, und neue Schrecken suchten sie heim.
Sie stand wieder auf. »Nie, nie, nie«, sagte sie.
Mittlerweile hatte Lata, die in Gedanken Kabirs Bild heraufbeschworen hatte, etwas Kraft gesammelt. Sie öffnete die Augen. Sie weinte nicht mehr, und um ihren Mund trat ein trotziger Zug.
»Nie, nie, nie und nimmer – schmutzig, gewalttätig, grausam, wollüstig ...«
»Wie Talat Khala?« fragte Lata. »Wie Onkel Shafi? Wie der Nawab Sahib von Baitar? Wie Firoz und Imtiaz?«
»Willst du ihn heiraten?« schrie Mrs. Rupa Mehra wütend.
»Ja!« sagte Lata, besinnungslos und jede Sekunde wütender.
»Er wird dich heiraten – und nächstes Jahr wird er sagen ›Talaq, talaq, talaq‹, und du wirst auf der Straße stehen. Du starrsinniges, dummes Mädchen! Aus Scham solltest du dich in einer Handvoll Wasser ertränken.«
»Ich *werde* ihn heiraten«, sagte Lata und faßte einseitig diesen Entschluß.
»Und ich werde dich einsperren. Wie damals, als du Nonne werden wolltest.«
Savita wollte einschreiten.
»Du geh in dein Zimmer!« sagte Mrs. Rupa Mehra. »Das ist nichts für dich.« Sie zeigte mit dem Finger auf die Tür, und Savita, nicht daran gewöhnt, in ihrem eigenen Haus herumkommandiert zu werden, gehorchte lammfromm.
»Ich wünschte, ich wäre Nonne geworden«, sagte Lata. »Daddy hat immer gesagt, wir sollten tun, was uns unser Herz rät.«
»Widersprichst du mir noch immer?« sagte Mrs. Rupa Mehra, deren Wut sich bei der Erwähnung von Daddy noch steigerte. »Ich gebe dir zwei Ohrfeigen.«
Und sie schlug ihre Tochter hart, zweimal, und brach augenblicklich in Tränen aus.

3.19

Mrs. Rupa Mehra hatte keine größeren Vorurteile gegen Moslems als die meisten Hindu-Frauen höherer Kasten ihres Alters und ihrer Herkunft. Wie Lata zur Unzeit angedeutet hatte, hatte sie sogar Freunde, die Moslems waren – wenn auch meist keine strenggläubigen. Der Nawab Sahib mochte ziemlich strenggläubig sein, aber er war auch eher ein Bekannter als ein Freund.

Je länger Mrs. Rupa Mehra nachdachte, um so erregter wurde sie. Einen Mann zu heiraten, der nicht einmal Khatri war, war schlimm genug. Aber das hier war unaussprechlich. Es war eine Sache, sich bei gesellschaftlichen Anlässen mit Moslems zu treffen, aber eine völlig andere, davon zu träumen, sein eigenes Blut zu verunreinigen und die eigene Tochter zu opfern.

An wen konnte sie sich in dieser dunklen Stunde wenden? Als Pran zum Mittagessen nach Hause kam und von der Geschichte erfuhr, schlug er nachsichtig vor, sich den jungen Mann anzusehen. Mrs. Rupa Mehra bekam einen weiteren Anfall. Das kam überhaupt nicht in Frage. Daraufhin beschloß Pran, sich herauszuhalten und abzuwarten, bis sich die Lage beruhigt hätte. Er war nicht verletzt, als ihm klar wurde, daß Savita ihm das Geheimnis ihrer Schwester vorenthalten hatte, und Savita liebte ihn deswegen noch mehr. Sie versuchte, ihre Mutter zu beruhigen, Lata zu trösten und beide in verschiedenen Zimmern zu halten – zumindest tagsüber.

Lata sah sich in ihrem Zimmer um und fragte sich, was sie in diesem Haus bei ihrer Mutter tat, wenn ihr Herz doch ganz woanders war, überall, nur nicht hier – auf einem Boot, einem Kricketfeld, in einem Konzert, einem Banyanhain, einer Hütte in den Bergen, auf Schloß Blandings, überall und nirgends, solange nur Kabir bei ihr war. Gleichgültig, was passierte, sie würde ihn wie geplant am nächsten Tag treffen. Wieder und wieder sagte sie sich, daß der Weg, den die wahre Liebe einschlug, stets steinig war.

Mrs. Rupa Mehra schrieb auf einem Inlandsformular einen Brief an Arun in Kalkutta. Ihre Tränen tropften auf das Papier und ließen die Tinte zerlaufen. Am Schluß fügte sie hinzu: »P.S. Meine Tränen sind auf das Papier getropft, aber was soll ich tun? Mein Herz ist gebrochen, und nur Gott weiß einen Ausweg. Aber Sein Wille geschehe.« Weil die Postgebühren gerade erst erhöht worden waren, mußte sie eine zusätzliche Briefmarke auf das vorfrankierte Formular kleben.

Verbittert ging sie zu ihrem Vater. Es würde ein für sie beschämender Besuch werden. Sie würde seinem Naturell die Stirn bieten müssen, um Rat von ihm zu erhalten. Ihr Vater mochte eine gewöhnliche Frau, die halb so alt war wie er, geheiratet haben, aber das war eine vom Himmel arrangierte Ehe, verglichen mit der, die Lata angedroht hatte.

Wie erwartet stauchte Dr. Kishen Chand Seth Mrs. Rupa Mehra vor der schrecklichen Parvati rundheraus zusammen und führte ihr vor Augen, daß sie als Mutter vollkommen untauglich sei. Aber, fügte er hinzu, dieser Tage sei wohl jeder hirnverbrannt. Erst letzte Woche hatte er einem Patienten, den er im Krankenhaus besuchte, gesagt: »Sie sind ein dämlicher Mensch. In zehn bis fünfzehn Tagen werden Sie tot sein. Wenn sie unbedingt Geld loswerden wollen, dann lassen Sie sich operieren, Sie werden nur noch schneller sterben.« Der dämliche Patient war ziemlich aufgebracht gewesen. Es war vollkommen klar, daß heutzutage keiner mehr gute Ratschläge geben oder befolgen konnte. Und niemand wußte noch, wie Kinder zu disziplinieren waren; daher rührte all der Ärger in der Welt.

»Schau dir nur mal Mahesh Kapoor an!« fügte er höchst zufrieden hinzu.

Mrs. Rupa Mehra nickte.

»Und du bist noch schlimmer.«

Mrs. Rupa Mehra schluchzte.

»Du hast deinen Ältesten verzogen«, er kicherte, weil ihm Aruns Spritztour mit seinem Auto einfiel, »und die Jüngste hast du auch verzogen, und schuld bist du ganz allein. Und jetzt, wo es zu spät ist, willst du meinen Rat.«

Seine Tochter schwieg.

»Und deine geliebten Chatterjis sind genauso«, fuhr er genüßlich fort. »Aus Kalkutta höre ich, daß sie keinerlei Kontrolle über ihre Kinder haben. Überhaupt keine.« Dieser Gedanke brachte ihn auf eine Idee.

Mrs. Rupa Mehra war jetzt zufriedenstellend in Tränen aufgelöst, und er konnte ihr einen Rat geben, den sie augenblicklich in die Tat umsetzen sollte.

Mrs. Rupa Mehra begab sich nach Hause, holte Geld und fuhr geradewegs zum Hauptbahnhof von Brahmpur. Sie kaufte zwei Fahrkarten nach Kalkutta für den Nachtzug des nächsten Tages.

Anstatt den Brief an Arun einzuwerfen, schickte sie ihm ein Telegramm.

Savita versuchte, es ihrer Mutter auszureden, aber vergebens. »Warte zumindest bis Anfang Mai, wenn die Prüfungsergebnisse bekanntgegeben werden«, sagte sie. »Lata wird sich deswegen unnötig Sorgen machen.«

Mrs. Rupa Mehra klärte Savita darüber auf, daß Prüfungsergebnisse keinerlei Bedeutung hätten, wenn der Charakter eines Mädchens verdorben sei, und daß sie per Post übermittelt werden könnten. Sie wisse nur zu gut, worüber sich Lata Sorgen mache. Und dann, um weiteren Argumenten zuvorzukommen, sagte sie zu Savita, daß keine Szenen zwischen Lata und ihr in Savitas Gegenwart oder Hörweite stattfinden sollten. Savita sei schwanger und solle sich nicht aufregen. »Du sollst dich nicht aufregen«, wiederholte Mrs. Rupa Mehra vehement.

Was Lata anbelangte, so sagte sie nichts zu ihrer Mutter, sondern schwieg, als ihr geheißen wurde, ihre Sachen für die Reise zu packen. »Wir fahren morgen mit dem Zug um 18 Uhr 22 nach Kalkutta – das steht fest. Wage ja nicht zu widersprechen«, sagte Mrs. Rupa Mehra.

Lata widersprach nicht. Sie weigerte sich, ihrer Mutter irgendein Gefühl zu zeigen. Sie packte gewissenhaft. Sie aß sogar etwas zu Abend. Kabirs Bild leistete ihr Gesellschaft.

Nach dem Abendessen setzte sie sich aufs Dach des Hauses und dachte nach. Als sie ins Bett ging, wünschte sie Mrs. Rupa Mehra, die schlaflos im anderen Bett lag, nicht gute Nacht. Mrs. Rupa Mehra war untröstlich, aber Lata empfand keinerlei Nächstenliebe. Sie schlief bald ein und träumte unter anderem vom Esel eines Wäschers, der das Gesicht von Dr. Makhijani hatte und Mrs. Rupa Mehras schwarze Handtasche mit all ihren kleinen silbernen Sternchen auffraß.

3.20

Sie erwachte ausgeruht, als es noch dunkel war. Sie hatte mit Kabir vereinbart, ihn um sechs Uhr zu treffen. Sie ging ins Bad und schlich sich von dort durch die Hintertür hinaus in den Garten. Sie wagte nicht, einen Pullover mitzunehmen, um ihre Mutter nicht mißtrauisch zu machen. Aber es war auch nicht sonderlich kalt.

Sie zitterte jedoch, als sie zur Klippe ging und dann den Weg hinunter. Kabir wartete schon auf sie. Er saß auf der Banyanwurzel und stand auf, als er sie kommen hörte. Sein Haar war zerzaust, und er sah noch schläfrig aus. Er gähnte sogar, als sie auf ihn zuging. Im Dämmerlicht sah sein Gesicht noch hübscher aus als damals, als er in der Nähe des Kricketfeldes den Kopf zurückgeworfen und gelacht hatte.

Sie machte auf ihn einen angespannten und aufgeregten, jedoch keinen unglücklichen Eindruck. Sie küßten sich, dann sagte Kabir: »Guten Morgen.«

»Guten Morgen.«

»Hast du gut geschlafen?«

»Sehr gut, danke. Ich habe von einem Esel geträumt.«

»Nicht von mir?«

»Nein.«

»Ich kann mich nicht erinnern, was ich geträumt habe«, sagte Kabir, »aber ich habe auch nicht besonders gut geschlafen.«

»Ich schlafe gern. Ich kann immer neun oder zehn Stunden lang schlafen.«

»Ist dir nicht kalt? Warum ziehst du den nicht an?« Kabir wollte seinen Pullover ausziehen.

»Ich habe mich danach gesehnt, dich wiederzusehen«, sagte Lata.

»Lata, was ist passiert, daß du so aufgeregt bist?« fragte Kabir, denn ihre Augen schimmerten feucht.

»Nichts«, entgegnete Lata und kämpfte gegen die Tränen. »Ich weiß nicht, wann wir uns wiedersehen werden.«

»Was ist passiert?«

»Ich fahre heute abend nach Kalkutta. Meine Mutter weiß über uns Bescheid.

Als sie deinen Namen gehört hat, bekam sie einen Anfall – ich hab dir ja erzählt, wie meine Familie ist.«

Kabir setzte sich wieder auf die Wurzel und sagte: »O nein.«

Lata setzte sich ebenfalls. »Liebst du mich noch?« fragte sie ihn nach einer Weile.

»Noch?« Kabir lachte bitter. »Was ist los mit dir?«

»Erinnerst du dich noch, was du das letztemal gesagt hast: daß wir uns lieben, das ist das einzig Wichtige?«

»Ja. Und das stimmt auch.«

»Laß uns fortgehen ...«

»Fortgehen«, sagte Kabir traurig. »Wohin?«

»Irgendwohin – in die Berge –, irgendwohin.«

»Und wir sollen hier alles zurücklassen?«

»Alles. Es macht mir nichts aus. Ich habe ein paar Sachen gepackt.«

Diese praktische Anwandlung ließ ihn lächeln, statt ihn zu beunruhigen. »Lata, wir haben keine Chance, wenn wir weggehen. Laß uns warten und sehen, wie sich die Dinge entwickeln. Wir werden's schon schaffen.«

»Ich dachte, du lebst nur dafür, mich zu sehen?«

Kabir legte einen Arm um ihre Schultern.

»Das tue ich. Aber wir können jetzt nicht alles entscheiden. Ich will dir nicht die Illusionen nehmen, aber ...«

»Das tust du aber, du nimmst mir die Illusionen. Wie lange sollen wir warten?«

»Ich denke, zwei Jahre. Zuerst muß ich meinen Abschluß machen. Dann will ich versuchen, in Cambridge zu studieren – oder vielleicht die Prüfung für den Auswärtigen Dienst ablegen ...«

»Ah ...« Es klang wie ein leiser, durch körperlichen Schmerz verursachter Schrei.

Er hielt inne, weil er merkte, wie selbstsüchtig seine Worte geklungen haben mußten.

»In zwei Jahren wird man mich verheiratet haben«, sagte Lata und schlug die Hände vors Gesicht. »Du bist kein Mädchen. Du verstehst das nicht. Womöglich läßt mich meine Mutter gar nicht mehr nach Brahmpur zurückkommen.«

Zwei Zeilen von einem ihrer Treffen fielen ihr ein:

»Laß mich nicht im Stich, flieh mit mir
von Mr. Nowrojee, ich dank es dir.«

Sie stand auf, unternahm keinen Versuch, ihre Tränen zu verbergen. »Ich gehe«, sagte sie.

»Bitte bleib, Lata. Bitte hör mir zu. Wann werden wir wieder miteinander sprechen können? Wenn wir jetzt nicht reden ...«

Lata eilte den Weg hinauf, versuchte, ihm zu entkommen.

»Lata, sei vernünftig.«

Sie kam oben an. Kabir folgte ihr. Sie schien sich mit Mauern umgeben zu haben, und er wagte es nicht, sie zu berühren. Er spürte, daß sie ihn zurückstoßen würde, vielleicht mit einer weiteren verletzenden Bemerkung.

Auf halber Strecke zum Haus wuchsen duftende Kaminibüsche, manche davon so hoch wie Bäume. Ihr Duft hing schwer in der Luft, die Zweige waren voll kleiner weißer Blüten, die sich von den dunkelgrünen Blättern abhoben, der Boden war mit Blütenblättern übersät. Als sie daran vorbeigingen, zog er leicht an einem Zweig, und ein Schauer duftender Blütenblätter regnete auf ihr Haar. Wenn sie es wahrnahm, ließ sie sich nichts anmerken.

Sie gingen schweigend weiter. Dann wandte Lata sich um.

»Der dort im Bademantel ist der Mann meiner Schwester. Sie suchen nach mir. Geh weg. Niemand hat uns bislang gesehen.«

»Ja. Dr. Kapoor. Ich weiß. Ich werde – werde mit ihm sprechen. Ich werde sie überzeugen ...«

»Du kannst nicht jeden Tag vier Läufe rennen«, sagte Lata.

Kabir blieb wie angewurzelt stehen, sah eher verwirrt als verletzt aus. Lata ging weiter, ohne sich umzublicken.

Sie wollte ihn nie wiedersehen.

Mrs. Rupa Mehra hatte einen hysterischen Anfall. Pran blickte finster drein. Savita weinte. Lata weigerte sich, irgendwelche Fragen zu beantworten.

Am Abend reisten Mrs. Rupa Mehra und Lata nach Kalkutta ab. Mrs. Rupa Mehra leierte immer wieder dieselbe Litanei herunter: daß Lata sich schamlos und rücksichtslos verhalten habe; daß sie ihre Mutter gezwungen habe, vor Ramnavami aus Brahmpur abzureisen; daß sie für unnötige Aufregung und Ausgaben gesorgt habe.

Da sie keine Antwort erhielt, gab sie es irgendwann auf. Dieses eine Mal sprach sie kaum mit den anderen Fahrgästen.

Lata schwieg. Sie sah zum Fenster hinaus, bis es völlig dunkel war. Sie fühlte sich elend und gedemütigt. Sie hatte genug von ihrer Mutter und von Kabir und von dem ganzen Durcheinander, das sich Leben nannte.

VIERTER TEIL

4.1

Während sich Lata in Kabir verliebte, fanden in Old Brahmpur Ereignisse ganz anderer Art statt, die sich jedoch für ihre Geschichte als nicht unwichtig erweisen sollten. Diese Ereignisse betrafen Prans Schwester Veena und ihre Familie.

Veena Tandon betrat ihr Haus in Misri Mandi und wurde von ihrem Sohn Bhaskar mit einem Kuß begrüßt, den sie trotz seiner Erkältung freudig erwiderte. Dann lief Bhaskar zurück zu dem kleinen Sofa, auf dem er gesessen hatte – in der Mitte zwischen seinem Vater und dem Gast seines Vaters –, und fuhr fort, die Potenzen der Zahl zehn zu erklären.

Kedarnath Tandon blickte nachsichtig auf seinen Sohn, aber da er vom Genie des Kindes überzeugt war, verfolgte er kaum, was es sagte. Der Gast des Vaters, Haresh Khanna, den Kedarnath über einen gemeinsamen Bekannten im Schuhhandel kannte, hätte lieber über den Leder- und Schuhmarkt in Brahmpur geredet, hielt es jedoch für angebracht, dem Sohn seines Gastgebers zuzuhören – vor allem weil Bhaskar von seiner Begeisterung fortgetragen wurde und enttäuscht gewesen wäre, sein Publikum im Haus zu verlieren, besonders an einem Tag, an dem er seinen Drachen nicht hatte steigen lassen dürfen. Haresh versuchte, sich auf das zu konzentrieren, was Bhaskar sagte.

»Also, schau mal, Haresh Chacha, die Sache ist folgendermaßen. Zuerst hat man nur zehn, das heißt zehn hoch eins. Dann hat man hundert, denn zehn mal zehn ist hundert, das heißt zehn hoch zwei. Dann hat man tausend, das heißt zehn hoch drei. Dann hat man zehntausend, das heißt zehn hoch vier – aber hier geht es mit den Schwierigkeiten los, verstehst du? Wir haben kein eigenes Wort dafür – und das sollten wir aber haben. Zehn mal das ist zehn hoch fünf, das ist ein Lakh. Dann kommt zehn hoch sechs, das ist eine Million, dann kommt zehn hoch sieben, das ist ein Crore, und dann sind wir wieder bei einer Potenz, für die wir kein eigenes Wort haben – nämlich zehn hoch acht. Dafür sollten wir auch ein Wort haben. Zehn hoch neun ist eine Milliarde, und dann kommt zehn hoch zehn. Und es ist doch seltsam, daß wir weder in Englisch noch in Hindi ein Wort für eine Zahl haben, die so wichtig ist wie zehn hoch zehn. Findest du nicht auch, Haresh Chacha?« Seine lebhaften Augen fixierten Hareshs Gesicht.

»Weißt du was?« sagte Haresh, der seinem Gedächtnis etwas für den begeisterten Bhaskar entriß. »Ich glaube, es gibt ein besonderes Wort für zehntausend. Die chinesischen Gerber von Kalkutta, mit denen wir Geschäfte machen, haben mir einmal erzählt, daß sie die Zahl zehntausend als eine Standardzähleinheit benutzen. Wie sie sie nennen, weiß ich nicht mehr, aber so wie wir ein Lakh als natürliche Maßzahl benutzen, so benutzen sie zehntausend.«

Bhaskar war wie elektrisiert. »Haresh Chacha, du mußt dieses Wort für mich herausfinden«, sagte er. »Du mußt herausfinden, wie sie zu zehntausend sagen. Ich muß es wissen.« In seinen Augen brannte ein mystisches Feuer, und ein erstaunliches Strahlen erhellte seine kleinen froschähnlichen Züge.

»In Ordnung. Ich sag dir was. Wenn ich wieder in Kanpur bin, werde ich Nachforschungen anstellen, und sobald ich es herausgefunden habe, werde ich dir einen Brief schreiben. Wer weiß, vielleicht haben sie sogar ein Wort für zehn hoch acht.«

»Meinst du?« hauchte Bhaskar verwundert. Seine Freude glich der eines Briefmarkensammlers, der plötzlich von einem absolut Fremden die zwei fehlenden Marken in einer ansonsten vollständigen Serie bekommt. »Wann fährst du zurück nach Kanpur?«

Veena, die gerade mit Teetassen hereinkam, tadelte Bhaskar für seine nicht gerade gastfreundliche Bemerkung und fragte Haresh, wieviel Zucker er in seinen Tee nehme.

Haresh, der bemerkte hatte, daß Veena vor ein paar Minuten mit unbedecktem Kopf nach Hause zurückgekehrt war, fiel jetzt auf, daß sie ihren Kopf mit dem Sari bedeckt hatte. Er vermutete richtig, daß sie das auf Geheiß ihrer Schwiegermutter tat. Veena war etwas älter als er und ziemlich pummelig, aber ihre lebhaften Gesichtszüge nahmen ihn unwillkürlich für sie ein. Und die leichten Sorgenfalten um ihre Augen betonten ihren aufgeweckten Charakter. Veena ihrerseits konnte nicht umhin, festzustellen, daß Kedarnaths Gast ein gutaussehender junger Mann war. Haresh war klein, gut gebaut, aber nicht stämmig, von heller Hautfarbe und mit einem beinahe eckigen Gesicht. Seine Augen waren nicht groß, aber sie sahen einen direkt an, und Veena glaubte, daß das ein Merkmal charakterlicher Aufrichtigkeit war. Seidenhemd und Manschettenknöpfe aus Achat, stellte sie fest.

»Geh jetzt zu deiner Großmutter, Bhaskar«, sagte Veena. »Papas Freund will mit ihm über wichtige Dinge reden.«

Bhaskar sah die beiden Männer fragend an. Sein Vater, der die Augen geschlossen hatte, spürte, daß Bhaskar auf ein Wort von ihm wartete. »Ja, tu, was deine Mutter gesagt hat.«

Haresh sagte nichts, lächelte ihn jedoch an. Bhaskar ging – ein bißchen beleidigt, daß man ihn ausschloß.

»Machen Sie sich nichts draus, er ist nie lange beleidigt«, entschuldigte ihn Veena. »Er läßt sich nicht gern davonschicken, wenn ihn etwas interessiert. Wenn wir – Kedarnath und ich – Chaupar spielen, dann müssen wir uns erst vergewissern, daß Bhaskar nicht im Haus ist, sonst besteht er darauf mitzuspielen, und dann schlägt er uns beide. Das macht keinen Spaß.«

»Das kann ich mir vorstellen«, sagte Haresh.

»Das Problem ist, daß er niemanden hat, mit dem er über Mathematik reden kann, und manchmal reagiert er sehr verschlossen. Seine Lehrer in der Schule sind zwar auch stolz auf ihn, vor allem aber sind sie besorgt. Manchmal stellt er sich in Mathe mit Absicht dumm an – zum Beispiel wenn ihn eine Frage ärgert. Ich erinnere mich, als er noch sehr klein war, fragte ihn Maan – das ist mein Bruder –, wieviel siebzehn weniger sechs ist. Dann ließ er ihn von elf noch einmal sechs abziehen. Als fünf herauskam, ließ Maan ihn noch einmal sechs abziehen. Und da hat Bhaskar angefangen zu weinen. ›Nein, nein‹, hat er gesagt, ›Maan Maama macht sich über mich lustig. Er soll aufhören!‹ Und dann hat er eine Woche lang nicht mehr mit ihm geredet.«

»Also, zumindest ein, zwei Tage lang«, sagte Kedarnath. »Aber das war, bevor er von den negativen Zahlen wußte. Danach wollte er den ganzen Tag lang größere Zahlen von kleineren abziehen. Wenn es mit meiner Arbeit so weitergeht, wird er darin noch eine ganze Menge Übung bekommen.«

»Übrigens solltest du heute nachmittag ausgehen«, sagte Veena besorgt zu ihrem Mann. »Bajaj war heute morgen hier, und als du nicht da warst, meinte er, er würde um drei noch einmal vorbeischauen.«

Aus der Miene der beiden schloß Haresh, daß es sich bei Bajaj um einen Gläubiger handelte.

»Wenn der Streik erst einmal vorbei ist, wird es schon besser werden«, entschuldigte sich Kedarnath bei Haresh. »Im Augenblick bin ich finanziell etwas überfordert.«

»Das Problem ist«, sagte Veena, »daß es so viel Mißtrauen gibt. Und die örtlichen Bonzen machen es noch schlimmer. Weil mein Vater so viel zu tun hat in seinem Ministerium und mit seinen Gesetzen, versucht Kedarnath, ihm dabei zu helfen, den Kontakt zu seinen Wählern nicht zu verlieren. Wenn es also irgendwelchen Ärger gibt, kommen die Leute oft zu ihm. Aber diesmal, als Kedarnath versuchte zu vermitteln – ich weiß, ich sollte es nicht sagen, er will es nicht, aber es ist wahr –, diesmal also haben die Anführer der Schuhmacher, obwohl er von beiden Seiten gemocht und respektiert wird, seine Anstrengungen unterminiert – nur weil er ein Händler ist.«

»Ganz so ist es nicht«, sagte Kedarnath, beschloß jedoch, seine Erklärung hinauszuschieben, bis Haresh und er allein wären. Er schloß wieder die Augen. Haresh blickte etwas besorgt drein.

»Machen Sie sich keine Gedanken«, sagte Veena zu Haresh. »Er schläft nicht, er langweilt sich nicht, und er betet auch nicht – jetzt vor dem Mittagessen.« Ihr Mann öffnete schnell die Augen. »Er macht es immer«, erklärte sie. »Sogar bei unserer Hochzeit – aber hinter den Blumengirlanden hat man es nicht so gesehen.«

Sie stand auf, um nachzusehen, ob der Reis fertig war. Nachdem die Männer bedient worden waren und gegessen hatten, kam die alte Mrs. Tandon für eine Weile herein, um ein paar Worte zu wechseln. Als sie erfuhr, daß Haresh Khanna ursprünglich aus Delhi stammte, fragte sie ihn, ob er zu den Khannas aus Neel Darvaza gehöre oder zu denen, die in Lakkhi Kothi lebten. Als Haresh erwiderte, er sei aus Neel Darvaza, erzählte sie ihm, daß sie einmal als Mädchen dort gewesen sei.

Haresh beschrieb, was sich dort verändert hatte, und erzählte ein paar persönliche Anekdoten, lobte das schlichte, aber schmackhafte vegetarische Essen, das die beiden Frauen zubereitet hatten, und eroberte damit das Herz der alten Dame.

»Mein Sohn muß sehr viel reisen«, vertraute sie Haresh an, »und unterwegs kann er sich nicht richtig ernähren. Selbst hier, wenn ich nicht wäre ...«

»Ganz recht«, sagte Veena und versuchte, ihr den Wind aus den Segeln zu nehmen. »Es ist ja so wichtig, daß ein Mann wie ein Kind behandelt wird. Natürlich nur, was das Essen anbelangt. Kedarnath – ich meine, Bhaskars Vater«, korrigierte sie sich, als ihre Schwiegermutter ihr einen strengen Blick zuwarf, »liebt das Essen, das seine Mutter kocht. Es ist nur schade, daß Männer nicht in den Schlaf gesungen werden wollen.«

In Hareshs Augen blitzte es, und sie verschwanden fast zwischen den Lidern, aber er verzog keine Miene.

»Ich frage mich, ob Bhaskar mein Essen später noch schmecken wird«, fuhr Veena fort. »Wahrscheinlich nicht. Wenn er heiratet ...«

Kedarnath erhob die Hand. »Also wirklich«, sagte er etwas vorwurfsvoll.

Haresh bemerkte, daß Kedarnaths Handfläche völlig vernarbt war.

»Was habe ich jetzt wieder getan?« fragte Veena arglos, aber sie wechselte das Thema. Ihr Mann war so durch und durch anständig, daß sie manchmal darüber erschrak, und sie wollte keinesfalls, daß er schlecht von ihr dachte.

»Wissen Sie, ich gebe mir die Schuld daran, daß Bhaskar so von der Mathematik besessen ist«, erzählte sie. »Ich habe ihn Bhaskar genannt – nach der Sonne. Als er ein Jahr alt war, hat mir jemand gesagt, daß einer unserer alten Mathematiker Bhaskar hieß, und jetzt kann unser Bhaskar nicht mehr ohne seine Mathematik leben. Namen sind fürchterlich wichtig. Als ich geboren wurde, war mein Vater, der ein großer Musikliebhaber ist, nicht in der Stadt, und meine Mutter nannte mich Veena, weil sie glaubte, das würde ihm gefallen. Aber als Folge davon liebe ich Musik und kann ohne sie nicht leben.«

»Wirklich?« fragte Haresh. »Und spielen Sie die Wina?«

»Nein.« Veena lachte, ihre Augen glänzten. »Ich singe. Ich singe. Ich kann nicht leben, ohne zu singen.«

Die alte Mrs. Tandon stand auf und verließ das Zimmer.

Achselzuckend folgte ihr Veena nach einer Weile.

4.2

Als die beiden Männer allein waren, wandte sich Haresh, der von seinem Arbeitgeber, der Cawnpore Leather & Footwear Company, nach Brahmpur geschickt worden war, um Rohmaterialien einzukaufen, an Kedarnath und sagte: »Die letzten paar Tage bin ich über die Märkte gegangen und habe jetzt ungefähr eine Vorstellung von dem, was hier vor sich geht oder zumindest vor sich gehen soll. Aber bei all dem Herumgerenne – ich glaube nicht, daß ich es wirklich begriffen habe. Vor allem euer Kreditsystem – mit all diesen Zetteln und Schuldscheinen und so weiter. Und warum streiken die kleinen Handwerker, die zu Hause arbeiten? Das bringt sie doch fürchterlich in Not. Und für Händler wie Sie, die direkt bei ihnen kaufen, muß es doch auch sehr schlimm sein?«

»Also«, sagte Kedarnath und fuhr sich mit der Hand durch das ergrauende Haar, »was die Zettelwirtschaft angeht, die hat mich am Anfang auch verwirrt. Wie schon erwähnt, zwang man uns während der Teilung, Lahore zu verlassen, und damals war ich auch noch nicht wirklich im Schuhhandel tätig. Auf dem Weg hierher kamen wir durch Agra und Kanpur, und in Kanpur gibt es kein vergleichbares System, da haben Sie recht. Aber waren Sie mal in Agra?«

»Ja. Aber damals hatte ich noch nichts mit dem Schuhhandel zu tun.«

»Nun, in Agra gibt es ein ähnliches System wie hier.« Und Kedarnath erklärte es ihm.

Weil die Händler ewig zuwenig Bargeld hatten, bezahlten sie die Schuhmacher mit nachdatierten Zetteln. Die Schuhmacher ihrerseits konnten nur an Bargeld für Rohmaterial kommen, wenn sie diese Zettel irgendwo unter Wert einlösten. Sie führten an, daß die Händler seit Jahren einen ungerechtfertigten Kredit aus ihnen herauspreßten. Als die Händler übereinstimmend den Vorschlag ablehnten, vom Zettel- zum Bargeldsystem überzugehen, traten die Schuhmacher in den Streik.

»Und Sie haben natürlich recht«, fügte Kedarnath hinzu, »der Streik trifft alle – sie können dabei verhungern, und uns droht der Bankrott.«

»Vermutlich behaupten die Schuhmacher«, sagte Haresh nachdenklich, »daß sie es infolge der Zettelwirtschaft sind, die es den Händlern ermöglichen zu expandieren.«

In Hareshs Stimme schwang kein Vorwurf mit, sondern die Neugier des Pragmatikers, der sich ein klares Bild über Fakten und Meinungen verschaffen will.

Kedarnath reagierte auf sein Interesse und fuhr fort: »Genau das behaupten sie. Aber sie finanzieren auch ihre eigene Expansion, die Expansion des gesamten Marktes. Und außerdem werden sie nur zum Teil mit nachdatierten Zetteln bezahlt. Der größte Teil wird bar beglichen. Ich fürchte, daß mittlerweile alle nur noch schwarzweißmalen, wobei die Händler in die schwarze Schublade gesteckt werden. Nur gut, daß der Innenminister L. N. Agarwal aus einer Händlerfamilie stammt. Er ist der Abgeordnete für einen Teil dieser Gegend, und er zumindest sieht auch unsere Seite. Der Vater meiner Frau kommt mit ihm politisch überhaupt nicht zurecht – und auch persönlich nicht –, aber, wie ich zu Veena sage, wenn sie bereit ist zuzuhören, Agarwal versteht mehr von der Art und Weise, wie unsere Geschäfte abgewickelt werden, als ihr Vater.«

»Können Sie mich am Nachmittag durch Misri Mandi führen?« fragte Haresh. »Dann kann ich mir ein besseres Bild machen.«

Es war interessant, dachte Haresh, daß zwei so mächtige – und rivalisierende – Minister zwei benachbarte Wahlkreise vertraten.

Kedarnath war unentschlossen, ob er sich dazu bereit erklären sollte, und Haresh sah es seinem Gesicht an. Kedarnath, beeindruckt von Hareshs technischem Wissen über die Fertigung von Schuhen und von seinem Unternehmergeist, dachte daran, ihm eine Geschäftsverbindung vorzuschlagen. Vielleicht wäre die Cawnpore Leather & Footwear Company daran interessiert, Schuhe direkt von ihm zu beziehen. Schließlich bekamen Firmen wie die CLFC bisweilen kleinere Aufträge von Schuhgeschäften über, sagen wir, 5000 Paar Schuhe, und es lohnte sich nicht, die maschinelle Produktion umzustellen, um den Auftrag zu erfüllen. In so einem Fall wäre es für ihn und für Hareshs Arbeitgeber von Vorteil, wenn Kedarnath garantieren könnte, daß er von den Schustern Brahmpurs Schuhe, die den Qualitätsanforderungen der CLFC entsprachen, bekommen und nach Kanpur verschiffen konnte.

Wie auch immer, es waren unsichere Zeiten, alle standen unter großem finanziellem Druck, und das Bild, das Haresh sich von der Verläßlichkeit und Effizienz des Schuhhandels in Brahmpur machen könnte, wäre womöglich ungünstig.

Aber Hareshs freundliche Haltung seinem Sohn gegenüber und der Respekt, den er seiner Mutter gezollt hatte, gaben den Ausschlag. »In Ordnung«, sagte Kedarnath. »Aber der Markt öffnet eigentlich erst später, gegen Abend – auch die wenigen Läden, auf die der Streik ihn reduziert hat. Der Brahmpur Shoe Mart, wo ich meinen Laden habe, macht um sechs auf. Aber ich schlage vor, daß ich Ihnen in der Zwischenzeit ein paar Plätze zeige, wo Schuhe hergestellt werden. Die Leute hier arbeiten unter anderen Bedingungen als in England oder in Ihrer Fabrik in Kanpur.«

Haresh stimmte bereitwillig zu.

Als sie die Treppe hinuntergingen und das Sonnenlicht durch das Gitter auf sie herabfiel, dachte Haresh, wie sehr dieses Haus dem Haus seines Stiefvaters in Neel Darvaza glich – obwohl es viel kleiner war.

An der Ecke, wo die enge Gasse in eine etwas breitere und belebtere Straße mündete, befand sich ein Paan-Stand. Sie blieben stehen. »Einfach oder süß?« fragte Kedarnath.

»Einfach, mit Tabak.«

In den nächsten fünf Minuten gingen sie schweigend weiter, Haresh sagte nichts, weil er das Paan im Mund behielt, ohne es zu schlucken. Später würde er es in ein Loch in der schmalen Rinne am Rand der Gasse spucken. Aber im

Augenblick, unter dem angenehm anregenden Einfluß des Tabaks, inmitten des geschäftigen Treibens, der Rufe und Unterhaltungen, des Gebimmels der Fahrradklingeln, Kuhglocken und der Glocken des Radhakrishna-Tempels, fühlte er sich an die Gasse in Old Delhi erinnert, in der das Haus seines Stiefvaters stand, wo er nach dem Tod seiner Eltern aufgewachsen war.

Auch Kedarnath, der sich für einfaches Paan entschieden hatte, sprach nicht viel. Er würde diesen jungen Mann im Seidenhemd in eines der ärmsten Viertel der Stadt führen, wo die Jatav-Schuster unter elenden Bedingungen lebten und arbeiteten, und er fragte sich, wie Haresh reagieren würde. Er dachte an seinen eigenen plötzlichen Sturz aus wohlhabenden Verhältnissen in die bittere Not des Jahres 1947; an die hart erkämpfte Sicherheit, die er in den letzten Jahren für Veena und Bhaskar gewonnen hatte; an den Streik und die Gefahren, die er mit sich brachte. Daß ein genialer Funke in seinem Sohn glimmte, davon war er hundertprozentig überzeugt. Er träumte davon, ihn auf eine Schule wie Doon und später vielleicht nach Oxford oder Cambridge zu schicken. Aber die Zeiten waren hart, und ob Bhaskar die Erziehung bekommen würde, die er verdiente, ob Veena weiterhin den Gesangsunterricht nehmen könnte, den sie so liebte, ob sie in Zukunft noch die niedrige Miete aufbringen würden, all das waren Fragen, die ihn bedrückten und altern ließen.

Aber wir sind Gefangene der Liebe, sagte er sich, und es hat keinen Sinn, darüber nachzudenken, ob ich Frau und Kind für ein sorgenfreies Leben hergeben würde.

4.3

Sie kamen auf eine noch breitere Gasse und dann auf eine heiße, staubige Straße nicht weit von dem hochgelegenen Chowk. Eines der zwei Wahrzeichen dieser überbevölkerten Gegend war ein großes, dreistöckiges rosa Gebäude, das Kotwali oder Polizeirevier, das größte in ganz Purva Pradesh. Das andere Wahrzeichen, hundert Meter weit davon entfernt, war die schöne, strenge Alamgiri-Moschee, die der Mogul-Kaiser Aurangzeb im Herzen der Stadt auf den Ruinen eines alten Tempels hatte erbauen lassen.

Zeugnisse der späten Mogulzeit und Akten der Briten belegten eine Reihe von Kämpfen zwischen Hindus und Moslems in dieser Gegend. Es ist nicht bekannt, was genau den kaiserlichen Zorn herausforderte. Er war der intoleranteste der großen Herrscher seiner Dynastie, wohl wahr, aber dem Gebiet um Brahmpur waren seine wüstesten Exzesse erspart geblieben. Die Wiedereinführung der Kopfsteuer für Ungläubige – eine Steuer, die sein Großvater Akbar abgeschafft hatte – betraf die Bürger von Brahmpur wie die des ganzen Reiches. Aber das Schleifen eines Tempels erforderte normalerweise einen besonderen

Anlaß, zum Beispiel den Verdacht, daß er als Zentrum für bewaffneten oder politischen Widerstand diente. Verteidiger Aurangzebs neigten dazu, zu behaupten, daß er längst nicht so intolerant war, wie ihm nachgesagt wurde, und daß er gegen Schiiten genauso hart vorging wie gegen Hindus. Aber die letzten zweihundertfünfzig Jahre Geschichte hatten den Abscheu der strenggläubigeren Bürger Brahmpurs für einen Mann nicht gemildert, der es gewagt hatte, einen der heiligsten Tempel des großen Zerstörers Shiva dem Erdboden gleichzumachen.

Es ging das Gerücht, daß das große Shiva-linga des inneren Heiligtums des sogenannten Chandrachur-Tempels von Priestern am Abend vor der Vernichtung gerettet werden konnte. Sie versteckten es nicht, wie in jener Zeit üblich, in einem tiefen Brunnen, sondern im sandigen Boden der Ganga in der Nähe des Verbrennungsghats. Wie der große steinerne Gegenstand dorthin gebracht wurde, ist nicht bekannt. Offenbar wurde das Wissen um sein Versteck als Geheimnis bewahrt und über mehr als zehn Generationen von Oberpriester zu Oberpriester – ein Amt, das vom Vater auf den Sohn vererbt wurde – weitergegeben. Von allen bekannten Skulpturen hinduistischer Götterverehrung war es vermutlich der geheiligte Phallus, das Shiva-linga, den die orthoxen moslemischen Theologen am meisten haßten. Wo sie ihn zerstören konnten, taten sie es unter Bekundung rechtschaffenen Ekels. Solange die Möglichkeit bestand, daß die moslemische Bedrohung wieder akut wurde, nutzten die Priester ihr Familienwissen nicht. Aber nach der Unabhängigkeitserklärung und der Teilung Indiens glaubte der Priester des vor langer Zeit zerstörten Chandrachur-Tempels – der in Armut in einer Hütte neben dem Verbrennungsghat lebte –, daß es jetzt ungefährlich sei, sich in der Öffentlichkeit zu erkennen zu geben. Er unternahm Anstrengungen, den Tempel wieder aufbauen und das Shiva-linga ausgraben und erneut aufstellen zu lassen. Zunächst weigerte sich die Archäologische Gesellschaft, seinen Angaben über das Versteck des Linga Glauben zu schenken. Und selbst wenn sie zuträfen, so konnte die Ganga ihren Lauf und die Position sandiger Untiefen geändert haben und die nur mündlich überlieferten Verse oder Mantras, die das Versteck beschrieben, waren vielleicht durch die häufige Weitergabe ungenau geworden. Möglich ist auch, daß die Mitarbeiter der Archäologischen Gesellschaft sich der eventuellen Folgen der Ausgrabung des Linga bewußt waren oder darauf hingewiesen wurden und um der öffentlichen Ordnung willen befanden, daß es sicherer sei, es in horizontaler Lage unter dem Sand liegen zu lassen, als es in vertikaler Position im Allerheiligsten aufzustellen. Jedenfalls halfen sie dem Priester nicht weiter.

Als sie an den roten Wänden der Moschee vorbeikamen, fragte Haresh, der von der Geschichte nichts wußte, warum schwarze Fahnen an den äußeren Toren hingen. Kedarnath erklärte ihm gleichmütig, daß sie erst in der Woche zuvor aufgetaucht waren, als das benachbarte Grundstück für den Bau eines Tempels vorbereitet wurde. Für einen, der sein Haus, sein Land und seinen Lebensunterhalt in Lahore verloren hatte, schien er nicht so sehr verbittert über die Moslems, als vielmehr der religiösen Eiferer im allgemeinen überdrüssig zu sein. Seine Besonnenheit brachte seine Mutter regelmäßig aus der Fassung.

»Ein Pujari von hier hat ein Shiva-linga in der Ganga gefunden«, sagte Kedarnath. »Es soll aus dem Chandrachur-Tempel stammen, dem großen Shiva-Tempel, von dem es heißt, Aurangzeb habe ihn zerstört. An den Säulen der Moschee befinden sich hinduistische Schnitzereien, also muß sie aus einem zerstörten Tempel erbaut worden sein, Gott weiß, vor wie langer Zeit. Passen Sie auf!«

Haresh vermied gerade noch, in einen Haufen Hundekot zu treten. Er trug ein schönes Paar brauner Halbschuhe und war dankbar für die Warnung.

»Wie auch immer«, fuhr Kedarnath fort und lächelte angesichts von Hareshs schneller Reaktion, »dem Radscha von Marh gehört das Haus, das jenseits der westlichen Moscheemauer steht – oder vielmehr stand. Er hat es abreißen lassen und baut dort jetzt einen Tempel. Einen neuen Chandrachur-Tempel. Er ist wirklich verrückt. Weil er die Moschee nicht abreißen und den Tempel an der ursprünglichen Stelle bauen kann, baut er genau westlich davon und läßt das Linga dort im Allerheiligsten aufstellen. Ihm macht es einen Mordsspaß, daß sich die Moslems fünfmal am Tag vor seinem Shiva-linga verneigen werden.«

Kedarnath entdeckte eine leere Fahrradriksha, rief den Riksha-Wallah herbei, und sie stiegen ein. »Nach Ravidaspur«, sagte er und sprach dann weiter: »Wissen Sie, für ein angeblich sanftmütiges, vergeistigtes Volk scheint es uns große Freude zu machen, anderer Leute Nase in den Dreck zu stoßen, finden Sie nicht auch? Ich verstehe Menschen wie den Radscha von Marh einfach nicht. Er glaubt, er sei ein neuer Ganesh, dessen göttliche Mission darin bestehe, Shivas Armeen zum Sieg über die Teufel zu führen. Und andererseits ist er in fast alle moslemischen Kurtisanen der Stadt vernarrt. Als er den Grundstein für den Tempel legte, starben zwei Menschen. Nicht, daß ihm das etwas ausgemacht hätte, wahrscheinlich hätte er während der gleichen Zeit zu Hause in seinem Fürstentum zwanzigmal so viele Menschen umgebracht. Jedenfalls war einer von ihnen ein Moslem, und daraufhin haben die Mullahs die schwarzen Fahnen an den Toren der Moschee aufgezogen. Und wenn Sie genau hinschauen, dann sehen Sie, daß an den Minaretten auch kleine schwarze Fahnen hängen.«

Haresh drehte sich um, um einen Blick darauf zu werfen, aber da stieß die Fahrradriksha, die hügelabwärts beschleunigt hatte, mit einem langsam fahrenden Auto zusammen, und sie blieben abrupt stehen. Der Wagen war auf der verstopften Straße entlanggekrochen, und außer zwei verbogenen Fahrradspeichen war kein Schaden entstanden. Der dürre, unsicher wirkende Riksha-Wallah sprang von seinem Rad herunter, warf einen kurzen Blick auf das Vorderrad und klopfte ungestüm an das Autofenster.

»Geben Sie mir Geld! Phataphat! Sofort!« schrie er.

Den Fahrer in Livree und die beiden Insassinnen, Frauen mittleren Alters, überraschte diese Forderung. Der Fahrer faßte sich wieder und steckte den Kopf aus dem Fenster.

»Warum?« rief er. »Sie sind die Anhöhe viel zu schnell heruntergekommen. Wir standen still. Wenn Sie Selbstmord begehen wollen, muß ich dann Ihre Bestattung bezahlen?«

»Geld her! Aber schnell! Drei Speichen – drei Rupien!« sagte der Rikscha-Wallah so barsch wie ein Wegelagerer.

Der Fahrer wandte sich ab, der Rikscha-Wallah wurde wütender: »Sie Kinderschänder! Ich hab nicht den ganzen Tag Zeit. Wenn Sie mir meinen Schaden nicht ersetzen, dann muß eben Ihr Auto herhalten.«

Der Fahrer hätte vermutlich mit ähnlichen Beleidigungen geantwortet, aber da seine Arbeitgeberinnen, die allmählich nervös wurden, dabei waren, blieb er stumm.

Ein anderer Rikscha-Wallah kam vorbei und schrie ermutigend: »Recht hast du, Bruder, nur keine Angst.« Mittlerweile standen zwanzig Personen um sie herum und verfolgten den Spaß.

»Ach, gib ihm das Geld und dann fahr weiter«, sagte eine der Damen im Fond des Wagens. »Es ist zu heiß, um sich lange zu streiten.«

»Drei Rupien!« wiederholte der Rikscha-Wallah.

Haresh wollte aus der Rikscha springen, um dieser Erpressung ein Ende zu setzen, als der Fahrer des Wagens dem Rikscha-Wallah eine Acht-Anna-Münze hinwarf. »Nimm das – und verpiß dich!« sagte er wütend, weil er sich fügen mußte.

Als der Wagen verschwunden war und die Menge sich aufgelöst hatte, begann der Rikscha-Wallah vor Freude zu singen. Er ging in die Hocke, bog in zwanzig Sekunden die zwei krummen Speichen gerade und fuhr weiter.

4.4

»Ich war erst zweimal bei Jagat Ram, deswegen werde ich nach dem Weg fragen müssen, wenn wir in Ravidaspur sind«, sagte Kedarnath.

»Jagat Ram?« fragte Haresh, der noch immer an die Speichen dachte und sich über den Rikscha-Wallah ärgerte.

»Der Schuhmacher, dessen Werkstatt wir uns ansehen werden. Er ist ein Schuster, ein Jatav. Früher war er einer von den Korb-Wallahs, die mit ihren Schuhen nach Misri Mandi kommen und sie jedem Händler verkaufen, der sie ihnen abnimmt.«

»Und jetzt?«

»Jetzt hat er seine eigene Werkstatt. Er ist verläßlich, im Gegensatz zu den meisten Schustern, die sich nicht mehr um Termine oder Versprechen kümmern, kaum daß sie ein bißchen Geld in der Tasche haben. Und er ist geschickt. Und er trinkt nicht – zumindest nicht viel. Zuerst habe ich ihm einen kleinen

Auftrag über ein paar Dutzend Schuhe gegeben, und er hat gute Arbeit geleistet. Dann habe ich regelmäßig bei ihm bestellt. Jetzt ist er in der Lage, zusätzlich zu seiner Familie zwei oder drei Leute zu beschäftigen. Wir haben beide profitiert. Und vielleicht wollen Sie sehen, ob die Qualität seiner Arbeit den Maßstäben bei CLFC entspricht. Wenn ja ...« Kedarnath ließ den Rest des Satzes offen.

Haresh nickte und bedachte ihn mit einem freundlichen Lächeln. Nach einer Weile sagte er: »Jetzt, wo wir aus dem Gassengewirr heraus sind, ist es drückend heiß. Und es stinkt schlimmer als in einer Gerberei. Wo sind wir jetzt? In Ravidaspur?«

»Noch nicht. Das liegt auf der anderen Seite der Bahngleise. Dort stinkt es nicht ganz so schlimm. Ja, hier bearbeiten sie Leder, aber es ist keine richtige Gerberei wie am Ganges.«

»Vielleicht sollten wir es uns ansehen«, sagte Haresh interessiert.

»Aber es gibt dort nichts zu sehen«, widersprach Kedarnath und hielt sich die Nase zu.

»Waren Sie schon einmal dort?« fragte Haresh.

»Nein!«

Haresh mußte lachen. »Halten Sie an!« rief er dem Rikscha-Wallah zu.

Obwohl Kedarnath heftig protestierte, brachte Haresh ihn dazu, auszusteigen, und sie betraten ein Labyrinth stinkender Wege und niedriger Hütten; ihre Nasen führten sie zu den Gerbgruben.

Die Lehmwege mündeten in eine große offene Fläche, die von Hütten umgeben und mit runden Gruben übersät war. Die Gruben waren in den Boden eingelassen und mit hart gewordenem Lehm eingefaßt. Ein furchteinflößender Gestank lag über dem gesamten Areal. Haresh wurde es nahezu schlecht; Kedarnath mußte sich vor Ekel fast übergeben. Die Sonne brannte herunter, und die Hitze verschlimmerte den Gestank. Einige der Gruben waren mit einer weißen Flüssigkeit gefüllt, andere mit einer braunen Gerbbrühe. Dunkle, magere, nur mit Lungis bekleidete Männer standen neben den Gruben und kratzten Fett und Haare von den Häuten. Einer stand in einer Grube und mühte sich mit einer großen Haut ab. Ein Schwein trank aus einem mit schwarzem, fauligem Wasser gefüllten Graben. Zwei Kinder mit verfilztem schmutzigem Haar spielten im Dreck neben den Gruben. Als sie die Fremden sahen, hörten sie abrupt auf und starrten sie an.

»Wenn Sie das ganze Verfahren von Anfang an sehen wollen, bringe ich Sie zu der Stelle, wo die toten Büffel gehäutet und für die Geier liegen gelassen werden«, sagte Kedarnath sarkastisch. »Sie ist bei der nicht fertig gebauten Umgehungsstraße.«

Haresh, der schon bedauerte, seinen Gefährten zum Mitkommen gezwungen zu haben, schüttelte den Kopf. Er warf einen Blick in die nächste Hütte, die, abgesehen von einer kümmerlichen Maschine zum Entfleischen, leer war. Haresh ging zu der Maschine und inspizierte sie. In der nächsten Hütte standen eine uralte Spaltmaschine und ein mit Lehm verputzter Zuber mit Gerbbrühe. Drei junge Männer rieben einen schwarzen Brei auf eine auf dem Boden liegende Büffelhaut. Neben ihnen lag ein Haufen eingesalzener Schafhäute. Als sie die Fremden bemerkten, unterbrachen sie ihre Arbeit und sahen sie an.

Niemand sagte ein Wort, weder die Kinder noch die drei jungen Männer, noch die beiden Fremden.

Dann brach Kedarnath das Schweigen. »Bhai«, sagte er zu einem der drei jungen Männer. »Wir sind hier, um uns anzusehen, wie Leder hergestellt wird. Würden Sie uns herumführen?«

Der Mann musterte ihn eingehend und starrte dann Haresh an, betrachtete sein eierschalenfarbenes Seidenhemd, seine Schuhe, seine Aktenmappe, kurzum, seine geschäftsmäßige Erscheinung.

»Woher sind Sie?« fragte er Kedarnath.

»Wir sind aus Brahmpur. Unterwegs nach Ravidaspur. Wir wollen zu einem Mann, mit dem ich zusammenarbeite.«

Ravidaspur war ein Viertel, in dem fast ausschließlich Schuster lebten. Aber wenn Kedarnath gehofft hatte, durch die Erwähnung eines Kollegen, der wie sie mit Leder arbeitete, die Anerkennung der Gerber zu gewinnen, so hatte er sich getäuscht. Auch unter den Männern, die Leder herstellten und bearbeiteten, den Chamars, gab es eine Hierarchie. Die Schuhmacher – zum Beispiel der Mann, den sie aufsuchen wollten – sahen auf die Häuter und Gerber herab. Diejenigen, auf die herabgesehen wurde, gaben ihrerseits zu verstehen, daß sie die Schuhmacher nicht mochten.

»In dieses Viertel gehen wir nicht gern«, sagte der junge Mann kurz angebunden.

»Woher kommt der Brei?« fragte Haresh nach einer Weile.

»Aus Brahmpur«, erwiderte der junge Mann, ohne sich weiter darüber auszulassen.

Lange Zeit herrschte Schweigen.

Dann tauchte ein alter Mann auf, von dessen Händen eine dunkle, klebrige Flüssigkeit tropfte. Er blieb am Eingang der Hütte stehen und beobachtete sie.

»Ihr! Diese Gerbbrühe – pani!« sagte er auf englisch, bevor er wieder in vulgäres Hindi fiel. Seine Stimme war rauh, und er war betrunken. Er hob ein Stück rohes, rot gefärbtes Leder vom Boden auf und sagte: »Das ist besser als kirschrotes Leder aus Japan! Habt ihr von Japan gehört? Ich hab gegen sie gekämpft und sie besiegt. Lackleder aus China? Ich nehm's mit allen auf. Ich bin sechzig Jahre alt und kenne alle Breie, Masalas und Techniken.«

Kedarnath wurde unruhig und versuchte, aus der Hütte zu gehen. Der alte Mann versperrte ihm den Weg, indem er in einer demütig aggressiven Geste die Arme ausbreitete. »Ihr könnt die Gruben nicht sehen. Sie sind ein Spion vom Geheimdienst, von der Polizei, von der Bank ...« Er hielt sich in einer Geste der Scham die Ohren zu, verfiel dann wieder ins Englische: »Nein, nein, nein, bilkul nein!«

Mittlerweile hatten der Gestank und die Anspannung Kedarnath fast zur Verzweiflung getrieben. Sein Gesicht war verzerrt, zu der Hitze kam die Angst, und er schwitzte. »Wir gehen, wir müssen nach Ravidaspur«, sagte er.

Der alte Mann ging auf ihn zu und hielt ihm die fleckige, tropfende Hand entgegen: »Geld her!« sagte er. »Gebühren! Etwas zu trinken – sonst könnt ihr die Gruben nicht sehen. Verschwinden Sie nach Ravidaspur. Wir mögen die Jatavs nicht, wir sind nicht wie sie, sie essen Büffelfleisch. Bäh!« Er spuckte die Silbe angeekelt aus. »Wir essen nur Ziegen und Schafe.«

Kedarnath wich zurück. Haresh wurde langsam ärgerlich.

Der alte Mann spürte, daß er ihm auf die Nerven ging. Das machte ihn auf perverse Weise mutiger. Abwechselnd geldgierig, argwöhnisch und prahlerisch, führte er sie jetzt zu den Gruben. »Die Regierung gibt uns kein Geld«, flüsterte er. »Wir brauchen aber Geld – jede Familie –, um Material zu kaufen, Chemikalien. Die Regierung gibt uns zuwenig Geld. Du bist mein Hindu-Bruder«, sagte er spöttisch. »Bring mir eine Flasche – und ich geb dir Kostproben der besten Farbmischungen, des besten Schnapses, der besten Medizin!« Er lachte über seinen Scherz. »Schau!« Er deutete auf eine rötliche Brühe in einer Grube.

Einer der jungen Männer, ein kleiner, auf einem Auge blinder Mann, sagte: »Sie verhindern, daß wir Rohmaterial liefern, sie verhindern, daß wir Farben zum Färben bekommen. Wir müssen uns registrieren lassen und brauchen Dokumente. Sie schikanieren uns beim Transport. Sagen Sie Ihrer Dienststelle, sie soll uns die Abgaben erlassen und uns Geld geben. Schauen Sie sich unsere Kinder an. Schauen Sie ...« Er deutete auf ein Kind, das auf einem Abfallhaufen seine Notdurft verrichtete.

Kedarnath empfand den Slum als unerträglich und abscheulich. Er sagte leise: »Wir sind nicht von der Regierung.«

Der junge Mann wurde plötzlich wütend. Er kniff die Lippen zusammen und sagte: »Woher sind Sie dann?« Das Lid über seinem blinden Auge begann zu zucken. »Woher sind Sie? Warum sind Sie hier? Was wollen Sie hier?«

Kedarnath spürte, daß Haresh kurz davor war, zu explodieren. Er spürte auch, daß Haresh impulsiv und furchtlos war, glaubte jedoch, daß es falsch war, furchtlos zu sein, wenn es etwas zu fürchten gab. Er wußte, daß gehässiges Reden in Gewalttätigkeit umschlagen konnte. Er legte einen Arm um Hareshs Schultern und führte ihn zwischen den Gruben hindurch. Der Boden war matschig, und Hareshs Schuhe waren bald von schwarzem Dreck überzogen.

Der junge Mann folgte ihnen, und einmal schien es, als wollte er Hand an Kedarnath legen. »Ich werde Sie wiedererkennen«, sagte er. »Lassen Sie sich hier nicht mehr sehen. Sie wollen mit unserem Blut Geld verdienen. Mit Leder ist mehr Geld zu machen als mit Silber oder mit Gold – sonst würden Sie nicht an diesen stinkenden Ort kommen.«

»Nein – nein«, sagte der betrunkene alte Mann aggressiv, »bilkul nein!«

Kedarnath und Haresh näherten sich den benachbarten Gassen; der Gestank blieb nahezu unverändert. Am Rand der mit Gruben übersäten Fläche bemerkte Haresh einen großen, flachen roten Stein. Ein ungefähr siebzehnjähriger Junge hatte ein Stück Schafhaut darauf ausgebreitet, das weitgehend von Fell und Fleisch gereinigt war. Mit einem scharfen Messer entfernte er verbliebene Fleischreste von der Haut. Er war vollkommen in seine Arbeit vertieft. Die Häute, die sich neben ihm auftürmten, waren sauberer als die mit einer Maschine abgeschabten Häute. Trotz des eben erst Vorgefallenen war Haresh fasziniert. Normalerweise wäre er stehengeblieben, um dem Jungen ein paar Fragen zu stellen, aber Kedarnath drängte ihn weiter.

Die Gerber folgten ihnen nicht mehr. Haresh und Kedarnath kehrten staubig und verschwitzt durch das Gassenlabyrinth zu ihrer Riksha zurück. Sie atmeten dankbar die Luft ein, die ihnen vorher unerträglich übelriechend erschienen war. Und in der Tat, verglichen mit dem, was sie in der letzten halben Stunde eingeatmet hatten, duftete es hier wie im Paradies.

4.5

Nachdem sie in der Hitze an einem Bahnübergang eine Viertelstunde auf einen verspäteten, langen langsamen Güterzug gewartet hatten, gelangten sie endlich nach Ravidaspur. In diesem etwas außerhalb gelegenen Viertel waren die Straßen nicht ganz so verstopft wie in der Altstadt von Brahmpur, wo Kedarnath lebte, dafür jedoch bei weitem unhygienischer; Abwasser floß träge auf und entlang den Straßen. Sie bahnten sich einen Weg zwischen flohverseuchten Hunden, grunzenden dreckverspritzten Schweinen und ekelhaften, undefinierbaren Objekten, überquerten auf einer wackligen Holzbrücke einen offenen Abwasserkanal und fanden schließlich Jagat Rams kleine, rechteckige fensterlose Werkstatt aus lehmverputzten Ziegeln. Nachts, wenn die Arbeitsgeräte beiseite geräumt waren, schliefen hier seine sechs Kinder; er und seine Frau schliefen auf dem flachen Dach der Werkstatt, wo er vier mit Wellblech überdachte Ziegelwände errichtet hatte.

Im Innern arbeiteten mehrere Männer und zwei Jungen im Licht der Sonne, das durch die Tür hereinfiel, verstärkt von zwei schwachen elektrischen Glühbirnen. Alle trugen Lungis, bis auf einen Mann, der mit einer Kurta-Pajama bekleidet war, und Jagat Ram selbst, der Hemd und Hose trug. Sie saßen im Schneidersitz auf dem Boden vor kleinen quadratischen Plattformen aus Stein, auf denen ihr Werkzeug lag. Sie hielten die Köpfe gesenkt und waren in ihre Arbeit vertieft – sie schnitten, spalteten Leder, klebten, falteten, stanzten oder hämmerten –, aber von Zeit zu Zeit machte einer eine Bemerkung – über die Arbeit, eine persönliche Angelegenheit, die Politik oder die Welt im allgemeinen –, und dann folgte eine kurze plätschernde Unterhaltung zu den Geräuschen von Hämmern, Messern und der mit einem Pedal betriebenen Singer-Nähmaschine.

Als er Kedarnath und Haresh sah, schien Jagat Ram verblüfft. Unwillkürlich griff er an seinen Schnurrbart. Er hatte andere Besucher erwartet.

»Willkommen«, sagte er gelassen. »Kommen Sie herein. Was führt Sie her? Ich habe Ihnen doch gesagt, daß der Streik der Erfüllung Ihres Auftrags nicht im Weg stehen wird«, fügte er hinzu, weil er einen möglichen Grund für Kedarnaths Besuch ahnte.

Ein kleines, ungefähr fünfjähriges Mädchen, Jagat Rams Tochter, saß auf der Treppe und fing jetzt an zu singen: »Lovely walé aa gayé! Lovely walé aa gayé!« Dazu klatschte sie in die Hände.

Jetzt war es an Kedarnath, verblüfft dreinzublicken – und nicht allzu angenehm berührt. Ihr Vater korrigierte sie etwas beunruhigt: »Das sind nicht die Leute von Lovely, Meera – geh jetzt und sag deiner Mutter, sie soll uns Tee machen.«

Er wandte sich an Kedarnath und sagte: »Ich habe Leute von Lovely erwartet.« Eine weitere Erklärung hielt er nicht für angebracht.

Kedarnath nickte. Der Lovely Shoe Shop, eines der neueren Schuhgeschäfte nahe der Nabiganj, führte eine gute Auswahl von Frauenschuhen. Normalerweise hätte der Besitzer bei seinem Zwischenhändler in Bombay eingekauft, denn in Bombay wurden die meisten Frauenschuhe des Landes produziert. Aber er hatte sich offensichtlich in der näheren Umgebung umgesehen und wollte eine Quelle anzapfen, die Kedarnath am liebsten selbst angezapft oder zumindest vermittelt hätte.

Er schob diesen Gedanken für den Augenblick beiseite und sagte: »Das ist Mr. Haresh Khanna, der eigentlich aus Delhi stammt, jetzt aber für die CLFC in Kanpur arbeitet. Er hat sich in England über die Herstellung von Schuhen kundig gemacht. Und ich habe ihn mitgebracht, um ihm vorzuführen, wozu die Schuster von Brahmpur mit ihrem einfachen Handwerkszeug in der Lage sind.«

Jagat Ram nickte erfreut.

Neben der Tür zur Werkstatt stand ein kleiner hölzerner Schemel, und Jagat Ram bat Kedarnath, darauf Platz zu nehmen. Kedarnath bat seinerseits Haresh, sich zu setzen, aber Haresh lehnte höflich ab. Er setzte sich statt dessen auf eine der kleinen steinernen Plattformen, an der niemand arbeitete. Die Handwerker erstarrten und sahen ihn erstaunt und ärgerlich an. Ihre Reaktion war so greifbar, daß Haresh sofort wieder aufstand. Er hatte sich eindeutig falsch verhalten, und da er ein direkter Mensch war, wandte er sich an Jagat Ram und fragte: »Was ist los? Darf man sich nicht darauf setzen?«

Jagat Ram hatte ebenfalls mit Mißbilligung reagiert, als sich Haresh gesetzt hatte, aber Hareshs unumwundene Frage – und daß er offensichtlich nicht mit der Absicht gehandelt hatte, jemanden zu verletzen – veranlaßte ihn zu einer nachsichtigen Antwort.

»Ein Schuster nennt seine Plattform seine Rozi oder seine ›Arbeit‹; er setzt sich nicht darauf«, sagte er ruhig. Er ließ unerwähnt, daß jeder seine Rozi makellos sauberhielt und kurz ein Gebet zu ihr sprach, bevor er morgens seine Arbeit begann. Zu seinem Sohn sagte er: »Steh auf – laß Haresh Sahib Platz nehmen.«

Ein fünfzehnjähriger Junge stand vom Stuhl neben der Nähmaschine auf, und trotz seiner Beteuerungen, niemanden von der Arbeit abhalten zu wollen, wurde Haresh genötigt, sich zu setzen. Jagat Rams jüngster Sohn, ein Siebenjähriger, kam mit drei Tassen Tee herein.

Die weißen Tassen waren klein und dickwandig, hier und da angeschlagen, aber sauber. Es wurde über dies und das gesprochen, den Streik in Misri Mandi, die Behauptung der Zeitung, daß der Qualm der Gerberei und der Praha-Schuhfabrik das Barsaat Mahal beschädige, über die neue städtische Marktsteuer und verschiedene Persönlichkeiten aus dem Ort.

Nach einer Weile wurde Haresh ungeduldig, wie immer, wenn er müßig herumsaß. Er stand auf, sah sich in der Werkstatt um und beobachtete die Männer bei der Arbeit. Ein Schwung Damensandalen wurde gefertigt; mit ihren geflochtenen grünen und schwarzen Riemen sahen sie sehr ansprechend aus.

Haresh war überrascht von der Geschicklichkeit der Männer. Mit den einfachsten Mitteln – Beitel und Messer, Ahle, Hammer und der fußbetriebenen Nähmaschine – fertigten sie Schuhe, deren Qualität kaum unter der der maschinengefertigten der CLFC lag. Er sagte ihnen, was er angesichts ihrer beschränkten Arbeitsbedingungen von ihrem Geschick und der Qualität ihrer Produkte hielt. Er wurde den Männern sympathisch.

Einer der mutigeren Männer – Jagat Rams jüngerer Bruder, ein freundlicher Mann mit einem runden Gesicht – fragte, ob er Hareshs braune Halbschuhe sehen könne. Haresh zog sie aus und entschuldigte sich dafür, daß sie nicht sauber waren. Inzwischen waren sie in der Tat vollkommen mit Schlamm bespritzt und verschmiert. Sie wurden herumgereicht, geprüft und bewundert.

Jagat Ram buchstabierte gewissenhaft und las ›Saxone‹. »Saksena aus England«, erklärte er stolz.

»Wie ich sehe, machen Sie auch Männerschuhe«, sagte Haresh. Er hatte die hölzernen Leisten entdeckt, die wie Trauben in einer dunklen Ecke des Raums von der Decke hingen.

»Selbstverständlich«, sagte Jagat Rams Bruder und grinste jovial. »Aber der Profit ist größer bei Schuhen, die nicht jeder machen kann. Es ist viel besser, Frauenschuhe zu machen ...«

»Nicht unbedingt«, sagte Haresh und zog zu aller, auch zu Kedarnaths Überraschung ein Bündel Muster aus dünnem Karton aus seiner Aktenmappe. »Nun, Jagat Ram, sagen Sie, sind Ihre Handwerker geschickt genug, nach diesen Mustern einen Schuh – einen Halbschuh – zu machen?«

»Ja«, antwortete Jagat Ram, fast ohne nachzudenken.

»Sagen Sie nicht so schnell ja«, sagte Haresh, obwohl ihm die prompte und selbstbewußte Antwort gefiel. Auch er liebte es, Herausforderungen anzunehmen und andere herauszufordern.

Jagat Ram betrachtete die Muster – es handelte sich um Halbschuhe in Größe neununddreißig – mit großem Interesse. Während er die flachen Muster aus dünnem Karton studierte – das schöne Design mit den gestanzten Löchern, die Form der Vorderkappe, das Vorderblatt, die Quartiere –, wurde der Schuh vor seinen Augen zu einem dreidimensionalen Objekt.

»Wer macht diese Schuhe?« fragte er und runzelte neugierig die Stirn. »Sie sind etwas anders als die Schuhe, die Sie tragen.«

»Wir bei der CLFC. Und wenn Sie gute Arbeit leisten, vielleicht auch Sie – für uns.«

Jagat Ram, der von Hareshs Angebot deutlich überrascht und daran interessiert war, erwiderte eine Weile nichts, sondern fuhr fort, das Muster zu studieren.

Erfreut über die Wirkung, die seine Muster hervorgerufen hatten, sagte Haresh: »Behalten Sie sie. Prüfen Sie sie genau. Wie ich sehe, sind die Leisten, die dort hängen, nicht für Standardgrößen. Ich werde Ihnen morgen Leisten in Größe neununddreißig schicken. Ich habe ein Paar mit nach Brahmpur gebracht. Abgesehen von den Leisten, was werden Sie noch brauchen? Sagen wir, einen Viertelquadratmeter Leder, Kalbsleder – in Rotbraun ...«

»Und Leder zum Füttern der Schuhe«, sagte Jagat Ram.

»Richtig. Sagen wir Rindsleder, Natur, auch einen Viertelquadratmeter – das bekomme ich in der Stadt.«

»Leder für Sohle und Innensohle?« fragte Jagat Ram.

»Nein, das ist leicht aufzutreiben und nicht sehr teuer. Das können Sie selbst besorgen. Ich gebe Ihnen zwanzig Rupien für Ihre Ausgaben und Ihre Arbeitszeit – und das Material für die Absätze können ebenfalls Sie besorgen. Ich habe ein paar anständige äußere Kappen und Vorderkappen – die sind immer ein Problem – und Garne mitgebracht. Aber das alles ist in dem Haus, in dem ich wohne.«

Kedarnath, der die Augen geschlossen hatte, zog die Brauen in die Höhe voller Bewunderung für diesen zielstrebigen Kerl, der die Voraussicht besessen hatte, vor einer kurzen Geschäftsreise, die eigentlich dem Materialeinkauf diente, an so viele Einzelheiten zu denken. Andererseits machte er sich Sorgen, daß Haresh Jagat Ram für sich beanspruchen und ihn ausschließen würde. Außerdem war ihm der Lovely Shoe Shop wieder eingefallen.

»Wenn ich also morgen früh mit den Sachen herkomme«, sagte Haresh, »bis wann sind dann die Schuhe fertig?«

»Ich denke, daß ich sie in fünf Tagen machen könnte«, sagte Jagat Ram.

Haresh schüttelte ungeduldig den Kopf.

»Ich kann für ein Paar Schuhe nicht fünf Tage in der Stadt bleiben. Wie wär's mit drei?«

»Sie müssen mindestens zweiundsiebzig Stunden über die Leisten geschlagen werden«, sagte Jagat Ram. »Wenn Sie ein Paar Schuhe wollen, die ihre Form behalten, dann ist das, wie Sie wissen, das Minimum.«

Jetzt, da beide standen, überragte er Haresh. Haresh, der seine geringe Kör-

pergröße immer mit der Gereiztheit hingenommen hatte, die einer lästigen, aber psychologisch bedeutungslosen Tatsache zukommt, ließ sich nicht beeindrucken. Außerdem war er es, der Schuhe in Auftrag gab.
»Vier.«
»Wenn Sie das Leder noch heute abend schicken, so daß wir morgen als erstes mit dem Zuschneiden anfangen können ...«
»Abgemacht«, sagte Haresh. »Vier Tage. Ich werde morgen persönlich die anderen Sachen vorbeibringen, um zu sehen, wie Sie vorankommen. Und jetzt gehen wir.«
»Mir fällt da noch etwas ein, Haresh Sahib«, sagte Jagat Ram, als sie sich abwandten. »Im Idealfall habe ich immer ein Exemplar von dem Schuh da, den ich nacharbeiten soll.«
»Ja«, sagte Kedarnath lächelnd. »Warum tragen Sie nicht ein Paar Schuhe, die in Ihrer Fabrik hergestellt worden sind – statt dieser englischen Schuhe? Ziehen Sie sie sofort aus, und ich lasse Sie zu unserer Rikscha tragen.«
»Ich fürchte, meine Füße haben sich an sie gewöhnt«, sagte Haresh und lächelte ebenfalls, obwohl er wie alle anderen wußte, daß es eher sein Herz war, das an den Schuhen hing, und weniger seine Füße. Er liebte gute Kleidung und gute Schuhe, und er bedauerte, daß die CLFC nicht den internationalen Qualitätsstandard erreichte, den er instinktiv und aufgrund seiner Ausbildung bewunderte.
»Aber ich werde versuchen, Ihnen irgendwie ein Exemplar zukommen zu lassen«, sagte er und deutete auf die Muster in Jagat Rams Hand.
Er hatte dem alten Freund aus College-Tagen, bei dem er wohnte, ein Paar CLFC-Halbschuhe als Geschenk mitgebracht. Jetzt würde er sein Geschenk für ein paar Tage leihweise zurückfordern müssen. Aber er hatte deswegen keine Gewissensbisse. Wenn es um die Arbeit ging, machte ihn nichts verlegen. Auch sonst neigte Haresh nicht dazu, sich in Verlegenheit bringen zu lassen.
Auf dem Rückweg zur Rikscha war Haresh zufrieden mit dem Ablauf der Dinge. Sein Aufenthalt in Brahmpur hatte träge begonnen, wurde jetzt jedoch interessanter, wenn nicht gar unvorhersehbar.
Er zog einen kleinen Zettel aus seiner Tasche und schrieb in Englisch:

Zu erledigen:
1. Misri Mandi – Handel ansehen
2. Leder kaufen
3. Leder zu Jagat Ram schicken
4. Abendessen bei Sunil; Schuhe von ihm leihen
5. Morgen: Jagat Ram/Ravidaspur
6. Telegramm – spätere Rückkehr nach Cawnpore

Nachdem er die Liste erstellt hatte, überflog er sie noch einmal, und ihm wurde bewußt, daß es schwierig wäre, Jagat Ram das Leder zu schicken, weil niemand seine Werkstatt finden würde, erst recht nicht nachts. Er spielte mit der Idee, dem Rikscha-Wallah zu zeigen, wo Jagat Ram lebte, und ihn später das Leder bringen zu lassen. Dann hatte er eine bessere Idee. Er ging zurück zur Werkstatt und sagte Jagat Ram, er solle jemanden Punkt neun Uhr abends zu Kedarnath Tandons Laden im Brahmpur Shoe Mart in Misri Mandi schicken. Das Leder läge zum Abholen bereit. Er müßte es nur holen lassen und könnte beim ersten Tageslicht mit der Arbeit beginnen.

4.6

Es war zehn Uhr abends, und Haresh und die anderen jungen Männer, die in Sunil Patwardhans Zimmer in der Nähe der Universität herumsaßen oder -standen, waren angenehm berauscht von einer Mischung aus Alkohol und guter Laune.

Sunil Patwardhan war Mathematikdozent an der Universität von Brahmpur. Er war ein Freund Hareshs aus ihrer gemeinsamen Zeit am St. Stephen's College in Delhi; danach, als Haresh seine Ausbildung in England machte, hatten sie sich jahrelang nicht gesehen und nur über Freunde voneinander gehört. Obwohl Mathematikstudent, hatte Sunil in St. Stephen im Ruf eines Schürzenjägers gestanden. Er war groß und nicht gerade schlank, aber dank seiner trägen Energie, seines phlegmatischen Witzes, der Urdu-Gasele und der Shakespeare-Zitate, die ihm nie ausgingen, fanden ihn viele Frauen attraktiv. Er trank gern und hatte im College versucht, auch Haresh vom Trinken zu überzeugen – erfolglos, denn Haresh war damals ein unerschütterlicher Abstinenzler.

Als Student war Sunil Patwardhan der Überzeugung gewesen, daß eine einzige mathematische Einsicht alle vierzehn Tage genug Arbeit sei; den Rest der Zeit vernachlässigte er seine Studien und schnitt trotzdem ausgezeichnet ab. Jetzt, da er Studenten unterrichtete, fiel es ihm schwer, ihnen eine akademische Disziplin aufzuzwingen, an die er selbst nicht glaubte.

Er war hoch erfreut, Haresh nach so vielen Jahren wiederzusehen. Haresh hatte ihn, wie nicht anders zu erwarten, nicht davon in Kenntnis gesetzt, daß er geschäftehalber nach Brahmpur kommen würde, sondern stand vor ein paar Tagen einfach vor seiner Tür, ließ sein Gepäck im Wohnzimmer, redete eine halbe Stunde lang und stürzte dann davon, wobei er Unverständliches über den Kauf von hauchdünnem Leder und Lederpappe murmelte.

»Hier, die sind für dich«, sagte er im Gehen und stellte eine Schuhschachtel auf den Tisch im Wohnzimmer.

Sunil öffnete sie und war begeistert.

Haresh hatte gesagt: »Ich weiß, daß du ausschließlich Halbschuhe trägst.«

»Aber woher weißt du meine Größe?«

Haresh hatte gelacht. »Füße sind für mich wie Autos. Ich kann mir einfach ihre Größe merken – frag mich nicht, wie. Und deine Füße sind wie Rolls Royces.«

Sunil erinnerte sich daran, daß er und zwei Freunde Haresh – der irritierenderweise wie gewöhnlich vor Selbstbewußtsein strotzte – einmal herausgefordert hatten, aus der Entfernung jedes der ungefähr fünfzig vor dem College anläßlich einer offiziellen Feier geparkten Autos zu identifizieren. Haresh hatte sich nicht ein einziges Mal geirrt. In Anbetracht seines nahezu unfehlbaren Gedächtnisses für Gegenstände war es seltsam, daß er sein Englischstudium mit einer Drei abgeschlossen und seine Prüfung in englischer Dichtung mit lauter falschen Zitaten vermasselt hatte.

Weiß Gott, wie er ins Schuhgeschäft gekommen ist, dachte Sunil, aber es paßt zu ihm. Es wäre eine Tragödie für die Welt und für ihn gewesen, wenn er wie ich Akademiker geworden wäre. Verwunderlich ist nur, daß er überhaupt Englisch studiert hat.

»Gut! Jetzt, wo du da bist, geben wir eine Party«, hatte Sunil gesagt. »Es wird wie in alten Zeiten. Ich werde ein paar Stephanier zusammentrommeln, die jetzt in Brahmpur leben, damit sie die etwas lebhafteren meiner Kollegen unterstützen. Wenn du alkoholfreie Getränke willst, mußt du sie selbst mitbringen.«

Haresh hatte versprochen zu kommen, wenn es »die Arbeit erlaubte«. Sunil hatte ihm die Exkommunikation angedroht für den Fall, daß er nicht käme.

Jetzt war er da, redete jedoch mit endloser Begeisterung über die Ereignisse des Tages.

»Ach, hör auf, Haresh, erzähl uns nichts mehr von Chamars und hauchdünnem Leder«, sagte Sunil. »Das interessiert uns überhaupt nicht. Was ist aus dem Sikh-Mädchen geworden, dem du in deinen turbulenteren Tagen nachgelaufen bist?«

»Es war keine Sardarni, es war die unnachahmliche Kalpana Gaur«, sagte ein junger Historiker. Er legte den Kopf nach links und blickte übertrieben sehnsüchtig drein, um Kalpana Gaurs anbetungsvolle Blicke möglichst genau zu imitieren, die sie Haresh während der Vorlesung über Byron zugeworfen hatte. Kalpana war eine der wenigen Studentinnen in St. Stephen gewesen.

»Ach«, winkte Sunil ab. »Den wahren Sachverhalt kennst du nicht. Kalpana Gaur war hinter ihm her, und er war hinter der Sardarni her. Er hat ihr immer vor dem Haus ihrer Familie Ständchen dargebracht und über Mittelsleute Briefe zukommen lassen. Der Sikh-Familie war der Gedanke, daß ihre geliebte Tochter einen Lala heiratet, unerträglich. Wenn du noch mehr wissen willst ...«

»Er berauscht sich an seiner eigenen Stimme«, unterbrach ihn Haresh.

»So ist es«, sagte Sunil. »Aber du – du hast die Falsche angesungen. Du hättest nicht dem Mädchen, sondern der Mutter und der Großmutter den Hof machen sollen.«

»Vielen Dank«, sagte Haresh.

»Hast du noch immer Kontakt zu ihr? Wie hieß sie doch gleich?«

Haresh tat ihnen nicht den Gefallen, sich auf das Thema einzulassen. Er war nicht in der Stimmung, diesen liebenswerten Dummköpfen zu erzählen, daß er nach so vielen Jahren noch immer sehr in sie verliebt war – und daß er außer den Vorderkappen und den äußeren Kappen ein gerahmtes Foto von ihr in seinem Koffer aufbewahrte.

»Zieh deine Schuhe aus«, sagte er zu Sunil. »Ich will sie zurückhaben.«

»Du gemeiner Kerl!« sagte Sunil. »Nur weil ich zufällig die Allerheiligste erwähnt habe ...«

»Du Esel«, entgegnete Haresh. »Ich werd sie schon nicht auffressen – in ein paar Tagen kriegst du sie zurück.«

»Wozu brauchst du sie?«

»Wenn ich's dir erzähle, langweilst du dich bloß. Na los, zieh sie aus.«

»Jetzt sofort?«

»Ja, warum nicht? Noch ein paar Drinks, und ich werd's vergessen, und du wirst mit ihnen einschlafen.«

»Na gut«, sagte Sunil gehorsam und zog die Schuhe aus.

»Schon besser«, sagte Haresh. »Du bist drei Zentimeter an meine Größe herangekommen. Was für wunderhübsche Socken«, sagte er angesichts von Sunils knallrot karierten Baumwollsocken.

»Wah! Wah!« erklang Beifall von allen Seiten.

»Und was für hübsche Fesseln«, fuhr Haresh fort. »Tanz uns was vor!«

»Zündet die Kerzen an!« rief jemand.

»Holt die smaragdenen Kelche.«

»Versprengt Rosenwasser.«

»Legt ein weißes Laken auf den Boden, und verlangt Eintritt!«

Der junge Historiker informierte das Publikum im affektierten Tonfall eines professionellen Moderators: »Die berühmte Kurtisane Sunil Patwardhan wird uns jetzt mit ihrer exzellenten Version des Kathak-Tanzes entzücken. Lord Krishna tanzt mit den Milchmägden. ›Kommt‹, sagt er zu den Gopis, ›kommt zu mir. Wovor fürchtet ihr euch?‹«

»Tha-tha-thai-thai!« sagte ein betrunkener Physiker und ahmte den Klang der Tanzschritte nach.

»Nicht Kurtisane, du Flegel, Künstlerin!«

»Künstlerin!« sagte der Historiker und zog den letzten Vokal in die Länge.

»Na los, Sunil – wir warten.«

Und Sunil, fügsamer Mensch, der er war, tanzte ein paar tramplige Schritte eines Quasi-Kathaks, während sich seine Freunde vor Lachen die Bäuche hielten. Er säuselte neckisch, während er seinen rundlichen Körper durch den Raum wirbelte, dort ein Buch herunterstieß, da ein Glas umkippte. Dann nahm ihn das, was er tat, plötzlich gefangen, und er verlängerte seine Aufführung von Krishna und den Gopis – wobei er beide Rollen übernahm –, improvisierte zwischendurch eine Szene mit dem Vize-Kanzler der Universität von Brahmpur (ein berüchtigter Schürzenjäger, der wahllos jeder Frau nachrannte), der schmeichlerisch die Dichterin Sarojini Naidu als Ehrengast der jährlichen Feierlichkeiten am Tag der Universität begrüßte. Die eine Hälfte seiner Freunde, die sich vor Lachen kaum halten konnte, bat ihn aufzuhören, die andere Hälfte, die sich vor Lachen ebenfalls kaum halten konnte, bat ihn weiterzutanzen.

4.7

In diese Szene platzte ein großer weißhaariger Herr hinein, Dr. Durrani. Er war etwas überrascht über den Anblick, der sich ihm bot. Sunil erstarrte mitten im Tanz – mitten in einem Tanzschritt – und ging dann auf den unerwarteten Gast zu, um ihn zu begrüßen.

Dr. Durrani war nicht so überrascht, wie man hätte denken können; ein mathematisches Problem beschäftigte weite Teile seines Großhirns. Er hatte beschlossen, seinen jungen Kollegen aufzusuchen und es mit ihm zu diskutieren. Zudem war es Sunil gewesen, der ihn auf die Idee, die ihn jetzt beschäftigte, gebracht hatte.

»Ähm, ich habe wohl, ähm, einen schlechten Zeitpunkt – ähm – erwischt?« fragte er auf seine unerträgliche langsame Art.

»Tja, nein – nein, ähm, eigentlich nicht«, sagte Sunil. Er mochte Dr. Durrani und hatte großen Respekt vor ihm. Dr. Durrani war eines der beiden Mitglieder der Königlichen Akademie der Naturwissenschaften, deren sich die Universität von Brahmpur rühmte. Das andere Mitglied war Professor Ramaswami, ein bekannter Physiker.

Dr. Durrani merkte nicht einmal, daß Sunil seine Art zu sprechen nachahmte; Sunil war nach seiner Kathak-Vorführung in Imitationslaune und merkte es selbst erst, als er es bereits getan hatte.

»Ähm, also, Patwardhan, ähm, ich habe das Gefühl – ähm, störe ich, ähm, vielleicht?« fuhr Dr. Durrani fort. Er hatte ein eckiges Gesicht mit ausgeprägten Zügen, einem gepflegten weißen Schnurrbart, und er hatte die Angewohnheit, jedesmal, wenn er »ähm« sagte, die Augen zusammenzukneifen und die Stirn zu runzeln.

»Nein, nein, Dr. Durrani, überhaupt nicht. Bitte, bleiben Sie.« Sunil führte Dr. Durrani in die Mitte des Zimmers und wollte ihn den anderen Gästen vorstellen. Dr. Durrani und Sunil Patwardhan waren zwar beide ziemlich groß, hätten sich aber sonst physisch kaum stärker unterscheiden können.

»Also, ähm, wenn Sie, ähm, sicher sind, daß ich nicht, ähm, im Weg bin. Sehen Sie«, fuhr Dr. Durrani etwas fließender, aber genauso langsam fort, »seit gestern beschäftigt mich die Frage der, was man, ähm, Superoperationen nennen könnte. Ich – also ich – verstehen Sie, ich, ähm, dachte, daß man auf Grundlage all dessen, wir könnten auf höchst überraschende Serien stoßen: Sehen Sie, ähm ...«

So tief war der unschuldige Dr. Durrani in seine magische Welt versunken, und so unaufmerksam war er gegenüber der unschicklichen Ausgelassenheit, die bei seinem jüngeren Kollegen herrschte, daß dessen Gäste sich durch sein Auftauchen nicht weiter gestört fühlten.

»Sehen Sie, Patwardhan«, Dr. Durrani behandelte die ganze Welt mit liebenswürdiger Distanz, »es ist nicht nur eine Frage von 1, 3, 6, 10, 15 – das wäre eine, ähm, triviale Folge, die auf der, ähm, Rechenoperation erster Ordnung basiert – oder von 1, 2, 6, 24, 120 – diese Folge basiert auf der Rechenoperation, ähm, zweiter Ordnung. Das geht viel, ähm, viel weiter. Die Rechenoperation dritter Ordnung lautet 1, 2, 9, 262144 und dann 5 hoch 262144. Und das ist natürlich erst die fünfte Zahl in der, ähm, Folge. Wie steil, ähm, wird der Anstieg?« Er wirkte sowohl aufgeregt als auch bekümmert.

»Aha«, sagte Sunil, dessen whiskygetränkter Geist dem Problem nur unzulänglich gefolgt war.

»Aber was ich sage, liegt natürlich auf, ähm, der Hand. Damit wollte ich Sie eigentlich nicht, ähm, langweilen. Aber ich dachte, daß, ähm...« Er sah sich im Raum um, sein Blick blieb an der Kuckucksuhr hängen. »Ich sage Ihnen, ähm, daß Sie mich zu etwas inspiriert haben, auf das man, ähm, nicht gerade intuitiv kommt. Nehmen Sie 1, 4, 216, 72 578 und so weiter. Überrascht Sie das?«

»Nun...« sagte Sunil.

»Aha!« sagte Dr. Durrani. »Das habe ich mir gedacht!« Er blickte wohlwollend auf seinen jüngeren Kollegen, von dem er sich des öfteren auf diese Weise inspirieren ließ. »Nun, nun, nun! Soll ich Ihnen sagen, was der Anstoß, der, ähm, Katalysator zu all dem war?«

»O ja, bitte«, sagte Sunil.

»Es war eine, ähm, Bemerkung – eine sehr, ähm, scharfsinnige Bemerkung Ihrerseits.«

»Oh!«

»Sie sagten im Zusammenhang mit dem Pergolesi Lemma: ›Das Konzept bildet eine Baumstruktur.‹ Das war ein, ähm, brillanter Kommentar – so hatte ich das nie zuvor gesehen.«

»Hm«, sagte Sunil.

Haresh zwinkerte ihm zu, aber Sunil runzelte die Stirn. Sich über Dr. Durrani lustig zu machen war in seinen Augen Majestätsbeleidigung.

»Und in der Tat«, fuhr Dr. Durrani großmütig fort, »obwohl ich damals noch blind, ähm, dafür war«, er kniff die tiefliegenden Augen zusammen, bis sie fast nicht mehr zu sehen waren, um unbewußt das Gesagte zu unterstreichen, »also, ähm, es bildet eine Baumstruktur. Einen nicht stutzbaren Baum.«

Vor seinem geistigen Auge sah er einen riesigen, üppigen und – was am schlimmsten war – unkontrollierbar wachsenden Banyanbaum, der sich auf einer flachen Landschaft erhob, und fuhr zunehmend aufgeregt und bekümmert fort: »Welche Methode, ähm, der Superoperation man auch wählt – Typ 1 oder Typ 2 –, sie kann nicht, ähm, sie kann nicht auf jeder, ähm, jeder Stufe definitiv angewendet werden. Wenn man eine spezifische, ähm, Gruppe von Typen wählt, dann, ähm, kann man vielleicht, ähm, vielleicht die Äste stutzen, aber es wäre, ähm, zu willkürlich. Die Alternative führt zu keinem, ähm, konsistenten Algorithmus. Und so hat sich mir, ähm, die Frage gestellt: Wie kann man das verallgemeinern, wenn man zu höheren Operationen übergeht?« Dr. Durrani, der dazu neigte, vornübergebeugt zu stehen, richtete sich jetzt auf. Angesichts solch schrecklicher Ungewißheiten waren Taten gefordert.

»Und zu welcher Schlußfolgerung sind Sie gekommen?« fragte Sunil, der etwas schwankte.

»Aber das ist es ja. Zu keiner. Selbstverständlich muß sich, ähm, Superoperation n+1 gegenüber Superoperation n verhalten wie n gegenüber n-1. Das versteht sich von selbst. Was mir Sorgen macht, ist, ähm, die Frage der Iteration. Verhält sich die gleiche Suboperation, die gleiche, ähm, Sub-Superoperation, wenn ich so sagen darf«, er lächelte über seine neue Terminologie, »verhält sich, ähm – würde sie ...«

Der Satz blieb unvollendet, da sich Dr. Durrani im Zimmer umsah und daraufhin angenehm überrascht schien.

»Bleiben Sie doch zum Essen, Dr. Durrani«, sagte Sunil. »Sie sind herzlich eingeladen. Und darf ich Ihnen etwas zu trinken anbieten?«

»O nein, nein, ähm, nein«, sagte Dr. Durrani freundlich. »Feiert ihr jungen Leute nur weiter. Kümmert euch nicht um mich.«

Haresh, der sich plötzlich an Bhaskar erinnerte, näherte sich Dr. Durrani und sagte: »Entschuldigen Sie, Sir, aber darf ich Sie auf einen klugen jungen Mann aufmerksam machen? Ich glaube, er würde sich sehr freuen, Sie kennenzulernen – und ich hoffe, daß Sie sich auch freuen werden.«

Dr. Durrani blickte Haresh neugierig an, erwiderte jedoch nichts. Was wollen die jungen Leute nur? fragte er sich. (Oder Leute überhaupt?)

»Er sprach neulich über die Potenzen von zehn«, sagte Haresh, »und er bedauerte, daß es weder in Englisch noch in Hindi ein Wort für zehn hoch vier und zehn hoch acht gebe.«

»Ja, ähm, also, das ist jammerschade«, sagte Dr. Durrani voll Mitgefühl. »Natürlich, in den Aufzeichnungen von Al-Biruni steht ...«

»Er meinte, man müsse etwas dagegen unternehmen.«

»Wie alt ist der junge Mann?« fragte Dr. Durrani plötzlich interessiert.

»Neun.«

Dr. Durrani beugte sich wieder vornüber, um mit Haresh auf gleicher Höhe zu reden. »Aha«, sagte er. »Nun, ähm, schicken Sie ihn zu mir. Sie wissen ja, wo ich, ähm, wohne«, fügte er hinzu und wandte sich zum Gehen.

Da sich Haresh und Dr. Durrani nie zuvor begegnet waren, war das ziemlich unwahrscheinlich. Aber Haresh dankte ihm und freute sich, zwei verwandte Seelen zusammenbringen zu können. Es verursachte ihm kein Unbehagen, daß ein solches Treffen Zeit und Energie des großen Mannes in Anspruch nehmen würde. Dieser Gedanke kam ihm nicht einmal.

4.8

Pran, der kurze Zeit später kam, war kein alter Stephanier. Er war ein Freund und Kollege Sunils. Er verpaßte Dr. Durrani – er und Dr. Durrani kannten sich vom Sehen – und das Gespräch über Bhaskar. Wie die meisten Familienmitglieder bewunderte er seinen Neffen ein bißchen, der, abgesehen von seiner mathematischen Begabung, ein ganz normales Kind war – er ließ gern Drachen steigen, schwänzte gern die Schule und liebte vor allem seine Großmütter.

»Warum kommst du so spät?« fragte Sunil etwas streitlustig. »Und warum bringst du Savita nicht mit? Wir hatten auf sie gesetzt, unsere etwas dröge Gesellschaft aufzulockern. Oder geht sie zehn Schritte hinter dir? Nein – ich kann sie nirgends entdecken. Oder hat sie gedacht, sie stünde hier nur im Weg?«

»Ich werde die beiden Fragen beantworten, die es wert sind«, sagte Pran. »Erstens – Savita fühlte sich zu müde. Sie bittet, sie zu entschuldigen. Zweitens – ich komme spät, weil ich vorher zu Abend gegessen habe. Ich weiß, wie es bei dir zugeht. Essen gibt's erst um Mitternacht – wenn überhaupt –, und auch dann ist es ungenießbar. Normalerweise müssen wir auf dem Nachhauseweg an einem Straßenstand Kababs kaufen. Du solltest heiraten, Sunil – dann würde es in deinem Haushalt nicht so chaotisch zugehen. Außerdem gäbe es dann jemanden, der deine grauenhaften Socken stopfen würde. Und überhaupt, warum hast du keine Schuhe an?«

Sunil seufzte. »Weil Haresh zwei Paar für sich allein braucht. ›Meine Not ist größer als deine.‹ Dort in der Ecke stehen sie, und ich werde sie vermutlich nie wiedersehen. Oh, aber ihr zwei kennt euch ja gar nicht«, sagte Sunil, der jetzt in Hindi sprach. »Haresh Khanna – Pran Kapoor. Ihr beide habt Englische Literatur studiert, und ich kenne keinen, der mehr darüber oder weniger darüber weiß als der andere.«

Die beiden Männer gaben sich die Hand.

»Nun«, sagte Pran lächelnd, »wozu brauchen Sie zwei Paar Schuhe?«

»Der Kerl gefällt sich als Geheimniskrämer«, sagte Haresh. »Aber es ist ganz einfach zu erklären. Ich benötige sie als Muster für ein anderes Paar Schuhe, das ich in Auftrag gegeben habe.«

»Für Sie?«

»O nein. Ich arbeite für die CLFC und bin geschäftehalber ein paar Tage in Brahmpur.«

Haresh nahm an, daß die Abkürzung, die er benutzte, von allen verstanden wurde.

»CLFC?« fragte Pran.

»Cawnpore Leather & Footwear Company.«

»Ach, Sie sind also im Schuhgewerbe«, sagte Pran. »Das ist allerdings ganz was anderes als Englische Literatur.«

»Ich lebe von der Schusterahle«, sagte Haresh leichthin und bot keine weiteren Erklärungen und falschen Zitate an.

»Mein Schwager ist auch im Schuhhandel tätig. Vielleicht kennen Sie ihn. Er ist Händler im Brahmpur Shoe Mart.«

»Vielleicht. Obwohl wegen des Streiks nicht alle Händler geöffnet haben. Wie heißt er?«

»Kedarnath Tandon.«

»Kedarnath Tandon! Natürlich kenne ich ihn. Er hat mich überall hingeführt.« Haresh freute sich. »Und eigentlich ist es seine Schuld, daß Sunil seine Schuhe wieder hergeben mußte. Sie sind also sein Sala – Entschuldigung, ich meine, Veenas Bruder. Der ältere oder der jüngere?«

Sunil Patwardhan schaltete sich wieder ein. »Der ältere«, sagte er. »Der jüngere – Maan – war auch eingeladen, aber der verbringt seine Abende zur Zeit woanders.«

»Nun sag mal«, Pran wandte sich ganz entschieden an Sunil, »gibt es einen besonderen Grund für diese Party? Du hast doch nicht Geburtstag, oder?«

»Nein. Und du bist nicht besonders gut im Themenwechseln. Aber diesmal lasse ich das Manöver durchgehen, weil ich nämlich eine Frage an Sie habe, Dr. Kapoor. Einer meiner besten Studenten mußte deinetwegen leiden. Warum warst du so hartherzig – du und dein Disziplinarausschuß, wie heißt es doch gleich? Studentenausschuß – mit den jungen Männern, denen an Holi ein bißchen das Temperament durchgegangen ist?«

»Ein bißchen das Temperament durchgegangen?« rief Pran. »Die Mädchen sahen aus, als hätte man sie in rote und blaue Tinte getaucht. Man kann von Glück reden, daß sie sich keine Lungenentzündung geholt haben. Und wirklich, es ist ein bißchen viel Farbe an unnötigen Stellen verrieben worden.«

»Aber muß man die Jungen deswegen gleich aus dem Studentenwohnheim werfen und ihnen die Relegation androhen?«

»Nennst du das hartherzig?«

»Natürlich. Noch dazu jetzt, wo sie sich auf ihr Abschlußexamen vorbereiten.«

»An Holi haben sie sich jedenfalls nicht auf ihr Examen vorbereitet, als sie beschlossen – ein paar von ihnen hatten sogar Bhang genommen –, das Mädchenwohnheim zu stürmen und die Heimleiterin im Gemeinschaftsraum einzusperren.«

»Ach, dieses herzlose Biest!« sagte Sunil leichthin und brach dann in Gelächter aus, als er sich die eingesperrte Heimleiterin vorstellte, die womöglich verkrampft auf das Carombrett eingetrommelt hatte. Die Heimleiterin war eine drakonische, allerdings ziemlich gut aussehende Frau, die ihre Schützlinge an der kurzen Leine hielt, ihr Make-up dick auftrug und jedes Mädchen finster anstarrte, das dasselbe tat.

»Gib's zu, Sunil, sie ist ziemlich attraktiv – wahrscheinlich hast du selber ein Auge auf sie geworfen.«

Sunil schnaubte angesichts dieser lächerlichen Vorstellung.
»Ich wette, sie wollte, daß sie sofort relegiert werden. Zumindest vorübergehend. Oder hingerichtet auf dem elektrischen Stuhl. Wie neulich diese russischen Spione in Amerika. Das Problem ist, daß sich niemand mehr an seine eigene Studentenzeit erinnert, sobald er auf der anderen Seite steht.«
»Was hättest du an ihrer Stelle getan? Oder an unserer? Die Eltern der Mädchen hätten uns die Hölle heiß gemacht, wenn wir nichts unternommen hätten. Und abgesehen von der Frage des Nachspiels glaube ich nicht, daß die Strafen unfair waren. Zwei Mitglieder des Auschusses wollten sie relegieren.«
»Wer? Der Disziplinarbeamte?«
»Zwei Ausschußmitglieder.«
»Na, komm schon, mach kein Staatsgeheimnis draus, du bist unter Freunden«, sagte Sunil und legte einen dicken Arm um Prans knochige Schultern.
»Nein, wirklich, Sunil, ich hab schon zuviel gesagt.«
»Du hast selbstverständlich für Milde plädiert.«
Pran wies den Sarkasmus seines Freundes nachdrücklich zurück. »Zufälligerweise hast du recht. Ja, ich habe für Milde plädiert. Ich dachte daran, was passiert ist, als Maan Holi mit Moby Dick gespielt hat.« Der Zwischenfall mit Professor Mishra war mittlerweile in der ganzen Universität berühmt-berüchtigt.
»Ach ja«, sagte der Physiker, der sich zu ihnen gesellt hatte, »was ist aus deiner Professur geworden?«
Pran atmete tief ein. »Nichts.«
»Aber die Stelle ist schon seit Monaten unbesetzt.«
»Ich weiß. Sie wurde sogar ausgeschrieben, aber anscheinend wollen sie keinen Termin für die Berufungskommission festsetzen.«
»Das ist eine Schweinerei. Ich werde mit jemandem vom *Brahmpur Chronicle* reden«, sagte der junge Physiker.
»Ja, ja«, stimmte Sunil begeistert zu. »Uns ist zur Kenntnis gelangt, daß trotz des chronischen Personalmangels am Institut für Anglistik unserer berühmten Universität und der Existenz eines überaus geeigneten Kandidaten für die Professorenstelle, die seit unvertretbar langer Zeit vakant ist ...«
»Bitte«, sagte Pran höchst beunruhigt. »Laßt die Dinge ihren Lauf nehmen. Zieht nicht auch noch die Zeitungen mit hinein.«
Sunil dachte eine Weile nach, als ob er sich über etwas Klarheit verschaffen wollte. »Okay, okay, trinkt etwas!« sagte er plötzlich. »Warum hast du nichts zu trinken?«
»Erst nimmt er mich eine halbe Stunde lang in die Zange, ohne mir etwas anzubieten, und dann fragt er mich, warum ich keinen Drink habe. Ich hätte gern einen Whisky – mit Wasser«, sagte Pran schon wieder ruhiger.
Im Verlauf des Abends wurde über die Neuigkeiten in der Stadt gesprochen, über Indiens durchgehend schlechtes Abschneiden im internationalen Kricket (»Ich bezweifle, daß wir jemals ein Testspiel gewinnen werden«, sagte Pran

zuversichtlich pessimistisch), über die Politik in Purva Pradesh und der Welt im allgemeinen und die Eigenheiten mancher Lehrer an der Universität von Brahmpur und – die Stephanier – im St. Stephen in Delhi. Zur Verwunderung aller Nicht-Stephanier sagten diese nörglerisch und im Chor: »In meiner Klasse sage ich immer: Möglicherweise versteht ihr es nicht, möglicherweise wollt ihr es nicht verstehen, aber ihr werdet es verstehen!«

Dann wurde das Essen serviert, und es war so stümperhaft, wie Pran vorausgesagt hatte. Sunil, der seine Freunde gern spaßeshalber schikanierte, wurde selbst von einem alten Dienstboten schikaniert, dessen Zuneigung für seinen Herrn (er war bei Sunil seit dessen Kindheit) nur noch von seinem Arbeitsunwillen übertroffen wurde.

Während des Essens wurde über die ökonomische und politische Situation debattiert – etwas unzusammenhängend, weil die Gesprächsteilnehmer entweder streitlustig waren oder wegen des Whiskys zu Gedankensprüngen neigten. Die Diskussion als Ganzes zu verstehen war unmöglich, aber teilweise verlief sie folgendermaßen:

»Seht mal, Nehru wurde nur deswegen Premierminister, weil er Gandhis Favorit war. Alle Welt weiß das. Das einzige, was er wirklich kann, ist, diese ewig langen Reden zu halten, die zu nichts führen. Er bezieht nie einen Standpunkt. Stellt euch das mal vor. Sogar in der Kongreßpartei, wo Tandon und seine Kumpels ihn in die Ecke drängen, was tut er? Er läßt es sich gefallen, und wir müssen ...«

»Aber was kann er schon tun? Er ist schließlich kein Diktator.«

»Würdest du mich vielleicht ausreden lassen? Ich wollte sagen, darf ich? Danach kannst du sagen, was immer du willst, und so ausführlich, wie du willst. Also, was tut Nehru? Er schickt eine Nachricht an irgendeine Gesellschaft, vor der er eine Rede halten soll, und sagt: ›Wir tappen oft im dunkeln.‹ Im dunkeln – wen interessiert schon das Dunkel oder was in seinem Kopf vorgeht? Er mag einen wohlgeformten Kopf haben, und die rote Rose in seinem Knopfloch macht sich gut, aber wir brauchen jemanden mit einem unerschrockenen Herzen, nicht mit einem empfindlichen. Seine Pflicht als Premierminister ist es, dem Land mit gutem Beispiel voranzugehen, und dazu fehlt ihm die Charakterstärke.«

»Also ...«

»Also was?«

»Versuch du mal, ein Land zu regieren. Nur mal den Menschen zu essen zu geben. Zu verhindern, daß die Hindus die Moslems abschlachten ...«

»Oder umgekehrt.«

»Genau, oder umgekehrt. Und versuch mal, den Großgrundbesitz abzuschaffen, wenn die Zamindars um jeden Quadratzentimeter Boden kämpfen.«

»Das ist nicht die Aufgabe des Premierministers – oder der Zentralregierung –, das ist Aufgabe der Bundesstaaten. Nehru soll seine Reden halten, aber frag mal Pran, wer der Kopf ist, der hinter dem Gesetz zur Abschaffung des Großgrundbesitzes steckt.«

»Ja«, sagte Pran, »mein Vater steckt dahinter. Jedenfalls erzählt meine Mutter, daß er nachts schrecklich lang arbeitet und manchmal erst hundemüde nach Mitternacht nach Hause kommt und dann die ganze Nacht liest, um sich auf die Argumente vorzubereiten, die am nächsten Tag im Parlament vorgebracht werden.« Er lachte kurz und schüttelte den Kopf. »Meine Mutter macht sich Sorgen, weil er seine Gesundheit ruiniert. Ihrer Ansicht nach entsprechen zweihundert Gesetzesklauseln zweihundert Magengeschwüren. Und jetzt, wo der Zamindari Act in Bihar für verfassungswidrig erklärt worden ist, hat alle Welt die Panik. Als ob nicht schon genug Panik herrscht wegen des Ärgers im Chowk.«

»Was für Ärger im Chowk?« fragte jemand, der dachte, Pran beziehe sich auf etwas, was erst an diesem Tag passiert war.

»Der Radscha von Marh und sein verdammter Shiva-Tempel«, sagte Haresh prompt. Obwohl er der einzige von außerhalb der Stadt war, wußte er Bescheid, weil Kedarnath ihn darüber informiert hatte.

»Sag nicht ›verdammter‹ Shiva-Tempel«, mischte sich der Historiker ein.

»Es ist ein verdammter Shiva-Tempel, weil er schon genügend Tote gefordert hat.«

»Du bist Hindu und nennst es einen verdammten Tempel – du solltest mal in den Spiegel sehen. Die Briten sind abgezogen, falls du es noch nicht gemerkt hast, führ dich also nicht auf wie sie. Verdammter Tempel, verdammte Inder.«

»O Gott! Gib mir doch noch was zu trinken«, sagte Haresh zu Sunil.

Während und nach dem Essen lebte die Diskussion auf und flaute wieder ab, die Gäste versuchten, Fäden aufzunehmen, oder verwickelten sich unentwirrbar darin. Pran nutzte die Gelegenheit, nahm Sunil beiseite und fragte ihn beiläufig: »Ist dieser Haresh verheiratet oder verlobt oder irgendwas?«

»Irgendwas.«

»Wie bitte?« fragte Pran stirnrunzelnd.

»Er ist weder verheiratet noch verlobt, aber er ist auf alle Fälle irgendwas.«

»Sunil, bitte sprich nicht in Rätseln. Es ist Mitternacht.«

»Das hast du jetzt davon, weil du so spät gekommen bist. Vorher haben wir nämlich ausführlich über ihn und diese Sardarni, Simran Kaur, gesprochen, in die er noch immer verliebt ist. Warum habe ich mich vorhin nicht an ihren Namen erinnert? Im College kursierte ein Zweizeiler über ihn:

›Gejagt von Gaur und auf der Jagd nach Kaur;
keusch nicht mehr, doch keusch zuvor.‹

Für die zweite Zeile verbürge ich mich nicht. Aber seinem Gesicht heute war anzusehen, daß er noch immer sehr in sie verliebt ist. Und ich kann ihn verstehen. Ich hab sie einmal getroffen, sie war eine richtige Schönheit.«

Sunil Patwardhan trug in Hindi einen Zweizeiler über die schwarzen Monsunwolken ihres Haars vor.

»Tja«, sagte Pran.

»Warum hast du danach gefragt?«

»Nur so.« Pran zuckte die Achseln. »Ich glaube, er ist ein Mann, der weiß, was er will. Ich war einfach nur neugierig.«

Ein bißchen später begannen die Gäste aufzubrechen. Sunil schlug vor, nach Old Brahmpur zu gehen, »um nachzusehen, ob dort noch was los ist«.

»Heute abend um Mitternacht«, intonierte er in einem Singsang und mit Nehru-Stimme, »während die Welt schläft, wird Brahmpur in Freiheit zum Leben erwachen.«

Als Sunil seine Gäste zur Tür geleitete, fühlte er sich plötzlich niedergeschlagen. »Gute Nacht«, sagte er leise und fuhr dann in melancholischem Tonfall fort: »Gute Nacht, meine Damen, gute Nacht, meine lieben Damen, gute Nacht, gute Nacht.« Und etwas später, als er die Tür schloß, murmelte er mehr zu sich selbst als zu jemand anders in dem singenden Tonfall die unvollständige Kadenz, mit der Nehru seine Reden in Hindi zu beenden pflegte: »Brüder und Schwestern – Jai Hind!«

Pran ging gut gelaunt nach Hause. Er hatte die Party genossen, hatte es genossen, von seiner Arbeit und – er mußte es zugeben – von seinem Familienkreis, Frau, Schwiegermutter, Schwägerin, fortzukommen.

Wie schade, dachte er, daß Haresh schon vergeben ist. Trotz seiner falschen Zitate fand Pran ihn anziehend und hatte sich gefragt, ob er ein möglicher ›Kandidat‹ für Lata wäre. Pran machte sich Sorgen um sie. Seitdem sie vor ein paar Tagen beim Abendessen diesen Anruf bekommen hatte, war sie nicht mehr sie selbst. Und es war sogar schwierig geworden, mit Savita über ihre Schwester zu sprechen. Manchmal, dachte Pran, glaube ich, daß mich alle nur für einen Eindringling halten – für einen, der sich bei den Mehras einmischt.

4.9

Haresh erwachte mit einem schweren Kopf, stand trotzdem früh auf und nahm eine Rikscha nach Ravidaspur. Er hatte, wie versprochen, die Leisten, das andere Material und Sunils Schuhe bei sich. Menschen in Lumpen belebten die Gassen zwischen den strohgedeckten Lehmhütten. Ein Junge zog an einer Schnur ein Stück Holz hinter sich her, und ein anderer Junge schlug mit einem Stecken danach. Als Haresh die wacklige Brücke überquerte, fiel ihm der dicke weißliche Dampf über dem schwarzen Wasser des offenen Abwasserkanals auf, in dem Leute ihre morgendlichen Waschungen vollzogen. Wie können sie so leben? fragte er sich

Zwei elektrische Leitungen hingen von einem Strommast herunter und wanden sich durch die Äste eines staubbedeckten Baumes. Ein paar Hütten waren illegal an diese magere Quelle angeschlossen, indem ihre Bewohner einen Draht über die Stromleitung geschlungen hatten. In den dunklen Hütten flackerten provisorische Lampen: mit Kerosin gefüllte Blechdosen, deren Rauch die Hütten erfüllte. Kinder, Hunde oder Kälber stießen sie bisweilen um, und so entstanden Brände, die sich von Hütte zu Hütte ausbreiteten und alles verbrannten, was im Stroh vermeintlich sicher versteckt war, einschließlich der wertvollen Lebensmittelkarten. Haresh schüttelte den Kopf angesichts all der Vergeblichkeit.

Er gelangte zur Werkstatt und traf Jagat Ram auf der Treppe sitzend an, nur seine kleine Tochter war bei ihm. Verärgert stellte Haresh fest, daß er nicht an den Schuhen arbeitete, sondern an einem hölzernen Spielzeug, einer Katze, wie es schien. Konzentriert schnitzte er daran und war überrascht, Haresh zu sehen. Er stellte die halb fertige Katze auf die Treppe und stand auf.

»Sie sind früh da«, sagte er.

»Ja«, erwiderte Haresh schroff. »Und muß sehen, daß Sie an etwas anderem arbeiten. Ich tue alles, um Sie so schnell wie möglich mit dem nötigen Material zu versorgen, habe aber nicht die Absicht, mit jemandem zusammenzuarbeiten, der unzuverlässig ist.«

Jagat Ram faßte sich an den Schnurrbart. In seine Augen trat ein dumpfer Schimmer, und er sprach abgehackt. »Was ich sagen will«, setzte er an, »haben Sie gefragt? Was ich sagen will – glauben Sie, daß ich ein Mann bin, der nicht Wort hält?«

Er stand auf, ging in die Werkstatt und brachte die Stücke, die entsprechend Hareshs Mustern aus dem schönen rotbraunen Leder, das er am Abend zuvor selbst geholt hatte, zugeschnitten waren. Während Haresh sie prüfend betrachtete, sagte er: »Ich habe die Löcher noch nicht gestanzt – aber ich habe selbst zugeschnitten, ich wollte es nicht meinem Zuschneider überlassen. Ich bin mit dem ersten Licht aufgestanden.«

»Gut, gut«, sagte Haresh freundlicher und nickte. »Zeigen Sie mir, was von dem Leder noch übrig ist.«

Jagat Ram nahm es widerwillig aus einem der Fächer, die sich in der Wand des kleinen Raums befanden. Ein ziemlich großes Stück war noch ungenutzt. Haresh musterte es eingehend und gab es zurück. Jagat Ram war erleichtert. Er faßte sich an den ergrauenden Schnurrbart, rieb nachdenklich daran, sagte jedoch nichts.

»Ausgezeichnet«, sagte Haresh begeistert und großmütig. Jagat Ram hatte die Schuhe erstaunlich schnell und, was das Leder betraf, höchst ökonomisch zugeschnitten. Er schien über ein intuitives räumliches Vorstellungsvermögen zu verfügen, das auch bei geübten Schustern mit langjähriger Erfahrung nur selten anzutreffen war. Eine Andeutung davon war am Vortag schon spürbar gewesen, als er den Schuh bereits nach einem kurzen Blick auf die Entwürfe vor seinem geistigen Auge entstehen sah.

»Wohin ist Ihre Tochter verschwunden?«

Jagat Ram gestattete sich ein kleines Lächeln. »Sie mußte in die Schule und war spät dran«, sagte er.

»Sind die Leute vom Lovely Shoe Shop gestern noch gekommen?« fragte Haresh.

»Nun, ja und nein«, sagte Jagat Ram, ohne weiter darauf einzugehen.

Da sich Haresh nicht direkt für die Lovely-Leute interessierte, hakte er nicht nach. Er dachte, daß Jagat Ram vielleicht nicht über einen Konkurrenten von Kedarnath in Anwesenheit eines Freundes von Kedarnath sprechen wollte.

»Hier ist alles, was Sie brauchen«, sagte Haresh, öffnete seine Aktentasche, holte das Garn, die anderen Utensilien, die Leisten und das Paar Schuhe heraus. Während Jagat Ram die Leisten in die Hand nahm und musterte, fuhr er fort: »Heute in drei Tagen, nachmittags um zwei, komme ich wieder, und ich erwarte, daß die Schuhe dann fertig sind. Am selben Tag, abends um sechs, fahre ich nach Kanpur zurück. Wenn Sie gute Arbeit leisten, denke ich, daß ich einen Auftrag für Sie bekomme. Wenn nicht, werde ich meine Abreise nicht weiter hinausschieben.«

»Wenn alles klappt, hoffe ich, daß ich direkt mit Ihnen arbeiten kann«, sagte Jagat Ram.

Haresh schüttelte den Kopf. »Ich habe Sie über Kedarnath kennengelernt, und ich werde über Kedarnath mit Ihnen zu tun haben.«

Jagat Ram nickte etwas grimmig und brachte Haresh zur Tür. Es gab kein Entkommen vor diesen blutsaugenden Zwischenhändlern. Zuerst waren es die Moslems gewesen, und jetzt hatten diese Pandschabis ihren Platz eingenommen. Aber Kedarnath hatte er seinen ersten Aufschwung zu verdanken, und er schien kein schlechter Kerl zu sein – so wie es nun mal war. Vielleicht wollte er nur am Blut nippen.

»Gut«, sagte Haresh. »Ausgezeichnet. Ich hab noch viel zu tun. Ich muß weiter.«

Und er ging, energiegeladen wie stets, durch die dreckigen Gassen von Ravidaspur. Heute trug er schlichte schwarze Herrenhalbschuhe. Auf einem offenen, aber verdreckten Platz in der Nähe eines kleinen weißen Schreins sah er eine Gruppe Jungen mit zerfledderten Karten spielen – einer von ihnen war Jagat Rams jüngster Sohn –, und er schnalzte mit der Zunge, nicht so sehr, weil er sich moralisch entrüstete, sondern weil er sich über den allgemeinen Stand der Dinge ärgerte. Analphabetismus, Armut, Disziplinlosigkeit, Dreck! Es war nicht so, daß die Leute hier kein Potential hatten. Wenn man ihn nur ließe, ihm Geld und Arbeitsplätze zur Verfügung stellte, dann würde er diese Viertel innerhalb von sechs Monaten vom Kopf auf die Füße stellen. Sanitäre Anlagen, Trinkwasser, Elektrizität, gepflasterte Straßen, Bürgersinn – es war alles nur eine Frage, vernünftige Entscheidungen zu fällen und die erforderlichen Mittel zu organisieren, um sie umzusetzen. ›Die erforderlichen Mittel‹ hatten es Haresh ebensosehr angetan wie seine ›Zu-erledigen-Liste‹. Er verlor die Geduld mit sich selbst, wenn bei ersteren etwas fehlte oder auf letzterer etwas unerledigt blieb. Er glaubte auch daran, daß man ›bei der Stange bleiben‹ müsse.

Ach ja, Kedarnaths Sohn, wie heißt er doch gleich? Bhaskar! dachte er. Ich hätte mir gestern von Sunil Dr. Durranis Adresse geben lassen sollen. Er runzelte über seine mangelnde Voraussicht die Stirn.

Aber nach dem Mittagessen holte er Bhaskar einfach ab und nahm eine Tonga zu Sunil. Dr. Durrani schien zu Fuß gekommen zu sein, überlegte Haresh, dann mußte er in der Nähe von Sunil wohnen.

Bhaskar saß schweigend neben Haresh, und Haresh seinerseits war froh, nichts weiter sagen zu müssen, als wohin sie fuhren.

Sunils treuer, fauler Dienstbote zeigte auf das Haus von Dr. Durrani, der nur ein paar Türen weiter wohnte. Haresh zahlte für die Tonga und ging mit Bhaskar die letzten Meter zu Fuß.

4.10

Ein großer, gutaussehender junger Mann in weißer Kricketkleidung öffnete die Tür.

»Wir wollten Dr. Durrani sprechen«, sagte Haresh. »Glauben Sie, daß er Zeit für uns hat?«

»Ich werde nachsehen, was mein Vater macht«, sagte der junge Mann leise mit einer angenehmen, etwas heiseren Stimme. »Kommen Sie herein.«

Kurze Zeit später kam er zurück und sagte: »Mein Vater kommt gleich. Er wollte wissen, wer Sie sind, und da habe ich erst gemerkt, daß ich Sie gar nicht gefragt habe. Entschuldigung, ich sollte mich zuerst vorstellen. Ich heiße Kabir.«

Haresh, beeindruckt von Aussehen und Manieren des jungen Mannes, streckte ihm die Hand entgegen, lächelte kurz und stellte sich vor. »Und das ist Bhaskar, der Sohn eines Freundes.«

Den jungen Mann schien irgend etwas zu bedrücken, er tat jedoch sein Bestes, um eine Unterhaltung in Gang zu bringen.

»Hallo, Bhaskar«, sagte Kabir. »Wie alt bist du?«

»Neun«, sagte Bhaskar, der nichts gegen die wenig originelle Frage hatte. Er überlegte, was das alles sollte.

Nach einer Weile sagte Kabir: »Ich frage mich, was meinen Vater aufhält.« Und dann verschwand er wieder.

Als Dr. Durrani endlich ins Wohnzimmer kam, schien er überrascht über diese Besucher. Er sah Bhaskar an und fragte Haresh: »Wollten Sie einen meiner, ähm, Söhne besuchen?«

Bhaskars Augen strahlten angesichts dieses ungewöhnlichen Verhaltens eines Erwachsenen. Ihm gefielen Dr. Durranis ausdrucksstarkes, eckiges Gesicht, vor allem aber die Ausgewogenheit und Symmetrie seines schönen weißen Schnurrbarts.

Haresh, der aufgestanden war, sagte: »Nein, wir wollten eigentlich Sie besuchen, Dr. Durrani. Wahrscheinlich erinnern Sie sich nicht an mich – wir haben uns bei Sunils Party getroffen ...«

»Sunil?« sagte Dr. Durrani und kniff völlig überrascht die Augen zusammen, während seine Brauen sich auf und ab bewegten. »Sunil ... Sunil ...« Er schien etwas mit großer Ernsthaftigkeit abzuwägen und sich allmählich einer Schlußfolgerung anzunähern. »Patwardhan«, sagte er, als ob er eine außerordentliche Einsicht gewonnen hätte. Schweigend prüfte er diesen neuen Aspekt aus unterschiedlichen Perspektiven.

Haresh beschloß, den Prozeß etwas zu beschleunigen. Er sagte forsch: »Dr. Durrani, Sie sagten, wir könnten vorbeischauen. Das ist mein kleiner Freund Bhaskar, von dem ich Ihnen erzählt habe. Ich glaube, sein Interesse an der Mathematik ist bemerkenswert, und ich dachte, er sollte Sie kennenlernen.«

Dr. Durrani schien erfreut und fragte Bhaskar, wieviel zwei und zwei ist.

Haresh war konsterniert, aber Bhaskar – der normalerweise wesentlich komplexere Fragen als seiner Aufmerksamkeit unwürdig zurückwies – war anscheinend nicht beleidigt. Zögernd antwortete er: »Vier?«

Dr. Durrani schwieg und schien über diese Antwort nachzudenken. Haresh wurde es langsam unbehaglich.

»Nun gut, Sie können ihn, ähm, eine Weile hierlassen«, sagte Dr. Durrani.

»Soll ich ihn um vier Uhr wieder abholen?« fragte Haresh.

»Mehr oder weniger«, sagte Dr. Durrani.

Als er und Bhaskar allein waren, schwiegen sie eine Weile. Dann fragte Bhaskar: »War meine Antwort richtig?«

»Mehr oder weniger«, sagte Dr. Durrani. »Siehst du«, sagte er und nahm eine Musammi aus einer Schale auf dem Eßtisch, »das ist so, ähm, wie mit der Frage, ähm, nach der Summe der Winkel in einem – in einem Dreieck. Was haben sie dir beigebracht, ähm, wie groß sie ist?«

»180 Grad«, sagte Bhaskar.

»Also, mehr oder weniger«, sagte Dr. Durrani. »Zumindest, ähm, oberflächlich betrachtet. Aber auf der Oberfläche dieser, ähm, Musammi zum Beispiel ...«

Er starrte die grüne Zitrusfrucht eine Weile an, folgte dabei einem geheimnisvollen Gedankengang. Kaum hatte sie dafür ausgedient, blickte er sie verwundert an, als wüßte er nicht, warum er sie in der Hand hielt. Er schälte sie unter Mühen – denn ihre Schale war dick – und begann, sie zu essen.

»Möchtest du, ähm, auch was?« fragte er Bhaskar sachlich.

»Ja, bitte«, sagte Bhaskar und hielt ihm beide Hände hin, als würde er eine geheiligte Gabe aus dem Tempel entgegennehmen.

Eine Stunde später, als Haresh wiederkam, hatte er das Gefühl, ein unerwünschter Störenfried zu sein. Sie saßen zusammen am Eßtisch, auf dem – unter anderem – mehrere Musammis, mehrere Musammischalen, eine große Anzahl Zahnstocher in verschiedenen Formationen, ein auf den Kopf gestellter Aschenbecher, ein paar Streifen Zeitungspapier, zu seltsam aussehenden gewundenen Schleifen zusammengesteckt, und ein roter Drachen lagen. Der Rest der Tischplatte war mit Gleichungen in gelber Kreide bedeckt.

Als Bhaskar mit Haresh ging, durfte er die Schlingen aus Zeitungspapier, den roten Drachen und genau sechzehn Zahnstocher mitnehmen. Weder Dr. Durrani noch Bhaskar bedankten sich für die Zeit, die sie miteinander verbracht hatten. In der Tonga auf dem Rückweg nach Misri Mandi konnte sich Haresh nicht länger zurückhalten und fragte Bhaskar: »Hast du alle diese Gleichungen verstanden?«

»Nein«, antwortete Bhaskar. Sein Tonfall machte jedoch klar, daß das nicht im geringsten von Bedeutung war.

Obwohl Bhaskar kein Wort sagte, als sie zu Hause ankamen, wußte seine Mutter nach einem Blick in sein Gesicht, daß er eine höchst anregende Zeit verbracht hatte. Sie nahm ihm die Mitbringsel ab und sagte, er solle sich die klebrigen Hände waschen. Fast mit Tränen in den Augen dankte sie Haresh.

»Es war so freundlich von Ihnen, sich diese Mühe zu machen, Haresh Bhai. Ich weiß, was es für ihn bedeutet«, sagte Veena.

»Dann wissen Sie mehr als ich«, entgegnete Haresh lächelnd.

4.11

In der Zwischenzeit, in Jagat Rams Werkstatt, waren die Schuhe über die Leisten geschlagen. Zwei Tage vergingen. Am verabredeten Tag, um zwei Uhr, kam Haresh, um die Schuhe und die Leisten zu holen. Jagat Rams kleine Tochter erkannte ihn wieder und klatschte bei seinem Anblick in die Hände. Sie sang sich ein Lied vor, und nachdem er da war, sang sie es auch für ihn. Das Lied lautete so:

»Ram Ram Shah,	»Ram Ram Shah,
Alu ka rasa,	Soße aus Kartoffeln,
Mendaki ki chatni –	Chutney aus einer Fröschin –
Aa gaya nasha!«	trink, und du bist betrunken!«

Haresh musterte die Schuhe mit geübtem Auge. Es war gute Arbeit. Der obere Teil war hervorragend zusammengenäht, wenn auch auf der schlichten Nähmaschine. Das Über-die-Leisten-Schlagen war sorgfältig erfolgt – die Schuhe warfen keine Blasen oder Falten. Die Oberflächenbehandlung der mit gestanzten Löchern versehenen Schuhe war gut, das Leder hervorragend gefärbt. Er war angenehm überrascht. Seine Anforderungen waren streng gewesen, aber jetzt zahlte er Jagat Ram eineinhalbmal soviel, wie sie ursprünglich vereinbart hatten.

»Sie werden von mir hören«, versprach er.

»Nun, Haresh Sahib, das hoffe ich«, sagte Jagat Ram. »Fahren Sie wirklich schon heute? Wie schade.«

»Ich fürchte, ja.«

»Und Sie sind nur wegen der Schuhe länger geblieben?«

»Ja, sonst wäre ich vorgestern abgereist.«

»Ich hoffe, daß dieses Paar den Leuten bei der CLFC gefallen wird.«

Sie verabschiedeten sich. Haresh machte noch ein paar Erledigungen, kaufte einige Dinge, fuhr zurück zu Sunil, gab ihm die Schuhe wieder, packte, verabschiedete sich und nahm eine Tonga in Richtung Bahnhof, um mit dem Abendzug nach Kanpur zurückzukehren. Unterwegs machte er Station bei Kedarnath, um sich zu bedanken.

»Ich hoffe, ich kann Ihnen auch irgendwann einmal behilflich sein«, sagte Haresh und schüttelte herzlich seine Hand.

»Das waren Sie schon, Veena hat es mir erzählt.«

»Ich meine, was die Geschäfte anbelangt.«

»Das hoffe ich. Und wenn ich Ihnen noch irgendwie behilflich sein kann ...« Sie gaben sich die Hand.

»Sagen Sie«, sagte Haresh plötzlich, »das wollte ich Sie schon die ganze Zeit fragen – woher sind die vielen Narben auf Ihren Handflächen? Sie können nicht von einer Maschine stammen – dann müßten sie auf beiden Seiten vernarbt sein.«

Kedarnath schwieg eine Weile, als ob er sich dem Themenwechsel erst anpassen müßte. »Sie stammen aus der Zeit der Teilung.« Er hielt inne. »Als wir aus Lahore fliehen mußten, habe ich einen Platz in einem Konvoi von Armeelastern bekommen. Wir saßen in dem ersten Laster – mein jüngerer Bruder und ich. Nirgendwo, so glaubte ich, wären wir sicherer. Aber dann, nun, es war ein Belutschen-Regiment. Wir hielten kurz vor der Ravi-Brücke, und moslemische Schläger stürzten aus dem Holzlager dort und begannen, uns mit ihren Speeren abzuschlachten. Mein jüngerer Bruder hat Narben auf dem Rücken, und ich habe sie an den Handflächen und an den Handgelenken – ich versuchte, die Spitze des Speers festzuhalten ... Ich war einen Monat im Krankenhaus.«

Der Schock stand Haresh ins Gesicht geschrieben. Kedarnath fuhr fort, mit ruhiger Stimme und geschlossenen Augen. »Innerhalb von zwei Minuten haben sie zwanzig, dreißig Menschen umgebracht – den Vater da, die Tochter dort. Wir hatten unermeßliches Glück, denn von der anderen Seite kam ein Gurkha-Regiment und eröffnete das Feuer. Die Banditen flohen, und ich bin hier und kann Ihnen diese Geschichte erzählen.«

»Wo war Ihre Familie? In den anderen Lastwagen?«

»Nein – ich hatte sie etwas früher mit dem Zug losgeschickt. Bhaskar war erst sechs. Die Züge waren auch nicht sicher, wie Sie wissen.«

»Vielleicht hätte ich diese Frage nicht stellen sollen«, sagte Haresh, der sich untypischerweise verlegen fühlte.

»Nein, nein – das ist schon in Ordnung. So wie es ist, haben wir Glück gehabt. Der moslemische Händler, dem früher mein Laden hier in Brahmpur gehörte –

also ... Seltsam, nach allem, was passiert ist, vermisse ich Lahore noch immer. Aber jetzt müssen Sie sich beeilen, sonst verpassen Sie Ihren Zug.«

Der Bahnhof von Brahmpur war so überfüllt und laut und stinkend wie immer: die zischenden Dampfwolken, das Pfeifen einfahrender Züge, das Geschrei der Händler, der Gestank nach Fisch, das Summen der Fliegen, das Geplapper der hastenden Fahrgäste. Haresh war erschöpft. Es war schon nach sechs Uhr, aber immer noch heiß. Er berührte einen Manschettenknopf aus Achat und wunderte sich, wie kühl er war.

Er blickte sich in der Menge um und sah eine junge Frau in einem hellblauen Sari, die neben ihrer Mutter stand. Der Englischdozent, den er auf Sunils Party kennengelernt hatte, brachte die beiden zum Zug nach Kalkutta. Die Mutter wandte Haresh den Rücken zu, deswegen sah er sie nicht richtig. Das Gesicht der Tochter war außergewöhnlich. Es war nicht auf klassische Weise schön – es berührte sein Herz nicht so wie das auf dem Foto, das er im Koffer trug –, aber es war von so anziehender Intensität, daß Haresh für einen Augenblick stehenblieb. Die junge Frau schien entschlossen gegen eine Traurigkeit anzukämpfen, die über die normale Traurigkeit des Abschiednehmens auf einem Bahnsteig hinausging. Haresh überlegte, ob er sich dem jungen Dozenten noch einmal vorstellen sollte, aber etwas an dem nach innen gewandten, nahezu verzweifelten Ausdruck des Mädchens hielt ihn davon ab. Außerdem sollte sein Zug bald abfahren, sein Kuli war bereits vorausgegangen, und Haresh, der nicht groß war, hatte Angst, ihn in der Menge zu verlieren.

FÜNFTER TEIL

5.1

Manche Krawalle werden provoziert, andere entstehen wie von selbst. Man hatte nicht damit gerechnet, daß es in Misri Mandi zu gewalttätigen Ausschreitungen kommen würde. Ein paar Tage nach Hareshs Abreise wimmelte es jedoch im Herzen des Viertels von bewaffneten Polizisten, auch in der Gegend von Kedarnaths Laden.

Am Abend zuvor war es in einer billigen Kneipe an der ungepflasterten Straße, die zur Gerberei in Old Brahmpur führte, zu einer Schlägerei gekommen. Der Streik bedeutete einerseits weniger Geld, andererseits mehr Zeit für alle, und die Spelunke des Kalaris war so gut besucht wie immer. Sie war – überwiegend, aber nicht ausschließlich – ein Treffpunkt von Jatavs. Im Suff waren alle Säufer gleich, und es war ihnen egal, wer an den einfachen Holztischen neben ihnen saß. Sie tranken, lachten, schrien, und dann schwankten und torkelten sie singend oder fluchend hinaus. Sie schworen sich ewige Freundschaft, tauschten Vertraulickeiten aus, ersannen Beleidigungen.

Ein bei einem Händler in Misri Mandi beschäftigter Mann war in übler Stimmung, weil er Schwierigkeiten mit seinem Schwiegervater hatte. Er trank sich allein in einen Zustand allumfassender Aggressivität. Dann hörte er in seinem Rücken eine Bemerkung über die harten Praktiken seines Arbeitgebers, ballte die Fäuste, stand auf, drehte sich um, warf dabei die Bank um, auf der er gesessen hatte, und als er nachsehen wollte, wer da sprach, fiel er zu Boden.

Die drei Männer am Tisch hinter ihm lachten. Es waren Jatavs, die mit ihm zu tun gehabt hatten. Er war es, der die Schuhe aus ihren Körben nahm, wenn sie abends verzweifelt durch Misri Mandi hasteten – sein Arbeitgeber, der Händler, weigerte sich aus Angst vor Verunreinigung, die Schuhe anzufassen. Die Jatavs wußten, daß der Zusammenbruch des Handels in Misri Mandi besonders die Händler traf, die die Zettelwirtschaft überstrapaziert hatten. Daß er sie selbst noch schlimmer traf, wußten sie auch – aber ihnen ging es nicht darum, die Mächtigen in die Knie zu zwingen. Hier jedoch war es ihnen im wahrsten Sinn des Wortes gelungen.

Der selbstgebrannte billige Schnaps war ihnen zu Kopf gestiegen, und sie hatten kein Geld, die Pakoras und anderen Snacks zu kaufen, die ihn verträglicher gemacht hätten. Sie lachten völlig unkontrolliert.

»Er ringt mit seinem Schatten«, jubelte einer.

»Ich würde lieber eine andere Art von Ringen veranstalten«, höhnte ein anderer.

»Ob er da viel auf die Beine stellt? Deswegen hat er doch angeblich Probleme zu Hause.«

»Der Kerl ist Ausschuß«, spottete der erste Mann und winkte mit der arroganten Geste eines Händlers ab, der wegen eines einzigen fehlerhaften Paars einen ganzen Korb Schuhe für Ausschuß erklärt.

Sie sprachen undeutlich und blickten verächtlich. Der gestürzte Mann griff nach ihnen, und sie fielen über ihn her. Zwei Männer, einer davon der Kneipenbesitzer oder Kalari, versuchten zu schlichten, aber die meisten hatten, betrunken, wie sie waren, ihren Spaß an der Schlägerei, scharten sich um die Kämpfenden und spornten sie an. Die vier rollten über den Boden.

Es endete damit, daß der Mann, der die Rauferei angefangen hatte, bewußtlos geschlagen wurde und alle anderen verletzt waren. Einer blutete aus dem Auge und schrie vor Schmerz.

In derselben Nacht, als der Mann auf diesem Auge erblindete, versammelte sich eine bedrohliche Menge von Jatavs im Govind Shoe Mart, wo der Händler seinen Stand hatte. Der Stand war geschlossen. Die Menge begann, Parolen zu skandieren, und drohte, den Stand niederzubrennen. Einer der anderen Händler versuchte, sie zur Vernunft zu bringen, aber sie schlugen ihn nieder. Zwei Polizisten, die die Stimmung des Mobs richtig erkannten, rannten zum örtlichen Polizeirevier und holten Verstärkung. Zehn mit kurzen, dicken Bambuslathis bewaffnete Polizisten stürmten herbei und schlugen wahllos zu. Die Menge zerstreute sich.

Erstaunlich schnell wußten alle wichtigen Stellen von dem Vorfall: vom Polizeichef des Distrikts bis hin zum Polizeipräsidenten von Purva Pradesh, vom Staatssekretär des Inneren bis hin zum Innenminister. Jedem war etwas anderes zu Ohren gekommen, das er anders interpretierte, und jeder hatte andere Vorschläge, was zu tun und zu unterlassen sei.

Der Chefminister war nicht in der Stadt. In seiner Abwesenheit – und weil Recht und Ordnung in seinen Zuständigkeitsbereich fielen – nahm sich der Innenminister der Sache an. Mahesh Kapoor, Finanzminister und deshalb nicht direkt betroffen, erfuhr von den Unruhen, weil ein Teil von Misri Mandi zu seinem Wahlkreis gehörte. Er eilte an Ort und Stelle und sprach mit dem Polizeichef und dem Distriktmagistrat. Der PC und der DM glaubten beide, daß sich der Sturm legen könnte, wenn keine Seite weiter provoziert würde. Der Innenminister, L. N. Agarwal, zu dessen Wahlkreis der andere Teil von Misri Mandi gehörte, hielt es nicht für nötig, den Schauplatz aufzusuchen. Er führte ein paar Telefongespräche von zu Hause aus und entschied, daß ein lehrreiches Exempel statuiert werden müsse.

Diese Jatavs hatten den Handel der Stadt lange genug mit ihren leichtfertigen Beschwerden und ihrem lästigen Streik gestört. Zweifellos wurden sie von Gewerkschaftsführern angestachelt. Jetzt drohten sie damit, den Zugang zum Govind Shoe Mart an der Stelle, wo er an die Hauptstraße von Misri Mandi grenzte, zu blockieren. Viele Händler saßen bereits in einer finanziellen Klemme. Das Aufstellen von Streikposten würde ihnen endgültig den Garaus machen. L. N. Agarwal stammte selbst aus einer Händlerfamilie, und einige der Händler waren gute Freunde von ihm. Andere versorgten ihn mit Geld für seinen Wahlkampf. Er hatte drei verzweifelte Anrufe von Händlern erhalten. Die Zeit war reif für Taten. Und es war nicht nur eine Frage des Rechts, sondern der Ordnung, der gesamten gesellschaftlichen Ordnung. Gewiß hätte der Eiserne Mann Indiens, der kürzlich verstorbene Sardar Patel, an seiner Stelle ebenso gedacht.

Was hätte er unternommen, wenn er noch am Leben wäre? Wie in einem Traum beschwor der Innenminister die hohe Stirn und die strengen Züge seines politischen Mentors herauf, der seit vier Monaten tot war. Nachdenklich saß er eine Weile da. Dann sagte er zu seinem Persönlichen Assistenten (PA), er solle den Distriktmagistrat ans Telefon holen.

Der Distriktmagistrat, Mitte Dreißig, war für die zivile Verwaltung des Distrikts Brahmpur und zusammen mit dem PC – wie der Polizeichef von aller Welt genannt wurde – für die Aufrechterhaltung von Recht und Ordnung verantwortlich.

Der PA versuchte, ihn zu erreichen, und sagte dann: »Tut mir leid, Sir, der DM befindet sich am Schauplatz des Geschehens. Er bemüht sich zu schlichten ...«

»Geben Sie mir das Telefon«, sagte der Innenminister gelassen. Der PA reichte ihm nervös den Hörer.

»Wer? ... Wo? Hier spricht Agarwal, ich ... Ja, direkte Instruktionen ... Ist mir egal. Holen Sie Dayal sofort ... Ja, in zehn Minuten ... Rufen Sie mich zurück ... Der PC ist doch dort, das sollte wohl genügen, oder drehen wir hier einen Film?«

Er legte auf und griff sich in die grauen Locken, die wie ein Hufeisen seinen ansonsten kahlen Kopf bekränzten.

Nach einer Weile wollte er den Hörer erneut abnehmen, entschied sich jedoch dagegen und wandte seine Aufmerksamkeit einer Akte zu.

Zehn Minuten später war der junge Distriktmagistrat, Krishan Dayal, am Telefon. Der Innenminister befahl ihm, den Zugang zum Govind Shoe Mart zu besetzen, eventuelle Streikposten zu vertreiben, ihnen, wenn nötig, Artikel 144 des Strafgesetzbuches vorzulesen – und zu schießen, wenn sie sich nicht zurückzogen.

In der Leitung rauschte es, aber die Botschaft war beunruhigend deutlich.

Krishan Dayal sagte mit kräftiger, aber sorgenvoller Stimme: »Sir, bei allem Respekt, aber darf ich Ihnen eine alternative Vorgehensweise vorschlagen? Wir sprechen mit den Anführern der Menge ...«

»Es gibt also Anführer, und es handelt sich nicht um eine spontane Versammlung?«

»Sir, es ist eine spontane Versammlung, aber es gibt Anführer.«

L. N. Agarwal dachte daran, daß es freche junge Männer von der Sorte Krishan Dayals gewesen waren, die ihn in britische Gefängnisse geworfen hatten. Er sagte ruhig: »Wollen Sie mir mit Spitzfindigkeiten kommen, Mr. Dayal?«

»Nein, Sir, ich ...«

»Sie haben Ihre Instruktionen. Es handelt sich um einen Notfall. Ich habe die Sache mit dem Staatssekretär des Chefministers besprochen. Soweit ich weiß, ist die Menge dreihundert Mann stark. Ich wünsche, daß der PC Polizisten entlang der gesamten Hauptstraße von Misri Mandi stationiert und alle Zugänge kontrollieren läßt – Govind Shoe Mart, Brahmpur Shoe Mart und so weiter –, leiten Sie die erforderlichen Maßnahmen ein.«

Pause. Der Innenminister wollte gerade auflegen, als der DM sagte: »Sir, möglicherweise können wir so viele Polizisten in so kurzer Zeit nicht herschaffen. Eine große Zahl ist beim Shiva-Tempel stationiert, für den Fall, daß es dort Ärger gibt. Die Lage ist sehr angespannt, Sir. Der Finanzminister glaubt, daß am Freitag ...«

»Sind sie im Augenblick dort aufgezogen? Heute morgen habe ich sie nicht gesehen«, sagte L. N. Agarwal in ruhigem, aber stahlhartem Tonfall.

»Nein, Sir, sie sind im Polizeirevier vom Chowk, nahe der Baustelle des Tempels. Am besten wäre es, sie für einen echten Notfall dort zu lassen.« Krishan Dayal war während des Kriegs in der Armee gewesen, aber die gelassene Art des Innenministers, ihn quasi zu verhören und ihm Befehle zu erteilen, brachte ihn aus der Fassung.

»Gott wird sich um den Shiva-Tempel kümmern. Ich stehe ständig in Kontakt mit vielen Mitgliedern des Tempelkomitees, glauben Sie etwa, mir sind die dortigen Umstände nicht bekannt?« Daß Dayal sowohl von einem »echten Notfall« gesprochen hatte als auch von Mahesh Kapoor, der sein Rivale war und – wie ein unglücklicher Zufall es wollte – Abgeordneter des benachbarten Wahlkreises, ärgerte ihn.

»Ja, Sir«, sagte Krishan Dayal und wurde rot – was der Innenminister glücklicherweise nicht sehen konnte. »Und darf ich fragen, wie lange die Polizisten hierbleiben sollen?«

»Bis auf weiteres«, sagte der Innenminister und legte auf, um weiteren Widerspruch zu unterbinden. Ihm gefiel die Art nicht, wie diese sogenannten Staatsbeamten denen widersprachen, die in der Befehlskette über ihnen standen – und außerdem zwanzig Jahre älter waren. Verwaltungsbeamte waren notwendig, zweifellos, aber genauso notwendig war, daß sie endlich begriffen, daß sie dieses Land nicht länger regierten.

5.2

Am Freitag predigte der Imam der Alamgiri-Moschee zum Mittagsgebet. Er war ein kleiner, rundlicher Mann, der unter Kurzatmigkeit litt, was jedoch die abgehackten Crescendi seiner Reden in keiner Weise beeinträchtigte. Im Gegenteil, seine Atemlosigkeit vermittelte den Eindruck, als würde er an Gefühlen nahezu ersticken. Der Bau des Shiva-Tempels schritt voran. Die Appelle des Imams bis hinauf zum Gouverneur waren auf taube Ohren gestoßen. Ein Prozeß gegen den Radscha von Marh, in dem ihm der Besitzanspruch auf das Nachbargrundstück der Moschee streitig gemacht werden sollte, war in der ersten Instanz eröffnet worden. Ein vorläufiger Baustopp des Tempels konnte nicht sofort erwirkt werden – und vielleicht würde es nie dazu kommen. In der Zwischenzeit wuchs vor den entsetzten Augen des Imams der Misthaufen an.

Die Stimmung der Versammelten war bereits angespannt. Mit Bestürzung hatten viele Moslems in Brahmpur während der letzten Monate verfolgt, wie auf dem Grundstück westlich von ihrer Moschee die Grundmauern des Tempels in die Höhe wuchsen. Jetzt, nach den ersten Gebeten, hielt der Imam seinen Zuhörern die aufwühlendste und aufrührerischste Rede seit Jahren; sie hatte kaum etwas mit seinen gewohnten Predigten über persönliche Moral oder Sauberkeit oder Armenhilfe oder Frömmigkeit zu tun. Sein Gram und seine Enttäuschung, ebenso ihre eigene Verbitterung und Angst, riefen nach stärkerem Tobak. Ihre Religion war in Gefahr. Die Barbaren standen vor der Tür. Sie, diese Ungläubigen, beteten zu ihren Bildern und Statuen und lebten weiterhin in Unwissenheit und Sünde. Sollten sie in ihren eigenen dreckigen Höhlen tun, was sie wollten. Aber Gott sah sehr wohl, was jetzt geschah. Sie waren mit ihrer Barbarei sogar bis vor die Moschee gezogen. Das Besitzrecht des Landes, auf dem die Ungläubigen bauen wollten – was heißt wollten? In diesem Augenblick bauten sie –, war umstritten. Umstritten in den Augen Gottes und der Menschen – aber nicht in den Augen jener Tiere, die ihre Zeit damit verbrachten, in Muscheln zu blasen und Körperteile anzubeten, deren Namen man nicht in den Mund nehmen konnte, ohne vor Scham zu erröten. Wußten die Männer des wahren Glaubens, die sich hier in Anwesenheit Gottes versammelt hatten, wie dieses Shiva-linga geweiht werden sollte? Nackte, mit Asche beschmierte Wilde würden davor tanzen – nackt! Sie kannten keine Scham, waren wie die Menschen in Sodom, die die Macht des Erbarmers verspotteten.

»... Allah leitet nicht
die Ungerechten.
Versiegelt hat Allah ihre Herzen und Ohren,
und über ihren Augen ist eine Hülle,
und für sie ist schwere Strafe.

Wen aber Allah irreführt,
der findet keinen Leiter.«

Sie beteten Hunderte von Götzen an, die sie als göttlich bezeichneten – Götzen mit vier Köpfen und fünf Köpfen und den Köpfen von Elefanten –, und jetzt wollten die Ungläubigen, die die Macht im Land besaßen, daß die Moslems, wenn sie ihre Gesichter im Gebet nach Westen zur Kaba wandten, sich vor diesen Götzen und obszönen Gegenständen verneigten. »Aber«, fuhr der Imam fort, »wir, die wir bittere und harte Zeiten erlebt und für unseren Glauben gelitten und mit Blut bezahlt haben, müssen uns nur an das Schicksal der Götzendiener erinnern:

›Und sie geben Allah Seinesgleichen,
um andre in die Irre zu führen von Seinem Weg.
Sprich: ›Genieße ein kleines deinen Unglauben,
siehe, du gehörst zu den Gesellen des Feuers.‹«

In dem darauf folgenden Schweigen machte sich allmählich eine wachsame, entsetzte Erwartung breit.

»Und auch jetzt«, schrie der Imam mit neu entbrannter Wut und schnappte nach Luft, »auch während ich zu euch spreche – schmieden sie womöglich Pläne, um unsere abendliche Andacht zu verhindern, indem sie in ihre Muscheln blasen, um den Ruf zum Gebet zu übertönen. Sie mögen unwissend sein, aber sie sind voller Tücke. Sie sorgen bereits dafür, daß keine Moslems mehr unter den Polizeikräften sind, damit die Gemeinde Gottes sich nicht verteidigen kann. Dann können sie uns angreifen und versklaven. Es ist nur zu klar, daß wir nicht in einem Land leben, in dem man uns schützt, sondern in einem Land, in dem man uns feindlich gesinnt ist. Wir sind hingegangen mit der Bitte um Gerechtigkeit, und man hat uns in den Staub getreten – vor der Tür, vor der wir unser Anliegen vortragen wollten. Der Innenminister unterstützt höchstpersönlich das Tempelkomitee – und der führende Kopf dahinter ist der zügellose Büffel von Marh. Laßt nicht zu, daß unsere heiligen Stätten verunreinigt werden durch die Nähe des Unflats – laßt es nicht zu! Aber was kann uns noch retten, jetzt, da wir wehrlos sind vor dem Schwert unserer Feinde im Land der Hindus, was kann uns noch retten, wenn nicht unsere eigenen Anstrengungen, unsere eigenen«, er kämpfte um Atem und Emphase, »unsere eigenen Taten – um uns zu schützen. Und nicht nur uns selbst und unsere Familien, sondern auch dieses Stück Erde, das uns seit Jahrhunderten gehört, auf dem wir unsere Gebetsmatten entrollt und unsere Hände mit Tränen in den Augen zum Allmächtigen erhoben haben, diese vom Eifer unserer Vorfahren und von uns und – so Gott will – auch von unseren Nachfahren glattgeschliffenen Steine. Aber fürchtet euch nicht, Gott will es nicht, fürchtet euch nicht, Gott wird euch beistehen:

›Sahst du nicht, wie dein Herr mit 'Ad verfuhr?
Mit Iram der Säulenreichen,
der nichts gleich erschaffen ward im Land?
Und Tamūd, da sie sich Felsen ausgehauen im Wadi?
Und Pharao, dem Herrn der Zeltpflöcke,
die im Lande frevelten
und des Verderbens viel auf ihm anrichteten?
Und es schüttete dein Herr über sie aus die Geißel der Strafe.
Siehe, dein Herr ist wahrlich auf der Wacht.‹

O Gott, hilf denen, die der Religion des Propheten Mohammed helfen, Friede sei mit ihm. Wollen wir es ebenso halten. Diejenigen schwächen, die die Religion Mohammeds schwächen. Lobet Allah, den Herrn alles Seienden.«
 Der rundliche Imam stieg von der Kanzel herab und leitete die Versammelten zu weiteren Gebeten an.
 Am Abend dieses Tages kam es zu Ausschreitungen.

5.3

Infolge der Anweisungen des Innenministers war der Großteil der Polizeistreitkräfte an heiklen Stellen in Misri Mandi stationiert. Abends waren noch ungefähr fünfzehn Polizisten im Polizeirevier des Chowk. Als der Ruf zum Gebet vom Minarett der Alamgiri-Moschee über den abendlichen Himmel hallte, wurde er mehrmals vom Ruf eines Tritonshorns gestört – vielleicht ein unglücklicher Zufall, vielleicht eine absichtliche Provokation. Normalerweise wäre dieser Vorfall mit einem ärgerlichen Achselzucken abgetan worden, aber nicht an diesem Tag.
 Niemand vermochte zu sagen, wie sich die Männer, die sich in den engen Gassen der von Moslems bewohnten Gegend im Chowk befanden, in einen Mob verwandelten. Im einen Augenblick gingen sie einzeln oder in kleinen Gruppen zum Abendgebet in die Moschee, im nächsten verschmolzen sie zu größeren Einheiten, die aufgeregt die unheilverkündenden Signale diskutierten. Nach dem Mittagsgebet waren die meisten nicht geneigt, auf mäßigende Stimmen zu hören. Zwei der eifrigeren Mitglieder des Alamgiri-Masjid-Hifazaat-Komitees machten aufwieglerische Bemerkungen, ein paar Hitzköpfe und Grobiane redeten sich und andere in Wut, die Menge wuchs an, als die engen Gassen in etwas breitere mündeten, Intensität, Geschwindigkeit und planlose Entschlossenheit steigerten sich, und es war nicht länger eine Ansammlung von Männern, sondern ein Gebilde – ein verletztes, wütendes Gebilde, das nichts so sehr wollte wie verletzen und wütend machen. »Allah-u-Akbar«-Schreie waren bis zum

Polizeirevier zu hören. Einige Männer, die sich der Menge anschlossen, hatten Stöcke bei sich. Einige sogar Messer. Jetzt war nicht mehr die Moschee ihr Ziel, sondern die Tempelbaustelle direkt daneben. Hier hatte die Blasphemie ihren Ausgang genommen, sie mußte zerstört werden.

Da der Polizeichef des Distrikts sich in Misri Mandi aufhielt, war der junge Distriktmagistrat, Krishan Dayal, vor einer Stunde in das große rosa Gebäude des Polizeireviers gegangen, um sich zu vergewissern, daß im Chowk alles ruhig war. Er fürchtete die erregte Spannung, die freitags hier häufig herrschte. Als er von der Predigt des Imams hörte, fragte er den Kotwal – so wurde der Stellvertreter des Polizeichefs genannt –, was er geplant habe, um Ruhe und Ordnung in der Gegend aufrechtzuerhalten.

Der Kotwal von Brahmpur war jedoch ein fauler Mann, der nichts anderes wollte, als in Ruhe gelassen zu werden, um ungestört seine Bestechungsgelder einstecken zu können.

»Es wird keinen Ärger geben, Sir, glauben Sie mir«, versicherte er dem Distriktmagistrat. »Agarwal Sahib persönlich hat mich angerufen. Er hat mir befohlen, nach Misri Mandi zum PC zu gehen – ich muß los, Sir, mit Ihrer Erlaubnis selbstverständlich.« Und er eilte geschäftig mit zwei rangniederen Polizisten davon und ließ das Kotwali in der Verantwortung eines Hauptwachtmeisters zurück. »Ich werde den Inspektor herschicken«, sagte er beruhigend. »Sie brauchen nicht hierzubleiben, Sir«, fügte er schmeichlerisch hinzu. »Es ist schon spät, und die Zeiten sind friedlich. Ich freue mich, feststellen zu können, daß wir nach dem letzten Ärger um die Moschee die Lage entschärft haben.«

Krishan Dayal gedachte, mit den zwölf verbliebenen Wachtmeistern die Rückkehr des Inspektors abzuwarten, bevor er entschied, ob er nach Hause ging oder nicht. Seine Frau war es gewohnt, daß er zu den seltsamsten Zeiten heimkehrte, und würde auf ihn warten; es war nicht notwendig, sie anzurufen. Er rechnete nicht mit Gewalttätigkeiten, spürte jedoch, daß die Spannung stetig zunahm und daß es nicht lohnte, ein Risiko einzugehen. Er glaubte, daß der Innenminister die Prioritäten falsch gesetzt hatte, was den Chowk und Misri Mandi anbelangte; aber der Innenminister war wohl neben dem Chefminister der mächtigste Mann im Staat, und er war nur der DM.

Er saß da und wartete, ohne sich konkrete Sorgen zu machen, nichtsdestoweniger war ihm unbehaglich zumute, als er hörte, woran sich auch einige Polizisten bei der nachfolgenden Untersuchung erinnerten – bei der Untersuchung durch einen ranghöheren Beamten, die nach jeder Magistratsanordnung, das Feuer zu eröffnen, durchgeführt werden mußte. Als erstes hörte er gleichzeitig den Laut des Tritonshorns und den Ruf des Muezzins. Das beunruhigte ihn leicht, aber er war nicht davon in Kenntnis gesetzt worden, daß der Imam in seiner Rede vorausschauend ein Tritonshorn erwähnt hatte. Dann, nach einer Weile, drangen entfernte Rufe, vermischt mit lauten Schreien, an sein Ohr. Noch bevor er einzelne Silben unterscheiden konnte, wußte er, was gerufen wurde – aufgrund der Richtung, aus der die Rufe kamen, und der allgemeinen klanglichen Inbrunst der Laute. Er schickte einen Polizisten aufs Dach des Reviers – es war immerhin drei Stockwerke hoch –, um auszukundschaften, wo der Mob sich aufhielt. Der Mob selbst wäre – versteckt von den im Gassenlabyrinth aufragenden Häusern – nicht zu sehen, aber die Richtung, in die die Gaffer auf den umgebenden Hausdächern die Köpfe reckten, würde seine Position verraten. Als die »Allah-u-Akbar! Allah-u-Akbar«-Schreie bedrohlich näher kamen, befahl der DM der kleinen Streitmacht von zwölf Polizisten aufgeregt, mit ihm – Gewehre im Anschlag – vor den Grundmauern des rudimentären Shiva-Tempels in Stellung zu gehen. Kurz schoß ihm der Gedanke durch den Kopf, daß er trotz seiner Ausbildung in der Armee nicht gelernt hatte, im Angesicht urbaner Gesetzlosigkeit taktisch vorzugehen. Konnte er wirklich nichts Besseres tun, als auf diese wahnwitzige, opferwillige Weise seine Pflicht zu erfüllen, vor einer Mauer in Stellung zu gehen und einer überwältigenden Übermacht entgegenzutreten?

Die Wachtmeister unter seinem Kommando waren Moslems und Rajputen, überwiegend jedoch Moslems. Vor der Teilung war die Mehrheit der Polizisten Moslems gewesen, als Folge des überaus vernünftigen imperialistischen Mottos: Teile und herrsche. Den Briten kam es entgegen, daß die überwiegend hinduistischen Kongreß-Wallahs von mehrheitlich moslemischen Polizisten zusammengeschlagen wurden. Selbst nach dem Exodus nach Pakistan 1947 war noch eine große Anzahl Moslems bei der Polizei. Sie wären nicht gerade glücklich, wenn sie auf andere Moslems schießen müßten.

Krishan Dayal war im allgemeinen fest davon überzeugt, daß es zwar nicht immer notwendig war, alle verfügbaren Mittel einzusetzen, daß man aber den Eindruck machen mußte, jederzeit dazu bereit zu sein. Mit fester Stimme sagte er den Polizisten, daß sie feuern sollten, wenn er den Befehl dazu gebe. Er selbst stand mit der Pistole in der Hand da. Aber er fühlte sich verwundbarer als je zuvor in seinem Leben. Er sagte sich, daß ein guter Offizier, zusammen mit einer Streitmacht, auf die er sich absolut verlassen konnte, fast immer den Sieg davontrug, aber im Augenblick hatte er Bedenken wegen des ›absolut‹, und auch das ›fast‹ machte ihm Sorgen. Sobald der Mob, der noch ein paar Gassen entfernt war, um die letzte Ecke biegen, zum Angriff ansetzen und direkt auf den Tempel zustürmen würde, müßte die unverkennbar erbärmlich kleine Polizeistreitmacht niedergerannt werden. Zwei Männer liefen zu ihm, um ihm mitzuteilen, daß der Mob aus ungefähr tausend gutbewaffneten Männern bestand: in zwei, drei Minuten würden sie – der Geschwindigkeit nach zu urteilen – über sie herfallen.

Jetzt, da er wußte, daß er in ein paar Minuten ein toter Mann sein konnte – tot, wenn er schoß, tot, wenn er nicht schoß –, dachte der junge DM kurz an seine Frau, dann an seine Eltern und schließlich an einen alten Schulmeister, der die blaue Spielzeugpistole konfisziert hatte, die er einmal in die Schule mitgenommen hatte. Aus seinen abschweifenden Gedanken wurde er von einem Hauptwachtmeister, der ihm dringend etwas zu sagen hatte, auf den Boden der Tatsachen zurückgeholt.

»Sahib!«
»Ja – ja?«
»Sahib – sind Sie entschlossen, wenn nötig schießen zu lassen?« Der Hauptwachtmeister war ein Moslem; es mußte ihm seltsam erscheinen, daß er sterben würde, während er Moslems erschoß, nur weil er einen halbfertigen Hindu-Tempel verteidigen sollte, der einen Affront für die Moschee darstellte, in der er selbst oft gebetet hatte.
»Was glauben Sie denn?« sagte Krishan Dayal in einem Tonfall, der keinen Raum für Zweifel ließ. »Muß ich meine Befehle wiederholen?«
»Sahib, wenn ich Ihnen einen Rat geben darf«, sagte der Hauptwachtmeister rasch, »wir sollten nicht hier stehen, wo wir sofort überwältigt werden. Wir sollten sie an der Ecke vor der letzten Biegung erwarten – und kurz bevor sie um die Ecke kommen, sollten wir losstürmen und gleichzeitig feuern. Dann werden sie nicht wissen, wie viele wir sind, und sie werden nicht wissen, was los ist. Die Chance, daß sich die Menge zerstreuen wird, ist neunundneunzig Prozent.«
Der verdutzte DM sagte zum Hauptwachtmeister: »Sie sollten meine Stelle haben.«
Er wandte sich an die anderen, die wie versteinert schienen, befahl ihnen, auf der Stelle mit ihm zur Straßenbiegung zu rennen. Sie stellten sich in etwa sieben Meter Entfernung von der Ecke auf. Der Mob war keine Minute mehr entfernt. Krishan Dayal hörte ihn schreien und grölen; er spürte, wie die Erde von Hunderten vorwärts eilender Füße erzitterte.
Im letzten Augenblick gab er das Signal. Die dreizehn Männer brüllten und rannten und feuerten.
Der wilde, gefährliche Mob, Hunderte von Mann stark, blieb angesichts dieses unerwartet schrecklichen Angriffs stehen, taumelte, machte kehrt und floh. Es war geradezu unheimlich. Innerhalb von dreißig Sekunden war er dahingeschmolzen. Zwei Menschen lagen auf der Straße: ein junger Mann, dem durchs Genick geschossen worden war – er starb oder war schon tot; der andere, ein alter Mann mit weißem Bart, war gestürzt und von dem fliehenden Mob getreten worden. Er war schwer, vielleicht tödlich verletzt. Schuhe und Stöcke lagen herum. An manchen Stellen sah man Blut auf der Straße, es hatte offensichtlich noch weitere Verletzte oder Tote gegeben. Freunde oder Familienmitglieder hatten sie wahrscheinlich in Hauseingänge gezerrt. Niemand wollte der Polizei auffallen.
Der DM sah seine Männer an. Ein paar zitterten, die meisten jubelten. Keiner war verletzt. Er fing den Blick des Hauptwachtmeisters auf. Beide begannen vor Erleichterung zu lachen, brachen aber sofort wieder ab. In den nahe gelegenen Häusern begannen Frauen zu jammern. Ansonsten war es friedlich – oder vielmehr still.

5.4

Am nächsten Tag besuchte L. N. Agarwal sein einziges Kind, seine verheiratete Tochter Priya. Er besuchte sie und ihren Mann gern, jetzt aber kam hinzu, daß er den Telefonanrufen der panisch reagierenden Abgeordneten seiner Fraktion entgehen wollte, die in größter Sorge waren wegen der Nachwirkungen der Schießerei im Chowk – und mit ihren Qualen machten sie ihm das Leben zur Qual.

L. N. Agarwals Tochter Priya lebte in Old Brahmpur im Stadtteil Shahi Darvaza, nicht weit von Misri Mandi, wo ihre Jugendfreundin Veena Tandon wohnte. Priya lebte in einer Großfamilie mit den Brüdern ihres Mannes, ihren Frauen und Kindern. Ihr Mann war Ram Vilas Goyal, ein Rechtsanwalt mit einer Kanzlei, deren Fälle hauptsächlich vor dem Distriktgericht verhandelt wurden – obwohl er ab und zu auch vor dem Hohen Gerichtshof auftrat. Er bearbeitete überwiegend Zivilrechtsfälle, selten Strafrechtsfälle. Er war ein friedfertiger, gutmütiger Mann mit einem Allerweltsgesicht, der nicht viele Worte machte und sich kaum für Politik interessierte. Die Juristerei und ein paar Geschäfte nebenher genügten ihm; das und ein unkompliziertes Familienleben sowie ein ruhiger Tagesablauf, für den Priya zu sorgen hatte. Seine Kollegen respektierten ihn wegen seiner kompromißlosen Ehrenhaftigkeit und wegen seiner zwar langsamen, aber klarsichtigen juristischen Reaktionen. Und sein Schwiegervater, der Innenminister, unterhielt sich gern mit ihm: er war zuversichtlich, gab keine Ratschläge und hatte keinerlei politische Ambitionen.

Priya Goyal ihrerseits war ein höchst ungestümer Geist. Jeden Morgen, sommers wie winters, marschierte sie ungeduldig auf dem Hausdach entlang. Es war ein langes Dach, das sich über drei schmale, aneinandergrenzende Häuser erstreckte, die auf allen drei Stockwerken horizontal miteinander verbunden waren. Eigentlich war es ein einziges großes Haus, und so wurde es von der Familie und den Nachbarn auch behandelt. In der Gegend war es als Rai-Bahadur-Haus bekannt, weil Ram Vilas Goyals Großvater (der noch lebte, achtundachtzig Jahre alt), dem der Titel ›Rai Bahadur‹ von den Briten verliehen worden war, das Anwesen vor einem halben Jahrhundert gekauft und umgebaut hatte.

Im Erdgeschoß befanden sich Lagerräume und die Dienstbotenquartiere. Im Stockwerk darüber lebten Ram Vilas' uralter Großvater, der Rai Bahadur, sein Vater mit seiner Stiefmutter und seine Schwester. Die gemeinsame Küche und das Puja-Zimmer (das die wenig fromme, nachgerade gottlose Priya selten aufsuchte) lagen ebenfalls hier. Im obersten Stock waren die Zimmer der drei Brüder und ihrer Familien; Ram Vilas war der mittlere und bewohnte die zwei Zimmer des mittleren Hauses. Auf dem Dach darüber befanden sich die Wäscheleinen und die Wassertanks.

Wenn Priya Goyal auf dem Dach hin und her marschierte, stellte sie sich vor, sie sei eine Pantherin in einem Käfig. Sie blickte sehnsüchtig zu dem kleinen

Haus, das nur ein paar Minuten zu Fuß entfernt lag – und durch den Urwald dazwischenliegender Häuser zu sehen war –, in dem ihre Jugendfreundin Veena Tandon lebte. Veena war, das wußte sie, zwar nicht länger wohlhabend, aber sie konnte tun und lassen, was sie wollte: Sie konnte zum Markt gehen, Gesangsunterricht nehmen, spazierengehen. In Priyas Haushalt kam so etwas nicht in Frage. Wäre eine Schwiegertochter aus dem Haus des Rai Bahadur auf dem Markt gesehen worden, wäre das ein Skandal gewesen. Daß sie zweiunddreißig Jahre alt war, eine zehnjährige Tochter und einen achtjährigen Sohn hatte, spielte keine Rolle. Der stets friedfertige Ram Vilas wollte nichts davon hören. Es war einfach nicht seine Art; und es würde, was noch wichtiger war, seinem Vater und seiner Stiefmutter, seinem Großvater und seinem älteren Bruder Schmerz bereiten – und Ram Vilas glaubte aufrichtig daran, daß man in einer Großfamilie den Anstand wahren mußte.

Priya haßte das Leben in einer Großfamilie. Nie zuvor hatte sie in einer gelebt, bis sie zu den Goyals von Shahi Darvaza kam. Ihr Vater, Lakshmi Narayan Agarwal, war in seiner Familie der einzige Sohn, der das Erwachsenenalter erreicht hatte, und er seinerseits hatte nur eine Tochter. Der Tod seiner Frau hatte ihn schwer getroffen, und er schwor wie Gandhi, von nun an sexuell abstinent zu leben. Er war ein Mann spartanischer Gewohnheiten. Obwohl er Innenminister war, wohnte er in zwei Zimmern eines Abgeordnetenwohnheims.

»Die ersten Jahre des Ehelebens sind die schwierigsten – sie erfordern die größte Anpassung«, war Priya gesagt worden; aber sie hatte das Gefühl, daß es in vieler Hinsicht unerträglicher wurde, je mehr Zeit verging. Im Gegensatz zu Veena hatte sie kein richtiges Vater- oder vielmehr Mutterhaus, wohin sie sich für einen Monat im Jahr mit ihren Kindern flüchten konnte – das Vorrecht jeder verheirateten Frau. Auch ihre Großeltern (bei denen sie gelebt hatte, als ihr Vater im Gefängnis war) waren jetzt tot. Ihr Vater liebte sie über alles, da sie sein einziges Kind war; und seine Liebe, die ihr ein Gefühl der Unabhängigkeit vermittelte, hatte sie in gewisser Weise für das mit Einschränkungen verbundene Leben in der Großfamilie Goyal verdorben; und jetzt, da er ein Leben der Entsagung führte, hatte er ihr keine Zufluchtsstätte mehr zu bieten.

Wäre ihr Mann nicht so liebenswert gewesen, wäre sie vermutlich verrückt geworden. Er verstand sie nicht, aber er war verständnisvoll. Er versuchte, ihr das Leben in kleinen Dingen leichter zu machen, und er erhob nie die Stimme. Und sie mochte den alten Rai Bahadur, ihren Schwiegergroßvater. Er war etwas Besonderes. Der Rest der Familie, insbesondere die Frauen – ihre Schwiegermutter, die Schwester ihres Mannes und die Frau seines älteren Bruders –, hatte sein Bestes getan, um ihr als junger Braut das Leben zu vergällen, und sie konnte sie nicht ausstehen. Mußte aber tagtäglich und immerwährend das Gegenteil heucheln – außer wenn sie auf dem Dach auf und ab tigerte, auf dem sie nicht einmal einen Garten anlegen durfte, weil das angeblich die Affen anlockte. Ram Vilas' Stiefmutter hatte sogar versucht, sie von ihren Ausflügen aufs Dach abzubringen (»Was sollen die Nachbarn denken, Priya?«), aber dieses eine Mal hatte Priya sich geweigert zu gehorchen. Ihre Schwägerinnen, über deren Köpfen sie in der Dämmerung auf und ab lief, erstatteten ihrer Schwiegermutter Bericht. Aber vielleicht spürte die alte Hexe, daß sie zu weit gegangen war, und sie sah davon ab, ihrem Unmut direkt Luft zu machen. Indirekte Hinweise hatte Priya nicht zu verstehen beschlossen.

L. N. Agarwal kam wie immer mit einer makellos gestärkten (aber nicht gerade modischen) Kurta, Dhoti und Kongreß-Schiffchen bekleidet. Unter der weißen Kappe ragte der Kranz grauer Locken hervor, aber die kahle Stelle blieb darunter verborgen. Wann immer er nach Shahi Darvaza fuhr, nahm er seinen Spazierstock mit, um die Affen zu vertreiben, die die Gegend heimsuchten, manche würden sagen, beherrschten. In der Nähe des örtlichen Markts bezahlte er die Riksha und bog von der Hauptstraße in eine schmale Seitenstraße ein, die auf einen kleinen Platz mündete. In der Mitte des Platzes stand ein großer Bobaum. Das Haus des Rai Bahadur nahm auf einer Seite des Platzes die ganze Länge ein.

Die Haustür war wegen der Affen immer geschlossen, und er benutzte den Stock zum Klopfen. Gesichter tauchten auf den vergitterten Balkons in den oberen Stockwerken auf. Das Gesicht seiner Tochter erstrahlte, als sie ihn sah; sie schlang ihr offenes Haar schnell zu einem Knoten und ging hinunter, um zu öffnen. Ihr Vater umarmte sie, und sie stiegen die Treppe hinauf.

»Und wohin ist Vakil Sahib verschwunden?« fragte er in Hindi.

Er sprach von seinem Schwiegersohn gern als dem Rechtsanwalt, obwohl die Bezeichnung auch auf Ram Vilas' Vater und Großvater zutraf.

»Eben war er noch hier«, erwiderte Priya und stand auf, um ihn zu suchen.

»Das hat keine Eile«, sagte ihr Vater in einem herzlichen, entspannten Tonfall. »Bring mir erst etwas Tee.«

Eine Weile genoß der Innenminister häuslichen Komfort: guten Tee (nicht das widerliche Gebräu wie im Wohnheim), Süßigkeiten und Kachauris, von den Frauen im Haus seiner Tochter gefertigt – vielleicht sogar von seiner Tochter selbst; dann kamen für ein paar Minuten sein Enkel und seine Enkelin, die jedoch lieber mit Freunden auf dem heißen Dach oder unten auf dem Platz tobten (seine Enkeltochter spielte gut Straßenkricket), und schließlich unterhielt er sich kurz mit seiner Tochter, die er selten sah und sehr vermißte.

Er hatte nicht wie andere Schwiegerväter Gewissensbisse, Essen, Trinken und Gastfreundschaft im Haus seines Schwiegersohns anzunehmen. Er sprach mit Priya über seine Gesundheit, seine Enkelkinder, ihre Schulleistungen und ihren Charakter; darüber, daß Vakil Sahib zuviel arbeitete, nebenbei kurz über Priyas Mutter, bei deren Erwähnung beide traurig wurden, und über die Schrullen der alten Dienstboten im Haushalt der Goyals.

Andere Familienmitglieder kamen an der offenen Tür vorbei, sahen sie und traten ein. Darunter Ram Vilas' Vater, ein ziemlich hilfloser Mensch, der von seiner zweiten Frau tyrannisiert wurde. Bald hatte der ganze Goyal-Clan vorbeigeschaut – mit Ausnahme des Rai Bahadur, der nicht gerne Treppen stieg.

»Aber wo ist Vakil Sahib?« fragte L. N. Agarwal erneut.

»Ach«, sagte irgend jemand, »er ist unten beim Rai Bahadur. Er weiß, daß Sie im Haus sind, und wird heraufkommen, sobald man ihn läßt.«

»Warum gehe ich nicht hinunter und bezeuge dem Rai Bahadur meinen Respekt?« fragte L. N. Agarwal und stand auf.

Unten redeten Großvater und Enkelsohn in dem großen Raum miteinander, den der Rai Bahadur für sich reserviert hatte – hauptsächlich weil ihm die Kacheln um den Kamin, auf denen Pfauen abgebildet waren, so gut gefielen. L. N. Agarwal, Angehöriger der mittleren Generation, bezeugte seinen Respekt, wie auch ihm Respekt bezeugt wurde.

»Du willst selbstverständlich Tee?« sagte der Rai Bahadur.

»Ich habe oben schon Tee getrunken.«

»Seit wann beschränken Volksvertreter ihren Teekonsum?« fragte der Rai Bahadur mit krächzender heller Stimme. Er gebrauchte das Wort ›Neta-log‹, das ungefähr auf derselben Ebene spöttischen Respekts angesiedelt war wie ›Vakil Sahib‹.

»Sprich, was hat es mit der Schießerei im Chowk auf sich, die du auf dem Gewissen hast?«

Es war nicht so gemeint, wie es klang, es war die Art des Rai Bahadur zu reden, aber L. N. Agarwal stand der Sinn nicht danach, verhört zu werden. Fragen dieser Art würden ihm noch genug am nächsten Montag im Parlament gestellt werden. Ihm war vielmehr nach einer ruhigen Plauderei mit seinem friedfertigen Schwiegersohn zumute, dem er sein Herz hätte ausschütten können.

»Nichts, nichts, die Aufregung wird sich legen«, sagte er.

»Zwanzig Moslems sollen umgekommen sein«, sagte der alte Rai Bahadur philosophisch.

»Nein, so viele waren es nicht. Nur ein paar wenige. Die Angelegenheit wird untersucht.« Er hielt inne und dachte, wie schon so oft, daß er die Lage falsch eingeschätzt hatte. »Diese Stadt ist schwer in den Griff zu kriegen. Wenn es hier ruhig ist, geht es dort los. Wir sind ein Volk ohne Disziplin. Nur der Lathi und das Gewehr können uns Disziplin beibringen.«

»Zu Zeiten der Briten waren Recht und Ordnung kein so großes Problem«, sagte die krächzende Stimme.

Der Innenminister schluckte den Köder nicht, den der Rai Bahadur ausgelegt hatte. Er war sich auch nicht völlig sicher, ob die Bemerkung nicht doch in aller Unschuld erfolgt war.

»Tja, wir haben es nun mal«, sagte er.

»Neulich war Mahesh Kapoors Tochter da«, meinte der Rai Bahadur.

Das war sicherlich keine unschuldige Bemerkung. Oder doch? Vielleicht hing der Rai Bahadur nur seinen Gedanken nach.

»Ja, sie ist ein gutes Mädchen«, sagte L. N. Agarwal. Er kratzte sich nachdenklich an der Glatze. Nach einer Weile fuhr er gleichmütig fort: »Ich werde mit dieser Stadt schon fertig. Es sind nicht die Spannungen, die mich beunruhigen. Zehn Misri Mandis und zwanzig Chowks sind kein Problem. Es ist die Politik, es sind die Politiker ...«

Der Rai Bahadur erlaubte sich ein Lächeln. Auch das schien zu krächzen, als ob sich die einzelnen Schichten seines alten Gesichts nur unter Mühen langsam neu arrangierten.

L. N. Agarwal schüttelte den Kopf und fuhr fort. »Bis zwei Uhr morgens haben sich die Abgeordneten um mich geschart wie Küken um die Glucke. Sie waren nahezu in Panik. Der Chefminister ist für ein paar Tage nicht in der Stadt – und schaut nur, was passiert! Was wird Sharmaji sagen, wenn er zurückkommt? Was für Kapital wird Mahesh Kapoors Fraktion aus der Geschichte schlagen? In Misri Mandi werden sie das Schicksal der Jatavs hervorheben, im Chowk das der Moslems. Wie wird sich das auf das Wahlverhalten der Jatavs und der Moslems auswirken? In ein paar Monaten sind allgemeine Wahlen. Werden sie dem Kongreß die Stimmen entziehen? Wenn ja, in welchem Ausmaß? Ein oder zwei Herren haben sich doch tatsächlich erkundigt, ob die Gefahr eines Flächenbrandes besteht – obwohl sie das normalerweise überhaupt nicht interessiert.«

»Und was sagst du, wenn sie angelaufen kommen?« fragte der Rai Bahadur. Seine Schwiegertochter – die Oberhexe in Priyas Dämonologie – brachte den Tee herein. Der Sari bedeckte ihren Kopf. Sie goß Tee ein, blickte alle scharf an, sagte ein paar Worte und ging wieder hinaus.

Sie hatten den Gesprächsfaden verloren, aber der Rai Bahadur, der sich vielleicht an die Kreuzverhöre erinnerte, für die er in seiner Blütezeit berühmt war, griff ihn behutsam wieder auf.

»Ach, nichts«, sagte L. N. Agarwal ganz ruhig. »Ich sage alles, was notwendig ist, damit sie gehen und mich schlafen lassen.«

»Nichts?«

»Ja, nicht viel zumindest. Daß sich die Aufregung legen wird; daß nicht rückgängig zu machen ist, was passiert ist; daß ein bißchen Disziplin noch niemandem geschadet hat; daß bis zu den Wahlen noch viel Zeit ist. Dinge dieser Art.« L. N. Agarwal nippte an seinem Tee. »Tatsache ist nun mal, daß es im Land viel größere Probleme gibt. Vor allem der Hunger. Bihar verhungert buchstäblich. Und wenn der Monsun schlecht ausfällt, werden auch wir hungern. Moslems, die uns innerhalb des Landes oder von außerhalb bedrohen, mit denen werden wir schon fertig. Hätte Nehru nicht so ein weiches Herz, hätten wir dieses Problem schon vor ein paar Jahren endgültig gelöst. Und jetzt machen diese Jatavs, diese«, seine Miene verriet Widerwillen, »diese registrierten Kasten wieder einmal Schwierigkeiten. Aber wir werden sehen, wir werden sehen ...«

Ram Vilas hatte die ganze Zeit über geschwiegen. Einmal hatte er die Stirn gerunzelt, ein andermal genickt.

Das gefällt mir an meinem Schwiegersohn, dachte L. N. Agarwal. Er ist nicht auf den Kopf gefallen, aber er sagt nichts. Wieder einmal freute er sich, für seine Tochter die richtige Wahl getroffen zu haben. Priya mochte zu provozieren versuchen, soviel sie wollte, Ram Vilas ließ sich einfach nicht provozieren.

5.5

Währenddessen war Veena zu Besuch gekommen und unterhielt sich oben mit Priya. Der Anlaß war nicht vergnüglicher Natur, sondern ein Notfall, und Veena war außerordentlich niedergeschlagen. Sie war eines Tages nach Hause zurückgekehrt und hatte Kedarnath nicht nur mit geschlossenen Augen vorgefunden, sondern mit dem Kopf in den Händen vergraben. Das war weit schlimmer als sein normaler optimistisch-sorgenvoller Zustand. Er wollte nicht reden, aber sie hatte herausgefunden, daß er in ernsthaften finanziellen Schwierigkeiten steckte. Durch die Streikposten und die Stationierung der Polizei im Chowk war der Schuhgroßhandel nach und nach völlig zum Erliegen gekommen. Jeden Tag wurden seine Zettel fällig, und er hatte nicht das Geld, sie auszubezahlen. Diejenigen, die ihm Geld schuldeten, vor allem zwei große Schuhgeschäfte in Bombay, verzögerten die Bezahlung bereits gelieferter Schuhe, weil sie annahmen, daß er sich nicht für zukünftige Lieferungen verbürgen könne. Der Nachschub, mit dem ihn Leute wie Jagat Ram versorgten, die Schuhe auf Bestellung fertigten, reichte nicht aus. Um die Aufträge zu erfüllen, die Käufer im ganzen Land an ihn vergeben hatten, brauchte er die Schuhe der Korb-Wallahs, die sich in diesen Tagen nicht nach Misri Mandi trauten.

Aber das akute Problem bestand darin, wie er die fällig werdenden Zettel bezahlen sollte. Er kannte niemanden, an den er sich wenden konnte; alle seine Kollegen hatten selbst kein Geld mehr. Zu seinem Schwiegervater zu gehen kam für ihn nicht in Frage. Er war am Ende seiner Weisheit. Einmal würde er noch versuchen, mit seinen Gläubigern zu reden – den Wechselmaklern, die seine Zettel hatten, und mit ihren Geldeintreibern, die zu ihm kamen, wenn sie fällig wurden. Er würde versuchen, sie davon zu überzeugen, daß es für niemanden von Vorteil wäre, wenn man ihn und andere in die Enge trieb, nur um Geld aus ihnen zu pressen. Die derzeitige Situation würde nicht lange andauern. Er war nicht zahlungsunfähig, hatte nur im Moment kein Bargeld. Aber noch während er sprach, kannte er ihre Antwort. Er wußte, daß Geld, im Gegensatz zu Arbeitskräften, nicht an eine bestimmte Sparte gebunden war und aus dem Schuhgeschäft in, sagen wir, Geräte für die Kühllagerung fließen konnte, ohne Umschuldung, Gewissensbisse oder Zweifel. Geld stellte nur zwei Fragen: »Wie hoch sind die Zinsen?« und »Wie groß ist das Risiko?«

Veena war nicht zu Priya gekommen, um sie um finanzielle Hilfe zu bitten, sondern um sie zu fragen, wo sie den Schmuck, den sie von ihrer Mutter zur Hochzeit bekommen hatte, am besten verkaufen könnte – und um sich an ihrer Schulter auszuweinen. Sie hatte den Schmuck mitgebracht. Nur wenig war nach der traumatischen Flucht der Familie aus Lahore übriggeblieben. Jedes Stück bedeutete ihr so viel, daß sie zu weinen anfing bei dem Gedanken, es zu verlieren. Sie hatte nur zwei Bitten – daß ihr Mann nichts davon wissen sollte, bis der Schmuck tatsächlich verkauft war, und daß ihre Eltern es zumindest ein paar Wochen lang nicht erfahren sollten.

Sie sprachen schnell, denn in dem Haus gab es keine Privatsphäre, und jeden Augenblick konnte jemand in Priyas Zimmer kommen.

»Mein Vater ist hier«, sagte Priya. »Er redet unten über Politik.«

»Wir werden immer Freundinnen bleiben, egal, was passiert«, sagte Veena plötzlich und begann wieder zu weinen.

Priya nahm ihre Freundin in den Arm, riet ihr, den Mut nicht zu verlieren, und schlug einen flotten Spaziergang auf dem Dach vor.

»Was, in dieser Hitze, bist du verrückt?« sagte Veena.

»Warum nicht? Hitzschlag oder Störung durch meine Schwiegermutter – ich weiß, was mir lieber ist.«

»Ich habe Angst vor euren Affen«, sagte Veena, um ein zweites Argument ins Feld zu führen. »Erst streiten sie auf dem Dach der Dal-Fabrik, dann springen sie herüber auf euer Dach. Shahi Darvaza sollte in Hanuman Dwar umbenannt werden.«

»Ich glaube nicht, daß du dich vor irgend etwas fürchtest. Im Gegenteil, ich beneide dich. Du kannst jederzeit allein herüberkommen. Schau mich an. Und schau dir das Gitter vor dem Balkon an. Die Affen können nicht herein, und ich kann nicht hinaus.«

»Ach, du hast keinen Grund, mich zu beneiden.«

Sie schwiegen eine Weile.

»Wie geht es Bhaskar?«

Veenas rundes Gesicht heiterte sich etwas auf, und sie lächelte ein bißchen traurig. »Ihm geht's gut – so gut wie deinen beiden. Er wollte unbedingt mitkommen. Im Moment spielen sie alle unten auf dem Platz Kricket. Der Bobaum scheint sie nicht zu stören ... Es wäre gut für dich, wenn du einen Bruder oder eine Schwester hättest, Priya«, fügte Veena hinzu und dachte an ihre eigene Kindheit.

Die Freundinnen gingen auf den Balkon und sahen durch das Eisengitter hinunter. Die drei Kinder spielten zusammen mit zwei anderen Kricket auf dem kleinen Platz. Priyas zehnjährige Tochter war mit Abstand am besten. Sie war eine recht gute Werferin und ein hervorragender Schlagmann. Für gewöhnlich konnte sie den Bobaum umgehen, was die anderen furchtbar ärgerte.

»Warum bleibst du nicht zum Mittagessen?« fragte Priya.

»Ich kann nicht«, sagte Veena und dachte an Kedarnath und ihre Schwiegermutter, die sie erwarteten. »Vielleicht morgen.«

»Also gut, morgen.«

Veena gab Priya das Säckchen mit ihrem Schmuck, das diese in einem stählernen Almirah verschloß. Als sie neben dem Schrank stand, sagte Veena: »Du hast zugenommen.«

»Ich war schon immer dick, und weil ich nichts anderes mache, als hier herumzusitzen wie ein Vogel im Käfig, bin ich noch dicker geworden.«

»Du bist nicht dick und bist es auch nie gewesen. Und seit wann rennst du nicht mehr auf dem Dach herum?«

»Das mache ich noch immer, und eines Tages werde ich mich von dort oben hinunterstürzen.«

»Wenn du so was sagst, gehe ich sofort«, sagte Veena und drehte sich um.

»Nein, bleib. Dein Besuch hat mich aufgeheitert. Hoffentlich habt ihr ganz viel Pech. Dann wirst du dauernd zu mir kommen. Wenn es die Teilung nicht gegeben hätte, wärst du nie mehr nach Brahmpur zurückgekehrt.«

Veena lachte.

»Komm, wir gehen aufs Dach«, fuhr Priya fort. »Ich kann hier wirklich nicht offen sprechen. Immer kommt jemand rein oder hört vom Balkon aus zu. Ich hasse es hier, ich bin so unglücklich. Wenn ich es dir nicht erzähle, platze ich.« Sie lachte und zog Veena von ihrem Stuhl. »Ich werde Bablu bitten, daß er uns was Kaltes zum Trinken bringt, damit wir keinen Hitzschlag kriegen.«

Bablu war der verrückte alte Hausdiener, der schon als Kind zur Familie gekommen und jedes Jahr exzentrischer geworden war. Seit kurzem war er dazu übergegangen, die Arzneimittel der ganzen Familie zu schlucken.

Auf dem Dach setzten sie sich in den Schatten des Wassertanks und kicherten wie Schulmädchen.

»Wir sollten Nachbarinnen sein«, sagte Priya und schüttelte ihr pechschwarzes Haar, das sie am Morgen gewaschen und geölt hatte. »Wenn ich mich dann vom Dach stürze, lande ich auf deinem.«

»Es wäre schrecklich, wenn wir Nachbarinnen wären«, sagte Veena und lachte. »Dann würden sich die Hexe und die Vogelscheuche jeden Nachmittag treffen und über ihre Schwiegertöchter herziehen. ›Oh, sie hat meinen Sohn verhext, die ganze Zeit spielen sie Chaupar auf dem Dach, er wird noch so schwarz wie Ruß werden. Und außerdem singt sie dort so schamlos, daß man es in der ganzen Nachbarschaft hört. Und sie kocht mit Absicht so deftiges Essen, daß ich Blähungen bekomme. Eines Tages werde ich explodieren, und sie wird auf meinem Leichnam einen Freudentanz aufführen.‹«

Priya kicherte. »Nein, es wäre ein Spaß. Die beiden Küchen würden sich gegenüber liegen, und das Gemüse könnte sich mit uns über die allgemeine Unterdrückung beschweren. ›Oh, mein Freund Kartoffel, die Khatri-Vogelscheuche will mich kochen. Erzähl allen, daß ich elendiglich zugrunde gegangen bin. Leb wohl, leb wohl, vergiß mich nicht. Oh, Freund Kürbis, die Bania-Hexe verschont mich nur noch zwei Tage. Ich werde um dich weinen, aber ich werde nicht mehr zu deiner Chautha gehen können. Vergib mir, vergib mir.‹«

Veena lachte wieder. »Eigentlich tut mir meine Vogelscheuche ziemlich leid.

Es war eine schwere Zeit für sie während der Teilung. Aber andererseits hat sie mich auch in Lahore schon schrecklich behandelt, sogar nachdem Bhaskar geboren war. Wenn sie sieht, daß ich nicht niedergeschlagen bin, wird sie noch niedergeschlagener. Wenn wir einmal Schwiegermütter sind, Priya, verwöhnen wir unsere Schwiegertöchter jeden Tag mit Ghee und Zucker.«

»Ich habe überhaupt kein Mitleid mit meiner Hexe«, sagte Priya angewidert. »Und ich werde meine Schwiegertochter von morgens bis abends schikanieren, bis ich ihren Willen gebrochen habe. Frauen sehen doch viel hübscher aus, wenn sie unglücklich sind, findest du nicht?« Sie schüttelte ihr dickes schwarzes Haar von einer Seite zur anderen und warf einen finsteren Blick zur Treppe. »Das hier ist ein böses Haus. Ich wäre viel lieber ein Affe, der sich auf dem Dach der Dal-Fabrik streitet, als eine Schwiegertochter im Haus des Rai Bahadur. Ich würde auf den Markt laufen und Bananen stehlen, mit den Hunden kämpfen und Fledermäuse fangen. Ich würde in die Tarbuz-ka-Bazaar gehen und die hübschen Prostituierten in den Hintern zwicken. Ich... weißt du, was die Affen hier neulich gemacht haben?«

»Nein. Erzähl.«

»Das wollte ich gerade. Bablu, der jede Minute verrückter wird, hat die Wecker des Rai Bahadur auf den Fenstersims gestellt. Das nächste, was wir sahen, waren drei Affen im Bobaum, die sie untersuchten und mit ihren schrillen Stimmen ›Mmmmmmh‹, ›Mmmmmmh‹ machten, als wollten sie sagen: ›Also? Wir haben eure Wecker. Was nun?‹ Die Hexe ging raus. Wir hatten keins der kleinen Päckchen mit Weizen mehr, mit denen wir sie normalerweise bestechen, also hat sie Musammis, Bananen und Karotten mitgenommen und versucht, sie herunterzulocken. ›Kommt, kommt, ihr Süßen, kommt, kommt herunter, ich schwöre bei Hanuman, daß ich euch leckere Sachen zu essen geben werde...‹ Und sie kamen tatsächlich herunter, einer nach dem anderen, vorsichtig, jeder mit einem Wecker unter dem Arm. Dann begannen sie zu essen, zuerst mit einer Hand – so –, dann stellten sie die Wecker weg und aßen mit zwei Händen. Kaum standen die drei Wecker auf dem Boden, da hat die Hexe einen Stock in der Hand, den sie hinter ihrem Rücken versteckt hatte, und droht, sie damit zu erschlagen – droht ihnen mit solchen Kraftausdrücken, daß ich sie bewundern mußte. Zuckerbrot und Peitsche. Die Geschichte geht also gut aus. Aber die Affen von Shahi Darvaza sind sehr schlau. Sie wissen, wofür sie Lösegeld verlangen können und wofür nicht.«

Bablu kam die Treppe herauf, vier schmutzige Finger seiner rechten Hand waren in vier bis zum Rand mit kaltem Nimbu Pani gefüllte Gläser getaucht, damit er sie in einer Hand tragen konnte. »Hier!« sagte er und stellte sie ab. »Trinken Sie! Wenn man so in der Sonne sitzt, holt man sich eine Lungenentzündung.« Dann verschwand er wieder.

»Bablus Zustand ist unverändert?« fragte Veena.

»Unverändert, nur schlimmer. Nichts verändert sich. Die einzig tröstliche Konstante hier ist, daß Vakil Sahib so laut schnarcht wie eh und je. Manchmal, nachts, wenn das Bett erbebt, glaube ich, daß er sich auflösen wird und mir nichts als sein Schnarchen bleibt, das ich dann beweinen kann. Aber manches, was in diesem Haus vor sich geht, kann ich dir gar nicht erzählen«, fügte sie düster hinzu. »Du hast Glück, daß ihr nicht viel Geld habt. Ich kann dir gar nicht sagen, was die Leute für Geld alles tun, Veena. Und wofür geben sie es aus? Nicht etwa für eine Ausbildung oder für Kunst oder Musik oder Literatur – nein, alles wird für Schmuck ausgegeben. Und die Frauen in diesem Haus müssen bei jeder Hochzeit zehn Tonnen davon um ihren Hals hängen. Und du müßtest mal sehen, wie sie einander abschätzen. Oh, Veena«, sagte sie, weil ihr ihre Taktlosigkeit aufgefallen war, »ich rede einfach, wie mir der Schnabel gewachsen ist. Sag mir, ich soll den Mund halten.«

»Nein, nein, ich habe meinen Spaß daran. Aber sag mal, wenn der Juwelier das nächstemal zu euch kommt, meinst du, daß du ihn den Schmuck schätzen lassen kannst? Die kleinen Stücke – und vor allem den Navratan? Wirst du ein paar Minuten mit ihm allein sein können, so daß deine Schwiegermutter nichts mitkriegt? Wenn ich selbst zu einem Juwelier gehen muß, werde ich bestimmt übers Ohr gehauen. Aber du kennst dich damit aus.«

Priya nickte. »Ich werd's versuchen.« Der Navratan war ein wunderschönes Stück; zum letztenmal hatte sie ihn an Veena bei Prans und Savitas Hochzeit gesehen. Er bestand aus einem Bogen aus neun quadratischen goldenen Teilen, jedes die Fassung eines anderen Edelsteins, mit filigranen Emailarbeiten auf den Seiten und sogar auf den Rückseiten, wo man sie nicht sah. Topas, weißer Saphir, Smaragd, blauer Saphir, Rubin, Diamant, Perle, Tigerauge und Koralle: Die schwere Kette wirkte jedoch keineswegs willkürlich zusammengewürfelt, sondern strahlte eine wundervolle Mischung aus traditioneller Wertarbeit und Charme aus. Veena bedeutete sie mehr als das: Von allen Geschenken ihrer Mutter liebte sie dieses am meisten.

»Ich glaube, unsere Väter sind verrückt, daß sie sich nicht ausstehen können«, sagte Priya aus heiterem Himmel. »Wen kümmert schon, wer der nächste Chefminister von Purva Pradesh wird?«

Veena nickte und nippte an ihrem Nimbu Pani.

»Was gibt es Neues von Maan?« fragte Priya.

Sie plauderten weiter: über Maan und Saeeda Bai; über die Tochter des Nawab Sahib und ob ihr Leben mit dem Purdah schlimmer wäre als Priyas; über Savitas Schwangerschaft; sogar, aus zweiter Hand, über Mrs. Rupa Mehra und ihren Versuch, ihre Samdhins zum Rommé-Spielen zu verführen.

Sie vergaßen die Welt um sich herum. Aber plötzlich tauchten Bablus großer Kopf und seine runden Schultern oben an der Treppe auf. »Ach, du meine Güte«, sagte Priya erschrocken. »Meine Pflichten in der Küche – seitdem ich mit dir rede, habe ich überhaupt nicht mehr daran gedacht. Meine Schwiegermutter muß mit ihrem dämlichen Hokuspokus fertig sein und ihr eigenes Essen nach dem Bad in einem nassen Dhoti gekocht haben, und sie brüllt bestimmt schon nach mir. Ich muß runter. Sie tut es aus Gründen der Reinlichkeit, behauptet sie zumindest – obwohl es ihr überhaupt nichts ausmacht, daß überall im Haus büffelgroße Kakerlaken herumlaufen und Ratten, die einem nachts das Haar wegfressen, wenn man das Öl nicht rauswäscht. Bleib doch zum Mittagessen, Veena, ich seh dich so selten!«

»Ich kann wirklich nicht. Der Schläfer will auch sein Essen. Und der Schnarcher bestimmt auch.«

»Ach, er ist gutmütig«, sagte Priya und runzelte die Stirn. »Er findet sich mit all meinen Eskapaden ab. Aber ich kann nicht ausgehen, ich kann nicht ausgehen, ich kann nirgendwo hingehen, außer auf Hochzeiten und ab und zu zum Tempel oder zu einem religiösen Fest, und du weißt, was ich davon halte. Wäre er nicht ein so guter Mensch, würde ich völlig durchdrehen. In dieser Nachbarschaft ist Verprügeln von Frauen so was wie ein Volkssport, man wird nicht als richtiger Mann angesehen, wenn man seine Frau nicht ab und zu schlägt, aber Ram Vilas würde nicht einmal an Dussehra auf eine Trommel schlagen. Daß er zur Hexe so respektvoll ist, macht mich allerdings ganz krank, obwohl sie nur seine Stiefmutter ist. Angeblich ist er zu Zeugen so freundlich, daß sie ihm die Wahrheit sagen – obwohl sie vor Gericht stehen. Also, wenn du nicht bleiben kannst, dann mußt du morgen wiederkommen. Versprich es mir.«

Veena versprach es, und die beiden Freundinnen stiegen die Treppe hinunter und gingen in Priyas Zimmer im obersten Stock. Ihre Kinder saßen auf dem Bett und informierten Veena, daß Bhaskar zurück nach Hause gegangen sei.

»Was? Allein?« fragte Veena ängstlich.

»Er ist neun Jahre alt, und es sind nur fünf Minuten«, sagte der Junge.

»Psst!« sagte Priya. »So spricht man nicht mit Erwachsenen.«

»Dann geh ich besser sofort«, sagte Veena.

Auf dem Weg nach unten begegnete ihr L. N. Agarwal. Die Treppe war eng und steil, sie drückte sich an die Wand und sagte Namasté. Er erwiderte ihren Gruß mit einem ›Jeeti raho, beti‹ und ging weiter.

Aber obwohl er sie mit ›Tochter‹ angesprochen hatte, spürte Veena, daß er in dem Augenblick, als er sie sah, an ihren Vater gedacht hatte, seinen Rivalen, den Finanzminister.

5.6

»Weiß die Regierung, daß die Polizei von Brahmpur letzte Woche die Mitglieder der Jatav-Gemeinde mit Lathis angegriffen hat, als sie vor dem Govind Shoe Mart demonstrierten?«

Der Minister des Inneren, Shri L. N. Agarwal, erhob sich von seinem Platz.

»Es hat keinen Angriff mit Lathis gegeben«, erwiderte er.

»Einen gelinden Angriff mit Lathis, wenn Ihnen das lieber ist. Ist die Regierung im Bilde über den Vorfall, auf den ich mich beziehe?«

Der Innenminister blickte über die Einfassung der großen kreisrunden Kammer hinweg und machte besonnen folgende Feststellung: »Es gab keinen Angriff mit Lathis im üblichen Sinn. Die Polizei war gezwungen, leichte Rohrstöcke von zweieinhalb Zentimeter Durchmesser zu benutzen, als die ungebärdige Menge mehrere Umstehende und einen Polizisten mit Steinen bewarf und gewaltsam gegen sie vorging; es war offensichtlich, daß die Sicherheit des Govind Shoe Mart, der Öffentlichkeit und der Polizisten ernsthaft bedroht war.«

Er starrte seinen Vernehmer, Ram Dhan, an, einen kleinen, dunklen, mit Pockennarben übersäten Mann in den Vierzigern, der seine Fragen – in Hindi, aber mit einem starken Brahmpurer Akzent – mit über der Brust verschränkten Armen stellte.

»Entspricht es den Tatsachen«, fuhr der Vernehmer fort, »daß die Polizei am selben Abend eine große Anzahl Jatavs zusammengeschlagen hat, die friedlich versuchten, am nahe gelegenen Brahmpur Shoe Mart Streikposten aufzustellen?« Shri Ram Dhan war ein unabhängiges Parlamentsmitglied der registrierten Kasten, und er sprach das Wort ›Jatavs‹ mit besonderem Nachdruck aus. Ein empörtes Gemurmel erhob sich im gesamten Haus. Der Parlamentspräsident rief nach Ruhe, und der Innenminister stand erneut auf.

»Es entspricht nicht den Tatsachen«, stellte er sachlich fest. »Die Polizei, die von einem wütenden Mob stark unter Druck gesetzt wurde, verteidigte sich selbst, und im Verlauf der Aktion wurden drei Personen verletzt. Was die Andeutung des geschätzten Abgeordneten betrifft, die Polizei habe sich Mitglieder einer bestimmten Kaste herausgegriffen oder sei besonders energisch eingeschritten, weil der Mob überwiegend aus Mitgliedern einer bestimmten Kaste bestand, so rate ich ihm zu mehr Gerechtigkeit gegenüber der Polizei. Ich versichere ihm, daß man nicht anders vorgegangen wäre, wenn sich der Mob anders zusammengesetzt hätte.«

Shri Ram Dhan ließ jedoch nicht locker: »Entspricht es den Tatsachen, daß der ehrenwerte Innenminister in ständigem Kontakt mit den örtlichen Behörden von Brahmpur, insbesondere mit dem Distriktmagistrat und dem Polizeichef, stand?«

»Ja.« Nachdem er diese eine Silbe losgeworden war, blickte L.N. Agarwal, als wäre er auf der Suche nach Geduld, hinauf zu der großen Kuppel aus weißem Milchglas, durch die eine späte Vormittagssonne auf das Parlament herabsickerte.

»Ersuchten die Distriktbehörden um die ausdrückliche Zustimmung des Innenministers vor dem Lathi-Angriff auf den unbewaffneten Mob? Wenn ja, wann? Wenn nein, warum nicht?«

Der Innenminister seufzte, mehr aus Verzweiflung denn aus Überdruß, und stand wieder auf: »Darf ich nochmals darauf hinweisen, daß ich das Wort ›Lathi-Angriff‹ in diesem Zusammenhang nicht hinnehme. Und der Mob war auch nicht unbewaffnet, da er mit Steinen warf. Wie auch immer, ich bin froh, daß das ehrenwerte Parlamentsmitglied zugibt, daß es ein Mob war, mit dem es die Polizei zu tun hatte. Zudem ist aus der Tatsache, daß er dieses Wort in einer gedruckten, mit einem Sternchen versehenen Frage benutzt, zu schließen, daß er davon nicht erst seit heute weiß.«

»Würde der ehrenwerte Minister freundlicherweise die Frage beantworten, die ihm gestellt wurde?« sagte Ram Dhan hitzig, breitete die Arme aus und ballte die Fäuste.

»Ich hätte gedacht, daß die Antwort auf der Hand liegt«, sagte L. N. Agarwal. Er machte eine Pause und fuhr dann fort, als rezitiere er: »Oftmals ist es taktisch unmöglich, vorherzusehen, wie sich eine Situation vor Ort entwickeln und was genau geschehen wird, so daß den örtlichen Behörden eine gewisse Flexibilität zugestanden werden muß.«

Aber Ram Dhan gab nicht nach. »Wenn, wie der ehrenwerte Minister zugibt, nicht um seine ausdrückliche Zustimmung nachgesucht wurde, hatte dann der ehrenwerte Innenminister Kenntnis von den geplanten Maßnahmen der Polizei? Gab er oder der Chefminister seine stillschweigende Zustimmung?«

Wieder stand der Innenminister auf. Er blickte auf einen Punkt genau in der Mitte des dunkelgrünen Teppichs, der unten auf dem Boden lag. »Die Aktion war nicht vorsätzlich geplant. Sie wurde unverzüglich in Gang gesetzt, um einer ernsten Situation zu begegnen, die urplötzlich entstanden war. Die Situation gestattete keine vorherige Absprache mit der Regierung.«

Ein Abgeordneter rief: »Und was ist mit dem Chefminister?«

Der Parlamentspräsident, ein gebildeter, aber etwas unsicherer Mann in Kurta und Dhoti, sah von seinem hohen Sitz unter dem Wappen von Purva Pradesh – einem großen Bobaum – hinunter und sagte: »Die mit einem Sternchen gekennzeichneten Fragen richten sich ausschließlich an den ehrenwerten Innenminister, und seine Antworten müssen als ausreichend hingenommen werden.«

Jetzt erhoben sich mehrere Stimmen. Eine, die die anderen übertönte, donnerte los: »Da der ehrenwerte Chefminister nach seinen Reisen in anderen Landesteilen heute im Haus anwesend ist, liegt ihm vielleicht daran, uns eine Antwort zu geben, auch wenn die Geschäftsordnung ihn nicht dazu verpflichtet. Ich denke, das Haus würde es begrüßen.«

Der Chefminister, Shri S. S. Sharma, stand auf, ohne seinen Stock zu benutzen, stützte sich mit der linken Hand auf seinem dunklen hölzernen Pult ab und blickte nach rechts und links. Er saß in der Kurve in der Mitte des Hauses, genau zwischen L. N. Agarwal und Mahesh Kapoor. Er wandte sich unter leichtem Kopfnicken in seinem nasalen, nahezu väterlichen Tonfall an den Präsidenten: »Ich habe nichts dagegen, zu antworten, Herr Präsident, aber ich habe dem Gesagten nichts hinzuzufügen. Die fraglichen Maßnahmen – die ehrenwerten Abgeordneten mögen sie nennen, wie sie wollen – wurden unter der Ägide des verantwortlichen Kabinettsmitglieds ergriffen.« Er machte eine Pause, während deren nicht klar war, was der Chefminister, wenn überhaupt, noch hinzufügen würde. »Den ich selbstverständlich unterstützt«, sagte er.

Er hatte noch nicht wieder Platz genommen, als sich der unerbittliche Ram Dhan erneut in den Kampf stürzte. »Ich bin dem ehrenwerten Chefminister zu Dank verpflichtet«, sagte er, »aber ich bitte doch um eine Klarstellung. Wenn er sagt, daß er den Innenminister unterstützt, will der Chefminister damit andeuten, daß er die Maßnahmen der Distriktbehörden billigt?«

Bevor der Chefminister antworten konnte, stand der Innenminister rasch wieder auf und sagte: »Ich denke, daß wir uns zu diesem Punkt klar ausgedrückt haben. Es handelte sich nicht um einen Fall, in dem eine vorherige Zustimmung einzuholen war. Nach dem Vorfall wurde sofort eine Untersuchung durchgeführt. Der Distriktmagistrat hat die Angelegenheit ausführlich überprüft und kam zu dem Schluß, daß nur das absolut unvermeidliche Maß an Gewalt eingesetzt wurde. Die Regierung bedauert den Vorfall, aber sie ist überzeugt, daß die Schlußfolgerungen des Distriktmagistrats korrekt sind. Von praktisch allen Betroffenen wird eingeräumt, daß die Behörden einer ernsten Situation mit Takt und der nötigen Zurückhaltung begegnet sind.«

Ein Abgeordneter der Sozialistischen Partei stand auf. »Stimmt es«, fragte er, »daß der ehrenwerte Innenminister auf Bitten der Bania-Händler-Gemeinschaft, der er selbst angehört«, wütendes Gemurmel von den Regierungsbänken, »lassen Sie mich ausreden – daß der Minister daraufhin Truppen – ich meine Polizisten – in ganz Misri Mandi postiert hat?«

»Ich lasse diese Frage nicht zu«, sagte der Präsident.

»Nun«, fuhr der Abgeordnete fort, »würde uns der ehrenwerte Minister freundlicherweise sagen, auf wessen Rat hin er entschied, dieses furchterregende Kontingent von Polizisten dort zu stationieren?«

Der Innenminister griff sich ans Haar unter der Kappe und sagte: »Die Regierung trifft ihre eigenen Entscheidungen, wobei sie der Gesamtsituation Rechnung trägt. Und in diesem Fall hat sich die Entscheidung als richtig erwiesen. In Misri Mandi herrscht endlich Frieden.«

Empörte Rufe, ernste Einwürfe und demonstratives Gelächter erschallten im ganzen Haus. Rufe wie »Was für ein Frieden?« »So eine Schande!« »Kann der DM den Fall überhaupt beurteilen?« »Was ist mit der Moschee?« und so weiter wurden laut.

»Ruhe! Ruhe!« rief der Parlamentspräsident und wurde ganz aufgeregt, als ein weiterer Abgeordneter aufstand und sagte: »Zieht die Regierung in Betracht, daß es möglicherweise ratsam wäre, Einrichtungen zu schaffen, die nicht mit den betroffenen Distriktbehörden identisch sind, um in solchen Fällen Untersuchungen durchzuführen?«

»Ich lasse diese Frage nicht zu«, sagte der Präsident und schüttelte den Kopf wie ein Spatz. »Die Geschäftsordnung gestattet keine Fragen, die Handlungsvorschläge beinhalten, und ich werde sie demzufolge während der Fragestunde nicht zulassen.«

Damit war die Tortur des Innenministers wegen des Vorfalls in Misri Mandi beendet. Es standen nur fünf Fragen auf dem Blatt Papier, aber die zusätzlichen

Fragen hatten dem Wortwechsel nahezu den Charakter eines Kreuzverhörs verliehen. Die Intervention des Chefministers hatte L. N. Agarwal mehr verwirrt als beruhigt. Versuchte S. S. Sharma auf seine raffinierte indirekte Art, die volle Verantwortung für das Vorgehen der Polizei auf seinen Stellvertreter abzuwälzen? L. N. Agarwal, der etwas schwitzte, setzte sich, aber er wußte sehr wohl, daß er gleich wieder aufstehen müßte. Und obwohl er stolz darauf war, unter schwierigen Umständen die Ruhe bewahren zu können, behagte ihm nicht, was ihm als nächstes bevorstand.

5.7

Begum Abida Khan stand langsam auf. Sie trug einen dunkelblauen, fast schwarzen Sari, und ihr blasses, wutverzerrtes Gesicht zog das Haus in Bann, noch bevor sie angehoben hatte zu sprechen. Sie war die Frau des jüngeren Bruders des Nawab von Baitar und eine der führenden Persönlichkeiten der Demokratischen Partei, der Partei, die sich der Interessen der Großgrundbesitzer angesichts der bevorstehenden Verabschiedung der Zamindari Abolition Bill annahm. Obwohl sie eine Schiitin war, stand sie im Ruf, eine aggressive Anwältin der Rechte aller Moslems im neuen, verkleinerten, unabhängigen Indien zu sein. Ihr Mann war wie sein Vater vor der Unabhängigkeit Mitglied der Moslemliga gewesen und kurz danach nach Pakistan gegangen. Trotz der massiven Überzeugungsversuche und Vorwürfe vieler Verwandter hatte sie es vorgezogen zu bleiben. »Dort bin ich zu nichts nütze und würde nur herumsitzen und klatschen. Hier in Brahmpur weiß ich zumindest, wo ich bin und was ich tun kann«, hatte sie argumentiert. Und an diesem Vormittag wußte sie nur zu genau, was sie tun wollte. Sie sah den Mann, der in ihren Augen eines der weniger ersprießlichen Exemplare der menschlichen Rasse war, unverhohlen an und begann, ihn mit ihrer Liste der gekennzeichneten Fragen zu traktieren.

»Hat der ehrenwerte Minister des Inneren Kenntnis davon, daß bei der Schießerei in der Nähe des Chowk letzten Freitag mindestens fünf Männer von der Polizei getötet wurden?«

Der Innenminister, der die Begum noch nie hatte ausstehen können, erwiderte: »Nein, davon hatte ich keine Kenntnis.«

Er leistete Widerstand, indem er sich nicht weiter dazu ausließ, aber ihm war angesichts dieses bleichgesichtigen Drachens nicht nach Mitteilsamkeit zumute.

Begum Abida Khan wich von den Fragen auf ihrer Liste ab. »Will uns der ehrenwerte Minister nicht darüber informieren, wovon genau er Kenntnis hat?« fragte sie bissig.

»Ich lasse die Frage nicht zu«, murmelte der Präsident.

»Wie viele Tote, meint der ehrenwerte Minister, hat es bei der Schießerei im Chowk gegeben?« fragte Begum Abida Khan.

»Einen«, antwortete L. N. Agarwal.

Begum Abida Khans Stimme klang ungläubig. »Einen?« schrie sie. »Einen?«

»Einen«, erwiderte der Innenminister und hielt den Zeigefinger der rechten Hand hoch, als ob er es mit einem zurückgebliebenen Kind zu tun hätte, das Schwierigkeiten mit Zahlen oder dem Gehör oder mit beidem hatte.

Begum Abida Khan rief wütend: »Wenn ich den ehrenwerten Minister informieren darf: Es waren mindestens fünf, und dafür habe ich stichhaltige Beweise. Hier sind Kopien der Totenscheine von vier Verstorbenen. Und es ist damit zu rechnen, daß in Kürze zwei weitere Männer ...«

»Ich möchte auf einen Punkt der Geschäftsordnung hinweisen, Sir«, sagte L. N. Agarwal, wobei er sie ignorierte und sich direkt an den Parlamentspräsidenten wandte. »Soweit ich weiß, dient die Fragestunde dazu, daß Minister Auskunft geben – und nicht, daß Ministern Auskunft gegeben wird.«

Begum Abida Khan fuhr dessenungeachtet fort: »... in Kürze werden dank der Spießgesellen des ehrenwerten Ministers zwei weitere Männer solche Ehrenbescheinigungen erhalten. Ich möchte diese Totenscheine herumgehen lassen – die Kopien der Totenscheine.«

»Ich bedauere, aber die Geschäftsordnung läßt das nicht zu«, wandte der Präsident ein.

Begum Abida Khan fuchtelte mit den Dokumenten herum und erhob die Stimme noch mehr: »Die Zeitungen haben Kopien davon, warum darf das Haus sie nicht sehen? Wenn das Blut unschuldiger Männer, die fast noch Kinder waren, bedenkenlos vergossen wird ...«

»Das ehrenwerte Parlamentsmitglied wird die Fragestunde nicht dazu benutzen, Reden zu halten«, sagte der Präsident und schlug mit dem Hammer auf den Tisch.

Begum Abida Khan riß sich zuammen und wandte sich wieder an L. N. Agarwal. »Möchte der Minister dem Haus freundlicherweise erklären, wie er auf die Gesamtzahl von einem einzigen Toten kommt?«

»Ich habe sie dem Bericht des Distriktmagistrats entnommen, der Augenzeuge der Ereignisse war.«

»Mit ›Augenzeuge‹ meinen Sie wohl, daß er das Niedermähen dieser Unglücklichen befohlen hat, oder?«

L. N. Agarwal ließ einige Zeit verstreichen, bevor er antwortete: »Der Distriktmagistrat ist ein besonnener Beamter, der die Maßnahmen ergriff, die die Situation erforderte. Wie die ehrenwerte Abgeordnete sehr wohl weiß, wird in Kürze ein ranghöherer Beamter eine Untersuchung durchführen – wie in allen Fällen, in denen Schießbefehl gegeben wurde. Und ich schlage vor, daß wir warten, bis sein Bericht vorliegt, bevor wir Spekulationen Tür und Tor öffnen.«

»Spekulationen?« platzte Begum Abida Khan heraus. »Spekulationen? Nennen Sie das Spekulationen? Sie sollten sich – der ehrenwerte Minister«, sie betonte das Wort ›maananiya‹ oder ›ehrenwert‹, »der ehrenwerte Minister sollte sich schämen. Ich habe mit eigenen Augen die Leichen von zwei Männern gesehen. Ich spekuliere nicht. Wenn es das Blut seiner Kaste wäre, das durch die Straßen fließt, würde der ehrenwerte Minister nicht ›warten, bis‹. Wir wissen, daß er offen wie auch stillschweigend die elende Organisation des Linga Rakshak Samiti unterstützt, die ausdrücklich zu dem Zweck ins Leben gerufen wurde, die Heiligkeit unserer Moschee zu besudeln ...«

Das Haus wurde während ihrer Rede zunehmend aufgeregt, so unangemessen die Worte auch sein mochten. L. N. Agarwal griff sich mit der rechten Hand, die verkrampft war wie eine Klaue, an den grauen Haarkranz, schlug seine Besonnenheit in den Wind und starrte sie bei jedem höhnischen ›ehrenwert‹ wütend an.

Der zerbrechlich wirkende Präsident unternahm einen weiteren Versuch, die Flut einzudämmen: »Die ehrenwerte Abgeordnete muß vielleicht daran erinnert werden, daß ihr gemäß meiner Liste noch drei weitere gekennzeichnete Fragen verbleiben.«

»Ich danke Ihnen, Sir. Ich werde noch darauf zurückkommen. Die nächste Frage werde ich sofort stellen. Sie trifft den Kern der Sache. Kann uns der ehrenwerte Minister des Inneren Auskunft darüber geben, ob im Chowk, bevor der Schießbefehl erteilt wurde, die Aufforderung, sich aufzulösen, gemäß Artikel 144 des Strafgesetzbuches vorgelesen wurde. Wenn ja, wann? Wenn nein, warum nicht?«

Brutal und wütend erwiderte L. N. Agarwal: »Sie wurde nicht vorgelesen. Sie konnte nicht vorgelesen werden. Dazu war keine Zeit. Wenn Menschen aus religiösen Gründen gewalttätig werden und versuchen, Tempel – oder selbstverständlich auch Moscheen – niederzureißen, dann müssen sie die Folgen auf sich nehmen.«

Begum Abida Khan schrie jetzt: »Gewalttätig? Gewalttätig? Wie kommt der ehrenwerte Minister zu dem Schluß, daß das die Absicht der Menge war? Es war die Zeit des Abendgebets. Sie waren unterwegs zur Moschee ...«

»Das geht aus allen Berichten hervor. Sie stürmten gewaltsam vorwärts, schrien dabei die bekannten fanatischen Parolen und schwangen Waffen«, sagte der Innenminister.

Es kam zu einem Aufruhr.

Ein Mitglied der Sozialistischen Partei rief: »War der ehrenwerte Minister dabei?«

Ein Mitglied der Kongreßpartei erwiderte: »Er kann nicht überall sein.«

»Aber das Vorgehen war brutal«, rief ein anderer. »Sie schossen aus kürzester Entfernung.«

»Ich muß die ehrenwerten Abgeordneten daran erinnern, daß der Minister die Fragen selbst beantwortet«, rief der Präsident.

»Ich danke Ihnen, Sir«, begann der Innenminister. Aber zu seinem außerordentlichen Erstaunen, ja zu seinem Entsetzen, stand jetzt ein moslemisches Mitglied der Kongreßpartei auf, Abdus Salaam, der zufällig auch noch Parlamentarischer Staatssekretär des Finanzministers war, und fragte: »Wie konnte eine so schwerwiegende Maßnahme – der Schießbefehl – ergriffen werden, ohne daß vorher entweder, wie vorgeschrieben, die Aufforderung vorgelesen wurde, sich aufzulösen, oder aber der Versuch unternommen wurde, die Absichten der Menge zu erkunden?«

Daß Abdus Salaam aufgestanden war, schockierte das Parlament. Es war auch nicht ganz klar, an wen er die Frage richtete – er starrte einen vagen Punkt irgendwo rechts neben dem großen Wappen von Purva Pradesh über dem Kopf des Präsidenten an. Es sah ganz so aus, als würde er laut denken. Er war ein gelehrter junger Mann, bekannt vor allem für seine profunden Kenntnisse des Pächterschutzgesetzes, und einer der wesentlichen Architekten der Purva Pradesh Zamindari Abolition Bill. Daß er in diesem Fall gemeinsame Sache mit der Abgeordneten der Demokratischen Partei machte – der Partei der Zimandars –, verblüffte die Mitglieder aller Parteien. Auch Mahesh Kapoor überraschte die Intervention seines Parlamentarischen Staatssekretärs, und er wandte sich stirnrunzelnd und nicht übermäßig erfreut zu ihm um. Der Chefminister blickte finster drein. L. N. Agarwal wurde überwältigt von Wut und Demütigung. Mehrere Mitglieder des Hauses waren aufgestanden, winkten mit der Geschäftsordnung, und niemand, nicht einmal der Präsident, konnte sich Gehör verschaffen. Alle schrien durcheinander.

Als nach wiederholten Hammerschlägen des Präsidenten die Ordnung annähernd wiederhergestellt war, erhob sich der noch immer unter Schock stehende Innenminister und fragte: »Darf ich erfahren, Sir, ob der Parlamentarische Staatssekretär eines Ministers der Regierung Fragen stellen darf?«

Abdus Salaam, der sich verwirrt umblickte, überrascht über den Aufruhr, den er unabsichtlich verursacht hatte, sagte: »Ich ziehe die Frage zurück.«

Jetzt wurden Rufe laut wie: »Nein, nein!« »Wie können Sie so was tun?« und: »Wenn Sie nicht fragen, werde ich es tun.«

Der Präsident seufzte. »Was die Geschäftsordnung anbelangt, kann jeder Abgeordnete Fragen stellen«, erklärte er.

»Warum also?« fragte ein Abgeordneter wütend. »Warum wurde das nicht getan? Will der ehrenwerte Minister antworten oder nicht?«

»Ich habe die Frage nicht ganz verstanden«, sagte L. N. Agarwal. »Ich glaube, sie wurde zurückgezogen.«

»Ich frage, wie der Abgeordnete zuvor, warum niemand erkundet hat, was die Menge eigentlich wollte? Woher wußte der DM, daß die Menge Gewalt im Sinn hatte?«

»Ich beantrage eine Sondersitzung zu diesem Thema«, rief jemand anders.

»Dem Präsidenten liegt bereits ein Antrag dazu vor«, sagte ein dritter.

Über all dem Tumult erhob sich die schneidende Stimme Begum Abida Khans: »Das Vorgehen war ebenso brutal wie während der Teilung. Ein Jugendlicher wurde getötet, der noch nicht einmal an der Demonstration teilnahm.

Kann der ehrenwerte Minister des Inneren vielleicht erklären, wie das möglich war?« Sie setzte sich und starrte zornig vor sich hin.

»Demonstration?« sagte L. N. Agarwal mit einem Anflug forensischen Triumphes.

»Zu der Menge gehörte«, sagte die Begum, die den Kampf nicht aufgab, sondern aufsprang und sich Agarwals Schlinge entwand. »Sie werden doch sicherlich nicht leugnen, daß es die Stunde des Gebets war? Wenn eine Demonstration stattgefunden hat, dann auf seiten der Polizei – eine Demonstration krasser Unmenschlichkeit. Der ehrenwerte Minister möge sich bitte nicht um semantische Haarspalterei, sondern um die Tatsachen bemühen.«

Als er dieses Schreckgespenst von Frau erneut aufstehen sah, verspürte der Innenminister einen Stich des Hasses in seinem Herzen. Sie war ein Dorn in seinem Fleisch und hatte ihn vor dem Haus beleidigt und gedemütigt, und er beschloß, komme, was da wolle, es ihr und ihrer Familie, der Familie des Nawab Sahib von Baitar, heimzuzahlen. Sie waren alle Fanatiker, diese Moslems, und sie schienen nicht zu begreifen, daß sie in diesem Land nur geduldet waren. Eine besonnene Dosis sinnvoll angewandter Gesetze würde ihnen guttun.

»Ich kann immer nur eine Frage auf einmal beantworten«, sagte L. N. Agarwal mit gefährlich knurrender Stimme.

»Die zusätzlichen Fragen der ehrenwerten Abgeordneten, die die gekennzeichneten Fragen stellt, haben Vorrang«, sagte der Präsident.

Begum Abida Khan lächelte finster.

Der Innenminister sagte: »Wir müssen auf den Untersuchungsbericht warten. Die Regierung hat keine Kenntnis davon, daß auf einen unschuldigen Jugendlichen geschossen wurde, geschweige denn, daß er verletzt oder getötet worden wäre.«

Jetzt stand Abdus Salaam wieder auf. Im Haus wurden wütende Schreie laut: »Setzen Sie sich, setzen Sie sich.« »So eine Schande!« »Warum greifen Sie Ihre eigene Seite an?«

»Warum soll er sich setzen?« »Was haben Sie zu verbergen?« »Sie sind Mitglied der Kongreßpartei – Sie müßten's eigentlich besser wissen.«

Aber die Situation war so beispiellos, daß auch diejenigen, die gegen seine Intervention waren, neugierig wurden.

Als die Schreie zu einem leisen Gemurmel abgeflaut waren, sagte Abdus Salaam, der noch immer etwas verwirrt dreinblickte: »Was ich mich schon während der ganzen Debatte frage, ist, warum beim Tempel keine abschreckende – oder, na ja, der Lage angemessene – Anzahl von Polizisten stationiert war? Dann wäre es nicht notwendig gewesen, auf so panische Art gleich loszuschießen.«

Der Innenminister hielt die Luft an. Alle sehen mich an, dachte er. Ich muß mein Gesicht kontrollieren.

»Richtet sich diese zusätzliche Frage an den ehrenwerten Minister?« fragte der Präsident.

»Ja, Sir«, sagte Abdus Salaam, plötzlich entschlossen. »Ich werde diese Frage nicht zurückziehen. Kann der ehrenwerte Minister uns davon in Kenntnis setzen, warum weder im Kotwali noch am Bauplatz des Tempels eine ausreichende und abschreckende Anzahl von Polizisten stationiert war? Warum befand sich nur noch ein Dutzend Polizisten in dieser ernsthaft von Unruhen bedrohten Gegend, um für Recht und Ordnung zu sorgen, insbesondere nachdem die Behörden vom Inhalt der Freitagspredigt in der Alamgiri-Moschee erfahren hatten?«

Das war die Frage, die L. N. Agarwal gefürchtet hatte, und er war entsetzt und wütend, weil ein Mitglied seiner eigenen Partei – und noch dazu ein Parlamentarischer Staatssekretär – sie gestellt hatte. Er fühlte sich wehrlos. War das ein Komplott, von Mahesh Kapoor dazu ersonnen, seine Stellung zu unterminieren? Er sah zum Chefminister, der mit undurchschaubarer Miene auf seine Antwort wartete. L. N. Agarwal wurde plötzlich bewußt, daß er schon eine ganze Weile stand, und er mußte unbedingt Wasser lassen. Außerdem wollte er so schnell wie möglich hier raus. Er nahm Zuflucht zu der Art Widerstand, deren sich der Chefminister oft selbst bediente, aber ihre Wirkung war weit kläglicher als die des Meisters parlamentarischer Ausflüchte. Nur war ihm das mittlerweile ziemlich gleichgültig. Er war davon überzeugt, daß es sich tatsächlich um ein Komplott von Moslems und sogenannten säkularen Hindus handelte – und daß seine eigene Partei von Verrätern infiltriert war.

Mit stillem Haß im Blick sah er zuerst zu Abdus Salaam, dann zu Begum Abida Khan und sagte schließlich: »Ich kann mich nur wiederholen – warten wir den Untersuchungsbericht ab.«

Ein Abgeordneter fragte: »Warum wurden so viele Polizisten nach Misri Mandi abgezogen, um dort eine absolut überflüssige Machtdemonstration zu ermöglichen, wenn sie im Chowk wirklich gebraucht wurden?«

»Warten Sie auf den Untersuchungsbericht«, sagte der Innenminister und sah sich böse im ganzen Haus um, als ob er die Abgeordneten herausfordern wollte, ihn noch weiter zu reizen.

Begum Adiba Khan stand auf. »Hat die Regierung Schritte gegen den Distriktmagistrat eingeleitet, der für den unnötigen Schießbefehl verantwortlich ist?« fragte sie.

»Dieses Problem hat sich bislang nicht gestellt.«

»Wenn aus dem mit Spannung erwarteten Untersuchungsbericht hervorgehen sollte, daß der Schießbefehl nicht notwendig, sondern vorschriftswidrig war, plant die Regierung dann, Schritte in dieser Richtung zu unternehmen?«

»Das wird sich zu gegebener Zeit zeigen. Ich denke, ja.«

»Welche Schritte will die Regierung unternehmen?«

»Notwendige und angemessene Schritte.«

»Hat die Regierung solche Schritte in vergleichbaren früheren Fällen unternommen?«

»Ja.«

»Welche Schritte wurden unternommen?«

»Schritte, die als notwendig und vernünftig erachtet wurden.«

Begum Abida Khan sah ihn an, als wäre er eine schwer angeschlagene Schlange, die den letzten Stoß abwehrte, indem sie den Kopf von einer Seite auf die andere warf. Nun, sie war noch nicht fertig mit ihm.

»Kann uns der ehrenwerte Minister die Namen der Bezirke oder Stadtviertel nennen, in denen jetzt der Besitz von blanken Waffen eingeschränkt wurde? Wurde diese Maßnahme aufgrund der Schießerei ergriffen? Wenn ja, warum wurde sie nicht früher ergriffen?«

Der Innenminister betrachtete den Bobaum auf dem großen Wappen und sagte: »Die Regierung nimmt an, daß die ehrenwerte Abgeordnete mit dem Begriff ›blanke Waffen‹ Objekte wie Schwerter, Dolche, Äxte und ähnliche Waffen meint.«

»Hausfrauen wurden von Polizisten Küchenmesser abgerungen«, sagte Begum Abida Khan eher triumphierend als sachlich. »Nun, um welche Stadtviertel handelt es sich?«

»Chowk, Hazrat Mahal und Captainganj«, antwortete L. N. Agarwal.

»Misri Mandi zählt nicht dazu?«

»Nein.«

»Obwohl dort am meisten Polizei stationiert war?« beharrte Begum Abida Khan.

»Die meisten Polizisten wurden an die Stellen abkommandiert, wo es wirklich Ärger gab ...« L. N. Agarwal unterbrach sich abrupt. Zu spät bemerkte er, wie sehr er sich durch seine letzte Aussage exponiert hatte.

»Der ehrenwerte Minister gibt also zu ...« begann Begum Abida Khan; ihre Augen glänzten triumphierend.

»Die Regierung gibt nichts zu. Der Untersuchungsbericht wird alle Einzelheiten ausführlich behandeln«, sagte der Innenminister, entsetzt über das Eingeständnis, das sie ihm abgeluchst hatte.

Begum Abida Khan lächelte verächtlich und entschied, daß sich der reaktionäre, schießfreudige Moslemschinder gerade ausreichend mit eigenen Worten verdammt hatte, so daß ein weiteres In-die-Zange-Nehmen nicht mehr sehr produktiv wäre. Sie stellte noch ein paar harmlose Fragen.

»Warum wurde der Besitz von blanken Waffen verboten?«

»Um Verbrechen und gewalttätige Zwischenfälle zu vermeiden.«

»Zwischenfälle?«

»Zum Beispiel Ausschreitungen eines aufgehetzten Mobs«, rief er wütend und erschöpft.

»Wie lange wird diese Maßnahme Gültigkeit haben?« fragte Begum Abida Khan beinahe lachend.

»Bis sie aufgehoben wird.«

»Und wann plant die Regierung, sie aufzuheben?«

»Sobald es die Lage erlaubt.«

Begum Abida Khan setzte sich lächelnd.

Es folgte ein Antrag auf eine Sondersitzung, in der der umstrittene Schießbefehl diskutiert werden sollte, aber der Präsident entschied sofort dagegen. Sondersitzungen waren nur in den außergewöhnlichsten Krisensituationen oder in Notfällen möglich, wenn eine Debatte keinen Aufschub duldete; die Entscheidung über eine Sondersitzung lag ausschließlich im Ermessen des Parlamentspräsidenten. Das Thema ›Schießbefehl der Polizei‹, wenn es denn ein Thema war – was seiner Ansicht nach nicht zutraf –, war bereits ausreichend behandelt worden. Die Fragen dieser bemerkenswerten, nahezu nicht zu bändigenden Frau hatten die Fragestunde bereits ungebührlich zu einer Debatte ausgeweitet.

Der Präsident ging zum nächsten Tagesordnungspunkt der Sitzung über: erstens die Verkündung der Landesgesetze, die die Zustimmung des Gouverneurs des Staates oder des Präsidenten Indiens erhalten hatten; zweitens, das wichtigste Thema der ganzen Legislaturperiode, die Fortsetzung der Debatte über die Zamindari Abolition Bill.

Aber L. N. Agarwal blieb nicht so lange, um sich die Diskussion des Gesetzes anzuhören. Sobald der Antrag auf eine Sondersitzung vom Präsidenten abgelehnt worden war, floh er – nicht mitten durch das Haus, sondern den Flur und dann die mit dunklem Holz getäfelte Wand entlang. Seinem Gang waren seine Anspannung und seine gereizte Stimmung anzusehen. Ohne es zu merken, zerknüllte er die Geschäftsordnung in seiner Hand. Mehrere Abgeordnete versuchten, mit ihm zu reden, ihm ihre Sympathien auszudrücken. Er ließ sie einfach stehen und steuerte blindlings auf den Ausgang zu. Von dort aus ging er direkt zur Toilette.

5.8

L. N. Agarwal zog die Kordel seiner Pajama auf und stellte sich vor das Becken. Aber er war so wütend, daß er eine Zeitlang nicht Wasser lassen konnte.

Er starrte auf die lange, weißgekachelte Wand und erblickte darin das Bild des vollbesetzten Parlaments, die spöttische Miene Begum Abida Khans, die in Falten gelegte Gelehrtenstirn Abdus Salaams, Mahesh Kapoors nicht zu deutendes Stirnrunzeln, den geduldigen und zugleich herablassenden Ausdruck des Chefministers, während *er* auf jämmerliche Weise durch den giftigen Morast der Fragestunde watete.

Außer ihm befanden sich nur noch zwei Sweeper, Männer, die, miteinander plaudernd, den Boden fegten, in der Toilette. Einige ihrer Sätze durchbrachen L. N. Agarwals Wut. Sie beklagten, daß sie nur unter Schwierigkeiten, selbst in den Läden der Regierung, Getreide kaufen konnten. Sie sprachen beiläufig miteinander, weder beachteten sie den mächtigen Innenminister, noch waren sie besonders aufmerksam bei der Arbeit. Während sie weiterredeten, bemächtigte sich ein Gefühl der Unwirklichkeit L. N. Agarwals. Er war plötzlich in einer anderen Welt, seine Leidenschaften, Ambitionen, Haßgefühle und Ideale lösten sich auf in der Wahrnehmung beständiger und dringender Bedürfnisse im Leben anderer. Er schämte sich sogar ein bißchen.

Die Sweeper unterhielten sich jetzt über einen Film, den einer der beiden gesehen hatte. Es handelte sich um *Deedar*.

»Die Rolle war Daleep Kumar auf den Leib geschrieben – oh – es hat mir die Tränen in die Augen getrieben – er hat immer dieses stille Lächeln auf den Lippen, selbst wenn er die traurigsten Lieder singt – so ein gutmütiger Mensch – selbst blind, und bringt Freude in die ganze Welt.«

Er begann eines der populärsten Lieder aus dem Film zu summen: »Vergiß nicht die Tage der Kindheit...«

Der andere Mann, der den Film noch nicht gesehen hatte, summte das Lied mit – das alle Welt kannte, seitdem der Film im Kino lief.

Er sagte: »Nargis sieht auf dem Plakat so schön aus, daß ich den Film gestern abend unbedingt sehen wollte, aber meine Frau nimmt mir am Zahltag immer das ganze Geld ab.«

Der erste Mann lachte. »Wenn sie dir das Geld lassen würde, bekäme sie nichts weiter zu Gesicht als leere Umschläge und leere Flaschen.«

Der zweite Mann versuchte wehmütig, das göttliche Bild seiner Heldin heraufzubeschwören. »Erzähl mir, wie ist sie? Spielt sie gut? Was für ein Unterschied – diese billige Tänzerin Nimmi oder Pimmi oder wie immer sie heißt – und Nargis, die ist erste Klasse – und so zierlich.«

Der erste Mann stöhnte auf. »Mir ist Nimmi allemal lieber, ich würde lieber mit ihr leben als mit Nargis – Nargis ist zu dünn, zu eitel. Und was ist schon der Unterschied zwischen ihnen? Sie war auch eine von denen.«

Der zweite Mann blickte entrüstet drein. »Nargis?«

»Ja, ja, deine Nargis. Was denkst du denn, wie sie zum Film gekommen ist?« Und er lachte und begann erneut zu summen. Der andere Mann schwieg und wandte sich wieder seiner Arbeit zu.

Während er den Männern zuhörte, wanderten L. N. Agarwals Gedanken zu einer anderen, die auch ›eine von denen‹ war – zu Saeeda Bai –, und zu dem weitverbreiteten Klatsch über ihre Beziehung zu Mahesh Kapoors Sohn. Gut! dachte er. Mahesh Kapoor mag gestärkte, mit feiner Spitze versehene Kurtas tragen, aber sein Sohn liegt Prostituierten zu Füßen.

Wenn auch nicht mehr so wütend, hatte er doch wieder in seine vertraute Welt von Politik und Rivalität zurückgefunden. Er ging den geschwungenen Korridor zu seinem Zimmer entlang, war sich jedoch im klaren darüber, daß seine ängstlichen Anhänger über ihn herfallen würden, kaum hätte er sein Büro betreten. Das bißchen Seelenruhe, das er sich während der letzten Minuten verschafft hatte, wäre wieder zerronnen.

»Nein, ich gehe lieber in die Bibliothek«, murmelte er vor sich hin.

Oben, in der kühlen, stillen Parlamentsbibliothek, setzte er sich, nahm seine Kappe ab und stützte das Kinn auf die Hände. Zwei Abgeordnete saßen an den langen hölzernen Tischen und lasen. Sie blickten auf, grüßten ihn und wandten sich wieder ihrer Arbeit zu. L. N. Agarwal schloß die Augen und versuchte, an gar nichts zu denken. Er mußte sein Gleichgewicht wiederherstellen, bevor er den Abgeordneten unten gegenübertreten konnte. Aber er sah nicht das ersehnte Nichts vor sich, sondern die trügerische Leere der Wand in der Toilette. Seine Gedanken wanderten zum x-tenmal zu der bösartigen Begum Abida Khan, und zum x-tenmal mußte er seine Wut und die erlittene Demütigung niederkämpfen. Wie wenig hatte diese schamlose, exhibitionistische Frau, die zu Hause rauchte und in der Öffentlichkeit kreischte, die ihrem Mann nicht gefolgt war, als dieser nach Pakistan ging, sondern hoffärtigerweise und ohne Mann in Purva Pradesh geblieben war, um hier für Ärger zu sorgen, gemein mit seiner verstorbenen Frau, Priyas Mutter, die sein Leben mit selbstloser Fürsorge und Liebe versüßt hatte.

Ich frage mich, ob man nicht jetzt, da der Mann dieser Frau in Pakistan lebt, einen Teil von Baitar House zum Evakuierteneigentum deklarieren kann, dachte L. N. Agarwal. Ein Wort mit dem Treuhänder, ein Befehl an die Polizei, mal sehen, was ich machen kann.

Nach zehn Minuten des Nachdenkens stand er auf, nickte den beiden Abgeordneten zu und ging hinunter in sein Büro.

Ein paar Abgeordnete saßen bereits in seinem Zimmer, als er eintrat, und in den nächsten Minuten, als sich herumsprach, daß er hofhielt, wurden es noch mehr. L. N. Agarwal machte jetzt seine Bemerkungen, wie gewohnt mit unerschütterlicher Miene, sogar leise vor sich hin lächelnd. Er beruhigte seine aufgebrachten Anhänger, rückte die Dinge in die richtige Perspektive, entwickelte Strategien. Einem Abgeordneten, der seinem Führer sein Mitgefühl dafür ausgedrückt hatte, daß gleichzeitig das doppelte Pech Misri Mandi und Chowk über ihn hereingebrochen war, entgegnete L. N. Agarwal: »Sie sind ein Paradebeispiel dafür, daß aus einem guten Mann kein guter Politiker werden kann. Überlegen Sie mal – wenn Sie ein paar unerhörte Dinge tun wollen, möchten Sie dann, daß die Öffentlichkeit sie vergißt oder sie in Erinnerung behält?«

Die erwartete Antwort lautete eindeutig »sie vergißt«, und in diesem Sinne äußerte sich der Abgeordnete.

»So schnell wie möglich?« fragte L. N. Agarwal.

»So schnell wie möglich, Minister Sahib.«

»Dann liegt die Lösung darin«, erklärte L. N. Agarwal, »die unerhörten Dinge gleichzeitig zu tun. Die Leute werden ihre Beschwerden verteilen, nicht konzentrieren. Und wenn sich der Sturm legt, werden Sie mindestens zwei oder drei von fünf Schlachten gewonnen haben. Und die Öffentlichkeit hat ein schlechtes Gedächtnis. Was die Schießerei im Chowk und diese toten Krawallmacher angeht, so werden sie nächste Woche überholt sein.«

Dem Abgeordneten schien das etwas zweifelhaft, aber er nickte zustimmend.

»Ab und zu eine Lektion«, fuhr L. N. Agarwal fort, »hat noch keinem geschadet. Entweder man regiert, oder man läßt es bleiben. Die Briten wußten, daß sie dann und wann ein Exempel statuieren mußten – deswegen haben sie die Aufständischen 1857 mit Kanonen zur Räson gebracht. Und Opfer sind immer zu beklagen – ich würde lieber durch eine Kugel sterben als verhungern.«

Unnötig zu erwähnen, daß er im Augenblick nicht vor dieser Wahl stand, aber er war in der Laune zu philosophieren.

»Unsere Probleme sind unkompliziert. Im Prinzip lassen sie sich auf zwei reduzieren: Mangel an Nahrungsmitteln und Mangel an Moral. Und die Politik unserer Regierung in Delhi – tja, was soll ich sagen? – ist nicht sehr hilfreich.«

»Jetzt, da Sardar Patel tot ist, kann niemand mehr Panditji kontrollieren«, bemerkte ein junger, aber sehr konservativer Abgeordneter.

»Auch als Patel noch lebte, auf wen hat Nehru schon gehört?« sagte L. N. Agarwal wegwerfend. »Außer natürlich auf seinen guten Freund, den Moslem – Maulana Azad.«

Er griff sich an seinen grauen Haarkranz und wandte sich an seinen Persönlichen Assistenten. »Holen Sie mir den Treuhänder ans Telefon.«

»Den Treuhänder – von Feindeseigentum, Sir?« fragte der PA.

Besonnen, bedächtig und ihn unverwandt anblickend, sagte der Innenminister zu seinem ziemlich zerstreuten PA: »Wir befinden uns nicht im Kriegszustand. Benutzen Sie das bißchen Intelligenz, das Gott Ihnen gegeben hat. Ich möchte mit dem Treuhänder von Evakuierteneigentum sprechen. In einer Viertelstunde.«

Nach einer Weile fuhr er fort: »Bedenken Sie nur mal unsere Lage. Wir betteln in Amerika um Nahrungsmittel, wir müssen von China und Rußland kaufen, was immer wir können, in Bihar herrscht eine schreckliche Hungersnot. Letztes Jahr verdingten sich landlose Arbeiter für fünf Rupien. Und anstatt den Bauern und den Händlern freie Hand zu lassen, so daß sie mehr produzieren, Güter besser lagern und wirksam verteilen können, zwingt uns Delhi dazu, Preiskontrollen einzuführen und staatseigene Läden und Rationierungen und jede nur mögliche populistische und undurchdachte Maßnahme. Sie haben nicht nur weiche Herzen, sondern auch weiche Hirne.«

»Panditji meint es nur gut«, sagte jemand.

»Meint es gut, meint es gut.« L. N. Agarwal seufzte. »Er hat es nur gut gemeint, als er Pakistan hergab. Er hat es nur gut gemeint, als er halb Kaschmir hergab. Wenn Patel nicht gewesen wäre, hätten wir nicht einmal mehr das Land, das wir jetzt noch haben. Jawaharlal Nehru hat seine ganze Karriere darauf aufgebaut, es gut zu meinen. Gandhiji liebte ihn, weil er es gut meinte. Und das arme, dumme Volk liebt ihn, weil er es gut meint. Gott schütze uns vor Leuten, die es gut meinen. Und diese gutmeinenden Briefe, die er jeden Monat an die Chefminister schreibt. Warum macht er sich überhaupt die Mühe? Die Chefminister lesen sie nur ungern.« Er schüttelte den Kopf. »Und was steht drin? Lange Exegesen über Korea und die Entlassung von General MacArthur. Was bedeutet uns schon General MacArthur? Doch unser Premierminister ist so edelmütig und empfindlich, daß er alle Übel der Welt als seine eigenen betrachtet. Er meint es gut mit Nepal und Ägypten und Gott weiß womit, und er erwartet von uns, es auch gut zu meinen. Er hat nicht die blasseste Ahnung, wie man ein Land regiert, aber er redet von Ernährungsausschüssen, die wir gründen sollen. Genausowenig versteht er unsere Gesellschaft und unsere heiligen Schriften, aber er will unser Familienleben und unsere Moral verändern mit seiner glorreichen Reform des Hindu-Rechts ...«

L. N. Agarwal hätte seine Exegese noch eine Weile fortgesetzt, wenn sein PA nicht gesagt hätte: »Sir, der Treuhänder ist am Telefon.«

»Also dann«, sagte L. N. Agarwal und winkte mit der Hand – das Signal für die anderen, sich zurückzuziehen. »Ich sehe Sie in der Kantine.«

Als er allein war, sprach der Innenminister zehn Minuten lang mit dem Treuhänder für Evakuierteneigentum. Seine Anweisungen waren präzise und eiskalt. Dann saß der Innenminister noch ein paar Minuten an seinem Schreibtisch und überlegte, ob er irgendeinen Aspekt der Angelegenheit vage oder angreifbar formuliert hatte. Er kam zu dem Schluß, daß das nicht zutraf.

Er stand auf und ging etwas müde in die Parlamentskantine. Früher hatte ihm seine Frau einen Tiffin-Behälter geschickt, in dem sich ein schlichtes, nach seinem Geschmack zubereitetes Mahl befand. Jetzt war er der Gnade gleichgültiger Köche und ihrer Großküche ausgeliefert. Auch eine asketische Lebensweise hat ihre Grenzen.

Als er den geschwungenen Korridor entlangging, erinnerte er sich an den Versammlungsraum, um den der Korridor herumführte – der große gewölbte Plenarsaal, dessen Ausmaß und majestätische Eleganz das frenetische Parteigebaren, das sich darin abspielte, höchst trivial erscheinen ließ. Aber dieser Einsicht gelang es nur für ein paar Augenblicke, seine Gedanken von den Ereignissen des Vormittags und der Bitterkeit, die sie in ihm hervorgerufen hatten, abzulenken – oder Bedauern über das in ihm zu wecken, was er vor wenigen Minuten geplant und in die Wege geleitet hatte.

5.9

Obwohl noch nicht einmal fünf Minuten vergangen waren, seitdem er einen Peon losgeschickt hatte, der seinen Parlamentarischen Staatssekretär holen sollte, wartete Mahesh Kapoor höchst ungeduldig im Büro des Beauftragten für Rechtsfragen. Er war allein, da er die rechtmäßigen Okkupanten des Büros losgeschickt hatte, diverse Papiere und Gesetzbücher herbeizuschaffen.

»Ah, Huzoor geruht endlich zu erscheinen!« sagte er, als Abdus Salaam eintrat.

Abdus Salaam machte respektvoll – oder war es ironisch? – Adaab und fragte, was er tun könne.

»Dazu komme ich gleich. Die Frage ist, was Sie bereits getan haben.«
»Bereits getan?« Abdus Salaam war verdutzt.
»Heute vormittag. Im Plenarsaal. Als Sie aus unserem ehrenwerten Minister ein Kabab gemacht haben.«
»Ich habe nur gefragt ...«
»Ich weiß, was Sie nur gefragt haben, Salaam«, sagte der Minister lächelnd. »Ich frage Sie, warum Sie gefragt haben.«
»Ich habe mich gewundert, warum die Polizei ...«
»Ah, Sie unverbesserlicher Dummkopf«, sagte Mahesh Kapoor liebenswürdig, »ist Ihnen denn nicht klar, daß Lakshmi Narayan Agarwal glaubt, daß Sie in meinem Auftrag gehandelt haben?«
»In Ihrem Auftrag?«
»Ja, in meinem Auftrag!« Mahesh Kapoor war in bester Stimmung, wenn er an die vormittägliche Sitzung und das extreme Unbehagen seines Rivalen dachte. »Das ist genau die Art Vorgehen, die er wählen würde, deshalb glaubt er, daß ich es auch tue. Sagen Sie, war er zum Mittagessen in der Kantine?«
»Ja.«
»Und war der Chefminister auch da? Was hat er gesagt?«
»Nein, Sharma Sahib war nicht da.«
Das Bild S.S. Sharmas, der zu Hause, auf dem Boden sitzend, wie es die Tradition forderte, mit bis auf die Heilige Schnur entblößtem Oberkörper, sein Mittagessen zu sich nahm, zog vor Mahesh Kapoors geistigem Auge vorüber.
»Nein, natürlich nicht«, sagte er etwas bedauernd. »Also, wie hat er gewirkt?«
»Sie meinen Agarwal Sahib? Ziemlich normal, würde ich sagen. Ziemlich gefaßt.«
»Uff! Sie sind kein guter Informant«, sagte Mahesh Kapoor ungeduldig. »Wie auch immer, ich habe darüber nachgedacht. Sie passen besser auf, was Sie sagen, oder Sie bringen sowohl Agarwal als auch mich in eine schwierige Lage. Halten Sie sich zumindest zurück, bis die Zamindari Abolition Bill verabschiedet ist. Dafür brauchen wir die Kooperation von allen.«
»In Ordnung, Minister Sahib.«
»Und wenn wir schon dabei sind, warum sind diese Leute noch nicht wieder da?« fragte Mahesh Kapoor und sah sich im Büro des Beauftragten für Rechtsfragen um. »Ich hab sie vor einer Stunde losgeschickt.« Das entsprach nicht ganz der Wahrheit. »Alle kommen immer zu spät, und keiner in diesem Land hat ein Gefühl für Zeit. Das ist unser Hauptproblem ... Ja? Herein, herein«, sagte er, als er ein leises Klopfen hörte.
Es war ein Peon mit seinem Mittagessen, das er normalerweise relativ spät zu sich nahm.
Er öffnete seinen Tiffin-Behälter und erübrigte einen schnellen Gedanken für seine Frau, die sich trotz ihrer Beschwerden seinetwegen solche Mühe machte. Der April in Brahmpur war für sie wegen ihrer Allergie gegen Nimblüten kaum zu ertragen, die sich im Lauf der Jahre noch verschlimmert hatte. Wenn die

Nimbäume blühten, litt sie bisweilen unter einer Atemlosigkeit, die an Prans Asthma erinnerte.

Zudem brachte sie zur Zeit die Affäre ihres jüngeren Sohnes mit Saeeda Bai aus der Fassung. Bisher nahm Mahesh Kapoor die Sache nicht so ernst, wie er es getan hätte, wenn er um das Ausmaß von Maans Verliebtheit gewußt hätte. Er war viel zu beschäftigt mit Dingen, die das Leben von Millionen betrafen, als daß er genug Zeit gehabt hätte, sich um die lästigen Angelegenheiten in seiner eigenen Familie zu kümmern. Maan würde früher oder später zur Ordnung gerufen werden müssen, dachte er, aber im Augenblick gibt es Wichtigeres zu tun.

»Bedienen Sie sich, vermutlich habe ich Sie mitten beim Essen holen lassen«, sagte Mahesh Kapoor zu seinem Parlamentarischen Staatssekretär.

»Nein danke, Minister Sahib, ich hatte schon fertig gegessen. Glauben Sie, daß mit dem Gesetz alles glattgeht?«

»Im Grunde ja – zumindest im Parlament, glauben Sie nicht? Jetzt, da es mit ein paar kleinen Änderungen vom Rechtsausschuß zurück ist, sollte es keine Schwierigkeiten bereiten, es in seiner veränderten Form vom Parlament erneut verabschieden zu lassen. Aber natürlich ist nichts gewiß.« Mahesh Kapoor blickte in seinen Tiffin-Behälter. Nach einer Weile fuhr er fort: »Hm, gut, sauer eingelegter Blumenkohl ... Was mir wirklich Sorgen macht, ist, was mit dem Gesetz später geschehen wird, vorausgesetzt, es kommt im Parlament durch.«

»Nun, gesetzliche Aspekte sollten kein Problem sein«, sagte Abdus Salaam. »Der Entwurf ist gut durchdacht, und ich denke, er sollte allen Anforderungen genügen.«

»Das denken Sie, nicht wahr, Salaam? Und warum, was denken Sie, wurde der Bihar Zamindari Act vom Hohen Gerichtshof in Patna zurückgewiesen?« fragte Mahesh Kapoor.

»Ich glaube, die Leute machen sich mehr Sorgen als nötig, Minister Sahib. Wie Sie wissen, muß der Hohe Gerichtshof von Brahmpur nicht der Argumentation des Hohen Gerichtshofs von Patna folgen. Nur die Entscheidungen des Obersten Gerichts in Delhi sind verbindlich.«

»Theoretisch mag das stimmen«, sagte Mahesh Kapoor und runzelte die Stirn. »In der Praxis setzen jedoch Gerichtsurteile psychologische Präzedenzfälle. Wir müssen einen Weg finden, es auch jetzt noch, in diesem späten Stadium, zu ändern, so daß es gegenüber gesetzlichen Herausforderungen weniger anfällig ist – besonders was die Frage des gleichen Rechts für alle angeht.«

Eine Weile herrschte Schweigen. Der Minister hatte großen Respekt vor seinem gelehrten jungen Kollegen, jedoch keine große Hoffnung, daß ihm kurzfristig etwas Brillantes einfallen würde. Aber er schätzte seine Erfahrung auf diesem speziellen Gebiet und wußte, daß er keinen besseren Experten finden konnte.

»Vor ein paar Tagen ist mir etwas eingefallen«, sagte Abdus Salaam. »Lassen Sie mich noch ein bißchen darüber nachdenken, Minister Sahib. Vielleicht kommen mir ein paar hilfreiche Ideen.«

Der Finanzminister sah seinen Parlamentarischen Staatssekretär nahezu belustigt an und sagte: »Geben Sie mir heute abend einen Entwurf Ihrer Ideen.«

»Heute abend?« Abdus Salaam blickte erstaunt drein.

»Ja. Das Gesetz geht durch die zweite Lesung. Wenn etwas geändert werden muß, dann jetzt.«

»Tja«, sagte Abdus Salaam leicht benommen. »Dann gehe ich besser sofort in die Bibliothek.« An der Tür wandte er sich noch einmal um. »Vielleicht könnten Sie den Rechtsbeauftragten darum bitten, mir später am Nachmittag zwei Leute seiner Planungsabteilung zu schicken. Werden Sie mich denn heute nachmittag während der Plenarsitzung, wenn das Gesetz diskutiert wird, nicht brauchen?«

»Nein, Ihre Arbeit ist jetzt bei weitem wichtiger«, erwiderte der Minister und stand auf, um sich die Hände zu waschen. »Außerdem haben Sie heute schon für genug Ärger gesorgt.«

Während er sich die Hände wusch, dachte Mahesh Kapoor an seinen alten Freund, den Nawab Sahib von Baitar. Die Verabschiedung der Zamindari Abolition Bill würde ihn mit am meisten betreffen. Sein Landbesitz um Baitar im Distrikt Rudhia, von dem zwei Drittel seines Einkommens stammten, würde, wenn das Gesetz in Kraft trat, dem Staat Purva Pradesh einverleibt. Und er würde keine große Entschädigung dafür bekommen. Die Pächter hätten das Recht, das Land, das sie bestellten, zu kaufen, und bis sie das taten, würde ihre Pacht nicht mehr in die Schatztruhen des Nawab Sahib fließen, sondern in die des Finanzministers des Bundesstaates. Mahesh Kapoor glaubte jedoch, daß er das Richtige tat. Obwohl er sich in einem städtischen Wahlkreis zur Wahl stellte, hatte er lange genug auf seinem eigenen Gut im Distrikt Rudhia gelebt, um die Verelendung bezeugen zu können, zu der das Zamindari-System überall auf dem Land geführt hatte. Mit eigenen Augen hatte er den Mangel an Produktivität und den daraus resultierenden Hunger gesehen, den Mangel an Investitionen, um die Landwirtschaft ertragreicher zu machen, die schlimmsten Formen feudaler Arroganz und Unterwürfigkeit, die willkürliche Unterdrückung der Schwachen und Elenden durch die Bevollmächtigten und Muskelmänner des typischen Großgrundbesitzers. Wenn der Lebensstil von ein paar guten Männern, wie zum Beispiel dem Nawab Sahib, dem Wohl von Millionen Pächtern zum Opfer fiel, dann war das eben der Preis, der bezahlt werden mußte.

Nachdem er seine Hände gewaschen hatte, trocknete Mahesh Kapoor sie gewissenhaft ab, hinterließ dem Rechtsbeauftragten eine Nachricht und ging in den Plenarsaal.

5.10

Das alte Baitar House, in dem der Nawab Sahib und seine Söhne lebten, war eines der schönsten Gebäude in Brahmpur. Es hatte eine langgestreckte blaßgelbe Fassade mit dunkelgrünen Fensterläden, einen Säulengang, hohe Räume, große Spiegel, ungewöhnlich schwere dunkle Möbel, Kronleuchter, Ölporträts früherer aristokratischer Bewohner, und in den Fluren hingen zum Andenken an die Besuche mehrerer britischer Würdenträger gerahmte Fotografien. Besucher des riesigen Hauses fielen angesichts dieser Umgebung in einen Zustand ehrfürchtiger Schwermut – der in letzter Zeit noch verstärkt wurde von dem verstaubten, ungepflegten Erscheinungsbild großer Teile des Hauses, deren ehemalige Bewohner nach Pakistan gegangen waren.

Auch Begum Abida Khan hatte einmal hier gelebt – mit ihrem Mann, dem jüngeren Bruder des Nawab Sahib. Sie verbrachte tatenlose Jahre im Frauenflügel, bevor sie ihn dazu überreden konnte, ihr einen annehmbareren und direkten Zugang zur Außenwelt zuzugestehen. Dort war sie in gesellschaftlichen und politischen Dingen erfolgreicher als er. Als die Teilung abzusehen war, wurde ihrem Mann – einem ausgesprochenen Befürworter dieser Teilung – klar, wie angreifbar seine Position in Brahmpur war, und er beschloß, das Land zu verlassen. Zuerst ging er nach Karatschi. Dann in den Irak – einerseits, weil er nicht wußte, wie sich ein fester Wohnsitz in Pakistan auf sein Eigentum in Indien und das Vermögen seiner Frau auswirken würde, andererseits, weil er ein ruheloser Geist war, und drittens, weil er sehr religiös war –, wo er die heiligen Stätten der Schiiten besuchte und eine Zeitlang bleiben wollte. Drei Jahre waren vergangen, seit er zum letztenmal in Indien gewesen war, und kein Mensch wußte, welche Pläne er für die Zukunft hatte. Er und Abida waren kinderlos, und deswegen war es vielleicht auch nicht besonders wichtig.

Das Problem der Eigentumsrechte war völlig ungelöst. Baitar war – anders als Marh – kein Fürstentum, das dem jeweils Erstgeborenen zufiel, sondern ein Großgrundbesitz, der mitten in Britisch-Indien lag und gemäß dem moslemischen Erbfolgegesetz vererbt wurde. Die Aufteilung des Eigentums nach einem Todesfall oder der Auflösung der Familie war möglich, aber schon seit Generationen war das Erbe nicht mehr geteilt worden, und alle hatten weiterhin in dem weitläufigen Haus in Brahmpur oder in Baitar Fort auf dem Land gelebt, nicht immer friedlich, aber auch nicht wirklich zerstritten. Und dank der unablässigen Geschäftigkeit, der Besuche, der Feste und Feiern, sowohl im Frauen- als auch im Männerflügel, hatte dort eine energiegeladene, lebendige Atmosphäre geherrscht.

Mit der Teilung hatten sich die Dinge geändert. In dem Haus lebte nicht mehr wie früher eine große Gemeinschaft. In vieler Hinsicht war es dort einsam geworden. Onkel und Cousins waren nach Karatschi oder Lahore gegangen. Von den drei Brüdern war einer gestorben, ein anderer hatte das Land verlassen, und nur der sanftmütige Witwer, der Nawab Sahib, war geblieben. Er verbrachte mehr und mehr Zeit in der Bibliothek, las persische Dichtung und Bücher über römische Geschichte oder wonach immer ihm gerade der Sinn stand. Die Verwaltung seines Landbesitzes in Baitar – von dem er den größten Teil seines Einkommens bezog – überließ er weitgehend seinem Munshi. Dieser clevere Mann, halb Verwalter, halb Buchhalter, ermunterte ihn nicht dazu, sich viel um seine Ländereien zu kümmern. Für Angelegenheiten, die nichts mit seinem Grundbesitz zu tun hatten, war der Privatsekretär des Nawab Sahib zuständig.

Nach dem Tod seiner Frau und mit zunehmendem Alter war der Nawab Sahib weniger gesellig und sich der Nähe des Todes bewußter geworden. Er wollte mehr Zeit mit seinen Söhnen verbringen, aber sie waren jetzt in den Zwanzigern und neigten dazu, ihren Vater auf liebevolle Distanz zu halten. Firoz war Jurist, Imtiaz Arzt, sie hatten ihren eigenen Freundeskreis und Liebesaffären (von denen er wenig mitbekam), all das zog sie hinaus aus Baitar House. Und seine geliebte Tochter Zainab kam nur selten zu Besuch – alle paar Monate, wenn ihr Mann ihr und den beiden Enkelsöhnen des Nawab Sahib erlaubte, nach Brahmpur zu fahren.

Manchmal vermißte er sogar die stürmische Abida, eine Frau, deren Unbescheidenheit und Direktheit er instinktiv mißbilligte. Begum Abida Khan, Abgeordnete, hatte sich geweigert, sich an die Regeln der Zenana und an die Einschränkungen eines großen Anwesens zu halten, und lebte jetzt in einem kleinen Haus in der Nähe des Parlaments. Sie war davon überzeugt, daß es im Kampf um gerechte oder sinnvolle Dinge richtig war, aggressiv und wenn nötig unbescheiden aufzutreten, und in ihren Augen war der Nawab Sahib absolut unfähig. Sie hatte auch keine sehr hohe Meinung von ihrem Mann, der anläßlich der Teilung in einem Gefühl der Panik aus Brahmpur ›geflohen‹ war – wie sie es nannte – und jetzt in einem Zustand religiöser Senilität durch den Mittleren Osten pilgerte. Wenn ihre Nichte Zainab – die sie sehr mochte – zu Besuch war, kam sie ins Baitar House, aber der Purdah und dessen Regeln, die einzuhalten von ihr erwartet wurde, waren ihr lästig, ebenso wie die unvermeidliche Kritik an ihrem Lebensstil, die sie von den alten Frauen in der Zenana zu hören bekam.

Und wer waren diese alten Frauen? Die Hüterinnen von Tradition, alten Freundschaften und Familiengeschichte. Nur zwei alte Tanten des Nawab Sahib und die Witwe des einen Bruders – sonst war niemand von der geschäftigen Zenana übriggeblieben. Die einzigen Kinder in Baitar House waren die, die zu Besuch kamen, der sechs- und der dreijährige Enkelsohn des Nawab Sahib. Sie liebten Baitar House und Brahmpur, weil für sie das riesige alte Haus aufregend war, weil Mungos unter den Türen der verschlossenen, nicht mehr bewohnten Räume durchschlüpften, weil alle ein großes Aufheben um sie machten, angefangen bei Firoz Mamu und Imtiaz Mamu über die ›alten Bediensteten‹ bis hin zu den Köchinnen. Und weil ihre Mutter hier viel glücklicher zu sein schien als zu Hause.

Der Nawab Sahib mochte es überhaupt nicht, wenn er beim Lesen gestört wurde, aber bei seinen Enkelsöhnen war er mehr als großzügig. Hassan und Abbas gehörte das ganze Haus. Gleichgültig, in welcher Stimmung er war, sie munterten ihn auf; selbst wenn er in die unpersönliche Behaglichkeit der Geschichte versunken war, freute er sich, in die Gegenwart zurückgeholt zu werden, solange es von seinen Enkelsöhnen persönlich geschah. Wie das übrige Haus, so war auch die Bibliothek heruntergekommen. Die einzigartige Sammlung, von seinem Vater angelegt und von den drei Brüdern – von denen jeder einen anderen Geschmack hatte – ergänzt, war in einem ebenso einzigartigen Raum mit Nischen in den Wänden und hohen Fenstern untergebracht. Der Nawab Sahib, der eine frisch gestärkte Kurta-Pajama trug – in der Kurta waren ein paar kleine viereckige Löcher, die wie Mottenlöcher aussahen (aber welche Motte hatte schon einen viereckigen Biß?) –, saß an diesem Morgen an einem runden Tisch in einer der Nischen und las *The Marginal Notes of Lord Macaulay*, ausgewählt und herausgegeben von seinem Neffen G. O. Trevelyan.

Macaulays Kommentare zu Shakespeare, Platon und Cicero waren ebenso pointiert wie differenziert, und der Herausgeber war davon überzeugt, daß die Marginalien seines gebildeten Onkels wert waren, veröffentlicht zu werden. Seine eigenen Bemerkungen zeugten unverhohlen von Bewunderung: ›Sogar was Ciceros Gedichte anbelangt, war Macaulay respektvoll genug, um sorgfältig zwischen schlechten und weniger schlechten zu unterscheiden‹, war einer der Sätze, die dem Nawab Sahib ein mildes Lächeln abforderten.

Aber was, dachte der Nawab Sahib, lohnt schon die Mühe und was nicht? Zumindest für Menschen wie mich geht vieles zur Neige, und ich halte es nicht für sinnvoll, den Rest meiner Tage damit zu verbringen, gegen Politiker oder Pächter oder Silberfische oder meinen Schwiegersohn oder Abida zu kämpfen, um eine alte Welt zu bewahren und aufrechtzuerhalten, wenn es mich zuviel Mühe kostet. Jeder von uns lebt in einem kleinen Raum, bevor er ins Nichts zurückkehrt. Wenn ich einen gebildeten Onkel hätte, würde ich vielleicht auch ein, zwei Jahre damit zubringen, seine Randbemerkungen zusammenzutragen und zu veröffentlichen.

Und er begann darüber nachzusinnen, wie Baitar House vielleicht zu einer Ruine verfallen würde – mit der Abschaffung des Zamindari-Systems und dem Ende der Einnahmen aus seinem Besitz. Wie sein Munshi sagte, war es jetzt bereits schwierig, von den Pächtern die übliche Summe einzufordern. Sie argumentierten mit harten Zeiten, aber dahinter verbarg sich das Gespür, daß sich das Verhältnis zwischen Eigentümer und Abhängigen unweigerlich veränderte. Unter denen, die am lautesten die Stimme gegen den Nawab Sahib erhoben, waren einige, die er in der Vergangenheit mit außergewöhnlicher Nachsicht, sogar mit Großzügigkeit behandelt hatte und die ihm gerade das nicht verzeihen konnten.

Was würde von ihm bleiben? Ihm kam in den Sinn, daß er, obwohl er sich sein Leben lang mit Urdu-Dichtung beschäftigt hatte, nicht ein einziges Gedicht, nicht ein einziges Verspaar geschrieben hatte, an das man sich erinnern würde. Wer nicht in Brahmpur lebt, macht Masts Dichtung schlecht, dachte er, aber sie können viele seiner Gasele im Schlaf aufsagen. Mit Schrecken stellte er fest, daß es nie eine kommentierte Ausgabe von Masts Gedichten gegeben hatte, und er starrte auf die Stäubchen in dem Sonnenstrahl, der durchs Fenster auf den Tisch fiel.

Vielleicht, sagte er sich, ist das die Beschäftigung, zu der ich in diesem Stadium der Dinge am besten geeignet bin. Jedenfalls ist es das, was mir am meisten Spaß machen würde.

Er las weiter, genoß die Einsichten, mit denen Macaulay schonungslos den Charakter Ciceros analysierte, eines Mannes, der von der Aristokratie, die ihn aufgenommen hatte, beherrscht wurde, eines Mannes mit zwei Gesichtern, verzehrt von Eitelkeit und Haß, doch unzweifelhaft eines ›großen‹ Mannes. Der Nawab Sahib, der in diesen Tagen viel an den Tod dachte, erschrak über Macaulays Bemerkung: »Ich bin der Meinung, daß er vom Triumvirat bekommen hat, was er verdiente.«

Obwohl das Buch mit einem konservierenden weißen Pulver eingepudert worden war, krabbelte ein Silberfisch aus dem Buchrücken und über den von der Sonne beschienenen Fleck auf dem runden Tisch. Der Nawab Sahib betrachtete ihn einen Augenblick und fragte sich, was aus dem jungen Mann geworden war, der sich mit so viel Begeisterung um die Bibliothek kümmern wollte. Er hatte gesagt, er würde ins Baitar House kommen, aber das war das letzte gewesen, was der Nawab Sahib von ihm gehört hatte – und das vor mindestens einem Monat. Er klappte das Buch zu, schüttelte es, schlug es auf einer beliebigen Seite wieder auf und fuhr fort zu lesen, als ob der nächste Absatz direkt an den zuletzt gelesenen anschließen würde:

»Das Schriftstück, das er in der ganzen Sammlung an Korrespondenz am meisten bewunderte, war Cäsars Antwort auf Ciceros Dankschreiben für die Menschlichkeit, die der Feldherr in der Behandlung seiner politischen Gegner nach der Kapitulation von Corfinium an den Tag gelegt hatte. Es enthielt (so pflegte Macaulay zu sagen) den schönsten Satz, der jemals geschrieben wurde:
›Daß meine Handlungsweise deine Billigung gefunden hat, erfüllt mich mit Triumph und Freude; es stört mich nicht, wenn ich höre, daß diejenigen, die ich lebend und frei habe ziehen lassen, wieder die Waffen gegen mich erheben werden; denn nichts begehre ich so sehr, als daß ich ich selbst bin und sie sie selbst sind.‹«

Der Nawab Sahib las den Satz mehrmals. Er hatte sich einst einen Lateinlehrer geleistet, war jedoch nicht weit gekommen. Jetzt versuchte er, sich die klangvollen englischen Sätze als die noch klangvolleren Sätze des Originals vorzustellen. Er saß gut zehn Minuten da und dachte über Form und Inhalt des Satzes nach und hätte das noch weiter getan, wenn er nicht gespürt hätte, daß ihn jemand an seiner Pajama zupfte.

5.11

Es war Abbas, sein jüngerer Enkelsohn, der mit beiden Händen an seiner Pajama zog. Der Nawab Sahib hatte nicht bemerkt, daß er hereingekommen war, und sah ihn freudig überrascht an. Hinter Abbas stand sein sechsjähriger Bruder Hassan. Und hinter Hassan stand der alte Dienstbote Ghulam Rusool.

Der Dienstbote sagte, daß in dem kleinen Zimmer neben den Räumen der Zenana das Mittagessen auf den Nawab Sahib und seine Tochter warte. Zudem entschuldigte er sich dafür, Hassan und Abbas in die Bibliothek gelassen zu haben, während der Nawab Sahib las. »Aber Sahib, sie haben darauf bestanden und waren nicht zur Vernunft zu bringen.«

Der Nawab Sahib nickte wohlwollend und wandte sich erfreut von Macaulay und Cicero ab und Hassan und Abbas zu.

»Essen wir heute auf dem Boden oder am Tisch, Nana-jaan?« fragte Hassan.

»Wir sind unter uns und essen auf dem Teppich«, erwiderte sein Großvater.

»Gut«, sagte Hassan, der unruhig wurde, wenn seine Füße den Boden nicht berührten.

»Was ist in dem Zimmer, Nana-jaan?« fragte der dreijährige Abbas, als sie den Flur entlang- und an einer Tür mit einem großen Messingschloß vorbeigingen.

»Mungos natürlich«, sagte sein älterer Bruder, der Bescheid wußte.

»Nein, ich meine, in dem Zimmer«, beharrte Abbas.

»Ich glaube, dort sind Teppiche gelagert«, sagte der Nawab Sahib. Er wandte sich an Ghulam Rusool und fragte: »Was lagern wir dort drinnen?«

»Sahib, das Zimmer wurde vor zwei Jahren verschlossen. Murtaza Ali hat eine Liste. Ich werde ihn fragen und es Ihnen sagen.«

»O nein, das ist nicht nötig«, sagte der Nawab Sahib, strich über seinen Bart und versuchte, sich zu erinnern – denn zu seinem Erstaunen hatte er es vergessen –, wer früher den Raum bewohnte. »Solange es auf einer Liste steht«, sagte er.

»Erzähl uns eine Geistergeschichte, Nana-jaan«, sagte Hassan und zog an der rechten Hand seines Großvaters.

»Ja, ja«, sagte Abbas, der bereitwillig den Vorschlägen seines älteren Bruders zustimmte, auch wenn er sie nicht ganz verstand. »Erzähl uns eine Geistergeschichte.«

»Nein«, sagte der Nawab Sahib. »Alle Geistergeschichten, die ich kenne, jagen einem furchtbar Angst ein, und wenn ich euch eine erzähle, werdet ihr solche Angst haben, daß ihr euer Mittagessen nicht essen könnt.«

»Wir werden keine Angst haben«, sagte Hassan.

»Keine Angst«, sagte Abbas.

Sie traten in das kleine Zimmer, in dem das Mittagessen auf sie wartete. Der Nawab Sahib lächelte seine Tochter an, wusch sich und seinen Enkeln die Hände in einer kleinen Schüssel mit kaltem Wasser und setzte die beiden dann jeweils vor einen kleinen Thali, auf dem das Essen bereitstand.

»Weißt du, was deine Söhne von mir verlangen?« fragte der Nawab Sahib.
Zainab wandte sich an ihre Kinder und schalt sie. »Ich hab euch doch gesagt, ihr sollt euren Nana-jaan nicht in der Bibliothek stören, aber kaum kehre ich euch den Rücken, macht ihr, was ihr wollt. Also, was habt ihr von ihm verlangt?«
»Nichts«, sagte Hassan etwas verdrießlich.
»Nichts«, wiederholte Abbas zuckersüß.
Zainab sah ihren Vater voller Zuneigung an und dachte an die Zeiten, als sie sich an seine Hand geklammert, ihre eigenen hartnäckigen Forderungen an ihn gestellt und oft genug seine Nachgiebigkeit ausgenutzt hatte, um die Entschlossenheit ihrer Mutter zu umgehen. Er saß vor seinem silbernen Thali auf dem Teppich in der gleichen aufrechten Haltung, an die sie sich aus ihrer frühesten Kindheit erinnerte, aber die nur noch dünne Fleischschicht auf seinen Wangenknochen und die kleinen eckigen Mottenlöcher in seiner tadellos gestärkten Kurta erfüllten sie plötzlich mit einem Gefühl der Zärtlichkeit. Vor zehn Jahren war ihre Mutter gestorben – ihre eigenen Kinder kannten sie nur von Fotografien und aus Geschichten –, und in diesen zehn Jahren war ihr Vater um zwanzig Jahre gealtert.
»Was haben sie von dir verlangt, Abba-jaan?« fragte Zainab lächelnd.
»Sie wollten eine Geistergeschichte hören. Genau wie du früher.«
»Aber beim Mittagessen wollte ich nie eine Geistergeschichte hören.« Zu ihren Kindern gewandt fuhr Zainab fort: »Jetzt gibt's keine Geistergeschichten. Abbas, hör auf, mit deinem Essen herumzuspielen. Wenn du brav bist, erzählt euch Großvater vielleicht heute abend vor dem Schlafengehen eine Geschichte.«
»Nein, jetzt! Jetzt«, sagte Hassan.
»Hassan«, sagte seine Mutter warnend.
»Jetzt! Jetzt!« Hassan begann zu weinen und zu schreien.
Das freche Benehmen seiner Enkelkinder ihrer Mutter gegenüber bedrückte den Nawab Sahib, und er erklärte ihnen, daß sie nicht so mit ihr sprechen sollten, denn brave Kinder täten so etwas nicht.
»Ich hoffe, sie hören wenigstens auf ihren Vater«, sagte er mit leisem Tadel.
Zu seinem Schrecken sah er, wie eine Träne über die Wange seiner Tochter lief. Er legte einen Arm um ihre Schultern und fragte: »Ist alles in Ordnung? Ist bei euch alles in Ordnung?«
Er hatte es unüberlegt gesagt, aber augenblicklich war ihm klar, daß er vielleicht hätte warten sollen, bis seine Enkelkinder ihr Essen beendet hätten und er mit seiner Tochter allein wäre. Aus zweiter Hand hatte er erfahren, daß es mit der Ehe seiner Tochter nicht zum besten stand.
»Ja, Abba-jaan. Ich bin nur ein bißchen müde.«
Er ließ den Arm auf ihren Schultern, bis sie aufgehört hatte zu weinen. Die Kinder blickten verwirrt drein. Aber da es ihre Lieblingsspeisen gab, vergaßen sie die Tränen ihrer Mutter schnell. Und auch sie war bald abgelenkt, weil sie ihrem jüngeren Sohn beim Essen helfen mußte, der Schwierigkeiten hatte, sein Naan zu zerteilen. Der Nawab Sahib, der die drei zusammen betrachtete, ver-

spürte sogar ein kurzes schmerzhaftes Glücksgefühl. Zainab war klein wie ihre Mutter, und viele ihrer liebevollen oder vorwurfsvollen Gesten erinnerten ihn an seine Frau, die die gleichen Gesten gemacht hatte, wenn sie versuchte, Firoz und Imtiaz zum Essen zu animieren.

Als ob er seine Gedanken lesen könnte, trat jetzt Firoz ins Zimmer. Zainab und die Kinder waren hoch erfreut, ihn zu sehen.

»Firoz Mamu, Firoz Mamu!« riefen die Kinder. »Warum hast du nicht mit uns gegessen?«

Firoz wirkte ungeduldig und besorgt. Er legte eine Hand auf Hassans Kopf.

»Abba-jaan, dein Munshi aus Baitar ist gekommen. Er will mit dir sprechen«, sagte er.

»Oh«, sagte der Nawab Sahib, der nicht glücklich darüber war, daß ein anderer seine Zeit beanspruchte, wenn er am liebsten mit seiner Tochter geredet hätte.

»Er will, daß du heute noch mit ihm auf deinen Besitz fährst. Dort braut sich irgendeine Krise zusammen.«

»Was für eine Krise?« fragte der Nawab Sahib. Die Aussicht auf eine dreistündige Autofahrt in der Aprilsonne war nicht gerade erfreulich.

»Sprich selbst mit ihm«, sagte Firoz. »Du weißt, wie ich über deinen Munshi denke. Wenn du meinst, ich sollte dich nach Baitar begleiten oder statt deiner hinfahren, dann ist das kein Problem. Ich habe heute nachmittag nichts zu tun. Außer einem Termin mit einem Klienten, aber sein Fall wird so schnell nicht verhandelt werden, und ich kann den Termin verschieben.«

Der Nawab Sahib stand seufzend auf und wusch sich die Hände.

Als er in das Vorzimmer kam, in dem der Munshi auf ihn wartete, fragte er ihn umstandslos, was geschehen sei. Offensichtlich gärten gleichzeitig zwei Probleme. Das größere stellten die ständigen Schwierigkeiten dar, die Pacht von den Bauern einzutreiben. Der Nawab Sahib mochte die brutalen Methoden nicht, zu denen der Munshi neigte: den Einsatz von Schlägertruppen aus dem Ort gegen säumige Zahler. Wegen dieser Methoden waren die Einnahmen gesunken, und der Munshi meinte, daß die persönliche Anwesenheit des Nawab Sahib in Baitar Fort für ein, zwei Tage und Unterredungen mit zwei Lokalpolitikern der Angelegenheit beträchtlich zugute kämen. Normalerweise war der schlaue Munshi dagegen, seinen Herrn in die Verwaltung des Besitzes mit einzubeziehen, aber hier handelte es sich um eine Ausnahme. Er hatte sogar einen kleinen Landbesitzer aus dem Ort mitgebracht, der bestätigte, daß es Ärger gab und daß die Anwesenheit des Nawab Sahib unverzüglich gefordert war, weil sie auch den anderen Landbesitzern nützen würde.

Nach einer kurzen Diskussion (das zweite Problem betraf die Madrasa oder Schule des Orts) sagte der Nawab Sahib: »Ich habe heute nachmittag einiges zu erledigen. Ich werde mit meinem Sohn sprechen. Bitte warten Sie hier.«

Firoz meinte, daß sein Vater auf jeden Fall fahren sollte, wenn auch nur, um sicherzustellen, daß der Munshi ihn nicht bis auf die letzte Rupie ausraubte. Er würde mitkommen und sich die Bücher ansehen. Sie würden vielleicht zwei Nächte bleiben müssen, und er wollte seinen Vater nicht allein lassen. Was Zainab anbelangte, die der Nawab Sahib nur ungern ›allein im Haus‹ ließ, so verstand sie die Dringlichkeit seiner Abreise, obwohl sie sie bedauerte.

»Aber Abba-jaan, du kommst ja morgen oder übermorgen zurück, und ich bin noch eine ganze Woche hier. Und kommt nicht auch Imtiaz morgen zurück? Mach dir um mich keine Sorgen, ich habe den größten Teil meines Lebens in diesem Haus verbracht.« Sie lächelte. »Nur weil ich jetzt verheiratet bin, heißt das noch lange nicht, daß ich mich nicht mehr um mich selbst kümmern kann. Wir werden in der Zenana die neuesten Klatschgeschichten austauschen, und ich werde an deiner Statt den Kindern eine Geistergeschichte erzählen.«

Etwas besorgt – den Grund konnte er nicht nennen – befolgte der Nawab Sahib den offensichtlich vernünftigen Rat und brach, nachdem er sich liebevoll von seiner Tochter verabschiedet und schweren Herzens darauf verzichtet hatte, seine schlafenden Enkelkinder zu küssen, innerhalb der nächsten Stunde nach Baitar auf.

5.12

Es wurde Abend. Baitar House wirkte verlassen. Das halbe Haus war ohnehin nicht bewohnt, und die Dienstboten machten in der Dämmerung keine Runden mehr durch die Zimmer, um Kerzen oder Lampen anzuzünden oder das elektrische Licht einzuschalten. An diesem Abend blieben sogar die Räume des Nawab Sahib, seiner Söhne und ein gelegentlich belegtes Gästezimmer unbeleuchtet, so daß man von der Straße aus hätte meinen können, daß niemand mehr darin lebte. Nur im Zenana-Flügel, der nicht auf die Straße hinausging, herrschte Betriebsamkeit.

Es war noch nicht ganz dunkel. Die Kinder schliefen. Es war weniger schwierig gewesen, als Zainab gedacht hatte, sie von der Tatsache abzulenken, daß ihr Großvater nicht da war und ihnen also auch keine Geistergeschichte erzählen konnte. Die beiden waren noch müde von der Reise nach Brahmpur am Vortag, zumal sie am Abend zuvor darauf bestanden hatten, bis zehn Uhr aufzubleiben.

Zainab hätte sich gern mit einem Buch zurückgezogen, aber sie beschloß, den Abend mit ihrer Tante und ihren Großtanten zu verplaudern. Diese Frauen, die sie seit ihrer Kindheit kannte, hatten ihr ganzes Leben, von ihrem fünfzehnten Lebensjahr an, im Purdah verbracht – entweder im Haus ihres Vaters oder ihres Mannes. Ebenso Zainab, die jedoch glaubte, dank ihrer Erziehung einen weiteren Horizont zu haben. Die Beschränkungen der Zenana, der Welt der Frauen, die Abida Khan nahezu um den Verstand gebracht hatten – der immer gleiche Kreis der Gesprächspartner, die Religiosität, die Einschränkungen, denen eigenständiges oder unorthodoxes Verhalten unterlag – wurden von diesen Frauen in einem gänzlich anderen Licht gesehen. In ihrer Welt dominierten keine Staatsaffären, sondern menschliche Belange. Essen, Feste, Familienbeziehungen, Gebrauchs- und Luxusgegenstände bildeten – meist im positiven, bisweilen im negativen Sinn – die Grundlage, wenn auch nicht die Grenzen ihrer Interessen. Es war nicht so, daß sie nichts über die große weite Welt gewußt hätten. Vielmehr sahen sie die Welt, im Gegensatz zu einem Menschen, der mehr direkte Erfahrung hatte, gefiltert durch die Interessen von Familie und Freunden. Sie bekamen ihre Hinweise indirekt und waren gezwungen, sie sehr behutsam zu deuten; ebenso verhielt es sich mit den Signalen, die sie der Außenwelt gaben. Zainab – für die Eleganz, Erlesenheit, Etikette und Familie Werte an sich darstellten – betrachtete die Welt der Zenana als eine vollständige, wenn auch begrenzte Welt. Sie glaubte nicht, daß es ihren Tanten an Scharfblick in weltlichen Dingen oder an Verständnis für die menschliche Natur mangelte, nur weil sie seit ihrer Jugend keine anderen Männer als die ihrer Familie getroffen und kaum andere Zimmer als ihre eigenen betreten hatten. Sie mochte sie und unterhielt sich gern mit ihnen, und sie wußte, daß sie großes Vergnügen an ihren seltenen Besuchen fanden. Aber an diesem Abend wollte sie sich nur ungern zu ihnen setzen und mit ihnen plaudern, weil man sicherlich über für sie schmerzhafte Themen sprechen würde. Jede Erwähnung ihres Mannes würde sie an seine wiederholte Untreue erinnern, von der sie erst kürzlich erfahren hatte und die ihr so erschreckende Pein verursachte. Sie würde gegenüber ihren Tanten so tun müssen, als sei alles in Ordnung, und sich sogar in harmlosem Geplänkel über die Intimitäten ihres Familienlebens ergehen müssen.

Sie saßen erst wenige Minuten beisammen, als zwei völlig verängstigte junge Mädchen ins Zimmer stürzten und, ohne zu grüßen, wie es sich für Dienstboten ziemte, verkündeten: »Die Polizei – die Polizei ist da.«

Dann brachen sie in Tränen aus, und alles, was sie erzählten, war so zusammenhangslos, daß man sich keinen Reim darauf machen konnte.

Zainab beruhigte eins der Mädchen so weit, daß sie sie fragen konnte, was die Polizisten wollten.

»Sie wollen das Haus beschlagnahmen«, sagte das Mädchen und fing von neuem an zu schluchzen.

Alle sahen das elende Mädchen entgeistert an, das sich die Tränen mit dem Ärmel wegwischte.

»Hai, hai«, rief eine der bedauernswerten Tanten verzweifelt und begann zu weinen. »Was sollen wir tun? Niemand ist da.«

Zainab war zwar bestürzt über die plötzliche Wendung der Ereignisse, überlegte aber, was ihre Mutter getan hätte, wenn niemand – das heißt keine Männer – im Haus gewesen wäre.

Nachdem sie sich einigermaßen von ihrem Schock erholt hatte, begann sie, das Mädchen auszufragen: »Wo sind sie – die Polizisten? Sind sie schon im Haus? Was machen die Dienstboten? Und wo ist Murtaza Ali? Warum wollen sie das

Haus beschlagnahmen? Munni, setz dich hin und hör auf zu weinen. Ich verstehe nicht, was du sagst.« Sie schüttelte und tröstete das Mädchen abwechselnd.

Alles, was Zainab in Erfahrung bringen konnte, war, daß Murtaza Ali, der junge Privatsekretär ihres Vaters, am Tor vor Baitar House stand und verzweifelt versuchte, die Polizisten davon abzubringen, ihre Befehle auszuführen. Das Mädchen war unter anderem deswegen so verängstigt, weil die Polizisten von einem Sikh angeführt wurden.

»Munni, hör zu«, sagte Zainab. »Ich will mit Murtaza sprechen.«

»Aber ...«

»Geh und sag Ghulam Rusool oder einem anderen Dienstboten, er soll Murtaza Ali ausrichten, daß ich ihn sofort sprechen will.«

Ihre Tanten starrten sie entsetzt an.

»Und gib Rusool diesen Zettel mit, den er dem Inspektor – oder wer immer für die Polizisten verantwortlich ist – geben soll. Sieh zu, daß er ihn bekommt.«

Zainab schrieb in Englisch eine kurze Nachricht nieder:

Verehrter Inspektor Sahib,
mein Vater, der Nawab von Baitar, ist nicht zu Hause, und da keine gesetzlichen Maßnahmen durchgeführt werden sollten, ohne daß er zuvor in Kenntnis gesetzt wurde, muß ich Sie darum bitten, in dieser Angelegenheit abzuwarten. Ich möchte sofort mit Mr. Murtaza Ali sprechen, dem Privatsekretär meines Vaters, und ich bitte Sie, ihn zu mir zu schicken. Ich möchte Sie zudem darauf hinweisen, daß jetzt die Stunde des Abendgebets ist und daß jedes Eindringen in unser altes Haus zu einem Zeitpunkt, da seine Bewohner beten, alle Menschen des rechten Glaubens zutiefst verletzen würde.
                                              Hochachtungsvoll
                                              Zainab Khan

Munni nahm den Zettel und ging los, sie schniefte noch immer, war aber nicht mehr so verängstigt. Zainab mied die Blicke ihrer Tanten und sagte dem anderen Mädchen, das sich ebenfalls etwas beruhigt hatte, sie solle nachsehen, ob Hassan und Abbas durch die Unruhe aufgewacht wären.

5.13

Als der Stellvertretende Polizeichef, verantwortlich für die Gruppe, die gekommen war, um Baitar House zu beschlagnahmen, die Nachricht gelesen hatte, wurde er rot, zuckte die Achseln, sprach ein paar Worte mit dem Privatsekretär des Nawab Sahib, sah kurz auf seine Uhr und sagte: »In Ordnung, eine halbe Stunde.«

Seine Aufgabe war klar, es gab keine Möglichkeit, sie zu umgehen, aber er glaubte eher an Standhaftigkeit als an Brutalität, und eine halbe Stunde Verzögerung war akzeptabel.

Zainab hatte die beiden jungen Mädchen dazu gebracht, die Tür zu öffnen, die die Zenana mit der Mardana verband, und ein weißes Laken über die Schwelle zu legen. Trotz der erregten ›Toba‹ und anderer frommer Ausrufe ihrer Tanten bat sie dann Munni, einen männlichen Dienstboten zu Murtaza Ali zu schicken und ihm ausrichten zu lassen, er solle sich auf der anderen Seite des Lakens aufstellen. Der junge Mann stand, puterrot vor Verlegenheit und Scham, neben der Tür, der zu nähern er sich nie im Leben auch nur hatte vorstellen können.

»Murtaza Sahib, wir müssen uns für die Verlegenheit, die wir Ihnen bereiten, und auch für unsere eigene entschuldigen«, sagte Zainab leise in elegantem, schnörkellosem Urdu. »Wir wissen, daß Sie ein bescheidener Mann sind, und wir verstehen Ihre Skrupel. Bitte, vergeben Sie uns. Auch wir wurden zu diesem Schritt gezwungen. Aber es handelt sich um einen Notfall, und wir wissen, daß Sie es uns nicht übelnehmen werden.«

Sie hatte unbewußt in der ersten Person Plural gesprochen und nicht wie gewohnt in der ersten Person Singular. Beides war umgangssprachlich akzeptabel, aber da der Plural hinsichtlich des Geschlechts nicht festgelegt war, löste er ein wenig die Spannung über die räumliche Grenze zwischen Mardana und Zenana hinweg, deren Überschreitung ihre Tanten so entsetzt hatte. Außerdem schwang im Plural eine milde Befehlsform mit, und dies verhalf zu einem Tonfall, der nicht nur einen – unvermeidlichen – Austausch von Verlegenheitsfloskeln ermöglichte, sondern auch von Informationen.

In ebenso gebildetem, aber nicht ganz so schnörkellosem Urdu erwiderte Murtaza Ali: »Es gibt nichts, worum Sie um Vergebung bitten müßten, glauben Sie mir, Begum Sahiba. Ich bedaure nur, daß das Schicksal mich zum Überbringer dieser Nachrichten auserkoren hat.«

»Dann dürfen wir Sie bitten, so knapp wie möglich zu berichten, was vorgefallen ist. Befindet sich die Polizei hier im Haus meines Vaters? Und stimmt es, daß sie das Haus beschlagnahmen will? Mit welcher Begründung?«

»Begum Sahiba, ich weiß nicht, wo ich anfangen soll. Die Polizei ist hier, und sie beabsichtigt, das Haus so schnell wie möglich zu beschlagnahmen. Sie wollten sofort hereinkommen, aber der SPC las Ihre Nachricht und gewährte uns eine halbe Stunde. Er hat Befehl vom Treuhänder für Evakuierteneigentum und vom Innenminister, alle Teile des Hauses, die nicht bewohnt sind, aufgrund der Tatsache, daß die meisten der früheren Bewohner jetzt in Pakistan leben, zu besetzen.«

»Heißt das, daß sie auch in die Zenana eindringen werden?« fragte Zainab so ruhig sie konnte.

»Ich weiß nicht, was das heißt, Begum Sahiba. Er sagte: ›Alle nicht bewohnten Teile.‹«

»Woher weiß er, daß der Großteil des Hauses nicht bewohnt wird?«

»Ich fürchte, Begum Sahiba, das ist nur allzu offensichtlich. Einerseits ist es allgemein bekannt. Ich versuchte, ihn davon zu überzeugen, daß hier Leute wohnen, aber er hat nur auf die unbeleuchteten Fenster gedeutet. Selbst der Nawab Sahib ist im Moment nicht hier. Und die Nawabzadas auch nicht.«

Zainab schwieg, dann sagte sie: »Murtaza Sahib, ich werde mir nicht in einer halben Stunde nehmen lassen, was unserer Familie seit Generationen gehört. Wir müssen uns sofort mit Abida Chachi in Verbindung setzen. Es betrifft auch ihr Eigentum. Und mit Kapoor Sahib, dem Finanzminister; er ist ein alter Freund der Familie. Das müssen Sie tun, denn in der Zenana gibt es kein Telefon.«

»Ich werde es sofort tun. Ich bete nur, daß ich durchkomme.«

»Ich fürchte, Sie müssen heute abend auf Ihre Gebete verzichten«, sagte Zainab mit einem Lächeln, das ihrer Stimme anzuhören war.

»Das fürchte ich auch«, sagte Murtaza Ali, überrascht, daß auch er in einem so unglücklichen Augenblick lächeln konnte. »Vielleicht sollte ich jetzt gehen und versuchen, den Finanzminister anzurufen.«

»Schicken Sie den Wagen zu ihm – nein, warten Sie. Vielleicht brauchen wir ihn hier. Er soll bereitgehalten werden.«

Sie dachte eine Weile nach. Murtaza Ali zählte die Sekunden.

»Wer hat die Schlüssel für das Haus?« fragte Zainab. »Ich meine, für die unbewohnten Räume.«

»Die Zenana-Schlüssel hat ...«

»Nein, diese Zimmer sind von der Straße aus nicht zu sehen – sie sind nicht wichtig –, ich meine die Mardana-Zimmer.«

»Ich habe einige, Ghulam Rusool hat einige, und ich glaube, der Nawab Sahib hat einige mit nach Baitar genommen.«

»Folgendes muß getan werden«, sagte Zainab ruhig. »Wir haben nur sehr wenig Zeit. Alle männlichen Dienstboten und die Mädchen sollen Kerzen, Fakkeln, Lampen bringen, alles, was wir nur im Haus haben, und jedes Zimmer, das zur Straße hinausgeht, ein bißchen beleuchten – Sie verstehen –, auch wenn das bedeutet, Zimmer zu betreten, für die Sie normalerweise eine Erlaubnis brauchen, auch wenn es bedeutet, hier und dort ein Schloß oder eine Tür aufzubrechen.«

Es sprach für das Ausmaß von Murtaza Alis Einsicht, daß er nicht protestierte, sondern diese sinnvolle – wenn auch verzweifelte – Maßnahme akzeptierte.

»Von der Straße aus muß es wirken, als sei das Haus bewohnt, auch wenn es der SPC nicht glauben wird. Wir müssen ihm eine Entschuldigung liefern, wenn er sich zurückziehen will, auch wenn wir ihn nicht überzeugen können.«

»Ja, Begum Sahiba.« Murtaza bewunderte diese Frau mit der sanften Stimme, die er nie zuvor gesehen hatte – und nie wiedersehen würde.

»Ich kenne dieses Haus von oben bis unten«, fuhr Zainab fort. »Im Gegensatz zu meinen Tanten wurde ich hier geboren. Obwohl ich mich jetzt auf diesen Teil beschränken muß, kenne ich den anderen Teil aus meiner Kindheit, und ich weiß, daß sich nichts Grundsätzliches geändert hat. Wir haben sehr wenig Zeit, und ich will selbst dabei helfen, die Zimmer zu beleuchten. Ich weiß, daß mein Vater es verstehen wird, und es macht mir nichts aus, wenn andere es nicht tun.«

»Ich bitte Sie, Begum Sahiba«, sagte der Privatsekretär ihres Vaters, und seiner Stimme waren Schmerz und Verzweiflung anzuhören. »Ich bitte Sie, es nicht zu tun. Kümmern Sie sich um die Zenana und suchen Sie so viele Lampen wie möglich, die zu uns herübergebracht werden können. Aber bitte bleiben Sie, wo Sie sind. Ich werde dafür sorgen, daß alles so gemacht wird, wie Sie befehlen. Ich muß jetzt gehen. In einer Viertelstunde werde ich Bescheid geben über den Stand der Dinge. Gott schütze Ihre Familie und dieses Haus.« Damit zog er sich zurück.

Zainab behielt Munni bei sich und befahl dem anderen Mädchen, Lampen zu suchen und zu entzünden und sie in den anderen Teil des Hauses zu tragen. Dann ging sie zurück in ihr Zimmer und sah nach Hassan und Abbas, die beide schliefen. Es ist eure Geschichte, euer Erbe, eure Welt, die ich beschütze, dachte sie und fuhr mit einer Hand durch das Haar des jüngeren. Hassan, der normalerweise so verdrießlich aussah, lächelte, sein Arm lag um die Schultern seines jüngeren Bruders. Im Nachbarzimmer beteten ihre Tanten laut.

Zainab schloß die Augen, sagte die Fatiha und setzte sich erschöpft. Dann erinnerte sie sich an etwas, was ihr Vater ihr einmal erzählt hatte, dachte kurz darüber nach, was es bedeutete, und begann, einen Brief zu entwerfen.

Sie befahl Munni, die Jungen aufzuwecken und ihnen ihre besten Kleider anzuziehen – eine kleine weiße Kurta für Abbas und eine weiße Angarkha für Hassan. Beide sollten bestickte weiße Kappen tragen.

Als Zainab nach einer Viertelstunde noch nichts von Murtaza Ali gehört hatte, ließ sie ihn holen. Sie fragte ihn, ob er alles in die Wege geleitet habe.

»Ja, Begum Sahiba. Das Haus ist beleuchtet. Von draußen ist in jedem Fenster ein bißchen Licht zu sehen.«

»Und Kapoor Sahib?«

»Leider habe ich ihn nicht erreicht, Mrs. Mahesh Kapoor läßt jedoch nach ihm schicken. Er arbeitet vielleicht noch im Parlament. Aber in seinem Büro geht niemand ans Telefon.«

»Abida Chachi?«

»Ihr Telefon scheint nicht zu funktionieren, und ich habe ihr eben eine Nachricht geschrieben. Verzeihen Sie mir. Ich war nachlässig.«

»Murtaza Sahib, Sie haben bereits mehr getan, als mir möglich erschien. Hören Sie sich jetzt diesen Brief an, und sagen Sie mir, wie man ihn verbessern kann.«

Schnell las sie ihm den Entwurf eines kurzen Briefes vor. Sie hatte nur sieben oder acht Zeilen in Englisch geschrieben. Murtaza Ali bat zweimal um eine Erklärung und machte zweimal Verbesserungsvorschläge; Zainab nahm sie an und schrieb den Brief schnell ab.

»Hassan und Abbas«, sagte sie zu ihren Söhnen, die noch ganz verschlafen, angesichts dieses überraschenden Spiels aber neugierig waren, »ihr geht mit Murtaza Sahib und tut alles, was er sagt. Euer Nana-jaan wird sich sehr über euch freuen, wenn er zurückkommt, und ich mich auch. Und auch Imtiaz Mamu und Firoz Mamu.« Sie gab jedem einen Kuß und schickte sie auf die andere Seite des Lakens, wo Murtaza Ali sie übernahm.

»Die Kinder sollten ihm den Brief übergeben«, sagte Zainab. »Nehmen Sie den Wagen, sagen Sie dem Inspektor – ich meine den SPC –, wohin Sie fahren, und brechen Sie sofort auf. Ich weiß nicht, wie ich mich für Ihre Hilfe bedanken soll. Wenn Sie nicht gewesen wären, wäre bestimmt schon alles verloren.«

»Die Freundlichkeit Ihres Vaters werde ich nie begleichen können, Begum Sahiba. Ich verbürge mich dafür, daß Ihre Söhne in einer Stunde zurück sind.«

An jeder Hand einen Jungen, ging er die Treppe hinunter. Zunächst war ihm zu bang ums Herz, um mit ihnen zu sprechen, aber nachdem er mit ihnen bis zum Tor gegangen war, wo die Polizisten standen, sagte er zu den Jungen: »Hassan, Abbas, macht Adaab zu dem SPC Sahib.«

»Adaab arz, SPC Sahib«, grüßte Hassan.

Abbas sah zu seinem älteren Bruder auf und wiederholte seine Worte, nur daß es bei ihm wie ›Spe Sahib‹ klang.

»Die Enkelsöhne des Nawab Sahib«, erklärte der Privatsekretär.

Der Stellvertretende Polizeichef lächelte mißtrauisch.

»Es tut mir leid«, sagte er zu Murtaza Ali. »Ich habe keine Zeit mehr – und Sie auch nicht. Das Haus mag aussehen, als sei es bewohnt, aber unsere Information lautet anders, und wir werden nachsehen müssen. Wir müssen unsere Pflicht tun. Der Innenminister selbst hat uns so instruiert.«

»Ich verstehe, SPC Sahib«, sagte Murtaza Ali. »Aber darf ich um einen kurzen Aufschub bitten? Diese beiden Jungen müssen einen Brief überbringen, bevor Sie Ihrerseits zu Taten schreiten können.«

Der SPC schüttelte den Kopf. Er hob eine Hand, wie um zu sagen, genug sei genug. »Agarwalji hat mir persönlich gesagt, daß er in dieser Angelegenheit keine Bittschriften entgegennehmen wird und daß wir keinen Aufschub dulden dürfen. Es tut mir leid. Die Entscheidung kann später immer noch angefochten werden.«

»Dieser Brief ist für den Chefminister.«

Der Polizist erstarrte. »Was heißt das?« Seine Stimme klang sowohl gereizt als auch verwundert. »Was steht in dem Brief? Was hoffen Sie damit zu erreichen?«

Murtaza Ali sagte bedeutungsvoll: »Man kann nicht von mir erwarten, daß ich den Inhalt eines dringenden privaten Schreibens der Tochter des Nawab Sahib von Baitar an den Chefminister von Purva Pradesh kenne. Sicher hat er etwas mit dem Haus zu tun, aber was genau darinsteht, darüber zu spekulieren wäre eine Unverschämtheit meinerseits. Der Wagen wartet, und ich muß diese kleinen Boten zu Sharmajis Haus begleiten, bevor sie ihr eigenes verlieren. SPC Sahib, ich hoffe, Sie werden meine Rückkehr abwarten, bevor Sie zur Tat schreiten.«

Der SPC, der im Moment diese Niederlage hinnehmen mußte, erwiderte nichts. Ihm blieb nichts anderes übrig, als zu warten.

Murtaza Ali verabschiedete sich, nahm seine Schützlinge und fuhr mit dem Wagen des Nawab Sahib davon.

Fünfzig Meter hinter dem Tor von Baitar House blieb der Wagen abrupt stehen und sprang nicht wieder an. Murtaza Ali sagte dem Chauffeur, er solle warten, ging mit Abbas zum Haus zurück, ließ ihn dort in der Obhut eines Dienstboten zurück, holte sein Fahrrad und kehrte zum Wagen zurück. Dort setzte er den überraschenderweise nicht protestierenden Hassan auf die Lenkstange und radelte mit ihm in die Nacht davon.

5.14

Als sie fünfzehn Minuten später vor dem Haus des Chefministers ankamen, wurden sie sofort zu seinem Büro vorgelassen, wo Sharmaji noch bei der Arbeit war.

Nach der üblichen Begrüßungszeremonie bat er sie, Platz zu nehmen. Murtaza Ali schwitzte – er war so schnell geradelt, wie er nur konnte, ohne seine Fracht zu gefährden. Aber Hassan sah in seiner hübschen weißen Angarkha frisch und flott aus, wenn auch etwas schläfrig.

»Nun, welchen Umständen verdanke ich dieses Vergnügen?«

Der Chefminister blickte von dem sechsjährigen Jungen zu dem dreißigjährigen Sekretär des Nawab Sahib und wackelte dabei leicht mit dem Kopf, wie er es manchmal tat, wenn er müde war.

Murtaza Ali hatte den Chefminister nie zuvor persönlich gesehen. Da er keine Ahnung hatte, welches in dieser Angelegenheit die passenden Worte wären, sagte er einfach: »Chefminister Sahib, dieser Brief wird Sie über alles informieren.«

Der Chefminister las den Brief nur einmal, aber sehr bedächtig. Dann sagte er wütend und entschlossen mit nasaler, jedoch eindeutig gebieterischer Stimme: »Holt mir Agarwal ans Telefon!«

Während er auf die Verbindung wartete, schalt er Murtaza Ali dafür, den ›armen Jungen‹ zu nachtschlafender Zeit mitgebracht zu haben. Aber Hassans Anwesenheit war nicht ohne Wirkung auf Sharmajis Gefühle geblieben. Wahrscheinlich hätte er noch heftiger reagiert, dachte Murtaza Ali, wenn ich auch noch Abbas mitgebracht hätte.

Als das Telefongespräch mit dem Innenminister durchgestellt wurde, äußerte der Chefminister deutlich seinen Unwillen. Der Ärger in seiner Stimme war unmißverständlich.

»Agarwal, was bedeutet diese Sache mit Baitar House?« fragte er.

Nach einer Weile sagte er: »Nein, das interessiert mich überhaupt nicht. Ich weiß sehr wohl, was Aufgabe des Treuhänders ist. Ich kann nicht zulassen, daß sich solche Dinge vor meinen Augen abspielen. Machen Sie die Sache sofort rückgängig.«

Ein paar Sekunden später sagte er noch verärgerter: »Nein. Das kann nicht bis morgen warten. Veranlassen Sie, daß sich die Polizei augenblicklich zurückzieht. Wenn nötig, setzen Sie meine Unterschrift drunter.« Er wollte gerade auflegen, fügte aber noch hinzu: »Und rufen Sie in einer halben Stunde zurück.«

Danach blickte der Chefminister noch einmal auf Zainabs Brief und wandte sich dann an Hassan, schüttelte den Kopf und sagte: »Geh jetzt nach Hause, alles ist wieder in Ordnung.«

5.15

BEGUM ABIDA KHAN *(Demokratische Partei)*: Ich verstehe nicht, was der ehrenwerte Abgeordnete sagen will. Verlangt er von uns, daß wir das Wort der Regierung in dieser Angelegenheit wie in anderen Fällen für bare Münze nehmen? Weiß der ehrenwerte Abgeordnete etwa nicht, was vor ein paar Tagen in dieser Stadt passiert ist – in Baitar House, um genau zu sein –, wo auf Befehl dieser Regierung eine Bande von bis an die Zähne bewaffneten Polizisten über die hilflosen Bewohner einer wehrlosen Zenana herfallen wollten –, und wenn nicht dank der Gnade Gottes ...

DER PARLAMENTSPRÄSIDENT: Die ehrenwerte Abgeordnete sei daran erinnert, daß das nichts mit der zur Diskussion stehenden Zamindari Bill zu tun hat. Ich darf ihr die Regeln der Debatte ins Gedächtnis rufen und sie bitten, davon abzusehen, nicht dazugehörige Themen anzusprechen.

BEGUM ABIDA KHAN: Ich bin dem ehrenwerten Parlamentspräsidenten zu größtem Dank verpflichtet. Dieses Haus hat seine Regeln, aber auch Gott beurteilt unser Handeln, und wenn ich bei allem Respekt für dieses Haus darauf hinweisen darf, auch Gott hat seine Regeln, und wir werden sehen, welche von größerem Gewicht sind. Wie können die Zamindars auf dem Land, wo Abhilfe unwahrscheinlich erscheint, Gerechtigkeit von dieser Regierung erwarten, wenn selbst hier in dieser Stadt, in Sichtweite dieses ehrenwerten Hauses, die Ehre anderer ehrenwerter Häuser geschändet wird?

DER PARLAMENTSPRÄSIDENT: Ich werde die ehrenwerte Abgeordnete nicht noch einmal zur Ordnung rufen. Sollte sie noch einmal vom Thema abweichen, werde ich sie bitten, wieder ihren Platz einzunehmen.

BEGUM ABIDA KHAN: Der Parlamentspräsident war überaus nachsichtig mit mir, und ich habe nicht die Absicht, das Haus mit meiner schwachen Stimme weiterhin zu belästigen. Aber ich will nicht verhehlen, daß das gesamte Verfahren, die gesamte Art und Weise, wie dieses Gesetz entworfen, ergänzt und vom Oberhaus verabschiedet wurde, wie es hier im Unterhaus eingebracht und von der Regierung erneut drastisch verändert wurde, daß dieses Vorgehen von einem Mangel an guten Absichten, einem Mangel an Verantwortung, sogar an Integrität hinsichtlich des angeblichen ursprünglichen Ziels des Gesetzes zeugt, und die Menschen in diesem Staat werden der Regierung das nicht vergeben. Die Regierung hat rücksichtslos ihre Mehrheit mißbraucht, um Veränderungen zu erzwingen, die ganz offensichtlich *mala fide* sind. Was wir erleben mußten, als die Gesetzesvorlage – in der vom Rechtsausschuß veränderten Form – in diesem Haus durch ihre zweite Lesung ging, war so schockierend, daß sogar ich – die ich viele schockierende Dinge in meinem Leben durchgemacht habe – entsetzt war. Es war vereinbart worden, die Landbesitzer zu entschädigen. Da sie der traditionellen Form, ihren Lebensunterhalt zu verdienen, beraubt werden, ist das das Minimum an Gerechtigkeit, das wir erwarten können. Aber man will ihnen nicht mehr als ein paar Rupien zahlen – und die Hälfte davon sollen wir auch noch, ja, sind wir gezwungen, in Staatsanleihen anzunehmen, deren Fälligkeitsdatum ungewiß ist!

EIN ABGEORDNETER: Sie brauchen sie nicht anzunehmen. Der Finanzminister wird sie gerne für Sie warmhalten.

BEGUM ABIDA KHAN: Und der Rest dieses Hungerlohns soll auch noch in Raten ausbezahlt werden, so daß das, was den größeren Landbesitzern gezahlt wird – von denen Hunderte von Menschen abhängen – Verwalter, Verwandte, Saisonarbeiter, Musiker ...

EIN ABGEORDNETER: Raufbolde, Schläger, Kurtisanen, Prasser ...

BEGUM ABIDA KHAN: ... in keinem Verhältnis steht zu dem Land, das rechtmäßig ihnen gehört. Was werden diese armen Leute tun? Wohin werden sie gehen? Der Regierung ist das alles egal. Sie glaubt, daß das Volk das Gesetz begrüßen wird, und sie schielt auf die Wahlen, die in ein paar Monaten stattfinden werden. Das ist die Wahrheit. Das ist die reine Wahrheit, und Dementis, egal von wem, ob vom Finanzminister oder von seinem Parlamentarischen Staatssekretär oder vom Chefminister, sind nichts als Augenwischerei. Die Regierung hat Angst, daß das Hohe Gericht von Brahmpur die Entschädigung in Raten ablehnen wird. Was also hat sie gestern getan, in diesem späten Stadium – am Ende der zweiten Lesung? Etwas so Betrügerisches, etwas so Schändliches, nichtsdestoweniger etwas so Fadenscheiniges, daß sogar ein Kind es durchschauen würde. Sie hat die Entschädigung in zwei Teile aufgeteilt – in eine einmalige sogenannte Entschädigung und in einen stufenweise auszuzahlenden sogenannten Wiedergutmachungszuschuß – und spätabends eine Ergänzung verabschiedet, um diesem neuen Zahlungsverfahren Rechtsgültigkeit zu verschaffen. Glaubt sie wirklich, daß das Gericht dieses Verfahren als ›Gleichbehandlung aller‹ anerkennen wird, wenn der Finanzminister und sein Parlamentarischer Staatssekretär durch einen Akt reiner Zahlenakrobatik drei Viertel der

Entschädigungssumme zu etwas verwandelt haben, was einen langen und frommen Namen hat – und wodurch die größeren Landbesitzer auf eklatante Weise schlechter wegkommen? Sie können sicher sein, daß wir gegen dieses ungerechte Gesetz kämpfen werden, solange auch nur noch ein Fünkchen Kraft in uns steckt ...

EIN ABGEORDNETER: Oder ein Fünkchen Stimme.

DER PARLAMENTSPRÄSIDENT: Ich bitte die Abgeordneten, die Diskussionsbeiträge anderer Abgeordneter nicht unnötig zu unterbrechen.

BEGUM ABIDA KHAN: Aber wozu erhebe ich die Stimme und fordere Gerechtigkeit in einem Haus, in dem man nur Hohn und Rüpelhaftigkeit erntet? Man nennt uns degenerierte Prasser, aber die wahren Verschwender sind die Söhne von Ministern, glauben Sie mir. Die Menschen, die die Kultur, die Musik, die Bräuche dieses Landes bewahrten, sollen enteignet werden, sollen zum Betteln auf die Straße getrieben werden. Aber wir werden die Wechselfälle des Lebens mit der Würde ertragen, die das Erbe der Aristokratie ist. Das Haus mag seinen Stempel unter das Gesetz setzen. Das Oberhaus mag es noch einmal oberflächlich diskutieren und dann seinen Stempel daruntersetzen. Der Präsident mag es blindlings unterschreiben. Aber die Gerichte werden uns rehabilitieren. Wie in unserem Nachbarstaat Bihar wird dieses schändliche Gesetz abgeschmettert werden. Und wir werden um Gerechtigkeit kämpfen, ja, vor Gericht, in der Presse und im Wahlkampf – solange noch ein Fünkchen Kraft in uns steckt – und, ja, ein Fünkchen Stimme.

SHRI DEVAKINANDAN RAI *(Sozialistische Partei)*: Das, was die ehrenwerte Abgeordnete vorgetragen hat, war sehr lehrreich für uns. Ich muß zugeben, daß ich es für höchst unwahrscheinlich halte, daß sie in den Straßen von Brahmpur um ihr täglich Brot wird betteln müssen. Vielleicht um Kuchen, aber auch das bezweifle ich. Wenn es nach mir ginge, müßte sie nicht um ihr täglich Brot betteln, aber sie und andere Angehörige ihrer Klasse müßten mit Sicherheit dafür arbeiten. Das ist ein schlichtes Gebot der Gerechtigkeit und ein schlichtes Gebot des ökonomischen Wohlstands unseres Staates. Ich und die Sozialistische Partei stimmen mit der ehrenwerten Abgeordneten, die gerade gesprochen hat, darin überein, daß dieses Gesetz eine Finte der Kongreßpartei und der Regierung ist. Wir jedoch sind davon überzeugt, daß das Gesetz zu wenig Biß hat, ineffektiv ist und einen Kompromiß darstellt. Es beinhaltet nicht einmal annäherungsweise das, was nötig wäre, um die Strukturen der Landwirtschaft in diesem Staat wirklich zu verändern.

Entschädigung der Großgrundbesitzer! Wie bitte? Entschädigung für das Blut, das sie der wehrlosen unterdrückten Bauernschaft ausgesaugt haben? Oder Entschädigung für ihr gottgegebenes Recht – ich möchte bemerken, daß die ehrenwerte Abgeordnete Gott immer dann anruft, wenn sie seine Hilfe braucht, um ihren schwachen Argumenten Gewicht zu verleihen –, für ihr gottgegebenes Recht, sich und ihre nichtsnutzige, faulenzende Verwandtschaft weiterhin mit dem Ghee dieses Staates durchbringen zu können, während der arme

Bauer, der arme landlose Pächter, der besitzlose Arbeiter sich nicht einmal einen Schluck Milch für seine hungrigen Kinder leisten kann? Warum wird unsere Staatskasse geplündert? Warum verschulden wir uns und unsere Kinder mit den versprochenen Staatsanleihen, wenn diese eitle, abgefeimte Klasse von Zamindars, Taluqdars und Großgrundbesitzern ohne viel Federlesens enteignet werden sollte – ohne auch nur einen Gedanken an eine Entschädigung zu verschwenden –, wenn ihnen das Land einfach weggenommen werden sollte, auf dem sie seit Generationen sitzen, nur weil sie ihr Land zur Zeit des Aufstandes verraten haben und für ihren Verrat von den Briten großzügig belohnt wurden? Ist es gerecht, Sir – ist es vernünftig, daß ihnen eine Entschädigung bezahlt werden soll? Das Geld, das diese Regierung in ihrer fahrlässigen sogenannten Großzügigkeit diesen Unterdrückern in Erbfolge in den Rachen stopft, sollte für den Straßenbau verwendet werden, für Schulen, für Häuser und Land für die Besitzlosen, für Krankenhäuser und landwirtschaftliche Forschungszentren und nicht für das Luxusleben der Aristokratie, die nichts anderes gewohnt ist und nichts anderes kann, als Geld zu verschwenden.

MIRZA AMANAT HUSSAIN KHAN *(Demokratische Partei)*: Ich habe eine Frage zur Geschäftsordnung, Sir. Ist es dem ehrenwerten Abgeordneten gestattet, vom Thema abzuschweifen und unsere Zeit mit Nebensächlichkeiten zu verschwenden?

DER PARLAMENTSPRÄSIDENT: Ich denke, er spricht nicht von Nebensächlichem. Er behandelt die grundsätzlichen Beziehungen zwischen Pächtern, Zamindars und der Regierung. Das ist ein Thema, das uns im Augenblick interessiert, und jede Aussage des ehrenwerten Abgeordneten hierzu gehört zur Sache. Es mag Ihnen gefallen oder nicht, es mag mir gefallen oder nicht, aber es entspricht der Geschäftsordnung.

SHRI DEVAKINANDAN RAI: Ich danke Ihnen, Sir. Da steht der mittellose Bauer in der sengenden Sonne, und hier sitzen wir in diesen kühlen Räumen und diskutieren über Fragen der Geschäftsordnung und der Relevanz und machen Gesetze, die seine Lage nicht verbessern, die ihm die Hoffnung rauben, die ausschließlich der kapitalistischen Unterdrücker- und Ausbeuterklasse zugute kommen. Warum muß der Bauer für das Land bezahlen, das ihm rechtmäßig zusteht, das ihm zusteht aufgrund seiner Arbeit, seiner Schmerzen, das ihm von Natur aus zusteht, das ihm, wenn Sie so wollen, Gott gegeben hat? Es gibt nur einen einzigen Grund, warum der Bauer diesen überhöhten, ungehörigen Kaufpreis in die Staatskasse zahlen soll, und zwar den, die exorbitante Entschädigung der Landbesitzer zu finanzieren. Weg mit der Entschädigung, und ein Verkaufen des Landes erübrigt sich. Verzichtet man auf die Vorstellung eines Verkaufspreises, wird eine Entschädigung finanziell unmöglich. Seit den zwei Jahren, die diese Gesetzesvorlage nun in Arbeit ist, und während der zweiten Lesung letzte Woche argumentiere ich so. Aber was kann ich jetzt, in diesem Stadium des Verfahrens, noch tun? Es ist zu spät. Was kann ich anderes tun als zu den Verantwortlichen sagen: Sie sind eine unheilige Allianz mit den Landbesitzern eingegangen, und Sie versuchen, den Willen des Volkes zu brechen. Aber wir werden sehen, was geschehen wird, wenn das Volk feststellt, daß es betrogen wurde. Die Wahlen werden dieser feigen und kompromißlerischen Regierung den Garaus machen und eine Regierung an die Macht bringen, die sich dieses Namens als würdig erweisen wird: Eine vom Volk gewählte Regierung, die sich um die Belange des Volkes kümmert und nicht dem Klassenfeind in die Hände arbeitet.

5.16

Der Nawab Sahib war zu Beginn des letzten Beitrags im Parlament eingetroffen. Er saß auf der Besuchergalerie, obwohl er auch, hätte er es gewünscht, in der Galerie des Gouverneurs willkommen gewesen wäre. Er war am Tag zuvor infolge einer dringenden Botschaft nach Brahmpur zurückgekehrt. Er war schokkiert und verbittert über das Vorgefallene und entsetzt, daß seine Tochter mit der Situation praktisch allein hatte fertig werden müssen. Seine Besorgnis um sie war um so vieles offensichtlicher gewesen als sein Stolz auf das, was sie getan hatte, daß Zainab unwillkürlich hatte lächeln müssen. Er hatte sie und seine beiden Enkelsöhne lange Zeit umarmt, während Tränen über seine Wangen strömten. Hassan war verwirrt, aber Abbas hatte es als ganz natürlich hingenommen und sich gefreut – er spürte, daß sein Großvater alles andere als unglücklich war, sie wiederzusehen. Firoz war vor Wut erbleicht, und als Imtiaz am Spätnachmittag eintraf, war all seine glänzende Laune vonnöten gewesen, um die Familie zu beruhigen.

Der Nawab Sahib war fast genauso wütend auf diese Hornisse von einer Schwägerin wie auf L. N. Agarwal. Er wußte, daß sie es gewesen war, die diese Heimsuchung über sie gebracht hatte. Dann, als das Schlimmste vorüber war, hatte sie den Polizeieinsatz leichthin abgetan und es nahezu als selbstverständlich betrachtet, daß Zainab so taktisch klug und couragiert gehandelt hatte. Was L. N. Agarwal anbelangte, so blickte der Nawab Sahib hinunter ins Plenum und sah ihn höflich mit dem Finanzminister reden, der zu ihm geschlendert war und irgend etwas mit ihm besprach, wahrscheinlich etwas, was die später am Nachmittag bevorstehende kritische Abstimmung über die Gesetzesvorlage betraf.

Seit seiner Rückkehr hatte der Nawab Sahib weder Gelegenheit gehabt, mit seinem Freund Mahesh Kapoor zu sprechen, noch dem Chefminister seinen von Herzen kommenden Dank auszudrücken. Er gedachte, beides nach der heutigen Parlamentssitzung nachzuholen. Aber ein weiterer Grund für seine Anwesenheit an diesem Tag war, daß ihm – wie vielen anderen, denn die Besucher- und Pressegalerien waren bis auf den letzten Platz besetzt – bewußt war, daß es sich um eine historische Entscheidung handelte. Für ihn und für alle anderen Großgrundbesitzer bedeutete die bevorstehende Abstimmung einen raschen steilen Abstieg – es sei denn, die Gerichte würden das Gesetz zu Fall bringen.

Tja, dachte er fatalistisch, früher oder später mußte es so kommen. Er gab sich nicht der Illusion hin, daß seine Klasse besonders verdienstvoll sei. Zu ihr gehörten zwar eine Handvoll anständiger Männer, aber auch zahllose brutale Rohlinge und noch viel mehr Idioten. Er erinnerte sich an eine Petition, die die Zamindar's Association vor zwölf Jahren dem Gouverneur vorgelegt hatte: Ein gutes Drittel der Unterzeichner hatte mit dem Daumenabdruck signiert.

Wäre Pakistan nicht geschaffen worden, vielleicht wären dann die Grundbesitzer in der Lage gewesen, in Verhandlungen ihren Besitzstand zu wahren. In einem vereinigten, aber instabilen Indien hätte vielleicht jeder Machtblock seinen Einfluß für die Erhaltung des Status quo einsetzen können. Auch die Fürstentümer hätten ihr Gewicht in die Waagschale werfen und Männer wie der Radscha von Marh hätten nicht nur dem Namen nach, sondern auch de facto Radschas bleiben können. Die Wenn und Aber der Geschichte, dachte der Nawab Sahib, sind eine gehaltose, wenn auch berauschende Diät.

Seit die Briten Anfang der fünfziger Jahre des letzten Jahrhunderts Brahmpur annektiert hatten, war den Nawabs von Baitar und anderen Höflingen des einstmaligen Königshauses von Brahmpur nicht einmal die psychologische Befriedigung zuteil geworden, dem Staat zu dienen, eine Befriedigung, die viele durch Raum und Zeit getrennte Aristokraten für sich in Anspruch nahmen. Die Briten hatten den Zamindars die Einkünfte aus Landverpachtungen bereitwillig zugestanden (und sie waren in der Praxis sogar damit einverstanden, ihnen – abgesehen von ihrem Anteil – zu lassen, was sie nur herausholen konnten), aber was die Verwaltung des Staates anbelangte, so verließen sie sich auf niemanden außer auf die Beamten ihrer eigenen Rasse, die sie in England auswählten, teilweise ausbildeten und von dort importierten – oder später auf braune Äquivalente, die diesen in Ausbildung und Ethos so ähnlich waren, daß kein nennenswerter Unterschied bestand.

Und wenn man von dem Mißtrauen in die fremde Rasse absah, stellte sich, der Nawab Sahib mußte es zugeben, die Frage nach der Kompetenz. Die meisten Zamindars – er selbst, leider, mit eingeschlossen – waren kaum in der Lage, ihren eigenen Besitz zu verwalten, und wurden von ihren Munshis und Geldgebern geschröpft. Denn das wichtigste Verwaltungsproblem der Landbesitzer war in der Tat nicht, wie sie ihr Einkommen vergrößern konnten, sondern wie sie es ausgeben sollten. Nur sehr wenige investierten es in Industrie oder Mietshäuser. Ein paar förderten Musik, Literatur, die schönen Künste. Andere, wie der gegenwärtige Premierminister von Pakistan, Liaquat Ali Khan, einst ein guter Freund des Vaters des Nawab Sahib, erwarben damit politischen Einfluß. Aber die meisten Fürsten und Großgrundbesitzer verschwendeten ihr Geld für die eine oder andere Art, gut zu leben: für Jagden, Wein, Frauen oder Opium. Zwei unangenehme Beispiele drängten sich seinem Gedächtnis unweigerlich auf: Ein Herrscher hegte eine solche Passion für Hunde, daß sich sein ganzes Leben nur um sie drehte; er träumte von ihnen, schlief mit ihnen, erwachte mit ihnen – Hunde beherrschten seine Gedanken und Phantasien. Alles, was er tat, tat er, um ihren Ruhm zu mehren. Ein anderer war opiumsüchtig und nur zufrieden, wenn man ihm ein paar Frauen auf den Schoß setzte; aber selbst dann schritt er nicht unbedingt zur Tat, manchmal schnarchte er einfach weiter.

Die Aufmerksamkeit des Nawab von Baitar wanderte zwischen der Debatte im Plenum und seinen eigenen Gedanken hin und her. Einmal griff L. N. Agarwal kurz in die Diskussion ein und machte eine amüsante Bemerkung – sogar Mahesh Kapoor mußte lachen. Der Nawab Sahib starrte auf den kahlen Kopf mit dem hufeisenförmigen Kranz von grauem Haar und fragte sich, was für Gedanken unter der Schicht aus Haut und Knochen brodelten. Wie konnte ein Mann wie dieser willentlich, ja sogar mit größtem Vergnügen, ihm und seiner Familie so viel Kummer verursachen? Welche Art Befriedigung bereitete es ihm, den Verwandten einer Person, die ihm im Parlament eine Niederlage beigebracht hatte, das Haus wegzunehmen, in dem sie die meiste Zeit ihres Lebens verbracht hatten?

Es war jetzt halb fünf, in weniger als einer halben Stunde sollte die Abstimmung stattfinden. Die letzten Reden wurden gehalten, und der Nawab Sahib verzog leicht das Gesicht, während er zuhörte, wie seine Schwägerin das Zamindari-System mit einem rosarot strahlenden Heiligenschein versah.

BEGUM ABIDA KHAN: Seit mehr als einer Stunde hören wir jetzt Reden über Reden von der Regierungsseite, und sie strotzen nur so vor Selbstgerechtigkeit. Ich hätte nicht gedacht, daß ich noch einmal das Wort ergreife, aber jetzt muß ich es tun. Allerdings hätte ich es für angemessener gehalten, die Menschen zu Wort kommen zu lassen, deren Tod und Bestattung Sie herbeizuführen wünschen – ich meine die Zamindars, denen Sie Gerechtigkeit, Entschädigung und Lebensunterhalt verweigern wollen. Seit einer Stunde hören wir dieselbe Schallplatte – wenn es nicht der Finanzminister war, der gesprochen hat, dann einer seiner Unterlinge, dem beigebracht wurde, dasselbe Lied zu singen: die Stimme seines Herrn. Es ist eine Musik, die man nicht gerne hört: monoton und nicht gerade beruhigend. Es ist nicht die Stimme der Vernunft oder der Besonnenheit, sondern die selbstgerechte Stimme derjenigen, die über die Mehrheit verfügen. Aber es ist zwecklos, daß ich mich weiter darüber auslasse.

Ich bedaure, daß die Regierung vom Weg abgekommen ist und verzweifelt versucht, dem Sumpf ihrer eigenen Politik zu entrinnen. Es mangelt ihr an Voraussicht, und sie ist nicht in der Lage, sie wagt es nicht, den Blick in die Zukunft zu richten. Man sagt uns: »Hütet euch vor dem Tag, der da kommen wird«, und ich sage dieser Kongreßregierung: »Hütet euch vor den Zeiten, die ihr über euch und dieses Land bringt.« Es ist erst drei Jahre her, daß wir die Unabhängigkeit erlangt haben, aber seht euch die Armen des Landes an: Sie haben nichts zu essen, nichts anzuziehen und kein Dach über dem Kopf. Die Regierung hat uns das Paradies versprochen, grüne Gärten, an denen Flüsse vorbeifließen, und sie hat das Volk getäuscht, indem sie es glauben machte, die Ursache seiner Armseligkeit sei das Zamindari-System. Gut, die Zamindars werden verschwinden, aber wenn das Versprechen dieser grünen Gärten nicht gehalten wird, dann werden wir sehen, was das Volk sagen und tun wird. Die Regierung enteignet acht Lakh Menschen und öffnet dem Kommunismus Tür und Tor. Das Volk wird ihr bald auf die Schliche kommen.

Was tun Sie, was wir nicht getan hätten? Sie geben den Armen nicht das Land, sie verpachten es, genau wie wir es getan haben. Aber was bedeuten sie Ihnen schon? Wir leben seit Generationen zusammen, wir waren ihre Eltern und Großeltern, sie liebten uns, und wir liebten sie, wir kannten ihr Temperament, und sie kannten unseres. Sie waren zufrieden mit allem, was wir ihnen gaben, und wir waren zufrieden mit allem, was sie uns gaben. Sie sind zwischen uns getreten und haben zerstört, was von den heiligen Banden uralter Verbundenheitsgefühle zusammengehalten wurde. Und die Verbrechen und die Unterdrückung, deren Sie uns beschuldigen – welche Beweise haben diese armen Leute, daß Sie sich besser verhalten werden, als wir uns Ihrer Meinung nach verhalten haben? Sie werden es mit korrupten Beamten zu tun haben und mit unersättlichen Unterbezirksverwaltern, und man wird ihnen das Blut aussaugen. So waren wir nie. Sie haben den Nagel aus dem Fleisch gerissen und freuen sich, daß Blut fließt.

Was die Entschädigung anbelangt, so habe ich bereits genug gesagt. Aber zeugt es etwa von Anständigkeit, ja auch nur von Rücksicht – wenn man in einen Laden geht und sagt: »Geben Sie mir das und das zu dem und dem Preis«, und wenn der Besitzer nicht zustimmt, dann nimmt man es ihm einfach weg? Und wenn er dann darum bittet, zumindest das zu bekommen, was man ihm versprochen hat, dann antworten Sie ihm: »Hier ist eine Rupie, und den Rest erhalten Sie in Raten im Verlauf der nächsten fünfundzwanzig Jahre.«

Sie mögen uns mit allen möglichen Namen belegen und alle möglichen Qualen für uns erfinden – aber Tatsache ist, daß wir Zamindars aus dieser Provinz gemacht haben, was sie ist – wir haben sie mächtig gemacht, wir haben ihr ihre Einmaligkeit verliehen. Zu jedem Lebensbereich haben wir unseren Beitrag geleistet, einen Beitrag, der uns überleben wird und den Sie nicht werden ausmerzen können. Die Universitäten, die Colleges, die Tradition der klassischen Musik, die Schulen, die Kultur dieser Region, alles geht auf uns zurück. Wenn Ausländer oder Menschen aus einem anderen Bundesstaat in unsere Stadt kommen, was sehen sie – was nötigt ihnen Bewunderung ab? Das Barsaat Mahal, Shahi Darvaza, die Imambaras, die Gärten und Häuser, die Sie uns jetzt wegnehmen. Diese Dinge sind der Wohlgeruch der Welt, von der Sie sagen, daß sie nach Ausbeutung und Verwesung stinkt. Schämen Sie sich nicht, wenn Sie so reden? Wenn Sie diejenigen verfluchen und berauben, die diesen Glanz und diese Schönheit geschaffen haben? Wenn Sie ihnen nicht einmal genug Entschädigung zugestehen, um die Häuser streichen zu können, die das Erbe dieser Stadt und dieses Staates sind? Das ist die schlimmste Form von Niedertracht, das ist die raffgierige Haltung eines Dorfhändlers, eines Bania, der lächelt und lächelt und gnadenlos an sich rafft ...«

DER MINISTER DES INNEREN *(Shri L. N. Agarwal)*: Ich hoffe, die ehrenwerte Abgeordnete unterstellt meiner Kaste keine unredlichen Handlungen. Das wird allmählich zur Gewohnheit in diesem Haus.

BEGUM ABIDA KHAN: Sie verstehen sehr wohl, was ich sagen will. Sie sind ein Meister, wenn es darum geht, einem das Wort im Mund zu verdrehen und das Gesetz zu manipulieren. Aber ich werde meine Zeit nicht damit verschwenden, mich mit Ihnen anzulegen. Heute machen Sie gemeinsame Sache mit dem Finanzminister, indem Sie aufs schändlichste die Klasse ausbeuten, die stets als Sündenbock herhalten muß, aber morgen wird sich zeigen, was aus Gründen der Zweckmäßigkeit geschlossene Freundschaften wert sind – und wenn Sie sich dann nach Freunden umsehen, werden sich alle von Ihnen abgewandt haben. Dann werden Sie sich an diesen Tag und an das, was ich gesagt habe, erinnern, und Sie und Ihre Regierung werden wünschen, daß Sie mehr Gerechtigkeit und Menschlichkeit hätten walten lassen.

Es folgte eine extrem langatmige Rede eines Abgeordneten der Sozialistischen Partei; anschließend sprach der Chefminister ungefähr fünf Minuten, dankte mehreren Personen, die bei der Erarbeitung der Gesetzesvorlage eine wesentliche Rolle gespielt hatten – insbesondere Mahesh Kapoor, dem Finanzminister, und Abdus Salaam, seinem Parlamentarischen Staatssekretär. Er riet den Großgrundbesitzern, nach der Enteignung ihres Besitzes mit ihren ehemaligen Pächtern in Freundschaft zu leben. Sie sollten wie Brüder zusammenleben, forderte er mit leiser nasaler Stimme. Es sei eine Gelegenheit für die Landbesitzer, ihre Herzensgüte unter Beweis zu stellen. Sie sollten der Lehren Gandhijis eingedenk sein und ihr Leben dem Dienst an ihren Mitmenschen widmen. Schließlich erhielt Mahesh Kapoor als Architekt des Gesetzes Gelegenheit, die Debatte des Hauses zusammenzufassen. Da die Zeit schon fortgeschritten war, beschränkte er sich auf ein paar Worte.

DER MINISTER DER FINANZEN *(Shri Mahesh Kapoor)*: Herr Präsident, ich hatte gehofft, daß mein Freund von der Sozialistischen Partei, der mit so bewegenden Worten von Gleichheit und einer klassenlosen Gesellschaft gesprochen und die Regierung wegen dieses ohnmächtigen und ungerechten Gesetzes gemaßregelt hat, selbst ein gerechter Mann wäre und auch mir Gleichbehandlung zugestehen würde. Wir sind am Ende eines langen Tages. Wäre er nicht so langatmig gewesen, hätte ich etwas länger sprechen können. So wie die Dinge jetzt liegen, habe ich krapp zwei Minuten Zeit. Er hat behauptet, mein Gesetz sei lediglich eine Maßnahme, um eine Revolution zu verhindern – eine Revolution, die er für wünschenswert hält. Wenn das so ist, bin ich gespannt, wie er und seine Partei in ein paar Minuten abstimmen werden. Den vom ehrenwerten Chefminister gesprochenen Worten des Dankes und des Rats – eines Rats, von dem ich aufrichtig hoffe, daß die Großgrundbesitzer ihn sich zu Herzen nehmen werden – habe ich nichts hinzuzufügen als weitere Dankesworte – an meine Kollegen auf dieser Seite des Hauses und, ja, auch auf der anderen Seite, die die Verabschiedung des Gesetzes möglich gemacht haben, und an die Beamten des Finanzministeriums, an die Druckerei, an die Beamten des Justizministeriums und besonders an die Mitarbeiter des Büros des Rechtsbeauftragten. Ich danke ihnen allen für monatelangen, ja jahrelangen Beistand, und ich hoffe, ich spreche im Namen des Volkes von Purva Pradesh, wenn ich sage, daß mein Dank nicht nur ein persönlicher Dank ist.

DER PARLAMENTSPRÄSIDENT: Das Haus hat abzustimmen über die ursprünglich aus dem Jahr 1948 stammende Purva Pradesh Zamindari Bill, die vom Parlament verabschiedet, vom Rechtsausschuß ergänzt und vom Parlament weiter ergänzt wurde.

Der Antrag wurde gestellt, und die Gesetzesvorlage wurde mit großer Mehrheit angenommen. Neben der Kongreßpartei, die im Parlament die Mehrheit hatte, stimmte auch die Sozialistische Partei widerwillig dafür, da ein Spatz in der Hand besser ist als eine Taube auf dem Dach und trotz der Tatsache, daß es den Hunger ein bißchen milderte, der ihnen Stimmen gebracht hätte. Hätten sie dagegen gestimmt, hätte man ihnen das nie vergessen. Die Demokratische Partei votierte einstimmig dagegen, wie nicht anders erwartet. Die kleineren Parteien und die Unabhängigen stimmten überwiegend für die Annahme des Gesetzes.

BEGUM ABIDA KHAN: Mit der Erlaubnis des Präsidenten hätte ich gern eine Minute, um etwas zu sagen.
DER PARLAMENTSPRÄSIDENT: Sie haben eine Minute.
BEGUM ABIDA KHAN: In meinem Namen und im Namen der Demokratischen Partei möchte ich sagen, daß der Rat des frommen und ehrenwerten Chefministers an die Zamindars – nämlich daß sie die guten Beziehungen zu ihren Pächtern beibehalten sollen – ein sehr kluger Rat ist, und ich danke ihm dafür. Aber wir hätten unsere ausgezeichneten Beziehungen so oder so beibehalten, unabhängig von seinem ausgezeichneten Ratschlag und unabhängig von der Annahme des Gesetzentwurfs – dieses Gesetzes, das so viele Menschen in Armut und Arbeitslosigkeit treiben wird, das Wirtschaft und Kultur dieser Region unwiederbringlich zerstören wird und das zudem denjenigen nicht den geringsten Vorteil bringen wird, die ...
DER MINISTER DER FINANZEN *(Shri Mahesh Kapoor)*: Herr Präsident, ist die Debatte nicht längst beendet?
DER PARLAMENTSPRÄSIDENT: Ich habe gestattet, eine kurze Erklärung abzugeben. Ich bitte die verehrte Kollegin ...
BEGUM ABIDA KHAN: Infolge des ungerechten Beschlusses durch eine rücksichtslose Mehrheit bleibt uns im Augenblick kein anderes verfassungs-

mäßiges Mittel, unser Mißfallen und unser Unrechtsempfinden auszudrücken, als geschlossen das Plenum zu verlassen – das ist unsere einzige verfassungsmäßige Zuflucht –, und deswegen rufe ich die Kollegen meiner Partei auf, das Haus geschlossen zu verlassen, um gegen die Annahme des Gesetzes zu protestieren.

Die Abgeordneten der Demokratischen Partei verließen das Plenum. Es gab Zischen und »Schande«-Rufe, aber die meisten Abgeordneten blieben stumm. Der Tag war zu Ende, und die Geste war rein symbolischer Natur. Nach einer Weile vertagte der Präsident die Sitzung auf den nächsten Tag, elf Uhr. Mahesh Kapoor sammelte seine Papiere ein, sah hinauf zu der riesigen Milchglaskuppel, seufzte und ließ seinen Blick durch den sich langsam leerenden Saal schweifen. Er sah hinüber zur Besuchergalerie und fing den Blick des Nawab Sahib auf. Sie nickten einander zu, eine Begrüßungsgeste, die nahezu ausschließlich freundschaftlich gemeint war, obwohl beiden das Beklemmende der Situation – und es war keine Ironie – bewußt war. Keiner wollte jetzt sofort mit dem anderen sprechen, und beide verstanden das. Mahesh Kapoor fuhr also fort, seine Papiere einzusammeln, und der Nawab Sahib, der sich gedankenverloren über den Bart strich, verließ die Galerie, um sich auf die Suche nach dem Chefminister zu machen.

SECHSTER TEIL

6.1

Als Ustad Majeed Khan im Haridas College of Music ankam, nickte er geistesabwesend zwei anderen Musiklehrern zu, verzog angewidert das Gesicht, als er zwei Kathak-Tänzerinnen mit klimpernden Kettchen um die Knöchel in einem Übungsraum im Erdgeschoß verschwinden sah, und gelangte schließlich vor die geschlossene Tür seines Zimmers. Davor standen zwanglos nebeneinander drei Paar Chappals und ein Paar Schuhe. Ustad Majeed Khan, dem dadurch klar wurde, daß er sich eine Dreiviertelstunde verspätet hatte, seufzte, halb gereizt, halb erschöpft, »Ya Allah«, zog seine eigenen Peshawari-Chappals aus und betrat den Raum.

Dieser Raum war eine schlichte, viereckige Schachtel mit hoher Decke und einem kleinen Fenster oben an der Wand gegenüber der Tür, durch das nur wenige Sonnenstrahlen hereindrangen. An der Wand links von der Tür standen ein großer Schrank und ein Regal, auf dem Tamburas lagerten. Der Boden war mit einem ungemusterten hellblauen Teppich bedeckt; es war nicht leicht gewesen, ihn aufzutreiben, weil die meisten Teppiche auf dem Markt entweder ein Blumen- oder irgendein anderes Muster aufwiesen. Aber er hatte auf einem ungemusterten Teppich bestanden, denn nichts sollte ihn von der Musik ablenken, und die Verwaltung hatte ihm zu seinem großen Erstaunen einen besorgt. Auf dem Teppich, das Gesicht ihm zugewandt, saß ein kleiner, dicker junger Mann, den er nie zuvor gesehen hatte. Der Mann stand auf, kaum, daß der Ustad eingetreten war. Mit von ihm abgewandten Gesichtern saßen ein junger Mann und zwei junge Frauen auf dem Boden. Als sich die Tür öffnete, wandten sie sich um, und als sie ihn sahen, standen sie sofort auf, um ihn respektvoll zu begrüßen. Eine der Frauen – es war Malati Trivedi – beugte sich sogar hinunter, um seine Füße zu berühren. Ustad Majeed Khan war das nicht unangenehm. Als sie sich wieder aufgerichtet hatte, sagte er vorwurfsvoll zu ihr: »Sie haben also beschlossen, wieder aufzutauchen. Jetzt, da an der Universität Ferien sind, kann ich wohl erwarten, daß sich meine Klassen wieder füllen. Alle reden von ihrer

Liebe zur Musik, aber während der Prüfungen verschwinden sie wie die Kaninchen in ihrem Bau.«

Der Ustad wandte sich dem Fremden zu. Es war Motu Chand, der rundliche Tabla-Spieler, der normalerweise Saeeda Bai begleitete. Ustad Majeed Khan, der überrascht war, anstelle seines regulären Tabla-Spielers jemanden zu sehen, den er nicht sofort erkannte, musterte ihn streng und sagte: »Ja?«

Motu Chand lächelte gutmütig und sagte: »Verzeihen Sie meine Vermessenheit, Ustad Sahib. Ihr Tabla-Spieler, ein Freund des Mannes der Schwester meiner Frau, ist krank und hat mich gebeten, heute für ihn einzuspringen.«

»Haben Sie auch einen Namen?«

»Man nennt mich Motu Chand, aber eigentlich ...«

»Hm.« Ustad Majeed Khan nahm seine Tambura aus dem Regal, setzte sich und begann, sie zu stimmen. Auch seine Schüler setzten sich, nur Motu Chand blieb stehen.

»Oh, setzen Sie sich«, sagte Ustad Majeed Khan gereizt und ließ sich nicht herab, ihn anzusehen.

Während er seine Tambura stimmte, blickte Ustad Majeed Khan auf und überlegte, welchem seiner drei Schüler er die erste Viertelstunde Unterricht geben sollte. Strenggenommen stand sie dem jungen Mann zu, aber da gerade ein Sonnenstrahl durch das Fenster auf Malatis fröhliches Gesicht fiel, beschloß Ustad Majeed Khan, mit ihr anzufangen. Sie erhob sich, holte eine kleinere Tambura und begann, sie zu stimmen. Motu Chand paßte die Tonhöhe seiner Tabla entsprechend an.

»Also, welchen Raga habe ich Ihnen beigebracht – Bhairava?« fragte Ustad Majeed Khan.

»Nein, Ustad Sahib, Ramkali«, sagte Malati und klimperte leise auf der Tambura herum, die sie vor sich auf den Teppich gelegt hatte.

»Hm.« Ustad Majeed Khan begann, ein paar langsame Tonfolgen des Raga zu singen, und Malati wiederholte sie. Die anderen Schüler hörten aufmerksam zu. Der Ustad ging von den tiefen Tönen des Raga zu den hohen über, bedeutete Motu Chand, die Tabla in einem rhythmischen Kreis von sechzehn Takten zu spielen, und begann, die Komposition zu singen, die Malati gelernt hatte. Obwohl Malati ihr Bestes tat, um sich zu konzentrieren, wurde sie von der Ankunft zweier weiterer Schüler – beides junge Frauen – abgelenkt, die Ustad Majeed Khan ihren Respekt bezeugten, bevor sie sich setzten.

Der Ustad war wieder einmal gut gelaunt; unvermittelt hörte er auf zu singen und sagte: »Sie wollen also wirklich Ärztin werden?« Er wandte sich von Malati ab und fügte ironisch hinzu: »Mit ihrer Stimme wird sie mehr Herzschmerzen verursachen, als selbst sie kurieren kann, aber wenn sie eine gute Sängerin sein will, dann darf sie die Musik in ihrem Leben nicht an die zweite Stelle setzen.« Dann wieder an Malati gewandt: »Musik erfordert soviel Konzentration wie eine Operation. Man kann nicht mitten in einer Operation für einen Monat verschwinden und dann weitermachen wollen, als wäre nichts geschehen.«

»Ja, Ustad Sahib«, sagte Malati mit der Andeutung eines Lächelns.

»Eine Frau als Ärztin!« sagte Ustad Majeed Khan nachdenklich. »Na gut, na gut, machen wir weiter – wo haben wir aufgehört?«

Seine Frage wurde nahezu übertönt von einer Serie von dumpfen Schlägen aus dem Raum über ihnen. Die Bharatnatyam-Tänzerinnen hatten mit ihren Übungen begonnen. Im Gegensatz zu den Kathak-Tänzerinnen, denen Ustad in der Eingangshalle einen finsteren Blick zugeworfen hatte, trugen sie in den Übungsstunden keine Kettchen um die Knöchel. Aber den Mangel an Geklimper machten sie mit der Kraft, mit der sie mit den Füßen aufstampften, mehr als wett. Ustad Majeed Khans Miene verfinsterte sich, und er beendete abrupt Malatis Unterricht.

Als nächstes kam der junge Mann an die Reihe. Er hatte eine schöne Stimme und zu Hause viel geübt, aber ohne ersichtlichen Grund behandelte ihn Ustad Majeed Khan ziemlich ungehalten. Vielleicht war er noch immer verärgert über die Bharatnatyam-Tänzerinnen, die sporadisch von oben zu hören waren. Der junge Mann ging, sobald sein Unterricht beendet war.

In der Zwischenzeit war Veena Tandon eingetroffen. Sie setzte sich neben Malati, hörte zu, wirkte jedoch etwas bedrückt. Sie kannte Malati vom Musikunterricht her und als Latas Freundin. Motu Chand, der ihnen gegenübersaß, dachte, daß sie einen interessanten Kontrast bildeten: Malati mit ihren feinen hellhäutigen Zügen, dem braunen Haar und den verschmitzten grünen Augen und Veena mit dem rundlichen dunkelhäutigen Gesicht, dem schwarzen Haar und den lebhaften, aber besorgt blickenden dunklen Augen.

Nach dem jungen Mann kam eine fröhliche, aber schüchterne Bengalin mittleren Alters an die Reihe, deren Akzent Ustad Majeed Khan gern imitierte. Normalerweise kam sie abends, und zur Zeit lehrte er sie Raga Malkauns. Bisweilen nannte sie den Raga zum größtem Vergnügen des Ustad ›Malkosch‹.

»Sie sind heute also am Vormittag gekommen«, sagte Ustad Majeed Khan. »Wie soll ich Ihnen vormittags Malkosch beibringen?«

»Mein Mann hat gesagt, ich soll vormittags kommen«, sagte die bengalische Dame.

»Sie sind also willens, die Kunst Ihrer Ehe zu opfern?« fragte der Ustad.

»Nicht ganz«, sagte die bengalische Dame, ohne aufzublicken. Sie hatte drei Kinder und ließ ihnen eine gute Erziehung zuteil werden, aber sie war unheilbar schüchtern, vor allem wenn der Ustad sie kritisierte.

»Was meinen Sie mit ›nicht ganz‹?«

»Nun, mein Mann hätte es lieber, wenn ich Rabindhrasangeet statt klassischer Musik singen würde.«

»Hm.« Daß die krankhaft süßliche sogenannte Musik von Rabindranath Tagores Liedern in den Ohren ihres Mannes besser klang als der wunderschöne klassische Khyal-Gesang, wies den Mann als Narren aus. Der Ustad sagte in nachsichtig verächtlichem Tonfall zu der schüchternen Bengalin: »Als nächstes wird er vermutlich verlangen, daß Sie ihm ein ›Gojol‹ vorsingen.«

Nach dieser grausamen Nachahmung ihres Akzents zog sich die bengalische Dame endgültig in ein nervöses Schweigen zurück. Malati und Veena warfen einander einen amüsierten Blick zu.

Auf die vorangegangene Viertelstunde bezogen, kommentierte Ustad Majeed Khan: »Der Junge hat eine gute Stimme, und er übt viel, aber er singt, als ob er in der Kirche wäre. Das muß an seinem früheren Unterricht in westlicher Musik liegen. Auf ihre Art haben sie eine gute Tradition«, fügte er großmütig hinzu. »Aber man wird es nie mehr los. Die Stimme vibriert zuviel auf die falsche Art und Weise. Hm.« Er wandte sich an die Bengalin: »Stimmen Sie die Tambura tiefer auf ›ma‹. Ich werde Ihnen wohl weiterhin Ihr ›Malkosch‹ beibringen müssen. Man soll einen Raga nicht halb lehren, auch wenn es die falsche Tageszeit ist, um ihn zu singen. Aber schließlich kann man Joghurt auch am Morgen zubereiten und abends essen.«

Trotz ihrer Nervosität machte die bengalische Dame ihre Sache gut. Der Ustad ließ sie ein bißchen improvisieren und sagte sogar zweimal ermutigend: »Möge Ihnen ein langes Leben beschieden sein!« In Wahrheit bedeutete die Musik der Frau viel mehr als ihrem Mann und ihren drei wohlerzogenen Söhnen, aber angesichts der Zwänge in ihrem Leben konnte sie ihr keine Priorität zugestehen. Der Ustad war zufrieden mit ihr und unterrichtete sie länger als gewöhnlich. Anschließend setzte sie sich still wieder hin, um weiter zuzuhören.

Veena Tandon war an der Reihe. Sie sollte den Raga Bhairava singen, wofür die Tambura auf ›pa‹ gestimmt werden mußte. Aber sie war in Gedanken so abgelenkt durch die Sorgen um ihren Mann und ihren Sohn, daß sie es vergaß und sofort zu spielen begann.

»Welchen Raga lernen Sie?« fragte Ustad Majeed etwas verwirrt. »Ist es nicht Bhairava?«

»Ja, Guruji«, sagte Veena, die selbst etwas verblüfft war.

»Guruji?« sagte Ustad Majeed in einem Tonfall, der empört geklungen hätte, wäre er nicht so erstaunt gewesen. Veena war eine seiner Lieblingsschülerinnen, und er konnte sich nicht vorstellen, was in sie gefahren war.

»Ustad Sahib«, korrigierte sich Veena. Auch sie war überrascht, daß sie ihren moslemischen Lehrer mit dem respektvollen Titel, der einem Hindu-Lehrer zustand, angesprochen hatte.

»Und wenn Sie Bhairava singen, glauben Sie nicht, daß es eine gute Idee wäre, vorher die Tambura zu stimmen?«

»Oh.« Veena sah verdutzt auf die Tambura hinunter, als ob sie schuld wäre an ihrer Zerstreutheit.

Nachdem sie das Instrument gestimmt hatte, sang der Ustad ein paar Tonfolgen eines langsamen Alaap, die sie ihm nachsang, aber so schlecht, daß er scharf zu ihr sagte: »Hören Sie zu. Hören Sie zuerst zu. Hören Sie zuerst zu, dann erst singen Sie nach. Zuhören entspricht fünfzehn von den sechzehn Annas einer Rupie. Nachsingen entspricht einer Anna – das kann jeder Papagei. Haben Sie

Sorgen?« Veena hielt es nicht für angebracht, vor ihrem Musiklehrer von ihren Sorgen zu sprechen, und Ustad Majeed Khan fuhr fort: »Warum spielen Sie die Tambura nicht so, daß ich sie hören kann? Sie sollten Mandeln zum Frühstück essen – sie geben Kraft. Na gut, fangen wir an mit der Komposition – Jaago Mohan Pyaare«, fügte er ungeduldig hinzu.

Motu Chand begann, die Rhythmusfolge auf der Tabla vorzugeben, und sie sangen. Die Worte der bekannten Komposition ließen Veenas schweifende Gedanken zur Ruhe kommen, und die zunehmende Sicherheit und Lebendigkeit ihres Vortrags gefiel Ustad Majeed Khan. Nach einer Weile stand zuerst Malati auf und ging, dann die Bengalin. Das Wort ›Gojol‹ fiel dem Ustad wieder ein, und plötzlich konnte er sich daran erinnern, in welchem Zusammenhang er schon von Motu Chand gehört hatte. War er nicht der Tabla-Spieler, der Saeeda Bai begleitete, diese Frau, die den heiligen Schrein der Musik entweihte, diese Kurtisane, die den berüchtigten Radscha von Marh empfing? Ein Gedanke führte zum nächsten; er wandte sich an Veena und sagte unvermittelt: »Ihr Vater, der Minister, der uns den Lebensunterhalt nimmt, könnte wenigstens unsere Religion schützen.«

Veena verstummte und sah ihn verwirrt an. Ihr war klar, daß sich ›Lebensunterhalt‹ auf das Mäzenatentum der Großgrundbesitzer bezog, denen die Zamindari Abolition Bill das Land wegnahm. Aber was der Ustad Sahib mit der Bedrohung seiner Religion meinte, war ihr völlig rätselhaft.

»Sagen Sie ihm das«, sagte Ustad Majeed Khan.

»Das werde ich, Ustad Sahib«, sagte Veena niedergeschlagen.

»Die Kongreß-Wallahs werden Nehru und Maulana Azad und Rafi Sahib fertigmachen. Und unser geschätzter Chefminister und sein Innenminister werden früher oder später auch Ihrem Vater den Garaus machen. Aber solange er noch über politischen Einfluß verfügt, kann er etwas für uns tun, die wir auf den Schutz von seinesgleichen angewiesen sind. Wenn sie erst einmal angefangen haben, im Tempel ihre Bhajans zu singen, während wir beten, kann die Sache nur ein übles Ende nehmen.«

Veena begriff, daß er von dem Shiva-Tempel sprach, der im Chowk gebaut wurde, nur ein paar Straßen von Ustad Majeed Khans Haus entfernt.

Nachdem er eine Weile vor sich hin gesummt hatte, räusperte sich der Ustad und sagte mehr zu sich selbst: »Unsere Gegend wird jeden Tag unbewohnbarer. Abgesehen von Marhs wahnwitzigem Vorhaben gibt es noch diesen unseligen Streik in Misri Mandi. Es ist schon erstaunlich, alle streiken, niemand arbeitet, die Leute brüllen Parolen und bedrohen sich gegenseitig. Die kleinen Schuhmacher verhungern und schreien, die Händler schnallen den Gürtel enger und toben, in den Geschäften gibt es keine Schuhe mehr, in ganz Misri Mandi keine Arbeit. Die Interessen aller sind gefährdet, aber niemand will einen Kompromiß eingehen. Und das ist der Mensch, den Gott aus einem Klümpchen Blut erschaffen hat, dem er Vernunft und ein kritisches Urteilsvermögen gegeben hat.«

Der Ustad beendete seine Ausführungen mit einer wegwerfenden Handbewegung, einer Geste, die besagte, daß alles, was er je über die menschliche Natur gedacht hatte, bestätigt worden war.

Als er sah, daß Veena noch verstörter wirkte, nahm Majeed Khans Gesicht einen besorgten Ausdruck an. »Warum erzähle ich Ihnen das?« warf er sich vor. »Ihr Mann weiß das besser als ich. Deswegen sind Sie so unkonzentriert – natürlich.«

Veena, gerührt über diese Sympathiebezeigung von einem Mann, der normalerweise nicht sehr mitfühlend war, blieb stumm und spielte weiterhin auf der Tambura. Sie fuhren fort, wo sie aufgehört hatten, aber es war unüberhörbar, daß Veenas Gedanken nicht bei der Komposition oder den rhythmischen Mustern – den Talas – war, die folgten. Einmal sagte der Ustad zu ihr: »Sie singen zwar das Wort ›ga‹, ›ga‹, ›ga‹, aber singen Sie wirklich den Ton ›ga‹? Sie sind mit den Gedanken woanders. Sie sollten diese Dinge mit den Schuhen vor der Tür lassen, wenn Sie hier hereinkommen.«

Er begann, eine komplexe Folge von Talas zu singen, und Motu Chand, den die Musik mit sich forttrug, improvisierte eine gefällige, filigrane rhythmische Begleitung auf der Tabla. Der Ustad hielt abrupt inne.

Mit sarkastischem Respekt wandte er sich an Motu Chand. »Bitte spielen Sie weiter, Guruji«, sagte er.

Der Tabla-Spieler lächelte verlegen.

»Nein, spielen Sie weiter, Ihr Solo hat uns gefallen«, sagte Ustad Majeed Khan.

Motu Chands Lächeln wurde noch unglücklicher.

»Können Sie keine schlichte Theka spielen – einen schlichten, schnörkellosen rhythmischen Zyklus? Oder befinden Sie sich dazu in einem zu erhabenen Kreis des Paradieses?«

Motu Chand sah Ustad Majeed Khan flehentlich an und sagte: »Es war die Schönheit Ihres Gesangs, die mich mit sich fortgetragen hat, Ustad Sahib. Es wird nicht wieder vorkommen.«

Ustad Majeed Khan blickte ihn scharf an, aber Motu Chand hatte nicht unverschämt sein wollen.

Nachdem ihr Unterricht beendet war, stand Veena auf und ging. Normalerweise blieb sie so lange wie möglich, aber heute mußte sie nach Hause. Bhaskar hatte Fieber und brauchte ihre Zuwendung; Kedarnath mußte aufgeheitert werden; und ihre Schwiegermutter hatte erst an diesem Morgen eine verletzende Bemerkung über die Zeit gemacht, die sie im Haridas College of Music verbrachte.

Der Ustad sah auf seine Uhr. Noch eine Stunde bis zum Mittagsgebet. Er dachte an den Ruf zum Gebet, den er jeden Morgen zuerst von der nahen Moschee und dann in kurzen Abständen von den anderen Moscheen in der Stadt hörte. Besonders mochte er im morgendlichen Ruf die zweimal wiederholte Zeile, die in den Azaans später am Tag nicht vorkam: »Beten ist besser als schlafen.«

Auch die Musik war ein Gebet für ihn, und an manchen Morgen war er lange vor der Dämmerung auf, um Lalit oder einen anderen Morgen-Raga zu singen. Dann erklangen die ersten Worte des Azaan, »Allah-u-Akbar« – Gott ist groß, in der kühlen Luft über den Dächern, und er wartete auf diesen Satz, der die ermahnte, die weiterschlafen wollten. Wenn er ihn hörte, lächelte er. Es war eine seiner täglichen Freuden.

Wenn der neue Shiva-Tempel gebaut würde, müßte der morgendliche Ruf des Muezzins mit dem des Tritonshorns konkurrieren. Dieser Gedanke war unerträglich. Etwas mußte unternommen werden, um das zu verhindern. Sicherlich konnte der mächtige Minister Mahesh Kapoor – über den manche in seiner Partei spotteten, weil er wie der Premierminister Jawaharlal Nehru fast ein Moslem ehrenhalber war – etwas dagegen unternehmen. Der Ustad begann nachdenklich, die Worte der Komposition, die er die Tochter des Ministers gerade gelehrt hatte, vor sich hin zu summen – Jaago Mohan Pyaare. Dabei vergaß er seine Umgebung und die Schüler, die noch auf ihren Unterricht warteten. Er dachte überhaupt nicht daran, daß sich die Worte an den dunklen Gott Krishna richteten und ihn baten, mit dem ersten Morgenlicht aufzuwachen, oder daß ›Bhairava‹ – der Name des Raga, den er sang – ein Beiname des großen Gottes Shiva war.

6.2

Ishaq Khan, Saeeda Bais Sarangi-Spieler, versuchte seit ein paar Tagen, dem Mann seiner Schwester – ebenfalls Sarangi-Spieler – dabei zu helfen, vom All India Radio in Lucknow, wo er als Musiker zu den festangestellten Mitarbeitern gehörte, zum All India Radio nach Brahmpur versetzt zu werden.

Auch an diesem Morgen ging Ishaq Khan zum AIR-Gebäude und versuchte sein Glück, indem er mit einem Musikproduzenten sprach, aber vergebens. Es war bitter für den jungen Mann, erkennen zu müssen, daß es ihm nicht einmal gelang, sein Anliegen dem Direktor des Senders vorzutragen. Dafür trug er es um so lautstarker zwei befreundeten Musikern vor, die er auf dem AIR-Gelände traf. Die Sonne schien warm, und sie setzten sich vor dem Gebäude unter einen schattenspendenden Nimbaum ins Gras. Sie betrachteten die Cannas und sprachen über dies und das. Einer von ihnen hatte ein Radio dabei – eins dieser neumodischen Geräte, die mit Batterien betrieben werden –, und er schaltete es an und stellte den einzigen Sender ein, den es störungsfrei empfangen konnte, ihren eigenen.

Sie hörten die unverwechselbare Stimme von Ustad Majeed Khan, der den Raga Miya-ki-Todi sang. Er hatte gerade erst angefangen und wurde begleitet von einer Tabla und seiner eigenen Tambura.

Es war eine herrliche Musik: großartig, würdevoll, traurig, voll von einem Gefühl tiefer Ruhe. Sie verstummten und lauschten. Sogar ein Wiedehopf mit orangefarbener Haube hörte für kurze Zeit auf, in einem Blumenbeet herumzupicken.

Wie immer bei Ustad Majeed Khan begann sich der Raga mit einem sehr langsamen rhythmischen Teil zu entfalten, nicht mit einem Alaap ohne Rhythmus. Nach ungefähr fünfzehn Minuten sang er eine schnellere Komposition innerhalb des Raga, und dann, viel, viel zu rasch, war Raga Todi vorbei, und ein Kinderprogramm wurde gesendet.

Ishaq Khan schaltete das Radio aus und blieb still sitzen, mehr in Trance versunken denn in Gedanken.

Nach einer Weile standen sie auf und gingen in die AIR-Kantine. Ishaq Khans Freunde waren wie sein Schwager festangestellt – mit festen Arbeitszeiten und sicherem Gehalt. Ishaq Khan, der nur ein paarmal andere Musiker bei einer Sendung begleitet hatte, fiel in die Kategorie ›freier Mitarbeiter‹.

Die kleine Kantine war mit Musikern, Redakteuren, Verwaltungsangestellten und Kellnern überfüllt. Zwei Peons lehnten an der Wand. Es herrschte ein lärmendes, aber behagliches Durcheinander. Die Kantine war berühmt für starken Tee und vorzügliche Samosas. Ein Schild gegenüber dem Eingang ließ wissen, daß nicht angeschrieben wurde; aber da die Musiker ständig unter Geldknappheit litten, wurde doch immer angeschrieben.

Bis auf einen waren alle Tische voll besetzt. Ustad Majeed Khan saß allein an der Schmalseite dieses Tisches an der Wand gegenüber und rührte gedankenverloren in seinem Tee. Vielleicht aus Respekt vor ihm, weil er als etwas Besseres als sogar ein Künstler der Klasse A betrachtet wurde, wagte es niemand, sich neben ihn zu setzen. Trotz der augenfälligen Kameradschaftlichkeit und demokratischen Gesinnung, die in der Kantine herrschten, gab es Unterschiede. Künstler der Klasse B saßen normalerweise nicht am Tisch mit Künstlern höherer Klassen wie B plus oder A – es sei denn, sie waren zufällig ihre Schüler – und sprachen sie auch nicht an.

Ishaq Khan sah sich um, bemerkte die fünf leeren Stühle an Ustad Majeed Khans länglichem Tisch und ging darauf zu. Seine beiden Freunde folgten zögernd.

Sie kamen an einem Tisch vorbei, von dem gerade ein paar Leute aufstanden, vielleicht weil ihre Sendung als nächstes auf dem Programm stand. Aber Ishaq Khan ignorierte die freien Plätze und ging zu Ustad Majeed Khans Tisch. »Gestatten Sie?« fragte er höflich. Da der große Musiker sich in einer anderen Welt befand, setzten sich die drei Freunde ans andere Tischende. Auf jeder Seite von Majeed Khan stand jetzt noch ein leerer Stuhl. Er schien die Anwesenheit der drei Neuankömmlinge nicht zu bemerken und trank seinen Tee, wobei er die Tasse mit beiden Händen umschlossen hielt, obwohl es nicht kalt war.

Ishaq saß Majeed Khan gegenüber und betrachtete das edle und zugleich arrogante Gesicht, dessen Ausdruck eher von einer flüchtigen Erinnerung oder einem Gedanken gemildert schien als von den dauerhaft sich einprägenden Spuren des beginnenden Alters.

Die Wirkung seines kurzen Vortrags des Raga Todi war so intensiv, daß Ishaq ihm unbedingt seine Wertschätzung kundtun wollte. Ustad Majeed Khan war kein großer Mann, aber wenn er in seinem langen schwarzen Achkan – der am Hals so fest zugeknöpft war, daß man sich wunderte, warum er ihm nicht die Stimme abschnürte – auf der Bühne saß oder hier Tee trinkend an einem Tisch, war er dank seiner aufrechten, fast steifen Haltung eine gebieterische Erscheinung; er vermittelte sogar die Illusion, hochgewachsen zu sein. Im Augenblick wirkte er unnahbar.

Wenn er nur irgend etwas zu mir sagen würde, dachte Ishaq, dann könnte ich ihm erzählen, wie gut mir sein Vortrag gefallen hat. Er muß wissen, daß wir hier sitzen. Und er hat meinen Vater gekannt. Es gab viele Dinge, die dem jüngeren Mann an dem älteren mißfielen, aber die Musik, die er und seine Freunde eben gehört hatten, ließen diese Dinge trivial erscheinen.

Sie bestellten Tee. Die Bedienung in der Kantine war schnell, obwohl es sich um einen Regierungsbetrieb handelte. Die drei Freunde begannen eine Unterhaltung. Ustad Majeed Khan nippte weiterhin schweigend und geistesabwesend an seinem Tee.

Ishaq war trotz seines etwas sarkastischen Naturells ziemlich beliebt und hatte eine ganze Menge guter Freunde. Er war immer willens, Besorgungen für sie zu übernehmen und sie zu entlasten. Nach dem Tod seines Vaters unterstützten er und seine Schwester ihre drei jüngeren Brüder. Das war ein Grund, warum es so wichtig war, daß die Familie seiner Schwester von Lucknow nach Brahmpur zog.

Einer von Ishaqs Freunden, ein Tabla-Spieler, schlug vor, daß Ishaqs Schwager die Arbeitsstelle mit einem anderen Sarangi-Spieler, Rafiq, tauschen sollte, der unbedingt nach Lucknow ziehen wollte.

»Rafiq ist ein Musiker der Klasse B plus. Was ist dein Schwager?« fragte sein anderer Freund.

»B.«

»Der Direktor wird einen B plus nicht für einen B gehen lassen. Trotzdem kannst du's versuchen.«

Ishaq nahm seine Tasse, zuckte dabei leicht zusammen und nippte an seinem Tee.

»Es sei denn, er steigt in eine höhere Klasse auf«, fuhr sein Freund fort. »Ich bin auch der Meinung, daß es ein törichtes System ist, wenn man in Delhi aufgrund einer einzigen Tonbandaufnahme eingestuft wird, aber so ist es nun mal.«

Ishaq dachte an seinen Vater, der es in seinen letzten Jahren bis zu Klasse A gebracht hatte. »Es ist kein schlechtes System«, sagte er. »Es ist unparteiisch – und sichert ein gewisses Maß an Kompetenz.«

»Kompetenz!« Ustad Majeed Khan hatte gesprochen. Die drei Freunde sahen ihn erstaunt an. Er hatte das Wort mit einer Verachtung ausgesprochen, die aus seinem Innersten zu kommen schien. »Die Kompetenz, sich angenehm anzuhören, ist nichts wert.«

Ishaq sah Ustad Majeed Khan höchst beunruhigt an. Die Erinnerung an seinen Vater verlieh ihm den Mut zu sprechen.

»Khan Sahib, für jemanden wie Sie stellt sich die Frage der Kompetenz natürlich überhaupt nicht. Aber für uns ...«

Ustad Majeed Khan, der es nicht gern hatte, wenn man ihm auch nur andeutungsweise widersprach, saß schweigend mit zugekniffenem Mund da. Nach einer Weile sprach er wieder.

»Das sollte kein Problem für Sie darstellen. Ein Sarangi-Wallah braucht keine großen musikalischen Fähigkeiten. Man muß keinen Stil bis zur Meisterschaft beherrschen. Welchen Stil auch immer der Solist spielt, die Sarangi folgt ihm. In musikalischer Hinsicht handelt es sich um eine Ablenkung.« Er fuhr gleichgültig fort: »Wenn Sie wollen, werde ich mit dem Direktor sprechen. Er weiß, daß ich unparteiisch bin – ich brauche keine Sarangi-Wallahs und spiele nicht mit ihnen. Rafiq oder der Mann Ihrer Schwester – es ist unerheblich, wer wo arbeitet.«

Ishaq war bleich geworden. Ohne darüber nachzudenken, was er tat oder wo er sich befand, blickte er Majeed Khan direkt ins Gesicht und sagte verbittert und schneidend: »Ich habe nichts dagegen, wenn mich ein bedeutender Mann einen Sarangi-Wallah nennt statt Sarangiya. Ich betrachte mich als glücklich, daß er sich herabgelassen hat, mich überhaupt wahrzunehmen. Aber hier handelt es sich um eine Sache, von der Khan Sahib sehr viel versteht. Vielleicht kann er sich zur Nutzlosigkeit dieses Instruments noch weiter äußern.«

Es war kein Geheimnis, daß Ustad Majeed Khan selbst aus einer Familie stammte, in der der Beruf des Sarangi-Spielers vom Vater auf den Sohn weitervererbt worden war. Sein künstlerisches Streben als Sänger war auf schmerzhafte Weise mit einem anderen Bemühen verbunden: dem Versuch, sich von der erniedrigenden Sarangi-Tradition und deren historischer Verbindung mit Kurtisanen und Prostituierten loszusagen – und sich und seinen Sohn und seine Tochter den sogenannten »Kalawant«-Familien, Musikern höherer Kasten, anzuschließen.

Aber der Makel der Sarangi blieb haften, keine Kalawant-Familie wollte in Majeed Khans Familie einheiraten. Das war eine der Enttäuschungen in seinem Leben, die nach wie vor an ihm nagten. Eine andere war, daß seine Musik mit ihm zu Ende gehen würde, denn er hatte nie einen Schüler gefunden, der sich seiner Kunst würdig erwiesen hätte. Sein Sohn hatte die Stimme und die Musikalität eines Frosches. Seine Tochter war zwar musikalisch, das wohl, aber das letzte, was Ustad Majeed Khan wollte, war, daß sie ihre Stimme ausbildete und Sängerin wurde.

Ustad Majeed Khan räusperte sich, sagte jedoch nichts.

Der Gedanke an den Verrat des großen Künstlers, an die Verachtung, die Majeed Khan trotz seiner unbestrittenen Meisterschaft der Tradition erwies, aus der er stammte, machte Ishaq immer wütender.

»Warum ehrt uns Khan Sahib nicht mit einer Antwort?« fragte er, ohne die

Versuche seiner Freunde, die ihn zurückhalten wollten, zu beachten. »Es gibt Themen, hinsichtlich deren Khan Sahib unser Wissen erweitern kann, gleichgültig, wie nachdenklich er heute auch sein mag. Wer sonst verfügt über den entsprechenden Hintergrund? Wir haben von Khan Sahibs berühmtem Vater und Großvater gehört.«

»Ishaq, ich kannte Ihren Vater und Ihren Großvater. Es waren Männer, die um die Bedeutung von Respekt und Einsicht wußten.«

»Sie betrachteten die tiefen Rillen in ihren Fingernägeln, ohne sich entehrt zu fühlen«, entgegnete Ishaq.

Die Menschen an den benachbarten Tischen waren verstummt und hörten dem Wortwechsel zwischen dem jüngeren und dem älteren Mann zu. Daß Ishaq, der sich selbst hatte reizen lassen, jetzt seinerseits versuchte, Ustad Majeed Khan zu verletzen und zu demütigen, war qualvoll und nicht zu übersehen. Die Szene war schrecklich, aber alle schienen wie gelähmt.

Ustad Majeed Khan sagte bedächtig und leidenschaftslos: »Aber, glauben Sie mir, sie würden sich entehrt fühlen, wenn sie noch lebten und mit ansehen müßten, wie ihr Sohn mit der Schwester seiner Arbeitgeberin flirtet, deren Körper zu verkaufen sein Bogen mithilft.«

Er blickte auf seine Uhr und stand auf. In zehn Minuten hatte er eine weitere Sendung. Fast nur zu sich selbst und mit absoluter Schlichtheit und Aufrichtigkeit sagte er: »Musik ist kein billiges Spektakel – sie ist nicht dafür da, im Bordell zu unterhalten. Sie ist wie ein Gebet.«

Bevor Ishaq antworten konnte, hatte er sich in Richtung Tür in Bewegung gesetzt. Ishaq stand auf und wollte sich auf ihn stürzen. Unkontrollierbarer Schmerz und Wut hatten ihn überwältigt, und seine beiden Freunde mußten ihn gewaltsam auf seinen Stuhl zurückzwingen. Andere Männer halfen ihnen, denn Ishaq war beliebt, und es galt zu verhindern, daß er weiteren Schaden anrichtete.

»Ishaq Bhai, jetzt ist es genug.«

»Hör mal, Ishaq, das mußt du schlucken – was immer die Älteren sagen, wie bitter es auch sein mag.«

»Ruinier dein Leben nicht. Denk an deine Brüder. Wenn er mit dem Direktor Sahib spricht ...«

»Ishaq Bhai, wie oft habe ich dir gesagt, du sollst deine Zunge im Zaum halten!«

»Hör mal, du mußt dich sofort bei ihm entschuldigen.«

Aber Ishaq stammelte zusammenhanglos: »Niemals, niemals – nie werde ich mich entschuldigen – beim Grab meines Vaters – sich vorzu... vorzustellen, daß so ein Mann, der das Andenken seiner und meiner Vorfahren beleidigt – auf allen vieren kriechen sie zu ihm hin – ja, Khan Sahib, Sie bekommen eine fünfundzwanzig Minuten lange Sendung – ja, ja, Khan Sahib, Sie entscheiden, welchen Raga Sie singen wollen – O Gott! Wenn Miya Tansen noch lebte, hätte er heute geweint, als er den Raga gesungen hat – daß Gott ihm so ein Talent gegeben hat ...«

»Genug, genug, Ishaq«, sagte ein alter Sitar-Spieler.

Ishaq wandte sich zu ihm, mit Tränen des Schmerzes und der Wut in den Augen. »Würden Sie Ihren Sohn mit seiner Tochter verheiraten? Oder Ihre Tochter mit seinem Sohn? Wer ist er, daß er sich wie Gott aufführt? – Er redet wie ein Mullah über Gebete und Liebe – dieser Mann, der die Hälfte seiner Jugend in der Tarbuz-ka-Bazaar verbracht hat ...«

Die Leute begannen, sich voller Mitleid und Unbehagen von Ishaq abzuwenden. Ein paar Männer, die Ishaq wohlgesinnt waren, verließen die Kantine, um zu versuchen, den aufgeregten Meister zu beruhigen, der in seiner eigenen großen Aufregung demnächst die Ätherwellen in Aufruhr versetzen würde.

»Khan Sahib, der Junge wußte nicht, was er sagte.«

Ustad Majeed Khan, der fast bei der Tür zum Studio angelangt war, erwiderte nichts.

»Khan Sahib, die Älteren behandeln die Jüngeren von jeher wie Kinder, mit großer Nachsicht. Sie dürfen nicht ernst nehmen, was er gesagt hat. Nichts davon stimmt.«

Ustad Majeed Khan wandte sich dem Mittelsmann zu und sagte: »Wenn ein Hund auf meinen Achkan pißt, werde ich deswegen zu einem Baum?«

Der Sitar-Spieler schüttelte den Kopf und sagte: »Ich weiß, daß er sich den schlechtesten Zeitpunkt ausgesucht hat – kurz vor Ihrer Sendung, wenn Sie singen müssen, Ustad Sahib ...«

Aber Ustad Majeed Khan wandte sich ab und sang ein Hindol von stiller und überwältigender Schönheit.

6.3

Ein paar Tage waren vergangen, seitdem Saeeda Bai Maan davon abgehalten hatte, Selbstmord zu begehen – wie er es ausdrückte. Selbstverständlich war es höchst unwahrscheinlich – und sein Freund Firoz hatte es ihm auch deutlich zu verstehen gegeben, als Maan ihm seinen Liebeskummer klagte –, daß dieser sorglose junge Mann sich auch nur beim Rasieren schnitt, um seine Leidenschaft für sie zu beweisen. Aber Maan wußte, daß die illusionslose Saeeda Bai ihn ins Herz geschlossen hatte; und obwohl er wußte, daß sie nicht glaubte, ihm könne Gefahr von sich selbst drohen, wenn sie sich weigerte, mit ihm zu schlafen, so wußte er doch auch, daß es für sie mehr als nur eine schmeichelhafte Redewendung war. Der Ton macht die Musik, und Maan hatte soviel Seele wie nur möglich hineingelegt, als er ihr gestand, daß er in dieser grausamen Welt ohne sie nicht weiterleben könne. Für eine Weile waren alle früheren Lieben aus seinem Herzen getilgt. Das Dutzend oder mehr ›Mädchen aus guter Familie‹, in die er verliebt gewesen war und die seine Liebe in der Regel erwidert hatten, hörten auf zu existieren. Saeeda Bai war – zumindest im Augenblick – alles für ihn.

Und nachdem sie miteinander geschlafen hatten, wurde sie mehr als alles für ihn. Wie jene andere Quelle häuslichen Unfriedens machte Saeeda Bai hungrig, wo sie am meisten befriedigte. Zum Teil lag es schlicht an ihrer außerordentlichen Gewandtheit in Dingen körperlicher Liebe. Aber zum größeren Teil lag es an ihrer Nakhra, der Kunst, Schmerz oder Abgeneigtheit vorzutäuschen, die sie von ihrer Mutter und anderen Kurtisanen in Zeiten der Tarbuz-ka-Bazaar erlernt hatte. Saeeda Bai übte sie so erstaunlich sparsam aus, daß sie unendlich viel an Glaubwürdigkeit gewann. Eine einzige Träne, eine Bemerkung, die andeutete – vielleicht, nur vielleicht andeutete –, daß etwas, was er gesagt oder getan hatte, ihr Schmerz verursachte – und Maan legte ihr sein Herz zu Füßen. Gleichgültig, was es ihn kosten sollte, er würde sie vor der grausamen, strafenden Welt beschützen. Minutenlang beugte er sich über ihre Schulter und küßte ihren Nacken, wobei er ihr ab und zu in der Hoffnung ins Gesicht blickte, daß sich ihre Stimmung hob. Und wenn dies der Fall war, dann schenkte sie ihm das gleiche strahlende, traurige Lächeln, das ihn an Holi, als sie in Prem Nivas sang, für sie eingenommen hatte, und er wurde von sexueller Begierde überwältigt. Saeeda Bai schien das zu wissen und bedachte ihn nur dann mit diesem Lächeln, wenn sie in der Stimmung war, ihn zu befriedigen.

Sie rahmte eine der Illustrationen aus dem Album mit Ghalibs Gedichten, das Maan ihr geschenkt hatte. So gut es ging, hatte sie die Seite, die der Radscha von Marh herausgerissen hatte, wiedereingefügt, aber sie hatte sich nicht getraut, diese Illustration aufzuhängen, aus Angst, ihn dadurch noch mehr zu erzürnen. Sie hatte das *Persische Idyll* gerahmt, auf dem eine junge, blaßorange gekleidete Frau neben einem gewölbten Torbogen auf einem sehr blaßorangefarbenen Teppich saß. In ihren schlanken Fingern hielt sie ein der Sitar ähnliches Instrument, und durch den Torbogen blickte sie in einen geheimnisvollen Garten. Die Frau hatte klare, feine Züge, ganz anders als Saeeda Bais sehr attraktives, aber nicht klassisches, vielleicht nicht einmal schönes Gesicht. Und das Instrument, das die Frau hielt, war in der stilisierten Illustration so grazil, daß man unmöglich darauf hätte spielen können – im Gegensatz zu Saeeda Bais solidem, sofort ansprechendem Harmonium.

Maan machte es nichts aus, daß das Buch durch das Herausreißen einer Seite Schaden genommen hatte. Er hätte nicht glücklicher sein können über dieses Zeichen von Saeeda Bais Freude an seinem Geschenk. Er lag in ihrem Schlafzimmer, betrachtete das Bild, und ein Glücksgefühl, so geheimnisvoll wie der Garten hinter dem Torbogen, erfüllte ihn. Gleichgültig, ob er noch in der frischen Erinnerung an ihre Umarmung schwelgte oder das köstliche, mit Kokosnuß gewürzte Paan kaute, das sie ihm gerade an der Spitze einer kurzen, verzierten silbernen Nadel gereicht hatte, es schien ihm, als hätten sie und ihre Musik und ihre Zuneigung ihn in einen Garten Eden entführt, der immateriell, doch absolut real war.

»Es ist unvorstellbar«, sagte Maan laut, aber verträumt, »daß unsere Eltern ebenfalls – genau wie wir ...«

Diese Bemerkung fand Saeeda Bai etwas geschmacklos. Sie wollte nicht an die eheliche Pflichterfüllung von Mahesh Kapoor – oder sonst irgendeiner Person – denken. Sie wußte nicht, wer ihr Vater war. Ihre Mutter, Mohsina Bai, hatte behauptet, es nicht zu wissen. Abgesehen davon waren das häusliche Leben und alles, was damit routinemäßig verbunden war, nicht unbedingt ihre Lieblingsthemen. Der Klatsch in Brahmpur warf ihr vor, mehrere Ehen zerstört zu haben, indem sie ihre feinmaschigen Netze auf unglückliche Männer warf.

Sie entgegnete Maan etwas scharf: »Ich lebe lieber in einem Haushalt wie meinem, in dem man sich solche Dinge nicht vorstellen muß.«

Das ernüchterte Maan etwas. Saeeda Bai, die ihn mittlerweile sehr mochte und wußte, daß er das Herz auf der Zunge trug, versuchte, ihn wieder aufzuheitern. »Dagh Sahib sieht etwas bekümmert aus. Wäre er glücklicher, wenn er unbefleckt empfangen worden wäre?«

»Ich glaube, ja«, sagte Maan. »Manchmal denke ich, daß ich ohne Vater glücklicher wäre.«

»Ja?« fragte Saeeda Bai, die diese Antwort überraschte.

»O ja. Manchmal habe ich das Gefühl, daß mein Vater für alles, was ich tue, nur Verachtung übrig hat. Als ich das Stoffgeschäft in Benares eröffnet habe, hat Baoji gemeint, daß es nur im Bankrott enden kann. Jetzt, wo es läuft, meint er, daß ich jeden Tag eines jeden Monats eines jeden Jahrs in meinem Leben dort verbringen muß. Warum sollte ich?«

Saeeda Bai schwieg.

»Und warum sollte ich heiraten?« Maan breitete die Arme auf dem Bett aus und berührte mit der linken Hand Saeeda Bais Wange. »Warum? Warum? Warum? Warum? Warum?«

»Weil dein Vater mich dann engagiert, um auf deiner Hochzeit zu singen«, sagte Saeeda Bai lächelnd. »Und bei der Geburt deiner Kinder. Und bei ihrer Mundan-Zeremonie. Und natürlich bei ihrer Hochzeit.« Sie schwieg eine Weile. »Aber dann werde ich nicht mehr leben. Manchmal frage ich mich, was du an einer alten Frau wie mir findest.«

Maan erwiderte empört: »Warum sagst du so was? Willst du mich damit ärgern? Bis ich dich kennengelernt habe, hat mir nie jemand viel bedeutet. Dieses Mädchen in Benares, das ich zweimal unter starkem Begleitschutz gesehen habe, bedeutet mir weniger als nichts – und alle Welt denkt, daß ich sie heiraten muß, nur weil mein Vater und meine Mutter es so wollen.«

Saeeda Bai wandte ihm das Gesicht zu und vergrub es an seinem Arm. »Aber du mußt heiraten. Du kannst deinen Eltern nicht so viel Kummer bereiten.«

»Ich finde sie überhaupt nicht attraktiv«, sagte Maan wütend.

»Das ändert sich mit der Zeit.«

»Und ich werde dich nicht mehr besuchen können, wenn ich verheiratet bin.«
»Oh?« sagte Saeeda Bai in einem Tonfall, der keine Antwort forderte, sondern das Ende der Unterhaltung signalisierte.

6.4

Nach einer Weile standen sie auf und gingen in das andere Zimmer. Saeeda Bai ließ sich den Sittich bringen, mit dem sie sich mittlerweile angefreundet hatte. Ishaq Khan brachte den Käfig, und es folgte eine Diskussion darüber, wie lange es dauern würde, bis er sprechen könnte. Saeeda Bai meinte, daß ein paar Monate ausreichen würden, aber Ishaq Khan bezweifelte es. »Mein Großvater hatte einen Sittich, der ein ganzes Jahr lang nicht gesprochen hat – und dann bis zum Ende seines Lebens nicht mehr aufgehört hat«, sagte er.
»So etwas habe ich noch nie gehört«, sagte Saeeda abfällig. »Wieso hältst du den Käfig so komisch?«
»Ach, es ist nichts«, sagte Ishaq und stellte den Käfig auf einen Tisch. Dann rieb er sich das rechte Handgelenk. »Mein Handgelenk tut ein bißchen weh.«
Es tat nicht nur ein bißchen, sondern sehr weh, und der Schmerz war während der letzten Wochen schlimmer geworden.
»Beim Spielen scheint es dich nicht zu stören«, sagte Saeeda Bai nicht gerade mitfühlend.
»Saeeda Begum, was würden Sie tun, wenn ich nicht spielen könnte?«
»Ach, ich weiß nicht«, sagte Saeeda Bai und tippte dem kleinen Sittich auf den Schnabel. »Wahrscheinlich ist gar nichts mit deiner Hand. Du hast doch nicht etwa vor, zu verreisen, weil jemand in deiner Familie heiratet, oder? Oder die Stadt zu verlassen, bis dein berühmter Ausbruch im Radiosender vergessen ist?«
Wenn Ishaq durch die schmerzliche Erinnerung oder die ungerechtfertigte Verdächtigung verletzt war, so ließ er sich nichts anmerken. Saeeda Bai hieß ihn Motu Chand holen, und die drei begannen, Maan mit Musik zu unterhalten. Ab und zu, während sein Bogen über die Saiten strich, biß sich Ishaq auf die Unterlippe, aber er sagte nichts.
Saeeda Bai saß auf einem Perserteppich, das Harmonium vor sich. Ihr Kopf war mit dem Sari bedeckt, und mit einem Finger der linken Hand spielte sie mit der zweireihigen Perlenkette, die sie um den Hals trug. Und während sie vor sich hin summte, langte ihre linke Hand zum Blasebalg des Harmoniums, und sie spielte ein paar Töne von Raga Pilu. Nach einer Weile wechselte sie zu anderen Ragas über, als ob sie sich ihrer eigenen Stimmung und des Liedes, das sie spielen wollte, nicht sicher wäre.
»Was möchtest du hören?« fragte sie Maan leise.

Sie hatte ein intimeres Wort für ›du‹ gebraucht als je zuvor – ›tum‹ statt ›aap‹. Maan sah sie an und lächelte.

»Nun?« fragte Saeeda Bai, nachdem eine Minute verstrichen war.

»Nun, Saeeda Begum?« sagte Maan.

»Was möchtest du hören?« Wieder sagte sie ›tum‹ statt ›aap‹, und Maans Welt geriet in einen Taumel des Glücks. Ein Zweizeiler, den er irgendwo einmal aufgeschnappt hatte, fiel ihm ein:

»Zwischen den Liebenden die Saki macht Unterschiede feine,
sie reicht die Weingläser: ›Für Sie, Sir, das Ihre, und dir das deine.‹«

»Ach, irgend etwas«, sagte Maan. »Irgend etwas. Wonach dir der Sinn steht.«

Maan brachte noch nicht den Mut auf, Saeeda Bai mit ›tum‹ oder einfach mit Saeeda anzusprechen, außer im Bett, wenn er kaum noch wußte, was er sagte. Vielleicht, dachte er, hat sie es einfach nur so dahingesagt und ist gekränkt, wenn ich sie auch so anspreche.

Aber Saeeda Bai faßte etwas ganz anderes als Kränkung auf.

»Ich lasse dir die Wahl der Musik, und du schiebst das Problem wieder mir zu«, sagte sie. »Der Sinn steht mir nach zwanzig verschiedenen Dingen. Hörst du nicht, daß ich von einem Raga zum anderen wechsle?« Dann wandte sie sich von Maan ab. »Motu, was soll ich singen?«

»Was Sie wollen, Saeeda Begum«, sagte Motu Chand glückstrahlend.

»Du Dummkopf, ich gebe dir die Gelegenheit, für die sich die meisten meiner Zuhörer umbringen würden, und du lächelst mich an wie ein dämliches Baby und sagst: ›Was Sie wollen, Saeeda Begum.‹ Welches Gasel? Schnell. Oder möchtest du lieber ein Thumri hören?«

»Ein Gasel wäre am besten, Saeeda Bai«, sagte Motu Chand und schlug Ghalibs: *Es ist nur ein Herz, nicht Eisen oder Stein* vor.

Nachdem sie das Gasel beendet hatte, wandte sich Saeeda Bai an Maan: »Du mußt eine Widmung in dein Buch schreiben.«

»Was, in Englisch?« fragte Maan.

»Es erstaunt mich«, sagte Saeeda Bai, »daß der große Poet Dagh seine eigene Sprache nicht schreiben kann. Dagegen müssen wir etwas unternehmen.«

»Ich werde Urdu lernen!« sagte Maan voller Begeisterung.

Motu Chand und Ishaq Khan tauschten einen Blick aus. Sie dachten wohl, daß Maans Faszination von Saeeda Bai etwas weit ging.

Saeeda Bai lachte. Sie fragte Maan spöttisch: »Willst du das wirklich?« Dann bat sie Ishaq, das Mädchen zu rufen.

Aus irgendeinem Grund war Saeeda Bai heute über Bibbo verärgert. Bibbo schien das zu wissen, aber es bekümmerte sie nicht. Sie kam grinsend herein, und das entfachte Saeeda Bais Ärger von neuem.

»Du lächelst nur, um mich zu ärgern«, sagte sie ungeduldig. »Und du hast vergessen, der Köchin auszurichten, daß gestern das Dal für den Sittich nicht weich genug war – glaubst du etwa, daß er Zähne wie ein Tiger hat? Hör auf zu grinsen, du dummes Mädchen, und sag – um welche Zeit kommt Abdur Rasheed, um Tasneem Arabischunterricht zu geben?«

Saeeda Bai fühlte sich Maans sicher genug, um in seiner Gegenwart Tasneems Namen auszusprechen.

Bibbo setzte eine zufriedenstellend bedauernde Miene auf und sagte: »Aber, wie Sie wissen, er ist schon da, Saeeda Bai.«

»Wie ich weiß? Wie ich weiß?« sagte Saeeda Bai, erneut ungehalten. »Ich weiß überhaupt nichts. Und du auch nicht. Sag ihm, er soll sofort heraufkommen.«

Nach ein paar Minuten kam Bibbo allein zurück.

»Nun?« fragte Saeeda Bai.

»Er will nicht kommen«, sagte Bibbo.

»Er will nicht kommen? Weiß er, wer ihn dafür bezahlt, daß er Tasneem unterrichtet? Fürchtet er um seine Ehre, wenn er dieses Zimmer betritt? Oder hält er sich für etwas Besseres, nur weil er an der Universität studiert?«

»Ich weiß nicht, Begum Sahiba«, sagte Bibbo.

»Dann geh, Mädchen, und frag ihn, warum. Seine Einnahmen will ich vermehren, nicht meine.«

Fünf Minuten später kam Bibbo breit grinsend zurück und sagte: »Er war sehr ärgerlich, weil ich ihn noch einmal gestört habe. Er erklärt Tasneem gerade eine sehr komplizierte Stelle im Quran Sharif und hat gesagt, daß die göttliche Welt Vorrang hat vor seinen irdischen Einkünften. Aber er wird kommen, wenn der Unterricht beendet ist.«

»Eigentlich bin ich mir nicht sicher, ob ich Urdu lernen will«, sagte Maan, der seine Begeisterung bereits zu bedauern begann. Er wollte sich nicht eine Menge harter Arbeit aufladen. Und er hatte nicht damit gerechnet, daß die Unterhaltung plötzlich eine so pragmatische Wendung nehmen würde. Er sprach immer von Entschlüssen wie: »Ich muß Polo lernen« (Firoz gegenüber, der sich darin gefiel, seinen Freunden die Vergnügungen und Freuden seines Nawabi-Lebensstils näherzubringen) oder »Ich muß ein geregeltes Leben anfangen« (Veena gegenüber, die die einzige in der Familie war, die ihn mit einiger Wirkung rüffeln konnte) – oder sogar »Ich werde Walen keinen Schwimmunterricht mehr geben« (was Pran als unbedachte Leichtfertigkeit betrachtete). Aber er sprach von solchen Entschlüssen im sicheren Wissen, daß ihre Umsetzung nicht erwartet wurde.

Mittlerweile stand jedoch der Arabischlehrer vor der Tür, zögernd und mit etwas mißbilligender Miene. Er machte Adaab zur ganzen Gesellschaft und wartete darauf, daß man ihm sagte, was man von ihm wolle.

»Rasheed, können Sie meinem jungen Freund hier Unterricht in Urdu geben?« Saeeda Bai kam gleich zur Sache.

Der junge Mann nickte etwas widerwillig.

»Zu den gleichen Bedingungen wie den Unterricht für Tasneem«, sagte Saeeda Bai, die praktische Angelegenheiten gern sofort regelte.

»Das ist mir recht«, sagte Rasheed. Er sprach etwas abgehackt, als wäre er noch gekränkt wegen der vorangegangenen Störungen seines Arabischunterrichts. »Und wie lautet der Name des Herrn?«

»Oh, tut mir leid«, sagte Saeeda Bai. »Das ist Dagh Sahib, der Welt bislang bekannt unter dem Namen Maan Kapoor. Er ist der Sohn von Mahesh Kapoor, dem Minister. Sein älterer Bruder Pran lehrt an der Universität, an der Sie studieren.«

Der junge Mann runzelte konzentriert die Stirn. Dann fixierte er Maan mit seinen scharfen Augen und sagte: »Es wird mir eine Ehre sein, den Sohn von Mahesh Kapoor zu unterrichten. Ich fürchte, ich bin schon zu spät dran für meine nächste Stunde. Ich hoffe, daß wir morgen, wenn ich komme, eine passende Zeit für den Unterricht ausmachen können. Wann haben Sie für gewöhnlich Zeit?«

»Oh, er hat für gewöhnlich immer Zeit«, sagte Saeeda Bai und lächelte zärtlich. »Zeit ist für Dagh Sahib kein Problem.«

6.5

Pran, der bis zur Erschöpfung Klausuren korrigiert hatte, schlief tief und fest, als er von einem Tritt geweckt wurde. Seine Frau hatte ihre Arme um ihn gelegt, schlief jedoch.

»Savita, Savita – das Baby hat mich getreten!« sagte Pran aufgeregt und schüttelte seine Frau an der Schulter.

Savita öffnete widerwillig ein Auge, spürte Prans schlaksigen, tröstlichen Körper und lächelte in der Dunkelheit, bevor sie wieder im Schlaf versank.

»Bist du wach?« fragte Pran.

»Ah. Hm.«

»Wirklich, das hat es getan!« sagte Pran, der unglücklich war, weil sie nicht antwortete.

»Was, wer?« sagte Savita verschlafen.

»Das Baby.«

»Welches Baby.«

»Unser Baby.«

»Unser Baby hat was getan?«

»Es hat mich getreten.«

Savita setzte sich behutsam auf und küßte Pran auf die Stirn, als ob er selbst noch ein Baby wäre. »Das kann nicht sein. Du hast geträumt. Schlaf wieder ein. Und ich schlaf auch wieder, und das Baby auch.«

»Es hat mich getreten«, sagte Pran etwas empört.

»Das kann nicht sein«, sagte Savita und legte sich wieder hin. »Ich hätte es gespürt.«

»Es hat mich getreten. Du spürst das wahrscheinlich nicht mehr. Und du hast einen festen Schlaf. Aber es hat mich durch deinen Bauch getreten, daran gibt's keinen Zweifel, und davon bin ich aufgewacht.« Er gab nicht nach.

»Na gut. Wenn du meinst. Wahrscheinlich hat es gewußt, daß du was Unangenehmes träumst, irgendwas von Chiasmus und Anna – wie immer das heißt.«

»Anakoluthie.«

»Ja, und ich habe was Schönes geträumt, und deswegen hat es mich nicht aufgeweckt.«

»Kluges Baby«, sagte Pran.

»Unser Baby«, sagte Savita und umarmte Pran noch einmal.

Sie schwiegen eine Weile. Dann, als Pran gerade eindöste, sagte Savita: »Er scheint eine Menge Energie zu haben.«

»Hm?«

Die jetzt hellwache Savita war in Plauderstimmung.

»Meinst du, daß er so werden wird wie Maan?«

»Er?«

»Ich spüre, daß es ein Junge ist«, sagte Savita voller Überzeugung.

»Wie meinst du das: wie Maan?« fragte Pran, dem eingefallen war, daß seine Mutter ihn gebeten hatte, mit Maan über seinen Lebensstil zu sprechen – und insbesondere über Saeeda Bai, die seine Mutter nur ›woh‹ nannte, diese Frau.

»Gut aussehend – und ein großer Charmeur?«

»Vielleicht«, sagte Pran, der mit den Gedanken woanders war.

»Oder ein Intellektueller wie sein Vater?«

»Warum nicht?« sagte Pran, der wieder bei der Sache war. »Es könnte schlimmer kommen. Aber hoffentlich ohne sein Asthma.«

»Oder meinst du, daß er so launenhaft wird wie mein Großvater?«

»Nein, es war kein wütender Tritt. Eher ein informativer: ›Hier bin ich, es ist zwei Uhr morgens, und alles ist in Ordnung.‹ Oder vielleicht hat er mich, wie du meinst, aus einem Alptraum geweckt.«

»Vielleicht wird er wie Arun – sehr flott und weltgewandt.«

»Tut mir leid, Savita, wenn er wie dein Bruder wird, dann werde ich ihn verstoßen. Allerdings wird er uns schon längst vorher verstoßen haben. Wenn er wie Arun ist, dann denkt er jetzt wahrscheinlich: ›Schrecklicher Zimmerservice hier; ich muß mit dem Manager sprechen, damit ich rechtzeitig meine Nährstoffe bekomme. Und sie sollten die Temperatur des Fruchtwassers in diesem Swimmingpool besser regeln, so wie in Fünf-Sterne-Bäuchen. Aber was kann man in Indien schon erwarten? In diesem verdammten Land funktioniert nichts. Was die Einheimischen brauchen, das ist eine kräftige Dosis Disziplin.‹ Vielleicht hat er mich deswegen getreten.«

Savita lachte. »Du kennst Arun nicht wirklich.«

Pran stöhnte nur.

»Vielleicht schlägt er auch nach den Frauen in unserer Familie«, fuhr Savita fort. »Vielleicht wird er so wie deine Mutter oder wie meine.« Der Gedanke gefiel ihr.

Pran runzelte die Stirn, aber dieser Höhenflug von Savitas Phantasie um zwei Uhr morgens war zu strapaziös. »Soll ich dir etwas zu trinken holen?« fragte er.

»Nein, hm, oder doch. Ein Glas Wasser.«

Pran setzte sich auf, hustete ein bißchen, schaltete die Nachttischlampe ein und schenkte aus der Thermosflasche ein Glas kühles Wasser ein.

»Hier, Liebling.« Er betrachtete sie mit wehmütiger Zuneigung. Wie schön sie aussah, und wie schön es wäre, jetzt mit ihr zu schlafen.

»Du hörst dich nicht gut an, Pran«, sagte Savita.

Pran lächelte und streichelte ihre Stirn. »Mir geht's gut.«

»Ich mach mir Sorgen um dich.«

»Ich nicht«, log Pran.

»Du bekommst nicht genug frische Luft, und du strapazierst deine Lunge zu sehr. Ich wünschte, du wärst Schriftsteller und nicht Dozent.« Savita trank das Wasser langsam, genoß das kühle Naß in der warmen Nacht.

»Danke«, sagte Pran. »Aber du bewegst dich auch nicht genug. Du solltest ein bißchen spazierengehen, auch während der Schwangerschaft.«

»Ich weiß.« Savita gähnte. »Ich habe das Buch gelesen, das mir meine Mutter gegeben hat.«

»Gute Nacht, Liebling. Gib mir das Glas.«

Er schaltete das Licht aus und lag mit offenen Augen in der Dunkelheit. Ich hätte nie gedacht, daß ich so glücklich sein kann, dachte er. Und ich frage mich, ob ich glücklich bin, und höre nicht auf, glücklich zu sein. Aber wie lange wird das dauern? Meine kümmerliche Lunge belastet nicht nur mich, sondern auch meine Frau und mein Kind. Ich muß auf mich aufpassen. Ich muß auf mich aufpassen. Ich darf mich nicht überarbeiten. Und ich muß jetzt sofort schlafen.

Und nach fünf Minuten war er in der Tat eingeschlafen.

6.6

Am nächsten Morgen traf ein Brief aus Kalkutta ein. Er war in Mrs. Rupa Mehras unnachahmlicher winziger Handschrift geschrieben und lautete folgendermaßen:

Liebste Savita, liebster Pran,
vor kurzem habe ich Eure lieben Briefe erhalten, und ich muß Euch nicht sagen, wie sehr ich mich darüber gefreut habe. Von Dir, Pran, habe ich keinen Brief erwartet, weil ich weiß, wie hart Du arbeiten mußt und daß Du kaum Zeit hast, Briefe zu schreiben, und deswegen habe ich mich noch mehr gefreut.

Ich glaube fest daran, daß trotz der Schwierigkeiten am Institut, liebster Pran, Deine Träume in Erfüllung gehen werden. Du mußt Geduld haben, das ist eine Lektion, die ich im Leben gelernt habe. Man muß hart arbeiten, alles andere hat man nicht in der Hand. Es ist ein Segen für mich, daß mein Schatz Savita so einen guten Mann hat, aber er muß auf seine Gesundheit aufpassen.

Mittlerweile wird das Baby noch fester treten, und meine Augen füllen sich mit Tränen, weil ich nicht bei Dir sein kann, meine Savita, um das Glück mit Dir zu teilen. Ich erinnere mich, wie es war, als Du getreten hast: es waren so sanfte Tritte, daß Dein seliger Daddy seine Hand auf meinen Bauch legte und es nicht gespürt hat. Und jetzt, meine allerliebste Savita, bist Du bald selbst Mutter. Ich denke ständig an Dich. Manchmal sagt Arun zu mir, daß mir nur an Lata und Savita etwas liegt, aber das ist nicht wahr, mir liegt an allen meinen vier Kindern, Jungen und Mädchen, und ich interessiere mich für alles, was sie tun. Varun ist dieses Jahr wegen seines Mathestudiums so beunruhigt, daß ich mir große Sorgen um ihn mache.

Aparna ist so süß und liebt ihre Großmutter über alles. Abends passe ich oft auf sie auf. Arun und Meenakshi gehen aus und treffen Leute, es ist wichtig für seine Arbeit, ich weiß – und ich spiele gern mit ihr. Manchmal lese ich. Varun kommt spät vom College zurück, und früher hat er mit ihr gespielt, und das ist gut, weil Kinder nicht die ganze Zeit mit ihrer Ayah verbringen sollen, das kann sich schlecht auf ihre Erziehung auswirken. Jetzt ist das also meine Aufgabe, und Aparna hat mich in ihr Herz geschlossen. Gestern hat sie zu ihrer Mutter gesagt, die sich schick gemacht hatte, um zum Abendessen auszugehen: »Du kannst ruhig gehen, es macht mir nichts aus, wenn Daadi dableibt, ist mir das piepegal.« Das waren ihre Worte, und ich war so stolz auf sie, daß sie mit drei Jahren schon so viel sagen kann. Ich bringe ihr bei, mich nicht ›Grandma‹, sondern ›Daadi‹ zu nennen, aber Meenakshi sagt, wenn sie jetzt nicht richtig Englisch lernt, wann dann?

Meenakshi hat manchmal ihre Launen, und dann starrt sie mich an, und dann, meine liebste Savita, fühle ich, daß ich in diesem Haus nicht erwünscht bin. Ich will sie auch anstarren, aber manchmal fange ich an zu weinen. Ich kann nichts dafür. Dann sagt Arun zu mir: »Ma, stell das Wasserwerk ab, du machst wegen nichts ein Mordstheater.« Ich versuche, nicht zu weinen, aber wenn ich an die Goldmedaille Deines Daddys denke, sind die Tränen einfach da.

Lata verbringt viel Zeit mit Meenakshis Familie. Meenakshis Vater, Richter Chatterji, hält viel von Lata, glaube ich, und Meenakshis Schwester Kakoli mag sie auch sehr gern. Dann sind da noch die drei Jungen Amit, Dipankar und Tapan Chatterji, die mir immer seltsamer vorkommen. Amit sagt, daß Lata Bengali lernen soll, es ist die einzig wirklich zivilisierte Sprache in Indien. Er selbst schreibt, wie Du weißt, seine Bücher in Englisch, warum sagt er dann, daß nur Bengali zivilisiert ist und Hindi nicht? Ich kann mir nicht helfen, aber die Chatterjis sind eine ungewöhnliche Familie. Sie haben ein Klavier, aber der Vater trägt abends meistens einen Dhoti. Kakoli singt Rabindhrasangeet und auch westliche Lieder, aber ihre Stimme entspricht nicht meinem Geschmack, und in Kalkutta hat sie den Ruf, modern zu sein. Manchmal wundere ich mich, daß mein Arun in so eine Familie eingeheiratet hat, aber alles ist gut, solange ich meine Aparna habe.

Ich fürchte, daß Lata sehr wütend und verletzt war, als wir in Kalkutta ankamen, und sich auch Sorgen wegen ihrer Prüfungsergebnisse gemacht hat, und sie war überhaupt nicht sie selbst. Ihr müßt die Ergebnisse telegrafieren, sobald sie bekannt sind, egal, ob sie gut oder schlecht sind. Es war natürlich dieser junge Mann K., den sie in Brahmpur getroffen hat, und nichts anderes, und er hatte ganz eindeutig einen schlechten Einfluß auf sie. Manchmal hat sie eine bittere Bemerkung mir gegenüber gemacht und nur kurz angebunden auf meine Fragen geantwortet, aber könnt Ihr Euch vorstellen, was passiert wäre, wenn ich die Dinge hätte weiterlaufen lassen? Arun hat mir in dieser Angelegenheit keine Hilfe und kein Verständnis entgegengebracht, aber jetzt habe ich ihm gesagt, er soll Lata seinen Freunden vorstellen, denen, die für eine englische Firma arbeiten, und den anderen, und dann werden wir schon sehen. Wenn ich für meine Lata einen Mann wie Pran finden würde, könnte ich zufrieden sterben. Wenn Daddy Dich gekannt hätte, Pran, hätte er gewußt, daß Savita in guten Händen ist.

An einem Tag war ich so verletzt, daß ich zu Lata gesagt habe, es war gut und schön, in Gandhijis Zeiten den Briten die Zusammenarbeit zu verweigern, aber ich bin deine Mutter, und es ist sehr dumm von dir, das zu tun. Was zu tun? hat sie gesagt – und es klang so gleichgültig, daß mein Herz brach. Meine liebste Savita, ich bete darum, daß, wenn Du eine Tochter bekommst – obwohl es eigentlich an der Zeit ist, daß die Familie einen Enkelsohn bekommt –, sie nie so kaltherzig zu Dir sein wird. Aber manchmal vergißt sie auch, daß sie wütend auf mich ist – und dann ist sie ganz liebevoll, bis es ihr wieder einfällt.

Mag Gott der Allmächtige dafür sorgen, daß Ihr gesund und glücklich bleibt und Eure Pläne in Erfüllung gehen. Und bald, während des Monsuns, werde ich Euch, so Gott will, wiedersehen.

Viele, viele herzliche Grüße an Euch beide von mir, Arun, Varun, Lata, Aparna und Meenakshi, und auch einen dicken Kuß. Macht Euch um mich keine Sorgen, mein Blutzuckerspiegel ist in Ordnung.

In Liebe
Ma

P.S. Bitte grüßt Maan, Veena, Kedarnath und auch Bhaskar und Kedarnaths Mutter und Deine Eltern, Pran (ich hoffe, die Nimblüten bereiten Deiner Mutter jetzt weniger Kummer) – und meinen Vater und Parvati – und natürlich das Baby von mir. Übermittelt mein Salaam auch Mansoor und Mateen und den anderen Dienstboten. In Kalkutta ist es sehr heiß, aber in Brahmpur muß es noch viel schlimmer sein, und in Deinem Zustand, Savita, mußt Du Dich immer im Kühlen aufhalten und darfst nicht hinaus in die Sonne gehen oder Dich unnötig anstrengen. Du mußt Dir viel Ruhe gönnen. Wenn Du nicht sicher bist, was das richtige ist, dann tu gar nichts. Denk dran. Nach der Geburt wirst Du noch genug zu tun haben, glaub mir, meine liebste Savita, Du mußt Dir Deine Kräfte erhalten.

6.7

Der Hinweis auf die Nimblüten erinnerte Pran daran, daß er seine Mutter seit einigen Tagen nicht mehr besucht hatte. In diesem Jahr hatten die Pollen der Nimbäume Mrs. Mahesh Kapoor noch stärker zugesetzt als früher. An manchen Tagen bekam sie kaum noch Luft. Sogar ihr Mann, der Allergien als etwas betrachtete, was sich die Opfer willentlich zuzogen, war gezwungen, etwas Rücksicht auf seine Frau zu nehmen. Pran, der wußte, was es hieß, um Atem zu ringen, empfand seiner Mutter gegenüber ein Gefühl von Hilflosigkeit und Trauer – und seinem Vater gegenüber Wut, da dieser darauf bestand, daß sie in der Stadt blieb und sich um den Haushalt kümmerte.

»Wo gibt es keine Nimbäume? Wohin soll sie gehen?« hatte Mahesh Kapoor gesagt. »Ins Ausland?«

»Vielleicht in den Süden, Baoji – oder in die Berge.«

»Sei nicht unrealistisch. Wer wird sich dort um sie kümmern? Oder meinst du, ich sollte meine Arbeit aufgeben?«

Darauf gab es keine stichhaltige Antwort. Mahesh Kapoor hatte die Krankheiten und Schmerzen anderer immer leichthin abgetan und war jedesmal aus der Stadt verschwunden, bevor eins seiner Kinder auf die Welt kam. Er konnte »das Durcheinander und das Theater und so weiter« nicht ausstehen.

In letzter Zeit hatte vor allem ein Thema Mrs. Mahesh Kapoor beschäftigt und ihren Zustand weiter verschlechtert: Maans Affäre mit Saeeda Bai und sein fortgesetzter Aufenthalt in Brahmpur, da doch in Benares Arbeit und Verpflichtungen anderer Art auf ihn warteten. Als die Familie seiner Verlobten sich indirekt, durch einen Verwandten, nach einem Termin für die Hochzeit erkundigte, hatte Mrs. Mahesh Kapoor Pran gebeten, mit ihm zu sprechen. Pran hatte dagegengehalten, daß er kaum Einfluß auf seinen jüngeren Bruder habe. »Er hört nur auf Veena«, hatte er gesagt, »und kaum ist sie weg, macht er doch, was er will.« Aber seine Mutter wirkte so unglücklich, daß er zustimmte, mit Maan zu reden. Er hatte es jedoch von einem Tag auf den anderen verschoben.

Na gut, dachte Pran, ich werde heute mit ihm sprechen. Und es ist eine gute Gelegenheit, Prem Nivas einen Besuch abzustatten.

Da es zu heiß war, um zu Fuß zu gehen, nahmen sie eine Tonga. Savita saß schweigend da und lächelte – wie Pran dachte, geheimnisvoll. Aber sie freute sich nur, ihre Schwiegermutter zu sehen, die sie sehr mochte, und mit ihr über Nimbäume und Geier und Rasen und Lilien zu plaudern.

Maan schlief noch, als sie in Prem Nivas ankamen. Pran ließ Savita in der Obhut von Mrs. Mahesh Kapoor zurück, die etwas besser aussah, und ging, um seinen Bruder aufzuwecken. Maan lag auf seinem Bett, das Gesicht in den Kissen vergraben. An der Decke drehte sich ein Ventilator, aber im Zimmer war es trotzdem sehr warm.

»Steh auf! Steh auf!« sagte Pran.

»Oh!« Maan versuchte, dem Tageslicht zu entkommen.

»Steh auf! Ich muß mit dir reden.«

»Was? Oh! Warum? In Ordnung, aber erst will ich mir das Gesicht waschen.«

Maan stand auf, betrachtete ausführlich sein Gesicht im Spiegel, begrüßte sich mit einem respektvollen Adaab, als sein Bruder nicht hinsah, spritzte sich Wasser ins Gesicht und legte sich wieder aufs Bett – diesmal auf den Rücken.

»Wer hat dir aufgetragen, mit mir zu reden?« fragte Maan. Dann fiel ihm ein, was er geträumt hatte, und er sagte voll Bedauern: »Ich habe etwas Wunderschönes geträumt. Ich bin mit einer jungen Frau in der Nähe vom Barsaat Mahal spazierengegangen – sie war nicht mehr ganz jung, aber sie hatte noch keine Falten ...«

Pran lächelte. Maan schien verletzt.

»Interessiert dich das nicht?« fragte er.

»Nein.«

»Also, warum bist du hier, Bhai Sahib? Willst du dich nicht aufs Bett setzen – das ist bequemer. Ach ja, du willst mit mir reden. In wessen Auftrag?«

»Muß mir jemand dazu einen Auftrag erteilen?«

»Ja. Du offerierst normalerweise keinen brüderlichen Rat, und deinem Gesicht sehe ich an, daß mir dein brüderlicher Rat bevorsteht. Gut, gut, schieß los. Es ist wegen Saeeda Bai, vermute ich.«

»Du hast ins Schwarze getroffen.«

»Tja, was gibt's da zu sagen?« sagte Maan mit glücklicher Armersündermiene. »Ich bin wahnsinnig in sie verliebt. Aber ich weiß nicht, ob ich ihr irgend etwas bedeute.«

»Ach, du bist ein Idiot«, sagte Pran voll Zuneigung.

»Mach dich nicht über mich lustig. Das halte ich nicht aus. Mir geht es miserabel«, sagte Maan, der langsam selbst an seine romantische Depression glaubte. »Und niemand nimmt es mir ab. Sogar Firoz sagt ...«

»Und er hat recht. Dir geht es blendend. Sag mal, meinst du, daß diese Art Person wirklich lieben kann?«

»Hm? Warum nicht?«

Er dachte an den letzten Abend, den er in Saeeda Bais Armen verbracht hatte, und fühlte sich wieder einmal bis über beide Ohren verliebt.

»Weil ihr Job darin besteht, es nicht zu tun. Wenn sie sich in dich verliebt, wäre das abträglich für ihre Arbeit – und für ihren Ruf! Deswegen tut sie es nicht. Sie ist zu realistisch dafür. Jeder Blinde kann das sehen, und ich habe sie an drei aufeinanderfolgenden Holis erlebt.«

»Du kennst sie nicht wirklich, Pran«, entgegnete sein Bruder leidenschaftlich.

Es war das zweitemal innerhalb weniger Stunden, daß Pran zu hören bekam, er würde jemand anders nicht wirklich kennen, und er reagierte ungehalten.

»Jetzt hör mal zu, Maan, du machst einen völligen Idioten aus dir. Frauen wie sie sind dazu erzogen, so zu tun, als seien sie in leichtgläubige Männer verliebt – damit ihnen leichter ums Herz wird und um ihren Geldbeutel zu erleichtern. Du weißt, daß Saeeda Bai berühmt-berüchtigt dafür ist.«

Maan drehte sich einfach auf den Bauch und preßte das Gesicht ins Kissen.

Pran fiel es schwer, gegenüber diesem Idioten von einem Bruder mannhaft aufzutreten. Ich habe meine Pflicht getan, dachte er. Wenn ich noch weiterrede, hat das nur den gegenteiligen Effekt von dem, was Ammaji will.

Er fuhr seinem Bruder durchs Haar und sagte: »Maan – bist du in Geldschwierigkeiten?«

Maan, dessen Stimme vom Kissen gedämpft wurde, sagte: »Es ist nicht einfach, weißt du. Ich bin kein Kunde oder so was, aber ich kann auch nicht mit leeren Händen aufkreuzen. Deswegen habe ich ihr ein paar Geschenke gemacht. Du verstehst.«

Pran schwieg. Er verstand nicht. Dann sagte er: »Du hast doch aber nicht das Geld angerührt, das du mit nach Brahmpur gebracht hast, um Geschäfte zu machen, oder? Du kannst dir vorstellen, wie Baoji reagieren würde, wenn er das erführe.«

»Nein.« Maan runzelte die Stirn. Er hatte sich wieder umgedreht und starrte zum Ventilator hinauf. »Weißt du, Baoji hat mich vor ein paar Tagen gemaßregelt – aber ich bin mir nicht sicher, ob ihm die Sache mit Saeeda Bai wirklich etwas ausmacht. Schließlich war er in seiner Jugend auch kein Kind von Traurigkeit – und außerdem hat er sie schon mehrmals zum Singen nach Prem Nivas eingeladen.«

Pran sagte nichts. Er war sich ganz sicher, daß sein Vater an der Sache Anstoß nahm.

Maan fuhr fort: »Und vor ein paar Tagen habe ich ihn um Geld gebeten – ›für dies und das‹ –, und er hat mir großzügig eine Summe gegeben.«

Pran dachte daran, daß sein Vater es haßte, gestört zu werden, wenn er mit einem Gesetz oder einem anderen Projekt beschäftigt war, und die Leute nahezu bezahlte, damit sie ihn in Ruhe ließen und er weiterarbeiten konnte.

»Du siehst also«, sagte Maan, »es gibt überhaupt kein Problem.« Nachdem er das Problem zum Verschwinden gebracht hatte, fuhr er fort: »Und wo ist meine bildschöne Bhabhi? Ich würde mich lieber von ihr ausschimpfen lassen.«

»Sie ist unten.«

»Ist sie auch wütend auf mich?«

»Ich bin nicht wütend auf dich, Maan. Na los, mach schon, zieh dich an und komm runter. Sie freut sich, dich zu sehen.«

»Was ist mit deiner Stelle?«

Pran machte mit der rechten Hand eine Geste, die einem Achselzucken entsprach.

»Und, ähm, ist Professor Mishra noch wütend auf dich?«

Pran runzelte die Stirn. »Er ist nicht der Mann, der kleine Freundlichkeiten wie deine schnell vergißt. Ist dir klar, daß ich als Mitglied des Studentenausschusses, wärst du ein Student, deine Relegation hätte empfehlen müssen für das, was du an Holi getan hast?«

»Deine Studenten sind ein munteres Völkchen«, sagte Maan zufrieden.

Nach einer Weile fügte er hinzu, wobei sich ein glückliches Lächeln auf seinem Gesicht breitmachte: »Weißt du, daß sie mich Dagh Sahib nennt?«

»Ach wirklich? Wie charmant. Ich seh dich gleich unten.«

6.8

Nach einem langen Tag im Gericht war Firoz gegen Abend unterwegs zum Gelände der ehemaligen Truppenunterkunft der Briten, um ein bißchen Polo zu spielen und zu reiten, als er den Sekretär seines Vaters, Murtaza Ali, mit einem weißen Umschlag in der Hand die Straße entlangradeln sah. Firoz hielt den Wagen an und rief nach Murtaza Ali, der gleichfalls stoppte.

»Wohin sind Sie unterwegs?« fragte Firoz.

»Ach, nirgendwohin, nur ein Auftrag innerhalb von Pasand Bagh.«

»Für wen ist der Umschlag?«

»Saeeda Bai Firozabadi«, gestand Murtaza Ali widerstrebend.

»Das liegt auf meinem Weg. Ich bring ihn vorbei.« Firoz blickte auf seine Uhr. »Meine Zeit reicht dafür.«

Er langte aus dem Fenster, um den Umschlag entgegenzunehmen, aber Murtaza Ali gab ihn nicht her.

»Es macht mir überhaupt keine Umstände, Chhoté Sahib«, sagte er lächelnd. »Ich darf meine Pflichten nicht anderen aufhalsen. Sie sehen sehr gut aus in den neuen Jodhpurs.«

»Ich betrachte es nicht als Pflicht. Na los...« Und wieder hielt Firoz die Hand aus dem Fenster. Er dachte, daß er unter diesem ganz eindeutig untadeligen Vorwand einen Blick auf das bildhübsche Mädchen Tasneem werfen könnte.

»Tut mir leid, Chhoté Sahib, aber der Nawab Sahib hat ausdrücklich darauf bestanden, daß ich ihn abliefere.«

»Aber das ist doch Unsinn.« Firoz schlug einen etwas patrizischen Ton an. »Ich habe den Umschlag doch schon einmal hingebracht – und Sie haben ihn mir überlassen und sich die Mühe gespart, weil es kein Umweg für mich war –, und ich kann ihn jetzt wieder abgeben.«

»Chhoté Sahib, es lohnt nicht die Mühe, bitte lassen Sie es gut sein.«

»Also, guter Mann, geben Sie mir den Umschlag.«
»Das kann ich nicht.«
»Das können Sie nicht?« Firoz' Stimme klang gebieterisch und kalt.
»Sehen Sie, Chhoté Sahib, das letztemal, als ich Ihnen den Umschlag gegeben habe, war der Nawab Sahib außerordentlich verärgert. Er hat mir mit allem Nachdruck gesagt, daß das nie wieder vorkommen darf. Ich bitte um Verzeihung für meine Unhöflichkeit, aber Ihr Vater hat so vehement reagiert, daß ich es nicht wage, seinen Zorn noch einmal herauszufordern.«
»Ich verstehe.« Firoz war perplex. Er konnte sich den unmäßigen Zorn seines Vaters in dieser harmlosen Angelegenheit nicht erklären. Er hatte sich auf die sportliche Betätigung gefreut, aber jetzt war seine gute Laune dahin. Warum hatte sein Vater so überzogen puritanisch reagiert? Er wußte, daß es sich nicht gehörte, mit Sängerinnen gesellschaftlichen Umgang zu pflegen, aber was war so schlimm daran, einen Brief abzugeben? Möglicherweise ging es um etwas völlig anderes.
»Über eins möchte ich Klarheit«, sagte er nach einem Augenblick der Überlegung. »War meinem Vater nicht recht, daß Sie den Umschlag nicht abgeliefert haben, oder war ihm nicht recht, daß ich ihn hingebracht habe?«
»Das kann ich nicht sagen, Chhoté Sahib. Ich wünschte, ich wüßte es.« Murtaza Ali stand weiterhin höflich neben seinem Fahrrad, hielt den Umschlag fest in der Hand, als fürchtete er, daß Firoz ihm den Brief plötzlich doch noch entreißen würde.
»In Ordnung«, sagte Firoz, nickte Murtaza Ali kurz zu und fuhr weiter zur ehemaligen Truppenunterkunft.
Der Tag war etwas bewölkt. Es war erst früh am Abend, aber schon vergleichsweise kühl. Große Gul-Mohur-Bäume in voller orangefarbener Blüte säumten die Kitchener Road. Der eigenartige Duft der Blüten, der nicht wirklich süß war, aber so stimulierend wie der der Geranien, hing schwer in der Luft, und die zierlichen, fächerförmigen Blütenblätter lagen auf der Straße verstreut. Firoz beschloß, mit seinem Vater zu reden, sobald er nach Hause käme, und dieser Entschluß half, den Vorfall vorerst aus seinem Gedächtnis zu verbannen.
Er erinnerte sich an den ersten Blick, den er auf Tasneem geworfen hatte, und daran, wie er sich plötzlich auf verwirrende Weise zu ihr hingezogen fühlte – an die Empfindung, sie schon einmal gesehen zu haben, ›wenn nicht in diesem Leben, dann in einem früheren‹. Aber nach einer Weile, als er sich dem Polofeld näherte, den vertrauten Geruch nach Pferdedung einatmete, an den vertrauten Gebäuden vorbeifuhr und den altbekannten Leuten zuwinkte, trat das Spiel immer mehr in den Vordergrund, und Tasneem verschwamm im Hintergrund.
Firoz hatte Maan versprochen, ihm an diesem Abend die Grundbegriffe des Polospiels beizubringen, und hielt jetzt im Clubhaus nach ihm Ausschau. Korrekter wäre es zu sagen, daß er einem widerstrebenden Maan das Versprechen abgerungen hatte, die Grundbegriffe dieses Spiels zu lernen. »Es ist das beste

Spiel der Welt«, hatte er zu ihm gesagt. »Du wirst bald danach süchtig sein. Und du hast so viel freie Zeit.« Firoz hatte Maans Hände in seine eigenen genommen und gesagt: »Sie sind ganz weich, weil du viel zu verwöhnt bist.«

Aber im Augenblick war Maan nirgendwo zu sehen, und Firoz blickte etwas ungeduldig auf seine Uhr und in die zunehmende Dunkelheit.

6.9

Ein paar Minuten später kam Maan auf ihn zugeritten, lüpfte zur Begrüßung die Reitkappe mit einer schwungvollen Geste und stieg ab.

»Wo warst du so lange?« fragte Firoz. »Sie sind hier sehr streng, was die Zeiten angeht, und wenn wir in den nächsten zehn Minuten nicht beim hölzernen Pferd sind, dann geben sie es jemand anders. Und wie hast du sie dazu gebracht, dich auf einem ihrer Pferde reiten zu lassen, ohne daß ein Clubmitglied dich begleitet?«

»Ach, ich weiß nicht«, sagte Maan. »Ich hab mit einem Stallburschen geredet, und er hat diesen Braunen für mich gesattelt.«

Wenn Firoz es recht bedachte, dann überraschte es ihn nicht: Sein Freund war ein Meister darin, in allen nur möglichen und unmöglichen Situationen vollkommen unbekümmert zu improvisieren. Der Stallbursche mußte angenommen haben, daß Maan ein vollwertiges Clubmitglied war.

Als Maan – recht unbequem – auf dem hölzernen Pferd saß, begann Firoz mit dem Unterricht. Maan hielt den leichten Poloschläger aus Bambus in der rechten Hand und wurde darum ersucht, ihn sicherheitshalber ein paarmal ordnungsgemäß hochzuhalten und zu schwingen.

»Das macht überhaupt keinen Spaß«, sagte Maan nach ungefähr fünf Minuten.

»Nichts macht in den ersten fünf Minuten Spaß«, erwiderte Firoz gelassen. »Nein, so darfst du den Schläger nicht halten – halt den Arm gerade – nein, vollkommen gerade – so ist es richtig – ja, und jetzt schwing ihn – einen Halbkreis – gut! – dein Arm sollte die Fortsetzung des Schlägers sein.«

»Ich kenne zumindest eine Sache, die auch schon in den ersten fünf Minuten Spaß macht«, sagte Maan und grinste etwas dümmlich, schwang den Schläger auf die andere Seite und geriet dabei fast aus dem Gleichgewicht.

Firoz musterte kühl Maans Haltung. »Ich spreche von Dingen, die Geschicklichkeit und Übung erfordern.«

»Das erfordert eine Menge Geschicklichkeit und Übung.«

»Sei nicht so vorlaut«, sagte Firoz, der Polo sehr ernst nahm. »Bleib genau so, wie du jetzt bist, und schau mich an. Meine Schulterlinie verläuft parallel zum Rückgrat des Pferdes. Versuch, dich genauso zu setzen.«

Maan versuchte es, aber die neue Haltung war noch unbequemer. »Glaubst du wirklich, daß alles, was Geschicklichkeit erfordert, am Anfang weh tut?« fragte er. »Mein Urdulehrer ist genau der gleichen Meinung.« Er legte den Schläger zwischen seinen Beinen ab und wischte sich mit der rechten Hand den Schweiß von der Stirn.

»Komm schon, Maan. Du willst doch nicht behaupten, daß du nach fünf Minuten schon nicht mehr kannst. Wir werden's jetzt mit dem Ball versuchen.«

»Ich bin ziemlich erschöpft. Mein Handgelenk tut weh. Und mein Ellbogen und meine Schulter.«

Firoz lächelte ihm aufmunternd zu und legte den Ball auf den Boden. Maan schwang den Schläger und verfehlte den Ball. Er versuchte es noch einmal und verfehlte ihn wieder.

»Weißt du«, sagte er, »ich bin einfach nicht in der Stimmung für Polo. Ich wäre lieber woanders.«

Firoz ignorierte ihn und sagte: »Schau nichts anderes an als den Ball – nur den Ball – nichts anderes – nicht mich – nicht, wohin der Ball fliegen wird – stell dir nicht einmal Saeeda Bai vor.«

Diese letzte Bemerkung hätte Maan völlig aus dem Schwung bringen können, aber nein – er versetzte dem Schläger den nötigen Antrieb und traf den Ball.

»Die Dinge stehen nicht zum besten mit Saaeda Bai, Firoz. Gestern wurde sie sehr ärgerlich mit mir, und ich weiß nicht, was ich getan habe.«

»Was ist passiert?« fragte Firoz nicht gerade mitfühlend.

»Ihre Schwester kam herein, während wir uns unterhielten, und sagte, daß der Papagei schlecht aussieht. Also eigentlich ist es ein Sittich, aber das sind auch Papageien, oder? Ich hab sie angelächelt und unseren Urdulehrer erwähnt und gesagt, daß wir beide etwas gemeinsam haben, Tasneem und ich. Und Saeeda Bai ist einfach explodiert. Sie ist einfach explodiert. Es hat eine halbe Stunde gedauert, bis sie wieder freundlich zu mir war.« Maan blickte so entrückt drein, wie nur er entrückt dreinblicken konnte.

»Hm.« Firoz dachte daran, wie scharf Saeeda Bai mit Tasneem umgesprungen war, als er damals den Umschlag überbracht hatte.

»Es schien fast so, als sei sie eifersüchtig«, fuhr Maan nach einer Pause und einigen Schlägen fort. »Aber warum sollte jemand, der so erstaunlich schön ist, auf jemand anders eifersüchtig sein? Noch dazu auf die eigene Schwester?«

Firoz dachte, daß er Saeeda Bai nie als ›erstaunlich schön‹ beschreiben würde. Es war ihre Schwester, die ihn mit ihrer Schönheit in Erstaunen versetzt hatte. Er konnte sich sehr gut vorstellen, daß Saeeda Bai sie um ihre Frische und Jugend beneidete.

»Also«, sagte er zu Maan, und ein Lächeln zeichnete sich auf seinen unverbrauchten, hübschen Zügen ab, »ich würde das nicht als schlechtes Zeichen interpretieren. Ich versteh nicht, warum du deswegen niedergeschlagen bist. Du solltest mittlerweile eigentlich wissen, daß Frauen nun mal so sind.«

»Du hältst Eifersucht also für ein gutes Zeichen?« fragte Maan, der selbst zur Eifersucht neigte. »Aber es muß doch etwas geben, worauf man eifersüchtig ist. Hast du ihre jüngere Schwester jemals gesehen? Sie hält doch einem Vergleich mit Saeeda Bai nie und nimmer stand.«

Firoz schwieg eine Weile und sagte dann kurz angebunden: »Ja, ich habe sie gesehen. Sie ist ein hübsches Mädchen.« Mit mehr rückte er nicht heraus.

Aber Maan, der den Ball nur sehr unwirksam streifte, war mit den Gedanken wieder bei Saeeda Bai. »Manchmal denke ich, daß ihr der Sittich mehr bedeutet als ich.« Er runzelte die Stirn. »Auf ihn ist sie nie wütend. Ich kann nicht mehr – ich bin total erschöpft.«

Der letzte Satz bezog sich nicht auf sein Herz, sondern auf seinen Arm. Maan führte die Schläge mit seiner ganzen Kraft aus, und Firoz schien Spaß daran zu finden, ihn schnaufen und keuchen zu sehen.

»Wie hat sich dein Arm beim letzten Schlag angefühlt?« fragte er.

»Als ob *er* einen Schlag bekommen hätte. Wie lang soll ich noch weitermachen?«

»Bis ich meine, daß es genug ist. Es ist alles sehr ermutigend – du machst alle üblichen Anfängerfehler. Du triffst den Ball zu weit oben. Das ist falsch – ziel weiter unten auf den Ball, und er wird richtig davonfliegen. Wenn du ihn so weit oben triffst, wird die Wucht des Schlages vom Boden abgefangen. Der Ball fliegt nicht weit, und außerdem fühlt sich dein Arm an, als hätte er einen kleinen Schlag bekommen.«

»Firoz, du und Imtiaz, wie habt ihr Urdu gelernt? War das nicht sehr schwierig? Ich finde es nahezu unmöglich – alle diese Punkte und Schnörkel.«

»Wir hatten einen alten Maulvi, der ins Haus kam, um uns zu unterrichten. Meine Mutter wollte unbedingt, daß wir auch noch Persisch und Arabisch lernen, aber Zainab war die einzige, die es dabei zu was gebracht hat.«

»Wie geht es Zainab?« fragte Maan. Er dachte daran, daß er sie seit Jahren – seitdem sie in der Welt des Purdah verschwunden war – nicht mehr gesehen hatte, obwohl er einer ihrer liebsten Kinderfreunde gewesen war. Sie war sechs Jahre älter als er, und er hatte sie angebetet. Als er sechs war, hatte sie ihm beim Schwimmen einmal das Leben gerettet. Ich bezweifle, daß ich sie jemals wiedersehen werde, dachte er. Wie schrecklich – und wie seltsam.

»Nicht mit Gewalt, sondern mit Kraft«, sagte Firoz. »Oder hat dir das deine Lehrerin noch nicht beigebracht.«

Maan zielte mit dem Schläger auf Firoz.

Ihnen blieben noch zehn Minuten Tageslicht, und Firoz sah, daß Maan auf dem hölzernen Pferd nicht glücklich wirkte. »Noch ein letzter Schlag«, sagte er.

Maan zielte auf den Ball, holte aus, und mit einer eleganten Armbewegung, die einen vollen Kreis beschrieb, traf er den Ball genau in der Mitte. Pokk! Der Ball gab ein wunderbares hölzernes Geräusch von sich und flog in einer niedrigen Parabel über das Tor am Ende des Feldes.

Beide, Firoz und Maan, waren sprachlos.

»Guter Schuß!« sagte Maan, hoch zufrieden mit sich selbst.
»Ja. Guter Schuß. Anfängerglück. Morgen werden wir sehen, ob du das noch mal zustande bringst. Aber jetzt solltest du noch ein paar Minuten ein richtiges Polo-Pony reiten, um zu sehen, ob du die Zügel allein mit der linken Hand kontrollieren kannst.«
»Vielleicht morgen.« Maans Schultern waren steif, sein Rücken war verkrampft, und er hatte genug vom Polo. »Wie wär's statt dessen mit einem schlichten Ausritt?«
»Ich seh schon, mir geht's wie deinem Urdulehrer: Ich muß dir zuerst Disziplin beibringen und kann dann erst zum eigentlichen Thema übergehen. Mit einer Hand zu reiten ist überhaupt nicht schwer. Es ist nicht schwerer, als überhaupt reiten zu lernen – oder das Abc. Wenn du es jetzt versuchst, bist du morgen schon einen Schritt weiter.«
»Aber ich bin nicht gerade versessen darauf, es heute noch zu versuchen. Außerdem ist es schon fast dunkel, und es wird mir keinen Spaß machen. Aber na gut, was immer du sagst, Firoz. Du bist der Boß.«
Er stieg ab und legte den Arm um die Schultern des Freundes, und so gingen sie zu den Ställen.
»Das Problem mit meinem Urdulehrer ist«, sagte Maan aus heiterem Himmel, »daß er mir die Feinheiten der Schrift und der Aussprache beibringen will. Ich will aber nur lernen, Liebesgedichte zu lesen.«
»Das ist das Problem mit deinem *Lehrer*, was?« fragte Firoz und hielt Maans Schläger fest, um einen Vergeltungsschlag zu verhindern. Er war wieder gut gelaunt. In Maans Gesellschaft erging es ihm fast unweigerlich so.
»Meinst du nicht, daß ich da ein Wörtchen mitzureden habe?« fragte Maan.
»Vielleicht«, erwiderte Firoz. »Wenn ich der Meinung wäre, daß du weißt, was gut für dich ist.«

6.10

Wieder zu Hause, beschloß Firoz, mit seinem Vater zu sprechen. Er war weit weniger verärgert als unmittelbar nach dem Wortwechsel mit Murtaza Ali, aber noch genauso verwirrt. Er hatte den Verdacht, daß der Sekretär seinen Vater mißverstanden oder seine Worte zumindest übertrieben ausgelegt hatte. Was konnte sein Vater mit einer so seltsamen Anweisung bezwecken? Galt sie auch für Imtiaz? Wenn ja, warum, und wovor wollte er sie schützen? Was, glaubte er, würden seine Söhne tun? Vielleicht sollte ich ihn in dieser Hinsicht beruhigen, dachte Firoz.
Als er seinen Vater nicht in seinem Zimmer vorfand, nahm er an, daß er in die Zenana gegangen war, um mit Zainab zu sprechen, und beschloß, ihm nicht

dorthin zu folgen. Und er tat gut daran, denn der Nawab Sahib sprach mit ihr über etwas so Privates, daß die Gegenwart einer weiteren Person, auch der eines geliebten Bruders, dem Gespräch ein abruptes Ende gesetzt hätte.

Zainab, die sich als so mutig erwiesen hatte, als das Haus von der Polizei belagert wurde, saß neben ihrem Vater und schluchzte leise. Der Nawab Sahib hatte seinen Arm um ihre Schultern gelegt, und auf sein Gesicht war ein Ausdruck großer Bitterkeit getreten.

»Ja«, sagte er sanft, »ich habe gerüchteweise gehört, daß er ausgeht. Aber man soll nicht alles, was erzählt wird, für bare Münze nehmen.«

Zainab erwiderte zuerst nichts, bedeckte dann das Gesicht mit den Händen und sagte: »Abba-jaan, ich weiß, daß es stimmt.«

Der Nawab Sahib streichelte zärtlich über ihr Haar und erinnerte sich an die Zeit, als Zainab vier Jahre alt war und sich auf seinen Schoß setzte, wann immer ihr etwas Kummer bereitete. Er empfand es als unerträglich, und es verbitterte ihn zutiefst, daß sein Schwiegersohn sie mit seiner Untreue so verletzte. Er dachte an seine eigene Ehe, an die praktische und sanftmütige Frau, die er so viele Jahre kaum gekannt hatte und die erst spät, lange nachdem ihre drei Kinder geboren waren, sein Herz endgültig gewonnen hatte.

Zu Zainab sagte er nur: »Sei geduldig wie deine Mutter. Eines Tages wird er es sich anders überlegen.«

Zainab blickte nicht auf, wunderte sich jedoch, daß ihr Vater das Andenken ihrer Mutter beschwor. Nach einer Weile fügte er hinzu, fast mehr für sich selbst: »Ich habe sie erst sehr spät im Leben schätzengelernt. Gott sei ihrer Seele gnädig.«

Seit vielen Jahren besuchte der Nawab Sahib das Grab seiner Frau, sooft er nur konnte, und sprach die Fatiha. Die alte Begum Sahiba war in der Tat eine bemerkenswerte Frau gewesen. Sie hatte sich mit allem abgefunden, was sie über die unruhige Jugend des Nawabs wußte, hatte hinter den Mauern ihres abgeschiedenen Lebens seinen Besitz höchst effizient verwaltet, seine spätere fromme Phase ertragen (die glücklicherweise nicht ganz so exzessiv ausgefallen war wie die seines jüngeren Bruders), diszipliniert und kultiviert ihre Kinder großgezogen und bei der Erziehung ihrer Neffen und Nichten geholfen. Ihr Einfluß auf die Zenana war sowohl umfassend als auch nachhaltig. Sie hatte gelesen und zudem auch noch gedacht.

Wahrscheinlich hatten die Bücher, die sie ihrer Schwägerin Abida lieh, sogar die ersten Samen der Rebellion in dieses ruhelose, leicht erregbare Herz gepflanzt. Obwohl Zainabs Mutter selbst nie daran gedacht hatte, die Zenana zu verlassen, war es ausschließlich ihre Anwesenheit, die sie für Abida erträglich gemacht hatte. Nach ihrem Tod zwang Abida ihren Mann – und seinen älteren Bruder, den Nawab Sahib – mit Vernunftgründen, Überredungskünsten und Selbstmorddrohungen (die in die Tat umzusetzen, sie wirklich beabsichtigte, woran niemand zweifelte), sie aus der jetzt nicht mehr auszuhaltenden Sklaverei freizulassen. Abida, die Unruhestifterin des Parlaments, hatte kaum Respekt vor dem Nawab Sahib, den sie für schwach und hilflos hielt und der (wieder ihrer Ansicht nach) in seiner Frau den Wunsch getötet hatte, den Purdah hinter sich zu lassen. Aber sie liebte seine Kinder: Zainab, weil sie das gleiche Temperament wie ihre Mutter hatte; Imtiaz, weil sein Lachen und viele seiner Bewegungen denen seiner Mutter ähnelten; Firoz, weil er den langen Kopf und die hübschen Gesichtszüge seiner Mutter hatte.

Ein Mädchen brachte Hassan und Abbas herein, und Zainab küßte sie tränenüberströmt.

Der etwas verdrießlich dreinblickende Hassan sagte zu seiner Mutter: »Wer hat dich zum Weinen gebracht, Ammi-jaan?«

Seine Mutter zog ihn lächelnd an sich. »Niemand, mein Schatz. Niemand.«

Hassan forderte daraufhin von seinem Großvater die vor ein paar Tagen versprochene Gespenstergeschichte ein. Der Nawab Sahib fügte sich. Während er zum größten Vergnügen der beiden Jungen, auch des dreijährigen, eine aufregende und ziemlich blutrünstige Geschichte erzählte, dachte er an die vielen Gespenstergeschichten, die mit diesem Haus verbunden waren und die ihm in seiner Kindheit Dienstboten und Familienmitglieder erzählt hatten. Vor ein paar Tagen war dieses Haus mit all seinen Erinnerungen vom Untergang bedroht gewesen. Niemand war in der Lage, den Anschlag zu verhindern, und nur dank der Gnade Gottes oder eines Zufalls oder des Schicksals war es gerettet worden. Wir sind alle allein, dachte der Nawab Sahib, aber Gott sei Dank ist es uns nur selten bewußt.

Sein alter Freund Mahesh Kapoor fiel ihm ein, und er dachte, daß es in Zeiten großer Bedrängnis manchmal nicht einmal denen möglich war zu helfen, die helfen wollten. Aus irgendeinem Grund mochten ihnen die Hände gebunden sein, oder Eigennutz oder noch größere Not andernorts hielten sie gegen ihren Willen fern.

6.11

Auch Mahesh Kapoor dachte an seinen alten Freund, und zwar etwas schuldbewußt. An jenem Abend, an dem L. N. Agarwal die Polizei nach Baitar House geschickt hatte, um es in Besitz zu nehmen, war Zainabs Hilferuf nicht bis zu ihm gedrungen. Dem Peon, den Mrs. Mahesh Kapoor losgeschickt hatte, war es nicht gelungen, ihn zu finden.

Im Gegensatz zu ländlichen Besitzungen (die das Gesetz zur Abschaffung des Zamindari-Systems bedrohte) konnten Grundbesitz und Häuser in der Stadt nicht enteignet werden – es sei denn, sie fielen dem Treuhänder für Evakuierteneigentum in die Hände. Mahesh Kapoor hatte es für höchst unwahrscheinlich gehalten, daß Baitar House, eines der großen Häuser Brahmpurs – eines der Wahrzeichen der Stadt –, gefährdet war. Der Nawab Sahib lebte nach wie vor dort, seine Schwägerin Begum Abida Khan war eine mächtige Figur im Parlament, und der Rasen und der Garten vor dem Haus waren gut gepflegt, auch wenn viele – oder die meisten – Räume des Hauses jetzt leer standen und unbewohnt waren. Er bedauerte, daß er zu beschäftigt gewesen war, um seinem Freund zu raten, jedem Zimmer zumindest den Anschein zu geben, als würde es genutzt. Und er hatte Gewissensbisse, weil er den Chefminister am Abend der Krise nicht um Hilfe hatte ersuchen können.

Aber mehr als Zainab hätte auch Mahesh Kapoor nicht bewirken können. S.S. Sharmas Herz war gerührt worden, und sein Zorn auf den Innenminister war echt.

Zainab hatte in dem Brief an ihn eine Angelegenheit erwähnt, von der ihr der Nawab Sahib vor ein paar Jahren erzählt und die sie nicht vergessen hatte. S.S. Sharma – der frühere Premier der Protected Provinces (so wurden der Chefminister und Purva Pradesh vor der Unabhängigkeit genannt) – wurde während des Quit India Movement von 1942 in einem britischen Gefängnis ohne jede Verbindung zur Außenwelt festgehalten und konnte nichts für seine Familie tun – ebensowenig wie sie für ihn. Während dieser Zeit kam dem Vater des Nawab Sahib zu Ohren, daß Sharmas Frau krank sei, und er half ihr. Es war keine große Sache – ein Arzt, Medikamente, ein, zwei Besuche –, aber in jenen Tagen wollten nicht viele, ob sie nun mit den Briten sympathisierten oder nicht, mit den Familien von Subversiven in Verbindung gebracht werden. Sharma war Premier gewesen, als 1938 das Pächterschutzgesetz verabschiedet wurde – ein Gesetz, das der Vater des Nawab Sahib zutreffend als den Anfang einer wesentlich weiter reichenden Landreform eingestuft hatte. Dessenungeachtet hatten ihn schlichte Mitmenschlichkeit und auch Bewunderung für seinen politischen Gegner zu dieser entscheidenden Hilfeleistung veranlaßt. Sharma war zutiefst dankbar für die Freundlichkeit, die seiner Familie in der Stunde der Not zuteil geworden war, und als Hassan, der sechsjährige Urenkel des Mannes, der ihm geholfen hatte, mit dem Brief kam, in dem nun er um Hilfe gebeten wurde, war er sehr bewegt.

Mahesh Kapoor wußte nichts von diesen Begebenheiten, denn keine der beiden Seiten wollte sie bekanntwerden lassen, und die unverzügliche und eindeutige Reaktion des Chefministers hatte ihn erstaunt. Er empfand seine eigene Untätigkeit daraufhin als noch schlimmer. Und als sein Blick nach der Verabschiedung der Zamindari Abolition Bill im Parlament dem des Nawab Sahib begegnete, hatte ihn irgend etwas davon abgehalten, auf seinen Freund zuzugehen – um ihm sein Mitleid auszudrücken, zu erklären, sich zu entschuldigen. War es Scham über seine Untätigkeit – oder das schlichte Unbehagen, daß das Gesetz, das er gerade erfolgreich durchgesetzt hatte, die Interessen des Nawab Sahib genauso verletzen würde wie die vom Innenminister initiierte Polizeiaktion, auch wenn es keine persönliche Feindseligkeit enthielt?

Es war mittlerweile noch mehr Zeit vergangen, aber die Sache belastete ihn nach wie vor. Heute abend muß ich Baitar House aufsuchen, sagte sich Mahesh Kapoor. Ich kann es nicht länger aufschieben.

6.12

Aber in der Zwischenzeit, am Vormittag, mußte noch Arbeit erledigt werden. Eine Menge Leute, nicht nur aus seinem Wahlkreis in Old Brahmpur, hatten sich auf den Veranden von Prem Nivas eingefunden. Ein paar schlenderten sogar durch den Innenhof und den Garten. Mahesh Kapoors Privatsekretär und seine Persönlichen Assistenten taten, was sie konnten, um die Menge unter Kontrolle zu halten und das Kommen und Gehen in dem kleinen Büro zu regulieren, das der Finanzminister zu Hause unterhielt.

Mahesh Kapoor saß an einem Tisch in einer Ecke seines Büros. Auf den zwei schmalen Bänken entlang den Wänden warteten die unterschiedlichsten Leute: Bauern, Händler, kleinere Politiker, Bittsteller jeder Art. Ein alter Mann, ein Lehrer, saß Mahesh Kapoor am Tisch gegenüber. Er sah älter aus als der Minister, war jedoch jünger. Ein Leben voller Sorgen hatte ihn verbraucht. Er war ein alter Freiheitskämpfer, der unter den Briten viele Jahre im Gefängnis verbracht hatte und mit ansehen mußte, wie seine Familie in Armut versank. 1921 hatte er sein Studium abgeschlossen, und mit dieser Qualifikation hätte er damals ein hoher Regierungsbeamter mit Pensionsanspruch werden können. Aber gegen Ende der zwanziger Jahre hatte er alles aufgegeben, um Gandhiji zu folgen, und dieser idealistische Impuls war ihn teuer zu stehen gekommen. Als er im Gefängnis saß, starb seine Frau an Tuberkulose, da sie niemanden hatte, der sie unterstützte, und seine Kinder, gezwungen, die Abfälle anderer Leute zu essen, wären beinahe verhungert. Als Indien unabhängig wurde, hatte er gehofft, daß sein Opfer eine Gesellschaftsordnung bewirken würde, die den Idealen, für die er gekämpft hatte, zumindest annähernd entsprach, aber er wurde bitter enttäuscht. Er mußte zusehen, wie sich die Korruption in das Rationierungssystem und in das Vergabesystem von Regierungsaufträgen mit einer Habgier einfraß, die alles übertraf, was er von den Briten kannte. Auch die Polizei erpreßte noch unverhohlener. Aber am schlimmsten war, daß die Lokalpolitiker, die Mitglieder der örtlichen Kongreß-Komitees, mit den korrupten kleinen Beamten gemeinsame Sache machten. Und als der alte Mann im Interesse der Menschen seines Wohnviertels zum Chefminister S.S. Sharma gegangen war, um ihn zu bitten, gegen bestimmte Politiker vorzugehen, hatte dieser große Mann nur müde gelächelt und zu ihm gesagt: »Masterji, Ihre Arbeit, die eines Lehrers, ist eine heilige Tätigkeit. Politik ist wie der Handel mit Kohlen. Man kann den Leuten nicht die Schuld dafür geben, daß ihre Hände und ihr Gesicht ein bißchen schwarz werden, nicht wahr?«

Der alte Mann sprach jetzt mit Mahesh Kapoor und versuchte, ihn davon zu überzeugen, daß die Kongreßpartei ebenso schamlos auf ihren eigenen Vorteil erpicht war und ebenso schamlos despotisch regierte wie die Briten.

»Was ausgerechnet Sie noch in dieser Partei tun, Kapoor Sahib, weiß ich nicht«, sagte er in Hindi mit einem Akzent, der mehr nach Allahabad klang als nach Brahmpur. »Sie hätten schon vor langer Zeit austreten sollen.«

Der alte Mann wußte, daß alle im Zimmer hörten, was er sagte, aber es war ihm egal.

Mahesh Kapoor sah ihn an und sagte: »Masterji, die Zeiten Gandhijis sind vorbei. Ich habe ihn in seinem Zenit erlebt, und ich habe erlebt, wie er so vollständig den Halt verlor, daß er die Teilung des Landes nicht verhindern konnte. Er war jedoch klug genug, um zu erkennen, daß seine Macht und sein Einfallsreichtum nicht allumfassend waren. Er hat einmal geäußert, daß nicht er, sondern die Situation über Zauberkraft verfügte.«

Der alte Mann schwieg ein paar Sekunden. Dann sagte er mit leicht bebenden Mundwinkeln: »Minister Sahib, was wollen Sie mir damit sagen?«

Mahesh Kapoor war die veränderte Form der Anrede nicht entgangen, und er schämte sich ein bißchen für seine ausweichende Antwort. »Masterji, ich mag in den alten Zeiten gelitten haben, aber ich habe nicht so gelitten wie Sie. Es ist nicht so, daß ich nicht ernüchtert wäre von dem, was um mich herum vor sich geht. Aber ich fürchte, daß ich außerhalb der Partei von noch geringerem Nutzen wäre als in der Partei.«

Der alte Mann sagte: »Gandhiji hat recht gehabt mit seiner Voraussage darüber, was mit der Kongreßpartei passieren würde, wenn sie nach der Unabhängigkeit die Regierung bildet. Deswegen war er der Meinung, daß sie aufgelöst werden sollte und ihre Mitglieder sich der Sozialarbeit widmen sollten.«

Mahesh Kapoor nahm kein Blatt vor den Mund, als er antwortete. »Wenn wir alle das getan hätten, dann hätte im Land Anarchie geherrscht. Es war die Pflicht derjenigen, die seit den späten dreißiger Jahren etwas Erfahrung in den Provinzregierungen gesammelt hatten, zumindest die Verwaltung aufrechtzuerhalten. Ihre Beschreibung dessen, was um uns herum vor sich geht, ist richtig. Aber wenn Leute wie Sie, Masterji, und ich nichts mehr mit diesem Kohlenhandel zu tun haben wollten, dann stellen Sie sich nur einmal vor, was für Leute die Macht übernehmen würden. Früher war Politik kein einträgliches Geschäft. Sie haben im Gefängnis geschmachtet, Ihre Kinder sind fast verhungert. Jetzt ist Politik profitabel, und natürlich sind Leute, die sich fürs Geldverdienen interessieren, ganz versessen darauf, mitzumischen. Wenn wir aufgeben, nehmen sie unsere Plätze ein. So einfach ist das. Schauen Sie sich alle diese Leute hier an«, er sprach jetzt so leise, daß ihn nur noch der alte Mann hören konnte, und machte eine ausladende Geste, die das Büro, die Veranden und den Garten umfaßte, »ich kann Ihnen gar nicht sagen, wie viele von ihnen versuchen, bei mir einen Platz auf der Kandidatenliste der Kongreßpartei für die nächsten Wahlen zu erbetteln. Und ich weiß genausogut wie Sie, daß sie zu Zeiten der Briten hundert Meilen weit davongelaufen wären, ehe sie so einen Gunstbeweis angenommen hätten.«

»Ich habe nicht vorgeschlagen, daß Sie sich völlig aus der Politik zurückziehen sollen, Kapoor Sahib, sondern daß Sie beim Aufbau einer neuen Partei helfen. Alle Welt weiß, daß Pandit Nehru oft denkt, die Kongreßpartei sei nicht der richtige Ort für ihn. Alle Welt weiß, wie unglücklich er darüber ist, daß

Tandonji durch fragliche Methoden Präsident der Partei geworden ist. Alle Welt weiß, daß Panditji seine Partei kaum noch kontrollieren kann. Alle Welt weiß, daß er Sie respektiert, und ich halte es für Ihre Pflicht, nach Delhi zu gehen und ihn davon zu überzeugen, daß er die Partei verlassen muß. Wenn sich Pandit Nehru und die weniger selbstgerechten Teile der Kongreßpartei abspalten und eine neue Partei gründen, wird diese eine gute Chance haben, die nächsten Wahlen zu gewinnen. Davon bin ich überzeugt; wenn ich nicht davon überzeugt wäre, würde ich verzweifeln.«

Mahesh Kapoor nickte. »Ich werde ernsthaft über das nachdenken, was Sie gesagt haben, Masterji. Ich will nicht behaupten, daß ich darüber noch nicht nachgedacht hätte. Aber die Ereignisse folgen einer bestimmten Logik und brauchen Zeit, und ich muß Sie bitten, es dabei zu belassen.«

Der alte Mann nickte, stand auf und ging; seine Miene spiegelte unverhohlene Enttäuschung wider.

6.13

Zahllose Menschen, manche allein, andere zu zweit, wieder andere in Gruppen und manche in – man kann es nicht anders nennen – Scharen, sprachen im Lauf des Vormittags und frühen Nachmittags bei Mahesh Kapoor vor. Tassen mit Tee wurden aus der Küche gebracht und leer zurückgeliefert. Die Zeit des Mittagessens kam und ging, und der Minister Sahib war noch immer energiegeladen, trotz seines knurrenden Magens. Mrs. Mahesh Kapoor ließ ihn durch einen Dienstboten zu Tisch rufen, aber er winkte ungeduldig ab. Sie hätte nicht im Traum daran gedacht, vor ihrem Mann zu essen, aber es ging ihr nicht darum, daß sie hungrig war, sondern ihre größte Sorge war, daß er Nahrung brauchte, ohne es zu merken.

Mahesh Kapoor hörte den Menschen, die zu ihm vorgelassen wurden, so geduldig zu, wie er nur konnte. Da kamen Leute, die sich einen Platz auf der Wahlliste erhofften, und Leute, die um einen Gefallen baten, Politiker aller Grade von Ehrenhaftigkeit und unterschiedlichster Ansichten, Ratgeber, Klatschmäuler, Mittelsmänner, Assistenten, Lobbyisten, Abgeordnete und andere Kollegen und Partner, Geschäftsleute, die nur in einen Dhoti gekleidet waren (aber Lakhs von Rupien besaßen) und um einen Auftrag oder eine Information nachsuchten oder die nur kamen, damit sie erzählen konnten, daß der Finanzminister sie empfangen hatte – gute Leute, schlechte Leute, zufriedene Leute, unzufriedene Leute (letztere waren zahlenmäßig überlegen), Leute, die nur ihren Respekt bezeugen wollten, weil sie gerade in der Stadt waren, Leute, die ihn mit ehrfürchtig geöffnetem Mund anstarrten und nichts verstanden von dem, was er sagte; Leute, die ihn weiter nach rechts zerren wollten, Leute, die ihn weiter nach links stoßen wollten, Mitglieder der Kongreßpartei, Sozialisten, Kommunisten, Mitglieder der Hindu-Partei, alte Mitglieder der Moslemliga, die in die Kongreßpartei eintreten wollten, und eine empörte Delegation aus Rudhia, die sich über eine Entscheidung des örtlichen Unterbezirksbeamten beschwerte. Wie ein Gouverneur einmal über seine Erfahrungen in einer vom Volk gewählten Provinzregierung Ende der dreißiger Jahre schrieb:»Nichts war zu unbedeutend, zu ortsgebunden, zu offensichtlich belanglos«, als daß sich kleine Lokalpolitiker nicht berechtigt sahen, sich über den Kopf der Distriktverwaltung hinweg an höhere Politiker zu wenden.

Mahesh Kapoor hörte zu, erklärte, besänftigte, brachte Dinge in einen Zusammenhang, entwirrte andere, schrieb Notizen, gab Anweisungen, sprach laut, sprach leise, überprüfte Kopien der Kandidatenlisten für die bevorstehenden Wahlen, wurde ärgerlich und reagierte einmal mit größter Schärfe, lächelte den einen ironisch an, gähnte vor einem anderen, stand auf, als ein bekannter Anwalt hereinkam, und ließ ihm Tee in besseren Tassen servieren.

Um neun Uhr erklärte er so gut er konnte, inwieweit die Reform des Hindu-Rechts die Interessen der Bauern berücksichtigte, die sich Sorgen machten und ärgerlich waren, weil im Parlament in Delhi ein Gesetz diskutiert wurde, demzufolge ihre Söhne, wenn kein Testament vorlag, das Recht, Land zu erben, mit ihren Töchtern (und in der Folge mit ihren Schwiegersöhnen) teilen müßten.

Um zehn Uhr sagte er zu einem alten Kollegen und Rechtsanwalt:»Was diesen Dreckskerl betrifft, glaubst du etwa, ich mache, was der will? Er kam mit einem Bündel Geldscheine in mein Büro und versuchte, mich zu überreden, eine Bestimmung der Zamindari Bill zu verwässern. Ich dachte einen Moment daran, ihn verhaften zu lassen – Fürstentitel hin, Fürstentitel her. Er mag Marh regiert haben, aber er muß kapieren, daß andere Männer Purva Pradesh regieren. Natürlich weiß ich, daß er und seinesgleichen das Gesetz vor Gericht anfechten werden. Glaubst du etwa, wir sind darauf nicht vorbereitet? Deswegen wollte ich mit dir sprechen.«

Um elf Uhr sagte er:»Für mich persönlich ist weder der Tempel noch die Moschee das Hauptproblem. Das Hauptproblem ist, wie die beiden Religionen in Brahmpur miteinander auskommen werden. Maulvi Sahib, Sie kennen meine Ansichten dazu. Ich habe den größten Teil meines Lebens hier verbracht. Natürlich gibt es Mißtrauen. Die Frage ist, wie kann man es überwinden? Sie wissen, wie es ist. Die Mehrheit in der Kongreßpartei ist dagegen, daß ehemalige Mitglieder der Moslemliga in die Partei aufgenommen werden. Nun ja, das war nicht anders zu erwarten. Aber im Kongreß gibt es eine lange Tradition der Zusammenarbeit von Hindus und Moslems, und, glauben Sie mir, sie wollen in die richtige Partei. Was die Wahllisten anbelangt, gebe ich Ihnen mein Wort darauf, daß die Moslems fair repräsentiert sein werden. Sie werden nicht bedauern, daß wir keine reservierten Mandate oder separate Wählerschaften haben. Ja, die nationalistischen Moslems, die von Anfang an in der Partei sind, wird man vorziehen, aber wenn ich da mitzureden habe, dann wird es auch Platz für andere geben.«

Mittags sagte er: »Damodarji, Sie tragen da einen sehr schönen Ring an Ihrem Finger. Wieviel hat er gekostet? Zwölfhundert Rupien? Nein, nein, ich freue mich, Sie zu sehen, aber wie Sie vielleicht bemerken«, er deutete mit der einen Hand auf die Stapel von Papier auf seinem Schreibtisch und mit der anderen auf die Besucherschar, »habe ich viel weniger Zeit, um mit alten Freunden zu reden, als mir lieb wäre ...«

Um ein Uhr sagte er: »Wollen Sie mir weismachen, daß der Einsatz von Lathis notwendig war? Wissen Sie, wie diese Leute leben? Und besitzen Sie etwa die Frechheit, mir einreden zu wollen, daß weitere Strafaktionen angedroht werden sollen? Reden Sie mit dem Innenminister, dort werden Sie auf mehr Gegenliebe stoßen. Tut mir leid, Sie sehen, wie viele Leute noch warten.«

Um zwei Uhr sagte er: »Vermutlich kann ich da etwas machen. Mal sehen. Schicken Sie den Jungen nächste Woche zu mir. Natürlich hängt viel von seinen Prüfungsergebnissen ab. Nein, nein, danken Sie mir nicht – und vor allem nicht im voraus.«

Um drei Uhr sagte er gelassen: »Sehen Sie, Agarwal hat ungefähr hundert Abgeordnete hinter sich. Ich ungefähr achtzig. Die restlichen haben sich nicht festgelegt und werden sich auf die Seite schlagen, auf der sie den Sieg vermuten. Aber ich denke nicht daran, Sharmaji herauszufordern. Nur wenn Panditji ihn in die Zentralregierung nach Delhi beruft, stellt sich die Frage seiner Nachfolge. Aber ich stimme Ihnen zu, es schadet nicht, das Thema warmzuhalten – die Öffentlichkeit darf einen nicht vergessen.«

Um Viertel nach drei kam Mrs. Mahesh Kapoor herein, machte den Persönlichen Assistenten leise Vorwürfe und bat ihren Mann, zu Mittag zu essen und sich etwas hinzulegen. Sie selbst litt noch immer unter den letzten Nimblüten und keuchte ein wenig. Mahesh Kapoor fuhr sie nicht an, wie er es häufig tat, sondern fügte sich und zog sich zurück. Widerwillig und nur langsam gingen die Leute, und Prem Nivas war nicht mehr politisches Kabarett, Krankenhaus und Kirmes, sondern wieder ein privates Heim.

Nachdem Mahesh Kapoor gegessen hatte, legte er sich für ein kurzes Nickerchen hin, und Mrs. Mahesh Kapoor konnte endlich selbst zu Mittag essen.

6.14

Nach dem Mittagessen bat Mahesh Kapoor seine Frau, ihm Passagen aus den *Proceedings of the Protected Provinces Legislative Assembly* vorzulesen, die sich mit der ersten Debatte der Zamindari Bill im Oberhaus des Parlaments beschäftigten. Da es dort in seiner veränderten, mit Zusätzen gespickten Form erneut erörtert würde, wollte er sich mit allen möglichen Einwänden vertraut machen, auf die es im Oberhaus stoßen könnte.

Mahesh Kapoor hatte in den letzten Jahren Schwierigkeiten, die Debatten des Parlaments von Purva Pradesh nachzulesen, da manche Abgeordnete besonders stolz darauf waren, ihre Reden in einem stark vom Sanskrit durchsetzten Hindi vorzutragen, das kein normaler Mensch wirklich verstehen konnte. Das war jedoch nicht die größte Schwierigkeit. Das eigentliche Problem bestand darin, daß Mahesh Kapoor nicht ausreichend mit der Hindi- oder Devanagari-Schrift vertraut war. Er war zu einer Zeit aufgewachsen, als die Jungen die Urdu- oder arabische Schrift lesen und schreiben lernten. In den dreißiger Jahren waren alle Reden in den *Proceedings of the Protected Provinces Legislative Assembly* in Englisch, Urdu oder Hindi gedruckt worden – je nachdem, welche Sprache der Redner schrieb oder sprach. Seine eigenen Reden zum Beispiel wurden – wie viele andere auch – in Urdu gedruckt. Die englischen Reden konnte er selbstverständlich problemlos lesen. Aber die Reden in Hindi übersprang er gern, weil sie ihn zuviel Mühe kosteten. Jetzt, nach der Unabhängigkeit, wurden die *Proceedings* ausschließlich in der offiziellen Landessprache gedruckt, daß heißt in Hindi; das galt auch für Reden, die in Urdu gehalten wurden, und Englisch wurde nur sehr selten – und nur, wenn es der Parlamentspräsident ausdrücklich gestattete – gesprochen. Deshalb bat Mahesh Kapoor seine Frau häufig, ihm die Debatten vorzulesen. Sie war – wie viele Frauen ihrer Zeit – unter dem Einfluß der neo-hinduistischen Bewegung Arya Samaj erzogen worden und hatte selbstverständlich die alte Schrift der Sanskrittexte und das moderne Hindi lesen und schreiben gelernt.

Daß seine Frau – und nicht einer seiner Persönlichen Assistenten – ihm die Debatten vorlesen mußte, enthielt möglicherweise auch ein Element der Eitelkeit oder der weisen Voraussicht. Der Minister wollte nicht, daß alle Welt von seinem Unvermögen, Hindi zu lesen, erfuhr. Seine PAs wußten es zwar, waren jedoch diskret und erzählten es nicht herum.

Mrs. Mahesh Kapoor las mit eher monotoner Stimme, ein bißchen so, als würde sie die heiligen Texte in einem Singsang vortragen. Der Pallu ihres Saris bedeckte ihren Kopf und einen Teil ihres Gesichts, und sie sah ihren Mann nicht direkt an. In diesen Tagen war sie etwas kurzatmig und mußte von Zeit zu Zeit eine kleine Pause einlegen, und dann wurde Mahesh Kapoor ungeduldig. »Ja, ja, lies weiter, lies weiter«, sagte er jedesmal, wenn sie eine längere Pause machte, und sie, duldsame Frau, die sie war, fügte sich, ohne zu klagen.

Gelegentlich – zumeist zwischen zwei Debatten oder wenn sie einen anderen Band holte – erwähnte sie etwas, was überhaupt nichts mit Politik zu tun hatte, ihr jedoch auf dem Herzen lag. Ihr Mann war stets beschäftigt, und so war das eine der wenigen Gelegenheiten, mit ihm zu sprechen. Eine Sache war, daß Mahesh Kapoor seit längerem seinen alten Freund und Bridgepartner Dr. Kishen Chand Seth nicht mehr gesehen hatte.

»Ja, ja, ich weiß«, sagte ihr Mann ungeduldig. »Lies weiter, lies weiter, auf Seite 303.« Mrs. Mahesh Kapoor, die den Finger ins heiße Wasser getaucht und sich dabei verbrüht hatte, sagte eine Weile nichts mehr.

Bei der nächsten Gelegenheit erwähnte sie, daß sie gern und möglichst bald die Ramcharitmanas in ihrem Haus vortragen lassen würde. Das wäre gut für das Haus und die ganze Familie: für Prans Stelle und Gesundheit, für Maan, für Veena, Kedarnath und Bhaskar, für das Baby, das Savita erwartete. Der ideale Zeitpunkt, die acht Nächte vor und die Nacht von Ramas Geburt waren verstrichen, und die beiden Samdhins waren enttäuscht, daß sie ihren Mann nicht dazu hatte überreden können, den Vortrag zu gestatten. Damals habe sie eingesehen, daß er zu beschäftigt sei, aber jetzt ...

Mahesh Kapoor unterbrach sie gnadenlos. Er deutete auf die Bände mit den Debatten und sagte: »Oh, du Glückliche«, glücklich, weil sie mit ihm verheiratet war, »trag erst die Texte vor, die ich dir angegeben habe.«

»Aber du hast versprochen ...«

»Genug. Ihr drei Schwiegermütter könnt planen, was ihr wollt, aber in Prem Nivas kann ich das nicht zulassen. Ich habe ein weltliches Image – und in dieser Stadt, in der jeder die Trommel für seine eigene Religion rührt, werde ich nicht zur Shehnai singen. Außerdem glaube ich sowieso nicht an dieses Gesinge und diese Scheinheiligkeit – und das ganze Gefaste dieser safrangelben Helden, die das Schlachten von Kühen verbieten und den Somnath-Tempel und den Shiva-Tempel und Gott weiß was wieder aufbauen wollen.«

»Sogar der Präsident von Indien wird zur Einweihung des neuen Tempels nach Somnath kommen ...«

»Der Präsident soll tun, was er will«, sagte Mahesh Kapoor scharf. »Rajendra Babu muß nicht die nächsten Wahlen gewinnen oder dem Parlament Rede und Antwort stehen. Aber ich.«

Mrs. Mahesh Kapoor wartete auf die nächste Lücke zwischen zwei Debatten, dann sagte sie: »Ich weiß, daß die neun Nächte von Ramnavami vorbei sind, aber die neun Nächte von Dussehra stehen noch bevor. Wenn du meinst, daß im Oktober ...«

In ihrem Eifer, ihren Mann zu überzeugen, hatte sie angefangen, ein wenig zu keuchen.

»Beruhige dich, beruhige dich«, sagte Mahesh Kapoor und gab geringfügig nach. »Wir reden darüber, wenn es soweit ist.«

Die Tür steht zwar nicht wirklich offen, ist aber auch nicht endgültig zugefallen, dachte Mrs. Mahesh Kapoor. Sie legte das Thema für heute mit dem Gefühl zu den Akten, etwas, wenn auch nicht viel, gewonnen zu haben. Sie war der festen Meinung – auch wenn sie dies nie ausgesprochen hätte –, daß ihr Mann unrecht daran tat, die religiösen Riten und Zeremonien, die dem Leben Bedeutung verliehen, aufzugeben und sich die tristen Kleider seiner neuen Religion, des Säkularismus, anzuziehen.

In der nächsten Pause murmelte Mrs. Mahesh Kapoor vorsichtig: »Ich habe einen Brief bekommen.«

Mahesh Kapoor schnalzte ungeduldig mit der Zunge, da er schon wieder aus seinen Gedanken in die trivialen Strudel des häuslichen Lebens gerissen wurde. »Gut, gut, worüber willst du reden? Von wem ist der Brief? Was für eine Kata-

strophe steht mir bevor?« Er war daran gewöhnt, daß seine Frau diese eingestreuten Unterhaltungen Schritt für Schritt vom belanglosesten zum beunruhigendsten Thema führte.
»Von den Leuten aus Benares«, sagte Mrs. Mahesh Kapoor.
»Hm!«
»Sie lassen grüßen.«
»Ja, ja, ja! Komm zur Sache. Sie haben zweifellos festgestellt, daß unser Sohn zu gut für ihre Tochter ist, und wollen die Hochzeit absagen.«
Bisweilen zeugt es von großer Weisheit, eine ironische Bemerkung nicht als solche zu beantworten. »Nein, im Gegenteil. Sie wollen so schnell wie möglich einen Termin festlegen – und ich weiß nicht, wie ich reagieren soll. Wenn man zwischen den Zeilen liest, hat man den Eindruck, daß sie sogar etwas wissen von – ›davon‹. Warum sollten sie sonst so drängen?«
»Uff!« Mahesh Kapoor wurde ungeduldig. »Gibt es kein anderes Thema? In der Parlamentskantine, in meinem eigenen Büro, überall höre ich nur von Maan und seiner idiotischen Affäre! Heute morgen haben es zwei oder drei Leute angesprochen. Gibt es nichts Wichtigeres auf der Welt?«
Aber Mrs. Mahesh Kapoor blieb standhaft. »Es ist sehr wichtig für unsere Familie. Wie können wir den Leuten noch in die Augen schauen, wenn es so weitergeht? Und für Maan ist es auch nicht gut, all seine Zeit und all sein Geld so zu verschwenden. Er kam der Geschäfte wegen her, und er hat diesbezüglich nichts unternommen. Bitte sprich mit ihm.«
»Sprich du mit ihm«, sagte Mahesh Kapoor brutal. »Du hast ihn sein Leben lang verwöhnt.«
Mrs. Mahesh Kapoor schwieg, und eine Träne rollte ihre Wange hinunter. Dann riß sie sich zusammen und sagte: »Fördert es etwa dein öffentliches Ansehen? Ein Sohn, der die meiste Zeit mit dieser Art Person verbringt? Ansonsten liegt er auf dem Bett und starrt den Ventilator an. Er sollte etwas tun, etwas Ernsthaftes. Ich bringe es nicht übers Herz, mit ihm zu reden. Und was kann eine Mutter auch schon sagen?«
»Gut, gut, gut«, sagte Mahesh Kapoor und schloß die Augen.
Er dachte daran, daß das Stoffgeschäft in Benares in Maans Abwesenheit, unter der Verantwortung eines kompetenten Assistenten, besser lief als in seiner Anwesenheit. Was also sollte er unternehmen?
Um acht Uhr abends wollte er gerade in seinen Wagen steigen, um nach Baitar House zu fahren, als er dem Chauffeur bedeutete, noch zu warten. Er schickte einen Dienstboten los, der nachsehen sollte, ob Maan zu Hause war. Als der Dienstbote berichtete, daß er schlafe, sagte Mahesh Kapoor: »Weck den Nichtsnutz auf. Er soll sich anziehen und sofort herunterkommen. Wir besuchen den Nawab Sahib von Baitar.«
Als Maan herunterkam, wirkte er nicht gerade überglücklich. Er hatte lange auf dem hölzernen Pferd trainiert und freute sich darauf, Saeeda Bai zu besuchen, um dort, unter anderem, seinen Witz zu trainieren.

»Baoji?« fragte er.
»Steig ein. Wir fahren nach Baitar House.«
»Soll ich dich begleiten?«
»Ja.«
»Na gut.« Maan stieg ein. Ihm war klar, daß es keine Möglichkeit gab, dieser Entführung zu entgehen.
»Ich nehme an, daß du nichts Besseres vorhast«, sagte sein Vater.
»Nein ... Nicht wirklich.«
»Dann solltest du dich wieder an die Gesellschaft Erwachsener gewöhnen«, sagte sein Vater streng.
Auch er genoß Maans Fröhlichkeit und dachte, daß es gut wäre, ihn als moralische Stütze bei sich zu haben, wenn er sich bei seinem alten Freund, dem Nawab Sahib, entschuldigte. Aber Maan war im Moment nicht besonders gut gelaunt. Er dachte an Saeeda Bai. Sie erwartete ihn, und er konnte sie jetzt nicht einmal benachrichtigen, daß er nicht kommen würde.

6.15

Als sie vor Baitar House ankamen, besserte sich seine Stimmung bei dem Gedanken, Firoz zu sehen. Während des Polotrainings hatte Firoz nichts davon verlauten lassen, daß er abends außer Haus essen würde.

Sie wurden gebeten, ein paar Minuten in der Halle zu warten. Der alte Diener sagte, der Nawab Sahib halte sich in der Bibliothek auf und werde von der Ankunft des Ministers informiert. Nach ungefähr zehn Minuten stand Mahesh Kapoor von dem alten Ledersofa auf und begann, auf und ab zu gehen. Er hatte es satt, Däumchen zu drehen und auf Fotos von weißen Männern mit toten Tigern zu ihren Füßen zu starren.

Noch ein paar Minuten, und seine Geduld war zu Ende. Er rief Maan und schritt mit ihm durch die hohen Räume und die schlecht beleuchteten Flure in Richtung Bibliothek. Ghulam Rusool machte ein paar vergebliche Versuche, sie aufzuhalten. Murtaza Ali, dem sie in der Nähe der Bibliothek begegneten, wurde zur Seite gestoßen. Der Minister der Finanzen steuerte mit seinem Sohn im Schlepptau auf die Tür zur Bibliothek zu und stieß sie auf.

Grelles Licht blendete ihn. Es waren nicht nur die matteren Leselampen eingeschaltet, sondern auch der große Kronleuchter in der Mitte der Bibliothek. Und genau darunter, an dem großen runden Tisch – auf dem Papiere verstreut lagen und auch ein paar in Büffelleder gebundene Gesetzbücher –, saßen drei andere Vater-Sohn-Paare: der Nawab Sahib von Baitar und Firoz, der Radscha und der Rajkumar von Marh, und zwei Beinerne Bebrillte Bannerji Barrister (wie diese berühmte Anwaltsfamilie in Brahmpur genannt wurde).

Schwer zu sagen, wem diese plötzliche Störung am peinlichsten war.

Der grobschlächtige Marh knurrte: »Wenn man vom Teufel spricht.«

Firoz, dem die Situation zwar unangenehm war, freute sich jedoch, Maan zu sehen, und ging sofort auf ihn zu, um ihm die Hand zu schütteln. Maan legte den linken Arm um die Schultern des Freundes und sagte: »Schüttle mir nicht die rechte Hand – du hast sie schon verkrüppelt.«

Der Rajkumar von Marh, der sich mehr für junge Männer interessierte als für die sprachlichen Finessen der Zamindari Bill, betrachtete das hübsche Paar mit mehr als nur leisem Wohlwollen.

Der ältere Bannerji (›P. N.‹) sah kurz auf seinen Sohn (›S. N.‹), als ob er sagen wollte: Es war mir doch gleich so, als hätten wir uns besser in unserer Kanzlei getroffen.

Der Nawab Sahib hatte das Gefühl, auf frischer Tat ertappt worden zu sein, wie er mit einem Mann, von dem er sich normalerweise fernhielt, ein Komplott gegen Mahesh Kapoors Gesetz schmiedete.

Und Mahesh Kapoor war augenblicklich klar, daß er der am wenigsten erwünschte Störenfried bei diesem Arbeitstreffen war – denn er war der Feind, der Enteigner, die Regierung, der Born der Ungerechtigkeit, die andere Seite.

Es war jedoch Mahesh Kapoor, der das Eis zwischen den älteren Männern brach, indem er auf den Nawab Sahib zuging und seine Hand nahm. Er sagte kein Wort, nickte jedoch bedächtig. Worte des Mitgefühls oder der Entschuldigung waren nicht notwendig. Der Nawab Sahib wußte sofort, daß sein Freund alles in seiner Macht Stehende getan hätte, um ihm zu helfen, als Baitar House belagert wurde – daß er aber nichts von der krisenhaften Situation gewußt hatte.

Der Radscha von Marh brach das Schweigen mit einem Lachen. »Sie wollen uns ausspionieren! Wir fühlen uns geschmeichelt. Der Minister schickt keinen Lakaien, sondern kommt höchstpersönlich.«

Mahesh Kapoor sagte: »Da mich draußen Ihre goldenen Nummernschilder nicht geblendet haben, konnte ich nicht ahnen, daß Sie hier sind. Wahrscheinlich sind Sie mit einer Riksha gekommen.«

»Ich werde meine Nummernschilder nachzählen müssen, wenn ich gehe«, erwiderte der Radscha von Marh.

»Wenn Sie Hilfe brauchen, schicke ich meinen Sohn mit. Er kann bis zwei zählen«, sagte Mahesh Kapoor.

Der Radscha von Marh war rot geworden. »War das geplant?« fragte er den Nawab Sahib. Er überlegte, ob es sich um ein Komplott der Moslems und ihrer Sympathisanten mit dem Ziel handelte, ihn zu demütigen.

Auch der Nawab Sahib hatte seine Stimme wiedergefunden. »Nein, Eure Hoheit, das war es nicht. Und ich muß mich bei Ihnen allen entschuldigen, vor allem bei Ihnen, Mr. Bannerji – ich hätte nicht darauf bestehen sollen, daß wir uns hier treffen.«

Da sie ein gemeinsames Interesse an dem bevorstehenden Rechtsstreit verband, hatte der Nawab Sahib gehofft, daß sich, indem er den Radscha von Marh in sein eigenes Haus einlud, die Gelegenheit ergeben würde, mit ihm über den Shiva-Tempel im Chowk zu sprechen – oder zumindest über die Möglichkeit, ein späteres Gespräch zu vereinbaren. Die Spannungen zwischen Hindus und Moslems in Brahmpur waren so beunruhigend, daß der Nawab seinen Widerwillen und auch etwas von seinem Stolz hinuntergeschluckt hatte, um dabei zu helfen, die Lage zu klären. Der Schuß war jetzt nach hinten losgegangen.

Der ältere der Beinernen Bebrillten, über den Vorfall entsetzt, sagte etwas pikiert: »Nun, ich denke, wir haben die wichtigsten Punkte der Angelegenheit bereits besprochen und können die Sitzung für heute beenden. Ich werde meinen Vater brieflich von allen zur Sprache gekommenen Standpunkten informieren, und ich hoffe, daß ich ihn bewegen kann, uns in dieser Angelegenheit vor Gericht zu vertreten, falls und wenn es nötig sein sollte.«

Er hatte von dem großen G.N. Bannerji gesprochen, einem Anwalt von legendärem Ruhm, dem Scharfsinn und unersättliche Geldgier nachgesagt wurden. Wenn, was jetzt nahezu unvermeidlich schien, das veränderte Gesetz vom Oberhaus gebilligt und vom Präsidenten Indiens unterschrieben und damit rechtskräftig wurde, dann würde es mit Sicherheit vor dem Hohen Gerichtshof von Brahmpur angefochten werden. Wenn G.N. Bannerji dazu gebracht werden konnte, die Großgrundbesitzer vor Gericht zu vertreten, würden sich die Chancen beträchtlich vergrößern, das Gesetz für verfassungswidrig und damit für null und nichtig erklären zu lassen.

Die Bannerjis verabschiedeten sich. Der jüngere Bannerji, der kaum älter war als Firoz, hatte bereits eine florierende Kanzlei. Er war intelligent, arbeitete hart – die alten Mandanten seiner Familie deckten ihn mit Fällen ein –, und er hielt Firoz für zu lasch für das Leben in Gerichtssälen. Firoz bewunderte seine Intelligenz, hielt ihn jedoch für einen Langweiler, ähnlich wie den stets pikierten Vater. Der Großvater, der große G.N. Bannerji, war jedoch alles andere als ein Langweiler. Obwohl über Siebzig, war er aufrecht auf den Füßen ebenso energiegeladen wie flach im Bett. Die enormen – manche würden sagen: schamlosen – Honorare, auf denen er bestand, bevor er einen Fall annahm, steckte er in seinen weit verstreuten Harem; trotzdem gelang es ihm immer noch, über seine Verhältnisse zu leben.

Der Rajkumar von Marh war eigentlich ein anständiger, nicht gerade häßlicher, aber etwas schwächlicher junger Mann, der von seinem Vater schikaniert wurde. Firoz verabscheute den Radscha, diesen grobschlächtigen Moslemschänder: »Schwarz wie Kohle mit seinen diamantenen Knöpfen und Ohrsteckern.« Sein Sinn für die Familienehre ließ ihn auch Abstand zum Rajkumar halten. Nicht so Maan, der dazu neigte, alle Menschen zu mögen, solange sie sich nicht unbeliebt machten. Der Rajkumar, der sich zu Maan hingezogen fühlte und feststellte, daß er dieser Tage nichts vorhatte, schlug ein paar Dinge vor, die sie gemeinsam unternehmen könnten, und Maan war damit einverstanden, sich später in der Woche mit ihm zu treffen.

Der Radscha von Marh, der Nawab Sahib und Mahesh Kapoor standen jetzt neben dem Tisch im vollen Licht des Kronleuchters. Mahesh Kapoors Blick fiel auf die Papiere, aber dann erinnerte er sich an die frühere höhnische Bemerkung des Radschas, und er wandte rasch den Blick ab.

»Nein, nein, nur zu, Minister Sahib«, spottete der Radscha von Marh. »Lesen Sie ruhig. Und dafür nennen Sie mir den genauen Zeitpunkt, an dem Sie unsere Besitzungen auf Ihren Namen umschreiben wollen.«

»Auf meinen Namen?«

Ein Silberfisch krabbelte über den Tisch. Der Radscha zerdrückte ihn mit dem Daumen. »Ich meinte natürlich das Finanzministerium des großartigen Staates Purva Pradesh.«

»Zu gegebener Zeit.«

»Jetzt reden Sie aber wie ihr lieber Freund Agarwal im Parlament.«

Mahesh Kapoor erwiderte nichts. Der Nawab Sahib sagte: »Sollten wir nicht in den Salon gehen?«

Der Radscha von Marh machte keinerlei Anstalten, sich zu bewegen. Er sagte sowohl zum Nawab Sahib als auch zum Finanzminister: »Ich habe diese Frage aus rein altruistischen Motiven gestellt. Ich unterstütze die anderen Zamindars nur, weil mir nichts an der Regierung liegt – oder an politischen Insekten wie Ihnen. Ich habe nichts zu verlieren. Für meinen Besitz gilt Ihr Gesetz nicht.«

»Ach?« sagte Mahesh Kapoor. »Ein Gesetz für Menschen und ein anderes für Affen?«

»Wenn Sie sich selbst noch als Hindu betrachten, dann werden Sie gewiß nicht vergessen haben, daß es das Heer der Affen war, das das Heer der Teufel besiegte.«

Mahesh Kapoor konnte sich nicht zurückhalten. »Und auf was für ein Wunder hoffen Sie diesmal?«

»Artikel 362 der Verfassung«, sagte der Radscha von Marh und spuckte hämisch eine Zahl größer als zwei aus. »Es handelt sich um privates Land, Minister Sahib, unser privates Land, und laut dem Beitrittsabkommen, das wir Fürsten ausgehandelt haben, als wir Ihrem Indien beigetreten sind, kann das Gesetz es nicht plündern, und die Gerichte dürfen es nicht anrühren.«

Es war allgemein bekannt, daß der Radscha von Marh betrunken und lallend zum mürrischen Innenminister von Indien, Sardar Patel, gegangen war, um die Beitrittsurkunde zu unterzeichnen und seinen Staat der Indischen Union anzuschließen, und dabei verschmierte er seine Unterschrift auch noch mit Tränen – und schuf auf diese Weise ein einzigartiges historisches Dokument.

»Wir werden sehen«, sagte Mahesh Kapoor. »Wir werden sehen. Zweifellos wird G. N. Bannerji Eure Hoheit in Zukunft so gut verteidigen wie Eure Schändlichkeit in der Vergangenheit.«

Was für eine Geschichte sich hinter dieser höhnischen Bemerkung auch verbarg, sie zeigte Wirkung.

Der Radscha von Marh machte knurrend einen unerwarteten, abgefeimten Sprung auf Mahesh Kapoor zu. Glücklicherweise prallte er gegen einen Stuhl und fiel nach links auf den Tisch. Keuchend lag er mit dem Gesicht zwischen den Gesetzbüchern und den verstreuten Papieren. Er hatte eine Seite in einem Buch zerrissen.

Der Radscha von Marh richtete sich wieder auf und starrte wie benommen, als wäre er sich nicht sicher, wo er war, einen Augenblick auf die zerrissene Seite. Firoz, der sich seine Verwirrung zunutze machte, ging rasch zu ihm hinüber und führte ihn mit sicherem Griff in den Salon. Der ganze Vorfall hatte nur ein paar Sekunden gedauert. Der Rajkumar folgte seinem Vater.

Der Nawab Sahib sah Mahesh Kapoor an und hob eine Hand, als ob er sagen wollte: »Laß es gut sein.« Mahesh Kapoor sagte: »Es tut mir leid, sehr leid.« Und sowohl er als auch sein Freund wußten, daß er sich nicht so sehr auf das eben Vorgefallene bezog als vielmehr auf die Verspätung, mit der er nach Baitar House gekommen war.

Nach einer Weile sagte er zu seinem Sohn: »Komm, Maan, wir gehen.« Auf dem Weg zu ihrem Wagen sahen sie auf der Auffahrt den langen schwarzen Lancia des Radschas mit den massiv goldenen Nummernschildern, die an Goldbarren erinnerten und auf denen ›MARH 1‹ stand.

Auf dem Rückweg nach Prem Nivas war jeder in seine eigenen Gedanken versunken. Mahesh Kapoor dachte, daß er trotz des ungünstigen Zeitpunkts gut daran getan hatte, seinen Besuch nicht länger hinauszuschieben. Er hatte gespürt, wie bewegt der Nawab Sahib war, als er seine Hand nahm.

Mahesh Kapoor rechnete damit, daß der Nawab Sahib ihn am nächsten Tag anrufen würde, um sich für das Vorgefallene zu entschuldigen, aber nicht um eine ausführliche Erklärung abzugeben. Die ganze Angelegenheit war unangenehm: den Ereignissen haftete etwas Seltsames, Unentschiedenes an. Und es war beunruhigend, daß ehemalige Feinde eine – wenn auch kurzfristige – Koalition bildeten, um sich und ihre Interessen gegen sein seit langem vorbereitetes Gesetzesvorhaben zu verteidigen. Er hätte nur zu gern gewußt, welche juristischen Schwächen, wenn überhaupt, die Anwälte in seinem Gesetz aufgespürt hatten.

Maan dachte, wie froh er war, seinen Freund erneut getroffen zu haben. Er hatte Firoz erklärt, daß er wahrscheinlich den ganzen Abend mit seinem Vater verbringen müßte, und Firoz hatte versprochen, Saeeda Bai eine Nachricht zu schicken – oder sie, wenn nötig, selbst davon zu informieren –, daß Dagh Sahib aufgehalten wurde.

6.16

»Nein. Seien Sie gewissenhaft. Denken Sie nach.«

Die Stimme hatte einen etwas spöttischen Unterton, klang aber nicht gleichgültig. Es schien ihr daran zu liegen, daß die Aufgabe korrekt ausgeführt wurde – daß die ordentlich liniierte Seite nicht zu einem Zeugnis von Schande und Schusseligkeit wurde. Es schien ihr sogar etwas an Maan zu liegen. Maan runzelte die Stirn, schrieb dann erneut den Buchstaben ›Mim‹. In seinen Augen sah er aus wie ein gewundenes Spermium.

»Sie sind mit den Gedanken nicht bei der Sache«, sagte Rasheed. »Wenn Sie von meinem Wissen profitieren wollen – und ich stehe Ihnen zu Diensten –, warum konzentrieren Sie sich dann nicht auf das, was Sie tun?«

»Ja, ja, gut«, sagte Maan kurz angebunden, und es klang bemerkenswerterweise, als habe sein Vater gesprochen. Er versuchte es noch einmal. Das Urdu-Alphabet empfand er im Gegensatz zur soliden Hindi-Schrift oder den handfesten englischen Buchstaben als schwierig, vielgestaltig, verspielt, schwer faßbar.

»Ich kann es nicht. Gedruckt sieht es wunderbar aus, aber es zu schreiben ...«

»Versuchen Sie es noch einmal. Sie dürfen nicht ungeduldig sein.« Rasheed nahm ihm den Federhalter aus Bambus aus der Hand, tauchte ihn in das Tintenfaß und schrieb ein makelloses dunkelblaues ›Mim‹. Dann schrieb er ein zweites genau darunter: die Buchstaben waren, was selten vorkommt, identisch.

»Wozu ist das überhaupt nötig?« fragte Maan, der im Schneidersitz auf dem Boden an einem schrägen Schreibpult saß. »Ich will Urdu lesen und schreiben, aber nicht Schönschrift üben. Muß ich das tun?« Ihm fiel auf, daß er wie ein kleines Kind um Erlaubnis fragte. Rasheed war nicht älter als er, aber in seiner Rolle als Lehrer hatte er absolute Kontrolle über ihn.

»Nun, Sie haben sich unter meine Fittiche begeben, und ich möchte nicht, daß Sie auf unsicherem Fundament bauen. Was möchten Sie jetzt lesen?« fragte Rasheed mit einem leisen Lächeln in der Hoffnung, daß Maans Antwort nicht wieder so unbedarft wäre.

»Gasele«, sagte Maan, ohne zu zögern. »Mir, Ghalib, Dagh ...«

»Nun, also ...« Rasheed schwieg eine Weile. Die Vorstellung, Maan Gaseln zu lehren, kurz bevor er mit Tasneem Passagen des Heiligen Buches lesen würde, behagte ihm nicht.

»Was meinen Sie?« fragte Maan. »Warum fangen wir nicht heute damit an?«

»Das wäre, als ob man von einem Baby verlangen würde, einen Marathon zu laufen«, erwiderte Rasheed, nachdem ihm eine ausreichend lächerliche Analogie eingefallen war, um seine Bestürzung auf den Punkt zu bringen. »Eines Tages werden Sie dazu in der Lage sein. Aber jetzt versuchen Sie sich noch einmal an dem ›Mim‹.«

Maan legte den Federhalter weg und stand auf. Er wußte, daß Saeeda Bai

Rasheed bezahlte, und er ahnte, daß Rasheed das Geld brauchte. Er hatte nichts gegen seinen Lehrer; auf eine Weise mochte er seine Gewissenhaftigkeit sogar. Aber er rebellierte gegen den Versuch, ihn wieder zu einem Kleinkind zu machen. Worauf Rasheed beharrte, war für ihn der erste Schritt auf einem endlos langen und unerträglich öden Weg; bei dieser Geschwindigkeit würde es Jahre dauern, bis er wenigstens die Gasele lesen könnte, die er auswendig kannte. Und Jahrzehnte, bis er die Liebesbriefe schreiben konnte, die zu schreiben er sich sehnte. Aber Saeeda Bai hatte eine halbe Stunde pro Tag mit Rasheed zu einem obligatorischen ›kleinen, bitteren Vorgeschmack‹ gemacht, die seinen Appetit auf ihre Gesellschaft anregen sollte.

Die ganze Sache, dachte Maan, ist so fürchterlich unberechenbar. Manchmal empfing sie ihn, manchmal nicht, so wie es ihr gerade paßte. Er wußte nie, woran er war, und das ruinierte seine Konzentration. Und jetzt mußte er, im Haus seiner Geliebten, in diesem kühlen Zimmer, auf dem Boden sitzen, über ein Heft mit sechzig ›Alifs‹ und vierzig ›Dhals‹ und zwanzig mißgestalteten ›Mims‹ gebeugt, während ab und zu ein paar verzauberte Töne des Harmoniums oder eine Phrase der Sarangi oder Klänge eines Thumri die Galerie herunter- und durch die Tür hereinschwebten und Maan und seinen Unterricht störten.

Auch in seinen besten Zeiten war Maan nicht gern allein, aber an den Abenden, an denen ihm Bibbo oder Ishaq nach dem Ende des Unterrichts mitteilten, daß Saeeda Bai lieber allein blieb, wurde er schier verrückt vor Unzufriedenheit und Enttäuschung. Und wenn dann auch noch Firoz und Imtiaz nicht zu Hause waren und das Familienleben wie gewöhnlich fade, spannungsreich und sinnlos erschien, traf sich Maan mit seinen erst kürzlich erworbenen Bekannten, dem Rajkumar und seinen Kumpanen, und wurde seine Sorgen und sein Geld beim Spielen und Trinken los.

»Wenn Sie heute nicht in der Stimmung für den Unterricht sind ...« Rasheeds Stimme klang freundlicher, als Maan erwartet hatte, obwohl der Ausdruck seines wölfischen Gesichts durchaus streng war.

»Nein, nein, ist schon in Ordnung. Machen wir weiter. Es ist nur eine Frage der Selbstbeherrschung.« Maan setzte sich wieder.

»Ja, das ist es«, sagte Rasheed wieder im gewohnten Tonfall. Selbstbeherrschung, ging ihm durch den Kopf, war es, was Maan weiter voranbringen würde als perfekt geschriebene ›Mims‹. Warum bist du in diese Falle gegangen? hätte er Maan am liebsten gefragt. Ist es nicht erbärmlich, daß du deine Würde für eine Person wie Saeeda Begum opferst?

Vielleicht brachten die vier knappen Worte genau das zum Ausdruck. Jedenfalls vertraute sich Maan ihm plötzlich an.

»Verstehen Sie, es ist folgendermaßen«, begann Maan. »Ich bin willensschwach, und wenn ich in schlechte Gesellschaft gerate ...« Er unterbrach sich. Was in aller Welt sagte er da? Und wie konnte Rasheed wissen, wovon er eigentlich sprach? Und selbst wenn er es wüßte, interessierte es ihn?

Aber Rasheed schien zu verstehen. »Als ich jünger war«, sagte er, »habe ich

– der ich mich jetzt als durch und durch vernünftig betrachte – meine Zeit damit verbracht, Leute zu verprügeln. Mein Großvater hat das früher in unserem Dorf immer gemacht, und er war ein hochgeachteter Mann, und deshalb habe ich gedacht, man muß nur andere Leute verprügeln, um respektiert zu werden. Wir waren immer zu fünft oder zu sechst und haben uns gegenseitig aufgestachelt. Wenn wir einem Schulkameraden begegneten, der ahnungslos herumschlenderte, sind wir zu ihm hingegangen und haben ihn hart ins Gesicht geschlagen. Was ich allein niemals getan hätte, tat ich in Gesellschaft, ohne zu zögern. Aber, nun ja, jetzt nicht mehr. Ich habe gelernt, auf eine andere Stimme zu hören, allein zu sein und die Dinge zu verstehen – vielleicht auch, allein zu sein und mißverstanden zu werden.«

In Maans Ohren klang das wie der Rat eines guten Engels oder vielleicht eines geläuterten Engels. Vor seinem geistigen Auge sah er den Rajkumar und Rasheed um seine Seele kämpfen. Der eine lockte ihn mit fünf Pokerkarten in die Hölle, der andere trieb ihn mit einem Federkiel ins Paradies. Er vermasselte ein weiteres ›Mim‹, bevor er fragte: »Und lebt Ihr Großvater noch?«

»O ja«, sagte Rasheed und runzelte die Stirn. »Er sitzt auf einer Pritsche im Schatten und liest den ganzen Tag den Quran Sharif, und er verjagt die Kinder aus dem Dorf, wenn sie ihn stören. Und demnächst wird er versuchen, Regierungsbeamte zu verjagen, denn ihm gefallen die Pläne Ihres Vaters überhaupt nicht.«

»Dann sind Sie also Zamindars?« Maan war überrascht.

Rasheed dachte eine Weile nach, bevor er antwortete: »Mein Großvater war Zamindar, bevor er seinen Besitz unter seinen Söhnen verteilte. Und mein Vater ebenfalls und auch mein – mein Onkel. Was mich betrifft ...« Er hielt inne, schien Maans Gekritzel zu studieren und fuhr dann fort, ohne den vorhergehenden Satz zu beenden: »Wer bin ich, um mir ein Urteil in dieser Angelegenheit anzumaßen? Sie wären selbstverständlich zufrieden, wenn die Dinge so blieben, wie sie sind. Aber ich habe fast mein ganzes Leben auf dem Dorf verbracht und kenne das System. Ich weiß, wie es funktioniert. Die Zamindars – und meine Familie macht da keine Ausnahme –, die Zamindars tun nichts anderes, als sich ihren Lebensunterhalt zu verdienen, indem sie anderen das Leben zur Hölle machen. Und sie versuchen, ihre Söhne in das gleiche häßliche Schema zu zwängen, in dem sie selbst stecken.« Rasheed hielt inne, und die Muskeln um seine Mundwinkel spannten sich an. »Und wenn ihre Söhne etwas anderes tun wollen, machen sie auch ihnen das Leben zur Hölle. Sie reden eine Menge von Familienehre, aber sie kennen kein anderes Ehrgefühl als das, das Versprechen zu halten, sich selbst möglichst viel Vergnügen zu gönnen.«

Er schwieg eine Weile, als wäre er unschlüssig; dann fuhr er fort: »Einige der am meisten geachteten Landbesitzer halten nicht mal ihr Wort, so kleinlich sind sie. Sie werden es vielleicht nicht glauben, aber mir wurde hier in Brahmpur eine Stelle in der Bibliothek eines solchen großen Mannes angeboten, aber als ich in seinem großen Haus vorsprach – nun, wie auch immer, das ist nicht wichtig. Tatsache ist, daß das System des Großgrundbesitzes nicht gut für die Dorfbevölkerung ist, es ist nicht gut für die ländlichen Gebiete, es ist für das ganze Land nicht gut, und erst wenn es abgeschafft ist ...« Der Satz blieb unvollendet. Rasheed preßte die Fingerspitzen an die Stirn, als hätte er Schmerzen.

Das war etwas ganz anderes als ›Mims‹, und voller Sympathie hörte Maan seinem jungen Lehrer zu, der aus einem großen inneren Druck heraus zu sprechen schien und nicht nur aufgrund seiner derzeitigen Lebensumstände. Noch vor ein paar Minuten hatte er Maan Gewissenhaftigkeit, Konzentration und Demut gepredigt.

Es wurde an die Tür geklopft, und Rasheed richtete sich schnell auf. Ishaq Khan und Motu Chand traten ein.

»Wir bitten um Verzeihung, Kapoor Sahib.«

»Nein, nein, kommt nur herein«, sagte Maan. »Die Zeit für meinen Unterricht ist abgelaufen, und Begum Sahibas Schwester soll nicht auf ihren Arabischunterricht warten müssen.« Er stand auf. »Also, ich sehe Sie morgen wieder, und meine ›Mims‹ werden konkurrenzlos sein«, versprach er Rasheed impulsiv. »Nun?« Er nickte den beiden Musikern freundlich zu. »Wie lautet das Urteil: Leben oder Tod?«

Aber Motu Chands niedergeschlagene Miene ließ ihn Ishaq Khans Worte ahnen.

»Kapoor Sahib, ich fürchte, heute abend ... Ich will sagen, die Begum Sahiba bat mich, Ihnen mitzuteilen ...«

»Ja, ja«, sagte Maan wütend und verletzt. »Gut. Übermittelt der Begum Sahiba meinen größten Respekt. Bis morgen dann.«

»Es ist nur, weil sie indisponiert ist.« Ishaq log nicht gern und war nicht besonders gut darin.

»Ja«, sagte Maan, der wesentlich besorgter gewesen wäre, hätte er an ihre Indisponiertheit geglaubt. »Sie wird sich schnell wieder erholen.« An der Tür wandte er sich um und fügte hinzu: »Wenn ich glaubte, daß es ihr helfen könnte, würde ich ihr eine Schachtel ›Mims‹ verschreiben, jede Stunde eins und ein paar mehr vor dem Schlafengehen.«

Motu Chand sah Ishaq fragend an, aber Ishaq war ebenso verdutzt.

»Genau das hat sie mir verschrieben«, sagte Maan. »Und wie ihr seht, geht's mir prächtig. Jedenfalls hat meine Seele den Zustand der Indisponiertheit so erfolgreich gemieden wie sie mich.«

6.17

Rasheed sammelte seine Bücher ein, als Ishaq Khan, der noch immer neben der Tür stand, herausplatzte: »Und Tasneem ist ebenfalls indisponiert.«

Motu Chand sah seinen Freund an. Rasheed wandte ihnen den Rücken zu, hatte sich jedoch aufgerichtet. Er hatte gehört, was Ishaq zu Maan gesagt hatte; es vermehrte seinen Respekt für den Sarangi-Spieler nicht, daß er auf diese erniedrigende Weise als Saeeda Bais Sendbote auftrat. Trat er nun auch als Tasneems Sendbote auf?

»Woher wissen Sie das?« fragte Rasheed und drehte sich langsam um.

Ishaq Khan wurde rot angesichts der offenkundigen Zweifel in der Stimme des Lehrers. »Egal, in welchem Zustand sie sich jetzt befindet, nach dem Unterricht bei Ihnen wird sie indisponiert sein«, erwiderte er herausfordernd. Und das stimmte tatsächlich. Nach dem Unterricht war Tasneem häufig in Tränen aufgelöst.

»Sie neigt dazu, in Tränen auszubrechen«, sagte Rasheed, und seine Stimme klang schroffer als beabsichtigt. »Aber sie ist nicht dumm und macht große Fortschritte. Wenn es mit meinem Unterricht Probleme gibt, kann mich ihr Vormund persönlich oder schriftlich informieren.«

»Können Sie nicht ein bißchen weniger streng mit ihr sein, Master Sahib?« fragte Ishaq erregt. »Sie ist ein empfindsames Mädchen. Und sie lernt nicht, um ein Mullah oder ein Haafiz zu werden.«

Aber, dachte Ishaq gequält, Tränen hin oder her, Tasneem widmet sich in ihrer Freizeit so sehr ihrem Arabisch, daß sie kaum noch Zeit für irgend jemand anderen hat. Sie las nicht einmal mehr Liebesromane. Wollte er wirklich, daß der junge Lehrer sanfter mit ihr umging?

Rasheed hatte seine Bücher und Papiere beisammen. Er sprach fast nur zu sich selbst: »Ich bin nicht strenger zu ihr als zu«, ›mir selbst‹ wollte er eigentlich sagen, »zu allen anderen. Gefühle sind in erster Linie eine Sache der Selbstbeherrschung. Nichts ist schmerzlos«, fügte er ein bißchen bitter hinzu.

In Ishaqs Augen funkelte es. Motu Chand legte ihm zur Beruhigung eine Hand auf die Schulter.

»Wie es auch sei«, fuhr Rasheed fort, »Tasneem neigt zu Faulheit.«

»Sie scheint zu vielen Dingen zu neigen, Master Sahib.«

Rasheed runzelte die Stirn. »Und verschlimmert wird das noch durch diesen dämlichen Sittich, für den sie ihre Arbeit ständig unterbricht, um ihn zu füttern oder zu streicheln. Es ist kein Vergnügen, Bruchstücke aus dem Buch Gottes aus dem Schnabel eines blasphemischen Vogels zu hören.«

Ishaq war zu verdutzt, um zu reagieren. Rasheed ging an ihm vorbei aus dem Zimmer.

»Warum mußtest du ihn so provozieren, Ishaq Bhai?« fragte Motu Chand nach ein paar Sekunden.

»Ihn provozieren? Er hat mich provoziert. Seine letzte Bemerkung ...«
»Er kann nicht wissen, daß du ihr den Sittich geschenkt hast.«
»Das wissen doch alle.«
»Er vermutlich nicht. Er interessiert sich nicht für so was, unser rechtschaffener Rasheed. Was ist in dich gefahren? Warum provozierst du zur Zeit jeden, der dir über den Weg läuft?«

Daß damit auch Ustad Majeed Khan gemeint war, entging Ishaq nicht, aber an diesen Zusammenstoß zu denken war ihm nahezu unerträglich. Er sagte: »Das Buch über die Eulen hat dich also provoziert, oder? Hast du die Rezepte schon ausprobiert? Wie viele Frauen hast du damit schon in die Falle gelockt, Motu? Und was sagt deine Frau zu deiner neu erworbenen Potenz?«

»Du weißt, wie ich es gemeint habe«, sagte Motu Chand unbeirrt. »Ishaq, man gewinnt nichts dabei, wenn man die Leute gegen sich aufbringt ...«

»Es sind meine verdammten Hände«, brach es aus Ishaq heraus. Er hielt sie in die Höhe und sah sie an, als würde er sie hassen. »Diese verdammten Hände. Die letzte Stunde oben war die reinste Tortur.«

»Aber du hast so gut gespielt ...«

»Was soll nur aus mir werden? Und aus meinen jüngeren Brüdern? Mein brillanter Verstand allein verschafft mir keine Anstellung. Und mein Schwager wird nicht nach Brahmpur kommen können, um uns zu helfen. Ich kann mich nicht mehr im Sender sehen lassen, geschweige denn um seine Versetzung bitten.«

»Es wird wieder besser werden, Ishaq Bhai. Nimm es dir nicht so zu Herzen. Ich werde dir helfen.«

Das war natürlich vollkommen unmöglich. Motu Chand war Vater von vier kleinen Kindern.

»Auch Musik ist für mich jetzt eine Qual«, sagte Ishaq und schüttelte den Kopf. »Ausgerechnet die Musik. Wenn ich nicht im Dienst bin, kann ich keine Musik mehr hören. Diese Hand spielt die Melodie automatisch mit und verkrampft sich dann vor Schmerz. Wenn mein Vater noch lebte, was würde er sagen, wenn er mich so reden hörte?«

6.18

»Die Begum Sahiba hat sich ganz eindeutig ausgedrückt«, sagte der Wachmann. »Sie empfängt heute abend niemanden.«

»Warum nicht?« fragte Maan. »Warum nicht?«

»Das weiß ich nicht.«

»Bitte, finde es heraus.« Maan drückte dem Mann einen Zwei-Rupien-Schein in die Hand.

Der Wachmann nahm das Geld und sagte: »Sie fühlt sich nicht wohl.«

»Aber das hast du vorher schon gewußt«, sagte Maan etwas gekränkt. »Das heißt, daß ich sie sehen muß. Und sie wird mich auch sehen wollen.«

»Nein«, sagte der Wachmann und stellte sich vor das Tor. »Sie will Sie nicht sehen.«

Das empfand Maan als überaus unfreundlich. »Du mußt mich reinlassen.« Er versuchte, sich am Wachmann vorbeizudrücken, aber der Mann wich nicht zur Seite, und es kam zu einem Handgemenge.

Im Haus wurden Stimmen laut, und Bibbo kam heraus. Als sie sah, was vor sich ging, schlug sie die Hand vor den Mund und rief: »Phool Singh – aufhören! Dagh Sahib, bitte – bitte – was wird die Begum Sahiba sagen?«

Dieser Ausruf brachte Maan zur Vernunft, und er strich etwas beschämt seine Kurta glatt. Weder er noch der Wachmann waren verletzt. Der Wachmann behandelte den Vorfall als etwas vollkommen Selbstverständliches.

»Bibbo, ist sie sehr krank?« fragte Maan, den stellvertretend alles schmerzte.

»Krank?« sagte Bibbo. »Wer soll krank sein?«

»Saeeda Bai natürlich.«

»Es geht ihr ausgezeichnet«, sagte Bibbo und lachte. Dann, als sie den Blick des Wachmannes auffing, fügte sie hinzu: »Ich meine, bis vor einer halben Stunde ging es ihr ausgezeichnet. Dann spürte sie plötzlich einen stechenden Schmerz in der Herzgegend. Sie kann Sie nicht empfangen – und auch niemand anders.«

»Wer ist bei ihr?« fragte Maan.

»Niemand, das heißt, wie ich gerade gesagt habe – niemand.«

»Irgend jemand ist bei ihr«, sagte Maan grimmig, und die Eifersucht brachte ihn fast um den Verstand.

»Dagh Sahib«, sagte Bibbo nicht ohne Mitgefühl, »das sieht Ihnen aber gar nicht ähnlich.«

»Was?«

»Daß Sie eifersüchtig sind. Begum Sahiba hat ihre langjährigen Bewunderer – sie kann sie nicht einfach fallenlassen. Das Haus ist von ihrer Großzügigkeit abhängig.«

»Ist sie böse mit mir?«

»Böse? Warum sollte sie mit Ihnen böse sein?«

»Weil ich neulich, als ich es versprochen hatte, nicht gekommen bin. Ich hab's versucht – aber es ging nicht.«

»Ich glaube nicht, daß sie mit Ihnen böse war. Aber auf Ihren Boten war sie wütend.«

»Auf Firoz?« fragte Maan erstaunt.

»Ja, auf den Nawabzada.«

»Hat er eine Nachricht überbracht?« fragte Maan. Etwas neidisch dachte er an Firoz, der Urdu lesen und schreiben und somit schriftlich mit Saeeda Bai kommunizieren konnte.

»Ja, ich glaube schon«, sagte Bibbo etwas vage.

»Und warum war sie wütend?« fragte Maan.

»Das weiß ich nicht«, kicherte Bibbo. »Ich muß jetzt wieder hineingehen.« Und sie ließ den aufgeregten Maan auf der Straße stehen.

Saeeda Bai war tatsächlich verstimmt gewesen, Firoz zu sehen, und hatte sich über Maan geärgert, weil er ihn geschickt hatte. Aber als sie dann hörte, daß Maan an dem fraglichen Abend nicht kommen konnte, war sie doch enttäuscht und traurig gewesen. Und auch das hatte sie geärgert. Sie konnte es sich nicht leisten, sich gefühlsmäßig an diesen leichtherzigen, leichtfertigen und vielleicht auch leichtfüßigen jungen Mann zu binden. Sie hatte einen Beruf, dem sie nachgehen mußte, und Maan lenkte sie eindeutig davon ab – wie angenehm auch immer. Sie dachte, daß es vielleicht gut wäre, ihn eine Zeitlang nicht zu sehen. Da sie an diesem Abend einen Gönner empfing, hatte sie den Wachmann beauftragt, alle – und vor allem Maan – abzuweisen.

Als Bibbo ihr später erzählte, was vorgefallen war, reagierte Saeeda gereizt über das, was sie als Maans Versuch ansah, sich in ihr berufliches Leben einzumischen: Er hatte keinen Anspruch auf ihre Zeit oder darauf, wie sie sie verbrachte. Aber noch ein bißchen später sagte sie mehrmals zu dem Sittich: »Dagh Sahib, Dagh Sahib.« Ihre Miene wechselte dabei von einem Ausdruck sexueller Leidenschaft zu Koketterie zu Zärtlichkeit zu Gleichgültigkeit zu Gereiztheit und Ärger. Der Sittich erhielt eine gründlichere Ansprache über den Lauf der Welt als die meisten seiner Artgenossen.

Maan schlenderte davon und fragte sich, was er mit seiner Zeit anfangen sollte, unfähig, Saeeda Bai aus seinen Gedanken zu verbannen. Er sehnte sich aber nach irgendeiner Unternehmung, die ihn wenigstens zeitweise zerstreuen würde. Er dachte daran, daß er zum Rajkumar von Marh gesagt hatte, er würde vorbeischauen, und so ging er zu der Unterkunft, die der Rajkumar und sechs oder sieben andere Studenten nicht weit von der Universität bezogen hatten. Vier von ihnen waren noch immer in Brahmpur, obwohl die Sommerferien bereits begonnen hatten. Diese Studenten – zwei von ihnen gleichfalls Sprößlinge unbedeutender Fürsten, einer der Sohn eines großen Zamindars – kannten keine Geldsorgen. Die meisten hatten zweihundert Rupien im Monat zur Verfügung, die sie ganz nach ihrem Belieben ausgeben konnten. Das entsprach in etwa Prans Gehalt, und die Studenten hatten für ihre armen Dozenten meist nur leichtfertige Verachtung übrig.

Der Rajkumar und seine Freunde speisten zusammen, spielten zusammen Karten und verbrachten auch sonst viel Zeit miteinander. Jeder von ihnen zahlte pro Monat fünfzehn Rupien für das Essen (sie hatten einen eigenen Koch) und weitere zwanzig Rupien für das, was sie »die Gage für das Mädchen« nannten. Die bekam eine sehr hübsche neunzehnjährige Tänzerin, die gemeinsam mit ihrer Mutter in einer Straße unweit der Universität wohnte. Rupvati tanzte regelmäßig für die Freunde, und einer blieb danach bei ihr. So kam jeder einmal alle zwei Wochen dran. An den anderen Abenden durfte Rupvati einen von ihnen empfangen oder sich frei nehmen, aber die Vereinbarung beinhaltete, daß sie keine anderen Kunden haben sollte. Die Mutter begrüßte die jungen Männer jedesmal liebenswürdig; sie freute sich, sie zu sehen, und oft sagte sie zu ihnen, daß sie nicht wüßte, was sie und ihre Tochter ohne ihr Entgegenkommen tun würden.

Maan war noch keine halbe Stunde beim Rajkumar, da hatte er bereits ziemlich viel Whisky getrunken und sich an seiner Schulter ausgeweint. Der Rajkumar sprach von Rupvati und schlug vor, sie zu besuchen. Maans Laune besserte sich bei dieser Aussicht. Sie nahmen die Flasche und gingen in Richtung ihres Hauses. Aber dem Rajkumar fiel plötzlich ein, daß heute einer ihrer freien Abende war und sie nicht besonders willkommen wären.

»Ich weiß, was wir machen. Wir fahren statt dessen in die Tarbuz-ka-Bazaar«, sagte der Rajkumar, rief eine Tonga und zog Maan hinein. Maan hatte nichts dagegen einzuwenden.

Aber als der Rajkumar, der wie zufällig seine Hand auf Maans Oberschenkel gelegt hatte, diese ein gutes Stück weiter nach oben schob, stieß Maan sie lachend weg.

Der Rajkumar nahm diese Zurückweisung nicht übel, und nach ein paar Minuten und einigen kräftigen Zügen aus der Flasche unterhielten sie sich wieder so gut gelaunt wie zuvor.

»Ich gehe ein großes Risiko ein«, sagte der Rajkumar, »und ich tu's um unserer Freundschaft willen.«

Maan lachte. »Dann tu's nie wieder. Ich bin kitzlig.«

Jetzt lachte der Rajkumar. »Das habe ich nicht gemeint. Mit dir in die Tarbuz-ka-Bazaar zu fahren ist ein Risiko für mich.«

»Wie das?«

»Weil ›jeder Student, der an einem ungehörigen Ort gesehen wird, augenblicklich relegiert werden kann‹.«

Der Rajkumar hatte aus den zum Teil kuriosen und detaillierten Verhaltensregeln zitiert, die für die Studenten der Universität von Brahmpur galten. Diese Regel war so verschwommen und zugleich so herrlich drakonisch, daß der Rajkumar und seine Freunde sie auswendig gelernt hatten und sie im Chor zum Singsang des Gayatri Mantra aufsagten, wann immer sie ausgingen, um zu spielen, zu trinken oder zu huren.

6.19

Bald waren sie in Old Brahmpur und näherten sich der Tarbuz-ka-Bazaar. Maan wurde es etwas bedenklich zumute.

»Könnten wir nicht an einem anderen Abend ...?« fragte er.

»Dort gibt es ein hervorragendes Biryani«, sagte der Rajkumar.

»Wo?«

»Bei Tahmina Bai. Ich war ein-, zweimal dort, wenn Rupvati frei hatte.«

Maan fiel der Kopf auf die Brust, und er schlief ein. Als sie die Tarbuz-ka-Bazaar erreichten, weckte ihn der Rajkumar auf.

»Wir müssen zu Fuß weiter.«

»Ist es weit?«

»Nein. Tahmina Bais Etablissement ist gleich um die Ecke.«

Sie stiegen aus, bezahlten den Tonga-Wallah und gingen Hand in Hand in eine kleine Seitengasse. Dann stieg der Rajkumar eine enge, steile Treppe hinauf und zog den angesäuselten Maan hinter sich her.

Als sie oben ankamen, hörten sie wirren Lärm, und nachdem sie ein paar Schritte den Korridor entlanggegangen waren, bot sich ihnen eine kuriose Szene dar.

Die rundliche hübsche Tahmina Bai mit den verträumten Augen kicherte vor Vergnügen über einen Mann mittleren Alters mit vom Opium geweiteten Augen, roter Zunge, einem faßartigen Körper und einem ausdruckslosen Gesicht – ein Angestellter des Finanzamts –, der auf eine Tabla eintrommelte und mit seiner dünnen Stimme ein obszönes Lied sang. Zwei verwahrloste niedere Beamte lungerten herum, einer hatte den Kopf in Tahmina Bais Schoß gelegt. Sie versuchten mitzusingen.

Der Rajkumar und Maan wollten sich zurückziehen, als die Puffmutter sie bemerkte und ihnen auf dem Korridor rasch entgegenging. Sie kannte den Rajkumar und beeilte sich, ihm zu versichern, daß die anderen Männer in ein paar Minuten verschwunden wären.

Die beiden trieben sich eine Zeitlang in der Nähe eines Paanstandes herum, bevor sie wieder hinaufgingen. Tahmina Bai, ein glückseliges Lächeln auf den Lippen, war jetzt allein und bereit, sie zu unterhalten.

Als erstes sang sie ein Thumri, dann – als sie bemerkte, daß es spät wurde – begann sie zu schmollen.

»Sing weiter«, sagte der Rajkumar und bedeutete Maan, mitzuhelfen, sie versöhnlich zu stimmen.

»Ja-a«, sagte Maan.

»Nein, ich will nicht mehr. Meine Stimme gefällt euch nicht.« Sie sah mit verdrossener Miene auf den Boden.

»Na, dann beehre uns wenigstens mit einem Gedicht.«

Daraufhin brach Tahmina Bai in schallendes Gelächter aus. Ihre hübschen kleinen Backen bebten, und sie schnaubte vor Vergnügen. Der Rajkumar war verwirrt. Nach einem weiteren Schluck aus der Flasche sah er sie fragend an.

»Oh, es ist einfach – ha, ha – beehre uns – ha, ha – mit einem Gedicht!«

Tahmina Bai schmollte nicht mehr, sondern hatte einen völlig unkontrollierbaren Lachkrampf. Sie quietschte und kreischte, hielt sich den Bauch und schnappte nach Luft, und Tränen liefen ihr übers Gesicht.

Als sie endlich wieder sprechen konnte, erzählte sie einen Witz. »Der Dichter Akbar Allahabadi war in Benares und wurde von Freunden in eine Straße wie unsere hier gelockt. Er hatte ziemlich viel getrunken – genau wie ihr –, und deswegen lehnte er sich an eine Wand, um Wasser zu lassen. Und dann – was geschah? – erkannte ihn eine Kurtisane, die sich oben aus dem Fenster lehnte – sie hatte ihn bei einem Gedichtvortrag gesehen, und sie sagte ...« Tahmina Bai kicherte, lachte und wackelte von einer Seite auf die andere. »Sie sagte: ›Akbar beehrt uns mit einem Gedicht!‹« Tahmina Bai begann wieder, unbeherrscht zu lachen, und zu seinem eigenen Erstaunen stimmte der betrunkene Maan in das Gelächter ein.

Aber Tahmina Bai hatte den Witz noch nicht zu Ende erzählt. »Als der Dichter das hörte, dichtete er spontan:

›Oje – welch schlecht Gedicht kann Akbar schreiben
mit der Feder in der eignen Hand und dem Tintenfaß da oben?‹«

Sie quietschte und schnaubte. Dann sagte Tahmina Bai zu Maan, daß sie ihm gern im anderen Zimmer etwas zeigen würde. Sie führte ihn nach nebenan, während der Rajkumar sich aus der Flasche bediente.

Nach ein paar Minuten kamen sie wieder heraus, Maan sah ungepflegt und angewidert aus. Aber Tahmina Bai zog einen süßen Flunsch. Sie sagte zum Rajkumar: »Dir hab ich auch was zu zeigen.«

»Nein, nein«, sagte der Rajkumar. »Ich habe schon ... Nein, ich bin nicht in der Stimmung – komm, Maan, wir gehen.«

Tahmina Bai war beleidigt und sagte: »Ihr seid euch beide sehr – sehr ähnlich. Wozu braucht ihr mich?«

Der Rajkumar war aufgestanden. Er legte einen Arm um Maan, und sie wankten auf die Tür zu. Als sie im Korridor waren, hörten sie sie rufen: »Eßt wenigstens noch ein Biryani, bevor ihr geht. Es ist gleich fertig.«

Als keine Antwort kam, legte Tahmina Bai richtig los: »Das gibt Kraft. Keiner von euch konnte mich mit seiner Dichtkunst beehren!«

Und sie schüttelte sich vor Lachen, und ihr Gelächter folgte ihnen die Treppe hinunter bis auf die Straße.

6.20

Obwohl nichts weiter zwischen ihnen vorgefallen war, hatte Maan solche Gewissensbisse, eine so ordinäre Sängerin wie Tahmina Bai aufgesucht zu haben, daß er auf der Stelle zu Saeeda Bai gehen und sie um Vergebung bitten wollte. Der Rajkumar konnte ihn jedoch überreden, nach Hause zu fahren. Er begleitete ihn bis zum Tor von Prem Nivas und verließ ihn dort.

Mrs. Mahesh Kapoor war noch auf. Maan so betrunken und unsicher auf den

Beinen zu sehen machte sie sehr unglücklich. Sie sagte nichts, aber sie hatte Angst um ihn. Hätte sein Vater ihn in diesem Zustand gesehen, hätte er einen Wutanfall bekommen.

Sie führte Maan in sein Zimmer, wo er aufs Bett fiel und sofort einschlief.

Am nächsten Tag besuchte er Saeeda Bai, zerknirscht, wie er war, und sie freute sich, ihn zu sehen. Sie verbrachten den Abend miteinander. Dann teilte sie ihm mit, daß sie an den beiden folgenden Abenden beschäftigt sein würde und daß er ihr das nicht übelnehmen solle.

Maan nahm es sehr übel. Er litt unter akuter Eifersucht und unerfülltem Begehren, und er fragte sich, was er falsch gemacht hatte. Auch wenn er Saeeda Bai jeden Abend hätte sehen können, wären die Tage für ihn nur im Schneckentempo vergangen. Aber jetzt erstreckten sich nicht nur die Tage endlos vor ihm, sondern auch noch die Nächte, schwarz und leer.

Er trainierte ein bißchen Polo mit Firoz, aber tagsüber hatte Firoz zu tun, und bisweilen verbrachte er auch die Abende über Gesetzestexten oder anderer Arbeit. Im Gegensatz zum jungen Bebrillten Bannerji betrachtete Firoz es nicht als Zeitverschwendung, Polo zu spielen oder sich einen geeigneten Spazierstock auszusuchen; er hielt diese Aktivitäten für den Sohn eines Nawabs durchaus angemessen. Verglichen mit Maan war er jedoch nachgerade süchtig nach Arbeit.

Maan versuchte, seinem Beispiel zu folgen – ein bißchen einzukaufen und ein paar Aufträge für das Stoffgeschäft in Benares zu organisieren –, aber es war ihm lästig, und so hielt er nicht lange durch. Er besuchte ein-, zweimal seinen Bruder Pran und seine Schwester Veena, aber die Häuslichkeit und Zweckmäßigkeit ihres Daseins empfand er als einen einzigen Tadel seines eigenen Lebenswandels. Veena sprach ihn direkt darauf an, rügte ihn für das schlechte Beispiel, das er dem jungen Bhaskar gab, und die alte Mrs. Tandon warf ihm noch argwöhnischere und mißbilligendere Blicke zu als früher. Kedarnath jedoch klopfte Maan auf die Schulter, als ob er die Kälte seiner Mutter ausgleichen wollte.

Nachdem er alle anderen Möglichkeiten ausgeschöpft hatte, lungerte er beim Rajkumar von Marh und seinen Freunden herum (in die Tarbuz-ka-Bazaar begleitete er sie nicht wieder), trank und verspielte den Großteil des Geldes, das er für Geschäfte beiseite gelegt hatte. Sie spielten – gewöhnlich Flush, aber manchmal auch Poker, für das die zügelloseren Studenten in Brahmpur neuerdings eine Vorliebe entwickelten – meist in den Wohnräumen der Studenten, bisweilen aber auch in inoffiziellen Spielhöllen in Privathäusern der Stadt. Getrunken wurde ausnahmslos Scotch. Maan dachte fortwährend an Saeeda Bai und lehnte sogar einen Besuch bei der schönen Rupvati ab. Seine neuen Freunde zogen ihn dafür auf, meinten, daß er mangels Übung seine Fähigkeiten für immer verlieren würde.

Eines Tages, als Maan, benommen von seinem Liebeskummer, ausnahmsweise allein über die Nabiganj bummelte, begegnete er zufällig einer Flamme von früher. Sie war jetzt verheiratet, mochte Maan aber immer noch sehr gern. Auch Maan fühlte sich noch zu ihr hingezogen. Ihr Mann – der den ungewöhnlichen Spitznamen ›Taube‹ hatte – fragte Maan, ob er nicht im Red Fox mit ihnen Kaffee trinken wolle. Maan, der diese Einladung normalerweise, ohne zu zögern, angenommen hätte, sah unglücklich zur Seite und sagte, daß er weiter müsse.

»Warum benimmt sich dein alter Verehrer so seltsam?« fragte der Mann lächelnd seine Frau.

»Keine Ahnung.« Auch sie stand vor einem Rätsel.

»Kann es sein, daß er nicht mehr in dich verliebt ist?«

»Das ist möglich, aber unwahrscheinlich. Es gibt eigentlich kaum eine Frau, in die Maan Kapoor nicht verliebt ist.«

Dabei beließen sie es und betraten das Red Fox.

6.21

Maan war nicht die einzige Zielscheibe von Mrs. Tandons Argwohn. Seit kurzem war der alten Dame, die stets alles genau im Auge behielt, aufgefallen, daß Veena bestimmte Schmuckstücke nicht mehr trug. Den Schmuck, den sie von der Familie ihres Mannes bekommen hatte, legte sie nach wie vor an, nicht jedoch den von ihren Eltern. Eines Tages setzte sie ihren Sohn davon in Kenntnis.

Kedarnath reagierte nicht.

Seine Mutter ließ nicht eher locker, als bis er endlich versprach, Veena zu bitten, den Navratan zu tragen.

Veena wurde rot. »Ich habe die Kette Priya geliehen, sie will sie nachmachen lassen«, sagte sie. »Sie hat sie bei Prans Hochzeit an mir gesehen, und sie hat ihr so gut gefallen.«

Aber Veena sah so unglücklich aus bei dieser Lüge, daß die Wahrheit schnell ans Licht kam. Kedarnath mußte erkennen, daß der Haushalt wesentlich mehr Geld verschlang, als sie ihm gesagt hatte; er, in häuslichen Angelegenheiten unpraktisch und oft auf Reisen, hatte es einfach nicht bemerkt. Sie hatte gehofft, den finanziellen Druck auf sein Geschäft zu vermindern, indem sie ihn um weniger Haushaltsgeld bat. Aber jetzt wurde ihm klar, daß sie Schritte eingeleitet hatte, ihren Schmuck zu versetzen oder zu verkaufen.

Kedarnath erfuhr auch, daß Bhaskars Schulgebühren und Bücher von Mrs. Mahesh Kapoors Haushaltsgeld bezahlt wurden, die einen Teil davon für ihre Tochter abzweigte.

»Das geht nicht«, sagte Kedarnath. »Dein Vater hat uns vor drei Jahren schon so großzügig geholfen.«

»Warum nicht? Bhaskars Nani darf ihm doch sicher etwas zukommen lassen, oder? Sie zahlt ja nicht unser Essen.«

»Irgend etwas stimmt heute mit meiner Veena nicht«, sagte Kedarnath und lächelte traurig.
Veena ließ sich so leicht nicht besänftigen.
»Du sagst mir nie irgend etwas«, platzte sie heraus. »Und ich sehe dich minutenlang dasitzen, den Kopf in den Händen vergraben und die Augen geschlossen. Und was soll ich davon halten? Du bist ständig weg. Manchmal, wenn du weg bist, weine ich die ganze Nacht. Besser wäre es, einen Trinker als Mann zu haben, solange er wenigstens jede Nacht bei mir schlafen würde.«
»Beruhige dich. Wo ist der Schmuck?«
»Bei Priya. Sie wollte ihn schätzen lassen.«
»Er ist also noch nicht verkauft?«
»Nein.«
»Geh und hol ihn.«
»Nein.«
»Geh und hol ihn, Veena. Wie kannst du die Kette deiner Mutter aufs Spiel setzen?«
»Wie kannst du Chaupar mit Bhaskars Zukunft spielen?«
Kedarnath schloß für ein paar Sekunden die Augen.
»Du verstehst nichts vom Geschäft«, sagte er.
»Ich verstehe genug davon, um zu wissen, daß du dich nicht endlos verschulden kannst.«
»Schulden sind nichts weiter als Schulden. Alle großen Vermögen gründen sich auf Schulden.«
»Also, wir werden nie mehr besonders vermögend werden, so viel weiß ich«, sagte Veena leidenschaftlich. »Wir sind nicht in Lahore. Warum können wir nicht das bißchen behalten, was wir haben?«
Kedarnath schwieg eine Weile, dann sagte er: »Hol den Schmuck. Wirklich, es ist schon in Ordnung. Hareshs Auftrag für die Herrenhalbschuhe muß jeden Tag kommen, und dann sind unsere Probleme langfristig gelöst.«
Veena sah ihren Mann zweifelnd an. »Alles Gute steht immer kurz bevor, und alles Schlechte trifft immer ein.«
»Das stimmt nicht. Zumindest kurzfristig hat sich unsere Lage verbessert. Die Läden in Bombay haben endlich bezahlt. Ich schwöre, daß das stimmt. Ich weiß, daß ich ein schlechter Lügner bin, deswegen versuch ich's erst gar nicht. Jetzt geh und hol die Kette.«
»Zeig mir zuerst das Geld!«
Kedarnath brach in Lachen aus, Veena in Tränen.
»Wo ist Bhaskar?« fragte er, nachdem sie ein bißchen geschluchzt und sich wieder beruhigt hatte.
»Bei Dr. Durrani.«
»Gut. Hoffentlich bleibt er noch ein paar Stunden dort. Laß uns eine Runde Chaupar spielen, du und ich.«
Veena tupfte sich mit einem Taschentuch die Augen ab.

»Es ist zu heiß auf dem Dach. Deine Mutter wird nicht wollen, daß ihr geliebter Sohn schwarz wird wie Tinte.«

»Nun, dann spielen wir eben hier«, sagte Kedarnath entschlossen.

Am späten Nachmittag holte Veena den Schmuck. Priya konnte ihr keinen Schätzpreis nennen; die Hexe hatte den klatschsüchtigen Juwelier bei seinem letzten Besuch nicht aus den Augen gelassen, so daß Priya beschlossen hatte, die Dringlichkeit der Diskretion zu opfern.

Veena betrachtete den Navratan, musterte wehmütig jeden Stein.

Am frühen Abend desselben Tages brachte Kedarnath die Kette zu seinem Schwiegervater und bat ihn, sie in Prem Nivas gut aufzubewahren.

»Warum denn das?« fragte Mahesh Kapoor. »Warum lädst du mir dieses Schmuckstück auf?«

»Baoji, es gehört Veena, und ich will sichergehen, daß sie es behält. Wenn es in unserem Haus ist, kommt sie womöglich auf die verrückte Idee, es zu versetzen.«

»Es zu versetzen?«

»Es zu versetzen oder zu verkaufen.«

»Was für ein Unsinn. Was ist bloß los? Haben alle meine Kinder den Verstand verloren?«

Nach einem kurzen Bericht über den Navratan-Vorfall sagte Mahesh Kapoor: »Und wie läuft dein Geschäft jetzt, nachdem der Streik beendet ist?«

»Ich kann nicht sagen, daß es gut läuft – aber es ist noch nicht endgültig zusammengebrochen.«

»Kedarnath, willst du nicht statt dessen meine Landwirtschaft übernehmen?«

»Nein, trotzdem vielen Dank, Baoji. Ich muß jetzt zurück. Der Markt muß bereits geöffnet sein.« Ein Gedanke schoß ihm durch den Kopf. »Und außerdem, Baoji, wer sollte sich um deine Wählerschaft kümmern, wenn ich beschließe, aus Misri Mandi wegzugehen?«

»Stimmt. In Ordnung. Gut. Gut, daß du jetzt gehen mußt, denn ich habe diese Akten bis morgen vormittag zu bearbeiten«, sagte Mahesh Kapoor wenig gastfreundlich. »Ich werde die ganze Nacht arbeiten müssen. Leg's hier irgendwo hin.«

»Was – auf die Akten, Baoji?« Aber es gab auf dem Tisch keinen anderen Platz für den Navratan.

»Wohin sonst – um meinen Hals? Ja, ja, auf die rosa Akte: ›Anweisungen der Staatsregierung zu den Entschädigungsfestsetzungsvorschlägen‹. Schau nicht so ängstlich, Kedarnath, es wird nicht wieder verschwinden. Ich werde Veenas Mutter sagen, daß sie das blöde Stück irgendwo verwahren soll.«

6.22

Später an diesem Abend verlor Maan in der Unterkunft des Rajkumar und seiner Freunde beim Kartenspiel mehr als zweihundert Rupien. Er wartete für gewöhnlich viel zu lange, bis er paßte oder die Karten sehen wollte. Sein sprichwörtlicher Optimismus hatte fatale Folgen für seine Chancen. Zudem hatte er überhaupt kein Pokergesicht, und seine Mitspieler wußten ziemlich genau, wie gut seine Karten waren – von dem Augenblick an, in dem er sie aufnahm. Er verlor bei jedem Spiel zehn Rupien oder mehr, und als er drei Könige hatte, gewann er nicht mehr als vier Rupien.

Je mehr er trank, um so mehr verlor er – und umgekehrt.

Jedesmal, wenn er eine Dame – oder Begum – bekam, versetzte es ihm einen Stich in die Magengrube, und er dachte an die Begum Sahiba, die er in diesen Tagen so selten sah. Wenn er bei ihr war, spürte er, daß sie ihn, trotz beider Erregung und Zuneigung, desto weniger amüsant fand, je angespannter er wurde.

Nachdem sie ihm alles Geld abgenommen hatten, lallte er, daß er gehen müsse.

»Bleib über Nacht, wenn du willst, und geh erst morgen früh nach Hause«, schlug der Rajkumar vor.

»Nein, nein«, sagte Maan und ging.

Er schlenderte zu Saeeda Bais Haus, sagte unterwegs Gedichte auf und sang von Zeit zu Zeit ein Lied.

Es war nach Mitternacht. Der Wachmann, der seinen Zustand richtig erkannte, bat ihn, nach Hause zu gehen. Maan begann, zu singen und über seinen Kopf hinweg Saeeda Bai anzuflehen:

> »Es ist nur ein Herz, kein Stein, bis obenhin gefüllt mit Schmerz;
> ja, die Tränen strömen tausendfach, weil du gebrochen hast mein
> Herz.«

»Kapoor Sahib, Sie werden die ganze Straße aufwecken«, sagte der Wachmann sachlich. Er trug Maan die Rempelei von vor ein paar Tagen nicht nach.

Bibbo kam heraus und schalt Maan leise. »Gehen Sie bitte nach Hause, Dagh Sahib. Dies ist ein respektables Haus. Begum Sahiba hat gefragt, wer da singt, und als ich es ihr gesagt habe, war sie sehr verärgert. Ich glaube, sie hat Sie sehr gern, Dagh Sahib, aber sie wird Sie heute abend nicht empfangen, und ich soll Ihnen ausrichten, daß sie Sie in diesem Zustand niemals einlassen würde. Bitte vergeben Sie mir meine Unverschämtheit, aber ich wiederhole nur ihre Worte.«

»Es ist nur ein Herz, kein Stein«, sang Maan.

»Kommen Sie, Sahib«, sagte der Wachmann ruhig und führte Maan sanft, aber bestimmt die Straße entlang Richtung Prem Nivas.

»Hier, das ist für dich – du bist ein guter Mensch«, sagte Maan. Er suchte in den Taschen seiner Kurta, aber er fand keine einzige Rupie mehr. »Stunde mir das Trinkgeld«, schlug er vor.
»Ja, Sahib«, sagte der Wachmann und ging zurück zu dem rosenfarbenen Haus.

6.23

Betrunken, pleite und alles andere als glücklich, wankte Maan Richtung Prem Nivas. Zu seiner Überraschung und zu seinem nebelhaften Kummer wartete seine Mutter wieder auf ihn. Als sie ihn sah, begann sie zu weinen. Sie war wegen der Sache mit dem Navratan sowieso schon angegriffen.
»Maan, mein lieber Sohn, was ist nur los mit dir? Was hat sie aus meinem Jungen gemacht? Weißt du, was die Leute über dich reden? Auch die Leute in Benares wissen es schon.«
»Welche Leute in Benares?« fragte Maan, dessen Neugier plötzlich erwacht war.
»›Welche Leute in Benares?‹ fragt er.« Mrs. Mahesh Kapoor begann noch heftiger zu weinen. Der Atem ihres Sohnes roch stark nach Whisky.
Maan legte beschützend einen Arm um ihre Schultern und sagte, sie solle schlafen gehen. Sie riet ihm, über die Treppe im Garten hinauf in sein Zimmer zu gehen, um seinen Vater, der noch in seinem Büro arbeitete, nicht zu stören.
Aber Maan hatte diese Empfehlung nicht gehört und stieg laut vor sich hin summend die Haupttreppe hinauf.
»Wer ist das? Wer ist das? Bist du das, Maan?« erscholl die wütende Stimme seines Vaters.
»Ja, Baoji«, sagte Maan und ging weiter.
»Hörst du mich?« rief sein Vater so laut, daß es in halb Prem Nivas widerhallte.
»Ja, Baoji.« Maan blieb stehen.
»Dann komm sofort herunter.«
»Ja, Baoji.« Maan torkelte die Treppe hinunter und in das Büro seines Vaters. Er setzte sich seinem Vater gegenüber an den kleinen Schreibtisch. Außer ihnen und zwei Geckos, die unentwegt über die Zimmerdecke liefen, war niemand im Raum.
»Steh auf. Habe ich dich gebeten, dich zu setzen?«
Maan versuchte aufzustehen, aber es gelang ihm nicht. Er versuchte es noch einmal und beugte sich über den Tisch zu seinem Vater vor. Seine Augen waren glasig. Die Papiere auf dem Tisch und das Glas Wasser neben der Hand seines Vaters schienen ihm angst zu machen.

Mahesh Kapoor stand auf, die Lippen zusammengepreßt, die Augen fast zugekniffen. Er hielt eine rosa Akte in der rechten Hand, die er langsam in die linke nahm. Er wollte Maan hart ins Gesicht schlagen, als Mrs. Mahesh Kapoor hereinstürzte und rief: »Nein, nein, tu's nicht.«

Ihre Stimme und ihre Augen flehten ihren Mann an, und er gab nach. Maan schloß die Augen und fiel zurück auf den Stuhl. Dann döste er ein.

Sein Vater, der vor Wut kochte, ging um den Tisch und schüttelte ihn, als wollte er ihm jeden Knochen im Leib brechen.

»Baoji!« Maan wurde dadurch wieder wach und begann zu lachen.

Sein Vater hob die Rechte und schlug seinen fünfundzwanzigjährigen Sohn mit dem Handrücken ins Gesicht. Maan schnappte nach Luft, starrte seinen Vater an und griff sich mit der Hand ans Gesicht.

Mrs. Mahesh Kapoor setzte sich auf eine der Bänke an der Wand. Sie weinte.

»Jetzt hör mir zu, Maan, es sei denn, du willst noch eine – hör zu«, sagte sein Vater, der jetzt noch wütender war, weil seine Frau wegen etwas weinte, was er getan hatte. »Es ist mir egal, woran du dich morgen noch erinnerst, aber ich werde nicht warten, bis du nüchtern bist. Hast du mich verstanden?« Er wiederholte mit erhobener Stimme: »Hast du mich verstanden?«

Maan nickte – und unterdrückte den Impuls, die Augen wieder zu schließen. Er war so müde, daß nur ein paar Worte bis in sein Bewußtsein vordrangen. Irgendwo, schien ihm, schmerzte etwas prickelnd. Aber wo?

»Weißt du, wie du aussiehst? Kannst du dir vorstellen, wie du aussiehst? Dein Haar zerzaust, deine Augen glasig, die Taschen hängen heraus, und auf deiner Kurta ist ein Whiskyfleck.«

Maan schüttelte den Kopf und ließ ihn langsam auf die Brust sinken. Alles, was er wollte, war alles abschalten, was außerhalb seines Kopfes vor sich ging: dieses wutverzerrte Gesicht, das Geschrei, das Prickeln.

Er gähnte.

Mahesh Kapoor griff nach dem Glas Wasser und schüttete es Maan ins Gesicht. Etwas davon spritzte auf die Akten, aber er sah nicht einmal hin. Maan hustete, keuchte und richtete sich erschrocken auf. Seine Mutter schlug die Hände vor die Augen und schluchzte.

»Was hast du mit dem Geld gemacht? Was hast du damit gemacht?« fragte Mahesh Kapoor.

»Mit welchem Geld?« Maan starrte auf das Wasser, das vorn an seiner Kurta hinunterrann und teilweise dieselbe Bahn zog wie der Whiskyfleck.

»Mit dem Geld für deine Geschäfte?«

Maan zuckte die Achseln, runzelte die Stirn und dachte nach.

»Und mit dem Taschengeld, das ich dir gegeben habe?« fuhr sein Vater drohend fort.

Maan konzentrierte sich noch mehr und zuckte wieder die Achseln.

»Was hast du damit gemacht? Ich werd dir sagen, was du damit gemacht hast: Du hast es für diese Hure ausgegeben.« Hätte er nicht alle Zurückhaltung fah-

renlassen, hätte Mahesh Kapoor nie und nimmer so von Saeeda Bai gesprochen.
Mrs. Mahesh Kapoor hielt sich die Ohren zu. Ihr Mann schnaubte. Sie benimmt sich wie alle drei Affen Gandhijis auf einmal, dachte er ungeduldig, als nächstes wird sie sich die Hände vor den Mund halten.

Maan sah seinen Vater an, dachte einen Augenblick nach und sagte dann: »Nein. Ich habe ihr nur kleine Geschenke gemacht. Mehr wollte sie nicht ...« Er fragte sich, wohin das Geld verschwunden sein konnte.

»Dann hast du es versoffen und verspielt«, sagte sein Vater angewidert.

Ach ja, das war es, erinnerte sich Maan erleichtert. Als ob ein schwieriges Problem nach langem Bemühen endlich gelöst wäre, sagte er erfreut: »Ja, so ist es, Baoji. Versoffen – verspielt – futsch.« Dann wurde ihm klar, was er da eigentlich gesagt hatte, und er schämte sich.

»Schamloser – Schamloser –, du benimmst dich schlimmer als ein verkommener Zamindar, und das werde ich nicht zulassen«, schrie Mahesh Kapoor. Er trommelte auf der rosa Akte. »Ich werde das nicht zulassen, und ich werde dich hier nicht länger dulden. Verschwinde aus der Stadt, verschwinde aus Brahmpur. Verschwinde augenblicklich. Ich will dich hier nicht mehr sehen. Du bringst deine Mutter um ihren Seelenfrieden, du ruinierst dein Leben, meine politische Karriere und den Ruf unserer Familie. Ich gebe dir Geld, und was machst du damit? Du verspielst es oder verpraßt es für Huren und Whisky. Ist die Verkommenheit dein einziges Talent? Ich hätte nie gedacht, daß ich mich für einen meiner Söhne schämen muß. Wenn du jemanden sehen willst, der wirklich Not leidet, dann sieh dir deinen Schwager an. Er bittet nie um Geld für sein Geschäft, geschweige denn ›für dies und das‹. Und was ist mit deiner Verlobten? Wir finden ein geeignetes Mädchen aus einer guten Familie, wir arrangieren eine gute Partie für dich – und du läufst Saeeda Bai hinterher, deren Leben und Geschichte ein offenes Buch ist.«

»Aber ich liebe sie«, sagte Maan.

»Du liebst sie?« schrie sein Vater. In seiner Stimme mischten sich Ungläubigkeit und Wut. »Geh sofort ins Bett. Das ist deine letzte Nacht in diesem Haus. Morgen bist du hier verschwunden. Raus mit dir! Geh nach Benares oder wohin immer du willst, aber verschwinde aus Brahmpur. Raus!«

Mrs. Mahesh bat ihren Mann vergeblich, diese drastische Anordnung zu widerrufen. Maan betrachtete die beiden Geckos, die an der Decke hin und her flitzten. Dann stand er plötzlich entschlossen und ohne fremde Hilfe auf und sagte: »In Ordnung. Gute Nacht! Gute Nacht! Gute Nacht! Ich gehe! Ich werde dieses Haus morgen verlassen.«

Er ging zu Bett und dachte sogar daran, die Schuhe auszuziehen, bevor er einschlief.

6.24

Am nächsten Morgen erwachte Maan mit schrecklichen Kopfschmerzen, die jedoch wundersamerweise nach ein paar Stunden verschwunden waren. Er erinnerte sich daran, daß es eine Auseinandersetzung mit seinem Vater gegeben hatte, und wartete, bis der Finanzminister ins Parlament gegangen war, bevor er seine Mutter fragte, worum es sich gehandelt habe. Mrs. Mahesh Kapoor war mit ihrer Weisheit am Ende: Ihr Mann war so aufgebracht gewesen, daß er stundenlang nicht hatte schlafen können. Ebensowenig hatte er arbeiten können, was ihn nur noch mehr aufregte. Jeder Versöhnungsvorschlag ihrerseits war von ihm wütend und unnachgiebig zurückgewiesen worden. Es war ihr klar, daß er es ernst meinte und Maan das Haus verlassen mußte.

Sie umarmte ihren Sohn und sagte: »Fahr zurück nach Benares, arbeite hart, handle verantwortlich, und gewinn das Herz deines Vaters zurück.«

Keiner dieser vier Vorschläge erschien ihm sonderlich attraktiv, aber Maan versicherte seiner Mutter, daß er in Prem Nivas nicht länger für Ärger sorgen würde. Er wies einen Dienstboten an, seine Sachen zu packen. Er beschloß, bei Firoz unterzukommen; oder, wenn das nicht ging, bei Pran; oder, wenn auch das fehlschlug, beim Rajkumar und seinen Freunden; sollte auch das unmöglich sein, dann eben irgendwo anders in Brahmpur. Er würde nicht – nur weil sein ungnädiger, vertrockneter Vater es verlangte –, diese schöne Stadt verlassen oder auf die Möglichkeit verzichten, die Frau zu treffen, die er liebte.

»Soll ein PA deines Vaters eine Fahrkarte nach Benares besorgen?« fragte Mrs. Mahesh Kapoor.

»Nein. Wenn nötig, mache ich das selbst am Bahnhof.«

Nachdem er sich rasiert und gebadet hatte, zog er eine frische weiße Kurta-Pajama an und machte sich etwas beschämt auf den Weg zu Saeeda Bai. Wenn er gestern so betrunken war, wie seine Mutter offenbar glaubte, dann mußte er sich auch vor Saeeda Bais Tor auffällig benommen haben, wohin er, wie er sich vage erinnerte, gegangen war.

Er kam vor Saeeda Bais Haus an und wurde vorgelassen. Anscheinend wurde er erwartet.

Auf dem Weg nach oben warf er einen Blick in den Spiegel. Im Gegensatz zu früher musterte er sich jetzt kritisch. Er trug eine bestickte weiße Kappe; er nahm sie ab und betrachtete seine vorzeitig kahl werdenden Schläfen, bevor er sie wieder aufsetzte und bedauernd dachte, daß es vielleicht seine beginnende Kahlheit war, die Saeeda Bai an ihm mißfiel. Aber was kann ich dagegen tun? fragte er sich.

Als sie seine Schritte auf dem Flur hörte, rief Saeeda Bai freundlich: »Tritt ein, tritt ein, Dagh Sahib. Deine Schritte klingen heute regelmäßig. Hoffen wir, daß auch dein Herz regelmäßig schlägt.«

Saeeda Bai hatte die ›Angelegenheit‹ Maan überschlafen und beschlossen, daß es so nicht weitergehen konnte. Sie gestand sich zwar ein, daß er ihr guttat, aber er beanspruchte zuviel von ihrer Zeit und Kraft, war mit zuviel Besessenheit verliebt in sie, als daß noch leicht mit ihm umzugehen war.

Als Maan ihr von der Szene mit seinem Vater und von seinem Hinauswurf erzählte, regte sie sich sehr auf. Prem Nivas, wo sie regelmäßig an Holi auftrat und einmal auch an Dussehra gesungen hatte, war wesentlicher Bestandteil ihres jährlichen Kalenders. Sie durfte sich diese Einkommensquelle nicht verscherzen. Ebensowenig wollte sie, daß ihr junger Freund und sein Vater weiterhin im Streit miteinander lebten. »Wohin wirst du gehen?« fragte sie ihn.

»Warum? Nirgendwohin!« rief Maan. »Mein Vater hat Anwandlungen von Größenwahn. Nur weil er Millionen Landbesitzern ihr Erbe wegnimmt, glaubt er, daß er auch seinen Sohn herumkommandieren kann. Ich bleibe in Brahmpur, bei Freunden.« Eine Idee schoß ihm durch den Kopf. »Oder vielleicht hier?«

»Toba, toba!« schrie Saeeda Bai und hielt sich erschrocken die Ohren zu.

»Warum sollte ich von dir weggehen? Oder aus der Stadt, in der du lebst?« Er beugte sich zu ihr und umarmte sie. »Und deine Köchin macht so köstliche Shami Kababs«, fügte er hinzu.

Hätte Saeeda Bai nicht hektisch nachgedacht, hätte sie sich vielleicht über Maans leidenschaftlichen Ausbruch gefreut. »Ich weiß«, sagte sie und befreite sich aus seiner Umarmung. »Ich weiß, was du tun mußt.«

»Hm.« Maan versuchte, sie erneut zu umarmen.

»Setz dich und hör mir zu, Dagh Sahib«, sagte Saeeda Bai in kokettem Tonfall. »Du willst mir doch nah sein, mich wirklich verstehen, nicht wahr?«

»Ja, ja, natürlich.«

»Und warum, Dagh Sahib?«

»Warum?« fragte Maan ungläubig.

»Ja, warum?« insistierte Saeeda Bai.

»Weil ich dich liebe.«

»Was ist das, Liebe – dieses schändliche Ding, das sogar aus Freunden Feinde macht?«

Das war zuviel für Maan, der nicht in der Stimmung für abstrakte Spekulationen war. Ein schrecklicher Gedanke ging ihm durch den Kopf: »Willst du etwa auch, daß ich gehe?«

Saeeda Bai schwieg und zog ihren Sari zurecht, der auf ihrem Kopf etwas nach hinten gerutscht war. Ihre schwarz geschminkten Augen schienen direkt in Maans Seele zu blicken.

»Dagh Sahib, Dagh Sahib!« tadelte sie ihn.

Maan bedauerte die Frage augenblicklich und ließ den Kopf hängen. »Ich hatte Angst, du wolltest unsere Liebe testen, indem du mich weit wegschickst.«

»Das würde mir genauso weh tun wie dir«, sagte sie traurig. »Ich habe an etwas anderes gedacht.«

Sie schwieg, spielte ein paar Töne auf dem Harmonium und sagte dann:

»Dein Urdulehrer Rasheed fährt für einen Monat in sein Dorf. Ich weiß nicht, wer ihn in seiner Abwesenheit bei Tasneem und bei dir vertreten soll. Und ich glaube, daß du, um mich wirklich verstehen, um meine Kunst wirklich schätzen und meine Leidenschaft richtig erwidern zu können, meine Sprache lernen mußt, die Sprache der Gedichte, die ich vortrage, der Gasele, die ich singe, die Sprache der Gedanken, die ich denke.«

»Ja, ja«, flüsterte Maan hingerissen.

»Und deswegen mußt du mit deinem Urdulehrer für eine Weile in sein Dorf fahren – für einen Monat.«

»Was?« rief Maan, der sich vorkam, als hätte man ihm schon wieder ein Glas Wasser ins Gesicht geschüttet.

Saeeda Bai war anscheinend so erschüttert von ihrer eigenen Lösung des Problems – diese Lösung liege auf der Hand, murmelte sie und biß sich betrübt auf die Unterlippe, aber sie könne sich nicht vorstellen, wie sie die Trennung von ihm ertragen solle und so weiter –, daß es nach ein paar Minuten Maan war, der sie tröstete – und nicht umgekehrt. Es sei der einzige Ausweg aus der Situation, versicherte er ihr. Wenn er in dem Dorf kein Zimmer fände, würde er unter freiem Himmel schlafen und die Sprache ihrer Seele sprechen, in ihr denken und sie auch schreiben – er würde ihr Briefe im Urdu eines Engels schreiben. Sogar sein Vater wäre stolz auf ihn.

»Du hast mich davon überzeugt, daß es keine andere Möglichkeit gibt«, sagte Saeeda Bai endlich, nachdem sie schrittweise nachgegeben hatte.

Maan bemerkte, daß ihm der Sittich, der sich mit ihnen im Zimmer befand, einen zynischen Blick zuwarf, und runzelte die Stirn.

»Wann fährt Rasheed?«

»Morgen.«

Maan erbleichte. »Aber dann haben wir nur noch heute nacht!« Der Mut verließ ihn, er war vollkommen niedergeschlagen. »Nein, ich kann nicht gehen – ich kann dich nicht verlassen.«

»Dagh Sahib, wenn du deiner eigenen Logik nicht treu bist, wie soll ich dann glauben, daß du mir treu bleibst?«

»Dann muß ich die Nacht hier verbringen. Es wird unsere letzte gemeinsame Nacht sein – für einen ganzen Monat.«

Ein ganzer Monat? Noch als er das Wort aussprach, rebellierte sein ganzes Wesen gegen diesen Gedanken. Er weigerte sich, ihn zu akzeptieren.

»Heute abend geht es nicht«, sagte die praktische Saeeda Bai und dachte dabei an ihre Verpflichtungen.

»Dann werde ich nicht fahren. Ich kann nicht. Wie sollte ich es können? Außerdem haben wir Rasheed noch gar nicht gefragt.«

»Rasheed wird es eine Ehre sein, dir Gastfreundschaft zu gewähren. Er hat große Achtung vor deinem Vater – zweifellos aufgrund seiner Fähigkeiten als Holzfäller – und natürlich auch vor dir – zweifellos aufgrund deiner Fähigkeiten als Kalligraph.«

»Ich muß dich heute nacht sehen«, insistierte Maan. »Ich muß einfach. Was für ein Holzfäller?« fragte er stirnrunzelnd.

Saeeda Bai seufzte. »Es ist sehr schwierig, einen Banyanbaum zu fällen, Dagh Sahib, besonders wenn er seit langer Zeit im Boden dieser Provinz wurzelt. Aber ich höre, wie dein Vater mit der Axt ungeduldig auf seinen letzten Stamm einschlägt. Bald wird er umknicken. Die Schlangen verlassen ihre Löcher unter den Wurzeln, und die Termiten werden mit dem morschen Holz verbrannt. Aber was wird aus den Vögeln und den Affen, die in seinem Geäst zwitscherten und schnatterten? Sag es mir, Dagh Sahib. So stehen die Dinge heute mit uns beiden.« Dann, als sie sah, daß Maan bestürzt war, fügte sie seufzend hinzu: »Komm um ein Uhr nachts. Ich werde deinem Freund, dem Wachmann, sagen, daß er den Einzug des Shahenshah zu einem Triumphzug machen soll.«

Maan hatte das Gefühl, daß sie sich über ihn lustig machte. Aber der Gedanke, daß er sie später noch einmal sehen würde, heiterte ihn auf, auch wenn er wußte, daß sie nur eine bittere Pille versüßte.

»Ich kann dir natürlich nichts versprechen«, fuhr Saeeda Bai fort. »Wenn er dir sagt, daß ich schon schlafe, darfst du keine Szene machen und die ganze Nachbarschaft aufwecken.«

Jetzt war Maan an der Reihe zu seufzen:

»Solange Mir weint hoch empört,
  der Nachbarn Schlaf, er wird gestört.«

Aber es lief alles wie am Schnürchen. Abdur Rasheed stimmte zu, Maan in seinem Dorf unterzubringen und ihm weiterhin Urduunterricht zu geben. Mahesh Kapoor, der gefürchtet hatte, daß Maan sich ihm widersetzen und in Brahmpur bleiben würde, war nicht allzu unglücklich darüber, daß er nicht nach Benares fuhr, denn er wußte (was Maan nicht bekannt war), daß das Stoffgeschäft auch ohne ihn florierte. Mrs. Mahesh Kapoor (die ihn vermissen würde) war froh, daß er sich in der Obhut eines strengen, ernsten Lehrers befand und weg ›davon‹ war. Maan wurde zumindest die ekstatische Entschädigung einer letzten leidenschaftlichen Nacht mit Saeeda Bai zuteil. Und Saeeda Bai seufzte erleichtert und nur ein kleines bißchen bedauernd auf, als der Morgen dämmerte.

Ein paar Stunden später befanden sich der niedergeschlagene Maan – beunruhigt und verzweifelt, weil sein Vater und seine Geliebte ihn so elegant in die Zange genommen hatten – und Rasheed, der sich im Augenblick nur darauf freute, aus dem übervölkerten Brahmpur auf das offene Land zu entkommen, in einem Schmalspurzug, der qualvoll langsam und mit immer neuen Zwischenstopps in Richtung Rudhia und Rasheeds Heimatdorf schaukelte.

6.25

Tasneem merkte erst, als Rasheed weg war, wie sehr sie den Arabischunterricht genossen hatte. Alle anderen Tätigkeiten hingen mit dem Haushalt zusammen und stießen keine Fenster zur großen weiten Welt auf. Aber dank ihres ernsten jungen Lehrers, der so sehr auf der Bedeutung der Grammatik beharrte und sich weigerte, ihrer Neigung zur Flucht nachzugeben, wann immer sich ihr Schwierigkeiten in den Weg stellten, war sie sich eines Eifers bewußt geworden, von dem sie nicht gewußt hatte, daß er in ihr steckte. Und zudem bewunderte sie ihn, weil er sich allein durchbrachte, ohne Unterstützung durch seine Familie. Und als er sich weigerte, zu ihrer Schwester zu gehen, als diese ihn rief, während er ihr eine Textstelle aus dem Koran erklärte, war sie mit seinem Festhalten am Prinzip voll und ganz einverstanden gewesen.

Sie bewunderte ihn stillschweigend. Rasheed hatte nie zu erkennen gegeben, ob er sich nicht nur als Lehrer, sondern auch sonst für sie interessierte. Ihre Hände hatten sich im Lauf der Wochen nicht ein einziges Mal zufällig über einem Buch berührt. Das zeugte von Absicht seinerseits, denn im normalen, unschuldigen Verlauf der Dinge wäre es zufällig passiert, auch wenn sie die Hände sofort wieder zurückgezogen hätten.

Jetzt hatte er Brahmpur für einen Monat verlassen, und Tasneem war traurig, viel trauriger, als es der Ausfall der Arabischstunden hätte erwarten lassen. Ishaq Khan, der ihre Stimmung und den Grund dafür ahnte, bemühte sich, sie aufzuheitern.

»Hör mal, Tasneem.«

»Ja, Ishaq Bhai?« erwiderte Tasneem ein bißchen lustlos.

»Warum sagst du immer ›Bhai‹ zu mir?«

Tasneem schwieg.

»Na gut, dann nenn mich Bruder, wenn du willst – Hauptsache, du ziehst nicht mehr so ein langes Gesicht.«

»Muß ich aber. Ich bin traurig.«

»Arme Tasneem. Er wird zurückkommen«, sagte Ishaq und versuchte, ausschließlich mitfühlend zu wirken.

»Ich habe nicht an ihn gedacht«, sagte Tasneem rasch. »Ich habe nur gedacht, daß ich jetzt nichts Sinnvolles zu tun habe, ich kann nur Romane lesen und Gemüse schneiden. Ich habe nichts Sinnvolles zu lernen ...«

»Wenn du nicht lernen kannst, dann könntest du doch lehren«, sagte Ishaq und versuchte, schlau zu wirken.

»Lehren?«

»Bring Miya Mitthu das Sprechen bei. Die ersten paar Monate im Leben eines Sittichs sind für seine Erziehung sehr wichtig.«

Tasneems Miene hellte sich für einen Augenblick auf. Dann sagte sie: »Apa hat meinen Sittich beschlagnahmt. Der Käfig steht immer in ihrem Zimmer,

selten in meinem.« Sie seufzte. »Es scheint«, fuhr sie leise fort, »daß alles, was mir gehört, irgendwann ihr gehört.«
»Ich hole ihn dir«, sagte Ishaq galant.
»Oh, das sollst du nicht. Deine Hände ...«
»So verkrüppelt bin ich nun auch wieder nicht.«
»Aber es muß schlimm sein. Jedesmal, wenn du übst, kann ich deinem Gesicht ansehen, daß du große Schmerzen hast.«
»Und wenn schon. Ich muß spielen, und ich muß üben.«
»Warum gehst du nicht zu einem Arzt?«
»Es wird wieder vergehen.«
»Trotzdem – es kann ja nicht schaden.«
»Na gut«, sagte Ishaq lächelnd. »Ich werd's tun, weil du mich darum bittest.«

Wenn Ishaq in diesen Tagen Saeeda Bai begleitete, war er manchmal nahe daran, vor Schmerz laut aufzuschreien. Der Zustand seiner Handgelenke hatte sich verschlimmert. Seltsam war, daß jetzt beide betroffen waren, obwohl seine Hände unterschiedliche Bewegungen ausführten – die rechte mit dem Bogen und die linke mit den Saiten.

Da sein Lebensunterhalt und der seiner jüngeren Brüder von seinen Händen abhing, war er zutiefst beunruhigt. Was die Versetzung seines Schwagers anbelangte, so wagte es Ishaq nicht, um eine Unterredung beim Direktor des Senders nachzusuchen, der gewiß von dem Vorfall in der Kantine gehört hatte und der ihm ebenso gewiß nicht günstig gesinnt war, vor allem wenn der große Ustad höchstpersönlich ihm gegenüber sein Mißfallen bekundet haben sollte.

Ishaq Khan erinnerte sich daran, wie sein Vater früher zu ihm gesagt hatte: »Übe mindestens vier Stunden am Tag. Büroschreiberlinge wetzen ihre Stifte länger als vier Stunden täglich, und du darfst deine Kunst nicht beleidigen, indem du ihr weniger Zeit widmest.« Sein Vater hatte manchmal – mitten in einer Unterhaltung – Ishaqs linke Hand genommen und sie eingehend betrachtet; wenn die von den Saiten geschürften Rillen in den Fingernägeln frisch aussahen, sagte er: »Gut.« Wenn nicht, setzte er einfach das Gespräch fort, nicht sichtlich, aber spürbar enttäuscht. In letzter Zeit hatte Ishaq Khan wegen der unerträglichen Schmerzen in den Sehnen der Handgelenke nicht länger als ein, zwei Stunden pro Tag üben können. Aber kaum ließen die Schmerzen nach, erhöhte er das Pensum.

Manchmal fiel es ihm schwer, sich auf etwas anderes zu konzentrieren. Den Käfig hochzuheben, den Tee umzurühren, eine Tür zu öffnen – alles, was er tat, rief ihm seine Hände ins Gedächtnis. Er hatte niemanden, den er um Hilfe bitten konnte. Wenn er Saeeda Bai sagen würde, wie schmerzhaft es geworden war, sie zu begleiten, besonders bei den schnellen Passagen, könnte er es ihr dann übelnehmen, wenn sie sich nach einem anderen Musiker umsähe?

»Es ist nicht gut, so viel zu üben. Du solltest dich ausruhen – und die Hände mit einem Balsam einreiben«, murmelte Tasneem.

»Meinst du, ich würde mich nicht gern ausruhen – meinst du, daß es für mich einfacher ist, zu üben ...«

»Aber du mußt eine richtige Medizin benutzen, es ist sehr unklug, es nicht zu tun«, sagte Tasneem.

»Dann geh und bring sie mir«, sagte Ishaq mit einer plötzlichen, für ihn untypischen Schärfe. »Jeder zeigt Mitgefühl, jeder hat einen Rat für mich, aber niemand hilft mir. Geh – geh ...«

Er unterbrach sich, bedeckte die Augen mit der rechten Hand und wagte nicht, sie zu öffnen.

Er stellte sich Tasneems erschrockenen Ausdruck vor, ihre Rehaugen, die sich mit Tränen füllten. Wenn mich der Schmerz so selbstsüchtig gemacht hat, dachte er, dann muß ich mich ausruhen und erholen, auch wenn das bedeutet, meine Arbeit aufs Spiel zu setzen.

Nachdem er sich gesammelt hatte, sagte er: »Tasneem, du mußt mir helfen. Sprich mit deiner Schwester und berichte ihr, was ich ihr nicht sagen kann.« Er seufzte. »Ich werde später mit ihr sprechen. In meinem derzeitigen Zustand kann ich keine andere Arbeit finden. Sie wird mich behalten müssen, auch wenn ich eine Weile nicht spielen kann.«

»Ja.« Tasneems Stimme verriet, daß sie, wie er es sich gedacht hatte, leise weinte.

»Bitte, trag mir nicht nach, was ich gesagt habe. Ich bin zur Zeit nicht ich selbst. Ich werde mich ausruhen.« Er schüttelte langsam den Kopf.

Tasneem legte eine Hand auf seine Schulter. Er wurde ganz ruhig und blieb es auch, nachdem sie sie wieder weggezogen hatte.

»Ich werde mit Apa sprechen«, sagte sie. »Soll ich gleich zu ihr gehen?«

»Nein. Bleib noch ein bißchen.«

»Worüber möchtest du reden?«

»Ich will nicht reden«, sagte Ishaq. Nach einer Weile blickte er auf in ihr tränenüberströmtes Gesicht.

Er wandte den Blick ab und sagte: »Darf ich deinen Federhalter benutzen?«

Tasneem reichte ihm den hölzernen Federhalter mit der breiten gespaltenen Spitze aus Bambus, den sie auf Rasheeds Verlangen für die Schönschriftübungen gebrauchte. Man konnte damit nur große Buchstaben schreiben, die aussahen, als stammten sie von einem Kind; die Punkte auf den Buchstaben wirkten wie kleine Rauten.

Ishaq Khan dachte eine Weile nach, und Tasneem sah ihn dabei unverwandt an. Dann zog er ein großes Blatt liniiertes Papier, das sie für ihre Übungen benutzte, zu sich heran, schrieb unter Mühen ein paar Zeilen und reichte sie ihr wortlos, noch bevor die Tinte getrocknet war:

> »O Hände, die ihr mir verursacht solche Pein,
> wann werdet ihr gefügig wieder sein?

Wann wollt ihr mir wieder Gutes tun,
verzeiht, doch jetzt sollt ihr erst ruhn.

Niemals wieder will ich euch zwingen,
zu viel verlangen, euch Kraft abringen.

Ich will um Rat euch beide fragen,
von nun an hören stets auf eure Klagen.

Will nicht, daß ihr bekümmert seid,
will begegnen euch mit Zärtlichkeit.«

Er betrachtete ihre wunderschönen feuchten Augen, während sie auf dem Papier von rechts nach links wanderten, und bemerkte mit qualvoller Freude, wie sie errötete, als sie das letzte Verspaar las.

6.26

Tasneem betrat das Zimmer ihrer Schwester und fand sie vor dem Spiegel sitzend vor, wie sie gerade Kajal auf die Augenlider auftrug.

Die meisten Menschen haben einen speziellen Ausdruck, den sie nur annehmen, wenn sie sich selbst im Spiegel betrachten. Manche machen einen Schmollmund, andere ziehen die Augenbrauen in die Höhe, wieder andere blicken hochmütig an ihrer Nase vorbei. Saeeda Bai verfügte über eine ganze Reihe von Spiegelgesichtern. Wie ihre Kommentare dem Sittich gegenüber die ganze Bandbreite ihrer Gefühle, von Leidenschaft bis Zorn, ausdrückten, so tat dies auch ihre Miene vor dem Spiegel. Als Tasneem eintrat, bewegte sie verträumt den Kopf langsam von einer Seite zur anderen. Schwerlich wäre jemand auf die Idee gekommen, daß sie gerade das erste weiße Haar in ihrer dichten schwarzen Mähne entdeckt hatte und nach weiteren suchte.

Ein silberner Paanbehälter stand zwischen den Töpfen und Tiegeln auf ihrem Frisiertisch, und Saeeda Bai kaute Paan, das mit einem duftenden, halbfesten Tabak namens Kimam gewürzt war. Als Tasneem im Spiegel zu sehen war und als sich ihre Blicke trafen, dachte Saeeda Bai als erstes, daß sie, Saeeda, alt wurde und in fünf Jahren vierzig wäre. Ihr Ausdruck wurde melancholisch, und sie betrachtete wieder ihr Spiegelbild, sah sich in die Iris, zuerst in die des einen, dann in die des anderen Auges. Sodann erinnerte sie sich an den Gast, den sie an diesem Abend erwartete, und sie hieß sich selbst mit einem liebenswürdigen Lächeln willkommen.

»Was ist los, Tasneem, sprich«, sagte sie etwas undeutlich wegen des Paans.

»Apa«, sagte Tasneem nervös. »Es ist wegen Ishaq.«
»Hat er sich über dich lustig gemacht?« fragte Saeeda Bai etwas scharf, weil sie Tasneems Nervosität falsch interpretierte. »Ich werde mit ihm sprechen. Schick ihn zu mir.«
»Nein, nein, Apa, das ist es nicht«, sagte Tasneem und reichte ihrer Schwester Ishaqs Gedicht.
Als sie es gelesen hatte, legte Saeeda Bai das Blatt beiseite, nahm den einzigen Lippenstift, der auf dem Frisiertisch lag, und begann damit zu spielen. Sie benutzte nie Lippenstift, da ihre Lippen eine natürliche Röte aufwiesen, die durch das Paan noch unterstrichen wurde, aber es war ein Geschenk des Gastes, der an diesem Abend erwartet wurde und an dem sie auf etwas sentimentale Weise hing.
»Was meinst du, Apa?« fragte Tasneem. »Sag etwas.«
»Es ist gut ausgedrückt, aber schlecht geschrieben. Aber was bedeutet das? Tun ihm die Hände noch immer weh?«
»Er hat große Schmerzen. Und er hat Angst, daß du ihn wegschickst, wenn er mit dir spricht.«
Saeeda Bai dachte lächelnd daran, wie sie Maan dazu gebracht hatte zu gehen, und schwieg. Sie wollte sich gerade die Handgelenke parfümieren, als Bibbo aufgeregt hereinstürzte.
»Na, na, was ist denn los?« sagte Saeeda Bai. »Verschwinde, elendes Mädchen, ist mir nicht ein Moment Ruhe vergönnt? Hast du den Sittich gefüttert?«
»Ja, Begum Sahiba«, sagte Bibbo frech. »Aber womit soll die Köchin Sie und Ihren Gast heute abend füttern?«
Saeeda Bai sprach streng zu Bibbos Spiegelbild: »Elendes Mädchen, aus dir wird nie etwas werden. Jetzt bist du schon so lange hier und hast noch immer keine Ahnung von Etikette und Anstand.«
Bibbo versuchte es nicht sehr überzeugend mit einer reuigen Miene. Saeeda Bai fuhr fort: »Schau nach, was im Küchengarten wächst, und komm in fünf Minuten wieder.«
Als Bibbo verschwunden war, sagte Saeeda Bai zu Tasneem: »Er hat dir also gesagt, daß du mit mir reden sollst, nicht wahr?«
»Nein. Ich bin von mir aus gekommen. Ich dachte, er braucht Hilfe.«
»Und er hat sich bestimmt nicht danebenbenommen?«
Tasneem schüttelte den Kopf.
»Vielleicht kann er Gasele für mich schreiben, die ich dann singe«, sagte Saeeda Bai nach einer Weile. »Irgendeine Arbeit muß ich ihm geben. Zumindest vorläufig.« Sie ließ einen Tropfen Parfum auf ihr Handgelenk fallen. »Kann er mit seinen Handgelenken denn schreiben?«
»Ja«, sagte Tasneem glücklich.
»Dann belassen wir es dabei«, sagte Saeeda Bai.
Aber sie dachte bereits über einen ständigen Ersatz nach. Sie wußte, daß sie Ishaq nicht endlos unterstützen konnte – oder auch nur bis zu einem unbestimmten Zeitpunkt, wenn seine Hände wieder in Ordnung wären.

»Danke, Apa«, sagte Tasneem lächelnd.

»Du brauchst mir nicht zu danken«, sagte Saeeda Bai schroff. »Ich bin es gewohnt, die Probleme der ganzen Welt zu meinen eigenen zu machen. Ich werde einen Sarangi-Spieler finden müssen, der mich begleitet, bis dein Ishaq Bhai wieder spielen kann, und ich muß auch jemanden suchen, der dir Arabischunterricht gibt ...«

»O nein, nein«, sagte Tasneem rasch. »Das brauchst du nicht.«

»Nein?« sagte Saeeda Bai und drehte sich zu Tasneem, um mit ihr und nicht mit ihrem Spiegelbild zu sprechen. »Ich dachte, dir macht der Arabischunterricht Spaß?«

Bibbo war erneut eingetreten. Saeeda Bai sah sie voller Ungeduld an und rief: »Ja, Bibbo? Was ist los? Ich habe dir doch gesagt, du sollst erst in fünf Minuten wiederkommen.«

»Aber ich weiß jetzt, was reif ist im Küchengarten«, erwiderte Bibbo begeistert.

»Gut, gut«, sagte Saeeda Bai besiegt. »Was gibt es außer Okra? Was ist mit Karela?«

»Ja, Begum Sahiba, und ein Kürbis ist auch schon reif.«

»Also, dann sag der Köchin, sie soll wie gewöhnlich Kababs machen – Shami Kababs – und irgendein Gemüse – und auch Lamm mit Karela.«

Tasneem verzog das Gesicht, was Saeeda Bai nicht entging.

»Wenn dir die Karela zu bitter ist, brauchst du sie nicht zu essen«, sagte Saeeda Bai ungeduldig. »Niemand zwingt dich dazu. Ich arbeite mich halb tot, damit es dir an nichts fehlt, und du weißt es überhaupt nicht zu schätzen. Ach ja«, Saeeda Bai wandte sich an Bibbo, »und anschließend Phirni.«

»Aber wir haben unsere Zuckerration schon fast aufgebraucht«, sagte Bibbo.

»Dann kauf welchen auf dem Schwarzmarkt. Bilgrami Sahib liebt Phirni.«

Anschließend schickte sie Tasneem und Bibbo hinaus und beendete in Ruhe ihre Toilette.

Der Gast, den sie an diesem Abend erwartete, war ein alter Freund. Er war Arzt für Allgemeinmedizin, ungefähr zehn Jahre älter als sie, gut aussehend und kultiviert. Er war Junggeselle und hatte sie schon mehrmals gebeten, ihn zu heiraten. Früher war er ein Kunde, jetzt war er ein Freund. Sie empfand nicht gerade Liebe für ihn, war jedoch dankbar, daß er immer da war, wenn sie ihn brauchte. Sie hatte ihn seit drei Monaten nicht mehr gesehen, und deswegen hatte sie ihn für diesen Abend eingeladen. Er würde ihr einen weiteren Heiratsantrag machen, und das würde sie aufheitern. Und ihre Ablehnung, ebenso vorhersehbar, würde ihn nicht übermäßig bekümmern.

Sie sah sich im Zimmer um, und ihr Blick fiel auf das Bild der Frau, die durch das Tor in den geheimnisvollen Garten schaute.

Dagh Sahib, dachte sie, wird jetzt schon angekommen sein. Ich wollte ihn nicht wirklich wegschicken, aber ich habe es getan. Er wollte nicht wirklich gehen, aber er hat es getan. Nun, so ist es am besten für uns alle.

Dagh Sahib hätte diese Einschätzung jedoch keinesfalls geteilt.

6.27

Ishaq Khan wartete auf Ustad Majeed Khan in der Nähe von dessen Haus. Als er herauskam, ein kleines Einkaufsnetz in der Hand, folgte ihm Ishaq in einiger Entfernung. Ustad Majeed Khan ging gemessenen Schritts Richtung Tarbuzka-Bazaar, vorbei an der Straße, die zur Moschee führte, dann auf den vergleichsweise offenen Platz, wo sich der Gemüsemarkt des Viertels befand. Er schritt prüfenden Blicks von Stand zu Stand, freute sich, daß es zu dieser Jahreszeit noch Tomaten im Überfluß und zu einem erträglichen Preis gab. Außerdem trugen sie zur Farbenpracht des Marktes bei. Es war ein Jammer, daß die Zeit für Spinat, eines seiner Lieblingsgemüse, schon vorbei war. Und auch auf Karotten, Blumenkohl und andere Kohlsorten mußte man wieder bis zum nächsten Winter warten. Das, was davon noch angeboten wurde, war vertrocknet, minderwertig und teuer und schmeckte längst nicht so wie auf dem Höhepunkt der Saison.

Solcherlei Gedanken beschäftigten den Maestro, als ihn eine Stimme respektvoll ansprach.

»Adaab arz, Ustad Sahib.«

Ustad Majeed Khan wandte sich um und erkannte Ishaq Khan. Ein einziger Blick auf den jungen Mann genügte, um die harmlosen Gedanken zu verscheuchen und ihn an die Beleidigungen zu erinnern, denen er in der Kantine ausgesetzt gewesen war. Seine Miene verdunkelte sich; er nahm ein paar Tomaten in die Hand und fragte nach ihrem Preis.

»Ich möchte Sie um etwas bitten.« Wieder war es Ishaq Khan.

»Ja?« Die Verachtung in der Stimme des großen Musikers war nicht zu überhören. Soweit er sich erinnerte, hatte der Wortwechsel sogar stattgefunden, nachdem er dem jungen Mann Hilfe in irgendeiner idiotischen Angelegenheit angeboten hatte.

»Und ich möchte mich auch entschuldigen.«

»Bitte stehlen Sie mir nicht die Zeit.«

»Ich bin Ihnen von Ihrem Haus bis hierher gefolgt. Ich brauche Ihre Hilfe. Ich bin in Schwierigkeiten. Ich brauche Arbeit für meinen Lebensunterhalt und den meiner jüngeren Brüder, und ich bekomme keine. Seit damals habe ich nicht einen einzigen Auftrag von All India Radio erhalten.«

Der Maestro zuckte die Achseln.

»Ich bitte Sie, Ustad Sahib, was immer Sie von mir denken, ruinieren Sie nicht meine Familie. Sie kannten meinen Vater und meinen Großvater. Bitte verzeihen Sie mir um ihretwillen Fehler, die ich vielleicht begangen habe.«

»Die Sie *vielleicht* begangen haben?«

»Die ich begangen habe. Ich weiß nicht, was über mich gekommen war.«

»Ich will Sie nicht ruinieren. Gehen Sie in Frieden.«

»Ustad Sahib, seit jenem Tag habe ich keine Arbeit mehr, und der Mann meiner Schwester hat nichts über seine Versetzung aus Lucknow gehört. Ich wage nicht, mit dem Direktor zu sprechen.«

»Aber Sie wagen es, mit mir zu sprechen. Sie folgen mir ...«

»Nur um mit Ihnen sprechen zu können. Vielleicht verstehen Sie mich – als Musikerkollege.« Der Ustad zuckte zusammen. »Und in letzter Zeit habe ich Probleme mit den Händen. Ich war bei einem Arzt, aber ...«

»Davon habe ich gehört«, sagte der Maestro trocken, ohne sich darüber auszulassen, von wem.

»Und meine Arbeitgeberin hat mir deutlich zu verstehen gegeben, daß sie mich nicht viel länger unterstützen kann.«

»Ihre Arbeitgeberin!« Der große Sänger wollte sich schon angewidert abwenden, als er hinzufügte: »Danken Sie Gott dafür. Liefern Sie sich Seiner Gnade aus.«

»Ich liefere mich Ihrer Gnade aus«, sagte Ishaq Khan verzweifelt.

»Ich habe mich beim Direktor des Senders weder für Sie noch gegen Sie ausgesprochen. Was passiert ist, werde ich als geistige Verwirrung Ihrerseits abtun. Wenn Sie keine Arbeit haben, dann liegt das nicht an mir. Was Ihre Hände betrifft, was schlagen Sie vor? Sie sind stolz darauf, stundenlang zu üben. Ich rate Ihnen, üben Sie weniger.«

Das hatte ihm auch Tasneem geraten. Ishaq Khan nickte unglücklich. Es gab keine Hoffnung mehr, und da sein Stolz schon unter seiner Verzweiflung gelitten hatte, konnte er nichts mehr dabei verlieren, wenn er die Entschuldigung zu Ende führte, zu der er angesetzt hatte und von der er glaubte, daß er sie vorbringen mußte.

»Und noch etwas«, sagte er, »wenn ich Ihnen noch weiter zur Last fallen darf ... Ich will Sie schon seit langem für etwas um Verzeihung bitten, von dem ich weiß, daß es unverzeihlich ist. An jenem Morgen, Ustad Sahib, habe ich mich nur deswegen getraut, mich in der Kantine an Ihren Tisch zu setzen, weil ich kurz vorher Ihren Todi gehört hatte.«

Der Maestro, der Gemüse inspizierte, wandte sich ein klein wenig zu ihm um.

»Ich hatte mit meinen Freunden unter dem Nimbaum vor dem Sender gesessen. Einer von ihnen hatte ein Radio dabei. Wir waren hingerissen, zumindest ich. Ich dachte, daß ich Ihnen das vielleicht sagen könnte. Aber dann lief alles falsch, und andere Gedanken haben sich meiner bemächtigt.«

Er konnte sich nicht weiter entschuldigen, ohne daß er andere Dinge ansprach – zum Beispiel das Andenken an seinen Vater, das der Ustad seiner Meinung nach beleidigt hatte.

Ustad Majeed Khan nickte kaum merklich zum Zeichen, daß er die Entschuldigung annahm. Er blickte auf die Hände des jungen Mannes, sah die tiefen Rillen in den Fingernägeln, und einen Augenblick fragte er sich, warum Ishaq keine Tasche dabei hatte, um ebenfalls Gemüse nach Hause zu tragen.

»Also ... hat Ihnen mein Todi gefallen«, sagte er.

»Ihr Todi – oder der Gottes. Ich hatte das Gefühl, daß der große Tansen selbst hingerissen Ihrem Vortrag seines Raga zugehört hätte. Aber seitdem habe ich Sie nicht mehr hören können.«

Der Maestro runzelte die Stirn, ließ sich jedoch nicht herab, Ishaq nach der Bedeutung seiner letzten Bemerkung zu fragen.

»Ich werde heute vormittag Todi üben«, sagte Ustad Majeed Khan. »Kommen Sie mit.«

Ishaqs Miene drückte absolute Ungläubigkeit aus; es war, als schwebte er im Himmel. Er vergaß seine Hände, seinen Stolz, seine verzweifelte finanzielle Lage, die ihn dazu gezwungen hatte, Ustad Majeed Khan anzuprechen. Wie im Traum hörte er die Unterhaltung des Ustads mit dem Gemüsehändler.

»Wieviel kosten die?«

»Zweieinhalb Annas pro Pao«, erwiderte der Gemüsehändler.

»In Subzipur kosten sie nur eineinhalb Annas.«

»Bhai Sahib, wir sind nicht in Subzipur, sondern im Chowk.«

»Ihre Preise sind sehr hoch.«

»Wir haben letztes Jahr ein Kind bekommen – seitdem habe ich die Preise erhöht.« Der Gemüsehändler, der gelassen auf einer großen Jutematte am Boden saß, sah zum Ustad auf.

Ustad Majeed Khan rang die witzige Bemerkung des Gemüsehändlers kein Lächeln ab. »Zwei Annas pro Pao – mehr nicht.«

»Ich muß mir mein Essen verdienen, Sir, ich lebe nicht von den Almosen eines Gurdwara.«

»Na gut, na gut.« Ustad Majeed Khan warf ihm zwei Münzen hin.

Nachdem er ein Stück Ingwer und einige Chilis gekauft hatte, beschloß der Ustad, noch Tindas zu kaufen.

»Passen Sie auf, daß Sie mir kleine geben.«

»Ja, ja, bin schon dabei.«

»Und diese Tomaten da – die sind weich.«

»Weich, Sir?«

»Ja, sehen Sie.« Der Ustad nahm sie aus der Waagschale. »Wiegen Sie statt dessen diese.« Er suchte nach anderen.

»Nach einer Woche können Tomaten noch nicht weich sein, aber wie Sie meinen, Sir.«

»Wiegen Sie sie richtig«, knurrte der Ustad. »Wenn Sie noch mehr Gewichte auf die eine Schale tun, kann ich noch mehr Tomaten auf die andere legen, bis sie wieder auf gleicher Höhe sind.«

Plötzlich entdeckte der Ustad zwei Blumenkohlköpfe, die im Gegensatz zu den sonstigen verkümmerten Überbleibseln der Saison frisch aussahen. Aber als ihm der Gemüsehändler den Preis nannte, war er entsetzt.

»Kennen Sie keine Gottesfurcht?«

»Für Sie, Sir, habe ich einen Sonderpreis gemacht.«

»Was soll das heißen, für mich? Das verlangen Sie doch bestimmt von jedem, Sie Gauner. Ein Sonderpreis ...«

»Ja, aber das ist ein besonderer Blumenkohl – man braucht kein Öl, um ihn zu braten.«

Ishaq lächelte, und Ustad Majeed Khan sagte zu dem schlagfertigen Gemüsehändler: »Pah! Geben Sie mir den da.«

Ishaq sagte: »Ich trage das Netz für Sie, Ustad Sahib.«

Ustad Majeed Khan gab Ishaq das Netz mit dem Gemüse und dachte nicht an dessen schmerzende Hände. Auf dem Nachhauseweg schwieg er. Ishaq ging wortlos neben ihm her.

Vor seiner Tür sagte Ustad Majeed Khan mit lauter Stimme: »Ich bin nicht allein.« Die Stimmen von Frauen, die aufgeregt das Zimmer verließen, waren zu hören. Sie traten ein. Die Tambura stand in einer Ecke. Ustad Majeed Khan sagte zu Ishaq, er solle das Gemüse abstellen und auf ihn warten. Ishaq blieb stehen und sah sich um. Das Zimmer stand voll mit billigem Krimskrams und geschmacklosen Möbeln. Der Kontrast zu Saeeda Bais untadeligem Vorzimmer hätte nicht größer sein können.

Ustad Majeed Khan kam wieder herein, nachdem er sich Gesicht und Hände gewaschen hatte. Er bedeutete Ishaq, sich zu setzen, und stimmte eine Weile die Tambura. Als er endlich zufrieden war, begann er, den Raga Todi zu üben.

Er wurde nicht von einer Tabla begleitet und begann, sich dem Raga auf eine freiere, weniger rhythmische, jedoch intensivere Art zu nähern, als Ishaq Khan es je zuvor von ihm gehört hatte. Seine öffentlichen Auftritte begann er nicht mit einem freien Alaap wie diesem, sondern mit einer sehr langsamen Komposition in einem langen rhythmischen Zyklus, die ihm fast, aber nicht ganz so viel Freiheit ließ. Diese ersten paar Minuten unterschieden sich auf so verblüffende Weise von jenen anderen großartigen Versionen, daß Ishaq völlig hingerissen war. Er schloß die Augen, und der Raum hörte auf zu existieren; nach einer Weile hörte auch er selbst auf zu existieren – und zum Schluß sogar der Sänger.

Er wußte nicht, wie lange er so gesessen hatte, als er Ustad Majeed Khan sagen hörte: »Und jetzt spielen Sie.«

Er öffnete die Augen. Der Maestro, der kerzengerade dasaß, deutete auf die Tambura, die vor ihm lag.

Ishaqs Hände schmerzten nicht, als er sie zu sich heranzog und auf den vier Saiten zu spielen begann, die perfekt auf den offenen und hypnotischen Grundton und die Dominante gestimmt waren.

»Jetzt singen Sie mir nach.« Und der Ustad sang eine Phrase.

Ishaq Khan war vollkommen vor den Kopf gestoßen.

»Worauf warten Sie?« fragte der Ustad in dem strengen Tonfall, der seinen Schülern am Haridas Collge of Music so vertraut war.

Der Ustad sang ihm weitere Phrasen vor, zuerst kurze, dann längere und komplexere. Ishaq sang sie nach so gut er konnte, zuerst unmusikalisch und zaghaft, aber nach einer Weile vergaß er sich selbst im Auf und Ab der Musik.

»Sarangi-Wallahs sind gut im Nachsingen«, sagte der Ustad nachdenklich. »Aber bei Ihnen ist es mehr als das.«

So erstaunt war Ishaq, daß er abrupt aufhörte, die Tambura zu spielen.

Der Ustad schwieg eine Weile. Das einzige Geräusch im Raum war das Ticken einer billigen Uhr. Ustad Majeed Khan sah auf die Uhr, als ob er sie jetzt erst bemerkte, dann blickte er zu Ishaq.

Er dachte, daß die Möglichkeit bestand, aber nur die Spur einer Möglichkeit, in Ishaq den Schüler gefunden zu haben, den er seit Jahren suchte – jemanden, an den er seine Kunst weitergeben konnte, jemanden, der im Gegensatz zu seinem Sohn mit der Froschstimme Musik leidenschaftlich liebte, der über ein musikalisches Grundwissen verfügte, dessen Stimme angenehm war, dessen Sinn für Stimmlage und Ornament außergewöhnlich war und dem, sogar wenn er seine Phrasen nachsang, dieses zusätzliche Element einer undefinierbaren Ausdruckskraft eigen war, die die Seele der Musik ausmacht. Aber was war mit der Originalität der Komposition – besaß er die – oder zumindest den Kern einer solchen Originalität? Das würde allein die Zeit erweisen – Monate, vielleicht Jahre.

»Kommen Sie morgen wieder, aber um sieben Uhr früh«, sagte der Ustad und entließ ihn. Ishaq Khan nickte bedächtig und stand auf, um zu gehen.

SIEBTER TEIL

7.1

Lata sah den Umschlag auf dem Präsentierteller. Aruns Dienstbote hatte die Post vor dem Frühstück hereingebracht und auf den Eßtisch gelegt. Kaum hatte sie den Brief bemerkt, hielt sie den Atem an und sah sich im Speisezimmer um. Außer ihr war noch niemand da. In diesem Haushalt frühstückte man nicht zu festgesetzter Zeit.

Lata kannte Kabirs Handschrift von dem Zettel, auf den er während des Treffens der Literarischen Gesellschaft von Brahmpur gekritzelt hatte. Sie hatte nicht damit gerechnet, daß er ihr schreiben würde, und konnte sich nicht vorstellen, woher er ihre Adresse in Kalkutta erfahren hatte. Sie wollte nicht, daß er ihr schrieb. Sie wollte nichts von ihm oder über ihn hören. Wenn sie jetzt zurückblickte, wußte sie, daß sie glücklich gewesen war, bevor sie ihn kennengelernt hatte: ängstlich wegen der Prüfungsergebnisse vielleicht, besorgt wegen ein paar kleiner Differenzen mit ihrer Mutter oder einer Freundin, beunruhigt wegen des ständigen Geredes, einen geeigneten Mann für sie zu finden, aber nicht so unglücklich wie während dieser sogenannten Ferien, zu denen ihre Mutter sie so plötzlich gezwungen hatte.

Auf dem Präsentierteller lag ein Brieföffner. Lata nahm ihn in die Hand und stand unentschlossen da. Ihre Mutter konnte jeden Augenblick hereinkommen und – was sie für gewöhnlich tat – Lata fragen, von wem der Brief war und was drinstand. Sie legte den Brieföffner wieder hin und nahm den Brief.

Arun kam herein. Er trug eine rot-schwarz gestreifte Krawatte zu einem gestärkten weißen Hemd, in einer Hand hielt er sein Jackett, in der anderen den *Statesman*. Er hängte das Jackett über die Stuhllehne, faltete die Zeitung so, daß er bequem das Kreuzworträtsel lösen konnte, begrüßte Lata liebevoll und ging die Post durch.

Lata schlenderte in das kleine Wohnzimmer, das sich an das Speisezimmer anschloß, zog ein dickes Werk über ägyptische Mythologie, das noch nie jemand gelesen hatte, aus dem Bücherregal und steckte den Brief hinein. Dann kehrte sie ins Speisezimmer zurück, setzte sich und begann, Raga Todi vor sich hin zu summen. Arun runzelte die Stirn. Lata verstummte. Der Dienstbote brachte ihr ein Spiegelei.

Arun begann, *Three Coins in a Fountain* zu pfeifen. Er hatte bereits im Bad einen Teil des Kreuzworträtsels gelöst und schrieb jetzt einige weitere Worte hinein. Dann öffnete er die Post, warf einen Blick darauf und sagte: »Wann bringt mir dieser verdammte Dummkopf endlich mein blödes Ei. Ich werde zu spät kommen.«

Er griff nach einer Scheibe Toast und butterte sie.

Varun kam herein. Er trug die zerrissene Kurta-Pajama, in der er offensichtlich geschlafen hatte. »Guten Morgen, guten Morgen«, sagte er. Es klang unsicher, fast schuldbewußt. Dann setzte er sich. Als Hanif, der Dienstbote und Koch, Aruns Ei brachte, bestellte er zuerst ein Omelett, entschied sich dann jedoch für Rührei. Er nahm eine Scheibe Toast aus dem Toasthalter und bestrich sie mit Butter.

»Du könntest das Buttermesser benutzen«, knurrte Arun vom Kopf des Tisches her.

Varun hatte die Butter mit seinem eigenen Messer vom Butterteller gekratzt. Er nahm den Tadel schweigend hin.

»Hast du mich verstanden?«

»Ja, Arun Bhai.«

»Dann würdest du gut daran tun, auf meine Bemerkung mit einem Wort deinerseits oder zumindest mit einem Kopfnicken zu reagieren.«

»Ja.«

»Tischsitten haben durchaus ihren Zweck, weißt du.«

Varun verzog das Gesicht. Lata sah ihn mitfühlend an.

»Nicht jeder mag es, wenn an der Butter die Krümel von deinem Toast kleben.«

»In Ordnung, in Ordnung«, sagte Varun, dem die Geduld riß. Es war ein leiser Protest, und er wurde prompt bestraft.

Arun legte Messer und Gabel hin, sah ihn an und wartete.

»In Ordnung, Arun Bhai«, sagte Varun kleinlaut.

Er hatte überlegt, ob er Honig oder Marmelade auf den Toast streichen sollte, entschied sich jetzt aber für Marmelade, da der Umgang mit dem Honiglöffel ihm gewiß einen weiteren Tadel eingetragen hätte. Als er die Marmelade verteilte, sah er hinüber zu Lata, und sie lächelten sich an. Latas Lächeln war eigentlich nur ein halbes Lächeln und zur Zeit sehr typisch für sie. Varuns Lächeln war etwas schief, als wäre er sich nicht sicher, ob er glücklich war oder der Verzweiflung nahe. Es war die Art Lächeln, die seinen älteren Bruder verrückt machte und davon überzeugte, daß Varun ein hoffnungsloser Fall war. Varun hatte sein Mathematikstudium mit einer Zwei abgeschlossen, und als er der Familie das Ergebnis mitteilte, tat er es mit ebendiesem schiefen Lächeln.

Kaum war das Semester vorbei, war Varun, anstatt sich einen Job zu suchen und einen Beitrag zur Haushaltskasse zu leisten, zu Aruns großem Verdruß krank geworden. Er war noch immer etwas schwach und erschrak bei lauten Geräuschen. Arun sagte sich, daß er in der nächsten Woche wirklich ein offenes Gespräch mit seinem jüngeren Bruder darüber führen mußte, daß man sich seinen Lebensunterhalt gefälligst selbst zu verdienen hatte und was Daddy gesagt hätte, wäre er noch am Leben.

Meenakshi kam mit Aparna herein.

»Wo ist Daadi?« fragte Aparna und sah sich am Tisch nach Mrs. Rupa Mehra um.

»Großmutter kommt gleich, Aparna, Schätzchen«, sagte Meenakshi. »Sie liest wahrscheinlich die Veden«, fügte sie etwas vage hinzu.

Mrs. Rupa Mehra, die jeden Morgen sehr früh ein, zwei Kapitel der Gita las, machte sich gerade fertig.

Als sie eintrat, strahlte sie in die Runde am Tisch. Aber als sie Aparnas goldene Kette bemerkte, die ihr Meenakshi in einem unbedachten Augenblick angelegt hatte, erlosch das Lächeln auf ihren Lippen. Meenakshi bekam auf ihre unbekümmerte Art überhaupt nicht mit, daß etwas nicht stimmte, aber Aparna fragte kurz darauf: »Warum schaust du so traurig, Daadi?«

Mrs. Rupa Mehra kaute ein Stück Toast mit gebratenen Tomaten zu Ende und sagte dann: »Ich bin nicht traurig, Liebling.«

»Bist du böse mit mir, Daadi?«

»Nein, Schätzchen, nicht mit dir.«

»Mit wem dann?«

»Vielleicht mit mir selbst.« Mrs. Rupa Mehra blickte die Medaillen-Schmelzerin nicht an, dafür jedoch Lata, die aus dem Fenster in den kleinen Garten hinaussah. Lata war an diesem Morgen ungewöhnlich still, und Mrs. Rupa Mehra sagte sich, daß sie etwas unternehmen müsse, um das dumme Mädchen aus dieser Stimmung zu reißen. Am nächsten Tag gaben die Chatterjis eine Party, und ob sie nun wollte oder nicht, Lata würde hingehen.

Draußen ertönte laut eine Autohupe, und Varun fuhr zusammen.

»Ich sollte diesen verdammten Chauffeur feuern«, sagte Arun. Dann lachte er und fügte hinzu: »Aber er macht mich immerhin darauf aufmerksam, wann ich ins Büro muß. Auf Wiedersehen, Liebling.« Er stürzte seinen Kaffee hinunter und küßte Meenakshi. »Ich schick den Wagen in einer halben Stunde zurück. Wiedersehen, häßliches Entlein.« Er küßte Aparna und rieb seine Wange an ihrer. »Wiedersehen, Ma. Wiedersehen, alle miteinander. Vergeßt nicht, daß Basil Cox zum Abendessen kommt.«

Das Jackett in der einen Hand, die Aktentasche in der anderen, ging oder vielmehr schritt er hinaus zu dem himmelblauen Austin. Bis zum letzten Moment war nicht klar, ob Arun die Zeitung mit ins Büro nehmen würde; das gehörte – ebenso wie seine plötzlichen Stimmungswechsel von Wut zu Liebenswürdigkeit oder Höflichkeit – zu den ständigen Unwägbarkeiten des Zusammenlebens mit ihm. Heute ließ er zu aller Erleichterung die Zeitung zu Hause.

Normalerweise griffen Varun und Lata sofort danach, aber heute war Varun enttäuscht, weil Lata es nicht tat. Nach Aruns Abschied wurde die Stimmung heiterer. Aparna stand jetzt im Mittelpunkt der Aufmerksamkeit. Ihre Mutter fütterte sie ungeschickt, dann rief sie nach der Zahnlosen Tante. Varun las ihr Nachrichten vor, und sie hörte gewissenhaft zu und tat so, als würde sie alles verstehen und sich dafür interessieren.

Alles, woran Lata denken konnte, war, wann und wo sie in diesem Zweieinhalb-Schlafzimmer-Haushalt ohne jegliche Privatsphäre die Zeit und einen Ort finden würde, um den Brief zu lesen. Sie war dankbar, daß sie hatte an sich nehmen können, was (obwohl Mrs. Rupa Mehra das bestritten hätte) ihr ganz allein gehörte. Aber jetzt sah sie aus dem Fenster in den kleinen leuchtendgrünen Garten mit dem weißen Flechtwerk von Grünlilien und dachte mit einer Mischung aus Sehnsucht und dunkler Vorahnung an den möglichen Inhalt des Briefes.

7.2

In der Zwischenzeit mußte das Abendessen vorbereitet werden. Basil Cox, der mit seiner Frau Patricia erwartet wurde, war Aruns Abteilungsleiter bei Bentsen & Pryce. Hanif wurde zum Jaggubazaar geschickt, um zwei lebende Hühner, Fisch und Gemüse zu kaufen, während Meenakshi – begleitet von Lata und Mrs. Rupa Mehra – mit dem Auto, das eben von Aruns Büro zurückgekehrt war, nach New Market fuhr.

Meenakshi kaufte ihre Vorräte für zwei Wochen – weißes Mehl, Konfitüre und Chivers Orangenmarmelade, Lyle's Golden Syrup, Anchor Butter, Tee, Kaffee, Käse und sauberen Zucker (»Nicht dieses schmutzige Rationierungszeug«) – in der Baboralley, zwei Laib Brot in einem Geschäft in der Middleton Row (»Das Brot vom Markt ist einfach schrecklich, Luts«), Salami in einem Kühlhaus in der Free School Street (»Die Salami von Keventers schmeckt nach gar nichts, ich habe beschlossen, dort nie wieder hinzugehen«) und ein halbes Dutzend Flaschen Becks Bier bei den Shaw Brothers. Lata ging überallhin mit, während Mrs. Rupa Mehra sich weigerte, das Kühlhaus und die Spirituosenhandlung zu betreten. Meenakshis Extravaganz und die Wunderlichkeit mancher ihrer Einkäufe erstaunten sie. (»Oh, das wird Arun mögen, ich nehme zwei davon«, sagte Meenakshi, wann immer ein Ladenbesitzer etwas vorschlug, was Madam gefallen könnte.) Alle Waren kamen in einen großen Korb, den ein zerlumpter kleiner Junge auf dem Kopf herumtrug und schließlich zum Auto brachte. Wurde Meenakshi von Bettlern angesprochen, behandelte sie sie wie Luft.

Lata ging in eine Buchhandlung in der Park Street und blieb dort eine Viertelstunde, während Meenakshi immer ungeduldiger wurde. Als sie feststellte, daß Lata nichts gekauft hatte, hielt sie das für höchst sonderbar. Mrs. Rupa Mehra war es zufrieden, sich umzusehen und darüber die Zeit zu vergessen.

Wieder zu Hause, fand Meenakshi ihren Koch in heller Aufregung vor. Er war sich nicht sicher über das genaue Verhältnis der Zutaten für das Soufflé, und was den Hilsa betraf, müßte ihn Meenakshi anweisen, wie das Feuer zum Räuchern beschaffen sein sollte. Aparna schmollte, weil ihre Mutter sie allein gelassen hatte, und drohte mit einem Tobsuchtsanfall. Das war zuviel für Meenakshi. Sie war drauf und dran, sich zum Canasta zu verspäten, das sie einmal in der Woche mit den Damen ihres Clubs – den Shady Ladies – spielte und das sie (Basil Cox hin oder her) unmöglich ausfallen lassen konnte. Sie geriet selbst in helle Aufregung und schrie Aparna, die Zahnlose Tante und den Koch an. Varun sperrte sich in seinem winzigen Zimmer ein und hielt sich die Ohren mit dem Kopfkissen zu.

»Du solltest dich nicht so aufregen«, sagte Mrs. Rupa Mehra nicht gerade hilfreich.

Meenakshi wandte sich ihr aufgebracht zu. »Du bist keine große Hilfe, Ma. Was soll ich deiner Meinung nach tun? Auf mein Canasta verzichten?«

»Nein, nein, du sollst nicht auf dein Canasta verzichten«, sagte Mrs. Rupa Mehra. »Das würde ich nie von dir verlangen, Meenakshi, aber du darfst Aparna nicht so anschreien. Das ist nicht gut für sie.« Als Aparna das hörte, bezog sie Stellung neben dem Stuhl ihrer Großmutter.

Meenakshi gab einen Laut der Ungeduld von sich.

Die Unmöglichkeit ihrer Situation wurde ihr plötzlich klar. Der Koch war völlig unfähig. Arun wäre wirklich fürchterlich wütend auf sie, wenn am Abend etwas schiefliefe. Das Essen war überaus wichtig für seinen Job – aber was sollte sie tun? Den geräucherten Hilsa weglassen? Zumindest konnte dieser Idiot Hanif die Brathähnchen zubereiten. Aber er war ein launischer Kerl und ließ bisweilen schon mal ein Ei verbrutzeln. Meenakshi sah sich verzweifelt im Zimmer um.

»Frag deine Mutter, ob sie dir nicht für heute ihren Mugh-Koch überlassen kann«, sagte Lata, einer plötzlichen Eingebung folgend.

Meenakshi sah Lata verwundert an. »Du bist ja ein richtiger Einstein, Luts!« sagte sie und rief augenblicklich ihre Mutter an. Mrs. Chatterji eilte ihrer Tochter zu Hilfe. Sie hatte zwei Köche, einen für Bengali-, einen anderen für westliches Essen. Dem Bengali-Koch wurde gesagt, daß er an diesem Abend für das Essen im Chatterji-Haushalt sorgen müsse, und der Mugh-Koch, der aus Chittagong stammte und die europäische Küche hervorragend beherrschte, fand sich nach einer halben Stunde in Sunny Park ein. Meenakshi war mittlerweile zu ihrem Mittagessen plus Canasta mit den Shady Ladies aufgebrochen und hatte die Kümmernisse des Alltags nahezu vergessen.

Als sie am Nachmittag zurückkehrte, fand sie das Haus in Aufruhr vor. Das Grammophon plärrte, die Hühner gackerten hysterisch. Der Mugh-Koch erklärte ihr so hochnäsig wie möglich, daß er es nicht gewohnt sei, so mir nichts, dir nichts ausgeliehen zu werden und in einer so winzigen Küche zu arbeiten, daß ihr Koch und Dienstbote ihm gegenüber frech geworden sei, daß der Fisch und die Hühner, die sie gekauft hatte, nicht besonders frisch seien und daß er für das Soufflé eine bestimmte Art von Zitronenextrakt brauche, den sie, in ihrer mangelnden Voraussicht, nicht besorgt habe. Hanif seinerseits starrte wütend vor sich hin und war kurz davor zu kündigen. Er hielt Meenakshi ein kreischendes Huhn entgegen und sagte: »Fühlen Sie, fühlen Sie seine Brust, Memsahib, das ist ein frisches junges Huhn. Warum soll ich unter diesem Mann arbeiten? Wer ist er, daß er mich in meiner eigenen Küche herumkommandiert? Ständig sagt er: ›Ich bin Richter Chatterjis Koch. Ich bin Richter Chatterjis Koch.‹«

»Nein, nein, ich glaube dir, ich will nicht...« schrie Meenakshi, schüttelte sich und zog die rotlackierten Nägel zurück, als der Koch die Federn des Huhns teilte und ihr die Brust zur Inspektion hinhielt.

Mrs. Rupa Mehra, der Meenakshis Unbehagen nicht mißfiel, wollte das Abendessen für den Boß ihres Lieblingssohnes nicht gefährden. Sie war geschickt darin, störrische Dienstboten miteinander zu versöhnen, und das tat sie jetzt. Der häusliche Frieden war wiederhergestellt, und sie ging ins Wohnzimmer, um eine Patience zu legen.

Varun hatte vor einer halben Stunde das Grammophon wieder angestellt und spielte wieder und wieder dieselbe verkratzte Schellackplatte: das Hindi-Filmlied *Zwei berauschende Augen*, ein Lied, das niemand, nicht einmal die sentimentale Mrs. Rupa Mehra, öfter als fünfmal hintereinander ertragen konnte. Varun hatte den Text verträumt und schlechtgelaunt mitgesungen, bevor Meenakshi zurückgekommen war. In ihrer Gegenwart hörte er auf zu singen, zog aber weiter alle paar Minuten das Grammophon auf und summte leise vor sich hin. Während er die abgenutzten Nadeln eine nach der anderen in das kleine Fach auf der Seite des Geräts legte, hegte er düstere Gedanken über sein eigenes vergängliches Leben und seine persönliche Nutzlosigkeit.

Lata nahm das Buch über ägyptische Mythologie aus dem Regal und wollte gerade damit in den Garten gehen, als ihre Mutter fragte: »Wohin gehst du?«

»In den Garten, Ma.«

»Aber es ist so heiß, Lata.«

»Ich weiß, Ma, aber bei dieser Musik kann ich nicht lesen.«

»Er soll's abstellen. Zuviel Sonne ist schlecht für deinen Teint. Varun, stell das Grammophon ab.« Sie mußte ihre Bitte mehrmals wiederholen, bis Varun sie hörte.

Lata ging mit dem Buch in ihr Zimmer.

»Lata, setz dich ein bißchen zu mir, Liebes«, sagte Mrs. Rupa Mehra.

»Ma, bitte laß mich lesen.«

»Seit Tagen ignorierst du mich. Und als ich dir deine Prüfungsergebnisse gesagt habe, hast du mich auch nur halbherzig geküßt.«

»Ma, ich habe dich nicht ignoriert.«

»Das hast du wohl, du kannst es nicht leugnen. Ich spüre es – hier.« Mrs. Rupa Mehra deutete auf ihre Herzgegend.

»Gut, Ma, ich habe dich ignoriert. Jetzt laß mich bitte lesen.«

»Was liest du da? Zeig mir das Buch.«

Lata stellte das Buch zurück ins Regal und sagte: »Gut, Ma, ich werde nicht lesen, ich werde mich mit dir unterhalten. Bist du jetzt glücklich?«

»Worüber willst du dich unterhalten, Liebes?« fragte Mrs. Rupa Mehra wohlwollend.

»Ich will mich nicht unterhalten. Du willst es«, stellte Lata klar.

»Geh und lies dein dämliches Buch!« rief Mrs. Rupa Mehra plötzlich zornig. »In diesem Haushalt muß *ich* mich um alles kümmern, und keiner kümmert sich um mich. Alles geht schief, und ich muß Frieden stiften. Mein ganzes Leben habe ich mich für euch geschunden, und euch ist es egal, ob ich tot oder lebendig bin. Erst wenn man mich auf dem Scheiterhaufen verbrennen wird, werdet ihr mich wirklich schätzen.« Tränen liefen ihr über die Wangen, und sie legte eine schwarze Neun auf eine rote Zehn.

Normalerweise hätte Lata pflichtbewußt versucht, ihre Mutter zu trösten, aber ihre plötzliche emotionale Fingerfertigkeit verunsicherte und ärgerte sie so, daß sie gar nichts tat. Nach einer Weile zog sie das Buch wieder aus dem Regal und ging in den Garten.

»Es wird gleich regnen«, sagte Mrs. Rupa Mehra, »und das Buch wird kaputtgehen. Du hast keinen Sinn für den Wert der Dinge.«

Gut, dachte Lata wütend. Hoffentlich wird das Buch mit allem, was drin ist, fortgespült, und ich gleich mit.

7.3

Der kleine grüne Garten war leer. Der Teilzeit-Mali war schon gegangen. Eine vernünftig aussehende Krähe krächzte auf einer Bananenstaude. Die filigranen Grünlilien standen in voller Blüte. Lata setzte sich auf die grüne Holzbank unter dem schattenspendenden großen Flaschenbaum. Alles war vom Regen sauber gewaschen, nicht wie in Brahmpur, wo jedes Blatt staubig und jeder Grashalm vertrocknet war.

Lata betrachtete den Umschlag mit der selbstbewußten Handschrift und dem Poststempel von Brahmpur. Auf ihren Namen folgte unmittelbar die Adresse, ohne ein ›c/o‹.

Sie zog eine Nadel aus ihrem Haar und öffnete den Umschlag. Der Brief war nur eine Seite lang. Sie hatte erwartet, daß Kabir einen überschwenglichen Brief voller Entschuldigungen schreiben würde. Keineswegs.

Nach Adresse und Datum stand:

Liebste Lata,
warum sollte ich Dir noch einmal sagen, daß ich Dich liebe? Ich sehe keinen Grund, warum Du mir nicht glauben solltest. Ich glaube Dir auch. Bitte sag mir, was los ist. Ich will nicht, daß es zwischen uns so endet.

Ich kann an nichts anderes denken als an Dich, aber es ärgert mich, daß ich es sagen muß. Es ist und war unmöglich, mit Dir in irgendein irdisches Paradies wegzulaufen. Wie konntest Du das nur von mir erwarten? Angenommen, ich hätte Deinem verrückten Plan zugestimmt. Ich weiß, daß Dir dann zwanzig Gründe eingefallen wären, warum er unausführbar gewesen wäre. Aber vielleicht hätte ich trotzdem zustimmen sollen. Vielleicht hätte Dir das bewiesen, wieviel mir an Dir liegt. Nun, es liegt mir nicht so viel an Dir, daß ich auf den Gebrauch meines Verstandes verzichten würde. Nicht einmal an mir liegt mir so viel. Ich bin einfach nicht so, und ich denke auch ein bißchen an die Zukunft.

Liebste Lata, Du bist so gescheit, warum siehst Du die Dinge nicht aus dieser Perspektive? Ich liebe Dich. Ich sollte Dir wirklich eine Entschuldigung wert sein.

Wie auch immer, herzlichen Glückwunsch zu Deinen Prüfungsergebnissen. Du wirst Dich sehr freuen, aber ich bin eigentlich nicht überrascht. In Zukunft darfst Du Dich nicht mehr auf eine Bank setzen und weinen. Wer weiß, wer Dich dann retten wird? Wenn Dir danach zumute ist, kannst Du vielleicht an mich denken, wie ich zum Pavillon auf dem Kricketplatz zurückgehe und jedesmal weine, wenn es mir nicht gelingt, hundert Läufe zu machen.

Vor zwei Tagen habe ich ein Boot gemietet und bin die Ganga hinauf zum Barsaat Mahal gefahren. Aber, wie der Nawab Khushwaqt, war ich so schwermütig und durcheinander, daß mir alles ganz heruntergekommen und traurig erschien. Lange Zeit konnte ich Dich nicht vergessen, trotz aller Anstrengungen, die unternommen wurden. Ich fühlte mich dem Nawab sehr verwandt, obwohl meine Tränen nicht in einem reißenden Strom in das duftende Naß fielen.

Mein Vater, der meist ziemlich zerstreut ist, hat bemerkt, daß mit mir etwas nicht stimmt. Gestern hat er gesagt: »An den Prüfungsergebnissen kann es nicht liegen, was ist es dann, Kabir? Ich glaube, es steckt ein Mädchen oder so was dahinter.« Auch ich glaube, daß ein Mädchen oder so was dahintersteckt.

Jetzt, da Du meine Adresse hast, könntest Du mir doch schreiben. Seitdem Du weg bist, bin ich unglücklich und kann mich auf nichts konzentrieren. Ich weiß, daß Du mir bis jetzt nicht hast schreiben können, auch wenn Du gewollt hättest, weil Du meine Anschrift nicht hattest. Nun, jetzt hast Du sie. Bitte, schreib mir also. Sonst weiß ich, was ich davon zu halten habe. Und dann werde ich das nächstemal, wenn ich zu Mr. Nowrojee gehe, meine eigenen schmerzerfüllten Verse vortragen müssen.

Ich schicke Dir all meine Liebe, liebste Lata,
Dein Kabir

7.4

Lange Zeit saß Lata wie in einen Traum versunken da. Sie las den Brief nicht noch einmal. Sie war hin und her gerissen zwischen den gegensätzlichsten Gefühlen. Unter normalen Umständen hätte der Druck der Gefühle sie unbefangen ein paar Tränen vergießen lassen, aber der Brief enthielt ein paar Bemerkungen, die das unmöglich machten. Ihr erster Eindruck war, daß sie betrogen worden war, um etwas betrogen, womit sie fest gerechnet hatte. Der Brief enthielt keine Entschuldigung für den Schmerz, den er ihr zugefügt hatte und von dem er wissen mußte. Er erklärte ihr zwar seine Liebe, aber nicht so leidenschaftlich, wie sie erwartet hatte, und auch nicht frei von Ironie. Vielleicht hatte sie Kabir bei ihrem letzten Treffen nicht die Gelegenheit gegeben, sich unmißverständlich zu erklären, aber in dem Brief hätte er sich klarer ausdrücken können. Er hatte nichts wirklich ernsthaft angesprochen, und Lata erwartete vor allem anderen Ernsthaftigkeit von ihm. Für sie ging es um Leben und Tod.

Auch hatte er nicht viel – oder überhaupt nichts – über sich selbst geschrieben, und Lata sehnte sich danach, etwas über ihn zu erfahren. Sie wollte alles über ihn wissen – auch wie gut er in seinen Prüfungen abgeschnitten hatte. Aus der Bemerkung seines Vaters war zu schließen, daß sie nicht schlecht ausgefallen waren, aber man konnte sie auch anders interpretieren. Sie konnte einfach nur bedeuten, daß er immerhin bestanden hatte und daß damit eine mögliche Erklärung für seine Niedergeschlagenheit – oder auch nur Unruhe – entfiel. Und woher hatte er ihre Adresse? Doch nicht etwa von Pran und Savita? Von Malati vielleicht? Aber soweit sie wußte, kannte Kabir Malati nicht einmal.

Er wollte keine Verantwortung für ihre Gefühle übernehmen, das stand fest. Wenn überhaupt einer, dann war sie es, die sich – seiner Meinung nach – entschuldigen mußte. In einem Satz lobte er ihre Intelligenz, im nächsten behandelte er sie wie ein kleines Dummerchen. Lata hatte das Gefühl, daß er ihr nur gut zureden wollte, ohne ihr mehr als seine ›Liebe‹ zuzugestehen. Und was war Liebe?

Mehr noch als an seine Küsse erinnerte sie sich an den Vormittag, als sie ihm zum Kricketplatz gefolgt war und ihn beim Training beobachtet hatte. Sie war wie verzaubert, sie war bezaubert gewesen. Er hatte den Kopf zurückgeworfen und schallend gelacht. Sein Hemd war am Hals offen; eine leise Brise raschelte im Bambusgehölz; ein Beopärchen stritt miteinander; es war warm.

Sie las den Brief nun doch noch einmal. Trotz seiner Anweisung, nicht weinend auf Bänken herumzusitzen, hatte sie Tränen in den Augen. Nachdem sie zu Ende gelesen hatte, blickte sie, ohne sich dessen wirklich bewußt zu sein, auf einen Absatz in dem Buch über ägyptische Mythologie. Die Worte ergaben keinen Sinn.

Sie erschrak, als Varun, der keine zwei Meter von ihr entfernt stand, sie ansprach. »Du solltest besser reingehen, Lata, Ma wird unruhig.«

Lata riß sich zusammen und nickte.

»Was ist los?« fragte er, als er sah, daß sie geweint hatte. »Hast du dich mit ihr gestritten?«

Lata schüttelte den Kopf.

Varun, der auf das Buch sah, bemerkte den Brief und wußte sofort, von wem er war.

»Ich bring ihn um«, sagte Varun mit furchterregender Wildheit.

»Es gibt nichts umzubringen«, sagte Lata, eher ärgerlich als traurig. »Aber bitte erzähl Ma nichts, Varun Bhai. Wir würden nur wieder aneinandergeraten.«

7.5

Als Arun aus dem Büro nach Hause kam, war er in ausgezeichneter Stimmung. Sein Arbeitstag war produktiv gewesen, und er spürte, daß der Abend gut verlaufen würde. Nachdem die häusliche Krise gelöst war, lief Meenakshi nicht länger nervös herum; im Gegenteil, sie wirkte so elegant und gelassen, daß Arun nie auf die Idee gekommen wäre, daß sie irgendwann im Lauf des Tages die Fassung verloren hatte. Nachdem sie ihn auf die Wange geküßt und mit ihrem glockenhellen Lachen bedacht hatte, zog sie sich um. Aparna strahlte vor Freude, ihren Vater zu sehen, und küßte ihn mehrmals, konnte ihn jedoch nicht überreden, ein Puzzle mit ihr zu legen.

Arun dachte, daß Lata etwas düster dreinblickte, aber schließlich war das bei ihr zur Zeit ganz normal. Ma – nun, was Ma anbelangte, so war ihre Stimmung unberechenbar. Sie schien ungehalten, wahrscheinlich weil ihr der Tee nicht rechtzeitig serviert worden war. Varun sah wie immer verlottert und etwas zwielichtig aus. Warum, fragte sich Arun, hat mein Bruder so wenig Rückgrat und Initiative und warum ist er immer in eine zerknitterte Kurta-Pajama gekleidet, die aussieht, als ob er darin geschlafen hätte. »Stell den verdammten Krach ab«, schrie Arun, als er das Wohnzimmer betrat und ihm *Zwei berauschende Augen* in voller Lautstärke entgegenschallten.

Varun, der zwar von Arun und seiner boshaften Weltgewandtheit grundsätzlich eingeschüchtert war, zeigte gelegentlich Rückgrat, nur damit es ihm brutal zerschlagen wurde. Es dauerte seine Zeit, bis er sich erneut aufrecht hielt, aber heute war es wieder soweit. Varun stellte das Grammophon zwar ab, aber sein Groll schwelte. Da er seit seiner Kindheit unter der Autorität seines Bruders litt, haßte er Autorität, haßte in der Tat jede Art davon. Einmal hatte er in einem Anfall von Anti-Imperialismus und Fremdenhaß das Wort ›Schwein‹ auf zwei Bibeln der St. George's School geschrieben und war dafür von dem weißen Direktor gründlich durchgeprügelt worden. Auch Arun hatte ihn wegen dieses Vorfalls angeschnauzt und dabei Bezug auf alle nur möglichen qualvollen Erinnerungen an seine erbärmliche Kindheit und an vergangene Vergehen genommen, und Varun hatte ordnungsgemäß den Kopf eingezogen. Aber während er noch vor der Attacke seines kräftigen älteren Bruders zurückwich und jeden Augenblick damit rechnete, geschlagen zu werden, hatte Varun gedacht: Alles, was er kann, ist den Briten nacheifern und ihnen hinterherkriechen. Schwein! Schwein! Diese Gedanken waren ihm wohl anzusehen gewesen, denn er bekam, wie erwartet, die Ohrfeige.

Während des Kriegs hörte sich Arun im Radio Churchills Reden an und murmelte, wie er die Engländer hatte murmeln hören: »Guter alter Winnie!« Churchill konnte die Inder nicht ausstehen und machte keinen Hehl daraus. Er sprach voller Verachtung von Gandhi, der ein weit größerer Mann war, als er selbst auch nur im entferntesten je werden konnte. Varun haßte Churchill mit einem Haß, der aus dem Innersten kam.

»Und zieh diese zerknitterte Pajama aus. Basil Cox kommt in einer Stunde, und ich will nicht, daß er denkt, ich hätte hier ein drittklassiges Dharamshala.«

»Ich werde mir eine saubere anziehen«, sagte Varun verdrießlich.

»Das wirst du nicht. Du wirst dir anständige Kleidung anziehen.«

»Anständige Kleidung!« murmelte Varun spöttisch.

»Was hast du gesagt?« fragte Arun bedächtig und drohend.

»Nichts«, sagte Varun mit finsterem Blick.

»Bitte, streitet euch nicht. Das ist nicht gut für meine Nerven«, sagte Mrs. Rupa Mehra.

»Ma, halt dich da raus«, sagte Arun unverblümt. Er deutete in Richtung von Varuns winzigem Schlafraum, der eher eine Vorratskammer als ein Zimmer war. »Verschwinde und zieh dich um.«

»Das wollte ich sowieso«, sagte Varun und schlich zur Tür.

»Verdammter Idiot«, sagte Arun. Dann wandte er sich liebenswürdig an Lata: »Also, was ist los, warum machst du so ein finsteres Gesicht?«

Lata lächelte. »Es ist nichts, Arun Bhai. Ich denke, ich werde mich auch umziehen.«

Auch Arun ging, um sich umzuziehen. Eine Viertelstunde bevor Basil Cox und seine Frau eintreffen sollten, kam er zurück und fand alle angezogen und fertig vor – außer Varun. Meenakshi kam aus der Küche, wo sie einen letzten prüfenden Blick auf die Vorbereitungen geworfen hatte. Der Tisch war für sieben Personen mit den besten Gläsern, dem besten Geschirr und Silber gedeckt, das Blumenarrangement war perfekt, die Hors d'œuvres waren probiert und für gut befunden, Whisky, Sherry, Campari und so weiter standen bereit, und Aparna lag im Bett.

»Wo ist er?« fragte Arun die drei Frauen.

»Er ist noch nicht herausgekommen. Er muß noch in seinem Zimmer sein«, sagte Mrs. Rupa Mehra. »Ich wünschte, du würdest ihn nicht immer so anschreien.«

»Er sollte lernen, sich in einem zivilisierten Haushalt zu benehmen. Das hier ist nicht das Haus eines Dhoti-Wallahs. Er soll anständige Kleidung tragen!«

Ein paar Minuten später kam Varun heraus. Er trug eine saubere Kurta-Pajama, die zwar nicht zerrissen war, der jedoch ein Knopf fehlte. Nach dem Bad hatte er sich flüchtig rasiert und meinte, jetzt präsentabel auszusehen.

Arun war anderer Meinung. Sein Gesicht lief rot an. Varun bemerkte es und war, obwohl er Angst hatte, zufrieden mit seiner Wirkung.

Für einen Augenblick war Arun so wütend, daß er nicht sprechen konnte. Dann explodierte er. »Du verdammter Idiot!« brüllte er. »Willst du uns alle in Verlegenheit bringen?«

Varun sah ihn verstohlen an. »Was ist peinlich an indischer Kleidung?« fragte er. »Darf ich mich nicht anziehen, wie ich will? Ma und Lata und Meenakshi Bhabhi tragen Saris und keine Kleider. Oder muß ich die Weißen auch noch bei mir zu Hause nachäffen? Ich finde nicht, daß das eine gute Idee ist.«

»Es ist mir scheißegal, was du findest. In meinem Haus tust du, was ich dir sage. Du ziehst jetzt ein Hemd und eine Krawatte an – oder – oder ...«

»Oder was, Arun Bhai?« Varun bot seinem Bruder die Stirn und ergötzte sich an seiner Wut. »Darf ich sonst nicht mit deinem Colin Box zu Abend essen? Eigentlich würde ich sowieso lieber mit meinen eigenen Freunden essen, als vor diesem Box-Wallah und seiner Box-Walli zu katzbuckeln.«

»Meenakshi, sag Hanif, er soll ein Gedeck wegnehmen«, sagte Arun.

Meenakshi blickte unentschlossen drein.

»Hast du mich nicht verstanden?« fragte Arun drohend.

Meenakshi stand auf und tat, wie ihr geheißen.

»Verschwinde«, schrie Arun. »Geh und iß mit deinen Shamshu-Freunden. Und laß dich für den Rest des Abends nicht mehr in der Nähe dieses Hauses blicken. Und ich sag dir jetzt gleich, diese Art Verhalten lasse ich mir von dir nicht mehr bieten. Solange du in diesem Haus wohnst, wirst du dich verdammt noch mal an seine Regeln halten.«

Varun sah seine Mutter unsicher an; er hoffte auf ihre Unterstützung.

»Lieber, bitte tu, was er gesagt hat. In Hemd und Hose siehst du viel hübscher aus. Außerdem fehlt ein Knopf. Diese Ausländer verstehen das nicht. Er ist Aruns Boß, wir müssen einen guten Eindruck machen.«

»Er ist völlig außerstande, einen guten Eindruck zu machen, egal, was er anzieht oder was er tut.« Arun ließ nicht locker. »Ich will nicht, daß er Basil Cox verärgert, und dazu ist er absolut imstande. Ma, bitte stell das Wasserwerk ab. Bist du zufrieden? Jetzt hast du alle aufgebracht, du Volltrottel«, wandte sich Arun wieder Varun zu.

Aber Varun hatte sich schon davongestohlen.

7.6

Obwohl Arun innerlich noch kochte, lächelte er ein tapferes, die Stimmung hebendes Lächeln und legte seiner Mutter sogar den Arm um die Schultern. Meenakshi dachte, daß die Sitzordnung an dem ovalen Tisch jetzt symmetrischer sei, obwohl das Ungleichgewicht zwischen Männern und Frauen noch größer geworden war. Aber schließlich waren auch keine weiteren Gäste geladen. Nur die Coxes und die eigene Familie.

Basil Cox und seine Frau kamen pünktlich, und Meenakshi machte Konversation – wobei sie Kommentare über das Wetter einflocht (»Es ist so schwül, so unerträglich drückend die letzten Tage, aber na ja, in Kalkutta ist es eben so«) –, und sie lachte ihr glockenhelles Lachen. Sie bat um einen Sherry und nippte mit abwesendem Blick daran. Zigaretten wurden herumgereicht; sie zündete sich eine an, ebenso Arun und Basil Cox.

Basil Cox war Ende Dreißig, rosafarben, schlau, vernünftig, Brillenträger. Patricia Cox war eine kleine, pummelige Frau, völlig anders als die schillernde Meenakshi. Sie rauchte nicht. Dafür trank sie ziemlich schnell und irgendwie verzweifelt. Sie fand die Gesellschaft von Kalkutta nicht interessant, und wenn es etwas gab, was sie noch weniger mochte als große Partys, dann waren es kleine Partys, die sie zu liebenswürdiger Geselligkeit zwangen.

Lata trank einen kleinen Sherry, Mrs. Rupa Mehra einen Nimbu Pani.

Hanif, der in seiner gestärkten weißen Uniform sehr flott aussah, reichte das Tablett mit den Hors d'œuvres herum: kleine quadratische Brotscheiben mit Salami und Käse, dazu Spargel. Wenn die Gäste nicht so offensichtlich Sahibs – Gäste aus Aruns Büro – gewesen wären, hätte er sich seine Verstimmung über die Vorgänge in seiner Küche durchaus anmerken lassen. Aber so zeigte er sich von seiner besten Seite.

Arun hatte begonnen, sich mit gewohnter Gewandtheit und mit Charme über diverse Themen auszulassen: die neuesten Londoner Theaterstücke, gerade erschienene und für wichtig erachtete Bücher, die persische Ölkrise, den Korea-Konflikt. Die Kommunisten würden in die Schranken gewiesen, und das, so Arun, keine Sekunde zu früh, obwohl die Amerikaner, Trottel, die sie waren, ihren taktischen Vorteil wahrscheinlich nicht ausnutzen würden. Aber in diesem wie in anderen Fällen, was konnte man schon tun?

Dieser Arun – umgänglich, freundlich, kenntnisreich, (bisweilen) sogar schüchtern – war ein ganz anderer Mensch als der Familientyrann und Despot, der er noch vor einer halben Stunde gewesen war. Basil Cox war angenehm überrascht. Arun war einer seiner besten Mitarbeiter, aber Cox hatte nicht gedacht, daß er so belesen war, belesener als die meisten seiner englischen Bekannten.

Patricia Cox unterhielt sich mit Meenakshi über ihre kleinen tropfenförmigen Ohrringe. »Sie sind sehr hübsch«, sagte sie. »Wo haben Sie sie machen lassen?«

Meenakshi erzählte es ihr und versprach, sie zu dem Juwelier zu begleiten. Sie warf einen Blick in Mrs. Rupa Mehras Richtung, stellte jedoch erleichtert fest, daß sie, völlig hingerissen, Arun und Basil Cox zuhörte. Früher am Abend hatte Meenakshi in ihrem Schlafzimmer kurz gezögert, ob sie die Ohrringe tragen sollte, aber dann hatte sie sich gesagt, daß sich Ma früher oder später an die Tatsachen des Lebens gewöhnen müßte und daß sie nicht ständig Rücksicht auf ihre Gefühle nehmen konnte.

Das Abendessen verlief ohne Zwischenfälle. Es gab ein Vier-Gänge-Menü: Suppe, geräucherten Hilsa, Brathähnchen, Zitronensoufflé. Basil Cox versuchte, Lata und Mrs. Rupa Mehra in die Unterhaltung mit einzubeziehen, aber sie sagten meist nur etwas, wenn sie direkt angesprochen wurden. Lata war mit den Gedanken ganz woanders. Als Meenakshi beschrieb, wie der Hilsa geräuchert wurde, schreckte sie aus ihrer Träumerei auf.

»Es ist ein ausgezeichnetes, uraltes Rezept unserer Familie«, sagte Meenakshi. »Er wird in einem Körbchen über dem Kohlenfeuer geräuchert, nachdem er ganz sorgfältig entgrätet wurde, und es ist wirklich die Hölle, Hilsa zu entgräten.«

»Er schmeckt ganz köstlich, meine Liebe«, sagte Basil Cox.

»Das eigentliche Geheimnis«, fuhr Meenakshi kenntnisreich fort, obwohl sie erst am Nachmittag gesehen hatte, wie es gemacht wurde, und auch das nur, weil der Mugh-Koch auf den korrekten Zutaten bestanden hatte, »besteht natürlich im Feuer. Wir werfen Puffreis und groben braunen Zucker hinein oder Jaggery – wir nennen das hier ›Gur‹.« (Sie sprach es wie ›Gör‹ aus.)

Während sie weiter und weiter plapperte, sah Lata sie verwundert an.

»Selbstverständlich lernt jedes Mädchen in der Familie diese Dinge ganz früh.«

Zum erstenmal sah Patricia Cox nicht mehr ganz so aus, als würde sie sich zu Tode langweilen.

Aber als es an der Zeit war, das Soufflé zu servieren, war sie wieder in völlige Apathie versunken.

Nach Kaffee und Likör holte Arun Zigarren. Er und Basil Cox sprachen über die Arbeit. Arun hätte dieses Thema nicht von sich aus angeschnitten, aber Basil, der zu dem Schluß gekommen war, daß Arun durch und durch ein Gentleman war, wollte seine Ansicht über einen Kollegen hören. »Unter uns, Sie verstehen, und nur unter uns, ich zweifle allmählich an seinen Fähigkeiten«, sagte er. Arun fuhr mit einem Finger um den Rand seines Likörglases, seufzte kaum hörbar und bestätigte die Meinung seines Bosses, wobei er ein, zwei eigene Gründe anführte.

»Hm, tja, interessant, daß Sie das ebenfalls so sehen«, sagte Basil Cox.

Arun starrte zufrieden und nachdenklich in den behaglichen grauen Dunst, der sie umgab.

Plötzlich war zu hören, wie jemand falsch und lallend *Zwei berauschende Augen* sang und dann mit dem Schlüssel im Türschloß herumfummelte. Varun, gestärkt mit Shamshu, dem billigen, aber wirksamen chinesischen Schnaps, den er und seine Freunde sich leisten konnten, war in den Schoß der Familie zurückgekehrt.

Arun fuhr erschrocken auf, als stünde Banquos Geist vor ihm. Er erhob sich mit der Absicht, Varun wieder aus dem Haus zu drängen, bevor er das Wohnzimmer betrat. Aber er kam zu spät.

Varun, leicht schwankend und außergewöhnlich selbstbewußt, begrüßte alle. Shamshu-Dämpfe erfüllten das Zimmer. Er küßte Mrs. Rupa Mehra. Sie wandte das Gesicht ab. Er zitterte ein bißchen, als er Meenakshi sah, die in ihrem Entsetzen noch schöner war als sonst. Er begrüßte die Gäste.

»Hallo, Mr. Box, Mrs. Box – äh, Mrs. Box, Mr. Box«, korrigierte er sich. Er verbeugte sich und fummelte an dem Knopfloch herum, an dem der Knopf fehlte. Die Kordel seiner Pajama lugte unter der Kurta hervor.

»Ich glaube nicht, daß wir uns schon einmal begegnet sind«, sagte der besorgt dreinblickende Basil Cox.

»Oh«, sagte Arun, dessen helles Gesicht vor Wut und Verlegenheit rot wie ein rote Rübe war. »Das ist – das ist – mein Bruder Varun. Er ist ein bißchen – bitte entschuldigen Sie mich einen Augenblick.« Er führte Varun mit einem eindeutig gewaltsamen Griff zur Tür und dann in sein Zimmer. »Kein Wort!« zischte er und blickte wutentbrannt in Varuns verständnislose Augen. »Kein Wort, oder ich erwürge dich eigenhändig.«

Er schloß die Tür von Varuns Zimmer von außen ab – war wieder sein charmantes Selbst, als er ins Wohnzimmer zurückkehrte.

»Also, ich wollte gerade sagen, er ist ein bißchen – äh, unbeherrscht bisweilen. Ich bin sicher, Sie verstehen. Schwarzes Schaf und so weiter. Nicht weiter schlimm, er ist nicht gewalttätig oder so, aber ...«

»Er sah aus, als ob er auf Sauftour gewesen ist«, sagte Patricia Cox, die plötzlich zum Leben erwachte.

»Er ist eine Strafe Gottes«, fuhr Arun fort. »Der frühe Tod unseres Vaters und so weiter. Kommt in den besten Familien vor. Hat seine Marotten, besteht darauf, diese lächerliche Kleidung zu tragen.«

»Starkes Zeug, was immer es war. Ich kann's noch immer riechen«, sagte Patricia. »Ungewöhnlich. War es Whisky? Ich würd's gern versuchen. Wissen Sie, was das war?«

»Ich fürchte, es war Shamshu.«

»Shamshu?« fragte Mrs. Cox hoch interessiert und sprach das Wort drei-, viermal aus, wie um es auszuprobieren. »Shamshu, weißt du, was das ist, Basil?« Sie war jetzt ganz wach, nicht mehr die graue Maus von zuvor.

»Ich glaube nicht, meine Liebe«, sagte ihr Mann.

»Ich denke, es wird aus Reis gebrannt«, sagte Arun. »Irgendein chinesisches Gebräu.«

»Gibt es das bei den Shaw Brothers?« fragte Patricia Cox.

»Das bezweifle ich. Aber im Chinesenviertel wird man es bekommen«, sagte Arun.

Varun und seine Freunde kauften es tatsächlich im Chinesenviertel in einer Art Gassenschenke, für acht Annas das Glas.

»Es muß ein starkes Gebräu sein, was immer es ist. Geräucherter Hilsa und Shamshu – toll, wenn man bei einem Abendessen zwei neue Dinge kennenlernt. Das kommt so gut wie nie vor«, vertraute ihnen Patricia an. »Normalerweise langweile ich mich wie ein Fisch.«

Sich langweilen wie ein Fisch? dachte Arun. Aber jetzt fing Varun in seinem Zimmer an zu singen.

»Was für ein interessanter junger Mann«, fuhr Patricia Cox fort. »Und er ist Ihr Bruder? Was singt er da? Warum hat er nicht mit uns zu Abend gegessen? Sie müssen uns demnächst alle besuchen. Nicht wahr, Liebling?« Basil Cox war anzusehen, daß er angesichts dieses Vorschlags schwerste Zweifel hegte. Patricia Cox faßte das als Zustimmung auf. »Seitdem ich auf der Schauspielschule war, habe ich mich nicht mehr so gut amüsiert. Und bitte bringen Sie eine Flasche Shamshu mit.«

Um Himmels willen, dachte Basil Cox.
Um Himmels willen, dachte Arun.

7.7

In Richter Chatterjis Haus in Ballygunge stand die Ankunft der Gäste kurz bevor. Jedes Jahr nahm er es drei- bis viermal auf sich, kurzfristig eine große Party zu veranstalten. Die Gästeschar war aus zwei Gründen eine bizarre Mischung. Erstens wegen Richter Chatterji selbst, der höchst unterschiedliche Freunde und Bekannte hatte. (Er war ein geistesabwesender Mann, der überall Freunde auflas.) Zweitens, weil alle Mitglieder der Chatterji-Familie die Gelegenheit unweigerlich beim Schopf packten, ihre eigenen Freunde einzuladen. Mrs. Chatterji forderte ihre Freunde zum Kommen auf, und ihre Kinder ebenfalls; nur Tapan, der seine Schulferien zu Hause verbrachte, galt als noch zu jung, um seine Freunde zu einer Party bitten zu dürfen, bei der Alkohol getrunken wurde.

Richter Chatterji war kein methodisch vorgehender Mann, aber er hatte fünf Kinder in strenger Abwechslung des Geschlechts gezeugt: Amit, Meenakshi, Dipankar, Kakoli und Tapan. Keines der Kinder arbeitete, aber alle hatten eine Beschäftigung. Amit schrieb Gedichte, Meenakshi spielte Canasta, Dipankar suchte nach dem Sinn des Lebens, Kakoli telefonierte und Tapan, der erst zwölf oder dreizehn und mit Abstand der jüngste von ihnen war, ging auf das renommierte Internat Jheel.

Amit, der Dichter, hatte in Oxford Jura studiert und das Studium auch abgeschlossen. Dann aber hatte er zum großen Kummer seines Vaters nicht zu Ende geführt, was er eigentlich mit Leichtigkeit hätte zu Ende führen sollen: seine Ausbildung am Gericht von Lincoln's Inn, dem alten Inn seines Vaters. Er hatte die meisten seiner Essen dort abgesessen und ein, zwei Arbeiten eingereicht, aber dann hatte er das Interesse an der Juristerei verloren. Aufgrund zweier Universitätspreise für Lyrik, ein paar in literarischen Zeitschriften veröffentlichter Kurzgeschichten und eines Gedichtbands, für den er in England einen Preis gewonnen hatte (und in Kalkutta gefeiert wurde), war er mit sich selbst zufrieden, lebte im väterlichen Haus und tat nichts, was als echte Arbeit hätte gelten können.

Im Augenblick sprach er mit seinen beiden Schwestern und Lata.

»Wie viele Gäste erwarten wir?« fragte Amit.

»Ich weiß nicht«, erwiderte Kakoli. »Fünfzig?«

Amit lachte. »Fünfzig, das ist gerade mal die Hälfte deiner Freunde, Kuku. Ich würde sagen, hundertfünfzig.«

»Ich kann diese großen Partys nicht ausstehen«, sagte Meenakshi höchst aufgeregt.

»Nein, ich auch nicht«, sagte Kakoli und betrachtete sich in dem großen Spiegel in der Eingangshalle.

»Dann stehen auf der Gästeliste vermutlich nur die Leute, die Ma und Tapan und ich eingeladen haben«, sagte Amit und nannte die am wenigsten geselligen Familienmitglieder.

»Seeehr wiiitziiig«, sagte (oder vielmehr sang) Kakoli, die zu Recht den Namen eines Singvogels trug.

»Du solltest hinauf in dein Zimmer gehen, Amit«, sagte Meenakshi, »und es dir mit Jane Austen auf einem Sofa bequem machen. Wir rufen dich, wenn das Essen serviert wird. Oder besser, wir lassen es dir hinaufbringen. Auf diese Weise meidest du deine Verehrerinnen.«

»Er ist sehr wählerisch«, sagte Kakoli zu Lata. »Jane Austen ist die einzige Frau in seinem Leben.«

»Aber die Hälfte der Bhadralok in Kalkutta will ihn als Mann für ihre Töchter«, fügte Meenakshi hinzu. »Sie halten ihn für intelligent.«

Kakoli dichtete:

»Amit Chatterji, was für ein Genie!
Und eine hervorragende Partie!«

Meenakshi fuhr fort:

»Was, er ist noch Junggeselle?
Her mit ihm, und auf der Stelle!«

Kakoli fügte hinzu:

>»Ein berühmter Dichter soll er sein,
>ach, wenn er nur endlich wäre mein!«

Sie kicherte.

Lata sagte zu Amit: »Warum läßt du dir das gefallen?«

»Du meinst ihre Knittelverse?« fragte Amit.

»Ich meine, daß sie sich über dich lustig machen.«

»Ach, das macht mir nichts aus. Das perlt an meinem Rücken ab wie Entenwasser.«

Lata war verwirrt, aber Kakoli sagte: »Das war ein Biswas.«

»Ein Biswas?«

»Biswas Babu, ein alter Angestellter unseres Vaters. Er kommt noch immer zweimal in der Woche, um uns zu helfen und Ratschläge fürs Leben zu geben. Er hat Meenakshi davon abgeraten, deinen Bruder zu heiraten«, sagte Kakoli.

Der Widerstand gegen Meenakshis plötzliche Affäre und darauf folgende Heirat war jedoch tatsächlich größer gewesen. Meenakshis Eltern hatten es nicht gerade für richtig gehalten, daß sie außerhalb ihrer Kaste heiratete. Arun Mehra war weder ein Brahmo noch ein Brahmane, ja nicht einmal Bengali. Er stammte aus einer in finanzielle Bedrängnis geratenen Familie. Um den Chatterjis Gerechtigkeit widerfahren zu lassen, letzteres machte ihnen wirklich nichts aus, obwohl sie seit Generationen wohlhabend waren. Sie machten sich lediglich Sorgen (was diesen Punkt betraf), daß ihre Tochter nicht mehr in dem Luxus leben konnte, den sie seit Kindesbeinen gewohnt war. Aber andererseits überhäuften sie ihre verheiratete Tochter auch nicht mit Geschenken. Richter Chatterji, der kein ausgeprägtes Verhältnis zu seinem Schwiegersohn hatte, hätte das für unfair erachtet.

»Was hat Biswas Babu mit Entenwasser zu tun?« fragte Lata, von Meenakshis Familie amüsiert, aber auch verwirrt.

»Ach, das ist nur einer seiner Ausdrücke. Ich finde es nicht besonders nett von Amit, daß er Familienscherze Fremden nicht erklärt.«

»Sie ist keine Fremde«, sagte Amit. »Oder sollte es zumindest nicht sein. Wir alle mögen Biswas Babu sehr gern, und er mag uns sehr gern. Ursprünglich war er der Sekretär meines Großvaters.«

»Aber er wird nicht für Amit arbeiten – zu seinem allergrößten Bedauern«, sagte Meenakshi. »Biswas Babu ist sogar noch enttäuschter als unser Vater, daß Amit die Juristerei aufgegeben hat.«

»Wenn ich will, kann ich immer noch Anwalt werden«, sagte Amit. »In Kalkutta genügt ein Universitätsabschluß.«

»Ja, aber du darfst nicht in die Gerichtsbibliothek.«

»Na und? Ich wäre schon glücklich, wenn ich eine kleine Zeitschrift herausgeben, ein paar gute Gedichte und ein, zwei Romane schreiben könnte und so

sanft ins Greisenalter und in die Nachwelt hinübergleiten würde. Soll ich dir was zu trinken holen? Einen Sherry?«
»Ich möchte einen Sherry«, sagte Kakoli.
»Nicht du, Kuku, du kannst dir selbst was holen. Ich habe Lata gefragt.«
»Autsch«, sagte Kakoli. Sie betrachtete Latas hellblauen Baumwollsari mit der feinen Chikan-Stickerei und sagte: »Weißt du, Lata, Rosa ist die Farbe, die dir wirklich stehen würde.«
Lata sagte: »Ich sollte besser nicht so was Gefährliches wie Sherry trinken. Könnte ich – ach, warum nicht? Einen kleinen Sherry bitte.«
Amit ging lächelnd zur Bar und sagte: »Könnte ich bitte zwei Sherry haben?«
»Trocken, medium oder lieblich, Sir?« fragte Tapan.
Tapan war das Baby der Familie, das alle liebten und verhätschelten und das sogar ab und zu selbst einen kleinen Schluck Sherry trinken durfte. An diesem Abend half er an der Bar.
»Einmal lieblich und einmal trocken, bitte«, sagte Amit. »Wo ist Dipankar?« fragte er Tapan.
»Ich glaube, er ist in seinem Zimmer, Amit Da«, sagte Tapan. »Soll ich ihn holen?«
»Nein, nein, hilf du nur an der Bar«, sagte Amit und klopfte seinem Bruder auf die Schulter. »Du machst das prima. Ich geh nachsehen.«
Dipankar, der mittlere Bruder, war ein Träumer. Er hatte Wirtschaftswissenschaften studiert, jedoch die meiste Zeit damit verbracht, Bücher über den Dichter und Patrioten Sri Aurobindo zu lesen, in dessen saft- und kraftlose mystische Dichtung er sich zur Zeit (zu Amits Empörung) vertiefte. Dipankar war von Natur aus entscheidungsunfähig. Amit wußte, daß es schlicht und einfach das beste war, wenn er ihn herunterholte. Ihm selbst überlassen, nahm jede Entscheidung für Dipankar die Ausmaße einer spirituellen Krise an. Ob er einen oder zwei Löffel Zucker in seinen Tee tun sollte, ob er jetzt oder in einer Viertelstunde hinuntergehen sollte, ob er das gute Leben in Ballygunge genießen oder Sri Aurobindos Weg des Verzichts einschlagen sollte, alle diese Entscheidungen bereiteten ihm eine Agonie ohne Ende. Eine Reihe starker Frauen waren in sein Leben getreten und hatten die meisten Entscheidungen für ihn gefällt, bevor sie seines Wankelmuts überdrüssig wurden (»Ist sie wirklich die Richtige für mich?«) und weiterzogen. War er mit einer Frau zusammen, nahm er ihre Ansichten an, nur um sie wieder in Frage zu stellen, kaum hatte sie ihn verlassen.
Dipankar machte beim Frühstück gern Bemerkungen wie: »Alles ist Leere« und umgab so die Rühreier mit einer mystischen Aura.
Amit betrat Dipankars Zimmer, sah ihn auf einer Gebetsmatte vor dem Harmonium sitzen, wo er ein Lied von Rabindhranath Tagore falsch sang.
»Du solltest besser hinuntergehen«, sagte Amit in Bengali. »Die Gäste kommen.«
»Ich komme schon, ich komme schon«, sagte Dipankar. »Ich singe noch dieses Lied zu Ende, und dann werde ich – werde ich hinuntergehen. Bestimmt.«

»Ich warte solange«, sagte Amit.
»Du kannst ruhig runtergehen, Dada. Mach dir meinetwegen keine Umstände. Wirklich.«
»Es sind keine Umstände«, sagte Amit. Nachdem Dipankar das Lied beendet hatte, geleitete ihn Amit, unbeeindruckt von seinen mangelnden Sangeskünsten – denn vor der Leere waren zweifellos alle Stimmlagen gleich –, die marmorne Treppe mit dem Teakholzgeländer hinunter.

7.8

»Wo ist Cuddles?« fragte Amit auf halber Höhe der Treppe.
»Ach«, sagte Dipankar vage, »ich weiß nicht.«
»Er könnte jemanden beißen.«
»Ja«, stimmte Dipankar zu, den dieser Gedanke nicht sonderlich beunruhigte.
Cuddles war kein gastfreundlicher Hund. Er war seit über zehn Jahren bei den Chatterjis, und während dieser Zeit hatte er Biswas Babu, mehrere Schulkinder (Freunde, die zum Spielen kamen), einige Anwälte (die Richter Chatterji während seiner Jahre als Barrister zu Besprechungen aufgesucht hatten), einen leitenden Angestellten, einen Arzt, der einen Hausbesuch machte, und die übliche Auswahl von Briefträgern und Elektrikern gebissen.
Cuddles' letztes Opfer war der Mann, der sie zur alle zehn Jahre stattfindenden Volkszählung befragt hatte.
Das einzige Geschöpf, das Cuddles mit Respekt behandelte, war die Katze von Richter Chatterjis Vater, Pillow, die im Nachbarhaus wohnte und so wild war, daß sie nur an der Leine spazierengehen durfte.
»Du hättest ihn anbinden sollen«, sagte Amit.
Dipankar runzelte die Stirn. Mit den Gedanken war er bei Sri Aurobindo. »Ich glaube, ich habe ihn angebunden.«
»Wir sehen besser nach. Nur für den Fall des Falles.«
Und sie taten gut daran. Cuddles knurrte nur selten, um anzuzeigen, wo er sich aufhielt, und Dipankar konnte sich nicht erinnern, wo er ihn, wenn überhaupt, angebunden hatte. Womöglich rannte er im Garten herum und fiel Gäste an, die auf die Veranda hinausschlenderten.
Sie fanden Cuddles in einem Schlafzimmer, das zweckentfremdet worden war, damit die Gäste ihre Taschen und andere Dinge abstellen konnten. Er lag still unter einem Nachttisch und beobachtete sie mit seinen kleinen glänzenden schwarzen Augen. Er war ein kleiner schwarzer Hund mit weißen Flecken auf Brust und Pfoten. Die Chatterjis hatten ihn als Lhasa Apso gekauft, aber er hatte sich als Straßenmischung mit einem gut Teil tibetanischer Terrier herausgestellt.
Um Ärger zu vermeiden, hatte man ihn mit einer Leine an einen Bettpfosten

gebunden. Dipankar erinnerte sich nicht, das getan zu haben, also mußte es wohl jemand anders gewesen sein. Er und Amit näherten sich Cuddles. Normalerweise liebte Cuddles die Familie, aber heute war er nervös.

Cuddles ließ sie nicht aus den Augen und knurrte nicht, aber als er den Moment für gekommen hielt, machte er einen zielgerichteten Satz auf sie zu, bis ihn die Leine ruckartig bremste. Er zerrte daran, kam jedoch nicht in Bißweite. Alle Chatterjis hatten gelernt, rasch zurückzuweichen, wenn ihnen ihr Gefühl sagte, daß Cuddles auf sie losgehen würde. Aber die Gäste würden vermutlich nicht so geistesgegenwärtig reagieren.

»Ich denke, wir sollten ihn hier rausschaffen«, sagte Amit. Strenggenommen war Cuddles Dipankars Hund und fiel eigentlich in seinen Verantwortungsbereich, aber de facto gehörte er ihnen allen – oder wurde vielmehr als einer der Ihren akzeptiert, wie die sechste Ecke eines Sechsecks.

»Er scheint sich hier wohl zu fühlen«, sagte Dipankar. »Er ist auch ein Lebewesen. Selbstverständlich macht ihn das viele Kommen und Gehen nervös.«

»Glaub mir«, sagte Amit, »er wird jemanden beißen.«

»Hm ... Soll ich einen Zettel an die Tür hängen: Achtung bissiger Hund?« fragte Dipankar.

»Nein. Bring ihn hier raus. Sperr ihn in dein Zimmer.«

»Das kann ich ihm nicht antun. Er haßt es, oben zu sein, wenn alle anderen unten sind. Er ist schließlich so etwas wie ein Schoßhund.«

Amit dachte, daß Cuddles der psychotischste Schoßhund war, den er je gesehen hatte. Auch er gab dem ständigen Besucherstrom im Haus die Schuld an seiner Launenhaftigkeit. In letzter Zeit hatten Kakolis Freunde das Haus der Chatterjis überschwemmt. Und jetzt kam Kakoli zufällig mit einer Freundin herein.

»Ach, da bist du ja, Dipankar Da. Wir haben uns schon gefragt, was aus dir geworden ist. Kennst du Neera? Neera, das sind meine Brüder Amit und Dipankar. Ja, leg das aufs Bett. Hier ist es sicher. Und dort ist das Bad.« Cuddles setzte zum Sprung an. »Paß auf den Hund auf: Er ist harmlos, aber manchmal schlecht gelaunt. Wir sind schlecht gelaunt, nicht wahr, Cuddlu? Armer Cuddlu, bist ganz allein hier im Schlafzimmer.

> Liebster Cuddles, bist gar nicht froh,
> wenn es hier zugeht wie im Zoo!«

sang Kakoli und verschwand.

»Wir bringen ihn besser nach oben«, sagte Amit. »Na los.«

Dipankar stimmte zu. Cuddles knurrte. Sie beruhigten ihn und brachten ihn hinauf. Dipankar spielte ein paar beruhigende Akkorde auf dem Harmonium, und dann gingen sie wieder hinunter.

In der Zwischenzeit waren die meisten Gäste eingetroffen, und die Party war in vollem Gang. Im großen Salon mit dem riesigen Flügel und dem noch riesigeren Kronleuchter schlenderten jede Menge Gäste in hochsommerlicher Festkleidung umher, die Frauen flatterten schmeichelnd und musternd umeinander, die Männer plauderten in etwas aufgeblasener Manier. Engländer und Inder, Bengalis und Nicht-Bengalis, alle Altersklassen waren vertreten; Saris schimmerten, und Halsketten funkelten; frisch gestärkte, handgefertigte Shantipuri-Dhotis mit schmalen Goldkanten, Kurtas aus eierschalenfarbener Rohseide mit goldenen Knöpfen, Saris aus Chiffon in allen möglichen pastellfarbenen Schattierungen, weiße Baumwollsaris mit roten Borten, weiße Dhakai-Saris mit eingewebtem Muster oder, noch eleganter, einem weißen Muster auf grauem Hintergrund, weiße Dinnerjacketts zu schwarzen Hosen, schwarzen Fliegen und schwarzen Lacklederschuhen (alle spiegelten den Kronleuchter wider), lange Abendkleider aus hauchzartem Popeline mit Blumenmuster und klein getupftem weißem Organdy, sogar ein, zwei schulterfreie Kleider aus der feinsten und dünnsten Seide: festlich waren die Kleider und schillernd die Menschen, die sie trugen.

Arun, dem es zu heiß war für ein Jackett, trug statt dessen einen schicken Kummerbund – eine einfarbig kastanienbraune Schärpe mit eingewebtem schimmerndem Muster – und eine dazu passende Fliege. Er sprach sehr ernst mit Jock Mackay, einem fröhlichen Junggesellen Mitte Vierzig, der einer der Direktoren der Managing Agency McKibbin & Ross war.

Meenakshi trug einen auffallenden orangefarbenen Sari aus französischem Chiffon und ein stahlblaues, rückenfreies Choli, das mit schmalen Bändern an Hals und Taille befestigt war. Ihre Taille war wohlgefällig entblößt, und um ihren langen, duftenden Hals trug sie ein enges blau und orange emailliertes Halsband aus Jaipur, an den Armen dazu passende Armreife; ihre ohnehin beträchtliche Größe wurde noch betont durch Pfennigabsätze, hochgestecktes Haar und große Ohrringe; die orangefarbene Tika auf ihrer Stirn war so groß wie ihre Augen, aber am umwerfendsten und dekorativsten war ihr hinreißendes Lächeln.

Sie ging in einer Wolke Shocking Schiaparelli auf Amit zu.

Aber bevor sich Amit ihr zuwenden konnte, sprach ihn eine vorwurfsvoll dreinblickende Frau mittleren Alters – ihre riesigen Augen schienen aus den Höhlen zu treten – an, die er jedoch nicht wiedererkannte.

»Ihr letztes Buch hat mir wahnsinnig gefallen, aber ich kann nicht behaupten, daß ich es verstanden habe.« Sie wartete auf eine Antwort.

»Oh – vielen Dank«, sagte Amit.

»Haben Sie nicht mehr dazu zu sagen?« fragte die Frau enttäuscht. »Ich habe immer geglaubt, Dichter wären sehr gesprächig. Ich bin eine alte Freundin Ihrer Mutter, aber wir haben uns seit Jahren nicht mehr gesehen«, fügte sie überflüssigerweise hinzu. »Wir kennen uns aus Shantiniketan.«

»Aha«, sagte Amit. Obwohl ihm nichts an dieser Frau lag, blieb er stehen. Er hatte das Gefühl, er müsse etwas sagen. »Also, ich bin jetzt eigentlich kein Dichter mehr. Ich schreibe an einem Roman.«

»Aber das ist keine Entschuldigung. Sagen Sie, wovon handelt er? Oder ist das ein Berufsgeheimnis des berühmten Amit Chatterji?«

»Nein, nein, eigentlich nicht«, sagte Amit, der es haßte, über unfertige Werke zu sprechen. »Er handelt von einem Geldverleiher zur Zeit der großen Hungersnot in Bengalen. Wie Sie wissen, stammt die Familie meiner Mutter aus Ostbengalen ...«

»Wie wunderbar, daß Sie über Ihr eigenes Land schreiben, besonders nachdem Sie im Ausland so viele Preise gewonnen haben. Sagen Sie, halten Sie sich viel in Indien auf?«

Amit bemerkte, daß seine beiden Schwestern neben ihm standen und zuhörten.

»Oh, ja, tja, jetzt, wo ich zurückgekehrt bin, bin ich eigentlich meistens hier. Also, hier und dort ...«

»Hier und dort«, wiederholte die Frau verwundert.

»Raus und rein«, sagte Meenakshi entgegenkommend.

»Vor und zurück«, sagte Kakoli, die sich nicht länger beherrschen konnte.

Die Frau runzelte die Stirn.

»Hin und her«, sagte Meenakshi.

»Ab und zu«, sagte Kakoli.

Sie und Meenakshi kicherten. Dann winkten sie jemandem auf der anderen Seite des riesigen Raumes zu und waren verschwunden.

Amit lächelte entschuldigend. Aber die Frau sah ihn verärgert an. Machten sich die jungen Chatterjis über sie lustig?

Sie sagte zu Amit: »Ich hab's satt, ständig über Sie zu lesen.«

»Hm. Ja«, entgegnete Amit milde.

»Und von Ihnen zu hören.«

»Wenn ich nicht ich wäre, hätte ich es auch satt, ständig irgendwas über mich zu hören.«

Die Frau runzelte die Stirn. Dann sagte sie: »Ich glaube, mein Glas ist leer.«

Sie sah ihren Mann in der Nähe und reichte ihm ihr leeres Glas, dessen Rand mit scharlachrotem Lippenstift verschmiert war. »Sagen Sie, wie schreiben Sie?«

»Meinen Sie ...«

»Ich meine, ist es Inspiration? Oder ist es harte Arbeit?«

»Nun, ohne Inspiration kann man nicht ...«

»Ich wußte es, ich wußte, daß es Inspiration sein muß. Aber Sie sind doch nicht verheiratet, wie konnten Sie da das Gedicht über die junge Braut schreiben?« Ihr Tonfall klang mißbilligend.

Amit blickte nachdenklich drein und sagte: »Ich habe einfach ...«

»Und sagen Sie, dauert es lange, bis Ihnen ein Thema für ein neues Buch einfällt? Ich bin sehr gespannt auf Ihr neues Buch.«

»Ich auch.«

»Ich habe ein paar gute Ideen für Bücher. Als ich in Shantiniketan war, hat mich Gurudeb ganz stark beeinflußt ... Sie wissen schon, unser Rabindhranath.«

»Aha.«

»Sie würden nicht lange dafür brauchen, ich weiß – aber das Schreiben selbst muß so schwierig sein. Ich könnte nie eine Schriftstellerin sein. Ich hab einfach nicht das Talent dazu. Das ist ein Geschenk Gottes.«

»Ja, es scheint ...«

»Ich habe mal Gedichte geschrieben. In Englisch, wie Sie. Und ich habe eine Tante, die Gedichte in Bengali schreibt. Sie war eine echte Schülerin von Robi Babu. Reimen sich Ihre Gedichte?«

»Ja.«

»Meine reimten sich nicht. Sie waren modern. Und ich war noch jung, in Darjeeling. Ich habe über die Natur geschrieben, nicht über Liebe. Ich kannte Mihir noch nicht. Das ist mein Mann, wissen Sie. Später habe ich sie mit der Schreibmaschine abgetippt und Mihir gezeigt. Einmal habe ich eine Nacht in einem Krankenhaus verbracht und wurde völlig von Moskitos zerstochen. Und daraus wurde plötzlich ein Gedicht. Aber er sagte: ›Es reimt sich nicht.‹«

Sie sah mißbilligend zu ihrem Mann, der wie ein Kellner mit ihrem neu gefüllten Glas neben ihr stand.

»Ihr Mann hat das gesagt?« fragte Amit.

»Ja. Danach hatte ich nie wieder das Bedürfnis zu schreiben. Ich weiß auch nicht, warum.«

»Sie haben eine Dichterin gemordet«, sagte Amit zu ihrem Mann, der ein angenehmer Zeitgenosse zu sein schien.

»Komm«, sagte er zu Lata, die den letzten Teil des Gesprächs mit angehört hatte. »Ich stelle dich, wie versprochen, ein paar Leuten vor. Entschuldigen Sie mich.«

Amit hatte nichts dergleichen versprochen, aber mit dieser Ausrede gelang es ihm, sich loszueisen.

7.9

»Also, wen möchtest du kennenlernen?« sagte Amit zu Lata.

»Niemanden«, sagte Lata.

»Niemanden?« Amit klang amüsiert.

»Wen du willst. Wie wär's mit der Frau im rot-weißen Baumwollsari?«

»Die mit den kurzen grauen Haaren, die aussieht, als ob sie Dipankar und meinem Großvater Vorschriften macht?«

»Ja.«

»Das ist Ila Chattopadhyay. Dr. Ila Chattopadhyay. Sie ist mit uns verwandt. Sie hat feste und prompte Ansichten. Du wirst sie mögen.«

Lata war sich nicht sicher, ob es gut war, feste und prompte Ansichten zu haben, aber die Frau gefiel ihr. Dr. Ila Chattopadhyay zeigte mit dem Finger auf

Dipankar und setzte ihm mit großer und offensichtlich liebenswürdiger Vehemenz etwas auseinander. Ihr Sari war ziemlich zerknittert.
»Dürfen wir stören?« fragte Amit.
»Aber natürlich, Amit, frag doch nicht so dumm«, sagte Dr. Ila Chattopadhyay.
»Das ist Lata, Aruns Schwester.«
»Gut«, sagte Dr. Ila Chattopadhyay und brauchte eine Sekunde, um sie zu mustern. »Sie ist bestimmt netter als ihr aufgeblasener Bruder. Ich habe gerade zu Dipankar gesagt, daß Wirtschaftswissenschaften ein sinnloses Unterfangen sind. Es wäre viel besser, wenn er Mathematik studiert hätte. Findest du nicht auch?«
»Natürlich«, sagte Amit.
»Jetzt, wo du wieder in Indien bist, mußt du hierbleiben, Amit. Dein Land braucht dich – und ich sage das nicht nur einfach so.«
»Natürlich.«
Dr. Ila Chattopadhyay sagte zu Lata: »Ich hör nie auf das, was Amit sagt. Er ist immer einer Meinung mit mir.«
»Ila Kaki hört nie zu, egal, wer spricht«, sagte Amit.
»Richtig. Und weißt du auch, warum? Schuld daran ist dein Großvater.«
»Ich?« sagte der alte Mann.
»Ja«, sagte Dr. Ila Chattopadhyay. »Vor vielen Jahren hast du einmal zu mir gesagt, daß es dir, bis du vierzig warst, immer sehr wichtig war, was die Leute von dir dachten. Und dann hast du entschieden, daß es dir wichtiger ist, was du von den Leuten denkst.«
»Das habe ich gesagt?« fragte der alte Mr. Chatterji überrascht.
»Ja, das hast du, ob du dich nun daran erinnerst oder nicht. Auch ich habe mir oft große Sorgen darüber gemacht, was andere Leute von mir halten, und deswegen habe ich sofort beschlossen, mir deine Philosophie zu eigen zu machen, obwohl ich damals noch nicht vierzig war – noch nicht einmal dreißig. Erinnerst du dich wirklich nicht mehr an diese Bemerkung? Ich stand vor der Entscheidung, ob ich – auch unter dem Druck der Familie meines Mannes – meine Karriere aufgeben soll. Mein Gespräch mit dir hat alles verändert.«
»Also, an manche Dinge erinnere ich mich noch, an andere nicht«, sagte der alte Mr. Chatterji. »Aber ich freue mich, daß meine Bemerkung eine so, eine so, nun, nachhaltige Wirkung auf dich hatte. Weißt du, vor ein paar Tagen ist mir der Name meiner vorletzten Katze nicht mehr eingefallen. Ich habe versucht, mich daran zu erinnern, aber es hat nicht geklappt.«
»Biplob«, sagte Amit.
»Ja, natürlich, und irgendwann ist es mir auch wieder eingefallen. Ich habe sie so genannt, weil ich mit Subhas Bose befreundet war – oder sagen wir besser, ich kannte die Familie ... In meiner Position als Richter klang dieser Name natürlich etwas, äh ...«
Amit wartete eine Weile, während der alte Mann nach dem richtigen Wort suchte, und half dann aus: »Ironisch?«

»Nein, das ist nicht das Wort, nach dem ich gesucht habe, Amit, ich suchte – nun, ironisch geht auch. Das waren selbstverständlich noch andere Zeiten, hm, hm. Wißt ihr, daß ich jetzt nicht mal mehr den Umriß Indiens zeichnen kann? Ich kann es mir einfach nicht mehr vorstellen. Und die Gesetze ändern sich auch jeden Tag. Man liest immer wieder von Anträgen, die bis vor den Hohen Gerichtshof gebracht werden. Also, zu meiner Zeit waren wir mit ganz normalen Prozessen zufrieden. Aber ich bin ein alter Mann, die Dinge entwickeln sich weiter, und ich bin nicht mehr auf dem neuesten Stand. Jetzt müssen Mädchen wie Ila oder junge Leute wie ihr«, er deutete auf Amit und Lata, »die Dinge weiterführen.«

»Ich bin wohl kaum noch ein Mädchen«, sagte Dr. Ila Chattopadhyay. »Meine Tochter ist ja schon fünfundzwanzig.«

»Für mich, liebe Ila, wirst du immer ein Mädchen bleiben«, sagte der alte Mr. Chatterji.

Dr. Ila Chattopadhyay gab einen Laut der Ungeduld von sich. »Meine Studenten jedenfalls behandeln mich nicht wie ein Mädchen. Erst neulich habe ich mit einem jungen Kollegen über ein Kapitel in einem meiner alten Bücher diskutiert. Er ist ein sehr ernster junger Mann und sagte: ›Madam, nichts liegt mir ferner, nicht nur weil ich jünger bin, sondern auch weil ich mir der Zeit bewußt bin, in der Sie das Buch geschrieben haben, und weil Ihnen nicht mehr viele Jahre bleiben ...‹ Ich war wirklich entzückt. Bemerkungen wie diese verjüngen mich.«

»Um welches Buch ging es?« fragte Lata.

»Es war ein Buch über Donne«, sagte Dr. Ila Chattopadhyay. »*Metaphysische Kausalität*. Ein überaus dummes Buch.«

»Ach, Sie unterrichten Englisch!« sagte Lata überrascht. »Ich dachte, Sie wären Ärztin.«

»Was um Himmels willen hast du ihr erzählt?« fragte Dr. Ila Chattopadhyay Amit.

»Nichts. Ich hatte keine Gelegenheit, euch richtig miteinander bekannt zu machen. Du hast so heftig auf Dipankar eingeredet, daß er das Wirtschaftsstudium hätte aufgeben sollen, daß ich nicht gewagt habe, dich zu unterbrechen.«

»Stimmt, das habe ich. Und er hätte es tun sollen. Aber wo ist er?«

Amit sah sich um und entdeckte Dipankar bei Kakoli und ihrem Kreis plappernder Freundinnen. Trotz seiner mystischen und religiösen Tendenzen mochte Dipankar alberne junge Frauen gern.

»Soll ich ihn dir zurückbringen?« fragte Amit.

»O nein«, sagte Dr. Ila Chattopadhyay. »Mit ihm zu diskutieren bringt mich nur aus der Fassung, es ist, als ob man sich mit einem Pudding herumschlägt ... seine breiigen Ideen über die geistigen Wurzeln Indiens und die geniale Schöpferkraft Bengalens. Wenn er ein echter Bengali wäre, würde er seinen Namen zurückändern in Chattopadhyay – und das solltet ihr alle, anstatt euch an die lahme Sprache und das weiche Hirn der Briten anzupassen ... Wo studieren Sie?«

Lata, die noch etwas durcheinander war von Dr. Ila Chattopadhyays energischer Entschiedenheit, sagte: »In Brahmpur.«

»Oh, Brahmpur. Eine unmögliche Stadt. Ich war mal – nein, nein, ich werde es nicht erzählen, es wäre zu grausam, und Sie sind so ein nettes Mädchen.«

»Ach, erzähl's doch, Ila Kaki«, sagte Amit. »Ich liebe Grausamkeiten, und ich bin sicher, daß Lata vertragen wird, was immer du sagst.«

»Also gut, Brahmpur!« sagte Dr. Ila Chattopadhyay und ließ sich nicht lange bitten. »Brahmpur! Vor ungefähr zehn Jahren mußte ich für einen Tag dorthin zu einer Anglisten-Konferenz, und ich hatte so viel über Brahmpur und das Barsaat Mahal und so weiter gehört, daß ich ein paar Tage drangehängt habe. Es hat mich beinahe krank gemacht. Dieses ganze höfische Gehabe mit ›Ja, Huzoor‹, ›Nein, Huzoor‹, einfach alles saft- und kraftlos. ›Wie geht es Ihnen?‹ ›Oh, nun, ich bin noch am Leben.‹ Ich kann das einfach nicht ausstehen. ›Ja, bitte ein Fingerhütchen voll Reis und einen Klecks Dal ...‹ All diese Finesse und Etikette und Verbeugungen und Kratzfüße und Gasele und Kathak. Kathak! Als ich diese fetten Frauen sah, die herumwirbelten wie Kreisel, hätte ich am liebsten zu ihnen gesagt: ›Lauft weg! Lauft weg, hört auf zu tanzen und lauft weg!‹«

»Gut, daß du das nicht getan hast, Ila Kaki, sie hätten dich erwürgt.«

»Nun, das hätte zumindest meinen Leiden ein Ende gesetzt. Am nächsten Abend mußte ich noch mehr Brahmpuri-Kultur über mich ergehen lassen. Wir mußten eine dieser Gasel-Sängerinnen anhören. Schrecklich, schrecklich, das werde ich nie vergessen! Eine dieser seelenvollen Frauen, Saeeda Soundso, die so viel Schmuck trug, daß man sie selbst gar nicht mehr gesehen hat – es war, als ob man in die Sonne gestarrt hätte. Keine zehn Pferde würden mich noch einmal dort hinbringen ... und alle diese hirnverbrannten Männer in ihrer albernen nördlichen Kleidung, den Pajamas: sie sahen aus, als wären sie gerade aus dem Bett aufgestanden, sie waren völlig in Ekstase oder Agonie – und stöhnten ständig ›Wah! Wah!‹ zu den erbärmlichsten, sentimentalsten, geistlosesten Versen ... So schien es mir jedenfalls, als meine Freunde sie für mich übersetzten ... Mögen Sie diese Art Musik?«

»Also, ich mag klassische Musik«, sagte Lata vorsichtig in der Erwartung, daß Dr. Ila Chattopadhyay lauthals verkünden würde, daß sie damit völlig falsch läge. »Ustad Majeed Khans Raga-Versionen, zum Beispiel von Darbari ...«

Ohne abzuwarten, daß Lata den Satz beendete, schaltete sich Amit ein, um Dr. Ila Chattopadhyays Geschosse auf sich abzulenken.

»Ich auch, ich auch«, sagte er. »In meinen Augen ähnelt der Vortrag eines Ragas einem Roman – oder zumindest der Art Roman, die ich zu schreiben versuche. Wißt ihr, es ist so«, improvisierte er weiter, »zuerst singt man einen Ton und erforscht ihn eine Weile, dann den nächsten und erkundet dessen Möglichkeiten, dann kommt man vielleicht zur Dominante und bleibt dort eine Zeitlang, und dann entwickeln sich allmählich die Phrasen, und die Tabla beginnt mit dem Rhythmus ... und dann kommen die glanzvolleren Improvisationen und Ausführungen, und ab und zu wird das Hauptthema eingeflochten, und schließlich wird es immer schneller, und die Aufregung erreicht ihren Höhepunkt.«

Dr. Ila Chattopadhyay sah ihn erstaunt an. »Was für ein unglaublicher Unsinn. Du wirst noch so verquast wie Dipankar. Hören Sie nicht auf ihn, Lata«, fuhr die Autorin von *Metaphysische Kausalität* fort. »Er ist nur ein Schriftsteller, er weiß überhaupt nichts über Literatur. Wenn ich solchen Unsinn höre, bekomme ich immer einen Mordshunger. Ich muß sofort etwas essen. Zumindest serviert diese Familie das Essen zu einer vernünftigen Zeit. Bitte zwei Fingerhütchen voll Reis!« Sie schüttelte nachdrücklich den grauen Lockenkopf und schritt zum Büfett.

Amit bot sich an, seinem Großvater einen Teller mit Essen zu bringen, und der alte Mann nahm das Angebot an. Er setzte sich in einen bequemen Sessel, und Amit und Lata steuerten Richtung Büfett. Unterwegs löste sich eine hübsche junge Frau aus Kakolis kichernder, plaudernder Gruppe und sprach Amit an.

»Erinnerst du dich nicht an mich?« fragte sie. »Wir haben uns bei den Sarkars kennengelernt.«

Amit, der versuchte, sich daran zu erinnern, wann und bei welchen Sarkars sie sich begegnet sein konnten, runzelte die Stirn und lächelte gleichzeitig.

Das Mädchen sah ihn vorwurfsvoll an. »Wir haben lange miteinander geredet.«

»Ah.«

»Über Bankim Babus Einstellung gegenüber den Briten und darüber, wie sie die Form im Gegensatz zum Inhalt seiner Schriften beeinflußt hat.«

Amit dachte: O Gott! Laut sagte er: »Ja ... ja ...«

Lata taten sowohl Amit als auch das Mädchen leid, aber sie mußte unwillkürlich lächeln. Sie war froh, doch auf die Party gegangen zu sein.

Das Mädchen insistierte. »Erinnerst du dich nicht?«

Amit wurde plötzlich redselig. »Ich bin so vergeßlich – und man kann mich einfach vergessen, so daß ich mich manchmal frage, ob ich überhaupt existiere. Nichts, was ich je getan habe, scheint sich wirklich ereignet zu haben.«

Das Mädchen nickte. »Ich weiß genau, was du meinst«, sagte sie. Aber bald schlenderte sie etwas traurig von dannen.

Amit runzelte die Stirn.

Lata war klar, daß er Gewissensbisse hatte, weil er nicht besonders freundlich zu dem Mädchen gewesen war, und sie sagte: »Deine Verantwortung scheint nicht mit den Büchern zu enden, die du geschrieben hast.«

»Was?« sagte Amit, als würde er sie zum erstenmal bemerken. »O ja, o ja, das stimmt. Hier, Lata. Iß was.«

7.10

Obwohl Amit seine Pflichten als Gastgeber nicht sonderlich ernst nahm, überließ er Lata zumindest nicht völlig ihrem Schicksal. Varun (der sich sonst um sie gekümmert hätte) war nicht gekommen; er zog die Gesellschaft seiner Shamshu-Freunde vor. Meenakshi (die Lata sehr mochte) unterhielt sich gerade mit ihren Eltern, die sich kurz von ihren Gastgeberpflichten erholten, und schilderte ihnen die Ereignisse vom Vortag, die Begebenheiten mit dem Mugh-Koch in der Küche und mit den Cox' im Salon. Sie hatte die Cox' auch an diesem Abend eingeladen, weil sie dachte, daß es vielleicht gut für Arun wäre.

»Aber sie ist so ein farbloses Wesen«, sagte Meenakshi. »Ihr Kleid sah aus, als hätte sie es von der Stange gekauft.«

»Als sie sich vorstellte, sah sie gar nicht so farblos aus«, sagte ihr Vater.

Meenakshi schaute sich beiläufig im Raum um und erschrak nahezu. Patricia Cox trug ein wunderschönes grünes Seidenkleid und eine Perlenkette. Ihr kurzes goldbraunes Haar glänzte im Licht des Kronleuchters. Das war nicht die graue Maus vom Vortag. Meenakshis Miene zeugte nicht gerade von Begeisterung.

»Ich hoffe, bei euch ist alles in Ordnung«, sagte Mrs. Chatterji in Bengali.

»Es geht uns blendend, Mago«, erwiderte Meenakshi in Englisch. »Ich bin bis über beide Ohren verliebt.«

Daraufhin runzelte Mrs. Chatterji besorgt die Stirn. »Wir machen uns große Sorgen um Kakoli«, sagte sie.

»Wir?« sagte Richter Chatterji. »Na ja, vermutlich hast du recht.«

»Dein Vater nimmt die Dinge einfach nicht ernst genug. Zuerst war es der Junge von der Universität in Kalkutta, der, du weißt schon, der ...«

»Der Kommunist«, sagte Richter Chatterji wohlwollend.

»Dann war es der junge Mann mit der verkrüppelten Hand und diesem komischen Sinn für Humor, wie hieß er doch gleich?«

»Tapan.«

»Ja, was für ein unglücklicher Zufall.« Mrs. Chatterji blickte zur Bar, wo ihr eigener Tapan noch immer Dienst tat. Armes Kind. Sie sollte ihn bald ins Bett schicken. Hatte er schon etwas gegessen?

»Und jetzt?« fragte Meenakshi und sah hinüber zu der Ecke, wo Kakoli und ihre Freunde plauderten und plapperten.

»Jetzt«, sagte ihre Mutter, »ist es ein Ausländer. Ich kann's dir genausogut sagen, es ist der Deutsche da drüben.«

»Er sieht sehr gut aus«, sagte Meenakshi, der die wichtigen Dinge immer zuerst auffielen. »Warum hat mir Kakoli nichts von ihm erzählt?«

»Sie ist zur Zeit sehr verschlossen«, sagte ihre Mutter.

»Ganz im Gegenteil, sie ist sehr redselig«, sagte Richter Chatterji.

»Es kommt aufs gleiche raus«, sagte Mrs. Chatterji. »Wir hören von so vielen

Freunden und besonderen Freunden, daß wir nie wissen, welcher der wahre ist.«

»Also, meine Liebe«, sagte Richter Chatterji zu seiner Frau, »du hast dir Sorgen wegen des Kommunisten gemacht, und es ist nichts daraus geworden, und wegen des Jungen mit der Hand, und daraus ist auch nichts geworden. Warum sich also Sorgen machen? Schau dir Aruns Mutter dort an, sie lächelt immer und macht sich nie wegen irgendwas Sorgen.«

»Baba«, sagte Meenakshi, »das stimmt überhaupt nicht. Es gibt niemanden, der sich mehr Sorgen macht als sie. Sie macht sich wegen jeder noch so trivialen Kleinigkeit Sorgen.«

»Wirklich?« fragte ihr Vater interessiert.

»Wie auch immer«, sagte Meenakshi. »Woher wißt ihr, daß sie irgendwelche romantischen Bande verbinden?«

»Er lädt sie zu allen diplomatischen Empfängen ein«, sagte ihre Mutter. »Er ist der Zweite Sekretär des deutschen Generalkonsulats. Er tut sogar so, als würde ihm Rabindhrasangeet gefallen. Das ist einfach zuviel.«

»Liebling, du bist nicht ganz fair«, sagte Richter Chatterji. »Kakoli spielt plötzlich Schubert-Lieder auf dem Klavier. Wenn wir Glück haben, werden wir heute abend noch einen Impromptu-Vortrag hören.«

»Sie sagt, daß er einen schönen Bariton hat und daß sie davon in Verzückung gerät. Sie wird ihren Ruf noch völlig ruinieren«, sagte Mrs. Chatterji.

»Wie heißt er?« fragte Meenakshi.

»Hans«, sagte Mrs. Chatterji.

»Nur Hans?«

»Hans Irgendwas. Wirklich, Meenakshi, es ist einfach zu bestürzend. Wenn er es nicht ernst meint, wird es ihr das Herz brechen. Und wenn sie ihn heiratet, wird sie aus Indien weggehen, und wir werden sie nie wiedersehen.«

»Hans Sieber«, sagte ihr Vater. »Übrigens, wenn du dich als Mrs. Mehra und nicht als Miss Chatterji vorstellst, wird er dir wahrscheinlich die Hand küssen. Ich glaube, seine Familie stammt ursprünglich aus Österreich. Und Höflichkeit ist dort so etwas wie eine Krankheit.«

»Wirklich?« hauchte Meenakshi hingerissen.

»Wirklich. Sogar Ila war bezaubert. Aber bei deiner Mutter hat es anscheinend nicht funktioniert. Sie betrachtet ihn als eine Art blassen Ravana, der ihre Tochter in eine fremde Wildnis locken will.«

Der Vergleich war nicht ganz treffend, aber wenn er nicht einem Gericht vorsaß, vernachlässigte Richter Chatterji die logische Strenge, für die er bekannt war.

»Du glaubst also, daß er mir die Hand küssen könnte?«

»Nicht könnte, wird. Aber das ist nichts im Vergleich zu dem, was er mit meiner getan hat.«

»Was hat er getan, Baba?« Meenakshi fixierte ihren Vater mit ihren riesigen Augen.

»Er hat sie fast zu Brei gequetscht.« Ihr Vater öffnete die rechte Hand und sah sie ein paar Sekunden lang an.

»Warum hat er das getan?« fragte Meenakshi und lachte glockenhell.
»Ich glaube, er wollte uns beruhigen«, sagte ihr Vater. »Und ein paar Minuten später hat er deinen Mann auf dieselbe Weise beruhigt. Jedenfalls hat Arun kurz nach Luft geschnappt, als Hans ihm die Hand schüttelte.«
»Ach, der arme Arun.« Meenakshi klang überhaupt nicht besorgt.
Sie sah hinüber zu Hans, der die von ihrem schnatternden Kreis umgebene Kakoli anhimmelte. Dann wiederholte sie zum großen Kummer ihrer Mutter: »Er sieht sehr gut aus. Und groß ist er auch. Was stimmt mit ihm nicht? Wir Brahmos gelten doch als sehr aufgeschlossen. Warum sollten wir Kakoli nicht mit einem Ausländer verheiraten? Das wäre doch schick.«
»Ja, warum nicht?« sagte ihr Vater. »Seine Gliedmaßen scheinen in Ordnung zu sein.«
»Ich wünschte, du könntest deine Schwester davon abbringen, sich vorschnell zu entscheiden«, sagte Mrs. Chatterji. »Ich hätte ihr nie erlauben sollen, diese brutale Sprache bei dieser schrecklichen Miss Hebel zu lernen.«
»Ich glaube nicht, daß irgend etwas, was wir miteinander reden, irgendeine Wirkung hat. Du wolltest doch vor ein paar Jahren, daß Kuku mir ausredet, Arun zu heiraten.«
»Ach, das war etwas anderes«, sagte Mrs. Chatterji. »Und außerdem haben wir uns an Arun gewöhnt«, fuhr sie nicht gerade überzeugend fort. »Jetzt sind wir alle eine große, glückliche Familie.«
Das Gespräch wurde von Mr. Kohli unterbrochen, einem rundlichen Physiklehrer, der nicht ungern trank und versuchte, auf dem Weg zur Bar seiner vorwurfsvollen Frau nicht zu begegnen. »Hallo, Richter«, sagte er. »Was halten Sie von dem Urteil im Bandel-Road-Fall?«
»Ah, wie Sie wissen, darf ich dazu nichts sagen«, sagte Richter Chatterji. »Womöglich muß ich der Berufungsverhandlung vorsitzen. Und ich habe den Fall auch nicht genau verfolgt, obwohl alle anderen das anscheinend getan haben.«
Mrs. Chatterji jedoch hatte keine Hemmungen. Alle Zeitungen hatten über den Prozeß berichtet, und jeder hatte eine Meinung dazu. »Ich finde es wirklich schockierend«, sagte sie. »Ich kann nicht verstehen, wie ein erstinstanzliches Gericht das Recht haben kann ...«
»Ein Zivilrichter am Hohen Gerichtshof, meine Liebe«, unterbrach sie Richter Chatterji.
»Ja, aber ich verstehe trotzdem nicht, wieso er das Recht hat, das Urteil der Geschworenen über den Haufen zu werfen. Ist das etwa Gerechtigkeit? Zwölf unbescholtene und wahrheitsliebende Männer, sagt man nicht so? Wie kann er es nur wagen, sich über sie hinwegzusetzen?«
»Neun, meine Liebe. In Kalkutta sind es neun. Was ihre Unbescholtenheit und Wahrheitsliebe angeht ...«
»Ja, und dann hat er das Urteil auch noch pervers genannt – das hat er doch gesagt, oder?«

»Pervers, unvernünftig, offenkundig falsch und im Widerspruch zur Beweislage«, zitierte der kahlköpfige Mr. Kohli so genüßlich, wie er ansonsten nur Whisky trank. Sein kleiner Mund stand halb offen, er sah ein bißchen aus wie ein nachdenklicher Fisch.

»Pervers, unvernünftig falsch und so weiter: Hat er das Recht dazu? Es ist – irgendwie so undemokratisch«, fuhr Mrs. Chatterji fort, »und ob es uns nun gefällt oder nicht, wir leben in einer Demokratie. Und Demokratie sorgt für Ärger. Deshalb gibt es jetzt diese Unruhen und das Blutvergießen, und dann haben wir diese Geschworenen-Prozesse – warum wir sie in Kalkutta noch haben, wo man sie überall sonst in Indien abgeschafft hat, verstehe ich auch nicht –, und irgend jemand besticht oder bedroht die Geschworenen, und dann fällen sie diese unmöglichen Urteile. Wenn wir nicht diese mutigen Richter hätten, die die Urteile aufheben, wo kämen wir dann hin? Stimmst du mir nicht zu, mein Lieber?« Mrs. Chatterji klang empört.

»Ja, mein Liebe, natürlich«, sagte Richter Chatterji. »Nun, Mr. Kohli, jetzt wissen Sie, was ich von der Sache halte. Aber Ihr Glas ist ja leer.«

Mr. Kohli schien verwirrt. »Ja, ich werde mir noch was zu trinken holen.« Er sah sich rasch um, ob die Bahn frei war.

»Und bitte sagen Sie Tapan, er soll sofort ins Bett gehen«, sagte Mrs. Chatterji. »Wenn er schon gegessen hat. Wenn er noch nicht gegessen hat, soll er nicht sofort ins Bett gehen. Dann soll er zuerst essen.«

»Weißt du, Meenakshi«, sagte Richter Chatterji, »daß deine Mutter und ich letzte Woche einmal so überzeugend miteinander gestritten haben, daß wir am nächsten Tag beim Frühstück vom Standpunkt des jeweils anderen überzeugt waren und genausoheftig weiterstritten wie am Tag zuvor?«

»Worüber habt ihr gestritten?« fragte Meenakshi. »Mir fehlen unsere Frühstücksdebatten.«

»Ich erinnere mich nicht mehr«, sagte Richter Chatterji. »Weißt du es noch? Hatte es nicht etwas mit Biswas Babu zu tun?«

»Es hatte mit Cuddles zu tun«, sagte Mrs. Chatterji.

»Ja? Da bin ich mir nicht sicher. Ich dachte, es hätte – na egal, Meenakshi, du mußt demnächst zum Frühstück kommen. Von Sunny Park kann man praktisch zu Fuß hierhergehen.«

»Ich weiß«, sagte Meenakshi. »Aber am Morgen kann ich schlecht weg. Arun ist sehr eigen, was den geregelten Tagesablauf betrifft, und Aparna ist vor elf immer so strapaziös und langweilig. Ich denke, ich werde jetzt Hans begrüßen. Und wer ist der junge Mann neben Kakoli und Hans, der ein so finsteres Gesicht macht? Er trägt nicht mal eine Fliege.«

Und in der Tat, der junge Mann war nahezu unbekleidet: Er hatte nur ein ganz normales weißes Hemd, eine weiße Hose und eine gestreifte Krawatte an. Er war ein College-Student.

»Ich weiß nicht, meine Liebe«, sagte Mrs. Chatterji.

»Noch ein Pilz?« fragte Meenakshi.

Richter Chatterji, der den Ausdruck geprägt hatte, als Kakolis Freunde in Hülle und Fülle wie aus dem Boden zu sprießen begannen, nickte. »Da bin ich mir ganz sicher.«
Unterwegs stieß Meenakshi auf Amit und wiederholte ihre Frage.
»Er hat sich mir als Krishnan vorgestellt«, sagte Amit. »Kakoli scheint ihn gut zu kennen.«
»Aha. Was macht er?«
»Ich weiß nicht. Er sagt, er sei einer ihrer guten Freunde.«
»Einer ihrer sehr guten Freunde?«
»O nein. Einer ihrer sehr guten Freunde kann er nicht sein. Von denen kennt sie die Namen.«
»Ich werde Kukus Kraut begrüßen«, sagte Meenakshi entschlossen. »Wo ist Luts? Vor ein paar Minuten war sie noch bei dir.«
»Ich weiß nicht. Irgendwo dort.« Amit deutete in Richtung Klavier, auf eine dichte, geschwätzige Gruppe. »Übrigens behalte deine Hand im Auge, wenn du einen Blick auf Hans wirfst.«
»Ja, ich weiß. Daddy hat mich auch schon gewarnt. Aber jetzt ist ein guter Augenblick. Er ißt. Er wird doch nicht seinen Teller abstellen, um mir die Hand zu geben?«
»Man weiß nie«, sagte Amit unheilvoll.
»Das wäre einfach zu köstlich«, sagte Meenakshi.

7.11

Lata befand sich im Epizentrum der Party und kam sich vor, als schwimme sie in einem Meer aus Sprache. Sie wunderte sich über all den Glitter und Glanz. Bisweilen erhob sich eine halb verständliche Woge Englisch, dann wieder eine völlig unverständliche Woge Bengali. Wie Elstern, die angesichts von Flitter krächzen – oder gelegentlich einen Edelstein finden, den sie für Flitter halten –, plapperten die aufgeregten Gäste unentwegt. Obwohl sie eine nicht unbeträchtliche Menge Essen in sich hineinschaufelten, gelang es jedem, eine nicht unbeträchtliche Menge Worte herauszuschaufeln.

»Oh, nein, nein, Dipankar ... Du verstehst nicht ... Das fundamentale Konzept der indischen Zivilisation ist das Viereck ... die vier Stufen des Lebens, die vier Ziele im Leben ... Liebe, Wohlstand, Pflicht und endgültige Erlösung ... Sogar die vier Arme unseres alten Symbols, der Swastika, das leider in letzter Zeit so fürchterlich mißbraucht wurde ... Ja, das Viereck, und nur das Viereck ist das fundamentale Konzept unserer geistigen Natur ... Das wirst du allerdings erst verstehen, wenn du eine so alte Frau bist wie ich ...«

»Sie hat zwei Köche, das ist der einzige Grund. Wirklich – du mußt die Luchis probieren. Nein, nein, alles in der richtigen Reihenfolge – das ist das Geheimnis der bengalischen Küche ...«

»So ein guter Redner neulich in der Ramakrishna-Mission; noch ein ziemlich junger Mann, aber so vergeistigt ... Kreativität im Zeitalter der Krise ... Du mußt nächste Woche einfach hingehen, er wird über das Streben nach Frieden und Harmonie sprechen ...«

»Alle haben gesagt, daß ich jede Menge Tiger sehen werde, wenn ich in die Sundarbans fahre. Nicht einmal einen Moskito habe ich gesehen. Wasser, überall Wasser, sonst nichts. Daß die Leute immer so schrecklich lügen müssen.«

»Sie sollten relegiert werden – schwierige Prüfungen hin oder her, ist das etwa ein Grund, im Prüfungsraum das Papier zu klauen? Das sind Betriebswirtschaftsstudenten der Universität von Kalkutta. Was wird ohne Disziplin aus unserer Wirtschaftsordnung? Wenn Sir Asutosh noch lebte, was würde er dazu sagen? Soll man sich das unter Unabhängigkeit vorstellen?«

»Montoo sieht so süß aus. Aber Poltoo und Loltoo sehen aus, als wären sie nicht ganz auf der Höhe. Seit ihr Vater krank ist, natürlich. Man sagt, es ist – es ist, wissen Sie – nun, seine Leber – er trinkt zuviel.«

»Oh, nein, nein, nein, Dipankar – das elementare Paradigma – ich würde es nie und nimmer ›Konzept‹ nennen – unserer alten Zivilisation ist selbstverständlich die Dreifaltigkeit ... Ich meine natürlich nicht die christliche Dreifaltigkeit. Die wirkt irgendwie so derb – sondern die Dreifaltigkeit als Prozeß und Aspekt – Schöpfung und Bewahrung und Zerstörung ... Ja, die Dreifaltigkeit ist das elementare Paradigma unserer Zivilisation und nichts anderes ...«

»Lächerlicher Unsinn, natürlich. Deswegen habe ich die Gewerkschaftsführer zu mir bestellt und ihnen die Leviten gelesen. Ein paar harsche Worte waren nötig, um sie wieder zur Vernunft zu bringen. Nun, ich will nicht behaupten, daß den Aufsässigsten nicht mit etwas Geld nachgeholfen wurde, aber das wird von der Personalabteilung erledigt.«

»Das ist nicht ›Je reviens‹, sondern ›Quelque fleurs‹ – etwas völlig anderes. Nicht, daß es mein Mann merken würde. Er erkennt nicht einmal Chanel!«

»Dann habe ich zu Robi Babu gesagt: ›Sie sind wie ein Gott für uns, bitte nennen Sie uns einen Namen für das Kind‹, und er hat eingewilligt. Deswegen heißt sie Hemangini ... Eigentlich gefällt mir der Name nicht, aber was sollte ich tun?«

»Wenn die Mullahs Krieg wollen, können sie ihn haben. Unser Handel mit Ost-Pakistan ist praktisch zum Erliegen gekommen. Nun, als positiver Nebeneffekt davon ist der Preis für Mangos gefallen. Die Maldah-Pflanzer hatten dieses Jahr eine riesige Ernte; sie wissen gar nicht, wohin damit ... Natürlich gibt es ein Transportproblem, genau wie bei der Hungersnot in Bengalen.«

»Oh, nein, nein, nein, Dipankar, du hast überhaupt nichts verstanden ... Das urzeitliche Strukturmerkmal der indischen Philosophie ist die Dualität ... Ja, die Dualität ... Kette und Schußfaden unseres uralten Kleidungsstücks Sari – ein einziges langes Stück Stoff, in das sich unsere indische Weiblichkeit noch immer wickelt – Kette und Schußfaden des Universums selbst, die Spannung zwischen

Sein und Nicht-Sein ... Ja, zweifellos ist es allein die Dualität, die uns hier in unserem alten Land beherrscht.«

»Am liebsten hätte ich geweint, als ich das Gedicht las. Sie müssen so stolz auf ihn sein. So stolz.«

»Hallo, Arun, wo ist Meenakshi?«

Lata wandte sich um und sah Aruns eher unzufriedenen Gesichtsausdruck. Es war sein Freund Billy Irani. Es war das drittemal, daß ihn jemand angesprochen hatte, nur um zu fragen, wo seine Frau war. Er hielt nach ihrem orangefarbenen Sari Ausschau und erspähte sie in Kakolis Freundesschar.

»Dort ist sie, Billy, in Kukus Nest. Wenn du sie begrüßen willst, gehe ich mit dir hin und eise sie los«, sagte er.

Lata fragte sich kurz, was ihre Freundin Malati von der Party gehalten hätte. Sie klammerte sich an Arun wie an einen Rettungsring und trieb mit ihm zu Kakoli. Irgendwie hatten Mrs. Rupa Mehra und ein alter, mit einem Dhoti bekleideter Marwari die Gruppe aufgeregter junger Menschen infiltriert.

Der alte Herr, der sich der goldenen Jugend um sich herum nicht bewußt war, sagte etwas nervös zu Hans: »Seit 1933 trinke ich den Saft des bitteren Flaschenkürbisses. Kennen Sie den bitteren Flaschenkürbis? Es ist unser berühmtes indisches Gemüse und wird hier Karela genannt. Er sieht so aus«, er machte eine Handbewegung, die Länge andeutete, »und ist grün und gerippt.«

Hans blickte verwirrt drein.

Sein Informant fuhr fort: »Jede Woche schält mein Dienstbote ein Sihr bitteren Flaschenkürbis, und aus der Schale – bitte beachten Sie, nur aus der Schale – macht er den Saft. Jedes Sihr ergibt einen Jamjar Saft.« Er konzentrierte sich und blinzelte dabei. »Was er mit dem Rest macht, ist mir egal.« Er machte eine wegwerfende Geste.

»Ja?« sagte Hans. »Wie interessant.«

Kakoli kicherte. Mrs. Rupa Mehra war hoch interessiert. Arun fing Meenakshis Blick auf und runzelte die Stirn. Verdammter Marwari, dachte er. Man kann sich auf sie verlassen, wenn es darum geht, sich vor Ausländern lächerlich zu machen.

Ohne Aruns Mißbilligung auch nur zu ahnen, fuhr der Kürbis-Freund fort: »Und jeden Morgen zum Frühstück bringt er mir ein Sherryglas oder ein Likörglas – so viel – von dem Saft. Jeden Tag seit 1933. Und ich habe keine Probleme mit meinem Blutzucker. Ich kann Süßigkeiten essen, ohne Angst haben zu müssen. Meine Haut ist auch sehr gut, und mein Stuhlgang ist überaus zufriedenstellend.«

Als ob er dem Nachdruck verleihen wollte, biß er in ein Gulab-jamun, aus dem der Sirup tropfte.

Mrs. Rupa Mehra sagte fasziniert: »Nur aus der Schale?« Wenn das stimmte, würde ihr Diabetes nicht länger zwischen ihrem Gaumen und ihren Gelüsten stehen.

»Ja«, sagte der Mann pingelig. »Nur aus der Schale, wie gesagt. Der Rest ist entbehrlich. Der Reiz des bitteren Flaschenkürbisses steckt in seiner Schale.«

7.12

»Amüsieren Sie sich?« fragte Jock Mackay Basil Cox, während sie hinaus auf die Veranda schlenderten.

»Also, ja, ziemlich«, sagte Basil Cox und stellte sein Whiskyglas vorsichtig auf das weiße Eisengeländer. Er fühlte sich angeheitert und wäre am liebsten selbst auf dem Geländer balanciert. Der Duft der Gardenien wehte über den Rasen heran.

»Das erstemal, daß ich Sie bei den Chatterjis sehe. Patricia sieht hinreißend aus.«

»Danke ... Ja, das tut sie, nicht wahr? Man kann nie vorhersagen, wann und wo es ihr gefällt. Wissen Sie, als ich nach Indien mußte, wollte sie überhaupt nicht mit. Sie wollte sogar, also ...«

Basil fuhr sich mit dem Daumen über die Unterlippe und sah hinaus in den Garten, wo ein paar mattgoldene Lampions einen riesigen Goldregen, an dem traubenartig gelbe Blüten hingen, in ein sanftes Licht tauchten. Unter dem Baum schien eine Art Hütte zu stehen.

»Aber Ihnen gefällt es hier, oder?«

»Ich glaube, ja ... Manchmal ist es verwirrend ... Allerdings bin ich auch erst knapp ein Jahr hier.«

»Wie meinen Sie das?«

»Also, was war das für ein Vogel, der gerade noch gesungen hat – pu-puuuuu-pu! pu-puuuuu-pu! Höher und höher. Das war bestimmt kein Kukkuck, und mir wär's lieber, wenn's einer wäre. Mich beunruhigt das. Und ich finde alle diese Lakhs und Crores und Annas und Paisas noch immer ziemlich verwirrend. Ich muß immer noch alles umrechnen. Vermutlich werde ich mich mit der Zeit daran gewöhnen.« Basil Cox' Miene nach zu urteilen, war das nicht sehr wahrscheinlich. Daß zwölf Pence einen Shilling ausmachen und zwanzig Shilling ein Pfund, war so unendlich viel logischer, als daß vier Paisas eine Anna ausmachen und sechzehn Annas eine Rupie.

»Es war tatsächlich ein Kuckuck«, sagte Jock Mackay, »ein Habichtskuckuck oder Gehirnfiebervogel ... Wußten Sie das nicht? Kaum zu glauben, aber ich habe mich so sehr an ihn gewöhnt, daß ich ihn vermisse, wenn ich zu Hause Urlaub mache. Das Vogelgezwitscher macht mir überhaupt nichts aus; was ich nicht ausstehen kann, ist diese entsetzliche indische Musik und der Gesang – ein schauderhaftes Gejammer ... Aber wissen Sie, was mich am meisten beunruhigt hat, als ich vor zwanzig Jahren hier ankam und alle diese bildschönen, elegant gekleideten Frauen sah?« Jock Mackay machte fröhlich eine vertrauliche Kopfbewegung in Richtung des Salons. »Wie vögelt man in einem Sari?«

Basil Cox machte eine unbedachte Bewegung, und sein Glas fiel hinunter in ein Blumenbeet. Jock Mackay schien sich darüber zu amüsieren.

»Und?« sagte Basil Cox etwas verärgert. »Haben Sie es herausgefunden?«

»Jeder macht früher oder später seine eigenen Entdeckungen«, sagte Jock Mackay etwas rätselhaft. »Aber im großen und ganzen ist es ein schönes Land«, fuhr er redselig fort. »Als das Raj zu Ende ging, waren sie so sehr damit beschäftigt, sich gegenseitig die Kehle aufzuschlitzen, daß sie uns nicht angetastet haben. Glückssache.« Er nippte an seinem Drink.

»Mir scheint, sie hegen keinen Groll – im Gegenteil«, sagte Basil Cox nach einer Weile und blickte hinunter in das Blumenbeet. »Aber ich frage mich, was Leute wie die Chatterjis wirklich von uns denken. Wir sind schließlich immer noch eine Größe in Kalkutta, mit der man rechnen muß. Und wir schmeißen den Laden hier – wirtschaftlich gesehen.«

»Ach, wenn ich Sie wäre, würde ich mir keine Gedanken machen. Was die Leute denken oder nicht denken, ist in der Regel nicht sehr interessant«, sagte Jock Mackay. »Ich dagegen frage mich oft, was Pferde denken ...«

»Neulich – das heißt gestern – waren wir bei ihrem Schwiegersohn – Arun Mehra, er arbeitet bei uns – zum Abendessen eingeladen ... Ach ja, natürlich, Sie kennen Arun ... Und plötzlich schwankt sein Bruder herein, blau wie eine Haubitze. Er hat gesungen – und ganz fürchterlich nach einem Feuerwasser gerochen, Shimsham oder so ähnlich ... Also, ich hätte nie und nimmer gedacht, daß Arun so einen Bruder hat. Und er trug eine völlig zerknitterte Pajama!«

»Ja, es ist wirklich seltsam«, stimmte Jock Mackay zu. »Ich kannte einen alten ICS-Typ, Inder, aber ziemlich pukka, der auf alles verzichtete, nachdem er pensioniert worden war, und ein Sadhu wurde. Danach hat niemand je wieder von ihm gehört. Und er war ein verheirateter Mann mit zwei erwachsenen Kindern.«

»Wirklich?«

»Wirklich. Aber sie sind ein charmantes Volk: schmeichlerisch, verleumderisch, geben damit an, wen sie alles kennen, allwissend, voll des Selbstlobs, Prozeßhanseln, autoritätshörig, Verkehrsrowdys, und sie spucken überall hin. Früher war meine Litanei länger, aber ich habe viele Punkte vergessen.«

»Es klingt, als würden Sie dieses Land hassen«, sagte Basil Cox.

»Ganz im Gegenteil. Es würde mich nicht überraschen, wenn ich mich hier auch noch zur Ruhe setze. Aber sollten wir nicht wieder hineingehen? Wie ich sehe, ist Ihnen Ihr Drink abhanden gekommen.«

7.13

»Fang nichts Ernstes an im Leben, bevor du dreißig bist«, riet der rundliche Mr. Kohli, der es geschafft hatte, seiner Frau für ein paar Minuten zu entkommen, dem jungen Tapan. Er hielt ein Glas in der Hand und sah aus wie ein großer, besorgter, nahezu untröstlicher Teddybär, der es ein bißchen eilig hatte; seine hohe Stirn – ein phrenologisches Wunder – glänzte, als er sich über die Bar lehnte; er schloß seine schweren Augenlider halb und öffnete seinen kleinen Mund etwas, nachdem er dieses Bonmot an den Mann gebracht hatte.

»Baby Sahib«, sagte der alte Dienstbote Bahadur streng zu Tapan. »Memsahib sagt, daß du jetzt sofort ins Bett gehen sollst.«

Tapan lachte. »Sag Ma, daß ich ins Bett gehe, wenn ich dreißig bin«, sagte er und entließ Bahadur.

»Die Menschen bleiben bei siebzehn stehen«, fuhr Mr. Kohli fort. »Sie stellen sich vor, sie seien immer noch siebzehn und glücklich. Nicht, daß sie mit siebzehn wirklich glücklich sind. Aber dir fehlen noch ein paar Jahre. Wie alt bist du?«

»Dreizehn – fast.«

»Gut – ich rate dir, bleib dreizehn.«

»Meinen Sie das ernst?« fragte Tapan, der plötzlich sehr unglücklich dreinblickte. »Sie meinen, es wird nicht besser?«

»Ach, nimm nichts von dem ernst, was ich sage.« Mr. Kohli trank einen Schluck. »Andererseits solltest du alles, was ich sage, ernster nehmen als das, was andere Erwachsene sagen.«

»Geh sofort ins Bett, Tapan«, sagte Mrs. Chatterji, die sich ihnen näherte. »Was hast du da zu Bahadur gesagt? Wenn du dich so benimmst, darfst du nie wieder lang aufbleiben. Schenk Mr. Kohli nach, und dann geh sofort ins Bett.«

7.14

»Oh, nein, nein, nein, Dipankar«, sagte die große alte Dame der Kultur und schüttelte bedächtig und wohlwollend den alten Kopf, während sie Dipankar aus matt glänzenden Augen mit mitleidsvoller Herablassung ansah, »das ist es auf keinen Fall, auf keinen Fall ist es Dualität, niemals habe ich Dualität gesagt, ach du meine Güte, nein ... Die wesenhafte Essenz unseres Seins hier in Indien ist das Einssein, ja, das Einssein des Seins, eine ökumenische Assimilation von allem, was in unseren großen Subkontinent strömt.« Sie machte eine großmütige, mütterliche Geste in den Raum. »Es ist die Einheit, die unsere Seele beherrscht, hier in unserem uralten Land.«

Dipankar nickte heftig, blinzelte rasend schnell und stürzte seinen Scotch hinunter, während Kakoli ihm zuzwinkerte. Das gefiel Kakoli an Dipankar: Er war das einzig ernsthafte der Chatterji-Kinder und wegen seines sanftmütigen, entgegenkommenden Wesens der ideale Zuhörer für jeden Übermittler geistiger Einsichten, der sich zufällig in diesen respektlosen Haushalt verlief. Und die ganze Familie kam zu ihm, wenn sie ernst zu nehmenden Rat brauchte.

»Dipankar«, sagte Kakoli, »Hemangini will mit dir sprechen, sie vergeht vor Gram ohne dich, und in zehn Minuten muß sie gehen.«

»Ja, Kuku, danke«, sagte Dipankar unglücklich und blinzelte noch schneller als gewöhnlich. »Versuch, sie so lange wie möglich aufzuhalten ... Wir unterhalten uns gerade so interessant ... Warum kommst du nicht zu uns, Kuku?« fügte er, der Verzweiflung nahe, hinzu. »Wir sprechen über die Einheit als die wesenhafte Essenz unseres Seins ...«

»Oh, nein, nein, nein, nein, Dipankar«, sagte die große alte Dame und korrigierte ihn etwas traurig, aber immer noch geduldig. »Nicht Einheit, nicht Einheit, sondern die Null, die Nichtigkeit selbst ist das maßgebliche Prinzip unserer Existenz. Nie im Leben würde ich den Begriff wesenhafte Essenz benutzen ... Denn was ist Essenz, wenn nicht wesenhaft? Indien ist das Land der Null, denn an den Horizonten unseres Landes war es, wo sie wie eine riesige Sonne aufging, um ihr Licht über die Welt des Wissens zu ergießen.« Sie musterte einen Augenblick lang ein Gulab-jamun. »Es ist die Null, Dipankar, verkörpert in der Mandala, dem Kreis, der zirkulären Natur der Zeit selbst, das ist das maßgebliche Prinzip unserer Zivilisation. All das«, wieder machte sie eine Geste in den Salon und umfaßte mit einer langsamen, kreisrunden Bewegung das Klavier, die Bücherregale, die Blumen in den großen Vasen aus geschliffenem Glas, die Zigaretten, die auf den Rändern von Aschenbechern qualmten, zwei Platten mit Gulab-jamuns, die schillernde Gästeschar und Dipankar, »all das ist das Nicht-Sein. Es ist die Nichtigkeit der Dinge, Dipankar, die du akzeptieren mußt, denn im Nichts liegt das Geheimnis von Allem.«

7.15

Am nächsten Tag versammelten sich die Chatterjis (einschließlich Kakoli, die normalerweise nicht vor zehn Uhr aufwachte) zur Frühstücksdebatte.

Alle Spuren der Party waren bereits beseitigt. Cuddles war auf die Welt losgelassen worden. Er war übermütig durch den Garten getollt und hatte Dipankars Meditationen in der kleinen Hütte gestört, die er sich in einer Ecke des Gartens gebaut hatte. Anschließend hatte er ein paar Pflanzen im Gemüsegarten, für den Dipankar sich sehr interessierte, ausgegraben. Dipankar nahm all das gelassen hin. Wahrscheinlich hatte Cuddles dort früher etwas verbuddelt, und nach dem Trauma der vergangenen Nacht wollte er sich nur vergewissern, daß die Welt und alle Dinge in ihr unverändert waren.

Kakoli hatte die Anweisung hinterlassen, daß man sie um sieben wecken solle. Sie mußte Hans anrufen, nachdem er von seinem morgendlichen Ausritt zurück war. Wie er es schaffte, um fünf aufzustehen – wie Dipankar – und diese

Kraft fordernden Dinge auf einem Pferd zu tun, war ihr ein Rätsel. Er mußte wohl sehr willensstark sein.

Kakoli hatte eine starke Bindung ans Telefon und beanspruchte es ohne jede Scham fast ausschließlich für sich – ebenso den Wagen. Oft quasselte sie eine Dreiviertelstunde am Stück, und ihrem Vater war es unmöglich, aus dem Hohen Gericht oder aus dem Calcutta Club zu Hause anzurufen. In ganz Kalkutta gab es nicht einmal zehntausend Telefone, und ein zweiter Anschluß war ein unvorstellbarer Luxus. Seitdem Kakoli sich in ihrem Zimmer einen Nebenapparat hatte installieren lassen, erschien ihm jedoch das Unvorstellbare als nahezu vernünftig.

Da es eine lange Nacht gewesen war, hatte man dem alten Dienstboten Bahadur, dem normalerweise die schwierige Aufgabe oblag, Kuku zu wecken und mit Milch zu besänftigen, auszuschlafen erlaubt. Amit nahm es auf sich, seine Schwester zu wecken.

Er klopfte leise an ihre Tür. Keine Antwort. Er öffnete die Tür. Durch das Fenster schien die Sonne auf Kakolis Bett. Sie lag quer auf dem Bett und schlief mit einem Arm über den Augen. Ihr hübsches rundes Gesicht war von getrocknetem Lacto-Galmei bedeckt, den sie wie Papayamus benutzte, um ihren Teint zu veredeln.

»Kuku, wach auf. Es ist sieben Uhr.«

Kakoli schlief weiterhin tief und fest.

»Wach auf, Kuku.«

Kakoli rührte sich, sagte dann etwas wie »Tschuh-muh«, was ein Laut der Klage war.

Nachdem er fünf Minuten versucht hatte, sie sanft aufzuwecken, zuerst mit leisen Worten, dann mit einem vorsichtigen Tätscheln der Schulter, und nichts als ›Tschuh-muh‹ zur Antwort bekommen hatte, warf Amit ihr ziemlich unsanft ein Kissen ins Gesicht.

Kakoli raffte sich so weit auf, um zu sagen: »Nimm dir ein Beispiel an Bahadur. Weck die Leute auf nette Weise auf.«

»Darin habe ich keine Übung. Er mußte sich wahrscheinlich schon zehntausendmal an dein Bett stellen und leise murmeln: ›Kuku Baby, wachen Sie auf, wachen Sie auf, Baby Memsahib‹, und das zwanzig Minuten lang, während du immer nur mit ›Tschuh-muh‹ reagierst.«

»Hm.«

»Mach wenigstens die Augen auf. Sonst drehst du dich nur um und schläfst wieder ein.« Nach einer Pause fügte Amit hinzu: »Kuku Baby.«

»Hm.« Kakoli klang gereizt. Sie öffnete jedoch die Augen einen Spalt.

»Willst du deinen Teddybär? Dein Telefon? Ein Glas Milch?«

»Milch.«

»Wie viele Gläser?«

»Ein Glas Milch.«

»In Ordnung.«

Amit ging, um ihr ein Glas Milch zu holen.

Als er zurückkehrte, saß sie auf der Bettkante, den Telefonhörer in der einen Hand und Cuddles unter dem anderen Arm. Sie ließ Cuddles in den Genuß einer Runde Chatterji-Geplapper kommen.

»Oh, du Biest«, sagte sie, »oh, du biestiges Biest – oh, du böses biestiges Biest.« Sie streichelte seinen Kopf mit dem Telefonhörer. »Oh, du bissiges, böses, biestiges Biest.« Sie schenkte Amit keine Beachtung.

»Halt den Mund, Kuku, und trink deine Milch«, sagte Amit gereizt. »Ich hab Besseres zu tun, als dich zu bedienen.«

Diese Bemerkung traf Kakoli mit voller Wucht. Sie war darin geübt, hilflos zu sein, wenn hilfreiche Menschen um sie waren.

»Oder soll ich sie auch noch für dich trinken?« fragte Amit überflüssigerweise.

»Beiß Amit«, sagte Kakoli zu Cuddles. Cuddles verweigerte den Gehorsam.

»Soll ich es hier abstellen, Madam?«

»Ja.« Kakoli überhörte Amits Sarkasmus.

»Sonst noch einen Wunsch, Madam?«

»Nein.«

»Nein was?«

»Nein danke.«

»Eigentlich wollte ich einen Gutenmorgenkuß, aber Lacto-Galmei sieht so widerlich aus, daß ich darauf verzichte.«

Kakoli musterte Amit streng. »Du bist eine schreckliche, gefühllose Person. Ich weiß überhaupt nicht, warum Frauen bei deinen Gedichten schwaaaach werden.«

»Weil meine Gedichte so gefühlvoll sind.«

»Das Mädchen, das dich heiraten wird, tut mir jetzt schon leid. Sie tut mir wiiirklich leid.«

»Und mir tut der Mann leid, der dich heiraten muß. Er tut mir wiiirklich leid. Übrigens, ist das mein zukünftiger Schwager, den du anrufen willst? Der Nußknacker?«

»Der Nußknacker?«

Amit streckte die rechte Hand vor, als ob er einem unsichtbaren Mann die Hand schüttelte. Langsam öffnete er den Mund und setzte eine schockierte, schmerzverzerrte Miene auf.

»Geh jetzt, Amit, du hast mir die Stimmung verdorben.«

»Was war daran zu verderben?«

»Wenn ich irgendwas über die Frauen sage, für die du dich interessierst, wirst du immer fuchsig.«

»Über wen zum Beispiel? Jane Austen?«

»Kann ich jetzt ungestört und in Ruhe telefonieren?«

»Ja, ja, Kuku Baby«, sagte Amit, und er klang sowohl sarkastisch als auch versöhnlich. »Ich geh ja schon, bin schon verschwunden. Bis gleich, beim Frühstück.«

7.16

Am Frühstückstisch präsentierten sich die Chatterjis herzerfrischend konfliktfreudig. Es war eine intelligente Familie, in der jeder den anderen für einen Dummkopf hielt. Manche Leute konnten die Chatterjis nicht leiden, weil sie die eigene Gesellschaft der anderer vorzuziehen schienen. Aber wenn sie die Chatterjis beim Frühstück erlebt und gesehen hätten, wie sie aneinandergerieten, hätten sie vielleicht mehr Sympathie für sie empfunden.

Richter Chatterji saß am Kopfende des Tisches. Er war klein, kurzsichtig und ziemlich geistesabwesend, aber doch ein recht würdevoller Mann. Im Gericht flößte er Respekt ein, und seiner exzentrischen Familie verlangte er überdies so etwas wie Gehorsam ab. Er sagte nicht gern mehr, als unbedingt nötig war.

»Leute, die Vielfruchtmarmelade mögen, sind verrückt«, sagte Amit.

»Nennst du mich etwa verrückt?« fragte Kakoli.

»Nein, natürlich nicht, Kuku, ich spreche von einer allgemeinen Regel, von der es selbstverständlich Ausnahmen gibt. Bitte, reich mir die Butter.«

»Nimm sie dir selbst«, sagte Kakoli.

»Ich bitte dich, Kuku«, murmelte Mrs. Chatterji.

»Unmöglich«, widersprach Amit. »Man hat mir die Hand zerquetscht.«

Tapan lachte. Kakoli warf ihm einen finsteren Blick zu und sah dann etwas bedrückt drein, weil sie eine Bitte vorzubringen hatte.

»Ich brauche den Wagen heute, Baba«, sagte Kuku nach einer Weile. »Ich muß ausgehen. Ich brauche ihn den ganzen Tag.«

»Aber, Baba«, sagte Tapan. »Ich verbringe den Tag bei Pankaj.«

»Und ich muß heute vormittag unbedingt zu Hamiltons, um das silberne Tintenfaß abzuholen«, sagte Mrs. Chatterji.

Richter Chatterji zog die Augenbrauen in die Höhe. »Amit?« fragte er.

»Ich passe«, sagte Amit.

Dipankar, der ebenfalls auf das Auto verzichtete, fragte sich laut, warum Kuku so schwermütig dreinblickte. Kuku runzelte die Stirn.

Amit und Tapan stimmten sofort in einen Wechselgesang ein.

»Wir sehnen und verzehren uns, doch ...«

»UMSONST!«

»Es ist nicht hier, es ist nicht da, unser ...«

»GESPONST!«

»Vergeblich unsre Lieder, vergeblich unsre ...«

»KONST!« schrie Tapan triumphierend, der Amit wie einen Helden verehrte.

»Hör nicht auf sie, Liebes«, sagte Mrs. Chatterji tröstlich, »am Ende wird alles gut.«

»Du hast ja keine Ahnung, woran ich gedacht habe«, konterte Kakoli.

»Du meinst, an wen«, sagte Tapan.

»Halt den Mund, du Amöbe«, sagte Kakoli.
»Er schien doch ganz nett zu sein«, flocht Dipankar ein.
»O nein, er ist nur ein Flodip«, sagte Amit.
»Flodip? Flodip? Habe ich was verpaßt?« fragte ihr Vater.
Mrs. Chatterji war ebenso verwirrt. »Ja, was ist ein Flodip, Lieber?« fragte sie Amit.
»Ein flotter Diplomat«, erwiderte Amit. »Sehr belanglos, sehr charmant. Die Art Männer, denen Meenakshi immer nachgeseufzt hat. Apropos, einer von dieser Spezies kommt mich heute vormittag besuchen. Er will mich zu den Themen Kultur und Literatur ausfragen.«
»Wirklich, Amit?« sagte Mrs. Chatterji beflissen. »Wer?«
»Irgendein südamerikanischer Botschafter – aus Peru oder Chile oder so, der sich für Kunst interessiert. Vor ein, zwei Wochen bekam ich einen Anruf aus Delhi, und da haben wir den Termin vereinbart. Oder kommt er aus Bolivien? Er wollte in Kalkutta unbedingt einen Schriftsteller treffen. Ich bezweifle, daß er was von mir gelesen hat.«
Mrs. Chatterji war ganz aufgeregt. »Aber dann muß ich mich ja darum kümmern, daß alles in Ordnung ist«, sagte sie. »Und zu Biswas Babu hast du auch gesagt, er soll heute vormittag kommen.«
»So ist es, so ist es«, stimmte Amit zu. »Und so wird es sein.«
»Er ist nicht nur ein Flodip«, sagte Kakoli plötzlich. »Du hast ja kaum mit ihm gesprochen.«
»Nein, er ist ein guter Mann für unsere Kuku«, sagte Tapan. »Er ist so redlich.«
Das war eines der Adjektive, die Biswas Babu benutzte, wenn er höchstes Lob zollte. Kuku hätte Tapan am liebsten an den Ohren gezogen.
»Ich mag Hans«, sagte Dipankar. »Er war so höflich zu dem Mann, der ihm gesagt hat, er soll den Saft von bitteren Flaschenkürbissen trinken. Er hat ein gutes Herz.«

»O mein Liebling, sei doch nicht so herzlos.
Halt meine Hand. Dann ist alles schmerzlos«,

murmelte Amit.
»Aber drück sie nicht zu fest«, sagte Tapan und lachte.
»Hört auf!« rief Kuku. »Ihr seid alle miteinander einfach schrecklich.«
»Er hat das Zeug zum Ehemann«, fuhr Tapan fort und forderte Vergeltung heraus.
»Hat er das Zeug zum Ehemann, oder ist er der Mann zum Zeugen?« fragte Amit. Tapan grinste entzückt.
»Jetzt ist's aber genug«, sagte Richter Chatterji, bevor seine Frau einschreiten konnte. »Kein Blutvergießen am Frühstückstisch. Laßt uns über was anderes reden.«

»Ja«, stimmte Kuku zu. »Zum Beispiel darüber, wie Amit gestern abend um Lata herumscharwenzelt ist.«

»Um Lata?« sagte Amit. Sein Erstaunen war echt.

»Um Lata?« Kuku ahmte seinen Tonfall nach.

»Also wirklich, Kuku, seitdem du verliebt bist, hast du einen schweren Hirnschaden«, sagte Amit. »Mir ist nicht mal aufgefallen, daß ich überhaupt mit ihr geredet habe.«

»So siehst du aus.«

»Sie ist ein nettes Mädchen, das ist alles«, sagte Amit. »Hätte Meenakshi nicht dauernd gequasselt und Arun nicht ständig Kontakte geknüpft, dann hätte ich mich überhaupt nicht um sie gekümmert.«

»Wir müssen sie also nicht unnötig einladen, solange sie in Kalkutta ist«, murmelte Kuku.

Mrs. Chatterji sagte nichts, sah jedoch etwas besorgt aus.

»Ich lade ein, wen immer ich will«, sagte Amit. »Du, Kuku, hast fünfzig und ein paar Zerquetschte zur Party eingeladen.«

»Fünfzig Zerquetschte.« Tapan konnte nicht widerstehen.

Kuku sah ihn streng an. »Kleine Jungen sollten sich nicht in die Unterhaltung Erwachsener einmischen.«

Tapan, der außer Reichweite auf der anderen Seite des Tisches saß, schnitt eine Grimasse. Einmal hatte sich Kuku so über ihn geärgert, daß sie ihn um den Tisch jagte, aber normalerweise war sie bis Mittag phlegmatisch.

»Ja.« Amit runzelte die Stirn. »Ein paar davon waren wirklich sehr zerquetscht, Kuku. Wer ist dieser Krishnan? Dunkler Kerl, Südinder, würde ich sagen. Er hat dich und deinen Zweiten Sekretär ziemlich finster angestarrt.«

»Ach, das ist nur ein Freund«, sagte Kuku und verstrich die Butter sorgfältiger als üblich. »Vermutlich hat er einen Zorn auf mich.«

Amit konnte nicht widerstehen, einen Kakoli-Zweizeiler aufzusagen:

»Was ist unser Krishnan heut?
Nur ein Pilz, nur ein Freund.«

Tapan fuhr fort:

»Sitzt dort auf dem Sofakissen,
trinkt sein Bier und muß dann pissen.«

»Tapan!« Seine Mutter schnappte nach Luft. Amit, Meenakshi und Kuku hatten, so schien es, ihr Baby mit ihren dummen Reimen völlig verdorben.

Richter Chatterji legte seinen Toast beiseite. »Genug jetzt, Tapan«, sagte er.

»Aber Baba, ich habe doch nur einen Witz gemacht«, protestierte Tapan, der es als unfair empfand, daß er herausgegriffen worden war. Nur weil ich der Jüngste bin, dachte er. Und außerdem war es ein ziemlich guter Zweizeiler.

»Ein Witz ist ein Witz, und genug ist genug«, sagte sein Vater. »Und das gilt auch für dich, Amit. Andere zu kritisieren stünde dir besser an, wenn du selbst etwas Nützliches tun würdest.«

»Das stimmt«, sagte Kuku glücklich, da sich das Blatt wendete. »Tu etwas Sinnvolles, Amit Da. Verhalte dich erst mal wie ein nützliches Mitglied der Gesellschaft, bevor du andere kritisierst.«

»Was ist schlecht daran, Gedichte und Romane zu schreiben?« fragte Amit. »Oder hat dich die Leidenschaft auch noch zur Analphabetin gemacht?«

»Als Vergnügen ist nichts daran auszusetzen, Amit«, sagte Richter Chatterji. »Aber es ist keine Lebensaufgabe. Und was ist schlecht an der Juristerei?«

»Das wäre, als würde ich wieder zur Schule gehen«, sagte Amit.

»Ich verstehe nicht ganz, wie du zu dieser Auffassung kommst«, sagte sein Vater trocken.

»Also, man muß sich standesgemäß anziehen – das ist wie eine Schuluniform. Und anstatt ›Sir‹ zu sagen, sagt man ›My Lord‹ – und das ist genauso schlimm –, bis man auf dem Richterstuhl sitzt, und dann wird man selbst so angesprochen. Und man hat Ferien und bekommt gute oder schlechte Noten genau wie Tapan. Ich meine, positive oder negative Beurteilungen.«

Richter Chatterji gefiel der Vergleich nicht besonders. »Es war gut genug für deinen Großvater und für mich.«

»Aber Amit hat eine besondere Begabung«, schaltete sich Mrs. Chatterji ein. »Bist du denn nicht stolz auf ihn?«

»Er kann dieser Begabung in seiner Freizeit frönen«, sagte ihr Mann.

»Hat man das zu Rabindranath Tagore auch gesagt?« fragte Amit.

»Du wirst doch bestimmt zugeben, daß es einen Unterschied gibt zwischen dir und Tagore«, sagte sein Vater und sah seinen ältesten Sohn überrascht an.

»Ich gebe zu, daß es einen Unterschied gibt, Baba«, sagte Amit. »Aber welche Bedeutung hat dieser Unterschied für meinen Standpunkt?«

Bei der Erwähnung Tagores war Mrs. Chatterji in einen Zustand empörter Bewunderung verfallen.

»Amit, Amit«, rief sie, »wie kannst du nur so von Gurudeb reden?«

»Mago, ich habe nicht gesagt...« begann Amit.

Mrs. Chatterji unterbrach ihn. »Amit, Robi Babu ist wie ein Heiliger. Wir in Bengalen verdanken ihm alles. Als ich noch in Shantiniketan war, sagte er einmal zu mir...«

Aber jetzt schlug sich Kakoli auf Amits Seite. »Bitte, Mago, wirklich... Wir haben oft genug von Shantiniketan gehört und wie idyllisch es war. Wenn ich dort leben müßte, würde ich mich jeden Tag umbringen.«

»Seine Stimme ist wie ein Schrei in der Wildnis«, fuhr ihre Mutter fort, ohne sie wirklich gehört zu haben.

»Das würde ich nicht sagen, Ma«, sagte Amit. »Wir vergöttern ihn mehr als die Engländer ihren Shakespeare.«

»Und aus gutem Grund«, entgegnete Mrs. Chatterji. »Seine Lieder sind auf unseren Lippen – seine Gedichte pochen in unseren Herzen...«

»Eigentlich«, sagte Kakoli, »ist *Abol Tabol* das einzige gute Buch in der ganzen bengalischen Literatur.

>Der Griffonling, zu keiner Zeit
neigt er zu Witz und Fröhlichkeit.
Will er grinsen, zählt er Sünden
und schaudert: ›Jetzt ist's soweit.‹

Ach ja, und ich mag *Die Skizzen von Hutom der Eule*. Und wenn ich selbst schreiben würde, dann *Die Skizzen von Cuddles dem Hund*.«

»Kuku, du bist wirklich schamlos«, schrie Mrs. Chatterji erbost. »Verbiete ihr, solche Dinge zu sagen.«

»Sie hat ihre eigene Meinung, meine Liebe«, sagte Richter Chatterji. »Ich kann ihr nicht verbieten, eigene Meinungen zu haben.«

»Aber Gurudeb, dessen Lieder sie singt – Robi Babu ...«

Kakoli, die praktisch seit ihrer Geburt mit Rabindrasangeet zwangsernährt worden war, trällerte jetzt ein gekürztes *Shonkochero bihvalata nijere apoman*:

>»Robi Babu, R. Tagore, ach, was für ein Humor!
Robi Babu, R. Tagore, ach, was für ein Humor!
Ach, was fü-ür ein Humor.

>Was für ein, was für ein Humor.
Was für ein, was für ein Humor,
ach, was für ein, ach, was für ein, ach, was für ein Humor.
Robi Babu, R. Tagore, ach, was für ein Humor!

»Hör auf! Hör sofort auf! Kakoli, hörst du mich?« schrie Mrs. Chatterji entsetzt.

»Hör auf! Wie kannst du nur? Du dummes, schamloses, leichtfertiges Kind.«

»Wirklich Ma«, fuhr Kakoli fort, »ihn zu lesen ist, als ob man in Sirup schwimmt. Du solltest hören, was Ila Chattopadhyay zu deinem Robi Babu zu sagen hat. Blumen und Mondschein und eheliche Betten ...«

»Ma«, sagte Dipankar, »warum läßt du dich von ihnen ärgern? Du solltest den Worten das Beste entnehmen und es deinem Geist einverleiben. Auf diese Weise gelangt man zur inneren Ruhe.«

Mrs. Chatterji war nicht so leicht zu besänftigen und alles andere als ruhig.

»Kann ich aufstehen? Ich bin fertig mit dem Frühstück«, sagte Tapan.

»Selbstverständlich, Tapan«, sagte sein Vater. »Ich werde sehen, was sich wegen des Wagens machen läßt.«

»Ila Chattopadhyay ist ein überaus dummes Mädchen«, brach es aus Mrs. Chatterji heraus. »Was ihre Bücher anbelangt – ich glaube, je mehr die Leute schreiben, um so weniger denken sie. Und gestern abend hatte sie einen völlig zerknitterten Sari an.«

»Sie ist wohl kaum noch ein Mädchen zu nennen«, sagte ihr Mann. »Sie ist eine ziemlich alte Frau – sie muß mindestens fünfundfünfzig sein.«

Mrs. Chatterji warf ihrem Mann einen wütenden Blick zu. Fünfundfünfzig, das war wohl kaum alt.

»Und man sollte ihre Ansichten ernst nehmen«, sagte Amit. »Sie ist eine ziemlich sture Person. Gestern hat sie zu Dipankar gesagt, daß die Wirtschaftswissenschaften keine Zukunft haben. Sie scheint Bescheid zu wissen.«

»Sie scheint immer Bescheid zu wissen«, sagte Mrs. Chatterji. »Sie stammt außerdem aus der Familie deines Vaters«, fügte sie hinzu, obwohl das nicht zur Sache gehörte. »Und wenn ihr Gurudeb nicht gefällt, dann hat sie ein Herz aus Stein.«

»Das wäre kein Wunder«, sagte Amit. »Nach einem so tragischen Leben würde jeder hart werden.«

»Was meinst du mit tragisch?« fragte Mrs. Chatterji.

»Als sie vier war«, sagte Amit, »gab ihr ihre Mutter eine Ohrfeige – das war ein traumatisches Erlebnis –, und dann ging es so weiter. Mit vierzehn war sie nur Zweitbeste bei den Prüfungen ... Das macht einen hart.«

»Woher hast du so irre Kinder?« fragte Mrs. Chatterji ihren Mann.

»Ich weiß es nicht«, erwiderte er.

»Wenn du mehr Zeit mit ihnen verbracht hättest, statt in den Club zu gehen, wären sie nicht so mißraten«, sagte Mrs. Chatterji ausnahmsweise vorwurfsvoll, denn sie war mit den Nerven am Ende.

Das Telefon klingelte.

»Wetten, daß es für Kuku ist«, sagte Amit.

»Ist es nicht.«

»Vermutlich hörst du das am Klingeln, was, Kuku?«

»Es ist für Kuku«, rief Tapan von der Tür aus.

»Wer ist es?« fragte Kuku und streckte Amit die Zunge heraus.

»Krishnan.«

»Sag ihm, ich kann jetzt nicht ans Telefon kommen. Ich rufe später zurück«, sagte Kuku.

»Soll ich ihm sagen, daß du gerade badest? Oder noch schläfst? Oder mit dem Auto weggefahren bist? Oder alles zusammen?« Tapan grinste.

»Bitte, Tapan, sei ein lieber Junge und laß dir eine Entschuldigung einfallen. Ja, sag ihm, ich sei ausgegangen.«

Mrs. Chatterji war schockiert. »Aber Kuku, das ist eine glatte Lüge.«

»Ich weiß, Ma, aber er ist so ein Langweiler. Was soll ich denn tun?«

»Ja, was soll man tun, wenn man hundert sehr gute Freunde hat?« murmelte Amit mit Trauermiene.

»Nur weil dich niemand liebt ...« schrie Kuku gereizt und wütend.

»Eine Menge Leute lieben mich«, sagte Amit, »du doch auch, nicht wahr, Dipankar?«

»Ja, Dada«, sagte Dipankar, der es für das beste hielt, sachlich zu bleiben.

»Alle meine Fans lieben mich«, fügte Amit hinzu.
»Weil sie dich nicht kennen«, sagte Kakoli.
»Das will ich nicht bestreiten«, sagte Amit. »Und weil wir schon von Fans reden, ich mache mich besser fertig für Seine Exzellenz. Entschuldigt mich.«
Amit stand auf und Dipankar ebenfalls. Richter Chatterji regelte die Benutzung des Wagens zwischen den beiden Frauen, ohne Tapan dabei zu vergessen.

7.17

Ungefähr eine Viertelstunde nachdem der Botschafter für ihr einstündiges Gespräch hätte eintreffen sollen, wurde Amit telefonisch davon unterrichtet, daß er sich ›etwas verspäten‹ würde. Kein Problem, sagte Amit.

Eine halbe Stunde nachdem er hätte eintreffen sollen, wurde Amit informiert, daß er sich vielleicht noch etwas mehr verspäten könnte. Das ärgerte ihn ein wenig, da er in der Zwischenzeit hätte schreiben können. »Ist der Botschafter schon in Kalkutta?« fragte er den Mann am Telefon. »O ja«, erwiderte die Stimme. »Er ist gestern nachmittag hier angekommen. Er hat sich nur etwas verspätet. Aber er ist vor zehn Minuten aufgebrochen. Er sollte in fünf Minuten bei Ihnen sein.«

Da auch Biswas Babu demnächst erwartet wurde und Amit den alten Sekretär der Familie nicht warten lassen wollte, wurde er etwas gereizt. Aber er schluckte seinen Ärger hinunter und murmelte Höfliches.

Eine Viertelstunde später fuhr Señor Bernardo Lopez in einem großen schwarzen Wagen vor. Eine muntere junge Frau mit Vornamen Anna-Maria begleitete ihn. Er entschuldigte sich überschwenglich und war voll kulturellen Wohlwollens; sie war forsch und energiegeladen und zog ein Notizbuch aus der Handtasche, kaum hatten sie Platz genommen.

Während er gewichtige und freundliche Worte absonderte, die alle abgewogen, wohlüberlegt und in sich stimmig sein mußten, bevor sie ausgesprochen werden konnten, sah der Botschafter überallhin, nur nicht auf Amit: auf seine Teetasse, auf seine ausgestreckten oder nervös trommelnden Finger, zu Anna-Maria (der er aufmunternd zunickte) oder auf den Globus, der in einer Ecke des Zimmers stand. Ab und zu lächelte er. Er sprach das ›V‹ wie ein ›B‹ aus.

Er strich sich nervös und bedeutungsvoll über die kahle Kugel seines Kopfes, und eingedenk der Tatsache, daß er sich unentschuldbarerweise eine Dreiviertelstunde verspätet hatte, versuchte er, sofort zur Sache zu kommen.

»Nun, Mr. Chatterji, Mr. Amit Chatterji, wenn ich es wagen darf, meine offiziellen Pflichten erfordern es oft, wie Sie wissen, bin ich Botschafter und so weiter seit einem Jahr – leider sind wir nicht ständig oder eher definitiv; es gibt da ein Element, ja, ich könnte sogar sagen, oder es wäre vielleicht nicht unfair zu sagen (ja, das ist besser ausgedrückt, wenn ich mich selbst für einen Ausdruck in einer mir fremden Sprache loben darf), daß es ein Element der Willkür gibt, was unseren Aufenthalt an einem bestimmten Ort anbelangt, ich meine, im Gegensatz zu Ihnen, zu Schriftstellern, die... Wie auch immer, eigentlich würde ich Ihnen gern freiheraus eine Frage stellen, das heißt, verzeihen Sie mir, aber wie Sie wissen, bin ich mit fünfundvierzigminütiger Verspätung hier eingetroffen und habe fünfundvierzig Minuten Ihrer wertvollen Zeit vergeudet (und Ihrer selbst, wie man, so habe ich bemerkt, hier zu sagen pflegt), zum Teil weil ich sehr spät aufgebrochen bin (ich kam direkt vom Haus eines Freundes in dieser bemerkenswerten Stadt, das Sie, wie ich hoffe, einmal aufsuchen werden, wenn Sie einmal mehr Zeit haben... oder unnötigerweise nach Delhi kommen – womit ich eigentlich meine, unnötig zu erwähnen, unser eigenes Haus – Sie müssen es mir bitte sagen, wenn ich zu aufdringlich bin), aber ich habe meinen Sekretär gebeten, Sie anzurufen (ich hoffe, er hat es getan, ja?), aber zum Teil auch, weil unser Chauffeur zur Hazra Road gefahren ist, ein, soweit ich weiß, ganz natürlicher Irrtum, weil die Straßen nahezu parallel verlaufen und ganz nahe beieinander liegen, wo wir einen Herrn trafen, der so freundlich war, uns hierherzudirigieren, zu Ihrem wunderschönen Haus – ich spreche nicht nur als Bewunderer der Architektur, sondern auch der Atmosphäre, die Sie bewahrt haben, seiner – vielleicht Raffiniertheit, nein, Naivität, sogar Jungfräulichkeit ... Aber wie gesagt (um auf den Kern der Sache zu kommen), ich habe mich verspätet, um fünfundvierzig Minuten sogar, nun, was ich Sie jetzt fragen muß, wie ich auch andere in Erfüllung meiner offiziellen Pflichten gefragt habe, obwohl ich es keinesfalls als meine offizielle Pflicht betrachte, sondern ausschließlich als Vergnügen (obwohl ich Sie tatsächlich etwas fragen muß, oder vielmehr muß ich Sie über etwas befragen), ich muß Sie fragen, wie ich andere Amtspersonen gefragt habe, die einen Zeitplan einzuhalten hatten, nicht, daß Sie eine Amtsperson sind, aber doch, nun, ein sehr beschäftigter Mann: Haben Sie einen Termin nach dieser Stunde, die Sie für mich erübrigt haben, oder können wir vielleicht überziehen... ja? Habe ich mich deutlich ausgedrückt?«

Amit, dem davor graute, noch mehr Derartiges über sich ergehen lassen zu müssen, sagte hastig: »Leider, Euer Exzellenz wird mir vergeben, aber ich habe eine dringende Besprechung in fünfzehn Minuten, nein, verzeihen Sie mir, jetzt in fünf Minuten, mit einem alten Kollegen meines Vaters.«

»Morgen?« fragte Anna-Maria.

»Nein, leider, morgen fahre ich nach Palashnagar«, sagte Amit und nannte die fiktive Stadt, in der sein Roman spielte. Er dachte, daß er nichts als die reine Wahrheit gesagt hatte.

»Wie schade, wie schade«, sagte Bernardo Lopez. »Aber wir haben noch fünf Minuten, lassen Sie mich ganz einfach fragen, es ist seit langem ein Rätsel für mich: Was hat es auf sich mit dem Sein und den Vögeln und den Booten und dem Fluß des Lebens – die wir so oft in der indischen Dichtung finden, den großen Tagore nicht ausgenommen? Aber lassen Sie mich zur Erklärung hinzufügen, daß ich mit ›wir‹ nur uns im Westen meine, wenn man den Süden zum Westen hinzuzählen darf, und mit ›finden‹ meine ich, ich meine es so, als ob ich sagen wollte, daß Kolumbus Amerika gefunden hat, von dem wir wissen, daß es nicht gefunden werden mußte, denn es lebten dort die, für die ›finden‹ eher beleidigend als überflüssig ist, und unter indischer Dichtung verstehe ich natürlich die Dichtung, die uns zugänglich gemacht wurde, damit will ich sagen, die in Übersetzungen verraten worden ist. In diesem Licht, können Sie mir die Sache aufhellen? Uns?«

»Ich werde es versuchen«, sagte Amit.

»Sehen Sie?« sagte Bernardo Lopez mit leisem Triumph zu Anna-Maria, die ihren Notizblock beiseite gelegt hatte. »Das Unbeantwortbare ist nicht unbeantwortbar in den Ländern des Ostens. Felix qui potuit rerum cognoscere causas, und wenn das für eine ganze Nation gilt, wundert man sich noch mehr. Wahrhaftig, als ich vor einem Jahr hierherkam, hatte ich das Gefühl…«

Aber jetzt kam Bahadur herein und teilte Amit mit, daß Biswas Babu im Büro seines Vaters auf ihn warte.

»Vergeben Sie mir, Exzellenz«, sagte Amit und stand auf. »Der Kollege meines Vaters scheint eingetroffen zu sein. Aber ich werde ernsthaft über das nachdenken, was Sie gesagt haben. Ich fühle mich hoch geehrt und bin zutiefst dankbar.«

»Und auch ich, junger Mann, wobei ›jung‹ hier nur andeuten will, daß sich die Erde weniger oft um die Sonne gedreht hat seit Ihrem Anfang oder Empfang als seit meinem (und bedeutet das überhaupt etwas?), auch ich werde über das Ergebnis unserer Besprechung nachdenken und es ›in einer offenen und nachdenklichen Stimmung‹ betrachten, wie der Dichter vom See sich auszudrücken entschied. Die Intensität, das Drängen, die ich während dieses kurzen Gesprächs gespürt habe, das mich vom Nichtwissen zur Wissenschaft geführt hat – aber ist das in Wahrheit eine Aufwärtsbewegung? Wird uns die Zeit das lehren? Lehrt uns die Zeit überhaupt irgend etwas? –, so will ich es in Ehre halten.«

»Ja, wir sind Ihnen zu Dank verpflichtet«, sagte Anna-Maria und steckte ihr Notizbuch ein.

Als der große schwarze Wagen sie wegzauberte und sie der Zeit nicht mehr hinterherfuhren, stand Amit auf der Veranda und winkte ihnen langsam nach.

Obwohl die flauschige weiße Katze Pillow vom Dienstboten seines Großvaters an der Leine durch sein Gesichtsfeld geführt wurde, schaute ihr Amit nicht wie üblich hinterher.

Er hatte Kopfweh und war nicht in der Stimmung, mit irgend jemandem zu reden. Aber Biswas Babu war extra seinetwegen gekommen, wahrscheinlich um ihn zur Vernunft zu bringen und ihn zu überreden, die Juristerei wieder aufzunehmen, und Amit wollte nicht, daß der alte Sekretär seines Vaters, den alle mit großem Respekt und Entgegenkommen behandelten, länger als unbedingt nötig herumsaß oder sich die Beine in den Bauch stand – oder vielmehr, wie es seine Gewohnheit war, mit den Knien zitterte.

7.18

Was ihm ein leichtes Unbehagen bereitete, war, daß Biswas Babu, obwohl Amits Bengali gut war und Biswas Babus gesprochenes Englisch nicht, darauf bestand, englisch mit ihm zu sprechen, seitdem Amit ›mit Lorbeeren beladen‹, wie er sich ausdrückte, aus England zurückgekehrt war. Anderen wurde dieses Privileg nur gelegentlich zuteil; Amit war schon immer Biswas Babus Liebling gewesen, der eine besondere Anstrengung verdiente.

Obwohl es Sommer war, trug Biswas Babu Mantel und Dhoti. Er hatte einen Regenschirm bei sich und eine schwarze Tasche. Bahadur hatte ihm eine Tasse Tee gebracht, in der er nachdenklich rührte, während er sich in dem Zimmer umsah, in dem er so viele Jahre gearbeitet hatte – für Amits Vater und Großvater. Als Amit eintrat, stand er auf.

Nachdem er Biswas Babu respektvoll begrüßt hatte, setzte sich Amit an den großen Mahagonischreibtisch seines Vaters. Biswas Babu nahm ihm gegenüber Platz. Nach den üblichen wechselseitigen Erkundigungen nach dem Befinden der jeweiligen Familien und ob man sich einen Dienst erweisen könne, versiegte das Gespräch.

Biswas Babu bediente sich mit Schnupftabak. Er plazierte eine kleine Portion in jedem Nasenloch und schnupfte. Ganz eindeutig bedrückte ihn irgend etwas, aber er zögerte, die Rede darauf zu bringen.

»Nun, Biswas Babu, ich habe so eine Ahnung, was dich hierhergeführt hat«, sagte Amit.

»Ja?« sagte Biswas Babu erschrocken und blickte etwas schuldbewußt drein.

»Aber ich glaube, nicht einmal deine Fürsprache wird etwas nützen.«

»Nein?« Biswas Babu neigte sich nach vorn. Seine Knie begannen, hastig zu vibrieren.

»Biswas Babu, ich weiß, daß du der Meinung bist, ich hätte die Familie im Stich gelassen.«

»Ja?«

»Mein Großvater hat sich dafür entschieden und mein Vater auch, aber ich nicht. Und wahrscheinlich hältst du das für ziemlich merkwürdig. Ich weiß, daß du enttäuscht von mir bist.«

»Es ist nicht merkwürdig, sondern nur etwas spät. Aber wahrscheinlich genießt du nur das Leben und stößt dir die Hörner ab. Deswegen bin ich hier.«

»Ich stoße mir die Hörner ab?« Amit war verwirrt.

»Meenakshi hat den Stein ins Rollen gebracht, und du mußt jetzt ihrem Beispiel folgen.«

Plötzlich begriff Amit, daß Biswas Babu nicht über die Juristerei, sondern über die Ehe sprach. Er mußte lachen.

»Darüber also willst du mit mir reden, Biswas Babu? Und du sprichst mit mir darüber, nicht mit meinem Vater?«

»Ich habe auch mit deinem Vater gesprochen. Das war vor einem Jahr, und wo ist der Fortschritt?«

Amit mußte trotz seiner Kopfschmerzen lächeln.

Biswas Babu nahm es ihm nicht übel. »Ein Mann ohne Lebensgefährtin ist entweder Gott oder Tier. Du kannst selbst entscheiden, wo dein Platz ist. Wenn du nicht über diesen Dingen stehst ...«

Amit gab zu, daß er das nicht tat.

Nur sehr wenige täten das, sagte Biswas Babu. Vielleicht seien nur Menschen wie Dipankar mit ihren spirituellen Neigungen in der Lage, diesen Bedürfnissen zu entsagen. Das mache es um so erforderlicher, daß Amit die Familie fortsetze.

»Glaub nur das nicht, Biswas Babu. Dipankar geht es nur um Scotch und Sannyaa.«

Aber Biswas Babu ließ sich nicht ablenken. »Vor drei Tagen habe ich über dich nachgedacht. Du bist schon so alt – neunundzwanzig oder noch älter – und noch immer ohne Nachkommen. Wie kannst du deinen Eltern so Freude bereiten? Du bist es ihnen schuldig. Dieser Meinung ist sogar Mrs. Biswas. Sie sind so stolz auf das, was du erreicht hast.«

»Aber Meenakshi hat ihnen Aparna geschenkt.«

Offensichtlich galt ein Nicht-Chatterji, und noch dazu ein Mädchen, nicht viel in Biswas Babus Augen. Er schüttelte den Kopf und verzog mißbilligend den Mund.

»Tief in meinem Herzen glaube ich ...« setzte er an und brach ab, damit Amit ihn ermutige, weiterzusprechen.

»Was rätst du mir, Biswas Babu?« fragte Amit entgegenkommend. »Als meine Eltern unbedingt wollten, daß ich dieses Mädchen namens Shormishtha kennenlerne, hast du deine Bedenken meinem Vater mitgeteilt, und dieser hat sie an mich weitergegeben.«

»Tut mir leid, aber sie hatte einen fleckigen Ruf«, sagte Biswas Babu und betrachtete stirnrunzelnd eine Ecke des Schreibtisches. Die Unterhaltung erwies sich als schwieriger, als er es sich vorgestellt hatte. »Ich wollte dir Unannehmlichkeiten ersparen. Erkundigungen waren nötig.«

»Und du hast sie eingezogen.«

»Ja, Amit Babu. Mit Gesetzen kennst du dich besser aus. Aber ich mich mit dem frühen Leben und der Jugend. Es ist schwer, sich zurückzuhalten, und dann droht Gefahr.«

»Ich bin mir nicht sicher, ob ich dich richtig verstehe.«

Nach einer Weile fuhr Biswas Babu fort. Es war ihm etwas peinlich, aber das Pflichtbewußtsein als Ratgeber der Familie veranlaßte ihn weiterzusprechen.

»Natürlich ist es eine gefährliche Angelegenheit, aber jede Dame, die mehr als einem Mann beiwohnt, erhöht das Risiko. Das ist nur natürlich.«

Amit wußte nicht, was er sagen sollte, da ihm nicht klar war, worauf Biswas Babu hinauswollte.

»Jede Dame, die Gelegenheit hat, zu einem zweiten Mann zu gehen, kennt keine Grenzen mehr«, sagte Biswas Babu ernst, sogar etwas traurig, als wollte er Amit insgeheim ermahnen.

»Es ist folgendermaßen«, grübelte er laut, »obwohl es unsere Hindu-Gesellschaft nicht zugibt, ist es die Regel, daß die Dame aufgeregter als der Mann ist, so will ich es ausdrücken. Deswegen sollte der Unterschied nicht zu groß sein. So daß sich die Dame gemeinsam mit dem Mann beruhigen kann.«

Amit sah ihn überrascht an.

»Ich meine natürlich den Altersunterschied. Auf diese Weise sind sie kommenstruabel. Ein älterer Mann ist in späteren Jahren natürlich ruhiger, wenn seine Frau im Höhepunkt ihres kräftigen Lebens ist, und dann ist Ärger in Reichweite.«

»Ärger«, wiederholte Amit. Biswas Babu hatte nie zuvor so mit ihm gesprochen.

»Natürlich«, dachte Biswas Babu weiterhin laut nach und betrachtete etwas melancholisch die Reihen mit juristischen Büchern, »ist es nicht immer so. Aber du solltest nicht älter als dreißig sein. Hast du Kopfweh?« fragte er besorgt, denn Amit sah aus, als ob ihn etwas schmerzte.

»Ein wenig. Nichts Ernstes.«

»Eine arrangierte Heirat mit einem vernünftigen Mädchen, das ist die Lösung. Und ich werde auch über eine Gefährtin für Dipankar nachdenken.«

Beide schwiegen eine Weile. Dann sagte Amit: »Heutzutage sagen die Leute, daß man sich seinen Lebenspartner selbst aussuchen soll, Biswas Babu. Auf jeden Fall sagen das Dichter, wie ich einer bin.«

»Was die Leute denken, was die Leute sagen und was die Leute tun, sind verschiedene Dinge. Ich und Mrs. Biswas sind seit vierunddreißig Jahren glücklich verheiratet. Was ist schlecht an so einer arrangierten Ehe? Ich wurde nicht gefragt. Eines Tages sagte mein Vater, daß alles arrangiert ist.«

»Aber ich werde mich selbst nach jemandem umsehen...«

Biswas Babu war willens, einen Kompromiß einzugehen. »Gut. Aber es sollten trotzdem Erkundigungen eingezogen werden. Sie sollte ein vernünftiges Mädchen aus einer...«

»Aus einer guten Familie sein?«

»Ja, aus einer guten Familie.«

»Wohlerzogen?«

»Wohlerzogen. Langfristig ist der Segen Saraswatis wichtiger als der Lakshmis.«

»Nun, jetzt, da ich alle Argumente kenne, werde ich mich zur Urteilsfindung zurückziehen.«

»Zieh dich nicht zu lange zurück, Amit Babu«, sagte Biswas Babu und lächelte besorgt, nahezu väterlich. »Früher oder später wirst du Gordons Knoten durchhauen müssen.«

»Und ihn wieder schlingen?«

»Ihn schlingen?«

»Den Knoten schlingen, meine ich«, sagte Amit.

»Gewiß wirst du dann den Knoten wieder schlingen müssen«, sagte Biswas Babu.

7.19

Abends sagte Richter Chatterji, der einen Dhoti und eine Kurta trug statt der schwarzen Krawatte vom Vorabend, im selben Zimmer zu seinen älteren Söhnen: »Nun, Amit, Dipankar, ich habe euch hergebeten, weil ich euch etwas mitzuteilen habe. Ich habe beschlossen, mit euch allein zu reden, weil eure Mutter stets sehr emotional reagiert, und das bringt uns nicht weiter. Es geht um finanzielle Angelegenheiten, das Vermögen und den Besitz unserer Familie. Ich kümmere mich jetzt seit mehr als dreißig Jahren um diese Dinge, aber es ist angesichts der vielen Arbeit, die ich sonst noch habe, eine große Belastung für mich, und es ist an der Zeit, daß der eine oder andere von euch die Sache übernimmt... Wartet, wartet«, Richter Chatterji erhob eine Hand, »laßt mich zu Ende sprechen, dann könnt ihr beide eure Meinung dazu sagen. Einzig und allein die Entscheidung, die Verwaltung des Familienbesitzes zu übergeben, steht nicht zur Disposition. Im Verlauf des letzten Jahres hat sich meine Arbeitsbelastung – und das gilt auch für alle meine Richterkollegen – beträchtlich erhöht, und ich werde auch nicht jünger. Zuerst wollte ich dir, Amit, einfach auftragen, die Sache zu übernehmen. Du bist der Älteste, und strenggenommen ist es deine Pflicht. Aber deine Mutter und ich haben das Thema ausführlich besprochen und deine literarischen Interessen in Rechnung gestellt, und wir stimmen darin überein, daß nicht notwendigerweise du es sein mußt. Du hast Jura studiert – ob du es nun praktizierst oder nicht –, und du, Dipankar, hast einen Abschluß in Wirtschaftswissenschaften. Man kann gar nicht besser qualifiziert sein, um den Familienbesitz zu verwalten – warte einen Augenblick, Dipankar, ich bin noch nicht fertig –, und beide seid ihr intelligent. Wir haben also folgendes beschlossen. Wenn du, Dipankar, dein Wissen sinnvoll anwenden würdest, statt dich, nun, auf die spirituelle Seite der Dinge zu konzentrieren, gut und schön. Wenn nicht, dann wirst leider du diese Aufgabe übernehmen müssen, Amit.«

»Aber, Baba«, protestierte Dipankar und blinzelte bekümmert, »Wirtschaftswissenschaften sind die schlechteste Qualifikation überhaupt, egal, wofür. Sie sind das sinnloseste, unpraktischste Fach auf der ganzen Welt.«

»Dipankar«, sagte sein Vater, der nicht gerade erfreut war, »du hast dieses Fach mehrere Jahre studiert, und du mußt gelernt haben – bestimmt mehr als ich zu meiner Zeit –, wie man wirtschaftliche Angelegenheiten regelt. Auch ohne deine Ausbildung habe ich es geschafft – früher mit Biswas Babus Hilfe und jetzt weitgehend allein –, diese Dinge zu regeln. Selbst wenn, wie du behauptest, ein Abschluß in Wirtschaftswissenschaften keine Hilfe ist, so glaube ich doch nicht, daß er ein Hindernis ist. Und ich höre zum erstenmal von dir, daß unpraktische Dinge sinnlos sind.«

Dipankar schwieg. Amit auch.

»Nun, Amit?« sagte Richter Chatterji.

»Was soll ich dazu sagen, Baba? Ich will nicht, daß du weiterhin diese Arbeit machen mußt. Mir war nicht bewußt, wieviel Zeit sie in Anspruch nimmt. Aber meine literarischen Interessen sind nicht nur meine Interessen, sie sind meine Berufung – meine Obsession nahezu. Wenn es nur um meinen Teil des Besitzes ginge, würde ich alles verkaufen, das Geld auf die Bank bringen und von den Zinsen leben – oder, wenn das nicht ausreicht, dann würde ich es verbrauchen, während ich weiter an meinen Romanen und Gedichten arbeite. Aber darum geht es ja nicht. Wir können nicht jedermanns Zukunft gefährden – Tapans, Kukus, Mas und in gewisser Weise auch Meenakshis. Ich bin froh, daß es zumindest die Möglichkeit gibt, daß nicht ich derjenige sein muß, der – das heißt, wenn Dipankar ...«

»Können wir es nicht zusammen machen, Dada?« fragte Dipankar und wandte sich Amit zu.

Ihr Vater schüttelte den Kopf. »Das würde nur Verwirrung stiften und zu Problemen in der Familie führen. Entweder der eine oder der andere.«

Beide blickten etwas niedergeschlagen drein. Richter Chatterji wandte sich an Dipankar. »Ich weiß, daß dir viel an der Pul Mela liegt, und vielleicht fällt es dir ja leichter, dich zu entscheiden, wenn du ein paarmal in der Ganga gebadet hast. Ich bin willens, noch ein paar Monate zu warten, sagen wir bis zum Ende des Jahres. Du kannst es dir bis dahin überlegen. Meine Ansicht in dieser Sache ist, daß du eine Arbeit in einer Firma annehmen solltest – vorzugsweise in einer Bank; dann würde diese Aufgabe sich nahtlos in die Arbeit einfügen, die du sowieso zu erledigen hast. Aber – Amit wird dir das sicherlich bestätigen – meine Ansichten sind nicht immer vernünftig, oder sie sind – vernünftig oder nicht – nicht immer akzeptabel. Nun, wenn du nicht willst, Dipankar, dann wirst du es übernehmen müssen, Amit. Du wirst sicher noch ein, zwei Jahre brauchen, bis du deinen Roman beendet hast, und so lange kann ich nicht warten. Du wirst dann eben nebenher literarisch tätig sein.«

Die beiden Brüder sahen einander nicht an.

»Haltet ihr mich für ungerecht?« fragte Richter Chatterji lächelnd in Bengali.

»Nein, natürlich nicht, Baba«, sagte Amit und versuchte zu lächeln. Aber er sah einfach nur gramerfüllt aus.

7.20

Kurz nach halb zehn traf Arun Mehra vor seinem Büro am Dalhousie Square ein. Am Himmel hingen schwarze Wolken, und es schüttete wie aus Kübeln. Der Regen platschte gegen die Fassade des Writers' Building.

»Verfluchter Monsun.«

Er stieg aus dem Wagen, ließ seine Aktentasche darin und hielt sich den *Statesman* über den Kopf. Sein Peon, der im Eingang des Gebäudes stand, erschrak, als er den kleinen blauen Wagen seines Herrn und Meisters sah. Der Regen fiel so dicht, daß er das Auto erst bemerkte, als es praktisch schon stand. Nervös öffnete er den Schirm und lief los, um den Sahib abzuholen. Er kam ein, zwei Sekunden zu spät.

»Verfluchter Dummkopf.«

Der Peon, der um einiges kleiner war als Arun Mehra, schaffte es, den Schirm über das heilige Haupt zu halten, während Arun in das Gebäude schlenderte. Er stieg in den Aufzug und nickte dem Liftboy gedankenverloren zu.

Der Peon lief zurück zum Wagen, um die Aktentasche seines Herrn zu holen, und stieg die Treppe hinauf in den zweiten Stock des großen Gebäudes.

Das Hauptquartier der Managing Agency Bentsen & Pryce, besser bekannt als Bentsen Pryce, nahm den gesamten zweiten Stock ein.

In dieser Umgebung kontrollierten die Angestellten ihren Teil des Handels und der Geschäfte in Indien. Obwohl Kalkutta nicht mehr war, was es vor 1912 gewesen war – Hauptstadt und Regierungssitz Indiens –, war es fast vier Jahrzehnte später und fast vier Jahre nach der Unabhängigkeitserklärung unbestritten die Handelshauptstadt. Über die Hälfte der Exporte floß den schlammigen Hooghly hinunter und in den Golf von Bengalen. In Kalkutta ansässige Managing Agencies wie Bentsen Pryce steuerten den Großteil des indischen Außenhandels; außerdem kontrollierten sie einen nicht unerheblichen Teil der Produktion der Güter, die im Hinterland Kalkuttas hergestellt oder verarbeitet wurden, und Dienstleistungen, wie zum Beispiel Versicherungen, die ein reibungsloses Funktionieren des Handels sicherstellten.

Diese Managing Agencies besaßen normalerweise die Aktienmehrheit an den Unternehmen, denen die Produktionsbetriebe gehörten, und kontrollierten sie von ihrem Hauptquartier in Kalkutta aus. Sie gehörten fast ausnahmslos noch den Briten, und die leitenden Angestellten dieser Firmen am Dalhousie Square – dem Handelszentrum Kalkuttas – waren fast ausnahmslos weiß. Letztlich lag die Entscheidungsgewalt bei den Direktoren in den Londoner Büros und den Aktionären in England, aber sie waren es meist zufrieden, die Dinge den Verantwortlichen in Indien zu überlassen, solange die Profite pünktlich eintrafen.

Das Netz war weit gesponnen und die Arbeit sowohl interessant als auch wichtig. Laut einer Werbebroschüre engagierte sich Bentsen Pryce in folgenden Bereichen:

Scheuermittel, Klimaanlagen, Dreschmaschinen, Bürsten, Baufirmen, Zement, Chemotechnische Produkte und Pigmente, Kohle, Bergbaumaschinen, Kupfer & Messing, Pergament & Papier, Desinfektionsmittel, Heil- & Arzneimittel, Tonnen und Container, Hoch- und Tiefbau, Werkzeuge, Industrielle Heizanlagen, Versicherungen, Jute-Mühlen, Bleirohre, Leinengarn, Ringbücher, Öl inkl. Leinsamen-Ölprodukte, Farben, Verpackungsmaterial, Seile, Seilbahnen, Hängebrücken, Transport, Sprühausrüstung, Tee, Holz, vertikale Turbinenpumpen, Drahtseile.

Die jungen Männer Mitte Zwanzig, die aus England kamen, meist aus Oxford oder Cambridge, fügten sich problemlos in die traditionelle Hierarchie bei Bentsen Pryce oder bei irgendeiner anderen dieser Firmen ein, die sich selbst als die Spitze der Geschäftswelt Kalkuttas – und demzufolge Indiens – betrachteten (und von anderen als solche betrachtet wurden). Sie waren als Assistenten durch einen unbefristeten oder einen Zeitvertrag an die Firma gebunden. Bei Bentsen Pryce war bis vor ein paar Jahren kein Platz für Inder gewesen in den Export-Import-Abteilungen der Firma. Inder wurden den Binnenhandelsabteilungen zugeteilt, wo Verantwortung und Vergütung erheblich geringer waren.

Nach der Unabhängigkeit, unter dem Druck der Regierung und als Zugeständnis an die sich wandelnden Zeiten, wurden zähneknirschend ein paar Inder in das gutgekühlte Allerheiligste der Verwaltungszentrale von Bentsen Pryce zugelassen. Infolgedessen waren 1951 fünf der achtzig höheren Angestellten (allerdings kein Abteilungsleiter und erst recht keiner der Direktoren) sogenannte Braun-Weiße.

Alle waren sich ihrer außerordentlichen Stellung bewußt, vor allem Arun Mehra. Wenn es je einen Mann gegeben hat, der fasziniert war von England und den Engländern, dann war er es. Und hier war er und stand mit ihnen auf einigermaßen vertrautem Fuße.

Die Briten wußten, wie man die Dinge anpackte, dachte Arun. Sie arbeiteten hart, und ihre Spielregeln waren streng. Sie glaubten an die Fähigkeit, Befehle zu erteilen, und er glaubte auch daran. Es galt für sie als ausgemacht, daß man es einfach nicht in sich hatte, wenn man mit fünfundzwanzig noch keine Befehle erteilen konnte. Die jungen Engländer mit den rosa Gesichtern kamen sogar noch jünger nach Indien; sie waren mit einundzwanzig schon kaum noch vom Befehlen abzuhalten. Was diesem Land fehlte, war Initiative. Die Inder wollten nichts anderes als einen sicheren Posten.

Verdammte Schreiberlinge alle miteinander, dachte Arun, während er auf dem Weg in sein kühles Büro durch die glühendheiße Schreibabteilung ging.

Er war schlecht gelaunt, nicht nur wegen des miesen Wetters, sondern auch, weil er nur ein Drittel des Kreuzworträtsels im *Statesman* gelöst hatte und James Pettigrew, ein Freund in einer anderen Firma, mit dem er fast jeden Morgen telefonisch die Lösungen austauschte, es mittlerweile womöglich schon ganz gelöst hatte. Arun Mehra liebte es, Dinge zu erklären, und mochte es gar nicht, wenn man ihm etwas erklärte. Er genoß es, anderen den Eindruck zu vermitteln, als wüßte er alles Wissenswerte, und es war ihm praktisch gelungen, auch sich selbst davon zu überzeugen.

7.21

Basil Cox, Aruns Abteilungsleiter, sortierte zusammen mit zwei seiner Oberleutnants die Morgenpost. An diesem Tag wurden Arun ungefähr zehn Briefe zugeteilt. Einer davon war von der Persian Fine Teas Company, und Arun las ihn mit besonderem Interesse.
»Kann ich Ihnen einen Brief diktieren, Miss Christie?« fragte Arun seine Sekretärin, eine außergewöhnlich diskrete und fröhliche junge Anglo-Inderin, die sich an seine Launen gewöhnt hatte. Miss Christie war anfangs etwas beleidigt, daß sie einem Inder und nicht einem Briten zugeordnet worden war, aber Arun hatte sie mit seinem Charme bezaubert und dazu gebracht, seine Autorität anzuerkennen.
»Ja, Mr. Mehra, ich komme.«
»Der übliche Briefkopf. Sehr geehrter Mr. Poorzahedy, wir haben Ihre Beschreibung der Schiffsladung Tee erhalten – übernehmen Sie die Einzelheiten aus seinem Brief, Miss Christie –, die nach Teheran gehen soll – Entschuldigung, schreiben Sie Khurramshahr und Teheran – und die Sie bei uns versichern wollen vom Zeitpunkt der Ersteigerung in Kalkutta bis zur Auslösung durch den Empfänger beim Zoll in Teheran. Unsere Prämie beträgt wie immer in der Standardpolice fünf Annas pro hundert Rupien einschließlich DRNA und SA&U. Die Schiffsladung hat einen Wert von sechs Lakh neununddreißigtausendneunhundertundsiebzig Rupien. Die fällige Prämie beläuft sich demgemäß auf – würden Sie das ausrechnen, Miss Christie? – danke – hochachtungsvoll und so weiter … Haben sie nicht letzten Monat eine Forderung geltend gemacht?«
»Ich glaube, ja, Mr. Mehra.«
»Hm.« Arun stützte das Kinn auf beide Hände und sagte dann: »Ich denke, ich werde mit dem Burra Babu sprechen.«
Statt den Chefsekretär der Versicherungsabteilung in sein Büro zu bitten, beschloß Arun, ihm einen Besuch abzustatten. Der Burra Babu arbeitete seit fünfundzwanzig Jahren für Bentsen Pryce, und wenn sich einer im Versicherungsgeschäft auskannte, dann war er es. Er war so etwas wie ein Regimentsoberfeldwebel, und alles, was auf den unteren Ebenen ausgebrütet wurde, ging durch seine Hände. Die europäischen Manager wandten sich stets nur an ihn.
Als Arun sich seinem Schreibtisch näherte, überprüfte der Burra Babu ein Bündel Schecks und Duplikate von Briefen und wies seine Assistenten an, was

zu tun war. »Tridib, du kümmerst dich darum«, sagte er. »Sarat, du schreibst diese Rechnung.« Es war ein schwüler Tag, und die Papiere auf den Schreibtischen der Angestellten raschelten im Wind der Ventilatoren.

Als er Arun sah, stand der Burra Babu auf. »Sir«, sagte er.

»Setzen Sie sich doch«, sagte Arun beiläufig. »Sagen Sie, hat die Persian Fine Teas in letzter Zeit Schadenersatzansprüche erhoben?«

»Binoy, hol den Sekretär der Schadenersatzabteilung. Er soll die Unterlagen mitbringen.«

Arun, der, wie es seiner Stellung angemessen (und unvermeidlich) war, einen Anzug trug, verbrachte zwanzig schweißtreibende, aber erhellende Minuten mit den Sekretären und ihren Akten, dann kehrte er in sein eiskaltes Büro zurück und wies Miss Christie an, den Brief, den er ihr diktiert hatte, noch nicht zu tippen.

»Heute ist Freitag«, sagte er. »Wenn nötig, kann der Brief bis Montag warten. In der nächsten Viertelstunde bitte keine Anrufe zu mir durchstellen. Ach ja, heute nachmittag bin ich nicht im Büro. Ich habe eine Verabredung zum Mittagessen im Calcutta Club, und anschließend muß ich mit Mr. Cox und Mr. Swindon zu dieser verdammten Jutefabrik in Puttigurh.«

Mr. Swindon arbeitete in der Juteabteilung, und sie wollten eine Fabrik besichtigen, die eine andere Gesellschaft gegen Brand versichern wollte. Arun verstand nicht ganz, warum sie eine Jutefabrik besichtigen sollten, wenn die Versicherung für alle Fabriken dieses Typs auf einem Standardtarif beruhte, der seinerseits hauptsächlich von der Art und Weise der Produktion abhing. Aber Swindon hatte Basil Cox anscheinend eingeredet, daß es wichtig sei, sich den Betrieb anzusehen, und Basil Cox hatte Arun gebeten, ihn zu begleiten.

»Reine Zeitverschwendung, wenn Sie mich fragen«, sagte Arun. Freitagnachmittag hieß bei Bentsen Pryce traditionellerweise ein langes, müßiges Mittagessen im Club, anschließend eine Partie Golf und vielleicht noch ein Pro-forma-Auftritt gegen Betriebsschluß im Büro. Die eigentliche Arbeit der Woche war in der Regel bis Donnerstagnachmittag erledigt. Aber nach längeren Überlegungen kam Arun, dessen Spezialgebiet Seetransportversicherungen waren, zu dem Schluß, daß Basil Cox ihn für einen größeren Verantwortungsbereich vorbereiten wollte, indem er ihn bat, ihm bei einer Feuerversicherung behilflich zu sein. Jetzt, da er darüber nachdachte, fiel ihm auf, daß ihm in letzter Zeit auch Allgemeine Versicherungsangelegenheiten vorgelegt worden waren. All das konnte nur bedeuten, daß die Mächtigen ganz oben mit ihm und seiner Arbeit zufrieden waren.

Von diesem Gedanken aufgeheitert, klopfte er an Basil Cox' Tür.

»Herein. Ja, Arun.« Basil Cox deutete auf einen Stuhl, nahm die Hand von der Sprechmuschel und fuhr fort: »Also, das ist ausgezeichnet. Zum Mittagessen und – ja, wir freuen uns beide schon, Sie reiten zu sehen. Wiederhören.«

Er wandte sich an Arun und sagte: »Lieber Junge, ich muß mich bei Ihnen entschuldigen, daß ich etwas von Ihrem Freitagnachmittag abzwacke. Aber vielleicht kann ich es wiedergutmachen, indem ich Sie und Meenakshi morgen zu den Rennen in Tolly einlade.«

»Danke, wir kommen gern«, sagte Arun.

»Ich habe gerade mit Jock Mackay gesprochen. Er reitet bei einem der Rennen. Das wird vielleicht ganz lustig. Wenn das Wetter allerdings so bleibt, dann werden die Pferde wohl über die Bahn schwimmen müssen.«

Arun gestattete sich ein Kichern.

»Ich wußte nicht, daß er morgen reiten wird. Wußten Sie es?« fragte Basil Cox.

»Nein, ich wußte es nicht. Aber er reitet ziemlich oft«, sagte Arun. Er überlegte, daß Varun, der Rennfanatiker, nicht nur gewußt hätte, daß Jock Mackay ritt, sondern auch, in welchem Rennen, auf welchem Pferd, mit welchem Handicap und mit welchen Chancen. Varun und seine Shamshu-Freunde kauften das vorläufige oder kutcha Rennprogramm, sofort nachdem es am Mittwoch auf den Straßen erhältlich war, und von da an bis Samstagnachmittag redeten sie über nichts anderes.

»Was gibt's?« fragte Basil Cox.

»Es geht um die Prämien für Persian Fine Teas. Sie wollen eine weitere Schiffsladung bei uns versichern.«

»Ja. Ich habe den Brief an Sie weitergeleitet. Eine reine Routinesache, oder?«

»Da bin ich mir nicht so sicher.«

Basil Cox strich sich mit dem Daumen über die Unterlippe und wartete darauf, daß Arun weitersprach.

»Ich glaube, sie haben ziemlich oft Schadenersatzansprüche an uns gestellt«, sagte Arun.

»Nun, das läßt sich leicht nachprüfen.«

»Das habe ich bereits getan.«

»Aha.«

»Wenn man die letzten drei Jahre nimmt, übersteigen die Forderungen die Prämien um zweiundfünfzig Prozent. Keine sehr erfreuliche Situation.«

»Nein, nein, wirklich nicht«, sagte Basil Cox nachdenklich. »Keine sehr erfreuliche Situation. Weswegen stellen sie Schadenersatzforderungen? Wegen Diebstahl, glaube ich mich zu erinnern. Oder war es Schädigung durch Regenwasser? Und haben sie nicht einmal gemeldet, daß ihnen eine Ladung verdorben ist? Weil gleich neben dem Tee Leder oder so was Ähnliches transportiert wurde?«

»Schädigung durch Regenwasser war eine andere Firma. Und Verderben der Ladung haben wir sofort ausgeschlossen, nachdem wir einen Bericht von Lloyds hatten, unseren Agenten vor Ort, die die Schadenersatzansprüche regeln. Ihre Gutachter sagten, daß der Beigeschmack minimal war, selbst wenn man in Rechnung stellt, daß die Perser mehr nach dem Geruch als nach dem Geschmack gehen. Nein, es war Diebstahl, der sie einiges gekostet hat. Oder vielmehr uns. Geschickt geplanter Diebstahl im Zollagerhaus von Khurramshahr. Der Hafen hat einen schlechten Ruf, gut möglich, daß die Zollbeamten mit ihnen unter einer Decke stecken.«

»Wie hoch ist derzeit die Prämie? Fünf Annas?«

»Ja.«

»Erhöhen wir sie auf acht.«

»Ich glaube nicht, daß das funktionieren wird«, sagte Arun. »Ich könnte natürlich ihren Versicherungsagenten in Kalkutta anrufen und die Prämie auf acht Annas erhöhen. Aber ich glaube nicht, daß der sich damit abfinden wird. Er hat einmal erwähnt, daß unser Fünf-Anna-Tarif kaum mit den Tarifen von Commercial Union mithalten kann. Wir würden sie als Kunden wahrscheinlich verlieren.«

»Tja, haben Sie einen anderen Vorschlag?« fragte Basil Cox mit einem ziemlich müden Lächeln. Aus Erfahrung wußte er, daß Arun aller Wahrscheinlichkeit nach sehr wohl einen Vorschlag hatte.

»Zufälligerweise ja«, sagte Arun.

»Aha«, sagte Basil Cox mit geheuchelter Überraschung.

»Wir könnten Lloyds schreiben und anfragen, welche Schritte unternommen wurden, um Diebstahl im Zollagerhaus zu verhindern oder zu reduzieren.«

Basil Cox war enttäuscht, ließ es sich jedoch nicht anmerken. »Ich verstehe. Danke, Arun.«

Aber Arun war noch nicht fertig. »Und wir könnten ihnen anbieten, die Prämie zu reduzieren.«

»Die Prämie zu reduzieren, sagten Sie?« Basil Cox zog die Augenbrauen in die Höhe.

»Ja. Aber wir streichen die Diebstahls-, Raub- und Nichtauslieferungsklausel. Alles andere können sie haben. Die Standardpolice für Feuer, Sturm, Leckschlagen des Schiffs, Piraterie, erzwungenes Überbordwerfen der Ladung und so weiter plus Streik, Aufruhr und Unruhen, Regenwasserschäden, sogar Verderben der Ladung, was immer sie wollen. Und alles zu sehr günstigen Bedingungen. Aber kein DRNA. Das sollen sie woanders versichern. Sie haben keinen Anlaß, ihre Ladung zu schützen, solange wir jedesmal blechen, wenn jemand anders den Tee für sie trinkt.«

Basil Cox lächelte. »Das ist eine Idee. Ich werde darüber nachdenken, und wir werden heute nachmittag auf dem Weg nach Puttigurh darüber reden.«

»Und noch etwas, Basil.«

»Kann das nicht auch bis zum Nachmittag warten?«

»Einer unserer Freunde aus Rajasthan kommt in einer Stunde zu mir, und es hat mit ihm zu tun. Ich hätte es früher ansprechen sollen, aber ich dachte, es könnte warten. Ich wußte nicht, daß er es mit einer Antwort so eilig hat.«

Das war der Standardeuphemismus für einen Marwari-Geschäftsmann. Die habgierigen, tatkräftigen, schlauen, energischen und vor allem unfeinen Züge dieser Kaste empfanden die gemächlichen, feinen Sahibs der Managing Agencies als unerhört geschmacklos. Eine Managing Agency mochte sich eine große

Summe Geld von einem Marwari-Geschäftsmann leihen, aber ihrem Direktor würde es nicht im Traum einfallen, ihn in seinen Club einzuladen, selbst wenn dort Inder zugelassen wären.

Aber in diesem Fall wollte der Marwari, daß Bentsen Pryce ihn finanzierte. Sein Vorschlag lautete kurz gefaßt folgendermaßen: Sein Unternehmen wollte in eine neue Richtung expandieren, und Bentsen Pryce sollte in diese Expansion investieren. Als Gegenleistung würde er jede Versicherung, die sich dabei ergab, bei ihnen abschließen.

Arun, der seinen instinktiven Widerwillen gegen die Marwaris hinunterschluckte und sich sagte, daß Geschäft schließlich Geschäft sei, breitete den Fall so objektiv wie möglich vor Basil Cox aus. Er verzichtete darauf, zu erwähnen, daß es sich um nichts anderes handelte, als was britische Firmen untereinander ständig machten. Er wußte, daß sich sein Boß dieser Tatsache durchaus bewußt war.

Basil Cox bat nicht um seinen Rat. Er fixierte beunruhigend lange einen Punkt oberhalb von Aruns rechter Schulter, bevor er sagte: »Die Sache gefällt mir nicht – sie riecht ein bißchen nach Marwari.«

Sein Tonfall deutete an, daß es sich womöglich um unsaubere Geschäfte handeln könnte. Arun wollte etwas sagen, aber Basil Cox fuhr fort: »Nein. Das ist ganz eindeutig nichts für uns. Und der Finanzierungsabteilung wird es überhaupt nicht gefallen, dessen bin ich mir sicher. Lassen wir das. Wir sehen uns um halb drei?«

»Ja.«

Zurück in seinem Büro, überlegte Arun, wie er seinem Besucher die Sache beibringen und mit welchen Argumenten er die Entscheidung begründen könnte. Aber das war nicht nötig. Mr. Jhunjhunwala reagierte erstaunlich ungerührt. Als Arun ihm mitteilte, daß seine Firma sich gegen seinen Vorschlag ausgesprochen habe, bat ihn Mr. Jhunjhunwala nicht um eine Erklärung. Er nickte lediglich und sagte dann in Hindi – was, so schien es Arun, eine schreckliche Komplizenschaft implizierte, nämlich eine Komplizenschaft zwischen zwei Indern: »Wissen Sie, das ist das Problem mit Bentsen Pryce: Sie engagieren sich nicht, wenn es nicht wenigstens ein bißchen englisch riecht.«

7.22

Als Mr. Jhunjhunwala gegangen war, rief Arun Meenakshi an, um ihr auszurichten, daß er abends relativ spät nach Hause kommen würde, daß sie jedoch nach wie vor damit rechnen könnten, um halb acht bei den Finlays Cocktails zu trinken. Dann beantwortete er zwei Briefe und wandte sich endlich wieder seinem Kreuzworträtsel zu.

Aber kaum hatte er zwei, drei Lösungsworte eingetragen, als das Telefon klingelte. Es war James Pettigrew.

»Also, Arun, wie viele?«

»Leider nicht viele. Ich habe gerade erst angefangen.«

Das war eine glatte Lüge. Abgesehen davon, daß er jede Hirnzelle angestrengt hatte, als er auf der Toilette saß, hatte sich Arun den Kopf beim Frühstück zerbrochen und auch noch auf der Fahrt ins Büro die Buchstaben möglicher Lösungsworte hingekritzelt. Da seine Handschrift unleserlich war, sogar für ihn selbst, war das gewöhnlich von keinerlei Nutzen.

»Ich will dich nicht fragen, ob du ›Zugeständnis an Gläubigers Ungeduld‹ hast«.

»Danke«, sagte Arun. »Vielen Dank, daß du mir zumindest einen IQ von achtzig zutraust.«

»Und ›Johnsons Rose‹?«

»Ja.«

»Wie steht's mit ›Die machen den kleinen Unterschied aus‹?«

»Nein – aber da du ganz wild darauf bist, es mir zu sagen, warum erlöst du uns nicht beide von der Spannung?«

»Nuancen.«

»Nuancen?«

»Nuancen.«

»Leider ist mir nicht ganz klar ...«

»Ach, Arun, du mußt doch noch Französisch lernen«, sagte James Pettigrew gönnerhaft.

»Was hast du nicht?« fragte Arun, der seine Wut kaum verhehlen konnte.

»Zufälligerweise ziemlich wenig«, erwiderte der unausstehliche James.

»Du hast also alles gelöst?«

»Nicht ganz, nicht ganz. Da sind noch zwei Sachen, die mir etwas Sorgen machen.«

»Ach, nur zwei?«

»Also, vielleicht zweimal zwei.«

»Zum Beispiel?«

»›Baumlanger Dichter‹, vier Buchstaben, der zweite ein A, der vierte ein T.«

»Mast«, sagte Arun, ohne zu zögern.

»Ah, ja, das muß stimmen. Aber ich dachte immer, der heißt ›Mist‹ oder vielleicht ›Most‹.«

»Hilft dir das T in der anderen Richtung?«

»Ähm ... Mal sehen ... Ja, tut es. Das muß ›Tugend‹ sein. Danke.«

»Nicht der Rede wert«, sagte Arun. »In diesem Fall hatte ich ganz eindeutig einen Vorteil.«

»Inwiefern?«

»Wir lernen Mast schon als Kinder auswendig.«

»So ist es, so ist es«, sagte James Pettigrew. »Aber so, wie es aussieht, habe ich das Turnier diese Woche drei zu zwei gewonnen, und du schuldest mir ein Mittagessen.«

Er meinte damit den Einsatz in ihrem wöchentlichen Kreuzworträtsel-Wettbewerb, der von Montag bis Freitag dauerte. Arun gestand zähneknirschend seine Niederlage ein.

Während dieser Unterhaltung, die sich hauptsächlich um Worte drehte und Arun Mehra nicht gerade glücklich stimmte, fand ein anderes Telefongespräch statt, das sich ebenfalls um Worte drehte und das Arun Mehra, hätte er davon gewußt, erst recht nicht glücklich gestimmt hätte.

Meenakshi: Hallo.
Billy Irani: Hallo!
Meenakshi: Du klingst so komisch. Ist jemand bei dir im Büro?
Billy: Nein. Aber ich habe es nicht gern, wenn du mich im Büro anrufst.
Meenakshi: Es ist so schwierig für mich, zu einer anderen Zeit anzurufen. Und heute morgen sind alle ausgegangen. Wie geht's dir?
Billy: Ich bin in, äh, bester Form.
Meenakshi: Das hört sich an, als wärst du ein Hengst.
Billy: Bist du sicher, daß du Form nicht mit Fessel verwechselst?
Meenakshi: Silly Billy! Natürlich nicht. Fessel ist irgendwo in der Mähne. Ich glaube, damit fängt man ein Pferd. Es ist der Teil der Mähne am Ende vom Hals. Haar ist gleich Locke.
Billy: Na, dann sag mir, wie man sich eine Fessel verstauchen oder brechen kann? Pferde werden bisweilen erschossen, wenn sie sich die Fessel brechen. Übrigens, kommt ihr morgen zu den Rennen in Tolly?
Meenakshi: Zufälligerweise ja. Arun hat gerade vom Büro angerufen. Basil Cox hat uns eingeladen. Werde ich dich dort sehen?
Billy: Ich bin nicht sicher, ob ich morgen hingehe. Aber wir treffen uns doch alle heute abend bei den Finlays, um Cocktails zu trinken, oder? Und gehen dann essen und irgendwo tanzen?
Meenakshi: Aber ich werde kein Wort mit dir reden können – wenn Shireen auf dich aufpaßt wie auf ein Smaragdei, und Arun ist dabei – und meine Schwägerin.
Billy: Deine Schwägerin?
Meenakshi: Sie ist sehr nett. Man muß sie nur ein bißchen unter Leute bringen. Ich dachte, wir machen sie mit Bish bekannt und sehen, wie sie miteinander auskommen.
Billy: Hast du mich ein Smaragdei genannt?
Meenakshi: Ja. Du bist einem Smaragdei sehr ähnlich. Und das bringt mich auf den Grund meines Anrufs. Arun fährt nach Puttigurh und wird erst gegen sieben zurück sein. Was machst du heute nachmittag? Heute ist Freitag, erzähl mir also nicht, daß du arbeiten mußt.

Billy: Ich bin zum Mittagessen verabredet und anschließend zum Golf.
Meenakshi: Was? Bei diesem Wetter? Du wirst ins Meer geschwemmt werden. Können wir uns nicht treffen? Zum Tee – und so weiter.
Billy: Also – ich bin mir nicht sicher, ob das eine gute Idee ist.
Meenakshi: Wir gehen in den Zoo. Es schüttet wie aus Kübeln, also besteht keine Gefahr, daß wir wie üblich den anständigen Bürgern begegnen. Wir schauen uns ein Pferd an – oder ein Zebra – und fragen es, ob es sich die Mähne oder den Hals verstaucht hat. Bin ich nicht witzig?
Billy: Ja, zum Schreien. Okay, wir treffen uns um halb fünf. Im Fairlawn Hotel. Zum Tee.
Meenakshi: Zum Tee und so weiter.
Billy (etwas widerwillig): Und so weiter. Ja.
Meenakshi: Um drei Uhr.
Billy: Um vier.
Meenakshi: Vier Uhr. Vier Uhr. Vielleicht hast du an Vorderfuß gedacht, als du Fessel gesagt hast.
Billy: Vielleicht habe ich das.
Meenakshi: Oder an Vorhaut.
Billy: An der würde ich kein Pferd berühren.
Meenakshi: Silly Billy! Was also ist eine Fessel?
Billy: Schau im Wörterbuch nach – und sag es mir heute nachmittag. Oder zeig es mir.
Meenakshi: Ungezogener Junge.
Billy (seufzend): Du bist viel ungezogener als ich, und ich glaube nicht, daß das alles eine gute Idee ist.
Meenakshi: Um vier Uhr also. Ich nehme ein Taxi. Bis dann.
Billy: Bis dann.
Meenakshi: Ich liebe dich überhaupt nicht.
Billy: Gott sei Dank.

7.23

Als Meenakshi von ihrem Stelldichein mit Billy zurückkehrte, war es halb sieben, und sie lächelte zufrieden. Sie war so nett zu Mrs. Rupa Mehra, daß diese ganz unruhig wurde und Meenakshi fragte, ob irgend etwas nicht stimme, woraufhin ihr Meenakshi versicherte, daß alles in Ordnung sei.

Lata konnte sich nicht entscheiden, was sie am Abend anziehen sollte. Sie kam in den Salon, bekleidet mit einem hellrosa Baumwollsari, von dem sie einen Teil über eine Schulter drapiert hatte. »Wie sehe ich aus, Ma?« fragte sie.

»Sehr hübsch, Liebes«, sagte Mrs. Rupa Mehra.

»Was für ein Unsinn, Ma, sie sieht einfach schrecklich aus«, sagte Meenakshi.
»Sie sieht überhaupt nicht schrecklich aus«, wehrte sich Mrs. Rupa Mehra.
»Rosa war die Lieblingsfarbe deines Schwiegervaters.«
»Rosa?« Meenakshi begann zu lachen. »Er trug am liebsten Rosa?«
»An mir. Wenn ich es getragen habe!« Mrs. Rupa Mehra war wütend. Meenakshi hatte unvermittelt von nett auf ungezogen geschaltet. »Wenn du schon keinen Respekt vor mir hast, dann wenigstens vor meinem Mann. Du hast kein Gefühl für Verhältnismäßigkeit. Amüsiert sich in New Market und überläßt Aparna den Dienstboten.«
»Ma, ich bin sicher, daß du in Rosa wunderschön ausgesehen hast«, sagte Meenakshi versöhnlich. »Aber es paßt überhaupt nicht zu Latas Teint. Und zu Kalkutta und zu heute abend und zu unserer Art Gesellschaft. Und Baumwolle ist auch nicht das richtige. Ich werde mal sehen, was Luts hat, und ihr dabei helfen, das auszusuchen, worin sie am besten aussieht. Wir müssen uns beeilen, Arun kann jeden Augenblick kommen, und dann werden wir keine Zeit mehr haben. Komm, Luts.«
Und Meenakshi nahm Lata unter ihre Fittiche. Schließlich trug sie einen von Meenakshis dunkelblauen Chiffonsaris, der zu einer ihrer eigenen blauen Blusen paßte. (Da sie um einiges kleiner war als Meenakshi, mußte sie den Sari in der Taille mehrmals umschlagen.) Er wurde mit einer Pfauenbrosche aus dunkel- und hellblauem und grünem Email, die ebenfalls Meenakshi gehörte, an der Bluse befestigt. Lata hatte noch nie in ihrem Leben eine Brosche getragen, und Meenakshi schimpfte so lange, bis sie die Brosche ansteckte.
Als nächstes nahm Meenakshi den Pferdeschwanz in Angriff, zu dem Lata für gewöhnlich ihr Haar band. »Das sieht einfach zu sittsam aus, Luts. Und es steht dir auch nicht besonders. Du mußt das Haar offen tragen.«
»Nein, das geht nicht«, protestierte Lata. »Das wäre nicht schicklich. Ma würde einen Anfall bekommen.«
»Schicklich!« rief Meenakshi. »Dann binde ihn wenigstens lockerer, damit du nicht so oberlehrerinnenhaft aussiehst.«
Zum Schluß führte Meenakshi Lata an den Frisiertisch in ihrem Schlafzimmer und legte mit Wimperntusche letzte Hand an ihre Aufmachung. »Damit sehen deine Wimpern länger aus«, sagte sie.
Lata klimperte versuchsweise mit den Lidern. »Glaubst du, sie sausen davon wie Fliegen?« fragte sie Meenakshi lachend.
»Ja. Und immer lächeln, Luts. Jetzt sehen deine Augen wirklich schön aus.«
Und als Lata sich im Spiegel betrachtete, mußte sie ihr recht geben.
»Welches Parfum paßt wohl zu dir?« fragte sich Meenakshi. »Worth scheint mir das richtige zu sein.«
Aber bevor sie sich endgültig entscheiden konnte, klingelte jemand ungeduldig. Arun war aus Puttigurh zurück, und während der nächsten Minuten drehte sich alles um ihn.
Als er fertig war, wurde er etwas ungehalten, weil Meenakshi so lange

brauchte. Als sie endlich herauskam, traute die entsetzte Mrs. Rupa Mehra ihren Augen nicht. Meenakshi trug eine ärmellose, tief ausgeschnittene dunkelrote Bluse im Stil eines rückenlosen Cholis, dazu einen flaschengrünen Sari aus erlesenem Chiffon.

»So kannst du nicht gehen!« keuchte Mrs. Rupa Mehra, und ihr gingen, wie es in der Mehra-Familie hieß, die Augen über. Ihr Blick wanderte von Meenakshis Dekolleté über ihre Taille zu den gänzlich entblößten Armen. »Das kannst du nicht, das – das geht einfach nicht. Das ist ja noch schlimmer als gestern abend bei deinen Eltern.«

»Aber natürlich kann ich, liebe Maloos, sei nicht so altmodisch.«

»Also? Bist du endlich fertig?« Arun sah demonstrativ auf seine Uhr.

»Gleich, Liebling. Würdest du bitte mein Halsband zumachen?« Und mit einer langsamen, sinnlichen Geste fuhr sich Meenakshi mit der Hand in den Nacken und hielt ihm das schwere goldene Halsband hin.

Ihre Schwiegermutter wandte den Blick ab.

»Warum erlaubst du ihr, so was anzuziehen?« fragte sie ihren Sohn. »Kann sie nicht eine anständige Bluse tragen wie andere Inderinnen?«

»Ma, tut mir leid, wir sind spät dran«, sagte Arun.

»In einem unmodernen Choli kann man keinen Tango tanzen«, sagte Meenakshi. »Komm, Luts.«

Lata gab ihrer Mutter einen Kuß. »Mach dir keine Sorgen, Ma, alles in Ordnung.«

»Tango?« sagte ihre Mutter aufs höchste beunruhigt. »Was ist das?«

»Bis später, Ma«, sagte Meenakshi. »Tango. Ein Tanz. Wir gehen in den Golden Slipper. Kein Grund zur Aufregung. Dort sind eine Menge Leute, und eine Kapelle spielt, und es wird getanzt.«

»Hemmungsloses Tanzen!« Mrs. Rupa Mehra traute ihren Ohren nicht.

Aber bevor sie noch etwas sagen konnte, war der kleine himmelblaue Austin zum ersten Vergnügen dieser Nacht davongerauscht.

7.24

Cocktails bei den Finlays hieß tumultuarisches Geplapper. Alle standen herum und redeten über das ›monsunartige‹ Wetter, das in diesem Jahr früher als sonst eingesetzt hatte. Die Meinungen gingen auseinander, ob die schweren Regenfälle an diesem Tag schon dem Monsun zuzuschreiben waren oder noch nicht. Am Nachmittag war es nahezu unmöglich gewesen, Golf zu spielen. Die Pferderennen in Tollygunge wurden zwar nur selten wegen des Wetters abgesagt (schließlich handelte es sich um die Monsunrennen im Gegensatz zu den Winterrennen), aber wenn es morgen so regnen würde wie heute, dann wäre der

Boden morastig und zu schwierig für die Pferde. Auch die englische Kricketsaison spielte eine wichtige Rolle in der Unterhaltung, und Lata hörte mehr, als ihr lieb war, über Denis Comptons brillante Schläge und die Schleuderkraft seines linken Arms und wie hervorragend er sich als Kapitän von Middlesex machte. Wenn nötig nickte sie zustimmend und dachte dabei an einen anderen Kricketspieler.

Ein Drittel der Gäste waren Inder: leitende Angestellte von Managing Agencies wie Arun, ein paar Mitarbeiter des öffentlichen Dienstes, Rechtsanwälte, Ärzte und Offiziere. Anders als in Brahmpur, wo Lata in Gedanken gerade verweilt hatte, mischten sich in dieser gesellschaftlichen Schicht Kalkuttas Männer und Frauen ungezwungen und unbefangen – und das noch eindeutiger als bei den Chatterjis. Mrs. Finlay, die hakennasige Gastgeberin, war sehr nett zu ihr und stellte sie Leuten vor, als sie sah, daß sie allein herumstand. Aber Lata fühlte sich unbehaglich. Meenakshi dagegen war voll und ganz in ihrem Element, und ab und zu übertönte ihr glockenhelles Lachen das allgemeine Stimmengewirr.

Arun und Meenakshi schwebten beide ein paar Zentimeter über dem Boden, als sie und Lata von Alipore zu Firpos fuhren. Seit zwei Stunden regnete es nicht mehr. Sie fuhren am Victoria Memorial vorbei, wo die Eis- und Jhaal-muri-Verkäufer die Paare und Familien versorgten, die jetzt, am vergleichsweise kühlen Abend, einen Spaziergang machten. Die Chowringhee war leer. Selbst nachts boten die breiten, weitläufigen Häuserfronten an der Straße einen eindrucksvollen Anblick. Linker Hand fuhren ein paar späte Straßenbahnen den Maidan entlang.

Am Eingang zu Firpos trafen sie Bishwanath Bhaduri: einen dunkelhäutigen, großen jungen Mann, ungefähr in Aruns Alter, mit einem kantigen Kinn und ordentlich zurückgekämmtem Haar. Er verneigte sich, als ihm Lata vorgestellt wurde, und sagte, er sei Bish und entzückt, sie kennenzulernen.

Sie warteten ein paar Minuten auf Billy Irani und Shireen Framjee. »Ich habe ihnen doch gesagt, daß wir aufbrechen«, sagte Arun. »Warum, zum Teufel, sind sie noch nicht da?«

Vielleicht als Reaktion auf sein ungeduldiges Drängen tauchten sie noch im gleichen Moment auf, und nachdem sie Lata vorgestellt waren – Arun und Meenakshi waren bei den Finlays nicht mehr dazu gekommen, sie miteinander bekannt zu machen, da sie sofort ins allgemeine Geplauder hineingezogen wurden –, gingen sie gemeinsam hinauf ins Restaurant, wo sie an dem für sie reservierten Tisch Platz nahmen.

Lata fand das Essen bei Firpos außergewöhnlich gut und Bishwanath Bhaduris Geplauder außergewöhnlich geistlos. Er erwähnte, daß er zufällig in Brahmpur gewesen sei und Arun ihn zur Hochzeit ihrer Schwester Savita mitgenommen habe. »Eine bildschöne Braut – am liebsten hätte ich sie vom Altar weg entführt. Aber natürlich nicht so schön wie ihre jüngere Schwester«, fügte er aalglatt hinzu.

Lata starrte ihn kurz ungläubig an, sah dann auf die Brötchen und stellte sich vor, es wären Geschosse.

»Vermutlich hätten die Shehnais *Here Comes the Bride* spielen sollen«, sagte sie unwillkürlich, als sie wieder aufsah.

»Wie bitte? Ähm, hm, was?« sagte Bish verblüfft. Dann fügte er hinzu, wobei er zu den Nachbartischen blickte, ihm gefalle an Firpos, daß man hier »alle Welt und ihre Frauen« sehe.

Lata dachte, daß ihre Bemerkung an seinem Rücken wie Entenwasser abgeperlt sei. Bei diesem Gedanken mußte sie lächeln.

Bishwanath Bhaduri seinerseits fand Lata etwas rätselhaft, aber attraktiv. Zumindest sah sie ihn an, wenn sie mit ihm sprach. Die meisten Mädchen aus seiner Kalkuttaer Bekanntschaft schauten sich die Hälfte der Zeit nur um, um festzustellen, wer alles bei Firpos war.

Arun hielt Bish für eine gute Partie und hatte Lata erklärt, daß er ein »aufstrebender junger Kerl« sei.

Bish erzählte ihr von seiner Reise nach England: »Man fühlt sich unzufrieden und ergründet seine Seele ... In Aden hat man Heimweh, und in Port Said kauft man Postkarten ... Man tut seine Arbeit und gewöhnt sich daran ... Zurück in Kalkutta, stellt man sich manchmal vor, Chowringhee sei Piccadilly ... Wenn man unterwegs ist, verpaßt man manchmal natürlich den Anschluß ... Man hält in einem Bahnhof, und dahinter ist nichts ... Und man verbringt die Nacht mit den schnarchenden Kulis auf dem Bahnsteig ...« Er nahm erneut die Speisekarte zur Hand. »Ob ich vielleicht etwas Süßes essen sollte ... Man hat schließlich seine bengalischen Gelüste, Sie verstehen ...«

Lata wünschte, er würde nicht aufstreben, sondern aufstehen und gehen.

Bish begann, über eine Büroangelegenheit zu reden, bei der er besonders gut abgeschnitten hatte. »... und natürlich, man will es sich nicht zugute halten, aber letzten Endes war man selbst derjenige, der das Geschäft unter Dach und Fach gebracht hat, und seitdem bearbeitet man die Sache. Natürlich«, und hier lächelte er Lata selbstgefällig an, »gab es beträchtliche Unruhe unter den Konkurrenten. Sie konnten sich einfach nicht vorstellen, wie man das Kind geschaukelt hat.«

»Ach ja?« Lata runzelte die Stirn, während sie in ihrem Pfirsich Melba herumstocherte. »Wirklich? War die Unruhe beträchtlich?«

Bishwanath Bhaduri warf ihr kurz einen Blick der – nicht gerade Abneigung, aber doch, nun, der Unruhe zu.

Shireen wollte in den 300 Club zum Tanzen gehen, wurde jedoch überstimmt, und sie gingen statt dessen in den Golden Slipper in der Free School Street, wo es lebhafter, wenn auch nicht so exklusiv zuging. Die Jeunesse dorée mischte sich ab und zu gern unters gemeine Volk.

Bish, der vielleicht spürte, daß Lata ihn nicht besonders mochte, entschuldigte sich und verschwand nach dem Abendessen.

»Bis später dann«, waren seine Abschiedsworte.

Billy Irani war die ganze Zeit über bemerkenswert ruhig, und er schien auch nicht tanzen zu wollen – nicht einmal Foxtrott oder Walzer. Arun tanzte mit Lata einen Walzer, obwohl sie einwandte, nicht tanzen zu können. »Unsinn«, sagte Arun liebevoll. »Du kannst es, du weißt es nur nicht.« Und er hatte recht; sie hatte bald den Dreh raus und genoß es sogar.

Shireen zwang Billy auf die Beine. Später, als die Kapelle ein langsames Stück anstimmte, forderte Meenakshi ihn auf. Als sie zu ihrem Tisch zurückkehrten, war Billy knallrot.

»Schaut nur, wie rot er geworden ist«, sagte Meenakshi entzückt. »Ich glaube, daß er mich gerne an sich drückt. Er hat mich mit seinen starken Golfspielerarmen so fest an seine breite Brust gedrückt, daß ich sein Herz schlagen spürte.«

»Das habe ich nicht«, sagte Billy empört.

»Ich wünschte, du würdest es tun«, sagte Meenakshi und seufzte. »Ich hege doch eine heimliche Lust auf dich, weißt du, Billy.«

Shireen lachte. Billy starrte Meenakshi wütend an und wurde noch röter.

»Jetzt reicht's mit dem Unsinn«, sagte Arun. »Bring meinen Freund nicht in Verlegenheit – oder meine kleine Schwester.«

»Ach, ich bin nicht verlegen, Arun Bhai«, sagte Lata, obwohl sie über den Tenor der Konversation durchaus erstaunt war.

Aber was Lata am meisten erstaunte, war der Tango. Um halb zwei Uhr morgens, als die beiden Paare ziemlich beschwipst waren, ließ Meenakshi dem Kapellmeister einen Zettel zukommen, und fünf Minuten später spielten die Musiker einen Tango. Da nur sehr wenige Tango tanzen konnten, standen die Paare etwas verloren auf der Tanzfläche herum. Aber Meenakshi steuerte geradewegs auf einen Mann im Dinnerjackett zu, der mit Freunden an einem Tisch auf der anderen Seite des Saals saß, und lockte ihn auf die Tanzfläche. Sie kannte ihn nicht, aber sie hatte gesehen, daß er ein hervorragender Tänzer war. Auch seine Freunde spornten ihn an. Die Leute machten die Tanzfläche für sie frei, und ohne auch nur ein anfängliches Unbehagen zu zeigen, glitten und wirbelten sie in schnellen, ruckartigen, stilisierten Bewegungen über die Tanzfläche, erstarrten für kurze Augenblicke selbstvergessen in erotischen Posen, und bald jubelten ihnen alle im Nachtclub zu. Latas Herz raste. Meenakshis Unverfrorenheit faszinierte sie, und die Lichtreflexe auf der goldenen Kette um ihren Hals blendeten sie. Meenakshi hatte vollkommen recht: In einem unmodernen Choli konnte man keinen Tango tanzen.

Gegen halb drei schwankten sie aus dem Nachtclub, und Arun rief: »Wir fahren – wir fahren nach Falta! Die Wasserspiele – ein Picknick – ich habe Hunger – Kababs bei Nizam.«

»Es ist schon ziemlich spät, Arun«, sagte Billy. »Vielleicht sollten wir es für heute gut sein lassen. Ich bringe Shireen nach Hause und ...«

»Unsinn – ich bin der Zeremonienmeister«, widersprach Arun. »Ihr fahrt mit mir mit. Wir fahren alle zusammen – nein, nach hinten – das hübsche Mädchen da wird vorne neben mir sitzen – nein, nein, nein, morgen ist Samstag – und jetzt fahren wir alle zusammen – sofort – wir fahren zum Frühstücken zum Flugplatz – Flugplatz-Picknick – zum Flugplatz zum Frühstück – der verdammte Wagen springt nicht an – ach, das ist der falsche Schlüssel.«

Der kleine Wagen brauste durch die Straßen, Arun saß am vibrierenden Steuer, neben ihm Shireen, und Billy hatte sich zwischen die beiden anderen Frauen auf den Rücksitz gequetscht. Lata war wohl auffällig nervös, denn Billy tätschelte ihr zwischendurch beruhigend die Hand. Ein bißchen später bemerkte sie, daß seine andere Hand die Meenakshis hielt. Sie war überrascht, jedoch – nach dem heißen Tango – nicht argwöhnisch; sie nahm an, daß man sich in dieser Art Gesellschaft nun mal so verhielt. Aber um ihrer aller Sicherheit willen hoffte sie, daß auf dem Vordersitz von solchen Verhaltensweisen Abstand genommen wurde.

Es führte keine breite, direkte Straße zum Flughafen, doch um diese Zeit waren selbst die engen Straßen des nördlichen Kalkutta leer, und das Fahren bereitete an sich keine Schwierigkeiten. Arun raste dahin und drückte ab und zu auf die Hupe. Aber plötzlich rannte ein Kind hinter einem Karren hervor und direkt vor ihnen auf die Straße. Arun wich schleudernd aus, verfehlte es um Haaresbreite und kam knapp vor einem Laternenpfahl zum Stehen.

Zum Glück kamen weder Kind noch Wagen zu Schaden. Das Kind verschwand so plötzlich, wie es aufgetaucht war.

Arun stieg fuchsteufelswild aus und begann, in die Nacht hineinzuschreien. Von dem Laternenpfahl hing eine schwelende Schnur herab, an der man Biris anzünden konnte, und Arun zog daran, als wäre es eine Klingelschnur. »Wacht auf – wacht auf – alle miteinander – ihr Bastarde ...« schrie er in die Gegend.

»Arun – Arun – bitte«, sagte Meenakshi.

»Verdammte Idioten – haben nicht mal ihre Kinder unter Kontrolle – um drei Uhr morgens, verdammt noch mal ...«

Ein paar mittellose Leute, die neben einem Abfallhaufen in ihren Lumpen auf dem schmalen Gehweg schliefen, rührten sich.

»Sei still, Arun«, sagte Billy Irani. »Du provozierst nur Ärger.«

»Willst du dich aufspielen, Billy? – Nein, du bist – ein guter Kerl, aber da ist nicht viel ...« Er wandte sich wieder dem unsichtbaren Feind zu, den dumpfen, brütenden Massen. »Wacht auf – ihr Bastarde –, hört ihr mich?« Daran schloß er ein paar Flüche in Hindi an, da er des Bengali nicht mächtig war.

Meenakshi wußte, daß Arun ihr, wenn sie etwas sagte, über den Mund fahren würde.

»Arun Bhai«, sagte Lata so ruhig wie möglich. »Ich bin sehr müde, und Ma wird sich Sorgen machen. Laß uns nach Hause fahren.«

»Nach Hause? Ja, fahren wir nach Hause.« Arun, den dieser ausgezeichnete Vorschlag verblüfft hatte, lächelte seine einfallsreiche Schwester an.

Billy wollte sich als Fahrer anbieten, überlegte es sich aber anders.

Als er und Shireen in der Nähe ihres Autos ausstiegen, war er sehr nachdenklich. Er sagte jedoch nichts weiter als gute Nacht.

Mrs. Rupa Mehra wartete auf sie. Sie war so erleichtert, als sie den Wagen hörte, daß ihr die Worte fehlten, als sie hereinkamen.

»Warum bist du um diese Zeit noch auf, Ma?« sagte Meenakshi und gähnte.

»Weil ihr so egoistisch seid, werde ich die ganze Nacht nicht schlafen können«, sagte Mrs. Rupa Mehra. »Gleich müssen wir wieder aufstehen.«

»Ma, du weißt, daß wir immer spät nach Hause kommen, wenn wir tanzen gehen«, sagte Meenakshi. Arun war im Schlafzimmer verschwunden, und auch Varun, den seine beunruhigte Mutter um zwei Uhr geweckt und genötigt hatte, sich zu ihr zu setzen, hatte die Gelegenheit ergriffen und war zurück ins Bett geschlichen.

»Ihr könnt euch so unverantwortlich benehmen, wie ihr wollt, wenn ihr allein unterwegs seid«, sagte Mrs. Rupa Mehra. »Aber nicht, wenn meine Tochter dabei ist. Ist mit dir alles in Ordnung, Liebling?« fragte sie Lata.

»Ja, Ma, es war ein schöner Abend«, sagte Lata und gähnte ebenfalls. Sie erinnerte sich an den Tango und mußte lächeln.

Mrs. Rupa Mehra hatte ihre Zweifel. »Du mußt mir erzählen, was ihr alles gemacht habt. Was ihr gegessen habt, was ihr gesehen habt, wen ihr getroffen habt und was ihr getan habt.«

»Ja, Ma, morgen«, sagte Lata und gähnte noch einmal.

»In Ordnung«, räumte Mrs. Rupa Mehra ein.

7.25

Als Lata am nächsten Tag aufwachte, war es fast Mittag, und sie hatte Kopfschmerzen, die auch nicht nachließen, als sie die Ereignisse des vergangenen Abends schildern mußte. Sowohl Aparna als auch Mrs. Rupa Mehra wollten unbedingt etwas über den Tango erfahren. Nachdem sie alle Einzelheiten über den Tanz gehört hatte, wollte die erschreckend frühreife Aparna aus unerfindlichen Gründen Gewißheit über einen bestimmten Punkt.

»Mummy hat also Tango getanzt, und alle anderen haben geklatscht?«

»Ja, Süße.«

»Daddy auch?«

»O ja. Daddy hat auch geklatscht.«

»Wirst du mir beibringen, wie man Tango tanzt?«

»Ich weiß nicht, wie es geht«, sagte Lata. »Aber wenn ich es wüßte, würde ich es dir beibringen.«

»Kann Onkel Varun Tango tanzen?«

Lata versuchte, sich Varuns Entsetzen vorzustellen, sollte Meenakshi ihn auf die Tanzfläche locken wollen. »Das bezweifle ich«, sagte sie. »Übrigens, wo ist Varun?« fragte sie ihre Mutter.

»Er ist ausgegangen«, sagte Mrs. Rupa Mehra kurz angebunden. »Sajid und Jason sind gekommen, und dann sind sie alle miteinander verschwunden.«

Lata war diesen beiden Shamshu-Freunden nur einmal begegnet. Von Sajids Unterlippe hing links eine Zigarette herunter, hing buchstäblich ohne jegliches Hilfsmittel herunter. Wovon er lebte, wußte sie nicht. Jason hatte angestrengt die Stirn gerunzelt, als er sich mit ihr unterhielt. Er war Anglo-Inder und bis vor ein paar Monaten bei der Polizei in Kalkutta, bevor er gefeuert wurde, weil er mit der Frau eines anderen Unterinspektors geschlafen hatte. Varun kannte die beiden aus St. George. Arun schauderte bei dem Gedanken, daß seine eigene Alma mater so zwielichtige Charaktere hervorgebracht hatte.

»Lernt Varun denn überhaupt nicht für den IAS?« fragte Lata. Kürzlich hatte Varun davon gesprochen, daß er später im Jahr die Prüfung für den öffentlichen Dienst ablegen wolle.

»Nein«, sagte Mrs. Rupa Mehra und seufzte. »Und ich bin völlig machtlos. Er hört nicht mehr auf seine Mutter. Wenn ich etwas sage, stimmt er mir zu, und eine Stunde später zieht er mit seinen Freunden los.«

»Vielleicht ist er einfach nicht für den öffentlichen Dienst geschaffen«, gab Lata zu bedenken.

Aber ihre Mutter wollte davon nichts wissen. »Lernen ist eine gute Schulung. Man sollte nie damit aufhören. Dein Vater hat immer gesagt, daß es ganz gleichgültig ist, was man lernt. Solange man sich anstrengt, verbessert es die geistigen Fähigkeiten.«

Gemessen an diesem Kriterium, hätte der verstorbene Raghubir Mehra stolz auf seinen jüngsten Sohn sein müssen. Varun, Sajid und Jason standen in diesem Augenblick in der Einfriedung der Tollygunge-Rennbahn, für die der Eintritt nur zwei Rupien kostete, in Tuchfühlung mit etwas, was Arun den Abschaum des Sonnensystems genannt hätte. Sie studierten mit höchster Konzentration die pukka oder endgültige Version der Rennaufstellung der sechs Nachmittagsrennen. Sie hofften, damit, wenn schon nicht ihre geistigen Fähigkeiten, so doch ihre finanzielle Situation zu verbessern.

Normalerweise hätten sie nicht sechs Annas investiert, um die pukka Rennaufstellung zu kaufen, sondern – anhand der Handicapliste und der Startabsagen – Veränderungen in die vorläufige Liste eingetragen, die sie am Mittwoch gekauft hatten. Aber Sajid hatte sie verloren.

Ein dünner warmer Regen fiel auf ganz Kalkutta und verwandelte die Tollygunge-Rennbahn in Matsch. Durch den Nieselregen wurden die unzufriedenen Pferde, die auf dem Sattelplatz herumgeführt wurden, von allen Seiten gründlich in Augenschein genommen. In Tollygunge fanden, anders als im Royal Calcutta Turf Club, wo die Monsunrennen einen Monat später begannen, Gymkhana-Rennen statt. Dies bedeutete, daß nicht nur professionelle Jockeys ritten, sondern auch viele Gentleman-Jockeys – und sogar ein paar Frauen. Da die Reiter bisweilen ziemlich gewichtig waren, setzte das Handicap für die Pferde auch bei einem höheren Gewicht an.

»Auf Heart's Story sitzen fast zweiundsiebzigeinhalb Kilo«, sagte Jason betrübt. »Ich hätte auf sie gesetzt, aber ...«

»Na und?« sagte Sajid. »Sie ist an Jock Mackay gewöhnt, und auf dieser Bahn reitet er allen davon. Er wird die ganze Kraft dieser siebzignochwas Kilo einsetzen, und das ist Lebendgewicht und nicht Blei. Das ist ein gewaltiger Unterschied.«

»Das ist überhaupt kein Unterschied. Gewicht ist Gewicht«, sagte Jason. Sein Blick fiel auf eine auffallend attraktive Europäerin mittleren Alters, die sich leise mit Jock Mackay unterhielt.

»Mein Gott – das ist Mrs. DiPiero!« sagte Varun halb fasziniert, halb entsetzt. »Sie ist gefährlich!« fügte er bewundernd hinzu.

Mrs. DiPiero war eine lustige Witwe, die bei den Wetten ziemlich erfolgreich abschnitt, indem sie sich bei gutunterrichteten Quellen Tips holte, insbesondere bei Jock Mackay, der angeblich ihr Liebhaber war. Sie setzte oft mehrere tausend Rupien in einem einzigen Rennen.

»Schnell! Geh ihr nach!« sagte Jason, und seine Absicht wurde erst klar, als er, nachdem sie bei den Buchmacherschaltern angekommen war, seine Aufmerksamkeit von ihrer Gestalt ab- und dem Kreidegekritzel auf der Tafel zuwandte, das die Buchmacher ständig wegwischten und neu schrieben. Sie setzte so leise, daß sie sie nicht verstehen konnten. Aber die Notierungen der Buchmacher sprachen Bände. Sie veränderten die Wettquoten infolge ihres beträchtlichen Wetteinsatzes. Die Quote von Heart's Story sank von sieben zu eins auf sechs zu eins.

»Das ist es!« sagte Sajid leise. »Ich setze auch auf sie.«

»Überleg's dir gut«, sagte Jason. »Natürlich lobt er vor ihr sein eigenes Pferd.«

»Aber das Risiko, daß sie Geld verliert, wird er nicht eingehen. Er muß wissen, daß seine Chancen unterschätzt werden.«

»Hm«, schaltete sich Varun ein. »Es gibt etwas, was mir zu denken gibt.«

»Was?« fragten Sajid und Jason gleichzeitig. Varuns Bedenken trafen in Rennangelegenheiten normalerweise den Kern der Sache. Er war ein wahrhaft, aber bedachtsam Süchtiger.

»Der Regen. Die am schwersten gehandicapten Pferde leiden am meisten unter dem nassen Boden. Und zweiundsiebzig Kilo sind mit das schwerste Handicap, das man haben kann. Ich glaube, sie haben das Pferd benachteiligt, weil der Reiter es vor drei Wochen auf der Zielgeraden zurückgehalten hat.«

Sajid war anderer Meinung. Seine Zigarette hüpfte auf und ab, während er sprach. »Es ist ein kurzes Rennen. Das Handicap spielt bei einem so kurzen Rennen überhaupt keine Rolle. Ich werde auf jeden Fall auf sie setzen. Ihr zwei könnt machen, was ihr wollt.«

»Was meinst du, Varun?« fragte Jason unentschlossen.

»Ja, okay.«

Sie kauften die Wettscheine bei einem Totalisator statt bei einem Buchmacher, denn sie konnten sich nicht mehr als ein paar Zwei-Rupien-Wettscheine pro Kopf leisten. Außerdem standen die Chancen von Heart's Story bei den Buchmachern jetzt nur noch fünf zu eins.

Sie kehrten an ihren Platz zurück und starrten in einem Zustand unverhohlener Aufregung hinaus auf die verregnete Rennbahn.

Es war ein kurzes Rennen, nur eine Fünf-Achtel-Meile. Der Start, auf der anderen Seite der Bahn, war wegen des Regens und der Entfernung nicht zu sehen, schon gar nicht von ihrem tief gelegenen Standplatz aus, unterhalb der Tribüne für die Clubmitglieder. Aber das Donnern der Hufe und ihre im Regen verschwommenen schnellen Bewegungen brachten sie zum Schreien und Brüllen. Varun hatte vor Aufregung fast Schaum vor dem Mund und schrie aus Leibeskräften: »Heart's Story! Na los, Heart's Story!« Zum Schluß brachte er bloß noch »Heart! Heart! Heart! Heart!« heraus. Er klammerte sich in ekstatischer Ungewißheit an Sajids Schulter.

Die Pferde kamen um die Kurve und auf die Zielgerade. Ihre Farben und die Farben der Reiter waren jetzt zu unterscheiden – und der rot-grün gekleidete Jock Mackay lag vorn, dicht gefolgt von Anne Hodge auf Outrageous Fortune. Sie versuchte, ihn mit allen Mitteln zu einer letzten Anstrengung anzuspornen. Ermüdet von der aufgewühlten Erde um seine Sprunggelenke – oder seine Fesseln –, gab er den Kampf auf, als ihm der Sieg so gut wie sicher schien: zwanzig Meter vor dem Ziel.

Heart's Story gewann mit eineinhalb Längen Vorsprung.

Um sie herum waren Laute tiefster Enttäuschung und ohrenbetäubende Freudenschreie zu vernehmen. Die drei Freunde drehten schier durch vor Aufregung. In ihrer Vorstellung schwoll ihr Gewinn zu unermeßlichem Reichtum an. Jeder von ihnen hatte fünfzehn Rupien gewonnen! Eine Flasche Scotch – Shamshu kam jetzt nicht mehr in Frage – kostete nur vierzehn Rupien.

Was für ein Glück!

Sie mußten jetzt nur noch darauf warten, daß die weiße Fahne hochgezogen wurde, und dann ihren Gewinn abholen.

Neben der weißen Fahne wurde eine rote Fahne hochgezogen.

Was für ein Unglück!

Es hatte einen Protest gegeben. »Nummer sieben protestiert dagegen, daß ihr Nummer zwei den Weg versperrt hat«, sagte jemand in ihrer Nähe.

»Wie wollen sie das im Regen gesehen haben?«

»Natürlich kann man das sehen.«

»So etwas würde er nie tun. Er ist ein Gentleman.«

»Anne Hodge würde so etwas nie erfinden.«

»Dieser Jock ist absolut skrupellos. Er würde alles tun, um zu gewinnen.«

»Das kann auch ein Versehen gewesen sein.«

»Ein Versehen!«

Die Spannung war unerträglich. Drei Minuten schlichen dahin. Varun schnappte vor Aufregung und Anspannung nach Luft, Sajids Zigarette zitterte. Jason versuchte, ungerührt dreinzublicken, scheiterte jedoch kläglich. Als die rote Fahne langsam heruntergeholt und der Ausgang des Rennens bestätigt wurde, umarmten sich die drei, als hätten sie sich seit Ewigkeiten aus den Augen verloren, und gingen sofort los, um ihren Gewinn abzuholen – und die Wetten für das nächste Rennen abzuschließen.

»Hallo! Sie sind doch Varun!« Sie sprach es wie Wairuun aus.

Varun drehte sich um und starrte Patricia Cox an, die ein elegantes, leichtes Baumwollkleid trug und einen weißen Regenschirm aufgespannt hatte, der auch als Sonnenschirm dienen konnte. Sie sah überhaupt nicht aus wie eine graue Maus, eher wie eine Katze. Auch sie hatte auf Heart's Story gesetzt.

Varuns Haar war wild zerzaust, sein Gesicht rot, der Wettschein in seiner Hand zerknittert, sein Hemd patschnaß von Regen und Schweiß. Jason und Sajid standen neben ihm. Sie hielten ihren Gewinn in der Hand und hüpften vor Freude auf und ab.

Wundersamerweise hing Sajids Zigarette noch immer an der gleichen Stelle von seiner Lippe herunter.

»Hä, hä«, lachte Varun nervös und sah hierhin und dorthin.

»Freut mich sehr, Sie zu sehen«, sagte Patricia Cox mit offensichtlichem Vergnügen.

»Ähm, hä, hä, hä. Hm. Ähm.« Varun konnte sich nicht an ihren Namen erinnern. Box? Er blickte sich unentschlossen um.

»Patricia Cox«, sagte Patricia Cox hilfsbereit. »Wir haben uns neulich bei Ihnen kennengelernt. Nach dem Abendessen. Vermutlich haben Sie es vergessen.«

»Nein, äh, hä, hä!« Varun lachte leise und sah sich nach einem Fluchtweg um.

»Und das sind wahrscheinlich Ihre Shamshu-Freunde«, fuhr sie interessiert fort.

Jason und Sajid, die die Szene verwundert beobachtet hatten, sahen jetzt Patricia Cox erstaunt an und wandten sich dann fragend und etwas drohend Varun zu.

»Hä, hä«, meckerte Varun erbärmlich.

»Welches Pferd können Sie mir für das nächste Rennen empfehlen?« fragte Patricia Cox. »Ihr Bruder ist auch hier. Als unser Gast. Würden Sie vielleicht gern ...«

»Nein – nein – ich muß gehen.« Varun hatte endlich seine Stimme wiedergefunden und entfloh, ohne eine Wette für das nächste Rennen abzuschließen.

Als Patricia Cox auf die Mitgliedertribüne zurückkehrte, sagte sie fröhlich zu Arun: »Sie haben mir gar nicht erzählt, daß Ihr Bruder auch hier ist. Wir wußten ja nicht, daß er sich für Pferderennen interessiert. Sonst hätten wir ihn auch eingeladen.«

Arun erstarrte. »Hier? O ja, hier. Ja, manchmal. Natürlich. Der Regen hat aufgehört.«

»Ich fürchte, er mag mich nicht besonders«, fuhr Patricia Cox betrübt fort.

»Wahrscheinlich hat er Angst vor Ihnen«, sagte Meenakshi spitz.

»Vor mir?« Patricia Cox konnte es kaum glauben.

Arun war es nicht möglich, sich auf das nächste Rennen zu konzentrieren. Während alle um ihn herum (mit einiger Zurückhaltung) die Pferde anfeuerten, blickte er unwillkürlich nach unten. Jenseits des Wegs, der vom Sattelplatz zur Rennbahn führte, befand sich der exklusive (und exklusiv europäische) Tollygunge Club, wo jetzt, da der Regen aufgehört hatte, ein paar Mitglieder Tee auf dem Rasen tranken und müßig die Rennen verfolgten. Und hier, wo Arun als Gast der Cox' saß, war die sozial ausgeglichene Mitgliedertribüne.

Aber zwischen diesen beiden geographischen Punkten, in der Einfriedung der Zwei-Rupien-Stehplätze, stand Aruns Bruder, eingekeilt zwischen seinen beiden anrüchigen Freunden, und er ließ sich so von der Aufregung des nächsten Rennens mitreißen, daß er die traumatische Begegnung, die vor wenigen Minuten stattgefunden hatte, völlig vergaß und mit rotem Kopf hin und her hüpfte und etwas schrie, was durch die Entfernung nicht zu verstehen war. Wahrscheinlich handelte es sich um den Namen des Pferdes, an dem sein Herz hing, wenn er auch nicht darauf gesetzt hatte. So wie er aussah, war er fast nicht wiederzuerkennen.

Aruns Nasenflügel bebten leicht, und nach einer Weile wandte er den Blick ab. Er sagte sich, daß es an der Zeit sei, seines Bruders Hüter zu spielen – denn dieses wilde Tier konnte, wurde es aus dem Käfig gelassen, das Universum definitiv aus dem Gleichgewicht bringen.

7.26

Mrs. Rupa Mehra und Lata setzten ihre Unterhaltung fort. Sie sprachen nicht mehr über Varun und den IAS, sondern über Savita und ihr Baby. Es war zwar noch nicht geboren, aber in Mrs. Rupa Mehras Vorstellung war es bereits ein Professor oder ein Richter. Unnötig zu erwähnen, daß es sich selbstverständlich um einen Jungen handelte.

»Seit einer Woche habe ich nichts mehr von meiner Tochter gehört. Ich bin sehr verärgert deswegen«, sagte Mrs. Rupa Mehra. In Gegenwart Latas sprach Mrs. Rupa Mehra von Savita als von ihrer Tochter, und umgekehrt.

»Ihr geht's gut, Ma«, sagte Lata, um sie zu beruhigen. »Sonst hättest du etwas von ihr gehört.«

»In dieser Hitze guter Hoffnung zu sein!« sagte Mrs. Rupa Mehra, und damit meinte sie natürlich, daß Savita es zeitlich besser hätte einrichten sollen. »Du wurdest auch während des Monsuns geboren. Und es war eine schwierige Geburt.« Ihre Augen glänzten vor gefühlsseliger Erinnerung.

Lata hatte schon hundertmal von ihrer schwierigen Geburt gehört. Manchmal, wenn ihre Mutter wütend auf sie war, warf sie ihr das vor. Zu anderen

Zeiten, wenn sie Lata besonders gern mochte, erwähnte sie es, um daran zu erinnern, wie nahe ihr Lata stand. Lata hatte auch schon hundertmal gehört, was für einen festen Griff sie als Baby gehabt hatte.

»Und der arme Pran. Soweit ich weiß, hat es in Brahmpur noch nicht geregnet«, fuhr Mrs. Rupa Mehra fort.

»Es hat ein bißchen geregnet, Ma.«

»Aber nicht richtig – hier ein Tropfen und dort ein Tropfen. Es ist immer noch so staubig, und das ist fürchterlich für sein Asthma.«

»Ma, mach dir seinetwegen keine Sorgen. Savita paßt auf ihn auf, und seine Mutter auch.« Lata wußte jedoch, daß es sinnlos war. Mrs. Rupa Mehra lebte auf, wenn sie sich Sorgen machen konnte. Eins der positivsten Nebenprodukte von Savitas Heirat war eine ganze neue Familie, um die man sich sorgen konnte.

»Aber seiner Mutter geht es doch auch nicht gut«, sagte Mrs. Rupa Mehra triumphierend. »Und wenn wir schon dabei sind, ich glaube, ich werde meinen Homöopathen aufsuchen.«

Wenn Arun bei ihnen gewesen wäre, hätte er seine Mutter darüber aufgeklärt, daß alle Homöopathen Scharlatane seien.

»Aber helfen dir diese kleinen weißen Pillen denn, Ma?« fragte Lata. »Ich glaube, das ist nichts anderes als Gesundbeten.«

»Was ist schlecht an Beten? Ihr jungen Leute glaubt an nichts mehr.«

Lata fühlte sich nicht bemüßigt, ihre Generation zu verteidigen.

»Außer daran, sich zu amüsieren und bis um vier Uhr morgens auszugehen«, fügte Mrs. Rupa Mehra hinzu.

Lata mußte lachen, zu ihrer eigenen Überraschung.

»Was ist los?« fragte ihre Mutter. »Was gibt's da zu lachen? Vor zwei Tagen hast du noch nicht gelacht.«

»Nichts, Ma, ich hab einfach nur gelacht, nichts weiter. Darf man denn nicht ab und zu lachen?« Aber sie hatte aufgehört zu lachen, weil ihr Kabir eingefallen war.

Mrs. Rupa Mehra ignorierte die verallgemeinernde Frage und konzentrierte sich aufs Besondere.

»Aber du hast doch nicht grundlos gelacht. Es muß einen Grund dafür geben. Du kannst es deiner Mutter ruhig sagen.«

»Ma, ich bin kein Baby mehr, ich darf meine eigenen Gedanken haben.«

»Für mich wirst du immer mein Baby bleiben.«

»Auch wenn ich sechzig bin?«

Mrs. Rupa Mehra sah ihre Tochter erstaunt an. Obwohl sie vor kurzem noch Savitas ungeborenes Kind als Richter vor sich gesehen hatte, konnte sie sich Lata als Sechzigjährige nicht vorstellen. Sie versuchte es jetzt, aber der Gedanke daran war zu erschreckend. Glücklicherweise kam ein anderer dazwischen.

»Gott wird mich dann schon lange zu sich geholt haben.« Sie seufzte. »Und erst wenn ich gestorben und nicht mehr da bin und du meinen leeren Stuhl siehst, wirst du mich zu schätzen wissen. Jetzt verheimlichst du mir alles, als ob du mir nicht trauen könntest.«

Lata dachte, daß sie ihrer Mutter tatsächlich nicht zutraute, sie und ihre Gefühle wirklich zu verstehen, und es tat ihr weh. Sie dachte an Kabirs Brief, den sie aus dem Buch über ägyptische Mythologie genommen und in ein Schreibheft zuunterst in ihren Koffer gelegt hatte. Woher hatte er ihre Adresse? Wie oft dachte er an sie? Wieder fiel ihr der flapsige Ton seines Briefs ein, und Ärger wallte in ihr auf.

Vielleicht war er doch nicht so flapsig, überlegte sie. Und vielleicht hatte er recht, wenn er sagte, daß sie ihm keine Chance gegeben habe, sich zu erklären. Sie dachte an ihre letzte Begegnung – es schien schon so lange her – und an ihr eigenes Verhalten: fast schon Hysterie. Aber für sie hatte das ganze Leben auf dem Spiel gestanden, und für ihn war es vielleicht nichts weiter als ein netter frühmorgendlicher Ausflug. Er hatte ganz eindeutig nicht mit einem so intensiven Ausbruch gerechnet. Und vielleicht, gestand sich Lata ein, hätte man von ihm auch nicht erwarten dürfen, daß er damit rechnete.

Sie sehnte sich nach ihm. Er war es, und nicht ihr Bruder, mit dem sie in Gedanken am Vorabend getanzt hatte. Und am Morgen hatte sie von ihm geträumt. Seltsamerweise hatte er ihr seinen Brief vorgelesen in einem Lesewettbewerb, in dem sie der Jury angehörte.

»Warum also hast du gelacht?« fragte Mrs. Rupa Mehra.

»Ich habe an Bishwanath Bhaduri und seine lächerlichen Bemerkungen gestern abend bei Firpos gedacht.«

»Aber er arbeitet für eine englische Firma«, stellte ihre Mutter klar.

»Er hat gesagt, ich sei noch schöner als Savita und mein Haar sei wie ein Fluß.«

»Du bist sehr hübsch, wenn du dir ein bißchen Mühe gibst, Liebes. Aber dein Haar war doch zu einem Pferdeschwanz gebunden, oder?«

Lata nickte und gähnte. Es war nach Mittag. Normalerweise war sie so früh am Tag nicht müde, außer wenn sie für Prüfungen lernte. Meenakshi war diejenige, die immer gähnte – mit ganz entschiedener Eleganz gähnte, wenn es der Situation angemessen war.

»Wo ist Varun?« fragte Lata. »Ich sollte mit ihm die *Gazette* ansehen. Die Einzelheiten für die IAS-Prüfungen stehen drin. Glaubst du, daß er auch zum Pferderennen gegangen ist?«

»Warum sagst du das? Willst du mich ärgern, Lata?« rief Mrs. Rupa Mehra, plötzlich empört. »Ich habe so viele Sorgen, und dann sagst du so was. Pferderennen. Meine Sorgen sind euch völlig gleichgültig, ihr denkt immer nur an euch.«

»Was für Sorgen, Ma?« fragte Lata ungerührt. »Dir fehlt es an nichts, und alle, die dich kennen, lieben dich.«

Mrs. Rupa Mehra sah Lata streng an. Savita hätte nie eine so grausame Frage gestellt. Und noch dazu war es eigentlich gar keine Frage, sondern eher eine kritische Bemerkung oder sogar ein Urteil. Manchmal, dachte sie, verstehe ich Lata einfach nicht.

»Ich habe eine ganze Menge Sorgen«, sagte Mrs. Rupa Mehra bestimmt. »Du kennst sie ebensogut wie ich. Schau dir Meenakshi an und wie sie mit dem Kind umgeht. Und Varun und sein Studium. Was soll aus ihm werden, wenn er raucht und trinkt und wettet und so weiter? Und du willst nicht heiraten – sollte mir das etwa keine Sorgen machen? Und Savita, die guter Hoffnung ist. Und Pran und sein Asthma. Und Prans Bruder, der diese Dinge macht, von denen ganz Brahmpur redet. Und Meenakshis Schwester – über sie reden die Leute auch. Glaubst du etwa, ich muß mir nicht anhören, wie die Leute über sie reden? Erst gestern hat Purobi Ray über Kuku geredet. Das sind meine Sorgen, und du hast mich jetzt noch mehr aus der Fassung gebracht. Und ich bin eine Witwe mit Diabetes«, fügte sie wie als Nachgedanken hinzu. »Ist das etwa kein Grund zur Sorge?«

Lata gab zu, daß letzteres als echte Sorge gelten konnte.

»Und Arun schreit immer so, und das ist schlecht für meinen Blutdruck. Und Hanif hat heute frei, und von mir wird erwartet, daß ich alles selber mache, sogar den Tee.«

»Ich mach Tee für dich, Ma«, sagte Lata. »Möchtest du ihn jetzt?«

»Nein, Liebes, du hast gegähnt, geh und ruh dich aus«, sagte Mrs. Rupa Mehra plötzlich entgegenkommend. Sie nahm den Willen für die Tat.

»Ich will mich nicht ausruhen, Ma.«

»Warum hast du dann gegähnt, Liebes?«

»Wahrscheinlich, weil ich zu lange geschlafen habe. Möchtest du Tee?«

»Nur wenn es keine Mühe macht.«

Lata ging in die Küche. Sie war von ihrer Mutter erzogen worden, keine Mühe zu machen, sondern sich selbst zu bemühen. Nach dem Tod ihres Vaters hatten sie ein paar Jahre im Haus und damit auch von der – wenn auch großzügig erwiesenen – Mildtätigkeit von Freunden gelebt, und so war es nur natürlich gewesen, daß Mrs. Rupa Mehra daran lag, weder direkt noch indirekt über ihre Kinder Mühe zu machen. Ein gut Teil der Persönlichkeit aller vier Kinder ging auf diese Jahre zurück. Das Gefühl der Unsicherheit und das Bewußtsein, anderen, die nicht zur Familie gehörten, verpflichtet zu sein, hatten Spuren hinterlassen. Savita, so schien es, hatte am wenigsten davon mitbekommen; aber von Savita hieß es bisweilen, daß sie schon als Baby freundlich und sanftmütig gewesen sei und daß so etwas Prosaisches wie Umweltbedingungen sie nicht verändern konnten.

»Hatte Savita schon als Baby so ein sonniges Gemüt?« fragte Lata ein paar Minuten später, als sie mit dem Tee zurückkehrte. Sie kannte die Antwort auf ihre Frage – nicht nur war sie Bestandteil der Mehra-Familiengeschichte, sondern es gab auch jede Menge Fotos, die Savitas sonniges Gemüt belegten: wie sie glückselig weichgekochte Eier verschlang oder im kindlichen Schlaf lächelte. Aber sie fragte trotzdem, vielleicht um die Laune ihrer Mutter zu heben.

»Ja, ein sehr sonniges Gemüt«, sagte Mrs. Rupa Mehra. »Aber, Liebes, du hast meinen Süßstoff vergessen.«

7.27

Ein bißchen später kamen Amit und Dipankar mit dem Chatterji-Wagen vorbei, einem großen weißen Humber. Sie sahen Lata und ihrer Mutter an, daß sie über ihren Besuch überrascht waren.

»Wo ist Meenakshi?« fragte Dipankar und schaute sich versonnen um. »Hübsche Grünlilien draußen.«

»Sie ist mit Arun bei den Pferderennen«, sagte Mrs. Rupa Mehra. »Sie haben beschlossen, sich eine Lungenentzündung zu holen. Wir trinken gerade Tee. Lata wird noch eine Kanne machen.«

»Nein, das ist wirklich nicht nötig«, sagte Amit.

»Ist schon in Ordnung«, sagte Lata lächelnd. »Das Wasser ist noch heiß.«

»Das sieht Meenakshi ähnlich«, sagte Amit ein bißchen verärgert, ein bißchen amüsiert. »Und sie hat gesagt, wir sollten heute nachmittag vorbeischauen. Wir gehen jetzt besser. Dipankar will in der Bibliothek der Asiatischen Gesellschaft arbeiten.«

»Nein, das geht nicht«, sagte Mrs. Rupa Mehra gastfreundlich. »Nicht, ohne vorher eine Tasse Tee zu trinken.«

»Hat sie denn nicht einmal gesagt, daß wir kommen?«

»Niemand sagt mir irgend etwas«, sagte Mrs. Rupa Mehra automatisch.

»Zum Pferderennen ohne Schirm,
Meenee-haha die ist firm«,

bemerkte Amit.

Mrs. Rupa Mehra runzelte die Stirn. Sie empfand es immer als schwierig, mit einem der jungen Chatterjis eine zusammenhängende Unterhaltung zu führen.

Dipankar, der sich noch einmal umgesehen hatte, fragte: »Wo ist Varun?«

Er redete gern mit Varun. Auch wenn Varun sich langweilte, war er stets zu nervös, um Einwände zu erheben, und Dipankar interpretierte sein Schweigen als Interesse. Auf jeden Fall war er ein besserer Zuhörer als die Mitglieder seiner eigenen Familie, die ungeduldig wurden, wenn er vom Chaos des Nichts oder dem Ende des Begehrens sprach. Als er sich am Frühstückstisch über letzteres ausgelassen hatte, zählte Kakoli der Reihe nach seine Freundinnen auf und verstieg sich zu der Behauptung, daß sie kein Nachlassen, geschweige denn ein Ende des Begehrens in seinem Leben erkennen könne. Kuku betrachtete die Dinge nicht abstrakt, dachte Dipankar. Sie war noch gefangen auf der Bewußtseinsebene kontingenter Aktualität.

»Varun ist auch ausgegangen«, sagte Lata, die mit dem Tee hereinkam. »Soll er dich anrufen, wenn er nach Hause kommt?«

»Wenn uns bestimmt ist, daß wir uns treffen, werden wir uns treffen«, sagte

Dipankar nachdenklich. Dann ging er hinaus in den Garten, obwohl es noch nieselte und seine Schuhe schmutzig werden würden.

Meenakshis Brüder! dachte Mrs. Rupa Mehra.

Da Amit schwieg und Mrs. Rupa Mehra Schweigen haßte, erkundigte sie sich nach Tapan.

»Ach, ihm geht's gut«, sagte Amit. »Wir haben ihn und Cuddles gerade bei einem Freund abgesetzt. Sie haben mehrere Hunde, und erstaunlicherweise kommt Cuddles mit ihnen aus.«

›Erstaunlicherweise‹ war der richtige Ausdruck, dachte Mrs. Rupa Mehra. Bei ihrer ersten Begegnung war Cuddles auf sie zugesprungen, um sie zu beißen. Gott sei Dank hatte man ihn am Fuß des Klaviers angebunden, so daß er nicht an sie herangekommen war. Und Kakoli hatte ungerührt weiter Chopin gespielt, ohne auch nur eine Note auszulassen. »Seien Sie ihm nicht böse«, hatte sie gesagt, »er meint es nur gut.« Eine wahrhaft verrückte Familie, dachte Mrs. Rupa Mehra.

»Und die liebe Kakoli?« fragte sie.

»Sie singt Schubert-Lieder mit Hans. Das heißt, sie spielt und er singt.«

Mrs. Rupa Mehra blickte finster drein. Das mußte der junge Mann sein, den Purobi Ray in Verbindung mit Kakoli erwähnt hatte. Ein höchst ungeeigneter junger Mann.

»Zu Hause natürlich«, sagte sie.

»Nein, bei Hans. Er hat sie abgeholt. Und das war nur gut, sonst hätte uns Kuku den Wagen abgenommen.«

»Wer ist bei ihnen?« fragte Mrs. Rupa Mehra.

»Der Geist Schuberts«, erwiderte Amit beiläufig.

»Um Kukus willen müßt ihr unbedingt aufpassen«, sagte Mrs. Rupa Mehra, sowohl vom Inhalt als auch vom Ton seiner Antwort schockiert. Sie verstand die Einstellung der Chatterjis zu den Risiken, die Kakoli einging, einfach nicht. »Warum singen sie nicht in Ballygunge?«

»Nun, zum einen konkurrieren das Harmonium und das Piano oft miteinander. Und bei diesem Krach kann ich nicht schreiben.«

»Mein Mann hat seine Eisenbahninspektionsberichte mit vier schreienden Kindern um sich herum geschrieben«, sagte Mrs. Rupa Mehra.

»Ma, aber das ist doch etwas ganz anderes«, sagte Lata. »Amit ist ein Dichter. Lyrik ist etwas anderes.«

Amit warf ihr einen dankbaren Blick zu, obwohl er sich fragte, ob der Roman, den er gerade schrieb – oder auch Lyrik –, sich in dem Maße von Inspektionsberichten unterschied, wie sie es sich vorstellte.

Dipankar kam ziemlich naß vom Garten herein. Er putzte sich jedoch die Schuhe auf der Fußmatte ab, bevor er eintrat. Er rezitierte oder vielmehr sang Verse aus Sri Aurobindos mystischem Gedicht *Savitri*:

»Stille Himmel unvergänglichen Lichts,
leuchtende Kontinente violetten Friedens,
Meere und Flüsse göttlicher Wonne
und glückliche Länder unter roter Sonne...«

Er wandte sich den anderen zu. »Oh, der Tee«, sagte er und begann sich Gedanken darüber zu machen, wie viele Löffel Zucker er hineintun sollte.
Amit wandte sich an Lata. »Hast du das verstanden?«
Dipankar fixierte seinen älteren Bruder mit einem Blick milder Herablassung. »Amit Da ist ein Zyniker«, sagte er. »Er glaubt an das Leben und die Materie. Aber was ist mit der psychischen Entität hinter der vitalen und physischen Mentalität?«
»Was ist damit?« fragte Amit.
»Willst du etwa sagen, daß du nicht an das Supramentale glaubst?« sagte Dipankar und begann zu blinzeln. Es war, als hätte Amit die Existenz des Samstags in Frage gestellt – wozu er selbstverständlich in der Lage war.
»Ich weiß nicht, ob ich daran glaube oder nicht«, sagte Amit. »Ich weiß nicht, was es ist. Aber das ist schon in Ordnung – nein, bitte nicht –, erklär's mir nicht.«
»Es ist die Bewußtseinsebene, auf der das Göttliche der menschlichen Seele begegnet und das Individuum in ein ›gnostisches Wesen‹ verwandelt«, erklärte Dipankar mit leiser Verachtung.
»Wie interessant«, sagte Mrs. Rupa Mehra, die von Zeit zu Zeit über das Göttliche nachdachte. Sie begann positiv über Dipankar zu denken. Von den Chatterji-Kinder schien er das ernsthafteste zu sein. Er blinzelte viel, das war beunruhigend, aber Mrs. Rupa Mehra war willens, Zugeständnisse zu machen.
»Ja«, sagte Dipankar und verrührte den dritten Löffel Zucker in seinem Tee. »Es ist unterhalb von Brahma und sat-chit-ananda, aber es agiert als Leitung oder Leiter.«
»Ist er süß genug?« fragte Mrs. Rupa Mehra besorgt.
»Ich glaube, ja«, sagte Dipankar mit kritischer Miene.
Da er eine Zuhörerin gefunden hatte, verbreitete sich Dipankar über diverse Themen, die ihn interessierten. Seine mystischen Interessen waren weit gefächert und beinhalteten neben der mehr konzeptuellen ›synthetischen‹ Philosophie, die er eben erläutert hatte, Tantra und die Verehrung der Muttergöttin. Bald plauderten er und Mrs. Rupa Mehra glücklich über die großen Mystiker Ramakrishna und Vivekananda. Eine halbe Stunde später ging es um die Einheit, die Dualität und die Dreifaltigkeit, über die Dipankar ja erst vor kurzem einen Intensivkurs mitgemacht hatte. Mrs. Rupa Mehra tat ihr Bestes, um mit Dipankars ungehemmt sprudelnden Ideen mitzuhalten.
»Das alles erreicht seinen Höhepunkt zur Pul Mela in Brahmpur«, sagte Dipankar. »Dann sind die Sternkonjunktionen am mächtigsten. In der Vollmondnacht im Monat Jeth wirkt sich die Anziehungskraft des Mondes am stärksten

auf alle unsere Chakras aus. Ich glaube nicht an die Legenden, aber die wissenschaftlichen Erkenntnisse kann man nicht bestreiten. Ich werde dieses Jahr hinfahren, und wir können zusammen in der Ganga baden. Ich habe die Fahrkarte schon gekauft.«

Mrs. Rupa Mehra blickte etwas zweifelnd drein. Dann sagte sie: »Das ist eine gute Idee. Mal sehen, was daraus wird.«

Mit Erleichterung war ihr gerade eingefallen, daß sie zu dieser Zeit nicht in Brahmpur sein würde.

7.28

Währenddessen unterhielten sich Amit und Lata über Kakoli. Er erzählte ihr von Kukus neuestem Verehrer, dem deutschen Nußknacker. Kuku hatte ihn sogar dazu gebracht, einen diplomatisch unpassenden Reichsadler über ihre Badewanne zu malen. Die Badewanne selbst war von Kukus künstlerisch veranlagten Freunden innen und außen mit Schildkröten, Fischen, Krebsen und anderen Wassergeschöpfen bemalt worden. Kuku liebte das Meer, insbesondere das Gangesdelta, die Sundarbans. Und Fische und Krebse erinnerten sie an köstliche Bengali-Gerichte und steigerten ihr luxuriöses Badevergnügen.

»Und deine Eltern haben nichts dagegen?« fragte Lata, die sich an die Herrschaftlichkeit des Chatterjischen Hauses erinnerte.

»Meine Eltern mögen Einwände haben«, sagte Amit, »aber Kuku wickelt meinen Vater um den kleinen Finger. Sie ist sein Liebling. Ich glaube, sogar meine Mutter ist eifersüchtig, weil er Kuku gegenüber so nachsichtig ist. Vor ein paar Tagen wurde davon gesprochen, daß sie ihr eigenes Telefon statt ihres Nebenanschlusses bekommen soll.«

Zwei Telefone in einem Haushalt erschienen Lata als der Gipfel der Extravaganz. Sie fragte, warum das nötig sei, und Amit erzählte ihr von Kukus Nabelschnur zur Welt. Er ahmte ihre typischen Begrüßungen für Freunde erster, zweiter und dritter Ordnung nach. »Aber sie ist so fasziniert vom Telefon, daß sie einen Freund erster Ordnung, der bei ihr zu Besuch ist, sofort sitzenläßt, um zwanzig Minuten mit einem Freund dritter Ordnung zu telefonieren.«

»Sie ist vermutlich sehr gesellig. Ich habe sie noch nie allein gesehen«, sagte Lata.

»Das ist sie.«

»Will sie das sein?«

»Wie meinst du das?«

»Ist sie es aus eigenem Antrieb?«

»Das ist eine schwierige Frage.«

Lata stellte sich die gutgelaunte, kichernde Kakoli vor, umgeben von einer

Schar Freunde wie auf der Party. »Sie ist sehr nett und attraktiv und lebhaft. Es überrascht mich nicht, daß die Leute sie mögen.«

»Hm. Sie ruft niemanden an und ignoriert Nachrichten, die für sie hinterlassen werden, wenn sie nicht zu Hause ist. Sie legt also nicht gerade große Antriebsstärke an den Tag. Und trotzdem hängt sie immer am Telefon, weil ihre Freunde sie immer wieder anrufen.«

»Dann ist sie also auf passive Weise antriebsstark.« Lata war ziemlich überrascht über ihren eigenen Satz.

»Also, auf passive Weise antriebsstark – auf lebhafte Art«, sagte Amit und dachte, daß das eine sonderbare Art war, Kuku zu beschreiben.

»Meine Mutter versteht sich gut mit deinem Bruder«, sagte Lata und warf einen Blick auf die beiden.

»Sieht so aus«, sagte Amit lächelnd.

»Und welche Art Musik mag sie? Ich meine Kuku.«

Amit dachte kurz nach. »Verzweifelte Musik.«

Lata wartete darauf, daß er das ausführte, aber er tat es nicht. Statt dessen sagte er: »Und welche Art Musik magst du?«

»Ich?«

»Du.«

»Ach, jede Art Musik. Wie ich neulich sagte, mag ich klassische indische Musik. Und erzähl's nicht deiner Ila Kaki, aber das eine Mal, als ich ein Gasel-Konzert gehört habe, hat es mir gut gefallen. Und du?«

»Auch jede Art Musik.«

»Hat Kuku einen besonderen Grund, warum sie verzweifelte Musik mag?«

»Also, sie hat sicher ihren Teil Kummer abbekommen«, sagte Amit etwas gefühllos. »Aber sie hätte Hans nicht aufgegabelt, wenn jemand anders ihr nicht das Herz gebrochen hätte.«

Lata sah Amit neugierig, vielleicht sogar etwas streng an. »Ich kann kaum glauben, daß du ein Dichter bist.«

»Nein, ich auch nicht. Hast du etwas von mir gelesen?«

»Nein. Ich dachte, daß wir ein Buch von dir im Haus hätten, aber ...«

»Magst du Gedichte?«

»Ja, sehr.«

Nach einer Pause fuhr Amit fort: »Was hast du von Kalkutta bis jetzt gesehen?«

»Das Victoria Memorial und die Howrah Bridge.«

»Sonst nichts?«

»Sonst nichts.«

Jetzt war Amit an der Reihe, etwas streng dreinzublicken.

»Und was hast du heute nachmittag vor?« fragte er.

»Nichts«, erwiderte Lata überrascht.

»Gut. Ich werde dir ein paar Plätze von poetischem Interesse zeigen. Wir haben den Wagen, das ist von Vorteil. Und im Wagen sind zwei Regenschirme – damit wir nicht naß werden, wenn wir über den Friedhof gehen.«

Aber obwohl es, wie Lata klarstellte, ›nur Amit‹ war, mit dem sie ausging, bestand Mrs. Rupa Mehra unsinnigerweise darauf, daß sie jemand begleitete. Amit war für Mrs. Rupa Mehra nur Meenakshis Bruder und stellte keinerlei Risiko dar. Aber er war ein junger Mann, und der Form halber war es unerläßlich, daß jemand bei ihnen war, so daß sie nicht allein zu zweit gesehen würden. Andererseits war Mrs. Rupa Mehra nicht völlig unflexibel, wenn es darum ging, wer den Anstandswauwau spielen sollte. Sie selbst würde auf keinen Fall mit ihnen durch den Regen spazieren. Aber Dipankar wäre in Ordnung.

»Ich kann nicht mitkommen, Dada«, sagte Dipankar. »Ich muß in die Bibliothek.«

»Dann werde ich Tapan anrufen und ihn fragen, was er dazu meint«, sagte Amit.

Tapan stimmte unter der Bedingung zu, daß Cuddles mitkommen könnte – angeleint, selbstverständlich.

Da Cuddles nominell Dipankars Hund war, war seine Zustimmung ebenfalls erforderlich. Dipankar hatte nichts einzuwenden.

Und so fuhren an einem warmen regnerischen Samstagnachmittag Amit, Lata, Dipankar (der sie bis zur Bibliothek der Asiatischen Gesellschaft begleitete), Tapan und Cuddles los und gingen mit Zustimmung von Mrs. Rupa Mehra spazieren, die erleichtert war, daß sich Lata endlich wieder wie ein normaler Mensch verhielt.

7.29

Als das Gros der Briten nach der Unabhängigkeit aus Indien abzog, ließ es eine große Zahl Klaviere zurück, und eins davon – ein großer, schwarzer, tropenfester Steinway-Flügel – stand in Hans Siebers Wohnzimmer in Queens Mansions. Kakoli saß am Flügel, und Hans stand hinter ihr und sang vom selben Blatt, von dem sie spielte, und er fühlte sich außerordentlich glücklich, obwohl die Lieder, die er sang, außerordentlich traurig waren.

Hans verehrte Schubert. Sie sangen die *Winterreise*, einen im Schnee versinkenden Liederzyklus von enttäuschter Hoffnung und Verzweiflung, der im Wahnsinn endet. Draußen fiel der warme Kalkutta-Regen in Strömen. Er überflutete die Straßen, rauschte gurgelnd die unzureichenden Abflußrinnen entlang, ergoß sich in den Hooghly und floß schließlich in den Indischen Ozean. In einer früheren Inkarnation war er vielleicht der weiche deutsche Schnee gewesen, der um den von Erinnerungen gejagten Reisenden wirbelte, und in einer späteren konnte er sehr gut der vereiste Fluß gewesen sein, in dessen Oberfläche er seine eigenen und die Initialen der treulosen Geliebten gekratzt hatte. Oder er konnte auch zu den heißen Tränen geworden sein, die all den Schnee zu schmelzen drohten.

Kakoli war zunächst von Schubert nicht sonderlich begeistert; Chopin, den sie mit schwerem Rubato und düster spielte, war mehr nach ihrem Geschmack. Aber seitdem sie Hans begleitete, mochte sie Schubert mehr und mehr.

Das galt genauso hinsichtlich ihrer Gefühle für Hans, dessen exzessive Höflichkeit sie zuerst amüsiert hatte. Dann war sie ihr lästig gewesen, und jetzt flößte sie ihr Vertrauen ein. Hans seinerseits war so hingerissen von Kuku wie alle ihre Pilze. Aber er meinte, daß sie ihn nicht wirklich ernst nahm, da sie nur jeden dritten seiner Anrufe erwiderte. Wenn er von der viel schlechteren Rückrufquote bei anderen Freunden gewußt hätte, wäre ihm klargeworden, wie sehr sie ihn schätzte.

Sie waren jetzt beim vorletzten der vierundzwanzig Lieder des Zyklus angekommen, den *Nebensonnen*. Hans sang dieses Lied fröhlich und forsch. Kuku hinkte auf dem Flügel hinterher. Die beiden rangen erbittert um die richtige Interpretation.

»Nein, nein, Hans«, sagte Kakoli, als er sich über sie beugte und zum letzten Lied umblätterte. »Du hast zu schnell gesungen.«

»Zu schnell? Ich hatte den Eindruck, daß die Begleitung zu langsam war. Du wolltest es langsamer spielen, nicht wahr? ›Ach, meine Sonnen seid ihr nicht!‹« Er zog die Worte in die Länge. »So?«

»Ja.«

»Also, er ist wahnsinnig, weißt du, Kakoli.« Der wahre Grund, warum Hans das Lied so energiegeladen gesungen hatte, war Kukus bezaubernde Gegenwart.

»*Fast* wahnsinnig. Erst im nächsten Lied wird er wirklich wahnsinnig. Das kannst du so schnell singen, wie du willst.«

»Aber das letzte Lied muß ganz langsam gesungen werden«, widersprach Hans. »So.« Und er spielte es ihr mit der rechten Hand auf den hohen Tasten des Flügels vor. Für einen Augenblick berührte seine Hand die ihre. »Siehst du, Kakoli, er hat sich seinem Schicksal ergeben.«

»Er ist also plötzlich nicht mehr wahnsinnig?« Was für ein Unsinn, dachte Kakoli.

»Vielleicht ist er wahnsinnig *und* hat sich seinem Schicksal ergeben. Beides zusammen.«

Kuku versuchte es und schüttelte dann den Kopf. »Dabei schlafe ich ein.«

»Du glaubst also, Kakoli, daß die *Nebensonnen* langsam und der *Leiermann* schnell gespielt werden müssen?«

»Genau.« Kakoli mochte es, wie Hans ihren Namen aussprach; er betonte alle drei Silben gleich stark. Nur ganz selten nannte er sie Kuku.

»Und ich glaube, daß die *Nebensonnen* schnell und der *Leiermann* langsam gespielt werden müssen«, fuhr Hans fort.

»Ja.« Wir passen einfach nicht zueinander, dachte Kakoli. Und alles sollte doch perfekt sein – einfach perfekt. Wenn etwas nicht perfekt war, dann war es schrecklich.

»Jeder von uns glaubt also, daß ein Lied schnell und eins langsam gespielt werden muß«, sagte Hans mit unschlagbarer Logik. Das schien ihm zu beweisen, daß er und Kakoli nach ein paar kleineren Angleichungen ungewöhnlich gut zueinander paßten.

Kuku blickte in Hans' breites, hübsches Gesicht, das vor Freude strahlte.

»Weißt du«, sagte Hans, »die meisten singen beide Lieder langsam.«

»Beide Lieder langsam? Das ist unmöglich.«

»Ja, völlig unmöglich. Sollen wir es noch einmal singen, in einem langsameren Tempo, wie du vorgeschlagen hast?«

»Ja. Aber was um alles in der Welt bedeutet das? Oder vielmehr, um Himmels willen. Das Lied meine ich.«

»Es gibt drei Sonnen«, erklärte Hans, »zwei davon sinken hinab, und eine bleibt.«

»Hans, du bist wirklich sehr liebenswert. Und deine Subtraktion ist korrekt. Aber zu meinem Verständnis hat sie nichts addiert.«

Hans wurde rot. »Ich glaube, die zwei Sonnen sind das Mädchen und ihre Mutter, und er selbst ist die dritte.«

Kakoli starrte ihn an. »Ihre Mutter?« sagte sie ungläubig. Vielleicht hatte Hans doch ein zu träges Gemüt.

Hans sah aus, als hätte auch er Zweifel. »Vielleicht auch nicht. Aber wer sind sie dann?« Er erinnerte sich daran, daß die Mutter irgendwo im Liederzyklus schon einmal aufgetaucht war, wenn auch sehr viel früher.

»Ich verstehe es überhaupt nicht. Es ist ein Rätsel«, sagte Kakoli. »Aber die Mutter ist es bestimmt nicht.« Sie spürte, daß sich eine größere Krise zusammenbraute. Das war fast genausoschlimm wie Hans' Abneigung gegen Bengali-Essen.

»Ja?« sagte Hans. »Ein Rätsel?«

»Wie auch immer, Hans, du singst sehr schön. Mir gefällt, wenn du von Herzeleid singst. Das klingt sehr professionell. Wir müssen die Lieder nächste Woche noch mal singen.«

Hans wurde wieder rot und bot Kakoli einen Drink an. Obwohl er ein Experte darin war, verheirateten Frauen die Hand zu küssen, hatte er Kakoli bislang nicht geküßt. Er glaubte nicht, daß sie das billigen würde; aber er täuschte sich.

7.30

Am Friedhof in der Park Street stiegen Amit und Lata aus. Dipankar beschloß, mit Tapan im Auto zu warten, weil es ja nur ein paar Minuten dauern würde und weil außerdem nur zwei Regenschirme vorhanden waren.

Sie gingen durch ein gußeisernes Tor. Der Friedhof war gitterförmig angelegt, mit schmalen Wegen zwischen den dichtgedrängten Gräbern. Hier und da standen Gruppen patschnasser Palmen, und das Krächzen der Krähen vermischte sich mit dem Donnern und dem Plätschern des Regens. Es war ein melancholischer Ort. 1767 gegründet, hatte er sich rasch mit Europäern gefüllt. Junge und Alte – meist Opfer des fiebrigen Klimas – waren hier unter großen Platten begraben, in Pyramiden, Mausoleen, Säulen und Urnen, alle verfallen und verwittert im Verlauf von zehn Generationen Hitze und Regen. Die Gräber lagen oft so dicht nebeneinander, daß man kaum zwischen ihnen hindurchgehen konnte. Frisches, saftiges Gras wuchs überall, und endlos fiel der Regen. Verglichen mit Brahmpur oder Benares, Allahabad oder Agra, Lucknow oder Delhi war Kalkutta eine geschichtslose Stadt, aber das Klima hatte seine relative Jugend mit einer trostlosen, völlig unromantischen Schicht langsamen Verfalls überzogen.

»Warum hast du mich hierhergebracht?« fragte Lata.

»Kennst du Landor?«

»Landor? Nein.«

»Du hast nie von Walter Savage Landor gehört?« fragte Amit enttäuscht.

»O ja, Walter Savage Landor. Natürlich. ›Rose Aylmer. Rastlos bewein ich dich.‹«

»›Schlaflos‹. Sie liegt hier begraben. Und auch Thackerays Vater und einer von Dickens' Söhnen und das Vorbild von Byrons *Don Juan*«, sagte Amit mit angemessenem Stolz auf Kalkutta.

»Wirklich? Hier? Hier in Kalkutta?« Es war, als ob sie eben erfahren hätte, Hamlet sei der Prinz von Delhi. »›Was frommt dir nun dein königlich Geblüt‹.«

»›Und was die himmlische Gestalt‹«, fuhr Amit fort.

»›Jedwede Tugend, jeder Reiz‹«, rief Lata plötzlich begeistert.

»›Rose Aylmer, sie war'n dein.‹«

Ein Donnergrollen interpunktierte die zwei Strophen.

»›Rastlos bewein ich dich, doch nimmermehr ...‹« fuhr Lata fort.

»Schlaflos.«

»Entschuldigung, schlaflos. ›Schlaflos bewein ich dich, doch nimmermehr ...‹«

»›Werd ich dich sehen, Rose Aylmer‹«, sagte Amit und schwenkte seinen Regenschirm.

»›In einer Nacht seufzerschwer.‹«

»›Gedenk ich dein.‹«

Amit hielt inne. »Ein wunderschönes Gedicht, wirklich«, sagte er und sah Lata entzückt an. »Aber eigentlich heißt es: ›In einer Nacht von Seufzern schwer.‹«

»Hab ich das nicht gesagt?« fragte Lata und dachte an die Nächte – oder nächtlichen Stunden –, die sie in letzter Zeit dem Seufzen gewidmet hatte.

»Nein, du hast das ›von‹ ausgelassen.«

»In einer Nacht von Seufzern schwer. Von Seufzern. Ich verstehe. Aber ist da ein großer Unterschied?«

»Ja, da ist ein Unterschied. Es ist nicht etwas völlig anderes, aber es ist ein Unterschied. Ein schlichtes ›von‹; wird normalerweise auf ›komm‹ gereimt. Aber sie liegt in ihrem Grab, und für ihn ist das ein Riesenunterschied.«

Sie gingen weiter. Zwischen den vielen Grabmälern nebeneinander zu gehen war nicht möglich, und die Schirme komplizierten die Angelegenheit noch weiter. Nicht daß ihr Grab weit entfernt gewesen wäre – es befand sich an der ersten Kreuzung –, aber Amit hatte sich für einen Umweg entschieden. Es war ein kleines Grab, auf dem ein konischer Sockel mit spiralförmig verschlungenen Linien stand; Landors Gedicht stand auf einer Gedenktafel unter ihrem Namen, ihrem Alter und einem prosaischen Fünfzeiler:

> »Was war ihr Los? Lang, lang vor der Zeit,
> holte der Tod ihre zarte Seele heim
> aus ihrer ersten Blüte, der Freude Knospen;
> das widrige Los ließ verdorren die Blätter
> in diesem unmenschlichen Klima.«

Lata betrachtete das Grab und dann Amit, der tief in Gedanken versunken schien. Er hat ein angenehmes Gesicht, dachte sie.

»Sie war zwanzig, als sie starb«, sagte Lata.

»Ja. Ungefähr so alt wie du. Sie lernten sich in der Leihbücherei von Swansea kennen. Und dann nahmen ihre Eltern sie mit nach Indien. Armer Landor. Edler Savage. Dahin, die schöne Rose.«

»Woran ist sie gestorben? Trennungsschmerz?«

»An einer Überdosis Ananas.«

Lata war schockiert.

»Wie ich sehe, glaubst du mir nicht, aber ›'s ist wahr, 's ist wahr‹«, sagte Amit. »Wir gehen jetzt besser zurück. Sonst fahren sie ohne uns weiter – und das wäre auch nicht verwunderlich. Du bist patschnaß.«

»Du auch.«

»Ihr Grab sieht aus wie eine auf den Kopf gestellte Eistüte.«

Lata sagte nichts. Sie ärgerte sich über Amit.

Nachdem sie Dipankar bei der Asiatischen Gesellschaft abgesetzt hatten, bat Amit den Chauffeur, sie die Chowringhee entlang zum Presidency Hospital zu fahren.

Als sie am Victoria Memorial vorbeikamen, sagte er: »Das Victoria Memorial und die Howrah Bridge sind also alles, was du von Kalkutta kennst und kennen willst?«

»Nicht, was ich kennen will, aber was ich zufälligerweise kenne. Und Firpos und den Golden Slipper. Und New Market.«

Tapan reagierte auf diese Neuigkeit mit einem Kakoli-Zweizeiler:

»Cuddles, Cuddles, alter Bock,
lauf und beiß Sir Stuart Hogg.«

Lata blickte verständnislos drein. Aber da weder Tapan noch Amit sich zu einer Erklärung bemüßigt fühlten, fuhr sie fort: »Aber Arun hat gesagt, daß wir ein Picknick im Botanischen Garten machen werden.«

»Unter dem riesigen Banyanbaum«, sagte Amit.

»Es ist der größte Banyanbaum der Welt«, sagte Tapan, dessen Stolz auf Kalkutta dem seines Bruders nicht nachstand.

»Wollt ihr während der Regenzeit dort hingehen?« fragte Amit.

»Wenn nicht jetzt, dann zu Weihnachten.«

»Dann kommst du zu Weihnachten wieder?« sagte Amit erfreut.

»Ich glaube, ja«, sagte Lata.

»Sehr gut«, sagte Amit. »Im Winter gibt es eine Menge Konzerte mit klassischer indischer Musik. Und in Kalkutta ist es dann sehr angenehm. Ich werde dich herumführen. Dich von deiner Unwissenheit befreien. Deinen Horizont erweitern. Dir Bangla beibringen!«

Lata lachte. »Ich freue mich schon darauf.«

Cuddles knurrte, daß einem das Blut in den Adern gefror.

»Was ist los mit dir?« fragte Tapan. Er reichte Lata die Leine. »Kannst du sie einen Augenblick halten?«

Cuddles verstummte.

Tapan beugte sich hinunter und inspizierte gewissenhaft Cuddles' Ohr.

»Er ist noch nicht ausgeführt worden«, sagte er. »Und ich habe meinen Milchshake noch nicht bekommen.«

»Du hast recht«, sagte Amit. »Der Regen hat nachgelassen. Wir schauen uns noch das zweite poetische Relikt an, und dann gehen wir auf den Maidan, und ihr beide könnt euch im Schlamm wälzen, soviel ihr wollt. Und auf dem Rückweg halten wir bei Keventers.« Er wandte sich an Lata: »Ich wollte dir eigentlich noch Rabindhranath Tagores Haus im Norden Kalkuttas zeigen, aber es ist ziemlich weit, und die Straßen sind matschig. Das kann warten. Aber du hast mir noch gar nicht gesagt, ob du etwas Bestimmtes sehen willst.«

»Ich möchte die Universitätsgegend sehen«, sagte Lata. »Die College Street und so. Sonst eigentlich nichts. Stehl ich dir auch nicht die Zeit?«

»Nein. Wir sind da. In diesem kleinen Gebäude dort hat Sir Ronald Ross den

Malariaerreger entdeckt.« Er deutete auf ein Schild am Tor. »Und um das zu feiern, hat er ein Gedicht verfaßt.«

Diesmal stiegen alle aus, obwohl sich Tapan und Cuddles nicht für das Schild interessierten. Lata las das Gedicht mit großer Neugier. Sie war an die anschauliche Schreibweise von Wissenschaftlern nicht gewöhnt und wußte nicht, was sie davon halten sollte.

»Heut' hat der güt'ge Gott
mir enthüllt, was verborgen war,
ein wundersam Ding; und Gott
sei gepriesen auf immerdar.

Das Geheimnis verfolgend nur,
tränenreich und traurig vor Not,
komm ich dir endlich auf die Spur,
o millionenfach mörderischer Tod.

Vorbei die Zeit des Wachens.
Eine Legion Leben gerettet schnelle.
O Tod, wo ist dein Stachel?
Und wo dein Sieg, o Hölle?«

Lata las es zum zweitenmal. »Was hältst du davon?« fragte Amit.

»Nicht sehr viel.«

»Wirklich? Warum?«

»Ich weiß nicht genau. Es gefällt mir einfach nicht besonders. ›Tränenreich und traurig‹, ›millionenfach mörderisch‹ – zu viele Alliterationen. Und warum muß sich ›Gott‹ auf ›Gott‹ reimen? Gefällt es dir?«

»Also, ja, irgendwie schon. Es gefällt mir. Aber ich kann dieses Gefühl nicht rechtfertigen. Vielleicht rührt es mich nur, daß ein Stabsarzt mit solcher Inbrunst und religiöser Überzeugung über etwas schreibt, was ihm gelungen ist. Ich mag den merkwürdigen Chiasmus am Ende.«

Lata runzelte die Stirn, betrachtete weiterhin das Schild, und Amit sah, daß sie nicht überzeugt war.

»Du fällst strenge Urteile«, sagte er lächelnd. »Ich frage mich, was du zu meinen Gedichten sagen würdest.«

»Vielleicht werde ich sie eines Tages lesen«, sagte Lata. »Ich kann mir gar nicht vorstellen, was für Gedichte du schreibst. Du wirkst so fröhlich und zynisch.«

»Zynisch bin ich sicherlich.«

»Trägst du deine Gedichte manchmal vor?«

»So gut wie nie.«

»Bitten dich die Leute nicht darum?«

»Doch, ständig. Warst du schon mal bei einer Dichterlesung? Normalerweise sind sie schrecklich.«

Lata dachte an die Literarische Gesellschaft von Brahmpur und mußte grinsen. Dann fiel ihr Kabir ein. Und sie fühlte sich verwirrt und traurig.

Amit bemerkte den raschen Wechsel ihres Ausdrucks und zögerte einen Augenblick, wollte sie fragen, was ihn herbeigeführt hatte, aber bevor er dazu kam, deutete Lata auf das Schild.

»Wie hat er ihn entdeckt?«

»Ach, er hat seinen Dienstboten losgeschickt, damit er ihm ein paar Moskitos holt, dann hat er die Moskitos dazu gebracht, ihn zu stechen – den Dienstboten –, und als er Malaria bekam, wußte Ross, daß es die Moskitos waren, die die Krankheit hervorrufen. O millionenfach mörderischer Tod.«

»Beinahe eine Million und einer«, sagte Lata.

»Ja, ich verstehe, was du meinst. Aber die Menschen haben ihre Dienstboten immer sonderbar behandelt. Landor von den Seufzern hat einmal seinen Koch aus dem Fenster geworfen.«

»Ich bin mir nicht sicher, ob ich die Dichter von Kalkutta mag«, sagte Lata.

<h1 style="text-align:center">7.31</h1>

Nach dem Maidan und dem Milchshake fragte Amit Lata, ob sie noch Zeit für eine Tasse Tee bei ihm zu Hause habe. Lata bejahte. Sie mochte das beflügelnde Durcheinander dieses Hauses, das Klavier, die Bücher, die Veranda, den großen Garten. Als Amit darum bat, daß Tee für zwei in sein Zimmer hinaufgebracht würde, fragte Bahadur, der ein besitzergreifendes Interesse für Amit an den Tag legte, ob denn jemand bei ihm sei.

»Nein, nein«, entgegnete Amit. »Ich trinke aus beiden Tassen.«

»Mach dir nichts draus«, sagte er etwas später, nachdem Bahadur Lata eingehend gemustert hatte, während er den Tee servierte. »Er glaubt, daß ich jede heiraten will, mit der ich Tee trinke. Einen Löffel oder zwei?«

»Zwei bitte.« Da die Frage keinerlei Risiko darstellte, fuhr sie spitzbübisch fort: »Und willst du?«

»Bislang nicht. Aber er glaubt es mir nicht. Unsere Dienstboten beharren darauf, unser Leben für uns zu organisieren. Bahadur hat mich dabei beobachtet, wie ich zu den seltsamsten Zeiten den Mond anstarre, und will mich heilen, indem er mich innerhalb eines Jahres verheiratet. Dipankar wollte seine Hütte mit Papayabäumen und Bananenstauden umgeben, und der Mali hat ihm einen Vortrag über Blumenrabatten gehalten. Der Mugh-Koch war kurz davor zu kündigen, weil Tapan, als er vom Internat nach Hause gekommen ist, eine Woche lang darauf bestand, Lammkotelett und Mangoeis zum Frühstück zu essen.«

»Und Kuku?«
»Kuku fährt den Fahrer an.«
»Ihr seid wirklich eine verrückte Familie«, sagte Lata.
»Ganz im Gegenteil«, widersprach Amit. »Wir sind eine Brutstätte geistiger Gesundheit.«

7.32

Als Lata gegen Abend nach Hause kam, ließ sich Mrs. Rupa Mehra nicht detailliert berichten, wo sie gewesen war und was sie gesehen hatte. Sie war viel zu besorgt. Zwischen Arun und Varun war es zur Explosion gekommen, und der Brandgeruch hing noch immer in der Luft.

Varun war mit seinem Gewinn in der Tasche nach Hause zurückgekehrt. Er war nicht betrunken, aber es war klar, worin er seinen Gewinn investieren würde. Arun hatte ihm an den Kopf geworfen, daß er sich unverantwortlich verhalte; daß er seinen Gewinn zur Familienkasse beisteuern und nie wieder zu einem Pferderennen gehen solle; daß er sein Leben verschwende und nicht wisse, was es bedeute, etwas zu opfern und hart zu arbeiten. Varun, der wußte, daß auch Arun bei den Rennen gewesen war, hatte sich seine guten Ratschläge verbeten. Daraufhin hatte Arun, knallrot im Gesicht, Varun befohlen, das Haus zu verlassen. Mrs. Rupa Mehra hatte geweint und gefleht und vermitteln wollen, was alles nur verschlimmerte. Meenakshi hatte geäußert, sie könne in einer so lautstarken Familie nicht leben, und damit gedroht, nach Ballygunge zurückzugehen. Sie sei froh, hatte sie gesagt, daß Hanif seinen freien Tag habe. Aparna hatte angefangen zu brüllen. Nicht einmal ihre Ayah war in der Lage gewesen, sie zu beruhigen.

Aparnas Gebrüll hatte alle anderen zur Vernunft gebracht, vielleicht schämten sie sich sogar ein bißchen. Meenakshi und Arun waren dann zu einer Party gegangen, und Varun saß in seiner winzigen Kammer und brummte leise vor sich hin.

»Ich wünschte, Savita wäre hier«, sagte Mrs. Rupa Mehra. »Nur sie kann Arun besänftigen, wenn er einen seiner Anfälle hat.«

»Gut, daß sie nicht hier ist, Ma«, sagte Lata. »Ich mach mir mehr Sorgen um Varun. Ich werd mal nachsehen, wie's ihm geht.« Ihr schien, als sei der Rat, den sie ihm in Brahmpur gegeben hatte, vergeblich gewesen.

Sie klopfte an seine Tür und trat ein. Er lag auf seinem Bett, neben ihm die aufgeschlagene *Gazette of India*.

»Ich habe beschlossen, mich zu ändern«, sagte Varun nervös und blickte unruhig hierhin und dorthin. »Ich lese die Bedingungen für die IAS-Prüfung. Sie findet im September statt, und ich habe noch nicht mal angefangen zu lernen. Arun Bhai findet, daß ich mich unverantwortlich benehme, und er hat recht. Ich benehme mich schrecklich unverantwortlich. Ich verschwende mein Leben. Daddy würde sich für mich schämen. Schau mich an, Luts, schau mich nur mal an. Was bin ich?« Er wurde zunehmend aufgeregter. »Ich bin ein verdammter Idiot«, schloß er mit einem Arunschen Urteil, verkündet in Aruns verächtlichem Tonfall. »Ein verdammter Idiot!« wiederholte er sicherheitshalber. »Findest du nicht auch?« fragte er Lata hoffnungsvoll.

»Soll ich dir Tee machen?« Lata fragte sich, warum er sie wie Meenakshi Luts genannt hatte. Varun war zu leicht zu beeinflussen.

Varun blickte finster auf das Gehaltsschema, die Liste der Wahl- und Pflichtprüfungsfächer, den Lehrplan für die Prüfungen, die Liste der registrierten Kasten.

»Ja. Wenn du meinst, daß es was nützt«, sagte er schließlich.

Als Lata mit dem Tee zurückkam, fand sie ihn erneut in Verzweiflung versunken vor. Er hatte gerade den Absatz über die mündliche Prüfung gelesen.

Der/Die Kandidat/in wird von einem Ausschuß befragt werden, dessen Mitgliedern eine Beschreibung seiner/ihrer beruflichen Laufbahn vorliegt. Ihm/Ihr werden Fragen zur Allgemeinbildung gestellt werden. Das Ziel der Befragung ist, seine/ihre Eignung für den Verwaltungsdienst festzustellen, und um sich diesbezüglich ein Urteil zu bilden, wird der Ausschuß besondere Bedeutung seiner/ihrer Intelligenz, intellektuellen Flexibilität, Durchsetzungskraft und Charakterstärke und seinen/ihren potentiellen Führungsqualitäten beimessen.

»Lies das!« sagte Varun. »Lies das doch.« Lata nahm die *Gazette* und las mit Interesse.

»Ich habe überhaupt keine Chance«, sagte Varun. »Ich habe so eine mickrige Persönlichkeit. Niemand hat von mir einen guten Eindruck. Und die Befragung zählt vierhundert Punkte. Nein. Ich muß mich damit abfinden. Ich bin nicht fit genug für den Verwaltungsdienst. Sie wollen Leute mit Führungsqualitäten – keine fünftklassigen Idioten, wie ich einer bin.«

»Hier, trink Tee, Varun Bhai«, sagte Lata.

Mit Tränen in den Augen nahm Varun die Tasse entgegen. »Aber was soll ich sonst tun?« fragte er. »Ich kann nicht Lehrer werden, ich kann in keine Managing Agency, alle indischen Firmen sind Familienunternehmen, und ich hab nicht den Mumm, eine eigene Firma aufzumachen – oder das nötige Geld zu beschaffen. Und Arun schreit mich unentwegt an. Ich habe *Wie man Freundschaften schließt und Menschen beeinflußt* gelesen«, vertraute er ihr an. »Um meine Persönlichkeitsstruktur zu verbessern.«

»Und hat es was genutzt?«

»Ich weiß nicht. Ich kann nicht einmal das beurteilen.«

»Varun Bhai, warum hast du nicht getan, was ich dir damals im Zoo geraten habe?«

»Habe ich doch. Ich gehe jetzt mit meinen Freunden aus. Und wohin hat mich das gebracht?«

Sie schwiegen und nippten in dem winzigen Zimmer an ihrem Tee. Dann setzte sich Lata, die die *Gazette* überflogen hatte, plötzlich empört auf. »Hör dir das an«, sagte sie. »›Die Regierung Indiens behält sich vor, für den Indian Administrative Service und den indischen Polizeidienst weibliche Kandidaten abzulehnen, die verheiratet sind, oder sie zu entlassen, wenn sie heiraten.‹«

»Oh«, sagte Varun, der nicht genau wußte, was daran falsch war. Jason war Polizist gewesen, und Varun fragte sich, ob eine Frau, ob verheiratet oder nicht, diese brutale Arbeit machen sollte.

»Und es kommt noch schlimmer«, fuhr Lata fort. »›Für den Indischen Auswärtigen Dienst ist ein weiblicher Kandidat nur dann geeignet, wenn sie unverheiratet oder verwitwet ohne Anhang ist. Wird eine solche Kandidatin ausgewählt, dann nur unter der ausdrücklichen Bedingung, daß sie einer Suspendierung für den Fall ihrer Verheiratung oder Wiederverheiratung zustimmt.‹«

»Ohne Anhang?«

»Das heißt wahrscheinlich ohne Kinder. Vermutlich kannst du Witwer mit Anhang sein und sowohl deine Familie als auch deine Arbeit problemlos schaffen. Aber nicht, wenn du eine Witwe bist ... Entschuldige, ich habe dir die *Gazette* weggenommen.«

»Nein, nein, lies nur. Mir ist plötzlich eingefallen, daß ich ja noch wegmuß. Ich hab's versprochen.«

»Wem versprochen? Sajid und Jason?«

»Nein, nicht unbedingt«, sagte Varun findig. »Egal, ein Versprechen ist ein Versprechen, und man muß es halten.« Er lachte unsicher; er hatte eine Redewendung seiner Mutter zitiert. »Aber ich werde ihnen sagen, daß ich mich nicht mehr mit ihnen treffen kann. Ich muß lernen. Kannst du dich ein bißchen mit Ma unterhalten?«

»Während du dich hinausschleichst? Okay, keine Bange.«

»Bitte, Luts, was soll ich ihr sagen? Sie wird mich auf jeden Fall fragen, wohin ich will.«

»Sag ihr, daß du dich ganz widerlich mit Shamshu besaufen willst.«

»Heute gibt's keinen Shamshu«, sagte Varun, und seine Stimmung besserte sich.

Nachdem er gegangen war, zog sich Lata mit der *Gazette* in ihr Zimmer zurück. Kabir hatte gesagt, daß er nach seinem Studienabschluß die Prüfung für den Auswärtigen Dienst machen wollte. Sie bezweifelte nicht, daß er, wenn er erst einmal soweit war, die mündliche Prüfung problemlos bestehen würde. Er verfügte gewiß über Führungsqualitäten und Durchsetzungskraft. Sie konnte sich vorstellen, daß er einen ausgezeichneten Eindruck beim Prüfungsausschuß hinterließ. Sie konnte sich seine intellektuelle Flexibilität vorstellen, sein offenes Lächeln, die Bereitwilligkeit, mit der er zugeben würde, etwas nicht zu wissen.

Sie las die Vorschriften und fragte sich, welche Wahlfächer er nehmen würde. Eines wurde schlicht als ›Weltgeschichte. 1789 bis 1939‹ beschrieben.

Wieder einmal überlegte sie, ob, und wenn ja, was sie ihm auf seinen Brief antworten sollte. Sie sah müßig auf die Liste der Wahlfächer, bis ihr Blick an einer Stelle hängenblieb. Zuerst verwirrte sie der Absatz, dann mußte sie darüber lachen, und schließlich half er, ihr Gleichgewicht wiederherzustellen. Er lautete folgendermaßen:

Philosophie. Das Fach beinhaltet westliche wie östliche Geschichte und Theorie der Ethik, moralische Maßstäbe und ihre Anwendung, Probleme einer moralischen Ordnung, Fortschritt von Gesellschaft und Staat sowie Theorien der Bestrafung. Es schließt weiterhin die Geschichte westlicher Philosophie ein und sollte mit besonderer Gewichtung der Probleme Raum, Zeit und Kausalität, Evolution und Bedeutung und Natur Gottes studiert werden.

»Ein Kinderspiel«, sagte Lata und beschloß, mit ihrer Mutter zu reden, die allein im Zimmer nebenan saß. Plötzlich fühlte sie sich ziemlich unbeschwert.

7.33

Meine süße Ratte, meine allersüßeste Ratte,
ich habe letzte Nacht von Dir geträumt. Zweimal bin ich aufgewacht, und jedesmal habe ich von Dir geträumt. Ich weiß nicht, warum Du hartnäckig meine Gedanken beschäftigst und mich mit Seufzern traktierst. Nach unserer letzten Begegnung war ich fest entschlossen, nicht mehr an Dich zu denken, und Dein Brief macht mich noch immer wütend. Wie kannst Du mir nur so kaltherzig schreiben, da Du doch weißt, was Du mir bedeutest, und da ich zu wissen glaubte, was ich Dir bedeute.
Ich war in einem Zimmer – zuerst war es dunkel, und es führte kein Weg hinaus. Nach einer Weile sah ich ein Fenster und eine Sonnenuhr davor. Dann war das Zimmer plötzlich hell, und Möbel standen darin – und bevor ich wußte, was los war, war es das Zimmer in der Hastings Road Nr. 20, komplett mit Mr. Nowrojee und Shrimati Supriya Joshi und Dr. Makhijani, aber seltsamerweise war nirgendwo eine Tür, deswegen nahm ich an, daß sie zum Fenster hereingeklettert waren. Und wie war ich selbst hereingekommen? Wie auch immer, bevor ich das Rätsel lösen konnte, war plötzlich doch eine Tür an der Stelle, an der sie sein sollte, und jemand klopfte – nicht laut, aber ungeduldig. Ich wußte, daß Du es warst – obwohl ich nie zuvor gehört habe, wie du an eine Tür klopfst, wir haben uns ja immer im Freien getroffen, bis auf das eine Mal – und, ja, bei Ustad Majeed Khans Konzert. Ich war überzeugt, daß Du es warst, und mein Herz

raste so, daß es kaum auszuhalten war – so sehr habe ich mich gefreut, Dich zu sehen. Aber dann war es jemand anders, und ich seufzte vor Erleichterung.

Liebster Kabir, ich werde diesen Brief nicht abschicken, deswegen mußt Du Dir keine Sorgen machen, daß ich mich leidenschaftlich in Dich verlieben und Deine Pläne für den Auswärtigen Dienst und Cambridge und so weiter durchkreuzen könnte. Wenn Du meinst, daß ich unvernünftig war, nun, vielleicht hast Du recht, aber ich war noch nie zuvor verliebt, und das ist ein sehr unvernünftiges Gefühl – und eins, das ich nie wieder fühlen will, weder für Dich noch für sonstjemand.

Ich habe Deinen Brief zwischen Grünlilien sitzend gelesen, aber ich konnte an nichts anderes denken als an Gul-Mohur-Blüten zu meinen Füßen und an Dich, wie Du mir sagst, daß ich in fünf Jahren alle meine Sorgen vergessen haben werde. Ach ja, und daran, wie ich Kamini-Blüten aus meinem Haar geschüttelt und geweint habe.

Der zweite Traum – nun, ich kann ihn Dir ruhig erzählen, da Du den Brief sowieso nie lesen wirst. Wir lagen zu zweit allein in einem Boot in der Mitte des Flusses, und Du hast mich geküßt, und – oh, es war die absolute Wonne. Später bist Du aufgestanden und hast gesagt: »Ich muß jetzt gehen und vier Lagen schwimmen; wenn ich das tue, wird unsere Mannschaft das Spiel gewinnen, wenn nicht, wird sie verlieren.« Und dann hast Du mich allein im Boot gelassen. Mir sank das Herz, aber Dein Entschluß stand fest. Gott sei Dank sank das Boot nicht, und ich ruderte allein ans Ufer. Ich glaube, ich bin Dich endlich los. Das hoffe ich zumindest. Ich habe beschlossen, eine alte Jungfer ohne Anhang zu werden und meine Zeit damit zu verbringen, über Raum, Zeit und Kausalität, Evolution und Bedeutung und Natur Gottes nachzudenken.

Viel Glück, süßer Prinz, süßer Rattenprinz, und mögest Du am Dhobi-ghat wieder auftauchen, gesund, aber patschnaß, und viel Erfolg haben im Leben.

Ich schicke Dir all meine Liebe, mein liebster Kabir,
Lata

Lata steckte den Brief in einen Umschlag und schrieb Kabirs Namen darauf. Dann, statt seine Adresse zu schreiben, malte sie seinen Namen noch mehrmals auf den Umschlag, sicherheitshalber. Anschließend zeichnete sie eine Briefmarke in die rechte obere Ecke (›Spare in der Zeit, so hast du in der Not‹) und schrieb ›Strafporto‹ daneben. Schließlich riß sie alles in kleine Fetzen und begann zu weinen.

Wenn im Leben auch sonst nichts aus mir wird, dachte Lata, dann werde ich zumindest der Welt größte Neurotikerin.

7.34

Amit hatte Lata für den nächsten Tag zum Mittagessen und zum Tee bei den Chatterjis eingeladen.

»Ich dachte, ich lade dich ein, damit du unsere Brahmo-Sippe mal in Hochform erlebst«, sagte er. »Ila Chattopadhyay, die du neulich kennengelernt hast, wird kommen und eine Tante und ein Onkel mütterlicherseits und ihre ganze Brut. Und du bist ja angeheirateterweise ebenfalls Mitglied des Clans.«

Und so nahmen sie am nächsten Tag in Amits Haus zu einem traditionellen Bengali-Essen Platz. Amit ging davon aus, daß Lata diese Art Essen kannte. Aber als sie die kleine Portion Karela und Reis sah – und sonst nichts –, blickte sie so überrascht drein, daß er ihr erklären mußte, weitere Gänge würden folgen.

Merkwürdig, daß sie das nicht kannte, dachte Amit. Er wußte, daß die Mehras, bevor Arun und Meenakshi geheiratet hatten und während er selbst in England war, ein-, zweimal bei den Chatterjis eingeladen waren. Aber vermutlich hatte es kein Bengali-Essen gegeben.

Sie hatten etwas spät mit dem Essen angefangen, weil sie auf Dr. Ila Chattopadhyay warten wollten. Da die Kinder jedoch hungrig waren, fingen sie schließlich ohne sie an. Amits Onkel, Mr. Ganguly, war ein außerordentlich schweigsamer Mensch, dessen Energie sich gänzlich aufs Essen konzentrierte. Seine Kiefer arbeiteten hart, schnell, bissen zweimal pro Sekunde zu und hielten nur gelegentlich still, während seine milden, ausdruckslosen Kuhaugen Gastgeber und Gäste betrachteten, die das Gespräch in Gang hielten. Seine Frau war eine fette, überaus gefühlsbetonte Frau, die eine Menge Sindoor im Haar hatte und einen riesigen, ebenso knallroten Bindi mitten auf der Stirn. Sie war eine hemmungslose Klatschbase, und während sie hauchdünne Fischgräten aus ihrem paangefleckten Mund zog, schädigte sie den Ruf aller Nachbarn und aller Verwandten, die nicht anwesend waren. Unterschlagung, Trunkenheit, Gangstertum, Inzest: Was immer ausgesprochen werden konnte, wurde ausgesprochen, alles andere angedeutet. Mrs. Chatterji war schockiert, gab vor, noch schockierter zu sein, als sie tatsächlich war, und genoß ihre Gesellschaft in höchstem Grade. Einzig was Mrs. Ganguly nach ihrem Besuch über *ihre* Familie sagen würde – insbesondere über Kuku –, machte ihr Sorgen.

Kuku, ermutigt von Tapan und Amit, benahm sich so ungezwungen wie immer. Dann erschien auch Dr. Ila Chattopadhyay (»Ich bin so was von dumm, ich vergesse immer die Zeiten fürs Mittagessen. Komme ich zu spät? Dumme Frage. Hallo. Hallo. Hallo. Ach, Sie sind auch wieder da? Lalita? Lata? Ich kann mir Namen einfach nicht merken«), und die Runde wurde noch ausgelassener.

Bahadur teilte mit, daß Kakoli am Telefon verlangt werde.

»Wer immer es ist, sag, daß Kuku nach dem Essen zurückrufen wird«, sagte ihr Vater.

»Ach, Baba!« Kuku sah ihren Vater mit feuchten Augen an.
»Wer ist es?« fragte Richter Chatterji Bahadur.
»Der deutsche Sahib.«
Mrs. Gangulys intelligente Schweinsäuglein blickten von einem zum anderen.
»Ach, Baba, das ist Hans. Ich muß mit ihm sprechen.« Das Wort ›Hans‹ zog sie flehentlich in die Länge.
Richter Chatterji nickte kaum merklich, und Kuku sprang auf und lief zum Telefon.
Als Kakoli an den Tisch zurückkehrte, wandten sich alle außer den Kindern ihr zu. Die Kinder verschlangen riesige Portionen Tomatenchutney, und ihre Mutter tadelte sie nicht einmal dafür, so begierig war sie, zu hören, was Kuku sagen würde.
Aber Kukus Interesse galt nicht mehr der Liebe, sondern dem Essen. »Oh, Gulab-jamuns«, sagte sie und imitierte Biswas Babu, »und das Chumchum! Und Mishti doi! Oh – alleiiin de Gedanke läßt miir das Wasse im Mund zusammelaufe.«
»Kuku.« Richter Chatterji war ernstlich böse.
»Entschuldige, Baba. Entschuldigung. Entschuldigung. Laßt mich auch mitreden. Worüber habt ihr gerade gesprochen?«
»Nimm ein Sandesh, Kuku«, sagte ihre Mutter.
»Also, Dipankar«, sagte Dr. Ila Chattopadhyay. »Hast du dein Studienfach gewechselt?«
»Das kann ich nicht, Ila Kaki«, sagte Dipankar.
»Warum nicht? Je eher du wechselst, um so besser. Ich kenne keinen einzigen anständigen Menschen, der Wirtschaftswissenschaftler ist. Warum kannst du nicht wechseln?«
»Weil ich mein Studium bereits abgeschlossen habe.«
»Ach so!« Dr. Ila Chattopadhyay schien vorübergehend sprachlos. »Und was hast du jetzt vor?«
»Das werde ich in ein, zwei Wochen entscheiden. Ich werde es mir an Pul Mela überlegen. Das ist der richtige Zeitpunkt, um meine Position im spirituellen und intellektuellen Kontext richtig einzuschätzen.«
Dr. Ila Chattopadhyay brach ein Sandesh entzwei und sagte: »Wirklich, Lata, haben Sie jemals eine so wenig überzeugende Ausflucht gehört? Ich habe noch nie verstanden, was ›spiritueller Kontext‹ bedeuten soll. Spirituelle Dinge sind absolute Zeitverschwendung. Ich verbringe meine Zeit lieber mit den Klatschgeschichten, die uns deine Tante mitzuteilen hat, Dipankar, und die deine Mutter angeblich schockieren, statt zur Pul Mela zu gehen. Ist es nicht furchtbar dreckig? Diese Millionen Pilger, die sich auf dem schmalen Sandstreifen unterhalb des Forts von Brahmpur drängen? Die dort alles – *alles* tun.«
»Ich weiß nicht«, sagte Dipankar. »Ich war noch nie dort. Aber angeblich ist es gut organisiert. Sie stellen sogar einen Distriktmagistrat ab für die große Pul

Mela alle sechs Jahre. Dieses Jahr ist ein sechstes Jahr, und deswegen steht das Bad unter einem besonders günstigen Stern.«

»Der Ganges ist ein fürchterlich dreckiger Fluß«, sagte Dr. Ila Chattopadhyay. »Ich hoffe, du hast nicht vor, darin zu baden ... Hör auf zu blinzeln, Dipankar, du ruinierst damit meine Konzentration.«

»Wenn ich bade«, sagte Dipankar, »werde ich nicht nur meine Sünden abwaschen, sondern auch die von sechs Generationen vor mir. Vielleicht bist du auch mit dabei, Ila Kaki.«

»Gott behüte«, sagte Dr. Ila Chattopadhyay.

Dipankar wandte sich an Lata: »Du solltest auch kommen, Lata. Schließlich bist du aus Brahmpur.«

»Ich bin nicht wirklich aus Brahmpur«, sagte Lata und warf Dr. Ila Chattopadhyay einen Blick zu.

»Woher bist du dann?« fragte Dipankar.

»Im Augenblick von nirgendwo.«

»Wie auch immer«, fuhr Dipankar ernst fort. »Ich glaube, ich habe deine Mutter überzeugt zu kommen.«

»Das bezweifle ich«, sagte Lata und lächelte bei dem Gedanken, wie sich Mrs. Rupa Mehra und Dipankar gegenseitig durch die Pul-Mela-Menschenmassen und die Labyrinthe von Zeit und Kausalität führten. »Sie wird zu diesem Zeitpunkt nicht in Brahmpur sein. Wo wirst du wohnen?«

»Am Strand – ich werde in irgendeinem Zelt einen Platz finden«, sagte Dipankar optimistisch.

»Kennst du denn niemanden in Brahmpur?«

»Nein. Also, natürlich Savita. Und dann ist da noch der alte Mr. Maitra, der irgendwie mit uns verwandt ist und den ich einmal als Kind gesehen habe.«

»Wenn du dort bist, mußt du Savita und ihren Mann besuchen«, sagte Lata. »Ich werde ihnen schreiben, daß du kommst. Wenn der Strand ausgebucht ist, kannst du bei ihnen wohnen. Und es ist immer gut, wenn man in einer fremden Stadt eine Adresse und Telefonnummer hat.«

»Danke«, sagte Dipankar. »Ach, heute abend gibt es in der Ramakrishna-Mission einen Vortrag über Volksfrömmigkeit und ihre philosophischen Dimensionen. Willst du nicht mitkommen? Es wird auch über die Pul Mela gesprochen.«

»Also wirklich, Dipankar, du bist ein noch größerer Idiot, als ich gedacht habe«, sagte Dr. Ila Chattopadhyay zu ihrem Neffen. »Warum verschwende ich nur meine Zeit mit dir? Sie sollten Ihre Zeit auch nicht mit ihm verschwenden«, riet sie Lata. »Ich werde jetzt mit Amit reden. Wo ist er?«

Amit war im Garten. Die Kinder hatten ihn genötigt, ihnen den Froschlaich im Lilienteich zu zeigen.

7.35

Der Saal war fast voll besetzt. Es mußten ungefähr zweihundert Leute dasein, und Lata fiel auf, daß sich nur zirka fünf Frauen darunter befanden. Der Vortrag, der in Englisch gehalten wurde, begann pünktlich um sieben Uhr. Professor Dutta-Ray (der einen schlimmen Husten hatte) stellte den Redner vor, machte das Publikum mit der Biographie und den Errungenschaften der geistigen Leuchte bekannt und spekulierte dann noch ein paar Minuten darüber, was er wohl sagen würde.

Der junge Redner stand auf. Er sah überhaupt nicht aus wie jemand, der – laut Einführung des Professors – fünf Jahre lang als Sadhu gelebt hatte. Er hatte ein rundes, von Sorgen zerfurchtes Gesicht, trug eine frisch gestärkte Kurta, in deren Tasche zwei Kugelschreiber steckten, und einen Dhoti. Er sprach nicht über Volksfrömmigkeit und ihre philosophischen Dimensionen, obwohl er die Pul Mela einmal erwähnte – mehr oder weniger elliptisch als »die große Menschenmenge, die sich an den Ufern der Ganga versammelt, um sich im Schein des Vollmondes umspülen zu lassen«. Insgesamt jedoch bedachte er das geduldige Publikum mit einer Rede von außergewöhnlicher Banalität. Er schwang sich in atemberaubende Höhen und überflog ein unerhört weites Gebiet, wohl in der Annahme, daß das, was er fallenließ, ein verständliches Muster ergab.

Nach ein paar Sätzen streckte er regelmäßig die Arme in einer milden, allumfassenden Geste aus, als ob er ein Vogel wäre, der seine Flügel ausbreitet.

Dipankar war hingerissen, Amit langweilte sich, und Lata war verblüfft.

Der Redner war jetzt in voller Fahrt: »Die Menschheit muß sich in der Gegenwart inkarnieren... Eine Erschütterung der geistigen Horizonte... Die Herausforderung ist eine innere... Die Geburt ist eine bemerkenswerte Angelegenheit... Der Vogel spürt das unermeßliche Beben des Blattes... Es kann eine gewisse Sakralrelation zwischen dem Volkstümlichen und dem Philosophischen behauptet werden... Ein allseits offener Geist, durch den das Leben fließen kann, mit dem man dem Lied des Vogels lauschen kann, dem Impuls der Raumzeit...«

Endlich, eine Stunde später, kam er zu der Großen Frage: »Ist es der Menschheit überhaupt möglich, zu erkennen, wo sich eine neue Inspirationsquelle auftut? Können wir die große Dunkelheit in uns durchdringen, in der Symbole geboren werden? Ich behaupte, daß unsere Rituale – man mag sie volkstümlich nennen, wenn man will – diese Dunkelheit tatsächlich durchdringen. Die Alternative ist der Tod des Geistes und nicht der ›Wiedertod‹ oder Punarmrityu – in unseren heiligen Schriften der erste Hinweis auf die ›Wiedergeburt‹ –, sondern der ultimative Tod, der Tod aus Unwissenheit. Lassen Sie mich Ihnen allen also sagen«, er streckte dem Publikum die Arme entgegen, »– sollen Kontrahenten behaupten, was sie wollen –, daß wir nur durch die Bewahrung der alten Sakralformen, wie pervers sie auch sein mögen, wie abergläubisch sie dem philosophischen Auge auch erscheinen mögen, unsere Ursprünglichkeit bewahren können, unser Ethos, unsere Entfaltung, unser innerstes Wesen.« Er setzte sich.

»Unsere Eierschalen«, sagte Amit zu Lata.

Das Publikum applaudierte verhalten.

Aber jetzt stand der ehrenwerte Professor Dutta-Ray auf, der den Redner auf so väterliche Art vorgestellt hatte, und ging dazu über, niederzumachen, was er als unhaltbare neue Theorien verstand, wobei er Blicke unverhohlener Feindseligkeit auf ihn abschoß. (Ganz eindeutig betrachtete sich der Professor als einen der eben geschmähten ›Kontrahenten‹.) Aber enthielt die Rede überhaupt Theorien? Sie war sicherlich in einem gewissen Tenor vorgetragen worden, aber konnte man einen Tenor niedermachen? Der Professor versuchte es jedenfalls, wobei seine Stimme, die ganz sachte begann, sich zu einem heiser-kehligen Schlachtruf emporschwang: »Lassen wir uns keinen Sand in die Augen streuen! Denn wenn es auch oft der Fall sein mag, daß Thesen plausibel klingen, so ist es doch gleichzeitig unmöglich, sie mit mehr als nur anschaulichem Material zu beweisen oder zu verwerfen. In der Tat ist es in der Praxis schwierig festzustellen, ob eine Theorie überhaupt in den Bereich der Schlüsselfrage gehört, und dann bleibt ungeklärt, wiewohl sie vielleicht Licht auf die Tendenz wirft, ob eine Antwort im Sinne dessen, was man, allgemein gesprochen, ihr sich herausbildendes Muster nennen mag, überzeugend formuliert werden kann. Aus dieser Perspektive nun ist es nicht zwingend, obwohl die Theorie zugegebenermaßen – für das unwissende Auge – wohlbegründet erscheinen mag, sie als Analyseinstrument für die zugrundeliegende Frage anzuerkennen, was uns allerdings zu Überlegungen führt, die wir an anderer Stelle ausführen müssen. Um es deutlicher auszudrücken: Ihr Unvermögen, etwas zu erklären, muß sie irrelevant machen, auch wenn sie deswegen nicht verworfen werden kann. Wenn das jedoch so ist, dann wird dem gesamten analytischen Rahmen der Boden entzogen, und das einschlägigste und triftigste Argument muß aufgegeben werden.«

Er sah den Redner triumphierend und böse an, bevor er fortfuhr: »Als eine allumfassende Generalisierung mag man deshalb versuchsweise die Mutmaßung riskieren, daß man, wenn man alles andere außer acht läßt, keine partikulären Generalisierungen machen sollte, wenn generelle Partikularisierungen ebenso verfügbar sind – verfügbar für einen weit weniger unproduktiven Effekt.«

Dipankar war schockiert, Amit langweilte sich, Lata war verwirrt.

Ein paar Leute im Publikum wollten Fragen stellen, aber Amit hatte genug. Lata ließ sich willig, Dipankar unwillig aus dem Saal schleifen. Lata war etwas benommen, nicht nur wegen der hochgeistigen Abstraktionen, die sie eben eingeatmet hatte, sondern auch, weil es im Saal heiß und stickig war.

Ein paar Minuten lang sprach keiner von ihnen. Lata, die Amits Langeweile bemerkt hatte, erwartete, daß er seinem Ärger Luft und Dipankar ihm deswegen Vorhaltungen machen würde. Statt dessen sagte Amit nur: »Wenn mir so etwas vorgesetzt wird und ich keinen Bleistift und kein Papier dabeihabe, dann vertreibe ich mir die Zeit damit, mir irgendein Wort vorzunehmen, das der Redner gebraucht hat – zum Beispiel ›Vogel‹ oder ›Tuch‹ oder ›zentral‹ oder ›blau‹ –, und mir verschiedene Varianten davon vorzustellen.«

»Sogar von Wörtern wie ›zentral‹?« fragte Lata, der diese Idee gefiel.

»Sogar von solchen Wörtern. Die meisten sind sehr ergiebig.«

Er kramte in seiner Tasche nach einer Anna und kaufte von einem Händler eine kleine duftende Girlande frisch gepflückter weißer Belablüten. »Hier«, sagte er und reichte sie Lata.

Lata, die sich sehr freute, bedankte sich, und nachdem sie mit einem hingerissenen Lächeln den Duft eingeatmet hatte, steckte sie die Blumen selbstvergessen in ihr Haar.

Ihre Geste hatte etwas so Angenehmes, Natürliches und Unprätentiöses an sich, daß Amit sich bei dem Gedanken ertappte: Vielleicht ist sie intelligenter als meine Schwestern, jedenfalls bin ich froh, daß sie nicht so kompliziert ist. Sie ist das netteste Mädchen, das ich seit langem getroffen habe.

Lata ihrerseits dachte, wie sehr sie Meenakshis Familie mochte. Sie rissen sie aus ihrer Introvertiertheit und ihrer dummen, selbstverschuldeten Niedergeschlagenheit. In ihrer Gesellschaft war es sogar möglich, an so einem Vortrag, wie sie ihn eben hatte über sich ergehen lassen, Spaß zu haben.

7.36

Richter Chatterji saß in seinem Büro. Vor ihm auf dem Schreibtisch lag ein halb fertiges Urteil. Daneben standen eine Schwarzweißfotografie seiner Eltern und ein Foto von ihm, seiner Frau und ihren fünf Kindern, das vor vielen Jahren in einem schicken Kalkuttaer Fotoatelier aufgenommen worden war. Kakoli, das eigensinnige Kind, hatte darauf bestanden, ihren Teddybären mit ablichten zu lassen; Tapan war noch zu klein gewesen, um einen eigenen Willen zu artikulieren.

Er sollte das Todesurteil für sechs Mitglieder einer Dacoitbande bestätigen. Solche Fälle verursachten Richter Chatterji große Kopfschmerzen. Er mochte keine Strafrechtsfälle und freute sich darauf, daß ihm in Zukunft wieder Zivilrechtsangelegenheiten zugeordnet werden sollten, die sowohl intellektuell stimulierender als auch psychisch weniger belastend waren. Es stand außer Frage, daß die sechs dem Gesetz nach schuldig waren und daß das Urteil des Richters weder unverhältnismäßig noch abwegig war. Und Richter Chatterji wußte, daß er es nicht aufheben würde. Nicht alle der sechs mochten den Tod der Männer, die sie beraubt hatten, beabsichtigt haben, aber gemäß dem indischen Strafgesetz waren in einem Fall von Raubmord alle Angeklagten gleich verantwortlich.

Das war kein Fall für den Obersten Gerichtshof. Das Hohe Gericht in Kalkutta war die letzte Instanz, bei der Berufung eingelegt werden konnte. Er würde das Urteil unterschreiben, und ebenso würde es sein Richterkollege tun, und das bedeutete für diese Männer das Ende. In ein paar Wochen würden sie morgens im Gefängnis von Alipore gehängt werden.

Richter Chatterji betrachtete eine Weile das Foto seiner Familie und sah sich dann im Zimmer um. Drei Wände waren mit braunen und tiefblauen ledergebundenen Gesetzbüchern gesäumt: den *Indian Law Reports*, dem *All India Reporter*, den *Income Tax Reports*, den *All England Law Reports*, *Halsbury's Laws*, ein paar Lehrbüchern und allgemeinen juristischen Büchern, der Verfassung Indiens (die gerade ein Jahr alt war) und diversen Gesetzessammlungen mit Kommentaren. Obwohl er in der Richterbibliothek des Hohen Gerichts alle Bücher zur Verfügung hatte, die er brauchte, hatte er nach wie vor die juristischen Fachzeitschriften abonniert. Er wollte sie nicht abbestellen, zum einen, weil er gelegentlich seine Urteile zu Hause abfaßte, zum anderen, weil er immer noch hoffte, daß Amit in seine Fußstapfen treten würde – so wie er in die Fußstapfen seines Vaters getreten war, sich am selben Inn wie sein Vater qualifiziert und auch seinen Sohn dorthin geschickt hatte.

Daß Richter Chatterji am Nachmittag seine Pflichten als Gastgeber vernachlässigt hatte, lag nicht an Zerstreutheit und auch nicht an der fetten Klatschbase oder ihren lärmenden Kindern, die er sogar sehr gern hatte. Es lag an dem Mann der Klatschbase, Mr. Ganguly, der plötzlich – nach anhaltendem Schweigen während des Mittagessens – auf der Veranda angefangen hatte, von seinem Lieblingspolitiker zu reden – von Hitler, der seit sechs Jahren tot war, von ihm jedoch immer noch wie ein Gott verehrt wurde. Mit seiner monotonen Stimme, seine Gedanken ständig wiederholend, hatte er zu einem Monolog angesetzt, wie ihn Richter Chatterji schon zweimal von ihm zu hören bekommen hatte: Daß nicht einmal Napoleon (ein weiterer Held der Bengalen) an Hitlersche Standards heranreiche, daß Hitler Netaji Subhas Chandra Bose im Kampf gegen die schrecklichen Briten unterstützt hätte, daß die indo-germanische Verbindung eine atavistische Kraft darstellte und wie fürchterlich es sei, daß Deutsche und Engländer innerhalb des nächsten Monats offiziell den Kriegszustand beenden würden, der seit 1939 zwischen ihnen herrschte. (Richter Chatterji dachte, daß es dafür höchste Zeit war, sagte jedoch nichts; er weigerte sich, in etwas hineingezogen zu werden, was letztlich ein Selbstgespräch war.)

Da Kakolis ›deutscher Sahib‹ während des Essens erwähnt worden war, hatte dieser Mann seine Genugtuung angesichts der Möglichkeit zum Ausdruck gebracht, daß die ›indo-germanische Verbindung‹ in seiner eigenen Familie manifest werden könnte. Richter Chatterji hatte eine Weile angewidert, aber freundlich zugehört, dann hatte er eine höfliche Entschuldigung vorgebracht, war aufgestanden und nicht wieder zurückgekommen.

Richter Chatterji hatte nichts gegen Hans. Soweit er ihn kannte, mochte er ihn. Hans sah gut aus, kleidete sich gut, war in jeder Hinsicht vorzeigbar und legte eine amüsante, wenn auch aggressive Höflichkeit an den Tag. Kakoli hatte ihn sehr gern. Mit der Zeit würde er wahrscheinlich sogar lernen, anderen Leuten nicht die Hand zu zerquetschen. Was Richter Chatterji jedoch überhaupt nicht ausstehen konnte, war das Syndrom, für das der Verwandte seiner Frau ein Paradebeispiel war – eine Kombination von Einstellungen, die in Bengalen durchaus nicht ungewöhnlich war: die verrückte Vergötterung des Nationalisten Subhas Bose, der nach Deutschland und Japan geflohen war und dort die Indian National Army aufgestellt hatte, um gegen die Briten zu kämpfen; die Lobpreisung Hitlers, des Faschismus und der Gewalttätigkeit; die Verunglimpfung alles Britischen und von allem, was im Ruch ›pseudo-britischen Liberalismus‹ stand, und das an Verachtung grenzende Ressentiment gegen den schlauen ›Schlappschwanz‹ Gandhi, der Bose vor vielen Jahren als gewählten Präsidenten der Kongreßpartei abgesetzt hatte. Netaji Subhas Chandra Bose war ein Bengali, und Richter Chatterji war ebenso stolz, Bengali zu sein, wie er stolz war, Inder zu sein, aber er war – wie sein Vater, der ›alte Mr. Chatterji‹ – von ganzem Herzen dankbar, daß es Subhas Bose und seinesgleichen nie gelungen war, das Land zu regieren. Seinem Vater war Subhas Boses stillerer und ebenso patriotischer Bruder Sarat, auch ein Jurist, den er gekannt und in gewissem Sinn bewundert hatte, wesentlich lieber gewesen.

Wäre der Kerl nicht mit meiner Frau verwandt, wäre er der letzte, von dem ich mir meinen Sonntagnachmittag ruinieren lassen würde, dachte Richter Chatterji. In jeder Familie findet man eine zu große Spannbreite an Temperamenten – und man kann nicht, wie bei Bekannten, einfach den Kontakt zu ihnen abbrechen. Wir werden so lange miteinander verwandt bleiben, bis einer von uns tot umfällt.

Diese Gedanken an den Tod und dieser Blick auf das Leben waren eigentlich seinem Vater, der fast achtzig war, viel angemessener als ihm, ging es Richter Chatterji durch den Kopf. Aber der alte Mann wirkte so zufrieden mit seiner Katze und dem müßigen Lesen von Sanskrittexten (literarischen, nicht religiösen), daß ihn Gedanken an die eigene Sterblichkeit oder das Dahinschwinden seiner Zeit kaum zu befallen schienen. Seine Frau war gestorben, zehn Jahre nachdem sie geheiratet hatten, und seitdem hatte er nur noch selten von ihr gesprochen. Ob er heute noch oft an sie dachte? »Ich lese diese alten Stücke sehr gern«, hatte er vor ein paar Tagen zu seinem Sohn gesagt. »König, Prinzessin, Dienerin – alles, was sie damals dachten, stimmt auch heute noch. Geburt, Bewußtsein, Liebe, Ehrgeiz, Haß, Tod, nichts hat sich verändert. Nichts.«

Mit Schrecken mußte Richter Chatterji feststellen, daß er selbst nicht sehr oft an seine Frau dachte. Sie waren sich zum erstenmal bei einer – wie wurden sie gleich genannt, diese speziellen Feste für junge Leute, die der Brahmo Samaj veranstaltete und wo sich Jugendliche kennenlernen konnten? – bei einer Jubok Juboti Dibosh begegnet. Sein Vater hatte das Mädchen gebilligt, und sie hatten geheiratet. Sie kamen gut miteinander aus; der Haushalt lief reibungslos; ihre Kinder, wenn auch sehr exzentrisch, waren keine schlecht geratenen Kinder.

Den frühen Abend verbrachte er stets im Club. Sie beklagte sich deswegen nur sehr selten; er vermutete, daß es ihr nichts ausmachte, diese Zeit für sich und die Kinder zu haben.

Sie war Bestandteil seines Lebens, und das seit dreißig Jahren. Zweifellos würde sie ihm fehlen, wenn sie nicht mehr lebte. Aber grundsätzlich beschäftigten ihn seine Kinder mehr als sie – vor allem Amit und Kakoli, die ihm beide Sorgen bereiteten. Und das traf wahrscheinlich auch für seine Frau zu. Ihre Unterhaltungen einschließlich der letzten, die das Ultimatum an Amit und Dipankar zur Folge gehabt hatte, drehten sich weitgehend um die Kinder: »Kuku telefoniert die ganze Zeit, und ich weiß nie, mit wem sie gerade spricht. Und in letzter Zeit geht sie zu den seltsamsten Zeiten aus und weicht meinen Fragen aus.« »Ach, laß sie. Sie weiß schon, was sie tut.« »Du weißt doch, was dem Lahiri-Mädchen zugestoßen ist.« So fing es immer an. Seine Frau war Mitglied im Beirat für eine Armenschule und engagierte sich für andere soziale Zwecke, die Frauen so am Herzen liegen, aber der Großteil ihrer Bestrebungen konzentrierte sich auf das Wohlergehen ihrer Kinder. Mehr als alles andere wünschte sie sich, daß sie heiraten und gut versorgt sein würden.

Zunächst war sie über Meenakshis Heirat mit Arun Mehra enorm aufgebracht gewesen. Aber das hatte sich, wie vorherzusehen war, mit Aparnas Geburt geändert. Richter Chatterji jedoch, der sich in der Angelegenheit taktvoll und fair verhalten hatte, fühlte sich zunehmend unbehaglich angesichts dieser Ehe. Zum einen war da Aruns Mutter, die in seinen Augen eine etwas sonderbare Person war – hemmungslos sentimental und geneigt, aus jeder Mücke einen Elefanten zu machen. (Er hatte geglaubt, daß sie nicht zu denen gehörte, die sich ständig Sorgen machten, aber Meenakshi hatte ihm ihre Version der Medaillen-Geschichte hinterbracht.) Und dann war da Meenakshi selbst, die bisweilen Züge eines kalten Egoismus an den Tag legte, die auch er als ihr Vater nicht immer übersehen konnte; er vermißte sie, aber als sie noch zu Hause lebte, war bei den Frühstücksdebatten wesentlich erbitterter diskutiert worden.

Schließlich war da noch Arun. Richter Chatterji schätzte seinen Tatendrang und seine Intelligenz, aber nicht sehr viel mehr. Er hielt ihn für einen unnötig aggressiven Menschen und einen widerlichen Snob. Ab und zu trafen sie sich im Calcutta Club, hatten sich jedoch nicht viel zu sagen. Jeder schloß sich seiner eigenen Gruppe an, einer dem jeweiligen Alter und Beruf entsprechenden Gruppe. Aruns Freunde wirkten auf ihn grundlos laut und wollten nicht so recht zu den Palmen und der gediegenen Holztäfelung passen. Aber vielleicht ist das nur die mit dem Alter einhergehende Intoleranz, dachte Richter Chatterji. Die Zeiten änderten sich, und er reagierte, wie alle anderen – König, Prinzessin, Dienerin – auf die gleiche Situation reagiert hatten.

Aber wer hätte gedacht, daß sich die Dinge so grundlegend und so schnell verändern würden, wie sie es getan hatten. Es war noch keine zehn Jahre her, da hatte Hitler England im Würgegriff, Japan bombardierte Pearl Harbor, Gandhi hungerte im Gefängnis, während sich Churchill ungeduldig danach erkundigte, warum dieser Inder noch nicht tot sei, und Tagore war gerade gestorben. Amit war als Student politisch aktiv und in Gefahr, von den Briten inhaftiert zu werden. Tapan war drei und wäre beinahe an einer Nierenentzündung gestorben. Aber im Hohen Gericht lief alles bestens. Seine Arbeit als Anwalt wurde zunehmend interessant, als er Fälle anpackte, die auf dem Kriegsgewinngesetz und dem Einkommensüberschußgesetz basierten. Sein Scharfsinn war unvermindert, und Biswas Babus exzellentes Ablagesystem hielt seine Zerstreutheit in Schach.

Im ersten Jahr nach der Unabhängigkeit war ihm das Richteramt angeboten worden, etwas, was seinen Vater und seinen Sekretär noch mehr freute als ihn selbst. Obwohl Biswas Babu wußte, daß er sich eine neue Stelle suchen mußte, veranlaßten ihn sein Stolz auf die Familie und sein Sinn für den ordnungsgemäßen Ablauf der Dinge, sich über die Tatsache zu freuen, daß sein Arbeitgeber von nun an, wie sein Vater vor ihm, von einem Diener mit Turban und in rot-weiß-goldener Livree begleitet würde. Was er bedauerte, war, daß Amit Babu nicht sofort bereit war, die Anwaltskanzlei seines Vaters zu übernehmen; aber, so hatte er gedacht, das würde gewiß nicht länger als ein paar Jahre auf sich warten lassen.

7.37

Das Richterkollegium, dem Richter Chatterji zugeteilt worden war, setzte sich jedoch ganz anders zusammen, als er es sich – noch vor wenigen Jahren – vorgestellt hatte. Er stand von seinem großen Mahagonischreibtisch auf und ging zu dem Regal, in dem die neueren braunen, roten, schwarzen und goldenen Bände des *All India Reporter* standen. Er nahm zwei davon heraus – *Calcutta 1947* und *Calcutta 1948* – und verglich die jeweils erste Seite. Als er dabei sah, was mit dem Land geschehen war, das er seit seiner Kindheit kannte, und mit seinen Freunden, vor allem mit den Engländern und Moslems unter ihnen, wurde er sehr niedergeschlagen.

Aus keinem offenkundigen Grund fiel ihm plötzlich ein höchst ungeselliger englischer Arzt ein, ein Freund von ihm, der (wie er) den Partys entfloh, die in seinem eigenen Haus stattfanden. Er schob einen unerwarteten Notfall vor – vielleicht einen im Sterben liegenden Patienten – und verschwand. Dann begab er sich in den Bengal Club, setzte sich auf einen Barhocker und trank so viel Whisky, wie er nur konnte. Die Frau des Arztes, die diese riesigen Partys veranstaltete, war selbst auch einigermaßen exzentrisch. Sie fuhr Fahrrad, mit einem riesigen Hut auf dem Kopf, unter dessen Krempe sie alles sehen konnte, was in der Welt vor sich ging, ohne – so glaubte sie – selbst erkannt zu werden. Man erzählte sich von ihr, daß sie einmal mit um die Schulter drapierter schwarzer

Spitzenunterwäsche bei Firpos zum Abendessen erschienen sei. Offensichtlich hatte sie sie mit einer Stola verwechselt.

Bei dieser Erinnerung mußte Richter Chatterji unwillkürlich lächeln, aber das Lächeln erlosch, als er auf die beiden Seiten hinunterblickte, die er vergleichen wollte. Im kleinen spiegelten diese beiden Seiten den Untergang eines Reiches und die Geburt zweier Nationen wider, die aus der – tragischen und dummen – Idee entstanden waren, daß Völker unterschiedlicher Religion nicht friedlich miteinander in einem Land leben konnten.

Mit dem roten Stift, den er für Anmerkungen in seinen Gesetzestexten benutzte, machte Richter Chatterji ein ›X‹ neben jeden Namen im Band des Jahres 1947, der nur ein Jahr später, 1948, nicht mehr auftauchte. Nachdem er fertig war, sah die Liste folgendermaßen aus:

DER HOHE GERICHTSHOF VON KALKUTTA 1947

OBERRICHTER

    Der Ehrenwerte Sir Arthur Trevor Harries
    Der Ehrenwerte Sir Roopendra Kumar Mitter

RICHTER

x Der Ehrenwerte Sir Nurul Azeem Khundkar
x Der Ehrenwerte Sir Norman George Armstrong Edgley
    Der Ehrenwerte Dr. Bijan Kumar Mukherjee
    Der Ehrenwerte Mr. Charu Chandra Biswas
x Der Ehrenwerte Mr. Ronald Francis Lodge
x Der Ehrenwerte Mr. Frederick William Gentle
    Der Ehrenwerte Mr. Amarendra Nath Sen
    Der Ehrenwerte Mr. Thomas James Young Roxburgh
x Der Ehrenwerte Mr. Abu Saleh Mohamed Akram
    Der Ehrenwerte Mr. Abraham Lewis Blank
    Der Ehrenwerte Mr. Sudhi Ranjan Das
x Der Ehrenwerte Mr. Ernest Charles Ormond
    Der Ehrenwerte Mr. William McCornick Sharpe
    Der Ehrenwerte Mr. Phani Bhusan Chakravartti
    Der Ehrenwerte Mr. John Alfred Clough
x Der Ehrenwerte Mr. Thomas Hobart Ellis
    Der Ehrenwerte Mr. Jogendra Narayan Mazumdar
x Der Ehrenwerte Mr. Amir-Ud-din Ahmad
x Der Ehrenwerte Mr. Amin Ahmad
    Der Ehrenwerte Mr. Kamal Chunder Chunder
    Der Ehrenwerte Mr. Gopendra Nath Das

Am Ende der Seite von 1948 standen noch ein paar weitere Namen, darunter sein eigener. Aber die Hälfte der englischen Richter und alle moslemischen Richter waren nicht mehr da. Im Jahr 1948 arbeitete kein einziger moslemischer Richter mehr am Hohen Gerichtshof von Kalkutta.

Für einen Mann, der, wenn es um Freunde und Bekannte ging, Religion und Nationalität sowohl als etwas Bedeutsames als auch als etwas Unbedeutendes betrachtete, stellte die veränderte Zusammensetzung des Hohen Gerichts einen Grund zur Betrübnis dar. Die Reihen der Engländer hatten sich bald weiter gelichtet. Jetzt waren nur noch Trevor Harries (nach wie vor als Oberrichter) und Roxburgh da.

Für die Briten war die Ernennung eines Richters immer eine Angelegenheit von größter Bedeutung gewesen, und die Rechtsprechung unter den Briten war (abgesehen von ein paar Skandalen, zum Beispiel am Hohen Gericht von Lahore in den vierziger Jahren) stets fair gewesen und einigermaßen rasch erfolgt. (Unnötig zu erwähnen, daß es eine Unmenge repressiver Gesetze gab, aber das war eine andere, wenn auch damit in Beziehung stehende Sache.) Der Oberrichter horchte einen Mann direkt oder indirekt aus, wenn er meinte, daß er fürs Richteramt geeignet war, und wenn dieser zu verstehen gab, daß er interessiert war, schlug er ihn der Regierung zur Ernennung vor.

Gelegentlich erhob die Regierung politische Einwände, aber im allgemeinen wurde ein politisch exponierter Mann gar nicht erst vorgeschlagen, oder er lehnte ab, wenn er von einem Oberrichter auserkoren wurde. Ihm lag nicht daran, seine politischen Ansichten nicht mehr zum Ausdruck bringen zu dürfen. Außerdem, sollte es eine weitere Quit-India-Kampagne geben, müßte er Urteile fällen, die mit seinem Gewissen unvereinbar waren. Sarat Bose zum Beispiel wäre das Richteramt von den Briten nie angetragen worden, und er hätte es auch nicht angenommen, hätte man ihn darum gebeten.

Nach Abzug der Briten blieb mehr oder weniger alles beim alten, besonders in Kalkutta, wo noch immer ein Engländer Oberrichter war. In Richter Chatterjis Augen war Sir Arthur Trevor Harries ein guter Mann und ein guter Oberrichter. Er erinnerte sich jetzt an sein eigenes ›Interview‹ mit ihm, als Trevor Harries ihn als einen der führenden Anwälte in Kalkutta zu sich bestellt hatte.

Kaum hatten sie Platz genommen, hatte Trevor Harries gesagt: »Wenn Sie gestatten, Mr. Chatterji, komme ich ohne Umschweife zur Sache. Ich möchte Sie der Regierung zur Ernennung zum Richter vorschlagen. Sind Sie damit einverstanden?«

»Oberrichter, ich fühle mich geehrt«, hatte Richter Chatterji geantwortet. »Aber ich muß leider ablehnen.«

Trevor Harries war ziemlich erstaunt gewesen. »Darf ich fragen, warum?«

»Ich hoffe, Sie nehmen es mir nicht übel, wenn ich ebenfalls ohne Umschweife antworte. Ein jüngerer Mann als ich wurde vor zwei Jahren zum Richter ernannt, und seine Kompetenz kann nicht der Grund gewesen sein.«

»Ein Engländer?«

»Ja. Ich möchte nicht über den Grund spekulieren.«
Trevor Harries hatte genickt. »Ich glaube, ich weiß, von wem Sie sprechen. Aber ein anderer Oberrichter hat ihn vorgeschlagen – ich dachte, Sie sind mit dem Mann befreundet?«
»Das bin ich, aber ich spreche nicht von Freundschaft. Es geht um's Prinzip.«
Nach einer Pause hatte Trevor Harries gesagt: »Nun, ich will genausowenig wie Sie über die Richtigkeit dieser Entscheidung spekulieren. Aber er ist ein kranker Mann, und seine Tage sind gezählt.«
»Das tut nichts zur Sache.«
Trevor Harries hatte gelächelt. »Ihr Vater war ein ausgezeichneter Richter, Mr. Chatterji. Erst neulich hatte ich Gelegenheit, sein Urteil zur Frage rechtshemmender Einwände aus dem Jahr 1933 zu zitieren.«
»Ich werde es ihm sagen. Er wird sich sehr freuen.«
Es herrschte Schweigen. Mr. Chatterji wollte gerade aufstehen, als der Oberrichter sagte, wobei er kaum vernehmlich seufzte: »Mr. Chatterji, ich respektiere Sie zu sehr, um in dieser Angelegenheit Ihr Urteil beeinflussen zu wollen. Aber ich muß Ihnen gestehen, daß mich Ihre Ablehnung enttäuscht. Ich denke, Sie wissen, daß es schwirig für mich ist, den Verlust so vieler guter Richter in so kurzer Zeit auszugleichen. Pakistan und England haben Richter von diesem Gericht abgezogen. Unsere Arbeitsbelastung wächst ständig, und angesichts der vielen verfassungsrechtlichen Fragen, die uns demnächst beschäftigen werden, brauchen wir die besten neuen Richter, die wir bekommen können. Unter diesen Vorzeichen habe ich gefragt, ob Sie Richter werden wollen, und ich bitte Sie, Ihre Entscheidung unter diesen Vorzeichen noch einmal zu überdenken. Darf ich mir erlauben, Sie am Ende der kommenden Woche zu fragen, ob Sie bei Ihrer Meinung bleiben? Wenn ja, bleibt mein Respekt für Sie ungeschmälert, aber ich werde Sie nicht länger mit der Angelegenheit belästigen.«
Mr. Chatterji war ohne die Absicht nach Hause gegangen, seine Meinung zu ändern oder sich mit jemandem zu beraten. Aber in einem Gespräch mit seinem Vater erwähnte er, was der Oberrichter über das Urteil von 1933 gesagt hatte. »Warum wollte der Oberrichter mit dir sprechen?« hatte sein Vater gefragt. Und so kam die Geschichte doch heraus.
Sein Vater hatte eine Sanskritzeile zitiert, sinngemäß: daß sich Wissen am besten mit Demut ziert. Er hatte kein Wort über Pflichtbewußtsein verloren.
Mrs. Chatterji hatte davon erfahren, weil ihr Mann, bevor er einschlief, achtlos einen Zettel neben dem Bett hatte liegenlassen, auf dem stand: »OR Frei 16.45 (?) Betr.: R-amt.« Als er am nächsten Morgen aufwachte, war sie ziemlich mißgestimmt. Wieder erzählte er die Geschichte.
Seine Frau sagte: »Es wäre viel besser für deine Gesundheit. Keine nächtlichen Besprechungen mit Kollegen. Ein viel ruhigeres Leben.«
»Ich bin kerngesund, meine Liebe. Bei meiner Arbeit lebe ich auf. Und Orr, Dignams haben ein ziemlich gutes Gespür dafür, wie viele Fälle sie mir aufbürden können.«

»Mir gefällt der Gedanke, daß du eine Perücke und eine rote Robe tragen wirst.«

»Ich fürchte, wir tragen rote Roben nur, wenn wir in der ersten Instanz Kriminalfälle verhandeln. Und auch dann keine Perücke. Nein, Prunk ist heutzutage nicht mehr angesagt.«

»Richter Chatterji. Hört sich gut an.«

»Ich habe Angst, so zu werden wie mein Vater.«

»Es gibt Schlimmeres.«

Wie Biswas Babu davon erfuhr, war ein Rätsel. Aber er erfuhr davon. Mr. Chatterji diktierte ihm eines Abends in seinem Büro ein Rechtsgutachten, als Biswas Babu ihn unbewußt mit ›My Lord‹ ansprach. Mr. Chatterji blickte auf. Er muß mit den Gedanken in der Vergangenheit sein, dachte er, und mich mit meinem Vater verwechselt haben. Aber Biswas Babu blickte so erschrocken und schuldbewußt drein, daß ihm nichts anderes übrigblieb, als zu gestehen. Und nachdem er gestanden hatte, fügte er hastig hinzu, wobei seine Knie heftig vibrierten: »Ich freue mich so, obwohl es noch zu früh ist, Ihnen, Sir, meine Glückwünsche aus ...«

»Ich nehme nicht an, Biswas Babu«, hatte Mr. Chatterji in scharfem Tonfall in Bengali erwidert.

Sein Sekretär war so schockiert, daß er sich vergaß. »Warum nicht, Sir?« fragte er, ebenfalls in Bengali. »Wollen Sie nicht Gerechtigkeit üben?«

Mr. Chatterji, der verärgert war, sammelte sich und fuhr fort, sein Gutachten zu diktieren. Biswas Babus Worte jedoch hatten eine schleichende, aber tiefgreifende Wirkung auf ihn. Er hatte nicht gesagt: »Wollen Sie nicht Richter sein?«

Ein Anwalt kämpfte für seinen Mandanten – ob der nun im Recht war oder nicht – mit all seinem ihm zur Verfügung stehenden Scharfsinn und seiner ganzen Erfahrung. Ein Richter konnte unparteiisch abwägen und entscheiden, was Recht war. Er hatte die Macht, Gerechtigkeit zu üben, und es war eine noble Macht. Am Ende der Woche teilte Mr. Chatterji dem Oberrichter mit, daß er sich geehrt fühlen würde, sollte sein Name der Regierung vorgeschlagen werden. Ein paar Monate später wurde er vereidigt.

Ihm gefiel seine Arbeit, er hatte jedoch nicht viel Kontakt mit seinen Kollegen. Er distanzierte sich auch nicht von seinem großen Freundes- und Bekanntenkreis, wie es manche seiner Richterkollegen taten. Er hatte keinerlei Ehrgeiz, Oberrichter zu werden oder an den Obersten Gerichtshof in Delhi berufen zu werden. (Der Bundesgerichtshof und die Berufung beim Staatsrat existierten nicht mehr.)

Abgesehen von allem anderen, liebte er Kalkutta viel zu sehr, als daß er weggehen wollte. Den uniformierten Diener mit Turban empfand er als lästig und etwas lächerlich, ganz im Gegensatz zu einem Richterkollegen, der darauf bestand, daß ihm sein Diener sogar folgte, wenn er zum Fischkauf auf den Markt ging. Aber er hatte nichts dagegen, mit ›My Lord‹ angesprochen zu werden oder sogar, wie es gewisse Anwälte taten, mit ›M'lud‹.

Am meisten befriedigte ihn jedoch, was Biswas Babu, seinem eigenen Gefallen an Pomp und Prunk zum Trotz, vorausgesehen hatte: die Durchsetzung von Gerechtigkeit im Rahmen der Gesetze. Zwei Fälle, die er kürzlich verhandelt hatte, mögen das illustrieren. Einer fiel unter das Vorbeugehaftgesetz von 1950. Ein moslemischer Arbeiterführer war festgenommen worden, ohne daß er über die Gründe seiner Verhaftung detailliert informiert worden wäre. Eine vage Begründung lautete, er sei ein pakistanischer Agent, obwohl keine Beweise dafür beigebracht wurden. Ein anderer dürftiger, pauschaler, jedoch nicht zu widerlegender Vorwurf lautete, daß er öffentliche Unruhe stiftete. Die vage Art und die Fraglichkeit der Beschuldigungen veranlaßten Mr. Chatterji und seinen Richterkollegen, den Haftbefehl nach Artikel 22 Absatz 5 der Verfassung aufzuheben.

In dem anderen Fall, als ein wegen Verschwörung Verurteilter erfolgreich gegen das Urteil Berufung einlegte, sein einziger Mitangeklagter – vielleicht weil er zu arm war – seine Verurteilung jedoch nicht anfocht, formulierten Mr. Chatterji und ein Kollege eine Order an den Staat, die Gründe darzulegen, warum die Verurteilung und das Urteil im Fall des Mitangeklagten nicht auch aufgehoben werden sollten. Diese eigenmächtige Entscheidung führte zu erheblichen und komplizierten juristischen Streitigkeiten, aber schließlich urteilte das Gericht, daß es im Rahmen seiner Befugnisse lag, von sich aus ein Urteil aufzuheben, wenn eine offensichtliche Ungerechtigkeit damit rückgängig gemacht werden konnte.

Obwohl es ihm kein Vergnügen bereitete, Todesurteile zu unterschreiben, hatte Richter Chatterji auch im vorliegenden Fall das Gefühl, Gerechtigkeit zu üben. Seine Urteilsbegründung war wohldurchdacht und hieb- und stichfest formuliert. Was ihm jedoch beträchtliche Sorgen bereitete, war die Tatsache, daß er in dem ersten Entwurf der Begründung fünf der Übeltäter namentlich aufgeführt, den sechsten dagegen vergessen hatte. Das war genau die Art potentielles Desaster, vor der ihn in seinen Anwaltstagen Biswas Babus Sorgfalt bewahrt hatte.

Für einen Augenblick dachte er an Biswas Babu. Er fragte sich, wie es ihm ginge und was er gerade täte. Kuku spielte Klavier, und die Klänge drangen durch die offene Tür in sein Arbeitszimmer. Ihm fiel ein, wie sie beim Mittagessen Biswas Babu imitiert hatte. Worüber er sich mittags geärgert hatte, das erheiterte ihn jetzt. Biswas Babus schriftliches Juristenenglisch mochte präzise und knapp sein (abgesehen von einem falsch plazierten Artikel hier und da), aber ansonsten war sein Englisch umständlich und pompös. Und man durfte kaum erwarten, daß der hellwachen Kuku sein expressives Potential entging.

7.38

Biswas Babu befand sich genau in diesem Augenblick in Gesellschaft seines Freundes und Sekretärskollegen, des Burra Babu aus der Versicherungsabteilung von Bentsen Pryce. Sie waren seit über zwanzig Jahren miteinander befreundet, und Biswas Babus Adda oder Treffen hatte ihre Beziehung allmählich verfestigt. (Als Arun Meenakshi heiratete, war es fast, als hätten sich ihre Familien miteinander verbündet.) Der Burra Babu schaute nahezu jeden Abend bei Biswas Babu vorbei; ein paar alte Freunde versammelten sich bisweilen in seinem Haus, um über die Welt im allgemeinen zu diskutieren oder einfach nur herumzusitzen, Tee zu trinken, die Zeitung zu lesen und gelegentlich einen Kommentar dazu abzugeben. Ein paar von ihnen hatten vor, sich heute ein Theaterstück anzusehen.

»Es scheint, ein Blitz hat in das Gebäude des Hohen Gerichts eingeschlagen«, sagte einer.

»Aber es ist kein Schaden entstanden, überhaupt keiner«, erwiderte Biswas Babu. »Das größte Problem sind die Flüchtlinge aus Ostbengalen, die in den Gängen kampieren.« Niemand hier sprach von Ostpakistan.

»Die Hindus dort werden verfolgt und vertrieben. Jeden Tag liest man im *Hindustan Standard* von verschleppten Hindu-Mädchen ...«

»Du, Ma«, Biswas Babu wandte sich an seine jüngste Enkelin, ein sechsjähriges Mädchen, »sag deiner Mutter, sie soll uns noch Tee kommen lassen.«

»Ein kurzer Krieg, und Bengalen ist wiedervereinigt.«

Diese Aussage wurde als so dumm erachtet, daß niemand darauf reagierte.

Ein paar Minuten lang herrschte zufriedenes Schweigen.

»Habt ihr den Artikel gelesen, in dem behauptet wird, Netaji sei nicht bei einem Flugzeugabsturz ums Leben gekommen? Er ist vor zwei Tagen veröffentlicht worden ...«

»Also, wenn er noch lebt, tut er nicht gerade viel, um es unter Beweis zu stellen.«

»Er muß sich natürlich verstecken.«

»Warum? Die Briten sind fort.«

»Oh – er hat noch größere Feinde unter denen, die hier sind.«

»Wen?«

»Nehru – und alle anderen«, meinte der Anhänger Boses düster, aber etwas lahm.

»Vermutlich glaubst du, daß Hitler auch noch lebt?« Das hatte allgemeines Gekicher zur Folge.

»Wann heiratet dein Amit Babu endlich?« fragte irgend jemand Biswas Babu nach einer Weile. »Ganz Kalkutta wartet darauf.«

»Kalkutta soll warten«, sagte Biswas Babu und wandte sich wieder seiner Zeitung zu.

»Es obliegt deiner Verantwortung, etwas zu unternehmen – du mußt ›Mittel und Wege finden‹, wie die Engländer sagen.«

»Ich habe genug getan«, erwiderte Biswas Babu mit geheucheltem Überdruß. »Er ist ein guter Junge, aber ein Träumer.«

»Ein guter Junge – aber ein Träumer! Ach, spielt uns noch mal den Witz über den Schwiegersohn vor«, sagte jemand zu Biswas Babu und dem Burra Babu.

»Nein, nein«, zierten sie sich. Aber die anderen hatten keine Mühe, sie zu überreden. Beide schauspielerten gern, und diese Parodie war nur wenige Zeilen lang. Sie hatten sie demselben Publikum bereits ein halbes dutzendmal vorgespielt und dabei die normalerweise einem trägen Diskurs verpflichtete Adda zum Theater umfunktioniert.

Der Burra Babu ging im Zimmer umher und tat so, als prüfte er das Angebot auf einem Fischmarkt. Plötzlich entdeckte er seinen alten Freund. »Ach, Biswas Babu«, rief er freudig.

»Ja, ja, Borro Babu – lange nicht mehr gesehen«, sagte Biswas Babu und schüttelte seinen Regenschirm.

»Herzlichen Glückwunsch zur Verlobung deiner Tochter, Biswas Babu. Ist es ein guter Junge?«

Biswas Babu nickte mit Nachdruck. »Ein sehr guter Junge. Und sehr anständig. Tja, ab und zu ißt er ein, zwei Zwiebeln, aber ansonsten ist er in Ordnung.«

Der höchst schockierte Burra Babu rief: »Was! Ißt er jeden Tag Zwiebeln?«

»O nein! Nicht jeden Tag. Bei weitem nicht. Nur wenn er etwas getrunken hat.«

»Er trinkt! Aber doch nicht oft?«

»O nein! Auf keinen Fall. Nur wenn er einen Abend bei Frauen verbracht hat ...«

»Bei Frauen – was! Kommt das regelmäßig vor?«

»O nein!« rief Biswas Babu. »Er kann sich Besuche bei Prostituierten nicht oft leisten. Sein Vater ist ein pensionierter Zuhälter und völlig mittellos, und der Junge kann nur selten was von ihm schnorren.«

Die Adda bedankte sich mit Bravorufen und Gelächter für die Vorstellung. Sie hatte ihren Appetit auf das Stück angeregt, das sie später am Abend im Theater dieses im Norden Kalkuttas gelegenen Viertels, dem Star Theatre, sehen würden. Der Tee, köstliche Lobongolatas und andere Süßigkeiten, die Biswas Babus Schwiegertochter gemacht hatte, wurden gebracht; und ein paar Minuten lang aßen sie genüßlich, und außer einem gelegentlichen Zungenschnalzen und einem lobenden Kommentar war nichts zu hören.

7.39

Dipankar saß auf dem kleinen Teppich in seinem Zimmer mit Cuddles auf dem Schoß und erteilte seinen sorgenbeladenen Geschwistern gute Ratschläge.

Während niemand es wagte, Amit zu stören, aus Furcht, er könnte gerade an seiner unsterblichen Prosa oder Lyrik arbeiten, standen Dipankars Zeit und Energie jedermann stets zur Verfügung.

Manchmal wollten sie Rat in einer speziellen Angelegenheit, manchmal wollten sie nur reden. Dipankar hatte etwas angenehm Ernstes und beruhigend Clowneskes an sich. Obwohl Dipankar, was sein eigenes Leben betraf, zu keiner Entscheidung fähig war – oder vielleicht gerade deswegen –, war er ziemlich gut darin, anderen nützliche Vorschläge zu machen.

Als erste schaute Meenakshi vorbei, die wissen wollte, ob es möglich sei, mehr als eine Person »total, verzweifelt und aufrichtig« zu lieben. Dipankar besprach die Sache mit ihr auf einem strikt abstrakten Niveau und kam zu dem Schluß, daß es sicherlich möglich war. Das Ideal war selbstverständlich, alle Menschen im Universum gleichermaßen zu lieben. Meenakshi war davon ganz und gar nicht überzeugt, aber sie fühlte sich besser, nachdem sie darüber geredet hatte.

Als nächstes kam Kuku mit einem ganz speziellen Problem. Was sollte sie mit Hans tun? Er konnte bengalisches Essen nicht ausstehen, war sogar ein noch größerer Banause als Arun, der sich weigerte, Fischköpfe oder auch nur die köstlichsten Teile davon, die Augen, zu essen. Hans mochte keine fritierten Nimblätter (»Er findet sie zu bitter, stell dir vor«, sagte Kuku), und sie wußte nicht, ob sie einen Mann, der Nimblätter nicht mochte, wirklich lieben konnte. Und noch wichtiger, liebte er sie wirklich? Hans mußte vielleicht aufgegeben werden, trotz Schubert und Schmerz.

Dipankar versicherte ihr, daß sie es konnte und daß er es tat. Geschmäcker seien eben verschieden, sagte er, und sie möge sich doch daran erinnern, daß Mrs. Rupa Mehra ihrerseits Kuku für eine Barbarin gehalten habe, weil sie abschätzig über die Dussehri-Mango redete. Was Hans anging, so vermutete Dipankar, daß er noch erzogen werden konnte. Bald würde er statt Sauerkraut Bananenblüten und statt Stollen und Sachertorte Lobongolatas und Ladycannings essen; er würde sich anpassen, würde annehmen und anerkennen müssen, wollte er weiterhin Kakolis Lieblingspilz bleiben; wenn alle anderen Wachs in seinen zupackenden Händen waren, dann war er gewiß Wachs in ihren.

»Und wo soll ich leben?« fragte Kuku und begann zu schniefen. »In diesem eiskalten, ausgebombten Land?« Sie sah sich in Dipankars Zimmer um und sagte: »Weißt du, an der Wand da fehlt ein Bild von den Sundarbans. Ich werde dir eins malen ... Soweit ich weiß, regnet es ständig in Deutschland, und die Menschen frieren und zittern dauernd, und wenn Hans und ich uns streiten, kann ich nicht einfach wie Meenakshi nach Hause gehen.«

Kakoli nieste. Cuddles bellte.

Dipankar blinzelte und fuhr fort. »Also, Kuku, wenn ich du wäre ...«
»Du hast nicht ›Gesundheit‹ gesagt.«
»Tut mir leid, Kuku, ›Gesundheit‹.«
»Ach, Cuddles, Cuddles, Cuddles«, sagte Kuku. »Niemand liebt uns, gar niemand, nicht einmal Dipankar. Es ist allen egal, ob wir eine Lungenentzündung kriegen und sterben.«
Bahadur kam herein. »Ein Anruf für Baby Memsahib«, sagte er.
»Oh«, sagte Kuku. »Ich muß fliehen.«
»Aber du wolltest über die Richtung deines zukünftigen Lebens sprechen«, protestierte Dipankar sanft. »Du weißt ja nicht mal, wer am Apparat ist – wahrscheinlich ist es überhaupt nicht wichtig.«
»Aber es ist das Telefon«, sagte Kuku, und nachdem sie diese in sich geschlossene und unangreifbare Erklärung abgegeben hatte, floh sie tatsächlich.
Dann kam Dipankars Mutter, aber nicht auf der Suche nach Rat, sondern um Rat zu erteilen.
»Ki korchho tumi, Dipankar?« begann sie und fuhr fort, ihm Vorwürfe zu machen, während Dipankar fortfuhr, friedfertig zu lächeln. »Dein Vater macht sich solche Sorgen ... und auch mir wäre es recht, wenn du ernsthaft etwas tun würdest ... Die Familiengeschäfte ... Schließlich werden wir nicht ewig leben ... Verantwortung ... Vater wird alt ... Schau dir nur mal deinen Bruder an, der will nur Gedichte schreiben und jetzt diese Romane, hält sich für einen zweiten Saratchandra ... Du bist unsere einzige Hoffnung ... Dann werden dein Vater und ich in Frieden ruhen.«
»Aber Mago, wir haben doch noch ein bißchen Zeit, die Angelegenheit zu regeln«, sagte Dipankar, der stets soviel wie möglich hinausschob und den Rest unentschieden ließ.
Mrs. Chatterji blickte unsicher drein. Als Dipankar noch ein Kind war, hatte er jedesmal, wenn Bahadur ihn fragte, was er zum Frühstück wolle, aufgesehen und den Kopf auf die eine oder andere Weise geschüttelt, und Bahadur, der ihn intuitiv verstand, war mit einem Spiegelei oder einem Omelett wiedergekommen, das Dipankar zufrieden aß. Die Familie hatte gestaunt. Vielleicht, dachte Mrs. Chatterji jetzt, haben sie nie eine mentale Botschaft ausgetauscht, und Bahadur hat Schicksal gespielt und Dipankar, der nichts entscheidet, sondern alles hinnimmt, einfach etwas gebracht.
»Und auch was Mädchen anbelangt, entscheidest du nichts«, fuhr Mrs. Chatterji fort. »Da sind Hemangini und Chitra und ... du bist so schlimm wie Kuku«, endete sie traurig.
Dipankar hatte feingemeißelte Züge, ganz anders als die weicheren, runderen Züge des großäugigen Amit, der Mrs. Chatterjis bengalischem Ideal von gutem Aussehen mehr entsprach. In ihren Augen war Dipankar ein häßliches Entlein, und sie war wild entschlossen, ihn vor Vorwürfen der Kantigkeit und Knochigkeit in Schutz zu nehmen. Um so mehr erstaunte es sie, daß Frauen der jüngeren Generation immerzu davon redeten, wie attraktiv er sei.

»Keine von ihnen entspricht dem Ideal, Mago«, sagte Dipankar. »Ich muß weiter nach dem Ideal suchen. Und nach Einheit.«

»Und du fährst zu dieser Pul Mela nach Brahmpur. Es ist für einen Brahmo völlig unangemessen, die Ganga zu verehren und darin zu baden.«

»Nein, Ma, das ist es überhaupt nicht«, erwiderte Dipankar ernst. »Sogar Keshab Chandra Sen hat sich mit Öl gesalbt und ist dreimal in einem Becken am Dalhousie Square untergetaucht.«

»Das hat er nicht getan!« rief die über Dipankars Abtrünnigkeit entsetzte Mrs. Chatterji.

Die Brahmos, die einem abstrakten und erhöhten Monotheismus anhingen oder es zumindest sollten, taten so etwas einfach nicht.

»Er hat es getan, Mago. Ich bin allerdings nicht sicher, ob es am Dalhousie Square war«, gestand Dipankar zu. »Aber andererseits ist er sogar viermal untergetaucht, nicht dreimal. Und die Ganga ist viel heiliger als das stehende Wasser in einem Becken. Und Rabindhranath Tagore hat über die Ganga gesagt ...«

»Oh, Rabi Babu!« rief Mrs. Chatterji, ihre Züge ekstatisch.

Der vierte Patient in Dipankars Ambulanz war Tapan.

Cuddles sprang sofort von Dipankars Schoß und auf Tapans. Wann immer Tapans Koffer für die Abfahrt zum Internat gepackt war, verzweifelte Cuddles nahezu, setzte sich auf den Koffer, um seinen Wegtransport zu verhindern, und war anschließend eine Woche lang untröstlich und nicht zu bändigen.

Tapan streichelte Cuddles' Kopf und betrachtete das glänzende Dreieck, das seine Nase und seine Augen bildeten.

»Wir werden dich nie erschießen, Cuddles«, versprach Tapan. »In deinen Augen ist überhaupt nichts Weißes.«

Cuddles wedelte mit seinem struppigen Schwanz zum Zeichen seiner aus tiefstem Herzen kommenden Zustimmung.

Tapan wirkte besorgt, etwas schien ihm auf der Seele zu liegen, aber er drückte sich nicht besonders klar aus. Dipankar ließ ihn eine Weile drauflosreden. Dann entdeckte Tapan in der obersten Reihe von Dipankars Regal ein Buch über berühmte Schlachten und fragte, ob er es ausleihen dürfe. Dipankar betrachtete verwundert das staubige Buch – es war ein Überbleibsel aus seinen unaufgeklärten Tagen – und holte es herunter.

»Du kannst es behalten, Tapan.«

»Bist du sicher, Dipankar Da?« fragte Tapan dankbar.

»Sicher?« wiederholte Dipankar und fragte sich, ob es wirklich gut wäre, wenn Tapan solch ein Buch behielt. »Also, ich bin nicht wirklich sicher. Wenn du's gelesen hast, bringst du es zurück, und dann entscheiden wir, was wir damit tun ... oder später.«

Schließlich, als Dipankar gerade anfangen wollte zu meditieren, schlenderte Amit herein. Er hatte den ganzen Tag geschrieben und sah müde aus.

»Störe ich dich auch bestimmt nicht?« fragte er.

»Nein, Dada, überhaupt nicht.«

»Bist du sicher?«
»Ja.«
»Ich möchte mit dir über etwas reden – etwas, worüber ich unmöglich mit Meenakshi oder Kuku reden kann.«
»Ich weiß, Dada. Ja, sie ist sehr nett.«
»Dipankar!«
»Ja. Unaffektiert«, sagte Dipankar wie ein Schiedsrichter, der einen Schlagmann vom Platz stellt. »Intelligent«, fuhr er fort wie Churchill, der den Sieg verkündet. »Attraktiv«, meinte er wie Shiva mit dem Dreizack. »Vereinbar mit den Chatterjis«, murmelte er wie die Grande Dame, die die vier Lebensziele hervorhebt. »Und behandelt Bish bestialisch«, fügte er schließlich in der Haltung eines wohlmeinenden Buddhas hinzu.
»Behandelt Bish bestialisch?«
»Das hat mir neulich Meenakshi erzählt, Dada. Anscheinend war Arun ziemlich verstimmt und weigert sich jetzt, sie jemand anders vorzustellen. Aruns Mutter ist beunruhigt, Lata freut sich insgeheim, und – ach ja – Meenakshi, die Bish für ganz in Ordnung hält, außer daß er unerträglich ist, ergreift Latas Partei. Und Biswas Babu, der von ihr gehört hat, denkt, daß sie genau mein Typ ist. Hast du ihm von ihr erzählt?« fragte Dipankar, ohne zu blinzeln.
»Nein«, sagte Amit stirnrunzelnd. »Habe ich nicht. Vielleicht war es Kuku – die Plaudertasche. Und du bist auch eine, Dipankar, arbeitest du denn überhaupt nichts? Ich wünschte, du würdest tun, was Baba sagt, und dir eine richtige Arbeit suchen und dich um die verdammten Familienfinanzen kümmern. Es würde sowohl mich als auch meinen Roman umbringen, wenn ich es tun müßte. Wie auch immer, sie ist überhaupt nicht dein Typ, und das weißt du auch. Such dein eigenes Ideal.«
»Ich tu alles für dich, Dada«, sagte Dipankar zuckersüß und senkte segnend die rechte Hand.

7.40

Eines Nachmittags trafen für Mrs. Rupa Mehra Mangos aus Brahmpur ein, und ihre Augen strahlten. Sie hatte genug von den Langra-Mangos in Kalkutta, die sie (obwohl sie annehmbar waren) nicht an ihre Kindheit erinnerten. Sie sehnte sich nach den delikaten, deliziösen Dussehri-Mangos, aber die Saison für Dussehris war ihrer Meinung nach vorbei. Vor ein paar Tagen hatte ihr Savita mit der Paketpost ein Dutzend geschickt, aber als das Paket eintraf, waren, abgesehen von drei zerdrückten Mangos, nur Steine darin. Ganz eindeutig mußte sie jemand in der Post an sich genommen haben. Mrs. Rupa Mehra grämte sich nicht nur über die Schlechtigkeit der Menschen, sondern auch über ihren Verlust. Für diese Saison hatte sie die Hoffnung auf Dussehris aufgegeben. Und wer weiß, ob ich nächstes Jahr noch leben werde? fragte sie sich mit dem gewohnten Hang zur Dramatik – und zur Unvernunft, denn sie war ja erst Mitte Vierzig. Aber jetzt war ein weiteres Paket mit zwei Dutzend Dussehris gekommen, und sie waren reif und nicht überreif und fühlten sich sogar noch kühl an.

»Wer hat sie gebracht?« fragte Mrs. Rupa Mehra Hanif. »Der Postbote?«

»Nein, Memsahib. Ein Mann.«

»Wie sah er aus? Wo kam er her?«

»Einfach nur ein Mann, Memsahib. Und er hat mir diesen Brief für Sie gegeben.«

Mrs. Rupa Mehra blickte Hanif streng an. »Den hättest du mir sofort bringen sollen. In Ordnung. Bring mir einen Teller und ein scharfes Messer, und wasch zwei Mangos.« Mrs. Rupa Mehra nahm ein paar Mangos prüfend in die Hand, roch daran und wählte schließlich zwei aus. »Diese beiden.«

»Ja, Memsahib.«

»Und sag Lata, sie soll hereinkommen und sofort mit mir eine Mango essen.«

Lata saß im Garten. Es regnete nicht, aber eine leichte Brise wehte. Als sie hereinkam, las ihr Mrs. Rupa Mehra Savitas ganzen Begleitbrief vor.

… und ich konnte mir vorstellen, wie enttäuscht Du gewesen sein mußt, liebe Ma, und wir waren ganz unglücklich, weil wir sie so sorgfältig und mit viel Liebe ausgesucht und jede genau angesehen hatten, ob sie auch in sechs Tagen reif ist. Aber dann hat uns ein bengalischer Herr, der in der Registratur arbeitet, dabei geholfen, das Problem zu umgehen. Er kennt einen Mann, der im klimatisierten Waggon des Zugs Brahmpur–Kalkutta arbeitet. Wir haben ihm zehn Rupien gegeben, damit er dir die Mangos bringt, und wir hoffen, daß sie sicher und vollzählig und kühl bei Dir eingetroffen sind. Bitte laß mich wissen, ob sie rechtzeitig angekommen sind. Wenn ja, schaffen wir es vielleicht, Dir noch ein Paket zu schicken, bevor die Saison vorbei ist, denn wir müssen ja keine halbreifen aussuchen wie für die Paketpost. Aber, Ma, bitte sei vorsichtig und iß nicht zu viele davon wegen Deines Blutzuckers. Auch Arun sollte diesen Brief lesen und Deinen Verzehr kontrollieren …

Mrs. Rupa Mehras Augen füllten sich mit Tränen, während sie ihrer jüngeren Tochter den Brief vorlas. Dann aß sie mit großem Genuß eine Mango und bestand darauf, daß auch Lata eine aß.

»Und jetzt teilen wir uns noch eine«, sagte Mrs. Rupa Mehra.

»Ma, dein Blutzucker …«

»Eine Mango macht nichts aus.«

»Natürlich macht eine Mango was aus, Ma, und die nächste genauso und die übernächste auch. Und willst du nicht, daß sie reichen, bis das nächste Paket kommt?«

Ihre Diskussion wurde von Amits und Kukus Ankunft unterbrochen.

»Wo ist Meenakshi?« fragte Amit.

»Sie ist ausgegangen«, sagte Mrs. Rupa Mehra.

»Nicht schon wieder!« sagte Amit. »Ich hatte gehofft, sie wäre hier. Als ich erfuhr, daß sie bei Dipankar war, da war sie schon wieder weg. Bitte sagen Sie ihr, daß ich hier war. Wohin ist sie gegangen?«

»Zu den Shady Ladies«, sagte Mrs. Rupa Mehra mit einem Stirnrunzeln.

»Schade«, sagte Amit. »Aber es freut mich, Sie beide zu sehen.« Er wandte sich an Lata und fuhr fort: »Kuku will zum Presidency College, um einen alten Freund zu treffen, und ich dachte, wir könnten vielleicht mitkommen. Ich erinnere mich, daß du die Gegend sehen wolltest.«

»Ja!« sagte Lata, die sich freute, daß Amit sich daran erinnerte. »Darf ich mit, Ma? Oder brauchst du mich heute nachmittag?«

»Geh nur«, sagte Mrs. Rupa Mehra und fühlte sich sehr liberal. »Aber vorher müßt ihr noch eine Mango essen«, sagte sie gastfreundlich zu Amit und Kuku. »Sie sind gerade aus Brahmpur eingetroffen. Savita hat sie geschickt. Und Pran – es ist so gut zu wissen, daß das eigene Kind mit einem so rücksichtsvollen Mann verheiratet ist. Und ihr müßt auch welche mit nach Hause nehmen.«

Als Amit, Kuku und Lata gegangen waren, beschloß Mrs. Rupa Mehra, eine weitere Mango aufzuschneiden. Als Aparna von ihrem Mittagsschlaf erwachte, bekam sie auch ein Stück. Als Meenakshi von den Shady Ladies zurückkehrte, wo sie erfolgreich ein paar Partien Canasta gespielt hatte, wurde ihr Savitas Brief vorgelesen, und auch sie sollte eine Mango essen.

»Nein, Ma, ich kann wirklich nicht – das ist nicht gut für meine Figur –, und es verschmiert meinen Lippenstift. Hallo, Aparna, Schätzchen – nein, gib Mummy jetzt keinen Kuß. Deine Lippen sind ganz klebrig.«

Mrs. Rupa Mehra fühlte sich in ihrer Meinung bestärkt, daß Meenakshi eine höchst sonderbare Person war. Gegenüber Mangos hart zu bleiben zeugte von einer Eiseskälte, die nahezu unmenschlich war.

»Amit und Kuku haben davon gekostet.«

»Ach, wie schade, daß ich sie verpaßt habe.« Meenakshis Tonfall deutete eher Erleichterung an.

»Amit ist extra deinetwegen gekommen. Schon mehrmals, und du warst nie da.«

»Das bezweifle ich.«

»Wie meinst du das?« fragte Mrs. Rupa Mehra, die es nicht mochte, wenn jemand ihr widersprach, vor allem nicht, wenn es sich dabei um ihre Schwiegertochter handelte.

»Ich bezweifle, daß er meinetwegen gekommen ist. Er hat uns kaum besucht, bevor ihr aus Brahmpur gekommen seid. Normalerweise reicht ihm die Welt seiner fiktiven Personen.«

Mrs. Rupa Mehra sah Meenakshi stirnrunzelnd an, schwieg jedoch.

»Oh, Ma, manchmal bist du wirklich schwer von Begriff. Er interessiert sich ganz eindeutig für Luts. Ich habe noch nie erlebt, daß er sich einem Mädchen gegenüber so rücksichtsvoll benommen hat. Und das ist auch gar nicht schlecht.«

»Ist auch gar nicht schlecht«, wiederholte Aparna und probierte den Satz aus.

»Sei still, Aparna«, sagte ihre Großmutter scharf. Aparna, die zu überrascht war, um von der Zurückweisung durch eine stets liebevolle Person verletzt zu sein, war still, hörte jedoch weiterhin aufmerksam zu.

»Das ist nicht wahr, das ist einfach nicht wahr. Und bring die beiden nicht auf dumme Ideen«, sagte Mrs. Rupa Mehra und drohte Meenakshi mit dem Finger.

»Ich bringe sie nicht auf Ideen, die sie nicht sowieso schon haben«, erwiderte Meenakshi kühl.

»Du bist eine Unruhestifterin, Meenakshi, das gefällt mir ganz und gar nicht.«

»Meine liebe Ma«, sagte Meenakshi vergnügt, »reg dich nicht auf. Weder gibt es Unruhe, noch habe ich sie gestiftet. Ich würde die Dinge einfach so nehmen, wie sie kommen.«

»Ich habe nicht die Absicht, die Dinge so zu nehmen, wie sie kommen«, sagte Mrs. Rupa Mehra. Die unerfreuliche Vorstellung, noch ein Kind auf dem Altar der Chatterjis opfern zu müssen, empörte sie. »Ich werde sofort mit ihr zurück nach Brahmpur fahren.« Sie hielt inne. »Nein, nicht nach Brahmpur. Woandershin.«

»Und Luts wird dir folgsam hinterherlaufen?« fragte Meenakshi und reckte ihren langen Hals.

»Lata ist ein vernünftiges, braves Mädchen, und sie wird tun, was ich ihr sage. Sie ist nicht so eigenwillig und ungehorsam wie die Mädchen, die sich für modern halten. Sie ist wohlerzogen.«

Meenakshi warf den Kopf träge nach hinten und sah zuerst auf ihre Fingernägel und dann auf ihre Armbanduhr. »Oh, ich habe in zehn Minuten eine Verabredung«, sagte sie. »Ma, kannst du auf Aparna aufpassen?«

Mrs. Rupa Mehra übermittelte ihr stumm und verdrossen ihre Zustimmung. Meenakshi wußte nur zu gut, daß ihre Schwiegermutter nichts lieber tat, als ihr einziges Enkelkind zu hüten.

»Ich bin um halb sieben zurück«, sagte Meenakshi. »Arun hat gesagt, daß er heute etwas länger im Büro zu tun hat.«

Aber Mrs. Rupa Mehra war verärgert und antwortete nicht. Und unter dem Ärger breitete sich langsam Panik aus, die schließlich ganz und gar von ihr Besitz ergriff.

7.41

Amit und Lata stöberten in den unzähligen Bücherständen der College Street. (Kuku traf Krishnan im Café. Laut Kuku mußte er ›beschwichtigt‹ werden, aber zu ihrem Bedauern hatte Amit nicht nachgefragt, was sie damit meinte.)

»Man wird ganz verwirrt zwischen den Millionen von Büchern«, sagte Lata, die es erstaunte, daß mehrere hundert Quadratmeter einer Stadt gänzlich Büchern überlassen waren – Bücher auf dem Straßenpflaster, Bücher in provisorischen Regalen auf der Straße, Bücher in der Bibliothek und im Presidency College, neue Bücher, einmal, zweimal, dreimal, zehnmal gelesene Bücher, von technischen Monographien über Galvanisierungshandbücher bis zum neuesten Krimi von Agatha Christie.

»Du meinst, ich werde ganz verwirrt zwischen den Millionen von Büchern.«

»Nein, ich werde verwirrt«, sagte Lata.

»Was ich meinte«, sagte Amit, »war ›ich‹ im Gegensatz zu ›man‹. Wenn du von dem allgemeinen ›man‹ gesprochen hättest, wäre es in Ordnung. Aber du meintest ›ich‹. Viel zu viele Leute sagen ›man‹, wenn sie ›ich‹ meinen. In England reden sie nur so, und hier wird man es noch sagen, wenn die Engländer diese idiotische Redeweise längst aufgegeben haben.«

Lata wurde rot, sagte jedoch nichts. Bish, so erinnerte sie sich, sprach von sich ausschließlich und immerzu als ›man‹.

»Stell dir nur mal vor, ich würde zu dir sagen: ›Man liebt dich.‹ Oder noch schlimmer: ›Man liebt einen.‹ Klingt das nicht idiotisch?«

»Ja«, gab Lata stirnrunzelnd zu. In ihren Ohren klang er ein wenig zu lehrerhaft. Und das Wort ›liebt‹ erinnerte sie unnötig an Kabir.

»Das habe ich gemeint«, sagte Amit.

»Ich verstehe. Oder vielmehr, man versteht.«

»Ich verstehe, daß man versteht.«

»Wie ist das, wenn man einen Roman schreibt«, fragte Lata nach einer Weile. »Muß man dann nicht das ›ich‹ vergessen oder das ›man‹?«

»Ich weiß es nicht genau. Es ist mein erster Roman, und ich bin dabei, es herauszufinden. Im Augenblick kommt es mir vor wie ein Banyanbaum.«

»Ich verstehe«, sagte Lata, obwohl sie nicht verstand.

»Ich meine, es sprießt und wächst und breitet sich aus und treibt Äste, die zu Stämmen werden oder sich mit anderen Ästen verschlingen. Manchmal sterben Äste ab. Manchmal stirbt der ursprüngliche Stamm ab, und der Baum wird von einem Ersatzstamm aufrechterhalten. Wenn du in den Botanischen Garten gehst, wirst du verstehen, was ich meine. Er hat sein eigenes Leben – und die Schlangen und Vögel und Bienen und Eidechsen und Termiten, die in und auf und von ihm leben, haben es auch. Oder es ist wie der Ganges in seinem oberen und mittleren und unteren Lauf – und natürlich in seinem Delta.«

»Natürlich.«

»Ich habe das Gefühl, du machst dich über mich lustig.«

»Wie weit bist du schon gekommen?«

»Ich habe ungefähr ein Drittel.«

»Und stehle ich dir nicht die Zeit?«

»Nein.«

»Er handelt von der Hungersnot in Bengalen, nicht wahr?«
»Ja.«
»Erinnerst du dich noch daran?«
»Ja. Ich erinnere mich nur zu gut. Es ist erst acht Jahre her. Ich war damals als Student politisch aktiv. Weißt du, auch damals hatten wir schon einen Hund, und der war gut genährt.« Er sah bekümmert aus.
»Muß ein Schriftsteller starke Gefühle für das haben, worüber er schreibt?« fragte Lata.
»Ich habe keine Ahnung«, antwortete Amit. »Manchmal schreibe ich am besten über die Dinge, die mir am wenigsten am Herzen liegen. Aber auch das ist nicht durchgängig der Fall.«
»Strampelst du dich einfach ab und hoffst?«
»Nein, nein, so ist es auch wieder nicht.«
Lata hatte das Gefühl, daß Amit, der noch vor einer Minute so offen, ja sogar mitteilsam war, sich ihren Fragen jetzt verweigerte, und sie drängte ihn nicht weiter.
»Ich werde dir ein Buch mit meinen Gedichten schicken«, sagte Amit. »Dann kannst du dir eine eigene Meinung darüber bilden, ob ich wenig oder viel fühle.«
»Warum nicht jetzt?« fragte Lata.
»Ich brauche Zeit, um über eine geeignete Widmung nachzudenken«, sagte Amit. »Ach, da ist ja Kuku.«

7.42

Kuku hatte ihre Beschwichtigungsarbeit erledigt und wollte jetzt so schnell wie möglich nach Hause. Unglücklicherweise hatte es wieder einmal zu regnen begonnen, und der warme Regen trommelte auf das Dach des Humber. Bäche braunen Wassers begannen an den Seiten der Straßen entlangzufließen. Ein Stück weiter, und es gab überhaupt keine Straße mehr, nur noch eine Art seichten Kanal, und der Gegenverkehr schlug Wellen, die das Fahrgestell ihres Wagens erschütterten. Zehn Minuten später saß der Wagen praktisch in einer Überschwemmung fest. Der Fahrer kämpfte sich zentimeterweise vorwärts, versuchte, sich in der Straßenmitte zu halten, die gewölbt und etwas höher gelegen war. Dann starb der Motor ab.
Da sie sich mit Kuku und Amit unterhalten konnte, ärgerte sich Lata nicht. Es war aber sehr heiß, und auf ihrer Stirn bildeten sich Schweißperlen. Amit erzählte ihr von seinen Collegetagen und wie er angefangen hatte, Gedichte zu schreiben. »Die meisten waren entsetzlich schlecht, und ich habe sie verbrannt«, sagte er.
»Wie konntest du das nur tun?« fragte Lata, die sich wunderte, daß jemand verbrannte, was er mit so viel Herzblut geschrieben hatte. Aber zumindest hatte

er sie verbrannt und nicht einfach nur zerrissen. Das wäre zu undramatisch gewesen. Darüber hinaus war die Vorstellung eines Feuers im heißen Klima von Kalkutta befremdlich. In Ballygunge gab es nicht einmal einen Kamin.
»Wo hast du die Gedichte verbrannt?« fragte sie.
»Im Waschbecken«, warf Kuku ein. »Er hätte beinahe das ganze Haus in Brand gesetzt.«
»Es waren fürchterliche Gedichte«, sagte Amit, um die Angelegenheit etwas zu beschönigen. »Sie waren peinlich und miserabel. Voller Selbstmitleid und verlogen.«

> »Gedichte, die mir nicht lieb und teuer,
> übergebe ich dem Feuer«,

sagte Kuku.

> »All mein Kummer, all mein Gram
> als Asche in den Abfluß kam«,

fuhr Amit fort.
»Dichten denn alle Chatterjis schnoddrige Zweizeiler?« fragte Lata, die unerklärlicherweise etwas genervt war. Waren sie denn niemals ernst? Wie konnten sie nur über so herzzerreißende Dinge Witze machen?
»Ma und Baba dichten nicht«, sagte Kuku. »Das liegt daran, weil sie Amit nie als älteren Bruder hatten. Und Dipankar ist nicht ganz so begabt wie wir anderen. Es ist für uns etwas ganz Natürliches, so wie man einen Raga singen kann, wenn man ihn oft genug gehört hat. Die Leute wundern sich, daß wir das können, aber wir wundern uns, daß Dipankar es nicht kann. Oder nur einmal im Monat, wenn er seine poetische Phase hat.

> Das Reimen, ja das fällt uns leicht
> Der Zweizeiler uns schlicht entweicht«,

plapperte Kakoli, die sie mit so schauderhafter Häufigkeit produzierte, daß sie mittlerweile Kakoli-Zweizeiler genannt wurden, obwohl Amit damit angefangen hatte.
Der Verkehr war inzwischen weitgehend zum Stillstand gekommen. Nur ein paar Rikschas kamen noch voran, die Rikscha-Wallahs standen bis zur Hüfte im Wasser, ihre mit Paketen beladenen Fahrgäste betrachteten die braunwässrige Welt um sie herum sowohl beunruhigt als auch befriedigt.
Nach einiger Zeit zog sich das Wasser zurück. Der Chauffeur wandte sich dem Motor zu und überprüfte die Zündung. Ein Draht war naß, und er trocknete ihn mit einem Tuch ab. Der Motor sprang trotzdem nicht an. Er inspizierte den Vergaser, fummelte hier und dort ein bißchen herum, murmelte die Namen

seiner Lieblingsgöttinnen in der richtigen Feuerreihenfolge, und der Motor nahm seinen Dienst wieder auf.

Als sie in Sunny Park eintrafen, war es bereits dunkel.

»Du hast dir ja reichlich Zeit gelassen«, sagte Mrs. Rupa Mehra scharf zu Lata. Sie starrte Amit finster an.

Amit und Lata waren beide überrascht über den feindseligen Empfang.

»Sogar Meenakshi ist vor euch gekommen«, fuhr Mrs. Rupa Mehra fort. Sie sah Amit an und dachte: ein Dichter, ein Taugenichts! Er hat in seinem ganzen Leben noch keine Rupie ehrlich verdient. Ich will nicht, daß alle meine Enkelkinder Bengali sprechen! Plötzlich fiel ihr ein, daß Lata das letztemal, als Amit sie nach Hause brachte, Blumen im Haar getragen hatte.

Sie sah Lata an, meinte jedoch vermutlich beide – oder vielleicht sogar alle drei, Kuku mit eingeschlossen: »Ihr seid schuld, daß sich mein Blutdruck und mein Blutzuckerspiegel erhöht haben.«

»Nein, Ma«, entgegnete Lata und blickte auf die frischen Mangoschalen auf dem Teller. »Wenn sich dein Blutzuckerspiegel erhöht hat, dann liegt das an den vielen Dussehris, die du gegessen hast. Bitte iß nicht mehr als eine am Tag – oder höchstens zwei.«

»Will das Ei klüger sein als die Henne?« fragte Mrs. Rupa Mehra und warf finstere Blicke um sich.

Amit lächelte. »Es war meine Schuld, Ma. Die Straßen in der Nähe der Universität waren überflutet, und wir saßen fest.«

Mrs. Rupa Mehra war nicht in der Stimmung für Freundlichkeiten. Warum lächelte er?

»Ist Ihr Blutzuckerspiegel sehr hoch?« fragte Kakoli schnell.

»Sehr hoch«, sagte Mrs. Rupa Mehra bekümmert und stolz zugleich. »Ich habe sogar Karelasaft getrunken, aber es hat nichts genützt.«

»Dann müssen Sie zu meinem Homöopathen gehen«, sagte Kakoli.

Mrs. Rupa Mehra ließ sich ablenken und sagte: »Ich habe bereits einen Homöopathen.«

Aber Kakoli bestand darauf, daß ihr Arzt besser sei als alle anderen. »Doktor Nuruddin.«

»Ein Moslem?« fragte Mrs. Rupa Mehra zweifelnd.

»Ja. Es ist in Kaschmir passiert, als wir dort Ferien machten.«

»Ich werde nicht nach Kaschmir fahren«, sagte Mrs. Rupa Mehra entschieden.

»Nein, er hat mich hier geheilt. Seine Klinik ist hier, in Kalkutta. Er heilt die Leute von allen nur denkbaren Krankheiten – Diabetes, Gicht, Hautprobleme. Ich habe einen Freund, der hatte eine Zyste auf dem Augenlid. Er gab ihm eine Arznei namens Thuja, und die Zyste ist sofort abgefallen.«

»Ja«, stimmte Amit begeistert zu. »Ich habe eine Freundin zu einem Homöopathen geschickt, und ihr Gehirntumor verschwand, ihr gebrochenes Bein wuchs wieder zusammen, und obwohl sie unfruchtbar war, bekam sie innerhalb von drei Monaten Zwillinge.«

Kuku und Mrs. Rupa Mehra starrten ihn böse an. Lata lächelte halb zustimmend, halb vorwurfsvoll.

»Amit macht sich über alles lustig, wovon er nichts versteht«, sagte Kuku. »Er wirft Homöopathie und Astrologie in einen Topf. Aber sogar unser Familiendoktor ist mittlerweile von der Wirksamkeit der Homöopathie überzeugt. Und seit diesem schrecklichen Vorfall in Kaschmir bin ich völlig bekehrt. Ich glaube an Ergebnisse. Wenn etwas funktioniert, dann glaube ich daran.«

»Was hattest du für ein Problem?« fragte Mrs. Rupa Mehra eifrig.

»Es lag an der Eiscreme in dem Hotel in Gulmarg.«

»Oh.« Eiscreme war auch eine Schwäche von Mrs. Rupa Mehra.

»Das Hotel stellte eigenes Eis her. Ich habe sofort zwei Kugeln gegessen.«

»Und dann?«

»Dann – dann ging es mir ganz furchtbar schlecht.« Kukus Stimme war das Trauma anzuhören. »Mein Hals schmerzte fürchterlich. Der Arzt am Ort gab mir eine Medizin. Einen Tag lang wurden die Symptome besser, dann waren sie wieder da. Ich konnte nichts mehr essen, nicht mehr singen, kaum noch sprechen, nicht mehr schlucken. Es war, als hätte ich Dornen in der Kehle. Ich mußte es mir gut überlegen, ob ich etwas sagen wollte.«

Mrs. Rupa Mehra schnalzte mitfühlend mit der Zunge.

»Und meine Nebenhöhlen waren vollkommen zu.« Kuku hielt inne. »Dann bekam ich noch einmal Medizin. Und wieder wurde es besser, aber nicht für lange. Ich mußte nach Delhi, und von dort flog ich zurück nach Kalkutta. Nach der dritten Behandlung war mein Hals entzündet, meine Nebenhöhlen und meine Nase immer noch zu, mein Zustand war schrecklich. Meine Tante Mrs. Ganguly schlug vor, zu Dr. Nuruddin zu gehen. ›Versuch's und geh zu ihm‹, sagte sie zu meiner Mutter. ›Es kann nicht schaden.‹«

Mrs. Rupa Mehra konnte die Spannung kaum noch ertragen. Krankheitsgeschichten waren für sie so faszinierend wie Mord- oder Liebesgeschichten.

»Er ließ sich meine Krankengeschichte erzählen und fragte mich ein paar seltsame Dinge. Dann sagte er: ›Nimm zweimal Pulsetilla und komm dann wieder.‹ Ich sagte: ›Zweimal? Nur zweimal? Wird das genügen? Nicht öfter?‹ Er sagte: ›Inshallah, zweimal sollte genügen.‹ Und so war es. Ich war geheilt. Die Schwellungen klangen ab. Meine Nebenhöhlen waren wieder völlig frei und sind es geblieben. Eine allopathische Behandlung hätte eine Punktion und Spülung der Nebenhöhlen erfordert, um die chronische Entzündung zu beheben – und das wäre es geworden, wenn ich nicht zu Dr. Nuruddin gegangen wäre. Du kannst ruhig aufhören zu lachen, Amit.«

Mrs. Rupa Mehra war überzeugt. »Ich werde mit dir zu ihm gehen«, sagte sie.

»Aber Sie dürfen sich nichts aus seinen seltsamen Fragen machen«, sagte Kakoli.

»Ich habe mich in allen Situationen unter Kontrolle«, sagte Mrs. Rupa Mehra.

Als sie gegangen waren, wandte sie sich betont an Lata. »Ich habe Kalkutta satt, Liebes, und es ist nicht gut für meine Gesundheit. Laß uns nach Delhi fahren.«

»Warum um alles in der Welt, Ma?« sagte Lata. »Jetzt, wo es anfängt, mir hier zu gefallen. Und warum so plötzlich?«

Mrs. Rupa Mehra musterte ihre Tochter eingehend.

»Und wir haben noch so viele Mangos.« Lata lachte. »Und wir müssen dafür sorgen, daß Varun lernt.«

Mrs. Rupa Mehra sah sie streng an. »Sag mir...« Sie hielt inne. Die Unschuld, die Lata ins Gesicht geschrieben stand, konnte unmöglich geheuchelt sein. Und warum sollte sie ihr dann Flausen in den Kopf setzen?

»Ja, Ma?«

»Sag mir, was ihr gemacht habt?«

Das entsprach eher Mrs. Rupa Mehras täglichem Repertoire an Fragen, und Lata war erleichtert, daß sich ihre Mutter wieder normal verhielt. Lata hatte nicht die Absicht, sich aus Kalkutta und von den Chatterjis fortzerren zu lassen. Wenn sie daran dachte, wie unglücklich sie war, als sie hier ankam, dann empfand sie dieser Familie – besonders dem freundlichen, zynischen, rücksichtsvollen Amit – gegenüber Dankbarkeit dafür, daß sie sie in ihren Clan aufgenommen hatten – fast wie eine dritte Schwester, dachte sie.

Auch Mrs. Rupa Mehra dachte über die Chatterjis nach, aber auf weniger wohlwollende Art. Meenakshis Bemerkungen hatten sie in Panik versetzt.

Ich werde nach Delhi fahren, wenn nötig allein, dachte sie. Kalpana Gaur wird mir dabei helfen, sofort einen geeigneten jungen Mann zu finden. Dann werde ich Lata nachkommen lassen. Arun ist völlig unbrauchbar. Seit er verheiratet ist, ist ihm seine eigene Familie gleichgültig. Er hat Lata diesem Bishwanath vorgestellt und seitdem nichts mehr unternommen. Er fühlt sich für seine Schwester nicht verantwortlich. Ich bin jetzt ganz allein auf der Welt. Nur meine Aparna liebt mich. Meenakshi schlief, und die Zahnlose Tante beschäftigte sich mit Aparna. Mrs. Rupa Mehra ließ sie ihre Enkeltochter augenblicklich bringen und schloß sie in die Arme.

7.43

Auch Arun war vom Regen aufgehalten worden. Als er nach Hause kam, war er in miserabler Stimmung.

Nachdem er Mutter, Schwester und Tochter zur Begrüßung lediglich angeknurrt hatte, marschierte er geradewegs ins Schlafzimmer. »Verfluchte Schweine, die ganze Bande«, verkündete er. »Und der Chauffeur gehört auch dazu.«

Meenakshi betrachtete ihn vom Bett aus und gähnte.

»Arun, Liebster, warum das Wüten?
Solltest besser deine Zunge hüten.«

»Hör auf mit diesem schwachsinnigen Blabberji-Geplapper«, schnauzte Amit sie an, stellte seine Aktentasche ab und legte seinen feuchten Mantel über die Armlehne eines Stuhls. »Du bist meine Frau. Du könntest zumindest so tun, als ob du Mitgefühl hättest.«

»Was ist passiert, Liebling?« fragte Meenakshi und setzte die geforderte Miene auf. »Ein schlechter Tag im Büro?«

Arun schloß die Augen und setzte sich auf die Bettkante.

»Erzähl's mir«, sagte Meenakshi, während sie mit ihren langen, eleganten Fingern mit den roten Nägeln seine Krawatte löste.

Arun seufzte. »Der verdammte Rikscha-Wallah wollte drei Rupien von mir, nur um mich über die Straße zu meinem Auto zu bringen. Nur über die Straße«, wiederholte er und schüttelte angeekelt und ungläubig den Kopf.

Meenakshis Finger hielten inne. »Nein!« rief sie in echtem Entsetzen aus. »Ich hoffe, du hast nicht gezahlt.«

»Was sollte ich tun?« fragte Arun. »Ich wollte nicht durch das knietiefe Wasser zu meinem Wagen waten – oder den Wagen über die überflutete Straße kommen lassen und riskieren, daß er den Geist aufgibt. Das hat er natürlich gesehen – und vor Vergnügen, einen Sahib in der Hand zu haben, hat er blöd gegrinst. ›Es ist Ihre Entscheidung‹, hat er gesagt. ›Drei Rupien.‹ Drei Rupien! Wo es normalerweise höchstens zwei Annas kostet. Eine Anna wäre ein angemessener Preis – es ist nicht weiter als zwanzig Meter. Aber es war keine andere Rikscha in Sicht, und ich stand im Regen. Verdammtes, geldgieriges Schwein.«

Meenakshi sah vom Bett aus in den Spiegel und dachte eine Weile nach. »Sag mal, was tut Bentsen Pryce, wenn es auf dem Weltmarkt kurzfristig eine Verknappung von, hm, Jute gibt und die Preise dafür steigen? Erhöhen sie nicht auch ihre Preise auf das höchste Niveau, das der Markt noch aushält? Oder machen das nur die Marwaris? Gold- und Silberschmiede tun es. Und Gemüsehändler. Vermutlich hat sich der Rikscha-Wallah genauso verhalten. Vielleicht hätte ich doch nicht schockiert sein sollen. Und du auch nicht.«

Sie hatte ihre Absicht vergessen, Mitgefühl zu bekunden. Arun sah sie an. Er war verletzt, aber die unangenehm zwingende Logik ihrer Worte war nicht zu leugnen.

»Willst du meine Arbeit tun?« fragte er.

»O nein, Liebling«, erwiderte Meenakshi und überhörte die Beleidigung. »Ich möchte keinen Anzug und keine Krawatte tragen müssen. Ich wüßte nicht, wie ich deiner reizenden Miss Christie Briefe diktieren sollte ... Ach übrigens, heute sind Mangos aus Brahmpur gekommen. Und ein Brief von Savita.«

»Aha.«

»Und Ma hat sich, wie es nun mal ihre Art ist, damit vollgestopft, ohne an ihren Diabetes zu denken.«

Arun schüttelte den Kopf. Als ob er nicht schon genug Sorgen hätte. Seine Mutter war unverbesserlich. Morgen würde sie jammern, daß es ihr nicht gutging, und er würde mit ihr zum Arzt fahren müssen. Mutter, Schwester, Tochter, Frau: Er sah sich plötzlich in der Falle sitzen – in diesem verdammten Frauenhaushalt. Und obendrein hatte er noch den Schwächling Varun am Hals.

»Wo ist Varun?«

»Ich weiß nicht«, sagte Meenakshi. »Er ist nicht da und hat auch nicht angerufen. Das glaube ich zumindest. Ich habe geschlafen.«

Arun seufzte.

»Und von dir geträumt«, log Meenakshi.

»Ja?« Arun war besänftigt. »Laß uns ...«

»Später, meinst du nicht auch, Liebling?« sagte Meenakshi kühl. »Wir müssen heute abend ausgehen.«

»Gibt es denn nicht einen verdammten Abend, an dem wir nicht ausgehen müssen?«

Meenakshi zuckte die Achseln, als ob sie sagen wollte, daß nicht sie die meisten Verabredungen getroffen habe.

»Ich wünschte, ich wäre wieder Junggeselle«, sagte Arun unwillkürlich.

Meenakshis Augen sprühten Funken. »Wenn du es so willst ...«

»Nein, nein, ich habe es nicht so gemeint. Es ist nur dieser verdammte Streß. Und mein Rücken schmerzt wieder.«

»Ich finde Varuns Junggesellendasein nicht gerade erstrebenswert.«

Arun konnte nicht widersprechen. Er schüttelte nochmals den Kopf und seufzte. Er sah erschöpft aus.

Armer Arun, dachte Meenakshi. »Möchtest du Tee – oder einen Drink, Liebling?« fragte sie.

»Tee. Tee. Eine schöne Tasse Tee. Der Drink kann warten.«

7.44

Varun war noch nicht wieder zu Hause, weil er in Sajids Haus in der Park Lane, einer schäbigeren Straße, als ihr Name vermuten ließ, fleißig spielte und rauchte. Sajid, Jason, Varun und ein paar weitere Freunde saßen auf Sajids riesigem Bett im ersten Stock und spielten Flush: der Einsatz begann bei einer Anna blind, zwei Annas zum Sehen. Heute hatten sich, wie bisweilen bei früheren Gelegenheiten, Paul und seine Schwester Hortense, die unter Sajid wohnten, zu ihnen gesellt. Hortense (die Sajid und seine Freunde unter sich Hot-Ends nannten) saß auf dem Schoß ihres Freundes (eines Schiffszahlmeisters) und spielte aus dieser Position für ihn. Der Einsatz war auf vier Annas blind und acht Annas zum

Sehen gestiegen – der höchste Einsatz, den sie zuließen. Alle waren nervös und paßten, bis nur noch Varun, der vor Nervosität zappelte, und die vollkommen gelassene Hot-Ends übrig waren.

»Jetzt sind nur noch Varun und Hortense im Spiel«, sagte Sajid. »Jetzt wird's richtig heiß.«

Varun wurde dunkelrot und ließ beinahe seine Karten fallen. Die Freunde (außer Hortenses Freund, dem Zahlmeister) wußten alle, daß Paul – der keine Arbeit hatte – für seine Schwester den Zuhälter spielte, wenn ihr Freund nicht in der Stadt war. Keiner wußte, wo er die Kunden auftrieb, aber manchmal kam er spätabends im Taxi mit einem Geschäftsmann zurück und stand draußen auf der Treppe und rauchte Rhodes Navy Cuts, während Hortense und ihr Kunde zur Sache kamen.

»Ein Royal Flush«, sagte Jason und interpretierte damit Varuns Ausdruck.

Varun, der vor nervöser Angespanntheit zitterte und sich immer wieder sicherheitshalber seine Karten ansah, flüsterte: »Ich bleibe drin.« Er legte eine Acht-Anna-Münze in die Kasse, die jetzt fast fünf Rupien enthielt.

Hot-Ends, die weder ihre Karten noch sonst irgend jemanden ansah, erhöhte wortlos und mit der blasiertesten Miene, die ihr möglich war, den Einsatz ebenfalls um eine Acht-Anna-Münze. Ihr Freund strich mit dem Finger über ihre Kehle, und sie lehnte sich zurück.

Varun, der sich nervös die Lippen leckte und dessen Augen aufgeregt funkelten, erhöhte um weitere acht Annas. Hot-Ends, die ihn jetzt direkt ansah und seinen erschrockenen und faszinierten Blick nicht losließ, sagte so heiser wie möglich: »Ach, du gieriger Junge! Du willst mich nur ausnutzen. Du sollst bekommen, was du willst.« Und legte ebenfalls acht Annas in die Kasse.

Varun hielt es nicht länger aus. Ganz schwach vor Spannung und voller Angst vor dem, was ihre Hand hielt, wollte er ihre Karten sehen. Hot-Ends hatte den Pik-König, die Pik-Dame und den Pik-Buben. Varun brach vor Erleichterung fast zusammen. Er hatte Karo-As, Karo-König und Karo-Dame.

Aber er sah so mitgenommen aus, als hätte er verloren. Er bat seine Freunde, ihn zu entschuldigen und nach Hause gehen zu lassen.

»Kommt nicht in Frage!« sagte Sajid. »Du kannst nicht einfach so absahnen und dann verschwinden. Du mußt darum kämpfen, es zu behalten.«

Und prompt verlor Varun in den nächsten Spielen seinen ganzen Gewinn (und mehr). Alles, was ich anpacke, geht schief, dachte er, als er mit der Trambahn nach Hause fuhr. Ich bin eine nutzlose Person – absolut nutzlos – und eine Schande für meine Familie. Als er daran dachte, wie Hot-Ends ihn angesehen hatte, wurde er erneut nervös, und er fragte sich, ob er sich nicht noch mehr Ärger einhandeln würde, wenn er sich weiterhin mit seinen Shamshu-Freunden traf.

7.45

Am Morgen des Tages, an dem Mrs. Rupa Mehra nach Delhi abreisen wollte, saß die Familie um den Frühstückstisch. Arun war wie gewöhnlich mit dem Kreuzworträtsel beschäftigt. Nach einer Weile blätterte er um.
»Du könntest dich ruhig mit mir unterhalten«, sagte Mrs. Rupa Mehra. »Ich fahre heute, und du versteckst dich hinter deiner Zeitung.«
Arun sah auf. »Hör dir das an, Ma«, sagte er. »Das ist was für dich.« Und er las ihr sarkastisch den Text einer Anzeige vor:

»›Diabetes in sieben Tagen geheilt. Gleichgültig, wie schwer und wie lange Sie schon darunter leiden, Diabetes kann durch VENUS CHARM, die neueste wissenschaftliche Entdeckung, geheilt werden. Die wichtigsten Symptome dieser Krankheit sind anormaler Durst und Hunger, zuviel Zucker im Urin, Hautjukken etc. In seiner schwersten Form verursacht er Karbunkel, Furunkel, grauen Star und andere Komplikationen. Tausende sind dem Tod von der Schippe gesprungen dank VENUS CHARM. Schon am ersten Tag treibt es den Zucker aus und normalisiert das spezifische Gewicht. Innerhalb von zwei oder drei Tagen fühlen Sie sich schon halb geheilt. Keine restriktiven Essensvorschriften. Preis für 50 Tabletten: 6 Rupien 12 Annas. Versand frei. Erhältlich bei Venus Research Laboratory (N. H.), Post Box 587. Calcutta.‹«

Mrs. Rupa Mehra hatte angefangen, lautlos zu weinen. »Ich hoffe, du wirst nie Diabetes bekommen«, sagte sie zu ihrem älteren Sohn. »Jetzt kannst du dich über mich lustig machen, soviel du willst, aber ...«
»Aber wenn du gestorben und nicht mehr da bist – der Scheiterhaufen – der leere Stuhl – ja, ja, wir kennen den Rest«, sagte Arun ziemlich brutal.
Sein Rücken hatte letzte Nacht verrückt gespielt, und Meenakshi war mit seiner Vorstellung nicht zufrieden gewesen.
»Halt den Mund, Arun Bhai!« sagte Varun, sein Gesicht weiß und wutverzerrt. Er ging zu seiner Mutter und legte ihr den Arm um die Schulter.
»Wie redest du mit mir!« Arun stand auf und ging drohend auf Varun zu. »›Halt den Mund‹? Hast du ›Halt den Mund‹ zu mir gesagt? Verschwinde. Sofort. Raus!« Er redete sich in Wut. »Verschwinde!« brüllte er.
Es war nicht klar, ob er wollte, daß Varun den Raum, das Haus oder sein Leben verließ.
»Arun Bhai, bitte ...« protestierte Lata empört.
Varun zuckte zurück und schlich auf die andere Tischseite.
»Ach, setzt euch hin, beide«, sagte Meenakshi. »Können wir nicht mal in Frieden frühstücken?«
Beide setzten sich. Arun starrte Varun böse an, Varun starrte böse auf sein Ei.
»Und er stellt mir noch nicht mal sein Auto zur Verfügung, damit ich zum

Bahnhof komme«, fuhr Mrs. Rupa Mehra fort und kramte in ihrer schwarzen Tasche nach einem Taschentuch. »Ich bin auf die Barmherzigkeit fremder Menschen angewiesen.«

»Also wirklich, Ma«, sagte Lata, küßte sie und legte ihr den Arm um die Schultern. »Amit ist doch kein Fremder.«

Mrs. Rupa Mehras Schultern spannten sich an. »Und du auch«, sagte sie zu Lata. »Dir sind meine Gefühle auch egal.«

»Ma!« sagte Lata.

»Du wirst dich prächtig amüsieren. Nur meinem Liebling Aparna wird es leid tun, daß ich fortfahre.«

»Ma, beruhige dich. Varun und ich werden mit dir zu dem Homöopathen gehen und dich zum Bahnhof bringen. Und Amit wird in einer Viertelstunde mit dem Wagen hiersein. Willst du, daß er dich tränenüberströmt sieht?«

»Es ist mir egal, was er sieht oder nicht«, sagte Mrs. Rupa Mehra mit einem bissigen Unterton.

Amit traf pünktlich ein. Mrs. Rupa Mehra hatte ihr Gesicht gewaschen, aber ihre Nasenspitze war noch gerötet. Als sie sich von Aparna verabschiedete, begannen beide zu weinen. Glücklicherweise war Arun schon aufgebrochen, sonst hätte er auch hierzu einen wenig hilfreichen Kommentar beigesteuert.

Dr. Nuruddin, der Homöopath, war ein Mann mittleren Alters mit einem langen Gesicht, jovialen Umgangsformen und einer etwas schleppenden Sprechweise. Er begrüßte Mrs. Rupa Mehra herzlich, ließ sich über ihre Symptome und allgemeine Krankheitsgeschichte aufklären, sah sich ihre Blutzuckertabellen an, sprach kurz über Kakoli Chatterji, stand auf, setzte sich wieder und begann, eine Reihe beunruhigender Fragen zu stellen.

»Sind Sie bereits in den Wechseljahren?«

»Ja. Aber warum ...«

»Wie bitte?« fragte Dr. Nuruddin, als sei sie ein widerspenstiges Kind.

»Nichts«, sagte Mrs. Rupa Mehra kleinlaut.

»Sind Sie leicht gereizt, aufgebracht?«

»Ist das nicht jeder?«

Dr. Nuruddin lächelte. »Viele sind es. Sie auch, Mrs. Mehra?«

»Ja. Heute morgen beim Frühstück ...«

»Haben Sie geweint?«

»Ja.«

»Sind Sie manchmal extrem traurig? Hoffnungslos verzweifelt, entschieden melancholisch?« Er sprach es aus, als handelte es sich um körperliche Symptome wie Hautjucken oder Verdauungsbeschwerden.

Mrs. Rupa Mehra sah ihn verblüfft an. »Extrem? Wie extrem?«

»Jede Antwort, die Sie mir geben, ist hilfreich.«

Mrs. Rupa Mehra dachte nach, bevor sie antwortete. »Manchmal bin ich sehr verzweifelt. Immer, wenn ich an meinen verstorbenen Mann denke.«

»Denken Sie jetzt an ihn?«
»Ja.«
»Und sind Sie jetzt verzweifelt?«
»Jetzt nicht«, gestand Mrs. Rupa Mehra.
»Was fühlen Sie jetzt?«
»Daß das hier etwas seltsam ist.« Übersetzt bedeutete dies: Daß Sie verrückt sind. Und ich auch, weil ich mich auf diese Fragen einlasse.
Dr. Nuruddin führte das mit einem Radiergummi bestückte Ende seines Bleistifts an die Nase, bevor er fragte: »Mrs. Mehra, halten Sie meine Fragen für nicht angemessen? Für unangemessen?«
»Also ...«
»Ich versichere Ihnen, daß sie höchst angemessen sind, um Ihren Zustand zu verstehen. In der Homöopathie versuchen wir, das ganze System zu behandeln, wir beschränken uns nicht auf die rein körperliche Seite. Sagen Sie, leiden Sie unter Gedächtnisschwund?«
»Nein. Ich erinnere mich stets an die Namen und Geburtstage von Freunden und an andere wichtige Dinge.«
Dr. Nuruddin notierte etwas auf einem kleinen Block. »Gut, gut«, sagte er. »Träumen Sie?«
»Träumen?«
»Träumen.«
»Ja?« fragte Mrs. Rupa Mehra verwundert.
»Wovon träumen Sie, Mrs. Mehra?«
»Ich erinnere mich nicht.«
»Sie erinnern sich nicht?« Er klang freundlich, aber skeptisch.
»Nein«, sagte Mrs. Rupa Mehra und biß die Zähne zusammen.
»Knirschen Sie im Schlaf mit den Zähnen?«
»Woher soll ich das wissen? Ich schlafe. Was hat das alles mit meinem Diabetes zu tun?«
Dr. Nuruddin blieb weiterhin jovial. »Wachen Sie nachts manchmal durstig auf?«
Mrs. Rupa Mehra erwiderte stirnrunzelnd: »Ja, ziemlich oft. Neben meinem Bett steht ein Krug mit Wasser.«
»Wann fühlen Sie sich müder, morgens oder abends?«
»Ich glaube, morgens. Bis ich in der Gita gelesen habe. Danach fühle ich mich kräftiger.«
»Mögen Sie Mangos?«
Mrs. Rupa Mehra starrte Dr. Nuruddin über den Tisch hinweg an. »Woher wissen Sie das?«
»Es war nur eine Frage, Mrs. Mehra. Riecht Ihr Urin nach Veilchen?«
»Wie können Sie es wagen?« rief Mrs. Rupa Mehra wütend.
»Mrs. Mehra, ich versuche, Ihnen zu helfen«, sagte Dr. Nuruddin und legte seinen Bleistift beiseite. »Würden Sie meine Frage beantworten?«

»Ich werde die Frage nicht beantworten. In weniger als einer Stunde fährt mein Zug in Howrah ab. Ich muß gehen.«

Dr. Nuruddin nahm sein Exemplar von *Materia Medica* zur Hand und schlug die in Frage kommende Seite auf. »Sehen Sie, Mrs. Mehra, es ist nicht so, daß ich mir diese Symptome zusammenreime. Aber sogar die Stärke Ihres Widerstands gegen meine Fragen hilft mir bei meiner Diagnose. Jetzt habe ich nur noch eine Frage.«

Mrs. Rupa Mehra spannte sich an. »Ja?«

»Jucken Ihre Fingerspitzen manchmal?«

»Nein.« Mrs. Rupa Mehra seufzte erleichtert.

Dr. Nuruddin rieb mit beiden Zeigefingern seine Nase, dann schrieb er ein Rezept und reichte es seinem Assistenten, der mehrere Dinge zu einem weißen Pulver zu zermalmen begann, das er anschließend in einundzwanzig kleine Papiertütchen füllte.

»Sie dürfen keine Zwiebeln essen, keinen Ingwer, keinen Knoblauch, und vor jeder Mahlzeit nehmen Sie ein Tütchen Pulver. Mindestens eine halbe Stunde vorher«, sagte Dr. Nuruddin.

»Und das wird gegen meinen Diabetes helfen?«

»Inshallah.«

»Aber ich dachte, Sie würden mir diese kleinen Pillen geben«, protestierte Mrs. Rupa Mehra.

»Ich ziehe Pulver vor«, sagte Dr. Nuruddin. »Kommen Sie in einer Woche wieder, und wir werden sehen ...«

»Ich verlasse Kalkutta. Ich werde monatelang weg sein.«

Dr. Nuruddin sagte, nicht mehr ganz so jovial: »Warum haben Sie mir das nicht gleich gesagt?«

»Sie haben mich nicht danach gefragt. Tut mir leid, Doktor.«

»Ja. Und wohin fahren Sie?«

»Nach Delhi und dann nach Brahmpur. Meine Tochter Savita erwartet ein Kind«, vertraute Mrs. Rupa Mehra ihm an.

»Wann werden Sie in Brahmpur sein?«

»In ein bis zwei Wochen.«

»Ich verschreibe nicht gern über längere Zeiträume, aber es scheint, ich habe keine andere Wahl.« Er sprach mit seinem Assistenten, bevor er fortfuhr: »Ich gebe Ihnen Arznei für zwei Wochen mit. Nach fünf Tagen müssen Sie mir an diese Adresse schreiben, wie Sie sich fühlen. Und in Brahmpur müssen Sie Dr. Baldev Singh aufsuchen. Hier ist seine Adresse. Ich werde ihm heute noch eine kurze Nachricht zukommen lassen. Bitte zahlen Sie die Arznei im Vorzimmer, und holen Sie sie dort ab. Auf Wiedersehen, Mrs. Mehra.«

»Danke, Doktor«, sagte Mrs. Rupa Mehra.

»Der nächste, bitte«, rief Dr. Nuruddin fröhlich.

7.46

Mrs. Rupa Mehra war auf dem Weg zum Bahnhof ungewöhnlich still. Als ihre Kinder sich nach dem Gespräch mit dem Doktor erkundigten, sagte sie: »Es war seltsam. Das könnt ihr Kuku sagen.«
»Wirst du dich an seine Anweisungen halten?«
»Ja. Ich bin nicht dazu erzogen worden, Geld zu verschwenden.«
Auf der Howrah Bridge gab es einen langen Stau, doch während wertvolle Minuten verstrichen und der Humber sich zentimeterweise durch einen krächzenden, hupenden, gellenden, ohrenbetäubenden Wirrwarr von Bussen, Trams, Taxis, Autos, Motorrädern, Fuhrwerken, Rikschas, Fahrrädern und – vor allem – Fußgängern vorwärtskämpfte, schien sich Mrs. Rupa Mehra, von der normalerweise eine verzweifelte, armreifklappernde Panik Besitz ergriffen hätte, kaum der Tatsache bewußt, daß ihr Zug in weniger als einer Viertelstunde abfahren würde.
Erst nachdem sich der Stau wundersamerweise aufgelöst und sie es sich mit all ihren Koffern in ihrem Abteil bequem gemacht und die anderen Fahrgäste eingehend gemustert hatte, kamen Mrs. Rupa Mehras natürliche Empfindungen wieder zum Tragen. Mit Tränen in den Augen küßte sie Lata und beauftragte sie, auf Varun achtzugeben. Mit Tränen in den Augen küßte sie Varun und beauftragte ihn, auf Lata achtzugeben. Amit stand etwas abseits. Howrah Station mit seinen Menschenmassen, seinem Rauch, seinem Gedränge und seinem alles durchdringenden Geruch nach faulendem Fisch war nicht gerade ein Ort, an dem er sich gern aufhielt.
»Wirklich, Amit, es war sehr nett von dir, uns herzufahren«, sagte Mrs. Rupa Mehra in dem Versuch, freundlich zu sein.
»Kein Problem, Ma, der Wagen war zufällig nicht vergeben. Kuku hatte ihn nicht für sich reserviert, ein Wunder.«
»Ja. Kuku«, sagte Mrs. Rupa Mehra und wirkte plötzlich nervös. Obwohl sie die Gewohnheit hatte, allen Leuten zu sagen, sie sollten sie ›Ma‹ nennen, war sie im Augenblick nicht gerade glücklich, daß Amit sie so ansprach. Sie sah ihre Tochter beunruhigt an. Sie dachte an Lata, als sie so alt war wie Aparna heute. Wer hätte geglaubt, daß sie so schnell heranwachsen würde?
»Richte deiner Familie liebe Grüße aus«, sagte sie zu Amit mit einer Stimme, die nicht sehr überzeugend klang.
Amit war verwirrt von etwas, was – aber vielleicht bildete er es sich nur ein? – unterschwellige Feindseligkeit zu sein schien. Was, fragte er sich, ist bei dem Homöopathen passiert, das Latas Mutter so aufgeregt hat? Oder hatte sie sich über ihn aufgeregt?
Auf dem Nachhauseweg waren sich alle drei darüber einig, daß Mrs. Rupa Mehra in einer höchst sonderbaren Stimmung gewesen war.
Amit sagte: »Ich habe irgend etwas getan, was eure Mutter aufgeregt hat. Ich hätte dich neulich abends rechtzeitig zurückbringen sollen.«

Lata sagte: »Es liegt nicht an dir. Es liegt an mir. Sie wollte, daß ich mit nach Delhi komme, und ich wollte nicht.«

Varun sagte: »Es liegt an mir. Ich weiß es. Ich mache sie unglücklich. Sie kann es nicht mit ansehen, wie ich mein Leben verschwende. Ich muß eine neue Seite in meinem Lebensbuch aufschlagen. Ich darf sie nicht noch einmal enttäuschen. Und wenn ich wieder in meine alte Lebensweise zurückfalle, Luts, mußt du wütend mit mir werden. Wirklich wütend. Du mußt mich anschreien. Mir an den Kopf werfen, daß ich ein verdammter Idiot bin und keine Führungsqualitäten habe. Überhaupt keine!«

Lata versprach es ihm.

ACHTER TEIL

8.1

Niemand begleitete Maan und seinen Urdulehrer Rasheed zum Bahnhof von Brahmpur. Es war Mittag. Maan war so elend zumute, daß ihn auch die Anwesenheit von Pran oder Firoz oder von seinen verrufenen Studentenfreunden nicht aufgeheitert hätte. Er fühlte sich ins Exil geschickt, und dieses Gefühl trog nicht: sowohl sein Vater als auch Saeeda Bai sahen es genau so. Sein Vater hatte ihn unverblümt und ultimativ aufgefordert, die Stadt zu verlassen, Saeeda Bai war etwas raffinierter vorgegangen. Der eine hatte ihn genötigt, die andere hatte ihm gut zugeredet. Beide mochten Maan, und beide wollten ihn aus dem Weg haben.

Maan nahm es Saeeda Bai nicht übel – zumindest nicht allzu sehr; er meinte zu wissen, daß seine Abwesenheit sie hart ankommen würde und daß sie ihn, indem sie ihn nach Rudhia und nicht zurück nach Benares schickte, so nah bei sich behielt, wie es ihr unter den gegebenen Umständen nur möglich war. Wütend war er allerdings auf seinen Vater, der ihn aus nicht ernst zu nehmendem Grund aus Brahmpur jagte; er hatte sich geweigert, seine Version der Geschichte anzuhören, und sich schließlich zufriedengegeben, als er erfuhr, daß Maan mit seinem Urdulehrer in dessen Dorf fahren würde.

»Schau dir unser Gut an, während du dort bist – ich will wissen, wie es darum steht«, hatte sein Vater gesagt und nach einer Pause unnötigerweise hinzugefügt: »Das heißt natürlich, nur wenn du die Zeit dafür erübrigen und deine Studien unterbrechen kannst.«

Mrs. Mahesh Kapoor hatte ihren Sohn in die Arme geschlossen und gesagt, er solle bald zurückkommen. Manchmal, überlegte der beleidigte und enttäuschte Maan, war sogar die Zuneigung seiner Mutter unerträglich. Sie war es, die unerschütterlich Partei gegen Saeeda Bai ergriff.

»Nicht vor Ablauf eines Monats«, hatte Mahesh Kapoor abgewehrt. Einerseits war er erleichtert, daß Maan trotz seines Unwillens sich ihm nicht widersetzte und in Brahmpur blieb, andererseits war er verärgert, daß jetzt er selbst

›mit Benares fertig werden‹ müßte, und das in zweifacher Weise: mit den Eltern von Maans Verlobter und mit Maans Assistenten im Stoffgeschäft, der – und Mahesh Kapoor dankte dem Himmel für diesen Gnadenbeweis mittlerer Größe – einigermaßen kompetent war. Er hatte genug lästige Verpflichtungen, und Maan stahl ihm nur die Zeit und die Geduld.

Auf dem Bahnsteig drängten sich wie immer Reisende mit Freunden, Verwandten und Dienstboten, Hausierer, Eisenbahnpersonal, Kulis, Landstreicher und Bettler. Babys schrien, und schrille Pfiffe ertönten. Streunende Hunde schlichen verstohlen herum, und Affen fletschten aggressiv die Zähne. Ein stechender Gestank hing über dem Bahnsteig. Es war ein heißer Tag, und die Ventilatoren in den Waggons standen still. Der Zug hatte sich, eine halbe Stunde nachdem er hätte abfahren sollen, noch immer nicht auf dem Schmalspurgleis in Bewegung gesetzt. Maan erstickte fast in der Hitze des Zweite-Klasse-Abteils, aber er beklagte sich nicht. Wieder und wieder blickte er niedergeschlagen hinauf zu seinem Gepäck, einem dunkelblauen Lederkoffer und mehreren kleinen Taschen.

Rasheed, der in Maans Augen ziemlich wölfische Züge hatte, war federnden Schritts in ein anderes Abteil gegangen, um sich mit ein paar Jungen zu unterhalten. Sie waren Schüler an der Madrasa – der moslemischen Schule – von Brahmpur und fuhren für ein paar Tage zurück in ihren Distrikt.

Maan wurde schläfrig. Die Ventilatoren drehten sich noch immer nicht, und der Zug machte keine Anstalten loszufahren. Er griff nach einem kleinen, mit Saeeda Bais Rosenessenz getränkten Watteballchen, das er sich hinter ein Ohr gesteckt hatte, und fuhr sich damit langsam übers Gesicht. Es sog sich voll mit Schweiß.

Maan saß so still wie möglich, damit sich die unangenehme Empfindung von Schweiß, der ihm übers Gesicht rann, nicht noch verstärkte. Der Mann ihm gegenüber fächelte sich mit einer Hindi-Zeitung Kühlung zu.

Endlich setzte sich der Zug in Bewegung. Erst fuhr er eine Weile durch die Stadt, dann hinaus aufs offene Land. Dörfer und Felder zogen vorbei, die einen verdörrt, staubig und brach, andere weizengelb oder grün. Die Ventilatoren begannen sich zu drehen, und alle waren erleichtert.

Auf manchen Feldern entlang den Gleisen war die Weizenernte in vollem Gang, auf anderen war sie bereits abgeschlossen, und die Stoppeln schimmerten dumpf in der Sonne.

Ungefähr alle Viertelstunde hielt der Zug an einem kleinen Bahnhof, manchmal mitten im Nirgendwo, manchmal in einem Dorf. Nur selten kam er in einer kleinen Stadt zum Stehen, dem Verwaltungssitz eines Unterbezirks des Distrikts, durch den sie gerade fuhren. Eine Moschee oder ein Tempel, ein paar Nim-, Banyan- oder Bobäume, ein Junge, der Ziegen einen staubigen Weg entlangtrieb, das plötzliche türkisfarbene Aufflattern eines Königsfischers – Maan nahm das alles kaum wahr. Nach einer Weile schloß er erneut die Augen, überwältigt von dem Gefühl der Trennung von der einzigen Person, deren Gesellschaft er sich wünschte. Er wollte nichts sehen und nichts hören, sich nur an die

Dinge und Geräusche im Haus in Pasand Bagh erinnern: an die verführerischen Düfte in Saeeda Bais Zimmer, die abendliche Kühle, den Klang ihrer Stimme, den Druck ihrer Hand auf seiner. Er dachte sogar voller Wehmut an ihren Sittich und an ihren Wachmann.

Aber obwohl er die Augen geschlossen hatte, um das gleißende Nachmittagslicht und die monotonen Felder, die sich bis zum fernen, dunstigen Horizont erstreckten, auszublenden, drängten sich ihm die Geräusche des Zugs mit wachsender Lautstärke auf. Das Rütteln und Rattern, als er eine Anhöhe erklomm, das Klappern, als er über eine kleine Brücke fuhr, das Zischen eines anderen Zugs, der in die Gegenrichtung an ihnen vorbeifuhr, das Husten einer Frau, das Weinen eines Babys, das Geräusch einer zu Boden fallenden Münze, das Rascheln einer Zeitung, alles nahm eine schier unerträgliche Intensität an. Er stützte den Kopf in die Hände und verharrte völlig reglos.

»Sind Sie in Ordnung? Ist alles in Ordnung?« Es war Rasheed, der ihn ansprach.

Maan nickte und öffnete die Augen.

Er blickte zu den anderen Fahrgästen, dann zurück zu Rasheed, er dachte, daß Rasheed zu ausgemergelt aussah für jemanden, der genausoalt war wie er. Außerdem hatte er schon ein paar weiße Haare.

Na ja, dachte Maan, wenn ich mit fünfundzwanzig anfange kahl zu werden, warum sollte er dann nicht weiße Haare kriegen?

Nach einer Weile fragte er: »Wie ist das Wasser in Ihrem Dorf?«

»Wie meinen Sie das?«

»Es ist doch gut, oder?« erkundigte sich Maan ängstlich. Er begann sich zu fragen, wie das Dorfleben wohl sein würde.

»O ja, wir holen es mit einer Handpumpe aus dem Boden.«

»Gibt es denn keine Elektrizität?«

Rasheed lächelte etwas hämisch und schüttelte den Kopf.

Maan schwieg. Die folgenreichen praktischen Implikationen seiner Verbannung begannen sich ihm langsam aufzudrängen.

Sie hielten kurz hinter einem kleinen Bahnhof. Die Wassertanks des Zugs wurden nachgefüllt, die Lokomotive stieß Dampfwolken aus, das Geräusch von auf das Abteildach tropfendem Wasser erinnerte Maan an Regen. Bis zum Einsetzen des Monsuns lagen Wochen unerträglicher Hitze vor ihm.

»Fliegen!«

Das hatte der Mann neben Rasheed gesagt. Er sah aus wie ein vertrockneter vierzigjähriger Bauer. Mit dem Daumen der einen Hand rollte er etwas Tabak auf der Handfläche der anderen. Er rieb daran, drückte ihn fest, brach überstehende Teile ab, begutachtete sorgfältig den Rest, sortierte Verunreinigungen aus, zwackte ein Stück ab, leckte über die Innenseite seiner Unterlippe und spuckte zur Seite hin aus.

»Sprechen Sie Englisch?« fragte er nach einer Weile im örtlichen Hindi-Dialekt. Er hatte Maans Gepäckaufkleber bemerkt.

»Ja«, erwiderte Maan.
»Ohne Englisch kommt man nicht weit«, sagte der Bauer weise.
Maan fragte sich, von welchem Nutzen Englisch für den Bauern sein könnte.
»Was nützt einem Englisch?«
»Die Leute lieben Englisch!« sagte der Bauer und kicherte seltsam tief. »Wenn Sie englisch sprechen, sind Sie ein König. Je mehr Leute Sie nicht verstehen, um so mehr Leute respektieren Sie.« Er wandte sich wieder seinem Tabak zu.

Maan verspürte plötzlich das Bedürfnis, sich zu erklären. Als er noch überlegte, was er sagen sollte, wurde das Summen der Fliegen um ihn herum lauter und lauter. Es war zu heiß, um nachzudenken. Müdigkeit überwältigte ihn. Der Kopf sank ihm auf die Brust, und bald war er eingeschlafen.

8.2

»Rudhia! Rudhia!« Maan erwachte und sah, wie mehrere Reisende ihr Gepäck aus dem Zug schleppten, während andere mühsam einstiegen. Rudhia, die Distrikthauptstadt, war auch die größte Stadt der Gegend, jedoch nicht so ein wichtiger Bahnhof wie Brahmpur und erst recht nicht so ein bedeutender Knotenpunkt wie Mughalsarai. Zwei Schmalspurlinien kreuzten sich in Rudhia, und das war es auch schon. Aber die, die dort lebten, hielten die Stadt für die neben Brahmpur wichtigste in ganz Purva Pradesh, und die Worte *Rudhia Bhf* auf den Schildern und den sechs weißen Spucknäpfen im Bahnhofsgebäude mehrten ihre Würde ebenso wie das Distriktgericht, das Collectorate und andere Verwaltungsämter und das Turbinenhaus, das mit Kohle betrieben wurde.

Der Zug hielt in Rudhia geschlagene drei Minuten, bevor er in der Nachmittagshitze wieder davonkeuchte. Ein Schild vor dem Büro des Bahnhofsvorstehers verkündete: *Unser Ziel: Zuverlässigkeit, Sicherheit und Pünktlichkeit.* Der Zug hatte bereits eineinhalb Stunden Verspätung. Das war nicht ungewöhnlich, und die meisten Fahrgäste machten die Sache, auch wenn es ihnen ungelegen kam, nicht noch schlimmer, indem sie sich aufregten. Eineinhalb Stunden waren nicht der Rede wert.

Der Zug fuhr durch eine Kurve, und dicke Rauchschwaden drangen in das Abteil. Der Bauer kämpfte mit dem Fenster, und Maan und Rasheed halfen ihm.

Maans Blick fiel auf einen großen Baum mit roten Blättern mitten auf einem Feld. »Was ist das für ein Baum?« fragte er und deutete aus dem Fenster. »Mit den roten Blättern sieht er aus wie ein Mangobaum, aber es ist keiner.«

»Das ist ein Mahua«, sagte der Bauer, bevor Rasheed antworten konnte. Er blickte amüsiert drein, als müßte er erklären, was eine Katze ist.

»Ein schöner Baum«, sagte Maan.

»O ja. Und nützlich ist er auch«, sagte der Bauer.

»Inwiefern?«

»Man wird betrunken davon.« Der Bauer lächelte und entblößte seine braunen Zähne.

»Wirklich?« fragte Maan interessiert. »Vom Saft?«

Aber der Bauer, den seine Unwissenheit begeisterte, begann auf seine seltsame tiefe Art zu kichern und gab nichts weiter preis als das eine Wort: »Saft!«

Rasheed beugte sich zu Maan und sagte: »Es sind die Blüten. Sie sind zart und duften. Sie müssen vor ungefähr einem Monat abgefallen sein. Wenn man sie trocknet, halten sie ein Jahr. Fermentiert man sie, wird Schnaps daraus.« In seiner Stimme schwang ein leicht mißbilligender Unterton mit.

»Ja?« Maan erwachte zum Leben.

Aber Rasheed sprach im selben Ton weiter: »Man kann sie als Gemüse kochen. Kocht man sie mit Milch, färben sie die Milch rot und machen den, der sie trinkt, stark. Vermischt man sie im Winter mit dem Mehl, aus dem man die Rotis macht, spürt man die Kälte nicht.«

Maan war beeindruckt.

»Verfüttert man sie ans Vieh«, fügte der Bauer hinzu, »verdoppelt es dessen Kraft.«

Da Maan nichts von dem glaubte, was der spöttische Bauer von sich gab, sah er Rasheed fragend an.

»Ja, das stimmt«, sagte Rasheed.

»Was für ein wunderbarer Baum!« sagte Maan begeistert. Er schüttelte seine Trägheit ab und stellte eine Menge Fragen. Das Land, das ihm bislang so monoton erschienen war, begann ihn zu interessieren.

Sie hatten gerade einen breiten braunen Fluß überquert und fuhren jetzt durch Urwald. Maan wollte sofort wissen, welche Tiere es hier gebe, und war erfreut zu hören, daß es Füchse, Schakale, Antilopen, Wildschweine und vereinzelt sogar Bären gab. Und in den Schluchten und felsigen Gebieten waren Wölfe heimisch, die bisweilen die Dorfbevölkerung bedrohten.

»Dieser Urwald«, sagte Rasheed, »gehört eigentlich zum Besitz von Baitar.«

»Aha!« sagte Maan vergnügt. Obwohl er und Pran von Kindesbeinen an mit Firoz und Imtiaz befreundet waren, kannten sie sie nur aus Brahmpur und waren nie in Baitar Fort oder auf den dazugehörigen Besitzungen gewesen.

»Aber das ist ja wunderbar!« sagte Maan. »Ich kenne die Familie gut. Wir müssen zusammen auf die Jagd gehen.«

Rasheed lächelte etwas wehmütig und schwieg. Vielleicht glaubt er, dachte Maan, daß ich dann während meines Aufenthalts in seinem Dorf zu wenig Urdu lerne. Aber was macht das schon? hätte er am liebsten gesagt. Statt dessen sagte er: »Im Fort müssen sie Pferde haben.«

»Haben sie«, sagte der Bauer mit plötzlicher Begeisterung und unerwartetem Respekt. »Sie haben viele Pferde. Einen ganzen Stall voll. Und außerdem zwei

Jeeps. Und an Muharram veranstalten sie eine riesige Prozession und halten viele Zeremonien ab. Kennen Sie den Nawab Sahib wirklich?«

»Eigentlich kenne ich seine Söhne.«

Rasheed, der des Bauern allmählich überdrüssig wurde, sagte ruhig: »Das ist der Sohn von Mahesh Kapoor.«

Dem Bauern blieb vor Staunen der Mund offenstehen. Diese Behauptung klang so unwahrscheinlich, daß sie wahr sein mußte. Aber was tat er – der Sohn des großen Ministers – hier, warum reiste er in einer zerknitterten Kurta-Pajama wie ein ganz normaler Mensch in einem Abteil zweiter Klasse?

»Ich habe mich über Sie lustig gemacht«, sagte er, erschrocken über seine Tollkühnheit.

Maan, dessen Unbehagen der Bauer genossen hatte, genoß jetzt das Unbehagen des Bauern. »Ich werde es meinem Vater nicht erzählen«, sagte er.

»Wenn er davon erfährt, wird er mir mein Land wegnehmen«, sagte der Bauer, der entweder tatsächlich an solch übertriebene Machtbefugnisse des Ministers glaubte oder aber es für schlau hielt, seine Angst zu übertreiben.

»Er wird nichts dergleichen tun.« Bei dem Gedanken an seinen Vater wallte wieder Unmut in Maan auf.

»Wenn das Zamindari-System abgeschafft wird, dann wird er das ganze Land hier nehmen«, sagte der Bauer. »Auch den Besitz des Nawab Sahib. Was kann da ein kleiner Landbesitzer wie ich schon ausrichten?«

»Ich werd Ihnen was sagen. Wenn Sie mir Ihren Namen nicht nennen, kann Ihnen nichts passieren.«

Den Bauern schien diese Idee zu amüsieren, und er wiederholte den letzten Satz ein paarmal.

Plötzlich fing der Zug an zu rucken, als ob jemand die Bremse gezogen hätte, und nach einer Weile kam er mitten auf weiter Flur zum Stehen.

»Das passiert immer«, sagte Rasheed etwas gereizt.

»Was passiert immer?« fragte Maan.

»Die Schuljungen ziehen die Notbremse und halten den Zug in der Nähe ihres Dorfes an. Es sind immer dieselben Jungen aus dem Dorf hier. Bis der Schaffner in ihrem Abteil ist, sind sie im Zuckerrohrfeld verschwunden.«

»Kann man denn nichts dagegen tun?«

»Bislang nicht. Sie sollten entweder den Zug hier einfach halten lassen und ihre Niederlage zugeben oder einen der Jungen erwischen und ein Exempel statuieren.«

»Wie das?«

»Ach, ihn gründlich durchprügeln«, sagte Rasheed gelassen. »Und ihn ein paar Tage einsperren.«

»Das wäre aber eine harte Strafe«, meinte Maan und versuchte, sich einen mehrtägigen Aufenthalt in einer Zelle vorzustellen.

»Aber wirksam. Als wir so jung waren, waren wir genauso aufsässig«, fuhr Rasheed fort und lächelte kurz. »Mein Vater hat mich regelmäßig geschlagen.

Einmal hat mein Großvater – den Sie kennenlernen werden – meinen Bruder so verprügelt, daß er fast gestorben wäre – und das war ein Wendepunkt in seinem Leben. Er wurde Ringer!«

»Ihr Großvater hat ihn verprügelt, nicht Ihr Vater?«

»Mein Großvater. Vor ihm hatten wir am meisten Angst.«

»Und jetzt?«

»Jetzt nicht mehr. Er ist über Siebzig. Aber bis weit über Sechzig war er der Schrecken von zehn Dörfern. Hab ich nicht schon einmal von ihm erzählt?«

»Sie meinen, er hat sie terrorisiert?« Maan versuchte sich ein Bild von diesem merkwürdigen Patriarchen zu machen.

»Ich meine, daß sie ihn alle respektierten und zu ihm kamen, damit er ihre Streitigkeiten schlichtete. Er ist Landbesitzer, ein mittelgroßer Landbesitzer, deswegen genießt er in unserer Gemeinde einiges Ansehen. Er ist ein strenggläubiger und gerechter Mann, deswegen sehen die Leute zu ihm auf. Und in seiner Jugend war er auch Ringer, deswegen fürchten sie seine Schläge. Er hat alle Rüpel verprügelt, deren er habhaft werden konnte.«

»Vermutlich sollte ich nicht spielen und trinken, solange ich in Ihrem Dorf bin«, sagte Maan gutgelaunt.

Rasheed wurde sehr ernst. »Allerdings nicht, Kapoor Sahib«, sagte er, wie Maan schien, sehr formell. »Sie sind mein Gast, und meine Familie weiß nicht, daß Sie kommen. Sie werden einen Monat bei mir wohnen, Ihr Verhalten wird auf mich zurückfallen.«

»Ach, machen Sie sich keine Sorgen«, sagte Maan impulsiv. »Ich werde nichts tun, was Ihnen Ärger bereiten könnte. Ich verspreche es.«

Rasheed wirkte erleichtert, und Maan wurde die Unbesonnenheit seines Versprechens bewußt. Bislang war es ihm in seinem ganzen Leben noch nie gelungen, sich einen vollständigen Monat lang nicht danebenzubenehmen.

8.3

In der kleinen Unterbezirksstadt Salimpur stiegen sie aus, luden ihr Gepäck auf eine klapprige Fahrradriksha und bestiegen anschließend selbst das wacklige Gefährt.

Die Riksha hüpfte und schlitterte über die löchrige Straße, die von Salimpur zu Rasheeds Heimatdorf Debaria führte. Es war mittlerweile Abend, und überall in den Bäumen zwitscherten Vögel. Das Laub der Nimbäume raschelte in der warmen Brise. Unter einer kleinen Gruppe kerzengerader, breitblättriger Teakholzbäume hoppelte ein Esel, dem zwei Beine zusammengebunden waren, unter Mühen vorwärts. An jedem Wasserdurchlaß saßen Kinder, die der Riksha beim Vorbeifahren etwas zuriefen. Außer den vielen Ochsenkarren, die von der Ernte in die Dörfer zurückfuhren, und ein paar Jungen, die Vieh die Straße entlangtrieben, war kaum jemand unterwegs.

Bevor er aus dem Zug gestiegen war, hatte Maan eine orangefarbene Kurta angezogen – die, die er während der Fahrt getragen hatte, war schweißdurchnäßt –, und er bot auch noch im schwächer werdenden Licht einen farbenprächtigen Anblick. Rasheed wurde von einigen Leuten gegrüßt, die zu Fuß oder mit Ochsenkarren unterwegs waren.

»Wie geht es Ihnen?«

»Sehr gut. Und Ihnen? Ist alles in Ordnung?«

»Alles in Ordnung.«

»Wie steht's mit der Ernte?«

»Tja – nicht so gut. Zurück aus Brahmpur?«

»Ja.«

»Wie lange bleiben Sie?«

»Einen Monat.«

Während der Unterhaltung sahen sie nicht Rasheed an, sondern musterten Maan von Kopf bis Fuß.

Der Sonnenuntergang war rosa, rauchig und still. Die Felder erstreckten sich bis zum dunklen Horizont. Nicht eine Wolke war am Himmel zu sehen. Wieder dachte Maan an Saeeda Bai, und er spürte in seinem Innersten, daß er es unmöglich einen ganzen Monat ohne sie würde aushalten können.

Was wollte er überhaupt in diesem Kaff, weit entfernt von jeglicher Zivilisation – bei abergläubischen Bauern, bei Analphabeten, die ohne die Segnungen der Elektrizität lebten und nichts Besseres zu tun hatten, als Fremde anzustarren?

Die Rikscha machte plötzlich einen Satz, und Maan, Rasheed und ihr Gepäck fielen beinahe herunter.

»Was soll das?« fragte Rasheed den Rikscha-Wallah in scharfem Tonfall.

»Aré, Bhai, da war ein Loch in der Straße. Ich bin kein Panther, der auch in der Dunkelheit sehen kann«, antwortete der Rikscha-Wallah ungehalten.

Nach einer Weile bogen sie von der Straße auf einen noch schlechteren schlammigen Weg, der in das noch eine Meile entfernte Dorf führte. Dieser Weg war in der Regenzeit unpassierbar, und das Dorf war dann regelrecht von der Außenwelt abgeschnitten. Im Augenblick hatte der Rikscha-Wallah darum zu kämpfen, das Gleichgewicht nicht zu verlieren. Bald gab er auf und bat seine Passagiere abzusteigen.

»Für diese Strecke sollte ich drei Rupien verlangen, nicht zwei«, sagte er.

»Eine Rupie, acht Annas«, erwiderte Rasheed seelenruhig. »Und jetzt fahr weiter.«

Es war vollkommen dunkel, als sie bei Rasheeds Haus ankamen – oder, wie er sich normalerweise ausdrückte, beim Haus seines Vaters. Es schien ein annehmbar großes, einstöckiges Gebäude aus geweißten Ziegeln zu sein. Auf dem Dach brannte eine Kerosinlampe. Rasheeds Vater war dort oben, und als er das

Geräusch der Rikscha hörte – die die Dorfstraße entlangholperte, geleitet vom Licht von Maans Taschenlampe –, rief er: »Wer da?«

»Ich bin's, Rasheed, Abba-jaan.«

»Gut. Wir haben dich erwartet.«

»Ist alles in Ordnung bei euch?«

»Na ja. Die Ernte ist nicht gut ausgefallen. Ich komm runter. Hast du jemanden mitgebracht?«

Maans Ohren schien die Stimme aus einem zahnlosen Mund zu kommen, sie klang so, wie er sich die Stimme von Rasheeds Großvater vorgestellt hatte, nicht die seines Vaters.

Als er unten ankam, hielt er zwei Kerosinlampen in den Händen, und den Mund hatte er voller Paan. Er begrüßte seinen Sohn mit zurückhaltender Freundlichkeit. Dann setzten sich die drei unter dem großen Nimbaum vor dem Haus auf einen Charpoy.

»Das ist Maan Kapoor, Abba-jaan«, sagte Rasheed.

Sein Vater nickte und sagte dann zu Maan: »Sind Sie auf Besuch hier, oder haben Sie einen offiziellen Auftrag?«

Maan lächelte. »Ich bin auf Besuch hier. Ihr Sohn gibt mir in Brahmpur Urduunterricht und wird mich hoffentlich auch in Debaria unterrichten.«

Maan sah im Licht der Lampe, daß Rasheeds Vater große Zahnlücken hatte, die seine seltsame Stimme und das Verschlucken bestimmter Konsonanten erklärten und ihm ein finsteres Aussehen verliehen, auch wenn er freundlich sein wollte.

Eine weitere Gestalt löste sich aus der Dunkelheit, um Rasheed zu begrüßen. Der Mann wurde auch Maan vorgestellt und setzte sich dann auf eine zweite geflochtene Bettstatt, die vor dem Haus stand. Er war ungefähr zwanzig, das heißt jünger als Rasheed, und trotzdem sein Onkel – der jüngere Bruder seines Vaters. Er war sehr gesprächig – und sehr von sich eingenommen.

Ein Dienstbote brachte für jeden ein Glas Fruchtsaft.

»Ihr habt eine lange Reise hinter euch«, sagte Rasheeds Vater. »Wascht euch die Hände, spült euch den Mund aus und trinkt euren Saft.«

»Kann ich hier irgendwo ...?« fragte Maan.

»Ja, gehen Sie hinter den Kuhstall, wenn Sie pinkeln wollen. Das meinen Sie doch, oder?« sagte Rasheeds Vater.

»Ja.« Maan nahm seine Taschenlampe und ging hinter den Stall, wobei er mehrmals in Kuhdung trat. Einer der Ochsen begann bei seinem Anblick zu brüllen.

Als er zurückkam, goß Rasheed ihm Wasser aus einem Messingkrug über die Hände. In der warmen Abendluft war das Wasser wunderbar kühl.

Ebenso der Fruchtsaft. Dann folgte das Abendessen, das sie im Schein der Kerosinlampen einnahmen. Es bestand hauptsächlich aus Fleischgerichten und dicken Weizenrotis. Die vier Männer aßen gemeinsam unter freiem Himmel, umschwirrt von Insekten. Sie konzentrierten sich ganz aufs Essen; die Unterhaltung sprang von Thema zu Thema.

»Was ist das? Eine Taube?« fragte Maan.

»Ja. Da oben ist unser Taubenschlag – oder vielmehr der meines Großvaters.« Rasheed deutete in die Dunkelheit. »Wo ist Baba eigentlich?« fragte er seinen Vater.

»Er macht eine seiner Inspektionstouren durchs Dorf. Vermutlich wird er auch mit Vilayat Sahib sprechen – um ihn davon zu überzeugen, wieder zum Islam überzutreten.«

Alle lachten, außer Maan, der die beiden erwähnten Personen nicht kannte. Er biß in ein Shami Kabab und fühlte sich etwas verlassen.

»Er sollte rechtzeitig zum Nachtgebet zurück sein«, sagte Rasheed, der Maan seinem Großvater vorstellen wollte.

Als jemand Rasheeds Frau erwähnte, schrak Maan auf. Er hatte nicht gewußt, daß Rasheed verheiratet war, und wäre auch nie auf den Gedanken gekommen. Ein bißchen später sprach jemand von seinen zwei kleinen Töchtern, und Maan staunte noch mehr.

»Jetzt werden wir euch Bettzeug herausbringen lassen«, sagte Rasheeds Vater auf seine energische, zahnlose Art. »Ich schlafe oben auf dem Dach. Zu dieser Jahreszeit muß man jeden Lufthauch nutzen.«

»Das ist eine gute Idee«, sagte Maan. »Ich werd auch oben schlafen.«

Es herrschte ein verlegenes Schweigen, dann sagte Rasheed: »Wir sollten besser hier unter freiem Himmel schlafen – vor dem Haus. Wir können uns hier unsere Betten machen.«

Maan runzelte die Stirn und wollte gerade eine Frage stellen, als Rasheeds Vater sagte: »Gut, das ist also geregelt. Ich schick den Dienstboten mit dem Bettzeug raus. Es ist zu heiß für eine Matratze. Legt eine Decke und ein, zwei Laken auf die Charpoys. Bis morgen.«

Als Maan später auf seinem Bett lag und hinauf in den klaren Nachthimmel sah, wanderten seine Gedanken zurück nach Hause. Glücklicherweise war er so müde, daß er nicht die ganze Nacht wach liegen und an Saeeda Bai denken würde. In einem Teich am Ende des Dorfes quakten Frösche. Eine Katze schrie. Im Kuhstall schnaubte ein Büffel, Grillen zirpten, und flatternd ließ sich eine grau-weiße Eule auf einem Ast des Nimbaums nieder. Maan deutete dies als gutes Vorzeichen.

»Eine Eule«, sagte er zu Rasheed, der auf dem Charpoy neben ihm lag.

»Ja. Und dort ist noch eine.«

Eine zweite graue Eule flog auf den Ast.

»Ich mag Eulen«, sagte Maan schläfrig.

»Unheilbringende Vögel«, sagte Rasheed.

»Sie wissen, daß ich ihr Freund bin. Deshalb bewachen sie meinen Schlaf und schicken mir angenehme Träume. Von schönen Frauen und so. Rasheed, Sie müssen mir morgen Gasele beibringen. Warum schlafen Sie eigentlich hier? Sollten Sie nicht bei Ihrer Frau sein?«

»Meine Frau ist im Dorf ihres Vaters.«

»Aha.«

Rasheed schwieg eine Weile. Dann sagte er: »Kennen Sie die Geschichte von Mahmud von Ghazna und seinem friedliebenden Premierminister?«

»Nein.« Was der große Eroberer und Plünderer von Städten mit ihrem Gespräch zu tun hatte, war Maan nicht klar. Aber in dem Dämmerzustand zwischen Wachsein und Schlaf war Klarheit kein notwendiges Erfordernis.

Rasheed begann seine Geschichte: »Mahmud von Ghazna sagte zu seinem Wesir: ›Was wollen die zwei Eulen da?‹«

»Ach ja?« unterbrach ihn Maan. »Mahmud von Ghazna lag auf einem Charpoy und sah auf diese zwei Eulen?«

»Vermutlich nicht. Andere Eulen, und vermutlich lag er auch nicht auf einem Charpoy. Der Wesir sagte: ›Die eine Eule hat einen kleinen Eulenjungen, die andere ein Eulenmädchen. Sie passen hervorragend zusammen, und Heiratspläne werden geschmiedet. Die zwei Eulen – zukünftige Schwiegerväter – sitzen auf einem Ast und bereden die Hochzeit ihrer Kinder, vor allem die wichtigste Frage, die nach der Mitgift.‹ An dieser Stelle macht der Wesir eine Pause, und Mahmud von Ghazna fragt: ›Was sagen sie?‹ Der Wesir antwortet: ›Der Vater des Eulenjungen verlangt tausend verlassene Dörfer als Mitgift.‹ ›Ja und?‹ sagt Mahmud von Ghazna. ›Was sagt die andere Eule?‹ Der Wesir antwortet: ›Der Vater des Eulenmädchens sagt, nach dem letzten Feldzug von Mahmud von Ghazna könne er ihm fünftausend verlassene Dörfer anbieten.‹ Gute Nacht, schlafen Sie gut.«

»Gute Nacht.« Die Geschichte gefiel Maan. Er dachte noch kurz darüber nach und schlief dann ein. Die Eulen saßen noch immer auf dem Ast.

Am nächsten Morgen erwachte er, weil jemand mit großer Zuneigung und Strenge sagte: »Aufwachen! Aufwachen! Wollt ihr nicht eure Morgengebete sagen? Rasheed, hol Wasser, dein Freund muß sich die Hände waschen, bevor er betet.«

Vor ihnen stand ein alter Mann von mächtiger Statur und mit einem Bart, der an einen Propheten erinnerte, mit nacktem Oberkörper und in einen locker gewickelten Lungi aus grüner Baumwolle gekleidet. Maan vermutete, daß es sich um Rasheeds Großvater oder ›Baba‹, wie Rasheed ihn nannte, handelte. Der alte Mann drängte sie so liebenswürdig und entschlossen zur Frömmigkeit, daß Maan kaum zu widersprechen wagte.

»Also?« sagte Baba. »Steht auf, steht auf. Wie es im Ruf zum Gebet heißt: Beten ist besser als schlafen.«

»Eigentlich«, Maan hatte endlich seine Stimme wiedergefunden, »gehe ich nicht zum Gebet.«

»Du sprichst nicht das Namaaz?« Baba war nicht nur verletzt, sondern richtiggehend schockiert. Was für Leute brachte Rasheed mit nach Hause in sein Dorf? Am liebsten hätte er diesen gottlosen jungen Flegel aus dem Bett gezerrt.

»Baba, er ist Hindu«, erklärte Rasheed, um weitere Peinlichkeiten zu verhindern. »Sein Name ist Maan Kapoor.« Er sprach Maans Nachnamen mit besonderem Nachdruck aus.

Der alte Mann sah Maan erstaunt an. Auf diesen Gedanken wäre er nicht im Traum gekommen. Dann blickte er zu seinem Enkel und öffnete den Mund, als ob er ihn etwas fragen wollte, überlegte es sich aber offensichtlich anders, denn er stellte keine Frage, sondern sagte nach ein paar Sekunden: »Ach, er ist Hindu!« und kehrte Maan den Rücken.

8.4

Ein bißchen später erklärte Rasheed Maan, wo sie ihre morgendliche Notdurft verrichten konnten – auf den Feldern, auf die sie mit einer mit Wasser gefüllten Lota aus Messing gehen mußten. Nur jetzt, am frühen Morgen, war es kühl, und man konnte so etwas wie eine Privatsphäre wahren. Maan, der sich nicht ganz wohl in seiner Haut fühlte, rieb sich die Augen, füllte seine Lota mit Wasser und folgte Rasheed auf die Felder.

Es war ein schöner klarer Morgen. Am Rand des Dorfes kamen sie an einem Teich vorbei. Ein paar Enten schwammen zwischen dem Schilf, und ein feucht schimmernder schwarzer Wasserbüffel stand bis zu den Nüstern im Wasser. Ein junges Mädchen in einem grünrosa Salwaar-Kameez trat aus einem Haus, sah Maan, schnappte erschrocken nach Luft und verschwand sofort wieder.

Rasheed hing seinen Gedanken nach. »Es ist so eine Verschwendung«, sagte er.

»Was?«

»Alles hier.« Und mit einer großzügigen Geste umfaßte er das ganze Land, die Felder, den Teich, das Dorf und das nächste Dorf, das in der Ferne zu erkennen war. Und da Maan nicht nachfragte, fuhr er fort: »Mein Traum ist es, alles hier zu verändern ...«

Maan mußte lächeln und hörte nicht mehr auf das, was Rasheed sagte. Obwohl Rasheed viel über Mahuabäume und charakteristische Eigenheiten der Landschaft wußte, hielt Maan ihn für einen weltfremden Visionär. Wenn er bei allem so streng war wie mit Maans ›Mims‹, dann wären tausend Jahre nötig, um das Dorfleben zu seiner vollen Zufriedenheit umzugestalten. Rasheed ging jetzt schnell, und Maan hatte Mühe, mit ihm Schritt zu halten. Es war nicht einfach, auf den Erdaufhäufungen zu gehen, die die Felder voneinander trennten, vor allem nicht in Chappals aus Gummi. Er rutschte aus und hätte sich fast den Knöchel verrenkt. Seine Lota fiel zu Boden, und das Wasser verspritzte und lief aus.

Rasheed bemerkte, daß Maan zurückgeblieben war, wandte sich um und mußte beunruhigt feststellen, daß er auf dem Boden saß und sich den Knöchel rieb.

»Warum haben Sie nicht gerufen?« fragte er. »Alles in Ordnung?«

»Ja.« Und um kein Theater zu machen, fügte Maan hinzu: »Was haben Sie damit gemeint, Sie wollen hier alles verändern?«

Einen Augenblick lang drückten Rasheeds hagere wölfische Züge Besorgnis aus. Dann sagte er: »Der Teich da zum Beispiel. Man könnte Fische darin aussetzen und ihn sinnvoll nutzen. Und es gibt noch einen größeren Teich, der dem ganzen Dorf gehört, ebenso wie der Weidegrund. Aber er wird nicht genutzt. Es ist eine wirtschaftliche Verschwendung. Sogar das Wasser ...« Er hielt inne und blickte auf Maans leere Lota.

»Hier.« Er wollte Wasser aus seiner Lota in Maans gießen. »Wenn ich's mir recht überlege«, sagte er, »ist es besser, daß ich Ihnen erst was eingieße, wenn wir angekommen sind.«

»In Ordnung.«

Rasheed, der sich daran erinnerte, daß es seine Pflicht war, Maans Wissen zu mehren, hatte nicht vergessen, wie gierig sein Schüler am Vortag Informationen aufgenommen hatte, und nannte ihm nun die Namen verschiedener Pflanzen, auf die sie unterwegs stießen. Aber Maans Bildungshunger hielt sich an diesem Morgen in Grenzen, und er beschränkte seine Reaktionen auf die gelegentliche Wiederholung eines Wortes, um zu zeigen, daß er aufmerksam bei der Sache war.

»Was ist das?« fragte er plötzlich.

Sie waren auf eine kleine Anhöhe gelangt. Eine halbe Meile entfernt lag ein wunderbar blauer kleiner See, den ein deutlich sichtbarer Sandstrand umgab. Auf der ihnen gegenüberliegenden Seite standen ein paar weiße Häuser.

»Das ist die Schule, die Madrasa«, erklärte Rasheed sachlich. »Eigentlich gehört sie zum Nachbardorf, aber alle moslemischen Kinder aus unserem Dorf gehen dorthin.«

»Unterrichten sie dort nur islamische Fächer?« fragte Maan.

»Nein – das heißt, ja, überwiegend. Aber sie fangen damit an, Fünfjährigen ein bißchen was von allem beizubringen.« Rasheed überblickte die Landschaft und fühlte sich einen Moment lang glücklich, wieder einmal hier zu sein. Er mochte Brahmpur, weil das Leben dort weniger engstirnig und enttäuschend war als in dem starr strukturierten und – seiner Meinung nach – reaktionären Dorf. Aber in der Stadt war er ständig unterwegs, um zu studieren oder zu unterrichten, und es herrschte dort immer ein Mordslärm.

Er sah zur Madrasa, wo er einst ein so schwieriger Schüler war, daß seine Lehrer, die sich nicht mehr zu helfen wußten, sich regelmäßig bei seinem Vater und seinem Großvater über ihn beschwerten. Dann fuhr er fort: »Es ist ein gutes Unterrichtssystem. Auch Vilayat Sahib hat dort angefangen, bevor ihm der Fischteich zu klein wurde. Jetzt, da er eine Größe auf dem Gebiet der Archäologie ist, schenkt er der Schulbibliothek Bücher, die keins der Kinder versteht und von denen er einige selbst geschrieben hat. Er ist diese Woche zu Besuch hier, aber er lebt sehr zurückgezogen. Vielleicht werden wir ihn treffen. So, wir sind da. Geben Sie mir Ihre Lota.«

Sie hatten einen etwas höheren Erdwall zwischen zwei Feldern erreicht. In der Nähe stand eine kleine Baumgruppe. Rasheed goß die Hälfte von seinem Wasser in Maans Lota. Dann ging er in die Hocke und sagte: »Hier ist ein guter Platz. Lassen Sie sich ruhig Zeit. Niemand wird uns stören.«

Maan war es peinlich, aber er verhielt sich so ungezwungen wie möglich. »Ich gehe dort hinüber«, sagte er und schlenderte davon.

So wird es jetzt einen Monat lang weitergehen, dachte er deprimiert. Ich kann mich auch gleich daran gewöhnen. Hoffentlich gibt es keine Schlangen oder anderes unangenehmes Getier. Viel Wasser hab ich auch nicht. Was, wenn ich erst später muß? Soll ich dann in der Hitze wieder hierher- und zurückgehen? Besser, ich denk gar nicht dran. Und da es ihm ein leichtes war, unangenehme Gedanken zu verdrängen, wandte er sich anderen Dingen zu.

Er dachte daran, wie angenehm es wäre, in dem blauen See neben der Schule zu schwimmen. Maan schwamm gern, nicht aus sportlichen Gründen, sondern wegen des luxuriösen Gefühls, durch das Wasser zu gleiten. Früher war er in Brahmpur immer zum Windermere Lake in der Nähe des Hohen Gerichts gegangen und dort in der für Schwimmer abgesteckten Zone geschwommen. Er fragte sich, warum er im letzten Monat nicht dort gewesen war – noch nicht einmal daran gedacht hatte, hinzugehen.

Auf dem Rückweg ins Dorf nahm er sich vor, Saeeda Bai zu schreiben. Rasheed soll mir mit dem Brief helfen, dachte er. Laut sagte er: »Wenn wir zurück sind, bin ich bereit für meine erste Urdustunde unter dem Nimbaum. Das heißt, natürlich nur, wenn Sie nichts anderes vorhaben.«

»Habe ich nicht«, entgegnete Rasheed erfreut. »Ich hatte schon Angst, *ich* müßte das Thema ansprechen.«

8.5

Während Maan in seine Urdulektion vertieft war, versammelte sich eine Schar Kinder um ihn.

»Sie finden Sie sehr interessant«, sagte Rasheed.

»Das sehe ich. Warum sind sie nicht in der Schule?«

»Die Schule fängt erst in zwei Wochen wieder an«, antwortete er und sagte zu den Kindern: »Verschwindet. Seht ihr nicht, daß ich Unterricht gebe?«

Die Kinder sahen sehr wohl, daß er Unterricht gab, und sie waren fasziniert. Fasziniert von einem Erwachsenen, der sich mit dem Alphabet abplagte.

Sie begannen, Maan ganz leise nachzumachen. »Alif-Ba-Ta-Tha...Lam-Mim-Nun«, sangen sie um so lauter, je deutlicher Maan versuchte, sie zu ignorieren.

Maan mußte schmunzeln. Plötzlich drehte er sich zu ihnen um und brüllte so laut wie ein wütender Löwe, und sie stoben erschrocken auseinander. In sicherer Entfernung begannen sie zu kichern, und langsam und vorsichtig näherten sie sich erneut.

»Sollen wir ins Haus gehen?« fragte Maan.

Rasheed war verlegen. »Wir halten uns zu Hause strikt an den Purdah. Ihr Gepäck ist aus Sicherheitsgründen natürlich im Haus.«

»Oh. Natürlich.« Nach einer Weile fügte Maan hinzu: »Ihrem Vater muß es sehr seltsam vorgekommen sein, als ich gestern abend sagte, ich würde auch auf dem Dach schlafen.«

»Dafür konnten Sie nichts. Ich hätte Sie warnen sollen. Aber für mich ist hier alles selbstverständlich.«

»Auch im Haus des Nawab Sahib in Brahmpur wird der Purdah eingehalten, deswegen hätte ich mir denken können, daß es hier genauso ist.«

»Ja. Aber hier müssen die Moslemfrauen der niederen Schichten auf dem Feld arbeiten und können deswegen nicht strikt nach dem Purdah leben. Aber wir Shaiks und Sayyeds versuchen es. Es ist eine Frage der Ehre, weil wir die großen Leute im Dorf sind.«

Gerade als Maan fragen wollte, ob in seinem Dorf hauptsächlich oder ausschließlich Moslems lebten, kam Rasheeds Großvater auf sie zu, um nach dem Rechten zu sehen. Der alte Mann trug noch immer den grünen Lungi, dazu jetzt aber eine weiße Weste. Mit seinem weißen Bart und dem nachlassenden Augenlicht wirkte er zerbrechlicher als frühmorgens, als er hoch aufgerichtet vor Maans Bett gestanden hatte.

»Was bringst du ihm bei, Rasheed?«

»Urdu, Baba.«

»Ja? Gut, gut.«

Und zu Maan sagte er: »Wie alt sind Sie, Kapoor Sahib?«

»Fünfundzwanzig.«

»Sind Sie verheiratet?«

»Nein.«

»Warum nicht?«

»Tja, es hat sich einfach noch nicht ergeben.«

»Mit Ihnen ist doch alles in Ordnung, oder?«

»O ja. Alles.«

»Dann sollten Sie heiraten. Jetzt, solange Sie jung sind. Dann sind Sie noch kein alter Mann, wenn Ihre Kinder heranwachsen. Schauen Sie mich an. Jetzt bin ich alt, aber früher war ich jung.«

Maan war versucht, Rasheed verstohlen einen Blick zuzuwerfen, spürte jedoch, daß das nicht angebracht war.

Der alte Mann nahm das Heft, in das Maan geschrieben hatte, und hielt es so weit wie möglich weg von seinen Augen. Eine ganze Seite war mit nur zwei verschiedenen Buchstaben bedeckt. »Sin, Schin«, sagte der alte Mann. »Sin, Schin, Sin, Schin, Sin, Schin. Das reicht! Bring ihm noch was anderes bei, Rasheed – das ist gut für Kinder. Aber er muß sich ja langweilen.«

Rasheed nickte und schwieg.
Der alte Mann wandte sich an Maan: »Langweilen Sie sich schon?«
»Nein. Ich habe schon angefangen, lesen zu lernen. Das hier sind nur die Schreibübungen.«
»Das ist gut«, sagte Rasheeds Großvater. »Das ist sehr gut. Nur weiter so, weiter so. Ich gehe da hinüber«, er deutete auf einen Charpoy vor einem anderen Haus, »um zu lesen.«
Er räusperte sich, spuckte auf den Boden und schlenderte langsam davon. Ein paar Minuten später sah Maan ihn im Schneidersitz auf dem Charpoy sitzen, vor und zurück schaukeln und in einem großen Buch lesen, das vor ihm lag und von dem Maan vermutete, daß es der Koran war. Da er nur ungefähr zwanzig Schritte entfernt war, vermischte sich sein Gemurmel mit den Rufen der Kinder, die einander anstachelten, zu Maan – dem ›Löwen‹ – zu gehen und ihn zu berühren.
Maan sagte zu Rasheed: »Ich würde gerne einen Brief schreiben. Könnten Sie mir vielleicht dabei helfen? In dieser Schrift kann ich noch keine zwei Wörter richtig schreiben.«
»Natürlich.«
»Macht es Ihnen auch wirklich nichts aus?«
»Nein, wirklich nicht. Warum sollte es?«
»Der Brief ist an Saeeda Bai.«
»Ich verstehe.«
»Vielleicht nach dem Abendessen? Jetzt bin ich nicht dazu in der Stimmung, mit diesen vielen Kindern, die hier rumlaufen.« Maan hatte Angst, daß sie lauthals ›Saeeda Bai! Saeeda Bai!‹ schreien würden.
Rasheed schwieg eine Weile, verscheuchte eine Fliege und sagte schließlich: »Nur aus einem einzigen Grund lasse ich Sie diese zwei Buchstaben wieder und wieder schreiben: Sie ziehen diesen Bogen zu flach. Er sollte runder sein. So ...« Und ganz langsam schrieb er den Buchstaben ›Schin‹.
Maan spürte, daß Rasheed nicht glücklich war, daß er sein Vorhaben sogar mißbilligte, aber er wußte nicht, was er dagegen tun sollte. Der Gedanke, daß er nichts von Saeeda Bai hören könnte, war ihm unerträglich, und er fürchtete, daß sie nicht schreiben würde, wenn er nicht zuerst schrieb. Er war sich nicht einmal sicher, ob sie seine Adresse hatte. Natürlich würde ein mit ›c/o Abdur Rasheed, Dorf Debaria, Tehsil Salimpur, Distr. Rudhia, P. P.‹ adressierter Brief ihn erreichen, aber Maan wußte nicht, ob Saeeda Bai das wußte.
Da sie ausschließlich Urdu lesen und schreiben konnte, brauchte er jemanden, der den Brief für ihn schrieb, bis er die Schrift gut genug gelernt hatte, um es selbst zu tun. Und wer anders als Rasheed könnte und würde ihm helfen, nicht nur beim Schreiben, sondern auch beim Lesen ihrer Antwort – es sei denn, ihre Handschrift wäre ungewöhnlich klar und deutlich?
Nachdenklich starrte Maan auf den Boden, als ihm auffiel, daß sich ein großer Fliegenschwarm um den Fleck versammelt hatte, auf den Baba gespuckt hatte. Der Fruchtsaft, den er und Rasheed tranken, interessierte sie nicht.

Wie seltsam, dachte Maan stirnrunzelnd.

»Woran denken Sie?« fragte Rasheed etwas schroff. »Sobald Sie die Sprache lesen und schreiben können, sind Sie frei. Konzentrieren Sie sich, Kapoor Sahib.«

»Sehen Sie sich das an«, sagte Maan.

»Seltsam. Sie sind doch kein Diabetiker, oder?« fragte Rasheed nicht mehr streng, sondern besorgt.

»Nein.« Maan klang überrascht. »Warum? Baba hat dort hingespuckt.«

»Ach ja. Stimmt. Und die Fliegen stürzen sich auf seine Spucke, weil sie süß ist.«

Maan blickte zu dem alten Mann hinüber, der einem der Gören mit dem Finger drohte.

»Er besteht darauf, daß er vollkommen gesund ist«, sagte Rasheed. »Und entgegen unserem Rat fastet er während des Ramadans jeden Tag. Letztes Jahr fiel der Ramadan auf den Juni, und von Sonnenaufgang bis Sonnenuntergang aß und trank er überhaupt nichts. Dieses Jahr ist er ungefähr zur selben Zeit. Lange heiße Tage. Niemand erwartet das von einem Mann seines Alters. Aber er will nicht auf uns hören.«

Plötzlich machte die Hitze Maan zu schaffen, aber er wußte nicht, was er dagegen tun sollte. Er saß unter dem Nimbaum, dem kühlsten Platz im Freien. Zu Hause hätte er den Ventilator eingeschaltet, sich aufs Bett geworfen und an die Decke gestarrt. Hier konnte er nur leiden. Schweiß rann ihm übers Gesicht, und er versuchte, dankbar zu sein, daß sich die Fliegen nicht sofort auf ihn stürzten.

»Es ist zu heiß!« sagte Maan. »Ich will nicht mehr leben.«

»Sie sollten duschen«, sagte Rasheed.

»Ah!«

»Ich werde Seife aus dem Haus holen und dem Mann sagen, daß er Wasser pumpen soll, während Sie unter dem Hahn stehen. Gestern nach Einbruch der Dunkelheit wäre es zu kalt gewesen, aber jetzt ist eine gute Zeit. Benutzen Sie den Wasserhahn.« Er deutete auf die Pumpe direkt vor dem Haus. »Aber Sie sollten dazu Ihren Lungi anziehen.«

An das Haus war ein kleiner fensterloser Raum oder vielmehr ein Schuppen angebaut, in dem Maan sich umzog. Ersatzteile für landwirtschaftliche Geräte und ein paar Pflüge standen herum, in einer Ecke lehnten Speere und Stecken. Als Maan in dem Schuppen verschwand, herrschte unter den Kindern eine gespannte Erwartung, als wäre ein Schauspieler hinter die Bühne gegangen, um in einem neuen, aufsehenerregenden Kostüm wieder aufzutauchen. Als er herauskam, betrachteten sie ihn kritisch.

»Schau mal, der ist ja ganz blaß.«

»Jetzt sieht er noch kahler aus.«

»Löwe, Löwe ohne Schwanz!«

Sie wurden ganz aufgeregt. Ein garstiger, ungefähr siebenjähriger Junge, genannt ›Mr. Biscuit‹, nutzte das Geschrei, um einen Stein nach einem Mädchen zu werfen. Der Stein wirbelte durch die Luft und traf das Mädchen am Hinterkopf. Sie begann vor Schreck und Schmerz zu brüllen. Baba, aus seiner Lektüre gerissen, stand von dem Charpoy auf und erfaßte die Situation augenblicklich. Alle starrten Mr. Biscuit an, der so tat, als wäre nichts geschehen. Baba ergriff Mr. Biscuit am Ohr und zog daran.

»Haramzada – du Bastard –, du wagst es, dich wie das Tier zu benehmen, das du bist?« rief der alte Mann.

Mr. Biscuit fing an zu flennen, und Rotz rann ihm aus der Nase. Baba zerrte ihn am Ohr zu seinem Charpoy und schlug ihn dort so hart, daß der Junge nahezu davonsegelte. Ohne ihn weiter zu beachten, setzte er sich wieder und begann erneut zu lesen. Aber mit seiner Konzentration war es vorbei.

Mr. Biscuit saß eine Zeitlang verdattert auf dem Boden und stand dann auf, um weiteren Unfug zu treiben. Rasheed hatte das Opfer mittlerweile nach Hause gebracht; das Mädchen blutete stark aus dem Hinterkopf und weinte sich die Augen aus.

Dumm und grausam mit sieben! Das macht das Dorf aus ihnen, dachte Rasheed. Zorn auf seine Umgebung stieg in ihm auf.

Maan duschte unter den kritischen Augen der Dorfkinder. Das kühle Wasser floß reichlich aus dem Hahn; die Pumpe bediente ein kräftiger älterer Mann mit einem freundlichen, eckigen, tief zerfurchten und faltigen Gesicht. Er schien nicht müde zu werden, sondern den Dienst zu genießen, und pumpte auch noch weiter, als Maan schon fertig war.

Maan fühlte sich endlich erfrischt und deswegen im Einklang mit der Welt.

8.6

Maan aß nicht viel zu Mittag, lobte das Essen jedoch über alle Maßen in der Hoffnung, daß etwas von dem Lob bis ins Haus zu der oder den unsichtbaren Frauen durchdringen würde, die es zubereitet hatten.

Als sie etwas später, nachdem sie sich die Hände gewaschen hatten, auf den Charpoys ausruhten, näherten sich zwei Besucher dem Haus. Einer war Rasheeds Onkel mütterlicherseits.

Er war der ältere Bruder von Rasheeds verstorbener Mutter, ein großer, freundlicher Bär mit einem schwarzweißen Stoppelbart. Er lebte zehn Meilen entfernt, und einmal war Rasheed davongelaufen und einen Monat bei ihm untergekommen, nachdem er zu Hause verprügelt worden war, weil er einen Schulfreund fast erwürgt hatte.

Rasheed stand auf, kaum hatte er die beiden erblickt. Dann sagte er zu Maan – die Besucher waren noch nicht in Hörweite: »Der große Mann ist mein Mamu.

Der rundliche wird im Dorf meiner Mutter ›Guppi‹ genannt – er redet und redet und erzählt lächerliche Geschichten. Wir sitzen in der Patsche.«
Die Besucher hatten den Kuhstall erreicht.
»Ah, Mamu, ich wußte nicht, daß du kommst. Wie geht es dir?« sagte Rasheed herzlich. Dem Guppi nickte er höflich zu.
»Ah«, sagte der Bär und ließ sich schwerfällig auf den Charpoy sinken. Er machte nicht gern viele Worte.
Der Mann vieler Worte, sein Freund und Wandergefährte, ließ sich ebenfalls nieder und bat um ein Glas Wasser. Rasheed ging sofort ins Haus, um Saft zu holen.
Der Guppi stellte Maan Fragen, um augenblicklich herauszufinden, wer, warum, was und wie er war. Dann schilderte er Maan die Vorfälle, die sich auf ihrer Zehn-Meilen-Wanderung zugetragen hatten. Sie waren einer Schlange begegnet, die »so dick wie mein Arm« war (Rasheeds Mamu runzelte konzentriert die Stirn, widersprach jedoch nicht), ein plötzlicher Wirbelwind hatte sie fast umgeworfen, und am Kontrollpunkt außerhalb von Salimpur hatte die Polizei dreimal auf sie geschossen.
Rasheeds Mamu wischte sich lediglich die Stirn ab und stöhnte leise in der Hitze. Maan beugte sich vor, erstaunt über diese unwahrscheinlichen Abenteuer.
Rasheed kam mit dem Saft und sagte, daß sein Vater schlafe. Der Bär nickte gutmütig.
Der Gesprächige erkundigte sich nach Maans Liebesleben, und Maan versuchte lahm, die Frage abzuwehren.
»Das Liebesleben der Leute ist nicht sonderlich interessant«, sagte er, und es klang nicht einmal in seinen Ohren überzeugend.
»Wie können Sie so etwas behaupten?« fragte der Guppi. »Das Liebesleben eines jeden Mannes ist interessant. Wenn er keins hat, ist das interessant. Wenn er eins hat, ist das interessant. Und wenn er zwei hat, ist es doppelt interessant.«
Er lachte zufrieden über seinen Geistesblitz. Rasheed schämte sich. Baba war bereits in sein Haus verschwunden.
Ermutigt durch die Tatsache, daß man ihm nicht sogleich das Wort verbot, wie es in seinem Dorf oft der Fall war, fuhr der Guppi fort: »Aber was wissen Sie schon von der Liebe – von der wahren Liebe? Ihr jungen Männer habt nicht viel erlebt. Weil Sie in Brahmpur leben, glauben Sie vielleicht, die Welt zu kennen – oder zumindest mehr von der Welt zu wissen als wir armen Dorftrottel. Aber manche von uns Dorftrotteln haben die Welt auch gesehen – nicht nur die Welt von Brahmpur, sondern die von Bombay.«
Er hielt inne, beeindruckt von seinen eigenen Worten, besonders von dem magischen Wort ›Bombay‹, und sah seine Zuhörerschaft glücklich an. In den letzten Minuten hatten sich ein paar Kinder zu ihnen gesellt, angezogen von der Erzählkunst des Guppi. Wann immer der Guppi aufkreuzte, kamen sie mit Sicherheit in den Genuß einer guten Geschichte, wahrscheinlich sogar einer

Geschichte, die zu hören ihre Eltern ihnen verboten hätten – in der es um Geister oder Mord oder leidenschaftliche Liebe ging.
Auch eine Ziege hatte sich eingefunden und versuchte am Ende eines Karrens die Blätter von einem Zweig genau über ihrem Kopf zu fressen. Mit ihren verschlagenen Augen starrte sie auf die Blätter und reckte den Hals.
»Als ich in Bombay war«, fuhr der rundliche Guppi dröhnend fort, »lange bevor das Schicksal mich ereilte und ich hierher aufs gesegnete Land zurückkehren mußte, arbeitete ich in einem großen berühmten Laden, der einem Mullah gehörte, und wir verkauften Teppiche an die großen Leute, an alle berühmten Leute in Bombay. Sie hatten so viel Geld, daß sie es bündelweise aus ihren Taschen zogen und auf den Ladentisch warfen.«
Seine Augen glänzten bei dieser Erinnerung. Die Kinder saßen gebannt da – bis auf Mr. Biscuit, das siebenjährige Ekel, das sich mit der Ziege beschäftigte. Immer wenn sie sich ihrem Ziel, den Blättern, näherte, drückte Mr. Biscuit den Karren am anderen Ende herunter, und die arme Ziege sah ihr Ziel entschwinden. Bislang hatte sie noch nicht ein einziges Blatt erwischt.
»Ich warne euch, es ist eine Liebesgeschichte, wenn ihr sie nicht hören wollt, dann sagt es gleich«, erläuterte der Guppi förmlich. »Denn wenn ich einmal angefangen habe, dann kann ich ebensowenig aufhören, wie man mitten im Liebesakt aufhören kann.«
Hätte er seine Gastgeberpflichten nicht so ernst genommen, wäre Rasheed aufgestanden und davongegangen. Maan jedoch wollte die Geschichte hören. »Erzählen Sie«, sagte er.
Rasheed sah Maan an, als ob er sagen wollte: Diesen Mann muß man nicht auch noch ermuntern. Wenn man Interesse bekundet, dauert es doppelt so lang. Laut sagte er zu dem Guppi: »Natürlich handelt es sich wie immer um einen Augenzeugenbericht.«
Der Guppi sah ihn zuerst argwöhnisch, dann versöhnlich an. Er hatte gerade sagen wollen, daß er die Ereignisse, über die er berichten würde, mit eigenen Augen gesehen habe. »Ich habe alles mit eigenen Augen gesehen«, sagte er.
Die Ziege begann, erbärmlich zu meckern. Der Guppi rief dem bösen Buben Mr. Biscuit zu: »Setz dich, oder ich werfe dich der Ziege zum Fraß vor, deine Augen als erstes.«
Mr. Biscuit, den diese anschauliche Schilderung seines Schicksals erschreckte und der die Drohung des Guppis für bare Münze nahm, setzte sich wie die anderen Kinder.
Der Guppi fuhr fort: »Wir haben also Teppiche an alle großen Leute verkauft, und so wunderschöne Frauen kamen in unser Geschäft, daß sich unsere Augen mit Tränen füllten. Vor allem der Mullah hatte eine Schwäche für Schönheit, und immer wenn eine schöne Frau an unserem Laden vorbeiging oder hereinkam, sagte er: ›O Gott! Warum hast du solche Engel erschaffen? Farishtas sind auf die Erde herniedergestiegen, um uns Sterbliche heimzusuchen.‹ Und wir haben gelacht. Und dann ist er böse geworden und hat uns beschimpft: ›Wenn

ihr nicht mehr auf die Knie gehen wollt und die Bismillah sagen, dann preist die Engel Gottes.‹«

Der Guppi machte eine Pause, um das wirken zu lassen.

»Nun, eines Tages – und ich habe es mit eigenen Augen gesehen – wollte eine wunderschöne Frau namens Vimla ihren Wagen anlassen, den sie in der Nähe unseres Geschäfts abgestellt hatte. Der Motor sprang nicht an, und sie stieg wieder aus. Sie kam auf unseren Laden zu. Sie war so schön, so schön – wir waren alle hingerissen. Einer sagte: ›Die Erde bebt.‹ Der Mullah sagte: ›Sie ist so schön, wenn sie einen ansieht, kriegt man augenblicklich Furunkel am ganzen Körper.‹ Aber dann – plötzlich ...«

Die Stimme des Guppis begann vor Aufregung zu zittern.

»Plötzlich – aus der entgegengesetzten Richtung – auf der anderen Straßenseite – kam ein junger Pathane, der so groß und gut aussehend war, daß der Mullah Gott so begeistert pries wie zuvor: ›Wenn der Mond am Himmel sinkt, geht die Sonne auf‹ und so weiter. Sie näherten sich einander. Der junge Pathane überquerte die Straße, ging auf sie zu und sagte: ›Bitte, bitte ...‹ Er bedrängte sie und hielt ihr eine Karte hin, die er aus seiner Tasche gefischt hatte. Dreimal hielt er ihr die Karte hin. Zuerst wollte sie sie nicht nehmen, dann nahm sie sie und neigte den Kopf, um sie zu lesen. In diesem Augenblick umarmte sie der junge Pathane wie ein Bär und biß sie so fest in die Wange, daß das Blut lief. Sie schrie wie am Spieß!«

Der Guppi bedeckte das Gesicht mit den Händen, um das schreckliche Bild zu vertreiben. Dann sammelte er sich und sprach weiter: »Der Mullah rief: ›Schnell, schnell, schaut weg, keiner hat was gesehen – wir dürfen uns da nicht reinziehen lassen.‹ Aber ein Mann, der nur Unterwäsche trug und auf dem Dach des benachbarten Hotels stand, schrie: ›Toba! Toba!‹ Er kam zwar nicht herunter, um ihr zu helfen, aber er rief die Polizei. Innerhalb von Minuten war die Straße gesperrt, es gab keinen Ausweg, keine Fluchtmöglichkeit. Fünf Jeeps fuhren aus allen Richtungen auf den Pathanen zu. Der Polizeichef kannte keine Gnade, und die Polizisten gingen mit aller Kraft gegen ihn vor, aber der Pathane hielt die junge Frau so fest, daß sie seine Arme, die ihre Taille umfaßten, nicht lösen konnten. Er schüttelte drei Männer ab, bevor es ihnen gelang, ihn mit dem Knauf einer Pistole bewußtlos zu schlagen und die Frau mit einem Brecheisen aus seinen Armen zu befreien.«

Der Guppi machte um der Wirkung willen erneut eine Pause. Sein Publikum war vollkommen gebannt.

»Ganz Bombay war empört über dieses Gunda-gardi, dieses Rowdytum, und rasch wurde er unter Anklage gestellt. Alle sagten: ›Seid streng – oder allen Mädchen von Bombay wird in die Backe gebissen, und was soll dann werden?‹ Es gab einen Riesenprozeß. Im Gerichtssaal wurde er in einen Käfig gesperrt. Er rüttelte so stark an den Gitterstäben, daß der Saal bebte. Aber er wurde schuldig gesprochen und zum Tode verurteilt. Der Richter sagte zu ihm: ›Wollen Sie noch jemanden sehen, bevor Sie ersticht am Galgen baumeln? Wollen

Sie noch einen letzten Blick auf Ihre Mutter werfen?‹ Der Pathane erwiderte: ›Nein – ich hab genug von ihr gesehen. Ich habe an ihren Brüsten getrunken und als Baby in ihren Armen Wasser gelassen – warum sollte ich sie noch einmal sehen wollen?‹ Alle waren entsetzt. ›Jemand anders?‹ fragte der Richter.

›Ja‹, sagte der verurteilte Mann. ›Ja. Eine Person, und nur sie allein. Die Person, deren einmaliger Anblick mir alle Hoffnung auf ein irdisches Leben raubte und mich wünschen ließ, ich möge bald sterben – die Person, die mir einen Vorgeschmack auf die nächste Welt gegeben hat, denn sie hat mich ins Paradies geschickt. Zwei Dinge will ich ihr sagen. Sie soll vor dem Käfig stehen, ich werde sie nicht anrühren.‹

Alle großen Leute von Bombay, alle Geschäftsleute und Ballishtahs im Gerichtssaal erhoben sich von ihren Plätzen, entsetzt und erschüttert von dieser unverschämten Bitte. Die Familie des Mädchens schrie: ›Nie! Nie und nimmer wird unsere Tochter mit ihm sprechen!‹ Der Richter sagte: ›Sie kann – und sie muß.‹ Sie kam also in den Gerichtssaal, und alle zischelten: ›Behayaa – besharam – wie schamlos man im Angesicht des eigenen Todes werden kann.‹ Aber er klammerte sich an die Gitterstäbe und lachte. Auch in der Zeitung stand: Er lachte.«

Der Guppi trank sein Glas mit Saft aus und ließ es dann nachfüllen. Die Vergangenheit wahrheitsgetreu wiederauferstehen zu lassen machte durstig. Die Kinder starrten ungeduldig auf seinen Adamsapfel, der bei jedem Schluck auf und ab hüpfte. Dann seufzte er und fuhr fort.

»Der junge Mann klammerte sich also an die Stangen des Käfigs und blickte Vimla tief in die Augen. Bei Gott, es war, als ob er ihr die Seele aus dem Körper trinken wollte. Aber sie sah ihn nur verächtlich an, hielt den Kopf stolz hoch erhoben, ihre einst wunderschöne Wange von Narben entstellt. Schließlich fand er seine Stimme wieder und sagte zu ihr: ›Ich will dir nur zwei Dinge sagen. Niemand wird dich heiraten außer einem alten, armen Mann ... man kennt dich jetzt als die, die vom Pathanen gebissen worden ist. Zweitens‹, und an dieser Stelle brach die Stimme des jungen Mannes, und Tränen strömten über sein Gesicht, »zweitens, ich schwöre bei Gott, ich weiß nicht, was über mich kam, als ich dir das antat. Ich verlor den Verstand, als ich dich sah, ich wußte nicht, was ich tat – vergib mir, vergib mir! Ich hatte Hunderte von Heiratsangeboten. Ich habe sie alle zurückgewiesen – die allerschönsten Frauen. Bis ich dich sah, wußte ich nicht, daß ich eine Seelenfreundin habe.

Ich will deine Narben wie Schönheitsmale behandeln, sie mit meinen Tränen benetzen, sie wieder und wieder küssen. Ich habe in London studiert, und fünfunddreißigtausend Leute arbeiten in meinen Fabriken. Ich habe Crores Rupien, und ich will dir alles schenken. Gott ist unser Zeuge – ich wußte nicht, was ich tat –, aber jetzt will ich sterben.‹

Als das Mädchen, das ihn vor ein paar Minuten am liebsten noch eigenhändig umgebracht hätte, das hörte, begann sie zu keuchen, als wäre sie krank vor Liebe, und sie stürzte sich auf den Richter und bat ihn, den jungen Mann zu verschonen. Sie sagte: ›Verschonen Sie ihn, verschonen Sie ihn – ich kenne ihn seit langem, ich habe ihn darum gebeten, mich zu beißen.‹ Aber der Richter hatte das Urteil gesprochen und sagte: ›Unmöglich. Lügen Sie nicht, oder ich lasse Sie einsperren.‹ Verzweifelt holte sie ein Messer aus ihrer Tasche, setzte es sich an die Kehle und sagte zum ganzen Gerichtssaal und zu all den hohen Ballishtahs und Sollishtahs: ›Wenn er getötet wird, werde ich sterben. Und ich werde hier niederschreiben, daß ich wegen Ihres Urteils Selbstmord beging.‹

Sie mußten das Urteil also zurücknehmen – was sonst sollten sie tun? Dann bat sie darum, daß die Hochzeit im Haus des Mannes stattfinden solle. Das Mädchen war eine Pandschabi, und ihre Eltern standen dem Pathanen und seiner Familie so feindselig gegenüber, daß sie aus Rache am liebsten sie und den jungen Mann umgebracht hätten.«

Der Guppi hielt inne.

»Das ist wahre Liebe«, sagte er, tief bewegt von seiner Erzählung, und lehnte sich verausgabt auf dem Charpoy zurück.

Maan war wider Willen von der Geschichte gefesselt. Rasheed sah zuerst ihn an, dann die verzückten Kinder, und schloß die Augen in milder Verachtung.

Sein großer, schweigsamer Mamu, der dem Tatsachenbericht kaum gefolgt zu sein schien, klopfte seinem Freund auf die Schulter und sagte: »Radio Jhutistan verabschiedet sich von seinen Hörern.« Dann drehte er neben dem Ohr des Guppis an einem imaginären Knopf und hielt ihm die Hand vor den Mund.

8.7

Maan und Rasheed schlenderten durch das Dorf. Es unterschied sich kaum von tausend anderen Dörfern im Distrikt Rudhia: strohgedeckte Lehmhütten, in denen Menschen (oft zusammen mit ihrem Vieh) lebten, dazwischen schmale Gassen, auf die keine Fenster hinausgingen (das rückständige Erbe von Jahrhunderten der Eroberung und des Räuberunwesens), ganz selten ein einstökkiges Haus aus geweißten Ziegeln, das einer ›großen Person‹ im Dorf gehörte. Kühe und Hunde liefen durch die Gassen, in den Höfen oder bei einem Dorfbrunnen wuchsen Nimbäume, und in der Mitte des Dorfes, in der Nähe der fünf Brahmanen-Häuser und des Bania-Ladens, ragte das nicht sehr hohe Minarett einer kleinen weißen Moschee auf. Nur zwei Familien verfügten über eine eigene Wasserpumpe, eine davon war Rasheeds Familie. Die restliche Bevölkerung – insgesamt ungefähr vierhundert Familien – holte ihr Wasser aus einem der drei Brunnen: dem Moslem-Brunnen, der sich auf einem kleinen Platz in der Nähe eines Nimbaums befand, dem Brunnen der Kastenhindus, der sich auf einem kleinen Platz in der Nähe eines Bobaumes befand, und dem Brunnen der Kastenlosen oder Unberührbaren, der sich am Rand des Dorfes zwischen einer dichtgedrängten Gruppe von Lehmhütten unweit einer Gerbgrube befand.

Sie hatten ihr Ziel, das Haus des Getreiderösters, fast erreicht, als sie Rasheeds jungen Onkel trafen, der unterwegs nach Salimpur war. Bei Tageslicht konnte Maan einen besseren Eindruck von ihm gewinnen als am Abend zuvor. Er war mittelgroß und sah relativ gut aus: dunkelhäutig, gleichmäßige Züge, leicht gelocktes schwarzes Haar, Schnurrbart. Er achtete offensichtlich auf sein Äußeres. Seinem Gang haftete etwas Stolzes an. Obwohl jünger als Rasheed, war er sich der Tatsache, daß er der Onkel und Rasheed der Neffe war, durchaus bewußt.

»Warum läufst du hier in der Nachmittagshitze herum?« fragte er Rasheed.

»Und warum nimmst du auch noch deinen Freund mit? Es ist zu heiß. Er sollte sich ausruhen.«

»Er wollte mitkommen«, entgegnete Rasheed. »Und was machst du hier?«

»Ich will nach Salimpur. Dort findet heute ein Abendessen statt. Ich wollte früher los und noch ein paar Dinge im Büro der Kongreßpartei klären.«

Der junge Mann war unternehmungslustig und ehrgeizig und beteiligte sich überall, auch in der Lokalpolitik. Wegen dieser am persönlichen Eigennutz orientierten Führungsqualitäten wurde er von den meisten ›Netaji‹ genannt. Auch seine Familie nannte ihn mittlerweile Netaji, obwohl er es nicht gern hörte.

Aber Rasheed vermied das Wort geflissentlich. »Ich sehe dein Motorrad nirgendwo«, sagte er.

»Es springt nicht an«, klagte Netaji. Seine gebrauchte Harley Davidson (Kriegsmaterial, das die Armee verkauft hatte und das bereits durch mehrere Hände gegangen war) war sein ganzer Stolz.

»Das ist jammerschade. Warum fährst du nicht mit deiner Rikscha?«

»Ich habe sie für den ganzen Tag vermietet. Wirklich, das Motorrad macht mir mehr Ärger, als es wert ist. Seitdem ich es habe, habe ich mehr Zeit damit verbracht, mich darüber zu ärgern, als damit zu fahren. Die Dorfjungen, vor allem dieser Mistkerl Moazzam, stellen ständig irgendwas damit an. Es würde mich nicht wundern, wenn sie Wasser in den Benzintank gefüllt hätten.«

Wie ein Dschinn, den man durch die Nennung seines Namens herbeiruft, tauchte Moazzam aus dem Nirgendwo auf. Er war ein ungefähr zwölfjähriger, kräftiger, kompakter Junge und einer der Hauptstörenfriede im Dorf. Er hatte ein freundliches Gesicht, und sein Haar stand ab wie bei einem Stachelschwein. Manchmal verdunkelte ein unausgesprochener Gedanke seine Miene. Niemand schien ihn kontrollieren zu können, am wenigsten seine Eltern. Die Leute hielten ihn für exzentrisch und hofften, daß er in ein paar Jahren zur Vernunft kommen würde. Niemand mochte Mr. Biscuit, aber Moazzam hatte seine Bewunderer.

»Du Mistkerl!« schrie Netaji, kaum hatte er Moazzam entdeckt. »Was hast du mit meinem Motorrad angestellt?«

Moazzam erschrak über diesen unerwarteten Angriff, und sein Ausdruck verdüsterte sich. Maan betrachtete ihn interessiert, und Moazzam schien ihm mit einem verschwörerischen Blick flüchtig zuzublinzeln.

»Hast du mich nicht gehört?« sagte Netaji und machte einen Schritt auf ihn zu.

Moazzam erwiderte mit sicherer Stimme: »Ich habe Sie gehört. Mit Ihrem Motorrad habe ich nichts gemacht. Was kümmert mich Ihr verdammtes Motorrad?«

»Heute morgen habe ich dich mit zwei Freunden in der Nähe herumlungern sehen.«

»Na und?«

»Laß dich nie wieder in seiner Nähe blicken. Verstanden? Wenn ich dich noch einmal erwische, fahre ich dich über den Haufen.«

Moazzam lachte kurz auf.

Netaji hätte ihn am liebsten geohrfeigt, ließ es jedoch sein. »Lassen wir das Schwein«, sagte er verächtlich zu den anderen. »Eigentlich sollte er mal sein Gehirn von einem Arzt untersuchen lassen, aber sein Vater ist viel zu geizig dafür. Ich muß los.«

Jetzt führte Moazzam einen wütenden Kriegstanz auf und schrie Netaji zu: »Schwein! Sie sind ein Schwein! Sie! Und ein Geizhals sind Sie auch! Sie verleihen Geld gegen Zinsen und kaufen Rikschas und lassen niemand umsonst damit fahren. Schaut ihn euch an, unseren großen Führer, unseren Dorf-Netaji! Für Sie hab ich keine Zeit. Wandern Sie mit Ihrem Motorrad nur nach Salimpur aus, ist mir doch egal.«

Nachdem Netaji unter Gemurmel wütender Drohungen gegangen war, schloß sich Moazzam Maan und Rasheed an. Er wollte Maans Armbanduhr sehen.

Maan nahm sie ab und gab sie Moazzam, der sie, nachdem er sie genau angesehen hatte, in seine Tasche steckte.

Rasheed schritt ein. »Gib mir die Uhr. Verhält man sich so Gästen gegenüber?«

Moazzam blickte zuerst etwas verwirrt drein und rückte dann die Uhr wieder heraus. Er gab sie Rasheed, der sie an Maan weiterreichte.

»Danke, ich bin dir sehr dankbar«, sagte Maan zu Moazzam.

»Seien Sie nicht so freundlich zu ihm«, sagte Rasheed zu Maan, als ob Moazzam nicht da wäre, »sonst nutzt er Sie nur aus. Passen Sie auf Ihre Sachen auf, wenn er in der Nähe ist. Er ist bekannt dafür, Dinge wie ein Taschenspieler verschwinden zu lassen.«

»In Ordnung«, sagte Maan lächelnd.

»Im Grunde seines Herzens ist er nicht schlecht«, fuhr Rasheed fort.

»Im Grunde seines Herzens«, wiederholte Moazzam gedankenverloren. Seine Aufmerksamkeit galt jemand anders. Ein alter Mann mit einem Stock kam in der engen Gasse auf sie zu. Um seinen faltigen Hals hing ein Amulett, das Moazzams Interesse auf sich zog. Als der alte Mann an ihm vorbeiging, griff er danach.

»Geben Sie mir das«, sagte er.

Der alte Mann stützte sich auf seinen Stock und sagte langsam und erschöpft: »Junger Mann, ich habe keine Kraft mehr.«

Das schien Moazzam zu gefallen, und er ließ das Amulett augenblicklich wieder los.

Ein ungefähr zehnjähriges Mädchen kam ihnen mit einer Ziege entgegen. Moazzam, dem der Sinn nach Aneignung fremden Eigentums stand, tat so, als wollte er ihr die Leine entreißen. »Gib sie mir!« schrie er wie ein wilder Dacoit.

Das Mädchen begann zu weinen.

Rasheed wandte sich an Moazzam. »Willst du fühlen, wie hart diese Hand zuschlägt? Willst du auf Fremde unbedingt einen schlechten Eindruck machen?«

Moazzam wandte sich plötzlich an Maan und sagte: »Ich werde Sie gut verheiraten. Wollen Sie eine Hindu- oder eine Moslembraut?«

»Beides«, sagte Maan todernst.

Moazzam nahm ihn zunächst ernst. »Wie soll das gehen?« Dann dämmerte ihm, daß Maan sich über ihn lustig machte, und er schien verletzt.

Aber seine gute Laune stellte sich wieder ein, als zwei Hunde aus dem Dorf Maan anbellten.

Auch Moazzam bellte begeistert – die Hunde an. Sie wurden immer aufgeregter und bellten lauter und lauter, als er an ihnen vorbeiging.

Sie befanden sich jetzt auf einem kleinen Platz in der Dorfmitte. Eine ungefähr zehnköpfige Gruppe hatte sich vor dem Haus des Getreiderösters versammelt. Die meisten ließen Weizen rösten, manche brachten auch Reis oder Kichererbsen.

Maan sagte zu Moazzam: »Möchtest du etwas gerösteten Mais?«

Moazzam sah ihn erstaunt an und nickte dann heftig.

Maan tätschelte ihm den Kopf. Sein borstiges Haar gab nach wie die Wolle eines Teppichs. »Gut!« sagte er.

Rasheed stellte Maan den Männern beim Getreideröster vor. Sie musterten ihn argwöhnisch, waren aber nicht offen unfreundlich. Die meisten stammten aus dem Dorf, ein paar kamen aus dem Nachbardorf Sagal, das gleich hinter der Schule lag. Nachdem Maan sich zu ihnen gesellt hatte, beschränkten sie ihre Unterhaltung auf die Anweisungen an die Frau, die röstete. Bald war Rasheed an der Reihe.

Die alte Frau teilte den Mais, den Rasheed ihr gab, in fünf gleich große Häufchen, nahm eines davon als ihren Lohn beiseite und begann, den Rest zu rösten. Sie erhitzte Mais und Sand getrennt – den Mais vorsichtig und langsam, den Sand stark und schnell. Dann schüttete sie den Sand in die flache Pfanne, in der sich die warmen Maiskörner befanden, und rührte ein paar Minuten. Moazzam beobachtete diese Vorgänge konzentriert, obwohl er sie schon hundertmal gesehen haben mußte.

»Wollen Sie ihn geröstet oder aufgeplatzt?« fragte die Frau.
»Nur geröstet«, sagte Rasheed.
Schließlich siebte die Frau den Sand heraus und gab die gerösteten Körner zurück. Moazzam nahm sich mehr als Rasheed und Maan, aber weniger, als er eigentlich nehmen wollte.
Er aß an Ort und Stelle etwas davon, stopfte den Rest in die tiefen Taschen seiner Kurta. Dann verschwand er ebenso unvermittelt, wie er aufgetaucht war.

8.8

Es war spät, als sie ans andere Ende des Dorfes kamen. Wolken zogen auf, und der Himmel schien in Flammen zu stehen. In weiter Ferne hatten sie den Ruf zum Abendgebet gehört, aber Rasheed hatte beschlossen, ihre Runde durchs Dorf zu beenden und sie nicht durch einen Gang in die Moschee zu unterbrechen.
Der feuerrote Himmel hing schwer über den Strohdächern, den Feldern, den ausufernden grünen Mangobäumen, den vertrockneten braunblättrigen Shishambäumen und dem Ödland nördlich des Dorfes. Einer der beiden Dreschplätze des Dorfes war hier, und die müden Ochsen quälten sich noch mit der Frühjahrsernte. Runde um Runde zogen sie über den Dreschplatz, Runde um Runde, bis spät in die Nacht.
Eine milde abendliche Brise wehte von Norden auf das Hüttengewirr der Unberührbaren zu – der Wäscher, Chamars, Sweepers –, das sich am äußersten Rand des Dorfes befand. Die Brise wurde von den Lehmwänden und den engen Gassen erstickt, bevor sie richtig im Dorf ankam. Ein paar zerlumpte Kinder mit braunem, verfilztem, sonnengebleichtem Haar spielten im Staub vor ihren Hütten – eins zerrte ein verkohltes Stück Holz herum, ein anderes spielte mit einer angeschlagenen Murmel. Sie waren hungrig, und sie sahen mager und krank aus.
Rasheed besuchte einige Chamar-Haushalte. Eine Familie übte noch den von alters her überkommenen Beruf aus, häutete tote Tiere ab und bereitete die Häute zum Verkauf vor. Die meisten waren jedoch Landarbeiter, ein oder zwei besaßen sogar ein kleines Stück eigenes Feld. In einer Hütte erkannte Maan den Mann mit dem zerfurchten Gesicht wieder, der so bereitwillig Wasser gepumpt hatte, während er sich wusch. »Er hat mit zehn Jahren angefangen, für unsere Familie zu arbeiten«, sagte Rasheed. »Er heißt Kachheru.«
Der alte Mann und seine Frau lebten in einem einzigen strohgedeckten Raum, den sie nachts mit ihrer Kuh und unzähligen Insekten teilten.
Trotz Rasheeds höflichem Verhalten behandelten sie ihn mit extremer, sogar furchtsamer Unterwürfigkeit. Erst als er für sich und Maan zustimmte, mit

ihnen in ihrer Hütte eine Tasse Tee zu trinken, wurden sie etwas gelassener.

»Was ist aus Dharampals Sohn geworden – deinem Neffen?« fragte Rasheed.

»Er ist vor einem Monat gestorben«, erwiderte Kachheru kurz angebunden.

»Und die Ärzte?«

»Haben nichts genutzt, nur viel Geld gekostet. Mein Bruder hat jetzt Schulden beim Bania – und meine Schwägerin, Sie würden sie nicht wiedererkennen. Sie ist ins Dorf ihres Vaters gegangen und wird dort einen Monat lang bleiben – bis der Regen einsetzt.«

»Warum ist er nicht zu uns gekommen, als er Geld brauchte?« fragte Rasheed bedrückt.

»Das sollten Sie Ihren Vater fragen. Ich glaube, er war zweimal bei ihm. Aber dann wurde Ihr Vater ärgerlich und hat zu ihm gesagt, er soll das gute Geld nicht aus dem Fenster werfen. Er hat aber bei der Bestattung geholfen.«

»Ich verstehe. Ich verstehe. Was kann man tun? Gott erlegt uns vieles auf ...« Rasheed murmelte ein paar tröstliche Worte.

Nachdem sie gegangen waren, bemerkte Maan, daß Rasheed sehr aufgebracht war. Eine Weile schwiegen beide.

Dann sagte Rasheed:»Wir sind mit hauchdünnen Fäden an die Erde gebunden. Und es gibt so viel Ungerechtigkeit – so viel –, es treibt mich noch in den Wahnsinn. Und wenn Sie dieses Dorf für schlimm halten, dann nur, weil Sie Sagal nicht kennen. Dort lebt ein armer Mann, der von seiner eigenen Familie ruiniert wurde und jetzt mehr tot als lebendig dahinsiecht – Gott möge ihnen vergeben. Und sehen Sie sich dort den alten Mann und seine Frau an.« Rasheed deutete auf ein zerlumptes Paar, das bettelnd vor seiner Hütte saß. »Sie wurden hinausgeworfen von ihren eigenen Kindern, denen es relativ gutgeht.«

Maan betrachtete sie. Sie waren unterernährt und verdreckt, in einem erbärmlichen Zustand. Er gab ihnen ein paar Annas. Sie starrten das Geld an.

»Sie sind völlig mittellos. Sie haben nicht genug zum Essen, aber ihre Kinder helfen ihnen nicht. Jedes behauptet, der andere oder niemand sei verantwortlich.«

»Für wen arbeiten die Kinder?« fragte Maan.

»Für uns. Für uns. Die Großen und Guten des Dorfes.«

»Warum sagt ihr ihnen nicht, daß das nicht so weitergehen kann? Daß sie ihre Eltern nicht so behandeln können? Gewiß könnt ihr ihnen doch die Bedingung stellen, daß sie erst einmal ihr Haus in Ordnung bringen müssen, bevor sie für euch arbeiten?«

»Das ist eine gute Frage«, sagte Rasheed. »Aber Sie sollten sie nicht mir, sondern meinem geschätzten Vater und meinem Großvater stellen«, fügte er bitter hinzu.

8.9

Maan lag auf seinem Flechtbett und starrte zum Himmel empor, der im Vergleich zum Vortag bewölkt war. Weder Wolken noch Sterne boten ihm eine Lösung für sein Problem – den Brief an Saeeda Bai. Wieder einmal dachte er voller Ärger an seinen Vater.

Schritte in der Nähe veranlaßten ihn, sich auf einen Ellbogen zu stützen und nach der Geräuschquelle Ausschau zu halten. Rasheeds großer, bärengleicher Onkel und sein Freund, der Guppi, tauchten aus der Dunkelheit auf.

»Salaam aleikum.«

»Wa aleikum salaam«, erwiderte Maan.

»Alles in Ordnung?«

»Ja, dank Ihrer Gebete. Und Sie? Woher kommen Sie?«

»Ich habe Freunde im Nachbardorf besucht«, sagte Rasheeds Onkel. »Und mein Freund ist mitgekommen. Jetzt gehe ich ins Haus, aber meinen Freund muß ich hier bei Ihnen lassen. Ist es Ihnen auch recht?«

»Natürlich«, log Maan, der keine Gesellschaft wollte, am wenigsten die des Guppi. Aber da er kein Zimmer hatte, gab es auch keine Tür, die er ihm hätte weisen können.

Rasheeds Onkel sah die Charpoys im Hof stehen, nahm unter jeden Arm einen und trug sie auf die Veranda. »Sieht nach Regen aus«, erklärte er. »Jedenfalls sind sie hier an der Wand vor den Hühnern sicher, die sie sonst nur verdrecken. Wo ist Rasheed?«

»Im Haus.«

Rasheeds Onkel rülpste, strich über seinen borstigen Stoppelbart und fuhr dann freundlich fort: »Sie wissen ja, er ist ein paarmal von zu Hause fortgelaufen und jedesmal bei mir geblieben. In der Schule war er immer hitzig und aufsässig. Genauso war es in Benares, wohin er zum Studieren ging. Religiöse Studien! Aber seit er in Brahmpur ist, hat er sich verändert und ist viel besonnener geworden. Oder vielleicht hat es auch schon in Benares angefangen.« Er dachte einen Augenblick darüber nach. »So geht es oft. Aber mit seiner Familie gibt es häufig Streit. Und Ärger. Überall entdeckt er nur Ungerechtigkeiten. Er versucht nicht, die Dinge in ihrem Zusammenhang zu verstehen. Sie sind sein Freund – reden Sie mit ihm. Ich werde jetzt hineingehen.«

Allein mit dem Guppi, wußte Maan nicht, was er sagen sollte, aber vor diesem Problem stand er nicht lange. Der Guppi, der es sich auf dem anderen Charpoy bequem machte, fragte ihn: »Von welcher Schönheit träumen Sie?«

Maan war überrascht und zugleich etwas genervt.

»Ich sollte Ihnen Bombay zeigen«, sagte der Guppi. »Sie sollten mit mir kommen.« Bei dem Wort ›Bombay‹ wurde er wieder aufgeregt. »Dort gibt es genug Schönheiten, um alle an Liebeskummer leidenden jungen Herren der Welt zu trösten. Tabak?«

Maan schüttelte den Kopf.

»Ich habe dort ein erstklassiges Haus. Mit einem Ventilator. Und einer tollen Aussicht. Dort ist es auch nicht so heiß wie hier. Ich zeige Ihnen die Teeläden der Iraner. Und Chowpatty Beach. Mit gerösteten Erdnüssen für vier Annas kriegt man dort die ganze Welt zu sehen. Man ißt sie und bewundert die Aussicht: die Wellen, die Nymphen, die Farishtas, all die schönen Frauen, die schamlos im Ozean schwimmen. Man kann sich zu ihnen gesellen...«

Maan schloß die Augen, aber die Ohren konnte er nicht schließen.

»In der Nähe von Bombay habe ich was Erstaunliches erlebt, was ich nie vergessen werde. Ich erzähl's Ihnen, wenn Sie wollen«, fuhr der Guppi fort. Er wartete einen Augenblick, und da er nicht auf Widerspruch stieß, legte er los mit einer Geschichte, die nichts mit dem Vorhergehenden zu tun hatte.

»Marathi-Dacoits stiegen in den Zug. Sie sagten kein Wort, stiegen einfach ein. Der Zug fuhr an, und dann standen sie auf – alle sechs, es waren blutrünstige Verbrecher – und bedrohten die Leute mit ihren Messern. Alle hatten eine Wahnsinnsangst und gaben ihnen Geld und Schmuck. Die sechs marschierten durch den ganzen Waggon und raubten alle aus. Dann trafen sie auf einen Pathanen.« Der Guppi hatte seine Erzählung ruhig begonnen, wurde jedoch immer aufgeregter. Das Wort ›Pathane‹ wirkte wie ›Bombay‹ als Treibmittel für seine Phantasie. Er holte ehrfürchtig Luft, bevor er weitersprach.

»Der Pathane – ein breiter, kräftiger Kerl – war mit seiner Frau und seinen Kindern unterwegs. Sie hatten einen Schrankkoffer bei sich, in dem sein ganzes Hab und Gut war. Drei der Verbrecher standen um ihn herum. ›Also...‹ sagte einer von ihnen. ›Worauf warten Sie noch?‹

›Warten?‹ sagte der Pathane, als würde er nicht verstehen, was sie wollten.

›Geld her!‹ rief einer der Marathi-Dacoits.

›Ich werde mein Geld nicht hergeben‹, knurrte der Pathane.

›Was?‹ rief der Bandit, der seinen Ohren nicht traute.

›Sie haben alle ausgeraubt‹, sagte der Pathane, der sitzen blieb, während die Gundas drohend vor ihm standen. ›Warum jetzt auch noch mich?‹

›Nein‹, riefen die Dacoits. ›Her mit dem Geld, aber schnell!‹

Der Pathane wußte, daß er im Augenblick machtlos war. Er wollte Zeit gewinnen und fummelte mit dem Schlüssel am Kofferschloß herum. Er beugte sich darüber, als ob er den Koffer öffnen wollte, schätzte die Entfernungen ab – und plötzlich – mit einem Tritt hierhin – rumms – trat er einen kampfunfähig – und dann – wumms – knallte er zwei andere mit den Köpfen zusammen und warf sie aus dem Zug. Einen davon packte er am Genick und im Schritt und schmiß ihn wie einen Sack Getreide hinaus. Bevor er auf dem Boden aufschlug, knallte er noch gegen den nächsten Waggon.«

Der Guppi wischte sich das feiste Gesicht trocken, das vor Aufregung und Anstrengung schweißnaß war.

»Dann zog der Anführer – der noch immer im Abteil war – seine Pistole und schoß. Peng! Die Kugel durchschlug den Arm des Pathanen und blieb in der

Wand stecken. Überall war Blut verspritzt. Er hob die Pistole, um noch mal zu feuern. Alle waren starr vor Angst und Schreck. Da sagte der Pathane mit der Stimme eines Tigers zu seinen Mitreisenden: ›Mistkerle! Ich allein habe drei von ihnen zusammengeschlagen, und keiner von euch ist mir zu Hilfe gekommen. Ich rette euer Geld und euren Wohlstand. Ist denn nicht einer unter euch, der seinen Arm festhalten und ihn daran hindern kann, noch einmal zu schießen?‹

Da erwachten alle zum Leben. Sie hielten den Banditen am Arm fest und hinderten ihn daran, den Pathanen zu töten – und sie schlugen ihn zusammmen – wumms! bumms! –, bis er um Gnade flehte und vor Schmerzen weinte – und dann schlugen sie noch fester zu. ›Gebt's ihm‹, sagte der Pathane, und das taten sie, bis er nur noch rohes, blutendes Fleisch war. Und im nächsten Bahnhof warfen sie ihn auf den Bahnsteig, zu Brei geschlagen. Wie eine weggeworfene, faulige Mango!

Und dann kümmerten sich die Frauen um den Pathanen, verbanden seinen Arm und so weiter und so fort. Sie taten so, als wäre er der einzige Mann im Abteil. Bildschöne Frauen waren es, und sie bewunderten ihn maßlos.«

Der Guppi blickte um Zustimmung heischend zu Maan hinüber, dem etwas schlecht war.

»Geht es Ihnen nicht gut?« fragte der Guppi nach einem langen Schweigen.

»Hm.« Und nach einer Weile fügte Maan hinzu: »Sagen Sie, warum erzählen Sie so greuliche Geschichten?«

»Aber sie sind alle wahr«, rechtfertigte sich der Guppi. »Im Grunde sind sie wahr.«

Maan schwieg.

»Sie müssen es so sehen«, erläuterte der Guppi. »Wenn ich nur ›Hallo‹ sagen würde und Sie: ›Hallo. Woher kommen Sie?‹ und ich: ›Aus Baitar. Mit dem Zug‹ – na, wie würde dann der Tag vergehen? Wie würden wir die sengenden Nachmittage und die heißen Nächte überstehen? Deswegen erzähle ich Geschichten – damit Ihnen das Blut in den Adern gefriert und damit Ihnen heiß wird!« Der Guppi lachte.

Aber Maan hörte nicht länger zu. Bei dem Wort ›Baitar‹ hatte er sich aufgesetzt, so elektrisiert wie der Guppi von dem Wort ›Bombay‹. Ihm war eine glänzende Idee gekommen.

Er würde Firoz schreiben, das war es. Er würde Firoz schreiben und ihm einen Brief für Saeeda Bai mitschicken. Firoz sprach und schrieb ein hervorragendes Urdu und war frei von Rasheeds puritanischen Vorurteilen. Firoz würde Maans Brief an Saeeda Bai übersetzen und an sie weiterleiten. Sie wäre überrascht über seinen Brief: überrascht und betört! Und würde ihm sofort antworten.

Maan stand von seinem Charpoy auf und begann, auf und ab zu wandern, dabei schrieb er im Geist den Brief an sie, fügte hier und da ein Verspaar von Ghalib oder Mir – oder Dagh – hinzu, um etwas auszuschmücken oder hervorzuheben. Rasheed würde nichts dagegen haben, einen Brief an den Sohn des

Nawab Sahib abzuschicken; Maan würde ihm einfach den zugeklebten Umschlag geben.

Der Guppi, verwirrt von Maans unerwartetem Verhalten und enttäuscht, weil er sein Publikum verloren hatte, schlenderte davon in die Dunkelheit.

Maan setzte sich wieder, lehnte sich an die Mauer der Veranda und horchte auf das Zischen der Lampe und die anderen Geräusche der Nacht. Irgendwo schrie ein Baby. Dann bellte ein Hund, und andere Hunde stimmten ein. Dann wieder war es eine Weile völlig still, abgesehen von dem leisen Gemurmel auf dem Hausdach, auf dem Rasheeds Vater die Sommernächte verbrachte. Manchmal schienen die Stimmen laut zu streiten, dann wieder war nur noch ein Flüstern zu vernehmen; Maan verstand nichts von dem, was gesprochen wurde.

Es war eine wolkige Nacht, und der Papiha oder Gehirnfiebervogel rief von Zeit zu Zeit von einem weit entfernten Baum. Die Folge der drei Töne wurde angespannter, höher und lauter, bis sie einen Höhepunkt erreichte und abrupt abbrach. Maan dachte nicht an die romantischen Assoziationen der Laute (pee-kahan? pee-kahan? Wo ist meine Liebste? Wo ist meine Liebste?). Er wollte, daß der Vogel schwieg, damit er sich auf die Stimme seines Herzens konzentrieren konnte.

8.10

In dieser Nacht wütete ein heftiges Unwetter. Das Sommergewitter hatte sich während der unerträglichen Hitze zusammengebraut und brach urplötzlich aus. Es peitschte durch Bäume und Felder, deckte Lehmhütten ab, riß sogar hier und da Dachziegel von den Häusern im Dorf und tränkte die staubige Erde. Diejenigen, die zu den Wolken – die oft nicht mehr brachten als einen gelegentlichen Windstoß – emporgeblickt und beschlossen hatten, wegen der Hitze auf jeden Fall im Freien zu nächtigen, nahmen ihre Charpoys und rannten hinein, als der Wolkenbruch ohne weitere Vorwarnung als ein paar schwere Tropfen auf sie niederging. Dann liefen sie wieder hinaus, um das draußen angebundene Vieh hereinzuholen. Jetzt dampften sie alle gemeinsam in den dunklen Hütten, das Vieh muhte jämmerlich in den Vorbauten, und die Menschen unterhielten sich in den weiter hinten gelegenen Räumen.

Kachheru, der Chamar, der seit seiner Kindheit für Rasheeds Familie arbeitete und dessen Hütte aus einem einzigen Raum bestand, hatte das Ausbrechen des Gewitters bis auf die Stunde genau vorhergesehen. Seine Büffelkuh war in der Hütte, sicher vor dem peitschenden Regen. Sie schnaubte und pißte von Zeit zu Zeit, aber das waren beruhigende Geräusche.

Regen tropfte durch das Dach auf Kachheru und seine Frau, die auf dem

Boden lagen. Es gab viele Dächer, die schäbiger waren als ihres, und einige würde der Sturm wegfegen, aber Kachheru sagte scharf: »Alte Frau, wozu bist du noch zu gebrauchen, wenn du uns nicht mal vor dem Regen schützen kannst?«

Seine Frau erwiderte erst nach einer Weile: »Wir sollten nachsehen, wie es dem Bettler und seiner Frau geht. Ihre Hütte steht in einer Senke.«

»Das ist nicht unsere Sache«, entgegnete Kachheru.

»In Nächten wie dieser muß ich immer an die Nacht denken, in der Tirru geboren wurde. Ich frage mich, wie's ihm in Kalkutta geht. Er schreibt nie.«

»Schlaf jetzt, schlaf«, sagte Kachheru müde. Er wußte, wieviel Arbeit am Morgen auf ihn wartete, und wollte die Zeit nicht mit müßigem und beunruhigendem Geplauder verschwenden.

Aber eine Zeitlang blieb er wach und hing seinen eigenen Gedanken nach. Der Wind heulte, verstummte und heulte wieder auf, und weiterhin tropfte Wasser herein. Schließlich stand er auf und reparierte provisorisch das von seiner Frau unzureichend gedeckte Dach.

Draußen ging die feste Welt der Hütten, Bäume, Mauern und Brunnen in einem konturlosen, bedrohlichen Getöse aus Wind, Regen, Mondlicht, Blitzen, Wolken und Donner unter. Die Unberührbaren lebten am nördlichen Rand des Dorfes. Kachheru hatte Glück; seine kleine Hütte stand nicht auf dem am tiefsten gelegenen Gelände, sondern auf einer Erdaufwerfung. Aber unter sich konnte er die verschwommenen Umrisse von Hütten erkennen, die am Morgen unter schlammigem Wasser stehen würden.

Als er aufwachte, war es noch dunkel. Er zog seinen schmutzigen Dhoti an und ging durch die matschigen Gassen zum Haus von Rasheeds Vater. Es regnete nicht mehr, aber von den Nimbäumen tropfte noch Wasser auf ihn – und auf die Sweeper-Frauen, die schweigend von Haus zu Haus gingen und den Abfall beseitigten, den die Hausfrauen am Abend auf die Straße gestellt hatten. Ein paar Schweine liefen grunzend durch die Gassen und verschlangen alle Abfälle und Exkremente, deren sie habhaft werden konnten. Kein Hund war zu hören, nur ein Hahn krähte ab und zu in der lichter werdenden Dunkelheit.

Allmählich wurde es Tag. Kachheru, der langsam, aber zielstrebig am etwas trockneren Rand der aufgeweichten Gassen gegangen war, befand sich nicht mehr in der Gegend mit den größten Schäden, die ihn bisweilen ebenso bedrückten, wie sie seine Frau bedrückten, und die er dennoch zu ignorieren gelernt hatte.

Als er beim Haus von Rasheeds Vater anlangte, blickte er sich um. Niemand war zu sehen, aber er nahm an, daß zumindest Baba, ein Verfechter des frühmorgendlichen Gebets, schon auf war. Ein paar Leute schliefen auf Charpoys auf der überdachten Veranda und waren wahrscheinlich von dem plötzlich einsetzenden Regen überrascht worden. Kachheru fuhr sich mit der Hand über das faltige Gesicht und gestattete sich ein Lächeln.

Auf einmal hörte er verzweifeltes Gackern und Quaken. Eine Ente, die unumschränkte Herrscherin im Hof, jagte mit aggressiv vorgestrecktem Kopf und einem damit unvereinbaren friedlichen Ausdruck abwechselnd einen Hahn, zwei Hühner und ein paar schon ziemlich große Küken über die Steine und durch den Morast – erst zum Viehstall, dann um den Nimbaum und über den Weg zum Haus, in dem Baba und sein jüngerer Sohn lebten.

Kachheru beobachtete das Geschehen in der Hocke, dann ging er zur Pumpe und ließ Wasser über seine nackten schmutzigen Füße laufen. Eine kleine schwarze Ziege stieß mit dem Kopf gegen den Schwengel der Pumpe. Kachheru kratzte ihren Kopf. Sie sah ihn mit ihren zynischen gelben Augen an und meckerte jämmerlich, als er sich von ihr abwandte.

Kachheru stieg die vier Stufen zu dem Raum hinauf, in dem die Pflüge gelagert wurden. Rasheeds Vater besaß drei Pflüge, zwei aus der Gegend – Desi-Pflüge –, mit einer spitzen hölzernen Pflugschar, und einen Mishtan-Pflug mit einer gebogenen Schar aus Metall, den Kachheru ignorierte. Er hatte die Tür offengelassen und zog die Desi-Pflüge ins Licht am Eingang. Dort ging er wieder in die Hocke und musterte sie prüfend. Schließlich schulterte er einen und marschierte über den Hof zum Viehstall. Als er sich näherte, wandten die Rinder den Kopf, und er, erfreut, sie zu sehen, sagte leise und beruhigend: »Aaaah! Aaaah!«

Zuerst fütterte er die Rinder. Er mengte der Mischung aus Heu, Stroh und Wasser, die in der heißen Jahreszeit ihr Futter war, etwas mehr Körner bei als gewöhnlich. Auch den schwarzen Wasserbüffeln – die sich normalerweise unter Aufsicht des Hirtenjungen ihre Nahrung selbst suchen mußten – gab er etwas, weil sie jetzt kaum noch etwas fanden. Dann legte er den zwei gescheiten weißen Ochsen, mit denen er am liebsten arbeitete, das Geschirr an, nahm einen langen Stock, der an einer Wand des Stalls lehnte, und trieb sie behutsam hinaus. Laut, aber nicht so laut, daß ihn jemand hören konnte, sagte er: »Wenn es mich nicht gäbe, wärt ihr schon längst verhungert.«

Als er den Ochsen das Joch auflegen wollte, fiel ihm plötzlich etwas ein. Er ermahnte sie streng, sich nicht von der Stelle zu rühren, ging über den Hof zurück in den Vorraum, holte einen Spaten und kehrte zu ihnen zurück. Er lobte die Ochsen dafür, daß sie gehorcht hatten, legte ihnen das Joch an und den Pflug verkehrt herum auf das Joch, so daß sie ihn ziehen konnten, während er den Spaten auf der Schulter trug.

Von Kachheru wurde erwartet, daß er, wann immer es während der trockenen Sommermonate regnete, am nächsten und übernächsten Tag, solange der Boden noch naß war, die Felder seines Herrn pflügte. Er pflügte Feld um Feld, von morgens bis abends, um die Feuchtigkeit auszunutzen. Es war eine anstrengende Arbeit, und er wurde nicht dafür bezahlt.

Kachheru war einer der Chamars von Rasheeds Vater und jederzeit abrufbereit, nicht nur für landwirtschaftliche Aufgaben, sondern für alle möglichen Arbeiten – Wasser pumpen, wenn sich jemand waschen wollte, eine Botschaft ans andere Ende des Dorfs bringen, Arhar-Stöcke aufs Hausdach befördern, wo sie als Brennmaterial zum Kochen getrocknet wurden. Im Gegensatz zu anderen

Fremden wurde ihm ganz selten das besondere Privileg zuteil, in das Haus vorgelassen zu werden – vor allem, wenn etwas aufs Dach gehievt werden mußte. Nach dem Tod von Rasheeds älterem Bruder brauchte man im Haus Hilfe für die beschwerlicheren Aufgaben. Aber wenn Kachheru eingelassen wurde, sperrten sich die Frauen in einem Zimmer ein oder schlüpften hinaus in den Gemüsegarten hinter dem Haus, wo sie sich möglichst nah an der Mauer aufhielten.

Als Gegenleistung für seine Dienste kümmerte sich die Familie um ihn. Zur Erntezeit bekam er eine festgesetzte Menge Getreide, jedoch nicht genug, um sich und seine Frau ernähren zu können. Außerdem durfte er ein kleines Stück Land für den eigenen Bedarf bestellen – wann immer seine Zeit nicht von seinem Herrn beansprucht wurde. Sein Herr lieh ihm auch die Ochsen und den Pflug, wenn er sie nicht selbst brauchte, und Schaufeln, Hacken und andere Geräte, die Kachheru nicht besaß und für deren Erwerb er sich auch nicht verschulden wollte, nur um sein bißchen Grund zu bearbeiten.

Er war überarbeitet, aber das sagte ihm nicht sein Verstand, sondern der Zustand seines Körpers. Viele Jahre waren vergangen, und nie hatte er rebelliert, nie war er unverschämt geworden, und deswegen behandelte die Familie, in deren Diensten er nun seit vierzig Jahren stand, ihn jetzt höflicher. Sie sagten ihm, was er zu tun hatte, aber sie schrien ihn nicht mehr in dem beleidigenden Befehlston an, der seiner niederen Kaste angemessen war. Rasheeds Vater sprach ihn manchmal mit ›mein Alter‹ an, und das gefiel Kachheru. Unter den Chamars hatte er eine Art Vorrangstellung, und während der geschäftigsten Zeiten in der Landwirtschaft wurde er beauftragt, sie zu überwachen.

Doch als sein Sohn Tirru Debaria und seinem vom Kastenwesen bestimmten, von Armut geprägten hoffnungslosen Leben in Knechtschaft den Rücken kehren wollte, hatte Kachheru keine Einwände erhoben. Kachherus Frau hatte ihren Sohn angefleht zu bleiben, aber die stillschweigende Unterstützung ihres Mannes hatte den Ausschlag gegeben.

Was für eine Zukunft konnte das Dorf ihrem Sohn bieten? Er besaß kein Land, kein Geld, und nur dank eines großen Opfers der Familie – sie verzichteten auf das Geld, das der Junge als Hirte verdient hätte – konnte er sechs Jahre lang auf die staatliche Grundschule in einem ein paar Meilen entfernten Dorf gehen. Wäre es gerecht, wenn er sich anschließend in der sengenden Hitze auf den Feldern zu Tode arbeitete? Was immer Kachheru auch von seinem eigenen Leben hielt, er wünschte seinem Sohn etwas Besseres. Sollte der Junge nach Brahmpur oder Kalkutta oder Bombay – oder wohin immer er wollte – gehen und sich dort Arbeit suchen, irgendeine Arbeit, als Dienstbote, in einer Fabrik oder in einer Mühle.

Zunächst hatte Tirru Geld nach Hause geschickt und in Hindi liebevolle Briefe geschrieben, und Kachheru hatte den Mann von der Post oder den Bania im Laden gebeten, sie ihm vorzulesen – wenn diese Zeit hatten. Manchmal bat er, sie mehrmals vorzulesen, bis die Leute gereizt oder verständnislos reagierten. Dann diktierte er ihnen eine Antwort und bat darum, sie auf eine Postkarte zu übertragen. Der Junge war zu den Hochzeiten seiner beiden jüngeren Schwestern gekommen und hatte sogar zu ihrer Mitgift beigetragen. Aber seit einem Jahr kam keine Post mehr aus Kalkutta, und einige von Kachherus Briefen waren zurückgesandt worden. Aber nicht alle, und deswegen schrieb er jeden Monat einmal an die alte Adresse seines Sohnes. Aber wo er war, was mit ihm geschehen war und warum er nicht mehr schrieb, konnte er sich nicht vorstellen – und wagte es auch nicht. Es war beinahe so, als ob ihr Sohn aufgehört hätte zu existieren. Seine Frau war krank vor Sorgen. Manchmal weinte sie im Dunkeln, manchmal betete sie vor der kleinen orangegefleckten Nische in einem Bobaum, in dem – so hieß es – die Dorfgottheit wohnte, zu der sie ihren Sohn gebracht hatte, bevor er fortging, um ihren Segen für ihn zu erflehen. Jeden Tag erinnerte sie Kachheru daran, daß sie alles so vorausgesehen hatte.

Eines Tages schließlich hatte er seiner Frau vorgeschlagen, seinen Herrn um Erlaubnis und finanzielle Unterstützung (und das bedeutete Schulden in unvorstellbarer Höhe) zu bitten und nach Kalkutta zu fahren, um ihren Sohn zu suchen. Aber sie war schluchzend auf den Boden gestürzt, gequält von unbeschreiblichen Schreckensbildern. Kachheru war nur selten in Salimpur gewesen und nie in der Hauptstadt des Distrikts Rudhia. Brahmpur und erst recht Kalkutta lagen vollkommen außerhalb seiner Vorstellungskraft. Sie ihrerseits kannte nur zwei Dörfer: das Dorf, in dem sie geboren war, und das Dorf, in das sie geheiratet hatte.

8.11

Es war kühl, und eine morgendliche Brise wehte. Aus dem Taubenschlag drang gemessenes, tiefes Gurren. Dann flogen ein paar Tauben aus: graue mit schwarzen Streifen, bräunliche und ein, zwei weiße. Kachheru summte ein Bhajan vor sich hin, während er die Ochsen aus dem Dorf führte.

Mittellose Frauen und Kinder, die meisten Angehörige seiner eigenen Kaste, lasen die am Vortag abgeernteten Felder nach. Normalerweise wären sie zu dieser frühen Stunde Vögeln und Kleingetier zuvorgekommen, die für gewöhnlich liegengebliebene Körner auffraßen. Aber jetzt suchten sie im schlammigen Morast nach einzelnen Getreidekörnern.

Es war nicht unangenehm, zu dieser Tageszeit zu pflügen. Es war kühl, und hinter einem Paar gut abgerichteter, gehorsamer Ochsen (Kachheru hatte dieses Paar selbst abgerichtet) knöcheltief in kühlem Wasser und Matsch zu waten war ein gutes Gefühl. Nur selten mußte er von seinem Stock Gebrauch machen; im Gegensatz zu vielen Bauern benutzte er den Stock nicht gern. Die Ochsen reagierten willig auf sein Repertoire an Rufen, bewegten sich entgegen dem Uhrzeigersinn in sich überschneidenden Kreisen über die Felder und zogen den

Pflug langsam hinter sich her. Kachheru sang leise vor sich hin, unterbrach sein Bhajan mit »Wo! Wo!«- oder »Taka! Taka!«-Rufen oder anderen Befehlen und nahm das Lied wieder auf, nicht an der Stelle, an der er ausgesetzt hatte, sondern an der Stelle, an der er gewesen wäre, hätte er nicht aufgehört zu singen. Nachdem das erste Feld, das doppelt so groß war wie sein eigenes, von Furchen durchzogen war, schwitzte er vor Anstrengung. Die Sonne stand schon in einem Winkel von fünfzehn Grad am Himmel, und es wurde allmählich warm. Er ließ die Ochsen ausruhen und ging zu den noch nicht gepflügten Ecken des Felds, um die Erde mit dem Spaten umzustechen.

Im Laufe des Vormittags hörte er auf zu singen. Ein paarmal verlor er die Geduld mit den Ochsen und versetzte ihnen einen Schlag mit dem Stock – insbesondere dem äußeren, der es sich in den Kopf gesetzt hatte, stehenzubleiben, wenn sein Artgenosse stehenblieb, statt weiterzugehen, wie ihm befohlen worden war.

Kachheru arbeitete jetzt in gleichmäßigem Tempo, ging sorgsam mit seiner begrenzten Kraft und der der Ochsen um. Es war mittlerweile unerträglich heiß, und der Schweiß rann ihm über Stirn und Augenbrauen in die Augen. Von Zeit zu Zeit wischte er sich mit dem Rücken der rechten Hand über die Stirn, wobei er den Pflug mit der linken festhielt. Gegen Mittag war er erschöpft. Er führte die Ochsen an einen Graben, aber das Wasser, das sie tranken, war bereits warm. Er selbst trank aus der ledernen Flasche, die er, bevor er losgegangen war, an der Wasserpumpe gefüllt hatte.

Als die Sonne in ihrem Zenit stand, kam seine Frau und brachte ihm Rotis, Salz, ein paar Chilischoten und Lassi zum Trinken. Wortlos sah sie ihm beim Essen zu, fragte ihn, ob sie noch etwas für ihn tun könne, und ging wieder.

Ein bißchen später tauchte Rasheeds Vater mit einem Regenschirm auf, den er als Sonnenschirm benutzte. Er hockte sich auf einen niedrigen Erdwall, der ein Feld vom nächsten trennte, und sagte ein paar ermunternde Worte zu Kachheru: »Es stimmt schon, was behauptet wird. Keine Arbeit ist so schwer wie die Feldarbeit.« Kachheru antwortete nicht, nickte jedoch respektvoll. Er begann sich elend zu fühlen. Nachdem Rasheeds Vater gegangen war, erkannte man an der rotgefleckten Erde, wo er gesessen und den Paansaft ausgespuckt hatte.

Das Wasser auf den Feldern war jetzt unangenehm heiß, und es wehte ein sengender Wind. »Ich muß mich eine Weile ausruhen«, sagte er sich. Aber ihm war klar, daß er nicht aufhören konnte zu pflügen, solange das flüchtige Wasser noch nicht verdunstet war, und er wollte nicht, daß man ihm nachsagte, er hätte nicht getan, was, wie er wußte, getan werden mußte.

Am späten Nachmittag war sein dunkles Gesicht feuerrot. Seine Füße, schwielig und zerfurcht, wie sie waren, fühlten sich an, als wären sie gekocht worden. Nach einem gewöhnlichen Arbeitstag schulterte er normalerweise den Pflug, während er das Vieh zurück ins Dorf trieb. Aber heute hatte er keine Kraft mehr, und die verausgabten Ochsen mußten das Gerät tragen. Er war kaum noch in der Lage, einen zusammenhängenden Gedanken zu fassen. Als das metallene Blatt des Spatens zufällig seine Schulter berührte, zuckte er zusammen.

Er kam an seinem eigenen, ungepflügten Feld vorbei, auf dem zwei Maulbeerbäume standen, und sah es kaum. Eigentlich gehörte dieses kleine Feld gar nicht ihm, aber das kam ihm überhaupt nicht in den Sinn. Alles, was er wollte, war, auf dem Weg, der zurück nach Debaria führte, einen Fuß vor den anderen zu setzen. Das Dorf lag eine Dreiviertelmeile vor ihm, und ihm schien, er müsse dorthin durch ein Höllenfeuer gehen.

8.12

Das geweißte Haus von Rasheeds Vater war von außen gesehen beeindruckend – für die Verhältnisse von Debaria –, hatte jedoch nur wenige Zimmer. Es hatte in der Mitte einen mit Säulen eingefaßten, viereckigen, nicht überdachten Hof. Auf einer Seite des Vierecks befanden sich drei stickige Zimmer, die entstanden waren, indem man den Zwischenraum zwischen den Säulen mit Ziegeln ausgefüllt hatte. In diesen Zimmern lebte die Familie. Weitere Zimmer gab es nicht. Gekocht wurde in einer Ecke des Säulengangs. Das ersparte den Frauen den Rauch einer Feuerstelle ohne Abzug in einer geschlossenen Küche – der ihnen im Lauf der Zeit Augen und Lungen ruiniert hätte.

In anderen Teilen des Säulengangs wurden Vorräte in Behältern und auf Regalen gelagert. Im Hof standen ein Zitronen- und ein Granatapfelbaum. Hinter der Rückwand des Hofes befanden sich ein Abort für die Frauen und ein kleiner Gemüsegarten. Eine Treppe führte hinauf aufs Dach, wo Rasheeds Vater hofhielt und Paan kaute – was er im Augenblick tat.

Kein Mann, der nicht eng mit der Familie verwandt war, durfte das Haus betreten. Rasheeds Onkel mütterlicher- und väterlicherseits hatten freien Zutritt. So auch der bärenhafte Onkel, sogar nachdem seine Schwester – Rasheeds Mutter – gestorben war und Rasheeds Vater eine zweite – wesentlich jüngere – Frau geheiratet hatte. Da der Patriarch, Baba, trotz seines Alters und seines Diabetes nichts gegen Treppensteigen hatte, wurden auf dem Dach regelmäßig Konferenzen abgehalten. Eine Dachkonferenz wurde zum Beispiel stets einberufen, um Familienangelegenheiten zu besprechen, wenn jemand nach langer Abwesenheit zurückgekehrt war.

An diesem Abend wurde zu Ehren von Rasheed konferiert, aber bevor die anderen Männer sich versammelten, war daraus schnell eine Streiterei – oder vielmehr eine ganze Serie von Streitereien – zwischen Rasheed und seinem Vater geworden. Mehrmals wurde sein Vater laut. Rasheed verteidigte sich, aber es wäre ihm nie in den Sinn gekommen, unbeherrscht die Stimme zu erheben. Bisweilen blieb er stumm.

Als Rasheed Maan draußen verlassen und den Hof betreten hatte, war er unruhig. Maan hatte den Brief heute nicht erwähnt, und das war gut so. Rasheed hätte seinen Freund in dieser Angelegenheit nicht gern enttäuscht, aber es wäre ihm unmöglich gewesen, die Dinge zu schreiben, die Maan ihm sicherlich diktiert hätte. Rasheed machte sich nichts aus dem, was in seinen Augen niedere menschliche Instinkte waren. Sie waren ihm unangenehm, und manchmal erfüllten sie ihn mit Zorn. Vor Dingen wie diesen verschloß er lieber die Augen. Er vermutete zwar, daß sich zwischen Maan und Saeeda Bai etwas abspielte – und die Umstände ihrer Treffen legten dies nur zu nahe –, aber er wollte nichts davon wissen.

Während er zu seinem Vater hinaufging, dachte er an seine Mutter, die bis zu ihrem Tod vor zwei Jahren in diesem Haus gelebt hatte. Damals war es ihm unvorstellbar erschienen – und auch heute noch erschien es ihm unvorstellbar –, daß sein Vater nach ihrem Tod eine andere Frau heiraten würde. Im Alter von fünfundfünfzig beruhigten sich doch gewiß die Triebe; und das Andenken an eine Frau, die ihr ganzes Leben dem Dienst an ihm und an seinen beiden Söhnen gewidmet hatte, sollte doch wie eine Wand zwischen seinem Vater und dem Gedanken an eine zweite Ehefrau stehen. Aber da war sie, seine Stiefmutter: eine hübsche Frau, keine zehn Jahre älter als er. Und sie war es, die auf Geheiß seines Vaters bei ihm auf dem Dach schlief und sich im Haus zu schaffen machte, offensichtlich furchtlos vor dem Geist der Frau, die die Bäume gepflanzt hatte, deren Früchte sie gedankenlos pflückte.

Was tut mein Vater anderes, als seinen Trieben nachzugeben? fragte sich Rasheed. Er saß zu Hause und kommandierte andere herum, kaute von morgens bis abends Paan – süchtig wie ein Kettenraucher. Er hatte damit seine Zähne, seine Zunge und seinen Hals ruiniert. Sein Mund war nur noch ein rotes Loch, in dem hier und da ein schwarzer Zahn aufragte. Doch dieser Mann mit dem sich lichtenden lockigen schwarzen Haar und dem breiten Gesicht, in dem sich Streitlust spiegelte, tat nichts anderes, als ihn zu provozieren und zu schikanieren – seit Rasheeds Kindheit.

Rasheed konnte sich an keine Zeit erinnern, zu der ihn sein Vater nicht schikaniert hätte. Als Kind in der Schule und als jugendlicher Raufbold hatte er es zweifellos verdient. Aber später, als er besonnener geworden war und im College gute Leistungen erzielte, war er die Zielscheibe für die Unzufriedenheit seines Vaters geblieben. Und seit Rasheeds geliebter älterer Bruder, der Lieblingssohn seines Vaters, bei einem Eisenbahnunfall ein Jahr vor seiner Mutter umgekommen war, war es nur noch schlimmer geworden.

»Dein Platz ist hier auf dem Land«, hatte sein Vater danach zu ihm gesagt. »Ich brauche deine Hilfe, ich bin nicht mehr der Jüngste. Wenn du weiterhin an der Universität von Brahmpur studieren willst, dann mußt du das selbst finanzieren.« Sein Vater war nicht arm, dachte Rasheed bitter. Und offensichtlich war er jung genug, um sich eine junge Frau zu nehmen. Und er war sogar noch jung genug – Rasheeds Verstand rebellierte bei diesem Gedanken –, um sich von ihr ein weiteres Kind zu wünschen. Späte Vaterschaft war so etwas wie Tradition in Rasheeds Familie. Baba war schon über Fünfzig gewesen, als Netaji geboren wurde.

Immer wenn er an seine Mutter dachte, füllten sich Rasheeds Augen mit Tränen. Sie hatte ihn und seinen Bruder über alles geliebt, und sie hatten sie dafür angebetet. Rasheeds Bruder hatte große Freude an dem Granatapfelbaum gehabt, er selbst an dem Zitronenbaum. Als er sich jetzt in dem vom Regen sauber gewaschenen Hof umsah, meinte er, überall die Spuren ihrer Liebe zu entdecken.

Bestimmt hatte der Tod ihres älteren Sohnes ihren eigenen beschleunigt. Und bevor sie starb, hatte sie Rasheed, dessen Herz vom Verlust des Bruders und von ihrem bevorstehenden Tod gebrochen war, ein Versprechen abverlangt, gegen das er sich verzweifelt sträubte, das er ihr jedoch weder verweigern wollte noch konnte. Ein Versprechen, das als solches fraglos vernünftig war, das ihn jedoch band, bevor er überhaupt wußte, was Freiheit war.

8.13

Rasheed seufzte, als er die Treppe hinaufstieg. Sein Vater saß auf einem Charpoy, seine Stiefmutter massierte ihm die Füße.

»Adaab arz, Abba-jaan. Adaab arz, Khala«, sagte Rasheed. Er nannte seine Stiefmutter Tante.

»Du hast dir Zeit gelassen«, sagte sein Vater barsch.

Rasheed schwieg. Seine junge Stiefmutter sah ihn kurz an und wandte sich dann wieder ab. Rasheed war nie unhöflich zu ihr, aber in seiner Gegenwart fühlte sie sich immer an die Frau erinnert, deren Nachfolgerin sie war, und es schmerzte sie, daß er nie den Versuch unternommen hatte, ihr Vertrauen zu gewinnen oder ihr gegenüber Zuneigung zu bekunden.

»Wie geht es deinem Freund?«

»Gut, Abba. Er ist unten – und schreibt einen Brief, glaube ich.«

»Ich habe nichts dagegen, daß du ihn mitgebracht hast, aber du hättest mich vorwarnen können.«

»Ja, Abba. Das werde ich das nächstemal tun. Es hat sich ganz plötzlich ergeben.«

Rasheeds Stiefmutter stand auf und sagte: »Ich werde Tee machen.«

Nachdem sie gegangen war, sagte Rasheed ruhig: »Abba, wenn möglich, erspar mir das in Zukunft.«

»Was soll ich dir ersparen?« fragte sein Vater plötzlich ungehalten. Er wußte genau, was Rasheed meinte, wollte es jedoch nicht zugeben.

Rasheed wollte zuerst nichts sagen, überlegte es sich dann aber anders. Wenn ich es jetzt nicht sage, dachte er, werde ich das Unerträgliche dann weiterhin ertragen müssen? »Ich meine damit, Abba«, sagte er leise, »daß du mich in ihrer Gegenwart kritisierst.«

»Ich sage zu dir, was ich will, wann und wo ich will. Und du kannst sicher sein, daß nicht nur ich dich und deinen Lebensstil kritisiere.«

»Meinen Lebensstil?« sagte Rasheed, und in seiner Stimme schwang ein leiser scharfer Unterton mit. Er war der Meinung, daß es seinem Vater nicht anstand, seinen Lebensstil zu kritisieren.

»An deinem ersten Abend im Dorf hast du sowohl das Abend- als auch das Nachtgebet versäumt. Als ich heute auf die Felder ging, wollte ich, daß du mich begleitest – aber du warst unauffindbar. Ich wollte dir etwas Wichtiges zeigen und mit dir besprechen. Es geht um ein Stück Land. Was sollen die Leute von dir denken? Den ganzen Tag verbringst du damit, vom Haus des Wäschers zum Haus des Sweepers zu gehen, dich dort nach einem Sohn, da nach einem Neffen zu erkundigen, aber mit deiner Familie verbringst du keine Zeit. Es ist kein Geheimnis, daß hier viele Leute denken, du wärst Kommunist.«

Rasheed überlegte, daß dies wahrscheinlich nur hieß, daß ihm die Armut und die Ungerechtigkeit, die das Dorf prägten, zuwider waren und daß er daraus kein Geheimnis machte. Arme Familien zu besuchen war kaum etwas, wofür man ihn tadeln konnte.

»Hoffentlich denkst du nicht, daß ich etwas Falsches tue«, sagte Rasheed eine Spur sarkastisch.

Sein Vater bemerkte nach ein paar Sekunden mit großer Schroffheit: »Seitdem du in Brahmpur studierst, bist du sehr selbstbewußt geworden. Du solltest den Rat annehmen, den man dir gibt.«

»Und wie sieht dieser Rat aus? Der Rat der älteren Generation in diesem Dorf? Daß ich so schnell wie möglich soviel Geld wie möglich verdienen soll? Alle hier leben, soweit ich das beobachte, nur für ihr Vergnügen: Frauen, Alkohol, Essen oder ...«

»Genug! Das reicht!« schrie sein Vater und verschluckte dabei mehrere Konsonanten.

Rasheed fügte nicht hinzu ›oder Paan‹, wie er es eigentlich vorhatte. Er schwieg statt dessen, entschlossen, nichts zu sagen, was er später bereuen würde, gleichgültig, wie sehr er provoziert würde. Schließlich drückte er sich sehr allgemein aus: »Abba, ich denke, daß man für andere verantwortlich ist, nicht nur für sich selbst und für seine Familie.«

»Aber zuallererst für seine Familie.«

»Wie du meinst, Abba.« Rasheed fragte sich, warum er überhaupt noch nach Debaria zurückkehrte. »Meinst du, daß meine Ehe zum Beispiel beweist, daß mir nichts an meiner Familie liegt? Daß mir nichts an meiner Mutter und an meinem Bruder lag? Ich glaube, ich – und auch du –, wir wären glücklicher, wenn ich statt ihrer gestorben wäre.«

Sein Vater entgegnete nichts. Er dachte an seinen unbekümmerten älteren

Sohn, der mit dem Leben in Debaria zufrieden gewesen war und geholfen hatte, das Land der Familie zu verwalten, der stark gewesen war wie ein Löwe und stolz auf seinen Status als Sohn des örtlichen Zamindars und der, anstatt in allem ein Problem zu sehen, überall gutgelaunte Unbeschwertheit verbreitet hatte. Dann dachte er an seine Frau – Rasheeds Mutter – und seufzte tief.

Zu Rasheed sagte er in einem sanfteren Tonfall als zuvor: »Warum gibst du deine Ideen nicht auf – die Ideen über Bildung, über Geschichte, über Sozialismus, diese Ideen, alles zu verbessern und neu zu verteilen, all diese, diese …« Er machte eine allumfassende Geste. »Warum lebst du nicht hier und hilfst uns? Weißt du, was mit diesem Land geschehen wird in ein, zwei Jahren, wenn das Zamindari-System abgeschafft wird? Sie wollen es uns fortnehmen. Und dann wirst du deine imaginären Hühnerfarmen und deine ertragreichen Fischteiche und die verbesserte Tierhaltung, in deren Genuß du die Massen bringen willst, als Luftschlösser bauen müssen, denn wenn sich die Lage zuspitzt, dann wird es nicht mehr genug Land geben, um die Menschen zu unterhalten. Zumindest nicht in unserer Familie.«

Sein Vater mochte die Absicht gehabt haben, sanft mit ihm zu sprechen, aber es hatte unweigerlich nach Verachtung geklungen.

»Was kann ich tun, um es zu verhindern, Abba? Wenn uns das Land zu Recht weggenommen wird, dann wird es uns eben weggenommen.«

»Du kannst eine ganze Menge tun«, sagte sein Vater erregt. »Erstens könntest du aufhören, ›zu Recht‹ zu sagen, wenn es sich um nichts anderes als Diebstahl handelt. Zweitens könntest du mit deinem Freund reden …«

Rasheeds Züge spannten sich. Er konnte den Gedanken, sich auf diese Weise zu demütigen, nicht ertragen. Aber er wählte ein Argument, das seiner Meinung nach besser zur Weltsicht seines Vaters paßte. »Das würde nicht funktionieren. Der Finanzminister ist absolut unbeugsam. Er macht keine Ausnahmen. Er hat sogar durchsickern lassen, daß diejenigen, die versuchen, ihn oder sonstjemanden im Finanzministerium zu beeinflussen, als erste enteignet werden sollen.«

»Wirklich?« fragte sein Vater nachdenklich. »Tja, wir waren auch nicht untätig … Der Tehsildar kennt uns. Der für den Unterbezirk zuständige Beamte ist ein rechtschaffener Kerl, aber faul … Wir werden sehen.«

»Also, Abba, was ist hier passiert?« fragte Rasheed.

»Darüber wollte ich mit dir reden … Ich wollte dir ein paar Felder zeigen … Wir müssen den Leuten bestimmte Dinge klarmachen … Wenn der Minister sagt, daß es keine Ausnahmen gibt …«

Rasheed runzelte die Stirn. Er verstand nicht, worauf sein Vater hinauswollte.

»Wir wollen die Pächter umsiedeln«, sagte sein Vater und knackte eine Betelnuß mit einem kleinen Nußknacker aus Messing. »Sie rotieren lassen – dieses Jahr auf dem Feld, im nächsten auf einem anderen, so daß …«

»Aber Kachheru?« fragte Rasheed und dachte an das kleine Feld mit den zwei Maulbeerbäumen. Kachheru hatte keinen Mangobaum gepflanzt – aus Angst, daß so viel Vermessenheit das Schicksal herausfordern könnte.

»Was soll mit Kachheru sein?« sagte sein Vater mit so viel Wut in der Stimme, daß er hoffte, das unangenehme Thema damit beenden zu können. »Er wird das Feld bekommen, das ich ihm geben werde. Mach eine Ausnahme für einen Chamar, und es wird zwanzig Aufstände geben. Wir in der Familie sind uns einig.«
»Aber seine Bäume...«
»*Seine* Bäume?« knurrte Rasheeds Vater drohend. »Das Problem sind diese kommunistischen Ideen, die du an der Universität wie Muttermilch aufsaugst. Er soll von mir aus unter jeden Arm einen klemmen und sich damit davonmachen.«
Als er seinen Vater ansah, krampfte sich Rasheeds Herz zusammen. Er sagte leise, daß er sich nicht wohl fühle, und bat, ihn zu entschuldigen. Sein Vater sah ihn scharf an und sagte dann: »Geh. Und schau nach, was aus dem Tee geworden ist. Ah, da kommt dein Mamu.« Das große, stoppelbärtige Gesicht seines Schwagers war oben an der Treppe aufgetaucht.
»Ich habe Rasheed gerade gesagt, was ich von seinen idiotischen Vorstellungen halte«, sagte Rasheeds Vater und lachte, bevor Rasheed hinunterging und nicht mehr zu sehen war.
»Ach ja?« sagte der Bär sanftmütig. Er hielt viel von seinem Neffen und hatte sich die Einstellung seines Schwagers nicht zu eigen gemacht.
Der Bär wußte, daß auch Rasheed ihn mochte, und fragte sich manchmal, warum. Er war kein gebildeter Mann. Aber Rasheed bewunderte an ihm, daß er ein Mann war, der Toleranz und Gelassenheit erworben hatte, ohne dabei seinen Schwung zu verlieren. Auch vergaß er ihm nicht, daß er in seinem Haus Zuflucht gefunden hatte, als er aus seinem eigenen geflohen war.
Der Bär machte sich Sorgen um Rasheed, weil er nicht gut aussah. Er war zu dünn, zu dunkel, zu hager. Und er hatte zu viele weiße Haare für einen Mann seines Alters.
»Rasheed ist ein guter Junge«, sagte er.
Zur Antwort auf seine apodiktische Behauptung erhielt er ein Schnauben.
»Das einzige Problem mit Rasheed ist«, fügte der Bär hinzu, »daß er sich zu viele Sorgen macht. Unter anderem um dich.«
»Ach?« sagte Rasheeds Vater und öffnete den roten Mund.
»Natürlich nicht nur um dich«, fuhr sein Schwager gelassen und mit großer Bestimmtheit fort. »Um seine Frau. Seine Kinder. Um das Dorf. Das Land. Um wahre Religion und falsche Religion. Und um andere Dinge, manche davon wichtig, andere weniger wichtig. Zum Beispiel wie man sich seinen Mitmenschen gegenüber benehmen sollte. Wie man die Welt ernähren könnte. Wohin die Erde verdrängt wird, wenn man einen Pfahl in den Boden treibt. Und natürlich um die wichtigste Frage von allen...« Der Bär hielt inne und rülpste.
»Die da heißt?« konnte sein Schwager nicht widerstehen zu fragen.
»Warum eine Ziege Grünzeug frißt, aber schwarz scheißt«, sagte der Bär.

8.14

Die Worte seines Vaters brannten Rasheed in den Ohren, als er hinunterging. Er vergaß, sich nach dem Tee zu erkundigen. Er wußte nicht, was er denken, geschweige denn, was er tun sollte. Vor allem schämte er sich. Kachheru, den er seit seiner Kindheit kannte, der ihn auf dem Rücken getragen hatte, der geduldig gepumpt hatte, wenn er sich wusch, der der Familie vertrauensvoll und unermüdlich so viele Jahre gedient hatte, der gepflügt, Unkraut gejätet, Lasten getragen hatte: es war unvorstellbar, daß sein Vater so gleichmütig vorschlug, ihm in seinem Alter immer wieder neue Felder zuzuweisen. Kachheru war nicht mehr jung; er war in ihren Diensten alt geworden. Da er ein Gewohnheitsmensch war, hing sein Herz an dem kleinen Feld, das er seit fünfzehn Jahren bestellte. Er hatte Verbesserungen vorgenommen, es mit einer Reihe kleiner Kanäle an einen größeren Bewässerungsgraben angeschlossen; er hatte die erhobenen Wege gepflegt, die es begrenzten; er hatte die Maulbeerbäume gepflanzt, um Schatten zu haben und gelegentlich Früchte. Strenggenommen gehörten unter den alten Erlassen auch die Bäume dem Grundbesitzer; aber es in diesem Fall strengzunehmen hieß, unmenschlich zu sein. Und unter dem neuen Gesetz, das zweifellos bald in Kraft treten würde, hatte Kachheru Rechte, die ihm nicht verweigert werden konnten. Alle wußten, daß er es war, der das Feld bestellte. Unter der neuen Zamindari-Gesetzgebung genügten fünf Jahre ununterbrochener Pacht, um ein Recht auf das Land zu haben.

In dieser Nacht konnte Rasheed kaum schlafen. Er wollte mit niemandem sprechen, nicht einmal mit Maan. Während des Nachtgebets – das er nicht versäumte – sagte er die Worte automatisch, aber sein Herz blieb schwer. Als er sich hinlegte, verspürte er einen schmerzhaften Druck im Kopf. Nach ein paar ruhelosen Stunden stand er auf und wanderte durch die Gassen zu dem Ödland am nördlichen Rand des Dorfes. Alles war still. Die Ochsen auf dem Dreschplatz arbeiteten nicht mehr. Die Hunde störten sich nicht an seiner Anwesenheit. Die Nacht war sternenklar und warm. In ihren engen, strohgedeckten Hütten schliefen die Ärmsten des Dorfes. Das können sie ihnen nicht antun, sagte sich Rasheed. Das können sie nicht tun.

Um sich dessen zu vergewissern, ging er am nächsten Morgen nach dem Frühstück zum Patwari des Ortes, dem kleinen Regierungsbeamten, der für das Dorf die Register führte, als Buchhalter fungierte, der jedes Jahr die Akten gewissenhaft auf den neuesten Stand brachte und dabei die Besitz- und Pachtverhältnisse für jede Landparzelle im Detail notierte. Rasheed schätzte, daß gut ein Drittel des Landes um das Dorf von den Besitzern verpachtet war; in seiner Familie waren es fast zwei Drittel. Er war zuversichtlich, daß sich in den dicken, stoffgebundenen Akten des Patwaris der unwiderlegbare Beweis für Kachherus langjährige Pächterschaft finden würde.

Der dünne alte Patwari begrüßte Rasheed höflich mit einem müden Lächeln.

Er hatte von Rasheeds geselligen Runden durchs Dorf gehört und freute sich, daß er ihm einen gesonderten Besuch abstattete. Zum Schutz gegen die Sonne schirmte er die Augen mit der Hand ab und erkundigte sich nach Rasheeds Studien und danach, wie lange er im Dorf bleiben wolle. Und er bot ihm Fruchtsaft an. Es dauerte eine Weile, bis dem Patwari klar wurde, daß der Besuch nicht ausschließlich geselliger Natur war, aber auch das mißfiel ihm nicht. Die Regierung zahlte ihm kein hohes Gehalt, und es wurde allseits anerkannt, daß er es informell aufbessern mußte. Er erwartete, daß Rasheed wissen wollte, wie es um den Besitz der Familie stand. Zweifellos hatte sein Großvater ihn geschickt, um die Eintragungen für ihr Land zu kontrollieren. Und ihm würde gefallen, was er zu sehen bekäme.

Der Patwari ging ins Haus und kehrte mit drei Ordnern, ein paar Katasterakten und zwei Landkarten aus Stoff zurück, die einen mal eineinhalb Meter groß waren und das ganze Land um das Dorf abdeckten. Er entrollte eine davon liebevoll auf der hölzernen Sitzplattform in seinem kleinen Hof und strich eine Ecke mit der Handfläche glatt. Er hatte auch seine Brille mitgebracht, die er jetzt gewissenhaft auf seiner Nase plazierte.

»Nun, Khan Sahib«, sagte er zu Rasheed, »in ein oder zwei Jahren werden diese Akten, die ich so sorgfältig gepflegt habe wie einen Garten, in andere Hände übergehen. Wenn es nach der Regierung geht, werden wir alle drei Jahre in ein anderes Dorf versetzt. Das Leben wird sich für uns nicht mehr lohnen. Und wie soll ein Außenseiter die Verhältnisse in einem Dorf verstehen, seine Geschichte, die wahren Sachverhalte? Nur um sich einzuleben, braucht man mindestens drei Jahre.«

Rasheed gab einen zustimmenden Laut von sich und stellte das Glas mit Saft ab. Er versuchte, auf der Karte, die aus leicht vergilbter Seide bestand, Kachherus Feld ausfindig zu machen.

»Und die Leute aus dem Dorf haben mich sündigen Mann immer sehr gut behandelt«, fuhr der Patwari fort und lachte etwas energischer. »Ghee, Getreide, Milch, Holz ... ab und zu sogar mal ein paar Rupien – die Familie des Khan Sahib war besonders großzügig ... Was suchen Sie?«

»Das Feld unseres Chamars Kachheru?«

Der Finger des Patwari bewegte sich zielstrebig auf eine Stelle zu und verharrte zwei Zentimeter darüber in der Luft.

»Aber machen Sie sich keine Gedanken, Khan Sahib, es wurde für alles Sorge getragen.«

Rasheed sah ihn fragend an.

Den Patwari überraschte, daß seine Fähigkeiten oder sein Fleiß in Zweifel gezogen wurden. Wortlos rollte er die seidene Karte wieder auf und entrollte eine andere aus gröberem Stoff. Diese – die Karte, mit der er arbeitete und die er mit auf seine Runden nahm – wies Schmutzflecken auf und ein dichteres Netzwerk von Feldern mit Namen und Zahlen und verschiedenartigen Anmerkungen in Schwarz und Rot, alles in Urdu. Er betrachtete sie eine Zeitlang, ging dann zu den Ordnern und den leicht zerfledderten Katasterakten, schlug die betreffenden Seiten auf, las abwechselnd in der einen oder anderen und nickte Rasheed schließlich mit ernster, leicht beleidigter Miene zu. »Sehen Sie selbst«, sagte er.

Rasheed betrachtete die Spalten, Einträge, Vermessungen, Besitzernummern, Grundstücksnummern, Seriennummern, Beschreibungen der Art, des Zustands und der Verwendung der Felder; aber, wie der Patwari zu Recht vermutete, wurde er aus diesem esoterischen Durcheinander nicht schlau.

»Aber ...«

»Khan Sahib«, sagte der besänftigte Patwari und hielt die Handflächen in einer Geste der Aufgeschlossenheit nach oben. »Aus meinen Akten geht hervor, daß die Person, die das Feld und die umliegenden Felder während der letzten Jahre kultiviert hat, Sie selbst waren.«

»Was?« rief Rasheed und starrte zuerst dem lächelnden Patwari ins Gesicht, dann auf den Eintrag, über dem sein Finger kreiste, knapp über der Seite wie ein Insekt, das über dem Wasser schwebt.

»Name des Bestellers gemäß dem Khatauni-Register: Abdur Rasheed Khan«, las der Patwari vor.

»Wie lange ist das schon so?« fragte Rasheed unter Mühen, denn seine Gedanken waren bei weitem schneller als seine Zunge. Er sah fürchterlich erregt und bekümmert aus.

Auch jetzt noch schöpfte der Patwari, der durchaus nicht auf den Kopf gefallen war, keinen Verdacht. »Seitdem die Landreform eine potentielle Bedrohung darstellt und Ihr geschätzter Großvater und Vater sich besorgt über Eventualitäten geäußert haben, wahrt Ihr Diener gewissenhaft die Interessen Ihrer Familie. Das Land der Familie wurde nominell unter den verschiedenen Mitgliedern aufgeteilt, und in meinen Akten stehen Sie alle als Landbesitzer und Landbesteller. Das ist der sicherste Weg. Großer individueller Landbesitz sieht verdächtig aus. Natürlich waren Sie in Brahmpur und haben studiert, und solch geringfügige Angelegenheiten sind für einen Geschichtsgelehrten nicht von Interesse ...«

»Doch, das sind sie«, sagte Rasheed grimmig. »Wieviel von unserem Land ist an Pächter vergeben?«

»Nichts«, sagte der Patwari und deutete beiläufig auf die Akten.

»Nichts? Aber alle Welt weiß, daß wir sowohl Pächter haben, die ihre Pacht mit einem Teil der Ernte entrichten, als auch Pächter, die ihre Pacht mit Geld bezahlen, und ...«

»Bezahlte Angestellte«, korrigierte ihn der Patwari. »Und in Zukunft werden sie sinnvollerweise immer wieder auf anderen Feldern arbeiten.«

»Aber Kachheru zum Beispiel – alle Welt weiß, daß er dieses Feld seit Jahren bestellt. Sie selbst haben sofort gewußt, welches Feld gemeint ist.«

»Das ist nur eine Redeweise«, sagte der Patwari, der sich über Rasheeds Versuch amüsierte, des Teufels Advokaten zu spielen. »Wenn ich sage: ›Khan Sahibs

Universität«, meine ich damit nicht, daß Ihnen die Universität von Brahmpur gehört – oder daß Sie dort seit fünf Jahren studieren.« Er lachte kurz, erwartete, daß Rasheed einstimmen würde, aber als das nicht der Fall war, fuhr er fort: »Aus meinen Akten geht hervor, daß Kachheru, Sohn von Mangalu, Chamar, das Feld gelegentlich gegen Entrichtung eines Teils der Ernte gepachtet hat, aber nie fünf Jahre hintereinander. Es gab immer eine Unterbrechung ...«

»Sie sagen, das Feld gehört nominell mir?«

»Ja.«

»Ich möchte eine Änderung der Besitzverhältnisse eintragen lassen. Auf den Namen Kachheru.«

Jetzt war der Patwari an der Reihe, entsetzt dreinzublicken. Er sah Rasheed an, als hätte dieser den Verstand verloren. Er wollte sagen, daß Khan Sahib zu scherzen geruhe, als ihm mit Schrecken klar wurde, daß das nicht der Fall war.

»Machen Sie sich keine Sorgen«, sagte Rasheed. »Ich werde Ihnen Ihre Standard-, wie soll ich sagen?, Ihre Standardgebühren zahlen.«

Der Patwari leckte sich ängstlich die Lippen. »Aber Ihre Familie? Weiß sie ...«

»Zweifeln Sie meine Befugnisse in dieser Angelegenheit an?«

»O nein, Khan Sahib, Gott bewahre ...«

»Meine Familie hat diese Angelegenheit ausführlich besprochen«, sagte Rasheed bedächtig. »Und deswegen bin ich hier.« Er hielt kurz inne. »Wenn die Änderung der Besitzverhältnisse etwas länger dauert oder bestimmte Dokumente erfordert, so wäre es doch gut, wenn die Akten für dieses Feld die, nun, die tatsächlichen Pachtverhältnisse sofort widerspiegeln würden. Ja, das ist eine bessere Methode und verursacht weniger Aufregung. Bitte ändern Sie die Akten so, daß aus ihnen der Chamar als langjähriger Pächter klar hervorgeht.«

Der Patwari nickte beflissen. »Wie Huzoor befiehlt«, sagte er ruhig.

Rasheed versuchte, seine Verachtung zu verbergen, als er etwas Geld aus seiner Tasche holte.

»Hier ist etwas im voraus, um meine Wertschätzung auszudrücken. Als Student der Geschichte hat mich vor allem die penible Führung dieser Akten beeindruckt. Und als Landbesitzer stimme ich mit Ihnen überein, daß die Maßnahme der Regierung, die Patwaris alle drei Jahre zu versetzen, eine Schande ist.«

»Noch ein bißchen Saft, Khan Sahib? Oder darf ich Ihnen etwas Gehaltvolleres anbieten? Das Leben in der Stadt hat Sie erschöpft ... Sie sind ja ganz abgemagert ...«

»Nein, danke. Ich muß gehen. Aber ich werde in zwei Wochen noch einmal vorbeikommen. Mehr Zeit werden Sie doch nicht benötigen, oder?«

»Kaum.«

»Also gut. Khuda haafiz.«

»Khuda haafiz, Khan Sahib«, sagte der Patwari leise. Und Gott würde Rasheed tatsächlich beschützen müssen vor dem Ärger, den er gerade sich selbst – und nicht nur sich selbst – aufgehalst hatte.

NEUNTER TEIL

9.1

»Du bist ja ganz abgemagert, Liebes«, sagte Mrs. Rupa Mehra zu Kalpana Gaur – die grobknochig und lebhaft war, aber weniger kräftig als sonst. Mrs. Rupa Mehra war gerade in Delhi eingetroffen, auf der Suche nach einem zukünftigen Ehemann für Lata. Da sich ihre Söhne diesbezüglich als untauglich erwiesen hatten, würde sie Kalpana Gaur, die ›wie eine Tochter‹ für sie war, dazu bringen, das Problem zu lösen.

»Ja, das dumme Kind war krank«, sagte ihr Vater, der nichts für Krankheiten übrig hatte. »Gott allein weiß, wie sie es in ihrem jungen Alter schafft, sich alle möglichen Krankheiten zuzuziehen. Diesmal ist es eine Art Erkältung. Eine Erkältung mitten im Sommer – sehr dumm von ihr. Heutzutage geht ja niemand mehr spazieren. Meine Nichte ist nie spazierengegangen, sie ist zu faul. Dann bekam sie Blinddarmentzündung, mußte operiert werden und brauchte selbstverständlich ewig, bis sie sich erholt hatte. In Lahore sind wir jeden Tag um fünf Uhr aufgestanden, und dann sind wir alle – von meinem Vater bis zu meinem kleinen sechsjährigen Bruder – eine Stunde spazierengegangen. So haben wir uns unsere Gesundheit erhalten.«

Kalpana Gaur wandte sich an Mrs. Rupa Mehra: »Jetzt wirst du Tee trinken und dich ausruhen wollen.« Ein bißchen schniefend gab sie den Dienstboten Anweisungen, ließ das Gepäck hereinbringen und bezahlte den Tonga-Wallah. Mrs. Rupa Mehra prostestierte, gab sich aber bald geschlagen. »Du mußt einen Monat bei uns bleiben«, fuhr Kalpana Gaur fort. »In dieser Hitze kannst du nicht reisen. Wie geht es Savita? Wann soll das Baby kommen? Und Lata? Arun? Varun? Ich habe seit Monaten nichts mehr von euch gehört. Wir lesen von den Überschwemmungen in Kalkutta, aber in Delhi ist der Himmel wolkenlos. Alle beten, daß der Monsun rechtzeitig einsetzt. Laß mich nur schnell den Dienstboten sagen, was sie machen sollen, dann mußt du uns alle Neuigkeiten erzählen. Wie immer gebratene Tomaten morgens zum Frühstück? Daddy geht es nicht besonders gut, weißt du. Das Herz.« Sie sah nachsichtig zu ihrem Vater, der die Stirn runzelte.

»Mir geht es ausgezeichnet«, sagte der alte Mann wegwerfend. »Raghubir war fünf Jahre jünger als ich, und ich bin noch kräftig. Jetzt setz dich. Du mußt müde sein. Und erzähl uns alle Neuigkeiten. Hier steht nichts Interessantes drin.« Er deutete auf die Zeitung. »Nur das übliche Kriegsgerede wegen Pakistan, Berichte über Flutschäden in Assam, über bedeutende Politiker, die die Kongreßpartei verlassen, den Streik der Gasarbeiter in Kalkutta – und als Folge davon können an der Universität nicht mal die praktischen Prüfungen in Chemie abgehalten werden. Ach, du kommst ja gerade aus Kalkutta und weißt das alles. Und so weiter und so fort. Ich glaube, wenn ich eine Zeitung herausbringen würde, in der nur gute Nachrichten stehen – Soundso hat ein gesundes Baby zur Welt gebracht, dieses oder jenes Land lebt mit seinen Nachbarn in Frieden, dieser Fluß hat sich gut betragen, und jene Ernte hat sich nicht von Heuschrecken auffressen lassen –, dann würden sie die Leute schon allein deswegen kaufen, weil sich ihre Laune beim Lesen bessert.«

»Nein, Daddy, das würden sie nicht.« Kalpana wandte das volle, hübsche Gesicht Mrs. Rupa Mehra zu. »Warum hast du uns nicht gesagt, daß du kommst? Dann hätten wir dich vom Bahnhof abgeholt.«

»Aber ich habe euch doch ein Telegramm geschickt.«

»Oh – wahrscheinlich kommt es heute. Die Post ist viel unzuverlässiger geworden, obwohl das Porto erhöht wurde.«

»Das wird sich mit der Zeit schon einspielen. Der verantwortliche Minister ist ein vernünftiger Mann«, sagte ihr Vater. »Die jungen Leute haben einfach keine Geduld.«

»Und warum hast du uns keinen Brief geschrieben?« fragte Kalpana.

»Ich habe mich ganz plötzlich entschlossen. Wegen Lata«, sagte Mrs. Rupa Mehra schnell. »Ich will sofort einen jungen Mann für sie finden. Eine gute Partie. Sie läßt sich mit unpassenden jungen Männern ein, und das kann ich nicht dulden.«

Kalpana dachte an ihre eigenen Erfahrungen mit unpassenden jungen Männern: an eine Verlobung, die aufgelöst worden war, weil es sich ihr Freund anders überlegt hatte; an den Widerstand ihres Vaters gegen einen anderen. Sie war immer noch nicht verheiratet, was sie traurig stimmte, wenn sie daran dachte. Sie sagte: »Khatri selbstverständlich? Einen oder zwei?«

Mrs. Rupa Mehra lächelte Kalpana sorgenvoll an. »Zwei, bitte. Ich werde selbst umrühren. Eigentlich sollte ich mit diesem Saccharin süßen, aber nach einer Reise kann man immer eine Ausnahme machen. Natürlich wäre ein Khatri am besten. Ich bin der Meinung, daß man sich in seiner eigenen Gemeinschaft am wohlsten fühlt. Aber ein richtiger Khatri: Seth, Khanna, Kapoor, Mehra – nein, besser kein Mehra.«

Kalpana selbst war eigentlich fast nicht mehr zu verheiraten. Vielleicht war es ein Zeichen für Mrs. Rupa Mehras Verzweiflung, daß sie beschlossen hatte, ihr solch ein Unternehmen anzuvertrauen. Diese Entscheidung war jedoch nicht unvernünftig. Kalpana kannte junge Leute, und Mrs. Rupa Mehra hatte niemand anders in Delhi, auf den das zutraf. Kalpana mochte Lata, die ein paar Jahre jünger war als sie selbst. Und da nur die Kaste der Khatris nach möglichen Kandidaten durchforstet werden sollte, war es höchst unwahrscheinlich, daß Kalpana, Gott bewahre, in einen Interessenkonflikt geraten könnte – denn sie war keine Khatri, sondern eine Brahmanin.

»Keine Angst, Ma, außer euch kenne ich keine Mehras«, sagte Kalpana Gaur. Sie strahlte übers ganze Gesicht. »Aber ich kenne Khannas und Kapoors in Delhi. Ich werde sie dir vorstellen. Wenn sie dich sehen, dann wissen sie, daß deine Tochter einfach hübsch sein muß.«

»Vor dem Autounfall habe ich viel besser ausgesehen«, sagte Mrs. Rupa Mehra, rührte in ihrem Tee und blickte aus dem Fenster auf eine staubige und von der Sommerhitze halb vertrocknete Gardenie.

»Hast du ein Foto von Lata? Ein neueres?«

»Natürlich.« Es gab kaum etwas, was Mrs. Rupa Mehras schwarze Tasche nicht enthielt. Sie hatte eine schlichte Schwarzweißaufnahme von Lata ohne Schmuck und Make-up, nur mit ein paar Blüten – Phlox – im Haar. Außerdem ein Foto von Lata als Baby, obwohl sie nicht damit rechnete, daß das die Familie eines potentiellen Bräutigams beeindrucken würde. »Aber erst mußt du wieder richtig gesund werden, Liebes«, sagte sie zu Kalpana. »Ich bin ganz unangekündigt gekommen. Du wolltest, daß ich an Divali oder Weihnachten komme, aber Lata unter die Haube zu bringen duldet keinen Aufschub.«

»Mir geht es ausgezeichnet«, sagte Kalpana Gaur und putzte sich die Nase. »Und diese Aufgabe wird dafür sorgen, daß es mir noch besser geht.«

»Sie hat recht«, sagte ihr Vater. »Trägheit ist die halbe Krankheit. Wenn sie nicht aufpaßt, wird sie jung sterben. Wie ihre Mutter.«

Mrs. Rupa Mehra lächelte gequält.

»Oder dein Mann«, fügte Mr. Gaur hinzu. »Er war verrückt, wenn es je einen Verrückten gegeben hat. Ist mit seinem schwachen Herz in Bhutan auf die Berge geklettert. Und hat sich überarbeitet. Für wen? Für die Briten und ihre Eisenbahn.« Er klang ärgerlich, weil er seinen alten Freund vermißte.

Mrs. Rupa Mehra dachte, daß die Eisenbahn für alle da war und daß dem verstorbenen Raghubir Mehra vor allem an der Arbeit lag und nicht daran, wer ihn bezahlte. Man konnte von allen im Verwaltungsdienst sagen, daß sie den Briten gedient hatten.

»Er hat hart gearbeitet, aber um der Arbeit willen, nicht wegen der Früchte, die sie ihm eintrug. Er war ein wahrer Karma-yogi«, sagte Mrs. Rupa Mehra traurig. Den verstorbenen Raghubir Mehra – er hatte wirklich exzessiv gearbeitet – hätte diese abgehobene Charakterisierung seiner Person amüsiert.

»Geh hinein und kümmere dich um das Gästezimmer«, sagte Mr. Gaur. »Sorg dafür, daß Blumen hingestellt werden.«

Die Tage vergingen auf angenehme Weise. Wenn Mr. Gaur aus seinem Laden zurückkam, sprachen sie über alte Zeiten. Nachts, wenn die Schakale hinter dem Haus heulten und ihr Zimmer nach Gardenien duftete, überdachte Mrs. Rupa

Mehra noch einmal besorgt die Ereignisse des Tages. Sie konnte Lata nicht nach Delhi und in eine sichere Umgebung zitieren, solange sie nichts Konkretes in der Hand hatte. Bislang hatte Kalpana trotz großer Anstrengungen niemand Passenden gefunden. Mrs. Rupa Mehra dachte oft an ihren Mann, der ihre Ängste zerstreut hätte – entweder indem er wütend auf sie geworden wäre, oder indem er sich über sie lustig gemacht und sich dann wieder mit ihr versöhnt hätte. Bevor sie einschlief, betrachtete sie das Foto von ihm, das sie in ihrer schwarzen Tasche aufbewahrte, und in dieser Nacht träumte sie von ihm, wie er in ihrem Salonwagen mit den Kindern Rommé spielte.

Morgens wachte Mrs. Rupa Mehra noch vor den Gaurs auf und rezitierte dann leise Verse aus der Bhagavad Gita:

»Dein Wort scheint sinnvoll, doch du klagst
um die, die nicht beklagenswert,
ein Weiser klagt um niemanden,
dem Leben oder Tod beschert.

Nie war die Zeit, da ich nicht war
und du und dieser Fürsten Schar,
nie kommt der Tag, da wir nicht sind,
im Lauf der Zeit herbei fürwahr.

Denn wie die Seele jetzt im Leib
zum Knaben, Jüngling, Greise wird,
so lebt sie auch im neuen Leib:
Das glaubt der Weise unbeirrt.

Verbindung mit dem Stofflichen
schafft Glut und Kälte, Lust und Schmerz,
die gehn und kommen dauerlos,
ertrage sie mit starkem Herz.

Denn wer sie duldet unberührt,
wer standhaft ist in Freud und Leid,
wer gleich sich bleibt zu jeder Frist,
der reift für die Unsterblichkeit.

Nie wird das Nichtsein wesenhaft,
und wesenlos wird nie das Sein,
des Seins und Nichtseins Unterschied,
sieht jeder Wahrheitskund'ge ein.

Es bleibt der Urgrund ewiglich,
von dem dies All ist ausgespannt;
zunichte werden kann er nicht,
denn er hat ewigen Bestand.«

Aber es war nicht die alles durchdringende Wesenheit der Wirklichkeit, die Mrs. Rupa Mehras Gedanken beschäftigte, sondern es waren die geliebten Einzelwesen, die sie verloren hatte oder zu verlieren drohte. In welchem Körper befand sich ihr Mann jetzt? Wenn er in menschlicher Form wiedergeboren war – würde sie ihn dann überhaupt erkennen, wenn er auf der Straße an ihr vorbeiging? Was bedeutete es, wenn das Sakrament der Ehe besagte, daß sie für sieben Leben aneinander gebunden waren? Wenn sie sich nicht daran erinnerten, wer sie in früheren Leben gewesen waren, was nützte dann dieses Wissen? Gut möglich, daß ihre Ehe die siebte gewesen war. Unter dem Druck von Gefühlen neigte sie zur Wörtlichkeit und sehnte sich nach unabweisbarer Bestätigung. Das beruhigende Sanskrit des kleinen, in grünen Stoff gebundenen Bandes entströmte ihren Lippen und gab ihr Frieden – nur selten mußte sie weinen, wenn sie aus der Gita rezitierte –, aber es beantwortete keine ihrer Fragen. Und während alte Weisheiten oftmals keinen Trost spenden, half doch die Fotografie dabei, diese grausame moderne Kunst, daß das Bild ihres Mannes nicht mit der Zeit verblaßte.

9.2

In der Zwischenzeit tat Kalpana ihr Bestes, um geeignete Heiratskandidaten für Lata aufzutreiben. Insgesamt brachte sie es auf sieben, was angesichts der kurzen Zeit kein schlechtes Ergebnis war. Drei davon waren Freunde oder Bekannte, drei waren Freunde oder Bekannte von Freunden oder Bekannten, einer war der Freund eines Freundes eines Freundes.

Der erste, ein lebhafter und freundlicher junger Mann, hatte mit ihr studiert und in Theaterstücken mitgespielt. Er wurde von Mrs. Rupa Mehra abgelehnt, weil er zu reich war. »Du kennst unsere Verhältnisse«, sagte sie.

»Aber er wird sicherlich keine Mitgift wollen. Er ist gut bei Kasse«, protestierte Kalpana.

»Seine Familie ist viel zu wohlhabend«, erwiderte Mrs. Rupa Mehra entschieden. »Es hat gar keinen Zweck, darüber zu reden. Schon ihre ganz normalen Erwartungen an die Hochzeit wären viel zu hochgespannt. Wir würden tausend Leute bewirten müssen. Siebenhundert Gäste davon würden von seiner Seite kommen. Und wir müßten sie unterbringen und allen Frauen Saris schenken.«

»Aber er ist ein guter Junge«, beharrte Kalpana, »schau ihn dir wenigstens an.« Ihre Erkältung war abgeklungen, und sie war so energiegeladen wie immer.

Mrs. Rupa Mehra schüttelte den Kopf. »Wenn er mir sympathisch wäre, würde es mir nur leid tun. Er mag ein guter Junge sein, aber er lebt mit seiner ganzen Familie. Lata würde immer mit den anderen Schwiegertöchtern verglichen werden – sie wäre die arme Verwandte. Das kommt nicht in Frage. Lata würde nicht glücklich werden.«

Und so wurde der erste Kandidat ausgeschlossen.

Der zweite, den sie sich ansahen, sprach gut englisch und schien ein vernünftiger Mensch zu sein. Aber er war zu groß. Er würde vor Lata aufragen wie ein Turm und kam deswegen nicht in Frage. »Wenn du zunächst kein Glück hast, dann versuch's weiter, versuch's weiter«, sagte Mrs. Rupa Mehra zu Kalpana, obwohl sie sich schon etwas entmutigt fühlte.

Auch der dritte war problematisch.

»Zu dunkel, zu dunkel«, sagte Mrs. Rupa Mehra.

»Aber Meenakshi ...« wandte Kalpana ein.

»Komm mir nicht mit Meenakshi«, sagte Mrs. Rupa Mehra in einem Ton, der keinen Widerspruch duldete.

»Ma, laß Lata entscheiden, was sie von ihm hält.«

»Ich will keine schwarzen Enkelkinder.«

»Das hast du auch gesagt, als Arun geheiratet hat – und jetzt liebst du Aparna über alles. Und sie ist nicht einmal dunkel ...«

Mrs. Rupa Mehra sagte: »Aparna ist anders.« Nach einer Weile fiel ihr noch etwas ein. »Die Ausnahme bestätigt die Regel.«

»Lata selbst ist auch nicht so hell«, sagte Kalpana Gaur.

»Ein Grund mehr.« Was das bedeuten sollte, war nicht klar; es war aber klar, daß Mrs. Rupa Mehra sich entschieden hatte.

Der vierte Kandidat war der Sohn eines Juweliers, der einen gutgehenden Laden am Connaught Circus unterhielt. Es waren noch keine fünf Minuten ihres Treffens vergangen, als seine Eltern zwei Lakh Rupien als Mitgift forderten. Mrs. Rupa Mehra starrte Kalpana erstaunt an.

Kaum waren sie aus dem Haus, sagte Kalpana: »Ehrlich, Ma, ich wußte nicht, daß es solche Leute sind. Ich kenne den Jungen gar nicht. Ein Freund hat mir gesagt, daß sie eine Frau für ihren Sohn suchen. Wenn ich es gewußt hätte, dann hätte ich dir das nie zugemutet.«

»Würde mein Mann noch leben«, sagte die noch immer leidende Mrs. Rupa Mehra, »wäre er jetzt Vorstandsvorsitzender der Eisenbahn, und wir müßten vor niemandem die Augen niederschlagen, schon gar nicht vor Leuten wie diesen.«

Der fünfte Kandidat war ein anständiger junger Mann, sprach jedoch sehr schlecht englisch. Versuch's weiter, versuch's weiter.

Dem sechsten fehlte irgendwas – er war harmlos, nett, aber es fehlte ihm eben irgendwas. Er lächelte die ganze Zeit unschuldig, während Mrs. Rupa Mehra mit seinen Eltern sprach.

Mrs. Rupa Mehra, die sich an Robert Bruce und die Spinne erinnerte, war überzeugt, daß der siebte Mann der richtige für Lata wäre.

Der siebte jedoch roch nach Whisky, und sein unsicheres Lachen erinnerte sie unangenehm an Varun.

Mrs. Rupa Mehra war vollkommen entmutigt, und da sich ihre Kontakte in Delhi erschöpft hatten, beschloß sie, daß in Kanpur, Lucknow und Benares (dort hatte sie oder ihr verstorbener Mann Verwandte) Jagd gemacht werden müßte, bevor sie ihr Glück in Brahmpur versuchen wollte (wo jedoch der unerwünschte Kabir auf der Lauer lag). Aber was wäre, wenn die Suche in Kanpur, Lucknow und Benares ebenfalls ergebnislos verliefe?

Kalpana erlitt einen Rückfall und war ernsthaft erkrankt (obwohl die Ärzte keine klare Diagnose stellen konnten; sie nieste nicht, war aber immerzu schwach und müde). Mrs. Rupa Mehra beschloß, sie ein paar Tage zu pflegen, bevor sie Delhi verließ, um etwas vorzeitig ihre Jährliche Trans-Indien-Eisenbahn-Wallfahrt fortzusetzen.

9.3

Eines Abends stand ein ziemlich kleiner, aber energischer junger Mann vor der Tür und wurde von Mr. Gaur begrüßt.

»Guten Abend, Mr. Gaur. Vielleicht erinnern Sie sich noch an mich. Ich bin Haresh Khanna.«

»Ach ja?«

»Ich kenne Kalpana aus St. Stephen. Wir haben zusammen Anglistik studiert.«

»Sind Sie nicht derjenige, der nach England gegangen ist, um Physik oder so was Ähnliches zu studieren? Ich habe Sie doch schon seit Jahren nicht mehr gesehen.«

»Schuhe.«

»Ach. Schuhe. Ich verstehe.«

»Ist Kalpana zu Hause?«

»Ja – aber es geht ihr nicht gut.« Mr. Gaur deutete mit seinem Gehstock auf die Tonga, die mit einem Koffer, einer Aktentasche und einer Bettrolle beladen war. »Hatten Sie daran gedacht, hier zu übernachten?«

»Nein – nein – ganz und gar nicht. Mein Vater lebt in Neel Darvaza. Ich komme gerade vom Bahnhof. Ich arbeite in Cawnpore. Ich wollte nur schnell vorbeischauen und Kalpana begrüßen, bevor ich zu Baojis Haus fahre. Aber wenn es ihr nicht gutgeht... Was fehlt ihr? Hoffentlich nichts Ernstes?« Haresh lächelte, und seine Augen verschwanden in Falten.

Mr. Gaur runzelte die Stirn. »Die Ärzte sind sich nicht einig. Sie gähnt unentwegt. Gesundheit ist unser wertvollster Besitz, junger Mann.« Er hatte Hareshs Namen vergessen. »Denken Sie daran. Also, kommen Sie herein.«

Während ihr Vater überrascht war über den plötzlichen, unangekündigten Besuch, hätte nichts Kalpana glücklicher machen können. Nach dem College hatten sie sich ungefähr ein Jahr lang geschrieben, aber Zeit und Entfernung hatten ihren Tribut gefordert, und Kalpanas Verliebtheit in Haresh hatte sich allmählich gelegt. Dann kamen ihre unglückliche Affäre und die Auflösung der Verlobung. Haresh hatte durch Freunde davon erfahren und sich vorgenommen, bei seinem nächsten Aufenthalt in Delhi bei ihr vorbeizuschauen.

»Du!« sagte Kalpana Gaur und lebte augenblicklich auf.

»Ich!« sagte Haresh, erfreut über seine heilenden Kräfte.

»Du siehst noch genauso gut aus wie damals, als ich dich in Dr. Mathais Byron-Vorlesung bewundert habe.«

»Und du bist noch ebenso charmant wie damals, als wir uns und unsere Mäntel vor deine Füße warfen.«

Eine Spur Traurigkeit mischte sich in Kalpana Gaurs Lächeln. Sie war eines der wenigen Mädchen in St. Stephen gewesen und deswegen natürlich begehrt. Und sie war hübsch gewesen, war es vielleicht sogar immer noch. Aber aus irgendeinem Grund blieben ihre Freunde nicht lange ihre Freunde. Sie hatte eine sehr ausgeprägte Persönlichkeit und sagte ihnen recht bald, was sie mit ihrem Leben, ihrem Studium, ihrer Arbeit anfangen sollten. Sie begann, sie zu bemuttern oder vielmehr sich wie ein Bruder zu verhalten (sie hatte etwas Burschikoses), und das nahm früher oder später den romantischen Ambitionen die Spitze. Manche empfanden ihre Lebhaftigkeit schließlich als erdrückend und zogen sich von ihr zurück – sie fühlten sich schuldig, ihr tat es weh. Das war jammerschade, denn Kalpana Gaur war eine wache, liebevolle und intelligente Frau, die eine Gegenleistung verdiente für die Hilfe und das Glück, die sie anderen schenkte.

In Hareshs Fall hatte sie nie wirklich eine Chance gehabt. Im College hatte er sie sehr gemocht, aber sein Herz hatte Simran, einem Sikh-Mädchen, gehört – und tat es auch jetzt noch –, seiner großen Jugendliebe, deren Familie nicht zuließ, daß sie heirateten, weil er kein Sikh war.

Nach dem Austausch der Komplimente begannen Haresh und Kalpana über die alten Zeiten zu reden, bevor sie besprachen, was in den zwei Jahren seit ihrem letzten Briefwechsel geschehen war. Mr. Gaur hatte das Zimmer verlassen; junge Menschen, dachte er, haben erstaunlich wenig Interessantes zu erzählen.

Plötzlich stand Kalpana auf. »Erinnerst du dich an meine gutaussehende Tante?« Manchmal sprach sie von Mrs. Rupa Mehra als von ihrer Tante, obwohl sie strenggenommen nichts dergleichen war.

»Nein«, sagte Haresh. »Ich glaube nicht, daß ich sie jemals kennengelernt habe. Aber ich erinnere mich daran, daß du von ihr erzählt hast.«

»Im Augenblick ist sie bei uns.«

»Ich würde sie gern kennenlernen.«

Kalpana holte Mrs. Rupa Mehra, die in ihrem Zimmer Briefe schrieb. Sie trug einen braun-weißen Baumwollsari, der etwas zerknittert war – sie hatte sich eine halbe Stunde hingelegt –, und Haresh fand sie sehr attraktiv. Er legte lächelnd seine Augen in Falten, und Kalpana machte sie miteinander bekannt.

»Khanna?« sagte Mrs. Rupa Mehra, in deren Kopf es zu ticken begann.

Der junge Mann war, das bemerkte sie sofort, gut gekleidet – ein cremefarbenes Seidenhemd und eine rehbraune Hose. Er hatte ein freundliches, kantiges Gesicht. Und er war ziemlich hellhäutig.

Mrs. Rupa Mehra sagte ausnahmsweise nicht viel während der folgenden Unterhaltung. Obwohl Haresh erst vor ein paar Monaten in Brahmpur gewesen war, kam das Gespräch nicht darauf, ebensowenig auf die Namen von Personen, die beide kannten, so daß sie keinen Ansatzpunkt fand. Aber Kalpana Gaur brachte das Gespräch auf Hareshs jüngste Vergangenheit, und Mrs. Rupa Mehra hörte mit wachsendem Interesse zu. Haresh seinerseits freute sich, Kalpana in den Genuß seiner jüngsten Errungenschaften und Taten kommen zu lassen. Er war ein energischer Mann, voller Optimismus und Selbstvertrauen, und er wurde von keinem übertriebenen Sinn für Bescheidenheit gebremst.

Haresh fand seine Arbeit bei der Cawnpore Leather & Footwear Company faszinierend und setzte voraus, daß es allen anderen ebenso erging. »Ich bin erst seit einem Jahr bei der CLFC, aber ich richte dort eine völlig neue Abteilung ein – und ich habe Aufträge beschafft, für die ihnen das Wissen oder die Initiative fehlte, um sie zu bekommen. Aber das Problem ist, daß ich dort keine große Zukunft vor mir habe. Ghosh ist der Boß, der Betrieb gehört der Familie, ich kann dort nicht groß Karriere machen. Sind alle Bengalis.«

»Bengalische Unternehmer?« sagte Kalpana.

»Klingt seltsam, nicht wahr? Ghosh ist eine eindrucksvolle Persönlichkeit. Groß, ein Mann, der sich aus eigener Kraft nach oben gearbeitet hat. Er hat ein Bauunternehmen, das er von Bombay aus leitet. Und das ist nur eine seiner Firmen.«

Mrs. Rupa Mehra nickte zustimmend. Ihr gefiel die Vorstellung eines Mannes, der sich aus eigener Kraft nach oben gearbeitet hat.

»Aber ich bin kein Taktierer«, fuhr Haresh fort, »und es wird viel zuviel taktiert bei der CLFC. Zuviel taktiert und zuwenig gearbeitet. Und dreihundertfünfzig im Monat ist nicht gerade viel für die Arbeit, die ich leiste. Aber als ich aus England zurückkam, mußte ich den ersten Job annehmen, der sich mir bot. Ich war pleite und hatte keine Wahl.« Die Erinnerung daran schien ihn nicht zu bekümmern.

Mrs. Rupa Mehra sah Haresh neugierig an.

Er lächelte. Seine Augen verschwanden fast völlig zwischen den Falten. Im College hatten ihm Freunde einst zehn Rupien versprochen, wenn er lächeln und dabei die Augen offenhalten würde. Es war ihm nicht gelungen.

Mrs. Rupa Mehra erwiderte unwillkürlich sein Lächeln.

»Und so bin ich nicht nur der Arbeit wegen nach Delhi gekommen, sondern auch, um mich umzusehen.« Haresh fuhr sich mit der Hand über die Stirn. »Ich habe alle meine Zeugnisse und Referenzen mitgebracht, und ich habe einen

Vorstellungstermin bei einer Firma hier. Baoji meint natürlich, daß ich meine sichere Stellung behalten soll, und Onkel Umesh hält überhaupt nicht viel von dem, was ich tue, aber ich bin entschlossen, es zu versuchen. Kalpana, weißt du irgendwelche Angebote für mich? Kennst du irgend jemanden, den ich in Delhi aufsuchen sollte? Ich wohne wie üblich bei meiner Familie in Neel Darvaza.«

»Ich weiß nichts, aber wenn ich irgendwas hören sollte ...« Plötzlich fiel ihr etwas ein. »Hör mal, hast du wirklich deine Referenzen und so dabei?«

»Sie sind draußen in der Tonga. Ich komme geradewegs vom Bahnhof.«

»Wirklich?« Kalpana strahlte Haresh an.

Haresh hob die Hände in einer Geste, die sowohl bedeuten konnte, daß Kalpanas Charme ein unwiderstehliches Leuchtfeuer für den müden Reisenden war, als auch nur, daß er beschlossen hatte, eine lange hinausgeschobene gesellschaftliche Verpflichtung hinter sich zu bringen, bevor ihn die Familie und die Welt wieder gefangennahmen.

»Na, dann schauen wir sie uns doch mal an. Hol sie rein.«

»Ich soll sie reinholen?«

»Ja, klar, Haresh. Wir wollen sie sehen, auch wenn du sie uns nicht zeigen willst.« Kalpana machte eine Geste in Richtung Mrs. Rupa Mehra, die heftig nickte.

Aber Haresh hatte nichts dagegen, mit seinen Zeugnissen zu renommieren. Er holte seine Aktentasche aus der Tonga und legte ihnen alle seine Diplome vom Midlands College of Technology und ein paar begeisterte Referenzen vor, eine davon vom Direktor höchstpersönlich. Kalpana Gaur las mehrere laut vor, und Mrs. Rupa Mehra hörte aufmerksam zu. Ab und zu flocht Haresh noch zusätzliche wichtige Informationen ein, zum Beispiel daß er in der Prüfung Musterschneiden als Bester abgeschnitten oder daß er die eine oder andere Medaille gewonnen hatte. Seine Leistungen waren für ihn kein Grund zu schamhafter Bescheidenheit.

Anschließend sagte Mrs. Rupa Mehra zu Haresh: »Sie können sehr stolz auf sich sein.«

Sie hätte sich gern noch länger mit den beiden unterhalten, aber sie war zum Abendessen eingeladen und mußte sich noch umziehen. Sie entschuldigte sich und stand auf. Als sie schon fast aus dem Zimmer war, sagte Haresh: »Mrs. Mehra, ich habe mich sehr gefreut, sie kennenzulernen. Aber sind Sie sicher, daß wir uns nicht schon irgendwo begegnet sind?«

»Ich vergesse kein Gesicht. Ich bin sicher, daß ich mich erinnern würde, wenn wir uns schon einmal begegnet wären«, sagte Mrs. Rupa Mehra, die einerseits zufrieden, andererseits etwas geistesabwesend wirkte. Sie verließ das Zimmer.

Haresh rieb sich die Stirn. Er war überzeugt, daß er sie schon einmal gesehen hatte, aber er erinnerte sich nicht, wo.

9.4

Als Mrs. Rupa Mehra vom Abendessen nach Hause zurückkehrte, sagte sie zu Kalpana Gaur: »Von all den jungen Männern, die wir getroffen haben, Kalpana, gefällt mir der von heute am besten. Warum hast du ihn mir nicht früher vorgestellt? Gibt es dafür, hm, einen bestimmten Grund?«
»Nein, Ma, ich hab gar nicht an ihn gedacht. Er kam heute erst aus Kanpur.«
»Ach ja, Kanpur. Natürlich.«
»Übrigens war er sehr eingenommen von dir. Er findet dich sehr attraktiv. Er hat gesagt, daß du ›bemerkenswert gut‹ aussiehst.«
»Du bist ein ungezogenes Mädchen, mich deine gutaussehende Tante zu nennen.«
»Aber es stimmt.«
»Was hält dein Vater von ihm?«
»Er hat ihn nur kurz gesehen. Aber hat er dir wirklich gefallen?« Kalpana sah sie neugierig an.
Haresh hatte Mrs. Rupa Mehra tatsächlich gefallen. Ihr gefiel, daß er energisch war, daß er unabhängig von seiner Familie war (aber liebevollen Umgang mit ihr pflegte) und daß er unübersehbar großen Wert auf sein Aussehen legte. Heutzutage kleideten sich viele junge Männer einfach zu schlampig. Und was noch ganz unzweideutig für Haresh sprach, war sein Name. Ein Khanna zu sein hieß, ein Khatri zu sein. »Wir müssen ein Treffen arrangieren. Ist er – du weißt schon …«
»Ungebunden?«
»Ja.«
»Er war einmal in ein Sikh-Mädchen verliebt«, sagte Kalpana ruhig. »Ich weiß nicht, was daraus geworden ist.«
»Oh. Warum hast du ihn nicht danach gefragt, als ich gegangen war? Ihr habt euch doch wie alte Freunde unterhalten.«
»Ich wußte nicht, daß du dich so für ihn interessierst«, sagte Kalpana Gaur und wurde ein bißchen rot.
»Das tue ich. Er könnte der Richtige für Lata sein, meinst du nicht auch? Ich werde ihr ein Telegramm schicken, daß sie sofort nach Delhi kommen soll. Sofort.« Mrs. Rupa Mehra legte die Stirn in Falten. »Kennst du Meenakshis Bruder?«
»Nein. Ich habe Meenakshi nur auf der Hochzeit gesehen.«
»Er macht mir fürchterliche Sorgen.« Mrs. Rupa Mehra schnalzte mit der Zunge.
»Ist er nicht der Dichter Amit Chatterji? Weißt du, Ma, er ist ziemlich berühmt.«
»Berühmt! Alles, was er tut, ist, im Haus seines Vaters herumzusitzen und im ersten Stock aus dem Fenster zu schauen. Ein junger Mann sollte arbeiten und sich seinen Lebensunterhalt verdienen.« Mrs. Rupa Mehra mochte die Ge-

dichte von Patience Strong, Wilhelmina Stitch und von ein paar anderen, aber daß Dichten irgendeine Aktivität – oder notwendige Passivität – erforderte, ging ihr nicht in den Kopf. »Lata hat ihn viel zu oft gesehen.«

»Du willst doch nicht sagen, daß die Chance besteht ...« Kalpana mußte lachen, als sie Mrs. Rupa Mehras Miene sah. »Ma, laß ihn doch ein paar Gedichte für Lata schreiben.«

»Ich will gar nichts sagen und auch nicht spekulieren.« Der Gedanke an die Entwicklungen in Kalkutta brachte Mrs. Rupa Mehra aus der Fassung. »Ich bin jetzt müde. Warum muß ich von Stadt zu Stadt fahren? Ich glaube, ich habe zuviel gegessen. Und ich habe vergessen, meine homöopathische Medizin zu nehmen.« Sie stand auf und nahm ihre große schwarze Tasche.

»Gute Nacht, Ma«, sagte Kalpana. »Ich habe einen Krug mit Wasser neben dein Bett gestellt. Wenn du noch etwas brauchst, dann laß es mich wissen – Ovomaltine oder Horlicks. Ich werde mich morgen bei Haresh melden.«

»Nein, Liebes, ruh dich jetzt aus. Es ist schon spät, und es geht dir nicht gut.«

»Eigentlich, Ma, geht es mir jetzt viel besser als heute morgen. Haresh und Lata – Lata und Haresh. Ein Versuch kann nicht schaden.«

Aber am nächsten Morgen fühlte sich Kalpana gar nicht wohl, und den ganzen Tag über war sie lustlos und gähnte. Am Tag darauf, als sie eine Nachricht nach Neel Darvaza schickte, erfuhr sie, daß Haresh bereits wieder nach Kanpur zurückgekehrt war.

9.5

Im Zug von Kalkutta nach Kanpur hatte Lata genug Zeit, darüber nachzudenken, warum sie so plötzlich herbeizitiert wurde. Mrs. Rupa Mehras Telegramm war – wie es alle guten Telegramme sind – kryptisch gewesen und hatte sie dazu aufgefordert, innerhalb von zwei Tagen nach Kanpur zu kommen.

Es war eine Tagesreise, aber eine lange. Arun war früh aufgestanden und hatte sie über die relativ leere Howrah Brigde zum Bahnhof gefahren. Im Bahnhof mit seinem vertrauten Geruch nach Rauch, Urin und Fisch begleitete sie Arun bis in ihr Frauenabteil.

»Was wirst du unterwegs lesen?«

»*Emma.*«

»Es ist anders als in unseren Salonwagen, oder?«

»Ja.« Lata lächelte.

»Ich habe nach Brahmpur telegrafiert. Pran müßte am Bahnhof sein, vielleicht auch Savita. Halt nach ihnen Ausschau.«

»In Ordnung, Arun Bhai.«

»Also, mach's gut. Du wirst uns fehlen. Aparna wird schwieriger sein.«

»Ich werde euch schreiben ... und, Arun Bhai, wenn du antwortest, schreib mit der Maschine.«

Arun lachte und gähnte dann.

Der Zug fuhr pünktlich ab.

Lata freute sich, wieder durch das grüne, feuchte Bengalen zu fahren, das sie liebte – mit seinen Palmen und Bananenstauden, den smaragdgrünen Reisfeldern und den Dorfteichen. Nach einer Weile jedoch wurde die Landschaft trocken und hügelig, sie überquerten kleine Schluchten, über denen sich das Rattern des Zugs anders anhörte.

Das Land wurde noch trockener, je weiter sie nach Westen über die Ebene fuhren. Staubige Felder und armselige Dörfer zogen zwischen den Telegrafenmasten und Meilensteinen vorbei. Die Hitze war unerträglich, und Latas Gedanken begannen abzuschweifen. Es hätte ihr gefallen, auch den Rest der Ferien in Kalkutta zu verbringen, aber manchmal setzte es sich ihre Mutter in den Kopf, auf ihrer Eisenbahn-Wallfahrt von jemandem begleitet zu werden – für gewöhnlich, wenn sie sich irgendwo unterwegs krank oder einsam fühlte. Sie fragte sich, was diesmal der Fall war.

Die Frauen im Abteil waren zuerst sehr schüchtern miteinander und redeten nur mit ihren Reisegefährtinnen, aber im Lauf der Zeit, beschleunigt durch die Gegenwart eines reizenden Babys, wurde die Stimmung vertraulicher. Wenn der Zug in einem Bahnhof hielt, schauten junge Männer aus ihren Familien vorbei und erkundigten sich, ob alles in Ordnung sei. Sie brachten Tee in irdenen Tassen und füllten die Tonkrüge mit frischem Wasser auf, denn es wurde noch heißer, und die Ventilatoren funktionierten nur die halbe Zeit.

Eine Frau in einer Burqa fragte, wo Westen sei, rollte dann eine kleine Gebetsmatte aus und begann zu beten.

Lata dachte an Kabir, und sie fühlte sich sowohl elend als auch – auf eine seltsame, unverständliche Weise – glücklich. Sie liebte ihn immer noch – es hatte keinen Zweck, so zu tun, als wäre es anders. Hatte Kalkutta ihre Gefühle für ihn vermindert? Sein Brief hatte ihr nicht viel Hoffnung gemacht, was die Stärke seiner Gefühle für sie betraf. Gab es irgend etwas, was dafür sprach zu lieben, auch wenn die eigene Liebe nicht auf gleiche Weise erwidert wurde? Sie glaubte es nicht. Warum lächelte sie dann, wenn sie an ihn dachte?

Lata las *Emma* und war dankbar, dazu in der Lage zu sein. Wäre sie mit ihrer Mutter gereist, wären sie der zentrale Knoten in einem Netz von Unterhaltungen gewesen, und alle im Abteil wüßten bereits Bescheid über Bentsen Pryce, Latas hervorragende Studienleistungen, die Details von Mrs. Rupa Mehras Rheumatismus, ihre falschen Zähne und frühere Schönheit, die salonbeschützte Herrlichkeit der Inspektionsfahrten ihres verstorbenen Mannes, die Härte des Schicksals und die Weisheit, die darin lag, es resigniert hinzunehmen.

Ruß speiend und ruckelnd fuhr der Zug durch die gewaltige, sengende Gangesebene.

In Patna verdunkelte ein Heuschreckenschwarm von einer Meile Länge den Himmel.
Staub und Fliegen und Ruß drangen ins Abteil, obwohl die Fenster geschlossen waren.
Aruns Telegramm konnte noch nicht in Brahmpur eingetroffen sein, denn weder Savita noch Pran waren gekommen. Lata hatte sich darauf gefreut, sie zu sehen, wenn auch nur für die Viertelstunde, die der Zug im Bahnhof von Brahmpur hielt. Als er wieder anfuhr, verspürte sie eine unverhältnismäßige Traurigkeit.
Als das klagende Pfeifen der Lokomotive langsam verklang, konnte sie für einen Augenblick die Dächer der Universitätsgebäude sehen.

»Stets nur muß ich weinen, weinen.
All meine Gedanken kreisen um den einen.«

Wenn er zum Beispiel am Bahnhof aufgetaucht wäre – so lässig gekleidet wie auf ihrem Bootsausflug – und sich, wie immer freundlich lächelnd, mit einem Gepäckträger um die Bezahlung gestritten hätte, angenommen, er wäre ebenfalls nach Kanpur gefahren – oder zumindest bis nach Benares oder Allahabad –, dann hätte ihr Herz beim Klang seiner Stimme und beim Anblick seines Gesichts vor Glück einen Sprung gemacht, und alle Mißverständnisse hätten sich in einer einzigen Dampfwolke, während einer einzigen Umdrehung der Räder aufgelöst.
Lata blickte in ihr Buch.

»Meine arme, geliebte Isabella«, sagte er, nahm liebevoll ihre Hand und unterbrach für einige Augenblicke ihre emsige Geschäftigkeit um eines ihrer fünf Kinder. »Wie lange, wie schrecklich lange ist es her, seitdem du hier warst! Und wie müde du nach der Reise sein mußt! Du mußt früh zu Bett gehen, meine Liebe – und ich empfehle dir ein wenig Haferschleim zuvor. Du und ich, wir werden gemeinsam eine hübsche Schale Haferschleim zu uns nehmen. Meine liebe Emma, laß uns alle ein wenig Haferschleim essen.«

Ein Silberreiher flog über ein Feld zu einem Wassergraben.
Aus unerfindlichem Grund blieb der Zug eine Stunde lang in einem winzigen Bahnhof stehen.
Bettler bettelten an dem vergitterten Fenster des Abteils.
Als der Zug bei Benares über die Ganga fuhr, warf sie eine Zwei-Anna-Münze aus dem Fenster. Es sollte Glück bringen. Die Münze prallte an einer Strebe ab und fiel dann hinunter in den Fluß.
Bei Allahabad fuhr der Zug über den Fluß zurück ans rechte Ufer, und wieder warf Lata eine Münze ins Wasser.

»Zwei Münzen habe ich gegeben.
Ganga Darshan ist erhebend.«

Sie schwebte in großer Gefahr, eine Chatterji ehrenhalber zu werden.
Sie begann, Raga Sarang zu summen, wechselte später über zu Multani.
Sie verschmähte ihre belegten Brote und kaufte sich im nächsten Bahnhof ein paar Samosas und Tee.
Sie hoffte, ihrer Mutter ginge es gut. Sie gähnte. Sie legte *Emma* beiseite. Sie dachte wieder einmal an Kabir.
Sie schlief eine Stunde. Als sie aufwachte, merkte sie, daß sie an der Schulter einer alten Frau in einem weißen Sari lehnte. Die Frau lächelte sie an. Sie hatte die Fliegen von Latas Gesicht verscheucht.
In der Dämmerung plünderten Affen einen staubigen Mangobaum, unter dem drei Männer standen und versuchten, sie mit Steinen und Lathis zu vertreiben.
Bald war es Nacht. Noch immer war es warm.
Dann verlangsamte der Zug seine Fahrt erneut, und das Wort *Cawnpore* grüßte sie in schwarzen Buchstaben von einem gelben Schild auf dem Bahnsteig. Ihre Mutter war da und ihr Onkel Mr. Kakkar, beide lächelten. Aber das Gesicht ihrer Mutter wirkte angespannt.

9.6

Sie fuhren mit dem Auto nach Hause. Kakkar Phupha (wie Lata den Mann der Schwester ihres Vaters nannte) war ein erfolgreicher Buchhalter mit einer munteren Art.
Als sie allein waren, erzählte Mrs. Rupa Mehra Lata von Haresh, einem »sehr geeigneten Kandidaten«.
Lata war einen Augenblick lang sprachlos. Dann sagte sie ungläubig: »Du behandelst mich wie ein Kind.«
Mrs. Rupa Mehra schwankte kurz, ob sie schweigen oder Lata beschwichtigen sollte, und murmelte dann: »Was ist so schlimm daran, Liebes? Ich zwinge dich zu nichts. Und am Tag danach fahren wir sowieso schon nach Lucknow und am nächsten Tag nach Brahmpur.«
Lata sah ihre Mutter an, erstaunt, daß sie sich auch noch verteidigte.
»Und deswegen – nicht weil es dir schlechtgeht oder du meine Hilfe brauchst – hast du mich aus Kalkutta herzitiert.« Latas Tonfall war so bar jeder Zuneigung, daß Mrs. Rupa Mehras Nase rot anlief. Aber sie riß sich zusammen.
»Liebes, ich brauche deine Hilfe. Dich zu verheiraten ist nicht einfach. Und der junge Mann gehört der gleichen Kaste an wie wir.«

»Mir ist egal, welcher Kaste er angehört. Ich werde ihn nicht treffen. Ich hätte in Kalkutta bleiben sollen.«

»Aber er ist ein Khatri – ursprünglich aus Uttar Pradesh«, protestierte ihre Mutter.

Dieses hieb- und stichfeste Argument hatte keinerlei Wirkung auf Lata: »Ma, bitte. Ich kenne alle deine Vorurteile und teile keins davon. Du erziehst mich auf eine Weise und verhältst dich selbst auf eine ganz andere.«

Auf diesen berechtigten Ausfall hin murmelte ihre Mutter lediglich: »Du weißt, Lata, daß ich nichts gegen – gegen Mohammedaner als solche habe. Mir liegt nur deine Zukunft am Herzen.« Mrs. Rupa Mehra hatte mit einem Ausbruch gerechnet und behielt, unter Aufbietung aller Kräfte, einen begütigenden Tonfall bei.

Lata schwieg. O Kabir, Kabir, dachte sie.

»Warum ißt du nichts, Liebes? Nach der langen Reise.«

»Ich habe keinen Hunger.«

»Doch, du hast Hunger«, beharrte Mrs. Rupa Mehra.

»Ma, du hast mich unter Vorspiegelung falscher Tatsachen hierhergeholt«, sagte Lata und packte ihren Koffer aus, ohne ihre Mutter anzusehen. »Du hast gewußt, daß ich nicht kommen würde, wenn du den wahren Grund telegrafiert hättest.«

»Liebes, es ist nicht sinnvoll, in einem Telegramm viele Worte zu machen. Telegramme sind heutzutage schrecklich teuer. Es sei denn, du telegrafierst so gängige Sätze wie ›Eine angenehme Reise‹ oder ›Herzliche Bijoya-Grüße‹ oder so was Ähnliches. Und er ist so ein netter Junge. Du wirst schon sehen.«

Lata war so entsetzt, daß ihr Tränen in die Augen traten. Sie schüttelte den Kopf, war jetzt noch wütender auf sich selbst, ihre Mutter und den unbekannten Haresh. »Ma, ich hoffe nur, daß ich in deinem Alter nicht so sein werde wie du.«

Sofort lief Mrs. Rupa Mehras Nase wieder rot an. »Wenn du mir schon nicht glaubst, dann glaube wenigstens Kalpana. Bei ihr habe ich ihn kennengelernt. Er ist ein Freund von ihr. Er hat in England mit hervorragenden Ergebnissen studiert. Er sieht gut aus und zeigt Interesse daran, dich zu treffen. Wenn du dich nicht mit ihm treffen willst, wie kann ich dann Kalpana jemals wieder in die Augen sehen? Sie hat sich so viel Mühe gegeben, alles zu arrangieren. Sogar Mr. Gaur billigt ihn. Wenn du mir nicht glaubst, dann lies diesen Brief von ihr. Er ist für dich.«

»Den brauch ich nicht zu lesen. Du kannst mir erzählen, was drinsteht.«

»Woher willst du wissen, daß ich ihn gelesen habe?« fragte Mrs. Rupa Mehra empört. »Vertraust du deiner eigenen Mutter nicht?«

Lata stellte den leeren Koffer in eine Ecke. »Ma, schuldbewußter als du kann man nicht mehr dreinschauen«, sagte sie. »Aber ich werde ihn trotzdem lesen.«

Kalpanas Brief war kurz und liebenswürdig. So wie sie Haresh geschrieben hatte, daß Lata wie eine Schwester für sie war, so schrieb sie Lata, daß Haresh wie ein Bruder für sie war. Der Brief ließ darauf schließen, daß Kalpana Haresh geschrieben hatte. Haresh hatte geantwortet, daß er nicht nach Delhi zurückkehren könne, weil er in der Fabrik unabkömmlich und erst vor kurzem fort gewesen sei, aber daß er Lata und Mrs. Rupa Mehra gern in Kanpur treffen würde. Er hatte hinzugefügt, daß er trotz seiner Zuneigung zu Simran eingesehen habe, daß es in diesem Fall keine Hoffnung für ihn gebe. Deswegen habe er nichts dagegen, sich mit anderen Mädchen zu treffen. Im Augenblick bestehe sein Leben überwiegend aus Arbeit; und Indien sei nicht England, wo es leicht sei, Mädchen kennenzulernen.

Was eine Mitgift anbelangt (schrieb Kalpana in ihrer kurvenreich verschlungenen Schrift), ist er nicht die Sorte Mann, die eine verlangen wird, und es gibt niemanden, der sie an seiner Stelle einfordern würde. Er hängt sehr an seinem Vater – eigentlich seinem Stiefvater, aber er nennt ihn Baoji –, doch er ist (im Gegensatz zu seinen Stiefbrüdern) sehr früh selbständig geworden. Mit fünfzehn lief er einmal von zu Hause weg, aber das solltest Du nicht gegen ihn ins Feld führen. Wenn Ihr Euch mögt, wirst Du nicht bei Deinen Schwiegereltern leben müssen. Die Großfamilie lebt in Neel Darvaza in Delhi. Ich war einmal dort und mochte die meisten Familienmitglieder, aber ich weiß, daß Dir diese Umgebung angesichts Deiner Erziehung nicht gefallen würde.
   Ich sage Dir ganz ehrlich, Lata, daß ich Haresh sehr gern mag. Früher war ich sogar mal in ihn verknallt – wir gingen in St. Stephen in dieselbe Klasse. Als mein Vater neulich seinen Brief las, sagte er: »Das ist eine ehrliche Antwort. Zumindest macht er keinen Hehl aus seiner früheren Verliebtheit.« Und Ma hat einen Narren an ihm gefressen. In letzter Zeit ist sie immer besorgter geworden. Vielleicht ist Haresh die Antwort auf ihre Träume und auf Deine. Auf jeden Fall, Lata, solltest Du Dich mit ihm treffen, gleichgültig, was Du letztlich tun wirst oder nicht, und reg Dich nicht über Deine Mutter auf, die mit aller Macht versucht, Dein Glück sicherzustellen (so wie sie es sieht).
   Ma wird Dir von meinem Gesundheitszustand erzählt haben. Wenn ich nicht ich wäre, würde ich mich über meine Symptome amüsieren, die von Gähnen über Schwindelanfälle bis zu heißen Stellen auf den Fußsohlen reichen. Diese heißen Stellen sind besonders rätselhaft. Deine Mutter schwört auf einen Doktor Nuruddin in Kalkutta, aber er scheint mir ein Quacksalber zu sein. Und außerdem kann ich nicht reisen. Warum besuchst Du mich nicht nach Kanpur? Wir könnten Monopoly spielen, wie wir es als Kinder immer getan haben. Es ist so lange her, seit wir uns gesehen haben. Alles Liebe für Dich und Deine Ma. Hör ein bißchen auf ihren Rat; ich denke, daß Du großes Glück damit hast, ihre Tochter zu sein. Bitte schreib mir, sobald es etwas zu berichten gibt. Ich liege im Bett und höre diese quälende klassische Musik im Radio, die Dir gefällt, und das Gup-shup hohlköpfiger Freunde. Ein Besuch von Dir würde mir guttun...

Etwas im Tonfall des Briefs ließ Lata an die Zeit im Sophia Convent denken, als sie, noch ein Schulmädchen, von einem plötzlichen Impuls überwältigt wurde, von einem tranceartigen Zustand, und Christin und Nonne werden wollte. Sie hatte auf der Stelle konvertieren wollen, und Arun wurde nach Mussourie zitiert, um sie wieder zur Vernunft zu bringen. Er hatte sofort erklärt, daß es sich um ›Sommerunsinn‹ handele. Lata hatte diesen Ausdruck noch nie gehört. Obwohl sie verletzt war, hatte sie sich geweigert, zu glauben, daß ihre religiösen Impulse nichts weiter als Unsinn waren. Sie wollte ihren Entschluß noch immer in die Tat umsetzen. Schließlich hatte sich eine Nonne aus dem Konvent mit ihr auf eine Bank gesetzt – eine grüne Bank in einiger Entfernung zu den Schulgebäuden – und mit ihr geredet. Sie blickten auf eine Anhöhe, die mit einem gepflegten Rasen und hübschen Blumen bedeckt war; am Fuß der Anhöhe befand sich ein Friedhof, auf dem Nonnen des Ordens, von denen viele in der Schule unterrichtet hatten, begraben lagen. »Gib dir noch ein paar Monate Zeit, Lata«, hatte die Nonne gesagt. »Warte zumindest, bis du mit der Schule fertig bist. So etwas kannst du auch später noch entscheiden. Leg dich nicht sofort fest. Denk dran, das wäre sehr schlimm für deine Mutter, die eine junge Witwe ist.«

Lata saß eine Weile mit Kalpanas Brief in der Hand auf dem Bett und versuchte, ihre Mutter nicht anzusehen. Mrs. Rupa Mehra arrangierte absichtlich schweigsam ihre Saris in einer Schublade.

»In Ordnung, Ma. Ich werde mich mit ihm treffen.« Mehr sagte Lata nicht. Sie war noch immer wütend, hielt es jedoch für zwecklos, ihrem Ärger Luft zu machen. Als sich ein paar angespannte Falten auf der Stirn ihrer Mutter glätteten, war sie froh, es dabei belassen zu haben.

9.7

Seit einiger Zeit führte Haresh eine Art Tagebuch. Für gewöhnlich schrieb er abends an einem schweren Schreibtisch in einem der Zimmer, die er in Elm Villa gemietet hatte. Er blätterte darin und sah ab und zu auf das Foto, das in einem silbernen Rahmen auf dem Schreibtisch stand.

Brahmpur
Das Über-die-Leisten-Schlagen hier ist gut, ebenso das allgemeine Verarbeitungsniveau. Lasse in Ravidaspur Männerhalbschuhe fertigen. Als Vorbild dienen Schuhe, die ich für Sunil gekauft habe. Wenn meine Idee funktioniert, könnte Brahmpur eine gute Quelle für fertige Schuhe werden. Qualität ist entscheidend. Solange keine Infrastruktur guter Arbeitskräfte aufgebaut ist, solange wird es mit dem Handel nicht aufwärtsgehen.

Kauf von Lederpappe kein Problem; Überangebot aufgrund des Streiks. Kedarnath Tandon hat mich durch den Markt geführt (wegen örtlicher Forderungen zur Zeit Ärger mit Schustern und Lieferanten); Mittagessen bei seiner Familie. Sein Sohn Bhaskar ist ein helles Köpfchen, und seine Frau ist attraktiv. Ich glaube, sie heißt Veena.

Schwer, mit den Praha-Leuten ins Gespräch zu kommen, sind von meinen Qualifikationen nicht beeindruckt. Problem wie immer der Zugang. Wenn ich mit den Leuten an der Spitze reden kann, habe ich eine Chance, sonst nicht. Sie haben mir auf meine Briefe noch nicht mal ernsthaft geantwortet.

Sunil geht's wie immer prächtig.

Briefe an Baoji, Simran, M. und Mme. Poudevigne geschrieben.

Cawnpore
Die Tage sind heiß, die Arbeit in der Fabrik ist hart. Wenigstens kann ich mich abends unter dem Ventilator in Elm Villa ausruhen.

Denke immer an Simran, weiß aber, daß es kaum Hoffnung gibt. Ihre Mutter hat jetzt damit gedroht, sich umzubringen, wenn sie einen Andersgläubigen heiratet. So mag die menschliche Natur sein, aber ich will das nicht ausbaden müssen. Für Simran ist es noch härter. Zweifellos wird versucht, sie mit jemand Geeignetem zu verheiraten, das arme Mädchen.

In der Arbeit halten wie üblich die verspäteten Lieferungen alles auf. Ich bin zu leicht erregbar und zu ungeduldig. Hatte einen Streit mit Rao aus der anderen Abteilung. Er ist zu nichts nütze und spielt die Arbeiter gegeneinander aus. Er bevorzugt bestimmte Arbeiter und ist nicht objektiv, und das schadet der ganzen Firma. Manchmal entzieht er mir einfach ein, zwei Leute, die ich brauche, und dann bin ich unterbesetzt. Er ist ein dünner, hagerer Typ wie Uriah mit einer Hakennase. Andernorts glaubt man an ›Wachse, und das Unternehmen wächst mit‹. In Indien glaubt man, daß man aufsteigt, wenn man andere unterdrückt.

Heute waren das Problem nicht die Nägel oder Sohlen oder das Garn, sondern wieder einmal das Schafleder. Es waren ziemlich viele Oberleder zugeschnitten, die gefüttert werden mußten, auch für den jüngsten Auftrag brauchen wir Schafleder. Ich ließ die Männer anfangen, nahm 600 Rp. vom Interimskonto und ging selbst auf den Markt. Material einzukaufen ist immer ein gutes Training. Vielleicht sollte ich meine Erfahrungen bei der CLFC als bezahlte Lehre sehen. Nach der Arbeit war ich sehr müde. Kam nach Hause, las ein paar Seiten in *Der Bürgermeister von Casterbridge* und bin früh schlafen gegangen. Keine Briefe.

Uhrband 12 Rp. (Krokodilleder)

Cawnpore
Sehr interessanter Tag.

Traf pünktlich in der Fabrik ein. Es regnete. Machte mich wie üblich an die Arbeit. Alles nicht systematisch genug organisiert, eine Person muß sich um zu viele Dinge kümmern.

Auf dem Markt Laden von einem Chinesen namens Lee gesehen. Laden klein, aber Schuhe von einem erstaunlichen Design, deswegen bin ich hineingegangen und habe mit ihm gesprochen. Er spricht Englisch – und auch ein seltsames Hindi. Macht die Schuhe selbst. Habe ihn gefragt, wer sie entwirft. Auch er selbst. War beeindruckt. Er entwirft nicht nach technischen Kriterien, hat aber ein gutes Gefühl für Proportionen und Farben. Das habe ich trotz meiner Farbenblindheit bemerkt. Zehenteil und Zunge symmetrisch, Vordersohle und Ferse aufeinander abgestimmt, visueller Gesamteindruck gut. Weil ich gesehen habe, wieviel Geschäft er macht, und mit ihm geredet habe, ohne ihn nervös zu machen, fand ich heraus, wieviel Geld ihm nach Abzug von Miete, Material und anderen Kosten ungefähr bleibt. Lee verdient nicht viel, weil Praha, Cooper Allen etc. den Markt mit billigen Schuhen überschwemmen und Cawnpore kein Ort für extravagante Schuhe ist. Ich glaube, ich könnte seine Position verbessern und auch meiner Abteilung damit helfen, wenn es mir gelänge, Mukherji davon zu überzeugen, ihn für 250 Rp. im Monat einzustellen. Natürlich muß er erst mit Ghosh in Bombay sprechen, und das ist der Haken an der Sache. Wenn ich eine eigene Firma hätte, würde ich ihn sofort einstellen. Er hätte sicher nichts gegen eine Stelle in der Entwurfsabteilung – ohne all die Sorgen, die er jetzt hat.

Habe Fahrkarte nach Delhi, werde morgen fahren. Eine Privatfirma will mich vielleicht anheuern, darauf muß ich mich gut vorbereiten. Und die CLFC will auch einen Marktanteil in Delhi. Sie sollten erst mal ihr eigenes Haus in Ordnung bringen.

Zu müde, um noch mehr zu schreiben.

Delhi
Mukherji ist mit mir einer Meinung wg. Lee, jetzt liegt es an Ghosh.

War müde, deshalb im Zug ausgeruht, obwohl die Fahrt nur den Tag über gedauert hat. Im Wartesaal frisch gemacht, dann zu Kalpana gefahren. Haben über alte Zeiten gesprochen. Ihr geht's nicht so gut, hat Trauriges erlebt, aber heitert alle um sich herum auf. Haben nicht über S. gesprochen, aber beide an sie gedacht. Habe ihren Vater getroffen und ihre gutaussehende Tante Mrs. Mehra kennengelernt.

Baoji bleibt bei seinen Plänen bzgl. Landwirtschaft. Habe ihm abgeraten, weil er keine Erfahrung hat. Aber wenn er sich einmal etwas in den Kopf gesetzt hat, ist nicht mehr viel zu machen. Bin froh, daß Onkel Umesh nicht da war.

Cawnpore
Spät aufgewacht, halbe Stunde zu spät in der Fabrik eingetroffen. Ein ziemliches Durcheinander und viel Arbeit. Telegramm von Praha, nicht gerade ermutigend, vielmehr beleidigend: Sie bieten mir 28 Rp. in der Woche – halten sie mich für einen Idioten? Brief von Simran, Brief von Jean und Brief von Kalpana. Kalpanas Brief etwas seltsam, schlägt Verlobung mit Mrs. Mehras Tochter Lata vor. Jeans Brief wie immer. Verhandlung mit Arbeitern auf Montag verschoben, will erst Standpunkt genau eruieren. Zumindest wissen sie, daß ich nicht einen gegen

den anderen ausspielen will. Niemand sonst spricht ernsthaft mit ihnen: typische Babu-Haltung. Abends nach Hause, gut geschlafen.
Hier nicht genug Platz, um meine Flügel auszubreiten. Was soll ich tun?
Fahrradöl 1/4 Rp.
Unterkunft und Verpflegung etc. für Mrs. Mason 185 Rp.
Briefmarken 1 Rp.

9.8

Bevor er einschlief, las er noch einmal Kalpanas Brief, den er erst suchen mußte, bis ihm wieder einfiel, daß er ihn hinten in sein Tagebuch gesteckt hatte.

Mein lieber Haresh,
ich weiß nicht, wie Du diesen Brief aufnehmen wirst. Ich schreibe Dir nach sehr langer Zeit, obwohl wir uns gerade erst wiedergesehen haben. Es hat mich gefreut, Dich zu sehen und zu wissen, daß Du mich nicht vergessen hast und daß mein Recht auf Dich noch nicht völlig abgelaufen ist. Ich war nicht ganz auf dem Damm und auf Deinen Besuch nicht vorbereitet. Aber nachdem Du da warst, fühlte ich mich besser, und das habe ich auch meiner gutaussehenden Tante mitgeteilt.
Und auf ihre Bitte hin schreibe ich diesen Brief – aber nicht nur ihretwegen. Ich werde Dir geschäftsmäßig und detailliert mitteilen, worum es geht, und ich erwarte, daß Du mir ebenso offen antwortest.
Es geht darum: Mrs. Mehra hat eine junge Tochter namens Lata, und sie war so beeindruckt von Dir, daß sie wissen wollte, ob die Möglichkeit besteht, zwischen Dir und Lata so etwas wie eine Ehe zu arrangieren. Wundere Dich nicht, daß ich Dir das alles schreibe, aber ich glaube, daß Latas Verheiratung auch unserer Verantwortung obliegt. Ihr verstorbener Vater und mein Vater waren gute Freunde und sahen einander fast als Brüder, deswegen war es nur normal, daß sich meine Tante an uns um Hilfe wandte, als sie eine gute Partie für ihre Töchter finden wollte. (Die ältere der beiden ist inzwischen glücklich verheiratet.) Ich habe meiner Tante alle meine in Frage kommenden Khatri-Freunde vorgeführt, aber weil wir keinen Kontakt mehr miteinander hatten und weil Du nicht in Delhi lebst, dachte ich nicht an Dich. Vielleicht gab es auch noch andere Gründe, die mich zur Zurückhaltung bewogen. Aber sie hat Dich an jenem Nachmittag kennengelernt und war außerordentlich beeindruckt. Sie glaubt, daß Latas verstorbener Vater über einen jungen Mann wie Dich glücklich gewesen wäre.
Was Lata betrifft – sie ist neunzehn Jahr alt, war eine hervorragende Schülerin im Sophia Convent und schloß dort als Beste ab. An der Universität von Brahmpur hat sie gerade (mit ausgezeichneten Noten) ihre ersten B.A.-Prüfungen in Ang-

listik abgelegt. Wenn sie mit ihrem Studium nächstes Jahr fertig sein wird, will sie sich unbedingt Arbeit suchen. Ihr älterer Bruder arbeitet bei Bentsen Pryce in Kalkutta, ihr anderer Bruder hat gerade sein Studium an der Universität von Kalkutta beendet und lernt für die IAS-Aufnahmeprüfung. Ihre ältere Schwester ist, wie ich schon erwähnte, verheiratet. Ihr Vater starb 1942 und arbeitete für die Eisenbahn. Er wäre mittlerweile bestimmt im Vorstand, wenn er noch lebte.

Sie ist einen Meter fünfundsechzig groß, nicht sonderlich hellhäutig, aber attraktiv und auf indische Art schick. Ihr würde, glaube ich, in Zukunft ein ruhiges, geregeltes Leben gefallen. Als Kind habe ich mit ihr gespielt – sie ist wie eine kleine Schwester für mich und hat sogar einmal zu mir gesagt: »Wenn Kalpana gut von jemandem denkt, dann ich auch.«

Jetzt weißt du alle Einzelheiten. Wie Byron sagt: »Obwohl die Frauen Engel sind, ist der Ehestand die Hölle.« Vielleicht bist auch Du dieser Meinung. Ich kann nur sagen, auch wenn das nicht Dein Credo ist, bist Du nicht verpflichtet, ja zu sagen, nur weil ich es sage. Denk darüber nach; wenn Du interessiert bist, laß es mich wissen. Natürlich müßt Ihr Euch treffen – und dann zählen Deine und ihre Reaktionen. Wenn Du (1) daran denkst zu heiraten und (2) diesbezüglich noch keine Verpflichtungen eingegangen bist und (3) an dieser Person interessiert bist, dann komm nach Delhi. (Ich habe versucht, Dich zu erreichen, bevor Du Delhi wieder verlassen hast, aber vergebens.) Wenn Du lieber nicht bei Deiner Familie in Neel Darvaza unterkommst, dann kannst Du auch bei uns wohnen; Deine Familie muß den Zweck des Besuchs oder auch nur daß Du hier bist, nicht erfahren. Latas Mutter wird noch ein paar Tage in Delhi bleiben und sagt, daß Lata bald nachkommt. Sie ist ein anständiges Mädchen (für den Fall, daß Du interessiert bist) und verdient einen zuverlässigen, aufrichtigen und ehrlichen Mann, wie ihr Vater es war.

So, nachdem der geschäftliche Teil abgeschlossen ist, kann ich Dir sagen, daß es mir nicht besonders gutgeht. Seit gestern hüte ich das Bett, und der Doktor weiß nicht, was mir fehlt. Ich gähne die ganze Zeit und habe heiße Stellen auf den Fußsohlen! Ich schreibe diesen Brief im Bett, daher die schreckliche Schrift. Ich hoffe, daß es mir bald bessergehen wird, vor allem weil Vaters Bein ihm zu schaffen macht. Er haßt Krankheiten und den Monat Juni mit der gleichen Inbrunst. Wir beten alle, daß der Monsun pünktlich eintrifft.

Abschließend möchte ich Dich bitten, mir zu vergeben, wenn Du meinst, daß es falsch von mir war, Dir so offen zu schreiben. Nur weil ich auf unsere Freundschaft setze, habe ich kein Blatt vor den Mund genommen. Wenn ich das besser doch getan hätte, dann werden wir das Thema nie wieder ansprechen und es vergessen.

Ich hoffe, bald von Dir zu hören oder Dich demnächst wiederzusehen. Ein Telegramm oder ein Brief – beides wäre schön.

Viele Grüße und alles Gute
Kalpana

Haresh blinzelte ein-, zweimal, während er den Brief las. Es wäre interessant, dieses Mädchen zu treffen. Wenn sie der Mutter nachschlug, wäre sie zweifellos attraktiv. Aber bevor er weiter darüber nachdenken konnte, gähnte er mehrmals, und Müdigkeit übermannte ihn. Fünf Minuten später war er in einen angenehmen, traumlosen Schlaf gesunken.

9.9

»Ein Anruf für Sie, Mr. Khanna.«
»Komme schon, Mrs. Mason.«
»Eine Dame ist am Apparat«, fügte Mrs. Mason hilfsbereit hinzu.
»Danke, Mrs. Mason.« Haresh ging in das Wohnzimmer, das die drei Mieter gemeinsam benutzten. Außer Mrs. Mason, die damit beschäftigt war, eine Vase mit orangefarbenen Schmuckkörbchen von allen Seiten zu betrachten, war niemand da. Sie war eine fünfundsiebzigjährige Anglo-Inderin, eine Witwe, die mit ihrer unverheirateten Tochter mittleren Alters zusammenlebte. Sie liebte es, über ihre Mieter Bescheid zu wissen.
»Hallo. Hier Haresh Khanna.«
»Hallo, Haresh, hier spricht Mrs. Rupa Mehra, Sie erinnern sich, wir haben uns bei Kalpana in Delhi kennengelernt – bei Kalpana Gaur – und ...«
»Ja«, sagte Haresh und warf Mrs. Mason einen Blick zu, die nachdenklich vor der Vase stand, einen Finger an die Unterlippe gelegt.
»Haben Sie – äh, hat Kalpana ...«
»Ja, willkommen in Cawnpore. Kalpana hat ein Telegramm geschickt. Ich habe Sie erwartet. Sie beide ...«
Mrs. Mason legte den Kopf schief.
Haresh fuhr sich mit der Hand über die Stirn.
»Ich kann jetzt nicht lange sprechen«, sagte Haresh. »Ich bin schon etwas spät dran und muß zur Arbeit. Wann kann ich bei Ihnen vorbeikommen? Ich habe die Adresse. Tut mir leid, daß ich Sie nicht am Bahnhof abgeholt habe, aber ich wußte nicht, mit welchem Zug Sie kommen.«
»Wir sind mit verschiedenen Zügen gekommen«, sagte Mrs. Rupa Mehra. »Ist Ihnen elf Uhr recht? Ich freue mich sehr, Sie wiederzusehen. Und Lata freut sich auch, Sie zu sehen.«
»Ich mich auch. Elf Uhr ist gut. Ich muß einkaufen, Schaf ... und dann komme ich vorbei.« Mrs. Mason stellte die Vase auf einen anderen Tisch und entschied dann, daß sie auf dem ersten besser ausgesehen hatte.
»Auf Wiedersehen, Haresh. Sie kommen also?«
»Ja. Auf Wiedersehen.«
Am anderen Ende der Leitung wandte sich Mrs. Rupa Mehra an Lata. »Er hat

ziemlich schroff geklungen. Und er hat mich nicht einmal bei meinem Namen genannt. Kalpana schreibt, daß er mich in seinem Brief Mrs. Mehrotra genannt hat.« Sie hielt inne. »Und er will ein Schaf kaufen. Wenn ich ihn richtig verstanden habe.« Wieder hielt sie inne. »Aber glaub mir, er ist ein sehr netter junger Mann.«

Haresh hielt sein Fahrrad wie seine Schuhe, seinen Kamm und seine Kleidung in tadellosem Zustand, aber er konnte nicht gut zu Mr. Kakkars Haus radeln, um dort Mrs. und Miss Mehra zu treffen. Er fuhr zur Fabrik und überredete den Manager, Mr. Mukherji, ihm einen der beiden Werkswagen zu leihen. Der eine war eine große Limousine mit einem großen, eindrucksvollen Chauffeur, der andere war ein ziemlich klappriges Auto mit einem Fahrer, der sich pausenlos mit den Fahrgästen unterhielt. Er mochte Haresh, weil dieser nicht zu Standesdünkel neigte und immer freundlich mit ihm plauderte.

Haresh setzte auf die Schönheit und bekam das Biest. »Na ja, wenigstens ist es ein Auto«, sagte er sich.

Er kaufte das Schafleder zum Füttern der Schuhe und bat den Lieferanten, es in die Fabrik schaffen zu lassen. Dann ließ er anhalten, um sich Paan zu kaufen, das ihm immer schmeckte. Im Rückspiegel kämmte er sich noch einmal, dann gab er dem Fahrer strikte Anweisung, an diesem Tag mit niemandem (auch nicht mit ihm, Haresh) im Wagen zu reden, außer er würde angesprochen.

Mrs. Rupa Mehra wartete mit zunehmender Nervosität auf ihn. Sie hatte Mr. Kakkar überredet, sich zu ihnen zu gesellen, um die Peinlichkeit einer ersten Begegnung zu verringern. Der verstorbene Raghubir Mehra hatte Mr. Kakkar sowohl als Mann als auch als Buchhalter geschätzt, und es beruhigte Mrs. Rupa Mehra, daß er, nicht sie, der nominelle Gastgeber war.

Sie begrüßte Haresh herzlich. Haresh war nahezu genauso gekleidet wie damals, als sie ihn in Kalpana Gaurs Haus in Delhi kennengelernt hatte: Seidenhemd und rehbraune Gabardinehosen. Er trug zudem ein Paar braun-weiße Schuhe, die er für außergewöhnlich schick hielt.

Er lächelte, als er Lata auf dem Sofa sitzen sah. Ein nettes, stilles Mädchen, dachte er.

Lata war in einen blaßrosa Sari mit Chikan-Stickerei gekleidet. Ihr Haar war zu einem Pferdeschwanz gebunden. Außer einem Paar schlichter Perlenohrstecker trug sie keinen Schmuck.

»Wir sind uns schon einmal begegnet, nicht wahr, Miss Mehra?« sagte er als erstes zu ihr.

Lata runzelte die Stirn. Als erstes fiel ihr auf, daß er kleiner war, als sie erwartet hatte. Als nächstes fiel ihr auf – als er den Mund öffnete, um zu sprechen –, daß er Paan gekaut hatte. Das war alles andere als anziehend. Hätte er eine Kurta-Pajama getragen, wäre ein rotgefleckter Mund vielleicht angebracht gewesen – wenn auch nicht hinnehmbar. Paan paßte einfach nicht zu rehbraunen Gabardinehosen und einem Seidenhemd. Paan paßte einfach nicht zu ihrer Vorstellung von einem Ehemann. Seine ganze Art, sich zu kleiden, schien ihr etwas protzig. Und am protzigsten von allem waren die zweifarbigen Schuhe. Wen wollte er damit bloß beeindrucken?

»Ich glaube nicht, Mr. Khanna«, erwiderte sie höflich. »Aber ich freue mich, Sie jetzt kennenzulernen.«

Lata hatte augenblicklich einen positiven Eindruck auf Haresh gemacht – dank der Schlichtheit und des guten Geschmacks ihrer Kleidung. Sie trug kein Make-up, sah jedoch attraktiv und beherrscht aus. Erfreut stellte er fest, daß sie nicht mit einem auffälligen indischen Akzent sprach, sondern aufgrund ihres Aufenthalts im Konvent fast britisches Englisch.

Andererseits überraschte es Lata, daß Haresh englisch sowohl mit einem Hindi- als auch mit einem Midlands-Einschlag sprach. Das Englisch ihrer beiden Brüder war besser als seins. Sie konnte sich vorstellen, welchen Spaß Kakoli und Meenakshi Chatterji daran hätten, sich über Hareshs Sprechweise lustig zu machen.

Haresh fuhr sich mit der Hand über die Stirn. Er täuschte sich gewiß nicht. Dieselben großen, schönen Augen, dasselbe ovale Gesicht – Augenbrauen, Nase, Mund, der intensive Ausdruck. Nun, vielleicht hatte er es doch nur geträumt.

Mr. Kakkar, den seine nicht klar umrissene Position als Gastgeber etwas nervös machte, bat ihn, Platz zu nehmen, und bot ihm Tee an. Eine Zeitlang wußte niemand, welches Thema er ansprechen sollte, vor allem weil sonnenklar war, welchem Zweck dieses Treffen diente. Politik? Nein. Das Wetter? Nein. Die neuesten Nachrichten? Haresh hatte keine Zeit gehabt, die Zeitung zu lesen.

»Hatten Sie eine angenehme Reise?« fragte er.

Mrs. Rupa Mehra sah Lata an, Lata sah Mrs. Rupa Mehra an. Jede betrachtete die andere als angesprochen. Schließlich sagte Mrs. Rupa Mehra: »Na los, Lata, beantworte die Frage.«

»Ich dachte, Mr. Khanna hätte dich gemeint, Ma. Ja, danke, ich hatte eine angenehme Reise. Sie war aber auch ein bißchen ermüdend.«

»Woher kamen Sie?«

»Aus Kalkutta.«

»Aber dann müssen Sie sehr müde sein. Der Zug kommt sehr früh am Morgen hier an.«

»Nein, ich bin tagsüber gefahren. Ich habe also in einem richtigen Bett geschlafen und bin zu einer annehmbaren Zeit aufgewacht. Schmeckt Ihnen der Tee?«

»Ja, danke, Miss Mehra.« Hareshs Augen verschwanden in einem Lächeln.

Es war ein so herzliches und freundliches Lächeln, daß Lata unwillkürlich auch lächeln mußte.

»Ihr solltet Lata und Haresh zueinander sagen«, meinte Mrs. Rupa Mehra.

»Vielleicht sollten wir die jungen Leute ein bißchen allein lassen«, schlug Mr. Kakkar vor, der einen Termin hatte.

»Nein, das glaube ich nicht«, sagte Mrs. Rupa Mehra bestimmt. »Sie freuen sich über unsere Gesellschaft. Man hat nicht oft Gelegenheit, einen so netten jungen Mann wie Haresh zu treffen.«

Angesichts dieser Bemerkung zuckte Lata innerlich zusammen, aber Haresh schien diese Beschreibung seiner selbst überhaupt nicht peinlich zu sein.
»Waren Sie schon mal in Cawnpore, Miss Mehra?« fragte er.
»Lata«, korrigierte ihn Mrs. Rupa Mehra.
»Lata.«
»Nur einmal. Normalerweise treffe ich Kakkar Phupha, wenn er geschäftlich in Brahmpur oder Kalkutta zu tun hat.«
Es folgte ein langes Schweigen. Es wurde viel im Tee gerührt und daran genippt.
»Wie geht es Kalpana?« fragte Haresh schließlich. »Sie schien nicht ganz auf dem Damm bei meinem Besuch, und in ihrem Brief schreibt sie über seltsame Symptome. Hoffentlich geht es dem armen Mädchen besser. Sie hat in den letzten Jahren viel durchgemacht.«
Er hatte das richtige Thema angesprochen. Mrs. Rupa Mehra war nicht mehr zu bremsen. Sie schilderte Kalpanas Symptome in allen Einzelheiten, griff dabei auf das zurück, was sie selbst gesehen und was sie dem Brief an Lata entnommen hatte. Sie erzählte auch von dem unpassenden jungen Mann, mit dem sich Kalpana eingelassen hatte. Er habe sich als nicht aufrichtig erwiesen. Sie hätte gern, daß Kalpana einen aufrichtigen Mann kennenlernte, einen aufrichtigen Mann mit guten Aussichten. Aufrichtigkeit sei eine unerläßliche Eigenschaft für einen Mann. Natürlich auch für eine Frau. War Haresh nicht derselben Meinung?
Haresh war derselben Meinung. Da er ein ehrlicher und offenherziger Mensch war, wollte er von Simran erzählen, hielt sich jedoch zurück.
»Haben Sie Ihre ausgezeichneten Zeugnisse bei sich?« fragte Mrs. Rupa Mehra unvermittelt.
»Nein«, sagte Haresh überrascht.
»Es wäre doch nett, wenn Lata sie lesen könnte, nicht wahr, Lata?«
»Ja, Ma«, sagte Lata und dachte das Gegenteil.
»Sagen Sie, warum sind Sie mit fünfzehn von zu Hause fortgelaufen?« fragte Mrs. Rupa Mehra und warf eine weitere Saccharintablette in ihren Tee.
Haresh war erstaunt, daß Kalpana das erwähnt hatte. Als er Latas Mutter in Delhi kennenlernte, war es ihm so vorgekommen, als hätte Kalpana alles getan, um ihn in einem möglichst positiven Licht erscheinen zu lassen.
»Mrs. Mehra«, sagte Haresh, »ich glaube, daß es für jeden jungen Mann eine Zeit gibt, in der er sich von denen trennen muß, die ihn lieben und die er liebt.«
Mrs. Rupa Mehra blickte zweifelnd drein, Lata eher interessiert. Sie nickte aufmunternd, und Haresh erzählte weiter.
»In diesem Fall wollte mir mein Vater – eigentlich mein Pflegevater – gegen meinen Willen eine Verlobung aufzwingen, und das konnte ich nicht hinnehmen. Da bin ich weggelaufen. Ich hatte kein Geld. In Mussourie fand ich einen Job – ich putzte ein Praha-Schuhgeschäft. Das war meine erste Erfahrung mit dem Schuhhandel, und sie war nicht gerade angenehm. Dann stieg ich zum

Ladenjungen auf. Ich hungerte und fror, aber ich war entschlossen, nicht zurückzugehen.«

»Haben Sie nicht mal einen Brief nach Hause geschrieben?« fragte Lata.

»Nein, Miss Mehra. Ich war damals sehr dumm.«

Mrs. Rupa Mehra runzelte die Stirn, weil er Lata wieder beim Nachnamen genannt hatte.

»Und wie ging es weiter?« fragte Lata.

»Einer meiner Stiefbrüder aus Neel Darvaza – der, den ich am meisten mochte – machte Ferien in Mussourie. Er sah mich in dem Laden. Ich tat so, als wäre ich ein Kunde, aber der Geschäftsführer fragte mich ziemlich streng, warum ich mich unterhielt, wo ich doch arbeiten sollte. Als mein Stiefbruder die Wahrheit erfuhr, weigerte er sich, ohne mich nach Hause zurückzufahren. Sehen Sie, seine Mutter hat mich gestillt, als meine eigene starb.«

Der letzte Satz erklärte eigentlich nichts, ergab jedoch für alle einen Sinn.

»Aber jetzt hungere und friere ich nicht mehr«, fuhr Haresh stolz fort. »Vielleicht darf ich Sie alle zu mir zum Mittagessen einladen?« Er wandte sich an Mrs. Rupa Mehra. »Kalpana hat in ihrem Telegramm erwähnt, daß Sie Vegetarierin sind.«

Mr. Kakkar entschuldigte sich, aber Mrs. Rupa Mehra nahm in ihrem und Latas Namen an, ohne zu zögern.

9.10

Auf der Fahrt nach Elm Villa war der Fahrer ungewöhnlich schweigsam. Der klapprige Wagen ließ sie nicht im Stich.

»Wie gefällt Ihnen Ihre Arbeit?« fragte Mrs. Rupa Mehra.

»Sie gefällt mir«, sagte Haresh. »Erinnern Sie sich an die Abteilung, von der ich Ihnen in Delhi erzählt habe? Also, die Maschinen sind jetzt alle da, und nächste Woche will ich den neuen Auftrag in Angriff nehmen, den ich beschafft habe. Ich werde Sie heute nachmittag herumführen. Seitdem ich die Sache in die Hand genommen habe, ist alles gut organisiert.«

»Sie wollen also in Kanpur bleiben?« fragte Mrs. Rupa Mehra.

»Ich weiß nicht. In der CLFC kann ich nicht bis zur Spitze aufsteigen, und ich will nicht mein ganzes Leben bei einer Firma verbringen, in der das nicht möglich ist. Ich versuche es bei Bata und James Hawley und Praha und Flex und Cooper Allen und auch bei zwei Regierungsunternehmen. Mal sehen. Ich brauche jemanden, der mich protegiert, damit ich einen Fuß in die Tür bekomme. Danach kann ich auf eigenen Beinen stehen.«

»Mein Sohn ist der gleichen Meinung. Mein älterer Sohn, Arun. Er ist bei Bentsen Pryce – und, na ja, Bentsen Pryce ist Bentsen Pryce! Früher oder später wird er Direktor werden. Vielleicht sogar der erste indische Direktor.« Sie genoß die Vorstellung eine Weile. »Sein verstorbener Vater wäre so stolz auf ihn. Er selbst wäre mittlerweile natürlich im Vorstand. Womöglich sogar Vorstandsvorsitzender. Als er noch lebte, sind wir immer im Salonwagen gereist.«

Lata blickte etwas angewidert drein.

»Hier sind wir. Elm Villa!« sagte Haresh, als handelte es sich um das Gästehaus des Vizekönigs. Sie stiegen aus und gingen in das Wohnzimmer. Mrs. Mason war beim Einkaufen, und sie waren, abgesehen von einem Diener in Livree, allein.

Das Wohnzimmer war groß und hell, der Diener in Livree außerordentlich ehrerbietig. Er machte eine tiefe Verbeugung und sprach leise. Haresh bat um Nimbu Pani, und der Diener brachte auf einem Tablett die Gläser, bedeckt mit Zierdeckchen: weiße Filetarbeit, an den Rändern mit kleinen Glasperlen verziert. Zwei Farbdrucke von Yorkshire (wo Mrs. Mason ihre Vorfahren ansiedelte) hingen an der Wand. Die Vase mit den orangefarbenen Schmuckkörbchen – eine der wenigen nichtweißen Blumen in dieser Jahreszeit – ließ das blumengemusterte Sofa noch etwas freundlicher erscheinen. Haresh hatte dem Koch am Vorabend angekündigt, daß er möglicherweise Gäste zum Mittagessen mitbringen würde, es waren also keine Arrangements in letzter Minute nötig.

Mrs. Rupa Mehra war von Elm Villa beeindruckt. Sie nahm ihr homöopathisches Mittel und wartete ein paar Minuten, bevor sie ihren Nimbu Pani trank. Er schmeckte ihr ausgezeichnet.

Obwohl der Zweck ihres Treffens fortwährend allen dreien bewußt war, ging die Unterhaltung jetzt leichter vonstatten. Haresh erzählte von England und seinen Lehrern, von seinen Plänen, Karriere zu machen, und vor allem von seiner Arbeit. Der Auftrag, den er an Land gezogen hatte, beschäftigte ihn sehr, und er setzte voraus, daß auch Mrs. Rupa Mehra und Lata gespannt auf das Ergebnis dieses Projekts warteten. Er sprach von seinem Leben im Ausland – ohne jedoch die Engländerinnen zu erwähnen, mit denen er Affären hatte. Andererseits konnte er nicht umhin, ein-, zweimal Simran zu erwähnen, und es gelang ihm nicht, dabei seine Gefühle zu verbergen. Lata machte das nichts aus; ihr war die ganze Angelegenheit mehr oder weniger egal. Ab und zu blickte sie auf seine zweifarbigen Schuhe und ersann einen Kakoli-Zweizeiler, um sich aufzuheitern.

Das Mittagessen wurde unter dem Vorsitz von Miss Mason eingenommen, einer fürchterlich häßlichen und langweiligen Frau von fünfundvierzig. Ihre Mutter war noch nicht zurückgekehrt, und die beiden anderen Mieter speisten ebenfalls auswärts. Im Gegensatz zum Wohnzimmer war das Eßzimmer stickig und ungeblümt (abgesehen von einem düsteren Stilleben, das Mrs. Rupa Mehra nicht gefiel, obwohl Rosen darauf abgebildet waren). Das Mobiliar – zwei Anrichten, ein Almirah und ein riesiger runder Tisch – war wuchtig, und an der Wand gegenüber dem Stilleben hing ein Ölgemälde, das eine englische Landschaft mit Kühen darstellte. Mrs. Rupa Mehra dachte augenblicklich an deren

Verzehrbarkeit und war entrüstet. Das Essen an sich war aber harmlos und wurde auf blumengemusterten Tellern mit gewellten Rändern serviert.

Als erstes gab es Tomatensuppe. Dann gebratenen Fisch für alle außer Mrs. Rupa Mehra, die Gemüsefrikadellen bekam. Anschließend gab es ein Huhn-Curry mit Reis, gebratenem Brinjal und Mangochutney. (Mrs. Rupa Mehra bekam ein Gemüse-Curry.) Zum Nachtisch wurde Karamelpudding serviert. Der durch nichts zu erschütternden Ehrerbietung des livrierten Dieners und der Leblosigkeit von Miss Mason gelang es, die Unterhaltung immer wieder einzufrieren.

Nach dem Essen bot Haresh Mrs. Rupa Mehra und Lata an, ihnen seine Zimmer zu zeigen. Mrs. Rupa Mehra stimmte sofort zu. Ein Zimmer sprach Bände. Sie gingen hinauf. Er hatte ein Schlafzimmer, ein Vorzimmer, eine Veranda und ein Bad. Alles war adrett, sauber, schmuck – und, wie es Lata schien, extrem, nahezu beunruhigend ordentlich. Auch die Hardy-Ausgabe auf dem kleinen Regal war alphabetisch geordnet. Die Schuhe, die in einer Zimmerecke in einem Regal standen, waren auf Hochglanz poliert. Lata blickte von der Veranda auf den Garten von Elm Villa und das Beet mit orangefarbenen Schmuckkörbchen hinunter.

Mrs. Rupa Mehra sah sich – während Haresh im Bad war – im Zimmer um und hielt kurz den Atem an. Die Fotografie einer lächelnden, langhaarigen jungen Frau stand in einem silbernen Rahmen auf Hareshs Schreibtisch. Keine anderen Fotos waren aufgestellt, nicht einmal eins von seiner Familie. Das Mädchen war hellhäutig – Mrs. Rupa Mehra erkannte das sogar auf der Schwarzweißfotografie –, und ihre Züge waren von klassischer Schönheit.

Sie dachte, daß Haresh das Foto zumindest für ihren Besuch hätte wegstellen können.

Das wäre Haresh allerdings nie und nimmer eingefallen. Und wäre es Mrs. Rupa Mehra zufällig in den Sinn gekommen, diese Unterlassung abfällig zu erwähnen, dann wäre, was Haresh anbelangte, die Sache erledigt gewesen. Er hätte den Besuch der Mehras innerhalb einer Woche vergessen.

Als Haresh, nachdem er sich die Hände gewaschen hatte, wieder erschien, fragte ihn Mrs. Rupa Mehra stirnrunzelnd: »Lassen Sie mich Ihnen eine Frage stellen, Haresh. Gibt es eine Frau in Ihrem Leben?«

»Mrs. Mehra«, sagte Haresh. »Kalpana weiß – und gewiß hat sie es Ihnen gesagt –, daß Simran mir lieb und teuer war und nach wie vor ist. Aber ich bin mir im klaren darüber, daß diese Tür für mich verschlossen ist. Ich kann sie nicht aus ihrer Familie reißen, und für ihre Familie zählt nur, daß ich kein Sikh bin. Ich suche jetzt nach jemandem, mit dem ich ein glückliches Eheleben führen kann. Diesbezüglich brauchen Sie keine Angst zu haben. Ich freue mich, daß Lata und ich die Möglichkeit haben, uns ein wenig kennenzulernen.«

Lata war von der Veranda zurückgekommen. Sie hatte seine freimütige Bemerkung mit angehört und fragte ihn, ohne lange nachzudenken: »Haresh, welche Rolle spielt Ihre Familie in dieser Sache? Sie haben sehr wenig von ihr erzählt. Wenn – wenn Sie jemanden heiraten wollen, wird sie dabei mitzureden haben?« Ihre Lippen bebten leicht. Diese Angelegenheit so direkt anzusprechen war ihr fürchterlich peinlich. Aber irgend etwas an der Art, wie Haresh gesagt hatte: ›Ich bin mir im klaren darüber, daß diese Tür für mich verschlossen ist‹, hatte sie gerührt, und deshalb fragte sie ihn.

Haresh, der ihre Verlegenheit bemerkte, mochte sie dafür und lächelte; wie immer verschwanden seine Augen. »Nein. Ich werde Baoji natürlich um seinen Segen bitten, aber nicht um seine Zustimmung. Er weiß, daß ich bei Verlobungen heftig reagiere.«

Nach einem kurzen Schweigen sagte Lata: »Wie ich sehe, mögen Sie Hardy.«

»Ja. Aber nicht *The Well Beloved*.« Haresh blickte auf seine Uhr. »Ich habe Ihren Besuch so sehr genossen, daß ich die Zeit ganz vergessen habe. Ich muß in der Fabrik noch Arbeit erledigen, aber vielleicht wollen Sie mitkommen und sich ansehen, wo ich arbeite? Ich will Ihnen aber nicht verschweigen, daß die Atmosphäre dort etwas anders ist als in Elm Villa. Heute habe ich einen Wagen und kann Sie also entweder mitnehmen oder bei Mr. Kakkar absetzen. Vielleicht wollen Sie sich aber ein wenig ausruhen. Es ist heiß, und Sie müssen müde sein.«

Diesmal war es Lata, die das Angebot annahm. »Ich würde die Fabrik gerne sehen. Aber könnte ich zuerst ...«

Haresh deutete auf die Badezimmertür.

Bevor sie wieder hinausging, betrachtete sie die Ablage neben dem Waschbecken. Auch hier war alles ordentlich und methodisch aufgereiht: die Kent-Kämme, der Rasierpinsel aus Dachshaar, der Pinaud-Deodorantstift, der der warmen Luft einen kühlen Duft verlieh. Lata strich kurz damit über die Innenseite ihres linken Handgelenks und ging lächelnd hinaus. Es war nicht so, daß sie Haresh nicht mochte. Aber der Gedanke, daß sie heiraten könnten, war einfach lächerlich.

9.11

Ein bißchen später, im Gestank der Gerberei, lächelte sie nicht mehr. Haresh führte den neuen Angestellten Lee durch die fabrikeigene Gerberei, um ihm die verschiedenen Lederarten (bis auf das Schafleder, das sie auf dem Markt kauften) für die Schuhherstellung zu zeigen. Lees Entwürfe würden teilweise vom verfügbaren Leder abhängig sein; Lee seinerseits hätte zukünftig Einfluß auf die Farbwahl in der Gerberei. Nach einem Jahr bei der CLFC war Hareshs Nase an den ausgeprägten Geruch einigermaßen gewöhnt, aber Mrs. Rupa Mehra wurde beinahe ohnmächtig, und Lata roch ab und zu an ihrem linken Handgelenk und staunte, daß Lee und Haresh den widerlichen Gestank mehr oder weniger ignorieren konnten.

Haresh erklärte Mrs. Rupa Mehra sofort, daß die Häute von ›gefallenen Tieren‹ stammten, das heißt von Rindern, die eines natürlichen Todes gestorben waren, und nicht, wie in anderen Ländern, von geschlachteten Tieren. Außerdem erklärte er, daß sie keine Häute aus moslemischen Schlachthäusern annahmen. Mr. Lee lächelte ihr beruhigend zu, und sie blickte etwas weniger kläglich drein, wenn auch nicht viel begeisterter.

Nach einem kurzen Besuch in dem provisorischen Lagerraum, in dem die Häute in Salz eingelagert wurden, gingen sie zu den Gerbgruben. Männer mit orangefarbenen Gummihandschuhen zogen die aufgedunsenen Häute mit Greifhaken aus den Gruben und transferierten sie in die Kälkfässer, wo sie enthaart und entfettet wurden. Als Haresh voller Enthusiasmus die verschiedenen Prozesse erklärte – Enthaaren, Entkälken, Beizen, Chromgerben –, verspürte Lata einen plötzlichen Widerwillen gegen seine Arbeit und so etwas wie Beunruhigung über jemanden, der Gefallen daran fand. Haresh fuhr zuversichtlich fort: »Aber wenn es erst mal im naßblauen Stadium ist, wird sofort ersichtlich, was danach kommt: Wässern, Schwöden, Spalten, Enthaaren, Färben, Fetten, Trocknen, und schon ist es fertig! Das Leder, das wir alle als Leder kennen! Alle anderen Prozesse – Schleifen, Pressen, Bügeln – kommen, wenn nötig, selbstverständlich auch noch dran.«

Lata beobachtete den hageren, erschöpften Mann, der mit Hilfe einer Rollpresse Wasser aus einem naßblauen Leder preßte, und sah dann zu Mr. Lee, der zu ihm gegangen war und jetzt mit ihm sprach.

Mr. Lees Hindi war ungewöhnlich, und Lata hörte ihm trotz rebellierender Nase und Augen interessiert zu. Er schien sich nicht nur mit dem Entwerfen und der Herstellung von Schuhen auszukennen, sondern auch mit dem Gerben. Bald gesellte sich Haresh zu ihnen, und sie sprachen über die verminderte Häutemenge, die während des Monsuns durch die Gerberei ging, wenn Lufttrocknung kaum möglich war und auf Stollentrocknung zurückgegriffen werden mußte.

Haresh war plötzlich etwas eingefallen, und er sagte: »Mr. Lee, chinesische Gerber in Kalkutta haben mir gesagt, daß es im Chinesischen ein Wort, ein besonderes Wort für zehntausend gibt. Stimmt das?«

»O ja. In richtigem Peking-Chinesisch heißt das ›Wan‹.«

»Und ein Wan Wans?«

Mr. Lee sah Haresh erstaunt an, kritzelte mit dem Zeigefinger der rechten Hand ein imaginäres Schriftzeichen auf die Fläche der linken Hand und sagte dann etwas wie ›Ee‹, was sich auf seinen eigenen Namen reimte.

»Ee?« sagte Haresh.

Mr. Lee wiederholte das Wort.

»Warum gibt es im Chinesischen diese Wörter?«

Mr. Lee lächelte zuckersüß. »Weiß ich nicht. Warum haben Sie keine Entsprechung dafür?«

Mrs. Rupa Mehra fühlte sich mittlerweile so schwach, daß sie Haresh bitten mußte, sie aus der Gerberei zu führen.

»Wollen Sie jetzt die eigentliche Fabrik sehen, meinen Arbeitsplatz?«

»Nein, Haresh, danke, das ist sehr nett von Ihnen, aber wir sollten jetzt nach Hause. Mr. Kakkar erwartet uns.«

»Es dauert nur zwanzig Minuten, und Sie können Mr. Mukherji, meinen Boß, kennenlernen. Wirklich, wir machen tolle Sachen dort. Und ich zeige Ihnen die neue Abteilung.«

»Ein andermal. Ehrlich gesagt, mir macht die Hitze ein bißchen zu schaffen...«

Haresh wandte sich Lata zu. Obwohl sie sich tapfer hielt, hatte sie die Nase hochgezogen.

Haresh, der plötzlich kapierte, was los war, sagte: »Der Geruch – der Geruch. Oh – Sie hätten es mir sagen sollen. Es tut mir leid – wissen Sie, ich bemerke ihn kaum noch.«

»Nein, nein«, sagte Lata, die sich ein bißchen schämte. Irgendwo in ihr war ein atavistischer Widerwille gegen die verunreinigenden Häute und das Aas und alles, was mit Leder zu tun hatte, aufgestiegen.

Haresh entschuldigte sich tausendmal. Während er mit ihnen zurück zum Wagen ging, erklärte er, daß es sich um eine vergleichsweise geruchlose Gerberei handelte. Ganz in der Nähe befänden sich auf beiden Seiten der Straße Gerbereien, deren Abfälle einfach liegenblieben und trockneten und deren Abwässer sich in offenen Gräben stauten. Einst habe es einen Kanal gegeben, der das Zeug zum Fluß, der heiligen Ganga, ableitete, aber man habe dagegen protestiert, und jetzt gebe es überhaupt keinen Abfluß mehr. Und die Leute seien schon sehr komisch, meinte Haresh, sie würden alles hinnehmen, was sie seit ihrer Kindheit kannten – von den Häuten entfernte Haare und anderen Abfall, der überall herumliege –, sie hielten das für selbstverständlich. (Haresh fuchtelte mit den Armen, um seine Behauptung zu untermalen.) Manchmal sehe er ganze Wagenladungen Häute, die aus Dörfern oder Marktflecken herantransportiert und von Ochsen gezogen würden, die selbst schon halb tot seien. »Und in einer Woche oder zwei, wenn der Monsun einsetzt, wird es sich nicht mehr lohnen, die Hautabfälle zu trocknen, dann bleiben sie liegen und verfaulen. Und bei der Hitze und dem Regen – Sie können sich vorstellen, wie das stinkt. Wie die Gerbgruben auf dem Weg nach Ravidaspur in Brahmpur. Dort hab sogar ich mir die Nase zugehalten.«

Lata und Mrs. Rupa Mehra, die beide nicht im Traum daran dachten, einen Ausflug nach Ravidaspur zu machen, überhörten die Anspielung.

Mrs. Rupa Mehra wollte Haresh fragen, wann er in Brahmpur gewesen sei, als der Gestank sie erneut überwältigte.

»Ich bringe Sie sofort nach Hause«, sagte Haresh entschieden.

Er ließ ausrichten, daß er in Kürze in der Fabrik sein würde, und rief den Wagen. Auf dem Weg zu Mr. Kakkars Haus sagte er ein bißchen kleinlaut: »Irgend jemand muß ja Schuhe machen.«

»Aber Sie arbeiten doch nicht in der Gerberei, nicht wahr, Haresh?« fragte Mrs. Rupa Mehra.

»O nein. Normalerweise schaue ich da nur einmal in der Woche vorbei. Ich arbeite im Hauptgebäude der Fabrik.«

»Einmal in der Woche?« fragte Lata.

Haresh spürte die ängstliche Befürchtung in ihren Worten. Er saß vorne neben dem Fahrer, drehte sich jetzt zu ihnen um und sagte etwas bekümmert: »Ich bin stolz auf die Schuhe, die ich mache. Ich möchte nicht in einem Büro herumsitzen, Befehle erteilen und auf Wunder warten. Wenn nötig, würde ich mich selbst in eine Grube stellen und eine Büffelhaut wässern. Leute, die zum Beispiel in Managing Agencies arbeiten, handeln gern mit Gebrauchsgegenständen, wollen sich ihre Hände jedoch mit nichts außer Tinte dreckig machen. Wenn überhaupt. Und sie sind weniger an Qualität interessiert als vielmehr am Profit.«

Nach ein paar Sekunden Schweigen fuhr er fort: »Wenn man etwas tun muß, sollte man es tun, ohne ein Theater darum zu machen. Ein Onkel von mir in Delhi denkt, daß ich mich verunreinigt und meine Kaste verloren habe, weil ich mit Leder arbeite. Kaste! Ich halte ihn für einen Idioten, und er hält mich für einen. Einmal hätte ich ihm beinahe gesagt, was ich von ihm halte. Aber ich bin sicher, daß er es weiß. Die Menschen wissen immer, ob man sie mag oder nicht.«

Wieder trat eine Pause ein. Dann sagte Haresh, den sein unerwartetes Glaubensbekenntnis etwas aus dem Konzept gebracht hatte: »Ich würde Sie gern zum Abendessen einladen. Ich hoffe, Mr. Kakkar hat nichts dagegen.«

Er nahm an, daß die Mehras ihrerseits nichts dagegen hätten. Mutter und Tochter sahen sich auf dem Rücksitz an, keine wußte, wie die andere reagieren würde. Nach zirka fünf Sekunden faßte Haresh ihr Schweigen als Zustimmung auf.

»Gut. Ich werde Sie um halb acht abholen. Und ich werde duften wie ein Veilchen.«

»Wie ein Veilchen?« rief Mrs. Rupa Mehra plötzlich beunruhigt. »Warum wie ein Veilchen?«

»Ich weiß nicht«, sagte Haresh. »Wie eine Rose, wenn Ihnen das lieber ist, Mrs. Mehra. Auf jeden Fall besser als naßblau.«

9.12

Zu Abend gegessen wurde in der Bahnhofsgaststätte, die ein exzellentes Fünf-Gänge-Menü servierte. Lata trug einen blaßgrünen, mit kleinen weißen Blumen bedruckten Chanderi-Sari mit einer weißen Bordüre, dazu die weißen Perlenohrstecker. Sie besaß außer diesen Ohrsteckern keinen Schmuck, und da sie nicht gewußt hatte, daß sie vorgeführt werden sollte, hatte sie auch nichts von Meenakshi geliehen. Mr. Kakkar hatte eine Champablüte aus der Vase genommen und sie ihr ins Haar gesteckt. Es war ein warmer Abend, und sie sah munter und frisch aus in Grün und Weiß.

Haresh trug einen eierschalenfarbenen Anzug aus irischem Leinen und eine cremefarbene Krawatte mit braunen Punkten. Lata gefielen diese teuren, überschicken Kleidungsstücke nicht, und sie fragte sich, was Arun davon gehalten hätte. In Kalkutta kleidete man sich etwas unauffälliger. Und eins seiner berühmten Seidenhemden trug Haresh auch noch. Er brachte sogar das Gespräch auf seine Hemden: sie waren aus der edelsten Seide, der einzigen Seide, die er für würdig hielt, zu Hemden verarbeitet zu werden – nicht aus Seidenpopeline, der gerade so beliebt war, sondern aus der Seide, deren Ballen mit zwei Pferden als Warenzeichen gestempelt war. All das sagte Lata nicht mehr als ›naßblau‹, ›Schwöden‹ und ›Spalten‹. Gott sei Dank waren Hareshs zweifarbige Schuhe unter dem Tisch nicht zu sehen.

Das Essen war ausgezeichnet; niemand trank Alkohol. Die Unterhaltung reichte von Politik (Haresh glaubte, daß Nehru das Land mit seinem sozialistischen Geschwafel ruinierte) über englische Literatur (Haresh belegte mit ein paar falschen Zitaten, daß Shakespeares Werke von Shakespeare geschrieben wurden) bis zu Kinofilmen (Haresh, so schien es, hatte in England vier Filme pro Woche gesehen).

Lata fragte sich, wie er es geschafft hatte, so gut in seinen Kursen abzuschneiden und gleichzeitig noch seinen Lebensunterhalt zu verdienen. Sein Akzent stieß sie nach wie vor ab. Sie erinnerte sich, daß er, als eine Art Überkompensation, beim Mittagesssen ›Doll‹ statt ›Dal‹ gesagt hatte. Und ›Cawnpore‹ statt ›Kanpur‹. Aber wenn sie seine Gesellschaft mit der des geschniegelten, für eine englische Firma arbeitenden Bishwanath Bhaduri an jenem noch nicht lange zurückliegenden Abend bei Firpos verglich, dann mußte sie sich eingestehen, daß sie Haresh vorzog. Er war lebhaft (auch wenn er sich ab und zu wiederholte) und optimistisch (auch wenn er etwas zu sehr von seinen Fähigkeiten eingenommen war), und er schien sie zu mögen.

Sie dachte, daß Haresh nicht im eigentlichen Sinne verwestlicht war. Sie empfand ihn in seinem Stil und seinen Manieren als unausgegoren (zumindest nach Kalkutta-Maßstäben), und sie meinte, daß er infolgedessen bisweilen etwas vornehm tat. Aber obwohl er wünschte, daß sie ihn mochte, biederte er sich nicht an, indem er sich etwa ihrer Meinung anschloß, statt seine eigene kundzutun. Wenn überhaupt, dann war er manchmal etwas zu überzeugt von seinen eigenen Ansichten. Und er legte auch nicht diesen hassenswerten, verlogenen Charme an den Tag, wie es Aruns junge Freunde in Kalkutta taten. Amit war natürlich anders; aber er war Meenakshis Bruder und nicht Aruns Freund.

Haresh empfand die gutaussehende Mrs. Rupa Mehra als warmherzig. Er versuchte, eine respektvolle Distanz zu ihr aufrechtzuerhalten, indem er sie mit Mrs. Mehra ansprach, aber bald bestand sie darauf, daß er sie ›Ma‹ nannte. »Alle nennen mich nach fünf Minuten ›Ma‹, also müssen Sie es auch tun.« Sie verbreitete sich wortreich über ihren verstorbenen Mann und ihren zu erwartenden Enkelsohn. Sie hatte den traumatischen Nachmittag bereits wieder vergessen und ihren zukünftigen Schwiegersohn ihrer Familie eingegliedert.

Beim Eis entschied Lata, daß sie seine Augen mochte. Er hat schöne Augen, dachte sie, überraschend schöne. Obwohl sie so klein und lebhaft waren, minderten sie nicht sein gutes Aussehen, und wenn er sich amüsierte, verschwanden sie vollständig! Es war faszinierend. Dann, aus unerfindlichem Grund, begann sie die Vorstellung zu fürchten, daß er nach dem Essen, auf dem Nachhauseweg, anhalten lassen könnte, um sich Paan zu kaufen – nicht ahnend, wie er damit die Stimmung des Abends nachträglich zerstören würde – das Leinen, das silberne Besteck, das Porzellan –, wie er die Fäden ihres Wohlwollens mit einer geschmacklosen Geste kappen, wie er dem ganzen Tag unauslöschlich die Spuren eines roten, betelgefleckten Mundes aufdrücken würde.

Hareshs Gedanken waren unkompliziert. Er sagte sich, daß dieses Mädchen intelligent war, ohne arrogant zu sein, attraktiv, aber nicht eitel. Sie offenbarte ihre Gedanken nicht leicht, aber das gefiel ihm. Und dann dachte er an Simran, und in seinem Herzen spürte er den alten, nicht vollkommen zu besänftigenden Schmerz.

Aber manchmal vergaß Haresh Simran minutenlang. Und Lata dachte minutenlang nicht an Kabir. Und manchmal vergaßen beide, welcher Prozedur sie sich da eigentlich unterzogen – zu dem Geklirr von Besteck und Geschirr: einem wechselseitigen Ausforschen, das darüber entscheiden sollte, ob sie vielleicht irgendwann in einer launenhaften Zukunft einen Satz dieser Dinge gemeinsam besitzen würden.

9.13

Früh am nächsten Morgen holte der Wagen (mit Haresh und dem Fahrer) Mrs. Rupa Mehra und Lata ab und brachte sie zum Bahnhof. Sie kamen, wie sie glaubten, rechtzeitig an. Die Abfahrtszeit des Zuges Kanpur–Lucknow hatte sich jedoch geändert, und sie verpaßten ihn. Der Bus, den sie statt dessen nehmen wollten, war voll besetzt. Es blieb ihnen nichts anderes übrig, als auf den nächsten Zug um neun Uhr zweiundvierzig zu warten. In der Zwischenzeit fuhren sie nach Elm Villa.

Mrs. Rupa Mehra sagte, daß zu Lebzeiten ihres Mannes so etwas nicht möglich gewesen wäre. Die Züge seien pünktlich wie ein Uhrwerk gefahren, und Änderungen der Abfahrtszeiten hätten sich wie dynastische Wechsel vollzogen: folgenschwer und selten. Jetzt werde alles willkürlich geändert: Straßennamen, Eisenbahnfahrpläne, Preise, Sitten. Cawnpore und Cashmere würden plötzlich ganz anders geschrieben. Als nächstes hieße es Dilli und Kolkota und Mumbai. Und jetzt drohten sie anstößigerweise auch noch damit, beim Geld das Dezimalsystem einzuführen – und womöglich sogar bei Maßen und Gewichten.

»Machen Sie sich keine Sorgen, Ma«, sagte Haresh und lächelte. »Seit 1870 versuchen wir, das Kilogramm einzuführen, und wahrscheinlich wird es noch hundert Jahre dauern, bis es soweit ist.«

»Glauben Sie?« sagte Mrs. Rupa Mehra erfreut. Ein Sihr war in ihren Augen ein präzises Gewicht, ein Pfund etwas Vages und ein Kilogramm überhaupt nichts.

»Ja«, sagte Haresh. »Wir haben keinen Sinn für Ordnung oder Logik oder Disziplin. Kein Wunder, daß wir den Briten erlaubt haben, uns zu regieren. Was meinen Sie, Lata?« fügte er in einem naiven Versuch, sie einzubeziehen, hinzu.

Aber Lata hatte dazu keine Meinung griffbereit. Sie dachte an andere Dinge. Was sie im Augenblick am meisten beschäftigte, war Hareshs Panamahut, den sie (obwohl er ihn abgesetzt hatte) außergewöhnlich albern fand. Auch an diesem Morgen trug er den Anzug aus irischem Leinen.

Sie waren etwas zu früh am Bahnhof und setzten sich ins Café. Lata und Mrs. Rupa Mehra kauften Fahrkarten erster Klasse nach Lucknow – es war eine kurze Fahrt, und die Fahrkarten mußten nicht im voraus reserviert werden. Haresh nötigte sie zu einer Tasse Pheasant's kalte Schokolade – eine holländische Kreation. Sie schmeckte köstlich, und Latas Gesicht war der Wohlgeschmack anzusehen. Haresh war so entzückt über ihr unschuldiges Vergnügen, daß er überraschend sagte: »Darf ich Sie nach Lucknow begleiten? Ich könnte bei Simrans Schwester übernachten und morgen zurückfahren, nachdem ich Sie zum Zug nach Brahmpur gebracht habe.« Beinahe hätte er gesagt: Ich möchte heute noch ein paar Stunden mit Ihnen verbringen, auch wenn das bedeutet, daß jemand anders das Schafleder kaufen muß.

Mrs. Rupa Mehra gelang es nicht, Haresh davon abzubringen; er kaufte sich eine Fahrkarte nach Lucknow. Anschließend sorgte er dafür, daß ihr Gepäck sicher über und unter den Sitzbänken verstaut wurde, daß der Gepäckträger sie nicht übervorteilte, daß sie bequem saßen und daß beide eine Zeitschrift zum Lesen hatten – kurzum daß sie sich in jeder Beziehung wohl fühlten. Während der zweistündigen Fahrt sagte er praktisch kein Wort. Er dachte, daß Zufriedenheit aus Momenten wie diesen bestand.

Lata ihrerseits dachte, wie höchst merkwürdig es doch war, daß er als einen Grund dafür, sie nach Lucknow zu begleiten, angeführt hatte, Simrans Schwester besuchen zu wollen. Trotz seiner ordentlich aufgereihten Bücher und Bürsten war er doch ein unberechenbarer Mann.

Als der Zug im Bahnhof von Lucknow einfuhr, sagte er: »Ich würde Ihnen morgen sehr gern behilflich sein.«

»Nein, nein«, sagte Mrs. Rupa Mehra am Rande der Panik. »Unsere Fahrkarten sind bereits reserviert. Wir brauchen keine Hilfe. Mein Sohn hat sie reserviert – mein Sohn bei Bentsen Pryce. Wir werden sehr bequem reisen. Es ist nicht nötig, daß Sie zum Bahnhof kommen.«

Haresh sah Lata an und wollte sie etwas fragen. Dann wandte er sich jedoch an ihre Mutter. »Darf ich Lata schreiben, Mrs. Mehra?«

Mrs. Rupa Mehra wollte begeistert bejahen, beherrschte sich jedoch und blickte zu Lata. Lata nickte mit ernster Miene. Es wäre zu grausam gewesen, nein zu sagen.

»Ja, Sie dürfen ihr schreiben, natürlich«, sagte Mrs. Rupa Mehra. »Und Sie müssen mich ›Ma‹ nennen.«

»Jetzt werde ich noch dafür sorgen, daß Sie sicher zu Mr. Sahgals Haus kommen. Ich werde eine Tonga holen.«

Es war angenehm, sich um nichts kümmern zu müssen, und die zwei Frauen gestatteten Haresh, fachmännisch ein Theater um sie zu machen.

Eine Viertelstunde später fuhren sie vor dem Haus der Sahgals vor. Mrs. Sahgal war Mrs. Rupa Mehras Cousine ersten Grades. Sie war eine geistig etwas minderbemittelte, aber gutmütige Frau von fünfundvierzig, verheiratet mit einem bekannten Lucknower Anwalt. »Wer ist dieser Herr?« fragte sie.

»Das ist ein junger Mann, der mit Kalpana Gaur in St. Stephen war«, brachte Mrs. Rupa Mehra als eine wenig hilfreiche Erklärung vor.

»Er muß mit hereinkommen und Tee mit uns trinken«, sagte Mrs. Sahgal. »Sahgal Sahib wird ärgerlich sein, wenn er nicht mit hereinkommt.«

Mrs. Sahgals honigsüßes, albernes Leben drehte sich ausschließlich um ihren Mann. Ein Satz aus ihrem Mund war erst vollständig, wenn er einen Bezug zu Mr. Sahgal aufwies. Manche hielten sie für eine Heilige, andere für eine Närrin. Mrs. Rupa Mehra erinnerte sich, daß ihr eigener verstorbener Mann, ein normalerweise gutmütiger und toleranter Mensch, Mrs. Sahgal eine vernarrte Närrin genannt hatte. Und das hatte er verärgert, nicht etwa amüsiert vorgebracht. Die Sahgals hatten einen zurückgebliebenen siebzehnjährigen Sohn und eine hochintelligente und hochneurotische Tochter in Latas Alter.

Mr. Sahgal freute sich, Lata und ihre Mutter zu sehen. Er war ein besonnener, weise aussehender Mann mit einem kurzgeschnittenen grauweißen Bart. Hätte man ein ausdrucksloses Bild von ihm gemalt, hätte er ausgesehen wie ein Richter. Anstatt Haresh willkommen zu heißen, grinste er ihn seltsam verschwörerisch an. Haresh mochte ihn vom ersten Augenblick an nicht.

»Sind Sie sicher, daß ich Ihnen morgen nicht irgendwie behilflich sein kann?« fragte er.

»Ganz sicher, Haresh, Gott segne Sie«, sagte Mrs. Rupa Mehra.

»Lata?« sagte Haresh und lächelte etwas unsicher; vielleicht war er sich ausnahmsweise einmal nicht sicher, ob er gemocht wurde oder nicht. Die Signale, die er empfing, waren verwirrend widersprüchlich. »Darf ich Ihnen auch wirklich schreiben?«

»Ja, das wäre nett«, sagte Lata, als ob ihr jemand eine Scheibe Toast angeboten hätte. Es klang selbst in ihren Ohren so lauwarm, daß sie hinzufügte: »Es wäre wirklich sehr nett. Das ist eine gute Möglichkeit, sich kennenzulernen.«

Haresh wollte noch etwas sagen, überlegte es sich jedoch anders. »Au revoir«, sagte er schließlich lächelnd. In England hatte er ein paar Französischstunden genommen.

»Au revoir«, antwortete Lata und lachte.

»Warum lachen Sie?« fragte Haresh. »Haben Sie über mich gelacht?«
»Ja«, sagte Lata ehrlich. »Das habe ich. Danke.«
»Wofür?«
»Für einen sehr vergnüglichen Tag.« Sie sah noch einmal auf seine zweifarbigen Schuhe. »Ich werde ihn nicht so schnell vergessen.«
»Ich auch nicht.« Dann fielen Haresh noch mehrere Dinge ein, die er hätte sagen können, aber er verwarf sie alle.
»Sie müssen lernen, sich schneller zu verabschieden«, sagte Lata.
»Haben Sie noch mehr Ratschläge für mich?«
Ja, dachte Lata, noch mindestens sieben Stück. Laut sagte sie: »Ja, habe ich. Halten Sie sich links.«
Dankbar für diese liebenswürdige Banalität nickte Haresh; und seine Tonga ruckelte davon zum Haus von Simrans Schwester.

9.14

Nach ihrem Aufenthalt in Kanpur waren Lata und Mrs. Rupa Mehra so müde, daß sie sich bald nach dem Mittagessen hinlegten. Jede hatte ihr eigenes Zimmer, und Lata freute sich über die paar Stunden, die sie für sich hatte. Sie wußte, daß ihre Mutter, kaum wären sie miteinander allein, fragen würde, was sie von Haresh hielt.

Bevor sie einschlief, kam ihre Mutter in ihr Zimmer. Die Schlafzimmer waren wie in einem Hotel zu beiden Seiten eines langen Flurs angeordnet. Mrs. Rupa Mehra brachte eine Flasche 4711 Kölnisch Wasser, etwas, was sie stets in ihrer schwarzen Tasche mit sich führte. Sie befeuchtete eine Ecke eines mit Rosen bestickten Taschentuchs damit und betupfte liebevoll Latas Kopf.

»Ich wollte noch kurz ein Wort mit meinem Schatz reden, bevor er einschläft.«
Lata wartete auf die Frage.
»Nun, Lata?«
»Nun, Ma?« Lata lächelte. Jetzt, da die Frage im Raum stand und nicht mehr nur eine Vorstellung war, empfand sie sie nicht mehr als so furchterregend.
»Hältst du ihn nicht auch für eine gute Partie?« Mrs. Rupa Mehras Stimme war anzuhören, daß eine Zurückweisung Hareshs sie bis ins Mark treffen würde.
»Ma, ich kenne ihn seit vierundzwanzig Stunden.«
»Sechsundzwanzig.«
»Was weiß ich schon von ihm, Ma? Ich will es so ausdrücken – nicht negativ: Er ist in Ordnung. Ich muß mehr von ihm wissen.«
Da der letzte Satz zweideutig war, bestand Mrs. Rupa Mehra auf einer sofortigen Klarstellung.

Lata lächelte. »Ich versuch's anders: Ich weise ihn nicht zurück. Er will mir schreiben. Mal sehen, was er zu sagen hat.«

»Du bist ein sehr wählerisches und undankbares Mädchen. Und du denkst immer an die falschen Leute.«

»Ja, Ma, du hast vollkommen recht. Ich bin sehr wählerisch und sehr undankbar, und im Augenblick bin ich auch noch sehr müde.«

»Hier. Behalt das Taschentuch.« Und ihre Mutter ließ sie allein.

Lata schlief fast sofort ein. Der Haushalt in Sunny Park, Kalkutta, die lange, heiße Fahrt nach Kanpur, die Anstrengung, einem heiratsfähigen Mann vorgeführt zu werden, die Gerberei, das Wechselbad ihrer widersprüchlichen Empfindungen – einerseits mochte sie ihn, andererseits hielt sie ihn für geschmacklos –, die Fahrt von Kanpur nach Lucknow und die wiederkehrenden unerwünschten Gedanken an Kabir – all das hatte sie erschöpft. Sie schlief tief und fest. Als sie aufwachte, war es vier Uhr und Zeit, Tee zu trinken. Sie wusch sich das Gesicht, zog sich um und ging ins Wohnzimmer.

Ihre Mutter, Mr. Sahgal, Mrs. Sahgal und ihre beiden Kinder tranken Tee und aßen Samosas. Mrs. Rupa Mehra ließ sich wie üblich über die neuesten Entwicklungen in ihrem ausgedehnten Netzwerk von Bekannten und Verwandten informieren. Obwohl Mrs. Sahgal strenggenommen ihre Cousine war, betrachteten sie sich wechselseitig als Schwestern: Sie hatten nach dem Tod von Rupas Mutter – die während der großen Grippeepidemie gestorben war – einen Großteil ihrer Kindheit gemeinsam verbracht.

Mrs. Sahgals Streben, ihrem Mann zu Gefallen zu sein, war komisch oder vielleicht auch erbärmlich. Ihr Blick folgte seinem beständig. »Soll ich dir die Zeitung bringen?« »Möchtest du noch eine Tasse Tee?« »Soll ich das Fotoalbum holen?« Er mußte nur irgendeinen Gegenstand im Zimmer anschauen, und sie ahnte seine Wünsche und beeilte sich, sie zu erfüllen. Er verachtete sie nicht dafür, sondern lobte sie in wohlüberlegten Tönen. Manchmal strich er sich über den kurzen grauweißen Bart und sagte: »Kann ich mich nicht glücklich schätzen? Mit Maya als Frau habe ich nichts zu tun! Ich verehre sie wie eine Göttin.« Und seine Frau strahlte vor Freude.

Mehrere Fotos seiner Frau hingen an den Wänden und standen in kleinen Rahmen hier und da herum. Sie war eine körperlich attraktive Frau (wie ihre Tochter), und Mr. Sahgal war so etwas wie ein Amateurfotograf. Er zeigte Lata ein paar Bilder; Lata dachte unwillkürlich, daß die Posen ein wenig nach – sie suchte nach dem richtigen Wort – ›Filmstar‹ aussahen. Es gab auch zwei Fotos von Kiran, der Tochter, die so alt wie Lata war und an der Universität von Lucknow studierte. Kiran war groß, blaß und ziemlich attraktiv; aber sie bewegte sich abrupt und hatte einen unsteten Blick.

»Und jetzt machst du dich auf die große Lebensreise«, sagte Mr. Sahgal zu Lata. Er beugte sich vor und verschüttete etwas Tee. Seine Frau stürzte herbei, um aufzuwischen.

»Mausaji, ich werde mich auf keine Reise machen, ohne vorher die Fahrkarte zu kontrollieren«, sagte Lata und versuchte, seine Bemerkung leichtzunehmen, ärgerte sich jedoch, daß ihre Mutter sich erdreistet hatte, mit ihm und seiner Frau darüber zu reden.

Mrs. Rupa Mehra betrachtete die Erwähnung Hareshs nicht als einen Akt der Dreistigkeit, sondern im Gegenteil als einen Akt der Rücksichtnahme. Sie hatte Mr. und Mrs. Sahgal schlicht mitgeteilt, daß sie um Latas willen ihre Netze nicht durch die Khatri-Gemeinde Lucknows ziehen mußten – wozu sie sie andernfalls gewiß aufgefordert hätte.

An dieser Stelle begann der geistig behinderte Sohn Pushkar, der zwei Jahre jünger war als Lata, vor sich hin zu singen und vor und zurück zu schaukeln.

»Was gibt es, Sohn?« fragte sein Vater leise.

»Ich möchte Lata Didi heiraten«, sagte Pushkar.

Mr. Sahgal zuckte die Achseln und sah Mrs. Rupa Mehra um Verzeihung heischend an. »Manchmal ist er so. Komm, Pushkar, wir wollen mit deinem Baukasten spielen.« Sie gingen.

Lata fühlte sich auf einmal seltsam unbehaglich – ein Gefühl, das mit einem früheren Besuch in Lucknow zu tun haben mußte. Aber sie konnte sich beim besten Willen nicht erinnern, was es verursacht hatte. Sie wollte allein sein, das Haus verlassen, spazierengehen.

»Ich mache einen Spaziergang zu der alten britischen Residenz«, sagte sie. »Draußen ist es jetzt kühler, und es sind nur ein paar Minuten.«

»Aber du hast noch keine Samosas gegessen«, sagte Mrs. Rupa Mehra.

»Ma, ich habe keinen Hunger. Aber ich möchte spazierengehen.«

»Du kannst nicht alleine gehen«, sagte ihre Mutter bestimmt. »Wir sind hier nicht in Brahmpur. Warte, bis Mausaji zurückkommt, vielleicht wird er mit dir gehen.«

»Ich werde mit Lata gehen«, sagte Kiran rasch.

»Das ist lieb von dir, Kiran«, sagte Mrs. Rupa Mehra. »Aber bleibt nicht so lange. Zwei Mädchen können stundenlang miteinander reden, ohne zu merken, wie die Zeit vergeht.«

»Wir kommen zurück, bevor es dunkel wird«, sagte Kiran. »Mach dir keine Sorgen, Rupa Masi.«

9.15

Im Osten standen ein paar gräuliche Wolken am Himmel, die jedoch keinen Regen bringen würden. Die ziemlich leere Straße zur Residenz führte an dem schönen roten Ziegelgebäude des ehemaligen Obersten Gerichts von Lucknow vorbei, das jetzt dem Hohen Gerichtshof von Allahabad angegliedert war. Hier arbeitete Mr. Sahgal. Kiran und Lata sprachen kaum, und das war Lata nur recht.

Obwohl Lata bereits zweimal in Lucknow gewesen war – einmal mit neun, als ihr Vater noch lebte, einmal nach seinem Tod, mit vierzehn – und beide Male bei den Sahgals gewohnt hatte, kannte sie die verfallene Residenz noch nicht. Vom Haus der Sahgals in der Nähe des Kaiserbagh-Palastes brauchten sie nur eine Viertelstunde. Woran sie sich von früher noch erinnerte, waren nicht die historischen Monumente Lucknows, sondern die frische, selbstgemachte weiße Butter, die Mrs. Sahgal serviert hatte, und aus unerfindlichen Gründen wußte sie noch, daß sie zum Frühstück eine ganze Traube Wein bekommen hatte. Zudem erinnerte sie sich daran, daß Kiran bei ihrem ersten Besuch sehr freundlich zu ihr gewesen war und beim zweiten sehr unfreundlich, ja sogar boshaft. Damals hatte sich herausgestellt, daß mit ihrem Bruder etwas nicht stimmte, und vielleicht beneidete sie Lata um ihre lauten, liebenswürdigen und normalen Brüder. Aber du hast noch deinen Vater, hatte Lata gedacht, und ich habe meinen verloren. Warum magst du mich nicht? Lata war froh, daß Kiran zumindest versuchte, ihre alte Freundschaft wiederherzustellen; sie wünschte nur, daß sie jetzt besser in der Lage wäre, darauf einzugehen.

Denn sie wollte weder mit Kiran noch mit sonstjemandem reden – am allerwenigsten mit Mrs. Rupa Mehra. Sie wollte allein sein und über ihr Leben nachdenken und was damit und mit ihr passierte. Oder noch nicht einmal darüber nachdenken – sich vielmehr davon ablenken lassen durch etwas, was so weit entfernt und vergangen und großartig war, daß es der Bandbreite ihres eigenen Glücks und ihrer Kümmernisse Grenzen setzen würde. Im Park-Street-Friedhof hatte sie etwas von diesem Geist verspürt, an jenem Tag, als es wie aus Kübeln schüttete. Dieses Gefühl der Distanz wollte sie wiederbeleben.

Die große, verfallene, mit Einschußlöchern übersäte Ruine der Residenz stand vor ihnen auf einem Hügel. Das Gras am Fuß des Hügels war braun wegen der Trockenheit, aber oben war es grün, weil es gesprengt worden war. Überall zwischen den kaputten Gebäuden standen Bäume und Büsche: Bo-, Jamun-, Nim- und Mango- und mindestens vier große Banyanbäume. Beos zwitscherten in den Palmen mit der glatten oder rauhen Rinde, ein dichter Schauer roter Bougainvilleablüten regnete auf den Rasen. Chamäleons und Eichhörnchen flitzten zwischen den Ruinen, Obelisken und Kanonen umher. Wo der Putz von den dicken Wänden geblättert war, sah man die schmalen, harten Ziegel, aus denen sie erbaut waren. Gedenktafeln und Grabsteine lagen verstreut auf dem Gelände herum. Und in der Mitte, im bedeutendsten noch stehenden Gebäude, befand sich ein Museum.

»Sollen wir zuerst ins Museum gehen?« fragte Lata. »Vielleicht schließt es früh.«

Die Frage löste bei Kiran einen akuten Anfall von Angst aus. »Ich weiß nicht – ich – ich weiß nicht. Wir können alles mögliche tun. Niemand redet uns drein.«

»Dann machen wir das.«

Und sie gingen ins Museum. Kiran war so nervös, daß sie nicht etwa auf dem Daumennagel, sondern auf der Nagelwurzel des Daumens herumkaute. Lata sah sie erstaunt an.

»Stimmt etwas nicht, Kiran?« fragte sie. »Sollen wir zurückgehen?«

»Nein – nein«, rief Kiran. »Lies das nicht ...«

Lata las unverzüglich die Gedenktafel, auf die Kiran deutete.

SUSANNA PALMER
wurde in diesem Raum
am 1. Juli 1857
in ihrem neunzehnten Lebensjahr
von einer Kanonenkugel getötet.

Lata lachte. »Also wirklich, Kiran!«

»Wo war ihr Vater?« sagte Kiran. »Wo war er? Warum hat er sie nicht beschützt?«

Lata seufzte. Sie wünschte jetzt, sie wäre allein hergekommen, aber wenn ihre Mutter darauf bestand, daß sie in einer fremden Stadt nirgendwo ohne Begleitung hinging, dann gab es kein Entrinnen.

Da ihr Mitgefühl Kiran zu verstören schien, versuchte Lata, sie zu ignorieren. Statt dessen betrachtete sie interessiert ein bis ins winzigste Detail genaues Modell der Residenz und ihrer Umgebung während der Belagerung von Lucknow. An einer Wand hingen Sepiazeichnungen von Schlachten, von Artillerieangriffen, von einem Billardzimmer und von einem englischen Spion, der sich verkleidet hatte, um die indischen Linien zu durchbrechen.

Sie fand auch ein Gedicht von Tennyson, einem ihrer Lieblingsdichter. Sie hatte jedoch noch nie von diesem Gedicht, *Der Entsatz Lucknows*, gehört. Es bestand aus sieben Strophen, und sie las sie zuerst interessiert, dann mit wachsendem Widerwillen. Sie fragte sich, was Amit davon gehalten hätte. Jede Strophe endete mit der Zeile:

»Und auf dem höchsten Dache unser Banner von England wehte!«

Gelegentlich stand statt des ›und‹ ein ›aber‹ oder ein ›daß‹. Lata konnte kaum glauben, daß es sich um den Verfasser von *Maud* und *Die Lotosesser* handelte. Man konnte sich kaum, so dachte sie, rassistischer und blasierter ausdrücken als in folgenden Zeilen:

»Eine Handvoll Männer waren wir, Engländer im Herzen und in der Tat,
stark mit der Stärke unserer Rasse, befahlen wir, gehorchten, erlitten wir ...
Laßt sie sprechen, und dann feuert, und der dunkle Pionier ist nicht mehr ...
Gesegnet seien die gesunden weißen Gesichter von Havelocks Füsilieren ...«

Und so weiter und so fort.

Ihr kam nicht in den Sinn, daß es, wären die Verhältnisse umgekehrt gewesen, ebenso unsägliche Gedichte gegeben hätte – wahrscheinlich in Persisch, möglicherweise in Sanskrit –, die Englands schöne grüne Landschaften verunglimpft hätten. Sie war plötzlich stolz auf Savitas Schwiegervater, der aktiv daran mitgewirkt hatte, die Engländer aus dem Land zu werfen, und für den Augenblick vergaß sie den Sophia Convent und *Emma*.

In ihrer Empörung hatte sie sogar Kiran vergessen, die vor der Gedenktafel stand und der armen Susanna Palmer gedachte. Kiran schluchzte, und die Leute starrten sie an. Lata legte ihr den Arm um die Schultern, wußte aber ansonsten nicht, was zu tun war. Sie zog sie aus dem Gebäude und setzte sich mit ihr auf eine Bank. Es wurde bereits dunkel, und sie würden bald nach Hause müssen.

Kiran sah ihrer Mutter ähnlich, doch sie hatte nichts Dümmliches an sich. Tränen strömten ihr übers Gesicht, aber sie brachte kein Wort heraus. Lata versuchte unbeholfen, herauszufinden, was sie so aus der Fassung gebracht hatte. Der Tod eines gleichaltrigen Mädchens vor ungefähr hundert Jahren? Die von Verzweiflung gekennzeichnete Atmosphäre der Residenz? Gab es zu Hause ein Problem? In ihrer Nähe stand ein Junge, der einen orangeroten Drachen steigen ließ. Manchmal sah er zu ihnen her.

Zweimal schien es Lata, als wollte Kiran sich ihr anvertrauen oder sich zumindest entschuldigen. Aber da das nicht geschah, schlug Lata vor: »Gehen wir nach Hause, es wird schon spät.«

Kiran seufzte, stand auf und ging mit Lata den Hügel hinunter. Lata begann, Raga Marwa zu summen, den sie leidenschaftlich liebte. Als sie zu Hause ankamen, schien sich Kiran erholt zu haben.

»Ihr fahrt morgen mit dem Nachtzug, nicht wahr?« sagte Kiran vor dem Haus.

»Ja.«

»Ich würde dich so gern in Brahmpur besuchen. Aber Savitas Haus ist so klein, soweit ich weiß, nicht wie das Luxushotel meines Vaters.« Die letzten Worte hatte sie voller Bitterkeit ausgesprochen.

»Du mußt kommen, Kiran. Du kannst mühelos eine Woche bei uns bleiben – oder länger. Dein Semester beginnt zwei Wochen nach unserem. Und dann können wir uns auch besser kennenlernen.«

Wieder haftete Kirans Schweigen etwas Schuldbewußtes an. Sie gab Lata keine Antwort.

Lata war erleichtert, ihre Mutter wiederzusehen. Mrs. Rupa Mehra stauchte sie zusammen, weil sie so lange weggeblieben waren. In Latas Ohren klangen die altbekannten Vorwürfe wie Musik.

»Erzähl mir ...« begann Mrs. Rupa Mehra.

»Ma, wir sind die Straße entlanggegangen, am Gericht vorbei, und dann kamen wir zur Residenz. Unten steht ein Obelisk, der an die Offiziere und Sepoys erinnert, die loyal zu den Briten hielten. Drei Eichhörnchen saßen daneben ...«

»Lata!«

»Ja, Ma?«

»Benimm dich. Alles, was ich wissen wollte, war ...«

»Jede Einzelheit.«

Mrs. Rupa Mehra runzelte die Stirn und wandte sich ihrer Cousine zu. »Geht es dir mit Kiran genauso?« fragte sie.

»O nein«, sagte Mrs. Sahgal. »Kiran ist ein ganz braves Mädchen. Dank Sahgal Sahib. Sahgal Sahib spricht immer mit ihr und gibt ihr Ratschläge. Es gibt keinen besseren Vater als ihn ... Aber Lata ist auch ein braves Mädchen.«

»Nein«, widersprach Lata lachend. »Leider bin ich ein böses Mädchen. Ma, was wirst du tun, wenn ich heirate und wegziehe? Wen wirst du dann zusammenstauchen?«

»Ich werde weiterhin dich zusammenstauchen«, sagte Mrs. Rupa Mehra.

Mr. Sahgal war hereingekommen, hatte den Schluß der Unterhaltung mit angehört und sagte jetzt in einem ruhigen, onkelhaften Ton: »Lata, du bist kein böses Mädchen. Wir haben von deinen Prüfungsergebnissen gehört und sind sehr stolz auf dich. Wir müssen uns demnächst ausführlich über deine Zukunft unterhalten.«

Kiran stand auf. »Ich werde mich mit Pushkar unterhalten«, sagte sie.

»Setz dich«, sagte Mr. Sahgal in demselben ruhigen Tonfall.

Kiran setzte sich – ihr Gesicht war kalkweiß.

Mr. Sahgal sah sich im Zimmer um.

»Soll ich das Grammophon anstellen?« fragte seine Frau.

»Hast du Hobbys?« fragte Mr. Sahgal Lata.

»O ja«, antwortete Mrs. Rupa Mehra. »Sie hat angefangen, sehr schön klassische Musik zu singen. Und sie ist ein Bücherwurm.«

»Ich fotografiere gern«, sagte Mr. Sahgal. »Als ich in England Jura studierte, begann ich mich dafür zu interessieren.«

»Die Alben?« fragte Mrs. Sahgal atemlos angesichts der Chance, ihm zu Diensten sein zu können.

»Ja.«

Sie legte sie auf den Tisch. Mr. Sahgal zeigte ihnen die Fotos von seinen englischen Vermieterinnen und ihren Töchtern, von anderen Mädchen, die er dort gekannt hatte, dann ein paar Fotos von Indien, gefolgt von Seiten über Seiten mit Fotos von seiner Frau und Tochter, bisweilen in Posen, die Lata geschmacklos fand. Auf einem beugte sich Mrs. Sahgal so weit nach vorn, daß ihr eine Brust fast aus der Bluse fiel. Mr. Sahgal hielt ihnen dazu in seinem leisen, gemessenen Tonfall einen Vortrag über die Kunst der Fotografie, über Komposition und Belichtung, Körnung und Glanz, Kontrast und Tiefenschärfe.

Lata sah ihre Mutter an. Mrs. Rupa Mehra betrachtete die Fotos mit unsicherem Interesse. Mrs. Sahgals Gesicht war gerötet vor Stolz. Kiran saß stocksteif da, als ob sie krank wäre. Wieder kaute sie auf ihre sonderbare, beunruhigende Weise auf ihrer Nagelwurzel herum. Als sie Latas Blick bemerkte, starrte sie sie mit einer Mischung aus Scham und Haß an.

Nach dem Abendessen ging Lata sofort in ihr Zimmer. Sie fühlte sich unbehaglich und war froh, daß sie am nächsten Tag aus Lucknow abreisen würden. Ihre Mutter dachte allerdings daran, die Abfahrt zu verschieben, da Mr. und Mrs. Sahgal beide darauf bestanden, daß sie noch ein paar Tage blieben.

»Wie das?« hatte Mrs. Sahgal beim Abendessen gesagt. »Ihr kommt für einen Tag, und dann sieht man euch ein ganzes Jahr nicht mehr. Verhält sich so eine Schwester?«

»Ich würde ja gerne noch bleiben, Maya«, erwiderte Mrs. Rupa Mehra. »Aber Latas Semester beginnt bald. Wir würden wirklich gern noch hier bei dir und Sahgal Sahib bleiben. Das nächstemal bleiben wir länger.«

Pushkar war während des ganzen Essens still gewesen. Mit der Hilfe seines Vaters konnte er sogar selbst essen. Am Ende der Mahlzeit sah Mr. Sahgal erschöpft aus. Dann brachte er Pushkar ins Bett.

Er kam noch einmal ins Wohnzimmer, um allen eine gute Nacht zu wünschen, und verschwand dann sofort in seinem Zimmer am Ende des langen Korridors. Sein Zimmer lag dem seiner Frau gegenüber. Dann kamen die Gästezimmer und schließlich, am anderen Ende des Flurs, die Zimmer von Pushkar und Kiran. Pushkar hing sehr an einer alten Standuhr, einem Erbstück der Familie, und Mr. Sahgal hatte sie direkt vor seinem Zimmer aufgestellt. Manchmal sang Pushkar die Glockenschläge mit. Er hatte sogar gelernt, die Uhr aufzuziehen.

9.16

Lata lag eine Weile wach. Es war Hochsommer, und sie brauchte nur ein Laken, um sich zuzudecken. Der Ventilator war eingeschaltet, Moskitonetze wurden jedoch noch nicht gebraucht. Der Viertelstundenschlag der Uhr klang leise zu ihr, aber als es elf Uhr schlug, dann Mitternacht, erfüllte der Klang den ganzen Flur. Lata las ein bißchen im schwachen Schein der Nachttischlampe, aber die Ereignisse der letzten beiden Tage schoben sich zwischen sie und die Seiten. Schließlich machte sie das Licht aus, schloß die Augen und träumte im Halbschlaf von Kabir.

Sie hörte, wie sich auf dem mit einem Teppich bedeckten Flur langsam Schritte näherten. Als sie vor ihrer Tür innehielten, setzte sie sich erschrocken auf. Es waren nicht die Schritte ihrer Mutter. Die Tür ging auf, und sie erkannte die Silhouette eines Mannes gegen den schwachen Lichtschein aus dem Gang. Es war Mr. Sahgal.

Lata schaltete das Licht ein. Mr. Sahgal stand blinzelnd da, schüttelte den Kopf und hielt schützend die Hand vor die Augen gegen das nur schwache Licht der Nachttischlampe. Er trug einen braunen Morgenmantel, der mit einem braunen Gürtel mit Troddeln gebunden war. Er sah sehr müde aus.

Lata sah ihn erschrocken und überrascht an. »Geht es dir nicht gut, Mausaji? Bist du krank?«

»Nein, nicht krank. Aber ich habe lange gearbeitet. Deswegen – und ich habe gesehen, daß bei dir noch Licht brennt. Und dann hast du es ausgemacht. Du bist ein gescheites Mädchen – und liest viel.«

Er sah sich im Zimmer um und strich sich über den kurzen Bart. Er war ein ziemlich großer Mann. Nachdenklich sagte er: »In diesem Zimmer ist kein Stuhl. Das muß ich Maya sagen.« Er setzte sich auf die Bettkante. »Ist alles in Ordnung?« fragte er Lata. »Alles in Ordnung, nicht wahr? Mit den Kissen und so? Ich erinnere mich, daß du als kleines Kind Weintrauben mochtest. Du warst sehr klein. Jetzt ist die Zeit dafür. Auch Pushkar mag Trauben. Der arme Junge.«

Lata versuchte, das Laken näher zu sich zu ziehen, um sich besser zuzudekken, aber Mr. Sahgal saß darauf.

»Du bist sehr gut zu Pushkar, Mausaji«, sagte sie und überlegte, was sie tun oder wie sie das Gespräch in Gang halten könnte. Sie hörte und spürte ihren Herzschlag.

»Weißt du«, sagte Mr. Sahgal mit ruhiger Stimme und hielt die Troddeln am Gürtel seines Morgenmantels fest, »hier gibt es keine Hoffnung für ihn. In England gibt es spezielle Schulen, spezielle ...« Er hielt inne und betrachtete Latas Gesicht und Hals. »Dieser junge Mann, Haresh – er war doch in England? Hat er auch Fotos von seinen Vermieterinnen?«

»Das weiß ich nicht«, sagte Lata, die an Mr. Sahgals suggestive Bilder dachte und versuchte, die in ihr aufsteigende Angst zu kontrollieren. »Mausaji, ich bin sehr müde, morgen muß ich fahren ...«

»Aber erst am Abend. Wir müssen uns jetzt miteinander unterhalten. Es gibt niemanden in Lucknow, mit dem ich mich unterhalten könnte. In Kalkutta – oder auch Delhi –, aber ich kann nicht aus Lucknow weg. Wegen meiner Kanzlei.«

»Ja.«

»Und auch wegen Kiran. Sie trifft sich mit schlechten Jungen, liest schlechte Bücher. Ich muß ihr diese Gewohnheiten austreiben. Meine Frau ist eine Heilige, sie bemerkt so etwas nicht.« Er sprach leise mit Lata, und Lata nickte mechanisch.

»Meine Frau ist eine Heilige«, wiederholte er. »Jeden Morgen braucht sie eine Stunde für ihre Puja. Sie würde alles für mich tun. Was immer ich essen will, sie kocht es eigenhändig. Sie ist wie Sita – eine perfekte Ehefrau. Wenn ich will, daß sie nackt vor mir tanzt, tut sie es. Für sich selbst verlangt sie nichts. Sie will nur Kiran verheiraten. Aber ich bin der Meinung, daß Kiran erst zu Ende studieren soll – und bis dahin soll sie zu Hause leben. Einmal kam ein Junge ins Haus – wirklich ins Haus. Ich habe ihm gesagt, er soll verschwinden – verschwinden!« Mr. Sahgal sah nicht mehr müde, sondern sehr lebhaft aus. Er beruhigte sich wieder und fuhr mit seiner leisen Erklärung fort: »Aber wer wird Kiran schon heiraten, wenn Pushkar manchmal so schreckliche Geräusche macht? Manchmal spüre ich seine Wut. Du hast doch nichts dagegen, wenn ich so vertraulich mit dir spreche? Kiran ist eine gute Freundin von dir, das weiß ich. Du mußt mir von dir erzählen, von deinen Plänen ...« Er schnüffelte anerkennend. »Das ist das Eau de Cologne, das deine Mutter benutzt. Kiran benutzt nie Eau de Cologne. Natürliche Sachen sind am besten.«

Lata starrte ihn an. Ihr Mund war vollkommen trocken.

»Ich bringe ihr Saris mit, wenn ich nach Delhi fahre«, redete Mr. Sahgal weiter. »Während des Kriegs trugen modische Frauen Saris mit breiten Bordüren, sogar aus Brokat und Flor. Bevor sie Witwe wurde, habe ich deine Mutter einmal in ihrem Hochzeitssari aus Flor gesehen. Aber so etwas gibt es jetzt nicht mehr. Stickerei gilt als vulgär.« Als Nachgedanken fügte er hinzu: »Soll ich dir einen Sari kaufen?«

»Nein – nein«, sagte Lata.

»Crêpe Georgette fällt besser als Chiffon, findest du nicht auch?«

Lata gab keine Antwort.

»Jetzt sind Ajanta-Pallus der letzte Schrei. Die Motive sind so – so – phantasievoll –, ich habe einen mit Paisley-Muster gesehen, einen anderen mit Lotosblüten bedruckt.« Mr. Sahgal lächelte. »Und die Frauen tragen heutzutage so kurze Cholis und lassen ihre Taille und ihren Rücken frei. Hältst du dich für ein böses Mädchen?«

»Ein böses Mädchen?« wiederholte Lata.

»Beim Abendessen hast du gesagt, du seist ein böses Mädchen«, erklärte ihr Onkel in freundlichem, gemäßigtem Tonfall. »Ich glaube es nicht. Ich glaube, du bist ein Lippenstift-Mädchen. Bist du ein Lippenstift-Mädchen?«

Mit grausigem Entsetzen erinnerte sich Lata, daß er ihr die gleiche Frage vor fünf Jahren gestellt hatte, als sie zusammen in seinem Auto saßen. Sie hatte die Erinnerung daran völlig verdrängt. Damals war sie vierzehn gewesen, und er hatte sie gelassen, nahezu rücksichtsvoll gefragt: »Bist du ein Lippenstift-Mädchen?«

»Ein Lippenstift-Mädchen?« hatte Lata verwirrt erwidert. Zu jener Zeit hatte sie Frauen, die Lippenstift trugen oder rauchten, für mutig und modern gehalten und geglaubt, daß sie sich über die Grenze des Erlaubten hinauswagten. »Ich glaube nicht«, hatte sie gesagt.

»Weißt du, was ein Lippenstift-Mädchen ist?« hatte Mr. Sahgal gefragt und dabei breit gegrinst.

»Jemand, der Lippenstift benutzt?«

»Auf den Lippen?« hatte ihr Onkel bedächtig gefragt.

»Ja, auf den Lippen.«

»Nein, nicht auf den Lippen, nicht auf den Lippen – das versteht man unter einem Lippenstift-Mädchen.« Mr. Sahgal hatte langsam den Kopf geschüttelt und gelächelt, als ob er sich über einen Witz freute, und dabei in ihre fragenden Augen geblickt.

Kiran – die einen Einkauf erledigt hatte – war zum Wagen zurückgekehrt, und sie waren weitergefahren. Aber Lata hatte sich nahezu krank gefühlt. Später hatte sie sich selbst die Schuld gegeben dafür, daß sie ihren Onkel mißverstanden hatte. Sie hatte niemandem von diesem Zwischenfall erzählt und ihn schließlich vergessen. Aber jetzt erinnerte sie sich wieder daran, und sie starrte ihn an.

»Ich weiß, daß du ein Lippenstift-Mädchen bist. Möchtest du einen Lippenstift?« fragte Mr. Sahgal und rutschte auf dem Bett näher zu ihr.

»Nein«, rief Lata. »Will ich nicht, Mausaji – bitte, hör auf ...«

»Es ist so heiß – ich muß den Morgenmantel ausziehen.«

»Nein!« Lata wollte schreien, aber sie konnte nicht. »Bitte nicht, Mausaji. Ich – ich werde schreien – meine Mutter hat einen leichten Schlaf – geh – geh jetzt – Ma – Ma ...«

Die Uhr schlug eins.

Mr. Sahgal öffnete den Mund, aber er sagte nichts. Dann seufzte er. Er sah wieder sehr müde aus. »Ich dachte, du wärst ein gescheites Mädchen«, sagte er enttäuscht. »Woran denkst du? Wenn du einen Vater hättest, der dich richtig erzieht, würdest du dich nicht so verhalten.« Er stand auf. »In dieses Zimmer gehört ein Stuhl, in einem Deluxe-Hotel sollte in jedem Zimmer ein Stuhl stehen.« Er wollte Latas Haar berühren, aber vielleicht spürte er, daß sie vor Angst völlig verkrampft war. Statt dessen sagte er, als würde er ihr verzeihen: »Ich weiß, daß du zuinnerst ein braves Mädchen bist. Schlaf gut, Gott segne dich.«

»Nein!« Lata hatte fast geschrien.

Nachdem er gegangen war und seine Schritte leise im Flur in Richtung seines Zimmers verhallten, begann Lata zu zittern. »Schlaf gut, Gott segne dich«, hatte ihr Vater immer zu ihr, seinem ›kleinen Äffchen‹, gesagt. Sie machte das Licht aus und schaltete es sofort wieder ein. Sie ging zur Tür und mußte feststellen, daß man sie nicht abschließen konnte. Sie zerrte ihren Koffer davor. Neben der Nachttischlampe stand ein Krug mit Wasser, und sie trank ein Glas. Ihre Kehle war ausgedörrt, und ihre Hände zitterten. Sie vergrub das Gesicht im Taschentuch ihrer Mutter.

Sie dachte an ihren Vater. Während der Schulferien hatte er sie jeden Tag, nachdem er von der Arbeit zurückgekehrt war, gebeten, ihm Tee zu machen. Sie hatte ihn abgöttisch geliebt, und sie liebte die Erinnerung an ihn. Er war ein fröhlicher Mann gewesen und hatte seine Familie gern abends um sich. Als er in Kalkutta nach einer langen Herzkrankheit starb, war sie im Sophia Convent in Mussourie. Die Nonnen waren sehr nett zu ihr gewesen. Ihr war nicht nur die für jenen Tag festgesetzte Prüfung erlassen worden, sondern sie hatten ihr auch eine Anthologie mit Gedichten geschenkt, die noch immer zu ihren wertvollsten Besitztümern gehörte. Eine Nonne hatte gesagt: »Es tut uns so leid – er war noch so jung.« »O nein«, hatte Lata erwidert. »Er war sehr alt – er war siebenundvierzig Jahre alt.« Sie hatte es sich nicht vorstellen können. Das Schuljahr sollte in ein paar Monaten zu Ende gehen, und dann würde sie wie gewöhnlich nach Hause fahren. Sie hatte nicht weinen können.

Einen Monat später war ihre Mutter nach Mussourie gekommen. Mrs. Rupa Mehra war von Gram und Trauer gebeugt und hatte nicht früher kommen können, nicht einmal zu ihrer Tochter. Sie trug Weiß, und auf ihrer Stirn war keine Tika. Als sie das sah, hatte Lata begriffen, was geschehen war, und sie mußte weinen.

»Er war sehr alt.« Wieder hörte sie ihren Onkel sagen: »Du warst noch sehr klein.« Lata schaltete das Licht aus und lag in der Dunkelheit.

Sie konnte niemandem von dem Vorfall erzählen. Mrs. Sahgal war in ihren Mann vernarrt; war sie überhaupt fähig zu sehen, wie er wirklich war? Sie hatten getrennte Schlafzimmer; Mr. Sahgal arbeitete oft bis spätnachts. Mrs. Rupa Mehra hätte Lata wahrscheinlich nicht geglaubt. Hätte sie es doch getan, dann hätte sie darauf bestanden – oder sich gewünscht, darauf zu bestehen –, daß Lata einer unschuldigen Begebenheit einen dramatischen Anstrich verliehe. Und wenn sie Lata wirklich glauben würde, was könnte sie dann tun? Mayas Mann anzeigen und ihr närrisches Glück zerstören?

Lata dachte daran, daß weder ihre Mutter noch Savita ihr etwas von Menstruation erzählt hatten, bevor sie bei ihr zum ersten Mal – plötzlich, ohne Vorwarnung – auf einer Zugfahrt eingesetzt hatte. Lata war zwölf. Ihr Vater war tot. Sie reisten nicht mehr im Salonwagen, sondern in der Klasse zwischen zweiter und dritter Preisstufe. Es war Hochsommer und heiß – so wie jetzt, der Monsun war noch nicht eingetroffen. Aus irgendeinem Grund reisten sie und ihre Mutter allein. Sie war auf die Toilette gegangen, als sie den Beginn von etwas Unangenehmem spürte – und dann, als sie sah, was es war, dachte sie, sie müßte verbluten. Zu Tode erschrocken stürzte sie in ihr Abteil zurück. Ihre Mutter gab ihr ein Taschentuch, um das Blut aufzusaugen, aber es war ihr alles sehr peinlich. Sie sagte Lata, sie solle mit niemandem darüber reden, vor allem nicht mit Männern. Sita und Savitri sprachen auch nicht über solche Dinge. Lata fragte sich, was sie getan hatte, um das zu verdienen. Schließlich sagte Mrs. Rupa Mehra ihr, sie solle sich nicht aufregen – es würde allen Frauen so ergehen –, daß Frauen deswegen etwas Besonderes und Auserlesenes seien – und daß es von jetzt an jeden Monat passieren würde.

»Hast du das auch?« hatte Lata gefragt.

»Ja«, sagte Mrs. Rupa Mehra. »Früher habe ich weichen Stoff benutzt, aber jetzt nehme ich Binden. Du mußt immer ein paar bei dir haben. Unten in meinem Koffer sind welche.«

In der fürchterlichen Hitze war es klebrig und unangenehm gewesen, aber es mußte ertragen werden. Im Lauf der Jahre wurde es auch nicht besser. Das Blut, die Rückenschmerzen, die Unregelmäßigkeiten vor Prüfungen – Lata fand nichts Besonderes oder Auserlesenes daran. Als sie Savita fragte, warum sie ihr nichts davon gesagt hatte, erwiderte Savita: »Ich dachte, du wüßtest es. Ich hab's gewußt, bevor ich meine Periode zum erstenmal bekam.«

Die Uhr auf dem Gang schlug drei, und Lata war noch immer wach. Dann hielt sie erneut erschrocken den Atem an. Die leisen Schritte näherten sich wieder auf dem Flurteppich. Sie wußte, daß sie vor ihrer Tür innehalten würden. Oh, Ma, Ma, dachte Lata.

Aber die Schritte gingen weiter, leise den Flur entlang zum anderen Ende, zu den Zimmern von Pushkar und Kiran. Vielleicht wollte Mr. Sahgal nur nachsehen, ob bei seinem Sohn alles in Ordnung war. Lata rechnete jede Minute damit, daß die Schritte zurückkämen. Sie konnte nicht schlafen. Aber es war zwei Stunden später, kurz vor fünf Uhr morgens, als sie sich wieder leise näherten, vor ihrer Tür kurz verharrten und sich dann entfernten.

9.17

Am nächsten Morgen fehlte Mr. Sahgal beim Frühstück.

»Sahgal Sahib fühlt sich nicht wohl. Er ist müde von der vielen Arbeit«, sagte Mrs. Sahgal.

Mrs. Rupa Mehra schüttelte den Kopf. »Maya, du mußt ihm sagen, daß er es nicht übertreiben soll. An Überarbeitung ist mein Mann gestorben. Und wozu? Man soll hart arbeiten, aber genug ist genug. Lata, warum ißt du deinen Toast nicht? Er wird kalt. Und Maya Masi hat die gute weiße Butter gemacht, die du so gerne magst.«

Mrs. Sahgal lächelte Lata zuckersüß an. »Das arme Mädchen sieht ganz müde und besorgt aus. Ich glaube, sie ist schon in H. verliebt. Und jetzt kann sie nachts nicht mehr schlafen.« Sie seufzte zufrieden.

Lata butterte schweigend ihren Toast.

Ohne die Hilfe seines Vaters tat sich Pushkar schwer mit seinem Toast. Kiran, die ebenso müde aussah wie Lata, ging zu ihm, um ihm zu helfen.

»Was macht er, wenn er sich rasieren muß?« fragte Mrs. Rupa Mehra leise.

»Oh, Sahgal Sahib hilft ihm«, sagte Mrs. Sahgal. »Oder einer der Dienstboten – aber Pushkar ist es lieber, wenn wir ihm helfen. Ach, Rupa, ich wünschte, ihr würdet noch ein paar Tage bleiben. Wir haben so viel zu besprechen. Und die Mädchen würden sich auch besser kennenlernen.«

»Nein!« Das Wort war heraus, bevor Lata darüber nachgedacht hatte. Sie schien erschrocken und angewidert.

Kiran ließ das Messer auf Pushkars Teller fallen. Dann lief sie aus dem Zimmer.

»Lata, sag sofort, daß es dir leid tut«, sagte Mrs. Rupa Mehra. »Was hast du dir nur dabei gedacht? Kannst du dich nicht anständig benehmen?«

Lata hätte ihrer Mutter gern erklärt, daß sie damit nur gemeint hatte, nicht länger in diesem Haus bleiben zu können; sie hatte Kiran nicht verletzen wollen. Aber damit hätte sie nur eine Beleidigung gegen eine andere ausgetauscht. Sie hielt den Mund und senkte den Kopf.

»Hast du mich verstanden?« sagte Mrs. Rupa Mehra verärgert.
»Ja.«
»Ja, was?«
»Ja, Ma, ich habe dich verstanden. Ich habe dich verstanden. Ich habe dich verstanden.«
Lata stand auf und ging in ihr Zimmer. Mrs. Rupa Mehra traute ihren Augen nicht.
Pushkar begann, vor sich hin zu singen und sich die kleinen Toaststücke, die seine Schwester für ihn zurechtgeschnitten und mit Butter bestrichen hatte, in den Mund zu stopfen. Mrs. Sahgal war betrübt.
»Ich wünschte, Sahgal Sahib wäre hier. Er weiß, wie man mit Kindern umgeht.«
»Lata ist manchmal etwas gedankenlos. Ich werde ein Wörtchen mit ihr reden«, sagte Mrs. Rupa Mehra und überlegte es sich dann doch anders. Sie wollte nicht zu streng mit ihr sein. »Kanpur hat sie angestrengt. Mich natürlich auch. Sie weiß die Mühe, die ich mir für sie gebe, einfach nicht zu schätzen. Nur *er* tat das.«
»Trink zuerst deinen Tee, meine liebe Rupa«, sagte Mrs. Sahgal.
Wenige Minuten später fand Mrs. Rupa Mehra Lata in ihrem Zimmer schlafend vor. Sie schlief so tief, daß sie ein paar Stunden später zum Mittagessen geweckt werden mußte.
Beim Essen lächtelte Mr. Sahgal Lata an und sagte: »Schau, was ich für dich habe.« Es war ein kleines, flaches, eckiges, in rotes Papier eingewickeltes Paket. Das Einwickelpapier war mit Stechpalmenzweigen, Glocken und anderen Weihnachtsmotiven bedruckt.
»Wie hübsch!« sagte Mrs. Rupa Mehra, ohne zu wissen, was es war.
Latas Ohren brannten vor Wut und Verlegenheit. »Ich will es nicht.«
Mrs. Rupa Mehra war zu schockiert, um etwas zu sagen.
»Und anschließend gehen wir ins Kino. Es ist noch genug Zeit, bis euer Zug fährt.«
Lata starrte ihn an.
Mrs. Rupa Mehra, die dazu erzogen worden war, ein Geschenk erst dann auszupacken, wenn sie allein war, vergaß sich. »Mach es auf!« befahl sie Lata.
»Ich will es nicht«, sagte Lata. »Mach du es auf.« Und sie stieß das Paket über den Tisch. Irgend etwas klapperte darin.
»Savita würde sich nie so benehmen«, sagte ihre Mutter. »Und Mausaji hat sich extra deinetwegen den Nachmittag frei genommen – nur damit Maya und ich Zeit haben, uns zu unterhalten. Du weißt gar nicht, wie sehr er sich für dich interessiert. Immer sagt er, daß du so gescheit bist, aber ich fange an, daran zu zweifeln. Bedank dich.«
»Danke«, sagte Lata und fühlte sich schmutzig und gedemütigt.
»Und du mußt mir von dem Film erzählen, wenn du zurückkommst.«
»Ich werde nicht ins Kino gehen.«

»Was?«

»Ich werde nicht ins Kino gehen.«

»Mausaji geht doch mit, Lata – warum regst du dich so auf?« fragte ihre Mutter verständnislos.

Kiran warf Lata einen verbitterten, eifersüchtigen Blick zu. Mr. Sahgal sagte: »Sie ist für mich wie meine eigene Tochter. Ich werde aufpassen, daß sie nicht zuviel Eis und anderes ungesundes Zeug ißt.«

»Ich werde nicht ins Kino gehen!« schrie Lata trotzig und voller Panik.

Mrs. Rupa Mehra kämpfte mit dem Paket. Nach diesem Schrei schierer Rebellion hatte sie ihre Finger nicht mehr unter Kontrolle. Normalerweise packte sie jedes Geschenk mit größter Vorsicht aus, um das Papier noch einmal benutzen zu können. Aber jetzt riß sie es einfach herunter.

»Das ist deine Schuld«, sagte sie zu Lata. Aber dann sah sie den Inhalt und blickte erstaunt zu Mr. Sahgal.

Das Geschenk war ein Geduldsspiel, ein rosarotes Labyrinth aus Plastik mit einem transparenten Deckel. Sieben kleine silberfarbene Kugeln mußten hindurchjongliert werden, bis sie sich, wenn man Glück hatte, alle im Zentrum befanden.

»Sie ist so ein geschicktes Mädchen, deswegen habe ich ihr ein Geduldsspiel geschenkt. Normalerweise würde sie es in fünf Minuten schaffen, aber der Zug ruckelt so, daß sie bestimmt eine Stunde braucht«, erklärte Mr. Sahgal liebenswürdig. »Im Zug vergeht die Zeit manchmal so langsam.«

»Wie aufmerksam«, murmelte Mrs. Rupa Mehra und runzelte die Stirn.

Lata log, daß sie Kopfweh habe, und zog sich in ihr Zimmer zurück. Aber ihr war tatsächlich übel – ihr war so schlecht, daß sich ihr der Magen umdrehte.

9.18

Mr. Sahgals Wagen brachte sie am späten Nachmittag zum Bahnhof. Mr. Sahgal selbst arbeitete und kam nicht mit. Kiran blieb mit Pushkar zu Hause. Mrs. Sahgal begleitete sie und gab ununterbrochen Belanglosigkeiten von sich.

Lata sagte kein einziges Wort.

Sie mischten sich unter die Menge auf dem Bahnsteig. Plötzlich stand Haresh vor ihnen.

»Hallo, Mrs. Mehra. Hallo, Lata.«

»Haresh? Ich sagte doch, Sie brauchen nicht zu kommen«, sagte Mrs. Rupa Mehra. »Und Sie sollen mich endlich ›Ma‹ nennen«, fügte sie automatisch hinzu.

Haresh lächelte und freute sich, daß ihm die Überraschung gelungen war.

»Mein Zug nach Cawnpore fährt in fünfzehn Minuten, deshalb habe ich mir gedacht, ich könnte Ihnen noch behilflich sein. Wo ist Ihr Kuli?«

Gut gelaunt und tatkräftig begleitete er sie zu ihrem Abteil und kümmerte sich darum, daß Mrs. Rupa Mehras schwarze Handtasche an einer diebstahlsicheren Stelle untergebracht war, wo sie sie sofort erreichen konnte.

Mrs. Rupa Mehra schämte sich in Grund und Boden; es war ihr alles andere als leichtgefallen, zwei Fahrkarten erster Klasse von Kanpur nach Lucknow zu kaufen, aber sie hatte gemeint, einen potentiellen Schwiegersohn beeindrucken zu müssen. Jetzt aber war unübersehbar, daß sie normalerweise nicht einmal in der zweiten Klasse reisten, sondern in der Zwischenklasse. Und Haresh war auch tatsächlich etwas verwirrt, obwohl er sich nichts anmerken ließ. Nach Mrs. Rupa Mehras ganzem Gerede über Salonwagen und den Sohn bei Bentsen Pryce hatte er etwas anderes von ihnen erwartet.

Aber was macht das schon? sagte er sich. Ich mag das Mädchen.

Lata, die anfänglich erfreut – erleichtert, würde er sagen – gewirkt hatte, ihn zu sehen, schien jetzt in sich gekehrt, sich ihrer eigenen Anwesenheit, der ihrer Mutter, ihrer Tante, geschweige denn seiner kaum bewußt.

Als der Pfiff ertönte, sah er einen Augenblick lang ein Bild vor sich. Es war ungefähr zur gleichen Tageszeit, und es war warm, das heißt, es konnte noch nicht lange her sein. Er stand auf dem Bahnsteig eines überlaufenen Bahnhofs, auf dem Weg zum Zug, und sein Kuli war fast schon in der Menge vor ihm verschwunden. Eine Frau mittleren Alters, die ihm den Rücken zuwandte, wartete zusammen mit einer jüngeren Frau auf einen Zug. Der Ausdruck dieser jüngeren Frau – er wußte jetzt, daß es Lata gewesen war – war so intensiv, in sich gekehrt, vielleicht sogar verletzt oder wütend, daß er die Luft angehalten hatte. Ein Mann war bei ihnen, der Mann, den er auf Sunil Patwardhans Party kennengelernt hatte – der Englischdozent, dessen Namen er vergessen hatte. Brahmpur, ja – dort hatte er sie schon einmal gesehen. Er hatte es gewußt; er hatte es gewußt, und jetzt erinnerte er sich. Er hatte sich doch nicht geirrt. Er lächelte, seine Augen verschwanden.

»Brahmpur – ein hellblauer Sari«, sagte er, mehr oder weniger zu sich.

Hinter dem Fenster wandte sich Lata ihm zu und sah ihn fragend an.

Der Zug setzte sich in Bewegung.

Haresh schüttelte, immer noch lächelnd, den Kopf. Auch wenn der Zug noch einmal stehengeblieben wäre, hätte er den kryptischen Satz wahrscheinlich nicht erklärt.

Er winkte, als der Zug davonfuhr, aber weder Mutter noch Tochter winkten zurück. Aber da Haresh ein Optimist war, schrieb er das ihrer anglisierten Zurückhaltung zu.

Ein blauer Sari. Das war es, dachte er.

9.19

Haresh hatte den Tag in Lucknow im Haus von Simrans Schwester verbracht. Er erzählte ihr, daß er am Tag zuvor eine junge Frau kennengelernt hatte, die er – da er keine Chance sah, bei Simran ans Ziel zu gelangen – ernsthaft als Heiratskandidatin in Erwägung zog.

Er drückte sich nicht genau so aus; aber auch wenn er es getan hätte, wäre es nicht eigentlich als Beleidigung aufgefaßt worden. Die meisten Paare, die er kannte, waren auf diese Weise zusammengekommen, und es waren nicht sie selbst, die entschieden hatten, sondern ihre Väter oder das männliche Oberhaupt der betreffenden Familien – unter Anhörung der erwünschten oder unerwünschten Ratschläge von Dutzenden anderer. Im Fall eines entfernten Cousins vom Land war der Vermittler der Dorfbarbier gewesen; dank seines Zutritts zu den meisten Häusern des Dorfes war die Ehe von Hareshs Cousin die vierte gewesen, die er in diesem Jahr mit arrangiert hatte.

Simrans Schwester hatte Verständnis für Haresh. Sie wußte, wie lange und treu ergeben Haresh ihre Schwester geliebt hatte, und sie spürte, daß sein Herz noch immer ihr gehörte.

Haresh hätte das nicht für eine beiläufige metaphorische Redewendung gehalten. Er und sein Herz gehörten tatsächlich Simran. Sie konnte mit beidem machen, was sie wollte, er würde sie stets lieben. Die Freude in Simrans Augen, wenn sie sich sahen, die Traurigkeit hinter der Freude, die zunehmende Gewißheit, daß ihre Eltern hart bleiben würden, daß sie sie verstoßen würden, daß ihre Mutter als gefühlsbetonte Frau, die sie war, ihre Drohung, von der sie ihr in jedem Brief schrieb und die sie jeden Tag erwähnte, wenn Simran zu Hause war, womöglich wahr machen würde – all das hatte Simran zermürbt. Ihre Korrespondenz, die schon unregelmäßig war, als Haresh in England studierte (teilweise weil Hareshs Briefe unregelmäßig eintrafen, das heißt, wann immer eine Freundin, an deren Adresse er die Briefe schickte, sie besuchte), wurde noch unregelmäßiger. Manchmal vergingen Wochen, ohne daß Haresh etwas von ihr hörte; dann wieder bekam er drei Tage nacheinander Post.

Simrans Schwester wußte, wie schwer es Simran ankommen würde, wenn sie erfuhr, daß Haresh sein Leben vielleicht mit jemand anders verbringen würde – oder auch nur daran dachte, das zu tun. Simran liebte Haresh. Ihre Schwester liebte ihn ebenfalls, auch wenn er der Sohn eines Lala – unter den Sikhs ein verächtlicher Ausdruck für Hindus – war. Sogar ihr Bruder hatte an der Verschwörung teilgehabt. Als er und Haresh siebzehn waren, hatte Haresh ihn dafür bezahlt, unter dem Fenster seiner Schwester Gasele zu singen: Aus irgendeinem Grund war Simran verärgert über Haresh, und Haresh versuchte, sie versöhnlich zu stimmen. Er liebte Musik und glaubte an ihre Macht, harte Herzen zu erweichen, mußte jedoch ihren Bruder dafür anheuern, denn er selbst hatte eine Stimme, die sogar seine geliebte Simran (die nichts an seiner Sprechstimme auszusetzen hatte) als absolut unmelodisch bezeichnete.

»Haresh, bist du sicher?« fragte Simrans Schwester in Pandschabi. Sie war drei Jahre älter als Simran, und auch ihre Ehe – mit einem Sikh-Offizier der Armee – war arrangiert worden.

»Ich habe keine andere Wahl«, erwiderte Haresh. »Früher oder später muß ich mich nach jemand anders umsehen. Die Zeit vergeht, ich bin achtundzwanzig. Ich denke dabei auch an sie – sie wird jeden zurückweisen, den deine Eltern vorschlagen, solange ich nicht verheiratet bin.«

Hareshs Augen wurden feucht. Simrans Schwester klopfte ihm aufmunternd auf die Schulter.

»Wann hast du beschlossen, daß dieses Mädchen zu dir passen könnte?«

»Im Bahnhof von Kanpur. Sie hat diese Schokolade getrunken – du weißt schon, Pheasant's.« Haresh konnte an der Miene von Simrans Schwester ablesen, daß er ihr die genauen Einzelheiten ersparen sollte.

»Hast du ihr schon offiziell einen Antrag gemacht?«

»Nein. Wir werden uns schreiben. Ihre Mutter hat das Treffen arrangiert. Sie sind im Augenblick in Lucknow, schienen aber nicht besonders erpicht darauf, mich hier zu sehen.«

»Hast du deinem Vater geschrieben?«

»Ich will ihm heute abend schreiben, wenn ich wieder zu Hause bin.« Haresh hatte einen Zug ausgesucht, der es ihm ermöglichte, Mrs. Rupa Mehra und ihre Tochter wie zufällig im Bahnhof von Lucknow zu treffen.

»Schreib es Simran noch nicht.«

Haresh war verletzt. »Aber warum nicht? Früher oder später muß ich es ihr sagen.«

»Wenn aus der Sache nichts wird, tust du ihr unnötig weh.«

»Sie wird sich wundern, wenn sie nichts von mir hört.«

»Schreib ihr, wie du ihr immer schreibst.«

»Wie soll ich das machen?« Haresh scheute vor der Unaufrichtigkeit zurück.

»Schreib ihr nichts, was nicht stimmt. Sprich das Thema einfach nicht an.«

Haresh dachte eine Weile nach. »In Ordnung«, sagte er schließlich. Aber er wußte, daß Simran ihn zu gut kannte, um seinen Briefen nicht doch zu entnehmen, daß irgend etwas in seinem Leben, nicht nur in ihrem, vor sich ging, was sie auseinanderreißen könnte.

9.20

Nach einer Weile wandte sich die Unterhaltung Simrans Schwester zu. Ihr junger Sohn Monty (drei Jahre alt) wollte zur Marine, und ihr Mann (der ganz verrückt nach dem Jungen war) nahm sich diese Entscheidung sehr zu Herzen. Er betrachtete sie als Mißtrauensbeweis gegen sich und schmollte infolgedessen, so schien es ihr zumindest. Sie selbst schrieb Montys Vorliebe der Tatsache zu, daß er in der Badewanne gern mit Booten spielte und noch nicht das Stadium erreicht hatte, in dem man kleine Spielzeugsoldaten vorzieht.

Monty hatte Schwierigkeiten mit der Aussprache bestimmter Wörter und hatte erst neulich gesagt – während er nach einem kurzen Vormonsunschauer in seinem Lieblingselement herumspritzte –, daß er gerne »mitzen in die Pfitzen« springen würde. Simrans Schwester empfand das als bezeichnend für seine unbestreitbare Goldigkeit. Sie hoffte, daß er in späteren Jahren seine Männer »auf in die Slacht« führen würde. Monty machte den Eindruck, als sei seine Würde beleidigt worden, und von Zeit zu Zeit zog er seine Mutter an den Fingern, um sie vom Plaudern abzubringen.

Da er keinen Hunger hatte, beschloß Haresh, aufs Mittagessen zu verzichten und sich statt dessen einen Film anzusehen. *Hamlet* lief im Kino um die Ecke. Der Film gefiel ihm, aber er ärgerte sich über Hamlets Unentschlossenheit.

Danach ließ er sich für eine Rupie die Haare schneiden. Schließlich kaufte er sich Paan und ging zum Bahnhof, um nach Kanpur zurückzufahren und, wie er hoffte, Lata und ihre Mutter zu treffen, die er mittlerweile beide ins Herz geschlossen hatte. Über die Erfüllung seiner Hoffnung freute er riesig; und daß sie ihm nicht winkten, als der Zug abfuhr, betrübte ihn nicht unmäßig. Das zufällige Aufeinandertreffen, das die Bahnhöfe von Brahmpur und Lucknow jetzt miteinander verband, nahm er als gutes Omen.

Auf der zweistündigen Fahrt zurück nach Kanpur nahm Haresh einen Block mit blauem Briefpapier (oben auf jeder Seite stand ›H.C. Khanna‹) und einen billigen weißen Notizblock aus seiner Tasche. Er blickte von einem zum anderen, dann zu der Frau, die ihm gegenübersaß, schließlich aus dem Fenster. Es wurde allmählich dunkel. Bald gingen im Zug die Lichter an. Letztendlich beschloß er, daß man in einem ruckelnden Zug keine ernsten Briefe schreiben konnte. Er steckte das Briefpapier wieder weg.

Oben auf den Notizblock schrieb er: ›Zu erledigen:‹. Dann strich er es durch und schrieb: ›Nicht vergessen:‹. Das strich er ebenfalls wieder aus und schrieb: ›Dinge, die erledigt werden müssen:‹. Ihm ging durch den Sinn, daß er sich ebenso dämlich verhielt wie Hamlet.

Nachdem er seine Korrespondenz und ein paar berufliche Dinge notiert hatte, wandte er sich allgemeineren Themen zu und erstellte unter der Überschrift ›Mein Leben‹ eine weitere Liste.

1. Muß mich, was das Weltgeschehen anbelangt, auf den neuesten Stand bringen.

Haresh war der Meinung, daß er in dieser Hinsicht bei den Gesprächen mit den Mehras nicht sonderlich gut abgeschnitten hatte. Aber seine Arbeit nahm ihn so sehr in Anspruch, daß er bisweilen nicht einmal Zeit hatte, einen Blick in die Zeitung zu werfen.

2. Gymnastik: mindestens eine Viertelstunde jeden Morgen. Wie verschaffe ich mir die Zeit?
3. 1951 zum entscheidenden Jahr in meinem Leben machen.
4. Onkel Umesh den Rest meiner Schulden zurückzahlen (vollständig).
5. Lernen, mein Temperament zu zügeln. Muß lernen, Idioten zu ertragen, auch wenn's schwerfällt.
6. Schuhauftrag für Kedarnath Tandon in Brahmpur unter Dach und Fach bringen.

Diesen Punkt strich er später aus und transferierte ihn auf die Arbeitsliste.

7. Schnurrbart.

Diesen Punkt strich er aus und schrieb ihn noch einmal, mit einem Fragezeichen dahinter.

8. Von guten Leuten lernen, z. B. von Babaram.
9. Die Hauptwerke von T. H. zu Ende lesen.
10. Versuchen, regelmäßig Tagebuch zu führen wie früher.
11. Meine fünf besten und fünf schlechtesten Eigenschaften notieren. Letztere bewahren, erstere ausmerzen.

Haresh las den letzten Satz durch, machte ein erstauntes Gesicht und korrigierte ihn.

9.21

Es war schon spät, als er in Elm Villa eintraf. Mrs. Mason, die sich bisweilen beschwerte, wenn Haresh spät zum Essen kam (weil es das Personal unnötig durcheinanderbrachte), hieß ihn jedoch herzlich willkommen.

»Sie sehen ganz erschöpft aus. Meine Tochter hat mir erzählt, wieviel Sie zu tun hatten. Und Sie haben gar nicht Bescheid gesagt, daß Sie länger als einen

Tag wegbleiben. Wir haben gestern Mittagessen für Sie gekocht. Und Abendessen. Und heute wieder Mittagessen. Aber das macht nichts. Sie sind wieder da, und das ist die Hauptsache. Es gibt Lamm. Einen guten herzhaften Braten.«

Haresh war das nur recht, da er seit dem Morgen nichts mehr gegessen hatte. Mrs. Mason platzte schier vor Neugier, hielt sich jedoch zurück, solange er aß.

Als sie schließlich das Wort an ihn richten wollte, kam ihr Haresh zuvor. »Wie geht es Sophie?« Sophie war die geliebte Perserkatze der Masons und als Gesprächsthema unschlagbar.

Haresh hörte sich fünf Minuten die Sophie-Saga an, gähnte und sagte: »Gute Nacht, Mrs. Mason. Es war sehr nett von Ihnen, mir mein Abendessen warm zu halten. Ich muß ins Bett.«

Und bevor Mrs. Mason das Gespräch auf Simran oder die beiden Besucherinnen bringen konnte, war Haresh in sein Zimmer verschwunden.

Er war sehr müde, aber noch wach genug, um drei Briefe zu schreiben. Der Rest mußte bis zum nächsten Tag ungeschrieben bleiben.

Als erstes wollte er Lata schreiben, aber er spürte Simrans Blick auf sich und machte sich an einen kürzeren und einfacheren Brief – er war nicht viel länger als eine Postkarte und für Kedarnath Tandons Sohn Bhaskar bestimmt.

Lieber Bhaskar,
ich hoffe, Dir geht es gut. Die Wörter, die Du wissen wolltest, heißen laut einem chinesischen Kollegen von mir ›Wan‹ (reimt sich auf Kaan) und ›Ee‹ (reimt sich auf Knie). Die ganze Reihe der Zehnerpotenzen lautet also: eins, zehn, hundert, tausend, Wan, Lakh, Million, Crore, Ee, Milliarde. Das Wort für zehn hoch zehn wirst Du selber erfinden müssen. Ich schlage Bhask vor.

Bitte grüße Dr. Durrani von mir und Deine Eltern und Deine Großmutter. Bitte auch Deinen Vater, mir das zweite Paar Herrenhalbschuhe zu schicken, die mir der Mann in Ravidaspur versprochen hat. Es sollte vor über einer Woche fertig sein. Vielleicht ist es auch schon unterwegs.

Herzlichst
Haresh Chacha

Als nächstes schrieb er seinem Vater einen kurzen Brief von eineinhalb Seiten, dem er das kleine Foto von Lata beifügte, das er von den Mehras bekommen hatte. Er hatte sie selbst fotografieren wollen, aber sie hatte sich verlegen geziert, und er hatte nicht darauf bestanden.

Lata schrieb er einen dreiseitigen Brief auf seinem blauen Briefpapier. Obwohl er, während sie die Schokolade tranken, kurz davor gewesen war, ihr (oder vielmehr ihnen) zu gestehen, daß er davon überzeugt war, sie sei die richtige Frau für ihn, hatte ihn doch etwas zurückgehalten. Jetzt war er froh darüber. Haresh wußte, daß er trotz seines Pragmatismus ein überaus impulsiver Mensch war. Mit fünfzehn hatte er eine Minute gebraucht, um zu entscheiden, von zu Hause wegzugehen, und zehn Minuten, um es auszuführen; es hatte

Monate gedauert, bis er wieder zurückkehrte. Auf dem Markt neulich hätte er Mr. Lee, den Schuhdesigner, am liebsten sofort eingestellt, obwohl er nicht befugt dazu war; er wußte einfach, daß Lee der richtige Mann war, um die Schuhe für die neuen Aufträge zu entwerfen, die er selbst mit Sicherheit beschaffen würde.

So viel zu Entscheidungen, die, wenn schon nicht lobenswert, so doch bewundernswert gewesen wären. Ebenfalls impulsiv hatte er einst einem Freund in Patiala Geld geliehen. Es war ein gutes Drittel seiner Ersparnisse gewesen, und jetzt wußte er, daß er es nie zurückbekommen würde. Aber die Entscheidung, mit der er im Augenblick befaßt war, betraf nicht sein Vermögen, sondern ihn selbst. Und wenn er sich selbst weggäbe, könnte er sich nie wieder zurückverlangen.

Er betrachtete Simrans Foto – nichts würde ihn dazu verleiten, es wegzustellen, auch wenn er den ersten Brief an Lata schrieb. Er fragte sich, was Simran gesagt, welchen Rat sie ihm gegeben hätte. Ihre Freundlichkeit und ihre unverdorbene Herzensgüte hätten ihm den richtigen Weg gewiesen, das wußte er. Sie wollte sein Bestes, so wie er ihr Bestes wollte.

»Sieh es mal so, Simran«, sagte er. »Ich bin achtundzwanzig. Wir beide haben keine Chance. Eines Tages will ich eine Familie gründen. Wenn ich dazu heiraten muß, dann muß ich es eben. Sie mögen mich. Zumindest die Mutter mag mich, und das verändert alles.«

Eineinhalb der drei Seiten an Lata handelten von der Praha Shoe Company, der tschechischen Firma mit dem indischen Hauptsitz in Kalkutta und einer großen Fabrik im fünfzehn Meilen entfernten Prahapore. Haresh wollte jemanden, den Mrs. Rupa Mehra seit Jahren kannte und der seinerseits ein ziemlich hohes Tier in der Firma kannte, auf sich und seine Zeugnisse aufmerksam machen. Eine Stelle bei Praha hatte in Hareshs Augen drei Vorteile. In einer Firma, die professionell organisiert war, hätte er bessere Aufstiegschancen. Er wäre in der Nähe von Kalkutta, wo sich sozusagen der Hauptsitz der Mehras befand und wo Lata (wie er herausgefunden hatte) die Weihnachtsferien verbringen würde. Und schließlich glaubte er, dort mehr verdienen zu können als im Augenblick. Er war geneigt, das demütigende Lohnangebot, das er vor kurzem von Praha erhalten hatte, als die genervte Reaktion auf eine Reihe von hartnäckigen Briefen eines Mannes abzutun, der ihnen schrieb, ohne ihnen irgendwie vorgestellt worden zu sein. Was er brauchte, so glaubte Haresh, war das Wohlwollen eines Mannes an der Spitze.

Ich hoffe [fuhr Haresh fort, der sich eingedenk Mrs. Rupa Mehras entschiedener Aufforderung, Lata beim Vornamen zu nennen, zum ›Du‹ entschlossen hatte] auf die übliche Art, daß Du eine angenehme Heimreise hattest und daß Dich alle vermißt haben, die Du nach so langer Abwesenheit in Brahmpur wiedergesehen hast.

Ich danke Dir für Deinen Besuch in Cawnpore und die nette Zeit, die wir miteinander verbracht haben. Es war nichts von Verschämtheit und unangebrachter Zurückhaltung zu spüren, und ich bin überzeugt, daß wir auf jeden Fall Freunde sein können, vielleicht auch mehr. Mir gefällt Deine Ehrlichkeit und Deine Art, Dir Ausdruck zu verleihen. Ich muß zugeben, daß ich nur wenige Engländerinnen kennengelernt habe, die so gut englisch sprechen wie Du. Diese Eigenschaften, dazu die Art, wie Du Dich kleidest, und Deine Persönlichkeit machen Dich zu einem Menschen, der weit über dem Durchschnitt liegt. Ich denke, Kalpana Gaur hat Dich zu Recht gelobt. Vielleicht kommt Dir das alles etwas schmeichlerisch vor, aber ich schreibe, wie ich fühle.

Ich habe gerade Dein Foto an meinen Stiefvater geschickt und ihm meinen Eindruck von Dir, wie ich ihn in den wenigen Stunden, die wir zusammen verbrachten, gewonnen habe, geschildert. Ich werde Dir mitteilen, was er zu sagen hat.

Es folgten zwei weitere Absätze über allgemeine Themen, und der Brief war fertig. Haresh schrieb die Adresse auf den Umschlag. Als er ein paar Minuten später im Bett lag, fiel ihm ein, daß die Mehras mit Sicherheit Simrans Foto auf seinem Schreibtisch gesehen hatten. Als er sie nach Elm Villa einlud, hatte er überhaupt nicht an das Bild gedacht. Es gehörte so sehr zu seinem Zimmer wie sein Bett. Mutter und Tochter würden zweifellos darüber geredet haben – insbesondere über die Tatsache, daß er es hatte stehenlassen. Bevor er einschlief, fragte er sich noch einen Augenblick lang, was sie wohl gedacht oder gesagt hatten.

9.22

Eines Morgens, ein paar Tage später, traf Haresh in der Fabrik ein und stellte fest, daß Rao Lee irgendeine banale Arbeit in seiner Abteilung zugeteilt hatte.

»Ich brauche Lee«, sagte Haresh barsch. »Für den HSH-Auftrag.«

Rao sah ihn an seiner langen Nase vorbei verächtlich an. »Sie können ihn haben, wenn ich ihn nicht mehr brauche. Diese Woche arbeitet er für mich.«

Lee, der den Wortwechsel mitbekam, war es sehr peinlich. Er verdankte Haresh seine Stellung und respektierte ihn. Rao respektierte er nicht, aber Rao war in der Firmenhierarchie nominell Hareshs Vorgesetzter.

Etwas später, während der wöchentlichen Sitzung, kam es in Mukherjis Büro zu einem spektakulären Feuerwerk.

Mukherji gratulierte Haresh herzlich zu dem kürzlich bestätigten HSH-Auftrag, ohne den die Firma in ernsthafte Schwierigkeiten geraten wäre. »Aber die Frage der Einteilung der Arbeitskräfte sollte mit Sen Gupta koordiniert werden«, fügte er hinzu.

»Gewiß«, sagte Sen Gupta. Er schien sich zu freuen. Sen Gupta war verantwortlich für Arbeiter und Angestellte, aber nichts tat dieser faule Mensch lieber, als Paan zu kauen und jede Arbeit hinauszuzögern, die dringend erledigt werden mußte. Von ihm etwas anderes zu erwarten, als mit blutunterlaufenen Augen auf eine rotgefleckte Akte zu stieren, war, wie darauf zu warten, daß ein Stupa zu Staub zerfällt. Sen Gupta hatte mißfallen, daß Mukherji Haresh gelobt hatte.

»Wir werden alle etwas härter zupacken müssen, hm, Sen Gupta?« fuhr der Fabrikmanager fort. »Also, Khanna«, er wandte sich Haresh zu, »Sen Gupta war in letzter Zeit etwas unglücklich, weil Sie sich in Personalangelegenheiten eingemischt haben. Besonders was die Designerstelle angeht. Er meint, er hätte bessere Leute für weniger Geld bekommen – und schneller.«

Tatsächlich sprang Sen Gupta im Karree – und neidisch war er auch.

Schneller! Sen Gupta! dachte Haresh.

»Wenn wir schon vom Personal reden«, sagte er und beschloß, reinen Tisch zu machen, »möchte ich, daß Lee wieder dem HSH-Auftrag zugeteilt wird.« Er sah Rao an.

»Wieder?« fragte Mukherji und blickte von Haresh zu Rao.

»Ja. Mr. Rao hat beschlossen ...«

»Sie können ihn in einer Woche wiederhaben«, unterbrach Rao. »Das muß jetzt nicht in dieser Sitzung besprochen werden. Mr. Mukherji hat wichtigere Themen zu behandeln.«

»Ich brauche ihn jetzt. Wenn wir diesen Auftrag nicht erfüllen, glauben Sie etwa, daß sie zu uns kommen, Kappe in der Hand, und uns bitten, noch mehr Schuhe für sie zu machen? Können wir denn keine sinnvollen Prioritäten setzen? Lee liegt an Qualität. Ich brauche ihn zum Entwerfen und zur Auswahl des Leders.«

»Mir liegt auch an Qualität«, sagte Rao voll Widerwillen.

»Erzählen Sie hier keine Witze«, sagte Haresh aufgeregt. »Sie nehmen mir die Arbeiter weg, wenn ich sie am meisten brauche – erst vor zwei Tagen sind zwei meiner Ausstanzer in Ihre Abteilung verschwunden, weil Ihre Männer nicht zur Arbeit erschienen sind. Sie können in Ihrer Abteilung keine Disziplin durchsetzen und unterminieren sie in meiner. Qualität ist das letzte, woran Ihnen etwas liegt.« Haresh wandte sich an Mukherji. »Warum lassen Sie ihm das durchgehen? Sie sind der Manager der Fabrik.«

Das war zu direkt, aber Haresh schäumte. »Ich kann nicht arbeiten, wenn mir meine Männer und mein Designer weggeschnappt werden.«

»*Ihr* Designer?« Sen Gupta starrte Haresh wütend an. »Ihr Designer? Sie hatten keinerlei Befugnis, Lee eine Stelle anzubieten. Und ihn einzustellen.«

»Ich habe ihn nicht eingestellt. Das hat Mr. Mukherji getan, mit der Zustimmung von Mr. Ghosh. Ich habe ihn nur gefunden. Lee zumindest ist ein Profi.«

»Und ich etwa nicht? Ich habe enthaaren gelernt, bevor Sie geboren wurden«, sagte Sen Gupta erregt, obwohl das nichts zur Sache tat.

»Profi? Schauen Sie sich doch die Fabrik an«, sagte Haresh mit kaum verhohlener Verachtung. »Vergleichen Sie sie mit Praha oder James Hawley oder Cooper Allen. Wie können wir hoffen, unsere Kunden zu behalten, wenn wir unsere Aufträge nicht rechtzeitig erfüllen? Wenn unsere Qualität unter dem Durchschnitt liegt? In den Slums von Brahmpur machen sie bessere Schuhe. Nichts wird hier professionell gehandhabt. Wir brauchen Leute, die was von Schuhen verstehen, nicht von Taktiererei. Leute, die arbeiten und nicht überall, wo sie sich herumtreiben, eine Adda einrichten.«

»Nicht professionell?« Sen Gupta stürzte sich auf Hareshs Bemerkung. »Das wird Mr. Ghosh erfahren! Sie nennen uns unprofessionell? Sie werden schon sehen, Sie werden sehen.«

Etwas an Sen Guptas polternder Drohung und handgreiflichem Neid veranlaßte Haresh, weiter in die gleiche Kerbe zu schlagen. »Ja, es ist unprofessionell!«

»Haben Sie's gehört? Haben Sie's gehört?« Sen Gupta blickte zu Rao und Mukherji und wieder zurück zu Haresh, die rote Zungenspitze in seinem offenen Mund rollte sich auf. »Sie nennen uns unprofessionell?« Er stieß seinen Stuhl nicht nach vorn, sondern nach hinten und blies die Backen auf. »Dieses Paar Schuhe ist zu groß für Sie, viel zu groß.« Seine geröteten Augen traten aus den Höhlen.

Haresh, der bislang kein Blatt vor den Mund genommen hatte, blieb dabei. »Ja, Mr. Sen Gupta, genau das behaupte ich. Sie zwingen mich dazu, schonungslos zu sein, aber es stimmt, ganz gewiß für Sie. Sie sind in jeder Beziehung unprofessionell – und einer der schlimmsten Manipulatoren, die ich kenne, Rao eingeschlossen.«

»Sicherlich«, sagte Mukherji, der sich als Friedensstifter versuchte, den jedoch das Wort, das Sen Gupta Haresh entlockt und das Haresh zumindest anfänglich nicht so gemeint hatte, verletzte. »Sicherlich müssen wir überall dort, wo etwas unzureichend ist, für Abhilfe sorgen. Aber jetzt wollen wir doch in aller Ruhe miteinander reden.« Er wandte sich an Rao. »Sie sind seit vielen Jahren bei der Firma und waren es schon, bevor Mr. Ghosh sie gekauft und übernommen hat. Sie werden von allen respektiert. Sen Gupta und ich sind vergleichsweise neu hier.« Dann wandte er sich zu Haresh: »Und jeder bewundert Sie dafür, wie Sie den HSH-Auftrag beschafft haben.« Dann zu Sen Gupta: »Belassen wir es dabei.« Und er fügte ein, zwei beruhigende Worte in Bengali hinzu.

Aber der unversöhnliche Sen Gupta wandte sich erneut an Haresh. »Sie haben einen Erfolg eingeheimst, und schon wollen Sie die ganze Fabrik übernehmen.« Er schrie und fuchtelte mit den Händen herum.

Haresh, den dieses groteske Schauspiel erzürnte, erwiderte angeekelt: »Besser als Sie würde ich sie allemal führen. Hier geht's doch zu wie auf einem bengalischen Fischmarkt.«

Die Worte, in der Hitze des Augenblicks gesprochen, standen unwiderruflich im Raum. Der schmierige Rao war außer sich, und er war noch nicht einmal

Bengali. Sen Gupta entrüstete sich triumphierend. Und auch Mukherji war mit der simultanen Beleidigung von Bengalen und Fisch nicht ganz einverstanden.

»Sie sind überarbeitet«, sagte er zu Haresh.

Am Nachmittag wurde Haresh in Mukherjis Büro gerufen. Haresh dachte, daß es mit dem HSH-Auftrag zu tun hätte, und nahm eine Akte mit Unterlagen und Plänen mit, die er in der letzten Woche bearbeitet hatte. Mr. Mukherji erklärte ihm jedoch, daß Rao, nicht er, den HSH-Auftrag abwickeln würde.

Haresh sah ihn hilflos und ungläubig an. Er schüttelte den Kopf, als wollte er den letzten Satz und damit die ungerechte Behandlung abschütteln.

»Ich habe mir die Seele aus dem Leib gearbeitet, um den Auftrag zu kriegen, Mr. Mukherji, und Sie wissen das. Er hat das Blatt für die Fabrik gewendet. Sie haben mir praktisch versprochen, daß der Auftrag in meiner Abteilung und unter meiner Aufsicht ausgeführt wird. Ich habe es meinen Männern bereits gesagt. Was soll ich ihnen jetzt sagen?«

»Es tut mir leid.« Mr. Mukherji schüttelte den Kopf. »Es wird allgemein so gesehen, daß Sie zuviel am Hals haben. Lassen Sie Ihre neue Abteilung langsam anfangen und erst mal alle Probleme lösen. Dann wird sie in der Lage sein, einen so großen Auftrag zu übernehmen. HSH wird uns noch mehr Aufträge geben. Und auch Ihre anderen Pläne sind beeindruckend. Alles zu seiner Zeit.«

»In der neuen Abteilung gibt es keine Probleme«, sagte Haresh. »Nicht ein einziges. Sie läuft schon besser als alle anderen. Und seit letzter Woche arbeite ich an den Einzelheiten zur Ausführung des Auftrags. Sehen Sie!« Er öffnete die Akte. Mr. Mukherji schüttelte den Kopf.

Haresh sprach weiter und wurde dabei immer wütender. »Wir werden keinen Auftrag mehr bekommen, wenn wir diesen in den Sand setzen. Geben Sie ihn Rao, und die Sache ist gelaufen. Ich habe sogar einen Vorschlag, wie wir den Auftrag, zwei Wochen bevor er fällig ist, erfüllen können.«

Mukherji seufzte. »Khanna, Sie müssen lernen, sich zu beherrschen.«

»Ich werde zu Ghosh gehen.«

»Die Anweisung kommt von Mr. Ghosh.«

»Das kann nicht sein. Dafür war gar keine Zeit.«

Mukherji blickte gequält drein, Haresh ungläubig.

»Es sei denn, Rao selbst hat mit Ghosh in Bombay telefoniert. So muß es sein. War das Ghoshs Idee? Ich kann nicht glauben, daß es Ihre war.«

»Darüber kann ich nicht reden, Khanna.«

»In dieser Sache ist noch nicht das letzte Wort gesprochen. Das lasse ich nicht auf mir sitzen.«

»Es tut mir leid.« Mukherji mochte Khanna.

Haresh ging zurück in sein Büro. Das war ein harter Schlag. Er hatte auf diesen Auftrag gesetzt. Mehr als alles andere wollte er diesen wichtigen Auftrag, den er selbst beschafft hatte, ausführen, um zu beweisen, daß er und seine neue Abteilung kompetent waren – und, ja, er wollte etwas Erstklassiges für die Firma tun, für die er arbeitete. Eine Weile schien es, als hätte man seinen Willen gebrochen. Er stellte sich noch einmal Raos Verachtung vor, Sen Guptas Schadenfreude. Er würde seinen Arbeitern die Neuigkeit mitteilen müssen. Es war unerträglich. Und er war nicht gewillt, es zu ertragen.

Obwohl er entmutigt war, weigerte er sich, sich hinzusetzen und zu akzeptieren, daß diese unfaire Behandlung sein zukünftiges Arbeitsleben bestimmen sollte. Er war schlecht behandelt worden. Zwar stimmte, daß Ghosh ihm seinen ersten Job gegeben hatte – und das zudem kurzfristig –, und dafür war er auch dankbar. Aber diese unerwartete und unlogische Ungerechtigkeit unterminierte seinen Sinn für Loyalität. Es war, als hätte er ein Kind aus dem Feuer gerettet und würde dafür selbst hineingestoßen. Er würde seine Stelle nur so lange behalten, wie er sie unbedingt brauchte. Wenn er bei einem Gehalt von dreihundertfünfzig Rupien schon Bedenken hatte, ob er eine Frau ernähren könnte, dann konnte er es bei einem Gehalt von null Rupien gleich vergessen. Von niemandem, bei dem er sich beworben hatte, war eine akzeptable Antwort gekommen. Aber bald – er hoffte, sehr bald – würde sich etwas ergeben. Etwas? Irgend etwas. Er würde annehmen, was immer sich ihm böte.

Er schloß die Tür zu seinem Büro, die fast stets offenstand, und setzte sich, um nachzudenken.

9.23

Haresh brauchte zehn Minuten, um zu entscheiden, was zu tun war.

Seit einiger Zeit schon wollte er die Möglichkeit einer Anstellung bei James Hawley erkunden. Jetzt beschloß er, nicht länger zu warten, sondern sich sofort um einen Job dort zu bemühen. Er bewunderte die Firma; und ihr Hauptsitz war in Kanpur. Die James-Hawley-Fabrik war mechanisiert und relativ modern. Die dort produzierten Schuhe waren von besserer Qualität, als sie die CLFC für angemessen hielt. Und wenn Haresh eine Gottheit verehrte, dann den Gott Qualität. Außerdem hatte er so eine Ahnung, daß seine Fähigkeiten bei James Hawley auf mehr Respekt und weniger Willkür stoßen würden.

Aber wie immer hieß das Problem, sich Zugang zu verschaffen. Wie bekam er einen Fuß in die Tür – oder, um eine andere Metapher zu verwenden, wie fand er bei jemandem an der Spitze ein geneigtes Ohr? Der Präsident der Cromarty-Gruppe war Sir Neville Maclean; der Generaldirektor war Sir David Gower, und der Direktor der Tochterfirma James Hawley und der riesigen Fabrik in Kanpur (die 30000 Paar Schuhe täglich herstellte) war ein weiterer Engländer. Er konnte nicht einfach ins Hauptbüro der Firma marschieren und darum bitten, zu jemandem vorgelassen zu werden.

Nach kurzem Nachdenken beschloß er, sich an den legendären Pyare Lal Bhalla zu wenden. Er war als einer der ersten ins Schuhgeschäft eingestiegen.

Wie er den Einstieg geschafft und seine jetzige Bedeutung erlangt hatte, war eine Geschichte für sich.

Pyare Lal Bhalla stammte aus Lahore. Ursprünglich war er ein Handelsvertreter für Hüte und Kinderkleidung aus England – ein Zweig, der in die Bereiche Sportkleidung, Farben/Kosmetik und Stoff expandiert hatte. Er machte seine Sache hervorragend, und sein Geschäft florierte dank seiner eigenen Anstrengungen und dank der Empfehlung zufriedener Auftraggeber. So war es zum Beispiel möglich, daß jemand von James Hawley, der unterwegs nach Indien war, im Club einen Freund traf, der zu ihm sagte: »Also, wenn du in Lahore und mit deinem Vertreter für den Pandschab nicht zufrieden bist, dann ist es nicht das dümmste, dich an Peary Loll Buller zu wenden. Ich glaube nicht, daß er was mit Schuhen zu tun hat, aber er ist ein erstklassiger Handelsvertreter, und vermutlich wird es sich für ihn lohnen. Und für dich natürlich auch. Ich werd ihm schreiben, daß du ihn vielleicht aufsuchen wirst.«

In Anbetracht der Tatsache, daß er Vegetarier war (Pilze waren das Fleischähnlichste, was er zu sich nahm), war es interessant, daß Pyare Lal Bhalla sofort zugestimmt hatte, für James Hawley & Company die Vertretung für den ganzen (damals noch ungeteilten Pandschab) zu übernehmen. Leder war verunreinigend, und die meisten der Tiere, deren Häute post mortem eine Existenz als Extraschicht um menschliche Füße führten, waren gewiß keines natürlichen Todes gestorben, sondern geschlachtet worden. Bhalla sagte sich, daß er damit nichts zu tun hatte. Er war nur ein Handelsvertreter. Die Demarkationslinie war klar. Die Engländer taten das eine, er etwas anderes.

Aber er erkrankte an Leukoderma, und viele dachten, das sei die entstellende Rache der empörten Götter, denn er hatte seine Seele besudelt, indem er, wenn auch indirekt, mit dem Töten von Tieren zu tun hatte. Andere dagegen scharten sich um ihn, denn er war enorm erfolgreich und enorm reich. Vom Alleinvertreter für den Pandschab wurde er zum Alleinvertreter für ganz Indien. Er zog nach Kanpur, wo sich der Hauptsitz der Gruppe befand, zu der James Hawley gehörte. Er gab andere Zweige seines Geschäfts auf, um sich auf diesen lukrativen Bereich zu konzentrieren. Mit der Zeit verkaufte er nicht nur ihre Schuhe, sondern er beriet sie auch, was sich am besten verkaufen ließ. Er schlug ihnen vor, die Produktion des Modells Gorilla zu reduzieren und die Produktion des Modells Champion zu erhöhen. Letztlich bestimmte er praktisch allein ihre Produktpalette. James Hawley florierte dank seiner Geschäftstüchtigkeit, und sein Geschäft florierte, weil die Firma von ihm abhängig geworden war.

Während des Krieges hatte die Firma die ganze Produktion auf Militärstiefel umgestellt. Diese wurden nicht über Bhalla verkauft, aber James Hawley zahlte Bhalla weiterhin eine Provision – einerseits aus Fairneß, andererseits aus Weitsicht. Obwohl der Prozentsatz niedriger war als vorher, stand Bhalla aufgrund des größeren Umsatzes nicht schlechter da. Nach dem Krieg hatte James Hawley, wiederum geleitet vom Verkaufs- und Marketingtalent Pyare Lal Bhallas, die Produktion zurück in zivile Bahnen gelenkt. Und auch das gefiel Haresh, denn für diese Art Produktion war er im Midlands College of Technology ausgebildet worden.

Es war noch keine Stunde vergangen, seitdem man ihm den HSH-Auftrag entzogen hatte, und schon radelte er zum Firmensitz von Pyare Lal Bhalla. ›Firmensitz‹ war vielleicht ein zu hochgestochenes Wort für das Labyrinth kleiner Räume, das seine Wohnung, seine Büro- und Ausstellungsräume und seine Gästezimmer beheimatete. Es nahm den ganzen ersten Stock an einer zugebauten Ecke der Meston Road ein.

Haresh stieg die Treppe hinauf. Er wedelte vor dem Wachmann mit einem Stück Papier herum, murmelte »James Hawley« und ein paar englische Worte. Er betrat ein Vorzimmer, ein weiteres Zimmer, in dem Almirahs standen, deren Sinn und Zweck ihm unklar blieben, einen Lagerraum, ein Zimmer, in dem mehrere Schreiber auf dem Boden vor ihren Schreibpulten und roten Aktenordnern saßen, und schließlich das Audienzzimmer von Pyare Lal Bhalla höchstpersönlich. Es war ein kleiner weißgetünchter Raum. Der alte Mann mit dem von der Krankheit gebleichten Gesicht, der mit fünfundsechzig noch recht kräftig war, saß auf einer großen hölzernen Plattform, die mit einem makellos weißen Tuch bedeckt war. Er lehnte an einem harten runden Baumwollpolster. Über ihm hing ein mit Girlanden verziertes Foto seines Vaters. Neben der Plattform standen zwei Bänke an der Wand. Die unterschiedlichsten Leute saßen darauf: Gefolge, Bittsteller, Partner, Angestellte. In dem Raum befanden sich keine Schreiber oder Akten; Pyare Lal Bhalla hatte alle Informationen, Erfahrungen und Urteile, die er benötigte, um Entscheidungen zu treffen, im Kopf.

Haresh trat ein, senkte den Kopf und streckte sofort die Hände aus, als wollte er Pyare Lal Bhallas Knie berühren. Der alte Mann hob die Hände über Hareshs Kopf.

»Setz dich, Sohn«, sagte Pyare Lal Bhalla in Pandschabi.

Haresh setzte sich auf eine Bank.

»Steh auf.«

Haresh stand auf.

»Setz dich.«

Haresh setzte sich wieder.

Pyare Lal Bhalla sah ihn so durchdringend an, daß er nahezu wie unter Hypnose seine Anweisungen befolgte. Je größer die Not, um so größer die Neigung, sich hypnotisieren zu lassen, und Hareshs Not war in seinen Augen groß.

Außerdem erwartete Pyare Lal Bhalla als alter und bedeutender Mann Respekt. Hatte er nicht seine Tochter mit dem Sohn – dem ältesten Sohn – eines hochrangigen Staatsbeamten, dessen Ernennung in der offiziellen *India Gazette* bekanntgegeben worden war, mit dem leitenden Ingenieur für Kanalbau im Pandschab, in der größten Hochzeit verheiratet, die Lahore in Jahren gesehen hatte? Es war nicht um die Frage gegangen, ob sich der Staatsdienst herabließ, dem Handel Anerkennung zu zollen. Es handelte sich um eine Allianz zwischen den beiden. Seine Ankunft an der Spitze der Gesellschaft wurde auf diese Weise eindrucksvoller kundgetan, als es ihm durch die Stiftung von zwanzig Tempeln möglich gewesen wäre. In seiner üblichen nachlässigen Art hatte er zum Vater des Bräutigams gesagt: »Ich bin, wie Sie wissen, ein armer Mann, aber ich habe bei Verma und Rankin hinterlassen, sie sollen Maß nehmen bei jedem, den Sie zu ihnen schicken.« Achkans aus Haifischhaut, Anzüge aus feinster Kaschmirwolle: der Vater des Bräutigams dachte sich nichts dabei, fünfzig Garnituren für seine Familie zu bestellen – und die Bezahlung dieser Carte blanche war nur ein Tropfen im Ozean der Hochzeitskosten, die Pyare Lal Bhalla stolz und schlau auf sich nahm.

»Steh auf. Zeig mir deine Hand.«

Für Haresh war es die vierte angespannte Begegnung an diesem Tag. Er atmete tief ein und streckte die rechte Hand aus. Pyare Lal Bhalla drückte sie an ein paar Stellen, vor allem unterhalb des kleinen Fingers. Dann sagte er, ohne erkennen zu lassen, ob er zufrieden war oder nicht: »Setz dich.«

Haresh setzte sich gehorsam.

Die nächsten zehn Minuten war Pyare Lal Bhalla mit jemand anders beschäftigt.

Dann wandte er sich wieder an Haresh. »Steh auf.«

Haresh stand auf.

»Ja, mein Sohn? Wer bist du?«

»Ich bin Haresh Khanna, der Sohn von Amarnath Khanna.«

»Von welchem Amarnath Khanna? Dem Benares-Wallah? Oder dem Neel-Darvaza-Wallah?«

»Neel Darvaza.«

Damit war eine Art Verbindung hergestellt, denn Hareshs Pflegevater war um hundert Ecken mit dem leitenden Ingenieur, Pyare Lal Bhallas Schwiegersohn, verwandt.

»Hm. Sprich. Was kann ich für dich tun?«

»Ich arbeite im Schuhhandel. Letztes Jahr bin ich aus Middlehampton zurückgekehrt. Vom Midlands College of Technology.«

»Middlehampton. Aha. Ich verstehe.« Pyare Lal Bhalla war offensichtlich neugierig geworden.

»Sprich weiter«, sagte er nach einer Weile.

»Ich arbeite bei der CLFC. Aber sie produzieren hauptsächlich Militärstiefel, und ich habe überwiegend Erfahrung mit der Fertigung für zivilen Bedarf. Ich habe eine neue Abteilung eingerichtet für zivilen ...«

»Aha. Ghosh«, unterbrach ihn Pyare Lal Bhalla etwas abschätzig. »Er war neulich hier. Er wollte, daß ich einen Teil seiner Schuhe für ihn verkaufe. Ja, ja, er hat etwas erzählt über diese neue Idee.«

In Anbetracht der Tatsache, daß eines der größten Bauunternehmen des Landes Ghosh gehörte, mochte Pyare Lal Bhallas abschätziger Tonfall etwas fehl am Platz wirken. Tatsache war jedoch auch, daß er im Schuhgeschäft ein kleiner Fisch war, verglichen mit dem dicken Karpfen James Hawley.

»Sie wissen, wie die Lage dort ist«, sagte Haresh. Da er oft genug – und besonders schmerzhaft an diesem Tag – die Ineffizienz und Willkür der CLFC zu spüren bekommen hatte, hatte er nicht das Gefühl, seine Firma im Stich zu lassen, wenn er wiederum kein Blatt vor den Mund nahm. Er hatte sich für sie aufgearbeitet. Sie hatten ihn im Stich gelassen.
»Ja, das weiß ich. Du bist also zu mir gekommen, weil du eine Stelle suchst.«
»Ich fühle mich geehrt, Bhalla Sahib. Aber eigentlich bin ich wegen einer Stelle bei James Hawley gekommen – was fast das gleiche ist.«
Ungefähr eine Minute lang, während Haresh vor ihm stand, tickte das Uhrwerk in Pyare Lal Bhallas Geschäftshirn. Dann rief er einen Schreiber aus dem nächsten Zimmer und sagte: »Schreib ihm einen Brief für Gower, und unterschreib ihn für mich.«
Pyare Lal Bhalla streckte Haresh dann die rechte Hand in einer Geste hin, die Beruhigung, Segen, Mitgefühl und Verabschiedung miteinander kombinierte.
Ich habe einen Fuß in der Tür, dachte Haresh überglücklich.
Er nahm den Brief und radelte zu dem vierstöckigen Cromarty House, dem Hauptsitz der Gruppe, zu der James Hawley gehörte. Er wollte mit Sir David Gower, wenn möglich, einen Termin in dieser oder der nächsten Woche vereinbaren. Es war halb sechs, der Arbeitstag war beendet. Er trat durch das imposante Portal. Als er seinen Brief an der Rezeption zeigte, wurde er gebeten zu warten. Eine halbe Stunde verging. Dann wurde ihm mitgeteilt: »Bitte warten Sie freundlicherweise noch ein bißchen, Mr. Khanna. Sir David wird Sie in zwanzig Minuten empfangen.«
Verschwitzt vom Fahrradfahren und in nichts Besseres gekleidet als in ein Seidenhemd und die rehbraune Hose – kein Jackett, nicht einmal eine Krawatte! –, erschrak Haresh über diese unerwartete Ankündigung. Aber er hatte keine andere Wahl, als zu warten. Er hatte nicht einmal seine heißgeliebten Zeugnisse dabei. Zum Glück steckte wie immer ein Kamm in seiner Hosentasche, und er kämmte sich, als er sich auf der Toilette frisch machte. Im Geist ging er durch, was er in welcher Reihenfolge zu Sir David sagen wollte. Aber als er in den großen, luxuriösen Aufzug und in das riesige Büro des Generaldirektors der Cromarty-Gruppe geführt wurde, vergaß er seinen Text. Das hier war eine andere Art Durbar als der kleine getünchte Raum, in dem er eine Stunde zuvor gesessen (und gestanden) hatte.
Die cremefarbenen Wände mußten gut sechs Meter hoch sein, und die Entfernung von der Tür zu dem massiven Mahagonischreibtisch mußte mindestens zwölf Meter betragen. Als Haresh über den weichen roten Teppich auf den großen Schreibtisch zuging, bemerkte er, daß ein gutgebauter Mann – er war so groß wie Ghosh und massiger – dahinter saß und ihn durch seine Brille beobachtete. Er spürte, daß er, klein, wie er war, in dieser gigantischen Umgebung noch kleiner wirken mußte. Vermutlich sollte jeder Bewerber, jeder, der in diesem Saal empfangen wurde, vor Angst den Mut verlieren, während er unter prüfenden Blicken den Raum durchschritt. Obwohl Haresh für Pyare Lal Bhalla

so unermüdlich wie ein Kind vor seinem Lehrer aufgestanden war und sich wieder gesetzt hatte, weigerte er sich, vor Gower seine Nervosität zu zeigen. Sir David war so freundlich gewesen, ihn kurzfristig zu empfangen; er mußte ihm auch seine Kleidung nachsehen.

»Ja, junger Mann, was kann ich für Sie tun?« sagte Sir David Gower, dabei stand er weder auf, noch bat er Haresh, Platz zu nehmen.

»Offen gestanden, Sir David«, sagte Haresh, »bin ich auf der Suche nach einer Stelle. Ich glaube, daß ich qualifiziert bin, und hoffe, daß Sie mir eine geben werden.«

ZEHNTER TEIL

10.1

Ein paar Tage nach dem Unwetter fand so etwas wie ein Exodus aus dem Dorf Debaria statt. Aus unterschiedlichsten Gründen machten sich mehrere Personen innerhalb weniger Stunden auf den Weg in die Unterbezirksstadt Salimpur, in der sich der nächstgelegene Bahnhof befand.

Rasheed wollte von dort mit dem Zug in das Dorf seiner Frau fahren, um sie und seine beiden Kinder nach Debaria zu holen, wo sie bleiben sollten, bis ihn seine Studien wieder nach Brahmpur riefen.

Maan sollte Rasheed begleiten, wozu er keinerlei Lust verspürte. Das Dorf zu besuchen, in dem Rasheeds Frau mit ihrem Vater lebte, zurückzufahren, ohne ein Wort mit ihr, die von Kopf bis Fuß in eine schwarze Burqa gehüllt wäre, reden zu können, sich die Zeit damit zu vertreiben, sich ihr Aussehen vorzustellen, das Unbehagen von Rasheed zu spüren, der versuchen würde, zwei voneinander unabhängige Unterhaltungen zu führen, sich in dieser fürchterlichen Hitze auch nur irgendwie anstrengen zu müssen – all das erschien Maan überhaupt nicht erstrebenswert. Rasheed hatte ihn jedoch dazu eingeladen; vermutlich betrachtete er es als Teil seiner Gastgeberpflichten: Maan war schließlich in erster Linie sein persönlicher Gast und erst an zweiter Stelle der seiner Familie. Maan konnte ohne triftige Entschuldigung nicht ablehnen, und er hatte keine. Außerdem zerrte das Dorfleben allmählich an seinen Nerven. Die Langeweile und die Unannehmlichkeiten Debarias frustrierten ihn.

Der Bär und der Guppi hatten erledigt, wozu immer sie nach Debaria gekommen waren, und strebten ebenfalls fort.

Netaji wollte nach Salimpur, weil er angeblich ›in der Unterbezirksresidenz etwas zu tun‹ hatte, tatsächlich aber, weil er mit den örtlichen Parteifunktionären und Schmalspurpolitikern plaudern wollte.

Schließlich brach auch der bedeutende Archäologe Vilayat Sahib auf, den Maan noch nicht zu Gesicht bekommen hatte. Er wollte über Brahmpur nach Delhi zurückkehren. Es war typisch für ihn, daß er aus Debaria auf seinem eigenen Ochsenkarren verschwand, bevor ihm jemand freundlicherweise eine gemeinsame Rikschafahrt anbieten konnte.

Es ist, als ob er nicht existierte, dachte Maan – als ob er hinter dem Purdah lebte. Ich habe von ihm gehört, aber ich habe ihn nicht gesehen – ebensowenig wie die Frauen der Familie. Wahrscheinlich existieren sie tatsächlich. Oder vielleicht auch nicht. Vielleicht gibt es Frauen überhaupt nur als Gerücht. Eine unerträgliche Ruhelosigkeit überkam ihn.

Netaji, schneidig und schnurrbärtig, bestand darauf, daß Maan mit ihm hinten auf seiner Harley Davidson nach Salimpur fuhr. »Warum wollen Sie in dieser Hitze eine Stunde lang mit einer klapprigen Fahrradriksha dahinzokkeln?« fragte er. »Als Brahmpur-Wallah sind Sie doch gewiß an Luxus gewöhnt und wollen sich nicht Ihr Gehirn braten lassen. Außerdem will ich mit Ihnen sprechen.« Maan stimmte zu und holperte jetzt mit dem Motorrad über die löchrige Landstraße. Sein Gehirn wurde zwar nicht gebraten, dafür aber durchgerüttelt.

Rasheed hatte Maan vor Netaji und seinen Versuchen, aus jeder Situation persönlichen Vorteil zu schlagen, gewarnt, und deswegen war Maan über die Wendung, die ihr Gespräch nahm, nicht überrascht.

»Gefällt es Ihnen? Können Sie mich hören?« fragte Netaji.

»Ja, ja«, erwiderte Maan.

»Ich habe gefragt, ob es Ihnen gefällt?«

»Sehr gut. Woher haben Sie das Motorrad?«

»Ich meinte, ob es Ihnen in unserem Dorf gefällt.«

»Warum nicht?«

»Warum nicht? Das heißt, es gefällt Ihnen nicht.«

»Doch, doch – es gefällt mir sehr gut.«

»Na, was gefällt Ihnen denn?«

»Äh, die frische Luft auf dem Land.«

»Also, ich hasse es.«

»Wie bitte?«

»Ich hasse es. Es gibt nichts zu tun. Es wird nicht einmal richtige Politik gemacht. Deswegen werde ich krank, wenn ich nicht mindestens zweimal in der Woche nach Salimpur fahre.«

»Krank?«

»Ja, krank. Die Leute im Dorf machen mich krank. Und die jungen Bengel sind die schlimmsten. Moazzam zum Beispiel, er hat keinen Respekt vor dem Eigentum anderer Leute ... Sie halten sich nicht richtig fest und werden noch herunterfallen. Denken Sie an das Gleichgewicht, und halten Sie sich an mir fest.«

»In Ordnung.«

»Nicht einmal mein Motorrad ist vor ihnen sicher. Ich muß es in einem offenen Hof abstellen, und sie machen es aus reiner Boshaftigkeit kaputt. Aber Brahmpur, das ist eine Stadt!«

»Waren Sie schon mal in Brahmpur?«
»Ja, natürlich«, sagte Netaji ungeduldig. »Wissen Sie, was mir an Brahmpur gefällt?«
»Was?«
»Daß man in Hotels essen kann.«
»In Hotels?« Maan runzelte die Stirn.
»In kleinen Hotels.«
»Aha.«
»Jetzt kommt ein großes Loch. Halten Sie sich fest. Ich fahre langsam. Wenn wir stürzen, wird uns nichts passieren.«
»Gut.«
»Hören Sie mich?«
»Ich höre Sie sehr gut.«
»Was ist mit den Fliegen?«
»Kein Problem, Sie sind mein Schutzschild.«
Nach einer Weile fuhr Netaji fort: »Sie müssen eine Menge Kontakte haben.«
»Kontakte?«
»Ja, Kontakte. Kontakte. Sie wissen schon, was ich meine.«
»Aber ...«
»Sie sollten Ihre Kontakte nützen, um uns zu helfen«, sagte Netaji ohne weitere Umschweife. »Sie können mir sicher eine Lizenz als Kerosinhändler besorgen. Das sollte dem Sohn des Finanzministers nicht schwerfallen.«
»Dafür ist ein anderes Ministerium zuständig. Das Wirtschaftsministerium, glaube ich.«
»Kommen Sie, das spielt doch keine Rolle. Ich weiß doch, wie so was funktioniert.«
»Ich kann wirklich nichts tun. Mein Vater würde mich umbringen, wenn ich ihm das vorschlage.«
»Fragen schadet ja nichts. Man schätzt Ihren Vater hier ... Warum beschafft er Ihnen nicht einen bequemen Job?«
»Einen Job ... Äh, warum schätzen die Leute meinen Vater? Schließlich nimmt er ihnen ihr Land weg.«
»Also ...« Netaji hielt inne und überlegte, ob er Maan anvertrauen sollte, daß der Dorfschulze die Bücher gemäß den Interessen der Familien führte. Weder Netaji noch sonstjemand aus der Familie hatte bislang erfahren, daß Rasheed beim Patwari war. Daß er ihn gebeten hatte, die Bücher zu Kachherus Gunsten zu berichtigen, war unvorstellbar.
»War das Ihr Sohn, der uns nachgewinkt hat?« fragte Maan.
»Ja. Er ist gerade zwei geworden, und zur Zeit ist er quengelig.«
»Warum?«
»Ach, er war eine Zeitlang bei seiner Großmutter, und die hat ihn verwöhnt. Jetzt können wir ihm nichts recht machen, und er ist fürchterlich trotzig.«
»Vielleicht liegt es an der Hitze.«

»Vielleicht. Waren Sie jemals verliebt?«
»Wie bitte?«
»Ich habe gefragt, ob Sie jemals verliebt waren?«
»O ja. Sagen Sie, was war das für ein Gebäude, an dem wir gerade vorbeigekommen sind?«

Nach einer Weile erreichten sie Salimpur. Sie hatten ausgemacht, die anderen in einem Geschäft zu treffen, in dem Stoffe und andere Waren verkauft wurden. Aber die engen, überlaufenen Straßen von Salimpur waren vollkommen verstopft. Es war der wöchentliche Markttag. Straßenhändler, Hausierer, Verkäufer jeder Art, Schlangenbeschwörer mit trägen Kobras, Quacksalber, Kesselflicker, Obstverkäufer mit Körben voller Mangos und Litschis auf den Köpfen, Süßigkeitenhändler, deren Barfis, Laddus und Jalebis vor Fliegen kaum noch zu sehen waren, und ein Großteil der Bevölkerung nicht nur Salimpurs, sondern auch vieler umliegender Dörfer quetschte sich ins Stadtzentrum.

Es herrschte ein unglaublicher Lärm. Das Gebrabbel der Kunden und das Geschrei der Händler wurden übertönt von zwei im Widerstreit liegenden krächzenden Lautsprechern. Aus dem einen dröhnte das aktuelle Programm von All India Radio Brahmpur, aus dem anderen ein Medley von Filmliedern, unterbrochen von Werbung für Raahat-e-Rooh- oder Balsam-für-die-Seele-Haaröl.

Elektrizität! dachte Maan, und sein Herz machte einen Freudensprung. Vielleicht gibt es sogar irgendwo einen Ventilator.

Netaji schaffte unter ungeduldigem Fluchen und ständigem Gehupe kaum hundert Meter in der Viertelstunde.

»Sie werden den Zug verpassen«, sagte er und meinte die anderen, die mit der Rikscha eine halbstündige Wegstrecke hinter ihnen lagen. Aber da der Zug bereits drei Stunden Verspätung hatte, war das unwahrscheinlich.

Als Netaji vor dem Geschäft seines Freundes ankam (das leider über keinen Ventilator verfügte), hatte er solche Kopfschmerzen, daß er sich, nachdem er Maan kurz vorgestellt hatte, sofort auf eine Bank legte und die Augen schloß. Der Ladenbesitzer ließ Tee kommen. Wie üblich hatten sich weitere Freunde eingefunden, um politischen und anderen Klatsch auszutauschen. Einer las eine Urdu-Zeitung, ein anderer – der Goldschmied von nebenan – bohrte gründlich und nachdenklich in der Nase. Bald darauf trafen der Bär und der Guppi ein.

Da es sich unter anderem um ein Stoffgeschäft handelte, interessierte sich Maan halbwegs dafür, wie es geführt wurde. Es waren keine Kunden im Laden.

»Warum läuft das Geschäft heute nicht?« fragte er.

»Markttag – in den Läden ist nichts los«, sagte der Goldschmied. »Ab und zu kommt ein Bauer vom Land herein. Deswegen habe ich meinen Laden auch im Stich gelassen. Außerdem habe ich ihn von hier aus im Auge.« Dann wandte er sich an den Ladenbesitzer: »Was will der UBB aus Rudhia heute in Salimpur?«

Netaji, der völlig reglos dagelegen hatte, richtete sich auf, kaum war das Wort

UBB gefallen. Salimpur hatte seinen eigenen UBB, der uneingeschränkter Herrscher in diesem Unterbezirk war. Der Besuch eines Unterbezirksbeamten aus einem anderen Unterbezirk war in der Tat bemerkenswert.

»Es muß wegen des Archivs sein«, sagte der Ladenbesitzer. »Irgend jemand hat gesagt, daß jemand von irgendwo kommt, um es sich anzusehen.«

»Du Esel«, sagte Netaji, bevor er sich wieder erschöpft auf die Bank fallen ließ, »doch nicht wegen des Archivs. Es hat was damit zu tun, daß die amtlichen Benachrichtigungen in den Unterbezirken koordiniert werden müssen, sobald der Zamindari Act in Kraft tritt.«

Tatsächlich hatte Netaji keine Ahnung, warum der UBB in der Stadt war. Aber er beschloß augenblicklich, ihn aufzusuchen.

Ein spindeldürrer Schullehrer schaute für ein paar Minuten vorbei, meinte sarkastisch, daß er nicht den ganzen Tag mit Nichtstun verbringen könne wie so manche andere hier, wobei er die hingestreckte Gestalt Netajis verächtlich ansah, die Stirn runzelte, Maan einen schwer deutbaren Blick zuwarf und dann wieder ging.

»Wo ist der Guppi?« fragte der Bär plötzlich. Keiner wußte es. Er war verschwunden. Kurze Zeit später fand man ihn, wie er fasziniert und mit offenem Mund die Fläschchen und Pillen anstarrte, die ein bejahrter Quacksalber mitten auf der Straße in einem Halbkreis arrangiert hatte. Eine Menge scharte sich um ihn und lauschte seinem Geschwätz, während er ein Fläschchen mit einer opaken, leimartigen grüngelben Flüssigkeit hochhielt.

»Und dieses erstaunliche Arzneimittel, wahrlich ein Allheilmittel, gab mir Tajuddin, ein großer Baba, der Gott sehr nahe war. Zwölf Jahre hat er im Urwald von Nagpur verbracht und nichts gegessen – gegen den Durst hat er Blätter gekaut, und gegen den Hunger hat er sich einen Stein gegen den Magen gedrückt. Seine Muskeln schwanden, sein Blut vertrocknete, sein Fleisch verfaulte. Er war nur noch schwarze Haut und Knochen. Dann sprach Allah zu zwei Engeln: ›Steigt hinab und überbringt ihm meine Salaams.‹«

Der Guppi, dessen Mund noch immer offenstand und der diesen Unsinn rückhaltlos glaubte, mußte vom Bär nahezu mit Gewalt weg- und zurück in den Laden gezerrt werden.

10.2

Während Tee, Paan und die Zeitung herumgereicht wurden, wandte sich das Gespräch der Landespolitik zu, insbesondere den erst kurz zurückliegenden Ereignissen in Brahmpur. Zielscheibe des Hasses war vor allem der Innenminister, L.N. Agarwal, über dessen Rechtfertigung des Schießbefehls auf den moslemischen Mob nahe der Alamgiri-Masjid die Zeitungen ausführlich berichtet hatten und von dem bekannt war, daß er den Bau – oder wie er es ausdrücken würde, den Wiederaufbau – des Shiva-Tempels tatkräftig unterstützte. Gereimte Sprüche wie folgende, unter den Moslems in Brahmpur sehr populär, waren bis nach Salimpur vorgedrungen, wo sie genüßlich zum besten gegeben wurden:

»Saanp ka zahar, insaan ki khaal:
Yeh hai L.N. Agarwal!«
»Das Gift einer Schlange in der Haut eines Menschen:
Das ist L.N. Agarwal!«

»Ghar ko loot kar kha gaya maal:
Home Minister Agarwal!«
»Er hat uns ausgeraubt und unseren Lebensunterhalt genommen:
Innenminister Agarwal!«

Letzteres mochte eine Anspielung auf seine Order sein, blanke Waffen einzuziehen, woraufhin übereifrige Polizisten nicht nur Äxte und Speere konfiszierten, sondern auch Küchenmesser; vielleicht bezog es sich auf die Tatsache, daß L.N. Agarwal Mitglied der hinduistischen Händlerkaste war und der wichtigste Geldeinnehmer für die Kongreßpartei in Purva Pradesh. Auf seine Herkunft bezog sich folgender abschätzige Spruch:

»L.N. Agarwal, wapas jao
Baniye ki dukaan chalao!«
»L.N. Agarwal, verschwinde,
verschwinde und kümmere dich um deinen Bania-Laden!«

Die Wände hallten wider vom ungestümen Gelächter, das auf diesen Zweizeiler folgte, jedoch auch ein bißchen auf Kosten der Lachenden ging. Denn es fand in einem Laden statt, und Maan, ein Khatri, war selbst ein Händler.

In scharfem Gegensatz zu L.N. Agarwal war der Hindu Mahesh Kapoor bekannt für seine Toleranz gegenüber Andersgläubigen – seine Frau hätte gesagt, daß er einzig gegenüber seiner eigenen Religion intolerant war – und wurde dafür von gebildeten Moslems respektiert und geschätzt. Deswegen war Rasheed, als er Maan kennenlernte, diesem auch wohlgesinnt.

Jetzt sagte er zu Maan: »Wenn es nicht Leute wie Nehru oder Ihren Vater gäbe, wäre die Lage der Moslems noch schlechter, als sie es schon ist.«

Maan, der seinem Vater nicht übermäßig gewogen war, zuckte die Achseln.

Rasheed wunderte sich über Maans Wortkargheit. Vielleicht, so dachte er, liegt es daran, wie ich mich ausgedrückt habe. Er hatte ›die Lage der Moslems‹ und nicht ›unsere Lage‹ gesagt, nicht, weil er sich dieser Glaubensgemeinschaft nicht zugehörig fühlte, sondern weil er versuchte, jedes Thema, auch wenn es ihm so am Herzen lag wie dieses, in akademisch ausgewogenen Kategorien zu analysieren. Es lag an seiner Gewohnheit, der Welt einen objektiven Sinn zuzuschreiben, aber seit kurzem – seit der Diskussion mit seinem Vater auf dem Hausdach – widerte sie ihn mehr und mehr an. Er haßte sich für die Täuschung – oder vielleicht den Winkelzug –, zu der ihn der Patwari genötigt hatte, aber er wußte, daß er keine Alternative gehabt hatte. Hätte der Patwari geglaubt, daß Rasheeds Familie nicht hinter ihm stünde, hätte es keine Möglichkeit gegeben, Kachherus Recht auf sein Land durchzusetzen.

»Ich werd euch sagen, was ich glaube«, sagte Netaji, setzte sich auf und sprach mit der Führerstimme, die seinem Spitznamen angemessen war. »Wir müssen uns zusammentun. Wir müssen für unser aller Wohl zusammenarbeiten. Wir müssen die Dinge zum Laufen bringen. Und wenn sich unsere alten Führer diskreditiert haben, dann brauchen wir junge Männer – junge Männer wie – wie es sie überall gibt, die wissen, wie man die Dinge anpackt. Tatmenschen, die die Leute kennen – die Leute an der Spitze von jedem Unterbezirk –, nicht versponnene Träumer. Alle respektieren meinen Vater, er hat die Leute gekannt, die zu seiner Zeit wichtig waren, das will ich gar nicht bestreiten. Aber die Zeiten, da werden mir alle zustimmen, haben sich geändert. Es reicht nicht, zu ...«

Was nicht reichte, ging unter in der ohrenbetäubenden Reklame für Balsam-für-die-Seele-Haaröl. Ein paar Minuten lang war sie verstummt, aber jetzt stand der Wagen mit den Lautsprechern direkt vor dem Laden. Der Krach war so gellend, daß sie sich die Ohren zuhalten mußten. Der arme Netaji wurde grün im Gesicht und rang verzweifelt die Hände, und alle drängten auf die Straße, um das Ärgernis zu beheben. In diesem Augenblick bemerkte Netaji in der Menge eine große Gestalt mit einem unbekannten, nahezu kinnlosen jungen Gesicht, gekrönt von einem Tropenhelm. Der UBB von Rudhia – Netaji mit seinem unfehlbaren Gespür wußte sofort, wer das sein mußte – warf einen verächtlichen Blick auf die Lärmquelle und wurde dann von zwei Polizisten schnell durch die Menschenmassen Richtung Bahnhof geleitet.

Als die drei Köpfe (der Sola topi zwischen zwei Turbanen) hüpfend verschwanden, griff sich Netaji, voller Panik, seine Beute zu verlieren, an den Schnurrbart. »Zum Bahnhof! Zum Bahnhof!« schrie er so verzweifelt und drängend – seine Kopfschmerzen hatte er vergessen –, daß er sogar den Lautsprecher übertönte. »Der Zug, der Zug, ihr werdet euren Zug verpassen. Nehmt eure Taschen und lauft. Schnell! Schnell!«

All das hatte er mit solcher Überzeugung herausgebrüllt, daß niemand seine Autorität oder die Zuverlässigkeit seiner Information anzweifelte. Sie bahnten sich einen Weg durch die Menge, schwitzten und schrien, fluchten und wurden verflucht, und nach zehn Minuten erreichten sie den Bahnhof von Salimpur. Dort mußten sie feststellen, daß mit dem Zug in der nächsten Stunde nicht zu rechnen war.

Der Bär wandte sich ziemlich verärgert an Netaji: »Warum hast du uns so gedrängt?«

Netaji sah sich ängstlich auf dem Bahnsteig um. Plötzlich überzog ein Lächeln sein Gesicht.

Der Bär runzelte die Stirn, legte den Kopf auf die Seite, musterte Netaji und sagte: »Also, warum?«

»Was? Was hast du gesagt?« fragte Netaji. Am anderen Ende des Bahnsteigs, in der Nähe des Bahnwärterhäuschens, hatte er den Sola topi entdeckt.

Der Bär, verärgert vor allem darüber, daß er verärgert war, wandte sich ab.

Netaji, dessen Lust auf einen neuen Kontakt angestachelt war, schnappte sich Maan und schleppte ihn buchstäblich zum anderen Ende des Bahnsteigs. Maan war so überrascht, daß er gar nicht daran dachte zu protestieren.

Selbstsicher und überhaupt nicht verlegen, marschierte Netaji zu dem jungen UBB und sagte: »UBB Sahib, es ist mir eine große Freude, Sie kennenzulernen. Und eine große Ehre. Das sage ich aus tiefstem Herzen.«

Das kinnlose Gesicht unter dem Sola topi sah ihn unangenehm berührt und verwundert an. »Ja? Was kann ich für Sie tun?« Der UBB sprach ein erträgliches Hindi mit starkem bengalischem Einschlag.

»Aber, UBB Sahib, wie können Sie so etwas sagen? Die Frage ist doch, wie ich Ihnen zu Diensten sein kann. Sie sind unser Gast in Salimpur Tehsil. Ich bin der Sohn eines Zamindars im Dorf Debaria. Mein Name ist Tahir Ahmed Khan. Ein bekannter Name hier: Tahir Ahmed Khan. Ich mache Jugendarbeit für die Kongreßpartei.«

»Gut. Freut mich, Sie kennenzulernen«, sagte der UBB, dessen Stimme höchst unerfreut klang.

Netaji verlor angesichts dieses Mangels an Begeisterung nicht den Mut. Er spielte seinen Trumpf aus. »Und das ist mein guter Freund Maan Kapoor«, sagte er mit einer schwungvollen Geste und stieß Maan vorwärts. Maan blickte etwas verdrießlich drein.

»Gut«, sagte der UBB sowenig begeistert wie zuvor. Dann runzelte er nachdenklich die Stirn. »Sind wir uns nicht schon einmal begegnet?«

»Das ist der Sohn von Mahesh Kapoor, unserem Finanzminister!« meinte Netaji aggressiv und unterwürfig zugleich.

Der UBB schien überrascht. Dann runzelte er wieder die Stirn. »Ach ja! Wir haben uns kurz gesehen, im Haus Ihres Vaters vor ungefähr einem Jahr«, sagte er annehmbar freundlich auf englisch und schloß damit unbeabsichtigt Netaji von der Unterhaltung aus. »Sie haben doch ein Landgut in der Nähe von Rudhia, nicht wahr? In der Nähe der Stadt.«

»Ja, mein Vater hat dort eine Landwirtschaft. Eigentlich sollte ich dieser Tage mal dorthin fahren«, sagte Maan, dem der Wunsch seines Vaters eingefallen war.

»Was machen Sie hier?« fragte der UBB.

»Ach, nicht viel, ich besuche einen Freund.« Und nach einer Pause fügte er hinzu: »Er steht am anderen Ende des Bahnsteigs.«

Der UBB lächelte matt. »Ich fahre später nach Rudhia, und wenn Sie zum Gut

Ihres Vaters wollen und nichts gegen eine holprige Fahrt in meinem Jeep haben, dann sind Sie herzlich eingeladen, mich zu begleiten. Ich werde dort auf Wolfsjagd gehen, eine Tätigkeit, zu der ich weder ausgebildet noch geeignet bin, möchte ich hinzufügen. Aber weil ich der UBB bin, muß ich mich selbst um die Sache kümmern.«

Maans Augen leuchteten. »Wolfsjagd? Meinen Sie das ernst?«

»Ja. Morgen früh. Jagen Sie gern? Wollen Sie mitkommen?«

»Das wäre wunderbar«, sagte Maan begeistert. »Aber ich habe nichts anzuziehen außer einer Kurta-Pajama.«

»Ach, wenn nötig, werden wir Sie schon mit Klamotten versorgen. Es ist sowieso keine formelle Angelegenheit, nur der Versuch, ein paar menschenfressende Wölfe zu schießen, die in meinem Unterbezirk ihr Unwesen treiben.«

»Ich werde mit meinem Freund sprechen«, sagte Maan. Das Schicksal hatte ihm drei Geschenke gleichzeitig gemacht: die Möglichkeit, etwas zu unternehmen, was ihm Vergnügen bereitete, Entbindung von einer Reise, an der ihm nichts lag, und eine ernst zu nehmende Entschuldigung, um davon entbunden zu werden.

Er sah seinen Wohltäter höchst erfreut an und sagte: »Ich bin gleich zurück. Ich glaube nicht, daß Sie Ihren Namen erwähnt haben.«

»Sie haben recht, tut mir leid. Ich bin Sandeep Lahiri«, sagte der UBB und schüttelte Maan herzlich die Hand. Den beleidigten, wutschnaubenden Netaji ignorierte er.

10.3

Rasheed war nicht unglücklich, daß Maan nicht mit ihm ins Dorf seiner Frau kam, und freute sich über Maans Begeisterung, auf den Bauernhof seines Vaters zu fahren.

Der UBB freute sich über die Begleitung. Er und Maan kamen überein, sich in zwei Stunden zu treffen. Nachdem er seine Arbeit im Bahnhof von Salimpur erledigt hatte – er mußte unter anderem Serum für ein Impfprogramm in der Gegend versenden –, setzte sich Sandeep Lahiri ins Bahnwärterhäuschen und zog *Howards End* aus der Tasche. Er las, als Maan zu ihm stieß. Sie brachen sofort auf.

Die Jeepfahrt nach Süden war so holprig, wie Sandeep Lahiri versprochen hatte, und noch dazu sehr staubig. Der Fahrer und ein Polizist saßen vorne, Maan und der UBB hinten. Sie sprachen nicht viel.

»Es funktioniert tatsächlich«, sagte Sandeep einmal, nahm den Sola topi ab und betrachtete ihn wohlgefällig. »Ich hab's nicht geglaubt, bis ich anfing zu arbeiten. Ich hab ihn immer für einen Teil der schwachsinnigen Uniform des Pukka Sahib gehalten.«

Später erklärte er Maan ein paar demographische Einzelheiten seines Unterbezirks: Wie viele Prozent Hindus und Moslems hier lebten und dergleichen mehr. Maan vergaß die Zahlen sofort wieder.

Sandeep Lahiri hatte eine angenehme, bedachtsame Art, seine gelegentlichen wohlgeformten Sätze von sich zu geben, und Maan mochte ihn.

Er mochte ihn noch mehr, als er abends in seinem Bungalow gesprächiger wurde. Obwohl Maan der Sohn eines Ministers war, machte Sandeep keinen Hehl daraus, daß ihm die Politiker seines Unterbezirks und ihre Art, sich in seine Belange einzumischen, aufs äußerste mißfielen. Da er in seinem Unterbezirk sowohl die Judikative als auch die Exekutive verkörperte – Gewaltenteilung war in Purva Pradesh noch nicht überall eingeführt –, hatte er mehr Arbeit, als ein einzelner Mensch bewältigen konnte. Zudem mußte er ständig mit irgendwelchen Notfällen rechnen: Wölfe, Epidemien oder der Besuch eines politischen Bonzen, der darauf bestand, vom UBB persönlich herumgeführt zu werden. Seltsamerweise war es nicht der Landtagsabgeordnete, der Sandeep Lahiri die meisten Unannehmlichkeiten bereitete, sondern ein Mitglied des Legislativrats, das in der Region wohnte und sie wie seinen Privatbesitz behandelte.

Dieser Mann, so erfuhr Maan bei einem Nimbu Pani mit einem Schuß Gin, betrachtete den UBB als Konkurrenten. Solange der UBB willfährig war und ihn in allen Dingen um Rat fragte, war er zufrieden. Wenn der UBB unabhängig handelte, versuchte er, ihn sofort wieder an die Kandare zu nehmen.

»Das Problem ist«, sagte Sandeep Lahiri mit einem trübseligen Blick auf seinen Gast, »daß Jha ein wichtiger Mann in der Kongreßpartei ist – der Vorsitzende des Legislativrats und ein Freund des Chefministers. Und er läßt auch keine Gelegenheit aus, mich daran zu erinnern. Bisweilen erinnert er mich außerdem daran, daß er doppelt so alt ist wie ich und ›die Weisheit des Volkes‹ verkörpert. Na gut. In mancher Hinsicht hat er natürlich recht. Achtzehn Monate nach unserer Ernennung sind wir verantwortlich für ein Gebiet, in dem eine halbe Million Menschen leben – wir müssen die Steuern verwalten und Verbrecher aburteilen, abgesehen davon, daß wir Recht und Ordnung aufrechterhalten, uns um den Wohlstand des Unterbezirks kümmern und für die Bevölkerung Vater und Mutter spielen müssen. Kein Wunder, daß er rotsieht, wann immer ich ihm unter die Augen trete, nach meiner Ausbildung in Metcalfe House und meinen sechs Monaten Erfahrung im Feld in einem anderen Distrikt. Noch einen?«

»Gern.«

»Das Gesetz Ihres Vaters bedeutet eine Menge Mehrarbeit für uns«, sagte Sandeep Lahiri ein bißchen später. »Aber es ist eine gute Sache, denke ich.« Er klang nicht sehr überzeugt. »Ach, Zeit für die Nachrichten.« Er ging zu einem Schrank, in dem hinter polierten Türen ein großes Radio mit vielen weißen Knöpfen stand.

Er schaltete es ein. Langsam erglühte ein großes grünes Röhrenlämpchen, und eine männliche Stimme, die einen Abend-Raga sang, erfüllte den Raum. Es war Ustad Majeed Khan. Mit einer Grimasse, die instinktiven Widerwillen ausdrückte, drehte Sandeep Lahiri leiser.

»Tja«, sagte er zu Maan, »leider kommt man um dieses Zeug nicht herum. Das ist der Preis für die Nachrichten, und ich muß ihn jeden Tag ein paar Minuten lang zahlen. Warum spielen sie nicht etwas, was man sich anhören kann, wie Mozart oder Beethoven?«

Maan, der vielleicht dreimal in seinem Leben westliche klassische Musik gehört hatte und sie nicht besonders mochte, sagte: »Ach, ich weiß nicht. Den meisten Menschen hier würde das nicht gefallen.«

»Meinen Sie wirklich? Ich glaube, daß es ihnen gefallen würde. Gute Musik ist und bleibt gute Musik. Es ist eine Frage der Gewöhnung. Gewöhnung und ein bißchen Anleitung.«

Maan schien das zu bezweifeln.

»Wie auch immer«, fuhr Sandeep Lahiri fort, »ich bin sicher, daß ihnen dieses grauenhafte Zeug nicht gefällt. Wirklich hören wollen sie nur Filmlieder, die All India Radio nie senden wird. Was mich betrifft, so wüßte ich nicht, wie ich es hier ohne die BBC aushalten sollte.«

Aber wie als Antwort auf diese Bemerkung ertönte das Zeitzeichen, und eine eindeutig indische Stimme mit einem eindeutig britischen Einschlag verkündete: »Hier ist All India Radio. Es folgen die Nachrichten, gesprochen von Mohit Bose.«

10.4

Am nächsten Morgen fuhren sie auf die Jagd.

Ein paar Rinder wurden die Straße entlanggetrieben. Als der weiße Jeep mit Höchstgeschwindigkeit heranbrauste, stoben sie panisch auseinander. Der Fahrer drückte gut zwanzig Sekunden auf die Hupe und steigerte ihre Panik noch. Als er an ihnen vorbeiraste, wirbelte er eine dichte Staubwolke auf. Die Hirtenjungen husteten voller Bewunderung. Sie hatten den Jeep des UBB erkannt. Es war das einzige motorisierte Fahrzeug auf der Straße, und der Fahrer trat aufs Gaspedal, als wäre er unumschränkter Herrscher einer Autobahn. Nicht daß es sich bei der Straße um eine Autobahn handelte – es war eine einigermaßen anständige unbefestigte Straße, die im Augenblick gut befahrbar war, was sich ändern würde, sobald der Monsun eingesetzt hätte.

Sandeep hatte Maan Khakishorts, ein Khakihemd und einen Hut geliehen. Neben Maan lehnte ein Gewehr an der Tür, das der UBB in seinem Bungalow aufbewahrte. Sandeep hatte einst widerwillig gelernt, damit zu schießen, war aber überhaupt nicht versessen darauf. Maan sollte für ihn einspringen.

Maan hatte zusammen mit Freunden aus Benares ein paarmal Antilopen und Wild gejagt, auch Wildschweine und einmal – erfolglos – Leoparden. Es hatte ihm außerordentlichen Spaß gemacht. Wölfe hatte er jedoch noch nie gejagt, und er wußte nicht, wie man dabei vorging. Vermutlich gab es Treiber. Da Sandeep nicht viel von der Jagd zu verstehen schien, befragte Maan ihn zum Hintergrund des Problems.

»Haben die Wölfe normalerweise nicht Angst vor Menschen?«

»Das habe ich auch gedacht«, sagte Sandeep. »Es gibt auch nicht mehr viele Wölfe hier, und es ist nicht erlaubt, sie abzuschießen, es sei denn, sie stellen eine wirkliche Bedrohung dar. Ich habe Kinder gesehen, die von Wölfen angefallen wurden, und die Überreste von Kindern, die von Wölfen getötet und halb aufgefressen wurden. Schrecklich. Die Menschen in diesen Dörfern leben in ständiger Todesangst. Vermutlich übertreiben sie, aber die Wildhüter haben anhand von Spuren und so weiter bestätigt, daß es sich tatsächlich um Wölfe handelt und nicht um Leoparden oder Hyänen oder andere Tiere.«

Sie fuhren jetzt durch eine leicht hügelige Landschaft, die mit Büschen und Felsen bedeckt war. Es wurde wärmer. Die wenigen Dörfer sahen noch trostloser und verlassener aus als die Dörfer in der Nähe der Stadt. Einmal hielten sie an und fragten die Dörfler, ob sie die anderen, die zu ihrer Jagdgesellschaft gehörten, gesehen hätten.

»Ja, Sahib«, sagte ein Mann mittleren Alters mit weißem Haar, den die Tatsache, daß der UBB in ihrer Mitte aufgetaucht war, mit Ehrfurcht erfüllte. Er hatte etwas früher einen Jeep und ein Auto vorbeifahren sehen.

»Hat es hier im Dorf Probleme mit Wölfen gegeben?« fragte Sandeep.

Der Mann bewegte den Kopf von links nach rechts. »Ja, Sahib«, sagte er. Sein Ausdruck war angespannt. »Bacchan Singhs Sohn schlief mit seiner Mutter unter freiem Himmel, und ein Wolf hat ihn angefallen und verschleppt. Wir haben ihn mit Laternen und Stöcken verfolgt, aber es war zu spät. Am nächsten Tag fanden wir die Leiche des Jungen in einem Feld. Er war zum Teil aufgefressen. Sahib, bitte erlösen Sie uns von dieser Gefahr. Sie sind wie Mutter und Vater für uns. Wegen der Hitze können wir nicht drinnen schlafen und vor Angst nicht draußen.«

»Wann war das?« fragte der UBB mitfühlend.

»Letzten Monat, Sahib, an Neumond.«

»Einen Tag nach Neumond«, korrigierte ihn ein anderer Mann.

Als sie wieder einstiegen, sagte Sandeep nur: »Wie traurig, wie traurig. Traurig für die Menschen und traurig für die Wölfe.«

»Traurig für die Wölfe?« fragte Maan erstaunt.

»Wissen Sie«, sagte Sandeep, nahm seinen Sola topi ab und wischte sich die Stirn, »diese Gegend ist jetzt zwar ziemlich kahl, aber früher gab es hier viel Wald – Sal, Mahua und so weiter –, und darin lebte eine Menge Kleingetier, auf das Wölfe Jagd machten. Aber es wurde so viel abgeholzt, zuerst im Krieg, weil man das Holz brauchte, und dann später, illegalerweise, nach dem Krieg – leider oft genug mit stillschweigender Duldung der Forstbeamten und der Dorfbevölkerung, die mehr Land bestellen will. Die Wölfe wurden immer weiter zurückgedrängt, ihre Lage wurde zunehmend verzweifelt. Im Sommer ist es am schlimmsten, weil alles vertrocknet und sie nichts mehr zu fressen finden – keine Lurche oder Frösche oder andere kleine Tiere. Der Hunger treibt sie dann dazu, die Ziegen der Dörfler anzugreifen – und wenn sie die nicht bekommen, dann versuchen sie es mit den Kindern.«

»Kann man die Gegend nicht wieder aufforsten?«

»Nun, das müßte eine Gegend sein, die nicht landwirtschaftlich genutzt wird. Politisch und auch menschlich gibt es keine andere Lösung. Ich kann mir gut vorstellen, wie mir Jha und Konsorten bei lebendigem Leib die Haut abziehen, wenn ich das vorschlage. Wie auch immer, das sind langfristige Maßnahmen, aber was jetzt sofort not tut, ist, die Menschen hier von ihrer Angst zu befreien.«

Er tippte seinem Fahrer auf die Schulter. Der erstaunte Mann wandte den Kopf und sah den UBB fragend an, während er mit Vollgas weiterfuhr.

»Können Sie wohl aufhören, ständig zu hupen?« sagte der UBB in Hindi.

Nach einer Pause nahm er seine Unterhaltung mit Maan wieder auf. »Die Statistiken sind ziemlich erschreckend. Während der letzten sieben Jahre wurden im Sommer – zwischen Februar und Juni, wenn der Regen einsetzt – mehr als ein Dutzend Menschen angefallen und ebenso viele getötet in einem Gebiet, das dreißig Dörfer umfaßt. Seit Jahren schreiben die zuständigen Beamten Berichte und nehmen Bezug auf und schieben hinaus und ziehen Schlüsse und drehen sich im Kreis und wiederholen, was zu tun sei. Größtenteils handelt es sich um Lösungen, die Papier bleiben. Ab und zu wird vor einem Dorf, in dem es Opfer gab, in der Hoffnung, daß sich die Sache so erledigen wird, eine Ziege angebunden. Aber ...« Er zuckte die Achseln, runzelte die Stirn und seufzte. Maan dachte, daß er dank seines fliehenden Kinns ziemlich mürrisch aussah.

»Jedenfalls habe ich mir gedacht, daß man dieses Jahr das Problem praktisch angehen muß«, fuhr Sandeep fort. »Gott sei Dank hat mein DM zugestimmt, die Polizei auf Distriktsebene mit einzubeziehen. Sie haben zwei gute Schützen, die nicht nur mit Pistolen, sondern auch mit Gewehren umgehen können. Vor einer Woche haben wir erfahren, daß hier ein Rudel menschenfressender Wölfe sein Unwesen treibt und – ach, da sind sie ja.« Er deutete auf einen Baum nahe einem alten, verlassenen Serai – einem Rastplatz für Reisende –, ungefähr zweihundert Meter weiter vorn an der Straße. Unter dem Baum standen ein Jeep und ein Auto, und eine nicht unbeträchtliche Menschenmenge hatte sich eingefunden, viele von ihnen aus den umliegenden Dörfern. Der Jeep des UBB kam quietschend zum Stehen und hüllte alle in eine Staubwolke.

Obwohl der UBB unter den versammelten Offiziellen der am wenigsten erfahrene war und eigentlich nicht in der Lage, die bevorstehende Aufgabe zu organisieren, bemerkte Maan, daß sich alle an ihn wandten und um seine Meinung baten, auch wenn er keine hatte.

Schließlich sagte Sandeep verärgert, nichtsdestoweniger höflich: »Ich will keine Zeit mehr mit Reden verschwenden. Die Treiber und extra verpflichteten Scharfschützen haben, wie Sie sagen, bereits Stellung bei der Schlucht bezogen.

Sehr gut. Sie«, er deutete auf die beiden Beamten vom Forstamt und ihre fünf Helfer, den Inspektor, die zwei Superschützen der Polizei und die anderen Polizisten, »warten hier bereits seit einer Stunde, und seit einer halben Stunde reden wir. Wir hätten unsere Ankunft besser koordinieren sollen, aber egal. Wir wollen keine Zeit mehr verlieren. Es wird jede Minute heißer. Mr. Prashant, Sie sagen, daß Sie den Plan sorgfältig ausgearbeitet haben, nachdem Sie das Gelände für die Treibjagd vor drei Tagen eingehend inspiziert haben. Bitte, wiederholen Sie ihn nicht, und bitten Sie mich auch nicht um Zustimmung für jede Einzelheit. Ich erkenne Ihren Plan an. Bitte sagen Sie uns, wohin wir gehen sollen, und wir werden Ihnen gehorchen. Stellen Sie sich vor, Sie wären der DM höchstpersönlich.«

Mr. Prashant, einer der Forstbeamten, schien entsetzt angesichts dieses Vorschlags, als ob Sandeep einen schlechten Witz über Gott gemacht hätte. »Also, gehen wir – und morden wir die Mörder«, sagte Sandeep und schaffte es, nahezu martialisch auszusehen.

10.5

Die Jeeps und das Auto ließen die Dorfbewohner zurück und bogen von der Straße auf einen Weg ab. Sie passierten ein weiteres Dorf und fuhren dann über offenes Land, das wie zuvor mit Büschen und Felsen bedeckt war, hier und da gab es ein Stück Ackerland, oder man sah einen großen Baum – einen Flaschenbaum, einen Mahua oder einen Banyan. Die Felsen speicherten seit Monaten die Hitze, und in der Morgensonne begann die Landschaft zu flirren. Es war halb neun und bereits heiß. Maan gähnte und streckte sich, während der Jeep dahinholperte. Er war glücklich.

Die Fahrzeuge hielten bei einem großen Banyanbaum neben einem ausgetrockneten Flußbett. Dort saßen die Treiber, bewaffnet mit Lathis und Speeren – zwei von ihnen hatten so etwas wie Trommeln um den Bauch geschnallt –, sie kauten Tabak, sangen leise, lachten, sprachen von den zwei Rupien, die sie an diesem Tag verdienen würden, und baten wiederholt um eine Erklärung von Mr. Prashants Anweisungen. Sie waren eine bunt zusammengewürfelte Truppe, was Statur und Alter anging, aber alle waren versessen darauf, etwas zu unternehmen, und hofften, einen oder zwei menschenfressende Wölfe zur Strecke zu bringen. Während der letzten Wochen waren die verdächtigen Wölfe mehrmals gesichtet worden – einmal sogar vier Stück –, und jedesmal hatten sie sich in die lange Schlucht zurückgezogen, in der der ausgetrocknete Bach endete. Dort wurde ihr Versteck vermutet. Die Treiber machten sich schließlich auf den Weg über die Felder zum flachen Auslauf der Schlucht und verschwanden in der Ferne. Später würden sie in die Schlucht vordringen und versuchen, die Beute durch das steile Ende hinauszutreiben.

Die Jeeps fuhren in dicken Staubwolken zum oberen Ende der Schlucht. Dort gab es – wie auch am unteren Ende – einen Hauptausgang und mehrere Nebenausgänge, die alle bewacht werden mußten. Die Scharfschützen wurden verteilt. Hinter der Schlucht erstreckte sich zweihundert Meter weit offenes Land, und dahinter lagen ausgetrocknete Felder und bewaldete Gebiete.

Mr. Prashant tat sein Bestes, um Sandeep Lahiris Befehl Folge zu leisten, die Anwesenheit eines hohen IAS-Beamten zu vergessen. Er setzte seine Stoffkappe auf, drehte sie nervös hin und her und traute sich schließlich, den Leuten zu sagen, wo sie Stellung beziehen und was sie tun sollten. Sandeep und Maan teilte er einem kleinen, steilen Ausgang zu, den ein Wolf, so dachte Mr. Prashant, kaum wählen würde, weil der Aufstieg zu langsam und mühevoll wäre. Die Schützen der Polizei und die angeheuerten professionellen Jäger wurden den anderen Ausgängen zugeteilt, wo sie sich in den knapp bemessenen, schweißtreibenden Schatten von ein paar mickrigen Bäumen setzten. Das lange Warten auf das Treiben begann. Kein Lüftchen wehte, um ihnen Erleichterung zu verschaffen.

Sandeep empfand die Hitze als unerträglich drückend und sagte nicht viel. Maan summte ein Gasel vor sich hin, das Saeeda Bai gesungen hatte, aber seltsamerweise dachte er nicht an sie. Er war sich nicht einmal bewußt, daß er summte. Er befand sich in einem Zustand beherrschter Aufregung; ab und zu wischte er sich die Stirn ab, trank einen Schluck aus seiner Wasserflasche oder kontrollierte seine Munition. Nicht daß ich öfter als ein halbes dutzendmal werde schießen können, dachte er. Dann strich er mit der Hand über das glatte Holz des Gewehrs, hob es mehrmals an die Schulter, zielte auf Büsche und Dickicht in der Schlucht, durch die ein Wolf am wahrscheinlichsten brechen würde.

Eine gute halbe Stunde verging. Schweiß rann ihnen über Gesicht und Körper. Aber die Luft war trocken, und er verdunstete; es war nicht ganz so quälend wie während des Monsuns. Fliegen umschwirrten sie, setzten sich auf ihre Gesichter, ihre nackten Arme oder Beine, und eine Zikade zirpte schrill in einem kleinen Berbusch. Leise drang jetzt aus der Ferne das Geräusch der Trommeln an ihr Ohr, noch nicht jedoch die Rufe der Treiber. Sandeep beobachtete voller Neugier Maans Miene. Er hatte Maan für einen leichtfertigen Luftikus gehalten, aber jetzt zeichnete sich in seinem Gesicht etwas Intensives und Entschlossenes ab, etwas, was mit gespannter Vorfreude zu sagen schien: Aus diesem Dickicht dort wird ein Wolf kommen, und ich werde ihn mit meinem Gewehr verfolgen, bis er auf jener Stelle am Weg anlangt, so daß ich ihn mit Sicherheit in die Seite treffen werde, und ich werde abdrücken, und die Kugel wird ihn durchbohren, und dort wird er – tot – umfallen, und dann ist die Sache erledigt. Der erfolgreiche Abschluß einer morgendlichen Aufgabe.

Das war keine schlechte Annäherung an Maans tatsächliche Gedanken. Was Sandeeps eigene Geistestätigkeit betraf, so hatte die Hitze sie ausgedünnt und getrübt. Er freute sich nicht auf das Töten von Wölfen, aber es gab keinen anderen Ausweg. Er hoffte nur, daß damit die Gefahr für die Menschen verringert oder beseitigt würde. Erst letzte Woche hatte er im Distriktkrankenhaus einen siebenjährigen Jungen besucht, der von einem Wolf übel zugerichtet worden war. Der Junge schlief auf einem Feldbett, und Sandeep ließ ihn nicht wecken. Aber den Ausdruck in den Augen der Eltern würde er nicht vergessen – als ob er irgendwie in der Lage wäre, die Tragödie, die über ihr Leben hereingebrochen war, rückgängig zu machen oder zu mildern. Abgesehen von schweren Verletzungen, die der Junge an Armen und Oberkörper davongetragen hatte, war er im Nacken angefallen worden, und der Arzt hatte gesagt, daß er gelähmt bleiben würde.

Sandeep war nervös. Er stand auf, streckte sich und betrachtete die mickrige sommerliche Vegetation der Schlucht und die vertrockneten Büsche davor. Sie hörten jetzt auch die Rufe und Schreie der Treiber. Maan schien in seine eigenen Gedanken versunken.

Plötzlich und viel früher als erwartet stürmte ein Wolf, ein ausgewachsener grauer Wolf, der größer und schneller war als ein Schäferhund, durch den Hauptausgang der Schlucht, wo einige der professionellen Jäger und Schützen postiert waren, und rannte über das offene Land und die trockenen Felder. Er steuerte unter dem Geballer von ein paar verspäteten Schüssen geradewegs den Wald zu seiner Linken an.

Maan und Sandeep konnten von ihrem Standpunkt aus den Wolf nicht deutlich sehen, aber aufgrund der Schreie und Schüsse wußten sie, daß etwas vor sich ging. Maan sah ihn kurz, als er über die ungepflügten, steinharten Felder lief und schließlich zwischen den Bäumen verschwand, schnell und verzweifelt im Angesicht des Todes.

Er ist davongekommen! dachte er verärgert. Der nächste wird's bestimmt nicht schaffen.

Eine Zeitlang waren bestürzte und vorwurfsvolle Rufe zu hören, dann wurde es wieder still. Ein Gehirnfiebervogel begann irgendwo im Wald, seinen zwanghaften dreiteiligen Schrei auszustoßen, der sich mit den Rufen und Trommelschlägen aus der anderen Richtung vermischte. Die Treiber kamen jetzt rasch die Schlucht herauf und scheuchten auf, was immer sich an Tieren zwischen ihnen und den Jägern befand. Maan hörte jetzt auch die Geräusche, die sie machten, indem sie mit Lathis und Speeren auf die Büsche einschlugen.

Plötzlich stürzte eine weitere, etwas kleinere graue Gestalt panisch aus der Schlucht, diesmal in dem schmalen Ausgang, den Maan bewachte. Instinktiv legte er das Gewehr an, zielte und wollte gerade abdrücken – früher, als er für einen guten Treffer von der Seite geplant hatte –, als er erschrocken vor sich hin murmelte: »Aber das ist ja ein Fuchs!«

Der Fuchs, der nicht ahnte, daß er gerade verschont worden war, raste wie wahnsinnig vor Angst über die Felder und verschwand wie ein Blitz im Wald, den grauen Schwanz mit der schwarzen Spitze knapp über dem Boden. Maan lachte kurz auf.

Aber sein Lachen erstarb sofort wieder. Die Treiber konnten nicht mehr weiter als hundert Meter entfernt sein, als ein riesiger, kräftiger grauer Wolf mit angelegten Ohren und einem leicht unregelmäßigen Lauf aus seiner Deckung hervorbrach und den Hang hinauf auf Maan und Sandeep zurannte. Maan riß das Gewehr herum, aber der Wolf bot keine geeignete Zielscheibe. Vielmehr schien sein großes graues Gesicht mit den dunklen geschwungenen Brauen sie mit rachsüchtiger Wildheit anzustarren und versetzte sie in Angst und Schrecken.

Plötzlich spürte der Wolf ihre Gegenwart. Er fuhr herum und sprang hinunter zu dem Pfad, aus dem, nach Meinung Maans, ein Wolf am wahrscheinlichsten heraufkommen würde. Maan dachte nicht an seine eigene Erleichterung oder an den benommenen Sandeep, sondern verfolgte mit dem Gewehrlauf den Wolf bis zu der Stelle, an der er die beste Zielscheibe abgeben würde. Jetzt hatte er ihn voll im Blick.

Aber als er abdrücken wollte, sah er plötzlich zwei Schützen, die vorher nicht dort waren und dort auch nichts zu suchen hatten. Sie saßen auf einer Erderhebung neben dem Pfad, ihm direkt gegenüber, ihre Gewehre zielten auf den Wolf, und sie würden ebenfalls gleich feuern.

Das ist Wahnsinn! dachte Maan.

»Nicht schießen! Nicht schießen!« schrie er.

Ein Schütze schoß trotzdem. Der Schuß ging daneben; die Kugel prallte an einem Felsen einen halben Meter neben Maan ab.

»Nicht schießen! Nicht schießen! Ihr verdammten Idioten!« schrie Maan.

Der große Wolf wechselte seine Richtung nicht noch einmal. Mit seinen etwas unregelmäßigen, schweren Schritten raste er aus der Schlucht und auf den Wald zu, seine Pfoten wirbelten Staub auf, bis er für einen Augenblick hinter der niedrigen Begrenzung eines ungepflügten Felds verschwand. Als er wieder auftauchte, feuerten die Schützen, die an anderen Stellen postiert waren, auf seine kleiner werdende Gestalt. Aber sie hatten keine Chance. Innerhalb von Sekunden hatte der Wolf wie der Fuchs und der andere Wolf vor ihm den Wald erreicht und war in Sicherheit vor der menschlichen Bedrohung.

Die Treiber kamen aus der Schlucht, die Jagd war vorüber. Maan war nicht etwa enttäuscht, sondern maßlos wütend. Mit zitternden Händen entlud er sein Gewehr, ging hinüber zu den auf Abwege geratenen Schützen und packte einen am Hemdkragen.

Der Mann war größer und vermutlich stärker als Maan, aber er blickte schuldbewußt und ängstlich drein. Maan ließ ihn wieder los, sagte nichts, atmete schnell und keuchend vor Angespanntheit und Wut. Dann sprach er. Anstatt sie zu fragen, ob sie Menschen oder Wölfe jagten, wie er ursprünglich vorgehabt hatte, beherrschte er sich und knurrte zornig: »Sie sollten den Ausgang dort drüben bewachen. Sie sollten nicht herüberkommen und an einer Stelle Position beziehen, die Sie für aussichtsreicher hielten. Einer von uns hätte umkommen können. Vielleicht Sie.«

Der Mann erwiderte nichts. Er wußte, daß das, was er und sein Kollege getan hatten, unentschuldbar war. Er blickte zu seinem Freund, der die Achseln zuckte.

Plötzlich schlug eine Woge der Enttäuschung über Maan zusammen. Er wandte sich kopfschüttelnd ab und ging zurück zu dem Platz, an dem sein Gewehr und seine Wasserflasche standen. Sandeep und die anderen hatten sich unter einem Baum versammelt und besprachen die Treibjagd. Sandeep fächelte sich mit seinem Sola topi Kühlung zu. Er schien noch immer benommen.

»Das eigentliche Problem«, sagte einer, »ist der Wald dort. Er ist zu nahe am Ausgang der Schlucht. Wir brauchten zehn Schützen mehr, die wir in einem weiten Bogen aufstellen könnten – dort – und dort ...«

»Auf jeden Fall haben wir ihnen einen Schrecken eingejagt«, sagte ein anderer. »Wir werden's nächste Woche noch mal versuchen. Nur zwei Wölfe – ich hatte gehofft, daß sich mehr hier versteckt hätten.« Er nahm einen Keks aus seiner Tasche und aß ihn.

»Ach, du glaubst also, daß sie bis nächste Woche hier auf uns warten?«

»Wir waren zu spät dran«, sagte ein anderer. »Am frühen Morgen ist es am besten.«

Maan stand etwas abseits und kämpfte mit den widersprüchlichsten Gefühlen – mit überwältigender, heftiger Anspannung und gleichzeitig mit ebenso unerträglicher Schlaffheit.

Er trank einen Schluck aus seiner Wasserflasche und betrachtete das Gewehr, aus dem er nicht einen Schuß abgefeuert hatte. Er fühlte sich erschöpft, bedrückt und von den Ereignissen enttäuscht. Er würde an ihrem sinnlosen Leichenschmaus nicht teilnehmen. Und ein Leichenschmaus war ja auch – wenn man es wörtlich nahm – nicht gerechtfertigt.

10.6

Aber später am Nachmittag bekam Maan gute Nachrichten. Einer von Sandeeps Besuchern erwähnte, er habe von einem verläßlichen Kollegen erfahren, daß der Nawab Sahib und seine Söhne auf dem Weg nach Baitar Fort, wo sie ein paar Tage bleiben wollten, durch Rudhia gekommen seien.

Maans Herz machte einen Freudensprung. Das glanzlose Bild des väterlichen Guts verschwand aus seinen Gedanken und wurde durch die Vorstellung einer richtigen Jagd (auf Pferden) in Baitar und – noch angenehmer – von Neuigkeiten über Saeeda Bai von Firoz ersetzt. Ach, dachte Maan, die Freuden der Jagd! Er sammelte seine Sachen ein, lieh sich von Sandeep ein paar Romane, um sein Exil in Debaria erträglicher zu machen, ging zum Bahnhof und fuhr mit dem nächsten Bummelzug nach Baitar.

Ob Firoz den Brief persönlich überbracht hat? fragte sich Maan. Das muß er!

Und ich werde herausfinden, was sie zu ihm gesagt hat, nachdem sie seinen Brief – vielmehr meinen Brief – gelesen und festgestellt hat, daß Dagh Sahib, den seine Abwesenheit und seine Unfähigkeit, selbst mit ihr zu kommunizieren, zur Verzweiflung trieben, den Nawabzada höchstpersönlich als Übersetzer, Sekretär und Gesandten benutzt hat. Und wie hat sie meine Anspielung auf die Zeilen Daghs verstanden:

> »Du bist es, die mir unrecht tut und die mich fragt:
> Mein Herr, bitte sprecht, wie ergeht es Euch heute?«

Im Bahnhof von Baitar stieg er aus und mietete eine Rikscha zum Fort. Da seine Kleidung (nach der heißen, unbequemen Zugfahrt ganz besonders) zerknittert war und er sich nicht hatte rasieren können, musterte der Rikscha-Wallah ihn und seine Tasche und fragte: »Treffen Sie dort jemanden?«

»Ja«, sagte Maan, der die Frage nicht als unverschämt empfand. »Den Nawab Sahib.«

Der Rikscha-Wallah lachte über Maans Sinn für Humor. »Sehr gut, sehr gut«, sagte er. Nach einer Weile fragte er: »Wie finden Sie unsere Stadt Baitar?«

Maan sagte, ohne sich etwas zu denken: »Es ist ein hübsches Städtchen. Sieht aus wie ein hübsches Städtchen.«

»Es war ein hübsches Städtchen – bevor das Kino gebaut wurde. Jetzt, mit den tanzenden und singenden Mädchen auf der Leinwand und den Liebeleien und dem Gewackel und so«, er wich einem Schlagloch in der Straße aus, »ist es ein noch hübscheres Städtchen geworden. Hübsch, wenn man anständig ist, hübsch, wenn man nicht anständig ist. Baitar, Baitar, Baitar, Baitar«, sagte er in dem gleichen Rhythmus, in dem er in die Pedale trat. »Das – das Haus dort mit dem grünen Schild – ist das Krankenhaus, es ist so gut wie das Distriktkrankenhaus in Rudhia. Es wurde vom Vater oder Großvater des jetzigen Nawab Sahib gestiftet. Und das dort ist Lal Kothi, es diente dem Urgroßvater des Nawab Sahib als Jagdhütte – aber jetzt liegt es mitten in der Stadt. Und das«, sie bogen um eine zugebaute Ecke und sahen ein massives hellgelbes Gebäude vor sich, das über einem Gewirr geweißter Häuser auf einem kleinen Hügel aufragte, »das ist Baitar Fort.«

Es war ein großes, eindrucksvolles Gebäude, und Maan betrachtete es bewundernd.

»Aber Panditji will es ihm fortnehmen und den Armen geben«, sagte der Rikscha-Wallah, »sobald das Zamindari-System abgeschafft ist.«

Unnötig zu erwähnen, daß Pandit Nehru – der im fernen Delhi an andere Dinge dachte – nichts dergleichen vorhatte. Und auch die Purva Pradesh Zamindari Abolition Bill – der nur noch die Unterschrift des Präsidenten fehlte, um in Kraft zu treten – sah nicht vor, Forts oder Residenzen oder auch nur das von den Zamindars selbst bestellte Land zu enteignen. Aber Maan ließ es ihm durchgehen.

»Was wird für Sie dabei herausspringen?« fragte Maan den Rikscha-Wallah.

»Für mich? Nichts! Überhaupt nichts, gar nichts. Hier jedenfalls nicht. Wenn ich irgendwo ein Zimmer kriegen könnte, das wäre gut. Wenn ich zwei kriegen könnte, wäre das noch besser. Ich würde eins einem armen Dummkopf vermieten und vom Schweiß seiner Arbeit leben. Andernfalls werde ich tagsüber weiter in die Pedale meiner Riksha treten und nachts darin schlafen.«

»Was machen Sie während des Monsuns?« fragte Maan.

»Ach, da such ich mir irgendwo ein Obdach – Allah sorgt für mich, Allah sorgt für mich, Er wird für mich sorgen, so wie Er es immer getan hat.«

»Ist der Nawab Sahib hier beliebt?«

»Beliebt? Er ist wie Sonne und Mond in einem! Und auch die jungen Nawabzadas, vor allem Chhoté Sahib. Alle mögen ihn, weil er so ausgeglichen ist. Und was für gutaussehende junge Männer. Sie sollten Sie sehen, wenn sie alle zusammen sind: ein Anblick, den man so schnell nicht vergißt. Der alte Nawab Sahib zwischen seinen Söhnen. Wie der Vizekönig und seine Statthalter.«

»Aber wenn sie so beliebt sind, warum wollen ihnen die Leute dann ihr Land wegnehmen?«

»Warum nicht? Die Leute wollen soviel Land, wie sie kriegen können. In meinem Dorf, wo meine Frau und Familie leben, bestellen wir das Land seit vielen Jahren – seit der Zeit des Onkels meines Vaters. Und immer noch müssen wir dem Nawab Sahib – oder vielmehr diesem Blutsauger, seinem Munshi – Pacht zahlen. Sagen Sie mir, warum sollen wir Pacht zahlen? Seit fünfzig Jahren bestellen wir das Land im Schweiße unseres Angesichts, es sollte uns gehören.«

Als sie das riesige, hölzerne, messingbeschlagene Tor in der Mauer von Baitar Fort erreichten, verlangte der Riksha-Wallah den doppelten Fahrpreis. Maan erhob kurz Einwände, denn der Betrag war eindeutig überhöht; dann gab er ihm, was er verlangte, und noch vier Annas dazu – der Mann tat ihm leid.

Der Riksha-Wallah fuhr davon, sehr zufrieden, daß er mit seinem Urteil, Maan sei etwas verrückt, richtiggelegen hatte. Wahrscheinlich glaubte er tatsächlich, daß er den Nawab Sahib treffen würde. Der arme Kerl.

10.7

Der Pförtner am Tor bezog einen vergleichbaren Standpunkt und schickte Maan wieder weg. Er hatte dem Munshi Maan beschrieben, und der Munshi hatte Anweisung erlassen.

Der verdutzte Maan schrieb auf einen Zettel ein paar Worte auf englisch und sagte: »Ich will nicht mit dem Munshi sprechen. Sieh zu, daß der Nawab Sahib oder der Burré Sahib oder der Chhoté Sahib das kriegen. Geh und nimm es mit.«

Der Pförtner, der gesehen hatte, daß Maan englisch schrieb, bat ihn diesmal, ihm zu folgen, erbot sich jedoch nicht, seine Tasche zu tragen. Sie gingen durch das innere Tor und auf das Hauptgebäude des Fort zu: ein riesiges, dreistöckiges Haus mit Innenhöfen auf zwei Ebenen und Türmchen auf dem Dach.

Maan mußte in einem mit grauen Steinen ausgelegten Hof warten; der Pförtner stieg eine Treppe hinauf und verschwand. Es war später Nachmittag und noch sehr heiß in diesem gepflasterten und von Mauern umgebenen Ofen. Maan schaute sich um. Es war nichts zu sehen von dem Pförtner, von Firoz oder Imtiaz oder sonstjemandem. Dann bemerkte er eine Bewegung hinter einem der oberen Fenster. Ein feistes bäurisches Gesicht mit einem grauweißen Walroßschnurrbart musterte ihn von oben herab.

Kurz darauf kehrte der Pförtner zurück. »Der Munshi fragt, was Sie wünschen?«

Maan wurde ärgerlich. »Ich habe dir doch gesagt, du sollst die Nachricht dem Chhoté Sahib geben, nicht dem Munshi.«

»Aber der Nawab Sahib und die Nawabzadas sind nicht hier.«

»Was soll das heißen, nicht hier? Wann sind sie abgereist?« fragte Maan bestürzt.

»Vor einer Woche«, sagte der Pförtner.

»Dann sag diesem Hornochsen von Munshi, daß ich ein Freund der Nawabzadas bin und die Nacht hier verbringen will.« Maan hatte die Stimme erhoben, und sie hallte im Hof wider.

Der Munshi, ein Mann mittleren Alters, kam eilig herunter. Obwohl es heiß war, trug er ein Bundi über der Kurta. Er war gereizt. Ein langer Tag ging zu Ende, und er hatte sich darauf gefreut, nach Baitar, wo er lebte, zurückzuradeln. Und jetzt verlangte dieser unrasierte und unbekannte Fremde, im Fort empfangen zu werden. Was sollte das?

»Ja?« sagte der Munshi und steckte seine Lesebrille in die Tasche. Er musterte Maan von Kopf bis Fuß und leckte im Mundwinkel über seinen Walroßschnurrbart. »Wie kann ich Ihnen zu Diensten sein?« fragte er in höflichem Hindi. Aber hinter seinem zuvorkommenden Tonfall und dem bedächtigen Auftreten spürte Maan das schnelle Rattern der Berechnung.

»Als erstes können Sie mich aus diesem Backofen bringen, mir ein Zimmer herrichten, heißes Wasser zum Rasieren und etwas zu essen bereiten lassen«, sagte Maan. »Ich habe eine anstrengende und heiße Jagd und zudem eine anstrengende und heiße Zugfahrt hinter mir, und seit einer halben Stunde lassen Sie mich hier rumstehen – und jetzt erzählt mir dieser Mann, daß Firoz bereits abgereist ist – beziehungsweise überhaupt nicht hier war. Nun?«

Der Munshi machte keine Anstalten, ihm entgegenzukommen. »Kann mir der Sahib ein Schreiben des Nawab Sahib geben? Oder von einem der Nawabzadas? Bislang hatte ich nicht das Vergnügen, Sahibs Bekanntschaft zu machen, und solange mir kein Schreiben vorliegt, bedaure ich, aber ...«

»Bedauern Sie, was Sie wollen. Ich bin Maan Kapoor, ein Freund von Firoz und Imtiaz. Ich möchte sofort ein Badezimmer benutzen und werde nicht darauf warten, bis Sie Vernunft annehmen.«

Maans Befehlston schüchterte den Munshi etwas ein, aber er blieb stocksteif stehen. Er lächelte, um Maan milder zu stimmen, aber seine Verantwortung stand ihm klar vor Augen. Schließlich konnte da jeder kommen, der wußte, daß der Nawab Sahib und seine Söhne nicht da waren, und behaupten, ein Freund von ihnen zu sein, ein paar englische Worte kritzeln und sich so Zugang zum Fort verschaffen. »Es tut mir leid«, sagte er salbungsvoll. »Es tut mir leid, aber ...«

»Jetzt hören Sie mal zu«, sagte Maan. »Firoz mag Ihnen nichts von mir erzählt haben, aber er hat mir von Ihnen erzählt.« Der Munshi wurde etwas unruhig: der Chhoté Sahib war ihm nicht unbedingt wohlgesinnt. »Und vermutlich hat der Nawab Sahib Ihnen gegenüber den Namen meines Vaters erwähnt. Sie sind alte Freunde.«

»Und wer bitte ist Sahibs Vater?« fragte der Munshi bemüht gleichgültig. Er rechnete damit, bestenfalls den Namen eines kleinen Grundbesitzers zu hören.

»Mahesh Kapoor.«

»Mahesh Kapoor!« Die Zunge des Munshis bewegte sich flink zum anderen Mundwinkel. Er starrte Maan ungläubig an. »Der Finanzminister?« fragte er mit etwas zittriger Stimme.

»Ja. Der Finanzminister. Wo ist das Bad?«

Der Munshi blickte schnell von Maan zu seiner Tasche beim Pförtner und wieder zu Maan. Er fand keine Bestätigung für das Gehörte. Er überlegte, ob er Maan um einen Beweis bitten sollte, irgendeinen Beweis für seine Identität, nicht unbedingt ein Empfehlungsschreiben – aber er wußte, daß er ihn damit nur weiter verärgern würde. Es war ein unlösbares Dilemma. Seiner Stimme und Sprechweise nach zu urteilen, war dieser Mann zweifellos gebildet, auch wenn er abgerissen und verschwitzt aussah. Und wenn es stimmte, daß er der Sohn des Finanzministers war, dieses Architekten des unerforschlichen Gesetzes, das die Grundlage schaffte, um Baitar House und damit indirekt auch ihn um die großen Besitzungen an Feldern, Wäldern und Ödland zu bringen, dann war er in der Tat eine sehr, sehr wichtige Person. Nicht auszumalen, welche Folgen es haben könnte, ihn despektierlich zu behandeln, ihn nicht willkommen zu heißen. In seinem Gehirn begann es zu rattern.

Als es wieder aufhörte, verneigte er sich mit gefalteten Händen – eine Geste der Unterwürfigkeit und des Willkommens –, und anstatt den Wachmann oder den Pförtner Maans Tasche tragen zu lassen, trug er sie selbst. Er lachte leise, als ob er sich über seine eigene Dummheit wunderte und sie ihm peinlich wäre.

»Aber, Huzoor, das hätten Sie von Anfang an sagen sollen. Ich wäre ans Tor gekommen, um Sie zu begrüßen. Ich hätte Sie mit dem Jeep am Bahnhof abgeholt. Willkommen, Huzoor, willkommen – willkommen im Haus Ihres Freundes. Ich sorge für alles, was Sie wünschen. Der Sohn von Mahesh Kapoor – der Sohn von Mahesh Kapoor – Sahibs noble Erscheinung hat mir so viel Ehrfurcht eingeflößt, daß ich meine Pflichten vergessen und Ihnen nicht mal ein Glas Wasser angeboten habe.« Er stieg keuchend die Treppe hinauf und gab dann die Tasche dem Wachmann.

»Huzoor muß in Chhoté Sahibs Zimmer schlafen«, fuhr der Munshi, atemlos vor Begeisterung und Unterwürfigkeit, fort. »Es ist ein schönes Zimmer mit einem herrlichen Ausblick auf das Land und den Wald, in dem Chhoté Sahib auf die Jagd geht. Huzoor war so freundlich zu erwähnen, daß er heute morgen gejagt hat, nicht wahr? Ich muß morgen früh eine Jagd für ihn organisieren. Antilopen, Wild, Wildschweine, vielleicht sogar Leoparden. Wäre Huzoor geneigt? Es gibt genügend Gewehre – und auch Pferde, wenn Sahib gern reiten möchte. Und die Bibliothek ist so gut wie die in Brahmpur. Der Vater des Nawab Sahib hat immer zwei Exemplare von jedem Buch bestellt, Geld war kein Thema. Und Huzoor muß die Stadt Baitar besichtigen. Mit Huzoors Erlaubnis werde ich selbst eine Tour zu Lal Kothi und dem Krankenhaus und den anderen Sehenswürdigkeiten arrangieren. Was soll der arme Munshi dem Huzoor jetzt bringen lassen? Etwas zu trinken nach der Reise? Ich werde sofort Mandelwasser mit Safran bringen lassen. Es kühlt und gibt Kraft. Und Sahib muß mir alle Kleidungsstücke geben, die gewaschen werden sollen. In den Gästezimmern gibt es Kleidung, zwei Garnituren werde ich ebenfalls sofort bringen lassen. Und in zehn Minuten werde ich Huzoors persönlichen Diener mit heißem Wasser zum Rasieren heraufschicken. Wenn Huzoor noch weitere Wünsche hat, möge er sie ihm freundlicherweise mitteilen.«

»Ja, wunderbar«, sagte Maan. »Wo ist das Badezimmer?«

10.8

Nachdem Maan sich gewaschen, rasiert und ausgeruht hatte, führte ihn Waris, der junge Dienstbote, der ihm zugeteilt war, durch das Fort. Dieser junge Mann bildete einen enormen Kontrast zu dem alten Bedienten, der sich in Baitar House in Brahmpur um Maans Bedürfnisse gekümmert hatte – und auch zum Munshi.

Er war Ende Zwanzig, zäh, robust, gutaussehend, sehr gastfreundlich (Dienstboten, die das Vertrauen ihres Herrn besitzen, sind selbstbewußt genug dazu) und absolut loyal gegenüber dem Nawab Sahib und seinen Kindern, insbesondere Firoz. Er wies Maan auf eine verblichene Schwarzweißfotografie in einem schmalen silbernen Rahmen hin, die auf einem Tischchen in Firoz' Zimmer stand. Darauf zu sehen waren der Nawab Sahib und seine Frau (die für das Foto die Frauengemächer offensichtlich verlassen hatte), Zainab, Imtiaz und Firoz. Firoz und Imtiaz mußten ungefähr fünf Jahre alt sein; Firoz schaute konzentriert in die Kamera, seinen Kopf in einem Winkel von fünfundvierzig Grad zur Seite geneigt.

Seltsam, dachte Maan, daß mich nicht Firoz, sondern jemand anders bei meinem allerersten Besuch in Baitar Fort herumführt.

Das Fort schien unermeßlich. Der erste überwältigende Eindruck war der von Größe, der zweite der von Vernachlässigung. Sie stiegen auf steilen Treppen von Stockwerk zu Stockwerk, bis sie aufs Dach kamen, mit der Brustwehr, den Zinnen und den vier eckigen Türmen, auf denen jeweils ein unbeflaggter Fahnenmast aufragte. Es war fast dunkel. Still erstreckte sich das Land um das Fort in alle Richtungen, und durch den Rauch der Küchenfeuer war die Stadt Baitar nur verschwommen zu erkennen. Maan wollte auf einen der Türme steigen, aber Waris hatte keine Schlüssel für die Türen. Er erzählte, daß in einem Turm eine Eule lebe und daß sie die letzten beiden Nächte laut rufend herumgeflogen sei – und einmal sei sie sogar tagsüber in der Nähe des alten Zenanaflügels auf Beutezug gegangen.

»Wenn Sie wollen, erschieße ich den Haramzada heute nacht«, bot Waris großzügig an. »Sie sollen ungestört schlafen.«

»Nein, nein, nicht nötig«, sagte Maan. »Ich werde auf jeden Fall tief und fest schlafen.«

»Da unten ist die Bibliothek«, sagte Waris und deutete auf dickes grünes Glas. »Wie es heißt, eine der besten Privatbibliotheken in ganz Indien. Sie ist zwei Stockwerke hoch, und durch dieses Glas fällt Licht in den Raum. Weil niemand hier ist, haben wir sie nicht erleuchtet. Aber wenn der Nawab Sahib hier ist, verbringt er die meiste Zeit in der Bibliothek. Die ganze Arbeit, die mit dem Besitz verbunden ist, überläßt er dem Mistkerl von Munshi. Vorsicht – hier kann man ausrutschen. Das Regenwasser hat den Stein abgeschliffen.«

Maan stellte schnell fest, daß Waris das Wort ›Haramzada‹ – Mistkerl, Hurensohn – ziemlich häufig gebrauchte. Er benutzte Schimpfworte und Flüche auf die freundlichste Art, auch wenn er mit den Söhnen des Nawab sprach. Es gehörte zu seinem unbedarften bäurischen Wesen, von dem er nur dem Nawab Sahib gegenüber Abstand nahm. In seiner Gegenwart sagte er aus Ehrfurcht sowenig wie möglich, und wenn, dann beherrschte er seine Zunge.

Lernte er jemanden neu kennen, empfand Waris sofort entweder ein instinktives Mißtrauen oder eine instinktive Zuneigung, und demgemäß verhielt er sich. Maan gegenüber sah er keine Notwendigkeit, ein Blatt vor den Mund zu nehmen.

»Was ist mit dem Munshi?« fragte Maan, der interessant fand, daß auch Waris ihn nicht mochte.

»Er ist ein Dieb«, sagte Waris freiheraus. Ihm war es unerträglich, daß der Munshi stets einen Teil der rechtmäßigen Einkünfte des Nawab Sahib in die eigene Tasche umleitete. Er war berüchtigt dafür, daß er den Verkaufspreis von Produkten nach unten abrundete, Einkäufe teurer veranschlagte, als sie tatsächlich waren, Ausgaben geltend machte, wo er nichts ausgegeben, und einen Pachtnachlaß behauptete, wo er keinen gewährt hatte.

»Außerdem unterdrückt er die Leute«, fuhr Waris fort. »Und er ist ein Kayasth!«

»Was ist schlimm daran, ein Kayasth zu sein?« fragte Maan. Die Kayasths waren, obwohl Hindus, seit Jahrhunderten Schreiber und Sekretäre an moslemischen Höfen und schrieben oft ein besseres Urdu oder Persisch als die Moslems selbst.

»Oh«, sagte Waris, der sich daran erinnert hatte, daß Maan auch Hindu war.
»Gegen Hindus wie Sie habe ich nichts. Nur gegen die Kayasths. Der Vater des Munshis war hier Munshi zu Zeiten des Vaters des Nawab Sahib. Er hat versucht, den alten Mann vor seinen eigenen Augen zu bestehlen, aber der alte Mann war nicht blind.«

»Und der jetzige Nawab Sahib?« fragte Maan.

»Er hat ein zu gutes Herz, er ist zu gütig, zu religiös. Er wird nie richtig wütend auf uns – aber für uns reicht sein bißchen Wut. Doch wenn er den Munshi zurechtweist, dann kriecht der Munshi ein paar Minuten vor ihm und macht weiter, als ob nichts gewesen wäre.«

»Und du? Bist du religiös?«

»Nein«, erwiderte Waris erstaunt. »Politik interessiert mich mehr. Ich sorge hier für Ordnung. Ich habe eine Pistole – und auch einen Waffenschein. In der Stadt lebt ein Mann – ein niederträchtiger, gemeiner Mann, dem der Nawab Sahib ermöglicht hat, auf die Schule zu gehen, und den er ernährt hat –, und der macht dem Nawab Sahib und den Nawabzadas das Leben schwer. Er zeigt sie unter fadenscheinigen Gründen an, versucht zu beweisen, daß das Fort Evakuierteneigentum und der Nawab Sahib Pakistani sei – und wenn dieses Schwein ins Parlament kommt, dann wird der Ärger hier erst richtig losgehen. Er ist ein Kongreß-Wallah und hat verlauten lassen, daß er sich für die Kongreßpartei hier zur Wahl stellt. Ich wünschte, der Nawab Sahib würde selbst als unabhängiger Kandidat antreten – oder mich an seine Stelle lassen. Ich würde mit diesem Hurensohn schon fertig werden.«

Maan freute sich über Waris' Loyalität; er war ganz offensichtlich der Meinung, daß die Ehre und der Wohlstand des Hauses Baitar auf seinen Schultern ruhten.

Maan ging zum Essen in das Speisezimmer hinunter. Was ihn dort erstaunte, waren nicht der dicke Teppich oder der riesige Tisch aus Teakholz oder die geschnitzte Anrichte, sondern die vier Ölbilder, die sich – jeweils zwei an den Längswänden – gegenüberhingen.

Eines stellte den forschen Urgroßvater des Nawab Sahib dar – auf einem Pferd sitzend, mit Schwert und grünem Federbusch –, der im Kampf gegen die Briten in Salimpur gefallen war. Das andere Porträt auf derselben Seite zeigte seinen Sohn, dem die Briten sein Erbe zugestanden hatten und der sich mehr akademischen und philantropischen Themen gewidmet hatte. Obwohl er nicht auf einem Pferd saß, sondern einfach dastand, war er mit allen einem Nawab zustehenden Insignien ausgestattet. Seine Augen blickten ruhig, nahezu in sich gekehrt – im Gegensatz zu dem auffallend arroganten Blick seines Vaters. An der Wand gegenüber – die Ältere gegenüber dem Älteren, der Jüngere gegenüber dem Jüngeren – hingen Porträts von Königin Victoria und König Edward VII. Die sitzende Victoria mit einer kleinen runden Krone auf dem Kopf starrte drall und düster aus dem Bild. Sie trug ein langes dunkelblaues Kleid und einen mit Hermelin eingefaßten Umhang und hielt ein kleines Zepter in der Hand. Ihr stattlicher, flotter Sohn stand, ungekrönt, aber ebenfalls ein Zepter haltend, vor einem dunklen Hintergrund; er trug eine rote Tunika mit dunkelgrauer Schärpe, einen Umhang aus Hermelin und eine Samthose. Er strotzte vor Litzen und Quasten und blickte wesentlich fröhlicher drein als seine Mutter, aber nicht so selbstsicher. Zwischen den Gängen des zu stark gewürzten Essens, das er völlig allein einnahm, betrachtete Maan abwechselnd die vier Bilder.

Später ging er wieder in sein Zimmer. Aus irgendeinem Grund kam kein Tropfen Wasser aus den Hähnen und Spülvorrichtungen in seinem Bad, aber es stand genug Wasser in Eimern und Messingtöpfen bereit. Nach den Tagen, an denen er auf die Felder hatte hinausgehen müssen, und den doch ziemlich primitiven Einrichtungen im Bungalow des UBB, stellte das mit Marmor gekachelte Bad von Firoz für Maan einen extremen Luxus dar, auch wenn er selbst das Wasser ausgießen mußte. Abgesehen von einer Badewanne, einer Dusche und zwei Waschbecken gab es eine Toilette im europäischen Stil, deren Sitz staubig war, und auch eine indische. Erstere war mit einer Art Vierzeiler beschriftet:

> J B Norton und Söhne Ld
> Sanitärinstallationen
> Old Court House Corner
> Kalkutta

Auf der indischen stand schlicht:

> Nortons Patent
> ›Der Hindu‹
> Vereinigte Klosetts
> Kalkutta

Maan, der letztere benutzte, fragte sich, ob irgend jemand vor ihm in diesem früheren Bollwerk der Moslemliga über die subversive Inschrift nachgedacht und aufbegehrt hatte angesichts der Tatsache, daß dieses allen gemeinsame kulturelle Erbe von den Briten so völlig willkürlich der anderen – rivalisierenden – Religion zugeschrieben worden war.

10.9

Am nächsten Morgen sah Maan den Munshi wieder, der auf dem Fahrrad ins Fort fuhr, und tauschte ein paar Worte mit ihm aus. Der Munshi wollte wissen, ob alles zu Maans Zufriedenheit ausgefallen sei: das Essen, das Zimmer, Waris' Verhalten. Er entschuldigte sich für Waris' Grobschlächtigkeit. »Wissen Sie, Sir, man kann nichts machen, die Leute hier sind einfach Bauerntölpel.«

Maan informierte ihn von seiner Absicht, mit dem Bauerntölpel die Stadt zu besichtigen, und der Munshi kaute nervös und nicht gerade erfreut auf seinem Schnurrbart herum.

Dann hellte sich seine Miene auf, und er sagte, daß er für den nächsten Tag eine Jagd arrangieren würde.

Waris packte das Mittagessen ein, bot Maan verschiedene Hüte zur Auswahl, zeigte ihm die Sehenswürdigkeiten der Stadt und schilderte die Fortschritte, die seit der Zeit des heroischen Urgroßvaters des jetzigen Nawab Sahib zu verzeichnen waren. Er schrie die Leute, die den Sahib in dem weißen Hemd und der weißen Hose anstarrten, barsch an. Am späten Nachmittag kehrten sie ins Fort zurück.

Am Tor wies der Pförtner Waris streng zurecht. »Munshiji hat gesagt, daß du um drei zurück bist. In der Küche fehlt Holz. Er ist sehr verärgert. Er sitzt mit dem Tehsildar im großen Büro und will, daß du dich sofort bei ihm meldest.«

Waris zog eine Grimasse. Ihm stand Ärger bevor. Um diese Tageszeit war der Munshi immer gereizt; es überkam ihn so regelmäßig, wie andere von einem Malariaanfall niedergestreckt werden.

»Ich gehe mit und erkläre die Sache«, sagte Maan.

»Nein, nein, Maan Sahib, machen Sie sich keine Umstände. Eine Hornisse beißt jeden Tag um halb fünf in den Penis des Haramzadas.«

»Es macht mir keine Umstände.«

»Das ist sehr freundlich von Ihnen, Maan Sahib. Sie dürfen mich nicht vergessen, wenn Sie wieder weggehen.«

»Das werde ich nicht. Und jetzt wollen wir hören, was der Munshi zu sagen hat.«

Sie gingen über den gepflasterten Hof und die Treppe hinauf zu dem großen Büroraum. Der Munshi saß nicht an dem riesigen Schreibtisch in der Ecke (der vermutlich dem Nawab Sahib vorbehalten war), sondern mit überkreuzten Beinen auf dem Boden vor einem kleinen hölzernen Pult mit einer schrägen Platte, die mit Messing eingelegt war. Die Knöchel seiner linken Hand waren in seinem grauweißen Schnurrbart vergraben. Er sah angewidert auf eine alte und – nach ihrem zerknitterten Sari zu urteilen – sehr arme Frau, die mit tränenüberströmtem Gesicht vor ihm stand.

Der Tehsildar, der verärgert und wütend schien, stand hinter dem Munshi.

»Glaubst du, du kannst unter Angabe von falschen Gründen ins Fort eindringen und von uns erwarten, daß wir dich anhören?« sagte der Munshi gereizt. Er bemerkte Maan und Waris nicht, die vor der Tür stehengeblieben waren, als sie seine Stimme hörten.

»Ich hatte keine andere Wahl«, stammelte die alte Frau. »Allah weiß, daß ich versucht habe, mit Ihnen zu sprechen – bitte, Munshiji, erhören Sie meine Gebete. Unsere Familie dient seit Generationen diesem Haus ...«

Der Munshi unterbrach sie. »Hat sie diesem Haus gedient, als dein Sohn versuchte, das Pachtverhältnis in die Akten eintragen zu lassen? Was will er eigentlich? Sich das Land aneignen, das ihm nicht gehört? Kein Wunder, daß wir ihm eine Lektion erteilt haben.«

»Aber es ist die Wahrheit – er bestellt das Land seit ...«

»Was? Bist du gekommen, um mir Vorträge über die Wahrheit zu halten? Ich weiß, wie es Leute wie du mit der Wahrheit halten.« Ein rauher Ton mischte sich in seine ölige Stimme. Er machte auch keinen Hehl aus seinem Vergnügen an der Macht, ihre Existenz zerstören zu können.

Die alte Frau begann zu zittern. »Das war falsch. Das hätte er nicht tun sollen. Aber was haben wir schon außer dem Stück Land, Munshiji? Wir werden verhungern, wenn Sie uns das Land wegnehmen. Ihre Männer haben ihn zusammengeschlagen, er hat seine Lektion gelernt. Vergeben Sie ihm – und vergeben Sie mir, die ich mit gefalteten Händen zu Ihnen komme, daß ich so einen elenden Jungen geboren habe.«

»Geh«, sagte der Munshi. »Ich habe genug. Ihr habt eure Hütte. Geh und röste Getreide. Oder verkauf deinen verwelkten Körper. Und sag deinem Sohn, er soll die Felder von jemand anders pflügen.«

Die Frau begann, hilflos zu weinen.

»Geh«, sagte der Munshi noch einmal. »Bist du nicht nur dumm, sondern auch noch taub?«

»Sie kennen keine Menschlichkeit«, sagte die alte Frau unter Schluchzen. »Der Tag wird kommen, an dem Ihre Taten auf die Waagschale gelegt werden. An diesem Tag, wenn Allah ...«

»Was?« Der Munshi war aufgestanden. Er starrte in das faltige Gesicht mit den niedergeschlagenen, tränennassen Augen und dem bitteren Mund. »Was? Was hast du gesagt? Ich wollte Milde walten lassen, aber jetzt weiß ich, was meine Pflicht ist. Leute wie euch, die auf dem Land des Nawab Sahib Schwierigkeiten machen, nachdem sie jahrelang in den Vorzug seiner Gnade und Großzügigkeit gekommen sind, können wir nicht länger dulden.« Er wandte sich an den Tehsildar. »Schmeiß die alte Hexe raus – schmeiß sie aus dem Fort –, und sag den Männern, daß sie bis heute abend ihre Hütte im Dorf räumen müssen. Das wird sie und ihren undankbaren Sohn lehren ...«

Er hielt mitten im Satz inne und starrte nicht in echtem oder geheucheltem Zorn, sondern in unverfälschtem Entsetzen geradeaus. Sein Mund schloß und öffnete sich, er keuchte nahezu lautlos, und seine Zunge bewegte sich auf seinen Schnurrbart zu.

Denn Maan, vor Erregung nicht mehr in der Lage, einen Gedanken zu fassen, ging mit weißem, wutverzerrtem Gesicht und Mordlust in den Augen wie ein Roboter auf ihn zu, ohne dabei nach rechts oder links zu blicken.

Der Tehsildar, die alte Frau, Waris, der Munshi – keiner rührte sich. Maan packte den Munshi an seinem fetten, stiernackigen Hals und begann, ihn wortlos und wild zu schütteln, das Entsetzen in den Augen des Mannes bemerkte er kaum. Maans Zähne waren entblößt, er sah furchterregend aus. Der Munshi schnappte nach Luft, erstickte fast und hob instinktiv die Hände zum Nacken. Der Tehsildar trat nach vorn – aber nur einen Schritt. Plötzlich ließ Maan den Munshi los, der vornüber auf sein Schreibpult fiel.

Niemand sagte ein Wort. Der Munshi keuchte und hustete. Maan war erschrocken über das, was er gerade getan hatte.

Er begriff nicht, warum er so unverhältnismäßig reagiert hatte. Er hätte den Munshi anbrüllen und ihm Gottesfurcht einjagen sollen. Er schüttelte den Kopf. Waris und der Tehsildar traten nach vorn, der eine zu Maan, der andere zum Munshi. Die alte Frau hatte entsetzt den Mund geöffnet und sagte immer wieder leise vor sich hin: »Ya Allah! Ya Allah!«

»Sahib! Sahib!« krächzte der Munshi, der schließlich seine Stimme wiedergefunden hatte. »Huzoor weiß, daß es nur ein Spaß war – eine Art – diese Leute – ich hatte nie vor – eine gute Frau – nichts wird passieren – ihr Sohn bekommt das Feld zurück – Huzoor darf nicht glauben ...« Tränen rannen ihm über die Backen.

»Ich gehe«, sagte Maan halb zu sich, halb zu Waris. »Hol mir eine Rikscha.« Er war sicher, daß er den Munshi um ein Haar umgebracht hätte.

Der unverwüstliche Munshi warf sich plötzlich nach vorn und berührte Maans Füße mit den Händen und dem Kopf, lag japsend und flach ausgestreckt vor ihm. »Nein, nein, Huzoor – bitte, bitte –, ruinieren Sie mich nicht«, heulte er ungeachtet seiner Untergebenen, die dieser Szene beiwohnten. »Es war nur ein Scherz – ein Scherz – um etwas klarzustellen – niemand will so etwas wirklich tun, das schwöre ich bei meinem Vater und bei meiner Mutter.«

»Sie ruinieren?« sagte Maan benommen.

»Aber Ihre Jagd morgen«, keuchte der Munshi. Ihm war nur zu klar, daß er sich in zweifacher Gefahr befand. Maans Vater war Mahesh Kapoor, und dieser Vorfall würde dessen Milde gegenüber Baitar House nicht vergrößern. Und Maan war Firoz' Freund; Firoz war launisch, und sein Vater mochte ihn und hörte bisweilen auf ihn. Und der Munshi wagte gar nicht daran zu denken, was passieren würde, wenn der Nawab Sahib, der glaubte, daß man den Besitz mit Wohlwollen und ohne Brutalität verwalten konnte, von den Drohungen des Munshis gegenüber einer alten Frau erfuhr.

»Jagd?« sagte Maan und starrte ihn an.

»Und Ihre Kleidung ist noch in der Wäsche ...«

Maan wandte sich angewidert ab. Er bedeutete Waris, mit ihm zu kommen, ging in sein Zimmer, warf seine Habseligkeiten in die Tasche und verließ das

Fort. Eine Riksha wurde gerufen, die ihn zum Bahnhof brachte. Waris wollte ihn begleiten, aber Maan lehnte ab.

Waris' letzte Worte an ihn waren: »Ich habe dem Nawab Sahib ein Wildhuhn geschickt. Würden Sie sich erkundigen, ob er es bekommen hat? Und grüßen Sie den alten Knaben Ghulam Rusool von mir. Er hat früher hier gearbeitet.«

10.10

»Sag mir«, sagte Rasheed zu seiner vierjährigen Tochter Meher, mit der er auf einem Charpoy vor dem Haus seines Schwiegervaters saß, »was du alles gelernt hast.«

»Alif-Ba-Ta-Ha-Cha-Dal-Ra-Ja!«

Rasheed war nicht erfreut. »Das ist eine sehr verkürzte Version des Alphabets«, sagte er. Er dachte, daß Mehers Erziehung beträchtliche Rückschritte gemacht hatte, während er in Brahmpur war. »Du mußt dich mehr anstrengen, Meher. Du bist doch ein kluges Mädchen.«

Obwohl Meher tatsächlich ein kluges Mädchen war, beschränkte sich ihr Interesse am Alphabet auf die Hinzufügung von zwei oder drei weiteren Buchstaben.

Sie freute sich, ihren Vater wiederzusehen, hatte jedoch sehr schüchtern reagiert, als er nach mehreren Monaten Abwesenheit am Vorabend angekommen war. Die ganze Überredungskunst ihrer Mutter war erforderlich gewesen und zudem ein Sahnekeks, damit sie Rasheed begrüßte. Endlich und nur sehr zögernd hatte sie gesagt: »Adaab arz, Chacha-jaan.«

Ganz leise hatte ihre Mutter sie korrigiert: »Nicht Chacha-jaan, Abba-jaan.« Daraufhin war sie so scheu gewesen wie zuvor. Jetzt jedoch hatte sie Rasheed wieder in Gnaden aufgenommen und plauderte mit ihm, als wäre er nie fort gewesen.

»Was kann man im Dorfladen kaufen?« fragte Rasheed in der Hoffnung, daß Meher sich mit praktischen Angelegenheiten besser auskannte als mit dem Alphabet.

»Süßigkeiten, saure Sachen, Seife, Öl«, zählte Meher auf.

Rasheed war zufrieden. Er ließ sie auf seinen Knien hüpfen, bat um einen Kuß und bekam ihn prompt.

Etwas später trat Rasheeds Schwiegervater aus dem Haus, wo er mit seiner Tochter geredet hatte. Er war ein großer, sanftmütiger Mann mit einem gepflegten weißen Bart. Im Dorf war er als Hadschi Sahib bekannt – in Anerkennung der Tatsache, daß er vor ungefähr dreißig Jahren nach Mekka gepilgert war.

Als er seinen Schwiegersohn und seine Enkelin müßig vor dem Haus plaudern sah, sagte er: »Abdur Rasheed, die Sonne steigt höher, und wenn ihr heute fahren müßt, dann solltet ihr bald aufbrechen.« Er machte eine Pause. »Und iß zu jeder Mahlzeit einen großen Löffel Ghee aus dem Kanister. Ich sorge dafür, daß Meher das tut, und deswegen sieht ihre Haut so gesund aus, und ihre Augen strahlen wie Diamanten.« Hadschi Sahib beugte sich hinunter und nahm seine Enkeltochter in die Arme. Meher, die sich schon dachte, daß sie, ihre kleine Schwester und ihre Mutter zusammen mit ihrem Vater nach Debaria fahren würden, klammerte sich voller Zuneigung an ihren Nana und zog eine Vier-Anna-Münze aus seiner Tasche.

»Du mußt auch mitkommen, Nana-jaan«, sagte sie.

»Was hast du da gefunden?« fragte Rasheed. »Steck sie zurück. Das ist eine sehr schlechte Angewohnheit.« Er schüttelte den Kopf.

Aber Meher bat ihren Nana darum, und der ließ sie ihre auf zweifelhafte Weise erworbene Beute behalten. Er war traurig, daß sie abreisten, ging jedoch hinein, um seine Tochter mit dem Baby zu holen.

Rasheeds Frau kam aus dem Haus. Sie trug eine schwarze Burqa mit einem dünnen Schleier vor dem Gesicht und hielt das Baby im Arm. Meher ging zu ihrer Mutter, zog an der Burqa und wollte das Baby halten.

»Jetzt nicht, Munia schläft. Nachher«, sagte ihre Mutter liebevoll.

»Eßt noch etwas. Oder trinkt zumindest noch etwas, bevor ihr geht«, sagte Hadschi Sahib, der sie noch vor ein paar Minuten zur Eile angetrieben hatte.

»Hadschi Sahib, wir müssen los«, sagte Rasheed. »Wir wollen noch etwas Zeit in der Stadt verbringen.«

»Dann begleite ich euch zur Haltestelle«, sagte Hadschi Sahib und nickte bedächtig.

»Mach dir keine Umstände«, sagte Rasheed.

Plötzlich verdüsterte ungewöhnliche Beunruhigung, sogar Angst die klaren Züge des alten Mannes.

»Rasheed, ich mache mir Sorgen, daß ...« begann er und brach dann abrupt ab.

Rasheed, der seinen Schwiegervater respektierte, hatte ihm von seinem Besuch beim Patwari erzählt, wußte jedoch, daß das nicht der Grund für die Sorgen des alten Mannes war.

»Bitte, mach dir keine Sorgen, Hadschi Sahib«, sagte Rasheed, und auch seine Miene drückte kurz Schmerz aus. Dann nahm er die Taschen, Behälter und Kanister auf, und sie gingen alle gemeinsam zum Rand des Dorfes. Hier war ein kleiner Teestand, wo der Bus in die Stadt und zum Bahnhof anhielt. Eine kleine Schar Fahrgäste hatte sich eingefunden, dazu eine größere Menge, die sie verabschiedete.

Der Bus kam rumpelnd zum Stehen.

Hadschi Sahib weinte, als er zuerst seine Tochter, dann seinen Schwiegersohn umarmte. Als er Meher hochhob, zeichnete sie stirnrunzelnd mit dem Finger die Bahn einer Träne nach. Das Baby wachte nicht auf, obwohl es herumgereicht wurde.

Geschäftig stiegen alle Fahrgäste ein, bis auf zwei: eine junge Frau in einem orangefarbenen Sari und ein kleines, etwa achtjähriges Mädchen, offensichtlich ihre Tochter.

Die Frau umarmte eine andere Frau mittleren Alters – vermutlich ihre Mutter, die sie besucht hatte, oder vielleicht ihre Schwester – und schluchzte lauthals. Sie umarmten und umklammerten einander mit theatralischer Hemmungslosigkeit, wehklagten und jammerten.

Die jüngere Frau schluchzte vor Kummer auf und rief: »Erinnerst du dich noch, als ich hingefallen bin und mir das Knie …«

Die andere Frau klagte: »Du bist meine einzige, meine einzige …«

Das kleine Mädchen, das in Mauve gekleidet war und ein rosa Band in seinem Zopf trug, schien sich tödlich zu langweilen.

»Du hast mich gefüttert – du hast mir alles gegeben …« fuhr seine Mutter fort.

»Was soll ich bloß ohne dich tun? … O Gott! O Gott!«

Und so ging es noch ein paar Minuten weiter, obwohl der Busfahrer verzweifelt auf die Hupe drückte. Aber ohne sie loszufahren war undenkbar. Die anderen Fahrgäste hätten es nie zugelassen, obwohl das Schauspiel mittlerweile an Reiz verloren hatte und sie ungeduldig wurden.

»Was ist los?« fragte Rasheeds Frau leise und besorgt.

»Nichts, nichts. Es sind bloß Hindus«, sagte Rasheed.

Schließlich stieg die junge Frau mit ihrer Tochter ein. Sie lehnte sich aus dem Fenster und fuhr fort zu jammern. Zischend und rumpelnd setzte sich der Bus in Bewegung. Innerhalb von Sekunden beruhigte sich die Frau und wandte ihre ganze Aufmerksamkeit einem Laddu zu, das sie in zwei gleich große Hälften brach und mit ihrer Tochter teilte.

10.11

Der Bus war in einem äußerst schlechten Zustand, und der Motor starb alle paar Minuten ab. Er gehörte einem Töpfer, der eine aufsehenerregende berufliche Veränderung durchgemacht hatte – so aufsehenerregend, daß er von seinen Kastenbrüdern im Dorf geächtet wurde, aber nur so lange, bis sie auf die Dienste seines Busses nicht mehr verzichten konnten, um zum Bahnhof zu gelangen. Der Töpfer saß am Steuer, er war es auch, der den Bus wartete, ihm zu essen und zu trinken gab, sein Stöhnen und seine vorgetäuschten Todesqualen diagnostizierte und das Wrack zwang, die Straße entlangzufahren. Dem Motor entstieg graublauer Rauch, Öl tropfte aus der Ölwanne, der Geruch nach verschmorendem Gummi versengte die Luft, wann immer der Bus bremste, und alle zwei Stunden hatte er einen Platten. Die Straße war mit nichts weiter als mit längs verlegten Ziegelsteinen gepflastert, sie war mit Löchern übersät, und die Räder hatten keinerlei Erinnerung mehr an ihre Stoßdämpfer. Rasheed sah sich alle paar Minuten in Gefahr, kastriert zu werden. Seine Knie versetzten seinem Vordermann ständig Stöße, weil die Rückenlehnen der Sitze fehlten.

Keiner der Fahrgäste sah jedoch irgendeinen Grund, sich zu beschweren. Die Fahrt mit dem Bus war bei weitem besser und bequemer als eine zweistündige Fahrt auf dem Ochsenkarren. Wann immer der Bus irgendwo unfreiwillig stehenblieb, lehnte sich der Schaffner aus dem Fenster und sah nach den Reifen. Ein anderer Mann sprang mit einer Zange hinaus und kroch unter den Bus. Manchmal hielt der Bus, weil der Fahrer unterwegs mit einem Freund ein Schwätzchen halten oder einfach nur eine Pause einlegen wollte. Auch verspürte der Fahrer keinerlei Gewissensbisse, die Fahrgäste in die Fron zu zwingen. Immer wenn der Bus angeschoben werden mußte, drehte er sich um und schrie in dem vokalreichen örtlichen Dialekt: »Aré, du-char jané utari aauu. Dhakka lagaauu!« Und während der Motor ansprang, kommandierte er sie mit dem Schlachtruf: »Aai jao bhaiyya, aai jao. Chalo ho!«

Besonders stolz war der Fahrer auf die in seinem Bus angebrachten Schilder (in Hoch-Hindi). Über seinem Sitz stand zum Beispiel: *Fahrersitz* und: *Den Fahrer während der Fahrt bitte nicht ansprechen.* Über der Tür stand: *Bitte erst aussteigen, wenn der Bus zum Halt gekommen ist.* Entlang einer Seite des Busses stand in einem mörderischen Scharlachrot: *Bitte nicht einsteigen, wenn Sie betrunken oder im Besitz einer geladenen Waffe sind.* Über Ziegen stand nirgendwo etwas, und mehrere Exemplare dieser Spezies befanden sich im Bus.

Auf halber Strecke zum Bahnhof hielt der Bus an einem weiteren kleinen Teestand, und ein blinder Mann stieg ein. Sein Gesicht war mit blumenkohlähnlichen Schwellungen überzogen, und er hatte eine kleine Stupsnase. Er ging mit Hilfe eines Stocks und tastete sich seinen Weg in den Bus. Er erkannte den Bus stets schon aus der Ferne an seinen charakteristischen Geräuschen. Er erkannte auch die Menschen sofort an ihrer Stimme, und er unterhielt sich gern mit ihnen. Eins seiner Hosenbeine war heruntergelassen, das andere aufgerollt. Er wandte das Gesicht nach oben und sang mit unbekümmert unmelodischer Stimme:

> »Ihr, die ihr gebt, treibt niemanden in die Armut.
> Tötet mich, aber macht mich nicht unglücklich.«

Er sang diesen Vers und dergleichen mehr, während er durch den Bus ging, Münzen von geringem Wert einsammelte und den Geizigen mit einer Salve bedeutungsschwerer Zweizeiler Vorhaltungen machte. Rasheed war, wann immer er mit diesem Bus fuhr, einer seiner großzügigeren Wohltäter, und der Bettler erkannte augenblicklich seine Stimme. »Was?« rief er. »Du warst nur zwei Tage im Haus deines Schwiegervaters? Schande, Schande über dich! Du solltest mehr Zeit mit deiner Frau verbringen, ein junger Mann wie du. Oder ist das Baby, das da schreit, deines – und ist das deine Frau, die mit dir fährt? Oh, Frau des Abdur Rasheed, wenn du hier in diesem Bus bist, dann vergib diesem Unglücklichen seine Unverschämtheit, und nimm seinen Segen. Mögen dir noch viele Söhne beschieden sein und alle mit so kräftigen Lungen. Gebt – gebt – Allah belohnt die Großzügigen ...« Und er ging weiter.

Hinter ihrem Schleier wurde Mehers Mutter dunkelrot, und dann kicherte sie. Nach einer Weile hörte sie auf. Dann begann sie zu weinen, und Rasheed legte beschwichtigend eine Hand auf ihre Schulter.

Der Bettler stieg an der Endstation, dem Bahnhof, aus. »Frieden mit euch allen«, sagte er. »Und Gesundheit und eine gefahrlose Reise für alle, die mit der indischen Eisenbahn fahren.«

Rasheed erfuhr, daß der Zug nur wenig Verspätung hatte, und war enttäuscht. Er hatte gehofft, mit einer Riksha in einer halben Stunde zum Grab seines Bruders fahren zu können, das auf einem Friedhof außerhalb dieser kleinen Stadt lag. Denn in diesem Bahnhof war sein Bruder vor drei Jahren unter einen Zug gefallen und getötet worden. Bevor seine Familie die traurige Nachricht erfuhr, hatten die Leute in der Stadt seine zerquetschten Überreste beerdigen lassen.

Es war jetzt Mittag und extrem heiß. Sie saßen seit ein paar Minuten auf dem Bahnsteig, als Rasheeds Frau anfing zu zittern. Rasheed nahm wortlos ihre Hand. Schließlich sagte er leise: »Ich weiß, ich weiß, was du empfindest. Ich wollte ihn auch besuchen. Das nächstemal. Heute haben wir keine Zeit. Glaub mir, wir haben keine Zeit. Und mit dem vielen Gepäck – wie sollten wir da hinausfahren?«

Das Baby, das in einer aus Taschen improvisierten Krippe lag, schlief immer noch. Auch Meher war müde geworden und eingedöst. Rasheed betrachtete sie und schloß ebenfalls die Augen.

Seine Frau sagte nichts, stöhnte jedoch leise. Ihr Herz flatterte leicht, und sie wirkte benommen. »Du denkst an Bhaiyya, nicht wahr?« sagte Rasheed. Sie fing an, zu weinen und unkontrolliert zu zittern. Rasheed spürte, wie sich in seinem Hinterkopf ein Druck aufbaute. Er sah ihr ins Gesicht, das sogar durch den Schleier wunderschön war – vielleicht nur, weil er wußte, daß es wunderschön war. Er hielt ihre Hand, streichelte ihr über die Stirn und sagte: »Weine nicht – weine nicht – Meher und das Baby werden aufwachen – bald werden wir diesen unglückseligen Ort verlassen. Warum sich grämen und trauern, wenn man nichts mehr machen kann? Vielleicht ist es auch nur die Hitze. Nimm den Schleier ab – laß ein bißchen Luft an dein Gesicht ... Wir hätten hetzen müssen und vielleicht den Zug versäumt und die Nacht in dieser elenden Stadt verbringen müssen. Beim nächstenmal nehmen wir uns Zeit. Es ist meine Schuld, wir hätten früher aufbrechen sollen. Aber vielleicht hätte auch ich den Kummer nicht ertragen. Der Bus hat so oft gehalten, deswegen sind wir so spät dran. Und jetzt, glaub mir, Bhabhi, haben wir keine Zeit mehr.«

Er hatte sie wie früher mit dem Wort für Schwägerin angesprochen. Denn sie war die Frau seines Bruders gewesen, und Meher war die Tochter seines Bruders. Er hatte sie auf den Wunsch seiner sterbenden Mutter hin geheiratet; seine Mutter konnte die Vorstellung nicht ertragen, daß ihre kleine Enkeltochter ohne Vater und ihre Schwiegertochter (die sie liebte) Witwe bleiben sollten.

»Sorge für sie«, hatte sie zu Rasheed gesagt. »Sie ist eine gute Frau und wird auch dir eine gute Ehefrau sein.« Rasheed hatte ihr versprochen, ihre Bitte zu erfüllen, und er hatte das schwierige und bindende Versprechen gehalten.

10.12

Sehr geehrter Maulana Abdur Rasheed Sahib,
nach langem Zögern, und ohne daß meine Schwester, die mein Vormund ist, davon weiß, habe ich meinen Federhalter zur Hand genommen. Ich dachte, Sie würden gern wissen, wie es meinem Arabisch in Ihrer Abwesenheit ergeht. Es ergeht ihm gut. Ich übe jeden Tag. Zuerst hat meine Schwester versucht, einen anderen Lehrer für mich anzustellen, einen alten Mann, der nuschelte und hustete und mich nicht korrigierte, wenn ich Fehler machte. Aber ich war so unglücklich mit ihm, daß Saeeda Apa ihn entlassen hat. Sie ließen mir nie Fehler durchgehen, und leider neigte ich zu Tränen, wenn mir schien, daß ich nichts recht machen konnte. Aber Sie haben mir auch die Tränen nicht durchgehen lassen und mich nicht mit Einfacherem beschäftigt, nachdem ich mich wieder gesammelt hatte. Jetzt kann ich Ihre Unterrichtsmethode schätzen, und ich vermisse die Anstrengungen, die ich unternehmen mußte, als Sie hier waren.

Zur Zeit bin ich hauptsächlich mit Hausarbeit beschäftigt. Apa ist meist schlecht gelaunt, ich glaube, weil ihr neuer Sarangi-Spieler so lieblos spielt. Deswegen habe ich Angst, sie um Erlaubnis zu bitten, etwas Interessantes machen zu dürfen. Sie haben mir geraten, keine Romane zu lesen, aber ich habe so viel freie Zeit, daß ich mich ihnen doch widme. Aber ich lese jeden Tag im Quran Sharif und schreibe ein paar Absätze ab. Ich werde jetzt ein, zwei Zitate aus der Sure, die ich gerade lese, mit allen Selbstlautzeichen abschreiben, um zu beweisen, daß ich Fortschritte in der arabischen Schrift mache. Aber ich fürchte, ich mache keine Fortschritte. In Ihrer Abwesenheit sind meine Bemühungen bestenfalls zum Stillstand gekommen.

»Sehen sie denn nicht die Vögel über ihnen
ihre Schwingen ausbreiten und einziehen?
Nur der Erbarmer hält sie fest;
siehe, Er schaut alle Dinge.

> Sprich: ›Was denkt ihr? Wenn morgen
> euer Wasser versunken wäre,
> wer bringt euch dann quellendes Wasser?‹«

Der Sittich, der am Tag, bevor Sie fuhren, etwas schwächlich aussah, sagt neuerdings ein paar wenige Worte. Ich freue mich, daß Saeeda Apa einen Narren an ihm gefressen hat.

Ich hoffe, Sie kommen bald zurück, da ich Sie und Ihre Kritik und Korrekturen vermisse, und ich hoffe, es geht Ihnen gut. Ich lasse Bibbo den Brief abschikken; sie sagt, die Adresse müßte genügen. Ich bete darum, daß Sie ihn erhalten.

Mit vielen Grüßen und voller Hochachtung,

Ihre Schülerin
Tasneem

Rasheed las den Brief langsam zweimal, während er am Ufer des Sees in der Nähe der Schule saß. Zurück in Debaria, hatte er erfahren, daß Maan bereits eingetroffen war, etwas früher als erwartet. Er hatte sich erkundigt, wo er sei, und war ihm zum See gefolgt, um sich zu vergewissern, daß alles in Ordnung war. Er schien in bester Verfassung, danach zu urteilen, wie er mit kräftigen Zügen vom anderen Ende des Sees zurückschwamm.

Rasheed war über den Erhalt des Briefs überrascht gewesen. Er hatte ihn im Haus seines Vaters vorgefunden. Ihn interessierten vor allem die Zitate, und er erkannte sie sofort als zur Sure *Das Reich* gehörig wieder. Das sieht Tasneem ähnlich, dachte er, die großmütigsten Zitate aus einer Sure auszusuchen, die schreckliche Beschreibungen des Höllenfeuers und der Verdammnis enthält.

Ihre Schrift war nicht schlechter geworden, sondern sogar ein wenig besser. Ihre eigene Einschätzung war sowohl bescheiden als auch korrekt. Irgend etwas an dem Brief – abgesehen von der Tatsache, daß er hinter Saeeda Bais Rücken abgeschickt worden war – beunruhigte ihn, und unwillkürlich schweiften seine Gedanken zu Mehers Mutter, die im Haus seines Vaters saß und vermutlich dem Baby kühle Luft zufächelte. Die arme Frau – so gutherzig und schön sie war –, konnte sie doch kaum ihren Namen schreiben. Und wieder einmal fragte er sich: Wenn ich die Wahl gehabt hätte, ob ich mich dann für eine Frau wie sie als Partnerin und Gefährtin fürs Leben entschieden hätte?

10.13

Maan lachte, dann hustete er. Rasheed sah ihn an. Maan nieste.

»Sie sollten sich das Haar trocknen«, sagte Rasheed. »Geben Sie mir nicht die Schuld, wenn Sie sich erkälten. Zu schwimmen und sich das Haar nicht zu trocknen ist der sicherste Weg, sich eine Erkältung zu holen. Erkältungen im Sommer sind die schlimmsten. Ihre Stimme klingt auch nicht gut. Und Sie sehen dunkler aus, verbrannter von der Sonne als noch vor ein paar Tagen.«

Maan dachte, daß der Staub auf der Reise seine Stimme angegriffen haben mußte. Er hatte niemanden angeschrien, nicht einmal den Scharfschützen oder den Munshi. Nach seiner Rückkehr aus Baitar war er sofort zum See gegangen und ein paarmal hin- und hergeschwommen, vielleicht um die Anspannung abzuschütteln. Als er aus dem Wasser kam, sah er Rasheed am Ufer sitzen und einen Brief lesen. Neben ihm stand eine kleine Schachtel – mit Süßigkeiten, wie es schien.

»Es muß an dem vielen Urdu liegen, das Sie mir beigebracht haben«, sagte Maan. »Die vielen gutturalen Laute, Kaf und Ghain und so – meine Kehle verkraftet sie nicht.«

»Sie machen Ausflüchte«, sagte Rasheed. »Das ist eine Ausrede, um nicht lernen zu müssen. Seit Sie hier sind, haben Sie nicht länger als vier Stunden gelernt.«

»Was sagen Sie da? Von morgens bis abends tue ich nichts anderes, als das Alphabet zu wiederholen, vorwärts und rückwärts, und in Gedanken schreibe ich ständig Urdubuchstaben. Gerade eben, als ich geschwommen bin, habe ich mir Buchstaben vorgestellt: beim Brustschwimmen das ›Kaf‹, beim Rückenschwimmen das ›Nun‹ ...«

»Wollen Sie da oben hinauf?« fragte Rasheed etwas ungehalten.

»Wie meinen Sie das?«

»Ich meine damit, ist auch nur ein Fünkchen Wahrheit an dem, was Sie sagen?«

»Nicht das kleinste.« Maan lachte.

»Wenn Sie da oben ankommen, was werden Sie Gott dann sagen?«

»Na ja. Ich habe auf den Kopf gestellte Ansichten dazu. Für mich ist oben unten und unten oben. Wenn es das Paradies wirklich gibt, dann hier auf Erden. Was glauben Sie?«

Wenn es um ernste Dinge ging, stand Rasheed der Sinn nicht nach Schnoddrigkeit. Er glaubte nicht, daß das Paradies auf Erden zu finden sei: bestimmt nicht in Brahmpur, bestimmt nicht hier in Debaria und auch nicht in dem Dorf seiner Frau, wo kaum einer lesen oder schreiben konnte.

»Sie sehen besorgt aus«, sagte Maan. »Hoffentlich habe ich nichts Falsches gesagt.«

Rasheed dachte kurz nach, bevor er antwortete: »Es liegt nicht wirklich an Ihrer Antwort. Ich habe mir über Mehers Erziehung Gedanken gemacht.«

»Ihre Tochter?«

»Ja, meine ältere Tochter. Sie ist ein kluges Köpfchen – Sie werden Sie heute abend kennenlernen. Aber im Dorf ihrer Mutter gibt es keine Schule wie diese.« Er deutete auf die nahe Madrasa. »Und sie wird unwissend aufwachsen, wenn ich nichts dagegen unternehme. Wenn ich hier bin, versuche ich, ihr etwas beizubringen, aber dann gehe ich für ein paar Monate zurück nach Brahmpur, und die analphabetische Umgebung gewinnt wieder die Oberhand.«

Nie erschien es Rasheed seltsam, daß er Meher genauso liebte wie seine eigene Tochter. Vielleicht lag es ganz einfach daran, daß Meher für ihn zuerst ausschließlich ein Objekt der Liebe und nicht der Verantwortung gewesen war. Auch seitdem sie ungefähr ein Jahr zuvor aufgehört hatte, ihn Chacha zu nennen, und Abba zu ihm sagte, war er irgendwie noch ihr Onkel geblieben – der nach Hause kam und sie mit Geschenken und Zuneigung verwöhnte. Mit Schrecken fiel Rasheed ein, daß das Baby jetzt so alt war wie Meher, als ihr Vater starb. Vielleicht hatte auch ihre Mutter daran gedacht, als sie im Bahnhof die Kontrolle über ihre Gefühle verlor und zusammenbrach.

Rasheed dachte voller Zärtlichkeit, aber ohne Leidenschaft an seine Frau, und er spürte, daß auch sie keine Leidenschaft für ihn empfand, wenn er bei ihr war, sondern nur eine Art Trost. Sie lebte für ihre Kinder und in der Erinnerung an ihren ersten Mann.

Das ist mein Leben, das einzige Leben, das ich habe, dachte Rasheed. Wenn die Dinge nur anders gewesen wären, hätten wir vielleicht glücklich sein können.

In der ersten Zeit war ihm der Gedanke, auch nur für eine Stunde mit ihr allein in einem Zimmer zu sein, unangenehm gewesen. Dann hatte er sich an die kurzen Besuche gewöhnt, die er ihr mitten in der Nacht abstattete, wenn die anderen Männer im Hof schliefen. Aber sogar wenn er seine Pflichten als Ehemann erfüllte, fragte er sich, was sie dachte. Manchmal glaubte er, daß sie den Tränen nahe war. Liebte sie ihn mehr nach der Geburt des Babys? Vielleicht. Aber die Frauen in der Zenana im Dorf ihres Vaters – die Frauen ihrer älteren Brüder – machten sich bisweilen auf sehr grausame Weise übereinander lustig, und sie wäre nicht in der Lage gewesen, ihre Zuneigung für ihn offen einzugestehen, auch wenn es etwas einzugestehen geben sollte.

Noch einmal faltete Rasheed den Brief auseinander, hielt inne und wandte sich an Maan. »Also – wie steht es auf dem Gut Ihres Vaters?«

»Auf dem Gut meines Vaters?«

»Ja.«

»Also, eigentlich müßte alles in Ordnung sein. Um diese Jahreszeit ist ja nicht viel los.«

»Aber waren Sie denn nicht dort?«

»Nein. Eigentlich nicht.«

»Eigentlich nicht?«

»Ich meine, nein. Nein, ich wollte hin, aber – dann haben mich andere Dinge aufgehalten.«

»Was haben Sie gemacht?«

»Hauptsächlich die Beherrschung verloren. Und versucht, Wölfe zu jagen.«

Rasheed runzelte die Stirn, ging diesen interessanten Hinweisen jedoch nicht weiter nach. »Sie sind schnoddrig wie immer«, sagte er.

»Was sind das für Blumen?« fragte Maan, um das Thema zu wechseln. Rasheed blickte über den kleinen See zum gegenüberliegenden Ufer.
»Die purpurfarbenen?«
»Ja. Wie heißen sie?«
»Sadabahar – Immergrün. Weil es immer Frühling für sie ist. Sie scheinen nie einzugehen, und man kann sie auch nicht ausrotten. Ich finde sie schön, obwohl sie oft an ekligen Stellen wachsen. Manche nennen sie ›Behayaa‹ oder ›Schamlos‹.« Er hing lange Zeit seinen eigenen Gedanken nach, von denen einer zum anderen führte.
»Woran denken Sie?« fragte Maan nach einer Weile.
»An meine Mutter«, sagte Rasheed. Mit ruhiger Stimme fuhr er fort: »Ich habe sie geliebt, Gott sei ihrer Seele gnädig. Sie war eine aufrechte Frau und so gebildet, wie eine Frau hier nur sein kann. Sie liebte meinen Bruder und mich und hat nur bedauert, daß sie keine Tochter hatte. Das ist vielleicht der Grund – jedenfalls war sie die einzige, die meinen Wunsch schätzte, mich zu bilden, etwas aus mir zu machen und etwas für dieses Dorf zu tun.« Rasheed sagte ›dieses Dorf‹ mit so viel Bitterkeit, daß es fast so klang, als würde er es hassen. »Aber meine Liebe für sie hat mein Leben festgelegt. Und mein Vater – wofür interessiert er sich schon, außer für Besitz und Geld? Ich muß aufpassen bei jedem Wort, das ich zu Hause sage. Ich schaue immer hinauf zur Zimmerdecke und spreche leise. Baba versteht trotz seiner Frömmigkeit mehr Dinge, von denen man gar nicht erwartet, daß er sie versteht. Aber mein Vater verachtet alles, was mir heilig ist. Und in letzter Zeit ist es schlimmer geworden, seitdem sich im Haus etwas verändert hat.« Maan vermutete, daß er auf die zweite Frau seines Vaters anspielte.

Rasheed fuhr voll Bitterkeit fort: »Schauen Sie sich um. Oder schauen Sie sich die Geschichte an. Es war schon immer so. Die alten Männer klammern sich an die Macht und an ihren Glauben, der ihnen jedes Laster erlaubt, den Jungen aber nicht den geringsten Fehler oder die kleinste Erneuerung zugesteht. Dann sterben sie, Gott sei Dank, und können kein Unheil mehr anrichten. Aber dann sind wir, die Jungen, alt und versuchen, auch noch den letzten Rest zu verderben, den sie übriggelassen haben. Das Dorf da ist das schlimmste.« Rasheed deutete auf die niedrigen Gebäude hinter der Schule, das Dorf Sagal. »Schlimmer noch als Debaria und natürlich noch frommer. Ich werde Ihnen den einzigen guten Mann in diesem Dorf zeigen – ich war gerade unterwegs zu ihm, als Sie das Schicksal herausforderten, indem Sie allein geschwommen sind. Sie werden sehen, was die anderen – und der gerechte oder ungerechte Zorn Gottes – aus ihm gemacht haben.«

Maan überraschte, daß Rasheed so sprach. Rasheed war, bevor er nach Brahmpur kam, traditionell religiös erzogen worden, und Maan wußte, wie fest er an Allah, Seinen Propheten und den Koran glaubte – so sehr, daß er sich sogar weigerte, Tasneems Koranlektüre zu unterbrechen, als Saeeda Bai nach ihm gerufen hatte. Aber Rasheed war nicht zufrieden mit der Welt, wie Gott sie geschaffen hatte, und er begriff auch nicht, warum sie so erbärmlich war, wie sie nun einmal war. Maan erinnerte sich, daß Rasheed den alten Mann kurz erwähnt hatte, als sie um das Dorf spaziert waren, aber er war nicht besonders versessen darauf, sämtliche Beispiele dörflichen Elends vorgeführt zu bekommen.

»Haben Sie die Dinge immer schon so ernst betrachtet?« fragte Maan.

»Überhaupt nicht«, sagte Rasheed und lächelte etwas gequält. »Überhaupt nicht. Als ich jünger war, habe ich mich nur für mich selbst und meine Fäuste interessiert. Ich habe es Ihnen schon einmal erzählt, oder? Ich habe mich umgesehen, und bestimmte Dinge sind mir aufgefallen. Meinen Großvater haben alle mit großem Respekt behandelt. Die Leute kamen von weit her und baten ihn, ihre Streitigkeiten zu schlichten. Manchmal tat er das mit großer Strenge und verprügelte die Streithähne. Das war für mich der Beweis, daß man respektiert wird, wenn man andere verprügelt. Und danach habe ich gehandelt.«

Rasheed blickte die Anhöhe hinauf zur Schule. »In der Schule habe ich die anderen Kinder geschlagen. Wenn ich einen allein antraf, habe ich ihn verprügelt. Manchmal, wenn ich einem Jungen auf dem Feld oder auf der Straße begegnet bin, habe ich ihn hart ins Gesicht geschlagen.«

Maan lachte. »Ich erinnere mich, daß Sie mir das erzählt haben.«

»Da gibt's nichts zu lachen. Meine Eltern waren auch dieser Meinung. Meine Mutter hat mich nur sehr selten geschlagen, wenn überhaupt – nun, vielleicht ein-, zweimal. Aber mein Vater – der hat mich regelmäßig gezüchtigt.

Baba jedoch, der die eigentliche Autorität im Dorf war, hat mich mit großer Zuneigung behandelt, und oft hat mich seine Anwesenheit gerettet. Ich war sein Liebling. Er hat seine Gebete immer regelmäßig gesagt. Deswegen habe auch ich das getan, obwohl ich in der Schule so schlecht war. Aber dann habe ich wieder einen Jungen verprügelt, und sein Vater hat sich bei Baba beschwert. Einmal wollte Baba, daß ich mich zur Strafe hundertmal hinsetze und wieder aufstehe, dabei wollte er mich an den Ohren ziehen. Weil Freunde von mir dabeistanden, habe ich mich geweigert. Vielleicht wäre ich damit davongekommen. Aber zufälligerweise kam mein Vater vorbei und war so aufgebracht über meine Unbotmäßigkeit gegenüber seinem Vater, daß er mich brutal ins Gesicht schlug. Vor Scham und Schmerz habe ich geweint und beschlossen, davonzulaufen. Ich lief weit – bis zu den Mangobäumen hinter dem Dreschplatz im Norden des Dorfes –, aber sie haben jemanden nach mir geschickt, der mich zurückbrachte.«

Maan hörte so gespannt zu, als würde der Guppi eine Geschichte erzählen. »War das, bevor Sie wegliefen und beim Bär unterkamen?«

»Ja.« Rasheed war etwas verwirrt, daß Maan seine Geschichte so gut zu kennen schien. »Später habe ich mehr begriffen. Ich glaube, das war auf dem religiösen College, auf das ich ging. In Benares. Sie haben bestimmt davon gehört, es ist sehr berühmt und hat einen ausgezeichneten akademischen Ruf – obwohl es ein schrecklicher Ort ist. Zuerst haben sie mich nicht zugelassen, weil ich hier in der Schule so schlechte Noten hatte, aber innerhalb eines Jahres war ich der drittbeste Schüler von sechzig Jungen. Und ich habe aufgehört, andere zu verprügeln! Ich begann mich aufgrund der Bedingungen, unter denen wir Schüler lebten, für Politik zu interessieren, die Jungen zu organisieren und mit ihnen gegen die schlimmsten Mißstände im College zu protestieren. Dort habe ich auch Geschmack an Reformen gefunden, obwohl ich noch kein Sozialist war. Meine früheren Schulfreunde staunten – und waren abgestoßen von der rechtschaffenen Wendung, die mein Leben genommen hatte. Einer von ihnen ist Dacoit geworden. Und jetzt halten sie mich für verrückt, wenn ich von Verbesserungen im Dorf und so weiter rede. Und Gott weiß, in diesen Dörfern muß und kann viel verbessert werden. Aber ich bezweifle, daß Gott die Zeit dazu finden wird, gleichgültig, wie oft die Leute ihr Namaaz sagen. Was die Gesetze anbelangt ...« Rasheed stand auf. »Kommen Sie. Es wird spät, und ich muß diesen Besuch machen. Wenn ich bei Sonnenuntergang nicht zurück in Debaria bin, muß ich mein Namaaz mit den Alten von Sagal sagen – und das sind ausnahmslos Scheinheilige.« Sagal war in Rasheeds Augen eindeutig ein Pfuhl der Lasterhaftigkeit.

»Gut«, sagte Maan, der neugierig geworden war. »Ich komme mit.«

10.14

Als sie nicht mehr weit vom Haus des alten Mannes entfernt waren, erzählte Rasheed ein bißchen von ihm.

»Er ist ungefähr sechzig und stammt aus einer sehr reichen Familie mit vielen Brüdern. Auch er hatte viele Kinder, die inzwischen alle tot sind, bis auf zwei Töchter, die sich abwechselnd um ihn kümmern. Er ist ein guter Mensch, der sein Leben lang nichts Schlechtes getan hat – und während diese Gauner von seinen Brüdern im Reichtum schwelgen und viele Kinder haben, lebt er unter bedauernswerten Bedingungen.« Rasheed hielt inne und begann dann zu spekulieren: »Manche sagen, daß ein Dschinn ihm das angetan hat. Obwohl sie selbst böse sind, suchen sie oft die Gesellschaft guter Menschen. Jedenfalls ...« Ein großer, verehrungswürdig aussehender Mensch kam ihnen in der engen Gasse entgegen, und Rasheed erwiderte mürrisch seinen Gruß.

»Das war einer seiner Brüder«, sagte er kurz darauf zu Maan. »Einer der Brüder, die ihm seinen Anteil am Familienvermögen gestohlen haben. Er ist ein wichtiger Mann im Dorf, und wenn der Imam der Moschee nicht da ist, leitet er die Gemeinde im Gebet an. Allein ihn zu grüßen fällt mir schwer.«

Sie betraten einen Hof, in dem sich ihnen eine seltsame Szene darbot. Zwei magere Ochsen waren neben einem Futtertrog an einen Pflock gebunden. Eine kleine Ziege lag auf einem Charpoy neben einem schlafenden Kind, einem Jungen, dessen wunderschönes Gesicht ein paar Fliegen umschwirrten. Auf der Ummauerung des Hofs wuchs Gras, ein Reisigbesen lehnte in einer Ecke. Ein hübsches, etwa achtjähriges, in Rot gekleidetes Mädchen schaute sie an. An einer schlaffen Schwinge hielt sie eine tote Krähe, die sie aus einem trüben grauen Auge anstarrte. Ein Eimer, eine zerbrochene Tontasse, ein steinernes Brett, eine Rolle zum Zerkleinern von Gewürzen und ein paar andere Habseligkeiten – all das lag verstreut im Hof herum, als ob niemand wüßte, wozu diese Dinge dienten, und sich auch niemand dafür interessierte.

Auf der Veranda des strohgedeckten Zweizimmerhauses stand ein durchhängender Charpoy, auf dem ein alter Mann lag. Ausgezehrt, mit einem grauweißen Stoppelbart und eingesunkenen Augen lag er auf der Seite auf einer schmutzigen grünkarierten Decke. Sein Körper war vollkommen ausgemergelt, und überall standen die Knochen hervor; seine Hände sahen aus wie verkrüppelte Klauen, und seine spindeldürren Beine waren nach innen gebogen. Er sah aus wie ein dem Tode naher Neunzigjähriger. Aber seine Stimme klang klar, und als sie sich näherten, sagte er, da er ihre Gestalten nur vage erkennen konnte: »Wer seid ihr? Wer kommt da?«

»Rasheed«, sagte Rasheed laut, da er wußte, daß der Mann schwerhörig war.

»Wer?«

»Rasheed.«

»Seit wann bist du hier?«

»Ich bin gerade aus dem Dorf meiner Frau gekommen.« Rasheed wollte nicht sagen, daß er zuvor schon in Debaria gewesen war und ihn nicht aufgesucht hatte.

Der alte Mann nahm diese Information zur Kenntnis und fragte dann: »Wer ist bei dir?«

»Das ist ein Babu aus Brahmpur«, sagte Rasheed. »Er stammt aus einer guten Familie.«

Maan wußte nicht, was er von dieser knappen Biographie halten sollte, aber vielleicht war ja ›Babu‹ in dieser Gegend ein respektvoller Titel.

Der alte Mann richtete sich ein wenig auf und sank dann seufzend wieder zurück.

»Wie steht's in Brahmpur?« fragte er.

Rasheed nickte Maan zu.

»Es ist noch ziemlich heiß«, sagte Maan, der nicht wußte, was von ihm erwartet wurde.

»Drehen Sie sich einen Augenblick zur Wand«, bat Rasheed Maan.

Maan tat es, ohne nach dem Grund zu fragen. Er drehte sich jedoch wieder um, bevor man es ihm gestattete, und erhaschte einen kurzen Blick auf das hübsche hellhäutige Gesicht einer Frau, die einen gelben Sari trug und eilig hinter einer quadratischen Säule auf der Veranda verschwand. In ihren Armen hielt sie das Kind, das auf dem Charpoy geschlafen hatte. Später nahm sie hinter diesem improvisierten Purdah an der Unterhaltung teil. Das kleine Mädchen in

Rot hatte die tote Krähe fallen lassen und war ebenfalls hinter der Säule verschwunden, um mit ihrer Mutter und ihrem Bruder zu spielen.

»Das war seine jüngere Tochter«, sagte Rasheed zu Maan.

»Sie ist sehr hübsch«, sagte Maan. Rasheed brachte ihn mit einem strengen Blick zum Schweigen.

»Warum setzen Sie sich nicht auf den Charpoy. Scheuchen Sie die Ziege weg«, sagte die Frau gastfreundlich.

»Gut«, sagte Rasheed.

Als sie auf dem Charpoy saßen, fiel es Maan noch schwerer, nicht ab und zu heimlich einen Blick auf sie zu werfen. Er tat es, wann immer er sich sicher war, daß Rasheed ihn nicht beobachtete. Armer Maan, so lange schon entbehrte er die Gesellschaft von Frauen, daß sein Herz jedesmal schneller schlug, wenn es ihm gelang, etwas von ihrem Gesicht zu sehen.

»Wie geht es ihm?« fragte Rasheed die Frau.

»Sie sehen es selbst. Das Schlimmste steht uns noch bevor. Die Ärzte weigern sich, ihn noch zu behandeln. Mein Mann sagt, wir sollen es ihm so leicht wie möglich machen und versuchen, ihm zu geben, worum er bittet. Mehr können wir nicht tun.« Ihre Stimme klang zufrieden, und sie hatte eine lebhafte Art zu reden.

Eine Weile sprachen sie über ihn, als wäre er nicht da.

Dann raffte sich der alte Mann plötzlich auf und sagte laut: »Babu!«

Wieder nickte Rasheed Maan aufmunternd zu.

»Ja?« sagte Maan, wahrscheinlich zu leise, als daß es der alte Mann gehört hätte.

»Was soll ich sagen, Babu – ich bin seit zweiundzwanzig Jahren krank – und seit zwölf Jahren bettlägerig. Ich bin so verkrüppelt, daß ich mich nicht mal mehr aufsetzen kann. Ich wünschte, Allah würde mich zu sich nehmen. Ich hatte sechs Kinder und sechs Töchter.« Maan wunderte sich über die Art, wie er seine zwölf Kinder beschrieb. »Und nur noch zwei sind übrig. Vor drei Jahren ist meine Frau gestorben. Werden Sie niemals krank, Babu. Das ist das Schlimmste, was einem passieren kann. Ich esse hier, schlafe hier, wasche mich hier, rede hier, bete hier, weine hier, scheiße und pisse hier. Warum hat Gott mir das angetan?«

Maan sah zu Rasheed. Er war betroffen.

»Rasheed!« schrie der alte Mann.

»Ja, Phupha-jaan.«

»Ihre Mutter«, der alte Mann nickte in Richtung seiner Tochter, »hat sich um deinen Vater gekümmert, als er krank war. Jetzt besucht er uns nicht einmal mehr. Seit deine Stiefmutter im Haus ist. Früher – ach, vor zwölf Jahren – haben sie, wenn ich an ihrem Haus vorbeigegangen bin, darauf bestanden, daß ich Tee mit ihnen trinke. Sie haben mich besucht, als ich krank wurde. Jetzt kommst nur noch du. Wie ich höre, war auch Vilayat Sahib hier. Er hat mich auch nicht besucht.«

»Vilayat Sahib besucht nie jemanden, Phupha-jaan.«

»Was hast du gesagt?«

»Vilayat Sahib besucht nie jemanden.«

»Ja. Aber dein Vater? Nimm's mir nicht übel. Ich meine es nicht böse.«

»Nein, nein«, sagte Rasheed. »Ich weiß. Es ist nicht richtig. Ich behaupte nicht, daß es richtig ist.« Er schüttelte bedächtig den Kopf und blickte zu Boden. »Ich nehme es nicht übel. Es ist immer am besten, man sagt, was man denkt. Es tut mir leid, daß es so ist. Und ich muß es mir anhören, das ist nur gerecht.«

»Du mußt noch einmal kommen, bevor du wieder abfährst ... Wie ergeht es dir in Brahmpur?«

»Ich komme sehr gut zurecht«, meinte Rasheed beruhigend und nicht unbedingt ganz wahrheitsgetreu. »Ich unterrichte, und damit verdiene ich genug. Ich bin gesund. Ich habe dir ein Geschenk mitgebracht – Süßigkeiten.«

»Süßigkeiten?«

»Ja. Ich werde sie ihr geben.« Zu der Frau sagte Rasheed: »Sie sind leicht verdaulich, aber er sollte nicht mehr als ein oder zwei auf einmal essen.« Und zu dem alten Mann: »Ich muß jetzt gehen, Phupha-jaan.«

»Du bist ein guter Mensch.«

»In Sagal gehört nicht viel dazu, ein guter Mensch zu sein«, sagte Rasheed.

Der alte Mann kicherte. »Stimmt«, sagte er schließlich.

Rasheed stand auf, und Maan tat es ihm gleich.

Die Tochter des alten Mannes sagte mit einem zärtlichen Unterton in der Stimme: »Sie haben uns den Glauben an die Menschen zurückgegeben.«

Aber als sie aus dem Hof gingen, hörte Maan, wie Rasheed zu sich selbst sagte: »Und was die guten Menschen euch angetan haben, läßt mich an meinem Glauben an Gott zweifeln.«

10.15

Auf dem Weg aus dem Dorf Sagal kamen sie an dem kleinen Platz vor der Moschee vorbei. Hier standen zehn der überwiegend bärtigen Dorfältesten und unterhielten sich, unter ihnen der Mann, dem sie vor dem Haus des alten Mannes begegnet waren. Rasheed erkannte in der Gruppe zwei weitere Brüder des Krüppels, konnte aber im Dämmerlicht ihre Mienen nicht erkennen. Sie schienen ihn anzusehen, und ihre Haltung brachte Feindseligkeit zum Ausdruck. Als er näher kam, bemerkte er, daß sie ihn haßerfüllt anblickten. Ein paar Sekunden lang musterten sie ihn von oben bis unten. Maan, der ein weißes Hemd und eine weiße Hose trug, wurde die gleiche Behandlung zuteil.

»Du bist also gekommen«, sagte einer etwas spöttisch.

»Ja«, erwiderte Rasheed kalt und nannte den Mann, der gesprochen hatte, nicht einmal bei seinem gewöhnlichen Titel.

»Du hast dir Zeit gelassen.«

»Manche Dinge brauchen eben ihre Zeit.«

»Du hast also rumgesessen und geschwatzt, bis es zu spät war, das Namaaz zu sagen«, meinte der Mann, dem sie früher schon begegnet waren.

Das stimmte tatsächlich; Rasheed war so versunken gewesen, daß er den abendlichen Ruf zum Gebet überhört hatte.

»Ja«, antwortete er wütend. »So ist es.«

Er war wütend, weil sie ihn hier in aller Öffentlichkeit bloßstellten, nicht damit er das Gebet ernster nahm, sondern aus bösem Willen und reiner Spottlust. Sie sind neidisch, dachte er, weil ich jung bin und Fortschritte mache. Und meine Überzeugungen stellen eine Bedrohung für sie dar – deswegen haben sie beschlossen, daß ich ein Kommunist bin. Und am meisten hassen sie an mir meine Verbindung zu diesem Mann, dessen Leben ihr eigenes zu einer Schande macht.

Ein großer, stämmiger Mann blickte Rasheed finster an. »Und wer ist das?« fragte er und deutete auf Maan. »Willst du uns nicht die Ehre erweisen und ihn vorstellen? Dann könnten wir beurteilen, welchen Umgang der Maulana Sahib pflegt, und auch davon profitieren.« Bei seiner Ankunft im Dorf hatte Maan eine orangefarbene Kurta getragen, und das hatte Anlaß zu dem Gerücht gegeben, er sei ein Hindu-Heiliger.

»Ich glaube nicht, daß das notwendig ist«, sagte Rasheed. »Er ist mein Freund, das reicht. Ich werde ihn nur Ebenbürtigen vorstellen.«

Maan wollte einen Schritt nach vorn gehen, um sich neben Rasheed zu stellen, aber eine Geste Rasheeds hielt ihn aus der Schußlinie.

»Beabsichtigst du, morgen dem Morgengebet in der Moschee von Debaria beizuwohnen, Maulana Sahib? Wie wir hören, bist du ein Langschläfer, und es könnte dir ein Opfer abverlangen«, sagte der stämmige Mann zu Rasheed.

»Ich werde den Gebeten beiwohnen, denen ich beiwohnen will«, sagte Rasheed hitzig.

»Ja, Maulana Sahib, das ist dein Stil«, sagte irgend jemand.

Rasheed war nahezu außer sich vor Wut. »Wenn jemand über meinen Stil reden will, kann er jederzeit in mein Haus kommen, und wir werden darüber diskutieren und sehen, welcher Stil der bessere ist. Wer das anständigere Leben führt und wer den tieferen Glauben hat – was das anbelangt, so weiß es die Gesellschaft. Und nicht nur die Gesellschaft. Sogar Kinder wissen von dem verrufenen Leben, das viele der pünktlich Frommen führen.« Er machte eine Handbewegung auf den Kreis der bärtigen Männer zu. »Wenn es Gerechtigkeit gäbe, dann würden die Gerichte dafür sorgen ...«

»Nicht die Gesellschaft oder Kinder oder Gerichte haben zu urteilen, sondern Er«, schrie ein alter Mann und drohte Rasheed mit dem Finger.

»Nun, darüber kann man streiten«, erwiderte Rasheed.

»Iblis wußte, wie man streitet, bevor er fiel!«

»Ebenso die guten Engel«, sagte Rasheed wütend. »Und andere.«

»Nennst du dich selbst einen Engel, Maulana Sahib?« spottete der Mann.

»Nennt ihr mich Iblis?« schrie Rasheed.

Plötzlich wurde ihm klar, daß es reichte, daß die Dinge zu weit getrieben waren. Diese Männer waren die Dorfältesten, auch wenn sie ihn beleidigten und reaktionäre, neidische Heuchler waren. Er dachte auch an Maan und was für einen schlechten Eindruck von seiner Religion diese Szene bei ihm hinterlassen könnte.

Wieder spürte er den pulsierenden Druck in seinem Hinterkopf. Er machte einen Schritt nach vorn – ihr Weg war versperrt gewesen –, und zwei Männer traten zur Seite.

»Es ist spät«, sagte Rasheed. »Entschuldigt uns, wir müssen gehen. Wir werden uns ein andermal wiedersehen.« Er ging zwischen den Männern hindurch, und Maan folgte ihm.

»Vielleicht solltest du ›Khuda haafiz‹ sagen«, meinte eine sarkastische Stimme.

»Ja, Khuda haafiz, Gott möge auch euch schützen«, sagte Rasheed wütend und ging weiter, ohne zurückzublicken.

10.16

Obwohl eine Meile voneinander entfernt, waren Debaria und Sagal, was Gerüchte betraf, ein Ort. Was in dem einen gesagt wurde, wurde in dem anderen wiederholt. Jemand aus Sagal kam nach Debaria, um Getreide rösten zu lassen, oder jemand aus Debaria schaute in der Post von Sagal vorbei, oder die Schulkinder sahen sich in der Madrasa, oder jemand besuchte im anderen Dorf jemanden oder traf ihn zufällig auf einem Feld bei der Arbeit – die beiden Dörfer waren durch Freundschaften und Feindschaften, durch gemeinsame Vorfahren oder vor kurzem geschlossene Ehen, durch richtige und falsche Informationen so eng miteinander verbunden, daß sie ein einziges verwobenes Netz aus Klatsch bildeten.

In Sagal lebten fast keine Hindus aus hohen Kasten, in Debaria ein paar Brahmanen, und auch sie gehörten zu diesem Netz, denn sie unterhielten gute Beziehungen mit den besseren Moslemfamilien, wie der von Rasheed, und manchmal besuchten sie sich gegenseitig. Sie waren stolz darauf, daß Fehden innerhalb der beiden Glaubensgemeinschaften folgenreicher waren als Reibereien zwischen den Glaubensgemeinschaften. In den umliegenden Dörfern war das anders, vor allem in jenen, in denen es während der Teilung zu gewalttätigen Ausschreitungen gegen Moslems gekommen war.

Der Fußball – wie einer der brahmanischen Landbesitzer allgemein genannt wurde – war in der Tat gerade unterwegs, um Rasheeds Vater einen morgendlichen Besuch abzustatten.

Maan saß auf dem Charpoy vor dem Haus und spielte mit Meher. Moazzam lungerte herum; er war entzückt von Meher, und ab und zu strich er ihr staunend mit der Hand über den Kopf. Auch der hungrige Mr. Biscuit trieb sich in der Nähe herum.

Rasheed und sein Vater saßen auf einem zweiten Charpoy und unterhielten sich. Ein Bericht über Rasheeds heftige Auseinandersetzung mit den Dorfältesten von Sagal war bis zu seinem Vater gedrungen.

»Du hältst das Namaaz also nicht für wichtig?« fragte er.

»Doch, doch«, erwiderte Rasheed. »Was soll ich dazu sagen? Während der letzten Tage habe ich mich nicht streng daran gehalten – ich hatte unaufschiebbare Verpflichtungen. Und in einem Bus kann man keine Gebetsmatte entrollen. Zum Teil lag es an meiner eigenen Trägheit. Aber wenn jemand mich hätte ermahnen und mir die Dinge mit Mitgefühl erklären wollen, dann hätte er mich beiseite genommen – oder mit dir gesprochen, Abba – und nicht in aller Öffentlichkeit meine Ehre besudelt.« Leidenschaftlich fügte er hinzu: »Und ich glaube, daß das Leben eines Menschen wichtiger ist als jedes Namaaz.«

»Wie meinst du das?« fragte sein Vater streng. Er sah Kachheru vorbeigehen. »He, Kachheru, geh zum Laden des Bania und hol mir Suparis – ich hab keine mehr für mein Paan. Ja, ja, die übliche Menge. Aha, der Fußball kommt angewatschelt, um uns zu besuchen. Wahrscheinlich wegen deines Hindu-Freundes. Ja, das Leben der Menschen ist wichtig, aber das ist keine Entschuldigung – zumindest keine Entschuldigung für die Art, wie du mit den wichtigen Leuten eines Dorfes gesprochen hast. Hast du an meine Ehre gedacht, als du dich so benommen hast? Oder an deine eigene Stellung im Dorf?«

Rasheed blickte Kachheru nach. »Gut«, sagte er. »Bitte vergib mir – es war allein meine Schuld.«

Aber sein Vater überhörte die unaufrichtige Entschuldigung und begrüßte mit weit geöffnetem rotem Mund breit grinsend seinen Gast. »Willkommen, Tiwariji, willkommen.«

»Hallo, hallo«, sagte der Fußball. »Worüber haben Vater und Sohn so hitzig miteinander geredet?«

»Über nichts«, sagten Vater und Sohn gleichzeitig.

»Aha. Seit einiger Zeit schon wollen zwei oder drei von uns euch besuchen, aber mit der Ernte und so weiter haben wir es einfach nicht geschafft. Und dann hörten wir, daß euer Gast für ein paar Tage fort ist, und beschlossen, seine Rückkehr abzuwarten.«

»Du wolltest also eigentlich Kapoor Sahib besuchen und nicht uns«, sagte sein Gastgeber.

Der Fußball schüttelte vehement den Kopf. »Was sagst du da, was sagst du da, Khan Sahib? Unsere Freundschaft besteht seit Jahrzehnten. Und auch Rasheed sieht man selten, seitdem er den größten Teil des Jahres in Brahmpur seinen Horizont erweitert.«

»Wie auch immer«, sagte Rasheeds Vater ziemlich boshaft, »warum trinkst du nicht eine Tasse Tee mit uns, nachdem du es auf dich genommen hast zu kommen. Ich werde Rasheeds Freund rufen lassen, und wir werden uns unterhalten. Ach übrigens, wer will denn sonst noch kommen? Rasheed, laß Tee für uns alle machen.«

Der Fußball wurde ganz aufgeregt. »Nein, nein«, sagte er und gestikulierte dabei, als wollte er einen Schwarm Wespen verscheuchen, »keinen Tee, keinen Tee.«

»Aber wir werden ihn alle zusammen trinken, Tiwariji, er ist nicht giftig. Auch Kapoor Sahib wird sich zu uns gesellen.«

»Er trinkt Tee mit euch?« fragte Tiwari.

»So ist es. Und er ißt auch mit uns.«

Der Fußball schwieg eine Weile, während er das eben Gehörte sozusagen verdaute. Dann sagte er: »Aber ich habe gerade zum Frühstück Tee getrunken – ich habe gerade Tee getrunken und viel zuviel gegessen, bevor ich mein Haus verlassen habe. Schau mich an. Ich muß aufpassen. Deine Gastfreundschaft kennt keine Grenzen, aber ...«

»Du willst doch nicht etwa sagen, Tiwariji – oder etwa doch –, daß unter deiner Würde ist, was wir dir anbieten? Warum willst du nicht mit uns essen? Meinst du, daß wir dich verunreinigen?«

»Oh, nein, nein, nein. Es ist nur so, daß ein Insekt, das es wie ich gewohnt ist, in der Gosse zu leben, mit dem Luxus eines Palastes nicht glücklich ist. Hä, hä, hä.« Der Fußball wackelte mit dem Bauch vor Freude über seinen geistreichen Einfall, und auch Rasheeds Vater lächelte. Er beschloß, das Thema fallenzulassen. Alle anderen Brahmanen machten keinen Hehl aus ihren Kastenregeln, die ihnen verboten, mit Nicht-Brahmanen zu essen, aber der Fußball reagierte immer ausweichend.

Mr. Biscuit näherte sich ihrem Charpoy, angezogen von Tee und Keksen.

»Verschwinde, oder ich brutzle dich in Ghee«, sagte Moazzam mit gesträubtem Igelhaar. »Er ist ein Vielfraß«, erklärte er Maan.

Mr. Biscuit starrte sie ausdruckslos an.

Meher bot ihm einen ihrer zwei Kekse an, und er näherte sich ihr wie ein Zombie, um es zu verschlingen.

Rasheed freute sich über Mehers Großzügigkeit, ärgerte sich jedoch über Mr. Biscuit.

»Den ganzen Tag lang tut er nichts anderes als essen und scheißen, essen und scheißen«, sagte er zu Maan. »Sonst hat er nichts vor im Leben. Er ist sieben und kann kaum ein Wort lesen. Aber man kann nichts dagegen tun – es ist das Dorf. Die Leute finden ihn lustig und ermuntern ihn auch noch.«

Als ob er weitere Fähigkeiten unter Beweis stellen wollte, hielt sich Mr. Biscuit jetzt die Ohren zu und verballhornte lauthals den Ruf des Muezzins: »Aaaaaaye Lalla e lalla alala! Halla o halla!«

Moazzam schrie: »Du Tier!« Er wollte ihm eine Ohrfeige geben, aber Maan hielt ihn zurück.

Moazzam, der wieder einmal fasziniert Maans Uhr betrachtete, sagte: »Schau, die beiden Zeiger sind fast übereinander.«

»Geben Sie Moazzam nicht Ihre Uhr«, riet ihm Rasheed. »Ich habe Sie ja bereits gewarnt. Und auch nicht Ihre Taschenlampe. Er findet gerne heraus, wie die Dinge funktionieren, aber er geht dabei nicht sehr systematisch vor. Einmal habe ich ihn dabei erwischt, wie er meine Uhr mit einem Ziegelstein bearbeitete. Er hatte sie aus meiner Tasche genommen, als ich nicht hinsah. Zum Glück funktionierte das Uhrwerk noch. Aber das Glas, die Zeiger, die Feder – alles kaputt. Die Reparatur hat mich zwanzig Rupien gekostet.«

Moazzam zählte und kitzelte jetzt Mehers Zehen – zu ihrem größten Vergnügen. »Manchmal sagt er wirklich interessante und feinfühlige Sachen«, fuhr Rasheed fort. »Mir ist das ein Rätsel. Das Problem ist, daß seine Eltern ihn verwöhnt und überhaupt nicht diszipliniert haben. Jetzt macht er einfach, was er will. Manchmal stiehlt er ihnen oder anderen Geld und fährt nach Salimpur. Niemand weiß, was er dort treibt. Nach ein paar Tagen taucht er wieder auf. Er ist sehr intelligent, sehr anhänglich. Aber es wird ein böses Ende mit ihm nehmen.«

Moazzam, der zugehört hatte, lachte und sagte etwas verdrossen: »Wird es nicht. Mit dir wird es ein böses Ende nehmen. Acht, neun, zehn. Zehn, neun, acht – halt still –, sieben, sechs. Gib mir das Amulett – du hast lange genug damit gespielt.«

Er bemerkte zwei Besucher, die sich in einiger Entfernung näherten, übergab Meher ihrem Urgroßvater, der aus seinem Haus gekommen war, und schlenderte davon, um festzustellen, wer sie waren, und sie – wenn nötig – zu reizen.

»Ein ziemlich böses Kind«, sagte Maan.

»Böse?« sagte Baba. »Er ist ein Halunke – ein Dieb –, und das mit zwölf Jahren.«

Maan lächelte.

»Er hat die Schwinge von der fahrradbetriebenen Worfschaufel dort drüben zerbrochen. Er ist nicht böse, er ist ein Rowdy«, fuhr Baba fort und schaukelte Meher trotz seines Alters ziemlich heftig hin und her.

»Jetzt ist er groß genug«, sprach Baba weiter und warf einen finsteren Blick in Moazzams Richtung, »daß er Delikatessen haben muß. Deshalb stiehlt er den Leuten Geld aus der Tasche. In seinem eigenen Haus stiehlt er jeden Tag Reis, Dal – was immer es gibt – und verkauft es im Laden des Bania. Dann verschwindet er nach Salimpur und ißt Trauben und Granatäpfel!«

Maan lachte.

Baba schien plötzlich etwas eingefallen zu sein. »Rasheed!«

»Ja, Baba?«

»Wo ist deine andere Tochter?«

»Im Haus, Baba, bei ihrer Mutter. Ich glaube, sie füttert sie gerade.«

»Sie ist ein Schwächling. Wirkt gar nicht wie ein Kind aus meiner Sippe. Sie sollte Büffelmilch trinken. Wenn sie lächelt, sieht sie aus wie eine alte Frau.«

»Viele Kinder sehen so aus, Baba«, sagte Rasheed.

»Das hier ist ein gesundes Kind. Schau nur, wie rot ihre Backen sind.«

Die beiden Besucher – Brahmanen aus dem Dorf – näherten sich jetzt, angeführt von Moazzam und gefolgt von Kachheru. Baba ging ihnen entgegen, um sie zu begrüßen, und Rasheed und Maan trugen ihren Charpoy in die Ecke des Hofs, in der Rasheeds Vater und der Fußball saßen. Das Treffen wurde zu einer Konferenz.

Kurz darauf gesellte sich auch noch Netaji zu ihnen, der aus Richtung Sagal kam. In seiner Begleitung war Qamar, der hämische Schullehrer, der im Laden von Salimpur eine Blitzvorstellung gegeben hatte. Sie waren in der Madrasa gewesen, um mit den Lehrern zu sprechen.

10.17

Alle begrüßten einander, wobei die Begeisterung unterschiedlich ausfiel. Qamar war nicht besonders erfreut, so eine Ansammlung von Brahmanen zu sehen, und begrüßte sie nur sehr flüchtig – obwohl die Neuankömmlinge, Bajpai (mit dem Kastenzeichen aus Sandelholzpaste auf der Stirn) und sein Sohn Kishor, sehr angenehme Zeitgenossen waren. Sie waren ihrerseits nicht gerade froh, ihren Glaubensbruder – den Fußball – zu sehen, der ein Unruhestifter war und nichts lieber tat, als die Leute gegeneinander aufzuwiegeln.

Kishor Babu war eine sanfte und scheue Seele. Er sagte zu Maan, daß er sehr erfreut sei, ihn endlich kennenzulernen, und nahm seine beiden Hände in seine. Danach versuchte er, Meher hochzuheben, die sich jedoch sträubte, zu ihrem Großvater lief und sich auf seinen Schoß setzte, während er die Betelnüsse inspizierte, die Kachheru gebracht hatte. Netaji holte einen weiteren Charpoy.

Bajpai begutachtete sorgfältig Maans rechte Hand. »Eine Frau. Wohlstand«, sagte er. »Was die Linie der Weisheit anbelangt ...«

»... so gibt es sie nicht«, führte Maan den Satz für ihn zu Ende und lächelte.

»Die Lebenslinie sieht nicht sehr günstig aus«, meinte Bajpai aufmunternd. Maan lachte.

Qamar betrachtete die Szene angewidert. In seinen Augen handelte es sich um ein weiteres Beispiel für den jämmerlichen Aberglauben der Hindus.

»Ihr wart vier Kinder, nur drei sind übriggeblieben.«

Maans Lachen erstarb, seine Hand spannte sich an.

»Habe ich recht?« fragte Bajpai.

»Ja.«

»Welches Kind starb?« fragte Bajpai und sah Maan konzentriert und freundlich ins Gesicht.

»Das müssen Sie mir schon sagen.«

»Ich glaube, es war das jüngste.«

Maan war erleichtert. »Ich bin der Jüngste. Der dritte starb, als er noch nicht ein Jahr alt war.«

»Alles Schwindel, alles Schwindel«, sagte Qamar verächtlich. Er war ein Mann von Prinzipien und konnte Scharlatanerie nicht ausstehen.

»Das sollten Sie nicht sagen, Master Sahib«, sagte Kishor Babu sanftmütig. »Das ist Wissenschaft. Chiromantie – und auch Astrologie. Warum wären sonst wohl die Sterne, wo sie sind?«

»Für euch ist alles Wissenschaft«, sagte Qamar. »Sogar das Kastenwesen. Und das Linga anzubeten und andere ekelhafte Dinge. Und für diesen Ehebrecher Bhajans zu singen, diesen Frauenverführer, diesen Dieb Krishna.«

Wenn Qamar auf Streit aus war, bekam er nicht, was er wollte. Maan sah ihn überrascht an, mischte sich jedoch nicht ein. Er interessierte sich mehr dafür, was Bajpai und Kishor Babu sagen würden. Die kleinen Augen des Fußballs blickten schnell von einem zum anderen.

Kishor Babu sprach jetzt langsam und bedächtig. »Sehen Sie, Qamar Bhai, es ist folgendermaßen. Es sind nicht die Bilder, die wir verehren. Sie sind nur Dinge, auf die wir uns konzentrieren. Sagen Sie mir, warum wenden Sie sich nach Mekka, wenn Sie beten? Niemand würde behaupten, daß Sie die Steine anbeten. Und was Lord Krishna anbelangt, so betrachten wir ihn nicht auf diese Art. Für uns ist er die Inkarnation Vishnus. In gewisser Weise leitet sich auch mein Name von Krishna ab.«

Qamar schnaubte verächtlich. »Erzählen Sie mir doch nicht, daß die gewöhnlichen Hindus von Salimpur, die jeden Morgen vor ihren vierarmigen Göttinnen und Göttern mit Elefantenköpfen ihre Andacht verrichten, sie nur als Dinge sehen, auf die sie sich konzentrieren. Sie verehren schlicht und einfach diese Götzen.«

Kishor Babu seufzte. »Ach, die gewöhnlichen Leute!« sagte er, als ob das alles erklären würde. Er glaubte fest an das Kastensystem.

Rasheed hielt es für geboten, zugunsten der Hindu-Minderheit einzuschreiten. »Wie auch immer, ob ein Mensch gut ist oder schlecht, wird nach seinen Taten beurteilt, nicht danach, wen er anbetet.«

»Wirklich, Maulana Sahib?« fragte Qamar etwas säuerlich. »Es spielt also keine Rolle, wen oder was man anbetet? Was denken Sie darüber, Kapoor Sahib?« setzte er provokativ hinzu.

Maan dachte kurz nach, erwiderte jedoch nichts. Er sah hinüber zu dem Nimbaum, den Meher und zwei ihrer Freunde zu umarmen versuchten.

»Oder haben Sie keine Meinung dazu, Kapoor Sahib?« insistierte Qamar. Da er nicht im Dorf lebte, konnte er so schroff sein, wie er wollte.

Kishor Babu blickte jetzt ziemlich betrübt drein. Weder Baba noch seine Söhne hatten bislang an dem theologischen Scharmützel teilgenommen. Kishor Babu dachte, daß sie als Gastgeber hätten eingreifen müssen, um es einzudämmen. Er spürte, daß Maan überhaupt nichts von Qamars Befragungsmethode hielt, und fürchtete, daß er ungehalten reagieren würde.

Das jedoch tat Maan nicht. Er sah noch immer zum Nimbaum, bisweilen warf er Qamar einen kurzen Blick zu, während er sprach. »Ich denke nicht viel über diese Dinge nach. Das Leben ist auch ohne sie kompliziert genug. Andererseits ist klar, Master Sahib, daß Sie weder mich noch sonstjemanden in Frieden lassen werden, solange Sie glauben, daß ich Ihre Fragen ausweichend beantworte. Deswegen werden Sie mich dazu zwingen, ernsthaft einen Standpunkt zu beziehen.«

»Das ist doch nichts Schlechtes«, erwiderte Qamar kurz angebunden. Er hatte Maans Charakter schnell eingeschätzt und war zu dem Schluß gekommen, daß Maan ein ziemlich unbedeutender Mensch war.

»Ich glaube folgendes«, sagte Maan in demselben ungewöhnlich bedächtigen Tonfall wie zuvor. »Es ist reiner Zufall, daß Kishor Babu in eine Hindufamilie geboren wurde und Sie, Master Sahib, in eine Moslemfamilie. Ich zweifle nicht daran, daß Sie, wären Sie nach der Geburt oder vor der Geburt oder sogar vor der Empfängnis vertauscht worden, Krishnaji verehren würden und er den Propheten. Was mich betrifft, Master Sahib, der ich selbst so wenig lobenswert bin, so möchte ich niemand anderen loben – geschweige denn verehren.«

»Was?« sagte der Fußball und rollte streitlustig aufs Schlachtfeld. »Nicht einmal so heilige Männer wie Ramjap Baba? Nicht einmal die heilige Ganga während des Vollmonds anläßlich der Pul Mela? Nicht einmal die Veden? Nicht einmal Gott?«

»Oh, Gott«, sagte Maan. »Gott ist ein weites Feld – zu weit für mich und meinesgleichen. Ich bin sicher, daß Er zu groß ist, als daß Ihm viel daran liegt, was ich von Ihm denke.«

»Aber verspüren Sie nicht manchmal Seine Gegenwart?« fragte Kishor Babu und neigte sich kummervoll nach vorn. »Haben Sie nie das Gefühl, daß Sie mit Ihm in Verbindung stehen?«

»Jetzt, wo Sie davon sprechen«, sagte Maan, »fühle ich mich in direkter Verbindung mit Ihm. Und Er sagt mir, daß ich diesen sinnlosen Streit abbrechen und meinen Tee trinken soll, bevor er kalt wird.«

Alle außer dem Fußball, Qamar und Rasheed lächelten. Rasheed gefiel nicht, was er als Maans untilgbare Schnoddrigkeit betrachtete. Qamar fühlte sich durch einen billigen Trick ausmanövriert, während der Fußball seinen Plan vereitelt sah, für Unfrieden zu sorgen. Aber es herrschte wieder gesellige Harmonie, und die Versammlung teilte sich in kleinere Gruppen.

Rasheeds Vater, der Fußball und Bajpai diskutierten darüber, was mit Inkrafttreten des Zamindari-Gesetzes geschehen würde. Der Präsident hatte es unterschrieben, aber seine Verfassungsmäßigkeit wurde vor dem Hohen Gericht von Brahmpur angefochten. Rasheed, dem dieses Thema im Augenblick unangenehm war, begann mit Qamar ein Gespräch über Änderungen des Lehrplans in der Madrasa. Kishor Babu, Maan und Netaji bildeten die dritte Gruppe. Kishor befragte Maan vorsichtig zu seinen Ansichten über die Gewaltlosigkeit, während sich Netaji mehr für die Wolfsjagd interessierte, so daß diese Unterhaltung zweigleisig war. Baba schlenderte davon, um mit seiner Lieblingsurenkelin zu spielen, die Moazzam gerade huckepack vom Viehstall zum Taubenschlag und wieder zurück trug.

Kachheru saß an den Stall gelehnt im Schatten und hing seinen eigenen Gedanken nach, wobei er nachsichtig den Kindern beim Spielen zusah. Er folgte den Unterhaltungen nicht, denn er interessierte sich nicht für das, was die anderen besprachen. Obwohl er gern zu Diensten war, freute er sich, daß niemand ihm irgendwelche Befehle erteilte, während er zwei Biris rauchte.

10.18

Ein Tag nach dem anderen verging. Die Hitze wurde immer drückender. Es regnete nicht mehr. Die riesige Himmelskuppel blieb tagelang quälend blau. Ein-, zweimal zeigten sich ein paar kleine weiße Wolken über dem endlosen Flickenteppich der Felder, aber sie lösten sich bald wieder auf.

Maan gewöhnte sich allmählich an sein Exil. Zuerst haderte er mit seinem Schicksal. Er litt unter der Hitze, verlief sich in der weitgestreckten, flachen, deprimierenden Welt der Felder, und er langweilte sich zu Tode. Von Gott verlassen an diesem gottverlassenen Ort, sehnte er sich zu sein, wo er nicht war. Er konnte sich nicht vorstellen, daß ihm dieses Leben jemals gefallen würde. Das Bedürfnis nach Annehmlichkeiten und Anregungen war etwas, so dachte er, was einen weiter voranbrachte. Und doch, als die Tage vergingen und sich die Dinge nach dem Willen des Himmels oder der Menschen oder dem Voranschreiten der Jahreszeit bewegten oder stillstanden, paßte er sich diesem Leben an. Der Gedanke beschäftigte ihn, daß sein Vater die Gefängniszeit vielleicht so hingenommen hatte wie er dieses Leben – nur daß Maans Tage nicht vom morgendlichen Wecken und vom abendlichen Ausschalten des Lichts, sondern vom Ruf des Muezzins und vom Brüllen der Kühe, die abends muhend durch die engen Gassen ins Dorf zurückgetrieben wurden und Staub aufwirbelten, bestimmt waren.

Sogar sein Zorn auf seinen Vater hatte nachgelassen; es war zu anstrengend, lange wütend zu sein, und außerdem hatte er hier auf dem Land begonnen, die Reichweite der Bemühungen seines Vaters zu schätzen und sogar zu bewundern – nicht daß das in ihm den Wunsch geweckt hätte, ihm nachzueifern.

Da er etwas von einem Faulenzer an sich hatte, faulenzte er etwas. Wie der Löwe, zu dem ihn die Dorfkinder gleich nach seiner Ankunft ernannt hatten, verbrachte er nur wenige Stunden mit Aktivitäten, gähnte viel und schien sich sogar in seiner unzufriedenen Schläfrigkeit zu aalen, die er ab und zu mit Gebrüll oder einer harmlosen Tätigkeit unterbrach – er schwamm in dem kleinen See bei der Schule oder spazierte zu einem Mangohain, denn die Mangos waren reif und er mochte Mangos. Manchmal lag er auf seinem Charpoy und las einen der Krimis, die Sandeep Lahiri ihm geliehen hatte. Dann wieder widmete er sich seinen Urdu-Lehrbüchern. Obwohl er sich nur unzureichend bemühte, war er mittlerweile in der Lage, deutlich gedrucktes Urdu zu lesen. Und eines Tages lieh ihm Netaji ein dünnes Bändchen mit den berühmtesten Gaseln von Mir, und da er viele davon auswendig kannte, waren sie nicht zu schwierig für ihn.

Was tun die Leute im Dorf schon? fragte er sich. Sie warteten; sie saßen herum und unterhielten sich, sie kochten, aßen, tranken und schliefen. Sie wachten auf und gingen mit ihren Messingtöpfen voll Wasser auf die Felder. Vielleicht, dachte Maan, ist jeder letztlich ein Mr. Biscuit. Manchmal blickten sie empor zu dem wolkenlosen Himmel. Die Sonne stieg höher, erreichte ihren Zenit, sank und ging unter. Nach Einbruch der Dunkelheit, wenn sein Leben in Brahmpur erst begann, gab es nichts mehr zu tun. Jemand schaute vorbei, jemand ging weg. Alles wuchs. Die Menschen saßen herum, stritten sich über dies oder das und warteten auf den Monsun.

Auch Maan saß herum und unterhielt sich, da die Leute gern mit ihm redeten. Er saß auf seinem Charpoy und diskutierte über Menschen, Probleme, Mahuabäume, den Zustand der Welt, alles und nichts. Er zweifelte nie daran, daß man ihn mochte und ihm vertraute. Da er selbst von Natur aus nicht argwöhnisch war, konnte er sich auch nicht vorstellen, daß andere argwöhnisch ihm gegenüber wären. Aber als Außenseiter, als Städter, als Hindu, als Sohn eines Politikers – noch dazu des Finanzministers – war er Gegenstand vieler Verdächtigungen und Gerüchte. Nicht alle waren so phantastisch wie das Gerücht, zu dem seine orangefarbene Kurta Anlaß gegeben hatte. Einige glaubten, daß er den Wahlkreis erkundete, in dem sein Vater bei den nächsten Wahlen kandidieren wollte, andere, daß er sich hier für immer niederlassen wollte, da er festgestellt hatte, daß das Stadtleben nichts für ihn war, wieder andere, daß er sich hier vor Gläubigern versteckte. Aber nach einer Weile gewöhnten sie sich an Maan, sahen im Fehlen eines offensichtlichen Grundes für seinen Aufenthalt keinen Mangel mehr, empfanden seine Meinungen als angenehm und humorvoll friedfertig und mochten, daß er sie mochte. Als ›Löwe, Löwe ohne Schwanz‹, der unter der Pumpe duschte, als Maan Chacha, der ein schreiendes Baby in den Armen wiegte, als Besitzer faszinierender Objekte wie einer Armbanduhr oder einer Taschenlampe, als hingebungsvollen und unfähigen Schüler, der in einfachen Wörtern das falsche Urdu-›Z‹ benutzte, akzeptierten ihn die Kinder und vertrauten ihm ziemlich schnell. Das Vertrauen und die Akzeptanz der Eltern folgten auf dem Fuße. Wenn Maan bedauerte, daß er nur die Männer zu sehen bekam, so hatte er Verstand genug, es nicht zu erwähnen. Er mischte sich nicht ein in Dorfstreitigkeiten und Diskussionen über das Zamindari-Gesetz oder über Religion. Wie er dem Fußball und Qamar beim Thema Gott eine Abfuhr erteilt hatte, wußte bald das ganze Dorf. Fast alle hatten dies gebilligt. Rasheeds Familie freute sich mit der Zeit über seine Gesellschaft, und er wurde für sie sogar zu einer Art Freiluft-Beichtvater.

Die Tage zogen sich gleichförmig in die Länge. Wenn der Briefträger kam, reagierte er auf Maans erwartungsvolle Miene mit einem mitleidigen Lächeln. Im Lauf der Wochen erhielt er zwei Briefe: einen von Pran, einen von seiner Mutter. Aus Prans Brief erfuhr er, daß es Savita sehr gut und seiner Mutter nicht allzu gut ging, daß Bhaskar ihn grüßte und Veena ihn liebevoll ermahnte, daß der Brahmpur Shoe Mart wieder zum Leben erwacht und das Anglistik-Institut noch in tiefen Schlaf versunken waren, daß Lata nach Kalkutta und Mrs. Rupa Mehra nach Delhi gefahren waren. Wie weit entfernt diese Welt war, dachte er, wie die seltenen weißen Wolken, die sich Meilen über seinem Kopf zusammenballten und wieder auflösten. Sein Vater schien – dem Brief seiner Mutter zufolge – so spät wie eh und je nach Hause zu kommen: Er beriet sich mit dem Generalstaatsanwalt über die gerichtliche Anfechtung des Zamindari Act; er hatte keine Zeit, ihm zu schreiben, erkundigte sich jedoch nach Maans Gesundheit und nach seiner Landwirtschaft. Sie selbst bestand darauf, bei guter Gesundheit zu sein; gelegentliche kleinere Beschwerden, die Pran unnötigerweise erwähnt haben mochte, führte sie auf ihr hohes Alter zurück – Maan sollte sich um sie keine Sorgen machen. Das späte Eintreffen der Regenzeit hatte den Garten in Mitleidenschaft gezogen, aber bald würde es regnen, und wenn alles wieder grün wäre, würden Maan zwei kleinere Veränderungen auffallen: eine geringfügige Unebenheit im Rasen auf der Seite des Hauses und ein Beet mit Zinnien unter seinem Fenster.

Auch Firoz muß stark mit dem Zamindari-Fall beschäftigt sein, dachte Maan und entschuldigte damit das Schweigen seines Freundes. Was das Schweigen anbetraf, das am lautesten in seinen Ohren widerhallte, so hatte es ihm an den ersten Tagen, nachdem er seinen Brief abgeschickt hatte, am meisten weh getan, als er kaum einen Atemzug tat, ohne daran zu denken. Jetzt war es nur noch ein dumpfer Schmerz, den die Hitze und die sich hinziehenden Tage weiter dämpften. Doch wenn er in der Abenddämmerung auf seinem Charpoy lag und Mirs Gedichte las – besonders das eine, das ihn an den Abend erinnerte, an dem er sie zum erstenmal in Prem Nivas gesehen hatte –, dann sehnte er sich leidenschaftlich und verzweifelt nach Saeeda Bai.

Er konnte mit niemandem darüber sprechen. Rasheed lächelte etwas cassiushaft, wenn Maan in schwelgerische Kontemplation von Mir versunken sah, aber er hätte mit unverhohlener Verachtung reagiert, hätte er gewußt, wem das zärtliche Lächeln tatsächlich galt. Nur einmal hatte Rasheed mit Maan über die Liebe im allgemeinen geredet, und da hatte er so konzentriert, bestimmt und theoretisch gesprochen wie über jedes andere Thema auch. Maan war klar, daß er wahre Liebe nicht kannte. Rasheeds Ernst ermüdete Maan oft; in diesem besonderen Fall wünschte er, das Thema wäre nie angeschnitten worden.

Rasheed seinerseits war froh, daß er mit Maan über seine Vorstellungen und Gefühle sprechen konnte, aber er verstand Maans völlige Richtungslosigkeit nicht. Da er es in einem Milieu, in dem eine höhere Bildung so unerreichbar schien wie die Sterne, weit gebracht hatte, glaubte er, mit reiner Willenskraft und Anstrengung alles schaffen zu können. Er versuchte tapfer, leidenschaftlich und vielleicht auch zwanghaft, alles – Familienleben, Bildung, Schönschrift, persönliche Ehre, Ordnung, Ritual, Gott, Landwirtschaft, Geschichte, Politik, kurz gesagt: diese Welt und alle anderen Welten – zu einem verständlichen Ganzen zusammenzufassen. Maan, dem seine Energie und sein Sinn für Prinzipien durchaus Ehrfurcht einflößten, schien es, als würde Rasheed seine Kräfte erschöpfen, indem er so tief empfand und darauf bestand, alle Plagen und Pflichten der Menschheit auf sich zu nehmen.

»Weil ich nichts getan habe – oder Schlimmeres als nichts –, habe ich meinen Vater gegen mich aufgebracht«, sagte Maan eines Tages zu Rasheed, als sie unter dem Nimbaum saßen. »Und weil Sie etwas getan haben – oder Besseres als etwas –, haben Sie Ihren Vater gegen sich aufgebracht.«

Rasheed erwiderte daraufhin sorgenvoll, daß sein Vater noch viel Schlimmeres als aufgebracht wäre, wenn er wüßte, was er, Rasheed, vor kurzem getan hatte. Maan bat ihn um eine Erklärung, aber Rasheed schüttelte den Kopf, und Maan drängte ihn nicht weiter, auch wenn ihn die Bemerkung etwas beunruhigte. Er hatte sich an Rasheeds Schwanken zwischen Verschwiegenheit und plötzlicher, sogar intimer Vertraulichkeit gewöhnt. Als Maan ihm von dem Vorfall zwischen dem Munshi und der alten Frau im Baitar Fort erzählte, hätte Rasheed sich beinahe seinen Besuch beim Patwari von der Seele geredet. Aber irgend etwas hielt ihn davon ab. Schließlich wußte niemand im Dorf, nicht einmal Kachheru, von seinem Versuch, Gerechtigkeit durchzusetzen, und dabei blieb es am besten auch. Außerdem war der Patwari in den letzten zwei Wochen nicht im Dorf gewesen, und Rasheed hatte die erwartete Bestätigung seiner Anweisungen noch nicht erhalten.

Statt dessen sagte Rasheed: »Kennen Sie den Namen der Frau? Woher wollen Sie wissen, daß der Munshi seinen Zorn nicht an ihr ausläßt?« Entsetzt über die möglichen Folgen seiner Nachlässigkeit, schüttelte Maan den Kopf.

Ein paarmal gelang es Rasheed, mit dem widerstrebenden Maan über das Zamindari-System zu diskutieren, aber Maans Standpunkt dazu war, typisch für ihn, irritierend nebulös. Er reagierte instinktiv und sogar mit Gewalt auf Leiden und Grausamkeit, hatte aber kaum eine Meinung über die allgemeinen Vor- und Nachteile des Systems. Er wollte nicht, daß die Gerichte das Gesetz, an dem sein Vater jahrelang gearbeitet hatte, für ungültig erklärten, aber genausowenig wollte er, daß Firoz und Imtiaz große Teile ihres Besitzes verlieren würden. Es war nicht zu erwarten, daß Maan auf Rasheeds Argument, die größeren Landbesitzer müßten und würden für ihren Lebensunterhalt nicht arbeiten, mit proletarischer Empörung reagierte.

Rasheed hatte keine Skrupel, mit harschen Worten über seine eigene Familie und darüber, wie sie die Menschen behandelte, die für sie arbeiteten, zu sprechen. Über den Nawab Sahib, den Rasheed nur einmal getroffen hatte, ließ er Maan gegenüber kein einziges schlechtes Wort fallen. Seit ihrer gemeinsamen Fahrt von Brahmpur in sein Dorf wußte er, daß Maan mit den Nawabzadas befreundet war. Und er wollte Maan kein Unbehagen bereiten, indem er ihm die

Demütigung – an die er sich nicht gern erinnerte – beschrieb, als er vor ein paar Monaten auf der Suche nach Arbeit in Baitar House vorgesprochen und nichts erreicht hatte.

10.19

Eines Abends, als Maan die Übungen machte, die Rasheed ihm aufgetragen hatte, bevor er zur Moschee aufgebrochen war, gesellte sich Rasheeds Vater zu ihm. Er trug die schlafende Meher in seinen Armen.

Ohne Umschweife sagte er zu Maan: »Kann ich Sie jetzt, wo Sie allein sind, etwas fragen? Es beschäftigt mich schon eine ganze Weile.«

»Natürlich«, sagte Maan und legte den Federhalter weg.

Rasheeds Vater setzte sich. »Also, wie soll ich mich ausdrücken? Nicht verheiratet zu sein gilt in meiner Religion und auch in Ihrer als ...« Es hatte mißbilligend geklungen, und er suchte jetzt nach dem treffenden Wort.

»Adharma? Im Widerspruch zu den richtigen Prinzipien?« schlug Maan vor.

»Ja, sagen wir adharma«, meinte Rasheeds Vater erleichtert. »Nun, Sie sind zweiundzwanzig, dreiundzwanzig ...«

»Älter.«

»Älter? Um so schlimmer. Sie sollten längst verheiratet sein. Ich glaube, ein Mann ist zwischen siebzehn und fünfunddreißig in den besten Mannesjahren.«

»Aha«, sagte Maan skeptisch und nickte. Rasheeds Großvater hatte das Thema sofort nach seiner Ankunft angesprochen. Zweifellos würde ihm Rasheed als nächster damit in den Ohren liegen.

»Nicht daß ich mit fünfundvierzig nicht noch genauso bei Kräften gewesen wäre«, fuhr Rasheeds Vater fort.

»Das ist gut. Ich kenne Leute, die in diesem Alter wirklich schon alt sind.«

»Aber dann, wissen Sie, ist mein Sohn gestorben und dann meine Frau – und ich bin zerbrochen.«

Maan schwieg. Kachheru kam mit einer Laterne, die er in einiger Entfernung abstellte.

Rasheeds Vater, der Maan eigentlich gute Ratschläge hatte geben wollen, schweifte in seine eigenen Erinnerungen ab. »Mein älterer Sohn war ein wunderbarer Junge. In hundert Dörfern findet man nicht einen wie ihn. Er war stark wie ein Löwe und über einen Meter achtzig groß – ein Ringer und Gewichtheber –, und er hat Englisch gelernt. Er hob mühelos zwei Maunds Eisen. Und er hatte ein schönes unverbrauchtes Gesicht, war stets gut gelaunt und hat immer gelächelt. Er ist mit den Leuten so freundlich umgegangen, daß sie richtig glücklich waren. Und wenn er den Anzug trug, den ich für ihn habe schneidern lassen, dann sah er so gut aus, daß die Leute sagten, er solle Polizeichef werden.«

Maan schüttelte betrübt den Kopf. Rasheeds Vater erzählte seine Geschichte trockenen Auges, aber nicht kaltherzig – es war, als ob er voll Mitgefühl die Geschichte eines anderen erzählen würde.

»Wie auch immer«, fuhr er fort, »ich weiß nicht, was mit mir nach seinem Unfall am Bahnhof passiert ist. Ich bin monatelang nicht mehr aus dem Haus gegangen und war wie benommen. Meine Kräfte schwanden. Er war so jung. Und kurz darauf starb seine Mutter.«

Er blickte zum Haus, wandte sich dabei halb von Maan ab und sprach weiter: »Das Haus war gespenstisch. Ich weiß nicht, was mit mir passiert wäre. Ich war so bekümmert und schwach, daß ich sterben wollte. Im Haus war niemand, der mir auch nur Wasser gebracht hätte.« Er schloß die Augen. »Wo ist Rasheed?« fragte er kühl und wandte sich Maan wieder zu.

»In der Moschee, glaube ich.«

»Ach ja, also, schließlich nahm sich Baba meiner an und sagte, ich solle mich zusammenreißen. Unsere Religion sagt, daß die Izzat – die Ehre – eines unverheirateten Mannes nur halb so groß ist wie die Ehre eines verheirateten Mannes. Baba hat darauf bestanden, daß ich ein zweites Mal heirate.«

»Er hat wohl aus Erfahrung gesprochen«, sagte Maan lächelnd.

»Ja. Rasheed hat Ihnen zweifellos erzählt, daß Baba dreimal verheiratet war. Wir zwei Brüder und unsere Schwester haben alle verschiedene Mütter. Er hatte nicht drei Frauen gleichzeitig, um Gottes willen, immer nur eine. ›Marté gae, karté gae.‹ Wenn eine starb, hat er eine andere geheiratet. In unserer Familie gibt es diesen Brauch der Wiederverheiratung: Mein Großvater hatte vier Frauen, mein Vater drei, ich zwei.«

»Und warum auch nicht?«

»Ja, warum auch nicht?« Rasheeds Vater lächelte. »Das war auch meine Meinung – nachdem ich meinen Kummer überwunden hatte.«

»War es schwierig, eine Frau zu finden?« Maan war fasziniert.

»Nicht wirklich. In diesem Dorf gelten wir als wohlhabend. Man riet mir, keine junge Frau zu heiraten, sondern eine, die auch schon mal verheiratet war – eine Witwe oder eine geschiedene Frau. So habe ich also wieder geheiratet – vor ungefähr einem Jahr –, eine Frau, die fünfzehn Jahre jünger ist als ich – das ist nicht viel. Sie ist sogar entfernt mit meiner ersten Frau – gesegnet sei ihr Andenken – verwandt. Und sie führt das Haus gut. Ich bin wieder gesund. Ich kann ohne Hilfe zu meinen zwei Meilen entfernten Feldern gehen. Meine Augen sind gut, nur mit Dingen in der Nähe habe ich Schwierigkeiten. Mein Herz ist gesund. Meine Zähne, also meine Zähne waren vorher schon nicht mehr zu retten. Man sollte verheiratet sein. Keine Frage.«

Irgendwo bellte ein Hund. Nach einer Weile stimmten andere ein. Maan versuchte, vom Thema abzulenken. »Schläft sie noch? Wacht sie von dem Lärm nicht auf?«

Rasheeds Vater blickte voller Zuneigung hinunter auf seine Enkeltochter: »Ja, sie schläft. Sie mag mich sehr gern.«

»Als Sie heute mit dem Schirm von den Feldern kamen, ist sie Ihnen in der Hitze nachgerannt.«

Rasheeds Vater nickte stolz. »Wenn ich sie frage, ob sie in Debaria oder Brahmpur leben möchte, sagt sie immer, in Debaria. ›Weil du hier lebst, Dada-jaan.‹ Und als ich einmal im Dorf ihrer Mutter war, hat sie ihren Nana stehenlassen und ist mir nachgelaufen.«

Maan lächelte bei dem Gedanken an die impulsive Konkurrenz der beiden Großväter. »Wahrscheinlich weil Rasheed bei Ihnen war?«

»Ja, vielleicht. Aber auch wenn er nicht bei mir gewesen wäre, wäre sie mir nachgelaufen.«

»Dann muß sie Sie sehr lieben«, sagte Maan und lachte.

»So ist es. Sie wurde hier geboren, in diesem Haus – das die Leute später ein Unglückshaus nannten. Aber in jener dunklen Zeit war sie wie ein Geschenk Gottes für mich. Mehr oder weniger war ich es, der sie großgezogen hat. Morgens wollte sie immer Tee – Tee und Kekse. ›Dada-jaan‹, hat sie gesagt, ›ich will Tee und Kekse. Gefüllte Kekse‹ – nicht dieses trockene Zeug. Sie hat zu Bittan, dem Mädchen, gesagt, sie soll ihr gefüllte Kekse aus meiner schönen Dose holen. In der Ecke stand ihre Mutter und hat Tee gekocht. Mit ihrer Mutter wollte sie nicht essen. Ich mußte sie füttern.«

»Jetzt ist ja Gott sei Dank ein zweites Kind im Haus«, sagte Maan. »Um ihr Gesellschaft zu leisten.«

»Ja. Aber Meher hat beschlossen, daß ich ihr ganz allein gehöre. Wenn man ihr sagt, daß ich auch der Dada ihrer Schwester bin, dann glaubt sie es einfach nicht.«

Meher bewegte sich im Schlaf.

»In der ganzen Familie gab es kein Kind wie dieses«, sagte Rasheeds Vater im Brustton der Überzeugung.

»So scheint sie sich auch zu verhalten.«

Rasheeds Vater lachte. »Und sie hat das Recht dazu. Ich erinnere mich an einen alten Mann aus dem Dorf. Er hatte sich mit seinen Söhnen zerstritten und lebte bei seiner Tochter und seinem Schwiegersohn. Er hatte einen Granatapfelbaum, der aus irgendeinem Grund mehr Früchte trug als unserer.«

»Sie haben einen Granatapfelbaum?«

»Ja, drinnen im Hof. Ich werde ihn Ihnen mal zeigen.«

»Wie?«

»Wie meinen Sie das, wie? Es ist mein Haus ... Ach, ich verstehe. Ich werde die Frauen verscheuchen, während Sie durchs Haus gehen. Sie sind ein guter Junge«, sagte er plötzlich. »Was machen Sie eigentlich?«

»Was ich mache?«

»Ja.«

»Nicht viel.«

»Das ist sehr schlecht.«

»Das meint auch mein Vater.«

»Er hat recht. Er hat ganz recht. Heutzutage wollen die jungen Männer nicht mehr arbeiten. Entweder wollen sie studieren, oder sie starren zum Himmel hinauf.«

»Eigentlich habe ich ein Stoffgeschäft in Benares.«

»Was tun Sie dann hier? Sie sollten Geld verdienen.«

»Wollen Sie mich hier nicht haben?«

»Doch, doch – Sie sind herzlich willkommen. Wir freuen uns, daß Sie unser Gast sind. Obwohl Sie sich eine heiße und langweilige Jahreszeit ausgesucht haben. Sie sollten zu Bakr-Id kommen. Dann wird im Dorf gefeiert. Ja, machen Sie das – vergessen Sie es nicht ... Ach ja, Granatäpfel. Es war ein munterer alter Mann, und er und Meher verstanden sich gut. Sie wußte, daß sie immer etwas bekam, wenn sie ihn besuchte. Deswegen hat sie mich immer dazu gebracht, mit ihr dorthin zu gehen. Ich erinnere mich an das erstemal, als er ihr einen Granatapfel schenkte. Er war noch nicht reif. Trotzdem haben wir ihn sofort geschält, und sie hat sechs oder sieben Löffel voll Körner gegessen, und den Rest haben wir fürs Frühstück aufgehoben.«

Ein alter Mann ging vorbei. Es war der Imam der Moschee von Debaria.

»Sie kommen doch morgen vorbei, nicht wahr, Imam Sahib?« fragte Rasheeds Vater ziemlich drängend.

»Ja, morgen um diese Zeit. Nach dem Gebet«, sagte der Imam mit leisem Tadel.

»Ich frage mich, wo Rasheed ist«, sagte Maan und sah auf seine nicht beendeten Übungen. »Er wird wahrscheinlich gleich kommen.«

»Wahrscheinlich geht er durchs Dorf«, sagte sein Vater unerwartet wütend, »und spricht mit diesen gewöhnlichen Leuten. Das sieht ihm ähnlich. Er sollte mehr Standesbewußtsein zeigen. Sagen Sie, hat er Sie zum Patwari mitgenommen?«

Maan war so erschrocken über den Ton, daß er die Frage kaum registrierte.

»Der Patwari. Waren Sie beim Dorf-Patwari?« In der Stimme von Rasheeds Vater schwang ein eiserner Unterton mit, als er die Frage wiederholte.

»Nein«, sagte Maan überrascht. »Stimmt irgend etwas nicht?«

»Nein. Bitte, erzählen Sie ihm nicht, daß ich Sie danach gefragt habe.«

»Wie Sie wollen«, sagte Maan bereitwillig, aber er war verwirrt.

»Ich habe Sie lange genug von Ihren Übungen abgehalten«, sagte Rasheeds Vater. »Ich will Sie nicht länger stören.« Mit Meher im Arm ging er ins Haus. Im Licht der Laterne sah Maan, daß er die Stirn runzelte.

10.20

Maan, der wegen der Übungen beunruhigt war, holte die Laterne und versuchte, die Worte, die Rasheed aufgeschrieben hatte, zu lesen und abzuschreiben. Aber Rasheeds Vater kam bald zurück, diesmal ohne Meher.
»Was ist ein Giggi?« fragte er.
»Ein Giggi?«
»Sie wissen nicht, was ein Giggi ist?« Seine Enttäuschung war mit Händen zu greifen.
»Nein. Was ist ein Giggi?« fragte Maan.
»Ich weiß es auch nicht«, sagte Rasheeds Vater betrübt.
Maan sah ihn verwirrt an. »Warum wollen Sie das wissen?« fragte er ihn.
»Ach, weil ich sofort einen brauche.«
»Wenn Sie nicht wissen, was es ist, wie können Sie dann einen brauchen?«
»Nicht für mich, für Meher. Sie ist aufgewacht und hat gesagt: ›Dada, ich will einen Giggi. Gib mir einen Giggi.‹ Und jetzt weint sie, und ich kriege nicht aus ihr heraus, was es ist oder wie es aussieht. Ich muß warten, bis – bis Rasheed zurück ist. Vielleicht weiß er es. Tut mir leid, daß ich Sie schon wieder gestört habe.«
»Schon gut«, sagte Maan, dem die Störung nichts ausmachte. Eine Weile lang konnte er sich nicht auf seine Übungen konzentrieren. Er dachte darüber nach, ob ein Giggi etwas zu essen war oder ein Spielzeug oder etwas, worauf man ritt. Schließlich nahm er den Federhalter wieder zur Hand.
Kurz darauf gesellte sich Baba zu ihm, der von der Moschee zurückgekehrt war und ihn allein im Hof sitzen sah. Er grüßte ihn, hustete und spuckte auf den Boden.
»Warum verschwendet ein junger Maan wie Sie sein Augenlicht auf ein Buch?«
»Ich lerne Urdu lesen und schreiben.«
»Ja, ja, das weiß ich. Sin, Schin ... Sin, Schin ... Wozu die Mühe?« sagte Baba und räusperte sich.
»Wozu die Mühe?«
»Ja – was gibt es in Urdu schon außer ein paar sündigen Gedichten?«
»Nachdem ich damit angefangen habe, sollte ich es auch zu Ende führen.«
Das war die richtige Antwort. Baba pflichtete dieser Einstellung bei und fügte hinzu: »Arabisch, Sie sollten Arabisch lernen. Das ist die richtige Sprache. Dann können Sie das Heilige Buch lesen und wären vielleicht nicht länger ein Ungläubiger.«
»Meinen Sie?« sagte Maan fröhlich.
»Aber gewiß. Sie nehmen mir doch nicht übel, was ich gesagt habe?«
Maan lächelte.
»Einer meiner besten Freunde ist ein Thakur. Er lebt in einem Dorf nicht weit von hier«, schwelgte Baba in Erinnerungen. »Im Sommer '47 – zur Zeit der

Teilung – versammelte sich auf der Straße nach Salimpur eine Menschenmenge, um wegen uns Moslems unser Dorf anzugreifen. Und auch Sagal. Ich habe meinem Freund eine dringende Botschaft geschickt, und er und seine Männer kamen mit Lathis und Gewehren. Zu dem Mob hat er gesagt, daß er erst mal mit ihnen fertig werden müsse. Das war eine gute Sache. Sonst wäre ich im Kampf gestorben, aber es wäre ein guter Tod gewesen.«

Maan schoß durch den Kopf, daß er zum Vertrauten von allen geworden war. »Rasheed hat gesagt, daß Sie der Schrecken des Tehsils waren«, sagte er.

Baba nickte heftig mit dem Kopf. Nachdrücklich sagte er: »Ich ging streng mit den Leuten ins Gericht. Ich habe ihn«, er deutete auf das Hausdach, »als er sieben Jahre alt war, nackt aus dem Haus und auf die Felder getrieben, weil er nicht lernen wollte.«

Maan versuchte sich vorzustellen, wie Rasheeds Vater als Kind gewesen war, mit einem Buch in der Hand anstelle eines Beutels mit Paan.

Aber Baba erzählte weiter. »Zu Zeiten der Engländer herrschte Ehrlichkeit. Die Regierung war stark. Wie kann man regieren, wenn man nicht stark ist? Wenn die Polizei jetzt einen Verbrecher verhaftet, sagen die Minister oder die Abgeordneten: ›Er ist mein Freund, laßt ihn frei!‹ Und sie tun es.«

»Das ist nicht richtig«, meinte Maan.

»Früher hat die Polizei kleine Bestechungsgelder angenommen, jetzt sind es große. Und der Tag wird kommen, an dem es Riesensummen sein werden. Es herrscht kein Respekt vor dem Gesetz. Die ganze Welt wird zerstört. Die Leute veranstalten einen Ausverkauf mit dem Land. Und jetzt versuchen sie auch noch, uns das Land wegzunehmen, das mit dem Schweiß und mit dem Blut unserer Vorväter verdient wurde. Mir wird niemand auch nur einen einzigen Bigha meines Landes wegnehmen, das sage ich Ihnen.«

»Aber wenn es das Gesetz so will?« sagte Maan und dachte an seinen Vater.

»Sie sind doch ein nüchtern denkender junger Mann«, sagte Baba. »Sie trinken nicht, Sie rauchen nicht, Sie befolgen die Gesetze und respektieren unsere Bräuche. Aber wenn es nun ein Gesetz gäbe, daß Sie dazu zwingen will, nicht in Richtung Mekka, sondern in Richtung Kalkutta zu beten, würden Sie sich daran halten?«

Maan schüttelte den Kopf und tat sein Bestes, angesichts dieser Alternativen nicht zu lächeln.

»Das ist das gleiche. Rasheed hat mir erzählt, daß Ihr Vater ein guter Freund des Nawab Sahib ist, der in diesem Distrikt sehr geschätzt wird. Was hält der Nawab Sahib von dem Versuch, ihm sein Land zu nehmen?«

»Er gefällt ihm nicht.« Maan hatte mittlerweile gelernt, das Offensichtliche so unumwunden wie möglich zu sagen.

»Ihnen würde er auch nicht gefallen. Ich sage Ihnen, die Dinge werden schlimmer und schlimmer. Alles beginnt zusammenzubrechen. Es gibt eine Familie niederer Herkunft in diesem Dorf, die ihre Mutter und ihren Vater aus dem Haus gejagt haben und sie verhungern lassen. Sie haben genug zum Essen, aber sie haben sie aus dem Haus geworfen. Wir sind ein unabhängiges Land – und jetzt wollen die Politiker den Zamindars den Garaus machen –, und das Land bricht zusammen. Wenn früher jemand so etwas getan hätte, gewagt hätte, seine Mutter zu einer Bettlerin zu machen – die Mutter, die ihn gestillt, gewaschen, gekleidet hat –, hätten wir ihn so lange geschlagen, bis er zur Vernunft gekommen wäre. Das war unsere Pflicht. Wenn wir jetzt jemanden verprügeln, werden wir sofort vor Gericht gezerrt, und man versucht, uns im Polizeirevier einzusperren.«

»Kann man nicht mit ihnen reden, sie überzeugen?«

Baba zuckte ungeduldig die Achseln. »Natürlich – aber einen schlechten Charakter überzeugt man besser mit dem Lathi als mit Erklärungen.«

»Sie müssen wirklich ein sehr strenger Zuchtmeister gewesen sein«, sagte Maan, dem die Züge, die er an seinem Vater unerträglich gefunden hätte, an Baba gefielen.

»O ja. Disziplin ist der Schlüssel. Man muß sich bei allem, was man tut, anstrengen. Sie zum Beispiel sollten lernen und Ihre Zeit nicht mit einem alten Mann wie mir verschwenden ... Wollte Ihr Vater, daß Sie hierherkommen?«

»Ja.«

»Warum?«

»Also, damit ich Urdu lerne – und ein paar Erfahrungen mit dem Landleben sammle«, improvisierte Maan.

»Gut, gut. Sagen Sie ihm, daß es ein guter Wahlkreis ist. Unter den Moslems hat er einen guten Ruf ... Um Urdu zu lernen? Ja, wir müssen unser Erbe bewahren ... Wissen Sie, Sie wären auch ein guter Politiker. Sie haben den Fußball mühelos zwischen den Torpfosten versenkt. Wenn Sie allerdings hier in die Politik einsteigen wollten, würde Netaji Sie vermutlich umbringen ... Gut, gut ... Machen Sie weiter, machen Sie weiter.«

Er stand auf und wollte zu seinem Haus gehen.

Maan schoß ein Gedanke durch den Kopf. »Sie wissen nicht zufällig, was ein Giggi ist, Baba?« fragte er.

Baba blieb stehen. »Ein Giggi?«

»Ja.«

»Nein, von so etwas habe ich noch nie gehört. Sind Sie sicher, daß Sie nicht falsch gelesen haben?« Er ging zurück und nahm Maans Übungsheft. »Ich habe meine Brille nicht dabei.«

»Nein, Meher will einen Giggi«, sagte Maan.

»Aber was ist das?«

»Da liegt das Problem. Sie ist aufgewacht und wollte einen Giggi von ihrem Großvater. Sie muß davon geträumt haben. Keiner weiß, was es ist.«

»Hm.« Baba überdachte die Krise. »Vielleicht sollte ich hineingehen und helfen.« Er wechselte die Richtung und ging auf das Haus seines Sohnes zu. »Ich bin der einzige, der sie wirklich versteht.«

10.21

Maans nächster Besucher war Netaji. Es war mittlerweile vollkommen dunkel. Netaji, der in geheimnisvollen Geschäften ein paar Tage fort gewesen war, wollte Maan zu vielen Dingen befragen: den UBB, das Anwesen des Nawab Sahib in Baitar, die Wolfsjagd und die Liebe. Als er sah, daß Maan mit seinem Urdu beschäftigt war, entschied er sich für das Thema Liebe. Schließlich hatte er Maan die Gasele von Mir geliehen.

»Darf ich mich setzen?« fragte er.

»Ja.« Maan sah auf. »Wie stehen die Geschäfte?«

»Oh, gut«, sagte Netaji. Er hatte Maan die Demütigung im Bahnhof schon fast völlig vergeben, weil er in der Zwischenzeit größere Demütigungen erlitten und Erfolge hatte einheimsen können und im großen und ganzen seine Pläne zur Eroberung der Welt Fortschritte machten.

»Darf ich Ihnen eine Frage stellen?« sagte Netaji.

»Ja, bis auf die eine, die Sie gerade gestellt haben.«

Netaji lächelte. »Sagen Sie, waren Sie jemals verliebt?«

Maan tat so, als wäre ihm die Frage unangenehm, um sie nicht beantworten zu müssen. »Was soll das für eine Frage sein?«

Netaji war zerknirscht. »Ich meine nur – das Leben in Brahmpur – in einer modernen Familie…«

»So denken Sie also von uns.«

Netaji machte einen Rückzieher. »Nein, nein, tue ich nicht – und warum sollte mir an Ihrer Antwort gelegen sein? Ich frage nur aus Neugier.«

»Wenn Sie so eine Frage stellen, dann müssen Sie bereit sein, sie auch selbst zu beantworten. Waren *Sie* jemals verliebt?«

Netaji war gerne bereit, die Frage zu beantworten. In letzter Zeit hatte er viel über dieses Thema nachgedacht. »Unsere Ehen werden alle arrangiert. Das war schon immer so. Wenn es nach mir ginge, liefe die Sache anders. Aber es ist nun mal so. Sonst hätte ich mich bestimmt verliebt. Aber jetzt würde es mich nur verwirren. Wie ist es mit Ihnen?«

»Dort kommt Rasheed. Sollen wir ihn fragen, ob er an unserer Diskussion teilnehmen will?«

Netaji verzog sich eilig. Er mußte seine nominelle Position als Rasheeds Onkel wahren. Als sich Rasheed näherte, warf er ihm einen merkwürdigen Blick zu und verschwand.

»Wer war das?« fragte Rasheed.

»Netaji. Er wollte mit mir über die Liebe reden.«

Rasheed gab einen Laut der Ungeduld von sich.

»Wo waren Sie?« fragte Maan.

»Im Laden des Bania. Ich habe mit ein paar Leuten gesprochen – um etwas von dem Schaden in Sagal wiedergutzumachen.«

»Was gibt es da wiedergutzumachen? Sie haben heftig reagiert. Ich habe Sie dafür bewundert. Aber aus irgendeinem Grund scheint Ihr Vater wütend auf Sie zu sein.«

»Es gibt eine Menge wiedergutzumachen. Die neueste Version lautet, ich wäre mit den guten Dorfältesten handgreiflich geworden und hätte behauptet, der Imam der Moschee in Sagal sei eine Inkarnation des Satans. Außerdem beabsichtige ich angeblich, eine Kommune auf dem Grundstück der Madrasa einzurichten – nachdem ich Sie dazu überredet habe, Ihren Vater zu überreden, sie irgendwie zu konfiszieren. Aber die Leute – zumindest in Debaria – scheinen den letzten Teil zu bezweifeln.« Rasheed lachte kurz auf. »Sie haben im Dorf einen guten Eindruck gemacht. Alle mögen Sie, das erstaunt mich.«

»Sieht aus, als ob Sie in Schwierigkeiten stecken«, sagte Maan.

»Vielleicht, vielleicht auch nicht. Wie kann man gegen Unwissenheit vorgehen? Die Leute wissen nichts und wollen nichts wissen.«

»Wissen Sie, was ein Giggi ist?«

»Nein.« Rasheed runzelte die Stirn.

»Dann stecken Sie in größeren Schwierigkeiten, als Sie sich vorstellen können.«

»Ja?« Einen Augenblick lang sah Rasheed wirklich besorgt aus. »Wie steht es mit Ihren Übungen?«

»Hervorragend. Ich arbeite daran, seit Sie weggingen.«

Kaum war Rasheed im Haus verschwunden, als der Briefträger auf seinem Nachhauseweg vorbeischaute und Maan einen Brief gab.

Er sprach ein paar Worte mit Maan; Maan antwortete, ohne zu wissen, was er sagte. Er war vollkommen benommen.

Der blaßgelbe Umschlag war so kühl und sanft wie das Mondlicht. Die Urduschrift war flüssig, sogar unbekümmert. Der Poststempel lautete: Pasand Bagh, P.O. Brahmpur. Sie hatte ihm schließlich doch geschrieben.

Er wurde ganz schwach vor Begierde, als er den Umschlag ins Licht der Laterne hielt. Er mußte zurück zu ihr – sofort – gleichgültig, was sein Vater – oder sonstjemand – sagen würde. Ob sein Exil offiziell beendet war oder nicht, spielte keine Rolle.

Als er wieder allein war, öffnete er den Umschlag. Der schwache Duft ihres Parfums vermischte sich mit der Nachtluft. Sofort sah er, daß seine kümmerlichen Urdukenntnisse nicht ausreichen würden, den Brief zu lesen – die nachlässige Handschrift, die beiläufig gesetzten diakritischen Zeichen, die Zusammenziehungen. Mit Mühe und Not erriet er die Anrede als ›Dagh Sahib‹ und schloß aus dem äußeren Erscheinungsbild, daß der Brief mit poetischen Zweizeilern durchsetzt war, aber weiter kam er nicht.

Wenn man in diesem Dorf nicht allein sein kann, dachte Maan frustriert, dann gibt es auch keine Privatsphäre. Würde er den Brief einfach offen liegen lassen und Rasheeds Vater oder Großvater kämen vorbei, dann würden sie ihn ohne böse Absicht nehmen und lesen. Aber um ihn auch nur teilweise zu verstehen, würde er sich Stunden damit befassen und versuchen müssen, eine Hieroglyphe nach der anderen zu entziffern und zusammenzusetzen.

Maan wollte nicht stundenlang darüber brüten. Er wollte sofort wissen, was ihm Saeeda Bai geschrieben hatte. Aber wen sollte er um Hilfe bitten? Rasheed? Nein. Netaji? Nein. Wer konnte als Dolmetscher fungieren?

Was schrieb sie ihm? Vor seinem geistigen Auge sah er ihre rechte Hand mit dem Brillantring sich von rechts nach links über die blaßgelbe Seite bewegen. Dabei hörte er eine absteigende Tonfolge auf dem Harmonium. Erschrocken stellte er fest, daß er sie nie beim Schreiben beobachtet hatte. Wenn ihre Hände sein Gesicht – oder die Tasten des Harmoniums – berührt hatten, gab es kaum etwas bewußt zu interpretieren. Aber hier hatten sich ihre Hände rasch und anmutig über die Seite bewegt, und er hatte keine Ahnung, was sie ihm mitteilen wollte: Liebe oder Gleichgültigkeit, Ernsthaftigkeit oder Verspieltheit, Freude oder Ärger, Begehren oder Stille.

10.22

Rasheed steckte tatsächlich in größeren Schwierigkeiten, als er sich vorstellen konnte, aber er erfuhr erst am nächsten Abend davon.

Als Maan ihn nach einer nahezu schlaflosen Nacht am Morgen um Hilfe mit Saeeda Bais Brief bat, starrte Rasheed den Umschlag einen Augenblick nachdenklich an – es schien ihm unbehaglich zumute (wahrscheinlich ist ihm die Bitte peinlich, dachte Maan) – und stimmte dann zu Maans großer Überraschung zu.

»Nach dem Abendessen«, sagte er.

Obwohl das Abendessen Monate entfernt schien, hatte Maan dankbar genickt.

Aber die Krise kam sofort nach dem Abendgebet zum Ausbruch. Rasheed wurde aufs Hausdach zitiert, wo sich fünf Männer versammelt hatten: sein Großvater, sein Vater, Netaji, der Bruder seiner Mutter, der an diesem Nachmittag ohne seinen Freund, den Guppi, gekommen war, und der Imam der Moschee.

Sie alle saßen auf einem großen Teppich in der Mitte des Dachs. Rasheed machte seine Adaabs.

»Setz dich, Rasheed«, sagte sein Vater. Die anderen erwiderten lediglich seinen Gruß.

Nur der Bär schien ihn wirklich willkommen zu heißen, obwohl er sehr nervös wirkte. »Trink ein Glas Saft, Rasheed«, sagte er nach einem Augenblick und reichte ihm ein Glas mit einer roten Flüssigkeit. »Es ist Rhododendron«, erklärte er. »Schmeckt ausgezeichnet. Als ich letzten Monat in den Bergen war ...« Er verstummte.

»Worum geht es?« fragte Rasheed und sah zuerst zum verlegenen Bären, dann zum Imam. Der Imam der Moschee von Debaria war ein guter Mann, das älteste Mitglied der zweiten Landbesitzerfamilie im Dorf. Normalerweise begrüßte er Rasheed freundlich, aber Rasheed war in den letzten beiden Tagen sein zurückhaltenderer Gruß aufgefallen. Vielleicht hatte der Vorfall von Sagal auch ihn aufgebracht – oder vielleicht hatten die wild wuchernden Gerüchte den einen Iman mit dem anderen vertauscht. Wie auch immer seine theologischen oder sozialen Fehler aussehen mochten, es war demütigend, vor diesem Tribunal Rede und Antwort stehen zu müssen. Und warum war der Bär dazu aus seinem Dorf herbeigerufen worden? Rasheed nippte an seinem Saft und sah die anderen an. Sein Vater blickte angewidert, sein Großvater streng. Netaji versuchte, umsichtig dreinzublicken, es gelang ihm jedoch nur, selbstgefällig auszusehen.

Es war Rasheeds Vater, der mit seiner rauhen Paan-Stimme als erster sprach. »Abdur Rasheed, wie konntest du es wagen, deine Stellung als mein Sohn und Mitglied dieser Familie zu mißbrauchen? Vor zwei Tagen kam der Patwari auf der Suche nach dir hier vorbei. Als er dich nicht antraf, hat er mit mir gesprochen, Allah sei Dank.«

Rasheed wurde kreideweiß.

Er brachte kein Wort heraus. Es war nur zu klar, was geschehen war. Der verdammte Patwari, der sehr genau wußte, daß Rasheed ihn aufsuchen wollte und nicht umgekehrt, hatte nach einer Ausrede gesucht, um direkt mit seinem Vater zu sprechen. Mißtrauisch und besorgt wegen Rasheeds Anweisungen und wohl wissend, woher das Ghee für seine Rotis kam, hatte er beschlossen, Rasheed zu umgehen, um sich die Angelegenheit bestätigen zu lassen. Zweifellos war er während des Nachmittagsgebets gekommen, weil er ziemlich sicher sein konnte, daß Rasheed dann in der Moschee wäre, sein Vater dagegen mit ebensolcher Sicherheit zu Hause.

Rasheed umklammerte sein Glas. Seine Lippen waren trocken. Er trank einen Schluck Saft. Das schien seinen Vater noch wütender zu machen. Er zeigte mit dem Finger auf Rasheeds Kopf.

»Sei nicht unverschämt. Antworte mir. Dein Haar sieht klüger aus als der Mulch, auf dem es wächst, aber – und merk dir das gut, Rasheed – du bist kein Kind mehr und kannst demzufolge auch keine Nachsicht mehr erwarten.«

Baba fügte hinzu: »Rasheed, das Land gehört nicht dir, du kannst es nicht einfach hergeben. Der Patwari hat Anweisung, deinen schändlichen Auftrag rückgängig zu machen. Wie konntest du so etwas tun? Ich vertraue dir seit deiner Kindheit. Du warst nie gehorsam, aber du warst auch nie ein Heimlichtuer.«

Rasheeds Vater sagte: »Falls du vorhast, noch mehr Schaden anzurichten, dann laß dir gesagt sein, daß das Land nicht mehr auf deinen Namen eingetragen ist. Und einem Gericht wird es schwerfallen zu beweisen, daß nicht stimmt, was in den Akten eines Patwari steht. Deine kommunistischen Pläne funktionieren hier nicht. Wir lassen uns nicht so leicht wie die neunmalklugen Studenten in Brahmpur von Theorien und Visionen einnehmen.«

In Rasheeds Augen funkelten Wut und Widerstandsgeist. »Ihr könnt mich nicht einfach so enteignen. Die Gesetze unserer Glaubensgemeinschaft sind eindeutig ...« Er wandte sich zum Imam und sah ihn flehend an.

»Wie ich sehe, hast du die Jahre deiner religiösen Studien gut genutzt«, sagte sein Vater bissig. »Nun, ich würde dir raten, Abdur Rasheed, da du dich auf die Erbgesetze berufst, bis zu dem heißersehnten Augenblick zu warten, an dem mein Vater und ich friedlich unter der Erde in der Nähe des Sees liegen, bevor du sie dir zunutze machst.«

Der Imam blickte entsetzt drein und beschloß einzugreifen. »Rasheed«, sagte er ruhig, »was hat dich dazu verleitet, hinter dem Rücken deiner Familie zu handeln? Du weißt, daß die Ordnung der Dinge davon abhängt, daß sich die anständigen Familien im Dorf richtig verhalten.«

Richtig verhalten! dachte Rasheed – was für ein Witz, was für ein heuchlerischer Witz. Zweifellos war es richtig, um die eigenen Interessen zu schützen, letztlich Leibeigene von dem Stückchen Land zu zerren, das sie seit Jahren bestellten. Es war klar, daß der Imam nur zum Teil in seiner Eigenschaft als spiritueller Ratgeber anwesend war.

Und der Bär? Was hatte er mit der Sache zu tun? Rasheed sah ihn an, bat ihn wortlos um Unterstützung. Gewiß würde der Bär seine Absichten verstehen und teilen. Aber der Bär hielt seinem Blick nicht stand.

Rasheeds Vater las seine Gedanken. Er entblößte die Überreste seiner Zähne und sagte: »Von deinem Mamu kannst du keine Hilfe mehr erwarten. Er wird dir kein Obdach mehr gewähren. Wir haben die Angelegenheit ausführlich besprochen – als Familie – als Familie, Abdur Rasheed. Darum ist er hier. Und er hat jedes Recht, bei dieser Sache dabei- und von deinem – deinem Verhalten entsetzt zu sein. Ein Teil unseres Landes wurde mit der Mitgift seiner Schwester gekauft. Glaubst du etwa, wir geben so einfach auf, wofür wir seit vielen Generationen gearbeitet, was wir entwickelt und kultiviert haben? Glaubst du, die verspäteten Regenfälle machen uns nicht schon genug Sorgen, daß du uns auch noch eine Heuschreckenplage wünschst? Wenn du ein Stück Land einem Chamar gibst ...«

Unten fing das Baby an zu schreien. Rasheeds Vater stand auf, beugte sich über die Brüstung und rief in den Hof: »Mehers Mutter! Kannst du dieses Kind von Rasheed nicht dazu bringen, mit seinem Geschrei aufzuhören? Können Männer nicht in Ruhe miteinander sprechen?«

Er drehte sich wieder um und sagte: »Vergiß nicht, Rasheed, unsere Geduld ist nicht endlos.«

Rasheed, zur Weißglut getrieben, konnte nicht länger an sich halten und sagte, ohne nachzudenken: »Und glaubst du etwa, meine ist es? Seitdem ich in dieses Dorf gekommen bin, ernte ich nur Hohn und Neid. Dieser notleidende alte Mann, der früher gut zu dir war, Abba, und den du jetzt nicht mehr kennen willst ...«

»Schweif nicht vom Thema ab«, sagte sein Vater scharf. »Sprich leise.«

»Ich schweife nicht ab – es sind seine bösen und habgierigen Brüder, die mir an der Moschee aufgelauert haben und diese elenden Gerüchte in die Welt setzen ...«

»Du hältst dich wohl für einen Helden.«

»Wenn es Gerechtigkeit gäbe, dann würde man sie in Ketten vor Gericht schleifen und für ihre Verbrechen büßen lassen.«

»Gerichte, du willst also die Gerichte in diese Sache hineinziehen, Abdur Rasheed ...«

»Ja, das will ich, wenn es keine andere Möglichkeit gibt. Und dann werden es eben auch die Gerichte sein, die euch entreißen werden, was ihr seit Generationen ...«

»Genug!« Babas Stimme war wie ein Peitschenschlag.

Aber Rasheed hörte ihn nicht. »Gerichte, Abba«, schrie er, »du beschwerst dich über Gerichte? Was ist das hier? Dieser Panchayat, diese inquisitorische Versammlung von fünf Männern, wo du dich sicher genug fühlst, um mich zu beleidigen ...«

»Genug!« sagte Baba. Nie zuvor hatte er die Stimme bei Rasheed ein zweites Mal erheben müssen.

Rasheed schwieg und senkte den Kopf.

Netaji sagte: »Rasheed, wir sind kein Gericht. Wir sind deine Älteren, die dir nur wohlwollen, die sich in der Abwesenheit von Fremden versammelt haben, um dir zu raten.«

Rasheed hielt sich im Zaum und erwiderte kein Wort. Unten schrie das Baby erneut.

Rasheed kam seinem Vater zuvor, stand auf und rief in den Hof hinunter: »Frau! Frau! Beruhige das Kind.«

»Hast du bei dieser Angelegenheit auch an sie gedacht?« fragte sein Vater und machte eine Kopfbewegung in Richtung Hof.

»Hast du an Kachheru gedacht?« fügte Baba grimmig hinzu.

»Kachheru?« sagte Rasheed. »Er weiß nichts davon, Baba. Er weiß überhaupt nichts davon. Er hat mich nicht darum gebeten.« Er schlug die Hände vors Gesicht. Ein unerträglicher Druck pulsierte in seinen Schläfen.

Baba seufzte, blickte über Rasheeds Kopf in Richtung Dorf und sagte: »Nun, diese Geschichte wird bekanntwerden. Das ist das Problem. Wir hier sind fünf. Sechs. Wir können alle versichern, kein Wort darüber verlauten zu lassen, aber es wird sich herumsprechen. Wir wissen von deinem Gast, deinem Freund, daß du ihn nicht mit hineingezogen hast, und das ist gut so ...«

»Maan?« sagte Rasheed ungläubig. »Ihr habt mit Maan gesprochen?«

»... aber da ist noch der Patwari, der bekanntmachen oder verschweigen wird, was immer ihm vorteilhaft erscheinen mag. Er ist gerissen.« Baba hielt inne, um über seine nächsten Worte nachzudenken. »Es wird sich herumsprechen, und viele Leute werden glauben, daß Kachheru dich dazu angestachelt hat. Wir müssen ein Exempel statuieren. Ich fürchte, du hast ihm das Leben nicht gerade leichter gemacht.«

»Baba...« begann Rasheed.
Aber sein Vater schnitt ihm wutschnaubend das Wort ab. »Daran hättest du vorher denken sollen. Was wäre ihm schlimmstenfalls schon passiert? Er wäre von Feld zu Feld gezogen. Unsere Familie hätte ihn weiterhin unterstützt, er hätte weiterhin unsere Ochsen und Gerätschaften benutzen können – du warst es, du warst es, der meinem alten Chamar Schaden zugefügt hat.«
Rasheed bedeckte das Gesicht mit den Händen.
Der Bär sagte: »Natürlich haben wir noch keine endgültige Entscheidung getroffen.«
»Nein«, stimmte ihm Baba zu.
Rasheed atmete heftig, sein Brustkasten hob und senkte sich.
Sein Vater sagte: »Diese Erfahrung wird dich hoffentlich lehren, dein eigenes Verhalten zu überprüfen, anstatt das anderer Leute zu kritisieren. Bislang haben wir von dir noch kein Wort der Entschuldigung gehört, kein Eingeständnis, falsch gehandelt zu haben. Glaub mir, wenn dein Mamu nicht wäre und der Imam Sahib, würden wir nicht so viel Nachsicht mit dir üben. Du darfst weiterhin hier leben, wann immer du willst. Mit der Zeit lassen wir vielleicht wieder Land auf deinen Namen eintragen, wenn du dich dessen würdig erweist. Aber verlaß dich darauf, wenn du unser Vertrauen mißbrauchst und die Tür zu diesem Haus zuschlägst, wird sie dir verschlossen bleiben. Ich habe keine Angst davor, einen Sohn zu verlieren. Ich habe bereits einen verloren. Geh jetzt. Kümmere dich um deine Frau und dein Kind – deine Kinder. Wir müssen über Kachheru sprechen.«
Rasheed sah sich im Kreis der Gesichter um. In einigen entdeckte er Mitgefühl, in keinem den Willen, ihn zu unterstützen.
Er stand auf, sagte leise: »Khuda haafiz« und ging die Treppe in den Hof hinunter. Einen Augenblick lang betrachtete er den Granatapfelbaum, dann betrat er das Haus. Das Baby und Meher schliefen. Seine Frau wirkte bedrückt. Er sagte zu ihr, daß er nicht zu Abend essen würde. Dann verließ er benommen das Haus.
Als Maan Rasheed herauskommen sah, lächelte er erleichtert. »Ich habe Leute reden hören und gedacht, Sie kämen nie mehr herunter«, sagte er. Er zog Saeeda Bais Brief aus der Tasche seiner Kurta.
Einen Augenblick lang überlegte Rasheed, ob er Maan sein Herz ausschütten, ihn sogar um Hilfe bitten sollte. Er war der Sohn des Mannes, dessen Gesetz für mehr Gerechtigkeit sorgen sollte. Aber dann wandte er sich abrupt ab.
»Aber der...« Maan wedelte mit dem Umschlag.
»Später, später«, sagte Rasheed teilnahmslos und ging in nördlicher Richtung davon.

ELFTER TEIL

11.1

Um Punkt zehn Uhr schritten die fünf weißbeturbanten, rotlivrierten, goldbetreßten Diener der Richter hinter dem dunkelroten Samtvorhang auf der rechten Seite des Gerichtssaales Nummer eins des Hohen Gerichtshofes von Brahmpur hervor. Alle Anwesenden erhoben sich. Die Diener blieben hinter der hohen Lehne des Stuhls ihres jeweiligen Richters stehen, und nachdem der Diener des Oberrichters – der dank der überkreuzten Keulen auf seiner Brust noch imposanter aussah als die anderen – genickt hatte, zogen sie die Stühle zurück, damit die Richter sich setzen konnten.

Alle Augen in dem überfüllten Gerichtssaal waren den Dienern gefolgt, als sie sich in einer Prozession auf die Richterbank zubewegten. Normale Fälle erforderten einen Richter, höchstens zwei, wichtigeren und komplexeren Fällen wurden eventuell drei Richter zugeordnet, aber fünf Richter ließen auf einen Fall von außergewöhnlicher Bedeutung schließen. Und hier standen die Herolde der fünf mit all ihren glanzvollen Insignien.

Und jetzt folgten die Richter, die in ihren schwarzen Roben einen niederschmetternden Gegensatz zu ihren Dienern darstellten. Sie trugen keine Perükken, und zwei von ihnen hatten einen etwas schlurfenden Gang. Sie betraten den Gerichtssaal ihrem Rang gemäß: der Oberrichter als erster, gefolgt von den beisitzenden Richtern, die er dem Fall zugeordnet hatte. Der Oberrichter, ein vertrockneter, fast kahlköpfiger Mann, blieb vor dem Stuhl in der Mitte stehen; zu seiner Rechten stand der nach ihm ranghöchste Richter, ein großer, gebeugter Mann, der ständig nervös die rechte Hand bewegte; zur Linken des Oberrichters stand der Richter, der in der Rangfolge an dritter Stelle kam, ein Engländer, der schon im ICS als Richter gedient hatte und nach der Unabhängigkeit im Land geblieben war. Er war der einzige Engländer unter den neun Richtern am Hohen Gerichtshof von Brahmpur. Zu beiden Seiten außen standen die rangniedrigsten der fünf Richter.

Der Oberrichter schaute nicht in den überfüllten Saal – auf die berühmten

Streitparteien, die bedeutenden Anwälte, das plappernde Publikum und die skeptischen, aber aufgeregten Journalisten. Er sah auf den Richtertisch vor sich – die Notizblöcke, die mit kleinen Spitzendeckchen bedeckten Gläser mit Wasser, die auf dem grünen Filzbelag standen. Dann blickte er vorsichtig nach rechts und links, als wollte er sich Klarheit über den Verkehr auf einer vielbefahrenen Straße verschaffen, und machte einen umsichtigen schlurfenden Schritt nach vorn auf den Tisch zu. Die anderen Richter folgten seinem Beispiel, und die Diener schoben die schweren Stühle unter das Sitzfleisch der Gerechtigkeit.

Auf den Nawab Sahib von Baitar machte die Grandezza der ganzen Sache einen positiven Eindruck. Er erinnerte sich an die beiden anderen Male, als er im Hohen Gerichtshof gewesen war. Einmal als Kläger, als seine Anwesenheit unerläßlich war. Der Fall – eine Eigentumsangelegenheit – war vor einem einzigen Richter verhandelt worden. Das andere Mal hatte er seinem Sohn Firoz zusehen wollen, der an einem bestimmten Nachmittag in einer Kammer des Hohen Gerichts auftreten sollte. Kurz vor Verhandlungsbeginn hatte der Nawab Sahib den ziemlich leeren Gerichtssaal allein betreten und sich direkt hinter Firoz gesetzt, so daß dieser ihn nicht sehen konnte, es sei denn, er würde sich ganz umdrehen. Er wollte ihn durch seine Anwesenheit nicht nervös machen, und Firoz hatte damals nicht einmal geahnt, daß sein Vater hinter ihm saß. Er hatte gut argumentiert, und der Nawab Sahib war zufrieden gewesen.

Heute allerdings wußte Firoz selbstverständlich, daß sein Vater hinter ihm saß, denn die verfassungsrechtliche Gültigkeit des Zamindari Abolition Act wurde vor dem Richterkollegium angefochten. Wenn das Gericht die Verfassungsmäßigkeit des Gesetzes bestätigte, dann war es auch gültig. Wenn nicht, dann war es so, als hätte es nie existiert.

Zwei Dutzend Nebenklagen sollten gemeinsam mit der Hauptklage verhandelt werden; letztlich ging es mit kleinen Unterschieden immer um das gleiche. Die Kläger waren religiöse Stiftungen, Großgrundbesitzer, denen ihr Land direkt von der Krone gewährt worden war, und ehemalige Fürsten – wie der Radscha von Marh –, die glaubten, daß ihre Rechte von bestimmten Klauseln der Verfassung geschützt wurden, auch wenn kleinere Fische ins Netz gehen würden. Firoz trat als Rechtsbeistand für zwei dieser Nebenkläger auf.

»So Eure Lordschaften keine Einwände haben ...«

Der Nawab Sahib wandte seine Aufmerksamkeit – die abgeschweift war, während der Gerichtsdiener die Nummer des Falles, die Nummern der Haupt- und Nebenklagen, die Namen der Kläger und die Namen ihrer Rechtsvertreter vorgelesen hatte – sofort wieder dem Geschehen im Saal zu. Der große G. N. Bannerji stand vor dem Tisch in der ersten Reihe gleich neben dem Mittelgang. Er stützte seine hohe, vom Alter gezeichnete Gestalt auf ein Lesepult auf dem Tisch – auf dem sowohl sein Schriftsatz als auch ein kleines stoffgebundenes rotes Notizbuch lagen –, wiederholte die einleitenden Worte und sprach dann wohlüberlegt weiter, wobei er von Zeit zu Zeit zur Richterbank, insbesondere zum Oberrichter blickte.

»So Eure Lordschaften keine Einwände haben, trete ich in diesem Fall für alle Kläger auf. Unnötig darauf hinzuweisen, daß sich Eure Lordschaften über die Tragweite dieses Falles im klaren sind. Wahrscheinlich wurde in diesem Gericht noch kein Fall verhandelt, der von ähnlicher Bedeutung für die Menschen dieses Bundesstaates war, weder unter dem Emblem des Ashoka-Löwen noch unter dem des Löwen und des Einhorns.« An dieser Stelle blickte G. N. Bannerji auf die linke Hälfte der Richterbank. »My Lords, der gesamte Lebensstil dieses Bundesstaates soll nach dem Willen der Regierung durch ein Gesetz verändert werden, das sowohl ausdrücklich als auch implizit im Widerspruch zur Verfassung des Landes steht. Das Gesetz, das auf so auffällige und unterschiedslose Art und Weise das Leben der Bürger von Purva Pradesh verändern soll, ist der Purva Pradesh Zamindari Abolition and Land Reform Act von 1951, und es ist meine Überzeugung und die Überzeugung meiner Kollegen, daß dieses Gesetz, abgesehen davon, daß es dem Volk zweifelsohne zum Schaden gereichen wird, verfassungswidrig und daher null und nichtig ist. Null und nichtig.«

Der Generalstaatsanwalt von Purva Pradesh, der kleine, rundliche Mr. Shastri, lächelte unbekümmert vor sich hin. Er war schon früher gegen G. N. Bannerji angetreten. Bannerji wiederholte gern wichtige Sätze am Anfang und Ende eines jeden Redeabschnitts. Im Gegensatz zu seiner gebieterischen äußeren Erscheinung hatte er eine ziemlich hohe Stimme – sie war nicht unangenehm anzuhören, klang eher silbern als blechern –, und diese Wiederholungen waren wie kleine silberne Nägel, auf die er zweimal einschlug, damit sie auch ja steckenblieben. Vielleicht war das nur eine verbale Eigenart und nicht etwas, was er bewußt einsetzte. Aber G. N. Bannerji glaubte fest an die Wirksamkeit von Wiederholungen im allgemeinen. Er machte sich die Mühe, seine Thesen auf drei, vier verschiedene Arten zu formulieren und sie dann an verschiedenen Stellen seiner Argumentation einzuflechten, um sicherzugehen, daß seine Saat aufging, ohne die Intelligenz der Richter zu beleidigen, auch wenn manche dieser Samenkörner auf steinigen Boden fielen. »Es ist gut und schön«, belehrte er seine jüngeren Mitstreiter, zu denen in diesem Fall auch sein bebrillter Sohn und Enkelsohn zählten, »es ist gut und schön, etwas einmal festzustellen, damit wir es wissen und damit es die Gegenseite weiß. Wir beschäftigen uns seit Wochen mit diesem Fall. Shastri und ich sind von anderen gut unterrichtet worden. Aber was die Richterbank angeht, müssen wir uns an die oberste Regel der Verteidigung halten: wiederholen, wiederholen und noch einmal wiederholen. Es wäre ein großer Fehler, die Fallkenntnisse der Richter zu überschätzen, auch wenn sie die Schriftsätze beider Parteien gelesen haben. Und es mag auch ein Fehler sein, anzunehmen, sie würden die Gesetze in allen Details kennen. Die Verfassung ist schließlich gerade erst ein Jahr alt – und in diesem Fall hat zumindest ein Richter wahrscheinlich nicht einmal eine Ahnung, was eine Verfassung überhaupt ist.«

G. N. Bannerji meinte damit (und drückte es für seine Verhältnisse nicht einmal unhöflich aus) den rangniedersten der Richter, die mit diesem Fall befaßt waren, Richter Maheshwari, der über die Distriktsgerichtsbarkeit aufgestiegen war und – leider – seinen Mangel an verfassungsrechtlicher Erfahrung nicht mit überragender Intelligenz ausgleichen konnte. G. N. Bannerji ertrug Dummköpfe nur widerwillig, und in seinen Augen war Richter Maheshwari, der fünfundfünfzig und damit fünfzehn Jahre jünger war als er selbst, ein Dummkopf.

Firoz war bei der Konferenz der Anwälte der Zamindars im Hotelzimmer von G. N. Bannerji, als er diese Bemerkung machte, anwesend und hatte sie seinem Vater weitererzählt. Der Nawab Sahib war daraufhin nicht optimistischer geworden, was den Ausgang des Prozesses anbelangte. Er empfand ähnlich wie sein Freund der Finanzminister auf der gegnerischen Seite: Die Furcht vor einer Niederlage überwog die Hoffnung auf einen Sieg. Von diesem Fall hing so viel ab, daß Angst das beherrschende Gefühl auf beiden Seiten war. Die einzigen, die einigermaßen unbekümmert wirkten, waren – abgesehen vom Radscha von Marh, der nicht an einen Angriff auf sein unangreifbares Land glauben konnte – die Anwälte auf beiden Seiten.

»Sechstens, My Lords«, fuhr G. N. Bannerji fort, »kann man nicht behaupten, daß der Zamindari Abolition Act im strengen, oder sollte ich sagen: im eigentlichen Sinn des Wortes dem Allgemeinwohl dient. Das jedoch, My Lords, wird eindeutig von allen Gesetzen gefordert, die die Enteignung privaten Eigentums nach Artikel 31 Absatz 2 der Verfassung zum Inhalt haben. Ich werde auf dieses Argument zum angemessenen Zeitpunkt zurückkommen, nachdem ich die weiteren Gründe dargelegt habe, warum das angefochtene Gesetz verfassungswidrig ist.«

G. N. Bannerji trank einen Schluck Wasser und fuhr fort, seine Einwände gegen das Gesetz darzulegen, ohne sie jedoch in diesem Stadium detailliert zu begründen. Der Zamindari Act sei unannehmbar, weil er eine lächerliche Entschädigung vorsehe und deswegen ›ein Betrug an der Verfassung‹ sei; weil bei der vorgesehenen Entschädigung zudem zwischen großen und kleinen Grundbesitzern unterschieden und deswegen gegen Artikel 14 verstoßen würde, der den ›Grundsatz der Gleichheit vor dem Gesetz‹ festschrieb; weil er Artikel 19 (1) (f) widerspreche, in dem stand, daß jeder Bürger das Recht habe, ›Eigentum zu erwerben, zu besitzen und zu veräußern‹; weil die Legislative gesetzwidrig ihre Befugnisse an eine andere Behörde delegiert habe, indem sie die Entscheidung über die Durchführung der Enteignung von Grundbesitz dem Ermessen untergeordneter Verwaltungsbeamter überlasse und so weiter und so fort. Nachdem er über eine Stunde wie ein Falke, der in der Luft seine Kreise zieht, die Reichweite des Falls abgesteckt hatte, stieß G. N. Bannerji auf die diversen Schwächen des Gesetzes herab und attackierte sie – selbstverständlich wiederholt – eine nach der anderen.

11.2

Kaum hatte er damit angefangen, als ihn der englische Richter unterbrach. »Haben Sie einen bestimmten Grund, Mr. Bannerji, warum Sie als erstes das Argument behandeln, daß die Legislative Befugnisse delegiert?«

»My Lord?«

»Nun, Sie behaupten, daß das in Frage stehende Gesetz gewissen Bestimmungen der Verfassung widerspreche. Warum nehmen Sie diese unmittelbaren Widersprüche nicht als erstes in Angriff? Die Verfassung gestattet die Delegierung von Befugnissen. Die Befugnisse der Legislative sind in ihrem Bereich unbeschränkt. Sie kann sie delegieren, an wen immer sie will, solange sie dabei nicht gegen die Verfassung als solche verstößt.«

»My Lord, gestatten Sie, daß ich auf meine Weise argumentiere...«

Richter traten mit Sechzig in den Ruhestand, und auf der Richterbank saß niemand, der nicht mindestens zehn Jahre jünger war als G. N. Bannerji.

»Ja, ja, Mr. Bannerji. Selbstverständlich.« Der Richter fuhr sich über die Stirn. Im Gerichtssaal war es entsetzlich heiß.

»Und ich behaupte – genau das ist meine Behauptung, My Lord –, daß die Legislative von Purva Pradesh, indem sie Befugnisse an die Exekutive delegiert, ihre eigenen Machtbefugnisse beschränkt, und das verstößt eindeutig sowohl gegen die Bestimmungen der Verfassung als auch gegen unsere Statuten und verfassungsrechtlichen Entscheidungen, wie wir sie aus mehreren Fällen kennen, der jüngste davon der Fall Jatindra Nath Gupta. In diesem Fall wurde entschieden, daß die Legislative ihre gesetzgeberischen Funktionen nicht an andere Körperschaften oder Behörden delegieren kann, und diese Entscheidung ist verbindlich für uns, weil das Bundesgericht sie gefällt hat, die letzte Instanz vor dem Obersten Gerichtshof.«

Der Oberrichter schaltete sich ein. »Mr. Bannerji, war das Stimmenverhältnis bei dieser Entscheidung nicht drei Richter gegen zwei?«

»Nichtsdestoweniger, My Lord, wurde das Urteil gefällt. Letztlich ist es nicht ausgeschlossen, daß auch diese Richterbank ein Urteil mit einem derartigen Stimmenverhältnis fällen wird – obwohl, da bin ich sicher, weder ich noch mein verehrter Herr Kollege von der gegnerischen Partei uns über diese Möglichkeit freuen würden.«

»Ja. Fahren Sie fort, Mr. Bannerji«, sagte der Oberrichter stirnrunzelnd. So eine Entscheidung war auch für ihn das letzte, was er sich wünschte.

Ein bißchen später griff er wieder ein. »Aber ›Die Königin gegen Burah‹, Mr. Bannerji? Oder ›Hodge gegen Die Königin‹?«

»Auf diese Fälle wollte ich noch kommen, My Lord, auf meine etwas langsame Art.«

So etwas wie ein Lächeln huschte über das Gesicht des Oberrichters; er schwieg.

Eine halbe Stunde später war G. N. Bannerji wieder voll in Fahrt. »Aber unsere Verfassung ist wie die amerikanische – und im Gegensatz zur britischen – eine schriftlich niedergelegte Verfassung, in der der Wille des Volkes zum Ausdruck kommt. Und weil die Gewaltenteilung in diesen beiden Verfassungen auf die gleiche Weise zwischen Legislative, Exekutive und Judikative festgelegt ist, My Lords, müssen uns die Entscheidungen des Obersten Gerichtshofes der Vereinigten Staaten von Amerika als Richtschnur und Auslegungshilfe dienen.«

»*Müssen*, Mr. Bannerji?« fragte der englische Richter.

»Sollten, My Lord.«

»Sie wollen damit doch nicht andeuten, daß diese Urteile für uns verbindlich sind? Diese Frage verlangt eine eindeutige Antwort.«

»Das – und Euer Lordschaft wissen das zweifellos, wie ich aus Eurer Fragestellung schließe – wäre eine tollkühne Behauptung. Aber jede Frage hat zwei Seiten. Was ich meinte, war, daß die amerikanischen Präzedenzfälle und Auslegungen, obwohl sie im strikten Sinn keine Verbindlichkeit für uns besitzen, unser einziger sicherer Wegweiser durch für uns vergleichsweise unerforschtes Neuland sind. Und die amerikanische Entscheidung, die die Delegierung von Befugnissen durch die drei staatlichen Gewalten verbietet, sollte auch die von uns anzulegende Meßlatte sein.«

»Hm.« Seine Lordschaft klang nicht überzeugt, aber der Argumentation auch nicht vollkommen unzugänglich.

»Die Gründe, warum Befugnisse nicht delegiert werden sollten, werden von Cooley prägnant dargelegt in *Constitutional Limitations*, Band I, Seite 224.«

Der Oberrichter schaltete sich wieder ein. »Einen Augenblick, Mr. Bannerji. Das Buch liegt uns hier auf der Richterbank nicht vor, und wir würden gerne mitlesen. Dafür müssen Sie Verständnis haben, wenn Sie, um Argumente zu finden, den Atlantik überqueren.«

»Vermutlich meinen Euer Lordschaft den Pazifik.«

Lachen auf der Richterbank und im Saal.

»Vielleicht meine ich beide. Wie Sie bemerkt haben, Mr. Bannerji, hat jede Frage zwei Seiten.«

»My Lord, ich habe von den fraglichen Seiten Kopien anfertigen lassen.«

Aber der Gerichtsdiener nahm das Buch prompt von seinem Tisch unterhalb der Richterbank. Es war nur ein einziges Exemplar davon vorhanden und nicht fünf wie von den indischen und englischen Gesetzestexten und Kommentaren.

Der Oberrichter sagte: »Mr. Bannerji, was mich angeht, so halte ich lieber ein richtiges Buch in der Hand. Hoffentlich haben wir die gleiche Ausgabe. Seite 224. Ja, es sieht so aus. Meine Kollegen mögen sich der Kopien bedienen, die Sie mitgebracht haben.«

»Wie es Euer Lordschaft belieben. Nun, My Lords, Cooley schreibt folgendes zu der Frage:

Wem die höchste Staatsgewalt das Recht erteilt hat, bei dem muß es auch bleiben; und einzig das von der Verfassung vorgesehene Organ darf Gesetze erlassen, bis die Verfassung selbst geändert wird.

Die Gewalt, deren Urteilsvermögen, Weisheit und Vaterlandsliebe dieses unschätzbare Recht anvertraut wurde, kann sich dieser Verantwortung nicht entledigen, indem sie ihre Befugnisse an andere Organe delegiert, noch darf sie Urteilsvermögen, Weisheit und Vaterlandsliebe einer anderen Körperschaft anstelle der eigenen setzen, denen allein das Volk sein unumschränktes Vertrauen schenkt.

Es ist dieses unumschränkte Vertrauen, dieses unumschränkte Vertrauen, My Lords, das die Legislative von Purva Pradesh im Fall des Zamindari Abolition Act an die Exekutive delegiert hat. Der Tag, an dem er in Kraft tritt, die Reihenfolge der Enteignung der Zamindars, die Laufzeit der Anleihen, die als Entschädigung ausgegeben werden sollen, das Verhältnis von Bargeld und Anleihen: Diese und viele andere Entscheidungen, die nicht nur Details betreffen, sondern auch ganz wesentliche Punkte, sollen – höchstwahrscheinlich willkürlich nach eigenem Gutdünken, womöglich mit unrechten Absichten – in vielen Fällen sehr unerfahrene Verwaltungsbeamte treffen. My Lords, hier wird nicht die Ergänzung einzelner Details delegiert, sondern die gesamte staatliche Gesetzgebungsbefugnis, und das Gesetz ist allein schon aufgrund dieser Tatsache ungültig.«

Mr. Shastri, der kleine, gutgelaunte Generalstaatsanwalt, stand lächelnd auf. Sein ehemals steifer weißer Kragen war schweißgetränkt und schlaff. »Ich bitte Eure Lordschaften. Ich habe eine kleine Kor-rek-tur an den Aus-füh-run-gen meines verehrten Herrn Kollegen anzubringen. Gesetz tritt au-to-ma-tisch an dem Tag in Kraft, an dem der Prä-si-dent es unterschreibt. Gesetz ist dann ab sofort gültig.« Zum erstenmal hatte er das Wort ergriffen, und er tat es auf undramatische, freundliche Weise. Mr. Shastris Englisch war nicht elegant (zum Beispiel sprach er ›Carte blanche‹ wie ›Ka-tie bi-lan-schie‹ aus), und er hielt auch keine mitreißenden Plädoyers. Aber er argumentierte hervorragend, wenn auch meist von fundamentalen Rechtsgrundsätzen ausgehend (oder, wie seine respektlosen Kollegen sagen würden, von fun-da-men-ta-len Rechts-grund-sätzen), und es gab nur wenige Anwälte in Purva Pradesh, vielleicht in ganz Indien, die es mit ihm aufnehmen konnten.

»Ich danke meinem verehrten Herrn Kollegen für diese Klarstellung«, sagte G. N. Bannerji und stützte sich wieder auf sein Lesepult. »Allerdings, My Lords, habe ich mich nicht so sehr auf das Datum des Inkrafttretens des Gesetzes bezogen, das, wie mein verehrter Herr Kollege ausgeführt hat, mit der Unterschrift des Präsidenten zusammenfällt, als vielmehr auf den Zeitraum seiner Anwendung, das heißt, zu welchem Zeitpunkt die Grundbesitzer enteignet werden.«

»Gewiß erwarten Sie nicht, Mr. Bannerji«, sagte der große Richter rechts neben dem Oberrichter, »daß die Regierung alle Großgrundbesitzer gleichzeitig enteignet? Das wäre verwaltungstechnisch nicht durchführbar.«

»My Lord«, sagte Mr. Bannerji, »das ist keine Frage der Gleichzeitigkeit, sondern der Gerechtigkeit. Das macht mir Sorgen, My Lord. Richtlinien hätten innerhalb weniger Tage ausgearbeitet werden können – zum Beispiel auf Grundlage des Einkommens oder nach geographischen Gesichtspunkten. Das Gesetz läßt der Verwaltung jedoch vollkommen freie Hand. Wenn zum Beispiel ein Beamter morgen beschließt, daß er einen bestimmten Großgrundbesitzer, sagen wir den Radscha von Marh, nicht mag, weil er sich lautstark gegen die Politik oder die Interessen der Regierung geäußert hat, dann setzt ihn das angefochtene Gesetz in die Lage, die sofortige Enteignung seines Grundbesitzes in Purva Pradesh zu veranlassen. Und damit ist der Tyrannei Tür und Tor geöffnet, My Lords, nichts weniger als der Tyrannei ist damit Tür und Tor geöffnet.«

Der Radscha von Marh, der wegen der Hitze und seiner Trägheit eingenickt war und sich dabei auf seinem Stuhl immer weiter nach vorn geneigt hatte, erwachte wieder zum Leben, als er seinen Namen hörte. Ein paar Augenblicke lang war er verwirrt und wußte nach seinen fleischlichen Träumen nicht, wo er war.

Er zog an der Robe eines Anwalts, der vor ihm saß. »Was hat er gesagt? Was hat er über mich gesagt?« wollte er wissen.

Der Anwalt drehte sich um, erhob eine Hand, um ihn zu beruhigen, und erklärte ihm die Sache flüsternd. Der Radscha von Marh starrte ihn ausdrucks- und verständnislos an, und als er begriff, daß seine Interessen nicht verletzt worden waren, überließ er sich erneut seiner Schläfrigkeit.

So ging die Verhandlung weiter. Die Außenseiter, die in Erwartung eines größeren oder kleineren Dramas gekommen waren, wurden schwer enttäuscht. Auch einigen Klägern war ein Rätsel, was da vor sich ging. Sie wußten nicht, daß Bannerji fünf Tage lang für ihre Sache argumentieren würde, daß daraufhin Shastri fünf Tage lang den Standpunkt des Bundeslandes vertreten und Bannerji diesen schließlich noch einmal zwei Tage lang zurückweisen würde. Sie hatten Scharmützel und Feuerwerke erwartet, Schlachtenlärm. Statt dessen bekamen sie ein weltumfassendes, aber einschläferndes Frikassee aus ›Hodge gegen Die Königin‹, ›Jatindra Nath Gupta gegen die Provinz Bihar‹ und ›Schechter Geflügel Corp. gegen Die Vereinigten Staaten von Amerika‹ vorgesetzt.

Aber die Anwälte – besonders diejenigen, die ganz hinten im Saal saßen und nichts mit dem Fall zu tun hatten – genossen jede Minute. In ihren Ohren klang es tatsächlich wie Schlachtenlärm. Sie wußten, daß G. N. Bannerjis verfassungsrechtliche Argumentation – im Gegensatz zu der Tradition der britischen und demgemäß auch indischen Beweisführung, sich auf Gesetze und Präzedenzfälle zu beziehen – zunehmend an Bedeutung gewonnen hatte, seit im Jahr 1935 der Government of India Act den Rahmen für die indische Verfassung gesetzt hatte, die fünfzehn Jahre später verabschiedet worden war. Aber nie zuvor war ein Fall so umfassend und ausführlich vertreten worden – und noch dazu von einem so angesehenen Anwalt.

Als die Verhandlung um ein Uhr für die Mittagspause unterbrochen wurde, eilten diese Anwälte mit wehenden Roben, die wie Fledermausflügel flatterten, hinaus und mischten sich unter die Anwälte, die aus anderen Gerichtssälen kamen. Sie strebten in den Gebäudeteil, in dem sich die Räume der Anwaltsvereinigung befanden, und suchten dort die in der Hitze entsetzlich stinkende Toilette auf. Dann schlenderten sie grüppchenweise in ihre Zimmer oder in die Bibliothek der Anwaltsvereinigung, in die Cafeteria oder in die Kantine, wo sie erregt den Fall und die manierierten Wendungen des berühmten alten Anwalts diskutierten.

11.3

Nachdem die Verhandlung unterbrochen worden war, ging der Nawab Sahib hinüber zu Mahesh Kapoor. Da dieser ebensowenig wie er selbst die Sitzung am Nachmittag weiterverfolgen wollte, lud der Nawab Sahib ihn zum Mittagessen nach Baitar House ein, und Mahesh Kapoor nahm an. Auch Firoz gesellte sich kurz zu ihnen, um mit dem Freund seines Vaters – oder dem Vater seines Freundes – zu sprechen, bevor er zu seinen Gesetzestexten zurückkehrte. Das war der bislang wichtigste Fall seines Lebens, und er arbeitete Tag und Nacht an dem kleinen Teil, den er vielleicht vertreten oder zumindest für einen ranghöheren Anwalt würde vorbereiten müssen.

Der Nawab Sahib sah ihn stolz und voller Zuneigung an und teilte ihm mit, daß er sich den Nachmittag frei nehmen würde.

»Aber, Abba, G. N. Bannerji wird heute noch mit seiner Beweisführung gemäß Artikel 14 beginnen.«

»Bitte, erklär mir noch mal ...«

Firoz lächelte seinen Vater an, verzichtete jedoch darauf, Artikel 14 zu erklären. »Wirst du morgen kommen?«

»Ja, ja, vielleicht. Auf jeden Fall werde ich hiersein, wenn du dran bist.« Der Nawab Sahib blickte amüsiert drein und strich sich über den Bart.

»Das betrifft auch dich, Abba – von der Krone urkundlich übertragenes Land.«

»Ja.« Der Nawab Sahib seufzte. »Ich und der Mann, der es mir wegnehmen will, sind von so viel forensischer Brillanz ganz erschöpft, und wir werden jetzt zusammen zu Mittag essen. Aber sag mal, Firoz, warum macht das Gericht um diese Jahreszeit nicht Ferien? Die Hitze ist schrecklich. Macht das Hohe Gericht in Patna nicht im Mai und im Juni Ferien?«

»Vermutlich haben wir das Modell von Kalkutta übernommen. Aber genau weiß ich es nicht. Abba, ich muß zurück.«

Die beiden alten Freunde schlenderten hinaus in den Korridor, wo sie die

Hitze mit voller Wucht traf, und von dort zum Wagen des Nawab Sahib. Mahesh Kapoor gab seinem Fahrer die Anweisung, ihnen nach Baitar House zu folgen. Auf der Fahrt vermieden beide geflissentlich, über den Fall oder seine Folgen zu reden, was in gewisser Weise schade war, denn es wäre interessant gewesen zu erfahren, was sie gesagt hätten.

Mahesh Kapoor sagte immerhin: »Sag mir, wenn Firoz an der Reihe ist. Ich werde kommen und ihn mir anhören.«

»Das werde ich. Das ist sehr freundlich von dir.« Der Nawab Sahib lächelte.

Daß sein Freund seine Bemerkung nicht als ironisch auffaßte, stellte er erleichtert fest, als Mahesh Kapoor sagte: »Er ist wie ein Neffe für mich.« Nach einer Pause fügte er hinzu: »Aber arbeitet er in diesem Fall nicht Karlekar zu?«

»Ja, aber sein Bruder ist schwer krank, und vielleicht muß er nach Bombay zurück. In dem Fall würde Firoz für ihn einspringen müssen.«

»Aha.«

Als sie nach einer Weile vor Baitar House ausstiegen, fragte der Nawab Sahib: »Was gibt es Neues von Maan? Wir wollen in der Bibliothek essen, dort werden wir nicht gestört.«

Mahesh Kapoors Miene verdüsterte sich. »Wie ich ihn kenne, ist er noch immer in diese elende Frau vernarrt. Ich wünschte, ich hätte sie nie gebeten, an Holi in Prem Nivas zu singen. An diesem Abend hat es angefangen.«

Der Nawab Sahib schwieg, aber er schien plötzlich angespannt.

»Hab auch ein Auge auf deinen Sohn«, sagte Mahesh Kapoor und lachte kurz. »Ich meine Firoz.«

Der Nawab Sahib sah seinen Freund an, sagte jedoch nichts. Er war bleich geworden.

»Geht's dir nicht gut?«

»Doch, doch, Kapoor Sahib, mir geht's gut. Wie meinst du das mit Firoz?«

»Ich habe gehört, daß er auch dorthin geht. Wenn es eine kurze Affäre ist, ist das nicht weiter schlimm, aber wenn es zur Obsession wird ...«

»Nein!« In der Stimme des Nawab Sahib schwang ein so heftiger und unerklärlicher Schmerz mit, daß Mahesh Kapoor erschrak. Er wußte, daß sein Freund religiös geworden war, aber daß er so puritanisch reagieren würde, damit hatte er nicht gerechnet.

Er wechselte sofort das Thema und sprach über zwei neue Gesetzesvorlagen, über die bevorstehende Festlegung der Wahlkreise im ganzen Land, über den nicht enden wollenden Ärger in der Kongreßpartei – auf Landesebene zwischen ihm und Agarwal und auf Bundesebene zwischen Nehru und dem rechten Flügel.

»Sogar ich, ja sogar ich denke manchmal, daß ich in dieser Partei nicht länger zu Hause bin«, sagte der Finanzminister. »Ein alter Lehrer – ein Freiheitskämpfer – kam neulich zu mir und hat ein paar Dinge gesagt, die mir zu denken geben. Vielleicht sollte ich aus dem Kongreß austreten. Wenn man Nehru davon überzeugen könnte, die Partei zu verlassen und sich den Wahlen mit seinen eigenen

Ideen und mit einer neuen Partei zu stellen, dann würde er, glaube ich, gewinnen. Ich und viele andere würden seinem Beispiel folgen.«

Aber auch auf dieses erstaunliche, folgenschwere Geständnis reagierte der Nawab Sahib nicht. Während des Essens war er ebenfalls zerstreut. Er schien nicht nur Schwierigkeiten zu haben, das Gespräch in Gang zu halten, sondern er aß auch kaum einen Bissen.

11.4

Zwei Abende später versammelten sich alle Anwälte der Zamindars und ein paar Mandanten in G. N. Bannerjis Hotelzimmer. Jeden Abend zwischen sechs und acht Uhr hielt er diese Konferenzen ab, um sich auf die Beweisführung des nächsten Tages vorzubereiten. An diesem Tag hatte das Treffen ein zweifaches Ziel. Erstens sollten ihm die anderen Anwälte dabei behilflich sein, die Verhandlung für den nächsten Vormittag vorzubereiten, wenn er seine Beweisführung abschließen würde. Zweitens war er gebeten worden, ihnen bei der Vorbereitung ihrer Auftritte am nächsten Nachmittag zu helfen, wenn die Nebenklagen vor Gericht erörtert würden. G. N. Bannerji kam diesem Wunsch gerne nach, aber noch erpichter war er darauf, sie um Punkt acht Uhr gehen zu sehen, damit er den Abend auf die übliche Art verbringen konnte, nämlich mit der Person, über die seine Kollegen als über sein ›Herzblatt‹ klatschten: eine Mrs. Chakravarti, die er in großem Stil (und auf Kosten seiner Mandanten) in einem Salonwagen der Eisenbahn auf einem Abstellgleis des Bahnhofs von Brahmpur untergebracht hatte.

Alle trafen pünktlich um sechs ein. Die Anwälte aus Brahmpur brachten die Gesetzbücher mit, ein Kellner sorgte für Tee. G. N. Bannerji beschwerte sich über die Ventilatoren im Hotel und über den Tee. Er freute sich schon auf den Scotch, den er später trinken würde.

»Sir, ich wollte Ihnen meine Bewunderung dafür ausdrücken, wie gut Sie heute nachmittag mit dem Allgemeinwohl argumentiert haben«, sagte ein erfahrener Anwalt.

Der große G. N. Bannerji lächelte. »Ja, haben Sie gesehen, wie gut dem Oberrichter der Zusammenhang zwischen Allgemeinwohl und Gemeinnutz gefallen hat?«

»Richter Maheshwari schien nicht gerade begeistert.« Das konnte nicht unwidersprochen hingenommen werden.

»Maheshwari!« Das rangniederste Mitglied der Richterbank war mit einem Wort abgetan.

»Aber, Sir, seine Bemerkung über die Grundsteuerkommission erfordert eine Antwort«, meinte ein enthusiastischer junger Anwalt.

»Was er sagt, hat keine Bedeutung. Zwei Tage lang sitzt er still, dann stellt er zwei dumme Fragen.«

»Ganz recht, Sir«, sagte Firoz gelassen. »Sie haben gestern ausführlich dazu Stellung genommen.«

»Er hat das ganze Ramayana gelesen und weiß immer noch nicht, wessen *Vater* Sita ist!« Diese leicht abgewandelte Version des Standardwitzes rief Gelächter hervor, bei einigen klang es etwas speichelleckerisch.

»Wie auch immer«, fuhr G. N. Bannerji fort, »wir sollten uns auf die Argumente des Oberrichters und von Richter Bailey konzentrieren. Sie sind die hellsten Köpfe auf der Richterbank, und sie werden das Urteil maßgeblich beeinflussen. Haben sie heute etwas gesagt, worauf wir eingehen sollten?«

Firoz sagte etwas zögernd: »Gestatten Sie, Sir. Aus Richter Baileys Kommentaren schließe ich, daß er von den Motiven nicht überzeugt ist, die Sie dem Staat bei den zwei Arten der Ausgleichszahlungen unterstellen. Sie haben darauf hingewiesen, Sir, daß die Staatsregierung mit einem Taschenspielertrick die Ausgleichszahlung zweigeteilt hat – in die eigentliche Entschädigung und in die Wiedergutmachung. Sie haben weiterhin darauf hingewiesen, daß die Regierung damit die Schlußfolgerungen umgehen wollte, zu denen die Richter am Hohen Gericht von Patna in ihrem Urteil zum Zamindari-Fall von Bihar gekommen sind. Aber wäre es für uns nicht vorteilhaft, wenn wir die Behauptung der Regierung akzeptierten, daß es sich bei Entschädigung und Wiedergutmachung um zwei verschiedene Dinge handelt?«

»Nein, warum? Warten wir ab, was der Generalstaatsanwalt zu sagen hat. Später kann ich dann darauf eingehen.« G. N. Bannerji wandte sich ab.

Firoz ließ sich nicht abbringen. »Ich meine, Sir, wenn wir beweisen könnten, daß sogar eine freiwillige Zahlung wie eine Wiedergutmachung nicht mit Artikel 14 vereinbar ist.«

G. N. Bannerjis etwas aufgeblasener Enkel unterbrach Firoz: »Die Beweisführung hinsichtlich Artikel 14 wurde am zweiten Tag ausführlich vorgetragen.« Er wollte seinen Großvater vor einem scheinbar perversen Argument schützen. Die Behauptung der Regierung in diesem wichtigen Punkt zu akzeptieren hieße sicherlich, den Fall verloren zu geben.

Aber G. N. Bannerji brachte seinen Enkel in Bengali zum Schweigen: »Aachha, toomi choop thako!« und wandte sich mit erhobenem Zeigefinger Firoz zu. »Sagen Sie das noch mal. Sagen Sie das noch mal.«

Firoz wiederholte und erläuterte seinen Vorschlag.

G. N. Bannerji überlegte und schrieb dann etwas in sein rotes Notizbuch. Wieder wandte er sich an Firoz. »Suchen Sie mir jeden amerikanischen Präzedenzfall, den Sie zu diesem Punkt finden können. Bis morgen früh um acht.«

»Ja, Sir.« Firoz' Augen strahlten vor Freude.

G. N. Bannerji fuhr fort: »Das ist eine gefährliche Waffe. Es könnte furchtbar schiefgehen. Ich frage mich, ob man zu diesem Zeitpunkt ...« Er hing seinen

Gedanken nach. »Bringen Sie mir die Fälle, wir werden sehen. Die Stimmung der Richter ist wichtig. In Ordnung, sonst noch was zu Artikel 14?«

Niemand sagte etwas.

»Wo ist Karlekar?«

»Sir, sein Bruder ist gestorben, und er mußte nach Bombay zurück. Er hat das Telegramm erst vor ein paar Stunden bekommen – als Sie plädierten.«

»Aha. Und wer vertritt ihn bei der Klage der Grundbesitzer, denen ihr Land von der Krone übertragen wurde?«

»Ich, Sir«, sagte Firoz.

»Sie haben einen wichtigen Tag vor sich, junger Mann. Aber das werden Sie schon schaffen.«

Firoz war überglücklich über dieses unerwartete Lob, und er mußte an sich halten, um nicht zu grinsen. »Sir, wenn Sie Vorschläge haben ...«

»Nein, eigentlich nicht. Argumentieren Sie, daß die Krone Land auf unbegrenzte Dauer übertragen hat und die Begünstigten deswegen nicht wie andere Großgrundbesitzer behandelt werden können. Aber das liegt alles auf der Hand. Wenn mir noch etwas einfällt, werde ich es Ihnen morgen früh sagen. Kommen Sie doch zehn Minuten früher.«

»Danke, Sir.«

Die Konferenz zog sich über weitere eineinhalb Stunden hin, und G. N. Bannerji wurde allmählich unruhig. Da er am nächsten Tag noch einmal auftreten mußte, waren alle der Meinung, daß der große Anwalt nicht überfordert werden sollte. Es waren noch nicht alle Fragen geklärt, als er seine Brille abnahm, mit zwei Fingern zur Zimmerdecke deutete und, um zu signalisieren, daß sie zusammenpacken sollten, nur ein Wort sagte: »Aachha.«

Draußen wurde es dunkel. Zwei junge Anwälte, die nicht bemerkten, daß sie sich noch in Hörweite von G. N. Bannerjis Sohn und Enkel befanden, schwatzten über den Anwalt aus Kalkutta.

»Hast du sein Herzblatt gesehen?« fragte der eine.

»Nein, nein«, sagte der andere.

»Wie ich höre, ist sie ein richtiger Feuerwerkskörper.«

Der andere lachte. »Ist über Siebzig und hat noch ein Herzblatt.«

»Und Mrs. Bannerji? Was wird sie sich denken? Alle Welt weiß davon.«

Der andere zuckte die Achseln, als ob er sagen wollte, daß Mrs. Bannerjis Gedanken ihn nichts angingen und auch nicht interessierten.

Sohn und Enkelsohn hörten den Wortwechsel, sahen das Achselzucken aber nicht. Sie runzelten die Stirn, sagten jedoch nichts, sondern gestatteten dem Thema stillschweigend, in der abendlichen Brise davonzuschweben.

11.5

Am nächsten Tag beendete G. N. Bannerji die Prozeßeröffnung für die Kläger, und mehrere andere Anwälte argumentierten kurz zu speziellen Problemen. Auch Firoz bekam seine Chance.

Kurz bevor er aufstand, erfüllte eine unerklärliche Schwärze, nahezu eine Leere seinen Kopf. Er sah alle seine Argumente klar vor sich, aber er wußte nicht mehr, warum noch irgend etwas von Bedeutung sein sollte – dieser Fall, seine Karriere, der Besitz seines Vaters, die Ordnung der Dinge, zu denen dieser Gerichtssaal und die indische Verfassung gehörten, sein eigenes Leben, das Leben an sich. Die unverhältnismäßige Intensität der Gefühle, die über ihn hereinbrachen – und Irrelevanz dieser Gefühle für das, worum es eigentlich ging –, verwirrte ihn.

Er machte sich mit seinen Unterlagen zu schaffen, und seine Gedanken klärten sich. Aber dafür wurde er so nervös, so konfus durch das ungelegene Auftreten dieser Gefühle, daß er seine Hände zunächst hinter dem Lesepult verstecken mußte.

Er begann mit einer formelhaften Bemerkung: »My Lords, ich mache mir G. N. Bannerjis Argumente zu allen wesentlichen Punkten zu eigen, möchte jedoch meine eigenen Argumente hinzufügen, was die Frage des von der Krone übertragenen Grundbesitzes anbelangt.« Dann legte er absolut logisch dar, daß dieser Besitz in eine andere Kategorie fiel als alle anderen Arten von Landbesitz und durch Verträge und Erklärungen auf alle Zeit vor Enteignung geschützt war. Die Richter hörten ihm aufmerksam zu; und er verteidigte seine Behauptung gegen ihre Fragen so gut er konnte. Seine seltsame Unsicherheit hatte sich so plötzlich wieder verflüchtigt, wie sie aufgetreten war.

Mahesh Kapoor hatte sich trotz seiner vielen Arbeit Zeit genommen und war gekommen. Er hörte Firoz mit Vergnügen zu, hätte es jedoch als Katastrophe empfunden, wenn die Richter seinen Argumenten gefolgt wären. Ein nicht unbeträchtlicher Teil des verpachteten Landes in Purva Pradesh fiel in die Kategorie der nach dem Aufstand von 1857 von der Krone verliehenen Besitztitel. Damals war es um die Wiederherstellung der Ordnung durch die Vermittlung regional mächtiger Männer gegangen. Einige von ihnen, so die Vorfahren des Nawab Sahib, hatten gegen die Briten gekämpft; aber die Briten hatten gedacht, daß man sie und ihre Familien nicht länger gegen sich aufbringen konnte, ohne sich selbst zu gefährden. Die Titel wurden deswegen nur unter einem einzigen Vorbehalt verliehen – dem Vorbehalt des Wohlverhaltens.

Mahesh Kapoor interessierte sich auch noch für eine andere Klageschrift. Sie war von denjenigen eingereicht worden, die unter den Briten über ihre eigenen Staaten geherrscht und nach der Unabhängigkeit Beitrittserklärungen zum indischen Bundesstaat unterschrieben hatten und denen in der Verfassung bestimmte Garantien zugestanden worden waren. Einer von ihnen war der viehische Radscha von Marh, den Mahesh Kapoor am liebsten sofort bis auf den letzten Quadratzentimeter enteignet hätte. Obwohl das eigentliche Fürstentum Marh in Madhya Pradesh lag, waren den Vorfahren des Radschas auch Ländereien in Purva Pradesh – oder in den Protected Provinces, wie das Bundesland unter den Briten genannt wurde – übertragen worden. Sein Landbesitz in P.P. fiel in die Kategorie der von der Krone verliehenen Besitztitel, aber die Anwälte des Radschas behaupteten unter anderem, daß seine fürstliche Privatschatulle, die ihm die Regierung zugestanden hatte, wegen der erwarteten dauerhaften Einkünfte aus seinem Besitz in P.P. niedriger als üblich eingestuft worden war. Das Land war dem Radscha als persönliches Eigentum zugestanden worden und nicht als Eigentum seines Staates, und (so behaupteten sie) es wurde von zwei Verfassungsartikeln geschützt. Einer davon erklärte unzweideutig, daß die Regierung die Garantien, die im Beitrittsvertrag hinsichtlich persönlicher Rechte, Privilegien und der Stellung der Exherrscher festgelegt waren, nicht antasten würde; der andere schrieb fest, daß Streitigkeiten, die aus diesen Verträgen und ähnlichen Dokumenten entstanden, keiner gerichtlichen Entscheidung unterworfen werden durften.

Die Anwälte der Regierung hatten andererseits in ihren schriftlichen Begründungen darauf bestanden, daß persönliches Eigentum nicht unter ›persönliche Rechte, Privilegien und Stellung‹ fiel; in dieser Hinsicht schrieben sie den Exherrschern den Status und die Rechte eines ganz normalen Staatsbürgers zu. Und auch sie behaupteten, daß diese Angelegenheit keiner gerichtlichen Entscheidung unterworfen werden durfte.

Wenn es nach Mahesh Kapoor gegangen wäre, dann hätte er dem Radscha nicht nur seinen persönlichen Landbesitz in P.P. weggenommen, sondern auch seinen persönlichen Landbesitz in M.P. – und zudem seinen Grundbesitz in der Stadt Brahmpur, einschließlich des für den Shiva-Tempel vorgesehenen Bauplatzes, auf dem wegen des bevorstehenden Festes Pul Mela im Augenblick wieder hektisch gearbeitet wurde. Das war leider nicht möglich; wenn es möglich gewesen wäre, hätte man der Niederträchtigkeit des Radschas einen Riegel vorschieben können. Es hätte Mahesh Kapoor überhaupt nicht gefallen, hätte man ihn darauf hingewiesen, daß sein Wunsch sich nicht wesentlich von dem des Innenministers L.N. Agarwal unterschied, als dieser Baitar House hatte beschlagnahmen wollen.

Der Nawab Sahib von Baitar bemerkte Mahesh Kapoor, als dieser für die Nachmittagssitzung den Saal betrat; sie saßen auf unterschiedlichen Seiten des Ganges, aber sie begrüßten sich wortlos mit einem Kopfnicken.

Dem Nawab Sahib ging das Herz über. Mit großem Stolz und ebenso großem Glücksgefühl hörte er seinem Sohn zu. Unwillkürlich dachte er wieder daran, wie viele seiner edleren Züge Firoz von seiner Mutter geerbt hatte. Und auch sie war am nervösesten gewesen, wenn sie am überzeugendsten gewirkt hatte. Die Aufmerksamkeit der Richter freute seinen Vater noch mehr als den jungen Mann, der zu sehr darauf konzentriert war, ihre Fragen zu parieren, als daß er seine Wirkung hätte genießen können.

Auch Karlekar hätte es nicht besser machen können, dachte der Nawab Sahib. Er fragte sich, wie der *Brahmpur Chronicle* am nächsten Tag Firoz' Argumente kommentieren würde. Er stellte sich sogar vor, daß der große Cicero vor dem Hohen Gericht von Brahmpur auftreten und das Plädoyer seines Sohnes loben würde.

Aber wird es letztlich etwas nützen? Dieser Gedanke durchkreuzte mehrmals seine Zufriedenheit. Wenn sich eine Regierung durchsetzen will, dann tut sie das normalerweise auch. Und die Geschichte ist unserem Stand nicht wohlgesinnt. Er sah hinüber zum Radscha und Rajkumar von Marh. Wenn es sich nur um unseren Stand handeln würde, wäre nicht viel verloren. Aber es betrifft jeden. Seine Gedanken schweiften ab – nicht nur zu seinem Gefolge und den von ihm Abhängigen, sondern auch zu den Musikern, denen er in seiner Jugend zugehört hatte, zu den Dichtern, die er unterstützt hatte, und zu Saeeda Bai.

Und er blickte erneut zu Firoz, diesmal beunruhigt.

11.6

Täglich wurde es im Gerichtssaal leerer, bis schließlich fast nur noch die Journalisten, die Anwälte und ein paar der Kläger übrig waren.

Ob der Nawab Sahib und sein Stand die Geschichte auf ihrer Seite hatten oder nicht, ob das Recht die Gesellschaft oder die Gesellschaft das Recht vorantrieb, ob die Förderung der Künste die Leiden der Pächterschaft aufwog: diese bedeutenden und folgenschweren Fragen standen außerhalb des unmittelbaren Interesses der fünf Männer, in deren Händen das Schicksal dieses Falles lag. Sie konzentrierten sich auf Artikel 14, 31 (2) und 31 (4) der indischen Verfassung, und sie bombardierten den liebenswürdigen Mr. Shastri mit Fragen zu seinen Ansichten über diese Artikel und das angefochtene Gesetz.

Der Oberrichter nahm zum viertenmal sein Exemplar der Verfassung zur Hand und las Artikel 14 und 31.

Die anderen Richter (ausgenommen Richter Maheshwari) hatten dem Generalstaatsanwalt Fragen gestellt, aber der Oberrichter hatte nur mit halbem Ohr zugehört. Der Radscha von Marh, dem die Atmosphäre des Gerichtssaals zu liegen schien, hörte überhaupt nicht zu. Er war im Saal anwesend, schien diese Tatsache jedoch vergessen zu haben. Sein Sohn, der Rajkumar, wagte es nicht, ihn anzustoßen und aufzuwecken, wenn er vornübersank.

Die Fragen von der Richterbank deckten die ganze Bandbreite des Falles ab.

»Herr Generalstaatsanwalt, wie lautet Ihre Antwort auf den Einwand von Mr. Bannerji, daß der Zweck des Zamindari Act kein gemeinnütziger ist, sondern den Interessen der Partei dient, die im Augenblick die Regierung in diesem Staat stellt?«

»Herr Generalstaatsanwalt, könnten Sie versuchen, diese unterschiedlichen amerikanischen Autoritäten auf einen gemeinsamen Nenner zu bringen? Ich meine, was die Frage des Gemeinnutzes angeht und nicht die Frage des Gleichheitsgrundsatzes.«

»Herr Generalstaatsanwalt, wollen Sie uns allen Ernstes glauben machen, daß ›ungeachtet dessen, was in der Verfassung steht‹, die entscheidenden Worte von Artikel 31 Absatz 4 sind und daß kein Gesetz unter der Ägide dieses Artikels aufgrund von Artikel 14 oder irgendeinem anderen Artikel dieser Verfassung angefochten werden kann? Es schützt das Gesetz doch gewiß nur vor Anfechtung unter Berufung auf Gründe, die in Artikel 31 Absatz 2 enthalten sind.«

»Herr Generalstaatsanwalt, was bedeutet ›Yick Wo gegen Hopkins‹ hinsichtlich Artikel 14? Oder die Passage in ›Willis‹, die Richter Fazl Ali in einer kürzlich ergangenen Entscheidung des Obersten Gerichts als korrekte Darstellung der Prinzipien, die Artikel 14 zugrunde liegen, interpretiert hat? ›Die Garantie, daß die Gesetze für alle gleichermaßen gelten, bedeutet auch, daß die gleichen Gesetze für alle gelten.‹ Und so weiter. Der verehrte Herr Kollege von der Klägerseite hat viel Aufhebens darum gemacht, und ich sehe nicht, wie Sie seine Behauptungen widerlegen könnten.«

Mehrere Journalisten und sogar einige Anwälte hatten den Eindruck, das Blatt habe sich gegen die Regierung gewendet.

Der Generalstaatsanwalt schien das nicht zu bemerken. Er fuhr fort, seine Worte, sogar seine Silben ohne Aufregung und mit solchem Bedacht abzuwägen, daß er im Vergleich zu G. N. Bannerji in der gleichen Zeit nur ein Drittel produzierte.

Seine Antwort auf die erste Frage lautete: »Di-rek-ti-ve Grund-sät-ze, My Lords.« Es folgte eine lange Pause, dann listete er einen nach dem anderen die relevanten Artikel auf. »Eure Lordschaften sehen also, daß es in der Ver-fassung selbst steht und sich nicht allein um Parteipolitik handelt.«

Auf die Frage, ob er die verschiedenen amerikanischen Autoritäten auf einen gemeinsamen Nenner bringen könne, lächelte er und sagte lediglich: »Nein, My Lords.« Es war nicht seine Aufgabe, das Unvereinbare zu vereinbaren, und das erst recht nicht, da nicht er es war, der seine Argumentation auf die amerikanischen Präzedenzfälle stützte. Hatte nicht sogar Dr. Cooley zugegeben, daß er ›etwas ratlos‹ sei bei dem Versuch, entscheiden zu wollen, was ›Gemeinnutz‹ im Licht einander widersprechender richterlicher Entscheidungen bedeute? Aber warum das erwähnen? ›Nein, My Lords‹, war genug.

Während der letzten Minuten hatte sich der Oberrichter – im nicht geographischen Sinn – an den Spielfeldrand zurückgezogen. Jetzt mischte er sich wieder ins Kampfgeschehen. Nachdem er die entscheidenden Artikel wieder einmal gelesen und einen Fisch auf den Block vor sich gezeichnet hatte, legte er den Kopf schief und sagte: »Also, Herr Generalstaatsanwalt, soweit ich begriffen habe, behauptet der Staat, daß die beiden Zahlungsarten, die feste Entschädigungssumme und die besitzorientierte, flexible Wiedergutmachung, von gänzlich unterschiedlicher Natur sind. Das eine ist eine Entschädigung, das andere nicht. Man darf sie also nicht in einen Topf werfen, und man kann nicht sagen, daß die Entschädigungssumme flexibel festgelegt wird, und deswegen darf man auch nicht behaupten, daß sie große Landbesitzer diskriminiert und ungleich behandelt.«

»Ja, My Lord.«

Der Oberrichter wartete vergeblich auf eine Ausführung. Nach einer Weile fuhr er fort: »Ferner argumentiert die Regierung, daß sich die zwei Zahlungsarten unterscheiden, weil, zum Beispiel, unterschiedliche Teile des Zamindari Act diese beiden Zahlungsarten behandeln; weil jeweils andere Beamte für die Auszahlung zuständig sind – Wiedergutmachungsbeamte und Entschädigungsbeamte und so weiter.«

»Ja, My Lord.«

»Mr. Bannerji argumentiert für seine Mandanten andererseits, daß diese Unterscheidung ein reiner Taschenspielertrick ist, vor allem weil die Mittel für die Entschädigung nur ein Drittel der Mittel für die Wiedergutmachung betragen.«

»Nein, My Lord.«

»Nein?«

»Kein Taschenspielertrick, My Lord.«

»Und er behauptet, daß diese Unterscheidung, da sie in den Parlamentsdebatten erst sehr spät ins Spiel gebracht wurde, von der Regierung nach der ungünstigen Entscheidung des Hohen Gerichts von Patna eingeführt wurde, um damit die in der Verfassung niedergelegten Garantien auf betrügerische Weise zu umgehen.«

»Gesetz ist Gesetz, My Lord. Debatten sind Debatten.«

»Und wie steht es mit der Präambel des Gesetzes, Herr Generalstaatsanwalt, in der keinerlei Wiedergutmachung als Gegenstand der Gesetzgebung erwähnt wird?«

»Ein Ver-se-hen, My Lord. Gesetz ist Gesetz.«

Der Oberrichter stützte den Kopf auf die andere Hand. »Nehmen wir mal an, wir würden Ihre Behauptung – das heißt die der Regierung – akzeptieren, daß die sogenannte Entschädigung die einzig wirkliche Entschädigung gemäß Artikel 31 Absatz 2 ist, wie würden Sie dann die sogenannte Wiedergutmachung beschreiben?«

»Als freiwillige Zahlung, My Lord, die die Regierung nach Belieben jedem x-beliebigen in welcher Form es ihr beliebt zugestehen kann.«

Der Oberrichter stützte seinen Kopf jetzt auf beide Hände und musterte seine Beute. »Erstreckt sich der Schutz vor gerichtlicher Anfechtung, den Artikel 32 Absatz 4 garantiert, auch auf freiwillige Zahlungen? Könnten die ungleichen Bedingungen – die flexible Festsetzung – dieser freiwilligen Zahlung nicht gemäß Artikel 14 angefochten werden, der die Gültigkeit der gleichen Gesetze für alle garantiert?«

Firoz, der der Auseinandersetzung mit gespannter Aufmerksamkeit gefolgt war, blickte zu G. N. Bannerji. Das war genau der Punkt, auf dem er in der

Konferenz an jenem Abend beharrt hatte. Der berühmte Anwalt hatte seine Brille abgenommen und putzte sie ganz langsam. Schließlich hörte er ganz auf, sie zu putzen, hielt sich völlig reglos und sah – wie alle anderen im Saal – zum Generalstaatsanwalt.

Gute fünfzehn Sekunden lang herrschte Schweigen.

»Eine freiwillige Zahlung anfechten, My Lord?« sagte Mr. Shastri, der wirklich schockiert schien.

»Nun«, sagte der Oberrichter stirnrunzelnd, »sie wird flexibel festgesetzt zum Nachteil der großen Zamindars. Die kleinsten bekommen zehnmal die errechneten Pachteinnahmen, die größten nur eineinhalbmal. Verschiedene Multiplikatoren, ergo Ungleichbehandlung, ergo Diskriminierung.«

»My Lords«, protestierte Mr. Shastri, »eine freiwillige Zahlung ist nicht mit gesetzlichen Ansprüchen verbunden. Sie ist ein vom Staat erteiltes Pri-vi-leg. Deswegen kann sie unter der Prämisse Dis-kri-mi-nie-rung gar nicht diskutiert werden.« Aber der Generalstaatsanwalt lächelte nicht mehr ganz so breit. Die Verhandlung gestaltete sich im Augenblick als Kreuzverhör des Oberrichters. Die anderen Richter stellten keine Fragen.

»Nun, Herr Generalstaatsanwalt, in Amerika wurde vom Obersten Gericht entschieden, daß ihr vierzehnter Verfassungszusatz – dem unser Artikel 14 in Wort und Geist entspricht – nicht nur für eingegangene Verpflichtungen, sondern auch für erteilte Privilegien gilt. Dann würde er doch auch für freiwillige Zahlungen gelten?«

»My Lords, die amerikanische Verfassung ist kurz, Lücken werden durch In-ter-pre-ta-ti-on gefüllt. Unsere ist ausführlich, die Notwendigkeit besteht also weniger.«

Der Oberrichter lächelte. Er sah jetzt ziemlich gerissen aus: eine alte, weise, kahlköpfige Schildkröte.

Der Generalstaatsanwalt zögerte. Er wußte, daß er diesmal ein überzeugenderes und stichhaltigeres Argument würde vorbringen müssen. Die beiden Vierzehner waren sich zu ähnlich. »My Lords, in Indien schützt Artikel 31 Absatz 4 das Gesetz vor jeglicher Anfechtung aufgrund verfassungsrechtlicher Bedenken.«

»Herr Generalstaatsanwalt, ich habe Ihre Antwort auf die Frage des Richters Bailey zu diesem Punkt nicht vergessen. Aber wenn wir die Antwort nicht überzeugend finden und zugleich zu dem Schluß kommen, daß freiwillige Zahlungen die Garantien des Artikels 14 erfüllen müssen, wo steht dann die Regierung?«

Der Generalstaatsanwalt sagte eine Weile lang nichts. Wenn man Anwälte zu einer Offenheit verpflichten könnte, die auch das Eingeständnis der eigenen Niederlage beinhaltet, dann hätte seine Antwort lauten müssen: »Die Regierung steht nicht mehr, My Lord, sie stürzt.« Statt dessen sagte er: »Die Regierung müßte ihre Position neu überdenken, My Lord.«

»Ich denke, die Regierung täte wohl daran, ihre Position im Licht dieser Argumentation neu zu überdenken.«

Die Spannung im Gerichtssaal war so gestiegen, daß sie mit Händen greifbar war, und etwas davon mußte in die Träume des Radschas von Marh gedrungen sein. Er wurde aus dem Schlaf gerissen. Die Angst hielt ihn in ihren Klauen. Er stand auf und trat auf den Gang. Während seine eigene Klageschrift begründet worden war, hatte er sich nicht danebenbenommen. Jetzt, als es für die Regierung bei einem Argument gefährlich wurde, das mit ihm eigentlich nichts zu tun hatte, sondern auch ihm weitgehende Schutzgarantien zusicherte, wurde er immer aufgeregter.

»Das ist nicht richtig«, sagte er.

Der Oberrichter beugte sich nach vorn.

»Das ist nicht richtig. Wir lieben unser Land. Wer sind sie? Wer sind sie? Das Land ...« stellte er weiß Gott wen zur Rede.

Der Saal reagierte schockiert und konsterniert. Der Rajkumar stand auf und machte vorsichtig einen Schritt auf seinen Vater zu. Sein Vater stieß ihn zurück.

Der Oberrichter sagte sehr bedächtig: »Euer Hoheit, ich kann Sie nicht hören.«

Der Radscha von Marh glaubte das zuerst nicht. »Ich werde lauter sprechen, Sir«, sagte er dann.

Der Oberrichter wiederholte: »Ich kann Sie nicht hören, Euer Hoheit. Wenn Sie etwas zu sagen haben, dann tun Sie das freundlicherweise durch Ihren Anwalt. Und bitte setzen Sie sich in die dritte Reihe. Die ersten beiden Reihen sind für die Anwälte reserviert.«

»Nein, Sir! Mein Land steht auf dem Spiel! Und mein Leben auch!« Er starrte streitlustig nach vorn, als ob er die Richterbank unter Anklage stellen wollte.

Der Oberrichter warf einen Blick auf seine Kollegen rechts und links von ihm und sagte dann in Hindi zum Gerichtssekretär und den Dienern: »Entfernen Sie diesen Mann.«

Die Diener waren wie vor den Kopf gestoßen. Nicht im Traum hätten sie gedacht, daß sie jemals Hand an Seine Majestät würden legen müssen.

Auf englisch sagte der Oberrichter zum Gerichtssekretär: »Holen Sie die Wachen.« Zum Anwalt des Radschas von Marh sagte er: »Bringen Sie Ihren Mandanten zur Vernunft. Sagen Sie ihm, daß er die Geduld des Gerichts nicht auf die Probe stellen soll. Wenn Ihr Mandant den Gerichtssaal nicht augenblicklich verläßt, werde ich ihn wegen Mißachtung des Gerichts verhaften lassen.«

Die fünf prunkvollen Diener, der Gerichtssekretär und mehrere Anwälte drängten den noch immer brabbelnden Radscha von Marh unter Entschuldigungen, aber mit Gewalt aus dem Gerichtssaal Nummer eins, bevor er sich, seinem Fall oder der Würde des Gerichts weiteren Schaden zufügen konnte. Der Rajkumar von Marh folgte seinem Vater mit schamrotem Gesicht. An der Tür drehte er sich um. Alle Augen im Saal waren auf den gewaltsamen Hinauswurf des Radschas gerichtet. Auch Firoz sah ihm ungläubig und verächtlich nach. Der Rajkumar senkte den Blick und trat hinter seinem Vater auf den Korridor.

11.7

Ein paar Tage nach dieser Demütigung unternahm der Radscha von Marh, angetan mit einem Turban mit Federbusch und Diamant, begleitet von zahlreichem Gefolge, einen Pilgergang zum Gelände der Pul Mela.

Seine Hoheit setzte sich am Morgen vom Bauplatz des Shiva-Tempels im Chowk (wo er seine Reverenz erwies) aus in Bewegung, schritt durch die Altstadt von Brahmpur und gelangte schließlich oben auf der Erdrampe an, die sacht von den Kliffs zum sandigen Südufer der Ganga abfiel. Alle paar Schritte verkündete ein Ausrufer die Anwesenheit des Radschas, und Rosenblütenblätter wurden zu seinem höheren Ruhm verstreut. Es war idiotisch.

Dieser Auftritt paßte jedoch zum Selbstbild des Radschas und zu seiner Vorstellung von seinem Platz in der Welt. Er war böse mit der Welt, insbesondere mit dem *Brahmpur Chronicle*, der sich ausgiebig und liebevoll seiner Einwürfe im und seines Hinauswurfs aus dem Gerichtssaal angenommen hatte. Die Verhandlung hatte sich noch vier, fünf Tage hingezogen (das Urteil sollte erst später verkündet werden), und jeden Tag hatte der *Brahmpur Chronicle* einen Grund gefunden, um den ungebührlichen Abgang des Radschas erneut in Erinnerung zu rufen.

Die Prozession kam auf der Rampe im Schatten des großen Bobaums zum Stillstand, und der Radscha sah hinunter. Unter ihm erstreckte sich auf dem sandigen Ufer, so weit das Auge reichte, ein Meer von khakifarbenen Zelten, noch eingehüllt vom morgendlichen Dunst. Neben der einen Pontonbrücke gab es im Augenblick fünf aus Booten bestehende Brücken über die Ganga, die wirksam jeglichen Schiffsverkehr flußauf- oder abwärts unterbanden. Eine riesige Flottille kleiner Boote fuhr zudem über den Fluß hin und her und beförderte Pilger zu besonders glückverheißenden Badeplätzen bei den Sandbänken am anderen Ufer – oder brachte die Leute, die die Menschenmassen auf den improvisierten und gefährlich überfüllten Brücken vermeiden wollten, schneller und bequemer ans andere Ufer.

Auch auf der großen Rampe drängten sich Pilger aus ganz Indien; viele davon waren mit Sonderzügen eingetroffen, die für die Pul Mela eingesetzt wurden. Dem Gefolge des Radschas gelang es jedoch, die Menge ein paar Minuten lang zurückzudrängen, damit ihr Herr und Meister einen fürstlichen, müßigen Blick auf die Szenerie werfen konnte.

Der Radscha sah ehrfurchtsvoll auf den breiten braunen Fluß, die schöne, friedliche Ganga. Es war Mitte Juni, der Pegelstand noch niedrig und die Sandufer breit. Der Monsun war in Brahmpur noch nicht ausgebrochen, und die Schneeschmelze hatte den Fluß nur wenig anschwellen lassen. In zwei Tagen war der große Badetag von Ganga Dussehra (wenn, wie es die volkstümliche Tradition wollte, die Ganga in Benares bei den Badeghats um eine Stufe höher steigen würde), und in weiteren vier Tagen, bei Vollmond, war der zweite große

Badetag. Der Gnade Lord Shivas, der ihren Fall vom Himmel unterbrochen hatte, indem er ihr erlaubte, durch sein Haar zu fließen, war es zu verdanken, daß die Ganga die Erde nicht überschwemmt hatte. Zu Ehren Lord Shivas ließ der Radscha den Chandrachur-Tempel wieder aufbauen. Die Augen des Radschas füllten sich mit Tränen, als er auf den heiligen Fluß hinunterblickte und über seine tugendhafte Aktion nachsann.

Der Radscha wollte zu einem bestimmten Zeltlager, den Zelten eines heiligen Mannes namens Sanaki Baba. Der fröhliche Mann mittleren Alters hatte sein Leben Krishna geweiht und verbrachte seine Zeit mit Gebeten und Meditation. Er war umgeben von attraktiven Schülerinnen und berühmt als Quell friedvoller Energie. Der Radscha war entschlossen, sein Lager noch vor dem der heiligen Männer Shivas aufzusuchen. Sein antimoslemisches Trachten manifestierte sich in panhinduistischen Aspirationen und Zeremonien: Seine Prozession hatte am Shiva-Tempel ihren Ausgang genommen, war durch die nach Brahma benannte Stadt fortgeschritten und würde mit einem Besuch bei einem Priester Krishnas, des großartigen Avatars von Vishnu, ihren Abschluß finden. Damit würde die gesamte Dreifaltigkeit der Hindus besänftigt. Dann würde er in der Ganga untertauchen (das Eintauchen eines juwelengeschmückten Zehs wäre ausreichend), und er hätte die Sünden von sieben Generationen, einschließlich seiner eigenen, abgewaschen. Es war ein vorteilhaftes Unterfangen. Der Radscha blickte zurück zum Chowk und starrte die Minarette der Moschee an. Der Dreizack auf meinem Tempel wird euch demnächst überragen, dachte er, und das kampfesfreudige Blut seiner Vorfahren begann in seinen Adern zu brodeln.

Aber der Gedanke an seine Vorfahren führte zum Gedanken an seine Nachfahren, und er warf seinem Sohn, dem Rajkumar, der ihm widerwillig hinterhertrottete, einen konsternierten und ungeduldigen Blick zu. Was für ein Nichtsnutz er ist! dachte der Radscha. Ich sollte ihn sofort verheiraten. Von mir aus soll er mit so vielen Männern ins Bett gehen, wie er will, solange er nur auch einen Enkelsohn zustande bringt. Vor kurzem hatte der Radscha ihn mit zu Saeeda Bai genommen, um einen Mann aus ihm zu machen. Der Rajkumar hatte entsetzt die Flucht ergriffen! Der Radscha wußte nicht, daß seinem Sohn die Bordelle der Altstadt bekannt waren, da er sie bisweilen mit seinen Kommilitonen aufsuchte. Aber in dieser Angelegenheit von seinem derben Vater unter die Fittiche genommen zu werden war einfach zuviel für ihn.

Der Radscha hatte Anweisung von seiner furchterregenden Mutter, der Dowager Rani von Marh, sich mehr um ihren Enkelsohn zu kümmern. Seit kurzem tat er sein Bestes, um ihrem Wunsch nachzukommen. Er hatte seinen Sohn somit ins Hohe Gericht geschleift, um ihn mit VERANTWORTUNG, RECHT und BESITZTUM bekannt zu machen. Das Unternehmen hatte in einem Fiasko geendet. Der Lektion FORTPFLANZUNG und LEBENSSTIL EINES MANNES VON WELT war es kaum besser ergangen. Heute stand RELIGION und KAMPFGEIST auf dem Lehrplan. Sogar hier hatte der Rajkumar versagt. Während der Radscha, wann immer sie an einer Moschee vorbeigekommen waren, mit zunehmend größerer Verve »Har har Mahadeva!« brüllte, hatte der Rajkumar den Kopf gesenkt und die Worte immer widerwilliger vor sich hin gemurmelt. Aber es kam ja noch RITUAL und ERZIEHUNG. Der Radscha war entschlossen, seinen Sohn in die Ganga zu stoßen. Da der Rajkumar nur noch ein Jahr studieren mußte, sollte er – wenn auch etwas vorzeitig – an dem wichtigsten hinduistischen Ritual der Reife teilnehmen – dem Bad oder Snaan –, um ein wahrer Absolvent oder Snaatak zu werden. Und gäbe es einen besseren Ort, ein Snaatak zu werden, als die heilige Ganga während der Pul Mela in einem sechsten Jahr, die großartiger als alle anderen war? Unter dem Gejohle seines Gefolges würde er seinen Sohn hineinstoßen. Und wenn der Schlappschwanz nicht schwimmen konnte und nach Luft schnappend und Wasser speiend an Land zurückgezerrt werden müßte, dann wäre das nur noch erheiternder.

»Beeilt euch! Beeilt euch!« rief der Radscha, während er die lange Rampe hinunterstolperte. »Wo ist das Lager von Sanaki Baba? Woher kommen alle diese hundsföttischen Pilger? Gibt es hier überhaupt keine Organisation? Bringt mir meinen Wagen!«

»Euer Hoheit, die Behörden haben Autos verboten, außer für die Polizei und VIPs. Wir haben keine Genehmigung bekommen«, murmelte irgend jemand.

»Bin ich etwa kein VIP?« Dem Radscha schwoll die Brust vor Empörung.

»Doch, Euer Hoheit. Aber ...«

Schließlich, nachdem sie fast eine halbe Stunde auf provisorischen Straßen aus Metallplatten, die Soldaten auf dem Sand verlegt hatten, zwischen den Zelten und Lagern herumgegangen waren, sahen sie Sanaki Babas Zeltlager vor sich, und der Zug des Radschas schritt dankbar darauf zu. Sie waren keine hundert Meter mehr davon entfernt.

»Endlich!« rief der Radscha von Marh. Die Hitze machte ihm schwer zu schaffen, und er schwitzte wie ein Schwein. »Sagt dem Baba, er soll herauskommen. Ich will mit ihm sprechen. Und ich will was zu trinken, Saft.«

»Euer Hoheit ...«

Aber kaum war der Mann, der die Botschaft überbringen sollte, losgestürzt, als von der anderen Seite ein Polizeijeep heranfuhr und quietschend bremste. Mehrere Personen stiegen aus und betraten das Lager.

Der Radscha traute seinen Augen nicht. »Wir waren zuerst da. Haltet sie auf! Ich muß den Baba sofort sehen«, schrie er höchst aufgebracht.

Aber die Leute aus dem Jeep waren schon verschwunden.

11.8

Als der Jeep vom Fort zum breiten sandigen Ufer hinunterfuhr, war Dipankar Chatterji, einer der Insassen, nahezu entgeistert.

Auf den Wegen zwischen den Zelten und Lagern drängten sich die Menschen. Viele trugen Bettrollen und andere Habseligkeiten, Töpfe und Pfannen zum Kochen, Lebensmittelvorräte, Taschen, Schachteln, Eimer, Stöcke, Fähnchen, Wimpel und Girlanden aus Ringelblumen und vielleicht noch ein oder zwei Kinder auf dem Arm oder dem Rücken. Die einen schnauften vor Hitze und Erschöpfung, andere plauderten, als wären sie unterwegs zu einem Picknick, oder sangen Bhajans und andere religiöse Lieder, weil die Freude, endlich einen Blick auf Mutter Ganga werfen zu können, augenblicklich die Müdigkeit nach der Reise vertrieb. Männer, Frauen und Kinder, Alte und Junge, Hell- und Dunkelhäutige, Reiche und Arme, Brahmanen und Unberührbare, Tamilen und Kaschmiris, safrangelb gekleidete Sadhus und nackte Nagas – alle miteinander verstopften die Wege auf dem Sand. Der Geruch nach Weihrauch, Marihuana, Schweiß und Mittagessen, der Lärm schreiender Kinder, plärrender Lautsprecher, Kirtans singender Frauen und brüllender Polizisten, das Glitzern der Sonne auf der Ganga und der, wo immer eine freie Stelle war, in kleinen Strudeln wirbelnde Sand – all das zusammen erfüllte Dipankar mit einem überwältigenden Hochgefühl. Hier, das spürte er, würde er etwas von dem finden, wonach er suchte, oder das Etwas, das er suchte. Das hier war das Universum in einem Mikrokosmos; irgendwo in diesem Tumult war Frieden.

Der Jeep holperte hupend über die sandigen Metallplattenwege. Irgendwann einmal schien sich der Fahrer nicht mehr auszukennen. Dann kamen sie an eine Kreuzung, wo ein junger Polizist unter Mühen versuchte, den Verkehr zu regeln. Der Jeep war das einzige Fahrzeug, aber Menschenmengen drängten sich um den Polizisten, der mehr oder weniger vergeblich schrie und mit seinem Stock herumfuchtelte. Mr. Maitra, Dipankars ältlicher Gastgeber in Brahmpur, ein ehemaliger Polizeibeamter, der den Jeep beschlagnahmt hatte, nahm jetzt die Sache in die Hand.

»Anhalten!« befahl er dem Fahrer in Hindi.

Der Fahrer hielt an.

Der einsame Polizist näherte sich dem Jeep, kaum hatte er ihn bemerkt.

»Wo ist das Zelt von Sanaki Baba?« fragte Mr. Maitra im Befehlston.

»Dort, Sir – vierhundert Meter in der Richtung – auf der linken Seite.«

»Gut«, sagte Mr. Maitra. Ein Gedanke schoß ihm durch den Kopf. »Wissen Sie, wer Maitra war?«

»Maitra?«

»R. K. Maitra.«

»Ja«, sagte der Polizist, aber es klang, als würde er es nur sagen, um dem fremden Fragesteller einen Gefallen zu tun.

»Wer war er?« fragte Mr. Maitra.
»Er war der erste indische Kommissar«, antwortete der Polizist.
»Das bin ich!« sagte Mr. Maitra.
Der Polizist salutierte enorm forsch. In Mr. Maitras Gesicht spiegelte sich Begeisterung.
»Weiterfahren!« sagte er, und schon waren sie wieder weg.
Kurz darauf erreichten sie Sanaki Babas Camp. Gerade als sie es betreten wollten, bemerkte Dipankar irgendeine Blumen streuende Prozession, die sich von der anderen Seite näherte. Er schenkte ihr keine Beachtung, und sie betraten das erste Zelt des Lagers – ein großes Zelt, das als eine Art öffentliche Audienzhalle diente.
Auf dem Boden lagen grobe rote und blaue Teppiche, auf denen die Leute saßen: die Männer auf der linken Seite, die Frauen auf der rechten. Auf der dem Eingang gegenüberliegenden Seite stand ein langes, mit einem weißen Tuch bedecktes Podium, auf dem ein junger, dünner, bärtiger Mann in einem wallenden weißen Gewand saß. Mit heiserer Stimme hielt er bedächtig eine Predigt. Hinter ihm hing ein Foto von Sanaki Baba, einem rundlichen, nahezu kahlköpfigen, fröhlichen Mann mit nacktem Oberkörper und einer Menge lockigem Haar auf der Brust. Er trug nur eine sackartige kurze Hose. Im Hintergrund war ein Fluß zu erkennen – wahrscheinlich die Ganga, aber vielleicht auch die Yamuna, da er ein Anhänger Krishnas war.
Der junge Mann war mitten in seiner Predigt, als Dipankar und Mr. Maitra eintraten. Die Polizisten, die sie begleiteten, blieben draußen. Mr. Maitra lächelte vor Freude, demnächst seinem liebsten heiligen Mann gegenüberzustehen. Er hörte nicht auf den jungen Mann.
»Hört«, sagte der junge Priester heiser. »Vielleicht habt ihr bemerkt, daß bei Regen die nutzlosen Pflanzen – Gras, Unkraut und Sträucher – gedeihen.
Sie gedeihen ohne Mühe.
Aber wenn ihr eine nutzbringende Pflanze ziehen wollt – eine Rose, einen Obstbaum, einen Betelstrauch –, dann müßt ihr euch Mühe geben.
Ihr müßt gießen, düngen, Unkraut jäten, stutzen.
Das ist nicht leicht.
Und so ist es auch mit der Welt. Wir nehmen ihre Farbe an. Wir nehmen ihre Farbe ohne Mühe an. So wie die Welt, so werden auch wir.
Blind gehen wir durch die Welt, so ist unsere Natur. Das ist leicht.
Aber um Gott zu erkennen, um die Wahrheit zu erkennen, da müssen wir uns Mühe geben...«
In diesem Augenblick traten der Radscha von Marh und sein Gefolge ein. Der Radscha hatte einen Mann vorausgeschickt, aber der hatte es nicht gewagt, die Predigt zu unterbrechen. Der Radscha war jedoch kein Mann, dem ein Oberrichter oder ein Hilfsbaba Furcht einflößten. Er fing den Blick des Priesters auf. Der junge Mann machte Namasté, sah auf seine Uhr und dirigierte einen Mann in einer grauen Khadi-Kurta zum Radscha, um zu erfahren, was er wollte. Mr.

Maitra betrachtete das als ausgezeichnete Gelegenheit, um Sanaki Baba auch seine Ankunft mitteilen zu lassen. Sanaki Baba war dafür bekannt, daß er es mit Orten und Zeiten – und manchmal auch mit Menschen – nicht so genau nahm, und ließ bisweilen Stunden auf sich warten. Der Mann in der grauen Kurta verließ das Zelt und ging zu einem anderen, kleineren Zelt, das sich tiefer im Lager befand. Mr. Maitra wirkte ungeduldig, der Radscha wirkte ungeduldig und höchst aufgebracht. Dipankar wirkte weder ungeduldig noch aufgebracht. Er hatte alle Zeit der Welt und konzentrierte sich wieder auf die Predigt. Er war gekommen, um bei der Pul Mela eine ANTWORT oder mehrere ANTWORTEN zu finden, und die SUCHE durfte nicht überstürzt werden.

Mit heiserer Stimme fuhr der junge Baba ernst fort: »Was ist Neid? Er ist weit verbreitet. Wir betrachten die Erscheinung und sehnen uns nach den Dingen ...«

Der Radscha von Marh stampfte mit dem Fuß auf. Er war daran gewöhnt, Audienzen zu gewähren, statt auf sie zu warten. Und was war aus dem Glas Saft geworden, das er bestellt hatte?

»Eine Flamme lodert auf. Warum? Weil sie sich nach ihrer größeren Gestalt sehnt, die die Sonne ist.

Ein Lehmklumpen fällt hernieder. Warum? Weil er sich nach seiner größeren Gestalt sehnt, die die Erde ist.

Die Luft entweicht aus einem Ballon. Warum? Um sich mit ihrer größeren Gestalt zu vereinigen, der Luft draußen.

Und so sehnt sich auch die Seele in unserem Körper danach, sich mit der größeren Weltseele zu vereinigen.

Laßt uns jetzt den Namen Gottes preisen:

> Haré Rama, haré Rama, Rama, Rama, haré, haré.
> Haré Krishna, haré Krishna, Krishna, Krishna, haré, haré.«

Langsam und leise stimmte er diesen Singsang an. Ein paar Frauen fielen ein, dann mehr und mehr Frauen und ein paar Männer, schließlich sangen alle:

> »Haré Rama, haré Rama, Rama, Rama, haré, haré.
> Haré Krishna, haré Krishna, Krishna, Krishna, haré, haré.«

Die Wiederholungen steigerten sich in einem Ausmaß, daß das noch immer sitzende Publikum zu schunkeln begann. Kleine Zimbeln wurden geschlagen, bei manchen Worten erschollen hohe ekstatische Töne. Das alles hatte eine hypnotisierende Wirkung auf die Sänger. Dipankar, der meinte, ebenfalls einstimmen zu müssen, tat es aus Höflichkeit, war jedoch nicht hypnotisiert. Der Radscha von Marh machte ein finsteres Gesicht. Plötzlich brach der Kirtan ab, und eine Hymne – ein Bhajan – wurde angestimmt.

»Gopala, Gopala, mach mich dein –
ich bin der Sünder, du der Barmherzige ...«

Aber kaum hatten sie damit angefangen, als Sanaki Baba, angetan nur mit seiner kurzen Hose, das Zelt betrat, in ein Gespräch mit dem Mann in der grauen Kurta vertieft. »Ja, ja«, sagte Sanaki Baba und blinzelte mit seinen kleinen Augen, »geh und triff Vorbereitungen: ein paar Kürbisse, Zwiebeln, Kartoffeln. Wo bekommst du in dieser Jahreszeit Karotten? ... Nein, nein, breite das dort aus ... Ja, sag Maitra Sahib ... und auch dem Professor.«

Er verschwand so plötzlich wieder, wie er aufgetaucht war. Den Radscha von Marh hatte er überhaupt nicht wahrgenommen.

Der Mann in der grauen Kurta ging zu Mr. Maitra und teilte ihm mit, daß Sanaki Baba ihn gleich in seinem Zelt empfangen werde. Ein anderer, ungefähr sechzigjähriger Mann, vermutlich der Professor, wurde dazugebeten. Der Radscha von Marh platzte fast vor Zorn.

»Und was ist mit mir?«

»Babaji wird Sie bald empfangen, Radscha Sahib. Er wird sich für Sie extra Zeit nehmen.«

»Ich will ihn jetzt sehen! Seine Extrazeit interessiert mich nicht.«

Der Mann, dem anscheinend klar war, daß der Radscha Ärger machen würde, wenn man ihn nicht milde stimmte, winkte einer von Sanaki Babas engsten Jüngerinnen, einer jungen Frau namens Pushpa. Sie war, wie Dipankar augenblicklich positiv auffiel, wunderschön und ernst. Sofort dachte er an seine SUCHE nach dem IDEAL. Sicherlich war sie mit der SUCHE nach der ANTWORT vereinbar. Er beobachtete Pushpa, die mit dem Radscha sprach und ihn verhexte, bis er willfährig war.

Dann betraten die Begünstigten Sanaki Babas kleines Zelt. Mr. Maitra stellte ihm Dipankar vor.

»Sein Vater ist Richter am Hohen Gericht von Kalkutta«, sagte Mr. Maitra. »Er ist auf der Suche nach der WAHRHEIT.«

Dipankar sagte nichts, sondern schaute in Sanaki Babas strahlendes Gesicht. Ein Gefühl der Ruhe war über ihn gekommen.

Sanaki Baba schien beeindruckt. »Sehr gut, sehr gut«, sagte er lächelnd und gutgelaunt. Er wandte sich an den Professor. »Und wie geht es Ihrer Braut?«

Der Baba meinte das als Kompliment für die Frau des Professors – sie waren seit vielen Jahren verheiratet –, die ihn normalerweise zusammen mit ihrem Mann aufsuchte. »Sie besucht unseren Schwiegersohn in Bareilly«, sagte der Professor. »Es tut ihr schrecklich leid, daß sie nicht mitkommen konnte.«

»Die Vorkehrungen für mein Camp sind in Ordnung«, sagte Sanaki Baba. »Nur das Wasserproblem ist nicht gelöst. Dort fließt die Ganga, und hier haben wir – kein Wasser!«

Der Professor, der Mitglied des Berater- und Verwaltungsstabs der Mela zu sein schien, erwiderte halb salbungsvoll, halb zuversichtlich: »Nur dank Ihrer

Freundlichkeit und Ihres Wohlwollens, Babaji, klappt hier im Prinzip alles reibungslos. Ich werde sofort gehen und sehen, was ich tun kann.« Er machte jedoch keinerlei Anstalten, aufzustehen, sondern blieb sitzen und starrte Sanaki Baba verehrungsvoll an.

11.9

Sanaki Baba wandte sich jetzt an Dipankar. »Wo wohnst du in der Woche von Pul Mela?«

»Er wohnt bei mir in Brahmpur«, sagte Mr. Maitra.

»Und nimmst jeden Tag den weiten Weg auf dich?« fragte Sanaki Baba. »Nein, nein, du mußt hier im Camp bleiben und täglich dreimal in der Ganga baden. Folge meinem Beispiel!« Er lachte. »Ich trage eine Badehose. Weil ich der Mela-Meister im Schwimmen bin. Was für eine Mela das ist! Jedes Jahr wird sie größer. Und alle sechs Jahre ist sie nicht zu bändigen. Es gibt Tausende von Babas. Einen Ramjap Baba, einen Tota Baba, sogar einen Lokomotivführer Baba. Wer kennt die Wahrheit? Kennt irgend jemand sie? Ich sehe, daß du auf der Suche bist. Du wirst sie finden, aber wer weiß, wann?« Zu Mr. Maitra sagte er: »Lassen Sie ihn hier. Er wird es hier gut haben. Wie, sagtest du, heißt du – Divyakar?«

»Dipankar, Babaji.«

»Dipankar.« Er sagte das Wort sehr liebevoll, und Dipankar fühlte sich plötzlich glücklich. »Dipankar, du mußt englisch mit mir sprechen, weil ich es lernen muß. Ich kann nur ganz wenig. Es waren ein paar Ausländer hier und haben meiner Predigt zugehört, deswegen lerne ich, auch in Englisch zu predigen und zu meditieren.«

Mr. Maitra hatte sich lange genug zurückgehalten. Jetzt brach es aus ihm heraus: »Baba, ich finde keinen Frieden. Was soll ich nur tun? Zeigen Sie mir einen Weg.«

Sanaki Baba sah ihn lächelnd an und sagte: »Ich werde Ihnen einen unfehlbaren Weg zeigen.«

»Zeigen Sie ihn mir jetzt«, bat Mr. Maitra.

»Es ist ganz einfach, und Sie werden Frieden finden.« Sanaki Baba fuhr mit der Hand über Mr. Maitras Stirn, wobei seine Fingerspitzen die Haut rieben. »Wie fühlt sich das an?«

Mr. Maitra lächelte und sagte: »Gut.« Dann fuhr er mürrisch fort: »Ich sage Ramas Namen und bete die Gebetsschnur, wie Sie es mir geraten haben. Dabei werde ich ganz ruhig, aber danach kommen mir immer wieder diese Gedanken.« Er trug das Herz auf der Zunge, und es machte ihm nichts aus, daß der Professor zuhörte. »Mein Sohn – er will nicht in Brahmpur leben. Er hat seinen Arbeitsvertrag um drei Jahre verlängert, und das habe ich hingenommen, aber ich wußte nicht, daß er in Kalkutta ein Haus baut. Er wird dort bleiben, wenn er in den Ruhestand tritt. Kann ich wie eine Taube in einem Verschlag in Kalkutta leben? Er hat sich völlig verändert. Und das schmerzt mich.«

Sanaki Baba schien erfreut. »Habe ich Ihnen nicht gesagt, daß keiner Ihrer Söhne zurückkommen wird? Sie haben es mir nicht geglaubt.«

»So ist es. Was soll ich nur tun?«

»Wozu brauchen Sie sie? Sie haben das Stadium der Sannyaa erreicht.«

»Aber ich finde keinen Frieden.«

»Sannyaa selbst ist Frieden.«

Aber damit war Mr. Maitra nicht zufrieden. »Zeigen Sie mir eine Methode«, bat er.

Sanaki Baba beruhigte ihn. »Das werde ich, das werde ich«, sagte er. »Wenn Sie das nächstemal kommen.«

»Warum nicht heute?«

Sanaki Baba sah sich um. »Ein andermal. Wann immer Sie kommen wollen, kommen Sie.«

»Werden Sie hier sein?«

»Ich werde bis zum Zwanzigsten hier sein.«

»Was ist mit dem Siebzehnten oder dem Achtzehnten?«

»Es wird wegen des Vollmond-Badetages noch voller sein. Kommen Sie am Neunzehnten vormittags.« Sanaki Baba lächelte.

»Vormittags. Um wieviel Uhr?«

»Am Neunzehnten vormittags – um elf.«

Mr. Maitra strahlte vor Freude, weil ihm ein genauer Zeitpunkt für die Friedensfindung genannt worden war. »Ich werde kommen«, sagte er begeistert.

»Wohin werden Sie jetzt gehen?« fragte Sanaki Baba. »Sie können Divyakar hierlassen.«

»Ich werde Ramjap Baba am Nordufer aufsuchen. Ich habe einen Jeep, und wir können über Pontonbrücke Nummer vier fahren. Vor zwei Jahren war ich bei ihm, und er hat sich an mich erinnert – von vor zwanzig Jahren. Damals hatte er eine Plattform in der Ganga, und man mußte zu ihm hinwaten.«

»Ssein Gedäächtniss ssehr sscharff«, sagte Sanaki Baba auf englisch zu Dipankar. »Alter, alter, alter Mann. Alt wie Kauz.«

»Also ich werde jetzt gehen und Sanaki Baba besuchen«, sagte Mr. Maitra und stand auf.

Sanaki Baba war verdutzt.

Mr. Maitra runzelte die Stirn und erklärte es noch einmal: »Auf der anderen Seite der Ganga.«

»Aber ich bin Sanaki Baba«, sagte Sanaki Baba.

»Ach ja. Ich meinte – wie heißt er gleich?«

»Ramjap Baba.«

»Ja, Ramjap Baba.«

Mr. Maitra verabschiedete sich, und nach einer Weile führte die schöne Pushpa Dipankar in ein Zelt zu einem Strohhaufen auf dem sandigen Boden. Das war sein Bett für die nächste Woche. Die Nächte waren heiß, ein einfaches Laken genügte.

Pushpa ging, um den Radscha von Marh in Sanaki Babas Zelt zu geleiten.

Dipankar setzte sich und begann, Sri Aurobindo zu lesen. Aber nach einer Stunde wurde er ruhelos und beschloß, Sanaki Baba auf seiner Runde zu folgen.

Sanaki Baba schien ein praktisch veranlagter und fürsorglicher Mann zu sein – glücklich, umtriebig und überhaupt nicht diktatorisch. Ab und zu betrachtete Dipankar ihn eingehend. Seine dünnen Augenbrauen waren manchmal nachdenklich nach oben gezogen. Er hatte einen Stiernacken, dunkle Locken auf seiner gewölbten Brust und einen kompakten Bauch. Nur noch über der Stirn und an den Schläfen wuchsen ihm Haare auf dem Kopf. Seine ovale braune Glatze glänzte in der Junisonne. Manchmal, wenn er zuhörte, öffnete er vor Konzentration den Mund. Wann immer er bemerkte, daß Dipankar ihn ansah, lächelte er ihm zu.

Dipankar fand auch großen Gefallen an Pushpa, und jedesmal, wenn er sie ansprach, blinzelte er wild. Wenn sie ihn ansprach, dann in ernstem Tonfall und mit ernst gerunzelter Stirn.

Ab und zu tauchte der Radscha von Marh in Sanaki Babas Camp auf und brüllte vor Wut, wenn Sanaki Baba nicht da war. Jemand hatte ihm von Dipankars Sonderstatus erzählt, und während der Predigten warf er ihm gelegentlich mörderische Blicke zu.

Dipankar meinte, daß der Radscha von Marh geliebt werden wollte, jedoch Schwierigkeiten hatte, sich liebenswürdig zu verhalten.

11.10

Dipankar saß in einem Boot auf der Ganga.

Ein alter Mann, ein Brahmane mit dem Kastenzeichen auf der Stirn, sprach mit lauter Stimme zum Platschen der Ruder. Er verglich Brahmpur mit Benares und mit Allahabad, wo Yamuna und Ganga zusammenflossen, mit Hardwar und mit der Insel Sagar im Delta der Ganga.

»In Allahabad ist der Zusammenfluß der blauen Wasser der Yamuna und der braunen Wasser der Ganga wie die Begegnung von Rama und Bharat«, sagte der alte Mann fromm.

»Aber was ist mit dem dritten Fluß, dem Triveni, der auch dort mit den anderen zusammenfließt?« fragte Dipankar. »Und mit wem würden Sie den Fluß Saraswati vergleichen?«

Der alte Mann sah Dipankar ärgerlich an. »Woher bist du?« fragte er.

»Aus Kalkutta«, sagte Dipankar. Er hatte die Fragen ohne böse Absicht gestellt und bedauerte, den Mann verärgert zu haben.

»Hm!« schnaubte der Mann.

»Und wo sind Sie her?« fragte Dipankar.

»Aus Salimpur.«

»Wo ist das?«

»Im Distrikt Rudhia.« Der alte Mann beugte sich nach vorn und musterte seine verwachsenen Zehennägel.

»Und wo ist das?« Dipankar ließ nicht locker.

Der alte Mann sah ihn ungläubig an.

»Wie weit ist es von hier entfernt?« fragte Dipankar, da der Mann ohne weiteres Nachhaken nicht antworten würde.

»Sieben Rupien weit entfernt«, sagte der alte Mann.

»Wir sind da«, rief der Bootsführer. »Also, gute Leute, nehmt euer Bad, und betet für das Wohl aller Menschen und für mich auch.«

Aber der alte Mann war nicht zufrieden. »Das ist nicht die richtige Stelle. Seit zwanzig Jahren komme ich her, mich können Sie nicht zum Narren halten. Dort ist sie.« Er deutete auf eine Stelle in der Mitte der Reihe von Booten.

»Ein Polizist ohne Uniform«, sagte der Bootsführer entrüstet. Widerwillig zog er die Ruder noch ein paarmal durch und brachte das Boot an die richtige Stelle. Hier waren bereits einige Badende. Das Wasser war seicht, so daß man darin stehen konnte. Das Plätschern und Singen der Badenden vermischte sich mit dem Läuten der Tempelglocken. Ringelblumen und Rosenblätter, nasse Papierfetzen, Strohhalme, indigofarbene Streichholzschachteln und leere Schachteln aus zusammengenähten Blättern trieben auf dem schlammigen Wasser.

Der alte Mann zog seinen Lungi aus, entblößte dabei die Heilige Schnur, die von seiner linken Schulter bis zur rechten Hüfte hing. Mit noch lauterer Stimme als zuvor trieb er die Pilger zum Baden an. »Hana lo, hana lo«, rief er, wobei er in seiner Aufregung die Silben vertauschte. Dipankar zog sich bis auf die Unterhose aus und sprang ins Wasser.

Das Wasser sah nicht gerade sauber aus, aber er besprizte sich eine Weile. Aus irgendeinem Grund erschien ihm die heiligste aller Stellen als nicht so attraktiv wie die, die der Bootsführer zuerst angesteuert hatte. Dort wäre er am liebsten hineingesprungen. Der alte Mann jedoch war außer sich vor Glück. Er setzte sich hin, tauchte vollständig unter Wasser, legte die Hände zusammen, um es zum Mund zu führen und zu trinken, sagte: »Hari Om«, sooft und so inbrünstig er konnte. Die anderen Pilger waren ebenso ekstatisch wie er. Unterschiedslos entzückten die Wasser der Ganga Männer und Frauen, wie die Berührung der Mutter das Baby entzückt. Sie riefen: »Ganga Mata ki jai!«

»O Ganga, o Yamuna«, rief der alte Mann, streckte die Hände der Sonne entgegen und rezitierte in Sanskrit:

»O Ganga! O Yamuna!
Godvari, Saraswati!
Narmada, Indus, Kaveri,
offenbart euch in diesen Wassern.«

Auf dem Rückweg sagte er zu Dipankar: »Du hast also heute zum erstenmal in der Ganga gebadet, seit du in Brahmpur bist!«
»Ja.« Dipankar fragte sich, woher er das wußte.
»Ich bade hier jeden Tag fünf-, sechsmal«, prahlte der alte Mann. »Das war nur ein kurzes Bad. Ich bade Tag und Nacht – manchmal zwei Stunden lang. Mutter Ganga wäscht all unsere Sünden fort.«
»Sie müssen viel sündigen«, sagte Dipankar; etwas von der Chatterjischen Schlagfertigkeit in ihm war durchgebrochen.
Der alte Mann sah ihn angesichts dieser ketzerischen Bemerkung entsetzt an.
»Badest du denn nie zu Hause?« fragte er Dipankar bissig und vorwurfsvoll.
»Doch.« Dipankar lachte. »Aber nicht zwei Stunden lang.« Er dachte an Kukus Badewanne und mußte lächeln. »Und nicht im Fluß.«
»Sag nicht ›Fluß‹«, sagte der alte Mann scharf. »Sag ›Ganga‹ oder ›Ganga Mata‹. Sie ist nicht nur ein Fluß.«
Dipankar nickte. Zu seinem Erstaunen sah er Tränen in den Augen des alten Mannes.
»Von der Eishöhle Gaumukh im Gletscher bis zum Ozean, der die Insel Sagar umgibt, bin ich entlang der Ganga Mata gereist«, sagte der alte Mann. »Und mit geschlossenen Augen wußte ich, wo ich war.«
»Wegen der unterschiedlichen Sprachen, die man entlang dieser Strecke spricht?« fragte Dipankar demütig.
»Nein! Wegen der Luft in meiner Nase. Die dünne schneidende Luft des Gletschers, die Brise in den Kiefernwäldern, der Duft von Hardwar, der Gestank von Kanpur, die unterschiedlichen Düfte von Prayag und Benares ... und so weiter bis zur feuchten, salzigen Luft der Sundarbans und von Sagar.«
Mit geschlossenen Augen beschwor er seine Erinnerungen herauf. Seine Nasenflügel blähten sich immer weiter, und seine so leicht reizbaren Züge waren friedvoll verklärt.
»Nächstes Jahr mache ich die Reise in die entgegengesetzte Richtung«, sagte er, »von Sagar im Delta bis zu den Schneehängen im Himalaja und dem großen Gletscher Gaumukh und dem weit geöffneten Mund der Eishöhle, unter dem großartigen Gipfel des Shiva-linga ... Dann werde ich eine vollständige Rundreise gemacht haben, eine vollständige Parikrama der Ganga ... vom Eis zum Salz, vom Salz zum Eis. Nächstes Jahr, nächstes Jahr, in Eis und Salz wird meine Seele gewiß bewahrt werden.«

11.11

Am nächsten Tag entdeckte Dipankar ein paar verwirrt dreinblickende junge Ausländer im Publikum und fragte sich, ob sie aus der ganzen Sache überhaupt schlau wurden. Wahrscheinlich verstanden sie kein einziges Wort der Predigt oder der Bhajans. Aber die schöne, etwas stupsnasige Pushpa kam ihnen bald zu Hilfe.

»Also«, sagte sie auf englisch, »Idää ist ganz einfach: alles, was wir bäkommän, lägän wir vor Lotosfüssä von Lord.«

Die Ausländer nickten heftig und lächelten.

»Gleich gibt äs Mäditation auf änglisch von Baba sälbst«, kündigte Pushpa an.

Aber an diesem Tag war Sanaki Baba überhaupt nicht in der Stimmung zu meditieren. Auf der mit dem weißen Tuch bedeckten Plattform plauderte er mit dem Professor und dem jungen Priester über was immer ihm gerade einfiel. Pushpa war das gar nicht recht.

Vielleicht spürte Sanaki Baba das, denn er fügte sich, und eine sehr verkürzte Meditationssitzung nahm ihren Anfang. Er schloß für ein paar Minuten die Augen und hielt das Publikum dazu an, seinem Beispiel zu folgen. Dann sagte er ein langes ›Om‹. Schließlich murmelte er in einem warmherzigen, friedfertigen Tonfall auf englisch mit einem wüsten Akzent und langen Pausen zwischen jedem Halbsatz:

»Der Fluß der Liebe, der Fluß der Wonne, der Fluß der rechten ...

Nehmt Umgebung und höchstes Wesen auf durch Nasenflügel ...

Jetzt fühlt ihr anand und alok – Glücksäligkeit und Leichtigkeit. Fühlt, tut nicht denken ...«

Plötzlich stand er auf und begann zu singen. Jemand trommelte den Rhythmus auf der Tabla, jemand anders schlug zwei kleine Becken zusammen. Dann fing Sanaki Baba an zu tanzen. Sein Blick fiel auf Dipankar, und er sagte: »Steh auf, Divyakar, steh auf und tanz. Und auch ihr, meine Damen, steht auf. Mataji, steh auf. Steht auf.« Er zerrte eine widerstrebende sechzigjährige Frau auf die Beine. Bald tanzte sie selbstvergessen vor sich hin. Weitere Frauen begannen zu tanzen. Die Ausländer begannen mit größtem Vergnügen zu tanzen. Alle tanzten – jeder für sich und alle zusammen – und lächelten glücklich und zufrieden. Auch Dipankar, der es haßte zu tanzen, bewegte sich zu den Klängen der Zimbeln und der Tabla und dem ständig wiederholten Namen Krishnas: Krishna, Krishna, Radhas Geliebter, Krishna.

Zimbeln, Tabla und Singsang verstummten, und das Tanzen hörte so plötzlich auf, wie es begonnen hatte.

Sanaki Baba lächelte wohlwollend reihum und schwitzte.

Pushpa hatte eine Ankündigung zu machen, aber bevor sie sprach, musterte sie das Publikum, runzelte die Stirn vor Konzentration und sammelte ihre Gedanken. Dann sagte sie auf englisch und ziemlich vorwurfsvoll: »Jätzt habt ihr gähabt Tanzän, Prädigt, Sankirtan und Mäditation. Und die Liebä. Aber wänn ihr seid in Büros und Fabrikän, was dann? Dann ist Babaji nicht in körpärlichär Form mit euch. Dann ist Babaji mit euch, aber nicht in körpärlichär Form. Däswägen dürft ihr euch nicht angäwöhnän Tanzän und Übung. Wänn ihr euch angäwöhnt, ist äs sinnlos. Ihr müßt saakshi bhaava habän, Gäfühl dabeizusein, was ist sonst där Sinn?«

Pushpa war eindeutig nicht ganz glücklich. Dann teilte sie mit, um wieviel Uhr zu Abend gegessen und daß Sanaki Baba am nächsten Tag um die Mittagszeit zu einer riesigen Menschenmenge sprechen würde. Sie gab klare Anweisung, wo man sich versammeln sollte.

Das Abendessen war schlicht, aber gut: Quark, Gemüse, Reis – und zum Nachtisch Rasmalai. Dipankar gelang es, neben Pushpa zu sitzen. Alles, was sie sagte, klang in seinen Ohren unglaublich bezaubernd und unglaublich wahr.

»Ich war Lehrerin«, sagte sie zu ihm in Hindi. »Ich war an so viele Dinge gebunden. Aber dann kam das hier, und Babaji sagte zu mir: ›Organisiere das alles‹, und ich fühlte mich so frei wie ein Vogel. Junge Menschen sind nicht dumm«, fügte sie ernst hinzu. »Die meisten religiösen Sadhus haben die Religion zerstört. Sie wollen viel Geld, eine große Anhängerschaft, vollkommene Kontrolle. Bei Babaji bin ich völlig frei. Ich habe keinen Boß. Sogar IAS-Beamte, sogar Minister haben einen Boß. Sogar der Premierminister hat einen Boß. Er muß den Leuten Rede und Antwort stehen.«

Dipankar nickte heftig; er war mit jedem ihrer Worte einverstanden.

Plötzlich wollte er am liebsten auf alles verzichten – auf Sri Aurobindo, auf das Chatterji-Anwesen, auf eine potentielle Anstellung bei einer Bank, auf seine Hütte unter dem Goldregen, auf alle Chatterjis einschließlich Cuddles – und frei sein – frei und boßlos wie ein Vogel.

»Wie wahr«, sagte er und sah sie verwundert an.

11.12

1. Postkarte

Lieber Amit Da,
ich schreibe Dir aus einem Zelt nahe der Ganga, auf einem Bett aus Stroh liegend. Es ist heiß hier und laut, weil man ununterbrochen Bhajans und Kirtans und Ankündigungen aus Lautsprechern und das ständige Pfeifen der Züge hört, aber ich habe Frieden gefunden. Und mein IDEAL, Amit Da. Im Zug auf der Fahrt hierher hatte ich das Gefühl, daß ich in Brahmpur entdecken würde, wer ich wirklich bin und in welche Richtung sich mein eigenes Leben wenden würde,

und ich habe auch gehofft, daß ich vielleicht mein IDEAL finde. Aber da Lata das einzige Mädchen ist, das ich in Brahmpur kenne, war ich besorgt, daß sie sich womöglich als mein IDEAL herausstellen würde. Deswegen habe ich bislang vermieden, ihre Familie zu besuchen, und ein Treffen mit Savita und ihrem Mann bis nach der Pul Mela verschoben. Aber jetzt brauche ich mir keine Sorgen mehr zu machen.

Sie heißt Pushpa, und sie ist wirklich eine Blume. Aber sie ist eine ernste Person, deswegen wird unsere Pushpa-lila daraus bestehen, uns gegenseitig mit Ideen und Gefühlen zu bestreuen, obwohl ich sie gern mit Rosen und Jasmin besprenkeln würde. Wie Robi Babu sagt:

> ... auf mich allein hat deine Liebe gewartet,
> durch Welten und Zeitalter schlaflos wandernd.
>   Ist es wahr,
>   daß meine Stimme, Augen, Lippen dir Erlösung gebracht haben
>   augenblicklich vom Kreislauf der vielen Leben?
>   Ist es wahr,
>   daß du auf meiner zarten Stirn unendliche Wahrheit liest,
>   meine liebevolle Freundin?
>   Ist es wahr?

Es reicht mir, sie nur anzusehen und ihr zuzuhören. Ich glaube, ich habe das Stadium körperlicher Anziehung überwunden. Es ist das WEIBLICHE PRINZIP, das ich in ihr anbete.

2. *Postkarte*
Eine Maus spielt neben meinen Füßen, und letzte Nacht hat sie mich nicht schlafen lassen – ebensowenig wie meine Gedanken. Aber das gehört zur Lila, dem Spiel des UNIVERSUMS, und ich habe mich mit einem großen Glücksgefühl hineingestürzt. Die erste Postkarte ist schon voll, deswegen schreibe ich auf der zweiten der zwei Dutzend voradressierten Postkarten weiter, die Ma mir mitgegeben hat.

Bitte entschuldige meine schlechte Handschrift. Pushpa hat eine wundervolle Handschrift. Ich habe gesehen, wie sie meinen Namen auf englisch in die Anwesenheitsliste eingetragen hat, und sie hat einen mystischen Vollmond als Punkt auf das ›i‹ gesetzt.

Wie geht es Ma und Baba und Meenakshi und Kuku und Tapan und Cuddles und Dir selbst? Ich vermisse Euch noch nicht, und wenn ich an Euch denke, dann versuche ich, es mit desinteressierter Liebe zu tun. Ich vermisse nicht einmal meine Hütte, in der ich meditiere – oder ›mäditiere‹, wie Pushpa mit ihrem reizenden Akzent und ihrem warmherzigen Lächeln sagt. Sie sagt, wir sollten frei sein – frei wie Vögel –, und ich habe beschlossen, nach der Mela zu reisen, wohin immer mich meine Seele führt, damit ich die GESAMTHEIT meiner

3. Postkarte
Seele und das WESEN Indiens wirklich entdecken kann. Nur auf der Pul Mela herumzuschlendern hat mir dabei geholfen, wahrzunehmen, daß die SPIRITUELLE QUELLE Indiens weder die Null noch die Einheit, noch die Dualität und auch nicht die Dreifaltigkeit ist, sondern die UNENDLICHKEIT. Wenn ich dächte, daß sie zustimmen könnte, würde ich sie fragen, ob sie mit mir kommt, aber sie verehrt Sanaki Baba und hat beschlossen, ihr ganzes Leben ihm zu widmen.

Aber ich habe Dir ja noch gar nicht erzählt, wer er ist. Er ist der heilige Mann, der Baba, in dessen Camp ich hier am sandigen Ufer der Ganga wohne. Mr. Maitra hat mich ihm vorgestellt, und Sanaki Baba wollte, daß ich hierbleibe. Er ist sehr weise und lieb und humorvoll. Mr. Maitra hat ihm erzählt, wie unglücklich und friedlos er ist, und Sanaki Baba hat ihm geholfen und ihm gesagt, daß er ihm später erklären wird, wie er meditieren soll. Als Mr. Maitra ging, hat Babaji zu mir gesagt: »Divyakar« – aus irgendeinem Grund nennt er mich manchmal gern Divyakar –, »ich remple in der Dunkelheit gegen einen Tisch, und doch ist es nicht der Tisch, der mir weh getan hat, sondern das fehlende Licht. Im Alter tun all diese kleinen Dinge weh, weil das Licht der Meditation fehlt.« »Aber Meditation, Baba«, habe ich gesagt, »ist doch nicht leicht. Sie reden, als ob es ganz einfach wäre.« »Ist es leicht zu schlafen?« hat er mich gefragt. »Ja«, habe ich gesagt. »Aber nicht für den, der unter Schlaflosigkeit leidet. Und Meditation ist leicht, aber man muß die Mühelosigkeit zurückgewinnen.«

Deswegen habe ich beschlossen, diese leichte Mühelosigkeit wiederzufinden, und ich habe auch beschlossen, daß ich sie am Ufer der Ganga finden werde.

Gestern habe ich auf einem Boot einen alten Mann kennengelernt, der erzählt hat, daß er

4. Postkarte
von Gaumukh bis Sagar die Ganga entlanggereist ist, und seitdem verspüre ich in meinem Herzen den Wunsch, das auch zu tun. Vielleicht lasse ich mir sogar das Haar lang wachsen, entsage allem, lebe der Sannyaa. Sanaki Baba hat sich sehr dafür interessiert, daß Baba (mit den vielen ›Babas‹ kommt man ganz durcheinander) Richter am Hohen Gericht ist. Aber andererseits hat er in einer Predigt gesagt, daß auch die, die in großen herrschaftlichen Häusern leben, letztlich zu Staub zerfallen, in dem sich die Esel wälzen. Da ist es mir wie Schuppen von den Augen gefallen. Tapan wird sich in meiner Abwesenheit um Cuddles kümmern, und wenn nicht er, dann eben jemand anders. Ich erinnere mich an ein Lied, das wir immer in der Schule in Jheel gesungen haben: Robi Babus *Akla Cholo Ré*, das mir damals absurd vorkam, selbst wenn es 400 Stimmen geschrien haben. Aber jetzt, wo ich beschlossen habe, ›allein zu reisen‹, ist es mir ein Leitstern, und ich summe es die ganze Zeit (obwohl Pushpa manchmal sagt, ich soll aufhören).

Hier ist alles so friedlich, man spürt nichts von der Mißstimmung, die Religion manchmal verbreitet, wie zum Beispiel an dem Abend in der Ramakrishna-Mission. Ich überlege mir, ob ich Pushpa mein Gekritzel zu verschiedenen spirituellen Themen zeigen soll. Wenn Du Hemangini triffst, dann sag ihr doch bitte, sie soll meine Notizen über die LEERE dreimal abtippen; von Durchschlägen bekommt man immer so schwarze Finger, und meine Handschrift kann ich Pushpa nicht zumuten.

5. *Postkarte*
Man lernt so viel hier, die Horizonte sind UNENDLICH und werden jeden Tag weiter. Ich kann mir vorstellen, wie sich über das ganze Gelände der Mela der ›Pul‹ aus Blättern des Bobaumes wie ein grüner Regenbogen von der Rampe bis zum Nordufer über die Ganga spannt und Seelen zur anderen Seite hinüberträgt und unsere verschmutzte Welt mit seinem Grün regeneriert. Und wenn ich in der Ganga bade, was ich mehrmals am Tag mache (erzähl's nicht Ila Kaki, sonst kriegt sie einen Anfall), dann spüre ich, wie ein Segen durch meine Glieder fließt. Alle singen »Ganga cha, Yamune cha aiva«, das Mantra, das Mrs. Ganguly uns zu Mas Ärger beigebracht hat, und ich singe aus voller Kehle mit!

Ich erinnere mich, Amit Da, daß Du mir einmal erzählt hast, daß die Ganga mit ihren Zuflüssen und Abflüssen ein Modell für Deinen Roman ist, aber jetzt glaube ich, daß der Vergleich noch viel treffender ist, als Du damals gedacht hast. Denn auch wenn Du jetzt die zusätzliche Belastung auf Dich nehmen mußt, die Familienfinanzen zu verwalten – denn ich werde Dir nicht helfen können –, und auch wenn Du deswegen ein paar Jahre länger brauchst, um Deinen Roman zu Ende zu schreiben, so kannst Du Dir doch vorstellen, der neue Fluß Deines Lebens sei der Brahmaputra, der scheinbar in eine andere Richtung fließt, der sich jedoch – dank seltsamer Windungen, die für uns noch im verborgenen liegen – mit der breiten Ganga Deiner Vorstellung sicherlich vereinigen wird. Das hoffe ich zumindest, Dada. Natürlich weiß ich, wieviel Dir das Schreiben bedeutet, aber was ist schon ein Roman verglichen mit der SUCHE nach der QUELLE?

6. *Postkarte*
Jetzt habe ich einen ganzen Stapel Postkarten vollgeschrieben und weiß nicht, wie ich sie schicken soll. Wenn ich sie einzeln hier mit der Post – es gibt sogar eine Pul-Mela-Post! die organisatorischen Vorkehrungen sind schon erstaunlich – abschicke, werden sie in zufälliger Reihenfolge ankommen, und ich fürchte, das wird Verwirrung stiften. Sie sehen sowieso schon verwirrend genug aus, mit dieser Mischung aus Englisch und Bengali, und meine Handschrift ist noch schlechter als sonst, weil ich keine andere Unterlage habe als meinen Sri Aurobindo. Und ich fürchte, ich werde Euch beunruhigen durch die Richtung, die ich einzuschlagen – oder vielmehr nicht einzuschlagen – beschlossen habe. Bitte versuch, mich zu verstehen, Dada. Vielleicht kannst Du Dich ein, zwei Jahre um die Angelegenheiten zu Hause kümmern, und dann komme ich vielleicht zurück

und helfe Dir. Aber natürlich mag das auch noch nicht meine endgültige Antwort sein, weil ich jeden Tag neue Dinge lerne. Wie Sanaki Baba sagt: »Divyakar, das ist eine Wasserscheide in deinem Leben.« Und Du kannst Dir gar nicht vorstellen, wie bezaubernd Pushpa ist, wenn sie sagt: »Die SCHWINGUNGEN echter Gefühle werden immer den BRENNPUNKT erreichen.« Vielleicht muß ich das alles gar nicht abschicken, jetzt, wo ich es geschrieben habe. Ich werde das später am Tag entscheiden – oder es wird für mich entschieden werden.

Ich wünsche Euch FRIEDEN und LIEBE und sende Euch den Segen des Baba. Bitte, sag Ma, daß es mir gutgeht.

Keep smiling!
Dipankar

11.13

Dunkelheit legte sich über den Sandstrand. In der Zeltstadt flackerten Tausende von Lichtern und Feuern. Dipankar versuchte, Pushpa zu überreden, ihm etwas von der Mela zu zeigen.

»Was weiß ich schon von der Welt da draußen?« fragte sie. »Das Camp des Baba ist meine Welt. Geh du, Dipankar«, sagte sie nahezu zärtlich. »Geh in die Welt hinaus – zu den Lichtern, die anziehen und faszinieren.«

Das ist etwas dramatisch ausgedrückt, dachte Dipankar. Aber es war sein zweiter Abend auf der Pul Mela, und er wollte etwas davon sehen. Er schlenderte herum, von der Menge gedrängt und gestoßen, von seiner Neugier oder irgendeinem Instinkt hierhin oder dorthin getrieben. Er kam an einer Reihe von Ständen vorbei – die gerade für die Nacht schlossen –, wo handgewebter Stoff, Glasreife, billiger Schmuck, zinnoberroter Puder, Zuckerwatte, Süßigkeiten, Lebensmittel und heilige Bücher zum Kauf angeboten wurden. Er kam an Gruppen von Pilgern vorbei, die sich auf ihre Decken und Tücher legten oder über qualmenden improvisierten Feuerstellen im Sand ihr Abendessen kochten. Er sah eine Prozession von fünf nackten, mit Asche beschmierten Sadhus mit Dreizacken, die zur Ganga hinuntergingen, um zu baden. Er mischte sich unter eine große Menge, die in einem Zelt in der Nähe der Stände mit handgewebtem Stoff ein religiöses Stück über das Leben Krishnas ansah. Ein lebhaftes weißes Hündchen tauchte aus dem Nirgendwo auf und schnappte spielerisch nach seiner Pajama; es wedelte mit dem Schwanz und versuchte, ihn in die Ferse zu beißen. Es war zwar nicht so bösartig wie Cuddles, aber ebenso hartnäckig. Je mehr Dipankar herumtänzelte, um zu vermeiden, gebissen zu werden, um so mehr schien dem Hündchen das Spiel zu gefallen. Schließlich bewarfen es zwei Sadhus, die den Vorfall bemerkt hatten, mit Sandklumpen, und es lief davon.

Es war eine warme Nacht. Es war noch nicht ganz Vollmond. Dipankar schlenderte lange Zeit herum, ohne genau zu wissen, wohin er ging. Er blieb jedoch auf dem südlichen Ufer und überquerte die Ganga nicht.

Große Bereiche der Pul Mela waren für unterschiedliche Sekten oder Orden von Sadhus abgesteckt. Einige dieser Gruppen, bekannt als Akharas, waren berüchtigt für ihre strenge, militante Organisation. Sadhus dieser Akharas bildeten den auffallendsten Teil der Pul-Mela-Prozession, die traditionellerweise jedes Jahr am großen Vollmond-Badetag stattfand. Die Akharas wetteiferten miteinander, ihr Lager möglichst nahe der Ganga aufzuschlagen, möglichst an der Spitze der Prozession zu gehen und einen möglichst prunkvollen und auffälligen Eindruck zu machen. Bisweilen wurden sie gewalttätig.

Dipankar wanderte zufällig durch ein offenes Tor auf die riesige bedeckte Fläche, die einer dieser Akharas zugeteilt war. Er spürte sofort die Spannung, die hier herrschte. Aber auch andere Leute, die ganz eindeutig keine Sadhus waren, gingen ein und aus, und er beschloß zu bleiben.

Diese Akhara war ein shivaitischer Orden. Die Sadhus saßen gruppenweise um kleine Feuer, die sich in einer Linie bis in die rauchigen hintersten Ecken des Geländes zogen. Daneben steckten Dreizacke im Sand, manchmal umwunden mit Ringelblumengirlanden, manchmal gekrönt von einer kleinen Trommel, die mit Lord Shiva assoziiert wird. Die Sadhus reichten Lehmpfeifen herum, und der Geruch nach Marihuana hing schwer in der Luft. Dipankar schlenderte immer weiter und blieb plötzlich wie angewurzelt stehen. In der hintersten Ecke saßen und schwirrten in einer dicken Rauchwolke mehrere hundert kahlköpfige junge Männer, mit nichts weiter als einem kleinen weißen Lendentuch bekleidet, um riesige Eisentöpfe wie Bienen um Bienenkörbe. Dipankar wußte nicht, was dort vor sich ging, aber ein Gefühl der Angst und der Ehrfurcht ergriff ihn – als ob er Zeuge eines Initiationsritus wäre, dessen Anblick dem neugierigen Außenseiter gefährlich werden könnte.

Und tatsächlich, noch bevor er sich zurückziehen konnte, sagte ein nackter Sadhu, dessen Dreizack direkt auf sein Herz zeigte, leise zu ihm: »Geh.«

»Aber ich ...«

»Geh.« Der nackte Mann deutete mit seinem Dreizack in die Richtung, aus der Dipankar gekommen war.

Dipankar machte auf der Stelle kehrt und lief. Aus seinen Beinen schien alle Kraft gewichen zu sein. In der Nähe des Eingangs bekam er Rauch in den Hals, mußte husten, beugte sich vornüber und preßte die Hände auf den Magen.

Plötzlich wurde er durch den Schlag einer silberfarbenen Keule zu Boden geworfen. Eine Prozession, der er im Weg gestanden hatte, kam an ihm vorbei. Er schaute auf und sah leuchtende Seide, schillernden Brokat und bestickte Schuhe. Und dann war sie auch schon vorbei.

Er war nicht verletzt, aber außer Atem und durcheinander. Er saß auf einer der rauhen Matten, die den sandigen Boden bedeckten, und sah sich um. Gleich neben ihm saßen fünf, sechs Sadhus um ein kleines Feuer und rauchten Ganja. Ab und zu warfen sie ihm einen Blick zu und lachten schrill.

»Ich muß gehen, ich muß gehen«, sagte Dipankar zu sich selbst in Bengali.

»Nein, nein«, sagten die Sadhus in Hindi.

»Doch«, sagte Dipankar. »Ich muß gehen. Om Namah Shivaya«, fügte er hastig hinzu.

»Streck deine rechte Hand aus«, wies ihn einer an.

Dipankar kam zitternd seinem Befehl nach.

Der Sadhu verschmierte etwas Asche auf seiner Stirn und auf seiner Handfläche. »Iß!« befahl er.

Dipankar zog die Hand zurück.

»Iß. Warum blinzelst du? Wenn ich Tantriker wäre, würde ich dir Menschenfleisch zu essen geben. Oder Schlimmeres.«

Die anderen Sadhus kicherten.

»Iß«, befahl ihm der Sadhu noch einmal und starrte ihm unerbittlich in die Augen. »Das ist das Prasad für Lord Shiva. Es ist Vibhuti.«

Dipankar schluckte das widerliche Pulver und verzog angeekelt das Gesicht. Die Sadhus fanden das komisch und kicherten erneut.

Einer fragte Dipankar: »Wenn es jedes Jahr zwölf Monate regnen würde, warum wären die Flüsse trotzdem ausgetrocknet?«

Ein anderer fragte: »Wenn eine Leiter von der Erde zum Himmel führte, warum wäre die Erde dann trotzdem bevölkert?«

Ein dritter fragte: »Wenn es eine Telefonverbindung zwischen Gokul und Dwaraka gäbe, warum würde sich Radha dann trotzdem ständig Sorgen um Krishna machen?«

Daraufhin brachen alle in Lachen aus. Dipankar wußte nicht, was er sagen sollte.

Der vierte fragte: »Wenn die Ganga immer noch aus dem obersten Haarknoten Shivas fließt, was machen wir dann hier in Brahmpur?«

Über dieser Frage vergaßen sie Dipankar, und verwirrt und verstört ging er davon.

Vielleicht, dachte er, suche ich nach einer FRAGE und nicht nach einer ANTWORT.

Draußen ging die Mela weiter wie zuvor. Die Menschenmengen strömten zur Ganga und wieder zurück, die Lautsprecher verkündeten Verluste und Funde, Bhajans und laute Schreie vermischten sich mit dem Pfeifen der Züge, die am Pul-Mela-Bahnhof eintrafen, und der Mond stand nur ein bißchen höher als zuvor am Firmament.

11.14

»Was ist das Besondere an Ganga Dussehra?« fragte Pran, als sie das Ufer entlang zur Pontonbrücke gingen.

Die alte Mrs. Tandon wandte sich an Mrs. Mahesh Kapoor. »Weiß er es wirklich nicht?« fragte sie.

»Ich bin sicher, daß ich es ihm erzählt habe, aber dank dieser ganzen Angreziyat, dieser Anglisierung, hat er alles vergessen«, sagte Mrs. Mahesh Kapoor.

»Sogar Bhaskar weiß es«, sagte die alte Mrs. Tandon.

»Weil du ihm Geschichten erzählst«, sagte Mrs. Mahesh Kapoor.

»Und weil er zuhört. Die meisten Kinder hören nicht zu.«

»Also?« sagte Pran lächelnd. »Wird mich nun jemand aufklären? Oder ist das ein weiterer Fall von Schikane, die sich als Wissenschaft verbrämt?«

»Was redest du da nur«, sagte seine Mutter etwas beleidigt. »Veena, geht nicht so weit voraus.«

Veena und Kedarnath blieben stehen und warteten auf die anderen.

»Es war der Weise Jahnu, Kind«, sagte die alte Mrs. Tandon milde und wandte sich Pran zu. »Der Tag, an dem die Ganga aus Jahnus Ohr floß und auf die Erde stürzte, das war Ganga Dussehra, und seitdem wird das jedes Jahr gefeiert.«

»Aber alle sagen, daß sie aus Shivas Haar fließt«, widersprach Pran.

»Das war vorher«, erklärte die alte Mrs. Tandon. »Dann überschwemmte sie Jahnus Opferstätte, und in seinem Zorn trank er sie auf. Schließlich ließ er sie durch sein Ohr wieder frei, und sie stürzte auf die Erde. Deswegen wird die Ganga auch Jaahnavi – von Jahnu geboren – genannt.« Die alte Mrs. Tandon lächelte bei der Vorstellung vom Zorn des Weisen und dem glücklichen Ausgang der Geschichte. »Und drei oder vier Tage später, in der Vollmondnacht des Monats Jeth, ging ein anderer Weiser, der nicht in seinen Aschram konnte, über den Bo-Pul, die Brücke aus Bolaub. Deswegen ist das der heiligste Badetag der Pul Mela.«

Mrs. Mahesh Kapoor äußerte höflich eine andere Meinung. Diese Pul-Mela-Legende, so glaubte sie, war reine Fiktion. Wo wurde das bitte in den Puranas, den Epen oder den Veden erwähnt?

»Alle wissen, daß es stimmt«, sagte die alte Mrs. Tandon.

Sie hatten die überfüllte Pontonbrücke erreicht und kamen kaum noch vorwärts, so dicht war die Menschenmenge.

»Aber wo steht das geschrieben?« fragte Mrs. Mahesh Kapoor, die ein wenig keuchte, aber es schaffte, sich nicht vom Thema abbringen zu lassen. »Woher sollen wir wissen, daß es so war? Ich glaube es nicht. Deswegen mische ich mich nie unter die abergläubischen Menschenmassen, die an Jeth Purnima baden. Das kann nur Unglück bringen.«

Mrs. Mahesh Kapoor hatte unumstößliche Ansichten, was Feste betraf. Sie glaubte nicht einmal an Rakhi, sondern bestand darauf, daß das Fest, das die Bande zwischen Bruder und Schwester wirklich heiligte, Bhai-Duj war.

Die alte Mrs. Tandon wollte nicht mit ihrer Samdhin streiten, vor allem nicht in Anwesenheit der Familie und erst recht nicht, wenn sie über die Ganga gingen, und sie beließ es dabei.

11.15

Am Nordufer der Ganga war die Menschenmenge spärlicher. Hier standen weniger Zelte, und bisweilen mußten die fünf über unbefestigten Sand gehen. Der Wind frischte auf, und Sand wehte ihnen ins Gesicht, als sie sich Richtung Westen vorwärtskämpften zu Ramjap Babas Plattform.

Sie waren Teil einer langen Schlange von Pilgern, die dasselbe Ziel hatten. Veena und die zwei älteren Frauen bedeckten die Gesichter mit den Pallus ihrer Saris. Pran und Kedarnath hielten sich Taschentücher vor Mund und Nase. Glücklicherweise verursachte Prans Asthma ihm keine unmittelbaren Beschwerden, obwohl die Umstände nicht schlimmer hätten sein können. Schließlich gelangten sie an der Stelle an, wo Ramjap Babas strohgedeckte, mit Ringelblumengirlanden und Laub geschmückte, von einer Pilgerschar umgebene Plattform auf Holz- und Bambusstelzen am leicht abfallenden Nordufer ungefähr fünfzig Meter vom augenblicklichen Wasserlauf des Flusses entfernt stand. Hier würde er auch noch in ein paar Wochen sein, wenn die Plattform zu einer Insel in der Ganga geworden war. Den ganzen Tag – und manchmal auch noch, wenn er schlief – würde er nichts anderes tun, als ununterbrochen Gottes Namen zu sagen. »Rama, Rama, Rama, Rama.« Daher sein volkstümlicher Name.

Aufgrund seiner entsagungsreichen Lebensweise und dessen, was die Menschen als sein grundgütiges Wesen betrachteten, hatte er sich große Verdienste und Macht erworben. Die Menschen liefen meilenweit über den Sand – in ihren Augen nichts anderes als blinden Glauben –, um einen Blick auf ihn zu werfen. Sie ruderten zwischen Juli und September zu ihm hinaus, wenn die Ganga die Stelzen der Plattform umspülte. Und das war seit dreißig Jahren so. Ramjap Baba kam immer zur Pul Mela nach Brahmpur, wartete, bis das Wasser stieg, und wenn es sich ungefähr vier Monate später wieder zurückzog, dann ging auch er wieder. Das war sein ganz persönliches Quadrimester oder Chotur-maas, das in keinem strikten Sinn mit dem traditionellen viermonatigen Schlaf der Götter übereinstimmte.

Was die Menschen von ihm bekamen, war schwer zu sagen. Manchmal sprach er mit ihnen, manchmal nicht, manchmal segnete er sie, manchmal nicht. Dieser dürre, ausgemergelte, erschöpfte Mann, der verwelkt war wie eine Vogelscheuche, von Wind und Sonne dunkelbraun gegerbt, saß auf seiner Plattform, die Knie neben seinen Ohren, und sein langer Kopf war oberhalb der Brüstung kaum sichtbar. Er hatte einen weißen Bart, verfilztes schwarzes Haar, eingesunkene Augen, die fast blind über das Meer der Menschen starrten, als wären diese nur Sandkörner oder Wassertropfen.

Die Schar der Pilger – viele umklammerten das *Shri Bhagvad Charit* in einer gebundenen gelben Ausgabe, die man hier verkaufte – wurde von jungen Freiwilligen in Schach gehalten, die ihrerseits von den Gesten eines alten Mannes dirigiert wurden. Dieser Mann, der dicke Brillengläser trug und aussah wie ein Professor, schien den Pilgerverkehr offiziell zu regeln. Er hatte viele Jahre für die Regierung gearbeitet, jedoch den Dienst quittiert, um Ramjap Baba zu dienen.

Ramjap Baba hatte einen dürren Arm auf die Brüstung gelegt, und mit ihm segnete er die Menschen, die zu ihm vorgelassen wurden. Er flüsterte ihnen kaum hörbare Worte zu. Manchmal starrte er auch nur geradeaus. Die Freiwilligen, die Mühe hatten, die Menschenmassen zurückzuhalten, waren vom vielen Schreien schon ganz heiser.

»Zurück – zurück – bitte, jeder nur ein Buch mitnehmen zum Babaji ...«

Der alte Mann berührte es erschöpft mit dem Mittelfinger seiner rechten Hand.

»Der Reihe nach, bitte – der Reihe nach – ja, ich weiß, du studierst an der Universität von Brahmpur und hast nur fünfundzwanzig Freunde mitgebracht – bitte warten, bis Sie dran sind – setzen Sie sich, setzen Sie sich – zurück, Mataji, bitte zurück, macht es uns nicht noch schwerer ...«

Mit ausgestreckten Händen und Tränen in den Augen drängte die Menge vorwärts. Manche wollten gesegnet werden, andere nur einen besseren Darshan auf Ramjap Baba haben, wieder andere brachten ihm Gaben: Schüsseln, Taschen, Bücher, Papier, Getreide, Süßigkeiten, Obst, Geld.

»Legt das Prasad in den Korb – legt das Prasad in den Korb«, sagten die Freiwilligen. Was die Leute mitgebracht hatten, wurde gesegnet und anschließend wieder verteilt.

»Warum ist er so berühmt?« fragte Pran den Mann, der neben ihm stand. Er hoffte, daß seine Verwandtschaft seine Frage nicht gehört hatte.

»Ich weiß es nicht«, sagte der Mann. »Aber seinerzeit hat er viele gute Dinge getan. Er ist es einfach.« Dann versuchte er sich wieder vorzudrängeln.

»Es heißt, er sagt den ganzen Tag Ramas Namen. Warum tut er das?«

»Wenn man Holz lange genug reibt, fängt es an zu brennen und gibt dir das Licht, nach dem du dich sehnst.«

Während Pran über diese Antwort nachdachte, ging der Mann mit der dicken Brille auf Mrs. Mahesh Kapoor zu und begrüßte sie mit einem tiefen Namasté. »Sie sind hierhergekommen?« sagte er überrascht und mit großer Hochachtung. »Und Ihr Mann?« Als früherer Regierungsbeamter kannte er Mrs. Mahesh Kapoor vom Sehen.

»Er – nun, er ist wegen der Arbeit verhindert. Dürfen wir ...?« fragte Mrs. Mahesh Kapoor schüchtern.

Der Mann ging zur Plattform, sprach ein paar Worte und kehrte zurück.

»Babaji sagt, daß es sehr freundlich von Ihnen war, zu kommen.«

»Dürfen wir zu ihm?«
»Ich werde fragen.«
Nach einer Weile kam er mit drei Guaven und vier Bananen wieder zurück und gab die Früchte Mrs. Mahesh Kapoor.
»Wir würden gern gesegnet werden«, sagte sie.
»O ja, ja, ich werde mich darum kümmern.«
Endlich waren sie an der Reihe. Sie wurden dem heiligen Mann vorgestellt.
»Danke, danke ...« wisperte das abgehärmte Gesicht durch schmale Lippen.
»Mrs. Tandon ...«
»Danke, danke ...«
»Kedarnath Tandon und seine Frau Veena ...«
»Ah?«
»Kedarnath Tandon und seine Frau.«
»Oh, danke, danke, Rama, Rama, Rama, Rama ...«
»Babaji, das ist Pran Kapoor, der Sohn des Finanzministers Mahesh Kapoor. Und das ist die Frau des Ministers.«
Der Baba sah Pran kurz an und wiederholte müde: »Danke, danke.«
Dann streckte er einen Finger aus und berührte Prans Stirn.
Aber bevor sie weitergedrängt wurde, sagte Mrs. Mahesh Kapoor mit flehender Stimme: »Baba, der Junge ist sehr krank – seit seiner Kindheit hat er Asthma. Jetzt, wo Sie ihn berührt haben ...«
»Danke, danke«, sagte das alte Gespenst. »Danke, danke.«
»Baba, wird er jetzt gesund werden?«
Der Baba deutete mit dem Finger, mit dem er Pran gesegnet hatte, himmelwärts.
»Und Baba, was ist mit seiner Arbeit? Ich mache mir solche Sorgen ...«
Der Baba beugte sich nach vorn. Der Mann mit der dicken Brille bat Mrs. Mahesh Kapoor weiterzugehen.
»Arbeit?« Die Stimme war kaum zu hören. »Gottes Arbeit?«
»Nein, Baba, er will eine Stelle. Wird er sie bekommen?«
»Das hängt davon ab. Der Tod wird entscheiden.« Es war fast so, als würde er die Lippen öffnen und ein anderer Geist aus seiner bis auf die Rippen abgemagerten Brust sprechen.
»Der Tod? Wessen Tod, Baba?« fragte Mrs. Mahesh Kapoor jetzt voller Angst.
»Der Herr – dein Herr – unser aller Herr – er war – er dachte, er war ...«
Die seltsamen, zweideutigen Worte ließen ihr das Blut in den Adern gefrieren. Und wenn nun ihr Mann gemeint war! Mit Panik in der Stimme flehte Mrs. Mahesh Kapoor: »Sagen Sie mir, Baba, ich bitte Sie – wird jemand, der mir nahesteht, sterben?«
Der Baba schien das Entsetzen in der Stimme der Frau zu bemerken; so etwas wie Mitgefühl huschte über Haut und Knochen seines Gesichts. »Selbst wenn es so wäre, wäre es für Sie bedeutungslos ...« sagte er. Die Worte schienen ihn immense Anstrengung zu kosten.

Er sprach von ihrem eigenen Tod. Das mußte er damit meinen. Sie spürte es in den Knochen. Ihre zitternden Lippen brachten kaum die nächste Frage heraus: »Sprechen Sie von meinem Tod?«

»Nein ...«

Ramjap Baba schloß die Augen. In Mrs. Mahesh Kapoors Herz kämpften Erleichterung und Erschütterung miteinander, und sie ging weiter.

»Danke, danke«, flüsterte es leiser und leiser, während sie, ihr Sohn, seine Schwester, deren Mann und dessen Mutter – eine durch Liebe und infolgedessen durch Angst verbundene Kette – langsam durch das Gedränge auf den Sandstrand zurückkehrten.

11.16

Sanaki Baba sprach, die Augen geschlossen.

»Om. Om. Om.
Herr ist Meer der Wonne, und ich bin sein Tropfen.
Herr ist Meer der Liebe, und ich bin wesentlich Bestandteil davon.
Ich bin wesentlich Bestandteil von Herr.
Atmet die Brivationen durch Nasenflügel ein.
Atmet ein und atmet aus.
Om alokam. Om anandam.
Der Herr ist in euch, und ihr seid Teil von Herr.
Atmet Umgebung ein und göttlichen Meister.
Atmet böse Gefühle aus.
Fühlt, tut nicht denken.
Tut nicht fühlen und nicht denken.
Dieser Körper seid nicht ihr ... dieser Geist seid nicht ihr ... dieser
                                    Intellekt seid nicht ihr.
Christus, Mohammed, Buddha, Rama, Krishna, Shiva: Mantra ist
                              anjapa jaap, der Herr hat nicht Namen.
Musik ist ungehörte Brivationen. Laßt Musik die Mitte öffnen wie
                              liebliche Lotosblume.
Ihr müßt nicht schwimmen, ihr müßt fließen.
Oder segeln wie Lotosblume.
Okay.«

Es war vorbei. Sanaki Baba machte den Mund zu und die Augen auf. Langsam und widerwillig kehrten die Meditierenden in die Welt zurück, die sie verlassen hatten. Draußen regnete es. Zwanzig Minuten lang hatten sie Frieden und Eintracht gefunden in einer Welt, weit weg von Hader und Gezänk. Dipankar meinte, daß jeder, der an der Meditation teilgenommen hatte, ein Gefühl der Wärme, der Zuneigung allen anderen gegenüber verspüren müsse. Um so schockierter war er von dem, was folgte.

Die Sitzung war kaum beendet, als der Professor sagte: »Darf ich eine Frage stellen?«

»Warum nicht?« sagte Babaji verträumt.

»Die Frage richtet sich an die gnädige Frau«, sagte er und betonte ›gnädige Frau‹ auf so eindeutige Weise, daß es sich nur um eine Herausforderung handeln konnte. »Bei der Einatmung und Ausatmung, von der Sie gesprochen haben, geht der Effekt dabei zurück auf Oxydation oder Meditation?«

Jemand weiter hinten sagte: »Sprechen Sie Hindi.« Und der Professor wiederholte die Frage in Hindi.

Es war eine komische Frage, die entweder unbeantwortbar war oder aber mit einem verblüffenden ›Beides‹ beantwortet werden mußte. Denn die Möglichkeiten Oxydation und Meditation widersprachen sich nicht unbedingt, was immer sie bedeuteten, es konnte beides sein. Der Professor war eindeutig der Meinung, daß die Frau, die zuviel Macht und Nähe zu Babaji usurpiert hatte, auf ihren Platz verwiesen werden mußte und daß eine Frage wie diese ihre Unwissenheit und ihre unlauteren Absichten ans Tageslicht bringen würde.

Pushpa stellte sich rechts neben Sanaki Baba. Er hatte die Augen wieder geschlossen und lächelte glückselig. Auch während des folgenden Wortwechsels hörte er nicht auf, glückselig zu lächeln.

Alle Augen außer Babas ruhten auf Pushpa. Sie sprach englisch, mit Schwung und kaltem Zorn.

»Lassän Sie mich klarställn, daß Fragän hier nicht an ›gnädigä Frau‹ oder sonst jämand gäställt wärdän, sondärn nur an Meistär. Wänn wir hier Untärricht gäbän, dann mit seinär Stimmä, und wir übersätzän oder sprächän, weil seinä Vibrationän durch uns sprächän. Die ›gnädigä Frau‹ weiß nichts. Fragä solltä also an Meistär gärichtät wärdän. Das ist alläs.«

Die Strenge ihrer Antwort hatte Dipankar erstarren lassen. Er sah zum Baba, war gespannt, was er sagen würde. Babas Augen in seinem lächelnden Gesicht waren noch immer geschlossen, und er saß nach wie vor in Meditationshaltung da. Jetzt öffnete er die Augen und sagte: »Es ist, wie Pushpa sagt, und ich bitte sie, mit meinen Brivationen zu sprechen.«

Bei dem Wort ›Brivationen‹ blitzte und donnerte es draußen.

Der Meister hatte Pushpa gezwungen, die Frage zu beantworten. Sie hielt sich ein Tuch aus Kümmernis und Verlegenheit vors Gesicht. Dann sprach sie zornig und aufrichtig und verteidigte sich kampfbereit, wobei sie dem Professor voll ins Gesicht sah.

»Eins ist ein Muß, das gäsagt wärdän muß, und das ist, daß wir allä Sadhikas sind, wir allä lärnän, ägal wie alt wir sind, und wir müssän nur Fragä ställän, die rälävant ist, nicht Fragä um där Fragä willän odär um ›gnädigä Frau‹ odär Meistär odär sonstjämand zu prüfän. Wänn einä Fragä wirklich bäschäftigt, dann soll man sie ställän – sonst darf man keinä Gnadä von Guru ärwartän. Das wolltä ich nur sagän, und jätzt wärdä ich Fragä bäantwortän. Weil ich weiß, daß wir noch mähr Fragän habän wärdän, und ich wolltä das von Anfang an gäsagt habän ...«

An dieser Stelle versuchte der Professor, sie zu unterbrechen, aber sie schmetterte ihn ab.

»Lassän Sie mich zu Ändä sprächän. Ich wärdä Profässor Sahibs Fragä bäantwortän, mit wälchäm Ziel sie auch gäställt wurdä, warum also will Profässor Sahib untärbrächän? Ich bin kein Wissänschaftlär där Oxydation – Oxydation ist natürlich, abär sie ist immär da. Aber was gäschieht? Man mag sähän odär hörän, abär Wort odär Bild als solchäs: was ist das? Was ist ihr Äffäkt? Är kann untärschiedlich sein. Wenn man obszönäs Bild ansieht, das wird Äffäkt auf Sie habän, starkän Äffäkt«, sie rümpfte die Nase und schloß angewidert die Augen, »und ein schönäs Bild, wiedär andärs. Bei Musik das gleichä. Bhajan-Musik ist Musik, Filmmusik ist auch Musik, abär einä hat bästimmtän Äffäkt, andärä andärän. Auch bei Gäruch. Brännendär Weihrauch hat einän wundärbarän Gäruch, brännände Schuhä habän schräcklichän Gäruch. Odär die Prozässionän der Akharas morgän: manchä sind friedlich, andärä wollän streitän. Hängt alläs ab. Und auch Sankirtans, wie an diesäm Abänd: man kann Sankirtans habän mit gutän Mänschän odär mit schlächtän Mänschän.« Das hatte sie sehr anzüglich gesagt. »Däswägän hattä heiligär Chaitanya nur Sankirtans mit gutän Mänschän.

Ich will Profässor Sahib sagän, das ist keine Fragä. ›Ist äs Mäditation? Ist äs Oxydation?‹ Die wahrä Fragä ist: ›Was ist unsär Ziel? Wohin wollän wir gähän?‹«

Jetzt öffnete Sanaki Baba die Augen und begann zu sprechen. Der Regen war laut und seine Stimme leise, aber alle verstanden ihn problemlos. Die Worte des Gurus waren beruhigend und besänftigend, auch als er Unterscheidungen machte und Irrtümer korrigierte. Und Pushpa schüttelte den Kopf von links nach rechts, während ihr Meister sprach, lächelte schadenfroh, als er Argumente aufzählte, schlagende Argumente, die sich, wie sie meinte, gegen den ›geschlagenen‹ Professor richteten. Ihr Verhalten war so lieblos, besitzergreifend und aggressiv, daß Dipankar es kaum aushalten konnte. Der ungestüme Gefühlsumschwung, der sich in ihm vollzog, ließ ihn diese schöne Frau in einem vollkommen anderen Licht sehen. Sie weidete sich am Unbehagen ihres Rivalen auf eine Art und Weise, daß Dipankar beinahe schlecht wurde.

11.17

Der Wind blies heulend durch die Gassen von Old Brahmpur und rüttelte mit aller Kraft an dem Bobaum oben auf der Rampe. Die Pilger, die zur Ganga hinunterstrebten, waren durchnäßt, als sie unten ankamen. Der Regen floß die Stufen der Ghats hinunter, vermischte sich mit dem Wasser der Ganga und fraß Gräben in das sandige Pul-Mela-Gelände. Wolken trieben konfus über den Himmel. Männer und Frauen liefen konfus hin und her und versuchten, ihre Habseligkeiten zu schützen; sie hämmerten die Zeltpflöcke tiefer in den Sand, taumelten durch den peitschenden Regen und den heulenden Sandsturm zur Ganga, denn die günstigste Zeit zu baden – die nächsten fünfzehn Stunden bis um drei Uhr des folgenden Nachmittags – hatte gerade begonnen.

Der Sturm wütete heftig genug, um ein paar Zelte auf dem Pul-Mela-Gelände wegzuwehen und in der höher gelegenen Altstadt einige Gassen zu überfluten, Ziegel von ein paar Dächern zu wehen und sogar einen kleinen Bobaum zu entwurzeln, der mehr als hundert Meter von der Rampe entfernt stand. Aber diese Ereignisse wurden bald aufgebauscht, dank Dunkelheit und Furcht.

»Der große Bobaum ist umgestürzt«, schrie jemand entsetzt. Und obwohl es nicht stimmte, verbreitete sich das Gerücht in der Menge der aufgescheuchten Pilger so schnell, wie der unberechenbare Wind wehte. Sie sahen einander an und fragten sich, was das wohl bedeutete. Denn wenn der große Bobaum auf der Rampe tatsächlich umgestürzt war, was würde dann aus der Laubbrücke – aus der Pul Mela selbst – und letztlich aus der Ordnung der Dinge?

11.18

Mitten in der Nacht legte sich der Sturm. Die Wolken trieben davon, der Vollmond tauchte wieder auf. Die Pilger badeten zu Hunderttausenden die ganze Nacht hindurch und in den nächsten Tag hinein.

Am Morgen begannen die Prozessionen der Akharas. Der Reihe nach paradierten die Sadhus jeden Ordens über die Hauptstraße der Pul Mela, die in zweihundert Meter Entfernung parallel zum Fluß verlief. Es war ein großartiges Schauspiel: Festwagen, Kapellen, Männer auf Pferden, auf Palankins getragene Mahants, Fahnen, Flaggen, Trommeln, Wedel, nackte Nagas, die Feuerzangen oder Dreizacke trugen, ein riesiger, barbarisch aussehender Mann, der heilige Verse brüllte und dabei ein großes Schwert schwang. Eine unübersehbare Menschenmenge hatte sich versammelt, um sich das Spektakel anzusehen und die Sadhus anzufeuern. Händler verkauften Flöten, falsches Haar, Heilige Schnüre, Glasreifen, Ohrringe, Luftballons und kleine Snacks – Erdnüsse, Chana-jor-garam und rasch schmelzende Eiscreme. Polizisten, zu Fuß oder beritten – einer saß sogar auf einem Kamel -, hielten die Ordnung aufrecht. Die Prozessionen fanden zeitlich gestaffelt statt, um ein heilloses Durcheinander – und Zusammenstöße zwischen den Sekten – zu vermeiden. Da die Sadhus so militant wie arrogant waren und miteinander konkurrierten, hatten die Pul-Mela-Organisatoren dafür gesorgt, daß mindestens fünfzehn Minuten zwischen einer Prozession und der nächsten vergingen. Am Ende ihres Wegs machten die Sadhus jeder Prozession einen scharfen Schwenk nach links und steuerten geradewegs auf die Ganga zu, wo sie unter ›Jai Ganga!‹- und ›Ganga Maiya ki jai!‹-Rufen ein enthusiastisches, rüpelhaftes Gemeinschaftsbad nahmen. Anschließend kehrten sie auf einem schmaleren, ebenfalls parallel zum Fluß verlaufenden Weg in ihre Camps zurück, zufrieden und überzeugt, daß keine andere Akhara großartiger oder frommer war als sie.

Der große Bobaum oben auf der Erdrampe stand, wie jeder sehen konnte, völlig intakt da und würde wahrscheinlich noch ein paar Jahrhunderte gedeihen. Er war nicht wie kleinere Bäume vom Sturm entwurzelt worden. Die Pilger trafen weiterhin in hellen Scharen am Pul-Mela-Bahnhof ein; sie gingen am Baum vorbei, falteten respektvoll die Hände zum Gebet und setzten sich die Rampe hinunter in Richtung Ufer und Ganga in Bewegung. Aber an diesem Tag kam es zu kleineren Staus, wann immer am Fuß der Rampe eine Prozession über die Hauptstraße zog und den Weg versperrte. Das wurde jedoch von den Pilgern gutgelaunt hingenommen, weil von der Rampe aus vielen ein hervorragender Blick auf die Prozessionen geboten wurde – und denjenigen, die erst an diesem glückverheißenden Tag eingetroffen waren, ein erster Überblick über die riesige Zeltstadt und den heiligen Fluß.

Veena Tandon und ihre Freundin Priya Goyal standen zusammen mit engsten Familienangehörigen in der Menge auf der Rampe. Die alte Mrs. Tandon war dabei und ihr Enkel Bhaskar, der begeistert hinunterschaute, zählte, schätzte, rechnete und Spaß an allem hatte. Priya war es gelungen, zu diesem heiligen Anlaß ihrer Haft im Haus ihrer Großfamilie in Old Brahmpur zu entfliehen. Ihre Schwägerinnen und ihre Schwiegermutter hatten ein Theater veranstaltet, aber ihr Mann hatte sie auf seine sanfte Art mit religiösen Gründen überzeugt; als Veena sie abholte, hatte sie ihn sogar dazu überreden können mitzukommen. Aus Veenas Familie war außer Bhaskar kein Mann dabei: Kedarnath war auf Geschäftsreise, Maan noch immer in Rudhia, Pran hatte sich geweigert, sich noch einmal Unwissenheit und Aberglaube auszusetzen, und Mahesh Kapoor hatte auf seine verächtlichste Art geschnaubt, als Veena ihm vorschlug, sie zu begleiten. Auch Mrs. Mahesh Kapoor war heute nicht dabei. Sie brachte es nicht über sich, an den schriftlich nicht belegten Mythos der Bobrücke zu glauben, die angeblich an diesem besonderen Tag die Ganga überspannt hatte. Jahnus Ohr war eine Sache, die Brücke aus Boblättern eine andere.

Veena und Priya plapperten wie junge Mädchen. Sie sprachen über ihre Schulzeit, ihre alten Freundinnen und in gedämpftem Ton über ihre Familien (und wann immer Priyas Mann nicht zuzuhören schien, vor allem über ihn und seine Tendenz, im Schlaf mehr Laute von sich zu geben als tagsüber), die Mela und die neuesten Freveltaten der Affen von Shahi Darvaza. Sie waren so farbenprächtig gekleidet, wie es der Anlaß gestattete, Veena in Rot und Priya in Grün. Obwohl Priya wie alle anderen vorhatte, in der Ganga zu baden, trug sie eine dicke goldene Halskette, deren Glieder wie Knospen geformt waren – wenn eine Schwiegertochter des Rai Bahadur schon außer Haus gesehen wurde, dann nicht in schmuckloser Nacktheit. Ihr Mann, Ram Vilas Goyal, trug Bhaskar auf dem Rücken, damit er eine bessere Sicht hatte. Wenn Bhaskar irgend etwas an dem Geschehen unklar war, fragte er seine Großmutter, und die alte Mrs. Tandon, die, klein und mit schwachem Augenlicht, selbst nicht besonders gut sah, erklärte ihm alles nur zu gern. Sie alle und alle um sie herum waren in bester Stimmung. Sie waren von Leuten aus der Stadt und von Bauern umgeben, hier und da stand ein Polizist oder ein Sadhu, der nicht an den Prozessionen teilnahm.

Es war zehn Uhr vormittags, und trotz des nächtlichen Unwetters war es sehr heiß. Viele Pilger trugen Regenschirme, um sich vor der Sonne zu schützen – oder vor eventuellen Regenschauern. Aus dem gleichen Grund – und weil es Autorität verlieh – hielten Anhänger den wichtigeren Sadhus in den Prozessionen einen Sonnenschirm über den Kopf.

Die Ankündigungen aus den plärrenden Lautsprechern nahmen kein Ende, ebensowenig der Lärm der Trommeln und Trompeten, das abwechselnde Gemurmel und Gebrüll der Menschenmenge. Eine nach der anderen zogen die Prozessionen vorbei: gelb gekleidete Priester mit orangefarbenen Turbanen, angekündigt von Tuben und Tritonshörnern; ein Palankin, auf dem ein schläfriger alter Mann saß, der aussah wie ein ausgestopftes Rebhuhn und den ein rotes Banner, das vor ihm hergetragen wurde, als *Sri 108 Swami Prabhananda Ji Maharaj Vedantacharya, M.A.* ankündigte; fast nackte Nagas mit nur einer Schnur um die Taille und einem kleinen Stück weißen Stoffs vor den Genitalien; langhaarige Männer mit silberfarbenen Keulen; Kapellen jeder Art: Männer in schwarzen Uniformröcken mit goldenen Epauletten bliesen vollkommen unmelodisch in Klarinetten, und Männer in roten Uniformröcken (die *Diwana-786*-Kapelle – wegen der Glückszahl im Namen offensichtlich Moslems – aber warum nahmen sie an dieser Prozession teil?) entlockten Oboen schrille Töne. Auf einem von einem Pferd gezogenen Streitwagen stand ein wilder zahnloser Mann und rief: »Har, har ...« in die Menge, damit sie brüllend mit »Mahadeva« antwortete. Ein anderer Mahant, fett und dunkelhäutig mit Brüsten wie eine Frau, saß wohlwollend lächelnd auf einem von Männern gezogenen Karren und warf Ringelblumen auf die Pilger, die sie vom feuchten Sand aufhoben.

Mittlerweile waren Veena und ihre Begleitung die breite Rampe, auf der ungefähr fünfzig Pilger nebeneinander Platz fanden, etwa zur Hälfte hinuntergegangen. Durch den Druck der Menschen hinter ihnen, die immer noch aus der Stadt, den umliegenden Dörfern und mit den Sonderzügen eintrafen, wurden sie ständig vorwärts gedrängt. Zu beiden Seiten der Rampe taten sich tiefe Gräben auf, so daß es keine Ausweichmöglichkeit gab. Die Prozession von Sadhus, die ihnen im Augenblick den Weg versperrte, bewegte sich leider besonders langsam, vielleicht weil ihnen ein Hindernis den Weg verstellte oder um ihre Popularität bei den Zuschauern recht lange zu genießen. Die Leute wurden allmählich unruhig. Die alte Mrs. Tandon schlug vor umzukehren, aber das war vollkommen ausgeschlossen. Schließlich zog die Prozession weiter, es entstand eine willkommene Lücke, und die Menschen auf der Rampe drängten und stolperten vorwärts über die Mela-Hauptstraße und in die Zuschauermenge auf der anderen Straßenseite. Der Polizei gelang es, die Ordnung wiederherzustellen, und ein paar Minuten lang konnte Bhaskar von Ram Vilas Schultern aus die nächste Prozession in Augenschein nehmen: mehrere hundert völlig nackte Naga-Asketen, angeführt und gefolgt von jeweils sechs riesigen, mit goldenen Schabracken geschmückten Elefanten.

Bhaskar und seine Familie standen noch auf der Rampe, keine zehn Meter mehr von der Straße entfernt. Sie hatten jetzt eine bessere Sicht, und nachdem viele Menschen vor ihnen die Straße überquert hatten, hatte der Druck ein wenig nachgelassen. Bhaskar betrachtete völlig fasziniert die mit Asche beschmierten nackten, spindeldürren oder stämmigen Männer mit dem verfilzten Haar. Ringelblumenketten hingen ihnen von den Ohren oder um den Hals. Ihre grauen Penisse schwangen schlaff oder halbschlaff vor und zurück, als sie vorbeimarschierten, jeweils vier Männer nebeneinander, in der hocherhobenen Rechten einen Dreizack oder Speer. Er war zu fasziniert, um seine Großmutter zu fragen, was das alles sollte. Aber die Menge jubelte, brüllte nahezu vor Begeisterung, und mehrere Frauen – junge und etwas ältere – stürmten nach vorn, um die Füße der Nagas zu berühren und etwas von dem Staub aufzusammeln, auf den sie getreten waren.

Die Nagas jedoch wollten sich ihre Formation nicht durcheinanderbringen lassen. Sie wandten sich wütend um und schwangen drohend ihre Dreizacke. Die wenigen am Fuß der Rampe postierten Polizisten versuchten vergeblich, die Frauen zur Vernunft zu bringen. Einige schafften es immer wieder, ihnen zu entweichen und sich für einen Augenblick vor den heiligen Männern auf den Boden zu werfen. Dann hielt die Prozession plötzlich an.

Niemand wußte, warum. Alle dachten, daß sie sich jeden Moment wieder in Bewegung setzen würde. Aber das tat sie nicht. Die Nagas wurden ungeduldig. Erneut verstärkte sich der Druck auf der Rampe, als Neuankömmlinge herandrängten. Die Menschen am Fuß der Rampe konnten dem Drängen der Menge hinter ihnen kaum mehr standhalten. Ein Mann drückte sich gegen Veena, und empört wollte sie sich umdrehen, aber sie hatte nicht genug Platz. Das Atmen wurde allmählich mühsam. Um sie herum fingen die Menschen an zu schreien. Die einen schrien die Polizisten an, sie sollten sie durchlassen, andere schrien die Rampe hinauf, um herauszufinden, was passiert war. Aber obwohl sie einen größeren Überblick hatten, wurden die Menschen weiter oben auch nicht klüger aus der Situation. Sie sahen, daß die Elefanten an der Spitze der Nagas angehalten hatten, weil die Prozession vor ihnen angehalten hatte. Aber es war unmöglich auszumachen, warum diese Prozession zum Stillstand gekommen war. Aus dieser Entfernung waren Teilnehmer der Prozession und Zuschauer nicht mehr zu unterscheiden. Antworten wurden die Rampe hinuntergeschrien, aber im Lärm der Menge, der Trommeln, der plärrenden Lautsprecher gingen sie unter.

Aufs höchste beunruhigt, gerieten die Menschen auf dem unteren Teil der Rampe in Panik. Und als kurz darauf die Menge weiter oben die nächste Prozession eintreffen und den Weg endgültig versperren sah, geriet sie ebenfalls in Panik. Die Hitze – zuvor schon schrecklich – war jetzt zum Ersticken. Die Polizisten, die die Menge zu kontrollieren versuchten, wurden von ihr verschluckt. Und noch immer kamen erschöpfte, hitzegeplagte, aber enthusiastische Pilger am Bahnhof an und drängten – unwissend, was weiter unten vor sich ging – eilig vorwärts zum Bobaum und zur Rampe, um zur heiligen Ganga zu gelangen.

Veena sah, daß Priya die Kette um ihren Hals umklammerte. Ihr Mund stand offen, und sie keuchte. Bhaskar sah hinunter auf seine Mutter und Großmutter. Er verstand nicht, was passierte, aber er hatte schreckliche Angst. Ram Vilas sah, daß Priya in Bedrängnis war, und versuchte, zu ihr zu gelangen. Bhaskar fiel ihm von den Schultern. Veena ergriff ihn bei der Hand. Aber die alte Mrs. Tandon war nirgendwo mehr zu sehen – die Menge hatte sie in ihrem unkontrollierten, mitreißenden Sog verschluckt. Die Menschen schrien jetzt, klammerten sich aneinander, traten aufeinander, versuchten, ihre Männer, Frauen, Kinder, Eltern zu finden, oder kämpften um ihr eigenes Überleben, schnappten verzweifelt nach Luft und wollten nicht zerquetscht werden. Manche drängten nach vorn in die Reihen der Nagas, die fürchteten, zwischen der Menschenmenge auf der Rampe und den Zuschauern auf der anderen Straßenseite erdrückt zu werden, und sich mit ihren Dreizacken brüllend vor Wut auf die Eindringlinge warfen. Menschen stürzten zu Boden, Blut floß aus ihren Wunden. Beim Anblick des Blutes reagierte die Menge mit Todesangst und versuchte zurückzuweichen. Aber der Weg war versperrt.

Am Rand der Rampe versuchten die Leute, die Bambusbarrikaden zu durchbrechen und in die Gräben hinunterzuklettern. Aber wegen des Regens der vergangenen Nacht waren die steilen Abhänge rutschig, und die Gräben standen voll Wasser. Am Rand des einen Grabens waren etwa hundert Bettler untergebracht, viele von ihnen Krüppel oder blind. Die verwundeten, nach Luft schnappenden Pilger, die keinen Halt mehr fanden, fielen auf sie hinunter. Einige Bettler wurden zu Tode gequetscht, und andere flüchteten sich ins Wasser, das sich bald in einen blutigen Matsch verwandelte, je mehr der auf der Rampe in die Falle geratenen Menschen den Graben für ihre einzige Fluchtmöglichkeit hielten und auf die Schreienden hinuntersprangen oder -rutschten.

Am Fuß der Rampe, wo Veena und ihre Familie eingekeilt standen, waren die Menschen schwer verletzt oder starben. Viele der Alten und Schwachen stürzten zu Boden und hatten, erschöpft von der langen Reise, kaum noch Kraft, dem Schock und dem Druck der Menschenmassen zu widerstehen. Ein Student, der sich nicht mehr bewegen konnte, mußte hilflos mit ansehen, wie seine Mutter zu Tode getrampelt wurde und seinem Vater die Rippen eingetreten wurden. Viele wurden buchstäblich aneinander totgedrückt. Manche erstickten, andere erlagen ihren Verletzungen. Veena sah eine alte Frau, aus deren Mund Blut floß, plötzlich neben sich zusammenbrechen.

Es herrschte ein vollkommenes, grauenvolles Chaos.

»Bhaskar – Bhaskar – laß meine Hand nicht los«, rief Veena keuchend und hielt ihn so fest, wie sie nur konnte. Aber sie wurden von der riesigen verwundeten Menschenmenge um sie herum hin und her geworfen, und sie spürte das Gewicht eines Körpers, der sich zwischen ihre und seine Hand drängte.

»Nein – nein«, schrie sie und schluchzte vor Entsetzen. Aber sie fühlte, wie Bhaskars Hand – zuerst die Handfläche und dann ein Finger nach dem anderen – ihrer eigenen entglitt.

11.19

Innerhalb einer Viertelstunde kamen über tausend Menschen um.

Schließlich konnte sich die Polizei mit der Eisenbahnbehörde in Verbindung setzen und die Züge stoppen. Die Straßen zur Rampe wurden gesperrt, das Gelände unterhalb und um die Rampe geräumt. Die Lautsprecher verkündeten, daß sich die Menschen zurückziehen, das Mela-Gelände nicht mehr betreten, sich von den Prozessionen fernhalten sollten. Die restlichen Prozessionen wurden abgesagt.

Noch immer war nicht klar, was geschehen war.

Dipankar war unter den Zuschauern auf der anderen Straßenseite gewesen. Er beobachtete voll Entsetzen das Blutbad, das keine fünfzehn Meter von ihm entfernt stattfand, aber er konnte nichts tun, da die Nagas zwischen ihm und der Rampe standen. Er hätte sowieso nichts weiter tun können, als sich umbringen oder verletzen zu lassen. Er konnte die Gesichter der Menschen auf der Rampe nicht unterscheiden, so dicht drängten sich die Massen. Es war eine Szene wie aus der Hölle, als ob die Menschheit wahnsinnig geworden, ein Element vom anderen nicht mehr zu unterscheiden wäre und alle es auf einen kollektiven Selbstmord angelegt hätten.

Er sah, wie ein junger Naga wütend auf einen Mann einstach, einen alten Mann, der in seiner Todesangst versuchte, sich einen Weg durch die Nagas zu erzwingen. Der Mann stürzte und stand wieder auf. Blut strömte aus Wunden auf seinen Schultern und seinem Rücken. Mit Grauen erkannte Dipankar in ihm den Mann wieder, den er auf dem Boot kennengelernt hatte, den robusten alten Pilger aus Salimpur, der so hartnäckig auf der richtigen Stelle zum Baden bestanden hatte. Der Mann versuchte, sich zurückzuziehen, wurde jedoch von der vorwärts wogenden Menge umgeworfen. Als die Masse von den Dreizacken wieder zurückgetrieben wurde, blieb der entstellte Leichnam des alten Mannes mit zermalmtem Kopf und Rücken liegen wie ein Stück Abfall, das die Flut angeschwemmt hat.

11.20

Auch die VIPs und Armeeoffiziere, die das große Spektakel der Prozessionen von der Brustwehr des Forts aus beobachtet hatten, sahen ungläubig auf die Szene, die sich unter ihren Augen abspielte. Die Panik setzte so schlagartig ein, und alles war so schnell wieder vorbei, daß die Zahl der reglosen Körper, die auf dem Boden liegenblieben, nachdem sich die entsetzte Menge endlich hatte zurückziehen können, nicht zu fassen war. Was war passiert? Welche Vorkehrungen hatten versagt? Wer war der Schuldige?

Der Kommandant des Forts schickte augenblicklich, ohne auf eine offizielle Anforderung zu warten, Truppen hinunter, die die Polizei und die Mela-Helfer unterstützen sollten. Sie begannen, die Leichen in das Pul-Mela-Polizeirevier und die Verletzten zu den Erste-Hilfe-Zelten zu schaffen. Er schlug auch vor, sofort eine zentrale Kontrollstelle einzurichten, die sich um die Folgen der Katastrophe kümmern sollte. Zu diesem Zweck wurden auch die Telefonleitungen beschlagnahmt, die eigens für die Pul Mela eingerichtet worden waren.

Die VIPs, die an diesem günstigen Tag baden wollten, befanden sich auf einer Barkasse mitten auf der Ganga, als der Kapitän in heller Aufregung zu ihnen lief. Der Chefminister und der Innenminister standen Seite an Seite. Der Kapitän hielt dem Chefminister ein Fernglas hin und sagte: »Sir – ich fürchte, auf der Rampe gibt es Schwierigkeiten. Vielleicht wollen Sie selbst einen Blick darauf werfen.« S. S. Sharma nahm wortlos das Fernglas und stellte es scharf. Was aus der Ferne wie ein kleiner Unruheherd ausgesehen hatte, erwachte jetzt mit allen grauenhaften Details zum Leben. Er öffnete den Mund, schloß entsetzt die Augen und öffnete sie wieder, um die Rampe, die Gräben, die Nagas, die kämpfenden Polizisten zu betrachten. Er reichte L. N. Agarwal das Fernglas und sagte dabei nur ein einziges Wort: »Agarwal!«

Der erste Gedanke des Innenministers war, daß er nach einer endgültigen Analyse des Unglücks womöglich dafür zur Verantwortung gezogen würde. Vielleicht ist es ungerecht, diesen Gedanken als besonders unwürdig zu bezeichnen. Wenn andere sich in der größten Bedrängnis befinden, versucht dann nicht immer ein Teil unseres Geistes – vielleicht der, der am schnellsten reagiert –, sich gegen die Erschütterungen zu wappnen, die uns aus dem Epizentrum erreichen werden?« »Aber die Vorkehrungen waren ausreichend – ich bin sie persönlich mit den Mela-Beamten durchgegangen ...« wollte der Innenminister sagen, aber ein zweiter Gedanke lenkte ihn ab.

Priya. Wo war Priya? Sie hatte an diesem Tag mit Mahesh Kapoors Tochter auf die Mela gehen wollen – um sich die Prozessionen anzusehen und zu baden. Gewiß war sie in Sicherheit. Bestimmt war ihr nichts passiert. Hin- und hergerissen zwischen der Liebe zu ihr und der Angst um sie, brachte er keinen Ton heraus. Er gab dem Chefminister das Fernglas zurück. Der Chefminister sprach mit ihm, aber er verstand kein Wort, konnte ihm nicht folgen. Er schlug die Hände vors Gesicht.

Nach einer Weile löste sich der Nebel in seinem Gehirn auf, und er sagte sich, daß an diesem Tag Millionen Menschen auf der Mela waren und daß die Chancen, die reellen Chancen, daß sie zu den Menschen gehörte, über die das Unglück hereingebrochen war, sehr gering standen. Aber noch immer war er krank vor Sorge um sein einziges Kind. Hoffentlich ist ihr nichts geschehen, dachte er. O Gott, hoffentlich ist ihr nichts geschehen.

Der Chefminister sah ihn weiterhin grimmig an und redete grimmig auf ihn ein. Aber abgesehen von seinem scharfen Tonfall bekam der Innenminister nichts mit, verstand nichts. Nach einer Weile blickte er auf die Ganga. Ein paar Rosenblätter und eine Kokosnuß trieben an der Barkasse vorbei. Er faltete die Hände und begann, zu dem heiligen Fluß zu beten.

11.21

Weil die Barkasse tieferes Wasser zum Anlegen brauchte als ein normales Boot, konnte sie nicht am seichten Ufer der Ganga anlanden. Der Kapitän löste das Problem schließlich, indem er sie an einer Reihe von Booten vertäute, über die er augenblicklich das Kommando übernahm. Als die Barkasse endlich vertäut war, war mehr als eine Dreiviertelstunde vergangen. Die Menschenmassen an den Hauptbadegebieten von Brahmpur hatten sich nahezu in nichts aufgelöst. Die Nachricht von der Katastrophe hatte sich wie im Fluge verbreitet. Die Badestellen mit ihren bunten Schildern – Papagei, Pfau, Bär, Schere, Berg, Dreizack und so weiter – waren fast menschenleer. Ein paar wenige Leute badeten auf zurückhaltende, beinahe ängstliche Weise im Fluß und schauten dann, daß sie davonkamen.

Der Chefminister, der leicht humpelte, und der Innenminister, der vor Angst zitterte, erreichten in Begleitung der wenigen Offiziellen, die mit ihnen im Boot gewesen waren, das Gelände unterhalb der Rampe. Es bot sich ihnen ein gespenstischer Anblick. Auf dem langen Sandstreifen war niemand zu sehen. Er war praktisch leer: keine Menschen, keine Leichen – nur Schuhe, Sandalen, Regenschirme, Essensreste, Papierfetzen, zerrissene Kleidungsstükke, Taschen, andere Utensilien und Habseligkeiten. Krähen pickten an den Lebensmitteln. An manchen Stellen war der Sand dunkel gefärbt, aber es gab nichts, woran man das schreckliche Ausmaß der Katastrophe hätte erkennen können.

Der Kommandant des Forts salutierte, und auch der verantwortliche Mela-Beamte, ein IAS-Mann, begrüßte sie. Die Presse war vorerst abgewimmelt worden.

»Wo sind die Toten?« fragte der Chefminister. »Sie haben sie schnell weggebracht.«

»Im Polizeirevier.«

»In welchem?«

»Im Pul-Mela-Polizeirevier, Sir.«

Der Chefminister wackelte leicht mit dem Kopf – was er manchmal tat, wenn er müde war, aber daran lag es jetzt nicht.

»Wir werden sofort dorthin gehen. Agarwal, das ...« Der Chefminister deutete auf den Schauplatz, schüttelte dann den Kopf und sagte nichts mehr.

L. N. Agarwal, der an nichts anderes als an seine Tochter denken konnte, riß sich unter Mühen zusammen. Er dachte an seinen großen Helden, Sardar Vallabhbhai Patel, der noch kein Jahr tot war. Es hieß, daß Patel vor Gericht aufgetreten und gerade an einem entscheidenden Punkt der Verteidigung seines Mandanten, der unter Mondanklage stand, angelangt war, als ihm die Nachricht vom Tod seiner Frau überbracht wurde. Er hatte seinen Schmerz beherrscht und sein Plädoyer zu Ende geführt. Erst als die Verhandlung an diesem Tag beendet war, gestattete er sich, um die Tote ohne Risiko für die Lebenden zu trauern. Er war ein Mann gewesen, der wußte, was Pflichterfüllung bedeutete, und ihr den Vorrang vor privatem Leid gab.

»Wohin das schwanke ›Denken‹ auch
unsteten Wesens sich verliert,
stets wird zur Unterwerfung es
durch weisen Zwang zurückgeführt.«

Krishnas Worte aus der Bhagavad Gita gingen L. N. Agarwal durch den Kopf. Aber sofort darauf fiel ihm Arjunas menschlicher Aufschrei ein:

»Die Andacht, die du, Krishna, rühmst
und die durch Gleichmut wird erlangt,
hat, mein' ich, nimmer lang Bestand,
da stets das Herz der Menschen schwankt.«

Auf dem Weg zum Polizeirevier ließ sich der Innenminister von der Lage in Kenntnis setzen. »Was ist mit den Verletzten?« fragte er.

»Sie wurden in die Erste-Hilfe-Zelte gebracht, Sir.«

»Wie viele Verletzte hat es gegeben?«

»Ich weiß es nicht, Sir, aber der Anzahl der Toten nach zu urteilen ...«

»Die Einrichtungen dort sind unzureichend. Die Schwerverletzten müssen in die Krankenhäuser gebracht werden.«

»Sir.« Aber der Beamte wußte, daß das unmöglich war. Er beschloß, den Zorn des Ministers zu riskieren. »Sir, wie sollen wir das bewerkstelligen? Die Rampe am Ausgang des Geländes ist von abreisenden Pilgern überlaufen. Wir raten allen, so schnell wie möglich abzureisen.«

Bislang hatte L. N. Agarwal dem Beamten, der für alle Vorkehrungen verantwortlich war, keinerlei Vorwurf gemacht. Er wollte erst genau wissen, bei wem die Verantwortung lag, bevor er seine schlechte Laune an jemandem ausließ. Jetzt richtete er voll Sarkasmus das Wort an ihn. »Gebraucht ihr jemals eure Hirne? Ich rede nicht von der Rampe am Ausgang. Ich rede von der Rampe hier, sie ist leer, weitläufig abgesperrt. Sie ist tauglich für Fahrzeuge und breit genug. Unten auf der Straße können die Fahrzeuge geparkt werden. Und beschlagnahmen Sie jedes Fahrzeug im Umkreis von einer Meile um den Bobaum.«

»Sir, beschlagnahmen ...?«

»Ja. Sie haben mich richtig verstanden. Ich werde die schriftliche Order nachreichen. Geben Sie sofort Befehl, daß alles veranlaßt wird. Und warnen Sie die Krankenhäuser vor dem, was auf sie zukommt.«

»Ja, Sir.«

»Setzen Sie sich auch mit der Universität, dem juristischen College und dem medizinischen College in Verbindung. Wir werden in den nächsten Tagen alle Freiwilligen brauchen, die wir kriegen können.«

»Aber es sind Semesterferien, Sir.« Dann sah er Agarwals Miene. »Ja, Sir, ich werde sehen, was ich tun kann.« Der Mela-Verantwortliche wollte gehen.

»Und während Sie das tun«, fügte der Chefminister in einem milderen Tonfall hinzu, »holen Sie den Polizeichef und meinen Staatssekretär.«

Das Polizeirevier bot einen fürchterlichen Anblick.

Die Toten waren reihenweise zum Identifizieren hingelegt worden. Es gab keinen anderen Platz als in der prallen Sonne. Viele der Leichen waren grauenvoll entstellt, viele Gesichter zerschmettert. Manche sahen aus, als würden sie schlafen, aber sie verscheuchten die Fliegen nicht, die sich in schmutzigen Scharen auf ihren Gesichtern und Wunden niedergelassen hatten. Die Hitze war kaum noch auszuhalten. Weinende Männer und Frauen gingen von Leiche zu Leiche, suchten zwischen den langen Reihen nach ihren Angehörigen. Zwei Männer umarmten sich unter Tränen. Sie waren Brüder, die getrennt worden und hierhergekommen waren – voll Angst, der jeweils andere wäre tot. Ein anderer Mann umarmte den Körper seiner toten Frau und schüttelte fast zornig ihre Hände, als ob er hoffte, sie so wieder zum Leben erwecken zu können.

11.22

»Wo ist das Telefon?« fragte L. N. Agarwal.
»Sir, ich werde es Ihnen bringen«, sagte ein Polizist.
»Ich werde drinnen telefonieren«, sagte L. N. Agarwal.
»Aber, Sir, es ist schon da«, sagte der zuvorkommende Polizist. Ein Telefon mit einer langen Leitung war herausgebracht worden.
Der Innenminister rief im Haus seines Schwiegersohns an. Als er erfuhr, daß seine Tochter und sein Schwiegersohn zur Pul Mela gegangen waren und daß man noch nichts von ihnen gehört hatte, sagte er: »Und die Kinder?«
»Sie sind beide zu Hause.«
»Gott sei Dank. Wenn ihr von ihnen hört, ruft mich sofort hier im Polizeirevier an. Ich werde die Nachricht auf jeden Fall bekommen. Sagt dem Rai Bahadur, er soll sich keine Sorgen machen. Oder nein, wenn er noch nichts davon weiß, dann sagt ihm nichts.« Aber L. N. Agarwal, der wußte, wie schnell sich Neuigkeiten verbreiteten, war sich sicher, daß ganz Brahmpur – ja, halb Indien – bereits von der Katastrophe wußte.
Der Chefminister nickte und sagte zum Innenminister, wobei Mitgefühl in seiner Stimme mitschwang: »Oh, Agarwal, ich wußte nicht ...«
L. N. Agarwals Augen füllten sich mit Tränen. Nach einer Weile sagte er: »War die Presse schon hier?«
»Hier noch nicht, Sir. Sie haben Fotos von den Toten am Schauplatz des Unglücks gemacht.«
»Holt sie her. Sie sollen mit uns zusammenarbeiten. Und holt alle Fotografen, die auf der Gehaltsliste der Regierung stehen. Wo sind die Polizeifotografen? Ich will, daß alle Leichen sorgfältig fotografiert werden. Jede einzelne.«
»Aber, Sir!«
»Die Leichen fangen bereits an zu stinken. Bald werden sie Krankheiten verbreiten. Verwandte sollen ihre Toten mitnehmen. Der Rest wird morgen verbrannt. Die Mela-Behörden sollen dabei behilflich sein, am Ufer der Ganga einen Scheiterhaufen aufzubauen. Wir brauchen Fotos von allen Toten, die heute nicht von Verwandten oder sonstwem identifiziert werden.«
Der Innenminister schritt die Reihen der Toten ab und fürchtete das Schlimmste. Schließlich fragte er: »Gibt es noch mehr Tote?«
»Sir, es werden immer noch welche gebracht. Hauptsächlich aus den Erste-Hilfe-Zelten.«
»Wo stehen die Erste-Hilfe-Zelte?« L. N. Agarwal konnte die Unruhe in seinem Herzen noch immer nicht kontrollieren.
»Sir, es gibt mehrere, manche sind weit entfernt. Aber der Sammelplatz für die verletzt aufgefundenen Kinder ist gleich dort drüben.«
Der Innenminister wußte, daß seine eigenen Enkelkinder in Sicherheit waren. Er wollte unbedingt die Erste-Hilfe-Zelte durchkämmen, in denen die Ver-

wundeten lagen, bevor sie – gemäß seiner eigenen Anweisung – auf die Krankenhäuser der Stadt verteilt würden. Aber er kämpfte mit sich, seufzte und sagte: »Ja, ich gehe zuerst dorthin.«

Der Chefminister S. S. Sharma begann unter der Hitze zu leiden und mußte nach Hause zurückkehren. Der Innenminister ging zu dem Sammelplatz, auf dem die Kinder für den Augenblick untergebracht waren. Es waren hauptsächlich ihre Namen, die die Lautsprecher in heiseren und melancholischen Meldungen über die Sandflächen riefen: »Ram Ratan Yadav aus dem Dorf Makarganj im Distrikt Ballia, Uttar Pradesh, ein ungefähr sechsjähriges Kind, wartet auf seine Eltern im Zelt für vermißte Kinder beim Polizeirevier. Bitte holen Sie ihn dort ab.« Aber viele Kinder – im Alter zwischen drei Monaten und zehn Jahren – wußten ihre Namen oder die Namen ihrer Heimatdörfer nicht; und die Eltern einiger Kinder, die wimmerten oder weinten oder vor Schock und Erschöpfung schliefen, lagen selbst tot vor dem Polizeirevier.

Weibliche Freiwillige fütterten die Kinder und trösteten sie. Sie hatten Listen der Kinder hier zusammengestellt – unvollständig wie solche Listen naturgemäß sind – und der zentralen Kontrollstelle übermittelt, damit sie mit der dort aufgestellten Liste der Vermißten verglichen werden konnten. Aber dem Innenminister war klar, daß die nicht abgeholten Kinder wie die nicht identifizierten Toten fotografiert werden müßten.

»Bringen Sie eine Botschaft ins Polizeirevier ...« Und dann setzte sein Herz fast aus vor Freude und Erleichterung, als er seine Tochter sagen hörte: »Papa.«

»Priya.« Der Name, der ›Geliebte‹ bedeutet, klang nie aufrichtiger als jetzt. Er sah sie an und begann zu weinen. Dann umarmte er sie, und als er ihr trauriges Gesicht bemerkte, fragte er: »Wo ist Vakil Sahib? Ist er in Ordnung?«

»Ja, Papa, er ist dort drüben.« Sie deutete auf das andere Ende des Sammelplatzes. »Wir können Veenas Kind nicht finden. Deswegen sind wir hier.«

»Wart ihr schon auf dem Polizeirevier? Ich habe mir die Kinder dort nicht angesehen.«

»Ja, Papa.«

»Und?«

»Nein.« Nach einer Pause fragte sie ihn: »Willst du nicht mit Veena sprechen? Sie und ihre Schwiegermutter sind außer sich vor Sorgen. Veenas Mann ist nicht mal in der Stadt.«

»Nein, nein.« L. N. Agarwal, der eben selbst noch gefürchtet hatte, sein Kind verloren zu haben, konnte es nicht ertragen, jemandem gegenüberzutreten, den die gleiche Angst peinigte.

»Papa ...«

»Gut. Laß mir noch ein paar Minuten Zeit.«

Schließlich ging er zu Mahesh Kapoors Tochter und sagte an tröstlichen und aufmunternden Worten, was ihm einfiel. Wenn Bhaskar bislang nicht beim Polizeirevier aufgetaucht war, dann standen die Chancen gut und so weiter ... Aber noch während er sprach, merkte er, wie nichtig seine Worte in den Ohren der

Mutter und Großmutter klingen mußten. Er sagte, er würde die Erste-Hilfe-Zelte durchkämmen und Bhaskars Großvater in Prem Nivas anrufen, wenn es Neuigkeiten gäbe, gute oder schlechte; sie sollten regelmäßig dort anrufen, um nachzufragen.

Aber in keinem der Erste-Hilfe-Zelte fand sich eine Spur des kleinen Frosches, und je mehr Zeit verging, um so tiefer versanken Veena und die alte Mrs. Tandon und bald auch Mr. und Mrs. Mahesh Kapoor und Pran und Savita und natürlich Priya und Ram Vilas Goyal (die sich mittlerweile verantwortlich fühlten für das, was geschehen war) in Hoffnungslosigkeit und Verzweiflung.

11.23

Mahesh Kapoor, der Priya sein Mitgefühl ausdrückte und ihr nahelegte, nicht so dumm zu sein und sich die Schuld für etwas zu geben, wofür sie keine Verantwortung trug, sagte ihr nicht, wem er die Schuld tatsächlich anlastete: er bürdete sie ihrem Vater auf die breiten Schultern. Er war der Innenminister. Es wäre seine Pflicht gewesen, Vorkehrungen zu treffen, die diese horrenden Geschehnisse verhindert hätten. Mindestens einmal schon, bei der Schießerei im Chowk, hatte L. N. Agarwal entweder mangelnde persönliche Weitsicht oder ungerechtfertigtes Vertrauen in diejenigen bewiesen, an die er Befugnisse delegiert hatte. Mahesh Kapoor, der normalerweise wenig Zeit für seine Familie hatte, liebte sein einziges Enkelkind sehr und war über die Maßen beunruhigt wegen seiner Frau und seiner Tochter.

Alle verbrachten die Nacht in Prem Nivas. Es gelang nicht, mit Kedarnath Kontakt aufzunehmen. Ferngespräche waren schwierig, und er war nicht in Kanpur, wo sie ihn Geschäfte halber vermutet hatten. Maan, der Bhaskar so mochte, war noch in Debaria. Veena und die alte Mrs. Tandon gingen zuerst nach Hause, in der leisen Hoffnung, daß Bhaskar dort aufgetaucht war. Aber niemand in der Nachbarschaft hatte ihn gesehen. Weil sie kein Telefon hatten, wäre es unerträglich gewesen, die Nacht zu Hause zu verbringen. Sie vereinbarten mit der Dachnachbarin im roten Sari, daß sie sich mit der Familie des Minister Sahib in Verbindung setzen würde, wenn es Neuigkeiten gäbe. Und so kehrten sie nach Prem Nivas zurück; insgeheim machte Veena Kedarnath schwere Vorwürfe, weil er wie so oft nicht in Brahmpur war.

Wie mein Vater, als ich geboren wurde, dachte sie.

Mittlerweile waren auch Pran und Savita in Prem Nivas. Pran wußte, daß er seinen Eltern und seiner Schwester beistehen mußte, aber er wollte seine schwangere Frau nicht unnötig beunruhigen. Wenn ihre Mutter oder ihre Schwester schon zurück gewesen wären, hätte er keine Bedenken gehabt, sie in ihrer Obhut zu belassen und allein nach Prem Nivas zu kommen. Aber Mrs.

Rupa Mehras letzter Brief stammte aus Delhi, und im Augenblick war sie entweder in Kanpur oder in Lucknow, jedenfalls zu weit weg, um helfen zu können. Die Familie besprach, was zu unternehmen war. Niemand konnte schlafen. Mrs. Mahesh Kapoor betete. Es gab kaum etwas, was sie noch nicht versucht hatten. Sie waren in allen Krankenhäusern Brahmpurs gewesen, in der Annahme, daß er verletzt und von einer hilfreichen Person direkt in ein Krankenhaus gebracht worden war. Gleiches galt für die Polizeireviere – aber vergeblich.

Sie waren davon überzeugt, daß Bhaskar, intelligent und selbstbeherrscht wie er (normalerweise) war, entweder zurück nach Hause gegangen wäre oder sich mit seinen Großeltern in Verbindung gesetzt hätte, wäre er dazu in der Lage gewesen. War seine Leiche falsch identifiziert und weggebracht worden, um sie zu verbrennen? War er in dem Durcheinander entführt worden? Als eine plausible Möglichkeit nach der anderen immer unwahrscheinlicher wurde, wurden unwahrscheinliche Möglichkeiten immer plausibler.

Niemand schlief in dieser Nacht. Ebenso störend wie ihr Leid und ihre Ängste wirkten sich die lärmenden Festlichkeiten aus, die in der Dunkelheit widerhallten. Denn es war Ramadan, der Fastenmonat der Moslems. Wegen des ausschließlich auf dem Mond basierenden Kalenders der Moslems hatte sich der Ramadan im Lauf der letzten Jahre immer mehr in den Sommer verschoben. Die Tage waren lang und heiß, und die Entbehrungen waren groß, da strenggläubige Moslems tagsüber nicht einmal Wasser tranken. Die Erleichterung nach Sonnenuntergang war deshalb noch größer, und nachts wurden Feste gefeiert. Der Nawab Sahib, der die Regeln streng befolgte, hatte jegliche Feierlichkeit in seinem Haus untersagt, nachdem er von der Pul-Mela-Katastrophe erfahren hatte. Er wurde noch bekümmerter, als er hörte, daß der Enkelsohn seines Freundes verschwunden war. Aber so viel Mitgefühl war nicht weit oder zumindest nicht überall verbreitet, und deswegen war sogar ein Mann wie Mahesh Kapoor verbittert über den Lärm der moslemischen Feierlichkeiten in einer Stadt, in der sich die Nachricht von den schrecklichen Ereignissen wie ein Lauffeuer verbreitet hatte und jeder davon wissen mußte.

Ab und zu klingelte das Telefon, ließ Hoffnung und Furcht der Anwesenden aufleben. Aber es waren nur Beileidsanrufe – oder Mitteilungen von offizieller Seite, daß sich nichts Neues ergeben habe – oder Anrufe, die überhaupt nichts mit Bhaskar zu tun hatten.

11.24

Am Nachmittag waren auf Anweisung des Innenministers zahlreiche Autos beschlagnahmt worden, um die Verwundeten in die Krankenhäuser zu fahren. Eins dieser Autos war der Buick von Dr. Kishen Chand Seth.

Dr. Seth hatte beschlossen, an diesem Nachmittag einen Film anzusehen, und sein Wagen war vor einem Kino, dem Rialto, geparkt. Als er, von Gefühlen überwältigt und gestützt auf seine hartgesottene Frau Parvati, herauskam, lehnten zwei Polizisten an seinem Auto.

Dr. Kishen Chand Seth bekam augenblicklich einen Wutanfall. Er hob drohend seinen Spazierstock, und hätte Parvati ihn nicht zurückgehalten, hätte er sicherlich Gebrauch davon gemacht. Die Polizisten, denen Dr. Seths Reputation nicht unbekannt war, entschuldigten sich beflissen.

»Wir haben den Befehl, diesen Wagen zu beschlagnahmen, Sir.«

»Sie haben – was?« platzte Dr. Seth heraus. »Verschwinden Sie, verschwinden Sie, gehen Sie mir aus den Augen, bevor ich ...« Ihm fehlten die Worte. Nichts schien ihm als Vergeltung drakonisch genug für diese Unverschämtheit.

»Wegen der Pul Mela ...«

»Nichts als Aberglaube, nichts als Aberglaube! Lassen Sie mich sofort fahren.« Dr. Kishen Chand Seth holte die Autoschlüssel aus seiner Tasche.

Der Unterinspektor nahm sie ihm mit einem unerwarteten und geschickten Handgriff ab und entschuldigte sich. Dr. Kishen Chand Seth erlitt beinahe einen Herzinfarkt.

»Sie – Sie wagen es ...« keuchte er. »Das ist teutonische Terrorherrschaft«, fügte er auf englisch hinzu. Das war schlimmer, als Babys mit Bajonetten aufzuspießen.

»Sir, auf der Pul Mela hat sich eine Katastrophe ereignet, und wir ...«

»Was für ein Unsinn! Wenn so etwas passiert wäre, hätte ich sicherlich davon gehört. Ich bin Arzt – Radiologe. Das Auto eines Arztes dürfen Sie nicht beschlagnahmen. Zeigen Sie mir den schriftlichen Befehl.«

»... wir haben Befehl, jedes Fahrzeug in einem Umkreis von einer Meile vom Bobaum zu beschlagnahmen.«

»Ich habe hier nur einen Film gesehen, der Wagen steht eigentlich gar nicht hier«, sagte Dr. Seth und deutete auf den Buick. »Geben Sie mir die Schlüssel zurück.« Er griff danach.

»Kishy, schrei nicht so, Liebling«, sagte Parvati. »Vielleicht hat es wirklich ein Unglück gegeben. Wir haben während der letzten drei Stunden einen Film gesehen.«

»Ich versichere Ihnen, Sir, so ist es. Es hat viele Tote und Verwundete gegeben. Ich beschlagnahme diesen Wagen auf ausdrückliche Anweisung des Innenministers von Purva Pradesh. Nur die Wagen aktiver – das heißt noch nicht pensionierter – Ärzte sind ausgenommen. Wir werden gut darauf aufpassen.«

Die letzte Bemerkung diente nur zur Beruhigung. Dr. Kishen Chand Seth war augenblicklich klar, daß sein Auto durch Mißbrauch und Überbeanspruchung buchstäblich zu Schrott gefahren werden würde. Wenn stimmte, was dieser Idiot behauptete, wären Sand im Getriebe und Blutflecken auf den kalbsledernen Polstern, wenn er ihn zurückbekäme. Aber hatte sich tatsächlich eine Katastrophe ereignet? Oder war das nur ein weiteres Beispiel für den Unsinn, den sie seit der Unabhängigkeit so gerne anstellten? Die Leute verhielten sich heutzutage schockierend selbstherrlich.

»Sie!« schrie er einen Passanten an.

Erschrocken, nicht daran gewöhnt, so angesprochen zu werden, blieb der Mann, ein achtbarer Regierungsbeamter, wie angewurzelt stehen und sah Dr. Kishen Chand Seth höflich, erstaunt und fragend an. »Ich?«

»Ja, Sie. Hat sich auf der Pul Mela ein Unglücksfall ereignet? Hunderte von Toten?« Die letzte Frage klang geringschätzig und ungläubig.

»Ja, Sahib, so ist es«, sagte der Mann. »Zuerst habe ich das Gerücht gehört, dann die Meldung im Radio. Es stimmt. Selbst die offiziellen Schätzungen gehen in die Hunderte.«

»Na gut – nehmen Sie ihn«, sagte Dr. Kishen Chand Seth. »Aber passen Sie auf – kein Blut auf den Sitzen – kein Blut auf den Sitzen. Das lasse ich nicht zu. Haben Sie mich verstanden?«

»Ja, Sir. Seien Sie beruhigt, innerhalb einer Woche kriegen Sie ihn zurück. Ihre Adresse, Sir?«

»Meine Adresse ist allgemein bekannt«, sagte Dr. Kishen Chand Seth lässig, winkte mit seinem Stock und trat auf die Straße. Er würde ein Taxi – oder irgendein anderes Auto – beschlagnahmen und nach Hause fahren.

11.25

L. N. Agarwal war bei den Studenten von Brahmpur wegen seiner autoritären Art und seiner Einflußnahme als Mitglied der Universitätsleitung nicht beliebt. Die meisten Verlautbarungen politischer Gruppierungen auf dem Campus waren im Ton eindeutig gegen Agarwal.

Der Innenminister wußte das, und seine Aufforderung an die Studenten, sich als freiwillige Helfer zu melden, war im Namen des Chefministers formuliert. Die meisten Studenten waren nicht in Brahmpur, weil Ferien waren. Aber viele, die da waren, meldeten sich. Sie hätten sich sicherlich auch gemeldet, wenn der Innenminister den Aufruf unterschrieben hätte.

Kabir, der als Sohn eines Fakultätsmitglieds nahe der Universität wohnte, hörte als einer der ersten von dem Aufruf. Er und sein jüngerer Bruder Hashim gingen zur zentralen Kontrollstelle, die im Fort eingerichtet worden war. Die Sonne versank hinter der Zeltstadt. Abgesehen von den Feuerstellen zum Kochen brannten hier und da größere Feuer, wo die ersten Leichen verbrannt wurden. Über die Lautsprecher wurde noch immer die endlose Litanei der Namen verlesen. Das würde auch die Nacht über so bleiben.

Sie wurden verschiedenen Erste-Hilfe-Zelten zugeteilt. Die ersten Freiwilligen waren bereits erschöpft und froh, abgelöst zu werden. Sie konnten etwas essen und ein paar Stunden schlafen, bevor sie ihren Dienst wieder antraten.

Trotz aller Anstrengungen – Listen, Erste-Hilfe-Zelte, Sammelplätze, Kontrollstelle – herrschte noch immer ein heilloses Durcheinander. Niemand wußte, was mit den meist alten und kranken, mittellosen und hungrigen Frauen geschehen sollte, die sich nicht mehr zurechtfanden, bis sich das Frauen-Komitee der Kongreßpartei, das angesichts der Unentschlossenheit der Behörden die Geduld verlor, ihrer annahm. Die wenigsten wußten, wohin mit den Menschen, die sich verirrt hatten, mit den Toten und Verwundeten, und die wenigsten wußten, wo man sie fand. Die Unglücklichen rannten über den heißen Sand vom einen Ende des Geländes zum anderen, nur um zu erfahren, daß der Treffpunkt der Pilger aus ihrem Staat irgendwo anders war. Verwundete oder tote Kinder wurden bisweilen zum Sammelplatz für Kinder, die sich verirrt hatten, gebracht, manchmal in die Erste-Hilfe-Zelte, manchmal zum Polizeirevier. Die Anweisungen, die über die Lautsprecher kamen, schienen sich mit der Person zu ändern, die dort gerade Dienst tat.

Nach einer langen Nacht in einem Erste-Hilfe-Zelt starrte Kabir ausdruckslos vor sich hin, als Bhaskar hereingebracht wurde.

Ein fetter, melancholischer Mann mittleren Alters trug ihn vorsichtig herein. Bhaskar schien zu schlafen. Kabir runzelte die Stirn, als er ihn sah, und stand sofort auf. Er erkannte den Jungen als den mathematisch begabten jungen Freund seines Vaters wieder.

»Ich habe ihn gleich nach der Katastrophe im Sand gefunden«, erklärte der Mann und legte den Jungen auf eine freie Stelle am Boden. »Er lag nicht weit von der Rampe entfernt. Er hat Glück gehabt, daß er nicht zu Tode getrampelt wurde. Ich habe ihn mit in unser Camp genommen, weil ich geglaubt habe, daß er bald aufwachen würde und ich ihn dann nach Hause bringen könnte. Ich mag Kinder sehr gern, wissen Sie. Meine Frau und ich, wir haben keine ...« Er verlor sich in seinen Gedanken, kam dann wieder aufs Thema. »Einmal ist er aufgewacht, hat aber nicht auf meine Fragen geantwortet. Er weiß nicht mal seinen Namen. Dann ist er wieder eingeschlafen, und seitdem ist er nicht mehr aufgewacht. Ich konnte ihm nichts zu essen geben. Ich habe ihn ein bißchen geschüttelt, aber er hat nicht reagiert. Er hat auch nichts getrunken. Aber dank der Güte meines Gurus schlägt sein Herz noch.«

»Gut, daß Sie ihn hergebracht haben«, sagte Kabir. »Ich glaube, ich kann seine Eltern ausfindig machen.«

»Eigentlich wollte ich ihn in ein Krankenhaus bringen, aber dann habe ich diese schrecklichen Lautsprecherdurchsagen gehört, daß man Kinder nicht aus dem Pul-Mela-Gelände bringen soll, wenn man sich ihrer angenommen hat. Sonst würde man sie vielleicht nie wiederfinden. Deswegen habe ich ihn hergebracht.«

»Gut, gut.« Kabir seufzte.

»Wenn ich noch etwas tun kann – wir werden morgen früh abreisen.« Der

Mann streichelte Bhaskars Stirn. »Er hat nichts dabei, woraus sein Name hervorgeht. Ich weiß nicht, wie Sie seine Eltern finden wollen. Aber in meinem Leben sind schon seltsamere Dinge passsiert. Man sucht nach einer Person, weiß gar nicht, wer es ist, und plötzlich findet man sie. Also, auf Wiedersehen.«

»Danke«, sagte Kabir und gähnte. »Sie haben eine Menge getan. Aber es gibt noch etwas, was Sie tun könnten. Würden Sie diese Nachricht zu jemandem bringen, der in der Nähe der Universität wohnt?«

»Gewiß doch.«

Kabir war eingefallen, daß er seinen Vater telefonisch vielleicht nicht erreichen würde und eine schriftliche Nachricht nützlich sein könnte. Er schrieb ein paar Zeilen – weil er so müde war, wurde es ein Gekritzel –, faltete den Zettel zweimal, schrieb die Adresse darauf und gab ihn dem dicken Mann. »Je schneller, desto besser«, sagte er.

Der Mann nickte und ging traurig vor sich hin summend davon.

Nachdem er seine Runde gemacht hatte, griff Kabir zum Telefon und ließ sich mit Dr. Durrani verbinden. Die Leitungen waren überlastet, aber zehn Minuten später kam er durch, und sein Vater war zu Hause. Kabir erklärte ihm die Situation und daß er den Zettel, den er bekommen würde, ignorieren solle.

»Ich weiß, daß er dein Freund ist, der Mini-Gauß, und daß er Bhaskar heißt. Aber wo wohnt er?«

Sein Vater war so zerstreut, wie er nur sein konnte.

»Oh, hm, äh ...« begann Dr. Durrani. »Das ist schwer, ähm, zu sagen. Wie, ähm, heißt er doch gleich, ähm, mit Nachnamen?«

»Ich dachte, du wüßtest das.« Kabir konnte sich vorstellen, wie sein Vater vor Konzentration die Augenbrauen zusammenzog.

»Also, ähm, ich bin mir nicht, ähm, sicher, weißt du, ähm, er kommt und geht, ähm, verschiedene Leute, ähm, bringen ihn her, und dann unterhalten wir uns, ähm, und dann kommen sie wieder, ähm, und holen ihn ab. Letzte Woche war er hier ...«

»Ich weiß ...«

»Wir haben, ähm, über den Fermatschen Satz gesprochen ...«

»Vater ...«

»Oh, ja und über eine, ähm, interessante Variante des Pergolesi-Lemmas. Irgendwas Ähnliches, was mein, ähm, junger Kollege, ähm, ich habe eine Idee, ähm, warum fragen wir, ähm, nicht ihn?«

»Wen?«

»Ja, Sunil Patwardhan, ähm, er könnte den Jungen kennen. Es war auf seiner, ähm, Party, glaube ich. Armer Bhaskar. Seine, ähm, Eltern müssen verstört sein.«

Was immer das heißen sollte, Kabir dachte, daß es sinnvoller wäre, dieser neuen Spur nachzugehen. Er setzte sich mit Sunil Patwardhan in Verbindung, der sich daran erinnerte, daß Bhaskar Kedarnath Tandons Sohn und Mahesh Kapoors Enkel war. Kabir rief in Prem Nivas an.

Mahesh Kapoor nahm nach dem zweiten Klingeln ab. »Ji?«
»Könnte ich mit dem Minister Sahib sprechen?« fragte Kabir in Hindi.
»Sie sprechen bereits mit ihm.«
»Minister Sahib, ich rufe aus dem Erste-Hilfe-Zelt direkt unterhalb des Ostendes des Forts an.«
»Ja?« Die Stimme klang gespannt wie eine Feder.
»Wir haben hier Ihren Enkel Bhaskar ...«
»Lebt er?«
»Ja. Wir haben ihn gerade erst ...«
»Bringen Sie ihn sofort nach Prem Nivas. Worauf warten Sie noch?«
»Minister Sahib, es tut mir leid, aber ich habe Dienst hier. Sie müssen selbst kommen.«
»Ja, ja, natürlich, selbstverständlich ...«
»Und ich sollte noch erwähnen ...«
»Ja, ja, reden Sie ...«
»Vielleicht wäre es ratsam, ihn jetzt nicht zu transportieren. Ich erwarte Sie hier.«
»Gut. Wie heißen Sie?«
»Kabir Durrani.«
»Durrani?« Mahesh Kapoors Stimme klang überrascht. Aber dann fiel ihm ein, daß Katastrophen keine Religion kannten. »Wie der Mathematiker?«
»Ja, ich bin sein älterer Sohn.«
»Entschuldigen Sie meinen scharfen Tonfall. Wir sind alle sehr angespannt. Wir kommen sofort. Wie geht es ihm? Warum kann er nicht transportiert werden?«
»Ich glaube, Sie sollten ihn sich selbst ansehen«, sagte Kabir. Dann wurde ihm bewußt, welche Angst seine Worte einflößen konnten. »Er scheint keine äußeren Verletzungen zu haben.«
»Am östlichen Ende?«
»Am östlichen Ende.«
Mahesh Kapoor legte auf und wandte sich seiner Familie zu, die jedes seiner Worte mitgehört hatte.
Eine Viertelstunde später hielt Veena Bhaskar in den Armen. Sie drückte ihn so fest an sich, daß sie aussahen wie ein einziges Wesen. Der Junge war noch immer bewußtlos, aber sein Gesicht wirkte ruhig. Sie berührte mit ihrer Stirn seine Stirn und flüsterte immer wieder seinen Namen.
Als ihr Vater ihr den müden jungen Mann als Dr. Durranis Sohn vorstellte, nahm sie Kabirs Kopf in die Hände und segnete ihn.

11.26

Dipankar, der seit der sinnlosen Katastrophe an den Tod – und fast nur an den Tod – gedacht hatte, sagte: »Ist es wichtig, Baba?«

»Ja.« Das freundliche Gesicht sah hinunter auf die zwei Gebetsschnüre, und die kleinen Augen blinzelten amüsiert.

Dipankar hatte die Gebetsschnüre gekauft, eine für sich und die andere – aus irgendeinem Grund, den er selbst nicht kannte – für Amit. Er hatte Sanaki Baba gebeten, sie zu segnen, bevor er die Pul Mela verließ.

Sanaki Baba hatte sie in die hohlen Hände genommen und gesagt: »Welche Form, welche Kraft zieht dich am meisten an? Rama? Oder Krishna? Shiva? Oder Shakti? Oder Om selbst?«

Dipankar hatte die Frage kaum gehört. Seine Gedanken hatten sich erneut dem Grauen zugewandt, dessen Zeuge er geworden war. Wieder sah er den zerdrückten Körper des alten Mannes vor sich – die Nagas stachen auf ihn ein, die Menge trampelte über ihn –, das Durcheinander, den Wahnsinn. War es das, worum es im Leben ging? War er deswegen hier? Wie jämmerlich erschien ihm jetzt seine Hoffnung, irgend etwas zu verstehen. Er war bestürzter und entsetzter und verwirrter als je zuvor.

Sanaki Baba legte ihm eine Hand auf die Schulter. Obwohl er seine Frage nicht wiederholte, brachte die Berührung Dipankar zurück in die Gegenwart, zurück zur Trivialität – vielleicht – der großen Konzepte und der großen Götter.

Sanaki Baba wartete auf eine Antwort.

Dipankar dachte: Om ist zu abstrakt für mich; Shakti zu rätselhaft, und außerdem bekomme ich in Kalkutta genug davon; Shiva ist zu wild und Rama zu rechtschaffen. Bleibt nur noch Krishna. »Krishna«, sagte er.

Die Antwort schien Sanaki Baba zu gefallen, aber er wiederholte nur den Namen. Dann nahm er Dipankars Hände in seine eigenen und sagte: »Sprich mir nach: O Gott, heute ...«

»O Gott, heute ...«

»... am Ufer der Ganga in Brahmpur ...«

»... am Ufer der Ganga in Brahmpur ...«

»... während des glückverheißenden Festes Pul Mela ...«

»... während des Festes Pul Mela ...« korrigierte ihn Dipankar.

»... während des glückverheißenden Festes Pul Mela ...« beharrte Sanaki Baba.

»... während des glückverheißenden Festes Pul Mela ...«

»... nehme ich aus den Händen meines Gurus ...«

»Aber sind Sie denn mein Guru?« fragte der plötzlich skeptische Dipankar.

Sanaki Baba lachte. »Dann eben aus den Händen von Sanaki Baba ...«

»... aus den Händen von Sanaki Baba ...«

»... nehme ich dies, das Symbol aller deiner Namen ...«

»... nehme ich dies, das Symbol aller deiner Namen ...«

»... durch das sich all meine Sorgen auflösen mögen.«

»... durch das sich all meine Sorgen auflösen mögen.«

»Om Krishna, Om Krishna, Om Krishna.« Sanaki Baba begann zu husten. »Das kommt vom Weihrauch. Laß uns hinausgehen.«

»Jetzt, Divyakar«, sagte Sanaki Baba, »werde ich dir erklären, wie du sie benutzen sollst. Om ist der Samen, der Klang. Es ist gestaltlos, hat keine Form. Aber wenn du einen Baum willst, brauchst du einen Sprößling, und deswegen wählen sich die Menschen Krishna oder Rama. Du hältst die Gebetsschnur so.« Er gab Dipankar eine Gebetsschnur, und Dipankar ahmte seine Handbewegungen nach. »Den Zeigefinger und den kleinen Finger brauchst du nicht. Halte sie zwischen Daumen und Ringfinger, und bewege sie Perle um Perle mit dem Mittelfinger, und dabei sagst du ›Om Krishna‹. Ja, so ist es richtig. Es sind einhundertacht Perlen. Wenn du an den Knoten kommst, dann geh nicht darüber hinweg, sondern kehre um und mach den Kreis in die andere Richtung. Wie die Wellen im Meer, vorwärts und rückwärts. Sag ›Om Krishna‹, wenn du aufwachst, wenn du dich anziehst, wann immer du daran denkst... Und jetzt habe ich noch eine Frage an dich.«

»Babaji, ich habe auch eine an Sie«, sagte Dipankar und blinzelte.

»Meine Frage ist eine oberflächliche, deine ist eine tiefsinnige«, sagte der Guru. »Deswegen werde ich zuerst fragen. Warum hast du dich für Krishna entschieden?«

»Ich habe mich für ihn entschieden, weil ich Rama bewundere, aber ich finde ...«

»Ja, er war zu versessen auf weltlichen Ruhm«, sagte Sanaki Baba und dachte Dipankars Gedanken zu Ende.

»Und so wie er Sita behandelt hat ...«

»Sie wurde erdrückt«, sagte Sanaki Baba. »Er mußte wählen zwischen Königswürde und Sita, und er wählte die Königswürde. Er führte ein trauriges Leben.«

»Und sein Leben war von Anfang bis Ende so einheitlich – zumindest was seinen Charakter betrifft. Aber Krishna durchlebte so viele Stadien. Und am Ende, als er geschlagen war, in Dwaraka ...«

Sanaki Baba mußte wegen des Weihrauchs wieder husten. »Jeder erlebt seine Tragödien«, sagte er. »Aber Krishna erlebte auch Freude. Das Geheimnis des Lebens liegt darin, hinzunehmen. Glück hinzunehmen, Kummer hinzunehmen, Erfolg hinzunehmen, Versagen hinzunehmen, Ruhm hinzunehmen, Schande hinzunehmen, Zweifel hinzunehmen, sogar den Anschein der Gewißheit hinzunehmen. Wann reist du ab?«

»Heute.«

»Und wie lautet deine Frage?« sagte Sanaki Baba mit sanftem Ernst.

»Baba, wie erklären Sie das alles?« Dipankar deutete auf eine entfernte Rauchsäule, die von einem riesigen Scheiterhaufen aufstieg, auf dem Hunderte nicht identifizierter Leichen verbrannt wurden. »Ist das alles das Lila des Universums, das Spiel Gottes? Haben sie Glück gehabt, weil sie an diesem glückverheißenden Ort bei diesem glückverheißenden Fest gestorben sind?«

»Morgen kommt Mr. Maitra, nicht wahr?«

»Ich glaube, ja.«

»Als er mich um Frieden bat, habe ich ihm gesagt, er solle an einem späteren Tag wiederkommen.«

»Ich verstehe.« Dipankars Stimme war die Enttäuschung anzuhören.

Wieder dachte er an den zu Tode getrampelten alten Mann, der von Eis und Salz gesprochen hatte, der im nächsten Jahr die Reise zurück zu der Quelle der Ganga hatte machen wollen. Wo werde ich nächstes Jahr sein, fragte er sich. Wo werden alle anderen sein?

»Ich habe mich jedoch nicht geweigert, ihm eine Antwort zu geben«, sagte Sanaki Baba.

»Nein, das haben Sie nicht.« Dipankar seufzte.

»Möchtest du eine vorläufige Antwort?«

»Ja.«

»Ich glaube, die Vorkehrungen der Behörden waren nicht ausreichend«, sagte der Guru ohne Umschweife.

11.27

Die Presse, die einhellig ›die lobenswert hohen Standards der behördlichen Vorkehrungen‹ gepriesen hatte, fiel jetzt sowohl über die Behörden als auch über die Polizei her. Es gab unzählige Erklärungen für die Katastrophe. Eine Theorie lautete, daß der Motor eines Autos, das in einer Prozession einen Festwagen schleppte, überhitzt war und abstarb und daß daraufhin eine Kettenreaktion ausbrach.

Eine andere besagte, daß der Wagen nicht zu einer Prozession, sondern einem VIP gehörte und von vornherein nicht auf das Pul-Mela-Gelände hätte fahren dürfen, schon gar nicht am Tag von Jeth Purnima. Die Polizei, so wurde behauptet, interessiere sich nicht für die Pilger, sondern nur für hohe Würdenträger. Und die hohen Würdenträger interessierten sich nicht für das gemeine Volk, sondern nur für die mit ihrem Amt einhergehenden Privilegien. Der Chefminister hatte, wohl wahr, nach der Tragödie vor der Presse ein bewegendes Statement abgegeben; aber ein Bankett am selben Abend in der Gouverneursresidenz war nicht abgesagt worden; der Gouverneur hätte mit Diskretion ausgleichen können, was ihm an Mitgefühl fehlte.

Eine dritte Theorie warf der Polizei vor, daß sie versäumt habe, die Straße weit vor den Prozessionen zu räumen. Aufgrund dieser mangelnden Voraussicht hätten sich die Menschen an den Badestellen so dicht gedrängt, daß die Sadhus nicht mehr weiter vorwärts gekommen seien. Die Koordination sei schlecht gewesen, die Kommunikation ungenügend, und zu wenig Personal sei abgestellt worden. Die verantwortlichen Polizisten seien überwiegend zu jung und überfordert gewesen und ihren Untergebenen gegenüber zu diktatorisch aufgetreten. Die Polizisten seien aus vielen Distrikten zusammengezogen worden – eine bunte Mischung von Männern, die sich untereinander nicht gekannt und sich Befehlen widersetzt hätten. Weniger als einhundert Wachtmeister und nur zwei höherrangige Offiziere hätten Dienst am Ufer getan, und nur sieben Polizisten hätten an dem wichtigen Übergang am Fuß der Rampe gestanden. Der Polizeichef des Distrikts hätte sich nicht einmal in der Nähe des Pul-Mela-Geländes aufgehalten.

Eine vierte Theorie nannte den Zustand des Bodens, der nach dem Unwetter der vorangegangenen Nacht rutschig gewesen war, als Ursache für die vielen Todesfälle, besonders für die, die sich in den Gräben zu beiden Seiten der Rampe ereignet hatten.

Eine fünfte monierte, daß die Behörden – bei der Organisation der Mela – weit mehr Camps auf dem vergleichsweise leeren Nordufer der Ganga hätten einrichten sollen, um das vorhersehbar gefährliche Gedränge am Südufer zu verringern.

Eine sechste gab den Nagas die Schuld und bestand darauf, daß die kriminellen und gewalttätigen Akharas sofort aufgelöst und auf jeden Fall von allen zukünftigen Pul Melas ausgeschlossen werden sollten.

Eine siebte Theorie sah die Ursache in der ›mangelhaften und willkürlichen‹ Schulung der Freiwilligen, die wegen fehlender Erfahrung zu Beginn der Katastrophe sofort die Nerven verloren hätten.

Eine achte gab dem Volkscharakter die Schuld.

Was immer nun stimmte – wenn überhaupt etwas stimmte –, alle bestanden auf einer UNTERSUCHUNG. Der *Brahmpur Chronicle* forderte die »Einsetzung einer Expertenkommission unter Vorsitz eines Richters vom Hohen Gerichtshof, um die Ursachen der gräßlichen Tragödie zu klären und eine Wiederholung auszuschließen«. Die Anwaltsvereinigungen kritisierten die Regierung und insbesondere den Innenminister und verkündeten in einer harsch formulierten Entschließung: »Sofortige Reaktion ist essentiell. Soll die Axt treffen, wen sie will.«

Ein paar Tage später stand in einer Sonderausgabe der *State Gazette*, daß eine Untersuchungskommission eingesetzt und mit allen notwendigen Vollmachten ausgestattet worden war, um mit gebotener Eile zügig Nachforschungen anzustellen.

11.28

Die fünf Richter, die die Anfechtung der Zamindari Abolition Bill verhandelten, wahrten absolutes Stillschweigen über ihre Beratungen. Von dem Augenblick an, als die Verhandlung abgeschlossen war und das Urteil ausstand, ging ihre Verschwiegenheit sogar über die normalen Grenzen richterlicher Diskretion hinaus. Sie bewegten sich gesellschaftlich in der gleichen Welt wie viele, deren Leben und Besitz von ihrer Entscheidung abhingen, und sie waren sich der Tragweite auch beiläufiger Bemerkungen bewußt. Sie wollten sich auf gar keinen Fall im Auge eines Sturms von Spekulationen wiederfinden.

Trotzdem wurde überall emsig und ungemein widersprüchlich spekuliert. Einer der Richter, Richter Maheshwari, der nicht wußte, was für eine schlechte Meinung G. N. Bannerji von ihm hatte, lobte das Plädoyer des berühmten Anwalts gegenüber einer Dame auf einer Teegesellschaft. G. N. Bannerji habe einige unschlagbare Argumente auf seiner Seite, vertraute ihr der Richter an. Seine Worte verbreiteten sich in Windeseile, und die Zamindars waren wieder optimistisch. Aber andererseits war es der Oberrichter und nicht Richter Maheshwari, der den ersten Entwurf des Urteils verfassen würde.

Aber war es nicht der Oberrichter gewesen, der den Staatsanwalt in die Zange genommen hatte? Shastri hatte Kräfte gesammelt, seine Argumente neu überdacht und anerkannt, daß er die Chancen des Gesetzes in Purva Pradesh gefährden würde, wenn er die Richtung der Argumentation beibehielt, die in Bihar von Erfolg gekrönt war. Die Richter hier schienen geneigt, andere Unterscheidungen zu treffen. Aber ob sein Versuch zurückzuschlagen letztlich Erfolg zeitigen würde, konnte keiner sagen. G. N. Bannerji hatte während der zwei Tage seiner Widerlegung kein gutes Haar an den, wie er sich ausdrückte, ›opportunistischen Manövern des ruderlosen Floßes meines verehrten Herrn Kollegen, das sich nach der Strömung der Richterbank dreht und wendet‹, gelassen. Die im Gerichtssaal Anwesenden waren übereinstimmend der Meinung, daß er der Regierungsseite den Garaus gemacht hatte.

Aber der Radscha von Marh, dessen Ländereien plötzlich von einer Heuschreckenplage heimgesucht wurden, betrachtete dies als ungünstiges Vorzeichen. Bessere Gründe für eine pessimistische Stimmung lieferte jedoch der erste Verfassungszusatz. Dieser Zusatz, der Mitte Juni vom Präsidenten Indiens, Dr. Rajendra Prasad (dessen Vater interessanterweise der Munshi eines Zamindars gewesen war), unterschrieben wurde, hatte das Ziel, Landreformgesetze vor Anfechtung unter Berufung auf bestimmte Verfassungsartikel zu schützen. Manche Zamindars hielten das für den letzten Nagel zu ihrem Sarg. Andere jedoch glaubten, daß der Zusatz selbst angefochten werden konnte – und daß die Landreformgesetze, die er zu schützen suchte, auf jeden Fall für verfassungswidrig erklärt werden konnten, weil sie gegen andere Artikel und den Geist der Verfassung selbst verstießen.

Während die Zamindars und ihre Gefolgsleute auf der einen Seite und die Verfasser des Gesetzes und die Pächter auf der anderen ständig zwischen Optimismus und Niedergeschlagenheit schwankten, arbeiteten die Richter in aller Abgeschiedenheit an ihrem Urteil. Nachdem die Verhandlung abgeschlossen war, versammelten sie sich im Amtszimmer des Oberrichters, um zu diskutieren, welche Form das Urteil haben und welche Richtung es vorgeben sollte. Es herrschte beträchtliche Uneinigkeit über die strittigen Fragen, die Urteilsbegründung und sogar über das Urteil selbst. Der Oberrichter konnte die beigeordneten Richter jedoch davon überzeugen, daß sie, wenn möglich, zu einem einstimmigen Urteil gelangen sollten. »Sehen Sie sich nur mal das Bihar-Urteil an«, sagte er. »Drei Richter, die im Grunde übereinstimmen, beharren auf ihrem jeweiligen Standpunkt, und das auch noch – ich möchte nicht zitiert werden – in dieser unerträglichen Weitschweifigkeit. Woher sollen die Anwälte wissen, was das Urteil eigentlich bedeutet? Wir sind nicht das Oberhaus, und in unserem Urteil sollen nicht fünf individuelle Stellungnahmen durchklingen.« Mit der Zeit überzeugte er seine Kollegen von der Idee, ein einstimmiges Urteil abzugeben, solange es zu bestimmten Punkten keine unüberwindlichen Unstimmigkeiten gäbe. Statt einen anderen Richter mit dem ersten Entwurf zu betrauen, beschloß er, ihn selbst zu schreiben.

Sie arbeiteten so rasch, wie es die Sorgfalt gestattete. Der Urteilsentwurf machte in einem einzigen Exemplar die Runde, Anmerkungen wurden auf separaten Blättern notiert. »Bezüglich des Arguments auf Seite 21 zur Nicht-Anwendbarkeit impliziter Begriffe in den Fällen, für die bereits im Wortlaut der Verfassung spezielle Bestimmungen verankert sind: Ist die sehr ausführliche Erörterung der Enteignungsrechte nicht rein akademischer Natur?« »Ich schlage vor, auf Seite 16 Zeile 8 ›bestellten ihr eigenes Land‹ zu ersetzen durch ›waren in der Tat nicht zwischengeschaltet zwischen Landwirt und Staat‹.« »Ich glaube, wir sollten die Diskussion der Enteignungsrechte für den Fall noch mit einer zweiten Begründung stützen, daß das Oberste Gericht hinsichtlich des Nicht-Anwendbarkeitsaspekts anders als wir entscheidet.« Und so weiter. Alle fünf waren sich der schweren Last an Verantwortung, die auf ihnen lag, bewußt: Ihr Urteil wäre ebenso folgenschwer wie eine Entscheidung der Legislative oder der Exekutive und würde das Leben von Millionen Menschen verändern.

Das Urteil – es war fünfundsiebzig Seiten lang – wurde entworfen, verändert, diskutiert, erneut verändert, überprüft, gebilligt und in seine endgültige Form gebracht. Der Privatsekretär des Oberrichters tippte ein einziges Exemplar auf der Schreibmaschine. Klatsch und undichte Stellen gab es in Brahmpur wie im ganzen Land, aber niemand außer diesen sechs Personen wußte, wie das Urteil – und vor allem der letzte rechtsbegründende Absatz – lautete.

11.29

Während der letzten Woche war Mahesh Kapoor wie viele andere niedrig- und hochrangige Landespolitiker hin- und hergependelt zwischen Brahmpur und Patna, das mit dem Auto oder dem Zug in wenigen Stunden zu erreichen war. Das politische Nachspiel der Pul Mela und der prekäre Gesundheitszustand seines Enkelsohnes hielten ihn einerseits in Brahmpur. Aber andererseits zog es ihn ungefähr jeden zweiten Tag nach Patna, wo sich Ereignisse von großer Tragweite abspielten, Ereignisse die seiner Meinung nach höchstwahrscheinlich die Konstellation und die Struktur der politischen Kräfte des Landes grundlegend verändern würden.

Eines Morgens kam er in einer Auseinandersetzung mit seiner Frau darauf zu sprechen.

Am Vorabend hatte er nach seiner Rückkehr aus Patna (wo mehrere politische Parteien, einschließlich der Kongreßpartei, in der unerträglichen Junihitze Versammlungen abhielten) etwas erfahren, was ihn mindestens bis zum heutigen Nachmittag in Brahmpur zurückhalten würde.

»Gut«, sagte Mrs. Mahesh Kapoor leise. »Dann können wir zusammen Bhaskar im Krankenhaus besuchen.«

»Frau, dafür werde ich keine Zeit haben«, erwiderte Mahesh Kapoor ungeduldig. »Ich kann mich nicht den ganzen Tag in Krankenhäusern rumtreiben.«

Mrs. Mahesh Kapoor sagte nichts mehr, aber daß sie verärgert war, bemerkte ihr Mann nur zu deutlich. Bhaskar war nicht mehr bewußtlos, aber er war noch lange nicht gesund. Er hatte hohes Fieber, und er erinnerte sich an nichts mehr, was am Tag der Katastrophe passiert war. Auch seine Erinnerung an frühere Ereignisse war lückenhaft.

Als Kedarnath nach Hause zurückgekehrt war, hatte er die Neuigkeiten kaum glauben können. Veena, die ihm insgeheim während seiner Abwesenheit schwere Vorwürfe gemacht hatte, brachte es nicht übers Herz, sie laut zu wiederholen. Tag und Nacht wachten sie an Bhaskars Bett. Zunächst hatte er nicht einmal seine Eltern wiedererkannt, aber mittlerweile konnte er sich und seine Umgebung identifizieren. Zahlen waren immer noch wichtig für ihn, und er freute sich ungemein, wenn Dr. Durrani ihn besuchte. Aber Dr. Durrani fand diese Besuche nicht übermäßig interessant, da sein neun Jahre alter Kollege etwas von seinem mathematischen Scharfsinn eingebüßt hatte. Kabir jedoch, für den Bhaskar bis vor kurzem nichts weiter als ein gelegentlicher Gast gewesen war, hatte ihn ins Herz geschlossen. Er war es, der seinen zerstreuten Vater überredete, Bhaskar jeden zweiten oder dritten Tag zu besuchen.

»Was ist so wichtig, daß du ihn nicht besuchen kannst?« fragte Mrs. Mahesh Kapoor nach einer Weile. Ihr Mann las wieder in der Zeitung.

»Die gestern bekanntgegebene Verhandlungsliste«, sagte ihr Mann lakonisch. Aber Mrs. Mahesh Kapoor bestand auf einer Erklärung, und der Finanzminister erklärte ihr wie einem kleinen dummen Kind, daß die Verhandlungsliste des Hohen Gerichtshofes von Brahmpur die Verhandlungen und Urteilsverkündungen des nächsten Tages enthielt und daß das Urteil im Zamindari-Fall an diesem Tag um zehn Uhr vormittags verkündet werden würde.

»Und danach?«

»Danach? Danach muß ich über die nächsten Schritte entscheiden – wie immer das Urteil ausfällt. Ich werde mich mit dem Generalstaatsanwalt, Abdus Salaam und Gott weiß mit wem sonst noch beraten müssen. Und dann, wenn ich mit dem Chefminister nach Patna fahre und – warum erzähle ich dir das alles?« Er wandte sich mit Nachdruck wieder seiner Zeitung zu.

»Kannst du nicht erst nach sieben nach Patna fahren? Die Besuchszeit am Abend ist zwischen fünf und sieben.«

Mahesh Kapoor legte die Zeitung beiseite und schrie nahezu: »Kann ein Mann nicht einmal in seinem eigenen Haus in Ruhe Zeitung lesen? Prans Mutter, weißt du, was in diesem Land vor sich geht? Der Kongreß ist kurz davor, sich zu spalten, Rechte wie Linke laufen zu dieser neuen Partei über.« Er hielt kurz inne und fuhr dann immer aufgeregter fort: »Jeder anständige Mensch verläßt den Kongreß. P. C. Ghosh ist ausgetreten, Prakasam auch, Kripalani und seine Frau sind ausgetreten. Sie werfen uns – zu Recht – ›Korruption, Nepotismus und Amtsmißbrauch‹ vor. Rafi Sahib, mit seinem üblichen zirzensischen Talent, geht zu den Versammlungen beider Parteien – und hat sich in den Vorstand dieser ABVP wählen lassen, dieser ›Arbeiter- und Bauern-Volkspartei‹! Und selbst Nehru droht damit, dem Kongreß den Rücken zu kehren. ›Wir sind es leid‹, sagt er.« Mahesh Kapoor schnaubte ungeduldig, bevor er den letzten Satz wiederholte. »Und deinem eigenen Mann ergeht es fast ebenso. Dafür habe ich nicht jahrelang in britischen Gefängnissen gesessen. Ich habe die Kongreßpartei satt, und auch ich denke an Austritt. Ich muß nach Patna, verstehst du, und ich muß heute nachmittag nach Patna. Stündlich ändert sich etwas, auf jeder Versammlung gibt es eine neue Krise. Gott allein weiß, was für diesen Staat in meiner Abwesenheit beschlossen wird. Agarwal ist in Patna – ja, Agarwal, Agarwal, der den Saustall der Pul Mela aufräumen sollte –, er ist in Patna, macht undurchschaubare Manöver, unterstützt Tandon und macht Nehru Schwierigkeiten, wo er nur kann. Und du fragst mich, warum ich nicht später nach Patna fahren kann. Bhaskar wird gar nicht merken, wenn ich nicht da bin, der arme Junge, und Veena kannst du meine Gründe erklären – wenn du dir auch nur ein Zehntel davon merken kannst. Nimm den Wagen. Ich werde auch ohne ihn ins Gericht kommen. Jetzt, genug...« Er erhob eine Hand.

Mrs. Mahesh Kapoor sagte nichts mehr. Sie würde sich nicht ändern; er würde sich nicht ändern; er wußte, daß sie sich nicht ändern würde; sie wußte, daß er sich nicht ändern würde; und beide wußten, daß es der jeweils andere wußte.

Sie nahm ein paar Früchte mit ins Krankenhaus, er nahm ein paar Akten mit ins Gericht. Bevor sie aufbrach, um Bhaskar zu besuchen, wies sie einen Dienstboten an, für ihren Mann Parathas vorzubereiten und einzupacken, damit er später am Tag auf der Fahrt nach Patna etwas zu essen hätte.

11.30

Es war ein heißer Morgen, und ein sengender Wind wehte durch die Freiluftkorridore des Hohen Gerichts von Brahmpur. Um halb zehn war Gerichtssaal Nummer eins überfüllt. Im Innern war es zwar stickig, aber nicht unerträglich. Die langen Khas-Matten – erst kürzlich vor einigen Fenstern angebracht – waren mit Wasser besprengt worden, so daß der heiße Juniwind von draußen im Innern etwas abkühlte.

Was die emotionale Atmosphäre anbelangte, so war sie bis zum Zerreißen gespannt. Für die Kläger waren nur die Anwälte aus Brahmpur gekommen, aber es schien, als ob die gesamte Anwaltschaft Brahmpurs, ob sie nun mit dem Fall zu tun hatte oder nicht, entschlossen war, dieser historischen Urteilsverkündung en masse beizuwohnen. Auch die Presse war stark vertreten, und die Journalisten machten bereits Notizen. Sie verdrehten die Köpfe und reckten die Hälse, um einen Blick auf die berühmten Kläger zu erhaschen, auf jeden Radscha oder Nawab oder großen Zamindar, dessen Schicksal auf der Waagschale lag. Oder vielleicht wäre es besser zu sagen, daß ihr Schicksal bereits entschieden war, sie aber noch nicht wußten, auf welcher Seite sich die Waagschale gesenkt hatte. Noch ein paar Minuten, und das Geheimnis würde gelüftet.

Mahesh Kapoor kam herein und sprach kurz mit dem Generalstaatsanwalt von Purva Pradesh. Der Reporter vom *Brahmpur Chronicle* bekam nur zwei Sätze mit, als sie sich an ihm vorbeiquetschten. »Eine Dreifaltigkeit ist genug, um das Universum am Laufen zu halten«, sagte der Generalstaatsanwalt, und sein ewiges Lächeln war ein bißchen breiter als gewöhnlich, »aber dieser Fall benötigt anscheinend zwei Köpfe mehr.«

Mahesh Kapoor sagte: »Da ist dieser Mistkerl Marh und sein Sohn, der Päderast – erstaunt mich, daß sie die Unverfrorenheit haben, noch einmal in diesem Gerichtssaal aufzutauchen. Zumindest sehen sie bedrückt aus.« Dann schüttelte er den Kopf und blickte beim Gedanken an ein ungünstiges Urteil ebenso bedrückt drein.

Die Uhr im Gerichtssaal schlug zehn. Der pompöse Einzug der Diener begann. Ihnen folgten die Richter. Sie sahen weder zu den Anwälten der Regierung noch zu den Anwälten der Kläger. Ihren Gesichtern war unmöglich abzulesen, wie das Urteil lauten würde. Der Oberrichter blickte nach links und rechts, und die Stühle wurden nach vorn geschoben. Der Gerichtssekretär verlas die Nummern der Klageschriften, ›die zur Verkündung des Urteils‹ anstanden. Der

Oberrichter sah hinunter auf den dicken Stapel Papier, der vor ihm lag, und blätterte zerstreut darin. Alle Augen im Gerichtssaal ruhten auf ihm. Er nahm das Zierdeckchen aus Spitze von seinem Glas und trank einen Schluck Wasser.

Er schlug die letzte der fünfundsiebzig Seiten des Urteils auf, legte den Kopf schräg und begann, den letzten, den rechtsbegründenden Absatz des Urteils vorzulesen. Schnell und deutlich lesend, brauchte er nicht einmal eine halbe Minute dafür.

»Der Purva Pradesh Zamindari Abolition and Land Reform Act widerspricht nicht den Bestimmungen der Verfassung und ist daher gültig. Die Hauptklage und die Nebenklagen werden abgewiesen. Wir sind der Ansicht, daß die Prozeßparteien ihre jeweiligen Kosten selbst zu tragen haben, und verfügen demgemäß.«

Er unterschrieb das Urteil und reichte es weiter an den Richter zu seiner Rechten, dem nach ihm ranghöchsten Richter, der es unterschrieb und seinerseits an den Richter zur Linken des Oberrichters weiterreichte; so wanderte das Urteil von Seite zu Seite und wurde schließlich dem Gerichtsekretär übergeben, der es mit dem Siegel des Gerichts stempelte, auf dem stand: »Hoher Gerichtshof, Brahmpur.« Dann erhoben sich die Richter, denn damit war die Arbeit, für die die fünfköpfige Richterbank zusammengestellt worden war, erledigt. Die Stühle wurden zurückgezogen, und die Richter verschwanden hinter dem dunkelroten Vorhang auf der rechten Seite, gefolgt von ihren prächtigen Dienern.

Wie es am Hohen Gericht von Brahmpur Brauch war, begleiteten die vier beigeordneten Richter den Oberrichter in sein Amtszimmer; dann gingen sie zum Zimmer des ranghöchsten beigeordneten Richters und so der Rangfolge nach weiter. Schließlich ging Richter Maheshwari allein in sein Zimmer zurück. Nachdem sie den Fall wochenlang von Angesicht zu Angesicht und auf dem Papier durchgekaut hatten, waren sie nicht mehr in der Laune, auch jetzt noch darüber zu reden; die in Schwarz gekleidete Prozession hatte etwas von einem Trauermarsch an sich. Was Richter Maheshwari betraf, so wunderte er sich immer noch über das Dokument, unter das er gerade seinen Namen gesetzt hatte, aber er verstand Sitas Rolle im Ramayana jetzt etwas besser.

Zu sagen, im Gerichtssaal sei die Hölle ausgebrochen, wäre untertrieben. Kaum war der letzte der fünf Richter aus dem Blickfeld entschwunden, begannen Kläger und Anwälte, Publikum und Presse zu schreien und zu jubeln, umarmten einander oder weinten. Firoz und sein Vater konnten sich nur kurz einen Blick zuwerfen, bevor sie von einer Gruppe von Anwälten, Großgrundbesitzern und Journalisten umgeben waren – und jedes sinnvolle Gespräch wurde unmöglich. Firoz blickte grimmig drein.

Der Radscha von Marh war wie alle anderen aufgestanden, als sich die Richter erhoben hatten. Aber lesen sie das Urteil denn nicht vor? hatte er gedacht. Haben sie die Urteilsverkündung verschoben? Er konnte nicht fassen, daß man mit so wenigen Worten Dinge von solcher Tragweite ausdrücken konnte. Aber der Jubel auf der Regierungsseite und die Verzweiflung und Bestürzung auf seiner eigenen machten ihm die ganze Bedeutung des unheilvollen Mantras klar. Seine Beine gaben nach; er kippte vornüber auf die Stuhlreihe vor ihm und stürzte zu Boden; dann wurde ihm schwarz vor Augen.

11.31

Zwei Tage später studierte der Generalstaatsanwalt von Purva Pradesh, Mr. Shastri, den Urteilstext, der in voller Länge gedruckt und veröffentlicht war. Er freute sich, daß das Urteil einstimmig gefällt worden war. Es war klar und verständlich formuliert und würde der unvermeidlichen Berufung am Obersten Gericht standhalten, vor allem da es jetzt durch die zusätzliche, erst kürzlich errichtete Mauer des ersten Verfassungszusatzes geschützt war.

Die Argumente hinsichtlich der Delegation von Befugnissen, des Mangels an Gemeinnützigkeit und so weiter wurden abgehandelt und zurückgewiesen.

Die grundlegende Frage – die in Mr. Shastris Augen so oder so hätte beantwortet werden können – entschieden die Richter folgendermaßen:

Die ›Wiedergutmachung‹ und die ›Entschädigung‹ bildeten zusammen die eigentliche Abfindung, die ›eigentliche Entschädigung‹ für das enteignete Land. Auf diese Weise, so die Richter, könnte keine der beiden Zahlungsarten mit der Begründung angefochten werden, sie wären unangemessen und diskriminierend. Wäre die von der Regierung sorgfältig ausgearbeitete Behauptung, es handle sich um zwei grundsätzlich verschiedene Dinge, aufrechterhalten worden, hätte die Wiedergutmachung nicht unter dem Schutz gestanden, den die Verfassung der ›Entschädigung‹ zusicherte, und hätte unter der Bestimmung, daß ›die Gesetze für alle gleichermaßen gelten‹, niedergeschlagen werden können.

Der Generalstaatsanwalt sah es so, daß die Richter der Regierung einen harten Schlag versetzt hatten – und sie damit einem unsichtbaren, aber sich schnell nähernden Zug aus dem Weg geräumt hatten. Angesichts dieser Merkwürdigkeit mußte er unwillkürlich lächeln.

Was die Nebenklagen anbelangte – von den Hindu-Wohlfahrtsverbänden, den Waqfs, den Besitzern der von der Krone verliehenen Besitztümern, den ehemaligen Fürsten und Großfürsten –, so wurden sie alle abgewiesen. Shastri bedauerte nur, daß sein Rivale G. N. Bannerji nicht im Gericht gewesen war, als das Urteil verkündet wurde. Doch das hatte nichts mit dem Urteil selbst zu tun.

Aber G. N. Bannerji trat in einem anderen höchst lukrativen, wenn auch nicht so folgenschweren Prozeß in Kalkutta auf, und Mr. Shastri dachte, daß er vielleicht nur die Achseln gezuckt und sich einen weiteren Scotch eingeschenkt hatte, als er telefonisch oder durch ein Telegramm vom Ausgang dieses Prozesses erfuhr.

11.32

Bei früheren Pul Melas hatten sich die Menschenmassen nach Jeth Purnima zwar gelichtet, aber viele Pilger waren geblieben, um elf Tage später in der Nacht von Ekadishi oder sogar vierzehn Tage später während des nächsten ›dunklen‹ Mondes oder Amavas zu baden, der Lord Jagannath geweiht war. Nicht so diesmal. Nach der Tragödie, die unter den Frommen großen Schrecken verbreitet hatte, war die bereitgestellte Infrastruktur auf dem sandigen Gelände sofort zusammengebrochen. Das Erste-Hilfe-Personal war durch den Notfall so überlastet, daß es seine normalen Aufgaben vernachlässigen mußte. Die hygienischen Einrichtungen litten, und es kam vor allem auf dem nördlichen Ufer zu Magen-Darm-Epidemien. Die Lebensmittelstände waren abgebaut worden, um die Pilger vom Bleiben abzuhalten, aber diejenigen, die ausharrten, mußten essen, und bald grassierte Profitmacherei: Ein Sihr Puris kostete fünf Rupien, ein Sihr gekochte Kartoffeln drei Rupien, und der Preis für Paan wurde verdreifacht.

Doch allmählich reisten auch die letzten Pilger ab. Soldaten bauten die elektrischen Leitungen, die Straßen aus Metallplatten und die Pontonbrücken ab. Der Schiffsverkehr flußabwärts nahm seinen Betrieb wieder auf.

Mit dem Monsun stieg die Ganga und verschluckte die Sandufer.

Ramjap Baba blieb auf seiner Plattform, die jetzt mitten in der Ganga stand, und wiederholte unablässig den ewigen Namen Gottes.

ZWÖLFTER TEIL

12.1

Mrs. Rupa Mehra und Lata kehrten eine Woche vor Beginn des Monsunsemesters von Lucknow nach Brahmpur zurück. Pran holte sie am Bahnhof ab. Es war spätabends, und obwohl es nicht kalt war, hustete Pran.

Mrs. Rupa Mehra schalt ihn für sein Kommen.

»Sei nicht albern, Ma«, sagte Pran. »Hätte ich etwa Mansoor schicken sollen?«

»Wie geht es Savita?« fragte Mrs. Rupa Mehra in dem Augenblick, in dem auch Lata die gleiche Frage hatte stellen wollen.

»Sehr gut«, sagte Pran. »Sie wird täglich dicker.«

»Keine Komplikationen?«

»Es geht ihr ausgezeichnet. Sie erwartet euch zu Hause.«

»Sie sollte schlafen.«

»Das habe ich ihr auch gesagt. Aber offensichtlich liegt ihr mehr an ihrer Mutter und Schwester als an ihrem Mann. Sie meint, ihr wollt vielleicht noch einen Bissen zu euch nehmen. Wie war die Reise? Hoffentlich hat euch am Bahnhof von Lucknow jemand geholfen.«

Lata und ihre Mutter sahen sich kurz an.

»Ja«, sagte Mrs. Rupa Mehra bestimmt. »Der sehr nette junge Mann, von dem ich euch aus Delhi geschrieben habe.«

»Der Schuhmacher Haresh Khanna.«

»Du solltest ihn nicht Schuhmacher nennen, Pran«, sagte Mrs. Rupa Mehra. »Wahrscheinlich wird er mein zweiter Schwiegersohn – so Gott will.«

Jetzt sah Pran Lata kurz an. Lata schüttelte bedächtig den Kopf. Pran wußte nicht, ob sie die Meinung oder die Gewißheit ihrer Mutter in Abrede stellen wollte.

»Lata hat ihn aufgefordert, ihr zu schreiben. Das kann nur eins bedeuten«, fuhr Mrs. Rupa Mehra fort.

»Im Gegenteil, Ma.« Lata konnte sich nicht länger zurückhalten. »Es kann vieles bedeuten.« Sie fügte nicht hinzu, daß sie Haresh nicht dazu aufgefordert hatte, ihr zu schreiben, sondern lediglich seinem Wunsch zugestimmt hatte.

»Also, ich glaube auch, daß er in Ordnung ist«, sagte Pran. »Hier ist die Tonga.« Und er erklärte den Kulis, wie sie das Gepäck verstauen sollten.

Lata hatte Prans Bemerkung nicht ganz mitbekommen, sonst hätte sie ähnlich reagiert wie ihre Mutter, nämlich sehr überrascht.

»Daß er in Ordnung ist? Woher weißt du, daß er in Ordnung ist?« fragte Mrs. Rupa Mehra und runzelte die Stirn.

»Das ist kein Geheimnis«, sagte Pran, der sich an Mrs. Rupa Mehras Verblüffung freute. »Ich habe ihn mal zufällig kennengelernt, das ist alles.«

»Du meinst, du kennst Haresh?« fragte seine Schwiegermutter.

Pran hustete und nickte gleichzeitig. Jetzt sahen ihn sowohl Mrs. Rupa Mehra als auch Lata erstaunt an. Als er wieder sprechen konnte, sagte er: »Ja, ja, ich kenne euren Schuster.«

»Ich wünschte, du würdest ihn nicht so nennen«, sagte Mrs. Rupa Mehra etwas verärgert. »Er hat ein Diplom aus England. Und ich wünschte, du würdest besser auf deine Gesundheit achten. Wie willst du dich sonst um Savita kümmern?«

»Er hat mir gut gefallen«, sagte Pran. »Aber ich denke an ihn immer als an den Schuster. Als er zu Sunil Patwardhans Party kam, brachte er ein Paar Herrenhalbschuhe mit, die er an diesem Tag gemacht hatte. Oder die er machen lassen wollte. Oder so ähnlich.«

»Wovon sprichst du, Pran?« rief Mrs. Rupa Mehra. »Ich wünschte, du würdest nicht in Rätseln sprechen. Wie kann man etwas mitbringen, was man erst machen lassen will? Wer ist Sunil Patwardhan, und was waren das für Herrenhalbschuhe? Und«, fügte sie mit einem Anflug von Verdruß hinzu, »warum habe ich nichts davon gewußt?«

Daß Mrs. Rupa Mehra, deren spezielles Bestreben es war, alle anderen zu kennen, nicht gewußt hatte, daß Pran Haresh kannte, bevor sie Haresh kennenlernte, ärgerte sie sehr.

»Sei mir nicht böse, Ma, es war keine Absicht, daß ich nichts davon erzählt habe. Soweit ich mich erinnere, war die Lage damals hier zu Hause etwas angespannt – oder vielleicht habe ich es einfach vergessen. Vor ein paar Monaten war er Geschäfte halber hier und wohnte bei einem Kollegen, bei dem ich ihn zufällig traf. Ein kleiner Mann, gut gekleidet, geradeheraus und ziemlich entschieden in seinen Meinungen. Haresh Khanna, ja. Ich erinnere mich an seinen Namen, weil ich mir damals dachte, daß er vielleicht eine gute Partie für Lata wäre.«

»Weil du gedacht hast ...« setzte Mrs. Rupa Mehra an. »Und du hast nichts unternommen?« Das war eine unglaubliche Pflichtvergessenheit. Ihre Söhne waren in dieser Beziehung vollkommen verantwortungslos, aber von ihrem Schwiegersohn hätte sie das nie erwartet.

»Also.« Pran wägte seine Worte sehr genau ab, bevor er fortfuhr: »Also, ich weiß nicht, wieviel oder wie wenig ihr über ihn wißt, Ma. Die Party ist schon eine Zeitlang her, und ich erinnere mich auch nicht mehr ganz genau, aber von Sunil Patwardhan weiß ich, daß es da ein Mädchen in seinem Leben gibt, ein Sikh-Mädchen, das ...«

»Ja, ja, das wissen wir«, unterbrach ihn Mrs. Rupa Mehra. »Das wissen wir sehr wohl. Aber diese Geschichte wird uns nicht im Weg stehen.« Mrs. Rupa Mehras Tonfall machte klar, daß sie sich nicht einmal von einem Armeekorps bewaffneter Sikh-Mädchen von ihrem Ziel würde abbringen lassen.

»Sunil wußte einen idiotischen Zweizeiler über ihn und das Mädchen. Ich habe ihn vergessen. Jedenfalls hat er mir zu verstehen gegeben, daß unser Schuster vergeben ist«, erzählte Pran weiter.

Mrs. Rupa Mehra ließ die Bezeichnung durchgehen. »Wer ist dieser Sunil?« wollte sie wissen.

»Du kennst ihn nicht, Ma? Wahrscheinlich war er nicht bei uns, als ihr da wart. Savita und ich mögen ihn. Er ist sehr temperamentvoll und kann gut andere Leute nachmachen. Es würde ihm gefallen, dich kennenzulernen, und ich glaube, dir würde es gefallen, ihn kennenzulernen. Nach ein paar Minuten glaubt man, mit sich selber zu sprechen.«

»Aber was tut er?« fragte Mrs. Rupa Mehra. »Was arbeitet er?«

»Oh, tut mir leid, Ma, verstehe, was du meinst. Er ist Dozent am Mathematikinstitut. Er arbeitet auf dem gleichen Gebiet wie Dr. Durrani.«

Lata wandte sich ab, als der Name fiel. Ein zärtlicher und zugleich unglücklicher Ausdruck huschte über ihr Gesicht. Sie wußte, wie schwierig es werden würde, eine Begegnung mit Kabir auf dem Campus zu vermeiden, und sie war sich nicht sicher, ob sie eine Begegnung überhaupt vermeiden wollte – oder sich dazu zwingen konnte. Aber was würde er nach ihrem langen Schweigen noch für sie fühlen? Sie befürchtete, ihn verletzt zu haben, so wie er sie verletzt hatte, und beides tat ihr nur weh.

»Und jetzt mußt du mir alle Neuigkeiten von Brahmpur erzählen«, sagte Mrs. Rupa Mehra rasch. »Erzähl von der schrecklichen Katastrophe, von der wir gehört haben – bei der Pul Mela. Hoffentlich wurde niemand, den wir kennen, verletzt.«

»Nun, Ma«, sagte Pran nachdenklich, weil er an diesem Abend nicht mehr über Bhaskar sprechen wollte, »laß uns morgen über die Neuigkeiten reden. Es gibt eine Menge zu erzählen – die Pul-Mela-Katastrophe, das Urteil im Zamindari-Prozeß, seine Folgen für meinen Vater – ach ja, und der Wagen deines Vaters, den Buick«, er mußte wieder husten, »und Ramjap Baba hat mein Asthma geheilt, das hat sich nur noch nicht bis zu meiner Lunge durchgesprochen. Ihr seid beide müde, und ich muß zugeben, ich auch. Und hier sind wir schon. Ach, Liebling«, sagte er zu Savita, die sie an der Tür erwartete, »das solltest du nicht tun.« Er küßte sie auf die Stirn.

Savita und Lata küßten sich. Mrs. Rupa Mehra umarmte ihre ältere Tochter unter Tränen und sagte dann: »Der Wagen meines Vaters?«

Aber es war nicht die Zeit zum Reden. Die Tonga wurde entladen, heiße Suppe angeboten und abgelehnt, Gutenachtwünsche ausgetauscht. Mrs. Rupa Mehra gähnte, machte sich fertig fürs Bett, nahm ihr Gebiß heraus, küßte Lata, sagte ein Gebet und schlief ein.

Lata blieb länger wach, aber sie dachte nicht – wie in der Tonga – an Kabir oder Haresh. Auch die friedlichen, regelmäßigen Atemzüge ihrer Mutter konnten sie nicht beruhigen. In dem Augenblick, in dem sie sich hinlegte, fiel ihr ein, wo sie die letzte Nacht verbracht hatte. Zuerst glaubte sie, daß sie die Augen nicht würde schließen können. Sie stellte sich die Schritte vor der Tür vor, und in ihrer Vorstellung hörte sie die Schläge der Großvateruhr am Ende des langen Ganges vor den Zimmern von Pushkar und Kiran.

»Ich habe dich für ein braves Mädchen gehalten«, sagte die verhaßte, enttäuschte, nachsichtige Stimme.

Aber nach einer Weile fielen ihr die Augen einfach zu, und Erschöpfung überwältigte gnädig ihre Gedanken.

12.2

Mrs. Rupa Mehra und ihre zwei Töchter hatten gerade ihr Frühstück beendet und noch nicht die Zeit gefunden, über irgend etwas Wichtiges zu sprechen, als zwei Besucher aus Prem Nivas eintrafen: Mrs. Mahesh Kapoor und Veena.

Mrs. Rupa Mehras Züge erstrahlten angesichts dieser respektvollen Freundlichkeit. »Kommt herein, kommt herein«, sagte sie in Hindi. »Gerade habe ich an euch gedacht, und da seid ihr schon. Ihr müßt frühstücken.« Sie übernahm das Haus ihrer Tochter auf eine Weise, wie es ihr in Kalkutta unter dem Blick der Gorgo nicht möglich gewesen wäre. »Nein? Aber wenigstens Tee müßt ihr trinken. Wie geht es allen in Prem Nivas? Und in Misri Mandi? Warum ist Kedarnath nicht mitgekommen – oder seine Mutter? Und wo ist Bhaskar? Die Schule hat doch noch nicht angefangen – oder doch? Wahrscheinlich läßt er mit Freunden Drachen steigen und hat seine Rupa Nani ganz vergessen. Der Minister Sahib muß selbstverständlich arbeiten, das kann ich mir denken, er kann uns nicht besuchen, aber Kedarnath hätte mitkommen müssen. Vormittags tut er doch nicht viel. Aber erzählt, was gibt es Neues? Pran wollte mich auf den neuesten Stand bringen, aber ich habe ihn heute morgen noch nicht einmal gesehen, geschweige denn mit ihm gesprochen. Er mußte zu der Sitzung von irgendeinem Komitee. Savita, du solltest ihn dazu anhalten, daß er sich nicht überanstrengt. Und«, sie wandte sich an Prans Mutter, »du solltest ihm auch sagen, daß er nicht so viel unternehmen soll. Deine Worte haben großes Gewicht. Die Worte einer Mutter haben immer ein großes Gewicht.«

»Wer hört schon auf mich?« sagte Mrs. Mahesh Kapoor auf ihre stille Art. »Du weißt doch, wie es ist.«

»Ja«, stimmte Mrs. Rupa Mehra unter heftigem Kopfschütteln zu. »Ich weiß genau, wie es ist. Heutzutage hört niemand mehr auf seine Eltern. Die Zeiten haben sich geändert.« Lata und Savita warfen sich einen Blick zu. Mrs. Rupa Mehra fuhr fort: »Niemand traut sich, meinem Vater den Gehorsam zu verweigern. Oder es setzt Ohrfeigen. Er hat mir sogar noch eine Ohrfeige gegeben, als Arun schon geboren war, weil er meinte, daß ich nicht richtig mit ihm umgehen konnte. Arun war schwierig und hat ohne jeden Grund geschrien, und das hat meinen Vater gestört. Natürlich habe ich geweint, als er mich geschlagen hat. Und Arun, der erst ein Jahr alt war, hat noch lauter geschrien. Mein Mann war damals auf Reisen.« Mrs. Rupa Mehras Augen wurden feucht, aber dann fiel ihr etwas anderes ein. »Der Wagen meines Vaters – der Buick –, was ist damit?« fragte sie.

»Er wurde beschlagnahmt, um die Verletzten vom Pul-Mela-Gelände in die Krankenhäuser zu bringen«, sagte Veena. »Ich glaube, er wurde bereits zurückgegeben, sollte er zumindest. Aber wir haben die Sache nicht weiterverfolgt, weil wir uns solche Sorgen um Bhaskar gemacht haben.«

»Sorgen? Warum das?« sagte Mrs. Rupa Mehra.

»Was ist mit Bhaskar?« fragte Lata gleichzeitig.

Veena, ihre Mutter und Savita waren höchst erstaunt, daß Pran Mrs. Rupa Mehra nicht sofort nach ihrer Ankunft am Abend zuvor von Bhaskars Unfall und den Folgen unterrichtet hatte. Eifrig und besorgt erzählten sie, was vorgefallen war, und Mrs. Rupa Mehras beunruhigte und mitfühlende Ausrufe vermehrten die Sorgen, die Aufregung und den Lärm.

Wenn fünf von uns so einen Krach machen können, ist Birbal wirklich Zeuge eines Wunders geworden, dachte Lata, und ihre Gedanken wanderten von Bhaskar zu Kabir, als sich auch die Unterhaltung ihm zuwandte.

»Und wenn dieser Junge Bhaskar nicht erkannt hätte«, sagte Veena Tandon, »weiß Gott, was wir noch hätten tun können – oder wer ihn gefunden hätte. Er war noch immer bewußtlos, als wir ankamen – und als er aufwachte, hat er sich nicht mal mehr an seinen eigenen Namen erinnert.« Sie begann zu zittern bei dem Gedanken, daß sie ein noch größeres Unglück hätte treffen können, beinahe getroffen hatte. Wenn sie wach war, sogar wenn sie die Hand ihres Sohnes hielt, erinnerte sie sich häufig und mit erschreckender Deutlichkeit an das Gefühl, als seine Finger ihrer Hand entglitten. Und die Hoffnung, daß sie diese Hand wieder halten konnte, hatte an einem so dünnen Faden gehangen, daß es keine andere Erklärung dafür geben konnte als die Güte und Gnade Gottes.

»Ach, der Tee«, sagte Mrs. Rupa Mehra in einem Anfall von Zärtlichkeit – sie konnte jetzt drei junge Frauen bemuttern. »Du mußt sofort eine Tasse trinken, Veena, auch wenn deine Hände zittern. Das wird dir augenblicklich guttun. Nein, Savita, setz dich, du solltest in deinem Zustand nicht mehr die Gastgeberin spielen wollen, sei nicht unvernünftig. Wozu hat man schließlich eine Mutter, nicht wahr?« Dieser letzte Satz galt Mrs. Mahesh Kapoor. »Lata, Liebes, reich Veena diese Tasse. Wer war der Junge, der Bhaskar erkannt hat? Einer seiner Freunde?«

»O nein«, sagte Veena mit wieder etwas festerer Stimme. »Es war ein junger Mann. Ein freiwilliger Helfer. Wir kannten ihn nicht, aber er kannte Bhaskar. Er ist Kabir Durrani, der Sohn von Dr. Durrani, der so gut zu Bhaskar war ...«

Mrs. Rupa Mehra, deren Hände vor Schreck zitterten, verschüttete den Tee, den sie eben eingießen wollte.

Lata war ganz still geworden, als sie den Namen hörte.

Was konnte Kabir bei der Pul Mela gemacht haben – als Freiwilliger bei einem Hindu-Fest?

Mrs. Rupa Mehra stellte die Teekanne ab und sah zu Lata, die wahre Verursacherin ihres Kummers. Eigentlich wollte sie sagen: »Schau, was ich deinetwegen getan habe!«, aber sie besann sich eines Besseren. Schließlich wußten Veena und Mrs. Mahesh Kapoor nichts von Kabirs Interesse an Lata. (Ihr war es lieber, ein Interesse nur in dieser Richtung zu unterstellen.)

Statt dessen sagte sie: »Aber er ist – nun, er ist – ich meine, seinem Namen nach muß er – was tat er bei der Pul Mela? Sicher ...«

»Ich glaube, er war ein Freiwilliger von der Universität«, sagte Veena. »Nach der Katastrophe haben sie einen Aufruf gemacht, und er hat sich gemeldet. Was für ein anständiger junger Mann. Er hat sich geweigert, seine Pflichten in dem Erste-Hilfe-Zelt zu vernachlässigen, nur um einem Minister zu Gefallen zu sein – du weißt, wie barsch Baoji am Telefon sein kann. Wir mußten selbst hinfahren. Und das war auch gut so, denn Bhaskar durfte nicht transportiert werden. Und obwohl Dr. Durranis Sohn erschöpft war, hat er lange mit uns gesprochen, hat uns beruhigt und erzählt, wie Bhaskar gebracht wurde, wie er gesehen hat, daß er keine äußeren Verletzungen hat. Ich war ganz außer mir vor Sorgen. Das läßt mich wieder daran glauben, daß Gott in uns allen ist. Er kommt jetzt häufig nach Prem Nivas. Sein Vater, der Bhaskar kennt, kommt oft mit. Keiner von uns versteht, wovon sie sprechen. Aber Bhaskar ist glücklich, und wir lassen sie mit Papier und Bleistift allein.«

»Prem Nivas?« sagte Mrs. Rupa Mehra. »Warum nicht Misri Mandi?«

»Rupaji«, sagte Mrs. Mahesh Kapoor, »ich habe darauf bestanden, daß Veena bei uns wohnt, bis sich Bhaskar ganz erholt hat. Der Arzt hat gesagt, daß es nicht gut ist, wenn er sich zuviel bewegt.« Tatsächlich hatte Mrs. Mahesh Kapoor den Arzt beiseite genommen und darauf bestanden, daß er das sagte. »Und auch wegen Veena. Es ist schon anstrengend genug, sich um Bhaskar zu kümmern, ohne auch noch einen Haushalt führen zu müssen. Kedarnath und seine Mutter wohnen selbstverständlich auch bei uns. Sie sind jetzt bei Bhaskar. Irgend jemand muß immer bei ihm bleiben.«

Mrs. Mahesh Kapoor erwähnte nicht, ob dieses Arrangement sie zusätzlich belastete. Und es war in der Tat so, daß es für sie nichts Ungewöhnliches war, vier weitere Menschen in ihrem Haus unterzubringen. Die Art von Haushalt, die sie führte – und immer geführt hatte –, verlangte von ihr, zu jeder Tages- und Nachtzeit Gastfreundschaft zu erweisen – allen möglichen Leuten gegenüber, manchmal Fremden, manchmal politischen Verbündeten ihres Mannes. Nahm sie diese Anstrengung klaglos, wenn auch nicht unbedingt freudig auf sich, so war die jetzige eine, der sie sich sowohl klaglos als auch freudig unterzog. Sie war froh, zu Zeiten einer Krise wie dieser in Reichweite zu sein, um helfen zu können. Wenn am dunklen Horizont der Teilung ein Silberstreifen aufgetaucht war, dann der, daß ihre Tochter und ihr Enkelsohn aus Lahore zurückgekommen waren und in der gleichen Stadt lebten wie sie. Und jetzt, dank einer weiteren traumatischen Begebenheit, lebten sie sogar wieder in Prem Nivas.

»Aber er vermißt seine Freunde«, sagte Veena.»Er will zurück in unser Viertel. Und wenn die Schule wieder anfängt, wird es schwerfallen, ihn zurückzuhalten. Und dann werden die Proben für die Ramlila anfangen – und er besteht darauf, diesmal einen Affen zu spielen. Er ist noch zu klein, um Hanuman oder Nal oder Neel oder eine andere wichtige Rolle zu übernehmen, aber als Krieger kann er sicherlich mitmachen.«

»Er wird Zeit genug haben, den Unterricht nachzuholen«, sagte Mrs. Mahesh Kapoor.»Und bis zur Ramlila ist es noch lange hin. Um einen Affen zu spielen, muß man nicht viel proben. Die Gesundheit geht vor. Pran war als Kind oft krank und konnte nicht in die Schule gehen. Aber das hat ihm nicht geschadet.«

Kaum hatte sie von Pran gesprochen, dachte sie an ihren jüngeren Sohn, aber sie hatte gelernt, sich nicht übermäßig Sorgen zu machen, wenn es keinen Sinn hatte, sich Sorgen zu machen. Sie wünschte, sie könnte ihre Ängste im Zaum halten. Mahesh Kapoor hatte darauf bestanden, Maan nicht von dem Unfall Bhaskars zu unterrichten, aus Angst, daß er augenblicklich nach Brahmpur zurückkehren würde, um den kleinen Frosch zu besuchen, und dann bliebe, gefangen in den Schlingen ›davon‹. Seit er von der Versammlung der Kongreßpartei aus Patna zurückgekehrt war, befand sich Mahesh Kapoor in einem Zustand höchster Erregung. Es war schwer genug zu entscheiden, was er angesichts der katastrophalen Wendung tun sollte, die die Entwicklung der Partei und des Landes genommen hatte. Er konnte problemlos ohne Maan auskommen, der nur ein zusätzlicher und gleichfalls unkontrollierbarer Dorn in seinem Fleisch – und für seine Reputation – war.

Aus heiterem Himmel sagte Mrs. Mahesh Kapoor und lachte dabei etwas verlegen:»Manchmal denke ich, daß das, was der Minister Sahib sagt, in letzter Zeit genauso unverständlich ist wie das, was Dr. Durrani sagt.«

Alle waren über diese Bemerkung überrascht, noch dazu, da die sanftmütige Mrs. Mahesh Kapoor sie gemacht hatte. Besonders Veena ahnte, daß nur großer Druck und Beklommenheit ihr diese Äußerung hatten entlocken können. Jetzt tadelte sie sich dafür; in ihrer eigenen Angst um Bhaskar war sie sich nicht bewußt gewesen, welche Belastungen ihre Mutter auf sich nahm, besorgt wie sie war wegen Prans Asthma und Bhaskars Verletzung, ganz abgesehen von Maans Verhalten und der zunehmenden Barschheit ihres Mannes. Sie sah selbst nicht gut aus, aber das war wahrscheinlich ihre geringste Sorge.

Mrs. Rupa Mehras Gedanken schweiften aufgrund dieser Bemerkung in eine andere Richtung. »Wie hat Dr. Durrani Bhaskar kennengelernt?« fragte sie.

Veena, die mit den Gedanken ganz woanders gewesen war, fragte etwas verwirrt: »Dr. Durrani?«

»Ja, ja, wer hat Bhaskar und Dr. Durrani zusammengebracht? Sein pflichtbewußter Sohn hat Bhaskar doch wiedererkannt, weil er ihn schon gesehen hatte.«

»Ach«, sagte Veena, »es fing damit an, daß Kedarnath Haresh Khanna zum Mittagessen eingeladen hat. Das ist ein junger Mann aus Kanpur ...«

Lata brach in Lachen aus. Mrs. Rupa Mehra wurde zuerst blaß, dann rosa. Das war vollkommen unerträglich. Jeder in Brahmpur kannte diesen Haresh, und sie erfuhr als letzte davon. Warum hatte Haresh weder Kedarnath noch Bhaskar, noch Dr. Durrani erwähnt? Warum wurde sie, Mrs. Rupa Mehra, als letzte von einer Bekanntschaft unterrichtet, die ihr von allen in diesem Zimmer am meisten am Herzen lag: der Bekanntschaft mit einem potentiellen Schwiegersohn?

Veena und Mrs. Mahesh Kapoor waren sowohl von der Reaktion Latas als auch von der ihrer Mutter erstaunt.

»Wie lange geht das schon so?« verlangte Mrs. Rupa Mehra zu wissen. Sie klang vorwurfsvoll, sogar beleidigt. »Warum wissen alle über alles Bescheid? Jeder kennt Haresh, wo immer ich bin, höre ich Haresh, Haresh. Und ich verstehe kein Wort.«

»Aber kaum war er weg, bist du nach Kalkutta abgefahren, so daß wir gar keine Gelegenheit dazu hatten, über ihn zu sprechen, Ma«, sagte Veena. »Warum ist das so wichtig?«

Als Veena und Mrs. Mahesh Kapoor aufgrund der detaillierten Befragung, der sie unterzogen wurden, dämmerte, daß Haresh als ›Kandidat‹ für Lata in Betracht kam, fielen sie ihrerseits mit einer Unmenge von Fragen über Mrs. Rupa Mehra her und rügten sie, daß sie sie so lange im dunkeln gelassen hatte.

Mrs. Rupa Mehra war besänftigt und bald nur zu bereit, Informationen zu empfangen wie zu geben. Sie beschrieb ihnen Hareshs Zeugnisse und Referenzen und Kleidung und Aussehen und ging dann zu Latas Reaktionen auf Haresh und Hareshs Reaktionen auf Lata über, als sie von der Ankunft Malati Trivedis unterbrochen wurde – zum Glück für Latas Seelenfrieden.

»Hallo, hallo«, strahlte Malati und stürmte herein. »Ich hab dich ja seit Monaten nicht mehr gesehen, Lata. Namasté, Mrs. Mehra – Ma, meine ich. Und an euch beide auch.« Sie nickte Savita und ihrem gut sichtbaren Bauch zu. »Hallo, Veenaji, was macht die Musik? Wie geht es dem Ustad Sahib? Neulich habe ich ihn im Radio Raga Bageshri singen hören. Es war so wunderschön: der See, die Hügel und der Raga – alles verschmolz in eins. Am liebsten wäre ich vor Glück gestorben.« Mit einem letzten Namasté begrüßte sie Mrs. Mahesh Kapoor, die sie nicht kannte, jedoch richtig als Veenas Mutter identifizierte, und setzte sich. »Ich bin gerade aus Nainital zurückgekommen«, sagte sie zufrieden. »Wo ist Pran?«

12.3

Lata sah Malati an, als wäre sie ein fahrender Ritter. »Gehen wir!« sagte sie zu ihr. »Laß uns spazierengehen. Auf der Stelle! Ich muß mit dir über so vieles reden. Den ganzen Morgen will ich schon raus, aber ich war zu faul. Wenn ich gewußt hätte, daß du schon da bist, wäre ich zum Studentinnenwohnheim gegangen. Wir sind auch erst gestern abend zurückgekommen.«

Gehorsam stand Malati wieder auf.

»Aber Malati ist doch gerade erst gekommen«, sagte Mrs. Rupa Mehra. »Dein Verhalten ist weder gastfreundlich noch höflich, Lata. Laß sie zuerst Tee trinken. Dann könnt ihr spazierengehen.«

»Das ist schon in Ordnung, Ma«, sagte Malati lächelnd. »Im Augenblick ist mir gar nicht nach Tee zumute, aber wenn wir zurückkommen, werde ich Durst haben und Tee trinken, und wir können uns unterhalten. Aber jetzt gehen wir erst mal am Fluß spazieren.«

»Seid bitte vorsichtig, Malati, bei diesem Wetter ist der Weg bei den Banyanbäumen sehr rutschig«, warnte Mrs. Rupa Mehra.

Nachdem sie aus ihrem Zimmer ein paar Dinge geholt hatte, gelang Lata endlich die Flucht.

»Was soll das?« fragte Malati, kaum waren sie zur Tür hinaus. »Warum wolltest du unbedingt weg?«

Aus keinem ersichtlichen Grund flüsternd, sagte Lata: »Sie haben, als wäre ich gar nicht anwesend, über mich und einen Mann geredet, mit dem ich mich meiner Mutter zuliebe in Kanpur getroffen habe. Nicht einmal Savita ist eingeschritten.«

»Ich bin mir nicht sicher, ob ich eingeschritten wäre«, sagte Malati. »Was haben sie gesagt?«

»Erzähl ich dir später. Ich will nichts mehr über mich hören. Was gibt's bei dir Neues?«

»Was willst du wissen? Intellektuelle, physische, politische, spirituelle oder romantische Neuigkeiten?«

Lata zog die letzten beiden Alternativen in Betracht, dann fiel ihr Malatis Bemerkung über die Berge, den See und den Abend-Raga ein, und sie sagte: »Romantische.«

»Eine schlechte Wahl«, sagte Malati. »Du solltest dir alle romantischen Ideen aus dem Kopf schlagen. Aber, na ja – ich hatte eine romantische Begegnung in Nainital. Außer daß ...«

»Außer was?«

»Außer daß es nicht wirklich romantisch war. Ich werd's dir erzählen, und dann mußt du selbst entscheiden.«

»In Ordnung.«

»Du kennst meine Schwester, meine ältere Schwester, die uns ab und zu entführt?«

»Ja – ich hab sie nie gesehen, aber es ist doch die, die mit fünfzehn den jungen Zamindar geheiratet hat und in der Nähe von Bareilly lebt.«

»Genau. In der Nähe von Agra. Sie machten Ferien in Nainital, und ich bin mitgefahren. Und meine drei jüngeren Schwestern und unsere Cousinen und so weiter auch. Jeder bekam am Tag eine Rupie Taschengeld, und damit konnte man den ganzen Tag was unternehmen. Das letzte Semester war anstrengend, und ich wollte Brahmpur möglichst schnell vergessen. Dir ging's wahrscheinlich ebenso.« Sie legte den Arm um Latas Schultern.

»Vormittags bin ich geritten – ein Pferd kostet nur vier Annas pro Stunde – oder gerudert oder Schlittschuh gelaufen – manchmal bin ich zweimal am Tag Schlittschuh gelaufen und habe vergessen, zum Mittagessen heimzugehen. Der Rest der Familie hat andere Sachen unternommen. Ich wette, du kannst dir nicht vorstellen, was dann passiert ist.«

»Du bist auf der Eisbahn hingefallen, und ein galanter junger Mann hat dich gerettet.«

»Nein. Ich wirke zu selbstsicher. Mich verfolgen keine Galahads.«

Lata dachte, daß das wahrscheinlich stimmte. Männer verliebten sich schnell in ihre Freundin, aber sie hätten wahrscheinlich Angst davor, ihr aufzuhelfen, wenn sie hinfiel. Malati war der Meinung, daß die meisten Männer ihre Beachtung nicht verdienten.

Malati fuhr fort: »Zufälligerweise bin ich ein-, zweimal beim Schlittschuhlaufen hingefallen, aber ich bin ohne fremde Hilfe wieder aufgestanden. Nein, was ganz anderes ist passiert. Plötzlich fiel mir auf, daß mir ein Mann mittleren Alters folgte. Jeden Morgen, wenn ich gerudert bin, hat er mir vom Ufer aus zugeschaut. Manchmal hat er sich selbst ein Boot gemietet. Und ein paarmal ist er sogar auf der Eisbahn aufgetaucht.«

»Schrecklich!« sagte Lata, deren Gedanken sofort zu Mr. Sahgal abschweiften, ihrem Onkel in Lucknow.

»Also, nicht wirklich, Lata. Anfangs war ich nicht beunruhigt, nur etwas verwirrt. Er ist nicht zu mir hergekommen und hat sich mir auch sonst nicht genähert. Aber dann wurde mir doch bange, und ich bin zu ihm hingegangen.«

»Du bist zu ihm hingegangen?« fragte Lata. Damit konnte man sich eindeutig in Schwierigkeiten bringen. »Das war aber wagemutig.«

»Ja, und ich habe gesagt: ›Sie sind mir nachgegangen. Stimmt irgendwas nicht? Möchten Sie mir etwas sagen?‹ Und er hat gesagt: ›Ich mache hier Ferien,

und ich wohne in dem-und-dem Hotel in Zimmer soundso. Möchten Sie heute nachmittag nicht zu mir kommen und Tee trinken?‹ Ich war überrascht, aber er sah freundlich aus und klang anständig, und deshalb habe ich zugestimmt.«
Lata war verblüfft, sogar schockiert. Malati bemerkte es mit Vergnügen.
»Also«, fuhr Malati fort, »beim Tee hat er mir erzählt, daß er mir tatsächlich nachgegangen ist, und zwar schon länger, als es mir aufgefallen ist. Schau nicht so entsetzt, Lata, das macht mich nervös. Er hat mir erzählt, daß ich ihm eines Tages aufgefallen bin, als er beim Rudern war, und weil er Ferien und nichts Besseres zu tun hatte, ist er mir gefolgt. Nach dem Rudern habe ich ein Pferd gemietet und bin ausgeritten. Später dann bin ich Schlittschuh gelaufen. Ich schien mir – oder so schien es ihm – nichts aus Essen oder Ausruhen oder irgend etwas außer der Tätigkeit zu machen, mit der ich gerade beschäftigt war. Das gefiel ihm sehr. Schau nicht so angewidert, es stimmt alles. Er hat fünf Söhne, hat er gesagt, und er glaubt, daß ich eine wunderbare Partie für einen von ihnen wäre. Sie leben in Allahabad. Wenn ich mal dorthin käme, ob ich sie dann kennenlernen wolle? Und während wir so plauderten, stellte sich heraus, daß er meine Familie aus Meerut kennt, aus Zeiten, als mein Vater noch lebte.«
»Und du hast zugestimmt?«
»Ja, ich habe zugestimmt. Zumindest, sie kennenzulernen. Es kann ja nichts schaden, Lata. Fünf Brüder – vielleicht werde ich sie alle fünf heiraten. Oder keinen. Deswegen also – deswegen ist er mir nachgegangen.« Sie hielt inne. »Das ist meine romantische Geschichte. Zumindest finde ich sie romantisch. Auf jeden Fall ist es keine physische, intellektuelle, spirituelle oder politische Geschichte. Und was ist bei dir passiert?«
»Aber würdest du jemanden unter solchen Umständen heiraten?«
»Warum nicht? Ich bin mir sicher, daß seine Söhne sehr nett sind. Aber bevor ich heirate, muß ich noch eine weitere Affäre haben. Fünf Söhne! Wie seltsam.«
»Aber ihr seid doch fünf Schwestern, oder?«
»Ich glaube schon. Aber das kommt mir weniger seltsam vor. Ich bin unter Frauen aufgewachsen, und das erscheint mir ganz normal. Für dich ist das natürlich anders. Du hast zwar auch deinen Vater verloren, aber du hast Brüder. Als ich vorhin bei deiner Schwester reingekommen bin, hatte ich ein merkwürdiges Gefühl. Als ob ich in mein früheres Leben zurückversetzt würde: sechs Frauen und kein Mann. Aber anders als im Studentinnenwohnheim. Es war sehr angenehm.«
»Aber jetzt bist du doch von Männern umgeben, oder, Malati, zumindest in deinem Studienfach ...«
»O ja, in den Lehrveranstaltungen – aber was bedeutet das schon? In der Schule war es viel schlimmer. Manchmal denke ich, man sollte alle Männer an einer Wand aufstellen und erschießen. Aber eigentlich hasse ich sie doch nicht. Und was ist mit dir? Und mit Kabir? Wie bist du mit ihm verblieben? Was hast du jetzt vor, wo du zurück bist – willst du ihn erschießen oder ihn vom Kricketfeld holen?«

12.4

Lata erzählte ihrer Freundin, was seit dem schrecklichen Telefongespräch geschehen war – es lag Jahre zurück, so schien es ihr –, in dem Malati ihr Kabirs Religion mitgeteilt und eindeutig zu verstehen gegeben hatte (für den Fall, daß Lata das nicht selbst sehen würde – aber wie sollte sie nicht?), daß eine Verbindung unmöglich war. Sie waren nicht mehr weit von der Stelle entfernt, an der Lata Kabir vorgeschlagen hatte, mit ihr davonzulaufen und sich über die engstirnige, kaltherzige Welt um sie herum hinwegzusetzen. »Das war sehr melodramatisch«, kommentierte Lata jetzt ihr Verhalten an jenem Tag.

Malati spürte, wie verletzt Lata noch immer war, und sagte, um sie zu beruhigen: »Eher sehr wagemutig.« Sie dachte daran, welch ein Desaster es gewesen wäre, wenn Kabir Latas Plan zugestimmt hätte. »Du sagst immer, ich wäre sehr mutig, aber du hast mich übertroffen.«

»Ja? Seit damals habe ich ihm weder geschrieben noch ein Wort mit ihm gesprochen. Aber es tut mir immer noch weh, an ihn zu denken. Ich habe geglaubt, wenn ich auf seinen Brief nicht antworte, würde es mir leichter fallen, ihn zu vergessen, aber es hat nicht funktioniert.«

»Auf seinen Brief?« fragte Malati überrascht. »Hat er dir nach Kalkutta geschrieben?«

»Ja. Und kaum bin ich zurück in Brahmpur, höre ich dauernd seinen Namen. Gestern abend hat Pran seinen Vater erwähnt, und heute morgen habe ich erfahren, daß er nach der Pul-Mela-Katastrophe geholfen hat. Veena hat erzählt, daß er ihren Sohn wiedergefunden hat, der verschollen war. Und jetzt gehe ich mit dir hier entlang, wo ich mit ihm gegangen bin ... Was rätst du mir?«

»Vielleicht läßt du mich seinen Brief lesen, wenn wir zurück sind. Ich muß erst die Symptome kennen, bevor ich eine Diagnose stellen kann.«

»Hier ist er.« Lata gab ihr den Brief. »Außer dir würde ich ihn niemanden lesen lassen.«

»Hm. Wann hast du ihn – ach ja, als du kurz in deinem Zimmer verschwunden bist.« Der Brief sah aus, als wäre er oft gelesen worden. Malati setzte sich auf die Wurzel des Banyanbaumes. »Bist du sicher, daß es dir nichts ausmacht?« fragte sie, als sie den Brief schon halb gelesen hatte.

Nachdem sie ihn einmal gelesen hatte, las sie ihn ein zweites Mal.

»Was heißt ›duftendes Naß‹?« fragte sie.

»Ach, das ist ein Zitat aus einem Reiseführer.« Lata mußte lächeln.

»Weißt du, Lata«, sagte Malati, faltete den Brief und gab ihn ihr zurück, »der Brief gefällt mir – und dein Kabir scheint ein ehrlicher und gutherziger Mensch zu sein –, aber er liest sich, als sei er von einem Teenager, der lieber mit seiner Freundin reden würde, als ihr zu schreiben.«

Lata dachte eine Weile über die Bemerkung ihrer Freundin nach. Etwas Ähnliches war ihr auch schon durch den Sinn gegangen, hatte jedoch die nachhaltige

Wirkung des Briefes nicht verringert. Sie dachte, daß man auch ihr mangelnde Reife vorwerfen könnte. Und auch Malati. Wer war denn schon reif? Ihr älterer Bruder Arun? Ihr jüngerer Bruder Varun? Ihre Mutter? Ihr exzentrischer schluchzender Großvater mit seinem Spazierstock? Und worin lag überhaupt der Vorteil, reif zu sein? Und sie mußte an ihren eigenen launischen, nicht abgeschickten Brief denken.

»Aber es ist nicht nur der Brief, Malati«, sagte sie. »Prans Familie wird ihn ständig erwähnen. Und in ein paar Monaten fängt die Kricketsaison an, und es wird unmöglich sein, nicht von ihm zu lesen. Oder von ihm zu hören. Ich bin sicher, daß ich seinen Namen aus fünfzig Metern Entfernung erkennen kann.«

»Ach, hör auf, so kleinlaut zu jammern«, sagte Malati mit soviel Ungeduld wie Zuneigung.

»Was?« rief Lata, aus ihrem Trübsinn gerissen und verärgert. Sie starrte ihre Freundin finster an.

»Du mußt etwas unternehmen«, sagte Malati bestimmt. »Etwas, was nichts mit deinem Studium zu tun hat. Deine Abschlußprüfungen sind erst in einem Jahr, du kannst die Dinge jetzt also noch auf die leichte Schulter nehmen.«

»Dank dir singe ich.«

»O nein, das habe ich nicht gemeint. Wenn schon, dann solltest du aufhören, Ragas zu singen, und lieber Filmlieder trällern.«

Lata lachte, weil ihr Varun und sein Grammophon eingefallen waren.

»Schade, daß wir nicht in Nainital sind«, sagte Malati.

»Du meinst, dort könnte ich reiten und rudern und Schlittschuh laufen?«

»Ja.«

»Das Problem ist, wenn ich rudern würde, müßte ich an duftendes Naß denken, und wenn ich reiten würde, dann an ihn, wie er Fahrrad fährt. Und außerdem kann ich weder reiten noch rudern.«

»Irgendwas, wobei du aktiv werden mußt und dich dabei vergißt«, sagte Malati mehr zu sich selbst. »Irgendein Verein – wie wär's mit einer literarischen Gesellschaft?«

»Nein.« Lata schüttelte lächelnd den Kopf. Mr. Nowrojees Soireen oder etwas Ähnliches würden ihr keinen Trost spenden.

»Dann eben ein Theaterstück. *Was ihr wollt* soll aufgeführt werden. Bemüh dich um eine Rolle. Dann wirst du über die Liebe und das Leben wieder lachen können.«

»Meine Mutter würde mir das sicher nicht erlauben.«

»Sei kein Hase, Lata. Natürlich wird sie es dir erlauben. Schließlich hat Pran letztes Jahr *Julius Cäsar* inszeniert, und dabei haben zwei Frauen mitgespielt. Das waren zwar nicht viele, und vielleicht hatten sie auch keine wichtigen Rollen, aber es waren echte Studentinnen, nicht Jungen, die sich als Mädchen verkleidet haben. Damals war er schon mit Savita verlobt. Und hatte deine Mutter etwas dagegen? Nein, hatte sie nicht. Sie hat das Stück nicht gesehen, aber sie war begeistert über seinen Erfolg. Wenn sie damals nichts dagegen hatte, kann sie auch jetzt nichts dagegen haben. Pran wird dich unterstützen. Und auch an den Universitäten von Patna und Delhi spielen jetzt Frauen mit. Wir leben in einem neuen Zeitalter!«

Lata konnte sich nur zu gut vorstellen, was ihre Mutter zu diesem neuen Zeitalter sagen würde.

»Ja!« Malati war begeistert. »Die Inszenierung macht dieser Philosophiedozent, wie heißt er gleich – es wird mir wieder einfallen –, und in einer Woche sind die Vorsprechtermine. An einem Tag die Frauen und zwei Tage später die Männer. Alles sehr züchtig. Vielleicht proben sie sogar getrennt. Dagegen kann eine ängstliche Mutter nichts einwenden. Und es ist für den Tag der Universität, dadurch wird es noch seriöser. Irgend so was mußt du unternehmen, sonst gehst du ein wie eine Primel. Eine Unternehmung – eine wilde Unternehmung mit vielen Leuten, die dich ablenkt. Glaub mir, das ist es, was du brauchst. So habe ich meinen Musiker überwunden.«

Lata, die zwar meinte, daß Malatis unglückliche Affäre mit einem verheirateten Musiker nichts war, was man verharmlosen sollte, war ihr dennoch dankbar für den Versuch, sie aufzuheitern. Nach den beunruhigend starken Gefühlen für Kabir verstand sie besser, was sie früher nicht verstanden hatte: Warum sich Malati auf etwas so Kompliziertes und Riskantes eingelassen hatte.

»Aber egal«, sagte Malati, »Kabir langweilt mich. Erzähl mir von den anderen Männern, die du getroffen hast. Wer ist dieser Kandidat aus Kanpur? Und wie war's in Kalkutta? Wollte deine Mutter mit dir nicht auch noch nach Delhi und Lucknow fahren? Die sind beide für mindestens einen Kandidaten gut.«

Nachdem Lata ihren Reisebericht abgeliefert hatte, der weniger eine Aufzählung von Männern als vielmehr eine lebhafte Beschreibung aller Erlebnisse war (wobei sie einzig den unbeschreiblichen Vorfall in Lucknow ausließ), sagte Malati: »Mir scheint, der Dichter und der Paanesser liefern sich ein Kopf-an-Kopf-Rennen.«

»Der Dichter?« Lata war sprachlos.

»Ja, sein Bruder Dipankar und der für eine englische Firma arbeitende Bish sind aus dem Rennen ausgeschieden.«

»So ist es. Aber Amit ebenfalls, wirklich. Er ist ein Freund. So wie du. Er war der einzige, mit dem ich in Kalkutta wirklich reden konnte.«

»Erzähl weiter. Das ist sehr interessant. Hat er dir ein Buch mit seinen Gedichten geschenkt?«

»Nein, hat er nicht.« Lata war ärgerlich. Dann fiel ihr ein, daß Amit ihr tatsächlich vage versprochen hatte, ihr ein Exemplar zu schenken. Aber wäre das wirklich seine Absicht gewesen, hätte er es Dipankar mitgeben können, der in Brahmpur gewesen war und Pran und Savita getroffen hatte. Lata meinte, daß sie Malati gegenüber nicht ganz ehrlich gewesen war, und fügte hinzu: »Zumindest noch nicht.«

»Tut mir leid«, sagte Malati unverblümt. »Das scheint ein empfindlicher Punkt zu sein.«

»Ist es nicht. Es irritiert mich nur. Mich beruhigt es, an Amit als an einen Freund zu denken, und es beunruhigt mich, an ihn als an etwas anderes zu denken. Nur weil du dir den Musiker aufgehalst hast, willst du mir jetzt einen Dichter aufhalsen.«
»Kann sein.«
»Malati, glaub mir, du bist auf dem Holzweg.«
»Gut. Wir machen ein Experiment. Schließ die Augen und denk an Kabir.«
Zuerst wollte Lata nicht mitmachen. Aber die Neugier ist eine kuriose Angelegenheit, und nach kurzem Zögern runzelte sie die Stirn und fügte sich: »Aber die Augen muß ich doch nicht zumachen, oder?«
»Doch, doch, schließ die Augen. Und jetzt beschreibe, was er anhat – und ein, zwei körperliche Merkmale. Mach die Augen nicht auf, während du sprichst.«
»Er trägt Kricketkleidung, eine Kappe, er lächelt – und – das ist lächerlich, Malati.«
»Was siehst du noch?«
»Also, seine Kappe ist heruntergefallen, er hat welliges Haar und breite Schultern und schöne gleichmäßige Zähne. Und eine – wie nennt man sie noch in albernen Liebesromanen? – eine Adlernase. Was soll das alles?«
»Gut, jetzt denk an Haresh.«
»Ich versuch's. Jetzt sehe ich ihn. Er trägt ein seidenes Hemd – cremefarben – und rehbraune Hosen. Ach – und diese schrecklichen zweifarbigen Schuhe, von denen ich dir erzählt habe.«
»Was sonst noch?«
»Er hat kleine Augen, und wenn er so nett lächelt, verschwinden sie fast völlig zwischen Falten.«
»Kaut er Paan?«
»Nein, Gott sei Dank nicht. Er trinkt eine Tasse kalte Schokolade. Von Pheasant – so, hat er gesagt, heißt die Firma.«
»Und jetzt Amit.«
»Na gut.« Lata seufzte. Sie versuchte, ihn sich vorzustellen, aber sein Bild blieb verschwommen. Nach einer Weile sagte sie: »Sein Bild wird einfach nicht scharf.«
»Oh.« Malati klang ein bißchen enttäuscht. »Wie ist er angezogen?«
»Ich weiß es nicht. Komisch. Darf ich an ihn denken, statt ihn mir vorzustellen?«
»Vermutlich.«
Aber sosehr sie sich auch bemühte, Lata konnte sich nicht vorstellen, welche Art Hemd oder Hose oder Schuhe Amit trug.
»Wo bist du?« fragte Malati. »In einem Haus? Auf der Straße? In einem Park?«
»Auf einem Friedhof.«
»Was tut ihr?« Malati lachte.
»Wir unterhalten uns im Regen. Er hat einen Schirm dabei. Gilt das als Kleidungsstück?«

»Na gut«, gab Malati zu. »Ich habe mich getäuscht. Aber Bäume wachsen bekanntlich.«

Lata weigerte sich, diesen unersprießlichen Spekulationen noch länger nachzuhängen. Etwas später, als sie schon fast wieder zurück waren, um den versprochenen Tee zu trinken, sagte sie: »Ich werde ihm nicht aus dem Weg gehen können, Malati. Ich werde ihm zwangsläufig begegnen. Daß er sich nach der Katastrophe freiwillig gemeldet hat, widerspricht deiner Teenager-Theorie. Er wollte wirklich helfen und nicht, daß ich davon höre.«

»Du mußt dir dein Leben ohne ihn aufbauen, auch wenn das zuerst unerträglich erscheint. Akzeptiere die Tatsache, daß deine Mutter ihn nie akzeptieren wird. Daran ist nicht zu rütteln. Du hast recht, du wirst ihm früher oder später zwangsläufig begegnen. Du mußt dafür sorgen, daß du kaum Freizeit hast. Ja, ein Theaterstück wäre das richtige für dich. Du solltest die Olivia spielen.«

»Du mußt mich für eine Närrin halten«, sagte Lata.

»Für närrisch«, sagte Malati.

»Es ist schrecklich, Malati. Mehr als alles andere möchte ich ihn sehen. Und meinem Schuster habe ich gesagt, daß er mir schreiben soll. Er hat mich am Bahnhof gefragt, und ich wollte nicht gemein zu ihm sein, nachdem er Ma und mir so geholfen hat.«

»Ach, das schadet nichts. Solange du ihn nicht haßt oder liebst, könnt ihr euch doch schreiben. Und hat er nicht gesagt, daß er noch halbwegs in eine andere verliebt ist?«

»Ja, das hat er«, sagte Lata etwas nachdenklich.

12.5

Zwei Tage später erhielt Lata eine kurze Nachricht von Kabir. Er wollte wissen, ob sie ihm immer noch böse sei und ob sie sich nicht am Freitag bei der Literarischen Gesellschaft Brahmpur treffen könnten. Er würde nur hingehen, wenn sie auch käme.

Zuerst wollte Lata wieder einmal Malati um Rat fragen. Aber weil sie von Malati nicht erwarten konnte, ihr Liebesleben in allen Einzelheiten zu regeln, und weil ihr Malati womöglich geraten hätte, nicht hinzugehen und den kurzen Brief zu ignorieren, beschloß Lata, sich mit sich selbst und den Affen zu beraten.

Sie ging spazieren, brachte den Affen Erdnüsse und war eine Weile der Mittelpunkt ihrer zufriedenen Aufmerksamkeit. Während der Pul Mela waren die Affen fürstlich bewirtet worden, aber jetzt herrschten wieder die normalen mageren Zeiten, und nur wenige Menschen kümmerte ihr leibliches Wohl.

Nachdem sie dieses gute Werk vollbracht hatte, meinte Lata, klarer denken zu können. Kabir hatte schon einmal vergeblich bei der Literarischen Gesellschaft auf sie gewartet. Er hatte sogar von Mrs. Nowrojees Keksen essen müssen. Lata meinte, ihm das nicht noch einmal zumuten zu dürfen. Sie schrieb ihm einen kurzen Brief:

Lieber Kabir,
ich habe Deine Nachricht erhalten, aber ich werde diesen Freitag nicht zu den Nowrojees gehen. Ich habe auch Deinen Brief in Kalkutta bekommen. Daraufhin habe ich über alles nachgedacht und mich an alles erinnert. Ich bin überhaupt nicht böse auf Dich, bitte denk das nicht. Aber ich glaube nicht, daß es einen Sinn hat, wenn wir uns treffen oder schreiben. Es würde nur sehr weh tun und nichts bringen.

Lata

Nachdem Lata das Geschriebene dreimal durchgelesen und sich gefragt hatte, ob sie es ohne den letzten Satz noch einmal schreiben sollte, wurde sie ungehalten über sich selbst und schickte ihn ab, wie er war.

An diesem Tag ging sie auch nach Prem Nivas und war erleichtert, daß Kabir Bhaskar zu dieser Zeit nicht besuchte.

Ein paar Tage nachdem das Monsunsemester begonnen hatte, sprachen Malati und Lata für eine Rolle in *Was ihr wollt* vor. Dieses Jahr inszenierte ein nervöser junger Philosophiedozent, der sich lebhaft fürs Theater interessierte, das Stück, das am Tag der Universität aufgeführt werden sollte. Vorgesprochen wurde nicht in einem Hörsaal der Universität, sondern im Dozentenzimmer des Philosophieinstituts. Es war fünf Uhr nachmittags. Ungefähr fünfzehn Mädchen hatten sich versammelt, die nervös plappernde Grüppchen bildeten oder Mr. Barua fasziniert oder ängstlich beobachteten. Lata sah einige Anglistikstudentinnen – ein paar sogar aus ihrem Semester –, kannte aber keine von ihnen näher. Malati war mitgekommen, um zu verhindern, daß Lata im letzten Moment kniff. »Wenn du willst, spreche ich auch vor.«
»Aber hast du nachmittags nicht immer ein Praktikum?« fragte Lata. »Wenn du eine Rolle kriegst und proben mußt ...«
»Ich kriege keine Rolle«, sagte Malati bestimmt.
Mr. Barua ließ die Mädchen nacheinander aufstehen und verschiedene Passagen aus dem Stück lesen. Es gab nur drei Rollen für Frauen, und zudem hatte Mr. Barua noch nicht entschieden, ob tatsächlich ein Mädchen die Viola spielen würde, und deswegen war die Konkurrenz hart. Mr. Barua las jede andere Rolle – männliche wie weibliche –, abgesehen von der des jeweiligen Mädchens, und da er sie so gut las und dabei seine gewohnte Nervosität abschüttelte, begannen viele der zuhörenden und ein, zwei der vorsprechenden Mädchen zu kichern.

Mr. Barua sprach Violas Zeile: »Liebes Fräulein, laßt mich Euer Gesicht sehn« und ließ sie dann die Rolle sprechen. Und je nachdem, wie er den Vortrag fand, mußten sie noch etwas von Olivias oder Marias Part lesen. Nur von Lata verlangte er beides. Manche Mädchen trugen in einem Singsang vor oder hatten andere merkwürdige stimmliche Eigenschaften; Mr. Barua wurde dann wieder nervös und schnitt ihnen das Wort ab. »Gut, danke, vielen Dank, das war gut, sehr gut, wirklich sehr gut. Ich habe eine ausgezeichnete Idee, wirklich, also gut, gut ...« Endlich begriff das Mädchen, das gerade las, und ging (in ein paar Fällen unter Tränen) zu ihrem Stuhl zurück.

Nachdem alle vorgesprochen hatten, sagte Mr. Barua zu Lata (in Hörweite von einigen anderen Mädchen): »Sie haben sehr gut gelesen, Miss Mehra, es überrascht mich, daß ich Sie noch nicht, nun, auf der Bühne gesehen habe.« Von Verlegenheit überwältigt, wandte er sich ab und sammelte seine Papiere ein.

Lata war hoch erfreut über dieses nervöse Kompliment. Malati meinte, sie solle Mrs. Rupa Mehra darauf vorbereiten, daß sie bestimmt eine Rolle bekäme.

»Ach, bestimmt werde ich keine Rolle bekommen«, sagte Lata.

»Sprich das Thema nur an, wenn Pran dabei ist«, riet ihr Malati.

Am Abend nach dem Essen saßen Pran, Savita, Mrs. Rupa Mehra und Lata zusammen, und Lata sagte: »Pran, was hältst du von Mr. Barua?«

Pran hielt in seiner Lektüre inne. »Dem Philosophiedozenten?«

»Ja. Er inszeniert dieses Jahr das Stück für den Tag der Universität, und ich wollte wissen, ob du meinst, daß er es gut inszenieren kann?«

»Hm, ja. Davon habe ich gehört. *Was ihr wollt* oder *Wie es euch gefällt*, glaube ich. Das ist ein guter Kontrast zu *Julius Cäsar*. Er ist sehr gut – er ist auch ein sehr guter Schauspieler. Aber angeblich ist er ein schlechter Dozent.«

»Ja, *Was ihr wollt*. Ich habe vorgesprochen, und möglicherweise bekomme ich eine Rolle, und deswegen wollte ich vorher Bescheid wissen.«

Pran, Savita und Mrs. Rupa Mehra blickten auf. Mrs. Rupa Mehra hörte auf zu sticken und schnappte nach Luft.

»Toll«, sagte Pran begeistert. »Gut gemacht!«

»Welche Rolle?« sagte Savita.

»Nein«, sagte Mrs. Rupa Mehra vehement und fuchtelte zum Nachdruck mit der Nadel herum. »Meine Tochter wird in keinem Stück mitspielen. Nein.« Sie starrte Lata über den Rand ihrer Lesebrille drohend an.

Alle schwiegen. Nach einer Weile fügte Mrs. Rupa Mehra hinzu: »Kommt überhaupt nicht in Frage.«

Nach einer weiteren Pause, als niemand reagierte, fuhr sie fort: »Jungen und Mädchen – gemeinsam auf der Bühne!« Es lag auf der Hand, daß so etwas Geschmackloses und Unmoralisches nicht gutgeheißen werden konnte.

»Wie letztes Jahr in *Julius Cäsar*«, sagte Lata.

»Sei still«, fuhr ihre Mutter sie an. »Niemand hat dich nach deiner Meinung gefragt. Wollte Savita jemals Theater spielen? Auf einer Bühne vor Hunderten von Zuschauern? Und abends mit Jungen zu diesen Treffen ...«

»Proben«, korrigierte Pran.

»Ja, ja, Proben«, sagte Mrs. Rupa Mehra ungehalten. »Es lag mir auf der

Zunge. Ich lasse das nicht zu. Stellt euch nur die Schande vor. Was hätte dein Vater dazu gesagt?«

»Bitte, Ma«, sagte Savita. »Reg dich nicht auf. Es ist doch nur ein Theaterstück.«

Mit der Anrufung ihres verstorbenen Mannes hatte Mrs. Rupa Mehras Gefühlswallung einen Höhepunkt erreicht, und danach war es möglich, sie zu besänftigen und vernünftig auf sie einzureden. Pran stellte klar, daß die Proben außer in Notfällen tagsüber stattfanden. Savita sagte, daß sie *Was ihr wollt* in der Schule gelesen habe und es sich um ein harmloses Stück handle, dem nichts Skandalöses anhafte.

Savita hatte die bereinigte Schulfassung gelesen, aber höchstwahrscheinlich mußte auch Mr. Barua gewisse Passagen streichen, um den Eltern im Publikum Schock und Bestürzung zu ersparen. Mrs. Rupa Mehra kannte das Stück nicht, sonst hätte sie es sicherlich für gänzlich ungeeignet gehalten.

»Das war Malatis Idee, ich weiß es«, sagte sie.

»Also Ma, es war Latas Entscheidung vorzusprechen«, sagte Pran. »Schieb nicht immer Malati die Schuld in die Schuhe.«

»Dieses Mädchen ist einfach zu keß«, sagte Mrs. Rupa Mehra, die ständig hin- und hergerissen war zwischen ihrer Zuneigung für Malati und ihrer Mißbilligung dessen, was sie als ihre unverhohlen fortschrittliche Lebenseinstellung betrachtete.

»Malati hat gesagt, daß ich etwas unternehmen muß, was mich von anderen Dingen ablenkt«, sagte Lata.

Ihre Mutter brauchte nicht lange, um die Berechtigung und das Gewicht dieses Arguments einzusehen. Aber obwohl sie ihr in diesem Punkt recht gab, sagte sie: »Nicht alles, was Malati sagt, stimmt auch. Auf mich hört keiner. Ich bin ja nur deine Mutter. Meinen Rat wirst du erst zu schätzen wissen, wenn ich auf dem Scheiterhaufen brenne. Dann wirst du einsehen, wie sehr mir dein Wohlergehen am Herzen lag.« Dieser Gedanke heiterte sie auf.

»Und außerdem, Ma, ist es viel wahrscheinlicher, daß ich keine Rolle bekomme«, sagte Lata. »Fragen wir das Baby«, fügte sie hinzu und legte eine Hand auf Savitas Bauch.

Die Litanei ›Olivia, Maria, Viola, keine‹ wurde mehrmals langsam aufgesagt, und beim viertenmal trat das Baby bei ›keine‹ heftig zu.

12.6

Zwei oder drei Tage später erhielt Lata jedoch die Mitteilung, daß sie die Rolle der Olivia spielen und am Donnerstag nachmittag um halb vier zur ersten Probe kommen solle. Aufgeregt lief sie zum Studentinnenwohnheim, aber schon unterwegs traf sie Malati, die die Rolle der Maria übernehmen sollte. Beide waren sowohl erfreut als auch überrascht.

Während der ersten Probe sollte das Stück nur durchgelesen werden. Wieder war es nicht nötig, einen großen Hörsaal dafür zu reservieren, sondern es reichte ein Seminarraum. Lata und Malati beschlossen zu feiern, indem sie vorher ein Eis im Blue Danube verspeisten. Gutgelaunt betraten sie fünf Minuten zu früh den Seminarraum.

Ungefähr ein Dutzend junge Männer und nur ein weiteres Mädchen, vermutlich die Viola, hatten sich eingefunden. Sie saß etwas abseits von den anderen und war in den Anblick der leeren Tafel versunken.

Ebenfalls abseits von der Hauptgruppe der Schauspieler und an der allgemeinen männlichen Aufgeregtheit anscheinend desinteressiert, saß Kabir.

Als Lata ihn sah, machte ihr Herz einen Sprung; dann sagte sie zu Malati, sie solle bleiben, wo sie war, und ging hinüber, um mit ihm zu sprechen.

Er verhielt sich so zwanghaft ungezwungen – es konnte nur Absicht sein. Er hatte sie ganz eindeutig erwartet. Das ging zu weit.

»Welche Rolle spielst du denn?« fragte sie. Wut schwang in ihrer Stimme mit.

Er erschrak sowohl über den Ton als auch über die Frage und blickte schuldbewußt drein. »Malvolio«, sagte er und fügte hinzu: »Madame.« Aber er blieb sitzen.

»Du hast mir nie erzählt, daß du dich für Laienschauspiel interessierst«, sagte Lata.

»Du mir auch nicht.«

»Bis mich Malati vor ein paar Tagen zum Vorsprechen geschleift hat, habe ich das auch nicht getan«, sagte Lata kurz angebunden.

»Mein Interesse ist ungefähr genauso alt«, sagte Kabir und versuchte zu lächeln. »Ich habe gehört, daß du sehr gut vorgesprochen hast.«

Lata verstand. Irgendwie hatte er erfahren, daß sie eine gute Chance hatte, eine Rolle zu bekommen, und daraufhin hatte er beschlossen, für eine männliche Rolle vorzusprechen. Und nur um ihn zu vergessen, hatte sie sich überhaupt um eine Rolle beworben.

»Vermutlich hast du die üblichen Nachforschungen angestellt«, sagte Lata.

»Nein, ich habe zufällig davon erfahren. Ich habe dir nicht nachspioniert.«

»Und?«

»Warum muß es ein ›und‹ geben?« fragte Kabir in aller Unschuld. »Mir gefällt einfach das Stück.« Und mit Leichtigkeit und unbefangen zitierte er:

> »Nein, keines Weibes Brust
> erträgt der Liebe Andrang, wie sie klopft
> in meinem Herzen; keines Weibes Herz
> umfaßt so viel; sie können nicht beharren.
> Ach, deren Liebe kann Gelüst nur heißen
> (nicht Regung ihres Herzens, nur des Gaums),
> die Sattheit, Ekel, Überdruß erleiden,

> doch meine ist so hungrig wie die See,
> und kann gleich viel verdaun: vergleiche nimmer
> die Liebe, so ein Weib zu mir kann hegen,
> mit meiner zu Olivien!«

Lata spürte, daß ihr Gesicht brannte. Nach einer Weile sagte sie: »Ich fürchte, das war der Text von jemand anders. Es war nicht deiner.« Sie hielt inne und fügte dann hinzu: »Aber du kannst ihn fast zu gut.«

»Ich habe ihn auswendig gelernt – und noch viel mehr – in der Nacht vor dem Vorsprechen. Ich habe kaum geschlafen. Ich wollte unbedingt die Rolle des Herzogs. Aber ich muß mich mit Malvolio zufriedengeben. Ich hoffe nur, daß das keinen Einfluß auf mein persönliches Schicksal hat. Ich habe deine Nachricht bekommen. Ich werde die Hoffnung nicht aufgeben, daß wir uns in Prem Nivas oder sonst irgendwo treffen ...«

Zu ihrer eigenen Überraschung mußte Lata lachen. »Du bist verrückt, vollkommen verrückt«, sagte sie.

Sie wandte sich ab, und als sie ihn wieder ansah, bemerkte sie noch einen letzten Rest von Qual auf seinem Gesicht.

»Ich hab's nicht ernst gemeint«, sagte Lata.

»Tja«, sagte Kabir und nahm es auf die leichte Schulter. »›Einige werden verrückt geboren, einige erwerben Verrücktheit, und einigen wird sie zugeworfen.‹«

Lata war versucht, ihn zu fragen, welche der drei Möglichkeiten auf ihn zutraf. Aber statt dessen sagte sie: »Du kennst also auch Malvolios Text.«

»Ach, diese Zeilen«, sagte Kabir. »Die kennt doch jeder. Der arme Malvolio, der den Narren spielt.«

»Warum spielst du statt dessen nicht zum Beispiel Kricket?«

»Während des Monsuns?«

Aber Mr. Barua, der vor wenigen Minuten eingetroffen war, winkte dem Studenten, der den Herzog spielte, mit einem imaginären Taktstock und sagte: »Also gut, nun, also ›Wenn die Musik der Liebe ...‹, ja? Gut.« Und sie fingen an zu lesen.

Während Lata zuhörte, zog die Welt des Stücks sie in ihren Bann. Bis zu ihrem ersten Auftritt hatte sie noch Zeit. Und als sie zu lesen begann, überließ sie sich der Sprache. Bald war sie Olivia. Sie überlebte den ersten Wortwechsel mit Malvolio. Später lachte sie zusammen mit allen anderen über Malatis Auftritt als Maria. Das Mädchen, das die Viola spielte, war ebenfalls hervorragend, und Lata hatte Spaß daran, sich in sie zu verlieben. Es bestand sogar eine vage Ähnlichkeit zwischen Viola und dem Jungen, der ihren Bruder verkörperte.

Ab und zu jedoch tauchte Lata aus dem Stück auf und erinnerte sich daran, wo sie war. Wenn möglich vermied sie es, Kabir anzusehen, und nur einmal spürte sie seinen Blick auf sich. Sie war sich sicher, daß er nach der Probe mit ihr sprechen wollte, und sie war froh, daß auch Malati eine Rolle bekommen hatte. Eine Stelle bereitete ihr besondere Schwierigkeiten, und Mr. Barua mußte nachhelfen.

Olivia: Ei, Malvolio, wie steht es mit dir? Was geht mit dir vor?
Malvolio: Ich bin nicht schwarz von Gemüt, obschon gelb an den Beinen. Es ist ihm zu Handen gekommen, und Befehle sollen vollzogen werden. Ich denke, wir kennen die schöne römische Hand.
Mr. Barua [verwirrt wegen der Pause und Lata erwartungsvoll anblickend]: Ja, ja, gut?
Olivia: Willst ...
Mr. Barua: Willst? Ja, willst du ... gut, ausgezeichnet, weiter, Miss Mehra, Sie lesen sehr gut.
Olivia: Willst du ...
Mr. Barua: Willst du? Ja, ja!
Olivia: Willst du nicht zu Bett gehn, Malvolio?
Mr. Barua [mit erhobener Hand, um das schallende Gelächter zu unterbinden, und mit seinem imaginären Stock den sprachlosen Kabir auffordernd]: Und jetzt, Malvolio?
Malvolio: Zu Bett? Ja, liebes Herz, und ich will zu dir kommen.

Alle außer den beiden Schauspielern und Mr. Barua lachten lauthals. Sogar Malati. Et tu, dachte Lata.

Der Narr rezitierte das Lied am Ende des Stücks, statt es zu singen. Lata warf Malati einen Blick zu, vermied es, Kabir anzusehen, und eilte davon. Es war noch nicht ganz dunkel. Aber sie hätte keine Angst haben müssen, daß Kabir noch etwas mit ihr unternehmen wollte. Es war Donnerstag, und er hatte eine andere Verpflichtung.

12.7

Als Kabir vor dem Haus seines Onkels ankam, war es dunkel. Er stellte sein Fahrrad ab und klopfte. Seine Tante öffnete die Tür. Das einstöckige, weitläufige Haus war schlecht beleuchtet. Kabir dachte oft daran, daß er als Kind mit seinen Cousins und Cousinen im großen Garten hinter dem Haus gespielt hatte. Während der letzten Jahre jedoch schien ihm, als läge ein Fluch auf dem Haus. Jetzt kam er gewöhnlich am Donnerstagabend hierher.

»Wie geht es ihr heute?« fragte er.

Seine Tante, eine dünne, etwas strenge, aber nicht unfreundliche Frau, runzelte die Stirn. »Zwei oder drei Tage lang war alles in Ordnung. Dann fing es wieder an. Soll ich mit dir hineingehen?«

»Nein – nein, Mumani, ich geh lieber allein.«

Kabir ging in den rückwärtigen Teil des Hauses und betrat das Zimmer, in dem seine Mutter seit fünf Jahren lebte. Wie das übrige Haus war auch dieser

Raum schlecht beleuchtet, nur zwei schwache Glühbirnen brannten hinter dicken Lampenschirmen. Sie saß in einem Sessel mit einer harten Rückenlehne und sah aus dem Fenster. Sie war immer eine rundliche Frau gewesen, aber jetzt war sie fett. Ihr Gesicht sah aus, als bestünde es nur aus fleischigen Backen.

Sie starrte weiterhin aus dem Fenster auf die dunklen Umrisse der Guavenbäume am Ende des Gartens. Kabir stellte sich neben sie. Sie schien seine Anwesenheit nicht zu registrieren, aber dann sagte sie: »Mach die Tür zu, es ist kalt.«

»Ich habe sie zugemacht, Ammi-jaan.«

Kabir erwähnte nicht, daß es überhaupt nicht kalt, daß es Juli war und daß er nach der Fahrradfahrt schwitzte.

Es herrschte Schweigen. Seine Mutter hatte ihn vergessen. Er legte eine Hand auf ihre Schulter. Sie zuckte zusammen und sagte: »Es ist also Donnerstagabend.«

Sie benutzte das Urduwort für Donnerstag, ›jumeraat‹, wörtlich ›Freitagnacht‹. Kabir erinnerte sich daran, daß er es als Kind komisch fand, daß die Freitagnacht einen Abend hatte. Seine Mutter hatte ihm solche Dinge auf liebevolle, unbeschwerte Weise erklärt, weil sein Vater viel zu sehr damit beschäftigt war, allein auf seltsamen Gedankenmeeren zu segeln, um sich viel um seine Kinder zu kümmern. Erst als sie richtig mit ihm sprechen konnten, interessierte er sich bisweilen anfallsartig für sie.

»Ja, es ist Donnerstagabend.«

»Wie geht es Hashim?« fragte sie. Damit begann für gewöhnlich ihre Unterhaltung.

»Sehr gut. Und er ist gut in der Schule. Er muß schwierige Hausaufgaben machen, deswegen konnte er nicht mitkommen.«

Tatsächlich ertrug Hashim diese Besuche nur schwer, und wenn Kabir ihn darauf aufmerksam machte, daß es Donnerstagabend war, fand er häufig eine Ausrede, um nicht mitkommen zu müssen. Kabir, der seine Gefühle nur zu gut verstand, fragte ihn manchmal erst gar nicht. So auch heute.

»Und Samia?«

»Sie geht noch immer in England zur Schule.«

»Sie schreibt nie.«

»Manchmal schreibt sie, Ammi – aber selten. Auch wir vermissen ihre Briefe.«

Es war unmöglich, seiner Mutter zu sagen, daß ihre Tochter tot, vor einem Jahr an Meningitis gestorben war. Bestimmt, so dachte er, hat der Versuch, ihr das ein Jahr lang zu verheimlichen, nicht funktioniert. Wie verwirrt manche Menschen auch sein mögen, Andeutungen, Hinweise, Anspielungen, mitgehörte Gesprächsfetzen müssen sich einen Weg in ihren Geist bahnen und dort ein Muster bilden, das die Wahrheit ergibt. Vor ein paar Monaten hatte seine Mutter einmal gesagt: »Ach, Samia. Hier werde ich sie nicht wiedersehen, aber an einem anderen Ort.« Doch was immer das bedeutete, es hielt sie nicht davon ab, sich immer wieder nach ihrer Tochter zu erkundigen. Manchmal vergaß sie innerhalb von Minuten, was sie gerade eben gesagt oder gedacht hatte.

»Wie geht es deinem Vater? Fragt er noch immer, ob zwei und zwei vier ist?«

Einen Augenblick lang sah Kabir das alte vergnügte Funkeln in ihren Augen, dann waren sie wieder erloschen.
»Ja.«
»Als ich mit ihm verheiratet war...«
»Das bist du immer noch, Ammi.«
»Du hörst mir nicht zu. Als ich – jetzt habe ich vergessen...«
Kabir nahm ihre Hand. Sie erwiderte seinen Druck nicht.
»Hör zu«, sagte seine Mutter. »Hör auf jedes Wort, das ich sage. Wir haben nicht viel Zeit. Sie wollen mich mit jemand anders verheiraten. Und sie stellen nachts Wachen um mein Zimmer auf. Mehrere. Mein Bruder hat das veranlaßt.« Ihre Hand verkrampfte sich in seiner.
Kabir versuchte nicht, ihr das auszureden. Er war dankbar, daß sie allein waren.
»Wo sind sie?« fragte er.
Sie machte eine Kopfbewegung in Richtung der Bäume.
»Hinter den Bäumen?« fragte Kabir.
»Ja. Sogar die Kinder wissen es. Sie sehen mich an und rufen: ›Toba! Toba! Eines Tages wird sie noch ein Kind kriegen.‹ Die Welt...«
»Ja, Ammi.«
»Die Welt ist ein schrecklicher Ort, und die Menschen lieben Grausamkeit. Wenn die Menschheit so ist, will ich nicht dazugehören. Warum hörst du mir nicht zu? Sie spielen Musik, um mich in Versuchung zu führen. Aber, Mashallah, ich habe meine fünf Sinne beisammen. Nicht umsonst bin ich die Tochter eines Offiziers. Was hast du da?«
»Süßigkeiten, Ammi. Sie sind für dich.«
»Ich habe um einen Messingring gebeten, und du bringst mir Süßigkeiten?« Es klang empört. Es geht ihr viel schlechter als sonst, dachte Kabir. Normalerweise besänftigten sie die Süßigkeiten, und sie stopfte sie gierig in den Mund. Diesmal jedoch wollte sie sie nicht.
Als sie sich wieder beruhigt hatte, sagte sie: »In den Süßigkeiten ist Medizin. Die Ärzte haben sie hineingetan. Wenn Gott gewollt hätte, daß ich Medizin nehme, hätte Er es mir mitgeteilt. Hashim, wie kannst du es wagen...«
»Ich bin Kabir, Ammi.«
»Kabir war letzte Woche hier, am Donnerstag.« Ihre Stimme klang beunruhigt, mißtrauisch, als ob sie eine Falle witterte.
»Ich...« Aber seine Augen füllten sich mit Tränen, und er konnte nicht weitersprechen.
Seine Mutter schien diese neue Entwicklung zu irritieren, und ihre Hand entglitt seiner, als ob sie ein totes Tier wäre.
»Ich bin Kabir.«
Sie nahm es hin. Es war bedeutungslos.
»Sie wollen mich zu einem Arzt schicken, in der Nähe des Barsaat Mahal. Ich weiß, was sie vorhaben.« Sie blickte auf den Boden. Dann sank ihr der Kopf auf die Brust, und sie schlief ein.

Kabir blieb noch eine halbe Stunde bei ihr, aber sie erwachte nicht mehr. Schließlich stand er auf und ging aus dem Zimmer.

Seine Tante sah seinen unglücklichen Ausdruck und sagte: »Kabir, Sohn, warum ißt du nicht mit uns? Das wird dir guttun. Und uns würde es guttun, wenn wir uns ein bißchen mit dir unterhalten könnten.«

Aber Kabir wollte so schnell und so weit wie möglich mit seinem Fahrrad davonfahren. Das war nicht die Mutter, die er gekannt und geliebt hatte, sondern jemand, der ihm fremder war als ein Fremder.

In der Familie gab es keine früheren Krankheitsfälle dieser Art, und es hatte sich auch kein Unfall ereignet – kein Sturz, kein Schlag –, der als Ursache hätte angesehen werden können. Nach dem Tod ihrer eigenen Mutter hatte sie ungefähr ein Jahr lang unter emotionalem Streß gestanden, aber Trauer war schließlich kein außergewöhnliches Phänomen. Zunächst war sie nur deprimiert, dann begann sie, sich wegen Nichtigkeiten aufzuregen, und wurde mit dem Alltag nicht mehr fertig. Sie wurde mißtrauisch gegenüber den Menschen: dem Milchmann, dem Gärtner, ihren Verwandten, ihrem Mann. Dr. Durrani, der das Problem nicht länger ignorieren konnte, stellte immer wieder Haushaltshilfen ein, aber bald erstreckte sich ihr Mißtrauen auch auf sie. Schließlich setzte sie es sich in den Kopf, daß ihr Mann einen ausgefeilten Plan ausarbeitete, um ihr etwas anzutun, und um seine Ausführung zu verhindern, zerriß sie ganze Bündel seiner wertvollen und unvollendeten mathematischen Abhandlungen. An diesem Punkt bat er ihren Bruder, sie zu sich zu nehmen. Die einzige Alternative hätte darin bestanden, sie in einer Anstalt unterzubringen. Es gab eine Irrenanstalt in Brahmpur, in der Nähe des Barsaat Mahal; vielleicht hatte sie sich darauf bezogen, als sie von den Ärzten gesprochen hatte.

Als Kinder hatten Kabir, Hashim und Samia immer – und sogar ein bißchen stolz – ihren Vater für etwas verrückt erklärt. Es war eindeutig seine Exzentrizität – oder etwas damit Zusammenhängendes –, die den Menschen Respekt vor ihrem Vater einflößte. Aber es war ihre liebevolle, vergnügliche und praktische Mutter gewesen, die von dieser seltsamen, sinnlosen und unheilbaren Krankheit heimgesucht wurde. Zumindest Samia, dachte Kabir, ist es erspart geblieben, diese andauernde Pein ertragen zu müssen.

12.8

Der Rajkumar von Marh saß in der Patsche und war von Pran vorgeladen worden. Aufgrund von Schwierigkeiten mit ihrem Vermieter waren der Rajkumar und seine Kumpane gezwungen gewesen, in ein Studentenwohnheim zu ziehen, aber sie hatten sich geweigert, ihren Lebenswandel den dort herrschenden Normen anzupassen. Er und zwei Freunde waren von einem Assistenten des

Proktors in der Tarbuz-ka-Bazaar gesehen worden, als sie gerade aus einem Bordell kamen. Als der Assistent sie zur Rede stellen wollte, hatten sie ihn beiseite gestoßen, und einer der jungen Männer hatte gesagt: »Du Kinderschänder, was geht dich das an? Bist du ein Spion des Studentenausschusses? Was machst du überhaupt hier? Spielst du für deine Kinder auch noch den Zuhälter?« Der andere Student hatte ihn ins Gesicht geschlagen.

Sie hatten sich geweigert, ihre Namen zu nennen, und behauptet, sie seien keine Studenten. »Wir sind keine Studenten, wir sind die Großväter von Studenten.«

Als mildernden Umstand mag man anführen, oder vielleicht kommt es auch erschwerend hinzu, daß sie betrunken waren.

Auf dem Nachhauseweg störten sie die nächtliche Ruhe und sangen aus vollem Hals ein populäres Filmlied, *Ich habe nicht geseufzt und auch nicht gestöhnt*. Der Assistent des Proktors folgte ihnen in sicherem Abstand. Von keinerlei Selbstzweifel bedrängt, kehrten sie zum Studentenwohnheim zurück, wo sie ein zuvorkommender Wachmann einließ, obwohl es nach Mitternacht war. Sie sangen noch eine Weile weiter, bis ihre Mitbewohner sie baten, endlich ruhig zu sein.

Der Rajkumar wachte am nächsten Morgen mit starken Kopfschmerzen und einer unheilvollen Vorahnung auf, und wenig später brach das Unheil über sie herein. Der Wachmann, der um seine Stelle bangte, wurde gezwungen, sie zu identifizieren. Anschließend zerrte man sie vor den Leiter des Wohnheims, der sie augenblicklich hinauswarf und ihre Relegation empfahl. Der Proktor seinerseits war im allgemeinen ein Befürworter strengen Durchgreifens. Studentisches Rowdytum verursachte ihm zunehmend Kopfschmerzen, und wenn Aspirin nicht half, dann mußten eben Köpfe rollen. Er bat Pran, der Mitglied des für Disziplinarmaßnahmen zuständigen Studentenausschusses war, sich bis auf weiteres um die Angelegenheit zu kümmern, da er selbst mit den Vorbereitungen der Wahlen zum Studentenparlament beschäftigt war. Faire und friedliche Wahlen abzuhalten war ein Problem: Studenten unterschiedlicher politischer Ausrichtung (Kommunisten, Sozialisten und – unter einem anderen Namen – die Hindu-Reform-Bewegung RSS) verprügelten einander bereits mit Schuhen und Lathis als Vorspiel für den Kampf um die Stimmen.

Die Verantwortung, über das Schicksal von anderen zu entscheiden, war etwas, was Pran sehr belastete, und Savita sah, welche Qualen er litt. Er konnte sich beim Frühstück nicht auf die Zeitung konzentrieren. In letzter Zeit hatte er sich sowieso nicht sonderlich wohl gefühlt – und Savita spürte, daß der Druck, drastische Maßnahmen gegen diese jungen Idioten ergreifen zu müssen, ihm nicht guttun würde. Er konnte nicht einmal an seiner Vorlesung über die Komödien Shakespeares arbeiten, obwohl er sich am Vorabend extra dafür Zeit genommen hatte.

»Ich verstehe nicht, warum du sie hierherbestellt hast«, sagte Savita. »Sag ihnen, sie sollen ins Büro des Proktors kommen.«

»Nein, Liebling, das würde ihnen nur noch mehr angst machen. Ich will ihre Version der Geschichte hören, und sie werden bereitwilliger reden, wenn sie weniger Angst haben – wenn sie mit mir hier im Wohnzimmer sitzen, statt vor einem Schreibtisch von einem Fuß auf den anderen zu treten. Hoffentlich macht es dir und Ma nichts aus. Es wird höchstens eine halbe Stunde dauern.«

Die Übeltäter kamen um elf Uhr, und Pran bot ihnen Tee an.

Der Rajkumar von Marh schämte sich in Grund und Boden und starrte unverwandt seine Handflächen an, aber seine Freunde, die Prans Freundlichkeit mit Schwäche verwechselten und wußten, daß er bei den Studenten sehr beliebt war, meinten, es drohe keine Gefahr, und grinsten breit, als Pran sie fragte, was sie zu den gegen sie erhobenen Vorwürfen zu sagen hätten. Sie wußten, daß Pran Maans Bruder war, und hielten seine Sympathie für selbstverständlich.

»Wir haben uns um unsere eigenen Angelegenheiten gekümmert«, sagte einer. »Er hätte das gleiche tun sollen.«

»Er hat Sie nach Ihren Namen gefragt, und Sie haben geantwortet ...« Pran blickte auf die Akte in seiner Hand. »Nun ja, Sie wissen, was Sie geantwortet haben. Ich muß es nicht wiederholen. Ich muß Ihnen auch die Verhaltensvorschriften der Universität nicht in Erinnerung rufen. Sie scheinen sie gut genug zu kennen. Gemäß meinen Unterlagen haben Sie, als Sie sich dem Wohnheim näherten, gesungen: ›Jeder Student, der an einem unziemlichen Ort angetroffen wird, kann sofort relegiert werden.‹«

Die zwei Hauptübeltäter sahen einander an und lächelten in unbekümmerter Komplizenschaft.

Der Rajkumar, der fürchtete, daß sein wütender Vater ihn im Falle einer Relegation nichts weniger als kastrieren würde, murmelte: »Aber ich hab doch gar nichts getan.« Es war sein Glück, daß er beschlossen hatte, nur aus Nettigkeit mitzugehen.

Einer der beiden anderen sagte verächtlich: »Ja, das stimmt, das können wir bestätigen. Er ist an Frauen nicht interessiert – im Gegensatz zu Ihrem Bruder, der ...«

Pran schnitt dem jungen Mann scharf das Wort ab. »Darum geht es nicht. Nicht-Studenten haben mit der Sache nichts zu tun. Ihnen scheint nicht klar zu sein, daß Sie mit der Relegation rechnen müssen. Eine Geldstrafe ist zwecklos, das wird Sie nicht beeindrucken.« Er sah ihnen nacheinander ins Gesicht und fuhr dann fort: »Die Tatsachen sind eindeutig, und Ihre Haltung ist nicht gerade hilfreich. Ihre Väter machen eine Zeit durch, die schwierig genug ist, ohne daß sie sich auch noch um Sie sorgen müssen.«

Pran sah zum erstenmal so etwas wie Betroffenheit – nicht Reue, sondern Angst – in ihren Gesichtern. Angesichts der bevorstehenden Abschaffung des Zamindari-Systems reagierten die Väter zunehmend ungehalten auf ihre nichtsnutzigen Söhne. Früher oder später würden sie ihre Zuwendungen möglicherweise kürzen. Die jungen Männer hatten keine Ahnung, was sie mit sich anfangen sollten, außer das Studentenleben zu genießen, und wenn ihnen das weggenommen wurde, lag nichts als Düsternis vor ihnen. Sie sahen Pran an, aber er schwieg. Er schien in seinen Unterlagen zu lesen.

Es ist nicht leicht für sie, dachte Pran. Dieses wilde Studentenleben ist letztlich armselig. Aber sie kennen nichts anderes, und es wird bald zu Ende gehen. Vielleicht werden sie sich sogar eine Arbeit suchen müssen. Und das ist heutzutage nicht einfach für Studenten, egal, aus welcher Schicht sie stammen. Arbeit ist schwer zu finden, das Land treibt richtungslos dahin, und das Beispiel, das ihnen ihre Väter und Vorväter geben, ist erbärmlich. Bilder vom Radscha von Marh, von Professor Mishra und zänkischen Politikern gingen ihm durch den Kopf. Er blickte auf und sagte: »Ich muß entscheiden, was ich dem Proktor empfehlen werde. Ich neige dazu, mich der Empfehlung des Heimleiters anzuschließen...«

»Nein, bitte nicht, Sir...« sagte einer der Studenten.

Der andere schwieg, sah Pran jedoch flehentlich an.

Der Rajkumar fragte sich, wie er seiner Großmutter, der Dowager Rani von Marh, jemals wieder ins Gesicht sehen sollte. Selbst die Wut seines Vaters wäre einfacher zu ertragen als die Enttäuschung in ihren Augen.

Er begann zu schniefen. »Wir haben's nicht so gemeint«, sagte er. »Wir waren...«

»Halt«, sagte Pran. »Denken Sie gut darüber nach, was Sie sagen wollen.«

»Aber wir waren betrunken«, sagte der unglückliche Rajkumar. »Deswegen haben wir uns so aufgeführt.«

»So schändlich«, sagte einer der anderen leise.

Alle versichertern Pran, daß sie nie wieder so etwas tun würden. Sie schworen es bei der Ehre ihrer Väter und im Namen mehrerer Götter. Jetzt sahen sie aus, als ob sie bereuen würden, und in der Tat begannen sie zu bereuen, weil sie so aussahen.

Nach einer Weile hatte Pran genug und stand auf.

»Sie werden zu gegebener Zeit von uns hören«, sagte er an der Tür zu ihnen. Diese bürokratische Formel klang, noch während er sie aussprach, in seinen eigenen Ohren seltsam. Sie zögerten, fragten sich, was sie zu ihrer Verteidigung noch vorbringen könnten, und gingen dann niedergeschlagen davon.

12.9

Nachdem er Savita versichert hatte, daß er zum Mittagessen zurück sein würde, ging Pran zu Fuß nach Prem Nivas. Es war ein warmer, bewölkter Tag. Als er dort ankam, war er etwas außer Atem. Seine Mutter gab dem Mali im Garten Anweisungen.

Sie ging auf ihn zu, um ihn zu begrüßen, und blieb dann abrupt stehen. »Pran, geht's dir nicht gut?«

»Doch, Amma, mir geht's gut. Dank Ramjap Baba«, konnte er nicht widerstehen hinzuzufügen.

»Du solltest dich über diesen guten Mann nicht lustig machen.«

»Stimmt. Wie geht es Bhaskar?«

»Er spricht sehr gut und läuft sogar ein bißchen herum. Und er will unbedingt nach Misri Mandi zurück. Aber hier ist die Luft viel frischer.« Sie deutete auf den Garten. »Und Savita?«

»Sie ist etwas ärgerlich, weil ich so wenig Zeit mit ihr verbringe. Ich mußte ihr versprechen, zum Mittagessen zurück zu sein. Die zusätzliche Arbeit für den Ausschuß paßt mir nicht, aber wenn ich sie nicht mache, muß es jemand anders tun.« Er hielt inne. »Ansonsten geht's ihr sehr gut. Ma macht so ein Theater um sie, daß sie bestimmt jedes Jahr ein Baby kriegen will.«

Mrs. Mahesh Kapoor lächelte. Dann fragte sie ängstlich: »Weißt du, wo Maan ist? Er ist nicht in dem Dorf, und er ist auch nicht auf unserem Gut, und in Benares weiß auch niemand, wo er steckt. Er ist einfach verschwunden. Seit zwei Wochen hat er nicht mehr geschrieben. Ich mache mir Sorgen um ihn. Und dein Vater sagt, daß er nichts dagegen hätte, wenn er zur Hölle gefahren wäre, solange er nur nicht in Brahmpur ist.«

Pran runzelte die Stirn, weil er zum zweitenmal an diesem Vormittag den Namen seines Bruders hören mußte, dann versicherte er seiner Mutter, daß es kein Grund zur Sorge sei, wenn Maan zwei oder auch zehn Wochen lang verschwinde. Vielleicht war er auf die Jagd gegangen oder in die Berge gefahren, oder er erholte sich in Baitar Fort. Firoz wußte möglicherweise, wo er war; er wollte Firoz sowieso am Nachmittag treffen und würde ihn danach fragen.

Seine Mutter nickte unglücklich. Nach einer Weile sagte sie: »Warum kommt ihr nicht alle nach Prem Nivas? In den letzten Wochen würde es Savita guttun.«

»Nein, Amma, sie bleibt lieber in der gewohnten Umgebung. Und jetzt, wo Baoji daran denkt, aus der Kongreßpartei auszutreten, wird das Haus voller Politiker sein, die ihm zureden oder ihn davon abbringen wollen. Und du siehst auch müde aus. Du kümmerst dich um alle und läßt nicht zu, daß sich jemand um dich kümmert. Du siehst wirklich erschöpft aus.«

»Ach, das ist das Alter«, sagte seine Mutter.

»Warum rufst du den Mali nicht ins Haus, wo es kühl ist, und gibst ihm dort deine Anweisungen?«

»O nein«, sagte Mrs. Mahesh Kapoor. »Das würde nicht funktionieren. Es hätte einen schlechten Einfluß auf die Moral der Blumen.«

12.10

Pran kehrte nach Hause zurück und ruhte sich aus, statt zu essen. Etwas später traf er Firoz in einem Gerichtssaal des Hohen Gerichts von Brahmpur. Firoz vertrat einen Studenten, der gegen die Universität klagte. Es war einer der besten Chemiestudenten, den die Universität je hatte, und er war bei seinen Lehrern sehr beliebt. Während der Prüfungen im April, am Ende des Semesters, hatte er jedoch etwas ebenso Erstaunliches wie Unerklärliches getan. Während einer schriftlichen Prüfung war er auf die Toilette gegangen, hatte dann zwei Freunde vor dem Prüfungszimmer entdeckt und kurz mit ihnen geredet. Er behauptete, sie hätten darüber gesprochen, daß es zu heiß sei, um noch richtig nachdenken zu können. Es gab keinen Grund für die Annahme, daß er nicht die Wahrheit sagte. Seine Freunde waren beide Philosophiestudenten und hätten ihm bei seiner Prüfung sowieso nicht helfen können; jedenfalls war er bei weitem der beste Chemiestudent des Jahres.

Aber er wurde pflichtgemäß gemeldet. Es war klar, daß er den strengen Prüfungsvorschriften zuwidergehandelt hatte. Mit der Begründung, daß für ihn keine Ausnahme gemacht werden könnte, wurde nicht nur diese Prüfung für ungültig erklärt, sondern auch seine Zulassung zu den verbleibenden widerrufen. Er würde damit ein ganzes Jahr verlieren. Er bat den Vize-Kanzler, bei den Nachholprüfungen antreten zu dürfen; diese wurden normalerweise im August abgehalten für Studenten, die einzelne Prüfungen nicht bestanden hatten. Würde er sie bestehen, könnte er weitermachen. Aber seine Bitte wurde abgelehnt. In seiner Verzweiflung leitete er rechtliche Schritte ein. Firoz stimmte zu, ihn zu vertreten.

Pran, das rangniederste Mitglied des Studentenausschusses, den man vor der ursprünglichen Entscheidung um Rat gefragt hatte, war vom Proktor gebeten worden, bei der Verhandlung anwesend zu sein. Er begrüßte Firoz mit einem Kopfnicken und sagte: »Treffen wir uns draußen, wenn die Sache vorbei ist.« Er hatte Firoz noch nie in schwarzer Robe und mit weißen Bändern um den Hals gesehen und war einerseits angenehm überrascht, obwohl er andererseits dachte, daß es etwas albern aussah.

Firoz hatte einen Antrag formuliert, in dem er darlegte, daß die verfassungsmäßigen Rechte des Studenten verletzt worden seien. Der Oberrichter, der den Vorsitz führte, machte kurzen Prozeß mit seiner Vorlage. Er belehrte ihn, daß Härtefälle eine schlechte Basis für Gesetze seien; daß man der Universität in ihrer Funktion als ihr eigenes Überwachungsorgan vertrauen könne, außer wenn es zu eindeutig unfairen Ergebnissen führe, was hier nicht der Fall sei; und wenn der Student – in seinen Augen unklugerweise – schon darauf bestehe, rechtliche Schritte zu unternehmen, dann wäre er gut beraten gewesen, sich an ein erstinstanzliches Gericht zu wenden und nicht sofort an den Hohen Gerichtshof. Die direkte Anrufung des Hohen Gerichts sei ein neumodisches Unterfangen, das erst die vor kurzem in Kraft getretene Verfassung erlaube, und er, der Oberrichter, habe nicht viel dafür übrig. Er sei der Meinung, daß davon viel zu oft Gebrauch gemacht würde, nur um sich in der Schlange unbotmäßig nach vorn zu drängeln.

Er legte den Kopf schief und sagte, wobei er auf Firoz hinuntersah: »Ich kann die Relevanz Ihrer Ausführungen nicht erkennen, junger Mann. Ihr Mandant hätte sich an einen Munsif-Richter wenden sollen. Wenn er mit dessen Entscheidung nicht zufrieden gewesen wäre, dann hätte er beim Distriktgericht Berufung einlegen und im Zweifelsfall danach dieses Gericht anrufen können. Sie sollten mehr Zeit damit verbringen, das angemessene Forum auszusuchen, statt die Zeit dieses Gerichts zu verschwenden. Anträge und Prozesse sind zwei völlig unterschiedliche Dinge, junger Mann, zwei völlig unterschiedliche Dinge.«

Vor dem Gerichtssaal schäumte Firoz vor Wut. Er hatte seinem Mandanten geraten, nicht an der Verhandlung teilzunehmen, und er war froh darüber. Er selbst war von der Ungerechtigkeit der ganzen Sache erschüttert. Und daß der Oberrichter ihn getadelt, daß er angedeutet hatte, Firoz habe sich an die falsche Instanz gewandt, war völlig unerträglich. Vor ebendiesem Richter in ebendiesem Gerichtssaal hatte er seinen Beitrag im Zamindari-Fall geleistet; der Oberrichter mußte wissen, daß er nicht flapsig argumentierte oder unangemessene Rechtsmittel einlegte. Auch mochte es Firoz nicht, wenn man ihn einen ›jungen Mann‹ nannte, es sei denn, es handelte sich um anerkennende Worte.

Pran, der für den Studenten Partei ergriff, tröstete Firoz und klopfte ihm auf die Schulter.

»Es ist das richtige Gericht«, sagte Firoz und lockerte die Bänder um seinen Hals, als würden sie den Blutstrom in seinen Kopf abschnüren. »In ein paar Jahren werden Anträge das normale Rechtsmittel in solchen Fällen sein. Prozesse dauern zu lange. Der August wäre längst vorüber, bis wir einen Verhandlungstermin hätten.« Er hielt inne und fügte dann leidenschaftlich hinzu: »Ich hoffe, sie werden bald in Anträgen ersticken.« Dann lächelte er. »Natürlich wird der alte Mann dann pensioniert sein. Er und alle seine Kollegen.«

»Ja«, sagte Pran. »Jetzt weiß ich wieder, was ich dich fragen wollte. Wo ist Maan?«

»Ist er zurück?« fragte Firoz erfreut. »Ist er wieder da?«

»Nein, ich frage dich. Ich habe nichts von ihm gehört und dachte, vielleicht weißt du, wo er steckt.«

»Bin ich deines Bruders Hüter? Hm, in gewisser Weise vielleicht schon. Zumindest würde es mir nichts ausmachen. Nein, ich habe nichts gehört. Ich dachte, daß er vielleicht schon wieder zurück ist, wegen der Sache mit seinem Neffen und so weiter. Aber wie gesagt, ich weiß nichts von ihm. Hoffentlich gibt's keinen Grund zur Sorge.«

»Nein, nein, das nicht. Nur meine Mutter macht sich Sorgen. Du weißt, wie Mütter sind.«

Firoz lächelte etwas wehmütig, so wie seine Mutter zu lächeln pflegte. In diesem Augenblick sah er sehr attraktiv aus.

»Tja«, sagte Pran und wechselte das Thema, »bist du denn *deines* Bruders Hüter? Warum habe ich Imtiaz so lange schon nicht mehr gesehen? Vielleicht läßt du ihn mal aus dem Käfig.«

»Wir sehen ihn selbst kaum. Er macht die ganze Zeit Krankenbesuche. Nur wenn man krank ist, wird er auf einen aufmerksam.« An dieser Stelle zitierte Firoz einen Urdu-Vers des Inhalts, daß die Geliebte sowohl die Krankheit als auch das Heilmittel war, ganz zu schweigen davon, daß sie auch noch der Doktor war, dessen Besuch alle Widrigkeiten lohnte. Hätte der Oberrichter jetzt zugehört, würde man ihm verzeihen, wenn er sagte: ›Ich kann die Relevanz Ihrer Ausführungen nicht erkennen.‹

»Vielleicht werde ich mich bei ihm krank melden«, sagte Pran. »In letzter Zeit fühle ich mich seltsam erschöpft und verspüre einen Druck in der Herzgegend ...«

Firoz lachte. »Das Beste an einer echten Krankheit ist, daß sie eine Lizenz für Hypochondrie liefert.« Dann legte er den Kopf schief und fügte hinzu: »Das Herz und die Lunge sind zwei völlig unterschiedliche Dinge, junger Mann, zwei völlig unterschiedliche Dinge.«

12.11

Als er am nächsten Tag eine Vorlesung hielt, fühlte Pran sich plötzlich schwach. Seine Gedanken begannen abzuschweifen, etwas für ihn sehr Ungewöhnliches. Die Studenten sahen einander verwirrt an. Er fuhr fort zu sprechen, stützte sich auf das Lesepult und starrte an die gegenüberliegende Wand des Hörsaales.

»Obwohl die Stücke durchsetzt sind von ländlichen Bildern, von Bildern der Jagd, in einem Ausmaß, daß uns die acht Worte ›Werden Sie auf die Jagd gehen, mein Herr?‹ direkt ...« Pran hielt inne, fuhr dann fort: »... direkt zu der Vorstellung verleiten, wir wären in der Welt Shakespearescher Komödien, gibt es nichtsdestoweniger keinerlei historisch belegten Grund anzunehmen, daß Shakespeare Stratford verließ und nach London ging, weil ... weil ...« Pran ließ den Kopf auf das Lesepult sinken und hob ihn dann wieder. Warum sahen sich alle so komisch an? Dann fiel sein Blick auf die ersten Reihen, wo die Mädchen saßen. Da saß Malati Trivedi. Was machte sie in seiner Vorlesung? Sie hatte nicht um die Erlaubnis gefragt, als Gasthörerin kommen zu dürfen. Er fuhr sich mit der Hand über die Stirn. Er hatte sie nicht bemerkt, als er die Anwesenheitsliste überprüfte. Aber er sah auch nie auf, wenn er die Liste vorlas. Ein paar junge Männer standen auf. Malati ebenfalls. Sie führten ihn an einen Schreibtisch und drängten ihn, sich zu setzen. »Sir, alles in Ordnung?« fragte irgend jemand.

Malati fühlte seinen Puls. Und jetzt stand jemand an der Tür – Professor Mishra und ein Besucher gingen vorbei und warfen einen Blick herein. Pran schüttelte den Kopf. Als sich Professor Mishra zurückzog, hörte er ihn sagen: »... er liebt das Laienschauspiel ... Ja, er ist sehr beliebt bei den Studenten, aber ...«

»Bitte, drängt euch nicht so um ihn«, sagte Malati. »Mr. Kapoor braucht Luft.«

Die Jungen, erstaunt über die Autorität in der Stimme des fremden Mädchens, traten zurück.

»Alles in Ordnung«, sagte Pran.

»Sie kommen besser mit uns mit, Sir«, sagte Malati.

»Alles in Ordnung, Malati«, sagte Pran ungeduldig.

Aber sie brachten ihn ins Dozentenzimmer, wo er sich wieder setzte. Zwei seiner Kollegen versicherten den Studenten, daß sie sich um Mr. Kapoor kümmern würden. Nach einer Weile normalisierte sich Prans Zustand, aber er begriff nicht, was geschehen war. Er hatte nicht unter Atemnot gelitten und auch nicht husten müssen. Vielleicht liegt es an der Hitze und der Luftfeuchtigkeit, dachte er nicht gerade zuversichtlich. Vielleicht war er, wie Savita meinte, wirklich überarbeitet.

Malati beschloß, zu Pran nach Hause zu gehen. Als Mrs. Rupa Mehra ihr öffnete, strahlte sie vor Freude. Dann fiel ihr ein, daß es wahrscheinlich Malati gewesen war, die Lata zum Schauspielern überredet hatte, und sie runzelte die Stirn. Aber Malati schien besorgt, was ungewöhnlich für sie war, und kaum hatte Mrs. Rupa Mehra mitfühlend gefragt: »Stimmt irgend etwas nicht?«, als Malati sagte: »Wo ist Savita?«

»Im Haus. Komm herein. Savita, Malati ist hier und will dich sprechen.«

»Hallo, Malati«, sagte Savita lächelnd. Dann, als sie spürte, daß irgend etwas nicht stimmte, sagte sie: »Geht's dir gut? Ist mit Lata alles in Ordnung?«

Malati setzte sich, bemüht ruhig, um Savita nicht übermäßig aufzuregen, und sagte: »Ich war gerade in einer Vorlesung von Pran ...«

»Warum gehst du in eine Vorlesung von Pran?« konnte Mrs. Rupa Mehra nicht widerstehen zu fragen.

»Es geht um die Komödien von Shakespeare, Ma«, sagte Malati. »Ich dachte, es könnte mir für meine Rolle in dem Stück nützen.« Mrs. Rupa Mehra kniff den Mund zusammen, sagte jedoch nichts, und Malati fuhr fort: »Savita, bitte, reg dich nicht auf, aber er hatte einen Schwächeanfall, während er las, und mußte sich setzen. Später habe ich mit ein paar Jungen geredet, und sie haben gesagt, daß vor zwei Tagen etwas Ähnliches passiert ist, daß es aber nicht so lange gedauert habe und er dann weiterlesen konnte.«

Mrs. Rupa Mehra, die jetzt zu angsterfüllt war, um Malati auch nur insgeheim für ihren ungenierten Umgang mit jungen Männern zu tadeln, sagte: »Wo ist er? Wie geht es ihm?«

»Hat er gehustet? War er atemlos?« fragte Savita.

»Nein, er hat nicht gehustet, aber er sollte zu einem Arzt gehen. Und wenn er darauf beharrt, Vorlesungen zu halten, sollte er es vielleicht im Sitzen tun.«

»Aber er ist ein junger Mann, Malati«, sagte Savita und legte die Hände auf ihren Bauch, wie um das Baby vor dieser Unterhaltung zu schützen. »Er hört nicht auf mich. Er arbeitet zuviel, und ich kann ihn nicht dazu bringen, seine Pflichten weniger ernst zu nehmen.«

»Wenn er auf jemanden hört, dann auf dich«, sagte Malati, stand auf und legte die Hand auf Savitas Schulter. »Ich glaube, das war ein Schock für ihn. Jetzt ist vermutlich die beste Zeit, ihm ins Gewissen zu reden. Er muß auch an dich und das Baby denken, nicht nur an seine Pflichten. Ich werde jetzt zurückgehen und dafür sorgen, daß er sofort nach Hause kommt – mit einer Rikscha.«

Mrs. Rupa Mehra wäre am liebsten selbst ins Anglistikinstitut marschiert, um Pran zu retten, hätte das nicht bedeutet, Savita allein zu lassen. Savita ihrerseits überlegte, was sie zu ihrem Mann sagen sollte, um mehr Erfolg als mit ihren bisherigen Bitten zu haben. Pran hatte einen Hang zum Eigensinn und ein bis zur Absurdität getriebenes Pflichtgefühl, und womöglich bestand er darauf, sich weiterhin auf die Kraft, die ihm diese Wesensmerkmale verliehen, zu verlassen.

12.12

Sein Hang zum Eigensinn kam auch in diesem Augenblick zum Tragen. Pran war allein im Dozentenzimmer mit Professor Mishra, der nicht sonderlich beunruhigt festgestellt hatte, daß er an der Tür zum Hörsaal nicht Zeuge einer Shakespeare-Aufführung geworden war, sondern daß es sich um das wirkliche Leben gehandelt hatte. Er wußte gern über alles genau Bescheid und hatte den Studenten ein paar Fragen gestellt. Dann brachte er den Besucher, den er herumgeführt hatte, in sein Büro und ging ins Dozentenzimmer.

Es hatte eben geläutet, und Prans Kollegen waren sich nicht sicher, ob sie Pran allein lassen und ihre Veranstaltungen abhalten sollten, als Professor Mishra lächelnd hereinkam und sagte: »Überlassen Sie den Patienten mir. Ich werde ihm alle Wünsche erfüllen. Wie geht es Ihnen, lieber Junge? Ich habe dem Peon gesagt, er soll Ihnen Tee bringen.«

Pran nickte dankbar. »Danke, Professor Mishra. Ich weiß nicht, was los war. Ich hätte die Vorlesung bestimmt fortsetzen können, aber meine Studenten, Sie wissen schon ...«

Professor Mishra legte seine dicke bleiche Hand auf die von Pran. »Aber Ihre Studenten sind sehr um Ihr Wohl besorgt. Das ist eine der Freuden der Lehrtätigkeit – der Kontakt mit den Studenten. Sie in einer Vorlesung zu inspirieren, in einer Dreiviertelstunde – zwischen zweimal Läuten – die Welt für sie verändern. Ihnen die Schönheit eines Gedichts zu erschließen – ach! Neulich hat jemand zu mir gesagt, daß ich einer der Dozenten sei, dessen Vorlesungen die Studenten nie vergessen werden – ein großer Lehrer wie Deb oder Dustoor oder Khaliluddin Ahmed. Ich hätte, sagte er, eine eindrucksvolle Präsenz am Pult. Gerade eben habe ich zu Professor Jaikumar von der Universität von Madras, den ich durch unser Institut geführt habe, gesagt, daß das ein Kompliment ist, das ich nie vergessen werde. Aber, mein lieber Kollege, ich sollte von Ihren Studenten sprechen, nicht von meinen. Viele von ihnen waren ganz fasziniert von diesem charmanten und höchst kompetenten Mädchen, das sich um um Sie gekümmert hat. Wer war sie? Kennen Sie sie?«

»Malati Trivedi«, sagte Pran.

»Es geht mich nichts an, ich weiß«, fuhr Professor Mishra fort, »aber als sie gefragt hat, ob sie als Gasthörerin kommen darf, welchen Grund hat sie da angeführt? Es ist immer sehr erfreulich, wenn der Ruhm eines Mannes die Grenzen seines Instituts übersteigt. Ich glaube, ich habe sie schon mal irgendwo gesehen.«

»Ich kann mir nicht vorstellen, wo«, sagte Pran. Dann fiel ihm mit Schrecken das grauenhafte Bad an Holi ein. »Tut mir leid, Professor Mishra, ich habe Ihre Frage nicht ganz verstanden«, sagte Pran, der Schwierigkeiten hatte, sich zu konzentrieren. Er wurde das Bild von Professor Mishra, der in einer Wanne mit rosarotem Wasser strampelte, nicht los.

»Ach, macht nichts, macht nichts. Darüber können wir uns später noch unterhalten«, sagte Professor Mishra, der sich über Prans ängstliche, aber zugleich nahezu amüsierte Miene wunderte. »Ah, hier kommt der Tee.« Der unterwürfige Peon schob das Tablett vor und zurück in Vorwegnahme von Professor Mishras Wünschen, und dieser fuhr fort: »Aber wissen Sie, ich denke mir schon seit längerem, daß Ihre Pflichten eine wirkliche Belastung darstellen. Natürlich kann man sie nicht einfach abschütteln. Die universitären Pflichten zum Beispiel. Erst heute morgen habe ich erfahren, daß der Sohn des Radschas von Marh gestern wegen dieser dummen Schwierigkeiten bei Ihnen war, in die er sich gebracht hat. Wenn er bestraft würde, geriete natürlich der Radscha selbst in großen Zorn. Er ist ja ein ziemlich reizbarer Mann, nicht wahr? In so einem Ausschuß schafft man sich Feinde. Aber wenn man nach Macht strebt, muß man immer einen Preis dafür zahlen, und man muß seine Pflicht erfüllen. ›Strenge Tochter der Stimme Gottes!‹ Aber natürlich wirkt sich das auf die Lehrtätigkeit aus.«

Pran nickte.

»Die Pflichten für das Institut sind wieder etwas ganz anderes«, fuhr Professor Mishra fort. »Wenn Sie aus dem Lehrplankomitee ausscheiden wollen...« Pran schüttelte den Kopf. »Einige meiner Kollegen vom akademischen Beirat haben mir frank und frei gesagt, daß sie Ihre Empfehlung – ich meine, unsere Empfehlung – ziemlich unhaltbar finden. Joyce, Sie wissen schon – ein Mann von höchst sonderbaren Gewohnheiten.« Er sah Pran ins Gesicht und bemerkte keinerlei Anzeichen, daß er Fortschritte machte.

Pran rührte in seinem Tee und nippte daran.

»Professor Mishra«, sagte er, »was ich Sie fragen wollte: Hat sich die Berufungskommission schon gebildet?«

»Berufungskommission?« fragte Professor Mishra in aller Unschuld.

»Wegen der vakanten Professorenstelle.« Savita hatte Pran in letzter Zeit mehrmals darauf angesprochen.

»Ah ja«, sagte Professor Mishra, »diese Dinge brauchen Zeit, diese Dinge brauchen viel Zeit. Der höchste Verwaltungsbeamte ist in letzter Zeit sehr beschäftigt. Aber wir haben, wie Sie wissen, die Stelle ausgeschrieben und hoffen, daß bald alle Bewerbungen eingegangen sind. Ich habe einen Blick auf ein paar davon geworfen, und sie sind beeindruckend, wirklich beeindruckend. Ausgezeichnete Qualifikationen, ausgezeichnete Lehrqualifikationen.«

Er machte eine Pause, um Pran die Möglichkeit zu geben, etwas zu sagen, aber Pran schwieg entschlossen.

»Nun«, sagte Professor Mishra, »ich will einen jungen Mann wie Sie nicht entmutigen, aber ich glaube, in ein, zwei Jahren, wenn sich Ihre Gesundheit gebessert und alles andere sich stabilisiert hat...« Er lächelte Pran zuckersüß an.

Pran erwiderte das Lächeln. Nach einem weiteren Schluck Tee sagte er: »Professor, wann, glauben Sie, wird die Kommission tagen?«

»Oh, das ist schwer zu sagen, sehr schwer. Bei uns ist es nicht so wie an der Universität von Patna, wo der Institutsdirektor ein paar Mitglieder der Berufungskommission für den öffentlichen Dienst von Bihar holt, obwohl ich zugeben muß, daß dieses System seine Vorteile hat. Wir haben dieses unnötig komplizierte Auswahlsystem für die Kommissionsmitglieder: zwei fachliche Experten – und den vom Kanzler benannten Vertreter – und so weiter. Professor Jaikumar aus Madras, der Ihre«, ›Vorstellung‹ hätte er beinahe gesagt, aber er riß sich zusammen, »Ihren Schwächeanfall eben gesehen hat, gehört zu der Expertenauswahl. Aber wenn er Zeit hat, um nach Brahmpur zu kommen, kann der zweite Experte möglicherweise verhindert sein. Und wie Sie wissen, ist auch der Gesundheitszustand des Vize-Kanzlers so labil, daß er sogar von Pensionierung gesprochen hat. Armer Mann, er findet kaum Zeit, den Vorsitz einer Berufungskommission zu führen. Alles braucht seine Zeit. Ach ja, ach ja, Sie haben bestimmt Verständnis.« Professor Mishra starrte traurig auf seine großen bleichen Hände.

»Für ihn, für Sie oder für mich?« fragte Pran leichthin.

»Wie scharfsinnig! Daran habe ich nicht gedacht. Eine produktive Mehrdeutigkeit. Nun, hoffentlich für uns alle. Verständnis wird nicht weniger, wenn man es großzügig verteilt. Und trotzdem gibt es zuwenig echtes Verständnis in der Welt. Die Leute sagen immer, was die anderen hören wollen, und nicht, was wirklich in deren Interesse wäre. Nun, wenn ich Ihnen zum Beispiel raten würde, Ihre Bewerbung für die Professorenstelle zurückzuziehen...«

»... würde ich mich nicht an Ihren Rat halten«, sagte Pran.

»Ihre Gesundheit, mein lieber Junge. Ich denke nur an Ihre Gesundheit. Sie verlangen zuviel von sich. Alle diese Artikel, die sie publiziert haben.« Er schüttelte vorwurfsvoll den Kopf.

»Professor Mishra, ich bin entschlossen. Ich möchte vorankommen und werde es versuchen. Und ich weiß, daß ich dabei auf Ihre Unterstützung rechnen kann.«

Blanker Zorn spiegelte sich in Professor Mishras Zügen. Aber als er sich Pran wieder zuwandte, sagte er sanft: »Natürlich, natürlich. Noch etwas Tee?«

Glücklicherweise war Professor Mishra bereits gegangen, als Malati an der Tür erschien. Sie sagte, daß Savita ihn zu Hause erwarte und daß er mit der Rikscha fahren solle, die draußen vor der Tür bereitstehe.

»Aber es ist doch nur über den Campus«, protestierte Pran. »Wirklich, Malati, ich bin noch kein Krüppel. Gestern bin ich bis nach Prem Nivas gegangen.«

»Befehl von Mrs. Kapoor, Sir«, sagte Malati.

Pran zuckte die Achseln und fügte sich.

Als er zu Hause ankam, war Mrs. Rupa Mehra in der Küche. Er sagte zu Savita, sie solle sitzen bleiben, und legte zärtlich die Arme um sie.

»Warum bist du so starrköpfig?« sagte sie. Seine Zärtlichkeit ließ ihre Angst wieder aufflackern.

»Es wird schon wieder werden«, flüsterte Pran. »Alles wird gut werden.«

»Ich werde einen Arzt rufen«, sagte Savita.

»Für dich, nicht für mich.«

»Pran, ich werde diesmal nicht nachgeben. Wenn dir etwas an mir liegt, dann hör ab und zu auf mich.«

»Aber morgen kommt mein magischer Masseur. Er heilt sowohl meinen Körper als auch meinen Geist.« Als Savita noch immer besorgt dreinblickte, fügte er hinzu: »Ich sag dir was – wenn es mir nicht bessergeht, nachdem er mich durchgeknetet und -gewalkt hat, werde ich zu einem Arzt gehen. Wie findest du das?«

»Besser als nichts«, sagte Savita.

12.13

»Diese Fähigkeit ist ein Geschenk von Lord Shiva – ich habe sie durch eine Vision bekommen – durch einen Traum – urplötzlich, nicht allmählich.«

Der Masseur, Maggu Gopal, ein kräftiger, stämmiger Mann, rieb Pran von Kopf bis Fuß mit Öl ein. Er war ungefähr sechzig Jahre alt, hatte kurzgeschnittenes graues Haar und plapperte ununterbrochen, was Pran beruhigend fand. Pran lag flach auf dem Bauch auf einem Handtuch auf der Veranda und hatte nur noch seine Unterhose an. Der Masseur hatte die Ärmel aufgekrempelt und kniff ganz entschieden in Prans nicht besonders ausgebildete Nackenmuskulatur.

»Au!« sagte Pran und wand sich ein bißchen. »Das tut weh.« Er sprach englisch, weil auch Maggu Gopal englisch redete, es sei denn, er zitierte etwas in Hindi. Der magische Masseur war Pran von einem Freund empfohlen worden und kam zweimal in der Woche. Für einen Masseur war er ziemlich teuer, aber Pran, den er bereits ein halbes dutzendmal massiert hatte, fühlte sich danach immer besser.

»Wenn Sie nicht halten still, es nicht besser werden will«, sagte Maggu Gopal, der auf seine Art auch gern reimte.

Pran gehorchte und hielt still.

»Ich war Masseur in hohen Kreisen – bei Chefminister Sharma, bei Richtern des Hohen Gerichts, bei zwei Staatssekretären und vielen Engländern. Und ich habe einen Handabdruck von allen diesen Würdenträgern. Dank der Gnade von Lord Shiva – dem Schlangengott«, Maggu Gopal war der Meinung, daß Pran als Englischdozent derartige Erklärungen nötig hatte, »der Gott der Ganga und des großen Chandrachur-Tempels, der im Chowk jeden Tag ein bißchen größer wird.«

Nach einer weiteren Runde Kneten fuhr er fort: »Das Sesamöl ist sehr gut – es hat wärmende Eigenschaften. Ich habe auch reiche Kunden – in Kalkutta kennen mich viele Marwaris. Sie vernachlässigen den Körper. Aber ich sage, daß der Körper wie das schönste Auto eines Baujahrs ist, für das es auf dem Markt keine Ersatzteile gibt. Deswegen muß er gepflegt und gewartet werden von einem fachkundigen Ingenieur, nämlich«, er deutete auf sich selbst, »von Maggu Gopal. Und man sollte nicht auf den Preis schauen. Würden Sie vielleicht Ihre Schweizer Uhr einem inkompetenten Uhrmacher geben, nur weil er wenig Geld verlangt? Manche Leute lassen sich von ihren Dienstboten, von Ramu und Shamu massieren. Sie glauben, nur das Öl ist wichtig.«

Er machte eine Pause, trommelte geschäftsmäßig auf Prans Waden ein und sagte dann: »Apropos Öl, Senföl ist ganz schlecht – und es ist international für die Massage verboten. Es hinterläßt Flecken. Die Poren müssen atmen. Mr. Pran, sogar bei diesem Wetter haben Sie kalte Füße. Sie haben ein schwaches Nervensystem. Sie denken zuviel.«

»Ja, das tue ich«, gab Pran zu.

»Zuviel Bildung ist nicht gut«, sagte Maggu Gopal. »Neunte Klasse, Aufnahmeprüfung nicht bestanden; irgendwie lerne ich den Trick noch immer.«

Er drehte gewaltsam Prans Kopf herum und sah ihm direkt in die Augen.

»Sehen Sie diesen Pickel da auf Ihrem Kinn – das ist ein Zeichen – ich will nicht sagen Zeichen, ein Hinweis – auf Verstopfung – eine Tendenz zur Verstopfung. Alle denkenden Menschen – das heißt alle Denker – haben diese Tendenz. Sie sollten zweimal am Tag eine Papaya essen und ein mildes Abführmittel nehmen – und Tee ohne Zucker trinken, aber mit Honig und Zitrone. Und Sie sind zu dunkel – wie Lord Shiva –, aber da kann man nichts machen.«

Pran nickte, soweit ihm das überhaupt möglich war. Der magische Masseur ließ seinen Kopf wieder los und plapperte weiter.

»Denker sind verstopft, auch wenn sie gekochte Speisen und leichte Speisen essen – ihr Magen ist nicht geschmeidig. Aber Rikscha-Wallahs und Dienstboten sind nie verstopft, auch wenn sie gebratene Speisen essen – weil sie einer körperlichen Arbeit nachgehen. Denken Sie immer daran:

> Pair garam, pet naram, sir thanda
> Doctor aaye to maro danda!

Dieses Sprichwort habe ich für Engländer übersetzt:

> Kalter Kopf, weicher Bauch, warmer Fuß,
> kein Doktor zu dir kommen muß!«

Pran grinste. Er fühlte sich bereits besser. Der magische Masseur, der prompt auf seinen Stimmungswechsel reagierte, fragte ihn, warum er zuvor so bedrückt gewesen sei.
 »Aber ich war nicht bedrückt«, sagte Pran.
 »Doch, doch, Sie waren bedrückt.«
 »Wirklich nicht, Mr. Maggu Gopal.«
 »Dann haben Sie Sorgen.«
 »Nein, nein ...«
 »Bei der Arbeit?«
 »Nein.«
 »In der Ehe?«
 »Nein.«
 Der magische Masseur war nicht überzeugt.
 »In letzter Zeit habe ich ein paar gesundheitliche Probleme«, gab Pran zu.
 »Ach, nur gesundheitliche Probleme? Die können Sie ruhig mir überlassen. Denken Sie daran, Honig ist Ihr Gott. Sie müssen statt Zucker immer Honig nehmen.«
 »Weil Honig wärmende Eigenschaften hat?«
 »Genau! Und Sie sollten auch viel trockene Dinge essen, vor allem Pistazien, die sehr wärmen. Aber Sie können auch ein ganzes Sortiment getrockneter Früchte essen. Einverstanden?«
 »Einverstanden!«
 »Und heiße Wannenbäder nehmen und auch Sonnenbäder. Setzen Sie sich in die Sonne und sagen Sie das Gayatri Mantra auf.«
 »Aha.«
 »Aber es hat auch mit Ihrer Arbeit zu tun, das sehe ich.« Maggu Gopal griff nach Prans Hand mit der gleichen schmerzhaften Heftigkeit, mit der er seinen Kopf herumgedreht hatte. Er betrachtete sie gewissenhaft. Nach einer Weile

sagte er feierlich: »Sie haben eine bemerkenswerte Hand. Der Himmel ist die Grenze Ihres Erfolgs.«

»Wirklich?«

»Wirklich. Standhaftigkeit! Das ist das Geheimnis jeden Erfolgs. Um Leistungen zu erbringen, müssen Sie ein einziges Ziel haben – einen einzigen Weg – Standhaftigkeit!«

»Ja, stimmt«, sagte Pran und dachte unter anderem an sein Baby, seine Frau, seinen Bruder, seinen Neffen, seine Schwester, seinen Vater, seine Mutter, das Institut, die englische Sprache, die Zukunft des Landes, die indische Kricketmannschaft und seine eigene Gesundheit.

»Swami Vivekananda hat einmal gesagt: ›Erhebt euch! Wacht auf! Haltet nicht ein – bis das Ziel erreicht ist!‹« Der magische Masseur lächelte Pran zuversichtlich an.

»Sagen Sie, Mr. Maggu Gopal«, sagte Pran und drehte den Kopf, »können Sie in meiner Hand sehen, ob ich eine Tochter oder einen Sohn bekommen werde?«

»Bitte drehen Sie sich um«, sagte Maggu Gopal. Wieder betrachtete er Prans rechte Hand. »Ja«, sagte er zu sich selbst.

Als er sich auf den Rücken gedreht hatte, mußte Pran husten, aber Maggu Gopal überhörte es, so versunken war er in die Betrachtung der Hand.

»Also«, sagte er, »Sie werden – oder vielmehr Ihre Missus wird eine Tochter bekommen.«

»Aber meine Missus ist sicher, daß wir einen Sohn bekommen werden.«

»Denken Sie an meine Worte«, sagte der magische Masseur.

»Gut. Aber meine Frau hat fast immer recht.«

»Ist Ihr Eheleben glücklich?« erkundigte sich Maggu Gopal.

»Sagen Sie es mir, Mr. Maggu Gopal.«

Maggu Gopal runzelte die Stirn. »In Ihrer Hand steht, daß Ihr Eheleben eine Komödie sein wird.«

»Sehr gut.«

»Ja, ja, hier sieht man – Ihr Merkur ist sehr ausgeprägt.«

»Vermutlich kann ich meinem Schicksal nicht entrinnen«, sagte Pran.

Dieses Wort hatte eine magische Wirkung auf Maggu Gopal. Er wich etwas zurück und zeigte mit dem Finger auf Prans Brust. »Schicksal!« sagte er und grinste Pran an. »Das ist es. Hinter jedem erfolgreichen Mann steht eine Frau. Hinter Mr. Napoleon stand Josephine. Nicht daß man verheiratet sein muß. Das glaube ich nicht. Ich sage sogar voraus, daß es in Ihrem Leben schon vor Ihrer Heirat glückverheißende Frauen gegeben hat und auch danach noch geben wird.«

»Wirklich?« sagte Pran interessiert, aber auch etwas ängstlich. »Wird meiner Frau das gefallen? Hoffentlich wird mein Leben nicht eine Komödie der falschen Art.«

»O nein, nein, nein«, sagte der magische Masseur beruhigend. »Sie wird sehr tolerant sein. Aber die Frauen müssen glückverheißend sein. Wenn man mit schmutzigem Wasser gekochten Tee trinkt, wird man krank. Aber mit De-luxe-Wasser gekochter Tee erfrischt.«

Maggu Gopal fixierte Pran. Als er sah, daß Pran ihn verstanden hatte, fuhr er fort: »Liebe ist farbenblind. Die Kaste spielt keine Rolle. Es ist Karma – und das heißt Handlungen gemäß dem Teufel Gottes.«

»Dem Teufel Gottes?« Pran war verwirrt, aber dann begriff er, worauf Maggu Gopal hinauswollte.

»Ja, ja«, sagte der magische Masseur und zog an Prans Zehen, bis sie krachten und knackten. »Man sollte nicht heiraten, nur weil man morgens den Tee serviert bekommen will – oder wegen Sex und so.«

»Aha«, sagte Pran, dem plötzlich ein Licht aufging, »sondern um von Tag zu Tag zu leben.«

»Am Tag! Heute! Ja! Leben Sie nicht für gestern oder morgen.«

»Ich meinte, von Tag zu Tag«, sagte Pran.

»Ja, ja, das ist das gleiche. Das Familienleben mit Kindern ist eine Komödie, sowohl heute als auch gestern und morgen.«

»Und wie viele Kinder werde ich bekommen?« wollte Pran wissen. In letzter Zeit fragte er sich, ob er überhaupt ein Kind in die Welt setzen sollte, in diese schreckliche Welt voll Haß, Intrigen, Armut und kaltem Krieg – eine Welt, die nicht einmal mehr der seiner eigenen unruhigen Kindheit entsprach, weil die Sicherheit des ganzen Erdballs bedroht war.

»Die genaue Zahl steht in der Hand der Frau«, sagte der Masseur bedauernd. »Aber wenn erst einmal ein Kind Ihr Leben erfreut, dann ist das wie ein Tonikum, ein Chyavanprash – und dann ist der Himmel die Grenze für die Nachkommenschaft.«

»Zwei oder drei wären mehr als genug«, sagte Pran.

»Aber Sie müssen sich weiterhin massieren lassen, um die Lebenssäfte in Fluß zu halten.«

»O ja.«

»Das ist unerläßlich für alle Menschen.«

»Aber wer massiert den Masseur?« fragte Pran.

»Ich bin dreiundsechzig«, sagte Mr. Maggu Gopal etwas beleidigt. »Ich brauche das nicht mehr. Jetzt drehen Sie sich bitte wieder um.«

12.14

Bei seiner Rückkehr nach Brahmpur ging Maan geradewegs nach Baitar House. Es war Abend, und Firoz war zu Hause. Er war hoch erfreut, Maan wiederzusehen, schien jedoch etwas verlegen, vor allem, als er bemerkte, daß Maan mit Gepäck kam.

»Ich dachte, ich könnte hierbleiben«, sagte Maan und umarmte seinen Freund.

»Nicht zu Hause?« fragte Firoz. »Du siehst ja ganz unzivilisiert und sonnenverbrannt aus.«

»Was für eine herzliche Begrüßung!« sagte Maan, der überhaupt nicht verstimmt war. »Nein, hier ist es am besten – ich meine, wenn es dir recht ist. Wirst du deinen Vater fragen müssen? Der Grund ist, daß ich nicht gleichzeitig mit meinem Vater und allem anderen fertig werden kann.«

»Natürlich bist du willkommen«, sagte Firoz und lächelte wegen ›allem anderen‹. »Gut, ich werde Ghulam Rusool sagen, daß er dein Gepäck in das Zimmer bringen soll, in dem du manchmal übernachtest.«

»Danke«, sagte Maan.

»Ich hoffe, du bleibst eine Weile. Ich wollte nicht unfreundlich sein, aber ich habe nicht damit gerechnet, daß du hier statt bei dir zu Hause wohnen willst. Ich freue mich, daß du hier bist. Komm herein, mach dich frisch, und iß mit mir zu Abend.«

Aber Maan lehnte die Einladung zum Abendessen ab.

»Ach, tut mir leid«, sagte Firoz. »Ich habe nicht dran gedacht, du warst ja noch nicht zu Hause.«

»Also, nach Hause wollte ich eigentlich nicht.«

»Wohin dann? Ach, ich verstehe.«

»Du klingst ja fürchterlich mißbilligend. Ich kann's kaum mehr erwarten. Ich bin schrecklich aufgeregt!«

»Ja, ich mißbillige es«, sagte Firoz ernst. »Du solltest zuerst nach Hause gehen. Ich habe ihr den Brief gebracht«, fügte er mit einer Miene hinzu, die klarmachte, daß er nicht weiter über dieses Thema sprechen wollte.

»Ich glaube, du interessierst dich selbst für Saeeda Bai und willst mich nur von ihr fernhalten«, sagte Maan und lachte über seinen eigenen Witz.

»Nein – nein«, sagte Firoz nicht sehr überzeugend. Er wollte nicht über Tasneem reden, die ihn auf ihre charmante Art verzaubert hatte.

»Was ist los?« fragte Maan, der im Gesicht seines Freundes die unterschiedlichsten Gefühle entdeckte. »Ach, es ist das Mädchen.«

»Nein – nein«, sagte Firoz noch weniger überzeugend.

»Entweder ist es die ältere Schwester oder die jüngere – wenn es nicht das Dienstmädchen Bibbo ist.« Und Maan brach in schallendes Gelächter aus, als er sich Firoz und Bibbo zusammen vorstellte.

»Du bist nicht gerade mitteilsam«, beschwerte sich Maan. »Und ich erzähl dir alles, was mein Herz bewegt.«

»Du erzählst allen alles«, erwiderte Firoz lächelnd.

»Nicht alles«, sagte Maan und sah Firoz dabei an.

Firoz wurde etwas rot. »Nein, vermutlich nicht. Aber fast alles. Ich bin kein sehr mitteilsamer Mensch. Ich erzähle dir genausoviel wie jedem anderen. Und es ist gut, daß ich dir nicht mehr erzähle. Das wäre nur beunruhigend.«

»Würde es mich beunruhigen?« fragte Maan.
»Ja, dich, mich, uns, Brahmpur, das Universum«, sagte Firoz ausweichend.
»Wahrscheinlich willst du nach der Reise ein Bad nehmen?«
»Ja. Aber warum willst du nicht, daß ich zu Saeeda Bai gehe?«
»Ach, ich will auch nicht, daß du nicht zu ihr gehst. Ich – wie hast du gesagt – mißbillige nur, daß du nicht zuerst zu deiner Familie gehst. Zumindest zu deiner Mutter. Neulich habe ich Pran getroffen, und er hat gesagt, daß du einfach verschwunden bist – daß man seit zehn Tagen nichts mehr von dir gehört und gesehen hat, auch nicht in dem Dorf. Und daß sich deine Mutter große Sorgen macht. Und dann dachte ich, daß du deinen Neffen sehen ...«
»Was?« sagte Maan erstaunt. »Ist Savitas Baby schon auf der Welt?«
»Nein, dein mathematischer Neffe – weißt du es nicht?«
An Firoz' Miene erkannte Maan, daß es keine guten Nachrichten waren. »Du meinst den kleinen Frosch?« fragte er.
»Welchen kleinen Frosch?«
»Veenas Kind – Bhaskar.«
»Ja. Deinen einzigen Neffen. Er wurde bei der Pul-Mela-Katastrophe verletzt. Weißt du wirklich nichts davon?« fragte Firoz ungläubig.
»Aber niemand hat mir etwas davon geschrieben!« sagte Maan aufgebracht und verärgert. »Ich habe diesen Treck gemacht und – wie geht es ihm?«
»Jetzt geht's ihm wieder gut. Schau nicht so besorgt. Es geht ihm wirklich wieder gut. Er hatte offensichtlich eine Gehirnerschütterung und litt unter Amnesie, und es hat eine Zeitlang gedauert, bis er wieder zusammenhängend denken und sprechen konnte. Vielleicht war es nur gut, daß sie es dir nicht geschrieben haben. Du magst ihn sehr gern, nicht wahr?«
»Ja«, sagte Maan, der um Bhaskar besorgt war. »Das war die Idee meines Vaters. Er muß gedacht haben, daß ich sofort nach Brahmpur zurückkomme, wenn ich davon erfahre. Und das wäre ich auch.« Er war aufgeregt und wütend. »Firoz, du hättest es mir schreiben sollen.«
»Ich habe nicht daran gedacht. Tut mir wirklich leid. Ich habe angenommen, daß deine Familie dich informiert hätte. Ich konnte mir nicht vorstellen, daß sie das nicht tun. Es ist ja kein Familiengeheimnis. Alle wußten es.«
Ein unerwarteter, irrelevanter Gedanke ging Maan durch den Kopf. »Du bist kein heimlicher Verehrer von Saeeda Bai, oder?« fragte er seinen Freund.
»Oh, nein«, sagte Firoz verständnislos. »Nicht daß ich sie nicht verehren würde.«
»Gut.« Maan war erleichtert. »Mit einem Nawabzada könnte ich nicht konkurrieren. Ach, ähm, du hast Pech gehabt mit dem Zamindari-Fall – ich habe davon gehört und an dich gedacht. Hm, kannst du mir einen Spazierstock leihen? Mir ist heute abend danach, etwas herumzuwirbeln. Und Rasierwasser. Und eine saubere Kurta-Pajama. Für die, die sich in die Wildnis zurückgezogen haben, ist die Zivilisation ein hartes Geschäft.«
»Meine Sachen werden dir nicht passen. Du hast zu breite Schultern.«

»Imtiaz' Sachen passen mir. Zumindest im Fort war es so.«
»Ja. Ich werde sie in dein Zimmer bringen. Und eine halbe Flasche Whisky.«
»Danke«, sagte Maan und fuhr seinem Freund mit der Hand durchs Haar. »Vielleicht ist die Zivilisation doch kein so hartes Geschäft.«

12.15

Während er sich den angenehmen Empfindungen eines heißen Bades hingab, stellte er sich die noch angenehmeren vor, die er bald in den Armen seiner Geliebten auskosten würde. Anschließend wickelte er sich in den bereitliegenden Bademantel und ging ins Schlafzimmer.

Dort überfielen ihn nüchternere Gedanken. Er dachte an seinen Neffen und wie traurig er sein würde, wenn er erfuhr, daß sein Maan Maama in der Stadt war und ihn nicht sofort besucht hatte. Ziemlich niedergeschlagen, beschloß Maan, daß er als erstes zu Bhaskar gehen mußte. Er schenkte sich einen Whisky ein, stürzte ihn hinunter und schenkte sich noch einen ein, stürzte ihn ebenfalls hinunter und steckte die Flasche in die Tasche von Imtiaz' Kurta.

Statt mit der Tonga zu fahren, beschloß er, zu Fuß nach Prem Nivas zu gehen, wo er, wie er von Firoz erfahren hatte, Bhaskar antreffen würde.

Durch Pasand Bagh zu spazieren war das reinste Vergnügen. Zum erstenmal in seinem Leben bemerkte Maan, daß die meisten Straßen von Lampen erhellt wurden. Nach den unbefestigten und holprigen Wegen auf dem Land empfand er es als Privileg, wieder auf richtigen Straßen gehen zu können. Er stützte sich auf Firoz' Spazierstock, dann wirbelte er ihn herum. Nach einer Weile jedoch verlor er die Lust dazu. Der Gedanke deprimierte ihn, seinem Vater gegenübertreten zu müssen. Und auch seiner Mutter. Sie würde seine erwartungsvolle Aufregung dämpfen. Sie würde ihn bitten, zum Abendessen zu bleiben. Sie würde ihn über die Dörfer und seinen Gesundheitszustand ausfragen. Maans Schritte wurden langsamer und unsicherer. Vielleicht lag es auch an der Wirkung des Whiskys. Er hatte seit Wochen nichts mehr getrunken.

Als er an eine Gabelung in der Straße kam, blickte er ratsuchend zu den Sternen empor. Dann setzte er seinen Spazierstock auf und machte ein paar Schritte in die eine Richtung, dann in die andere. Er war vollkommen unentschlossen. Schließlich wandte er sich nach rechts zu Saeeda Bais Haus und schlug nicht den Weg nach Prem Nivas ein. Sofort hellte sich seine Stimmung auf.

So ist es viel besser, sagte er sich. Wenn ich nach Hause gehe, werden sie darauf bestehen, daß ich zum Essen bleibe, und das kann ich einfach nicht. Und Bhaskar wird es nicht wirklich etwas ausmachen. Es macht ihm nur etwas aus, wenn ich ihm keine Rechenaufgaben zu lösen gebe. Und wie könnte ich das tun, wenn meine Gedanken ganz woanders sind? Außerdem geht es ihm nicht gut, und er sollte nicht lange aufbleiben, wahrscheinlich liegt er schon im Bett. Nein, so ist es viel besser. Ich werde ihn gleich morgen früh besuchen. Er wird mir nicht böse sein.

Und nach einer Weile sagte er sich weiter: Und außerdem würde mir Saeeda Bai nie verzeihen, wenn sie erfährt, daß ich in Brahmpur bin und sie nicht sofort besucht habe. Ich kann mir vorstellen, wie schwer es für sie war, als ich weg war. Es wird ein wunderbares Wiedersehen werden – sie wird überrascht sein, mich zu sehen. Und vor freudiger Aufregung spürte er eine angenehme Schwäche in den Knien.

Bald stand er nicht weit von ihrem Haus entfernt unter einem großen Nimbaum und stellte sich genußvoll die zu erwartenden Freuden vor. Ihm fiel ein, daß er kein Geschenk für sie hatte.

Aber Maan war keiner, der sich lang lediglich der Vorfreude hingab, und er beschloß nach einer halben Minute, daß er sich genug gesammelt hatte. Ich bin mein eigenes Geschenk, und sie ist ihres! sagte er sich fröhlich. Er setzte den Spazierstock auf, wirbelte ihn durch die Luft und ging die letzten paar Meter zum Tor.

»Phool Singh!« grüßte er den Wachmann mit lauter Stimme.

»Kapoor Sahib. Es muß Monate hersein ...«

»Nein, es muß Jahre hersein«, sagte Maan und gab ihm einen Zwei-Rupien-Schein.

Der Wachmann steckte das Geld ein und sagte ruhig: »Sie haben Glück. Begum Sahiba hat mir nichts davon gesagt, daß sie heute abend Gäste erwartet. Sie wird allein sein.«

»Hm.« Maan runzelte die Stirn. Dann heiterten sich seine Züge wieder auf. »Sehr gut«, sagte er.

Der Wachmann läutete. Die dralle Bibbo schaute heraus. Sie sah Maan und strahlte übers ganze Gesicht. Sie hatte ihn vermißt. Er war bei weitem der angenehmste und schmuckste Liebhaber ihrer Herrin.

»Oh, Dagh Sahib, willkommen, willkommen«, sagte sie von der Tür aus so laut, daß es am Tor zu hören war. »Einen Augenblick, ich werde hinaufgehen und fragen.«

»Was gibt es da zu fragen?« sagte Maan. »Bin ich hier nicht willkommen? Glaubst du, ich trage die dörfliche Erde von Mutter Indien in den Durbar der Begum Sahiba?« Er lachte, und Bibbo kicherte.

»Doch, doch, Sie sind willkommen«, sagte Bibbo. »Begum Sahiba wird hoch erfreut sein. Aber ich sollte eigentlich nur für mich sprechen«, fügte sie kokett hinzu. »Ich bin gleich wieder da.«

Sie hielt Wort. Bald durchschritt Maan die Halle, stieg die Treppe hinauf (auf halber Strecke blieb er vor dem Spiegel stehen, um seine bestickte Kappe zurechtzurücken) und ging die Galerie entlang, die die Halle umgab. Dann stand er vor Saeeda Bais Zimmer. Er hörte keine Stimmen, keinen Gesang, nicht einmal das Harmonium. Er zog die Schuhe aus und trat ein. Aber Saeeda Bai war nicht in dem Zimmer, in dem sie normalerweise Gäste empfing. Sie muß im Schlafzimmer sein, dachte er voller Begierde. Er setzte sich auf den mit einem Laken bedeckten Boden und lehnte sich an ein weißes Polster. Bald darauf kam Saeeda Bai aus ihrem Schlafzimmer. Sie sah müde, aber wunderschön aus, hingerissen von Maans Anblick.

Maans Herz machte einen Sprung und er selbst ebenfalls. Sie hielt den Vogelkäfig in der Hand, sonst hätte er sie umarmt.

Aber für den Augenblick mußte der Blick in ihre Augen genügen. Ich hasse den dämlichen Sittich, dachte Maan.

»Setz dich, Dagh Sahib. Wie habe ich mich nach diesem Augenblick gesehnt.« Ein passendes Verspaar folgte.

Sie wartete, bis Maan sich wieder gesetzt hatte, bevor sie den Käfig mit dem Sittich abstellte, der jetzt ein richtiger Papagei war, nicht mehr ein blaßgrüner Flaumball. Dann sagte sie zu dem Vogel: »Du warst nicht sehr gesprächig, Miya Mitthu, und ich bin nicht zufrieden mit dir.« Zu Maan sagte sie: »Gerüchte behaupten, Dagh Sahib, daß du schon ein paar Tage in der Stadt bist. Zweifellos hast du diesen Stock mit dem elfenbeinernen Griff herumgewirbelt. Aber die Hyazinthe, die gestern in hoher Gunst stand, scheint dem Kenner heute verwelkt.«

»Begum Sahiba ...« protestierte Maan.

»Auch wenn sie nur verwelkt ist, weil es ihr am Wasser des Lebens gemangelt hat«, fuhr Saeeda Bai fort, legte den Kopf etwas schief und zog den Sari über dem Haar mit der gewohnten Bewegung zurecht, die Maans Herz schon beim erstenmal, als er sie in Prem Nivas gesehen hatte, höher schlagen ließ.

»Begum Sahiba, ich schwöre ...«

»Ach«, sagte Saeeda Bai zu ihrem Sittich. »Warum warst du so lange fort? Eine einzige Woche war schon die Hölle. Was bedeuten Schwüre jemandem, der in der Wüste unter der sengenden Sonne welkt?« Sie war der Metaphern plötzlich müde und sagte: »In den letzten Tagen war es wirklich sehr heiß. Ich werde uns etwas zu trinken bringen lassen.« Sie stand auf, ging hinaus auf die Galerie, lehnte sich über das Geländer und klatschte in die Hände: »Bibbo!«

»Ja, Begum Sahiba?«

»Bring uns Mandelsaft. Und vergiß nicht, in Dagh Sahibs Glas etwas Safran zu geben. Die Pilgerreise nach Rudhia scheint ihn mitgenommen zu haben. Und du bist sehr dunkel geworden.«

»Die Abwesenheit von dir, Saeeda Bai, hat mich mitgenommen«, sagte Maan. »Und die lachende Grausame, die mich verbannt hat, gibt mir jetzt die Schuld für die Trennung. Könnte etwas ungerechter sein?«

»Ja«, sagte Saeeda Bai leise. »Wenn uns der Himmel eine noch längere Trennung auferlegt hätte.«

Da Saeeda Bai Maan in ihrem überaus zärtlichen Brief dringend gebeten hatte, noch länger aus Brahmpur wegzubleiben – aus Gründen, die sie nicht erläuterte –, war ihre Antwort nicht gerade fair.

Aber Maan fand sie zufriedenstellend; nein, mehr als zufriedenstellend, hinreißend. Saeeda Bai hatte praktisch zugegeben, daß sie sich danach sehnte, ihn wieder in die Arme zu schließen. Er machte eine kleine Kopfbewegung in Richtung ihres Schlafzimmers. Aber Saeeda Bai hatte sich wieder dem Sittich zugewandt.

12.16

»Zuerst das Getränk, dann die Unterhaltung, dann Musik, und dann werden wir sehen, ob der Safran seine Wirkung getan hat«, sagte Saeeda Bai spöttisch. »Oder braucht er den Whisky, der aus seiner Tasche herauslugt?«

Der Sittich sah Maan an. Er schien nicht sehr beeindruckt. Als Bibbo mit den Getränken hereinkam, schrie er laut, gebieterisch und etwas metallisch: »Bibbo!«

Bibbo warf dem Vogel einen wütenden Blick zu. Maan entging das nicht; der Sittich irritierte auch ihn, und als er Bibbo vergnügt und mitfühlend ansah, erwiderte Bibbo, die eine Unruhestifterin war und einem Flirt nie abgeneigt, seinen Blick.

Saeeda Bai gefiel das gar nicht. »Laß das, Bibbo, du freches Ding.«

»Was soll ich lassen, Saeeda Begum?« sagte Bibbo, das Unschuldslamm.

»Werd nicht unverschämt. Du hast Dagh Sahib schöne Augen gemacht. Geh sofort in die Küche und bleib dort.«

»Der Mitschuldige wird gehängt, der Hauptschuldige kommt frei«, sagte Bibbo, stellte das Tablett neben Maan auf den Boden und wandte sich um.

»Du schamloses Ding«, sagte Saeeda Bai; dann dachte sie kurz über Bibbos Bemerkung nach und wandte sich ärgerlich an Maan. »Dagh Sahib, wenn die Biene mehr Gefallen findet an der Knospe einer häßlichen Blüte als an der weit geöffneten Tulpe...«

»Saeeda Begum, du mißverstehst mich willentlich«, sagte Maan ein bißchen schmollend. »Jedes Wort, das ich sage, jeder Blick...«

Saeeda Bai wollte nicht, daß er schmollte. »Trink deinen Saft«, riet sie ihm. »Nicht dein Kopf soll heiß werden.«

Maan trank von seinem Saft, der köstlich war. Dann runzelte er die Stirn, als ob er bitter schmecken würde.

»Was ist los?« fragte Saeeda Bai besorgt.

»Es fehlt etwas«, sagte Maan, als meinte er das Getränk.

»Was? Bibbo muß vergessen haben, Honig hineinzutun.«

Maan schüttelte stirnrunzelnd den Kopf. »Ich weiß genau, was fehlt.«

»Würde uns Dagh Sahib die Lösung des Rätsels gewähren?«

»Musik.«

Saeeda Bai gestattete sich ein Lächeln. »In Ordnung. Bring mir das Harmonium. Ich bin heute so müde, als wäre ich am Ende meines viertägigen Aufenthalts auf dieser Welt angelangt.«

Anstatt wie üblich Maan zu fragen, was er hören wolle, begann Saeeda Begum ein Gasel zu summen und ließ ihre Finger sachte über die Tasten gleiten. Nach einer Weile fing sie an zu singen. Dann hörte sie auf, abgelenkt von ihren Gedanken.

»Dagh Sahib, eine Frau allein – welchen Platz weist man ihr in dieser rauhen Welt zu?«

»Deswegen braucht sie einen Beschützer«, erwiderte Maan mannhaft.

»Es gibt zu viele Probleme, als daß sie ein Verehrer lösen könnte. Bisweilen sind die Verehrer das Problem.« Sie lachte traurig. »Das Haus, die Abgaben, Lebensmittel, Unterhalt, dieser Musiker verliert seine Hand, jener Grundbesitzer verliert sein Land, dieser muß wegen einer Hochzeit in der Familie verreisen, jener meint, daß er sich seine Großzügigkeit nicht länger leisten kann, jemandes Ausbildung muß sichergestellt werden, eine Mitgift muß aufgebracht werden. Eine gute Partie muß gefunden werden. Es nimmt kein Ende, es nimmt einfach kein Ende.«

»Du meinst für Tasneem?«

»Ja. Ja. Kannst du dir vorstellen, daß man ihr hier, in diesem Haus, den Hof macht? Ja, so ist es. Ich, ihre Schwester, ihr Vormund, muß mich um diese Dinge kümmern. Dieser Ishaq – er ist jetzt Ustad Majeed Khans Schüler und trägt den Kopf in den Wolken, auch wenn seine Stimme eine durchaus irdische ist –, er kommt her, angeblich, um mich zu besuchen und mir seine Aufwartung zu machen, aber in Wirklichkeit, um sie zu sehen. Ich habe den Sittich jetzt immer in meinem Zimmer. Aber er findet stets einen anderen Vorwand. Und er ist kein schlechter Mensch, aber er hat keine Zukunft. Seine Hände sind verkrüppelt, und seine Stimme ist nicht ausgebildet. Miya Mitthu kann besser singen als er. Sogar der dumme Beo meiner Mutter konnte das.«

»Und gibt es noch mehr?«

»Tu nicht so unschuldig«, sagte Saeeda Bai etwas ärgerlich.

»Saeeda Bai – ehrlich...«

»Ich meine nicht dich. Nicht dich. Dein Freund, der Sozialist, der jetzt an der Universität aktiv ist, um jemand zu werden in der Welt.«

Diese Beschreibung paßte nicht auf Firoz. Maan blickte verständnislos drein.

»Ja, unser junger Maulvi, ihr Arabischlehrer. Dessen Gastfreundschaft du genossen hast, dessen Wissen du dir zu eigen gemacht hast, in dessen Gesellschaft du Wochen verbracht hast. Versuch nicht, deine Waren hier zu verkaufen, Dagh Sahib. Es gibt einen Markt für gekränkte Unschuld, aber nicht zwischen diesen vier Wänden.«

Aber Maan war wirklich vollkommen überrascht. Er konnte sich beim besten Willen nicht vorstellen, daß Rasheed Tasneem den Hof machte.

Saeeda Bai fuhr fort: »Doch, doch, es ist wahr. Dieser fromme junge Student, der nicht kam, als ich ihn rufen ließ, weil er gerade eine Stelle aus dem Heiligen

Buch erklärte, bildet sich jetzt ein, sie sei in ihn verliebt, wahnsinnig vor Liebe zu ihm, und daß er es ihr jetzt schuldig sei, sie zu heiraten. Er ist ein gerissener und gefährlicher junger Wolf.«

»Ehrlich, Saeeda Begum, das ist mir neu. Ich habe ihn seit zwei Wochen nicht mehr gesehen«, sagte Maan. Er bemerkte, daß ihr blasser Nacken gerötet war.

»Das überrascht mich nicht. Er ist vor zwei Wochen zurückgekehrt. Wenn du, wie dein Widerspruch nahelegt, erst kürzlich zurückgekommen bist ...«

»Kürzlich?« rief Maan. »Ich hatte kaum Zeit, mir das Gesicht und die Hände zu waschen ...«

»Willst du damit sagen, daß er kein Wort davon erwähnt hat? Das erscheint mir sehr unwahrscheinlich.«

»Wirklich nicht, Saeeda Bai. Er ist ein sehr ernsthafter Mensch, er wollte mir nicht mal Gasele beibringen. Ja, ein-, zweimal hat er über Sozialismus geredet und über Möglichkeiten, den wirtschaftlichen Status eines Dorfes zu heben – aber Liebe? Und er ist verheiratet.«

Saeeda Bai lächelte. »Hat Dagh Sahib vergessen, daß man in unserer Glaubensgemeinschaft bis vier zählt?«

»Ach ja, natürlich. Natürlich. Aber – also, du bist nicht erfreut ...«

»Nein.« Saeeda Bai war verstimmt. »Ich bin nicht erfreut.«

»Ist Tasneem ...«

»Nein, ist sie nicht, ist sie nicht, und ich werde nicht zulassen, daß sie sich in einen Dorflümmel verliebt. Er will sie nur wegen meines Besitzes heiraten. Dann wird er alles ausgeben, um im Dorf einen Graben anlegen zu lassen. Oder um Bäume zu pflanzen. Bäume!«

Das entsprach nicht Maans Meinung von Rasheed, aber er war nicht so dumm, Saeeda Bai zu widersprechen, die jetzt wirklich entrüstet war.

»Nun, was wäre mit einem aufrichtigen Verehrer für Tasneem?« schlug er vor, um sie abzulenken.

»Es geht nicht darum, daß Verehrer sie sich aussuchen, sondern daß ich einen Verehrer für sie aussuche«, sagte Saeeda Bai Firozabadi.

»Darf nicht einmal ein Nawabzada sie verehren, aus der Ferne?«

»Von wem genau sprichst du?« Saeeda Bais Augen funkelten gefährlich.

»Sagen wir, von einem Freund«, sagte Maan. Er genoß ihr ungeheucheltes Interesse und bewunderte das Strahlen ihrer Augen – wie Schwerter bei Sonnenuntergang, dachte er. Wie schön sie aussah – und was für eine wunderbare Nacht sie vor sich hatten.

Aber Saeeda Bai stand auf und ging hinaus auf die Galerie. Sie biß sich in die Wange. Wieder klatschte sie in die Hände. »Bibbo!« rief sie. »Bibbo! Bibbo! Das dumme Mädchen muß in der Küche sein. Ah!« Bibbo kam die Treppe heraufgelaufen, da sie den gefährlichen Unterton in der Stimme ihrer Herrin gehört hatte. »Bibbo, hältst du uns endlich deiner Aufmerksamkeit für würdig? Die letzte halbe Stunde habe ich mich hier heiser geschrien.«

Maan mußte angesichts dieser charmanten Übertreibung lächeln.

»Dagh Sahib ist müde, Bibbo. Sei so nett und bringe ihn hinaus.« Ihre Stimme klang seltsam.

Maan erschrak. Was um alles in der Welt war in Saeeda Bai gefahren?

Er sah sie an, aber sie hatte das Gesicht abgewandt. Sie hatte nicht nur wütend geklungen, sondern gepeinigt und fassungslos.

Es muß meine Schuld sein, dachte er. Ich habe etwas fürchterlich Falsches gesagt oder getan. Aber was um Himmels willen kann es gewesen sein? Warum bringt der Gedanke, daß ein Nawabzada Tasneem den Hof macht, sie so aus der Fassung? Schließlich ist Firoz das genaue Gegenteil von einem Dorfflümmel.

Saeeda Bai rauschte an ihm vorbei, nahm den Vogelkäfig, ging in ihr Schlafzimmer und schloß die Tür hinter sich. Maan war wie vor den Kopf gestoßen. Er blickte zu Bibbo. Auch Bibbo war verdutzt. Jetzt war sie an der Reihe, ihn mitfühlend anzusehen.

»Manchmal ist sie so«, sagte Bibbo. Aber tatsächlich war sie nur selten so. »Was haben Sie getan?« fragte sie ihn neugierig. Ihre Herrin war normalerweise unerschütterlich. Nichts, nicht einmal irgend etwas, was der Radscha von Marh in letzter Zeit getan hatte – und er war wegen des Urteils im Zamindari-Fall nicht gerade guter Laune –, hatte sie so wütend gemacht.

»Nichts«, sagte Maan und starrte auf die geschlossene Tür. Nach einer Weile sagte er leise, als ob er mit sich selbst spräche: »Aber das kann sie nicht ernst meinen.« Und er dachte: Ich lasse mich nicht einfach so vor die Tür setzen. Er ging zum Schlafzimmer.

»Oh, Dagh Sahib, bitte, bitte ...« rief Bibbo entsetzt. Das Schlafzimmer war, wenn Saeeda Bai sich darin aufhielt, sakrosankt.

»Saeeda Begum«, sagte Maan zärtlich und verwirrt. »Was habe ich getan? Bitte, sag es mir. Warum bist du so wütend auf mich? War es wegen Rasheed – oder Firoz – oder weswegen?«

Aus dem Schlafzimmer kam keine Antwort.

»Bitte, Kapoor Sahib«, sagte Bibbo und erhob die Stimme, um entschieden zu klingen.

»Bibbo!« ertönte die strenge metallische Stimme des Sittichs. Bibbo begann zu kichern.

Maan versuchte jetzt, die Tür zu öffnen, aber es ging nicht. Sie muß sie von innen abgeschlossen haben, dachte er wütend. Laut sagte er: »Du behandelst mich sehr ungerecht, Saeeda Begum – in der einen Sekunde versprichst du mir den Himmel, und in der nächsten stößt du mich in die Hölle. Ich habe mir kaum Zeit genommen, um zu baden und mich zu rasieren, nachdem ich in Brahmpur angekommen war, nur um schneller bei dir zu sein. Sag mir zumindest, warum du so aufgebracht bist.«

Saeeda Bai sagte im Schlafzimmer: »Bitte geh, Dagh Sahib, hab Erbarmen mit mir. Du kannst heute nicht hierbleiben. Und ich kann dir nicht für alles Gründe nennen.«

»In deinem Brief hast du keine Gründe genannt, warum ich fortbleiben sollte, und jetzt bin ich hier und ...«

»Bibbo!« schrie der Sittich. »Bibbo! Bibbo!«

Maan begann, gegen die Tür zu trommeln. »Laß mich rein! Sprich mit mir, bitte – und bring um Himmels willen den dämlichen Sittich zum Schweigen. Ich weiß, daß es dir schlechtgeht. Und wie soll ich mich fühlen? Du hast mich aufgezogen wie eine Uhr, und jetzt ...«

»Wenn du mich jemals wiedersehen willst«, sagte Saeeda Bai mit tränenerstickter Stimme, »dann geh jetzt. Oder ich werde Bibbo sagen, daß sie den Wachmann rufen soll. Du hast mir, ohne es zu wollen, Schmerz verursacht. Ich erkenne an, daß es nicht deine Absicht war. Und du solltest anerkennen, daß es Schmerz war. Bitte geh. Komm ein andermal wieder. Hör auf, Dagh Sahib – um Gottes willen –, hör auf, wenn du mich wiedersehen willst.«

Maan hörte auf diese Drohung hin auf, gegen die Tür zu trommeln, und ging hinaus auf die Galerie, erregt und vollkommen durcheinander. Er war so verzweifelt, daß er sich nicht einmal von ihr verabschiedete. Er verstand überhaupt nichts mehr. Das war wie ein Hagelsturm aus heiterem Himmel.

»Aber was haben Sie nur getan?« fragte ihn Bibbo noch einmal. Die Stimmung ihrer Herrin machte ihr einerseits ein bißchen angst, andererseits fand sie Gefallen an dem Drama. Armer Dagh Sahib! Nie zuvor hatte sie erlebt, daß jemand gegen Saeeda Bais Tür trommelte. Welch eine Leidenschaft!

»Überhaupt nichts«, sagte Maan, der sich elend und schlecht behandelt fühlte und froh war über ihr Mitgefühl. »Überhaupt nichts.« Dafür war er nicht wochenlang aufs Land ins Exil gegangen. Noch vor ein paar Minuten hatte sie ihm eine Nacht voll Zärtlichkeit und Ekstase versprochen, und jetzt hatte sie – grundlos – nicht nur beschlossen, das Versprechen nicht einzulösen, sondern ihm auch noch gedroht.

»Armer Dagh Sahib«, sagte Bibbo und sah in sein verständnisloses, aber attraktives Gesicht. »Sie haben Ihren Spazierstock vergessen. Hier ist er.«

»Ach ja – richtig«, sagte Maan.

Als sie die Treppe hinuntergingen, schaffte sie es, ihn erst zu streifen und sich dann an ihn zu drücken. Sie stellte sich auf die Zehenspitzen und sah ihm wieder ins Gesicht. Maan konnte nicht anders, er küßte sie. Er war so enttäuscht, daß er am liebsten sofort und voller Leidenschaft mit jeder ins Bett gegangen wäre, sogar mit Tahmina Bai.

Was für ein verständnisvolles Mädchen Bibbo doch ist, dachte er, als sie dastanden und sich küßten und umarmten. Und auch intelligent. Ja, es ist nicht fair, überhaupt nicht fair, und sie versteht das.

Aber Bibbo war vielleicht nicht intelligent genug. Sie küßten sich auf dem Treppenabsatz, und ihr Bild war im großen Spiegel von der Galerie aus zu sehen. Auf Saeeda Bais loderndem Zorn war heiße Reue gefolgt über die Art, wie sie Maan behandelt hatte. Sie wollte Maan ihrer Zuneigung versichern, indem sie sich von der Galerie aus von ihm verabschiedete. Jetzt sah sie die Treppe hinunter, um festzustellen, was ihn aufhielt. Sie blickte in den Spiegel und biß sich so fest auf die Unterlippe, daß sie fast blutete.

Sie stand da wie angewurzelt. Nach einer Weile kam Maan zur Vernunft und machte sich von Bibbo los. Die hübsche Bibbo begleitete ihn kichernd durch die Halle zur Tür.

Dann ging sie zurück und die Treppe wieder hinauf, um die Gläser in Saeeda Bais Zimmer wegzuräumen. Die Begum Sahiba wird wahrscheinlich eine Stunde lang auf ihrem Bett liegen und erst wieder herauskommen, wenn sie Hunger hat, dachte sie. Dann fiel ihr der Kuß ein, und sie mußte wieder kichern. Sie kicherte noch immer, als sie schon auf der Galerie war. Dann sah sie Saeeda Bai. Ein Blick in Saeeda Bais Gesicht genügte, und sie hörte auf zu kichern.

12.17

Am nächsten Tag ging Maan zu Bhaskar.

Bhaskar hatte sich ein paar Tage lang gelangweilt. Dann beschloß er, sich das metrische System anzueignen, obwohl es noch nirgendwo in Indien in Gebrauch war. Die Vorteile dieses Systems gegenüber dem britischen sprangen ihm sofort ins Auge, als er Rauminhalte berechnete. Wenn er das metrische System benutzte, war es viel leichter, Volumina miteinander zu vergleichen. Wenn er zum Beispiel das Volumen des Forts von Brahmpur mit dem Volumen von Savitas ungeborenem Baby vergleichen wollte, konnte er das sofort tun, ohne Kubik-Yards in Kubik-Inches umrechnen zu müssen. Nicht daß ihm diese Umrechnung Schwierigkeiten bereitet hätte, sie war nur lästig und nicht besonders elegant.

Ein weiterer Vorteil des metrischen Systems war, daß Bhaskar mit ungetrübtem Vergnügen mit seinen geliebten Zehnerpotenzen spielen konnte. Aber nach ein paar Tagen war er des metrischen Systems und seiner Freuden überdrüssig. Dr. Durrani war schon länger nicht mehr dagewesen, dafür kam Kabir regelmäßig. Bhaskar mochte Kabir sehr gern, aber es war Dr. Durrani, der mit immer neuen mathematischen Einsichten erschien, und ohne ihn mußte sich Bhaskar allein etwas einfallen lassen.

Wieder langwielte er sich und lag Mrs. Mahesh Kapoor in den Ohren. Nachdem er ein bißchen gemeckert hatte – er wollte zurück nach Misri Mandi, und seine Großmutter wollte ihn nicht gehen lassen –, wandte er sich an seinen Großvater.

Mahesh Kapoor meinte streng, aber auch voll Zuneigung, daß er ihm nicht helfen könne. Für derartige Entscheidungen sei seine Frau zuständig.

»Aber ich langweile mich schrecklich«, sagte Bhaskar. »Und seit einer Woche habe ich kein Kopfweh mehr gehabt. Und warum muß ich den halben Tag im Bett bleiben? Ich will in die Schule gehen. Mir gefällt es in Prem Nivas nicht.«

»Was?« sagte sein Großvater. »Nicht einmal bei deinem Nana und bei deiner Nani?«

»Nein. Nur für einen oder zwei Tage. Außerdem bist du nie hier.«

»Stimmt. Ich habe so viel Arbeit – und muß so viele Entscheidungen fällen. Es wird dich interessieren, daß ich beschlossen habe, aus der Kongreßpartei auszutreten.«

»Oh«, sagte Bhaskar und tat sein Bestes, interessiert zu klingen. »Und was heißt das? Werden sie verlieren?«

Mahesh Kapoor runzelte die Stirn. Von einem Kind konnte man nicht erwarten, daß es die Anstrengung und die Belastung verstand, die so eine Entscheidung mit sich brachte. Abgesehen davon bezweifelte Bhaskar offenbar, daß zwei plus zwei stets vier ergab, und deswegen konnte man von ihm nicht viel Mitgefühl erwarten, wenn die Gewißheiten im Leben seines Großvaters ins Schwanken gerieten. Andererseits war Bhaskar sich bisweilen seiner Daten und Zahlen ganz sicher, auch wenn er durch abstrakte gedankliche Froschsprünge zu ihnen gelangt war. Mahesh Kapoor, dem niemand sonst in der Familie Ehrfurcht einflößte, hatte vielleicht sogar ein bißchen Angst vor Bhaskar. Ein seltsamer Junge! Jedenfalls muß man ihm jede Möglichkeit geben, seine unheimlichen Fähigkeiten weiterzuentwickeln, dachte Mahesh Kapoor.

»Also zum einen heißt das«, sagte er, »daß ich entscheiden muß, in welchem Wahlkreis ich antreten will. Die Kongreßpartei ist sehr stark in der Stadt, aber dort liegen auch meine Stärken. Auf der anderen Seite wurden die Grenzen meines alten Wahlkreises neu gezogen, und das stellt mich vor gewisse Probleme.«

»Was für Probleme?«

»Das verstehst du nicht«, sagte Mahesh Kapoor. Dann bemerkte er Bhaskars nahezu feindseliges Stirnrunzeln, und er fuhr fort: »Die Kastenstruktur ist jetzt ganz anders. Ich habe mir eine Reihe der neuen Wahlkreise angesehen, die der Wahlleiter bestimmt hat, und die Bevölkerungszahlen...«

»Zahlen«, hauchte Bhaskar.

»Ja, bei der Volkszählung 1931 wurde Religions- und Kastenzugehörigkeit erhoben. Kaste! Kaste! Man mag das Kastenwesen für Wahnsinn halten, aber man darf es nicht ignorieren.«

»Kann ich mir die Statistiken ansehen, Nanaji?« fragte Bhaskar. »Dann werd ich dir sagen, was du tun sollst. Sag mir nur, welche Variablen für dich günstig sind...«

»Sprich Hindi, Dummkopf, man kann unmöglich verstehen, was du meinst«, sagte Mahesh Kapoor zu seinem Enkelsohn, noch immer voll Zuneigung, aber etwas gereizt von seiner Anmaßung.

Bald jedoch hatte Bhaskar alle Zahlen und Daten, die er brauchte, um mindestens drei Tage lang mehr als glücklich zu sein, und er vertiefte sich augenblicklich in das Studium der Wahlkreise.

12.18

Als Maan in Prem Nivas ankam, bat er den Dienstboten, ihn direkt zu Bhaskar zu bringen. Bhaskar saß auf seinem Bett, das mit Papieren bedeckt war.

»Hallo, du Genie«, sagte Maan freundlich.

»Hallo«, erwiderte Bhaskar zerstreut. »Einen Augenblick.« Er studierte eine Tabelle, kritzelte mit einem Bleistift ein paar Zahlen und wandte sich dann seinem Onkel zu.

Maan küßte ihn und fragte, wie es ihm gehe.

»Gut, Maan Maama, aber alle hier machen so ein Theater um mich.«

»Wie geht's deinem Kopf?«

»Meinem Kopf?« sagte Bhaskar überrascht. »Dem geht's gut.«

»Also, willst du ein bißchen rechnen?«

»Im Augenblick nicht. Mein Kopf ist voller Rechnungen.«

Maan traute seinen Ohren nicht. Es war, als hätte Kumbhakarna beschlossen, frühmorgens aufzuwachen und eine Diät zu machen. »Was machst du da? Das sieht ja nach Arbeit aus«, sagte er.

»Und es ist auch Arbeit«, sagte Mahesh Kapoor. Maan drehte sich um. Sein Vater, seine Mutter und Veena waren hereingekommen. Veena umarmte Maan unter Tränen und setzte sich, nachdem sie ein paar Blätter beiseite geschoben hatte, zu Bhaskar aufs Bett. Bhaskar hatte keine Einwände.

»Bhaskar hat sich beschwert, daß er sich hier langweilt. Er will nach Hause«, sagte Veena zu Maan.

»Ach, ich kann noch zwei, drei Tage bleiben«, sagte Bhaskar.

»Wirklich?« Veena war überrascht. »Vielleicht sollte ich deinen Kopf zweimal am Tag untersuchen lassen.« Maans Stimmung besserte sich nach dieser Bemerkung seiner Schwester. Wenn sie auf diese Weise scherzen konnte, dann mußte mit Bhaskar wieder alles in Ordnung sein.

»Was macht er da?« fragte er.

»Er berechnet, in welchem Wahlkreis ich antreten soll«, erklärte Mahesh Kapoor lakonisch.

»Warum nicht in deinem angestammten?«

»Die Grenzen wurden neu gezogen.«

»Oh.«

»Außerdem trete ich aus der Kongreßpartei aus.«

»Oh!« Maan sah zu seiner Mutter, aber sie schwieg. Sie wirkte ziemlich unglücklich. Weder befürwortete sie die Entscheidung ihres Mannes, noch glaubte sie, daß sie ihn würde aufhalten können. Er würde als Finanzminister zurücktreten müssen; er würde die Partei verlassen, die die Menschen mit der Freiheitsbewegung assoziierten, die Partei, deren Mitglieder sie ihr Leben lang waren; er würde Geld auftreiben müssen, um mit den enormen Mitteln konkurrieren zu können, mit denen der Innenminister die Kongreßpartei so reichlich ausgestattet hatte. Vor allem aber würde er gegen eine gewaltige Übermacht ankämpfen müssen, und er war kein junger Mann mehr.

»Maan, du bist so dünn geworden«, sagte seine Mutter.

»Dünn? Ich?«

»Ja, und so dunkel«, sagte sie traurig. »Fast wie Pran. Das Dorfleben ist nicht gut für dich. Jetzt werden wir uns richtig um dich kümmern. Du mußt mir immer sagen, was du essen willst ...«

»Ja, also, schön, dich wiederzusehen. Hoffentlich haben sich die Dinge geändert«, sagte Mahesh Kapoor, der sich freute, seinen Sohn wiederzusehen, aber zugleich etwas unsicher war.

»Warum habt ihr mir nichts von Bhaskar gesagt?« fragte Maan.

Veena und ihre Mutter blickten zu Mahesh Kapoor.

»Also«, sagte Mahesh Kapoor, »du mußt uns, was gewisse Entscheidungen anbelangt, einfach vertrauen.«

»Wenn Savitas Baby geboren wäre ...«

»Du bist wieder hier, und das ist die Hauptsache«, sagte sein Vater kurz angebunden. »Wo sind deine Sachen? Der Dienstbote kann sie nicht finden. Ich lasse sie in dein Zimmer raufbringen. Und bevor du nach Benares fährst, mußt du ...«

»Meine Sachen sind bei Firoz. Ich wohne dort.«

Auf diese Bemerkung folgte ein verdutztes Schweigen.

Mahesh Kapoor schien verärgert, und Maan war das gar nicht unrecht. Aber Mrs. Mahesh Kapoor sah gekränkt aus, und das tat ihm leid. Er begann sich zu fragen, ob er das Richtige getan hatte.

»Das ist also nicht mehr dein Zuhause?« sagte sie.

»Natürlich ist es das, natürlich, Ammaji, aber jetzt, wo so viele Leute hier wohnen ...«

»Leute – also wirklich, Maan«, sagte Veena.

»Nur für kurze Zeit. Ich ziehe hier ein, sobald ich kann. Ich muß auch mit Firoz darüber reden. Meine Zukunft und so ...«

»Deine Zukunft liegt in Benares, darüber brauchen wir gar nicht zu diskutieren«, sagte sein Vater ungeduldig.

Seine Mutter, die spürte, daß Ärger in der Luft lag, sagte: »Darüber werden wir nach dem Mittagessen reden. Du kannst doch zum Mittagessen bleiben, oder?« Sie sah ihn voller Zärtlichkeit an.

»Natürlich kann ich das, Ammaji«, sagte Maan etwas betroffen.

»Gut. Es gibt Alu Paratha.« Das war eines von Maans Lieblingsgerichten. »Wann bist du gekommen?«

»Gerade eben. Ich wollte als erstes Bhaskar sehen.«

»Nein, ich meine nach Brahmpur.«

»Gestern abend.«

»Warum bist du dann nicht hergekommen und hast mit uns zu Abend gegessen?« fragte seine Mutter.

»Ich war müde.«

»Du hast also in Baitar House gegessen?« fragte sein Vater. »Wie geht es dem Nawab Sahib?«

Maan wurde rot, antwortete jedoch nicht. Es war unerträglich. Er war froh, daß er nicht unter den Argusaugen seines Vaters wohnen würde.

»Wo hast du gegessen?« fragte sein Vater.

»Ich habe gestern abend überhaupt nicht gegessen. Ich hatte keinen Hunger. Während der Fahrt habe ich ständig was geknabbert, und als ich ankam, hatte ich keinen Hunger. Überhaupt keinen Hunger.«

»Hast du in Rudhia gut gegessen?« fragte seine Mutter.

»Ja, Ammaji, ich habe gut gegessen, sehr gut sogar, die ganze Zeit«, sagte Maan eine Spur gereizt.

Veena hatte ein gutes Gespür für die Stimmungen ihres Bruders. Sie erinnerte sich noch daran, daß er ihr als kleiner Junge überall im Haus nachgelaufen war. Er war immer gut gelaunt, außer man durchkreuzte seine Pläne und stieß ihn damit vor den Kopf. Er konnte schlecht gelaunt sein, aber er war selten reizbar.

Sie war sich sicher, daß erst kürzlich etwas geschehen sein mußte, was ihn aus der Fassung gebracht oder enttäuscht hatte. Sie wollte ihn gerade danach fragen – was ihn wahrscheinlich nur noch weiter gereizt hätte –, als Bhaskar, wie aus einem Traum erwacht, sagte: »Rudhia?«

»Was ist mit Rudhia?« fragte Maan.

»In welchem Teil Rudhias warst du?« fragte Bhaskar.

»Im nördlichen Teil – in Debaria.«

»Das ist ganz eindeutig der beste Wahlkreis auf dem Land«, verkündete Bhaskar. »Das nördliche Rudhia. Nanaji hat gesagt, daß ein großer Anteil Moslems und Jatavs für ihn günstige Faktoren sind.«

Mahesh Kapoor schüttelte den Kopf. »Sei still. Du bist erst neun. Du verstehst gar nichts von solchen Dingen.«

»Aber, Nanaji, es stimmt, wirklich. Es ist einer der besten«, beharrte Bhaskar. »Warum trittst du nicht dort an – du hast gesagt, die neue Partei läßt dir völlig freie Wahl. Wenn du auf dem Land antreten willst, dann ist das der richtige Wahlkreis. Salimpur und Baitar im Norden Rudhias. Die städtischen Wahlkreise habe ich noch nicht ausgewertet.«

»Dummkopf, du verstehst doch nichts von Politik«, sagte Mahesh Kapoor. »Ich brauche die Papiere wieder.«

»An Bakr-Id fahre ich wieder nach Rudhia«, sagte Maan und schlug sich auf Bhaskars Seite. Das Unbehagen seines Vaters freute ihn. »Die Leute dort bestehen darauf, daß ich mit ihnen feiere. Ich bin sehr beliebt. Du kannst mit mir kommen. Ich werde dich allen in deinem zukünftigen Wahlkreis vorstellen. Allen Moslems und allen Jatavs.«

Mahesh Kapoor sagte scharf: »Ich kenne alle, ich muß ihnen nicht vorgestellt werden. Und das ist auch nicht mein zukünftiger Wahlkreis, das will ich gleich mal klarstellen. Und dir sage ich, daß du nach Benares fahren und heiraten wirst, nicht nach Rudhia, um Id zu feiern.«

12.19

Mahesh Kapoor verließ die Partei, der er sein Leben gewidmet hatte, nur unter Qualen und Bedauern, und noch immer plagten ihn Zweifel an der Entscheidung. Er fürchtete und rechnete damit, daß die Kongreßpartei die Wahlen nicht verlieren würde. Die Partei hatte sich zu sehr in der Politik und im Bewußtsein der Menschen festgesetzt; solange Nehru nicht austrat, wie konnte sie da verlieren? Obwohl er mit der Art und Weise, wie sich die Dinge entwickelten, unzufrieden war, gab es doch gute Gründe, warum er in der Partei hätte bleiben sollen. Sein Geisteskind, der Zamindari Abolition Act, mußte vom Obersten Gerichtshof noch für rechtskräftig erklärt und anschließend in die Tat umgesetzt werden. Und dann war da noch die nicht zu übersehende Gefahr, daß L. N. Agarwal in Abwesenheit eines starken ministeriellen Rivalen noch mehr Macht in seinen Händen anhäufte.

Mahesh Kapoor ging das wohlkalkulierte Wagnis ein (oder war dazu überredet worden, es einzugehen) zu versuchen, Nehru aus der Kongreßpartei zu locken. Oder vielleicht war es nicht ein wohlkalkuliertes, sondern ein unberechenbares Wagnis. Oder vielleicht nicht einmal ein unberechenbares, sondern ein instinktives. Denn der wahre Glücksspieler hinter der Bühne war der Minister für Kommunikation in Nehrus Kabinett in Delhi, der gewiefte Rafi Ahmad Kidwai, der, wie ein freundlicher, weißbekappter, bebrillter Buddha auf seinem Bett sitzend, zu Mahesh Kapoor (der ihm einen Besuch abstattete) gesagt hatte, daß er, wenn er jetzt nicht aus dem ruderlosen Boot der Kongreßpartei springen würde, auch nie in der Lage wäre, dabei mitzuhelfen, es in seinem Schlepptau zurück ans Ufer zu ziehen.

Das war ein weit hergeholter Vergleich, und er wurde noch zweifelhafter durch die Tatsache, daß Kidwai Sahib, obwohl er gedanklich überaus rege war und schnelle Autos liebte, nichts für flinke körperliche Bewegungen oder irgendeine andere Art von Körperertüchtigung übrig hatte, ganz zu schweigen davon, daß er nie gesprungen oder geschwommen war oder etwas gezogen hatte. Aber er war jemand, der überzeugen konnte. Gerissene Geschäftsleute verloren in seiner Gegenwart ihre Gerissenheit und Tausende von Rupien, die er an mittellose Witwen, arme Studenten, Politiker der eigenen Partei und sogar an politische Rivalen verteilte, wenn sie nur Not litten. Seine Liebenswürdigkeit, Großzügigkeit und Schlauheit hatten noch viel dickköpfigere Politiker als Mahesh Kapoor in seinen Bann gezogen.

Kidwai Sahib fand Gefallen an vielen Dingen – unter anderem an Füllfederhaltern, Mangos und Armbanduhren –, und er fand Gefallen an Scherzen; und Mahesh Kapoor, der endlich, im übertragenen Sinn, ins Wasser gesprungen war, fragte sich, ob er nicht auf einen verrückten und verhängnisvollen Scherz hereingefallen war. Denn Nehru hatte keinerlei Hinweis darauf gegeben, daß er der Kongreßpartei den Rücken kehren wollte, und das trotz der Tatsache, daß seine ideologischen Gefolgsleute einer nach dem anderen aus der Partei austraten. Die Zeit würde es erweisen, und die zeitliche Abstimmung war der Schlüssel. Kidwai Sahib, der schweigend und lächelnd dasitzen konnte, während um ihn herum sechs verschiedene Unterhaltungen geführt wurden, konnte sich plötzlich auf einen einzelnen, außerordentlich interessanten und klugen Satz stürzen, wie ein Chamäleon nach einer Fliege schnappt. Einen ähnlichen Instinkt hatte er für wechselnde Mehrheiten und politische Strömungen: die Fähigkeit, sogar in diesem trüben, schlammigen Wasser Delphine von Krokodilen unterscheiden zu können, und das unheimliche Gespür zu wissen, wann es an der Zeit war, zu handeln. Als Mahesh Kapoor aufbrach, hatte er ihm eine Armbanduhr – die Feder von Mahesh Kapoors eigener Uhr war gebrochen – gegeben und gesagt: »Ich garantiere Ihnen, daß Nehru, Sie und ich in derselben Partei antreten werden, wie immer sie aussehen wird. Sehen Sie um dreizehn Uhr am dreizehnten Tag des dreizehnten Monats auf diese Uhr, Kapoor Sahib, und sagen Sie mir dann, ob ich recht hatte oder nicht.«

12.20

Vor den Wahlen zum Studentenparlament der Universität von Brahmpur gab es politische Aktivitäten auf dem Campus und außerhalb davon. Das Durcheinander der Themen war groß: Studentenermäßigung für Kinokarten auf der einen Seite, der Ruf nach Solidarität mit den Grundschullehrern bei ihren Gehaltsverhandlungen auf der anderen; Forderungen nach mehr Arbeitsplätzen und gleichzeitig Unterstützung von Pandit Nehrus blockfreier Außenpolitik; Zusätze zu den strengen Verhaltensvorschriften der Universität – und die Forderung, die Aufnahmeprüfungen für den öffentlichen Dienst in Hindi abzuhalten. Einige Gruppierungen – oder die führenden Köpfe einiger Gruppierungen, denn wo die Gruppierungen aufhörten und die führenden Köpfe begannen, war nur schwer festzustellen – glaubten, daß alle Krankheiten Indiens geheilt werden könnten, indem man sich auf alte Hindu-Traditionen besann. Andere bestanden darauf, daß der Sozialismus, der unterschiedlich definiert und gedeutet wurde, das Allheilmittel war.

Es gärte, und es kam zu Ausschreitungen. Das akademische Jahr hatte gerade erst begonnen, und niemand konzentrierte sich aufs Studium; die Prüfungen fanden erst in neun Monaten statt. Die Studenten diskutierten in Cafés oder Parteibüros oder Wohnheimen, bildeten Gruppen vor den Seminarräumen, veranstalteten kleine Märsche, fasteten und verprügelten sich mit Stöcken und Steinen. Manchmal wurden sie dabei von Mitgliedern der Parteien, denen sie angeschlossen waren, unterstützt, aber das war eigentlich nicht nötig. Unter den Briten hatten die Studenten gelernt, für Ärger zu sorgen, und es war nicht einzusehen, warum man auf diese unter Mühen erworbene und von Jahrgang zu Jahrgang weitergegebene Fähigkeit wieder verzichten sollte, nur weil jetzt Inder in Delhi und Brahmpur regierten. Zudem war die Kongreßpartei, die langsam in die Selbstgefälligkeit abgeglitten und nicht in der Lage war, die Probleme des Landes zu lösen, bei den Studenten unbeliebt, und nichts schätzten sie weniger als Stabilität um ihrer selbst willen.

Die Kongreßpartei rechnete damit, wegen fehlender Alternativen zu gewinnen, wie es große, amorphe, ideologisch in der Mitte angesiedelte Klumpen oft tun. Sie rechnete damit, zu gewinnen, obwohl die nationale Führung zerstritten war, obwohl seit den Treffen in Patna Mitglieder scharenweise austraten, obwohl das prominenteste Mitglied der Kongreßpartei in Brahmpur bei den Studenten erledigt war – sowohl als einflußreicher Schatzmeister der Universität wie auch als lathischwingender Innenminister. Das Motto der für die Kongreßpartei antretenden Studentengruppierung lautete: »Gebt uns Zeit. Wir sind die Partei der Unabhängigkeit, die Partei Jawaharlal Nehrus und nicht die Partei L. N. Agarwals. Auch wenn sich die Lage nicht gebessert hat, wird sie sich bessern, wenn ihr uns weiterhin euer Vertrauen schenkt. Wenn ihr jetzt auf ein anderes Pferd setzt, dann wird sie sich gewiß nicht bessern.«

Aber die meisten Studenten waren nicht geneigt, für den Status quo zu stimmen; sie waren nicht verheiratet, hatten keine Kinder, keine Arbeitsstellen und kein Einkommen, so daß sie die Aufregung an der Instabilität unbeschwert genießen konnten. Sie wollten die Zunkunft nicht denjenigen anvertrauen, deren Inkompetenz sich schon in der Vergangenheit erwiesen hatte. Das Land mußte im Ausland um Nahrungsmittel betteln. Die Wirtschaft, einerseits völlig planlos, andererseits zu streng geplant, taumelte von Krise zu Krise. Die wenigsten Studenten fanden nach dem Abschluß Arbeit.

Der postkoloniale Romantizismus und die postkoloniale Desillusionierung bildeten eine unberechenbare Mischung. Die Kongreßpartei verlor, die Sozialistische Partei gewann die Wahlen. Rasheed, der für die Sozialisten kandidiert hatte, wurde Amtsträger.

Malati Trivedi, die sich selbst als zweifelhafte Sozialistin betrachtete, machte mit, weil sie Freude an der Sache und an Diskussionen hatte und weil einige ihrer Freunde (unter anderem der Musiker) Sozialisten waren, hatte aber überhaupt kein Interesse an einem Amt. Sie hatte jedoch vor, an dem ›Sieges- und Protestmarsch‹ teilzunehmen, der eine Woche nach den Wahlen stattfinden sollte.

Der ›Protest‹-Teil des Namens rührte von der Tatsache, daß die Sozialistische Partei – zusammen mit allen anderen Parteien, die sich anschließen wollten – gegen die miserable Bezahlung der Grundschullehrer protestieren wollte. Es gab mehr als zehntausend Grundschullehrer, und es war eine Schande, daß ihr Gehalt so niedrig war, wie es war, jedenfalls nicht genug, um anständig leben zu können, und sogar niedriger als das eines Dorf-Patwaris. Nach mehreren erfolglosen Versuchen, sich Gehör zu verschaffen, streikten die Lehrer jetzt. Eine

Reihe von Studentenvereinigungen, unter anderem die der medizinischen und juristischen Colleges, wollten ihr Anliegen unterstützen. Ausbildung ging sie alle etwas an, beeinflußte die zukünftige Gestalt der Universität, ja das Format der gesamten Bevölkerung des Landes. Außerdem war die Aktion ein wunderbarer Magnet, an den man anhängen konnte, was einem sonst noch alles einfiel. Manche der Vereinigungen waren nur daran interessiert, ganz Brahmpur und nicht bloß die Universität durcheinanderzubringen; interessanterweise bildete eine Gruppe moslemischer Studentinnen, die noch den Purdah trugen, ein kleineres Treibhaus des Radikalismus.

Der Innenminister L. N. Agarwal hatte klargestellt, daß ein friedlicher Marsch eine Sache war, ein undisziplinierter, pöbelnder Mob eine andere. Den würde er mit allen zur Verfügung stehenden Mitteln unter Kontrolle halten. Wenn der Einsatz von Lathis notwendig wäre, würde er ihn befehlen.

Da der Chefminister für ein paar Tage in Delhi war, suchte eine Delegation von zehn Studenten (unter ihnen Rasheed) den Innenminister auf, der S. S. Sharma in seiner Abwesenheit vertrat. Brüsk stellten sie ihre Forderungen, sowohl um sich gegenseitig zu beeindrucken als auch in der Hoffnung, ihn zu überzeugen. Sie verhielten sich ihm gegenüber nicht so respektvoll, wie er es älteren Personen gegenüber für angemessen hielt, besonders wenn sie (im Gegensatz zu den jungen Studenten) Schläge, Niederlagen und Jahre im Gefängnis hatten hinnehmen müssen, bis ihr Land endlich befreit war. Er weigerte sich, ihre Forderungen zu erfüllen, und empfahl ihnen, sich an den Erziehungsminister oder den Chefminister nach seiner Rückkehr zu wenden. Auch beharrte er auf seinem Standpunkt, daß die Ordnung in der Stadt um jeden Preis aufrechtzuerhalten war.

»Heißt das, daß Sie uns erschießen lassen, wenn der Marsch außer Kontrolle gerät?« fragte Rasheed und sah ihn böse an.

»Ich würde es lieber nicht tun«, sagte der Innenminister, als ob das gar keine schlechte Idee wäre, »aber, unnötig es zu erwähnen, so weit wird es nicht kommen.« Jedenfalls, so ging es ihm durch den Kopf, hat das Parlament noch Ferien und kann mich derzeit nicht zur Rechenschaft ziehen.

»Das ist wie zu Zeiten der Briten«, fuhr Rasheed wütend fort und starrte den Mann an, der den Schießbefehl im Chowk gerechtfertigt hatte und in seinen Augen auch noch für andere willkürliche und autoritäre Entscheidungen stand. »Die Briten sind mit Lathis gegen uns vorgegangen, sie haben sogar auf uns geschossen, auf uns Studenten, während der Quit-India-Bewegung. Die Briten haben unser Blut vergossen, hier in Brahmpur – im Chowk, in Captainganj ...«

Der Rest der Delegation begann als Reaktion auf Rasheeds Weitschweifigkeit zu zischeln.

»Ja, ja«, sagte der Innenminister und schnitt ihm das Wort ab. »Ich weiß. Ich habe es selbst erlebt. Sie müssen damals ungefähr zwölf gewesen sein und im Spiegel eifrig nach den ersten Barthaaren Ausschau gehalten haben. Wenn Sie ›uns Studenten‹ sagen, dann meinen Sie nicht sich selbst, sondern Ihre Vorgänger, deren Blut vergossen wurde. Und, ich darf das hinzufügen, meins wurde auch vergossen. Es ist einfach, das Blut von anderen für die eigene Politik zu beschwören. Und was Quit India angeht, dieses hier ist eine indische Regierung, und ich hoffe nicht, daß Sie uns aus Indien vertreiben wollen.« Er lachte kurz auf. »Wenn Sie noch etwas Zweckdienliches zu sagen haben, dann sagen Sie es. Wenn nicht, können Sie gehen. Sie haben vielleicht keine Bücher, die Sie studieren müssen, aber ich habe meine Akten. Ich weiß genau, worum es bei diesem Protestmarsch geht. Nicht um das Gehalt der Grundschullehrer. Sie wollen mit vereinten Kräften die Kongreßregierung dieses Staates und des ganzen Landes attackieren und in der Stadt Zwietracht und Aufruhr säen.« Er winkte mit der Hand ab. »Klemmen Sie sich hinter Ihre Bücher. Das ist mein Rat an Sie als Ihr guter Freund – als Schatzmeister der Universität – als Innenminister – und als stellvertretender Chefminister. Und es ist auch der Rat Ihres Vizekanzlers. Und Ihrer Lehrer. Und Ihrer Eltern.«

»Und Gottes«, sagte der Präsident des Studentenparlaments, der Atheist war.

»Raus«, sagte der Innenminister gelassen.

12.21

Aber am Abend vor dem für den Marsch festgesetzten Tag ereignete sich ein Vorfall, der die beiden Seiten zeitweise am gleichen Strang ziehen ließ.

Die Manorma Talkies, das Kino in der Nabiganj, das *Deedar* zeigte – das *Deedar* seit Monaten vor ausverkauftem oder nahezu ausverkauftem Haus zeigte –, wurde zum Schauplatz von Studentenunruhen.

Die Vorschriften der Universität von Brahmpur verboten Studenten, in die zweite Abend- oder Spätvorstellung zu gehen, aber das war eine Vorschrift, an die sich so gut wie niemand hielt. Insbesondere die Studenten, die nicht in Wohnheimen lebten, setzten sich darüber hinweg, wann immer es ihnen beliebte. *Deedar* war ein ungewöhnlich populärer Film. Alle Welt sang die Lieder daraus, und er gefiel jung und alt gleichermaßen. Gut möglich, daß sich Dr. Kishen Chand Seth und der Rajkumar von Marh in der gleichen Vorstellung die Augen ausweinten. Die meisten sahen ihn mehrmals. Er hatte ein ungewöhnlich tragisches Ende, aber es war nicht so schlimm, daß man die Leinwand zerfetzen oder das Kino in Brand stecken wollte.

An diesem Abend jedoch hatte die Geschäftsleitung außergewöhnlich strikte Weisung an den Kartenschalter gegeben, keine Studentenermäßigung zu gewähren, solange Karten zum vollen Preis verkauft werden konnten, und das sorgte für Ärger. Es handelte sich um die erste Abendvorstellung. Zwei Studenten, von denen einer den Film bereits gesehen hatte, wurde gesagt, die Vorstellung sei ausverkauft. Aus Erfahrung mißtrauten sie dieser Auskunft. Als mehrere Personen nach ihnen noch Karten bekamen, begannen sie, zuerst die Leute in der Warteschlange zu belästigen – als eine Frau meinte, sie sollten den Mund halten, erzählten sie ihr das Ende des Films –, und als nächstes pöbelten sie die Kartenverkäufer an. Diese verkauften unbeirrt weiter Karten, bis die Studenten, von denen einer einen Schirm bei sich hatte, so verzweifelt waren, daß sie die gläsernen Eingangstüren des Kinos einschlugen. Ein paar Besucher schrien sie an und drohten, die Polizei zu holen, aber letztlich lag dem Geschäftsführer nichts daran, die Polizei mit hineinzuziehen. Die Kartenverkäufer trommelten den Filmvorführer und ein paar andere zusammen, verpaßten den Studenten eine Abreibung und warfen sie hinaus. Das harmlose Handgemenge war schnell vorüber und beeinträchtigte die Stimmung des Publikums nicht nachhaltig.

Bis zum Ende der Vorführung hatte sich jedoch eine Schar von ungefähr vierhundert wütenden Studenten vor dem Kino eingefunden, die mit erhobenen Fäusten gegen die unrechtmäßigen Praktiken der Kinoleitung demonstrierten – insbesondere gegen das handgreifliche Vorgehen gegen ihre Kommilitonen. Sie vertrieben jeden, der eine Karte für die Spätvorstellung kaufen oder das Kino betreten wollte, wenn er schon eine Karte hatte.

Es begann zu nieseln, aber die Studenten zogen nicht ab. Sie waren wütend und zugleich gehobener Stimmung, denn hier standen sie, demonstrierten ihre Stärke vor den Toren des berüchtigten Manorma Talkies, dessen dickköpfiger Geschäftsführer, der sich mehr für Profit als für gesetzliche Vorschriften interessierte, sie seit Monaten diskriminieren konnte, weil *Deedar* nach wie vor so erfolgreich war, daß genügend Zuschauer kamen, die den vollen Preis zahlten. Erholt von den kurz zurückliegenden Ferien, noch aufgeregt von den Wahlen und empört über den Angriff auf ihren Stolz und ihre Geldbeutel, schrien die Studenten, daß sie der Leitung schon zeigen würden, aus welchem Holz sie geschnitzt seien, daß das Kino ›entweder erkennen oder brennen‹ müsse und daß Stockschläge die Angestellten schon lehren würden, was sie von Studentenausweisen nicht lernen wollten. Die gramzerfurchten und niedergeschlagenen Zuschauer der ersten Vorstellung kamen aus dem Kino. Die streitlustige Menge, die ihr Stillhalten während der früheren gewaltsamen Auseinandersetzung verdammte, überraschte sie. »Schande über euch! Schande über euch!« schrien die Studenten. Die Zuschauer, darunter alte Leute und sogar Kinder, sahen sie aus tränenverschmierten Gesichtern verständnislos an.

Die Angelegenheit nahm allmählich häßliche Züge an. Es kam nicht zu Gewalttätigkeiten, aber einige Kinobesucher wurden daran gehindert, in ihre Autos einzusteigen, und sie liefen davon aus Angst, ihnen könnte etwas geschehen, wenn sie blieben. Schließlich trafen der Disktriktmagistrat, der stellvertretende Polizeichef und der Proktor der Universität am Schauplatz ein, um sich über die Natur des Aufruhrs zu informieren. Alle waren der Meinung, daß die Kinoleitung die Schuld an der Sache trug, daß die Studenten jedoch ihre Beschwerden über die angemessenen Kanäle hätten einreichen sollen. Der Proktor vertrat sogar den Standpunkt, daß die Studenten nicht das Recht hätten, zum Zeitpunkt der Spätvorstellung zu demonstrieren, aber er sah ein, daß er angesichts von vierhundert wütenden Studenten an einem regnerischen Abend seine üblicherweise respekteinflößende Autorität nicht zum Einsatz bringen konnte. Er wurde überschrien. Als ihm klar war, daß die Studenten nur von ihren eigenen offiziellen Vertretern beruhigt und von der Angemessenheit der angemessenen Kanäle überzeugt werden konnten, versuchte er, sie ausfindig zu machen. Zwei von ihnen, wenn auch nicht Rasheed, befanden sich in der Menge. Sie gaben jedoch zu verstehen, daß sie nur geneigt waren, im Sinne des Proktors zu handeln, wenn auch der Schatzmeister als Repräsentant der Universitätsleitung für sie eintreten und damit beweisen würde, daß die Universitätsspitze bereit war, der Studentenschaft nicht nur ihren Willen aufzuzwingen, sondern sie auch in Schutz zu nehmen. Auf diese Weise forderten sie L. N. Agarwals Präsenz an.

Der Geschäftsführer, der nach Hause gegangen war, nachdem die ersten zwei Studenten verprügelt worden waren und bevor sich die Menge angesammelt hatte, eilte an den Schauplatz zurück, als er erfuhr, daß die Polizei seine Person vor Angriffen schützen würde, aber nur er die Manorma Talkies schützen konnte. Er machte eine jämmerliche Figur. Er nannte die Studenten »meine lieben, lieben Freunde«. Er weinte, als er die blauen Flecke auf den Armen und dem Rücken eines Studenten sah. Er sprach von seinen eigenen Studententagen. Er bot ihnen eine *Deedar*-Sondervorstellung an. Es nützte nichts. »Der Schatzmeister der Universität soll uns vertreten«, beharrten die Studentenführer. »Nur er weiß, wie man uns zurückhalten kann.« Selbstverständlich waren auch sie nicht darauf erpicht, daß es zu gewalttätigen Ausschreitungen kam, denn das würde den ›Sieges- und Protestmarsch‹ am nächsten Tag in Mitleidenschaft ziehen, und sie wollten nicht, daß die Öffentlichkeit glaubte, sie würden nur für ihre eigenen trivialen Privilegien demonstrieren und nicht für das Wohl der ganzen Gesellschaft.

L. N. Agarwal hatte den Stellvertretenden Polizeichef, den SPC, wissen lassen, daß er allein mit der Sache fertig werden und ihn, den Innenminister, nicht wegen jeder kleineren Ruhestörung anrufen solle. Aber schließlich überredete ihn sein Kollege, der Proktor, sich zum Schauplatz zu begeben. Höchst unwillig kam er dem Wunsch nach. Er hegte keinerlei Sympathie für die aufsässige Horde. Seiner Ansicht nach wußten die Studenten überhaupt nicht, wie privilegiert sie im Vergleich mit dem Rest ihrer Landsleute waren. Absichtlich ignorierten sie, daß sie kaum etwas für ihre Ausbildung zahlen mußten, daß zwei Drittel der Kosten der Staat übernahm. Sie waren ein verhätschelter Haufen, und er bedauerte die Ermäßigung, die sie schließlich für nichts weiter als seichte Unterhaltung erhielten. Aber da es diese Ermäßigung nun einmal gab, war er gezwungen, den Geschäftsführer zu ermahnen, die studentischen Forderungen zu erfüllen.

Das Ergebnis war, daß die handgreiflich gewordenen Angestellten entlassen wurden, der Geschäftsführer dem Proktor eine schriftliche Entschuldigung zukommen ließ, in der er sein Bedauern über den Vorfall zum Ausdruck brachte und den Studenten ›den besten Service aller Zeiten‹ zusicherte, den beiden verprügelten Studenten jeweils zweihundert Rupien bezahlt wurden und der Geschäftsführer zustimmte, daß in allen Kinos von Brahmpur ein Dia mit seinem Entschuldigungsbrief auf die Leinwand geworfen wurde.

Die Studentenvertreter beruhigten die Menge, die sich alsbald auflöste. Die Polizei zog sich zurück. Und L.N. Agarwal kehrte in seine zwei Zimmer im Abgeordnetenwohnheim zurück, wütend, daß er für den rowdyhaften Mob hatte Partei ergreifen müssen. Als er aus dem Büro des Geschäftsführers herausgekommen war, hatten ihn ein paar Studenten verhöhnt. Einer war sogar so weit gegangen, seinen Nachnamen auf das Hindiwort für Zuhälter zu reimen. Was Kindereien, Selbstsucht und Undankbarkeit anbelangt, dachte der Innenminister, sind sie nicht zu übertreffen. Und morgen wird zweifellos ihre Neigung zu Gewalttätigkeiten wieder zum Vorschein kommen. Nun, die Polizei wird bereit sein, wenn sie die Grenze zwischen Neigung und Tat überschreiten.

12.22

Am nächsten Tag gingen L.N. Agarwals Befürchtungen oder Hoffnungen in Erfüllung. Der Marsch setzte sich friedlich vor einer Grundschule in Bewegung. Die Mädchen (unter ihnen Malati) marschierten vorneweg, um eventuelle Polizeiaktionen zu durchkreuzen, und die Jungen marschierten hinter ihnen. Sie schrien Slogans gegen die Regierung und für die Grundschullehrer, von denen einige an der Demonstration teilnahmen. Die Anwohner sahen dem Zug aus den Fenstern, von den Dächern ihrer Häuser oder aus ihren offenen Läden zu. Einige ermutigten die Studenten, andere beschwerten sich über die Störung ihrer Geschäfte. Die Grundschulen wurden an diesem Tag bestreikt, und viele Kinder winkten den Lehrern zu, die sie kannten. Die Lehrer winkten bisweilen zurück. Es war ein klarer Morgen, und vom Regen der vergangenen Nacht waren nur noch ein paar Pfützen übrig.

Zwei Spruchbänder protestierten gegen das Vorhaben der Universität, die automatische Mitgliedschaft in der Verfaßten Studentenschaft abzuschaffen. Andere brachten ihre Unzufriedenheit über die wachsende Arbeitslosigkeit zum Ausdruck. Aber die meisten unterstützten das Anliegen der Grundschullehrer und erklärten sich mit ihnen solidarisch.

Hundert Meter vor dem Gebäude der Hochschulverwaltung fand die Menge ihren Weg durch ein großes Kontingent von mit Lathis bewaffneten Polizisten blockiert. Die Studenten blieben stehen. Die Polizisten näherten sich ihnen bis auf fünf Meter. Auf Anweisung des SPC forderte ein Inspektor die Studenten auf, sich entweder zu zerstreuen oder umzukehren. Die Studenten weigerten sich. Die ganze Zeit über hatten sie Slogans geschrien, aber jetzt wurden sie zunehmend beleidigend und richteten sich nicht nur gegen die Regierung, sondern auch gegen die Polizei. Die Polizisten, früher die Lakaien der Briten, seien jetzt die Lakaien der Kongreß-Wallahs; sie täten besser daran, Dhotis statt kurzer Hosen zu tragen, und so weiter.

Die Polizisten wurden nervös. Sie wollten sich die lautesten Schreihälse herausgreifen. Aber dank des Kordons von Mädchen – von denen manche Burqas trugen – um die Jungen herum, konnten sie nicht viel anderes tun, als drohend ihre Lathis zu schwingen. Die Studenten ihrerseits bemerkten, daß die Polizisten trotz L. N. Agarwals Drohungen nur mit Lahtis und nicht mit Feuerwaffen ausgestattet waren, und das machte sie mutiger.

Einige, die sich an das verschlagene, heimliche Herumtaktieren des Innenministers erinnerten, schmähten ihn persönlich. Abgesehen davon, daß sie seinen Nachnamen wie am Vorabend auf ›dalal‹ reimten, ersannen sie Zweizeiler wie diesen:

»Maananiya Mantri, kya hain aap?
Aadha maanav, aadha saanp.«
»Minister, wes Gestalt hast du schon lange?
Bist zur Hälfte Mensch, zur Hälfte Schlange.«

Andere stellten seine Männlichkeit direkter in Frage. Rasheed und ein anderer Amtsträger der Studentenschaft versuchten, die Studenten zu beruhigen und ihre Sprüche dem eigentlichen Zweck der Demonstration wieder anzunähern, aber mit nur mäßigem Erfolg. Zum einen gehörten viele Studenten Vereinigungen an, über die die neugewählten Vertreter der Sozialistischen Partei keine Kontrolle hatten, zum anderen hatte sich ein gewisser Rausch der Menge bemächtigt. Die hochtrabenden Spruchbänder bildeten jetzt einen erbärmlichen Kontrast zu den kleinkarierten Schmähungen.

Da er sah, daß der Protest, den zu organisieren er mitgeholfen hatte, außer Kontrolle geraten war, versuchte Rasheed, zumindest die unmittelbar um ihn Stehenden zu beruhigen. Das gelang ihm zwar, aber andere folgten ihrem Beispiel nicht. Auch mehrere andere Gruppen schrien mittlerweile lauthals spöttische und beleidigende Sprüche. Er versuchte ihnen klarzumachen, daß es bei ihrer Demonstration und in ihrem Programm um andere Dinge ging, aber er wurde schnell zu einem Ersatzziel für ihre Empörung. Ein geistreicher und eifernder junger Mann vom medizinischen College kanzelte ihn ab: »Gerade eben warst du noch All India Radio, jetzt bist du eine Maus, die in Agarwals Tasche quietscht. Erst stachelst du uns auf, dann willst du, daß wir uns wieder beruhigen. Wir sind kein Spielzeug, das man nach Belieben aufzieht oder in die Ecke stellt.« Und als ob er seine Unabhängigkeit von den gewählten Studentenvertretern beweisen wollte, durchbrach der Junge den schützenden Ring der Studentinnen und fuhr fort mit seinen höhnischen Attacken, wobei er sich sofort wieder zurückzog, wann immer sich die Polizisten näherten. Seine Freunde lachten, aber Rasheed, der erschrak, als er in die Gesichter der Polizisten blickte, und den es anwiderte, wie sein prinzipiengeleiteter Marsch aus dem Ruder lief, wandte sich ab und machte sich trotz der Schmährufe einiger Studenten auf den Rückweg. In dem, was der Junge gesagt hatte, steckte genug Wahrheit, um ihn todunglücklich zu machen.

Es waren nur kleine Gruppen, die auf diese schlimmste geistlose Art spotteten. Aber die Schmähungen brachten die meisten Mädchen und viele der Lehrer und Studenten gegen sie auf. Sie wandten sich ebenfalls ab. L. N. Agarwal, der die Szene von seinem Büro im Verwaltungsgebäude aus beobachtete, stellte höchst zufrieden fest, daß der schützende Kordon Lücken bekam, und schickte die Botschaft hinunter, daß die verbliebenen Studenten zerstreut werden sollten. »Bringt ihnen bei, daß auch außerhalb der Seminarräume Lektionen erteilt werden können«, waren seine Worte an den SPC, der zu ihm gekommen war, um sich Instruktionen zu holen.

»Ja, Sir«, sagte der SPC nahezu dankbar.

Nach den Beleidigungen der Polizisten würde der SPC die Anweisung ohne großes Bedauern in die Tat umsetzen.

Er befahl den Inspektoren, Unterinspektoren und Wachtmeistern, den Studenten eine Lektion zu erteilen, und sie kamen seiner Aufforderung hemmungslos nach. Die Lathis wurden plötzlich und rücksichtslos eingesetzt. Mehrere Studenten wurden übel zusammengeschlagen. Blut vermischte sich mit dem Wasser in den Pfützen und färbte das Straßenpflaster. Es wurde mit aller Kraft zugeschlagen. Einige junge Männer erlitten Knochenbrüche: gebrochene Rippen und Beine oder Arme, die sie gehoben hatten, um ihren Kopf vor Verletzungen zu schützen. Die Polizisten zogen sie von der Straße zu den Einsatzwagen, manchmal an den Füßen, wobei die Köpfe über die Straße schleiften oder auf ihr aufprallten. Sie waren zu wütend, um Bahren zu benutzen.

Ein Junge lag halb tot in einem der Wagen; er war am Kopf verletzt. Es war der Student vom medizinischen College.

12.23

Als S. S. Sharma am Nachmittag zurückkehrte, sah er sich einer gefährlichen Situation gegenüber. Was zunächst ein Protestmarsch war, hatte mittlerweile die ganze Stadt bestürzt und in Aufregung versetzt. Ungeachtet ihrer politischen Orientierung schlossen die Studenten die Reihen gegen die Brutalität – manche sagten Kriminalität – der Polizei. Mehrere tausend Studenten versammelten sich vor dem medizinischen College, wohin der Student (nachdem die Polizei die Schwere seiner Verletzungen erkannt hatte) gebracht worden war. Sie hielten Wache und warteten auf Neuigkeiten über den Gesundheitszustand des jungen Mannes. Unnötig zu erwähnen, daß an diesem Tag und den folgenden Tagen in der gesamten Universität alle Veranstaltungen ausfielen.

Der Innenminister, der das Schlimmste befürchtete, sollte der Junge sterben, riet dem Chefminister, die Armee in Alarmbereitschaft zu versetzen und, wenn nötig, das Kriegsrecht zu verhängen. Er hatte bereits eine Ausgangssperre angeordnet, die am Abend in Kraft treten sollte.

S. S. Sharma hörte schweigend zu. Dann sagte er: »Agarwal, warum kann ich nicht zwei Tage die Stadt verlassen, ohne daß Sie mich mit einem Problem konfrontieren? Wenn Sie Ihres Ministerpostens überdrüssig sind, kann ich Ihnen eine andere Aufgabe zuweisen.«

Aber L. N. Agarwal genoß die Macht, über die er als Innenminister verfügte, und er wußte, daß es nicht ein Ministerium war, das man einfach jemand anderem geben konnte, besonders jetzt nicht, da es ein offenes Geheimnis war, daß Mahesh Kapoor aus der Kongreßpartei und der Regierung austreten wollte. Er sagte: »Ich habe mein Bestes getan. Mit Freundlichkeit regiert man keinen Staat.«

»Sie schlagen also vor, daß ich die Armee rufe?«

»Ja, Sharmaji.«

S. S. Sharma wirkte müde. »Das wäre weder für die Armee noch für die Menschen von Brahmpur gut. Was die Studenten anbelangt, wird es sie mehr reizen als alles andere.« Er begann, sacht mit dem Kopf zu wackeln. »Sie sind wie meine Kinder. Wir haben da etwas falsch gemacht.«

L. N. Agarwal lächelte ein wenig verächtlich über die Sentimentalität des Chefministers. Aber er war erleichtert über das kollektive ›wir‹.

»Ich bin der Meinung, Sharmaji, daß die Studenten, egal, was wir tun, gereizt sein werden, wenn der Junge stirbt.«

»*Wenn* sagen Sie, nicht *falls*? Gibt es für ihn denn keine Hoffnung mehr?«

»Ich glaube nicht. Aber in dieser Situation ist es schwierig, an verläßliche Fakten zu kommen. Und es stimmt schon, die Leute übertreiben. Dennoch ist es das beste, wenn wir uns darauf vorbereiten.« L. N. Agarwals Stimme klang kalt und ließ auf kein Bedauern schließen.

Der Chefminister seufzte und fuhr dann in seinem leicht nasalen Tonfall fort: »Wegen dieser Ausgangssperre werden wir heute abend auf jeden Fall vor einem Problem stehen, was immer mit dem Studenten passiert. Was, wenn sich die Studenten nicht zerstreuen? Schlagen Sie vor, wir sollten auf sie schießen?«

Der Innenminister schwieg.

»Und wenn der Junge stirbt, dann sage ich Ihnen jetzt schon, daß die Verbrennungszeremonie außer Rand und Band geraten wird. Sie werden ihn an der Ganga verbrennen wollen, wahrscheinlich in der Nähe jenes anderen unglückseligen Scheiterhaufens.«

Der Innenminister sah davon ab, auf diese überflüssige Anspielung hin zusammenzuzucken. Wenn man seine Pflicht erfüllte, konnte man sich Vorwürfen innerlich gefaßt stellen. Er zweifelte nicht daran, daß die Pul-Mela-Untersuchungskommission, die vor einer Woche ihre Arbeit aufgenommen hatte, ihn von jeder Schuld freisprechen würde.

»Das wird nicht möglich sein«, sagte er. »Sie werden ihn an einem Verbrennungsghat oder irgendwo anders verbrennen müssen. Das Sandufer auf dieser Flußseite steht bereits unter Wasser.«

S. S. Sharma wollte etwas sagen, überlegte es sich jedoch anders. Pandit Jawaharlal Nehru, so sehr er auch in Kämpfe mit seiner eigenen Partei verstrickt sein mochte, hatte ihn wieder einmal darum gebeten, in sein Kabinett in Delhi einzutreten. Es wurde immer schwieriger abzulehnen. Aber jetzt, da Mahesh Kapoors Ausscheiden bevorstand, würde bei Sharmas Abschied mit großer Sicherheit L. N. Agarwal Chefminister. Und Sharma meinte, daß er seinen Staat nicht mit gutem Gewissen diesem gerissenen und strengen Mann übergeben konnte, dem trotz seiner Intelligenz jede menschliche Anwandlung fremd zu sein schien. In seinen philosophischen Momenten fühlte sich Sharma als Vater derjenigen, deren Schutz in seinen Händen lag. Manchmal führte das zu entbehrlichen Aussöhnungen oder vermeidbaren Kompromissen, aber er zog sie Agarwals Alternative vor. Unnötig zu erwähnen, daß man einen Staat nicht nur mit Freundlichkeit regieren konnte. Aber der Gedanke an einen nur mit Disziplin und Angst regierten Staat jagte ihm Entsetzen ein.

»Agarwal, ich entziehe Ihnen diese Angelegenheit. Bitte erteilen Sie diesbezüglich keine weiteren Instruktionen mehr«, sagte der Chefminister. »Aber machen Sie auch keine bislang erfolgten Instruktionen rückgängig. Heben Sie die Ausgangssperre nicht auf.«

Der Chefminster sah auf seine Uhr und sagte seinem persönlichen Assistenten, er solle ihn mit dem Direktor des medizinischen Colleges verbinden. Dann nahm er die Zeitung in die Hand, ohne Agarwal weiter zu beachten. Als der PA den Direktor am Apparat hatte, sagte er: »Der Chefminister möchte mit Ihnen sprechen, Sir« und reichte dem Chefminister den Hörer.

»Hier spricht Sharma. Ich möchte sofort zum medizinischen College kommen ... Nein, keine Polizei, keine Polizeieskorte. Nur ein Assistent ... Ja ... Es tut mir leid wegen des Jungen ... Ja, meine Sicherheit ist mein Problem. Ich werde die Studenten umgehen ... Wie meinen Sie das, das ist unmöglich? Es muß doch so etwas wie einen Nebeneingang geben. Einen privaten Eingang zu Ihrem Haus. Ja, ich werde sie benutzen. Wenn Sie mich dort bitte erwarten ... Gut, also in fünfzehn Minuten. Erwähnen Sie es niemandem gegenüber, oder mir wird ein Empfangskomitee gegenüberstehen, auf das ich verzichten kann ... Nein, er wird nicht mitkommen – nein, auf keinen Fall.«

Er sah nicht L. N. Agarwal an, sondern den gläsernen Briefbeschwerer auf seinem Schreibtisch, als er sagte: »Ich muß ins medizinische College und sehen, was ich machen kann. Ich halte es für das beste, wenn Sie nicht mitkommen. Wenn Sie hier in meinem Büro bleiben, kann ich mich sofort mit Ihnen in Verbindung setzen, wenn es neue Entwicklungen gibt, und mein Personal wird Sie unterstützen.«

L. N. Agarwal fuhr sich nervös mit der Hand durch seinen hufeisenförmigen Haarkranz.

»Ich würde lieber mitkommen«, sagte er. »Oder Ihnen zumindest eine Polizeieskorte geben.«

»Ich glaube nicht, daß das gut wäre.«

»Sie brauchen Schutz. Diese Studenten ...«

»Agarwal, Sie sind noch nicht Chefminister«, sagte S. S. Sharma ruhig, aber mit einem ziemlich unglücklichen Lächeln. L. N. Agarwal runzelte die Stirn, sagte aber kein Wort mehr.

12.24

Als er den Raum betrat, in dem der verletzte Junge lag, schüttelte der Chefminister bedauernd und ungläubig den Kopf, obwohl er durch den Anblick der Toten und Verletzten abgehärtet war, die von den Briten mit Lathis geprügelt oder erschossen worden waren. Er sah durch das Fenster auf die Studenten, die auf der Wiese und den Wegen saßen, und versuchte, sich ihr Entsetzen und ihre Wut vorzustellen. Es war besser, sie wußten nicht, daß er im College war. Der Direktor sagte etwas zu ihm, irgend etwas über die Unmöglichkeit, Veranstaltungen durchzuführen. Die Aufmerksamkeit des Chefministers war jedoch zu einem alten Mann gewandert, der gekleidet war wie ein typischer Kongreß-Wallah und still in einer Ecke saß, statt aufzustehen, um ihn zu begrüßen. Er schien in seine eigenen Gedanken versunken, so wie der Chefminister auch.

»Wer sind Sie?« fragte der Chefminister.

»Ich bin der Vater dieses unglücklichen Jungen«, sagte der Mann.

Der Chefminister senkte den Kopf. »Sie müssen mit mir kommen«, sagte er. »Wir können die anderen Probleme später lösen. Aber Sie und ich müssen das dringlichste Problem sofort angehen. In einem anderen Zimmer, in dem nicht so viele Menschen sind.«

»Ich muß hierbleiben. Man hat mir gesagt, daß mein Sohn nicht mehr lange leben wird.«

Der Chefminister sah sich um und bat alle bis auf einen Arzt, das Zimmer zu verlassen. Dann sagte er zu dem alten Mann: »Ich trage die Schuld für das, was geschehen ist. Ich nehme die Verantwortung auf mich. Aber ich brauche Ihre Hilfe. Sie sehen ja, wie es ist. Nur Sie können die Situation retten. Wenn Sie es nicht tun, wird es noch mehr unglückliche junge Männer und trauernde Väter geben.«

»Was kann ich tun?« Der alte Mann sprach ruhig, als ob nichts mehr für ihn von Bedeutung wäre.

»Die Studenten sind wütend. Wenn Ihr Sohn stirbt, werden sie eine Demonstration veranstalten. Es muß zwangsläufig eine emotionale Angelegenheit werden, und sie wird außer Kontrolle geraten. Wenn das passiert, und es scheint mir unvermeidbar, wer kann voraussagen, was noch geschehen wird?«

»Was wollen Sie, daß ich tue?«

»Sprechen Sie mit den Studenten. Sagen Sie ihnen, sie sollen mit Ihnen trauern, sie sollen zur Verbrennung kommen. Sie wird stattfinden, wo immer Sie wollen. Ich verspreche Ihnen, daß keine Polizei anwesend sein wird. Aber bitte reden Sie ihnen zu, keine Demonstration zu veranstalten. Das könnte eine unkontrollierbare Wirkung haben.«

Der alte Mann begann zu weinen. Nach einer Weile hatte er sich wieder gefaßt. Er sah seinen Sohn an, dessen Kopf fast vollständig bandagiert war, und sagte in dem gleichen ruhigen Tonfall wie zuvor: »Ich werde tun, was Sie sagen.« Dann fügte er zu sich selbst hinzu: »Sein Tod wird also sinnlos sein?«

Der Chefminister hörte die Bemerkung, obwohl sie fast geflüstert war. Er sagte: »Ich werde dafür sorgen, daß es nicht so ist, und ich werde versuchen, die Situation auf meine Art zu entschärfen. Aber nichts wird eine so läuternde Wirkung haben wie ein paar Worte von Ihnen. Sie werden mehr Unglück vermeiden können als die meisten Menschen in ihrem ganzen Leben.«

Der Chefminister kehrte zurück, wie er gekommen war, inkognito. Kaum war er wieder in seinem Büro, forderte er L. N. Agarwal dazu auf, die Ausgangssperre aufzuheben und alle Studenten freizulassen, die während der Demonstration verhaftet worden waren. »Und lassen Sie den Vorsitzenden der Studentenschaft zu mir kommen«, fügte er hinzu.

Trotz L. N. Agarwals Protest, daß es der von der Studentenschaft organisierte Marsch gewesen war, der alle Probleme verursacht hatte, traf sich der Chefminister mit dem jungen Mann, der weniger selbstsicher, dafür jedoch noch entschlossener wirkte. Er hatte Rasheed mitbringen wollen – ein Hindu, ein Moslem, um die weltliche Orientierung der Sozialisten zu betonen –, aber Rasheed hatte so unglücklich und schuldbewußt ausgesehen, daß er es sich anders überlegt hatte. Jetzt stand der junge Mann hier, von Angesicht zu Angesicht mit dem Chef- und dem Innenminister, und er war ganz offensichtlich sehr nervös.

Der Chefminister sagte: »Ich stimme Ihren Bedingungen zu, aber Sie müssen die Demonstration absagen. Sind Sie dazu bereit? Haben Sie den Mut, weiteres Blutvergießen zu verhindern?«

»Was ist mit der Mitgliedschaft in der Studentenschaft?« sagte der junge Mann.

»Ja«, sagte der Chefminister. L. N. Agarwal stand mit zusammengekniffenem Mund daneben und wagte nicht, auch nur ein Wort zu äußern. Sein Schweigen würde als Zustimmung verstanden werden, das wußte er, und es fiel ihm schwer, stumm zu bleiben.

»Das Gehalt der Grundschullehrer?«

»Wir werden uns der Sache annehmen und das Gehalt erhöhen, aber wir wissen nicht, ob die Erhöhung Sie vollkommen zufriedenstellen wird. Die Ressourcen des Staates sind beschränkt. Aber wir werden es versuchen.«

So gingen sie die Liste der Forderungen Punkt für Punkt durch.

»Ich kann Ihnen ein vorläufiges Stillhalten anbieten«, sagte der junge Mann. »Ich habe Ihr Wort, und Sie haben meines – vorausgesetzt, ich kann die anderen überzeugen. Aber wenn unsere Forderungen nicht erfüllt werden, verliert unsere Vereinbarung ihre Gültigkeit.«

L. N. Agarwal, den dieses Vorgehen anwiderte, überlegte, daß der junge Mann sich wohl nichts aus der Tatsache machte, daß er gleichberechtigt mit dem höchsten Vertreter dieses Staats verhandelte. Und auch S. S. Sharma, dem normalerweise viel an respektvollen und standesbewußten Umgangsformen lag, schien vergessen zu haben, was ihm eigentlich zustand.

»Ich verstehe und bin einverstanden«, sagte der Chefminister. L.N. Agarwal sah S.S. Sharma an und dachte: Du wirst alt und schwach. Du hast dich der Unvernunft verschrieben, um einen zeitweiligen Frieden zu erkaufen. Aber dieser Frieden wird uns, deinen Nachfolgern, noch zusetzen. Und womöglich hast du dir den Frieden damit noch nicht einmal erkauft. Aber das werden wir bald erfahren.

In der Nacht starb der verletzte Student. Der trauernde Vater sprach mit den Studenten, die draußen Wache hielten. Am nächsten Tag wurde die Leiche am Verbrennungsghat an der Ganga verbrannt. Die Studenten saßen auf den Stufen, die zum Ghat hinunterführten. Es gab keine Demonstration. Die dichtgedrängte Trauergemeinde schwieg, als die Flammen prasselnd um die Leiche hochloderten. Die Polizei war angewiesen worden, sich fernzuhalten. Es kam nicht zu Ausschreitungen.

12.25

Dr. Kishen Chand Seth hatte zwei Tische in dem kleinen Bridgezimmer des Subzipore Clubs reserviert. Als sie seinen Namen auf der täglichen Liste sahen, buchte keines der anderen Clubmitglieder einen weiteren der insgesamt vier Tische. Der Bibliothekar, der jeden Tag einen Blick auf die Liste warf (das Bridgezimmer befand sich neben der Bibliothek), seufzte, als er den Namen des berühmten Radiologen las. An diesem Nachmittag wäre es aus mit seiner Ruhe, und wenn sie auch während der Filmvorführung weiterspielten, dann könnte er den Abend ebenfalls vergessen.

Dr. Kishen Chand Seth saß der Wand gegenüber, an der ein Tigerfell mit dem Kopf nach unten hing. Der Tiger befand sich seit Menschengedenken dort, wenn auch seine Beziehung zum Bridgespiel unklar war. An den übrigen drei Wänden hingen Drucke von den Oxford Colleges – auf einem saß ein Pelikan auf einer Säule in einem viereckigen Hof. In dem kleinen quadratischen Zimmer bildeten die vier mit grünem Filz bezogenen Tische ein zweites Quadrat. Außer den sechzehn Stühlen mit den harten Lehnen gab es keine weitere Sitzmöglichkeit. Wenn man von dem Tigerfell absah, war es ein streng eingerichteter Raum. Das eine große Fenster ging hinaus auf einen Kiesweg und die Rasenfläche, auf der die Clubmitglieder und ihre Gäste im Schatten großer Bäume auf weißen Rohrstühlen saßen und an Longdrinks nippten; weit dahinter floß der Ganges.

Die sieben weiteren Mitspieler von Dr. Kishen Chand Seths Bridgegesellschaft waren: seine Frau Parvati, die einen außergewöhnlich geschmacklosen mit Rosen bedruckten Sari trug; sein angeheirateter Verwandter, der Exfinanzminister Mahesh Kapoor, mit dem er, wie Dr. Seth sich zu erinnern meinte, im Augenblick auf gutem Fuße stand; Mr. Shastri, der Generalstaatsanwalt; der Nawab Sahib von Baitar; Professor und Mrs. O. P. Mishra und Dr. Durrani. Es waren insgesamt sechs Männer und zwei Frauen, und die Auslosung der Plätze hatte ergeben, daß die beiden Frauen an einem Tisch saßen, jedoch gegeneinander spielten. Mrs. O. P. Mishra, eine ängstliche, aber ständig plappernde Frau, war eine gute Bridgespielerin. Parvati Seth war keine gute Spielerin und irritierte ihren Mann durch ihr zögerndes und begriffsstutziges Bieten, wann immer sie mit ihm zusammenspielte. Er traute sich jedoch nur selten, sie zurechtzuweisen, und ließ seine schlechte Laune an jemandem aus, der zufällig in der Nähe war.

Dr. Kishen Chand Seths Vorstellung eines idealen Bridgenachmittags war eine wilde, ruchlose Spielweise, kombiniert mit ununterbrochener Unterhaltung; und seine Vorstellung von einer idealen Unterhaltung war eine ununterbrochene Serie kleiner Schocks und Explosionen.

Wenn er sich köstlich amüsierte, gackerte er. Und ein Gackern ging auch der folgenden Bemerkung voraus: »Zwei Pik. Hm, hm, hm, Minister – Exminister, sollte ich wohl sagen –, Sie brauchen so lange zum Bieten, wie Sie gebraucht haben, um zurückzutreten.«

Mahesh Kapoor runzelte vor Konzentration die Stirn. »Was? Ich passe.«

»Oder so lange, wie er gebraucht hat, um das Zamindari-Gesetz zu basteln, meinen Sie nicht auch, Nawab Sahib? Er war schon immer ein langsamer Bieter. Hoffen wir, daß er sich genausoviel Zeit läßt, wenn er Ihren Besitz übernehmen will. Aber Sie haben eigentlich keinen Grund, so lange zu überlegen.«

Der Nawab Sahib sagte etwas zerstreut: »Drei Herz.«

»Aber ich habe es ja ganz vergessen«, sagte Dr. Kishen Chand Seth und wandte sich nach links, »das machen ja gar nicht mehr Sie. Wer dann, frage ich mich. Agarwal? Wird er mit beidem fertig, dem Finanz- und dem Innenministerium?«

Mr. Mahesh Kapoor setzte sich etwas gerader hin und nahm die Karten etwas fester in die Hand, erwiderte jedoch nichts. Einen Augenblick lang dachte er daran, seinen Gastgeber daran zu erinnern, daß es L. N. Agarwal gewesen war, der befohlen hatte, Autos zu beschlagnahmen. Aber er hielt sich zurück.

»Nichts, ähm, nichts zu bieten«, sagte Dr. Durrani.

Dr. Kishen Chand Seth, dessen drei Feuerwerkskörper wirkungslos verpufft waren, versuchte es mit einem vierten. »Aber dieses Ministerium verlangt nach jemandem, der sich seiner Verantwortung bewußt ist, und wer im Kabinett ist so kompetent wie Agarwal? Also, was soll ich bieten? Was soll ich bieten? Drei Pik. Gut. Aber ich muß sagen, die Lektion, die er den Studenten erteilt hat, hat mir gefallen. Zu meiner Zeit kümmerten sich Medizinstudenten um Anatomie und ließen sich nicht zu Leichen prügeln. Drei Pik. Also, was bieten Sie, Kapoor Sahib?«

Mahesh Kapoor sah zu seinem Partner und dachte an den Studenten, der ihm seinen Enkelsohn zurückgebracht hatte. Dr. Durrani schien mit sich selbst zu kämpfen. »Also, ähm, glauben Sie, also, daß der Einsatz von Lathis, ähm, gerechtfertigt war?« fragte er und kniff die Augenbrauen zusammen. In seinem Tonfall schwang soviel Mißbilligung mit wie möglich, das heißt, nicht viel. Er hatte sich auch nur milde tadelnd über den Versuch seiner Frau geäußert, einen Großteil seines Lebenswerkes zu zerstören, indem sie seine mathematischen Unterlagen zerriß.

»O ja, selbstverständlich«, rief Dr. Kishen Chand Seth genüßlich. »Man muß grausam sein, um auch wieder freundlich sein zu können. Das Messer des Chirurgen, wir Doktoren lernen das in einem frühen Alter. Aber Sie sind natürlich auch ein Doktor. Eine Art Doktor. Noch kein Professor, aber das werden Sie zweifellos auch noch werden. Sie sollten Professor Mishra fragen, wessen es bedarf, um solche Höhen zu erklimmen.«

Solcherart verknüpfte Dr. Kishen Chand Seth die zwei Tische in einem Netz ablenkender Gespräche. Sein eigenes Spiel lebte von dem Durcheinander, das seine Sticheleien erzeugten. Die meisten kannten ihn lang genug, um sich daran gewöhnt zu haben, und versuchten, sich nicht provozieren zu lassen. Aber jeder andere, der zur selben Zeit versucht hätte, in dem Zimmer Bridge zu spielen, hätte sich wohl beim Clubvorstand beschwert, wäre Dr. Kishen Chand Seth nicht selbst Vorstandsmitglied gewesen. Da er eines der ältesten Mitglieder des Subzipore Clubs und davon überzeugt war, daß er alle anderen wahrhaft terrorisieren durfte, bevor sie auch nur den kleinsten Grund hatten, sich über ihn zu beschweren, entging sein schrulliges Verhalten den normalen Konsequenzen.

Als er die Karten des Dummys sah, bekam Dr. Kishen Chand Seth fast einen Anfall. Nachdem er seine Karten gespielt hatte, lagen er und der Nawab Sahib einen Stich hinter dem Gebot zurück, und Dr. Seth kanzelte seinen Partner rundheraus ab. »Um Himmels willen, Nawab Sahib, wie können Sie mit so schlechten Karten drei Herz bieten? Wir hatten keine Chance, neun Stiche zu machen.«

»Sie hätten Herz haben können.«

Dr. Kishen Chand Seth knisterte vor Zorn. »Wenn ich Herz gehabt hätte, Partner, hätte ich die Farbe früher gemeldet«, schrie er nahezu. »Wenn Sie kein Pik hatten, hätten Sie den Mund halten sollen – beim Bieten. Aber das kommt davon, wenn man der eigenen Religion den Rücken kehrt und mit Ungläubigen Karten spielt.«

Der Nawab Sahib sagte sich wie schon oft zuvor, daß er zukünftig keine Einladung mehr von Dr. Kishen Chand Seth annehmen würde.

»Aber, aber, Kishy«, sagte Parvati beruhigend am anderen Tisch.

»Tut mir leid – tut mir leid«, sagte Dr. Kishen Chand Seth. »Ich – also – also, wer gibt? Ach ja, etwas zu trinken. Wer möchte was trinken?« Und er zog das Brett, das sich gleich rechts von ihm unter dem Tisch befand, hervor; darauf standen ein Aschenbecher und ein Tablett. »Die Damen zuerst. Gin für die Damen?«

Mrs. O. P. Mishra warf ihrem Mann einen entsetzten Blick zu. Parvati, der das nicht entgangen war, sagte ziemlich scharf: »Kishy!«

Kishy benahm sich die nächsten paar Minuten anständig. Er konzentrierte sich abwechselnd auf seine Karten, den Tiger und (nachdem der Kellner ihn gebracht hatte) seinen Whisky. Normalerweise trank er nur Tee und Nimbu Pani, aber er bekam so einen Wutanfall, wenn er beim Bridge keinen Whisky trinken durfte, daß Parvati es für das beste hielt, ihre Kräfte für aussichtsreichere Kämpfe zu sparen. Das Problem lag darin, daß der Whisky eine unvorhersehbare Wirkung haben konnte. An manchen Tagen stimmte er ihn nahezu milde, an anderen noch streitlustiger. Sinnlich machte Whisky ihn nie und auch selten – wie andere Männer – sentimental; das gelang nur Filmen.

Dr. Kishen Chand Seth freute sich schon auf den Film, der an diesem Tag im Club vorgeführt werden sollte; wenn er sich richtig erinnerte, dann war es ein Film mit Charlie Chaplin. Seine Enkelin Savita wollte den Film unbedingt sehen und hatte sich entgegen dem Rat ihres Mannes und ihrer Mutter seine Mitgliedschaft zunutze gemacht und sich ihm angeschlossen. Pran und Mrs. Rupa Mehra hatten vernünftigerweise darauf bestanden mitzukommen. Aber Dr. Seth sah sie nirgendwo auf dem Rasen sitzen, obwohl sie schon über eine Stunde spielten und beim zweiten Rubber und dem dreizehnten Stechen angelangt waren.

»Ähm, also«, widersprach Dr. Durrani, »ich kann nicht, ähm, wissen Sie, gänzlich mit Ihnen übereinstimmen. Eine genaue Berechnung der Wahrscheinlichkeiten ist ein wesentlicher Bestandteil ...«

»Wesentlich, nichts da!« schnitt ihm Dr. Kishen Chand Seth das Wort ab. »Das wichtigste beim Bridgespiel ist Deduktion, nicht die Berechnung von Wahrscheinlichkeiten. Ich werde Ihnen ein Beispiel schildern.« Dr. Kishen Chand Seth liebte es, mit Beispielen zu argumentieren. »Es ist erst eine Woche her. Eine Woche, nicht wahr, Liebling?«

»Ja, Schatz«, sagte Parvati. Sie erinnerte sich gut an das Spiel, weil der Triumph ihres Mannes seit einer Woche wesentlicher Bestandteil der abendlichen Unterhaltung war.

»Ich bot und spielte ziemlich früh Kreuz. Ich hatte fünf Kreuz, mein Dummy zwei, und der Mann rechts von mir konnte die Farbe nicht bedienen.«

»Die Frau, Kishy.«

»Ja, ja, die Frau!« sagte Dr. Kishen Chand Seth so vorwurfsvoll, wie er sich traute.

»Das bedeutete, daß der Mann links von mir sechs Kreuz haben mußte oder vielmehr fünf nach dem ersten Stich. Etwas später war klar, daß er nur zwei Herz in der Hand haben konnte. Da er Pik geboten hatte, nahm ich an, daß er mindestens vier Pik haben mußte, und die ihm verbliebenen Pik waren die anderen Karten in seiner Hand.«

»Ist das nicht Rupa, Schatz?« fragte Parvati plötzlich und deutete auf den Rasen. Sie hatte die Geschichte so oft gehört, daß sie vergaß, ihr ehrfurchtsvoll zu folgen.

Diese grausame Unterbrechung warf ihren Mann völlig aus dem Gleichgewicht. »Ja, ja, das ist Rupa. Soll es doch Rupa sein – oder irgend jemand anders«, schrie er und verscheuchte seine Tochter aus seinen Gedanken. »Sehen Sie, ich hatte das Herzas, den Herzkönig und den Herzbuben. Ich spielte zuerst das As, dann den König. Und wie ich deduziert hatte, fiel die Dame.« Er hielt inne, um in der Erinnerung zu schwelgen. »Alle sagten, daß ich Glück gehabt hätte oder daß die Wahrscheinlichkeiten für mich gesprochen hätten. Aber das stimmte überhaupt nicht. Glück – nichts da! Wahrscheinlichkeiten – nichts da! Ich hielt meine Augen offen und vor allem mein Hirn. Für die Deduktion«, schloß er triumphierend. Und da es fast wie ein Trinkspruch geklungen hatte, trank er einen kräftigen Schluck Whisky.

Dr. Durrani schien nicht überzeugt.

Am anderen Tisch, der sonst oft genug in den Strudel von Dr. Seths Unterhaltung hineingezogen wurde, ging es viel ruhiger zu. Mr. Shastri, der Generalstaatsanwalt, zeigte sich von seiner freundlichsten Seite und tat (auf seine einsilbige Weise) sein Bestes, um Mrs. O. P. Mishra ein höheres Gebot zu entlocken. Sie spielte gut, schien sich jedoch genau deswegen Sorgen zu machen; immer wieder blickte sie beunruhigt zu ihrem Mann, der ihr gegenübersaß. Bridge, bei dem Bieten fast ausschließlich aus einsilbigen Worten besteht, war das ideale Spiel für Mr. Shastri. Er war froh, daß er nicht am anderen Tisch saß, wo ihm sein Gastgeber ein peinliches Gespräch über die Enteignung der Großgrundbesitzer und seine Einschätzung der Chancen der Regierung, wenn der Zamindari-Fall vor dem Obersten Gerichtshof verhandelt würde, aufgezwungen hätte. Er sympathisierte gleichermaßen mit dem Nawab Sahib und mit Mahesh Kapoor. Mahesh Kapoor war mittlerweile zweimal über Dr. Kishen Chand Seths Ansichten in Wut ausgebrochen, und das dritte Mal schien kurz bevorzustehen. Der Nawab Sahib war in eisige Höflichkeit verfallen; er reagierte nicht einmal mehr auf die unverschämtesten Kommentare seines Gastgebers und weigerte sich, ihm sein mehrmaliges Whiskyangebot übelzunehmen – oder auch nur zu wiederholen, was Dr. Kishen Chand Seth sehr wohl wußte, nämlich daß er absoluter Abstinenzler war. Nur Dr. Durrani war in der Lage, geistesabwesend und nicht sehr unterhaltsam zu widersprechen, und das ärgerte Dr. Kishen Chand Seth.

Professor O.P. Mishra belehrte Parvati und den Generalstaatsanwalt.

»Wissen Sie, Politiker ziehen es vor, wichtige Stellen mit unbedeutenden Persönlichkeiten zu besetzen, nicht nur weil sie selbst dann besser aussehen und weil sie Angst vor der Konkurrenz haben, sondern auch, weil eine Person, die aufgrund ihrer Verdienste berufen wurde, sehr wohl weiß, daß ihr die Stelle zusteht, während ein unbedeutender Mensch nur zu gut weiß, daß sie ihm nicht zusteht.«

»Ich verstehe.« Mr. Shastri lächelte. »Und bei Ihrer Pro-fes-sion ist das anders?«

»Nun«, sagte Professor Mishra, »natürlich gibt es hie und da auch solche Fälle, aber im allgemeinen wird immer der Versuch gemacht, zumindest in unserem Institut, ausgezeichneten Qualifikationen den Vorrang zu geben ... Nur weil jemand zum Beispiel der Sohn einer berühmten Person ist, heißt das in unseren Augen nicht ...«

»Was sagen Sie da, Mishra?« rief Dr. Seth vom anderen Tisch. »Bitte, sagen Sie das noch mal – ich habe Sie nicht ganz verstanden und mein Freund Kapoor Sahib auch nicht.«

Dr. Seth fühlte sich nie wohler, als wenn er durch ein emotionales Minenfeld spazierte – es sei denn, er mußte sieben andere Kämpfer mit sich schleppen.

Professor Mishra schürzte zuckersüß die Lippen und sagte: »Mein lieber Dr. Seth, jetzt habe ich ganz vergessen, worüber ich gerade noch geplaudert habe – vielleicht weil ich mich in dieser angenehmen Umgebung so entspannt fühle. Oder vielleicht hat Ihr ausgezeichneter Whisky meinen Geist ebenso schwach gemacht wie meine Glieder. Aber was für ein erstaunlicher Mechanismus der menschliche Körper doch ist: Wer würde denken, daß man, sagen wir, vier Pfeilwurzkekse und ein hartgekochtes Ei hineinsteckt und drei Pik wieder herausbekommt – mit einem Trick Rückstand.«

Parvati schaltete sich eilig ein. »Professor Mishra, ein junger Dozent hat uns vor ein paar Tagen die Freuden des Lehrens geschildert. Was für einen noblen Beruf Sie doch haben.«

»Meine werte Dame«, sagte Professor Mishra, »Lehren ist eine undankbare Aufgabe, aber man nimmt sie auf sich, weil man meint, dazu berufen zu sein. Vor zwei Jahren habe ich im Radio an einer interessanten Diskussion über das Thema ›Lehren als Berufung‹ teilgenommen – mit einem Anwalt namens Dilip Pandey –, und damals habe ich gesagt – oder war es Deepak Pandey –, egal, ich habe gesagt ...«

»Dilip«, sagte der Generalstaatsanwalt. »Er ist mittlerweile gestorben.«

»Ach ja? Was für ein Jammer. Nun, damals habe ich gesagt, daß es drei Arten von Lehrern gibt: diejenigen, die vergessen werden, diejenigen, an die man sich mit Haß erinnert, und drittens die Glücklichen, zu denen ich hoffentlich gehöre, an die man sich erinnert und denen«, er machte eine effektvolle Pause, »vergeben wird.«

Er wirkte sehr zufrieden mit seiner Formulierung.

»Oh, du gehörst dazu, du gehörst dazu«, sagte seine Frau beflissen.

»Was ist los?« schrie Dr. Kishen Chand Seth. »Sprechen Sie lauter, wir verstehen Sie nicht.« Und er klopfte mit seinem Stock auf den Boden.

Gegen Ende des zweiten Rubbers ließ der Bibliothekar (der von den Bibliotheksbenutzern schon zweimal darum gebeten worden war) eine Nachricht in das Bridgezimmer bringen. Hätte Parvati ihn nicht zurückgehalten, hätte Dr. Kishen Chand Seth beim Erhalt vor Wut laut aufgeschrien. Er konnte die Insubordination des Bibliothekars, der darum bat, die Lautstärke der Unterhaltung im Bridgezimmer zu dämpfen, weder glauben noch verdauen. Er würde den Kerl vor den Vorstand schleifen. Ein Nichtsnutz, der meistens zwischen den Regalen schlief, der seine Stelle als einträgliche Pfründe betrachtete, der ...

»Ja, Schatz«, sagte Parvati. »Ja, Schatz, ich weiß. Wir an diesem Tisch haben unseren zweiten Rubber beendet und unterhalten uns leise. Warum konzentriert ihr euch nicht darauf, den euren zu beenden, und dann gehen wir alle zusammen hinaus. Der Film wird in zwanzig Minuten anfangen. Wie schade, daß sie während des Monsuns die Filme im Haus vorführen. Ach, dort sitzen ja Savita und Pran und essen Chips. Sie sieht ja richtig massig aus. Vielleicht sollten wir gleich hinausgehen, und ihr kommt später nach.«

»Ich fürchte, wir müssen jetzt gehen«, sagte Professor Mishra und stand hastig auf. Auch seine Frau erhob sich.

»Müssen Sie wirklich gehen? Können Sie nicht bleiben?« fragte Parvati.

»Nein – nein – habe zur Zeit viel zu tun – wir haben Gäste im Haus, und man hat mir auch noch die völlig unnötige Überarbeitung des Lehrplans aufgehalst«, erklärte der Professor.

Mahesh Kapoor sah ihn einen Augenblick an und wandte sich dann wieder seinen Karten zu.

»Danke, danke«, sagte der Wal und glitt schnell hinaus, gefolgt von seiner unbedeutenden Frau.

»Wie sonderbar«, sagte Parvati und wandte sich wieder dem Tisch zu. »Verstehen Sie das?« fragte sie Mr. Shastri.

»Eine energische Per-sön-lich-keit«, lautete Mr. Shastris Erklärung. Wenn sie auch nicht sehr aufschlußreich war, wurde sie doch lächelnd vorgetragen und vermittelte das Gefühl, daß Mr. Shastri sich in der Welt auskannte und keine Meinung äußerte, wo eine Meinung überflüssig war.

Parvati wollte nun doch nicht mehr vorausgehen. Zum einen mußte ihr Mann vielleicht noch im Zaum gehalten werden. Zum anderen wollte sie nicht ohne seine Unterstützung Mrs. Rupa Mehra gegenübertreten. Die Reaktion von Kishys Tochter auf ihren rosenbedruckten Sari war unvorhersehbar. Parvati wartete noch ein paar Minuten, bis der Rubber beendet war. Ihr Mann gehörte zu den Gewinnern. Schadenfroh zählte er seine Punkte zusammen – einschließlich eines überzähligen Tricks und hundert Zusatzpunkten. Sie atmete auf.

12.26

Draußen wurde jeder jedem vorgestellt. Savita unterhielt sich anschließend langsam und bedächtig mit Mr. Shastri. Sie fand ihn sehr interessant. Er erzählte ihr von einer Anwältin am Hohen Gericht von Brahmpur, die in Strafrechtsfällen ziemlich erfolgreich war, obwohl sie die Vorurteile von Mandanten, Kollegen und Richtern hatte überwinden müssen.

Pran fühlte sich ein bißchen erschöpft, aber Savita hatte darauf bestanden, noch einmal Charlie Chaplin zu sehen, ›bevor ich Mutter werde und alles anders sehe‹. Der Buick ihres Großvaters, der durch die Beschlagnahme etwas gelitten hatte, war geschickt worden, um sie herzubringen. Lata war zu einer dieser abendlichen Proben gegangen, die Mrs. Rupa Mehra so fürchtete; aber der Regisseur hatte darauf bestanden, die Proben nachzuholen, die wegen der Studentenunruhen ausgefallen waren.

Savita wirkte glücklich und energiegeladen und aß mit großem Appetit die Spezialität des Clubs: kleine Goli-Kababs mit jeweils einer Rosine in der Mitte. Je länger sie mit Mr. Shastri sprach, desto interessanter erschien ihr das Jurastudium.

Pran ging zu der niedrigen Mauer, die den Subzipore Club vom Flußufer trennte. Er blickte auf das braune Wasser und die wenigen langsamen Boote, die lautlos dahinglitten. Er dachte daran, daß er bald wie sein eigener Vater Vater werden würde, und er zweifelte daran, ob er ein guter Vater würde. Ich werde mir zu viele Sorgen um das Wohl meines Kindes machen, dachte er. Aber dann fiel ihm ein, daß Kedarnaths ständige ängstliche Besorgtheit Bhaskar nicht negativ beeinflußt hatte. Hierauf dachte er lächelnd an Maan, der seiner Meinung nach zu sorglos lebte. Da er sich etwas außer Atem fühlte, lehnte er sich an die Mauer und beobachtete die anderen aus ein paar Metern Entfernung.

Mrs. Rupa Mehra war zusammengezuckt, als sie Dr. Durranis Namen hörte. Sie konnte kaum glauben, daß ihr Vater ihn gut genug kannte, um ihn zum Bridgespielen einzuladen. Schließlich war es Dr. Kishen Chand Seth, der ihr in ihrer höchsten Not geraten hatte, sie solle Lata angesichts der Durrani-Bedrohung so schnell wie möglich aus Brahmpur fortschaffen. Hatte er ihr absichtlich nichts von seiner Bekanntschaft mit Dr. Durrani erzählt? Oder kannte er ihn erst seit kurzem?

Dr. Durrani saß jetzt neben ihr, neigte sich auf seinem Rohrstuhl leicht nach vorn, und sowohl ihr Sinn für Höflichkeit als auch ihre Neugier zwangen sie dazu, ihre Überraschung herunterzuschlucken und mit ihm zu sprechen. Als Antwort auf eine Frage ihrerseits erzählte er ihr, daß er zwei Söhne habe.

»Ach ja«, sagte Mrs. Rupa Mehra, »einer von ihnen hat Bhaskar bei der Pul Mela gerettet. Was für eine schreckliche Sache. Wie tapfer von ihm. Möchten Sie noch einen Chip?«

»Ja. Kabir. Ich fürchte jedoch, daß, ähm, sein Scharfsinn, äm, äm, seine Einsichts ...«
»Wessen? Kabirs?«
Dr. Durrani schien überrascht. »Nein, ähm, Bhaskars.«
»Gelitten hat?« fragte Mrs. Rupa Mehra ängstlich.
»Ähm, ziemlich.«
Nach einer Weile fragte Mrs. Rupa Mehra: »Und wo ist er jetzt?«
»Im Bett?« fragte Dr. Durrani, anstatt zu antworten.
»Ist es nicht etwas früh, um ins Bett zu gehen?« Mrs. Rupa Mehra war verwirrt.
»Soweit, ähm, ich weiß, sind seine Mutter und, ähm, Großmutter diesbezüglich ziemlich, hm, streng. Sie stecken ihn, ähm, so um sieben ins Bett. Anweisung des Arztes.«
»Oh«, sagte Mrs. Rupa Mehra. »Wir haben aneinander vorbeigeredet. Ich meinte, was Ihr Sohn Kabir jetzt macht. War er an den Aktivitäten der Studenten beteiligt?«
»Erst nach der, äh, bedauerlichen, ähm, Verletzung des Jungen.« Er schüttelte den Kopf und kniff die Augen zusammen. »Nein, ähm, er hat andere Interessen. In diesem Augenblick, ähm, probt er für ein Stück ... ähm, stimmt irgend etwas nicht? Liebe Mrs. Mehra?«
Mrs. Rupa Mehra hatte sich an ihrem Nimbu Pani verschluckt.
Um ihre Verlegenheit zu überspielen, tat Dr. Durrani so, als wäre nichts. Er sprach weiter – zögernd natürlich – über dies und das. Als Mrs. Mehra sich von ihrem Schock teilweise wieder erholt hatte, ließ er sich höflich und voller Mitgefühl über das Pergolesi-Lemma aus.
»Es waren meine Unterlagen über das, ähm, Lemma, die meine Frau beinahe, ähm, zerrissen hat«, sagte er.
»Oh, warum?« fragte Mrs. Rupa Mehra und stürzte sich auf die ersten zwei sinnvollen Silben, die ihr einfielen, um zu beweisen, daß sie ihm zugehört hatte.
»Ach«, sagte Dr. Durrani. »Weil meine Frau, ähm, verrückt ist.«
»Verrückt?« flüsterte Mrs. Rupa Mehra.
»Ja, ähm, ziemlich verrückt. Es scheint, ähm, der Film fängt an. Sollen wir reingehen?« fragte Dr. Durrani.

12.27

Sie betraten den Tanzsaal des Clubs, in dem während der kalten oder regnerischen Zeit die wöchentlichen Filmvorführungen stattfanden. Der Aufenthalt im Freien war viel angenehmer, weil der Saal stets überfüllt war, aber jetzt bestand immer das Risiko eines abendlichen Regenschauers.
Lichter der Großstadt begann, und sofort wurde laut gelacht. In Mrs. Rupa

Mehras Ohren klang dieses Lachen jedoch wie Hohn. Nur zu deutlich erkannte sie jetzt das perfekt ausgeklügelte Komplott, den infamen Plan, mit dem Lata es mit Hilfe von Malati geschafft hatte, im selben Stück aufzutreten wie Kabir. Seit ihrer Rückkehr nach Brahmpur hatte Lata ihn nicht ein einziges Mal erwähnt. Wenn seine Beteiligung bei der Rettung Bhaskars zur Sprache kam, überhörte sie das geflissentlich. Wozu auch, dachte Mrs. Rupa Mehra empört, wenn sie in ihren Tête-à-têtes die Fakten vom Protagonisten selbst erfahren kann.

Daß Lata ihre Mutter heimlich hintergangen hatte – ihre Mutter, die sie liebte und für die Ausbildung und das Glück ihrer Kinder auf jede Annehmlichkeit verzichtet hatte –, schmerzte Mrs. Rupa Mehra zutiefst. Das also war der Dank dafür, daß sie tolerant und verständnisvoll gewesen war. Das passierte, wenn man Witwe und ganz allein auf der Welt war und niemanden hatte, der einem dabei half, die Kinder zu ihrem eigenen Wohl unter Kontrolle zu halten. Im dunklen Saal war ihre Nase rot angelaufen, und als sie an ihren verstorbenen Mann dachte, begann sie zu schluchzen.

›Mein Frau ist, ähm, verrückt.‹ Diese Worte gingen ihr nicht mehr aus dem Kopf. Wer hatte sie gesagt? Dr. Durrani? Eine Stimme im Film? Ihr Mann Raghubir? Nicht genug, daß er Moslem war – nein, dieser verdammte Junge mußte auch noch halb verrückt sein. Arme Lata, arme, arme Lata. Und Mrs. Rupa Mehra begann aus Mitleid mit ihrer Tochter und aus Wut über sie laut und hemmungslos zu weinen.

Zu ihrer Überraschung stellte sie fest, daß die Leute rechts und links von ihr ebenfalls schluchzten. Dr. Kishen Chand Seth zum Beispiel, der neben ihr saß, zitterte vor Gram. Als ihr die Ursache dafür bewußt wurde, sah sie auf die kleine Leinwand. Aber sie konnte sich nicht konzentrieren. Sie fühlte sich nicht wohl. Sie öffnete ihre schwarze Handtasche, um ihr 4711 Kölnisch Wasser herauszuholen.

Jemand, dem es ebenfalls überhaupt nicht gutging, war Pran. Er spürte in der hermetischen und etwas muffigen Atmosphäre des überfüllten Saals, daß er demnächst einen seiner schrecklichen Anfälle haben würde. Zuvor hatte er sich etwas atemlos gefühlt, aber das war besser geworden, nachdem er sich gesetzt hatte. Jetzt fiel es ihm zunehmend schwer zu atmen. Er machte den Mund auf. Er hatte Mühe, die verbrauchte Luft aus- und frische Luft einzuatmen. Er beugte sich vornüber und richtete sich wieder auf. Es half nicht. Er begann zu keuchen. Seine Brust und sein Hals mühten sich erfolglos. In einem Nebel aus Verzweiflung hörte er das Gelächter des Publikums, aber er hatte die Augen geschlossen und verfolgte den Film nicht mehr.

Pran begann, pfeifend zu keuchen, und Savita, die sich ihm in dem Glauben zugewandt hatte, daß seine Krämpfe vom Lachen verursacht wären und sich wieder legen würden, hörte die typischen Warnsignale. Sie nahm seine Hand. Aber Pran hatte nur einen Gedanken: Sauerstoff in seine Lunge zu pumpen. Je mehr er es versuchte, desto schwieriger schien es zu werden. Seine Anstrengungen wurden verzweifelter. Er mußte aufstehen und sich vornüberbeugen. Andere Leute wandten den Kopf und sahen sich nach der Ursache der Störung um. Savita sagte leise den anderen Familienmitgliedern Bescheid, und alle standen auf, um zu gehen. Mrs. Rupa Mehra hörte auf, um ihre Tochter zu weinen, und machte sich statt dessen große Sorgen um ihren Schwiegersohn. Dr. Kishen Chand Seth, der vollkommen in Glück und Leid von *Lichter der Großstadt* versunken war, biß enttäuscht die Zähne zusammen, und nur ein warnendes Wort von Parvati konnte ihn von einem Wutausbruch abhalten.

Irgendwie schafften sie es zu seinem Wagen, und dort brach Pran zusammen. Es tat weh, seinen Kampf um Atemluft mit anzusehen; und Mrs. Rupa Mehra versuchte, ihre Tochter davon abzulenken. Das Baby sollte in zwei Wochen geboren werden, und sie hatte Savita sogar vor der harmlosen Aufregung einer Filmvorführung abgeraten.

Savita hielt Prans Hand und sagte zu Dr. Kishen Chand Seth: »Dieser Anfall ist schlimmer als sonst, Nanaji. Wir sollten ins Krankenhaus fahren.« Aber Pran schaffte es, zwei Worte zu keuchen: »Nach Hause.« Er glaubte, daß die Krämpfe dort sofort nachlassen würden.

Sie fuhren nach Hause. Pran wurde ins Bett gebracht. Aber der Anfall ließ nicht nach. Die Adern an seinem Hals und auf seiner Stirn traten hervor. Seine Augen registrierten kaum etwas, wenn er sie öffnete. Seine Brust senkte und hob sich mühevoll. Sein Husten, Keuchen und Pfeifen erfüllten den Raum, und in seinem Kopf herrschte eine verzweifelte Dunkelheit.

Es war fast schon eine Stunde vergangen. Dr. Kishen Chand Seth rief einen Kollegen an. Dann ging Savita, obwohl ihre Mutter sie mit der Begründung abhalten wollte, sie solle ruhen und sich nicht aufregen, vorsichtig aus dem Schlafzimmer, nahm den Telefonhörer, wählte die Nummer von Baitar House und fragte nach Imtiaz. Wundersamerweise war er zu Hause, aber in dem weitläufigen Haus dauerte es lange, bis er endlich am Telefon war.

»Imtiaz Bhai«, sagte Savita. »Pran hat einen seiner Asthmaanfälle, aber es ist schlimmer als sonst. Kannst du herkommen, bitte? ... Seit über einer Stunde ... Ja, ich bleibe ganz ruhig ... Aber bitte, komm her ... Bitte ... Im Club während der Filmvorführung ... Nein, dein Vater ist noch dort, aber mein Großvater ist hier bei uns, hier zu Hause ... Ja, ja, ich werde ruhig bleiben, aber ich werde noch ruhiger sein, wenn du hier bist ... Ich kann es nicht beschreiben. Es ist viel schlimmer als sonst, und ich habe viele Anfälle gesehen.«

Während des Gesprächs hatte ihr Mansoor, der junge Dienstbote, einen Stuhl gebracht, weil er meinte, in ihrem Zustand solle sie nicht stehen. Jetzt setzte sie sich, starrte das Telefon an und begann zu weinen.

Nach einer Weile sammelte sie sich und ging zurück ins Schlafzimmer, wo alle herumstanden, fassungslos und aufgewühlt.

An der Vordertür war ein Geräusch zu hören. »Ich werde nachsehen«, sagte Mrs. Rupa Mehra.

Es waren Lata und Malati, die von den Proben zu *Was ihr wollt* zurückkehrten.

»Immer, wenn ich Theater spiele oder singe«, sagte Malati, »habe ich das Gefühl, ich könnte ein Pferd verschlingen.«

»Heute gibt es bei uns kein Pferd«, sagte Lata, als sie die Tür öffnete. »Heute ist mal wieder einer von Mas Fastentagen. Wo sind die anderen?« fragte sie, als sie das Wohnzimmer leer vorfand, obwohl der Wagen draußen stand. »Ma? Warum weinst du? Ich wollte mich nicht über dich lustig machen. Es war nur ein dummer Witz ... Stimmt irgend etwas nicht? Was ist los?«

DREIZEHNTER TEIL

13.1

Kurz darauf trafen Maan, Firoz und Imtiaz ein. Maan versuchte, Savita ein bißchen aufzuheitern. Firoz sprach wenig. Wie alle anderen war er erschrocken über Prans bedauernswerten Zustand und seine keuchenden Versuche zu atmen.

Imtiaz andererseits ließ sich durch die qualvollen Kämpfe seines Freundes nicht aus der Fassung bringen und machte sich rasch an die Aufgabe, eine Diagnose zu stellen. Parvati Seth als ausgebildete Krankenschwester half dabei, Pran wenn nötig zu bewegen. Imtiaz wußte, daß Pran nur in der Lage war, gelegentlich zu nicken oder den Kopf zu schütteln, deswegen richtete er Fragen zur Krankheitsgeschichte und zu diesem plötzlichen Anfall an Savita. Malati beschrieb nahezu klinisch den Vorfall während der Vorlesung vor ein paar Tagen. Firoz hatte Imtiaz schon auf der Fahrt davon informiert, daß Pran, als er ihn im Gericht traf, über Erschöpfung und vor allem über einen Druck in der Herzgegend geklagt hatte.

Mrs. Rupa Mehra saß still auf einem Stuhl, Lata stand hinter ihr und hatte einen Arm um ihre Schultern gelegt. Mrs. Rupa Mehra sagte nichts zu Lata. Die Sorge um Pran hatte alles andere in den Hintergrund gedrängt.

Savita sah abwechselnd zu Pran und in Imtiaz' langes, helles, nachdenkliches Gesicht. Besonders das kleine Muttermal auf einer Wange erregte ihre Aufmerksamkeit, obwohl sie nicht hätte sagen können, warum. Im Augenblick tastete Imtiaz Prans Leber ab – was ihr angesichts des Asthmaanfalls etwas seltsam vorkam.

Imtiaz sagte zu Dr. Kishen Chand Seth: »Selbstverständlich ein Status asthmaticus. Er sollte sich legen, aber wenn es noch viel länger dauert, werde ich subkutan Adrenalin spritzen. Wenn möglich, möchte ich es jedoch vermeiden. Könnten Sie vielleicht arrangieren, daß das EKG-Gerät morgen hierhergebracht wird?«

Bei dem Wort ›EKG‹ erschrak nicht nur Dr. Seth, sondern auch alle anderen.

»Wozu brauchen Sie es?« fragte Dr. Seth scharf. Es gab in ganz Brahmpur nur ein EKG-Gerät, und das stand im Krankenhaus des medizinischen Colleges.

»Ich möchte seine Herztätigkeit aufzeichnen lassen. Und ich möchte Pran nicht transportieren, deswegen wäre es gut, wenn Sie das Gerät hierherbringen lassen könnten. Wenn ich darum bitte, dann glauben alle nur, daß ich ein junger Mann mit neumodischen Ideen bin, der nicht weiß, wie man Asthma behandelt.«

Genau das dachte auch Dr. Kishen Chand Seth. Wollte Imtiaz andeuten, daß er, Dr. Seth, altmodischen Ideen anhing? Aber irgend etwas in Imtiaz' selbstsicherer Art, den Patienten zu untersuchen, beeindruckte ihn. Er stimmte zu. Er wußte, daß das EKG-Gerät wie ein Schatz bewacht wurde.

In Lucknow gab es ein einziges Gerät, in Benares gar keins. Das medizinische College in Brahmpur hütete die erst kürzlich erworbene Maschine mit großem Besitzerstolz. Aber Dr. Seth war eine Instanz, mit der man dort wie überall sonst rechnen mußte. Am nächsten Tag wurde das EKG-Gerät gebracht.

Pran, dessen Zustand sich nach einer weiteren traumatischen Stunde stabilisiert hatte und der anschließend in einen erschöpften Schlaf gesunken war, wachte am nächsten Tag auf und sah Imtiaz und das Gerät in seinem Schlafzimmer.

»Wo ist Savita?« fragte er.

»Sie ruht sich auf dem Sofa im Zimmer nebenan aus. Auf Weisung des Arztes. Es geht ihr gut.«

»Was ist das?«

»Ein EKG-Gerät.«

»Es ist nicht sehr groß.« Pran war nicht beeindruckt.

»Das sind Viren auch nicht«, sagte Imtiaz und lachte kurz. »Wie hast du geschlafen?«

»Gut.« Pran sprach deutlich, es waren keine Pfeiftöne mehr zu hören.

»Wie fühlst du dich?«

»Ein bißchen schwach. Imtiaz, was soll das, ein EKG? Mein Problem ist nicht das Herz, sondern die Lunge.«

»Warum überläßt du diese Entscheidung nicht mir? Gut möglich, daß du recht hast, aber das zu überprüfen schadet nicht. Ich denke, daß diesmal ein Kardiogramm nützlich sein wird. Vermutlich war das nicht nur ein schlichter asthmatischer Anfall.«

Imtiaz wußte, daß er Pran nicht in Unwissenheit lassen und ihm etwas vorgaukeln konnte, sondern ihn ins Vertrauen ziehen mußte.

Aber Pran reagierte nur mit einem ›Oh‹. Er war noch immer schläfrig.

Nach einer Weile erkundigte sich Imtiaz nach Einzelheiten seiner Krankengeschichte und sagte dann: »Ich werde dich bitten müssen, dich sowenig wie möglich zu bewegen.«

»Aber meine Vorlesungen ...«

»Kommt nicht in Frage.«

»Und meine Ausschüsse?«

Imtiaz lachte. »Vergiß sie. Firoz hat mir erzählt, daß sie dir sowieso nur lästig sind.«

Pran ließ sich in die Kissen sinken. »Du warst schon immer ein Tyrann, Imtiaz. Auf jeden Fall weiß ich jetzt, was für eine Art Freund du bist. Du tauchst an Holi hier auf, bringst mich in Schwierigkeiten und läßt dich erst wieder blicken, wenn ich krank bin.«

Imtiaz gähnte.

»Du wirst dich wahrscheinlich damit entschuldigen, daß du hart arbeitest.«

»Stimmt«, sagte Imtiaz. »Dr. Khan ist trotz seiner Jugend oder gerade deswegen einer der gefragtesten Ärzte in ganz Brahmpur. Seine Arbeitsauffassung ist beispielhaft. Und sogar die widerspenstigsten Patienten befolgen gehorsam seine Anweisungen.«

»In Ordnung, in Ordnung«, sagte Pran und stimmte dem EKG zu. »Wann darf ich dich wieder erwarten?«

»Morgen. Und denk daran, du darfst das Haus und am besten auch das Bett nicht verlassen.«

»Bitte, Sir, darf ich das Bad aufsuchen?«

»Ja.«

»Und darf ich Besucher empfangen?«

»Ja.«

Bei seinem nächsten Besuch wurde Imtiaz sehr ernst. Er studierte das Kardiogramm und sagte zu Pran, ohne lang um den heißen Brei herumzureden: »Also, ich hatte recht, diesmal war es nicht nur das Asthma, sondern auch das Herz. Du leidest unter etwas, was wir eine ›starke Überbelastung der rechten Herzkammer‹ nennen. Ich empfehle, drei Wochen lang strikte Bettruhe zu halten, und ich werde dich für eine Weile ins Krankenhaus schicken. Kein Grund zur Beunruhigung. Vorlesungen, Ausschußsitzungen und so weiter sind gestrichen.«

»Aber das Baby ...«

»Das Baby? Gibt es Probleme?«

»Willst du damit sagen, daß das Baby geboren wird, während ich im Krankenhaus liege?«

»Das liegt beim Baby. Was mich betrifft, wirst du von jetzt an drei Wochen lang ruhen. Das Baby betrifft mich nicht«, sagte Imtiaz herzlos. »Was die Zeugung des Babys anbelangt, hast du deinen Teil geleistet. Der Rest ist Savitas Sache. Wenn du darauf bestehst, dich weiter zu gefährden, wirst du damit ihr schaden – und auch dem Baby.«

Pran akzeptierte dieses gerechtfertigte Argument. Er schloß die Augen, aber im gleichen Augenblick schlug eine Woge namenloser Ängste über ihm zusammen.

Er blickte schnell wieder auf und sagte: »Imtiaz, bitte erklär mir, was das ist – diese Überbelastung des Herzens, die du erwähnt hast. Sag nicht, daß ich das nicht wissen muß. Hatte ich einen Herzinfarkt oder so was?« Er erinnerte sich an Firoz' Bemerkung: »Das Herz und die Lunge sind zwei völlig unterschiedliche Dinge, junger Mann, zwei völlig unterschiedliche Dinge.« Und er mußte unwillkürlich lächeln.

Imtiaz sah ihn wieder mit dieser ernsten, für ihn so untypischen Miene an und sagte: »Wie ich sehe, amüsiert dich die Vorstellung eines Herzinfarkts. Gut, daß du nie einen gehabt hast und wahrscheinlich auch keinen haben wirst. Aber da du mich gefragt hast, will ich dir die Sache so einfach wie möglich erklären.« Er hielt inne und überlegte, wie er sich ausdrücken sollte. »Zwischen dem Herzen und der Lunge besteht eine enge Verbindung. Sie liegen in derselben Höhle, und die rechte Herzkammer pumpt das verbrauchte Blut in die Lunge, damit es dort aufgefrischt, das heißt mit Sauerstoff angereichert wird. Wenn die Lunge also nicht richtig funktioniert – zum Beispiel, wenn sie nicht genug Luft bekommt, weil die Luftröhre sich in einem asthmatischen Anfall verkrampft –, wird das Herz in Mitleidenschaft gezogen. Es versucht, mehr Blut in die Lunge zu pumpen, um den schlechten Sauerstoffwechsel auszugleichen, und so füllt sich die Kammer mit zuviel Blut, es staut sich dort an und vergrößert die Herzkammer. Verstehst du?«

»Ja. Du kannst gut erklären«, sagte Pran beklommen.

»Wegen des Blutstaus und der Vergrößerung büßt das Herz als Pumpe an Wirksamkeit ein, und das nennen wir ›durch einen Blutstau bedingtes Herzversagen‹. Es hat nichts mit dem zu tun, was Laien normalerweise unter ›Herzversagen‹ verstehen. Für sie heißt das Herzinfarkt. Also wie gesagt, das ist nicht dein Problem.«

»Warum muß ich dann drei Wochen im Bett bleiben? Das erscheint mir schrecklich lange. Was soll aus meiner Arbeit werden?«

»Du kannst im Bett etwas arbeiten. Und später kannst du ein bißchen spazierengehen. Aber Kricket kommt nicht in Frage.«

»Überhaupt nicht?«

»Nein. Jetzt zu den Medikamenten. Hier sind zwei verschiedene Arten weißer Tabletten. Diese nimmst du dreimal am Tag und von denen eine am Tag während der ersten Woche. Dann werde ich das Digoxin vielleicht geringer dosieren, je nachdem, wie sich dein Puls verhält. Aber das Aminophyllin wirst du ein paar Monate lang nehmen. Eventuell werde ich dir auch eine Penizillinspritze geben müssen.«

»Das klingt ernst, Doktor«, sagte Pran und versuchte dem Gespräch eine Spur Leichtigkeit zu geben. Dieser Imtiaz war ganz anders als der, der Professor Mishra in die Badewanne getaucht hatte.

»Es ist ernst.«

»Aber wenn nicht einen Herzinfarkt, was habe ich zu erwarten?«

»Bei dieser Art Herzversagen wirst du alle Symptome haben, die ein Blutstau verursachen kann. Deine Leber wird sich vergrößern, deine Füße ebenfalls, deine Adern im Hals werden hervortreten, du wirst husten und atemlos werden, besonders beim Gehen oder einer anderen körperlichen Anstrengung. Und es ist auch möglich, daß sich dein Geist verwirren wird. Ich will dich nicht beunruhigen – dein Zustand ist nicht lebensbedrohlich ...«

»Du beunruhigst mich aber«, sagte Pran, betrachtete Imtiaz' Muttermal und fand es irritierend. »Was tust du sonst noch? Ich kann diese Bettruhe nicht ernst nehmen. Ich weiß, daß ich okay bin. Ich bin – ein junger Mann. Ich fühle mich gut. Und nach den Anfällen geht es mir immer so gut wie zuvor – bin ich so gesund wie jeder andere – und genauso fit. Ich spiele Kricket. Ich wandere gern ...«

»Ich fürchte«, sagte Imtiaz, »das wird sich jetzt ändern. Früher warst du jemand, der unter Asthma litt. Jetzt jedoch ist die rechte Seite deines Herzens das Problem. Du wirst ruhig liegen müssen. Und du solltest dir meinen Rat zu Herzen nehmen.«

Pran verletzte die formelle Art, mit der sein Freund zu ihm sprach, und er protestierte nicht länger. Imtiaz hatte gesagt, daß sein Zustand nicht lebensbedrohlich sei. Pran wußte, ohne zu fragen – wegen der ernsten Art seines Freundes und der Aufzählung der möglichen Komplikationen –, daß diese Kondition mit großer Sicherheit sein Leben jedoch verkürzen würde.

Nachdem Imtiaz gegangen war, versuchte Pran, sich der neuen Situation zu stellen. Aber der heutige Tag war mehr oder weniger wie der gestrige, und die plötzlich veränderte Lage schien Pran etwas zu sein, was er abschütteln konnte – wie eine unwichtige Erinnerung oder einen schlechten Traum. Aber er fühlte sich deprimiert, und es fiel ihm schwer, das zu verbergen und sich gegenüber Lata, seiner Schwiegermutter und vor allem gegenüber Savita ganz normal zu verhalten.

13.2

Am Nachmittag wurde Pran ins Krankenhaus des medizinischen Colleges gebracht. Savita hatte darauf bestanden, ihn besuchen zu dürfen, deswegen hatte er eins der wenigen Zimmer im Erdgeschoß bekommen. Kurz nach seiner Einlieferung setzte ein heftiger Regen ein, der ein paar Stunden lang anhielt. Pran empfand den Regen als das Beste, was ihm unter diesen Umständen passieren konnte. Er lenkte ihn von sich selbst ab, wie es nicht einmal Lesen vermocht hätte. Außerdem hatte Imtiaz ihm geraten, daß er am ersten Tag nicht lesen oder sich sonst irgendwie anstrengen sollte.

Der Regen prasselte unablässig, ohne ihn zu stimulieren, es war genau das, was Pran brauchte. In kürzester Zeit war er eingedöst.

Er wachte auf, als ihn ein Moskito in die Hand stach.

Es war fast sieben Uhr, und die Besuchszeit ging zu Ende. Als er die Augen öffnete und nach der Brille auf dem Nachttisch griff, bemerkte er, daß außer Savita niemand bei ihm war.

»Wie fühlst du dich, Liebling?« fragte Savita.

»Gerade hat mich ein Moskito gestochen.«

»Armer Liebling. Böse Moskitos.«

»Das ist der Nachteil eines Zimmers im Erdgeschoß.«

»Was?«

»Die Moskitos.«

»Ich werde die Fenster zumachen.«

»Zu spät, sie sind schon im Zimmer.«

»Sie sollten Insektengift sprayen.«

»Das wird auch mir den Rest geben, ich kann das Zimmer nicht verlassen, während sie sprühen.«

»Das stimmt.«

»Savita, warum streiten wir nie?«

»Ist das so?«

»Ja, wir streiten nie wirklich.«

»Aber warum sollten wir?«

»Ich weiß nicht. Ich habe das Gefühl, mir entgeht etwas. Schau dir Arun und Meenakshi an. Du sagst, daß sie ständig verschiedener Meinung sind. Junge Paare haben immer Meinungsverschiedenheiten.«

»Wir können uns über die Erziehung des Babys streiten.«

»So lange will ich nicht warten.«

»Also dann darüber, wie oft es gestillt werden soll. Schlaf wieder, Pran, du wirkst ermüdend auf mich.«

»Von wem ist die Karte?«

»Von Professor Mishra.«

Pran schloß die Augen.

»Und die Blumen?«

»Von deiner Mutter.«

»Sie war hier – und niemand hat mich aufgeweckt?«

»Nein. Imtiaz hat gesagt, daß du dich ausruhen sollst – und wir haben dich ausruhen lassen.«

»Wer war noch da? Weißt du, ich habe einen ziemlichen Hunger.«

»Nicht viele. Heute sollten wir dich erst mal in Ruhe lassen.«

»Aha.«

»Damit du dich ein wenig erholst.«

Pran seufzte. Eine Zeitlang sprach keiner. Dann sagte er: »Darf ich was essen?«

»Ja, wir haben etwas von zu Hause mitgebracht. Imtiaz hat uns vor dem schrecklichen Krankenhausessen gewarnt.«

»Ist das nicht das Krankenhaus, in dem der Junge gestorben ist – der Medizinstudent?«

»Warum hast du so morbide Gedanken, Pran?«

»Ist Sterben etwa morbid?«
»Ich wünschte, du würdest nicht über so was reden.«
»Besser darüber zu reden, als es zu tun.«
»Willst du, daß ich eine Frühgeburt habe?«
»Gut, gut. Was liest du da?«
»Ein juristisches Buch. Firoz hat es mir geliehen.«
»Ein juristisches Buch?«
»Ja. Es interessiert mich.«
»Worum geht es?«
»Um zivilrechtliche Delikte.«
»Willst du Jura studieren?«
»Ja, vielleicht. Du solltest nicht so viel reden, Pran, das ist nicht gut für dich. Soll ich dir etwas aus dem *Brahmpur Chronicle* vorlesen? Die politischen Kommentare?«
»Nein, nein. Zivilrechtliche Delikte!« Pran begann zu lachen und mußte husten.
»Siehst du!« sagte Savita und ging zum Bett, um ihn zu stützen.
»Du solltest dir nicht solche Sorgen machen«, sagte Pran.
»Was für Sorgen?« sagte Savita schuldbewußt.
»Ich werde nicht sterben. Warum willst du plötzlich einen Beruf ergreifen?«
»Also wirklich, Pran, du bist entschlossen zu einer Meinungsverschiedenheit. Wenn ich mich mit Jura beschäftige, dann weil Shastri mich dafür interessiert hat. Ich möchte diese Anwältin kennenlernen, Jaya Sood, die im Hohen Gericht arbeitet. Er hat mir von ihr erzählt.«
»Du bekommst ein Kind. Du solltest nicht sofort anfangen zu studieren«, sagte Pran. »Und denk daran, was mein Vater dazu sagen würde.«
Mahesh Kapoor war sehr dafür, daß Frauen eine Ausbildung hatten, aber strikt dagegen, daß sie arbeiteten, und daraus machte er auch keinen Hehl.
Savita entgegnete nichts. Sie faltete den *Brahmpur Chronicle* und erschlug damit einen Moskito. »Willst du essen?« fragte sie Pran.
»Ich hoffe, du bist nicht allein hier«, sagte Pran. »Es überrascht mich, daß deine Mutter dich allein hat kommen lassen. Was, wenn du dich plötzlich unwohl fühlst?«
»Nach der offiziellen Besuchszeit darf nur eine Person bleiben. Und ich habe damit gedroht, ein Mordstheater zu machen, wenn das nicht ich bin. Und in meinem heiklen Zustand schadet mir jede Aufregung.«
»Du bist außerordentlich dumm und starrköpfig«, sagte Pran voll Zärtlichkeit.
»Ja«, sagte Savita. »Außerordentlich. Aber unten steht für den Fall des Falles das Auto deines Vaters. Was hält dein Vater übrigens von Nehrus Schwester, die eine arbeitende Frau ist, so es je eine gegeben hat?«
»Mm«, sagte Pran und überhörte den letzten Satz. »Gebratene Brinjal. Köstlich. Ja, lies mir was aus dem *Brahmpur Chronicle* vor. Nein, lieber was aus der

Universitätssatzung, dort, wo das Lesezeichen steckt. Die Passage über Abwesenheit vom Dienst.«

»Was hat das mit deinem Ausschuß zu tun?« fragte Savita und stützte das Buch auf ihren Bauch.

»Nichts. Aber ich werde mindestens drei Wochen abwesend sein, und ich will mich über die diesbezüglichen Verordnungen informieren. Ich will nicht in eine von Mishras Fallen treten.«

Savita wollte ihm vorschlagen, die Universität einen Tag lang zu vergessen, aber sie wußte, daß das unmöglich war. Sie hob das Buch hoch und begann zu lesen:

»Folgende Arten von Abwesenheit sind gestattet:
(a) Abwesenheit aufgrund höherer Gewalt
(b) Abwesenheit zum Ausgleich von Überstunden
(c) Abwesenheit aufgrund einer Dienstreise
(d) Abwesenheit in Erfüllung von Amtspflichten
(e) Außerordentliche Abwesenheit
(f) Abwesenheit aufgrund von Mutterschaft
(g) Abwesenheit aus medizinischen Gründen
(h) Abwesenheit aufgrund von Sonderrechten
(i) Abwesenheit aufgrund von Quarantäne
(j) Abwesenheit aufgrund von Fortbildung«

Sie hielt kurz inne. »Soll ich weiterlesen?« fragte sie dann und warf einen kurzen Blick auf die Seite.

»Ja.«

»Abgesehen von dringenden Fällen, in denen der Vize-Kanzler oder der Stellvertreter des Vize-Kanzlers entscheidet, liegt die Befugnis, einen Antrag auf Abwesenheit zu genehmigen, generell bei der Universitätsleitung.«

»Kein Problem«, sagte Pran. »Ich bin ein dringender Fall.«

»Aber L.N. Agarwal ist in der Universitätsleitung – und dein Vater ist nicht länger Minister ...«

»Was kann er schon tun? Nicht viel. Gut – wie geht's weiter?«

Savita runzelte die Stirn und las:

»Wenn der Tag unmittelbar vor dem Tag, an dem die Abwesenheit beginnt, oder unmittelbar nach dem Tag, an dem die Abwesenheit endet, auf einen oder mehrere Feiertage oder auf Urlaubstage der Person fällt, die die Abwesenheit antritt oder von einer Abwesenheit zurückkehrt, dann kann die betreffende Person ihre Aufgaben am Ende des Tages vor diesem Feiertag oder Urlaubstag übergeben oder am Tag nach diesem Feiertag oder Urlaubstag ihre Arbeit wieder aufnehmen, vorausgesetzt, daß die frühe Abreise oder die späte Wiederkehr der Universität keine zusätzlichen Kosten verursacht. Wenn eine Abwesenheit einem Feiertag oder Urlaubstag unmittelbar vorausgeht oder folgt, werden die daraus folgenden Vorkehrungen an dem Tag beginnen oder enden, an dem die Abwesenheit beginnt oder endet.«

»Was?« sagte Pran.
»Soll ich es noch einmal lesen?« Savita lächelte.
»Nein, nein, ist schon gut. Mir ist etwas schwindlig. Lies mir was anderes vor. Etwas aus dem *Brahmpur Chronicle*. Aber keine Politik – irgendeine ergreifende Geschichte – zum Beispiel von einem Kind, das von einer Hyäne gefressen wurde. Tut mir leid, tut mir wirklich leid, Liebling. Lies was von jemandem, der in der Lotterie gewonnen hat – das ›Brahmpur Tagebuch‹ – das ist immer so beruhigend. Wie geht es dem Baby?«
»Ich glaube, er schläft«, sagte Savita mit konzentrierter Miene.
»Er?«
»In meinem juristischen Buch steht, daß ›er‹ ›sie‹ mit einschließt.«
»Jetzt hältst du dich also an die Bücher?« sagte Pran. »Na gut.«

13.3

Mrs. Rupa Mehra, hin- und hergerissen zwischen der Sorge um Pran einerseits und der um Savita, die jetzt jeden Tag niederkommen konnte, andererseits und in verzweifelter Angst um Lata, wäre nichts lieber gewesen, als zusammenzubrechen. Aber der Druck der Ereignisse gestattete dies im Augenblick nicht, und deshalb hielt sie sich zurück.

Wenn Savita im Krankenhaus war, wollte Mrs. Rupa Mehra bei ihr sein. Wenn Lata in der Universität war – besonders wenn sie bei einer Theaterprobe war –, begann Mrs. Rupa Mehras Herz zu rasen angesichts des Unheils, das Lata womöglich anrichtete. Aber Lata war so geschäftig, daß ihre Mutter nahezu keinen Augenblick allein mit ihr war, geschweige denn die Möglichkeit hatte, mit ihr von Herz zu Herz zu sprechen. Abends war es erst recht unmöglich, denn wenn Savita nach Hause kam, um zu schlafen, war emotionelle Aufregung das letzte, dem ihre Mutter sie aussetzen wollte.

Mrs. Rupa Mehra wußte nicht, was sie tun sollte, und in ihrer Not halfen ihr nicht einmal die Gita oder Appelle an ihren verstorbenen Mann. Lata in diesem späten Stadium die Mitwirkung im Stück zu verbieten würde sie zu Gott weiß was für unbesonnenen Reaktionen treiben – womöglich zu unverblümten Trotzhandlungen. Sie konnte weder Savita noch Pran um Rat fragen, da die eine der Niederkunft nahe war und der andere – davon war Mrs. Rupa Mehra überzeugt – dem Tod. Wenn sie aufwachte, las sie wie immer zwei Kapitel aus der

Gita, aber die Welt forderte zuviel von ihr, und die Verse wurden unterbrochen von Augenblicken, in denen sie schweigend in den leeren Raum starrte.

Pran jedoch fand mittlerweile Gefallen an seinem Krankenhausaufenthalt. Das Monsunwetter war für seinen Geschmack zu schwül, aber die feuchte Luft tat zumindest seinen Bronchien gut. Er hatte es geschafft, die Moskitos aus seinem Zimmer zu verjagen. Er las statt der *Verordnungen und Vorschriften der Universität von Brahmpur* Krimis von Agatha Christie. Savita beklagte sich nicht mehr, daß er zuwenig Zeit für sie hatte. Er kam sich vor wie ein seelenruhiger Gefangener, der auf den Strömungen des Universums dahintrieb. Gelegentlich katapultierte das Universum jemanden neben sein Bett. Wenn er schlief, wartete der Besucher eine Weile und ging dann wieder. War er wach, unterhielten sie sich.

An diesem Nachmittag wurde um ihn herum flüsternd ein wichtiges Gespräch geführt. Lata und Malati besuchten ihn nach einer Probe. Da er schlief, setzten sie sich auf ein Sofa und warteten. Ein paar Minuten später kamen Mrs. Rupa Mehra und Savita herein.

Als Mrs. Rupa Mehra die beiden sah, kniff sie die Augen vor Wut zu Schlitzen zusammen. »Da seid ihr ja!« sagte sie.

Lata und Malati erkannten ihren Tonfall nur zu genau, wußten jedoch nicht um seine Ursache.

»Da seid ihr ja!« flüsterte Mrs. Rupa Mehra und sah auf den schlafenden Pran. »Ihr kommt wohl von der Probe, oder?«

Wenn sie geglaubt hatte, daß die Übeltäterinnen auf diese versteckte Anspielung auf die Verschwörung hin zusammenbrechen würden, dann täuschte sie sich.

»Ja, Ma«, sagte Lata.

»Es lief ganz toll, Ma – Sie sollten sehen, wie Lata aufgetaut ist«, sagte Malati. »Es wird Ihnen bestimmt gefallen, wenn Sie sich das Stück am Tag der Universität ansehen.«

Bei dem Gedanken an Latas Auftauen lief Mrs. Rupa Mehra rot an. »Das Stück werde ich mir bestimmt ansehen, aber Lata wird nicht mitspielen.«

»Ma!« sagten Lata und Malati gleichzeitig.

»Mädchen sollten nicht Theater spielen ...«

»Ma, darüber haben wir doch schon geredet«, sagte Lata und sah zu Savita. »Wir wollen Pran nicht aufwecken.«

»Ja, Ma, das stimmt«, sagte Savita. »Du kannst es Lata jetzt nicht mehr verbieten. Du hast es ihr erlaubt. Sie werden keinen Ersatz mehr finden. Sie hat ihren Text gelernt ...«

Mrs. Rupa Mehra sank auf einen Stuhl. »Du hast es also gewußt?« sagte sie vorwurfsvoll zu Savita. »Kinder verursachen einem nur Kummer«, fügte sie hinzu.

Glücklicherweise bezog Savita diese Bemerkung nicht auf ihren derzeitigen Zustand. »Gewußt? Wa gewußt?« fragte sie.

»Daß – daß dieser Junge, Ka ...« Mrs. Rupa Mehra konnte sich nicht überwinden, seinen Namen auszusprechen, »daß er mit Lata in dem Stück spielt. Ich schäme mich für dich, Malati«, fuhr sie fort, und ihre Nase lief rot an. »Ich schäme mich für dich. Ich habe dir vertraut. Und du warst unaufrichtig.« Sie hatte die Stimme erhoben, und Savita führte einen Finger an den Mund.

»Ma, bitte.«

»Ja, ja, ist schon gut, wenn du selbst Mutter bist, wirst du schon merken ...« sagte Mrs. Rupa Mehra. »Du wirst Opfer bringen, und sie werden dich unglücklich machen.«

Malati mußte unwillkürlich lächeln. Mrs. Rupa Mehra fiel über sie, die eigentliche Architektin des Komplotts, her.

»Du hältst dich wohl für sehr schlau, aber ich weiß immer, was los ist.« Sie erwähnte nicht, daß sie nur durch Zufall erfahren hatte, daß Kabir bei *Was ihr wollt* mitspielte. »Ja, lach nur, lach nur, ich bin es, die vor Kummer weint.«

»Ma, wir hatten keine Ahnung, daß Kabir mitspielt«, sagte Malati. »Ich wollte Lata von ihm fernhalten.«

»Ja, ja, ich weiß, ich weiß, ich kenne euch«, sagte Mrs. Rupa Mehra unglücklich und ungläubig. Sie suchte in ihrer Handtasche nach dem bestickten Taschentuch.

Pran bewegte sich, und Savita ging zu ihm.

»Ma, wir sprechen später darüber«, sagte Lata. »Malati kann überhaupt nichts dafür. Und ich kann die anderen jetzt nicht im Stich lassen.«

Mrs. Rupa Mehra zitierte eine Zeile aus einem ihrer didaktischen Lieblingsgedichte, um zu beweisen, daß nichts unmöglich war, und sagte dann: »Und von Haresh hast du einen Brief bekommen. Schämst du dich nicht, den anderen Jungen zu treffen?«

»Woher weißt du, daß ich einen Brief von Haresh bekommen habe?« flüsterte Lata empört.

»Ich bin deine Mutter, deshalb weiß ich es«, sagte Mrs. Rupa Mehra.

»Also Ma«, flüsterte Lata wütend, »du kannst mir glauben oder nicht, aber ich sage dir, ich wußte nicht, daß Kabir mitspielt. Ich treffe mich hinterher nicht mit ihm, und es gibt kein Komplott.«

Mrs. Rupa Mehra war nicht überzeugt, und nach einem Blick auf Savita begann sie sich die Brut von Mißgeburten auszumalen, die diese unvorstellbare Verbindung hervorbringen könnte.

»Er ist halb verrückt, wußtest du das überhaupt?« fragte Mrs. Rupa Mehra.

Zu ihrem Erstaunen und Entsetzen lächelte Lata daraufhin.

»Du lachst über mich?« sagte sie entgeistert.

»Nein, Ma, über ihn. Den Verrückten spielt er sehr gut«, sagte Lata. Kabir spielte den Malvolio mittlerweile beunruhigend gut; seine anfängliche Unbeholfenheit hatte sich gelegt.

»Wie kannst du über so etwas lachen? Wie kannst du über so etwas lachen?«

sagte Mrs. Rupa Mehra und stand auf. »Zwei Ohrfeigen werden dir guttun. Über die eigene Mutter zu lachen.«

»Ma, leise, bitte«, sagte Savita.

»Ich gehe jetzt besser«, sagte Malati.

»Nein, du bleibst da«, sagte Mrs. Rupa Mehra. »Du sollst das auch hören, damit du Lata künftig bessere Ratschläge geben kannst. Ich habe den Vater dieses Jungen im Subzipore Club kennengelernt. Er hat mir erzählt, daß seine Frau vollkommen verrückt ist. Und wie er es gesagt hat, läßt mich annehmen, daß er selbst halb verrückt ist.« Mrs. Rupa Mehra konnte nicht verhindern, daß in ihrer Stimme triumphierende Rechthaberei mitschwang.

»Armer Kabir!« sagte Lata entsetzt.

Kabirs längst vergessene Bemerkung über seine Mutter ergab jetzt einen schrecklichen Sinn.

Aber bevor Mrs. Rupa Mehra Lata weitere Vorwürfe machen konnte, wachte Pran auf, sah sich um und sagte: »Was ist los hier? Hallo Ma, hallo Lata. Ach, Malati, du bist auch da – ich hab Savita schon gefragt, was aus dir geworden ist. Was ist los? Hoffentlich etwas Dramatisches. Na los, erzählt schon. Irgend jemand hat gesagt, daß irgend jemand anders verrückt ist.«

»Wir haben über das Stück gesprochen«, sagte Lata. »Über Malvolio, du weißt schon.« Das Sprechen kostete sie Mühe.

»Ach ja. Wie kommst du mit deiner Rolle voran?«

»Gut.«

»Und du, Malati?«

»Gut.«

»Gut, gut, gut. Ob man es mir erlaubt oder nicht, ich werde es mir ansehen. Die Aufführung wird in ungefähr einem Monat sein. Ein wunderbares Stück, *Was ihr wollt* – genau das Richtige für den Tag der Universität. Wie kommt Barua mit den Proben zurecht?«

»Sehr gut«, sagte Malati; sie sah, daß Lata nicht in der Stimmung war zu plaudern. »Er hat wirklich eine Ausstrahlung. Man kann es sich gar nicht vorstellen, weil er so sanft ist. Aber von der ersten Zeile an ...«

»Pran ist sehr müde«, unterbrach Mrs. Rupa Mehra diese unangenehme Beschreibung. Sie wollte nichts Positives über das Stück hören. Sie wollte eigentlich überhaupt nichts aus dem Mund dieses schamlosen Mädchens hören. »Pran, du solltest jetzt zu Abend essen.«

»Ja, das ist eine gute Idee«, sagte Pran ziemlich eifrig für einen Patienten. »Was habt ihr mir mitgebracht? Der Mangel an körperlicher Bewegung macht mich furchtbar hungrig. Ich lebe nur noch von einer Mahlzeit zur nächsten. Was ist das für eine Suppe? Oh, Gemüsesuppe«, sagte er enttäuscht. »Könnt ihr mich nicht wenigstens ab und zu Tomatensuppe bringen?«

Ab und zu? dachte Savita. Pran hatte seine Lieblingssupe am Vortag und am Tag davor bekommen, und sie hatte gemeint, er würde sich über die Abwechslung freuen.

»Verrückt! Denk dran!« sagte Mrs. Rupa Mehra mit gedämpfter Stimme zu Lata. »Denk dran, wenn du dich herumtreibst und dir eine schöne Zeit machst. Moslem und verrückt!«

13.4

Als Maan hereinkam, fand er Pran zufrieden sein Abendessen verspeisend vor.
»Was fehlt dir eigentlich?« fragte er.
»Nicht viel. Ich hab's nur an der Lunge, am Herzen und an der Leber«, sagte Pran.
»Ja, Imtiaz hat etwas über dein Herz gesagt. Aber du siehst nicht aus wie ein Mann, der an Herzversagen leidet. So etwas passiert Leuten in deinem Alter noch nicht.«
»Tja, bislang hat mein Herz noch nicht versagt. Zumindest glaube ich das. Aber es ist ernsthaft überbelastet.«
»Die rechte Herzkammer«, sagte Mrs. Rupa Mehra.
»Ach, hallo Ma.« Maan begrüßte alle im Raum und betrachtete interessiert Prans Essen. »Jamuns? Köstlich!« sagte er und steckte zwei davon in den Mund. Er spuckte die Kerne in die Hand, legte sie auf den Tellerrand und nahm zwei weitere. »Du solltest sie probieren«, riet er Pran.
»Was machst du denn so, Maan?« fragte Savita. »Wie geht es deinem Urdu?«
»Oh, gut, sehr gut. Also zumindest habe ich Fortschritte gemacht. Ich kann jetzt kurze Mitteilungen in Urdu schreiben, und was noch wichtiger ist, andere können sie lesen. Und dabei fällt mir ein, ich muß heute noch eine schreiben.« Seine gutgelaunte Miene verfinsterte sich kurz, dann lächelte er wieder. »Und wie geht es euch beiden? Zwei Frauen zwischen einem Dutzend Männern. Ihr müßt ja wirklich umschwärmt sein. Wie werdet ihr sie wieder los?«
Mrs. Rupa Mehra durchbohrte ihn mit Blicken.
»Brauchen wir nicht«, sagte Lata. »Wir halten kühle Distanz.«
»Sehr kühle Distanz«, sagte Malati. »Wir müssen auf unseren Ruf achten.«
»Wenn wir nicht aufpassen«, sagte Lata streng, »wird uns niemand mehr heiraten. Oder auch nur mit uns durchbrennen.«
Mrs. Rupa Mehra hatte genug. »Macht euch nur lustig«, rief sie verärgert. »Macht euch nur lustig – aber das ist überhaupt nicht zum Lachen.«
»Sie haben ganz recht, Ma«, sagte Maan. »Es ist überhaupt nicht zum Lachen. Warum haben Sie ihnen – das heißt Lata – überhaupt erlaubt mitzumachen?«
Mrs. Rupa Mehra schwieg unerbittlich, und Maan wurde endlich klar, daß er ein empfindliches Thema angesprochen hatte.
»Also«, sagte er zu Pran, »ich soll dir herzliche Grüße vom Nawab Sahib ausrichten, liebe Grüße von Firoz und besorgte Grüße von Zainab – vermittelt

über Firoz. Und das ist noch nicht alles. Imtiaz will wissen, ob du deine kleinen weißen Pillen nimmst. Er möchte dich morgen vormittag besuchen und wird sie dann zählen. Und von irgend jemand anders soll ich dir auch noch etwas ausrichten, aber ich habe vergessen, was. Geht's dir gut, Pran? Es ist ziemlich beunruhigend, dich so im Krankenhaus liegen zu sehen. Wann kommt das Baby? Wenn Savita immer hier ist, wird es vielleicht auch hier geboren werden. Vielleicht sogar in diesem Zimmer. Wie wäre das? Die Jamuns sind einfach köstlich.« Maan steckte sich noch einmal zwei in den Mund.

»Dir scheint es gutzugehen«, sagte Savita.

»Nur daß es mir überhaupt nicht gutgeht«, sagte Maan. »So ich in des Lebens Messer stürze, blute ich.«

»Dornen«, sagte Pran und verzog das Gesicht.

»Dornen?«

»Dornen.«

»Na gut, dann falle ich eben auf Dornen. Wie auch immer, es geht mir schlecht.«

»Deine Lunge scheint in Ordnung zu sein«, sagte Savita.

»Ja, aber mein Herz ist es nicht. Oder meine Leber«, sagte Maan und nannte wehmütig die von der Urdudichtung behaupteten beiden Sitze des Gefühls. »Die Jägerin meines Herzens ...«

»Wir müssen jetzt wirklich gehen«, sagte Mrs. Rupa Mehra und sammelte wie eine Glucke ihre Töchter ein. Auch Malati verabschiedete sich.

»Habe ich was Falsches gesagt?« fragte Maan, als er mit seinem Bruder allein war.

»Ach, denk dir nichts.« Den Nachmittag über hatte es wieder ziemlich heftig geregnet, und Pran war philosophisch gestimmt. »Setz dich und sei still. Danke für deinen Besuch.«

»Pran, wie steht es, liebt sie mich noch?«

Pran zuckte die Achseln.

»Neulich hat sie mich hinausgeworfen. Meinst du, das ist ein gutes Zeichen?«

»Auf den ersten Blick nicht.«

»Wahrscheinlich hast du recht. Aber ich liebe sie schrecklich. Ich kann ohne sie nicht leben.«

»Wie Sauerstoff.«

»Sauerstoff? Ja, vermutlich«, sagte Maan düster. »Ich werde ihr heute eine Nachricht schreiben. Ich werde ihr drohen, allem ein Ende zu setzen.«

»Allem?« Pran war nicht beunruhigt. »Auch deinem Leben?«

»Ja, wahrscheinlich«, sagte Maan etwas zweifelnd. »Meinst du, damit kann ich sie zurückgewinnen?«

»Willst du deine Drohung mit Taten untermauern? Dich in die Messer des Lebens stürzen oder dich mit den Gewehren des Lebens erschießen?«

Maan erschrak. Diese alltagspraktische Wendung des Gesprächs war etwas geschmacklos. »Nein, ich glaube nicht«, sagte er.

»Ich auch nicht. Wie auch immer, tu's nicht. Du würdest mir fehlen. Und allen Menschen, die eben noch hier waren. Und allen, von denen du mir Grüße überbracht hast. Und Baoji und Ammaji und Veena und Bhaskar. Und deinen Gläubigern.«

»Du hast recht!« sagte Maan entschlossen. Er verputzte die zwei letzten Jamuns. »Du hast völlig recht. Du bist eine Säule der Kraft, weißt du das, Pran? Selbst wenn du im Bett liegst. Jetzt fühle ich mich stark genug, allem und jedem gegenüberzutreten. Ich bin stark wie ein Löwe.« Er brüllte versuchsweise.

Die Tür ging auf, und herein kamen Mr. und Mrs. Mahesh Kapoor, Veena, Kedarnath und Bhaskar.

Der Löwe verstummte und blickte etwas beschämt drein. Seit zwei Tagen war er nicht mehr zu Hause gewesen, und obwohl seine Mutter ihn nicht vorwurfsvoll ansah, hatte er Gewissensbisse. Sie sprach mit Pran und arrangierte einen duftenden Strauß Bela aus ihrem Garten in einer Vase, die sie mitgebracht hatte. Dann erkundigte sie sich bei Maan nach der Familie des Nawab Sahib.

Maan ließ den Kopf hängen. »Es geht ihnen allen sehr gut, Ammaji. Und dem Frosch? Gut genug, um Krankenbesuche zu machen?« Er umarmte Bhaskar und wechselte ein paar Worte mit Kedarnath. Veena legte Pran die Hand auf die Stirn und fragte nicht, wie es ihm ging, sondern wie Savita mit seiner Krankheit zurechtkam.

Pran schüttelte den Kopf. »Ich hätte zu keinem schlechteren Zeitpunkt krank werden können«, sagte er.

»Du mußt auf dich aufpassen«, sagte Veena.

»Ja. Ja, natürlich.« Und nach einer Pause fügte er hinzu: »Sie will Jura studieren – für den Fall, daß sie Witwe und das Kind eine Waise wird – das heißt vaterlos.«

»Sag so etwas nicht, Pran«, sagte seine Schwester scharf.

»Jura?« sagte Mr. Mahesh Kapoor ebensoscharf.

»Ich sage so etwas nur, weil ich es nicht glaube«, sagte Pran. »Mich schützt ein Mantra.«

Jetzt schaltete sich Mrs. Mahesh Kapoor ein. »Pran, Ramjap Baba hat auch etwas gesagt, nämlich daß deine Chancen auf eine Stelle zu einem Todesfall in Beziehung stehen. Mach dich nicht über das Schicksal lustig. Das ist nie gut. Wenn eins meiner Kinder vor mir sterben würde, wollte ich sofort auch selbst sterben.«

»Was soll das Gerede vom Sterben?« sagte ihr Mann, ungehalten über diese überflüssigen Gefühle. »Das Zimmer ist voller Moskitos. Einer hat mich gerade gestochen. Sag Savita, sie soll sich auf ihre Pflichten als Mutter konzentrieren. Die Juristerei ist nichts für sie.«

Überraschenderweise widersprach ihm Mrs. Mahesh Kapoor.

»Uff! Was verstehst du davon?« sagte ihr Mann. »Frauen sollten Rechte haben. Ich bin dafür, daß sie das Recht auf Eigentum bekommen. Aber wenn sie darauf bestehen zu arbeiten, dann haben sie keine Zeit mehr für ihre Kinder, die vernachlässigt werden. Wenn du gearbeitet hättest, wäre dir dann Zeit genug geblieben, dich um Pran zu kümmern? Würde er dann heute noch leben?«

Mrs. Mahesh Kapoor sagte nichts weiter zu diesem Thema. Sie erinnerte sich an Prans Kindheit und dachte, daß ihr Mann wahrscheinlich recht hatte.

»Wie geht's dem Garten, Ammaji?« fragte Pran. Der Duft der Belablüten erfüllte jetzt das Zimmer.

»Die Zinnien unter Maans Fenster wachsen. Und die Malis säen den neuen Rasen. Seit dein Vater zurückgetreten ist, habe ich etwas mehr Zeit für den Garten. Die Gärtner müssen wir jetzt selbst bezahlen. Ich habe ein paar neue Rosenbüsche gepflanzt. Die Erde ist jetzt weich. Und die Reiher waren da.«

Maan, der bislang niedergeschlagen und nicht sehr löwenhaft gewesen war, konnte nicht widerstehen und zitierte Ghalib:

»Die Brise aus dem Garten der Treue weht nicht länger
in meinem Herzen,
und mir bleibt nichts weiter als unerfüllte Begierde.«

Er fiel in eine für ihn untypische Verdrossenheit.

Veena lächelte; Pran lachte; Bhaskar verzog keine Miene, denn er hatte überhaupt nicht zugehört.

Aber Kedarnath schien beunruhigter als gewöhnlich; Mrs. Mahesh Kapoor sah ihrem jüngeren Sohn mit neuer Besorgnis ins Gesicht; und der Exfinanzminister meinte gereizt, er solle den Mund halten.

13.5

Mrs. Mahesh Kapoor ging langsam durch ihren Garten. Es war früh am Morgen, bewölkt und vergleichsweise kühl. Ein großer Jamunbaum, der unter dem Straßenpflaster wurzelte, streckte seine Äste in einer Ecke über den Gartenweg. Die purpurroten Früchte hatten die Steine mit bleibenden Flecken überzogen; die Kerne lagen auf dem Rasen verstreut.

Mrs. Mahesh Kapoor mochte wie Maan Jamuns sehr gern und betrachtete sie als hervorragenden Ersatz für die Mangos, deren Saison vorüber war. Die Jamunpflücker, die einen Vertrag mit dem Gartenbauamt der Stadt hatten, gingen am frühen Morgen durch die Straßen, kletterten auf die Bäume und schüttelten mit ihren langen Lathis die dunklen, olivengroßen, süßsauren Früchte zu Boden. Ihre Frauen sammelten sie auf und verkauften sie auf dem geschäftigen Markt in der Nähe des Chowk. Jedes Jahr gab es einen Streit um die Früchte, die in Mrs. Mahesh Kapoors Garten fielen, und jedes Jahr wurde er friedlich beigelegt. Die Jamunpflücker durften in den Garten, solange sie ihr einen Anteil der Früchte überließen und ihren Rasen und ihre Blumenbeete nicht zertrampelten.

Die Jamunpflücker bemühten sich, aber der Rasen und die Blumenbeete wurden in Mitleidenschaft gezogen. Tja, dachte Mrs. Mahesh Kapoor, zumindest ist jetzt Regenzeit, und die Schönheit des Gartens während des Monsuns liegt nicht in der Blütenpracht, sondern in seinem üppigen Grün. Sie pflanzte die wenigen leuchtenden Monsunblumen – Zinnien, Balsam, orangefarbene Schmuckkörbchen – nicht mehr in der Nähe des Jamunbaumes. Und sie mochte die fröhlichen Jamunpflücker, ohne die sie wahrscheinlich nicht einmal von den Ästen, die sich über ihren Rasen erstreckten, profitiert hätte.

Jetzt schlenderte sie langsam durch den Garten von Prem Nivas und dachte dabei an vieles, vor allem jedoch an Pran. Sie trug einen alten Sari, und ein Fremder hätte diese kleine, unauffällige Frau für eine Dienstbotin halten können. Ihr Mann kleidete sich sehr gut – sogar als Abgeordneter der Kongreßpartei, der heimgesponnene Baumwolle tragen mußte, hatte er auf bester Qualität bestanden – und tadelte sie oft für ihre mangelnde Eleganz. Aber da es sich hierbei nur um einen von vielen Punkten handelte, für die sie zu Recht oder zu Unrecht getadelt wurde, meinte sie, nicht die Kraft oder den Geschmack zu haben, um etwas daran zu ändern. Ebenso erging es ihr mit ihren fehlenden Englischkenntnissen. Was sollte sie tun? Nichts, hatte sie vor langer Zeit beschlossen. Wenn sie dumm war, dann war sie eben dumm, es war Gottes Wille.

Über die Tatsache, daß sie jedes Jahr Preise bei der Rosen- und Chrysanthemenschau im Dezember und in der Jährlichen Blumenschau im Februar gewann, konnten sich die weltgewandteren Bürger Brahmpurs nicht genug wundern. Das Komitee des Rennclubs staunte, daß ihre Rosen von einer Festigkeit und Frische waren, die ihre eigenen nie erreichten; und die Frauen der leitenden Angestellten von Burmah Shell oder der Praha Shoe Company ließen sich sogar herab, sie in ihrem anglisierten Hindi ein-, zweimal zu fragen, was sie tat, damit ihr Rasen immer so gleichmäßig dicht und grün war. Mrs. Mahesh Kapoor wäre auch um eine Antwort verlegen gewesen, wenn sie ihr Hindi voll und ganz verstanden hätte. So stand sie mit dankbar gefalteten Händen einfach nur da, nahm ihre Komplimente entgegen und blickte etwas einfältig drein, bis sie aufgaben. Sie schüttelten den Kopf und dachten, daß sie wirklich einfältig war, aber daß sie – oder vielmehr ihr Obergärtner – ›eine grüne Hand‹ hatte. Ein-, zweimal versuchten sie, ihn abzuwerben, indem sie ihm das doppelte Gehalt versprachen, aber der Obergärtner, der ursprünglich aus Rudhia stammte, blieb lieber in Prem Nivas, um zu sehen, wie die Bäume, die er gepflanzt hatte, wuchsen und die Rosen, die er beschnitten hatte, in allen Farben blühten. Die Meinungsverschiedenheit über den Rasen auf der Seite war freundschaftlich beigelegt worden. Er war jetzt ganz leicht uneben und zu so etwas wie einem Heiligtum für ihre Lieblingsvögel geworden.

Die zwei Untergärtner standen in Regierungsdiensten und waren Mahesh Kapoor in seiner Eigenschaft als Finanzminister zugeordnet worden. Sie liebten den Garten von Prem Nivas und waren traurig, daß sie nicht länger dort arbeiten sollten. »Warum ist der Minister Sahib zurückgetreten?« fragten sie niedergeschlagen.

»Das müßt ihr schon den Minister Sahib selbst fragen«, sagte Mrs. Mahesh Kapoor, die auch nicht glücklich über seine Entscheidung war und sie für unklug hielt. Schließlich war Nehru trotz seiner Nörgelei und seiner Klagen über die Partei noch immer im Kongreß. Gewiß war jede definitive Handlung seiner Anhänger – wie zum Beispiel ein Rücktritt – verfrüht. Die Frage war, würden sie den Premierminister stärken und ebenfalls zum Austritt veranlassen, um eine neue und möglichst kampfstarke Partei zu gründen? Oder würden sie seine Stellung in der Partei nur schwächen und die Lage noch weiter verschlimmern?

»Sie werden uns zu einem anderen Haus schicken«, sagten die Untergärtner mit Tränen in den Augen. »Zu einem anderen Minister und einer anderen Memsahib. Niemand wird so gut zu uns sein wie Sie.«

»Doch, doch«, sagte Mrs. Mahesh Kapoor. Sie war eine warmherzige, sanftmütige Frau, die ihren Angestellten gegenüber nie laut wurde. Deswegen und weil sie sich nach ihren Familien erkundigte und ihnen in kleinen Dingen half, liebten sie sie.

»Was werden Sie ohne uns machen, Memsahib?« fragte einer der beiden.

»Könnt ihr nicht stundenweise nach Prem Nivas kommen?« fragte sie. »Dann würdet ihr den Garten nicht verlieren, für den ihr so hart gearbeitet habt.«

»Ja, für ein, zwei Stunden jeden Morgen. Nur ...«

»Natürlich werde ich euch dafür bezahlen«, sagte Mrs. Mahesh Kapoor, die die Verlegenheit der Gärtner ahnte und ihre eigenen Ausgaben kalkulierte. »Aber ich werde jemand anders für den ganzen Tag einstellen müssen. Kennt ihr jemanden?«

»Mein Bruder ist wie geschaffen dafür«, sagte einer.

»Ich wußte gar nicht, daß du einen Bruder hast«, sagte Mrs. Mahesh Kapoor überrascht.

»Es ist nicht mein richtiger Bruder – der Sohn meines Onkels.«

»Gut. Er soll einen Monat auf Probe hier arbeiten, und Gajraj wird mir sagen, ob er gut ist.«

»Danke, Memsahib. Dieses Jahr werden wir dafür sorgen, daß Sie den ersten Preis für den schönsten Garten gewinnen.«

Das war der einzige Preis, den Mrs. Mahesh Kapoor noch nicht gewonnen hatte, und sie dachte, wie sehr sie sich darüber freuen würde. Aber da sie an ihren eigenen Fähigkeiten zweifelte, lächelte sie über den Ehrgeiz der Männer.

»Das wäre großartig«, sagte sie.

»Und machen Sie sich keine Sorgen, weil Sahib kein Minister mehr ist. Wir bringen Ihnen Pflanzen billig aus der Regierungsgärtnerei. Und auch von woanders her.« Gute Gärtner waren Meister, wenn es darum ging, hier und da

Pflanzen zu stibitzen und Kollegen zu überreden, ihnen ein paar übriggebliebene Setzlinge zu überlassen.

»Gut«, sagte Mrs. Mahesh Kapoor. »Sagt Gajraj, er soll zu mir kommen. Ich will jetzt, wo ich ein bißchen Zeit habe, mit ihm über ein paar Dinge sprechen. Wenn Sahib wieder Minister wird, werde ich nichts anderes mehr tun als Teetassen arrangieren.«

Die Malis freuten sich über diese kleine Unbotmäßigkeit. Der Obermali wurde gerufen, und Mrs. Mahesh Kapoor sprach eine Weile mit ihm. Der Rasen vor dem Haus wurde Trieb um Trieb reihenweise neu gepflanzt, und eine Ecke schimmerte schon in einem schwachen Smaragdgrün. Der Rest war Morast, abgesehen von dem steinernen Weg, auf dem sie gingen.

Mrs. Mahesh Kapoor erzählte ihm, was die anderen über die Blumenschau gesagt hatten. Seiner Meinung nach gab es zwei Gründe, warum sie bisher immer nur Zweite geworden waren und nie den ersten Preis für den schönsten Garten gewonnen hatten. Zum einen wurde Richter Bailey (der den Preis in drei aufeinanderfolgenden Jahren gewonnen hatte) von seiner Frau so lange schikaniert, bis er sein halbes Einkommen in den Garten investierte. Sie hatten ein halbes Dutzend Gärtner. Zum anderen wurde jeder Busch, jeder Strauch und jede Blume in seinem Garten zu einem Zeitpunkt gepflanzt, der so gewählt war, daß sie Mitte Februar zur Zeit der Blumenschau blühten. Dann leuchtete der Garten in allen Farben. Wenn Mrs. Mahesh Kapoor es wünschte, könnte Gajraj etwas Ähnliches arrangieren. Aber in ihrem Gesicht stand deutlich geschrieben, daß dies nicht der Fall war. Und die Unebenheit des Rasens auf der Seite war auch nicht von Vorteil.

»Nein, nein, das wäre kein richtiger Garten«, sagte Mrs. Mahesh Kapoor. »Wir wollen den Garten für den Winter planen wie jedes Jahr – mit unterschiedlichen Blumen, die zu unterschiedlichen Zeiten blühen, so daß es immer eine Freude ist, im Freien zu sitzen. Und wo der Nimbaum stand, sollten wir eine Sita-Ashoka pflanzen. Jetzt ist die richtige Zeit dafür.« Mit großem Bedauern hatte Mrs. Mahesh Kapoor zwei Jahre zuvor eingewilligt, wegen ihrer schmerzhaften Allergie einen alten Nimbaum fällen zu lassen; die leere Stelle war in ihren Augen ein beständiger Vorwurf. Aber sie hatte es nicht übers Herz gebracht, den Nimbaum vor Maans Fenster fällen zu lassen, auf den er als Kind immer geklettert war.

Gajraj faltete die Hände. Er war ein dünner kleiner Mann mit hageren Zügen, barfuß und in einen schlichten weißen Dhoti und eine Kurta gekleidet. Er sah sehr würdevoll aus, mehr wie ein Gartenpriester als ein Gärtner. »Wie Sie wünschen, Memsahib«, sagte er. Nach einer Weile fügte er hinzu: »Was halten Sie dieses Jahr von den Wasserlilien?« Er meinte, daß sie einen Kommentar verdienten, und bislang hatte Mrs. Mahesh Kapoor nichts dazu gesagt. In letzter Zeit war sie vielleicht mit anderem beschäftigt gewesen.

»Gehen wir hinüber und sehen sie uns an«, sagte sie.

Gajraj, der sich still freute, ging auf dem matschigen Rasen neben Mrs. Mahesh Kapoor, die langsam den steinernen Weg entlangschlenderte und einen Augenblick beim Pampelmusenbaum stehenblieb. Sie kamen zum Lilienteich. Das Wasser war trübe und voller Kaulquappen. Mrs. Mahesh Kapoor betrachtete eine Weile die runden Seerosenblätter und halb geöffneten Blüten: rosa, rot, blau, weiß. Drei, vier Bienen umschwirrten sie.

»Haben wir dieses Jahr keine gelben?«

»Nein, Memsahib«, sagte Gajraj etwas geknickt.

»Sie sind wunderschön«, sagte Mrs. Mahesh Kapoor und sah sie unverwandt an.

Gajrajs Herz machte einen Freudensprung. »Sie sind dieses Jahr schöner als je zuvor. Nur daß die gelben nicht gekommen sind. Ich weiß nicht, warum.«

»Das macht nichts. Meine Kinder mögen die kräftigen Farben – die roten und blauen. Nur dir und mir liegt etwas an den blaßgelben. Aber können wir nicht für nächstes Jahr wieder welche bekommen?«

»Memsahib, hier in Brahmpur gibt es sie nicht. Ihre Freundin aus Kalkutta hat sie vor zwei Jahren mitgebracht.«

Gajraj meinte eigentlich eine Freundin von Veena, eine junge Frau aus Shantiniketan, die zweimal in Prem Nivas gewesen war. Der Garten hatte ihr gut gefallen, und Mrs. Mahesh Kapoor war gern mit ihr zusammengewesen, obwohl sie manchmal eine überraschende Art hatte. Bei ihrem zweiten Besuch hatte sie die gelben Lilien in einem Eimer mit Wasser im Zug mitgebracht.

»Wie schade«, sagte Mrs. Mahesh Kapoor. »Aber die blauen sind besonders schön.«

13.6

Auf dem matschigen Rasen staksten ein paar Vögel – Schwätzer, Kiebitze mit roten Kehllappen, Beos – und pickten alles auf, was sich ihnen bot. Es war die Zeit für Regenwürmer, und der Rasen war voll sich ringelnder Maden.

Der Himmel hatte sich verdunkelt, und in der Ferne grollte Donner.

»Hast du dieses Jahr Schlangen gesehen?« fragte Mrs. Mahesh Kapoor.

»Nein«, sagte Gajraj. »Aber Bhaskar sagt, er hätte eine gesehen. Eine Kobra. Er hat nach mir gerufen, aber als ich ankam, war sie schon wieder verschwunden.«

»Was?« Mrs. Mahesh Kapoors Herz schlug schneller. »Wann?«

»Gestern nachmittag.«

»Wo hat er sie gesehen?«

»Er hat dort drüben auf dem Haufen Ziegel und Schutt seinen Drachen steigen lassen. Ich hab ihm gesagt, er soll aufpassen, weil das ein guter Platz für Schlangen ist, aber ...«

»Sag ihm, er soll sofort herkommen. Und hol auch Veena Baby.«

Obwohl Veena Mutter war, nannten sie die älteren Dienstboten in Prem Nivas immer noch Baby.
»Nein.« Mrs. Mahesh Kapoor hatte es sich anders überlegt. »Ich geh auf die Veranda, um Tee zu trinken. Es sieht nach Regen aus.«
»Veena«, sagte sie zu ihrer Tochter, als sie und Bhaskar herauskamen, »dieser Junge ist, wie du früher warst – sehr eigenwillig. Er hat auf dem Schutthaufen da drüben gespielt, und der ist voller Schlangen.«
»Ja!« sagte Bhaskar begeistert. »Ich hab gestern eine gesehen. Eine Kobra.«
»Bhaskar!« sagte Veena, der das Blut in den Adern gefror.
»Sie hat mich nicht angegriffen oder so. Sie war zu weit entfernt. Und als Gajraj kam, war sie schon wieder weg.«
»Warum hast du mir nichts davon gesagt?« fragte seine Mutter.
»Ich hab's vergessen.«
»So etwas vergißt man nicht«, sagte Veena. »Willst du heute wieder dort spielen?«
»Wenn Kabir kommt, wollen wir dort Drachen...«
»Du wirst dort nicht mehr spielen, hast du mich verstanden? Weder dort noch sonst irgendwo hinten im Garten. Hast du mich verstanden? Oder du darfst überhaupt nicht mehr in den Garten.«
»Aber, Mummy...«
»Kein ›aber, Mummy‹ oder ›bitte, Mummy‹. Du wirst dort nicht mehr spielen. So, und jetzt geh rein und trink deine Milch.«
»Ich will keine Milch mehr«, sagte Bhaskar. »Ich bin neun Jahre alt, fast zehn. Warum muß ich immer noch Milch trinken?« Es war ihm unangenehm, vor seiner Großmutter abgekanzelt zu werden. Außerdem war er der Meinung, von Gajraj, den er für seinen Freund gehalten hatte, verraten worden zu sein.
»Milch ist gut für dich. Viele Jungen kriegen überhaupt keine Milch«, sagte Veena.
»Die haben's gut. Ich hasse die Haut, die sich obendrauf bildet, wenn sie kalt wird. Und die Gläser hier sind um ein Sechstel größer als die zu Hause«, fügte er undankbar hinzu.
»Wenn du sie gleich trinkst, bildet sich keine Haut«, sagte seine Mutter ohne jegliches Mitgefühl. Es sah Bhaskar gar nicht ähnlich, so verdrießlich zu sein, und sie wollte ihn nicht darin bestärken. »Wenn du mir jetzt nicht folgst und dich weiterhin wie ein Sechsjähriger verhältst, dann bekommst du eine Ohrfeige – und Nani wird das nicht verhindern können.«
Donner grollte, und ein paar dicke Regentropfen fielen.
Bhaskar zog sich einigermaßen würdevoll ins Haus zurück. Seine Mutter und seine Großmutter lächelten einander an.
Keine von beiden mußte erwähnen, daß Veena als Kind auch immer ein Theater um ihre Milch gemacht und sie oft ihren Brüdern gegeben hatte, um sie loszuwerden.

Nach einer Weile sagte Mrs. Mahesh Kapoor: »Gestern abend war er trotz allem, was die Ärzte gesagt haben, guter Dinge. Meinst du nicht auch?«

»Ja, Amma, das war er. Es ist eine schwierige Zeit für sie. Warum fragst du Savita, Lata und Ma nicht, ob sie in Prem Nivas wohnen wollen, bis das Baby geboren ist. Wir gehen sowieso in ein, zwei Tagen zurück.«

Ihre Mutter nickte. »Ich habe schon mal gefragt, aber Pran meinte, daß sie sich in ihrer vertrauten Umgebung wohler fühlt.«

Mrs. Mahesh Kapoor dachte zudem daran, daß Mrs. Rupa Mehra, wann immer sie in Prem Nivas war, stets andeutete, daß die Zimmer etwas karg eingerichtet seien. Und es stimmte. Obwohl Mahesh Kapoor keinerlei Hilfe bei der Haushaltsführung war, legte er bei vielen Einrichtungsvorschlägen sein Veto ein. Nur im Pujazimmer und in der Küche hatte seine Frau mit der liebevollen Sorgfalt walten dürfen, die sie sonst nur dem Garten angedeihen lassen konnte.

»Und Maan?« sagte Veena. »Das Haus wirkt seltsam ohne ihn. Wenn er in Brahmpur ist, sollte er wirklich bei seiner Familie wohnen. Jetzt sehen wir ihn kaum.«

»Nein«, sagte ihre Mutter. »Zuerst war ich verletzt, aber jetzt denke ich, daß er recht hat. Es ist besser, er wohnt bei seinem Freund. Der Minister Sahib macht harte Zeiten durch, und sie kämen nur schlecht miteinander aus.«

Das war milde ausgedrückt. Mahesh Kapoor verlor dieser Tage schnell die Geduld. Es lag nicht nur daran, daß das Haus nicht mehr so überlaufen war von allen möglichen Anhängern und Aspiranten – eine Gesellschaft, von der er behauptet hatte, sie zu hassen, die ihm jetzt jedoch fehlte; es lag auch an der Unvorhersehbarkeit der Zukunft, die an ihm nagte und ihn jeden, der sich gerade in seiner Nähe befand, mit noch weniger Grund als sonst anfahren ließ.

»Aber abgesehen von seiner schlechten Laune, kommt mir die Erleichterung sehr entgegen«, sagte Mrs. Mahesh Kapoor und dachte ihren Gedanken laut zu Ende. »Abends ist Zeit für Bhajans. Und morgens kann ich jetzt durch den Garten gehen, ohne das Gefühl zu haben, einen wichtigen politischen Gast zu vernachlässigen.«

Die Wolken hatten die Sonne mittlerweile völlig verdeckt, und Windböen wehten durch den Garten und wirbelten dabei die Blätter einer Pappel so herum, daß sie nicht dunkelgrün, sondern silbern schimmerte. Aber die Veranda, auf der sie saßen, war von einer kleinen Mauer umgeben, auf der flache Schalen mit Portulak standen, und von einem Wellblechdach geschützt, so daß sie beide nicht hineingehen wollten.

Veena summte ein Bhajan vor sich hin, eines der Lieblingslieder ihrer Mutter: *Steh auf, Wanderer, die Welt ist erwacht*: Es stammte aus der Anthologie, die in Gandhis Aschram in Gebrauch war, und es erinnerte Mrs. Mahesh Kapoor daran, wie sie während der hoffnungslosesten Tage des Freiheitskampfes immer wieder Mut gefaßt hatten.

Auch sie begann zu summen und dann zu singen:

»Uth, jaag, musafir, bhor bhaee
Ab rayn kahan jo sowat hai ...«
»Steh auf, Wanderer, die Welt ist erwacht.
Warum schläfst du? Es ist nicht mehr Nacht ...«

Dann lachte sie. »Denk nur mal an die Kongreßpartei in jener Zeit. Und sieh sie dir jetzt an.«

Veena lächelte. »Aber du stehst noch immer früh auf. Du brauchst dieses Bhajan nicht.«

»Ja. Der Mensch ist ein Gewohnheitstier. Und ich brauche weniger Schlaf. Aber die Hilfe dieses Bhajans brauche ich mehrmals jeden Tag.« Sie nippte an ihrem Tee. »Was ist mit deiner Musik?«

»Du meinst die ernste Musik?« fragte Veena

»Ja.« Ihre Mutter lächelte. »Ich meine deine ernste Musik. Nicht die Bhajans, sondern das, was du bei deinem Ustad lernst.«

»Ich bin mit den Gedanken nicht dabei«, sagte sie, hielt inne und fuhr nach einer Weile fort: »Kedarnaths Mutter hat nichts mehr dagegen. Und von Prem Nivas aus ist es näher als von Misri Mandi. Aber ich kann mich zur Zeit nicht konzentrieren. Ich kann die Welt nicht ausblenden. Zuerst war es Kedarnath, dann Bhaskar, jetzt ist es Pran, hoffentlich ist Savita nicht die nächste. Wenn es ihnen allen nur gleichzeitig schlechtginge, dann würde zwar mein Haar schlagartig weiß werden, aber den Rest der Zeit würde ich wirklich Fortschritte machen.« Wieder hielt sie inne. »Aber der Ustad Sahib hat mit mir mehr Geduld als mit seinen anderen Schülern. Oder vielleicht liegt es nur daran, daß er jetzt zufriedener ist als früher, weniger verbittert über das Leben.«

Nach längerem Schweigen sagte Veena: »Ich wünschte, ich könnte etwas für Priya tun.«

»Priya Goyal?«

»Ja.«

»Wie kommst du darauf?«

»Ich weiß nicht. Sie ist mir plötzlich eingefallen. Wie war ihre Mutter, als sie noch jung war?«

»Ach, sie war eine gute Frau«, sagte Mrs. Mahesh Kapoor.

»Ich glaube, daß es dem Staat besserginge, wenn du und sie ihn regieren würdet statt Baoji und L. N. Agarwal.«

Anstatt Veena für diese subversive Bemerkung zu rügen, sagte Mrs. Mahesh Kapoor nur: »Weißt du, das glaube ich nicht. Zwei ungebildete Frauen – wir könnten nicht mal eine Akte richtig lesen.«

»Zumindest wärt ihr großzügig miteinander umgegangen. Nicht wie Männer.«

»O nein«, sagte ihre Mutter traurig. »Du kennst die Kleinkariertheit von Frauen nicht. Wenn Brüder übereinkommen, eine Großfamilie zu teilen, verteilen sie manchmal innerhalb weniger Minuten Grundbesitz, der Lakhs von Rupien wert ist. Aber die Zänkereien ihrer Frauen in der Küche wegen der Töpfe und Pfannen, die können zu Blutvergießen führen.«

»Jedenfalls würden Priya und ich alles besser machen. Und sie könnte dem verdammten Haus in Shahi Darvaza entfliehen und der Schwester und den Schwägerinnen ihres Mannes. Ja, du hast recht, was Frauen anbelangt. Aber glaubst du, eine Frau hätte den Einsatz der Lathis gegen die Studenten befohlen?«

»Nein, wahrscheinlich nicht. Aber es ist zwecklos, über so etwas nachzudenken. Frauen werden nie herangezogen werden, um solche Entscheidungen zu fällen.«

»Eines Tages«, sagte Veena, »wird dieses Land eine Premierministerin oder eine Präsidentin haben.«

Veenas Mutter mußte über diese Vorhersage lachen. »Nicht in den nächsten hundert Jahren«, sagte sie gutmütig und sah wieder hinaus in den Garten.

Ein paar plumpe braune Rebhühner, manche groß, manche klein, liefen unbeholfen über den Rasen am Ende des Gartens und schafften es unter immensen Anstrengungen, wenige Meter zu fliegen. Sie landeten auf der breiten Schaukel, die an einem Ast des Tamarindenbaumes hing. Dort blieben sie sitzen, während ein Schauer auf sie herunterprasselte.

Die Gärtner stellten sich auf der Rückseite des Hauses in der Nähe der Küche unter.

Donner grollte, und Streifenhörnchen rannten beunruhigt einen Baum hinauf. Grelle Blitze zuckten über den Himmel. Es schüttete wie aus Kübeln, und bald war der matschige Rasen ein einziger Sumpf. Die Rebhühner und auch die Schaukel waren hinter den Wasserwänden nicht mehr zu sehen. Das Trommeln des Regens auf das Wellblechdach machte ein Gespräch unmöglich, und gelegentlich trieb eine Bö die Tropfen sogar bis auf die Veranda.

Nach einer Weile ging die Tür auf, und Bhaskar kam heraus. Er setzte sich neben seine Mutter, und die drei starrten in den Regen.

Ungefähr fünf Minuten saßen sie schweigend da, beeindruckt von der Heftigkeit des Sturms und dem Lärm, den er machte, und dem Anblick der großen Bäume, die sich im Wind beugten und schüttelten. Dann ließ der Schauer etwas nach, und sie konnten sich wieder unterhalten.

»Die Bauern werden sich freuen«, sagte Mrs. Mahesh Kapoor. »Dieses Jahr hat es noch nicht genug geregnet.«

»Die Schuster dagegen nicht«, sagte Veena. Kedarnath hatte ihr erzählt, daß die kleinen Schuhmacher, die das angefeuchtete Oberleder über hölzerne Leisten schlugen, um ihm Form zu geben, bei diesem Wetter manchmal bis zu einer Woche warten mußten, bis das Leder getrocknet war und heruntergenommen werden konnte. Da sie von der Hand in den Mund lebten und ihr Kapital im Material und in den Werkzeugen steckte, litten sie oft große Not.

»Magst du den Regen?« fragte Mrs. Mahesh Kapoor Bhaskar nach einer weiteren Pause.

»Nach dem Regen lasse ich gern Drachen steigen«, sagte Bhaskar. »Die Luftströmungen sind dann interessanter.«

Es regnete wieder heftiger, und sie hingen erneut ihren Gedanken nach.

Bhaskar dachte daran, daß er in zwei Tagen nach Hause zurückkehren würde, wo Drachen zahlreicher am Himmel hingen als hier und wo er wieder mit seinen Freunden spielen würde. Das Leben in den ›Kolonien‹ war ziemlich dürftig.

Mrs. Mahesh Kapoor dachte an ihre eigene Mutter, die schreckliche Angst vor Gewittern hatte und deren tödliche Krankheit sich in solch einem heftigen Sturm zum Schlechteren gewendet hatte.

Und Veena dachte an ihre bengalische Freundin (die mit den gelben Wasserlilien), die, wenn es nach monatelanger schrecklicher Hitze zum erstenmal regnete, angezogen, wie sie war, aus dem Haus lief, den Monsun mit einem Tagore-Lied willkommen hieß und den Regen über Gesicht und Haar an sich hinunterrinnen ließ, bis ihr Bluse und Sari am Körper klebten.

13.7

Maan stahl dem lieben Gott die Zeit. Aber ihm war klar, daß er sich schnell mit Saeeda Bai versöhnen mußte, wenn er nicht vor Langeweile und Begierde verrückt werden wollte. Und so schrieb er seine erste Botschaft an sie in Urdu, in der er sie inständig bat, ihn, ihren treuen Vasallen, ihre verzauberte Motte und so weiter, wieder in Gnaden aufzunehmen. Der Brief enthielt einige Rechtschreibfehler, und seine Schrift war etwas unbeholfen, aber die Stärke seiner Gefühle kam klar zum Ausdruck. Er überlegte, ob er wegen gewisser Formulierungen Rasheed um Rat fragen sollte, aber da auch Rasheed bei Saeeda Bai in Ungnade gefallen war, konnte das nur zu Komplikationen führen. Er gab die Nachricht dem Wachmann mit der Bitte, sie weiterzuleiten, wartete jedoch nicht auf eine umgehende Antwort.

Er spazierte zum Barsaat Mahal und starrte über den Fluß hinweg ins Mondlicht. Abgesehen von Firoz schienen alle auf der Welt gegen ihn zu sein. Alle wollten ihn nach ihren eigenen Vorstellungen und Wünschen prägen. Und auch Firoz hatte dieser Tage viel im Gericht zu tun und nur einmal vorgeschlagen, Polo zu trainieren. Aber dann mußte er auch das wegen einer plötzlich einberufenen Besprechung mit einem Kollegen absagen.

Es muß bald etwas geschehen, dachte Maan. Er war ständig ruhelos. Wenn Savitas Baby bald auf die Welt kommen würde – das wäre wenigstens etwas Erfreuliches. Zur Zeit liefen alle niedergeschlagen und besorgt herum.

Oder wenn er seinen Vater dazu überreden könnte, die Kandidatur in einem ländlichen Wahlkreis ins Auge zu fassen, dann könnten sie für ein paar Tage eine Blitztour durch den Distrikt Rudhia machen, und er würde Saeeda Bai vielleicht eine Zeitlang vergessen. Sein Vater hatte im Augenblick selbst viel freie Zeit, und er hatte Maan gegenüber etwas von seiner moralischen Autorität eingebüßt; seine Gesellschaft wäre vielleicht gar nicht so unerträglich. Zumindest hatte er Maan während der letzten paar Tage nicht ermahnt, endlich zu heiraten. Aber eben weil er mit seiner neuen Situation noch nicht zurechtkam, war Mahesh Kapoor höchst reizbar. Vielleicht war Rudhia doch keine so gute Idee.

Für Maan kam noch erschwerend hinzu, daß er fast kein Geld mehr hatte und somit in finanziellen Nöten steckte. Firoz, den er nach seiner Rückkehr nach Brahmpur um ein kleines Darlehen bitten mußte, hatte ihm einfach seine Brieftasche gegeben und gesagt, er solle sich nehmen, was er brauche. Ein paar Tage später wiederholte er nach dem Abendessen diese großzügige Geste, ohne darum gebeten worden zu sein, vielleicht einfach nur als Reaktion auf Maans Armesündermiene. Damit war Maan über die Runden gekommen. Aber er konnte sich nicht weiterhin Geld von seinem Freund leihen. Ein paar Leute in Benares schuldeten ihm Geld, die einen für Warenlieferungen, die anderen, weil sie ihm Geschichten vom Pech erzählt hatten, denen er nicht hatte widerstehen können, und Maan glaubte, daß sie ihm jetzt, da er selbst vom Pech verfolgt war, sofort helfen würden. Er beschloß, für zwei Tage nach Benares zu fahren, um sein Kapital aufzustocken. Es wäre kein Problem, dem einen oder anderen lästigen Gläubiger aus dem Weg zu gehen. Problematisch allerdings wäre es, wenn die Familie seiner Verlobten herausfände, daß er in Benares war. Abgesehen davon war er sich nicht sicher, ob es im Augenblick überhaupt sinnvoll war, nach Benares zu fahren. Er wollte dasein, wenn Savitas Baby geboren würde, um zu helfen, da Pran in seinem Zustand selbst nicht dazu in der Lage war, und Maan befürchtete bei dem Glück, das er zur Zeit hatte, daß das Baby geboren würde, wenn er nicht in der Stadt war.

Er wartete zwei volle Tage auf eine Antwort Saeeda Bais auf seine Botschaft. Er hatte Baitar House als seine Adresse angegeben. Es kam keine Antwort.

Seiner eigenen Wenn und Aber überdrüssig und versessen darauf, irgend etwas zu unternehmen, lieh sich Maan noch einmal Geld von Firoz, ließ sich von einem Dienstboten eine Fahrkarte für den Zug nach Benares am nächsten Morgen kaufen und machte sich auf einen verzagten und ereignislosen Abend gefaßt.

Zuerst ging er ins Krankenhaus und wies Savita an, die Geburt mindestens noch zwei Tage hinauszuschieben. Savita lachte und versprach, ihr Bestes zu tun.

Dann aß er mit Firoz zu Abend. Zainabs Mann aß mit ihnen – er war allein nach Brahmpur gekommen, zu einem Treffen irgendeines Waqf-Komitees –, und Maan spürte, daß Firoz ihn nicht herzlich, sondern nur höflich behandelte. Maan verstand das nicht. Zainabs Mann schien ziemlich gebildet, wenn auch etwas ängstlich. Er bestand darauf, im Herzen ein Bauer geblieben zu sein, und unterstrich diese Behauptung mit persischen Versen. Der Nawab Sahib speiste allein.

Schließlich schrieb Maan Saeeda Bai eine weitere Nachricht in Urdu – sicherlich könne sie ihm sagen, worin sein Verbrechen bestand, und wenn sie ihm nicht verzeihen könne, so könne sie doch auf seine Briefe antworten – und brachte sie zu ihrem Wachmann.

»Bitte laß ihr das gleich zukommen – und sag ihr, daß ich fortfahre.« Maan, dem die Dramatik des letzten Satzteils nicht verborgen blieb, seufzte tief.

Der Wachmann klopfte, und Bibbo kam heraus.

»Bibbo«, sagte Maan und fuchtelte mit dem elfenbeinernen Griff seines Spazierstocks herum.

Aber Bibbo schien erschrocken und sah ihm nicht ins Gesicht. Was ist los mit ihr? dachte Maan. Das letzte Mal hat sie mich doch sogar geküßt.

Ein paar Minuten später kam Bibbo wieder und sagte: »Die Begum Sahiba hat mich angewiesen, Sie einzulassen.«

»Bibbo!« sagte Maan, hoch erfreut, daß er vorgelassen wurde, und verletzt durch den formalen, ja leblosen Tonfall, mit dem dies angekündigt wurde. Er freute sich so sehr, daß er sie am liebsten umarmt hätte, aber da sie sich halb von ihm abwandte, als sie die Treppe hinaufgingen, war klar, daß das nicht in Frage kam.

»Sie wiederholen meinen Namen wie dieser Sittich«, sagte Bibbo. »Mit meiner Freundlichkeit handle ich mir nur Scherereien ein.«

»Das letzte Mal hast du dir einen Kuß von mir eingehandelt!« Maan lachte.

Bibbo wollte nicht daran erinnert werden. Sie zog einen Schmollmund, den Maan bezaubernd fand.

Saeeda Bai war gut gelaunt. Sie, Motu Chand und ein älterer Sarangi-Spieler saßen in ihrem Zimmer und klatschten. Ustad Majeed Khan war kürzlich in Benares aufgetreten, unterstützt von Ishaq Khan. Ishaq Khan hatte sich tapfer geschlagen; jedenfalls hatte er seinem Meister keine Schande bereitet.

»Ich fahre auch nach Benares«, sagte Maan, der die letzten Sätze mitbekommen hatte.

»Und warum verläßt der Jäger die zahme Gazelle, die sich überglücklich seinem Blick darbietet?« fragte Saeeda, wirbelte die Hand herum und blendete Maan mit einem plötzlichen Aufblitzen ihrer Juwelen.

Angesichts der Tatsache, daß sie ihn die letzten Tage gemieden hatte, paßte diese Beschreibung überhaupt nicht. Maan sah ihr in die Augen und entdeckte dort nichts als völlige Aufrichtigkeit. Sofort wurde ihm klar, daß er sie falsch eingeschätzt hatte: Sie war so bezaubernd wie eh und je, und er war ein unsensibler Tölpel.

Saeeda Bai behandelte ihn den ganzen Abend über außergewöhnlich zuvorkommend; fast schien es, als würde sie um ihn werben und nicht er um sie. Sie bat ihn, ihr, wie sie es ausdrückte, den Mangel an Höflichkeit vom letzten Mal zu verzeihen. Viele Dinge hätten sich an jenem Tag gegen sie verschworen und sie aus der Fassung gebracht. Dagh Sahib sollte der unwissenden Saki verzeihen, die in ihrer hochgradigen Nervosität Wein über seine unschuldigen Hände verschüttet hatte.

Sie sang für ihn wie verzaubert. Und dann schickte sie die Musiker fort.

13.8

Am nächsten Morgen kam Maan gerade noch rechtzeitig zum Bahnhof, um den Zug nach Benares zu erwischen. Er fühlte sich glücklich wie ein kleines Kind. Sogar die Tatsache, daß er sich mit jeder Dampfwolke und jedem Drehen der Räder weiter von Brahmpur entfernte, tat seinem Glück keinen Abbruch. Ab und zu lächelte er vor sich hin, wenn er sich an den vergangenen Abend erinnerte, an all die Zärtlichkeiten und geistreichen Sprüche, an all die Spannung und die Erfüllung.

Angekommen in Benares, mußte Maan feststellen, daß diejenigen, die ihm Geld für bereits gelieferte Ware schuldeten, nicht erfreut waren, ihn zu sehen. Sie schworen, daß sie im Augenblick kein Geld hatten, daß sie Himmel und Hölle in Bewegung setzten, um ihre Gläubiger – von denen er nur einer war – zu bezahlen, daß der Markt nicht viel hergab, daß sie damit rechneten, im Winter – spätestens im Frühjahr – die Zahlungsschwierigkeiten überwunden zu haben.

Und die, deren Geschichten vom Pech Maan veranlaßt hatten, seinen Geldbeutel zu öffnen, freuten sich ebensowenig. Ein gutgekleideter, offensichtlich erfolgreicher junger Mann lud Maan zum Essen in ein gutes Restaurant ein, damit er ihm in aller Ruhe die Lage erklären könne. Schließlich zahlte Maan für das Essen.

Ein anderer war ein entfernter Verwandter seiner Verlobten. Er wollte Maan unbedingt zu ihrer Familie schleifen, aber Maan wandte ein, daß er mit dem Zug am frühen Nachmittag nach Brahmpur zurückkehren müsse. Als Erklärung gab er an, es müsse jeden Tag damit gerechnet werden, daß sein Bruder, der krank sei und im Krankenhaus liege, Vater würde. Der Mann schien überrascht über Maans neuerworbenen Familiensinn, sah jedoch von seinem Vorhaben ab. Aber Maan, der sich in die Defensive gedrängt fühlte, brachte es nicht mehr über sich, das fällige Darlehen zu erwähnen.

Ein Schuldner deutete auf umständliche und freundliche Weise an, daß ihm jetzt, da Mahesh Kapoor als Finanzminister des Nachbarstaates zurückgetreten sei, Maans Darlehen nicht mehr so nachhaltig und so häufig den Schlaf raube.

Maan gelang es, ein Achtel der Summe, die er verliehen hatte, einzutreiben, und er lieh sich noch einmal denselben Betrag von Freunden und Bekannten. Damit hatte er etwas mehr als zweitausend Rupien. Zuerst fühlte er sich enttäuscht und desillusioniert. Aber mit zweitausend Rupien in der Tasche und der Fahrkarte zurück ins Glück war er schnell wieder davon überzeugt, daß das Leben eigentlich doch schön war.

13.9

In der Zwischenzeit stattete Tahmina Bai Saeeda Bai einen Besuch ab.
Tahmina Bais Mutter war die Besitzerin des Etablissements in der Tarbuz-ka-Bazaar, in dem Saeeda Bai früher mit ihrer Mutter Mohsina Bai gelebt hatte.
»Was sollen wir machen? Was sollen wir machen?« rief Tahmina Bai höchst aufgeregt. »Chaupar spielen und klatschen? Oder klatschen und Chaupar spielen? Saeeda, sag deiner Köchin, sie soll diese köstlichen Kababs machen. Ich habe Biryani mitgebracht – und Bibbo gesagt, sie soll es in die Küche bringen. Jetzt erzähl, erzähl mir alles. Ich habe dir auch viel zu erzählen.«
Nachdem sie ein paar Runden Chaupar gespielt und endlos Klatschgeschichten ausgetauscht hatten, ohne ernstere Themen zu vernachlässigen – zum Beispiel die Auswirkungen des Zamindari Act auf sie, vor allem auf Saeeda Bai, die bessere Kunden hatte, die Erziehung Tasneems, die Gesundheit von Tahmina Bais Mutter, die steigenden Mieten und Häuserpreise, die nicht einmal die Tarbuz-ka-Bazaar verschonten –, wandten sie sich den Eigenheiten diverser Kunden zu.
»Ich bin Marh«, sagte Saeeda Bai. »Du bist ich.«
»Nein, ich bin Marh«, sagte Tahmina Bai. »Du bist ich.« Sie kicherte vor Vergnügen, griff nach einer Blumenvase, warf die Blumen auf den Tisch und tat so, als würde sie aus der Vase trinken. Dann torkelte sie schnaubend durchs Zimmer, stürzte sich auf Saeeda Bai, die den Pallu ihres Saris außer Reichweite brachte und »Toba! Toba!« schreiend zum Harmonium lief. Dort spielte sie rasch eine um zwei Oktaven abfallende Tonleiter.
Tahmina Bai verdrehte die Augen. Während die Tonleiter abfiel, fiel auch sie um. Schnarchend lag sie auf dem Teppich. Nach zehn Sekunden richtete sie sich mühsam halb auf, rief: »Wah! Wah!« und sank wieder um, diesmal quietschend und schnaubend vor Lachen. Dann sprang sie auf, warf eine Schale mit Früchten um und stürzte sich auf Saeeda Bai, die anfing ekstatisch zu stöhnen. Mit einer Hand griff Tahmina Bai nach einem Apfel und biß hinein. Dann, während des Höhepunkts, schrie sie nach Whisky. Schließlich rollte sie zur Seite, rülpste und schlief ein.
Sie erstickten fast vor Lachen. Der Sittich kreischte beunruhigt.
»Aber sein Sohn ist noch viel besser«, sagte Tahmina Bai.
»Nein, nein«, sagte Saeeda Bai, die noch immer lachte. »Das halt ich nicht aus. Hör auf, Tahmina, hör auf, hör auf...«
Aber Tahmina ahmte das Verhalten des Rajkumars nach, als er sie an jenem Abend nicht mit seiner Dichtkunst hatte erfreuen können.
Verwirrt und unter Protest brachte eine traumatisierte Tahmina einen imaginären, aber sehr betrunkenen Freund wieder auf die Beine. »Nein, nein«, rief sie mit Entsetzen in der Stimme. »Nein, bitte, Tahmina Begum – ich habe schon, nein, nein, ich bin nicht in der Stimmung – komm, Maan, wir gehen.«

»Was? Hast du Maan gesagt?« fragte Saeeda Bai.
Tahmina Bai hatte einen Kicheranfall.
»Aber das ist mein Dagh Sahib«, sagte Saeeda Bai erstaunt.
»Du meinst, der Sohn des Ministers? Der, über den alle reden? Der an den Schläfen kahl wird?«
»Ja.«
»Der konnte mich auch nicht erfreuen.«
»Freut mich zu hören.«
»Sei vorsichtig, Saeeda«, sagte Tahmina Bai voll Zuneigung. »Denk daran, was deine Mutter sagen würde.«
»Ach, es ist nichts«, sagte Saeeda Bai. »Ich unterhalte sie, er unterhält mich. Es ist wie mit Miya Mitthu hier. Ich bin schließlich kein Dummkopf.«
Und darauf lieferte sie eine gute Imitation Maans, wie er sie voller Verzweiflung liebte.

13.10

Das erste, was Maan nach seiner Ankunft in Brahmpur tat, war, in Prem Nivas anzurufen, um sich nach Savita zu erkundigen. Sie hatte Wort gehalten. Das Baby war noch in ihrem Bauch, wußte noch nichts von Freud und Leid in Brahmpur.

Es war zu spät, um Pran noch im Krankenhaus zu besuchen, und so machte er sich gut gelaunt auf den Weg zu Saeeda Bai. Der Wachmann sah an diesem Abend etwas zerstreut aus; er klopfte an die Tür und beriet sich mit Bibbo. Bibbo warf einen Blick auf Maan, der gespannt neben dem Tor stand, sah dann wieder den Wachmann an und schüttelte den Kopf.

Aber Maan, der dieses Signal korrekt interpretiert hatte, sprang mit einem Satz über den Zaun und war an der Tür, bevor sie sie schließen konnte.

»Was?« sagte er mit kaum beherrschtem Zorn. »Die Begum Sahiba hat gesagt, daß sie mich heute empfangen wird. Was ist passiert?«

»Sie ist indisponiert«, sagte Bibbo, wobei sie das Wort ›indisponiert‹ nachdrücklich betonte. Es war klar, daß Saeeda nichts dergleichen war.

»Warum bist du wütend auf mich, Bibbo?« sagte Maan hilflos. »Was habe ich nur getan, daß ihr mich alle so unbarmherzig behandelt?«

»Nichts. Aber die Begum Sahiba empfängt heute niemanden.«

»Ist jemand bei ihr?«

»Dagh Sahib«, sagte Bibbo, als ob sie nachgeben würde, statt dessen machte sie eine provozierende Andeutung. »Dagh Sahib, jemand, den ich Ghalib Sahib nennen möchte, ist bei ihr. Auch unter Dichtern gibt es eine Hierarchie. Der Herr ist ein guter Freund, und seine Gesellschaft zieht sie der aller anderen vor.«

Das war zuviel für Maan. »Wer ist er? Wer ist er?« schrie er nahezu außer sich.

Bibbo hätte Maan auch einfach erzählen können, daß es sich um Mr. Bilgrami handelte, Saeeda Bais alten Bewunderer, den sie langweilig, aber beruhigend fand, doch die dramatische Reaktion, die sie hervorgerufen hatte, gefiel ihr. Außerdem war sie wütend auf Maan und wollte ihm ein, zwei Löffel Eifersucht als Strafe für ihr eigenes Mißgeschick verabreichen. Nach dem Kuß auf der Treppe hatte Saeeda Bai Bibbo mehrmals hart ins Gesicht geschlagen und ihr gedroht, sie wegen ihrer Schamlosigkeit aus dem Haus zu werfen. In Bibbos Erinnerung war es Maan gewesen, der den Kuß gewollt und sie damit in Schwierigkeiten gebracht hatte.

»Ich kann Ihnen nicht sagen, wer es ist«, sagte Bibbo und zog die Augenbrauen etwas in die Höhe. »Ihre poetische Intuition sollte Ihnen weiterhelfen.«

Maan faßte Bibbo an den Schultern und schüttelte sie. Aber bevor er sie zum Sprechen bringen konnte und der Wachmann ihr zu Hilfe eilen konnte, befreite sie sich und schlug ihm die Tür vor der Nase zu.

»Kommen Sie, Kapoor Sahib«, sagte der Wachmann gelassen.

»Wer ist er?« sagte Maan.

Der Wachmann schüttelte bedächtig den Kopf. »Ich kann mir Gesichter nicht merken«, sagte er. »Wenn mich jemand fragt, ob Sie hier waren, würde ich mich nicht erinnern.«

Vor den Kopf gestoßen von der dreisten Abfuhr und rasend vor Eifersucht, schaffte es Maan irgendwie zurück nach Baitar House.

Auf dem großen steinernen Tor zur Einfahrt saß ein Affe. Warum er so spät noch wach war, war ein Rätsel. Als Maan sich näherte, fletschte der Affe die Zähne. Maan starrte ihn wütend an.

Der Affe sprang vom Tor herunter und stürzte auf ihn zu. Wenn Maan nicht zwei Tage in Benares gewesen wäre, hätte er im *Brahmpur Chronicle* von einer bösartigen Äffin lesen können, die in Pasand Bagh ihr Unwesen trieb. Sie war offensichtlich wahnsinnig geworden, als Schulkinder ihr Baby steinigten. Seitdem griff sie Bewohner an, biß sie und versetzte sie in Angst und Schrecken. Bislang hatte sie sieben Personen Fleisch aus dem Bein gebissen, und Maan sollte der achte sein.

Furchtlos und bösartig stürzte sie sich auf ihn. Obwohl er sich nicht umdrehte und die Flucht ergriff, blieb sie nicht stehen, und als sie nahe genug war, machte sie einen gezielten Satz auf sein Bein zu. Aber sie hatte nicht mit Maans Wut gerechnet. Maan hielt seinen Spazierstock bereit und versetzte ihr einen Schlag, der sie auf der Stelle umwarf.

In diesem Schlag steckte all seine Körperkraft, die Wucht seiner Eifersucht und seiner Wut. Er holte erneut mit dem Stock aus, aber der Affe blieb reglos auf der Straße liegen, entweder bewußtlos oder tot.

Maan lehnte sich einen Augenblick an das Tor, zitternd vor Zorn und nervösem Schock. Dann wurde er seiner Unbeherrschtheit überdrüssig, und er ging langsam auf das Haus zu. Firoz war nicht da, Zainabs Mann ebensowenig, und der Nawab Sahib hatte sich schon zurückgezogen. Aber Imtiaz war da und las.

»Mein lieber Freund, du stehst unter Schock. Ist alles in Ordnung – im Krankenhaus, meine ich?«

»Ich glaube, ich habe gerade einen Affen umgebracht. Er hat mich angegriffen. Er saß auf dem Tor. Ich brauche einen Whisky.«

»Oh, du bist ein Held«, sagte Imtiaz erleichtert. »Gut, daß du den Spazierstock dabeihattest. Ich dachte schon, es wäre etwas mit Pran oder Savita. Die Polizei war den ganzen Tag hinter der Äffin her. Sie hatte bereits ein paar Leute gebissen. Eis und Wasser? Wenn du sie umgebracht hast, bist du vielleicht doch kein so großer Held. Ich lasse sie besser wegschaffen, sonst kommt es hier noch zu religiösen Unruhen. Hast du irgendwas getan, was sie wütend gemacht hat?«

»Sie wütend gemacht?«

»Ja, hast du ihr mit dem Stock gedroht oder so? Einen Stein nach ihr geworfen?«

»Nein«, sagte Maan sehr heftig. »Sie hat mich gesehen und sofort angegriffen. Ich habe ihr nichts getan. Nichts. Überhaupt nichts.«

13.11

Alle hatten zu Savita gesagt, daß sie einen Jungen bekommen würde: Ihre Art zu gehen, die Größe ihres Bauches und andere unfehlbare Anzeichen deuteten auf einen Jungen.

»Denk an was Schönes, lies Gedichte«, ermahnte Mrs. Rupa Mehra sie ständig, und Savita versuchte es. Sie las auch ein Buch mit dem Titel *Jura studieren*. Mrs. Rupa Mehra riet ihr zudem, Musik zu hören, aber da Savita nicht besonders musikalisch war, hielt sie sich nicht daran.

Das Baby bewegte sich von Zeit zu Zeit. Aber manchmal schien es tagelang zu schlafen. In letzter Zeit hatte es sich sehr ruhig verhalten.

Mrs. Rupa Mehra, die Savita einerseits zu beruhigenden Gedanken anhielt, erzählte ihr andererseits häufig von ihren eigenen Geburten und den Geburten anderer Mütter. Manche Geschichten waren erheiternd, andere weniger. »Du warst überfällig, weißt du«, sagte sie zu Savita voll Zuneigung. »Und meine Schwiegermutter hat darauf bestanden, daß ich es mit ihrer Methode versuche, die Wehen in Gang zu setzen. Ich mußte ein ganzes Glas Rizinusöl trinken. Das ist ein Abführmittel, weißt du, und es sollte die Geburt einleiten. Es hat schrecklich geschmeckt, aber ich sah es als meine Pflicht an, es zu trinken. Es stand auf dem Büfett. Es war Winter, ich erinnere mich gut daran, es war bitter kalt, Mitte Dezember ...«

»Es kann nicht Dezember gewesen sein, Ma, ich bin im November geboren.«

Mrs. Rupa Mehra runzelte die Stirn über diese Unterbrechung ihrer Träumerei, aber sie sah ein, daß die Logik dieses Arguments nicht zu widerlegen war, und fuhr fort: »November, ja, Winter, und ich sah es auf dem Büfett stehen und trank es vor dem Mittagessen in einem Zug aus. Ich weiß noch, daß es Parathas gab. Normalerweise aß ich nicht viel, aber an diesem Tag habe ich mich richtig vollgestopft. Doch es nützte nichts. Dann kam das Abendessen. Dein Vater hat mir einen Teller mit meinen Lieblingssüßigkeiten gebracht, Rasagullas. Ich aß eins, dann noch eins, und ich hatte das zweite gerade geschluckt, als ich es wie eine Faust in meinem Magen spürte. Die Wehen hatten eingesetzt, und ich mußte rennen.«

»Ma, ich glaube ...«

Aber Mrs. Rupa Mehra fuhr fort: »Unsere indischen Arzneien sind die besten. Jetzt sagen sie, daß ich zu dieser Jahreszeit jede Menge Jamuns essen soll, weil sie gut für meinen Diabetes sind.«

»Ma, ich würde gern das Kapitel zu Ende lesen«, sagte Savita.

»Bei Arun war es am schmerzhaftesten. Du mußt darauf vorbereitet sein, Liebes. Beim ersten Kind sind die Schmerzen so schrecklich, daß du sterben willst, und wenn ich nicht an deinen Daddy gedacht hätte, wäre ich bestimmt gestorben.«

»Ma ...«

»Savita, Liebes, wenn ich mit dir rede, solltest du nicht in dem Buch lesen. Juristische Bücher sind nicht sehr beruhigend.«

»Ma, laß uns über etwas anderes reden.«

»Ich versuche, dich vorzubereiten, Liebes. Wozu hat man sonst eine Mutter? Ich hatte keine Mutter, die noch lebte und mich vorbereiten konnte, und meine Schwiegermutter war nicht sehr mitfühlend. Nach der Geburt wollte sie mich einen Monat lang einsperren, aber mein Vater hat gesagt, das sei Aberglaube, und hat mit der Faust auf den Tisch geschlagen, weil er doch selbst Arzt ist.«

»Ist es wirklich sehr schmerzhaft?« fragte die mittlerweile ziemlich ängstliche Savita.

»Ja. Es ist unerträglich«, sagte Mrs. Rupa Mehra und vergaß alle ihre Ermahnungen, Savita nicht angst zu machen oder aufzuregen. »Schlimmer als alle anderen Schmerzen in meinem Leben, besonders bei Arun. Aber wenn das Kind da ist, ist man überglücklich – das heißt, wenn alles in Ordnung ist. Aber manchmal ist es auch sehr traurig, wie mit Kamini Buas erstem Kind – so etwas kommt auch vor«, endete Mrs. Rupa Mehra philosophisch.

»Ma, warum liest du mir nicht ein Gedicht vor?« versuchte Savita, ihre Mutter von diesem Thema abzulenken. Doch als Mrs. Rupa Mehra eines ihrer Lieblingsgedichte vortrug, *Der blinde Junge* von Colley Cibber, bereute Savita ihren Vorschlag.

Die Tränen schossen ihr schon in die Augen, als sie mit zitternder Stimme zu lesen begann:

»Oh, sprecht, was ist das Ding, genannt das Licht,
das ich im Leben nie werd sehen?
Welch Wonnen liegen in der Sicht?
Die dem armen blinden Jungen stets entgehen!«

»Ma«, sagte Savita, »Daddy war sehr gut zu dir, nicht wahr? Sehr zärtlich – sehr liebevoll ...«

»O ja«, sagte Mrs. Rupa Mehra; die Tränen flossen jetzt reichlich. »So einen Mann gibt es nur einmal unter einer Million. Prans Vater ist immer verschwunden, wenn Prans Mutter niederkam. Er konnte Geburten nicht ausstehen – und wenn die Kinder klein waren und viel schrien und viel Schmutz machten, versuchte er immer, so oft und so lange wie möglich weg zu sein. Wenn er dagewesen wäre, vielleicht wäre Pran dann nicht im Badewasser fast ertrunken, und dann hätte er kein Asthma bekommen – und sein Herz hätte nicht Schaden gelitten.« Mrs. Rupa Mehra flüsterte das Wort ›Herz‹.

»Ma, ich bin müde. Ich glaube, ich werde ins Bett gehen.« Savita bestand darauf, allein in ihrem Zimmer zu schlafen, obwohl ihr Mrs. Rupa Mehra angeboten hatte, bei ihr zu schlafen, für den Fall, daß die Wehen einsetzten und sie hilflos wäre und nicht aufstehen könnte.

Eines Abends um neun Uhr, als sie im Bett noch las, verspürte Savita plötzlich einen heftigen Schmerz und schrie laut auf. Mrs. Rupa Mehra, deren Gehör dieser Tage unnatürlich empfindlich auf Savitas Stimme reagierte, stürzte ins Zimmer. Sie hatte ihr Gebiß herausgenommen und war nur noch mit Unterrock und Büstenhalter bekleidet. Sie fragte Savita, was los sei und ob sie Wehen habe.

Savita nickte, griff sich an den Bauch und sagte, sie glaube, ja. Mrs. Rupa Mehra rüttelte sofort Lata wach, zog sich einen Morgenmantel an, weckte die Dienstboten, setzte ihre falschen Zähne ein und telefonierte mit Prem Nivas, damit der Wagen geschickt würde. Savitas Gynäkologen erreichte sie nicht zu Hause. Sie telefonierte mit Baitar House.

Imtiaz antwortete. »In welchen Abständen kommen die Wehen?« fragte er. »Wer ist ihr Gynäkologe? Butalia? Gut. Haben Sie ihn schon angerufen? Ich verstehe. Überlassen Sie das mir. Vielleicht ist er im Krankenhaus bei einer anderen Geburt. Ich veranlasse, daß sie ein Einzelzimmer und alles andere vorbereiten.«

Die Wehen kamen jetzt öfter, aber in unregelmäßigen Abständen. Lata hielt Savitas Hand und küßte sie manchmal auf die Stirn oder streichelte sie. Wenn eine Wehe kam, schloß Savita die Augen. Imtiaz traf nach ungefähr einer Stunde ein. Er hatte den Gynäkologen nur unter Schwierigkeiten auf einer Party ausfindig gemacht.

Kaum war sie im Krankenhaus – im Krankenhaus des medizinischen Colleges –, sah sich Savita um und fragte nach Pran.

»Soll ich ihn holen?« fragte Mrs. Rupa Mehra.

»Nein, nein, laß ihn schlafen – er soll nicht aufstehen«, sagte Savita.
»Sie hat recht«, sagte Imtiaz bestimmt. »Das würde ihm gar nicht guttun. Wir sind hier genug Unterstützung und Gesellschaft.«
Eine Schwester sagte, daß der Gynäkologe bald kommen würde und daß es keinen Grund zur Beunruhigung gebe. »Die erste Geburt dauert im allgemeinen lang. Zwölf Stunden sind ganz normal.« Savita riß die Augen auf.
Obwohl sie große Schmerzen hatte, schrie sie nicht. Dr. Butalia, ein kleiner Sikh mit verträumtem Blick, traf ein, untersuchte sie kurz und versicherte ihr, daß alles in Ordnung sei.
»Ausgezeichnet, ausgezeichnet«, sagte er lächelnd und sah auf seine Uhr, während sich Savita auf dem Bett wand. »Zehn Minuten – gut, gut.« Dann verschwand er.
Als nächster kam Maan. Die Schwester, die bemerkte, daß er ein Mr. Kapoor und aufgeregt und besorgt war, hielt ihn für den Vater und behandelte ihn eine Zeitlang so, bis er sie korrigierte.
»Der Vater ist leider ein anderer Patient in diesem Krankenhaus«, sagte Maan. »Ich bin sein Bruder.«
»Oh, wie schrecklich«, sagte die Schwester. »Weiß er ...«
»Noch nicht.«
»Oh.«
»Er schläft, und sein Arzt – und seine Frau – haben verordnet, daß er nicht aufstehen und sich unnötig aufregen soll. Ich springe für ihn ein.«
Die Schwester runzelte die Stirn. »Liegen Sie still«, riet sie Savita. »Liegen Sie still und denken Sie an etwas Beruhigendes.«
»Ja«, sagte Savita, und Tränen liefen ihr übers Gesicht.
Es war eine heiße Nacht, und obwohl das Zimmer im dritten Stock lag, schwirrten ein paar Moskitos herum. Mrs. Rupa Mehra bat darum, daß ein zweites Bett ins Zimmer gebracht würde, damit sie und Lata sich abwechselnd ausruhen konnten. Imtiaz, der sich noch einmal vergewisserte, daß alles in Ordnung war, ging. Maan setzte sich auf einen Stuhl im Korridor und schlief ein.
Savita fiel nichts Beruhigendes ein. Sie hatte das Gefühl, als habe ihr eine schreckliche brutale Kraft die Kontrolle über ihren Körper abgenommen. Wenn die Wehen kamen, keuchte sie, aber weil ihre Mutter gesagt hatte, daß sie unerträglich sein würden, erwartete sie noch heftigere Schmerzen und versuchte, nicht laut zu schreien; und es gelang ihr. Stunde um Stunde verging, und auf ihrer Stirn stand Schweiß. Lata versuchte, die Moskitos von ihrem Gesicht fernzuhalten.
Es war vier Uhr früh und noch immer dunkel. In zwei Stunden würde Pran aufwachen. Aber Imtiaz hatte klargemacht, daß er sein Zimmer nicht verlassen durfte. Savita begann jetzt, leise zu weinen, nicht nur weil ihr seine tröstliche Unterstützung fehlte, sondern auch weil sie sich vorstellen konnte, wie besorgt er um sie wäre.

Ihre Mutter, die glaubte, sie weine wegen der Schmerzen, sagte: »Sei tapfer, Liebes, bald wird es vorbei sein.«

Savita stöhnte und drückte die Hand ihrer Mutter fest.

Der Schmerz war jetzt nahezu unerträglich. Plötzlich spürte sie, daß das Bett an ihren Beinen naß war, und sie wandte sich, rot vor Verlegenheit und Erstaunen, an Mrs. Rupa Mehra: »Ma ...«

»Was ist, Liebes?«

»Ich glaube – ich glaube, das Bett ist naß.«

Mrs. Rupa Mehra weckte Maan und ließ ihn die diensthabenden Schwestern holen.

Die Fruchtblase war geplatzt, und die Wehen kamen jetzt kurz hintereinander, ungefähr alle zwei Minuten. Die Schwestern wußten sofort, was los war. Sie fuhren sie in den Kreißsaal und riefen Dr. Butalia an.

»Wo ist meine Mutter?« fragte Savita.

»Sie ist draußen«, sagte eine etwas griesgrämige Schwester.

»Bitte holen Sie sie herein.«

»Mrs. Kapoor, tut mir leid, aber das geht nicht«, sagte die andere Schwester, eine große freundliche Anglo-Inderin. »Der Doktor wird gleich dasein. Halten Sie sich an der Stange hinter ihrem Bett fest, wenn die Schmerzen zu stark werden.«

»Ich glaube, ich spüre das Baby ...« sagte Savita.

»Mrs. Kapoor, bitte halten Sie aus, bis der Doktor da ist.«

»Ich kann nicht ...«

Glücklicherweise kam der Arzt gerade herein, und die beiden Schwestern forderten sie jetzt auf zu pressen.

»Pressen Sie, pressen, pressen ...«

»Ich halt es nicht mehr aus – ich halte es nicht mehr aus«, sagte Savita, die in ihrer Agonie den Mund verzerrte.

»Pressen Sie ...«

»Nein«, weinte sie. »Es ist fürcherlich. Ich halte es nicht mehr aus. Geben Sie mir eine Betäubung. Doktor, bitte ...«

»Pressen Sie, Mrs. Kapoor, Sie machen das sehr gut«, sagte der Arzt.

In einem Nebel aus Schmerz hörte Savita eine Schwester sagen: »Kommt das Baby mit dem Kopf zuerst?«

Savita meinte, sie würde zerrissen, dann spürte sie plötzlich einen warmen Strom im Unterlieb. Dann meinte sie, gedehnt zu werden, und empfand solch einen Schmerz, daß sie glaubte, ohnmächtig zu werden.

»Ich halte es nicht mehr aus, oh, Ma, ich halte es nicht mehr aus«, schrie sie. »Ich will nie wieder ein Kind.«

»Das sagen sie alle«, sagte die griesgrämige Schwester, »und im nächsten Jahr kommen sie wieder. Pressen Sie ...«

»Ich nicht. Ich will nie – nie wieder ein Kind«, sagte Savita und fühlte sich über die Maßen gedehnt, nahezu auseinandergerissen. »O Gott.«

Plötzlich glitt der Kopf heraus, und sie fühlte sich augenblicklich erleichtert.

Als sie nach einer, wie ihr schien, ewig langen Zeit das Baby schreien hörte, öffnete sie die Augen, die noch in Tränen schwammen, und sah auf das rote, faltige, schwarzhaarige, schreiende Baby, das mit Blut und einer schmierigen Schicht bedeckt war. Der Arzt hielt es in seinen Händen.

»Es ist ein Mädchen, Mrs. Kapoor«, sagte der Arzt mit den verträumten Augen. »Mit einer sehr kräftigen Stimme.«

»Ein Mädchen?«

»Ja. Ein ziemlich großes Mädchen. Gut gemacht. Es war eine schwierige Geburt, das kann passieren.«

Savita lag ein paar Minuten völlig erschöpft da. Das Licht im Kreißsaal war ihr zu hell. Ein Baby! dachte sie.

»Darf ich sie halten?« fragte sie nach einer Weile.

»Gleich, wenn wir sie gewaschen haben.«

Das Baby war noch etwas glitschig, als man es – sie – ihr auf den eingefallenen Bauch legte. Savita sah auf ihren Kopf, bewundernd und vorwurfsvoll, nahm sie dann zärtlich in die Arme und schloß vor Erschöpfung wieder die Augen.

13.12

Pran wachte als frischgebackener Vater auf.

»Was?« sagte er ungläubig zu Imtiaz.

Aber da seine Eltern neben dem Bett saßen, was sie außerhalb der Besuchszeiten normalerweise nicht taten, schüttelte er den Kopf und glaubte es.

»Ein Mädchen«, fügte Imtiaz hinzu. »Sie sind oben. Maan ist auch da und freut sich, wenn man ihn für den Vater hält.«

»Ein Mädchen?« Pran war überrascht, vielleicht sogar ein bißchen enttäuscht. »Wie geht es Savita?«

»Gut. Ich habe kurz mit dem Gynäkologen gesprochen. Er sagt, es sei eine etwas schwierige Geburt gewesen, aber das sei nichts Ungewöhnliches.«

»Ich will sie und das Baby sehen. Vermutlich kann sie nicht gehen.«

»Nein. Die nächsten paar Tage nicht. Sie wurde mit einigen Stichen genäht. Und es tut mir leid, Pran, du darfst auch nicht aufstehen. Weder Bewegung noch Aufregung sind deiner Erholung förderlich.« Imtiaz sprach mit der etwas strengen Förmlichkeit, von der er wußte, daß sie das beste Mittel war, um Patienten gefügig zu machen.

»Das ist lächerlich, Imtiaz. Sei vernünftig. Bitte. Als nächstes wirst du mir vermutlich sagen, daß ich nur Fotos von meinem Kind sehen darf.«

»Das ist eine gute Idee«, sagte Imtiaz, lächelte und rieb das Muttermal auf seiner Wange. »Aber das Baby ist im Gegensatz zu seiner Mutter ein transportierbares Ding, und es kann zu dir heruntergebracht werden. Gut, daß du keine ansteckende Krankheit hast, sonst wäre auch das nicht möglich. Butalia paßt auf seine Kinder auf, als wären sie ein wertvoller Schatz.«

»Aber ich muß mit Savita sprechen«, sagte Pran.

»Es geht ihr gut, Pran«, sagte sein Vater beruhigend. »Als ich oben war, hat sie geschlafen. Sie ist ein braves Mädchen«, fügte er überflüssigerweise hinzu.

»Warum schreibst du ihr nicht?« fragte Imtiaz.

»Schreiben?« Pran lachte kurz auf. »Sie lebt in der gleichen Stadt.« Aber er bat seine Mutter um den Block auf dem Nachttisch und schrieb ein paar Zeilen.

Liebling,
Imtiaz hat mir verboten, Dich zu sehen; er behauptet, die Anstrengung, die Treppen zu steigen, und die Aufregung, Dich zu sehen, würden mich umbringen. Ich weiß, daß Du so schön bist wie immer. Ich hoffe, es geht Dir gut, und ich wünschte, ich wäre bei Dir, um Deine Hand zu halten und Dir zu sagen, wie schön unser Baby ist. Ich bin mir nämlich sicher, daß sie schön ist.

Auch sie habe ich noch nicht gesehen, und ich bitte Dich, sie mir für ein paar Minuten abzutreten.

Mir geht es übrigens gut, und ich hatte, falls Du Dir Gedanken gemacht hast, eine friedliche Nacht.

In Liebe
Pran

Imtiaz ging.

»Mach dir nichts draus, daß es ein Mädchen ist«, sagte seine Mutter.

»Ich mache mir überhaupt nichts draus«, sagte Pran. »Ich bin nur überrascht. Alle haben behauptet, daß es ein Junge wird, und schließlich habe ich es selbst geglaubt.«

Mrs. Mahesh Kapoor war erfreut über ihre Enkeltochter, da Bhaskar (wenn auch nicht in der männlichen Linie) ihren Wunsch nach einem Enkelsohn erfüllt hatte. »Rupa wird sich allerdings nicht gerade freuen«, sagte sie zu ihrem Mann.

»Warum?« fragte er.

»Zwei Enkeltöchter und kein Enkelsohn.«

»Frauen sollten sich das Gehirn untersuchen lassen«, lautete seine Antwort, bevor er sich wieder der Zeitung zuwandte.

»Aber du sagst doch immer ...«

Mahesh Kapoor hob eine Hand und fuhr fort zu lesen.

Kurz darauf erschien Mrs. Rupa Mehra mit dem Kind.

Prans Augen füllten sich mit Tränen. »Hallo, Ma«, sagte er und streckte die Hände nach dem Baby aus.

Die Augen des Babys waren geöffnet, aber wegen der Falten darum herum sah es aus, als würde es sie zusammenkneifen. In Prans Augen sah sie höchst roh und verhutzelt, aber nicht unattraktiv aus. Auf vage Art schien auch sie ihn wahrzunehmen.

Er hielt sie in den Armen und wußte nicht, was er tun sollte. Wie kommunizierte man mit einem Neugeborenen? Er summte ein bißchen. Dann sagte er zu seiner Schwiegermutter: »Wie geht es Savita? Wird sie bald aufstehen können?«

»Oh, sie hat dem Paket eine Zollerklärung beigefügt«, sagte Mrs. Rupa Mehra und reichte Pran einen Zettel.

Pran sah seine Schwiegermutter wegen ihrer flapsigen Ausdrucksweise überrascht an. Hätte er einen Witz in dieser Richtung gemacht, dachte er, hätte sie ihn dafür gerügt.

»Also wirklich, Ma!« sagte er. Aber Mrs. Rupa Mehra lachte und kitzelte das Baby vernarrt am Hinterkopf. Pran lehnte den Zettel an das Kind und las:

Liebster P.,
ich lege ein Baby – Größe: m, Geschlecht: w, Farbe: r – bei und bitte um Rücksendung nach Begutachtung und Zustimmung.

Es geht mir sehr gut, und ich sehne mich danach, Dich zu sehen. Man hat mir gesagt, daß ich mich in zwei, drei Tagen vorsichtig werde bewegen können. Es ist die Naht, die mir einige Dinge erschwert.

Das Baby hat eine ausgeprägte Persönlichkeit, und ich glaube, sie mag mich. Hoffentlich hast du genausoviel Glück. Ihre Nase erinnert mich an Mas Nase, aber ansonsten erinnert mich nichts an irgendwen aus unseren Familien. Sie war ganz glitschig, als sie herauskam, aber jetzt ist sie gewaschen und gepudert, so daß sie präsentabel ist.

Bitte, mach Dir um mich keine Sorgen, Pran. Es geht mir sehr gut, und Ma wird in meinem Zimmer neben dem Babybettchen schlafen, so daß ich mich ausruhen kann, außer wenn ich stillen muß.

Ich hoffe, Dir geht es gut, mein Liebling, und herzliche Glückwünsche. Ich kann mir meine veränderte Welt noch gar nicht vorstellen. Ich weiß, daß ich ein Kind bekommen habe, aber ich kann nicht glauben, daß ich eine Mutter bin.

              Alles Liebe
               Savita

Pran wiegte seine Tochter eine Weile. Er lächelte über den letzten Satz. Imtiaz hatte ihm dazu gratuliert, daß er jetzt Vater war, und nicht dazu, daß er ein Baby bekommen hatte, und er hatte keine Schwierigkeiten, diese Tatsache anzuerkennen.

Das Kind schlief in seinen Armen ein. Pran staunte darüber, daß sie so vollkommen war. Obwohl sie noch so klein war, war alles da, jede Ader, alle Gliedmaßen und Lippen und Lider, jeder winzige Finger – und alles funktionierte.

Der Mund des Kindes war zu einem bedeutungslosen Lächeln geöffnet.

Pran sah, was Savita mit der Nase gemeint hatte. Obwohl sie noch sehr klein war, erkannte er das Potential zu Mrs. Rupa Mehras Adlernase. Er fragte sich, ob sie auch rot anlaufen würde, wenn sie weinte. Röter als im Augenblick konnte sie allerdings unmöglich werden.

»Ist sie nicht wunderschön?« fragte Mrs. Rupa Mehra. »Wie stolz *er* wäre, wenn er seine zweite Enkeltochter sehen könnte.«

Pran wiegte sie noch ein bißchen länger und berührte mit seiner Nase die ihre.

»Wie gefällt dir deine Tochter?« fragte Mrs. Rupa Mehra.

»Sie hat ein nettes Lächeln – dafür, daß sie noch ein Baby ist«, sagte Pran.

Wie erwartet, billigte Mrs. Rupa Mehra seine Flapsigkeit nicht. Sie sagte, wenn er sie geboren hätte, würde er sie mehr zu schätzen wissen.

»Ganz recht, Ma, ganz recht«, sagte Pran.

Er schrieb Savita eine kurze Nachricht des Inhalts, daß das Kind seine Zustimmung finde und glitschige Wesen für den Lauf der Welt notwendig seien. Als Mrs. Rupa Mehra mit dem Baby wieder hinaufging, begleiteten Mr. und Mrs. Mahesh Kapoor sie, und Pran starrte an die Decke, versunken in seine eigenen Gedanken und glücklicher über die Gegenwart als besorgt über die Zukunft.

Am ersten Tag war es etwas schwierig, die Kleine zu stillen. Zuerst wollte sie die Brust nicht annehmen, aber nachdem Savita mit dem Finger ihre Wange gestreichelt hatte, wandte sie schnell den Kopf und machte den Mund auf. Das war die Gelegenheit, ihr die Brustwarze in den Mund zu stecken. Die Miene des Babys verriet so etwas wie Überraschung. Und nachdem die ersten Saugschwierigkeiten überwunden waren, gab es keine Probleme mehr, abgesehen davon, daß sie während des Stillens meist einschlief und wieder geweckt werden mußte. Manchmal kitzelte Savita sie hinter den Ohren, manchmal an den Fußsohlen. Das Baby lag so bequem und war so zufrieden, daß es manchmal große Überzeugungskunst erforderte, bis sie endlich wieder wach war.

Großmutter, Mutter und Tochter hatten jede ein Bett in dem Krankenhauszimmer. Lata ging vormittags in ihre Lehrveranstaltungen, aber meist war es ihr möglich, gegen Mittag ihre Mutter ein, zwei Stunden abzulösen. Manchmal schliefen Mrs. Rupa Mehra, Savita und das Kind, und Lata paßte auf sie alle auf. Gelegentlich kam eine Krankenschwester vorbei, um sich zu erkundigen, ob alles in Ordnung sei. Es war eine stille Zeit, und Lata lernte ihren Text oder hing ihren Gedanken nach. Wenn das Kind aufwachte oder seine Windel gewechselt werden mußte, wußte Lata, was zu tun war. Dem Baby gefiel es, von ihr gewiegt zu werden.

Manchmal, wenn sie so dasaß, den Text von *Was ihr wollt* aufgeschlagen auf dem Schoß, ersetzte Lata in dem berühmten Zitat das Wort ›Hoheit‹ durch das Wort ›Glück‹. Sie fragte sich, was man tun konnte, um glücklich geboren zu werden, Glück zu erwerben oder Glück zugeworfen zu bekommen. Das Baby, so dachte sie, hat es geschafft, glücklich geboren zu werden. Es war friedlich und hatte so viele Chancen wie jeder andere auf der Welt, glücklich zu werden, trotz der angegriffenen Gesundheit seines Vaters. Pran und Savita waren ungeachtet ihres unterschiedlichen Familienhintergrundes ein glückliches Paar. Sie wußten um ihre Grenzen und Möglichkeiten; sie sehnten sich nicht nach etwas, was außerhalb ihrer Reichweite lag. Sie liebten sich – oder besser, sie hatten gelernt, sich zu lieben. Sie waren beide der Meinung, ohne es jemals auszusprechen – oder vielleicht auch nur darüber nachzudenken –, daß die Ehe und Kinder ein großes Gut an sich waren. Wenn Savita ruhelos war – und jetzt, während sie im matten Mittagslicht, das durch die Fensterläden fiel, schlief, hatte ihr Gesicht nichts Ruheloses, sondern etwas still Vergnügtes, worüber sich Lata wunderte –, wenn sie ruhelos war, dann weil sie die Zerstörung dieses großen Gutes durch Kräfte, auf die sie keinen Einfluß hatte, fürchtete. Sie wollte vor allem anderen sicherstellen, daß, was immer ihrem Mann zustieß, weder Unsicherheit noch Unglück unabwendbar über das Leben ihres Kindes hereinbrachen. Das juristische Buch auf ihrem Nachttisch gehörte ebenso zu ihr wie das Baby in seinem Bettchen auf der anderen Seite ihres Bettes.

Wenn Mrs. Rupa Mehra jetzt ein Theater um Savita oder das noch namenlose Kind machte oder Lata gegenüber ihre Ängste wegen Prans Gesundheit oder Varuns Richtungslosigkeit äußerte, reagierte Lata nicht so ungeduldig wie früher. Ihre Mutter erschien ihr jetzt als die Hüterin der Familie; und da Leben und Tod in diesem Krankenhaus so nahe beieinander lagen, schien Lata, daß es einzig die Familie war, die für Kontinuität in der Welt sorgte und Schutz vor ihr bot. Kalkutta, Delhi, Kanpur, Lucknow – die Besuche bei zahllosen Verwandten –, die Jährliche Trans-Indien-Eisenbahn-Wallfahrt, über die sich Arun erbarmungslos lustig machte, das Wasserwerk, das ihn ärgerte, die Geburtstagskarten an um drei Ecken mit ihnen verwandte Cousins und Cousinen, der Familienklatsch bei jeder rituellen Zeremonie von der Geburt bis zum Tod, die ständige Beschwörung ihres Mannes – dieses abwesenden, aber zweifellos wohlmeinenden, alles überwachenden Gottes –, all das war Teil des Wirkens einer häuslichen Göttin, an deren Symbole (Gebiß, schwarze Handtasche, Schere und Fingerhut, goldene und silberne Sterne) sich alle voll Zärtlichkeit auch noch erinnern würden, wenn sie schon lange tot wäre – so wie sie es nur zu gern immer wieder betonte. Sie wünschte sich Glück für Lata, so wie Savita sich das Glück ihres Babys wünschte; und sie versuchte es so entschlossen wie nur möglich zu arrangieren. Lata nahm es ihr nicht länger übel.

So plötzlich auf den Heiratsmarkt geworfen, gezwungen, von Stadt zu Stadt zu reisen, betrachtete Lata Ehen (die Sahgals, die Chatterjis, Arun und Meenakshi, Mr. und Mrs. Mahesh Kapoor, Pran und Savita) mittlerweile mit großem Interesse. Aber ob es an der Schikane ihrer Mutter lag oder an ihrer so überreichlichen Liebe oder an dem Bild der verschiedenen Familien oder an Prans Krankheit oder an der Geburt von Savitas Kind oder an allem zusammen, Lata spürte, daß sie sich verändert hatte. Die schlafende Savita wäre vielleicht eine bessere Ratgeberin als die zungenfertige Malati.

Lata blickte mehr als verwundert zurück auf ihren Wunsch, mit Kabir durchzubrennen, obwohl sie die Gefühle für ihn nicht einfach abschütteln konnte.

Aber wozu würden diese Gefühle führen? Eine zunehmende, stabile Zuneigung – wie zwischen Savita und Pran –, wäre das nicht das beste für sie und für ihre Familie und für die Kinder, die sie vielleicht bekommen würde?

Jeden Tag hoffte und fürchtete sie bei den Proben, daß Kabir zu ihr kommen und etwas sagen oder tun würde, was das seltsame, zu fest geknüpfte Gewebe, das sie um sich gewoben hatte – oder das vielmehr um sie gewoben worden war –, wieder auftrennen würde. Aber die Proben gingen vorüber, die Besuchszeiten kamen, und so blieb alles unausgesprochen und unentschieden wie zuvor.

Eine Menge Leute kamen, um sich das Baby anzusehen: Imtiaz, Firoz, Maan, Bhaskar, die alte Mrs. Tandon, Kedarnath, Veena, sogar der Nawab Sahib, Malati, Mr. und Mrs. Mahesh Kapoor, Mr. Shastri (der ein juristisches Buch mitbrachte, das er Savita versprochen hatte), Dr. Kishen Chand Seth und Parvati und viele andere, einschließlich einer Truppe Verwandter aus Rudhia, die Savita nicht kannte. Das Baby war ganz eindeutig nicht in eine Familie, sondern in einen Clan hineingeboren worden. Dutzende Menschen gurrten über ihrem Bett (die einen lobten ihr Aussehen, die anderen beklagten ihr Geschlecht), und etwaige besitzergreifende Instinkte der Mutter mußten zurückstehen. Savita, die gedacht hatte, daß sie ein besonderes Recht auf das Baby hätte, versuchte, sie vor dem Tröpfchennebel zu retten, der zwei Tage lang ihr Köpfchen ständig umgab. Aber schließlich gab sie es auf und nahm hin, daß die Kapoors aus Rudhia und Brahmpur das Recht hatten, dieses neugeborene Mitglied ihres Stammes auf ihre Art willkommen zu heißen. Sie fragte sich, was ihr Bruder Arun von den Verwandten aus Rudhia gehalten hätte. Lata hatte ein Telegramm nach Kalkutta geschickt, aber bislang hatte dieser Zweig der Mehras nichts von sich hören lassen.

13.13

»Nein wirklich, Didi – mir gefällt das. Es macht mir gar nichts aus. Manchmal lese ich gern Dinge, die ich nicht verstehe.«

»Du bist komisch«, sagte Savita lächelnd.

»Ja. Das heißt, solange ich weiß, daß sie wirklich Sinn ergeben.«

»Kannst du sie ein Weilchen nehmen?«

Lata legte das Buch über zivilrechtliche Delikte weg, ging zu Savita und nahm das Baby, das sie ein bißchen anlächelte und dann zufrieden einschlief.

Lata wiegte das Kind. »Was soll das, Baby?« sagte sie. »Also, was soll das? Wach auf und red mit uns, sprich mit deiner Lata Masi. Wenn ich wach bin, schläfst du ein, und wenn ich schlafe, wachst du auf, laß es uns doch mal richtig machen, willst du? So geht das nicht, so geht das einfach nicht.«

Überraschend geschickt nahm sie das Baby von einem Arm auf den anderen, ohne zu vergessen, ihm den Kopf zu stützen.

»Was hältst du davon, wenn ich Jura studiere?« sagte Savita. »Meinst du, daß ich dafür geeignet bin? Savita Mehra, Anwältin; Savita Mehra, Staatsanwältin. Du lieber Himmel, jetzt habe ich einen Augenblick lang vergessen, daß ich eine Kapoor bin. Savita Kapoor, Generalstaatsanwältin; Richterin Savita Kapoor. Werden sie ›My Lord‹ oder ›My Lady‹ zu mir sagen?«

»Verkauf das Fell nicht, ehe du den Bären hast«, sagte Lata und lachte.

»Aber vielleicht kriege ich den Bären nie, und deswegen verkaufe ich sein Fell lieber jetzt schon. Weißt du, Ma hält die Juristerei für gar nicht übel. Sie meint, es hätte uns etwas genützt, wenn sie einen Beruf gehabt hätte.«

»Ach, Pran wird nichts passieren«, sagte Lata und lächelte das Baby an. »Nicht wahr? Papa wird nichts passieren, nichts, nichts, nichts. Er wird uns noch viele, viele Jahre mit seinen albernen Scherzen in den April schicken. Weißt du, daß man an ihrem Kopf den Puls fühlen kann?«

»Verblüffend!« sagte Savita. »Ich werde mich nur schwer daran gewöhnen, wieder dünn zu sein. Wenn man schwanger ist und einen großen Bauch hat, dann lieben einen die Katzen auf dem Campus, und die Leute erzählen einem vertrauliche Dinge.«

Lata rümpfte die Nase. »Wenn wir die vertraulichen Dinge aber gar nicht hören wollen?« erkundigte sie sich bei dem Baby. »Wenn wir damit zufrieden sind, uns um unseren eigenen Kram zu kümmern – und uns weder für die Niagarafälle noch für das Barsaat Mahal interessieren?«

Savita schwieg eine Weile, dann sagte sie: »Okay, gib sie mir wieder, und lies mir noch was vor. Was ist das für ein Buch?«

»*Was ihr wollt.*«

»Nein, das andere – das mit dem grün-weißen Umschlag.«

»*Zeitgenössische Dichtung*«, murmelte Lata und wurde aus unerfindlichen Gründen rot.

»Lies mir daraus etwas vor«, sagte Savita. »Ma sagt, daß Gedichte gut für mich sind. Beruhigend und tröstlich.

Es war an einem Sommerabend,
und Kaspars Werk, es war vollbracht.«

Lata fuhr fort:

»Und neben der Tür zu seiner Hütte
saß er in der Sonne vor der Nacht.

Ich erinnere mich, daß irgendwo in diesem Gedicht auch ein Totenschädel vorkommt. Und Ma liebt auch dieses gräßliche *Casabianca* mit dem Jungen, der auf dem Deck verbrennt – und *Graf Ullins Tochter*. Wenn nicht irgendwo Tod oder Herzschmerz vorkommt, ist es kein richtiges Gedicht. Ich weiß nicht, was sie von den Gedichten in diesem Buch halten würde. Also, was willst du hören?«

»Schlag es irgendwo auf«, sagte Savita. Und der Zufall wollte es, daß Lata Audens *Law, Say the Gardeners* aufschlug.

»Das paßt«, sagte sie und begann zu lesen. Aber als sie zu den letzten Zeilen über die Ähnlichkeit zwischen dem Gesetz und der Liebe kam, wurde sie blaß:

>»Wie die Liebe wissen wir nicht, wo und warum.
>Wie die Liebe können wir nicht erzwingen oder fliegen.
>Wie die Liebe weinen wir oft.
>Wie die Liebe bewahren wir selten.«

Sie klappte das Buch zu.
»Ein seltsames Gedicht«, sagte sie.
»Ja«, sagte Savita bedächtig. »Wenden wir uns wieder zivilrechtlichen Delikten zu.«

13.14

Drei Tage nach der Geburt des Kindes traf Meenakshi Mehra in Brahmpur ein. Sie kam mit ihrer Schwester Kakoli und ohne ihre Tochter Aparna. Sie hatte Kalkutta satt und brauchte Abwechslung, und das Telegramm lieferte ihr einen guten Grund.

Zum einen hatte sie Arun satt, der derzeit sehr langweilig und englisch war und sich nur noch für Teelieferungen nach Khorramshar und die dazugehörigen Versicherungsprämien zu interessieren schien. Sie hatte Aparna satt, die ihr mit ihren ›Mummy, dies‹ und ›Mummy, das‹ und ›Mummy, du hörst ja nicht zu‹ auf die Nerven ging. Es hing ihr zum Hals heraus, mit der Zahnlosen Tante und Hanif und dem Gärtner zu streiten. Sie hatte das Gefühl, langsam verrückt zu werden. Varun latschte und schlich schuldbewußt fort und wieder nach Hause, und jedesmal, wenn er auf seine verstohlene Shamshu-Art lachte – ›Hä, hä, hä‹ –, hätte sie am liebsten laut geschrien. Sogar die gelegentlichen Nachmittage mit Billy und das Canasta mit den Shady Ladies schienen jeglichen Reiz verloren zu haben. Es war einfach schrecklich. Wirklich, Kalkutta hinterließ nur einen faden Nachgeschmack.

Und dann kam das Telegramm, daß Aruns Schwester ein Baby bekommen hatte. Das war nichts weniger als ein Fingerzeig Gottes. Dipankar hatte eine Postkarte nach der anderen geschickt, mit Beschreibungen, wie schön es in Brahmpur und wie nett Savitas angeheiratete Familie war. Sie mußten einfach gastfreundlich sein, und sie könnte unter einem Ventilator liegen und ihre angegriffenen Nerven beruhigen. Und da Meenakshi überzeugt war, daß sie unbedingt Ferien brauchte, war das eine hervorragende Gelegenheit, mit der Absicht zu helfen in Brahmpur einzufallen. Sie konnte ihrer Schwägerin ausgezeichneten Rat geben, wie diese mit ihrer Tochter umgehen sollte. Sie hatte sich erfolgreich um Aparna gekümmert, und das verlieh ihr die Autorität, sich um ihre Nichte zu kümmern.

Meenakshi freute sich, daß sie Tante geworden war, wenn auch nur über die Schwester ihres Mannes. Ihre eigenen Geschwister hatten bislang nicht für Nachwuchs gesorgt. In dieser Beziehung traf Amit die meiste Schuld; er hätte vor mindestens drei Jahren heiraten müssen. Eigentlich, dachte Meenakshi, sollte er diesen Fehler sofort gutmachen: indem er Lata heiratet.

Das war ein weiterer Grund, nach Brahmpur zu fahren; dort würde sie den Boden vorbereiten. Ihren Plan Amit gegenüber zu erwähnen kam nicht in Frage; er würde in die Luft gehen, soweit er dazu in der Lage war. Manchmal wünschte sie, er würde tatsächlich einmal in die Luft gehen. Dichter sollten ihrer Meinung nach leidenschaftlicher sein, als Amit es war. Aber sie konnte sich nur zu gut vorstellen, wie er schneidend zu ihr sagen würde: »Kümmere dich um deinen eigenen Kram, liebe Meenakshi, ich kümmere mich um meinen.« Nein, es hätte keinen Sinn, Amit davon zu erzählen.

Als Kakoli eines späten Nachmittags in Sunny Park aufkreuzte, wurde sie in den Plan eingeweiht und war begeistert. Sie hielt Lata für ein stilles, aber nettes Mädchen, das ab und zu überraschenderweise Funken sprühte. Amit schien sie zu mögen, aber er war nicht fähig, etwas entschieden anzugehen. Er war damit zufrieden, die Dinge aus der Distanz zu betrachten und die Jahre vergehen zu lassen. Kakoli meinte, daß Lata und Amit gut zusammenpassen würden, aber daß man beiden nachhelfen mußte. Um der Verbindung ihren Segen zu geben, ließ sie einen Kakoli-Zweizeiler vom Stapel:

>»Lata lustwandelt hier auf Erden,
>um Lady Chatterji zu werden.«

Zum Dank lachte Meenakshi glockenhell und revanchierte sich mit einem eigenen Werk:

>»Lata, sprich, wär's denn nicht fein,
>des großen Dichters Frau zu sein?«

Kakoli schlug den Ball kichernd knapp über dem Netz zurück:

>»Ach, es fällt mir schwer zu reimen
>bei so viel Turteln, Küssen, Weinen.«

Und Meenakshi beendete das Spiel:

>»Tag und Nacht vermiss ich dich,
>sag mir schnell, oh, liebst du mich?«

Kakoli, der plötzlich eingefallen war, daß sie Cuddles an einen Bettpfosten angebunden zurückgelassen hatte, wollte sofort nach Hause. »Warum fahren wir nicht zusammen nach Brahmpur?« schlug sie vor. »In die Provinz«, fügte sie etwas blasiert hinzu.

»Ja, warum nicht? Wir könnten gegenseitig auf uns aufpassen. Aber wirst du Hans nicht vermissen?«

»Wir fahren nur für eine Woche. Es wird ihm guttun, mich zu vermissen. Und dann lohnt es sich auch, wenn ich ihn vermisse.«

»Und Cuddles? Wirklich lästig, daß Dipankar nicht schreibt, wann er wieder zurückkommt. Er ist seit Ewigkeiten fort, und jetzt, wo er keine Postkarten mehr hat, werden wir nie wieder etwas von ihm hören.«

»Typisch Dipankar. Amit kann auf Cuddles aufpassen.«

Als Mrs. Chatterji von den Reiseplänen erfuhr, war sie beunruhigt, weil Kakoli den Unterricht versäumen, nicht, weil ihr Hans fehlen würde.

»Ach, Ma«, jammerte Kakoli, »sei doch nicht so altmodisch. Warst du denn nie jung? Wolltest du nie die Fesseln des Alltags sprengen? Ich habe im College noch nie gefehlt, und eine Woche macht nichts aus. Wenn es sein muß, lassen wir uns von einem Arzt ein Attest geben, daß ich darniederlag. Mit Schwindsucht.« Sie zitierte zwei verschneite Zeilen aus der *Winterreise* über das Wirtshaus, das den Tod symbolisiert. »Oder mit Malaria«, fuhr sie fort. »Schau, da ist ein Moskito.«

»Wir werden nichts dergleichen tun«, sagte Richter Chatterji und sah von seinem Buch auf.

Zwar gab Kakoli in diesem Punkt nach, ließ aber, was die Reise anbelangte, nicht locker. »Ich muß Meenakshi begleiten. Arun hat zuviel Arbeit. Die Familie braucht uns. Babys sind so kompliziert. Sie brauchen jede Hilfe, die sie kriegen können. Und Lata ist so ein nettes Mädchen, ihre Gesellschaft wird mich moralisch stärken. Fragt Amit, ob sie nicht nett ist. Und moralisch stärkend.«

»Ach, halt den Mund, Kakoli, laß mich in Ruhe Keats lesen«, sagte Amit.

»Kuku, Keats, Kuku, Keats«, sagte Kakoli und setzte sich ans Klavier. »Was soll ich für dich spielen, Amit? La-La-Liebestraum?«

Amit warf ihr einen BLICK zu.

Aber Kakoli plapperte weiter:

>»Amit liegt auf seinem Bett,
>denkt an Lata, o wie nett.
>Auf sie ist er ganz versessen,
>Keats hat er längst vergessen.«

»Du bist das dümmste Mädchen, das ich kenne«, sagte Amit. »Aber warum gehst du mit deiner Dummheit auch noch hausieren?«

»Vielleicht, weil ich dumm bin«, sagte Kakoli und kicherte über ihre dumme

Antwort. »Magst du sie denn nicht – ein wiiinziges büißchen? Ein soupçon? Ein wenig? Ein ganz klein wenig?«

Amit stand auf, um in sein Zimmer zu gehen, aber vorher wurde noch ein Zweizeiler auf ihn abgeschossen:

>»Kuku trifft den Nagel stets auf den Kopf,
>es flieht der Dichter, der beschämte Tropf.«

»Also wirklich, Kuku!« sagte ihre Mutter. »Es gibt Grenzen.« Sie wandte sich an ihren Mann. »Du sagst nie etwas. Du setzt ihr nie Grenzen. Du hältst sie nie von etwas ab. Du gibst immer nach. Wozu ist so ein Vater gut?«

»Um erst mal nein zu sagen«, sagte Richter Chatterji.

13.15

Die meisten Neuigkeiten aus Brahmpur waren in Kalkutta dank Mrs. Rupa Mehras ausführlicher Briefe bereits bekannt. Aber ihr letzter Brief war von Latas Telegramm überholt worden. Und als Meenakshi und Kakoli mit der Absicht in Brahmpur ankamen, sich und ihr Gepäck in Prans Haus abzuladen, waren sie schockiert über die Nachricht, daß er im Krankenhaus lag. Da auch Savita im Krankenhaus war und Mrs. Rupa Mehra und Lata sich um Pran und Savita kümmerten, war klar, daß Meenakshi und Kuku dort nicht unterkommen und auf die gewohnte Art umsorgt werden konnten.

Meenakshi konnte kaum glauben, daß die Kapoors sich so schlecht abgestimmt hatten und Mann und Frau gleichzeitig bettlägerig waren. Kakoli hatte mehr Mitgefühl und nahm die Tatsache, daß Baby und Bronchien sich nicht miteinander hatten absprechen können, gelassener hin. »Warum wohnen wir nicht im Haus von Prans Vater, wie heißt es gleich, Prem Nivas?« fragte sie.

»Unmöglich«, sagte Meenakshi. »Die Mutter spricht nicht mal Englisch. Und sie haben keine westlichen Toiletten – nur diese schrecklichen Löcher im Boden.«

»Also, was machen wir?«

»Kuku, was ist mit dem alten Tattergreis, dessen Adresse uns Baba gegeben hat?«

»Aber wer will schon bei jemandem unterkommen, der voll seniler Reminiszenzen ist?«

»Also, wo ist sie?«

»Er hat sie dir gegeben. Sie muß in deiner Handtasche sein«, sagte Kakoli.

»Nein, Kuku, er hat sie dir gegeben«, sagte Meenakshi.

»Nein, ich erinnere mich genau, er hat sie dir gegeben. Schau nach.«
»Oh – ja, hier ist ein Zettel. Vielleicht steht sie da drauf. Ja, Mr. und Mrs. Maitra. Laß uns dort landen.«
»Zuerst wollen wir das Baby ansehen.«
»Und unser Gepäck?«
Meenakshi und Kakoli machten sich frisch, kleideten sich um – Meenakshi zog einen mauvefarbenen, Kakoli einen roten Baumwollsari an –, befahlen Mateen, ihnen ein herzhaftes Frühstück zuzubereiten, und fuhren in einer Tonga nach Civil Lines. Meenakshi war erstaunt, daß es in Brahmpur so schwierig war, ein Taxi zu finden, und jedesmal, wenn das Pferd furzte, erschauderte sie.
Meenakshi und Kakoli drängten sich kurz Mr. und Mrs. Maitra auf und fuhren dann winkend weiter zum Krankenhaus.
»Sie behaupten, die Töchter der Chatterjis zu sein«, sagte der alte Expolizist. »Seine Kinder sind irgendwie unstet. Wie hieß doch der Junge gleich, sein Sohn?«
Mrs. Maitra, die schockiert war über die zehn Zentimeter nackter Taille, die die beiden schamlos zur Schau stellten, schüttelte den Kopf und wunderte sich über die Zustände in Kalkutta. Ihr eigener Sohn erwähnte in seinen Briefen nichts von entblößten Taillen.
»Wann kommen sie zum Mittagessen?«
»Das haben sie nicht gesagt.«
»Da sie unsere Gäste sind, sollten wir auf sie warten. Aber mittags bin ich immer so hungrig«, sagte der alte Mr. Maitra. »Und dann muß ich zwei Stunden lang die Gebetsschnur beten, und wenn ich zu spät anfange, kommt alles durcheinander. Wir sollten noch etwas Fisch kaufen.«
»Wir warten bis um eins, und dann essen wir«, sagte seine Frau. »Wenn sie nicht kommen können, werden sie uns anrufen.«
Und so paßten sich die rücksichtsvollen alten Leute den beiden jungen Frauen an, die nicht die Absicht hatten, mit ihnen zu essen, und die nicht einmal im Traum daran dachten, sie deswegen anzurufen.

Mrs. Rupa Mehra brachte gerade das Baby aus Prans Zimmer zu Savita zurück, als sie die mauvefarbene Meenakshi und die rote Kakoli über den langen Flur auf sich zusteuern sah. Beinahe hätte sie das Kind fallen lassen.
Meenakshi trug die kleinen goldenen Entsetzensdinger, die Mrs. Rupa Mehra jedesmal aus der Fassung brachten. Und was machte Kakoli hier mitten während des Semesters? Also wirklich, dachte Mrs. Rupa Mehra, die Chatterjis bringen ihren Kindern keinerlei Disziplin bei. Und deswegen sind sie so sonderbar.
Laut sagte sie: »Oh, Meenakshi, Kakoli, was für eine schöne Überraschung. Habt ihr das Baby schon gesehen? Natürlich, ihr könnt es ja noch nicht gesehen haben. Schaut sie euch an, ist sie nicht süß? Und alle sagen, daß sie meine Nase hat.«

»Wie reizend«, sagte Meenakshi und dachte, daß das Baby wie eine rote Ratte aussah, überhaupt nicht so hübsch wie ihre Aparna ein paar Tage nach der Geburt.

»Und wo ist mein Schätzchen?« fragte Mrs. Rupa Mehra.

Einen Augenblick lang dachte Meenakshi, Mrs. Rupa Mehra meinte Arun. Dann wurde ihr klar, daß ihre Schwiegermutter von Aparna sprach.

»In Kalkutta natürlich.«

»Du hast sie nicht mitgebracht?« Mrs. Rupa Mehra konnte ihre Verwunderung über diesen Mangel an mütterlichem Gefühl kaum verbergen.

»Aber Ma, man kann doch nicht den ganzen Hausstand auf Reisen mitschleppen«, sagte Meenakshi kühl. »Aparna geht einem manchmal auf die Nerven, und wenn sie dabei wäre, könnte ich nicht so gut helfen.«

»Ihr seid gekommen, um zu helfen?« Mrs. Rupa Mehra waren das Erstaunen und das Mißfallen durchaus anzuhören.

»Ja, Ma«, sagte Kakoli kurz angebunden.

Aber Meenakshi führte aus: »Aber selbstverständlich, liebe Ma. Was für ein süßes kleines Ding. Sie erinnert mich an, an – sie ist einmalig, sie erinnert mich nur an sie.« Meenakshi lachte hell auf. »Wo ist Savitas Zimmer?«

»Savita ruht sich aus«, sagte Mrs. Rupa Mehra.

»Aber sie wird sich freuen, uns zu sehen«, sagte Meenakshi. »Kommt, wir gehen. Sie muß doch jetzt stillen. Um sechs, zehn, zwei, sechs und zehn, wie mir Dr. Evans bei Aparna geraten hat. Und jetzt ist es fast zehn.«

Und sie brachen über Savita herein, die noch ziemlich erschöpft war und wegen der Naht noch immer Schmerzen litt. Sie saß im Bett und las eine Frauenzeitschrift statt eines juristischen Fachbuchs.

Savita war überrascht, aber sie freute sich, sie zu sehen. Lata, die ihr Gesellschaft geleistet hatte, freute sich sehr. Ihr gefielen Meenakshis Versuche, sie zu verschönern; und Kukus Flatterhaftigkeit würde, so hoffte sie, aller Laune aufheitern. Savita hatte Kuku seit Aruns Hochzeit nur zweimal gesehen.

»Wie seid ihr hereingekommen? Es ist doch keine Besuchszeit«, fragte Savita, die auf beiden Wangen Lippenstiftabdrucke hatte und wie ein Krieger aussah.

»Kakoli und ich haben den Mann am Empfang einfach überwältigt«, sagte Meenakshi. Und in der Tat hatte der vor den Kopf gestoßene Pförtner nicht gewußt, wie er verhindern sollte, daß diese beiden schillernden Damen mit den nackten Taillen einfach an ihm vorbeirauschten.

Kakoli hatte ihm en passant eine Kußhand zugeworfen, und davon erholte er sich jetzt noch.

13.16

Die Neuigkeiten aus Kalkutta und Brahmpur waren schnell ausgetauscht. Arun hatte extrem viel Arbeit, Varun machte keine Anstalten, ernsthaft für die IAS-Aufnahmeprüfung zu lernen, zwischen den Brüdern kam es oft zum Streit, und Arun drohte regelmäßig damit, Varun hinauszuwerfen. Aparnas Vokabular vergrößerte sich mit Riesenschritten; vor ein paar Tagen hatte sie gesagt: »Daddy, ich blase Trübsal.« Meenakshi vermißte Aparna plötzlich. Als sie sah, wie sich das Baby an Savitas Brust kuschelte, mußte sie an Aparna als Baby denken, dieses wunderbare Gefühl der Nähe, das sie beim Stillen erlebt hatte, die Empfindung, daß Aparna ihr gehörte, bevor sie sich zu einer eigenwilligen und oftmals trotzigen Persönlichkeit entwickelt hatte.

»Warum hat sie kein Namensschild?« fragte sie. »Dr. Evans hat auf Namensschildern bestanden, für den Fall, daß Babys verlorengehen oder verwechselt werden.« Meenakshis Ohrringe funkelten, als sie bei diesem schrecklichen Gedanken den Kopf schüttelte.

Mrs. Rupa Mehra reagierte gereizt. »Ich bin dafür da, daß nichts passiert. Mütter sollten bei ihren Kindern bleiben. Wer sollte das Baby stehlen, wenn ihr Bettchen hier in diesem Zimmer steht?«

»In Kalkutta sind die Dinge natürlich viel besser geregelt«, fuhr Meenakshi fort. »In der Irwin-Entbindungsklinik, in der Aparna geboren wurde, gibt es eine eigene Station für die Kinder, und man darf sie nur durch eine Glaswand anschauen – natürlich, damit sie sich nicht infizieren. Hier atmen alle das Baby an und reden, und die Luft ist voller Krankheitserreger. Sie könnte sehr leicht krank werden.«

»Savita versucht, sich auszuruhen«, sagte Mrs. Rupa Mehra streng. »Das sind keine sehr beruhigenden Gedanken, Meenakshi.«

»Das stimmt«, sagte Kakoli. »Ich finde, hier ist alles prima geregelt. Eigentlich wäre es doch ziemlich lustig, wenn Babys vertauscht würden. Wie in *Der Prinz und die Zigeunerin*.« Das war ein romantischer Trivialroman, den Kuku kürzlich gelesen hatte. »Dieses Baby ist für meinen Geschmack zu rot und zu verhutzelt. Ich würde es austauschen lassen.« Sie kicherte.

»Kuku«, sagte Lata. »Wie geht's dir mit dem Singen und dem Klavierspielen? Und wie geht es Hans?«

»Ich möchte ins Bad, Ma – könntest du mir helfen?« sagte Savita.

»Ich helf dir«, sagten Meenakshi und Kakoli gleichzeitig.

»Danke, aber Ma und ich sind daran gewöhnt«, sagte Savita mit ruhiger Autorität. Beim Gehen schmerzte die Naht. Nachdem sie die Tür geschlossen hatten, erklärte sie Mrs. Rupa Mehra, daß sie sehr müde sei und daß Meenakshi und Kakoli gehen und nachmittags zur Besuchszeit wiederkommen sollten.

Meenakshi und Kakoli unterhielten sich inzwischen mit Lata und beschlossen, sich am Nachmittag die Probe zu *Was ihr wollt* anzusehen.

»Ich frage mich, wie es wohl war, mit Shakespeare verheiratet zu sein«, hauchte Meenakshi. »Die ganze Zeit hat er bestimmt so schöne poetische Dinge gesagt – über die Liebe und das Leben …«

»Mit Anne Hathaway hat er nicht viel geredet«, sagte Lata. »Die meiste Zeit war er nicht daheim. Und laut Professor Mishra deuten seine Sonette an, daß er an anderen interessiert war – an mehr als einem.«

»Wer ist das nicht?« sagte Meenakshi, dann fiel ihr ein, daß Lata schließlich Aruns Schwester war. »Ich jedenfalls würde Shakespeare alles verzeihen. Es muß toll sein, mit einem Dichter verheiratet zu sein. Seine Muse zu sein, ihn glücklich zu machen. Das habe ich erst neulich zu Amit gesagt, aber er ist so bescheiden, er hat nur geantwortet: ›Ich glaube, meine Frau hätte die Hölle auf Erden.‹«

»Was natürlich Unsinn ist«, sagte Kakoli. »Amit hat so ein angenehmes Naturell. Cuddles beißt ihn seltener als alle anderen.«

Lata schwieg. Meenakshi und Kakoli waren auffallend eindeutig, und ihr Gerede über Amit ärgerte sie. Sie war sich ziemlich sicher, daß er nichts mit dieser Mission zu tun hatte. Sie sah auf ihre Uhr und bemerkte, daß sie für ihre Veranstaltung spät dran war.

»Ich sehe euch um drei im großen Hörsaal«, sagte sie. »Wollt ihr nicht auch Pran besuchen?«

»Pran? Doch, ja.«

»Er liegt in Zimmer 56. Im Erdgeschoß. Wo wohnt ihr?«

»Bei Mr. Maitra in Civil Lines. Er ist ein süßer alter Mann, aber vollkommen senil. Dipankar hat auch bei ihm gewohnt. Es ist die Chatterji-Unterkunft in Brahmpur.«

»Ich wünschte, ihr könntet bei uns wohnen«, sagte Lata. »Aber ihr seht ja selbst, wie schwierig die Lage im Augenblick ist.«

»Mach dir um uns keine Sorgen, Lata«, sagte Kuku freundlich. »Sag uns nur noch, was wir bis um drei machen sollen. Ich glaube, von dem Baby haben wir erst mal genug.«

»Also, ihr könntet zum Barsaat Mahal gehen«, sagte Lata. »Ich weiß, es ist dort sehr heiß um diese Tageszeit, aber es ist so schön, wie behauptet wird, und viel schöner als auf den Fotos.«

»Oh, Sehenswürdigkeiten!« sagte Meenakshi und gähnte.

»Gibt es in Brahmpur nichts Lebendigeres?« fragte Kakoli.

»Es gibt das Café Blue Danube in der Nabiganj. Und das Red Fox. Und Kinos, aber die englischen Filme sind mindestens zwei Jahre alt. Und Buchläden …« Noch während sie sprach, ging ihr auf, wie trostlos Brahmpur den Damen aus Kalkutta erscheinen mußte. »Tut mir wirklich leid, aber ich muß los. Zu meiner Vorlesung.«

Und Kuku wunderte sich über Latas Begeisterung für ihr Studium.

13.17

Dank des Wirbels um Prans Krankheit und um die Geburt des Kindes, dank Latas eigener Zurückhaltung und Malatis schützender Präsenz hatten Lata und Kabir während der letzten Tage nur Shakespearesche Worte und keine eigenen ausgetauscht. Lata sehnte sich danach, ihm ihr Mitgefühl wegen seiner Mutter auszudrücken, wußte aber nicht, wie sie es anstellen sollte, ohne erneut bei beiden intensive Gefühle hervorzurufen, von denen sie fürchtete, daß sie sie – und wahrscheinlich auch ihn – aus dem Gleichgewicht bringen würden. Deswegen sagte sie nichts. Aber Mr. Barua fiel auf, daß Olivia Malvolio freundlicher behandelte, als es der Text seiner Meinung nach erforderte, und er versuchte, sie zu korrigieren.

»Also, Miss Mehra, versuchen Sie es noch einmal: ›O Ihr krankt an der Eigenliebe, Malvolio...‹«

Lata räusperte sich für den zweiten Versuch. »›O Ihr krankt an der Eigenliebe, Malvolio, und kostet mit einem verdorbnen Geschmack...‹«

»Nein, nein, Miss Mehra – so: ›O Ihr krankt an...‹ und so weiter. Etwas scharf im Ton und etwas müde. Malvolio hat Sie verärgert. Er ist es, der nach Ihnen schmachtet.«

Lata versuchte sich daran zu erinnern, wie wütend sie gewesen war, als Kabir bei der ersten Probe aufgetaucht war. Sie versuchte es noch einmal: ›O Ihr krankt an der Eigenliebe, Malvolio, und kostet mit einem verdorbnen Geschmack. Wer edelmütig, schuldlos und von freier Gesinnung ist, nimmt diese Dinge für Vögelbolzen, die Ihr als Kanonenkugeln anseht...‹«

»Ja, viel besser, viel besser. Aber jetzt waren Sie etwas zu verärgert. Schwächen Sie es ein wenig ab, Miss Mehra, wenn möglich, schwächen Sie es etwas ab. Auf diese Weise haben Sie später, wenn er wirklich verrückt und angriffslustig ist, eine ganze Bandbreite noch ungenutzter Emotionen zur Verfügung, die Sie dann ins Spiel bringen können. Verstehen Sie, was ich meine?«

»Ja, ich glaube, ich verstehe Sie, Mr. Barua.«

Kakoli und Meenakshi hatten eine Weile mit Malati geplaudert, aber plötzlich hatte sie gesagt: »Mein Auftritt« und war hinter die Kulissen verschwunden, um sofort danach als Maria auf die Bühne zu treten.

»Was meinst du, Kuku?« sagte Meenakshi.

»Ich glaube, sie hat eine Schwäche für Malvolio.«

»Malati hat geschworen, daß es nicht so ist«, sagte Meenakshi. »Sie hat ihn sogar einen Cad genannt. Seltsame Ausdrucksweise. Cad.«

»Ich finde ihn süß. Er hat so breite Schultern und sieht so seelenvoll aus. Ich wünschte, er würde mit einer Kanonenkugel auf mich schießen. Oder mit seinem Vögelbolzen.«

»Also wirklich, Kuku, du hast überhaupt keinen Anstand.«

»Lata ist auf jeden Fall offener geworden, seit sie in Kalkutta war«, sagte

Kakoli nachdenklich. »Wenn Amit noch eine Chance haben soll, kann er nicht länger tatenlos herum ...«

»Wer zuletzt lacht, lacht am besten«, sagte Meenakshi.

Kakoli kicherte.

Mr. Barua wandte sich verärgert um. »Äh, würden die beiden jungen Damen ganz hinten ...«

»Aber es ist so amüsant – der Text, meine ich – unter Ihrer Regie«, sagte Kakoli dreist und zuckersüß. Ein paar der Jungen lachten, und Mr. Barua wurde rot und wandte sich wieder ab.

Aber nach ein paar Minuten Narrheiten von Junker Tobias langweilten sich Kakoli und Meenakshi und gingen.

Am Abend kreuzten die beiden Schwestern wieder im Krankenhaus auf. Sie besuchten für ein paar Sekunden Pran, den sie unattraktiv und vernachlässigenswert fanden – »Ich wußte es schon bei der Hochzeit, vom ersten Augenblick an«, sagte Meenakshi –, und suchten dann erneut Savita heim. Meenakshi gab Savita gute Ratschläge hinsichtlich der Stillzeiten. Savita hörte gewissenhaft zu und dachte an etwas anderes. Viele Besucher kamen, und allmählich war das Zimmer so voll wie ein Konzertsaal. Meenakshi und Kakoli – Fasane zwischen den Tauben aus Brahmpur – betrachteten alle mit unverhohlener Verachtung, vor allem die Verwandtschaft aus Rudhia und Mrs. Mahesh Kapoor. Manche von diesen Leuten konnten noch nicht einmal Englisch! Und wie sie angezogen waren!

Mrs. Mahesh Kapoor ihrerseits konnte kaum glauben, daß diese zwei schamlosen Mädchen mit den nackten Taillen und dem losen Mundwerk die Schwestern des netten Dipankar waren, der sich einfach kleidete, freundlich und angenehm vergeistigt war. Sie war aufgebracht darüber, daß Maan fasziniert um sie herumscharwenzelte. Kuku sah ihn mit feuchten Augen an. Meenakshi blickte geringschätzig, was so herausfordernd war wie Kukus Blick anziehend. Weil Mrs. Mahesh Kapoor kaum Englisch verstand, war sie vielleicht besser in der Lage, die untergründigen Strömungen von Feindseligkeit und Anziehung, Verachtung und Bewunderung, Zärtlichkeit und Gleichgültigkeit genau zu beobachten, die die ungefähr zwanzig ununterbrochen plappernden Personen in diesem Zimmer miteinander verbanden.

Meenakshi erzählte eine von ihrem Glöckchenlachen interpunktierte Geschichte über ihre eigene Schwangerschaft. »Es mußte natürlich Dr. Evans sein. Dr. Matthew Evans. Wirklich, wenn man in Kalkutta ein Kind kriegt, gibt es keine Alternative. So ein charmanter Mann. Der absolut beste Gynäkologe in ganz Kalkutta. Er behandelt seine Patientinnen so nett.«

»Ach, Meenakshi, das sagst du bloß, weil er schamlos mit seinen Patientinnen flirtet«, unterbrach Kakoli sie. »Er tätschelt ihnen den Hintern.«

»Also, er heitert sie auf jeden Fall auf«, sagte Meenakshi. »Das gehört zu seiner Art, die Patientinnen zu betreuen.«

Kakoli kicherte. Mrs. Rupa Mehra sah zu Mr. Mahesh Kapoor, der sich krampfhaft bemühte, nicht die Selbstbeherrschung zu verlieren.

»Selbstverständlich ist er fürchterlich, wirklich fürchterlich teuer – sein Honorar für Aparna betrug 750 Rupien. Aber sogar Ma, die sonst jeden Pfennig zweimal umdreht, war der Meinung, daß er jede Rupie wert war. Nicht wahr, Ma?«

Mrs. Rupa Mehra war ganz und gar nicht dieser Meinung, behielt das jedoch für sich. Als Dr. Evans erfuhr, daß Meenakshi Wehen hatte, sagte er nur, als ob er eine Armada gesichtet hätte: »Sagen Sie ihr, sie soll durchhalten. Ich muß erst meine Partie Golf zu Ende spielen.«

Meenakshi erzählte weiter. »Das Irwin-Krankenhaus ist picobello sauber. Und es gibt auch eine Neugeborenenstation. Die Mutter wird nicht noch dadurch weiter erschöpft, daß das Kind in seinem Bettchen bei ihr im Zimmer liegt und ständig plärrt und gewickelt werden muß. Sie bekommt es nur zu den Stillzeiten. Und eine bestimmte Besucherzahl darf dort auch nicht überschritten werden.« Meenakshi blickte verächtlich auf das Gesindel aus Rudhia.

Mrs. Rupa Mehra war Meenakshis Benehmen so peinlich, daß sie kein Wort mehr herausbrachte.

Mr. Mahesh Kapoor sagte: »Mrs. Mehra, das ist sehr faszinierend, aber ...«

»Finden Sie?« sagte Meenakshi. »Ich finde, eine Schwangerschaft ist, als ob man – als ob man in den Adelsstand erhoben würde.«

»In den Adelsstand erhoben?« sagte Kuku verblüfft.

Savita wurde blaß und blasser.

»Meinst du nicht auch, daß man das auf keinen Fall versäumen sollte?« Als sie schwanger gewesen war, hatte Meenakshi nicht so gedacht.

»Ich weiß nicht«, sagte Kakoli. »Ich bin nicht schwanger – noch nicht.«

Maan lachte, Mr. Mahesh Kapoor erstickte fast.

»Kakoli!« sagte Mrs. Rupa Mehra warnend.

»Aber nicht alle wissen es, wenn sie schwanger sind«, fuhr Kakoli fort. »Erinnerst du dich an Brigadier Guhas Frau in Kaschmir? Ihr ist die Erfahrung, in den Adelsstand erhoben zu werden, entgangen.«

Meenakshi lachte bei der Erinnerung.

»Was war mit ihr?« fragte Maan.

»Also ...« begann Meenakshi.

»Sie war ...« sagte Kuku gleichzeitig.

»Erzähl du«, sagte Meenakshi.

»Nein, erzähl du«, sagte Kakoli.

»Na gut«, sagte Meenakshi. »Sie spielte Hockey in Kaschmir, wo sie die Ferien verbrachte, um ihren vierzigsten Geburtstag zu feiern. Sie fiel hin und verletzte sich und mußte zurück nach Kalkutta. Als sie dort ankam, hatte sie alle paar Minuten grauenhafte Schmerzen. Der Arzt wurde gerufen ...«

»Dr. Evans«, fügte Kakoli hinzu.

»Nein, Kuku, Dr. Evans kam später, es war ein anderer Arzt. Sie hat also gefragt: ›Doktor, was ist das?‹ Und er hat gesagt: ›Sie bekommen ein Kind. Sie müssen sofort in die Entbindungsklinik.‹«

»Das hat die Gesellschaft von Kalkutta wirklich schockiert«, sagte Kakoli zur versammelten Gesellschaft. »Als man es ihrem Mann sagte, hat er gefragt: ›Was für ein Baby? So ein verdammter Unsinn!‹ Er war fünfundfünfzig Jahre alt.«

»Es war einfach so«, sagte Meenakshi, »als sie keine Periode mehr hatte, hat sie geglaubt, es wären die Wechseljahre. Sie konnte sich nicht vorstellen, daß sie ein Kind bekommt.«

Maan, der die versteinerten Züge seines Vaters sah, lachte völlig unbeherrscht, und sogar Meenakshi bedachte ihn gnädigerweise mit einem Lächeln. Auch das Baby schien zu lächeln, aber vielleicht machte es auch nur ein Bäuerchen.

13.18

Mutter und Kind kamen in den nächsten Tagen gut miteinander aus. Was Savita am meisten überraschte, war die Zartheit des Babys. Die Haut der Kleinen war nahezu unerträglich zart, besonders an den Fußsohlen, an den Innenseiten der Ellbogen, im Nacken – hier war sie unglaublich, herzzerreißend zart! Manchmal legte sie das Mädchen neben sich aufs Bett und bewunderte sie. Das Kind schien zufrieden mit dem Leben; es war ziemlich hungrig, schrie aber nicht viel. Nach dem Stillen sah sie ihre Mutter aus halb geöffneten Augen an: mit einer behäbigen, behaglichen Miene. Savita als Rechtshänderin fand es einfacher, sie an der linken Brust zu stillen. Nie zuvor hatte sie sich darüber Gedanken gemacht.

Sie fing sogar an, sich als Mutter zu betrachten.

Wohlbehütet von ihrer eigenen Mutter, ihrer Tochter und ihrer Schwester in einer innigen, femininen Welt, verlebte Savita angenehme und glückliche Tage. Aber von Zeit zu Zeit schlug eine Woge der Depression über ihr zusammen. Einmal geschah das, als es regnete und ein Taubenpärchen auf dem Fenstersims gurrte. Manchmal dachte sie an den Studenten, der vor kurzem in diesem Krankenhaus gestorben war, und sie fragte sich, in was für eine Welt sie ihre Tochter geboren hatte. Als sie die Geschichte hörte, wie Maan die wahnsinnige Äffin erschlagen hatte, brach sie in Tränen aus. Die Tiefe ihrer plötzlichen Traurigkeit war unerklärlich.

Oder vielleicht war sie auch nicht so unerklärlich, wie es ihr selbst schien. Mit Prans Herzproblemen würde immer ein Schatten der Unsicherheit über ihrer Familie schweben. Savita kam mehr und mehr zu dem Schluß, daß sie einen Beruf erlernen sollte, egal, was Prans Vater davon hielt.

Wie gewohnt tauschten Pran und Savita Botschaften aus, und die meisten drehten sich um einen passenden Namen für das Mädchen. Sie waren sich einig, daß sie bald einen Namen erhalten sollte; es war nicht nötig zu warten, bis sie ihren Charakter entwickelt hatte, um dieses Problem zu lösen.

Alle machten Vorschläge. Schließlich entschieden sich Pran und Savita schriftlich für Maya. Diese zwei schlichten Silben bedeuteten unter anderem:

die Göttin Lakshmi, Illusion, Faszination, Kunst, die Göttin Durga, Freundlichkeit, und es war der Name von Buddhas Mutter. Außerdem bedeutete er: Unwissenheit, Verblendung, Betrug, Tücke und Heuchelei; aber niemand, der seine Tochter Maya nannte, dachte an diese negativen Konnotationen.

Als Savita der Familie den Namen bekanntgab, murmelten die ungefähr zwölf anwesenden Personen beifällig. Dann sagte Mrs. Rupa Mehra: »Ihr könnt sie nicht Maya nennen, mehr ist dazu nicht zu sagen.«

»Warum nicht, Ma?« sagte Meenakshi. »Es ist ein sehr hübscher, ein sehr bengalischer Name.«

»Weil es nicht möglich ist«, sagte Mrs. Rupa Mehra. »Fragt Prans Mutter«, fügte sie in Hindi hinzu.

Auch Veena, die ebenso wie Meenakshi dank des Babys Tante geworden war und meinte, daß sie in dieser Angelegenheit mitzureden habe, fand Gefallen an dem Namen. Überrascht wandte sie sich an ihre Mutter.

Aber Mrs. Mahesh Kapoor stimmte mit Mrs. Rupa Mehra überein. »Nein, Rupaji, du hast ganz recht, es geht nicht.«

»Aber warum nicht, Ammaji?« fragte Veena. »Meinst du, Maya ist kein glückverheißender Name?«

»Das ist es nicht, Veena. Es geht darum – und auch Savitas Mutter geht es darum –, daß man einem Kind nicht den Namen eines lebenden Verwandten geben darf.«

Savitas Tante in Lucknow hieß Maya.

Noch so viele und überzeugende Argumente der jüngeren Generation konnten die beiden Großmütter nicht erweichen.

»Aber das ist blinder Aberglaube«, sagte Maan.

»Aberglaube oder nicht, wir halten es so. Erinnerst du dich noch, Veena, als du klein warst, hat mir die Mutter des Minister Sahib nicht erlaubt, dich bei deinem Namen zu nennen. Man soll das älteste Kind nicht bei seinem richtigen Namen rufen, hat sie gesagt, und ich mußte gehorchen.«

»Und wie hast du mich genannt?« fragte Veena.

»Bitiya oder Munni oder – ich erinnere mich nicht mehr an alle Namen. Es war sehr schwer einzuhalten. Das ist wirklicher Aberglaube. Und als meine Schwiegermutter starb, habe ich damit aufgehört.«

»Also, wenn das Aberglaube ist, wie nennst du dann euer Verhalten?« sagte Veena.

»Dafür gibt es einen Grund. Wie kannst du das Kind schimpfen, ohne dabei die Tante anzurufen? Und das ist nicht gut. Selbst wenn du sie dann anders nennst, in deinem Herzen ist es doch Maya, die du schimpfst.«

Es hatte keinen Sinn, weiter zu argumentieren. Die Eltern wurden überstimmt, der Name Maya wurde gestrichen, und die Suche nach einem neuen begann.

Als Pran durch Maan von dem großmütterlichen Veto erfuhr, nahm er es philosophisch.

»Ich war nie ein Maya-vadi«, sagte er. »Ich habe noch nie geglaubt, daß das

Universum eine Illusion ist. Mein Husten ist sehr real. Sonst könnte ich ihn wie Doktor Johnson zurückweisen. Welchen Namen wünschen sich also die zwei Großmütter?«

»Ich weiß nicht«, sagte Maan. »Sie wissen nur, wie sie nicht heißen soll.«

»Das erinnert mich an meine Ausschüsse. Maan, zerbrich dir bitte auch den Kopf. Und den magischen Masseur könnten wir eigentlich auch fragen. Ihm fällt immer etwas ein.«

Maan versprach es ihm.

Und ein paar Tage später, als Savita wieder fit genug war, um mit dem Baby nach Hause zu können, erhielt sie eine Karte von Mr. Maggu Gopal. Auf der Karte waren Lord Shiva und seine ganze Familie abgebildet. Maggu Gopal betonte, er habe gewußt, daß Savita eine Tochter bekommen würde, obwohl alle Welt vom Gegenteil überzeugt war. Er versicherte ihr, daß angesichts dessen, was er in der Hand ihres Mannes gesehen hatte, nur drei Namen wirklich glückverheißend wären: Parvati, Uma und Lalita. Und er fragte an, ob Pran ›für alle täglichen Notwendigkeiten‹ Zucker durch Honig ersetzt habe. Er hoffe, daß Pran sich rasch erholen würde, und wiederholte noch einmal, daß ihr Eheleben eine Komödie sein würde.

Sie bekamen auch andere Karten, Glückwunschbriefe und -telegramme, wovon viele den Standardsatz ›Herzlichen Glückwunsch zum neuen Erdenbürger‹ enthielten.

Zwei Wochen nach ihrer Geburt wurde einstimmig beschlossen, sie Uma zu nennen. Mrs. Rupa Mehra setzte sich mit Schere und Klebstoff hin, um für das Kind eine Glückwunschkarte zu machen. Es hatte ein bißchen gedauert, bis sie sich damit abfand, wieder keinen Enkelsohn bekommen zu haben; und jetzt, da sie glücklich über ihre Enkeltochter war, hatte sie beschlossen, ihrer Freude sichtbaren Ausdruck zu verleihen.

Rosen, ein kleiner, etwas böse aussehender Cherub und ein Baby in einer Krippe wurden zusammengestellt, und ein junges Hündchen und drei goldene Sterne vervollständigten das Bild. Unter die drei Sterne schrieb sie die drei Buchstaben des Namens mit roter Tinte und grünem Buntstift.

Auf der Innenseite stand ein ziemlich prosaisch gestaltetes Gedicht in Mrs. Rupa Mehras kleiner, schöner Handschrift. Sie hatte es ungefähr ein Jahr zuvor in einem erbaulichen Kalender gelesen, *Jeder Tag braucht eine angenehme Minute* von einer gewissen Wilhelmina Stitch, und damals hatte sie es in ihr kleines Notizbuch übertragen. Es war das Gedicht für den ›Zwölften Tag‹. Sie war überzeugt davon, daß sich auch Savitas und Prans Augen wie die ihren mit Tränen der Dankbarkeit und der Freude füllen würden, sobald sie es lasen:

»UNSER MÄDCHEN«

Ein Mädchen heut ist auf die Welt gekommen. Mit welch schönem Gruß heiß ich sie willkommen? Freudig soll sie aufgenommen werden! Laßt uns beten für ihr Glück auf Erden. Ein Mädchen heut geboren ward. So klein und rein und zart. Einen Namen noch muß man ihr geben und bitten für ein lang' glücklich Leben.

Kaum war unser Mädchen auf der Welt, ihr Heim von einem Strahlen ward erhellt. Ein Juwel ist sie, das niemand kann bezahlen, erspart mögen ihr bleiben Leid und Qualen. In dieser regnerischen Zeit ganz ohne Sonne macht sie uns lächeln, ist unsre Wonne. Nichts gibt uns soviel Freude Tag für Tag, als unser süßes Mädchen es vermag.

Psst! unser Mädchen schläft ganz tief. Noch keiner einen Namen rief. Es rauschen leis' der Engel Schwingen, Engel sie küssen und jubilierend singen. ›Unser Mädchen!‹ erschallt es von allen Seiten, mögen Sanftmut und Liebe sie stets begleiten. Möge Gott ihr beistehn auf all ihren Wegen, ihr nie entzieh'n seinen göttlichen Segen.«

13.19

Sir David Gower, der Direktor der Cromarty Gruppe blickte durch seine goldgefaßte halbrunde Brille auf den kleinen, aber selbstsicheren Mann, der vor ihm stand. Er hatte überhaupt nicht eingeschüchtert reagiert, was – wie Sir David aus Erfahrung wußte – ungewöhnlich war angesichts der Größe und Plüschigkeit des Büros, der Entfernung zwischen Tür und Schreibtisch, die er unter prüfenden Blicken zurücklegen mußte, und seiner eigenen furchteinflößenden Massigkeit und seiner finsteren Miene.

»Setzen Sie sich«, sagte er schließlich.

Haresh setzte sich auf den mittleren der drei Stühle, die Sir David gegenüberstanden.

»Ich habe Peary Loll Bullers Nachricht gelesen, und er war so freundlich, mich auch noch anzurufen. Ich habe Sie nicht so früh erwartet, aber nun sind Sie eben hier. Sie sagen, Sie wollen eine Stelle. Was für Qualifikationen haben Sie? Und wo haben Sie bisher gearbeitet?«

»Gleich auf der anderen Seite der Straße, Sir David.«

»Sie meinen, bei der CLFC?«

»Ja. Und vorher war ich in Middlehampton – dort habe ich studiert.«

»Und warum wollen Sie eine Stelle ausgerechnet bei uns?«

»James Hawley ist eine ausgezeichnet geführte Firma, in der ein Mann wie ich eine Zukunft haben kann.«

»Mit anderen Worten: Sie wollen zu uns, weil Sie hier bessere Aussichten für sich sehen?«

»So könnte man sagen, ja.«

»Tja, das ist kein schlechter Grund«, sagte oder vielmehr knurrte Sir David. Er musterte Haresh eine Weile. Haresh fragte sich, was er wohl dachte. Sein

Blick schien nicht an seiner Kleidung interessiert – die nach der Fahrradfahrt etwas verschwitzt war – oder an seinem Haar, das er gerade eben frisiert hatte. Er schien ihm auch nicht in die Seele zu blicken, sondern sich auf seine Stirn zu konzentrieren.

»Und was haben Sie uns zu bieten?« fragte der Direktor nach einer Weile.

»Sir, mein Abschluß in England spricht für sich selbst. Und ich habe dabei geholfen, die CLFC in kurzer Zeit umzuorientieren – sowohl, was Aufträge anbelangt, als auch in der grundsätzlichen Ausrichtung.«

Sir David zog die Augenbrauen hoch. »Das ist eine ziemlich gewagte Behauptung«, sagte er. »Ich dachte immer, Mukherji wäre der Manager. Nun, Sie sollten mit John Clayton sprechen, unserem Manager.« Er griff zum Telefonhörer.

»Ah, John, Sie sind noch da. Gut. Ich schicke einen jungen Mann zu Ihnen, einen Mr.«, er sah auf einen Zettel, »einen Mr. Khanna ... Ja, dessentwegen mich der alte Peary Loll Buller vorhin angerufen hat, als Sie bei mir waren ... Middlehampton ... Nun, ja, wenn Sie meinen ... Nein, das überlasse ich Ihnen.« Er legte auf und wünschte Haresh viel Glück.

»Vielen Dank, Sir David.«

»Ob wir Sie einstellen oder nicht, hängt davon ab, was John Clayton von Ihnen hält«, sagte Sir David Gower und vergaß Haresh augenblicklich.

Am Montag morgen bekam er einen Brief von James Hawley. Er war unterschrieben von John Clayton und enthielt die großzügigen Bedingungen, zu denen sie Haresh einstellen wollten: Ein Gehalt von 325 Rupien und als ›besondere Anerkennung‹ 450 Rupien zusätzlich – ein Ausgleich für die Inflation der letzten Jahre. Daß der Schwanz länger war als der Hund, wunderte Haresh, kam ihm aber nicht ungelegen.

Die ungerechte Art und Weise, mit der man ihn bei der CLFC behandelt hatte – der kriecherische Rao, der widerliche Sen Gupta, der anständige, aber ineffektive Mukherji und der hochtrabende, weit entfernt residierende Boß Ghosh –, trat in den Hintergrund, und er begann, an seine Zukunft zu denken, die er sich in rosaroten Farben ausmalte. Eines Tages würde vielleicht er auf der anderen Seite des großen Mahagonischreibtisches sitzen. Und mit einer Stelle wie dieser – die nicht wie bei der CLFC eine Sackgasse war – konnte er bedenkenlos ans Heiraten denken.

Mit zwei Briefen in der Hand, ging er zu Mukherji.

»Mr. Mukherji«, sagte er, kaum daß sie beide saßen, »ich denke, ich sollte Sie ins Vertrauen ziehen. Ich habe mich bei James Hawley um eine Stelle beworben und sie haben mir ein Angebot gemacht. Nach den Ereignissen der letzten Woche können Sie sich sicher vorstellen, wie ich über mein Verbleiben bei der CLFC denke. Ich möchte Sie um Rat fragen, was ich tun soll.«

»Mr. Khanna«, sagte Mr. Mukherji ziemlich unglücklich. »Es tut mir leid, das zu hören. Ich nehme an, Sie haben sich bereits vor längerem beworben.«

»Ich habe mich am Freitag nachmittag beworben und die Stelle sofort bekommen.«

Mr. Mukherji war verblüfft. Aber wenn Haresh das sagte, mußte es stimmen.
»Hier ist der Brief mit ihrem Angebot.«
Der Manager überflog ihn und sagte: »Ich sehe. Nun, Sie haben mich um Rat gefragt. Ich kann dazu nur sagen, daß es mir leid tut, daß Ihnen letzte Woche der Auftrag entzogen wurde. Es war nicht meine Idee. Aber ich kann Ihre Kündigung nicht selbst annehmen – zumindest nicht sofort. Die Angelegenheit muß in Bombay entschieden werden.«
»Ich bin sicher, daß Mr. Ghosh zustimmen wird.«
»Ich auch«, sagte Mr. Mukherji, der Ghoshs Schwager war. »Aber er muß Ihre Kündigung billigen, bevor ich sie annehme.«
»Gut«, sagte Haresh. »Nun, hiermit überreiche ich Ihnen meine Kündigung.«
Aber als Mr. Mukherji Ghosh von Hareshs Kündigung in Kenntnis setzte, wurde Ghosh fuchsteufelswild. Haresh war unabdingbar für den Erfolg des Werks in Kanpur, und er wollte ihn nicht gehen lassen. Ghosh mußte nach Delhi reisen, um mit der Regierung einen Auftrag für Armeestiefel auszuhandeln, und er sagte Mr. Mukherji, er solle Haresh aufhalten, bis er – sofort anschließend – nach Kanpur kommen könne.

Gleich nach seiner Ankunft zitierte er Haresh zu sich und fiel in Mukherjis Gegenwart über ihn her. Seine Augen traten aus den Höhlen, und er wurde vor Wut fast zum Berserker, obwohl er durchaus zusammenhängend sprach.

»Ich habe Ihnen Ihren ersten Job gegeben, Mr. Khanna, als Sie nach Indien zurückkehrten. Und Sie haben mir damals versichert, wie Sie sich vielleicht erinnern, daß Sie zwei Jahre bei uns bleiben wollen, wenn uns so lange an Ihnen liegt. Nun, uns liegt an Ihnen. Sich um eine andere Stelle zu bewerben ist reine Hinterhältigkeit, und ich weigere mich, Sie gehen zu lassen.«

Haresh brachten Goshs Rede und Verhalten in Rage. Ein Wort wie ›Hinterhältigkeit‹ war ein rotes Tuch für ihn. Aber Ghosh war älter als er und jemand, dessen Geschäftssinn er bewunderte. Außerdem stimmte es, daß er ihm seinen ersten Job gegeben hatte. »Ich erinnere mich sehr wohl daran, Sir«, sagte er. »Aber vielleicht erinnern Sie sich auch daran, daß Sie mir gewisse Zusicherungen gemacht haben. Zum einen haben Sie gesagt, daß ich ein Gehalt von dreihundertfünfzig Rupien für den Anfang akzeptieren soll, weil Sie es erhöhen würden, sobald ich meinen Wert für die Firma unter Beweis gestellt hätte. Nun, das habe ich getan, aber Sie haben Ihren Teil der Vereinbarung nicht eingehalten.«

»Wenn es eine Geldfrage ist, gibt es keine Schwierigkeiten«, sagte Ghosh unwirsch. »Den Gefallen können wir Ihnen tun – wir bieten Ihnen genausoviel wie sie.«

Das hörte Haresh zum erstenmal – ebenso Mukherji, der ganz verdutzt dreinblickte –, aber das Wort ›Hinterhältigkeit‹ nagte so an Haresh, daß er fortfuhr: »Leider ist es nicht nur das Geld, Sir, sondern der ganze Stil hier.« Er hielt inne. »James Hawley ist professionell organisiert. Dort kann ich Karriere machen. In einem Familienunternehmen wie dem Ihren ist das unmöglich. Ich möchte heiraten, und Sie werden verstehen, daß ich an meine Zukunft denken muß.«

»Sie werden uns nicht verlassen«, sagte Ghosh. »Mehr habe ich dazu nicht zu sagen.«

»Das werden wir ja sehen«, sagte Haresh, den Ghoshs Selbstherrlichkeit ärgerte. »Ich habe ein schriftliches Angebot, Sie haben meine schriftliche Kündigung. Ich wüßte nicht, was Sie dagegen unternehmen könnten.« Er stand auf, nickte seinen beiden Vorgesetzten zu und verließ wortlos das Zimmer.

Kaum war Haresh gegangen, rief Ghosh John Clayton an, den er mehrmals in ein paar Ministerien in Delhi getroffen hatte, als sie sich beide um Regierungsaufträge bewarben.

Ghosh erklärte Clayton unumwunden, daß er es als unmoralisch betrachte, wie sie ihm seinen Mann ›ausspannen‹ wollten. Er weigere sich, Haresh gehen zu lassen. Wenn nötig, würde er vor Gericht gehen. Es handle sich um extrem unfaires Geschäftsgebaren, für das sich eine britische Firma schämen solle.

Mr. Ghosh war mit diversen hohen Staatsbediensteten und einem oder zwei Politikern verwandt – zum Teil hatte er nur dank ihrer Fürsprache Regierungsaufträge für die CLFC bekommen, die nicht die beste Qualität lieferte. Er war auf jeden Fall ein Mann von nicht unbeträchtlichem Einfluß. Im Augenblick war er auch ein sehr wütender Mann, und er konnte James Hawley Schwierigkeiten bereiten, ja sogar der gesamten Cromarty Gruppe, in Kanpur und auch anderswo.

Zwei Tage später bekam Haresh einen zweiten Brief von James Hawley. Der entscheidende Satz lautete: »Erst wenn Ihr derzeitiger Arbeitgeber sich einverstanden erklärt, können wir unser Angebot bestätigen.« In dem ersten Brief war davon nicht die Rede gewesen, und es war klar, daß James Hawley dem Druck nachgegeben hatte. Zweifellos glaubte Ghosh, daß Haresh jetzt keine andere Wahl hatte, als reuig zu ihm zu kommen und um seine alte Stelle zu betteln. Aber eines wußte Haresh mit Sicherheit: Er würde nicht einen Tag länger bei der CLFC arbeiten. Lieber würde er verhungern als kriechen.

Am nächsten Tag ging er in die Fabrik, um seine Sachen zu holen und das Messingschild mit seinem Namen von der Tür zu schrauben. Mukherji kam zufällig vorbei und bot ihm murmelnd Hilfe für die Zukunft an. Haresh schüttelte den Kopf. Er sprach mit Lee und entschuldigte sich dafür, daß er ging, kurz nachdem Lee eingestellt worden war. Dann redete er mit den Arbeitern in seiner Abteilung. Sie waren fassungslos und wütend über die Art und Weise, wie Ghosh einen Mann behandelte, den sie mochten und respektierten und den sie – auf kuriose Art – als ihren Meister betrachteten; jedenfalls hatten sie mehr Arbeit und verdienten mehr Geld, seitdem er bei der Firma war, auch wenn er sie, wie sich selbst, sehr hart forderte. Überraschenderweise boten sie ihm sogar an, für ihn in den Streik zu treten. Haresh mochte es kaum glauben und war so gerührt, daß ihm fast die Tränen kamen, aber er riet ihnen, nichts dergleichen zu tun. »Ich wäre so oder so gegangen«, erklärte er, »und ob sich die Firmenleitung mir gegenüber nett oder unverschämt verhält, spielt keine Rolle. Es tut mir nur leid, daß ihr nun der Inkompetenz von jemandem wie Rao ausgeliefert seid.« Rao stand in der Nähe, als er das sagte, aber Haresh war das vollkommen gleichgültig.

Um sich abzulenken, fuhr er für einen Tag nach Lucknow, um Simrans Schwester zu besuchen. Und drei Tage später, als es in Kanpur für ihn nichts mehr zu erledigen gab und ihm nur noch wenig Geld blieb, fuhr er nach Delhi, um bei seiner Familie zu wohnen und sich dort nach einer Stelle umzusehen. Er konnte sich nicht entschließen, ob er Lata schreiben und von diesen Ereignissen berichten sollte. Er war zutiefst entmutigt; jetzt, da er arbeitslos war, platzten seine Vorstellungen vom Glück wie Seifenblasen.

Aber nach ein paar Tagen besserte sich seine Stimmung. Kalpana Gaur war sehr mitfühlend, und seine alten Freunde aus St. Stephen nahmen ihn in ihre joviale Gesellschaft auf, kaum war er in Delhi angekommen. Und da er letztlich ein Optimist war – und über Selbstvertrauen im Übermaß, ja vielleicht im Super-Übermaß verfügte –, weigerte er sich während dieser harten Zeit zu glauben, daß sich nichts ergeben würde.

13.20

Auch sein Pflegevater zeigte Verständnis und riet ihm, den Mut nicht sinken zu lassen. Aber Onkel Umesh, ein enger Freund der Familie, der sich darin gefiel, Weisheiten zu verbreiten, meinte, daß er einen großen Fehler gemacht hätte, weil er nicht auf die Stimme der Vernunft, sondern auf die Stimme des Stolzes gehört habe.

»Du glaubst wohl, du kannst die Straße entlanggehen und Stellenangebote prasseln auf dich herunter wie reife Mangos«, sagte er.

Haresh erwiderte nichts. Onkel Umesh konnte einen immer auf die Palme bringen.

Außerdem hielt er seinen Onkel, obwohl er ein Rai Bahadur vor und ein O.B.E. hinter seinem Namen führen durfte, für einen Idioten.

Rai Bahadur Umesh Chand Khatri, O.B.E., einer von sechs Brüdern einer Familie aus dem Pandschab, war ein gutaussehender Mann: hellhäutig, mit feingeschnittenen Zügen. Er war mit der Adoptivtochter eines sehr reichen und kultivierten Mannes verheiratet, der – weil ohne eigene Söhne – beschlossen hatte, sich einen Schwiegersohn ins Haus zu holen. Umesh Chand Khatris einzige Qaulifikation war sein gutes Aussehen. Irgendwie verwaltete er das Anwesen seines Schwiegervaters, las pro Jahr vielleicht ein Buch aus dessen riesiger Bibliothek und bedankte sich mit drei Enkelkindern, darunter zwei Jungen.

Er hatte nie in seinem Leben gearbeitet, fühlte sich aber berufen, allen in Hörweite Befindlichen gute Ratschläge zu erteilen. Bei Ausbruch des Zweiten Weltkriegs machte er dank glücklicher Umstände allerdings ein Vermögen. Er hatte Zugang zu der Adarsh Condiment Company und sicherte der Firma Regierungsaufträge für die Herstellung von Curry und anderen Gewürzpulvern für die indischen Truppen. So kam er zu Geld. ›In Anerkennung seiner Kriegsanstrengungen‹ wurde ihm der Titel Rai Bahadur verliehen, er wurde Vorstandsvorsitzender der Adarsh Condiment Company und fuhr fort, auf noch unerträglichere Weise allen bis auf Hareshs Pflegevater, der sein (nicht sehr toleranter) Freund war und ihm rundheraus sagte, er solle den Mund halten, gute Ratschläge zu geben.

Umesh Chand Khatris Groll auf Haresh, gegen den er gern stichelte, beruhte auf der Tatsache, daß Haresh immer elegant gekleidet war. Umesh Chand war der Meinung, daß er und seine beiden Söhne die schmucksten und elegantesten Männer in ihrer Bekanntschaft sein sollten. Einmal, kurz bevor er nach England abgereist war, hatte Haresh sich ein seidenes Taschentuch für dreizehn Rupien aus dem Armee- und Marinegeschäft am Connaught Place gegönnt. Onkel Umesh hatte ihn öffentlich der Extravaganz geziehen.

Jetzt, da Haresh Pech gehabt hatte, sagte Onkel Umesh zu ihm: »Du meinst also, daß es klug von dir war, nach Delhi zurückzukommen und hier herumzulungern?«

»Ich hatte keine andere Wahl«, entgegnete Haresh. »Es hatte keinen Sinn mehr, in Kanpur zu bleiben.«

Onkel Umesh lachte kurz auf. »Ihr jungen Männer seid zu selbstsicher, euch geht es zu gut, und dann gebt ihr hervorragende Stellen auf. Wir werden schon sehen, was in zwei, drei Monaten aus deiner Prahlerei geworden ist.«

Haresh wußte, daß sein Geld nicht einmal so lange reichen würde. Er ärgerte sich. »Innerhalb eines Monats werde ich eine Stelle haben – die genauso gut ist wie die, die ich aufgegeben habe, oder besser«, sagte er – ja, fast schnauzte er seinen Onkel an.

»Du bist ein Dummkopf«, sagte Onkel Umesh freundlich und verächtlich zugleich. »So einfach kriegt man keine Stelle.«

Sein Ton und seine Sicherheit gingen Haresh unter die Haut. Am gleichen Nachmittag bewarb er sich bei mehreren Firmen und auch um eine Regierungsstelle in Indore. Bei der Praha Shoe Company hatte er sich schon mehrfach vergeblich beworben. Jetzt versuchte er es noch einmal. Praha, ursprünglich eine tschechische Firma und nach wie vor überwiegend von Tschechen geführt, war einer der größten Schuhfabrikanten im Land und stolz auf die Qualität seiner Produkte. Wenn Haresh eine anständige Stelle bei Praha entweder in Brahmpur oder in Kalkutta bekommen würde, hätte er zwei Fliegen mit einer Klappe geschlagen: die Wiedererlangung seiner Selbstachtung und geographische Nähe zu Lata. Onkel Umeshs Hohn klang ihm noch in den Ohren, ebenso Goshs Vorwurf der ›Hinterhältigkeit‹.

Es war Mr. Mukherji, der Haresh einen Kontakt zur Praha-Welt vermittelte. Von irgend jemandem erfuhr Haresh, daß sein alter Boß in der Stadt war. Mukherji, der ein anständiger, wenn auch nicht sehr couragierter Mann war, trug er nichts nach. Im Gegensatz zu seinem verstockten Schwager hielt Mukherji das hartherzige Vorgehen gegen Haresh für falsch. Er erwähnte Haresh gegenüber, daß Mr. Khandelwal – der Vorstandsvorsitzende der Praha Shoe Company und bemerkenswerterweise ein Inder, kein Tscheche – geschäftlich in Delhi sei. Haresh, der bei Praha niemanden kannte, hielt das für die vom Himmel gesandte Gelegenheit, sein Glück zu versuchen – oder zumindest endlich eine richtige Antwort auf seine vielen Briefe und Bewerbungen zu bekommen. Er sagte zu Mr. Mukherji, daß er ihm dankbar wäre, wenn er ihn Mr. Khandelwal vorstellen würde.

Spätabends nahm Mukherji Haresh mit ins Imperial Hotel, wo Mr. Khandelwal immer wohnte, wenn er in Delhi war. Mr. Khandelwal bezog stets die Moghul-Suite, die eleganteste von allen. Er war ein entspannter Mann von mittlerer Größe, der erste Ansätze zur Fettleibigkeit und zu grauem Haar nicht verbergen konnte. Er war in Kurta und Dhoti gekleidet. Offensichtlich war er ein noch größerer Paan-Liebhaber als Haresh; er kaute drei Portionen auf einmal.

Haresh mochte zuerst gar nicht glauben, daß der Mann, der im Dhoti auf dem Sofa saß, der legendäre Mr. Khandelwal war. Aber als er bemerkte, wie willfährig ihm alle zu Diensten waren und daß manche sogar zitterten, wenn sie ihm Papiere reichten, die er kurz überflog und meist mit nur zwei Worten kommentierte, bekam Haresh einen Eindruck von seinem Scharfsinn und seiner unzweifelhaften Autorität. Ein kleiner, beflissener Tscheche, der sich sehr ehrerbietig verhielt, machte Notizen, wann immer Mr. Khandelwal etwas erledigt oder überprüft sehen oder erfahren wollte.

Als Mr. Khandelwal Mr. Mukherji sah, lächelte er und begrüßte ihn in Bengali. Er war ein Marwari, hatte jedoch sein ganzes Leben in Kalkutta verbracht und sprach fließend Bengali; er führte sogar Unterredungen mit Gewerkschaftsführern der Prahapore Fabrik in der Nähe von Kalkutta durchweg in Bengali.

»Was kann ich für Sie tun, Mukherji Sahib?« sagte er und trank einen Schluck Whisky.

»Dieser junge Mann, der für uns gearbeitet hat, ist auf der Suche nach einer Stelle. Vielleicht hat Praha einen Job für ihn. Er hat ausgezeichnete akademische Qualifikationen aus England, und in jeder anderen Hinsicht garantiere ich für ihn.«

Mr. Khandelwal lächelte wohlwollend und sagte, wobei er jetzt Haresh ansah: »Warum sind Sie so großzügig, mir einen so guten Mann zu überlassen?«

Mr. Mukherji blickte etwas beschämt drein. »Ihm wurde übel mitgespielt, und ich habe nicht den Mut, mit meinem Schwager zu sprechen. Außerdem befürchte ich, daß es nichts nützen würde. Er ist fest entschlossen.«

»Was soll ich für Sie tun?« fragte Mr. Khandelwal Haresh.

»Sir, ich habe mich mehrmals bei Praha um eine Stelle beworben und habe mehrmals Briefe geschrieben, aber bislang keine richtige Antwort erhalten. Wenn Sie dafür Sorge tragen könnten, daß meine Bewerbung in Betracht gezogen wird, bin ich sicher, daß ich aufgrund meiner Qualifikationen und Berufserfahrung eine Stelle in der Firma bekommen werde.«

»Kümmern Sie sich um seine Bewerbung«, sagte Mr. Khandelwal, und der flinke Tscheche notierte etwas auf seinem Notizblock.

»So«, sagte Mr. Khandelwal. »Sie werden innerhalb einer Woche von Praha hören.«

Aber Haresh, der tatsächlich innerhalb weniger Tage von Praha hörte, bekam von der Personalabteilung eine Stelle mit einem Gehalt von achtundzwanzig Rupien pro Woche angeboten: ein Hungerlohn, der ihn nur wütend machte.

Onkel Umesh jedoch sah sich bestätigt. »Ich habe dir ja gleich gesagt, daß du keine Stelle mehr bekommst, wenn du deine alte aufgibst. Aber du hast ja nie auf meinen Rat gehört, hast dich immer für neunmalklug gehalten. Schau dich jetzt an, schnorrst bei anderen, statt zu arbeiten wie ein richtiger Mann.«

Haresh riß sich zusammen, bevor er antwortete: »Danke für deinen Rat, Onkel Umesh. Er ist mir heute so wertvoll wie früher.«

Onkel Umesh, der Haresh zum erstenmal kleinlaut erlebte, meinte, daß sein Wille gebrochen wäre und daß er von nun an ein williger Empfänger seines Rats wäre. »Gut, daß du endlich zur Vernunft gekommen bist«, sagte er. »Ein Mann sollte nie zu sehr von sich überzeugt sein.«

Haresh nickte, hegte jedoch alles andere als kleinlaute Gedanken.

13.21

Als Lata ein paar Wochen zuvor Hareshs ersten Brief erhalten hatte – drei Seiten seines blauen Briefpapiers, vollgeschrieben mit seiner kleinen, nach rechts abfallenden Handschrift –, hatte sie ihm freundlich darauf geantwortet. Der halbe Brief hatte von Hareshs Versuch gehandelt, mit der Praha Shoe Company in Kontakt zu treten und sich dort zu bewerben. Als sie sich zu dritt in Kanpur getroffen hatten, erwähnte Mrs. Rupa Mehra, daß sie jemanden kenne, der jemanden kenne, der vielleicht helfen könne. Tatsächlich hatte sich das jedoch als schwieriger erwiesen, als sie es sich vorgestellt hatte, und es war nichts dabei herausgekommen. Damals konnte Haresh nicht wissen, daß er dank einer seltsamen Verkettung von Ereignissen und der Sympathie von Mr. Mukherji den Vorstandsvorsitzenden von Praha, Mr. Khandelwal höchstselbst, kennenlernen würde.

Die zweite Briefhälfte war persönlich gewesen. Lata hatte sie mehrmals gelesen. Im Gegensatz zu Kabirs Brief hatte er sie zum Lächeln gebracht:

Ich hoffe [hatte Haresh geschrieben] auf die übliche Art, daß Du eine angenehme Heimreise hattest und daß Dich alle vermißt haben, die Du nach so langer Abwesenheit in Brahmpur wiedergesehen hast.

Ich danke Dir für Deinen Besuch in Cawnpore und die nette Zeit, die wir miteinander verbracht haben. Es war nichts von Verschämtheit und unangebrachter Zurückhaltung zu spüren, und ich bin überzeugt, daß wir auf jeden Fall Freunde sein können, vielleicht auch mehr. Mir gefällt Deine Ehrlichkeit und Deine Art, Dir Ausdruck zu verleihen. Ich muß zugeben, daß ich nur wenige Engländerinnen kennengelernt habe, die so gut englisch sprechen wie Du. Diese Eigenschaften, dazu die Art, wie Du Dich kleidest, und Deine Persönlichkeit machen Dich zu einem Menschen, der weit über dem Durchschnitt liegt. Ich denke, Kalpana Gaur hat Dich zu Recht gelobt. Vielleicht kommt Dir das alles etwas schmeichlerisch vor, aber ich schreibe, wie ich fühle.

Ich habe gerade Dein Foto an meinen Pflegevater geschickt und ihm meinen Eindruck von Dir, wie ich ihn in den wenigen Stunden, die wir zusammen verbrachten, gewonnen habe, geschildert. Ich werde Dir mitteilen, was er zu sagen hat.

Lata versuchte, herauszufinden, was genau es war, was ihr an diesem Brief gefiel. Hareshs Englisch war bisweilen etwas seltsam. ›Auf die übliche Art‹ und ›Deine Art, Dir Ausdruck zu verleihen‹ waren nur zwei von ungefähr zehn Beispielen in den drei kurzen Absätzen, gegen die sich ihr Sprachempfinden sträubte. Und doch freute sie sich über den Brief. Es war angenehm, von jemandem gelobt zu werden, der darin nicht geübt schien – und der sie trotz seines Übermaßes an Selbstvertrauen ganz eindeutig bewunderte.

Je öfter sie den Brief las, um so mehr gefiel er ihr. Aber sie wartete eine Weile, bevor sie antwortete:

    Lieber Haresh,

ich habe mich über Deinen Brief sehr gefreut, den Du mir im Bahnhof angekündigt hast. Ich halte das für einen guten Weg, sich kennenzulernen.

Mit der Praha Shoe Company haben wir nicht viel Glück gehabt. Der Grund dafür ist, daß wir im Augenblick nicht in Kalkutta sind, wo Mas Bekannter lebt und wo auch der Hauptsitz der Firma ist. Aber Ma hat ihm geschrieben – mal sehen, was dabei herauskommt. Sie hat auch gegenüber meinem Bruder Arun, der in Kalkutta lebt, die Angelegenheit erwähnt, und vielleicht kann er helfen. Wir drücken jedenfalls die Daumen.

Es wäre gut, wenn Du in Prahapore wärst, denn dann könnten wir uns im normalen Lauf der Dinge öfter sehen, wenn ich über Neujahr die Ferien in Kalkutta verbringe. Es freut mich, daß ich Dich in Kanpur kennengelernt habe, und ich bin froh, daß wir die Reise dort unterbrochen haben. Ich danke Dir noch einmal, daß Du Dich im Bahnhof von Lucknow so nett um uns gekümmert hast, bis wir und unser Gepäck sicher in unserem Abteil untergebracht waren. Die Rückfahrt war angenehm, und Pran – mein Schwager – hat uns vom Bahnhof abgeholt.

Es gefällt mir, daß Du Deinem Pflegevater geschrieben hast. Ich will unbedingt wissen, was er denkt.

Ich muß zugeben, daß der Besuch in der Gerberei interessant war. Ich mochte Deinen chinesischen Designer. Sein Hindi war herrlich.

Mir gefallen ehrgeizige Männer wie Du – Du wirst bestimmt Karriere machen. Außerdem ist es erfrischend, einen Mann kennenzulernen, der nicht raucht – das bewundere ich wirklich –, weil ich glaube, daß dazu große Charakterstärke gehört. Mir hat gefallen, daß Du so offen und ehrlich Deine Meinung sagst – ganz anders als die jungen Männer, die man in Kalkutta, aber nicht nur dort, im allgemeinen trifft und die so aalglatt und charmant und so unaufrichtig sind. Deine Aufrichtigkeit ist erfrischend.

Du hast erwähnt, daß Du früher im Jahr kurz in Brahmpur gewesen bist, aber dann haben wir über etwas anderes gesprochen und es nicht weiterverfolgt. Deswegen war Ma (zugegebenermaßen nicht nur Ma) erstaunt, als sie feststellen mußte, daß Du bereits zwei Mitglieder unserer Familie kennst. Pran hat erzählt, daß er Dich auf einer Party getroffen hat. Falls Du Dich nicht mehr an ihn erinnerst, er ist ein hochgewachsener, dünner Dozent am Anglistikinstitut. An seine Adresse hast Du Deinen Brief geschickt. Und dann ist da noch Kedarnath Tandon – er ist Prans Jijaji, das heißt, er ist der Schwager meines Schwagers, aber das ist (für Brahmpur und wahrscheinlich auch für Delhi) eine ziemlich nahe verwandtschaftliche Beziehung. Sein Sohn Bhaskar hat offenbar gerade einen Brief von Dir erhalten, sogar einen noch kürzeren als ich. Leider muß ich Dir mitteilen, daß er bei der Pul-Mela-Katastrophe leicht verletzt wurde, aber er hat sich schon fast wieder vollkommen erholt. Veena hat gesagt, daß er sich sehr über die Postkarte und ihren Inhalt gefreut hat.

In Brahmpur ist es jetzt unangenehm heiß, und ich mache mir ein wenig Sorgen um meine Schwester Savita, die demnächst ein Baby bekommen wird. Aber Ma kümmert sich um sie, und es gibt keinen besseren oder aufmerksameren Mann als Pran.

Ich habe mich noch nicht wieder ans Studieren gewöhnt. Etwas gegen meinen Willen, aber auf den Rat einer Freundin hin, spiele ich in *Was ihr wollt* mit, das am Tag der Universität aufgeführt wird. Ich spiele die Rolle der Olivia und lerne fleißig meinen Text, was seine Zeit dauert. Meine Freundin ist mitgegangen zum Vorsprechen, um mich moralisch zu unterstützen, aber schließlich bekam sie die Rolle der Maria, was ihr nur recht geschieht. Ma, die der alten Schule angehört, hat gemischte Gefühle, was meine Schauspielerei angeht. Was meinst Du?

Ich freue mich schon auf Deinen nächsten Brief – schreib über Dich. Ich interessiere mich für alles, was Du zu sagen hast.

Jetzt höre ich besser auf, denn der Brief ist schon ziemlich lang, und vermutlich wirst Du bereits gähnen.

Ma läßt Dich vielmals grüßen, und ich wünsche Dir alles Gute.

Lata

Lata ging in ihrem Brief nicht auf Hareshs eigenwillige Ansichten ein, darauf daß er Kanpur wie ›Cawnpore‹ aussprach, auf den Gestank in der Gerberei, auf das Paan, auf die zweifarbigen Schuhe oder auf Simrans Foto auf seinem Schreibtisch. Lata hatte diese Dinge zwar nicht vergessen, aber die Erinnerung daran war schwächer geworden, und sie sah sie nicht mehr in einem so negativen Licht. Und über ein Thema wollte sie sowieso nie sprechen – außer es ließe sich absolut nicht vermeiden.

Aber Haresh selbst erwähnte es in seinem nächsten Brief. Er schrieb, daß etwas, was ihm an Lata besonders gefallen hatte, ihre direkte Art sei und daß diese ihn ermutige, frei zu sprechen, noch dazu, da sie ihn gebeten hatte, über sich selbst zu schreiben. Er schilderte ausführlich, wie wichtig Simran in seinem Leben gewesen sei, wie er nicht mehr geglaubt hatte, eine andere zu finden, die ihm noch etwas bedeuten könnte, nachdem er die Hoffnung auf Simran aufgegeben hatte, und wie sie – Lata – zu einem entscheidenden Zeitpunkt in sein Leben getreten war. Er schlug ihr vor, sie solle an Simran schreiben, damit sie sich besser kennenlernen könnten. Er seinerseits habe Simran bereits von Lata berichtet, aber da das einzige Foto, das er von Lata habe, zu der Zeit bei seinem Pflegevater gewesen sei, habe er es nicht dem Brief an Simran beilegen können. Er schrieb:

… ich hoffe, Du verzeihst mir, daß ich so viel von Simran rede, aber sie ist ein wunderbares Mädchen, und Ihr zwei könntet gute Freundinnen werden. Wenn Du ihr schreiben willst, dann bitte nicht direkt an ihre Adresse, weil ihre Familie den Brief abfangen könnte. Schicke den Brief an Pritam Kaura, deren Anschrift ich am Schluß beifüge. Ich möchte, daß Du mich wirklich kennst, bevor Du eine Entscheidung fällst, vor allem meine Vergangenheit, und Simran ist ein wesentlicher Bestandteil davon.

Manchmal glaube ich, daß es viel zu schön ist, Dich kennengelernt zu haben, als daß es wahr sein könnte. Ich befand mich in einer Sackgasse, ich wußte nicht, was ich tun und wo ich mich nach Gesellschaft umsehen sollte. Die arme Simran, sie lebt in einer Umwelt, in der sie ihre Gefühle nicht ausdrücken kann – ihre Familie ist sehr konservativ, nicht so wie Deine Mutter, auch wenn sie gemischte Gefühle wegen des Theaterstücks hat. Du bist wie ein Lichtstrahl in mein Leben getreten, wie jemand, für den ich ein besserer Mensch werden möchte.

Du hast mir viele Komplimente für meine Aufrichtigkeit gemacht – angesichts der Umstände, unter denen ich aufgewachsen bin, konnte ich es mir nie leisten, etwas anderes als aufrichtig zu sein. Aber auch Aufrichtigkeit und Ehrlichkeit haben eine negative Seite – nur weil man jemand anders nicht verletzen möchte, verschiebt man die Entscheidung, ihm eine Illusion zu nehmen –, auf lange Sicht muß man dafür leiden. Wenn wir uns besser kennen werden und vergeben und vergessen können, werde ich Dir das erklären. Ich werde Dir einen Hinweis geben – oder vielleicht besser doch nicht. Weil es Bereiche meines Lebens gibt, die alles andere als vollkommen sind und die Du mir vielleicht nur schwer wirst verzeihen können. Vielleicht habe ich schon zuviel gesagt.

Wie auch immer, ich bin Kalpana Gaur sehr dankbar, daß sie uns einander vorgestellt hat. Wenn es sie nicht geben würde, hätten wir uns nie kennengelernt.

Bitte, schick mir einen Abdruck von deinem Fuß, weil ich etwas für Dich entwerfen möchte – vielleicht wird mir der Chinese, Mr. Lee, helfen! Möchtest Du lieber eine flache Sandale für den Sommer, oder trägst Du die üblichen hochhackigen Schuhe?

Das Foto, das Du mir gegeben hast, sehe ich fast nie, weil es die Runde macht. Bitte, schicke mir ein anderes neues Foto von Dir. Das werde ich dann behalten. Heute wollte ich einen Rahmen für das Foto kaufen, aber ich habe keinen gefunden. Deswegen warte ich jetzt lieber auf das nächste Foto, bevor ich Geld für einen guten Rahmen ausgebe. Stört es Dich, wenn ich es auf meinem Schreibtisch aufstelle? Vielleicht wird es mich dazu anhalten, noch ehrgeiziger zu werden. Wenn ich Dein Foto betrachte, das mein Vater gerade zurückgeschickt hat, dann finde ich die Andeutung eines Lächelns sehr attraktiv. Du hast eine Haltung, die mich sehr anzieht, aber das wirst Du sicher alles wissen – andere werden Dir das schon früher gesagt haben.

Mein Vater scheint eine Verbindung mit Dir gutzuheißen.

Grüße bitte Deine Mutter von mir und Pran und Kedarnath und seine Frau und Bhaskar. Es tut mir sehr leid, daß der Junge bei dieser Katastrophe verletzt wurde. Und ich bin froh, daß es ihm wieder gutgeht.

Liebe Grüße
Haresh

Lata war von diesem Brief beunruhigt. Alles, von dem Foto bis zu dem Fußabdruck, verstörte sie, und auch die Andeutungen auf seine Vergangenheit machten ihr Sorgen. Sie verstand nicht, wie er von ihr erwarten konnte, Simran zu schreiben. Aber weil sie ihn mochte, antwortete sie so freundlich wie möglich. Prans Einweisung ins Krankenhaus, Savitas bevorstehende Niederkunft, die täglichen Proben mit Kabir, all das lag ihr schwer auf dem Herzen, und sie brachte gerade zwei Seiten zustande. Als sie den Brief noch einmal las, erschien er ihr nichts als Zurückweisungen zu enthalten. Sie forderte ihn mit keinem Wort auf, zu erklären, was er angedeutet hatte; sie erwähnte es nicht einmal. Sie machte deutlich, daß sie Simran erst schreiben konnte, wenn sie über ihre Gefühle Klarheit gewonnen hätte (obwohl es sie freute, daß er ihr ganz vertraute, um ihr so viele Dinge zu gestehen). Einen Fußabdruck wollte sie ihm nicht schicken, weil sie meinte, keine besonders schönen Füße zu haben. Und was das Foto anbelangte, schrieb sie:

Um die Wahrheit zu sagen, es bereitet mir furchtbare Qualen, mich in einem Atelier oder von Leuten aus einem Fotoatelier ablichten zu lassen. Ich weiß, daß das albern ist, aber ich fühle mich schrecklich dabei. Ich glaube, das letzte Foto, das Ma von mir hat machen lassen – vor dem, das ich Dir gegeben habe –, ist sechs Jahre alt und nicht besonders gut. Das Foto, das Du hast, wurde dieses Jahr in Kalkutta zwangsweise von mir aufgenommen. Seit drei Jahren verspreche ich schon, meiner alten Schülerzeitung eins zu schicken; kurz bevor ich nach Kanpur gefahren bin, habe ich zufällig eine meiner alten Nonnen auf der Straße getroffen und mich sehr geschämt, als sie mich wieder einmal darauf ansprach. Jetzt habe ich ihr wenigstens eins schicken können. Aber ich kann diese Qualen nicht noch einmal auf mich nehmen. Was unter anderem ›die Andeutung eines Lächelns‹ anbelangt, so glaube ich, daß Du mir schmeichelst. Das ist zwar paradox, weil ich Dich ja für eine aufrichtige und ehrliche Person halte und Aufrichtigkeit und Schmeichelei einfach nicht zusammenpassen, aber ich habe gelernt, alles, was man mir sagt, mit einem großen Körnchen Salz zu würzen.

Hareshs nächster Brief ließ lange auf sich warten, und Lata meinte, daß ihre dreifache Zurückweisung ihn zu sehr getroffen habe. Mit Malati diskutierte sie über die Frage, welche der drei Zurückweisungen Haresh am meisten verletzt haben könnte, und darüber zu reden erleichterte sie.

13.22

Eines Tages, als Kabir besonders gut gespielt hatte, sagte Lata zu Malati: »Ich werde ihm nachher sagen, wie gut er war. Das ist die einzige Möglichkeit, das Eis zu brechen.«

»Lata, mach keine Dummheiten. Das wird nicht das Eis brechen, sondern ein Ventil öffnen. Laß ihn in Ruhe«, entgegnete Malati.

Aber als nach der Probe alle vor dem Hörsaal noch ein bißchen plauderten, stellte sich Kabir zu Lata und sagte: »Könntest du das Bhaskar geben? Mein Vater meint, es würde ihm gefallen.« Es war ein ungewöhnlich geformter Drachen: eine Art Raute mit langen Bändern am Ende.

»Ja, natürlich«, sagte Lata, der etwas unbehaglich zumute war. »Aber er ist nicht mehr in Prem Nivas. Er wohnt wieder im Haus seiner Eltern in Misri Mandi.«

»Hoffentlich macht es nicht zu viele Umstände ...«

»Nein, Kabir – überhaupt nicht –, wir können dir gar nicht genug danken für das, was du für ihn getan hast.«

Beide schweigen. Malati blieb noch eine Weile bei ihnen, weil sie meinte, Lata wäre ihr dankbar, wenn sie jeder intensiven Unterhaltung, die Kabir vielleicht beabsichtigte, im Wege stünde. Aber nach einem Blick auf Lata glaubte sie, daß diese lieber mit ihm allein reden wollte. Sie verabschiedete sich von beiden, obwohl Kabir sie gar nicht erst begrüßt hatte.

»Warum gehst du mir aus dem Weg?« fragte Kabir leise, kaum war Malati verschwunden.

Lata schüttelte den Kopf, konnte ihm nicht ins Gesicht sehen. Aber es gab keine Möglichkeit mehr, ein Gespräch zu vermeiden, das alles andere als entspannt verlaufen würde.

»Was erwartest du von mir?« sagte sie.

»Bist du noch immer böse auf mich – deswegen?«

»Nein, ich habe mich daran gewöhnt. Heute warst du sehr gut.«

»Ich meine nicht das Stück. Ich meine unsere letzte wirkliche Verabredung.«

»Ach, die ...«

»Ja, die.« Er war anscheinend entschlossen, reinen Tisch zu machen.

»Ich weiß nicht – seitdem ist so viel passiert.«

»Nichts ist passiert, außer daß Ferien waren.«

»Ich meinte, ich habe über so viele Dinge nachgedacht ...«

»Meinst du, ich etwa nicht?«

»Kabir, bitte – ich wollte sagen, ich habe auch über uns nachgedacht.«

»Und zweifellos glaubst du noch immer, daß ich unvernünftig war.« Kabir klang etwas amüsiert.

Lata sah ihm ins Gesicht, wandte sich wieder ab, ohne etwas zu sagen.

»Gehen wir spazieren«, sagte Kabir. »Dann haben wir wenigstens etwas zu tun, während wir schweigen.«

»In Ordnung«, sagte Lata und schüttelte den Kopf.

Sie gingen den Weg entlang, der vom Hörsaal über den Campus zu dem Jakarandahain und weiter zum Kricketplatz führte.

»Bekomme ich eine Antwort?« fragte Kabir.

»Ich war unvernünftig«, sagte Lata nach einer Weile.

Das nahm Kabir den Wind aus den Segeln. Er sah sie erstaunt an, während sie weitersprach.

»Du hast recht gehabt. Ich war unfair und unvernünftig und alles, was du mir sonst noch vorgeworfen hast. Es war unmöglich, aber nicht wegen Zeit und Karriere und Studium oder sonst irgendwelcher praktischen Gründe.«

»Warum dann?«

»Wegen meiner Familie. So sehr sie mich auch irritieren und einengen, ich kann sie nicht aufgeben. Das weiß ich mittlerweile. Es ist so viel passiert. Ich kann meine Mutter nicht aufgeben ...«

Lata hielt inne, dachte darüber nach, was für eine Wirkung ihre letzte Bemerkung auf Kabir gehabt haben mochte, und entschied dann, daß sie ihm ihren Standpunkt jetzt oder nie erklären sollte.

»Ich weiß jetzt, wie sehr ihr alles am Herzen liegt und wie sehr sie darunter leiden würde«, sagte sie.

»Darunter? Du meinst unter dir und mir.«

»Kabir, kennst du irgendeine Mischehe, die gutgeht?« Aber noch während sie das sagte, dachte Lata, sie sei zu weit gegangen. Kabir hatte nie von Ehe gesprochen. Er wollte bei ihr sein, ihr nahe sein – aber sie heiraten? Vielleicht hatte er es indirekt gemeint, als er sie gebeten hatte, ein, zwei Jahre zu warten, als er von seinen Zukunftsplänen, dem Auswärtigen Dienst, von Cambridge gesprochen hatte. Aber er schreckte vor dem Wort nicht zurück.

»Kennst du eine, die nicht gutgeht?« sagte er.

»Ich kenne überhaupt keine in unserer Familie«, sagte Lata.

»Andere Ehen laufen auch nicht immer ideal.«

»Ich weiß, Kabir. Ich habe gehört, daß ...« sagte Lata traurig und mit so viel Mitgefühl, daß Kabir verstand, daß sie seine Mutter meinte.

Er blieb stehen. »Hat das auch etwas damit zu tun?«

»Das kann ich nicht sagen. Ich weiß es nicht – meine Mutter würde bestimmt auch darunter leiden.«

»Was du sagst, läuft darauf hinaus, daß mein Erbgut und meine Religion unüberwindliche Faktoren sind – und daß es keine Rolle spielt, ob du mich magst oder nicht.«

»Drück es bitte nicht so aus, Kabir«, rief Lata. »Es entspricht nicht meinen Gefühlen.«

»Aber du verhältst dich so.«

Lata konnte ihm nicht antworten.

»Magst du mich nicht?« fragte Kabir.

»Doch, ich mag dich ...«

»Warum hast du mir dann nicht geschrieben? Warum sprichst du nicht mit mir?«

»Eben weil ich dich mag«, sagte sie völlig überwältigt.

»Wirst du mich immer lieben? Ich weiß, daß ich dich ...«

»Bitte, hör auf, Kabir – ich halte das nicht aus«, rief sie. Genausogut hätte sie sagen können, sie wolle sich ebenso wie ihn davon überzeugen, daß ihre Gefühle füreinander aussichtslos seien.

Doch er ließ es ihr nicht durchgehen. »Aber warum sollten wir uns nicht mehr treffen?«

»Treffen? Kabir, verstehst du nicht, wovon ich rede? Wohin sollte das führen?«

»Muß es zu irgend etwas führen? Können wir nicht einfach ein bißchen Zeit miteinander verbringen?« Nach einer Weile fügte er hinzu: »›Mißtraust du meinen Absichten?‹«

Unglücklich und benommen erinnerte sich Lata an ihre Küsse. Die Erinnerung daran war so intensiv, daß sie ihren eigenen Absichten mißtraute. »Nein«, sagte sie etwas ruhiger. »Aber wäre es nicht einfach nur traurig?«

Ihr wurde bewußt, daß seine Fragen zu weiteren Fragen ihrerseits führten, die sie entweder aussprach oder über die sie nachdachte, und daß jede Frage einen Knoten in einem riesigen Gewirr bildete. Ihr Herz sehnte sich nach ihm, aber ausnahmslos alles sprach gegen eine Verbindung. Eigentlich hatte sie ihm erzählen wollen, daß sie einem anderen Mann schrieb, aber sie brachte es jetzt nicht übers Herz, da sie wußte, wie sehr es ihn verletzen würde.

Sie gingen an der Treppe vor den Prüfungsräumen vorbei. Kabir blickte stirnrunzelnd auf das Gebäude. Die Sonne stand schon niedrig, und die Bäume und Bänke warfen lange Schatten auf die Wiese.

»Was sollen wir also tun?« fragte er und versuchte, eine entschlossene Miene aufzusetzen.

»Ich weiß es nicht«, sagte Lata. »Wir verbringen ja auf gewisse Weise Zeit miteinander, zumindest auf der Bühne. Zumindest noch für einen Monat. Wir sitzen in der Falle.«

»Kannst du nicht noch ein Jahr warten?« fragte er plötzlich verzweifelt.

»Was soll das ändern?« sagte sie verzagt und ging den Weg entlang, fort von ihm, zu einer Bank. Sie war fast zu müde, um noch zu denken – emotional erschöpft, erschöpft davon, sich um das Baby zu kümmern, erschöpft von der Schauspielerei. Sie setzte sich auf eine Bank und legte den Kopf auf die Arme. Sie war sogar zu müde, um zu weinen.

Es war dieselbe Bank unter dem Gul-Mohur-Baum, auf der sie nach der Prüfung gesessen hatte. Er wußte nicht, was er davon halten sollte. Sollte er sie noch einmal trösten? Wußte sie überhaupt, wo sie saß? Sie wirkte so verloren, daß er nichts lieber getan hätte, als sie in den Arm zu nehmen. Er spürte, daß sie am liebsten geweint hätte.

Beide hatten sie das Unvermeidliche ausgesprochen, aber Kabir empfand sie nicht als seine Feindin. Er meinte, es versuchen und sie verstehen zu müssen. Der Druck der Familie, der Großfamilie, die ihren Mitgliedern langsam, aber unaufhaltsam ihre Regeln aufzwang, war etwas, was er bei seinem Vater und seiner Mutter nie erlebt hatte. Lata hatte sich während der letzten Monate von ihm entfernt und war für ihn vielleicht schon nicht mehr zu erreichen. Wenn er jetzt zu ihr ging und ihr dabei half, ihr Unglück ein bißchen zu vergessen, würde er dann etwas von dem, was er verloren hatte, zurückgewinnen? Oder würde er ihre Verletzlichkeit nur einer weiteren schmerzlichen Probe unterziehen?

Was dachte sie? Er stand da im Abendlicht und betrachtete sie jenseits seines eigenen Schattens. Ihr Kopf ruhte noch immer auf ihren Armen. Der seltsame Drachen lag neben ihr auf der Bank. Sie wirkte erschöpft und unerreichbar. Nach einer Weile ging er traurig davon.

13.23

Lata saß eine Viertelstunde still auf der Bank, stand dann auf und nahm den Drachen. Es war fast dunkel. Das Nachdenken war ihr schwergefallen. Aber jetzt empfand sie aufgrund ihres eigenen Schmerzes Mitgefühl mit anderen und ihren Problemen. Sie dachte an Pran und seine Ängste. Ihr fiel ein, daß sie Varun schon seit langem nicht mehr geschrieben hatte.

Und seltsamerweise dachte sie auch an ihren letzten Brief an Haresh und wie schroff sie sein Anliegen, sie möge Simran schreiben, abgelehnt hatte, das ihm ganz offensichtlich sehr am Herzen lag. Armer Haresh – auch er hatte sich eine unmögliche Beziehung in den Kopf gesetzt und befand sich in einer ähnlich mißlichen Lage wie sie.

Am nächsten Tag fände eine weitere Probe statt. Wäre sie ängstlicher oder weniger ängstlich als früher? Wie wäre es für Kabir? Zumindest hatten sie miteinander geredet; sie würde nicht länger angespannt auf diesen schrecklichen Augenblick warten. Vielleicht war es auch weniger schrecklich gewesen, ihn zu durchleiden, als ihn ständig zu erwarten. Aber wie entmutigend es doch gewesen war. Oder war es alles in allem doch nicht so entmutigend?

Der Abend zu Hause verlief ruhig: Es waren nur ihre Mutter, Pran, Savita, das Baby und sie da. Eines der Gesprächsthemen war Haresh und warum er so lange nicht mehr geschrieben hatte.

Eigentlich wollte Mrs. Rupa Mehra Hareshs Briefe lesen, aber Lata erzählte ihr nur die Neuigkeiten und grüßte sie von ihm. Seine angenehmen Kommentare behielt sie für sich, und die besorgniserregenden wollte sie ihr ersparen.

Haresh war tatsächlich von Latas Brief etwas enttäuscht gewesen, aber nicht seine Enttäuschung hatte ihn davon abgehalten, augenblicklich zu antworten, sondern sein plötzlicher Status als Arbeitsloser. Er machte sich große Sorgen über die Wirkung, die diese Nachricht auf Lata haben würde. Mehr noch beschäftigte ihn die Wirkung auf ihre Mutter, die trotz des Wohlwollens, das sie ihm entgegenbrachte, seiner Ansicht nach eine sehr strenge und pragmatische Einstellung hatte, wenn es darum ging, eine gute Partie für ihre Tochter zu finden.

Aber nachdem eine Woche vergangen war und James Hawley trotz seiner Bitten die Ungerechtigkeit nicht rückgängig gemacht und sich auch in Delhi nichts ergeben hatte, abgesehen von Mr. Mukherjis Versprechen, ihn Mr. Khandelwal vorzustellen, meinte er, sein Schweigen nicht länger aufrechterhalten zu können, und schrieb Lata.

Wie es der Zufall wollte, hatte Mrs. Rupa Mehra, einen Tag, bevor Hareshs Brief endlich eintraf, einen Brief von Kalpana Gaur erhalten und von ihr erfahren, daß er arbeitslos war. Da Pran und Savita mit dem Baby wieder zu Hause waren, gab es eine ganze Menge zu tun, aber diese neueste und etwas schockierende Nachricht beschäftigte Mrs. Rupa Mehra mehr als alles andere. Sie sprach mit jedem darüber, einschließlich Meenakshi und Kakoli, die vorbeikamen, um das Baby zu bewundern. Sie konnte schlichtweg nicht verstehen, wie Haresh seine Stelle ›einfach so‹ hatte aufgeben können; ihr Mann war stets ein Anhänger der Maxime gewesen, daß man einen Vogel erst fliegen lassen sollte, wenn man einen zweiten schon in der Hand hatte. Mrs. Rupa Mehra begann sich in mehr als nur einer Hinsicht wegen Haresh Sorgen zu machen; und sie begann zudem, ihre Vorbehalte Lata mitzuteilen.

»Ach, er wird bald schreiben«, sagte Lata leichthin, etwas zu leichthin nach Mrs. Rupa Mehras Geschmack.

Sie sollte recht behalten, denn am nächsten Tag – früher als sie erwartet hatte – kam sein Brief.

Als Mrs. Rupa Mehra den Umschlag mit Hareshs mittlerweile vertrauter Handschrift in der Post entdeckte, bestand sie darauf, daß Lata ihn sofort öffnete und laut vorlas. Lata weigerte sich. Kakoli und Meenakshi, erfreut, diese Szene mitzuerleben, schnappten sich den Brief vom Tisch und zogen Lata damit auf. Lata entriß ihn Kakoli, lief in ihr Zimmer und verschloß die Tür. Erst nach über einer Stunde kam sie wieder heraus. Sie las den Brief und antwortete sofort, ohne sich mit jemandem zu beraten. Mrs. Rupa Mehra war über den Ungehorsam ihrer Tochter, aber auch über das Verhalten von Meenakshi und Kakoli zutiefst verärgert.

»Denkt an Pran«, sagte sie. »Diese Aufregung schadet seinem Herzen.«

Kakoli sang so laut, daß es auch jenseits der Tür zu hören war:

»Liebste Lata, schmoll nicht auf Dauer!
Komm und küß mich! Sei doch nicht sauer.«

Nachdem sie auf diese haarsträubende Kreation keine Antwort erhielt, fuhr sie fort:

»Ich möcht küssen Ihre Hände
Weichstes Leder, das spricht Bände.«

Mrs. Rupa Mehra wollte Kakoli gerade anschreien, als das Baby zu weinen begann und alle diesseits der Tür ablenkte. Lata las in geräuschvoller Ruhe weiter.

Hareshs Brief war so freimütig wie immer. Nachdem er die schlechten Nachrichten ausführlich berichtet hatte, schrieb er:

Es ist sicherlich eine schwere Zeit für Dich, da Pran krank und Savitas Baby jetzt wahrscheinlich geboren ist, deswegen habe ich das Gefühl, Dich mit den oben geschilderten Neuigkeiten zu belasten. Aber unter dem großen Streß der Umstände mußte ich Dir heute einfach schreiben. Bislang habe ich von Mr. Clayton nichts über ein Umdenken bei James Hawley gehört, und ich habe auch nicht mehr viel Hoffnung, daß sich in der Sache noch etwas ändern wird. Es war eine gute Stelle mit einem Gehalt von insgesamt siebenhundertfünfzig Rupien im Monat, aber ganz habe ich die Hoffnung auch noch nicht aufgegeben. Ich meine, eigentlich müßten sie die Ungerechtigkeit erkennen. Aber mit meiner Kündigung bei der CLFC habe ich mich wohl tatsächlich zwischen zwei Stühle gesetzt. Mr. Mukherji, der Manager, ist ein anständiger Mann, aber Mr. Ghosh scheine ich mir endgültig zum Feind gemacht zu haben.

Gestern habe ich Kalpana Gaur besucht, und wir haben zwei Stunden lang nur über Dich gesprochen. Ich weiß nicht, ob ich ihr meine Gefühle ganz verbergen konnte, denn an Dich zu denken beflügelt mich.

Entschuldige bitte dieses Notizblockpapier, aber im Augenblick habe ich kein anderes. Kalpana hat gesagt, daß sie Deiner Mutter die Neuigkeiten bereits geschrieben hat und daß ich Dir heute unbedingt schreiben muß – und ich empfinde genauso.

Noch in diesem Monat habe ich einen Vorstellungstermin in Indore (bei der Kommission für den öffentlichen Dienst) für eine unbedeutende Stelle. Aber vielleicht wird es ja doch noch was bei Praha. Wenn ich Mr. Khandelwal durch die Vermittlung von Mr. Mukherji treffen kann, bekomme ich bestimmt Gelegenheit, mich in Kalkutta vorzustellen. Es gibt jedoch zwei Dinge, die Du entscheiden mußt:

1. Ob Du es in Anbetracht der Umstände – zum Beispiel der Krankheit Deines Schwagers – für geraten hältst, daß ich über Brahmpur nach Kalkutta fahre.
2. Ob Du meinst, daß ich auch als Arbeitsloser der gleiche bin wie zuvor, das heißt, ob Du mich nach wie vor für jemanden hältst, für den Du Dich interessieren könntest.

Ich hoffe, Deine Mutter nimmt das alles nicht so ernst – es werden sich mit Sicherheit andere Stellen finden, und es wird nicht sehr lange dauern, bis ich eine gefunden habe.

Irgendwie kann ich in meiner gegenwärtigen Lage auch Gutes erkennen – arbeitslos zu sein ermöglicht einem bessere Einsichten in den menschlichen Charakter und rückt die Dinge ins rechte Licht. Ich hoffe, Pran geht es besser. Grüße Deine Familie von mir. Ich werde bald wieder schreiben.

Dein Haresh

13.24

Nichts hätte Latas Güte und Zärtlichkeit wirksamer auf den Plan rufen können als dieser Brief. Sie hatte großes Mitgefühl mit Haresh, vor allem bei dem Gedanken, daß sich hinter seiner tapferen Fassade vermutlich eine Menge Ängste verbargen. Wenn sie schon Probleme hatte, dann er erst recht, und seine waren weit schlimmer. Aber anstatt sich zu erlauben, auf dieses Pech hin depressiv zu werden, behauptete er sogar, Vorteile darin zu sehen. Lata schämte sich ein bißchen dafür, daß sie in ihrer emotionellen Notlage nicht etwas robuster reagiert hatte.

Sie schrieb:

Mein lieber Haresh,
heute kam Dein Brief, und ich will Dir sofort antworten. Gestern erhielt Ma Kalpanas Brief. Seitdem will ich Dir schreiben, aber ich meinte, es erst tun zu können, wenn ich alles von Dir selbst weiß. Du mußt mir glauben, daß es für

mich nichts ändert. Zuneigung hängt nicht von Dingen wie Stellen ab. Es ist ein großes Pech, daß Dir eine so gute Chance bei James Hawley entgangen ist – es ist wirklich eine gute Firma, ich glaube, sogar die beste. Aber mach Dir keine Sorgen. Alles hat auch seine guten Seiten – und wie Du sagst, gibt es ja immer noch Hoffnung –, und man muß es einfach weiter versuchen. Ich bin ganz sicher, daß sich etwas ergeben wird.

Hier machte Lata eine Pause und sah aus dem Fenster. Aber es waren seine Probleme, um die es jetzt ging, nicht ihre, und sie schrieb weiter, bevor andere Gedanken sie ablenken konnten:

Vielleicht, Haresh, war es nicht klug, in Deiner Firma nicht zu sagen, daß Du Dich nach einem anderen Arbeitgeber umsehen willst. Vielleicht hättest Du sie davon unterrichten sollen. Wie auch immer, vergessen wir es – das gehört jetzt der Vergangenheit an. Die Unfreundlichkeit der Menschen tut nur weh, wenn wir ständig daran denken. Jetzt, wo Du keine Arbeit hast, solltest Du vielleicht nur die beste Stelle nehmen und nicht die erste, die sich Dir bietet. Vielleicht lohnt es sich, eine Weile zu warten.
 Du fragst mich, ob ich möchte, daß Du über Brahmpur nach Kalkutta fährst. Es wäre schön, wieder mit Dir zu plaudern. Ich hoffe, Dir ist das Lächeln nicht vergangen. Deinem Brief nach zu urteilen, ist das nicht der Fall. Du hast ein sehr hübsches Lächeln – wenn Du Dich amüsierst, verschwinden Deine Augen ganz und gar –, und es wäre ein Jammer, wenn Du nicht mehr lächeln würdest.

Hier machte Lata wieder eine Pause. Was um alles in der Welt schreibe ich da eigentlich? fragte sie sich. Dann zuckte sie die Achseln, sagte sich, daß sie nichts ändern würde, und schrieb weiter:

Das einzige Problem ist, daß das Haus im Moment im Chaos versinkt, und selbst wenn Du in einem Hotel wohntest, würdest Du uns zu einer Zeit besuchen, wo alles drunter und drüber geht. Die Frau meines Bruders Arun und seine Schwägerin sind hier, und obwohl ich sie sehr gern mag, würden sie uns doch keinen Augenblick Ruhe gönnen. Die Theaterproben nehmen meine Nachmittage vollständig in Anspruch, zudem verwirren sie mich ein wenig. Ich weiß manchmal nicht mehr, ob ich ich selbst bin oder eine von Shakespeares Figuren. Ma ist auch in einer etwas sonderbaren Stimmung. Alles in allem ist es kein guter Zeitpunkt für ein Treffen. Ich hoffe, Du glaubst nicht, daß ich Dich abwimmeln will.
 Ich freue mich, daß Mr. Mukherji so nett und verständnisvoll ist. Hoffentlich kann er Dir helfen.
 Pran sieht nach drei Wochen im Krankenhaus viel besser aus, und das Baby – das in einer Art Vorstandssitzung der ganzen Familie den Namen Uma

bekam – tut ihm unheimlich gut. Er und alle anderen lassen Dich grüßen. Ma war besorgt, als sie von Kalpana die Neuigkeiten erfuhr, aber nicht so, wie Du denkst. Sie war besorgt, weil sie glaubte, daß ich besorgt bin, und ständig hat sie mir gesagt, ich solle mir keine Sorgen machen, alles würde wieder in Ordnung kommen. Ich war nur besorgt, weil ich dachte, daß Du sehr besorgt sein mußt – vor allem weil ich länger nichts mehr von Dir gehört hatte. Wie Du siehst, handelte es sich um eine Art Teufelskreis. Ich bin froh, daß Du Deinen Optimismus nicht verloren hast und nicht verbittert bist. Ich hasse Menschen, die wie Märtyrer rumlaufen – und Selbstmitleid hasse ich auch. Es verursacht zuviel Unglück.

Bitte informiere mich über alles, was passiert, und schreib bald. Niemand hat seinen Glauben an Dich verloren – außer Deinem Onkel Umesh, der sowieso nie an Dich geglaubt hat –, und deswegen darfst auch Du den Glauben an Dich nicht verlieren.

Alles Liebe
Lata

13.25

Lata gab den Brief Mansoor, der ihn auf dem Weg zum Markt im Hauptpostamt abschickte.

Mrs. Rupa Mehra war verstimmt, daß sie weder den Brief noch die Antwort darauf hatte lesen dürfen.

»Wenn du darauf bestehst, kannst du seinen Brief lesen, Ma«, sagte Lata. »Aber meine Antwort ist bereits weg, die kannst du auf keinen Fall mehr lesen.«

Hareshs Brief hatte weniger Persönliches als üblich enthalten und war deswegen vorzeigbar. Unter dem ›großen Streß der Umstände‹ – oder vielleicht auch, weil Lata früher nicht darauf eingegangen war – hatte Haresh das Thema Simran nicht wieder erwähnt.

Kakoli hatte mittlerweile Mrs. Rupa Mehras Glückwunschkarte für Pran und Savita in den Händen und vergnügte sich damit, das hilflose Mädchen ›Juwel‹ und ›unsere Wonne‹ zu nennen und das Gedicht umzuformulieren, während sie Uma auf die Stirn küßte.

»Psst! Unser Mädchen schläft ganz tief, nachdem es lange hat geschnieft. Es rauschen leis' der Engel Schwingen, während sie Tod und Krankheit bringen.«

»Wie schrecklich!« sagte Mrs. Rupa Mehra.

»Unser Mädchen, es ist nicht mehr – unser Juwel hat's nicht mehr schwer – bei dem lieben Gott sie jetzt spielt – das Haus von Trauer überquillt.«

Kakoli kicherte. »Keine Angst, Ma, es passiert schon nichts, ebensowenig wie es im August in Brahmpur regnet. Die Sonne scheint den ganzen Tag.«

»Meenakshi, du mußt deine Schwester an die Kandare nehmen.«
»Das geht nicht, Ma. Sie ist ein hoffnungsloser Fall.«
»Das sagst du auch bei Aparna.«
»Tue ich das?« sagte Meenakshi gedankenverloren. »Ach, da fällt mir ein, ich glaube, ich bin schwanger.«
»Was?« riefen alle (außer unserem Mädchen).
»Ja – meine Periode ist längst überfällig. Vielleicht bekommst du jetzt endlich deinen Enkelsohn, Ma.«
»Oh!« sagte Mrs. Rupa Mehra, die nicht wußte, was sie denken sollte. Dann fügte sie hinzu: »Weiß es Arun?«
Meenakshi blickte etwas zerstreut drein. »Nein, noch nicht. Aber ich werd's ihm sagen müssen. Soll ich ihm ein Telegramm schicken? Nein, so was sagt man besser persönlich. Ich habe Brahmpur auch satt. Hier ist nichts los.« Sie sehnte sich nach Canasta, Mah-Jongg, den Shady Ladies und funkelnden Lichtern. Die einzig anregende Person in Brahmpur war Maan, und der kam viel zu selten. Mr. und Mrs. Maitra, ihre Gastgeber, waren schon zu totenähnlich, um es noch mit Worten ausdrücken zu können. Was das Gesindel aus Rudhia anbelangte, so fehlten ihr die Worte ganz und gar. Und Lata schien viel zu konzentriert auf diesen Schuster und seine Sorgen, als daß sie für Andeutungen über Amit empfänglich wäre.
»Was meinst du, Kuku?«
»Donnerwetter!« sagte Kuku. »Mir bleibt die Spucke weg. Seit wann weißt du es?«
»Ich meine, ob wir zurück nach Kalkutta fahren sollen.«
»Na gut«, sagte Kuku entgegenkommend. Es gefiel ihr zwar hier, aber sie vermißte Cuddles, Hans, das Telefon, die zwei Köche, den Wagen und sogar ihre Familie. »Ich bin jederzeit bereit abzureisen. Aber warum bist du so nachdenklich?«
In der nächsten Zeit sah Meenakshi des öfteren nachdenklich aus.
Wann genau hatte sie es geschafft, schwanger zu werden?
Und von wem war sie es?

13.26

Haresh war enttäuscht, daß er nicht aufgefordert wurde, auf dem Weg nach Kalkutta in Brahmpur haltzumachen oder in Kalkutta Latas Brüder zu besuchen, obwohl sie doch gewiß seine zukünftigen Schwager waren. Aber der verständnisvolle Ton von Latas Brief war ihm ein großer Trost. Von der Praha Shoe Company bekam er ein Schreiben, in dem sie ihr erbärmliches Angebot von achtundzwanzig Rupien pro Woche noch einmal wiederholten, und er konnte nicht glauben, daß Mr. Khandelwal etwas damit zu tun hatte. Seine Bewerbung war wahrscheinlich einfach an die Personalabteilung weitergeleitet worden, und dort hatte man die übliche abschlägige Antwort verfaßt.

Haresh hatte beschlossen, auf jeden Fall nach Kalkutta zu fahren, und verlor nach seiner Ankunft keine Zeit, Praha davon zu überzeugen, daß sie eine Fehlentscheidung getroffen hatten. Mit dem Zug fuhr er ins fünfzehn Meilen entfernte Prahapore. Es regnete, und so gewann er seinen ersten Eindruck von der Riesenfirma – einer der größten und effizientesten in ganz Bengalen – unter düsteren Umständen. Die endlosen Häuserreihen der Arbeitersiedlung; die Bürogebäude und das Kino; die großen grünen Palmen, die die Straßen säumten, und die intensiv grünen Sport- und Spielplätze; die große, von einer Mauer umgebene Fabrik – die Mauer selbst in ordentliche Segmente unterteilt und mit Werbung für die neuesten Praha-Modelle beschriftet; die Kolonie, in der die leitenden Angestellten (nahezu ausschließlich Tschechen) wohnten und die hinter einer noch höheren Mauer versteckt war; all das nahm Haresh in der Schwüle eines grauen, heißen, nassen Vormittags wahr. Er trug einen eierschalenfarbenen Anzug und hatte einen Regenschirm dabei. Aber das Wetter und auch Bengalen – beides fand er bedrückend – waren ihm etwas aufs Gemüt geschlagen. Erinnerungen an Mr. Ghosh und Mr. Sen Gupta gingen ihm durch den Kopf, während er mit einer Rikscha vom Bahnhof zum Gebäude der Personalabteilung fuhr. Zumindest habe ich es hier mit Tschechen und nicht mit Bengalis zu tun, dachte Haresh.

Die Tschechen ihrerseits behandelten alle Inder (mit einer Ausnahme) gleich, ob sie nun Bengali sprachen oder nicht: verächtlich. Inder, das wußten sie aus Erfahrung, zogen es vor zu reden, statt zu arbeiten. Die Tschechen taten nichts lieber als arbeiten: um Produktion, Qualität, Umsatz, Profit und den Ruhm der Praha Shoe Company zu steigern. Wenn es ums Reden ging, waren sie für gewöhnlich benachteiligt; im großen und ganzen sprachen und schrieben sie kein gutes Englisch, und besonders kultiviert waren sie auch nicht. Man könnte sagen, daß sie, wenn jemand ein kulturelles Thema ansprach, zu ihrer Schusterahle griffen. Die Leute fingen bei Praha sowohl in der Tschechoslowakei als auch in Indien jung an, zumeist in einer Produktionsstätte; für die Feinheiten einer universitären Ausbildung bestand kein Bedarf. Die Tschechen mißtrauten einerseits dem, was sie als indische Zungenfertigkeit betrachteten (Gewerkschaftsvertreter waren die schlimmsten), und nahmen es andererseits der britischen Geschäftswelt in Kalkutta übel, daß sie sie nicht wie ihresgleichen behandelte, obwohl sie doch auch Europäer waren. Die Direktoren, Abteilungsleiter und sogar die Assistenten von Managing Agencies wie Bentsen & Pryce dachten nicht im Traum daran, mit den Tschechen der Praha Shoe Company zu fraternisieren.

Die Tschechen hatten das Erscheinungsbild der indischen Schuhindustrie grundlegend verändert, nicht indem sie im Calcutta Club Scotch getrunken und geplaudert, sondern indem sie die Ärmel hochgekrempelt und in einer Gegend, die eigentlich ein Sumpf war, eine riesige Fabrik und eine kleine Stadt gebaut hatten. Darauf folgten vier kleinere Fabriken einschließlich der in Brahmpur und ein engmaschiges Netzwerk von Schuhgeschäften im ganzen Land. Die tschechischen leitenden Angestellten bis hinauf zum Werksdirektor waren keine geborenen Büromenschen. Die Praha Shoe Company war ihr Leben und das Praha-Glaubensbekenntnis ihre Religion. Tochterunternehmen, Fabriken und Geschäfte verbreiteten sich auf dem ganzen Erdball; und obwohl die Mutterfirma in ihrem Heimatland von den Kommunisten übernommen worden war, war den ›Praha-Männern‹, die damals im Ausland gewesen waren oder dorthin flohen, nicht gekündigt worden. Die Praha Shoe Company gehörte einem Mr. Jan Tomin und wurde von ihm geleitet, dem ältesten, nach seinem Vater benannten Sohn des legendären Firmengründers, von dem jetzt als dem ›alten Mr. Tomin‹ gesprochen wurde. Der alte Mr. Tomin hatte dafür gesorgt, daß es seiner Herde – ob in Kanada, England, Nigeria oder Indien – an nichts fehlte, und sie vergalten ihm seine Loyalität mit einer wild entschlossenen Dankbarkeit, die an feudale Lehenstreue grenzte. Als er in den Ruhestand trat, übernahm sein Sohn den Vasallenstamm. Wann immer der junge Mr. Tomin von seinem Hauptquartier in London (nicht mehr in Prag, leider) nach Indien kam, geriet die gesamte Praha-Welt in helle Aufregung. Überall in Prahapore klingelten die Telefone, und aus dem Firmensitz in Kalkutta trafen dringende Botschaften über seinen göttergleichen Vormarsch ein: »Mr. Tomin ist auf dem Flugplatz gelandet.« So machte das Gerücht die Runde. »Er befindet sich auf dem Weg nach Prahapore. Mrs. Tomin begleitet ihn.« »Mr. Tomin besucht gerade die Abteilung 416. Er hat Mr. Bratinkas Anstrengungen gelobt und großes Interesse für den Goodyear randgenähten Schuh gezeigt.« »Mr. und Mrs. Tomin werden heute nachmittag Tennis spielen.« »Mr. Tomin ist im Club für die leitenden Angestellten geschwommen, aber das Wasser war ihm zu warm. Das Baby war auch im Wasser, mit einem Schwimmreifen.«

Mr. Tomins Frau war Engländerin. Sie hatte im Gegensatz zu ihm, dessen Gesicht offen, freundlich und breit war, ein hübsches ovales Gesicht. Vor zwei Jahren war ihr Sohn geboren worden, und dieser Sohn war wie vor ihm sein Großvater und sein Vater auf den Namen Jan getauft worden. Mr. Tomin hatte ihn auf die letzte Tour nach Indien mitgenommen, damit sein kindlicher Blick auf das fiel, was eines Tages ihm gehören würde.

Aber der Vorsitzende des indischen Zweiges der Praha Shoe Company, der in einem luxuriösen Büro in der Camac Street in Kalkutta (weit weg von den Sirenen und dem Rauch in Prahapore) residierte und in der schicken ›Praha-Residenz‹ in der Theatre Road lebte – eine knapp fünfminütige Autofahrt in seinem noblen Austin Sheerline entfernt –, war kein stämmiger Husek oder Husák, sondern der fröhliche, ergrauende, Paan kauende, Scotch trinkende Marwari Mr. Hiralal Khandelwal, der so gut wie nichts von der alltäglichen Schuhproduktion verstand (und dem das auch nichts ausmachte).

Diese merkwürdige Konstellation hatte eine interessante über zwanzigjährige Geschichte. Mr. Khandelwal war der Anwalt in der Familienfirma Khandelwal and Company, der sich um die rechtlichen Belange von Praha kümmerte. Als Ende der zwanziger Jahre einer der großen Praha-Bonzen von Prag nach Indien geschickt wurde, um hier eine Firma zu gründen, war ihm Khandelwal als kompetenter Mann empfohlen worden. Khandelwal ließ die Firma ins Handelsregister eintragen und erledigte all die mühevolle juristische Kleinarbeit, von der die Tschechen nichts verstanden und die ihnen unangenehm war. Sie waren nur daran interessiert, so schnell und so entschlossen wie möglich hervorragende Schuhe zu produzieren.

Mr. Khandelwal ermöglichte, was immer ermöglicht werden mußte: den Kauf von Land, die notwendigen Genehmigungen von der Regierung von Britisch-Indien, die Verhandlungen mit den Gewerkschaftsführern. Aber erst 1939, bei Ausbruch des Zweiten Weltkriegs, kam er richtig groß raus. Da die Deutschen die Tschechoslowakei okkupiert hatten, war Prahas Besitz in Indien ernsthaft in Gefahr, zum Feindeseigentum erklärt und beschlagnahmt zu werden. Dank seiner guten Kontakte zur Regierung (insbesondere zu einer mächtigen Gruppe aufstrebender indischer Beamter im Indian Civil Service, mit denen er dinierte und Wein trank und an die er beim Bridge hohe Summen Geld verlor) war Mr. Khandelwal in der Lage, Prahas Position zu behaupten. Die Mächtigen des Raj erklärten Praha nicht zu Feindeseigentum, statt dessen vergaben sie an die Firma riesige Aufträge für Armeestiefel und andere Schuhe. Die Tschechen waren nicht nur verwundert, sondern erstaunt. Mr. Khandelwal wurde auf der Stelle in den Vorstand von Praha Indien und bald darauf zu dessen Vorsitzendem berufen.

Und er war der gerissenste und mächtigste Vorsitzende, den Praha je hatte. Einer seiner großen Vorzüge bestand darin, daß ihm die Arbeiter aus der Hand fraßen. Für sie war er eine lebende Gottheit – Khandelwal devta –, der braune Mann, der über die weißen Herrscher von Praha herrschte. Jawaharlal Nehru traf sich mit ihm, er kannte mehrere Kabinettsmitglieder, unter ihnen den Arbeitsminister. Im Jahr zuvor hatte es einen langen Streik in Prahapore gegeben, und die Arbeiter hatten ein Gesuch, das sich gegen das Management richtete, an den Premierminister geschickt. Nehru hatte ihnen geantwortet: »Ihr habt Hiralal Khandelwal, wozu braucht ihr mich?« Und als die Arbeiter ihn dazu gebracht hatten, sich ihre Klagen anzuhören, war Khandelwal als Schlichter zwischen den Gewerkschaften und dem tschechischen Management aufgetreten – und das als Vorstandsvorsitzender!

Abgesehen davon, daß er ihn einmal getroffen hatte, hatte Haresh von Mr. Mukherji viel über ihn erfahren, darunter auch ein paar interessante Details über sein Privatleben. Khandelwal liebte das gute Leben, und dazu gehörten unabdingbar Frauen; er war mit einer attraktiven Sängerin und Exkurtisane aus Bihar verheiratet – einer Frau mit einem furchterregenden Temperament.

Die Tatsache, daß Khandelwal seine Bewerbung weitergereicht hatte, flößte Haresh ein wenig Mut ein, als er das Büro von Mr. Novak betrat, dem Chef der Personalabteilung in Prahapore. Haresh trug einen Maßanzug aus irischem Leinen vom besten Schneider in Middlehampton. Seine Schuhe stammten von der Firma Saxone und hatten fünf Pfund gekostet. Er hatte Gel im Haar und verströmte den schwachen Duft einer teuren Seife. Trotzdem wurde ihm gesagt, er solle sich draußen ans Ende der Schlange setzen.

Nach einer Stunde wurde er endlich hereingebeten. Novak trug ein am Kragen offenes Hemd und eine braune Hose. Seine Jacke hing über der Stuhllehne. Er war ein gutproportionierter Mann von ungefähr einem Meter fünfundsiebzig und sprach extrem leise. Er lächelte nie, gab nie nach und war hart wie Stahl; gewöhnlich war er es, der mit den Gewerkschaften verhandelte. Sein Blick war stechend.

Als er mit Haresh sprach, lag dessen Bewerbung vor ihm. Nach zehn Minuten sagte er: »Nun, ich sehe keinen Grund, unser Angebot zu ändern. Es ist nicht schlecht.«

»Achtundzwanzig Rupien in der Woche?«

»Ja.«

»Sie glauben doch nicht etwa, daß ich dieses Angebot annehme.«

»Das liegt bei Ihnen.«

»Meine Qualifikationen – meine Berufserfahrung ...« sagte Haresh ratlos und deutete auf seine Bewerbungsunterlagen.

Mr. Novak ließ sich nicht herab, darauf zu antworten. Er sah aus wie ein alter, kaltschnäuziger Fuchs.

»Bitte überlegen Sie es sich noch einmal, Mr. Novak.«

»Nein.« Die Stimme war leise, der Blick kalt, sogar – so schien es Haresh – eiskalt.

»Ich bin den ganzen Weg von Delhi hierhergekommen. Geben Sie mir wenigstens eine halbe Chance. Ich war im Management zu einem annehmbaren Monatsgehalt tätig, und Sie bieten mir den Wochenlohn eines Arbeiters – das entspricht nicht einmal dem Gehalt eines Aufsehers oder Vorarbeiters. Sie müssen doch einsehen, wie unannehmbar Ihr Angebot ist.«

»Nein.«

»Der Vorstandsvorsitzende ...«

Mr. Novaks Stimme unterbrach ihn wie ein Peitschenschlag. »Der Vorstandsvorsitzende hat mich darum gebeten, ihre Bewerbung in Betracht zu ziehen. Das habe ich getan und Ihnen daraufhin geschrieben. Damit sollte die Angelegenheit eigentlich erledigt sein. Sie sind ohne Grund aus Delhi hierhergekommen, und ich sehe keinen Grund, meine Entscheidung zu revidieren. Guten Tag, Mr. Khanna.«

Haresh stand kochend vor Wut auf und ging. Draußen regnete es noch immer. Auf der Zugfahrt zurück nach Kalkutta überlegte er, was er tun sollte. Novak hatte ihn wie Dreck behandelt, und diese Demütigung brannte wie Feuer. Er haßte es, um etwas zu bitten, und seine Bitten hatten ihm nichts genützt.

Er war ein stolzer Mann, aber jetzt stand er unter Druck. Wenn er Lata den Hof machen wollte, brauchte er eine Stelle. Soweit er Mrs. Rupa Mehra kannte, würde sie ihr nie erlauben, einen arbeitslosen Mann zu heiraten – aber auch Haresh hätte sie unter diesen Umständen nie gebeten, seine Frau zu werden und mit ihm von der Hand in den Mund zu leben. Und was sollte er Onkel Umesh erzählen, wenn er wieder in Delhi war? Sich von ihm verspotten zu lassen wäre unerträglich demütigend.

Deswegen beschloß er, den Stier bei den Hörnern zu packen. Am Nachmittag bezog er vor dem Praha-Firmensitz in der Camac Street Stellung. Am nächsten Tag war es sonnig, und er tat dasselbe. Dank dieser Erkundungen wußte er über Mr. Khandelwals Tagesablauf Bescheid. Klar war, daß er um ein Uhr das Büro verließ, um zu Mittag zu essen.

Am dritten Tag zur Mittagszeit, als sich das Tor öffnete, um Mr. Khandelwals Austin Sheerline hinausgleiten zu lassen, hielt Haresh den Wagen auf, indem er sich direkt davor aufstellte. Der Wachmann stürzte verwirrt und erschrocken hin und her und wußte nicht, ob er ihm gut zureden oder ihn wegzerren sollte. Mr. Khandelwal erkannte ihn jedoch wieder und öffnete das Fenster.

»Ach ja«, sagte er und versuchte, sich an seinen Namen zu erinnern.

»Haresh Khanna, Sir.«

»Ja, ja, ich erinnere mich, Mukherji hat Sie mir in Delhi vorgestellt. Was ist passiert?«

»Nichts.« Haresh sprach ganz ruhig, brachte es jedoch nicht über sich zu lächeln.

»Nichts?« Mr. Khandelwal runzelte die Stirn.

»Im Gegensatz zu einem Angebot von siebenhundertfünfzig Rupien im Monat bei James Hawley hat mir Mr. Novak achtundzwanzig Rupien in der Woche angeboten. Mir scheint, Praha liegt nichts an qualifizierten Leuten.«

Haresh erwähnte nicht, daß James Hawley das Angebot effektiv zurückgezogen hatte, und er war froh, daß es nicht zur Sprache gekommen war, als er und Mukherji Khandelwal in Delhi getroffen hatten.

»Hm«, sagte Mr. Khandelwal, »kommen Sie übermorgen in mein Büro.«

Als Haresh zwei Tage später zu ihm ging, lagen seine Unterlagen vor Mr. Khandelwal. Er nickte Haresh zu, faßte sich kurz und sagte: »Ich habe mir Ihre Bewerbung angesehen. Havel wird sie morgen zu einem Gespräch empfangen.« Havel war der Firmendirektor von Prahapore.

Mr. Khandelwal hatte keine weiteren Fragen an Haresh. Er erkundigte sich kurz nach Mukherji. »Na gut, sehen wir mal, was dabei herauskommt«, war sein Kommentar, als Haresh sich verabschiedete. Er schien nicht übermäßig interessiert daran, ob Haresh nun schwimmen oder ertrinken würde.

13.27

Aber Haresh fühlte sich ermutigt. Ein Termin bei Havel bedeutete, daß der Vorstandsvorsitzende die Tschechen gezwungen hatte, seine Bewerbung ernst zu nehmen. Am nächsten Tag, als er für die fünfundvierzigminütige Fahrt nach Prahapore in den Zug stieg, war er einigermaßen zuversichtlich.

Der Assistent des Direktors – ein Inder – sagte ihm, daß Novak nicht an dem Gespräch teilnehmen würde. Haresh war erleichtert.

Kurz darauf wurde Haresh in das Büro des Direktors von Prahapore gebeten.

Pavel Havel – so genannt von zerstreuten idiotischen Eltern, die keine Vorstellung davon hatten, wie er dafür in der Schule verhöhnt würde – war wie Haresh ein kleiner Mann, aber fast so breit wie groß.

»Setzen Sie sich, setzen Sie sich«, sagte er zu Haresh.

Haresh setzte sich.

»Zeigen Sie mir Ihre Hände«, sagte er.

Haresh zeigte Mr. Havel seine Hände, die Handflächen nach oben.

»Biegen Sie Ihren Daumen durch.«

Haresh bog seinen Daumen so weit durch, wie er konnte.

Mr. Havel lachte nicht unfreundlich, aber doch etwas endgültig.

»Sie sind kein Schuhmacher«, sagte er.

»Doch«, sagte Haresh.

»Nein, nein, nein.« Mr. Havel lachte. »Etwas anderes, ein anderer Beruf ist besser für Sie. Gehen Sie zu einer anderen Firma. Was wollen Sie bei Praha?«

»Ich will auf der anderen Seite dieses Schreibtisches sitzen«, sagte Haresh.

Mr. Havels Lächeln erlosch.

»Aha«, sagte er. »So hoch hinaus?«

»Vielleicht«, sagte Haresh.

»Wir fangen alle in einer Produktionsstätte an«, erklärte Mr. Havel, dem dieser unfähige, aber ehrgeizige Mann leid tat, der es nie zum Schuhmacher bringen würde. Das war ganz offensichtlich gewesen, als er versucht hatte, seinen Daumen durchzubiegen. In der Tschechoslowakei war es notwendig, den Daumen durchzubiegen, um Schuhe herstellen zu können. Dieser Mann hatte genausoviel Zukunft bei Praha wie ein einarmiger Ringer im Ring. »Ich, Mr. Novak, Mr. Janaček, Mr. Kurilla, wir alle haben in einer Produktionsstätte angefangen. Wenn Sie keine Schuhe machen können, was für eine Hoffnung gibt es dann für Sie in dieser Firma?«

»Keine«, sagte Haresh.

»Sehen Sie.«

»Sie haben noch nicht einmal gesehen, wie ich einen Schuh mache«, sagte Haresh. »Woher wollen Sie wissen, was ich kann oder nicht kann?«

Pavel Havel ärgerte sich etwas. Er hatte an diesem Tag eine Menge Arbeit zu erledigen, und unnötig ausgedehntes leeres Geschwätz war nicht seine Sache. Die Inder traten immer großspurig auf und erbrachten miserable Leistungen. Er wirkte etwas erschöpft. Er sah zu seinem Fenster hinaus auf das leuchtende – zu leuchtende – Grün und fragte sich, ob die Kommunisten jemals wieder aus der Tschechoslowakei abziehen und er und seine Familie in ihrem Leben noch einmal die Chance bekommen würden, seine Heimatstadt Bratislava wiederzusehen.

Der junge Mann sagte etwas davon, daß er einen Schuh machen könne.

Pavel Havel starrte auf das Revers seines schicken Anzugs und sagte brutal: »Sie werden nie einen Schuh machen.«

Haresh verstand Havels plötzlichen Stimmungsumschwung nicht, aber er ließ sich davon nicht einschüchtern. »Ich glaube sehr wohl, daß ich einen Schuh machen kann, vom Entwurfsmuster bis zum fertigen Produkt«, sagte er.

»In Ordnung«, sagte Pavel Havel. »Machen Sie einen Schuh. Wenn Sie einen Schuh machen können, gebe ich Ihnen eine Vorarbeiterstelle für achtzig Rupien die Woche.« Niemand hatte je als Vorarbeiter bei Praha angefangen, aber Pavel Havel war sicher, daß diese Wette kein Risiko darstellte. Qualifikationen auf dem Papier waren eine Sache, ein steifer Daumen und ein schlaffer Volkscharakter eine andere.

Aber Haresh wollte etwas höher pokern. »Ich habe hier ein Schreiben von James Hawley, in dem sie mir eine Stelle für siebenhundertfünfzig Rupien anbieten. Wenn ich einen Schuh mache, mit dem Sie zufrieden sind – nicht einen gewöhnlichen Schuh, sondern den schwierigsten in Ihrer Produktion –, würden Sie mir dann das gleiche bieten?« Pavel Havel sah den jungen Mann an, etwas beunruhigt durch sein Selbstvertrauen, und führte einen Finger an den Mund, als würde er die Wahrscheinlichkeiten neu abwägen. »Nein«, sagte er bedächtig. »Damit wären Sie auf der Managementebene und würden eine Revolution bei Praha auslösen. Das ist unmöglich. Wenn Sie ein Paar Schuhe machen können – ein Paar, das ich aussuchen werde –, wenn Sie es machen können, dann werden Sie Vorarbeiter. Auch das ist schon eine halbe Revolution.« Pavel Havel, der in der Tschechoslowakei eine erlebt hatte, war gegen Revolutionen.

Er rief Kurilla an, den Leiter der Abteilung Lederschuhe, und bat ihn, für ein paar Minuten in sein Büro zu kommen.

»Was meinen Sie, Kurilla?« fragte er. »Khanna will einen Schuh machen. Welchen sollen wir aussuchen?«

»Goodyear, randgenäht«, sagte Kurilla grausamerweise.

Pavel Havel lächelte übers ganze Gesicht. »Ja, ja, ja. Machen Sie ein Paar Goodyear, randgenäht, nach unseren Vorlagen.«

Das war der schwierigste Schuhtyp, der über einhundert verschiedene Arbeitsschritte erforderte. Havel runzelte die Stirn, sah auf seine Daumen und entließ Haresh.

13.28

Kein Dichter hat je härter oder inspirierter gearbeitet, um ein Gedicht zu schaffen, als Haresh während der nächsten drei Tage an seinem Paar Schuhe. Die Materialien wurden ihm zur Verfügung gestellt, die verschiedenen Maschinen wurden ihm vorgeführt, und in der Hitze und dem Gestank der Fabrik machte er sich an die Arbeit.

Er prüfte das Leder für das Oberleder und das Futter und wählte schöne Stücke aus, maß ihre Dicke, schnitt zu, spaltete, klebte und falzte die Teile, schnitt das Futterleder nach Größe und Stil dem Oberleder entsprechend, paßte Ober- und Futterleder einander an und nähte die Teile sorgfältig zusammen.

Er formte die innere Fersen- und Zehenverstärkung, fügte sie in das Oberleder ein und schlug die Brandsohle über den Leisten.

Dann schlug er das Oberleder über den hölzernen Leisten, verband Vorderkappe, Hinterkappe und Blatt mit der Brandsohle und sah mit Befriedigung, daß das Oberleder absolut faltenlos war, daß es stramm saß wie eine Haut.

Er nähte rundherum den Rahmen. Er stutzte das überstehende Leder und füllte den Zwischenraum mit einer Mischung aus Kork und Klebstoff.

Er aß kaum. Auf der Rückfahrt nach Kalkutta träumte er jeden Abend von dem fertigen Paar Schuhe und wie es sein Leben verändern würde.

Er schnitt das Leder für die Laufsohle und spaltete es, bis es die richtige Dicke hatte. Er preßte es, stanzte die Löcher für die Naht und brachte den Absatz an. Dann schleifte er Sohle und Absatz. Bevor er diese schwierige und heikle Aufgabe anging, machte er eine Pause von ein paar Minuten; Schleifen war wie Haare schneiden – ein Fehler wäre kritisch und nicht wiedergutzumachen. Ein Paar Schuhe mußte vollkommen symmetrisch sein, linker und rechter Schuh mußten genau die gleichen Proportionen haben. Auch danach legte er eine kurze Pause ein. Er wußte aus Erfahrung, daß er nach der Vollendung einer schwierigen Aufgabe bisweilen dazu neigte, vor lauter Erleichterung und Selbstüberschätzung etwas Simples zu verpfuschen.

Nach dem Schleifen polierte er den Absatz blank und kerbte den Rahmen, damit er besser aussah. Im Anschluß daran gestattete er sich den Gedanken, daß alles bestens lief. Er färbte die Ränder, tränkte sie mit heißem Wachs und plättete sie, damit sie wasserundurchlässig wurden.

Mr. Novak, der kaltschnäuzige Fuchs, schaute einmal vorbei, um nachzusehen, ob er vorankam. Haresh machte gerade seine zweite Verschnaufpause. Mr. Novak nickte wortlos. Haresh nickte wortlos, und Mr. Novak schritt wieder von dannen.

Die Schuhe waren jetzt praktisch fertig, abgesehen davon, daß die Sohlen an den Nähten etwas rauh waren. Er glättete die Sohlen, wachste sie und polierte sie. Zum Schluß verschönerte er die Ränder der Sohlenunterseiten an einem heißen, schnell kreisenden Rad, wonach die häßlichen Stiche unter einem dekorativen Muster verborgen waren.

Damit, dachte Haresh, habe ich meine Lektion gelernt. Wenn James Hawley ihr Angebot nicht zurückgezogen hätten, säße ich noch immer in derselben Stadt. Jetzt bekomme ich vielleicht eine Stelle in der Nähe von Kalkutta. Und was Qualität anbelangt, sind Praha-Schuhe die besten in ganz Indien.

Der letzte Arbeitsgang bestand darin, den Markennamen Praha auf die Innensohle zu prägen. Er entfernte die hölzernen Leisten und befestigte die Absätze, die bislang nur provisorisch angebracht waren, endgültig mit Nägeln. Dann prägte er mit einem Stempel den goldenen Schriftzug ›Praha‹ auf die Innensohle. Es war vollbracht!

Auf halber Strecke zu Havels Büro machte Haresh kopfschüttelnd kehrt.

»Was ist los?« sagte der Mann, der dafür abgestellt war, ihn bei seiner Arbeit zu überwachen.

»Schnürsenkel«, sagte Haresh lächelnd. »Ich muß müde sein.«

Der Direktor, der Leiter der Abteilung Lederschuhe und der Leiter der Personalabteilung versammelten sich, um Hareshs Werk zu begutachten, die Schuhe hin- und her- und umzudrehen, sie von allen Seiten zu inspizieren. Sie sprachen tschechisch.

»Tja«, sagte Kurilla, »sie sind besser als alles, was Sie oder ich machen können.«

»Ich habe ihm eine Vorarbeiterstelle versprochen«, sagte Havel.

»Das geht nicht«, sagte Novak. »Bei uns fängt jeder in einer Produktionsstätte an.«

»Ich habe ihm eine Vorarbeiterstelle versprochen, und er wird sie bekommen. Einen solchen Mann will ich nicht verlieren. Was glauben Sie, wird sonst Mr. K. sagen?«

Obwohl Khandelwal Hareshs Schicksal scheinbar nicht weiter interessierte, war er doch streng mit den Tschechen ins Gericht gegangen (wie Haresh später erfahren sollte). Er hatte Hareshs Unterlagen studiert und zu Havel gesagt: »Zeigen Sie mir einen anderen Bewerber, ob Tscheche oder Inder, der die gleichen Qualifikationen mitbringt.« Havel hatte niemanden aufgetrieben. Sogar Kurilla, vor vielen Jahren ebenfalls Student am Middlehampton College of Technology, hatte nicht mit solchen Auszeichnungen abgeschlossen wie Haresh. Mr. Khandelwal hatte daraufhin gesagt: »Solange ihm keine Stelle angeboten wird, verbiete ich Ihnen, irgend jemanden einzustellen, der weniger qualifiziert ist als er.« Havel hatte vergeblich versucht, Khandelwal diese drastische Anweisung auszureden. Ebenso vergeblich hatte er versucht, Haresh dazu zu bringen, seine Bewerbung zurückzuziehen. Schließlich hatte er ihm eine Aufgabe gestellt, von der er nie gedacht hätte, daß er sie bewältigen würde. Aber Hareshs Schuhe gehörten zu den besten, die er je gesehen hatte. Pavel Havel würde nie wieder abschätzig über anderer Leute Daumen sprechen – was immer er auch sonst von Indern halten mochte.

Die Goodyear randgenähten Schuhe sollten über ein Jahr in Havels Büro stehen, und wann immer er hervorragendes handwerkliches Können vorführen wollte, zeigte er sie seinen Besuchern.

Haresh wurde hereingerufen.

»Setzen Sie sich, setzen Sie sich«, sagte Havel.

Haresh setzte sich.

»Ausgezeichnet, ausgezeichnet!« sagte Havel.

Haresh wußte, wie gut seine Schuhe waren, aber er konnte nicht anders – er freute sich. Er lächelte, und seine Augen verschwanden.

»Jetzt muß ich meinen Teil des Versprechens halten. Sie bekommen die Stelle. Achtzig Rupien in der Woche. Am Montag fangen Sie an. In Ordnung, Kurilla?«
»Ja.«
»Novak.«
Novak nickte, ohne zu lächeln. Seine rechte Hand strich über den Schuhrahmen. »Ein schönes Paar«, sagte er leise.
»Gut«, sagte Havel. »Nehmen Sie an?«
»Das Gehalt ist zu niedrig«, sagte Haresh. »Verglichen mit dem, was ich vorher verdient habe und was man mir woanders angeboten hat.«
»Sie haben eine sechsmonatige Probezeit, dann werden wir noch mal über das Gehalt reden. Sie scheinen nicht zu bemerken, Khanna, wie weit wir gehen, um Sie unterzubringen, um einen Praha-Mann aus Ihnen zu machen.«
»Ich bin Ihnen sehr dankbar. Ich akzeptiere Ihre Bedingungen, aber es gibt eine Sache, bei der ich nicht zu Kompromissen bereit bin. Ich will in der Kolonie leben und in den Club gehen und seine Einrichtungen benutzen dürfen.«
Ihm war bewußt, wie außerordentlich sein Eintritt in das Prahareich direkt auf einer übergeordneten Ebene war, aber er wußte auch, daß er in gesellschaftlicher Hinsicht fatale Nachteile auf sich nehmen würde, wenn er mit den leitenden Angestellten der Firma nicht auf freundschaftlichem Fuß verkehrte und dabei auch gesehen würde – zum Beispiel von Lata und ihrer Mutter und ihrem vielgerühmten Bruder in Kalkutta.
»Nein, nein, nein«, sagte Pavel Havel. Er schien ernsthaft besorgt.
»Unmöglich«, sagte Novak und durchbohrte Haresh mit Blicken, die ihn zwingen wollten, aufzugeben.
Kurilla sagte nichts. Er betrachtete das Paar Schuhe. Er wußte, daß nur einem Vorarbeiter – und nur einem einzigen Inder – eine der ungefähr vierzig Wohnungen in dem ummauerten Komplex zugewiesen worden war. Aber er freute sich, daß sich in Hareshs Arbeit die exzellente Ausbildung seines alten Colleges bestätigte. Seine Praha-Kollegen, von denen die meisten ihre Fähigkeiten am Arbeitsplatz erworben hatten, belächelten oft genug Kurillas technische Ausbildung.
Haresh hatte von Havels indischem Assistenten erfahren, daß nur ein einziger Inder – ein leitender Angestellter der Buchhaltungsabteilung – in die heilige Kolonie eingelassen worden war.
Er spürte Kurillas Sympathie und Havels Zaudern. Und der eisige Novak hatte seine Schuhe – höchst untypischerweise für ihn – mit immerhin vier Silben gelobt. Es gab noch Hoffnung.
»Ich möchte unbedingt für Praha arbeiten«, sagte Haresh eindringlich. »Sie sehen selbst, wie viel mir an Qualität liegt. Vor allem deswegen möchte ich zu Ihrer Firma. Ich war Abteilungsleiter bei der Cawnpore Leather and Footwear Company, und bei James Hawley wurde mir ein Manager-, ein Abteilungsleiterposten angeboten, deswegen ist mein Wunsch, in der Kolonie zu leben, nicht ungewöhnlich. Sonst kann ich die Stelle nicht annehmen. Tut mir leid. Ich will

unbedingt hier arbeiten und bin bereit, Kompromisse einzugehen, was mein Gehalt und meinen Status anbelangt. Nehmen Sie mich als Vorarbeiter, als Aufseher von mir aus, und zahlen sie mir weniger, als ich vorher verdient habe. Aber bitte machen Sie einen Kompromiß, was meine Unterbringung angeht.«

Es folgte aufgeregter Gedankenaustausch auf tschechisch. Der Firmenbesitzer war nicht im Land und konnte nicht gefragt werden. Wichtiger noch, der Vorstandsvorsitzende, der die Tschechen manchmal so rüde behandelte wie diese die Inder, wäre nicht sehr angetan von dem, was er als ihre Exklusivität auslegen müßte. Wenn Haresh nach dem ganzen Aufwand die Stelle doch noch ablehnen sollte, würde Khandelwal ihnen die Hölle heiß machen.

Haresh erging es wie einem Kläger, für den das, was er im Gericht hört, böhmische Dörfer sind, böhmische Dörfer, die über sein Schicksal entscheiden. Er hörte den drei Männern zu und schloß aus ihrem Tonfall, ihren Gesten und den wenigen verständlichen Worten – Kolonie, Club, Khandelwal, Middlehampton, Jan Tomin und so weiter –, daß Kurilla Havel überzeugt hatte und daß jetzt beide Novak bearbeiteten. Novaks Antworten waren kurz, aggressiv, defensiv, bestanden meist nur aus fünf oder sechs Silben. Dann, etwas unerwartet, machte Novak eine vielsagende Geste – halb zuckte er die Achseln, halb hob er die Hände. Er sagte nicht ja, nickte nicht, aber er erhob auch keine Einwände mehr.

Pavel Havel wandte sich breit lächelnd zu Haresh.

»Willkommen – willkommen bei Praha!« sagte er, als würde er Haresh die Schlüssel zum Himmelreich übergeben.

Haresh strahlte vor Freude, als ob es tatsächlich so wäre.

Und alle schüttelten sich höflich die Hände.

13.29

Arun Mehra und sein Freund Billy Irani saßen auf der Veranda des Calcutta Clubs. Es war Mittagszeit. Der Kellner war noch nicht gekommen, um ihre Getränkebestellung aufzunehmen. Arun wollte jedoch nicht auf die kleine Messingklingel drücken, die auf ihrem weißen Rattantisch stand. Als ein Kellner in der Nähe vorbeiging, machte Arun ihn auf sich aufmerksam, indem er mit der rechten Hand auf seine linke klopfte.

»Abdar!«

»Ja, Sir.«

»Was willst du trinken, Billy?«

»Einen Gimlet.«

»Einen Gimlet und einen Tom Collins.«

»Ja, Sir.«

Bald darauf wurden ihre Drinks gebracht, und beide bestellten gegrillten Fisch zum Essen.

Sie hatten noch nicht ausgetrunken, als Arun, der sich kurz umgesehen hatte, sagte: »Da sitzt Khandelwal – der Typ von Praha.«

»Diese Marwaris – es gab Zeiten, als die Mitgliedschaft in diesem Club noch etwas bedeutete«, lautete Billys entspannter Kommentar.

Schon mehrmals hatten sie beide etwas angewidert Khandelwals Trinkgewohnheiten beobachtet. Da ihm die mächtige Mrs. Khandelwal zu Hause nicht mehr als einen Drink pro Abend gestattete, hatte Khandelwal es sich zur Gewohnheit gemacht, tagsüber soviel wie möglich in sich hineinzuschütten.

Aber an diesem Tag hatte Arun nicht viel gegen Khandelwals Anwesenheit im Club einzuwenden, vor allem nicht dagegen, daß er allein war und bereits seinen vierten Scotch trank. Mrs. Rupa Mehra hatte Arun geschrieben und ihn angewiesen, sich mit Haresh Khanna bekannt zu machen und ihr zu berichten, was er von ihm hielt. Haresh hatte offenbar irgendeine Stelle bei Praha bekommen und lebte und arbeitete in Prahapore.

Daß Arun sich direkt an ihn wandte, wäre zuviel verlangt gewesen, und er hatte sich den Kopf zerbrochen, wie und wo er ihn kennenlernen sollte. Aber gegenüber dem Vorstandsvorsitzenden von Praha könnte er die Angelegenheit sicherlich erwähnen und ihm womöglich sogar eine Einladung zum Tee entlocken – auf neutralem Boden. Und das hier war eine ausgezeichnete Gelegenheit.

Billy fuhr fort: »Es ist wirklich bemerkenswert. Kaum hat er einen ausgetrunken, steht der nächste schon auf dem Tisch. Er weiß einfach nicht, wann er aufhören soll.«

Arun lachte. Dann fiel ihm etwas anderes ein. »Ach, übrigens – Meenakshi ist wieder guter Hoffnung.«

»Guter Hoffnung?« Billy blickte etwas verständnislos drein.

»Ja, du weißt schon, schwanger.«

»Ach ja, ja, schwanger!« Billy Irani nickte. Dann schoß ihm plötzlich ein Gedanke durch den Kopf, und er schien verwirrt.

»Geht's dir nicht gut, alter Freund? Noch was zu trinken? Abdar ...«

Der Kellner kam. »Ja, Sir.«

»Noch einen Gimlet. Wir haben natürlich aufgepaßt. Aber man weiß ja nie. Entschlossene Kerlchen ...«

»Kerlchen?«

»Ja, die Babys. Sie wollen geboren werden und fragen ihre Eltern nicht um Erlaubnis. Meenakshi war etwas besorgt – aber vermutlich ist es so am besten. Aparna kann einen Bruder gebrauchen. Oder eine Schwester. Ich glaube, Billy, ich werde hinübergehen und ein Wörtchen mit Khandelwal reden. Wegen der neuen Einstellungsrichtlinien unserer Firma. Bei Praha haben sie in letzter Zeit offensichtlich einige Inder eingestellt, und vielleicht bringt er mich auf ein paar Ideen – bin gleich wieder da. Es macht dir doch nichts aus, oder?«

»O nein, nein – überhaupt nicht.«

»Du siehst mitgenommen aus. Ist es die Sonne? Wir können uns an einen anderen Tisch setzen.«

»Nein, nein – bin nur ein bißchen müde – wahrscheinlich überarbeitet.«

»Nimm's leicht. Lenkt Shireen dich nicht ab? Ist sie nicht so etwas wie ein Beruhigungsmittel?« Arun lächelte, als er ging.

»Shireen?« Billys hübsches Gesicht war blaß. Sein Mund stand offen wie bei einem Fisch. »Ach ja, Shireen.«

Arun fragte sich, ob Billys IQ auf Null gesunken war, aber bald beschäftigte ihn anderes. Er brachte ein Lächeln zustande, während er sich Mr. Khandelwals Tisch auf der anderen Seite der Veranda näherte.

»Mr. Khandelwal, es freut mich, Sie zu sehen.«

Mr. Khandelwal blickte auf, er war schon etwas blau, aber gut gelaunt. Das war einer der ganz wenigen jungen Männer in Kalkutta, die das britische Handelsestablishment aufgenommen hatte – und die zusammen mit ihren Frauen zur Crème de la Crème der indischen Gesellschaft in Kalkutta gehörten. Obwohl er Vorstandsvorsitzender von Praha war, schmeichelte es ihm, von Arun erkannt zu werden, dem er irgendwann einmal bei den Pferderennen vorgestellt worden war. Khandelwal erinnerte sich, daß der junge Mann eine außergewöhnlich glamouröse Frau hatte, aber da sein Namensgedächtnis schwach war, grübelte er ein wenig, bis Arun – der nicht glauben konnte, daß ihn jemals jemand vergaß – sagte: »Arun Mehra.«

»Ja, ja, natürlich – Bentsen Pryce.«

Arun war besänftigt. »Wenn ich Sie nicht störe, würde ich gerne kurz mit Ihnen sprechen, Mr. Khandelwal«, sagte er.

Mr. Khandelwal deutete auf einen Stuhl, und Arun setzte sich.

»Möchten Sie etwas trinken?« fragte Mr. Khandelwal, und seine Hand schwebte über der kleinen Messingklingel.

»Nein danke, ich hatte schon einen Drink.«

Für Mr. Khandelwal war das kein Grund, nicht noch ein halbes Dutzend zu trinken. »Worum geht es?« fragte er den jüngeren Mann.

»Also, wie Sie sicherlich wissen, Mr. Khandelwal, geht unsere Firma, wie andere auch, allmählich dazu über, für Managementpositionen Inder einzustellen – in jeder Beziehung geeignete Inder selbstverständlich. Und man hört, daß auch Sie, als große Firma, daran denken, das gleiche zu tun.«

Khandelwal nickte.

»Tja«, sagte Arun. »In mancher Hinsicht befinden wir uns in der gleichen mißlichen Lage. Es ist ziemlich schwierig, die Art Leute zu kriegen, die wir brauchen.«

Khandelwal lächelte. »Sie finden es vielleicht schwierig«, sagte er bedächtig, »aber wir haben keine Probleme, qualifizierte Leute zu finden. Erst neulich haben wir einen Mann mit einer hervorragenden Ausbildung eingestellt.« Er fiel ins Hindi zurück. »Ein guter Mann – er hat in England studiert, hat eine ausgezeichnete technische Ausbildung. Sie wollten ihn auf einer niedrigeren

Ebene einstellen, aber ich habe darauf bestanden ...« Er winkte nach einem weiteren Scotch. »Ich habe seinen Namen vergessen, ach nein, Haresh Khanna.«

»Aus Kanpur?« fragte Arun und gestattete sich zwei Worte in Hindi.

»Ich weiß nicht«, sagte Mr. Khandelwal. »Oder doch, aus Kanpur. Mr. Mukherji von der CLFC hat mich auf ihn aufmerksam gemacht. Ja, kennen Sie ihn?«

»Das ist wirklich komisch«, sagte Arun, für den das nicht im mindesten komisch war. »Aber jetzt, da Sie den Namen erwähnt haben, Mr. Khandelwal, glaube ich, daß es der junge Mann sein muß, von dem meine Mutter vor kurzem gesprochen hat als – nun, als einem Heiratskandidaten für meine Schwester. Er ist Khatri, und wie Sie sicherlich wissen, sind wir das auch – obwohl mir Kasten überhaupt nichts bedeuten. Aber mit meiner Mutter ist darüber nicht zu reden – sie glaubt an dieses ganze Khatri-Patri-Zeug. Wie interessant. Er arbeitet für Sie?«

»Ja. Ein guter Junge. Hervorragende technische Qualifikationen.«

Arun erschauderte innerlich bei dem Wort ›technisch‹.

»Tja, wir hätten nichts dagegen, wenn er uns mal besuchen würde«, sagte Arun. »Aber vielleicht wäre es besser, wenn wir nicht ganz unter uns wären, nur wir und er. Vielleicht möchten auch Sie und Mrs. Khandelwal zum Tee zu uns kommen. Wir leben in Sunny Park, das, wie Sie wissen, in Ballygunge gelegen ist, gar nicht weit von Ihnen. Ich wollte Sie sowieso schon seit längerem einmal einladen. Wie ich gehört habe, sind Sie ein ausgezeichneter Bridgespieler.«

Da Mr. Khandelwal ein berüchtigt unbesonnener Spieler war – seine Fähigkeiten beschränkten sich darauf, um hohe Einsätze zu spielen und zu verlieren (wenn auch bisweilen im Interesse eines übergeordneten Spiels) –, war Aruns Bemerkung reine Schmeichelei. Aber sie hatte die gewünschte Wirkung.

Mr. Khandelwal, dem Aruns charmante Art zu manipulieren nicht entgangen war, freute sich trotzdem über die Schmeichelei. Er war ein gastfreundlicher Mann – und er hatte ein Haus zum Herzeigen. Und so lud der Vorstandsvorsitzende von Praha, ganz wie Arun es mit seiner Einladung erhofft und beabsichtigt hatte, statt dessen ihn ein.

»Nein, nein, Sie kommen zum Tee zu uns«, sagte Mr. Khandelwal. »Ich werde auch den jungen Mann einladen – Khanna. Und meine Frau wird sich sehr freuen, Mrs. Mehra kennenzulernen. Bitte bringen Sie sie mit.«

»Danke, das ist sehr freundlich von Ihnen, Mr. Khandelwal.«

»Nichts zu danken, nichts zu danken. Wollen Sie denn wirklich nichts mehr trinken?«

»Nein, danke.«

»Wir können dann auch über Einstellungsrichtlinien reden.«

»O ja, Personalentscheidungen«, sagte Arun. »Wann wäre es Ihnen recht?«

»Wann immer Sie wollen.« Mr. Khandelwal ließ es offen. Der Khandelwalsche Haushalt basierte auf flexiblen Prinzipien. Leute schauten einfach vorbei, und oft wurden zugleich große förmliche Empfänge gegeben. Sechs große Schäferhunde mischten sich unter die Schar und jagten den Gästen Angst ein. Mrs.

Khandelwal herrschte zwar mit der Peitsche über Mr. Khandelwal, aber der geriet oft auf Abwege, was Drinks oder Frauen anbelangte.

»Ginge es am nächsten Dienstag?«

»Ja, ja, nächsten Dienstag, wann immer Sie wollen«, sagte Mr. Khandelwal vage.

»Um fünf?«

»Ja, ja, um fünf, jederzeit.«

»Also gut, nächsten Dienstag um fünf. Ich freue mich darauf«, sagte Arun und fragte sich, ob sich Mr. Khandelwal in fünf Minuten noch an dieses Gespräch erinnern würde.

»Ja, ja, Dienstag um fünf«, sagte Mr. Khandelwal und schaute in sein Glas. »Ja. Abdar ...«

13.30

Bevor die Sirene um acht Uhr morgens zum zweitenmal heulte, drängten alle durch das Tor der Prahafabrik. Für die leitenden Angestellten und Manager vom Vorarbeiter aufwärts gab es einen separaten Eingang. Haresh war als Arbeitsplatz ein Tisch neben einem Förderband in einer offenen Halle zugewiesen worden. Hier sollte er die Arbeiter beaufsichtigen und alle anfallende Büroarbeit erledigen. Nur Gruppenvorarbeiter hatten eigene winzige Zimmer. Nirgendwo konnte er die Messingplatte mit seinem Namen anbringen, die er vor nicht langer Zeit bei der CLFC abgeschraubt hatte.

Aber vielleicht war die Messingplatte sowieso zu nichts mehr nütze. Denn bei Praha war alles genormt, und zweifellos gab es für Messingschilder wie für alles andere standardisierte Schriften und Größen. Die Tschechen hatten zum Beispiel das metrische System mitgebracht und weigerten sich, mit irgend etwas anderem zu arbeiten, gleichgültig, was im Raj oder im jetzt unabhängigen Indien dominierte. Die Litanei, die jedes indische Schulkind lernte – ›drei Pies eine Paisa, vier Paisas eine Anna, sechzehn Annas eine Rupie‹ –, war in den Augen der Tschechen ein Witz. Für alle internen Zwecke hatte Praha die Rupie per Erlaß dezimalisiert, Jahrzehnte bevor sich die Regierung ebenfalls dazu entschloß.

Haresh, dem sehr viel an Ordnung lag, hatte nichts dagegen einzuwenden. Er war damit zufrieden, in einer gutorganisierten, gutbeleuchteten, gutstrukturierten Umgebung zu arbeiten, und er war entschlossen, für die Firma sein Bestes zu geben.

Weil er als Vorarbeiter angefangen hatte und in der Kolonie leben durfte, kursierten unter den Arbeitern diverse Gerüchte. Es wurden nicht weniger, als er bei Mr. Khandelwal auch noch zum Tee eingeladen war. Das erste Gerücht besagte, daß der hellhäutige, kompakte, gutgekleidete Mr. Khanna eigentlich ein Tscheche sei, der sich aus Gründen, die er selbst am besten kannte, als Inder ausgab. Das zweite lautete, daß er Mr. Khandelwals Schwager sei. Haresh unternahm nichts, um diese Gerüchte aus der Welt zu schaffen, da sie hilfreich waren, wenn er Dinge erledigt sehen wollte.

Haresh ließ sich an dem Tag, an dem er nach Kalkutta zum Tee beim Vorsitzenden fahren mußte, eine Stunde beurlauben. Als er vor dem riesigen Haus in der Theatre Road ankam – vor der ›Praha-Residenz‹, wie es allgemein genannt wurde –, salutierten die Wachen zackig. Der makellose Rasen, die fünf Autos auf der Einfahrt (darunter der Austin Sheerline, den er vor ein paar Tagen mit dem Einsatz seines Körpers aufgehalten hatte), die Palmen, die die Einfahrt säumten, das imposante Haus, all das machte großen Eindruck auf ihn. Nur eine Palme, die nicht ganz in der Reihe stand, bekümmerte ihn ein wenig.

Mr. Khandelwal begrüßte ihn freundlich in Hindi. »Sie sind jetzt also ein Praha-Mann. Sehr gut.«

»Das verdanke ich Ihrer Freundlichkeit...« setzte Haresh an.

»Ganz recht«, sagte Mr. Khandelwal, statt bescheiden abzuwinken. »Das verdanken Sie sehr wohl meiner Freundlichkeit.« Er lachte. »Die verrückten Tschechen wären Sie gerne losgeworden, wenn sie gekonnt hätten. Kommen Sie herein, kommen Sie herein... Aber letztlich haben Ihre Qualifikationen den Ausschlag gegeben. Ich habe von den Schuhen gehört, die Sie gemacht haben.« Wieder lachte er.

Haresh wurde Mrs. Khandelwal vorgestellt, einer auffallend attraktiven Frau Ende Dreißig, die einen weiß-goldenen Sari trug. Diamanten steckten in ihrer Nase und in ihren Ohren, und ein bezauberndes, lebhaftes Lächeln vervollständigte den schillernden Effekt.

Nach ein paar Minuten hatte sie ihn losgeschickt, um in einem der Bäder einen nicht funktionierenden Wasserhahn zu reparieren. »Wir müssen das in Ordnung bringen, bevor die anderen Gäste kommen«, sagte sie auf ihre charmanteste Art. »Wie ich gehört habe, sind Sie sehr geschickt mit den Händen.«

Der etwas verwirrte Haresh war sofort bereit, die Bitte zu erfüllen. Es handelte sich nicht um irgendeine Art Prüfung – weder von Qualitäten, die Pavel Havel interessierten, noch seiner Empfänglichkeit für das Lächeln von Mrs. Khandelwal. Wenn irgend etwas erledigt werden mußte, dann erwartete sie von jedem in ihrer Nähe, daß er es tat. Brauchte sie einen Handwerker, belegte sie jeden Mann, der gerade zur Hand war, mit Beschlag. Alle indischen Praha-Männer hatten gelernt, daß sie die Bitten der Königin jederzeit zu erfüllen hatten. Haresh machte es nichts aus; er mochte es, Dinge in Ordnung zu bringen. Er zog sein Jackett aus und wanderte zusammen mit einem Dienstboten durch das weitläufige Haus, bis sie bei dem kaputten Wasserhahn angelangt waren. Unterwegs fragte er sich, wer wohl die wichtigen Gäste sein mochten.

Diese waren mittlerweile auf dem Weg. Meenakshi freute sich. Nach dem sterbenslangweiligen Brahmpur war es sehr angenehm, wieder in Kalkutta zu sein. Aparna war ein bißchen ruhiger geworden, nachdem sie ein paar Tage bei ihrer Großmutter Mrs. Chatterji verbracht hatte (wo sie auch heute abend abgegeben worden war); und sogar der träge Varun (der an diesem Abend ebenfalls nicht zu Hause war) war ein willkommener heimatlicher Anblick nach den Babygerüchen von Brahmpur, den Verwandten aus Rudhia und den tattrigen Maitras.

Ein wahrhaft großer Abend lag vor ihnen: Tee bei den Khandelwals; danach zwei Cocktailpartys (auf mindestens einer würde sie Billy treffen – was würde er sagen, wenn sie ihm lachend die Neuigkeit mitteilte?); dann Abendessen und Tanzen. Sie war neugierig auf die Khandelwals mit ihrem imposanten Haus, den sechs Hunden und fünf Autos, und sie war noch neugieriger auf diesen Parvenü von Schuster, der sich Hoffnungen auf Luts machte.

Die zur ›Praha-Residenz‹ gehörenden Rasenflächen und Blumenbeete waren mehr als eindrucksvoll, sogar in einer Jahreszeit, in der fast nichts blühte. Mrs. Khandelwal, die eine energische Frau war, wäre nicht davor zurückgeschreckt, Kew Gardens nach Kalkutta zu verpflanzen, wenn es ihren Zielen gedient hätte.

Haresh trug wieder sein Jackett, als er dem hochgewachsenen jungen Gentleman und seiner eleganten Frau vorgestellt wurde, die ihn beide nicht nur im buchstäblichen Sinn von oben herab zu mustern schienen. In dem Augenblick, als er seinen Gastgeber sagen hörte: »Arun Mehra von Bentsen Pryce«, war ihm klar, warum. Das war also Latas Bruder.

»Sehr erfreut, Sie kennenzulernen«, sagte Haresh und schüttelte Aruns Hand mit einem vielleicht etwas zu festen Griff. Es war seine erste richtige Begegnung mit einem braunen Sahib. Sie waren nie Teil seines Lebens gewesen. Er hatte eine Weile in Patiala gelebt und sich oft gewundert, warum die Leute so ein Theater um den jungen Mann von Imperial Tobacco oder Shell oder irgendeiner anderen ausländischen Firma machten, der in der Stadt lebte oder auf Durchreise war. Ihm war nicht bewußt gewesen, daß für einen einfachen Händler dieses Mitglied der Compradorenklasse ein Mann von einer Bedeutung war, die weit über sein Alter hinausging; er konnte Vertretungen genehmigen oder die Genehmigung wieder entziehen, er konnte einem zu einem Vermögen verhelfen oder einen ruinieren. Stets fuhr er in einem Wagen mit Chauffeur herum, und ein Wagen mit Chauffeur war in einer Kleinstadt eine große Sache.

Arun seinerseits dachte: klein, ein bißchen draufgängerisch, irgendwas an seiner Art, sich zu kleiden, ist etwas auffällig, und er hat eine zu gute Meinung von sich selbst.

Alle nahmen Platz, um Tee zu trinken, und die Frauen eröffneten das Gespräch. Meenakshi stach ins Auge, daß das weiß-goldene Rosenthal-Service perfekt zum Sari ihrer Gastgeberin paßte. Typisch für diese Art Leute, dachte sie. Sie bemühen sich zu sehr.

Sie schaute sich auf der Suche nach etwas Bewundernswertem im Zimmer um. Die schweren Möbel, die zu wuchtig waren, konnte sie schlecht loben, aber ein japanisches Bild gefiel ihr: zwei Vögel und ein paar Schriftzeichen.

»Das ist ein schönes Bild, Mrs. Khandelwal«, sagte Meenakshi. »Wo haben Sie es gekauft?«

»Es ist aus Japan. Mr. Khandelwal war auf einer Geschäftsreise ...«

»Aus Indonesien«, sagte Mr. Khandelwal. Ein japanischer Geschäftsmann hätte es ihm in Djakarta anläßlich einer Konferenz geschenkt, bei der er Praha Indien vertrat.

Mrs. Khandelwal funkelte ihn an, und er verstummte.

»Ich weiß, was du wann und wo bekommen hast.«

»Ja, ja«, sagte ihr Mann ziemlich besorgt.

»Schöne Möbel!« sagte Haresh in dem Glauben, daß es diese Art Small talk war, die allseits erwartet wurde.

Meenakshi warf ihm einen Blick zu und verzichtete auf einen Kommentar. Aber Mrs. Khandelwal setzte ihre zuckersüßeste und charmanteste Miene für ihn auf. Er hatte ihr die Gelegenheit gegeben zu erzählen, was sie unbedingt loswerden wollte. »Finden Sie?« fragte sie Haresh. »Sie sind von Kamdar's – Kamdar's in Bombay. Die Hälfte unserer Einrichtung kommt von ihnen.«

Meenakshi sah zu der schweren Eckbank – massives dunkles Holz mit dunkelblauen Polstern. »Diese Art Möbel bekommt man auch in Kalkutta«, sagte sie. »Einrichtung in altem Stil bekommt man zum Beispiel im Chowringhee Sales Bureau. Und wenn man etwas eher Modernes will, dann geht man am besten zu Mozoomdar. Die Sachen dort sind weniger«, sie suchte nach dem passenden Wort, »weniger wuchtig. Aber das ist natürlich Geschmackssache. Die Pakoras sind köstlich«, fügte sie zum Ausgleich hinzu und nahm sich noch eine.

Ihr helles Lachen schwebte über dem Porzellan, obwohl sie nichts offenkundig Komisches gesagt hatte.

»Oh, aber ich glaube«, sagte Mrs. Khandelwal und vertropfte Charme, »ich glaube wirklich, daß die handwerkliche Qualität und die Qualität des Holzes bei Kamdar's unübertroffen sind.«

Und die Qualität der Entfernung, dachte Meenakshi. Lebtest du in Bombay, würdest du dir deine Möbel aus Kalkutta kommen lassen. Laut sagte sie: »Tja, Kamdar's ist natürlich Kamdar's.«

»Trinken Sie noch etwas Tee, Mrs. Mehra«, sagte Mrs. Khandelwal und schenkte ihr ein.

Sie war unglaublich charmant und glaubte daran, Leute für sich gewinnen zu müssen – auch Frauen. Aufgrund ihrer Vergangenheit war sie etwas unsicher, aber sie war Frauen gegenüber nie aggressiv. Nur wenn Liebenswürdigkeit nicht weiterhalf, ließ sie ihrer Wut freien Lauf.

Mr. Khandelwal schien unruhig zu werden. Nach einer Weile entschuldigte er sich, um frische Luft zu schöpfen. Ein, zwei Minuten später kam er wieder zurück, roch nach Kardamom und schien zufriedener.

Mrs. Khandelwal musterte ihn mißtrauisch, aber er sah aus wie ein Unschuldslamm.

Plötzlich, ohne Vorwarnung, stürmten laut bellend drei riesige Schäferhunde ins Zimmer. Haresh erschrak und verschüttete beinahe seinen Tee. Arun sprang auf. Khandelwal war verdutzt; er fragte sich, wie sie hereingekommen waren. Nur die beiden Frauen blieben gelassen. Meenakshi war an den bösartigen Cuddles gewöhnt und mochte Hunde. Und Mrs. Khandelwal zischte die Tiere leise und gebieterisch an: »Platz! Sitz, Cassius, sitz – sitz – Crystal – sitz, Jalebi!«

Die drei Hunde setzten sich zitternd und stumm nebeneinander. Sie wußten, daß Mrs. Khandelwal sie auf der Stelle gnadenlos schlagen würde, wenn sie nicht gehorchten.

»Sehen Sie«, sagte Mrs. Khandelwal, »sehen Sie nur, wie süß er ist, mein Cassius, sehen Sie, mein kleines Hündchen – wie unglücklich er aussieht. Er wollte niemanden erschrecken.«

»Also«, sagte Arun, »tut mir leid, meine Frau befindet sich – in einem delikaten Zustand, und dieser plötzliche Schock …«

Mrs. Khandelwal wandte sich entsetzt an ihren Mann. »Mr. Khandelwal«, sagte sie im Ton uneingeschränkter Autorität, »weißt du, was du getan hast? Weißt du es?«

»Nein«, sagte Mr. Khandelwal ängstlich und zitternd.

»Du hast die Tür offengelassen. Und so sind diese drei Bestien hereingekommen. Bring sie sofort raus und mach die Tür zu.«

Nachdem sie die Hunde und ihren Mann losgeworden war, wandte sie sich, vor Besorgnis überfließend, Meenakshi zu. »Meine arme Mrs. Mehra, ich bitte tausendmal um Entschuldigung. Essen Sie noch eine Pakora. Oder zwei. Sie brauchen Kraft.«

»Der Tee ist ausgezeichnet, Mrs. Khandelwal«, sagte Haresh tapfer.

»Trinken Sie noch eine Tasse. Wir bekommen unsere Mischung direkt aus Darjeeling«, sagte Mrs. Khandelwal.

13.31

Es gab eine Pause, und Haresh beschloß, sich in die Höhle des Löwen zu wagen.

»Sie müssen Latas Bruder sein«, sagte er zu Arun. »Wie geht es Lata?«

»Sehr gut«, sagte Arun.

»Und Ihrer Mutter?«

»Sehr gut, danke«, sagte Arun ziemlich arrogant.

»Und dem Baby?«

»Welchem Baby?«

»Ihrer Nichte.«

»Sie gedeiht zweifellos prächtig.«

Es gab eine weitere Pause.

»Haben Sie Kinder?« fragte Haresh Meenakshi.

»Ja, eine Tochter.« Dieser Schuster, entschied sie, war keine große Konkurrenz für Amit.

Arun wandte sich an Haresh. »Was genau arbeiten Sie, Mr. Khanna? Soweit ich weiß, sind Sie bei Praha. Als Manager, nehme ich an.«

»Nun, nicht gerade als Manager«, sagte Haresh. »Ich habe im Augenblick eine beaufsichtigende Position, obwohl mein früherer Job leitend war. Ich habe mich entschlossen, diese Stelle zu übernehmen, weil sie mehr Zukunftsaussichten bietet.«

»Eine beaufsichtigende Position?«

»Ich bin Vorarbeiter.«

»Ah! Vorarbeiter.«

»Bei Praha fangen die Leute gewöhnlich in der Produktion an, nicht auf einer höheren Ebene.«

»Hmm.« Arun trank einen Schluck Tee.

»James Hawley hat mir eine Stelle als Manager angeboten ...« begann Haresh.

»Ich verstehe einfach nicht, warum die Cromarty Gruppe ihren Firmensitz nicht nach Kalkutta verlegt«, sagte Arun etwas distanziert. »Seltsam, daß sie ein provinzieller Konzern bleiben wollen. Aber na ja.«

Meenakshi empfand Arun als zu unfreundlich. »Sie sind ursprünglich aus Delhi, nicht wahr, Mr. Khanna?«

»Ja, so ist es«, sagte Haresh. »Ich bin auf das St. Stephen's College gegangen.«

»Und dann waren Sie in England, um zu studieren. In Oxford oder in Cambridge?«

»Am Middlehampton College of Technology.«

Es herrschte Schweigen, nur unterbrochen von der Rückkehr Mr. Khandelwals, der noch zufriedener als zuvor aussah. Er hatte eine Vereinbarung mit dem Wachmann, der am Tor eine Flasche Whisky und ein Glas für ihn verwahrte, und er schaffte es, ein Glas in genau fünf Sekunden hinunterzustürzen.

Arun setzte die Unterhaltung mit Haresh fort: »Was für Theaterstücke haben Sie gesehen, Mr. Khanna?« Arun nannte ein paar, die gerade in London auf dem Spielplan standen.

»Theaterstücke?«

»Nun, da Sie in England waren, nahm ich an, daß Sie die Gelegenheit nutzten und ins Theater gingen.«

»In den Midlands hatte ich kaum Gelegenheit, Stücke zu sehen«, sagte Haresh. »Aber ich habe viele Filme gesehen.«

Arun verdaute diese Information kommentarlos. »Gewiß waren Sie in Stratford, es ist nicht weit von Middlehampton.«

»Natürlich«, sagte Haresh erleichtert. Das hier war schlimmer als Novak, Havel und Kurilla zusammen.

Arun sprach über die Renovierung von Anne Hathaways Hütte und verließ dann langsam die Provinz, um sich schließlich dem Wiederaufbau von London nach dem Krieg zu widmen.

Meenakshi erzählte von Freunden, die einen Stall nahe der Baker Street zu einer Wohnung umbauten.

Dann kam man auf Hotels zu sprechen. Als das Claridges erwähnt wurde, sagte Mr. Khandelwal, der dort stets eine Suite buchte, wenn er in London war: »O ja, das Claridges. Ich habe ein gutes Verhältnis zum Claridges. Der Hoteldirektor fragt mich immer: ›Alles zu Ihrer Zufriedenheit, Mr. Khandelwal?‹ Und ich sage immer: ›Ja, alles zu meiner Zufriedenheit.‹« Er lächelte wie über einen Witz, den nur er verstand.

Mrs. Khandelwal warf ihm einen ärgerlichen Blick zu. Sie vermutete, daß seine Reisen nicht nur geschäftlichen, sondern auch fleischlichen Zwecken dienten, und sie hatte recht. Manchmal rief sie ihn dort mitten in der Nacht an, um zu überprüfen, ob er war, wo er sein sollte. Wenn er sich beschwerte, was er selten wagte, erzählte sie ihm, daß sie mit dem Zeitunterschied nicht zurechtkam.

»Was gefällt Ihnen an London am besten – wenn Sie zufällig einmal dort sind?« fragte Arun, an Haresh gewandt.

»Die Pubs natürlich«, sagte Haresh. »Egal, wo man hingeht, man landet in einem Pub. Eines meiner Lieblingspubs ist das keilförmige in der Nähe des Trafalgar Square – das Marquis of Anglesey – oder ist es das Marquis of Granby?«

Mr. Khandelwal blickte nahezu interessiert drein, aber Arun, Meenakshi und Mrs. Khandelwal überkam ein kollektiver Schauder. Haresh verhielt sich wirklich wie ein Elefant zwischen dem Porzellan von Rosenthal.

»Wo kaufen Sie Spielsachen für Ihre Tochter?« fragte Mrs. Khandelwal hastig. »Ich sage Mr. Khandelwal immer, er soll Spielsachen aus England mitbringen. Das sind so wunderbare Geschenke. In Indien werden ständig Menschen geboren, und ich weiß nicht, was ich ihnen schenken soll.«

Arun nannte schnell, korrekt und selbstsicher die Namen von drei Londoner Spielwarenläden und endete mit einer Hymne auf Hamleys. »Ich bin davon überzeugt, Mrs. Khandelwal, daß man immer in die erprobten und bewährten Geschäfte gehen sollte. Und wirklich, es gibt kein Geschäft, das man mit Hamleys vergleichen könnte. Von oben bis unten nichts als Spielsachen – auf jedem Stockwerk nur Spielsachen. Und zu Weihnachten wird es wunderschön dekoriert. Es ist in der Regent Street, nicht weit von Jaeger's ...«

»Jaeger's!« sagte Mr. Khandelwal. »Dort habe ich letzten Monat ein Dutzend Pullover gekauft.«

»Wann waren Sie zum letztenmal in England, Mr. Mehra?« fragte Haresh, der sich aus der Unterhaltung ausgeschlossen fühlte.

Aber etwas schien sich in Aruns Kehle festgesetzt zu haben, denn er nahm sein Taschentuch, begann zu husten und deutete mit der linken Hand auf seinen Adamsapfel.

Seine Gastgeberin war die Besorgtheit in Person. Sie ließ Wasser für ihn holen. Der Dienstbote brachte einen dickwandigen Glaskrug mit Wasser auf einem rostfreien Thali aus Edelstahl. Als sie Meenakshis entsetzten Blick sah, schrie Mrs. Khandelwal den Dienstboten an.

»Hast du etwa gelernt, das Wasser in so einem Gefäß zu bringen? Ich sollte dich zurück in dein Dorf schicken.« Das Edelstahltablett bildete einen schrecklichen Kontrast zu dem weiß-goldenen Teeservice. Meenakshi blickte angesichts des öffentlichen Ausbruchs ihrer Gastgeberin noch entsetzter drein.

Als sich Arun wieder erholt hatte und die Unterhaltung die Richtung zu wechseln schien, wiederholte Haresh seine Frage in der Meinung, Arun würde sein Interesse an ihm goutieren: »Wann waren Sie zum letztenmal in England?«

Arun wurde rot, dann riß er sich zusammen. Es gab keinen Ausweg mehr. Er mußte die Frage beantworten.

»Also«, sagte er mit soviel Würde, wie er aufbringen konnte, »zufälligerweise – es wird Sie überraschen, das zu hören, also ich hatte noch nie Gelegenheit, dorthin zu fahren – aber natürlich werden wir das in ein paar Monaten nachholen.«

Haresh war erstaunt. Nie im Traum hätte er daran gedacht, Arun zu fragen, *ob* er jemals in England gewesen war. Am liebsten hätte er gelacht, aber er traute sich nicht. Seine Augen verschwanden jedoch in einem vergnügten Lächeln. Auch die Khandelwals blickten erstaunt drein.

Meenakshi sprach hastig über Bridge und darüber, daß die Khandelwals unbedingt demnächst zu ihnen kommen müßten. Und nach dem Austausch weiterer Höflichkeiten sahen die Mehras auf ihre Uhren, wechselten einen Blick, dankten ihren Gastgebern, standen auf und gingen.

13.32

Meenakshi hatte recht. Auf der zweiten Cocktailparty, zu der sie an diesem Abend eingeladen waren, trafen sie Billy Irani. Shireen war bei ihm, aber Meenakshi schaffte es, ihn in aller Öffentlichkeit mit anzüglich amüsantem Geplauder beiseite zu ziehen.

»Weißt du, Billy«, sagte sie leise und lachte mit einer Stimme, die nicht weit zu hören war, und mit einer Miene, die auf ganz normalen Small talk schließen ließ, »weißt du, daß ich schwanger bin?«

Billy Irani wurde nervös. »Ja, Arun hat es mir gesagt.«

»Und?«

»Und – soll ich dir gratulieren?«

Meenakshi lachte ihr Glöckchenlachen, ihre Augen blickten kalt.

»Nein, das ist keine gute Idee. Womöglich mußt du dir in ein paar Monaten selbst gratulieren.«

Der arme Billy wirkte gehetzt.
»Aber wir haben doch aufgepaßt.« (Außer dem einen Mal, dachte er.)
»Ich habe bei jedem aufgepaßt«, konterte Meenakshi.
»Bei jedem?« Billy war schockiert.
»Ich meine, bei dir und Arun. Wechseln wir das Thema, da kommt er.«
Aber Arun, der Patricia Cox erspäht hatte und entschlossen war, galant zu ihr zu sein, ging kopfnickend an ihnen vorbei.
Meenakshi sagte: »... und natürlich verstehe ich nichts von Handicaps und so, aber mir gefallen die Namen, Adler und Vögelchen und so weiter. Sie klingen so – so – er ist vorbei. Also, Billy, wann treffen wir uns?«
»Wir können uns nicht mehr treffen. Jetzt nicht mehr!« Billy klang entsetzt. Zudem hypnotisierten ihn Meenakshis kleine tropfenförmige Ohrringe, die er auf seltsame Weise verstörend fand.
»Ich kann nicht zweimal schwanger werden«, sagte Meenakshi. »Jetzt kann nichts mehr passieren.«
Billy sah krank aus. Er warf Shireen hastig einen Blick zu. »Also wirklich, Meenakshi!«
»Sag nicht ›Also wirklich, Meenakshi!‹ zu mir«, sagte Meenakshi mit einem harten Unterton in der Stimme. »Wir werden weitermachen wie bisher, Billy, oder ich kann für nichts mehr garantieren.«
»Du willst es ihm doch nicht etwa sagen«, keuchte Billy.
Meenakshi machte eine elegante Aufwärtsbewegung mit ihrem eleganten Hals und lächelte Billy an. Sie sah müde aus, vielleicht sogar ein bißchen bekümmert. Seine Frage beantwortete sie nicht.
»Und das – das Baby?« sagte Billy.
»Ich werde darüber nachdenken müssen«, sagte Meenakshi. »Ich werde verrückt, wenn ich mir ständig überlege, von wem es ist. Ohne es je sicher wissen zu können. Da werde ich vielleicht auch Hilfe brauchen. Also, Freitag nachmittag?«
Billy nickte hilflos.
»Also Freitag nachmittag, ausgemacht«, sagte Meenakshi. »Wirklich schön, dich wiederzusehen. Aber du scheinst nicht ganz in Form, Billy. Iß ein rohes Ei, bevor du kommst.« Und sie ließ ihn stehen und warf ihm auf halber Strecke durch den Raum eine Kußhand zu.

13.33

Nach dem Essen und nach ein wenig Tanzen (»Ich weiß nicht, wie lange du das noch machen kannst«, sagte Arun zu ihr) fuhren sie nach Hause. Meenakshi schaltete das Licht ein und ging zum Kühlschrank, um kaltes Wasser zu holen. Arun bemerkte den Riesenstapel Schallplatten auf dem Eßtisch und knurrte:

»Varun hat jetzt zum drittenmal seine Sachen liegenlassen. Wenn er hier leben will, muß er lernen, daß das ein Haus ist und kein Schweinestall. Wo ist er überhaupt?«

»Er hat gesagt, er würde spät zurückkommen, Liebling.«

Arun steuerte auf das Schlafzimmer zu und lockerte auf dem Weg seine Krawatte. Er schaltete das Licht ein und blieb wie angewurzelt stehen.

Das Zimmer war durchwühlt worden. Die lange schwarze Kiste aus Eisen, auf der normalerweise eine dünne Matratze und eine Brokatdecke lagen und die als Fensterbank diente, stand offen, das Schloß war aufgebrochen. Der feste Diplomatenkoffer aus Leder darin war leer. Das komplizierte Zahlenschloß war zu stabil, um es aufzubrechen, aber das dicke Leder war mit einem Messer in einer klaffenden S-förmigen Kurve aufgeschlitzt worden. Die Schmuckschächtelchen, die sie darin aufbewahrten, waren leer und lagen verstreut auf dem Boden herum. Er sah sich schnell im Zimmer um. Nichts sonst war angerührt worden, aber alles aus dem Diplomatenkoffer war verschwunden: aller Schmuck, den die beiden Familien Meenakshi geschenkt hatten, einschließlich der verbliebenen goldenen Medaille seines Vaters. Nur das Halsband, das Meenakshi am Abend zuvor getragen und noch nicht wieder weggeschlossen, sondern auf ihrem Frisiertisch hatte liegenlassen, war übersehen worden; ansonsten blieb ihr noch, was sie an diesem Abend trug. Viel von großem sentimentalem Wert war gestohlen worden. Aber am schlimmsten war – angesichts der Tatsache, daß er in der Versicherungsabteilung von Bentsen Pryce arbeitete und trotz der Kosten eine Police hätte abschließen sollen –, daß nichts davon versichert war.

Als Arun zurück ins Wohnzimmer kam, war er aschfahl.

»Was ist los, Liebling?« fragte Meenakshi und wandte sich Richtung Schlafzimmer.

»Nichts, Liebling«, sagte Arun und versperrte ihr den Weg. »Nichts. Setz dich. Nein, hier im Wohnzimmer.« Er konnte sich vorstellen, wie sie – besonders in ihrem derzeitigen Zustand – auf den Anblick reagieren würde. Bei dem Gedanken an den aufgeschlitzten Diplomatenkoffer schüttelte er den Kopf.

»Aber irgend etwas Schreckliches ist passiert, Arun«, sagte Meenakshi.

Er legte einen Arm um ihre Schultern und brachte ihr behutsam bei, was geschehen war. »Gott sei Dank ist Aparna heute abend bei deinen Eltern. Aber wo sind die Dienstboten?«

»Ich habe ihnen früh freigegeben.«

»Wir müssen nachschauen, ob Hanif hinten schläft.«

Der Dienstbote und Koch war entsetzt. Er hatte geschlafen und nichts gehört oder gesehen. Und er befürchtete, daß der Verdacht auf ihn fallen würde. Eindeutig hatte der Dieb gewußt, wo der Schmuck aufbewahrt wurde. Vielleicht ist es der Sweeper gewesen, schlug er vor. Er hatte schreckliche Angst davor, wie die Polizei bei einem Verhör mit ihm umspringen würde.

Arun versuchte, die Polizei anzurufen, aber niemand nahm den Hörer ab.

Nach einer Orgie von Flüchen kam er zur Vernunft. Das letzte, was er wollte, war, seine Frau aufzuregen.

»Liebling, du wartest hier«, sagte er. »Ich fahre aufs Polizeirevier.«

Aber Meenakshi wollte nicht allein im Haus bleiben, sondern mit Arun fahren. Sie zitterte leicht. Im Auto legte sie eine Hand auf seine Schulter, während er fuhr.

»Alles in Ordnung, Liebling«, sagte Arun. »Zumindest ist uns nichts passiert. Mach dir keine Sorgen. Versuch, nicht daran zu denken. Das ist nicht gut, weder für dich noch für das Baby.«

13.34

Meenakshi war so verstört über den Einbruch und den Verlust ihres Schmuckes, der nicht die Ohrringe, die sie sich hatte machen lassen, aber die zweite Goldmedaille ihres Schwiegervaters mit einschloß, daß sie sich im Haus ihrer Eltern eine Woche lang erholen mußte. Arun zeigte Mitgefühl, soviel er konnte, und teilte ihre Ansicht, daß es gut für sie wäre, eine Zeitlang woanders zu sein, obwohl er wußte, daß er sie und Aparna vermissen würde. Varun kam am nächsten Morgen nach einer mit seinen Freunden durchzechten Nacht nach Hause. Er wurde blaß, als er von dem Einbruch hörte. Als Arun ihm mitteilte, daß jemand im Haus gewesen wäre, um den Einbruch zu verhindern, wenn er nicht die ganze Nacht in der Stadt herumgesoffen hätte, wurde er rot vor Wut. Schließlich war auch Arun ausgewesen und hatte sich amüsiert. Aber anstatt Arun zu provozieren, der am Ende seiner Kräfte zu sein schien, hielt Varun den Mund und schlich in sein Zimmer.

Arun unterrichtete Mrs. Rupa Mehra schriftlich von dem Raub. Er versicherte ihr, daß Meenakshi wohlauf sei, war jedoch gezwungen zu erwähnen, daß auch die zweite Medaille abhanden gekommen war. Er konnte sich vorstellen, wie schwer sie das treffen würde. Auch er hatte seinen Vater geliebt, und der Verlust der Medaille schmerzte ihn am meisten. Aber er konnte nur hoffen, daß die Polizei den oder die Täter aufspüren würde. Sie verhörten bereits den Sweeper-Jungen – um genau zu sein: sie verprügelten ihn. Als Arun davon erfuhr, versuchte er, dem ein Ende zu setzen.

»Aber wie sollen wir sonst herausfinden, was passiert ist – und woher die Diebe wußten, wo Sie den Schmuck aufbewahren?« fragte der verantwortliche Polizist.

»Das ist mir egal. Ich lasse das nicht zu«, sagte Arun und sorgte dafür, daß der Junge nicht mehr geschlagen wurde. Am schlimmsten aber war, daß auch Arun vermutete, daß der Sweeper mit den Tätern unter einer Decke steckte. Daß die Zahnlose Tante oder Hanif damit zu tun hatten, war unwahrscheinlich. Und der stundenweise beschäftigte Mali und der Chauffeur hatten das Haus nie betreten.

Außerdem berichtete Arun seiner Mutter von dem Treffen mit Haresh. Er wurde immer noch rot, wenn er an den Gesichtsverlust dachte, den er bei den Khandelwals erlitten hatte. Er schrieb Mrs. Rupa Mehra mit deutlichen Worten, was er von seinem zukünftigen Schwager hielt: daß er ein kleiner, draufgängerischer, ungehobelter junger Mann sei, der eine zu gute Meinung von sich selbst habe. Er habe etwas von den verrußten Midlands an sich, eine Art Schicht, die sich über den Hintergrund der übelriechenden Gassen von Neel Darvaza gelegt habe. Weder St. Stephen noch das kulturelle London hätten großen Einfluß auf ihn gehabt. Er kleide sich geschniegelt; er habe keine Manieren; sein Englisch sei seltsam unidiomatisch für jemanden, der es auf dem College studiert und zwei Jahre in England gelebt habe. Was Hareshs Aufnahme in Aruns Gesellschaft anbelange (den Calcutta Club und die Rennbahn von Tollygunge: die Elite der indischen und europäischen Gesellschaft Kalkuttas), sah Arun nicht, wie das zu bewerkstelligen sei. Khanna war ein Vorarbeiter – ein Vorarbeiter! – in dieser tschechischen Schuhfabrik. Mrs. Rupa Mehra könne doch wohl nicht im Ernst glauben, daß er als Heiratskandidat der Mehras mit ihrer Klasse und ihrem Hintergrund geeignet sei oder daß sie ihm gestatten könne, ihre Tochter mit sich in den Abgrund zu ziehen. Arun fügte hinzu, daß Meenakshi im großen und ganzen mit ihm übereinstimme.

Was er nicht hinzufügte, weil er nichts davon wußte, war, daß Meenakshi andere Pläne für Lata hatte. Jetzt, da sie vorübergehend bei den Chatterjis wohnte, begann sie, Amit zu bearbeiten. Kakoli war eine bereitwillige Komplizin. Beide mochten Lata, und beide dachten, daß sie genau die richtige Frau für ihren älteren Bruder wäre. Sie würde mit seinen Eigenheiten zurechtkommen und seine Arbeit schätzen. Sie war intelligent und gebildet; und obwohl Amit (im Gegensatz zu seinen Schwestern und auch zu Dipankar) im Leben wenig an Gesprächen lag, durften diese wenigen Unterhaltungen doch nicht ohne Gehalt oder Geist sein – es sei denn, er sprach mit seinen Geschwistern, bei denen er vergleichsweise redselig war.

Jedenfalls hatte Kakoli – die einmal zu ihm gesagt hatte, daß sie die Frau, die ihn heiraten würde, wiiiirklich bedauere – entschieden, daß ihr Lata nicht leid zu tun brauchte, da Lata ihren exzentrischen Bruder sowohl verstehen als auch mit ihm fertig werden würde.

Vielleicht war Meenakshis Komplott eine gute Sache. Amit, der Lata sehr mochte, wäre nie und nimmer von sich aus aktiv geworden, hätten ihm nicht seine energisch und verschwörerisch handelnden Schwestern zugesetzt.

Statt die üblichen Kakoli-Zweizeiler zum Einsatz zu bringen, die sich als wirkungslos erwiesen hatten, gingen die beiden Schwestern diesmal etwas behutsamer vor. Meenakshi erzählte ihm, daß es so etwas wie einen ANDEREN gebe. Zuerst hätte sie gedacht, daß es ein Typ namens Akbar wäre, der zusammen mit Lata in *Wie es euch gefällt* auftrat, aber ein aufgeblasener Schuster, der überhaupt nicht zu Lata paßte, hatte sich als Hauptbewerber herausgestellt. So legte sie Amit nahe, daß er durch sein Eingreifen Lata vor einer unglücklichen Ehe retten würde. Kakoli sagte einfach zu ihm, daß Lata ihn mochte und daß sie wisse, daß er Lata mochte, und daß sie nicht verstehe, warum er so ein Theater darum mache. Warum schickte er ihr nicht einen Liebesbrief und eins seiner Bücher?

Weder Meenakshi noch Kakoli glaubten, daß sie viel Erfolg haben würden, wenn sie Amits Gefühle für Lata falsch interpretierten; aber wenn sie richtiglagen, würden sie ihn zu Taten anspornen. Sie wußten nicht viel über seine Zeit in Cambridge und welche Affären er dort, wenn überhaupt, hatte; aber sie wußten, daß er in Kalkutta alle Anstrengungen seiner Verehrerinnen und ihrer Mütter, ihn näher kennenzulernen, erfolgreich abwehrte. Er war Jane Austen treu geblieben und schien zufrieden, ein kontemplatives Leben zu führen. Er besaß einen starken Willen, auch wenn das nicht offensichtlich war, und tat nie etwas, was er nicht tun wollte. Was sein abgeschlossenes Jurastudium anging, so zeigte Amit, trotz Biswas Babus Ermahnungen und der Enttäuschung seines Vaters, keinerlei Ambitionen, es nutzbringend anzuwenden.

Vor sich selbst rechtfertigte er seinen Müßiggang ungefähr folgendermaßen: Um Geld brauche ich mir keine Sorgen zu machen; ich werde nie mittellos dastehen. Warum sollte ich mehr verdienen, als ich brauche? Wenn ich als Jurist arbeite, werde ich, abgesehen davon, daß ich mich selbst langweile und andere sich über mich ärgern, nichts von überdauerndem Wert schaffen. Ich wäre einer von Tausenden von Anwälten. Es ist besser, ein einziges unvergängliches Sonett zu schreiben, als hundert spektakuläre Fälle zu gewinnen. Ich glaube, daß ich zumindest ein unvergängliches Sonett in meinem Leben schreiben kann – wenn ich mir selbst den geistigen Raum und die Zeit dafür zugestehe. Je weniger ich mein Leben mit unnötiger Geschäftigkeit verbaue, um so besser kann ich schreiben. Deswegen werde ich sowenig wie möglich arbeiten. Wann immer ich kann, werde ich an meinem Roman schreiben, und ich werde ein Gedicht verfassen, wann immer die Inspiration über mich kommt, und dabei werde ich es belassen.

Dieser Plan war nun bedroht durch das Ultimatum seines Vaters und Dipankars Flucht. Was sollte aus seinem Roman werden, wenn man ihm die Plackerei mit den Finanzen aufhalste?

Leider zeitigte Amits Entschluß, sowenig wie möglich zu arbeiten, die Begleiterscheinung, daß er auch keinerlei Anstrengungen auf sich nahm, seinen Bekanntenkreis zu erweitern. Er hatte ein paar gute Freunde, aber die lebten alle im Ausland – Freunde aus seiner Studienzeit, denen er schrieb und von denen er kurze Briefe erhielt, die im Stil ihren früheren sprunghaften Unterhaltungen entsprachen. Sie hatten ein ganz anderes Temperament als er, und normalerweise waren sie es gewesen, die seine Freundschaft suchten. Er war zurückhaltend und empfand es als schwierig, den ersten Schritt zu tun, aber er reagierte sofort, wenn jemand anders auf ihn zuging. In Kalkutta jedoch hatte er nicht besonders heftig reagiert. Wann immer er Gesellschaft brauchte, genügte ihm seine Familie. Da Lata ein angeheiratetes Mitglied des Clans war, hatte er sich verpflichtet gefühlt, sich auf der Party um sie zu kümmern. Weil sie quasi zur Familie gehörte, hatte er sich mit ihr von Anfang an auf eine lockere, ungezwungene Art unterhalten, die ihm normalerweise erst nach Monaten der Bekanntschaft möglich war. Später mochte er sie dann um ihrer selbst willen. Daß er sich die Mühe gemacht und ihr die Sehenswürdigkeiten von Kalkutta gezeigt hatte, war seinen beiden Schwestern und Dipankar als ungewöhnlicher Aufwand an Energie erschienen. Vielleicht hatte auch Amit sein IDEAL gefunden.

Und damit hatte es sein Bewenden gehabt. Nachdem Lata aus Kalkutta abgereist war, hatten sie sich nicht geschrieben. Lata hatte Amits Gesellschaft angenehm und tröstlich empfunden; er hatte sie aus ihrer Traurigkeit gerissen und sie in eine Welt der Poesie, in die Geschichte der Stadt und – ebensowichtig – in die frische Luft des Friedhofs und der College Street geholt. Amit mochte Lata sehr gern, war jedoch davor zurückgeschreckt, ihr seine Zuneigung zu erklären. Obwohl er ein Dichter war und durchaus über Einsichten in das menschliche Gefühlsleben verfügte, war er im wirklichen Leben viel zu zurückhaltend, was sein eigenes Glück anbelangte. In Cambridge hatte er sich wortlos zu einer Frau, der lebhaften und explosiven Schwester eines Freundes, hingezogen gefühlt; erst später erfuhr er, daß auch sie ihn gemocht – und ihn schließlich ungeduldig aufgegeben und sich jemand anders zugewandt hatte. ›Wortlos‹ bedeutete, daß er ihr nie gesagt hatte, was er für sie empfand. Statt dessen hatte er schriftlich viele Worte über seine Gefühle gemacht – gereimte und wohldurchdachte –, die meisten wieder ausgestrichen, wenige von den verbliebenen publiziert und ihr kein einziges davon gezeigt oder geschickt.

Meenakshi und Kakoli wußten nichts von dieser Affäre (die keine gewesen war), obwohl die ganze Familie davon überzeugt war, daß es eine Erklärung für die vielen Gedichte über unglückliche Lieben in seinem sehr erfolgreichen ersten Buch geben mußte. Amit bereitete es jedoch keinerlei Schwierigkeiten, in seiner bissigen Art alle schwesterlichen Nachforschungen abzuwehren, die seinem empfindlichen, schöpferischen, trägen Innersten zu nahe kamen.

Sein zweites Buch war getragen von einer Art philosophischer Resignation, die für einen noch nicht einmal dreißigjährigen – und relativ berühmten – Mann ungewöhnlich war. Warum um alles in der Welt, fragte einer seiner englischen Freunde brieflich, war er so resigniert? Ihm war nicht klar, daß Amit wahrscheinlich, ohne es selbst zu wissen, einsam war. In Kalkutta hatte er keine Freunde – weder männliche noch weibliche; und die Tatsache, daß das an seinem Mangel an Anstrengung und Geselligkeit lag, milderte den daraus resultierenden Zustand nicht: eine Art geistreichen Gelangweiltseins und bisweilen schlichte, wenn auch meist von anderen unbemerkte Einsamkeit.

Sein Roman, der während der Hungersnot in Bengalen spielte, entführte ihn in das Leben anderer. Aber Amit fragte sich gelegentlich, ob er sich nicht ein zu düsteres Thema gewählt hatte. Es war kompliziert und weitreichend – der Mensch gegen den Menschen, der Mensch gegen die Natur, die Stadt gegen das

Land, die Verzweiflung des Krieges, die Kolonialregierung gegen die unorganisierte Bauernschaft –, vielleicht wäre er besser dran gewesen, wenn er eine Gesellschaftskomödie geschrieben hätte. Seine eigene Familie bot ihm Stoff genug. Und er fand Gefallen an leichten Stoffen; oft genug flüchtete er von seiner bedeutungsschweren Prosa in die Lektüre von Krimis und des allgegenwärtigen Wodehouse, sogar von Comics.

Als Biswas Babu das Thema Heirat anschnitt, hatte er – wie üblich mit vibrierender Emphase – verkündet: »Eine arrangierte Ehe mit einem vernünftigen Mädchen, das ist die Lösung.« Amit hatte erwidert, daß er sich diesbezüglich zur Urteilsfindung zurückziehen werde, obwohl er sofort wußte, daß er nichts weniger wollte; lieber würde er sein ganzes Leben lang Junggeselle bleiben, als es unter dem Baldachin femininer Vernünftigkeit zu verbringen. Aber nach seinem Spaziergang mit Lata über den Friedhof, als sie sich von seiner launischen Art und der wilden wirbelnden Natur seiner Sprache nicht hatte abschrecken lassen, sondern mit überraschender Lebhaftigkeit darauf reagierte, begann er sich zu fragen, ob die Tatsache, daß sie ›ein vernünftiges Mädchen‹ war, wirklich gegen sie sprach. Sie hatte keinerlei Ehrfurcht vor ihm an den Tag gelegt – obwohl er relativ berühmt war – und auch nicht das Bedürfnis, ihre eigenen Meinungen hervorzukehren. Er erinnerte sich an ihre selbstvergessene Dankbarkeit und Freude, als er ihr nach dem schrecklichen Vortrag in der Ramakrishna-Mission eine Blumengirlande für ihr Haar geschenkt hatte. Vielleicht, dachte er, haben meine Schwestern ausnahmsweise recht. Aber Lata wird zu Weihnachten sowieso nach Kalkutta kommen, und ich werde ihr den großen Banyanbaum im Botanischen Garten zeigen, und dann werden wir schon sehen, wie sich die Dinge entwickeln. Er verspürte keine Notwendigkeit, sofort etwas zu unternehmen, nur eine ganz leise dunkle Vorahnung wegen des Schusters, und wegen dieses Typen namens Akbar machte er sich überhaupt keine Gedanken.

13.35

Kuku spielte Klavier und trällerte traurig und schmachtend vor sich hin:

»So einsam bin ich hier in diesem Haus.
Nur der treue Cuddles hält bei mir aus.«

»Ach, halt den Mund, Kuku«, sagte Amit und sah von seinem Buch auf. »Müssen wir uns ständig diesen Unsinn anhören? Ich lese diesen unlesbaren Proust, und du machst alles nur noch schlimmer.«

Aber Kuku meinte, es wäre eine ungebührliche Preisgabe der Inspiration, wenn sie aufhörte. Und ein Verrat an Cuddles, der an einem Bein des Klaviers festgebunden war.

>»Ausziehn werd ich bei den Chatterjis,
das Grand Hotel ist auch nicht mies.

In welchem Zimmer, wo ich auch bin,
mein Cuddles folgt mir überallhin.«

Ihre linkshändige Klavierbegleitung wurde lebhafter, und statt an Schubert hielt sie sich jetzt mehr an Jazz:

>»Ich möchte Zimmer Nummer eins:
ich und Cuddles: besser als keins!

Ich möchte Zimmer Nummer zwei:
ich und Cuddles: alles ist uns einerlei!

Ich möchte Zimmer Nummer drei:
ich und Cuddles: wir sind so frei!

Ich möchte Zimmer Nummer vier:
ich und Cuddles: ...«

Sie improvisierte – Triller, abgebrochene Akkorde und Bruchstücke von Melodien –, bis Amit die Spannung nicht mehr aushielt und hinzufügte: »Mensch und Tier.«
Den Rest des Liedes reimten sie gemeinsam:

>»Ich möchte Zimmer Nummer fünf:
ich und Cuddles: nie die Nase rümpf!

Ich möchte Zimmer Nummer sechs:
ich und Cuddles: gar nicht schlecht!

Ich möchte Zimmer Nummer sieben:
ich und Cuddles: wir uns lieben!

Ich möchte Zimmer Nummer acht:
ich und Cuddles: Tag und Nacht!

Ich möchte Zimmer Nummer neun:
ich und Cuddles: wir uns freun!

Ich möchte Zimmer Nummer zehn:
ich und Cuddles: Oh, wie schön!«

Beide lachten vor Vergnügen und ziehen einander der Dummheit. Cuddles bellte heiser, wurde dann aber plötzlich sehr aufgeregt. Er stellte die Ohren auf und zerrte an der Leine.

»Pillow?« sagte Amit.
»Nein, er freut sich.«
Es klingelte, und Dipankar spazierte herein.
»Dipankar!«
»Dipankar Da! Willkommen zu Hause.«
»Hallo, Kuku. Hallo, Dada. Oh, Cuddles!«
»Er wußte, daß du es bist, noch bevor du geklingelt hast. Stell deine Tasche ab.«
»Kluger Hund. Kluger, kluger Hund.«
»Na so was!«
»Na so was!«
»Wie du aussiehst – schwarz und hager –, und warum hast du dir den Kopf scheren lassen?« sagte Kuku und fuhr ihm mit der Hand über das Borstenhaar. »Fühlt sich an wie ein Maulwurf.«
»Hast du jemals einen Maulwurf gestreichelt, Kuku?« fragte Amit.
»Ach, sei nicht so pedantisch, Amit Da, gerade eben warst du noch so nett. Der verlorene Sohn kehrt zurück, und du – wieso heißt das eigentlich ›der verlorene Sohn‹?«
»Das ist doch egal«, sagte Amit. »Es ist wie ›sophistisch‹, jeder benutzt es, und keiner weiß, was es bedeutet. Also, warum hast du dir den Kopf scheren lassen. Ma wird entsetzt sein.«
»Weil es so heiß war – habt ihr meine Postkarten nicht bekommen?«
»O doch«, sagte Kuku. »Aber auf einer hast du geschrieben, daß du dir die Haare wachsen lassen willst und daß wir dich nie wiedersehen würden. Wir waren ganz verrückt nach deinen Postkarten, stimmt's, Amit Da? Alle diese Sachen über die SUCHE nach der QUELLE und das Pfeifen der schwangeren Züge.«
»Welche schwangeren Züge?«
»So haben wir jedenfalls deine Schrift entziffert. Willkommen zu Hause. Du mußt einen Bärenhunger haben.«
»Ich habe ...«
»Bringt die Kraftnahrung!« sagte Amit.
»Erzähl, hast du mal wieder dein IDEAL gefunden?« fragte Kuku.
Dipankar blinzelte.
»Verehrst du das WEIBLICHE PRINZIP in ihr? Oder geht es um mehr?« fragte Amit.
»Ach, Amit Da«, sagte Kuku vorwurfsvoll. »Wie kannst du nur!« Sie wurde zur Grande Dame der Kultur und verkündete mit oberpriesterlicher Haltung:

»In unserem Indien ist es naheliegend, die Brust mit dem Stupa zu vergleichen, sie nährt, sie bläht auf ... die Brust ist für unsere jungen Männer nicht ein Objekt der Lust, sondern ein Symbol der Fruchtbarkeit.«

»Also«, sagte Dipankar.

»Als du hereingekommen bist, schwebten wir gerade auf den Flügeln eines Liedes, Dipankar Da«, sagte Kuku.

»Auf Flügeln des Gesanges,
fort nach den Fluren des Ganges

und jetzt kannst du uns auf der Erde festhalten ...«

»Ja, wir brauchen dich, Dipankar«, sagte Amit. »Alle außer dir sind mit Helium gefüllte Ballons ...«

Kuku unterbrach ihn.

»In die Ganga voller Schwung,
garantiert, es hält dich jung«,

sang sie. »Ist das Wasser wirklich so dreckig? Ila Kaki wird wütend werden ...«

»Würdest du mich bitte nicht unterbrechen, Kuku, nachdem ich dich unterbrochen habe?« sagte Amit. »Ich wollte gerade sagen, daß du der einzige bist, Dipankar, der die Familie geistig gesund erhalten kann. Still jetzt, Cuddles! Jetzt iß etwas, nimm ein Bad und ruh dich aus – Ma ist einkaufen, aber sie sollte in einer Stunde zurück sein ... Warum hast du uns nicht geschrieben, daß du kommst? Wo bist du gewesen? Eine deiner Postkarten kam aus Rishikesh! Was hast du dir wegen der Verwaltung des Familienbesitzes überlegt? Willst du das nicht übernehmen und mich meinen verdammten Roman schreiben lassen? Wie kann ich ihn aufgeben oder auf später verschieben, wenn alle seine Figuren einen Mordskrach in meinem Kopf veranstalten? Wenn ich schwanger und hungrig und voll Liebe und Empörung bin?«

Dipankar lächelte. »Ich werde meine ERFAHRUNGEN mit meinem WESEN verschmelzen, Amit Da, bevor ich eine ANTWORT finde.«

»Schikanier ihn nicht, Amit Da«, sagte Kuku. »Er ist doch gerade erst angekommen.«

»Ich weiß, daß ich ein unentschlossener Mensch bin«, sagte Amit halb verzweifelt, halb ironisch, »aber Dipankar schießt wirklich den Vogel ab. Oder kann sich vielmehr nicht entscheiden, ob er ihn abschießen soll.«

13.36

Das Chatterji-Plenum versammelte sich wie gewöhnlich am Frühstückstisch; abgesehen von Tapan, der wieder im Internat war, waren alle da; die Ayah kümmerte sich um Aparna; und sogar der alte Mr. Chatterji hatte sich zu ihnen gesellt, was er manchmal nach einem Spaziergang mit seiner Katze tat.

»Wo ist Cuddles?« fragte Kakoli und sah sich um.

»Oben in meinem Zimmer«, sagte Dipankar. »Wegen Pillow.«

»Piddles und Cullow – wie der Walfant«, sagte Kakoli und bezog sich dabei auf ihr bengalisches Lieblingsbuch *Abol Tabol*.

»Was heißt das, wegen Pillow?« fragte der alte Mr. Chatterji.

»Nichts«, sagte Mrs. Chatterji. »Dipankar wollte nur sagen, daß Cuddles Angst vor ihr hat.«

»Ach ja?« sagte der alte Mann und nickte. »Pillow nimmt's mit jedem Hund auf.«

»Muß Cuddles heute nicht zum Tierarzt?« fragte Kakoli.

»Ja«, sagte Dipankar. »Deswegen brauche ich den Wagen.«

Kakoli machte ein langes Gesicht. »Aber ich brauche ihn auch. Hans' Auto ist kaputt.«

»Kuku, du brauchst den Wagen ständig«, sagte Dipankar. »Wenn du mit Cuddles zum Tierarzt gehst, kannst du das Auto haben.«

»Nein, das will ich nicht, das ist schrecklich langweilig, und er schnappt nach jedem, der ihn anfaßt.«

»Na, dann fahr doch mit einem Taxi zu Hans«, sagte Amit, den der ständige Kampf ums Auto beim Frühstück fürchterlich ärgerte und der meinte, man könne einen Tag gar nicht schlechter beginnen. »Hört auf, euch deswegen zu zanken. Bitte reich mir die Orangenmarmelade, Kuku.«

»Ich fürchte, keiner von euch beiden kann den Wagen haben«, sagte Mrs. Chatterji. »Ich fahre mit Meenakshi zu Dr. Evans. Sie muß gründlich untersucht werden.«

»Nein, wirklich nicht, Mago«, sagte Meenakshi. »Mach nicht so ein Theater um mich.«

»Du hast einen schrecklichen Schock erlebt, Liebes, und ich will kein Risiko eingehen«, sagte ihre Mutter.

»Ja, Meenakshi, es schadet nichts, sich gründlich untersuchen zu lassen«, sagte ihr Vater und blickte vom *Statesman* auf.

»Ja«, stimmte Aparna zu und löffelte gierig ihr weichgekochtes Ei. »Schadet nichts.«

»Iß, Schätzchen«, sagte Meenakshi etwas ärgerlich zu Aparna.

»Die Orangenmarmelade, Kuku, nicht die Stachelbeermarmelade«, sagte Amit mit brechender Stimme. »Nicht das Gazpacho, nicht die Anchovis, nicht das Sandesh, nicht das Soufflé, die Orangenmarmelade.«

»Was ist nur los mit dir?« fragte Kakoli. »In letzter Zeit bist du immer so gereizt. Schlimmer als Cuddles. Das muß sexuelle Frustration sein.«
»Was du ja nicht kennst«, sagte Amit.
»Kuku! Amit!« sagte Mrs. Chatterji.
»Aber es stimmt doch«, sagte Kakoli. »Und er kaut auch Eiswürfel, was, wie ich gelesen habe, ein unfehlbares Zeichen dafür ist.«
»Kuku, du sollst beim Frühstück nicht über so etwas reden – noch dazu, wo A. hier am Tisch sitzt.«
Aparna richtete sich interessiert auf und legte ihren mit Eidotter überzogenen Löffel auf das bestickte Tischtuch.
»Mago, A. versteht kein Wort von dem, was wir sagen«, sagte Kakoli.
»Wie auch immer, das ist es nicht«, sagte Amit.
»Ich glaube, du träumst von ihr.«
»Vom wem?« fragte Mrs. Chatterji.
»Der Heldin deines ersten Buches. Der Frau in Weiß deiner Sonette«, sagte Kakoli und sah Amit an.
»Du mußt gerade reden!« sagte Amit.

»Fremde Frau kennt keine Scham,
Inderin noch zeitig kam«,

murmelte Kakoli.
Sie hatte versucht, den Zweizeiler hinunterzuschlucken, aber er war einfach aufgetaucht und ihrem Mund entschlüpft.
»Die Orangenmarmelade, bitte, Kuku, mein Toast wird kalt.«

»Fremde Frau ist ein Banause
hat in Indien kein Zuhause«,

platzte es unabsichtlich aus Kakoli heraus. »Gut, daß du aus dieser Affäre Gedichte und keine kleinen Chatterjis gemacht hast. Heirate eine nette Inderin, Dada. Folge nicht meinem Beispiel. Hast du Luts das Buch schon geschickt? Sie hat mir gesagt, du hättest ihr eins versprochen.«
»Weniger dumme Ideen, mehr Orangenmarmelade«, erbat sich Amit.
Kuku reichte sie ihm endlich, und er verstrich sie sehr sorgsam auf seinem Toast. »Hat sie dir das erzählt?«
»O ja«, sagte Kakoli. »Meenakshi wird es bestätigen.«
»O ja«, sagte Meenakshi und blickte starr in ihre Teetasse. »Alles, was Kakoli sagt, stimmt. Und wir machen uns Sorgen um dich. Du bist schon fast dreißig ...«
»Erinnert mich nicht daran«, sagte Amit voll dramatischer Melancholie. »Gebt mir den Zucker, bevor ich einunddreißig werde. Was hat sie sonst noch gesagt?«
Anstatt etwas vollkommen Unplausibles zu erfinden und so die Wirkung der

früheren Bemerkung aufs Spiel zu setzen, hielt sich Meenakshi weise zurück.
»Nichts Besonderes. Aber bei Lata hat jede kleine Bemerkung eine große Bedeutung. Und sie hat dich mehrmals erwähnt.«
»Hat sich ziemlich sehnsüchtig angehört«, sagte Kakoli.
»Wie kommt es nur«, sagte Amit, »daß Dipankar und ich – und Tapan – ehrliche und anständige Menschen geworden sind und ihr Mädchen nichts weiter könnt, als unverschämte Lügen zu verbreiten? Erstaunlich, daß wir zur selben Familie gehören.«
»Wie kommt es nur«, konterte Kakoli, »daß Meenakshi und ich, was immer wir für Fehler haben mögen, wichtige Entscheidungen treffen können, und das auch noch schnell, während du dich weigerst, etwas zu entscheiden, und Dipankar noch nicht mal entscheiden kann, was er entscheiden soll?«
»Laß dich nicht ärgern, Dada«, sagte Dipankar, »sie wollen dich nur ködern.«
»Mach dir keine Sorgen«, sagte Amit. »Das wird ihnen nicht gelingen. Ich bin zu guter Laune.«

13.37

Lieber spät, ich geb es zu, doch lieber spät
als nicht/nie dies Geschenk/Buch, für dich, es ist gewiß recht
                                    mangelhaft/tadelnswert.
Trunken/trotzdem gesandt von einem, der stets
                Worte/Verse/Unsinn verdreht/drischt/kräht.
Auch Anwalt/Advokat, Babu-Barde ist er nebenbei/einerlei.

Amit hielt in seinem Gekritzel und Gekrakel inne. Er versuchte sich an einer Widmung für Lata. Jetzt, da ihn die Inspiration verlassen hatte, fragte er sich, welchen der beiden Gedichtbände er ihr schicken sollte. Oder sollte er ihr beide schicken? Der erste war vielleicht keine so gute Idee. Die Frau in Weiß seiner Sonette brächte Lata womöglich nur auf falsche Gedanken. Außerdem enthielt der zweite neben ein paar Liebesgedichten viel von Kalkutta, von den Orten, die ihn an sie erinnerten und vielleicht sie an ihn.

Nachdem er dieses Problem gelöst hatte, kam Amit mit seinem Gedicht gut voran, und zur Mittagszeit war er soweit, und er schrieb die Widmung auf das Deckblatt von *Der Fiebervogel*. Der gekritzelte Entwurf war nur für ihn selbst lesbar, aber für Lata schrieb er in seiner schönsten Handschrift und gut leserlich. Er schrieb langsam mit dem Füllfederhalter aus Sterlingsilber, den ihm sein Großvater zum einundzwanzigsten Geburtstag geschenkt hatte, und er schrieb in die vergleichsweise schöne englische Ausgabe seiner Gedichte, von der er nur noch drei Exemplare besaß.

> Lieber spät – ich geb es zu – doch lieber spät
> als nie dies Buch für Dich – gewiß recht mangelhaft.
> Trotzdem gesandt von einem, der stets Verse kräht,
> auch Jurist ist, doch zur Justiz fehlt ihm die Kraft.
>
> Leise, nicht brachial, scheint er hier zu dichten.
> Aber laß Dich nicht täuschen, Du kennst ihn schon.
> Tragik und Trost finden sich in seinen Geschichten,
> außerdem Wein, Weib, Gesang, Spott, Satire, Hohn.
>
> Leidenschaftslos erzähl ich, an manches leg ich Zügel,
> aus Angst, daß es gar nach Verzweiflung klingt.
> Taumelnd tanzend, tätowieren meine flinken Flügel
> auf diese Seite die Botschaft, die sie Dir bringt.
>
> Liebe, Erinnrung, Träume, Tränen und dazu eine
> Ananas – für manche des Glückes süßer Sitz –;
> trau Dich, nimm dies Geschenk, es ist das Deine,
> aus der Hand, die dies Gedicht Dir schnitzt.

Er setzte seine Unterschrift und das Datum darunter, las das Gedicht noch einmal, während die Tinte trocknete, schlug den blau-goldenen Einband zu, verpackte und versiegelte das Buch und schickte es noch am gleichen Nachmittag eingeschrieben nach Brahmpur.

13.38

Von Mrs. Rupa Mehra zu erwarten, nicht zu Hause zu sein, als zwei Tage später der Postbote zu Pran kam, wäre zuviel erwartet gewesen. Zur Zeit verließ sie Savitas und des Babys wegen kaum das Haus. Sogar Dr. Kishen Chand Seth mußte zu ihr kommen, wenn er sie sehen wollte.

Als Amits Paket eintraf, war Lata bei einer Probe. Mrs. Rupa Mehra unterschrieb für sie. Da dieser Tage die Post aus Kalkutta nur Katastrophenmeldungen enthielt und ihre Neugier auf den Inhalt unstillbar war (besonders als sie den Namen des Absenders las), hätte sie es fast selbst geöffnet. Nur die Angst davor, von Lata, Savita und Pran gemeinschaftlich verdammt zu werden, hielt sie davon ab.

Als Lata nach Hause kam, war es fast dunkel.

»Wo warst du die ganze Zeit? Warum bist du nicht früher nach Hause gekommen? Ich bin vor Angst schier verrückt geworden«, sagte ihre Mutter.

»Wie du sehr wohl weißt, Ma, war ich bei der Probe. Ich bin nicht viel später dran als sonst. Wie geht es allen? Der Stille nach zu urteilen, schläft das Baby.«

»Vor zwei Stunden ist dieses Paket gekommen – aus Kalkutta. Mach es sofort auf.« Mrs. Rupa Mehra platzte fast.

Lata wollte widersprechen, aber dann bemerkte sie die Angst im Gesicht ihrer Mutter und dachte an ihre Nervosität und die vielen Tränen, die sie vergossen hatte, seit die Nachricht vom Verlust der zweiten Medaille sie erreicht hatte, und sie beschloß, auf ihr Recht auf Privatsphäre in diesem Fall zu verzichten, um ihrer Mutter nicht noch mehr Qualen zu verursachen. Sie öffnete das Paket.

»Es ist Amits Buch«, sagte sie erfreut. »*Der Fiebervogel* von Amit Chatterji. Es ist schön – so ein schöner Einband.« Mrs. Rupa Mehra, die einen Augenblick lang die Bedrohung vergaß, die Amit einst dargestellt hatte, nahm das Buch und war hingerissen. Der schlichte blau-goldene Einband, das Papier, das viel besser war als das Zeug, das sie während des Kriegs in die Hände bekommen hatte, die breiten Ränder, der klare, großzügige Druck, dieser Luxus entzückte sie. In einer Buchhandlung hatte sie einmal die kleinere und schäbigere indische Ausgabe des Buches gesehen; die Gedichte, die sie überflogen hatte, waren ihr nicht sehr erbaulich erschienen, und sie hatte es wieder weggelegt. Mrs. Rupa Mehra konnte nicht umhin, sich zu wünschen, daß das Buch nur weiße Seiten enthalten würde. Es hätte ein wunderbares Album abgegeben für die Gedichte und Gedanken, die sie oft abschrieb.

»Wie schön. In England machen sie wirklich schöne Dinge«, sagte sie.

Sie schlug das Buch auf und las die Widmung. Die Falten auf ihrer Stirn wurden tiefer, je näher sie dem Ende kam.

»Lata, was bedeutet dieses Gedicht?« fragte sie.

»Woher soll ich das wissen, Ma? Du hast es mich noch nicht einmal lesen lassen. Gib mir das Buch.«

»Aber was soll die Ananas?«

»Ach, das bezieht sich wahrscheinlich auf Rose Aylmer. Sie hat zu viele gegessen und ist daran gestorben.«

»Du meinst ›In einer Nacht, von Seufzern schwer‹? Diese Rose Aylmer?«

»Ja, Ma.«

»Wie schmerzhaft das gewesen sein muß!« Mrs. Rupa Mehras Nase lief vor Mitgefühl rot an. Dann schoß ihr ein beunruhigender Gedanke durch den Kopf. »Lata, das ist doch kein Liebesgedicht, oder? Ich verstehe es überhaupt nicht, es kann alles sein. Was will er mit Rose Aylmer sagen? Diese Chatterjis sind wirklich schlau.«

Mrs. Rupa Mehra spürte wieder einmal Unmut gegen die Chatterjis in sich aufwallen. Den Diebstahl des Schmucks schrieb sie Meenakshis Sorglosigkeit zu. Immer öffnete sie in Gegenwart der Dienstboten die Kiste und führte sie so in Versuchung. Nicht daß sich Mrs. Rupa Mehra nicht auch Sorgen um Meenakshi machte (die nach diesem Schrecken sehr durcheinander sein mußte) – und um ihr drittes Enkelkind, das diesmal mit Sicherheit ein Enkelsohn werden würde. Gäbe es da nicht Savitas Baby, sie wäre sofort nach Kalkutta gereist, um zu helfen und Mitgefühl zu bezeigen. Außerdem gab es einige Dinge, die sie nach Aruns Brief in Kalkutta klären wollte, vor allem, wie es Haresh ging – und was für eine Stelle genau er innehatte. Haresh hatte geschrieben, daß er in einer ›beaufsichtigenden Position‹ arbeite und ›in der europäischen Kolonie in Prahapore‹ lebe. Er hatte nicht erwähnt, daß er nur ein Vorarbeiter war.

»Ich bezweifle, daß es ein Liebesgedicht ist, Ma«, sagte Lata.

»Und am Schluß hat er auch nicht ›in Liebe‹ oder so etwas geschrieben, nur seinen Namen«, beruhigte sich Mrs. Rupa Mehra selbst.

»Es gefällt mir, aber ich muß es noch einmal lesen«, dachte Lata laut nach.

»Für meinen Geschmack ist es zu schlau«, sagte Mrs. Rupa Mehra. »Tätowieren und krähen und so weiter. Aber so sind nun mal diese modernen Dichter. Und er war noch nicht einmal so höflich, deinen Namen darüberzuschreiben«, fügte sie, schon wieder ganz beruhigt, hinzu.

»Der steht auf dem Umschlag, und ich kann mir auch nicht vorstellen, daß er mit jedem über Ananas spricht«, sagte Lata. Aber auch sie fand es etwas seltsam.

Später, als sie im Bett lag, las sie das Gedicht noch einmal in aller Ruhe. Insgeheim freute sie sich, daß es ein nur für sie verfaßtes Gedicht war, aber vieles darin verstand sie nicht auf Anhieb. Was meinte er damit, wenn er schrieb, daß seine flinken Flügel taumelnd tanzend eine Botschaft tätowierten? Meinte er damit die vom Fieber gereizten Flügel des Vogels, der dem Buch den Namen gegeben hatte? Oder bedeutete es etwas, was nur er verstehen konnte? Bedeutete es überhaupt etwas?

Nach einer Weile begann Lata, das Buch zu lesen, zum Teil einfach nur so, zum Teil um einen Hinweis auf die Widmung zu erhalten. Im großen und ganzen waren die Gedichte nicht unklarer, als es ihr Grad an Komplexität erforderte; sie ergaben grammatikalisch Sinn, und dafür war Lata dankbar. Und manche Gedichte brachten tiefe Gefühle zum Ausdruck, waren alles andere als leidenschaftslos, obwohl ihre Diktion bisweilen sehr förmlich war. Da war ein achtzeiliges Liebesgedicht, das ihr gefiel, und ein längeres – eine Art Ode – über einen einsamen Spaziergang über den Friedhof in der Park Street. Es gab sogar ein komisches Gedicht über den Kauf von Büchern in der College Street. Lata mochte die meisten Gedichte, und die Tatsache rührte sie, daß Amit sie, als sie einsam und ohne Beschäftigung in Kalkutta gewesen war, an Orte geführt hatte, die ihm so viel bedeuteten und die er für gewöhnlich allein aufsuchte.

Trotz der Gefühle war der Tenor der meisten Gedichte gedämpft und manchmal voll Selbsttadel. Das Titelgedicht allerdings war alles andere als gedämpft, und das Selbst, das sich darin darstellte, schien nahezu Gefangener einer Manie zu sein. Der Papiha, der Gehirnfiebervogel, hatte auch Lata so manche Sommernacht nicht schlafen lassen, und auch deshalb verstörte das Gedicht sie zutiefst.

DER FIEBERVOGEL

Der Fiebervogel hat mich letzte Nacht
mit seinem Lied um den Schlaf gebracht.

Mein Kopf schier barst, Wahnsinn war nah,
ich blickte in den Garten, sah

im Mondschein auf dem dunklen Gras
den flüchtgen Schatten des Amaltas.

Der Vogel unsichtbar dort saß,
rief quälend ohne Unterlaß:

Drei Töne immer höher, schneller,
wie Flammen züngeln immer heller.

Kurz schöpfte er Atem nur, und dann
hob der fiebrige Ruf von neuem an.

Um Mitternacht schweißnaß ich fror,
jede Stunde kam wie eine Ewigkeit mir vor.

Und wieder fühl ich heute abend
den Ruf in mein Herz sich graben.

Der Ruf, der dreifach kranke Schrei,
der Schmerz in seiner Kehle kommt nicht frei.

Ich bin erschöpft, ich möcht bloß schlafen.
Fiebervogel, sei still und streck die Waffen.

Warum schreist du so besessen?
Ich wollt, ich könnte dich vergessen.

In Morpheus' Armen ruhen alle,
nur mich lockst du in deine Falle.

Warum nur hast du mich auserwählt,
mit deinem Schrei, der meine Seele quält?

In ihrem Kopf ein großes Durcheinander von Bildern und Fragen, las Lata das Gedicht fünf- oder sechsmal. Es war bei weitem verständlicher als die meisten anderen Gedichte, auf jeden Fall verständlicher als das Gedicht, das er für sie geschrieben hatte, und doch war es viel rätselhafter und beunruhigender. Sie kannte den Goldregen, der neben Dipankars Meditationshütte im Garten in Ballygunge stand, und sie konnte sich vorstellen, wie Amit nachts auf seine Äste hinaussah. (Warum, fragte sie sich, hatte er das Hindiwort für Baum benutzt und nicht das bengalische Wort – nur um des Reimes willen?) Aber der Amit, den sie kannte – der freundliche, zynische, gutgelaunte Amit –, war noch weniger der Amit dieses Gedichts als der des kurzen Liebesgedichts, das sie gelesen und gemocht hatte.

Gefällt mir dieses Gedicht überhaupt? fragte sie sich. Der Gedanke an einen schweißnaß frierenden Amit beunruhigte sie – für sie war er ein körperloses, tröstliches Wesen, und am besten blieb er das auch. Es war jetzt schon über eine Stunde dunkel, und Lata stellte sich ihn vor, wie er auf seinem Bett lag, den Laut des Papihas hörte und sich ruhelos hin und her warf.

Sie las noch einmal das ihr gewidmete Gedicht und fragte sich, warum er in der letzten Zeile das Wort ›schnitzt‹ benutzte. Nur damit es – auf etwas übertriebene Art, dachte sie unwillkürlich – mit dem ›Sitz‹ zwei Zeilen vorher harmonierte? Ein Gedicht konnte wohl kaum geschnitzt werden. Aber das war wahrscheinlich nur dichterische Freiheit, ebenso wie die tätowierenden flinken Flügel oder die Behauptung, daß er Verse krähte.

Dann, plötzlich und aus keinem ersichtlichen Grund, denn sie suchte nicht nach so einem kuriosen Merkmal, sah sie, erfreut und zugleich bekümmert, wie sehr dieses Gedicht tatsächlich für sie geschnitzt, wie persönlich es war und warum er ihren Namen nicht hatte darüberschreiben müssen. Es ging viel weiter als die Erwähnung der Ananas und damit der Hinweis auf den Augenblick, den sie zusammen auf dem Friedhof erlebt hatten. Sie mußte nur die ersten Buchstaben der vier Zeilen jeder Strophe ansehen, um zu erkennen, wie kunstvoll Amit sie nicht nur in die Gefühle, sondern auch in die Struktur seines Gedichts eingebunden hatte.

VIERZEHNTER TEIL

14.1

Anfang August fuhr Mahesh Kapoor, begleitet von Maan, auf sein Gut in Rudhia. Da er nicht mehr Minister war, hatte er jetzt eher Zeit für seine eigenen Angelegenheiten. Abgesehen davon, daß er die landwirtschaftlichen Arbeiten beaufsichtigen wollte – zur Zeit wurden die Reissetzlinge gepflanzt –, hatte er zwei weitere Gründe, Brahmpur zu verlassen. Zum einen wollte er herausfinden, ob Maan, der sich als desinteressiert am Stoffgeschäft in Benares und als wenig erfolgreich darin erwiesen hatte, in der Leitung des Landguts vielleicht glücklicher wäre und sinnvoller eingesetzt werden könnte. Zum anderen wollte er erkunden, wo er bei den bevorstehenden allgemeinen Wahlen am besten gegen einen Kandidaten der Kongreßpartei antreten sollte – nachdem er selbst aus dem Kongreß ausgetreten und Mitglied der neugegründeten Arbeiter- und Bauernvolkspartei – kurz KMPP – geworden war. Der sich anbietende ländliche Wahlkreis war derjenige, in dem sein Gut lag – der Unterbezirk Rudhia im Distrikt Rudhia. Während er über die Felder ging, schweiften seine Gedanken wieder einmal nach Delhi ab, zu den großen Gestalten der Kongreßpartei, die miteinander um Einfluß auf der nationalen Ebene kämpften.

Rafi Ahmad Kidwai, der schlaue, gerissene und risikofreudige Politiker aus Uttar Pradesh, der für eine Flut von Austritten aus der Kongreßpartei verantwortlich war – unter anderem auch für Mahesh Kapoors Austritt –, stand unter dem Bannfluch des hinduistisch-chauvinistischen rechten Flügels der Partei, zum einen weil er Moslem war, zum anderen weil er zweimal Widerstand organisiert hatte gegen Purushottamdas Tandons Versuch, sich zum Präsidenten der Kongreßpartei wählen zu lassen. 1948 war Tandon knapp unterlegen, 1950 hatte er knapp gewonnen – in einem mit zweifelhaften Mitteln betriebenen Kampf, dessen Ausgang noch bitterer wurde, weil jeder wußte, daß derjenige, der den Parteiapparat des Kongresses 1951 kontrollierte, auch die Kandidatenauswahl für die allgemeinen Wahlen kontrollieren würde.

Tandon – ein bärtiger, asketischer, ziemlich intoleranter Mann, der stets barfuß auftrat, sieben Jahre älter war als Nehru und wie dieser aus Allahabad stammte – führte jetzt die Kongreßpartei. In seinen ständigen Arbeitsausschuß hatte er überwiegend Parteiführer aus den Bundesstaaten und ihre treuen Gefolgsmänner berufen, denn in den meisten Staaten kontrollierten die Konservativen den Parteiapparat bereits. Da Tandon darauf bestanden hatte, daß der Kongreßpräsident bei der Zusammensetzung des Arbeitsausschusses vollkommen freie Hand hatte, berief er weder seinen unterlegenen Kontrahenten Kripalani noch Kidwai, der Kripalanis Kampagne geleitet hatte, ja, er hatte sich rundheraus geweigert, sie zu berufen. Premierminister Nehru, den Tandons Wahl verärgerte – die er zu Recht als Sieg nicht nur Tandons, sondern auch seines großen konservativen Rivalen Sardar Patel interpretierte –, hatte sich zunächst geweigert, einem Arbeitsausschuß beizutreten, dem Kidwai nicht angehörte. Aber im Interesse der Eintracht und weil er den Kongreß als einzige einigende Kraft im löchrigen Netz des indischen Föderalismus betrachtete, stellte er seine Einwände hintan und trat bei.

Nehru versuchte, die Politik, die er als Premierminister machte, vor Angriffen des aktivistischen Kongreßpräsidenten zu schützen, indem er die Partei Resolutionen zu allen wichtigen politischen Maßnahmen verabschieden ließ. Die Partei kam seiner Aufforderung mit überwältigender Mehrheit nach. Aber Resolutionen per Akklamation zu verabschieden war eine Sache, die Parteibonzen zu kontrollieren – und Kandidaten auszuwählen – eine andere. Nehru hatte das ungute Gefühl, daß die Lippenbekenntnisse zur Politik seiner Regierung verstummen würden, kaum hätte der rechte Flügel genügend Abgeordnete in den Parlamenten des Bundes und der Staaten. Die Konservativen wollten mit Nehrus enormer Popularität die Wahlen gewinnen und ihn womöglich anschließend hilflos auflaufen lassen.

Ein paar Monate nach der Wahl Tandons starb Sardar Patel, und der rechte Flügel verlor seinen größten Strategen. Aber Tandon erwies sich auch ohne Patel als gefährlicher Gegner. Im Namen der Disziplin und der Einheit versuchte er, abweichende Meinungen und Gruppen in der Partei zu unterdrücken, so zum Beispiel die Demokratische Front, die Kidwai und Kripalani, die größten öffentlichen Kritiker seines Führungsstils, gegründet hatten (und die deswegen auch kurz K-K-Gruppe genannt wurde). Bleibt in der Partei und unterstützt den Arbeitsausschuß, wurden sie gewarnt, oder tretet aus. Im Gegensatz zu seinem willfährigen Vorgänger im Amt bestand Tandon zudem darauf, daß die Partei, repräsentiert durch ihren Präsidenten, das Recht hatte, die Politik der von Nehru geführten Kongreß-Regierung nicht nur mit zu beraten, sondern sogar zu steuern – bis hin zu Themen wie dem Verbot von gehärtetem Speiseöl. Und zu jeder wichtigen Frage bezog er einen Nehru und seinen Anhängern – Kripalani und Kidwai oder Mahesh Kapoor – völlig entgegengesetzten Standpunkt.

Abgesehen von Meinungsverschiedenheiten über die Wirtschaftspolitik entzweite die Frage der Moslems die Anhänger Nehrus und Tandons. Während des ganzen Jahres schon hatten sich Indien und Pakistan über die Grenzen hinweg drohend angeknurrt. Mehrmals schien ein Krieg wegen des Kaschmirkonflikts unausweichlich. Aber während Nehru Krieg als Katastrophe für die beiden armen Länder betrachtete und versuchte, mit dem pakistanischen Premierminister Liaquat Ali Khan zu einer Einigung zu kommen, befürworteten viele verbitterte Parteimitglieder einen Krieg mit Pakistan. Ein Mitglied seines Kabinetts war zurückgetreten, hatte eine eigene orthodox-konservative Hindu-Partei gegründet und redete sogar davon, Pakistan zu erobern und zwangsweise mit Indien wiederzuvereinigen. Was die Lage noch verschlimmerte, war der ständige Strom von Flüchtlingen vor allem aus Ostpakistan nach Bengalen, der den Staat bis an die Grenze des Tragbaren belastete. Sie flohen wegen der unsicheren Situation in Pakistan und weil sie mißhandelt wurden, und mehrere indische Befürworter eines harten Kurses schlugen vor, daß zum Ausgleich für jeden Hindu-Flüchtling, der ins Land kam, ein Moslem aus Indien vertrieben werden sollte. Sie teilten Menschen in Hindus und Moslems ein, dachten in Begriffen der kollektiven Schuld und der kollektiven Rache. So erfolgreich hatte die Zwei-Nationen-Theorie – die Rechtfertigung der Moslemliga für die Teilung – in ihren Gehirnen Wurzeln geschlagen, daß sie die moslemischen Bürger Indiens in erster Linie als Moslems sahen, die nur zufälligerweise auch Inder waren; und sie waren gewillt, sie für die Taten ihrer Glaubensbrüder in dem anderen Land zu bestrafen.

Nehru stieß dieses Gerede ab. Der Gedanke an Indien als Hindu-Staat, der Angehörige von Minderheiten als Bürger zweiter Klasse behandelte, war ihm zuwider. Wenn Pakistan Angehörige von Minderheiten barbarisch behandelte, war das noch lange kein Grund, daß auch Indien so verfahren sollte. Nach der Teilung hatte er persönlich moslemische Staatsbeamte gebeten, in Indien zu bleiben. Er hatte Mitglieder der Moslemliga, die in Indien de facto aufgehört hatte zu existieren, in der Kongreßpartei akzeptiert – wenn auch nicht gerade begeistert. Er hatte versucht, die Moslems zum Bleiben zu bewegen, die aufgrund von Mißhandlungen und wegen eines Gefühls der Unsicherheit noch immer über Rajasthan und andere Grenzstaaten nach West-Pakistan auswanderten. Er hatte in jeder seiner Reden gegen religiös motivierte Feindseligkeit gepredigt, und Nehru hielt gerne Reden. Er hatte sich geweigert, Vergeltungsschlägen zuzustimmen, die ihm enteignete Hindu- oder Sikh-Flüchtlinge aus Pakistan, rechtsgerichtete Parteien und der rechte Flügel seiner eigenen Partei aufzwingen wollten. Er hatte versucht, die drakonischeren Entscheidungen des Generaltreuhänders für Evakuierteneigentum abzumildern, der oftmals mehr im Interesse jener gehandelt hatte, die es auf das Eigentum abgesehen hatten, als im Interesse derjenigen, deren Treuhänder er eigentlich war. Er hatte einen Pakt mit Liaquat Ali Khan unterzeichnet, der die Wahrscheinlichkeit eines Krieges mit Pakistan verringert hatte. Alle diese Aktionen brachten die auf die Palme, die Nehru für einen entwurzelten, bindungslosen Inder hielten, der sich zu einem sentimentalen pro-moslemischen Säkularismus bekannte und sich der Mehrheit seiner hinduistischen Mitbürger entfremdet hatte.

Das einzige Problem für seine Kritiker bestand darin, daß ihn seine Mitbürger liebten und bei der Wahl für ihn stimmen würden, so wie sie es immer getan hatten, seit er während seiner großen Tour durchs Land in den dreißiger Jahren ungeheure Massen mit seinem Charme bezaubert und aufgerüttelt hatte. Mahesh Kapoor wußte das – ebenso wie alle anderen, die auch nur eine vage Ahnung von der politischen Lage hatten.

Während er über sein Landgut schritt und mit seinem Verwalter die Bewässerungsprobleme nach einer enttäuschenden Regenzeit besprach, schweiften Mahesh Kapoors Gedanken häufig nach Delhi zu den bedeutungsschweren Ereignissen ab, die ihm seinem Empfinden nach keine andere Wahl gelassen hatten, als aus der Partei auszutreten, der er dreißig Jahre lang loyal verbunden gewesen war. Wie viele andere hatte auch er gehofft, daß Nehru einsehen würde, wie vergeblich seine Anstrengungen waren, seine Politik gegen Tandon durchzusetzen, und entschieden durchgriff; aber obwohl seine Anhänger einer nach dem anderen vom Kongreß abfielen, als dieser auf seine rechtsgerichtete Umlaufbahn einschwenkte, weigerte sich Nehru, die Partei zu verlassen und etwas anderes zu tun, als auf jedem Treffen der All-India-Deligiertenkonferenz um Einigkeit und Versöhnung zu bitten. Während er schwankte, verzettelten sich seine Anhänger. Im Spätsommer spitzte sich die Lage dramatisch zu.

Im Juni fand ein außerordentlicher Parteitag des Kongresses in Patna statt. Auf einer parallel dazu einberufenen Versammlung wurde die KMPP von mehreren Kongreßführern einschließlich Kripalani gegründet, der erst vor kurzem aus der Kongreßpartei ausgetreten war. Er hatte ihr ›Korruption und Vetternwirtschaft‹ vorgeworfen. Kidwai war in den Vorstand der KMPP gewählt worden, ohne aus dem Kongreß auszutreten. Das brachte ihm den Zorn der Rechten ein; denn wie konnte er gleichzeitig (so schrieb einer von ihnen an Tandon) Minister der Kongreß-Regierung in Delhi bleiben und dem Vorstand der Partei angehören, die ihre lauteste Gegenspielerin sei, die sogar hoffe, an die Stelle des Kongresses zu treten? Kripalani hatte bei Tandon seine Austrittserklärung eingereicht, aber Kidwai war seinem Beispiel nicht gefolgt. Es wäre doch bestimmt besser, argumentierten seine Kritiker, wenn er das sofort nachholen würde.

Anfang Juli trat der Arbeitsausschuß und etwas später der All-India-Kongreßausschuß in Bangalore zusammen. Der Arbeitsausschuß forderte Kidwai auf, eine Erklärung abzugeben. Er legte sich nicht fest, gab auf seine unbeschwerte Art zu verstehen, daß er im Augenblick nicht beabsichtige, den Kongreß zu verlassen, behauptete, daß er vergeblich versucht habe, die KMPP-Versammlung auf einen späteren Zeitpunkt zu verschieben, und gab seiner Hoffnung Ausdruck, daß die Sitzung des Kongresses in Bangalore seine anormale Situation im besonderen und die Atmosphäre im allgemeinen klären würde.

Auf der Zusammenkunft in Bangalore geschah jedoch nichts dergleichen. Nehru, der endlich einsah, daß Resolutionen zu seinen Gunsten nicht genug waren, forderte etwas wesentlich Konkreteres: eine völlige Neukonstituierung der beiden wichtigsten Kongreßausschüsse – des Arbeitsausschusses und des

Wahlausschusses –, um den bestimmenden Einfluß des rechten Flügels zurückzuschrauben. Daraufhin bot Tandon seinen Rücktritt und den des gesamten Arbeitsausschusses an. Nehru, der eine endgültige Spaltung des Kongresses befürchtete, machte einen Rückzieher. Weitere versöhnliche Resolutionen wurden verabschiedet. Die einen kamen den Linken entgegen, die anderen den Rechten. Einerseits mißbilligte der Kongreß Splittergruppen innerhalb der Partei; andererseits wurde für die ›Abtrünnigen‹, die mit den allgemeinen Zielen der Partei übereinstimmten, eine Tür zurück in den Kongreß offengehalten. Aber anstatt daß der Kongreß wieder Zulauf erhielt, traten in Bangalore weitere zweihundert Kongreßmitglieder aus und in die KMPP ein. Die Atmosphäre blieb unverändert undurchsichtig, und Rafi Ahmad Kidwai beschloß, daß dem Zaudern ein Ende gesetzt werden müsse und es höchste Zeit sei, sich aktiv in den Kampf zu stürzen.

Er kehrte nach Delhi zurück und schrieb dem Premierminister einen Brief des Inhalts, daß er als Minister zurück- und aus dem Kongreß austrete. Er erklärte unumwunden, daß sowohl er als auch sein Freund Ajit Prasad Jain, der Minister für Wiederaufbau, zurücktraten, weil sie Tandon, seine Politik und seine undemokratischen Methoden nicht ertragen konnten. Sie betonten, daß sie mit Nehru selbst nicht im Streit lagen. Nehru bat sie flehentlich, ihre Entscheidung noch einmal zu überdenken, und das taten sie.

Am nächsten Tag verkündeten beide, daß sie bereit waren, ihre Kabinettssessel zu behalten. Sie ließen jedoch ebenfalls wissen, daß sie weiterhin gegen den Kongreß, zumindest gegen seinen Präsidenten und dessen Kohorten, kämpfen würden, deren Ansichten und Ziele allem zuwiderliefen, was die Partei jemals beschlossen oder erklärt hatte. Die Begründung ihrer Entscheidung war erstaunlich, vor allem weil sie von zwei Ministern der Zentralregierung stammte:

»Gibt es auf der Welt einen vergleichbaren Fall, daß das höchste Organ, das heißt der Präsident einer Organisation, die vollkommene Antithese zu allem vertritt, wofür die Organisation steht? Was haben Shri Purushottamdas Tandon und die politischen Richtlinien des Kongresses gemein – was die Wirtschafts-, die Religions-, die Außen- und die Flüchtlingspolitik anbelangt? Sogar zu diesem entscheidenden Zeitpunkt, an dem sich unsere Wege trennen, hoffen und wünschen wir, daß die derzeitige Führung des Kongresses sich auf seine ursprünglich erklärten Ziele besinnt.«

Tandon und die alte Garde, gereizt von der, in ihren Augen, offenen Illoyalität und Disziplinlosigkeit, verlangten von Nehru, daß er seine Minister zur Ordnung rief. Es ginge nicht an, daß es diesen Dissidenten gestattet sein sollte, Ministerposten zu bekleiden und gleichzeitig ihre eigene Partei in den Dreck zu ziehen. Nehru mußte zu seinem eigenen großen Bedauern zustimmen. Jain blieb im Kabinett und versprach, keine weiteren provozierenden Äußerungen mehr von sich zu geben. Kidwai wollte sich diesem Zwang nicht unterwerfen und bot erneut seinen Rücktritt an. Diesmal sah Nehru ein, daß es sinnlos wäre, seinen alten Kollegen und Freund noch einmal vom Gegenteil überzeugen zu wollen, und nahm sein Angebot an.

Damit war Nehru in seiner eigenen Partei isolierter als je zuvor. Sein Amt als Premierminister brachte erdrückende Probleme mit sich: die Versorgung der Menschenmassen mit Nahrung, die Kriegstreiberei auf beiden Seiten der Grenzen, das Pressegesetz, die Reform des Hindu-Rechts und die unzähligen Gesetzesvorlagen, die das Parlament passieren mußten, das Verhältnis zwischen dem Bund und den einzelnen Staaten (es brodelte, seitdem die Regierung des Pandschab suspendiert und der Bundesstaat der Zentralregierung unterstellt worden war), die alltägliche Regierungsarbeit, die Aufstellung des ersten Fünfjahresplans, die Außenpolitik (ein Bereich, der ihn besonders forderte), ganz zu schweigen von den zahllosen Notfällen der einen oder anderen Art. Daneben belastete Nehru die bittere Erkenntnis, daß seine ideologischen Gegenspieler in der Partei ihn letztlich doch in die Knie gezwungen hatten. Sie hatten Tandon zum Kongreßpräsidenten gewählt und Nehrus Anhänger dazu veranlaßt, in Scharen aus dem Kongreß auszutreten und eine neue Partei zu gründen; sie hatten die Kongreßausschüsse auf Distrikts- und Provinzebene sowie den Arbeits- und den Wahlausschuß übernommen; sie hatten den Rücktritt desjenigen Ministers erzwungen, der mehr als alle anderen mit seiner Denkart sympathisierte, und sie waren bereit, ihre eigenen konservativen Kandidaten für die bevorstehenden Wahlen zu nominieren. Nehru stand mit dem Rücken zur Wand; und vielleicht dachte er darüber nach, daß seine eigene Unentschlossenheit dazu beigetragen hatte, ihn in diese Position zu bringen.

14.2

Auf jeden Fall war das Mahesh Kapoors Meinung. Und da er die Gewohnheit hatte, seine Sorgen mit dem nächsten besten zu teilen, und zufälligerweise gerade mit Maan einen Inspektionsgang über die Felder machte, bekam der sie zu hören.

»Nehru hat uns alle ans Messer geliefert – und sich selbst auch.«

Maan, der an die mißglückte Wolfsjagd gedacht hatte, wurde von der Verzweiflung in der Stimme seines Vaters in die Gegenwart zurückgeholt.

»Ja, Baoji«, sagte er und überlegte, was er noch hinzufügen könnte. »Also, ich bin sicher, daß alles wieder in Ordnung kommen wird. Die Schaukel ist so weit in die eine Richtung geschwungen, daß sie irgendwann auch wieder zurückschwingen muß.«

»Du bist ein Idiot«, sagte sein Vater kurz angebunden. Er dachte daran, wie verärgert und enttäuscht S.S. Sharma gewesen war, als er und andere ihren

Austritt aus der Partei erklärt hatten. Der Chefminister war daran gewöhnt, die Agarwal- gegen die Kapoor-Fraktion auszuspielen, so daß er selbst maximale Handlungsfreiheit hatte; jetzt, da eine Gruppierung fehlte, bekam sein Schiff Schlagseite, und sein Entscheidungsspielraum war notwendigerweise eingeschränkt.

Maan schwieg. Er überlegte, wie er sich davonmachen könnte, um seinem Freund, dem Unterbezirksbeamten, der die Jagd vor zwei Monaten organisiert hatte, einen Besuch abzustatten.

»Es ist eine optimistische und kindische Anschauung, daß die Dinge wieder in Ordnung kommen müssen, nachdem die Schaukel in die eine Richtung geschwungen ist«, sagte sein Vater. »Wenn du es schon mit Kinderspielzeug hast, dann denk nicht an die Schaukel, sondern an eine Rutsche. Nehru kann den Kongreß nicht mehr kontrollieren. Und wenn er ihn nicht mehr kontrollieren kann, können ich oder Rafi Sahib und all die anderen nicht wieder eintreten. So einfach ist das.«

»Ja, Baoji«, sagte Maan und versetzte mit seinem Spazierstock dem hohen Gras einen leichten Schlag. Er hoffte, daß ihm ein langer Vortrag über richtige und falsche Positionen in der Partei erspart bleiben würde. Er hatte Glück. Ein Mann lief auf sie zu und verkündete, daß der Jeep des Unterbezirksbeamten Sandeep Lahiri unterwegs zum Haus gesichtet worden sei.

»Sag ihm, daß ich einen Spaziergang mache«, knurrte der Ex-Minister.

Aber kurz darauf tauchte Sandeep Lahiri auf. Auf dem schmalen Weg zwischen den smaragdgrünen Reisfeldern schwankend (und ohne die Polizisten, die ihn normalerweise begleiteten), kam er ihnen entgegen. Auf dem Kopf trug er seinen Sola topi, und er lächelte nervös.

Er begrüßte Mahesh Kapoor mit einem schlichten »Guten Morgen, Sir« und Maan, mit dem er nicht gerechnet hatte, mit einem »Hallo«.

Mahesh Kapoor, der noch daran gewöhnt war, mit seinem einstigen Titel angesprochen zu werden, sah sich Sandeep Lahiri genau an. »Ja?« sagte er schroff.

»Ein schöner Tag ...«

»Sind Sie nur gekommen, um mir Ihre Aufwartung zu machen?« fragte Mahesh Kapoor.

»O nein, Sir«, erwiderte Sandeep Lahiri, den dieser Gedanke entsetzte.

»Sie wollen mir Ihre Aufwartung also nicht machen?«

»Doch, schon – aber ich, nun, ich wollte Sie auch um Ihren Rat und Ihre Hilfe bitten, Sir. Ich habe gehört, daß Sie hier sind, und deswegen habe ich gedacht ...«

»Ja, ja.« Mahesh Kapoor ging weiter, und Sandeep Lahiri folgte ihm ziemlich unsicher auf dem schmalen Weg.

Sandeep Lahiri seufzte und rückte mit seiner Frage heraus. »Es geht um das Folgende, Sir. Die Regierung hat uns – die UBBs – ermächtigt, Geld – freiwillige Spenden – zu sammeln für eine kleine Feier am Unabhängigkeitstag, der uns – nun, in Kürze bevorsteht. Hat die Kongreßpartei herkömmlicherweise die Hand auf diesen Geldern?«

Das Wort ›Kongreßpartei‹ ließ Zorn in Mahesh Kapoors Brust aufwallen. »Mit der Kongreßpartei habe ich nichts mehr zu tun. Wie Sie sehr wohl wissen, bin ich nicht länger Minister.«

»Ja, Sir. Aber ich dachte ...«

»Fragen Sie Jha, er kontrolliert die Partei auf Distriktebene. Er kann für den Kongreß sprechen.«

Jha war Vorsitzender des Legislativrats, ein alter Kongreßmann, der Sandeep Lahiri Ärger machte, wo er nur konnte, seitdem der UBB seinen Neffen wegen Rowdytum und Störung der öffentlichen Ordnung verhaftet hatte. Jha, dessen Ego danach verlangte, sich in jede Entscheidung einzumischen, war der Grund für mindestens die Hälfte von Sandeep Lahiris Problemen.

»Aber Mr. Jha ist ...« begann Sandeep Lahiri.

»Ja, ja, fragen Sie Jha. Ich habe nichts damit zu tun.«

Wieder seufzte Sandeep Lahiri. »Ein anderes Problem, Sir ...«

»Ja?«

»Ich weiß, daß Sie nicht länger Finanzminister sind und daß es Sie nicht länger direkt betrifft, Sir, aber nachdem der Zamindari Act verabschiedet worden ist, steigt die Zahl der Zwangsumsiedlungen von Pächtern so, daß ...«

»Wer sagt, daß mich das nicht länger betrifft?« fragte Mahesh Kapoor und drehte sich um. Sandeep Lahiri stieß fast mit ihm zusammen. »Wer sagt das?« Wenn es etwas gab, was Mahesh Kapoor zutiefst verletzte, dann war es dieser unsägliche Nebeneffekt seines Lieblingsgesetzes. Wo immer Zamindari Abolition Bills im Land verabschiedet worden waren, wurden Bauern zwangsweise umgesiedelt. Stets wollten die Zamindars damit beweisen, daß sie selbst es waren, die das Land seit jeher bestellten, und daß niemand außer ihnen ein Recht darauf hatte.

»Aber Sir, gerade haben Sie gesagt ...«

»Vergessen Sie, was ich gerade gesagt habe. Was wollen Sie dagegen unternehmen?«

Maan war hinter Sandeep Lahiri gegangen und ebenfalls stehengeblieben. Er sah abwechselnd seinen Vater und seinen Freund an und ergötzte sich am Unbehagen beider. Dann blickte er zu dem wolkigen Himmel empor, der in der Ferne mit dem Horizont verschmolz, dachte an Baitar und Debaria und hörte wieder zu.

»Sir, das Ausmaß dieses Problems ist unvorstellbar. Ich kann nicht überall gleichzeitig sein.«

»Starten Sie eine Propagandakampagne dagegen«, sagte Mahesh Kapoor.

Sandeep Lahiri fiel das fliehende Kinn herunter. Daß er als Staatsbeamter eine wie auch immer geartete Propagandakampagne in Gang setzen sollte, war undenkbar – und es war erstaunlich, daß ein Exminister so etwas vorschlug. Andererseits hatte ihn seine Sympathie mit den zwangsumgesiedelten, besitzlosen und im Stich gelassenen Bauern dazu bewogen, mit Mahesh Kapoor zu sprechen, der allgemein als ihr Interessenvertreter galt. Seine geheime Hoffnung war, daß Mahesh Kapoor selbst sich der Dinge annehmen würde, sobald er das Ausmaß ihrer Notlage erkannte.

»Haben Sie mit Jha darüber gesprochen?« fragte Mahesh Kapoor.

»Ja, Sir.«

»Und was sagt er dazu?«

»Sir, es ist kein Geheimnis, daß Mr. Jha und ich nicht immer einer Meinung sind. Meist freut ihn, was mich bekümmert. Und da er einen Großteil seiner Gelder von den Landbesitzern bekommt ...«

»In Ordnung, in Ordnung«, sagte Mahesh Kapoor. »Ich werde darüber nachdenken. Ich bin gerade erst angekommen und hatte kaum Zeit, mich hier umzusehen – mit meinen Wählern zu sprechen ...«

»Mit Ihren Wählern, Sir?« Sandeep Lahiri war hoch erfreut, daß Mahesh Kapoor daran dachte, statt in seinem angestammten städtischen Wahlkreis hier im Unterbezirk Rudhia anzutreten.

»Wer weiß, wer weiß«, sagte Mahesh Kapoor, der plötzlich guter Laune war. »Es ist noch etwas früh, darüber zu reden. Kommen Sie doch mit ins Haus und trinken Sie Tee mit uns.«

Beim Tee konnten sich Sandeep und Maan endlich unterhalten. Maan war enttäuscht, als er erfuhr, daß keine Aussicht auf eine Jagd bestand. Sandeep mochte Jagden nicht und organisierte sie nur dann, wenn seine Pflichten es verlangten.

Zum Glück für ihn war das derzeit nicht der Fall. Dank der – wenn auch dieses Jahr spärlichen – Regenfälle war die natürliche Nahrungskette wiederhergestellt und die Wolfsgefahr gebannt. Einige Dörfler schrieben diesen Erfolg jedoch dem persönlichen Einschreiten des UBB zu. Sein eindeutiges Wohlwollen für die Menschen in seiner Obhut, seine wirksamen Vor-Ort-Auftritte zur Klärung der Fakten bei der Ausübung seiner richterlichen Pflichten (auch wenn das bedeutete, daß er einen Fall im Schatten eines Baumes verhandeln mußte), seine Fairneß in Steuerangelegenheiten, seine Weigerung, die illegalen Zwangsumsiedlungen gutzuheißen, und sein standhaftes Eintreten für Recht und Ordnung in seinem Unterbezirk hatten Sandeep Lahiri zu einem beliebten Mann gemacht. Nur ein paar jüngere Leute machten sich bisweilen noch über seinen Sola topi lustig.

Nach einer Weile verabschiedete sich Sandeep Lahiri. »Ich habe eine Verabredung mit Mr. Jha, Sir, und er wartet nicht gern.«

»Was die Zwangsumsiedlungen betrifft«, sagte der Exfinanzminister, »so hätte ich gerne eine Liste für diese Gegend.«

»Aber Sir ...« Sandeep Lahiri hatte keine solche Liste, und er fragte sich, ob es, wenn er eine hätte, moralisch gerechtfertigt wäre, sie weiterzugeben.

»Wie unzulänglich und unvollständig auch immer«, sagte Mahesh Kapoor und stand auf, um den jungen Mann zur Tür zu bringen, bevor er seine Bedenken in Worte fassen konnte.

14.3

Sandeep Lahiris Besuch bei Jha endete in einem Fiasko.

Jha war als bedeutende politische Persönlichkeit, als Freund des Chefministers und als Vorsitzender des Legislativrates daran gewöhnt, vom UBB in allen wichtigen Angelegenheiten um Rat gefragt zu werden. Lahiri seinerseits sah keine Notwendigkeit, sich bei jeder Routineentscheidung mit einem Parteiführer zu beraten. Es war noch nicht lange her, daß er studiert und sich verfassungsrechtliche Prinzipien – die Trennung von Partei und Staat – und einen demokratischen Sozialismus à la Laski zu eigen gemacht hatte. Er versuchte, sich die Lokalpolitiker so weit wie möglich vom Leib zu halten.

Nach einem Jahr in Rudhia war er jedoch davon überzeugt, daß er um die ›Vorladungen‹ zu altgedienten Politikern nicht herumkam. Wenn Jha vor Wut schäumte, dann mußte er zu ihm. Er behandelte diese Besuche wie den Ausbruch einer Seuche: Sie waren etwas nicht Vorhersehbares und Lästiges, aber sie erforderten seine Anwesenheit. Wenn sie ihn Zeit und Nerven kosteten, dann war das eben die Schattenseite seines Jobs.

Von dem fünfundfünfzigjährigen Jha konnte man nicht erwarten, daß er sich in das Büro des jüngeren Mannes begab, obwohl das die Anstandsregeln strenggenommen erfordert hätten. Aber weil er wußte, was man dem Alter – und nicht etwa der Kongreßpartei – schuldig war, suchte der UBB ihn auf. Sandeep Lahiri war an Jhas Grobheiten gewöhnt, und deswegen setzte er eine etwas dümmliche Miene auf, die verbarg, was er wirklich dachte. Einmal, als Jha ihm keinen Stuhl angeboten hatte – scheinbar aus Zerstreutheit, wahrscheinlich jedoch weil er seinen Unterlingen seine Macht über die örtlichen Repräsentanten des Staates vorführen wollte –, hatte sich Lahiri, ebenfalls ganz zerstreut, nach ein paar Minuten einfach gesetzt und Jha wohlwollend angelächelt.

An diesem Tag war Jha jedoch gut gelaunt. Er grinste breit, seine weiße Kongreßkappe saß schief auf seinem großen Kopf.

»Setzen Sie sich, setzen Sie sich«, sagte er zu Sandeep. Sie waren allein, und es galt nicht, andere zu beeindrucken.

»Danke, Sir«, erwiderte Sandeep erleichtert.

»Trinken Sie eine Tasse Tee.«

»Danke, Sir, normalerweise gern, aber ich habe gerade Tee getrunken.«

Nach einer Weile kamen sie auf den eigentlichen Grund des Besuchs zu sprechen.

»Ich habe das Rundschreiben gesehen, das sie verteilt haben«, sagte Jha.

»Das Rundschreiben?«

»Mit dem Spendenaufruf für den Unabhängigkeitstag.«

»Ach ja. Deswegen wollte ich Sie auch um Hilfe bitten. Wenn Sie, Sir, geachtet, wie Sie sind, die Leute ermuntern würden zu spenden, dann hätte das eine nicht unerhebliche Wirkung. Wir könnten einen ansehnlichen Betrag sammeln und für einen guten Zweck verwenden – Süßigkeiten verteilen, die Armen speisen und so weiter. Ich zähle wirklich auf Ihre Hilfe, Sir.«

»Und ich zähle auf Ihre Hilfe«, sagte Jha und grinste breit. »Deswegen habe ich Sie kommen lassen.«

»Meine Hilfe?« Sandeep lächelte ratlos und mißtrauisch.

»Ja, ja. Sehen Sie, auch der Kongreß hat Pläne für den Unabhängigkeitstag. Wir rechnen mit der Hälfte des Geldes, das Sie sammeln, und wir werden damit etwas Eigenes veranstalten – natürlich wollen wir auch den Leuten helfen und so weiter. Das also erwarte ich von Ihnen. Mit der anderen Hälfte können Sie machen, was Sie wollen«, fügte er großzügig hinzu. »Selbstverständlich werde ich die Leute zu Spenden aufrufen.«

Das war genau, was Sandeep befürchtet hatte. Weder der ältere noch der jüngere Mann erwähnten es jetzt, aber einige Tage zuvor hatten zwei von Jhas Handlangern Sandeep gleichlautende Anträge gemacht; der Vorschlag war ihm absolut gegen den Strich gegangen, und das hatte er ihnen auch unmißverständlich zu verstehen gegeben. Jetzt fuhr er fort, wortlos auf seine dümmliche Art zu lächeln. Sein Schweigen beunruhigte den Politiker.

»Also kann ich mit der Hälfte des Geldes rechnen. Ja?« sagte er etwas ängstlich. »Wir werden das Geld bald brauchen, damit wir die Sache vorbereiten können, und Sie haben noch nicht einmal angefangen, Geld zu sammeln.«

»Tja...« meinte Sandeep und hob die Hände in einer Geste, die besagen sollte, daß er, wenn es nur nach ihm ginge, Jha am liebsten die ganze Summe zur Verfügung stellen würde, aber daß zu seinem Leidwesen die Welt nun einmal so eingerichtet war, daß ihm dieses Vergnügen verwehrt blieb.

Jhas Miene verdüsterte sich.

»Sehen Sie, Sir«, sagte Sandeep und machte überschwengliche Gesten der Hilflosigkeit, »mir sind die Hände gebunden.«

Jha starrte ihn an, dann explodierte er. »Was soll das heißen? Niemandem sind die Hände gebunden. Der Kongreß sagt, daß niemandem die Hände gebunden sind. Der Kongreß wird Ihre Hände entbinden.«

»Sir, so wie die Dinge nun mal liegen...«

Aber Jha ließ ihn nicht ausreden. »Sie stehen im Dienst dieser Regierung, und die Kongreßpartei stellt diese Regierung. Sie werden tun, was wir Ihnen sagen.« Er rückte seine Kappe zurecht und zog unter dem Tisch seinen Dhoti hoch.

»Hm.« Sandeep gab nicht nach, sondern runzelte die Stirn so verwirrt und dümmlich, wie er lächelte.

Als er bemerkte, daß er so nicht vorankam, versuchte Jha, ihn auf versöhnliche Weise zu überreden. »Die Kongreßpartei ist die Partei der Unabhängigkeit. Ohne den Kongreß gäbe es keinen Unabhängigkeitstag.«

»Wohl wahr«, sagte der Unterbezirksbeamte und nickte dankbar und zustimmend. »Die Partei Gandhis.«

Auf diese Bemerkung hin war Jha wieder die Freundlichkeit in Person. »Wir sind uns also einig?« fragte er beflissen.

»Ich hoffe, Sir, daß es immer so bleibt – daß kein Mißverständnis unser Verhältnis trüben wird.«

»Wir sind wie zwei Ochsen, die ein einziges Joch tragen«, sagte Jha verträumt und dachte dabei an das Wahlemblem der Kongreßpartei. »Partei und Regierung, die gemeinsam den Pflug ziehen.«

»Hm.« Sandeep Lahiri setzte erneut das gefährliche dümmliche Lächeln auf, um seine Laskischen Bedenken zu verbergen.

Jha runzelte die Stirn. »Wieviel glauben Sie, daß Sie sammeln werden?«

»Ich weiß es nicht, Sir, ich habe so etwas noch nie gemacht.«

»Nehmen wir mal an, fünfhundert Rupien. Dann bekommen wir zweihundertfünfzig und Sie zweihundertfünfzig – und alle sind zufrieden.«

»Sehen Sie, Sir, ich bin in einer schwierigen Lage«, sagte Sandeep Lahiri und biß in den sauren Apfel.

Diesmal erwiderte Jha nichts, sondern starrte diesen vermessenen jungen Idioten einfach nur an.

»Wenn ich Ihnen etwas von dem Geld gebe«, fuhr Sandeep fort, »dann wird auch die Sozialistische Partei etwas wollen, die KMPP ...«

»Ja, ja, ich weiß, daß Sie bei Mahesh Kapoor waren. Wollte er Geld?«

»Nein, Sir ...«

»Wo liegt dann das Problem?«

»Aber, Sir, um fair zu sein ...«

»Fair!« Jha konnte seine Verachtung für das Wort nicht verhehlen.

»Um fair zu sein, Sir, müßten wir allen Parteien den gleichen Betrag geben – der Kommunistischen Partei, der Bharatiya Jan Sangh, der Ram Rajya Parishad, der Hindu Mahasabha, der Revolutionären Sozialistischen Partei ...«

»Was?« schrie Jha. »Was?« Er schluckte. »Was? Wollen Sie uns mit der Sozialistischen Partei vergleichen?« Wieder zog er seinen Dhoti hoch.

»Nun, Sir ...«

»Mit der Moslemliga?«

»Aber warum nicht, Sir? Der Kongreß ist nur eine von vielen Parteien. In dieser Hinsicht sind alle gleich.«

Jha starrte Sandeep Lahiri finster an, außer sich und überrumpelt – in seinem Kopf wirbelte das Bild der Moslemliga herum wie ein Divali-Feuerwerkskörper. »Sie stellen uns mit den anderen Parteien auf eine Stufe?« fragte er mit einer Stimme, die vor unverhohlenem Zorn zitterte.

Sandeep Lahiri schwieg.

»In diesem Fall«, fuhr Jha fort, »werde ich es Ihnen zeigen. Ich werde Ihnen zeigen, was der Kongreß ist. Ich werde dafür sorgen, daß Sie kein Geld bekommen. Nicht eine Paisa werden Sie bekommen. Sie werden schon sehen.«

Sandeep schwieg.

»Mehr habe ich dazu nicht zu sagen«, sagte Jha und griff mit der rechten Hand nach dem Ei aus hellblauem Glas, das als Briefbeschwerer diente. »Aber wir werden sehen, wir werden sehen.«

»Nun ja, Sir, wir werden sehen«, sagte Sandeep und stand auf. Jha blieb sitzen. An der Tür drehte sich Sandeep noch einmal um und lächelte den wütenden Politiker in einem letzten Versuch an, guten Willen zu bekunden. Jha erwiderte das Lächeln nicht.

14.4

Sandeep Lahiri beschloß, daß keine Zeit zu verlieren war. Zudem fürchtete er, daß Jha seine Fähigkeiten, Geld zu sammeln, höchstwahrscheinlich richtig einschätzte, und deshalb bezog er am Nachmittag, bekleidet mit einem Khakihemd und kurzer Hose, den Tropenhelm auf dem Kopf, auf dem Marktplatz von Rudhia Stellung. Eine kleine Menschenmenge scharte sich um ihn, weil nicht klar war, was er dort wollte, und der Besuch des UBB immer ein bemerkenswertes Ereignis darstellte.

Als ihn zwei Ladenbesitzer fragten, was sie für ihn tun könnten, sagte Sandeep Lahiri: »Ich sammle Geld für die Feiern am Unabhängigkeitstag und bin ermächtigt, in der Öffentlichkeit um Spenden zu bitten. Möchten Sie etwas spenden?«

Die Ladenbesitzer sahen sich an und zogen gleichzeitig, als ob sie sich vorher abgesprochen hätten, je einen Fünf-Rupien-Schein aus der Tasche. Lahiri war bekannt für seine Ehrlichkeit und hatte keinerlei Druck ausgeübt, aber wahrscheinlich war es am besten, etwas zu spenden, so dachten sie, wenn er sie schon darum bat, auch wenn es für einen von der Regierung unterstützten Zweck war.

»Oh, aber das ist zuviel«, sagte der UBB. »Ich denke, ich sollte eine Obergrenze von einer Rupie pro Person festsetzen. Ich will nicht, daß die Leute mehr spenden, als sie sich leisten können.«

Beide Ladenbesitzer steckten hoch erfreut ihre Fünf-Rupien-Scheine wieder ein und gaben ihm statt dessen Ein-Rupien-Münzen. Der UBB warf einen Blick auf die Münzen und steckte sie dann zerstreut in seine Tasche.

Sofort verbreitete sich auf dem Marktplatz die Nachricht, daß der UBB persönlich Geld für den Unabhängigkeitstag sammelte, um damit Kinder und Arme zu speisen, daß niemand zum Spenden genötigt würde und daß er nicht mehr als eine Rupie pro Person annahm. Diese Nachricht bewirkte, zusammen mit seiner persönlichen Beliebtheit, ein Wunder. Während er zwanglos durch die Straßen von Rudhia schlenderte, wurde Sandeep – der es haßte, in seinem fehlerhaften Hindi Reden zu halten, und dem das Bitten um Geld unangenehm war – von lächelnden Spendern belagert, von denen einige gehört hatten, daß Jha etwas gegen die Sammelaktion ihres UBBs hatte. Sandeep dachte darüber nach, daß sich viele Kongreßmänner – wegen ihrer Bestechlichkeit, ihrer Überheblichkeit und ihrer unverhohlenen Machtgier – schon in den ersten Jahren nach der Unabhängigkeit unbeliebt gemacht hatten und daß die

Sympathien der Menschen in jeder Auseinandersetzung mit den Politikern eindeutig auf seiner Seite waren. Wenn er bei einer Wahl gegen Jha angetreten wäre, hätte er, wie die meisten jungen UBBs in ihren Bezirken wahrscheinlich, gewonnen. Jhas Handlanger, die schnell herbeistürzten und die Leute in großer Zahl dazu überreden wollten, Geld für die Kongreß-Feierlichkeiten und nicht für die Regierungsveranstaltung zu spenden, stießen auf hartnäckigen Widerstand. Manche, die Sandeep bereits eine Rupie gegeben hatten, spendeten zum zweitenmal bei ihm, und Sandeep konnte es nicht verhindern.

»Nein, Sir, das ist von meiner Frau und das von meinem Sohn«, sagte ein dreifacher Spender.

Als seine Taschen voll waren, nahm Sandeep seinen berühmten Sola topi ab, leerte alles Geld hinein und benutzte ihn zum Einsammeln weiterer Spenden. Ab und zu wischte er sich den Schweiß von der Stirn. Alle amüsierten sich. Geld rieselte in seinen Helm: Manche gaben ihm zwei Annas, andere vier oder acht, manche eine Rupie. Die Straßenkinder vom Marktplatz zogen als Schwanz hinter ihm her. Die einen riefen: »UBB Sahib ki jai!«, andere starrten auf den Schatz, der sich in seinem Helm ansammelte – es waren mehr Münzen, als sie je zuvor auf einem Haufen gesehen hatten –, und schlossen Wetten ab, wieviel er insgesamt sammeln würde.

Es war ein heißer Tag, und Sandeep legte gelegentlich auf der Schwelle zu einem Laden eine Verschnaufpause ein.

Maan, der in die Stadt gekommen war, bemerkte die Menschenmenge und kämpfte sich durch, um herauszufinden, was los war.

»Was haben Sie vor?« fragte er Sandeep.

Sandeep seufzte. »Ich bereichere mich selbst.«

»Ich wünschte, ich könnte genausoleicht Geld machen«, sagte Maan. »Sie sehen erschöpft aus. Lassen Sie mich Ihnen helfen.« Und er nahm ihm den Sola topi ab und reichte ihn herum.

»Ich glaube, das ist keine gute Idee. Wenn Jha davon erfährt, wird er nicht gerade erfreut sein«, sagte Sandeep.

»Dreckskerl Jha«, sagte Maan.

»Nein, nein, nein, lieber Freund, geben Sie ihn mir zurück«, sagte Sandeep, und Maan gab ihm den Helm zurück.

Eine halbe Stunde später, als sein Helm und seine Hosentaschen randvoll waren, zählte Sandeep das Geld.

Er hatte die unvorstellbare Summe von achthundert Rupien gesammelt und beschloß, seine Sammelaktion sofort zu beenden, obwohl immer noch viele Menschen spenden wollten. Er hatte mehr Geld, als für eine wirklich sinnvolle Veranstaltung am Unabhängigkeitstag notwendig war. Er hielt eine kurze Rede, dankte den Leuten für ihre Großzügigkeit und versicherte ihnen, daß das Geld sinnvoll verwendet werden würde; im Verlauf seiner Ansprache setzte er viele Hindi-Substantive ins Maskulinum.

Die Nachricht verbreitete sich in Windeseile im Basar und gelangte auch Jha zu Ohren. Er lief vor Wut rot an.

»Dem werd ich's zeigen«, sagte er laut und ging nach Hause. »Ich werd ihm zeigen, wer der Boß in Rudhia ist.«

14.5

Er schäumte noch immer, als Mahesh Kapoor ihm einen Besuch abstattete.

»Oh, Kapoorji, Kapoorji, willkommen, willkommen in meinem armseligen Haus«, sagte Jha.

Mahesh Kapoor kam gleich zur Sache. »Ihr Freund Joshi hat Pächter auf seinem Land zwangsumgesiedelt. Sagen Sie ihm, er soll damit aufhören. Ich werde das nicht zulassen.«

Jha, dem die Kappe wieder einmal schief auf dem Kopf saß, sah Mahesh Kapoor gerissen an und sagte: »Ich habe nichts davon gehört. Woher haben Sie die Information?«

»Machen Sie sich darüber keine Gedanken, sie ist verläßlich. Ich will nicht, daß sich so etwas vor meiner Haustür abspielt. Das bringt die Regierung in Verruf.«

»Was kümmert es Sie, wenn die Regierung in Verruf gerät«, sagte Jha mit breitem Grinsen. »Sie gehören ihr nicht mehr an. Ich habe erst kürzlich mit Agarwal und Sharmaji gesprochen. Sie haben gesagt, daß Sie sich Kidwai und Kripalani nur angeschlossen haben, um eine K-K-K-Gruppe zu bilden.«

»Wollen Sie sich über mich lustig machen?« sagte Mahesh Kapoor verärgert.

»Nein, nein, nein, nein – wie können Sie so etwas nur denken?«

»Falls Sie es wollen, dann muß ich Ihnen sagen, daß ich bereit bin, in diesem Wahlkreis zu kandidieren. Um zu verhindern, daß Ihre Freunde die Bauern um ihr Recht bringen.«

Jhas Mund öffnete sich leicht. Er konnte sich einfach nicht vorstellen, daß Mahesh Kapoor in einem ländlichen Wahlkreis antrat, so sehr verbanden ihn alle mit Old Brahmpur. Mahesh Kapoor hatte sich nur selten in die Belange Rudhias eingemischt, und Jha gefiel die neue Richtung, die seine Interessen nahmen, überhaupt nicht.

»Hat Ihr Sohn deswegen heute auf dem Marktplatz Reden gehalten?« fragte Jha verdrießlich.

»Was für Reden?«

»Mit dem jungen Lahiri, dem IAS-Typen.«

»Wovon sprechen Sie eigentlich?« sagte Mahesh Kapoor wegwerfend. »Das interessiert mich nicht. Ich rate Ihnen nur eins, bringen Sie Joshi dazu, die Zwangsumsiedlungen einzustellen – oder ich werde ihn anzeigen. Ob ich in der

Regierung bin oder nicht, ich werde nicht zulassen, daß dem Zamindari Act die Zähne gezogen werden, und wenn nötig, werde ich hier zum Zahnarzt.«

»Ich habe einen besseren Vorschlag, Maheshji«, sagte Jha und zog unter dem Tisch wütend seinen Dhoti hoch. »Wenn Sie so erpicht auf einen ländlichen Wahlkreis sind, warum kandidieren Sie dann nicht in Salimpur/Baitar? Dort könnten Sie dafür sorgen, daß Ihr Freund der Nawab Sahib seine Pächter nicht zwangsumsiedelt, was er, soweit ich weiß, mit großem Geschick tut.«

»Danke, ich werde darüber nachdenken.«

»Und bitte lassen Sie mich wissen, wenn Ihre Partei – wie heißt sie doch gleich wieder? – es ist gar nicht leicht, sich die Abkürzungen der vielen Parteien zu merken, die wie Pilze aus dem Boden sprießen – die KMPP – ja, die KMPP –, es schafft, hundert Stimmen zu kriegen, Maheshji«, sagte Jha, der es genoß, so mit einem Mann zu reden, der vor wenigen Wochen noch mächtig war. »Aber warum berauben Sie uns Kongreß-Wallahs Ihrer Anwesenheit und Ihrer Weisheit? Warum haben Sie die Partei Nehrus verlassen? Chacha Nehru, unser großer Führer – wie soll er nur ohne Männer wie Sie, die aufgeklärte Ansichten haben, zurechtkommen? Und noch wichtiger, wie werden Sie ohne ihn zurechtkommen? Wenn er die Menschen bittet, den Kongreß zu wählen, was glauben Sie, auf wen werden sie hören, auf ihn oder auf Sie?«

»Sie sollten sich schämen, Nehrus Namen in den Mund zu nehmen«, sagte Mahesh Kapoor aufgebracht. »Nichts, was er vertritt, ist Ihnen etwas wert, aber Sie benutzen ihn, um Stimmen zu kriegen. Jha Sahib, wenn es Nehru nicht gäbe, wären Sie nichts.«

»Wenn das Wörtchen ›wenn‹ nicht wäre ...« sagte Jha freundlich.

»Ich habe mir hier genug Unsinn angehört. Richten Sie Joshi aus, daß ich eine Liste der Pächter habe, die er zwangsweise umgesiedelt hat. Woher ich sie habe, geht weder Sie noch ihn etwas an. Bis zum Unabhängigkeitstag soll er sie wieder zurück auf ihr angestammtes Land lassen. Mehr habe ich dazu nicht zu sagen.«

Mahesh Kapoor stand auf. Als er zur Tür hinauswollte, kam Joshi herein, der Mann, von dem er gerade gesprochen hatte. Joshi war so besorgt, daß er Mahesh Kapoor erst bemerkte, als er ihn anrempelte. Er sah auf – er war ein kleiner Mann mit einem gepflegten weißen Schnurrbart – und sagte: »Oh, Kapoor Sahib, Kapoor Sahib, so schreckliche Neuigkeiten.«

»Was für schreckliche Neuigkeiten?« fragte Mahesh Kapoor. »Haben Ihre Pächter die Polizei bestochen, bevor Sie es tun konnten?«

»Pächter?« sagte Joshi verständnislos.

»Kapoorji hat sein eigenes Ramayana verfaßt«, sagte Jha.

»Ramayana?« sagte Joshi.

»Mußt du alles wiederholen?« sagte Jha, der die Geduld mit seinem Freund verlor. »Was für schreckliche Neuigkeiten? Ich weiß, daß dieser Lahiri den Leuten mehr als tausend Rupien aus der Tasche gezogen hat. Bist du gekommen, um mir das zu sagen? Mit dem werde ich auf meine eigene Art fertig, glaub mir.«

»Nein, nein.« Joshi konnte kaum sprechen, von solcher Tragweite war die Nachricht, die er überbrachte. »Es ist wegen Nehru ...« Sein Gesicht verzerrte sich vor Kummer und Angst.

»Was ist mit ihm?« fragte Jha.

»Ist er tot?« fragte Mahesh Kapoor, der auf das Schlimmste gefaßt war.

»Nein, viel schlimmer – zurückgetreten – zurückgetreten ...« keuchte Joshi.

»Als Premierminister?« fragte Mahesh Kapoor. »Aus dem Kongreß ausgetreten? Was heißt das, ›zurückgetreten‹?«

»Er ist aus dem Arbeitsausschuß des Kongresses ausgetreten und aus dem Wahlausschuß«, sagte Joshi todunglücklich. »Es wird behauptet, daß er auch daran denkt, aus dem Kongreß auszutreten – und sich einer anderen Partei anzuschließen. Gott allein weiß, was jetzt passieren wird. Das Chaos. Das Chaos.«

Mahesh Kapoor war auf der Stelle klar, daß er zu Beratungen nach Brahmpur – vielleicht sogar nach Delhi – würde fahren müssen. Als er ging, sah er noch einmal zurück zu Jha. Jhas Mund stand offen, und seine Hände umklammerten krampfhaft die weiße Kongreßkappe. Er war nicht in der Lage, die heftigen Gefühle zu verbergen, die von ihm Besitz ergriffen hatten. Er stand unter Schock.

14.6

Maan war auf dem Landgut geblieben, als sein Vater, sofort nachdem er die Nachricht von Nehrus Rücktritt von seinen Parteiämtern erhalten hatte, nach Brahmpur abgereist war. Seit über einem Jahr war die Rede von einer Krise der Kongreßpartei, aber jetzt war sie zweifellos voll ausgebrochen. Der Premierminister des Landes hatte unumwunden erklärt, daß er der gewählten Führung der Partei, die er im Parlament vertrat, nicht mehr vertraute. Und er hatte seine Erklärung ein paar Tage vor dem Unabhängigkeitstag – dem 15. August – abgegeben, an dem er in seiner Funktion als Premierminister von der Brüstung des Roten Forts in Delhi zur Nation sprechen würde.

Sandeep Lahiri hielt vor der versammelten Einwohnerschaft Rudhias an diesem Tag von einem Podium aus, das am Rand des Maidans errichtet worden war, eine kurze Ansprache. Er sorgte dafür, daß mit Hilfe verschiedener Frauenvereine die Armen gespeist wurden. Mit eigenen Händen verteilte er Süßigkeiten an die Kinder – eine Aufgabe, die er gern übernahm, jedoch etwas unbeholfen ausführte. Er nahm die Parade der Pfadfinder und der Polizei ab und hißte die Flagge Indiens, in die zuvor Ringelblumenblüten gelegt worden waren. Als ein Schauer Blütenblätter auf ihn herabregnete, blickte er überrascht empor.

Jha war nicht anwesend. Er und seine Anhänger boykottierten die Feierlichkeiten. Gegen Ende der Veranstaltung, nachdem eine Kapelle aus dem Ort die Nationalhymne intoniert hatte und Sandeep Lahiri zu den Jubelschreien der ungefähr zweitausend Menschen ›Jai Hind!‹ gerufen hatte, wurden noch mehr Süßigkeiten verteilt. Maan half ihm dabei und schien wesentlich mehr Spaß daran zu haben als Sandeep. Nur mit Mühe konnten die aufgeregten Kinder von ihren Lehrern im Zaum gehalten werden. Währenddessen kam ein Postbote zum UBB und überreichte ihm ein Telegramm. Sandeep wollte es gedankenverloren in seine Tasche stecken, als ihm einfiel, daß etwas Wichtiges drinstehen könnte. Seine Hände waren verklebt von den Jalebis, und deshalb bat er Maan, der sich geschickter angestellt hatte, es für ihn zu öffnen und vorzulesen.

Maan riß den Umschlag auf und las vor. Zuerst begriff Sandeep die Nachricht nicht ganz, dann runzelte er die Stirn, aber nicht auf gestellt dümmliche Art, sondern bekümmert. Jha hatte, so schien es, schnell gehandelt. Das Telegramm stammte vom Staatssekretär des Chefministers von Purva Pradesh. Er informierte Sandeep Lahiri, IAS, Unterbezirksbeamter des Unterbezirks Rudhia, von seiner sofortigen Versetzung in das Bergbauamt nach Brahmpur. Sobald sein Nachfolger am 16. August eingetroffen wäre, sollte er die Amtsgeschäfte übergeben und sich noch am selben Tag in Brahmpur melden.

14.7

Kaum war Sandeep Lahiri in Brahmpur eingetroffen, bat er um eine Unterredung mit dem Staatssekretär. Zwei Monate zuvor hatte ihm der Staatssekretär die Nachricht zukommen lassen, daß er in seinem Unterbezirk hervorragende Arbeit leiste, und insbesondere seine Rolle bei der Schlichtung einer Vielzahl von Streitigkeiten um Grundbesitz – durch Vor-Ort-Nachforschungen in den Dörfern – gelobt, die jahrelang unlösbar gewesen waren. Er hatte Lahiri seine volle Unterstützung angeboten. Und jetzt hatte er nichts weniger getan, als ihm den Boden unter den Füßen wegzuziehen.

Obwohl der Staatssekretär überaus beschäftigt war, empfing er ihn noch am selben Abend bei sich zu Hause.

»Ich weiß, was Sie mich fragen wollen, junger Mann, und ich werde offen mit Ihnen sein. Aber ich muß Ihnen auch gleich sagen, daß Ihre Versetzung auf gar keinen Fall rückgängig gemacht werden kann.«

»Ich verstehe, Sir«, sagte Sandeep, dem Rudhia ans Herz gewachsen war und der damit gerechnet hatte, seine volle Amtsperiode dort zu verbringen – zumindest aber gehofft hatte, daß ihm die Zeit zugestanden würde, seinen Amtsnachfolger auf die Probleme und Fallstricke, aber auch auf die angenehmen Seiten vorzubereiten, die ihn erwarteten, und ihn von den Projekten zu unterrichten,

die er initiiert hatte und von denen er nicht wollte, daß sie in Vergessenheit gerieten.
»In Ihrem Fall kamen die Anweisungen direkt vom Chefminister.«
»Hatte Jha irgend etwas damit zu tun?« fragte Sandeep stirnrunzelnd.
»Jha? Ach, ich verstehe – Jha aus Rudhia. Tut mir leid, das weiß ich nicht. Es ist immerhin möglich. Ich glaube mittlerweile, daß heutzutage alles möglich ist. Sind Sie ihm auf die Zehen getreten?«
»Vermutlich, Sir – und er mir auch.«
Sandeep informierte den Staatssekretär über die Details des Konfliktes. Der Staatssekretär hielt den Blick auf den Tisch gesenkt.
»Ist Ihnen klar, daß es sich um eine vorzeitige Beförderung handelt?« sagte er schließlich. »Sie sollten nicht enttäuscht sein.«
»Ja, Sir«, sagte Sandeep. Und in der Tat war die Position eines Untersekretärs im Bergbauamt – wenn auch niedrig in der Hierarchie des indischen Verwaltungsdienstes – höherrangig als der Posten des UBBs mit all seiner Handlungsfreiheit und dem Leben in der frischen Luft. Normalerweise wäre er erst in einem halben Jahr auf einen Schreibtischposten nach Brahmpur versetzt worden.
»Also?«
»Haben Sie – also, Sir, wenn ich die Frage stellen darf – haben Sie irgend etwas zu meinen Gunsten gesagt, damit der Chefminister mich nicht mehr loswerden will?«
»Lahiri, ich wünschte, Sie würden die Dinge in einem anderen Licht sehen. Niemand will Sie loswerden. Ihnen steht eine ausgezeichnete Karriere bevor. Ich kann Ihnen keine Details nennen, aber das erste, was ich tat, nachdem die – überraschende – Anweisung vom CM kam, war, mir Ihre Akte bringen zu lassen. Sie haben Hervorragendes geleistet, viele Pluspunkte und nur einen Minuspunkt, der gegen Sie spricht. Der einzige Grund, den ich mir vorstellen konnte, warum der CM Sie aus Rudhia abziehen wollte, ist, daß in zwei Monaten wieder Mahatma Gandhis Geburtstag gefeiert wird. Wie es scheint, hat ihn Ihre Entscheidung in dieser ärgerlichen Angelegenheit im letzten Jahr verstimmt. Ich habe angenommen, daß irgend jemand seinem Gedächtnis kürzlich nachgeholfen hat und er dachte, daß Ihre Anwesenheit in Rudhia eine Provokation darstellen könnte. Wie auch immer, es ist keine schlechte Sache, wenn Sie früh in Ihrer Karriere einige Zeit in Brahmpur verbringen«, fuhr er freundlich fort. »Sie werden mindestens ein Drittel Ihres Arbeitslebens hier sein, und je früher Sie herausfinden, wie die Dinge im Labyrinth der Hauptstadt laufen, desto besser. Etwas möchte ich Ihnen jedoch dringend ans Herz legen«, fügte der Staatssekretär etwas niedergeschlagen hinzu. »Sie sollten sich nicht allzu häufig in der Bar des Subzipore Clubs sehen lassen. Sharma, der ein aufrechter Gandhianer ist, mag es nicht, wenn die Leute trinken. Sobald er erfährt, daß ich im Club bin, ruft er mich regelmäßig wegen irgendeines angeblichen Notfalls spätabends noch zu sich.«

Der Vorfall, auf den der Staatssekretär anspielte, hatte sich im Vorjahr in der Eisenbahnkolonie von Rudhia ereignet. Ein paar junge Anglo-Inder – Söhne von Eisenbahnangestellten – hatten eine Vitrine eingeschlagen, in der unter anderem ein Plakat von Mahatma Gandhi hing, das sie im Verlauf ihrer Aktion beschmierten. Als Reaktion darauf kam es zu einem Aufruhr, die Übeltäter wurden verhaftet, von der Polizei verprügelt und vor Sandeep Lahiri in seiner Funktion als Richter geschleift. Jha hatte lauthals eine Anklage wegen Volksverhetzung oder zumindest wegen schwerwiegender Verletzung der religiösen Gefühle der Bevölkerung gefordert. Sandeep jedoch war bald klargeworden, daß es sich um zwar hitzköpfige, aber nicht wirklich böswillige junge Männer handelte, die sich keinerlei Gedanken über die möglichen Folgen ihrer Handlung gemacht hatten. Er hatte gewartet, bis sie wieder nüchtern waren, und sie dann – nachdem er sie heruntergeputzt und dazu gebracht hatte, sich in aller Öffentlichkeit zu entschuldigen – mit einer Verwarnung entlassen. Sein Urteil hinsichtlich der gegen sie erhobenen Vorwürfe war kurz und bündig ausgefallen:

»Hier handelt es sich ganz offensichtlich nicht um einen Fall von Volksverhetzung: Gandhiji, dessen Andenken wir hoch verehren, war nicht König und Kaiser. Ebensowenig war er das Oberhaupt einer Religionsgemeinschaft, so daß der Vorwurf, religiöse Gefühle verletzt zu haben, zurückgewiesen werden muß. Was die Vorwürfe der Unruhestiftung, des zerschlagenen Glases und des beschmierten Plakats angeht, so beläuft sich der Schaden auf nicht mehr als acht Annas, und de minimis non curat lex. Die Angeklagten werden verwarnt und freigelassen.«

Sandeep hatte es schon seit geraumer Zeit gereizt, den lateinischen Satz anzubringen, und hier hatte sich die ideale Gelegenheit geboten: das Gesetz befaßt sich nicht mit Bagatellen, und das hier war eine Bagatelle, zumindest in finanzieller Hinsicht. Aber das sprachliche Vergnügen forderte seinen Preis. Der Chefminister hatte sich nicht amüsiert und dem Vorgänger seines jetzigen Staatssekretärs aufgetragen, Sandeeps charakterlicher Beurteilung einen schwarzen Punkt beizufügen. »Die Regierung hat Mr. Lahiris schlechtberatene Entscheidung im Falle der jüngsten Unruhen in Rudhia zur Kenntnis genommen. Die Regierung stellt mit Bedauern fest, daß er seiner liberalen Einstellung auf Kosten seiner Pflicht, Recht und Ordnung aufrechtzuerhalten, freien Lauf gelassen hat.«

»Nun, Sir«, sagte Sandeep Lahiri zum Staatssekretär, »wie hätten Sie an meiner Stelle entschieden? Mit welchem Paragraphen des indischen Strafgesetzes hätte ich diese dummen jungen Männer köpfen lassen sollen – selbst wenn ich gewollt hätte?«

»Tja«, sagte der Staatssekretär, der nicht gewillt war, seinen Vorgänger zu kritisieren. »Dazu will ich mich nicht äußern. Vielleicht ist es auch so, wie Sie sagen, daß der Zwischenfall mit Jha für Ihre Versetzung verantwortlich ist und nicht der frühere Vorfall. Ich weiß, was Sie denken: daß ich mich für Sie hätte einsetzen sollen. Nun, das habe ich. Ich habe dafür gesorgt, daß Sie nicht einfach nur versetzt, sondern dabei auch noch befördert werden. Mehr konnte ich nicht tun. Ich weiß, wann es Sinn hat, sich mit dem Chefminister auseinanderzusetzen – der, man kann es nicht bestreiten, ein hervorragender Politiker ist und gute Beamte sehr wohl zu schätzen weiß. Eines Tages, wenn Sie in einer Situation sein werden, die mit meiner vergleichbar ist – und es gibt keinen Grund, warum Sie mit Ihren Fähigkeiten nicht so weit gelangen sollten –, werden Sie ähnliche, tja, Anpassungen vornehmen müssen. Darf ich Ihnen etwas zu trinken anbieten?«

Sandeep trank einen Whisky.

Der Staatssekretär wurde langweilig weitschweifig und erinnerungsselig. »Die Probleme begannen 1937, verstehen Sie – als indische Politiker auf Landesebene die Führung übernahmen. Sharma wurde zum Premier – so nannte man das damals – der Protected Provinces gewählt, so hieß unser Bundesland vor der Unabhängigkeit. Ziemlich früh wurde mir klar, daß man nicht nur wegen persönlicher Verdienste versetzt oder befördert wird. Als die Linie noch vom Vizekönig zum Gouverneur zum Regierungskommissar zum Distriktmagistrat verlief, war die Situation klar. Als die Gesetzgeber alle Ebenen außer der allerhöchsten infiltrierten, setzte der Fäulnisprozeß ein. Vetternwirtschaft, Machtspiele, Agitation, Parteipolitik, Speichelleckerei bei den gewählten Volksvertretern und so weiter. Natürlich mußte man seine Pflicht erfüllen, aber vieles von dem, was man tagtäglich sah, entsetzte einen. Manche Schlagmänner machten plötzlich sechs Punkte, obwohl der Ball vor der Linie aufkam. Andere wurden vom Feld gestellt, auch wenn sie hinter der Linie standen. Sie verstehen, was ich meine. Tandon – der versuchte, Nehru vom Platz zu stellen, indem er auf den Regeln bestand, mit denen der Kongreß das Spiel spielt – war an der Universität von Allahabad ein guter Kricketspieler – wußten Sie das? Ich glaube, er war Kapitän der Mannschaft des Muir Colleges. Jetzt läuft er bärtig und barfuß herum wie ein Rishi aus dem Mahabharata, aber früher war er ein Kricketspieler. Mit Kricket kann man viel erklären. Noch einen?«

»Nein, danke.«

»Dann ist da noch die Tatsache, daß er damals Sprecher des Parlaments von Uttar Pradesh war. Regeln, Regeln und kaum Flexibilität. Ich habe immer geglaubt, wir Bürokraten wären die größten Verfechter von Regeln. Tja, das Land brennt, und die Politiker zupfen die Leier – und nicht sehr melodisch. Wir sind es, die die Dinge am Laufen halten. Das stählerne Gerüst und so weiter: rostet und ist verzogen, würde ich sagen. Ich bin mehr oder weniger am Ende meiner Karriere angelangt, und ich kann nicht behaupten, daß es mir leid tut. Ich hoffe, Ihre neue Stelle wird Ihnen gefallen, Lahiri – Bergbau, nicht wahr? Lassen Sie mich wissen, wie es Ihnen dort ergeht.«

»Danke, Sir«, sagte Sandeep Lahiri und stand mit ernster Miene auf. Er begann nur zu gut zu verstehen, wie die Dinge liefen. Hatte er eben mit seinem zukünftigen Selbst gesprochen? Er konnte sein Entsetzen und, ja, seinen Ekel angesichts dieser neuen und höchst unwillkommenen Einsicht nicht verhehlen.

14.8

»Sharmaji war heute morgen hier und wollte dich sprechen«, sagte Mrs. Mahesh Kapoor zu ihrem Mann, als dieser in Prem Nivas eintraf.
»Er war selbst hier?«
»Ja.«
»Hat er irgend etwas gesagt?«
»Was sollte er *mir* schon sagen?« fragte Mrs. Mahesh Kapoor.
Ihr Mann schnalzte gereizt mit der Zunge. »Gut«, sagte er. »Ich werde zu ihm gehen.« Es war mehr als aufmerksam vom Chefminister, persönlich zu ihm ins Haus zu kommen, und Mahesh Kapoor hatte eine ziemlich klare Vorstellung, worüber er hatte sprechen wollen. Dank Nehrus Rücktritt von allen seinen Parteiämtern war die Krise des Kongresses nicht nur in der Partei, sondern im ganzen Land in aller Munde.

Mahesh Kapoor rief an und suchte Sharma anschließend in dessen Haus auf. Obwohl er aus dem Kongreß ausgetreten war, trug er noch immer die weiße Kappe, die zu einem festen Bestandteil seiner Kleidung geworden war. Sharma saß auf einem weißen Korbstuhl im Garten und stand auf, um ihn zu begrüßen. Eigentlich hätte er müde aussehen müssen, aber das war nicht der Fall. Es war ein warmer Tag, und er hatte sich mit einer Zeitung, deren Schlagzeilen von den jüngsten Versuchen einer Versöhnung mit Nehru kündeten, Kühlung zugefächelt. Er bot seinem einstigen Kollegen einen Stuhl und Tee an.

»Ich muß nicht um den heißen Brei herumreden, Kapoor Sahib«, sagte der Chefminister. »Ich brauche Ihre Hilfe, um Nehru davon zu überzeugen, in den Kongreß zurückzukehren.«
»Aber er ist gar nicht ausgetreten«, sagte Mahesh Kapoor lächelnd, der begriff, daß der Chefminister zwei Schritte vorausdachte.
»Ich meine, daß er seine Ämter in der Partei wiederaufnimmt.«
»Ich kann mit Ihnen fühlen, Sharmaji. Es sind sehr sorgenvolle Zeiten für die Kongreßpartei. Aber was kann ich tun? Wie viele meiner Freunde und Kollegen, so bin auch ich nicht mehr Mitglied der Partei.«
»Der Kongreß ist Ihr wahres Zuhause«, sagte Sharma ein wenig traurig. Er begann, leicht mit dem Kopf zu wackeln. »Sie haben ihm alles gegeben, Sie haben ihm die besten Jahre Ihres Lebens gewidmet. Auch jetzt sitzen Sie noch im Parlament. Auch wenn diese Ecke jetzt KMPP oder anders heißt, so gehört ihr doch mein Wohlwollen. Ich betrachte ihre Mitglieder noch immer als meine

Kollegen. Dort gibt es mehr Idealisten als unter denjenigen, die mir treu geblieben sind.«

Sharma mußte nicht aussprechen, daß er damit Agarwal und Konsorten meinte. Mahesh Kapoor rührte in seiner Tasse. Er hatte große Sympathie für den Mann, dessen Kabinett er verlassen hatte. Aber er hoffte, daß auch Nehru aus dem Kongreß aus- und der neuen Partei beitreten würde, und er verstand nicht, wie Sharma glauben konnte, ausgerechnet er wäre darauf aus, ihn davon abzuhalten. Er beugte sich nach vorn und sagte ruhig: »Sharmaji, ich habe diese Jahre in erster Linie meinem Land geopfert und nicht irgendeiner Partei. Wenn der Kongreß seine Ideale verraten und so viele seiner alten Mitglieder dazu gebracht hat, ihn zu verlassen ...« Er hielt kurz inne. »Wie auch immer, im Augenblick ist die Gefahr, daß Panditji die Partei verläßt, meiner Meinung nach nicht groß.«

»Nein?«

Zwei Briefe lagen vor Sharma, und jetzt reichte er einen davon – den längeren – Mahesh Kapoor und tippte mit dem Finger auf die letzten beiden Absätze. Mahesh Kapoor las langsam und sah erst auf, als er fertig war. Es war einer von Nehrus Briefen, die er regelmäßig alle zwei Wochen an die Chefminister schickte. Er war vom 1. August datiert – zwei Tage nachdem sein Freund Kidwai tatsächlich zurückgetreten war, obwohl er seinen Rücktritt zuvor widerrufen hatte. Der letzte Teil des langen Briefes, der die gesamten innen- und außenpolitischen Entwicklungen abhandelte, lautete folgendermaßen:

24. In letzter Zeit wurde in der Presse immer wieder auf Austritte aus der Bundesregierung angespielt. Ich gebe zu, daß mir diese Angelegenheit große Sorgen bereitet, denn die beiden betroffenen Personen waren hochgeschätzte Kollegen, die ihre Mitgliedschaft in der Regierung vollauf gerechtfertigt haben. Hinsichtlich der Regierungspolitik gab es zwischen uns keinerlei Meinungsverschiedenheiten. Differenzen erwuchsen in Belangen, die sich auf den Nationalkongreß beziehen. Ich will dieses Thema hier nicht weiter ausführen, weil Sie wahrscheinlich demnächst in der Presse Verlautbarungen lesen werden, die die derzeitige Lage erklären. Die Lage zieht die Regierung nur indirekt in Mitleidenschaft. Es geht im wesentlichen um die Zukunft des Kongresses. Diese Frage ist nicht nur für Kongreßmitglieder von Interesse, sondern für alle Inder, weil der Kongreß eine bedeutende Rolle gespielt hat.

25. Die nächste Sitzungsperiode des Parlaments beginnt am nächsten Montag, dem 6. August. Es ist die letzte Sitzungsperiode vor den Wahlen. Schwerwiegende Aufgaben liegen vor uns, manche davon von großer Bedeutung. Sie müssen während dieser Zeit erledigt werden. Die Sitzungsperiode wird wahrscheinlich zwei Monate dauern.

Hochachtungsvoll
Jawaharlal Nehru

Mahesh Kapoor las diesen Brief im Licht von Nehrus Rücktritt von seinen Parteiämtern keine Woche später und verstand, warum Sharma – oder jeder andere – diese Rücktritte als Vorspiel zu Nehrus Austritt aus dem Kongreß betrachtete. »Weil der Kongreß eine bedeutende Rolle gespielt hat«, klang etwas unheilvoll und recht lauwarm.

Sharma stellte seine Tasse ab und sah zu Mahesh Kapoor. Da dieser schwieg, sagte er: »Die Kongreßmänner aus U. P. wollen versuchen, Nehru zu überreden, seine Rücktritte zurückzunehmen – oder zumindest Nehru und Tandon davon zu überzeugen, einen Kompromiß zu finden. Auch ich meine, daß wir eine Gruppe zu ihm schicken sollten. Ich bin bereit, selbst nach Delhi zu fahren. Aber ich möchte, daß Sie mich begleiten.«

»Es tut mir leid, Sharmaji«, sagte Mahesh Kapoor leicht verärgert. Sharma mochte ein großer Versöhner sein, aber er konnte wohl nicht ernsthaft glauben, daß er ihn, der er jetzt ein Mitglied der Opposition war, überreden konnte, sich in eine so absurde Position zu begeben. »Ich kann Ihnen nicht helfen, Panditji respektiert Sie, und Sie werden so überzeugend sein wie immer. Ich für meinen Teil hoffe wie Kidwai und Kripalani und all die anderen, die aus dem Kongreß ausgetreten sind, daß Nehru bald zu uns stoßen wird. Wie Sie richtig sagen, findet man in unserer Mitte noch idealistische Elemente. Vielleicht ist es an der Zeit, daß sich Politik auf Themen und Ideale gründet und nicht auf die Kontrolle des Parteiapparats.«

Sharma begann, sacht mit dem Kopf zu nicken. Ein Peon kam mit einer Botschaft in den Garten, aber er winkte ihm ab. Eine Zeitlang stützte er das Kinn auf die Hände, dann sagte er in seinem nasalen, aber überzeugenden Tonfall: »Maheshji, wahrscheinlich wundern Sie sich über meine Motive oder die Logik, die hinter meiner Bitte steckt. Vielleicht habe ich Ihnen meine Einschätzung der Lage nicht deutlich genug geschildert. Ich werde Ihnen mehrere Szenarien ausmalen. Erstens: Nehmen wir an, Nehru verläßt den Kongreß. Nehmen wir weiter an, daß ich ihn bei den kommenden Wahlen nicht bekämpfen will, vielleicht aus Respekt vor ihm, vielleicht aus Angst zu verlieren und weil mir – der ich ein alter Mann bin – zuviel an meiner Selbstachtung liegt. Jedenfalls trete ich auch aus dem Kongreß aus. Oder wenn ich den Kongreß nicht verlasse, dann gebe ich jede aktive Teilhabe an den Staatsgeschäften auf – in der Regierung, als Chefminister. Der Staat wird einen neuen Chefminister brauchen. Bei der gegenwärtigen Konstellation gibt es nur einen einzigen Anwärter auf das Amt – es sei denn, der Exfinanzminister tritt wieder in die Partei ein und überredet diejenigen, die mit ihm gegangen sind, dasselbe zu tun.«

»Sie würden nicht zulassen, daß Agarwal Chefminister wird«, sagte Mahesh Kapoor mit harter Stimme und verbarg weder seinen Widerwillen noch seinen Schrecken. »Sie würden ihm den Staat nicht ausliefern.«

Sharma ließ seinen Blick durch den Garten schweifen. Eine Kuh hatte sich in das Rettichfeld verirrt, aber er ignorierte sie.

»Ich skizziere Ihnen nur imaginäre Bilder«, sagte er. »Ich male Ihnen ein zweites aus. Ich fahre nach Delhi. Ich spreche mit Nehru, versuche ihn zu überreden, seinen Rücktritt zu widerrufen. Er seinerseits setzt mir wie immer zu. Er will mich in seiner Regierung, in seinem Kabinett – in dem Kabinett, daß durch Rücktritte bereits dezimiert ist. Wir beide kennen Jawaharlal, wir wissen, wie überzeugend er sein kann. Er wird sagen, daß das Wohl Indiens, die Regierung des Landes wichtiger ist als die Kongreßpartei. Er will gute Politiker im Zentrum, Leute mit Statur, Leute, die nachgewiesenermaßen kompetent sind. Ich wiederhole nur, was er schon mehrmals zu mir gesagt hat. Bislang habe ich immer eine Entschuldigung gefunden, um aus Delhi zurückzukehren. Die Leute sagen, ich sei ehrgeizig, lieber König in Brahmpur als Prinz in Delhi. Vielleicht haben sie recht. Aber diesmal sagt Jawaharlal zu mir: ›Sie verlangen von mir, zum Wohl des Landes gegen meine eigenen Neigungen zu handeln, aber Sie weigern sich, das gleiche zu tun.‹ Auf dieses Argument gibt es kein Gegenargument mehr. Ich gehe als Minister nach Delhi, L. N. Agarwal wird Chefminister von Purva Pradesh.«

Mahesh Kapoor schwieg. Nach einer Weile sagte er: »Falls – falls – das eintreten sollte und dieser – dieser Mann übernehmen sollte, dann wäre es nur für ein paar Monate. Die Leute würden ihn bei den bevorstehenden Wahlen abwählen.«

»Ich glaube, Sie unterschätzen den Innenminister«, sagte S. S. Sharma lächelnd. »Aber vergessen wir einmal diese Schreckensvorstellung, und denken wir in größerem Maßstab. Betrachten wir einmal das ganze Land. Wollen wir wirklich die Art Kampf, die es geben wird, wenn Nehru den Kongreß verläßt? Wenn Sie sich an die Verbitterung erinnern, die innerhalb der Kongreßpartei auf Tandons Wahl folgte – und es ist kein Geheimnis, daß auch ich Tandon und nicht Kripalani gewählt habe –, können Sie sich dann die erbitterte Schlammschlacht vorstellen, zu der es kommen wird, wenn Nehru auf der einen Seite und der Kongreß auf der anderen antritt? Wem werden sich die bislang dem Kongreß loyal verbundenen Menschen zuwenden? Bedenken Sie nur, wie hin- und hergerissen sie sein werden. Der Kongreß ist schließlich die Partei Gandhijis, die Partei der Unabhängigkeit.«

Mahesh Kapoor verzichtete darauf zu erwähnen, daß er auch noch die Partei von vielem anderen war: von Nepotismus, Korruption, Ineffektivität, Selbstgefälligkeit – und daß Gandhiji selbst seine Auflösung nach der Unabhängigkeit gewollt hatte. Statt dessen sagte er: »Wenn es denn einen Kampf geben muß, dann sollte er während der Wahlen ausgefochten werden. Noch schlimmer wäre es, wenn der Kongreß Nehru für seinen Wahlkampf mißbraucht und sich anschließend gegen ihn wendet, weil der rechte Flügel die Mehrheit der Abgeordneten in den Länderparlamenten und in der Bundesregierung stellt. Je eher die Sache ausgefochten wird, desto besser. Ich bin Ihrer Meinung, daß wir beide auf derselben Seite kämpfen sollten. Ich wünschte, Sharmaji, daß ich Sie dazu überreden könnte, meiner Partei beizutreten – und daß ich Sie dazu überreden könnte, Nehru dazu zu überreden, dasselbe zu tun.«

Der Chefminister lächelte über – wie er es interpretierte – Mahesh Kapoors Versuch zu scherzen. Dann nahm er den zweiten Brief, der vor ihm lag, und sagte: »Was ich Ihnen jetzt zeigen werde, ist nicht einer von Panditjis üblichen vierzehntägigen Briefen, sondern ein spezieller Brief an die Chefminister, der eigentlich geheim bleiben sollte. Er ist datiert, zwei Tage nachdem er Tandon seinen Rücktritt von allen Parteiämtern erklärt hat. Wenn Sie ihn gelesen haben, werden Sie verstehen, warum ich mir gerade im Augenblick große Sorgen um eine Spaltung im Land mache.« Er reichte Mahesh Kapoor den Brief. »Ich habe ihn noch niemandem gezeigt, nicht einmal einem Kabinettsmitglied, aber ich habe deswegen auch Agarwal gebeten zu kommen, weil er als Innenminister direkt betroffen ist. Und ich werde selbstverständlich mit meinem Staatssekretär darüber sprechen. Es wäre nicht gut, wenn der Inhalt des Briefes allgemein bekannt würde.«

Dann stand er auf, schritt, auf seinen Spazierstock gestützt, durch den Garten, um seinen Gärtner anzuweisen, die Kuh aus dem Gemüsebeet zu vertreiben. Mahesh Kapoor las den Brief. In Auszügen lautete er folgendermaßen:

New Delhi
9. August 1951

Mein lieber Chefminister,
in der indo-pakistanischen Situation gibt es keine Fortschritte. Bestenfalls kann man sagen, daß sie sich nicht verschlechtert hat, aber das ist schon schlimm genug. Auf pakistanischer Seite werden derzeit fieberhaft Kriegsvorkehrungen getroffen ...
Wenn ich die Lage logisch betrachte, erscheint mir Krieg unwahrscheinlich. Aber mit Logik allein läßt sich nicht alles erklären, und wir können unsere Anstrengungen auch nicht ausschließlich auf Logik gründen. Mit Logik ist die gehässige und verlogene Propagandaflut, die aus Pakistan zu uns herüberschwappt, nicht zu erklären ...

Vom anderen Ende des Gartens tönte trauriges, wenn auch geduldiges Muhen herüber. Mahesh Kapoor las rasch weiter. Über die Moslems in Indien schrieb Nehru:

... Manchmal wird von üblen Subjekten unter den Moslems gesprochen, die für Ärger sorgen könnten. Gut möglich, daß es sie gibt, aber ich halte es für höchst unwahrscheinlich, daß uns aus dieser Richtung größere Probleme erwachsen. Selbstverständlich sollten wir in strategisch wichtigen Gegenden und an existentiell wichtigen Orten auf der Hut sein.
Ich halte es für wesentlich wahrscheinlicher, daß uns bestimmte Mitglieder der Hindu- oder Sikhgemeinden Schwierigkeiten bereiten werden. Sie würden gerne jede Gelegenheit nutzen, Moslems zu mißhandeln. Wenn das geschieht,

wird es fatale Konsequenzen haben und unsere Position schwächen. Deswegen ist es von größter Wichtigkeit, daß so etwas nicht geschieht und daß wir den Minderheiten im Land vollen Schutz gewähren. Deswegen dürfen wir auch keine Propaganda von Hindu- oder Sikhorganisationen zulassen, die der pakistanischen ebenbürtig ist. In letzter Zeit kam es zu ein paar Zwischenfällen. Mitglieder der Hindu Mahasabha versuchten aufgrund mangelnder Originalität, die Pakistanis nachzuahmen. Es ist ihnen nicht in nennenswertem Umfang gelungen. Aber es ist durchaus möglich, daß diese Elemente die Situation ausnützen, wenn wir unaufmerksam sind und sich erneut irgendein Zwischenfall ereignet. Ich bitte Sie deshalb, das stets zu bedenken ...

Was ich Ihnen hier mitteile, sind Spekulationen. Wir müssen auf alle Notfälle vorbereitet sein, und in militärischer Hinsicht sind wir das von jetzt an auch. Ich hoffe und glaube noch immer, daß es nicht zum Krieg kommen wird, und ich wünsche nicht, daß von unserer Seite aus irgend etwas unternommen wird, was einen Krieg wahrscheinlicher machen würde.

Deswegen meine ernste Bitte an Sie, keinerlei öffentliche Aktivitäten, die nach Krieg riechen, zu dulden oder zu unterstützen. Gleichzeitig müssen wir mit allem rechnen.

Bitte behandeln Sie diesen Brief als Geheimsache und teilen Sie seinen Inhalt niemandem mit, außer vielleicht ein paar wenigen.

Hochachtungsvoll
Jawaharlal Nehru

14.9

Als Sharma aus dem hintersten Winkel des Gartens von seiner Jagd auf die Kuh zurückkehrte, fand er Mahesh Kapoor rastlos und sorgenvoll auf und ab schreitend vor. »Verstehen Sie«, sagte Sharma und mischte sich unerbittlich wieder in seine Gedanken ein, »verstehen Sie jetzt, warum wir gerade im Augenblick alle unnötigen Meinungsverschiedenheiten im Land vermeiden müssen? Und warum ich unbedingt will, daß Sie in den Kongreß zurückkehren? Agarwals Einstellung gegenüber den Moslems ist allgemein bekannt. Da er der Innenminister ist, muß ich ihm wohl oder übel einige Dinge überlassen. Und der Kalender macht dieses Jahr alles noch schlimmer.«

Der letzte Satz überraschte Mahesh Kapoor. »Der Kalender?« fragte er stirnrunzelnd.

»Hier – ich zeige es Ihnen.« Der Chefminister zog ein kleines braunes Büchlein aus seiner Kurtatasche. Er deutete auf Anfang Oktober. »Die zehn Tage des Moharram und die zehn Tage, die in Dussehra gipfeln, fallen dieses Jahr fast zusammen. Und Gandhi Jayanti fällt in den gleichen Zeitraum.« Er schloß das Büchlein und lachte ohne eine Spur von Heiterkeit. »Rama, Mohammed und Gandhiji mögen alle drei Friedensapostel gewesen sein, aber es gibt nichts Explosiveres als diese Kombination. Und wenn es zudem noch Krieg mit Pakistan gibt und die einzige alle verbindende Partei zutiefst gespalten ist – dann will ich gar nicht daran denken, was im ganzen Land zwischen Hindus und Moslems passieren wird. Es wird so schlimm werden wie die Ausschreitungen während der Teilung.«

Mahesh Kapoor antwortete nicht. Aber er mußte sich eingestehen, daß ihn die Argumente des Chefministers sehr bewegten. Als ihm mehr Tee angeboten wurde, nahm er an und setzte sich auf einen Rohrstuhl. Nach ein paar Minuten sagte er zu seinem früheren Chef: »Ich werde über das, was Sie gesagt haben, nachdenken.« Er hielt noch immer Nehrus Brief in der Hand. Ohne es zu merken, hatte er ihn der Länge nach zwei-, dreimal gefaltet.

Ungünstigerweise hatte sich L. N. Agarwal ausgerechnet diesen Moment ausgesucht, um den Chefminister aufzusuchen. Als er sich näherte, bemerkte er Mahesh Kapoor. Mahesh Kapoor nickte, stand jedoch nicht auf, um ihn zu begrüßen. Er war nicht willentlich unhöflich, sondern in Gedanken versunken.

»Wegen Panditjis Brief ...« sagte L. N. Agarwal.

Sharma streckte die Hand aus, und Mahesh Kapoor reichte ihm zerstreut den Brief. Agarwal runzelte die Stirn; offensichtlich mißfiel ihm, daß Mahesh Kapoor den Brief hatte lesen dürfen: Sharma schien ihn nicht wie den Renegaten, der er war, zu behandeln, sondern so, als wäre er noch immer Mitglied seines Kabinetts.

Vielleicht weil er Agarwals Gedanken ahnte, begann S. S. Sharma sich zu rechtfertigen. »Ich habe mit Kapoor Sahib gerade über die dringende Notwendigkeit gesprochen, daß Panditji seine Parteiämter wiederaufnimmt. Wir können ihn nicht entbehren, das Land kann ihn nicht entbehren, und wir müssen ihn mit allen uns zur Verfügung stehenden Mitteln überzeugen. Es ist Zeit, die Reihen zu schließen. Meinen Sie nicht auch?«

Ein verächtlicher Ausdruck machte sich langsam auf L. N. Agarwals Gesicht breit, während er über diese Haltung nachdachte: eine abhängige, kriecherische, schwache Haltung.

»Nein«, sagte er schließlich. »Das ist nicht meine Meinung. Tandonji ist demokratisch gewählt worden. Er hat einen Arbeitsausschuß berufen, der etliche Monate lang sehr gut funktioniert hat. Nehru hat an den Sitzungen teilgenommen. Er ist nicht befugt, seine Zusammensetzung jetzt zu ändern. Dazu hat er kein Recht. Er behauptet, Demokrat zu sein; soll er es beweisen, indem er sich richtig verhält. Er behauptet, an Parteidisziplin zu glauben; dann sollte er sich daran halten. Er behauptet, an Einigkeit zu glauben; dann soll er mit seinem Glauben stehen oder fallen.«

S. S. Sharma schloß die Augen. »Das ist alles gut und schön«, sagte er. »Aber wenn Panditji ...«

L. N. Agarwal explodierte fast. »Panditji – Panditji – warum sollte alle Welt mit jeder Kleinigkeit jammernd und bettelnd zu Nehru laufen? Ja, er ist ein großer Führer – aber gibt es im Kongreß keine anderen großen Führer? Gibt es Prasad nicht? Gibt es Pant nicht? Gab es Patel nicht?« Beim Gedanken an Sardar Patel wurde er von seinen Gefühlen fast überwältigt. »Wollen wir doch mal sehen, was passiert, wenn er den Kongreß verläßt. Er hat keinen blassen Schimmer, wie man eine Wahlkampagne organisiert, wie man Wahlkampfgelder auftreibt, wie man Kandidaten auswählt. Und als Premierminister wird er nicht die Zeit haben, durchs Land zu reisen – das liegt auf der Hand. Er hat zuviel am Hals damit, es zu regieren. Soll er sich Kidwai anschließen – dann werden die Moslems für ihn stimmen. Aber wir werden ja sehen, wessen Stimmen er sonst noch bekommt.«

Mahesh Kapoor stand auf, nickte dem Chefminister kurz zu und ging davon. Der Chefminister, den Agarwals Ausbruch ärgerte und bekümmerte, unternahm keinen Versuch, ihn aufzuhalten; Agarwal und Kapoor gemeinsam an einem Ort – das war keine glückverheißende Konstellation.

Es ist, als ob man es mit zwei störrischen Kindern zu tun hat, dachte er. Mahesh Kapoor rief er nach: »Kapoor Sahib, bitte denken Sie über das nach, was ich gesagt habe. Wir werden bald noch einmal darüber sprechen. Ich werde nach Prem Nivas kommen.«

Dann wandte er sich an Agarwal und sagte mißbilligend und näselnd: »Die Arbeit von einer Stunde, zerstört in einer Minute. Warum tun Sie alles, um ihn sich zum Feind zu machen?«

L. N. Agarwal schüttelte den Kopf. »Alle haben Angst, ihre Meinung zu sagen.« Ihm ging durch den Kopf, daß die Verhältnisse in Purva Pradesh jetzt, da die Linken und säkular Gesinnten sich nicht mehr an Mahesh Kapoors makellose Kurta hängen konnten, viel klarer waren.

Statt ihm diese barsche Bemerkung übelzunehmen, sagte S. S. Sharma mit ruhigerer Stimme zu ihm: »Hier ist der Brief. Lesen Sie ihn, und sagen Sie mir dann, welche Schritte Sie für angemessen halten. Die pakistanische Grenze ist weit weg von uns. Dennoch sind vielleicht Maßnahmen notwendig, um die leicht reizbaren Zeitungen unter Kontrolle zu halten – im Fall einer Panik, meine ich. Oder wenn gehetzt wird.«

»Gewisse Demonstrationen werden vielleicht auch unter Kontrolle gehalten werden müssen«, sagte der Innenminister.

»Wir werden sehen, wir werden sehen«, sagte der Chefminister.

14.10

Die Ungewißheiten in der großen weiten Welt wurden in Brahmpur ausgeglichen durch die kleinen Gewißheiten, die der Kalender bereithielt. Zwei Tage nachdem am Unabhängigkeitstag – dem fünften und beunruhigendsten, den Indien bislang erlebt hatte – Flaggen gehißt und Ansprachen gehalten worden waren, wurde der Vollmond des Monats Shravan und das liebevollste aller Familienfeste gefeiert: Rakhi, an dem Brüder und Schwestern sich gegenseitig ihrer Zuneigung versicherten.

Mrs. Mahesh Kapoor, die normalerweise ganz versessen auf Feste war, hieß Rakhi nicht gut und glaubte auch nicht daran. Ihrer Ansicht nach handelte es sich um ein typisches Pandschab-Fest. Sie verfolgte ihre Vorfahren in den Teil von Uttar Pradesh zurück, in dem laut Mrs. Mahesh Kapoor zumindest in Khatri-Familien sich Brüder und Schwestern an Bhai Duj ihrer Zuneigung versicherten – ein Fest, das zweieinhalb Monate später stattfand, während der nahezu mondlosen Zeit und der vielen kleinen Feste, die sich um das große Fest Divali scharten. Aber damit stand sie allein; keine ihrer Ko-Samdhins teilte ihre Ansicht. Weder die alte Mrs. Tandon, die in Lahore, im Herz des ungeteilten Pandschabs, gelebt und ihr ganzes Leben lang wie alle ihre Nachbarn Rakhi gefeiert hatte, noch Mrs. Rupa Mehra, die es um jeden Preis und zu jeder Gelegenheit gern gefühlvoll hatte. Mrs. Rupa Mehra feierte auch Bhai Duj und schickte an diesem Tag Grüße an all ihre Brüder – worunter auch ihre Cousins fielen – als eine Art Bestätigung ihrer Zuneigung.

Mrs. Mahesh Kapoor hatte klare, aber nicht dogmatische Ansichten über Fasten- und Festtage. Sie hatte auch eine eigene Meinung über die Legende, die der Pul Mela zugrunde lag. Für ihre Tochter Veena, die mit den Tandons in Lahore gelebt hatte, hatte sich jedoch nichts geändert, da sie seit der Geburt von Pran Rakhi feierte. Was immer sie auch von diesem Fest hielt, so hatte Mrs. Mahesh Kapoor doch nie versucht, die Begeisterung ihrer Tochter für bunte Bänder und Blümchen zu dämpfen. Und wenn Pran und Maan ihrer Mutter zeigten, was ihre Schwester ihnen geschenkt hatte, war ihre Freude nie nur geheuchelt.

Am Morgen ging Veena nach Prem Nivas, um eine Rakhi um Prans Handgelenk zu binden. Sie wählte eine schlichte Rakhi, eine kleine silberne Flitterblume auf einem roten Band. Sie fütterte ihn mit einem Laddu und segnete ihn und bekam dafür sein Versprechen, sie zu beschützen, fünf Rupien und eine Umarmung. Obwohl der Zustand seines Herzens, wie Imtiaz gesagt hatte, chronisch war, fand sie, daß er besser aussah. Die Geburt seiner Tochter schien sein Leben nicht anstrengender gemacht, sondern ihm gutgetan zu haben. Uma war ein glückliches Kind; und Savita war in den Wochen nach der Geburt nicht depressiv geworden, eine Möglichkeit, vor der ihre Mutter sie gewarnt hatte. Prans Gesundheit machte ihr zu viele Sorgen, und die juristischen Bücher stimulierten sie zu sehr, als daß sie sich den Luxus einer Depression hätte leisten können. Manchmal war sie mit Leidenschaft Mutter und so glücklich, daß sie weinen mußte.

Veena hatte Bhaskar mitgebracht.

»Wo ist meine Rakhi?« fragte Bhaskar Savita.

»Deine Rakhi?«

»Ja. Vom Baby.«

»Du hast ganz recht«, sagte Savita lächelnd und schüttelte angesichts ihrer eigenen Gedankenlosigkeit den Kopf. »Du hast völlig recht. Ich werde sofort eine holen. Oder eine machen. Ma hat bestimmt Material für hundert Rakhis in ihrer Tasche. Und du hast hoffentlich dem Baby ein Geschenk mitgebracht.«

»Aber ja«, sagte Bhaskar, der für Uma aus einem Blatt Papier ein Dodekaeder geschnitten und bunt angemalt hatte. Es sollte über ihrer Wiege hängen, damit sie zusehen konnte, wie es sich bewegte. »Ich habe es selbst angemalt. Aber ich hab gar nicht erst versucht, sowenig Farben wie möglich zu benutzen«, fügte er hinzu.

»Das ist genau richtig«, sagte Savita. »Je mehr Farben, desto besser.« Sie gab Bhaskar einen Kuß. Als die Rakhi fertig war, band sie sie um sein rechtes Handgelenk, wobei sie Umas Hand in ihrer hielt.

Veena ging auch wie jedes Jahr nach Baitar House, um eine Rakhi um Firoz' und Imtiaz' Handgelenk zu binden. Beide waren zu Hause, da sie ihren Besuch erwartet hatten.

»Wo ist dein Freund Maan?« fragte sie Firoz.

Als er den Mund öffnete, um zu sprechen, warf sie ein Bonbon hinein.

»Das müßtest du eigentlich wissen«, sagte er mit leuchtenden Augen. »Er ist dein Bruder.«

»Daran mußt du mich nicht erinnern«, sagte Veena irritiert. »Es ist Rakhi, aber er ist nicht zu Hause. Er hat überhaupt keinen Familiensinn. Wenn ich gewußt hätte, daß er auf dem Gut bleiben würde, hätte ich ihm die Rakhi geschickt. Er verhält sich wirklich rücksichtslos. Und jetzt ist es zu spät.«

Die Familie Mehra hatte ihre Rakhis pflichtbewußt nach Kalkutta geschickt, und sie waren rechtzeitig angekommen. Arun hatte seine Schwestern vorgewarnt: Alles, was über ein schlichtes Silberbändchen hinausging, konnte er unmöglich unter dem Ärmel seines Anzugs verstecken und deswegen selbstverständlich bei Bentsen Pryce auch nicht tragen. Als ob er mit seinem schrillen Geschmack seinen älteren Bruder ärgern wollte, bestand Varun immer auf kunstvoll ausgearbeiteten Rakhis, die seinen halben Arm bedeckten. Savita hatte in diesem Jahr ihre Brüder nicht gesehen, und sie schrieb ihnen ausführliche liebevolle Briefe und tadelte sie dafür, daß sie sich in ihrer Funktion als Onkel noch nicht hatten sehen lassen. Lata, von den Proben für *Was ihr wollt* sehr in Anspruch genommen, schrieb ihnen kurze liebevolle Briefe. Auch an Rakhi mußte sie zur Probe. Einige der Schauspieler trugen Rakhis, und Lata mußte im Verlauf einer Unterhaltung zwischen Olivia und Viola unwillkürlich lächeln, weil ihr durch den Kopf ging, daß Shakespeare sicherlich etwas aus Rakhi gemacht hätte, wenn es dieses Fest im Elisabethanischen England gegeben hätte. Viola hätte vielleicht ihren schiffbrüchigen Bruder beweint, sich seinen leblosen, bandlosen, ungeschmückten Arm vorgestellt, der ausgestreckt neben seinem Körper auf einem vom August-Vollmond beschienenen illyrischen Strand lag.

14.11

Sie dachte auch an Kabir und an die Bemerkung, die er bei dem Konzert gemacht hatte – es schien so lange her –, daß er im Jahr zuvor noch eine Schwester hatte. Lata wußte noch immer nicht, wie diese Bemerkung zu verstehen war, aber jede mögliche Auslegung, die ihr einfiel, erfüllte sie mit großem Mitleid für ihn.

Zufällig dachte auch Kabir an diesem Abend an sie und sprach mit seinem jüngeren Bruder über sie. Nach der Probe war er erschöpft nach Hause gekommen und hatte kaum etwas gegessen. Hashim tat es weh, ihn so abgekämpft zu sehen.

Kabir versuchte, die seltsame Situation zu beschreiben. Er und Lata traten zusammen auf, sie verbrachten während der Proben Stunden im selben Raum, aber sie redeten nicht miteinander. Kabir war jetzt nicht mehr der Meinung, daß Lata leidenschaftlich, sondern daß sie eiskalt war; er konnte kaum glauben, daß es sich noch um dasselbe Mädchen handelte, das mit ihm an jenem Morgen Boot gefahren war – im grauen Nebel, mit einem grauen Pullover bekleidet und mit Augen, die vor Liebe strahlten.

Kein Zweifel, das Boot war gegen die Strömung der Gesellschaft angerudert, stromaufwärts zum Barsaat Mahal; aber es mußte einfach eine Lösung geben. Sollten sie kraftvoller rudern oder sich stromabwärts treiben lassen? Sollten sie den Fluß wechseln oder versuchen, den Strom, auf dem sie sich befanden, in eine andere Richtung fließen zu lassen? Sollten sie aus dem Boot springen und versuchen zu schwimmen? Oder sich einen Motor oder ein Segel besorgen? Oder einen Bootsführer anheuern?

»Warum wirfst du sie nicht einfach über Bord?« schlug Hashim vor.

»Den Krokodilen zum Fraß?« sagte Kabir und lachte.

»Ja. Sie muß ein sehr dummes oder gefühlloses Mädchen sein – warum macht es ihr Spaß, dich leiden zu lassen, Bhai-jaan? Ich finde, du solltest keine Zeit mehr an sie verschwenden. Es spricht nichts dafür.«

»Ich weiß. Aber man kann niemandem etwas ausreden, was einem zuvor nicht eingeredet worden ist.«

»Aber warum ausgerechnet sie? Es gibt so viele Mädchen, die ganz verrückt nach dir sind – Cubs der Cad.«

»Ich weiß es nicht. Es ist mir selbst ein Rätsel. Vielleicht war es jenes erste

Lächeln im Buchladen – und ich zehre noch immer von dieser sinnlosen Erinnerung. Ich glaube, sie hat noch nicht einmal zurückgelächelt. Ich weiß es nicht. Warum hat sich Saeeda Bai an Holi ausgerechnet dich ausgesucht? Ich habe davon gehört.«

Hashim wurde rot bis in die Haarwurzeln. Er wußte die Antwort nicht.

»Oder schau dir Abba und Ammi an – hat es je ein Paar gegeben, das besser zusammengepaßt hat? Und jetzt ...«

Hashim nickte. »Ich werde am nächsten Donnerstag mitkommen. Gestern – da konnte ich nicht.«

»Gut. Aber du sollst dich nicht dazu zwingen, Hashim ... Ich weiß gar nicht, ob sie deine Abwesenheit bemerkt.«

»Aber du hast doch gesagt, daß sie etwas ahnt – wegen Samia.«

»Ja, ich glaube, sie ahnt es.«

»Abba hat sie in den Abgrund gestoßen. Er hat ihr nie Zeit gewidmet, hatte kein Mitgefühl mit ihr, war ihr nie ein richtiger Gefährte.«

»Tja, Abba ist eben Abba, und es hat keinen Sinn, sich an seiner Art zu stoßen.« Kabir gähnte. »Ich bin hundemüde.«

»Gute Nacht, Bhai-jaan.«

»Gute Nacht, Hashim.«

14.12

Eine Woche nach Rakhi war Janamashtami, Krishnas Geburtstag. Mrs. Rupa Mehra feierte ihn nicht (was Krishna anbelangte, hatte sie gemischte Gefühle), aber Mrs. Mahesh Kapoor tat es. Im Garten von Prem Nivas stand der unauffällige Harsingarbaum mit den rauhen Blättern, der Baum, den Krishna angeblich für seine Frau Rukmini aus Indras Himmel gestohlen hatte. Er würde erst in zwei Monaten blühen, aber Mrs. Mahesh Kapoor stellte sich frühmorgens davor auf und dachte ihn sich mit den duftenden, sternförmigen, kleinen weiß-orangefarbenen Blüten, die sich nur eine Nacht hielten und morgens auf den Rasen fielen. Dann ging sie ins Haus zurück und rief Veena und Bhaskar. Sie und die alte Mrs. Tandon wohnten für ein paar Tage in Prem Nivas, während Kedarnath in Südindien war und sich um Aufträge für die nächste Saison kümmerte, weil aufgrund der hohen Luftfeuchtigkeit in Brahmpur die Schuhproduktion jetzt langsamer lief als üblich. Immer ist er fort, immer ist er fort, beschwerte sich Veena bei ihrer Mutter.

Mrs. Mahesh Kapoor hatte eine Zeit gewählt, zu der ihr Mann nicht zu Hause war und sich demzufolge auch nicht über ihre Gläubigkeit mokieren konnte. Sie betrat jetzt den kleinen Raum – eigentlich ein durch einen Vorhang abgetrennter Alkoven – auf der Veranda, den sie für ihre Puja eingerichtet hatte. Sie stellte zwei niedrige kleine Holzschemel auf den Boden, setzte sich auf den einen und stellte auf den anderen eine tönerne Lampe, eine Kerze auf einem kleinen Messingständer, ein Tablett, eine kleine Glocke aus Bronze, eine zur Hälfte mit Wasser gefüllte silberne Schale und eine andere, flachere mit Reiskörnern und einem dunkelroten Pulver. Sie wandte das Gesicht einem kleinen Brett oberhalb eines niedrigen Schränkchens zu, auf dem mehrere bronzene Statuen von Shiva und anderen Göttern sowie ein wunderschönes Bild von Krishna als Flöte spielendem Kind standen.

Sie mischte Wasser unter das rote Pulver, beugte sich vornüber und berührte mit einem roten Finger die Stirn der Götter und dann, wobei sie sich erneut nach vorn beugte und die Augen schloß, auch ihre eigene Stirn. Mit ruhiger Stimme sagte sie: »Veena, Streichhölzer.«

»Ich hole sie, Nani«, sagte Bhaskar.

»Du bleibst hier«, sagte seine Großmutter, die ein besonderes Gebet für ihn sprechen wollte.

Veena kam mit einer riesigen Schachtel Streichhölzer aus der Küche zurück. Ihre Mutter zündete die Lampe und die Kerze an und stellte die beiden Lichter auf das Tablett. Lärmende Menschen – die ewigen Gäste in Prem Nivas – spazierten plaudernd auf der Terrasse herum, aber sie kümmerte sich nicht um sie. Sie läutete das Glöckchen mit der linken Hand, nahm das Tablett in die rechte und beschrieb damit in der Luft eine Linie um Krishnas Bild – es war kein Kreis, sondern eine unregelmäßige Figur, als ob sie eine Gestalt nachzeichnen würde, die sie vor sich sah. Dann stand sie langsam und unter Schmerzen von ihrem kleinen Sitzplatz auf und tat dasselbe bei den anderen in dem kleinen Raum verteilten Statuen oder Kalenderbildern von Göttern: vor der Statue von Shiva; vor dem Bild, auf dem Lakshmi und Ganesh und eine kleine Maus, die an einem Laddu knabberte, gemeinsam dargestellt waren; vor einem Kalenderbild von Paramhams und Co. – Apotheker und Drogisten –, das Rama, Sita, Lakshmana, Hanuman und den Weisen Valmiki abbildete, der vor den anderen auf dem Boden saß und ihre Geschichte auf einer Schriftrolle notierte, und vor etlichen weiteren.

Sie betete zu ihnen und bat um ihre Gunst. Sie erbat nichts für sich selbst, aber sie bat um Gesundheit für ihre Familie, um ein langes Leben für ihren Mann, um den Segen für ihre beiden Enkelkinder und um Frieden für die Seelen derer, die nicht mehr lebten. Ihre Lippen formten tonlos die Worte, während sie betete, und sie schien ihre Tochter und ihren Enkel vergessen zu haben. Während der ganzen Zeit klingelte sie leise mit dem Glöckchen.

Schließlich war die Puja beendet, und sie verstaute die Gegenstände wieder in dem kleinen Schränkchen und setzte sich. Sie wandte sich Veena zu und sprach sie mit dem zärtlichen Wort für ›Sohn‹ an: »Bété, ruf Pran an und sag ihm, daß ich mit ihm zum Radhakrishna-Tempel auf der anderen Seite der Ganga will.«

Das war schlau. Hätte sie selbst Pran angerufen, hätte er versucht, sich herauszureden. Veena jedoch, die wußte, daß es ihm gut genug ging, um mitzukommen, erklärte ihm bestimmt, daß er seine Mutter an Janamashtami nicht enttäuschen könne. Und so saßen sie bald alle – Pran, Veena, Bhaskar, die alte Mrs. Tandon und Mrs. Mahesh Kapoor – in einem Boot, das den Fluß überquerte.

»Also wirklich, Ammaji«, sagte Pran, der nicht gerade erfreut war, daß man ihn von seiner Arbeit abhielt, »wenn du an Krishnas Charakter denkst – Schürzenjäger, Ehebrecher, Dieb ...«

Seine Mutter hob die Hand. Die Bemerkungen ihres Sohnes ärgerten sie weniger, als daß sie sie verwirrten.

»Du solltest nicht so stolz sein, Sohn«, sagte sie und sah ihn bekümmert an. »Du solltest Gott in Demut gegenübertreten.«

»Dann kann ich auch einem Stein in Demut gegenübertreten«, meinte Pran. »Oder ... oder einer Kartoffel.«

Seine Mutter dachte über seine Worte nach. Nach ein paar Ruderschlägen des Bootsführers tadelte sie ihn milde. »Glaubst du nicht einmal an Gott?«

»Nein«, erwiderte Pran.

»Aber wenn wir sterben ...« sagte sie und verstummte.

»Auch wenn alle, die ich liebe, sterben sollten«, sagte Pran, der sich aus keinem ersichtlichen Grund ärgerte, »würde ich nicht glauben.«

»Ich glaube an Gott«, sagte Bhaskar von sich aus. »Besonders an Rama und Sita und Lakshmana und Bharata und Shatrughna.« Er unterschied noch nicht zwischen Göttern und Helden, und er hoffte, später im Jahr bei der Ramlila einen der fünf Swaroops spielen zu dürfen. Wenn nicht, so würde er auf jeden Fall einen Affenkrieger spielen und kämpfen und Spaß haben. »Was war das?« sagte er plötzlich und deutete aufs Wasser.

Der breite grauschwarze Rücken von etwas viel Größerem als einem Fisch war kurz aus der Ganga aufgetaucht und wieder in ihr verschwunden.

»Was war was?« fragte Pran.

»Dort – das da ...« sagte Bhaskar und deutete wieder aufs Wasser. Aber es war nichts mehr zu sehen.

»Ich habe nichts gesehen«, sagte Pran.

»Aber da war etwas, da war etwas, ich hab's gesehen«, sagte Bhaskar. »Es war schwarz und hat geglänzt, und es hatte ein langes Gesicht.«

Als ob er sie beschworen hätte, tauchten in diesem Augenblick auf der rechten Seite des Bootes drei große Flußdelphine mit spitzen Mäulern auf und begannen, im Wasser miteinander zu spielen. Bhaskar lachte vor Vergnügen.

Der Bootsführer sagte mit seinem Brahmpurer Akzent: »In diesem Flußabschnitt gibt es Delphine. Sie kommen nicht oft heraus, aber es gibt sie hier. Das sind Delphine. Niemand fängt sie, die Fischer schützen sie und töten die Krokodile in diesem Abschnitt. Deswegen gibt es bis zu der großen Biegung am Barsaat Mahal keine Krokodile im Fluß. Sie haben großes Glück, sie zu sehen. Denken Sie am Ende der Fahrt daran.«

Mrs. Mahesh Kapoor lächelte und reichte ihm eine Münze. Sie erinnerte sich an die Zeit, als der Minister Sahib ein Jahr lang in Delhi gelebt und sie eine Pilgerreise in die von Krishna geheiligte Gegend unternommen hatte. Dort, genau unter dem Tempel von Gokul, hatten sie und die anderen Pilger fasziniert die großen schwarzen Flußschildkröten beobachtet, die im tiefen Wasser der Yamuna träge herumschwammen. In ihren Augen waren sie und diese Delphine gute Wesen, unschuldige und gesegnete Geschöpfe. Um die Unschuldigen, gleichgültig ob Mensch oder Tier, zu beschützen, um die nie enden wollenden Übel auf der Welt zu heilen und Aufrichtigkeit durchzusetzen – deswegen war Krishna auf die Erde herniedergekommen. In der Bhagavad Gita hatte er auf dem Schlachtfeld des Mahabharata seine rühmlichen Weisheiten offenbart. Prans Art, so flapsig über ihn zu sprechen – als ob Gott, dem man vertrauen und den man verehren sollte, mit menschlichen Maßstäben beurteilt werden könnte –, verwirrte und verletzte sie. Was, so fragte sie sich, ist innerhalb von einer Generation passiert, daß von ihren drei Kindern nur eins weiter an das glaubte, woran ihre Vorfahren Jahrhunderte, ja Jahrtausende lang geglaubt hatten?

14.13

Eines Morgens, ein paar Wochen vor Janamashtami, dachte Pandit Jawaharlal Nehru, der scheinbar mit Akten beschäftigt war, zurück an die Zeit, als er noch sehr jung und trotz der Schmeicheleien und Vorwürfe seiner Mutter nicht in der Lage gewesen war, sich bis Mitternacht, als Krishna in der Gefängniszelle geboren wurde, wach zu halten. Jetzt allerdings schlief er selten vor Mitternacht.
Schlaf! Es war eines seiner Lieblingswörter. Im Gefängnis von Almora hatte er sich wegen der Nachrichten, die er über den Zustand seiner Frau Kamala erhielt, oft Sorgen gemacht, doch obwohl seine Ohnmacht ihn für eine Weile aus dem Gleis warf, gelang es ihm, in der Gebirgsluft tief und fest zu schlafen. Kurz vor dem Einschlafen dachte er oft, was für eine wunderbare und geheimnisvolle Sache der Schlaf doch war. Warum sollte er noch einmal daraus erwachen? Wenn er nun überhaupt nicht mehr aufwachte? Als er am Krankenbett seines Vaters Wache hielt, hatte er dessen Tod mit tiefem Schlaf verwechselt.
Jetzt saß er an seinem Schreibtisch, das Kinn auf die Hände gestützt, und betrachtete kurz das Foto seiner Frau, bevor er mit seinem Diktat fortfuhr. Tausende von Briefen jeden Tag, schichtweise Stenographen, endlose Arbeit im Parlament, in seinen Büroräumen in South Block und in seinem Büro zu Hause, endlos, endlos, endlos. Er hatte es sich zum Prinzip gemacht, vor dem Schlafengehen alle Papierarbeit zu erledigen, alle Briefe zu beantworten. Und doch hatte er das Gefühl, daß sich hinter dieser raschen Pflichterfüllung eine Art Zaudern verbarg. Obwohl er all seine Papierarbeit gewissenhaft erledigte, kannte er sich

nur zu gut, um nicht zu übersehen, daß er damit vermied, sich weniger leicht zu bearbeitenden – konfuseren, menschlicheren, unangenehmeren und konfliktreicheren – Dingen zuzuwenden, wie zum Beispiel den Problemen innerhalb seiner eigenen Partei. Es war leichter, unentschlossen zu sein, solange man beschäftigt war.

Er war immer und überall beschäftigt gewesen, außer im Gefängnis. Nein, das stimmte nicht: Nie hatte er mehr gelesen als in den vielen Gefängnissen, in denen er gesessen hatte, und dort hatte er auch seine drei Bücher geschrieben. Und doch gab es dort für ihn Zeit, Dinge zu bemerken, für die er jetzt keine Muße mehr hatte: die kahlen Baumwipfel oberhalb der Gefängnismauer von Alipore, die mit jedem Tag grüner wurden, die Spatzen, die in der riesigen vergitterten Scheune nisteten, in der man ihn in Almora festhielt, die grünen Felder, auf die er einen Blick werfen konnte, wenn die Wächter für einen Augenblick das Hoftor des Gefängnisses von Dehradun öffneten.

Er stand von seinem Schreibtisch auf und ging zum Fenster, von dem er den ganzen Garten von Teen Murti House überblicken konnte. Früher, während des Raj, war es die Residenz des Oberbefehlshabers gewesen, und jetzt war es seine Residenz als Premierminister. Der Garten war dank des Monsuns üppig grün. Ein kleiner, vier- oder fünfjähriger Junge, vielleicht das Kind eines Dienstboten, hüpfte unter einem Mangobaum auf und ab und versuchte, etwas von einem der unteren Äste zu pflücken. Aber war die Mangosaison nicht schon vorbei?

Kamala – er dachte oft, daß seine Inhaftierung für sie schwerer zu ertragen gewesen war als für ihn. Sie hatten sehr jung geheiratet – waren von ihren Eltern verheiratet worden –, und er hatte sich erst gezwungen, sich für sie Zeit zu nehmen, als sie schon unheilbar krank war. Seine Autobiographie hatte er ihr gewidmet – zu spät, als daß sie es noch hätte erfahren können. Erst kurz bevor sie starb, war ihm klargeworden, wie sehr er sie liebte. Er erinnerte sich an seine verzweifelten Worte: »Warum hat sie mich verlassen, jetzt, da ich sie am nötigsten brauche? Wir hatten doch gerade erst angefangen, einander wirklich kennenzulernen und zu verstehen. Unser gemeinsames Leben hatte gerade erst begonnen. Wir haben uns so aufeinander verlassen, wir hatten noch so viel vor.«

Nun – das war vor langer Zeit gewesen. Und auch wenn es Leid und Opfer und lange Abwesenheiten gegeben hatte, während er als ›Gast des Königs‹ festgehalten wurde, so waren zumindest die Fronten klar gewesen. Jetzt war alles undurchsichtig. Alte Gefährten waren zu politischen Rivalen geworden. Die Ziele, für die er gekämpft hatte, wurden unterminiert, und vielleicht trug er die Schuld daran, weil er die Dinge so lange hatte schleifen lassen. Seine Anhänger verließen die Kongreßpartei, die in die Hände der Konservativen gefallen war, von denen viele Indien als reinen Hindu-Staat betrachteten, in dem sich andere entweder anpassen oder die Konsequenzen tragen mußten.

Es gab niemanden mehr, der ihm raten konnte. Sein Vater war tot. Gandhiji war tot. Kamala war tot. Und die Freundin, der er sein Herz hätte ausschütten können, mit der er damals um Mitternacht die Unabhängigkeit gefeiert hatte, war weit fort. Sie, die sich selbst so elegant kleidete, hatte sich über seinen anspruchsvollen Kleidungsstil lustig gemacht. Er berührte die rote Rose – in dieser Jahreszeit mußte sie aus Kaschmir stammen –, die im Knopfloch seines weißen Achkans aus Baumwolle steckte, und lächelte.

Das nackte Kind, das sein Ziel ohne Hilfsmittel nicht erreichte, hatte sich von einem nahen Blumenbeet ein paar Ziegelsteine geholt und baute sich bedächtig eine kleine Plattform. Es stellte sich darauf, langte nach dem Ast, aber wieder vergeblich. Es stürzte mitsamt den Steinen um.

Nehrus Lächeln wurde breiter.

»Sir?« sagte der Stenograph, den Bleistift in der Hand.

»Ja, ja. Ich denke nach.«

Menschenmengen und Einsamkeit. Gefängnisaufenthalte und das Amt des Premierministers. Intensive Aktivität und die Sehnsucht nach dem Nichts.

»Auch wir sind müde.«

Er würde aber etwas unternehmen müssen, und zwar bald. Nach den Wahlen wäre es zu spät. Ihm stand der traurigste Kampf seines Lebens bevor.

Er erinnerte sich an eine Szene, die sich mehr als fünfzehn Jahre zuvor in Allahabad ereignet hatte. Er war seit ungefähr fünf Monaten aus dem Gefängnis entlassen und rechnete jeden Tag damit, unter irgendeinem Vorwand erneut festgenommen zu werden. Er und Kamala hatten Tee getrunken, Purushottamdas Tandon war eben zu ihnen gekommen, und sie standen auf der Veranda und unterhielten sich. Ein Wagen fuhr vor, ein Polizist stieg aus, und sie wußten augenblicklich, was das bedeutete. Tandon hatte den Kopf geschüttelt und verzerrt gelächelt, und Nehru hatte den verlegenen Polizisten mit dem ironisch-freundlichen Kommentar empfangen: »Ich erwarte Sie schon seit langer Zeit.«

Draußen auf dem Rasen hatte der kleine Junge die Ziegelsteine in einer neuen Formation aufeinandergetürmt und kletterte jetzt vorsichtig darauf. Anstatt nun lediglich nach dem Ast zu greifen, unternahm er einen Alles-oder-nichts-Versuch und hüpfte hoch. Aber wieder war ihm kein Erfolg beschieden. Er stürzte, tat sich weh, setzte sich ins nasse Gras und begann zu weinen. Aufgeschreckt durch das Geräusch, kam der Mali und sah auf einen Blick, was passiert war. Er sah auch, daß der Premierminister vom Fenster seines Büros aus die Szene beobachtete, und lief zu dem Kind, schrie es ärgerlich an und schlug ihm hart ins Gesicht. Der Junge plärrte jetzt erst recht.

Pandit Nehru, der über diesen Angriff auf das Kind wütend war, stürmte mit finsterem Blick in den Garten zum Mali und ohrfeigte ihn mehrmals.

»Aber Panditji ...« sagte der Mali, der wie vom Donner gerührt dastand und keinen Versuch machte, sich zu schützen. Schließlich hatte er dem Schlingel nur eine Lehre erteilt.

Nehru, der noch immer wütend war, nahm das schmutzige, ängstliche Kind in die Arme und redete ihm gut zu. Er wies den Mali an, augenblicklich Früchte für das Kind zu pflücken, und drohte ihm, ihn auf der Stelle hinauszuwerfen.

»Barbarisch«, murmelte er vor sich hin und ging durch den Garten zurück. Er runzelte die Stirn, als er bemerkte, daß sein weißer Achkan jetzt mit Erde verschmiert war.

14.14

Delhi, 6. August 1951

Sehr geehrter Herr Präsident,
hiermit möchte ich Ihnen meinen Rücktritt als Mitglied des Kongreß-Arbeitsausschusses und des Wahlausschusses mitteilen. Ich wäre dankbar, wenn Sie mein Rücktrittsgesuch annehmen würden.

Hochachtungsvoll
Jawaharlal Nehru

Diesem formellen Rücktrittsgesuch an den Präsidenten der Kongreßpartei – Mr. Tandon – war ein Brief beigefügt, der mit ›Mein lieber Purushottamdas‹ begann und folgendermaßen endete:

Du wirst mir vergeben, wenn ich Dich durch meinen Rücktritt in eine peinliche Situation bringe. Aber die Situation war für uns beide und andere sowieso peinlich, und die beste Art, damit fertig zu werden, ist, ihre Ursache zu beseitigen.

Herzlichst
Dein Jawaharlal Nehru

Kaum hatte Mr. Tandon den Brief zwei Tage später gelesen, antwortete er sofort. Er schrieb unter anderem:

Du hast selbst, als Führer der Nation, die Kongreßmitglieder und das Land dazu aufgerufen, der Situation, der wir uns außen- und innenpolitisch gegenübersehen, geeint entgegenzutreten. Der Schritt, den Du unternehmen willst, nämlich aus dem Arbeitsausschuß und dem Parlamentarischen Ausschuß auszuscheiden, richtet sich direkt gegen Deinen Aufruf zur Solidarität und wird den Kongreß wahrscheinlich spalten, und das wird dem Land potentiell größeren Schaden zufügen als irgendein anderes Problem, mit dem sich die Partei bislang konfrontiert sah.

Ich bitte Dich, nichts zu überstürzen, was zu diesem Zeitpunkt notwendigerweise zu einer Krise führen muß, und nicht auf Deinem Rücktritt zu bestehen. Ich kann ihn nicht annehmen. Wenn Du jedoch darauf bestehst, so habe ich keine andere Wahl, als den Arbeitsausschuß darüber entscheiden zu lassen. Ich gehe in jedem Fall davon aus, daß Du an der Sitzung des Arbeitsausschusses am Elften teilnehmen wirst.

Wenn es notwendig und wünschenswert ist, daß ich die Präsidentschaft des Kongresses abgebe, um Dein Verbleiben im Arbeitsausschuß zu sichern, so werde ich das mit großem Vergnügen und bestem Willen tun.

Herzlichst
Dein Purushottamdas Tandon

Pandit Nehru antwortete noch am selben Tag und verdeutlichte, was ihm auf dem Herzen lag:

Seit langem schon beunruhigt mich die Haltung einiger Personen, die angedeutet haben, daß sie andere, die ihre Ansichten und Vorstellungen nicht teilen, aus dem Kongreß treiben wollen. [...]
Ich denke, daß sich der Kongreß rapide von seinen Grundwerten entfernt und mehr und mehr Leute der falschen Art, beziehungsweise Leute mit falschen Ansichten, an Einfluß gewinnen. Der Kongreß verliert in der Öffentlichkeit zunehmend an Attraktivität. Er mag und wird die Wahlen vermutlich gewinnen. Aber dabei läuft er Gefahr, seine Seele zu verlieren. [...]
Ich bin mir der Folgen meines Schrittes und der damit verbundenen Risiken vollkommen bewußt. Aber ich glaube, daß ich die Risiken auf mich nehmen muß, denn es gibt keinen anderen Ausweg. [...]
Mehr als jeder andere bin ich mir der kritischen Situation bewußt, der das Land heute gegenübersteht. Tag für Tag bin ich damit konfrontiert. [...]
Es gibt keinen Grund, warum Du als Präsident des Kongresses zurücktreten solltest. Es handelt sich nicht um eine persönliche Angelegenheit.
Ich glaube nicht, daß es angemessen wäre, wenn ich an der Sitzung des Arbeitsausschusses teilnehmen würde. Meine Anwesenheit würde mich und andere in Verlegenheit bringen. Ich denke, daß es besser ist, wenn alle Fragen in meiner Abwesenheit diskutiert werden.

Mr. Tandon antwortete am nächsten Tag, dem Tag vor der Sitzung des Arbeitsausschusses. Er stimmte zu, ›daß es sinnlos wäre, die Wahlen zu gewinnen, wenn der Kongreß, wie Du sagst, »dabei seine Seele verlieren« würde‹. Aber sein Brief machte klar, daß die beiden Männer höchst unterschiedliche Auffassungen von der Seele des Kongresses hatten. Tandon schrieb, daß er Nehrus Rücktrittsgesuch am nächsten Tag dem Arbeitsausschuß vorlegen würde. »Aber das soll Deiner Teilnahme an der Diskussion anderer Themen nicht im Wege stehen. Ich schlage vor, daß Du zur Sitzung kommst, wenn auch nur für kurze Zeit, und daß die Fragen, die Dich betreffen, nicht in Deiner Anwesenheit diskutiert werden.«

Nehru nahm an der Sitzung des Arbeitsausschusses teil und begründete sein Rücktrittsgesuch; dann zog er sich zurück, so daß die anderen es in seiner Abwesenheit diskutieren konnten. Der Arbeitsausschuß, konfrontiert mit dem unvorstellbaren Verlust des Premierministers, suchte nach einer Möglichkeit, ihn zu halten. Aber alle unmittelbaren Versuche zu vermitteln scheiterten. Eine Möglichkeit war, den Arbeitsausschuß neu zu konstituieren und neue Generalsekretäre für den Kongreß zu ernennen, so daß sich Nehru ›mehr im Einklang‹ mit ihnen fühlen könnte. Aber Tandon sprach ein Machtwort. Er wollte lieber zurücktreten als zulassen, daß sich das Amt des Kongreßpräsidenten dem des Premierministers unterordnete. Die Mitglieder des Arbeitsausschusses zu ernennen falle in die Kompetenz von ersterem; letzterer dürfe sich dabei nicht einmischen. Der Arbeitsausschuß verabschiedete eine Resolution, in der Nehru und Tandon aufgefordert wurden, gemeinsam eine Lösung für die Krise zu finden. Mehr konnte er nicht tun.

Zwei Tage später, am Unabhängigkeitstag, erklärte Maulana Azad sein Ausscheiden aus dem Kongreß-Arbeitsausschuß. So wie der Austritt des populären Moslemführers Kidwai aus dem Kongreß Nehru zu einer Reaktion gezwungen hatte, bestärkte der Rücktritt des gebildeten Maulanas Nehru in seiner Entschlossenheit. Da es auf nationaler Ebene im wesentlichen diese beiden Politiker waren, an die sich die Moslems in der unsicheren Zeit nach der Teilung hielten – an Kidwai, weil er nicht nur bei den Moslems ungemein beliebt war, sondern auch bei den Hindus, und an Azad, weil er sich Respekt und Nehrus Wohlwollen erworben hatte –, schien der Kongreß Gefahr zu laufen, seine gesamte moslemische Anhängerschaft zu verlieren.

S.S. Sharma unternahm jede nur mögliche Anstrengung, um Nehru von dem Kollisionskurs mit Tandon abzubringen. Er war nicht der einzige. Politiker wie Pant aus U.P. und B.C. Roy aus Westbengalen versuchten es ebenfalls. Nehru reagierte jedoch so vage unnachgiebig wie immer. Aber diesmal bekam S.S. Sharmas Ego einen kleinen Kratzer: Nehru bat ihn nicht, in sein Kabinett in Delhi einzutreten. Vermutlich ging er davon aus, daß Sharma wie immer ablehnen würde – oder ihm mißfielen Sharmas Versuche, die Risse in der Partei zu kitten, – oder er vergaß, ihn darum zu bitten, weil ihn andere, dringendere Dinge beschäftigten.

Eines dieser Dinge war ein Treffen der Kongreßabgeordneten des Parlaments, das er einberief, um zu erklären, welche Ereignisse ihn zu dem drastischen Schritt seines Rücktritts veranlaßt hatten. Er bat um ein Vertrauensvotum. Wie auch immer ihre politische Ausrichtung aussah (und es waren, wie Nehru feststellen sollte, als er bald darauf die Reform des Hindu-Rechts vor das Parlament brachte, viele Erzkonservative unter ihnen), betrachteten die meisten Kongreßabgeordneten den Konflikt als einen zwischen der Massenpartei und der Fraktion im Parlament. Der Gedanke, daß der Präsident des Kongresses versuchte, ihnen mit Hilfe von Resolutionen eine ihm gefällige Politik aufzuzwingen – und mehrmals hatte er behauptet, das Recht dazu zu haben –, gefiel ihnen gar nicht. Außerdem wußten sie, daß sie ohne Nehru Schwierigkeiten haben würden, in ein paar Monaten wiedergewählt zu werden. Ob aus Angst, ihre Seele oder ihre Macht oder die Wahlen zu verlieren, sei dahingestellt, jedenfalls fiel das Vertrauensvotum mit überwältigender Mehrheit zu seinen Gunsten aus.

Da das Vertrauen zu Nehru nie wirklich zur Debatte gestanden hatte, grollten Tandons Anhänger wegen dieses Schachzugs, der wie eine Vorbereitung zur endgültigen Kraftprobe wirkte. Zudem überraschte sie, daß Nehru untypischerweise nicht gewillt war, nachzugeben, ihren Standpunkt zu verstehen, seinen unfreundlichen Akt hinauszuschieben, einen Kompromiß einzugehen. Er sprach jetzt davon, auf ›einer Veränderung des Auftretens‹ und auf ›einer eindeutigen Entscheidung‹ zu bestehen. Und es kursierten Gerüchte, daß Nehru neben seinem Amt als Premierminister auch noch das Amt des Kongreßpräsidenten übernehmen wollte, eine anstrengende – und auf gewisse Weise bedenkliche – Ämterhäufung, gegen die er sich in der Vergangenheit eindeutig ausgesprochen hatte. 1946 war er sogar als Kongreßpräsident zurückgetreten, um Premierminister zu werden. Aber jetzt, da seine eigene Partei seine Macht bedrohte, behandelte er dieses Thema ausweichend.

»Ich bin unwiderruflich der Meinung, daß es praktisch und auch sonst falsch wäre, wenn der Premierminister auch noch Kongreßpräsident wäre«, erklärte er Ende August, genau eine Woche vor der entscheidenden Sitzung der All-India-Delegiertenkonferenz in Delhi.»Auch wenn das die allgemeine Regel ist, so kann ich doch nicht vorhersagen, zu welchen Schritten mich die Notwendigkeiten unter besonderen Umständen zwingen können, wenn ein Riß entstanden ist oder so etwas Ähnliches.«

Der nachschleifende Schwanz des Satzes – wie er für Nehru ganz typisch war – konnte nicht über die mangelnde Flexibilität des Körpers hinwegtäuschen.

14.15

Mit jedem Tag, der verging, wurde klarer, daß das seit Monaten andauernde Patt nur durch eine Verzweiflungstat aufgelöst werden konnte. Tandon weigerte sich, den Arbeitsausschuß im Sinne Nehrus neu zu konstituieren, und Nehru bestand genau darauf, wenn er wieder Mitglied werden sollte.

Am 6. September reichte der gesamte Arbeitsausschuß in einer dramatischen Aktion bei Tandon seinen Rücktritt ein, in der Hoffnung, damit eine – in einem offenen Konflikt – für Tandon und alle anderen Ausschußmitglieder unhaltbare Position zu umgehen. Die Idee, die dahintersteckte, war, daß die wesentlich mitgliederstärkere Organisation der All-India-Delegiertenkonferenz (die zwei Tage später zusammentreten sollte) eine Resolution verabschiedete, in der Nehru gebeten würde, seinen Rücktritt zu widerrufen, Tandon das Vertrauen ausgesprochen und er zudem aufgefordert würde, den Arbeitsausschuß in einer Wahl neu zu konstituieren. Nehru und Tandon könnten dann gemeinsam eine Wahlliste aufstellen. Tandon würde Kongreßpräsident bleiben und müßte dem Premierminister keinerlei Vorrechte abtreten; er müßte lediglich eine Resolution der All-India-Delegiertenkonferenz in die Tat umsetzen, wozu er verpflichtet war.

Das war ein Vorschlag, so glaubte der Arbeitsausschuß, dem beide, Nehru und Tandon, zustimmen könnten. Tatsächlich war jedoch das Gegenteil der Fall.

An diesem Abend erklärte Nehru bei einem öffentlichen Auftritt, er wünsche, daß die All-India-Delegiertenkonferenz eindeutig darlege, welche Richtung der Kongreß einschlagen und wer die Zügel in die Hand nehmen solle. Er war in Kampfstimmung.

Am nächsten Abend lehnte Tandon auf einer Pressekonferenz die vom Arbeitsausschuß vorgeschlagene Formel, unter der alle das Gesicht gewahrt hätten, ab. Er sagte:»Wenn mich die All-India-Delegiertenkonferenz auffordert, den Arbeitsausschuß nach Konsultationen mit A, B oder C neu zu konstituieren, dann würde ich die Delegierten bitten, nicht auf dieser Forderung zu bestehen, sondern mich von meinen Pflichten zu entbinden.«

Die Verantwortung für die Krise schob er ausschließlich Nehru zu. Nehru war wegen der Zusammensetzung des Arbeitsausschusses zurückgetreten; und damit hatte er dessen Mitglieder gezwungen, ihrerseits zurückzutreten. Tandon machte klar, daß er diese erzwungenen Rücktritte nicht annehmen könne. Er wies alle Vorwürfe Nehrus zurück, der Arbeitsausschuß habe versäumt, Resolutionen des Kongresses umzusetzen. Er nannte Pandit Nehru des öfteren ›meinen alten Freund und Bruder‹ und fügte hinzu:»Nehru ist kein gewöhnliches Mitglied des Arbeitsausschusses; er repräsentiert mehr als jeder andere die Nation.« Aber er beharrte auf seinem Standpunkt, der auf Prinzipien basierte; und er kündigte für den nächsten Tag seinen Rücktritt vom Amt des Kongreßpräsidenten für den Fall an, daß Vermittler keine akzeptable Lösung finden würden.

Und genau das war es, was er am nächsten Tag in aller Würde tat – ungeachtet der vielen Angriffe auf seine Person in der Presse, ungeachtet dessen, was er als Nehrus falsche Taktik betrachtete, ungeachtet der Bitterkeit, mit der der lange Kampf geführt worden war.

Als noble Geste, die der verbliebenen Unzufriedenheit den Stachel nahm, wurde er Mitglied des Arbeitsausschusses unter dem neu gewählten Kongreßpräsidenten Jawaharlal Nehru.

Es war ein Coup, und Nehru hatte gewonnen.

So schien es.

14.16

Kaum hatte der Jeep vor Baitar Fort gehalten, sattelten Maan und Firoz zwei Pferde, um auf die Jagd zu gehen. Der schmierige Munshi lächelte breit, als er sie sah, und befahl Waris schroff, die nötigen Vorbereitungen zu treffen. Maan riß sich zusammen und schluckte seinen Zorn auf den Munshi hinunter.

»Ich komme mit«, sagte Waris, der ganz verwildert aussah, vielleicht weil er sich seit ein paar Tagen nicht mehr rasiert hatte.

»Aber eßt doch noch etwas zu Mittag, bevor ihr verschwindet«, sagte der Nawab Sahib.

Die beiden ungeduldigen jungen Männer lehnten ab.

»Wir haben unterwegs etwas gegessen«, sagte Firoz. »Vor Einbruch der Dunkelheit sind wir zurück.«

Der Nawab Sahib drehte sich achselzuckend zu Mahesh Kapoor um.

Überschäumend vor Beflissenheit, führte der Munshi Mahesh Kapoor in sein Zimmer. Daß der große Mahesh Kapoor, der mit einem Federstrich riesige Anwesen von zukünftigen Landkarten getilgt hatte, höchstpersönlich hierherkam, war eine Sache von unkalkulierbarer Bedeutung. Vielleicht käme er wieder an die Macht, und dann drohte womöglich noch Schlimmeres. Und der Nawab Sahib hatte ihn nicht nur eingeladen, sondern behandelte ihn mit großer Herzlichkeit. Der Munshi leckte über seinen Walroßschnurrbart und keuchte drei steile Treppen hinauf, wobei er ungemein freundliche Platitüden von sich gab. Mahesh Kapoor folgte ihm wortlos.

»Also, Minister Sahib, ich wurde angewiesen, Sie in der besten Zimmerflucht des Forts unterzubringen. Wie Sie sehen, geht sie auf den Mangohain hinaus, und dahinter liegt der Dschungel – hier ist man völlig ungestört, vom Lärm der Stadt ist nichts zu hören, Sie werden in aller Ruhe nachdenken können. Und dort, Minister Sahib, sehen Sie, wie Ihr Sohn und der Nawabzada durch den Hain reiten. Wie gut Ihr Sohn reiten kann. Ich hatte die Ehre, seine Bekanntschaft zu machen, als er das letztemal im Fort war. Was für ein aufrichtiger, anständiger junger Mann. Vom ersten Augenblick an wußte ich, daß er aus einer bemerkenswerten Familie stammen muß.«

»Wer ist der dritte?«

»Minister Sahib, das ist Waris«, sagte der Munshi, der über seinen Tonfall vermittelte, wie wenig er von diesem Bauerntölpel hielt.

Mahesh Kapoor achtete nicht weiter auf den Bauerntölpel.

»Wann wird zu Mittag gegessen?« fragte er und blickte auf seine Uhr.

»In einer Stunde, Minister Sahib«, sagte der Munshi. »In einer Stunde. Und ich werde persönlich jemanden heraufschicken, der Ihnen Bescheid sagt. Oder vielleicht möchten Sie einen Spaziergang durch den Garten machen? Der Nawab Sahib hat gesagt, daß Sie während der nächsten Tage sowenig wie möglich gestört werden wollen – daß Sie in einer ruhigen Umgebung nachzudenken wünschen. Zu dieser Jahreszeit ist der Garten frisch und grün, vielleicht etwas verwildert wegen der neuen, angestrengten Finanzlage – Huzoor weiß sicherlich, daß die Zeiten für große Anwesen wie unseres nicht gerade günstig sind –, aber wir werden keine Anstrengung scheuen, damit Ihr Aufenthalt ein erfolgreicher, ein erholsamer wird, Minister Sahib. Wie Huzoor sicherlich schon weiß, wird Ustad Majeed Khan später am Nachmittag mit dem Zug hier eintreffen und heute und morgen zu Huzoors Vergnügen singen. Der Nawab Sahib hat darauf bestanden, daß man Ihnen viel Zeit zum Ausruhen und Nachdenken läßt, zum Ausruhen und Nachdenken.«

Da er auf sein weitschweifiges Geschwafel keine Antwort erhielt, fuhr der Munshi fort: »Auch der Nawab Sahib hält viel vom Ausruhen und Nachdenken, Minister Sahib. Wenn er hier ist, verbringt er die meiste Zeit in der Bibliothek. Aber wenn ich Ihnen einen Vorschlag machen darf, es gibt ein, zwei Sehenswürdigkeiten in der Stadt: das Lal Kothi und natürlich das Krankenhaus, das von früheren Nawabs gegründet und erweitert wurde und für das wir weiterhin zum Wohl der Menschen stiften. Ich habe bereits eine Tour arrangiert...«

»Später«, sagte Mahesh Kapoor. Er wandte sich vom Munshi ab und sah aus dem Fenster. Die drei Reiter tauchten ab und zu auf einem Waldweg auf, bis sie endgültig in der Ferne verschwanden.

Es war gut, dachte Mahesh Kapoor, daß er hier, auf dem Anwesen seines alten Freundes, war, fort von Prem Nivas und der Betriebsamkeit im Haus, fort von dem leisen Drängeln seiner Frau, den ständigen Überfällen seiner Verwandten aus Rudhia und der Verwaltung des dortigen Guts, fort vor allem von den politischen Wirren in Brahmpur und Delhi. Denn er hatte ausnahmsweise im Augenblick mehr als genug von Politik. Zweifellos würde er die Ereignisse auch hier verfolgen können, im Radio oder in den einen Tag alten Zeitungen, aber die direkten Begegnungen mit aufgeregten Politikerkollegen und verstörten oder aufdringlichen Wählern würden ihm erspart bleiben. Im Ministerium hatte er keine Arbeit mehr; im Parlament hatte er sich für ein paar Tage entschuldigen lassen; und er würde nicht einmal an der Sitzung seiner neuen Partei teilnehmen, die in der folgenden Woche in Madras stattfand. Er war sich nicht länger sicher, ob er wirklich in diese Partei gehörte, auch wenn er nominell noch Mitglied war. Infolge von Nehrus wichtigem Sieg über Tandon und seine Gefolgsleute in Delhi verspürte Mahesh Kapoor das Bedürfnis, seine Einstellung zum Kongreß neu zu überdenken. Wie viele andere Abtrünnige war er enttäuscht, daß Nehru die Partei nicht gespalten und sich ihnen angeschlossen hatte. Andererseits schien der Kongreß für Leute mit seinen Ansichten kein so unwirtlicher Ort mehr zu sein. Besonders interessierte ihn, wie sich der launische Rafi Ahmad Kidwai verhalten würde, wenn Nehru die Abtrünnigen zur Rückkehr auffordern sollte.

Bislang hatte sich Kidwai wie immer nicht festgelegt und hielt sich alle Optionen offen, indem er einander widersprechende Aussagen machte. In Bombay hatte er verkündet, daß er über Nehrus Sieg begeistert sei, jedoch wenig Sinn darin sehe, in den Kongreß zurückzukehren. »Ihnen ist klargeworden, daß ihre Aussichten, die Wahlen zu gewinnen, nicht gerade rosig waren, deswegen haben sie Tandon im Stich gelassen und Nehrus Kandidatur befürwortet. Das ist der reine Opportunismus. Die Zukunft des Landes sieht düster aus, wenn dieser Opportunismus hingenommen wird«, sagte er. Der schlaue Mr. Kidwai fügte jedoch hinzu, daß »alles in Ordnung« wäre, wenn Pandit Nehru gewisse »unerwünschte Elemente« in den Regierungen von Uttar Pradesh, Purva Pradesh, Madhya Pradesh und im Pandschab entfernen würde. Um die Angelegenheit noch undurchsichtiger zu machen, erwähnte er, daß die KMPP eine Wahlkampf-Allianz mit der Sozialistischen Partei ins Auge fasse und daß dann »die Chancen der Partei, in den meisten Bundesländern den Sieg davonzutragen, sehr gut« wären. (Die Sozialistische Partei ihrerseits legte keinerlei Begeisterung an den Tag, sich mit irgend jemandem zu verbünden.) Ein paar Tage später schlug Kidwai vor, den Kongreß als Voraussetzung für die Auflösung seiner Partei und den Wiedereintritt in den Kongreß von ›korrupten Elementen‹ zu säubern. Kripalani jedoch, die zweite Hälfte des K-K-Kartells, bestand darauf, daß er auf keinen Fall die KMPP verlassen und in den Kongreß zurückkehren würde, gleichgültig wie dessen interne Umstrukturierung ausfiel.

Kidwai hatte etwas von einem Flußdelphin. Er genoß es, im schlammigen Wasser zu schwimmen und die Krokodile um sich herum auszutricksen.

Alle anderen Parteien gaben in der Zwischenzeit ihre mehr oder weniger aufgebrachten Kommentare zu Nehrus neuer Machtstellung im Kongreß ab. Ein Führer der Sozialistischen Partei denunzierte die Ämterhäufung des Kongreßpräsidenten und Premierministers als Anzeichen für totalitaristische Tendenzen; ein anderer meinte, darüber müsse man sich keine Sorgen machen, weil Nehru nicht das Zeug zum Diktator habe; und ein dritter wies schlicht darauf hin, daß der Kongreß dank dieses taktischen Manövers seine Wahlchancen verbessert habe.

Auf der Rechten zog der Präsident der Hindu Mahasabha gegen ›die Ausrufung der Diktatur‹ her. Wörtlich sagte er: »Obwohl diese Diktatur Nehru auf den Zenit seines Ruhmes katapultiert hat, trägt sie doch auch den Keim seines Falls in sich.«

Mahesh Kapoor versuchte, den Wirrwarr der Meinungen und Meldungen zu vergessen und Antwort auf drei einfache Fragen zu finden: Sollte er, da er von der Politik genug hatte, sich endgültig daraus zurückziehen? Wenn nicht, welche Partei war dann die richtige für ihn – oder sollte er als unabhängiger Kandidat antreten? Wenn er beschloß, politisch aktiv zu bleiben und bei den Wahlen zu kandidieren, in welchem Wahlkreis sollte er sich dann aufstellen lassen? Er stieg auf das Dach, wo er eine in einem Turm versteckte Eule aufschreckte; er ging hinunter in den Rosengarten, wo die jetzt blütenlosen Sträucher den grünen Rasen säumten; er wanderte durch etliche Räume des Forts, unter anderem durch die riesige Imambara. Die Worte Sharmas, die dieser in einem anderen

Garten zu ihm gesprochen hatte, gingen ihm nicht mehr aus dem Kopf. Als der beflissene Munshi ihn endlich aufspürte und meldete, daß der Nawab Sahib ihn zum Mittagessen erwarte, war er einer Antwort noch keinen Schritt näher.

14.17

Der Nawab Sahib hatte während der letzten Stunde in der riesigen staubbedeckten Bibliothek mit der gewölbten Decke und dem Dachfenster aus grünem Glas gesessen und an seiner Ausgabe der Gedichte von Mast gearbeitet, denn einige der Unterlagen und Manuskripte lagerten hier im Fort. Daß dieser herrliche Raum so heruntergekommen und der Zustand seiner Bestände nicht der beste war, stimmte ihn traurig. Am Ende seines Aufenthalts hier wollte er das Material zu Mast und die wertvolleren Bücher aus der Bibliothek in Baitar Fort nach Brahmpur mitnehmen. Angesichts seiner reduzierten Einnahmen war es ihm nicht länger möglich, die Bibliothek im Fort zu unterhalten – und der Staub, das Durcheinander und der Befall mit Silberfischchen wurden jeden Monat schlimmer.

Diesen Gedanken hing er noch nach, als er seinen Freund in dem großen, düsteren Speisesaal begrüßte, in dem die Porträts von Königin Victoria, König Edward VII. und den Vorfahren des Nawab Sahib hingen.

»Nach dem Mittagessen werde ich dir die Bibliothek zeigen«, sagte der Nawab Sahib.

»Gut«, sagte Mahesh Kapoor. »Aber mein letzter Besuch in einer deiner Bibliotheken hat mit der Zerstörung eines Buches geendet.«

»Tja«, sagte der Nawab Sahib nachdenklich. »Ich weiß nicht, was schlimmer ist: die Anfälle des Radscha von Marh oder die Invasion der Silberfische.«

»Du solltest besser auf deine Bücher aufpassen. Es ist eine der schönsten Privatbibliotheken im Land. Es wäre eine Tragödie, wenn die Bücher Schaden litten.«

»Vermutlich meinst du, es handelt sich um einen Staatsschatz«, sagte der Nawab Sahib und lächelte still.

»Ja.«

»Aber ich bezweifle, daß sich die Staatskasse an seinem Unterhalt beteiligen wird.«

»Richtig.«

»Und dank Banditen wie dir kann ich auch allein nicht länger dafür aufkommen.«

Mahesh Kapoor lachte. »Ich habe mich schon gefragt, worauf du hinauswolltest. Aber selbst wenn du vor dem Obersten Gerichtshof verlierst, wirst du immer noch ein paar tausendmal reicher sein als ich. Und im Gegensatz zu dir arbeite ich für meinen Lebensunterhalt – du bist nur Dekoration.«

Der Nawab Sahib bediente sich am Biryani. »Du bist zu nichts nütze«, konterte er. »Was tut ein Politiker schon, außer anderen Probleme zu machen?«

»Oder gegen die Probleme anzukämpfen, die andere machen.«

Weder er noch der Nawab Sahib mußten erläutern, worauf diese letzte Bemerkung anspielte. Als er noch im Kongreß war, hatte Mahesh Kapoor den Minister für Wiederaufbau dazu bringen können, sich beim Premierminister Gehör zu verschaffen, damit dem Nawab Sahib und der Begum Abida Khan von der Regierung Garantien dafür ausgestellt wurden, daß sie ihren Grundbesitz in Brahmpur behalten konnten. Das war notwendig geworden, um einem Erlaß des Treuhänders für Evakuierteneigentum entgegenzuwirken, der darauf basierte, daß Begum Abida Khans Mann definitiv das Land verlassen hatte. Und ihr Fall war nur einer von vielen gewesen, die eine direkte Intervention auf Regierungsebene erfordert hatten.

»Wo wirst du kürzen, wenn sich deine Einkünfte halbieren?« fuhr der Exfinanzminister fort. »Ich hoffe wirklich, daß deine Bibliothek nicht darunter leiden wird.«

Der Nawab Sahib runzelte die Stirn. »Kapoor Sahib, ich mache mir weniger Sorgen um mein Haus als um die Menschen, die von mir abhängen. Die Leute von Baitar erwarten von mir, daß ich ihnen an unseren Feiertagen, besonders an Moharram, die Festlichkeiten finanziere. Irgendwie werde ich das auch weiterhin tun müssen. Dann habe ich noch andere Ausgaben – das Krankenhaus, die Sehenswürdigkeiten, die Ställe, Musiker wie Ustad Majeed Khan, die von mir erwarten, daß ich sie mehrmals im Jahr engagiere, Dichter, die von mir abhängen, diverse Stiftungen und Pensionsfonds. Gott – und mein Munshi – wissen, was noch alles. Nur gut, daß meine Söhne keine großen Forderungen an mich stellen. Sie haben eine gute Ausbildung und einen Beruf, sie sind keine Verschwender wie die Söhne von anderen in meiner Position ...« Er hielt abrupt inne, weil ihm Maan und Saeeda Bai eingefallen waren. »Aber erzähl«, sprach er sofort weiter, »was hast du vor, was willst du tun?«

»Ich?« fragte Mahesh Kapoor.

»Warum kandidierst du bei den Wahlen nicht hier?«

»Nach allem, was ich dir angetan habe, willst du, daß ich mich hier zur Wahl stelle?«

»Doch, Kapoor Sahib, das solltest du.«

»Das meint auch mein Enkelsohn.«

»Veenas Junge?«

»Ja. Er hat ausgerechnet, daß dieser Wahlkreis der günstigste für mich ist – auf dem Land.«

Der Nawab Sahib lächelte seinem Freund zu und sah dann zu dem Porträt seines Urgroßvaters. Auf Mahesh Kapoors Bemerkung hin dachte er an seine beiden Enkelsöhne Hassan und Abbas, die nach den Brüdern von Husain, dem Märtyrer, dessen an Moharram gedacht wird, genannt worden waren. Er dachte auch an Zainab und ihre unglückliche Ehe. Und ganz kurz und voller

Bedauern an seine eigene Frau, die auf dem Friedhof vor dem Fort begraben lag.

»Warum hältst du das für eine so gute Idee?« fragte Mahesh Kapoor.

Ein Dienstbote reichte dem Nawab Sahib einen Teller mit Früchten – unter anderem mit Chirimoyas, deren kurze Saison gerade begonnen hatte –, aber der Nawab Sahib lehnte zunächst ab, bevor er es sich anders überlegte, drei, vier Sharifas in die Hand nahm und sich schließlich für eine entschied. Er brach die kugelige Frucht entzwei, löffelte das köstliche weiße Fruchtfleisch aus und legte die schwarzen Samenkerne (die er aus seinem Mund auf den Löffel beförderte) auf den Tellerrand. Eine Weile schwieg er. Auch Mahesh Kapoor aß eine Sharifa.

»Ich sehe es so, Kapoor Sahib«, sagte der Nawab Sahib nachdenklich, hielt die beiden ausgelöffelten Hälften seiner Sharifa aneinander und nahm sie wieder auseinander. »Die Bevölkerung dieses Wahlkreises besteht zu fast gleichen Anteilen aus Moslems und Hindus. Es ist genau die Art Gegend, in der orthodoxe Hindu-Parteien die Menschen gegen Moslems aufhetzen können. Sie haben bereits damit angefangen. Und jeden Tag finden sie neue Gründe, warum sich Hindus und Moslems hassen sollten. Wenn es nicht irgendeine idiotische Maßnahme in Pakistan ist – eine Drohung gegen Kaschmir, eine tatsächliche oder eingebildete Verschwörung, um das Wasser des Sutlej umzuleiten oder Scheich Abdullah zu verhaften oder die Hindus mit einer Sondersteuer zu belegen –, dann sind es unsere eigenen Bravourstückchen, wie der Streit über die Moschee in Ayodhya, der nach jahrzehntelanger Ruhe plötzlich wieder aufgeflammt ist, oder unsere Version davon in Brahmpur, die etwas – wenn auch nicht sehr – anders gelagert ist. In ein paar Tagen ist Bakr-Id. Irgendwo wird bestimmt jemand eine Kuh statt einer Ziege schlachten, und es wird wieder neuen Ärger geben. Und was am schlimmsten ist, dieses Jahr fallen Moharram und Dussehra in die gleiche Zeit.«

Mahesh Kapoor nickte, und der Nawab Sahib fuhr fort: »Ich weiß, daß dieses Haus eine Hochburg der Moslemliga war. Ich habe die Ansichten meines Vaters und meines Bruders nie geteilt, aber das interessiert die Leute nicht. Für Männer wie Agarwal ist allein der Name Baitar ein rotes Tuch – oder vielmehr ein grünes. Nächste Woche wird er versuchen, seine Hindi Bill durchs Parlament zu bringen, und Urdu – meine Sprache, die Sprache Masts, die Sprache der meisten Moslems in dieser Provinz – wird noch weiter abgewertet werden. Wer kann uns und unsere Kultur beschützen? Nur Menschen wie du, die wissen, wer wir sind, die Freunde unter den Moslems und keine Vorurteile haben, weil sie uns kennen.«

Mahesh Kapoor sagte nichts, aber das Vertrauen, das der Nawab Sahib in ihn setzte, rührte ihn.

Der Nawab Sahib runzelte die Stirn und teilte die Sharifa-Kerne mit seinem Löffel in zwei gleich große Häufchen. »Vielleicht ist es in diesem Teil des Landes schlimmer als anderswo. Hier wurde am heftigsten für Pakistan gekämpft, viel Bitterkeit ist hier entstanden, aber wir, die wir unsere Heimat nicht verlassen konnten oder wollten, sind jetzt eine kleine Minderheit in einem überwiegend von Hindus bevölkerten Staat. Gleichgültig, wie der Sturm auch toben mag, mir wird es schon irgendwie gelingen, den Kopf über Wasser zu halten. Ebenso Firoz und Imtiaz und Zainab – wenn man die nötigen Mittel hat, gelingt es einem immer. Aber die meisten einfachen Menschen, mit denen ich spreche, sind niedergeschlagen und haben Angst. Sie fühlen sich belagert. Sie mißtrauen der Mehrheit und glauben, daß man ihnen mißtraut. Ich wünschte, du würdest hier kandidieren, Kapoor Sahib. Abgesehen von meiner Unterstützung hat sich dein Sohn in der Gegend von Salimpur Sympathien erworben.« Der Nawab Sahib gestattete sich ein Lächeln. »Was meinst du dazu?«

»Warum kandidierst du nicht selbst?« erwiderte Mahesh Kapoor. »Offen gestanden würde ich, falls überhaupt, lieber wieder in meinem angestammten städtischen Wahlkreis Misri Mandi antreten, obwohl er neu konstituiert wurde – oder wenn ich schon auf dem Land kandidieren soll, dann in Rudhia West, wo mein Gut liegt. Salimpur/Baitar kenne ich zuwenig. Ich bin hier nicht so bekannt – und ich habe hier keine Rechnungen zu begleichen.« Mahesh Kapoor dachte einen Augenblick an Jha, dann sprach er weiter. »Du solltest kandidieren. Du würdest spielend gewinnen.«

Der Nawab Sahib nickte. »Ich habe darüber nachgedacht, aber ich bin kein Politiker. Ich habe meine Arbeit – zumindest meine literarische Arbeit. Es würde mir nicht gefallen, im Parlament zu sitzen. Ich war dort und habe gesehen, wie es dort zugeht, und das ist nichts für mich. Und ich bin mir nicht sicher, ob ich spielend gewinnen würde. Zum einen wären die Stimmen der Hindus für mich ein Problem. Und noch wichtiger, ich könnte nicht einfach nach Baitar gehen und in die Dörfer und die Leute um ihre Stimme bitten – zumindest nicht für mich selbst. Das brächte ich einfach nicht über mich.«

Etwas müde blickte er wieder zu dem Porträt an der Wand ihm gegenüber und fuhr dann fort: »Jedenfalls will ich unbedingt, daß ein anständiger, zuverlässiger Mann hier gewinnt. Abgesehen von der Hindu Mahasabha und dergleichen gibt es hier jemanden, den ich sehr gut behandelt habe und der mich dafür haßt. Er will versuchen, hier für den Kongreß zu kandidieren, und wenn er ins Parlament von Brahmpur kommt, kann mir allerhand Schaden zufügen. Ich habe bereits beschlossen, einen unabhängigen Kandidaten meiner Wahl für den Fall aufzustellen, daß der Kongreß den anderen nominiert. Aber wenn du antrittst – ob nun für diese KMPP oder den Kongreß oder als Unabhängiger –, wirst du meine Unterstützung bekommen. Und die meines Kandidaten.«

»Er muß ein sehr willfähriger Mann sein«, sagte Mahesh Kapoor lächelnd. »Oder einer, der sich selbst verleugnet. So etwas gibt es nicht oft in der Politik.«

»Du hast ihn kurz gesehen, als wir angekommen sind«, sagte der Nawab Sahib. »Es ist der junge Mann – Waris.«

»Waris!« Mahesh Kapoor mußte laut lachen. »Dein Dienstbote, der Stallbursche, dieser unrasierte Kerl, der mit Firoz und meinem Sohn weggeritten ist?«

»Ja.«

»Was für ein Abgeordneter soll das denn sein?«
»Ein besserer als der, an dessen Stelle er treten soll.«
»Du meinst, besser ein Idiot als ein Spitzbube.«
»Besser ein Bauer als ein Spitzbube, gewiß.«
»Das ist nicht dein Ernst – Waris, meine ich.«
»Unterschätz ihn nicht«, sagte der Nawab Sahib. »Er mag ein bißchen ungehobelt sein, aber er ist ein fähiger und zäher junger Mann. Er malt alles in Schwarz und Weiß, aber im Wahlkampf ist das nur von Vorteil. Und der Wahlkampf würde ihm Spaß machen, ob nun für ihn selbst oder für dich. Er ist hier sehr beliebt. Er gefällt den Frauen. Mir und meiner Familie, vor allem Firoz gegenüber ist er absolut loyal. Ich glaube das wirklich – Leuten, die uns übelwollen, droht er an, sie zu erschießen.« Mahesh Kapoor blickte etwas beunruhigt drein. »Er mag Maan. Als er zum erstenmal hier war, hat er ihm das Anwesen gezeigt. Und er ist nur deswegen unrasiert, weil er sich zwischen Neumond und Bakr-Id zehn Tage später nicht rasiert. Er ist nicht wirklich so strenggläubig«, fügte der Nawab Sahib einerseits mißbilligend, andererseits nachsichtig hinzu. »Aber wenn er sich aus irgendeinem Grund nicht rasieren muß, dann nutzt er eben die Gelegenheit.«
»Hm.«
»Denk darüber nach.«
»Das werde ich. Das werde ich. Aber wo ich kandidieren sollte, ist nur eine von drei Fragen, die mich beschäftigen.«
»Wie lauten die anderen beiden?«
»Also – für welche Partei?«
»Für den Kongreß«, nannte der Nawab Sahib, ohne zu zögern, die Partei, die ihn enteignen wollte.
»Meinst du? Meinst du wirklich?«
Der Nawab Sahib nickte, sah auf die Reste auf seinem Teller und stand dann auf. »Und die dritte Frage?«
»Ob ich mich überhaupt noch mit der Politik beschäftigen sollte.«
Der Nawab Sahib sah seinen alten Freund ungläubig an. »Hast du heute morgen etwas Schlechtes gegessen?« fragte er. »Oder habe ich mich verhört?«

14.18

Waris genoß unterdessen das Leben fern von seinen üblichen Pflichten und dem diensteifrigen Munshi. Er galoppierte munter drauflos, und obwohl er das Gewehr, für das er einen Waffenschein besaß, bei sich hatte, benutzte er es nicht, denn die Jagd war das Vorrecht der anderen. Maan und Firoz genossen das Reiten ebensosehr wie das Jagen; und es gab genug Wild, das sie ausmachen und verfolgen konnten, ohne sich groß anstrengen zu müssen. Der Teil des Besitzes, durch den sie ritten, war eine Mischung aus Wald, steinigem Boden und zu dieser Jahreszeit gelegentlich sumpfigem Gelände. Am frühen Nachmittag sah Maan eine Antilopenherde, die durch einen fernen Sumpf rannte. Er zielte, schoß, verfehlte sein Ziel und verfluchte sich gut gelaunt. Später erlegte Firoz einen gefleckten Hirsch mit prächtigem Geweih. Waris markierte die Stelle, und als sie durch ein kleines Dorf kamen, wies er einen der Bewohner an, den Hirsch bis zum Abend auf einem Karren ins Fort zu bringen.

Außer Hirschen und Wildschweinen, die sie nur selten erspähten, gab es viele Affen, vor allem Languren, und eine Menge Federvieh, darunter Pfauen. Einmal sahen sie sogar einen balzenden Pfau. Maan war ganz außer sich vor Freude.

Es war ein heißer Tag, aber es gab genug Schatten, und von Zeit zu Zeit legten sie eine Rast ein. Waris bemerkte, wie wohl sich die beiden jungen Männer in der Gesellschaft des jeweils anderen fühlten, und wann immer er Lust hatte, nahm er an ihrer Unterhaltung teil. Maan war ihm vom ersten Augenblick an sympathisch gewesen, und daß Firoz ihn so mochte, verstärkte seine Sympathie.

Was die beiden jungen Herren anbelangte, so waren sie froh, nach der Enge von Brahmpur endlich auf dem Land zu sein. Sie saßen im Schatten eines großen Banyanbaumes und plauderten.

»Haben Sie jemals Pfau gegessen?« fragte Waris Maan.

»Nein«, sagte Maan.

»Das Fleisch schmeckt köstlich«, sagte Waris.

»Aber Waris, der Nawab Sahib mag es überhaupt nicht, wenn man auf seinem Besitz Pfauen schießt«, sagte Firoz.

»Nein, nein, auf keinen Fall«, sagte Waris. »Aber wenn man einen aus Versehen abschießt, dann kann man das Vieh doch auch essen, statt es den Schakalen zu überlassen.«

»Aus Versehen!« sagte Firoz.

»Ja, ja«, sagte Waris und versuchte angestrengt, sich entweder zu erinnern oder etwas zu erfinden. »Einmal, als ich so wie jetzt unter einem Baum saß, hat es im Gebüsch plötzlich geraschelt, und ich habe gedacht, es sei ein Wildschwein. Deswegen habe ich geschossen, aber es war nur ein Pfau. Armes Tier. Hat köstlich geschmeckt.«

Firoz runzelte die Stirn. Maan lachte.

»Wenn es wieder passiert, soll ich Ihnen dann Bescheid sagen?« fragte Waris. »Er wird Ihnen schmecken, Chhoté Sahib, ganz bestimmt. Meine Frau ist eine exzellente Köchin.«

»Ja, das weiß ich«, sagte Firoz, der schon mehrmals von ihr zubereitetes Wildgeflügel gegessen hatte.

»Chhoté Sahib glaubt daran, daß man immer das Richtige tun muß«, sagte Waris. »Deswegen ist er auch Anwalt.«

»Ich habe immer geglaubt, das sei in diesem Beruf ein Nachweis für Untauglichkeit«, sagte Maan.

»Demnächst, wenn er zum Richter ernannt wird, macht er das Zamindari-Gesetz rückgängig«, meinte Waris zuversichtlich.

Keine zehn Meter weit entfernt rührte sich plötzlich etwas im Gebüsch. Ein riesiges Wildschwein mit gesenkten Hauern stürzte in ihre Richtung, wollte entweder direkt auf sie los- oder an ihnen vorbeistürmen. Ohne nachzudenken, griff Maan nach seinem Gewehr, zielte kurz und schoß, als das Wildschwein keine vier Meter mehr von ihnen entfernt war.

Es brach zusammen. Die drei jungen Männer standen auf – zuerst ängstlich. Aber dann hörten sie aus sicherer Entfernung sein Kreischen und Grunzen und sahen, wie es sich in Todesqualen hin und her warf, während sein Blut die Erde und das Laub tränkte.

»Mein Gott«, sagte Firoz und starrte auf die riesigen Hauer des Tiers.

»Das ist kein verdammter Pfau«, kommentierte Waris.

Maan führte einen kleinen Freudentanz auf. Er war etwas benommen und sehr zufrieden mit sich.

»Was machen wir damit?« fragte Firoz.

»Essen natürlich«, sagte Maan.

»Sei kein Idiot – wir können es nicht essen. Wir geben es – irgend jemandem. Waris weiß, wer von den Dienstboten nichts dagegen hat, es zu essen.«

Sie luden das Wildschwein auf Waris' Pferd. Gegen Abend waren sie todmüde. Maan hatte sein Gewehr am Sattel festgeschnallt, hielt die Zügel in der Linken und übte mit der Rechten Poloschläge. Sie waren noch ein paar hundert Meter vom Mangohain entfernt und freuten sich auf ein Nickerchen vor dem Abendessen. Der Hirsch mußte schon dasein; vielleicht wurde er sogar schon zubereitet. Die Sonne würde bald untergehen. Von der Moschee in der Nähe des Forts klang der abendliche Ruf zum Gebet herüber. Der Muezzin hatte eine schöne Stimme. Firoz, der vor sich hin gepfiffen hatte, verstummte.

Fast hatten sie den Mangohain erreicht, als Maan, der vorne ritt, eine Wildkatze auf dem Pfad entdeckte – sie war gut einen halben Meter lang, geschmeidig und langbeinig, ihr Fell schimmerte golden, und aus ihren grünlichen Augen fixierte sie ihn mit einem durchdringenden, scharfen, nahezu grausamen Blick. Sein Pferd, das weder gegen das Gewicht noch gegen den Geruch des toten Wildschweins rebelliert hatte, blieb augenblicklich stehen, und Maan griff erneut instinktiv nach seinem Gewehr.

»Nein – nein – nicht schießen ...« schrie Firoz.

Die Wildkatze verschwand im hohen Gras rechts neben dem Pfad.

Maan wandte sich ärgerlich zu Firoz um. »Was soll das heißen – nicht schießen? Ich hätte sie getroffen.«

»Es war kein Panther oder Tiger – es hat nichts Heldenhaftes, eine Wildkatze zu erschießen. Und mein Vater mag es nicht, wenn wir etwas erlegen, was wir nicht essen können – außer – natürlich – wir befinden uns in unmittelbarer Gefahr.«

»Also bitte, Firoz, du hast doch auch schon Panther geschossen«, sagte Maan.

»Aber ich erschieße keine Wildkatzen. Sie sind wunderschön und harmlos. Ich mag sie.«

»Du bist ein Idiot«, sagte Maan bedauernd.

»Alle hier mögen Wildkatzen«, erklärte Firoz, der nicht wollte, daß sein Freund sich weiterhin ärgerte. »Imtiaz hat einmal eine erschossen, und Zainab hat tagelang nicht mehr mit ihm geredet.«

Maan schüttelte den Kopf. Firoz schloß zu ihm auf und legte ihm den Arm um die Schultern. Nachdem sie durch den Mangohain geritten waren, hatte er Maan besänftigt.

»Ist hier ein Karren mit einem Hirsch vorbeigekommen?« fragte Waris einen alten Mann, der auf einen Stecken gestützt durch den Hain ging.

»Nein, Sahib, ich habe keinen gesehen«, erwiderte der alte Mann. »Aber ich bin auch gerade erst gekommen.« Er starrte auf das festgezurrte Wildschwein, dessen Kopf mit den großen Hauern neben dem Schenkel des Pferds herunterbaumelte.

Waris, der sich freute, mit ›Sahib‹ angesprochen zu werden, grinste und meinte optimistisch: »Wahrscheinlich ist der Hirsch schon in der Küche. Wir werden zu spät zum Abendgebet kommen. Was für ein Jammer.«

»Ich brauche ein Bad«, sagte Firoz. »Hast du unser Gepäck auf mein Zimmer bringen lassen?« fragte er Waris. »Maan Sahib schläft in meinem Zimmer.«

»Ich habe Anweisung gegeben, bevor wir losgeritten sind«, sagte Waris. »Aber ich bezweifle, daß er viel zum Schlafen kommen wird, wenn dieser grimmige Kerl bis in die frühen Morgenstunden herumgrölt. Beim letztenmal hat ihn die Eule um den Schlaf gebracht.«

»Waris stellt sich dümmer, als er ist«, sagte Firoz zu Maan. »Ustad Majeed Khan wird nach dem Abendessen singen.«

»Gut«, sagte Maan.

»Als ich vorschlug, deine Lieblingssängerin einzuladen, wurde mein Vater richtig ärgerlich. Nicht daß ich es ernst gemeint hätte.«

»Veena nimmt bei Khan Sahib Unterricht, wir sind also an diese Art Gegröle gewöhnt«, sagte Maan.

»Wir sind da«, sagte Firoz, stieg ab und streckte sich.

14.19

Das exzellente Abendessen bestand unter anderem aus einer gebratenen Hirschkeule. Sie aßen nicht in dem dunkel getäfelten Speisesaal, sondern in dem am höchsten gelegenen von mehreren offenen Innenhöfen unter einem wolkenlosen Himmel. Anders als beim Mittagessen war der Nawab Sahib etwas schweigsam; er ärgerte sich über seinen Munshi, der sich über das Honorar beschwert hatte, das Ustad Majeed Khan meinte, verlangen zu müssen. »Was? So viel für ein Lied?« lautete seine Ansicht.

Nach dem Essen versammelten sie sich in der Imambara, um Ustad Majeed Khan zuzuhören. Da es bis zu Moharram noch ein paar Wochen waren, wurde die Imambara weiterhin als Versammlungsraum benutzt; der Vater des Nawab Sahib hatte sie außer an Moharram selbst als eine Art Durbar benutzt. Obwohl der Nawab Sahib ein strenggläubiger Mann war – zum Beispiel wurde zum Abendessen kein Alkohol gereicht –, hingen einige Bilder, die Szenen des Martyriums Husains darstellten, an den Wänden der Imambara. Diese waren jedoch aus Respekt für diejenigen, die sich strikt an das Verbot von Abbildungen vor allem religiöser Inhalte hielten, mit weißen Tüchern verhängt. Ein paar Tazias – Repliken von Husains Grab – aus unterschiedlichen Materialien standen hinter weißen Säulen an einer Wand; Moharram-Lanzen und -Standarten lehnten in einer Ecke.

Kronleuchter warfen weiße und rote Reflexe von der Decke, obwohl die elektrischen Glühbirnen darin nicht eingeschaltet waren. Damit das entfernte Brummen des Generators nicht störte, war die Halle mit Kerzen beleuchtet. Was seine Kunst anbelangte, war Ustad Majeed Khan für seine Temperamentsausbrüche berüchtigt. Zu Hause übte er oft inmitten schlimmster häuslicher Unordnung, die die Folge der exzessiven Geselligkeit seiner Frau war. Aber wenn er auftrat, auch wenn er vor Zamindars oder Fürsten sang, von deren abnehmendem Mäzenatentum sein Lebensunterhalt zumindest zum Teil abhing, ging er keinerlei Kompromisse ein, was die ernsthafte Aufmerksamkeit, die er von seinen Zuhörern verlangte, und eine absolut störungsfreie Umgebung betraf. Wenn stimmte, wie behauptet wurde, daß er nur für sich und Gott sang, dann stimmte auch, daß die Verbindung zwischen ihm und Gott durch ein kenntnisreiches Publikum gefördert und durch ein ruheloses behindert wurde. Der Nawab Sahib hatte keine Gäste aus der Stadt Baitar eingeladen, einfach weil er dort niemanden gefunden hatte, der gute Musik zu schätzen wußte. Abgesehen von den Musikern waren nur er, sein Freund und ihrer beider Söhne anwesend.

Ustad Majeed Khan wurde von seinem eigenen Tabla-Spieler begleitet und von Ishaq Khan als Sänger, nicht als Sarangi-Spieler. Der große Musiker behandelte Ishaq Khan nicht mehr als Schüler oder Neffen, sondern als Sohn. Ishaq besaß all die Musikalität, die sich Ustad Majeed Khan von einem Schüler nur wünschen konnte; und zudem verehrte er seine Lehrer – seinen verstorbenen Vater eingeschlossen – mit jener Leidenschaft, die ihm zunächst Ärger mit seinem Ustad eingebracht hatte. Über ihre spätere Versöhnung wunderten sich beide. Der Ustad sah darin das Wirken Gottes. Ishaq wußte nicht, wem oder was er sie zuschreiben sollte, aber er war über die Maßen dankbar. Da er sich als Sarangi-Spieler stets instinktiv dem Stil des Hauptakteurs angepaßt hatte, paßte er sich auch stimmlich schnell dem Stil seines Lehrers an; und da mit dem Stil seines Lehrers eine bestimmte Geisteshaltung und eine bestimmte Art von

Kreativität einhergingen, sang er ein paar Monate nach seinen ersten Unterrichtsstunden mit einem Selbstvertrauen und einer Leichtigkeit, die Ustad Majeed Khan zuerst beunruhigten und dann – trotz seines nicht unbeträchtlichen Egos – gefielen. Endlich hatte er einen Schüler, der diesen Namen verdiente; und einen, der das etwas unehrenhafte Verhalten, dessen er sich in der Vergangenheit schuldig gemacht hatte, mehr als ausglich mit der Ehre, die er ihm jetzt machte.

Es war bereits spät, als sie sich nach dem Abendessen niederließen, und Ustad Majeed Khan begann sofort, Raga Darbari zu singen, ohne sich mit einem leichteren Raga einzustimmen. Wie gut der Raga zu dieser Umgebung paßte, dachte der Nawab Sahib, und wie sehr er seinem Vater, dessen einziges sinnliches Laster die Musik gewesen war, gefallen hätte, wäre er noch am Leben. Die majestätisch langsame Entfaltung des Alaap, die getragenen Vibrati in der dritten und sechsten Tonstufe, die würdevollen Tonfolgen bei dem abwechselnden Auf und Ab, die Fülle von Khan Sahibs Stimme, die von Zeit zu Zeit von seinem jungen Schüler begleitet wurde, und die gleichmäßigen, geradlinigen, kräftigen Töne der Tabla schufen eine herrschaftliche, vollkommene Atmosphäre, die Musiker wie Zuhörer hypnotisierte. Nur ganz selten sagte einer der Zuhörer: »Wah! Wah!« an einer besonders brillanten Stelle. Erst nach über zwei Stunden, weit nach Mitternacht, endete er.

»Schau nach den Kerzen, sie tropfen«, sagte der Nawab Sahib leise zu einem Dienstboten. »Heute abend, Khan Sahib, haben Sie sich selbst übertroffen.«

»Dank Seiner Gnade und Ihrer.«

»Wollen Sie sich etwas ausruhen?«

»Nein, ich spüre noch Leben in mir. Und den Wunsch, vor diesem Publikum weiterzusingen.«

»Was werden Sie jetzt für uns singen?«

»Was werde ich singen?« sagte Ustad Majeed Khan und wandte sich zu Ishaq. »Für Bhatiyar ist es noch viel zu früh, aber ich bin in der Stimmung dazu. Gott wird uns vergeben.«

Der Nawab Sahib, der den Meister noch nie zuvor mit Ishaq singen hören und noch nie erlebt hatte, daß Khan Sahib mit jemandem beriet, was er als nächstes singen oder nicht singen sollte, war erstaunt und bat, dem jungen Sänger vorgestellt zu werden.

Maan fiel plötzlich wieder ein, wo er Ishaq Khan bereits früher gesehen hatte.

»Wir sind uns schon begegnet«, sagte er, ohne nachzudenken. »Bei Saeeda Begum, nicht wahr? Die ganze Zeit schon versuche ich mich daran zu erinnern. Sie waren Ihr Sarangi-Spieler.«

Plötzlich herrschte eisiges Schweigen. Alle Anwesenden außer dem Tabla-Spieler sahen Maan schockiert oder peinlich berührt an. Es war, als ob niemand in diesem magischen Augenblick an etwas aus der anderen Welt erinnert werden wollte. Ob als Mäzen, Angestellter, Liebhaber, Bekannter, Musikerkollege oder Rivale, auf die eine oder andere Weise waren sie alle mit Saeeda Bai verbunden.

Ustad Majeed Khan stand auf, um die Toilette aufzusuchen. Der Nawab Sahib senkte den Kopf. Ishaq Khan unterhielt sich leise mit dem Tabla-Spieler. Alle schienen die unerwünschte Muse verscheuchen zu wollen.

Ustad Majeed Khan kehrte zurück und sang Raga Bhatiyar so wunderschön, als wäre nichts passiert. Ab und zu hielt er inne und nippte an einem Glas mit Wasser. Um drei Uhr stand er auf und gähnte. Und als ob sie ihm antworten wollten, gähnten auch alle anderen.

14.20

Später lagen Maan und Firoz im Bett, gähnten und unterhielten sich.

»Ich bin hundemüde. Was für ein Tag«, sagte Maan.

»Gut, daß ich meine Notfall-Flasche Scotch nicht schon vor dem Abendessen aufgemacht habe, sonst wären wir während des Bhatiyar eingeschlafen.«

Nach einer Pause fragte Maan: »Warum war es falsch, daß ich Saeeda Bai erwähnt habe? Alle sind erstarrt. Du auch.«

»Ja?« Firoz stützte sich auf seinen Arm und sah seinen Freund eindringlich an.

»Ja.« Firoz dachte noch darüber nach, was er, wenn überhaupt, antworten sollte, als Maan fortfuhr: »Mir gefällt das Foto, das neben dem Fenster, von dir und deiner Familie – du siehst heute noch genauso aus.«

»Quatsch.« Firoz lachte. »Auf dem Foto bin ich fünf Jahre alt. Jetzt sehe ich viel besser aus«, fuhr er sachlich fort. »Sogar besser als du.«

Maan erklärte ihm, was er meinte. »Du hast noch immer den gleichen Ausdruck – die schiefe Kopfhaltung und das Stirnrunzeln.«

»Die Kopfhaltung erinnert mich nur an den Oberrichter. Warum willst du morgen schon fahren? Bleib noch ein paar Tage.«

Maan zuckte die Achseln. »Ich würde gern noch bleiben. Ich sehe dich ohnehin so selten. Und dein Fort gefällt mir wirklich ausgezeichnet. Wir könnten noch einmal auf die Jagd gehen. Das Problem ist nur, daß ich ein paar Leuten in Debaria versprochen habe, an Bakr-Id zurückzukommen. Und ich wollte Baoji das Dorf zeigen. Er ist ein Politiker auf der Suche nach einem Wahlkreis, und je mehr er davon sieht, um so besser. Aber in Baitar ist Moharram doch wichtiger als Bakr-Id, oder?«

Firoz gähnte. »Ja, das stimmt. Aber dieses Jahr werde ich nicht hier sein, sondern in Brahmpur.«

»Warum?«

»Imtiaz und ich wechseln uns ab. Burré Sahib das eine Jahr, Chhoté Sahib das andere. Seit unserem achtzehnten Lebensjahr haben wir Moharram nicht mehr gemeinsam verbracht. Einer muß hier sein, der andere in Brahmpur, um dort an den Prozessionen teilzunehmen.«

»Sag bloß nicht, daß du dich selbst geißelst und als Flagellant auftrittst.«

»Nein. Aber manche tun das. Manche gehen sogar über glühende Kohlen. Komm und schau es dir selbst an.«

»Vielleicht werde ich das tun. Gute Nacht. Der Lichtschalter ist auf deiner Seite des Bettes, oder?«

»Weißt du, daß sogar Saeeda Bai an Moharram den Laden dichtmacht?« fragte Firoz.

»Was?« Maan war plötzlich wieder wacher. »Woher weißt du das?«

»Alle wissen das. Sie ist sehr gläubig. Der Radscha von Marh wird sich natürlich grün und blau ärgern. Normalerweise läßt er sich's an Dussehra gutgehen.«

Als Antwort gab Maan ein Knurren von sich.

»Aber sie wird nicht für ihn singen, und sie wird auch keine Spielchen mit ihm treiben. Sie wird nur Marsiyas singen, Klagelieder für die Märtyrer der Schlacht von Kerbela. Nicht sehr aufregend.«

»Nein.«

»Sie wird nicht einmal für dich singen«, sagte Firoz.

»Vermutlich hast du recht«, sagte Maan etwas verloren. Er fragte sich, warum Firoz so unfreundlich zu ihm war.

»Und auch nicht für deinen Freund.«

»Meinen Freund?« fragte Maan.

»Den Rajkumar von Marh.«

Maan lachte. »Ach, der.«

»Ja, der.«

In Firoz' Stimme klang etwas mit, was Maan an ihre Jugend erinnerte.

»Firoz!« Maan lachte und drehte sich zu ihm um. »All das ist vorbei. Wir waren doch nur Kinder. Sag bloß nicht, daß du eifersüchtig bist.«

»Wie du einmal gesagt hast, erzähle ich dir nicht alles.«

»So?« Maan rollte sich auf die Seite und nahm seinen Freund in die Arme.

»Ich dachte, du bist müde«, sagte Firoz und lächelte in der Dunkelheit.

»Das bin ich auch«, sagte Maan. »Aber na und?«

Firoz lachte leise. »Jetzt glaubst du, daß ich das alles geplant habe.«

»Vielleicht hast du das«, sagte Maan. »Aber das macht nichts«, fügte er mit einem leisen Seufzer hinzu, während er Firoz mit der Hand durchs Haar fuhr.

14.21

Mahesh Kapoor und Maan liehen sich einen Jeep vom Nawab Sahib und fuhren nach Debaria. Der Weg, der von der Hauptstraße abzweigte, war so übersät mit Schlaglöchern und Pfützen, daß er normalerweise während des Monsuns unpassierbar war. Aber sie schafften es, weil es während der letzten Woche nicht viel geregnet hatte.

Die meisten Menschen, denen sie begegneten, waren hoch erfreut, Maan wiederzusehen; und Mahesh Kapoor staunte über die Popularität seines unsteten Sohnes – obwohl ihm der Nawab Sahib davon berichtet hatte. Er wunderte sich darüber, daß Maan von den beiden Eigenschaften, die für einen Politiker unabdingbar waren – die Fähigkeit, Stimmen zu gewinnen, und im Falle des Sieges die Fähigkeit, mit seinem Mandat etwas anzufangen –, erstere im Überfluß zu besitzen schien, zumindest in diesem Wahlkreis. Die Menschen von Debaria hatten ihn ins Herz geschlossen.

Rasheed war selbstverständlich nicht da, denn es war während des Semesters, aber seine Frau und seine Töchter verbrachten ein paar Tage im Haus seines Vaters. Meher, die Dorfschlingel und Moazzam mit der Igelfrisur: alle waren begeistert, Maan wiederzusehen. Für sie war er sogar unterhaltsamer als die schwarzen Ziegen, die an Pfosten und Bäumen im Dorf angebunden waren und am nächsten Tag geopfert werden sollten. Moazzam, der sich von Anfang an für Maans Uhr interessiert hatte, wollte sie erneut sehen. Mr. Biscuit legte sogar eine Essenspause ein, um eine triumphierende, wenn auch inkorrekte Version des Azaan von sich zu geben, bevor Baba, der sich über seine Pietätlosigkeit ärgerte, einschritt.

Der orthodoxe Baba, der Maan aufgefordert hatte, an Bakr-Id wiederzukommen, aber bezweifelt hatte, daß er es tun würde, lächelte nicht – aber es war ihm durchaus anzumerken, daß er sich freute. Er lobte ihn vor seinem Vater.

»Er ist ein guter Junge«, sagte Baba und nickte vehement.

»Ja?« sagte Mahesh Kapoor.

»Ja, er ist sehr respektvoll unserer Lebensweise gegenüber. Durch seine Bescheidenheit hat er unsere Herzen gewonnen.«

Bescheidenheit? dachte Mahesh Kapoor, sagte aber nichts.

Daß Mahesh Kapoor, der Architekt des Zamindari Abolition Act, höchstpersönlich nach Debaria kam, war an sich schon ein Ereignis. Daß er im Jeep des Nawab Sahib gekommen war, machte das Ereignis noch folgenreicher. Rasheeds Vater hatte keine ausgeprägten Ansichten über Politik, es sei denn, seine eigenen Interessen wurden bedroht: dann handelte es sich ausnahmslos um kommunistische Ansichten. Aber Baba, dessen Einfluß in den umliegenden Dörfern beträchtlich war, respektierte Mahesh Kapoor dafür, daß er etwa zur selben Zeit wie Kidwai aus dem Kongreß ausgetreten war. Und wie viele andere identifizierte er sich mit dem Nawab Sahib.

Jetzt aber, so glaubte er – und gab es Mahesh Kapoor auch zu verstehen –, sollten alle Männer guten Willens in den Kongreß zurückkehren. Nehru hielt die Zügel seiner Meinung nach wieder fest in der Hand, und bei niemandem fühlten sich die Menschen seines Glaubens so sicher wie bei Nehru. Als Maan erwähnte, daß sein Vater erwog, eventuell in Salimpur/Baitar zu kandidieren, fand das Babas Zustimmung.

»Aber für den Kongreß. Die Moslems werden Nehru wählen – und die Chamars auch. Wem die anderen ihre Stimme geben, wird von den Ereignissen abhängen – und davon, wie Sie Ihre Kampagne angehen. Die Lage ist offen.«

Das war ein Satz, den Mahesh Kapoor während der folgenden Tage noch oft hören, lesen und von sich geben sollte.

Als Mahesh Kapoor auf einem Charpoy unter dem Nimbaum vor dem Haus von Rasheeds Vater saß, statteten ihm die Brahmanen und Banias getrennt einen Besuch ab. Der Fußball wollte sich besonders einschmeicheln. Er erzählte Mahesh Kapoor von Babas Methode, durch Zwangsumsiedlungen den Zamindari Act zu umgehen (ließ seine eigenen Versuche in dieser Richtung jedoch unerwähnt), und bot sich an, als Mahesh Kapoors Statthalter zu fungieren, sollte er sich dazu entschließen, hier zu kandidieren. Mahesh Kapoor legte sich in dieser Frage jedoch nicht fest. An dem Ränkeschmied Fußball lag ihm nicht viel; es gab nur wenige Brahmanenfamilien in Debaria und in den umliegenden Dörfern und keine im Nachbardorf Sagal. Und ihm war klar, daß der energische alte Baba der wichtigste Mann der Gegend war. Was er über die Zwangsumsiedlungen erfuhr, mißfiel ihm, aber er versuchte, nicht an das Leid zu denken, das sie zur Folge hatten. Es war schwierig, gleichzeitig jemandes Gast und Ankläger zu sein, vor allem wenn man in der nahen Zukunft womöglich auf die Hilfe dieses Jemand angewiesen war.

Baba stellte ihm ein paar Fragen, während sie Tee tranken.

»Wie lange wollen Sie uns mit Ihrer Anwesenheit beehren?«

»Ich werde heute abend wieder aufbrechen müssen.«

»Was? Wollen Sie nicht zu Bakr-Id bleiben?«

»Ich kann nicht. Ich habe versprochen, Bakr-Id in Salimpur zu verbringen. Und wenn es regnet, komme ich mit dem Jeep vielleicht tagelang nicht mehr von hier weg. Aber Maan wird Bakr-Id hier verbringen.« Mahesh Kapoor brauchte nicht zu erwähnen, daß die Unterbezirksstadt Salimpur und die dort konzentrierte Bevölkerung für ihn sehr wichtig waren, sollte er sich hier zur Wahl stellen, und daß seine Teilnahme an den Id-Feierlichkeiten in der Zukunft reiche Früchte tragen würde. Maan hatte ihm bereits erzählt, daß seine säkulare Haltung in der Stadt sehr beliebt war.

Der einzige Mensch, der gemischte Gefühle über Mahesh Kapoors Besuch hatte, war der junge Netaji. Als er erfuhr, daß sich Mahesh Kapoor in seinem Dorf aufhielt, kam er sofort auf seiner Harley Davidson aus Salimpur zurück. Netaji, der erst kürzlich dem Kongreßausschuß im Distrikt als Kandidat vorgeschlagen worden war, sah eine hervorragende Möglichkeit, Kontakt zu knüpfen.

Mahesh Kapoor hatte einen Namen und eine Anhängerschaft, und so dünn die Silberfolie auch geklopft würde, so hoffte er doch, daß etwas für ihn abfiel. Andererseits war er nicht mehr der mächtige Finanzminister, sondern nur noch der schlichte Shri Mahesh Kapoor, Abgeordneter des Staatsparlaments, nicht länger Mitglied des Kongresses, sondern einer Partei mit einer ungewissen Zukunft und einem schwer zu merkenden Namen, deren Mitglieder sich jetzt schon darüber stritten, ob sie sie wieder auflösen sollten oder nicht. Und der akrobatisch begabte Netaji – stets das Ohr am Boden und den Finger im Wind –, hatte konkrete Beweise für Mahesh Kapoors schrumpfende Machtfülle und abnehmenden Einfluß. Er hatte von Jhas Machtstellung in Mahesh Kapoors eigenem Tehsil Rudhia gehört und mit besonders großer Befriedigung von der Versetzung des arroganten, englisch sprechenden UBBs erfahren, der ihn auf dem Bahnsteig von Salimpur so schmerzlich hatte abblitzen lassen.

In Begleitung von Maan und Baba – und Netaji, der sich ihnen unaufgefordert anschloß – machte Mahesh Kapoor einen Spaziergang durchs Dorf. Er schien in ausgezeichneter Stimmung zu sein; vielleicht tat ihm die Abwesenheit von Prem Nivas gut oder die frische Luft oder Majeed Khans Gesang oder einfach die Tatsache, daß er in diesem Wahlkreis gute Möglichkeiten für sich sah. Es folgten ihnen ein buntes Gemisch von Dorfkindern und eine ununterbrochen meckernde kleine schwarze Ziege, die eins der Kinder den aufgeweichten Weg entlangtrieb – eine Ziege mit einem schwarz schimmernden Kopf, spitzen kleinen Hörnern, dicken schwarzen Augenbrauen und milde blickenden, skeptischen gelben Augen. Überall wurde Maan freundlich und Mahesh Kapoor respektvoll begrüßt.

Der Himmel über den beiden Dörfern – und fast überall in der Gangesebene – war bewölkt, und die Leute machten sich Sorgen, daß am nächsten Tag, an Bakr-Id, Regenfälle die Festlichkeiten stören könnten. Mahesh Kapoor vermied es weitgehend, über Politik zu reden. Das könnte er im Wahlkampf nachholen. Jetzt wollte er sich einfach nur bekannt machen. Er begrüßte die Menschen mit Namasté oder Adaab, trank Tee und machte Small talk.

»Soll ich auch durch Sagal gehen?« fragte er Baba.

Baba dachte kurz nach. »Nein, nicht nötig. Die Gerüchteküche wird Sie dort bekannt machen.«

Nachdem er seine Runde beendet hatte, brach Mahesh Kapoor auf. Vorher jedoch bedankte er sich noch bei Baba und sagte zu Maan: »Vielleicht habt ihr, Bhaskar und du, doch recht. Wenn du auch nicht viel Urdu gelernt hast, deine Zeit hier hast du jedenfalls nicht verschwendet.«

Maan konnte sich nicht erinnern, wann sein Vater ihn zum letztenmal gelobt hatte. Er freute sich über die Maßen und war mehr als nur ein bißchen überrascht. Es traten ihm sogar Tränen in die Augen.

Mahesh Kapoor tat so, als würde er es nicht sehen, nickte, blickte zum Himmel empor und winkte der versammelten Einwohnerschaft zu, als der Jeep durch den Morast davonfuhr.

14.22

Maan schlief auf der Veranda, weil die Möglichkeit bestand, daß es regnete. Er wachte spät auf, aber Baba ragte nicht vor ihm auf und fragte ihn auch nicht ärgerlich, warum er nicht zum Morgengebet gekommen war.

Statt dessen sagte Baba: »Du bist also aufgewacht. Wirst du zur Idgah kommen?«

»Ja«, sagte Maan. »Warum nicht?«

»Dann solltest du dich schnell fertigmachen«, sagte Baba und tätschelte einer fetten schwarzen Ziege, die bedächtig neben dem Nimbaum graste, den Kopf.

Die anderen Familienmitglieder waren ihnen vorausgegangen, und jetzt schritten Baba und Maan über die Felder von Debaria nach Sagal. Die Idgah war in Sagal; sie gehörte zur Schule neben dem kleinen See. Der Himmel war noch immer bewölkt, aber durch die Wolken drang ein Licht, das die smaragdgrünen Reissetzlinge aufleuchten ließ. Enten schwammen in einem Reisfeld und tauchten nach Würmern und Insekten. Alles war frisch und erfrischend.

Aus allen Richtungen näherten sich Männer, Frauen und Kinder der Idgah. Sie waren festlich gekleidet in neue oder – wenn sie es sich nicht leisten konnten – in makellos saubere und frisch gebügelte Gewänder. Nicht nur aus Debaria und Sagal, sondern aus allen umliegenden Dörfern strebten sie auf die Schule zu. Die meisten Männer trugen weiße Kurta-Pajamas, einige Lungis, und manche gestatteten sich farbige Kurtas, wenn auch nur in gedämpften Farben. Maan bemerkte, daß ihre Kopfbedeckung zwischen weißen, knapp sitzenden, mit Filigranarbeiten verzierten und schwarz schimmernden Kappen variierte. Die Frauen und Kinder waren farbenprächtig gekleidet – rot, grün, gelb, rosa, braun, blau, indigo, purpur. Obwohl die meisten Frauen schwarze oder dunkelblaue Burqas trugen, sah Maan die Säume ihrer bunten Saris oder Salwaars, die hübschen Kettchen um die Knöchel und die Chappals an den mit hellrotem Henna bemalten Füßen, die mit dem unvermeidlichen Matsch der Regenzeit bespritzt waren.

Sie schritten auf einem schmalen Pfad dahin, als ein alter, dürrer, hungrig aussehender Mann in einem schmutzigen Dhoti Baba aufhielt und mit gefalteten Händen und voller Verzweiflung sagte: »Khan Sahib, was habe ich verbrochen, daß Sie mir und meiner Familie das antun? Wovon sollen wir jetzt leben?«

Baba sah ihn an, dachte einen Augenblick nach und sagte dann: »Soll ich dir die Knochen brechen? Mir ist egal, was du jetzt sagst. Du hättest nachdenken sollen, bevor du zum Kanungo gegangen bist, um dich zu beschweren.«

Dann eilte er weiter Richtung Sagal. Maan jedoch ging der Blick des Mannes – einerseits haßerfüllt, weil er sich betrogen fühlte, andererseits flehentlich – so nahe, daß er in dieses faltige, verhärmte Gesicht starrte und versuchte – so wie bei dem Sarangi-Spieler –, sich zu erinnern, woher er es kannte.

»Was hat das zu bedeuten, Baba?« fragte er.

»Nichts. Er wollte sich mit seinen schmutzigen Fingern mein Land krallen, das ist alles.« Seiner Stimme war unzweideutig anzuhören, daß er nicht weiter über dieses Thema sprechen wollte.

Als sie sich der Schule näherten, hörten sie aus Lautsprechern eine Stimme, die Gott pries und die Leute aufforderte, sich zu den Id-Gebeten einzufinden und sich nicht länger an den Ständen aufzuhalten. »Die Damen mögen sich geziemend bereitmachen, wir fangen gleich an. Beeilung, bitte, Beeilung.«

Aber es war nicht leicht, die Leute in Festtagsstimmung zur Eile anzutreiben. Nur wenige vollzogen die vorgeschriebenen rituellen Waschungen am Ufer des Sees, aber die meisten schlenderten zwischen den Ständen auf dem improvisierten Markt herum, der sich vor den Schultoren gebildet hatte. Es gab billigen Plunder, Armreife, Spiegel, Luftballons, und alle nur möglichen Speisen, von Alu tikkis über Chholé bis zu Jalebis, brutzelten im heißen Tawas, Barfis, Laddus, rosa Zuckerwatte, Paan und Obst – es gab alles, was sich Mr. Biscuit in seinen hemmungslosesten Phantasien vorstellen konnte. Und Mr. Biscuit trieb sich mit einem halben Barfi in der Hand auch tatsächlich zwischen den Ständen herum. Meher, die von ihrem Großvater Süßigkeiten bekommen hatte, teilte sie mit anderen Kindern. Moazzam schloß eifrig mit mehreren hilflosen Kindern Freundschaft – ›weil sie Geld haben‹, wie der rasierte, aber schnurrbärtige Netaji Maan erklärte.

Die Frauen und Mädchen verschwanden im Schulgebäude, von dem aus sie die Feierlichkeiten verfolgen würden, während sich die Männer und Jungen in langen Reihen auf Stoffbahnen, die auf dem Hof auslagen, niederließen. Es waren über tausend Männer gekommen. Maan entdeckte unter ihnen einige der Dorfältesten aus Sagal, die Rasheed vor der Moschee gestellt hatten, aber den alten kranken Mann, den er mit Rasheed besucht hatte, sah er nicht – obwohl er angesichts der Menschenmenge natürlich nicht mit Sicherheit sagen konnte, daß er nicht doch da war. Er wurde gebeten, auf der Veranda neben zwei gelangweilten Polizisten Platz zu nehmen, die in grünlichen Khakiuniformen herumlümmelten und die Versammlung überwachten. Sie waren hier, um die Ordnung aufrechtzuerhalten und darauf zu achten, ob die Predigt des Imams aufwieglerische Elemente enthielt, aber ihre Anwesenheit war unerwünscht, und ihr Verhalten verriet, daß sie das wußten.

Der Imam fing mit den Gebeten an, und die Menschen richteten sich auf und knieten nieder, wie es das Ehrfurcht einflößende Harmoniegebot des islamischen Gottesdienstes erfordert. Zwischen zwei Gebeten grollte Donner in der Ferne. Als der Imam mit seiner Predigt begann, schienen die Gläubigen mehr am himmlischen Geschehen interessiert als an seinen Worten.

Es begann zu nieseln, und die Menschen wurden unruhig. Sie beruhigten sich erst wieder, als der Imam seine Predigt unterbrach und ihnen Vorhaltungen machte: »Ihr! Habt ihr im Antlitz Gottes keine Geduld – an dem Tag, an dem wir zusammengekommen sind, um des Opfers Abrahams und Ismaels zu gedenken? Den Regen auf den Feldern nehmt ihr ruhig hin, aber heute tut ihr so, als ob euch ein paar Tropfen wegspülen könnten. Wißt ihr nicht, wie die, die dieses Jahr die Pilgerreise auf sich nehmen, in der sengenden Wüste Arabiens leiden? Einige von ihnen sind schon am Hitzschlag gestorben – und ihr fürchtet euch vor ein paar Wassertropfen. Hier spreche ich zu euch über Abrahams Bereitschaft, seinen Sohn zu opfern, und ihr wollt nicht einmal ein bißchen naß werden – ihr wollt nicht einmal ein paar Minuten eurer Zeit opfern. Ihr seid wie die Ungeduldigen, die nicht zum Gebet gehen wollten, weil die Kaufleute gekommen waren. In der Sure al-baqara, nach der dieses Fest benannt ist, steht:

> Und wer, außer dem, dessen Seele töricht ist,
> verschmähte die Religion Abrahams?

Und später heißt es:

> Anbeten werden wir deinen Gott und den Gott deiner Väter
> Abraham und Ismael und Isaak, einen einigen Gott,
> und Ihm sind wir völlig ergeben.

Und wie ergeben seid ihr? Hört auf, hört auf, gute Leute, seid still und rührt euch nicht!

> Siehe, Abraham war ein Imam,
> gehorsam gegen Allah und lauter im Glauben,
> und war keiner der Götzendiener.
> Er war dankbar für Seine Gnaden,
> und Er erwählte ihn
> und leitete ihn auf einen rechten Pfad.
> Und Wir gaben ihm hienieden Gutes,
> und siehe, im Jenseits gehört er
> zu den Gerechten.
> Alsdann offenbarten Wir dir: ›Folge der
> Religion Abrahams, des Lautern im Glauben,
> der kein Götzendiener war.‹«

Der Imam wurde von seinen arabischen Zitaten davongetragen, aber nach einer Weile fuhr er mit seinem ruhigeren Diskurs in Urdu fort. Er sprach über die Größe Gottes und Seines Propheten und darüber, daß alle im Geiste Abrahams und der anderen Propheten Gottes Gutes tun und gläubig sein sollten.

Nach der Predigt baten alle um Gottes Segen und kehrten zurück in ihre Dörfer, wobei sie darauf achteten, einen anderen Weg zu nehmen als den, den sie gekommen waren.

»Und weil morgen Freitag ist, werden wir schon wieder eine Predigt hören«, murrten einige. Andere aber meinten, daß der Imam in Hochform gewesen sei.

14.23

Auf dem Weg zurück ins Dorf traf Maan den Fußball, der ihn auf die Seite zog.
»Wo sind Sie gewesen?« fragte der Fußball.
»Auf der Idgah.«
Der Fußball schien nicht gerade erfreut. »Das ist kein Ort für uns«, sagte er.
»Vielleicht nicht«, sagte Maan gleichgültig. »Aber niemand hat mir zu verstehen gegeben, daß ich nicht willkommen wäre.«
»Und wollen Sie sich jetzt noch das grausame Schlachten der Ziegen anschauen?«
»Wenn ich's sehen werde, dann werde ich's eben sehen«, sagte Maan, der dachte, daß die Jagd ein ebenso blutiges Geschäft war wie das Opfern einer Ziege. Außerdem wollte er sich nicht unnötig mit dem Fußball solidarisieren, an dem ihm nicht viel lag.

Aber als er tatsächlich Zeuge des Opfers wurde, hatte er kein Vergnügen daran.
In einigen der Häuser Debarias vollzog der Hausherr selbst das rituelle Schlachten der Ziege oder – seltener – des Schafs. (Das Opfern von Kühen war in Purva Pradesh seit den Zeiten der Briten wegen der Gefahr religiöser Unruhen verboten.) In anderen Häusern tötete ein als Schlachter ausgebildeter Mann das Tier, das Gottes barmherzigen Ersatz für Abrahams Sohn symbolisierte. Gemäß der traditionellen Vorstellung war es Ismael und nicht Isaak, obwohl sich die islamischen Autoritäten darüber nicht einig waren. Die Ziegen im Dorf schienen zu spüren, daß ihre letzte Stunde geschlagen hatte, denn sie meckerten erbärmlich und voll Angst.

Die Kinder, denen das Schauspiel gefiel, folgten dem Schlachter auf seiner Runde. Schließlich kam er zu Rasheeds Vater. Die dicke Ziege wurde mit dem Gesicht nach Westen aufgestellt. Während Netaji und der Schlachter sie am Boden festhielten, sagte Baba ein Gebet für sie. Der Schlachter setzte dann einen Fuß auf ihre Brust, hielt sie am Maul fest und schlitzte ihr die Kehle auf. Die Ziege gurgelte, und aus ihrer aufgeschlitzten Kehle sprudelten hellrotes Blut und grünes, halb verdautes Gras.

Maan wandte sich ab und bemerkte, daß Mr. Biscuit, der eine Ringelblumengirlande, die er auf dem Markt ergattert haben mußte, um den Hals trug, die Schlachtung des Tiers ungerührt beobachtete.

Aber alles ging ganz schnell. Der Kopf der Ziege wurde abgetrennt, die Haut an den Beinen und am Bauch aufgeschlitzt und das Fell abgezogen. Die Hinterbeine wurden an den Knien gebrochen und abgebogen, und die Ziege wurde anschließend an einem Ast aufgehängt. Der Magen wurde aufgeschnitten. Die blutigen und schmutzigen Gedärme wurden herausgezogen, Leber, Lunge und Nieren wurden entfernt, die Vorderfüße abgetrennt. Die Ziege, die noch vor ein paar Minuten vor Todesangst gemeckert und Maan aus ihren gelben Augen angeblickt hatte, war jetzt nur noch ein ausgeweideter Rumpf, der jeweils zu einem Drittel zwischen den Besitzern, ihren Familien und den Armen verteilt wurde.

Die Kinder sahen zu, schaudernd und fasziniert. Ihnen gefielen besonders das Töten selbst und das Herausziehen der grau-rosa Gedärme. Jetzt beobachteten sie, wie die vorderen Teile für die Familie beiseite gelegt, der restliche Rumpf in Stücke geschnitten und diese auf die Waagschalen auf der Veranda gelegt wurden. Rasheeds Vater war für die Verteilung verantwortlich.

Die armen Kinder, die nur ganz selten Fleisch zu essen bekamen, stürmten nach vorn, um sich ihren Anteil zu sichern. Manche drängten sich um die Waagschalen und griffen nach den Fleischstücken, andere wurden dabei zurückgestoßen; die meisten Mädchen saßen ruhig zusammen und bekamen auch ihren Teil. Manche Frauen, darunter die Frauen der Chamars, waren so schüchtern, daß sie es kaum wagten, vorzutreten und das Fleisch entgegenzunehmen. Dann trugen sie es in ihren bloßen Händen oder in ein Stück Papier oder Stoff gewickelt davon. Sie lobten den Khan Sahib und dankten ihm für seine Großzügigkeit oder beschwerten sich über ihre Portion, während sie zum nächsten Haus gingen, um sich dort ihren Anteil am Opfer abzuholen.

14.24

Das Essen am Abend zuvor war wegen der Vorbereitungen für Bakr-Id in großer Eile eingenommen worden. Am Spätnachmittag dieses Tages wurde jedoch sehr entspannt gespeist. Das beste Gericht bestand aus der Leber, den Nieren und den Kutteln der frisch geschlachteten Ziege. Die Charpoys standen unter dem Nimbaum, unter dem das Tier vor kurzem noch friedlich gegrast hatte.

Maan, Baba und seine beiden Söhne, Qamar – der sarkastische Schullehrer aus Salimpur – und Rasheeds Onkel, der Bär, nahmen an dem Essen teil. Irgendwann kam die Rede zwangsläufig auch auf Rasheed. Der Bär erkundigte sich bei Maan, wie es ihm ginge.

»Eigentlich habe ich ihn nicht mehr gesehen, seitdem ich nach Brahmpur zurückgekehrt bin«, gestand Maan. »Er hat so viel zu tun mit seinem Unterricht, und ich war auch beschäftigt ...«

Es war eine fadenscheinige Ausrede, aber Maan hatte seinen Freund nicht absichtlich gemieden. Sein Leben verlief nun einmal so.

»Wie ich gehört habe, war er für die Studentenschaft der Sozialistischen Partei aktiv«, sagte Maan. »Aber bei Rasheed braucht man keine Angst zu haben, daß er sein Studium vernachlässigt.« Er ließ unerwähnt, was Saeeda Bai ihm über Rasheed erzählt hatte.

Maan fiel auf, daß sich nur der Bär wirklich Sorgen um Rasheed machte. Nach einer Weile, als längst über andere Themen gesprochen wurde, sagte er: »Alles, was er tut, nimmt er zu ernst. Wenn ihm nicht jemand das Lachen beibringt, wird er weiße Haare haben, bevor er dreißig ist.«

Alle reagierten verkrampft, wenn die Rede auf Rasheed kam. Maan empfand es nur allzu deutlich; aber da ihm niemand – nicht einmal Rasheed selbst – erzählt hatte, was er getan hatte, um in Ungnade zu fallen, verstand er nicht, warum. Als Rasheed ihm Saeeda Bais Brief vorgelesen hatte, war eine große Ruhelosigkeit über Maan gekommen, und da er nicht nach Brahmpur zurückdurfte, war er zu einem Treck aufgebrochen. Vielleicht hatte es an seinen eigenen Sorgen gelegen, daß er die Spannungen in der Familie seines Freundes übersehen hatte.

14.25

Netaji wollte am nächsten Abend eine Party veranstalten – ein Fest, für das er bereit war, eine weitere Ziege zu opfern – zu Ehren mehrerer wichtiger Persönlichkeiten des Unterbezirks: Polizisten, kleine Beamte und dergleichen. Er versuchte, Qamar zu überreden, den Schulmeister seiner Schule in Salimpur mitzubringen. Qamar weigerte sich nicht nur rundheraus, sondern machte auch keinen Hehl aus seiner Verachtung für Netajis unverblümte Anstrengungen, sich bei den Erlauchten und Einflußreichen einzuschmeicheln. Während des ganzen Nachmittags fand er immer wieder Gelegenheit, gegen Netaji zu sticheln. Irgendwann einmal wandte er sich, plötzlich die Freundlichkeit in Person, an Maan und sagte: »Als Ihr Vater hier war, ist es ihm vermutlich kaum gelungen, unseren Netaji abzuschütteln.«

Maan unterdrückte ein Lächeln. »Tja, Baba und er waren so freundlich, meinen Vater in Debaria herumzuführen.«

»So etwas habe ich mir schon gedacht«, sagte Qamar. »Er hat gerade mit mir in Salimpur Tee getrunken, als ihm ein Freund von mir erzählte, daß der große Mahesh Kapoor seinem Heimatdorf einen Besuch abstattet. Tja, da war der Tee mit mir ausgetrunken. Netaji weiß, welcher Tee süßer schmeckt. Er ist so schlau wie die Fliegen auf Babas Spucke.«

Netaji, der so tat, als stünde er über solchen plumpen Spöttereien, und der noch immer hoffte, den Schulmeister ködern zu können, blieb äußerlich völlig gelassen, und Qamar gab enttäuscht auf.

Nicht lange nach dem Essen fuhr Maan mit einer Riksha nach Salimpur und von dort aus weiter mit dem Zug nach Baitar. Er wollte zurück sein, bevor Firoz abfuhr. Obwohl Firoz es mit seinem Beruf leichter hatte als Imtiaz, aus Brahmpur zu entkommen, war es gut möglich, daß er einen Gerichtstermin hatte oder ein Vorgesetzter ihn zu einer dringenden Besprechung zurückrief.

Die Riksha fuhr an einer attraktiven jungen Frau vorbei, deren Füße mit Henna gefärbt waren. Sie sang ein Lied vor sich hin, und Maan hörte ein paar Zeilen mit, als er sich umdrehte und einen Blick in ihr unverschleiertes Gesicht warf:

> »Oh, Mann, geh, lauf und hol mir vom Basar –
> zinnoberroten Puder für mein Haar.
> Armreife aus Firozabad, Palmsirup, ach gar süß –
> und Schuhe von Praha für meine hennaroten Füß.«

Sie warf Maan einen halb vergnügten, halb ärgerlichen Blick zu, während er sie ohne jegliche Scheu anschaute, und die Erinnerung an ihren Blick hielt ihn bis zum Bahnhof von Salimpur bei guter Laune.

14.26

Auf Nehrus Coup folgte keine vollständige bedingungslose Kapitulation.

Im Parlament von Delhi zwangen ihn oppositionelle Abgeordnete aller Parteien, auch seiner eigenen, den Versuch, das Gesetz zur Reform des Hindu-Rechts zu verabschieden, erst einmal aufzugeben. Dieses Gesetzesvorhaben, das dem Premier und seinem Justizminister Dr. Ambedkar sehr am Herzen lag, zielte darauf ab, das Ehe-, Scheidungs-, Erb- und Vormundschaftsrecht auf eine rationalere und gerechtere Grundlage zu stellen, insbesondere was die rechtliche Stellung der Frauen anbelangte.

Und auch im Parlament von Brahmpur zeigten sich die orthodoxen Hindus nicht gerade von ihrer defensiven Seite. L. N. Agarwal hatte ein Gesetz vorgeschlagen, das Hindi von Beginn des nächsten Jahres an zur Landessprache machen sollte, und die moslemischen Abgeordneten standen einer nach dem anderen auf und baten ihn und den Chefminister und das ganze Haus, den Status von Urdu zu schützen. Mahesh Kapoor, der nach Brahmpur zurückgekehrt war, schaltete sich nicht aktiv in die Debatte ein, aber Abdus Salaam, sein früherer Parlamentarischer Staatssekretär, intervenierte zweimal kurz.

Begum Abida Khan zeigte sich als Rednerin selbstverständlich von ihrer besten Seite:

Begum Abida Khan: Gut und schön, daß der ehrenwerte Minister den Namen Gandhijis im Munde führt, wenn er für Hindi als Landessprache eintritt. Ich habe nichts gegen Hindi, aber warum erklärt er sich nicht bereit, den Status von Urdu zu schützen, der zweiten Sprache dieses Bundesstaates und der Muttersprache der Moslems? Glaubt der ehrenwerte Minister etwa, daß der Vater der Nation, der gewillt war, sein Leben zu geben, um unsere Glaubensgemeinschaft zu schützen, ein Gesetz wie dieses unterstützt hätte, das den langsamen Tod unserer Glaubensgemeinschaft, unserer Kultur, ja unseres Lebensunterhalts zur Folge haben wird? Die plötzliche Durchsetzung des Hindi und der Devanagari-Schrift hat den Moslems die Türen zum Staatsdienst vor der Nase zugeschlagen. Sie können nicht mit denen konkurrieren, deren Muttersprache Hindi ist. Das hat zu einer ernst zu nehmenden wirtschaftlichen Krise unter den Moslems geführt – von denen viele im Staatsdienst ihren Lebensunterhalt verdienen. Plötzlich dröhnt ihnen die seltsame Musik der Purva Pradesh Official Language Bill in den Ohren. Es ist eine Sünde, in diesem Zusammenhang den Namen Gandhis in den Mund zu nehmen. Ich appelliere an Ihre Menschlichkeit, ich bitte Sie, die Sie auf uns geschossen und uns aus unseren Häusern vertrieben haben, bringen Sie nicht weiteres Elend über uns.

Der ehrenwerte Minister des Inneren (Shri L. N. Agarwal): Ich werde die letzte Bemerkung ignorieren, denn ich bin sicher, daß das Haus genau das von mir erwartet, und will der ehrenwerten Abgeordneten schlicht für ihren von Herzen kommenden Rat danken. Wenn er zudem durchdacht wäre, gäbe es vielleicht Grund, ihn anzunehmen. Tatsache ist nun aber mal, daß die Ausfertigung aller offiziellen Texte in zwei Sprachen und zwei Schriften nicht praktikabel und absolut undurchführbar ist. Um mehr geht es nicht.

Begum Abida Khan: Ich werde wegen der Ausdrucksweise des ehrenwerten Ministers keinen Protest einlegen. Er verkündet aller Welt seine Überzeugung, daß Moslems keine Rechte und Frauen kein Hirn haben. Ich hoffte, seine besseren Instinkte anzusprechen, aber welche Hoffnung bleibt mir noch? Er war einer der Hauptakteure bei diesem Gesetzesvorhaben der Regierung, der es nur darum geht, Urdu zu unterdrücken. Viele Publikationen in Urdu sind bereits eingegangen. Warum wird Urdu von ihm so stiefmütterlich behandelt? Warum können diese zwei Brudersprachen nicht gleichberechtigt angewendet werden? Der ältere Bruder hat die Pflicht, den jüngeren zu beschützen, anstatt ihn zu quälen.

Der ehrenwerte Minister des Inneren (Shri L. N. Agarwal): Heute fordern Sie eine Zwei-Sprachen-Theorie, morgen werden Sie eine Zwei-Nationen-Theorie fordern.

Shri Jainendra Chandla (Sozialistische Partei): Die Wendung, die der ehrenwerte Minister der Debatte gegeben hat, schmerzt mich. Während Begum Abida Khan, deren Patriotismus niemand in Zweifel ziehen kann, nur fordert, daß Urdu nicht unterdrückt wird, versucht der ehrenwerte Minister, die Zwei-Nationen-Theorie in die Debatte einzuführen. Auch ich finde die Fortschritte bei der Verwendung von Hindi nicht ausreichend. Noch immer wird in den Ämtern alles auf englisch erledigt, trotz der vielen Resolutionen und Vorschriften. Wir sollten darauf hinarbeiten, Englisch zu ersetzen und nicht die Sprache des jeweils anderen.

Shri Abdus Salaam (Kongreß): Einige meiner Wähler haben mich darauf hingewiesen, daß es mit dem Lehrplan für Studenten, die Urdu lesen, Probleme gibt und daß ihnen die Möglichkeit genommen wurde, Urdu zu studieren. Wenn sich ein kleines Land wie die Schweiz vier offizielle Sprachen leisten kann, dann gibt es keinen Grund, warum dieser Bundesstaat, der um ein Vielfaches größer ist, Urdu nicht zumindest als regional bedeutsame Sprache behandelt. Es sollten die Voraussetzungen geschaffen werden, Urdu in den Schulen zu lehren – und das nicht nur nominell.

Der ehrenwerte Minister des Inneren (Shri L. N. Agarwal): Unsere Mittel sind – leider – nicht unbegrenzt. Im ganzen Land gibt es Madrasas und religiöse Einrichtungen, die Urdu lehren. Was die offizielle Landessprache des Staates Purva Pradesh anbelangt, so muß die Lage vollkommen eindeutig sein, so daß keine Verwirrung entsteht und die Menschen nicht in der Kindheit die falsche Richtung einschlagen, nur um später feststellen zu müssen, daß sie im Nachteil sind.

Begum Abida Khan: Der ehrenwerte Minister sagt, daß die Dinge eindeutig geregelt werden müssen. Aber selbst die Verfassung Indiens ist, was die Nationalsprache anbelangt, nicht eindeutig. Es steht dort lediglich, daß Englisch nach fünfzehn Jahren ersetzt werden soll. Aber auch das wird nicht automatisch geschehen. Eine Kommission wird eingesetzt werden, die sich der Frage, welche Fortschritte Hindi gemacht hat, gründlich annehmen und der Regierung Bericht erstatten wird. Und auf dieser vernünftigen Grundlage wird dann die Frage der Nationalsprache verhandelt und nicht auf der Grundlage von Dekreten oder Vorurteilen. Ich frage mich, warum Urdu nicht toleriert werden kann, wenn eine Fremdsprache wie Englisch toleriert wird. Urdu gereicht unserem Staat zur Ehre – es ist die Sprache seines bedeutendsten Dichters, Mast. Es ist die Sprache von Mir, von Ghalib, von Dagh, von Sauda, von Iqbal und von Hindu-Schriftstellern wie Premchand und Firaq. Und obwohl es auf eine reichere Tradition zurückblicken kann, fordern wir für Urdu nicht den gleichen Status, den Hindi einnimmt. Es soll wie jede andere regional bedeutsame Sprache behandelt werden. Aber es soll nicht verbannt werden, wie es in diesem Gesetz vorgesehen ist.

Der ehrenwerte Minister des Inneren (Shri L. N. Agarwal): Urdu wird nicht verbannt, wie die ehrenwerte Abgeordnete unterstellt. Niemand, der die Devanagari-Schrift erlernt, wird Schwierigkeiten haben.

Begum Abida Khan: Kann der ehrenwerte Minister diesem Haus in aller Aufrichtigkeit versichern, daß zwischen den beiden Sprachen tatsächlich kein Unterschied gemacht wird außer in der Schrift?

Der ehrenwerte Minister des Inneren (Shri L. N. Agarwal): In aller Aufrichtigkeit und auch sonst, das war es, was Gandhiji vorhatte: Ihm schwebte Hindustani als Ideal vor, weil es auf beide Sprachen zurückzuführen ist.

Begum Abida Khan: Ich spreche nicht von Idealen und auch nicht von Gandhijis Plänen. Ich spreche von Tatsachen und davon, was um uns herum geschieht. Hören Sie All India Radio und die dort verlautbarten Nachrichten. Lesen Sie die Hindi-Versionen unserer Gesetzesvorlagen und Gesetze – oder wenn Sie sie wie ich und viele andere Moslems und sogar viele Hindus in diesem Staat nicht lesen können, dann lassen Sie sie sich vorlesen. Sie werden höchstens eins von drei Worten verstehen. Denn dummerweise strotzen diese Texte vor gestelzten Sanskritwörtern. Obskure Wörter werden aus alten religiösen Texten ausgegraben und in unserer modernen Sprache erneut beerdigt. Es handelt sich um eine Verschwörung religiöser Fundamentalisten, die alles Islamische hassen, sogar die arabischen oder persischen Worte, die von den gewöhnlichen Menschen in Brahmpur seit Jahrhunderten benutzt werden.

Der ehrenwerte Minister des Inneren (Shri L. N. Agarwal): Die ehrenwerte Abgeordnete hat eine ausgeprägte Phantasie, die mir Bewunderung abnötigt. Aber wie üblich denkt sie von rechts nach links.

Begum Abida Khan: Wie können Sie es wagen, so etwas zu sagen? Wie können Sie es wagen? Man sollte richtiges Sanskrit zur offiziellen Landessprache erklären – dann werden Sie selbst sehen! Eines Tages werden sie gezwungenermaßen richtiges Sanskrit lesen und schreiben müssen, und dann werden Sie sich die Haare noch verzweifelter raufen als jetzt. Dann werden auch Sie sich als Fremder in Ihrem eigenen Land fühlen. Es wäre wirklich besser, wenn Sanskrit offizielle Landessprache würde. Dann müßten Hindu- und Moslem-Jungen bei Null anfangen und könnten unter gleichen Voraussetzungen miteinander konkurrieren.

Die Debatte wurde auf diese Art noch weitergeführt, wobei sich hartnäckige Wellen des Protests an unnachgiebigen Kaimauern brachen. Schließlich wurde von einem Kongreßabgeordneten das Ende der Debatte beantragt, und die Versammlung löste sich für diesen Tag auf.

14.27

Vor dem Plenarsaal schnappte sich Mahesh Kapoor seinen früheren Parlamentarischen Staatssekretär.

»Na, Sie Schurke, Sie sind also noch immer im Kongreß.«

Abdus Salaam drehte sich um, erfreut, die Stimme seines Exministers zu hören. »Darüber müssen wir reden«, sagte er und blickte schnell nach rechts und links.

»Wir haben schon lange nicht mehr miteinander geredet – mir scheint, seitdem ich zur Opposition gehöre.«

»Daran liegt es nicht, Minister Sahib ...«

»Aha, zumindest nennen Sie mich noch bei meinem alten Titel.«

»Aber selbstverständlich. Sie waren fort – in Baitar. Haben sich dort mit Zamindars eingelassen, wie ich höre«, fügte Abdus Salaam unwillkürlich hinzu.

»Sind Sie zu Id nicht nach Hause gefahren?«

»Doch. Wir waren demnach beide fort. Und vorher war ich in Delhi bei der Delegiertenkonferenz. Aber jetzt haben wir Gelegenheit zu reden. Kommen Sie mit mir in die Kantine?«

»Um diese schrecklich fettigen Samosas zu essen? Ihr jungen Leute habt bessere Mägen als wir.« Mahesh Kapoor schien trotz allem guter Laune zu sein.

Abdus Salaam aß die fettigen Samosas in der Kantine ausgesprochen gern. »Wohin sollen wir sonst gehen, Minister Sahib? Leider ist Ihr Büro …« Er lächelte bedauernd.

Mahesh Kapoor lachte. »Als ich aus dem Kabinett ausgeschieden bin, hätte Sharma Sie zum Minister machen sollen. Dann hätten Sie jetzt wenigstens ein eigenes Büro. Was nützt es, Parlamentarischer Staatssekretär zu bleiben, wenn es niemanden mehr gibt, dessen Sekretär man ist?«

Auch Abdus Salaam lachte leise. Er war nicht so sehr ein ehrgeiziger Mann als vielmehr ein gelehrter. Oft fragte er sich, wie er in die Politik geraten und warum er dort geblieben war. Seine Antwort lautete, daß er eine Veranlagung dazu hatte wie andere zum Schlafwandeln.

Er dachte über Mahesh Kapoors letzte Bemerkung nach. »Es gibt noch einen Bereich, der mir untersteht. Der Chefminister hat ihn mir überlassen.«

»Aber bis der Oberste Gerichtshof entschieden hat, gibt es in dieser Hinsicht nichts zu tun. Und auch wenn sie entscheiden, daß der erste Verfassungszusatz gültig ist, muß erst noch die Berufung der Zamindars gegen das Urteil des Hohen Gerichts verhandelt werden. Und bis dahin sind Ihnen die Hände gebunden.«

»Das ist nur eine Frage der Zeit. Wir werden beide Male gewinnen«, sagte Abdus Salaam und blickte vage auf einen Punkt in mittlerer Entfernung, wie er es oft tat, wenn er nachdachte. »Und bis dahin sind Sie zweifellos wieder Finanzminister – wenn nicht sogar Besseres. Alles ist möglich. Sharma könnte ins Kabinett von Delhi aufsteigen, und einer von Begum Abida Khans Blicken könnte Agarwal töten. Und da Sie dann wieder im Kongreß sind, liegt es auf der Hand, daß nur Sie Chefminister werden können.«

»Glauben Sie?« fragte Mahesh Kapoor und sah seinen Schützling eindringlich an. »Glauben Sie? Wenn Sie nichts Besseres vorhaben, dann kommen Sie doch auf eine Tasse Tee mit zu mir. Mir gefallen Ihre Träume.«

»Ja, ich habe in letzter Zeit viel geträumt – und viel geschlafen«, fügte Abdus Salaam kryptisch hinzu.

Auf dem Weg nach Prem Nivas plauderten sie weiter.

»Warum haben Sie heute nachmittag nicht in die Debatte eingegriffen, Minister Sahib?« fragte Abdus Salaam.

»Warum? Sie kennen den Grund. Weil ich kein Wort Hindi lesen kann und nicht will, daß es alle Welt erfährt. Bei den Moslems bin ich beliebt – die Stimmen der Hindus sind mein Problem.«

»Selbst wenn Sie in den Kongreß zurückkehren?«

»Selbst wenn ich in den Kongreß zurückkehre.«

»Haben Sie das vor?«

»Darüber möchte ich mit Ihnen reden.«

»Vielleicht bin ich die falsche Person dafür.«

»Warum? Sie wollen doch nicht etwa auch austreten?«

»Darüber wollte ich mit Ihnen reden.«

»Tja«, sagte Mahesh Kapoor nachdenklich. »Ich sehe schon, wir werden mehrere Tassen Tee trinken müssen.«

Da Abdus Salaam nicht wußte, wie man Small talk machte, stellte er sofort eine Frage, kaum hatte er an seinem Tee genippt.

»Glauben Sie ernsthaft, daß Nehru wieder fest im Sattel sitzt?«

»Ziehen Sie es ernsthaft in Zweifel?« stellte Mahesh Kapoor die Gegenfrage.

»In gewisser Weise ja. Schauen Sie sich die Reform des Hindu-Rechts an. Das war eine große Niederlage für ihn.«

»Nun, nicht unbedingt. Nicht, wenn er die Wahlen gewinnt. Dann hat er den Auftrag zur Reform. Dafür hat er gesorgt, denn jetzt ist es ein Wahlkampfthema.«

»Sie können nicht behaupten, daß das seine Absicht war. Er wollte schlicht und einfach aus der Vorlage ein Gesetz machen.«

»Da bin ich mit Ihnen einer Meinung«, sagte Mahesh Kapoor und rührte in seiner Tasse.

»Und er konnte nicht einmal die Abgeordneten seiner eigenen Partei, geschweige denn das Parlament zusammenhalten, um es zu verabschieden. Alle Welt weiß, was der Präsident Indiens von diesem Vorhaben hält. Selbst wenn die Vorlage vom Parlament verabschiedet worden wäre – hätte er es dann unterschrieben?«

»Das ist ein anderes Thema.«

»Da haben Sie recht. Aber meiner Ansicht nach stellt sich doch die Frage, ob Nehru die Sache im Griff hat und ob er den richtigen Zeitplan hat. Warum läßt er das Parlament über die Vorlage debattieren, wenn die Zeit nicht reicht? Es wird debattiert, es wird verschleppt und obstruiert, und sie hatte keine Chance mehr.«

Mahesh Kapoor nickte. Er dachte auch noch an etwas anderes. Während der nächsten zwei Wochen wurden die Shraadh vollzogen, die Riten, die die Geister der Toten der Familie milde stimmen sollten. Mahesh Kapoor war zum Unwillen von Mrs. Mahesh Kapoor nicht dazu zu bewegen, diese Riten zu vollziehen. Und an diese zwei Wochen schlossen sich die Nächte von Ramlila an, die in den ausgelassenen Feiern von Dussehra gipfelten. Von nun an bis Divali war die Saison der großen Hindu-Feste. Nehru hätte sich, in psychologischer Hinsicht, keine schlechtere Zeit aussuchen können, um eine Gesetzesvorlage verabschieden zu lassen, die das Hindu-Recht reformieren und die Hindu-Gesellschaft verändern würde.

Nachdem Abdus Salaam gewartet hatte, ob Mahesh Kapoor etwas sagen würde, fuhr er fort: »Sie haben gesehen, was im Parlament passiert ist, wie die L. N.

Agarwals dieser Welt weiterhin agieren. Gleichgültig, was in Delhi geschieht, in den Bundesstaaten wird es auf diese Art weitergehen. Zumindest glaube ich das. Ich sehe nicht, daß sich viel verändern wird. Die Leute, die in der Partei das Sagen haben – Leute wie Sharma und Agarwal –, werden sich von Nehru nicht so leicht zum Schweigen bringen lassen. Sehen Sie nur, wie schnell sie ihre Wahlkampfkomitees bilden und ihre Kandidaten bestimmen. Armer Nehru – er ist wie ein reicher Kaufmann, der nach Überquerung des Meers in einem seichten Fluß ertrinkt.«

Mahesh Kapoor runzelte die Stirn. »Woraus zum Teufel zitieren Sie da?«

»Aus einer Übersetzung Ihres Mahabharata, Minister Sahib.«

»Ich wünschte, Sie würden das nicht tun«, sagte Mahesh Kapoor etwas verärgert. »Davon muß ich mir zu Hause schon genug anhören, ohne daß ausgerechnet Sie mir auch noch damit kommen.«

»Ich wollte damit nur feststellen, Minister Sahib, daß es die Konservativen sind und nicht unser liberaler Premierminister – trotz seines großen Siegs –, die immer noch das Ruder in der Hand halten. Das ist zumindest meine Meinung.«

Abdus Salaam schien deswegen nicht sonderlich bekümmert, obwohl es ihn eigentlich zutiefst hätte bekümmern müssen. Ja, er klang geradezu heiter, als ob das Vergnügen am Ausmalen dieses Szenarios die Düsterkeit desselben mehr als ausgleichen würde.

Mahesh Kapoor, der sich etwas über die Einstellung des jungen Mannes wunderte, dachte, daß die Lage, genau betrachtet, wirklich düster aussah. Eine knappe Woche nachdem Nehru Tandon gestürzt hatte – eine der beiden dafür entscheidenden Resolutionen war von einem Parteiführer aus Westbengalen unterstützt worden –, hatten der Kongreßvorstand und der Wahlausschuß von Westbengalen mit verwunderlicher Hast begonnen, die Nominierung der Kandidaten anzugehen. Das Ziel war klar: Sie wollten den Auswirkungen der Veränderungen in der Parteispitze zuvorkommen und der Parteizentrale ein Fait accompli präsentieren, eine vorbereitete Liste der Kandidaten für die allgemeinen Wahlen, bevor irgendwelche Abtrünnige in den Kongreß zurückkehren und den Wunsch zu kandidieren anmelden konnten. Die Kongreßvorsitzenden konnten nur durch das Hohe Gericht von Kalkutta an der Ausführung ihrer Pläne gehindert werden.

Auch in Purva Pradesh war der Kongreß-Wahlausschuß für die Landtagswahlen erstaunlich rasch gewählt worden. Laut der Parteistatuten mußten der Kongreßpräsident des Bundeslandes und nicht mehr als acht, aber auch nicht weniger als vier weitere Parteimitglieder darin vertreten sein. Wenn solche Eile wegen dringend zu erledigender Vorarbeiten wirklich angebracht gewesen wäre, dann hätten sich die verschanzten Machthaber mit der Wahl des Minimums von vier Mitgliedern zufriedengeben können. Indem sie alle acht Mitglieder gewählt und nicht einen Platz für jemanden frei gelassen hatten, der in den Kongreß zurückkehren wollte, machten sie unmißverständlich klar, daß sie, wie immer sie sich in der Öffentlichkeit Nehrus Wünschen auch fügten, nicht wirklich wollten, daß die Abtrünnigen in den Kongreß zurückkehrten. Denn nur über den Wahlausschuß konnten Kongreßmitglieder unterschiedlicher Gruppierungen hoffen, ihre Gefolgsleute auf den Wahllisten zu plazieren und sich ihren Anteil an der Macht und an den Privilegien zu sichern.

Mahesh Kapoor sah das alles sehr deutlich, aber trotzdem vertraute er darauf – oder vielleicht würde das Wort ›hoffte‹ seine Haltung besser beschreiben –, daß Nehru dafür sorgen würde, daß diejenigen, die ihm in den Bundesstaaten ideologisch nahestanden, nicht verdrängt und marginalisiert wurden. Entsprechend äußerte er sich Abdus Salaam gegenüber. Da es in der Partei niemanden gab, der Nehru auch nur im mindesten gefährlich werden konnte, würde er bestimmt dafür Sorge tragen, daß sich die Parlamente des Landes für die nächsten fünf Jahre nicht mit Abgeordneten füllten, die seinen Idealen nichts weiter als Lippenbekenntnisse entgegenbrachten.

14.28

Abdus Salaam rührte in seiner Tasse und murmelte dann: »Aus dem, was Sie gesagt haben, schließe ich, daß Sie sich den Wiedereintritt in den Kongreß überlegen, Minister Sahib.«

Mahesh Kapoor zuckte die Achseln. »Sagen Sie mir, warum Sie solche Zweifel haben. Warum sind Sie so sicher, daß er die Dinge nicht in den Griff bekommt – oder wieder in den Griff bekommt? Er hat die ganze Partei umgekrempelt und die Zügel in die Hand genommen, als keiner damit gerechnet hat. Möglicherweise ist er für weitere Überraschungen gut.«

»Wie Sie wissen, war ich bei der Sitzung der All-India-Delegiertenkonferenz in Delhi«, sagte Abdus Salaam beiläufig und fixierte wieder einen Punkt in mittlerer Entfernung. »Ich habe aus nächster Nähe gesehen, wie er die Zügel in die Hand genommen hat. Tja, das war schon ein Anblick – wollen Sie einen Bericht aus erster Hand?«

»Ja.«

»Also, Minister Sahib, es war am zweiten Sitzungstag. Wir hatten uns alle im Constitution Club versammelt. Am Vortag war Nehru zum Kongreßpräsidenten gewählt worden – aber selbstverständlich hatte er die Wahl noch nicht angenommen. Er hatte gesagt, er wolle die Sache überschlafen. Er hatte auch uns gebeten, die Sache zu überschlafen. Alle überschliefen die Sache, und am nächsten Nachmittag warteten wir darauf, daß er Stellung nahm. Er hatte selbstverständlich noch nicht angenommen, aber er saß auf dem Stuhl des Präsidenten. Tandon saß unter den Parteiführern auf dem Podium, aber Nehru saß auf dem Präsidentenstuhl. Am Vortag hatte er sich geweigert, dort zu sitzen, aber an diesem Tag, nun, an diesem Tag dachte er vielleicht, daß solch extremes Taktgefühl womöglich falsch verstanden würde. Oder vielleicht hatte Tandon auch auf den Tisch geschlagen und sich geweigert, zu sitzen, wo ihn keiner haben wollte.«

»Tandon war einer der wenigen, die die Entscheidung, das Land zu teilen, nicht mittrugen, als der Kongreß für die Teilung stimmte«, sagte Mahesh Kapoor. »Kein Mensch kann ihm vorwerfen, daß er ein Mann ohne Prinzipien ist.«

»Nun«, sagte Abdus Salaam nebenbei, »Pakistan ist eine gute Sache.« Als er Mahesh Kapoors schockierte Miene sah, fuhr er fort: »Zum einen hätte man mit einer mächtigen Moslemliga in einem ungeteilten Indien weder die Fürstenstaaten wie Marh loswerden noch den Großgrundbesitz abschaffen können. Alle Welt weiß das, aber keiner spricht es aus. Aber das ist ein alter Hut, Geschichte, passé. Da saßen wir also, Minister Sahib, blickten ehrfürchtig zum Podium empor, warteten darauf, daß uns der Sieger verkündet, daß er sich von niemandem mehr etwas gefallen lassen wird, daß er dafür sorgen wird, daß der Parteiapparat auf den kleinsten Wink von ihm reagiert, daß die Kandidaten für die Wahl auschließlich seine Männer sind.«

»Und seine Frauen.«

»Ja. Und seine Frauen. Panditji ist ganz versessen darauf, daß Frauen kandidieren.«

»Weiter, weiter, Abdus Salaam, kommen Sie zum Wesentlichen.«

»Tja, statt des Schlachtrufs eines Feldherrn und der Pläne eines Pragmatikers bekamen wir eine Rede über die Eintracht der Herzen zu hören. Wir sollten über zerstrittene Gruppierungen, Splittergruppen und Cliquen hinausdenken! Wir müßten alle an einem Strang ziehen wie eine Mannschaft, eine Familie, ein Bataillon. Lieber Chacha Nehru, hätte ich am liebsten gesagt, das hier ist Indien, Hindustan, Bharat, das Land, in dem die Splittergruppe vor der Null erfunden wurde. Wenn schon das Herz aus vier Teilen besteht, wie kannst du dann erwarten, daß wir Inder uns in weniger als vierhundert Gruppierungen aufsplittern?«

»Aber was hat er zu den Kandidaten gesagt?« fragte Mahesh Kapoor.

Abdus Salaams Antwort war nicht gerade beruhigend. »Was sollte er schon sagen, da er nun mal Jawaharlal ist? Daß er nicht wisse und es ihm auch nicht wichtig sei, wer welcher Gruppe angehöre. Daß er mit Tandonji absolut einer Meinung sei, die besten Kandidaten seien die, die sich nicht um eine Kandidatur bewerben. Natürlich sehe er, daß dieses Auswahlverfahren in der Praxis nicht immer durchführbar sei. Und als er das sagte, begann Agarwal, der in meiner Nähe saß, entspannt zu grinsen – er entspannte sich und grinste. Und ich muß Ihnen sagen, Minister Sahib, daß mich die Art, wie er gegrinst hat, nicht gerade beruhigt hat.«

Mahesh Kapoor nickte und sagte: »Und dann hat Panditji die Wahl zum Präsidenten angenommen?«

»Nicht ganz«, sagte Abdus Salaam. »Aber er hat gesagt, daß er darüber nachgedacht habe. Zu unserem Glück hatte er in der Nacht etwas schlafen können. Er gestand uns, daß er am Vortag, als sein Name genannt und sofort akzeptiert worden war, nicht genau gewußt habe, was er tun solle. Das waren seine Worte:

›Ich wußte nicht genau, was ich tun soll.‹ Aber jetzt, da er die Sache überschlafen habe, sagte er, falle es ihm nicht leicht, sich seiner Verantwortung zu entziehen. Es falle ihm überhaupt nicht leicht.«
»Und da haben Sie alle erleichtert aufgeatmet.«
»So war es, Minister Sahib. Aber wir hatten zu früh aufgeatmet. Ein winzig kleiner Zweifel sei ihm gekommen. Ein zu vernachlässigender Zweifel, der jedoch an ihm nage. Er habe geschlafen und sich entschlossen. Oder sich nahezu entschlossen, ja, fast habe er sich entschlossen. Aber die Frage war: Hatten auch wir geschlafen und uns entschlossen – oder uns zumindest nicht anders entschlossen? Und wenn wir immer noch entschlossen seien, wie könnten wir es ihm beweisen? Wie könnten wir ihn von unserer Entschlossenheit überzeugen?«
»Nun, was haben Sie getan?« fragte Mahesh Kapoor kurz angebunden. Für seinen Geschmack war Abdus Salaams Erzählweise viel zu weitschweifig.
»Tja, was konnten wir tun? Wir erhoben noch einmal die Hand. Aber das war nicht genug. Dann erhoben einige beide Hände. Aber das reichte auch nicht. Panditji wollte kein formales Votum, keine erneute Abstimmung mit Händen oder Füßen. Er wollte einen Beweis ›unserer Gesinnung und unserer Herzen‹. Erst dann könne er entscheiden, ob er unsere Forderung annehme oder nicht.«
Abdus Salaam hielt inne. Er erwartete eine sokratische Bemerkung, und Mahesh Kapoor, dem klar wurde, daß es ohne nicht gehen würde, machte sie. »Das muß Sie in ein Dilemma gebracht haben.«
»Ja, so war es. Die ganze Zeit über dachte ich: Setz dich an die Schalthebel der Macht, wähle deine Kandidaten aus. Und er sprach von Gesinnung und Herzen. Ich bemerkte, wie Tandon, Pant und Sharma ihn völlig ratlos anstarrten. Und L. N. Agarwal grinste noch immer auf seine verzerrte Art.«
»Weiter, weiter.«
»Dann haben wir geklatscht.«
»Aber das hat auch nicht gereicht.«
»Nein, Minister Sahib, das hat auch nicht gereicht. Dann beschlossen wir, eine Resolution zu verabschieden. Aber davon wollte Pandit Nehru nichts wissen. Wir hätten laut ›Lang lebe Pandit Nehru!‹ geschrien, bis wir heiser gewesen wären, aber alle wußten, daß ihn das wütend gemacht hätte. Ihm liegt nichts an Personenkult. Ihm liegt nichts an Schmeichelei – an offensichtlicher oder lautstarker Schmeichelei. Er ist durch und durch Demokrat.«
»Wie wurde das Problem gelöst, Salaam? Würden Sie jetzt bitte zum Wesentlichen kommen, ohne auf Fragen meinerseits zu warten?«
»Nun, es gab nur eine Möglichkeit, das Problem zu lösen. Erschöpft und nicht gewillt, irgend etwas noch einmal zu überschlafen, wandten wir uns an Nehruji selbst. Wir hatten uns das Gehirn zermartert, aber keines unserer Angebote war für ihn akzeptabel. Vielleicht würde er uns die Ehre geben und einen Vorschlag machen. Welcher Beweis, daß unsere Gesinnung und unsere Herzen mit ihm

waren, würde ihn zufriedenstellen? Auf diese Frage hin reagierte unser großer Führer mit großem Erstaunen. Er wußte es nicht.«

»Er wußte es nicht?« rief Mahesh Kapoor unwillkürlich.

»Er wußte es nicht.« Abdus Salaams Gesicht nahm einen von Nehrus eher melancholischen Ausdrücken an. »Aber nach ein paar Minuten des Nachdenkens hatte er einen Ausweg aus der Schwierigkeit gefunden. Wir sollten mit ihm zusammen in den patriotischen Ruf ›Jai Hind!‹ einstimmen. Das würde ihm beweisen, daß wir unsere Herzen und Gesinnung am rechten Fleck hatten.«

»Und das haben Sie getan?« Mahesh Kapoor lächelte jetzt selbst etwas wehmütig.

»Das haben wir getan. Aber unser erster Ruf kam nicht aus voller Kehle. Panditji schien unglücklich, und wir sahen vor uns, wie der Kongreß und das Land zusammenbrachen. Deswegen schrien wir noch einmal, jetzt so laut wie möglich: ›Jai Hind!‹, so daß der Constitution Club beinahe eingestürzt wäre. Und Jawaharlal lächelte. Er lächelte. Die Sonne ging auf, und alles war gut.«

»Und das war's?«

»Und das war's.«

14.29

Jedes Jahr zur Zeit von Shraadh mußte Mrs. Rupa Mehra einen Kampf mit ihrem ältesten Sohn ausfechten, den sie in gewisser Weise gewann. Jedes Jahr mußte Mrs. Mahesh Kapoor einen Kampf mit ihrem Mann ausfechten, den sie regelmäßig verlor. Mrs. Tandon mußte nur mit den Erinnerungen an ihren Mann kämpfen; Kedarnath vollzog die Riten für seinen Vater, wie es die Pflicht verlangte.

Raghubir Mehra war am zweiten Tag eines Mondhalbmonats gestorben, und deswegen sollten am zweiten Tag des jährlichen ›Halbmonats der Vorfahren‹ Pandits in das Haus seines ältesten Sohnes gerufen, verköstigt und beschenkt werden. Aber allein schon der Gedanke an dickleibige, nacktbrüstige, mit einem Dhoti bekleidete Pandits, die in der Sunny-Park-Wohnung herumsaßen, Mantras sangen und Reis und Dal, Puris und Halwa, Quark und Kheer verdrückten, war Arun unerträglich. Jedes Jahr versuchte Mrs. Rupa Mehra, ihn zu überreden, die Riten für die Seele seines Vaters zu vollziehen. Jedes Jahr lehnte Arun diesen abergläubischen Firlefanz ab. Als nächstes bearbeitete Mrs. Rupa Mehra Varun und schickte ihm das Geld für die notwendigen Ausgaben, und Varun war einverstanden – zum einen weil er wußte, daß Arun sich darüber ärgern würde, zum anderen weil er seinen Vater geliebt hatte (obwohl er große Schwierigkeiten hatte zu glauben, daß das Karhi – eine Lieblingsspeise seines Vaters, die der Pandit unter anderem zu essen bekam – seinen Vater auch tatsächlich erreichen würde); vor allem aber, weil er seine Mutter liebte und wußte, wie sehr sie leiden würde, wenn er sich weigerte. Sie konnte die Shraadh-Riten nicht selbst vollziehen, das mußte ein Mann tun. Und wenn es nicht der älteste Sohn war, dann eben der jüngste – oder der jüngere, wie in diesem Fall.

»Solchen Hokuspokus lasse ich in meinem Haus nicht zu, merk dir das!« sagte Arun.

»Es ist für Daddys Seele«, erwiderte Varun und versuchte, streitlustig zu erscheinen.

»Daddys Seele! Absoluter Blödsinn! Als nächstes müssen wir ein Menschenopfer veranstalten, damit du die IAS-Aufnahmeprüfung bestehst.«

»Sprich nicht so über Daddy!« schrie der aschfahle Varun und duckte sich.

»Kannst du Ma denn nicht ein einziges Mal diese mentale Befriedigung verschaffen?«

»Mental? Sentimental!« schnaubte Arun.

Varun sprach tagelang nicht mehr mit seinem Bruder und schlich haßerfüllt um sich blickend durchs Haus; nicht einmal Aparna konnte ihn aufheitern. Jedesmal, wenn das Telefon klingelte, fuhr er zusammen. Das ging Meenakshi irgendwann auf die Nerven, und schließlich begann sich auch Arun, gepanzert gegen einheimische Bräuche, wie er war, etwas zu schämen.

Er gestattete, einen Pandit im Garten zu beköstigen. Den Rest des Geldes stiftete Varun einem nahen Tempel mit der Auflage, ein paar arme Kinder damit zu speisen. Seiner Mutter schrieb er nach Brahmpur, daß alles ordnungsgemäß ausgeführt worden war.

Mrs. Rupa Mehra las den Brief ihrer Ko-Samdhin vor und übersetzte ihn mit Tränen in den Augen.

Mrs. Mahesh Kapoor hörte betrübt zu. Sie mußte ihren jährlichen Kampf nicht mit ihren Söhnen, sondern mit ihrem Mann austragen. Die Shraadh-Riten für ihre Eltern wurden vom ältesten Sohn ihres verstorbenen Bruders zu aller Zufriedenheit vollzogen. Nur wollte sie auch, daß die Seelen ihrer Schwiegereltern auf ähnliche Weise besänftigt würden. Deren Sohn wollte jedoch nichts damit zu tun haben und wies sie auf seine übliche Art zurecht: »Oh, du Gesegnete, seit mehr als drei Jahrzehnten bist du mit mir verheiratet, und mit jedem Jahr, das vergangen ist, bist du ignoranter geworden.«

Mrs. Mahesh Kapoor erwiderte nichts. Daraufhin fühlte sich ihr Mann ermutigt.

»Wie kannst du nur an so etwas Idiotisches glauben? An diese habgierigen Pandits und ihren Hokuspokus? ›So viel von dem Essen lege ich für die Kuh beiseite. So viel für die Krähe. So viel für den Hund. Und den Rest esse ich selbst. Mehr! Mehr! Mehr Puris, mehr Halwa.‹ Und dann rülpsen sie und halten ihre Hände auf: ›Geben Sie, soviel Sie wollen und gemäß Ihren Gefühlen für die Verstorbenen. Was? Nur fünf Rupien? Ist das das Maß Ihrer Liebe?‹ Ich weiß sogar von jemandem, der dem Pandit Schnupftabak für seine Frau mitgegeben hat, nur weil seine tote Mutter gern geschnupft hat! Ich will die Seelen meiner Eltern nicht mit solchem Unsinn stören. Ich kann nur hoffen, daß niemand es wagen wird, die Shraadh-Riten für mich zu vollziehen.«

Nun mußte Mrs. Mahesh Kapoor protestieren. »Sollte Pran sich weigern, für dich die Shraadh-Riten zu vollziehen, wäre er nicht länger mein Sohn.«

»Pran ist zu rational«, sagte Mahesh Kapoor. »Und allmählich glaube ich, daß auch Maan ein vernünftiger Mensch ist. Sprich nicht nur von mir – sie würden sie nicht einmal für dich vollziehen.«

Ob es Mahesh Kapoor nun Spaß machte, seine Frau aufzuziehen und zu verletzen, oder nicht, er konnte sich jedenfalls nicht bremsen. Mrs. Mahesh Kapoor, die viel vertrug, war den Tränen nahe. Veena war dabei, als sie diesen Streit austrugen, und jetzt sagte ihre Mutter zu ihr: »Bété.«

»Ja, Ammaji?«

»Wenn das der Fall sein sollte, mußt du Bhaskar sagen, daß er die Shraadh-Riten für mich vollziehen soll. Wenn nötig, laß ihm die Heilige Schnur umlegen.«

»Heilige Schnur! Bhaskar wird keine Heilige Schnur tragen«, sagte Mahesh Kapoor. »Er wird einen Drachen daran fliegen lassen. Oder sie als Hanumans Schwanz verwenden.« Er kicherte boshaft über dieses Sakrileg.

»Das wird sein Vater entscheiden«, sagte Mrs. Mahesh Kapoor gefaßt.

»Außerdem ist er zu jung.«

»Auch das wird sein Vater entscheiden«, sagte Mrs. Mahesh Kapoor. »Und ich bin noch nicht gestorben.«

»Du klingst aber entschlossen zu sterben«, sagte Mahesh Kapoor. »Jedes Jahr um diese Zeit müssen wir über dieses dämliche Thema diskutieren.«

»Selbstverständlich bin ich entschlossen zu sterben«, sagte Mrs. Mahesh Kapoor. »Wie sonst könnte ich den Kreis meiner Wiedergeburten weiterführen und schließlich beenden?« Sie sah auf ihre Hände. »Möchtest du unsterblich sein? Ich kann mir nichts Schlimmeres vorstellen, als unsterblich zu sein, nichts Schlimmeres.«

FÜNFZEHNTER TEIL

15.1

Ein paar Tage nach dem Brief von ihrem jüngeren Sohn erhielt Mrs. Rupa Mehra einen Brief Ihres Ältesten. Er war wie immer unleserlich – unleserlich in einem Ausmaß, daß es an Verachtung für den Empfänger grenzte. Die Neuigkeiten, die er enthielt, waren allerdings von großer Tragweite; während sie verzweifelt versuchte, in dem Urwald aus zufällig verteilten Kurven und Haken einzelne Wörter zu entziffern, stieg Mrs. Rupa Mehras sowieso schon erhöhter Blutdruck noch weiter.

Die überraschenden Neuigkeiten bezogen sich überwiegend auf die Chatterji-Kinder. Von den beiden Töchtern, Meenakshi und Kakoli, hatte eine einen Fötus verloren und die andere einen Verlobten erworben. Dipankar war von der Pul Mela zurückgekehrt, noch immer völlig unentschlossen, aber ›auf einer höheren Ebene‹. Der kleine Tapan hatte einen unglücklichen, aber in den Einzelheiten nicht genauen Brief nach Hause geschrieben – laut Arun handelte es sich um typisch jugendlichen Weltschmerz. Und Amit hatte beiläufig bemerkt, als er eines Abends auf einen Drink bei ihnen vorbeischaute, daß er Lata sehr gern mochte, was angesichts seiner extremen Zurückhaltung nur heißen konnte, daß er ›interessiert‹ war. Nachdem sie die nächsten Schnörkel dechiffriert hatte, war Mrs. Rupa Mehra schockiert, weil Arun diese Verbindung für keine schlechte Idee hielt. Seiner Meinung nach würde das Lata gewiß aus dem Orbit des gänzlich ungeeigneten Haresh holen. Als er mit Varun darüber sprach, habe dieser lediglich die Stirn gerunzelt und gesagt:»Ich muß lernen«, als ob ihm überhaupt nichts an der Zukunft seiner Schwester liege. Aber andererseits würde Varun sowieso immer launischer, weil seine Vorbereitungen für die IAS-Aufnahmeprüfungen ihn davon abhielten, sich dem Shamshu hinzugeben. Bei Daddys Shraadh habe er sich höchst merkwürdig verhalten, versucht, die Sunny-Park-Wohnung in ein Restaurant für fette Priester zu verwandeln und sich bei diesen erkundigt (Meenakshi hatte es zufällig gehört), ob man die Shraadh-Riten auch für einen Selbstmörder vollziehen könne.

Nach ein paar Bemerkungen über die bevorstehenden Wahlen – nicht in Indien, sondern in England (»Wir bei Bentsen Pryce glauben, daß Hobson die richtige Wahl ist: Attlee ist zu kindisch und Churchill senil«) –, einer beiläufigen Ermahnung an Mrs. Rupa Mehra, auf ihren Blutzucker zu achten, seine Schwestern zu grüßen und allen zu versichern, daß Meenakshi wohlauf sei und keine bleibenden Schäden erlitten habe, beendete Arun den Brief und setzte seine Unterschrift darunter.

Mrs. Rupa Mehra saß da wie vor den Kopf gestoßen, ihr Herz schlug besorgniserregend schnell. Sie hatte die Gewohnheit, Briefe bis zu einem dutzendmal zu lesen, tagelang eine Bemerkung, die jemand zu jemand anders über etwas gemacht hatte, was wieder jemand anders dachte, was ein vierter beinahe getan hätte, aus allen Blickwinkeln zu überprüfen. So viele Neuigkeiten – so wichtige Neuigkeiten und so plötzlich – konnten nicht sofort verarbeitet werden. Meenakshis Fehlgeburt, die Verbindung Hans-Kakoli, die Bedrohung durch Amit, das Schweigen zu Haresh, den er nur nebenbei und negativ erwähnt hatte, die beunruhigende Haltung Varuns – Mrs. Rupa Mehra wußte nicht, ob sie lachen oder weinen sollte, und bat augenblicklich um ein Glas Nimbu Pani.

Und kein Wort über ihren Liebling Aparna. Vermutlich ging es ihr gut. Mrs. Rupa Mehra erinnerte sich an einen von Aparnas Aussprüchen, der mittlerweile zur Legendensammlung der Familie gehörte: »Wenn in dieses Haus noch ein Baby kommt, dann werd ich es gleich in den Papierkorb werfen.« Heutzutage war es unter Kindern anscheinend Mode, frühreif zu sein. Sie hoffte, daß Uma so liebenswert wie Aparna, aber weniger scharfzüngig werden würde.

Mrs. Rupa Mehra hätte Savita am liebsten sofort den Brief ihres Bruders gezeigt, aber dann beschloß sie, ihr die Neuigkeiten eine nach der anderen beizubringen. Das würde Savita weniger beunruhigen, und für sie selbst wäre es informativer. Wie würde Savitas eigenes Urteil in der Sache Amit ausfallen, ohne daß sie Aruns eindeutige Ansicht dazu kannte oder von Varuns Gleichgültigkeit darüber wußte? Aha! dachte Mrs. Rupa Mehra grimmig, das steckt also hinter seinem Geschenk für Lata, hinter diesem Buch mit den völlig unverständlichen Gedichten.

Was Lata anbelangte, so interessierte sie sich neuerdings völlig überflüssigerweise für Dichtung und ging sogar gelegentlich zu den Treffen der Literarischen Gesellschaft von Brahmpur. Das ließ nichts Gutes ahnen. Zwar schrieb sie auch an Haresh, aber Mrs. Rupa Mehra kannte den Inhalt dieser Briefe nicht. Lata bestand ganz unverhohlen auf ihrer Privatsphäre. »Bin ich denn nicht deine Mutter?« hatte Mrs. Rupa Mehra einmal gefragt. »Ma, bitte!« lautete Latas hartherzige Antwort.

Und die arme Meenakshi! dachte Mrs. Rupa Mehra. Sie mußte ihr sofort schreiben. Sie hielt ein cremefarbenes Kambrikpapier für angemessen, und mit Tränen des Mitgefühls in den Augen holte sie den Block aus ihrer Tasche. Für eine Weile war Meenakshi nicht mehr die skrupellose Medaillen-Schänderin, sondern das verletzliche, zarte, beschädigte Gefäß für Mrs. Rupa Mehras drittes Enkelkind, das mit Sicherheit ein Junge geworden wäre.

Hätte Mrs. Rupa Mehra die Wahrheit über Meenakshis Schwangerschaft und Fehlgeburt gewußt, hätte sie zweifellos weniger Mitgefühl an den Tag gelegt. Meenakshi, die der Gedanke, daß das Baby vielleicht nicht von Arun wäre, entsetzte – und die sich zudem etwas Sorgen machte, was eine zweite Schwangerschaft ihrer Figur und ihrem gesellschaftlichen Leben antun könnte –, hatte beschlossen, unverzüglich zur Tat zu schreiten. Nachdem sich ihr Arzt – der Wunder wirkende Dr. Evans – weigerte, ihr zu helfen, wandte sie sich mit der Bitte um Rat an ihre engsten Freundinnen unter den Shady Ladies, die sie jedoch zunächst auf absolutes Stillschweigen einschwor. Sie war sicher, daß Arun, wenn er von diesem Versuch, sich von dem unerwünschten Kind zu befreien, erfuhr, so unvernünftig und wütend reagieren würde wie damals, als sie sich von einer der Medaillen seines Vaters getrennt hatte.

Wie schade, dachte sie verzweifelt, daß weder der Schmuckdiebstahl noch Khandelwals Hunde den Fötus abgetrieben haben.

Meenakshi nahm Abortivmittel zu sich, bis ihr schlecht wurde, marterte sich mit Sorgen, einander widersprechenden Ratschlägen und anstrengender Gymnastik, bis sie eines Nachmittags zu ihrer großen Erleichterung den erträumten Abgang hatte. Sie rief sofort mit zittriger Stimme Billy an; als er sich besorgt erkundigte, ob sie es schaffe, konnte sie ihn beruhigen. Es sei schnell und schmerzlos gegangen, wenn es auch eine beängstigende und fürchterlich blutige Angelegenheit gewesen sei. Billy bedauerte sie.

Arun seinerseits war tagelang so zärtlich und fürsorglich, daß sie schließlich zu glauben begann, die ganze leidige Angelegenheit habe auch etwas Gutes gehabt.

15.2

Wenn Wünsche ohne weiteres Zutun in Erfüllung gehen würden, dann wäre Mrs. Rupa Mehra augenblicklich nach Kalkutta gefahren und hätte alle Verwandten und Bekannten dort und in Prahapore über vergangene Taten, über ihre Ansichten, Pläne und Vorhaben ausgefragt. Aber einmal abgesehen von den Kosten der Reise, gab es zwingende Gründe, die sie in Brahmpur zurückhielten. Zum einen war Baby Uma noch sehr klein und bedurfte der großmütterlichen Fürsorge. Während Meenakshi Aparna abwechselnd nicht hergeben und sich nicht um sie kümmern wollte (ihre Schwiegermutter durfte die Super-Ayah spielen, während sie durch Kalkutta schlenderte und gesellschaftliche Kontakte pflegte), teilte Savita Uma mit Mrs. Rupa Mehra (und mit Mrs. Mahesh Kapoor, wenn sie zu Besuch kam) auf eine natürliche, töchterliche Weise.

Zum anderen – und als enthielte der Brief Aruns nicht schon genug Dramen – wurde an diesem Abend *Was ihr wollt* aufgeführt. Nach den Feierlichkeiten zum Tag der Universität und dem anschließenden Tee sollte die Vorstellung im großen Hörsaal der Universität stattfinden, und ihre Lata würde mitspielen – ebenso Malati, die wie eine Tochter für sie war. (Derzeit war Mrs. Rupa Mehra Malati sehr wohlgesinnt, da sie sie jetzt eher als Anstandsdame denn als Verschwörerin betrachtete.) Und auch dieser Junge K.; aber Gott sei Dank, dachte Mrs. Rupa Mehra, haben die Proben damit ein Ende. Und in wenigen Tagen würde die Universität für Dussehra schließen, und die Wahrscheinlichkeit, daß die beiden sich auf dem Campus zufällig über den Weg liefen, wäre gering. Mrs. Rupa Mehra meinte, für den Fall der Fälle trotzdem in Brahmpur bleiben zu müssen. Lediglich wenn die ganze Familie – Pran, Savita, Lata, das kleine Mädchen und die Materfamilias – für die kurzen Weihnachtsferien nach Kalkutta fuhr, würde sie ihren Aufklärungsposten verlassen.

Die Halle war überfüllt mit Studenten, ehemaligen Studenten, Dozenten, Eltern, Verwandten, hier und da einem Angehörigen der Gesellschaft von Brahmpur und sogar ein paar literarisch interessierten Anwälten und Richtern. Mr. und Mrs. Nowrojee waren da, der Dichter Makhijani und die lautstarke Mrs. Supriya Joshi. Hemas Taiji war zusammen mit einem Dutzend kichernder Mädchen, die meisten ihre Schutzbefohlenen, gekommen. Professor und Mrs. O. P. Mishra waren anwesend. Und von der Familie waren natürlich Pran (den nichts davon hätte abhalten können, und es ging ihm tatsächlich sehr viel besser), Savita (Uma verbrachte den Abend mit ihrer Ayah), Maan, Bhaskar, Dr. Kishen Chand Seth und Parvati gekommen.

Mrs. Rupa Mehra befand sich in einem Zustand höchster Aufregung, als sich der Vorhang vor dem plötzlich verstummten Publikum hob und zu den Klängen einer Flöte, die wie eine Sitar klang, der Herzog begann: »Wenn die Musik der Liebe Nahrung ist, spielt weiter! ...«

Bald hatte der Zauber des Stücks sie völlig in seinen Bann gezogen. Und an der ersten Hälfte der Aufführung hatte sie auch nichts auszusetzen, außer einer unverständlichen Zote hier und ebenso unverständlichen Possen da. Als Lata auf die Bühne kam, konnte Mrs. Rupa Mehra kaum glauben, daß das ihre Tochter war.

Stolz schwellte ihr die Brust, und Tränen schossen ihr in die Augen. Wie konnten Pran und Savita, zwischen denen sie saß, Latas Auftritt so ungerührt über sich ergehen lassen?

»Lata! Schau, Lata!« flüsterte sie ihnen zu.

»Ja, Ma«, sagte Savita. Pran nickte lediglich.

Als die in Viola verliebte Olivia sagte:

> »Nun walte, Schicksal! Niemand ist sein eigen;
> was sein soll, muß geschehen: so mag sich's zeigen!«,

nickte Mrs. Rupa Mehra betrübt, während sie an vieles dachte, was in ihrem Leben passiert war. Wie wahr, dachte sie und machte im Geiste Shakespeare zum indischen Staatsbürger ehrenhalber.

Zwischenzeitlich verzauberte Malati das Publikum. Auf Junker Tobias' Zeile: »Hier kommt der kleine Schelm. – Nun wie steht's, mein Goldmädchen?« brachen alle in Jubel aus, vor allem eine Clique von Medizinstudenten. Und auch vor der Pause (die Mr. Barua in der Mitte des III. Aktes einlegte) gab es stürmischen Applaus für Maria und Junker Tobias. Mrs. Rupa Mehra mußte gewaltsam davon abgehalten werden, hinter die Bühne zu gehen und Lata und Malati zu gratulieren. Auch Kabir als Malvolio hatte sich bislang als harmlos herausgestellt, und sie hatte mit dem Rest des Publikums über sein Geckentum und seine Tölpelhaftigkeit gelacht.

Kabir sprach mit dem Akzent des diensteifrigen und unbeliebten Verwaltungsdirektors der Universität, und das hatte das Vergnügen der Studenten noch gesteigert – ungeachtet der Frage, ob es Mr. Baruas Zukunft förderlich wäre. Dr. Kishen Chand Seth war der einzige, der Malvolio unterstützte und in der Pause darauf beharrte, daß es nicht zu rechtfertigen sei, was ihm angetan würde.

»Disziplinlosigkeit, das ist es, was im ganzen Land für Ärger sorgt«, behauptete er nachdrücklich.

Bhaskar langweilte sich. Shakespeare war bei weitem nicht so aufregend wie die Ramlila, bei der er die Rolle eines Affenkriegers in Hanumans Heer spielen sollte. Bislang hatte ihn nur Malvolios Interpretation von ›M.O.A.I.‹ interessiert.

Die zweite Hälfte begann. Mrs. Rupa Mehra nickte lächelnd. Aber sie fuhr beinahe vom Stuhl auf, als sie ihre Tochter zu Kabir sagen hörte: »Willst du nicht zu Bett gehen, Malvolio?«, und auf Malvolios unverschämte, abscheuliche Antwort hin schnappte sie nach Luft.

»Aufhören – sofort aufhören!« hätte sie am liebsten geschrien. »Habe ich dich dafür auf die Universität geschickt? Ich hätte dir nie erlauben sollen, in diesem Stück aufzutreten. Nie. Wenn Daddy das sehen würde, würde er sich für dich schämen.«

»Ma!« flüsterte Savita. »Geht's dir nicht gut?«

»Nein!« wollte ihre Mutter schreien. »Mir geht's überhaupt nicht gut. Und wie kannst du nur zulassen, daß deine jüngere Schwester solche Sachen sagt? Schamlos!« Shakespeare wurde die indische Staatsbürgerschaft ehrenhalber augenblicklich wieder entzogen.

Aber sie sagte nichts.

Mrs. Rupa Mehras unruhiges Gescharre war jedoch nichts verglichen mit den Aktivitäten ihres Vaters während der zweiten Hälfte. Er und Parvati saßen ein paar Reihen vom Rest der Familie entfernt. Er begann unbeherrscht zu schluchzen, als Antonio Viola, die er für ihren Bruder hält, Vorwürfe macht:

»Leugnet Ihr mir ab?
Ist's möglich, braucht denn mein Verdienst um Euch
der Überredung? – Versucht mein Elend nicht,
es möchte sonst so tief herab mich setzen,
daß ich Euch die Gefälligkeiten vorhielt,
die ich für Euch gehabt.«

Laut schluchzte Dr. Kishen Chand Seth. Erstaunte Gesichter wandten sich ihm zu – aber vergeblich.

»Hört einen Augenblick. Der Jüngling da,
halb riß ich aus des Todes Rachen ihn,
pflegt' ihn mit solcher Heiligkeit der Liebe,
und seinem Bild, das hocherhabnen Wert,
glaubt' ich, verhieße, huldigt' ich mit Andacht.«

Mittlerweile keuchte Dr. Kishen Chand Seth nahezu asthmatisch. Um seinen Kummer zu mildern, pochte er mit seinem Spazierstock auf den Boden.
Parvati nahm ihm den Stock aus der Hand und sagte ziemlich scharf: »Kishy! Das ist nicht *Deedar*!« Und das brachte ihn augenblicklich zurück auf den Boden der Tatsachen.
Aber kurz darauf sorgte Malvolios mißliche Lage – eingesperrt in einem fensterlosen Zimmer, zuerst verwirrt, schließlich fast dem Wahnsinn nahe – für weiteren Kummer, und Dr. Seth begann erneut zu weinen, als würde ihm das Herz brechen. Einige Leute in seiner Nähe hörten auf zu lachen und sahen ihn verständnislos an.
Daraufhin gab Parvati ihm den Stock zurück und sagte: »Kishy, wir gehen. Jetzt! Auf der Stelle!«
Aber davon wollte Kishy nichts wissen. Er schaffte es schließlich doch noch, sich zu beherrschen, und blieb bis zum Ende des Stücks, hingerissen und nahezu tränenlos. Seine Tochter, die keinerlei Sympathie für Malvolio empfand, versöhnte sich um so mehr mit dem Stück, je mehr er sich bis zu seinem unwürdigen Abgang zum Narren machte.
Da das Stück mit drei glücklichen Eheschließungen (und zudem – im Stil indischer Filme – mit dem letzten von vier Liedern) endete, war es in den Augen von Mrs. Rupa Mehra, die wundersamer- und erfreulicherweise Malvolio und das Bett vergessen hatte, ein voller Erfolg. Nachdem die Schauspieler mehrmals vor den Vorhang getreten waren und auch der schüchterne Mr. Barua auf die »Regisseur! Regisseur!«-Rufe hin auf die Bühne gekommen war, stürzte sie hinter die Bühne, umarmte und küßte Lata und sagte: »Du bist meine liebste Tochter. Ich bin so stolz auf dich. Und auf dich auch, Malati. Wenn nur dein ...«
Sie hielt inne – mit Tränen in den Augen. Dann riß sie sich zusammen und

sagte: »Jetzt zieh dich schnell um, und laß uns nach Hause gehen. Es ist spät, und nach dem vielen Reden mußt du müde sein.«

Sie hatte Malvolio in der Nähe bemerkt. Er hatte mit zwei anderen Schauspielern geplaudert, wandte sich jedoch jetzt Lata und ihrer Mutter zu. Es schien, als wollte er sie begrüßen oder zumindest irgend etwas sagen.

»Ma – ich kann nicht. Ich komme später nach«, sagte Lata.

»Nein!« Mrs. Rupa Mehra sprach ein Machtwort. »Du kommst jetzt mit. Das Make-up kannst du zu Hause entfernen. Savita und ich werden dir helfen.«

Aber vielleicht aufgrund ihres neu erworbenen thespischen Selbstvertrauens oder weil sie einfach fortfuhr, Olivias geschmeidige, ruhige und aufrechte Haltung einzunehmen, sagte Lata seelenruhig: »Tut mir leid, Ma, aber für die Schauspieler findet noch ein Fest statt, wir wollen feiern. Malati und ich haben seit Monaten für dieses Stück gearbeitet und hier Freunde gefunden, die wir bis nach Dussehra nicht mehr sehen werden. Mach dir keine Sorgen, Ma, Mr. Barua wird mich sicher nach Hause bringen.«

Mrs. Rupa Mehra traute ihren Ohren nicht.

Jetzt kam Kabir zu ihr und sagte: »Mrs. Mehra?«

»Ja?« sagte Mrs. Rupa Mehra streitlustig, vor allem weil Kabir trotz des Make-ups und seines kuriosen Aufzugs ganz offensichtlich ein gutaussehender junger Mann war und Mrs. Rupa Mehra in der Regel sehr viel von gutem Aussehen hielt.

»Mrs. Mehra, darf ich mich vorstellen?« sagte Kabir. »Ich bin Kabir Durrani.«

»Ja, das weiß ich«, sagte Mrs. Rupa Mehra ziemlich scharf. »Ich habe von Ihnen gehört. Und ich habe Ihren Vater kennengelernt. Macht es Ihnen etwas aus, wenn meine Tochter nicht zu der Party geht?«

Kabir wurde rot. »Nein, Mrs. Mehra, ich ...«

»Ich werde hingehen«, sagte Lata und warf Kabir einen durchdringenden Blick zu. »Das hat nichts mit irgend jemand anders zu tun.«

Mrs. Rupa Mehra fühlte sich plötzlich versucht, beiden eine schallende Ohrfeige zu geben. Statt dessen starrte sie zuerst Lata böse an, dann Kabir, schließlich auch noch Malati, drehte sich um und verließ wortlos den Raum.

15.3

»Tja, es gibt viele Kombinationsmöglichkeiten für Unruhen«, sagte Firoz. »Schiiten gegen Schiiten, Schiiten gegen Sunniten, Hindus gegen Moslems ...«

»Hindus gegen Hindus«, sagte Maan.

»Das wäre neu für Brahmpur«, sagte Firoz.

»Meine Schwester erzählt, daß die Jatavs dieses Jahr versucht haben, sich einen Platz im örtlichen Ramlila-Komitee zu erzwingen. Sie sind der Meinung, daß mindestens einer der fünf Swaroops von einem Jungen aus den registrierten Kasten gespielt werden sollte. Selbstverständlich hat keiner auf sie gehört. Aber es könnte noch Ärger geben. Ich hoffe nur, daß du nicht an zu vielen Veranstaltungen teilnimmst. Ich will mir nicht auch noch um dich Sorgen machen.«

»Sorgen!« Firoz lachte. »Ich kann mir beim besten Willen nicht vorstellen, daß du dir Sorgen um mich machst. Aber es ist ein erfreulicher Gedanke.«

»Ja? Aber mußt du nicht irgendeiner Moharram-Prozession vorangehen – ein Jahr du, im nächsten Imtiaz, so etwas Ähnliches hast du mir doch erzählt, oder?«

»Nur an den letzten beiden Tagen. Die meiste Zeit halte ich mich versteckt. Aber dieses Jahr weiß ich schon, wo ich zumindest zwei Abende verbringen werde.« Firoz klang absichtlich geheimnisvoll.

»Wo?«

»An einem Ort, an dem du als Ungläubiger nicht zugelassen wirst. Obwohl du dich in der Vergangenheit oft genug an diesem heiligen Ort auf die Knie geworfen hast.«

»Aber ich dachte, sie empfängt nicht. Ich dachte, sie würde während dieser zehn Tage nicht einmal singen.«

»Tut sie auch nicht. Aber sie hält in ihrem Haus kleine Versammlungen ab und singt Marsiyas und Soz – das ist wirklich hörenswert. Nicht so sehr die Marsiyas – aber Soz ist umwerfend, habe ich gehört.«

Maan wußte aufgrund seiner kurzen Ausflüge mit Rasheed in die Dichtkunst, daß Marsiyas Klagelieder für die Märtyrer der Schlacht von Kerbela waren, vor allem für Husain, den Enkel des Propheten. Aber er hatte keine Ahnung, was Soz war.

»Eine Art musikalisches Jammern«, erklärte Firoz. »Ich habe das nur ein paarmal gehört und nie bei Saeeda Bai. Es zerreißt einem das Herz.«

Der Gedanke, daß Saeeda Bai leidenschaftlich um jemanden klagte und jammerte, der vor dreizehn Jahrhunderten gestorben war, verwirrte und erregte Maan auf seltsame Weise. »Warum kann ich nicht mit? Ich werde ganz ruhig dasitzen und zusehen – ich meine, zuhören. Ich war auch bei Bakr-Id dabei, du weißt schon, in dem Dorf.«

»Weil du ein Ungläubiger bist, du Idiot. Selbst Sunniten sind bei diesen privaten Versammlungen nicht wirklich willkommen, obwohl sie an manchen Prozessionen teilnehmen. Saeeda Bai versucht, ihr Publikum, soweit ich weiß, zu kontrollieren, aber manche werden vor Kummer davongetragen und fangen an, die ersten drei Kalifen zu verfluchen, weil sie Alis Anrecht auf das Kalifat usurpiert haben, und das wiederum erzürnt selbstverständlich die Sunniten. Manchmal sind die Flüche sehr plastisch.«

»Und du wirst dir dieses Soz-Zeug anhören. Seit wann bist du so religiös?« fragte Maan.

»Bin ich nicht. Ich bin nicht einmal – und sag das bitte niemandem weiter – ein großer Anhänger Husains. Und Muawiyah, der ihn hat umbringen lassen, war gar nicht so schrecklich, wie wir ihn darstellen. Schließlich war die Thronfolge davor ein ziemliches Durcheinander, die meisten Kalifen wurden ermordet. Nachdem Muawiyah für eine dynastische Thronfolge gesorgt hat, konnte sich der Islam als Macht und als Reich etablieren. Wenn er das nicht getan hätte, wäre alles wieder in kleine Stämme zerfallen, die sich gegenseitig niedergemacht hätten, und vom Islam wäre nicht viel übriggeblieben. Wenn mein Vater mich hören könnte, würde er mich enterben. Und Saeeda Bai würde mich mit ihren eigenen sanften Händen zerfleischen.«

»Warum gehst du dann zu Saeeda Bai?« Maan war etwas gekränkt und mißtrauisch. »Du hast doch erzählt, daß du nicht großartig willkommen geheißen wurdest, als du zufällig dort warst.«

»Wie kann sie einen Trauernden während des Moharram abweisen?«

»Und warum willst du überhaupt hin?«

»Um aus der Quelle des Paradieses zu trinken.«

»Sehr witzig.«

»Ich will die junge Tasneem sehen.«

»Grüß den Sittich von mir«, sagte Maan und runzelte die Stirn. Er runzelte sie auch noch, als Firoz aufstand, sich hinter seinen Stuhl stellte und die Hände auf Maans Schultern legte.

15.4

»Kannst du dir das vorstellen?« fragte die alte Mrs. Tandon. »Rama oder Bharata oder Sita – gespielt von einem Chamar!«

Diese unverblümte Feststellung dessen, was die ganze Nachbarschaft dachte, rief in Veena Unbehagen hervor.

»Und die Sweepers wollen, daß die Ramlila noch weitergeht, nachdem Rama nach Ayodhya zurückgekehrt ist und sich mit Bharata getroffen hat und gekrönt wurde. Sie wollen alle die schändlichen Episoden mit Sita noch drin haben.«

Maan fragte, warum.

»Ach, sie halten sich heutzutage alle für einen Valmiki und behaupten, daß Valmikis Ramayana, das alle diese Episoden ausführlich beschreibt, der wahre Text des Ramayana ist«, erklärte die alte Mrs. Tandon. »Sie wollen nur für Ärger sorgen.«

»Niemand zweifelt das Ramayana an«, sagte Veena. »Und Sita mußte nach ihrer Rückkehr aus Lanka eine schreckliche Zeit durchmachen. Aber die Ramlila beruhte schon immer auf den Ramcharitmanas von Tulsidas, nicht auf Valmikis Ramayana. Am schlimmsten ist, daß Kedarnath so viel auf beiden Seiten erklären muß und den meisten Ärger aufgeladen bekommt. Weil er den Kontakt zu den registrierten Kasten hält.«

»Und weil er so pflichtbewußt ist, vermute ich«, sagte Maan.

Veena runzelte die Stirn und nickte. Sie war sich nicht sicher, ob der verantwortungslose Maan sich auf ihre Kosten lustig machte.

»Ich erinnere mich noch an die Zeiten in Lahore – dort wäre so etwas nicht möglich gewesen«, sagte die alte Mrs. Tandon erinnerungsselig und mit gläubig glänzenden Augen. »Die Leute spendeten, ohne sich bitten zu lassen, die Stadtverwaltung verlangte kein Geld für die Beleuchtung, und die riesigen Puppen, die Ravana darstellten, waren so schreckenerregend, daß die Kinder ihre Gesichter in den Schößen ihrer Mütter versteckten. In unserem Viertel gab es die beste Ramlila in der ganzen Stadt. Und alle Swaroops waren Brahmanen-Jungen«, fügte sie billigend hinzu.

»Aber das geht doch nicht«, sagte Maan. »Dann hätte Bhaskar nie eine Rolle bekommen.«

»Ja, das stimmt«, sagte die alte Mrs. Tandon nachdenklich. Zum erstenmal sah sie die Angelegenheit aus diesem Blickwinkel. »Das wäre nicht gut. Nur weil wir keine Brahmanen sind! Aber damals waren die Leute noch altmodisch. Manches verändert sich wirklich zum Besseren. Nächstes Jahr wird Bhaskar bestimmt eine große Rolle spielen. Er kann schon jetzt viele auswendig.«

15.5

Kedarnath war überrascht, daß der Jatav Jagat Ram aus Ravidaspur in der Sache der Schauspieler-Gottheiten oder Swaroops als einer der Anführer der Unberührbaren auftrat. Er hatte Schwierigkeiten, sich vorzustellen, daß Jagat Ram sich in die Lokalpolitik einschaltete, denn er war ein relativ besonnener Mann, der sich vor allem auf seine Arbeit und seine große Familie konzentrierte; und bei dem Streik in Misri Mandi hatte er keine aktive Rolle gespielt. Aber Jagat Ram war dank seines relativen Wohlstandes – wenn man es denn so nennen konnte – und der Tatsache, daß er zumindest rudimentär lesen und schreiben konnte, von seinen Nachbarn und Kollegen unter Druck gesetzt worden, sich zu ihrem Fürsprecher zu machen. Zuerst hatte er diese Rolle nicht annehmen wollen; aber dann tat er, was in seiner Macht stand. Er fühlte sich jedoch in zweierlei Hinsicht im Nachteil. Zum einen konnte er nur behaupten, daß in dieser Sache auch für ihn etwas auf dem Spiel stand, wenn er fünf gerade sein ließ. Zum anderen wußte er, daß er um seiner Familie willen vorsichtig vorgehen mußte, denn sein Lebensunterhalt hing von Kedarnath und seinesgleichen ab.

Kedarnath seinerseits war im Prinzip nicht abgeneigt, das Feld der Schauspieler auszuweiten. Aber die Ramlila war in seinen Augen kein Wettbewerb oder politisches Ereignis, sondern das Spiel einer Glaubensgemeinschaft, in dem sie ihre religiösen Vorstellungen zum Ausdruck brachte. Die meisten Jungen, die mitspielten, kannten sich seit ihrer Kindheit, und die dargestellten Szenen waren durch eine jahrhundertealte Tradition festgelegt. Die Ramlila von Misri Mandi war in der ganzen Stadt berühmt. An die Krönung Ramas noch weitere Szenen anhängen zu wollen schien ihm unsinnig provozierend – eine politische Unterwanderung der Religion, eine moralistische Unterwanderung ethischer Grundsätze. Was eine Art Quotenregelung für die Swaroops anbelangte, so konnte sie nur zu politischen Streitigkeiten und zu einem künstlerischen Fehlschlag führen.

Jagat Ram argumentierte, daß es, nachdem die Brahmanen die Rollen der Helden nicht mehr im Würgegriff hielten, nur der nächste logische Schritt sei, den sogenannten niederen oder registrierten Kasten die Teilnahme zu gestatten. Sie trugen als Zuschauer zum Erfolg der Ramlila bei und spendeten in kleinem Umfang dafür. Warum sollten sie dann nicht auch als Schauspieler mitwirken? Kedarnath entgegnete, daß es dieses Jahr zu spät sei, um noch etwas zu ändern. Er würde das Thema im nächsten Ramlila-Komitee zur Sprache bringen. Und er schlug vor, daß die Leute von Ravidaspur, wo überwiegend registrierte Kasten lebten und wo die Forderung erhoben worden war, eine eigene Ramlila aufführen sollten. Dann würde das Anliegen nicht als böswillig und aufdringlich interpretiert werden, und es sähe nicht so aus, als ginge es nur darum, den Kampf, der mit dem unglückseligen Streik in Misri Mandi früher im Jahr begonnen hatte, mit anderen Mitteln fortzusetzen.

Nichts wurde wirklich entschieden. Alles blieb im ungewissen, was Jagat Ram nicht wirklich überraschte. Es war sein erster Ausflug in die Politik gewesen, und er hatte keinen Spaß daran gefunden. Seine elende Kindheit in einem Dorf, seine brutale Jugendzeit in einer Fabrik und jetzt die tückische Welt der Konkurrenten und Zwischenhändler, die Armut und der Dreck um ihn herum – all das hatte einen Philosophen aus ihm gemacht. Man diskutierte nicht mit Elefanten in einem Dschungel, wenn sie wüteten; man diskutierte nicht mit dem hektischen Verkehr im Chowk, wenn alles auf mörderische Art und Weise drunter und drüber ging. Man machte den Weg frei und brachte seine Familie in Sicherheit. Wenn möglich behielt man dabei noch ein bißchen Würde. Die Welt war brutal und grausam, und daß Leute wie sie von religiösen Riten ausgeschlossen blieben, war eine vernachlässigenswerte Barbarei.

Im Vorjahr war einer der Jatavs aus seinem eigenen Dorf, nachdem er ein paar Jahre in Brahmpur gelebt hatte, während der Erntezeit nach Hause zurückgekehrt. Da er sich an die vergleichsweise freie Atmosphäre der Stadt gewöhnt hatte, beging er den Fehler zu glauben, er wäre von der allgemeinen Verachtung, die Dörfler aus hohen Kasten für seinesgleichen empfanden, ausgenommen. Und weil er erst achtzehn Jahre alt war, handelte er vielleicht auch unbesonnen; jedenfalls radelte er auf dem Fahrrad, das er sich von seinem Verdienst gekauft hatte, durchs Dorf und sang Filmlieder. Eines Tages hatte er Durst und besaß die Unverfrorenheit, eine Frau aus einer hohen Kaste, die vor ihrem Haus kochte, um Wasser zu bitten. In der folgenden Nacht war eine Gruppe Männer über ihn hergefallen, hatte ihn auf sein Fahrrad gebunden und gezwungen, menschliche Exkremente zu essen. Sein Hirn und sein Fahrrad wurden zu Matsch geschlagen. Jeder kannte die Verantwortlichen, aber niemand traute sich auszusagen; und die Details waren so schrecklich, daß die Zeitungen sie nicht druckten.

In den Dörfern waren die Unberührbaren vollkommen hilflos; so gut wie keiner von ihnen besaß Land – das allein Würde und Status garantierte. Einige wenige hatten Land gepachtet, und von diesen würde es wiederum nur wenigen gelingen, Vorteil aus den in den Landreformen festgeschriebenen Garantien zu ziehen. Auch in den Städten waren sie der Bodensatz der Gesellschaft. Sogar Gandhi hatte trotz seines Reformeifers und obwohl er die Vorstellung haßte, ein menschliches Wesen könne aufgrund seiner Geburt so verachtenswert und schmutzig sein, daß es unberührbar wäre, geglaubt, daß die Menschen weiterhin ihre ererbten Berufe ausüben sollten: ein Schuster sollte ein Schuster bleiben, ein Sweeper ein Sweeper. »Wer als Müllbeseitiger geboren wurde, muß seinen Lebensunterhalt durch die Beseitigung von Müll verdienen und kann dann tun, was immer ihm beliebt. Denn jemand, der Müll beseitigt, ist von seiner Beschäftigung her ebenso wertvoll wie ein Rechtsanwalt oder ein Staatspräsident. Das ist meiner Meinung nach der Hinduismus.«

Jagat Ram war der Meinung – obwohl er das nie laut gesagt hätte –, daß es sich hierbei um eine höchst irreführende Anmaßung handelte. Er wußte, daß es nichts naturgemäß Würdiges hatte, wenn man Latrinen reinigte oder in stinkenden Gerbgruben stand – und dazu verpflichtet war, nur weil die Eltern das gleiche getan hatten. Aber das war es, was die meisten Hindus glaubten, und wenn der Glaube und die Gesetze sich auch änderten, so würden doch noch ein paar weitere Generationen unter den Rädern dieses großen Streitwagens zermalmt werden, bevor er endlich blutbefleckt zum Stillstand käme.

Jagat Ram hatte nur halbherzig dafür gestritten, daß die registrierten Kasten in der Ramlila die Rollen von Swaroops übernehmen durften. Vielleicht war es doch weniger der nächste logische Schritt als vielmehr eine emotionsgeladene Angelegenheit. Vielleicht hatte der Hinduismus – wie Nehrus Justizminister Dr. Ambedkar, der große, nahezu schon mythische Führer der Unberührbaren, gesagt hatte – denjenigen, die er erbarmungslos aus seinen Reihen ausgestoßen hatte, doch nichts zu bieten. Er sei als Hindu geboren worden, hatte Dr. Ambedkar gesagt, aber er würde nicht als Hindu sterben.

Neun Monate nach der Ermordung Gandhis hatte das Parlament den Verfassungsartikel verabschiedet, der die Unberührbarkeit abschaffte, und seine Mitglieder waren in laute Jubelrufe ausgebrochen: »Sieg für Mahatma Gandhi.« Wie gering die praktische – im Gegensatz zur symbolischen – Bedeutung dieser Maßnahme auch war, so glaubte Jagat Ram, daß es weniger ein Sieg Gandhis war, der sich nur selten um die Formulierung von Gesetzen gekümmert hatte, als vielmehr der Sieg eines anderen – und ebenso mutigen – Mannes.

15.6

Am zweiten Oktober, Gandhijis Geburtstag, versammelte sich die Familie Kapoor in Prem Nivas zum Mittagessen. Zwei weitere Gäste, die zufällig vorbeigekommen waren, wurden dazugebeten. Der eine war Sandeep Lahiri, der Maan besuchen wollte. Der andere war ein Politiker aus Uttar Pradesh, ein Mann, der aus dem Kongreß aus- und wieder eingetreten war und Mahesh Kapoor überreden wollte, ebenfalls wieder einzutreten.

Maan kam ziemlich spät. Es war ein allgemeiner Feiertag, und er hatte den Vormittag damit verbracht, im Reitclub mit Firoz Polo zu spielen. Er wurde allmählich ziemlich gut. Den Abend hoffte er bei Saeeda Bai zu verbringen. Der Moharram-Mond war schließlich noch nicht in Sicht.

Das erste, was er tat, als er die ganze Familie versammelt sah, war, Lata für ihre Schauspielkünste zu loben. Lata, plötzlich der Mittelpunkt der Aufmerksamkeit, wurde rot.

»Du brauchst nicht rot zu werden«, sagte Maan. »Oder werd ruhig rot. Ich will dir nicht schmeicheln. Du warst wirklich hervorragend. Bhaskar hat das Stück nicht gefallen, aber das war nicht deine Schuld. Ich habe es sehr genossen. Und Malati – sie war auch ganz ausgezeichnet. Und der Herzog. Und Malvolio. Und Junker Tobias natürlich.«

Maan hatte sein Lob zu freizügig verteilt, so daß Lata nicht länger verlegen war. Sie lachte und sagte: »Du hast den dritten Diener vergessen.«

»Richtig«, sagte Maan. »Und den vierten Mörder.«

»Warum bist du noch nicht zur Ramlila gekommen, Maan Maama?« fragte Bhaskar.

»Weil sie erst gestern begonnen hat!« sagte Maan.

»Du hast Ramas Jugend und Lehrjahre verpaßt«, sagte Bhaskar.

»Oh, das tut mir leid.«

»Du mußt heute abend kommen, oder ich bin kutti mit dir.«

»Mit deinem Onkel kannst du nicht kutti sein«, sagte Maan.

»Doch, kann ich schon. Heute gewinnt er Sita zur Frau. Die Prozession geht von Khirkiwalan bis Shahi Darvaza. Alle Leute werden auf den Straßen feiern.«

»Ja, Maan, komm doch, wir würden uns freuen«, sagte Kedarnath. »Und anschließend ißt du bei uns zu abend.«

»Also, heute abend ...« Maan hielt inne, weil er den Blick seines Vaters auf sich spürte. »Ich komme, wenn die Affen auftreten«, fügte er lahm hinzu und tätschelte Bhaskar den Kopf. Bhaskar ähnelte mehr einem Affen als einem Frosch, entschied er.

»Laß mich Uma halten«, sagte Mrs. Mahesh Kapoor, die sah, daß Savita müde war. Sie betrachtete das Baby und versuchte zum tausendstenmal herauszufinden, welche Züge von ihr stammten, welche von ihrem Mann, welche von Mrs. Rupa Mehra und welche von dem Mann auf dem Foto, das derzeit so oft aus

Mrs. Rupa Mehras Tasche geholt wurde – zur Illustration, zum Vergleich oder einfach nur zum Vorzeigen.

Ihr Mann sagte unterdessen zu Sandeep Lahiri: »Ich habe gehört, daß Sie sich letztes Jahr um diese Zeit Ärger wegen einiger Bilder von Gandhiji eingehandelt haben.«

»Ähm, ja«, sagte Sandeep. »Es war nur ein Bild. Aber das ist mittlerweile alles geklärt.«

»Geklärt? Hat Jha es nicht gerade geschafft, Sie loszuwerden?«

»Also, ich wurde befördert...«

»Ja, ja, das meine ich doch«, unterbrach ihn Mahesh Kapoor ungeduldig. »Aber in Rudhia sind Sie sehr beliebt. Wenn Sie nicht beim IAS wären, würde ich Sie für mich einspannen. Dann würde ich die Wahlen spielend gewinnen.«

»Denken Sie daran, in Rudhia zu kandidieren?« fragte Sandeep.

»Im Augenblick denke ich an gar nichts. Die anderen denken für mich. Mein Sohn. Mein Enkel. Und mein Freund, der Nawab Sahib. Und mein Parlamentarischer Staatssekretär. Und Rafi Sahib. Und der Chefminister. Und dieser sehr hilfreiche Herr«, fügte er hinzu und deutete auf den Politiker, einen kleinen, ruhigen Mann, der vor vielen Jahren mit Mahesh Kapoor in der gleichen Zelle gesessen hatte.

»Ich sage nur: Wir sollten alle in die Partei Gandhijis zurückkehren«, sagte der Politiker. »Wenn man die Partei wechselt, heißt das nicht notwendigerweise, daß man seine Prinzipien wechselt – oder gar keine Prinzipien mehr hat.«

»Ach, Gandhiji«, sagte Mahesh Kapoor, der sich nicht aus der Reserve locken ließ. »Heute wäre er zweiundachtzig und ein bedauernswerter Mann. Heute würde er nicht mehr sagen, daß er hundertfünfundzwanzig Jahre alt werden will. Seine Seele füttern wir einmal im Jahr mit Laddus, und wenn wir die Shraadh-Riten für ihn vollzogen haben, vergessen wir ihn wieder.«

Abrupt wandte er sich seiner Frau zu: »Warum braucht er so lange für die Phulkas? Müssen wir mit knurrendem Magen bis um vier Uhr hier rumsitzen? Statt dieses Baby zu hätscheln und es zum Schreien zu bringen, solltest du dich lieber um diesen Idioten von Koch kümmern.«

»Ich gehe«, sagte Veena zu ihrer Mutter und ging in die Küche.

Und wieder senkte Mrs. Mahesh Kapoor den Kopf über das Kind. In ihren Augen war Gandhiji ein Heiliger, mehr als ein Heiliger, ein Märtyrer, und sie ertrug es nicht, wenn mit Bitterkeit über ihn gesprochen wurde. Auch jetzt noch sang sie gern Lieder aus der Anthologie, die in seinem Aschram in Gebrauch gewesen war – oder hörte es gern, wenn andere sie sangen. Sie hatte drei Ansichtskarten gekauft, die vom Postministerium zu seinem Gedenken herausgegeben worden waren: Auf einer spann er, auf der anderen war er mit seiner Frau Kasturba abgebildet, auf der dritten mit einem Kind.

Aber was ihr Mann gesagt hatte, stimmte wahrscheinlich. Am Ende seines aktiven Lebens war er ins politische Abseits gedrängt worden, und vier Jahre nach seinem Tod schien seine Botschaft der Großzügigkeit und Versöhnung nahezu vergessen. Sie glaubte jedoch, daß er noch immer gerne leben würde. Er hatte Zeiten der bittersten Verzweiflung und Enttäuschung durchlebt und sie mit Geduld ertragen. Er war ein guter Mensch gewesen, ein furchtloser Mensch. Seine Furchtlosigkeit hätte sich bestimmt auch noch in die Zukunft erstreckt.

Nach dem Essen schlenderten die Frauen durch den Garten. In diesem Jahr war es bislang heißer als üblich gewesen, aber am Morgen hatte ein kurzer Regen Linderung gebracht. Der Boden war noch etwas feucht, die Luft duftete. Neben der Schaukel blühte die rankende Madhumalati. Auf der Erde unter dem Harsingarbaum lagen unzählige kleine weiß-orangefarbene Blüten, die in der Dämmerung heruntergefallen waren; noch immer dufteten sie ganz leicht. Einer von zwei sporadisch tragenden Gardenienbäumen hatte noch ein paar Blüten. Mrs. Rupa Mehra – die während des Essens außergewöhnlich schweigsam gewesen war – trug und wiegte jetzt das schlafende Baby. Sie setzte sich auf die Bank unter dem Harsingarbaum. In Umas linkem Ohr entdeckte sie ein Äderchen, das sich in einem wunderschönen Muster immer weiter verzweigte. Mrs. Rupa Mehra betrachtete Uma eine Weile und seufzte.

»Es gibt keinen Baum, den man mit dem Harsingar vergleichen könnte«, sagte sie zu Mrs. Mahesh Kapoor. »Ich wünschte, wir hätten einen in unserem Garten.«

Mrs. Mahesh Kapoor nickte. Tagsüber ein bescheidener, unauffälliger Baum, entfaltete der Harsingar nachts seine Pracht und duftete, von verzauberten Insekten umschwirrt. Die kleinen sechsblättrigen Blüten mit dem orangefarbenen Herzen schwebten in der Morgendämmerung herab. Und auch an diesem Abend wäre er wieder voller Blüten, die bei Sonnenaufgang abfallen würden. Der Baum blühte, aber er behielt nichts für sich.

»Nein«, stimmte Mrs. Mahesh Kapoor zu und lächelte ernst. »Er ist einzigartig.« Nach einer Weile fuhr sie fort. »Ich lasse Gajraj einen Setzling im Garten hinter Prans Haus pflanzen, neben den Limonenbaum. Er wird immer so alt sein wie Uma. Und spätestens in zwei, drei Jahren sollte er blühen.«

15.7

Als Bibbo den Nawabzada sah, steckte sie ihm rasch einen Brief zu.

»Woher um alles in der Welt hast du gewußt, daß ich heute komme? Ich war nicht eingeladen.«

»Heute abend gilt die Einladung vielen«, sagte Bibbo. »Ich dachte, der Nawabzada würde die Gelegenheit nutzen.«

Firoz lachte. Bibbo liebte Intrigen, und das war ihm nur recht, denn sonst hätte er unmöglich mit Tasneem in Verbindung bleiben können. Er hatte sie nur zweimal gesehen, aber sie faszinierte ihn; und er meinte, daß auch sie etwas für ihn empfinden mußte. Denn waren ihre Briefe auch freundlich und diskret, so erforderte es doch Mut, sie hinter dem Rücken ihrer Schwester zu schreiben.

»Und hat der Nawabzada als Gegenleistung auch einen Brief?« fragte Bibbo.

»So ist es. Und noch etwas anderes«, sagte Firoz und reichte ihr einen Brief und einen Zehn-Rupien-Schein.

»Oh, aber das ist nicht nötig ...«

»Ja, ich weiß, wie unnötig es ist«, sagte Firoz. »Wer ist sonst noch da?« Er sprach leise. Von oben tönte ein Klagelied herunter.

Bibbo nannte ein paar Namen, unter anderem auch den Bilgrami Sahibs. Zu Firoz' Erstaunen waren auch mehrere Sunniten anwesend.

»Auch Sunniten?«

»Warum nicht?« sagte Bibbo. »Saeeda Bai macht keine Unterschiede. Es sind sogar ein paar fromme Frauen da – der Nawabzada wird zugeben, daß das ungewöhnlich ist. Und sie verbietet auch die pietätlosen Verfluchungen, die die meisten Versammlungen stören.«

»Hätte ich das gewußt, dann hätte ich meinen Freund Maan mitgebracht«, sagte Firoz.

»Nein, nein.« Bibbo war erschrocken. »Dagh Sahib ist Hindu, das geht nicht. An Id ja, aber an Moharram – das ist unmöglich. Das ist etwas ganz anderes. Prozessionen im Freien sind eine Sache, aber bei einem privaten Treffen muß man doch kleine Unterschiede machen.«

»Jedenfalls soll ich den Sittich von ihm grüßen.«

»Ach, dieser elende Vogel – am liebsten würde ich ihm den Hals umdrehen.« Irgendein kurz zurückliegendes Ereignis mußte der Beliebtheit des Vogels Abbruch getan haben.

»Und Maan – ich meine, Dagh Sahib – wollte wissen, ob etwas Wahres an der Legende ist, daß Saeeda Bai in der Wildnis von Kerbela den Durst der Pilger mit ihren eigenen weißen Händen stillt. Und mich interessiert es auch.«

»Der Nawabzada wird sich freuen zu hören, daß es der Wahrheit entspricht«, sagte Bibbo, die sich etwas ärgerte, daß die Frömmigkeit ihrer Herrin in Zweifel gezogen wurde. Aber dann fiel ihr der Geldschein ein, und sie lächelte Firoz an. »Sie steht an der Ecke Khirkiwalan und Katra Mast an dem Tag, an dem die Tazias durch die Stadt getragen werden. So wie früher ihre Mutter Mohsina Bai. Selbstverständlich kann man sie nicht erkennen, weil sie eine Burqa trägt. Auch wenn es ihr nicht gutgeht, stellt sie sich dort auf. Sie ist eine sehr fromme Frau. Manche Leute glauben, das eine schließt das andere aus.«

»Ich bezweifle nicht, was du sagst«, sagte Firoz ernst. »Ich wollte dich nicht kränken.«

Bibbo, die diese Höflichkeit des Nawabzada entzückte, sagte: »Und der Nawabzada wird gleich für seine eigene Gläubigkeit belohnt werden.«

»Womit?«

»Er wird es selbst sehen.«

Und so war es. Firoz blieb nicht wie Maan auf dem Treppenabsatz stehen, um im Spiegel seine Kappe zurechtzurücken. Kaum hatte er den Raum betreten, in dem Saeeda Bai – in einem dunkelblauen Sari, ohne ein einziges Schmuckstück am Körper – sang, als er Tasneem ganz hinten im Zimmer sitzen sah – oder vielmehr beobachtete. Sie trug einen braunen Salwaar-Kameez und sah so bildschön, so zierlich aus wie das erstemal, als er sie gesehen hatte. In ihren Augen standen Tränen. Kaum war Firoz eingetreten, senkte sie den Blick.

Saeeda Bai stockte nicht eine Silbe lang in ihrer Marsiya, als Firoz hereinkam, aber in ihren Augen blitzte es. Die Zuhörer befanden sich bereits in einem Zustand höchster Erregung. Männer wie Frauen weinten; einige Frauen schlugen sich auf die Brust und klagten um Husain. Saeeda Bai legte ihre ganze Seele in die Marsiya, trotzdem behielt sie die Versammelten im Auge und bemerkte die Ankunft des Sohnes des Nawab von Baitar. Später würde sie sich um das Problem kümmern müssen; im Augenblick konnte sie es nur hinnehmen. Aber die Erregung, die sie verspürte, trug zu der Empörung über den Mörder des Imam Husain bei:

»Und als der verfluchte Söldner den blutbesudelten Speer herauszog,
neigte der König der Märtyrer das Haupt in Demut vor Gott.
Der teuflische, grausame Shamr zog den Dolch aus der Scheide und
schritt näher –
der Himmel erzitterte, die Erde erbebte, als sie Zeugen von solch
abscheulichen Taten wurden.
Wie soll ich schildern, wie Shamr den Dolch an seine Kehle setzte –
es war, als ob er das Heilige Buch mit Füßen träte!«

»Toba! Toba!«, »Ya Allah!«, »Ya Husain! Ya Husain!« rief das Publikum. Manchen schnürte der Kummer die Kehle zu, so daß sie keinen Ton herausbrachten, und als im nächsten Vers die Gram und die Ohnmacht seiner Schwester Zainab besungen wurden und ihr Entsetzen, als sie die Augen wieder öffnete und den Kopf ihres Bruders – des heiligen Königs der Märtyrer – aufgespießt auf einer Lanze sah, herrschte im Publikum ein bestürztes Schweigen, eine Pause vor erneuten Klagen. Firoz blickte zu Tasneem; sie hielt nach wie vor den Blick gesenkt, aber ihre Lippen formten die berühmten Worte, die ihre Schwester sang:

»Anis, du kannst nicht mehr von Zainabs Klagen künden!
Der Leichnam Husains lag unbestattet in der Sonne;
der Prophet fand keinen Frieden in seiner letzten Ruhestätte!
Seine heiligen Nachkommen eingesperrt und sein Haus
niedergebrannt!
Wie viele Häuser sind nach Husains Tod zerstört, verlassen!
Des Propheten Nachkommen fanden nach ihm nie wieder Glück.«

An dieser Stelle hielt Saeeda Bai inne und sah sich im Zimmer um. Ihr Blick blieb für einen Augenblick an Firoz haften, dann an Tasneem. Nach einer Weile sagte sie beiläufig zu Tasneem: »Geh und füttere den Sittich, und sag Bibbo, sie soll kommen. Bei Soz-khwani ist sie gern dabei.« Tasneem verließ das Zimmer. Die Zuhörer begannen, sich zu erholen und miteinander zu reden.

Firoz war enttäuscht. Sein Blick folgte Tasneem zur Tür. In seinem Innern brodelte es. Noch nie hatte er sie so schön gesehen wie jetzt – ohne Schmuck, die Wangen von Tränen naß. In seine Betrachtung versunken, merkte er kaum, daß ihn Bilgrami Sahib begrüßte.

Aber dann erzählte ihm Bilgrami Sahib, daß er während der Moharram-Feiern einmal in Baitar gewesen war – und wider seinen Willen schweiften Firoz' Gedanken ab ins Fort und in die Imambara mit den rot-weißen Kronleuchtern und den Gemälden von Kerbela an den Wänden und zu den Marsiyas, die unter den Hunderten von flackernden Lichtern gesungen wurden.

Der große Held des Nawab Sahib war Al-Hur, der Offizier, der losgeschickt worden war, um Husain gefangenzunehmen, der sich aber mit dreißig Reitern von den Streitkräften des Feindes abgesetzt und sich auf die Seite der Schwächeren geschlagen hatte, um dem unvermeidbaren Tod ins Auge zu sehen. Firoz hatte ein-, zweimal versucht, mit seinem Vater darüber zu reden, hatte es jedoch schnell wieder aufgegeben. Die Gefühle seines Vaters, hinter denen Firoz eine Schwäche für alle spürte, die sich edelmütig ins Verderben stürzten, waren zu stark gewesen.

Saeeda Bai sang jetzt eine kurze Marsiya, die sich besonders für Soz eignete. Sie hatte keine Einleitung, die körperliche Schönheit des Helden wurde nicht ausgemalt, der Mut und die Taten des Helden und seines Geschlechts auf dem Schlachtfeld wurden nicht gerühmt, keine Schlachten geschildert, weder Pferd noch Schwert beschrieben. Sie bestand fast ausschließlich aus den bewegendsten Elementen der Geschichte: der Abschied von seinen Lieben, sein Tod, die Klagen der Frauen und Kinder. Bei den Klagen erhob sich Saeeda Bais Stimme in einem seltsamen, außergewöhnlich musikalischen, außergewöhnlich schönen jammernden Schluchzen.

Firoz hatte Soz schon früher gehört; aber das war nichts gewesen. Er sah zu der Stelle, wo Tasneem gesessen hatte, und bemerkte die frivole Bibbo. Ihr Haar war gelöst, sie weinte sich die Augen aus, schlug sich auf die Brust und neigte sich nach vorn, als würde sie vor Schmerz gleich ohnmächtig werden. Desgleichen die anderen Frauen. Bilgrami Sahib schluchzte in sein Taschentuch, seine Hände wie zum Gebet gefaltet. Saeeda Bais Augen waren geschlossen; ihre Kunst hatte sogar ihre eigene Zurückhaltung – die einer überaus beherrschten Künstlerin – überwunden. Ihr Körper und ihre Stimme bebten vor Pein und Qual. Und Firoz weinte hemmungslos, ohne sich dessen bewußt zu sein.

15.8

»Warum bist du gestern abend nicht gekommen?« wollte Bhaskar wissen. Er war befördert worden und spielte jetzt Angada, einen Affenprinzen, weil der Junge, der die Rolle ursprünglich innegehabt hatte, krank geworden war: vermutlich hatte er sich an den Abenden zuvor heiser geknurrt. Bhaskar kannte Angadas Text, aber an diesem Tag hatte er leider nichts zu sagen – er mußte nur herumlaufen und kämpfen.

»Ich habe geschlafen«, sagte Maan.

»Geschlafen! Du bist wie Kumbhakarna. Du hast den besten Teil der Schlacht versäumt. Du hast verpaßt, wie die Brücke nach Lanka gebaut wurde – sie reichte vom Tempel bis zu den Häusern dort drüben –, und du hast versäumt, wie sich Hanuman das Zauberkraut beschafft hat – und wie er Lanka in Brand setzte.«

»Aber jetzt bin ich da. Sei deinem Onkel gegenüber etwas nachsichtig.«

»Und heute morgen, als Daadi die Waffen und Stifte und Bücher geweiht hat, wo warst du da?«

»Daran glaube ich sowieso nicht«, sagte Maan und versuchte es auf eine andere Art. »Ich glaube nicht an Waffen und Schießereien und Jagden und Gewalt. Hat sie auch deine Drachen geweiht?«

»Aré, Maan, willst du mir nicht die Hand geben?« sagte eine bekannte Stimme in der Menge, und Maan wandte sich um. Es war der Rajkumar von Marh in Begleitung von Vakil Sahibs jüngerem Bruder. Maan war überrascht, den Rajkumar hier zu sehen, bei der Ramlila dieses Stadtviertels. Er hätte ihn eher bei einer großen, seelenlosen offiziellen Veranstaltung im Schlepptau seines Vaters vermutet. Maan schüttelte ihm herzlich die Hand.

»Nimm etwas Paan.«

»Danke«, sagte Maan, nahm zwei und wäre fast erstickt. Das Paan war mit einer starken Dosis Tabak gewürzt. Eine Weile war er buchstäblich sprachlos. Er wollte den Rajkumar fragen, was er derzeit, da die Universität geschlossen war, so treibe. Aber kaum hatte er sich etwas erholt, zerrte der junge Goyal, der sehr stolz darauf zu sein schien, einen Fürstensohn herumführen zu dürfen, den Rajkumar auch schon wieder fort, um ihn jemand anders vorzustellen.

Maan wandte sich erneut den drei riesigen Figuren am westlichen Rand des Platzes in Shahi Darvaza zu. Sie waren schrecklich anzusehen und brennbar, aus Holz, Bambus und farbigem Papier und mit roten Glühbirnen als Augen. Der zehnköpfige Ravana brauchte zwanzig Glühbirnen, die noch bedrohlicher flakkerten als die seiner Generäle. Er verkörperte das Böse und seine Waffen – in jeder seiner zwanzig Hände hielt er eine: Bogen aus Bambus, Keulen aus Silberpapier, Schwerter und Wurfscheiben aus Holz, Speere aus Bambus, sogar eine Spielzeugpistole. Auf einer Seite neben Ravana stand sein böser Bruder Kumbhakarna, fett, lasterhaft, faul und unersättlich; auf der anderen sein mutiger und herablassender Sohn Meghnada, der am Tag zuvor Lakshmana eine Lanze in die Brust gerammt und ihn beinahe getötet hätte. Alle verglichen die Figuren mit denen früherer Jahre und freuten sich auf den Höhepunkt des Abends, ihre Verbrennung: die Vernichtung des Bösen und der Triumph des Guten.

Aber bevor es soweit war, mußten die Schauspieler, die diese Rollen verkörperten, in aller Öffentlichkeit und in der richtigen Reihenfolge von ihrem Schicksal ereilt werden.

Um sieben Uhr spuckten die Lautsprecher plötzlich eine Kakophonie von Trommelschlägen aus, und aus dem Tempel schwärmten kleine rotgesichtige Affen – dank Schminkkunst, Indigo und Zinkweiß wirkten sie furchterregend und martialisch – auf der Suche nach dem Feind, den sie sofort entdeckten und in lautstarke Kämpfe verwickelten. Schreie ertönten und fromme Rufe wie »Jai Siyaram!« und dämonisches »Jai Shankar!«-Gebrüll. Die Vokale im Namen Lord Shivas, des Schutzherrn Ravanas, wurden auf höhnische und finstere Art in die Länge gezogen, so daß es nach »Jai Sheeenker!« klang. Darauf folgte jedesmal Ravanas bizarres und schauerliches Lachen, das den meisten Zuschauern das Blut gefrieren ließ. Die Freunde des Schauspielers mußten jedoch lachen.

Zwei in Khaki gekleidete Polizisten des örtlichen Reviers schlenderten herum und versuchten, die Affen- und Dämonenhorden auf das ihnen zugewiesene geographische Gebiet zu treiben, aber da die Affen und Dämonen bei weitem behender waren als die Kräfte des Gesetzes, gaben sie es bald auf, gingen statt dessen zu einem Paan-Stand und forderten freies Paan. Um die Polizisten herum stürmten die Affen und Dämonen über den Platz, an ihren Eltern vorbei, die sie kaum erkannten, und durch die Gassen, vorbei am kleinen Laden, vorbei an den beiden Tempeln, der kleinen Moschee, der Bäckerei, dem Haus des Astrologen, dem öffentlichen Pissoir, dem Stromverteilerhäuschen, vorbei an den Eingängen der Häuser; bisweilen rannten sie in die offenen Höfe der Häuser und wurden von den Ramlila-Organisatoren wieder hinausgescheucht. Die Schwerter, Lanzen und Pfeile blieben an den Spruchbändern hängen, die über die Gassen gespannt waren, und rissen ein Banner herunter, auf dem in Hindi stand: *Das Ramlila-Wohlfahrtskomitee heißt Sie herzlich willkommen.* Schließlich versammelten sich die beiden Armeen erschöpft wieder auf dem Platz und starrten und knurrten einander drohend an.

Die Armee der Affen (unter denen sich ein paar Bären befanden) wurde von Rama, Lakshmana und Hanuman angeführt. Sie versuchten, Ravana zu stellen, während der zwölfjährige Junge, der die entführte bildschöne Sita spielte, das Geschehen mit größter Gleichgültigkeit – darauf ließ jedenfalls seine Miene schließen – von einem Balkon aus beobachtete. Der von den Affen geplagte und schikanierte und von seinem Erzfeind Rama beschossene Ravana floh und wollte wissen, wo sein Bruder Kumbhakarna geblieben war – warum verteidigte er Lanka nicht? Als er hörte, daß Kumbhakarna sich in einen Stupor gefressen hatte, verlangte er, daß er augenblicklich geweckt würde. Die Dämonen und

Kobolde taten ihr Bestes und hielten der riesigen hingestreckten Gestalt Essen und Süßigkeiten unter die Nase, bis der Geruch sie aus dem Schlaf riß. Kumbhakarna brüllte, streckte sich und verschlang, was immer man ihm anbot. Einige Dämonen taten sich selbst an den Süßigkeiten gütlich. Dann begann die eigentliche Schlacht.

Das Megaphon des Pandits übertönte kaum den Schlachtenlärm, so daß die Worte Tulsidas nahezu untergingen:

»Nachdem er die Büffel verschlungen und die Weinkrüge geleert hatte, brüllte Kumbhakarna laut wie der Donner ... Kaum hatten die mächtigen Affen das Gebrüll vernommen, stürzten sie vor Freude schreiend los. Sie rissen Bäume und gewaltige Felsbrocken aus, schleuderten sie auf Kumbhakarna und knirschten dabei mit den Zähnen. Die Affen und Bären warfen Myriaden von Berggipfeln auf ihn. Aber er blieb im Geiste unverzagt und rührte sich trotz der großen Anstrengungen, die die Affen unternahmen, um ihn zurückzudrängen, nicht von der Stelle, sondern stand da wie ein Elefant, der mit den Früchten der Sonnenpflanze bombardiert wurde. Daraufhin versetzte ihm Hanuman einen Fausthieb, und er fiel und schlug in großer Verwirrung mit dem Kopf hin und her. Als er wieder aufstand, stürzte er sich auf Hanuman, der herumwirbelte und sofort zu Boden ging ... Die Affenarmee ergriff rasch die Flucht; und in größter Not wagte niemand, ihm ins Antlitz zu sehen.«

Sogar Bhaskar, der den Angada spielte, wurde von dem mächtigen Kumbhakarna umgeworfen und lag erbärmlich stöhnend unter dem Bobaum, unter dem er sonst Kricket spielte.

Auch die Pfeile Ramas schreckten das verwundete Ungetüm nicht ab. »Er brach in ein schreckliches Gebrüll aus und ergriff Millionen über Millionen Affen und schleuderte sie zu Boden wie ein riesiger Elefant und schwor bei seinem zehnköpfigen Bruder.« In ihrer Not riefen die Affen nach Rama; er spannte seinen Bogen und schoß noch mehr Pfeile auf Kumbhakarna ab. »Aber noch während die Pfeile ihn trafen, stürmte der Dämon wutentbrannt weiter; die Berge wankten, und die Erde erbebte, indes er vorwärtsstürmte.« Er riß einen Felsbrocken hoch; aber Rama schoß ihm den Arm ab, mit dem er ihn hielt. Dann rannte er mit dem Felsbrocken in der Linken weiter; aber Rama schoß ihm auch diesen Arm ab, der zu Boden fiel ... »Er stieß einen furchterregenden Schrei aus und lief mit weit aufgerissenem Mund weiter. Die Heiligen und die Götter in den Himmeln schrien laut in ihrem Schrecken: ›O weh! O weh!‹«

Als er die Kümmernis selbst der Götter sah, schoß der barmherzige Rama dem Kumbhakarna schließlich mit einem weiteren Pfeil den Kopf ab und ließ ihn vor seinem entsetzten Bruder Ravana auf die Erde fallen. Der Rumpf lief wie wahnsinnig weiter, bis er niedergeschlagen wurde. Er stürzte zu Boden und begrub unter sich Affen, Bären und Dämonen gleichermaßen.

Die Menge schrie, jubelte und klatschte. Maan jubelte mit; Bhaskar hörte auf zu stöhnen, stand auf und stieß einen Freudenschrei aus. Auch die Freude über die weiteren Todesfälle im Kampf mit Meghnada und dem Erzfeind selbst kam nicht mehr der Begeisterung gleich, in die der Tod Kumbhakarnas alle gestürzt hatte. Er wurde von einem älteren erfahrenen Schauspieler verkörpert, der die Kunst beherrschte, sowohl seine Gegenspieler als auch das Publikum in Angst und Schrecken zu versetzen. Als schließlich alle Dämonen tot im Staub lagen und keine »Jai Sheeenker!«-Rufe mehr ertönten, war es Zeit für das große Feuer.

Ein roter Teppich aus fünftausend kleinen Feuerwerkskörpern wurde vor die Dämonenfiguren gelegt und mit einer langen Lunte entzündet. Der Krach war ohrenbetäubend, wahrhaft laut genug, um Heilige und Götter ›O weh! O weh!‹ schreien zu lassen. Die Flammen, die Funken und die Asche flogen bis zu den Balkonen hinauf, und Mrs. Mahesh Kapoor keuchte und hustete, bis der Wind die verbrauchte, beißende Luft davongeweht hatte. Rama schoß jeweils einen Pfeil auf Kumbhakarnas Arme ab, und dank des Requisiteurs hinter der Figur fielen sie. Wieder war das Publikum wie gebannt. Aber anstatt ihm den Kopf abzuschießen, nahm die anmutige blaue Gestalt im Leopardenfell eine Feuerwerksrakete aus ihrem Köcher und zielte damit auf Kumbhakarnas armlosen Körper. Das Geschoß traf sein Ziel; es ging in Flammen auf und verbrannte unter donnerlauten Explosionen. Kumbhakarna war mit Feuerwerkskörpern ausgestopft, die jetzt um ihn herumzischten; eine grüne Bombe auf seiner Nase explodierte in einem bunten Funkenregen. Seine Gestalt brach zusammen, die Ramlila-Organisatoren traten die Glut aus, und die Menschenmenge spornte Rama an.

Nachdem Lakshmana die Figur Meghnadas in Asche verwandelt hatte, brachte Rama den bösen Ravana zum zweitenmal an diesem Abend zur Strecke. Aber zur großen Beunruhigung des Publikums wollten das Papier, das Stroh und der Bambus, mit dem er ausgestopft war, nicht brennen. Unruhe ergriff alle, als ob das ein schlechtes Zeichen für die Kräfte des Guten wäre. Nur unter Einsatz von ein bißchen Kerosin konnte Ravana schließlich doch noch erledigt werden. Endlich, nach ein paar Lathischlägen der Organisatoren und einer gründlichen Dusche aus Töpfen und Pfannen, die die jubelnden Menschen von den Balkonen herunterschütteten, war das ehemals bösartige zehnköpfige Ungetüm nur noch verkohlter Bambus und Asche.

Rama, Lakshmana und Hanuman hatten sich auf eine Seite des Platzes zurückgezogen, als eine etwas spöttische Stimme sie daran erinnerte, daß sie vergessen hatten, Sita zu befreien. Sie liefen zurück über den mit schwarzer Asche bedeckten Platz, über die angesengten Papierreste der fünftausend Feuerwerkskörper. Sita, die in einen gelben Sari gekleidet war und nach wie vor gelangweilt dreinblickte, wurde ihnen ohne großes Zeremoniell heruntergereicht und ihrem Mann zurückgegeben.

Als Rama, Lakshmana, Sita und Hanuman endlich wieder vereint und die Kräfte des Bösen endgültig besiegt waren, antwortete die Menge begeistert auf die Stichworte des Pandits:

»Raghupati Shri Ramachandra ji ki ...«
»Jai!«
»Bol, Sita Maharani ki ...«
»Jai!«
»Lakshman ji ki ...«
»Jai!«
»Shri Bajrangbali ki ...«
»Jai!«
»Gute Leute, bitte vergeßt nicht«, fuhr der Pandit fort, »daß morgen zu der auf den Aushängen angekündigten Zeit in Ramas Hauptstadt Ayodhya, die für unsere Zwecke auf den kleinen Platz in der Nähe des Tempels in Misri Mandi verlegt wird, die Zeremonie Bharat Milaap stattfindet. Dort werden Rama und Lakshmana ihre Brüder Bharata und Shatrughna, von denen sie so lange getrennt waren, umarmen und sich ihren Müttern zu Füßen werfen. Bitte, vergeßt es nicht. Es wird eine sehr bewegende Aufführung sein, die alle treuen Anhänger Ramas zu Tränen rührt. Es wird der wahre Höhepunkt der Ramlila sein, noch ergreifender als der Darshan, der euch heute geboten wurde. Und bitte sagt allen, die nicht das Glück hatten, heute hierzusein, sie sollen morgen abend nach Misri Mandi kommen. Wo ist der Fotograf? Mela Ram ji, bitte kommt nach vorn.«

Fotos wurden gemacht, mehrmals wurde mit Lampen und Süßigkeiten auf einem silbernen Tablett das Arati vollzogen, und alle guten Protagonisten, darunter viele Affen und Bären, wurden damit gefüttert. Sie blickten jetzt sehr ernst drein. Herzlose Elemente in der Menge waren bereits gegangen. Die meisten Zuschauer waren jedoch geblieben und nahmen die übriggebliebenen Süßigkeiten als geheiligte Gaben an. Auch die Dämonen bekamen ihren Teil.

15.9

Die Tazia-Prozession von Baitar House zur Imambara in der Stadt war eine eindrucksvolle Angelegenheit. Die Tazia von Baitar House war prachtvoll und berühmt: Sie war viele Jahre alt und bestand aus Silber und Kristall. Jedes Jahr am neunten Tag von Moharram wurde sie in die Imambara in der Innenstadt getragen und dort über Nacht und am nächsten Vormittag ausgestellt. Am Nachmittag des zehnten Tages wurde sie zusammen mit allen anderen Repliken des Grabmals von Imam Husain in einer großen Prozession zur ›Kerbela‹ getragen, einem Feld außerhalb Brahmpurs, das zum Begräbnis von Tazias bestimmt war. Aber im Gegensatz zu denen aus Papier und Glas wurde die silberne Tazia von Baitar House (ebensowenig wie ein paar andere, gleich wertvolle Tazias) nicht zerschlagen und in ein für diesen Zweck ausgehobenes Loch versenkt. Sie blieb ungefähr eine Stunde auf dem Feld stehen, ihr zeitweiliger Schmuck aus Flitter, Drachenpapier und Glimmer wurde begraben und die Tazia selbst von den Dienstboten zum Haus zurückgebracht.

Die Prozession von Baitar House bestand dieses Jahr aus Firoz (gekleidet in einen weißen Sherwani), zwei Trommlern, sechs jungen Männern, die – je drei auf jeder Seite – die große Tazia auf zwei langen Holzstangen trugen, ein paar Dienstboten, die sich rhythmisch auf die Brust schlugen und die Namen der Märtyrer riefen (aber keine Geißeln oder Ketten benutzten), und zwei Wachtmeistern, die Gesetz und Ordnung repräsentierten. Der Weg von Pasand Bagh aus war ziemlich lang, deswegen brachen sie früh auf.

Am frühen Abend hatten sie die Straße vor der Imambara erreicht, die der Treffpunkt für die Tazia-Prozessionen der verschiedenen Innungen, Stadtviertel und bedeutenden Privathäuser war. Hier ragte ein großer, mindestens zwanzig Meter hoher Mast auf, an dem eine grün-schwarze Flagge flatterte. Hier stand auch die Statue eines Pferdes, Husains braves Roß, das während des Moharrams üppig mit Blumen und wertvollen Stoffen geschmückt war. Und hier, gleich vor der Imambara, neben dem Schrein eines örtlichen Heiligen, wurde auch ein geschäftiger Markt abgehalten – wo sich die Trauer der Prozessionsteilnehmer mit der festlichen Erregung der Leute mischte, die Nippes und Heiligenbilder kauften oder verkauften. Kinder naschten köstliche Kleinigkeiten, darunter Süßigkeiten, Eis und Zuckerwatte – nicht nur rosarote, sondern, weil Moharram war, auch grüne.

Die meisten Tazia-Prozessionen verliefen weniger schicklich als die, die die Familie des Nawab Sahib repräsentierte. Die Männer schrien ihre Pein laut heraus, das Getrommel war ohrenbetäubend, die Selbstgeißelungen waren blutig. Sie schätzten eben Schicklichkeit nicht höher ein als Aufrichtigkeit. Die Vehemenz ihrer Gefühle war es, die sie antrieb. Barfuß, von der Hüfte aufwärts nackt, ihre Rücken blutig geschlagen von den Ketten, mit denen sie sich geißelten, stöhnten und keuchten die Männer, die die Tazias begleiteten, während sie den Namen des Imams Husain und seines Bruders Hasan riefen, rhythmisch, klagend, jammernd. Die Prozessionen, die als die fanatischsten bekannt waren, wurden von bis zu einem Dutzend Polizisten begleitet.

Die Routen, die die Tazia-Prozessionen nahmen, waren mit großer Sorgfalt von den Organisatoren und der Polizei gemeinsam festgelegt worden. Soweit wie möglich waren überwiegend von Hindus bewohnte Gegenden zu meiden, vor allem das Gebiet um den verhaßten Tempel herum; der Abstand tiefhängender Bobaumäste vom Boden war vorher mit der Höhe der Tazias verglichen worden, so daß keiner von beiden Schaden nehmen würde; den Prozessionsteilnehmern war auferlegt worden, die Kalifen nicht zu verfluchen; und der Zeitplan war so abgestimmt, daß bei Einbruch der Nacht alle Prozessionen an ihrem Bestimmungsort eingetroffen sein sollten.

Wie vereinbart traf Maan Firoz kurz vor Sonnenuntergang bei der Pferdestatue neben der Imambara.

»Da bist du ja, du Kafir.« Firoz sah in seinem weißen Sherwani sehr gut aus.
»Aber nur um zu tun, was alle Kafirn tun«, erwiderte Maan.
»Und das wäre?«
»Warum hast du deinen Nawabi-Spazierstock nicht dabei?« fragte Maan, der Firoz von oben bis unten gemustert hatte.
»Der ist für die Prozession denkbar ungeeignet. Alle hätten von mir erwartet, daß ich mich damit geißele. Aber du hast meine Frage nicht beantwortet.«
»Und die lautete?«
»Was tun alle Kafirn?«
»Soll das ein Rätsel sein?«
»Nein. Du hast gesagt, daß du gekommen bist, um zu tun, was alle Kafirn tun. Ich frage dich, was das ist.«
»Mich vor meinem Götzen niederzuwerfen. Du hast gesagt, daß sie hier ist.«
»Dort ist sie«, sagte Firoz und machte eine Kopfbewegung in Richtung der nahen Kreuzung. »Ich bin ganz sicher.«
Eine Frau in einer schwarzen Burqa stand in einer Nische und verteilte Saft an diejenigen, die in einer Tazia-Prozession vorbeikamen oder über den Markt bummelten. Sie tranken, reichten die Gläser zurück, und diese wurden von einer anderen Frau, die eine braune Burqa trug, in einem Eimer mit Wasser flüchtig gespült und wieder benutzt. Der Stand erfreute sich großer Beliebtheit, vielleicht weil die meisten wußten, wer die Frau in Schwarz war.
»Sie löscht den Durst der Kerbela«, sagte Firoz.
»Komm«, sagte Maan.
»Nein, nein, geh du allein hin. Übrigens die andere – die in der braunen Burqa – ist Bibbo. Nicht Tasneem.«
»Komm mit, Firoz. Bitte. Ich habe hier eigentlich nichts zu suchen. Ich komme mir fehl am Platze vor.«
»Nicht annähernd so fehl am Platze wie ich gestern abend bei ihr. Nein, ich will die Tazias sehen. Die meisten sind schon da, und jedes Jahr gibt es etwas Ungewöhnliches. Letztes Jahr gab es eine Tazia in Form eines zweistöckigen Pfaus mit dem Kopf einer Frau – und nur einer halben Kuppel, die einen darauf hingewiesen hat, daß es sich um ein Grabmal handelt. Wir werden eben hinduisiert.«
»Wenn ich mir mit dir die Tazias ansehe, kommst du dann mit mir zu dem Stand?«
»Na gut.«
Maan hatte die Tazias bald satt, obwohl einige bemerkenswerte Exemplare darunter waren. Alle um ihn herum schienen hitzig zu diskutieren, welche die eleganteste war, die kunstvollste, die wertvollste. »Die kenne ich«, sagte Maan lächelnd; er hatte sie in der Imambara in Baitar House gesehen.
»Tja, wir werden sie wahrscheinlich auch noch die nächsten fünfzig Jahre verwenden«, sagte Firoz. »Ich bezweifle, daß wir uns noch einmal so eine werden leisten können.«

»Komm, jetzt mußt du deinen Teil des Versprechens erfüllen.«
»Gut.«
Firoz und Maan gingen hinüber zu dem Stand.
»Das ist viel zu unhygienisch, Maan – aus diesen Gläsern kann man nicht trinken.«
Aber Maan war nicht aufzuhalten. Er bahnte sich einen Weg durch die Menschenmenge und streckte die Hand nach einem Glas Saft aus. Die Frau in Schwarz reichte ihm ein Glas, aber im letzten Moment, als sie bemerkte, wer er war, erschrak sie und verschüttete den Saft über seine Hände.
Sie schnappte nach Luft und sagte leise: »Entschuldigen Sie, Sir. Ich werde Ihnen neu einschenken.«
Es war ganz eindeutig ihre Stimme. »Nein, nein, Madam«, widersprach Maan. »Machen Sie sich keine Umstände. Was noch im Glas ist, wird meinen Durst löschen, so schrecklich er auch ist.«
Als sie seine Stimme hörte, wandte sich die Frau in der braunen Burqa ihm zu. Die beiden Frauen sahen einander an. Maan spürte die Spannung und gestattete sich ein Lächeln.
Bibbo war möglicherweise nicht überrascht, Maan zu sehen, aber Saeeda Bai war sowohl überrascht als auch verärgert. Wie Maan erwartet hatte, war sie der Meinung, daß er hier nichts zu suchen hatte; jedenfalls konnte er nicht vorgeben, daß ihm viel an den Märtyrern der Schiiten lag. Sein Lächeln verärgerte sie noch mehr. Sie verglich Maans flapsige Bemerkung mit dem schrecklichen Durst der Helden von Kerbela – in deren Rücken die Zelte brannten und die vom Fluß vor ihnen abgeschnitten waren –, und sie sagte zu Maan, ohne ihre Stimme zu verstellen oder ihre Entrüstung zu verbergen: »Mein Vorrat geht zur Neige. Eine halbe Meile weiter unten an der Straße ist ein weiterer Stand. Ich rate Ihnen, dorthin zu gehen, wenn Sie Ihr Glas ausgetrunken haben. Dort steht ein sehr fromme Dame. Ihr Saft ist süßer, und die Menge drängt sich dort nicht so dicht wie hier.«
Und bevor Maan mit einem geeigneten versöhnlichen Vers antworten konnte, hatte sie sich anderen durstigen Männern zugewandt.
»Nun?« sagte Firoz.
Maan kratzte sich am Kopf. »Nein, sie war nicht erfreut.«
»Gräm dich nicht, das paßt nicht zu dir. Schauen wir mal, was der Markt zu bieten hat.«
Maan blickte auf seine Uhr. »Nein, ich kann nicht. Ich muß mir Bharat Milaap ansehen, oder ich bin bei meinem Neffen unten durch. Warum kommst du nicht mit? Es ist sehr ergreifend. Die Leute säumen die Straße, jubeln und weinen und werfen Blumen auf die Prozession. Rama und Gefolge kommen von links, Bharata und Gefolge von rechts. In der Mitte umarmen sich die zwei Brüder – vor der Stadt Ayodhya.«
»Vermutlich sind hier genug Leute, so daß ich nicht gebraucht werde«, sagte Firoz. »Wie weit ist es?«

»Misri Mandi – dort liegt Ayodhya dieses Jahr. Nur zehn Minuten zu Fuß von hier – in der Nähe von Veenas Haus. Sie wird sich freuen, dich zu sehen.«
Firoz lachte. »Das hast du von Saeeda Bai auch gedacht«, sagte er, als sie Hand in Hand durch den Basar in Richtung Misri Mandi schlenderten.

15.10

Die Bharat-Milaap-Prozessionen setzten sich pünktlich in Bewegung. Da Bharata nur vor seine Stadt gehen mußte, um seinen Bruder zu treffen, wartete er, bis ihm der Pandit das Zeichen gab. Aber Rama mußte einen langen Weg bis zur heiligen Hauptstadt Ayodhya zurücklegen – in die er nach vielen Jahren der Verbannung triumphierend zurückkehrte –, und als die Dämmerung einsetzte, machte er sich von einem Tempel aus, der eine gute halbe Meile von der Bühne entfernt war, auf den Weg. Dort sollten sich die Brüder endlich wieder in die Arme schließen.

Die Bühne war mit langen Blumengirlanden geschmückt, die an den Bambuspfosten in den vier Ecken befestigt waren; fast das ganze Viertel hatte am Bau der Bühne mit vielen guten Ratschlägen und mit noch mehr Ringelblumen mitgewirkt. Die Kühe, die versucht hatten, die Ringelblumen zu fressen, waren vom Affenheer verscheucht worden. Normalerweise waren die Kühe in diesem Viertel willkommen – zumindest konnten sie ungehindert herumlaufen –, und die armen, vertrauensseligen Geschöpfe mußten sich fragen, was ihrer Beliebtheit solchen Abbruch getan hatte.

Der heutige Tag war ein Tag ungetrübter Freudenfeiern; denn nicht nur wurden Rama und Lakshmana mit ihren Brüdern Bharata und Shatrughna wieder vereint, sondern das Volk sah seinen wahren Herrscher zurückkehren, um es zu regieren und nicht nur in Ayodhya, sondern auf der ganzen Welt Gerechtigkeit durchzusetzen.

Der Zug wand sich zu den Klängen von Trommeln, Shenais und einer beliebten schrillen Kapelle durch die engen Gassen von Misri Mandi. Ganz vorne wurden lange, mit Lichtern bestückte Stangen getragen. Die Glühbirnen hatte das Jawaharlal Light House zur Verfügung gestellt, dieselbe Firma, die am Vorabend die roten Augen der Dämonen gestiftet hatte. Von den hocherhobenen strahlenden Lichtern – mit Gaze umhüllten Lämpchen – ging ein intensives weißes Glühen aus.

Mahesh Kapoor schirmte mit der Hand seine Augen ab. Er war hier, zum einen weil seine Frau es wollte, zum anderen weil er sich mehr und mehr mit der Idee anfreundete, wieder in den Kongreß einzutreten, und meinte, für den Fall des Falles die Verbindungen zu seinem alten Wahlkreis aufrechtzuerhalten.

»Das Licht ist zu hell – man wird ja blind davon«, sagte er. »Kedarnath, unternimm etwas dagegen. Du bist doch einer der Organisatoren, oder?«

»Baoji, sie sind gleich vorbei. Nachher wird es besser«, sagte sein Schwiegersohn, der wußte, daß nichts mehr zu machen war, wenn sich die Prozession erst einmal in Bewegung gesetzt hatte. Mrs. Mahesh Kapoor hielt sich die Ohren zu, lächelte jedoch still vor sich hin.

Die Blaskapelle veranstaltete einen höllischen Lärm. Nachdem sie ein paar Filmlieder gespielt hatte, ging sie zu religiösen Melodien über. Die Musiker boten einen erstaunlichen Anblick in ihren billigen roten Hosen mit den weißen Biesen und den blauen Tuniken, die mit goldfarbenen Borten aus Baumwolle eingefaßt waren. Keine der Trompeten, der Posaunen und keins der Hörner war richtig gestimmt.

Nach ihnen kamen die größten Krachmacher, die Trommler, die ihre Instrumente in der Nähe des Tempels vorsichtig über drei kleinen Feuern angewärmt hatten, um sie höher und lauter zu stimmen. Sie spielten wie besessen – feuerten unglaublich schnelle und laute Salven ab. Jedem aus dem Ramlila-Komitee, den sie wiedererkannten, drängten sie sich in einer Mischung aus Angeberei und Erpressung aggressiv auf, damit man ihnen Münzen und Geldscheine gab. Sie warfen ihre Becken nach vorn und bewegten ihre Trommeln vor und zurück, indem sie in der Taille abknickten. Es waren gute Zeiten für Trommler: Sie wurden sowohl von Hindus, die Dussehra feierten, als auch von Moslems, die den Moharram befolgten, angeheuert.

»Woher kommen sie?« fragte Mahesh Kapoor.

»Was?« fragte Kedarnath.

»Ich sagte, woher kommen sie?«

»Ich kann dich wegen dieser verfluchten Trommler nicht verstehen.«

Mahesh Kapoor legte die Hände an den Mund und schrie seinem Schwiegersohn ins Ohr: »Ich sagte, woher kommen sie? Sind sie Moslems?«

»Sie sind vom Marktplatz«, schrie Kedarnath. Womit er zugab, daß sie Moslems waren.

Aber bevor die Swaroops – Rama, Lakshmana und Sita – in all ihrer Schönheit und Pracht auftauchten, holte der Feuerwerksmeister ein riesiges Paket aus einem prallen Sack, den er auf der Schulter trug, entfernte das bunte Einwikkelpapier, riß den Karton auf und entrollte einen weiteren großen roten Teppich aus fünftausend Feuerwerkskörpern. Als sie nacheinander explodierten, wichen die Leute vor dem Licht- und Lärmgestöber zurück und hielten sich die Ohren zu, ihre Gesichter gerötet vor Aufregung. Wegen des unerträglichen Kraches beschloß Mahesh Kapoor, daß selbst die Erfüllung seiner Verpflichtung, sich in seinem alten Wahlkreis sehen zu lassen, nicht den Verlust des Gehörs und des Verstandes aufwog.

»Komm«, schrie er seiner Frau zu. »Wir gehen nach Hause.«

Mrs. Mahesh Kapoor verstand kein Wort und lächelte unbeirrt weiter.

Als nächstes kam das Heer der Affen, darunter Bhaskar, und die Zuschauer wurden noch aufgeregter; danach sollten die Swaroops folgen. Die Kinder fingen an zu klatschen; die alten Leute waren am gespanntesten, erinnerten sich vielleicht an die unzähligen Ramlilas, die sie im Lauf ihres Lebens gesehen hatten. Etliche Kinder saßen auf einer niedrigen Mauer entlang der Straße, andere erkletterten geschickt die Simse der Häuser, und wenn sie es nicht aus eigener Kraft schafften, half oftmals ein Erwachsener mit der Schulter nach. Ein Vater küßte den nackten Fuß seiner zweijährigen Tochter, hob sie, damit sie besser sehen konnte, auf eine zur Dekoration aufgestellte Säule und hielt sie dort fest.

Und dann endlich erschienen Lord Rama, Sita in einem gelben Sari und der lächelnde Lakshmana, in dessen Köcher Pfeile funkelten.

Die Augen der Zuschauer füllten sich vor Freude mit Tränen, und sie warfen Blumen auf die Swaroops. Die Kinder kletterten von ihren Aussichtspunkten herunter und folgten der Prozession. Sie sangen »Jai Siyaram!« und »Ramchandra ji ki jai!«, warfen Rosenblätter auf die Swaroops und besprenkelten sie mit Wasser aus der Ganga. Und die Trommler schlugen mit neuer Wucht auf ihre Trommeln ein.

Mahesh Kapoor, der vor Ärger ganz rot geworden war, griff nach der Hand seiner Frau und zog sie auf die Seite.

»Wir gehen jetzt«, schrie er ihr ins Ohr. »Hast du mich verstanden? Mir reicht's ... Veena, deine Mutter und ich gehen jetzt.«

Mrs. Mahesh Kapoor sah ihren Mann erstaunt, nahezu ungläubig an. Als sie verstand, was er gesagt hatte – was er ihr vorenthalten wollte –, traten Tränen in ihre Augen. Einmal hatte sie Bharat Milaap in Nati Imli in Benares gesehen, und sie hatte es niemals vergessen. Die anrührende Szene – die zwei in Ayodhya gebliebenen Brüder warfen sich ihren beiden lange verbannten Brüdern zu Füßen –, die Masse der mindestens einhunderttausend Zuschauer, die Rührung in den Augen aller, als die kleinen Figuren auf die Bühne kamen – an all das erinnerte sie sich jetzt. Wann immer sie Bharat Milaap hier in Brahmpur sah, dachte sie an jene andere Aufführung mit all ihrem Zauber, ihrer Magie und ihrer Anmut zurück. Wie einfach es doch war und wie wunderbar. Und es ging ja nicht nur um die Wiedervereinigung lange getrennter Brüder, sondern auch um den Anbruch von Ram Rajya, der Herrschaft Ramas, als – im Gegensatz zu diesen unruhigen, gewalttätigen, kleinlichen Zeiten – die vier Säulen der Religion – Wahrheit, Reinheit, Gnade und Nächstenliebe – das ganze Weltengebäude trugen.

Die Worte Tulsidas, die sie seit langem auswendig wußte, fielen ihr ein:

> Ihr Leben der Pflicht geweiht, wandelten die Menschen auf dem Pfad der Veden, jeder gemäß seiner Kaste und seiner Lebensstufe, und alle waren vollkommen glücklich, ohne Furcht, ohne Sorgen, ohne Krankheit.

»Laß uns zumindest noch warten, bis die Prozession Ayodhya erreicht hat«, bat Mrs. Mahesh Kapoor ihren Mann.

»Bleib, wenn du willst. Ich gehe«, zischte Mahesh Kapoor. Traurig folgte sie ihm. Aber sie beschloß, daß sie ihn am nächsten Tag nicht überreden würde, sie zu Ramas Krönung zu begleiten. Sie würde allein kommen und sich nicht seinen Launen und Befehlen unterwerfen. Sie würde sich alles von Anfang bis Ende ansehen. Ihre Seele dürstete danach, und sie würde sich nicht noch einmal fortzerren lassen.

Die Prozession schlängelte sich durch das Gassenlabyrinth von Misri Mandi und benachbarter Viertel. Lakshmana trat auf eine heiße, ausgebrannte Glühbirne und schrie vor Schmerz auf. Da kein Wasser zur Hand war, hob Rama ein paar Rosenblätter vom Boden auf und drückte sie auf die schmerzende Stelle. Angesichts dieser Szene brüderlicher Fürsorglichkeit seufzten die Menschen, und die Prozession setzte ihren Weg fort. Der Feuerwerksmeister schoß ein paar Raketen in den Himmel, die in einer Chrysantheme aus grünen Funken explodierten. Daraufhin stürzte Hanuman mit wedelndem Schwanz nach vorn, als ob ihn das Feuerwerk an seine eigenen Umtriebe als Brandstifter in Lanka erinnert hätte. Ihm folgte die Affenschar, vor Freude schnatternd und schreiend; sie erreichten die Ringelblumen-Bühne, als die drei Swaroops noch zweihundert Meter hinter ihnen waren. Hanuman, der an diesem Tag noch röter, plumper und vergnügter war als am Vortag, sprang auf die Bühne, hüpfte und hopste herum, tanzte ein paar Schritte und sprang wieder hinunter. Bharata wußte jetzt, daß sich Rama und Lakshmana dem Fluß Saryu und der Stadt Ayodhya näherten, und er setzte sich von der entgegengesetzten Seite aus in Richtung Bühne in Bewegung.

15.11

Und dann blieb Ramas Prozession plötzlich stehen, und der Lärm anderer Trommeln und schreckliche Klagelaute und Schreie waren zu hören. Eine Gruppe von ungefähr zwanzig Männern versuchte, die Prozession zu kreuzen, um mit ihrer Tazia zur Imambara zu gelangen. Manche schlugen sich aus Trauer um den Imam Husain auf die Brust; andere hielten Ketten und Peitschen mit kleinen Messern und Rasierklingen in der Hand, mit denen sie sich erbarmungslos und zwanghaft geißelten. Sie kamen mit eineinhalb Stunden Verspätung – ihre Trommler waren zu spät erschienen, weil sie sich mit einer anderen Tazia-Prozession angelegt hatten –, und jetzt wollten sie so schnell wie möglich zu ihrem Ziel gelangen. Es war der neunte Abend von Moharram. In der Ferne war der von einer Lichterkette erhellte Turm der Imambara zu sehen. Sie gingen einfach drauflos, Tränen liefen ihnen übers Gesicht.

»Ya Hasan! Ya Husain!« »Ya Hasan! Ya Husain!« »Hasan! Husain!« »Hasan! Husain!«

»Bhaskar«, sagte Veena zu ihrem Sohn, der ihre Hand ergriffen hatte, »geh sofort nach Hause. Sofort. Wo ist Daadi?«

»Aber ich möchte zusehen ...«

Sie schlug ihm einmal hart ins Affengesicht. Er sah sie ungläubig an und zog sich dann weinend zurück.

Kedarnath war zu den beiden Polizisten gegangen, die die Tazia-Prozession begleiteten, und sprach mit ihnen. Ohne sich darum zu kümmern, was ihre Nachbarn denken mochten, ging sie zu ihm, nahm seine Hand und sagte: »Laß uns nach Hause gehen.«

»Aber hier gibt es Ärger – ich will ...«

»Bhaskar geht es nicht gut.«

Kedarnath, der zwischen zwei Sorgen hin- und hergerissen war, nickte.

Die beiden Polizisten versuchten, den Tazia-Trägern einen Weg zu bahnen, aber das war zuviel für die Menschen von Misri Mandi, die Bürger der heiligen Stadt Ayodhya, die so lange und hingebungsvoll auf den Anblick von Lord Rama gewartet hatten.

Den Polizisten wurde klar, daß die Route, die vor einer Stunde noch sicher gewesen wäre, es jetzt nicht mehr war. Sie befahlen der Tazia-Prozession, einen anderen Weg zu nehmen, sie beschworen sie, anzuhalten und umzukehren – aber vergeblich. Die verzweifelt Trauernden drängten gegen die freudig Feiernden an.

Dieser ungeheuerliche und gewaltsame Einbruch – dieses wahnsinnige Trauerritual, das Shri Ramachandrajis Heimkehr in seine Stadt verhöhnte – zu seinen Brüdern, zu seinem Volk, um dort eine vollkommene Herrschaft auszuüben –, es konnte nicht hingenommen werden. Die Affen, die gerade noch in unbezwingbarer Freude herumgehüpft waren, bewarfen jetzt die Tazia wütend mit Blumen, schrien und knurrten aggressiv und stellten sich dann bedrohlich den Eindringlingen entgegen, die sich gewaltsam einen Weg an Rama, Sita und Lakshmana vorbei bahnen wollten.

Der Schauspieler, der Rama verkörperte, machte einen Schritt nach vorn und eine halb aggressive, halb versöhnliche Geste.

Eine Kette zielte auf ihn, er wankte zurück und prallte, keuchend vor Schmerz, gegen eine Ladentür. Auf seiner dunkelblauen Haut breitete sich ein roter Fleck aus.

Die Menge drehte durch. Was alle Kräfte Ravanas nicht vermocht hatten – diese blutrünstigen Moslems schafften es. Es war nicht ein junger Schauspieler, sondern Gott selbst, der verwundet auf dem Boden lag.

Vom Anblick des verletzten Rama um den Verstand gebracht, schnappte sich der Feuerwerksmeister einen Lathi von einem der Organisatoren und führte die Menge zum Angriff auf die Tazia-Prozession. Innerhalb von Sekunden lag die Tazia – in wochenlanger Arbeit hergestellt aus hauchfeinem Glas, Glimmer und geflochtenem Papier – zerschlagen auf dem Boden. Feuerwerkskörper wurden auf sie geworfen und angezündet. Die wahnsinnige Menge trampelte auf ihr herum und schlug mit Lathis auf sie ein, bis nur noch Kohle und Splitter übrig waren. Die entsetzten Moslems schlugen mit ihren Geißeln und Ketten auf diese Kafirn ein, die herumsprangen wie Gorillas am Vorabend des großen Martyriums und die es gewagt hatten, das heilige Abbild des Grabmals zu entweihen.

Der Anblick der verkohlten, zerschmetterten Tazia brachte wiederum sie um den Verstand.

Auf beiden Seiten brodelte jetzt die Lust zu töten – was machte es schon, wenn auch sie ein Martyrium auf sich nahmen? –, das Böse selbst anzugreifen, das, was ihnen lieb und teuer war, zu verteidigen – was machte es schon, wenn sie das taten? –, ob sie nun dabei die Leidenschaft von Kerbela wieder aufleben ließen oder das Ram Rajya wiederherstellten und die Welt von den mörderischen, Kühe schlachtenden, Gott lästernden Teufeln befreiten.

»Tötet die Bastarde – erledigt sie – die Brut Pakistans ...«

»Ya Husain! Ya Husain!« Jetzt war es ein Schlachtruf.

Bald übertönten die wahnsinnigen Schreie aus der Zeit der Teilung – »Allah-u-Akbar« und »Har har Mahadeva« – die Schmerzens- und Entsetzensschreie. Aus den anliegenden Häusern wurden Messer, Lanzen, Äxte und Lathis geholt, und Hindus und Moslems hackten aufeinander ein, auf Gliedmaßen, Augen, Gesichter, Bäuche, Hälse. Einer der beiden Polizisten wurde am Rücken verletzt, der andere konnte fliehen. Aber es war ein Hindu-Viertel, und nach ein paar Minuten wechselseitigen Abschlachtens flohen die Moslems durch enge, ihnen nicht vertraute Gassen. Manche wurden gejagt und getötet, anderen gelang die Flucht, und sie stürmten in die Richtung, aus der sie gekommen waren, wieder andere liefen über einen Umweg zur Imambara – aus der Ferne geleitet von ihrem mit Lichtern geschmückten Turm. Sie flohen zur Imambara wie zu einer heiligen Stätte, wo sie den Schutz ihrer Glaubensbrüder und Herzen finden würden, die ihre Angst, ihren Haß, ihre Bitterkeit und ihr Leid verstanden – denn sie hatten mit ansehen müssen, wie ihre Freunde und Verwandten getötet und verwundet worden waren – und die sich ihrerseits von ihnen würden anstacheln lassen.

Bald würde der moslemische Mob durch die Straßen von Brahmpur ziehen, Hindu-Läden niederbrennen und jeden Hindu ermorden, der ihm über den Weg lief. In Misri Mandi lagen drei der moslemischen Trommler, die für Bharat Milaap angeheuert worden waren, ermordet neben der Tempelmauer – sie waren nicht einmal Schiiten und die Tazias hatten ihnen ebensowenig bedeutet wie der göttliche Rama. Ihre Trommeln waren eingetreten, ihre Köpfe halb vom Rumpf abgetrennt, ihre Körper mit Kerosin übergossen und in Brand gesteckt – und das alles fraglos zum höheren Ruhm Gottes.

15.12

Maan und Firoz schlenderten durch die dunkle Straße Katra Mast nach Misri Mandi. Plötzlich blieb Maan stehen. Die Geräusche, die er näher kommen hörte, klangen nicht so, wie er erwartet hatte. Es waren weder die Geräusche einer Tazia-Prozession – und außerdem war es zu spät für eine Tazia-Prozession – noch der freudige Lärm von Bharat Milaap. Es wurde nirgendwo mehr getrommelt, und es waren auch keine ›Hasan! Husain!‹- oder ›Jai Siyaram!‹-Rufe mehr zu hören. Statt dessen machte er den unheilvollen chaotischen Lärm eines Mobs aus, unterbrochen von schmerzerfüllten oder leidenschaftlichen Schreien – oder auch von »Har har Mahadeva«-Rufen. Am Tag zuvor hätte diese aggressive Anrufung Shivas nicht so fehl am Platz geklungen – aber an diesem Tag ließ sie ihm das Blut in den Adern gefrieren.

Er ließ Firoz' Hand los, faßte ihn bei den Schultern und drehte ihn um. »Lauf!« sagte er. Sein Mund war trocken vor Angst. »Lauf!« Sein Herz raste. Firoz starrte ihn an, rührte sich jedoch nicht vom Fleck.

Eine Menschenmenge rannte ihnen auf der Straße entgegen. Der Lärm wurde lauter. Maan sah sich verzweifelt um. Alle Geschäfte waren geschlossen, die Läden heruntergelassen. In ihrer unmittelbaren Nähe zweigten keine Seitengassen ab.

»Geh zurück«, sagte Maan, der am ganzen Leib zitterte. »Geh zurück – lauf! Hier kannst du dich nirgends verstecken.«

»Was geht hier vor – ist das nicht die Prozession?« Firoz starrte Maan mit offenem Mund an, als er das Entsetzen in seinen Augen sah.

»Hör zu«, keuchte Maan. »Tu, was ich dir sage. Lauf zurück! Lauf zurück zur Imambara. Ich werde sie ein, zwei Minuten aufhalten. Das wird reichen. Mich werden sie zuerst anhalten.«

»Ich lass dich nicht allein.«

»Firoz, du Idiot, das ist ein Hindu-Mob. Ich bin nicht in Gefahr. Wenn ich mit dir komme, wird mir vielleicht etwas passieren. Weiß Gott, was dort jetzt los ist. Wenn es dort zu Unruhen kommt, bringen sie Hindus um.«

»Nein ...«

»O Gott ...«

Die Menge hatte sie fast erreicht, und es war zu spät, um noch zu fliehen. Angeführt wurde die Bande von einem jungen Mann, der aussah, als wäre er betrunken. Seine Kurta war zerrissen, und er blutete aus einer Schnittwunde über den Rippen. Er schwang einen blutigen Lathi und rannte auf Maan und Firoz zu. Ihm folgten zwanzig oder dreißig Männer, die mit Lanzen, Messern und mit kerosingetränkten brennenden Fackeln bewaffnet waren.

»Muselmanen – tötet sie ...«

»Wir sind keine Muselmanen«, sagte Maan sofort, ohne Firoz anzusehen. Er versuchte, seine Stimme unter Kontrolle zu bringen, aber sie klang schrill vor Entsetzen.

»Das werden wir schnell herausfinden«, sagte der junge Mann böse. Maan sah ihn an; er hatte ein schmales, frisch rasiertes, hübsches Gesicht, das jedoch verzerrt war vor Wahnsinn, Wut und Haß. Wer war er? Wer waren diese Leute? In der Dunkelheit erkannte Maan keinen von ihnen. Was war geschehen? Wie hatte sich die friedliche Bharat-Milaap-Prozession urplötzlich in Ausschreitungen verwandelt? Und was, dachte er – und Angst überfiel ihn –, was würde jetzt geschehen?

Plötzlich, wie durch ein Wunder, löste sich der Nebel in seinem Gehirn auf.

»Nicht nötig, das herauszufinden«, sagte er mit normaler Stimme. »Wir hatten Angst, weil wir zuerst geglaubt haben, ihr seid Moslems. Wir haben nicht verstanden, was ihr geschrien habt.«

»Sag das Gayatri-Mantra auf«, fuhr ihn der junge Mann an.

Maan sagte die wenigen heiligen Silben auf. »Geht jetzt«, fügte er hinzu. »Bedroht keine unschuldigen Menschen. Geht. Jai Siyaram! Har har Mahadeva!« Maan konnte den Spott nicht aus seiner Stimme verbannen.

Der junge Mann zögerte.

Jemand in der Menge schrie: »Der andere ist ein Moslem. Warum wäre er sonst so angezogen?«

»Ja, das stimmt.«

»Zieht ihm sein schickes Gewand aus.«

Firoz zitterte. Das spornte sie an.

»Schaut nach, ob er beschnitten ist.«

»Bringt den barbarischen, Kühe schlachtenden Haramzada um – schneidet dem Dreckskerl die Kehle durch.«

»Was bist du?« fragte der junge Mann und stieß Firoz den blutbesudelten Lathi in den Bauch. »Los sag schon – sag schon, bevor ich dir damit den Kopf einschlage.«

Firoz zuckte zusammen. Das Blut von dem Lathi hatte einen Fleck auf seinem weißen Sherwani hinterlassen. Normalerweise mangelte es ihm nicht an Mut, aber jetzt – angesichts einer so unberechenbaren, irrationalen Gefahr – brachte er keinen Ton heraus. Wie argumentierte man mit einem Mob? Er schluckte und sagte: »Ich bin, was ich bin. Was geht dich das an?«

Maan sah sich verzweifelt um. Er wußte, daß sie keine Zeit zum Reden hatten. Plötzlich fiel sein Blick in dem schrecklichen flackernden Licht der brennenden Fackeln auf ein Gesicht, das er wiederzuerkennen glaubte.

»Nand Kishor!« schrie er. »Was machen Sie hier in dieser Bande? Schämen Sie sich nicht? Eigentlich sind Sie doch Lehrer.« Nand Kishor, ein Mann mittleren Alters mit Brille, wirkte verdrossen.

»Halt den Mund«, zischte der junge Mann Maan böse an. »Glaubst du etwa, wir lassen den Muselman gehen, nur weil du beschnittene Schwänze magst?« Wieder stieß er Firoz den Lathi in den Bauch und beschmierte ihn mit Blut.

Maan ignorierte ihn und sprach weiter zu Nand Kishor. Die Zeit war knapp.

Es war ein Wunder, daß sie überhaupt sprechen konnten, daß sie noch am Leben waren.

»Sie unterrichten meinen Neffen Bhaskar. Er ist ein Krieger in Hanumans Armee. Bringen Sie ihm bei, unschuldige Menschen anzugreifen? Sieht so das Ram Rajya aus, das jetzt anbrechen soll? Wir tun niemandem etwas. Laßt uns gehen. Komm!« sagte er zu Firoz und faßte ihn an der Schulter. »Komm.« Er wollte sich an dem Mob vorbeidrängen.

»Nicht so schnell. Du kannst gehen, du Verräterschwein – aber du bleibst«, sagte der junge Mann.

Maan wandte sich ihm zu, ignorierte seinen Lathi und faßte ihn in unermeßlicher Wut am Hals.

»Du Scheißkerl!« knurrte er ihn leise an, aber jedermann konnte ihn verstehen. »Weißt du, was heute für ein Tag ist? Dieser Mann ist mein Bruder, mehr als mein Bruder, und heute haben wir in unserem Viertel Bharat Milaap gefeiert. Wenn du meinem Bruder ein Haar krümmst – auch nur ein einziges Haar –, wird Lord Rama deine schmutzige Seele nehmen und in die flammende Hölle hinabstoßen – und in deinem nächsten Leben wirst du als die dreckige Giftnatter wiedergeboren, die du bist. Geh nach Hause und leck dir das Blut ab, du Scheißkerl, bevor ich dir das Genick breche.« Er entwand dem jungen Mann den Lathi und stieß ihn in die Menge.

Sein Gesicht rot vor Zorn, ging Maan mit Firoz unversehrt durch den Mob, der von seinen Worten etwas eingeschüchtert war und nicht mehr genau wußte, was er eigentlich wollte. Bevor die Männer es sich anders überlegen konnten, war Maan fünfzig Meter weit gegangen und hatte Firoz dabei immer wieder vorwärtsgestoßen. Dann bogen sie um eine Ecke.

»Lauf!« sagte Maan.

Und er und Firoz rannten um ihr Leben. Der Mob war noch immer gefährlich. Ein paar Minuten lang waren die Männer ohne Führer und wußten nicht, was sie tun sollten, aber bald formierten sie sich neu. Sie fühlten sich um ihre Beute betrogen und machten sich in den Gassen auf die Suche nach neuen Opfern.

Maan wußte, daß sie unter allen Umständen die Route der Bharat-Milaap-Prozession vermeiden und trotzdem irgendwie zum Haus seiner Schwester gelangen mußten. Weiß Gott, welche Gefahren unterwegs lauerten, welchen Banden oder Wahnsinnigen sie begegnen würden.

»Ich will versuchen, zur Imambara zu kommen«, sagte Firoz.

»Dafür ist es jetzt zu spät«, sagte Maan. »Dir ist der Weg abgeschnitten, und du kennst die Gegend nicht. Bleib jetzt bei mir. Wir gehen zu meiner Schwester. Ihr Mann gehört zum Ramlila-Komitee, niemand wird ihr Haus angreifen.«

»Aber ich kann nicht. Wie kann ich ...«

»Sei still!« sagte Maan mit erneut zittriger Stimme. »Du hast uns schon genug in Gefahr gebracht. Vergiß deine idiotischen Skrupel. In unserer Familie gibt es Gott sei Dank keinen Purdah. Geh durch das Tor da, und zwar so leise wie möglich.« Dann legte er den Arm um Firoz' Schultern.

Er führte ihn durch eine kleine Wäscherkolonie, von der sie in die enge Gasse kamen, in der Kedarnath lebte. Sie waren gerade noch fünfzig Meter von der Bühne für Bharat Milaap entfernt. In der Nähe waren Rufe und Schreie zu hören. Veena lebte in einem fast ausschließlich von Hindus bewohnten Viertel; hier konnten sich keine Moslem-Mobs herumtreiben.

Sie starrten Firoz an, als er in seinem mit Blut beschmierten Sherwani hereinstolperte –, und auch Maan, der den blutigen Lathi umklammert hielt. Kedarnath trat einen Schritt nach vorn, die anderen drei wichen zurück. Die alte Mrs. Tandon schlug die Hände vor den Mund. »Hai Ram! Hai Ram!« keuchte sie entsetzt.

»Firoz muß hierbleiben, bis wir ihn sicher wegbringen können«, sagte Maan und sah sie abwechselnd an. »Der Mob ist unterwegs. Aber hier sind wir sicher. Niemand wird in dieses Haus eindringen.«

»Aber das Blut – bist du verwundet?« fragte Veena und sah Maan besorgt an.

Maan blickte auf Firoz' Sherwani, dann auf seinen Lathi, und brach in Lachen aus. »Ja, das stammt von diesem Lathi, aber ich bin's nicht gewesen – und es ist auch nicht sein Blut.«

Firoz begrüßte seine Gastgeber so höflich, wie es ihm sein – und ihr – Schock gestattete.

Bhaskar, dessen Gesicht noch immer tränenverschmiert war, sah, welche Wirkung der Auftritt auf seine Eltern hatte, und warf Maan einen seltsamen Blick zu. Maan lehnte den langen Bambusstock an die Wand und küßte seinen Neffen auf die Stirn.

»Das ist der jüngere Sohn des Nawab Sahib von Baitar«, sagte Maan zur alten Mrs. Tandon. Sie nickte wortlos. Ihre Gedanken wanderten zurück zu den Tagen der Teilung in Lahore und zu dem absoluten Grauen, das sich dort abgespielt hatte.

15.13

Firoz zog eilig die lange Jacke aus und eine von Kedarnaths Kurta-Pajamas an. Veena machte ihnen rasch Tee mit viel Zucker. Dann stiegen Maan und Firoz auf das Dach zu den Topfpflanzen, die dort einen kleinen Garten bildeten. Maan zerdrückte ein Tulsi-Blatt und steckte es sich in den Mund.

Als sie sich umsahen, bemerkten sie, daß bereits hier und da in der Stadt Feuer brannten. Sie erkannten mehrere der wichtigsten Gebäude Brahmpurs: den noch immer beleuchteten Turm der Imambara, die Lichter des Barsaat Mahals, die Kuppel des Parlaments, den Bahnhof und weit hinter dem Subzipore Club den schwachen Schein des Universitätsgeländes. Aber es waren nicht nur die Lichter, die den Himmel erhellten, sondern auch Feuer. Aus der Richtung der

Imambara hörten sie gedämpfte Trommelschläge. Und aus weiter Ferne drangen Schreie, die deutlicher wurden, wenn der Wind die Richtung wechselte, sowie Geräusche, die von Feuerwerkskörpern stammen konnten, vermutlich aber Schüsse der Polizei waren, an ihr Ohr.

»Du hast mir das Leben gerettet«, sagte Firoz.

Maan umarmte ihn. Er roch nach Schweiß und Angst.

»Du hättest dich vor dem Umziehen waschen sollen. Du bist weit gelaufen in deinem Sherwani – jetzt bist du in Sicherheit, Gott sei Dank«, sagte Maan.

»Maan, ich muß zurück. Zu Hause werden sie vor Sorge um mich halb wahnsinnig werden. Sie werden ihr eigenes Leben aufs Spiel setzen, um mich zu suchen...«

Plötzlich erloschen die Lichter der Imambara.

»Was kann dort passiert sein?« fragte Firoz still und entsetzt.

»Nichts.« Maan fragte sich, wie Saeeda Bai zurück nach Pasand Bagh gekommen sein könnte. Sie hatte die relativ sichere Gegend um die Imambara gewiß nicht verlassen.

Die Nacht war warm, aber es wehte eine leichte Brise. Beide schwiegen.

Eine halbe Meile westlich erhellte plötzlich ein großer Feuerschein den Himmel. Dort befand sich das Lager eines bekannten hinduistischen Holzhändlers, der in einer überwiegend moslemischen Nachbarschaft wohnte. Weitere Brände flackerten in der Nähe auf. Die Trommeln waren verstummt, dafür hörte man deutlich Schüsse. Maan war zu erschöpft, um sich zu fürchten. Ein Gefühl der Dumpfheit und von schrecklicher Isolation und Hilflosigkeit kam über ihn.

Firoz schloß die Augen, als ob er den furchtbaren Anblick der brennenden Stadt verbannen wollte. Aber vor seinem geistigen Auge sah er andere Feuer – die Feuerschlucker auf dem Moharram-Markt, die Glutasche in dem Graben um die Imambara von Baitar House, in dem zehn Tage lang Holz und Gestrüpp brannten, die Imambara im Fort, in der die Kandelaber flackerten und tropften, während Ustad Majeed Khan Raga Darbari sang und sein Vater zufrieden nickte.

Plötzlich stand er aufgeregt auf.

Auf einem anderen Dach schrie jemand, daß eine Ausgangssperre verhängt worden sei.

»Wie ist das möglich?« fragte Maan. »Die Leute konnten doch noch gar nicht wieder nach Hause gehen.« Leise fügte er hinzu: »Firoz, setz dich.«

»Weiß ich auch nicht«, rief der Mann. »Aber im Radio wurde gerade durchgesagt, daß eine Ausgangssperre verhängt wurde und daß die Polizei in einer Stunde schießen darf, wenn sie jemanden rumlaufen sieht. Vorher darf sie nur bei gewalttätigen Ausschreitungen schießen.«

»Ja, das ist sinnvoll«, rief Maan zurück und fragte sich, ob überhaupt noch irgend etwas sinnvoll war.

»Wer sind Sie? Wer ist bei Ihnen? Kedarnath? Sind alle Familienmitglieder in Sicherheit?«

»Das ist nicht Kedarnath – es ist ein Freund, der Bharat Milaap sehen wollte. Ich bin Veenas Bruder.«

»Sie gehen heute besser nicht mehr aus dem Haus, wenn Sie nicht wollen, daß Moslems Ihnen die Kehle aufschlitzen – oder die Polizei Sie erschießt. Was für ein Abend. Und das ausgerechnet heute.«

»Maan«, sagte Firoz ruhig, aber nachdrücklich. »Kann ich das Telefon deiner Schwester benutzen?«

»Sie hat keins.«

Firoz sah ihn bestürzt an. »Dann das Telefon eines Nachbarn. Ich muß mich mit Baitar House in Verbindung setzen. Wenn über das Radio verbreitet wird, daß eine Ausgangssperre verhängt wurde, dann wird mein Vater davon erfahren. Und er wird entsetzt sein über das, was hier passiert. Imtiaz wird vielleicht zurückkommen und versuchen, einen Passierschein für die Ausgangssperre zu bekommen. Womöglich hat Murtaza Ali meinetwegen schon Suchtrupps losgeschickt, und das ist Wahnsinn. Meinst du, daß du vielleicht bei einem von Veenas Freunden telefonieren kannst?«

»Ich möchte nicht, daß jemand erfährt, daß du hier bist«, sagte Maan. »Aber mach dir keine Sorgen, ich werde schon einen Weg finden«, fügte er hinzu, als er die Qualen im Gesicht seines Freundes sah. »Ich werde mit Veena reden.«

Auch Veena erinnerte sich an Lahore; aber vor allem erinnerte sie sich daran, wie sie Bhaskar bei der Pul Mela verloren hatte, und sie konnte sich die Angst des Nawab Sahib vorstellen, wenn er erfuhr, daß Firoz nicht nach Hause zurückgekehrt war.

»Was ist mit Priya Agarwal?« fragte Maan. »Ich könnte zu ihr hinübergehen.«

»Maan, du gehst nirgendwohin«, sagte seine Schwester. »Bist du verrückt? Das ist ein Weg von mindestens fünf Minuten durch die Gassen – deswegen habe ich dir nicht die Rakhi um das Handgelenk gebunden.« Sie dachte eine Weile nach. »Ich gehe zu der Nachbarin, deren Telefon ich in Notfällen benutze. Ich muß nur über zwei Dächer gehen. Du hast sie damals gesehen – sie ist eine gute Frau, wenn man davon absieht, daß sie Moslems wie die Pest haßt. Laß mich nachdenken. Gib mir die Nummer von Baitar House.«

Maan gab sie ihr.

Veena stieg mit ihm aufs Dach, ging über die benachbarten Dächer und stieg die Treppe ins Haus ihrer Bekannten hinunter.

Veenas redselige dicke Nachbarin, die wie immer freundlich und neugierig war, blieb dabei, während Veena telefonierte. Schließlich stand das Telefon in ihrem Zimmer. Veena sagte ihr, daß sie versuchen wolle, sich mit ihrem Vater in Verbindung zu setzen.

»Aber ich habe ihn vorhin bei Bharat Milaap gesehen, in der Nähe des Tempels ...«

»Er mußte nach Hause. Der Lärm war zuviel für ihn. Und der Qualm hat meiner Mutter zugesetzt. Und Prans Lunge. Deswegen ist er erst gar nicht gekommen. Aber Maan ist hier – er ist gerade noch einem moslemischen Mob entkommen.«

»Das muß Vorsehung gewesen sein«, sagte die Frau. »Wenn sie ihn erwischt hätten...«

Veena konnte von diesem Telefon aus nicht direkt anrufen, sondern sie mußte der Vermittlung die Nummer nennen und sich verbinden lassen.

»Ach, Sie rufen ja gar nicht in Prem Nivas an?« sagte die Frau, die die Nummer von Veenas Elternhaus von früheren Anrufen kannte.

»Nein. Baoji wollte heute abend noch einen Freund besuchen.«

Als sich jemand meldete, sagte Veena: »Ich würde gerne mit dem Sahib sprechen.«

Eine alte Stimme erwiderte am anderen Ende: »Mit welchem Sahib? Mit dem Nawab Sahib oder dem Burré Sahib oder mit Chhoté Sahib?«

»Mit irgendeinem von ihnen.«

»Aber der Nawab Sahib ist mit dem Burré Sahib in Baitar, und Chhoté Sahib ist noch nicht von der Imambara zurück.« Die alte Stimme – sie gehörte Ghulam Rusool – sprach zögernd und sehr aufgeregt. »Es heißt, in der Stadt gibt es Ausschreitungen, sogar vom Dach dieses Hauses sieht man Feuer. Ich muß jetzt gehen. Es werden Vorbereitungen getroffen...«

»Bitte haben Sie einen Augenblick Geduld«, sagte Veena hastig. »Ich muß mit jemandem sprechen. Holen Sie Sahibs Sekretär ans Telefon – oder irgendeinen anderen Verantwortlichen. Holen Sie jemanden an den Apparat, bitte. Ich bin Mahesh Kapoors Tochter Veena, und ich muß eine dringende Nachricht übermitteln.«

Kurze Zeit herrschte Schweigen, dann hörte sie die junge Stimme von Murtaza Ali. Er klang sowohl verlegen als auch extrem ängstlich. Er spürte, daß es bei dem Anruf um Firoz ging.

Veena sagte, wobei sie jedes Wort mit Bedacht wählte: »Ich bin Mahesh Kapoors Tochter. Es geht um Sahibs jüngeren Sohn.«

»Den jüngeren Sohn des Nawab Sahib? Chhoté Sahib?«

»Genau. Es besteht kein Anlaß zur Sorge. Er ist unversehrt und in Sicherheit und bleibt heute nacht in Misri Mandi. Bitte sagen Sie das dem Sahib, falls er fragen sollte.«

»Gott ist barmherzig!«

»Er wird morgen nach Hause kommen, wenn die Ausgangssperre aufgehoben wird. Es sollten keine Suchtrupps nach ihm geschickt werden. Niemand sollte bei der Polizei einen Passierschein holen oder hierherkommen oder jemandem erzählen, daß er hier ist. Sagen Sie nur, daß er bei mir ist – bei seiner Schwester.«

»Danke, Madam, danke, daß Sie uns angerufen haben. Wir wollten gerade eine bewaffnete Gruppe losschicken. Das wäre schrecklich gewesen – wir haben schon mit dem Schlimmsten gerechnet...«

»Ich muß jetzt gehen«, sagte Veena, die wußte, daß es mit der Zeit immer schwieriger würde, in Zweideutigkeiten zu sprechen.
»Ja, ja«, sagte Murtaza Ali. »Khuda haafiz.«
»Khuda haafiz«, antwortete Veena, ohne nachzudenken, und legte den Hörer auf.
Ihre Nachbarin warf ihr einen verwunderten Blick zu.
Da sie nicht weiter mit der neugierigen Frau reden wollte, erklärte sie, daß sie sofort wieder nach Hause müsse, weil Bhaskar sich beim Herumlaufen den Fuß umgeknickt habe und Maan und ihr Mann Hunger hätten und die alte Mrs. Tandon mit ihren Erinnerungen an Pakistan Todesängste ausstehe und beruhigt werden müsse.

15.14

Aber als sie in ihr Haus zurückkam, fand sie ihre Schwiegermutter in einem Schockzustand vor, in dem sie kaum noch zusammenhängend sprechen konnte. Kedarnath war hinausgegangen, zweifellos um zu versuchen, jeden, der ihm über den Weg lief, zu beruhigen, die Leute davon abzuhalten, anderen oder – falls sie noch nicht von der Ausgangssperre gehört hatten – sich selbst Schaden zuzufügen.
Veena war einer Ohnmacht nahe. Sie lehnte sich an die Wand und starrte ins Leere. Schließlich hörte ihre Schwiegermutter auf zu schluchzen, und ihre Worte ergaben mehr Sinn.
»Er hat gesagt, daß es in dieser Gegend keine Moslems gebe«, flüsterte sie. »Er wollte nicht auf mich hören. Er hat gesagt, das hier ist nicht Lahore – und daß er gleich zurückkommt.« Sie suchte in Veenas Gesicht nach Trost. »›Gleich‹, hat er gesagt. Er hat gesagt, daß er gleich zurückkommt.« Sie fing wieder an zu weinen.
Veenas Lippen begannen zu zittern. Genau das gleiche sagte Kedarnath immer, wenn er auf eine seiner endlosen Geschäftsreisen ging.
Die alte Dame fand keinen Trost in Veenas Gesicht.
»Warum hast du ihn nicht aufgehalten? Warum hat Maan ihn nicht aufgehalten?« rief ihre Schwiegertochter. Sie war wütend auf ihren Mann, auf seinen selbstsüchtigen, verantwortungslosen Heldenmut. Existierten sie und Bhaskar und seine Mutter denn nicht für ihn?
»Maan war auf dem Dach«, sagte die alte Dame.
Bhaskar kam die Treppe herunter. Er schien etwas auf dem Herzen zu haben.
»Warum war Firoz Maama so mit Blut verschmiert?« wollte er wissen. »Hat Maan Maama ihn geschlagen? Er hat gesagt, daß er es nicht war, aber er hat den Lathi in der Hand gehabt.«

»Sei still, Bhaskar«, sagte Veena verzweifelt. »Geh sofort wieder rauf. Geh rauf und ins Bett. Alles ist in Ordnung. Ich bin hier, wenn du mich brauchst.« Sie umarmte ihn.

Bhaskar wollte wissen, was genau los war. »Nichts«, sagte Veena. »Ich muß das Essen machen – steh mir nicht im Weg rum.« Sie wußte, daß Maan, sollte er erfahren, was passiert war, sofort losgehen, seinen Schwager suchen und sich damit einem großen Risiko aussetzen würde. Kedarnath wußte zumindest, wo die von Hindus bewohnten Gebiete aufhörten. Aber die Angst um ihn quälte sie. Sie wollte sich gerade selbst auf die Suche machen, als Bhaskar heruntergekommen war. Jetzt wartete sie – und das war es, was ihr am schwersten fiel.

Sie wärmte für Maan und Firoz rasch etwas zu essen auf und trug es hinauf. Auf der Treppe blieb sie kurz stehen, um sich zu beruhigen.

Maan lächelte, als er sie sah. »Es ist ziemlich warm«, sagte er. »Wir werden auf dem Dach schlafen. Gib uns nur eine Matratze und eine dünne Decke, das wird reichen. Firoz wird sich waschen wollen, und mir würde es auch nichts schaden. Stimmt irgendwas nicht?«

Veena schüttelte den Kopf. »Erst wird er beinahe umgebracht, und dann fragt er mich, ob irgendwas nicht stimmt.«

Sie holte eine Decke aus einer Kiste und schüttelte sie aus, damit die getrockneten Nimblätter herausfielen, die sie benutzte, um die Wintersachen vor Insekten zu schützen.

»Die Nachtblumen auf dem Dach ziehen manchmal Insekten an«, warnte sie die beiden.

»Das macht nichts«, sagte Firoz. »Ich bin dir sehr dankbar.«

Veena schüttelte den Kopf. »Schlaft gut«, sagte sie.

Fünf Minuten bevor die Ausgangssperre in Kraft trat, kehrte Kedarnath zurück. Veena weinte und weigerte sich, mit ihm zu sprechen. Sie vergrub ihr Gesicht in seinen vernarbten Händen.

Maan und Firoz blieben noch eine Stunde wach. Sie hatten das Gefühl, die Welt unter ihnen würde erbeben. Das Geräusch ferner Schießereien war verstummt – vermutlich eine Folge der Ausgangssperre –, aber der Lichtschein der Feuer, vor allem in westlicher Richtung, erlosch die ganze Nacht über nicht.

15.15

An Sharad Purnima, der hellsten Nacht des Jahres, mieteten sich Pran und Savita ein Boot und fuhren die Ganga hinauf zum Barsaat Mahal. Am Morgen war die Ausgangssperre aufgehoben worden. Mrs. Rupa Mehra riet ihnen, zu Hause zu bleiben, aber Savita entgegnete, daß man einen Fluß nicht in Brand setzen könne.

»Und für Prans Asthma ist es auch nicht gut«, fügte Mrs. Rupa Mehra hinzu, die glaubte, daß er sich nur in seinem Bett und auf seinem Schaukelstuhl aufhalten und sich nicht überanstrengen sollte.

Aber Pran hatte sich langsam von den schlimmsten Begleiterscheinungen seiner Krankheit erholt. Er konnte noch immer nicht Kricket spielen, aber durch Spaziergänge – zuerst nur im Garten, dann etwas weiter und schließlich über den Campus oder entlang der Ganga – hatte er seine Kräfte zurückgewonnen. Er mied die verräucherten Festlichkeiten von Dussehra und würde sich auch an Divali von Feuerwerkskörpern fernhalten. Aber die Symptome waren nicht wieder aufgetaucht, und er ließ sich auch nicht mehr von seiner akademischen Arbeit abhalten. An Tagen, an denen er sich etwas schwach fühlte, hielt er seine Vorlesung im Sitzen. Seine Studenten waren besorgt um ihn, und seine überarbeiteten Kollegen im Disziplinarausschuß nahmen ihm soviel Arbeit wie nur möglich ab.

An diesem Abend fühlte er sich besonders gut. Er dachte an Maans und Firoz' Glück im Unglück – und auch an Kedarnaths unversehrte Heimkehr – und war geneigt, seine eigenen Probleme herunterzuspielen.

»Keine Sorge, Ma«, beruhigte er seine Schwiegermutter. »Die Luft auf dem Fluß wird mir guttun. Und es ist ja auch noch ziemlich warm.«

»Auf dem Fluß wird es kühl sein. Ihr solltet Schals mitnehmen. Oder eine Decke«, murrte Mrs. Rupa Mehra.

Nach einer Weile sagte sie zu Lata: »Warum schaust du so komisch? Hast du Kopfweh?«

»Nein, Ma. Bitte laß mich lesen.« Sie hatte gerade gedacht: Gott sei Dank ist Maan nichts passiert.

»Was liest du da?« Ihre Mutter ließ nicht locker.

»Ma!«

»Bis später, Lata, bis später, Ma«, sagte Pran. »Und gib Uma nicht deine Stricknadeln.«

Mrs. Rupa Mehra gab ein Geräusch von sich, das fast wie ein Knurren klang. Ihrer Meinung nach sollte man solche unaussprechlichen Gefahren nicht einmal erwähnen. Sie strickte in Erwartung kühleren Wetters Schuhe für das Baby.

Pran und Savita spazierten zum Fluß, Pran ging mit einer Taschenlampe voran, reichte Savita an steilen Stellen die Hand und warnte sie vor den Wurzeln des Banyanbaumes.

Der Fährmann, den sie in der Nähe des Dhobi-Ghats anheuerten, war derselbe, der ein paar Monate zuvor Lata und Kabir in der Morgendämmerung zum Barsaat Mahal gerudert hatte. Wie üblich verlangte er einen unglaublichen Preis. Pran konnte ihn etwas drücken, aber er war nicht in der Stimmung, lange zu feilschen. Er war froh, daß Uma noch zu klein war, um mitzukommen, und freute sich darauf, mit Savita allein zu sein, wenn auch nur für ein, zwei Stunden.

Der Wasserstand war noch immer ziemlich hoch, und es wehte eine angenehme Brise.

»Ma hat recht gehabt – es ist kühl –, lehn dich an mich, dann wirst du nicht frieren«, sagte Pran.

»Willst du mir nicht ein Gasel von Mast vortragen?« fragte Savita, während sie nach vorn blickte, an den Ghats und dem Fort vorbei zu der verschwommenen Silhouette des Barsaat Mahals.

»Tut mir leid, du hast den falschen Bruder geheiratet«, sagte Pran.

»Nein, das glaube ich nicht.« Savita legte den Kopf an seine Schulter. »Was ist das dort hinter dem Barsaat Mahal – mit den Mauern und dem Schornstein?«

»Hm, ich weiß nicht. Vielleicht die Gerberei oder die Schuhfabrik. Von dieser Seite aus sieht alles ganz anders aus, besonders nachts.«

Sie schwiegen eine Weile.

»Was gibt's Neues von dieser Front?« fragte Pran.

»Du meinst Haresh?«

»Ja.«

»Ich weiß nicht. Lata tut sehr geheimnisvoll. Aber er schreibt ihr, und sie antwortet ihm. Du hast ihn doch kennengelernt und gesagt, daß er dir gefällt.«

»Es ist unmöglich, jemanden aufgrund eines einzigen Treffens zu beurteilen.«

»Ach, das glaubst du also!« sagte Savita spitzbübisch, und beide mußten lachen.

Pran machte einen Gedankensprung. »Vermutlich werde ich bald aufgrund eines einzigen Treffens beurteilt werden.«

»Bald?«

»Ja, endlich geht etwas vorwärts...«

»Oder versucht Professor Mishra dich nur zu beruhigen?«

»Nein, nein – in einem Monat, spätestens in zwei werden sie uns einladen. Jemand, der im Büro des Verwaltungsdirektors arbeitet, hat es gegenüber einem Ex-PA meines Vaters erwähnt. Jetzt haben wir Mitte Oktober...« Pran sah hinüber zum Verbrennungsghat. Er verlor den Faden.

»Wie still die Stadt aussieht«, sagte er. »Wenn man bedenkt, daß Maan und Firoz hätten umgebracht werden können...«

»Denk nicht dran.«

»Tut mir leid, Liebling. Was hast du gerade gesagt?«

»Ich hab's vergessen.«

»Na gut.«

»Vielleicht bist du in Gefahr, selbstgefällig zu werden.«

»Wer – ich?« Pran war mehr überrascht als beleidigt. »Warum sollte ich selbstgefällig werden? Ein bescheidener Universitätsdozent mit einem schwachen Herzen, der nach der Bootsfahrt den Abhang hinaufkeuchen wird?«

»Na gut, vielleicht auch nicht«, sagte Savita. »Wie ist es, eine Frau und ein Kind zu haben?«

»Wie es ist? Es ist wunderbar.«

Savita lächelte in der Dunkelheit. Sie hatte nach einem Kompliment gefischt, und sie hatte eins an Land gezogen.

»Von hier haben Sie die beste Sicht«, sagte der Bootsführer und trieb seinen langen Stecken tief ins Flußbett. »Weiter kann ich nicht in die Strömung hineinrudern. Der Fluß führt zuviel Wasser.«
»Und vermutlich ist es sehr angenehm, einen Mann und ein Kind zu haben«, sagte Pran.
»Ja«, erwiderte Savita nachdenklich. »Das ist es.« Nach einer Weile fügte sie hinzu: »Das mit Meenakshi tut mir leid.«
»Ja. Aber du hast sie doch nie übermäßig gemocht, oder?«
Savita antwortete nicht.
»Magst du sie seit ihrer Fehlgeburt mehr?« fragte Pran.
»Was für eine Frage! Vielleicht ja. Darüber muß ich erst nachdenken. Ich werde es wissen, wenn ich sie wiedersehe.«
»Weißt du, ich freue mich nicht gerade darauf, daß wir Neujahr bei deinem Bruder und deiner Schwägerin verbringen.« Er schloß die Augen, über den Fluß wehte eine sanfte, angenehme Brise.
»Ich weiß nicht einmal, ob wir alle in Sunny Park unterkommen können«, sagte Savita. »Ma und Lata können wie immer bei ihnen wohnen. Und du und ich campieren im Garten. Und die Wiege unseres Babys hängen wir in einen Baum.«
Pran lachte. »Zumindest schlägt das Baby nicht, wie ich befürchtet habe, deinem Bruder nach.«
»Welchem?«
»Keinem. Aber ich meinte Arun. Irgendwo werden sie uns schon unterbringen – vermutlich bei den Chatterjis. Ich mochte den Jungen, wie hieß er doch gleich?«
»Amit?«
»Nein, den anderen – den Heiligen, der gerne Scotch trinkt.«
»Dipankar.«
»Ja, genau. Jedenfalls wirst du ihn kennenlernen, wenn wir im Dezember nach Kalkutta fahren.«
»Aber ich habe ihn doch schon kennengelernt. Erst kürzlich, bei der Pul Mela.«
»Ich meine Haresh. Dann kannst du ihn in aller Ruhe in Augenschein nehmen.«
»Aber du hast doch gerade von Dipankar gesprochen.«
»Wirklich, Liebes?«
»Pran, ich wünschte wirklich, du würdest bei einem Thema bleiben. Du verwirrst mich nur. Deine Vorlesungen hältst du bestimmt ganz anders.«
»Ich bin ein guter Dozent, auch wenn ich selbst das sage. Aber wenn du mir nicht glaubst, dann frag Malati.«
»Ich habe nicht die Absicht, mich bei Malati über deinen Vorlesungsstil zu erkundigen. Das letztemal, als sie dir zugehört hat, warst du so geschafft, daß du umgekippt bist.«

Der Fährmann war es leid, sein Boot in der Strömung zu halten. »Wollen Sie sich unterhalten oder das Barsaat Mahal anschauen?« fragte er. »Sie haben mir viel Geld dafür bezahlt, daß ich Sie herbringe.«

»Ja, ja, natürlich«, sagte Pran etwas vage.

»Sie hätten vor drei Tagen herkommen sollen«, sagte der Fährmann. »Da haben hier überall Feuer gebrannt. Es sah wunderschön aus, und hier auf der Ganga hat es auch nicht gerochen. Und am nächsten Tag wurden eine Menge Leichen auf dem Ghat dort verbrannt. Zu viele für das eine Ghat. Die Stadtverwaltung plant schon seit Jahren ein zweites Verbrennungsghat, aber bis jetzt können sie sich nicht entscheiden, wo.«

»Warum nicht?« konnte Pran nicht widerstehen zu fragen.

»Wenn es auf der Seite von Brahmpur ist, geht es Richtung Norden wie dieses dort. Aber eigentlich sollte es nach Süden ausgerichtet sein, Richtung Yama. Dann müßte man es am anderen Ufer anlegen und die Leichen hinüberbringen – und die Verwandten auch.«

»Sie sagen ›man‹ und meinen sich selbst.«

»Schon möglich. Ich würde mich nicht beschweren.«

Eine Zeitlang betrachteten Pran und Savita das Barsaat Mahal im Licht des vollen Mondes. Es sah noch schöner aus als sonst. Der Mond zitterte sacht im Wasser. Der Bootsführer schwieg.

Ein anderes Boot fuhr an ihnen vorbei. Pran fröstelte.

»Was ist los, Liebling?«

»Nichts.«

Savita nahm eine kleine Münze aus ihrer Börse und legte sie in Prans Hand.

»Ich habe gedacht, wie friedlich hier alles aussieht«, sagte Pran.

Savita nickte in der Dunkelheit. Pran bemerkte plötzlich, daß sie weinte.

»Was ist los, Liebling? Habe ich was Falsches gesagt?«

»Nein. Ich bin so glücklich. Ich bin einfach nur glücklich.«

»Wie sonderbar du bist«, sagte Pran und streichelte ihr Haar.

Der Fährmann zog seinen Stecken aus dem Wasser, und das Boot driftete, nur gelegentlich von ihm gesteuert, flußabwärts. Still trieben sie den ruhigen heiligen Fluß hinunter, der auf die Erde gestürzt war, damit seine Wasser über die Asche der längst Toten fließen konnten. Und sie würden hier auch noch fließen, lange nachdem die Menschheit sich kraft ihres Hasses und ihres Wissens selbst ausgerottet hätte.

15.16

Während der letzten Wochen schlugen zwei Herzen in Mahesh Kapoors Brust – zwei unsichere, unruhige Herzen –, die sich ständig fragten, ob er wieder in die Kongreßpartei eintreten sollte. Sonst ein Mann eindeutiger, oft negativer Ansichten, hatte er sich in einem Sandsturm der Unentschlossenheit verirrt.

Zu viele Faktoren wirbelten in seinem Kopf herum, und jedesmal, wenn sich der Sturm legte, bildeten sie eine neue Konfiguration.

Was der Chefminister in seinem Garten zu ihm gesagt hatte; was ihm der Nawab Sahib im Fort geraten hatte; der abtrünnige Politiker aus Uttar Pradesh, der wieder in den Kongreß zurückgekehrt war und ihn in Prem Nivas besucht hatte; Babas Ratschlag in Debaria; Nehrus Coup; Rafi Sahibs unvermeidliche Rückkehr in die Partei; sein eigenes geliebtes Gesetz, das er unbedingt in die Tat umgesetzt sehen wollte; und irritierenderweise die unausgesprochene, aber deutlich spürbare Ansicht seiner Frau in dieser Angelegenheit – all das legte ihm nahe, in die Partei zurückzukehren, die bis zu seiner langsamen, aber gründlichen Desillusionierung fraglos seine Heimat gewesen war.

Seither hatte sich die Lage zweifellos verändert. Und doch, wenn er ernsthaft darüber nachdachte, was hatte sich tatsächlich verändert? Wollte er einer Partei angehören, der Männer wie der derzeitige Innenminister von Purva Pradesh angehörten – wollte er Mitglied einer Regierung sein, die womöglich von seinesgleichen geführt wurde? Die Liste der Kongreßkandidaten, die für Purva Pradesh aufgestellt worden war, verminderte seine Enttäuschung nicht. Und nach dem Gespräch mit seinem ehemaligen Parlamentarischen Staatssekretär konnte er sich nicht in der Illusion wiegen, daß Nehru plötzlich zu einer neuen Entschlossenheit gefunden hatte. Nehru konnte noch nicht einmal für die Verabschiedung der Gesetzesvorlage im Parlament von Delhi garantieren, die ihm am meisten am Herzen lag. Kompromiß und Mauschelei hatten früher geherrscht, Kompromiß und Mauschelei würden auch in Zukunft herrschen.

Und nachdem er den Bruch nun einmal vollzogen hatte – würde er da nicht die gleiche Unentschlossenheit, die er normalerweise verdammte, an den Tag legen, wenn er zurückkehrte? Würde er, der an Prinzipien und Standfestigkeit glaubt, nach Jahrzehnten der Loyalität einer einzigen Partei gegenüber damit nicht zum zweitenmal innerhalb weniger Monate sein Mäntelchen nach dem Wind hängen? Kidwai mochte in den Kongreß zurückgekehrt sein, Kripalani war es nicht. Wer von den beiden hatte den ehrenhafteren Kurs eingeschlagen?

Wütend über seinen eigenen untypischen Wankelmut, sagte sich Mahesh Kapoor, daß er genug Zeit gehabt und genügend Ratschläge erhalten hatte, um zwanzig solche Angelegenheiten zu entscheiden. Wie immer seine Entscheidung ausfiel, es gab Aspekte, mit denen er nur schwer würde leben können. Er sollte aufhören, sich den Kopf zu zerbrechen, den Kern der Sache gründlich prüfen und ein für allemal ja oder nein sagen.

Aber was war der Kern der Sache, wenn sie überhaupt einen hatte? War es das Zamindari-Gesetz? War es die Angst vor Haß und Gewalttätigkeit der Glaubensgemeinschaften untereinander? War es die durchaus reale und reizvolle Möglichkeit, daß er – nicht Agarwal – Chefminister werden könnte? War es die Angst, daß er, wenn er nicht in den Kongreß zurückkehrte, sein Mandat verlieren könnte – und seine Unbestechlichkeit nur in der Wildnis würde bewahren können? Alle diese Dinge deuteten in dieselbe Richtung. Was hielt ihn dann zurück, wenn nicht seine Unsicherheit und sein Stolz?

Er starrte aus seinem kleinen Büro hinaus in den Garten von Prem Nivas, ohne etwas zu sehen.

Seine Frau hatte ihm Tee bringen lassen; er wurde kalt.

Sie kam, um nach dem Rechten zu sehen, und brachte ihm eine zweite Tasse. »Du hast also beschlossen, in den Kongreß zurückzukehren? Das ist gut«, sagte sie.

Er antwortete verärgert: »Ich habe nichts beschlossen. Wie kommst du nur darauf?«

»Nachdem Maan und Firoz beinahe ...«

»Maan und Firoz haben nichts damit zu tun. Seit Wochen denke ich über die Sache nach, ohne zu einem Schluß zu kommen.« Er sah sie verwundert an.

Sie rührte noch einmal in seinem Tee und stellte die Tasse auf seinen Schreibtisch, was dieser Tage, da er nicht mehr mit Akten bedeckt war, kein Problem war.

Mahesh Kapoor nippte an seinem Tee und schwieg.

Nach einer Weile sagte er: »Laß mich allein. Ich werde mit dir nicht über diese Sache reden. Deine Anwesenheit lenkt mich ab. Ich habe keine Ahnung, woher du deine weit hergeholten Intuitionen beziehst. Aber sie sind unzutreffender und verdächtiger als alles, was die Astrologen sagen.«

15.17

Seit den Ausschreitungen in Brahmpur war noch keine Woche vergangen, als der Premierminister Pakistans, Liaquat Ali Khan, bei einem öffentlichen Auftritt in Rawalpindi erschossen wurde. Sein Mörder wurde von der Menge auf der Stelle umgebracht.

Auf die Nachricht von seinem Tod hin wurden in Brahmpur alle Flaggen an Regierungsgebäuden auf halbmast gesetzt. Die Universitätsleitung berief eine Sitzung ein, um ihrem Bedauern Ausdruck zu verleihen. In einer Stadt, in der die Erinnerung an Ausschreitungen gerade erst eine Woche alt war, hatte der Vorfall eine ernüchternde Wirkung.

Der Nawab Sahib war wieder in Brahmpur, als er davon erfuhr. Er hatte Liaquat

Ali gut gekannt, denn Baitar House und Baitar Fort waren zu Lebzeiten seines Vaters Treffpunkte für die Führer der Moslemliga gewesen. Er sah sich alte Fotos von diesen Konferenzen an und las einen Teil der Korrespondenz zwischen seinem Vater und Liaquat Ali. Ihm wurde klar, daß er zunehmend in der Vergangenheit lebte – aber er wußte nicht, was er dagegen unternehmen sollte.

Die Teilung war für den Nawab Sahib in vielfacher Hinsicht eine Tragödie gewesen: Viele seiner Bekannten, Moslems wie Hindus, waren während jener grauenhaften Zeit umgebracht, verwundet oder fürs Leben gezeichnet worden; er hatte zwei seiner Landgüter verloren; seine Familie war durch Auswanderung auseinandergebrochen; man hatte versucht, Baitar House mit Hilfe der Gesetze über Evakuierteneigentum zu beschlagnahmen; der größte Teil der Ländereien um Baitar Fort würde ihm demnächst unter Berufung auf das Zamindari-Gesetz, das in einem vereinigten Indien nie verabschiedet worden wäre, weggenommen werden; die Sprache seiner Vorfahren und seiner Lieblingsdichter wurde abgewertet; und sein Patriotismus wurde von vielen seiner Bekannten nicht mehr so bereitwillig wie früher akzeptiert. Er dankte Gott, daß er noch Freunde wie Mahesh Kapoor hatte, die ihn verstanden; und er dankte Gott, daß sein Sohn Freunde wie Mahesh Kapoors Sohn hatte. Aber er fühlte sich bedrängt und in die Enge getrieben durch das, was um ihn herum geschah; und wenn es ihm schon so erging, dann mußte es denjenigen seiner Glaubensbrüder, die das Elend der Welt viel direkter betraf, unendlich viel schlimmer ergehen.

Vermutlich werde ich alt, sagte er sich, und Jämmerlichkeit ist ein Symptom für Senilität. Aber er konnte nicht anders, er trauerte um den gebildeten, nüchternen Liaquat Ali, den er gemocht hatte. Und er konnte sich auch nicht unbekümmert von Pakistan abwenden, jetzt, da das Land existierte – obwohl er einst den Gedanken an die Schaffung dieses Landes gehaßt hatte. Wenn der Nawab Sahib an Pakistan dachte, dann an Westpakistan. Viele seiner alten Freunde und seiner Verwandten lebten dort, und dort befanden sich viele Orte, an die er sich gern erinnerte. Daß Jinnah im ersten Jahr seiner Existenz und Liaquat Ali zu Beginn des fünften Jahres gestorben waren, bedeutete kein gutes Omen für das Land, das mehr als alles andere erfahrene Politiker und eine moderate Politik brauchte – und jetzt beides verloren zu haben schien.

Der Nawab Sahib, den die Dinge traurig stimmten und der sich fremd in der Welt fühlte, rief Mahesh Kapoor an und lud ihn für den nächsten Tag zum Mittagessen ein.

»Und bitte überrede doch Mrs. Mahesh Kapoor, auch zu kommen. Ich werde ihr Essen selbstverständlich holen lassen.«

»Kann ich nicht. Die Wahnsinnige wird morgen für meine Gesundheit fasten. Es ist Karva Chauth, und von Sonnenaufgang bis Mondaufgang kann sie nichts essen. Und auch keinen Tropfen Flüssigkeit trinken. Wenn sie es doch tut, werde ich sterben.«

»Das wäre schade, Kapoor Sahib. In letzter Zeit ist zuviel getötet und gestorben worden. Wie geht es Maan?« erkundigte sich der Nawab Sahib.

»Gut wie immer. Aber seit neuestem sage ich ihm nicht mehr dreimal am Tag, daß er nach Benares zurückkehren soll. Für den Jungen spricht einiges.«

»Für den Jungen spricht eine Menge.«

»Umgekehrt wäre es genauso gewesen«, sagte Mahesh Kapoor. »Wie auch immer, ich habe über den Rat meines Sohnes hinsichtlich eines Wahlkreises nachgedacht. Und über deinen Rat natürlich auch.«

»Und hoffentlich auch über Parteien.«

Lange Zeit antwortete Mahesh Kapoor nicht. Dann sagte er: »Tja, also, ich habe beschlossen, in den Kongreß zurückzukehren. Du bist der erste, der es erfährt.«

Der Nawab Sahib war erfreut. »Kandidiere in Baitar, Kapoor Sahib. Kandidiere in Baitar. Du wirst gewinnen, Inshallah – und mit der Hilfe deiner Freunde.«

»Wir werden sehen, wir werden sehen.«

»Du kommst also morgen zum Mittagessen?«

»Ja, ja. Was ist der Anlaß?«

»Es gibt keinen Anlaß. Tu mir nur den Gefallen und hör mir zu, wie ich während des Essens darüber jammere, daß früher alles viel besser war.«

»Gut.«

»Grüße Maans Mutter«, sagte der Nawab Sahib. Angemessener wäre es gewesen, ›Prans Mutter‹ oder auch ›Veenas Mutter‹ zu sagen. Er strich sich über den Bart und fuhr fort: »Aber, Kapoor Sahib, ist es denn vernünftig, daß sie in ihrem derzeitigen Gesundheitszustand fastet?«

»Vernünftig! Vernünftig! Mein lieber Nawab Sahib, du sprichst eine Sprache, die ihr fremd ist.«

15.18

Auch Mrs. Rupa Mehra war diese Sprache fremd, und sie strickte an Karva Chauth nicht an den Babyschühchen weiter. Sie verschloß sogar ihre Stricknadeln sowie alle Näh- und Stopfnadeln, die im Haus herumlagen. Der Grund dafür war simpel. Savita fastete für die Gesundheit und für ein langes Leben ihres Mannes, bis der Mond aufging, und an diesem Tag auch nur versehentlich mit einer Nadel in Berührung zu kommen hätte katastrophale Folgen.

Irgendwann einmal war eine unglückselige junge Frau, die während des Fastens fast verhungerte, von ihren besorgten Brüdern überzeugt worden, daß der Mond bereits aufgegangen war. Um den Mondschein vorzutäuschen, hatten sie hinter einem Baum ein Feuer entzündet. Bevor sie die Täuschung erkannte, hatte sie schon etwas gegessen, und bald darauf erhielt sie die Nachricht, daß ihr Mann eines plötzlichen Todes gestorben war. Er war von Tausenden von Nadeln durchbohrt. Indem sie sehr asketisch lebte und den Göttinnen viele Opfer darbrachte, rang sie ihnen schließlich das Versprechen ab, daß ihr Mann wieder zum Leben erwachen würde, wenn sie im nächsten Jahr den Fastentag ordnungsgemäß einhielte. Ein ganzes Jahr lang zog sie jeden Tag Nadeln aus dem leblosen Körper ihres Mannes. Die letzte wurde jedoch am Tag von Karva Chauth von einem Dienstmädchen im selben Moment entfernt, als der Mann erwachte. Da sie die erste Frau war, die er sah, nachdem er die Augen geöffnet hatte, glaubte er, daß er dank ihrer Anstrengungen wieder lebte. Er hatte keine andere Wahl, als seine Frau wegzuschicken und das Mädchen zu heiraten. Deswegen waren an Karva Chauth Nadeln furchtbare Boten des Unheils. Berührte eine Frau eine Nadel, verlor sie den Mann.

Was Savita, deren logisches Denkvermögen durch die Lektüre juristischer Fachbücher gestärkt war und die dank des Babys in der Realität wurzelte, von der Sache hielt, war unklar. Aber sie erfüllte Karva Chauth bis auf den letzten Buchstaben und ging sogar so weit, erst zu essen, nachdem sie den Mond durch ein Sieb hatte aufgehen sehen.

Der Sahib und die Memsahib von Kalkutta hielten Karva Chauth ihrerseits für eine beachtliche Idiotie und ließen sich von Mrs. Rupa Mehras flehentlichen Bitten, Meenakshi möge – obwohl sie aus einer Brahmo-Familie stamme – doch fasten, nicht umstimmen. »Also wirklich, Arun«, sagte Meenakshi. »Deine Mutter ist ziemlich schrullig.«

Eins nach dem anderen fanden die Hindu-Feste statt, manche wurden mit großer Begeisterung gefeiert, andere lediglich zur Kenntnis genommen, wieder andere vollkommen irgnoriert. Ende Oktober fanden an fünf aufeinanderfolgenden Tagen Dhantaras, Hanuman Jayanti, Divali, Annakutam und Bhai Duj statt. Am Tag darauf verbrachte Pran mit nahezu religiöser Andacht Stunden vor dem Radio: Es war der erste Tag der ersten internationalen Kricket-Testspielserie der Saison. In Delhi spielte eine indische Auswahl gegen eine englische Mannschaft.

Eine Woche später wachten die Götter endlich aus ihrem viermonatigen Schlummer auf, nachdem sie klugerweise ein höchst langweiliges, punktearmes Unentschieden verschlafen hatten.

15.19

Die Spiele Indien gegen England waren über die Maßen eintönig. Das konnte von dem Spiel Universität gegen Old Brahmpurians, das am Sonntag auf dem Kricketfeld der Universität stattfand, nicht behauptet werden.

Die Universitätsmannschaft war aufgrund zweier Verletzungsfälle nicht so gut, wie sie hätte sein können. Und die Old Brahmpurians waren kein leichter Gegner, denn in ihrer Mannschaft spielten nicht nur willkürlich aufgetriebene Spieler, sondern zwei ehemalige Kapitäne der Universitätsmannschaft.

Zu den aufgetriebenen Spielern gehörte Maan. Zu den Unverletzten gehörte Kabir. Und Pran war einer der Schiedsrichter.

Es war ein herrlicher, klarer, frischer Tag Anfang November, das Gras noch üppig grün, die Stimmung ausgelassen, und die Studenten hatten sich – Prüfungen und andere Kümmernisse waren noch Lichtjahre entfernt – in großer Zahl versammelt. Sie jubelten und buhten, standen um das Feld herum, unterhielten sich mit den Spielern, die gerade nicht im Einsatz waren, und verursachten soviel Aufregung außerhalb des Feldes, wie es Spannung im Spiel gab. Auch ein paar Dozenten waren gekommen.

Einer von ihnen war Dr. Durrani; er fand Kricket auf merkwürdige Weise anregend. Unbeindruckt davon, daß sein Sohn gerade Maan mit einem *Legbreak* geschlagen hatte, dachte er im Augenblick über das Hexal-, das Oktal-, das Dezimal- und das Duodezimalsystem nach und versuchte, ihre jeweiligen Vorteile herauszuarbeiten.

Er wandte sich an seinen Kollegen: »Interessant, ähm, nicht wahr, Patwardhan, ähm, daß die Zahl Sechs, die zwar, ähm, vollkommen ist, in der Mathematik, ähm, nur eine flüchtige Existenz führt – außer, ähm, in der Geometrie natürlich, ähm, ist sie nicht, ähm, die beherrschende, könnte man sagen, ähm die beherrschende Gottheit des Kricket, ähm, was meinen Sie?«

Sunil Patwardhan nickte, meinte jedoch nichts. Er beobachtete unverwandt das Spiel. Kaum auf dem Feld, mußte der nächste Schlagmann auch schon wieder hinaus; Kabirs nächster Ball, diesmal ein *Googly*, hatte ihn weggeputzt. Die Zuschauer brüllten vor Vergnügen.

»Sechs Würfe machen ein, ähm, *Over*, verstehen Sie, Patwardhan, sechs Schläge bis zur Spielfeldgrenze, ähm, ähm, sechs Schläge über die Spielfeldgrenze hinaus und, ähm, sechs, ähm, und sechs Torstäbe stehen auf dem, ähm, Feld!«

Der Spieler, der aufs Feld lief, hatte kaum Zeit, sich die Polster anzulegen. Der vorhergehende Schlagmann war bereits wieder im Pavillon, als er, sein Schlagholz ungeduldig und aggressiv schwingend, das Feld betrat. Er war einer der beiden früheren Mannschaftskapitäne, und er wollte verdammt sein, wenn er Kabir einen Hattrick ermöglichte. Er starrte wild um sich. Sein Blick traf nicht nur den angespannten, aber skeptischen Werfer, sondern auch den zweiten Schlagmann seiner eigenen Mannschaft, die Torstäbe auf der gegenüberliegenden Seite, den Schiedsrichter und ein paar harmlose Beos.

Wie Arjuna, der mit seinem Pfeil auf das Auge des unsichtbaren Vogels zielte, starrte Kabir konzentriert auf den unsichtbaren mittleren Torstab seines Gegners. Schnurgerade über das Feld flog der Ball, aber diesmal täuschend langsam. Der Schlagmann versuchte ihn zu treffen. Er verfehlte ihn; und der dumpfe Aufprall des Balles auf seinem Polster klang wie das leise Lachen des Schicksals.

Elf Stimmen schrien triumphierend auf, und Pran streckte lächelnd den Finger hoch.

Er nickte Kabir zu, der übers ganze Gesicht grinste und die Glückwünsche seiner Mannschaftskameraden entgegennahm.

Die Zuschauer jubelten über eine Minute und klatschten immer wieder, während Kabir seine restlichen Würfe ausführte. Sunil tänzelte vor Freude ein paar behende Schritte – eine Art Kathak-Gigue. Er sah Dr. Durrani an, um festzustellen, welche Auswirkungen der Triumph seines Sohnes auf ihn hatte.

Dr. Durrani runzelte konzentriert die Stirn und kniff die Augenbrauen zusammen.

»Merkwürdig, nicht wahr, ähm, Patwardhan, daß die Zahl, ähm, Sechs, in einer der, ähm, ähm, schönsten Formen der Natur, ähm, verkörpert wird. Ich meine, ähm, selbstverständlich, ähm, den Benzolring mit seinen, ähm, einfachen und, ähm, doppelten Kohlenstoffverbindungen. Aber ist er, ähm, wirklich symmetrisch, Patwardhan, oder, ähm, asymmetrisch? Oder asymmetrisch symmetrisch, ähm, vielleicht, ähm, wie diese, ähm, Subsuperoperationen des, ähm, Pergolesi-Lemmas ... und nicht wirklich symmetrisch wie, ähm, diese, ähm, unzulänglichen Blütenblätter einer, ähm, Iris. Merkwürdig, meinen Sie nicht?«

»Höchst merkwürdig«, meinte Sunil.

Savita sagte zu Firoz:
»Für dich ist es selbstverständlich anders, Firoz. Nicht weil du ein Mann bist, sondern, na ja, weil du kein Baby hast, das dich von deinen Mandaten ablenkt. Darauf läuft's jedenfalls hinaus ... Neulich habe ich mit Jaya Sood gesprochen, und sie hat mir erzählt, daß es in der Toilette des Hohen Gerichts Fledermäuse gibt. Als ich zu ihr gesagt habe, daß mir der Gedanke unerträglich ist, hat sie mich gefragt: ›Wenn Sie Angst vor Fledermäusen haben, warum wollen Sie dann überhaupt Jura studieren?‹ Aber weißt du, obwohl ich mir das früher nie hätte vorstellen können, finde ich Jura wirklich interessant. Im Gegensatz zu diesem schrecklichen Spiel hier. Während der letzten zehn Minuten hat es keinen einzigen Lauf mehr gegeben ... O nein, jetzt habe ich eine Masche fallen lassen, in der Sonne werd ich immer schläfrig ... Ich verstehe einfach nicht, was Pran daran findet. Fünf Tage lang sitzt er völlig fasziniert vor dem Radio und sieht uns überhaupt nicht mehr. Oder er macht den Schiedsrichter und steht den ganzen Tag in der Sonne, aber glaub ja nicht, daß meine Proteste etwas nützen. ›In der Sonne zu stehen ist gut für mich‹, behauptet er ... Oder auch Maan. Vor dem Mittagessen läuft er siebenmal von einer Schlagmallinie zur anderen, und jetzt, nach dem Essen, läuft er ein paar Minuten lang am Spielfeldrand entlang, und damit hat's sich: der ganze Sonntag ist dahin. Sehr vernünftig von dir, Polo zu spielen, Firoz – ein Spiel dauert wenigstens nur eine Stunde –, und du tust körperlich auch etwas.«

Firoz dachte:
Mein lieber, lieber Maan, du hast mir zwar das Leben gerettet, und ich liebe dich sehr, aber wenn du weiterhin mit Lata plauderst, wird dir dein Kapitän dein eigenes nehmen.

Maan sagte zu Lata:
»Nein, nein, ist schon in Ordnung, mit dir zu reden. Zu mir kommt sowieso

nie ein Ball. Sie wissen schon, was für ein phantastischer Spieler ich bin. Deswegen haben sie mich am Spielfeldrand postiert, wo ich keine Bälle fallen lassen oder in die falsche Richtung werfen kann. Und wenn ich einschlafe, macht das auch nichts. Du siehst heute wirklich wunderschön aus, weißt du, nein, mach kein Gesicht. Das habe ich mir schon immer gedacht – Grün steht dir ausgezeichnet. Du verschmilzt mit dem Gras wie – wie eine Nymphe! Eine Peri im Paradies... Nein, nein, überhaupt nicht, ich glaube, wir spielen erstaunlich gut. 219 Punkte ist gar nicht schlecht nach so einem miserablen Anfang, und jetzt haben wir sie auf 157 zu 7 gebracht. Die hoffnungslosen Schlagmänner kommen als letzte dran. Ich glaube nicht, daß sie eine Chance haben... Die Old Brahmpurians haben seit zehn Jahren nicht mehr gewonnen. Das wird ein Sieg! Die einzige Gefahr droht uns von diesem verdammten Durrani, der immer noch schlägt... Was sagt die Anzeigetafel? 68... Sobald wir ihn vom Feld geschafft haben, gehört das Spiel uns...«

Lata dachte an Kabir:

> O Geist der Lieb', wie bist du reg und frisch!
> Nimmt schon dein Umfang alles in sich auf,
> gleich wie die See, nichts kommt in ihn hinein,
> wie stark, wie überschwenglich es auch sei,
> das nicht herabgesetzt im Preise fiele...

Ein paar Beos saßen auf dem Spielfeld, die Gesichter den Schlagmännern zugewandt, und die milde, warme Sonne schien auf Lata herab, während der Nachmittag voranschritt und immer wieder das einschläfernde Geräusch von Ball auf Schlagholz ertönte – gelegentlich unterbrochen von Jubelrufen. Sie riß einen Grashalm aus und strich sich damit verträumt über den Arm.

Kabir sagte zu Pran:
»Danke. Nein, die Sonne ist okay, Dr. Kapoor... O danke – das war ein glücklicher Zufall heute morgen...«

Pran dachte an Savita:
Ich weiß, unser ganzer Sonntag ist weg, Liebling, aber nächsten Sonntag mache ich, was immer du willst. Ich verspreche es. Wenn du willst, halte ich den ganzen Tag ein großes Wollknäuel, während du zwanzig Schühchen für das Baby strickst.

Kabir war als vierter Schlagmann – früher als üblich – aufs Feld gegangen, aber er hatte seinen Einsatz mehr als gerechtfertigt. Als er Lata unter den Zuschauern entdeckte, beruhigte das seltsamerweise seine Nerven – oder stärkte seine Entschlossenheit. Sein Punktekonto wuchs, hauptsächlich durch Schläge über die Spielfeldgrenze hinaus, von denen nicht wenige an Maan vorbeiflogen, und der Punktestand befand sich in den Neunzigern.

Einer nach dem anderen jedoch waren seine Partner ausgefallen, und die

Tortreffer sprachen ihre eigene Sprache: 140 zu 4, 143 zu 5, 154 zu 6, 154 zu 7, 183 zu 8 und jetzt 190 zu 9. 29 Läufe brächten ein Unentschieden, mit 30 könnte man gewinnen, und sein neuer Partner war ein außergewöhnlich nervöser Torwächter! Zu dumm, dachte Kabir. Er hat zu lange hinter den Torstäben gestanden, so daß er nicht mehr weiß, was er mit sich anfangen soll, wenn er davor steht. Gott sei Dank sind wir erst am Anfang eines *Overs*. Trotzdem wird er beim ersten Ball schon vom Feld geschlagen werden, der arme Kerl. Das Ganze ist unmöglich, aber vielleicht schaffe ich zumindest meine hundert Punkte.

Der Torwächter spielte jedoch eine bewundernswerte zweite Geige, und Kabir schaffte die strategischen Schläge für einen Lauf, die es ihm ermöglichten, weiterhin zu schlagen. Als die Universität 199 Punkte hatte – sein eigenes Punktekonto stand bei 98 –, versuchte er beim letzten Ballwurf des vorletzten *Overs* – drei Minuten vor Spielende – wie gewöhnlich, einen Lauf zu machen. Als er und sein Partner aneinander vorbeikamen, sagte er: »Wir werden noch unentschieden spielen!«

Noch während sie liefen, jubelten die Zuschauer über den sicheren Punktgewinn. Der Feldspieler schleuderte den Ball auf Kabirs Tor, verfehlte es um ein Haar, aber der Ball flog mit einer solchen Geschwindigkeit weiter, daß der arme Maan, der galanterweise klatschte, zu spät merkte, was los war. Zu spät lief er auf den Ball zu, zu spät warf er sich auf ihn. Der Ball schoß an seiner ausgestreckten Gestalt vorbei auf die Spielfeldgrenze zu.

Die Anhänger der Universität jubelten lauthals – ob über Kabirs hundert Punkte oder über die zweihundert Punkte für die Universität oder weil sie nur sechzehn statt wie üblich zwanzig Läufe brauchten, um das letzte *Over* zu gewinnen, und deswegen plötzlich meinten, noch eine Chance zu haben, konnte niemand sagen.

Der Mannschaftskapitän der Old Brahmpurians, ein Major der Armee, starrte Maan finster an.

Aber jetzt, vor einem Hintergrund von Jubelschreien, Hohngelächter und allgemeinem Gebrüll, hatte Kabir das letzte *Over* vor sich. Er schlug einen Ball über den *Cover point* hinaus, verpatzte den nächsten Ball ebenfalls und sah dem dritten entgegen, während alle Zuschauer wie versteinert schwiegen und die Luft anhielten.

Der Ball flog weit. Er schlug ihn in Richtung eines Feldspielers auf seiner Seite, aber als er merkte, daß er nur für einen Lauf reichte, winkte er seinen Partner hastig zurück.

Beim nächsten Ball machten sie zwei Läufe.

Jetzt kam der vorletzte Ball, fünf Läufe reichten für ein Unentschieden, sechs zum Gewinn. Alle hielten die Luft an. Keiner ahnte, was Kabir vorhatte – oder der Werfer. Kabir fuhr sich mit der behandschuhten Hand durchs wellige Haar. Pran dachte, daß er unnatürlich ruhig an der Schlagmallinie stand.

Vielleicht hatte sich der Werfer von seiner Anspannung und Enttäuschung überwältigen lassen, denn erstaunlicherweise kam der nächste Ball langsam auf ihn zu. Kabir schlug ihn lächelnd und sehr zufrieden mit der ganzen Kraft, die er aufbringen konnte, hoch in die Luft und sah ihm nach, wie er in hohem Bogen dem Sieg entgegenflog.

Hoch, hoch, hoch stieg der Ball in die Luft, begleitet von der Freude, den Hoffnungen und dem Segen der Universitätsanhänger. Ein Geraune erhob sich, das langsam zu einem Triumphschrei anschwoll.

Aber während Kabir noch zusah, geschah etwas Schreckliches. Denn Maan, der ebenfalls beobachtet hatte, wie die rote Granate erst aufstieg und dann wieder niedersank, und dessen Mund in tranceartigem Entsetzen offenstand, fand sich selbst plötzlich am äußersten Spielfeldrand wieder, wo er sich weit zurückneigte. Und zu seinem größten Erstaunen hielt er den Ball in den Händen.

Der Jubel erstarb schlagartig und wurde zu einem kollektiven Stöhnen, das vom Triumphgeschrei der verdutzten Old Brahmpurians übertönt wurde. Ein Finger streckte sich gen Himmel. Die Querhölzer wurden abgenommen. Die Spieler standen benommen auf dem Feld herum, schüttelten Hände und schüttelten Köpfe. Und Maan machte aus schierer Freude fünf Purzelbäume in Richtung der Zuschauer.

Was für ein Kasper! dachte Lata und beobachtete Maan. Vielleicht sollte ich am nächsten ersten April mit ihm durchbrennen.

»Wie war das? Wie war das? Wie war das?« fragte Maan Firoz und umarmte ihn. Dann lief er zurück zu seiner Mannschaft, um sich als Held des Tages feiern zu lassen.

Firoz bemerkte, daß Savita die Augenbrauen in die Höhe zog. Er hob ebenfalls die Augenbrauen und fragte sich, was sie wohl über den einschläfernden Höhepunkt gedacht hatte.

»Ich bin noch immer wach – gerade noch«, sagte Savita und lächelte Pran an, der vom Spielfeld kam.

Ein netter Kerl – verliert unter Druck nicht die Nerven, dachte Pran und beobachtete Kabir, der sich von seinen Freunden losmachte und auf sie zukam, das Schlagholz unter den Arm geklemmt. Wie schade ...

»So ein Glück, wie der hatte«, murmelte Kabir leise und angewidert, als er auf dem Weg zum Pavillon an Lata vorbeiging.

15.20

Die Zeit der Hindu-Feste war nahezu vorüber. Aber in Brahmpur stand noch eines aus, das hier begeisterter gefeiert wurde als irgendwo sonst in Indien, nämlich Kartik Purnima. Mit dem Vollmond von Kartik geht einer der drei besonders heiligen Bademonate zu Ende; und da Brahmpur am heiligsten Fluß überhaupt liegt, nehmen die Frömmsten jeden Tag des Monats ein Bad, essen nur eine einzige Mahlzeit, halten die Tulsi-Pflanze in Ehren und hängen an Bambusstecken Lampen in kleinen Körben auf, die die Seelen der Verstorbenen bei ihrer Reise über den Himmel begleiten sollen. Wie in den Puranas geschrieben steht: »Was man im Vollkommenen Zeitalter durch einhundert Jahre währende asketische Übungen erreichen konnte, gewinnt man durch das Bad in den Fünf Flüssen im Monat Kartik.«

Natürlich kann man auch behaupten, daß die Stadt Brahmpur wegen des Gottes, dessen Namen sie trägt, ein besonderes Anrecht auf dieses Fest hat. Ein Kommentator des Mahabharata aus dem siebzehnten Jahrhundert schreibt: »Brahmas Fest wird von allen gefeiert und findet im Herbst statt, wenn das Getreide zu wachsen beginnt.« In Pushkar, wo im Brahma-Tempel der größte Brahma-Schrein ganz Indiens steht (der einzige von Bedeutung, abgesehen von Gaya und – eventuell – Brahmpur), wird während Kartik Purnima der große Kamelmarkt abgehalten. Zehntausende von Pilgern kommen zu dieser Zeit in die Stadt. Die Statue Brahmas im großen Tempel wird wie andere Götterbilder orange gefärbt und mit Flitter geschmückt. Daß das Fest in Brahmpur so wichtig ist, mag vielleicht ein Relikt aus der Zeit sein, als Brahma hier als Bhakti-Gott, als Gott, dem man persönlich ergeben war, verehrt wurde, bevor ihm Shiva – oder Vishnu in einer seiner Inkarnationen – diese Rolle streitig machte.

Jedenfalls ist es nicht mehr als ein Relikt, denn während der meisten Zeit des Jahres wird von Brahma in Brahmpur kaum Notiz genommen. Seine Rivalen – oder Kollegen – stehen im Rampenlicht. Die Pul Mela und der Chandrachur-Tempel zeugen von der Macht Shivas, ob als Ursprung der Ganga oder als großer sinnlicher Asket, wie ihn das Linga symbolisiert. Was Vishnu anbelangt, so bezeugen die vielen Anhänger Krishnas (wie zum Beispiel Sanaki Baba) und das inbrünstige Begehen von Janamashtami (zum Beispiel von Mrs. Mahesh Kapoor) seine Präsenz als Krishna; und seine Präsenz als Rama wird nicht nur Anfang des Jahres bei Ramnavami unmißverständlich belegt, sondern auch während der neun Nächte, die in Dussehra ihren Abschluß finden, wenn Brahmpur eine Insel der Rama-Verehrung im Meer der Verehrung der Göttin bildet, das sich von Bengalen bis in den Gujarat erstreckt.

Warum Brahma – der, der sich selbst erschaffen hat, oder der Ei-Geborene, der Aufseher über das Opfer, der Weltenschöpfer, der alte Gott mit den vier Gesichtern, der die drei Welten erschaffen hat – über die Jahrhunderte an Bedeutung verlor, ist unklar. An einer Stelle im Mahabharata windet sich sogar Shiva vor ihm im Staub; und nicht nur das Wort ›Brahmane‹, sondern auch das Wort ›Brahman‹ – Weltenseele – stammt von derselben Wurzel wie Brahma. Aber schon in den späten Puranas, ganz zu schweigen von modernen Zeiten, war sein Einfluß auf ein Minimum gesunken.

Vielleicht lag es daran, daß er nie – wie Shiva oder Rama oder Krishna oder

Durga oder Kali – mit Jugend oder Schönheit oder Gewaltherrschaft, diesen Urquellen persönlicher Götterverehrung, in Verbindung gebracht wurde. Möglicherweise daran, daß er zu hoch über Leiden und Sehnen stand, um die tiefe Sehnsucht nach Identifikation mit einem menschenähnlichen Ideal oder einem Fürsprecher zu erfüllen, der vielleicht auf die Erde herabgestiegen war und mit der Menschheit gelitten hatte, um eine gerechte Herrschaft zu etablieren. Vielleicht daran, daß bestimmte ihn betreffende Mythen – zum Beispiel, daß er die Menschheit durch Verkehr mit seiner Tochter gezeugt hat – zu schwer zu akzeptieren waren, als daß seine Anhängerschaft ihm über die Zeiten und angesichts veränderlicher Sitten treu geblieben wäre.

Oder vielleicht fiel Brahma in Ungnade, weil er sich weigerte, sich wie ein Wasserhahn auf- und zudrehen zu lassen und Millionen mit erhobenen Händen vorgetragene Bitten zu erfüllen. Nur selten sind religiöse Gefühle ganz und gar aufs Jenseits gerichtet, und Hindus sind – wie jeder andere auch oder sogar noch mehr – begierig auf irdische und nicht nur postirdische Gunstbeweise. Wir wollen sichtbare Ergebnisse, ob es nun darum geht, ein Kind zu heilen oder zu garantieren, daß es die Aufnahmeprüfung für den IAS besteht, einen Sohn zu bekommen oder eine gute Partie für eine Tochter zu finden. Wir gehen in den Tempel, um uns von unserer erwählten Gottheit für eine Reise segnen oder unsere Geschäftsbücher von Kali oder Saraswati weihen zu lassen. An Divali stehen an jeder frisch geweißten Ladenmauer die Worte ›shubh laabh‹ – glückverheißender Gewinn –, und Lakshmi, die zuständige Göttin, sitzt – auf einem Plakat – heiter, lächelnd und schön auf einer Lotosblüte und verteilt mit einem ihrer vier Arme Goldmünzen.

Zugegeben, es gibt jene, vor allem Shivaiten und Vishnuiten, die behaupten, daß Brahmpur in keinerlei Zusammenhang mit dem Gott Brahma steht – daß der Name eine Entstellung von Bahrampur oder Brahminpur oder Berhampur oder von irgendeinem anderen islamischen oder hinduistischen Namen sei. Aber diese Theorien müssen strikt zurückgewiesen werden. Münzen, Inschriften, historische Akten und Reiseberichte von Hsuen Tsang bis zu Al-Biruni, von Babur bis zu Tavernier, ganz zu schweigen von britischen Reisenden, beweisen vielfach den Ursprung des Namens Brahmpur.

Nebenbei bleibt zu erwähnen, daß die Schreibweise ›Brumpore‹, auf der die Briten bestanden, zurück in die mehr phonetische Schreibweise geändert wurde, als der Staat 1949 unter der Protected-Provinces- (Namensänderungs-) Order – ein paar Monate bevor die Verfassung in Kraft trat – den Namen Purva Pradesh bekam. Die Schreibweise ›Brumpore‹ führte jedoch während ihrer zweihundertjährigen Gültigkeit zu nicht wenigen Irrtümern von Amateur-Etymologen.

Es gibt sogar ein paar fehlgeleitete Seelen, die behaupten, der Name Brahmpur sei eine Variante von Bhrampur – der Stadt der Illusionen und Täuschungen. Aber die einzig angemessene Antwort auf diese Hypothese lautet, daß es immer Leute gibt, die aus reinem Widerspruchsgeist gewillt sind, die unglaubwürdigsten Dinge zu glauben.

15.21

»Pran, Liebling, mach bitte das Licht aus.«
Der Schalter befand sich neben der Tür.
Pran gähnte. »Ich bin zu müde.«
»Aber ich kann nicht schlafen, wenn das Licht an ist.«
»Was wäre, wenn ich in dem anderen Zimmer sitzen und noch arbeiten würde? Wärst du dann nicht in der Lage, es selbst auszuschalten?«
»Doch.« Savita gähnte. »Aber du bist näher an der Tür.«
Pran stand auf, schaltete das Licht aus und stolperte zurück ins Bett. »Kaum erscheint Pran-Liebling auf der Bildfläche, findet sich ein Verwendungszweck für ihn.«
»Pran, du bist so liebenswert.«
»Klar! Das ist jeder, der um dich herumscharwenzelt. Aber wenn Malati Trivedi mich liebenswert findet ...«
»Solange du sie nicht liebenswert findest ...«
Und sie schliefen ein.
Um zwei Uhr morgens klingelte das Telefon.
Das hartnäckige Geräusch riß sie aus ihren Träumen. Pran wachte erschrocken auf. Das Baby wurde wach und begann zu weinen. Savita versuchte, es zu beruhigen.
»Um Himmels willen! Wer kann das sein?« sagte Savita beunruhigt. »Das ganze Haus wird aufwachen. Wieviel Uhr ist es? Hoffentlich ist es nichts Ernstes.«
Pran wankte aus dem Zimmer. Er nahm den Hörer ab. »Hallo? Hier spricht Pran Kapoor.«
Zuerst hörte er nur ein lautes Keuchen. Dann krächzte eine Stimme: »Gut! Hier spricht Marh.«
»Ja?« Pran versuchte, leise zu sprechen. Savita war aufgestanden. Er schüttelte den Kopf, um ihr zu bedeuten, daß es sich um nichts Ernstes handelte, und als sie wieder gegangen war, schloß er die Eßzimmertür.
»Hier spricht Marh. Der Radscha von Marh!«
»Ja, ja, das habe ich schon verstanden. Was kann ich für Sie tun, Euer Hoheit?«
»Sie wissen genau, was Sie für mich tun können.«
»Tut mir leid, Euer Hoheit, aber wenn es um die Relegation Ihres Sohnes geht, kann ich Ihnen nichts weiter dazu sagen. Sie haben von der Universität einen Brief erhalten ...«
»Sie – Sie – wissen Sie, wer ich bin?«
»Selbstverständlich, Euer Hoheit. Es ist schon etwas spät ...«
»Sie hören mir jetzt zu, wenn Sie nicht wollen, daß Ihnen etwas geschieht – oder jemandem, der Ihnen nahesteht. Sie werden diese Maßnahme rückgängig machen.«

»Euer Hoheit, ich ...«
»Nur wegen eines Dummejungenstreiches – und ich weiß, daß Ihr Bruder genauso ist – mein Sohn hat mir erzählt, daß er ihm beim Spiel die letzte Rupie abgenommen hat – sagen Sie Ihrem Bruder – und diesem Landräuber von Ihrem Vater ...«
»Meinem Vater?«
»Ihrer ganzen Familie muß eine Lektion erteilt werden ...«
Das Baby fing wieder an zu weinen.
Ein wütender Ton schwang in der Stimme des Radschas von Marh mit. »Ist das Ihr Kind?«
Pran schwieg.
»Haben Sie mich nicht gehört?«
»Euer Hoheit, ich würde dieses Gespräch gern vergessen. Aber wenn Sie mich um diese Uhrzeit noch einmal grundlos anrufen oder mich weiterhin bedrohen, werde ich die Sache der Polizei melden müssen.«
»Grundlos? Sie relegieren meinen Sohn wegen eines dummen Streiches ...«
»Euer Hoheit, es handelte sich nicht um einen dummen Streich. Die Universitätsleitung hat Ihnen den Sachverhalt in dem Brief ausführlich erklärt. An religiösen Ausschreitungen teilzunehmen ist kein dummer Streich. Ihr Sohn kann von Glück reden, daß er noch am Leben ist und nicht mehr im Gefängnis sitzt.«
»Er muß einen Abschluß machen. Er muß. Er hat in der Ganga gebadet – er ist jetzt ein Snaatak.«
»Das war etwas voreilig«, sagte Pran und versuchte, nicht zu verächtlich zu klingen. »Sie können nicht erwarten, daß der Ausschuß Ihre diesbezüglichen Sorgen bei seiner Entscheidung in Rechnung stellt. Gute Nacht, Euer Hoheit.«
»Nicht so schnell! Sie hören mir jetzt zu – ich weiß, daß Sie für die Relegation gestimmt haben.«
»Das gehört nicht zur Sache, Euer Hoheit. Ich habe ihm schon einmal Ärger erspart, aber ...«
»Das gehört sehr wohl zur Sache. Wenn mein Tempel fertig ist, dann wird mein Sohn, mein Sohn, den Sie zum Märtyrer machen wollen, den Feierlichkeiten vorstehen – und der Zorn Shivas ...«
Pran legte auf. Er setzte sich kurz an den Eßtisch und starrte kopfschüttelnd vor sich hin.
»Wer war das?« fragte Savita, als er wieder im Bett lag.
»Ach, niemand, ein Irrer, der will, daß sein Sohn an der Universität zugelassen wird«, sagte Pran.

15.22

Die Kongreßpartei arbeitete hart an der Aufstellung der Kandidaten. Im Oktober und November tagten die Wahlausschüsse der Länder, während ein Fest nach dem anderen gefeiert wurde, Unruhen aufflammten und wieder abflauten und weiß-orangefarbene Blüten in der Morgendämmerung zu Boden schwebten.

Distrikt um Distrikt wählten sie die Kongreßkandidaten für die Parlamente der Staaten und des Bundes in Delhi aus. In Purva Pradesh tat der gutbesetzte Ausschuß unter Leitung von L. N. Agarwal sein Bestes, um die sogenannten Abtrünnigen zu übergehen. Kein Trick – ob verfahrensrechtlicher, technischer oder persönlicher Art – war ihnen zu billig. Bei durchschnittlich sechs Bewerbern pro Mandat gab es genügend Gründe, letztlich den Kandidaten auszuwählen, der der eigenen politischen Überzeugung nahestand, ohne direkt der Parteilichkeit geziehen werden zu können. Der Ausschuß arbeitete hart und erfolgreich. Wochenlang tagte er zehn Stunden täglich. Er berücksichtigte Kastenzugehörigkeit und Ansehen vor Ort, Vermögen und in britischen Gefängnissen verbrachte Jahre. Besonders beachteten sie, welcher Fraktion ein Bewerber angehörte und wie seine (selten ihre) Chancen für einen Wahlsieg standen. L. N. Agarwal war mit dem Ergebnis hoch zufrieden. Ebenso S. S. Sharma, der sich freute, daß der populäre Mahesh Kapoor in den Kongreß zurückgekehrt war, ohne einen allzu langen Schwanz von Anhängern hinter sich herzuschleppen.

Schließlich machte der P.P.-Wahlausschuß – mit Blick auf die Zustimmung des Premierministers und der Ausschüsse in Delhi, die die Liste einsehen würden – eine Scheingeste und lud drei Repräsentanten der Abtrünnigen (darunter Mahesh Kapoor) zu den letzten zwei Sitzungstagen ein. Als die Abtrünnigen die vorbereitete Liste sahen, waren sie entsetzt. Ihre Gruppe war so gut wie nicht vertreten. Sogar im Parlament sitzende Parteimitglieder, die der Minderheitsfraktion angehörten, waren nicht wieder aufgestellt worden. Mahesh Kapoor hatte man seinen städtischen Wahlkreis entzogen und auch Rudhia vorenthalten, mit der Begründung, dieser Wahlkreis sei einem Politiker aus Delhi versprochen worden, der in das Parlament von Purva Pradesh zurückkehren wolle. Wenn Mahesh Kapoor nicht aus dem Kongreß ausgetreten wäre (so der Ausschuß), hätte man ihm seinen angestammten Wahlkreis gelassen. Bei seinem Wiedereintritt sei es zu spät gewesen, und sie hätten nichts mehr unternehmen können. Aber statt ihm jetzt einfach einen Wahlkreis zuzuweisen, würden sie ihm entgegenkommen und ihn frei unter den noch nicht vergebenen Kreisen wählen lassen.

Die drei Repräsentanten der Abtrünnigen verließen am Morgen des zweiten Tages angewidert die Sitzung. Sie erklärten, daß die Sitzungen am Ende des Auswahlprozesses, als die Listen nahezu vollständig waren, in einer feindseligen und parteiischen Atmosphäre stattgefunden hätten und reine Zeitverschwendung gewesen wären – eine Farce mit dem Ziel, Delhi vorzugaukeln, daß man sie mit einbezogen hätte. Der Wahlausschuß seinerseits veröffentlichte eine Pressemitteilung des Inhalts, daß er die Meinung der Abtrünnigen ernsthaft und im Geist der Versöhnung erforscht habe. Der Ausschuß habe ihnen ›jede Möglichkeit zur Kooperation und zur Einflußnahme geboten‹.

Nicht nur die Abtrünnigen waren verärgert. Für jeden aufgestellten Kandidaten gab es fünf andere Männer oder Frauen, die zurückgewiesen worden waren, und viele von ihnen beeilten sich, den Namen ihres Rivalen bei den Kontrollinstanzen in Delhi, die die Listen überprüften, anzuschwärzen.

In Delhi wurde erbittert weitergekämpft. Die Begleiterscheinungen, die mit dem Prozeß der Überprüfung der Listen und der Einsprüche einhergingen – die nackte Gier nach Macht, der Wille zu verletzen und die Unbekümmertheit über die Auswirkungen auf die Partei –, machten Nehru und andere nahezu krank. Die Kongreßbüros in Delhi wurden von allen möglichen Bewerbern und Gefolgsleuten belagert, die Petitionen in einflußreiche Hände legten und freizügig mit Schmutz um sich warfen. Sogar verdiente alte Kongreßmänner, die Jahre im Gefängnis verbracht und alles für ihr Land gegeben hatten, krochen jetzt vor jungen Parteifunktionären, nur um als Kandidat aufgestellt zu werden.

Nehru war auf seiten der Abtrünnigen, aber die ganze Angelegenheit hatte sich mittlerweile zu einer solchen Schlammschlacht aus Selbstsucht, Gier und Ehrgeiz ausgewachsen, daß seine Skrupelhaftigkeit ihn davon abhielt, deutlich für sie Stellung zu beziehen, in die Gosse zu steigen und sich mit den verschanzten Machthabern der Parteiapparate in den Bundesstaaten anzulegen. Die Abtrünnigen waren abwechselnd beunruhigt und optimistisch. Manchmal schien ihnen, daß Nehru von seinem früheren Kampf erschöpft war, sich am liebsten ganz aus der Politik zurückgezogen und sich seinen Rosen und Büchern gewidmet hätte. Dann wieder stieß Nehru wütend die vorgeschlagenen Kandidatenlisten um. Einmal schien es ganz so, als würde die von den Abtrünnigen in Purva Pradesh vorgeschlagene alternative Liste an die Stelle der offiziellen, vom Wahlausschuß eingereichten treten. Aber nach einem Gespräch mit S. S. Sharma revidierte Nehru seine Entscheidung erneut. Sharma, dieser kluge Psychologe, hatte angeboten, die unerwünschte Liste zu akzeptieren und sich im Wahlkampf für sie einzusetzen, wenn Nehru dies wünschte, aber er bat für diesen Fall darum, vom Amt des Chefministers und von jedem anderen Regierungsamt entbunden zu werden. Und Nehru war klar, daß das unmöglich war. Ohne S. S. Sharmas persönliche Anhängerschaft, ohne seine Geschicklichkeit bei Koalitionsverhandlungen und im Wahlkampf, würde die Kongreßpartei in Purva Pradesh in große Schwierigkeiten geraten.

So zänkisch und langwierig verlief die Kandidatenauswahl in jedem Stadium, daß die Listen der Kongreßpartei in Delhi erst zwei Tage vor dem Abgabetermin in Purva Pradesh fertig wurden. Jeeps rasten durch das Land, Telegrafendrähte wurden heiß, Kandidaten eilten panisch von Delhi nach Brahmpur und von dort weiter in die ihnen zugewiesenen Wahlkreise. Zwei Kandidaten verpaßten den Termin. Der eine, weil seine Anhänger ganz versessen darauf waren, ihn auf seinem Weg zum Bahnhof mit Ringelblumengirlanden zu behängen, so daß er seinen Zug versäumte. Der andere suchte zweimal das falsche Regierungsbüro auf, bevor er endlich das richtige fand, hineinstürzte und mit seinen Nominierungsunterlagen herumwedelte. Er hatte den Abgabetermin um drei Uhr nachmittags um zwei Minuten überschritten und brach in Tränen aus.

Aber das waren nur zwei Wahlkreise. Im ganzen Land gab es fast viertausend. Die Kandidaten standen jetzt fest, die Nominierungen waren aktenkundig, die Parteiembleme ausgewählt, die Zähne gefletscht. Der Premierminister war schon kurz hier und da aufgetaucht und hatte Reden für die Kongreßpartei gehalten. Bald würde der Wahlkampf auch in Purva Pradesh ernsthaft beginnen.

Und dann kämen endlich die Wähler zum Zug – Bourgeoisie und Pöbel, Skeptiker und Leichtgläubige –, ausgestattet mit dem allgemeinen Wahlrecht, sechsmal so zahlreich wie bei den Wahlen 1946. Es war die größte Wahl, die bisher auf Erden stattgefunden hatte. Ein Sechstel der Menschheit nahm daran teil.

Mahesh Kapoor, dem Misri Mandi und Rudhia (West) verweigert worden waren, hatte es zumindest geschafft, in Salimpur/Baitar als Kongreßkandidat aufgestellt zu werden. Ein paar Monate zuvor hatte er sich das nicht einmal in seinen kühnsten Phantasien vorgestellt. Wegen Maan, L. N. Agarwal, des Nawab Sahib, Nehru, Bhaskar, S. S. Sharma, Jha und vermutlich noch hundert anderer bekannter und unbekannter Personen und Faktoren würde er jetzt um sein politisches Überleben und seine Ideale in einem Wahlkreis kämpfen, in dem ihn so gut wie niemand kannte. Zu sagen, daß er Angst hatte, wäre milde ausgedrückt.

SECHZEHNTER TEIL

16.1

Kabirs Miene hellte sich auf, als er Malati das Blue Danube betreten sah. Er hatte bereits zwei Tassen Kaffee getrunken und die dritte bestellt. Die Straßenlaternen auf der Nabiganj glühten hell und verschwommen vor den Milchglasscheiben, und schattenhaft schlenderten Fußgänger vorbei.
»Du bist also doch gekommen.«
»Ja, natürlich. Ich habe deine Nachricht heute morgen erhalten.«
»Habe ich eine für dich ungünstige Zeit ausgesucht?«
»Nicht ungünstiger als jeder andere Zeitpunkt«, sagte Malati. »Nein, das klingt nicht gut. Ich wollte sagen, das Leben ist so hektisch, daß ich gar nicht mehr weiß, warum ich nicht einfach zusammenbreche. Als ich in Nainital war, weit weg von allen Bekannten, war ich ganz ruhig.«
»Hoffentlich macht es dir nichts aus, in der Ecke zu sitzen. Sonst setzen wir uns an einen anderen Tisch.«
»Nein, hier ist es mir lieber.«
»Was willst du trinken?« fragte Kabir.
»Ach, nur eine Tasse Kaffee. Ich muß zu einer Hochzeit. Deswegen bin ich so aufgedonnert.«
Malati trug einen grünen Seidensari mit einer breiten Borte in dunklerem Grün und Gold. Sie sah hinreißend aus. Das Grün ihrer Augen war noch intensiver als sonst.
»Mir gefällt, was du anhast«, sagte Kabir beeindruckt. »Grün und gold – wunderschön. Und das Halsband mit den kleinen grünen Dingern und das Paisley-Muster.«
»Diese kleinen grünen Dinger sind Smaragde«, sagte Malati und lachte empört, aber bezaubernd auf.
»Tja, ich bin an solches Zeug nicht gewöhnt. Aber es sieht wunderschön aus.«
Der Kaffee wurde gebracht. Sie nippten daran und unterhielten sich über die Fotos von der Theateraufführung, die sehr gut geworden waren, über die Orte

in den Bergen, die sie beide kannten, über Schlittschuhlaufen und Reiten, über die neuesten politischen Entwicklungen und andere Ereignisse, einschließlich der religiösen Ausschreitungen. Malati war überrascht, wie leicht es war, mit Kabir zu reden, wie liebenswert er war, wie gut er aussah. Jetzt, da er nicht mehr Malvolio war, fiel es ihr leichter, ihn ernst zu nehmen. Da er aber Malvolio gewesen war, verband sie so etwas wie Zunftgeist mit ihm.

»Wußtest du, daß es, abgesehen von den Erdpolen, nirgendwo auf der Welt mehr Eis und Schnee gibt als in Indien?«

»Wirklich?« sagte Malati. »Das wußte ich nicht.« Sie rührte in ihrem Kaffee. »Aber es gibt viele Dinge, die ich nicht weiß. Zum Beispiel, warum du mich treffen wolltest.«

Kabir war gezwungen, zur Sache zu kommen. »Wegen Lata.«

»Das habe ich mir schon gedacht.«

»Sie will mich nicht sehen, sie antwortet nicht auf meine Briefe. Es ist, als ob sie mich haßt.«

»Natürlich haßt sie dich nicht, sei nicht so melodramatisch.« Malati lachte. »Ich glaube, sie mag dich«, sagte sie etwas ernster. »Aber du weißt ja, was das Problem ist.«

»Ich kann nicht aufhören, an sie zu denken«, sagte Kabir; sein Löffel drehte Runde um Runde in der Tasse. »Ständig überlege ich mir – wenn sie jemand anders kennenlernt, so wie sie mich kennengelernt hat, wen wird sie dann lieber mögen? Werde ich überhaupt noch eine Chance haben? Ich kann einfach nicht aufhören, an sie zu denken. Und ich fühle mich so seltsam niedergeschlagen – wirklich, das ist kein Witz. Gestern muß ich fünfmal über den Campus gewandert sein. Dauernd habe ich gedacht: Sie ist hier – oder sie ist nicht hier – die Bank, der Abhang zum Fluß hinunter, die Treppe des Gebäudes, in dem die Prüfungen stattfinden, das Kricketfeld, der Hörsaal – sie bringt mich wirklich um den Verstand. Deswegen brauche ich deine Hilfe.«

»Meine Hilfe?«

»Ja. Ich muß verrückt sein, jemanden so zu lieben. Nicht verrückt, aber ...« Kabir sah zu Boden und fuhr dann gefaßt fort: »Es ist schwer zu erklären, Malati. Mit ihr habe ich so etwas wie Freude empfunden – etwas wie Glück, was mir schon seit mindestens einem Jahr nicht mehr passiert war. Aber es hat nicht lange angehalten. Sie benimmt sich mir gegenüber so abweisend. Sag ihr, wenn sie will, brenne ich mit ihr durch – nein, das ist lächerlich – wie kann sie nur – sie ist nicht einmal religiös.« Er hielt inne. »Ich werde nie ihre Miene vergessen, als ich ihr gesagt habe, daß ich den Malvolio spiele. Sie war so wütend!« Er lachte kurz auf. »Es liegt also an dir.«

»Was kann ich schon tun?« fragte Malati und hätte am liebsten seinen Kopf getätschelt. In seiner Verwirrung schien er zu glauben, sie hätte unbeschränkte Macht über Lata. Sie fühlte sich geschmeichelt.

»Du kannst ein gutes Wort für mich einlegen.«

»Aber sie ist gerade mit ihrer Familie nach Kalkutta gefahren.«

»Ach so.« Kabir dachte einen Augenblick nach. »Wieder nach Kalkutta? Du könntest ihr schreiben.«

»Warum liebst du sie?« fragte Malati und sah ihn sonderbar an. Im Lauf eines Jahres war die Zahl der Lata-Verehrer von null auf mindestens drei gestiegen. Wenn es so weiterginge, würde sie es im nächsten Jahr auf eine zweistellige Verehrerzahl bringen.

»Warum?« Kabir sah Malati erstaunt an. »Warum? Weil sie an jedem Fuß sechs Zehen hat. Ich habe keine Ahnung, warum ich sie liebe, Malati – das ist auch unwichtig. Wirst du mir helfen?«

»Na gut.«

»Die ganze Sache hat merkwürdige Auswirkungen auf meine Fähigkeiten als Schlagmann«, fuhr Kabir fort, ohne sich bei ihr zu bedanken. »Ich mache öfter sechs Punkte, aber ich werde schneller vom Feld geschlagen. Aber gegen die Old Brahmpurians war ich gut, weil ich wußte, daß sie zusah. Komisch, nicht wahr?«

»Sehr komisch«, sagte Malati und versuchte, ihr Lächeln auf die Augen zu beschränken.

»Ich bin kein Unschuldslamm mehr, weißt du«, sagte Kabir, etwas pikiert, weil sie sich amüsierte.

»Das hoffe ich!« Malati mußte lachen. »Gut, ich werde ihr nach Kalkutta schreiben. Und du bleibst so lange wie möglich an der Schlagmallinie.«

16.2

Arun schaffte es, die geplante Geburtstagsparty für seine Mutter vor ihr geheimzuhalten. Er hatte mehrere ältere Damen zum Tee eingeladen – ihre Freundinnen in Kalkutta, mit denen sie gelegentlich Rommé spielte –, und er hatte großzügig davon abgesehen, die Chatterjis dazu zu bitten.

Varun jedoch ließ die Schwanzspitze der Katze aus dem Sack. Seitdem er für die IAS-Prüfungen lernte, glaubte er, seine Pflicht für mindestens ein Jahrzehnt erfüllt zu haben. Die Wintersaison hatte begonnen, und in seinen Ohren dröhnte der Rhythmus galoppierender Hufe.

Eines Tages sah er von seiner Wettzeitschrift auf und sagte: »Aber an dem Tag werde ich nicht hingehen können – wegen deiner Party – oh!«

Mrs. Rupa Mehra zählte: »Drei, sechs, zehn, drei, sechs, zwanzig«, sah von ihrem Strickzeug auf und fuhr fort: »Was hast du gesagt, Varun? … Du hast mich abgelenkt. Was für eine Party?«

»Ach, ich hab mit mir selbst geredet, Ma. Meine Freunde, also, sie machen eine Party, und deswegen werde ich nicht zum Pferderennen gehen können.«

Er war erleichtert, daß ihm etwas Glaubwürdiges eingefallen war.

Mrs. Rupa Mehra beschloß, daß sie überrascht werden wollte, und ließ das

Thema fallen. Aber während der nächsten Tage befand sie sich in einem Zustand kaum beherrschter Aufregung.

Am Morgen ihres Geburtstages öffnete sie alle Glückwunschkarten (zwei Drittel waren mit Rosen illustriert) und las sie Lata, Savita, Pran, Aparna und dem Baby vor. (Meenakshi war es gelungen zu fliehen.) Dann klagte sie, ihre Augen seien überanstrengt, und bat Lata, sie ihr noch einmal vorzulesen. Die Karte von Parvati lautete folgendermaßen:

Liebste Rupa,
Dein Vater und ich wünschen Dir anläßlich Deines Geburtstages millionenfaches Glück und hoffen, daß Du Dich in Kalkutta gut erholst. Kishy und ich wünschen Dir im voraus auch ein gutes neues Jahr.
In zärtlichster Zuneigung
Parvati Seth

»Wovon soll ich mich erholen?« fragte Mrs. Rupa Mehra. »Nein, diese Karte brauchst du mir nicht noch einmal vorzulesen.«

Am Abend verließ Arun früh das Büro. Bei Flury's holte er die vorbestellte Torte, Gebäck und Pastetchen ab. Als der Wagen an einer Kreuzung warten mußte, bemerkte er einen Mann, der Rosen im Dutzend verkaufte. Arun kurbelte die Scheibe herunter und fragte nach dem Preis. Aber der Preis, den der Rosenverkäufer nannte, war so horrend, daß Arun ihn anschrie und die Scheibe wieder hochkurbelte. Er starrte ihn finster an, obwohl der Mann jetzt den Kopf schüttelte, als wollte er sich entschuldigen, und die Blumen ans Fenster hielt.

Aber der Wagen fuhr schon wieder. Arun dachte an seine Mutter und war fast versucht, den Fahrer anhalten zu lassen. Aber nein! Es wäre unerträglich, zu dem Blumenverkäufer zurückzufahren und mit ihm zu feilschen. Er hatte sich furchtbar aufgeregt, und immer noch brodelte Wut in ihm.

Er dachte an einen zehn Jahre älteren Kollegen seines Vaters, der sich erst neulich, kurz nach seiner Pensionierung, aus Wut erschossen hatte. Eines Abends hatte sein alter Dienstbote ihm einen Drink gebracht, und er hatte einen Wutanfall bekommen, weil er ihn nicht auf einem Tablett servierte. Er hatte den Dienstboten angeschrien, seine Frau gerufen und ihr befohlen, ihn augenblicklich zu entlassen. Da in der Vergangenheit ähnliches schon öfter vorgefallen war, hatte seine Frau den Alten aus dem Zimmer geschickt und zu ihrem Mann gesagt, daß sie am nächsten Morgen mit dem Dienstboten sprechen würde und daß er in der Zwischenzeit seinen Whisky trinken solle. »Dir liegt nur was an den Dienstboten«, hatte er erwidert. Sie verließ das Zimmer ebenfalls und schaltete wie gewohnt das Radio ein.

Ein paar Minuten später hörte sie einen Schuß. Während sie zu ihm lief, fiel ein zweiter Schuß. Sie fand ihren Mann in einer Blutlache. Der erste Schuß, den er sich in den Kopf hatte geben wollen, war abgeprallt und hatte nur sein Ohr gestreift. Der zweite hatte seinen Hals durchschlagen.

Niemand in der Familie Mehra hatte die Logik dieser Begebenheit verstehen können, am wenigsten die entsetzte Mrs. Rupa Mehra, die den Mann persönlich gekannt hatte; aber Arun verstand sie nur zu gut. Wut führte zu solchen Reaktionen. Manchmal war er so wütend, daß er am liebsten sich selbst oder jemand anders umgebracht hätte, und es war ihm vollkommen gleichgültig, was er sagte oder tat.

Wieder einmal überlegte Arun, wie sein Leben wohl aussehen würde, wäre sein Vater nicht gestorben. Um einiges sorgenfreier als es jetzt war, da er so viele Personen finanziell unterstützen mußte, da er Varun irgendeine Stelle beschaffen mußte, weil er die IAS-Prüfungen nie und nimmer bestehen würde, da er Lata verheiraten mußte, bevor Ma sie mit diesem völlig ungeeigneten Haresh verheiratete.

Er war zu Hause angekommen. Durch die Hintertür ließ er die Süßigkeiten in die Küche bringen. Er summte vor sich hin und gratulierte seiner Mutter noch einmal. Ihre Augen füllten sich mit Tränen, und sie umarmte ihn. »Nur meinetwegen bist du so früh nach Hause gekommen«, rief sie. Ihm fiel auf, daß sie ihren hübschen braunen Sari aus Seide trug, und er wunderte sich darüber. Aber als die Gäste eintrafen, reagierte sie glaubhaft überrascht und erfreut.

»Und ich bin nicht richtig angezogen – mein Sari ist ganz verknittert! Ach, Asha Di, wie nett, daß du gekommen bist – wie nett von Arun, daß er dich eingeladen hat –, und ich hatte keine Ahnung, überhaupt keine!«

Asha Di war die Mutter einer früheren Flamme von Arun, und Meenakshi mußte ihr unbedingt erzählen, wie häuslich Arun geworden war. »Den halben Abend liegt er auf dem Boden und legt mit Aparna Puzzles.«

Alle amüsierten sich. Mrs. Rupa Mehra aß mehr Schokoladenkuchen, als ihr Arzt gutgeheißen hätte. Arun erzählte ihr, daß er auf dem Nachhauseweg vergeblich versucht habe, Rosen für sie zu kaufen.

Als die Gäste gegangen waren, begann Mrs. Rupa Mehra, ihre Geschenke auszupacken. Arun sagte Meenakshi kurz Bescheid und fuhr noch einmal los, um den Blumenhändler aufzutreiben.

Aber als sie das Geschenk von Arun und Meenakshi aufmachte, brach Mrs. Rupa Mehra in Tränen aus. Es war eine sehr teure japanische Lackschachtel, die irgend jemand Meenakshi geschenkt hatte. Meenakshi hatte einmal in Hörweite von Mrs. Rupa Mehra darüber gesagt, sie sei ›unglaublich häßlich, aber man kann sie ja weiterverschenken‹.

Mrs. Rupa Mehra verließ das Wohnzimmer und setzte sich in ihrem kleinen Zimmer aufs Bett. Sie wirkte gehetzt.

»Was ist los, Ma?« fragte Varun.

»Die Schachtel ist doch wunderschön, Ma«, sagte Savita.

»Du kannst sie behalten, mir liegt nichts daran«, schluchzte Mrs. Rupa Mehra. »Mir liegt auch nichts an den Blumen, ich weiß, was er empfindet, wie sehr er mich liebt, ihr könnt sagen, was ihr wollt, ich weiß es. Ihr könnt sagen, was ihr wollt. Geht jetzt, ich will allein sein.«

Sie sahen sie ungläubig an – es war, als ob die Garbo beschlossen hätte, zur Pul Mela zu kommen.

»Ach, Ma ist mal wieder schwierig. Arun behandelt sie viel besser als mich«, sagte Meenakshi.

»Aber, Ma ...« sagte Lata.

»Du auch, geh jetzt. Ich kenne ihn, er ist wie sein Vater. Trotz seiner Launen, seiner Wutanfälle, seiner Ausbrüche, seiner Hektik hat er ein großes Herz. Aber Meenakshi liegt trotz ihres Stils, ihrer Dankeschöns, ihrer Auf-Wiedersehens, ihres eleganten Lachens, ihrer Lackschachteln, ihrer Ballygunge-Chatterjis an niemandem etwas. Und an mir liegt ihr am allerwenigsten.«

»Du hast völlig recht, Ma«, sagte Meenakshi. »Wenn es dir beim erstenmal nicht gelingt, dann wein ein zweites und ein drittes Mal.« Unmöglich! dachte sie und rauschte aus dem Zimmer.

»Aber, Ma ...« sagte Savita und drehte die Schachtel in den Händen.

Mrs. Rupa Mehra schüttelte den Kopf.

Verwirrt verließen ihre Kinder langsam das Zimmer.

Mrs. Rupa Mehra fing wieder an zu weinen; entweder bemerkte sie es gar nicht, oder es war ihr gleichgültig. Keiner verstand sie, keins ihrer Kinder, niemand, nicht einmal Lata. Sie wollte nicht noch einen Geburtstag erleben. Warum hatte ihr Mann sie verlassen und war gestorben, da sie ihn doch so sehr liebte? Keiner würde sie je wieder so in den Armen halten, wie ein Mann eine Frau hält, keiner würde sie je wieder so aufheitern, wie man ein Kind aufheitert. Ihr Mann war seit acht Jahren tot, bald wäre er achtzehn Jahre tot, bald achtundzwanzig.

Als sie jung war, hatte sie Spaß im Leben haben wollen. Dann war ihre Mutter gestorben, und sie hatte sich um ihre jüngeren Geschwister kümmern müssen. Ihr Vater war schon immer unmöglich gewesen. Sie hatte ein paar glückliche Jahre mit Raghubir verlebt, dann war er gestorben. Das Leben hatte ihr, einer Witwe mit einem zu großen Anhang, hart mitgespielt.

Zorn auf ihren verstorbenen Mann, der ihr zu jedem Geburtstag einen Armvoll rote Rosen gebracht hatte, und auf das Schicksal und auf Gott ergriff sie. Wo gibt es Gerechtigkeit in der Welt, fragte sie sich, wenn ich jedes Jahr unsere Geburtstage und Hochzeitstage in einer Einsamkeit verbringen muß, die nicht einmal meine Kinder verstehen? Nimm mich bald von dieser schrecklichen Welt, betete sie. Laß mich nur noch diese dumme Lata verheiratet sehen und Varun gut versorgt mit einer Stelle und meinen ersten Enkelsohn, und dann kann ich getrost sterben.

16.3

Nachdem er ungefähr eine Stunde meditiert hatte, trat Dipankar aus seiner Hütte im Garten. Er hatte einen Entschluß gefaßt, was den nächsten Schritt in seinem Leben anbelangte. Dieser Entschluß war unwiderruflich, es sei denn, er würde es sich anders überlegen.

Der alte Gärtner und sein kleiner, dunkler, gutgelaunter junger Helfer machten sich mit den Rosen zu schaffen. Dipankar gesellte sich zu ihnen und bekam beunruhigende Klagen zu hören. Der zehnjährige Sohn des Chauffeurs hatte wieder einmal seiner Zerstörungswut freien Lauf gelassen. Er hatte ein paar noch nicht verblühten Chrysanthemen, die vor dem mit Kletterpflanzen bewachsenen Zaun vor den Dienstbotenquartieren wuchsen, die Köpfe abgeschlagen. Am liebsten hätte Dipankar trotz seines Hangs zur Gewaltlosigkeit und zur Meditation dem Jungen eine Ohrfeige gegeben. Was er getan hatte, war so sinnlos und idiotisch. Mit dem Vater des Jungen zu reden hatte nichts genützt. Der Chauffeur hatte nur verärgert reagiert. Die Mutter war der Herr im Haus und ließ den Jungen tun und lassen, was er wollte.

Cuddles stürmte heiser bellend auf Dipankar zu. Dipankar ließ ihn gedankenversunken einen Stecken apportieren. Dann wollte Cuddles gestreichelt werden. Er war ein seltsamer Hund, abwechselnd mörderisch wild und zärtlichkeitsbedürftig. Ein zerzauster Beo flog einen Angriff auf Cuddles, den das nicht weiter bekümmerte.

»Kann ich mit ihm spazierengehen, Dada?« fragte Tapan, der die Treppe von der Veranda herunterkam. Tapan wirkte, seitdem er für die Winterferien zurückgekehrt war, noch desorientierter, als es normalerweise nach der langen Zugfahrt der Fall war.

»Ja, klar. Halt ihn nur von Pillow fern ... Was ist los mit dir, Tapan? Du bist seit zwei Wochen wieder da und siehst immer noch elend aus. Ich weiß, seit einer Woche nennst du Ma und Baba nicht mehr ›Ma'am‹ und ›Sir‹ ...«

Tapan lächelte.

»... aber du gehst noch immer allen aus dem Weg. Hilf mir im Garten, wenn du nicht weißt, was du mit dir anfangen sollst, aber sitz nicht ständig in deinem Zimmer herum und lies Comics. Ma hat erzählt, daß sie versucht hat, mit dir zu reden, aber du hast nichts weiter gesagt, als daß du von der Schule weg- und nie wieder dorthin zurückwillst. Warum? Was stimmt nicht in Jheel? Ich weiß, daß du während der letzten Monate ein paar Migräneanfälle hattest und daß das sehr schmerzhaft ist, aber das kann überall passieren ...«

»Nichts«, sagte Tapan und rieb seine Faust an Cuddles' weißem Kopf. »Bis nachher, Dada, bis zum Mittagessen.«

Dipankar gähnte. Wenn er meditiert hatte, mußte er häufig gähnen. »Was ist schon dabei, wenn dein Zeugnis schlecht ausgefallen ist? Im letzten Jahr war es auch nicht viel besser, und trotzdem hast du dich nicht so verhalten wie jetzt. Du hast deine Freunde in Kalkutta noch nicht einmal besucht.«

»Baba war sehr streng, als er mein Zeugnis gesehen hat.«

Richter Chatterjis sanfter Tadel machte nachhaltigen Eindruck auf seine Söhne. An Meenakshi und Kuku perlte er ab wie Entenwasser.

Dipankar runzelte die Stirn. »Vielleicht solltest du ein bißchen meditieren.«

Tapan blickte angewidert drein. »Ich gehe jetzt mit Cuddles spazieren. Er ist ganz nervös.«

»Du sprichst mit mir«, sagte Dipankar. »Ich bin nicht dein Amit Da. Mich kannst du nicht mit Ausreden abspeisen.«

»Entschuldigung, Dada. Ja.« Tapan wurde sichtlich angespannt.

»Komm mit hinauf in mein Zimmer.« Dipankar war in der Jheel School einst Vertrauensschüler gewesen und verstand es, auf einer bestimmten Ebene Autorität auszuüben – im Moment auf etwas verträumte Art und Weise.

»In Ordnung.«

Während sie hinaufgingen, sagte Dipankar: »Und auch Bahadurs Lieblingsgerichte scheinen dir nicht zu schmecken. Gestern hat er gesagt, daß du frech zu ihm gewesen bist. Er ist ein alter Dienstbote.«

»Das tut mir leid.« Tapan sah wirklich unglücklich aus. Als sie in Dipankars Zimmer waren, wirkte er, als säße er in der Falle.

Im Zimmer standen keine Stühle, nur ein Bett, und alle möglichen Matten (darunter buddhistische Gebetsmatten) lagen herum, und an der Wand hing ein großes Gemälde von den Sundarbans, das Kuku gemalt hatte. In dem einzigen Regal standen religiöse Bücher, ein paar wirtschaftswissenschaftliche Fachbücher und eine rote Bambusflöte, auf der Dipankar, wenn ihn die Lust dazu überfiel, höchst unmelodisch und leidenschaftlich spielte.

»Setz dich auf die Matte da«, sagte Dipankar und deutete auf eine blaue Stoffmatte mit einem kreisrunden lila-gelben Muster in der Mitte. »Also, was ist los? Es hat was mit der Schule zu tun, so viel ist klar, aber es ist nicht das Zeugnis.«

»Es ist nichts«, sagte Tapan verzweifelt. »Dada, warum kann ich dort nicht weggehen? Mir gefällt es einfach nicht. Warum kann ich nicht wie Amit Da auf St. Xavier hier in Kalkutta gehen? Er mußte nicht nach Jheel.«

»Tja, wenn du willst ...« Dipankar zuckte die Achseln.

Er dachte daran, daß erst, als Amit in St. Xavier gut aufgehoben war, Kollegen von Richter Chatterji die Jheel School empfohlen hatten – und zwar so sehr, daß er beschloß, seinen zweiten Sohn dorthin zu schicken. Dipankar hatte es dort gefallen, und er war ein besserer Schüler gewesen, als seine Eltern erwartet hatten. Deswegen folgte ihm Tapan nach.

»Als ich Ma erzählt habe, daß ich dort wegwill, wurde sie ärgerlich und hat gesagt, ich soll mit Baba reden – aber mit Baba kann ich nicht reden. Er wird mich nach den Gründen fragen. Und es gibt keine Gründe. Ich hasse es dort, das ist alles. Deswegen bekomme ich auch diese Kopfschmerzen. Abgesehen davon geht es mir gut.«

»Vermißt du dein Zuhause?« fragte Dipankar.
»Nein – ich meine, nicht wirklich.« Tapan schüttelte den Kopf.
»Hat jemand versucht, dich zu schikanieren?«
»Bitte, laß mich jetzt gehen, Dada. Ich will nicht darüber reden.«
»Wenn ich dich jetzt gehen lasse, wirst du es mir nie erzählen. Also, was ist los? Tapan, ich will dir helfen, aber du mußt mir erzählen, was passiert ist. Ich verspreche dir, daß ich es nicht weitererzählen werde.«

Dipankar war betroffen, als er sah, daß Tapan weinte und daß er jetzt, weil er deswegen wütend auf sich selbst war, die Tränen wegwischte und seinen älteren Bruder böse ansah. Mit dreizehn Jahren noch zu weinen war eine Schande, das wußte er. Dipankar legte ihm den Arm um die Schultern; er wurde zornig abgeschüttelt. Aber langsam kam die Geschichte ans Tageslicht, unter dramatischen Ausbrüchen, langen Phasen des Schweigens und wütenden Schluchzern. Es war keine schöne Geschichte, auch nicht in den Augen von Dipankar, der Jahre vorher in die Jheel School gegangen und auf einiges gefaßt war.

Eine Gruppe von drei älteren Jungen drangsalierte Tapan. Ihr Anführer war der Kapitän der Hockeymannschaft, abgesehen vom Vorsteher der älteste Vertrauensschüler im Haus. Er war sexuell besessen von Tapan und zwang ihn, jede Nacht stundenlang Purzelbäume auf der Veranda zu schlagen – als Alternative zu vier Purzelbäumen nackt in seinem Zimmer. Tapan wußte, was er wollte, und weigerte sich. Manchmal war er gezwungen, die Purzelbäume vor der versammelten Schülerschaft zu schlagen, weil auf seinem Schuh angeblich ein Staubfleck war, manchmal mußte er eine Stunde lang um den See (nach dem die Schule benannt war) rennen, bis er dem Zusammenbruch nahe war – aus keinem anderen Grund als der Laune des Vertrauensschülers. Protest war zwecklos, weil Ungehorsam zu weiteren Strafen geführt hätte. Mit dem Hausvorsteher zu sprechen war sinnlos, weil die Solidarität der älteren Schüler nur weitere Qualen zur Folge gehabt hätte. Mit dem Hausmeister, einem freundlichen, unfähigen Dummkopf, dem sein ungestörtes Leben mit seinen Hunden und seiner schönen Frau über alles ging, zu sprechen hätte Tapan als Petzer gebrandmarkt – dann wäre er auch noch von denen gemieden und verfolgt worden, die jetzt Mitgefühl mit ihm hatten. Und oft genug machten sich auch die Gleichaltrigen über ihn wegen der Obsession seines mächtigen Bewunderers lustig und deuteten an, daß Tapan die Qualen insgeheim genoß.

Tapan war kräftig und stets bereit, von seinen Fäusten oder seiner spitzen Chatterji-Zunge Gebrauch zu machen, aber die großen und kleinen Grausamkeiten hatten ihn zermürbt. Er fühlte sich von ihrem Gewicht und seiner Isolation erdrückt. Nichts und niemand bestätigte ihm, daß er im Recht war, außer einem Tagore-Lied, das die versammelten Schüler sangen. Aber letztlich vertiefte es seine Einsamkeit nur noch.

Dipankar blickte grimmig drein, während er zuhörte. Er kannte das System aus Erfahrung, und ihm war klar, wie unzulänglich die Mittel waren, die einem Dreizehnjährigen gegen drei Siebzehnjährige zur Verfügung standen, die dieses brutale System mit absoluter Macht ausgestattet hatte. Aber er hatte keine Ahnung, was noch kommen sollte. Tapan redete nahezu wirr, als er das Schlimmste erzählte.

Die Bande des Vertrauensschülers machte sich einen Spaß daraus, nachts die Zibetkatzen zu jagen, die sich im Speicher ihres Hauses aufhielten. Sie schlugen ihnen die Köpfe ein und häuteten sie, und unter Duldung des Nachtwächters verließen sie das Schulgelände und verkauften die Felle und die Duftdrüsen. Als sie herausfanden, daß das Töten der Katzen Tapan Angst und Schrecken einjagte, fanden sie es besonders anregend, ihn zu zwingen, Truhen zu öffnen, in denen die toten Katzen lagen. Tapan drehte dann durch, rannte schreiend auf die älteren Jungen zu und schlug mit den Fäusten auf sie ein. Das empfanden sie als erheiternd, insbesondere deswegen, weil sie ihn dabei abtasten konnten.

In einem Fall erdrosselten sie eine Katze, zwangen Tapan, dabei zuzusehen, erhitzen eine Eisenstange und schlitzten damit die Kehle der Katze auf. Dann spielten sie mit ihrem Kehlkopf.

Dipankar starrte seinen Bruder nahezu gelähmt an. Tapan zitterte und keuchte.

»Hol mich dort raus, Dada – ich kann dort nicht bleiben – ich werde vom Zug springen, wirklich. Jeden Morgen, wenn die Glocke läutet, möchte ich sterben.«

Dipankar nickte und legte einen Arm um seine Schulter. Diesmal wurde er nicht abgeschüttelt.

»Eines Tages werde ich ihn umbringen«, sagte Tapan mit einem solchen Haß, daß Dipankar schauderte. »Nie werde ich seinen Namen vergessen und sein Gesicht. Nie werde ich vergessen, was er getan hat. Nie.«

Dipankar dachte an seine eigene Schulzeit. Es hatte eine Menge unerfreulicher Vorfälle gegeben, aber dieser fortdauernde psychopathische Sadismus raubte ihm die Sprache.

»Warum hast du mir nicht früher erzählt, daß es dort so zugeht? Warum?« sagte Tapan, noch immer leicht keuchend. In seinen Augen spiegelten sich Elend und Vorwürfe.

»Aber – aber ich habe die Schule nie so erlebt – meine Schulzeit war insgesamt nicht unglücklich. Das Essen war schlecht, die Omeletts schmeckten wie tote Eidechsen, aber ...« Er hielt kurz inne. »Tut mir leid, Tapan ... Ich habe in einem anderen Haus gelebt, und, na ja, die Zeiten haben sich geändert. Aber euer Hausmeister sollte auf der Stelle gefeuert werden. Und diese Jungen – die sollten ...« Er beherrschte sich mühsam, dann fuhr er fort: »Banden haben immer die jüngeren Schüler terrorisiert, auch zu meiner Zeit, aber das ...« Er schüttelte den Kopf. »Ergeht es anderen Jungen ähnlich schlimm?«

»Nein«, sagte Tapan. Dann korrigierte er sich. »Er hat sich früher schon mal einen Jungen ausgesucht, aber der hat nach einer Woche aufgegeben und ist in sein Zimmer gegangen.«

Dipankar nickte.

»Wie lange geht das schon so?«

»Seit über einem Jahr. Aber es ist schlimmer geworden, seitdem er Vertrauensschüler ist. Das letzte Jahr war ...«
»Warum hast du es mir nicht früher erzählt?«
Tapan schwieg. Dann brach es voller Leidenschaft aus ihm heraus: »Dada, versprich mir, bitte versprich mir, daß du es niemandem erzählen wirst.«
»Ich verspreche es«, sagte Dipankar. Seine Fäuste waren geballt. »Nein, warte. Ich werde es Amit Da erzählen müssen.«
»Nein!«
Tapan verehrte Amit und konnte es nicht ertragen, wenn er von seiner unwürdigen Behandlung und den damit verbundenen Schrecken erfuhr.
»Das mußt du mir überlassen, Tapan«, sagte Dipankar. »Wir müssen Ma und Baba überzeugen können, dich aus der Schule zu holen, ohne daß sie die Einzelheiten erfahren. Das schaffe ich allein nicht. Amit und ich zusammen können es schaffen. Ich werde es Amit und sonst niemandem erzählen.« Er sah Tapan voll Mitleid, Zuneigung und Trauer an. »Ist das okay? Nur Amit? Niemand sonst. Ich verspreche es.«
Tapan nickte und stand auf. Dann fing er wieder an zu weinen und setzte sich erneut.
»Willst du dir das Gesicht waschen?«
Tapan nickte und ging ins Badezimmer.

16.4

»Ich schreibe«, sagte Amit mürrisch. »Verschwinde.« Er blickte von seinem Schreibtisch auf und zu Dipankar und wieder hinunter auf das Papier.
»Schick deine Muse fort, Dada. Sie soll wiederkommen, wenn wir fertig sind.«
Amit runzelte die Stirn. Dipankar trat selten so bestimmt auf. Irgend etwas mußte los sein. Aber er spürte, wie die Inspiration ihn langsam verließ, und das gefiel ihm nicht.
»Was ist los, Dipankar? Als ob es nicht schon reichen würde, daß Kuku mich ständig stört. Gerade eben war sie hier, um mir zu erzählen, daß Hans etwas einzigartig Süßes getan hat. Ich weiß nicht einmal mehr, was es war. Aber sie mußte es jemandem erzählen, und du warst in deiner Hütte. Also, was gibt's?«
»Zuerst die gute Nachricht.« Dipankar ging taktisch vor. »Ich habe beschlossen, in einer Bank zu arbeiten. Deine Muse kann dich also weiterhin aufsuchen.«
Amit sprang von seinem Stuhl auf und ergriff seine Hände. »Ist das dein Ernst?«
»Ja. Als ich heute meditiert habe, ist mir alles klargeworden. Kristallklar. Mein Entschluß ist unwiderruflich.«

Amit war so erleichtert, daß er Dipankar nicht einmal nach seinen Gründen fragte. Sie wären, dessen war er sich sicher, eingebettet in unverständlichen, mit Großbuchstaben geschriebenen Abstraktionen.
»Und wie lange wird er unwiderruflich bleiben?«
Dipankar schien gekränkt.
»Tut mir leid. Gut, daß du es mir sagst.« Amit runzelte die Stirn und steckte die Kappe auf seinen Füller. »Du tust das nicht für mich, oder? Ein Opfer auf dem Altar der Literatur?« Er blickte etwas einfältig und dankbar drein.
»Nein«, sagte Dipankar. »Ganz und gar nicht.« Aber das stimmte nicht ganz; die Auswirkungen seiner Entscheidung auf Amits Leben hatten ihn sehr wohl beeinflußt. »Aber es ist Tapan, über den ich mit dir reden will. Komme ich ungelegen?«
»Nein, du hast mich bereits herausgerissen. Er macht zur Zeit keinen besonders glücklichen Eindruck.«
»Dir ist es also aufgefallen?«
Amit, der mit seinem Roman kämpfte, war um so unempfindlicher für die Gefühle seiner Familie, je empfindsamer er für die Gefühle seiner Figuren wurde.
»Ja, das ist mir aufgefallen. Und Ma sagt, daß er von der Schule will.«
»Weißt du, warum?«
»Nein.«
»Darüber will ich mit dir reden. Kann ich die Tür schließen? Kuku ...«
»Kuku kommt stimmlich durch jede Tür, sie sind kein Hindernis für sie. Aber mach zu, wenn du willst.«
Dipankar schloß die Tür und setzte sich auf den Stuhl neben dem Fenster. Er erzählte Amit, was Tapan ihm erzählt hatte. Amit hörte zu und nickte von Zeit zu Zeit. Er war angewidert. Auch er war erst einmal sprachlos.
»Wie lange mußte Tapan das alles auf sich nehmen?« fragte er schließlich.
»Mindestens ein Jahr.«
»Mir dreht sich der Magen um. Bist du sicher, daß er – daß er es sich nicht einbildet – zumindest einen Teil? Es scheint mir so ...«
»Er bildet sich nichts davon ein, Dada.«
»Warum hat er sich nicht an die Schulleitung gewandt?«
»Das ist keine Tagesschule, Dada, die Jungen hätten ihm das Leben nur noch mehr zur Hölle gemacht – wenn man sich das überhaupt vorstellen kann.«
»Das ist schrecklich. Das ist wirklich schrecklich. Wo ist er jetzt? Wie geht es ihm?«
»In meinem Zimmer. Vielleicht ist er auch mit Cuddles spazierengegangen.«
»Wie geht es ihm?« wiederholte Amit.
»Er ist in Ordnung. Aber das wird sich ändern, wenn er in einem Monat zurück nach Jheel muß.«
»Seltsam. Ich hatte keine Ahnung davon. Überhaupt keine. Armer Tapan. Er hat nie irgendwas davon erwähnt.«

»Tja, Amit Da«, sagte Dipankar. »Ist das seine Schuld? Wahrscheinlich meint er, wir würden einen Zweizeiler darüber erfinden. In unserer Familie spricht doch keiner mit dem anderen, wir tauschen nur brillante Einfälle aus.«
Amit nickte. »Will er auf ein anderes Internat?«
»Ich glaube nicht. Jheel ist so gut oder so schlecht wie alle anderen. Sie züchten entweder Konformisten oder Menschenschinder.«
»Du warst in Jheel.«
»Ich rede von einer allgemeinen Tendenz, Amit Da, nicht über unveränderliche Effekte. Wir müssen etwas unternehmen. Ich meine, wir beide. Ma wird einen hysterischen Anfall bekommen, wenn sie davon erfährt. Und Tapan wird Baba nicht mehr ins Gesicht sehen können, wenn er glaubt, er wüßte es. Kuku hat manchmal gute Ideen, aber es wäre idiotisch anzunehmen, sie würde es für sich behalten. Und Meenakshi kommt nicht in Frage: Die Mehras wüßten es sofort, und was Aruns Mutter heute weiß, weiß morgen die ganze Welt. Es war schwierig genug, Tapan dazu zu bringen, es mir zu erzählen. Und ich habe ihm versprochen, nur mit dir darüber zu reden.«
»Und er war einverstanden?«
Dipankar zögerte den Bruchteil einer Sekunde. »Ja«, sagte er.
Amit schraubte die Kappe wieder von seinem Füller und zeichnete einen kleinen Kreis über das Gedicht, das er geschrieben hatte. »Ist es auf seiner Stufe nicht schwierig, an einer anderen Schule zugelassen zu werden?« Er stattete den Kreis mit Augen und zwei großen Ohren aus.
»Nicht, wenn du mit jemandem von St. Xavier sprichst«, antwortete Dipankar. »Es ist deine alte Schule, und ständig reden sie davon, wie stolz sie auf dich sind.«
»Stimmt«, sagte Amit nachdenklich. »Und ich habe dort dieses Jahr eine Rede gehalten und eine Lesung gemacht, was ich selten tue. Vermutlich könnte ich mit ihnen reden – aber welche Begründung soll ich ihnen geben? Nicht seinen Gesundheitszustand. Du hast gesagt, daß er über den See und wieder zurück schwimmen kann. Seine Kopfschmerzen? Wenn sie von der Zugfahrt verursacht werden, vielleicht. Wie auch immer, wenn wir ihn in einer anderen Schule unterbringen, wird Ma schon ein Argument weniger haben. Es wäre eine Art Fait accompli.«
»Tja, wie Baba immer sagt, kein Fait ist accompli, bis es accompli ist.«
Amit dachte an Tapans Elend, und er vergaß sein Gedicht. »Ich werde nach dem Mittagessen hinfahren«, sagte er. »Hat Kuku den Wagen beschlagnahmt?«
»Ich weiß es nicht.«
»Und wie werden wir Ma überzeugen?« fragte Amit, der besorgt, nahezu verbittert wirkte.
»Das ist das Problem«, sagte Dipankar. Seine Entscheidung, in eine Bank einzutreten, hatte ihn für ungefähr eine Stunde zu einem entschlossenen Mann gemacht, aber die Wirkung ließ langsam nach. »Was kann er hier in Kalkutta tun, was er in einem Internat wie Jheel nicht tun kann? Vermutlich kann er nicht

plötzlich ein Interesse für Astronomie entwickeln, oder? Dann könnte er ohne ein Teleskop auf dem Dach nicht mehr leben. Der Durst nach Wissen und so. Er müßte zu Hause bleiben und in eine normale Schule gehen.«

Amit lächelte. »Das wird Ma nicht sonderlich gefallen: ein Dichter, ein Seher und ein Astronom. Tut mir leid, Bankangestellter und Seher.«

»Kopfschmerzen?«

»Kopfschmerzen?« sagte Amit. »Ach, ich verstehe, seine Migräne. Ja, das wird was nützen, aber – wir sollten nicht an Tapan denken, sondern an Ma.«

Nach ein paar Minuten schlug Dipankar vor: »Wie wäre es mit bengalischer Kultur?«

»Bengalischer Kultur?«

»Ja, weißt du, in dem Buch, das in Jheel benutzt wird, ist nur ein Lied von Tagore. Dort wird auch nicht Bengali unterrichtet und ...«

»Dipankar, du bist ein Genie.«

»Ja«, stimmte Dipankar zu.

»Das ist genau das richtige. ›Tapan geht seiner bengalischen Seele verlustig im Sumpf der Großen Indischen Sensibilität.‹ Erst neulich hat sie über sein Bengali geklagt. Zumindest sollten wir es versuchen. Aber vielleicht sollten wir es nicht dabei belassen. Wenn es in Jheel so zugeht, sollten wir uns beim Direktor beschweren und, wenn nötig, einen großen Wirbel drum machen.«

Dipankar schüttelte den Kopf. »Wenn Baba davon erfährt, wird genau das passieren. Und im Augenblick liegt mir Tapan mehr am Herzen als das Bekanntmachen der Brutalitäten in Jheel. Aber, Amit Da, du mußt mit Tapan reden. Verbring ein bißchen Zeit mit ihm. Er bewundert dich.«

Amit nahm den deutlichen Tadel seines jüngeren Bruders an. »Ich bin beeindruckt von uns«, sagte er nach kurzem Schweigen. »Wir sind ein praktisch veranlagtes Gespann. Helfer in der Not. Weitreichende Erfahrungen in Jurisprudenz und Ökonomie. Wir entwickeln Lösungen, während sie warten: unerschrocken, unmittelbar und unwiderruflich ...«

Dipankar schnitt ihm das Wort ab. »Ich werde beim Tee mit Ma reden, Dada. Tapan hatte seit Monaten darunter zu leiden, er sollte es nicht noch einen Tag länger ertragen müssen. Wenn du und ich – und hoffentlich Ma – uns einig sind und Tapan in Jheel so offensichtlich unglücklich ist, wird Baba nachgeben. Außerdem wird er sich freuen, wenn Tapan in Kalkutta bleibt. Er vermißt ihn, wenn er fort ist. Er ist das einzige seiner Kinder, das kein PROBLEM ist – abgesehen von seinen Zeugnissen.«

Amit nickte. »Warte nur, bis er das Alter der Verantwortung erreicht hat, bis dahin wird er seine Variante von Verantwortungslosigkeit entwickelt haben. Sonst ist er kein Chatterji.«

16.5

»Aber ich dachte, du nennst ihn Shambhu«, sagte Mrs. Chatterji zu ihrem Gärtner. Sie meinte seinen jungen Helfer, der um kurz nach fünf Uhr nach Hause gegangen war.

»Ja«, erwiderte der alte Mann und nickte heftig. »Memsahib, wegen der Chrysanthemen ...«

»Aber als er gegangen ist, hast du ihn Tirru gerufen«, beharrte Mrs. Chatterji. »Heißt er nun Shambhu oder Tirru? Ich dachte, er heißt Shambhu.«

»Ja, Memsahib, so ist es.«

»Warum nennst du ihn dann Tirru?«

»Er hat seinen Namen geändert, Memsahib«, erklärte der Gärtner. »Er ist auf der Flucht vor der Polizei.«

»Vor der Polizei?« Mrs. Chatterji war verwirrt.

»Ja, Memsahib. Aber er hat nichts getan. Die Polizei schikaniert ihn nur. Ich glaube, es hat was mit seiner Lebensmittelkarte zu tun. Vielleicht mußte er etwas Ungesetzliches tun, um eine zu bekommen, weil er nicht von hier ist.«

»Ist er nicht aus Bihar?« fragte Mrs. Chatterji.

»Ja, Memsahib. Oder aus Purva Pradesh. Oder vielleicht sogar aus dem östlichen Uttar Pradesh. Er spricht nicht gern darüber. Aber er ist ein guter Junge. Sie sehen selbst, daß er keinen Schaden anrichtet.« Er deutete mit seiner Hacke auf das Beet, in dem Tirru Unkraut gejätet hatte.

»Aber warum ist er hier?«

»Er meint, daß er im Haus eines Richters am sichersten ist, Memsahib.«

Die Logik dieses Arguments nahm Mrs. Chatterji den Wind aus den Segeln. »Aber ...« begann sie und überlegte es sich dann anders. »Was wolltest du wegen der Chrysanthemen sagen?«

Während ihr der Gärtner die Raubzüge des Chauffeur-Sohnes schilderte, nickte Mrs. Chatterji, ohne zuzuhören. Wie sonderbar, dachte sie. Vielleicht sollte ich es meinem Mann erzählen. Ach, da ist Dipankar. Ich werde ihn fragen. Und sie winkte ihn zu sich.

Dipankar kam herüber. Er trug eine Kurta-Pajama und wirkte sehr ernst.

»Etwas Außergewöhnliches ist passiert, Dipankar«, sagte seine Mutter. »Ich brauche deinen Rat.«

»Und er mißhandelt auch die Bäume, Memsahib«, fuhr der Gärtner fort, der seinen Verbündeten sich nähern sah. »Zuerst hat er die Litschis abgerissen, dann die Guaven, dann die kleinen Brotfrüchte vom Baum dort hinten. Ich war wirklich wütend. Nur ein Gärtner versteht die Schmerzen eines Baums. Wir bemühen uns und schwitzen, bis die Bäume endlich tragen, und dann holt dieses Ungeheuer mit Stecken und Steinen die Früchte herunter. Ich habe sie dem Chauffeur gezeigt, und was hat er gesagt? Er wurde nicht mal wütend, hat ihm nicht mal eine Ohrfeige gegeben, sondern gesagt: ›Sohn, so etwas tut man nicht.‹ Wenn mein Kind gegen seinen großen weißen Wagen treten würde, dann würde er auch etwas empfinden.«

»Ja, ja, sehr schlimm«, sagte Mrs. Chatterji vage. »Dipankar, wußtest du, daß der dunkle junge Mann, der dem Gärtner hilft, auf der Flucht vor der Polizei ist?«

»Oh?« sagte Dipankar philosophisch.

»Aber bist du nicht fassungslos?«

»Noch nicht. Warum?«

»Wir könnten alle ermordet werden in unseren – unseren Betten.«

»Was hat er getan?«

»Er könnte alles mögliche getan haben. Der Mali sagt, daß es etwas mit seiner Lebensmittelkarte zu tun hat. Aber er ist sich nicht sicher. Was soll ich tun? Dein Vater wird ärgerlich werden, wenn er erfährt, daß wir einem Flüchtigen Unterschlupf gewähren. Und er ist noch nicht einmal aus Bengalen.«

»Er ist ein guter Junge, dieser Shambhu ...«

»Er heißt nicht Shambhu, sondern Tirru. Das ist anscheinend sein richtiger Name.«

»Wir sollten Baba nicht unnötig aufregen ...«

»Aber ein Richter am Hohen Gericht – um dessen Chrysanthemen sich ein gesuchter Verbrecher kümmert ...«

Dipankar blickte zu den großen weißen Chrysanthemen jenseits von seiner Hütte – zu den wenigen Blüten, die die Jahreszeit und der Sohn des Chauffeurs bislang verschont hatten. »Ich rate zu Untätigkeit«, sagte er. »Baba wird genug um die Ohren haben, jetzt, wo Tapan nicht mehr nach Jheel zurückkehrt.«

»Natürlich hat die Polizei nicht immer – was? Was hast du gesagt?«

»Und statt dessen nach St. Xavier gehen wird. Das ist eine kluge Wahl. Und anschließend kann er vielleicht nach Shantiniketan, Ma.«

»Shantiniketan?« Mrs. Chatterji verstand nicht, was dieses heilige Wort mit der zur Debatte stehenden Angelegenheit zu tun hatte. Vor ihrem geistigen Auge sah sie Bäume – hohe Bäume, unter denen sie gesessen und am Unterricht Gurudebs, ihres Meisters, der den Garten der bengalischen Kultur wässerte, teilgenommen hatte.

»Weil er von der bengalischen Muttererde getrennt lebt, ist er so unglücklich. Er hat eine gespaltene Seele, Ma, siehst du das nicht?«

»Jedenfalls hat er zwei Namen«, sagte Mrs. Chatterji und nahm die falsche Abzweigung. »Aber was soll das mit Tapan und St. Xavier?«

Dipankar wurde seelenvoll. Seine Stimme war erfüllt von stiller Traurigkeit. »Ich habe von Tapan gesprochen, Mago. Er braucht nicht den See von Jheel, sondern er vermißt ›deine tiefen Teiche, sanft und kühl wie der mitternächtliche Himmel‹. Deswegen ist er so bedrückt. Deswegen sind seine Zeugnisse so schlecht. Und er sehnt sich nach den Liedern Tagores – nach Kuku und dir, wenn ihr Rabindhrasangeet singt – in der Abenddämmerung, in der Stunde, wenn die

Kühe Staub aufwirbeln...« Dipankar sprach voller Überzeugung, denn er hatte sich selbst überzeugt. Jetzt rezitierte er die magischen Verse:

»Schließlich wurde mein Heimweh zu groß ...
Ich verneige mich, ich verneige mich vor dir, mein schönes Mutterland
                                                          Bengalen!
Vor den Ufern deiner Flüsse, vor deinen Winden, die erfrischen und trösten;
vor deinen Feldern, deren Staub der Himmel sich herabneigt zu küssen;
vor deinen verschleierten Dörfern, wo man Schatten und Frieden findet;
vor deinen üppigen Mangowäldern, wo die Hirtenjungen spielen;
vor deinen tiefen Teichen, sanft und kühl wie der mitternächtliche Himmel;
vor deinen warmherzigen Frauen, die das Wasser nach Hause tragen;
in meiner Seele erzittere ich und weine, wenn ich dich Mutter nenne.«

Mrs. Chatterji sprach die Worte gemeinsam mit ihrem Sohn. Sie war tief bewegt. Dipankar war tief bewegt.

(Nicht daß Kalkutta auch nur eines der oben beschriebenen Charakteristika aufwies.)

»Deswegen hat er geweint«, schloß Dipankar schlicht.

»Aber er hat nicht geweint«, sagte Mrs. Chatterji. »Er hat nur finstere Blicke um sich geworfen.«

»Nur um dir und Baba Schmerz zu ersparen, deswegen weint er nicht vor euch. Aber Ma, ich schwöre bei meinem Leben und bei meiner Seele, daß er heute geweint hat.«

»Also wirklich, Dipankar.« Mrs. Chatterji war erstaunt und über Dipankars Inbrunst nicht nur erfreut. Dann dachte sie an Tapan, dessen Bengali sich wirklich verschlechtert hatte, seit er in Jheel war, und der Gedanke an sein Unglück überwältigte sie.

»Aber welche Schule wird ihn auf seiner Stufe aufnehmen?« fragte sie.

Dipankar fegte diesen unbedeutenden Einwand vom Tisch. »Ich habe vergessen zu erwähnen, daß Amit bereits die Zustimmung von St. Xavier, ihn aufzunehmen, eingeholt hat. Es fehlt nur noch die Zustimmung seiner Mutter ... ›In meiner Seele erzittere ich und weine, wenn ich dich Mutter nenne‹«, murmelte er vor sich hin.

Bei dem Wort Mutter wischte sich Mrs. Chatterji, gute Brahmo, die sie war, eine Träne ab.

Ein Gedanke schoß ihr durch den Kopf. »Aber Baba?« sagte sie. Die Ereignisse hatten sie überwältigt; eigentlich wußte sie nicht, ob sie alles richtig verstanden hatte. »Das kommt alles so plötzlich – und die Schulgebühren –, hat er wirklich geweint? Und es wird ihn nicht zurückwerfen?«

»Amit hat zugestimmt, Tapan wenn nötig Nachhilfe zu geben«, sagte Dipankar über Amits Kopf hinweg. »Und Kuku wird ihm pro Woche ein Tagore-Lied beibringen. Und du kannst ihm bei der bengalischen Schrift helfen.«

»Und du?« fragte seine Mutter.

»Ich? Ich? Ich werde keine Zeit haben, ihm irgend etwas beizubringen, denn vom nächsten Monat an werde ich bei Grindlays arbeiten.«

Seine Mutter sah ihn überrascht an und wagte kaum zu glauben, was sie eben gehört hatte.

16.6

Sieben Chatterjis und sieben Nicht-Chatterjis hatten sich zum Abendessen um den langen ovalen Tisch im Haus in Ballygunge versammelt.

Glücklicherweise saßen Amit und Arun nicht nahe beieinander. Beide neigten zu ausgeprägten Meinungen, Amit bei manchen Themen, Arun bei allen; und zu Hause hielt sich Amit nicht zurück. Zudem handelte es sich um eine Art Gesellschaft, in der er sich wohl fühlte: die sieben Nicht-Chatterjis waren eine Erweiterung des Clans durch Heirat – oder würden es bald sein. Es waren Mrs. Rupa Mehra und ihre vier Kinder sowie Pran (der erholt aussah) und der junge deutsche Diplomat, Kukus erfolgreicher Verehrer. Meenakshi Mehra wurde in Ballygunge zu den Chatterjis gezählt. Der alte Mr. Chatterji hatte ausrichten lassen, daß er verhindert sei.

»Es ist nichts«, sagte Tapan, der vom Garten hereinkam. »Vielleicht will er einfach nicht länger angebunden sein. Warum kann ich ihn nicht losbinden? Es sind doch keine Pilze da.«

»Was? Damit er Hans zum zweitenmal beißt?« sagte Mrs. Chatterji. »Nein, Tapan.«

Hans blickte ernst und ein bißchen verwirrt drein. »Pilze?« fragte er. »Bitte, was bedeutet ›Pilz‹ in diesem Kontext?«

»Du kannst es genausogut erfahren«, sagte Amit. »Seitdem dich Cuddles gebissen hat, bist du praktisch unser Blutsbruder. Oder Speichelbruder. Ein Pilz ist ein junger Mann, der sich in Kuku verguckt hat. Sie sprießen überall. Manche bringen Blumen mit, andere schmachten nur und blasen Trübsal. Paß lieber auf, wenn du sie heiratest. Ich würde keinem Pilz trauen, weder einem eßbaren noch einem anderen.«

»Nein, wirklich nicht«, sagte Hans.

»Wie geht es Krishnan, Kuku?« fragte Meenakshi, die der Unterhaltung nur teilweise gefolgt war.

»Er hat es sehr gut verkraftet«, sagte Kuku. »Er wird in meinem Herzen immer einen besonderen Platz einnehmen«, fügte sie trotzig hinzu.

Hans blickte noch ernster drein.

»Ach, mach dir keine Gedanken, Hans«, sagte Amit. »Das sagt gar nichts. Kuku hat in ihrem Herzen nur besondere Plätze.«

»Das stimmt nicht«, sagte Kuku. »Und du hast kein Recht, so zu reden.«
»Ich?« fragte Amit.
»Ja, du. Du hast überhaupt kein Herz. Hans nimmt sich dieses flapsige Gerede über die Liebe immer sehr zu Herzen. Er hat eine wirklich unverdorbene Seele.«
Meenakshi, die etwas zuviel getrunken hatte, murmelte:

>»Der Herr, den ich meine,
>will stets nur das eine.«

Hans wurde rot.
»Unsinn, Kuku«, sagte Amit. »Hans ist ein starker Mann, der alles verkraftet. Das merkt man schon an seinem Händedruck.«
Hans zuckte zusammen.
Mrs. Chatterji hielt es für angebracht einzuschreiten. »Hans, nimm nicht ernst, was Amit sagt.«
»Richtig«, stimmte Amit ihr zu. »Nur, was ich schreibe.«
»Wenn er beim Schreiben nicht vorankommt, wird er launisch. Hast du Neuigkeiten von deiner Schwester?«
»Nein, aber ich rechne jeden Tag damit, von ihr zu hören«, sagte Hans.
»Hältst du uns für eine typische Familie, Hans?« fragte Meenakshi.
Hans überlegte kurz und gab dann eine diplomatische Antwort: »Ich würde sagen, ihr seid eine atypisch typische Familie.«
»Nicht eine typisch atypische?« hakte Amit nach.
»Er ist nicht immer so«, sagte Kuku zu Lata.
»Nein?« fragte Lata.
»O nein – er ist viel weniger ...«
»Weniger was?« wollte Amit wissen.
»Weniger selbstsüchtig!« sagte Kuku ärgerlich. Sie hatte versucht, ihn vor Lata zu verteidigen. Aber Amit schien wieder einmal in einer Laune zu sein, in der ihm die Gefühle der anderen gleichgültig waren.
»Wenn ich versuchen würde, weniger selbstsüchtig zu sein«, sagte Amit, »dann würde ich alle die Eigenschaften verlieren, die mich netto zu einem Freudenspender machen.«
Mrs. Rupa Mehra sah Amit nahezu erschrocken an.
Amit erklärte: »Damit meine ich, Ma, daß meine Schwestern dann ständig auf mir herumhacken und mich gefügig machen würden. Darunter würde mein literarisches Schaffen leiden, und da mein literarisches Schaffen wesentlich mehr Menschen erfreut, als ich persönlich kenne, wäre das für die Welt ein Netto-Verlust.«
Das erschien Mrs. Rupa Mehra als erstaunlich arrogant. »Ist das für dich eine Rechtfertigung, dich gegenüber deinen Mitmenschen schlecht zu benehmen?« fragte sie.
»Ja, ich glaube schon«, sagte Amit, den die Stichhaltigkeit seines Arguments

mit sich riß.»Auf jeden Fall lasse ich mir zu den seltsamsten Zeiten etwas zu essen bringen und beantworte Briefe nie rechtzeitig. Manchmal, wenn ich gerade richtig inspiriert bin, beantworte ich sie monatelang nicht.«

Das war in Mrs. Rupa Mehras Augen schiere Schurkerei. Briefe nicht zu beantworten war unverzeihlich. Sollte sich diese Einstellung verbreiten, wäre das das Ende des zivilisierten Lebens, wie sie es kannte. Sie warf einen Blick zu Lata, die Gefallen an der Unterhaltung zu finden schien, aber nicht daran teilnahm.

»Ich bin sicher, daß keins meiner Kinder je so etwas tun würde«, sagte Mrs. Rupa Mehra.»Wenn ich weg bin, schreibt mir mein Varun jede Woche.« Sie wirkte nachdenklich.

»Das glaub ich dir, Ma«, sagte Kuku.»Aber wir haben Amit einfach so verhätschelt, daß er meint, alles tun zu können und ungeschoren davonzukommen.«

»Ganz recht«, sagte Amits Vater am anderen Ende des Tisches.»Savita hat mir gerade erzählt, wie faszinierend sie die Juristerei findet und wie sehr sie sich darauf freut, einmal als Anwältin zu arbeiten. Warum sich überhaupt qualifizieren, wenn man dann nichts daraus macht?«

Amit schwieg.

»Dipankar ist endlich zur Vernunft gekommen«, fügte Richter Chatterji hinzu.»Eine Bank ist genau das richtige für ihn.«

»Eine Parkbank vielleicht.« Kuku konnte sich nicht zurückhalten.»Mit seinem IDEAL, das ihn mit Scotch versorgt und sein Gekritzel für ihn abtippt.«

»Sehr witzig«, sagte Richter Chatterji. Derzeit war er mit Dipankar hoch zufrieden.

»Und du, Tapan, du wirst Arzt, nicht wahr?« sagte Amit zynisch und voller Zuneigung.

»Ich glaube nicht, Dada«, sagte Tapan, der ziemlich glücklich wirkte.

»Meinst du, daß ich die richtige Entscheidung getroffen habe, Dada?« fragte Dipankar unsicher. Er hatte den Entschluß ganz plötzlich gefaßt, getroffen von der Einsicht, daß man erst einmal *in* der Welt leben mußte, bevor man sich aus ihr zurückziehen konnte. Aber er begann, es sich wieder zu überlegen.

»Also ...«, sagte Amit und dachte an das Schicksal seines Romans.

»Also? Findest du sie richtig?« sagte Dipankar und blickte konzentriert auf den schönen muschelförmigen Teller, auf dem das gebackene Gemüse gelegen hatte.

»O ja«, sagte Amit.»Aber ich werde es dir nicht ausdrücklich sagen.«

»Oh.«

»Weil«, fuhr Amit fort,»das der sicherste Weg wäre, daß du dich bedrängt fühlst – und dann wirst du es dir anders überlegen. Aber – wenn dir das hilft – du blinzelst wesentlich weniger als früher.«

»Das stimmt«, sagte Richter Chatterji lächelnd.»Ich fürchte, Hans, du hältst uns für eine sehr merkwürdige Familie.«

»Nicht für sehr merkwürdig«, sagte Hans galant. Er und Kakoli warfen sich liebevolle Blicke zu.

»Hoffentlich singst du uns nach dem Essen etwas vor«, sagte Richter Chatterji.
»Ah ja. Etwas von Schubert?«
»Wen gibt es denn sonst noch?« sagte Kakoli.
»Nun ...« setzte Hans an.
»Für mich gibt es nur Schubert«, sagte Kakoli flatterhaft. »Schubert ist der einzige Mann in meinem Leben.«
Am anderen Ende des Tisches unterhielt sich Savita mit Varun, der niedergeschlagen gewirkt hatte. Während sie miteinander sprachen, heiterte sich seine Miene sichtlich auf.
Pran und Arun diskutierten über Politik. Arun hielt Pran einen Vortrag über die Zukunft des Landes und die Notwendigkeit einer Diktatur in Indien. »Wir brauchen diese dummen Politiker nicht«, fuhr er fort, ohne dabei an Prans Gefühle zu denken. »Wir verdienen das Westminster-Modell einfach nicht. Die Briten allerdings genausowenig. Wir sind eine Gesellschaft, die sich erst entwickelt – wie unsere Dhoti-Wallahs so gerne sagen.«
»Ja, die Leute entwickeln sich immer in unserer Gesellschaft«, sagte Meenakshi und verdrehte die Augen.
Kuku kicherte.
Arun starrte Meenakshi finster an und sagte leise: »Es ist unmöglich, eine vernünftige Diskussion zu führen, wenn du beschwipst bist.«
Meenakshi war so wenig daran gewöhnt, von einem Außenseiter in ihrem eigenen Zuhause zurechtgewiesen zu werden, daß sie den Mund hielt.
Nach dem Essen, als sich alle im Wohnzimmer versammelten, um Kaffee zu trinken, nahm Mrs. Chatterji Amit beiseite und sagte zu ihm: »Meenakshi und Kuku haben recht. Sie ist ein nettes Mädchen, obwohl sie nicht viel sagt. Vermutlich könnte sie mit dir wachsen.«
»Mago, du redest, als ob sie ein Pilz wäre«, sagte Amit. »Wie ich sehe, haben dich Meenakshi und Kuku auf ihre Seite gezogen. Ich werde mich jedenfalls weigern, nicht mit ihr zu reden, nur weil du willst, daß ich mit ihr rede. Ich bin nicht Dipankar.«
»Wer hat gesagt, daß du Dipankar bist, Lieber? Ich wünschte nur, du wärest während des Essens freundlicher gewesen.«
»Tja, alle, die ich mag, sollten die Chance haben, mich von meiner besten Seite kennenzulernen«, sagte Amit ohne Reue.
»Ich glaube nicht, daß das eine einträgliche Art ist, die Dinge zu sehen.«
»Stimmt«, gestand Amit zu. »Aber die Dinge auf eine Art zu sehen, die voraussetzt, daß man die Dinge auf eine einträgliche Art sieht, ist vielleicht gar nicht so einträglich. Warum plauderst du nicht ein bißchen mit Mrs. Mehra? Beim Essen war sie ziemlich still. Sie hat nicht ein einziges Mal ihren Diabetes erwähnt. Und ich werde mit ihrer Tochter reden und mich für mein ungehobeltes Benehmen entschuldigen.«
»Wie ein braver Junge?«
»Wie ein braver Junge.«

16.7

Amit ging zu Lata, die sich mit Meenakshi unterhielt.
»Manchmal ist er schrecklich grob – und aus keinem ersichtlichen Grund«, sagte Meenakshi.
»Sprecht ihr über mich?« fragte Amit.
»Nein«, sagte Lata, »über meinen Bruder, nicht ihren.«
»Aha«, sagte Amit.
»Aber dasselbe gilt auch für dich«, fügte Meenakshi hinzu. »Du hast entweder was Seltsames geschrieben oder gelesen. Ich kenne dich.«
»Du hast recht, das habe ich. Ich wollte Lata gerade fragen, ob sie sich nicht ein paar Bücher anschauen will, die ich ihr leihen wollte, ihr aber nicht geschickt habe. Willst du jetzt, Lata? Oder sollen wir sie uns ein andermal ansehen?«
»Nein, mir ist es jetzt recht«, sagte Lata. »Wann werden sie singen?«
»Frühestens in einer Viertelstunde. Tut mir leid, daß ich während des Essens so grob war.«
»Warst du das?«
»War ich es nicht? Hast du es nicht so aufgefaßt? Vielleicht war ich es doch nicht. Ich bin mir nicht mehr sicher.«
Sie gingen an dem Zimmer vorbei, in dem Cuddles eingesperrt war, und hörten ihn knurren.
»Dem Hund sollte man seine Hypotenuse quadrieren«, sagte Amit.
»Hat er Hans wirklich gebissen?«
»O ja, ziemlich fest sogar. Fester, als er Arun gebissen hat. Jedenfalls sieht es auf weißer Haut blauer aus. Aber Hans hat es wie ein Mann genommen. Das ist eine Art rituelle Aufnahme in unsere Familie.«
»Aha. Schwebe ich auch in Gefahr, gebissen zu werden?«
»Ich bin nicht sicher. Möchtest du von Cuddles gebissen werden?«
Oben betrachtete Lata Amits Zimmer in einem neuen Licht. Das ist der Raum, in dem er den *Fiebervogel* geschrieben hat, dachte sie. Und in dem er die Widmung für sie verfaßt haben mußte. Papier lag viel unordentlicher verstreut herum als das letztemal, als sie hier war. Und auf dem Bett lagen Kleidungsstücke und Bücher.
Um Mitternacht schweißnaß ich fror, dachte Lata. Laut sagte sie: »Was für einen Blick hast du von hier auf den Amaltas?«
Amit öffnete das Fenster. »Keinen sehr guten. Von Dipankars Zimmer aus sieht man ihn viel besser, es geht direkt auf seine Hütte hinaus. Aber von hier aus sieht man seinen Schatten.«
»Im Mondschein auf dem dunklen Gras.«
»Ja.« Normalerweise mochte es Amit nicht, wenn man in seiner Gegenwart aus seinen Gedichten zitierte, aber bei Lata machte es ihm nichts aus. »Komm ans Fenster, die Nachtluft duftet süß.«

Sie standen eine Weile nebeneinander. Es war ganz still, und der Schatten des Amaltas war deutlich zu sehen. Dunkle Blätter und lange, dunkle Schoten hingen von seinen Ästen, aber keine gelben Blütentrauben.

»Hast du lange für dieses Gedicht gebraucht?«

»Nein. Ich habe einen einzigen Entwurf gemacht, als mich dieser verdammte Vogel wach gehalten hat. Einmal habe ich sechzehn verzweifelte Triolen gezählt, die immer höher wurden und sich wie im Fieber steigerten. Kannst du dir das vorstellen: sechzehn? Es hat mich wahnsinnig gemacht. Während der nächsten Tage habe ich es überarbeitet. Ich wollte es mir nicht wirklich noch mal ansehen, und ich hab ständig nach Ausreden gesucht. Das tue ich immer. Weißt du, ich hasse es zu schreiben.«

»Du – was …?« Lata drehte sich zu ihm um. Manchmal stellte Amit sie wirklich vor ein Rätsel. »Ja, aber warum schreibst du dann?« fragte sie.

Amit wurde bekümmert. »Es ist besser, als ein Leben lang als Jurist zu arbeiten wie mein Vater und mein Großvater. Aber der Hauptgrund ist, daß mir oft gefällt, was ich geschrieben habe, wenn es fertig ist – nur es zu machen ist so mühsam. Für ein kurzes Gedicht reicht oft die Inspiration. Aber bei diesem Roman muß ich mich an den Schreibtisch zwingen – Arbeit – ha! Macbeth ist da.«

Lata fiel ein, daß Amit seinen Roman mit einem Banyanbaum verglichen hatte. Jetzt erschien ihr das Bild etwas düster. »Vielleicht hast du dir ein zu bedrückendes Thema gewählt«, sagte sie.

»Ja. Und vielleicht liegt es auch noch zu kurz zurück.« Seit der bengalischen Hungersnot waren noch keine zehn Jahre vergangen, und alle, die sie erlebt hatten, erinnerten sich noch gut daran. »Wie auch immer, jetzt kann ich nicht mehr zurück. Aufzugeben wäre so mühsam, wie es zu Ende zu bringen. Zwei Drittel sind fertig. Aber ich wollte dir ja Bücher zeigen. Dort …« Amit unterbrach sich. »Du hast ein sympathisches Lächeln.«

Lata lachte. »Schade, daß ich es nicht sehen kann.«

»O nein. Das wäre reine Verschwendung. Du würdest es nicht zu schätzen wissen – zumindest nicht so sehr wie ich.«

»Du bist also ein Experte für Lächeln«, sagte Lata.

»Ganz und gar nicht.« Amits Stimmung verfinsterte sich plötzlich. »Weißt du, Kuku hat recht, ich bin zu selbstsüchtig. Ich habe dir noch keine einzige Frage gestellt, obwohl ich wirklich wissen will, was passiert ist, seitdem du dich in deinem Brief für das Buch bedankt hast. Wie war das Stück? Und dein Studium? Und was macht der Gesang? Und du hast geschrieben, daß du ›unter meinem Einfluß‹ ein Gedicht verfaßt hast. Also, wo ist es?«

»Ich habe es mitgebracht.« Lata öffnete ihre Tasche. »Bitte, lies es nicht jetzt. Es klingt etwas verzweifelt und wäre mir nur peinlich. Nur weil du ein Profi bist …«

»In Ordnung.« Amit nickte. Plötzlich brachte er kein Wort mehr heraus. Er hatte gehofft, eine Art Erklärung abgeben oder Lata zumindest einen Hinweis auf seine Zuneigung geben zu können, aber jetzt wußte er nicht, was er sagen sollte.

»Hast du in letzter Zeit Gedichte geschrieben?« fragte Lata nach einer Weile. Sie waren vom Fenster zurückgetreten.

»Hier ist eins.« Amit suchte in einem Stapel Papier. »Eins, das meine Seele nicht entblößt. Es ist über einen Freund der Familie – du hast ihn vielleicht sogar auf der Party kennengelernt, als du das letztemal in Kalkutta warst. Kuku hat ihn auf ihr Zimmer gebeten, um ihm eins ihrer Gemälde zu zeigen, und da sind ihr plötzlich die beiden ersten Zeilen eingefallen. Er ist ziemlich dick. Und sie hat beim hauseigenen Dichter ein Gedicht bestellt.«

Lata las das Gedicht, das den Titel »Heimlich, still und leise« hatte:

> Heimlich, still und leise schleicht Mr. Kohli
> langsam die Trepp hinauf.
> Die heilig strenge Mrs. Kohli
> hält ihn auf der Stelle auf.
>
> Mit hocherhobnem Finger, in vorwurfsvollem Ton:
> »Betest nicht, verläßt der Familie Schoß,
> stiehlst dich fort und läufst davon.
> Treppauf, treppab, was soll das bloß?«
>
> Mr. Kohli ist Professor,
> sein Kopf komplexer Zahlen Sitz.
> Reagiert sanft auf Aggressor:
> »Auf der Trepp kommt Geistesblitz!«
>
> »Unsinn. Laß das Rechnen und das Denken.
> Das Essen wird kalt. So komm!«
> »Wollt' grade meine Schritte zu dir lenken«,
> meint ihr Gemahl lammfromm.

Lata mußte unwillkürlich lächeln, obwohl sie das Gedicht albern fand. »Ist seine Frau wirklich so streng?« fragte sie.

»O nein, das ist dichterische Freiheit. Dichter können Ehefrauen nach ihrem Belieben kreieren. Kuku meint, daß nur die erste Strophe wirklich aussagekräftig ist. Sie hat eine eigene zweite Strophe gedichtet, die viel besser ist als meine.«

»Kannst du sie aufsagen?«

»Du solltest Kuku bitten, sie aufzusagen.«

»Ich glaube, das wird vorerst nicht möglich sein. Sie hat angefangen, Klavier zu spielen.«

Von unten drang Klavierspiel herauf, Hans' Bariton folgte.

»Dann gehen wir besser hinunter«, sagte Amit. »Langsam die Trepp hinab.«

»Gut.«
Von Cuddles war nichts zu hören. Die Musik oder der Schlaf hatte ihn übermannt. Sie betraten das Wohnzimmer. Mrs. Rupa Mehra runzelte die Stirn.
Nach ein paar Liedern verbeugten sich Hans und Kuku, und das Publikum klatschte.
»Ich habe vergessen, dir die Bücher zu zeigen«, sagte Amit.
»Ich hab's auch vergessen«, sagte Lata.
»Aber du bist ja noch eine Weile hier. Schade, daß ihr nicht schon am Vierundzwanzigsten gekommen seid, wie ihr geplant hattet. Ich hätte dich zur Mitternachtsmesse in die St. Paul's Cathedral mitgenommen. Es ist fast, als ob man in England wäre – beunruhigend.«
»Meinem Großvater ging es nicht so gut, deswegen sind wir später abgefahren.«
»Was machst du morgen, Lata? Ich habe dir versprochen, dir den Botanischen Garten zu zeigen. Komm doch mit mir – ich zeige dir – den Banyanbaum – da wirst du schaun ...«
»Ich glaube nicht, daß ich irgend etwas vorhabe ...«
»Prahapore«, sagte Mrs. Rupa Mehra hinter ihnen.
»Ma?« sagte Lata.
»Prahapore. Sie fährt morgen mit der ganzen Familie nach Prahapore«, sagte Mrs. Rupa Mehra zu Amit. Dann wandte sie sich an Lata: »Wie kannst du nur so gedankenlos sein? Haresh hat uns zum Mittagessen nach Prahapore eingeladen, und du willst dich im Botanischen Garten herumtreiben.«
»Ich hab's vergessen, Ma – ich habe es für einen Augenblick vergessen. Ich habe an etwas anderes gedacht.«
»Vergessen!« sagte Mrs. Rupa Mehra. »Vergessen. Als nächstes wirst du noch deinen eigenen Namen vergessen.«

16.8

In Prahapore war viel geschehen, seit Haresh die Stelle bekommen und Arun und Meenakshi im Haus des Vorstandsvorsitzenden kennengelernt hatte. Er hatte sich in die Arbeit gestürzt und war, was seine Einstellung betraf, zu einem ebensolchen Prahamann geworden wie die Tschechen – wenn sie sich auch nach wie vor nicht besonders mochten.

Er trauerte dem verlorenen Status als Abteilungsleiter nicht nach, denn zum einen war er nicht der Typ Mann, der gern zurückblickte, zum anderen gab es viel zuviel zu tun – vor allem hatte er, was ihm am liebsten war, Kämpfe auszufechten und Herausforderungen zu bewältigen. Als Vorarbeiter hatte man ihm die Verantwortung für den Goodyear, randgenäht, übergeben, die ehrgeizigste

Serie der Firma; Havel, Kurilla und die anderen wußten, daß er dieses Modell, das hundert Einzelschritte erforderte, mit seinen eigenen steifdaumigen Händen herstellen konnte und deswegen auch in der Lage war, die meisten Probleme in der Fertigung und der Qualitätskontrolle korrekt zu diagnostizieren.

Und Probleme gab es von Anfang an. Er war nach seinen Erfahrungen bei der CLFC nicht geneigt, Bengalis im allgemeinen freundlich zu behandeln, und hier kam er sehr schnell zu der Einsicht, daß bengalische Arbeiter noch schlimmer waren als bengalische Bosse. Ihr Motto, aus dem sie kein Geheimnis machten, lautete: ›Chakri chai, kaaj chai na‹ – Wir wollen eine Anstellung, keine Arbeit. Ihre täglichen Produktionszahlen waren katastrophal im Vergleich zu dem, was möglich gewesen wäre, und dahinter steckte Logik. Sie versuchten, eine niedrige Norm von ungefähr zweihundert Paar Schuhen täglich einzuhalten, so daß ihnen für eine Mehrproduktion Zuschläge bezahlt wurden – oder wenn nicht das, dann hatten sie zumindest Zeit, Tee zu trinken, zu plaudern, zu schnupfen, Paan zu kauen und Samosas zu essen.

Begreiflicherweise hatten sie auch Angst davor, so schnell zu produzieren, daß dadurch Arbeitsplätze abgeschafft werden könnten.

Haresh saß an seinem Tisch neben dem Fließband und wartete ein paar Wochen lang ab. Ihm fiel auf, daß die Arbeiter entlang dem ganzen Fließband häufig müßig in Gruppen herumstanden, weil irgendeine Maschine – angeblich – nicht richtig funktionierte. Als Vorarbeiter hatte er das Recht, ihnen aufzutragen, das Fließband und die Maschinen zu putzen, solange sie nichts anderes zu tun hatten. Aber nachdem alle Maschinen glänzten, bummelten die Arbeiter unverschämterweise hinter seinem Rücken herum oder plauderten grüppchenweise – während Praha und die Produktion litten. Haresh war dem Wahnsinn nahe.

Zudem waren fast alle Arbeiter Bengalis, die ausschließlich Bengali sprachen. Und Bengali verstand Haresh so gut wie nicht. Er verstand jedoch immer, wenn man ihn beleidigte, weil Schimpfwörter wie ›Sala‹ auch in Hindi ›Sala‹ heißen. Aber er bezwang sein cholerisches Temperament und machte kein Aufheben davon.

Eines Tages beschloß er, statt frustriert mit den Zähnen zu knirschen und jemanden aus der Maschinenabteilung zu holen, der eine defekte Maschine an Ort und Stelle reparierte oder sie abtransportierte, selbst in die Maschinenabteilung zu gehen. Das war der Anfang von etwas, was man den Kampf um die Goodyear-randgenäht-Serie nennen könnte, und er wurde an vielen Fronten ausgefochten, gegen Opposition auf mehreren Ebenen, unter anderem gegen die der Tschechen.

Die Mechaniker waren erfreut, ihn zu sehen. Normalerweise schickten Vorarbeiter Zettel mit der Bitte um Reparatur einer Maschine. Jetzt aber stattete ihnen ein Vorarbeiter, noch dazu der berühmte Vorarbeiter, der es durchgesetzt hatte, in der weißen Kolonie der Tschechen zu wohnen, einen Besuch ab, unterhielt sich mit ihnen, als wäre er unter seinesgleichen, und schnupfte sogar mit ihnen. Er setzte sich zu ihnen, sprach und machte Späße mit ihnen, interessierte sich für ihre Erfahrungen und sah sich Maschinen an, ohne sich darum zu kümmern, daß seine Hände schmutzig wurden. Und aus Respekt vor ihrem Alter und ihren Fähigkeiten nannte er sie ›Dada‹.

Endlich einmal hatten sie das Gefühl, wirklich Teil des Produktionsprozesses und nicht nur eine Hilfstruppe in einem vergessenen Winkel von Praha zu sein. Die meisten der besten Mechaniker waren Moslems und sprachen Urdu, und somit hatte Haresh kein Verständigungsproblem. Er war gut gekleidet: eine Art zurechtgestutzter Arbeitsoverall – ärmellos, kragenlos, knielang – sollte die Hitze mildern und die Vorderseite (wenn schon nichts anderes) seines cremefarbenen Seidenhemds – das für eine Fabrik vielleicht etwas geckenhaft wirkte – schützen. Aber wenn er mit ihnen sprach, hatte er keinerlei überhebliche Anwandlungen, und das gefiel ihnen. Es bereitete ihnen Vergnügen, Fachwissen auszutauschen, und Haresh begann sich für die Mechanik der Maschinen zu interessieren: wie sie funktionierten, wie man sie am besten wartete, wie er kleine Innovationen machen könnte, um ihre Funktionsweise zu verbessern.

Die Mechaniker erzählten ihm lachend, daß ihn die Arbeiter an seinem Fließband an der Nase herumführten. In neun von zehn Fällen waren die angeblich defekten Maschinen absolut funktionstüchtig.

Das überraschte Haresh nicht. Aber was könne er dagegen tun, fragte er sie. Und weil sie mittlerweile Freunde waren, versprachen sie ihm, ihn stets zu benachrichtigen, wenn wirklich etwas nicht stimmte, und seine Maschinen bevorzugt zu reparieren.

Jetzt, da die Maschinen seltener ausfielen, steigerte sich die Produktion von zweihundert Paar auf zweihundertfünfzig Paar Schuhe täglich, aber dieser Ausstoß lag noch immer weit unter den möglichen sechshundert Paar – oder den vierhundert, die Haresh sich als realistische Norm zum Ziel gesetzt hatte. Selbst vierhundert Paar Schuhe hätten seine Bosse zu Ausrufen des Erstaunens veranlaßt; Haresh war überzeugt, daß es machbar und er der Mann war, es zu machen.

Die Arbeiter waren über die zweihundertfünfzig Paar überhaupt nicht glücklich und fanden eine neue Methode, das Fließband anzuhalten. Den Männern wurde gestattet, bis zu fünf Minuten am Stück einem ›Ruf der Natur‹ zu folgen. Sie staffelten die Rufe der Natur und suchten organisiert rotierend und in aller Ruhe die Toilette auf, so daß das Fließband manchmal eine ganze halbe Stunde stillstand. Haresh hatte mittlerweile herausgefunden, wer die Anführer waren – in der Regel die Männer, die die ruhigste Kugel schoben. Wieder bezähmte er sein Temperament und behandelte sie nicht unfreundlich, aber es war unübersehbar eine Linie gezogen worden, und jede Seite taxierte die Stärke der jeweils anderen. Zwei Monate nachdem er seine Stelle angetreten hatte, fiel die Produktion auf einhundertsechzig Paar, und Haresh beschloß, seine Trümpfe auszuspielen.

Eines Morgens rief er die Arbeiter zu einer Konferenz zusammen und erklärte ihnen in einer Mischung aus Hindi und gebrochenem Bengali, was seit geraumer Zeit in ihm gärte.

»Theoretisch und praktisch – ich weiß es, weil ich mit diesen Maschinen gearbeitet habe – ist es möglich, die Produktion auf vierhundert Paar Schuhe täglich zu steigern. Und das möchte ich an unserem Fließband sehen.«

»Wirklich?« sagte der Mann, der die Innensohlen in die Schuhe klebte – die einfachste Arbeit überhaupt. »Beweisen Sie es uns, Sir.« Und er gab dem Arbeiter zu seiner Linken einen Stoß, einem strammen Kerl aus Bihar, der die härteste Arbeit machte – er nähte den Rahmen an den über den Leisten geschlagenen Schuh.

»Ja, beweisen Sie es uns, Sir«, sagten etliche andere Arbeiter. Sie hatten den Hinweis des Sohlenklebers verstanden. »Beweisen Sie uns, daß das möglich ist.«

»Ich?«

»Wer sonst, Sir.«

Haresh wütete innerlich. Bevor er den Beweis antreten konnte, mußte er sich vergewissern, daß die Arbeiter eine höhere Produktion nicht wieder boykottieren würden. Er rief die Anführer zu sich und sagte: »Was habt ihr gegen Produktivität? Habt ihr wirklich Angst davor, gefeuert zu werden, wenn ihr die Produktion steigert?«

Einer von ihnen lächelte und sagte: »›Produktivität‹ ist ein Wort, das die Firmenleitung liebt. Wir hören es nicht so gern. Bevor letztes Jahr die neuen Arbeitsgesetze in Kraft getreten sind, hat Novak manchmal Leute in sein Büro zitiert, sie gefeuert und ihre Stempelkarten einfach zerrissen. Und damit hatte es sich. Und er hatte einen ganz schlichten Grund dafür. ›Wir können die gleiche Arbeit mit weniger Leuten machen. Wir brauchen dich nicht mehr.‹«

»Redet nicht über Dinge, die lange vor meiner Zeit passiert sind«, sagte Haresh ungeduldig. »Ihr habt die neuen Arbeitsgesetze, und trotzdem haltet ihr die Produktion absichtlich niedrig.«

»Es wird Zeit brauchen, Vertrauen zu bilden«, sagte der Sohlenkleber philosophisch. Es war zum Verrücktwerden.

»Was würde euch veranlassen, mehr zu produzieren?« fragte Haresh.

»Hm.« Der Mann sah seine Kollegen an.

Nach einer langen und umständlichen Diskussion beendete Haresh das Treffen mit dem Gefühl, daß die Arbeiter die Produktion steigern würden, wenn man ihnen zwei Dinge verspräche – zum einen, daß niemand hinausgeworfen würde, und zum anderen, daß sie beträchtlich mehr verdienen würden als im Augenblick.

Als nächstes ging er zu seinem alten Feind Novak, dem fuchsähnlichen Chef der Personalabteilung. Wäre es möglich, fragte er, die Arbeiter an seinem Fließband höherzustufen – und ihnen somit mehr Lohn zu zahlen –, wenn sie die Produktion auf vierhundert Paar Schuhe steigern würden?

Novak sah ihn kalt an und sagte: »Praha kann nicht einfach ein bestimmtes Fließband höherstufen.«

»Und warum nicht?« fragte Haresh.

»Das würde zu Groll unter den zehntausend anderen Arbeitern führen. Das geht nicht.«

Haresh kannte mittlerweile die ausgefeilte, heilige Praha-Hierarchie – es war schlimmer als im öffentlichen Dienst: allein für Arbeiter gab es achtzehn verschiedene Einstufungen –, aber er meinte, daß sie hier und da einen kleinen Rempler vertragen konnte, ohne daß das Universum aus den Fugen geriet.

Er beschloß, seinen Plan schriftlich auszuarbeiten, ihn Khandelwal zu erklären und seine Zustimmung zu erbitten. Der Plan bestand aus vier Elementen. Die Arbeiter würden die Produktion auf mindestens vierhundert Paar Goodyear, randgenäht, pro Tag steigern. Die Firmenleitung würde diese Arbeiter eine Stufe höher eingruppieren und damit auch ihren Wochenlohn erhöhen. Bei einer Produktion von mehr als vierhundert Paar würden entsprechende Zuschläge bezahlt. Und anstatt Leute zu feuern, würden ein paar weitere Arbeiter eingestellt, wenn es tatsächlich zu Engpässen bei der Produktion von vierhundert Paar Schuhen käme.

Khandelwal hatte Haresh einen Monat zuvor für zwei Tage nach Kanpur geschickt, um dort in einem Arbeitskonflikt zu vermitteln. Ein unwirtschaftliches Lager sollte verkleinert und einigen Arbeitern gekündigt werden, und obwohl Praha dabei strikt nach den arbeitsgesetzlichen Vorschriften handelte, war es zu einem Arbeitskampf gekommen: Alle Arbeiter hatten gestreikt. Khandelwal wußte, daß Haresh bei der CLFC gearbeitet hatte und mit den Verhältnissen in Kanpur vertraut war. Deswegen schickte er ihn hin, um die Lage zu klären; und mit dem Ergebnis war er zufrieden gewesen. Haresh hatte den Leuten, die gefeuert werden sollten, zugeredet, Prahas Angebot anzunehmen. »Ihr Idioten, ihr kriegt eine Menge Geld als Abfindung. Nehmt es, und fangt ein neues Leben an. Niemand will euch reinlegen.« Die Arbeiter von der CLFC, die Haresh vertrauten und bedauerten, daß er weggegangen war, sprachen mit den Arbeitern im Praha-Lager, und das Problem wurde auf einvernehmliche Weise gelöst.

Danach wußte Haresh, daß er bei Khandelwal ein offenes Ohr fand, und er nahm sich vor, das auszunutzen. Eines Morgens fuhr er nach Kalkutta (bevor Khandelwal sich im Club Whisky zu Gemüte führen konnte) und legte ein einzelnes Blatt Papier vor ihn auf den Schreibtisch. Khandelwal studierte es, bedachte Preise und Kosten, die Vorteile des Plans, den Verlust an Kunden, wenn die Produktion nicht erhöht würde, und die Notwendigkeit, die Arbeiter höherzustufen. Nach zwei Minuten sagte er zu Haresh: »Wollen Sie damit sagen, daß Sie die Produktion tatsächlich verdoppeln können?«

Haresh nickte. »Ich glaube es. Mit Ihrer Erlaubnis könnte ich es zumindest versuchen.«

Khandelwal schrieb zwei Worte oben auf das Papier: ›Versuch genehmigt‹ und gab es Haresh zurück.

16.9

Er sprach mit niemandem darüber; vor allem nicht mit den Tschechen, vor allem nicht mit Novak. Ohne ihm etwas davon zu sagen – ein Schritt, für den er später würde bezahlen müssen –, landete Haresh einen Überraschungscoup: Er ging ins Gewerkschaftsbüro und traf sich mit den führenden Gewerkschaftern von Prahapore. »In meiner Abteilung gibt es ein Problem«, sagte er zu ihnen, »und ich brauche Ihre Hilfe, um es zu lösen.«

Der Generalsekretär der Gewerkschaft, Milon Basu, ein korrupter, aber sehr intelligenter Mann, sah Haresh argwöhnisch an. »Was schlagen Sie vor?« fragte er.

Haresh schlug ein Treffen mit seinen Arbeitern am nächsten Tag im Gewerkschaftsbüro vor. Allerdings sei es nicht nötig, Novak davon zu unterrichten, solange noch kein konkreter Plan vorliege. Der nächste Tag war ein arbeitsfreier Samstag. Die Arbeiter versammelten sich im Gewerkschaftsbüro.

»Meine Herren«, sagte Haresh, »ich bin überzeugt davon, daß Sie sechshundert Paar Schuhe am Tag produzieren können. Die Kapazität unserer Maschinen reicht jedenfalls dafür aus. Ich gebe zu, daß an entscheidenden Stellen ein paar Extrakräfte eingestellt werden müssen. Jetzt will ich folgendes wissen: Welcher Mann hier behauptet, daß er keine sechshundert Paar machen kann?«

Der Sohlenkleber, der offizielle Sprecher der Arbeiter, sagte streitlustig: »Ram Lakhan kann es nicht.« Er deutete auf den strammen, schnurrbärtigen, gutmütigen Bihari, der den Rand nähte. Die härtesten Arbeiten am Fließband wie auch überall sonst wurden von Biharis ausgeführt. Sie befeuerten die Öfen, sie bewachten nachts die Fabrik.

Haresh wandte sich an Milon Basu: »Mir geht es nicht um die Meinung des offiziellen Sprechers. Er klebt die Innensohlen in die Schuhe – in jeder anderen Abteilung liegt seine Norm bei neunhundert Paar Schuhen täglich. Er muß sie nur einstreichen und hineinkleben. Soll der Mann, der wirklich betroffen ist, seine Meinung sagen. Wenn Ram Lakhan keine sechshundert Paar machen kann, dann soll er es jetzt selbst sagen.«

Ram Lakhan lachte und sagte: »Sahib, Sie sprechen von sechshundert Paar, und ich sage, daß nicht einmal vierhundert möglich sind.«

»Noch jemand?« fragte Haresh.

»Die Kapazität derjenigen, die die Außensohle aufnähen, ist nicht groß genug.«

»Das habe ich bereits zugestanden. Dort kommt ein zusätzlicher Mann hin. Noch jemand?«

Als sich niemand mehr meldete, sagte Haresh zu Ram Lakhan, der ihn um gut dreißig Zentimeter überragte: »Also, Ram Lakhan – wenn ich selbst vierhundert Paar mache, wie viele machen dann Sie?«

Ram Lakhan schüttelte den Kopf. »Sie können nie und nimmer vierhundert Paar machen, Sahib.«

»Aber wenn ich es schaffe?«
»Wenn Sie es schaffen, dann schaffe ich – vierhundertfünfzig.«
»Und wenn ich fünfhundert schaffe?«
»Schaffe ich fünfhundertfünfzig.« Seine Antwort war verwegen, aber die Herausforderung hatte ihn mitgerissen. Es herrschte gespanntes Schweigen.
»Und wenn ich sechshundert schaffe?«
»Sechshundertfünfzig.«
Haresh erhob die Hand. »In Ordnung! Abgemacht! Auf in den Kampf!«
Der Wortwechsel war alles andere als rational gewesen, aber etwas Dramatisches, Beeindruckendes hatte ihm angehaftet, und die Sache war entschieden.
»Die Sache ist entschieden«, sagte Haresh. »Am Montag werde ich meinen Overall anziehen und euch zeigen, was möglich ist. Aber im Augenblick geht es nur um vierhundert Paar. Ich verspreche euch hier und jetzt, wenn wir die Produktion auf dieses Niveau steigern, wird kein einziger Mann entlassen. Und wenn ihr eine Woche lang jeden Tag vierhundert Paar produziert, werde ich dafür kämpfen, daß ihr alle eine Stufe höher eingruppiert werdet. Und wenn das nicht geschieht, bin ich bereit zu kündigen.«
Ungläubiges Gemurmel erhob sich. Milon Basu hielt Haresh für einen ausgemachten Idioten. Aber er wußte nichts von den zwei beruhigenden Worten – ›Versuch genehmigt‹ –, die in der Handschrift des Vorstandsvorsitzenden auf dem Blatt Papier prangten, das Haresh in der Tasche hatte.

16.10

Am nächsten Montag zog Haresh einen richtigen Overall an, nicht die schmukke verkürzte Version, die er für gewöhnlich zu seinem cremefarbenen Seidenhemd trug, und wies die Arbeiter an seinem Band an, die über die Leisten geschlagenen Schuhe zum Randnähen zu bringen. Sechshundert Paar Schuhe an einem Acht-Stunden-Tag randzunähen bedeutete ungefähr neunzig Paar in der Stunde, wobei noch eine Stunde übrigblieb. Jedes Gestell auf dem Förderband enthielt fünf Paar, das hieß achtzehn Gestelle in der Stunde. Die Arbeiter versammelten sich um ihn, und auch die Arbeiter an anderen Fließbändern schlossen Wetten ab.

Neunzig Paar kamen und wurden randgenäht, bevor eine Stunde um war. Haresh wischte sich den Schweiß von der Stirn und sagte zu Ram Lakhan: »Ich hab's geschafft – jetzt sind Sie dran.«

Ram Lakhan betrachtete den Haufen randgenähter Schuhe und sagte: »Sahib, Sie haben jetzt eine Stunde gearbeitet. Aber ich muß jede Stunde so arbeiten, jeden Tag, jede Woche, das ganze Jahr. Wenn ich mit dieser Geschwindigkeit arbeite, wird es mich fertigmachen, vollkommen erschöpfen.«

»Was soll ich tun, um Ihnen zu beweisen, daß das nicht der Fall sein wird?« fragte Haresh.
»Beweisen Sie, daß Sie den ganzen Tag so arbeiten können.«
»In Ordnung. Aber ich werde die Produktion nicht den ganzen Tag lahmlegen. Wir werden das Fließband nicht anhalten. Alle werden mit der gleichen Geschwindigkeit arbeiten. Einverstanden?«
Das Förderband wurde eingeschaltet, und es wurde gearbeitet. Die Arbeiter schüttelten den Kopf über das unkonventionelle Vorgehen, aber sie waren guter Laune und arbeiteten so hart, wie sie konnten. Gut vierhundertfünfzig Paar Schuhe schafften sie an diesem Tag. Haresh war fix und fertig. Seine Hände zitterten, weil er jeden über einen Leisten geschlagenen Schuh gegen eine sich rasend schnell auf und ab bewegende Nadel halten mußte. Aber in einer Fabrik in England hatte er gesehen, wie Männer das gleiche mit nur einer Hand taten; sie hatten den Schuh locker um die Maschine bewegt. Er hatte gewußt, daß es machbar war.
»Also, Ram Lakhan? Wir haben vierhundertfünfzig geschafft. Jetzt werden Sie selbstverständlich fünfhundert schaffen?«
»Das habe ich gesagt.« Ram Lakhan strich sich nachdenklich über den Schnurrbart. »Ich werde davon nicht abgehen.«
Zwei Wochen später stellte Haresh Ram Lakhan einen zweiten Mann zur Seite, der ihn unterstützte – hauptsächlich, indem er ihm die Schuhe reichte, so daß er nicht selbst danach greifen mußte –, und die Produktion wurde endgültig auf sechshundert Paar gesteigert.
Was Haresh insgeheim den Kampf um den Goodyear-randgenähten Schuh nannte, war gewonnen. Der Praha-Standard für Produktion und Profit war gesteigert – und Hareshs eigenes Fähnchen wehte etwas höher am Mast. Er war zufrieden mit sich.

16.11

Aber das waren nicht alle. Eine Folge dieser Angelegenheit – und vor allem der Tatsache, daß Haresh Novak umgangen hatte – war, daß die Tschechen Haresh nahezu geschlossen diverser Vergehen verdächtigten. Alle möglichen Gerüchte über ihn kursierten in der Kolonie. Er war dabei beobachtet worden, wie er einem Chauffeur gestattet hatte, sich in seinem Haus zu setzen – sich auf einen Stuhl zu setzen, als wäre er seinesgleichen. Im Grunde seines Herzens mußte er ein Kommunist sein. Er war ein Gewerkschaftsspion, sogar der heimliche Herausgeber der Gewerkschaftszeitung *Aamaar Biplob*. Haresh spürte, daß sie ihm die kalte Schulter zeigten, aber er konnte nichts dagegen unternehmen. Er produzierte weiterhin dreitausend Paar Schuhe die Woche statt wie früher tausend, investierte nach wie vor seine ganze Kraft in jede Aufgabe, für die er verantwortlich war, bis hinunter zum Putzen der Maschinen. Und da er seine ganze Seele der Organisation verschrieben hatte, glaubte er, daß Praha ihm eines Tages – vielleicht in der fernen Gestalt von Jan Tomin persönlich – Gerechtigkeit würde widerfahren lassen.

Er sollte einen herben Schock erleben.

Eines Tages ging er in die Entwurfsabteilung, um ein paar Vorschläge zu unterbreiten, die das Design und die Produktion seiner Schuhe stromlinienförmiger gestalten sollten. Er besprach seine Vorstellungen mit einem Inder, der die Nummer zwei in der Abteilung war. Plötzlich kam Mr. Bratinka, der Chef der Entwurfsabteilung, herein und starrte ihn an.

»Was machen Sie hier?« fuhr er ihn unhöflich an, als ob Haresh seine Herde mit dem Virus der Rebellion infizieren würde.

»Wie meinen Sie, Mr. Bratinka?« fragte Haresh.

»Was machen Sie hier ohne Erlaubnis?«

»Ich brauche keine Erlaubnis, um die Produktivität zu verbessern.«

»Raus.«

»Mr. Bratinka?«

»RAUS!«

Mr. Bratinkas Assistent gab zu bedenken, daß Mr. Khannas Vorschläge durchaus verdienstvoll seien.

»Halten Sie den Mund«, sagte Mr. Bratinka.

Beide, Bratinka und Haresh, waren wütend. Haresh machte einen Eintrag in das Beschwerdebuch, das Khandelwal eingeführt hatte, um Ungerechtigkeiten abzuhelfen. Und Bratinka schwärzte Haresh bei seinen Vorgesetzten an.

Als Folge wurde Haresh vor ein Inquisitionskomitee, bestehend aus dem Direktor und vier weiteren Tschechen, zitiert. Alle möglichen Vorwürfe kamen zur Sprache, nur nicht, daß er unerlaubt die Entwurfsabteilung aufgesucht hatte.

»Khanna«, sagte Pavel Havel. »Sie haben mit meinem Chauffeur geredet.«

»Ja, Sir, das habe ich. Er kam zu mir, um mit mir über die Ausbildung seines Sohnes zu sprechen.« Pavel Havels Chauffeur war ein leiser, außerordentlich höflicher, stets makellos gekleideter Mann. Haresh hätte ihn als einen Gentleman im wahrsten Sinn des Wortes beschrieben.

»Warum kam er ausgerechnet zu Ihnen?«

»Das weiß ich nicht. Vielleicht weil er dachte, daß ich als Inder ihn gut verstehen kann – oder zumindest die Schwierigkeiten in der Karriere eines jungen Mannes.«

»Was soll das heißen?« fragte Kurilla, dessen Verbundenheit mit Middlehampton ihn dazu bewogen hatte, sich für Haresh einzusetzen.

»Wie gesagt, vielleicht dachte er, ich könnte ihm helfen.«

»Durch Ihr Fenster wurde beobachtet, daß er sich gesetzt hat.«

»Das hat er getan«, sagte Haresh verärgert. »Er ist ein feiner Mann und wesentlich älter als ich. Da er stand, bat ich ihn, Platz zu nehmen. Es war ihm unangenehm, aber ich bestand darauf. Dann haben wir uns unterhalten. Sein Sohn arbeitet zur Zeit als Tagelöhner in der Fabrik, und ich habe vorgeschlagen, daß er auf die Abendschule gehen soll, um seine Aussichten zu verbessern. Ich habe ihm ein paar Bücher mitgegeben. Das ist alles.«

»Halten Sie Indien etwa für Europa, Mr. Khanna?« fragte Novak. »Glauben Sie, daß hier zwischen leitenden Angestellten und dem übrigen Personal Gleichheit herrscht? Daß sich alle auf der gleichen Ebene bewegen?«

»Mr. Novak, ich möchte Sie daran erinnern, daß ich kein leitender Angestellter bin. Und auch kein Kommunist, falls Sie mir das unterstellen wollen. Mr. Havel, Sie kennen Ihren Chauffeur. Ich bin sicher, daß Sie ihn für einen vertrauenswürdigen Mann halten. Fragen Sie ihn selbst.«

Pavel Havel blickte ewas beschämt drein, als ob er hätte andeuten wollen, daß Haresh nicht vertrauenswürdig sei. Wie um es zu beweisen, sagte er: »Es geht das Gerücht um, daß Sie der Herausgeber der Gewerkschaftszeitung sind.«

Haresh schüttelte verdattert den Kopf.

»Das sind Sie also nicht?« fragte Novak.

»Nein. Soweit ich weiß, bin ich nicht einmal Gewerkschaftsmitglied – es sei denn, ich bin automatisch zu einem geworden.«

»Sie haben die Gewerkschafsleute dazu angestachelt, hinter unserem Rücken zu arbeiten.«

»Das habe ich nicht. Was meinen Sie?«

»Sie haben ihr Büro aufgesucht und dort ein geheimes Treffen abgehalten. Ich wußte nichts davon.«

»Es war ein öffentliches Treffen. Nichts Geheimes hat dort stattgefunden. Ich bin ein ehrlicher Mann, Mr. Novak, und mir gefallen Ihre Verleumdungen nicht.«

»Wie können Sie es wagen, so zu sprechen?« explodierte Kurilla. »Wie können Sie es wagen, solche Dinge zu tun? Wir stellen Indern Arbeitsplätze zur Verfügung, und wenn Ihnen Ihre Stelle und die Art, wie wir die Dinge betreiben, nicht gefallen, dann können Sie ja gehen.«

Daraufhin sah Haresh rot und sagte mit bebender Stimme: »Mr. Kurilla, Sie stellen nicht nur Indern Arbeitsplätze zur Verfügung, sondern auch sich selbst. Was Ihr zweites Argument angeht, so kann ich die Firma durchaus verlassen, aber ich versichere Ihnen, bevor ich das tue, verlassen Sie zuerst Indien.«

Kurilla platzte fast. Daß so ein Unterling sich den mächtigen Prahamännern widersetzte, war vollkommen unverständlich und etwas noch nie Dagewesenes. Pavel Havel beruhigte ihn und sagte zu Haresh: »Wir können unser Gespräch jetzt beenden. Wir haben alle Punkte abgedeckt. Ich werde später noch einmal mit Ihnen reden.«

Am nächsten Tag bestellte er Haresh in sein Büro und forderte ihn auf, weiterzumachen wie bisher. Er fügte hinzu, daß er mit seiner Arbeit zufrieden sei, vor allem was die Produktivität anbelange. Vielleicht, dachte Haresh, hat er mit seinem Chauffeur gesprochen.

Nach diesem Vorfall behandelten die Tschechen, vor allem Kurilla, Haresh erstaunlicherweise relativ zuvorkommend. Irgendwie war die Lage bereinigt. Da sie ihn nicht länger für einen Kommunisten oder Agitator hielten, neigten sie nicht mehr zu Panik oder zu unsinnigen Verdächtigungen. Im Grunde waren sie faire Menschen, die an Ergebnisse glaubten, und seine Verdreifachung der Produktion hatte, sobald sie in der offiziellen monatlichen Statistik auftauchte, die gleiche Wirkung wie das Paar Goodyear, randgenäht, das Haresh hergestellt hatte – und dem er während des Verhörs im Büro des Direktors gegenübergesessen hatte.

16.12

Als Malati aus der Universitätsbibliothek kam und sich auf den Weg zu einer Versammlung der Sozialistischen Partei machte, traf sie eine Freundin – ein Mädchen, das auch am Haridas College Gesangsunterricht nahm.
Sie tauschten die neusten Klatschgeschichten aus, und die Freundin erwähnte, daß Kabir ein paar Tage zuvor im Red Fox gesehen worden sei, in eine angeregte und vertrauliche Unterhaltung mit einem Mädchen vertieft. Das Mädchen, das ihn gesehen habe, sei absolut zuverlässig und habe gesagt ...
Aber Malati schnitt ihr das Wort ab. »Das interessiert mich nicht!« sagte sie überraschend vehement. »Ich habe keine Zeit für solche Geschichten. Ich muß zu einer Versammlung.« Und mit blitzenden Augen wandte sie sich ab.
Sie fühlte sich persönlich beleidigt. Die Informationen ihrer Freundin waren immer korrekt, und es gab keinen Grund, an ihr zu zweifeln. Was sie am meisten in Rage brachte, war, daß sich Kabir mit diesem Mädchen wahrscheinlich am selben Tag im Red Fox getroffen haben mußte, als er mit ihr im Blue Danube über seine unsterbliche Liebe zu Lata geredet hatte. Das war genug, um sie zur Weißglut zu bringen.
Es bestätigte ihr alles, was sie schon immer über Männer gedacht hatte.
Was für eine Perfidie!

16.13

Am Abend vor ihrem Treffen, während Lata in Ballygunge war, traf Haresh letzte Vorbereitungen im Club der leitenden Angestellten von Prahapore, um seine Gäste am nächsten Tag würdig zu empfangen. Wegen Weihnachten war alles mit buntem Kreppapier geschmückt.

»Also, Khushwant«, sagte Haresh in Hindi, »es gibt wirklich keine Probleme, wenn wir uns vielleicht eine halbe Stunde verspäten? Sie kommen aus Kalkutta und werden womöglich aufgehalten.«

»Kein Problem, Mr. Khanna. Ich leite diesen Club seit fünf Jahren und habe mich daran gewöhnt, mich dem Zeitplan anderer Leute anzupassen.« Khushwant war vom einfachen Dienstboten zum Koch und dann zum Leiter des Clubs aufgestiegen.

»Die vegetarischen Gerichte bereiten keine Schwierigkeiten? Ich weiß, daß so etwas im Club normalerweise nicht serviert wird.«

»Seien Sie beruhigt.«

»Und der Weihnachtspudding mit Cognacsauce?«

»Ja, ja.«

»Oder meinen Sie, Apfelstrudel wäre besser?«

»Nein, der Weihnachtspudding ist ausgefallener.« Khushwant konnte eine Reihe tschechischer Gerichte und Nachspeisen zubereiten.

»Ich scheue keine Kosten.«

»Mr. Khanna, bei achtzehn statt sieben Rupien pro Person ist es unnötig, das zu erwähnen.«

»Schade, daß um diese Jahreszeit kein Wasser im Swimmingpool ist.«

Khushwant lächelte nicht, aber er dachte, daß es Mr. Khanna überhaupt nicht ähnlich sah, sich wegen solcher Dinge zu sorgen. Er fragte sich, was für besondere Gäste er da verköstigen sollte – mit einem Mittagessen, das zwei Stunden dauern und soviel kosten würde, wie Mr. Khanna in zwei Wochen verdiente.

Haresh ging nach Hause, dachte an das Mittagessen und nicht an den Goodyear, randgenäht. Er brauchte zwei Minuten bis zu der kleinen Wohnung, die man ihm in der Kolonie zur Verfügung gestellt hatte. In seinem Zimmer setzte er sich für eine Weile an seinen Schreibtisch und betrachtete das kleine gerahmte Foto; es war das weitgereiste Foto von Lata, das Mrs. Rupa Mehra ihm in Kanpur gegeben hatte.

Er sah es an und lächelte, dann dachte er an das andere Foto, mit dem er früher gereist war. Es befand sich noch immer in demselben silbernen Rahmen wie früher, aber er hatte es liebevoll und bedauernd in eine Schublade gelegt. Und er hatte Simrans Briefe an sie zurückgeschickt, nachdem er mit seiner kleinen schrägen Handschrift etliche Absätze und Sätze daraus abgeschrieben hatte. Es wäre nicht fair gewesen, so meinte er, sie zu behalten.

Am nächsten Tag um zwölf Uhr fuhren zwei Wagen (der Chatterjische Humber, den Meenakshi für den Tag beschlagnahmt hatte, und Aruns kleiner blauer Austin) durch das weiße Tor der Prahapore-Kolonie und hielten vor Haus 6, Reihe 3. Den beiden Wagen entstiegen Mrs. Rupa Mehra mit zwei Söhnen, einem Schwiegersohn, zwei Töchtern und einer Schwiegertochter. Die gesamte Mehra-Mafia wurde von Haresh empfangen und begrüßt. Anschließend führte er sie hinauf in seine Drei-Zimmer-Wohnung.

Haresh hatte für genügend Bier, Scotch (White Horse, nicht Black Dog), Gin,

Nimbu Pani und andere Säfte gesorgt, damit alle glücklich und zufrieden wären. Sein Dienstbote war ein siebzehnjähriger Junge, dem er eingeschärft hatte, daß es sich um sehr wichtige Besucher handelte; er lächelte die Gäste unentwegt an, während er ihnen die Getränke servierte.

Pran und Varun tranken Bier, Arun Scotch und Meenakshi einen Tom Collins. Mrs. Rupa Mehra und ihre beiden Töchter baten um Nimbu Pani. Haresh machte ein großes Theater um Mrs. Rupa Mehra. Er war – untypischerweise und ganz anders als bei seiner ersten Begegnung mit Lata – ziemlich nervös. Vielleicht hatte er nach dem Treffen mit Arun und Meenakshi bei den Khandelwals das Gefühl, daß sie ihm kritisch gegenüberstanden. Lata und er hatten sich genügend Briefe geschrieben, um ihm das Gefühl zu geben, sie sei die richtige Frau für ihn. Den liebevollsten Brief von ihr hatte er nach seinem Geständnis, daß er arbeitslos war, erhalten. Er war sehr gerührt gewesen.

Haresh erkundigte sich kurz nach Brahmpur und Bhaskar und machte Pran ein Kompliment für sein gutes Aussehen. Wie ging es Veena und Kedarnath und Bhaskar? Wie ging es Sunil Patwardhan? Er unterhielt sich höflich mit Savita und Varun, die er beide noch nicht kannte, und versuchte nicht, mit Lata, die ebenfalls nervös, ja sogar ein bißchen reserviert wirkte, ins Gespräch zu kommen.

Haresh war sich der Tatsache, daß die Mehras ihn von oben bis unten in Augenschein nahmen, durchaus bewußt, aber er wußte nicht, wie er darauf reagieren sollte. Das war kein Verhör durch die Tschechen, denen er etwas von Messingnägeln und Produktion erzählen konnte. Feingefühl wurde von ihm gefordert, und Haresh war nicht sehr feinfühlig.

Er sprach ein bißchen über ›Cawnpore‹, bis Arun eine abfällige Bemerkung über provinzielle Industriestädte einflocht. Middlehampton kam auch nicht besser weg. Aruns Selbstliebe und seine Gewohnheit, seine Ansichten zum Gesetz zu erklären, hatten sich seit seinem Rückschlag bei den Khandelwals deutlich erholt.

Haresh bemerkte, daß Lata seine zweifarbigen Schuhe nahezu angewidert betrachtete. Aber als er sie ansah, wandte sie sich etwas schuldbewußt seinem kleinen Bücherregal und der Hardy-Ausgabe in braunem Leder zu. Haresh fühlte sich ein bißchen niedergeschlagen; er hatte viel darüber nachgedacht, was er anziehen sollte.

Aber das große Mittagessen stand ja noch bevor, und er war davon überzeugt, daß die Mehras mehr als nur angetan sein würden, sowohl von dem fürstlichen Mahl, das Kushwant zusammengestellt hatte, als auch von dem großen, mit Parkett ausgelegten Speisesaal, der fast den ganzen Raum des Prahapore-Clubs der leitenden Angestellten einnahm. Gott sei Dank lebte er nicht wie die anderen Vorarbeiter außerhalb der Kolonie. Der Kontrast ihrer armseligen Quartiere zu dem rosa Seidentaschentuch in der Tasche von Aruns grauer Anzugjacke, zu Meenakshis silbernem Lachen, zu dem weißen Humber wäre katastrophal gewesen.

Als die achtköpfige Gesellschaft in der warmen Wintersonne zum Club ging, hatte Hareshs Optimismus wieder die Oberhand gewonnen. Er wies darauf hin, daß hinter den Mauern der Kolonie der Hooghly floß und daß die hohe Hecke, an der sie gerade vorbeigingen, das Haus des Firmendirektors Havel abschirmte. Sie kamen an einem kleinen Kinderspielplatz und einer Kapelle vorbei, die auch weihnachtlich geschmückt war.

»Im Grunde ihres Herzens sind die Tschechen feine Kerle«, sagte Haresh überschwenglich zu Arun. »Sie glauben an Ergebnisse, und oft ist es besser, ihnen Dinge zu zeigen, als sie ihnen zu erklären. Ich glaube, sie werden sogar meinen Plan genehmigen, Herrenhalbschuhe in Brahmpur herstellen zu lassen – nicht von der Praha-Fabrik, sondern von den kleinen Schuhmachern. Sie sind nicht wie die Bengalis, die lang und breit über alles reden und sowenig wie möglich arbeiten. Es ist schon erstaunlich, was die Tschechen aufgebaut haben – und das auch noch in Bengalen.«

Lata hörte Haresh zu und war über seine Taktlosigkeit erstaunt. Früher hatte sie genauso wie Haresh über Bengalis gedacht, aber seitdem ihre Familie mit den Chatterjis verwandt war, neigte sie nicht mehr so leicht zu Verallgemeinerungen und nahm sie auch nicht mehr selbstverständlich hin. War Haresh nicht klar, daß Meenakshi eine Bengali war? Offensichtlich nicht, denn er fuhr hemmungslos fort.

»Es ist schwer für die Tschechen, es muß schwer sein, so weit weg von zu Hause zu leben und nicht zurückzukönnen. Sie haben nicht einmal Pässe. Nur so etwas, was sie weiße Papiere nennen, und deswegen können sie nur unter großen Schwierigkeiten reisen. Die meisten sind Autodidakten, Kurilla allerdings hat studiert – und vor ein paar Tagen hat Novak im Club Klavier gespielt.«

Aber Haresh erklärte nicht, wer diese Männer waren; er nahm an, alle Welt wüßte es. Lata fühlte sich an seine Erklärungen in der Gerberei erinnert.

Im Club führte Haresh, stolzer Prahamann, der er geworden war, sie herum, als gehörte alles ihm.

Er machte sie auf den wasserlosen Pool aufmerksam, der frisch in einem schönen Hellblau gestrichen war, auf das Kinderplanschbecken daneben, die Büroräume, die Palmen in großen Töpfen, die Tische, an denen Tschechen unter Sonnenschirmen aßen. Und schließlich führte er sie in den riesigen, weihnachtlich geschmückten Speisesaal des Clubs. Arun, der an die unauffällige Eleganz des Calcutta Clubs gewöhnt war, wunderte sich über Hareshs wichtigtuerische Selbstsicherheit.

Nach der Helligkeit draußen wirkte er ziemlich dunkel. Hier und da aßen Grüppchen zu Mittag. An der Wand gegenüber war eine Tafel – bestehend aus drei aneinandergeschobenen quadratischen Tischen – für acht Personen gedeckt.

»Der Raum wird für alles mögliche genutzt«, sagte Haresh. »Zum Essen, zum Tanzen, für Filmvorführungen und für wichtige Besprechungen. Als Mr. Tomin«, in Hareshs Stimme mischte sich ein ehrfürchtiger Tonfall, »letztes Jahr hier war, hat er auf dem Podium dort eine Rede gehalten. In diesen Tagen spielt dort eine Tanzkapelle.«

»Faszinierend«, sagte Arun.

»Wunderbar«, hauchte Mrs. Rupa Mehra.

16.14

Mrs. Rupa Mehra war beeindruckt: ein dickes weißes Tischtuch und Servietten, mehrere Messer und Gabeln pro Gedeck, gute Gläser und edles Geschirr sowie drei Blumenarrangements aus Gartenwicken.

Kaum waren Haresh und seine Gäste eingetreten, näherten sich zwei Kellner dem Tisch und brachten Brot und drei Tellerchen mit Anchor-Butter. Das Brot war nach Khushwants Anweisungen gebacken worden; er hatte es von den Tschechen gelernt. Varun, der etwas schwankte, war ziemlich hungrig. Als die Suppe nach ein paar Minuten immer noch nicht gebracht wurde, nahm er eine Scheibe Brot. Es schmeckte köstlich. Er nahm noch eine.

»Varun, iß nicht so viel Brot«, schalt ihn seine Mutter. »Siehst du denn nicht, wie viele Gänge es gibt.«

»Mm, Ma«, sagte Varun mit vollem Mund und in Gedanken anderswo. Als ihm ein weiteres Bier angeboten wurde, nahm er bereitwillig an.

»Wie hübsch die Blumen sind«, sagte Mrs. Rupa Mehra. Nie würden Wicken in ihrem Herzen den Platz der Rosen einnehmen, aber es waren schöne Blumen. Sie sog den Duft ein und betrachtete die matten Farben: Hellrosa, Weiß, Mauve, Violett, Karmesinrot, Kastanienbraun, Dunkelrosa.

Lata dachte, daß die Wicken ein etwas merkwürdiges Arrangement bildeten.

Arun gab sein Wissen zum Thema Brot zum besten. Er sprach über mit Kümmel gewürztes Brot, Roggenbrot und Pumpernickel. »Aber wenn man mich fragt«, sagte er (obwohl das niemand getan hatte), »dann geht, was die Köstlichkeit anbelangt, nichts über das indische Naan.«

Haresh fragte sich, ob es außer dem indischen noch ein anderes Naan gab.

Nach der Suppe (Spargelcreme) kam der erste Gang, bestehend aus gebratenem Fisch. Khushwant konnte etliche tschechische Spezialitäten zubereiten, aber nur die einfachsten englischen Hauptgerichte. Mrs. Rupa Mehra sah sich zum zweitenmal innerhalb von zwei Tagen mit Käse überbackenem Gemüse gegenüber.

»Köstlich«, sagte sie und lächelte Haresh an.

»Ich wußte nicht, was ich Khushwant für Sie machen lassen sollte, Ma. Er dachte, das wäre das richtige. Der zweite Gang ist angeblich etwas ganz Besonderes.«

Beim Gedanken an Hareshs Freundlichkeit und Rücksichtnahme drohten

Tränen Mrs. Rupa Mehras Augen zu überfluten. Während der letzten Tage hatte es ihr an der Aufmerksamkeit anderer gemangelt. In Sunny Park ging es zu wie im Zoo, und infolgedessen war Arun häufiger als sonst explodiert. Sie wohnten alle zusammen in dem kleinen Haus, zum Teil schliefen sie auf Matratzen, die sie nachts im Wohnzimmer auslegten. Die Chatterjis hatten angeboten, die Kapoors in Ballygunge aufzunehmen, aber Savita meinte, daß Uma und Aparna die Möglichkeit haben sollten, einander kennenzulernen. Und unklugerweise hatte sie die Atmosphäre aus früheren Tagen in Darjeeling oder in den Salonwagen wieder aufleben lassen wollen, als alle vier Geschwister die Nächte auf demselben Dach oder in angenehm engen Quartieren mit ihren Eltern verbracht hatten.

Es wurde über Politik diskutiert. Aus einigen Bundesstaaten, in denen früh gewählt wurde, kamen die ersten Ergebnisse. Laut Pran würde die Kongreßpartei haushoch gewinnen. Anders als am Abend zuvor bestritt Arun es nicht. Am Ende des Fischgangs war das Thema Politik erschöpft.

Während des nächsten Ganges erzählte Haresh der versammelten Gesellschaft beeindruckende Fakten aus der Praha-Geschichte und -Produktion. Er erwähnte, daß Pavel Havel ihn gelobt habe, weil er ›sehr hart arbeite‹. Obwohl Haresh kein Kommunist war, hatte er etwas von einem fröhlichen Stachanovschen Helden der Arbeit. Er erzählte voll Stolz, daß er erst der zweite Inder war, der den Einzug in die Kolonie geschafft hatte, und nannte die Zahl von dreitausend Paar Schuhen, auf die er die wöchentliche Produktion erhöht hatte. »Ich habe sie verdreifacht«, fügte er hinzu und war glücklich, die Zufriedenheit über seinen Erfolg mit anderen teilen zu können. »Das Randnähen war das eigentliche Problem.«

Ein Satz, den Haresh während des Rundgangs durch die Gerberei gesagt hatte, war Lata im Gedächtnis geblieben. »Alle anderen Prozesse – Schleifen, Pressen, Bügeln – kommen wenn nötig selbstverständlich auch noch dran.« Jetzt erinnerte sie sich wieder daran und sah die Gerbgruben vor sich und die dünnen Männer mit den orangefarbenen Gummihandschuhen, die aufgedunsene Häute mit Greifhaken aus einer dunklen Flüssigkeit zogen. Sie blickte hinunter auf die köstliche Haut ihres Brathuhns. Ich kann ihn unmöglich heiraten, dachte sie.

Mrs. Rupa Mehra war ihrerseits etliche Meilen in die entgegengesetzte Richtung vorangeschritten, getragen von einem hervorragenden Vol-au-vent mit Pilzen. Sie hatte nicht nur beschlossen, daß Haresh einen idealen Ehemann für Lata abgeben würde, sondern auch, daß Prahapore mit seinem Spielplatz, den Wicken, den schützenden Mauern der ideale Ort war, um ihre Enkelsöhne großzuziehen.

»Lata hat gesagt, daß sie sich wirklich freut, Sie hier an diesem schönen Ort wiederzusehen«, flunkerte Mrs. Rupa Mehra. »Und jetzt, da wir hier bei Ihnen gewesen sind, müssen Sie Neujahr mit uns in Sunny Park zu Abend essen«, fügte sie spontan hinzu. Arun riß die Augen auf, aber er sagte nichts. »Und Sie müssen mir sagen, was Sie besonders gern essen. Ich bin so froh, daß heute nicht Ekadishi ist, sonst müßte ich auf die Nachspeise verzichten. Sie müssen schon am Nachmittag kommen, damit Sie sich mit Lata unterhalten können. Mögen Sie Kricket?«

»Ja«, sagte Haresh und versuchte, der sprunghaften Konversation zu folgen.

»Aber ich spiele nicht gut.« Er fuhr sich verwirrt mit der Hand über die Stirn.

»Ach, ich rede nicht vom Spielen«, sagte Mrs. Rupa Mehra. »Arun wird am Vormittag mit Ihnen zu einem Test-Spiel gehen. Er hat mehrere Eintrittskarten. Auch Pran interessiert sich für Kricket. Und am Nachmittag kommen Sie dann zu uns.« Sie warf Lata, die aus unerfindlichem Grund etwas aufgebracht wirkte, einen Blick zu.

Was ist nur los mit dem Mädchen? dachte Mrs. Rupa Mehra gereizt. Launisch, das ist sie. Sie verdient ihr Glück überhaupt nicht.

Vielleicht stimmte das. Im Augenblick war Latas Glück nicht ungetrübt. Unmittelbar bestand es aus: Fleisch in Currysauce und Reis; tschechischen Sätzen, die von einem anderen Tisch herüberdrangen, gefolgt von einem lauten Lachen; einem Weihnachtspudding mit Cognacsauce, von dem Arun zweimal nahm und Mrs. Rupa Mehra ungeachtet ihres Diabetes (»Heute ist ein besonderer Tag«) dreimal; Kaffee; Varun, der schwieg und vor- und zurückschaukelte, Meenakshi, die mit Arun flirtete, Haresh verwirrte, weil sie über den Stammbaum von Mrs. Khandelwals Hunden redete, und plötzlich erwähnte, daß ihr Mädchenname Chatterji sei, was Haresh bestürzte – er erholte sich, indem er von Praha erzählte und zuviel – viel zuviel – über Praha und die Herren Havel, Bratinka, Kurilla und Novak sprach; dem Gefühl, daß unsichtbar unter dem dicken weißen Tischtuch ein Paar zweifarbige Schuhe lauerte; und schließlich aus einem unerwarteten Lächeln, das Hareshs Augen fast völlig verschwinden ließ. Amit hatte etwas über ein Lächeln gesagt – ihr Lächeln – erst neulich – gestern, oder? Latas Gedanken wanderten zum Hooghly jenseits der Mauern, zum Botanischen Garten an seinem Ufer – zu einem Banyanbaum – zu einem Boot auf der Ganga – zu einer anderen Mauer, in der Nähe einer anderen Praha-Fabrik – zu einem von Bambus umstandenen Krikketfeld. Sie hörte den trockenen Ton, als der Schläger den Ball traf... Plötzlich war sie sehr schläfrig.

»Geht es dir nicht gut?« fragte Haresh liebenswürdig.

»Doch, danke, Haresh«, sagte Lata unglücklich.

»Wir konnten noch gar nicht miteinander reden.«

»Das macht nichts. Wir sehen uns an Neujahr.« Lata versuchte zu lächeln. Sie war froh, daß ihre letzten Briefe an Haresh unverbindlich gewesen waren. Sie war sogar dankbar, daß er kaum mit ihr gesprochen hatte. Worüber sollten sie reden? Gedichte? Musik? Theaterstücke? Gemeinsame Freunde oder Bekannte oder Familienmitglieder? Sie war froh, daß Prahapore fünfzehn Meilen von Kalkutta entfernt war.

»Der lachsrosa Sari, den du anhast, ist wunderschön«, sagte Haresh.

Lata begann zu lachen. Ihr Sari war hellgrün. Sie lachte vor Vergnügen und aus Erleichterung.

Alle anderen wunderten sich. Was war bloß in Haresh gefahren – und was um Himmels willen war in Lata gefahren?

»Lachsrosa!« sagte Lata glücklich. »Vermutlich ist ›rosa‹ allein nicht genau genug.«

»Oh.« Haresh war plötzlich unbehaglich zumute. »Er ist doch nicht etwa grün?«

Varun schnaubte verächtlich, und Lata trat unter dem Tisch nach ihm.

»Bist du farbenblind?« fragte sie Haresh lächelnd.

»Leider«, antwortete Haresh. »Aber neun von zehn Farben erkenne ich richtig.«

»Das nächstemal, wenn wir uns sehen, werde ich einen rosa Sari tragen. Dann kannst du ihn schön finden, ohne an seiner Farbe zweifeln zu müssen.«

Nach dem Mittagessen sah Haresh den beiden Wagen nach. Er wußte, daß während der nächsten fünfzehn Meilen nur über ihn geredet werden würde, und hoffte, daß er in jedem Auto wenigstens einen Fürsprecher hatte. Wieder spürte er, daß weder Arun noch Meenakshi etwas mit ihm zu tun haben wollten. Aber er wußte nicht, was er noch unternehmen konnte, um sie versöhnlich zu stimmen.

Was Lata anbelangte, war er höchst optimistisch. Er wußte nichts von möglichen Rivalen. Das Essen war vielleicht ein wenig zu deftig gewesen, dachte er; sie hatte etwas müde gewirkt. Aber es war alles so gut verlaufen, wie er es erwartet hatte. Von seiner Farbenblindheit hätte sie früher oder später sowieso erfahren. Er war froh, daß er sie alle nicht noch einmal in seine Wohnung gebeten hatte, um Paan zu kauen – Kalpana Gaur hatte ihn in einem Brief davor gewarnt, daß die Mehras Paan nicht guthießen. Er mochte Lata mittlerweile so sehr, daß er wünschte, er hätte mehr mit ihr sprechen können. Aber das Ziel der heutigen Übung war nicht sie gewesen, sondern ihre Familie, vor allem Ma. ›1951 zum entscheidenden Jahr meines Lebens machen‹, hatte er sich vor einiger Zeit notiert. Das alte Jahr hatte nur noch drei Tage. Er beschloß, diesen Termin um ein, zwei Wochen zu verlängern, bis Lata nach Brahmpur zurückgekehrt wäre.

16.15

Savita setzte sich vorne in den Austin neben Arun, der fuhr. Sie wollte mit ihm reden. Meenakshi saß auf dem Rücksitz. Die anderen kehrten im Chatterjischen Humber zurück nach Kalkutta.

»Arun Bhai«, sagte die sanftmütige Savita, »warum hast du dich so danebenbenommen?«

»Ich weiß nicht, was du meinst. Red nicht so dummes Zeug.«

Savita war die einzige in der Familie, die sich von Aruns Schikanen nicht einschüchtern ließ. Das Gespräch war noch nicht beendet.

»Warum wolltest du unter allen Umständen unfreundlich zu Haresh sein?«

»Vielleicht solltest du ihn das fragen.«

»Mir ist nicht aufgefallen, daß er dich irgendwie schlecht behandelt hätte.«

»Jedenfalls hat er gesagt, daß jedes Kind in Indien weiß, wer Praha ist, was man von Bentsen Pryce nicht behaupten könne.«

»Aber das entspricht der Wahrheit.«

»Das ist noch lange kein Grund, es zu sagen.«

Savita lachte. »Arun Bhai, das hat er nur gesagt, weil du nicht aufgehört hast, über die Tschechen und ihre schroffe Art herzuziehen. Es war Notwehr.«

»Wie ich sehe, bist du entschlossen, für ihn Partei zu ergreifen.«

»Ich sehe das anders. Warum warst du nicht wenigstens höflich zu ihm? Warum nimmst du überhaupt keine Rücksicht auf Mas Gefühle oder auf die von Lata?«

»Aber das tue ich doch«, sagte Arun aufgeblasen. »Genau deswegen glaube ich doch, daß diese Sache im Keim erstickt werden muß. Er ist ganz einfach der falsche Mann. Ein Schuster in der Familie!«

Arun lächelte. Als er sich auf Empfehlung eines ehemaligen Kollegen seines Vaters bei Bentsen Pryce vorstellen durfte, waren sie dort klug genug, sofort zu bemerken, daß er der richtige Mann war. Entweder man ist es oder man ist es nicht, dachte Arun.

»Ich weiß nicht, was so schlimm daran ist, Schuhe zu machen«, sagte Savita milde. »Jedenfalls ziehen wir sie gerne an.«

Arun stöhnte.

»Ich habe Kopfweh«, sagte Meenakshi.

»Ja, ja«, sagte Arun, »ich fahre so schnell ich kann, aber ich werde abgelenkt. Wir sind gleich zu Hause.«

Savita schwieg eine Weile.

»Arun Bhai, was hast du gegen ihn, was du nicht auch gegen Pran hattest? Prans Akzent hat dir auch nicht gefallen, als du ihm zum erstenmal begegnet bist.«

Arun wußte, daß er sich auf gefährliches Terrain begab, denn Savita ließ nichts auf ihren Mann kommen. »Pran ist in Ordnung«, gestand er zu. »Er hat gelernt, wie es bei uns in der Familie zugeht.«

»Er war von Anfang an in Ordnung. Die Familie hat sich an ihn angepaßt.«

»Wenn du willst«, sagte Arun. »Stör mich nicht länger beim Fahren. Oder soll ich anhalten und mit dir weiterstreiten? Meenakshi hat Kopfweh.«

»Arun Bhai, ich streite nicht mit dir. Tut mir leid, Meenakshi, aber ich muß das mit ihm klären, bevor er beginnt, Ma zu bearbeiten«, sagte Savita. »Was hast du gegen Haresh? Daß er nicht ›einer von uns‹ ist?«

»Also, das ist er bestimmt nicht. Er ist ein adrett gekleideter, eingebildeter junger Mann mit zweifarbigen Schuhen und einem grinsenden Dienstboten. Ich habe noch nie jemanden getroffen, der so arrogant, selbstzufrieden und starrsinnig ist – und der weniger Grund dazu hätte.«

Savita lächelte nur. Das reizte Arun noch mehr als eine richtige Antwort.
»Ich weiß überhaupt nicht, was du mit dieser Diskussion erreichen willst«, sagte er.
»Ich möchte nicht, daß du Latas Chancen kaputtmachst«, entgegnete Savita ernst. »Sie weiß nicht so genau, was sie will, und ich möchte, daß sie sich selbst entscheidet, und nicht, daß ihr großer Bruder es für sie tut und wie gewöhnlich seine Meinung zum Gesetz erklärt.«
Meenakshi lachte ein silbernes, vielleicht auch etwas stählernes Lachen.
Ein riesiger Lastwagen kam ihnen entgegen und drängte sie fast von der schmalen Straße. Arun wich fluchend aus.
»Können wir diese Konferenz nicht zu Hause fortsetzen?« fragte er.
»Zu Hause sind zu viele Menschen«, sagte Savita. »Dort wird es unmöglich sein, dich ungestört zur Vernunft zu bringen. Ist dir eigentlich klar, Arun Bhai, daß es Heiratsangebote nicht vom Himmel regnet? Warum bist du entschlossen, dieses hier zu vereiteln?«
»Es gibt andere, die sich für Lata interessieren – Meenakshis Bruder zum Beispiel.«
»Amit? Meinst du wirklich Amit?«
»Ja, Amit. Ich meine wirklich Amit.«
Savita hielt Amit augenblicklich für einen höchst ungeeigneten Kandidaten, sagte es jedoch nicht. »Laß Lata das selbst entscheiden«, sagte sie. »Überlaß es ihr.«
»Wenn Ma die ganze Zeit um sie herumwuselt, wird sie sich sowieso nicht entscheiden können. Und wie jeder sieht, hat der Vorarbeiter Ma erfolgreich um den Finger gewickelt. Er hat fast nur mit ihr geredet. Mir ist nicht aufgefallen, daß er viel mit dir gesprochen hätte.«
»Es hat mir nichts ausgemacht. Ich mag ihn. Und ich möchte, daß du dich an Neujahr anständig benimmst.«
Arun schüttelte den Kopf, als er an Mas spontane, nicht abgesprochene Einladung an Haresh dachte.
»Bitte, laß mich in New Market aussteigen«, sagte Meenakshi plötzlich. »Ich komme später nach.«
»Aber deine Kopfschmerzen, Liebling?«
»Es geht schon. Ich muß ein paar Dinge kaufen. Ich werde mir ein Taxi nehmen.«
»Bist du sicher?«
»Ja.«
»Wir haben dich nicht verärgert?«
»Nein.«
Nachdem Meenakshi ausgestiegen war, sagte Arun zu Savita: »Du hast meine Frau unnötigerweise verärgert.«
»Sei nicht albern, Arun Bhai – und sprich von Meenakshi nicht als von ›meiner Frau‹. Ich glaube, sie erträgt es einfach nicht, sich zu Hause schon wieder

einem Dutzend Leuten gegenüberzusehen. Und das verstehe ich auch. Wir sind zu viele in Sunny Park. Meinst du, Pran, Uma und ich sollten das Angebot der Chatterjis annehmen?«

»Das ist ein anderer Punkt. Warum ist er so über Bengalis hergezogen?«

»Ich weiß es nicht. Aber du tust das die ganze Zeit.«

Arun schwieg. Irgend etwas machte ihm Sorgen. »Meinst du, daß sie ausgestiegen ist, weil sie dachte, wir würden jetzt über Amit sprechen?«

Savita lächelte bei dem Gedanken, daß Arun Meenakshi so viel Feingefühl zutraute, und sagte schlicht: »Nein.«

Arun ärgerte, daß ausgerechnet Savita in puncto Haresh nicht kompromißbereit war, und deswegen wurde er etwas unsicher. »Du übst mit mir wohl für den Gerichtssaal?«

»Ja«, sagte Savita und ließ sich nicht ablenken. »Versprich mir, daß du dich nicht einmischen wirst.«

Arun lachte auf die nachsichtige Art des älteren Bruders. »Jeder hat seine Meinung – du hast deine, ich habe meine. Und Ma kann sich anschließen, wem immer sie will. Und Lata selbstverständlich auch. Einverstanden?«

Savita schüttelte den Kopf, sagte jedoch nichts.

Arun versuchte, gewinnend zu sein, aber sie ließ sich nicht gewinnen.

16.16

Meenakshi ging geradewegs ins Fairlawn Hotel, wo Billy in einem Zimmer ungeduldig und unsicher auf sie wartete.

»Meenakshi, mir macht die Sache angst«, sagte Billy. »Mir gefällt das gar nicht.«

»Ich glaube nicht, daß sie dir angst macht«, sagte Meenakshi. »Jedenfalls nicht so viel Angst, daß sie dich ablenkt von deiner wundervollen …«

»Leistung?« beendete Billy den Satz.

»Leistung. Das ist das richtige Wort. Laß uns etwas leisten. Aber sei nett zu mir, Billy. Tut mir leid, daß ich mich verspätet habe. Ich habe ein entsetzliches Mittagessen hinter mir und Kopfschmerzen, so schwer wie die *Buddenbrooks*.«

»Kopfschmerzen?« Billy war besorgt. »Soll ich dir Aspirin bringen lassen?«

»Nein, Billy.« Meenakshi setzte sich neben ihn. »Es gibt ein besseres Heilmittel.«

»Ich dachte, Frauen sagen unter diesen Umständen: ›Heute nicht, Liebling, ich habe Kopfweh.‹« Billy half ihr mit ihrem Sari.

»Manche Frauen vielleicht. Sagt es Shireen?«

»Ich möchte lieber nicht über Shireen reden«, erwiderte Billy kühl.

Mittlerweile war Billy ebenso versessen darauf, Meenakshi zu kurieren, wie sie versessen darauf war, kuriert zu werden. Ungefähr eine Viertelstunde später lag er keuchend und aufs angenehmste erschöpft auf ihr und rieb den Kopf an ihrem Hals. Wenn sie sich liebten, war Meenakshi viel netter als sonst. Sie war nahezu anhänglich! Er wollte sich neben sie legen.

»Nein, Billy, bleib, wo du bist«, sagte Meenakshi und seufzte. »Du fühlst dich so gut an.« Billy hatte sich von seiner zärtlichsten und athletischsten Seite gezeigt.

»Gut«, stimmte Billy zu.

Nach ein paar Minuten, als sein Penis schlaff wurde, glitt er aus ihr heraus.

»Ups!« sagte Billy.

»Das war wunderbar«, sagte Meenakshi. »Was sollte das ›Ups‹ bedeuten?«

»Tut mir leid, Meenakshi – aber das Ding ist runtergerutscht. Es ist noch in dir drin.«

»Das kann nicht sein! Ich spüre es nicht.«

»An mir ist es nicht mehr, und ich habe gespürt, wie es runtergerutscht ist.«

»Mach dich nicht lächerlich, Billy«, sagte Meenakshi scharf. »Das ist doch noch nie passiert – und außerdem würde ich es fühlen, wenn es noch in mir wäre.«

»Das weiß ich nicht«, sagte Billy. »Geh nachschauen.«

Meenakshi ging duschen und kam wütend zurück. »Wie kannst du es nur wagen?« fragte sie.

»Wie kann ich was wagen?« Billy war besorgt.

»Wie kannst du es nur wagen, es runterrutschen zu lassen. Ich mach das nicht noch einmal mit.« Meenakshi brach in Tränen aus. Wie schrecklich, schrecklich geschmacklos, dachte sie.

Der arme Billy war jetzt noch besorgter. Er versuchte, sie zu trösten, indem er den Arm um ihre nassen Schultern legte, aber sie schüttelte ihn ärgerlich ab. Sie rechnete nach, ob tatsächlich Gefahr bestand. Billy war ein Vollidiot.

»Meenakshi, so kann es einfach nicht weitergehen«, sagte er.

»Ach, sei still und laß mich nachdenken. Ich habe wieder Kopfweh.«

Billy nickte zerknirscht. Meenakshi zog ihren Sari an – mit ziemlich heftigen Bewegungen.

Als sie ausgerechnet hatte, daß wahrscheinlich sowieso nichts passieren konnte, war sie nicht mehr in der Stimmung, Billy aufzugeben, und das sagte sie ihm.

»Aber wenn Shireen und ich verheiratet sind ...« sagte Billy.

»Was hat das damit zu tun? Ich bin auch verheiratet, oder etwa nicht? Dir macht's Spaß, mir macht's Spaß, und das ist alles. Bis nächsten Donnerstag.«

»Aber Meenakshi ...«

»Mach den Mund zu, Billy, du siehst aus wie ein Fisch. Ich versuche, vernünftig zu sein.«

»Aber Meenakshi ...«

»Ich kann nicht länger bleiben«, sagte Meenakshi und warf einen letzten Blick auf ihr Gesicht. »Ich muß nach Hause. Der arme Arun wird sich schon wundern, was um alles in der Welt aus mir geworden ist.«

16.17

»Schalt das Licht aus«, sagte Mrs. Rupa Mehra, als Lata aus dem Badezimmer kam. »Strom wächst nicht an Bäumen.«
 Mrs. Rupa Mehra war ernstlich verstimmt. Es war Silvesterabend, und anstatt ihn mit ihrer Mutter zu verbringen, wie sie eigentlich sollte, benahm sich Lata wie eine JUNGE PERSON und ging mit Arun und Meenakshi zu unzähligen Partys. Ärger lag in der Luft, und Mrs. Rupa Mehra konnte ihn riechen.
 »Wird Amit mit euch kommen?« fragte sie Meenakshi.
 »Das hoffe ich, Ma – und wenn wir sie überreden können, auch Kuku und Hans«, fügte Meenakshi hinzu, um sie abzulenken.
 Aber Mrs. Rupa Mehra ließ sich nicht ablenken. »Dann werdet ihr doch nichts dagegen haben, wenn auch noch Varun mitkommt.« Sie wies ihren jüngeren Sohn an, sie zu begleiten. »Und geh überallhin mit«, sagte sie streng zu ihm.
 Varun war gar nicht glücklich über den Lauf der Dinge. Er hatte gehofft, den Abend mit Sajid, Jason, Hot-ends und seinen anderen Shamshu- und Pokerfreunden zu verbringen. Aber an Mrs. Rupa Mehras Blick erkannte er, daß sie keinen Widerspruch dulden würde. »Und laß Lata ja nicht aus den Augen«, sagte Mrs. Rupa Mehra zu ihm, als sie einen Moment allein waren. »Ich traue deinem Bruder und Meenakshi nicht.«
 »Warum nicht?« fragte Varun.
 »Sie werden sich viel lieber amüsieren, als auf Lata aufzupassen«, sagte Mrs. Rupa Mehra ausweichend.
 »Und ich soll mich wohl nicht amüsieren?« sagte Varun trübsinnig und aufgebracht.
 »Nein. Nicht wenn die Zukunft deiner Schwester auf dem Spiel steht. Was würde dein Vater dazu sagen?«
 Bei der Erwähnung seines Vaters spürte Varun plötzlich eine Art Unmut, wie er ihn oft gegen Arun verspürte. Aber fast im gleichen Augenblick bekam er ein schlechtes Gewissen und wurde von Schuldgefühlen überwältigt. Was für ein Sohn bin ich? dachte er.
 Mrs. Rupa Mehra und die Rumpffamilie – Pran, Savita, Aparna, Uma – sollten den Silvesterabend in Ballygunge mit der älteren Generation der Chatterjis einschließlich des alten Mr. Chatterji verbringen. Auch Dipankar und Tapan blieben zu Hause. Es wird ein ruhiger Familienabend, dachte Mrs. Rupa Mehra, und keine endlose Herumtreiberei, wie sie heutzutage der letzte Schrei zu sein

scheint. ›Frivol‹ war das Wort, das auf Meenakshi und Kakoli zutraf; und ihr frivoles Verhalten war eine Schande in einer so armen Stadt wie Kalkutta – in einer Stadt, in der noch dazu Pandit Nehru gerade eingetroffen war, um über den Kongreß, den Freiheitskampf und den Sozialismus zu reden. Mrs. Rupa Mehra ließ Meenakshi genau wissen, was sie dachte.

Meenakshi antwortete mit einem Zweizeiler, einer Verballhornung eines Weihnachtsliedes, das man in letzter Zeit ein bißchen zu oft im Radio gehört hatte:

>»Laßt uns das Jahr beenden ganz frivol.
> Fa-la-la-la-la, la-la-la-la!
> Etwas andres tut uns ja doch nicht wohl.
> Fa-la-la-la-la, la-la-la-la!«

»Du bist ein ganz und gar verantwortungsloses Mädchen, Meenakshi, das sage ich dir«, sagte Mrs. Rupa Mehra. »Wie kannst du es nur wagen, mir so etwas vorzusingen?«

Aber Mrs. Arun Mehra war in viel zu guter Stimmung, als daß sie sich von der schlechten Laune ihrer Schwiegermutter hätte anfechten lassen, und völlig unerwartet gab sie ihr einen Kuß zum neuen Jahr. Zeichen der Zuneigung erlebte man bei Meenakshi nur selten, und Mrs. Rupa Mehra ließ sich widerwillig küssen.

Dann rauschten Arun, Meenakshi, Varun und Lata davon, um sich zu amüsieren.

Sie gingen auf mehrere Partys. Nach elf Uhr landeten sie schließlich bei Bishwanath Bhaduri, wo Meenakshi Billy erspähte.

»Billy!« gurrte sie in einem getragenen Vibrato, das im halben Zimmer zu hören war.

Billy sah sich um, und sein Gesicht wurde lang. Aber Meenakshi bahnte sich einen Weg zu ihm und eiste ihn, aufdringlich flirtend, von Shireen los. Als sie mit ihm allein war, sagte sie: »Billy, ich kann am Donnerstag nicht. Die Shady Ladies haben heute angerufen. Wir treffen uns am Donnerstag.«

Auf Billys Gesicht zeichnete sich Erleichterung ab. »Oh, das tut mir aber leid«, sagte er.

»Dann müssen wir uns eben am Mittwoch treffen.«

»Ich kann nicht«, flehte Billy. Dann wurde er ärgerlich. »Warum hast du mich von meinen Freunden weggeholt? Shireen wird Verdacht schöpfen.«

»Wird sie nicht«, erwiderte Meenakshi gutgelaunt. »Aber gut, daß du ihr im Augenblick den Rücken zuwendest. Wenn sie deinen ärgerlichen Gesichtsausdruck sehen könnte, dann würde sie vielleicht Verdacht schöpfen. Entrüstung steht dir einfach nicht. Eigentlich steht dir überhaupt nur dein nackter Körper. Werd nicht rot, Billy, oder ich muß dich leidenschaftlich küssen, eine Stunde bevor dein Neujahrskuß fällig ist. Also am Mittwoch. Entzieh dich deinen Unverantwortlichkeiten nicht.«

Billy fühlte sich entsetzlich unwohl in seiner Haut, aber er wußte nicht, was er tun sollte.

»Hast du heute das Kricketspiel gesehen?« wechselte Meenakshi das Thema. Der arme Billy blickte ganz mutlos drein.

»Was glaubst du denn?« Billys Miene heiterte sich auf. Indien hatte sich ganz gut gehalten und es geschafft, während der ersten Schlagzeit England mit 342 Punkten zu schlagen.

»Dann wirst du auch morgen hingehen?« fragte Meenakshi.

»O ja. Bin schon gespannt, was Hazare mit ihren Würfen veranstalten wird. Der MCC hat ein zweitklassiges Team nach Indien geschickt, und es geschieht ihnen nur recht, wenn wir ihnen eine Lektion erteilen. Jedenfalls ist es eine angenehme Art, den Neujahrstag zu verbringen.«

»Arun hat ebenfalls Karten. Wahrscheinlich komme ich morgen auch.«

»Aber du interessierst dich doch gar nicht für Kricket«, protestierte Billy.

»Dort winkt dir eine andere Frau zu«, sagte Meenakshi. »Du triffst dich doch nicht mit anderen Frauen, oder?«

»Meenakshi!« sagte Billy so entsetzt, daß sie ihm glauben mußte.

»Freut mich, daß du treu bist. Auf treue Weise untreu. Oder auf untreue Weise treu. Nein, die Frau winkt mir zu. Soll ich dich zu Shireen zurückbringen?«

»Ja, bitte«, sagte Billy niedergeschlagen.

16.18

In einer anderen Ecke unterhielten sich Varun und Lata mit Dr. Ila Chattopadhyay. Dr. Ila Chattopadhyay fühlte sich wohl in der Gesellschaft der verschiedenartigsten Menschen – und wenn sie jung waren, sprach das in ihren Augen nicht gegen sie. In dieser Einstellung lag auch eine ihrer Stärken als Anglistikdozentin. Eine andere war ihre erschütternde Intelligenz. Dr. Ila Chattopadhyay verhielt sich gegenüber ihren Studenten ebenso verrückt und starrsinnig wie gegenüber ihren Kollegen. Ja, sie respektierte ihre Studenten sogar mehr als ihre Kollegen, weil sie ihrer Ansicht nach intellektuell unschuldiger und aufrechter waren.

Lata fragte sich, was sie auf dieser Party machte. Spielte sie die Anstandsdame für jemanden? Wenn ja, nahm sie es mit ihrer Pflicht nicht sonderlich genau. Im Augenblick war sie ganz in ihr Gespräch mit Varun vertieft.

»Nein, nein«, sagte sie, »gehen Sie nicht zum IAS – das ist nur einer dieser Berufe für braune Sahibs. Dort werden Sie bloß zu einer anderen Ausgabe Ihres hassenswerten Bruders.«

»Aber was soll ich tun?« fragte Varun. »Ich tauge zu nichts.«

»Schreiben Sie ein Buch! Ziehen Sie eine Rikscha! Leben Sie! Kommen Sie mir nicht mit Ausreden«, sagte Dr. Ila Chattopadhyay voll enthusiastischer Energie und schüttelte vehement die grauen Locken. »Entsagen Sie wie Dipankar der Welt. Nein, er arbeitet jetzt in einer Bank, oder? Wie haben Sie denn bei den Aufnahmeprüfungen überhaupt abgeschnitten?«

»Miserabel!«

»Ich glaube nicht, daß du so schlecht warst«, sagte Lata. »Ich glaube auch immer, daß ich schlechter gewesen bin, als ich es tatsächlich war. Das tun alle Mehras.«

»Nein, ich war wirklich ganz miserabel«, sagte Varun und verzog mürrisch das Gesicht. Dann stürzte er seinen Whisky hinunter. »Ich bin bestimmt durchgefallen. Zur mündlichen Prüfung werde ich sicherlich gar nicht erst zugelassen.«

»Machen Sie sich keine Gedanken«, sagte Dr. Ila Chattopadhyay. »Es könnte noch viel schlimmer kommen. Die Tochter einer guten Freundin von mir ist gerade an Tb gestorben.«

Lata sah Ila Chattopadhyay verwundert an. Als nächstes wird sie sagen, dachte Lata, machen Sie sich keine Gedanken – es könnte noch viel schlimmer kommen. Den zwei Jahre alten Drillingen meiner Schwester ist gerade von ihrem Alkoholikervater der Kopf abgeschlagen worden.

»Du schaust so komisch«, sagte Amit, der sich zu ihnen gesellt hatte.

»Oh, Amit! Hallo«, sagte Lata, die sich freute, ihn zu sehen.

»Woran hast du gedacht?«

»An nichts – an gar nichts.«

Dr. Ila Chattopadhyay hielt Varun einen Vortrag über die idiotische Maßnahme der Universität von Kalkutta, Hindi als Pflichtfach für die Abschlußprüfungen einzuführen. Amit beteiligte sich ein bißchen an der Diskussion. Er spürte, daß Lata mit den Gedanken ganz woanders war. Er hätte gern mit ihr über ihr Gedicht geredet. Aber er wurde von einer Frau angesprochen.

»Ich möchte mit Ihnen reden.«

»Tja, hier bin ich.«

»Ich heiße Baby«, sagte die Frau, die ungefähr vierzig war.

»Ich heiße Amit.«

»Das weiß ich, das weiß ich, jeder weiß das. Wollen Sie mich mit Ihrer Bescheidenheit beeindrucken?« Sie war zum Streiten aufgelegt.

»Nein«, sagte Amit.

»Ich liebe Ihre Bücher, vor allem *Der Fieberbaum*. Ich denke jede Nacht daran. Ich meine *Der Fiebervogel*. Sie sind kleiner als auf den Fotos. Sie müssen ziemlich lange Beine haben.«

»Was machen Sie?« fragte Amit, der nicht wußte, wie er die letzte Bemerkung auffassen sollte.

»Ich mag Sie«, sagte die Frau mit Bestimmtheit. »Ich weiß, wen ich mag. Besuchen Sie mich in Bombay. Jeder kennt mich dort. Fragen Sie nur nach Baby.«

»Gut.« Amit hatte nicht vor, nach Bombay zu fahren.

Bishwanath Bhaduri kam zu ihnen, um Amit zu begrüßen. Lata ignorierte er, ebenso die raublustige Baby. Er war völlig hingerissen von einer in Schwarz und Silber gekleideten Frau, auf die er Amit aufmerksam machte.

»Man spürt, daß sie eine wunderschöne Seele hat«, sagte Bish.

»Sag das noch mal«, bat Amit.

Bishwanath Bhaduri machte einen Rückzieher. »Man sagt so etwas nicht zweimal.«

»Schade, man bekommt so etwas nicht oft zu hören.«

»Du willst es nur für deinen Roman benutzen. Das sollte man nicht.«

»Warum sollte man das nicht?«

»Weil es Kalkutta-Tratsch ist.«

»Das ist kein Tratsch – das ist poetisch, verdächtig poetisch.«

»Du machst dich über mich lustig«, sagte Bishwanath Bhaduri. Er sah sich um. »Man braucht einen Drink.«

»Man muß flüchten«, sagte Amit leise zu Lata. »Zwei müssen.«

»Ich kann nicht. Ich habe einen Aufpasser.«

»Wen?«

Lata blickte zu Varun. Er sprach mit zwei jungen Männern, die an seinen Lippen hingen.

»Ich glaube, dem können wir entwischen«, sagte Amit. »Ich zeige dir die Lichter in der Park Street.«

Als sie an Varun vorbeigingen, hörten sie ihn sagen: »Das Gatwick-Rennen wird natürlich Marywallace gewinnen, und Simile das Hopeful-Rennen. Was das Hazra-Rennen anbelangt, habe ich keine Ahnung. Aber für den Beresford Cup kommt nur My Lady Jean in Frage...«

Sie entkamen ungesehen und liefen lachend die Treppe hinunter.

16.19

Amit winkte ein Taxi heran.

»Park Street«, sagte er.

»Warum nicht Bombay?« fragte Lata und lachte. »Um Baby zu treffen.«

»Sie ist ein Stachel in meinem Nacken«, sagte Amit und wackelte mit den Knien.

»In deinem Nacken?«

»So würde Biswas Babu sagen.«

Lata lachte. »Wie ist er? Alle sprechen von ihm, aber ich habe ihn noch nie gesehen.«

»Er hat mir geraten zu heiraten – und die, wie er hofft, vierte Generation von Chatterji-Richtern zu produzieren. Ich habe dagegengehalten, daß Aparna zu-

mindest eine halbe Chatterji und so frühreif ist, daß sie es mit Leichtigkeit zur Richterin bringen wird. Er meinte, das sei ein anderes Teekesselchen.«
»Aber sein Rat ist an deinem Rücken abgeperlt wie Entenwasser.«
»Genau.«
Sie fuhren die Chowringhee entlang, die teilweise festlich beleuchtet war – vor allem die größeren Geschäfte, das Grand Hotel und Firpos. Dann kamen sie an die Kreuzung mit der Park Street. Ein riesiges Rentier, komplett mit Weihnachtsmann und Schlitten, wurde von großen bunten Glühbirnen angestrahlt. Ein paar Menschen schlenderten die Chowringhee auf der Maidanseite entlang und freuten sich an der festlichen Atmosphäre. Als das Taxi in die Park Street einbog, erschrak Lata nahezu über den ungewohnten Lichterglanz. Auf beiden Straßenseiten hingen vielfarbige Lichterketten und bunte Girlanden aus Kreppapier an den Geschäften und Restaurants: Flury's, Kwality's, Peiping, Magnolia's. Es war wunderschön, und Lata sah Amit glücklich und dankbar an. Als sie an dem großen Weihnachtsbaum an der Tankstelle vorbeifuhren, sagte sie: »Strom, der an Bäumen wächst.«
»Wie bitte?«
»Ach, das war Originalton Ma. ›Schalt das Licht aus. Strom wächst nicht an Bäumen.‹«
Amit lachte. »Schön, dich wiederzusehen.«
»Mir geht es genauso. Mutatis mutandis.«
Amit sah sie überrascht an. »Das letztemal habe ich das im Gericht in London gehört.«
Lata lächelte. »Das muß ich von Savita aufgeschnappt haben. Dem Baby erzählt sie immer solche Sachen.«
»Ach übrigens, woran hast du gedacht, als ich dich und Varun unterbrochen habe?«
Lata erzählte ihm von Ila Chattopadhyays Bemerkung.
Amit nickte. »Wegen deines Gedichts.«
»Ja?« Lata spannte sich an. Was würde er dazu sagen?
»Manchmal, in Zeiten tiefster Traurigkeit, empfinde ich es als Trost, daß wir der Welt im großen und ganzen gleichgültig sind.«
Lata schwieg. Es war eine seltsame Empfindung, aber eine wichtige. Nach einer Weile sagte sie: »Hat es dir gefallen?«
»Ja«, sagte Amit. »Als Gedicht.« Er rezitierte zwei Zeilen.
»Der Friedhof ist in dieser Straße, nicht wahr?«
»Ja.«
»An diesem Ende sieht sie ganz anders aus.«
»Ganz anders.«
»Diese spiralförmige Säule auf Rose Aylmers Grab war seltsam.«
»Möchtest du es nachts noch einmal sehen?«
»Nein! Es wäre komisch bei Nacht, mit all den Sternen. ›In einer Nacht, von Seufzern schwer.‹«

»Ich hätte sie dir bei Tag zeigen sollen.«
»Was zeigen?«
»Die Sterne.«
»Bei Tag?«
»Ja. Ich weiß ungefähr, wo die wichtigsten Sterne bei Tag stehen. Warum nicht? Die Sonne macht uns blind für sie. Es ist Mitternacht. Darf ich?«
Und bevor sie protestieren konnte, küßte Amit sie.
Sie war so überrascht, daß sie nicht wußte, was sie sagen sollte. Und sie war ein bißchen verstimmt.
»Ein gutes neues Jahr«, sagte Amit.
»Ein gutes neues Jahr«, sagte sie und verbarg ihre Verstimmung. Schließlich hatte sie sich mit ihm verschworen, um ihrem Aufpasser zu entkommen. »Du hattest das nicht geplant, oder?«
»Natürlich nicht. Soll ich dich zu Varun zurückbringen? Oder sollen wir am Victoria Memorial spazierengehen?«
»Weder noch. Ich bin müde. Ich würde am liebsten schlafen.« Nach einer Weile fügte sie hinzu: »1952: wie neu das Jahr ist. Als ob jede Ziffer poliert wäre.«
»Ein Schaltjahr.«
»Wir gehen besser auf die Party zurück. Varun wird in Panik geraten, wenn er merkt, daß ich nicht da bin.«
»Ich bringe dich nach Hause, fahre anschließend auf die Party zurück und sage Varun selbst Bescheid. Wie wäre das?«
Lata lächelte beim Gedanken an Varuns Miene, wenn er erfuhr, daß sie ausgeflogen war.
»In Ordnung. Danke, Amit.«
»Du bist mir doch nicht böse? Das ist die Freiheit des neuen Jahrs. Ich konnte einfach nicht anders.«
»Solange du das nächstemal nicht dichterische Freiheit für dich reklamierst.«
Amit lachte, und ihr gutes Verhältnis war wiederhergestellt.
Aber warum fühle ich nichts? fragte sich Lata. Sie wußte, daß Amit sie mochte, aber mehr als alles andere war sie erstaunt über den Kuß.
Ein paar Minuten später war sie zu Hause. Mrs. Rupa Mehra war noch nicht da. Als sie eine halbe Stunde später eintraf, fand sie Lata schlafend vor. Lata wirkte ruhelos – sie warf den Kopf auf dem Kissen von einer Seite zur anderen.
Sie träumte – von einem Kuß –, aber sie träumte von Kabir, von dem, der nicht da war, von dem, den sie auf keinen Fall wiedersehen sollte, von dem ungeeignetsten Mann von allen.

16.20

1952: die frischen, leuchtenden Zahlen sprangen Pran ins Auge, als er die Morgenzeitung aufschlug. Die Vergangenheit wurde überlagert vom 1. Januar, und die Zukunft funkelte vor ihm, als sie auf geheimnisvolle Weise aus ihrer Schmetterlingslarve herausschlüpfte. Er dachte an sein Herz und an sein Kind und an Bhaskars Begegnung mit dem Tod, an die guten und schlechten Ereignisse des vergangenen Jahres. Und er fragte sich, ob er im neuen Jahr die Professorenstelle bekommen würde – und einen neuen Schwippschwager – und ob sein Vater als Chefminister von Purva Pradesh vereidigt würde. Letzteres lag durchaus im Bereich des Möglichen. Was Maan anbelangte, so würde er früher oder später auch heiraten müssen.

Um sechs Uhr morgens war noch niemand außer ihm und Mrs. Rupa Mehra auf, aber um sieben setzte hektische Betriebsamkeit ein. Jeder durfte nur eine festgesetzte Zeitspanne in einem der beiden Bäder verbringen, und alle hatten um halb neun gefrühstückt und waren startbereit. Die Frauen wollten den Tag bei den Chatterjis verbringen und vielleicht auch ein bißchen einkaufen gehen. Sogar Meenakshi, die zuerst unbedingt mit zum Kricketspiel wollte, überlegte es sich im letzten Moment anders.

Amit und Dipankar kamen mit dem Humber um neun vorbei, und Arun, Varun und Pran fuhren mit ihnen zum Eden Gardens, um sich den dritten Tag des dritten Testspiels anzusehen. Vor dem Stadion trafen sie wie vereinbart Haresh, und zu sechst gingen sie zu dem Rang, auf dem ihre Sitze waren.

Es war ein herrlicher Morgen. Der Himmel war strahlend blau, und auf dem Spielfeld glitzerte noch Tau. Eden Gardens mit seinen smaragdgrünen Rasenflächen und den Bäumen, die sie säumten, der riesigen Anzeigetafel und dem neuen Ranji-Stadion-Block war ein atemberaubender Anblick. Die Zuschauer drängten sich, aber glücklicherweise war einer von Aruns britischen Kollegen bei Bentsen Pryce, der für seine ganze Familie Saisonkarten gekauft hatte, nicht in der Stadt und hatte Arun seine Plätze für diesen Tag angeboten. Sie saßen in der Nähe des Pavillons neben den VIPs und Mitgliedern des Kricketverbandes von Bengalen und hatten eine ausgezeichnete Sicht auf das Feld.

Die ersten Schlagmänner Indiens standen noch immer an der Schlagmallinie. Da Indien während der vorangegangenen Innings 418 und 485 Punkte erzielt hatte und die Engländer im ersten Inning mit 342 geschlagen worden waren, hatten die Gastgeber eine gute Chance, ihren Vorsprung auszubauen. Das Publikum von Kalkutta – kenntnisreicher und verständnisvoller als jedes andere Publikum in Indien – freute sich auf das Spiel.

Das Geplauder, das zwischen zwei *Overs* anschwoll, nahm wieder ab, verstummte jedoch nie ganz, sobald der Werfer aufs Feld kam. Leadbeater eröffnete das Werfen zu Roy mit einer Serie von sechs Bällen ohne Läufe, und Ridgway unterstützte den Angriff vom anderen Ende her und warf zu Mankad. Für das nächste *Over* brachte der englische Mannschaftskapitän Howard Statham aufs Feld, statt mit Leadbeater weiterzumachen.

Das führte zu einer längeren Diskussion in der sechsköpfigen Gruppe. Jeder spekulierte, warum Leadbeater nur für ein einziges *Over* aufs Feld geschickt worden war. Einzig Amit war der Meinung, daß keinerlei tiefere Bedeutung hinter diesem Vorgehen steckte. Weil die indische Zeit der englischen mehrere Stunden voraus war, hatte Leadbeater vielleicht als erster Engländer einen Ball im Jahre 1952 werfen wollen, und Howard hatte es ihm zugebilligt.

»Also wirklich, Amit«, sagte Pran und lachte. »Kricket wird nicht von solchen poetischen Launen beherrscht.«

»Wie schade«, sagte Amit. »Wenn ich alte Berichte von Cardus lese, denke ich immer, Kricket ist eine Variante der Dichtkunst – in sechszeiligen Strophen.«

»Ich frage mich, wo Billy ist«, sagte Arun mit ziemlich verkaterter Stimme. »Ich sehe ihn nirgends.«

»Er muß hiersein«, sagte Amit. »Ich kann mir einfach nicht vorstellen, daß er auch nur einen Tag versäumt.«

»Es fängt ziemlich verschlafen an«, sagte Dipankar. »Hoffentlich wird es nicht wieder so ein doofes Unentschieden wie bei den letzten beiden Spielen.«

»Ich glaube, wir werden ihnen eine Lektion erteilen«, lautete Hareshs optimistische Einschätzung.

»Könnte sein«, sagte Pran. »Aber bei diesem Werfer müssen wir aufpassen.«

Er sollte recht behalten.

Die besten indischen Torwächter – einschließlich des Mannschaftskapitäns – mußten vom Platz, und das Stadion erstarrte. Als Armanath – der kaum Zeit hatte, die Polster anzulegen – aufs Feld lief, um gegen Tattersall anzutreten, herrschte vollkommenes Schweigen. Sogar die weiblichen Zuschauer hörten kurz auf zu stricken.

Während desselben verhängnisvollen *Overs* machte er null Punkte.

Die indische Mannschaft fiel um wie Kegel. Wenn die Demontage so weiterginge, wäre Indien vor dem Mittagessen komplett aus dem Feld geschlagen. Die hochmütigen Visionen eines Sieges verwandelten sich in das Grauen vor einer schändlichen Niederlage.

»Das sieht uns ähnlich«, sagte Varun mürrisch. »Als Land haben wir versagt. Wenn wir den Sieg schon vor Augen haben, bringen wir immer noch eine Niederlage zustande. Nachmittags gehe ich zu den Pferderennen«, verkündete er angewidert. Er würde die Rennen durch den Lattenzaun verfolgen müssen, statt wie hier auf einem Platz zu sitzen, der vierzig Rupien kostete, aber zumindest bestand die Möglichkeit, daß sein Pferd gewann.

»Ich werde mir ein bißchen die Beine vertreten«, sagte Amit.

»Ich komme mit«, sagte Haresh, der sich über das schlechte Spiel der Inder ärgerte. »Oh – wer ist dieser Mann dort – der in dem marineblauen Blazer mit dem braunen Schal – kennt ihn jemand? Ich glaube, ich kenne ihn irgendwoher.«

Pran blickte in Richtung Pavillon und erschrak. »Oh, Malvolio!« sagte er, als ob er Banquo gesehen hätte.

»Wie bitte?« sagte Haresh.

»Ach nichts. Mir ist gerade etwas eingefallen, was ich im nächsten Semester unterrichten muß. Kricketbälle, mein Vasall. Ich habe mich gerade an etwas erinnert. Nein, ich – ich bin mir nicht sicher, daß ich ihn schon einmal gesehen habe. Sie fragen besser die Leute aus Kalkutta.« Pran war kein guter Lügner, aber ein Treffen zwischen Haresh und Kabir wollte er auf jeden Fall vermeiden. Alle nur möglichen Komplikationen konnten sich daraus ergeben, womöglich ein Besuch Kabirs in Sunny Park.

Glücklicherweise erkannten ihn die anderen nicht.

»Ich bin sicher, daß ich ihm schon mal begegnet bin«, beharrte Haresh. »Irgendwann fällt es mir bestimmt wieder ein. Er ist ein gutaussehender junger Mann. Wissen Sie, mit Lata ist es mir ebenso ergangen. Ich wußte, daß ich sie schon einmal gesehen hatte – und – ich bin ganz sicher, daß ich mich nicht täusche. Ich werde hinübergehen und hallo sagen.«

Pran konnte nichts weiter tun. Zwischen zwei *Overs* schlenderten Amit und Haresh hinüber, und Haresh sagte zu Kabir: »Guten Morgen. Sind wir uns nicht schon einmal begegnet?«

Kabir sah die beiden an und lächelte. Er stand auf und sagte: »Ich glaube nicht.«

»Vielleicht bei der Arbeit – oder in Cawnpore?« sagte Haresh. »Ich habe das Gefühl, aber – na ja, ich bin Haresh Khanna, von Praha.«

»Freut mich, Sie kennenzulernen, Sir.« Kabir schüttelte ihm die Hand und lächelte. »Vielleicht sind wir uns in Brahmpur schon mal begegnet, das heißt, wenn Sie geschäftlich nach Brahmpur kommen.«

Haresh schüttelte den Kopf. »Das glaube ich nicht. Sind Sie aus Brahmpur?«

»Ja. Ich studiere dort an der Universität. Ich bin ein Kricketfan, deswegen bin ich hier und schaue mir ein paar Spiele an. Ziemlich schlechte Vorstellung.«

»Der Rasen ist noch naß«, machte Amit mildernde Umstände geltend.

»Nasser Rasen, meine Güte«, sagte Kabir gutgelaunt und kampfbereit. »Wir finden immer Ausreden, um schlechte Leistungen zu entschuldigen. Roy hatte keinen Grund, den Ball anzuschneiden. Das gleiche gilt für Umrigar. Und daß Hazare und Amarnath im selben *Over* mir nichts, dir nichts aus dem Feld geschlagen werden, ist einfach ein Skandal. Sie schicken eine Mannschaft her, der nicht einmal Hutton oder Bedser oder Compton oder Laker oder May angehören – und wir schaffen es, mit Schimpf und Schande unterzugehen. Wir haben noch nie eine Testspielserie gegen den MCC gewonnen, und wenn wir jetzt wieder verlieren, verdienen wir nicht zu gewinnen. Allmählich glaube ich, daß es gut ist, daß ich morgen wieder abreise. Morgen wird sowieso nicht gespielt.«

»Wohin fahren Sie?« fragte Haresh und lachte. Die Einstellung des jungen Mannes gefiel ihm. »Zurück nach Brahmpur?«

»Nein, ich muß nach Allahabad zu den Universitätsspielen.«

»Spielen Sie in einer Uni-Mannschaft?«

»Ja.« Kabir runzelte die Stirn. »Tut mir leid, ich habe mich noch nicht vorgestellt. Ich heiße Kabir. Kabir Durrani.«

»Ach ja«, sagte Haresh, und seine Augen verschwanden. »Sie sind Professor Durranis Sohn.«

Kabir sah Haresh erstaunt an.

»Wir haben uns ganz kurz gesehen, als ich Bhaskar Tandon zu Ihrem Vater brachte. Jetzt, wo es mir wieder eingefallen ist, erinnere ich mich daran, daß Sie Kricketkleidung getragen haben.«

»Himmel, ja«, sagte Kabir. »Ich glaube, ich erinnere mich auch. Tut mir schrecklich leid. Aber wollen Sie sich nicht setzen? Diese zwei Stühle sind frei – meine Freunde sind Kaffee holen gegangen.«

Haresh stellte Amit vor, und sie setzten sich.

Nach dem nächsten *Over* wandte sich Kabir an Haresh und sagte: »Vermutlich wissen Sie, was Bhaskar bei der Pul Mela zugestoßen ist?«

»Ja, ich habe davon gehört. Aber jetzt geht's ihm Gott sei Dank wieder gut.«

»Wenn er hier wäre, brauchten wir die schicke Anzeigetafel australischen Stils nicht.«

»Stimmt«, sagte Haresh lächelnd. »Prans Neffe«, fügte er zu Amit gewandt als unvollständige Erklärung hinzu.

»Ich wünschte, die Frauen würden ihr Strickzeug zu Hause lassen«, sagte Kabir intolerant. »Hazare draußen. Sauber. Umrigar draußen. Purl. Es ist wie *Eine Geschichte zweier Städte.*«

Amit lachte über den Vergleich dieses angenehmen jungen Zeitgenossen, sah sich aber gezwungen, seine Heimatstadt zu verteidigen. »Abgesehen von diesem Teil des Stadions, wo die Leute ebensosehr gesehen werden wie zuschauen wollen, ist Kalkutta eine gute Stadt für Kricket. In dem Teil, wo die Sitze vier Rupien kosten, kennen sich die Leute wirklich aus. Abends um neun stellen sie sich nach Eintrittskarten für den nächsten Tag an.«

Kabir nickte. »Sie haben recht. Und das Stadion ist wirklich schön. Der Rasen ist so grün, daß es fast in den Augen weh tut.«

Haresh dachte kurz an die Enthüllung seiner Farbenblindheit und fragte sich, ob sie ihm geschadet hätte.

Jetzt wurde nicht mehr vom Maidan-Ende geworfen, sondern von dem Ende, an dem das Hohe Gericht lag.

»Wann immer ich an das Hohe Gericht denke, fühle ich mich schuldig«, sagte Amit zu Haresh. Sich mit einem Rivalen zu unterhalten war eine Möglichkeit, ihn einzuschätzen.

Haresh, der nichts von einem Rivalen ahnte, antwortete in aller Unschuld: »Warum? Haben Sie etwas Ungesetzliches getan? Ach, ich hatte ganz vergessen, daß Ihr Vater Richter ist.«

»Und ich bin Anwalt, das ist mein Problem. Wenn's nach ihm ginge, bestünde meine Arbeit aus dem Verfassen von Urteilen, nicht von Gedichten.«

Kabir wandte sich überrascht Amit zu. »Sie sind doch nicht etwa *der* Amit Chatterji?«

Amit wußte, daß Zurückhaltung alles nur verschlimmerte, wenn man ihn einmal erkannt hatte. »Doch, der bin ich.«

»Warum – hm – erstaunlich – ich mag Ihre Sachen – vieles davon – obwohl ich nicht behaupten kann, daß ich alles verstehe.«

»Ich auch nicht.«

Plötzlich fiel Kabir etwas ein. »Warum kommen Sie nicht mal nach Brahmpur und machen dort eine Lesung? In der Literarischen Gesellschaft von Brahmpur haben Sie eine Menge Fans. Aber ich habe gehört, daß Sie nie Lesungen machen.«

»Nicht nie«, sagte Amit nachdenklich. »Normalerweise nicht – aber wenn man mich nach Brahmpur einlädt und meine Muse mich ziehen läßt, komme ich vielleicht. Die Stadt interessiert mich, das Barsaat Mahal und natürlich das Fort – und andere schöne und sehenswerte Objekte. Ich war noch nie dort.« Er hielt inne. »Wollen Sie nicht zu unseren Plätzen mitkommen? Aber wahrscheinlich sieht man von hier aus besser.«

»Nicht deswegen«, sagte Kabir. »Aber ich bin mit Freunden hier, sie haben mich eingeladen – und es ist mein letzter Tag in der Stadt. Ich bleibe lieber hier. Aber es war mir eine Ehre, Sie kennenzulernen. Und – sind Sie sicher, daß es Ihnen recht ist, wenn Sie nach Brahmpur eingeladen werden? Es würde Sie nicht vom Schreiben ablenken?«

»Nein«, sagte Amit nachsichtig. »Nicht, wenn es sich um Brahmpur handelt. Schreiben Sie meinem Verleger. Er leitet die Einladung an mich weiter.«

Das Spiel wurde etwas beständiger fortgesetzt als zuvor. Bald wäre es Zeit für die Mittagspause. Es fielen keine Tore mehr, was ein Segen war, aber Indien war aus seiner gefährlichen Notlage noch nicht erlöst.

»Wirklich schade um Hazare. Seitdem er in Bombay diesen Schlag auf den Kopf bekommen hat, scheint er seine Form unwiderruflich verloren zu haben«, sagte Amit.

»Es ist nicht nur seine Schuld«, sagte Kabir. »Ridgways Bälle können teuflisch sein – und er hat schließlich hundert Punkte gemacht. Er war eine ganze Zeitlang bewußtlos. Ich finde, man hätte ihn nicht wieder aufs Feld zwingen dürfen. Es ist entwürdigend für einen Mannschaftskapitän, zurückbefohlen zu werden – und schlecht für die Moral der anderen Spieler.« Er sprach weiter, als ob er träumen würde: »Vermutlich kann sich Hazare nicht entscheiden – er hat eine Viertelstunde gebraucht, bevor er im letzten Testspiel wußte, ob er als Schlagmann oder als Feldspieler antreten sollte. Aber da ich feststellen muß, daß ich selbst Schwierigkeiten habe, wenn es um Entscheidungen geht, kann ich das nachvollziehen. Seitdem ich in Kalkutta bin, kann ich mich nicht entschließen, jemanden zu besuchen. Ich kann es einfach nicht. Keine Ahnung, mit welchen Schlägen ich rechnen müßte«, fügte er hinzu und lachte bitter. »Man sagt, er hat die Nerven verloren, und ich glaube, das ist auch mir passiert.« Kabir sprach zu niemandem im besonderen, aber Amit verspürte – aus keinem ersichtlichen Grund – große Sympathie für ihn.

Hätte Amit ihn als den ›Akbar aus *Wie es euch gefällt*‹ identifiziert, als den Meenakshi ihn phantasievoll beschrieben hatte, wäre er ihm vielleicht nicht so gewogen gewesen.

16.21

Pran erkundigte sich weder bei Amit noch bei Haresh nach ihrer Unterhaltung mit Kabir. Er wartete darauf, daß einer von beiden erwähnte, Kabir kenne ihn oder Arun oder habe von ihnen gehört; aber da sie weder über den einen noch über den anderen gesprochen hatten, gab es nichts dergleichen zu erzählen. Pran atmete erleichtert auf. Kabir würde bestimmt nicht nach Sunny Park kommen und sorgfältig ausgetüftelte Pläne vereiteln.

Nach einem schnellen Mittagessen, bestehend aus Sandwiches und Kaffee, verteilten sich die sechs – die über Indiens plötzlichen Zusammenbruch noch immer ganz bestürzt waren und der Fortsetzung des Spiels am Nachmittag nicht gerade optimistisch entgegensahen – auf den Humber und ein Taxi. Die Wagen mußten sich einen Weg durch die riesige Menschenmenge bahnen, die sich auf dem Maidan versammelt hatte, um Pandit Nehru sprechen zu hören. Der Premierminister – oder vielmehr der Präsident der Kongreßpartei – befand sich auf einer seiner Wahlkampf-Blitzreisen. Am Vortag hatte er in Kharagpur, Asansol, Burdwan, Chinsurah und Serampore gesprochen.

Varun bat, ihn bei der Pferderennbahn abzusetzen, wo sich eine kleinere, aber ebenso neugierige Menge eingefunden hatte. Er hielt Ausschau nach seinen Freunden. Dann fragte er sich, ob er sich nicht doch lieber Nehrus Rede anhören sollte. Aber nach einem kurzen inneren Kampf siegten My Lady Jean und Windy Wold mit mehreren Längen vor dem Freiheitskämpfer. Die Rede kann ich immer noch in den Zeitungen nachlesen, sagte er sich.

Haresh besuchte unterdessen entfernte Verwandte seines Pflegevaters, die in Kalkutta lebten. So sehr nahm ihn die Steigerung der Produktivität in Prahapore in Anspruch, daß er bislang keine Zeit dazu gefunden hatte, aber jetzt hatte er zwei Stunden frei. Als er bei seinen Verwandten eintraf, fand er sie am Radio sitzen vor. Sie wollten gastfreundlich sein, aber das Kricketspiel gewann die Oberhand. Haresh setzte sich zu ihnen.

Am Ende des Spiels stand es 257 zu 6 für Indien. Die Schande war wundersamerweise abgewendet worden.

Haresh war deshalb bester Laune, als er in Sunny Park zum Tee eintraf. Er wurde Aparna vorgestellt, die er zum Lachen bringen wollte und die ihn abblitzen ließ, und Uma, die ihn anlächelte, was ihn seinerseits entzückte.

»Halten Sie sich aus Höflichkeit zurück, Haresh?« fragte Savita freundlich.
»Sie essen ja gar nichts. Höflichkeit zahlt sich in dieser Familie nicht aus. Reich den Kuchen weiter, Arun.«

»Ich muß mich entschuldigen«, sagte Arun zu Haresh. »Ich hätte es schon heute morgen erwähnen sollen, habe es aber völlig vergessen. Meenakshi und ich werden heute abend auswärts essen.«

»Oh«, sagte Haresh verwirrt. Er blickte zu Mrs. Rupa Mehra. Sie war rot geworden und schien empört.

»Ja. Also, wir sind vor drei Wochen eingeladen worden, und ich konnte nicht im letzten Moment absagen. Aber Ma und die anderen werden selbstverständlich hiersein. Und Varun wird den Gastgeber spielen. Meenakshi und ich haben uns auf den Abend gefreut, unnötig es zu erwähnen, aber als wir von Prahapore zurückkamen und in unseren Kalender sahen – tja, da stand es.«

»Es ist uns schrecklich unangenehm«, sagte Meenakshi fröhlich. »Nehmen Sie doch eine Käsestange.«

»Danke«, sagte Haresh etwas geknickt. Aber ein paar Minuten später hatte er sich wieder gefaßt. Lata zumindest schien sich zu freuen, ihn zu sehen. Sie trug tatsächlich einen rosafarbenen Sari. Entweder das – oder sie war wirklich grausam! Heute bekäme er sicher die Chance, mit ihr zu reden. Und Savita, das spürte er, behandelte ihn warmherzig und aufmunternd. Vielleicht war es gar nicht so schlecht, daß Arun nicht mit ihnen zu Abend essen würde, obwohl es komisch wäre, sich in Abwesenheit des Gastgebers an seinen Tisch zu setzen – noch dazu, da er zum erstenmal hier war. Haresh spürte, daß von ihm und auch von der auf dunkle Weise strahlenden Meenakshi gedämpft ablehnende Impulse ausgingen, und in ihrer Anwesenheit hätte er sich nicht völlig entspannen können. Aber auf jeden Fall war Aruns Verhalten eine sonderbare Reaktion auf die Gastfreundschaft, die er ihnen entgegengebracht hatte.

Varun wirkte ungewöhnlich gut gelaunt. Er hatte bei den Rennen acht Rupien gewonnen.

»Wir waren gar nicht so schlecht«, sagte Haresh zu ihm.

»Wie bitte?«

»Nach heute vormittag, meine ich.«

»Ach ja, Kricket. Wie lautet der Endstand?« fragte Varun, der aufgestanden war.

»257 zu 6«, sagte Pran, der sich wunderte, daß Varun das nicht wußte.

»Hm«, sagte Varun und ging zum Grammophon.

»Nein«, brüllte Arun.

»Nein was, Arun Bhai?«

»Stell ja die verdammte Maschine nicht an. Außer du willst, daß ich dir deine tauben Ohren einschlage.«

Varun schreckte zurück und empfand Mordlust. Haresh erschrak ebenfalls über diesen Wortwechsel der beiden Brüder. In Prahapore hatte Varun kaum ein Wort gesagt.

»Aparna gefällt es«, sagte Varun mißmutig und wagte es nicht, Arun anzusehen. »Und Uma auch.« Obwohl es unwahrscheinlich klang, stimmte es. Wann immer Juristenlatein Uma nicht zum Einschlafen brachte, sang Savita ihr ein Lied vor, während sie sie wiegte.

»Mir ist egal, wem was gefällt«, sagte Arun, während sein Gesicht rot anlief. »Stell es ab. Sofort.«

»Ich hab's doch gar nicht angestellt«, sagte Varun leise triumphierend.

Lata richtete an Haresh eilig die erste Frage, die ihr einfiel: »Hast du *Deedar* gesehen?«

»Ja«, sagte Haresh. »Dreimal. Einmal allein, einmal mit Freunden in Delhi und einmal mit Simrans Schwester in Lucknow.«

Ein paar Sekunden lang herrschte Schweigen.

»Der Film muß dir gefallen haben«, sagte Lata.

»Ja. Ich mag Filme. In Middlehampton habe ich manchmal zwei Filme am Tag gesehen. Allerdings war ich nicht im Theater«, fügte Haresh unaufgefordert hinzu.

»Nein – das kann ich mir vorstellen«, sagte Arun. »Ich meine, es gibt dort kaum Gelegenheit, wie Sie einmal gesagt haben. Bitte, entschuldigt uns, wir müssen uns fertigmachen.«

»Ja, ja«, sagte Mrs. Rupa Mehra. »Macht euch fertig. Und wir haben auch was zu tun. Savita muß das Baby ins Bett bringen, und ich muß ein paar Neujahrsbriefe schreiben, und Pran – Pran ...«

»... muß ein Buch lesen?« schlug Pran vor.

»Ja«, stimmte Mrs. Rupa Mehra ihm zu. »Und Haresh und Lata können in den Garten gehen.« Sie wies Hanif an, die Gartenbeleuchtung einzuschalten.

16.22

Es war noch nicht ganz dunkel. Sie gingen durch den kleinen Garten und wußten nicht recht, was sie reden sollten. Die Blüten der meisten Blumen waren bereits geschlossen, aber neben der Bank dufteten noch weiße Levkojen.

»Sollen wir uns setzen?« fragte Haresh.

»Ja. Warum nicht?«

»Es ist lange her, seit wir uns gesehen haben.«

»Und das Mittagessen im Prahapore-Club?«

»Ach, das war für deine Familie. Du und ich, wir waren eigentlich nicht präsent.«

»Wir waren alle sehr beeindruckt«, sagte Lata lächelnd. Haresh, wenn auch nicht sie, war auf jeden Fall präsent gewesen.

»Das habe ich gehofft«, sagte Haresh. »Aber ich bin nicht sicher, was dein ältester Bruder von mir hält. Meidet er mich? Heute morgen hat er die meiste Zeit nach einem Freund Ausschau gehalten, und jetzt geht er aus.«

»Ach, so ist Arun nun mal. Die Szene von vorhin tut mir leid; das war typisch für ihn. Aber manchmal ist er sehr liebenswürdig. Man weiß nur nicht, wann. Du wirst dich daran gewöhnen.«

Der letzte Satz war ihr einfach herausgerutscht. Lata wunderte und ärgerte sich über sich selbst. Sie mochte Haresh, aber sie wollte ihm keine falschen Hoffnungen machen. Hastig fügte sie hinzu: »Wie alle seine – seine Kollegen.« Aber jetzt war es nur noch schlimmer. Es klang grausam kalt und ein bißchen unlogisch.

»Ich hoffe nicht, sein Kollege zu werden!« sagte Haresh lächelnd. Er wollte Latas Hand halten, aber er spürte, daß dies nicht der richtige Moment dazu war – trotz des Dufts der Levkojen und Mrs. Rupa Mehras stillschweigenden Einverständnisses mit ihrem Tête-à-tête. Haresh war verwirrt. Mit Simran hätte er gewußt, worüber sie hätten reden können; auf jeden Fall hätten sie in einer Mischung aus Hindi, Pandschabi und Englisch gesprochen. Aber sich mit Lata zu unterhalten war anders. Er wußte nicht, was er sagen sollte. Es war viel einfacher, Briefe zu schreiben.

Nach einer Weile sagte er: »Ich habe zwei Hardys noch einmal gelesen.« Das war besser, als über die Goodyear-randgenäht-Serie zu reden oder darüber, wieviel die Tschechen zu Silvester tranken.

»Findest du ihn nicht etwas pessimistisch?« Auch Lata versuchte, Konversation zu machen. Vielleicht wäre es besser, wenn sie sich weiterhin schreiben würden.

»Ich bin ein optimistischer Mensch – manche sagen, zu optimistisch –, deswegen ist es ganz gut für mich, etwas zu lesen, was nicht so optimistisch ist.«

»Das ist ein interessanter Gedanke«, sagte Lata.

Haresh stand vor einem Rätsel. Hier waren sie, saßen an einem kühlen Abend auf einer Gartenbank mit dem Segen ihrer Mutter und seines Pflegevaters, und sie brachten keine Unterhaltung zustande. Die Mehras waren eine komplizierte Familie, und nichts war, wie es schien.

»Hm, habe ich Grund, optimistisch zu sein?« fragte er lächelnd. Er hatte sich selbst versprochen, möglichst schnell eine eindeutige Antwort zu erhalten. Lata hatte gesagt, daß Briefe ein guter Weg seien, sich kennenzulernen, und er meinte, daß ihr Briefwechsel viel vom jeweils anderen offenbart hatte. Die letzten beiden Briefe aus Brahmpur waren vielleicht etwas kühler gewesen als die früheren, aber sie hatte ihm versprochen, während der Ferien soviel Zeit wie möglich mit ihm zu verbringen. Er konnte jedoch verstehen, daß sie jetzt nervös war, insbesondere da das kritische Auge ihres ältesten Bruders über sie wachte.

Lata schwieg eine Weile. Sie erinnerte sich im Zeitraffer an die Zeit, die sie mit Haresh verbracht hatte – wie ihr schien, eine Folge von Essen und Zügen und Fabriken –, und sagte dann: »Haresh, ich glaube, wir sollten uns öfter treffen und mehr miteinander reden, bevor ich mich endgültig entscheide. Es ist die wichtigste Entscheidung meines Lebens. Ich muß ganz sicher sein.«

»Nun, ich bin sicher«, sagte Haresh mit fester Stimme. »Ich habe dich an fünf verschiedenen Orten gesehen, und meine Gefühle für dich sind mit der Zeit stärker geworden. Ich bin nicht sehr wortgewandt ...«

»Das ist es nicht«, sagte Lata, obwohl sie wußte, daß es zum Teil genau das war. Worüber würden sie den Rest ihres Lebens miteinander reden?

»Wie auch immer, unter deiner Obhut werde ich besser werden«, sagte Haresh gutgelaunt.

»Welches ist der fünfte Ort?« fragte Lata.

»Welcher fünfte Ort?«

»Du hast gesagt, du hast mich an fünf Orten gesehen. Prahapore, jetzt Kalkutta, Kanpur, ganz kurz in Lucknow, als du uns im Bahnhof geholfen hast. Und fünftens? In Delhi hast du nur meine Mutter gesehen.«

»Brahmpur.«

»Aber ...«

»Wir haben uns nicht wirklich gesehen, aber ich war auf dem Bahnsteig, als du in den Zug nach Kalkutta gestiegen bist. Nicht diesmal – vor ein paar Monaten. Du hattest einen blauen Sari an, und dein Ausdruck war sehr intensiv und ernst, als ob etwas – na ja, ganz intensiv und ernst.«

»Bist du sicher, daß es ein blauer Sari war?« fragte Lata lächelnd.

»Ja.« Haresh lächelte ebenfalls.

»Was hast du dort gemacht?« fragte Lata verwundert. Sie erinnerte sich sehr genau an das, was sie damals empfunden hatte.

»Nichts. Ich bin nach Cawnpore gefahren. Und nachdem wir uns kennengelernt hatten, habe ich ein paar Tage lang überlegt: ›Wo habe ich sie schon einmal gesehen?‹ Wie heute im Stadion mit dem jungen Durrani.«

Lata erwachte aus ihrem Traum. »Durrani?«

»Ja, aber heute habe ich mich das nicht lange gefragt. Nachdem ich ein paar Minuten mit ihm gesprochen hatte, wußte ich, wo ich ihn schon einmal gesehen habe. Das war auch in Brahmpur. Ich habe Bhaskar zu seinem Vater gebracht. Alles passiert in Brahmpur.«

Lata schwieg, sah ihn jedoch endlich – so schien es ihm zumindest – interessiert an.

»Ein gutaussehender junger Mann«, fuhr Haresh fort, der neuen Mut geschöpft hatte. »Er weiß Bescheid über Kricket und spielt in der Universitätsmannschaft. Morgen fährt er irgendwohin zu den Universitätsspielen.«

»Beim Kricketspiel«, sagte Lata, »hast du Kabir getroffen?«

»Kennst du ihn?« fragte Haresh und runzelte die Stirn.

»Ja.« Lata versuchte, ihre Stimme zu kontrollieren. »Wir sind zusammen in *Was ihr wollt* aufgetreten. Wie seltsam. Was hat er in Kalkutta gemacht? Wie lange war er hier?«

»Ich weiß es nicht«, erwiderte Haresh. »Ich glaube, er war hauptsächlich wegen der Kricketspiele hier. Aber es ist schade, wenn man nach den ersten drei Tagen einer Testspielserie abreisen muß. Nicht daß eine der beiden Mannschaften als Sieger hervorgehen wird. Vielleicht war er auch geschäftlich hier. Er hat irgendwas davon gesagt, jemanden treffen zu wollen, war sich aber unsicher, wie er aufgenommen würde.«

»Oh. Hat er ihn getroffen?«

»Nein, ich glaube nicht. Worüber haben wir geredet? Ja, fünf Städte. Brahmpur, Prahapore, Kalkutta, Lucknow, Cawnpore.«

»Ich wünschte, du würdest nicht Cawnpore sagen«, sagte Lata etwas irritiert.

»Wie soll ich dann sagen?«

»Kanpur.«

»Na gut. Wenn du willst, sage ich auch Kolkota zu Kalkutta.«

Lata erwiderte nichts. Bei dem Gedanken, daß Kabir noch in der Stadt war, irgendwo in Kalkutta, aber unerreichbar, daß er am nächsten Tag abreisen würde, brannten ihr die Augen. Hier war sie, saß auf derselben Bank, auf der sie seinen Brief gelesen hatte – ausgerechnet mit Haresh. Wenn sie Haresh hauptsächlich beim Essen getroffen hatte, so hatte sie Kabir hauptsächlich auf Bänken getroffen. Sie wußte nicht, ob sie weinen oder lachen sollte.

»Stimmt irgend etwas nicht?« fragte Haresh etwas besorgt.

»Nein. Laß uns hineingehen. Es wird kalt. Wenn Arun Bhai schon weg ist, dann wird es nicht schwierig sein, Varun zu überreden, Filmlieder aufzulegen. Ich bin in der Stimmung dafür.«

»Ich dachte, klassische Musik gefällt dir besser.«

»Mir gefällt alles«, sagte Lata lebhaft, »aber zu unterschiedlichen Zeiten. Und Varun wird dir etwas zu trinken anbieten.«

Haresh bat um ein Bier. Varun legte ein Lied aus *Deedar* auf und verließ das Wohnzimmer. Seine Mutter hatte ihn angewiesen, den beiden aus dem Weg zu gehen. Latas Blick fiel auf das Buch über ägyptische Mythologie.

Haresh war mehr als nur verwundert über ihre Stimmungsschwankungen. Ihm war unbehaglich zumute. Es entsprach der Wahrheit, was er in seinen Briefen geschrieben hatte – daß er sich in sie verliebt hatte. Er war sich sicher, daß sie ihn auch mochte. Aber wie sie ihn jetzt behandelte, stellte ihn vor ein Rätsel.

Nach drei Minuten war das Lied zu Ende. Lata stand nicht auf, um eine andere Platte aufzulegen. Im Zimmer war es still. »Ich habe Kalkutta satt«, sagte sie leichthin. »Gut, daß ich morgen in den Botanischen Garten gehe.«

»Aber ich habe morgen Zeit für dich. Ich wollte den Tag mit dir verbringen«, sagte Haresh.

»Davon wußte ich nichts, Haresh.«

»Du hast gesagt – geschrieben –, daß du soviel Zeit wie möglich mit mir verbringen willst.« An irgendeinem Punkt hatte sich ihre Unterhaltung entschieden verändert. Er fuhr sich mit der Hand über die gerunzelte Stirn.

»Ich bin noch fünf Tage hier, bevor ich nach Brahmpur zurückkehre«, sagte Lata.

»Aber morgen ist mein letzter Urlaubstag. Sag den Besuch im Botanischen Garten ab. Ich bestehe darauf!« Er lächelte und nahm ihre Hand.

»Ach, sei nicht so gemein«, sagte Lata.
Sofort ließ er ihre Hand los. »Ich bin nicht gemein.«
Lata sah ihn an. Er war blaß geworden und lächelte nicht mehr. Und er war plötzlich sehr zornig. »Ich bin nicht gemein«, wiederholte er. »Nie zuvor hat das jemand zu mir gesagt. Nenn mich nie wieder so. Ich – ich gehe.« Er stand auf. »Ich finde den Weg zum Bahnhof allein. Bitte richte deiner Familie meinen Dank aus. Ich kann nicht zum Essen bleiben.«

Lata war völlig vor den Kopf gestoßen, versuchte aber nicht, ihn aufzuhalten. ›Ach, sei nicht so gemein‹, hatten die Mädchen im Sophia Convent mindestens zwanzigmal am Tag zueinander gesagt. Und manchmal – in einer bestimmten Laune – sagte sie es auch jetzt noch. Es sollte nicht eigentlich verletzen, und einen Augenblick lang konnte sie sich nicht vorstellen, daß er wirklich verletzt war.

Aber Haresh, den sowieso schon etwas beunruhigt hatte, was er nicht benennen konnte, war im Innersten getroffen. ›Gemein‹ genannt zu werden – kleinlich, niederträchtig, von niederer Herkunft –, noch dazu von der Frau, die er liebte und für die er bereit war, viel zu tun – er konnte viel ertragen, aber das ging zu weit. Er war nicht kleinlich – weit weniger als ihr hochnäsiger Bruder, der vor ein paar Tagen kein anerkennendes Wort für seine Anstrengungen gefunden hatte und nicht einmal über so viel Anstand verfügte, den Abend mit ihm zu verbringen, um seine Gastfreundschaft zu erwidern. Was seine niedere Herkunft anbelangte, so mochte sein Akzent nicht so poliert sein wie ihrer, seine Diktion nicht so elegant wie ihre, aber er kam aus einer ebenso guten Familie wie sie. Mochten sie ihre anglisierte Fassade behalten. ›Gemein‹ genannt zu werden war unerträglich. Er wollte nichts mit Leuten zu tun haben, die eine solche Meinung von ihm hatten.

16.23

Mrs. Rupa Mehra erlitt einen hysterischen Anfall, als sie hörte, daß Haresh gegangen war. »Das war sehr, sehr unverschämt von ihm«, sagte sie und brach in Tränen aus. Dann fiel sie über ihre Tochter her. »Du mußt ihn irgendwie vor den Kopf gestoßen haben. Sonst wäre er nie gegangen. Er wäre nie gegangen, ohne sich zu verabschieden.«

Nur Savita konnte sie beruhigen. Dann bemerkte Savita auch, daß Lata wie vom Donner gerührt dasaß, setzte sich neben sie und nahm ihre Hand. Sie war froh, daß Arun nicht da war, um Öl ins Feuer zu gießen. Langsam erfuhr sie, was geschehen war, was Lata gesagt und was Haresh falsch interpretiert hatte.

»Aber wenn wir uns schon nicht verstehen, wenn wir nur miteinander reden«, sagte Lata, »was für eine Zukunft steht uns dann bevor?«

»Mach dir deswegen jetzt keine Gedanken«, sagte Savita. »Iß ein bißchen Suppe.«

Wenn alles andere fehlschlägt, dachte Lata, gibt es immer noch Suppe.

»Und lies etwas Beruhigendes«, fuhr Savita fort.

»Zum Beispiel ein juristisches Fachbuch?« Lata hatte noch immer Tränen in den Augen, aber sie versuchte zu lächeln.

»Ja«, sagte Savita. »Oder – da der Sophia Convent für das ganze Durcheinander verantwortlich ist – schau dir doch dein Poesiealbum an. Da findest du alte Freunde und ewig gültige Gedanken. Wenn es mir schlechtgeht, lese ich oft in meinem Poesiealbum. Ich meine das ganz ernst und sage es nicht nur, weil Ma es auch sagen würde.«

Es war ein guter Rat. Lata aß einen Teller heiße Gemüsesuppe, und ein bißchen aufgeheitert von der Idiotie des vorgeschlagenen Heilmittels, blätterte sie in ihrem alten Poesiealbum. Sie las die Eintragungen auf den rosa, cremefarbenen und blaßblauen Seiten, die in Englisch, Hindi (von ihren Tanten und vom nationalistisch gesinnten Varun) und sogar in Chinesisch (ein unleserlicher, aber wunderschön anzusehender Eintrag von ihrer Klassenkameradin Eulalia Wong) verfaßt waren. Die erbaulichen, rührenden, amüsanten oder witzigen Zeilen, die unterschiedlichen Tinten und Handschriften riefen Erinnerungen wach und milderten ihre Verwirrung. Sie hatte auch ein Stück von einem Brief ihres Vaters eingeklebt, auf dem mit Bleistift vier kleine Affen skizziert waren, seine ›Bandar-log‹, wie er seine Kinder genannt hatte. Mehr als je zuvor fehlte er ihr jetzt. Sie las, was ihre Mutter auf die erste Seite geschrieben hatte.

> Wenn die Welt unfreundlich ist,
> wenn Sorgen an dir nagen,
> wenn der Kummer an dir frißt,
> dann darfst du nicht verzagen.
> Geh hinaus in die frische Luft,
> hör zu, wie die Vöglein singen,
> atme ein der Blumen Duft,
> all das wird Glück dir bringen.

Denk dran, liebe Lata, jedermann (und jede Frau) hat sein (ihr) Schicksal selbst in der Hand.

Deine Dich liebende
Ma

Auf die nächste Seite hatte eine Freundin geschrieben:

Lata,
Liebe ist der Stern, zu dem die Menschen emporschauen, und die Ehe ist das schwarze Loch, in das sie fallen.

Alles Liebe und Gute
Anuradha

Jemand anders schlug vor:

Nicht die Vollkommenen, sondern die Unvollkommenen brauchen die Liebe.

Wieder jemand anders hatte auf einer blauen Seite mit nach links neigender Handschrift geschrieben:

Harsche Worte brechen ein zartes Herz, so wie der erste Frost des Winters eine Vase aus Glas zum Bersten bringt. Ein falscher Freund ist wie ein Schatten auf der Sonnenuhr, den man nur bei schönem Wetter sieht und der verschwindet, kaum zieht eine Wolke am Himmel auf.

Fünfzehnjährige Mädchen, dachte Lata, nehmen das Leben sehr ernst.

Savitas schwesterlicher Beitrag lautete:

> Das Leben ist nur Schall und Rauch.
> Doch zwei Dinge sind entscheidend:
> Freundlichkeit bei fremder Not
> und Mut in der eignen.

Zu ihrer Überraschung bekam sie feuchte Augen. Ich werde wie Ma sein, bevor ich fünfundzwanzig bin, dachte Lata. Dieser Gedanke bot den Tränen Einhalt.

Das Telefon klingelte. Amit wollte Lata sprechen.

»Für morgen ist alles klar«, sagte er. »Tapan kommt mit. Er liebt den Banyanbaum. Sag Ma, daß ich gut auf dich aufpassen werde.«

»Amit, ich bin in einer schrecklichen Stimmung und werde keine gute Gesellschaft sein. Laß uns ein andermal gehen.« Ihre Stimme klang nicht ganz klar und auch in ihren Ohren seltsam. Aber Amit enthielt sich eines Kommentars.

»Laß mich das entscheiden«, sagte er. »Oder vielmehr uns beide. Wenn ich dich morgen abhole und du immer noch nicht mitkommen willst, dann werde ich dich nicht dazu drängen. Einverstanden? Dann werden Tapan und ich allein gehen. Ich habe es ihm versprochen und will ihn nicht enttäuschen.«

Lata überlegte noch, was sie antworten sollte, als Amit hinzufügte: »Ach, mir geht es oft so: Depression beim Frühstück, Niedergeschlagenheit beim Mittagessen, Trübsinn beim Abendessen. Aber das ist das Rohmaterial des Dichters. Vermutlich entsprang das Gedicht, das du mir gegeben hast, auch so einer Stimmung.«

»Nein!« sagte Lata ein bißchen empört.

»Gut, gut, du bist schon auf dem Weg der Besserung.« Amit lachte. »Mir machst du nichts vor.« Er legte auf.

Lata hielt den Hörer in der Hand und dachte, daß manche Menschen sie überhaupt nicht verstanden und andere viel zu gut.

16.24

Liebste Lata,
seitdem Du fort bist, denke ich oft an Dich, aber Du weißt ja, daß es mir immer gelingt, mich von früh bis spät zu beschäftigen, sogar in den Ferien. Es ist jedoch etwas passiert, was ich Dir unbedingt berichten muß. Ich habe mir den Kopf zerbrochen, ob ich es Dir erzählen soll oder nicht, aber ich glaube, es ist am besten, es einfach zu tun. Ich habe mich so über Deinen Brief gefreut, und der Gedanke, Dich unglücklich zu machen, tut mir weh. Aber vielleicht erreicht Dich der Brief ja nicht mehr rechtzeitig, oder er geht in der Wahl- und Weihnachtspost verloren. Es würde mir nicht leid tun.

Tut mir leid, daß ich etwas wirr schreibe. Ich folge einfach meinen Eingebungen. Gestern habe ich meine Papiere durchgesehen und bin auf den kurzen Brief gestoßen, den Du mir nach Nainital geschrieben hast und in dem Du erwähnst, daß Du die gepreßte Blume wiedergefunden hast. Ich habe Deinen Brief zweimal gelesen und plötzlich an den Tag im Zoo gedacht und versucht, mich daran zu erinnern, warum ich Dir die Blume gegeben habe. Ich glaube, daß ich unbewußt unsere Freundschaft besiegeln wollte. Sie sollte meine Gefühle für Dich zum Ausdruck bringen, und ich bin glücklich, daß ich Freud und Leid mit dieser wunderbaren, liebevollen Person teilen kann, die so weit weg ist und doch so nah.

Kalkutta ist zwar nicht so weit weg, aber Freunde sind immer wichtig, und es ist gut zu wissen, daß Du mich nicht vergessen hast. Ich habe die Fotos von unserem Theaterstück angeschaut, während ich versuchte, meine Gedanken zu ordnen, und wieder einmal habe ich gedacht, was für eine gute Schauspielerin Du doch bist. Damals hat es mich schon verwundert, und es verwundert mich immer noch, besonders weil Du jemand bist, der manchmal so zurückhaltend ist und nicht oft über seine Ängste, Phantasien, Träume, Hoffnungen, Liebes- und Haßgefühle redet – und den ich vielleicht nie kennengelernt hätte, wenn wir uns nicht zufälligerweise das Zimmer im Studentenwohnheim geteilt hätten.

Jetzt habe ich genug um den heißen Brei herumgeredet, und ich sehe Dein gespanntes Gesicht vor mir. Ich muß Dir etwas über K. berichten, was – ich sollte es einfach schreiben, dann hab ich's hinter mir und kann nur noch hoffen, daß es Dir möglich sein wird, mir zu verzeihen. Ich erfülle nur die unangenehme Pflicht einer Freundin.

Nachdem Du nach Kalkutta abgereist warst, hat mir K. eine kurze Nachricht geschickt, und wir haben uns im Blue Danube getroffen. Er wollte, daß ich Dich dazu bringe, mit ihm zu reden oder ihm zu schreiben. Er hat viel davon geredet, wie sehr Du ihm am Herzen liegst, von schlaflosen Nächten, ruhelosen Spaziergängen, liebeskranker Sehnsucht und so weiter. Er wirkte sehr überzeugend, und er hat mir leid getan. Aber er muß in solchen Dingen große Übung haben, weil er – wahrscheinlich sogar am selben Tag – ein anderes Mädchen im Red Fox getroffen hat. Du hast mir erzählt, daß er keine Schwester hat, und außerdem hat sich meine Informantin, die hundertprozentig zuverlässig ist, klar ausgedrückt. Er hat sich nicht sehr brüderlich verhalten. Ich war überrascht, wie wütend ich wurde, aber andererseits war ich froh, daß die Sache so jedenfalls geklärt ist. Ich beschloß, es ihm rundheraus ins Gesicht zu sagen, aber er ist zu einer Krickettour aus der Stadt verschwunden, und jetzt halte ich es auch nicht mehr für der Mühe wert.

Bitte, Lata, laß das nicht alte Wunden aufreißen. Es sollte den Kurs, den Du eingeschlagen hast, nur bestätigen. Ich bin ganz sicher, daß wir Frauen alles nur schlimmer machen, indem wir uns endlos bei Dingen aufhalten, die man am besten sofort vergißt. Das ist auch meine Meinung als Medizinerin. Ein bißchen träumen ist in Ordnung, aber bitte kein ewig währendes Schmachten! Er ist es nicht wert, Lata, und das ist der Beweis dafür. Wenn ich Du wäre, würde ich ihn mit dem Löffel zu Kartoffelbrei drücken und vergessen.

Jetzt zu den anderen Neuigkeiten.

Dank der bevorstehenden Wahlen brodelt es hier. Es ist furchtbar viel los, und die Sozialistische Partei – wie alle anderen auch – plant ihre politischen Maßnahmen und Strategien und Pfuschereien und Hexereien. Ich gehe zu allen Veranstaltungen und werbe um Stimmen und mache Wahlkampf, aber ich bin ziemlich desillusioniert. Jeder denkt nur daran, vorwärtszukommen, klopft Sprüche, macht Versprechungen und schert sich nicht darum, wie die Erfüllung dieser Versprechungen bezahlt werden soll. Selbst vernünftige Menschen scheinen durchzudrehen. Ein Typ, der früher ganz vernünftig redete, hat jetzt Schaum vor dem Mund, und die Augen fallen ihm fast aus dem Kopf. Ich glaube, man sollte ihn einliefern.

Ja, und die Frauen wurden wiederentdeckt: ein angenehmer Nebeneffekt des Wahlkampffiebers. »Die Zeit ist gekommen, da die Frau wieder den Status einnehmen muß, der ihr schon im alten Indien zustand. Wir müssen das Beste aus der Vergangenheit und der Gegenwart, aus dem Westen und aus dem Osten miteinander verbinden ...« Es folgt, was in unserem alten Gesetzestext, dem Manusmriti, steht. Hol tief Luft:

»Die Frauen müssen von den Männern, welchen sie untertan sind, bei Tag und Nacht in Unterwürfigkeit gehalten, und wenn sie sich weltlicher Lust hingeben, unter die Zucht des Mannes gebeugt werden. Eine Frau ist in ihrer Kindheit dem Vater unterworfen, in der Jugend ihrem Mann; wenn ihr Gebieter gestorben ist, ihren Söhnen; eine Frau ist niemals unabhängig. Gott hat die Frau erschaffen als jemand, der sinnlich, unbeherrscht, unehrlich und böse ist und sich schlecht benimmt.« (Und jetzt leider auch noch wählen darf.)

Vermutlich wird Dich nichts hierher zurückführen, bevor die Ferien vorbei sind, aber ich vermisse Dich sehr, obwohl ich so viel zu tun habe, daß ich kaum noch einen Gedanken zu Ende denken kann.

Liebe Grüße an Dich und auch an Ma, Pran, Savita und das Baby – aber

Du mußt die Grüße nicht ausrichten, wenn sie Dir dann Fragen zu meinem Brief stellen und Du das nicht willst. Aber Uma kannst Du auf jeden Fall grüßen.

Deine Malati

P.S. »Unter den Bewohnern des Paradieses werden die Frauen eine Minderheit darstellen, unter den Bewohnern der Hölle die Mehrheit.« Ich dachte, ich bin unparteiisch und schicke Dir auch ein Zitat aus dem Hadith. »Friß, Vogel, oder stirb!«, das ist in aller Kürze die Einstellung jeder Religion den Frauen gegenüber.

P.P.S. Da ich in der Stimmung für Zitate bin, hier noch etwas aus einer Kurzgeschichte in einer Frauenzeitschrift. Es beschreibt die Symptome, die Du unter allen Umständen vermeiden mußt: »Sie wurde gebrechlich, zu einer von Raupen zerfressenen Blume ... Über den blassen Mond ihres Gesichts hatte sich eine Wolke der Verzweiflung gelegt ... Roter, heftiger Zorn brodelte in ihr. Er strömte aus den Sorgen, die sie in ihrem Herzen nährte ... Wie ein gedemütigter Monarch, der seinen Kopf gesenkt hält, kroch der Wagen davon, und der aufwirbelnde Staub war ein genaues Abbild ihrer Gefühle.«

P.P.P.S. Solltest Du beschließen, ihn Dir aus dem Herzen zu singen, empfehle ich Dir, Deine »ernsten« Lieblingsragas wie Shri, Lalit, Todi, Marwa usw. zu meiden und etwas Melodischeres wie Behag oder Kamod oder Kedar zu singen.

P.P.P.P.S. Das wär's, liebste Lata. Schlaf gut.

16.25

Lata schlief nicht gut. Stundenlang lag sie wach, gepeinigt von einer Eifersucht, die so stark war, daß sie ihr schier den Atem raubte. So unermeßlich schien ihr Elend, daß sie zweifelte, ob wirklich sie es war, die sich so fühlte. Weder im Haus noch sonstwo gab es einen Ort, an dem sie eine Woche lang allein und ungestört hätte sein können, um das Bild Kabirs, das gegen ihren Willen zu ihren wertvollsten Erinnerungen gehörte, aus ihrem Gedächtnis zu löschen. Malati hatte nichts darüber geschrieben, wer diese Frau war, wie sie aussah, worüber sie gesprochen hatten, wer sie gesehen hatte. Hatten sie sich zufällig kennengelernt, so wie sie ihn kennengelernt hatte? Machte er mit ihr im Morgengrauen einen Ausflug zum Barsaat Mahal? Hatte er sie geküßt? Nein, das konnte er nicht getan haben, er konnte sie nicht geküßt haben. Der Gedanke war unerträglich.

Erinnerungen an das, was Malati ihr über Sex erzählt hatte, quälten sie.

Es war nach Mitternacht, aber sie konnte nicht schlafen. Leise, um ihre Mutter und alle anderen im Haus nicht zu stören, ging sie in den kleinen Garten.

Dort setzte sie sich auf die Bank, auf der sie im Sommer zwischen den Grünlilien gesessen und seinen Brief gelesen hatte. Nach einer Stunde fing sie vor Kälte an zu zittern, aber es war ihr egal.

    Wie konnte er nur? dachte sie, obwohl sie sich eingestehen mußte, daß sie ihn so gut wie nicht ermutigt und ihm keine Hoffnungen gemacht hatte. Und jetzt war es zu spät. Sie fühlte sich schwach und erschöpft, und schließlich ging sie wieder hinein und legte sich ins Bett. Sie schlief zwar, aber ihre Träume waren unruhig. Kabir hielt sie in seinen Armen und küßte sie leidenschaftlich, er liebte sie, und sie war erregt. Aber plötzlich machte diese verwirrende Erregung dem blanken Entsetzen Platz. Denn sein Gesicht verwandelte sich in die verzerrten Züge von Mr. Sahgal. Während er auf ihr keuchte, flüsterte er, als ob er mit sich selbst redete: »Du bist ein braves Mädchen, ein ganz braves Mädchen. Ich bin stolz auf dich.«

SIEBZEHNTER TEIL

17.1

Daß Savita überhaupt in Kalkutta war, Lata gute Ratschläge geben und Arun in der Frage des geeigneten Heiratskandidaten entgegenwirken konnte, war nicht selbstverständlich. Ihre Anwesenheit war Gegenstand eines Familiendisputs gewesen.

Mitte Dezember hatte Pran morgens im Bett zu Savita gesagt: »Liebling, ich glaube, wir sollten in Brahmpur bleiben. Baoji hat mit dem Wahlkampf alle Hände voll zu tun und kann jede Hilfe brauchen, die er kriegen kann.«

Uma schlief in ihrem Bettchen. Das brachte Pran auf eine andere Idee. »Außerdem – ist es richtig, wenn das Kind jetzt schon auf eine Reise geht?«

Savita war noch schläfrig. Sie verstand nur ungefähr, was Pran zu erwägen gab. Sie dachte kurz über die Auswirkungen seines Vorschlags nach und sagte dann: »Laß uns später darüber reden.«

Pran, der sich an ihre Art, Widerspruch geltend zu machen, gewöhnt hatte, schwieg. Nach einer Weile kam Mateen mit dem Tee. Savita sagte: »Und glaubst du vielleicht auch, daß du noch nicht reisen solltest?«

»Ja, vielleicht sollte ich das noch nicht«, sagte Pran. Er war erfreut, daß sie auf seine Linie einschwenkte. »Und Ammaji geht es auch nicht gut. Ich mache mir Sorgen um sie. Und du auch, das weiß ich, Liebling.«

Savita nickte. Aber sie war der Ansicht, daß Pran sich rasch erholt hatte und sehr wohl reisen konnte. Zudem brauchte er dringend Ferien und einen Tapetenwechsel. Sein herrischer Vater sollte ihn nicht für sich in Anspruch nehmen. Das Baby würde in Kalkutta gut versorgt werden. Was Savitas Schwiegermutter anbelangte, so stimmte, daß es ihr nicht besonders gutging. Trotzdem übernahm sie Aufgaben im Wahlkampf mit der Robustheit, die auch ihren Einsatz für die Flüchtlinge aus dem Pandschab ein paar Jahre zuvor gekennzeichnet hatte.

»Was meinst du?« sagte Pran. »Wahlen finden nur alle fünf Jahre statt, und Baoji hätte gern, daß ich ihm helfe.«

»Was ist mit Maan?«
»Maan wird selbstverständlich auch helfen.«
»Und Veena?«
»Du weißt, was ihre Schwiegermutter sagen würde.«
Beide nippten an ihrem Tee. Der *Brahmpur Chronicle* lag unaufgeschlagen auf dem Bett.
»Aber wie kannst du ihm helfen?« fragte Savita. »Ich lasse nicht zu, daß du in Jeeps und mit dem Zug nach Baitar und Salimpur und in andere unzivilisierte Orte fährst und dabei deine Lunge mit Staub und Rauch anfüllst. Das würde einen Rückfall geradezu herausfordern.«
Pran überlegte, daß er seinen Vater vielleicht nicht in seinen Wahlkreis würde begleiten können, daß er ihm jedoch anders von Nutzen sein könnte. »Ich kann in Brahmpur bleiben, Liebling, und mich hier um das Notwendige kümmern. Außerdem mache ich mir ein bißchen Sorgen, was Mishra hier tun wird, um meine Chancen zu ruinieren. Die Berufungskommission tritt in einem Monat zusammen.«
Es war klar, daß Pran nicht nach Kalkutta fahren wollte. Aber er hatte so viele Gründe angeführt, daß Savita nicht mehr wußte, um wen er sich am meisten Sorgen machte: um seinen Vater, seine Mutter, sein Baby oder sich selbst.
»Was ist mit mir?« fragte Savita.
»Mit dir, Liebling?« Pran war überrascht.
»Na, wie meinst du, daß ich mich fühlen würde, wenn sich Lata mit einem Mann verlobt, den ich nicht einmal gesehen habe?«
»Aber du hast dich mit einem Mann verlobt, den Lata nicht gekannt hat.«
»Das war etwas anderes«, sagte Savita und machte ihn damit auf feine Unterschiede aufmerksam. »Lata ist nicht meine ältere Schwester. In gewisser Weise bin ich für sie verantwortlich. Arun und Varun sind nicht die besten Ratgeber.«
Pran dachte eine Weile nach. »Warum fährst du dann nicht allein? Ich werde dich natürlich vermissen, aber es sind ja nur zwei Wochen.«
Savita sah Pran an. Der Gedanke an eine Trennung schien ihn nicht sonderlich zu beunruhigen. Savita wurde ein bißchen ärgerlich. »Wenn ich fahre, fährt auch das Baby. Und wenn das Baby und ich fahren, fährst auch du. Hast du die Kricketspiele vergessen?«
Und so fuhren die drei mit Lata und Mrs. Rupa Mehra nach Kalkutta.
Sie reisten zwei Tage später als geplant aus Brahmpur ab, weil Dr. Kishen Chand Seth krank wurde. Und sie kehrten wegen unerwarteter und verheerender Ereignisse zwei Tage früher als geplant nach Brahmpur zurück. Aber diese Ereignisse waren vollkommen unvorhersehbar und hatten nichts mit dem Wahlkampf oder mit Krankheit oder mit Professor Mishras Machenschaften zu tun. Sie betrafen Maan und führten dazu, daß in der Familie nichts wieder so sein würde, wie es einmal war.

17.2

In der ersten Dezemberwoche war Maan noch immer in Brahmpur. Er hatte keinerlei Pläne, jemals wieder nach Benares zurückzukehren. Wenn es nach ihm gegangen wäre, hätte die ganze Stadt – samt Ghats, Tempeln, Stoffladen, Verlobter, Schuldnern und Gläubigern – in der Ganga versinken können, und stromabwärts hätte sich das Wasser nicht einmal gekräuselt. Er schlenderte zufrieden durch Brahmpur, spazierte gelegentlich durch die Altstadt und die Tarbuz-ka-Bazaar zum Barsaat Mahal. Ein-, zweimal spielte er mit den Freunden des Rajkumar Poker. Der Rajkumar selbst war nach seiner Relegation von der Universität für eine Weile aus Brahmpur nach Marh verschwunden.

Maan tauchte unregelmäßig in Prem Nivas und Baitar House zum Essen auf, und seine gute Laune belebte seine Mutter. Er besuchte Veena, Kedarnath und Bhaskar. Er verbrachte Zeit mit Firoz, aber nicht soviel, wie ihm lieb gewesen wäre. Nach dem Zamindari-Fall war Firoz als Anwalt ziemlich gefragt. Maan diskutierte über Wahlkampfstrategien mit seinem Vater und dem Nawab Sahib, der die Kandidatur Mahesh Kapoors in jeder Beziehung unterstützte. Und wann immer er konnte, besuchte er Saeeda Bai.

Eines Abends sagte Maan zwischen zwei Gaseln zu ihr: »Ich muß mit Abdur Rasheed reden, Saeeda. Aber soweit ich weiß, kommt er nicht mehr her.«

Saeeda Bai sah Maan mit leicht schräg gehaltenem Kopf nachdenklich an. »Er ist verrückt geworden«, sagte sie schlicht. »Ich kann ihn nicht mehr kommen lassen.«

»Was meinst du mit ›verrückt‹? Du hast mir einmal erzählt, daß er sich für Tasneem interessiert, aber das – bestimmt ...«

Saeeda Bai spielte verträumt einen Schnörkel auf dem Harmonium und sagte dann: »Er hat Tasneem seltsame Briefe geschickt, Dagh Sahib, die ich das Mädchen selbstverständlich nicht lesen lasse. Sie sind beleidigend.«

Maan konnte sich nicht vorstellen, daß Rasheed, den er als ehrenhaften Mann kannte, besonders wenn es um Frauen oder Pflichterfüllung ging, Tasneem beleidigende Briefe geschrieben hatte. Saeeda Bai, die gewohnheitsmäßig dazu neigte, Nuancen zu übertreiben, behandelte ihre Schwester seiner Meinung nach zu fürsorglich. Das behielt er jedoch für sich.

»Warum willst du mit ihm reden?« fragte Saeeda Bai.

»Ich habe es seiner Familie versprochen. Und auch über die Wahlen will ich mit ihm reden. Mein Vater wird in dem Wahlkreis kandidieren, zu dem auch sein Dorf gehört.«

Saeeda Bai wurde ärgerlich. »Hat die ganze Stadt den Verstand verloren?« rief sie. »Wahlen! Wahlen! Gibt es auf der ganzen Welt nichts anderes als Wahlscheine und Wahlurnen?«

Und in Brahmpur wurde tatsächlich kaum über etwas anderes gesprochen. Der Wahlkampf hatte begonnen; die meisten Kandidaten waren, nachdem sie ihre Kandidatur amtlich angemeldet hatten, in ihren Wahlkreisen geblieben und hatten sofort damit angefangen, um Stimmen zu werben. Mahesh Kapoor hatte beschlossen, noch ein paar Wochen in Brahmpur zuzubringen. Da er wieder Finanzminister war, hatte er viel Arbeit.

»Saeeda, du weißt, daß ich meinem Vater helfen muß«, fügte Maan als eine Art Entschuldigung hinzu. »Meinem älteren Bruder geht es nicht gut, und außerdem hat er seine Arbeit. Und ich kenne den Wahlkreis. Aber meine Verbannung wird diesmal nicht lange dauern.«

Saeeda Bai klatschte in die Hände und rief nach Bibbo.

Bibbo lief herbei.

»Bibbo, stehen wir im Wählerverzeichnis von Pasand Bagh?« fragte Saeeda Bai.

Bibbo wußte es nicht, glaubte jedoch, daß das nicht der Fall war. »Soll ich es herausfinden?« fragte sie.

»Nein. Das ist nicht nötig.«

»Wie Sie meinen, Begum Sahiba.«

»Wo warst du heute nachmittag? Ich habe überall nach dir gesucht.«

»Ich war ausgegangen, Begum Sahiba, um Streichhölzer zu kaufen.«

»Braucht man dazu eine ganze Stunde?« Saeeda Bai wurde ernsthaft ärgerlich.

Bibbo schwieg. Sie konnte Saeeda Bai, die sich wegen Rasheed so aufgeregt hatte, schlecht erzählen, daß sie wiederholt Briefe zwischen Firoz und Tasneem hin- und hergetragen hatte.

Saeeda Bai wandte sich schroff an Maan. »Was trödelst du hier herum? In diesem Haus sind keine Stimmen zu gewinnen.«

»Saeeda Begum...«

Aber Saeeda Bai hatte sich schon wieder zu Bibbo umgedreht. »Was glotzt du so? Habe ich dir nicht gesagt, daß du gehen sollst?«

Bibbo grinste und zog sich zurück. Saeeda Bai stand abrupt auf und ging in ihr Schlafzimmer. Sie kam mit drei Briefen Rasheeds an Tasneem wieder heraus.

»Seine Adresse steht drauf«, sagte sie zu Maan, als sie die Briefe auf das niedrige Tischchen warf. Maan schrieb die Adresse in seinem unbeholfenen Urdu ab. Er bemerkte, daß Rasheeds Handschrift längst nicht mehr so makellos war, wie er sie in Erinnerung hatte.

»Er tickt nicht mehr richtig. Er wird sich als Belastung für jede Wahlkampfunternehmung herausstellen«, sagte Saeeda Bai.

Der Rest des Abends war kein Erfolg. Das öffentliche Leben war ins Boudoir eingedrungen – und damit Saeeda Bais Ängste um Tasneem.

Nach einer Weile wurde sie wieder verträumt. »Wann fährst du?« fragte sie Maan gleichgültig.

»Inshallah in drei Tagen«, antwortete Maan so fröhlich, wie er konnte.

»Inshallah«, wiederholte der Sittich das eine Wort, das er wiedererkannte.

Maan sah ihn stirnrunzelnd an. Er war nicht in der Stimmung, sich mit dem dämlichen Vogel abzugeben. Eine Last hatte sich auf ihn gelegt. Es war Saeeda Bai, so schien es, einerlei, ob er blieb oder fortfuhr.

»Ich bin müde«, sagte Saeeda Bai.

»Darf ich dich am Abend vor meiner Abreise besuchen?«

»Ich wünsche nicht länger, im Garten zu wandeln«, murmelte Saeeda Bai ein Zitat von Ghalib vor sich hin.

Sie meinte damit Maan und den Wankelmut der Männer im allgemeinen, aber Maan dachte, sie meinte sich selbst.

17.3

Maan suchte Rasheed am nächsten Tag in seinem Zimmer auf. Er wohnte in einem schäbigen, übervölkerten Teil der Altstadt, in dem die Gassen eng und holprig waren und die Abwasserkanäle stechend stanken. Er lebte allein, weil er es sich nicht leisten konnte, seine Familie nach Brahmpur zu holen. Wann immer es möglich war, kochte er sich etwas, er gab Unterricht und studierte, war in der Sozialistischen Partei aktiv und versuchte, ein – halb volkstümliches, halb gebildetes – Pamphlet über Anerkennung und Bedeutung des Säkularismus im Islam zu schreiben. Seit Monaten lebte er nicht etwa von Liebe und Brot, sondern von seiner Willensstärke. Als er Maan an der Tür sah, schien Rasheed erstaunt und etwas besorgt. Maan erschrak, als er bemerkte, daß sein Haar noch weißer geworden war. Sein Gesicht war ausgezehrt, aber in seinen Augen brannte noch Feuer.

»Machen wir einen Spaziergang«, schlug Rasheed vor. »Hier sind zu viele Fliegen. In einer Stunde muß ich Unterricht geben. Curzon Park liegt auf dem Weg. Dort können wir reden.«

In der milden Dezembersonne setzten sie sich unter einen großen Ficus mit kleinen Blättern. Jedesmal, wenn jemand an ihnen vorbeiging, senkte Rasheed die Stimme zu einem Flüstern. Er wirkte völlig erschöpft, redete aber nahezu ununterbrochen. Sehr früh stellte sich heraus, daß Rasheed Maans Vater in keiner Weise behilflich sein würde. Er würde im Wahlkreis Salimpur/Baitar die Sozialistische Partei unterstützen und während der Semesterferien unermüdlich für sie und gegen die Kongreßpartei auftreten. Er sprach endlos über Feudalismus, Aberglauben, die auf Unterdrückung basierende Gesellschaftsstruktur und insbesondere über die Rolle des Nawab Sahib im System. Er sagte, daß die führenden Politiker der Kongreßpartei – und vermutlich auch Mahesh Kapoor – mit den Großgrundbesitzern unter einer Decke steckten, die deswegen für das Land, das der Staat ihnen wegnahm, entschädigt würden. »Aber die Menschen lassen sich nicht für dumm verkaufen. Sie durchschauen die Dinge nur zu gut.«

Bislang hatte Rasheed mit großer, vielleicht etwas übertriebener Überzeugung gesprochen, möglicherweise mit etwas zu exzessiver Verve gegen den größten Landbesitzer im Distrikt gewettert, von dem er wußte, daß er Maans Freund war, aber seiner Art zu sprechen und der Logik seiner Argumente haftete nichts Merkwürdiges an. Der Ausdruck ›für dumm verkaufen‹ jedoch schien nicht zu ihm zu passen: er wirkte wie ein Bruch.

Dann wandte er sich an Maan und sagte entschieden:»Die Leute, die für dumm verkauft werden, sind selbstverständlich klüger, als man denkt.«

»Selbstverständlich«, stimmte Maan freundlich zu, obwohl er ziemlich enttäuscht war. Rasheed wäre eine große Hilfe für seinen Vater in Debaria und vielleicht auch in der Stadt Salimpur gewesen. Ohne Rasheed würde er selbst die Gegend nicht kennen.

»Um ehrlich zu sein«, sagte Rasheed, »ich will nicht leugnen, daß ich Sie ebenso gehaßt habe wie die anderen, als mir klar wurde, was Sie zu tun versuchten.«

»Ich?« fragte Maan. Abgesehen davon, daß er der Sohn seines Vaters war, begriff er nicht, was er damit meinte. Und wieso überhaupt Haß?

»Aber das liegt alles hinter mir«, fuhr Rasheed fort. »Mit Haß erreicht man nichts. Aber jetzt muß ich Sie um Hilfe bitten. Da Sie mitverantwortlich sind, können Sie mir Ihre Hilfe nicht verweigern.«

»Wovon sprechen Sie?« fragte Maan verwirrt. Als er an Bakr-Id im Dorf gewesen war, hatte er wohl gespürt, daß es wegen Rasheed Spannungen gab, aber was hatte er damit zu tun?

»Bitte, tun Sie nicht so, als wüßten Sie von nichts«, sagte Rasheed. »Sie kennen meine Familie, Sie haben sogar Mehers Mutter kennengelernt – und doch haben Sie auf diesen Geschehnissen und Plänen bestanden. Sie selbst sind mit der älteren Schwester liiert.«

Was Saeeda Bai gesagt hatte, fiel Maan wieder ein. »Tasneem?« fragte er. »Sprechen Sie über Saeeda Bai und Tasneem?«

Rasheeds Miene versteinerte – als ob Maan seine Schuld zugegeben hätte. »Wenn Sie es wissen, warum dann ihren Namen aussprechen?«

»Aber ich weiß von nichts – was immer es ist«, protestierte Maan, den die Wendung des Gesprächs überraschte.

Rasheed versuchte, vernünftig zu sein. »Ich weiß, daß Sie und Saeeda Bai und andere, darunter wichtige Regierungsmitglieder, versuchen, mich mit ihr zu verheiraten. Und sie hat sich für mich entschieden. Der Brief, den sie mir geschrieben hat – die Blicke, die sie mir zugeworfen hat. Einmal, während einer Unterrichtsstunde, hat sie plötzlich eine Bemerkung gemacht, die nur eins bedeuten konnte. Ich kann vor Sorgen nicht mehr schlafen, seit drei Wochen schlafe ich kaum noch. Ich will mich nicht darauf einlassen, aber ich habe Angst um ihre geistige Gesundheit. Sie wird verrückt werden, wenn ich ihre Liebe nicht erwidere. Aber selbst wenn ich es auf mich nehme – was ich aus Gründen der Menschlichkeit tun muß –, selbst wenn ich es auf mich nehme, muß ich meine

Frau und meine Kinder schützen. Sie müssen Saeeda Begums bedingungslose Zustimmung dazu einholen. Ich werde mich nur unter ganz eindeutigen Bedingungen darauf einlassen.«

»Wovon um Himmels willen reden Sie?« fragte Maan in etwas scharfem Tonfall. »Ich bin an keinem Komplott beteiligt.«

Rasheed schnitt ihm das Wort ab. Er zitterte vor Zorn, versuchte jedoch, sich zu beherrschen. »Bitte, sagen Sie das nicht. Ich kann es nicht ertragen, daß Sie mir so was ins Gesicht sagen. Ich weiß Bescheid. Ich habe Ihnen bereits versichert, daß ich Sie nicht länger hasse. Mir selbst rede ich ein, daß Sie nur zu meinem Besten gehandelt haben, wie falsch Ihre Absichten auch sein mögen. Aber haben Sie dabei auch nur ein einziges Mal an meine Frau und meine Kinder gedacht?«

»Ich kann nicht für Saeeda Begum sprechen«, sagte Maan, »aber ich bezweifle, daß sie Sie mit Tasneem verheiraten will. Was mich betrifft, so höre ich zum erstenmal davon.«

Ein listiger Ausdruck huschte über Rasheeds Gesicht. »Warum haben Sie sie dann gerade erwähnt?«

Maan runzelte die Stirn und versuchte, sich zu erinnern. »Saeeda Begum hat von Briefen gesprochen, die Sie ihrer Schwester geschickt haben. Ich rate Ihnen, ihr nicht mehr zu schreiben. Sie wird nur wütend werden.« Er wurde selbst wütend, beherrschte sich jedoch, weil er schließlich mit seinem – wenn auch jungen – Lehrer sprach, der ihm noch dazu in seinem Dorf Gastfreundschaft erwiesen hatte, und fügte hinzu: »Ich wünschte, Sie würden nicht glauben, daß ich an einem Komplott beteiligt bin.«

»Gut«, sagte Rasheed fest. »Gut. Ich werde es nicht mehr erwähnen. Habe ich Sie jemals dafür kritisiert, daß Sie mit meiner Familie beim Patwari waren? Ich mache Ihnen keine Vorwürfe, und Sie werden bitte nicht mehr protestieren, nichts mehr abstreiten. Einverstanden?«

»Aber selbstverständlich werde ich es abstreiten«, sagte Maan, der sich nur flüchtig fragte, was ein Patwari mit der Sache zu tun hatte. »Rasheed, ich sage Ihnen, daß Sie sich im Irrtum befinden. Ich habe Ihnen immer den größten Respekt entgegengebracht, und ich verstehe nicht, woher Sie diese Ideen haben. Wie kommen Sie darauf, daß sich Tasneem auch nur im mindesten für Sie interessiert?«

»Ich weiß es nicht«, sagte Rasheed etwas spekulativ. »Vielleicht ist es mein Aussehen oder meine Aufrichtigkeit oder die Tatsache, daß ich in meinem Leben schon so viel getan habe und eines Tages berühmt sein werde. Sie weiß, daß ich vielen Menschen geholfen habe.« Er senkte die Stimme zu einem Flüstern. »Ich habe ihr keinen Anlaß gegeben, solche Gedanken zu hegen. Ich bin ein religiöser Mensch.« Er seufzte. »Aber ich weiß, was es heißt, seine Pflicht zu erfüllen. Ich muß tun, was ihre geistige Gesundheit sichert.« Plötzlich erschöpft, ließ er den Kopf sinken und neigte sich vornüber.

»Ich glaube«, sagte Maan nach einer Weile und klopfte ihm verwirrt auf die

Schulter, »Sie sollten besser auf sich aufpassen – oder lassen Sie Ihre Familie sich um Sie kümmern. Sobald die Ferien anfangen – oder auch schon vorher –, sollten Sie in Ihr Dorf fahren – Mehers Mutter soll sich um Sie kümmern. Ruhen Sie sich aus. Schlafen Sie. Essen Sie richtig. Studieren Sie eine Weile nicht. Und erschöpfen Sie sich nicht noch mehr durch Wahlkampfarbeit für irgendeine Partei.«

Rasheed hob den Kopf und sah Maan spöttisch an. »Das ist es also, was Sie wollen? Dann hätten Sie freie Bahn. Dann könnten Sie wieder mein Feld bestellen. Dann können Sie die Polizei zu mir schicken, damit sie mir mit dem Lathi den Schädel einschlägt. Ich mag Rückschläge erleiden, aber was immer ich beschließe zu tun, das tue ich. Ich durchschaue es, wenn Dinge miteinander zusammenhängen. Es ist nicht leicht, mich für dumm zu verkaufen, vor allem dann nicht, wenn man ein schlechtes Gewissen hat.«

»Sie sprechen in Rätseln«, sagte Maan. »Und Sie müssen zum Unterricht. Jedenfalls will ich nichts mehr von diesem Thema hören.«

»Sie müssen es entweder bestätigen oder abstreiten.«

»Was, um Gottes willen?« rief Maan wütend.

»Wenn Sie Saeeda Begum das nächstemal aufsuchen, richten Sie ihr aus, daß ich, wenn sie darauf besteht, bereit bin, Glück in ihr Heim zu bringen, daß ich mich einer schlichten Zeremonie unterziehen werde, daß jedoch die Kinder aus dieser zweiten Ehe den Kindern aus meiner ersten Ehe nicht ihre Rechte streitig machen werden. Meine Familie darf von der Eheschließung mit Tasneem nichts erfahren. Es darf auch keine Gerüchte geben – sie ist schließlich die Schwester einer ... Ich muß auf meinen Ruf und auf den meiner Familie achten. Nur diejenigen, die sowieso schon davon wissen ...« Er sprach nicht mehr weiter.

Maan stand auf, betrachtete Rasheed verwundert und schüttelte den Kopf. Dann seufzte er, lehnte sich an den Baumstamm und sah seinen früheren Lehrer und Freund unverwandt an. Schließlich blickte er zu Boden und sagte: »Ich werde weder zurück zu Saeeda Begum gehen, noch habe ich ein Komplott gegen Sie geschmiedet. Ebensowenig bin ich daran interessiert, Ihnen den Schädel einzuschlagen. Morgen fahre ich mit meinem Vater nach Salimpur. Wenn Sie Saeeda Begum etwas mitzuteilen haben, dann machen Sie es selbst, aber ich bitte Sie, es nicht zu tun. Ich verstehe nicht ein Viertel von dem, was Sie gesagt haben. Aber wenn Sie wollen, Rasheed, dann werde ich Sie in Ihr Dorf begleiten – oder in das Dorf Ihrer Frau – und dafür sorgen, daß Sie sicher dort ankommen.«

Rasheed rührte sich nicht. Er preßte die rechte Hand gegen die Stirn.

»Was meinen Sie?« fragte Maan. Er war wütend und zugleich besorgt. Bevor er abreiste, wollte er noch einmal zu Saeeda Bai gehen. Jetzt fühlte er sich verpflichtet, ihr von seinem Gespräch mit Rasheed und der verblüffenden Wendung, die es genommen hatte, zu erzählen. Er hoffte inständig, daß sich nichts Negatives daraus ergeben würde, und er hoffte zudem, daß es ihm nicht den Abend verderben würde.

»Ich werde hier sitzen bleiben«, sagte Rasheed nach einer Weile, »und nachdenken.«
Das letzte Wort klang, als ob es Unheil nach sich ziehen würde.

17.4

Maan hatte Rasheeds Aktivitäten nicht verfolgt. Es beunruhigte ihn, daß Rasheed den Patwari erwähnt hatte. Jetzt erinnerte er sich dunkel daran, daß irgend jemand – Rasheeds Vater oder Großvater – von einem Patwari gesprochen hatte. Er wußte, daß Rasheed mit den armen Menschen im Dorf Mitleid hatte und sich über ihre Lage empörte. Maan dachte an den verarmten sterbenden alten Mann, den Rasheed besucht hatte und für den er vor den Dorfältesten vor der Moschee eine Lanze gebrochen hatte. Andererseits war Rasheed so rigide, forderte so viel von sich und anderen, reagierte so zornig und stolz, stürzte sich so bedingungslos auf alles, wofür er sich entschieden hatte, daß er sich vollkommen verausgabt haben mußte – abgesehen davon, daß er andere dabei gegen sich aufbrachte. Hatte er einen Schock erlitten, durch den etwas in ihm zerbrochen war, so daß er sich einerseits vernünftig verhielt – zumindest anfangs –, letztlich jedoch in seinem Irrtum befangen blieb? Er gab noch immer Unterricht; aber konnte er noch davon leben? Er sah so elend aus. War er noch der genaue, gewissenhafte Lehrer, der auf makellos perfekten ›Alifs‹ bestand? Wie dachten seine Schüler und ihre Eltern über ihn?

Und was dachte seine eigene Familie über ihn? Wußte sie, wie sehr er sich verändert hatte? Wenn ja, warum verhielt sie sich dann so gleichgültig angesichts seines bedauernswerten Zustands? Maan beschloß, sie in Debaria direkt danach zu fragen und ihnen zu erzählen, was sie nicht wußten. Und wo waren Rasheeds Frau und Kinder?

Zutiefst beunruhigt, erzählte er Saeeda Bai einige der Dinge, die ihm Sorgen bereiteten. Er konnte sich nicht erklären, wie er sich Rasheeds Haß oder seine an Bedingungen gebundene Vergebung verdient hatte. Der Gedanke an Rasheed und seine wilden Phantasien sollten Maan noch wochenlang verfolgen.

Saeeda Bai ihrerseits wurde so besorgt um Tasneems Sicherheit, daß sie den Wachmann rufen ließ und ihm einschärfte, Tasneems alten Arabischlehrer unter keinen Umständen ins Haus zu lassen. Als Maan erwähnte, daß Rasheed glaubte, er solle gegen seinen Willen mit der in ihn verliebten Tasneem verheiratet werden, las Saeeda Bai ihm empört und angewidert einen Auszug aus einem von Rasheeds Briefen vor. Daraus gewann Maan den Eindruck, daß es vor allem Rasheed war, den die Leidenschaft überwältigt hatte. Er schrieb Tasneem, daß er sein Gesicht in den Wolken ihres Haars vergraben wolle und so weiter und so fort. Seine Handschrift, auf die er so großen Wert gelegt hatte, war unter dem Druck der Gefühle zu einem Gekritzel verkommen. Dem von Saeeda Bai vorgelesenen Auszug nach zu urteilen, war der Brief höchst beunruhigend. Nachdem Maan ihr von Rasheeds bizarrer Vorstellung von einem weitverzweigten Komplott erzählt hatte – wovon Saeeda Bai bislang keine Ahnung gehabt hatte –, konnte er nicht umhin, ihre Aufregung zu verstehen, ihre Unfähigkeit, sich auf irgend etwas – Musik, ihn, sich – zu konzentrieren. So verletzlich erschien sie ihm, daß er sich danach sehnte, sie in die Arme zu nehmen – aber zugleich spürte er, daß ihre Verletzlichkeit etwas Unberechenbares und Explosives an sich hatte und daß er schmerzhaft zurückgestoßen werden würde.

»Wenn es irgend etwas gibt, was ich für dich tun kann«, sagte er, »dann mußt du mich nur holen lassen. Ich weiß nicht, was ich tun oder raten soll. Ich werde im Distrikt Rudhia sein. Im Haus des Nawab Sahib wird man dir sagen können, wo genau ich mich aufhalte.« Maan sagte nichts von Prem Nivas, denn Saeeda Bai war dort nicht länger Persona grata.

Saeeda Bai wurde blaß.

»Der Nawab Sahib hat meinem Vater versprochen, ihn im Wahlkampf zu unterstützen«, erklärte Maan.

»Das arme Mädchen, das arme Mädchen«, sagte Saeeda Bai leise. »O Gott, was ist das nur für eine Welt. Geh jetzt, Dagh Sahib, und Gott schütze dich.«

»Bist du sicher ...«

»Ja.«

»Ich werde immer an dich denken, Saeeda«, sagte Maan. »Schenk mir zumindest noch ein Lächeln, bevor ich gehe.«

Saeeda Bai lächelte ihn an, aber ihre Augen blickten nach wie vor traurig. »Hör mir zu, Maan«, sagte sie und sprach ihn mit seinem richtigen Namen an, »denk an viele Dinge. Leg niemals dein Glück in die Hände von nur einer Person. Sei gerecht gegen dich selbst. Und wenn ich an Holi nicht eingeladen werde, in Prem Nivas zu singen, dann komm her, und ich singe hier für dich.«

»Aber bis zu Holi sind es noch mehr als drei Monate«, sagte Maan. »Ich werde dich doch in weniger als drei Wochen wiedersehen.«

Saeeda Bai nickte. »Ja, ja«, sagte sie gedankenverloren. »Du hast recht, du hast ganz recht.« Sie schüttelte langsam den Kopf und schloß die Augen. »Ich weiß gar nicht, warum ich so müde bin, Dagh Sahib. Ich habe nicht mal Lust, Miya Mitthu zu füttern. Gott möge dich schützen.«

17.5

Die wahlberechtigte Bevölkerung von Salimpur/Baitar belief sich auf siebzigtausend Menschen, zur Hälfte Hindus, zur Hälfte Moslems.

Abgesehen von den beiden kleinen Städten bestand der Wahlkreis aus über hundert Dörfern, darunter die zwei benachbarten Dörfer Sagal und Debaria, wo Rasheeds Familie lebte. Die Wähler konnten nur einen Kandidaten in das Parlament von Purva Pradesh wählen. Zehn Personen bewarben sich: sechs für Parteien und vier als Unabhängige. Zu den ersteren zählte Mahesh Kapoor, der Finanzminister, der für die Kongreßpartei antrat. Zu den letzteren Waris Mohammad Khan, der vom Nawab Sahib von Baitar für den Fall als Strohmann aufgestellt worden war, daß sein Freund vom Kongreß nicht nominiert worden wäre oder beschlossen hätte, nicht zu kandidieren, oder aus irgendeinem anderen Grund aus dem Rennen ausscheiden würde.

Waris war überglücklich, Kandidat zu sein, obwohl er wußte, daß von ihm erwartet wurde, sich so aktiv wie möglich für Mahesh Kapoor einzusetzen. Als er vor dem Büro des Wahlleiters seinen Namen auf der Liste mit den rechtmäßig nominierten Kandidaten erblickte, lächelte er stolz. Khan kam gleich nach Kapoor auf der Liste, die entsprechend der Buchstabenfolge des englischen Alphabets aufgestellt war. Waris hielt das für bedeutungsvoll: Die zwei Verbündeten konnten mit einer Klammer zu einem gemacht werden. Obwohl alle wußten, was seine Funktion bei dieser Wahl war, verlieh ihm die Tatsache, daß er zusammen mit wohlbekannten Bürgern des Distrikts – ja, sogar des Staates – auf einer Liste stand, ein gewisses Ansehen im Fort. Der Munshi kommandierte ihn nach wie vor herum, aber etwas vorsichtiger. Wenn Waris nicht gehorchen wollte, konnte er sich immer mit seinen Pflichten im Wahlkampf herausreden.

Als Maan und sein Vater in Baitar Fort eintrafen, versicherte ihnen Waris: »Minister Sahib, Maan Sahib, überlassen Sie in der Gegend von Baitar alles mir. Ich werde mich um alles kümmern – Transport, Versammlungen, Trommler, Sänger, alles. Die Leute vom Kongreß sollen uns nur jede Menge Nehru-Plakate und Kongreßfähnchen schicken. Die werden wir dann überall aufhängen. Und im nächsten Monat wird kein Mensch mehr ein Auge zutun können«, fuhr er fröhlich fort. »Vor lauter Wahlkampfsprüchen werden sie den Azaan nicht mehr hören. Ja. Und heißes Wasser für Ihr Bad steht bereit. Für morgen vormittag habe ich eine Tour durch ein paar Dörfer arrangiert, und abends kehren wir zurück zu einer Versammlung. Und wenn Maan Sahib auf die Jagd gehen will ... aber leider wird er dafür keine Zeit haben. Stimmen sind wichtiger als Antilopen. Und jetzt muß ich mich darum kümmern, daß viele unserer Anhänger heute abend auf die Versammlung der Sozialistischen Partei gehen und ihnen richtig zusetzen. Diese Haramzadas sind der Meinung, daß unser Nawab Sahib für das Land, das man ihm einfach wegnimmt, nicht einmal eine Entschädigung bekommen sollte – man stelle sich das vor! Es ist sowieso schon eine Ungerechtigkeit. Aber nicht genug damit, jetzt wollen sie alles noch schlimmer machen ...« Waris hielt plötzlich inne, da ihm bewußt geworden war, daß er mit dem Urheber des schrecklichen Gesetzes sprach. »Ich meine ...« Er grinste und schüttelte heftig den Kopf, als ob er den Gedanken herausschleudern wollte. Sie waren jetzt schließlich Verbündete. »Jetzt muß ich mich um ein paar Dinge kümmern«, sagte er und verschwand für eine Weile.

Maan nahm ein langes, entspannendes Bad und ging dann wieder nach unten, wo sein Vater schon ungeduldig auf ihn wartete. Sie begannen, über die Kandidaten zu diskutieren, über die Unterstützung, die sie in bestimmten Gegenden und von Angehörigen verschiedener Religionen oder Kasten erwarten konnten, über die Strategie, die sie gegenüber Frauen und anderen Wählergruppen einschlagen sollten, über die Wahlkampfkosten und wie sie aufgebracht werden sollten, über die vage Möglichkeit, daß Nehru auf seiner kurzen Tour durch Purva Pradesh Mitte Januar eine Rede in diesem Wahlkreis halten könnte. Was Maan im Herzen guttat, war die Tatsache, daß sein Vater ihm weit mehr Gehör schenkte als sonst. Im Gegensatz zu Maan hatte sich Mahesh Kapoor nie länger in diesem Wahlkreis aufgehalten, aber Maan hatte erwartet, daß er seine Erfahrungen aus Rudhia einfach auf diesen nördlicher gelegenen Wahlkreis übertragen würde. Aber obwohl Mahesh Kapoor nichts vom Kastenwesen und wenig von Religion hielt, war er sich der Bedeutung dieser Faktoren für das Wahlverhalten durchaus bewußt und hörte Maan aufmerksam zu, als er die demographischen Konturen dieser heiklen Gegend beschrieb.

Unter den unabhängigen Kandidaten – ganz abgesehen von Waris, der ihn unterstützen würde – gab es keinen echten Herausforderer für Mahesh Kapoor. Und unter den Kandidaten der Parteien ging er mit einem Riesenvorteil ins Rennen, weil er der Kandidat des Kongresses war – obwohl er etwas Angst hatte, in diesem unvertrauten Wahlkreis anzutreten. Der Kongreß war die Partei der Unabhängigkeit und die Partei Nehrus; sie war finanziell viel besser ausgestattet und besser organisiert als die anderen, und ihr Symbol wurde viel schneller wiedererkannt. Ihre Flagge – safrangelb, weiß und grün, mit einem Spinnrad in der Mitte – ähnelte der Nationalflagge. Fast in jedem Dorf verfügte die Kongreßpartei über einen oder zwei Mitarbeiter, die sich während der letzten Jahre sozial engagiert hatten und während der nächsten zwei Monate aktiv um Stimmen werben würden.

Die anderen fünf Parteien waren so etwas wie ein Gemischtwarenladen: Die Jan Sangh versprach, sich ›für die Ausbreitung der höchsten Traditionen des Bharatiya-Sanskriti‹ einzusetzen, ein schlecht verschleierter Ausdruck für Hindu- statt indischer Kultur. Sie war nur zu bereit, wegen Kaschmir gegen Pakistan Krieg zu führen, und verlangte von Pakistan Entschädigung für das Eigentum von Hindus, die gezwungen gewesen waren, nach Indien auszuwandern. Und sie befürwortete ein Vereinigtes Indien, das das Territorium Pakistans mit einschloß; vermutlich war eine zwangsweise Wiedervereinigung gemeint.

Die Ram Rajya Parishad schien friedliebender, wenn auch noch etwas wirklichkeitsfremder. Ihr erklärtes Ziel war es, im Land einen Zustand durchzusetzen, der dem idyllischen Zeitalter Ramas vergleichbar wäre. Von jedem Bürger wurde erwartet, daß er ›rechtschaffen und religiös gesinnt‹ war; künstliche Nahrungsmittel wie Vanaspati-Ghee – eine Art gehärtetes Pflanzenöl – sollten ebenso verboten werden wie obszöne und vulgäre Filme und das Schlachten von Kühen. Die alte Hindu-Heilkunde sollte als ›offizielles nationales System‹ anerkannt werden. Und die Reform des Hindu-Rechts sollte selbstverständlich abgesagt werden.

Die drei Parteien links vom Kongreß, die in diesem Wahlkreis antraten, waren die KMPP, die Partei, der Mahesh Kapoor beigetreten war und die er wieder verlassen hatte (ihr Symbol war eine Hütte); die Sozialistische Partei (ein Banyanbaum) und die Kommunistische Partei (eine Sichel und Ähren). Die Föderation der registrierten Kasten, die Partei von Dr. Ambedkar (der kürzlich aufgrund unlösbarer Differenzen und des Scheiterns der Reform des Hindu-Rechts aus Nehrus Kabinett ausgetreten war), war für die Wahl eine Allianz mit den Sozialisten eingegangen; in diesem Wahlkreis stellte sie keinen eigenen Kandidaten. Sie konzentrierte sich vor allem auf Gebiete, in denen zwei Abgeordnete gewählt werden mußten und gesetzlich vorgeschrieben war, daß mindestens einer davon den registrierten Kasten angehörte.

»Es wäre gut, wenn deine Mutter hier wäre«, sagte Mahesh Kapoor. »Hier wäre es sogar noch wichtiger als in meinem alten Wahlkreis – hier leben noch mehr Frauen hinter dem Purdah.«

»Was ist mit den Frauengruppen des Kongresses?« fragte Maan.

Mahesh Kapoor schnalzte ungeduldig mit der Zunge. »Es reicht nicht, wenn weibliche Freiwillige aus dem Kongreß auftreten. Was wir brauchen, ist eine starke Frau, die durchschlagende Reden halten kann.«

»Ammaji kann keine durchschlagenden Reden halten«, sagte Maan lächelnd. Er versuchte, sich seine Mutter auf einer Rednertribüne vorzustellen – vergeblich. Ihre Stärke war die unauffällige Arbeit hinter den Kulissen; in erster Linie konnte sie anderen helfen, aber auch – während der Wahlen – andere überzeugen.

»Nein, aber sie gehört zur Familie, und darauf kommt es an.«

Maan nickte. »Ich denke, wir sollten Veena holen«, sagte er. »Allerdings müßtest du mit der alten Mrs. Tandon sprechen.«

»Der alten Dame gefällt meine gottlose Art nicht. Deine Mutter muß mit ihr sprechen. Nächste Woche fährst du zurück und bringst sie dazu. Und wenn du schon dort bist, dann sag Kedarnath, er soll mit den Jatavs in Ravidaspur sprechen, damit sie Kontakt zu den registrierten Kasten in dieser Gegend aufnehmen. Kasten, Kasten.« Mahesh Kapoor schüttelte den Kopf. »Ach ja, noch etwas. Die ersten paar Tage sollten wir gemeinsam herumfahren. Dann trennen wir uns, um ein größeres Gebiet abzudecken. Im Fort sind zwei Jeeps. Du fährst mit Waris und ich mit dem Munshi.«

»Wenn Firoz kommt, sollte er mit dir fahren«, sagte Maan, dem nichts am Munshi lag. Gut möglich, daß er seinen Vater Stimmen kosten würde. »Dann sitzen in jedem Jeep ein Hindu und ein Moslem.«

»Warum ist er noch nicht hier?« fragte Mahesh Kapoor ungehalten. »Es wäre viel besser, wenn er uns in Baitar herumführen würde. Daß Imtiaz in Brahmpur bleiben muß, verstehe ich.«

»Er hat in letzter Zeit viel Arbeit«, sagte Maan und dachte einen Augenblick

an seinen Freund. Wie üblich schlief er in Firoz' Zimmer hoch oben im Fort.
»Und was ist mit dem Nawab Sahib? Warum hat er uns im Stich gelassen?«
»Er mag keine Wahlen«, sagte Mahesh Kapoor kurz angebunden. »Er mag überhaupt keine Politik. Und ich kann es angesichts der Rolle, die sein Vater bei der Teilung des Landes gespielt hat, auch verstehen. Aber er stellt uns hier alles zur Verfügung. Zumindest sind wir mobil. Kannst du dir vorstellen, wie es wäre, mit meinem Wagen auf diesen Straßen zu fahren? Oder auf Ochsenkarren?«
»Mobiler kann man gar nicht mehr sein«, sagte Maan. »Zwei Jeeps, zwei Ochsen und ein Fahrrad.« Beide lachten. Die Ochsen waren das Symbol der Kongreßpartei, und Waris' Symbol war ein Fahrrad.
»Schade nur, daß deine Mutter nicht hier ist«, betonte Mahesh Kapoor noch einmal.
»Es ist noch Zeit bis zu den Wahlen«, meinte Maan optimistisch. »Und in ein, zwei Wochen geht es ihr bestimmt so gut, daß sie uns helfen kann.« Er freute sich auf die Rückkehr nach Brahmpur, die sein Vater vorgeschlagen hatte. Ihm schien, daß sein Vater ihm zum erstenmal in seinem Leben vertraute, ja in gewisser Weise sogar von ihm abhängig war.
Waris kam herein und verkündete, daß sie jetzt zur Versammlung der Sozialistischen Partei in der Stadt aufbrechen würden. Wollten der Minister Sahib oder Maan Sahib vielleicht mitkommen?
Mahesh Kapoor war der Meinung, daß er schlecht hingehen könne, wenn Waris dafür gesorgt hatte, daß dort unangenehme Fragen gestellt würden. Maan teilte diese Skrupel nicht. Er wollte alles sehen, was es zu sehen gab.

17.6

Die Veranstaltung der Sozialistischen Partei begann mit einer Dreiviertelstunde Verspätung unter einem riesigen rot-grünen Zeltdach auf dem Sportplatz der staatlichen Schule in Baitar, wo fast alle großen und wichtigen Veranstaltungen in der Stadt stattfanden. Ein paar Männer auf dem Podium versuchten, die Menge bei Laune zu halten. Etliche Leute begrüßten Waris, und er war hoch erfreut, der Mittelpunkt ihrer Aufmerksamkeit zu sein. Er stellte Maan vor und erwiderte die Begrüßung mit einem Adaab oder Namasté oder einem kräftigen Schlag auf den Rücken. »Das ist der Mann, der dem Nawabzada das Leben gerettet hat«, verkündete er so flammend, daß es sogar dem robusten Maan peinlich war.
Der Marsch der Sozialisten war irgendwo in der Stadt aufgehalten worden. Aber jetzt rückten die Trommler näher, und bald bestieg der Kandidat samt Gefolge das Podium. Er war ein Lehrer mittleren Alters, der jahrelang Mitglied der Distriktverwaltung gewesen war. Er war selbst ein guter Redner, und dar-

über hinaus hatte jemand das falsche Gerücht in die Welt gesetzt, der große sozialistische Politiker Jayaprakash Narayan würde vielleicht auch in Baitar sprechen, und deswegen hatte sich eine riesige Menschenmenge auf dem Sportplatz eingefunden. Es war sieben Uhr abends, und es wurde allmählich kühl; das fast ausschließlich männliche Publikum, Städter wie Dörfler, hatte Schultertücher und Decken mitgebracht, um sich darin einzuwickeln. Die Organisatoren hatten den Boden mit Baumwollmatten auslegen lassen, um sie vor Staub und Feuchtigkeit zu schützen.

Verschiedene Leuchten des Orts saßen auf dem Podium, das zusätzlich von mehreren Lampen erhellt wurde. Hinter ihnen hing ein überdimensionales Tuch, auf dem der Banyanbaum, das Emblem der Sozialisten, abgebildet war. Der Redner, vermutlich daran gewöhnt, im Klassenzimmer für Ruhe zu sorgen, hatte eine so mächtige Stimme, daß das Mikrophon nahezu überflüssig war. Abwechselnd funktionierte es und fiel aus. Bisweilen, vor allem wenn der Redner von seiner eigenen Ansprache mitgerissen wurde, gab es einen vibrierenden Klagelaut von sich. Nachdem er vorgestellt und mit einer Girlande geschmückt worden war, schwamm er bald auf einer Woge reinster Hindu-Rhetorik:

»... Und das ist noch nicht alles. Diese Kongreß-Regierung wird unsere Steuergelder nicht dazu benutzen, um Leitungen zu bauen, die uns sauberes Trinkwasser bringen, sondern sie wird jede Menge Geld für nutzlose Nippes ausgeben. Ihr alle seid an der häßlichen Statue von Gandhiji auf dem Marktplatz vorbeigegangen. Es tut mir leid, aber ich muß sagen, sosehr wir den Mann respektieren, dem die Statue ähnlich sehen soll, sosehr wir ihn verehren – es ist eine schamlose Verschwendung öffentlicher Gelder. Diese große Seele bewahren wir für immer in unseren Herzen. Warum muß er auf dem Marktplatz den Verkehr regeln? Aber wie soll man mit der Regierung dieses Staates argumentieren? Sie wollten nicht zuhören, sie mußten ihr Werk vollbringen. Deswegen hat die Regierung das Geld für eine überflüssige Statue ausgegeben, die nur dafür gut ist, daß Tauben darauf ihr Geschäft verrichten. Wenn wir statt dessen das Geld für öffentliche Toiletten ausgegeben hätten, müßten unsere Mütter und Schwestern ihr Geschäft nicht mehr unter freiem Himmel verrichten. Und wegen solch sinnloser Ausgaben muß diese nichtsnutzige Regierung immer mehr wertloses Geld drucken, und dann steigen die Preise für alle Güter und lebensnotwendigen Dinge, die wir armen Menschen kaufen müssen.« Gequält rief er: »Wie sollen wir damit fertig werden? Die einen von uns, wie zum Beispiel Lehrer oder Angestellte, haben feste Gehälter, andere hängen von der Gnade des Wetters ab. Wie sollen wir uns diese Ausgaben leisten können, die uns den Rücken zermalmen – die Inflation, das ist das wahre Geschenk, das der Kongreß den Menschen dieses Landes während der letzten vier Jahre gemacht hat. Wie soll unser Boot den Strom des Lebens überqueren in diesen elenden Zeiten gekürzter Lebensmittelrationen, schwindender Stoffvorräte und der Heuschrecken der Verzweiflung, der Korruption und des Nepotismus? Wenn ich meine Schüler ansehe, muß ich weinen ...«

»Zeig uns, wie du weinst! Eins, zwei, drei, los!« schrie eine Stimme hinten in der Menge.

»Ich möchte meine verehrten und vermutlich geistreichen Brüder ganz hinten bitten, mich nicht zu unterbrechen. Wir wissen, aus welcher Ecke sie kommen, von welch hohem Horst sie herunterstoßen, um die Bevölkerung dieses Distrikts zu unterdrücken... Ich sehe meine Schüler an und muß weinen. Und warum? Ich werde es euch sagen, wenn es mir die Ruhestörer ganz hinten gestatten. Weil diese armen Schüler keine Arbeit finden, egal, wie gut, wie anständig, wie intelligent sie sind und wie hart sie arbeiten. Das ist das Werk des Kongresses, das hat er aus unserer Wirtschaft gemacht. Denkt doch nach, meine Freunde, denkt nach. Wer von uns weiß nicht, was Mutterliebe ist? Heutzutage muß eine Mutter, die einst mit tränenüberströmtem Gesicht ein letztes Mal ihren Familienschmuck betrachtete – die Armreife, die sie zur Hochzeit trug, sogar ihre Mangalsutra: die Dinge, die ihr mehr bedeuteten als ihr eigenes Leben und die sie verkaufen mußte, um die Ausbildung ihres Sohnes zu finanzieren –, diese Mutter, die ihren Sohn auf die Schule, aufs College geschickt hat, mit der Hoffnung, daß er etwas wird im Leben – sie muß jetzt erfahren, daß er ohne Beziehungen, ohne daß er jemanden besticht, nicht einmal ein kleiner Regierungsangestellter werden kann. Haben wir deswegen die Briten aus dem Land gejagt? Ist es das, was die Menschen verdienen? Eine Regierung, die nicht einmal dafür sorgen kann, daß die Menschen satt werden, die nicht dafür sorgen kann, daß junge Leute Arbeit finden – so eine Regierung sollte vor Scham sterben, so eine Regierung sollte in einer Handvoll Wasser ertrinken.«

Der Redner hielt inne, um wieder zu Atem zu kommen, und die Organisatoren schrien im Chor: »Abgeordneter für Baitar, wer soll es werden, wer?«

Und seine Anhänger schrien zurück: »Ramlal Sinha, so einer wie er!«

Ramlal Sinha erhob die Hände zu einem demütigen Namasté. »Meine Brüder, meine Schwestern, laßt mich weitersprechen, ich möchte mir all die Bitternis vom Herzen reden, die es während der vierjährigen Mißwirtschaft des Kongresses hat schlucken müssen. Ich bin kein Mann großer Worte, aber ich sage euch, wenn wir in diesem Land eine gewalttätige Revolution verhindern wollen, müssen wir den Kongreß stürzen. Wir müssen ihn entwurzeln. Diesen Baum, dessen Wurzeln so weit ins Erdreich hinabreichen, daß er alles Wasser aus der Erde in sich aufgesogen hat, diesen fauligen, morschen Baum – und es ist unsere Pflicht – die Pflicht eines jeden von uns, meine Freunde –, diesen fauligen und morschen Baum zu entwurzeln, ihn aus der Erde von Mutter Indien zu reißen und wegzuwerfen – und mit ihm die unheilbringenden und räuberischen Eulen, die ihre schmutzigen Nester in ihm gebaut haben!«

»Schafft den Baum fort! Wählt ja nicht den Baum!« schrie eine Stimme von ganz hinten. Maan und Waris sahen einander an und lachten, und auch andere im Publikum brachen in Lachen aus, darunter viele Anhänger der Sozialistischen Partei. Ramlal Sinha, der den Schnitzer in seiner Metaphorik bemerkte, schlug mit der Faust auf den Tisch und rief: »Diese Zwischenrufe sind typisches Kongreß-Rowdytum.«

Aber da ihm klar war, daß Wut nur kontraproduktiv wirken würde, fuhr er mit ruhiger Stimme fort: »Typisch, meine Freunde, typisch. Wir müssen unseren Wahlkampf mit dieser Art Benachteiligung, in dieser Art Schatten führen. Der ganze Staatsapparat ist in den Händen der Kongreßpartei. Der Premierminister fliegt auf Staatskosten in einem Flugzeug herum. Die DMs und UBBs tanzen nach der Pfeife der Kongreßpartei. Sie heuern Zwischenrufer an, um unsere Versammlungen zu sprengen. Aber wir müssen darüberstehen und sie lehren, daß sie schreien können, bis sie heiser sind, und wir uns trotzdem nicht einschüchtern lassen. Sie haben es hier nicht mit einer Zwei-Anna-Partei zu tun, sondern mit der Sozialistischen Partei, der Partei Jayaprakash Narayans und Acharya Narendra Devas, furchtloser Patrioten und nicht käuflicher Trottel. Wir werden unsere Wahlscheine in die Wahlurne stecken, die das Symbol des – des Banyans trägt, das wahre Emblem der Sozialistischen Partei. Das ist der gesunde Baum, der sprießende Baum, der Baum, der weder faulig noch morsch ist, der Baum, der die Kraft, die Großzügigkeit, die Schönheit und den Ruhm dieses Landes symbolisiert – das Land von Buddha und Gandhi, von Kabir und Nanak, von Akbar und Ashoka, das Land des Himalajas und der Ganga, das Land, das uns allen gleichermaßen gehört, Hindus, Moslems, Sikhs und Christen, von dem Iqbal mit seinen unsterblichen Worten zu Recht gesagt hat:

›Besser als alle Welt ist unser Hindustan.
Wir sind seine Nachtigallen, es ist unser Rosengarten.‹«

Überwältigt von seinen Worten, mußte Ramlal Sinha zweimal husten. Dann trank er ein halbes Glas Wasser.

»Hat die Nachtigall auch eigene politische Vorstellungen, oder will sie die Kongreßstatue nur von hoch oben besudeln?« rief jemand.

Raus aus meiner Klasse! hätte Ramlal Sinha am liebsten geschrien. Aber er blieb gelassen.

»Ich bin hoch erfreut, daß der hirnlose Büffel von ganz hinten diese Frage gestellt hat. Sie paßt zu jemandem, dessen Symbol besser zwei Wasserbüffel wären statt zwei unters Joch gespannte Ochsen. Alle Welt kann sehen, wie sich der Finanzminister mit dem größten Landbesitzer im Distrikt zusammengetan hat. Wenn es jemals des Beweises für ein geheimes Einverständnis zwischen der Kongreßpartei und den Zamindars bedurft hätte, hier ist er! Sie arbeiten zusammen wie die beiden Räder eines Fahrrads. Die Zamindars werden dank der Entschädigung, die die Regierung ihnen zubilligt, noch reicher und fetter. Warum ist der Nawab Sahib nicht da, um sich den Menschen hier zu stellen? Fürchtet er sich vor ihrem Zorn? Oder ist er wie die anderen seines Standes zu stolz, oder schämt er sich des Geldes der Armen, dieses großzügigen Geschenks, das demnächst an seinen Fingern kleben wird? Sie fragen mich nach unseren politischen Vorstellungen. Ich werde sie Ihnen nennen, wenn Sie es mir gestatten. Die Sozialistische Partei hat sich mehr Gedanken um die Probleme der Landwirtschaft gemacht als jede andere Partei. Wir sind nicht wie die KMPP ein unzufriedenes Anhängsel der Kongreßpartei. Wir sind nicht das Werkzeug einer doktrinären fremden Macht wie die Kommunisten. Nein, gute Leute, wir haben unsere eigenen, unabhängigen Ansichten, unsere eigenen politischen Vorstellungen.«

Während er sie an den Fingern abzählte, schwang sich seine Stimme in immer neue Höhen empor. »Keine Bauernfamilie darf mehr als dreimal soviel Land besitzen, wie es der Größe eines rentablen Pachtguts entspricht. Keiner, der sein Land nicht selbst bestellt, darf Land besitzen. Das Land gehört dem, der es bestellt. Niemand – kein Nawab, kein Maharadscha, kein Waqf, keine Tempelstiftung – wird für mehr als einhundert Morgen enteignetes Land entschädigt. Das Recht auf Eigentum wird aus der Verfassung gestrichen werden müssen: Es steht der gerechten Verteilung des Reichtums im Wege. Den Arbeitern versprechen wir soziale Sicherheit. Dazu gehören Schutz bei Arbeitsunfähigkeit, Krankheit und Arbeitslosigkeit und eine Altersversorgung. Den Frauen garantieren wir gleichen Lohn für gleiche Arbeit, das Recht auf eine Ausbildung und ein Zivilrecht, das ihnen die Gleichberechtigung einräumt.«

»Wollen Sie unsere Frauen hinter dem Purdah hervorholen?« fragte eine empörte Stimme.

»Lassen Sie mich ausreden, feuern Sie Ihre Kanone nicht ab, bevor sie geladen ist. Hören Sie erst, was ich zu sagen habe, anschließend werde ich gern alle Fragen beantworten. Den Minoritäten versprechen wir den vollen Schutz, ich wiederhole, den vollen Schutz ihrer Sprache, ihrer Schrift und ihrer Kultur. Und wir müssen unsere letzten Bande zu den Briten kappen. Wir können nicht im geliebten kolonialistischen und imperialistischen Commonwealth des anglophilen Nehru bleiben. Er, der im Namen von König George, dessen Oberhaupt, selbst so oft verhaftet wurde, leckt ihm jetzt so gern die Stiefel. Laßt uns ein für allemal damit Schluß machen. Laßt uns ein für allemal die Partei der Gier und Vetternwirtschaft, den Kongreß, der das Land an den Rand des Unheils getrieben hat, in Schutt und Asche legen. Nehmt euer Ghee und Sandelholz, meine Freunde, wenn ihr es euch noch leisten könnt, oder nehmt einfach nur eure Familien, und kommt am 30. Januar, dem Wahltag in diesem Wahlkreis, zum Verbrennungsgelände, und laßt die Leiche der Teufelspartei dort ein für allemal verbrennen. Jai Hind!«

»Jai Hind!« brüllte die Menge.

»Baitar ka MLA kaisa ho?« schrie jemand auf dem Podium.

»Ramlal Sinha jaisa ho!« antwortete die Menge.

Dieser Wechselgesang wurde noch eine Weile fortgesetzt, während der Kandidat respektvoll die Hände faltete und sich vor dem Publikum verneigte.

Maan sah zu Waris, aber Waris lachte und schien überhaupt nicht beunruhigt.

»Die Stadt ist eine Sache«, sagte Waris. »In den Dörfern werden wir sie k. o. schlagen. Morgen fangen wir mit der Arbeit an. Ich werde dafür sorgen, daß Sie ein anständiges Abendessen bekommen.«

Und er versetzte Maan einen freundlichen Schlag auf den Rücken.

17.7

Bevor Maan ins Bett ging, betrachtete er das Bild, das auf Firoz' Tisch stand: das Bild, auf dem der Nawab Sahib, seine Frau und ihre drei Kinder abgebildet waren und Firoz mit leicht schräg gehaltenem Kopf besonders konzentriert in die Kamera blickte. Die Eule schrie und erinnerte Maan an die Rede, die er gerade gehört hatte. Mit einem leichten Schock wurde ihm bewußt, daß er vergessen hatte, Whisky mitzubringen. Trotzdem war er innerhalb weniger Minuten fest eingeschlafen.

Der nächste Tag war lang, staubig und anstrengend. Sie fuhren mit dem Jeep über holprige oder überhaupt nicht vorhandene Wege in unzählige Dörfer, wo Waris sie zahllosen Dorfältesten, Kongreßmitgliedern, Anführern von Kasten->Biradaris< oder -Gemeinschaften, Imams, Pandits und Dorfbonzen vorstellte. Mahesh Kapoor, der ölige politische Weitschweifigkeit haßte, hielt knappe, präzise, sogar ein bißchen arrogante, aber immer freimütige Ansprachen. Von den meisten wurde ihm das nicht übelgenommen. Er sprach kurz über unterschiedliche Themen und beantwortete die Fragen der Dorfbewohner. Dann bat er sie schlicht um ihre Stimmen. Maan, Waris und er tranken unzählige Tassen Tee und Saft. Manchmal kamen die Frauen aus den Häusern, manchmal warfen sie nur einen Blick aus der Tür. Aber wo immer die drei waren, bildeten die Dorfkinder, die sich dieses seltene Spektakel nicht entgehen lassen wollten, Trauben um sie. In jedem Dorf liefen sie ihnen nach und durften manchmal sogar im Jeep bis zur Dorfgrenze mitfahren.

Männer der Kurmi-Kaste beunruhigte besonders, daß Frauen Land erben sollten, wenn Nehru seine Reform des Hindu-Rechts durchsetzte. Diese gewissenhaften Bauern wollten nicht, daß ihr Land in kleine, unwirtschaftliche Teile zergliedert würde. Mahesh Kapoor gab zu, daß er die Reform unterstützte, und erklärte so gut er konnte, warum er sie für notwendig hielt.

Viele Moslems waren besorgt um ihre Religionsfreiheit und den Status ihrer Dorfschulen und ihrer Sprache; sie fragten nach den erst kurz zurückliegenden Unruhen in Brahmpur und, weiter entfernt, in Ayodhya. Waris versicherte ihnen, daß sie in Mahesh Kapoor einen Freund hatten, der Urdu lesen und schreiben konnte, der mit dem Nawab Sahib eng befreundet war und dessen Sohn – und an dieser Stelle deutete er liebevoll und stolz auf Maan – dem jüngeren Nawabzada bei den religiösen Ausschreitungen an Moharram das Leben gerettet hatte.

Einige Pächter fragten nach der Abschaffung des Zamindari-Systems, aber nur sehr vorsichtig, da Waris, der Mann des Nawab Sahib, dabei war. Rundherum wurden alle verlegen, aber Mahesh Kapoor packte den Stier bei den Hörnern und erklärte die Rechte, die das neue Gesetz mit sich brachte. »Aber all das darf nicht als Entschuldigung gelten, jetzt keine Pacht mehr zu zahlen«, sagte er. »Vier verschiedene Gesetze – die von Uttar Pradesh, Purva Pradesh, Madhya Pradesh und Bihar – stehen vor dem Obersten Gerichtshof zur Verhandlung an, und der wird bald entscheiden, ob die Zamindari-Gesetze gültig sind und in Kraft treten können. In der Zwischenzeit darf niemand zwangsweise umgesiedelt werden. Und hohe Strafen stehen darauf, die Landakten zu manipulieren, um jemandem Vorteile zu verschaffen – Grundbesitzern oder Pächtern. Die Kongreß-Regierung plant, die Dorfpatwaris alle drei Jahre zu versetzen, so daß sie in keinem Dorf tiefe und ertragreiche Wurzeln schlagen können. Jeder Patwari muß wissen, daß er strengstens bestraft wird, wenn er sich bestechen läßt, um die Akten zu fälschen.«

Den vollkommen landlosen Arbeitern, die größtenteils so verschüchtert waren, daß sie kaum zu kommen, geschweige denn Fragen zu stellen wagten, versprach Mahesh Kapoor, daß das überschüssige, nicht bestellte Land, wenn möglich, unter ihnen verteilt würde. Aber er wußte, daß er die Lage dieser Ärmsten der Armen kaum würde verbessern können – denn sein Zamindari Abolition Act hatte keinerlei Auswirkungen auf sie.

In manchen Orten waren die Menschen so arm, unterernährt und krank, daß sie wie zerlumpte Wilde aussahen. Ihre Hütten waren armselig und kaputt, ihr Vieh halb tot. In anderen Dörfern ging es den Menschen besser, so daß sie sogar einen Schullehrer anstellen und eine winzige Schule mit ein, zwei Räumen bauen konnten.

Ein paarmal wurde Mahesh Kapoor von der Frage überrascht, ob es stimme, daß S. S. Sharma nach Delhi berufen und er selbst der nächste Chefminister von Purva Pradesh werden würde. Er dementierte ersteres. Und selbst wenn es zutreffen sollte, würde daraus nicht notwendigerweise letzteres folgen. Sie könnten mit größter Sicherheit davon ausgehen, daß er wieder Minister würde, aber er bat sie nicht deshalb um ihre Stimme. Sie sollten ihn schlicht als ihren Abgeordneten wählen. Das meinte er vollkommen ehrlich, und es kam gut bei ihnen an.

Im großen und ganzen respektierten auch die Dörfler, die von der Abschaffung des Großgrundbesitzes profitieren würden, nach wie vor den Nawab Sahib und seine Wünsche. »Denkt dran«, sagte Waris, wo immer sie hinkamen, »der Nawab Sahib bittet um eure Stimme nicht für mich, sondern für den Minister Sahib. Steckt eure Wahlscheine also in die Urne, auf der zwei Ochsen abgebildet sind, und nicht in die mit dem Fahrrad. Und denkt dran, den Wahlschein durch das Loch oben *in* die Urne zu werfen. Legt ihn nicht einfach nur darauf, sonst kann derjenige, der nach euch in die Wahlkabine geht, euren Wahlschein hineinstecken, wo immer er will. Habt ihr verstanden?«

Die Parteimitglieder, die freiwillig in den Dörfern für den Kongreß Wahlkampfarbeit leisteten, waren hoch erfreut und fühlten sich sehr geehrt, Mahesh Kapoor begrüßen zu dürfen, und legten ihm wiederholt Blumengirlanden um. Sie erklärten ihm, in welchen Dörfern sie um Stimmen warben und wo und wann er selbst auftreten sollte, entweder mit oder – vorzugsweise – ohne Waris. Da ihnen kein Gefolgsmann des Nawab Sahib zur Seite gestellt war, konnten sie die schlagkräftige Anti-Zamindari-Karte viel rücksichtsloser ausspielen als der Urheber des Gesetzes selbst. Sie zogen in Gruppen von vier, fünf Mann von Dorf zu Dorf, mit nichts weiter als einem Wanderstab, einer Wasserflasche und einer Handvoll Getreide als Proviant, scharten potentielle Wähler um sich, sangen Parteilieder, patriotische und bisweilen sogar religiöse Lieder und bleuten allen, die gewillt waren zuzuhören, immer wieder die Großtaten der Kongreß-Regierung seit ihrem Amtsantritt ein. Sie verbrachten die Nächte in den Dörfern, um Mahesh Kapoors Wahlkampfbudget zu schonen. Enttäuscht waren sie einzig darüber, daß der Jeep ohne Kongreßplakate und -fähnchen kam, und sie nahmen Mahesh Kapoor das Versprechen ab, ihnen diese in großen Mengen schicken zu lassen. Sie berichteten über Ereignisse und Themen, die in den einzelnen Dörfern von Bedeutung waren, über die Kastenstrukturen in unterschiedlichen Gegenden und – ebensowichtig – über lokale Witze und Anspielungen, die die Leute gern hörten.
Manchmal schrie Waris in zufälliger Reihenfolge verschiedene Namen laut heraus, um die Menge aufzuputschen:
»Nawab Sahib ...«
»Zindabad!«
»Jawaharlal Nehru ...«
»Zindabad!«
»Minister Mahesh Kapoor Sahib ...«
»Zindabad!«
»Kongreßpartei ...«
»Zindabad!«
»Jai ...«
»Hind!«
Nach ein paar Tagen Wahlkampf in der Kälte, in der Hitze und im Staub war jedermann so heiser, daß es schmerzte. Schließlich versprachen Mahesh Kapoor und sein Sohn Waris, zur rechten Zeit nach Baitar zurückzukehren, verabschiedeten sich von ihm und fuhren in einem Jeep des Forts nach Salimpur. Dort schlugen sie ihr Hauptquartier im Haus des örtlichen Kongreßvorsitzenden auf und machten in dem kleinen Kasbah-Viertel ihre Runde bei den Anführern der Kasten: bei den hinduistischen und moslemischen Goldschmieden, die den Schmuck-Basar leiteten, bei dem Khatri, der den Tuchmarkt beherrschte, bei dem Kurmi, der der Sprecher der Gemüsehändler war. Netaji, der sich in den lokalen Kongreßausschuß gemogelt hatte, fuhr mit seinem Motorrad, das über und über mit Kongreßfähnchen und -symbolen geschmückt war, bei Maan und

seinem Vater vor, um sie zu begrüßen. Er umarmte Maan wie einen alten Freund. Mit als erstes schlug er vor, den Anführern der Chamars zwei Kanister mit selbstgebranntem Schnaps zu schicken, um sie für den Kongreß gefügig zu machen. Mahesh Kapoor weigerte sich rundheraus. Netaji sah Mahesh Kapoor erstaunt an und fragte sich, wie man es mit so wenig gesundem Menschenverstand so weit hatte bringen können.

Am Abend vertraute sich Mahesh Kapoor seinem Sohn an. »In welches Land bin ich unglückseligerweise hineingeboren worden? Diese Wahl ist schlimmer als alle früheren. Kaste, Kaste, Kaste, Kaste. Wir hätten das Stimmrecht nie ausweiten sollen. Es hat alles nur noch verschlimmert.«

Um ihn zu trösten, sagte Maan, daß auch andere Dinge den Ausschlag geben könnten, aber er sah, daß sein Vater zutiefst verunsichert war, nicht wegen seiner – unschlagbaren – Chancen zu gewinnen, sondern wegen des Zustands, in dem sich die Welt befand. Während der Tage, die sie gemeinsam verbrachten, lernte er, seinen Vater immer mehr zu respektieren. Mahesh Kapoor setzte sich im Wahlkampf so hart, unbeirrbar und unverblümt ein, wie er um die vielen Paragraphen der Zamindari Bill gekämpft hatte. Er war ein schlauer Wahlkämpfer, aber nie warf er seine Prinzipien über Bord. Und der Wahlkampf begann – im Gegensatz zu seiner Arbeit im Ministerium – bei Sonnenaufgang und endete oft erst nach Mitternacht, und zudem war er körperlich wesentlich zermürbender. Mehrmals erwähnte er, daß es gut wäre, wenn Prans Mutter ihnen helfen könnte, und ein-, zweimal äußerte er sich sogar besorgt über ihren Gesundheitszustand. Aber nicht ein einziges Mal beklagte er sich darüber, daß die Umstände ihn aus der Sicherheit seines angestammten Wahlkreises in Old Brahmpur und in diesen ländlichen Distrikt getrieben hatten, den er kaum kannte und um den er sich nie zuvor gekümmert hatte.

17.8

War Mahesh Kapoor schon bei seinem Besuch an Bakr-Id über Maans Popularität überrascht, so war jetzt nicht nur er, sondern auch Maan selbst verblüfft über seine Beliebtheit in der Gegend von Salimpur. Maans Zusammenstoß mit dem Munshi in Baitar war nicht bekannt geworden, aber Maans Aufenthalt in Debaria früher im Jahr war von einer Tatsache zu einem Gerücht und dann zu einer Art Mythos geworden, und er hatte Mühe, einige der Begebenheiten von damals, die ihm jetzt erzählt wurden, wiederzuerkennen. In Salimpur suchte er den dürren, sarkastischen Lehrer Qamar auf und stellte ihm seinen Vater vor. Qamar teilte Mahesh Kapoor lakonisch mit, daß er auf seine Stimme zählen könne. Merkwürdig erschien Maan nur, daß weder er noch sein Vater ihn bislang um seine Stimme gebeten hatten. Er wußte nicht, daß Netaji Qamar verächtlich von Mahesh Kapoors Weigerung erzählt hatte, die Chamars mit Schnaps zu bestechen, und Qamar daraufhin beschlossen hatte, daß Mahesh Kapoor, obwohl Hindu, der Mann war, den er wählen würde.

Mahesh Kapoors Stippvisite in Salimpur an Bakr-Id war nicht vergessen. Obwohl er nicht aus der Gegend stammte, merkten die Leute, daß er sich nicht nur ihrer Stimmen wegen für sie interessierte und kein unbeständiger Zugvogel war, der sich lediglich zu Wahlzeiten blicken ließ.

Maan machte es Spaß, Leute kennenzulernen und sie um ihre Stimme für seinen Vater zu bitten. Manchmal empfand er sich als Beschützer seines Vaters. Auch wenn Mahesh Kapoor unwirsch reagierte, wie es manchmal geschah, wenn er erschöpft war, nahm Maan es ihm nicht übel. Vielleicht werde ich Politiker, dachte er. Auf jeden Fall habe ich mehr Spaß an Politik als an irgend etwas anderem, was ich bislang gemacht habe. Aber wenn ich Abgeordneter im Parlament des Staates oder in Delhi werde, was soll ich dann dort tun?

Wann immer er unruhig wurde, löste Maan den Chauffeur ab und raste in dem farbenprächtig mit Fähnchen geschmückten Jeep mit halsbrecherischer Geschwindigkeit über Straßen, die bestenfalls für Ochsenkarren geeignet waren. Dabei fühlte er sich glücklich und frei, während alle anderen physische Schläge und psychische Schocks erlitten. Der Jeep, der vorn Platz für zwei Personen bot und hinten für maximal vier, war oft mit zehn oder zwölf Personen überfüllt, dazu kamen Lebensmittel, Megaphone, Plakate und jede Menge weiteres Zubehör. Die Hupe tönte ununterbrochen, und der Wagen wirbelte eindrucksvolle Staub- und Ruhmeswolken auf. Als es einmal aus dem Kühler tropfte, schimpfte der Fahrer drauflos und mischte ins Wasser etwas Gelbwurzpulver, das die lecke Stelle wundersamerweise verstopfte.

Eines Morgens fuhren sie nach Debaria und Sagal, die an diesem Tag auf dem Programm standen. Als sie sich dem Dorf näherten, fühlte Maan sich plötzlich niedergeschlagen. Er hatte während der letzten Tage hin und wieder an Rasheed gedacht, aber letztlich war er froh gewesen, daß sie so beschäftigt waren und die Erinnerung ihn nicht öfter quälen konnte. Aber jetzt ging ihm durch den Kopf, was er Rasheeds Familie würde erzählen müssen. Vielleicht wußten sie es schon. Zwar hatten sich weder Netaji noch Qamar nach ihm erkundigt, aber es war auch kaum Zeit dafür gewesen.

Auch andere Dinge gingen Maan durch den Kopf, und anstatt ein Gasel zu summen, wie er es manchmal tat, wenn er am Steuer saß, blieb er stumm. Hatte Rasheed es ernst gemeint, als er davon sprach, für die Sozialistische Partei in den Wahlkampf zu ziehen? Was hatte seine Wahnvorstellungen über Tasneem wie Gischt an die Oberfläche gespült? Wieder dachte er an den Tag, als sie den kranken alten Mann in Sagal besucht hatten. Er wußte, daß Rasheed im Grunde seines Herzens ein guter Mensch und nicht das berechnende Scheusal war, das Saeeda Bai in ihrer Phantasie aus ihm gemacht hatte.

Das Jahr näherte sich seinem Ende, und Maan hatte Saeeda Bai seit zwei Wochen nicht mehr gesehen. Tagsüber war er so beschäftigt, daß er nicht oft an sie dachte. Aber auch wenn er todmüde war, dachte er abends, kurz bevor er einschlief, an sie. Er erinnerte sich nicht an ihre unerbittlichen Wutanfälle, sondern an ihre Sanftheit und Zärtlichkeit, an ihre Sorge um Tasneem, an den Duft der Rosenessenz, an den Geschmack von Paan auf ihren Lippen, an die berauschende Atmosphäre in ihren zwei Zimmern. Wie seltsam, dachte er, daß ich sie nur in diesen zwei Räumen gesehen habe, nirgendwo sonst – außer zweimal. Vor neun Monaten, als sie an Holi in Prem Nivas gesungen und er zum erstenmal in gutgelauntem, öffentlichem Geplauder Dagh zitiert hatte. Und es schien ewig her, seit er das Glas Saft aus ihren Händen entgegengenommen hatte. Auch für jemanden, der sich wie Maan voller Zärtlichkeit an alle Frauen erinnerte, mit denen ihn einst Affären verbanden, war es eine neue Erfahrung, so lange Zeit – sexuell und emotional – von einer Frau nicht mehr loszukommen.

»Um Gottes willen, Maan, fahr anständig. Oder willst du, daß die Wahlen verschoben werden?« sagte sein Vater. Es gab die Vorschrift, daß die Wahlen verschoben werden mußten, wenn ein Kandidat vor dem Wahltermin starb.

»Nein, Baoji«, sagte Maan. »Tut mir leid.«

Aber Maan hatte gar nicht Gelegenheit, viel über Rasheed zu reden. Als sie im Dorf eintrafen, nahm Baba die Sache sofort in die Hand.

»Sie sind also in den Kongreß zurückgekehrt«, sagte er zu Mahesh Kapoor.

»Ja, das bin ich. Es war ein guter Rat, den Sie mir damals gegeben haben.«

Baba freute sich, daß Mahesh Kapoor sich daran erinnerte. Er sah den jüngeren Mann an. »Sie werden in diesem Wahlkreis mit großem Vorsprung gewinnen, auch wenn Nehru nicht das gleiche gelingt.« Er spuckte einen Klecks rötlicher Spucke auf den Boden.

»Glauben Sie, daß wirklich niemand eine Bedrohung für mich darstellt? Es stimmt schon, daß in den Bundesstaaten, die früher wählen, die Kongreßpartei spielend gewinnt.«

»Niemand stellt eine Bedrohung dar«, sagte Baba. »Überhaupt niemand. Die Moslems stehen hinter ihnen und hinter dem Kongreß, die registrierten Kasten stehen auf jeden Fall hinter dem Kongreß, ob sie nun hinter Ihnen stehen oder nicht, ein paar Hindus der oberen Kasten werden die Jan Sangh und die andere Partei wählen, deren Namen ich vergessen habe, aber das sind nicht viele. Die Linke ist in drei Parteien zersplittert. Und die Unabhängigen kann man hier vergessen. Soll ich Sie wirklich durch diese Dörfer führen?«

»Ja, wenn es Ihnen nichts ausmacht«, sagte Mahesh Kapoor. »Wenn die Sache sowieso schon gelaufen ist, dann sollte ich wenigstens meine zukünftige Herde besuchen und mich nach ihren Nöten erkundigen.«

»Gut, gut«, sagte Baba. »Nun Maan, was hast du seit Bakr-Id getrieben?«

»Nichts«, sagte Maan und fragte sich, wohin die Zeit verschwunden war.

»Du mußt etwas tun«, erklärte Baba ganz entschieden. »Etwas, was ein Zeichen in der Welt hinterläßt – etwas, wovon die Leute hören und sprechen.«

»Ja, Baba«, stimmte Maan zu.

»Vermutlich habt ihr Netaji schon getroffen?« schnaubte der alte Mann und zog den Spitznamen seines jüngeren Sohnes in die Länge.

Maan nickte. »In Salimpur. Er hat uns angeboten, uns überallhin zu begleiten und alles für uns zu tun.«

»Aber er reist nicht mit euch?« Baba kicherte.

»Hm, nein. Ich glaube, er bringt Baoji auf die Palme.«

»Gut, gut. Sein Motorrad wirbelt zuviel Staub auf, und hinter seiner Selbstlosigkeit steckt ein zu großes Selbst.«

Maan lachte.

»Der Jeep des Nawab Sahib«, sagte Baba zufrieden. »Der ist schneller – und besser.« Baba freute sich über die Verbindung, die der Wagen andeutete. Er würde dazu beitragen, daß die Leute im Dorf ihn weiterhin respektierten, und ihnen klarmachen, daß der Minister durchaus zu einem Übereinkommen mit bestimmten Grundbesitzern bereit war.

Maan sah zu seinem Vater hinüber, der Paan kaute und mit Rasheeds Vater sprach; er fragte sich, wie er Babas Bemerkung aufgenommen hätte, würde er den tieferen Sinn verstehen.

»Baba«, sagte er. »Haben Sie von Rasheed gehört?«

»Ja, ja«, sagte der alte Mann streng. »Wir haben ihn hinausgeworfen. Wir haben ihm die Tür gewiesen.« Als er Maans entsetzten Gesichtsausdruck sah, fuhr er fort. »Mach dir keine Sorgen. Er wird nicht verhungern. Sein Onkel schickt ihm jeden Monat Geld.«

Maan konnte erst einmal nichts sagen, dann brach es aus ihm heraus: »Aber, Baba – seine Frau? Und seine Kinder?«

»Die sind hier. Er kann froh sein, daß wir Meher so gern haben – und Mehers Mutter. Als er sich so schändlich benahm, hat er nicht an sie gedacht. Und auch jetzt denkt er nicht an sie. Sind ihm die Gefühle seiner Frau jetzt gleichgültig? Sie hat im Leben schon genug gelitten.«

Die letzte Bemerkung verstand Maan nicht ganz, aber Baba ließ ihm keine Zeit, um nach einer Erklärung zu fragen. »In unserer Familie sind wir nicht gleichzeitig mit vier Frauen verheiratet, wir heiraten eine nach der anderen. Wenn eine stirbt, heiraten wir eine andere. Wir sind so anständig und warten. Aber jetzt redet er von einer anderen und erwartet von seiner Frau, daß sie es versteht. Er schreibt ihr, daß er heiraten will, aber vorher will er ihre Zustimmung. So ein abgestumpfter Mensch! Soll er sie heiraten, soll er sie um Gottes willen heiraten, aber nicht seine Frau quälen, indem er sie um Erlaubnis bittet. Wer diese Frau ist, schreibt er nicht. Wir wissen nicht einmal, aus was für einer Familie sie stammt. Er macht ein Geheimnis aus allem, was er tut. Als Kind war er nie so ein Geheimniskrämer.«

Angesichts von Babas Entrüstung versuchte Maan nicht, Rasheed, für den er mittlerweile gemischte Gefühle hegte, in Schutz zu nehmen; und er verschwieg ihm auch die wirren Vorwürfe, die Rasheed gegen ihn erhoben hatte.

»Baba«, sagte er, »wenn es solche Probleme gibt, was soll es ihm da helfen, wenn er nicht mehr nach Hause darf?«

Der alte Mann zögerte, als ob er unsicher wäre. »Das ist nicht seine einzige Schandtat«, sagte er und schaute Maan prüfend ins Gesicht. »Er ist zu einem Kommunisten durch und durch geworden.«

»Zu einem Sozialisten.«

»Ja, ja«, sagte Baba, der für solche Spitzfindigkeiten keine Geduld hatte. »Er will mir mein Land ohne Entschädigung wegnehmen. Was für einen Enkelsohn habe ich bloß? Je mehr er studiert, desto dümmer wird er. Wenn er bei dem einen Buch geblieben wäre, dann wäre es um seinen Verstand jetzt besser bestellt.«

»Aber, Baba, das sind doch bloß seine Ansichten.«

»Bloß seine Ansichten? Weißt du denn nicht, daß er versucht hat, sie in die Tat umzusetzen?«

Maan schüttelte den Kopf. Baba, der nichts Tückisches in Maans Gesicht erkennen konnte, seufzte tief und murmelte etwas in seinen Bart. Er sah zu seinem Sohn hinüber, der noch immer mit Mahesh Kapoor sprach, und sagte: »Rasheeds Vater sagt, daß du ihn an seinen älteren Sohn erinnerst.« Er dachte kurz nach und fuhr dann fort: »Du weißt also nichts von dieser leidigen Angelegenheit. Ich werde es dir später erklären. Jetzt muß ich deinen Vater durchs Dorf führen. Komm ruhig mit. Wir sprechen nach dem Abendessen.«

»Baba, vielleicht haben wir später keine Zeit dazu«, sagte Maan, der wußte, daß Mahesh Kapoor ungeduldig war und so viele Dörfer wie möglich besuchen wollte. »Baoji wird noch vor dem Abendessen weiterwollen.«

Baba ignorierte diese Bemerkung. Sie begannen ihren Rundgang durch das Dorf. Der Weg wurde ihnen gebahnt von Moazzam (der jedem mit Schlägen drohte, der jünger war als er und es wagte, sich ihnen in den Weg zu stellen), Mr. Biscuit (der »Jai Hind!« schrie) und einer bunten Mischung herumhüpfender, grölender Kinder aus dem Dorf. »Löwe! Löwe!« riefen sie in geheuchelter Todesangst. Baba und Mahesh Kapoor schritten energisch voran, ihre Söhne zottelten hinterher. Rasheeds Vater behandelte Maan freundlich, kaute jedoch lieber Paan, als daß er sich länger unterhielt. Obwohl alle Maan freundlich und wohlwollend begrüßten, war er mit seinen Gedanken bei dem, was Baba ihm erzählt hatte und noch erzählen würde.

»Ich werde nicht zulassen, daß Sie heute abend noch nach Salimpur fahren«, sagte Baba kategorisch zu Mahesh Kapoor, als sie ihre Tour beendet hatten. »Sie werden mit uns essen und hier übernachten. Ihr Sohn war einen Monat hier, Sie müssen einen Tag bleiben.«

Mahesh Kapoor wußte, wann er gegen eine höhere Macht nichts mehr ausrichten konnte, und stimmte widerspruchslos zu.

17.9

Nach dem Abendessen nahm Baba Maan beiseite. Im Dorf gab es keinen Ort, wo sie ungestört hätten miteinander reden können, erst recht nicht, da so ein unerhörtes Ereignis wie der Besuch eines Ministers stattfand. Baba holte eine Taschenlampe und wies Maan an, sich warm anzuziehen. Sie gingen in Richtung Schule und redeten unterwegs. Baba erzählte Maan in Kürze von dem Zwischenfall mit dem Patwari: Wie sich die Familie versammelt hatte, um Rasheed zu warnen, wie er nicht auf sie hatte hören wollen, wie er einige Chamars und Pächter angestachelt hatte, die Sache vor Behörden zu bringen, die dem Patwari übergeordnet waren, und wie seine Pläne gescheitert waren. Jeder, der es gewagt hatte, vom Pfad des Gehorsams abzuweichen, war von seinem Land vertrieben worden. Rasheed, sagte Baba, habe einige seiner treuesten Chamars zu Unruhestiftern gemacht und keinerlei Skrupel an den Tag gelegt, diesen Verrat anzuzetteln. Der Familie sei nichts anderes übriggeblieben, als ihn hinauszuwerfen.

»Sogar Kachheru – erinnerst du dich an ihn?« fragte Baba. »Der Mann, der das Wasser für dich gepumpt hat ...«

Maan erinnerte sich jetzt nur zu gut an das, was ihm an Bakr-Id nicht eingefallen war: die Identität des Mannes, den Baba auf dem Weg zur Idgah beiseite geschoben hatte.

»Es ist nicht leicht, Leute zu finden, die bleiben wollen«, sagte Baba betrübt. »Den jungen Leuten ist das Pflügen zu schwer. Schlamm, harte Arbeit, Sonne. Aber die älteren kennen seit ihrer Kindheit nichts anderes.«

Sie waren an dem großen Teich neben der Schule angekommen. Auf der gegenüberliegenden Seite befand sich ein kleiner Friedhof für die Toten der zwei Dörfer. Die weißgetünchten Grabsteine leuchteten in der Nacht. Baba sagte eine Weile nichts mehr, und auch Maan schwieg.

Er erinnerte sich mit einem bitteren Lächeln daran, wie Rasheed einmal gesagt hatte, daß eine Generation nach der anderen Unheil anrichte, und murmelte auf englisch vor sich hin: »Die bösen Vorväter des Dorfes schlafen.«

Baba sah ihn stirnrunzelnd an. »Ich verstehe kein Englisch«, sagte er ruhig. »Wir hier sind einfache Leute. Wir sind nicht gebildet. Aber Rasheed behandelt uns, als ob wir überhaupt nichts wüßten. Er schreibt uns Briefe, droht uns und prahlt mit seiner eigenen Barmherzigkeit. Er hat alles verloren – seine logischen Fähigkeiten, Respekt für andere, jeglichen Anstand. Nur sein Stolz und sein Selbstbewußtsein sind verrückterweise übriggeblieben. Wenn ich seine Briefe lese, kommen mir die Tränen.« Er sah zur Schule. »Er hatte einen Mitschüler, der Dacoit geworden ist. Er behandelt seine Familie mit mehr Respekt als Rasheed die seine.«

Nach einer Weile sah er an der Schule vorbei in Richtung Sagal und fuhr fort: »Er sagt, daß wir uns im Irrtum befinden, daß Geld unser Gott ist, daß Reichtum und Land alles ist, wofür wir uns interessieren. Über diesen Mann, den du mit ihm besucht hast, hat Rasheed immer gesagt, daß wir ihm helfen sollen, daß wir ihm zu seinem Recht verhelfen sollen, daß wir ihn dazu bringen sollen, gegen seine Brüder vor Gericht zu gehen. So ein Wahnsinn, so völlig unrealistische Vorstellungen – sich in die Familienangelegenheiten anderer einzumischen und unnötigen Streit heraufzubeschwören. Stell dir vor, was passiert wäre, hätten wir uns an seinen Rat gehalten. Der Mann ist mittlerweile gestorben, aber die Fehde zwischen den Dörfern würde endlos weitergehen.«

Maan erwiderte nichts; es war, als ob sein Denkvermögen blockiert wäre. Er registrierte kaum die Nachricht vom Tod des Mannes. Er dachte noch immer an den abgearbeiteten Mann, der mit großer Gelassenheit und guter Laune Wasser für ihn gepumpt hatte. Seltsam, sich vorzustellen, daß selbst sein armseliges Dasein vernichtet worden war von – wovon? Vielleicht sogar von Maans Vater. Die beiden kannten sich nicht, aber Kachheru war vielleicht das tragischste Opfer der ungerechten Praktiken, zu denen das neue Gesetz geführt hatte, und Mahesh Kapoor war nahezu direkt verantwortlich für die völlige Zerstörung seiner Existenz, seinen Abstieg auf den elenden Status eines landlosen Arbeiters. Obwohl die Schuld des einen und die Verzweiflung des anderen sie miteinander verbanden, würden sie einander nicht erkennen, sollten sie sich auf der Straße begegnen.

Zweifellos würde sich das Gesetz grundsätzlich positiv auswirken, aber das würde Kachheru nicht helfen. Und ich, dachte Maan ungewöhnlich ernst, kann auch nichts dagegen tun. Sich bei Baba für ihn einzusetzen würde nichts nützen, mit seinem Vater darüber zu reden wäre ein unvorstellbarer Vertrauensbruch. Daß er der alten Frau im Fort geholfen hatte, war etwas völlig anderes.

Und Rasheed? Streng, bedauernswert, erschöpft, hin- und hergerissen zwischen Familienschande und Familienstolz, gezwungen, zwischen Loyalität und Gerechtigkeit, zwischen Vertrauen und Mitleid zu wählen – was mußte er durchgemacht haben? War er nicht auch ein Opfer der Tragödie, die sich auf dem Land, die sich im Land abspielte? Maan versuchte, sich den Druck und das Leid vorzustellen, die er auf sich genommen haben mußte.

Als ob er Maans Gedanken lesen könnte, sagte Baba: »Der Junge ist völlig verwirrt. Ich will gar nicht daran denken. Soweit wir wissen, hat er kaum Freunde in der Stadt, niemanden, mit dem er sprechen kann, außer diesen Kommunisten. Kannst du nicht mit ihm reden und ihn zur Vernunft bringen? Wir wissen nicht, wie es passiert ist, daß er so seltsam, so wirr geworden ist. Irgend jemand hat gesagt, daß er bei einer Demonstration einen Schlag auf den Kopf bekommen hat. Aber wir haben herausgefunden, daß das nicht stimmt. Vielleicht ist es auch so, wie sein Onkel sagt, daß die unmittelbare Ursache nicht so wichtig ist. Was sich nicht beugen will, wird früher oder später zerbrechen.«

Maan nickte in der Dunkelheit. Ob es der alte Mann gesehen hatte oder nicht, er sprach weiter. »Ich bin nicht gegen den Jungen. Wenn er sich bessert und bereut, werden wir ihn wieder aufnehmen. Gott wird nicht umsonst der Erbarmer und der Barmherzige genannt. Er weist uns an, denjenigen zu verzeihen, die sich vom Bösen abwenden. Aber wenn Rasheed sich ändert, dann wird er wieder so unerbittlich werden, wie er es jetzt ist, nur mit anderen Ansichten.« Er lächelte. »Er war mein Liebling. Damals, als er zehn Jahre alt war, hatte ich mehr Kraft. Ich habe ihn aufs Dach des Taubenschlags gesetzt, und er hat auf unser ganzes Land gedeutet. Er wußte genau, welche Felder uns gehören und wann wir sie erworben haben. Er war stolz darauf. Aber derselbe Junge...« Der alte Mann schwieg eine Weile. Dann sagte er nahezu gequält: »Man kennt keinen anderen Menschen wirklich, man weiß nicht, wie es in seinem Herzen aussieht, man weiß nicht, wem man glauben und vertrauen soll.«

Aus Debaria klang leise ein Ruf herüber, kurz darauf ein etwas lauterer aus Sagal.

»Das ist der Ruf zum Nachtgebet«, sagte Baba. »Gehen wir zurück. Ich will es nicht versäumen, und ich will nicht in der Moschee von Sagal beten. Komm, steh auf, steh auf.«

Maan erinnerte sich an seinen ersten Morgen in Debaria, als er aufgewacht war und Baba ihn aufgefordert hatte, zum Gebet zu gehen. Damals hatte er sich mit seiner Religion entschuldigt. Jetzt sagte er: »Baba, wenn es Ihnen nichts ausmacht, bleibe ich hier noch eine Weile sitzen. Ich finde den Weg zurück.«

»Du willst allein sein?« fragte Baba. Seiner Stimme war die Überraschung über diese ungewöhnliche Bitte, insbesondere da Maan sie äußerte, anzuhören. »Hier, nimm die Taschenlampe. Nein, nein, nimm sie, nimm sie ruhig. Ich habe sie nur deinetwegen mitgenommen. Ich finde meinen Weg über die Felder blind um Mitternacht bei Neumond an Id. Ich werde wieder für ihn beten. Möge es ihm nützen.«

Maan saß da und schaute aufs schwarze Wasser, in dem sich die Sterne spiegelten. Er dachte an den Bären, der etwas Handfestes getan hatte, um Rasheed zu helfen, und er schämte sich für seine eigene Untätigkeit. Rasheed ruht sich nie aus, dachte Maan kopfschüttelnd, während ich nichts tue, als mich auszuruhen, oder es zumindest am liebsten täte. Er schwor sich, Rasheed zu besuchen, wenn er für ein paar Tage nach Brahmpur zurückkehren würde, auch wenn das Gespräch sich zwangsläufig schwierig gestalten würde. Ihr letztes Treffen hatte ihn tief beunruhigt, und er wußte nicht, ob das, was Baba ihm erzählt hatte, seine Beunruhigung vergrößert oder verringert hatte.

So viel verbarg sich unter der angenehmen Oberfläche der Dinge, so viel Qual und Gefahr. Rasheed war kein enger Freund, aber Maan hatte geglaubt, daß er ihn kannte und verstand. Maan wollte vertrauen, und er wollte, daß man ihm vertraute, aber vielleicht war es so, wie Baba gesagt hatte, daß man nie wissen konnte, wie es im Herzen eines anderen aussah.

Maan war überzeugt, daß Rasheed um seiner selbst willen dazu gebracht werden mußte, die Welt mit all dem Bösen, das in ihr herrschte, mit mehr Toleranz zu betrachten. Es stimmte einfach nicht, daß man mit Eifer, Unnachgiebigkeit und Willenskraft alles ändern konnte. Die Sterne behielten trotz seines Irrsinns ihren Kurs bei, und die Welt des Dorfes war die gleiche geblieben, sie war nur ein ganz klein wenig zur Seite geschwenkt, um ihm auszuweichen.

17.10

Zwei Tage später fuhren sie nach Brahmpur zurück, um sich kurz auszuruhen. Mrs. Mahesh Kapoor begrüßte sie mit ungewohnten Tränen in den Augen. Sie hatte in Brahmpur bei den Frauen ein bißchen um Stimmen für die Kongreßkandidaten geworben. Mahesh Kapoor wurde wütend, als er hörte, daß sie auch in L. N. Agarwals Wahlkreis geholfen hatte. Da Pran, Savita und Uma in Kalkutta waren und Veena und Kedarnath viel zu tun hatten und sie nur selten besuchten, hatte sie sich einsam gefühlt. Und es ging ihr auch nicht besonders gut. Aber sie spürte sofort, daß sich die Beziehung zwischen ihrem Mann und ihrem jüngeren Sohn deutlich verbessert hatte, und das freute sie. Nach einer Weile ging sie in die Küche, um selbst die Zubereitung von Maans Lieblingstahiri zu überwachen. Später badete sie und verrichtete ihre Puja, um den Göttern für die sichere Heimkehr der beiden zu danken.

Obwohl Mrs. Mahesh Kapoor keinen ausgeprägten Sinn für Humor besaß (und auch keinen Grund dazu hatte), forderte ihr doch ein Objekt, das sie erst kürzlich ihren Puja-Paraphernalien beigefügt hatte, regelmäßig ein Lächeln ab. Es war eine Messingschale, gefüllt mit Harsingarblüten und ein paar Harsingarblättern. Die Schale stand auf einer Kongreßflagge aus dünnem Papier. Mrs. Mahesh Kapoor sah vergnügt von der einen zur anderen, bewunderte das Safrangelb, Weiß und Grün in der Schale und dann auf der Flagge, während sie beides – und alle Götter – mit ihrem Messingglöckchen umkreiste und um ihren Segen bat.

Am nächsten Morgen sah Maan seine Mutter und seine Schwester im Hof Erbsen enthülsen. Wieder wollte er Tahiri essen, und sie erfüllten ihm den Wunsch. Er zog einen Morha heran und setzte sich zu ihnen. Er erinnerte sich daran, daß er als Kind oft im Hof gesessen hatte – auf einem kleinen Morha, der für ihn reserviert war – und seiner Mutter beim Erbsenenthülsen zugesehen hatte, während sie ihm eine Geschichte über die Götter und ihre Taten erzählte. Aber jetzt ging es um irdischere Themen.

»Wie ist es euch ergangen, Maan?«

Maan war klar, daß sie von ihm wahrscheinlich die ersten richtigen Informationen über den neuen Wahlkreis erhalten würde. Hätte sie seinen Vater gefragt, hätte er ihre Frage als albern vom Tisch gefegt und sie mit ein paar Allgemeinheiten abgespeist. Maan beschrieb ihr alles so gründlich wie nur möglich.

Als er geendet hatte, sagte sie seufzend: »Ich wünschte, ich hätte euch helfen können.«

»Du mußt auf dich aufpassen, Ammaji«, sagte Maan, »und darfst dich nicht überanstrengen. Veena sollte mithelfen, um die Stimmen der Frauen zu werben. Die Landluft wird ihr guttun nach der langen Zeit in den stinkenden Gassen der Altstadt.«

»Wie bitte?« sagte Veena. »Du wirst nicht mehr zu uns eingeladen. Stinkende Gassen! Du klingst, als wärst du von der frischen Landluft heiser geworden. Ich weiß, was es heißt, bei den Frauen um Stimmen zu werben. Ewiges schüchternes Gekicher, und wie viele Kinder habe ich, und warum trage ich keinen Purdah? Du solltest Bhaskar mitnehmen, nicht mich. Er würde sofort mitkommen und die vielen Leute zählen. Und er kann euch mit den Stimmen der Kinder helfen«, fügte Veena hinzu und lachte.

Auch Maan mußte lachen. »Gut, ich nehme ihn mit. Aber warum willst du uns nicht helfen? Ist Kedarnaths Mutter wirklich so dagegen?« Er nahm eine Schote, pulte die Erbsen heraus und aß sie. »Schmecken köstlich.«

»Maan«, sagte Veena und nickte kaum merklich in Richtung ihrer Mutter. »Pran und Savita sind bis zum achten Januar in Kalkutta. Wer außer uns ist noch in Brahmpur?«

»Führ mich nicht als Entschuldigung an, Veena«, schritt Mrs. Mahesh Kapoor sofort ein. »Ich kann auf mich selbst aufpassen. Aber du solltest deinem Vater helfen.«

»In ein, zwei Wochen kannst du vielleicht auf dich selbst aufpassen – und Pran wird dann zurück sein. Aber jetzt fahre ich nicht. Auch Savitas Mutter hat ihre Abreise verschoben, als es ihrem Vater nicht gutging. Abgesehen davon scheint in dem Wahlkreis alles bestens zu laufen.«

»Stimmt«, sagte Maan. »Aber der wahre Grund, warum du nicht mit uns kommen willst, ist, daß du zu faul bist. So wird man, wenn man verheiratet ist.«

»Faul!« Veena mußte lachen. »Ein Esel schilt den andern Langohr. Außerdem ißt du mehr Erbsen, als du enthülst.«

»Stimmt«, sagte Maan überrascht. »Aber sie sind so süß und frisch.«

»Hier sind noch mehr, Sohn«, sagte Mrs. Mahesh Kapoor. »Hör nicht auf sie.«

»Maan sollte endlich lernen, sich ein bißchen zu beherrschen«, sagte Veena.

»Ja?« Maan warf sich noch mehr Erbsen in den Mund. »Köstlichen Dingen kann ich nicht widerstehen.«

»Heißt so die Krankheit oder die Diagnose?« fragte seine Schwester.

»Ich bin ein anderer Mensch geworden«, sagte Maan. »Sogar Baoji hat mich gelobt.«

»Das glaube ich erst, wenn ich es mit eigenen Ohren höre«, sagte Veena und fütterte ihren Bruder mit weiteren Erbsen.

17.11

Am Abend schlenderte Maan zu Saeeda Bais Haus. Er hatte sich die Haare schneiden lassen und ein Bad genommen. Da es kühl war, trug er einen Bundi über seiner Kurta; in der Tasche des Bundis befand sich eine Viertelliterflasche Whisky, auf seinem Kopf eine gestärkte weiße Kappe mit gestickter Verzierung.

Es war gut, wieder zurück zu sein. Die unbefestigten Straßen auf dem Land hatten ihren Charme, zweifellos, aber er war ein Stadtmensch. Er mochte die Stadt – zumindest diese Stadt. Und er mochte Straßen – zumindest diese Straße, in der Saeeda Bais Haus stand –, und an ihrem Haus mochte er besonders Saeeda Bais zwei Zimmer. Und von diesen beiden Zimmern mochte er vor allem das innere.

Kurz nach acht kam er am Tor an, winkte dem Wachmann vertraulich zu und wurde eingelassen. Bibbo erwartete ihn an der Tür, schien überrascht, ihn zu sehen, und brachte ihn hinauf in Saeeda Bais Zimmer. Maans Herz machte einen Freudensprung, als er sah, daß sie in dem Buch las, das er ihr geschenkt hatte, die illustrierten Werke Ghalibs. Sie sah hinreißend aus, der blasse Hals und die Schultern vornübergeneigt, das Buch in der Hand, zu ihrer Linken eine Schale mit Obst und eine kleine Schale mit Wasser, das Harmonium zu ihrer Rechten. Der Raum duftete nach Rosenessenz. Schönheit, Wohlgeruch, Musik, Essen, Gedichte und in seiner Tasche ein Rauschmittel: Ach, dachte Maan, als sie sich anblickten, das ist Glück.

Auch sie schien überrascht, ihn zu sehen, und Maan begann sich zu fragen, ob der Wachmann ihn irrtümlich eingelassen hatte. Aber sie sah schnell wieder auf das Buch hinunter und blätterte müßig ein paar Seiten um.

»Komm, Dagh Sahib, komm, setz dich. Wieviel Uhr ist es?«

»Kurz nach acht, Saeeda Begum, aber seit ein paar Tagen haben wir ein neues Jahr.«

»Dessen bin ich mir bewußt«, sagte Saeeda Bai lächelnd. »Es wird ein interessantes Jahr werden.«

»Warum das?« fragte Maan. »Das letzte Jahr war interessant genug für mich.« Er nahm ihre Hände in die seinen. Dann küßte er ihre Schulter. Saeeda Bai ließ ihn gewähren, kam ihm jedoch nicht entgegen.

Maan war verletzt. »Ist irgend etwas los?« fragte er.

»Nichts, Dagh Sahib, wobei du mir helfen könntest. Erinnerst du dich, was ich gesagt habe, als wir uns das letztemal gesehen haben?«

»Manches weiß ich noch«, sagte Maan. Aber er konnte sich nur an das Thema der Unterhaltung erinnern, nicht an den genauen Wortlaut: an ihre Ängste um Tasneem, ihre Verletzlichkeit.

»Wie auch immer«, sagte Saeeda Bai. »Ich habe heute abend nicht viel Zeit für dich. Ich erwarte in Kürze Besuch. Weiß Gott, ich hätte besser im Koran gelesen, nicht Ghalib, aber wer weiß schon, was man im nächsten Augenblick tun wird?«

»Ich war bei Rasheeds Familie«, sagte Maan, den der Gedanke, daß er den Abend nicht mit ihr würde verbringen können, aufbrachte und der sich so schnell wie möglich der unangenehmen Pflicht, Saeeda Bai über die Begegnung zu informieren, entledigen wollte.
»Ja?« sagte Saeeda Bai nahezu gleichgültig.
»Es scheint, sie haben keine Ahnung, was in ihm vorgeht«, sagte Maan. »Und es ist ihnen auch egal. Für sie ist nur wichtig, daß seine politischen Aktivitäten ihnen keinen wirtschaftlichen Schaden zufügen. Das ist alles. Seine Frau ...«
Maan hielt inne. Saeeda Bai hob den Kopf und sagte: »Ja, ja, ich weiß, daß er bereits eine Frau hat. Und du weißt, daß ich es weiß. Aber das interessiert mich alles nicht. Verzeih mir, aber ich muß dich jetzt bitten zu gehen.«
»Saeeda – aber warum ...«
Saeeda Bai blickte wieder auf das Buch und blätterte gedankenverloren um.
»Eine Seite ist zerrissen«, sagte Maan.
»Ja«, erwiderte Saeeda Bai zerstreut. »Ich hätte sie besser kleben sollen.«
»Ich kann das für dich tun. Oder es machen lassen. Wie ist das passiert?«
»Dagh Sahib, siehst du nicht, in was für einem Zustand ich mich befinde? Ich kann jetzt keine Fragen beantworten. Ich habe in deinem Buch gelesen, als du hereingekommen bist. Warum glaubst du nicht, daß ich an dich gedacht habe?«
»Saeeda«, sagte Maan hilflos. »Ich glaube es. Aber was nützt es mir, wenn du an mich denkst, solange ich nicht da bin? Ich sehe, daß du dir wegen irgend etwas Sorgen machst. Aber weswegen? Warum erzählst du es mir nicht? Ich verstehe es nicht. Ich kann es nicht verstehen – und ich will dir helfen. Oder ziehst du mir einen anderen vor?« Er spürte plötzlich, daß ihre Nervosität sowohl von Sorgen als auch von freudiger Aufregung verursacht sein konnte. »Ist es das? Ist es das?«
»Dagh Sahib«, sagte Saeeda still und erschöpft. »Das alles würde dir nichts ausmachen, wenn du mehr als eine Saki hättest. Das habe ich dir schon beim letztenmal gesagt.«
»Ich erinnere mich nicht an das, was du beim letztenmal gesagt hast.« In Maan wallte Eifersucht auf. »Erzähl mir nicht, wie viele Sakis ich haben sollte. Du bedeutest mir alles. Mir ist egal, was wir das letztemal geredet haben. Ich will wissen, warum du mich jetzt mir nichts, dir nichts wegschickst.« Er hielt überwältigt inne, atmete heftig und sah sie an. »Warum hast du gesagt, daß dieses Jahr so interessant für dich werden würde? Warum hast du das gesagt? Was ist passiert, während ich fort war?«
Saeeda Bai hielt den Kopf leicht schief. »Ach das?« Sie lächelte spöttisch, ja sogar, als wollte sie sich selbst verspotten. »Ein Kartenspiel besteht aus zweiundfünfzig Karten. Alles ist vollzählig. Das Schicksal wird dieses Jahr die Karten auf endgültige Weise mischen und austeilen. Bislang habe ich nur kurz zwei der Karten, die ich bekommen habe, aufgedeckt: eine Dame und einen Buben, eine Begum und einen Ghulam.«
»Von welcher Farbe?« fragte Maan kopfschüttelnd. ›Ghulam‹ konnte sowohl

ein junger Mann als auch ein Sklave sein. »Von derselben Farbe oder von unterschiedlichen Farben?«

»Paan vielleicht«, sagte Saeeda Bai und nannte damit Herz. »Auf jeden Fall sind beide rot. Mehr kann ich nicht sehen. Aber ich will nicht länger darüber sprechen.«

»Ich auch nicht«, sagte Maan wütend. »Jedenfalls scheint es dieses Jahr keinen Platz für einen Joker im Spiel zu geben.«

Plötzlich begann Saeeda Bai verzweifelt zu lachen. Dann bedeckte sie das Gesicht mit den Händen. »Denk, was du willst. Denk von mir aus, daß auch ich verrückt geworden bin. Ich kann dir nicht sagen, was los ist.« Noch bevor sie die Hände vom Gesicht nahm, wußte Maan, daß sie weinte.

»Saeeda Begum – Saeeda – es tut mir leid ...«

»Du brauchst dich nicht zu entschuldigen. Jetzt bringe ich den leichtesten Teil des Abends hinter mich. Mir graut vor dem, was noch kommt.«

»Ist es der Radscha von Marh?«

»Der Radscha von Marh?« sagte Saeeda Bai leise und sah auf das Buch. »Ja, ja, vielleicht. Bitte, geh jetzt.« In der Obstschale lagen Äpfel, Birnen, Orangen und ein paar vertrocknete Weintrauben. Sie riß ein paar Trauben ab und reichte sie Maan. »Die sind besser für dich als das, was daraus gebrannt wird«, sagte sie.

Maan aß eine Traube, ohne nachzudenken, dann fiel ihm plötzlich ein, daß er vormittags in Prem Nivas Erbsen gegessen hatte. Aus irgendeinem Grund machte ihn das wütend. Er zerquetschte die restlichen Trauben in der Hand und warf sie in die Wasserschale. Mit rotem Gesicht stand er auf, verließ das Zimmer, zog vor der Schwelle seine Jutis an und ging die Treppe hinunter. Unten blieb er stehen und bedeckte das Gesicht mit den Händen. Schließlich ging er los in Richtung Zuhause. Aber er war keine hundert Meter gegangen, als er stehenblieb, sich an einen großen Tamarindenbaum lehnte und zu Saeeda Bais Haus zurückblickte.

17.12

Er holte die Whiskyflasche aus der Tasche und begann zu trinken. Ihm schien, als wäre sein Herz zermalmt worden. Fünfzehn Tage lang hatte er jeden Abend an sie gedacht. Jeden Morgen war er, ob im Fort oder in Salimpur, ein paar Minuten lang im Bett liegengeblieben und hatte sich vorgestellt, sie wäre bei ihm. Zweifellos hatte er auch von ihr geträumt. Und nachdem er fünfzehn Tage fort gewesen war, hatte sie fünfzehn Minuten ihrer Zeit für ihn erübrigt und ihm zu verstehen gegeben, daß ihr jemand anders viel mehr bedeutete, als er ihr je bedeuten würde. Aber dabei konnte es sich keinesfalls um den grobschlächtigen Radscha von Marh handeln.

Aber sie hatte so viel gesagt, was er nicht im entferntesten verstanden hatte, obwohl er daran gewöhnt war, daß Saeeda Bai sich meist indirekt ausdrückte. Wenn er der Sklave oder junge Mann war, von dem sie gesprochen hatte, was dann? Was hatte sie damit gemeint, daß ihr graute? Wen erwartete sie? Was hatte der Radscha von Marh mit der Sache zu tun? Und was war mit Rasheed? Mittlerweile hatte Maan so viel getrunken, daß es ihm nahezu gleichgültig war, was er tat. Er ging ein Stück des Wegs zu ihrem Haus zurück und bezog Stellung, wo er vom Wachmann nicht entdeckt werden, aber jeden sehen konnte, der das Haus betrat.

Die Straße war fast menschenleer, obwohl es noch nicht spät war; aber andererseits war es auch ein ruhiger Stadtteil. Ein, zwei Autos, ein paar Fahrräder und Tongas fuhren die Straße entlang, und ab und zu kam ein Fußgänger vorbei. Irgendwo schrie eine Eule. Maan stand schon eine halbe Stunde da, und kein Auto und keine Tonga hielt an, niemand hatte das Haus betreten oder verlassen. Hin und wieder schlenderte der Wachmann auf und ab, stieß das stumpfe Ende seines Speers hart auf das Straßenpflaster oder stampfte mit den Füßen auf, um sie warm zu halten. Nebelschwaden zogen vorbei und behinderten bisweilen seine Sicht. Maan begann allmählich zu glauben, daß niemand – kein Bilgrami, kein Radscha, kein Rasheed, kein geheimnisvoller ANDERER – zu Saeeda Bai kommen würde. Sie wollte schlicht und einfach nichts mehr mit ihm zu tun haben. Sie hatte ihn satt. Er bedeutete ihr nichts mehr.

Aus der anderen Richtung näherte sich ein Fußgänger dem Haus, blieb vor dem Tor stehen und wurde sofort eingelassen. Maan gefror vor Entsetzen das Blut in den Adern. Zuerst war er zu weit weg gewesen, um ihn deutlich zu sehen. Aber dann hatte sich der Nebel etwas gelichtet, und er glaubte Firoz erkannt zu haben.

Maan starrte ihm nach. Die Tür wurde geöffnet, und der Mann trat ein. War es Firoz? Aus der Ferne sah er ganz so aus. Seine Haltung entsprach der seines Freundes. Er hatte einen Spazierstock bei sich, trug ihn aber nicht wie ein alter Mann. Er hatte Firoz' Gang. Ungläubig und unglücklich, machte Maan ein paar Schritte vorwärts und blieb wieder stehen. Es konnte einfach nicht Firoz sein.

Und selbst wenn es Firoz wäre, konnte es dann nicht sein, daß er die jüngere Schwester besuchte, von der er so fasziniert war? Bestimmt würde demnächst jemand anders Saeeda Bai aufsuchen. Aber die Minuten verstrichen, und niemand kam. Und Maan wurde klar, daß niemand – wer immer es war –, der das Haus betreten hatte, zu Tasneem vorgelassen werden würde. Es konnte nur Saeeda Bai sein, die er aufsuchte. Wieder bedeckte Maan das Gesicht mit den Händen.

Er hatte die Whiskyflasche über die Hälfte geleert. Er spürte die Kälte nicht, wußte nicht, was er tat. Er wollte zurück in das Haus gehen und herausfinden, wer gekommen war und zu welchem Zweck. Es kann nicht Firoz sein, dachte er. Und doch hatte der Mann aus der Ferne wie Firoz ausgesehen. Der Nebel, die Straßenlampen, der plötzliche Lichtschein, als die Tür geöffnet worden war:

Maan versuchte, sich noch einmal vor Augen zu führen, was er erst vor ein paar Minuten gesehen hatte. Aber nichts wurde ihm klarer.

Niemand sonst betrat das Haus. Ebensowenig kam jemand heraus. Nach einer halben Stunde hielt Maan es nicht länger aus. Er ging zum Tor und schrie dem Wachmann zu, was ihm als erstes einfiel: »Der Nawabzada hat mich gebeten, ihm seine Brieftasche zu bringen – und ich muß ihm auch noch etwas ausrichten.«

Der Wachmann erschrak, aber da Maan Firoz' Titel erwähnte, klopfte er an die Tür. Maan ging hinein, ohne darauf zu warten, daß Bibbo ihn einließ. »Es ist dringend«, erklärte er dem Wachmann. »Ist der Nawabzada schon da?«

»Ja, Kapoor Sahib, er ist vor kurzem gekommen. Aber kann nicht ich ...?«

»Nein. Ich muß sie persönlich abgeben.«

Er stieg die Treppe hinauf, ohne in den Spiegel zu sehen. Hätte er es getan, wäre er über seinen eigenen Gesichtsausdruck erschrocken. Ein Blick in den Spiegel hätte vielleicht verhindert, was geschehen sollte.

Vor der Schwelle standen keine Schuhe. Saeeda Bai war allein. Sie betete.

»Steh auf«, sagte Maan.

Sie wandte sich ihm zu und stand auf, ihr Gesicht war weiß. »Wie kannst du es wagen? Wer hat dich hereingelassen? Zieh deine Schuhe aus in meinem Zimmer.«

»Wo ist er?« fragte Maan leise.

»Wer?« Saeeda Bais Stimme zitterte vor Wut. »Der Sittich? Wie du siehst, ist sein Käfig zugedeckt.«

Maan sah sich rasch im Zimmer um. Er bemerkte Firoz' Spazierstock in der Ecke, und Wut überwältigte ihn. Ohne eine Antwort zu geben, öffnete er die Schlafzimmertür. Niemand war dort.

»Raus!« sagte Saeeda Bai. »Wie kannst du es wagen anzunehmen – komm nie wieder hierher – raus, bevor ich Bibbo rufe ...«

»Wo ist Firoz?«

»Er ist nicht hier.«

Maan sah zu dem Spazierstock, Saeeda Bai folgte seinem Blick.

»Er ist gegangen«, flüsterte sie, aufgeregt und ängstlich.

»Warum war er hier? Um deine Schwester zu sehen? Ist er in deine Schwester verliebt?«

Plötzlich begann Saeeda Bai zu lachen, als ob das, was er gesagt hatte, sowohl erheiternd als auch bizarr wäre.

Maan ertrug es nicht. Er packte sie bei den Schultern und schüttelte sie. Sie sah ihn an. Die Wut in seinen Augen versetzte sie in Angst und Schrecken – aber sie konnte nicht aufhören, auf groteske, höhnische Weise zu lachen.

»Warum lachst du? Hör auf – hör auf ...« rief Maan. »Sag mir, daß er wegen deiner Schwester gekommen ist ...«

»Nein ...« keuchte Saeeda Bai.

»Er ist wegen deiner Schwester zu dir gekommen ...«

»Meine Schwester! Meine Schwester!« Saeeda Bai lachte Maan ins Gesicht, als hätte er einen irren Witz erzählt. »Es ist nicht meine *Schwester*, in die er verliebt ist – es ist nicht *meine* Schwester, in die er verliebt ist...« Sie versuchte Maan gewaltsam wegzustoßen. Sie stürzten zu Boden, und Saeeda Bai schrie auf, als sich Maans Hände um ihren Hals legten. Wasser aus der Schale schwappte über. Sie stießen die Obstschale um. Maan bemerkte nichts davon. Er raste vor Wut. Die Frau, die er liebte, hatte ihn mit seinem Freund betrogen, und jetzt machte sie sich einen Spaß daraus, seine Liebe und sein Elend zu verspotten.

Seine Hände verstärkten den Griff um ihren Hals. »Ich wußte es«, sagte er. »Sag mir, wo er ist. Er ist noch hier. Wo hat er sich versteckt?«

»Dagh Sahib...« keuchte Saeeda Bai.

»Wo ist er?«

»Hilfe...«

»Wo ist er?«

Saeeda Bai griff mit der rechten Hand nach dem Obstmesser, aber Maan ließ ihren Hals los und entwand es ihr.

Sie lagen noch immer auf dem Boden. Er starrte das Messer an.

Saeeda Bai begann, kreischend um Hilfe zu rufen. Von unten hörte man, wie eine Tür geöffnet wurde, erschrockene Stimmen, Schritte auf der Treppe. Maan stand auf. Firoz war als erster an der Tür. Bibbo kam gleich hinter ihm.

»Maan«, sagte Firoz und überblickte die Szene sofort. Saeeda Bai hatte den Kopf auf ein Kissen gelegt und hielt sich mit beiden Händen den Hals. Sie schnappte nach Luft, ihr Brustkorb hob und senkte sich schwer. Schreckliche Würgelaute drangen aus ihrer Kehle.

Maan sah in Firoz' schuldbewußtes und aufgeregtes Gesicht und wußte, daß seine schlimmsten Befürchtungen zutrafen. Wieder überwältigte ihn blinde Wut.

»Sieh mal, Maan«, sagte Firoz und ging langsam auf ihn zu. »Was ist los? Laß uns darüber reden – sei vernünftig...«

Plötzlich machte er einen Satz auf ihn zu und versuchte, ihm das Messer wegzunehmen. Aber Maan war schneller als er. Firoz hielt sich die Hände vor den Bauch. Blut sickerte durch seine Weste, er fiel zu Boden und schrie auf vor Schmerz. Blut tropfte auf das weiße Laken. Maan betrachtete es wie ein verdutzter Ochse, dann starrte er auf das Messer, das er noch immer in der Hand hielt.

Eine Weile sagte keiner ein Wort. Abgesehen von Saeeda Bais Versuchen zu atmen, von Firoz' leisen Schmerzenslauten und Maans bitteren Schluchzern war kein Geräusch zu hören.

»Legen Sie es auf den Tisch«, sagte Bibbo ruhig.

Maan legte das Messer weg und kniete sich neben Firoz.

»Gehen Sie sofort«, sagte Bibbo.

»Aber er braucht einen Arzt...«

»Gehen Sie sofort. Wir kümmern uns um alles. Verlassen Sie Brahmpur. Sie waren heute abend nicht hier. Gehen Sie.«

»Firoz ...«
Firoz nickte.
»Warum?« sagte Maan mit gebrochener Stimme.
»Geh – schnell ...« sagte Firoz.
»Was habe ich dir angetan? Was habe ich getan?«
»Schnell ...«
Maan sah sich ein letztes Mal im Zimmer um, lief hinunter und aus dem Haus. Der Wachmann schritt vor dem Tor auf und ab. Er hatte nichts gehört, was ihn beunruhigt hätte. Als er Maans Miene sah, sagte er: »Was ist los, Sahib?«
Maan antwortete nicht.
»Stimmt irgend etwas nicht? Ich habe Stimmen gehört – brauchen sie mich?«
»Was?« sagte Maan.
»Brauchen sie mich, Sahib? Im Haus, meine ich.«
»Brauchen? Nein, nein – gute Nacht.«
»Gute Nacht, Sahib«, sagte der Wachmann. Er stampfte ein paarmal mit den Füßen auf, während Maan in den Nebel davoneilte.

17.13

Tasneem tauchte an der Schwelle zu Saeeda Bais Zimmer auf.
»Was ist los, Apa? O mein Gott ...« rief sie, als sie die schreckliche Szene sah: Blut, zerquetschtes Obst, verschüttetes Wasser, ihre Schwester, die sich keuchend gegen ein Polster lehnte, Firoz, der verwundet auf dem Boden lag, das Messer auf dem Tisch.
Firoz sah sie und meinte ohnmächtig zu werden. Dann wurde ihm das ganze Ausmaß des Grauens, das sich an diesem Abend ereignet hatte, bewußt.
»Ich gehe«, sagte er zu niemandem im besonderen.
Saeeda Bai war nicht in der Lage zu sprechen. Bibbo sagte: »Der Nawabzada kann so nicht gehen. Er ist schwer verletzt. Er braucht einen Arzt.«
Firoz stand unter Mühen und keuchend vor Schmerz auf. Er sah sich im Zimmer um und schauderte. Sein Blick fiel auf seinen Spazierstock.
»Bibbo, gib mir den Stock.«
»Der Nawabzada darf nicht ...«
»Den Stock.«
Sie gab ihm den Stock.
»Kümmre dich um deine Herrin. Deine Herrinnen«, fügte er bitter hinzu.
»Ich helfe Ihnen die Treppe hinunter«, sagte Tasneem.
Firoz starrte sie mit glasigem Blick an. »Nein«, sagte er leise.
»Sie brauchen Hilfe«, sagte sie mit zitternden Lippen.

»Nein!« rief er mit plötzlicher Heftigkeit.
Bibbo sah, daß Firoz entschlossen war, seinen Willen durchzusetzen. »Begum Sahiba – das Schultertuch?« fragte sie. Saeeda Bai nickte, und Bibbo legte Firoz das Tuch um die Schultern. Sie begleitete ihn bis an die Tür hinunter. Draußen war es noch immer neblig. Firoz stützte sich auf seinen Spazierstock, vornübergebeugt wie ein alter Mann. Wieder und wieder sagte er zu sich: »Ich kann hier nicht bleiben. Ich kann hier nicht bleiben.«
Bibbo sagte zum Wachmann: »Geh sofort zu Dr. Bilgrami. Sag ihm, daß die Begum Sahiba und noch eine Person plötzlich krank geworden sind.« Der Wachmann starrte Firoz an.
»Geh. Beeil dich, du Trottel«, sagte Bibbo mit Autorität.
Der Wachmann stapfte davon.
Firoz machte einen Schritt auf das Tor zu. Der Nebel war noch dichter geworden.
»In diesem Zustand kann der Nawabzada nicht gehen – bitte, bitte, warten Sie hier – schauen Sie sich doch die Nacht an und sich selbst auch. Ich habe nach dem Arzt geschickt. Er wird gleich dasein«, rief Bibbo und hielt ihn zurück.
»Sie können nicht gehen.« Tasneem war die Treppe heruntergelaufen, um ihn aufzuhalten. Sie stand – zum erstenmal in ihrem Leben – in der offenen Tür, wagte es jedoch nicht, weiter hinauszugehen. Wäre der Nebel nicht gewesen, hätte man sie von der Straße aus sehen können.
Er war nicht in der Lage, die Tränen des Schmerzes und des Schocks zurückzuhalten, während er langsam vorwärtsging.
Warum Maan mit dem Messer auf ihn eingestochen hatte – was zwischen Maan und Saeeda Bai vorgefallen war –, er hatte keine Ahnung. Aber nichts war schlimmer als das, was vorher geschehen war. Saeeda Bai hatte einen seiner Briefe abgefangen und ihn zu sich zitiert. Schroff hatte sie ihm verboten, Tasneem weiterhin zu schreiben oder sonst irgendwie Kontakt mit ihr zu halten. Als er protestierte, hatte sie ihm die Wahrheit gesagt.
»Tasneem ist nicht meine Schwester«, hatte sie so sachlich wie möglich gesagt. »Sie ist Ihre Schwester.«
Firoz hatte sie entsetzt angestarrt. »So ist es«, war Saeeda Bai fortgefahren. »Und sie ist meine Tochter, Gott möge mir vergeben.«
Firoz hatte den Kopf geschüttelt.
»Und Gott möge Ihrem Vater vergeben. Jetzt gehen Sie in Frieden. Ich muß meine Gebete sagen.«
Firoz, sprachlos vor Abscheu und unsicher, ob er ihr glauben sollte oder nicht, war aus dem Zimmer gegangen. Unten hatte er zu Bibbo gesagt, daß er Tasneem unbedingt sehen müsse.
»Nein«, erwiderte Bibbo. »Nein, wie kann der Nawabzada annehmen ...«
»Du hast es die ganze Zeit gewußt«, sagte er zu ihr und hielt sie am Arm fest.
»Was gewußt?« Bibbo riß sich los.

1243

»Wenn du es nicht gewußt hast, kann es nicht stimmen. Es ist eine grausame Lüge. Es kann nicht wahr sein.«

»Lüge? Wahr? Ist der Nawabzada verrückt geworden?«

»Ich muß Tasneem sehen. Ich muß sie sehen«, rief Firoz verzweifelt.

Als sie ihren Namen hörte, kam Tasneem aus ihrem Zimmer und sah ihn an. Er ging zu ihr und starrte sie an, bis sie vor Verlegenheit und Unglück weinte.

»Was ist los? Warum schaut mich der Nawabzada so an?« fragte Tasneem Bibbo und wandte das Gesicht ab.

»Geh zurück in dein Zimmer, oder deine Schwester wird wütend auf dich werden«, sagte Bibbo. Tasneem hatte sich umgedreht.

»Ich muß mit dir reden«, sagte Firoz und folgte Bibbo in ein anderes Zimmer.

»Dann sprechen Sie leise«, entgegnete Bibbo kurz angebunden. Aber seine Fragen waren so wirr und seltsam – so voller Schuldbewußtsein und Scham –, daß sie ihn nur verständnislos ansah.»Ich kann keine Ähnlichkeit entdecken – zu Zainab, zu meinem Vater«, sagte er. Sie versuchte, sich einen Reim auf seine Worte zu machen, als sie von oben Geräusche – als ob jemand zu Boden gestürzt wäre – und Saeeda Bai um Hilfe schreien hörten.

Die Nacht war bitter kalt geworden. Firoz blieb stehen, ging ein paar Schritte und blieb wieder stehen. An manchen Stellen war der Nebel lichter, dann wieder hüllte er ihn ein. Das Schultertuch war blutgetränkt. Seine Gedanken, der Nebel, der Schmerz – alles löste sich auf und nahm ihn sofort wieder in Besitz. Seine Hände waren naß von Blut, er konnte kaum noch den Spazierstock halten. Er wußte nicht, ob er es bis nach Hause schaffen würde. Und wenn er es schaffte, wie sollte er dann in das geliebte alte Gesicht seines Vaters blicken?

Er war noch keine hundert Meter weit gekommen, als er merkte, daß er es nicht schaffen würde. Der Blutverlust, die Schmerzen, die schrecklichen Gedanken, die ihn quälten – er war dem Zusammenbruch nahe. Eine Tonga tauchte aus dem Nebel auf. Er hob den Stock und wollte sie heranwinken, als er auf dem Pflaster zusammenbrach.

17.14

Es war ein ruhiger Abend im Polizeirevier von Pasand Bagh, und der verantwortliche Beamte, ein Unterinspektor, gähnte, schrieb Berichte, trank Tee und erzählte seinen Untergebenen Witze.

»Das ist ein ganz subtiler Witz, Hemraj, also hör gut zu«, sagte er zu einem Wachtmeister, der gerade etwas ins Protokollbuch eintrug. »Zwei Herren behaupten, daß ihr Dienstbote dümmer sei als der des anderen. Um es zu beweisen, schließen sie eine Wette ab. Der eine ruft seinen Dienstboten und sagt: ›Budhu Ram, in einem Laden in der Nabiganj steht ein Buick zum Verkauf. Hier sind zehn Rupien. Geh und kauf ihn.‹ Budhu Ram nimmt die zehn Rupien und macht sich auf den Weg.«

Zwei Wachtmeister brachen in Gelächter aus, aber der Unterinspektor befahl ihnen, ruhig zu sein. »Ich habe gerade erst angefangen, den Witz zu erzählen, und ihr Idioten lacht schon. Haltet den Mund und hört zu ... Der andere Herr sagt also: ›Du magst das dumm finden, aber mein Dienstbote Ullu Chand ist noch viel dümmer. Ich werde es dir beweisen.‹ Er ruft Ullu Chand und sagt: ›Also, Ullu Chand, du gehst jetzt in den Subzipore Club und schaust nach, ob ich dort bin. Es ist dringend.‹ Und Ullu Chand macht sich sofort auf den Weg.«

Die Wachtmeister hielten sich den Bauch vor Lachen. »Schau nach, ob ich dort bin«, sagte einer. »Schau nach, ob ich dort bin.«

»Ruhe, Ruhe«, sagte der Unterinspektor. »Ich bin noch nicht fertig.« Die Wachtmeister hörten auf zu lachen. Der Unterinspektor räusperte sich. »Unterwegs begegnen sich die beiden Dienstboten, und der eine sagt ...«

Ein aufgeregter Tonga-Wallah kam herein und murmelte offensichtlich in großer Not: »Daroga Sahib ...«

»Ach, einen Moment, einen Moment«, sagte der Unterinspektor freundlich. »Also die Dienstboten laufen sich über den Weg, und der eine sagt: ›Also, wirklich, Ullu Chand, mein Herr ist ein unglaublicher Dummkopf. Er gibt mir zehn Rupien und sagt, ich soll ihm dafür einen Buick kaufen. Aber er weiß nicht mal, daß heute Sonntag ist und die Läden geschlossen sind.‹«

An dieser Stelle mußten alle lachen, auch der Unterinspektor. Als das Gelächter nachließ, fuhr er fort: »Und der andere Dienstbote sagt: ›Das ist ziemlich dumm, Budhu Ram, aber nichts verglichen mit der Dummheit meines Herrn. Er hat mir befohlen, schnellstens herauszufinden, ob er im Subzipore Club ist. Aber wenn es so dringlich ist, warum ist er dann nicht ins andere Zimmer gegangen und hat angerufen?‹«

Daraufhin hallte der Raum vor schallendem, wiehernden Gelächter wider, und der Unterinspektor war sehr zufrieden und schlürfte einen Schluck Tee, wobei sein Schnurrbart etwas naß wurde. »Ja, was willst du?« fragte er den Tonga-Wallah, der zu zittern schien.

»Daroga Sahib, da liegt jemand auf dem Pflaster in der Cornwallis Road.«

»Eine schlimme Nacht. Wahrscheinlich ein armer Kerl, der die Kälte nicht überstanden hat«, sagte der Inspektor. »In der Cornwallis Road?«

»Er lebt noch«, sagte der Tonga-Wallah. »Er wollte mich anheuern, dabei ist er zusammengebrochen. Er ist voller Blut. Ich glaube, jemand hat mit dem Messer auf ihn eingestochen. Er sieht aus, als käme er aus einer guten Familie. Ich wußte nicht, ob ich ihn liegen lassen oder herbringen soll – zur Polizei oder in ein Krankenhaus. Bitte, kommen Sie schnell. Hab ich mich richtig verhalten?«

»Du Idiot!« schrie der Unterinspektor. »Die ganze Zeit stehst du hier herum. Worauf hast du gewartet?« Er wandte sich seinen Kollegen zu: »Holt Verbandszeug. Und du, Hemraj, rufst den Arzt in der Klinik an. Holt schnell den Erste-

Hilfe-Kasten und ein paar Taschenlampen. Und du«, er meinte den Tonga-Wallah, »kommst mit und zeigst uns, wo er liegt.«

»Habe ich mich richtig verhalten?« wiederholte der Tonga-Wallah ängstlich seine Frage.

»Ja, ja, ja – du hast ihn doch liegen lassen, oder?«

»Ja, Daroga Sahib, ich habe ihn nur umgedreht, um zu sehen – ob er noch am Leben ist.«

»Warum braucht ihr so lange?« sagte der Unterinspektor ungeduldig zu seinen Untergebenen. »Los, kommt schon. Wie weit ist es von hier?«

»Nur zwei Minuten.«

»Dann fahren wir in deiner Tonga. Hemraj, hol mit dem Jeep den Arzt. Schreib nur eine Zeile ins Protokollbuch. Ich trage den Rest später nach. Wenn er noch am Leben ist, kriege ich vielleicht eine erste Schilderung des Tathergangs von ihm statt vom Tonga-Wallah. Bihari, du kommst mit mir. Der stellvertretende Unterinspektor ist für das Revier verantwortlich, solange ich weg bin.«

Innerhalb von zwei Minuten waren sie bei Firoz. Er war halb bewußtlos und blutete noch immer. Dem Unterinspektor war sofort klar, daß sie keine Zeit für Erste Hilfe und Bandagen hatten, wenn sie sein Leben retten wollten. Er mußte auf der Stelle ins Krankenhaus.

»Bihari, wenn der Doktor auftaucht, sag ihm, er soll ins städtische Krankenhaus kommen. Wir fahren mit der Tonga hin. Ja, gib mir das Verbandszeug – vielleicht kann ich unterwegs was tun, um die Blutung zu stoppen. Verfolgt die Blutspur. Behaltet zwei Lampen, gebt mir eine. Ich werde die Aussagen des Tonga-Wallahs und des verletzten Mannes aufnehmen. Schaut, ob in dem Spazierstock eine versteckte Klinge steckt. Schaut, ob hier irgendwo eine Waffe rumliegt. Seine Brieftasche hat er noch – er scheint nicht ausgeraubt worden zu sein. Aber vielleicht hat jemand versucht, ihn auszurauben, und ist dann verschwunden. In der Cornwallis Road!« Der Unterinspektor schüttelte den Kopf, fuhr sich mit der Zunge über seine rechte Schnurrbarthälfte und fragte sich, was aus Brahmpur noch werden würde.

Sie hoben Firoz in die Tonga, stiegen ein und trabten im Nebel davon. Vorsichtig leuchtete der Unterinspektor Firoz ins Gesicht. Obwohl der Schein der Taschenlampe flackerte, kamen ihm Firoz' blasse, schmerzverzerrte Züge irgendwie bekannt vor. Der Inspektor runzelte die Stirn, als er bemerkte, daß Firoz ein Schultertuch, wie es normalerweise Frauen trugen, umgelegt hatte. Er schlug Firoz' Brieftasche auf und las auf seinem Führerschein Namen und Adresse; sein Stirnrunzeln wurde tiefer und zu einem Ausdruck echter Besorgnis. Er schüttelte bedächtig den Kopf. Der Fall bedeutete Ärger und mußte mit besonderer Sorgfalt behandelt werden. Kaum waren sie im Krankenhaus angekommen und hatten Firoz in der Notaufnahme abgeliefert, rief der Unterinspektor den Polizeichef an, der seinerseits Baitar House informierte.

17.15

In der Notaufnahme – kürzlich umbenannt in ›Unfallstation‹ – herrschte ein organisiertes Chaos. Eine Frau, die sich den Bauch hielt, saß in einer Ecke und schrie vor Schmerzen. Zwei Männer, die bei einem Lastwagenunfall Kopfverletzungen erlitten hatten, wurden hereingetragen – sie lebten noch, aber es gab keine Hoffnung für sie. Einige Leute hatten Schnittverletzungen der einen oder anderen Art und bluteten mehr oder minder stark.

Zwei junge Chirurgen untersuchten Firoz. Der Unterinspektor erklärte ihnen, wo er gefunden worden war, wie er hieß und wo er wohnte.

»Das muß der Bruder von Dr. Imtiaz Khan sein«, sagte einer der beiden. »Wurde er von der Polizei informiert? Wir hätten ihn gerne hier, vor allem wenn wir die Erlaubnis für eine Operation brauchen. Er arbeitet am Krankenhaus des Prince of Wales Colleges.«

Der Unterinspektor erklärte, daß sich der Polizeichef mit Baitar House in Verbindung setzen wollte. Ob er in der Zwischenzeit mit dem Patienten sprechen könne? Er mußte einen ersten Ermittlungsbericht aufnehmen.

»Nicht jetzt, nicht jetzt«, sagten die Ärzte. Sie kontrollierten Firoz' Puls, der flach und unregelmäßig war, seinen Blutdruck, der niedrig war, seine Atmung, die ziemlich schnell ging, und die Reaktion seiner Pupillen, die normal war. Er war blaß, und seine Stirn war feuchtkalt. Er hatte eine Menge Blut verloren und schien sich in einem Schockzustand zu befinden. Er murmelte noch immer ein paar Worte vor sich hin, aber sie ergaben keinen Sinn. Der Unterinspektor, der ein intelligenter Mensch war, versuchte sich an Sinn zusammenzureimen, was er konnte. Insbesondere notierte er sich Saeeda Bais Namen, die Wörter ›Prem Nivas‹ und die mehrmalige Erwähnung einer Schwester oder mehrerer Schwestern. Das würde ihm möglicherweise dabei helfen, herauszufinden, was geschehen war.

Er wandte sich an die Ärzte. »Sie haben erwähnt, daß er einen Bruder hat. Hat er auch eine Schwester?«

»Nicht daß ich wüßte«, sagte einer der Ärzte knapp.

»Ich glaube, ja«, sagte der andere. »Aber sie lebt nicht in Brahmpur. Er hat zuviel Blut verloren. Schwester, bereiten Sie eine Tropfinfusion vor. Normale Kochsalzlösung.«

Sie entfernten das Tuch, das Firoz umgeschlungen hatte, schnitten Teile seiner Kurta und Weste weg. Alle seine Kleidungsstücke waren blutgetränkt.

Der Polizist murmelte: »Sie müssen einen medizinischen Bericht schreiben.«

»Ich finde keine Vene im Arm«, sagte einer der Ärzte und ignorierte den Unterinspektor. »Wir müssen unten einen Einstich machen.« Sie stachen in eine Vene in Firoz' Knöchel, entnahmen ein bißchen Blut und brachten den Tropf an. »Schwester, bitte bringen Sie das ins Labor, um die Blutgruppe festzustellen. Das ist ein hübsches Tuch. Rot eingefärbt sieht es nicht besser aus.«

Ein paar Minuten verstrichen. Noch immer sickerte Blut aus Firoz' Wunde, und er sprach immer seltener. Er schien in einen tieferen Schockzustand zu sinken.
»Der Rand der Wunde ist etwas verschmutzt«, sagte einer der Chirurgen.
»Wir verpassen ihm besser eine Tetanusspritze.« Er drehte sich zu dem Polizisten um. »Haben Sie die Tatwaffe? Wie lang war sie? War sie verrostet?«
»Wir haben die Tatwaffe noch nicht.«
»Schwester, etwas Jod und Cetavalon – bitte reinigen Sie die Wunde.« Er wandte sich an seinen Kollegen. »Er hat Blut im Mund. Er muß innere Verletzungen haben. Vielleicht der Magen oder der obere Darmbereich. Wir können das nicht machen. Wir lassen besser den diensthabenden Chirurgen wecken. Und bitte, Schwester, das Labor soll sich mit dem Blut beeilen, besonders mit der Hämoglobinauszählung.«
Der ranghöhere Chirurg kam herunter, warf einen Blick auf Firoz und den Laborbericht und sagte: »Wir müssen sofort eine Laparotomie machen und nachsehen.«
»Ich brauche einen ersten Ermittlungsbericht«, sagte der Unterinspektor aggressiv und fuhr sich mit dem Handrücken über den Schnurrbart. Der erste Ermittlungsbericht war oft das wichtigste Dokument in einem Fall, und es war immer gut, einen hieb- und stichfesten Bericht zu haben, vorzugsweise vom Opfer persönlich.
Der Chirurg sah ihn ungläubig und kalt an. »Der Mann ist nicht in der Lage zu sprechen, und er wird es auch in den nächsten zwölf Stunden nicht sein, nachdem wir die Narkose verabreicht haben. Und selbst danach – vorausgesetzt, er stirbt nicht – werden Sie ihn mindestens vierundzwanzig Stunden lang nicht verhören dürfen. Holen Sie sich Ihren Bericht von dem, der ihn gefunden hat. Oder warten Sie. Und hoffen Sie, wenn Sie wollen.«
Der Unterinspektor war an die Grobheiten der Ärzte gewöhnt, seitdem er – wie die meisten Polizisten in Brahmpur – Bekanntschaft mit Dr. Kishen Chand Seth geschlossen hatte. Er war nicht beleidigt. Er wußte, daß Ärzte ›Fälle‹ in einem anderen Licht sahen als Polizisten. Außerdem war er Realist. Er hatte den Tonga-Wallah angewiesen zu warten. Da er jetzt wußte, daß Firoz nicht würde sprechen können, beschloß er, sich seinen ersten Ermittlungsbericht von dem zu holen, der ihn tatsächlich als erster informiert hatte.
»Ich danke Ihnen für Ihren Rat, Doktor Sahib«, sagte der Unterinspektor. »Wenn der Polizeiarzt kommt, kann er den Patienten für einen medizinischen Bericht untersuchen?«
»Das machen wir selbst«, sagte der Chirurg unerbittlich. »Der Patient muß gerettet und nicht endlos untersucht werden. Lassen Sie die Formulare hier.« Dann sagte er zur Schwester: »Wer ist der diensthabende Anästhesist? Dr. Askari? Der Patient steht unter Schock, wir verabreichen vor der Narkose besser Atropin. Jetzt muß er sofort in den OP gebracht werden. Wer hat ihm den Einstich in die Vene gemacht?«

»Ich, Sir«, sagte einer der jüngeren Ärzte stolz.
»Stümperhafte Arbeit«, sagte der Chirurg schroff. »Ist Dr. Khan schon da? Oder der Nawab Sahib? Wir brauchen eine Unterschrift.«
Weder Firoz' Bruder noch sein Vater waren eingetroffen.
»Wir können nicht länger warten«, sagte der Chirurg. Und Firoz wurde durch die Korridore des städtischen Krankenhauses in den Operationssaal gerollt.
Der Nawab Sahib und Imtiaz kamen zu spät, um ihn noch zu sehen. Der Nawab Sahib stand ebenfalls unter Schock.
»Ich will ihn sehen«, sagte er zu Imtiaz.
Imtiaz legte den Arm um seine Schultern und sagte: »Abba-jaan, das geht jetzt nicht. Er wird wieder in Ordnung kommen, das weiß ich. Bhatia operiert. Askari ist der Anästhesist. Sie sind beide sehr gut.«
»Wer hat Firoz so etwas angetan?« fragte der alte Mann.
Imtiaz zuckte die Achseln. Er blickte grimmig drein. »Er hat dir nicht gesagt, wohin er heute abend wollte, oder?« fragte er.
»Nein«, sagte der Nawab Sahib. »Aber Maan ist in der Stadt. Vielleicht weiß er es.«
»Alles zu seiner Zeit, Abba-jaan. Reg dich nicht zu sehr auf.«
»In der Cornwallis Road«, sagte der Nawab Sahib ungläubig. Dann bedeckte er das Gesicht mit den Händen und begann leise zu weinen. Nach einer Weile sagte er: »Wir sollten Zainab Bescheid sagen.«
»Alles zu seiner Zeit, Abba-jaan, alles zu seiner Zeit. Laß uns warten, bis die Operation vorüber ist und wir wissen, wie es ihm geht.«
Es war fast Mitternacht. Die beiden warteten vor dem Operationssaal. Der Krankenhausgeruch machte den Nawab Sahib zunehmend nervös. Gelegentlich kam ein Kollege vorbei und begrüßte Imtiaz oder drückte ihm und seinem Vater sein Beileid aus. Die Nachricht von Firoz' Verletzung mußte sich herumgesprochen haben, denn kurz nach Mitternacht tauchte ein Reporter des *Brahmpur Chronicle* auf. Imtiaz wollte ihn erst abwimmeln, beschloß statt dessen jedoch, ein paar kurze Fragen zu beantworten. Je mehr über den Fall bekannt wurde, desto wahrscheinlicher erschien es ihm, daß sich ein Zeuge melden würde.
Gegen ein Uhr kamen die Ärzte aus dem Operationssaal. Sie sahen müde aus. Es war unmöglich, irgend etwas aus Dr. Bhatias Miene zu schließen.
Als er Imtiaz sah, holte er tief Luft und sagte: »Gut, daß Sie hier sind, Dr. Khan. Ich hoffe, er kommt durch. Er befand sich in einem ernsten Schockzustand, als wir operierten, aber wir konnten nicht warten. Und das war auch gut so. Die übliche Laparotomie. Der Dünndarm wies eine lange Schnittwunde auf, wir mußten mehrere Anastomosen durchführen. Abgesehen davon mußten wir die Bauchhöhle säubern. Deswegen haben wir so lange gebraucht.« Er wandte sich an den Nawab Sahib. »Ihr gutaussehender Sohn ist jetzt stolzer Träger einer gut zwanzig Zentimeter langen Narbe. Ich hoffe, er wird wieder gesund. Tut mir leid, daß wir nicht auf Ihre Erlaubnis, zu anästhesieren und zu operieren, warten konnten.«

»Kann ich ...« setzte der Nawab Sahib an.

»Besteht ...« sagte Imtiaz gleichzeitig.

»Besteht was?« sagte Dr. Bhatia zu Imtiaz.

»Besteht die Gefahr einer Sepsis oder Peritonitis?«

»Beten wir, daß wir das abgewendet haben. Es sah ziemlich schlimm aus. Aber wir werden ihn genau beobachten. Wir haben ihm Penizillin gegeben. Entschuldigung, Nawab Sahib, was wollten Sie sagen?«

»Kann ich mit ihm sprechen?« sagte der alte Mann stockend. »Ich weiß, daß er mit mir wird reden wollen.«

Dr. Bhatia lächelte. »Er ist noch nicht wach. Wenn er etwas sagt, werden Sie sich kaum einen Reim darauf machen können. Aber vielleicht interessiert es Sie. Die Leute haben ja keine Ahnung, was für interessante Sachen sie unter Narkose sagen. Ihr Sohn hat von seiner Schwester gesprochen.«

»Imtiaz, du mußt Zainab anrufen«, sagte der Nawab Sahib.

»Das werde ich sofort tun, Abba. Dr. Bhatia, wir können Ihnen nicht genug danken.«

»Aber nein, aber nein. Ich hoffe nur, daß man den Täter erwischt. Ein einziger Schnitt, das Werk einer Sekunde. Und wenn man ihn nicht sofort hergebracht hätte, Dr. Khan, hätten wir ihn nicht mehr retten können. Seltsam ...« Er hielt inne.

»Was ist seltsam?« fragte Imtiaz scharf.

»Es ist seltsam, daß sieben Menschen drei Stunden lang in Ordnung bringen müssen, was eine Person in einer Sekunde angerichtet hat.«

»Was hat er gesagt?« fragte der Nawab Sahib Imtiaz, als sich Dr. Bhatia verabschiedet hatte. »Was haben sie mit Firoz gemacht?«

»Nichts sonderlich Aufregendes, Abba«, versuchte Imtiaz ihn zu beruhigen. »Sie haben die verletzten Teile des Darms herausgeschnitten und die gesunden Teile miteinander verbunden. Aber wir haben viele Meter davon, Firoz wird nichts vermissen.«

Seine Antwort klang flapsig und beruhigte seinen Vater keineswegs.

»Es ist also alles in Ordnung?« sagte der Nawab Sahib und sah Imtiaz aufmerksam ins Gesicht.

Imtiaz zögerte. »Seine Chancen stehen gut, Abba. Es hat keine Komplikationen gegeben. Die einzige Gefahr besteht jetzt in einer Infektion, aber die können wir heute viel besser behandeln als noch vor ein paar Jahren. Mach dir keine Sorgen. Ich bin sicher, er wird wieder gesund werden. Inshallah.«

17.16

Der Unterinspektor hätte die Spur von Firoz' Worten am nächsten Morgen verfolgt, hätte nicht die Spur seines Blutes bis ein paar Meter vor Saeeda Bais Tor geführt. Als er davon erfuhr, beschloß er, sofort zu handeln. Zusammen mit Bihari und einem weiteren Wachtmeister erschien er vor Saeeda Bais Tür. Der Wachmann, der von den anderen Polizisten bereits unter Drohungen verhört worden war und den die Ereignisse des Abends verwirrten und beunruhigten, hatte zugegeben, daß er früher am Abend sowohl den Nawabzada als auch Kapoor Sahib aus Prem Nivas als auch Dr. Bilgrami gesehen hatte.

»Wir müssen mit Saeeda Bai sprechen«, sagte der Unterinspektor.

»Daroga Sahib, warum warten Sie nicht bis morgen früh?« schlug der Wachmann vor.

»Haben Sie mich nicht verstanden?« sagte der Unterinspektor und strich sich wie ein Filmbösewicht über den Schnurrbart.

Der Wachmann klopfte und wartete. Niemand öffnete. Mit dem stumpfen Ende seines Speers schlug er ein paarmal gegen die Tür. Bibbo öffnete, sah die Polizisten, schlug die Tür sofort wieder zu und verriegelte sie.

»Laß uns auf der Stelle rein«, sagte der Unterinspektor, »oder wir brechen die Tür auf. Wir haben Fragen zu einem Mord.«

Bibbo öffnete erneut die Tür. Sie war leichenblaß. »Ein Mord?« sagte sie.

»Nun, ein Mordversuch. Du weißt, wovon wir sprechen. Leugnen ist sinnlos. Hätten wir nicht sofort reagiert, wäre der Sohn des Nawab Sahib jetzt tot. Vielleicht ist er aber auch trotzdem tot. Wir müssen mit dir sprechen.«

»Ich weiß nichts.«

»Er war heute abend hier und Kapoor auch.«

»Ach – Dagh Sahib«, sagte Bibbo und warf dem Wachmann, der die Achseln zuckte, mörderische Blicke zu.

»Ist Saeeda Bai noch wach?«

»Saeeda Bai schläft wie jeder anständige Bürger in Brahmpur um diese Zeit.«

Der Unterinspektor lachte auf. »Wie jeder anständige Bürger.« Wieder lachte er, und die zwei Wachtmeister taten es ihm gleich. »Weck sie auf. Wir müssen mit ihr sprechen. Hier. Es sei denn, sie will mit aufs Polizeirevier kommen.«

Bibbo traf eine schnelle Entscheidung. Erneut schloß sie die Tür und verschwand. Fünf Minuten später – der Unterinspektor stellte währenddessen dem Wachmann ein paar Fragen – kehrte sie zurück.

»Saeeda Begum wird sie oben empfangen. Aber sie ist heiser und kann nicht sprechen.« Saeeda Bais Zimmer war wie immer tadellos aufgeräumt, ein weißes Laken lag auf dem Boden. Die Obstschale und das Obstmesser waren verschwunden. Die drei Khakiuniformen bildeten einen absurden Kontrast zu dem Duft nach Rosenessenz.

Saeeda Bai hatte sich hastig in einen grünen Sari gekleidet. Um ihren Hals hatte sie eine Dupatta geschlungen. Ihre Stimme war nicht mehr als ein Krächzen, und sie vermied es zu sprechen. Ihr Lächeln jedoch war bezaubernd wie immer.

Zuerst bestritt sie, daß es eine Auseinandersetzung gegeben hatte. Aber als der Unterinspektor sie darauf hinwies, daß Firoz Prem Nivas erwähnt hatte und daß seine Anwesenheit nicht nur vom Wachmann bestätigt wurde, der seine gekrümmte Haltung beim Verlassen des Hauses beschrieben hatte, sondern auch durch eine deutlich sichtbare, unregelmäßig verlaufende Blutspur, sah sie ein, daß es keinen Sinn hatte zu leugnen. Sie gab zu, daß es zu einem Kampf gekommen war.

»Wo hat er stattgefunden?«

»In diesem Zimmer.«

»Warum ist hier kein Blut zu sehen?«

Saeeda Bai antwortete nicht.

»Wie sieht die Waffe aus?«

Saeeda Bai schwieg.

»Bitte, beantworten Sie die Fragen. Sonst müssen wir Sie aufs Revier mitnehmen und dort verhören. Morgen müssen Sie sowieso vorbeikommen und Ihre Aussage unterschreiben.«

»Es war ein Obstmesser.«

»Wo ist es?«

»Er hat es mitgenommen.«

»Wer? Der Täter oder das Opfer?«

»Dagh Sahib«, krächzte sie. Sie legte die Hände an den Hals und sah den Polizisten flehentlich an.

»Was hat Prem Nivas damit zu tun?«

Bibbo schaltete sich ein. »Bitte, Unterinspektor Sahib, Saeeda Begum kann kaum sprechen. Sie hat so viel gesungen, und in den letzten Tagen war das Wetter so schlecht, so viel Staub und Nebel, und jetzt ist sie fürchterlich heiser.«

»Was hat Prem Nivas damit zu tun?« beharrte der Unterinspektor.

Saeeda Bai schüttelte den Kopf.

»Dort lebt Kapoor, nicht wahr?«

Saeeda Bai nickte.

»Es ist das Haus des Ministers Sahib«, sagte Bibbo.

»Und was soll das Gerede von einer Schwester?« fragte der Unterinspektor.

Einen Augenblick lang versteifte sich Saeeda Bais Körper, dann begann sie zu zittern. Bibbo warf ihr einen harten, verständnislosen Blick zu. Saeeda Bai wandte sich ab. Ihre Schultern bebten, und sie weinte, aber sie sagte kein Wort.

»Was soll das Gerede von einer Schwester?« wiederholte der Polizist und gähnte.

Saeeda Bai schüttelte den Kopf.

»Haben Sie noch immer nicht genug?« rief Bibbo. »Haben Sie Saeeda Bai nicht schon genug gequält? Warum kann das nicht bis morgen warten? Wir werden uns beim Polizeichef über Sie beschweren. Anständige und respektable Bürger aus dem Bett zu holen ...«

Der Unterinspektor erwähnte nicht, daß ihm der Polizeichef aufgetragen hatte, diesen Fall wie jeden anderen, nur schneller und mit größerer Dringlichkeit zu behandeln. Auch unterdrückte er eine sarkastische Bemerkung über anständige und respektable Bürger, die in ihren Wohnzimmern mit Messern aufeinander losgingen.

Aber vielleicht konnten die Fragen an Saeeda Bai ja tatsächlich bis zum nächsten Tag warten. Der Ablauf des Geschehens war zwar noch nicht völlig geklärt, aber für den Unterinspektor lag es auf der Hand, daß Maan Kapoor, der jüngere Sohn von Mahesh Kapoor, den Nawabzada tätlich angegriffen hatte. Der Unterinspektor war sich jedoch nicht sicher, ob er noch in dieser Nacht versuchen sollte, ihn festzunehmen. Einerseits war Prem Nivas wie Baitar House eines der großen Häuser in Pasand Bagh, und Mahesh Kapoor war einer der großen Namen in Purva Pradesh. Wenn ein kleiner Unterinspektor diesen erlauchten Haushalt mitten in der Nacht aus dem Schlaf riß – und noch dazu mit dem Ziel, ein Familienmitglied zu verhaften -, dann konnte das als ungeheuerliche Unverschämtheit und Respektlosigkeit ausgelegt werden. Andererseits handelte es sich um einen äußerst ernsten Fall. Auch wenn das Opfer am Leben blieb, deutete alles auf versuchten Totschlag, vielleicht auf Mordversuch, jedenfalls auf schwere Körperverletzung hin.

Früher am Abend hatte er bereits mehrere Instanzen übersprungen, um mit dem Polizeichef persönlich zu telefonieren. Er konnte ihn jetzt nicht noch einmal aufwecken und um weitere Anweisungen bitten. Dem Unterinspektor ging ein anderer besorgniserregender Gedanke durch den Kopf und beeinflußte seine Entscheidung. In einem Fall wie diesem bestand die Gefahr, daß der Täter in Panik geriet und sich der Festnahme durch Flucht entzog. Er beschloß, ihn sofort zu verhaften.

17.17

›In Panik geraten und sich der Festnahme durch Flucht entziehen‹ war eine präzise Beschreibung dessen, was Maan tat. Er war nicht zu Hause. Um drei Uhr morgens wurde Prem Nivas aus dem Schlaf gerissen. Mahesh Kapoor war gerade erst in die Stadt zurückgekehrt, erschöpft und reizbar. Zuerst wollte er die Polizei aus dem Haus werfen. Aber seine Empörung verwandelte sich in Ungläubigkeit und schließlich in Entsetzen und Besorgnis. Er ging, um Maan zu holen, aber sein Zimmer war leer. Mrs. Mahesh Kapoor – außer sich vor Entsetzen über das, was Firoz zugestoßen war, aber genauso vor Sorge um ihren

Sohn – wanderte durch das Haus, ohne zu wissen, was sie tun würde, sollte sie ihn finden. Ihr Mann jedoch hatte klare Ansichten. Er würde mit der Polizei zusammenarbeiten. Er war überrascht, daß nicht ein ranghöherer Beamter gekommen war, aber dafür waren wohl die späte Stunde und die Plötzlichkeit der Ereignisse ausschlaggebend.

Er gestattete den Polizisten, Maans Zimmer zu durchsuchen. Das Bett war unberührt. Es fand sich nichts, was auch nur im entferntesten einer Waffe ähnelte.

»Haben Sie irgend etwas von Interesse gefunden?« fragte Mahesh Kapoor. Er dachte an die Durchsuchungen und Verhaftungen, die Prem Nivas und er zu Zeiten der Briten über sich hatten ergehen lassen müssen.

Der Unterinspektor schaute sich so rasch wie möglich um, entschuldigte sich vielmals und ging wieder. »Wenn Maan Kapoor zurückkommt, würde ihm dann der Minister Sahib ausrichten, er möge sich auf dem Polizeirevier von Pasand Bagh melden? Es wäre besser, wenn wir nicht noch einmal kommen müßten«, sagte er. Mahesh Kapoor nickte. Er war wie vor den Kopf gestoßen, aber er reagierte gelassen und wie stets sarkastisch.

Als die Polizei gegangen war, versuchte er seine Frau mit dem Gedanken zu trösten, daß ein Irrtum vorliegen müsse. Aber Mrs. Mahesh Kapoor war davon überzeugt, daß tatsächlich irgendein Unheil geschehen war – und daß Maan es in seinem Ungestüm heraufbeschworen hatte. Sie wollte sofort ins Krankenhaus gehen, um sich nach Firoz zu erkundigen, aber Mahesh Kapoor riet ihr, bis zum Morgen zu warten. Und bei ihrem Gesundheitszustand war es vielleicht besser, sie würde Firoz vorerst überhaupt nicht sehen.

»Wenn er nach Hause kommt, dürfen wir ihn nicht verraten«, sagte sie.

»Red keinen Blödsinn«, sagte Mahesh Kapoor ungeduldig. Dann schüttelte er den Kopf. »Du solltest ins Bett gehen.«

»Ich kann nicht schlafen.«

»Dann bete eben«, sagte Mahesh Kapoor ungehalten. »Aber zieh dich warm an. Dein Husten klingt schlimm. Morgen früh werde ich einen Arzt rufen.«

»Ruf einen Anwalt für ihn, nicht einen Arzt für mich«, sagte Mrs. Mahesh Kapoor weinend. »Können wir ihn nicht auf Kaution freibekommen?«

»Er ist noch nicht einmal verhaftet worden«, erwiderte Mahesh Kapoor. Dann fiel ihm etwas ein. Obwohl es mitten in der Nacht war, rief er den mittleren Bebrillten Bannerji an und erkundigte sich nach den Bedingungen für eine Kaution. Dem Anwalt war es lästig, zu dieser Stunde geweckt zu werden, aber als er Mahesh Kapoors Stimme erkannte und hörte, was laut Polizeibericht geschehen war, tat er sein Bestes, um die Sachlage zu erklären.

»Das Problem, Kapoor Sahib, besteht darin, daß weder versuchter Mord noch schwere Körperverletzung mit einer gefährlichen Waffe Vergehen sind, für die man auf Kaution freigelassen wird. Ist es wahrscheinlich oder vielmehr möglich, daß es sich um eine weniger schwere Körperverletzung handelt? Oder um versuchten Totschlag? Das sind Vergehen, bei denen Freilassung auf Kaution möglich ist.«

»Ich verstehe«, sagte Mahesh Kapoor.
»Oder einfach eine Verletzung?«
»Nein, ich glaube, das ist ausgeschlossen.«
»Sie sagten, ein Unterinspektor war bei Ihnen. Nicht einmal ein Inspektor. Das erstaunt mich.«
»Tja, so war es.«
»Vielleicht sollten Sie mit dem stellvertretenden Polizeichef oder dem Polizeichef selbst reden, um die Sache zu klären.«
»Danke für Ihre Erläuterungen und Vorschläge«, sagte Mahesh Kapoor etwas mißbilligend. »Entschuldigen Sie, daß ich Sie um diese Uhrzeit geweckt habe.«
»Keine Ursache, wirklich keine Ursache. Sie können mich zu jeder Tages- und Nachtzeit anrufen.«
Als er in sein Zimmer kam, fand Mahesh Kapoor seine Frau betend vor, und er wünschte, er könnte ebenfalls beten. Er hatte seinen leichtfertigen Sohn immer gemocht, aber erst während der letzten Wochen war ihm klargeworden, wie sehr er ihn liebte.
Wo bist du? dachte er gereizt und aufgebracht. Tu um Gottes willen nicht etwas noch Dümmeres als das, was du schon getan hast. Auf diesen Gedanken hin verflog seine Gereiztheit, und statt dessen empfand er eine große Angst um seinen Sohn und um den Sohn seines Freundes.

17.18

Maan war in den Nebel verschwunden und im Bahnhof von Brahmpur wieder aufgetaucht. Er wußte, daß er aus der Stadt wegmußte. Er war betrunken und sich nicht sicher, warum er fliehen mußte. Aber Firoz hatte zu ihm gesagt, er solle fliehen, und Bibbo auch. Er erinnerte sich an das, was passiert war. Es war schrecklich. Er konnte nicht glauben, was er getan hatte. Er hatte ein Messer in der Hand gehalten. Und dann hatte sein Freund auf dem Boden gelegen, verletzt und blutend. Verletzt? Aber Firoz – Firoz – daß er und Saeeda Bai – Maan durchlebte noch einmal das ganze Elend seiner Gefühle. Mehr als alles andere quälte ihn der Betrug. »Es ist nicht meine *Schwester*, in die er verliebt ist.« Er dachte an die nahezu hysterischen Worte, und ihm wurde bewußt, wie sehr Saeeda Bai von Firoz besessen sein mußte. Und wieder schalt er sich, weil er sich von seiner Liebe zu ihr und zu seinem Freund hatte hinters Licht führen lassen. Oh, was für ein Idiot bin ich, dachte er. Was für ein Idiot. Er sah an sich hinunter. Nirgendwo war Blut, nicht einmal auf seinem Bundi. Er sah seine Hände an.

Er kaufte eine Fahrkarte nach Benares. Am Schalter brach er fast in Tränen aus, und der Fahrkartenverkäufer warf ihm einen sonderbaren Blick zu.

Im Zug bot er den Rest aus seiner Whiskyflasche einem jungen Mann an, der zufällig wach war. Der Mann schüttelte den Kopf. Maan betrachtete das Schild neben der Notbremse – *Im Gefahrenfall Notbremse ziehen* – und begann heftig zu zittern. Als der Zug in Benares einfuhr, schlief er. Der junge Mann weckte ihn und erinnerte ihn daran, daß er aussteigen mußte.

»Ich werde nie vergessen, wie freundlich Sie zu mir waren – nie«, sagte Maan, als der Zug wieder anfuhr.

Es dämmerte. Er ging an den Ghats spazieren, sang ein Bhajan vor sich hin, das ihm seine Mutter beigebracht hatte, als er zehn Jahre alt war. Dann ging er zu dem Haus, in dem seine Verlobte lebte, und hämmerte gegen die Tür. Die guten Menschen wachten erschrocken auf. Als sie Maan sahen, wurden sie wütend, schickten ihn weg und rieten ihm, sich in der Öffentlichkeit nicht so aufzuführen. Als nächstes suchte er Leute auf, die ihm Geld schuldeten. Sie waren nicht versessen darauf, ihn zu sehen. »Ich habe meinen Freund umgebracht«, sagte Maan. »Unsinn«, erwiderten sie.

»Ihr werdet schon sehen – es wird in der Zeitung stehen«, sagte Maan gequält. »Bitte, versteckt mich ein paar Tage.«

Sie hielten das für einen guten Witz. »Was machst du in Benares?« fragten sie. »Bist du geschäftlich hier?«

»Nein«, sagte Maan.

Dann hielt er es nicht länger aus. Er ging zum nächsten Polizeirevier und stellte sich.

»Ich bin der Mann – ich ...« sagte er, war aber kaum in der Lage, zusammenhängend zu sprechen.

Die Polizisten hörten ihm eine Weile zu, dann wurden sie ärgerlich, und schließlich begannen sie sich zu fragen, ob an seiner Geschichte nicht doch etwas Wahres sei. Sie versuchten, in Brahmpur anzurufen, kamen aber nicht durch. Dann schickten sie ein Telegramm. »Bitte warten Sie«, sagten sie zu Maan. »Wir verhaften Sie, wenn wir können.«

»Ja, ja«, sagte Maan. Er hatte großen Hunger. Außer ein paar Tassen Tee hatte er den ganzen Tag über nichts zu sich genommen.

Endlich traf auf dem Polizeirevier die Nachricht ein, daß der jüngere Sohn des Nawab Sahib von Baitar schwer verletzt in der Cornwallis Road gefunden worden und Maan Kapoor der Hauptverdächtige war. Sie sahen Maan an, als ob er verrückt wäre, und verhafteten ihn. Ein paar Stunden später legten sie ihm Handschellen an und setzten ihn in Begleitung zweier Wachtmeister in einen Zug zurück nach Brahmpur.

»Warum haben Sie mir Handschellen angelegt? Was habe ich getan?« fragte Maan.

Der verantwortliche Polizist hatte Maan so satt, war so verärgert über die unnötige Arbeit, die er ihnen verursacht hatte, und so wütend über seinen absurden Protest, daß er ihn am liebsten verprügelt hätte. »Das verlangen die Vorschriften«, sagte er.

Mit den Wachtmeistern kam Maan besser aus.

»Vermutlich müssen Sie ganz wachsam sein, damit ich nicht fliehe«, sagte er. »Damit ich mich nicht befreie und aus dem Zug springe.«

Die Wachtmeister lachten gut gelaunt. »Sie werden nicht fliehen«, sagten sie.

»Wie können Sie das wissen?«

»Ach, Sie können gar nicht fliehen«, sagte einer. »Das Schloß der Handschellen ist oben, so daß Sie es nicht aufbrechen können, indem Sie damit auf – auf das Fenstergitter zum Beispiel schlagen. Wenn Sie auf die Toilette müssen, sollten Sie uns Bescheid sagen.«

»Wir halten unsere Handschellen gut in Schuß«, sagte der andere.

»Ja, wenn wir sie nicht brauchen, schließen wir sie nicht ab. Damit die Federn nicht ausleiern.«

»Denn das darf nicht sein. Warum haben Sie sich gestellt? Sind Sie wirklich der Sohn von einem Minister?«

Maan schüttelte niedergeschlagen den Kopf. »Ja, ja«, sagte er und schlief ein.

Er träumte von einer stämmigen Victoria mit Krampfadern, ähnlich der auf dem Porträt im Speisezimmer von Baitar Fort. Nebeneinander legte sie ihre königlichen Insignien ab und rief ihn verführerisch zu sich. »Ich habe etwas vergessen«, sagte sie. »Ich muß zurück.« Der Traum war unerträglich beunruhigend. Er erwachte. Beide Wachtmeister schliefen, obwohl es noch früh am Abend war. Als der Zug sich Brahmpur näherte, wachten sie instinktiv auf und lieferten ihn bei den Polizisten vom Revier in Pasand Bagh ab, die sie auf dem Bahnsteig erwarteten.

»Was machen Sie jetzt?« fragte Maan seine Begleiter.

»Wir fahren mit dem nächsten Zug zurück«, erwiderten sie.

»Besuchen Sie uns, wenn Sie wieder einmal in Benares sind«, sagte einer.

Maan lächelte seine neuen Begleiter an, aber sie waren weit weniger gut gelaunt als die alten. Besonders der schnurrbärtige Unterinspektor wirkte sehr ernst. Im Polizeirevier gab man ihm eine dünne graue Decke und sperrte ihn in die Arrestzelle. Es war ein kleiner, kalter, dreckiger, vergitterter Raum mit einer Jutematte auf dem Boden – ohne Stroh, Matratze oder Kissen. Es stank. Als Toilette stand ein großer Eimer in einer Ecke. Der andere Mann in der Zelle sah tuberkulös aus und war betrunken. Aus blutunterlaufenen Augen starrte er mit gehetztem Blick erst die Polizisten an und dann, nachdem sie wieder gegangen waren, Maan.

Der Unterinspektor entschuldigte sich mit knappen Worten bei Maan. »Heute nacht müssen Sie hierbleiben«, sagte er. »Morgen wird sich entscheiden, ob Sie in Untersuchungshaft müssen. Wenn wir eine ordentliche Aussage von Ihnen bekommen, müssen wir Sie nicht lange hierbehalten.«

Maan setzte sich auf die Jutematte und schlug die Hände vors Gesicht. Einen Augenblick lang stellte er sich den Duft von Rosenessenz vor, dann begann er, bitterlich zu weinen. Mehr als alles andere bereute er den letzten Tag. Wenn ich es nur nie erfahren hätte, dachte er. Wenn ich es nur nie erfahren hätte.

17.19

Abgesehen von Firoz, der noch immer bewußtlos war, befanden sich zwei Männer in dem Krankenhauszimmer. Einer von ihnen war ein stellvertretender Unterinspektor, der immer wieder einnickte, weil es nichts gab, was er hätte notieren können; die Polizei bestand auf seiner Anwesenheit, und das Krankenhaus hatte sich einverstanden erklärt. Der andere war der Nawab Sahib. Imtiaz als Arzt durfte kommen, wann immer er wollte, und schaute ab und zu vorbei. Aber es war der Nawab Sahib, der am Bett seines Sohnes Wache hielt. Sein Dienstbote Ghulam Rusool hatte einen Passierschein, damit er ihm täglich Essen und Kleidung zum Wechseln bringen konnte. Auf eigenen Wunsch schlief der Nawab Sahib nachts auf einer Couch im selben Zimmer; er bestand darauf, daß ihm das nichts ausmache. Er war daran gewöhnt, selbst im Winter mit nur einer Decke zu schlafen. Zu den vorgeschriebenen Zeiten entrollte er einen kleinen Teppich auf dem Boden und betete.

Am ersten Tag durfte niemand zu Firoz, nicht einmal zur Besuchszeit. Imtiaz schleuste Zainab ins Krankenhaus; sie trug den Purdah. Als sie Firoz sah – sein blasses Gesicht, das dichte lockige Haar, das auf der Stirn klebte, den Tropf mit Kochsalzlösung und die Kanüle, die in der Beuge seines rechten Arms (und nicht mehr in seinem Knöchel) steckte –, war sie so betroffen, daß sie beschloß, ihre Kinder erst mitzubringen, wenn es ihm besserging. Es wäre auch nicht gut für sie, ihren Großvater so verzweifelt und niedergeschlagen zu sehen. Aber so durcheinander sie auch war – sie war doch davon überzeugt, daß Firoz wieder gesund werden würde. Es war der normalerweise so optimistische Imtiaz, der an die möglichen Komplikationen dachte und sich Sorgen machte.

Wer immer den Polizisten ablöste, brachte dem Nawab Sahib gewöhnlich Neuigkeiten vom Polizeirevier mit. Er wußte mittlerweile, daß Firoz nicht von einem Fremden auf der Straße angegriffen worden war, sondern daß bei Saeeda Bai ein Kampf zwischen Firoz und Maan stattgefunden hatte und daß es Maan gewesen war, der ihn beinahe umgebracht hatte. Er hatte es zuerst nicht glauben wollen. Aber Maan war verhaftet worden und hatte gestanden, und der Nawab Sahib mußte es glauben.

Bisweilen stand er auf und tupfte Firoz' Stirn mit einem Handtuch ab. Er nannte ihn bei seinem Namen, nicht so sehr um ihn aufzuwecken, als vielmehr um sich zu vergewissern, daß der Name noch immer zu jemandem gehörte, der lebte. Er erinnerte sich an Firoz' Kindheit und dachte an seine Frau, der er so ähnlich sah. Mehr noch als Zainab erinnerte ihn Firoz an sie. Dann wieder machte er sich Vorwürfe, daß er Firoz' Besuche bei Saeeda Bai nicht verhindert hatte. Er wußte noch aus seiner eigenen Jugend, welche Anziehungskraft solche Häuser ausübten. Aber seit dem Tod seiner Frau war es ihm immer schwerer gefallen, mit seinen Kindern zu sprechen; die Bibliothek war mehr und mehr zu seiner Welt geworden. Nur einmal hatte er seinen Sekretär angewiesen, Firoz keine leichte Ausrede zu liefern, dorthin zu gehen. Wenn ich es Firoz nur ausdrücklich verboten hätte, dachte er. Aber was hätte es schon genützt? In Maans Gesellschaft wäre er so oder so hingegangen – dieser leichtfertige junge Mann hätte sich um die Bitten des Vaters seines Freundes noch weniger gekümmert als um die seines eigenen Vaters.

Ab und zu, wenn er den Ärzten zuhörte und in Imtiaz' besorgtes Gesicht blickte, wenn der sich mit ihnen beriet, hatte der Nawab Sahib das Gefühl, er würde seinen Sohn verlieren. Dann überwältigte ihn Verzweiflung, und in seiner Verbitterung wünschte er Maan – und sogar seiner Familie – alles nur erdenkliche Schlechte. Er wünschte, daß Maan so leiden müßte, wie sein Sohn litt. Er konnte sich nicht vorstellen, was Firoz getan haben sollte, damit ein Freund, von dem er geglaubt hatte, daß er ihn liebte, mit dem Messer auf ihn losging.

Wenn er betete, schämte er sich dieser Gefühle, aber er konnte sie nicht unterdrücken. Daß Maan einst seinem Sohn das Leben gerettet hatte, schien zu etwas Vagem, längst Vergangenem geworden zu sein und hatte in seiner jetzigen Qual fast jegliche Bedeutung verloren.

Seine Verbindung mit Saeeda Bai war in seinem Bewußtsein so tief versunken, daß er, wenn er an sie dachte, nicht automatisch auch an sich selbst dachte. Er wußte nicht, wo und wie sie bei diesen Ereignissen ins Spiel kam. Was sie betraf, so hatte er kaum Angst und dachte nicht an die Möglichkeit, daß die Vergangenheit wieder ans Licht gezerrt werden könnte. Daß er sie und ihre Tochter, von der sie behauptete, daß sie auch seine sei, unterstützte, empfand er als Pflicht, die zu erfüllen ihm der Anstand gebot, und als Buße für eine alte, halb vergessene Sünde. Sie hatte erklärt, ihrerseits niemandem zu erzählen, was vor zwei Jahrzehnten zwischen einem verheirateten, fast vierzigjährigen Mann und einem fünfzehnjährigen Mädchen passiert war. Dem Kind, das geboren wurde, war nie etwas anderes gesagt worden, als daß es Saeeda Bais jüngere Schwester sei; das zumindest hatte man dem Nawab Sahib zu verstehen gegeben. Abgesehen von Saeeda Bai selbst hatte nur ihre Mutter den wahren Sachverhalt gekannt, und sie war seit langem tot.

Firoz sprach jetzt ein paar Worte, und so unzusammenhängend sie auch waren, in den Ohren seines Vaters klangen sie wunderbar wie die Worte von jemandem, der von den Toten auferstanden war. Er zog seinen Stuhl näher ans Bett und nahm Firoz' linke Hand. Sie war beruhigend warm. Auch der Polizist wurde wieder aufmerksam. »Was hat Ihr Sohn gesagt, Nawab Sahib?« fragte er.

»Ich weiß es nicht«, sagte der Nawab Sahib lächelnd. »Aber es scheint mir ein gutes Zeichen zu sein.«

»Etwas von seiner Schwester, glaube ich«, sagte der Polizist, der den Bleistift gezückt in der einen und ein jungfräuliches Blatt Papier in der anderen Hand hielt.

»Sie war hier, bevor Sie Ihren Kollegen abgelöst haben«, sagte der Nawab Sahib. »Aber das arme Mädchen war so entsetzt über seinen Zustand, daß sie nicht lange geblieben ist.«

»Tasneem ...« Es war Firoz' Stimme.

Der Nawab Sahib hörte es und zuckte zusammen. Das war ihr Name, der Name von Saeeda Bais Tochter. Firoz hatte ihn mit erschreckender Zärtlichkeit ausgesprochen.

Der Polizist notierte, was immer Firoz sagte.

Der Nawab Sahib blickte in plötzlicher Angst zur Decke empor. Eine Eidechse lief in einem Zickzackkurs über die Wand, hielt an, lief weiter. Er starrte sie wie hypnotisiert an.

»Tasneem ...«

Der Nawab Sahib seufzte ganz langsam, als ob die Anstrengung, ein- und auszuatmen, plötzlich ungeheuer schmerzhaft geworden wäre. Er ließ Firoz' Hand los und faltete seine eigenen Hände, ohne es zu merken. Dann ließ er sie zu seinen Seiten herunterfallen.

In seiner Angst versuchte er, die Worte zu interpretieren. Sein erstes Gefühl war, daß Firoz die Wahrheit oder einen Teil der Wahrheit erfahren hatte. Dieser Gedanke verursachte ihm einen so großen Schmerz, daß er sich auf dem Stuhl zurücklehnen und die Augen schließen mußte. Er sehnte sich danach, daß sein Sohn die Augen öffnete und ihn neben sich sitzen sah. Aber auf einmal haftete dieser Vorstellung ein fürchterlicher Schrecken an. Wenn er die Augen aufschlägt und mich hier sitzen sieht, was wird er dann zu mir sagen und was ich zu ihm?

Dann fielen ihm die Notizen ein, die der Polizist pflichtbewußt machte. Was würde passieren, wenn jemand anders die Fragmente zu einem Ganzen zusammensetzte? Oder wenn sie von derselben Person von der Vergangenheit erfuhren, von der auch Firoz sie erfahren hatte? Dinge, die längst begraben waren, würden ans Licht kommen, und Dinge, die so wenig bekannt waren, daß sie kaum noch existierten, würden zum allgemeinen Tagesgespräch.

Aber vielleicht hatte ja niemand ein Wort gesagt. Vielleicht wußte Firoz gar nichts. Der Nawab Sahib dachte, daß vielleicht nur er, weil er sich schuldig fühlte, ein paar harmlose Teile zu einem schreckenerregenden Ganzen zusammengefügt hatte. Vielleicht hatte Firoz das Mädchen nur bei Saeeda Bai gesehen.

»Im Namen Allahs, des Erbarmers, des Barmherzigen«, begann er eilig.

> »Lob sei Allah, dem Weltenherrn,
> dem Erbarmer, dem Barmherzigen,
> dem König am Tag des Gerichts!
> Dir dienen wir und zu Dir rufen wir um Hilfe;
> leite uns den rechten Pfad ...«

Der Nawab Sahib hielt inne. Falls Firoz tatsächlich nichts wissen sollte, dann war das noch lange kein Grund aufzuatmen. Er würde es erfahren müssen. Man würde es ihm sagen müssen. Die Alternative dazu war zu entsetzlich, um auch nur daran zu denken. Und er selbst würde es ihm sagen müssen.

17.20

Varun studierte mit großem Interesse die Rennergebnisse im *Statesman*. Uma, von Savita auf dem Arm getragen, hatte eine Handvoll von Varuns Haar zu fassen bekommen und zog daran, was Varun jedoch nicht weiter störte. Ihre Zunge spitzte zwischen ihren Lippen hervor.

»Sie wird eine Klatschbase werden, wenn sie groß ist«, sagte Mrs. Rupa Mehra. »Eine richtige kleine Chugal-khor. Über wen wird sie Klatschgeschichten erzählen? Über wen wird sie Klatschgeschichten erzählen? Schaut euch ihre kleine Zunge an.«

»Au!« sagte Varun.

»Laß los, Uma«, sagte Savita etwas vorwurfsvoll. »Manchmal macht sie mir schon zu schaffen, Ma. Normalerweise ist sie so friedlich, aber letzte Nacht hat sie ständig geweint. Heute morgen habe ich dann gemerkt, daß sie naß war. Wie kann man unterscheiden, ob sie aus Wut weint oder aus einem ernst zu nehmenden Grund?«

Mrs. Rupa Mehra ließ nichts auf Uma kommen. »Es gibt Babys, die schreien jede Nacht mehrmals, bis sie zwei Jahre alt sind. Nur Eltern von solchen Kindern haben wirklich Grund zum Jammern.«

»Ich bin kein Schrei-Baby, oder?« fragte Aparna ihre Mutter.

»Nein, Schätzchen«, sagte Meenakshi und blätterte in den *Illustrated London News*. »Spiel mit dem Baby.«

Wenn Meenakshi überhaupt darüber nachdachte, dann konnte sie immer noch nicht ganz verstehen, wie aus Uma so ein kräftiges Kind geworden war. Schließlich war sie in Brahmpur in einem Krankenhaus geboren worden, in dem – zumindest war das Meenakshis Meinung – die Sepsis nur so gärte.

Aparna hielt ihren Kopf seitlich über Uma, so daß ihre Augen auf einer vertikalen Linie lagen. Das gefiel Uma, und sie grinste Aparna an. Gleichzeitig zog sie an Varuns Haar.

»Cracknell hat's schon wieder geschafft«, murmelte Varun vor sich hin. »Auf Eastern Sea im King George VI Cup. Mit nur einer halben Länge.«

Uma griff nach der Zeitung und zog sie zu sich. Varun versuchte, ihren Griff zu lösen. Dafür bekam sie seinen Finger zu fassen.

»Hast du auf den Sieger gesetzt?« fragte Pran.

»Nein«, sagte Varun und blickte düster drein. »Das brauchst du gar nicht zu fragen. Glück haben immer nur die anderen. Mein Pferd wurde Vierter nach Orcades und Fair Ray.«

»Was für sonderbare Namen«, sagte Lata.

»Orcades heißt ein Schiff der Oriental Line«, sagte Meenakshi träge. »Ich freue mich so auf England. Ich werde Amits College in Oxford besuchen. Und einen Herzog heiraten.«

Aparna hob den Kopf. Sie fragte sich, was ein Herzog war.

Mrs. Rupa Mehra hätte gerne auf Meenakshis Spielart von Idiotie verzichtet. Ihr hart arbeitender älterer Sohn rackerte wie ein Sklave, um die Familie zu unterstützen, und in seiner Abwesenheit machte seine hohlköpfige Frau geschmacklose Witze. Sie hatte einen schlechten Einfluß auf Lata.

»Du bist bereits verheiratet«, rief Mrs. Rupa Mehra ihr in Erinnerung.

»Ach ja, wie albern von mir«, sagte Meenakshi. Sie seufzte. »Ich wünschte nur, irgend etwas Aufregendes würde passieren. Nie passiert irgendwas. Und ich habe mich so darauf gefreut, daß 1952 etwas passiert.«

»Es ist ein Schaltjahr«, sagte Pran ermutigend.

Varun war mit den Rennergebnissen fertig und blätterte um. Plötzlich rief er: »Mein Gott!« in einem so entsetzten Tonfall, daß ihn alle ansahen. »Pran, dein Bruder ist verhaftet worden.«

Prans erste Regung war, auch das für einen geschmacklosen Witz zu halten, aber etwas in Varuns Stimme veranlaßte ihn, nach der Zeitung zu greifen. Uma versuchte, sie unterwegs festzuhalten, aber Savita verhinderte es. Während Pran die wenigen Zeilen unter der Überschrift ›Brahmpur, 5. Januar‹ las, wurde seine Miene zunehmend angespannt.

»Was ist los?« fragten Savita, Mrs. Rupa Mehra und Lata fast gleichzeitig. Sogar Meenakshi hob erstaunt das matte Gesicht.

Pran schüttelte aufgeregt den Kopf. Schnell und schweigend las er von dem Anschlag auf Firoz – und von seinem immer noch kritischen Zustand. Nie und nimmer hatte er mit einer so schlechten Nachricht gerechnet. Niemand hatte aus Brahmpur angerufen oder ein Telegramm geschickt, um ihn zu informieren, zu warnen oder zur Heimkehr aufzufordern. Vielleicht war sein Vater noch unterwegs in seinem neuen Wahlkreis. Nein, dachte Pran. Er hätte innerhalb von Stunden davon erfahren und wäre sofort nach Brahmpur zurückgekehrt. Vielleicht hatte er auch versucht, in Kalkutta anzurufen, und war nicht durchgekommen.

»Wir müssen sofort zurück nach Brahmpur«, sagte er zu Savita.

»Aber was ist denn passiert, Liebling?« fragte Savita höchst beunruhigt. »Sie haben Maan doch nicht wirklich verhaftet? Und warum? Was steht in der Zeitung?«

Pran las ein paar Zeilen laut vor, schlug sich mit der Hand an die Stirn und sagte: »Dieser Idiot – dieser arme, verrückte, fahrlässige Idiot! Arme Ammaji. Baoji hat immer gesagt ...« Er hielt kurz inne. »Ma, Lata, ihr solltet hierbleiben ...«

»Nein, Pran«, sagte Lata besorgt. »In zwei Tagen würden wir sowieso nach Brahmpur zurückfahren. Wir fahren zusammen. Wie schrecklich. Der arme Maan – bestimmt gibt es eine Erklärung –, das kann er nicht getan haben. Es muß ...«

Mrs. Rupa Mehra dachte zuerst an Mrs. Mahesh Kapoor, dann an den Nawab Sahib, und Tränen stiegen ihr in die Augen. Aber Tränen, das wußte sie, waren nicht hilfreich, und sie riß sich unter Mühen zusammen.

»Wir fahren direkt zum Bahnhof«, sagte Pran, »und versuchen, Fahrkarten für den nächsten Zug zu bekommen. Wir haben nur eineinhalb Stunden, um unsere Sachen zu packen.«

Uma lallte glücklich vor sich hin. Meenakshi erklärte sich bereit, sie zu nehmen und Arun im Büro anzurufen.

17.21

Als die Wirkung der Narkose nachließ und Firoz aufwachte, schlief sein Vater. Zuerst wußte er nicht, wo er war – dann bewegte er sich und spürte einen fürchterlichen stechenden Schmerz in der Seite. Er bemerkte die Kanüle in seinem Arm und drehte den Kopf nach rechts. Neben ihm saß ein in Khaki gekleideter Polizist mit einem Notizbuch in der Hand schlafend auf einem Stuhl. Das Licht einer matten Lampe fiel auf sein verträumtes Gesicht.

Firoz biß sich auf die Lippe, versuchte den Schmerz zu verstehen, das Krankenhauszimmer und warum er hier war. Es hatte eine Auseinandersetzung gegeben – Maan hatte ein Messer und rammte es ihm in den Bauch. Irgendwie hatte auch Tasneem etwas damit zu tun. Jemand schlang ihm ein Schultertuch um. Sein Spazierstock war klebrig von Blut. Dann war eine Tonga aus dem Nebel aufgetaucht. Alles andere lag im dunkeln.

Das Gesicht seines Vaters zu sehen störte ihn sehr. Er verstand nicht, warum. Irgend jemand hatte etwas gesagt – er konnte sich im Augenblick nicht daran erinnern, was – irgend etwas über seinen Vater. Seine Erinnerung an das, was vorgefallen war, glich der Landkarte eines unerforschten Kontinents: die Ränder waren deutlicher als das Innere. Und doch war in diesem Inneren etwas, wovor er zurückschreckte, sobald er sich näherte. Denken war anstrengend. Immer wieder versank er in einer stillen Dunkelheit, um jedesmal kurz darauf in der Gegenwart wieder aufzuwachen.

Er bemerkte eine Eidechse an der Wand ihm gegenüber – eine der ständigen Bewohnerinnen dieser Station. Firoz fragte sich, wie es war, eine Eidechse zu sein – auf welch seltsamen Flächen sie lebte, auf denen sie mehr Kraft brauchte, um in die eine Richtung zu gehen als in die andere. Er starrte noch immer auf die Eidechse, als er hörte, wie der Polizist zu ihm sagte: »Ah, Sahib, Sie sind aufgewacht.«

»Ja«, hörte Firoz sich sagen. »Ich bin aufgewacht.«

»Fühlen Sie sich in der Lage, eine Aussage zu machen?«

»Aussage?«

»Ja. Der Täter wurde verhaftet.«

Firoz starrte auf die Wand. »Ich bin müde. Ich will noch ein bißchen schlafen.«

Der Nawab Sahib war vom Klang der Stimme seines Sohnes aufgewacht.

Schweigend sah er Firoz an, und Firoz sah ihn an. Der Vater schien den Sohn inständig um etwas zu bitten, der Sohn runzelte unglücklich die Stirn und schien sich zu konzentrieren. Dann schloß er die Augen. Der Nawab Sahib war verblüfft und verwirrt.

»Ich glaube, in einer Stunde wird er deutlich sprechen können«, sagte der Polizist. »Es ist wichtig, daß er so bald wie möglich seine Aussage macht.«

»Bitte, stören Sie ihn nicht«, sagte der Nawab Sahib. »Er sieht müde aus und muß sich ausruhen.«

Der Nawab Sahib stand auf und schritt im Zimmer auf und ab. Firoz schlief fest und sprach nicht im Schlaf. Nach ungefähr einer Stunde wachte er erneut auf.

»Abba«, sagte er.

»Ja, Sohn.«

»Abba – es gibt da etwas ...«

Sein Vater schwieg.

»Was ist passiert?« fragte Firoz plötzlich. »Ist Maan auf mich losgegangen?«

»Es scheint so. Sie haben dich in der Cornwallis Road gefunden. Erinnerst du dich, was passiert ist?«

»Ich versuche es ...«

Der Polizist schaltete sich ein. »Erinnern Sie sich daran, was bei Saeeda Bai passiert ist?«

Firoz sah, wie sein Vater erschrak, als der Polizist den Namen erwähnte, und plötzlich sah er das gleißende Innere vor sich, das er versucht hatte zu berühren, dem er sich hatte nähern, an das er sich hatte erinnern wollen. Er wandte sich seinem Vater zu und schaute ihn mit einem Ausdruck des Schmerzes und des Vorwurfs an, der dem alten Mann ins Herz schnitt. Er konnte dem Blick seines Sohnes nicht standhalten und sah weg.

17.22

Im Angesicht der Katastrophe war Saeeda Bai nicht müßig geblieben. Trotz des Schreckens und des Schocks, die Maans tätlicher Angriff auf sie und Firoz verursacht hatte, war es ihr und Bibbo nach dem ersten Entsetzen gelungen, einen kühlen Kopf zu bewahren. Das Haus mußte geschützt und Maan vor den Folgen seiner eigenen Taten bewahrt werden. Das Gesetz mochte die Dinge definieren, wie es wollte, aber Saeeda Bai wußte, daß Maan kein Verbrecher war. Und sie gab auch sich selbst und ihrer Erregbarkeit die Schuld an diesem tragischen Ausbruch von Gewalt.

Nachdem Dr. Bilgrami sie untersucht hatte, vergaß sie die Sorge um sich selbst völlig. Ihr Leben war nicht bedroht; was mit ihrer Stimme passieren würde, lag in Gottes Hand. Was Tasneem anbelangte, spürte sie jedoch den Würgegriff kalter Angst. Das Kind, das sie in Furcht und Schrecken empfangen, voll Scham ausgetragen und unter Schmerzen geboren hatte, trug den Namen der paradiesischen Quelle, die alles Vergangene auslöschen und Qual in stillen Frieden verwandeln konnte. Aber jetzt klopften die Vergangenheit und die Qual an die Tür der Gegenwart. Wieder einmal sehnte sich Saeeda Bai nach dem Rat und dem Trost ihrer Mutter. Mohsina Bai war eine härtere, unabhängigere Frau als Saeeda Bai gewesen; ohne ihren Mut und ihre Beharrlichkeit wäre Saeeda Bai nur eine weitere alternde und verarmte Hure in der Tarbuz-ka-Bazaar geworden – und Tasneem eine jüngere Version von ihr.

In der Nacht des Unglücks war sie zu Hause geblieben, hatte halb mit einem Besuch der Polizei oder einer Nachricht vom Nawab Sahib gerechnet, war vor Angst und Schmerzen fast verrückt geworden und hatte dafür gesorgt, daß ihr Zimmer, die mit Blut besudelte Treppe und das ganze Haus so aussahen, als wäre nichts passiert. Schlaf, hatte sie sich gesagt, schlaf; und wenn du nicht schlafen kannst, dann lieg still und tu so, als sei es eine Nacht wie jede andere. Aber Ruhelosigkeit hatte sie überwältigt. Am liebsten hätte sie auf den Knien jeden Blutstropfen auf der Straße vor ihrem Haus eigenhändig weggewischt.

Was den Mann betraf, aus dessen Bauch das Blut geflossen war und dessen Gesicht sie nicht an seine Mutter – die sie nie gesehen hatte –, sondern auf beunruhigende Weise an seinen Vater erinnerte, so empfand Saeeda Bai nichts als Kälte, obwohl er der Halbbruder ihrer Tochter war. Es war ihr nahezu gleichgültig, ob er am Leben blieb oder starb. Nur um Maans willen hoffte sie für ihn. Als die Polizei gekommen war, hatte sie entsetzliche Angst gehabt und Aussagen gemacht, die – das sah sie jetzt nur zu deutlich – ihren geliebten Dagh Sahib an den Galgen bringen könnten.

Und was Maan anbelangte, der sie fast umgebracht hatte, so kannten ihre Besorgnis, ihre mit Furcht durchsetzten zärtlichen Gefühle keine Grenzen – aber was konnte sie tun? Und sie begann zu denken, wie ihre Mutter gedacht hätte. Wen kannte sie? Und wie gut? Und wen kannten ihre Bekannten? Und wie gut? Bald wurde Bilgrami Sahib zum Überbringer elliptischer Botschaften von Saeeda Bai an einen aufstrebenden Minister, an einen Staatssekretär im Innenministerium, an den Kotwal von Brahmpur. Und Bilgrami Sahib nutzte seine eigenen Kontakte umsichtig und beharrlich in dem großzügigen Versuch, seinen Rivalen zu retten – beharrlich, weil er um Saeeda Bais körperliche und geistige Gesundheit fürchtete, sollte Maan etwas Schreckliches zustoßen, und umsichtig, weil er fürchtete, daß Saeeda Bai in ihrem Versuch, das Netz ihres Einflusses zu weitläufig zu spinnen, einen übelgesinnten Geist auf die Bühne rufen könnte, der es kaltblütig wieder zerreißen würde.

17.23

»Priya, versprich mir, daß du mit deinem Vater reden wirst.«

Diesmal hatte Veena vorgeschlagen, aufs Dach zu gehen. Sie ertrug die zufriedenen, angewiderten und mitleidigen Blicke nicht, die ihr unten im Goyal-Haushalt zugeworfen wurden. Es war ein kalter Nachmittag, und beide hatten Schultertücher umgelegt. Der Himmel war schiefergrau, abgesehen von einer Stelle jenseits der Ganga, wo der Wind den schmutzigen braungelben Sand aufgewirbelt hatte. Veena weinte hemmungslos und flehte Priya an.

»Aber was wird es nützen?« sagte Priya und wischte die Tränen vom Gesicht ihrer Freundin und von ihrem eigenen.

»Alles, wenn es Maan rettet.«

»Was tut dein Vater?« fragte Priya. »Hat er mit irgend jemand gesprochen?«

»Meinem Vater«, sagte Veena voller Bitterkeit, »liegt mehr an seinem Ruf als Mann mit Prinzipien als an seiner Familie. Ich habe mit ihm geredet. Meinst du, es hätte irgend etwas genützt? Er hat zu mir gesagt, ich sollte lieber an meine Mutter denken als an Maan. Erst jetzt wird mir klar, was für ein kalter Mensch er ist. Wenn man Maan um acht Uhr hängt, unterschreibt er um neun Uhr seine Akten. Meine Mutter ist außer sich. Versprich mir, daß du mit deinem Vater sprechen wirst, Priya, versprich es mir. Du bist sein einziges Kind, er wird alles für dich tun.«

»Ich werde mit ihm sprechen«, sagte Priya. »Ich verspreche es.«

Was Veena nicht wußte – und Priya hatte nicht den Mut, es ihr zu erzählen –, war, daß sie bereits mit ihrem Vater gesprochen und vom Innenminister erfahren hatte, daß er sich nicht einschalten würde. Es handele sich, so hatte er sich ausgedrückt, um eine unwichtige Angelegenheit: Ein Raufbold habe versucht, einen anderen in einem berüchtigten Etablissement umzubringen. Daß ihre Väter waren, wer sie nun mal waren, spielte keine Rolle. Der Staat war nicht betroffen; es gab keine Möglichkeit zu intervenieren; die Polizei und die Gerichte würden sich angemessen um die Sache kümmern. Er hatte seine Tochter sogar milde dafür getadelt, daß sie ihn zu überreden versuchte, seinen Einfluß geltend zu machen, und Priya, die es nicht gewohnt war, von ihrem Vater getadelt zu werden, war unglücklich gewesen und hatte sich ein bißchen geschämt.

17.24

Mahesh Kapoor konnte sich nicht dazu aufraffen, zu tun, was ihm am Telefon nahegelegt worden war: direkt oder über eine höhere Stelle Druck auf den ermittelnden Polizeibeamten auszuüben, in diesem Fall auf den Unterinspektor vom Revier in Pasand Bagh. Es ging ihm einfach gegen den Strich. Die gerechte Durchsetzung seines eigenen Bodenreformgesetzes hing davon ab, inwieweit er in der Lage war zu verhindern, daß die Großgrundbesitzer Einfluß auf die Dorfschulen und örtlichen Beamten nahmen. Ihm gefiel nicht, wie der Politiker Jha die Verwaltung in der Gegend von Rudhia unterminierte, und er konnte sich nicht vorstellen, daß er jemals in die Lage käme, der gleichen Versuchung nachzugeben. Als ihn seine Frau fragte, ob er nicht ›mit jemandem, vielleicht sogar mit Agarwal‹ sprechen könne, sagte ihr Mahesh Kapoor unwirsch, sie solle den Mund halten.

Für sie waren der Schock und das Leid der letzten beiden Tage kaum mehr zu ertragen. Wenn sie an Firoz im Krankenhaus und an Maan in der Arrestzelle dachte, konnte sie nicht mehr schlafen. Nachdem Firoz wieder bei Bewußtsein war und einige Besucher empfangen durfte – darunter seine Tante Abida und seine Schwester Zainab –, hatte Mrs. Mahesh Kapoor ihren Mann gebeten, mit dem Nawab Sahib zu sprechen – um ihm Bedauern und Beileid auszudrücken und zu fragen, ob sie Firoz besuchen dürften. Mahesh Kapoor hatte es versucht. Aber da der Nawab Sahib im Krankenhaus war, konnte man ihn telefonisch nicht erreichen. Und sein verlegener überhöflicher Sekretär Murtaza Ali hatte unter zahlreichen Entschuldigungen zu verstehen gegeben, daß laut den Andeutungen des Nawab Sahib ein Besuch von Maans Familie im Augenblick nicht willkommen sei.

In der Gerüchteküche brodelte es unterdessen. Was in den Zeitungen von Kalkutta nur kurz erwähnt wurde, bildete das Hauptthema in den Zeitungen und Gesprächen von Brahmpur, und so sollte es trotz der Wahlen und des Wahlkampfs auch noch tagelang bleiben. Die Polizei wußte noch nichts von der Verbindung zwischen Saeeda Bai und dem Nawab Sahib. Die monatlichen Zuwendungen waren noch nicht bekannt. Aber Bibbo begann, zwei und zwei zusammenzuzählen, und konnte nicht widerstehen, gegenüber zwei ihrer besten Freundinnen streng vertraulich (so daß sie selbstverständlich weitererzählt wurden) und stolz dunkle Bemerkungen über Tasneems Vorfahren zu machen. Und ein Skandalreporter von der Hindi-Presse setzte einer in den Ruhestand getretenen alten Kurtisane, die Saeeda Bais Mutter aus den Tagen kannte, als sie gemeinsam in einem Etablissement in der Tarbuz-ka-Bazaar gelebt hatten, hart zu. Geld und das Versprechen auf noch mehr Geld verführten diese alte Frau dazu, alles, was sie über Saeeda Bais früheres Leben wußte, zu erzählen. Einiges davon stimmte, anderes war ausgeschmückt, manches falsch, aber alles interessant. Sie behauptete nachdrücklich und mit großer Autorität, daß Saeeda Bai ihre Jungfräulichkeit verloren hatte, als sie im Alter von vierzehn oder fünfzehn von einem prominenten Bürger Brahmpurs, der zu sehr dem Alkohol zugesprochen hatte, vergewaltigt worden war. Saeeda Bais Mutter habe ihr das erzählt. Was dieser Behauptung eine Aura der Wahrscheinlichkeit verlieh, war die Tatsache, daß die alte Frau zugab, nicht zu wissen, wer dieser Mann war. Sie hatte bestimmte Vermutungen, mehr nicht.

Um jede Tatsache oder angebliche Tatsache, die gedruckt wurde, scharten sich zehn Gerüchte wie Wespen um eine verfaulende Mango. Keine der Familien entging den flüsternden Stimmen, den ausgestreckten Fingern, die auf sie deuteten, wohin immer sie gingen.

Veena zog für ein paar Tage nach Prem Nivas, um in diesen harten Zeiten bei ihrer Mutter zu sein und um den freundlichen, aber unersättlichen Nachbarn zu entfliehen. Am selben Abend kehrten Pran und die Mehras aus Kalkutta zurück.

Innerhalb vierundzwanzig Stunden nach seiner Verhaftung war Maan dem Untersuchungsrichter vorgeführt worden. Sein Vater hatte einen Anwalt vom Distriktgericht beauftragt, eine Freilassung auf Kaution oder zumindest die Verlegung aus der Arrestzelle in ein richtiges Gefängnis zu beantragen, aber die Anklagepunkte, die ermittelt wurden, ließen ersteres nicht zu, und die ermittelnden Beamten verweigerten letzteres. Der Unterinspektor, der verunsichert war, weil er die Tatwaffe nicht auftreiben konnte und Maan in dieser und in anderer Hinsicht Erinnerungslücken aufwies, hatte darum gebeten, Maan noch ein paar Tage im Revier behalten zu dürfen, damit er ihn weiterverhören konnte. Der Richter hatte den Beamten zwei weitere Tage zugestanden, danach sollte Maan in das vergleichsweise komfortable Distriktgefängnis verlegt werden.

Mahesh Kapoor besuchte Maan zweimal im Polizeirevier. Maan beschwerte sich nicht – nicht über den Dreck, die Unannehmlichkeiten oder die Kälte. Er schien so schockiert und schuldbewußt, daß selbst sein Vater ihm keine weiteren Vorwürfe dafür machte, was er sich selbst, Firoz, dem Nawab Sahib und letztlich auch Mahesh Kapoors Zukunft angetan hatte.

Maan erkundigte sich nach Firoz – er hatte entsetzliche Angst, daß er sterben könnte. Er fragte seinen Vater, ob er ihn im Krankenhaus besucht habe, und Mahesh Kapoor war gezwungen zuzugeben, daß man es ihm nicht gestattet hatte.

Mahesh Kapoor hatte seiner Frau geraten, Maan erst im Gefängnis zu besuchen – die Bedingungen der Arrestzelle würden sie nur noch zusätzlich aufregen, fürchtete er. Aber schließlich hielt es Mrs. Mahesh Kapoor nicht länger aus. Wenn nötig, würde sie allein gehen, sagte sie. Ärgerlich stimmte ihr Mann schließlich zu und bat Pran, sie zu begleiten.

Sie sah Maan und weinte. Nichts in ihrem Leben war auch nur annähernd so erniedrigend gewesen wie die letzten beiden Tage. Die Polizei vor den Toren von Prem Nivas, die Suche nach belastendem Beweismaterial, die Verhaftung eines Menschen, den sie liebte – all das kannte sie aus den Zeiten der Briten. Aber sie hatte sich nicht für den Mann, den sie als politischen Häftling ins Gefängnis geschleift hatten, geschämt. Auch hatte er nicht solchen Dreck und Gestank auf sich nehmen müssen.

Ebenso schmerzlich war es für sie, daß es ihr nicht erlaubt war, Firoz zu besuchen und mit ihrer Liebe etwas von der Schuld und Traurigkeit abzutragen, die sie seiner Familie gegenüber empfand.

Maan sah nicht mehr aus wie ihr hübscher Sohn, sondern wie ein schmutziger, ungekämmter Mann, der sich schämte und verzweifelt war.

Sie umarmte ihn und schluchzte, als ob ihr das Herz brechen wollte. Auch Maan weinte.

17.25

Trotz seiner Reue und seines Bedauerns hatte Maan das Bedürfnis, Saeeda Bai zu sehen. Seinem Vater konnte er es nicht sagen, und er wußte nicht, wen er bitten könnte, ihr eine Botschaft zu überbringen. Nur Firoz, dachte er, würde mich verstehen. Während seine Mutter mit dem Wagen nach Prem Nivas zurückfuhr, blieb Pran noch ein paar Minuten. Maan bat ihn, Saeeda Bai irgendwie dazu zu überreden, ihn zu besuchen. Pran versuchte, ihm zu erklären, daß das unmöglich war: Sie war eine unentbehrliche Zeugin in dem Fall, und man würde ihr nicht erlauben, ihn zu besuchen.

Maan schien nicht ganz zu begreifen, wie verzweifelt die Lage war, in der er sich befand – oder daß die Höchststrafe für versuchten Mord oder auch schwere Körperverletzung mit einer gefährlichen Waffe lebenslänglich war. Er empfand es als Ungerechtigkeit, daß man ihn von Saeeda Bai fernhielt. Er bat Pran, ihr von seinem tiefen Bedauern und von seiner unverbrüchlichen Liebe Mitteilung zu machen, und kritzelte ein paar Zeilen dieses Inhalts in Urdu auf einen Zettel. Pran war nicht gerade glücklich über seine Mission, erklärte sich jedoch bereit und übergab die Nachricht innerhalb der nächsten Stunde dem Wachmann.

Als er am späten Nachmittag nach Prem Nivas zurückkehrte, sah er seine Mutter auf einem Sofa auf der Veranda liegen. Sie blickte in den Garten hinaus, in dem die ersten Blumen und Kräuter blühten: Stiefmütterchen, Kalendula, Gerbera, Salbei, Schmuckkörbchen, Phlox und kalifornischer Mohn. Wo die Beete auf den Rasen stießen, waren sie mit Steinkraut begrenzt. Bienen summten um die nach Zitrone duftenden ersten Blüten des Pampelmusenbaumes, und ein kleiner blauschwarz glänzender Kolibri flatterte zwischen seinen Ästen umher.

Pran blieb einen Augenblick neben dem Pampelmusenbaum stehen und atmete seinen Duft ein. Er erinnerte ihn an seine Kindheit; bedrückt dachte er an die dramatischen Ereignisse, die Veena, ihm und Maan seit jenen unsicheren, aber vergleichsweise unbekümmerten Tagen zugestoßen waren. Veenas Mann war zu einem verarmten Pakistan-Flüchtling geworden, er selbst war herzkrank, und Maan saß im Gefängnis und wartete auf seine Anklage. Dann dachte er an Bhaskars wundersame Rettung, an Umas Geburt, an sein Leben mit Savita, an die nie versiegende Güte seiner Mutter und die stets friedliche Stimmung in diesem Garten. Und er mußte zugeben, daß auch gute Dinge bewahrt worden oder dazugekommen waren.

Langsam schlenderte er über den Rasen zur Veranda. Seine Mutter lag noch immer auf dem Sofa und blickte in den Garten.

»Warum hast du dich hingelegt, Ammaji?« fragte er. Normalerweise hätte sie sich sofort aufgesetzt, um mit ihm zu reden. »Bist du müde?«

Sie setzte sich auf.

»Soll ich dir etwas bringen?« fragte er. Er bemerkte, daß sie etwas zu sagen versuchte, aber er verstand sie nicht. Ihr Mund stand offen und hing auf einer Seite herunter. Schließlich verstand er, daß sie Tee wollte.

Besorgt rief er nach Veena. Ein Dienstbote teilte ihm mit, daß sie mit seinem Vater im Auto unterwegs sei. Pran verlangte Tee. Als er gebracht wurde, gab er seiner Mutter eine Tasse. Sie versuchte zu trinken, aber das meiste tröpfelte ihr wieder aus dem Mund. Ihm wurde klar, daß sie eine Art Schlaganfall erlitten haben mußte.

Sein erster Gedanke war, Imtiaz in Baitar House anzurufen. Dann beschloß er, sich mit Savitas Großvater in Verbindung zu setzen. Dr. Kishen Chand Seth war nicht zu Hause. Pran hinterließ die Nachricht, daß seine Mutter krank sei und Dr. Seth sofort nach seiner Rückkehr in Prem Nivas anrufen möchte. Er versuchte es noch bei zwei anderen Ärzten, kam aber nicht durch. Gerade wollte er ein Taxi rufen, um einen Arzt aus dem Krankenhaus zu holen, als Dr. Seth anrief. Pran erklärte ihm, was geschehen war.

»Ich komme rüber«, sagte Dr. Kishen Chand Seth. »Aber ruf Dr. Jain an – er ist Fachmann für solche Fälle. Seine Telefonnummer ist 873. Sag ihm in meinem Namen, daß er sofort kommen soll.«

Als Dr. Seth eintraf, meinte er, daß es sich um einen Fall von Gesichtslähmung handle, und hieß Mrs. Mahesh Kapoor sich wieder flach hinlegen. »Aber das ist nicht mein Spezialgebiet«, fügte er hinzu.

Gegen sieben kehrten Veena und ihr Vater zurück. Mrs. Mahesh Kapoor konnte nur undeutlich sprechen, aber sie strengte sich an.

»Hat es mit Maan zu tun?« fragte ihr Mann.

Sie schüttelte den Kopf. Nach einer Weile begriffen sie, daß sie ihr Abendessen wollte.

Sie versuchte, die Suppe zu trinken. Etwas gelangte in den Magen, den Rest hustete sie wieder aus. Sie versuchten, sie mit Reis und Dal zu füttern. Sie nahm ein bißchen davon in den Mund, kaute es und bat Veena, ihr mehr zu geben. Aber bald war offensichtlich, daß sie es im Mund behielt und nicht hinunterschluckte. Mit Wasser vermischt, konnte sie es langsam und vorsichtig schlucken.

Eine halbe Stunde später traf Dr. Jain ein. Er untersuchte sie gründlich und sagte dann: »Ihr Zustand ist ernst. Ich fürchte, ihr siebter, zehnter und zwölfter Nerv sind betroffen.«

»Ja, ja«, sagte Mahesh Kapoor, dem fast der Geduldsfaden riß. »Was bedeutet das?«

»Diese Nerven sind mit einem wichtigen Teil des Gehirns verbunden«, erklärte Dr. Jain. »Ich fürchte, die Fähigkeit der Patientin zu schlucken kann völlig versagen. Sie könnte auch einen zweiten Schlaganfall erleiden. Das wäre das Ende. Ich schlage vor, die Patientin sofort ins Krankenhaus zu bringen.«

Auf das Wort ›Krankenhaus‹ reagierte Mrs. Mahesh Kapoor überaus heftig. Sie wollte auf keinen Fall dorthin. Sie konnte nicht mehr deutlich sprechen und war vielleicht auch nicht mehr ganz bei Sinnen, aber an ihrem Willen war nicht zu zweifeln. Sie machte ihnen klar, daß sie zu Hause sterben wollte, wenn sie denn sterben mußte. Veena verstand die Worte ›Sundara Kanda‹. Sie wollte, daß man ihr ihre Lieblingspassage aus dem Ramayana vorlas.

»Sterben!« sagte ihr Mann ungehalten. »Kommt überhaupt nicht in Frage, daß du stirbst.«

Aber dieses eine Mal widersetzte sich Mrs. Mahesh Kapoor ihrem Mann und starb in der Nacht.

17.26

Veena schlief im Zimmer ihrer Mutter. Plötzlich hörte sie sie vor Schmerz laut aufschreien. Sie schaltete das Licht ein. Mrs. Mahesh Kapoors Gesicht war entsetzlich verzerrt, und ihr ganzer Körper schien sich heftig zu verkrampfen. Veena holte sofort ihren Vater. Bald waren alle im Haus wach. Pran und die Ärzte wurden angerufen und Kedarnaths Nachbarn gebeten, ihn augenblicklich herzuschicken. Pran hatte keinen Zweifel am Ernst der Lage. Er erklärte Savita, Lata und Mrs. Rupa Mehra, daß er glaube, seine Mutter würde sterben. Sie kamen alle. Savita nahm auch das Baby mit, für den Fall, daß Umas Großmutter das Kind sehen wollte.

Innerhalb einer halben Stunde waren alle versammelt. Bhaskar war unbehaglich zumute. Er fragte seine Mutter, ob seine Nani tatsächlich sterben würde, und sie antwortete weinend, daß sie es glaube, aber alles in Gottes Hand liege. Der Arzt sagte, daß er nichts mehr tun könne. Mrs. Mahesh Kapoor bat mit Lauten und Gesten, daß Bhaskar näher zu ihr gebracht werde, und anschließend, daß sie vom Bett auf den Boden gelegt werden wollte. Daraufhin begannen alle Frauen zu weinen. Mr. Mahesh Kapoor, der wütend, enttäuscht und durcheinander war, sah voll verdrossener Zuneigung in das jetzt entspannte Gesicht seiner Frau – als ob sie ihn jetzt absichtlich im Stich ließe. Eine kleine tönerne Lampe wurde entzündet und in ihre Handfläche gestellt. Die alte Mrs. Tandon sagte den Namen Ramas auf, und Mrs. Rupa Mehra las aus der Gita vor. Nach einer Weile kämpfte Mrs. Mahesh Kapoor darum, etwas zu sagen, was wie »Maa ...« klang. Sie mochte damit entweder ihre Mutter, die seit langem tot war, oder ihren jüngeren Sohn, den sie unter den Anwesenden nicht entdecken konnte, meinen. Dann schloß sie die Augen. In ihren Augenwinkeln schimmerten Tränen, aber wieder entspannte sich ihr verzerrtes Gesicht. Ein bißchen später, ungefähr zu der Zeit, zu der sie normalerweise aufstand, starb sie.

Am Morgen kamen unzählige Besucher ins Haus, um ihr zum letztenmal Respekt zu zollen. Darunter waren viele Kollegen von Mahesh Kapoor, die für diese achtbare, freundliche, liebenswürdige Frau nichts als Zuneigung empfanden, egal, was sie von ihrem Mann hielten. Sie hatten sie als stille, geschäftige Frau gekannt, die nie in ihrer Gastfreundlichkeit nachgelassen und mit ihrer Sanftmut viel von der Unbeherrschtheit ihres Mannes ausgeglichen hatte.

Jetzt lag sie auf einem Laken auf dem Boden, Nasenlöcher und Mund locker mit Watte verstopft, das Kinn mit einer Binde festgebunden. Sie war in Rot gekleidet wie vor vielen Jahren bei ihrer Hochzeit, und auf den Scheitel ihres Haars war Sindoor aufgetragen. Weihrauch brannte in einer Schale zu ihren Füßen. Alle Frauen, auch Savita und Lata, saßen neben ihr, und einige weinten. Selbstverständlich auch Mrs. Rupa Mehra.

S. S. Sharma zog die Schuhe aus und trat ein. Sein Kopf wackelte leicht. Er faltete die Hände, sprach ein paar tröstliche Worte und ging wieder. Priya tröstete Veena. Ihr Vater, L. N. Agarwal, nahm Pran beiseite und fragte ihn: »Wann ist die Verbrennung?«

»Um elf Uhr am Ghat.«

»Was ist mit Ihrem jüngeren Bruder?«

Pran schüttelte den Kopf. Er hatte Tränen in den Augen.

Der Innenminister bat, telefonieren zu dürfen, und rief den Polizeichef an. Als er hörte, daß Maan am Nachmittag aus dem Polizeigewahrsam in das Distriktgefängnis verlegt werden sollte, sagte er: »Sie sollen ihn schon heute morgen verlegen und ihn dabei am Verbrennungsghat vorbeiführen. Sein Bruder wird auf das Polizeirevier kommen und ihn begleiten. Es besteht keine Fluchtgefahr, deswegen sind auch keine Handschellen notwendig. Die Formalitäten sollten bis um zehn Uhr erledigt sein.«

»Wird gemacht, Minister Sahib«, sagte der Polizeichef.

L. N. Agarwal wollte gerade auflegen, als ihm noch etwas einfiel. »Würden Sie bitte dem verantwortlichen Beamten sagen, er soll einen Barbier kommen lassen – dem jungen Mann jedoch nichts vom Tod seiner Mutter sagen. Das wird sein Bruder tun.«

Als Pran Maan abholte, mußte er kein Wort sagen. Als Maan den geschorenen Kopf seines Bruders sah, wußte er instinktiv, daß seine Mutter gestorben war. Er brach in ein schreckliches tränenloses Schluchzen aus und schlug den Kopf gegen die Gitterstäbe der Zelle.

Der Polizist mit den Schlüsseln wunderte sich über diese Reaktion; der Unterinspektor nahm ihm die Schlüssel aus der Hand und ließ Maan heraus. Er fiel in Prans Arme und gab immer noch schreckliche, tierische Klagelaute von sich.

Nach einer Weile konnte ihn Pran durch beständiges leises Zureden beruhigen. Er wandte sich an den Unterinspektor. »Soweit ich weiß, soll ein Barbier hiersein, um meinem Bruder den Kopf zu rasieren. Wir müssen bald aufbrechen.«

Der Unterinspektor entschuldigte sich. Es hatte ein Problem gegeben. Ein Fahrkartenverkäufer vom Bahnhof in Brahmpur sollte Maan bei einer Gegenüberstellung unter mehreren Personen identifizieren. Unter diesen Umständen konnte Maan nicht der Kopf rasiert werden.

»Aber das ist lächerlich«, sagte Pran, betrachtete den Schnurrbart des Polizisten und dachte, daß ihm eine Rasur auch nicht schaden könnte. »Ich habe selbst gehört, wie der Innenminister gesagt hat ...«

»Ich habe vor zehn Minuten mit dem Polizeichef gesprochen«, sagte der Unterinspektor. Für ihn war der Polizeichef sogar noch wichtiger als der Premierminister.

Um elf Uhr waren sie am Ghat. Die Polizisten stellten sich in einiger Entfernung auf. Die Sonne stand bereits hoch, der Tag war für die Jahreszeit ungewöhnlich warm. Es waren nur Männer anwesend. Die Watte wurde aus dem Gesicht der Toten entfernt, das gelbe Tuch und die Blumen von der Bahre genommen, die Leiche auf zwei lange Scheite gelegt und mit Holz bedeckt.

Unter der Anleitung eines Pandits vollzog ihr Mann alle vorgeschriebenen Riten. Was der Rationalist in ihm von dem vielen Ghee hielt, von dem Sandelholz, den Swahas und den Forderungen der Doms, die sich am Scheiterhaufen zu schaffen machten, war seinem Gesicht nicht abzulesen. Der Rauch war zum Ersticken, aber er schien es nicht zu merken. Von der Ganga wehte nicht die kleinste Brise.

Maan stand neben seinem Bruder, der ihn stützen mußte. Er sah, wie die Flammen höher züngelten und über dem Gesicht seiner Mutter zusammenschlugen, und er sah, wie der Rauch das Gesicht seines Vaters verhüllte.

Es ist meine Schuld, Ammaji, dachte er, obwohl niemand irgendein Wort in dieser Richtung zu ihm gesagt hatte. Das, was ich getan habe, hat dazu geführt. Was habe ich Veena und Pran und Baoji angetan? Ich werde es mir nie verzeihen, und niemand in der Familie wird es mir je verzeihen.

17.27

Asche und Knochen, mehr war Mrs. Mahesh Kapoor jetzt nicht mehr, Asche und Knochen, noch warm, doch bald schon kalt. Sie würden eingesammelt und in der Ganga in Brahmpur versenkt werden. Warum nicht in Hardwar, wie sie es sich gewünscht hatte? Weil ihr Mann ein praktischer Mensch war. Was waren schon Knochen und Asche, was waren schon Fleisch, Blut, Gewebe, wenn kein Leben mehr in ihnen war? War es nicht einerlei, weil das Wasser der Ganga doch das gleiche war in Gangotri, in Hardwar, in Prayag, in Benares, in Brahmpur, sogar in Sagar, wohin es fließen mußte von dem Augenblick an, da es vom Himmel stürzte? Mrs. Mahesh Kapoor war tot und spürte nichts mehr. Die

Doms vom Verbrennungsghat sollten ihre Asche, das Sandelholz und das normale Holz durchsieben und die wenigen Schmuckstücke an sich nehmen, die im Feuer geschmolzen waren und von Rechts wegen ihnen gehörten. Fett, Bänder, Muskeln, Blut, Haar, Liebe, Mitleid, Verzweiflung, Angst, Krankheit: All das existierte nicht mehr. Sie hatte sich aufgelöst. Sie war der Garten von Prem Nivas (der demnächst wieder an der jährlichen Blumenschau teilnehmen würde), sie war Veenas Liebe zur Musik, Prans Asthma, Maans Großzügigkeit, das Überleben von ein paar Flüchtlingen vier Jahre zuvor, die Nimblätter, die die Decken in den großen Zinkkästen in Prem Nivas vor Motten schützten, die Feder eines Reihers, ein Messingglöckchen, das niemand mehr läutete, die Erinnerung an Aufrichtigkeit in unaufrichtigen Zeiten, das Temperament von Bhaskars Urenkeln. Und sie war trotz der Ungeduld, mit der der Finanzminister ihr stets begegnet war, sein Schmerz. Und es war nur richtig, daß sie das auch weiterhin blieb, denn er hätte sie zu Lebzeiten besser behandeln sollen, der arme, ignorante, trauernde Narr.

17.28

Drei Tage später wurde am Nachmittag unter einem kleinen Zeltdach in Prem Nivas die Chautha abgehalten. Die Männer saßen auf einer Seite, die Frauen auf der anderen. Die Fläche unter dem Dach war bald besetzt, dann füllte sich auch der Mittelgang, und schließlich standen die Gäste auf dem Rasen, teilweise bis zu den Blumenbeeten. Mahesh Kapoor, Pran und Kedarnath begrüßten sie alle am Gartentor. Mahesh Kapoor war überrascht, wie viele Menschen zur Chautha seiner Frau kamen, die er immer für eine alberne, abergläubische, beschränkte Frau gehalten hatte. Flüchtlinge, denen sie zur Zeit der Teilung in den Lagern geholfen hatte, und deren Familien, all jene, denen sie täglich Obdach und Gastfreundschaft geboten hatte, nicht nur die Verwandten aus Rudhia, sondern auch eine große Gruppe ganz gewöhnlicher Bauern, viele Politiker, die nur oberflächlich oder scheinheilig kondoliert hätten, wenn er selbst gestorben wäre, und eine Menge Leute, die weder er noch Pran kannten – sie alle wollten an dieser Feier zu ihrem Andenken teilnehmen. Viele falteten respektvoll die Hände vor ihrer mit Ringelblumen geschmückten Fotografie, die auf einem Tisch aufgestellt war, der wiederum auf dem langen, mit einem weißen Tuch bedeckten Podium am Ende der Shamiana stand. Manche versuchten, mit ein paar Worten ihr Beileid auszudrücken, aber meist wurden sie von ihren Gefühlen überwältigt. Als Mahesh Kapoor sich setzte, war er verwirrter als während der letzten vier Tage.

Von der Familie des Nawab Sahib war niemand anwesend. Firoz ging es schlechter. Er litt unter einer Infektion und bekam starke Dosen Penizillin verabreicht, um sie einzudämmen und zu bekämpfen. Imtiaz – der um die Möglichkeiten und Grenzen dieser relativ neuen Behandlungsform wußte – war krank vor Sorge. Und sein Vater, der die Krankheit seines Sohnes als Strafe für seine eigenen Sünden betrachtete, flehte Gott öfter als fünfmal am Tag an, seinen Sohn zu verschonen und statt dessen ihm das Leben zu nehmen.

Vielleicht konnte er sich auch den Gerüchten nicht stellen, die ihm jetzt folgten, wohin immer er ging. Vielleicht wollte er auch der Familie nicht gegenübertreten, mit der befreundet zu sein ihm so viel Leid zugefügt hatte. Jedenfalls kam er nicht.

Maan konnte auch nicht anwesend sein.

Der Pandit war ein großer Mann mit einem vollen, länglichen Gesicht, buschigen Augenbrauen und einer kräftigen Stimme. Er rezitierte ein paar Shlokas in Sanskrit, vor allem aus der Isha Upanishad und aus dem Yajurveda und legte sie als Richtschnur für das Leben und für gute Taten aus. Gott sei überall, in jedem Teil des Universums, so sagte er, es gebe keine endgültige Auflösung, das solle man anerkennen. Er sprach über die Verstorbene und wie gut und gottesfürchtig sie gewesen sei und daß ihr Geist nicht nur in der Erinnerung derjenigen, die sie gekannt hatten, weiterlebe, sondern auch in der Welt, die sie alle umgab – in diesem Garten zum Beispiel, in diesem Haus.

Nach einer Weile überließ der Pandit das Wort seinem jungen Assistenten.

Der Assistent sang zwei religiöse Lieder. Während des ersten blieben die Anwesenden stumm, aber als er das langsame, getragene *Twameva Mata cha Pita twameva* – ›Du bist Vater und Mutter für uns‹ – anstimmte, sangen nahezu alle mit.

Der Pandit bat die Menschen, weiter nach vorn zu rücken, damit eine größere Anzahl unter das Zeltdach paßte. Dann erkundigte er sich danach, ob die Sikh-Musiker schon eingetroffen seien. Mrs. Mahesh Kapoor hatte Musik sehr gern gemocht, und Veena hatte ihren Vater überredet, sie für die Chautha zu engagieren. Als der Pandit hörte, daß sie unterwegs waren, strich er seine Kurta glatt und erzählte eine Geschichte, die er schon oft vorgetragen hatte.

»Es war einmal ein Dörfler, der war sehr arm, so arm, daß er für seine Tochter keine Hochzeit ausrichten konnte. Er hatte auch nichts, für das er Geld hätte leihen können. Er war verzweifelt. Schließlich sagte jemand zu ihm: ›Zwei Dörfer weit entfernt gibt es einen Geldverleiher, der an die Menschen glaubt. Er wird keine Sicherheit verlangen. Dein Wort wird ihm ausreichen. Er leiht den Leuten, soviel sie brauchen, und er weiß, wem er vertrauen kann.‹

Der Mann machte sich voller Hoffnung auf den Weg, und gegen Mittag traf er im Dorf des Geldverleihers ein. Am Rand des Dorfes sah er einen alten Mann, der ein Feld pflügte, und eine Frau mit verschleiertem Gesicht, die ihm das Essen brachte. Sie balancierte es auf dem Kopf. An ihrem Gang erkannte er, daß es eine junge Frau war, und er hörte, wie sie mit der Stimme einer jungen Frau zu ihm sagte: ›Baba, hier ist dein Essen. Iß es, und dann komm bitte nach Hause. Dein Sohn ist nicht mehr.‹ Der Mann blickte zum Himmel empor und sagte: ›Gottes Wille geschehe.‹ Dann setzte er sich und aß.

Der Dörfler versuchte aus der rätselhaften Unterhaltung schlau zu werden. Er dachte: Wenn sie die Tochter des alten Mannes wäre, würde sie ihr Gesicht nicht vor ihm verschleiern. Sie muß seine Schwiegertochter sein. Aber dann verwirrte ihn die Identität des toten Mannes. Wenn es ein Bruder ihres Mannes gewesen wäre, der gestorben war, dann hätte sie ›Jethji‹ oder ›Devarji‹ und nicht ›dein Sohn‹ gesagt. Also mußte ihr Mann gestorben sein. Die gelassene Art, mit der Vater und Frau den Tod hinnahmen, war ungewöhnlich, um nicht zu sagen schockierend.

Der Dörfler besann sich wieder auf seine Probleme und den Zweck seines Kommens und ging weiter zum Haus des Geldverleihers. Der Geldverleiher fragte ihn, was er wolle. Der Dörfler erklärte ihm, daß er Geld für die Hochzeit seiner Tochter brauche und keine Sicherheit dafür zu bieten habe.

›Das ist nicht schlimm‹, sagte der Geldverleiher. ›Wieviel brauchst du?‹

›Viel‹, sagte der Mann. ›Zweitausend Rupien.‹

›Gut‹, sagte der Geldverleiher und rief sofort seinen Buchhalter.

Während der Buchhalter das Geld zählte, fühlte sich der arme Dörfler verpflichtet, Konversation zu machen. ›Sie sind ein guter Mensch‹, sagte er dankbar, ›aber andere Leute in Ihrem Dorf erscheinen mir etwas merkwürdig.‹ Und er erzählte, was er erlebt hatte.

›Nun‹, sagte der Geldverleiher. ›Wie hätten die Leute in deinem Dorf auf so eine Nachricht reagiert?‹

›Selbstverständlich wäre das ganze Dorf zum Haus der Familie gegangen und hätte mit ihnen getrauert‹, sagte der arme Mann. ›Sie hätten aufgehört zu pflügen und natürlich auch nichts mehr gegessen, bis die Leiche verbrannt wäre. Die Leute hätten geklagt und sich auf die Brust geschlagen.‹

Der Geldverleiher wandte sich an den Buchhalter und hieß ihn mit dem Geldzählen aufhören. ›Es ist nicht sicher, diesem Mann etwas zu leihen‹, sagte er.

Der Mann war entsetzt. ›Aber was habe ich denn getan?‹ fragte er.

›Wenn ihr so viel weint und klagt, wenn Gott etwas zurückfordert, was er euch voll Vertrauen gegeben hat, dann wirst du auch nicht zufrieden sein, wenn zurückgefordert wird, was dir nur ein Mensch gegeben hat.‹«

Während der Pandit diese Geschichte erzählte, herrschte Schweigen. Die Versammelten wußten nicht, was sie zu erwarten hatten, und jetzt meinten sie, daß er ihnen ihre Trauer vorwarf. Pran fühlte sich verärgert statt getröstet: Was der Pandit gesagt hatte, mochte stimmen, aber er wünschte, die Sikh Ragis wären früher gekommen.

Doch jetzt waren sie da, drei dunkelhäutige, vollbärtige Männer mit weißem Turban und blauem Stirnband. Einer spielte Tabla, die anderen beiden Harmonium, und alle drei schlossen die Augen, während sie Lieder von Nanak und Kabir sangen.

Pran hatte sie schon früher gehört; seine Mutter hatte die Ragis einmal im Jahr eingeladen, in Prem Nivas zu singen. Aber jetzt beachtete er nicht ihren schönen Gesang oder die Worte der Heiligen, sondern dachte an das letztemal, als in Prem Nivas auf Tabla und Harmonium gespielt worden war: Als Saeeda Bai im letzten Jahr an Holi gesungen hatte. Er blickte hinüber zu den Frauen. Savita und Lata saßen nebeneinander wie auch an jenem Abend. Savita hatte die Augen geschlossen. Lata sah zu Mahesh Kapoor, der mit den Gedanken wieder einmal ganz woanders zu sein schien. Sie hatte Kabir, der ganz hinten unter dem Dach saß, nicht gesehen.

Lata dachte über das Leben dieser Frau nach, Prans Mutter, die sie sehr gemocht, aber nicht gut gekannt hatte. War ihr Leben erfüllt gewesen? Konnte man von ihrer Ehe sagen, daß sie glücklich, erfolgreich oder erfüllt gewesen war? Und wenn ja, was bedeuteten diese Worte? Was hatte im Mittelpunkt ihrer Ehe gestanden: ihr Mann, ihre Kinder oder der kleine Pujaraum, in dem sie jeden Morgen gebetet hatte, damit Routine und Hingabe ihrem täglichen Leben Sinn und Regelmäßigkeit verliehen? Hier saßen so viele Menschen, denen ihr Tod naheging, und hier saß ihr Mann, der Minister Sahib, den die lange Prozedur ganz offensichtlich nervös machte. Er versuchte, dem Pandit anzudeuten, daß er genug hatte, konnte aber seinen Blick nicht auffangen.

Der Pandit sagte: »Ich nehme an, die Frauen würden jetzt gern ein, zwei Lieder singen.« Niemand meldete sich. Er wollte gerade wieder sprechen, als die alte Mrs. Tandon sagte: »Veena, du solltest singen, setz dich nach vorn.« Der Pandit bat sie, auf dem Podium Platz zu nehmen, wo die Ragis gesungen hatten, aber Veena sagte: »Nein, ich will hier unten sitzen bleiben.« Sie war ebenso wie ihre Freundin Priya und eine andere junge Frau unauffällig gekleidet. Sie trug einen weißen Baumwollsari mit einer schwarzen Bordüre und um den Hals ein schlichtes Goldkettchen, das sie ständig anfaßte. Die dunkelrote Tika auf ihrer Stirn war verschmiert, Tränen schimmerten auf ihren Wangen und in den dunklen, geschwollenen Ringen um ihre Augen. Ihr Ausdruck war zugleich traurig und seltsam friedlich. Sie nahm ein kleines Buch in die Hand, und die drei begannen zu singen. Veena sang mit klarer Stimme, und ab und zu unterstrich sie mit einer Handbewegung die Worte des Lieds. Ihre Stimme klang natürlich und ergreifend. Nach dem ersten Lied begann sie sofort, das Lieblingslied ihrer Mutter, *Uth, jaag, musafir*, zu singen:

> Steh auf, Wanderer, die Welt ist erwacht.
> Warum schläfst du noch? Es ist nicht mehr Nacht.
> Die Schlafenden säumen, verlieren Zeit.
> Die Wachen nicht zaudern, sind schon bereit.

> Öffne die Augen, du Achtloser, der du träumst,
> damit den Dienst an Gott du nicht versäumst.
> Willst so Liebe und Ehrfurcht du bekunden?
> Er wacht oben, und du schläfst hier unten.

> Was hast du getan, das so schwer auf dir liegt?
> Es ist keine Freude, wenn die Sünde siegt.
> Wenn Vergangnes Herz und Geist dir beschwert,
> wozu dann verzweifeln, das ist verkehrt.
>
> Die Arbeit von morgen fang heut schon an.
> Es wird dir nicht bang; wenn alles getan.
> Picken die Vögel das Korn aus den Ähren,
> ring nicht die Hände, dem Schlaf mußt du wehren.

In der Mitte der zweiten Strophe hörte Veena auf zu singen und weinte still vor sich hin – die anderen sangen weiter. Sie wollte nicht weinen, aber sie konnte nicht anders. Sie wischte die Tränen mit dem Pallu ihres Saris weg, dann mit den Händen. Kedarnath, der ganz vorne saß, holte sein Taschentuch heraus und warf es ihr in den Schoß. Sie bemerkte es nicht. Langsam sah sie auf, blickte über die Menge hinweg und fuhr fort zu singen. Ein-, zweimal hüstelte sie. Als sie erneut die erste Strophe anstimmte, war ihre Stimme jedoch wieder klar. Jetzt allerdings schwammen die Augen ihres leicht reizbaren Vaters in Tränen.

Das Lied, das aus dem Gesangbuch von Mahatma Gandhis Aschram stammte, verdeutlichte ihm wie nichts anderes den Verlust, den er erlitten und bislang nicht bemerkt hatte. Gandhi war tot und mit ihm seine Ideale. Der Priester der Gewaltlosigkeit, dem er gefolgt war und den er verehrt hatte, war durch eine gewaltsame Tat umgekommen, und Mahesh Kapoors eigener Sohn – den er mehr liebte als je zuvor, weil er in Gefahr schwebte – saß im Gefängnis, weil er gewalttätig geworden war. Firoz, den er schon als Kind gekannt hatte, würde vielleicht sterben. Seine uralte enge Freundschaft mit dem Nawab Sahib war durch Leid und Gerüchte erschüttert worden. Der Nawab Sahib war heute nicht hier und hatte ihnen untersagt, Firoz zu besuchen. Dieser Besuch hätte der toten Frau viel bedeutet. Daß sie Firoz nicht sehen durfte, hatte ihren Kummer vergrößert und vielleicht – wer wußte schon, wie sich Pein auf das Gehirn auswirkte? – ihren Tod beschleunigt.

Zu spät und vielleicht weil er sah, wieviel Liebe ihr die Menschen um ihn herum entgegenbrachten, wurde ihm bewußt, was er verloren hatte, wen er verloren hatte und wie unerwartet. Es gab so viel zu tun und niemanden, der ihm dabei helfen, der ihm besonnen raten, der seine Ungeduld zügeln würde. Das Leben seines Sohnes und seine eigene Zukunft schienen ihm hoffnungslos. Am liebsten hätte er aufgegeben und die Welt sich selbst überlassen. Aber er durfte Maan nicht im Stich lassen, und die Politik war sein ganzes Leben gewesen.

Sie war nicht mehr da, um zu helfen. Die Vögel hatten die Ähren leer gepickt, und er rang die leeren Hände. Was hätte sie jetzt zu ihm gesagt? Nichts Weltbewegendes, aber vielleicht ein paar tröstliche Worte, die Tage oder Wochen später seiner Verzweiflung den Stachel genommen hätten. Hätte sie ihm geraten, seine Kandidatur bei den Wahlen zurückzuziehen? Worum hätte sie ihn für seinen Sohn gebeten? Was hätte sie von ihm erwartet – welcher Pflicht oder Vorstellung von Pflicht sollte er folgen –, und was hätte sie sich von ihm gewünscht? Selbst wenn er es in den nächsten Wochen herausgefunden hätte – er hatte diese Wochen nicht, sondern nur ein paar Tage.

17.29

Als Maan nach der Verbrennung ins Gefängnis überführt wurde, konnte er sich und seine Kleidung waschen und bekam einen Teller und eine Tasse. Er wurde von einem Arzt untersucht und gewogen. Der Zustand seines Haares und seines Bartes wurde notiert. Als noch nicht für schuldig befundener Häftling ohne Vorstrafen sollte er eigentlich getrennt von den vorbestraften Häftlingen untergebracht werden, aber das Distriktgefängnis war überfüllt. So kam er in einen Trakt, in dem auch vorbestrafte Häftlinge saßen, die das Gefängnisleben aus Erfahrung kannten und andere gern einweihten. Maan betrachteten sie als große Kuriosität. Wenn er wirklich der Sohn eines Ministers war – und die eine Zeitung, die sie lesen durften, bestätigte das –, was tat er dann hier? Warum war er nicht unter irgendeinem Vorwand auf Kaution freigelassen worden? Wenn bei dem Vergehen, das man ihm zur Last legte, Freilassung auf Kaution nicht möglich war, warum war dann die Polizei nicht gezwungen worden, ihn eines geringeren Vergehens zu verdächtigen?

Wenn Maan auch nur in einer entfernt seinem Normalzustand ähnlichen Verfassung gewesen wäre, hätte er mit einigen seiner derzeitigen ›Kollegen‹ Freundschaft geschlossen. Aber so nahm er sie kaum wahr. Er dachte nur an die, die er nicht sehen konnte: an seine Mutter, an Firoz, an Saeeda Bai. Sein Leben war nicht einfach, aber luxuriös verglichen mit der Arrestzelle auf dem Revier. Er durfte Essen und Kleidung aus Prem Nivas erhalten; er durfte sich rasieren und Gymnastik treiben. Das Gefängnis war relativ sauber. Da er ein ›hochrangiger‹ Gefangener war, standen in seiner Zelle ein kleiner Tisch, ein Bett und eine Lampe. Aus Prem Nivas bekam er Orangen, die er aß, ohne es zu merken; außerdem gegen die Kälte eine königsfischerblaue Decke, die ihn wärmte und tröstete und an zu Hause erinnerte – an alles, was er zerstört und verloren hatte.

Als hochrangigem Häftling wurden ihm zudem die schlimmsten Demütigungen des Gefängnislebens erspart – die überfüllten Zellen und Baracken, wo sich die Gefangenen gegenseitig terrorisierten und quälten. Der Gefängnisdirektor wußte, wessen Sohn Maan war, und hatte ein Auge auf ihn. Er gestattete ihm großzügig Besuche.

Pran und Veena besuchten ihn und auch sein Vater, bevor er, vollkommen niedergeschlagen, wieder in seinen Wahlkreis aufbrach. Niemand wußte so recht, worüber man mit Maan reden sollte. Als sein Vater ihn fragte, was eigentlich geschehen sei, begann er zu zittern und brachte kein Wort mehr heraus. Als Pran sagte: »Warum, Maan, warum nur?«, starrte er ihn gehetzt an und wandte sich ab.

Es gab nicht viele unproblematische Themen. Manchmal redeten sie über Kricket. England hatte Indien im vierten Testspiel besiegt. Es war das erste Spiel gewesen, das nicht unentschieden geendet hatte. Aber obwohl Pran selbst im Schlaf interessant über Kricket reden konnte, begann Maan nach ein paar Minuten zu gähnen.

Manchmal sprachen sie über Bhaskar oder Prans Kind, aber auch diese Unterhaltungen nahmen oft schmerzhafte Wendungen.

Am einfachsten war es, sich mit ihm über die Gefängnisroutine zu unterhalten. Maan wollte ein bißchen arbeiten, obwohl er es nicht mußte, vielleicht im Gemüsegarten des Gefängnisses. Er erkundigte sich nach dem Garten von Prem Nivas, aber als Veena ihn beschrieb, begann er zu weinen.

Er gähnte während der Unterhaltungen viel, ohne zu wissen, warum, manchmal sogar, wenn er überhaupt nicht müde war.

Der Anwalt, den sein Vater engagiert hatte, verließ ihn oft frustriert. Wenn er Fragen stellte, dann erwiderte Maan, daß er der Polizei alles gesagt habe und es nicht noch einmal wiederholen wolle. Aber das stimmte nicht. Wenn der Unterinspektor und ein paar andere Polizisten ihn im Gefängnis aufsuchten und Fragen stellten, bestand er darauf, daß er auch ihnen nichts mehr zu sagen habe. Sie fragten ihn nach dem Messer. Er erwiderte, daß er sich nicht erinnern könne, ob er es bei Saeeda Bai gelassen oder mitgenommen habe. Er glaube, er habe es mitgenommen. Die Beweise gegen ihn mehrten sich aufgrund einer Mischung von Aussagen und Indizien.

Niemand erwähnte, daß sich Firoz' Zustand verschlechtert hatte, aber er las es in der Zeitung, die im Gefängnis verfügbar war, in dem Hindi-Lokalblatt *Adarsh*. Aus den Klatschgeschichten der Häftlinge erfuhr er auch von den Gerüchten, die sich um den Nawab Sahib und Saeeda Bai drehten. Bisweilen fühlte er sich so elend, daß er sich am liebsten umgebracht hätte, wovon ihn jedoch die Gefängnisroutine abhielt.

Diese Routine beherrschte sein Leben. Die Gefängnisvorschriften, an die sich das Distriktgefängnis von Brahmpur mehr oder weniger streng hielt, sahen so aus:

Aufstehen und waschen etc.:	Vom Aufschließen bis 7 Uhr
Hofgang:	Von 7 bis 9 Uhr
Aufenthalt in der Zelle:	Von 9 bis 10 Uhr
Bad, Mittagessen:	Von 10 bis 11 Uhr
Aufenthalt in der Zelle:	Von 11 bis 15 Uhr
Sport, Abendessen und Durchsuchung:	Von 15 Uhr bis zum Einschließen.

Er war ein vorbildlicher Gefangener und beklagte sich nie. Manchmal saß er in seiner Zelle und starrte auf das Stück Papier, auf dem er einen Brief an Firoz schreiben wollte. Aber er fand keinen Anfang. Statt dessen kritzelte er Figuren. In der Arrestzelle hatte er kaum geschlafen, in seiner Gefängniszelle schlief er zahllose Stunden.

Einmal mußte er sich für eine Gegenüberstellung in einer Reihe aufstellen, aber man sagte ihm nicht, ob er oder ein anderer identifiziert werden sollte. Als er seinen Rechtsanwalt sah, wußte er, daß die Prozedur ihm galt. Aber den wichtigtuerisch dreinblickenden Bahnbeamten, der die Reihe abschritt und vor ihm etwas länger stehenblieb als vor den anderen, erkannte er nicht wieder. Und es war ihm auch egal, ob er identifiziert worden war oder nicht.

»Wenn er stirbt, wird man dich hängen«, sagte ein erfahrener Häftling, der Sinn für Humor hatte. »Dann werden wir den ganzen Vormittag über eingesperrt. Ich zähle auf dich, daß du uns diese Unannehmlichkeit ersparst.«

Maan nickte.

Da das keine zufriedenstellende Antwort war, fuhr der Häftling fort: »Weißt du, was sie jedesmal, wenn einer gehängt worden ist, mit dem Strick machen?«

Maan schüttelte den Kopf.

»Sie schmieren ihn mit Bienenwachs und Ghee ein, damit er geschmeidig bleibt.«

»In welchem Verhältnis?« fragte ein anderer Häftling.

»Halb und halb«, sagte der Häftling, der sich auskannte. »Und sie tun auch ein bißchen Karbolsäure dazu, um die Insekten fernzuhalten. Es wäre doch ein Jammer, wenn Termiten und Silberfischchen den Strick auffressen würden. Was meinst du?« fragte er Maan.

Alle sahen Maan an.

Maan hatte nicht mehr zugehört. Der Humor des Mannes amüsierte ihn nicht, seine Grausamkeit ärgerte ihn nicht.

»Um sie vor Ratten zu schützen«, fuhr der Experte fort, »legen sie die fünf Stricke – in diesem Gefängnis haben sie fünf Stricke, fragt mich nicht, warum – in einen Tontopf, verstopfen die Öffnung und hängen ihn am Dach des Lagerraums auf. Stellt euch das mal vor. Fünf Hanfstricke mit einem Durchmesser von drei Zentimetern, eingefettet mit Ghee und Blut, winden sich wie Schlangen in einem Topf und warten auf ihr nächstes Opfer...«

Er lachte fröhlich und sah Maan dabei an.

17.30

Maan mochte einer fernen Gefahr für sein Genick gleichgültig gegenüberstehen, aber Saeeda Bai war sich sehr wohl dessen bewußt, was ihrem Hals zugestoßen war. Tagelang brachte sie nur ein Krächzen heraus. Die Welt um sie herum war zerbrochen: ihre eigene Welt der kleinen Nuancen und Reize und die unschuldige und wohlbehütete Welt ihrer Tochter.

Um Tasneem rankten sich Gerüchte. Sie selbst bekam nicht viel davon mit, nicht weil sie sie nicht verstanden hätte, sondern weil sie erneut hermetisch von der Außenwelt abgeschirmt wurde. Auch Bibbo, deren Gefallen an Intrigen und Geschwätzigkeit schon genug Schaden angerichtet hatte, tat sie leid, und sie sagte Tasneem nichts, was sie hätte verletzen können. Nach dem, was vor ihren Augen dem Nawabzada zugestoßen war, dem einzigen Mann, für den sie jemals ein tiefes Gefühl empfunden hatte, zog Tasneem sich in sich selbst zurück, in die Haushaltsarbeit und ihre Romane. Er schwebte noch immer in Lebensgefahr; das konnte sie aus Bibbos Antworten auf ihre Fragen schließen. Sie konnte nichts für ihn tun; er war ein ferner Stern, der immer kleiner wurde. Sie nahm an, daß er bei dem Versuch, dem betrunkenen Maan die Waffe wegzunehmen, verletzt worden war, aber sie fragte nicht, warum Maan so betrunken und aggressiv gewesen war. Von den anderen Männern, die sich für sie interessiert hatten, hörte sie nichts, und sie wollte auch nichts mehr hören. Ishaq, der zunehmend unter Majeed Khans Einfluß geriet, schreckte vor dem Skandal zurück und schrieb ihr weder, noch besuchte er sie. Rasheed schrieb ihr einen weiteren wahnsinnigen Brief; aber Saeeda Bai zerriß ihn, bevor er Tasneem in die Hände fiel.

Entschiedener als je zuvor versuchte Saeeda Bai, Tasneem zu beschützen – und sie zu drangsalieren. Abwechselnd zärtlich und wütend, erlebte sie noch einmal die Qual, die Schwester für ihre Tochter spielen zu müssen, ihre willensstarke Mutter über ihr Leben entscheiden zu lassen und um ihretwillen beschämt und gepeinigt auf ein anderes Leben zu verzichten.

Saeeda Bai konnte nicht singen, und ihr schien, daß sie, egal, was aus ihrer Stimme wurde, nie wieder singen könnte. Der Sittich jedoch, der von ihrem Trauma nichts wußte, plapperte munter drauflos. Er begann das Krächzen der Hausherrin auf groteske Weise nachzuahmen. Saeeda Bai empfand es als Trost. Ein weiterer Trost war Bilgrami Sahib, der ihr nicht nur als Arzt half, sondern ihr auch während der Zerreißprobe mit der Presse, der Polizei, der Angst, dem Unglück und dem Schmerz zur Seite stand.

Sie wußte jetzt, daß sie Maan liebte.

Als sie seine in fehlerhaftem Urdu verfaßte Nachricht erhielt, weinte sie bitterlich, ohne Rücksicht auf die Gefühle von Bilgrami Sahib, der neben ihr stand. Sie stellte sich seine Schuldgefühle und die Schrecken des Gefängnisses vor und wagte nicht daran zu denken, wie alles enden würde. Als sie vom Tod seiner Mutter erfuhr, weinte sie wieder. Sie gehörte nicht zu der Sorte Frau, die aufblüht, wenn sie mißhandelt wird, oder die diejenigen besonders schätzt, die sie verachten, und sie verstand zuerst nicht, warum Maans Anschlag solche Gefühle in ihr verursachte. Aber vielleicht hatte er sie nur gezwungen wahrzunehmen, was sie schon lange fühlte, ohne es zu wissen. In seiner Nachricht teilte er ihr nur mit, wie leid ihm alles tat und wie sehr er sie noch immer liebte.

Als die nächste Zuwendung aus Baitar House kam, schickte Saeeda Bai sie ungeöffnet zurück, obwohl sie das Geld dringend gebraucht hätte. Als sie Bilgrami Sahib davon erzählte, meinte er, daß er ihr nicht dazu geraten hätte, sie jedoch richtig gehandelt habe. Er würde für alles aufkommen, was sie jetzt brauche. Sie nahm seine Hilfe an. Wieder bat er sie, seine Frau zu werden, ihren Gesang, ihren Beruf aufzugeben. Und obwohl sie nicht wußte, ob sich ihre Stimme je erholen würde, lehnte sie erneut ab.

Wie Bilgrami Sahib befürchtet hatte, zog ihr Versuch, Einfluß zu nehmen, die Aufmerksamkeit des Radschas von Marh auf sich, der ganz unverhohlen Journalisten bezahlte, damit sie im Dreck dieses Skandals wühlten – und verhinderten, daß Maans Familie oder Freunde die Gerechtigkeit umgingen. Er hatte auch zwei unabhängige Kandidaten, die bei der Wahl gegen Mahesh Kapoor antraten, mit Geld versorgt, aber das hatte sich als weniger ertragreiche Investition erwiesen.

Eines Abends tauchte der Radscha mit drei Leibwächtern bei Saeeda Bai auf und erzwang sich Einlaß. Die jüngsten Ereignisse beglückten ihn. Mahesh Kapoor, der seinen rechtmäßigen Besitz plünderte und seinen großartigen Tempel verspottete, war gedemütigt worden; Maan – der ein Konkurrent und der Bruder des Mannes war, der seinen Sohn relegiert hatte – saß hinter Schloß und Riegel; der Nawab Sahib – für dessen Religion und kulturelle Ambitionen er nur Verachtung übrig hatte – wurde von Schmach, Angst und Sorgen um seinen Sohn heimgesucht; und Saeeda Bais Schande war vor aller Welt noch größer geworden, und deshalb würde sie sich sicherlich seinen, des Radschas von Marh, Befehlen unterwerfen.

»Sing!« befahl er ihr. »Sing! Seitdem dir der Hals umgedreht wurde, soll deine Stimme noch voller geworden sein.«

Zum Glück für Saeeda Bai und den Radscha hatte der Wachmann die Polizei gerufen. Sie traf gerade rechtzeitig ein, und der Radscha mußte gehen. Er wußte nicht und erfuhr es auch nie, daß er beinahe das zweite Opfer des sauber gewaschenen Obstmessers geworden wäre.

17.31

Mehrere Tage schwebte Firoz zwischen Leben und Tod. Schließlich war der Nawab Sahib so erschöpft, daß sein älterer Sohn ihn nach Hause holte.

Die Angst, daß Firoz sterben könnte, zwang Mahesh Kapoor, diesen aufrechten und gesetzesfürchtigen Mann, dazu, den Polizeichef anzurufen. Er wußte, was er tat; er tat es mit offenen Augen, und er schämte sich, aber er rief an. Er hatte seine Frau verloren, er würde es nicht ertragen, auch noch seinen Sohn zu verlieren. Wenn Firoz starb und es der ermittelnde Beamte und der Untersuchungsrichter für angemessen hielten, würde Maan nach Paragraph 302 des indischen Strafgesetzbuches angeklagt werden, und das wäre so grauenhaft – und seiner Meinung nach ungerecht –, daß er den Gedanken daran nicht ertrug. Der Polizeichef seinerseits war ein Mann, der wußte, woher die Butter für sein Brot kam. Er meinte, daß es sich um ein schwierig zu lösendes Problem handele, jetzt, da die Sache in der Presse so breitgetreten worden sei, aber er würde tun, was in seiner Macht stehe. Mehrmals wiederholte er, daß er Mahesh Kapoor den größten Respekt entgegenbringe. Mahesh Kapoor erwiderte, obwohl jedes Wort an seinem Gefühl für Integrität nagte, daß er dem Polizeichef gegenüber genauso empfinde.

Er besuchte Maan noch einmal im Gefängnis. Wieder hatten sich Vater und Sohn nicht viel zu sagen. Dann fuhr er für ein paar Tage nach Salimpur. Er erzählte niemandem, was er getan hatte, und machte sich einerseits Vorwürfe, *daß* er es getan hatte, und andererseits, daß er es nicht früher getan hatte.

Maan arbeitete jetzt im Gefängnisgarten, und das tat ihm gut. Noch immer waren die Besuche seines Bruders und seiner Schwester schmerzlich für ihn. Einmal bat er Pran, Rasheed anonym Geld zu schicken, und gab ihm die Adresse. Ein andermal bat er um ein paar Harsingarblüten aus dem Garten von Prem Nivas, und Veena entgegnete, daß die Zeit dafür schon vorbei war. Meist wußte Maan nicht, worüber er mit ihnen reden sollte. Nach wie vor glaubte er, daß der Schock über seine Tat seine Mutter umgebracht hatte und daß seine Geschwister dies ebenfalls glaubten. Aber die Zeit verging, und die Erschöpfung durch die Arbeit beruhigte ihn.

Auch Firoz ging es besser. Die medizinischen Fortschritte der letzten zehn Jahre hatten sein Leben gerettet – um Haaresbreite. Wären in Brahmpur keine Antibiotika verfügbar gewesen oder hätten die Ärzte sie nicht richtig anzuwenden gewußt, hätte er die Eidechse in seinem Zimmer nie wieder beobachten können. Aber trotz der Verletzung und der Infektion überlebte er, ob er es nun wollte oder nicht.

Während Firoz langsam genas, veränderte sich auch Maan. Es war, als trete er aus dem Schatten, den sein eigener Tod warf. Wenn die Gefahr, in der er schwebte, Saeeda Bai zu der Erkenntnis verholfen hatte, wie sehr sie ihn liebte, so vermittelte ihm die Gefahr, in der Firoz geschwebt hatte, eine ähnliche Erkenntnis. Er wurde zunehmend fröhlich, nachdem Pran ihm mitgeteilt hatte, daß sich Firoz endlich auf dem Weg der Besserung befand. Er hatte wieder Appetit. Er bat um bestimmte Mahlzeiten, die man ihm aus Prem Nivas bringen sollte. Er machte Witze über Rumschokolade als Möglichkeit, Alkohol ins Gefängnis zu schmuggeln. Er bat um den Besuch von bestimmten Personen, die nicht direkte Familienmitglieder waren, sondern Leute, die ihn auf andere Gedanken bringen könnten: Lata (wenn es ihr nichts ausmachen würde) und eine frühere, mittlerweile verheiratete Freundin. Die beiden kamen an zwei aufeinanderfolgenden Tagen, die eine mit Pran (nachdem sie Mrs. Rupa Mehras Einwände entkräftet hatte), die andere mit ihrem Mann (nachdem sie dessen Einwände entkräftet hatte).

Trotz der traurigen und düsteren Örtlichkeit freute sich Lata, Maan zu sehen. Zwar hatten sie kaum etwas miteinander zu tun – es war schon erstaunlich, daß Pran am ersten April ihrer Mutter glaubhaft hatte versichern können, sie und Maan seien miteinander durchgebrannt –, aber in ihren Augen war Maan ein jovialer und liebenswürdiger junger Mann. Und es freute sie, daß er an sie gedacht hatte. Sie war nicht ausgesprochen fröhlich, aber sie sah, daß es Maan guttat, mit ihr zu sprechen. Sie erzählte von Kalkutta, vor allem von den Chatterjis, und sie erzählte freimütiger als sonst – auch weil sie sein Interesse nicht verlieren wollte – und freimütiger, als sie normalerweise mit Pran sprach. Die Gefängniswärter saßen knapp außer Hörweite, aber als sie laut auflachten, sahen sie sich neugierig nach ihnen um. An Gelächter im Besucherraum waren sie nicht gewöhnt.

Am nächsten Tag sollten sie es schon wieder hören. Maan bekam Besuch von seiner alten Freundin Sarla und ihrem Mann, den alle seine Freunde aus unerfindlichem Grund Taube nannten. Sarla, die Maan seit Monaten nicht mehr gesehen hatte, beschrieb ihm die Silvesterparty, zu der sie und Taube eingeladen waren. Taubes Freunde hatten sie veranstaltet.

»Und um der Party etwas Würze zu geben«, erzählte Sarla, »beschlossen sie, dieses Jahr besonders kühn zu sein und eine Tänzerin zu engagieren – von einem billigen Hotel in der Tarbuz-ka-Bazaar, einem dieser Hotels, die jede Woche mit einer anderen Salome werben, die Striptease macht, und ständig von der Polizei durchsucht werden.«

»Sprich leiser«, sagte Maan und lachte.

»Also, sie tanzte und zog dabei ein paar Kleidungsstücke aus. Dann tanzte sie weiter – so ganz lasziv und eindeutig, daß wir Frauen entsetzt waren. Die Männer – also, die hatten gemischte Gefühle. Taube zum Beispiel.«

»Nein, nein«, sagte Taube.

»Taube, sie saß auf deinem Schoß, und du hast es dir gefallen lassen.«

»Was sollte ich denn tun?« fragte Taube.

»Ja, er hat recht, es ist nicht einfach«, sagte Maan.

Sarla sah Maan mißbilligend an und fuhr fort: »Dann hat sie sich auf Mala und Gopu gestürzt und Gopu überall gestreichelt und so. Er war beschwipst und hatte nichts dagegen. Aber du weißt ja, wie gut Mala auf ihren Mann aufpaßt. Sie hat ihn einfach von ihr weggezerrt. Aber die andere Frau wollte ihn zurückzerren. Wirklich schamlos war das. Am nächsten Tag wurde Gopu der Kopf gewaschen, und alle Frauen haben sich geschworen: Nie wieder.«

Maan mußte lachen, Sarla ebenfalls, und Taube lächelte etwas schuldbewußt.

»Aber das Beste kommt erst noch«, sagte Sarla. »Eine Woche später machte die Polizei eine Razzia in dem Hotel, und es stellte sich heraus, daß die Tänzerin ein junger Mann war! Gopu und Taube wurden danach natürlich gnadenlos verspottet. Ich kann es immer noch nicht glauben. Er hat uns alle an der Nase herumgeführt – die Stimme, die Augen, der Gang, die ganze Atmosphäre –, und es war ein Mann!«

»Das hatte ich mir schon die ganze Zeit gedacht«, sagte Taube.

»Nichts hast du gedacht«, sagte Sarla. »Wenn du dir etwas gedacht hättest und es dir trotzdem hättest gefallen lassen, dann würde ich mir jetzt ernsthaft Sorgen machen.«

»Na gut, nicht die ganze Zeit«, sagte Taube.

»Er muß Spaß daran gehabt haben«, fuhr Sarla fort, »uns so an der Nase herumzuführen. Kein Wunder, daß er sich so schamlos verhalten hat. Keine Frau würde das tun!«

»O nein«, sagte Taube sarkastisch. »Keine Frau würde das tun. In Sarlas Augen sind alle Frauen ein Ausbund an Tugend.«

»Verglichen mit Männern sind wir das auch«, sagte Sarla. »Das Problem ist nur, Taube, daß ihr Männer das nicht zu schätzen wißt. Die meisten von euch zumindest. Maan ist eine Ausnahme. Schau, daß du schnell aus dem Gefängnis kommst, und rette mich, Maan. Was meinst du, Taube?«

Da die Besuchszeit vorbei war, blieb es Taube erspart, über eine Antwort nachzudenken. Noch ein halbe Stunde nachdem sie gegangen waren, sah Maan das Bild vor sich, das sie heraufbeschworen hatte, und schmunzelte in seiner Zelle vor sich hin. Seine Mithäftlinge wunderten sich, was in ihn gefahren war.

17.32

Ende Januar wurde für Maan ein Haftprüfungstermin vor einem Richter anberaumt. Es sollte geklärt werden, wessen er, wenn überhaupt, angeklagt werden sollte.

Es mußte mittlerweile eine Liste der Anklagepunkte vorliegen; kein Polizist, sosehr er sich auch bemühen mochte, seine Pflicht nicht zu erfüllen oder seine Machtbefugnisse zu mißbrauchen, hätte diesen Fall mit einem ›endgültigen Bericht‹ scheitern lassen können, der feststellte, daß es keinen Fall gab. Der Unterinspektor hätte vielleicht versuchen können, Zeugen zu beeinflussen, aber als ermittelnder Beamter hatte er gute Arbeit geleistet; und er war nicht gerade glücklich darüber, daß seine Vorgesetzten sich in seine Ermittlungen einmischten. Er wußte, daß sich die Öffentlichkeit noch immer für den Fall interessierte, und er wußte auch, wer der Sündenbock sein würde, wenn der Verdacht aufkam, daß jemand den Gang der Gerechtigkeit aufhalten wollte.

Maan und sein Anwalt waren während des Haftprüfungstermins anwesend. Der Unterinspektor schilderte dem Richter die Ereignisse, die zu den Ermittlungen geführt hatten, gab eine Zusammenfassung der Ermittlungsergebnisse, legte die für den Fall relevanten Beweise vor, stellte fest, daß das Opfer mittlerweile außer Lebensgefahr sei, und kam zu der Schlußfolgerung, daß Maan der schweren Körperverletzung angeklagt werden sollte.

Der Richter war verwirrt.

»Was ist mit versuchtem Mord?« fragte er, sah dem Polizisten in die Augen und vermied es, Maan anzusehen.

»Versuchter Mord?« sagte der Polizist etwas unglücklich und zupfte an seinem Schnurrbart.

»Oder zumindest versuchter Totschlag«, sagte der Richter. »Aber aufgrund meiner Unterlagen bin ich nicht sicher, ob nicht auch versuchter Mord in Frage kommt. Selbst wenn der Täter plötzlich und ernstlich provoziert worden ist, dann sicherlich nicht vom Opfer. Auch scheint die Verletzung prima facie nicht durch ein Versehen oder einen Unfall herbeigeführt worden zu sein.«

Der Polizist nickte schweigend.

Der Anwalt flüsterte Maan zu, daß sie mit Schwierigkeiten zu rechnen hätten.

»Und warum Paragraph 325 und nicht Paragraph 326?« fuhr der Richter fort.

Der erste Paragraph bezog sich auf schwere Körperverletzung; wenn der Fall verhandelt würde, wäre die Höchststrafe sieben Jahre, aber im Augenblick könnte Maan auf Kaution freigelassen werden. Auch der zweite Paragraph bezog sich auf schwere Körperverletzung, allerdings mit einer gefährlichen Waffe. Nach diesem Paragraphen war keine Freilassung auf Kaution möglich, und die Höchststrafe war lebenslänglich.

Der Unterinspektor murmelte vor sich hin, daß die Tatwaffe bislang nicht gefunden worden sei.

Der Richter sah ihn streng an. »Halten Sie es für möglich, daß diese Verletzungen«, er blickte in den medizinischen Bericht, »des Darmes und so weiter mit einem Stock herbeigeführt wurden?«

Der Unterinspektor schwieg.

»Ich denke, Sie sollten weiter ermitteln«, sagte der Richter. »Und Ihre Beweise und die Anklagepunkte, die eigentlich naheliegen, noch einmal überprüfen.«

Maans Anwalt stand auf und betonte, daß diese Entscheidung in die Machtbefugnis des ermittelnden Beamten fiel.

»Das weiß ich«, rief der Richter, der mit dem Lauf der Dinge höchst unzufrieden war. »Ich sage ihm ja nicht, welche Anklage am besten wäre.« Er glaubte, daß der Unterinspektor eine Anklage wegen einfacher Körperverletzung vorgeschlagen hätte, gäbe es nicht den unzweideutigen medizinischen Bericht.

Der Richter sah zu Maan, der völlig unbeteiligt schien. Vermutlich war er einer dieser Kriminellen, die nichts aus ihren Verbrechen lernten.

Maans Anwalt forderte, Maan sollte auf Kaution freigelassen werden, da der derzeit einzige gegen ihn vorliegende Anklagepunkt dies gestatte. Der Richter gewährte es, aber man sah ihm deutlich an, daß er wütend war – unter anderem weil der Anwalt ›den Schmerz und die Trauer meines Mandanten infolge des Ablebens seiner Mutter‹ ins Feld geführt hatte.

»Gott sei Dank wird er nicht der eigentlichen Verhandlung vorsitzen«, flüsterte der Anwalt Maan zu.

Maan, der anfing, sich für seine Verteidigung zu interessieren, fragte: »Bin ich frei?«

»Im Augenblick ja.«

»Wie lautet die Anklage?«

»Leider ist das noch nicht endgültig geklärt. Der Richter will Sie aus irgendeinem Grund bluten sehen und Ihnen – nun, eine schwere Körperverletzung zufügen.«

Der Richter wollte Maan keineswegs bluten sehen, sondern für Gerechtigkeit sorgen. Er war strikt dagegen, daß es einflußreichen Personen gelang, den Lauf der Gerechtigkeit zu behindern, und er vermutete, daß so etwas hier versucht wurde. Er wußte von Gerichten, wo das durchaus möglich war, aber seines gehörte nicht dazu.

17.33

»Keine Person ist wahlberechtigt, wenn sie inhaftiert ist, ob rechtmäßig verurteilt oder in Untersuchungshaft oder in Polizeigewahrsam.«

Das Gesetz von 1951 war eindeutig, und deshalb durfte Maan an den großen allgemeinen Wahlen nicht teilnehmen, obwohl er sich im Wahlkampf so eingesetzt hatte. Er war in Pasand Bagh registriert, und die Landtagswahlen in diesem Wahlkreis von Brahmpur (Ost) fanden am 21. Januar statt.

Wäre er in Salimpur/Baitar gemeldet gewesen, hätte er teilnehmen können, da wegen des Mangels an erfahrenen Wahlhelfern in den verschiedenen Kreisen zeitlich versetzt gewählt wurde und die Wahlen für das Staatsparlament dort am 30. Januar abgehalten wurden.

Jetzt wurde mit harten Bandagen gekämpft. Waris trat nun als Gegner von Mahesh Kapoor ebenso erbittert auf, wie er ihn zuvor rückhaltlos unterstützt hatte. Alles hatte sich verändert; der Zamindari Act, Gerüchte und Skandale,

Stimmungen für und gegen den Kongreß, Religion – alles wurde in der gnadenlosen Schlacht vor den Wahlen ausgebeutet.

Der Nawab Sahib hatte nicht ausdrücklich gesagt, daß Waris Mahesh Kapoor bekämpfen sollte, aber er sollte ihn keinesfalls länger unterstützen. Und Waris, für den Maan nicht länger der Retter, sondern der Beinahe-Mörder des jungen Nawabzada war, verunglimpfte ihn und seinen Vater, seinen Clan, seine Religion und seine Partei rücksichtslos. Als der Kongreß verspätet Plakate und Fähnchen ins Fort von Baitar schickte, verbrannte er sie in einem großen Feuer.

Waris hielt eindrucksvolle Reden, weil er sich so hineinsteigerte. Bereits zuvor beliebt in der Gegend, wurde er jetzt von einer Welle der Popularität getragen. Er trat für den Nawab Sahib an und für dessen schwerverletzten Sohn, der dank des Verrats seines falschen Freundes auch jetzt noch (es kam gelegen, das zu behaupten) in Lebensgefahr schwebte. Der Nawab Sahib sei in Brahmpur unabkömmlich, behauptete Waris, aber wenn er hier wäre, würde er die Menschen von jedem Rednerpult des Distrikts dazu aufrufen, den hinterhältigen Mahesh Kapoor, der seine Gastfreundschaft gewissenlos ausgenutzt hatte, und alles, wofür er stand, aus dem Wahlkreis zu jagen, in den er erst vor kurzem gekrochen war.

Und wofür standen Mahesh Kapoor und der Kongreß? fragte Waris, der an seiner Rolle als Politiker und Feudalherr mittlerweile Spaß fand. Was hatten sie dem Volk gegeben? Der Nawab Sahib und seine Familie arbeiteten seit Generationen für das Volk, sie hatten während des Aufstands gegen die Briten gekämpft – lange bevor es den Kongreß überhaupt gegeben hatte –, sie waren heldenhaft gestorben, hatten mit dem Volk gelitten, sich seiner Armut erbarmt und ihm auf jede nur erdenkliche Weise geholfen. Seht euch das Generatorenhäuschen an, das Krankenhaus, die Schulen, die der Vater und Großvater des Nawab Sahib finanziert haben, sagte Waris. Seht euch die religiösen Stiftungen an, die sie ins Leben gerufen haben oder unterstützen. Denkt an die großen Moharram-Prozessionen – den festlichen Höhepunkt des Jahres in Baitar –, die der Nawab Sahib als Akt öffentlicher Frömmigkeit und persönlicher Nächstenliebe aus eigener Tasche bezahlt. Und doch versuchen Nehru und Konsorten, diesen so überaus beliebten Mann in den Ruin zu treiben und andere an seine Stelle zu setzen. Wen? Eine habgierige Bande bestechlicher Regierungsbeamter, die dem Volk auch noch die letzten Haare vom Kopf fressen. Beschwerte sich jemand, daß die Zamindars die Menschen ausbeuteten, schlug er vor, daß er die Lebensbedingungen derjenigen, die für Baitar House arbeiteten, mit denen in einem bestimmten Dorf außerhalb des Anwesens vergleichen solle. Dort lebten die Menschen in einer Armut, die weniger Mitleid als vielmehr Entsetzen wachrief. Dort waren die Bauern – vor allem die landlosen Chamars – so arm, daß sie die Fäkalien der Ochsen auf dem Dreschplatz nach Getreidekörnern durchsuchten, die sie wuschen, trockneten und aßen. Und doch würden viele Chamars blindlings für den Kongreß stimmen, für die Regierungspartei, die sie seit langem unterdrückte. Er bat seine Brüder aus den registrierten Kasten, ein Einsehen zu haben und für das Fahrrad zu stimmen, nach dem sie vielleicht trachteten, und nicht für die zwei Ochsen, die sie eigentlich nur an die erlittenen Demütigungen erinnern sollten.

Mahesh Kapoor wurde vollständig in die Defensive gedrängt. Und sein Herz war in Brahmpur geblieben: in einer Gefängniszelle, in einem Krankenhauszimmer, in dem Raum in Prem Nivas, in dem seine Frau nicht mehr schlief. Der Kampf, der als Stern mit neun mehr oder minder kleinen und einem großen hell strahlenden Zacken – ihm selbst – aufgestiegen war, polarisierte sich zunehmend zu einem Zweikampf zwischen dem Mann, der als der Kandidat des Nawab Sahib auftrat, und dem Mann, dem klargeworden war, daß er nur dann eine Chance zu gewinnen hatte, wenn er seine eigene Persönlichkeit in den Hintergrund drängte und sich als Jawaharlal Nehrus Kandidat darstellte.

Er sprach nicht mehr über sich selbst, sondern über die Kongreßpartei. Aber auf jeder Versammlung wurde er aufgefordert, das Verhalten seines Sohnes zu erklären. Stimmte es, daß er versucht hatte, seinen Einfluß geltend zu machen, um ihn aus dem Gefängnis zu holen? Was wäre, sollte der junge Nawabzada sterben? Handelte es sich um ein Komplott, um die Führer der Moslems einen nach dem anderen auszulöschen? Für jemanden, der sein Leben lang für die Freundschaft zwischen den Glaubensgemeinschaften gekämpft hatte, waren solche Anfeindungen nur schwer erträglich. Wenn er nicht todunglücklich gewesen wäre, hätte er so wütend geantwortet, wie er es sonst, konfrontiert mit aggressiver Dummheit, tat, aber das hätte ihm jetzt nur noch mehr geschadet.

Kein einziges Mal – weder als wohlüberlegte Andeutung noch in einem Anfall von Zorn – erwähnte er die Gerüchte über den Nawab Sahib. Aber diese Gerüchte hatten mittlerweile Salimpur und Baitar und das Hinterland der beiden kleinen Städte erreicht. Sie richteten mehr moralischen Schaden an als die Gerüchte, die sich um Mahesh Kapoor rankten, obwohl die Ereignisse, auf die sie anspielten, länger als zwei Jahrzehnte zurücklagen. Die orthodoxen Hindu-Parteien brachten sie zur Sprache, wo sie nur konnten.

Aber viele Menschen, vor allem in der Gegend von Baitar, weigerten sich, die Gerüchte über illegitime Vaterschaft und Vergewaltigung zu glauben. Und viele derjenigen, die sie glaubten, meinten, daß Gott den Nawab Sahib mit den Sorgen um das Leben seines Sohnes genug gestraft hätte und daß im Namen der Nächstenliebe alle Sünden irgendwann verjähren müßten.

Auch in praktischer Hinsicht war Mahesh Kapoor mit seiner Weisheit am Ende. Ihm standen nicht länger zwei Jeeps zur Verfügung, sondern nur noch ein heruntergewirtschaftetes Gefährt, das ihm der Kongreß zur Verfügung stellte. Sein Sohn, der ihm geholfen, ihn unterstützt und vielen Menschen vorgestellt hatte, begleitete ihn nicht mehr. Seine Frau, die ihm hätte helfen, die mit den scheuen Frauen in seinem Wahlkreis hätte sprechen können, war tot. Zwar hatte er vor ein paar Wochen gehofft, daß Jawaharlal Nehru auf seiner Blitztour durch Purva Pradesh auch in Salimpur Station machen würde, aber da er sich seiner Sache so sicher gewesen war, hatte er nicht darauf gedrungen. Und jetzt schien es, als könnte ihn nur ein Besuch Nehrus retten. Er schickte Telegramme nach Delhi und Brahmpur mit der Bitte, Nehrus große Rundreise für ein paar Stunden in seine Richtung umzuleiten. Aber er wußte, daß die Hälfte der Kongreßkandidaten um das gleiche bat und seine Chancen, daß die Bitte gewährt wurde, äußerst gering waren.

Für ein paar Tage kamen Veena und Kedarnath. Veena meinte, daß ihr Vater sie mehr brauchte als Maan, den sie bestenfalls jeden zweiten Tag wenige Minuten besuchen konnte. Ihre Ankunft blieb nicht ohne Wirkung in den kleinen Städten, vor allem in Salimpur. Ihr freundliches, lebhaftes Gesicht, ihre warmherzige Art und die Würde ihrer Trauer – um ihre Mutter, um ihren Bruder, um ihren in die Enge getriebenen Vater – rührten die Herzen vieler Frauen. Wenn Veena sprach, kamen sie sogar zu öffentlichen Veranstaltungen. Wegen der Ausweitung des Wahlrechts stellten Frauen jetzt die Hälfte der Wählerschaft.

Die Kongreßmitglieder, die über die Dörfer zogen, taten, was sie konnten, aber viele von ihnen glaubten, daß die Stimmung unwiderruflich gegen sie umgeschlagen war, und sie machten keinen Hehl daraus, wie entmutigt sie waren. Sie konnten sich nicht einmal mehr der Stimmen der registrierten Kasten sicher sein, denn die Sozialisten posaunten ihre Allianz mit der Partei Dr. Ambedkars laut hinaus.

Rasheed war in sein Dorf zurückgekehrt und warb um Stimmen für die Sozialisten. Er war durcheinander, reizbar und labil, und man sah es ihm an. Jeden zweiten Tag eilte er nach Salimpur. Aber ob sein Einsatz für Ramlal Sinha positiv oder negativ zu Buche schlug, war schwer zu entscheiden. Er war gläubiger Moslem, und das half; andererseits war er von fast allen in seinem Dorf Debaria – von Baba bis Netaji – vor die Tür gesetzt worden, und er war nirgendwo gut angesehen. Insbesondere die Dorfältesten von Sagal mokierten sich über seine Ambitionen. Einer der Witze, die die Runde machten, lautete: ›Abd-ur-Rasheed‹ oder ›Der Sklave des Direktors‹ glaubte, das Haupt seiner Familie verloren zu haben, dabei hatte er nur selbst den Kopf verloren. Sagal war geschlossen in das Lager des unabhängigen Kandidaten Waris Khan übergelaufen.

In Debaria war die Lage komplizierter. Zum einen weil dort wesentlich mehr Hindus lebten: ein paar Brahmanen und Banias und eine große Gruppe Jatavs und andere registrierte Kasten. Jede Partei – der Kongreß, die KMPP, die Sozialisten, die Kommunisten und die Hindu-Parteien – hoffte, dort Stimmen zu sammeln. Unter den Moslems komplizierte Netajis sporadische Anwesenheit die Sache. Er forderte die Leute auf, den Kongreßkandidaten in das Parlament von Delhi zu wählen, und ließ die Frage für das Parlament des Staates offen. Aber vermutlich würde sich die Entscheidung für den einen auf die Entscheidung für den anderen auswirken. Ein Dörfler, der seinen Wahlschein für das Bundesparlament in die grüne Urne mit den Ochsen warf, würde höchstwahrscheinlich auch den anderen Wahlschein in die braune Urne mit dem gleichen Symbol stecken.

Als Mahesh Kapoor eines Abends nach langen, staubigen Stunden des Wahlkampfs mit Kedarnath in Debaria eintraf, begrüßte ihn Baba sehr gastfreundlich, erklärte aber ohne Umschweife, daß sich die Lage wesentlich geändert habe.

»Und was ist mit Ihnen?« fragte Mahesh Kapoor. »Haben Sie Ihre Entscheidung auch geändert? Glauben Sie, daß ein Vater für die Taten seines Sohnes bestraft werden sollte?«

»Das glaube ich nicht«, erwiderte Baba. »Aber ich glaube, daß ein Vater dafür verantwortlich ist, wie sich sein Sohn verhält.«

Mahesh Kapoor verzichtete darauf zu erwähnen, daß Netaji für Baba nicht gerade Ehre einlegte. Es war irrelevant, und er hatte keine Kraft mehr zu streiten. Vielleicht spürte er in diesem Moment am schmerzlichsten, daß er den Kampf verloren hatte.

Als sie spätabends nach Salimpur zurückkehrten, bat er seinen Schwiegersohn, ihn allein zu lassen. Das Licht in seinem Zimmer war schwach, die Glühbirnen flackerten. Er aß und dachte über sein Leben nach, versuchte, sein privates von seinem öffentlichen Leben zu trennen und sich auf letzteres zu konzentrieren. Mehr als je zuvor glaubte er, daß er sich 1947 aus der Politik hätte zurückziehen sollen. Die Entschlossenheit, die ihn im Kampf gegen die Briten ausgezeichnet hatte, löste sich nach der Unabhängigkeit in Unsicherheiten und Orientierungsschwäche auf.

Nach dem Essen sah er seine Post durch. Er nahm einen großen Umschlag mit den Einzelheiten der örtlichen Wahllisten zur Hand. Dann griff er zu einem anderen Brief und erschrak, als er das Gesicht von König George VI. auf der Briefmarke bemerkte.

Eine Weile starrte er es vollkommen desorientiert an, als ob es ein Omen wäre. Bedächtig legte er den Umschlag auf eine Postkarte, auf der Gandhi abgebildet war. Plötzlich hatte er das Gefühl, als ob er unbewußt seine beste Karte übertrumpft hatte. Wieder starrte er auf die Briefmarke.

Es gab eine einfache Erklärung dafür, auf die er aber nicht kam. Das Postministerium hatte unter dem Druck der Unmengen von Post im Zusammenhang mit der Wahl und aus Angst vor einer möglichen Briefmarkenknappheit die Postämter angewiesen, auch die Vorräte der alten König-George-Serie zu verkaufen. So einfach war es. König George VI. hatte sich nicht in der Stille der Nacht von seinem Krankenbett in London erhoben, um Mahesh Kapoor heimzusuchen und ihm vorherzusagen, daß sie sich bei Philippi wiedersehen würden.

17.34

Am nächsten Morgen stand Mahesh Kapoor vor Tagesanbruch auf und machte einen Spaziergang durch die noch schlafende Stadt. Der Himmel war sternenübersät. Ein paar Vögel begannen zu zwitschern, und ein paar Hunde bellten.

Über die kaum vernehmbare Stimme des Muezzins, der zum Gebet rief, legte sich das Krähen eines Hahns. Dann war es bis auf vereinzeltes Vogelgezwitscher wieder vollkommen still.

> Steh auf, Wanderer, die Welt ist erwacht.
> Warum schläfst du noch? Es ist nicht mehr Nacht.

Er summte die Melodie vor sich hin und spürte, daß wenn schon nicht Hoffnung, so doch Entschlossenheit in ihm heranreifte.

Er sah auf die Uhr, die Rafi Sahib ihm geschenkt hatte, dachte an das Datum und lächelte.

Später, als er gerade zu seiner Wahlkampftour aufbrechen wollte, lief der Unterbezirksbeamte von Salimpur eilends auf ihn zu.

»Sir, der Premierminister kommt morgen nachmittag zu uns. Ich habe gerade einen Anruf erhalten und soll Sie darüber informieren. Er wird in Baitar und in Salimpur sprechen.«

»Sind Sie sicher?« fragte Mahesh Kapoor voller Ungeduld. »Sind Sie absolut sicher?« Es war, als ob mit seinem Stimmungsumschwung insgesamt eine Wendung zum Besseren eingetreten wäre.

»Ja, wirklich, Sir. Ich bin ganz sicher.« Der UBB war sowohl aufgeregt als auch hochgradig besorgt. »Ich habe noch keine Vorbereitungen getroffen. Überhaupt keine.«

Innerhalb einer Stunde wußte die ganze Stadt davon, und bis Mittag hatte sich die Nachricht bis in die Dörfer verbreitet.

Jawaharlal Nehru, der für seine zweiundsechzig Jahre erstaunlich jung aussah und dessen Achkan die Farbe der staubigen Straßen des Wahlkreises angenommen hatte, traf Mahesh Kapoor und den Kongreßkandidaten für das Parlament in Delhi im Gerichtsgebäude von Baitar. Mahesh Kapoor konnte es immer noch nicht ganz glauben.

»Kapoor Sahib«, sagte Nehru, »man hat mir geraten, nicht hierherzukommen, weil die Schlacht hier verloren sei. Für mich ist das erst recht ein Grund zu kommen. Nehmen Sie mir diese Dinger ab«, sagte er gereizt zu einem Mann neben ihm und reichte ihm sieben Ringelblumengirlanden, die man ihm um den Hals gehängt hatte. »Außerdem hat man irgendeinen Unsinn erzählt über Ihren Sohn, der in Schwierigkeiten steckt. Ich habe gefragt, ob das irgendwas mit Ihnen zu tun hat, und das ist ganz eindeutig nicht der Fall. In diesem Land kümmern sich die Leute zuviel um die falschen Dinge.«

»Ich kann Ihnen gar nicht genug danken, Panditji«, sagte Mahesh Kapoor würdevoll und dankbar; er war sehr gerührt.

»Danken? Es gibt nichts, wofür Sie mir zu danken hätten. Übrigens möchte ich Ihnen mein Beileid wegen Mrs. Kapoor ausdrücken. Ich erinnere mich, sie in Allahabad kennengelernt zu haben – das war vor – wieviel? – fünf Jahren.«

»Elf.«

»Elf! Was ist nur los? Wofür brauchen sie so lange? Ich werde zu spät nach Salimpur kommen.« Er steckte sich eine Pastille in den Mund. »Ach ja, das wollte ich Ihnen noch sagen. Ich werde Sharma bitten, meinem Kabinett beizutreten. Er kann sich nicht noch einmal weigern. Ich weiß, er ist gern Chefminister, aber ich brauche auch in Delhi eine starke Mannschaft. Deswegen ist es überaus wichtig, daß Sie hier gewinnen und sich um die Dinge in Purva Pradesh kümmern.«

»Panditji«, erwiderte Mahesh Kapoor überrascht und erfreut, »ich werde mein Bestes tun.«

»Und natürlich können wir nicht zulassen, daß reaktionäre Kräfte wichtige Sitze gewinnen«, sagte Nehru und deutete in Richtung Fort. »Wo ist Bhushan – heißt er so? Können sie denn nichts richtig organisieren?« fragte er ungeduldig. Er ging auf die Veranda und rief nach dem für die Logistik zuständigen Mann. »Wie wollen wir ein Land regieren, wenn wir nicht mal ein Mikrophon, eine Rednerbühne und ein paar Polizisten organisieren können?« Als ihm mitgeteilt wurde, daß die lästigen endlosen Sicherheitsvorkehrungen abgeschlossen waren, lief er, immer zwei Stufen auf einmal nehmend, die Treppe des Gerichtsgebäudes hinunter und setzte sich ins Auto.

Alle hundert Meter wurde die Kavalkade von begeisterten Anhängern aufgehalten. Als sie auf dem Platz, auf dem er reden sollte, eintrafen, lief er die Treppe zur Rednertribüne hinauf, die mit Blumen bestreut war, und machte Namasté zu der riesigen Menschenmenge, die sich versammelt hatte. Die Menschen – Städter und Dörfler – warteten seit über zwei Stunden mit zunehmender Spannung auf ihn. Noch bevor sie ihn sahen, rief die gewaltige, aufgeregte Zuhörerschaft wie elektrisiert: »Jawaharlal Nehru Zindabad!«

»Jai Hind!«

»Kongreß Zindabad!«

»Maharaj Jawaharlal ki jai!«

Das war zuviel für Nehru. »Setzt euch, setzt euch, schreit nicht so!« rief er.

Die Menge lachte und jubelte weiter. Nehru wurde ärgerlich, sprang von der Bühne hinunter, bevor ihn jemand aufhalten konnte, und begann, einzelne zu Boden zu stoßen. »Los, setzt euch, wir haben nicht so viel Zeit.«

»Er hat mich gestoßen – ganz fest gestoßen!« sagte ein Mann voll Stolz zu seinen Freunden. Für den Rest seines Lebens sollte er damit angeben.

Als er wieder auf der Bühne stand, stellte ein Kongreßbonze wortreich gerade jemand anders vor.

»Genug, genug, genug. Fangt an!« sagte Nehru.

Dann sprach jemand über Jawaharlal Nehru selbst, wie sehr ihnen seine Anwesenheit doch schmeichele, sie ehre, privilegiere und ihnen zum Segen gereiche, er sei die Seele des Kongresses, der Stolz Indiens, Jawahar und Lal des Volkes, ihr Juwel und Liebling.

Nehru wurde allmählich wirklich zornig. »Fangt endlich an. Habt ihr nichts Besseres zu tun?« murmelte er vor sich hin. Dann wandte er sich an Mahesh Kapoor. »Je länger sie über mich reden, desto weniger werde ich Ihnen – oder

dem Kongreß – oder dem Volk – nützen. Sagen Sie ihnen, sie sollen aufhören.«
Mahesh Kapoor gab dem Redner einen Wink, und der zog sich beleidigt zurück. Nehru stürzte sich in eine fünfundvierzigminütige Rede in Hindi.

Die Zuhörer waren völlig hingerissen. Ob sie ihn verstanden oder nicht, war schwer zu sagen, denn er sprang in impressionistischer Manier von einem Gedanken zum nächsten, und sein Hindi war nicht besonders gut, aber sie hörten ihm zu und starrten ihn gebannt, aufmerksam und ehrfürchtig an.

Seine Rede lautete ungefähr folgendermaßen:

»Herr Vorsitzender und so weiter – Brüder und Schwestern –, wir haben uns hier in einer schwierigen Zeit versammelt, aber es ist auch eine Zeit der Hoffnung. Gandhiji ist nicht mehr unter uns, deswegen ist es um so wichtiger, daß ihr Vertrauen habt in die Nation und in euch selbst.

Auch die Welt insgesamt macht eine schwere Zeit durch. Es gibt die Korea-Krise und die Krise im Persischen Golf. Wahrscheinlich habt ihr von dem Versuch der Briten gehört, die Ägypter herumzukommandieren. Das wird früher oder später zu ernsthaften Problemen führen. Das ist schlecht, und wir können es nicht zulassen. Die Welt muß endlich lernen, in Frieden zu leben.

Auch hier bei uns zu Hause müssen wir in Frieden leben. Als tolerantes Volk müssen wir tolerant sein. Vor vielen Jahren haben wir unsere Freiheit verloren, weil wir uns nicht einig waren. Das darf nicht noch einmal passieren. Unheil wird über das Land hereinbrechen, wenn sich religiöse Bigotterie und Glaubenszwistigkeiten ausbreiten.

Wir müssen unsere Art zu denken ändern. Das ist das wichtigste. Wir müssen die Reform des Hindu-Rechts durchsetzen, weil sie eine wesentliche Maßnahme ist. Die Zamindari Bills der verschiedenen Bundesstaaten müssen in Kraft treten. Wir müssen die Welt mit neuen Augen sehen.

Indien ist ein altes Land mit großen Traditionen, aber das Gebot der Stunde verlangt, daß wir diese Traditionen mit der Wissenschaft vereinbaren. Es reicht nicht, Wahlen zu gewinnen, wir müssen auch die Schlacht um die Produktion gewinnen. Wir brauchen Wissenschaft und noch mal Wissenschaft, Produktion und noch mal Produktion. Jede Hand muß mit anpacken. Wir müssen uns die Kraft unserer mächtigen Ströme mit Hilfe von großen Dämmen nutzbar machen. Diese Monumente der Wissenschaft und des modernen Denkens werden uns Wasser für unsere Felder und für Elektrizität geben. In den Dörfern müssen wir für Trinkwasser, Nahrungsmittel, Häuser und medizinische Versorgung und für die Abschaffung des Analphabetismus eintreten. Wir müssen Fortschritte machen, sonst bleiben wir zurück ...«

Manchmal schwelgte Nehru in Erinnerungen, manchmal wurde er poetisch, dann wieder wurde er davongetragen und schalt die Versammelten. Wie sie schon geahnt hatten, war er ein herrischer Demokrat. Aber was immer er sagte, sie applaudierten. Sie jubelten, wenn er die Größe des Bhakra-Dammes beschrieb; sie jubelten, wenn er verkündete, daß die Amerikaner Korea nicht unterdrücken dürften – was immer Korea war. Und am lautesten jubelten sie, wenn er sie um ihre Unterstützung bat, was er eher beiläufig tat. In ihren Augen konnte Nehru – der Fürst und Held der Unabhängigkeit, der Erbe Mahatma Gandhis – nichts falsch machen.

Erst während der letzten zehn Minuten jeder Rede bat er sie um ihre Stimmen – für den Kongreß, für die Partei, die dem Land die Freiheit erkämpft hatte und die trotz aller Mängel die einzige Partei war, die Indien zusammenhalten konnte; für den Kongreßkandidaten für Delhi, der ›ein anständiger Mann ist‹ (Nehru hatte seinen Namen vergessen), und für seinen alten Kameraden und Weggefährten Mahesh Kapoor, der für Purva Pradesh die schwierige Aufgabe bewältigt hatte, das Gesetz zur Abschaffung des Zamindari-Systems zu formulieren. Er erinnerte die Zuhörer an gewisse Anachronismen im Zeitalter des Republikanismus, zum Beispiel den Versuch, feudale Loyalitäten für persönliche Zwecke zu mißbrauchen. Manche von ihnen kandidierten sogar als Unabhängige bei den Wahlen. Einer von ihnen, der ein riesiges Anwesen besaß, benutzte ausgerechnet ein bescheidenes Fahrrad als sein Symbol. (Dieser Bezug zum Ort verfehlte seine Wirkung nicht.) Aber es gab viele von ihnen, und die Lehre, die daraus gezogen werden mußte, war eine allgemeine. Er bat die Zuhörer, die Bekenntnisse zu Idealismus und Bescheidenheit solcher Notabeln nicht zu glauben, sondern sie im Licht ihrer häßlichen Vergangenheit zu sehen, als sie das eigene Volk unterdrückt und den britischen Herren treu gedient hatten, die ihrerseits ihre Besitztümer, ihre Pachteinkünfte und ihre Untaten gedeckt hatten. Der Kongreß wollte mit solchen Feudalisten und Reaktionären nichts zu tun haben, und er brauchte die Unterstüzung der Massen, um sie zu bekämpfen.

Als die Menge voller Begeisterung »Kongreß Zindabad!« oder, noch schlimmer, »Jawaharlal Nehru Zindabad!« schrie, brachte Nehru sie ungehalten zum Schweigen und befahl ihnen, statt dessen »Jai Hind!« zu rufen.

Und so endeten die Veranstaltungen, und er brach auf zur nächsten, immer mit Verspätung, immer ungeduldig, ein Mann, dessen Herzensgröße die Herzen der Menschen gewann und dessen umständliche Bitten, sich gegenseitig zu tolerieren, ein launisches Land nicht nur in diesen gefährlichen frühen Jahren vor dem systematischen Klammergriff des religiösen Fanatismus schützten, sondern solange er lebte.

17.35

Die wenigen Stunden, die Jawaharlal Nehru im Distrikt verbrachte, hatten enorme Auswirkungen auf den Wahlkampf dort, vor allem auf den von Mahesh Kapoor. Der Besuch gab ihm neue Hoffnung und seinen Helfern neuen Mut.

Auch die Bevölkerung wurde merklich freundlicher. Wenn Nehru, den die einfachen Menschen tatsächlich als Seele des Kongresses und als Stolz Indiens betrachteten, voll und ganz mit seinem ›alten Kameraden und Weggefährten‹ einverstanden war, wer waren sie, um an seiner Empfehlung zu zweifeln? Hätten die Wahlen nicht erst in zwei Wochen, sondern am nächsten Tag stattgefunden, wäre Mahesh Kapoor wahrscheinlich mit einer großen Stimmenmehrheit auf dem Saum von Nehrus staubigem Achkan nach Hause geschwebt.

Nehru hatte zumindest teilweise auch den Glaubenszwistigkeiten den Stachel genommen. Denn die Moslems im ganzen Land betrachteten ihn als ihren wahren Fürsprecher und Beschützer. Er war es gewesen, der während der Zeit der Teilung in Delhi aus einem Polizeijeep gesprungen war und sich unbewaffnet in den gewalttätigen Mob gestürzt hatte, um Leben zu retten, gleichgültig, ob es Hindus oder Moslems waren. Selbst seine Kleidung zeugte von Nawabi-Kultur, mochte er noch so sehr gegen die Nawabs wettern. Nehru war im Tempel des großen Sufi-Heiligen Moinuddin Chishti in Ajmer gewesen und war mit dem Geschenk eines Gewands geehrt worden; er war in Armanath gewesen, wo hinduistische Priester ihm zu Ehren eine Puja abgehalten hatten. Rajendra Prasad, der Präsident Indiens, wäre nach Armanath gegangen, aber nie nach Ajmer. Es gab den verängstigten Minderheiten Auftrieb, daß der Premierminister keine grundsätzlichen Unterschiede zwischen beiden Religionen machte.

Selbst Maulana Azad, der bedeutendste Führer der Moslems nach der Unabhängigkeit, war ein Mond verglichen mit der Sonne Nehru; sein Glanz war weitgehend eine Reflektion von Nehrus Glanz. Denn Nehru repräsentierte Popularität und Macht, obwohl er in beides nicht verliebt war und obwohl er beides nicht immer effektiv einsetzte.

Es gab auch einige – sowohl Hindus wie Moslems –, die halb im Scherz glaubten, daß Nehru ein besserer Führer der Moslems gewesen wäre als Jinnah. Jinnah hatte keine wirkliche Sympathie für die Menschen – es war sein Wille gewesen, der sie zusammengehalten und nach Pakistan geführt hatte. Aber Nehru war ein Mann, der vor Sympathie schier übersprudelte, der sich von der Teilung seines Landes nicht hatte verbittern lassen und im Gegensatz zu anderen die Moslems – wie die Angehörigen aller Religionen oder auch keiner – weiterhin mit Liebenswürdigkeit und Respekt behandelte. Sie hätten sich wesentlich unsicherer und bedrohter gefühlt, wenn in Delhi jemand anders regiert hätte.

Aber Delhi war weit weg. Und Brahmpur auch – sogar die Distriktverwaltung in Rudhia. Während die Tage vergingen, gewannen wieder ortsbezogene Loyalitäten, Streitigkeiten, Themen und Kasten- und Religionszugehörigkeit die Oberhand. In dem kleinen Barbierladen in Salimpur – eigentlich mehr ein Straßenstand als ein Laden –, auf dem Gemüsemarkt, bei einer abendlichen Hookah im Hof irgendeines Hauses – bei jeder Gelegenheit wurde wieder über Mahesh Kapoors Sohn und den Nawabzada, über Saeeda Bai und den Nawab Sahib geklatscht.

Viele Hindus hoher Kasten waren der Meinung, daß Maan durch die Verbindung mit dieser moslemischen Hure – und noch schlimmer, durch sein Verliebtsein in sie – seine Kaste verloren hatte. Und damit hatte sein Vater auch den Anspruch auf ihre Stimme verloren. Andererseits überdachten viele arme Moslems – und die meisten von ihnen waren arm – im Lauf der Zeit, wer ihre Interessen besser vertrat. Obwohl sie dem Nawab Sahib traditionellerweise loyal ergeben waren, begannen sie zu fürchten, was geschehen würde, wenn sie seinen Mann Waris ins Parlament wählten. Was wäre, wenn nicht nur er, sondern weitere Unabhängige mit feudalistischen Ansichten gewählt würden? Was wäre, wenn der Kongreß keine eindeutige Mehrheit gewönne? Wäre der Zamindari Act – oder seine Durchsetzung – nicht in Gefahr, auch wenn das Oberste Gericht ihn für rechtskräftig erklärte? Fortgesetzte Pächterschaft unter der grausamen Kontrolle des Munshis und seiner Helfer war weit weniger attraktiv als die Möglichkeit, das Land, wenn auch verschuldet, selbst zu besitzen.

Kedarnath hatte einigen Erfolg bei den Jatavs von Salimpur und den umliegenden Dörfern. Im Gegensatz zu den meisten Hindus aus hohen, aber auch zu denen aus vergleichsweise niedrigen Kasten weigerte er sich nicht, mit ihnen zu essen. Zudem wußten sie über Verwandte oder Bekannte in Brahmpur, zum Beispiel von Jagat Ram aus Ravidaspur, daß er einer der wenigen Zwischenhändler in Misri Mandi war, die ihre Kastenbrüder einigermaßen anständig behandelten. Und Mahesh Kapoor hatte – im Gegensatz zu L. N. Agarwal mit seinem Polizeieinsatz – nichts getan, um ihre natürliche Affinität zum Kongreß zu schwächen. Veena besuchte mit dem Frauenausschuß des Kongresses Familie nach Familie, Dorf nach Dorf und warb um Stimmen für ihren Vater. Sie war froh über die Arbeit und auch darüber, daß ihr Vater wieder völlig im Wahlkampf aufging. Er hatte nicht mehr so viel Zeit, an schmerzliche Dinge zu denken. Die alte Mrs. Tandon kümmerte sich um Prem Nivas, und Bhaskar war bei ihr. Veena vermißte ihn, aber das war nicht zu ändern.

Das Rennen fand jetzt nur noch zwischen Nehrus altem Waffenbruder und dem Lakai des Nawab Sahib statt, oder anders, aber ebenso plausibel ausgedrückt: zwischen dem Vater des Schurken Maan und dem aufrechten, treuen Waris.

An den Mauern von Baitar und Salimpur klebten Handzettel, auf denen Nehru abgebildet war. Viele von ihnen waren mit auffälligen grünen Fahrrädern übermalt, wobei die zwei Räder Nehrus Augen umrahmten. Waris hatten Nehrus Bemerkungen über seinen Herrn entsetzt, den er verehrte, und er war entschlossen, Nehrus verbale Attacke und Maans physischen Angriff auf den galanten Firoz zu rächen. Was seine Methoden betraf, so war er nicht gerade wählerisch. Wann immer möglich, hielt er sich an legitime Mittel, und wenn das nicht genügte, dann war er auch nicht zimperlich. Dem geizigen Munshi rang er Geld ab, er veranstaltete Feste und verteilte Süßigkeiten und Schnaps, er nötigte, wen immer er konnte, und schmeichelte, wem immer er konnte, er versprach, egal, was, er rief den Nawab Sahib und Gott in der Gewißheit an, daß er in beider Interesse sprach, und ungeachtet der Möglichkeit, daß sie ihn vielleicht später mißbilligen würden. Maan, den er einst instinktiv gemocht hatte und der sich als falscher und gefährlicher Freund herausgestellt hatte, war sein Erzfeind. Aber nach der störenden Magie des Nehruschen Zauberstabs konnte Waris nicht mehr sicher sein, daß er Maans Vater besiegen würde.

Einen Tag vor der Wahl, als es zu spät war, um die Behauptung wirksam zu widerlegen, erschien ein kleiner Handzettel in Urdu. Er wurde in tausendfacher Auflage auf dünnem rosa Papier mit schwarzem Rand gedruckt. Weder der Verfasser noch der Name der Druckerei waren vermerkt. Darauf stand, daß Firoz in der vorangegangenen Nacht gestorben war, und er rief im Namen des trauernden Vaters alle gläubigen Menschen dazu auf, in ihrer Wahlentscheidung die Empörung über den Urheber dieses großen Unglücks zum Ausdruck zu bringen. Der Mörder laufe frei auf den Straßen von Brahmpur herum, sei auf Kaution freigelassen worden, um noch mehr hilflose moslemische Frauen zu erwürgen und die Blüte der moslemischen Männlichkeit abzuschlachten. Wo, wenn nicht im Raj des Kongresses, wurden solche Abscheulichkeiten, wurde solch eine Preisgabe der Ideale der Gerechtigkeit geduldet? Angeblich war es so, daß, egal, wer oder was für den Kongreß kandidierte – sogar ein Laternenpfahl oder ein Hund –, zwangsläufig gewinnen würde. Aber die Menschen in diesem Wahlkreis sollten nicht für den schamlosen Laternenpfahl oder den stinkenden Hund stimmen. Sie sollten nicht vergessen, daß niemandes Leben oder Ehre mehr sicher sei, wenn Mahesh Kapoor gewählt würde.

Das verhängnisvolle Flugblatt schien – wie es seiner Leichtigkeit entsprach – mit dem Wind zu fliegen. Denn am Abend, als der öffentliche Wahlkampf eingestellt wurde, war es fast bis ins letzte Dorf des Wahlkreises vorgedrungen. Am nächsten Tag wurde gewählt, und es war zu spät, um die Lüge zu enttarnen oder zu widerlegen.

17.36

»Wessen Frau bist du?« fragte Sandeep Lahiri, der als Wahlhelfer in einem Stimmlokal in Salimpur Dienst tat.

»Ich darf seinen Namen nicht aussprechen«, flüsterte die in eine Burqa gekleidete Frau erschrocken. »Er steht auf dem Zettel, den ich Ihnen gegeben habe, bevor sie gerade den Raum verlassen haben.«

Sandeep blickte auf den Zettel, dann auf sein Wählerverzeichnis. »Fakhruddin? Bist du Fakhruddins Frau? Aus dem Dorf Noorpur Khurd?«

»Ja, ja.«

»Du hast vier Kinder, nicht wahr?«

»Ja, ja, ja.«

»Raus!« sagte Sandeep streng. Er hatte bereits überprüft, daß die Frau, die diesen Namen in Wahrheit trug, nur zwei Kinder hatte. Strenggenommen hätte er die Frau der Polizei übergeben müssen, aber er war der Meinung, daß ihr Vergehen solch eine strikte Maßnahme nicht rechtfertigte. Nur einmal hatte er bei diesen Wahlen bislang auf die Polizei zurückgreifen müssen. Das war wenige Tage zuvor gewesen, als ein betrunkener Mann in Rudhia einen Wahlhelfer bedroht und versucht hatte, das Wählerverzeichnis zu zerreißen.

Sandeep war froh, Brahmpur entkommen zu sein. Seine Schreibtischarbeit im Bergbauministerium war langweilig verglichen mit seinen früheren Aufgaben im Unterbezirk. Die Wahl war – obwohl er auch bei dieser Tätigkeit an einem Schreibtisch sitzen mußte – eine belebende Abwechslung, und er war wieder einmal in der Gegend, die er trotz ihrer Rückständigkeit ins Herz geschlossen hatte. Er sah auf eine zerfledderte Landkarte von Indien und auf eine Tafel mit dem Hindi-Alphabet. Das Wahllokal befand sich in einer Schule.

Aus dem benachbarten Klassenzimmer, in dem die Männer wählten, drang Lärm. Sandeep stand auf, um nach dem Rechten zu sehen, und fand sich mit einer ungewöhnlichen Szene konfrontiert. Ein Bettler, der keine Hände mehr hatte, war entschlossen zu wählen, und zwar ohne fremde Hilfe. Er weigerte sich, sich von einem Wahlhelfer hinter den mit einem Vorhang abgetrennten Bereich begleiten zu lassen, weil er überzeugt davon war, daß dieser dann seine Wahlentscheidung bekanntgeben würde. Der Wahlhelfer redete hitzig und vergebens auf ihn ein, und vor dem Klassenzimmer mußten die anderen Wähler Schlange stehen. Der Bettler verlangte, daß der Wahlhelfer den Wahlschein für ihn faltete und ihm zwischen die Zähne steckte. Dann wollte er hinter den Vorhang gehen und ihn in die Urne seiner Wahl schieben.

»Das geht nicht«, sagte der Wahlhelfer.

»Warum nicht?« fragte der Bettler. »Warum wollen Sie unbedingt mitgehen? Woher soll ich wissen, ob Sie nicht ein Spion des Nawab Sahib sind? Oder des Ministers?« fügte er hastig hinzu.

Sandeep machte eine beruhigende Geste und deutete dem Wahlhelfer an, er solle den Mann gewähren lassen. Der Bettler erfüllte seine Pflicht einmal für das Parlament in Delhi und einmal für das Parlament in Brahmpur. Als er zum zweitenmal hinter dem Vorhang hervorkam, schnaubte er den Wahlhelfer verächtlich an. Der Wahlhelfer war verstimmt.

»Warte noch«, sagte ein anderer Wahlhelfer. »Wir haben dich noch nicht mit Tinte gekennzeichnet.«

»Sie werden mich wiedererkennen«, sagte der Bettler.

»Ja, aber vielleicht versuchst du ja, woanders noch mal zu wählen. Das ist Vorschrift. Jeder muß seinen linken Zeigefinger markieren lassen.«

Wieder schnaubte der Bettler. »Wenn Sie meinen linken Zeigefinger finden«, sagte er.

Der Bettler hielt den ganzen Wahlbetrieb auf. »Ich weiß die Lösung«, sagte Sandeep lächelnd, schlug seine Vorschriften auf und las vor:

»Die in dieser Vorschrift oder in Vorschrift 23 niedergelegten Aussagen bezüglich des linken Zeigefingers eines Wahlberechtigten finden für den Fall, daß dem Wahlberechtigten der linke Zeigefinger fehlt, Anwendung auf einen anderen Finger der linken Hand und im Fall, daß alle Finger der linken Hand fehlen, auf den Zeige- oder jeden anderen Finger der rechten Hand und im Fall, daß alle Finger an beiden Händen fehlen, auf die Extremität, die ihm am linken oder rechten Arm verblieben ist.«

Er tauchte ein gläsernes Stäbchen in ein Tintenfaß und lächelte den Bettler schräg an, der, besiegt von den labyrinthischen Gehirnwindungen der im Raj ausgebildeten Formulierer von Gesetzestexten, mißmutig seinen linken Armstumpf ausstreckte.

Die Wahlbeteiligung war ziemlich rege. Bis Mittag hatten ungefähr drei von zehn Wahlberechtigten ihre Stimme abgegeben. Nach einer Stunde Mittagspause konnte man vier weitere Stunden lang wählen. Als das Wahllokal um fünf Uhr schloß, hatten ungefähr fünfundfünfzig Prozent der Wahlberechtigten gewählt. Das ist kein schlechtes Ergebnis, dachte Sandeep. Aus den Erfahrungen der letzten Tage wußte er, daß – entgegen seinen Erwartungen – in den meisten städtischen Bezirken die Wahlbeteiligung geringer war als auf dem Land.

Um fünf Uhr wurden die Schultore geschlossen, und diejenigen, die noch anstanden, bekamen gekennzeichnete Zettel in die Hand gedrückt. Nachdem auch sie ihre Stimme abgegeben hatten, wurden die Wahlurnen mit Papier und rotem Lack versiegelt. Die Wahlbeobachter der verschiedenen Kandidaten fügten ihr eigenes Siegel hinzu. Sandeep schloß die Wahlurnen über Nacht in der Schule ein und stellte eine Wache auf. Am nächsten Tag wurden diese und andere Urnen unter der Aufsicht des UBB von Salimpur ins Collectorate von Rudhia gebracht, wo sie und weitere Urnen aus dem Distrikt im Kassenraum erneut verschlossen wurden.

Es wurde zeitlich versetzt gewählt, und so wurden auch die Stimmen zeitlich versetzt ausgezählt. Die Stimmen der Wahlbezirke, in denen zuerst gewählt worden war, zählte man auch als erste aus. Viele Wahlhelfer wurden jetzt Stimmenzähler. Aufgrund dieses Vorgehens vergingen in einem typischen Wahlkreis in Purva Pradesh bei den allgemeinen Wahlen von 1952 sieben bis zehn Tage zwischen der Wahl und der Auszählung der Stimmen.

Es waren qualvolle Tage für jeden Kandidaten, der sich eine Chance zu gewinnen ausrechnete. Waris Khan konnte es kaum aushalten, aber etwas anderes hatte auch niemand erwartet. Doch obwohl ihn genügend andere Ängste quälten, traf das auch auf Mahesh Kapoor zu.

ACHTZEHNTER TEIL

18.1

Lata spielte keine aktive Rolle bei den dramatischen Ereignissen im Januar. Ab und zu ging ihr jedoch Meenakshis Vorhersage – oder zumindest Erwartung – von aufregenden Begebenheiten im neuen Jahr durch den Kopf. Wäre Brahmpur Kalkutta gewesen und Savitas Familie ihre, hätte Meenakshi bislang nicht ganz enttäuscht sein können: eine Messerstecherei, ein Skandal, ein Todesfall, eine Schlammschlacht im Wahlkampf – und das in einer Familie, in der normalerweise nichts Aufregenderes passierte, als daß Mutter und Tochter – oder Vater und Sohn – harsche Worte wechselten.

Am Ende dieses Semesters standen ihre Abschlußprüfungen. Jeden Tag ging Lata in ihre Lehrveranstaltungen, mit den Gedanken nur halb bei den alten Romanen und noch älteren Theaterstücken. Die meisten ihrer Kommilitonen einschließlich Malati konzentrierten sich auf ihr Studium; es gab kaum Unternehmungen, die nicht im Lehrplan vorgesehen waren, ganz gewiß keine zeitaufwendigen Theateraufführungen. Die Literarische Gesellschaft von Brahmpur traf sich nach wie vor jede Woche, aber Lata hatte nicht den Mut hinzugehen. Maan war zu aller Erleichterung vor kurzem auf Kaution aus dem Gefängnis entlassen worden, aber es schien, als würde die endgültige Anklage schwerer ausfallen, als sie gehofft hatten.

Lata kümmerte sich gern um Uma, die ein sehr freundliches Baby war und deren Lächeln sie die Sorgen und Probleme der Welt vergessen ließ. Sie verfügte über eine unerschöpfliche Energie und nahm das Leben, ihre Umwelt und alles Haar in ihrer Reichweite entschlossen in die Hände. Uma sang jetzt gern und schlug gebieterisch gegen ihre Wiege.

Wie Lata bemerkte, hatte Uma eine besänftigende Wirkung auf Savita und sogar auf Pran. Wenn ihr Vater sie in den Armen wiegte, vergaß er für ein paar Augenblicke seinen eigenen Vater, an dem Trauer und Wut nagten, seinen Bruder, der sich in den Schlingen der Liebe und des Gesetzes verfangen hatte, seine Frau, seine verstorbene Mutter, seine eigene Gesundheit, seine Arbeit, seine

Ambitionen. Pran hatte *Unser Mädchen* auswendig gelernt und trug es Uma bisweilen vor. Mrs. Rupa Mehra, die einen ganzen Berg Wintersachen strickte, blickte dann auf, halb erfreut, halb argwöhnisch.

Kabir hatte in Kalkutta nicht versucht, sich mit Lata in Verbindung zu setzen, und er tat es auch nicht in Brahmpur. Er sah sie bei der Chautha und einmal aus der Entfernung auf dem Campus. Sie wirkte auf stille Weise unnahbar. Er konnte sich vorstellen, daß sie sich ebenso wie Pran nach dem Aufruhr, den die Presse veranstaltet hatte, vor endlosen Sympathiebekundungen und neugierigen Fragen von Freunden, Bekannten und Fremden kaum retten konnte.

Traurig dachte er darüber nach, daß ihren Begegnungen immer etwas Unlogisches, Unvollständiges und Unwirkliches angehaftet hatte. Sie hatten sich immer nur kurz gesehen und waren sich dabei ständig des Risikos, entdeckt zu werden, bewußt und deswegen auch immer überaus befangen gewesen. Mit allen Menschen außer mit Lata sprach Kabir freiheraus, und er fragte sich, ob sie in seiner Gegenwart nicht auch am kompliziertesten und schwierigsten war.

Er rechnete nicht mehr damit, daß sie viel an ihn dachte. Auch wenn sie nicht von so beunruhigenden und besorgniserregenden Ereignissen zumindest am Rande betroffen gewesen wäre, hätte er nicht damit gerechnet. Er konnte nicht wissen, daß sie wußte, daß er in Kalkutta gewesen war und sie hatte aufsuchen wollen. Von Malatis Brief hatte er ebenfalls keine Ahnung. Er widmete sich konzentriert seinem Studium, und auch er hatte seine privaten Sorgen und Dinge, die ihn trösteten. Der wöchentliche Besuch bei seiner Mutter war eine unvermeidliche Betrübnis, und er fand Trost in Dingen, die ihn interessierten: beim Kricketspielen, in Berichten über die Testspiele mit England, deren letztes in Madras noch ausstand. Zusammen mit dem begeisterten Mr. Nowrojee hatte er den Dichter Amit Chatterji nach Brahmpur eingeladen, damit er bei einem Treffen der Literarischen Gesellschaft in der ersten Februarwoche seine Gedichte vortrug und diskutierte. In der Annahme, daß sie von Chatterjis Werk gehört hatte, hoffte er, daß Lata auch kommen würde, aber er erwartete es nicht.

Am vereinbarten Tag herrschte zehn Minuten nach fünf eine aufgeregte Stimmung in der Hastings Road Nummer 20. Die Polstersessel mit dem Blumenmuster waren ausnahmslos besetzt. Mit Spitzendeckchen bedeckte Wassergläser standen auf dem Pult, an dem Mr. Nowrojee den Gast vorstellen und Amit seine Gedichte vortragen würde. Im Nebenzimmer wartete Mrs. Nowrojees steinhartes Gebäck. Das schwache Licht des Spätnachmittags fiel auf Mr. Nowrojees durchscheinende Haut, während er voller Melancholie auf seine Sonnenuhr hinausblickte und sich fragte, warum der Dichter Chatterji noch nicht da war. Kabir saß ganz hinten. Er war weiß gekleidet, weil er gerade bei einem Freundschaftsspiel zwischen dem Institut für Geschichte und dem Krikketclub der Ostindischen Eisenbahngesellschaft mitgespielt hatte. Er war mit dem Fahrrad gekommen und schwitzte noch. Mrs. Supriya Joshi, die Dichterin mit der dröhnenden Stimme, schnupperte pikiert herum.

Sie wandte sich an Mr. Makhijani, den patriotischen Poeten. »Ich habe schon seit langem das Gefühl, Mr. Makhijani«, murmelte sie mit ihrer vollen Stimme. »Ich habe schon seit langem das Gefühl ...«

»Ja, ja«, sagte Mr. Makhijani mit Inbrunst. »Das ist vollkommen richtig. Man muß Gefühle haben. Ohne Gefühle, wie sollte einen da die Muse küssen?«

»Ich habe seit langem das Gefühl, daß man sich der Dichtkunst im Geiste der Reinheit nähern sollte. Man braucht einen frischen Geist und einen sauberen Körper. Man sollte sich von sprudelnden Quellen umspülen lassen ...«

»Umspülen – ach ja, umspülen«, sagte Mr. Makhijani.

»Genie mag zu neunundneunzig Prozent aus Schweiß bestehen, aber neunundneunzig Prozent Schweiß sind das Vorrecht des Genies.« Sie freute sich über ihre gelungene Formulierung.

Kabir wandte sich ihr zu. »Tut mir leid. Ich habe gerade Kricket gespielt.«

»Oh«, sagte Mrs. Supriya Joshi.

»Darf ich Ihnen sagen, wie froh ich war, daß ich war, wo ich war, als Sie vor ein paar Monaten Ihre bemerkenswerten Gedichte vorgetragen haben.« Kabir strahlte sie an; sie war hingerissen. Nicht umsonst wollte er in den diplomatischen Dienst. Der Schweißgeruch bekam ganz plötzlich aphrodisiakische Qualitäten. Dieser höfliche junge Mann, dachte Mrs. Supriya Joshi, sieht wirklich sehr gut aus.

»Ah«, flüsterte sie. »Dort kommt der junge Meister.« Amit hatte gerade mit Lata und Pran das Zimmer betreten. Sofort begann Mr. Nowrojee, ernsthaft und unhörbar mit ihm zu reden.

Kabir sah, daß sich Lata in dem überfüllten Raum nach einer Sitzgelegenheit umblickte. In seiner freudigen Überraschung, sie wiederzusehen, fragte er sich nicht einmal, warum sie zusammen mit Amit gekommen war.

Er stand auf. »Hier ist noch Platz«, sagte er.

Lata öffnete kurz den Mund und holte tief Luft. Sie sah zu Pran, aber der wandte ihr den Rücken zu. Wortlos zwängte sie sich zwischen Kabir und Mrs. Supriya Joshi, der das ganz und gar nicht gefiel. Er ist viel zu höflich, dachte sie.

18.2

Mr. Nowrojee, der den berühmten Gast und das distinguierte Publikum – darunter der Proktor Mr. Sorabjee und der ehrenwerte Professor Mishra – in winterlicher Erleichterung anlächelte, entfernte die Spitzendeckchen von Amits und von seinem Glas, trank einen Schluck Wasser und erklärte die Sitzung für eröffnet.

Er stellte den Gast vor als ›nicht der Geringste unter denjenigen, die die Vitalität des Westens mit einer unverwechselbar indischen Sensibilität vereinen‹. Dann ließ er das Publikum in den Genuß einer ausführlichen Abhandlung über den Begriff ›Sensibilität‹ kommen. Nachdem er beiläufig über mehrere Bedeutungen des Wortes ›sensibel‹ gesprochen hatte, ging er zu anderen Adjektiven über: sensitiv, sensorisch, sentimental, sensualistisch und sensuell. Mrs. Supriya Joshi wurde unruhig.

»Er liebt diese ewig langen Reden«, sagte sie zu Mr. Makhijani.

Ihre Stimme trug, und Mr. Nowrojees Wangen, die infolge der Diskussion der letzten beiden Adjektive bereits gerötet waren, färbten sich vor Verlegenheit noch etwas dunkler.

»Aber ich wollte Ihnen mit meinen armseligen Ausführungen nicht die Talente des Amit Chatterji vorenthalten«, sagte er betroffen und strich den kurzen Abriß der Geschichte der englischsprachigen Dichtkunst in Indien, den er eigentlich noch hatte geben wollen (sein Höhepunkt wäre ein Triolett an ›unsere hervorragende Dichterin Toru Dutt‹ gewesen). »Mr. Chatterji wird Ihnen eine Auswahl seiner Gedichte vorlesen und anschließend Fragen zu seinem Werk beantworten.«

Amit sagte als erstes, daß er sich sehr freue, in Brahmpur zu sein. Die Einladung sei anläßlich eines Kricketspiels eingefädelt worden, und Mr. Durrani, der sie ausgesprochen habe, trage auch heute Kricketkleidung.

Lata war überrascht. Amit hatte ihr am Vortag, nachdem er aus Kalkutta angekommen war, erzählt, daß er von der Literarischen Gesellschaft eingeladen worden sei, und Lata hatte angenommen, daß Mr. Nowrojee den Prozeß in Gang gesetzt hatte. Sie sah zu Kabir, der mit den Schultern zuckte. Er roch ein bißchen nach Schweiß, was sie an den Tag erinnerte, als sie ihm beim Üben zugeschaut hatte. Er verhielt sich etwas zu kühl. Tat er das auch bei der anderen Frau? Aber, sagte sich Lata, das kann ich auch.

Amit bemerkte diesen unbewußten vertrauten Blick, und ihm wurde klar, daß Lata Kabir ziemlich gut kennen mußte. Für einen Augenblick verlor er den Faden und improvisierte irgendeinen Blödsinn über die Ähnlichkeiten zwischen Kricket und Gedichten. Dann erklärte er, daß es eine Ehre für ihn sei, in der Stadt des Barsaat Mahal und des Urdu-Dichters Mast zu lesen. Möglicherweise sei nicht allgemein bekannt, daß Mast nicht nur der Verfasser berühmter Gasele sei, sondern auch ein Satiriker. Was Mast zu den kurz zurückliegenden Wahlen zu sagen gehabt hätte, wisse er nicht, aber zu der skrupellosen Energie, mit der der Wahlkampf vor allem in Purva Pradesh geführt worden sei, hätte er sicherlich einiges zu vermerken gehabt. Amit selbst habe die morgendliche Lektüre des *Brahmpur Chronicle* zu einem Gedicht inspiriert. An Stelle von *Vande Mataram* oder einer ähnlich patriotischen Hymne wolle er jetzt den Anwesenden dieses Gedicht als Siegeshymne an ihre gewählten oder demnächst gewählten Repräsentanten vortragen.

Er nahm ein Blatt Papier und las:

»Gott des Kieses, hilf uns, die Wahlen sind vorbei,
daß die Bestechungssumme bald noch größer sei.
Wir wollen nichts Gutes, sondern dem Bösen nützen,
die Armen ausbeuten und die Reichen beschützen.
Jedes verbotne Mittel soll recht uns sein,
o Herr, wir bitten dich, mach uns hundsgemein ...«

Das Gedicht hatte noch drei weitere Strophen und enthielt unter anderem eine Anspielung auf zwei Konkurrenten, von denen Amit ebenfalls in der Zeitung gelesen hatte. Als Pran und Lata die Zeilen hörten, schreckten sie auf: Auf flapsige Art wurden ein Landbesitzer und ein Landräuber beschrieben, die erst gemeinsam gekämpft hatten und dann im Kampf um die Stimmen wie zwei Billardkugeln voneinander abgeprallt und getrennte Wege gegangen waren.

Den meisten gefiel das Gedicht, vor allem die Anspielungen auf lokale Begebenheiten, und sie mußten lachen. Mr. Makhijani allerdings amüsierte sich nicht.

»Er macht sich über unsere Verfassung lustig. Das ist der reinste Hohn«, sagte der patriotische Barde.

Amit las ungefähr ein Dutzend Gedichte vor, darunter auch *Der Fiebervogel*, das Lata nach dem ersten Lesen nicht mehr losgelassen hatte. Auch Professor Mishra hielt es für ganz ausgezeichnet, hörte aufmerksam zu und nickte.

Einige der Gedichte waren noch nicht publiziert, weil er sie erst vor kurzem geschrieben hatte. Eins, das vom Tod einer alten Tante handelte und Lata sehr rührte, war schon etwas älter. Amit trug es nur selten vor. Lata sah, daß Pran den Kopf gesenkt hielt, während er zuhörte, und aus dem Publikum war kein Laut zu vernehmen.

Nachdem er geendet hatte und der Applaus verebbt war, sagte Amit, daß er jetzt für Fragen zur Verfügung stehe.

»Warum schreiben Sie nicht in Bengali, Ihrer Muttersprache?« fragte jemand herausfordernd. Der junge Mann, der die Frage stellte, schien ziemlich zornig zu sein.

Amit war diese Frage schon oft gestellt worden – auch er selbst hatte es sich gefragt. Seine Antwort lautete, daß sein Bengali nicht gut genug sei, als daß er sich darin so ausdrücken könnte wie auf englisch. Er habe gar nicht die Wahl. Jemand, der sein ganzes Leben lang Sitarspielen gelernt habe, könne nicht plötzlich ein Sarangispieler werden, nur weil es irgendeine Ideologie oder sein Gewissen verlangten. »Außerdem«, fügte Amit hinzu, »sind wir alle Zufälle der Geschichte und müssen das tun, was wir am besten können, ohne uns viel Gedanken zu machen. Auch Sanskrit kam von außerhalb nach Indien.«

Mrs. Supriya Joshi, der Singvogel des freien Verses, stand auf und fragte: »Warum reimen sich Ihre Gedichte? Herz, Schmerz, Herz, Schmerz. Ein Dichter muß frei sein – frei wie ein Vogel – wie ein Fiebervogel.« Lächelnd setzte sie sich wieder.

Amit antwortete, daß er reime, weil es ihm gefalle. Er möge den Klang von

Reimen, und die Reime verliehen den Versen Prägnanz und Einprägsamkeit und verhinderten Weitschweifigkeit. Er fühle sich durch Reime ebensowenig eingeschränkt, wie sich ein Musiker durch die Regeln eines Ragas eingeschränkt fühle.

Mrs. Supriya Joshi, die nicht überzeugt war, sagte zu Mr. Makhijani: »Immer diese Reime in seinen Gedichten – wie in Mr. Nowrojees Trioletten.«

Professor Mishra fragte, wer Amit beeinflußt habe. Sei nicht ein Schatten Eliots in seinen Gedichten wiederzuentdecken? Er erinnerte an mehrere Zeilen in Amits Gedichten und verglich sie mit Versen seines modernen Lieblingsdichters.

Amit versuchte, die Frage nach bestem Wissen und Gewissen zu beantworten, aber er glaubte nicht, daß Eliot ihn entscheidend beeinflußt hatte.

»Waren Sie jemals in ein englisches Mädchen verliebt?«

Amit sah nervös auf, dann entspannte er sich wieder. Es war eine liebe, ängstliche alte Dame ganz hinten, die die Frage gestellt hatte.

»Also, ich – ich kann diese Frage vor einem Publikum nicht beantworten«, sagte er. »Als ich um Fragen bat, hätte ich hinzufügen müssen, daß ich alle Fragen beantworte, solange sie nicht zu privat sind – oder zu öffentlich. Die Politik der Regierung zum Beispiel ist ebenfalls tabu.«

Ein beflissener junger Student, der vor Bewunderung blinzelte und seine Nervosität kaum im Zaum halten konnte, sagte: »Von den 863 Gedichtzeilen in Ihren zwei veröffentlichten Büchern enthalten einunddreißig Referenzen auf Bäume, in einundzwanzig kommt das Wort ›Liebe‹ oder ›liebend‹ vor, und achtzehn bestehen nur aus einsilbigen Wörtern. Wie signifikant ist das?«

Lata sah, daß Kabir lächelte; auch sie lächelte. Amit versuchte, dem eben Gesagten eine verständliche Frage zu entnehmen, und sprach ein bißchen über die Themen seiner Gedichte. »Beantwortet das Ihre Frage?«

»O ja«, sagte der junge Mann zufrieden.

»Glauben Sie, daß knappe Formulierungen sinnvoll sind?« fragte eine gestrenge Akademikerin.

»O ja«, sagte Amit vorsichtig. Die Frau war ziemlich fett.

»Warum ist dann, wie Gerüchte behaupten, der Roman, an dem Sie schreiben – und der, soweit ich weiß, in Bengalen spielen soll –, so umfangreich? Über tausend Seiten!« sagte sie vorwurfsvoll, als wäre er persönlich für die nervöse Erschöpfung eines zukünftigen Doktoranden verantwortlich.

»Ich weiß auch nicht, wie er so lang geworden ist«, sagte Amit. »Ich bin sehr undiszipliniert. Und ich hasse dicke Bücher, die guten wie die schlechten. Wenn sie schlecht sind, strengt es mich fürchterlich an, sie auch nur wenige Minuten in der Hand zu halten. Wenn sie gut sind, werde ich tagelang zu einem Soziopathen. Ich verlasse mein Zimmer nicht mehr, wenn man mich stört, werde wütend und böse, gehe weder zu Hochzeiten noch zu Bestattungen und mache aus meinen Freunden Feinde. Die Narben von *Middlemarch* sind noch immer nicht ganz verheilt.«

»Was halten Sie von Proust?« fragte eine zerstreut wirkende Dame, die angefangen hatte zu stricken, kaum hatte er seinen Gedichtvortrag beendet. Amit war überrascht, daß überhaupt jemand in Brahmpur Proust las. Er fühlte sich ziemlich wohl, so als ob er zuviel Sauerstoff im Blut hätte.

»Ich bin mir sicher, daß Proust mir gefallen würde«, antwortete er, »wenn mein Geist den Sundarbans ähnlicher wäre: weit verzweigt und verschlungen, alles aufsaugend, unendlich, äh, sub-retikulär. Aber so wie es nun einmal ist, muß ich bei Proust vor Langeweile heulen, heulen und noch mal heulen. Heulen«, sagte er noch einmal und seufzte. »Heulen, heulen, heulen«, wiederholte er mit Nachdruck. »Ich heule, wenn ich Proust lese, und ich lese sehr wenig Proust.«

Es herrschte schockiertes Schweigen: Warum hatte jemand wegen irgend etwas so starke Empfindungen?

Professor Mishra brach das Schweigen. »Unnötig zu erwähnen, daß die meisten bleibenden Monumente der Literatur ziemlich, nun, umfangreich sind.« Er lächelte Amit zu. »So wie die Dinge nun einmal liegen, ist Shakespeare nicht nur groß, sondern auch großartig.«

»Aber nur so, wie die Dinge liegen«, sagte Amit. »Wenn man den Umfang betrachtet, sieht er dick aus. Aber ich habe meine eigenen Mittel und Wege, diesen Umfang zu reduzieren«, gestand er. »Ihnen ist vielleicht aufgefallen, daß normalerweise in den *Gesammelten Werken* alle Stücke auf einer rechten Seite anfangen. Um das durchzuhalten, setzen die Herausgeber oft ein Bild auf die dazugehörige linke Seite. Ich nehme immer mein Taschenmesser und zerschneide das Buch in ungefähr vierzig Hefte. Auf diese Weise kann ich *Hamlet* oder *Timon von Athen* zusammenrollen – und einfach in meine Jackentasche stecken. Und dann gehe ich spazieren – zum Beispiel auf einem Friedhof –, nehme das Heft einfach heraus und lese. Auf diese Weise belastet es weder meinen Geist noch meine Handgelenke. Ich kann diese Methode nur empfehlen. Im Zug hierher habe ich auf diese Weise *Cymbeline* gelesen – sonst hätte ich das nie getan.«

Kabir lächelte, Lata lachte laut heraus, Pran war entsetzt, Mr. Makhijani blieb die Luft weg, und Mr. Nowrojee sah aus, als würde er jeden Moment tot umfallen.

Amit schien mit der Wirkung seiner Worte zufrieden.

In dem Schweigen, das folgte, stand ein Mann mittleren Alters auf. Er trug einen schwarzen Anzug. Mr. Nowrojee begann zu zittern. Der Mann hüstelte mehrmals.

»Aufgrund dessen, was Sie vorgelesen haben, habe ich mir eine Konzeption zurechtgelegt«, sagte er zu Amit. »Sie hat mit dem Atomzeitalter zu tun, mit dem Stellenwert der Lyrik und dem Einfluß Bengalens. Seit dem Krieg ist natürlich viel passiert. Eine Stunde lang habe ich dem sprühenden Geist Indiens zugehört, so sagte ich mir, als ich meine Konzeption formulierte ...«

Höchst zufrieden mit sich selbst, sprach er auf diese Weise eine Weile weiter, die ungefähr sechs schriftlichen Absätzen entsprach, wobei er immer mal wieder ein ›Verstehen Sie?‹ als Interpunktionszeichen einschob. Amit nickte – jedesmal weniger liebenswürdig. Ein paar der Anwesenden standen auf, und Mr. Nowrojee schlug in seiner Not mit einem imaginären Hammer auf den Tisch.

Schließlich sagte der Mann zu Amit: »Möchten Sie dazu einen Kommentar abgeben?«

»Nein, danke«, erwiderte Amit. »Aber vielen Dank für Ihre Ausführungen. Noch weitere Fragen?« sagte er, wobei er das Wort ›Fragen‹ betonte.

Aber es gab keine Fragen mehr. Es war Zeit für Mrs. Nowrojees Tee und ihr berühmtes Gebäck, das allen Zahnärzten zur Freude gereichte.

18.3

Amit hatte gehofft, sich anschließend ein bißchen mit Lata unterhalten zu können, aber er wurde in Beschlag genommen und mußte Bücher signieren und aus Angst, sonst die Gastgeberin zu beleidigen, Kekse essen. Die nette alte Dame, deren Frage er einmal zurückgewiesen hatte, fragte ihn noch einmal, ob er in eine Engländerin verliebt gewesen sei. »Jetzt können Sie doch antworten, jetzt ist kein Publikum mehr da«, sagte sie. Mehrere Umstehende nickten zustimmend. Aber Amit blieb eine Antwort erspart, weil Mr. Nowrojee murmelte, daß seine Verteidigung des Reimens sehr ermutigend gewesen und er selbst ein glühender Anhänger des Reimes sei. Er drückte Amit das gestrichene Triolett in die Hand und bat ihn um seine Meinung. »Bitte, seien Sie ganz ehrlich. Ihre Offenheit ist so erfrischend, und nur mit einer ehrlichen Meinung werde ich zufrieden sein«, sagte er. Amit las das in Mr. Nowrojees schmaler, kleiner, deutlicher, gerader Handschrift verfaßte Werk:

EIN TRIOLETT AN DIE NACHTIGALL BENGALENS

Das Schicksal hat uns Toru Dutt genommen,
    sie wurde nur zweiundzwanzig, nicht mehr.
Der süße Traum, er ist so rasch verronnen.
Das Schicksal hat uns Toru Dutt genommen.
Das Lied der Nachtigall, so oft vernommen,
    es ist verstummt, das Herz wird mir so schwer.
Das Schicksal hat uns Toru Dutt genommen,
    sie wurde nur zweiundzwanzig, nicht mehr.

In einer anderen Ecke des Zimmers unterhielt sich Professor Mishra unterdessen mit Pran. »Mein lieber Junge«, sagte er. »Mein Mitgefühl ist tiefer, als Worte es ausdrücken können. Der Anblick Ihres Haars, das noch so kurz ist, erinnert mich an das grausam beendete Leben ...«

Pran erstarrte.

»Sie müssen auf Ihre Gesundheit achten. Sie dürfen sich keinen neuen Herausforderungen unterziehen in dieser Zeit des schmerzlichen Verlustes – und der familiären Sorgen natürlich. Ihr armer Bruder, Ihr armer Bruder«, sagte Professor Mishra. »Essen Sie einen Keks.«

»Danke, Professor Mishra«, sagte Pran.

»Sie sind also einverstanden? Die Sitzung ist bald, und daß Sie sich einem Gespräch stellen müssen ...«

»Einverstanden womit?« fragte Pran.

»Damit, Ihre Bewerbung zurückzuziehen, selbstverständlich. Machen Sie sich keine Sorgen, lieber Junge, ich werde mich um die Formalitäten kümmern. Wie Sie wissen, tritt die Berufungskommission am Donnerstag zusammen. Es hat sehr lange gedauert, ein Datum festzusetzen. Aber Mitte Januar ist es mir endlich gelungen. Und jetzt – leider –, aber Sie sind ja noch ein junger Mann und werden noch viele Gelegenheiten haben, beruflich aufzusteigen, hier in Brahmpur oder auch anderswo.«

»Danke für Ihr Mitgefühl, Professor Mishra, aber ich glaube, es geht mir gut genug, um mich einem Bewerbungsgespräch zu stellen. Ihre Frage bezüglich Eliot war übrigens sehr interessant.«

Professor Mishra, dessen bleichem Gesicht die Mißbilligung von Prans respektloser Haltung anzusehen war und der beinahe etwas über auf dem Scheiterhaufen gebratenes Fleisch gesagt hätte, schwieg eine Weile. Dann riß er sich zusammen. »Ja, vor ein paar Monaten habe ich hier einen Vortrag gehalten mit dem Titel: ›Eliot: Im Dahinschwinden?‹ Schade, daß Sie nicht kommen konnten.«

»Ich habe erst davon erfahren, als es schon zu spät war«, sagte Pran. »Und es noch wochenlang bedauert. Nehmen Sie einen Keks, Professor Mishra, Ihr Teller ist leer.«

Auch Lata und Kabir unterhielten sich.

»Du hast ihn also eingeladen, als du in Kalkutta warst«, sagte Lata. »Hat er deine Erwartungen erfüllt?«

»Ja«, sagte Kabir. »Mir gefallen seine Gedichte. Aber woher weißt du, daß ich in Kalkutta war?«

»Ich habe meine Informanten. Und woher kennst du Amit?«

»Amit?«

»Mr. Chatterji, wenn dir das lieber ist. Woher kennst du ihn?«

»Ich kenne – ich meine, ich kannte ihn nicht. Jemand hat uns einander vorgestellt.«

»Ein Haresh Khanna?«

»Du hast wirklich deine Informanten«, sagte Kabir und sah Lata in die Augen.

»Vielleicht weißt du auch, was ich heute nachmittag getan habe.«

»Das ist leicht. Du hast Kricket gespielt.«

Kabir lachte. »Das war zu leicht. Gestern nachmittag?«

»Das weiß ich nicht. Ich kann diesen Keks einfach nicht essen«, fügte sie hinzu.
»Ich habe in letzter Zeit viele von diesen Keksen gegessen – in der Hoffnung, dich hier zu sehen. Aber du bist jede Menge herausgefallener Plomben wert.«
Sehr charmant, dachte Lata kühl und erwiderte nichts. Kabirs Kompliment war ihm etwas zu leicht über die Lippen gekommen.
»Woher kennst du Amit – ich meine, Mr. Chatterji?« Kabirs Stimme klang ein bißchen rauh.
»Was ist das, Kabir, ein Verhör?«
»Nein.«
»Was ist es dann?«
»Eine höfliche Frage, die eine höfliche Antwort verdient. Ich stelle sie nur aus Interesse. Soll ich sie zurückziehen?«
In Latas Ohren hatte die Frage nicht höflich geklungen, sondern nach Eifersucht. Gut!
»Nein. Er ist mein Schwager. Ich meine«, sie wurde rot, »er ist nicht mein Schwager, sondern der meines Bruders.«
»Und in Kalkutta habt ihr euch wahrscheinlich häufig gesehen.«
Das Wort ›Kalkutta‹ klang wie eine Herausforderung.
»Worauf willst du hinaus, Kabir?« fragte Lata wütend.
»Ich habe ihn während der letzten Minuten beobachtet und auch während er gelesen hat, und alles, was er tut, scheint auf dich zu zielen.«
»Unsinn.«
»Schau dich mal um.«
Lata sah sich instinktiv um; Amit, der sie aus den Augenwinkeln beobachtete, während er einen nicht ganz unehrlichen Kommentar zu Mr. Nowrojees Triolett abgab, lächelte ihr zu. Lata lächelte matt zurück. Aber gleich darauf baute sich der massige Professor Mishra vor Amit auf und verstellte ihr die Sicht.
»Und vermutlich seid ihr spazierengegangen?«
»Manchmal ...«
»Und habt euch auf dem Friedhof gegenseitig *Timon von Athen* vorgelesen.«
»Nicht ganz.«
»Und vermutlich seid ihr in einem Boot den Hooghly in der Morgendämmerung hinauf- und hinuntergefahren?«
»Kabir – wie kannst du es nur wagen, ausgerechnet du ...«
»Und vermutlich schreibt er dir auch?« fuhr Kabir fort, der aussah, als ob er sie schütteln wollte.
»Und wenn er es täte?« fragte Lata. »Und wenn er es tut? Aber er schreibt mir nicht. Es ist der andere Mann, Haresh, der mir schreibt – und ich schreibe ihm auch.«
Kabir wurde bleich. Er griff nach ihrer rechten Hand und hielt sie fest.
»Laß mich los«, sagte Lata. »Laß mich sofort los. Oder ich laß den Teller fallen.«

»Nur zu. Laß ihn fallen. Wahrscheinlich ist er ein Erbstück der Nowrojees.«
»Bitte«, sagte Lata mit Tränen in den Augen. Er tat ihr körperlich weh, aber sie ärgerte sich über ihre Tränen. »Bitte nicht, Kabir ...«
Er ließ ihre Hand los.
»Ah, Malvolios Rache«, sagte Mr. Barua, der auf sie zukam. »Warum haben Sie Olivia zum Weinen gebracht?« fragte er Kabir.
»Ich habe sie nicht zum Weinen gebracht«, sagte Kabir. »Niemand ist verpflichtet zu weinen. Wenn sie weint, dann aus freien Stücken.«
Damit ging er.

18.4

Lata weigerte sich, Mr. Barua irgend etwas zu erklären, und ging, um sich das Gesicht zu waschen. Sie kehrte erst zurück, als sie sicher war, daß man ihr die Tränen nicht mehr ansah. Die Menge hatte sich bereits gelichtet, und auch Pran und Amit wollten gehen.

Amit wohnte bei Mr. Maitra, dem pensionierten Polizeichef. Aber zu Abend aß er mit Pran, Savita, Mrs. Rupa Mehra, Lata, Malati und Maan.

Maan, der in Prem Nivas wohnte, ertrug es nicht, auch dort zu essen. Die Wahlen waren vorbei, und sein Vater war nach Brahmpur zurückgekehrt. Er war ein zorniger, trauernder Mann und wollte Maan ununterbrochen um sich haben. Er wußte nicht, was mit seinem Sohn geschehen würde, wenn die Anklage endgültig feststand. Alles um Mahesh Kapoor herum brach zusammen. Er hoffte, daß er zumindest seine politische Macht behielte. Wenn er nicht wiedergewählt worden war, dann, das wußte er, würden ihm auch viele seiner Anhänger davonlaufen.

Da er zur Zeit kein Minister mehr war, hatte er auch keine Arbeit, auf die er sich hätte stürzen können. An manchen Tagen empfing er Besucher, an anderen saß er da, sah hinaus in den Garten und schwieg. Die Dienstboten wußten, daß er nicht gestört werden wollte. Veena brachte ihm Tee. In seinem Wahlkreis sollten die Stimmen in ein paar Tagen ausgezählt werden; für die Auszählung würde er nach Rudhia fahren, und am Abend des 6. Februar würde er wissen, ob er gewonnen oder verloren hatte.

Maan fuhr in einer Tonga zum Abendessen in Prans Haus. Unterwegs begegnete er Malati Trivedi. Er grüßte sie. Sie sagte hallo und blickte dann plötzlich verlegen drein.

»Was ist los?« fragte Maan. »Ich bin noch nicht verurteilt. Pran hat gesagt, daß du mit uns zu Abend ißt. Steig ein.«

Malati, die sich für ihr Zögern schämte, stieg ein, und gemeinsam fuhren sie zum Universitätsgelände, recht schweigsam für zwei normalerweise so extravertierte Menschen.

Maan hatte drei Chatterjis – Meenakshi, Kakoli und Dipankar – mehrmals getroffen. Den nachhaltigsten Eindruck hatte Meenakshi hinterlassen: Sie war eine auffällige Erscheinung bei Prans Hochzeit gewesen und hatte Savitas Krankenhauszimmer als Bühne für dramatische Auftritte benutzt. Er freute sich, jetzt ihren Bruder kennenzulernen, den Lata während ihres Besuches im Gefängnis erwähnt hatte. Amit begrüßte ihn herzlich und neugierig.

Maan sah abgespannt aus und wußte es. Bisweilen konnte er immer noch nicht glauben, daß er im Gefängnis gewesen war; zu anderen Zeiten konnte er nicht glauben, daß er zumindest vorübergehend wieder frei war.

»Wir sehen uns kaum noch«, sagte Lata, die sich während der letzten Stunde nicht auf das Gespräch hatte konzentrieren können.

Maan lachte. »Ja, das stimmt.«

Malati sah, daß mit Lata irgend etwas nicht in Ordnung war, und schrieb es der Anwesenheit des Dichters zu. Sie war gespannt gewesen, diesen Bewerber um Latas Hand kennenzulernen, und jetzt fand sie Amit nicht sonderlich beeindruckend: Er schien nur Small talk zu machen. Der Schuster, der (wie Malati erfahren hatte) wütend geworden war, als Lata ihn ›gemein‹ nannte, hatte mehr Einfallsreichtum an den Tag gelegt – wenn auch, so beschloß sie, von einer etwas verrückten Art.

Malati wußte nicht, daß Amit, wenn er seine Gedichte vorgetragen oder ein ernstes Gedicht geschrieben hatte, meist völlig die Stimmung wechselte. Oft wurde er zynisch, manchmal bagatellisierte er alles. Er war nicht länger gezwungen, Gedankentiefe zu heucheln. Obwohl an diesem Abend keine Kuku-Zweizeiler wie Tauben aus seinem Mund flatterten, redete er doch leichthin über gewählte Politiker und ihre Art, das System durch die Annahme von Vorteilen für sich und ihre Familien zu untergraben. Mrs. Rupa Mehra, die immer abschaltete, wenn die Rede auf Politik kam, war ins andere Zimmer gegangen, um Uma ins Bett zu bringen.

»Mr. Maitra, bei dem ich wohne, hat mir seine Vorstellung von Utopia erklärt«, sagte Amit. »Das Land sollte ausschließlich von Einzelkindern regiert werden – unverheirateten Einzelkindern –, deren Eltern tot sind. Jedenfalls, so sagt er, sollten Minister kinderlos sein.«

Da niemand das Thema aufgriff, fuhr Amit fort: »Sonst versuchen sie zwangsläufig, ihre Kinder aus jeder Klemme herauszuholen, in die sie sich gebracht haben.« Er hielt inne, weil ihm plötzlich bewußt wurde, was er gesagt hatte.

Da ihn alle wortlos ansahen, fügte er rasch hinzu: »Aber wie Ila Kaki sagt, ist es natürlich nicht nur in der Politik so – in der akademischen Welt geht es genauso zu – sie ist voll – wie drückt sie sich aus? – ›schmutziger Nepotismen und Antagonismen‹. Wie die literarische Welt.«

»Ila?« fragte Pran.

»Ach, Ila Chattopadhyay«, sagte Amit, der erleichtert über den prompten Themenwechsel war. »Dr. Ila Chattopadhyay.«

»Die ein Buch über Donne geschrieben hat?« fragte Pran.

»Ja. Hast du sie nicht in Kalkutta kennengelernt? Auch nicht bei uns zu Hause? Vermutlich nicht. Sie hat mir von einem Skandal an irgendeiner Universität erzählt, wo ein Professor ein Buch zur Pflichtlektüre gemacht hat, das er selbst unter Pseudonym geschrieben hat. Sie hat sich wegen dieser Sache ungeheuer aufgeregt.«

»Neigt sie nicht generell dazu?« fragte Lata lächelnd.

»Doch«, sagte Amit, der sich freute, daß Lata endlich an der Unterhaltung teilnahm. »Doch, das tut sie. In ein paar Tagen kommt sie zufälligerweise nach Brahmpur, vielleicht wirst du sie dann ja kennenlernen«, fügte er an Pran gewandt hinzu. »Ich sag ihr, sie soll sich bei dir melden. Sie ist sehr interessant.«

»Das Baby schläft«, sagte Mrs. Rupa Mehra, die gerade zurückkam. »Ganz tief und süß.«

»Ihr Buch über Donne ist sehr gut«, sagte Pran. »Warum kommt sie her?«

»Sie ist Mitglied irgendeiner Kommission – ich glaube nicht, daß sie sich genauer ausgedrückt hat«, sagte Amit. »Und angesichts ihrer sprunghaften Art bin ich auch nicht sicher, daß sie es selbst genau weiß.«

»Sie ist eine dieser ganz gescheiten Frauen«, sagte Mrs. Rupa Mehra. »Und hat ganz moderne Ansichten. Sie hat Lata davon abgeraten zu heiraten.«

Pran zögerte etwas, bevor er fragte: »War es zufälligerweise eine Berufungskommission?«

Amit versuchte sich zu erinnern. »Ich glaube, ja. Ich bin nicht sicher, aber ich glaube, ja. Sie hat von dem schwachen Kaliber der meisten Bewerber gesprochen, dann muß es so was sein.«

»In diesem Fall treffe ich mich besser nicht mit ihr«, sagte Pran. »Sie wird wahrscheinlich über mein Schicksal entscheiden. Vermutlich bin ich einer der Bewerber, die sie erwähnt hat.«

In der prekären finanziellen Lage, in der sich die Familie befand, war Prans Beförderung noch wichtiger geworden. Sogar ob sie in diesem Haus bleiben konnten, das ihnen ad hoc zugewiesen worden war, hing möglicherweise davon ab.

»Dein Schicksal! Das klingt sehr dramatisch«, sagte Amit. »Solange Professor Mishra standhaft an deiner Seite ist, wird es sich das Schicksal zweimal überlegen, sich gegen dich zu wenden.«

Savita beugte sich interessiert vor. »Was hast du gesagt? Professor Mishra?«

»Ja«, sagte Amit. »Als ich ihm erzählt habe, daß ich hier zu Abend esse, hat er Pran über die Maßen gelobt.«

»Siehst du, Liebling«, sagte Savita.

»Wenn ich als Küchenschabe auf die Welt gekommen wäre«, sagte Pran, »würde ich mich nicht fragen: ›Wie wird die Berufungskommission entscheiden?‹ ›Was soll nur aus Indien werden?‹ ›Ist der Scheck gekommen?‹ ›Werde ich lange genug leben, um meine Tochter aufwachsen zu sehen?‹ Warum mache ich mir nur solche Sorgen um all diese Dinge?«

Alle außer Amit sahen Pran in unterschiedlichem Grad überrascht und beunruhigt an.

»Und was mit mir passiert, interessiert dich nicht?« fragte Maan plötzlich.

»Doch, es interessiert mich.« Pran verfolgte sein Argument weiter. »Aber ich bezweifle, daß eine Küchenschabe sich für das Schicksal ihres Bruders interessieren würde. Oder das ihres Vaters.«

»Oder das ihrer Mutter«, sagte Maan und stand auf, um zu gehen. Er sah aus, als könnte er diese Art Reden nicht länger ertragen.

»Maan«, sagte Savita, »nimm es nicht so schwer. Auch Pran steht unter enormem Druck. Er wollte dich nicht verletzen. Liebling, bitte sprich nicht so. Es war ein etwas seltsames Argument, und es sieht dir gar nicht ähnlich. Mich wundert nicht, daß Maan empört ist.«

Pran gähnte, blickte sich müde und voll Zuneigung um. »Ich werde in Zukunft versuchen, mich vorsichtiger auszudrücken. In meinem eigenen Haus und in meiner eigenen Familie.«

Als er Savitas verletzten Gesichtsausdruck sah, bedauerte er die Bemerkung. Ihr gelang es immer, rücksichtsvoll zu sein, ohne sich einschränken zu müssen, ohne sich dabei unwohl zu fühlen. Sie hatte ihn nicht vollkommen gesund gekannt. Auch schon vor der Geburt des Babys hatte er gespürt, wie sehr sie ihn liebte – wenn sie mit leisen Schritten durch das Zimmer ging, in dem er schlief, oder wenn sie anfing zu summen und sofort wieder aufhörte. Sie empfand so etwas nie als Einschränkung. Manchmal ließ er die Augen geschlossen, obwohl er wach war – nur um das Gefühl zu genießen, daß jemandem so viel an ihm lag. Vermutlich hatte sie recht: Seine Bemerkung war gedankenlos gewesen. Vielleicht sogar kindisch.

Lata sah Savita an und dachte: Sie ist fürs Heiraten geboren. Sie macht die Dinge gern, die in einem Haushalt und in einer Familie anfallen, all die wichtigen, ernsten Kleinigkeiten des Lebens. Für Jura interessiert sie sich nur, weil Prans Gesundheit sie dazu zwingt. Dann ging Lata durch den Kopf, daß Savita jeden Mann lieben würde, mit dem man sie verheiratet hätte, solange es ein grundsätzlich guter Mensch war, gleichgültig, wie schwierig er war, gleichgültig, wie sehr er sich von Pran unterscheiden würde.

18.5

»Was hast du gedacht?« fragte Amit Lata nach dem Essen; er hatte sich mit dem Kaffee Zeit gelassen. Savita und Pran verabschiedeten die anderen Gäste an der Tür, und Mrs. Rupa Mehra war für ein paar Minuten in ihr Zimmer gegangen.

»Daß mir deine Lesung wirklich gefallen hat«, sagte Lata. »Es war sehr anregend. Und die Fragen und Antworten haben mir auch Spaß gemacht. Besonders

der statistische Anhang – und das Zerschneiden von Büchern. Du solltest Savita raten, mit ihren Gesetzestexten genauso brutal umzugehen.«
»Ich wußte nicht, daß du den jungen Durrani kennst«, sagte Amit.
»Ich wußte nicht, daß er dich eingeladen hat.«
Nach ein paar Sekunden sagte Amit: »Ich meinte, was hast du gerade gedacht?«
»Wann?«
»Als du Pran und Savita angesehen hast. Beim Pudding.«
»Oh.«
»Also, was?«
»Ich erinnere mich nicht mehr«, sagte Lata lächelnd.
Amit lachte.
»Warum lachst du?«
»Vermutlich weil ich es gerne sehe, wenn dir unbehaglich zumute ist.«
»Aha. Warum?«
»Oder wenn du glücklich bist – oder verwirrt – wie sich deine Stimmung verändert. Das ist einfach komisch. Ich bedaure dich!«
»Warum?« fragte Lata erschrocken.
»Weil du nie erfahren wirst, was für ein Vergnügen deine Gesellschaft ist.«
»Hör auf, so zu reden. Ma wird gleich hereinkommen.«
»Du hast ganz recht. Und deswegen ganz schnell: Willst du mich heiraten?«
Lata ließ ihre Tasse fallen. Sie fiel zu Boden und zerbrach. Sie blickte auf die Scherben – glücklicherweise war sie leer gewesen –, dann auf Amit.
»Schnell!« sagte Amit. »Bevor sie angelaufen kommen, um nachzusehen, was passiert ist. Sag ja.«
Lata hatte sich hingekniet. Sie sammelte die Einzelteile der Tasse auf und legte sie auf die fein gemusterte blau-goldene Untertasse.
Amit kniete sich zu ihr. Ihr Gesicht war nur ein paar Zentimeter von seinem entfernt, aber mit den Gedanken schien sie ganz woanders zu sein. Er wollte sie küssen, spürte jedoch, daß das nicht in Frage kam. Eine nach der anderen hob sie die Scherben auf.
»War es ein Familienerbstück?« fragte Amit.
»Was? Tut mir leid ...« sagte Lata, von den Worten aus ihrer Trance gerissen.
»Tja, vermutlich muß ich warten. Ich hatte gehofft, daß ich dich mit meiner Frage so überrasche, daß du ja sagst.«
»Ich wünschte ...« sagte Lata und legte die letzte Scherbe auf die Untertasse.
»Was?«
»Ich wünschte, ich würde eines Tages aufwachen und schon seit sechs Jahren verheiratet sein. Oder daß ich eine wilde Affäre mit jemandem hätte und nie heiraten müßte. Wie Malati.«
»Sag das nicht. Ma kann jeden Augenblick hereinkommen. Und eine Affäre mit Malati würde ich dir auch nicht empfehlen.«
»Hör auf, dich wie ein Idiot zu benehmen, Amit. Du bist so brillant, mußt du auch so dumm sein? Ich sollte dich nur schwarz auf weiß ernst nehmen.«

»Und krank und gesund.«

Lata lachte. »In guten wie in schlechten Tagen. Wahrscheinlich vor allem in schlechten.«

Amit strahlte. »Meinst du damit ja?«

»Nein, das meine ich nicht«, sagte Lata. »Ich meine überhaupt nichts. Und du wahrscheinlich auch nicht. Aber warum knien wir hier und schauen uns an wie japanische Puppen? Steh auf, steh auf. Da kommt Ma, wie du gesagt hast.«

18.6

Mrs. Rupa Mehra behandelte Amit weniger streng, als er erwartet hatte, denn sie hatte Bedenken wegen Haresh.

Aus Angst, daß ihr Urteil in Frage gestellt würde, sprach sie nicht darüber. Aber sie konnte sich nicht gut verstellen; und während der nächsten Tage, nachdem Amit wieder abgereist war, merkte Lata an der mangelnden Begeisterung ihrer Mutter für Haresh, weniger an ihrer tatsächlichen Kritik an ihm, daß sie sich im Hinblick auf ihren früheren Lieblingsanwärter nicht mehr sicher war.

Daß er so empört gewesen war, weil Lata ihn ›gemein‹ genannt hatte, wunderte Mrs. Rupa Mehra. Andererseits mußte es irgendwie Latas Schuld gewesen sein, entschied sie. Was sie nicht verstehen konnte, war, warum Haresh sich nicht von ihr, Mrs. Rupa Mehra, seiner selbsternannten Schwiegermutter in spe, verabschiedet hatte. Zwischen der heftigen Auseinandersetzung zwischen Lata und Haresh und ihrer hastigen Abreise nach Brahmpur lagen ein paar Tage, aber er hatte weder vorbeigeschaut noch angerufen, noch geschrieben. Das war nicht recht; sie war verletzt; und sie verstand nicht, warum er sie weiterhin so gefühllos behandelte. Hätte er angerufen, hätte sie ihm augenblicklich und unter Tränen verziehen. Aber jetzt stand ihr der Sinn nicht mehr nach Vergebung.

Es hatte sie auch sehr getroffen, daß Freunde, wenn sie erwähnte, daß Haresh im Schuhhandel tätig war, mit Bemerkungen wie: »Tja, natürlich sind die Dinge heutzutage ganz anders« reagiert hatten. Oder mit: »Oh! Liebe Rupa – aber es ist sicher richtig so, und Praha ist selbstverständlich Praha.« Im ersten Anfall stellvertretender Verliebtheit hatte sie solche verschleiert kritischen und tröstlichen Kommentare gar nicht richtig registriert. Aber wenn sie sich jetzt daran erinnerte, waren sie ihr unglaublich peinlich. Wer hätte vorhersagen können, daß die Tochter eines potentiellen Vorstandsvorsitzenden der Eisenbahngesellschaft sich mit jemandem zusammentun würde, der Leder verarbeitete?

»Aber so ist das SCHICKSAL«, sagte sich Mrs. Rupa Mehra. Und dieser Gedanke reifte durch eine Anzeige, die am nächsten Morgen im *Brahmpur Chronicle* erschien, zur Tat heran. Unter der Überschrift ›Hofastrologe: Raj Jyotishi‹

und dem Foto eines dicklichen, lachenden Mannes mittleren Alters mit kurzem, in der Mitte gescheiteltem Haar stand:

> Der größte Astrologe, Handleser und Tantrist. Pandit Kanti Prasad Chaturvedi, Jyotishtirtha, Tantrikacharya, Prüfer in der Regierungskommission für astrologische Studien. Hoch gelobt und ausgezeichnet mit nicht erbetenen Empfehlungen. Sehr prompte Ergebnisse.

Sehr prompt – nämlich am Nachmittag des gleichen Tages – machte sich Mrs. Rupa Mehra auf den Weg zum Hofastrologen. Er war etwas unglücklich, daß sie nur wußte, wo und an welchem Tag Haresh geboren war, nicht jedoch die genaue Uhrzeit. Aber er versprach ihr, alles in seinen Kräften Stehende zu tun. Dazu wären gewisse Sonderannahmen nötig, gewisse Sonderberechnungen und auch die Anwendung des Angleichungsfaktors Uranus, der normalerweise in der indischen Astrologie nicht benutzt wurde; die Anwendung von Uranus war nicht kostenlos. Mrs. Rupa Mehra zahlte. Zwei Tage später sollte sie die Ergebnisse erfahren.

Sie hatte Schuldgefühle wegen ihres Vorgehens. Als sie von Mrs. Mahesh Kapoor um Savitas Horoskop gebeten worden war, hatte sie sich bei Lata beschwert: »Ich glaube nicht an diese Berechnungen. Wenn sie gestimmt hätten, wären mein Mann und ich ...« Aber jetzt sagte sie sich, daß es manchen Astrologen einfach an Wissen und Geschick mangelte und man deshalb nicht die ganze Wissenschaft in Zweifel ziehen durfte. Und der Hofastrologe war sehr überzeugend gewesen. Er hatte ihr erklärt, warum ihr goldener Ehering ›die Kräfte des Jupiters verstärken und konzentrieren‹ würde; er hatte ihr geraten, einen Granat zu tragen, weil er ›den ekliptischen Knoten von Rahu kontrollieren und geistigen Frieden fördern‹ würde; er hatte ihre Weisheit gelobt, die er ganz deutlich in ihrer Hand und in ihrem Gesicht sehen konnte; und auf seinem Schreibtisch hatte in einem silbernen Rahmen deutlich sichtbar ein großes Foto gestanden, auf dem er die Hand des Gouverneurs höchstpersönlich schüttelte.

Als sie ihn erneut aufsuchte, sagte der Hofastrologe: »Sehen Sie, im siebten Haus dieses Mannes hat der Jupiter den Aspekt Mars. Der Gesamteindruck ist gelb und rot, miteinander kombiniert ergibt das orange oder gold. Er wird also eine sehr schöne Frau heiraten. Und wie Sie sehen, ist der Mond umgeben von vielen Planeten, das deutet in dieselbe Richtung. Aber im siebten Haus ist auch der Widder, der sehr starrköpfig ist, und Jupiter, der ausgeprägt ist, wird diese Starrköpfigkeit noch verstärken. Er wird also eine schöne, aber schwierige Frau heiraten. Ist Ihre Tochter so eine Person?«

Mrs. Rupa Mehra dachte kurz darüber nach, und in der Hoffnung auf mehr Glück woanders fragte sie: »Aber was ist mit den anderen Häusern?«

»Das siebte Haus ist das Haus der Ehefrau.«

»Aber gibt es überhaupt keine Probleme? Ich meine, wenn man die zwei

Horoskope aufeinander bezieht?« Er sah sie durchdringend an, und sie war gezwungen, sich auf seinen Mittelscheitel zu konzentrieren.

Nach ein paar Sekunden lächelte der Hofastrologe vage und sagte: »Ja, gewiß gibt es einige Probleme. Ich habe die beiden Bilder in ihrer Gesamtheit miteinander verglichen und die Informationen, die Sie mir über Ihre Tochter und den Anwärter gegeben haben, mit einbezogen. Ich würde sagen, es sieht ziemlich problematisch aus. Kommen Sie bitte heute abend wieder, ich werde die problematischen Einzelheiten niederschreiben.«

»Und Uranus?« fragte Mrs. Rupa Mehra. »Was sagt Uranus?«

»Uranus' Einfluß hat sich als nicht signifikant erwiesen«, erwiderte der Hofastrologe. »Aber berechnet werden mußte er auf jeden Fall«, fügte er hastig hinzu.

18.7

Als sie gemeinsam das Haridas College für Musik betraten, sagte Malatis Freundin: »Die Beute ist nicht mehr gesichtet worden. Sollte sie wieder auftauchen, sage ich dir Bescheid.«

»Wovon redest du?« fragte Malati. »Hoffentlich sind wir nicht zu spät dran.« Ustad Majeed Khan war in diesen Tagen immer etwas ungeduldig.

»Ach, du weißt schon, die Frau, die er im Blue Danube getroffen hat.«

»Wer?«

»Kabir natürlich.«

Malati blieb stehen und wandte sich ihrer Freundin zu. »Aber du hast gesagt, man hat sie im Red Fox gesehen.«

Ihre Freundin zuckte die Achseln. »Ja? Vielleicht habe ich es durcheinandergebracht. Aber worin besteht schon der Unterschied, ob du im Chowk oder in Misri Mandi erschossen wirst? ... Was ist los mit dir?«

Malati, die blaß geworden war, hielt ihre Freundin am Arm fest. »Wie sah diese Frau aus? Was hatte sie an?«

»Also wirklich! Damals hast du dich nicht dafür interessiert, aber jetzt ...«

»Sag's mir. Schnell.«

»Ich war nicht dort, aber diese Purnima hat sie gesehen – ich glaube nicht, daß du sie kennst, sie ist aus Patna und studiert Geschichte. Sie saß ein paar Tische von ihnen entfernt, und du weißt ja, wie das ist, mit dem gedämpften Licht ...«

»Aber was hatte sie an? Die Frau meine ich, nicht diese dumme Purnima.«

»Malati, was ist los mit dir? Es sind Wochen ver ...«

»Was hatte sie an?« wiederholte Malati verzweifelt ihre Frage.

»Einen grünen Sari. Warte, laß mich nachdenken, ich will nichts Falsches sagen, sonst bringst du mich noch um. Ja, Purnima hat gesagt, daß sie einen grünen Sari anhatte – und jede Menge funkelnder Smaragde. Und sie war groß und ziemlich hell – das ist alles ...«

»Oh, was habe ich getan«, sagte Malati. »Oh, der arme Kerl – armer Kabir. Was für ein schrecklicher Irrtum. Was habe ich getan, was habe ich bloß getan.«

»Malati«, sagte Ustad Majeed Khan, »halte die Tambura mit Respekt, mit beiden Händen. Sie ist kein Katzenjunges. Was ist los mit dir?«

»Was ist los mit dir?« fragte Lata, als Malati in ihr Zimmer stürmte.
»Ich war es, die er getroffen hat«, sagte Malati.
»Wer?«
»Kabir – damals im Red Fox. Ich meine, im Blue Danube.«
Buchstäblich grünäugige Eifersucht durchfuhr Lata. »Nein – das kann ich nicht glauben. Nicht du!«
Der Schrei kam mit solcher Vehemenz, daß Malati erschrak. Für einen Augenblick lang befürchtete sie, Lata würde auf sie losgehen.
»Das meine ich nicht – das meine ich doch nicht«, sagte Malati. »Ich meine, er hat sich mit keinem anderen Mädchen getroffen. Man hat mir das falsche Café genannt. Ich hätte mir mehr erzählen lassen sollen. Lata, es ist meine Schuld. Ganz allein meine Schuld. Ich kann mir vorstellen, was du durchgemacht hast. Aber bitte, bitte, kreide es nicht ihm an – oder dir.«
Lata schwieg eine Weile. Malati erwartete, daß sie in Tränen der Erleichterung oder der Enttäuschung ausbrechen würde, aber nichts dergleichen geschah. »Das tue ich nicht. Aber, Malu, du solltest dir auch keine Vorwürfe machen.«
»Doch, doch. Der arme Kerl – er war durch und durch ehrlich.«
»Tu es nicht«, sagte Lata. »Mach dir keine Vorwürfe. Ich bin froh, daß Kabir dich nicht angelogen hat – ich kann dir gar nicht sagen, wie froh. Aber ich habe – ich habe aus dieser dummen Geschichte etwas gelernt – das habe ich, Malu, wirklich – über mich selbst – und über die Stärke – also, über meine seltsamen Gefühle für ihn.«
Ihre Stimme schien aus einem Niemandsland zwischen Hoffnung und Verzweiflung zu kommen.

18.8

Professor Mishra war einerseits enttäuscht, weil er Pran nicht dazu gebracht hatte, seine Bewerbung und seine schwachsinnigen Lehrplanreformpläne zurückzuziehen, andererseits freute er sich, daß die Lage für Prans Vater alles andere als rosig aussah. Die Presse kritisierte heftig die Mittel, zu denen seine

Gegner gegriffen hatten, aber man war sich allgemein einig, daß er die Wahl mit Sicherheit verloren hatte. Professor Mishra interessierte sich lebhaft für Politik, und nahezu alle seine Informanten versicherten ihm, er solle davon ausgehen, daß Prans Vater nicht in eine Position kommen würde, in der er über die Macht verfügte, eventuelle Ungerechtigkeiten, die seinem Sohn bezüglich der Professorenstelle widerfahren sein mochten, rückgängig zu machen oder zu rächen.

Professor Mishra war zudem dankbar, daß er das Wahlergebnis kennen würde, bevor die Berufungskommission zusammentrat. Am 6. Februar sollten in Mahesh Kapoors Wahlkreis die Stimmen ausgezählt werden, und die Berufungskommission würde am 7. Februar tagen. Es könnte ihm also nichts passieren, wenn er dem jungen Dozenten, der sich immer wieder als Sandkorn im reibungslosen Getriebe des Instituts erwies, das Messer in den Rücken stieß.

Da einer der Bewerber, und bei weitem nicht der schlechteste, ein Neffe des Chefministers war, konnte sich Professor Mishra zugleich das Wohlwollen S. S. Sharmas sichern, indem er ihm einen winzig kleinen Gefallen tat. Und Professor Mishra rechnete für den Fall, daß irgendwelche Stellen in Regierungsausschüssen, besonders – aber nicht nur – im Erziehungswesen, besetzt werden müßten, damit, daß der Name des bis dahin emeritierten Professors O. P. Mishra von den regierenden Mächten in einem nicht ungünstigen Licht erwogen würde.

Und was wäre, wenn S. S. Sharma nach Delhi berufen würde, so wie es Nehru gerüchteweise nicht nur gewünscht, sondern ausdrücklich verlangt hatte? Professor Mishra war der Meinung, daß es selbst Nehru wahrscheinlich nicht gelingen würde, einen so gerissenen Politiker wie S. S. Sharma von seinem einkömmlichen Lehen wegzulocken. Und wenn er tatsächlich Minister in Delhi werden sollte, dann könnte auch dort etwas für Mishra abfallen.

Aber was wäre, wenn S. S. Sharma nach Delhi ginge und Mahesh Kapoor Chefminister in Brahmpur würde? Das war eine grauenhafte, aber höchst abwegige Aussicht. Alles sprach dagegen: der Skandal um seinen Sohn, der erst kurz zurückliegende Tod seiner Frau, die Tatsache, daß seine politische Glaubwürdigkeit Schaden nehmen würde, sobald bekannt wäre, daß er seinen Sitz verloren hatte. Nehru mochte ihn, wohl wahr, und war insbesondere beeindruckt von seinem Zamindari Act. Aber Nehru war kein Diktator, und die Kongreßabgeordneten von Purva Pradesh würden einen ihnen genehmen Chefminister wählen.

Daß die große, alles umfassende, zersplitterte Kongreßpartei weiterhin in Delhi und in den Bundesstaaten regieren würde, stand bereits fest. Der Kongreß, getragen von der Popularität Jawaharlal Nehrus, trug im ganzen Land erdrutschartige Siege davon. Bundesweit gewann er zwar im Durchschnitt nicht einmal die Hälfte der Stimmen, aber die Oppositionsparteien waren in den meisten Wahlkreisen schlecht organisierte Splittergruppen. Wegen des Mehrheitswahlrechts und gemäß den bereits vorliegenden Wahlergebnissen war so gut wie sicher, daß der Kongreß als Erster durchs Ziel gehen und drei

Viertel der Sitze in Delhi und zwei Drittel der Sitze in den Parlamenten der Staaten gewinnen würde.

Daß Mahesh Kapoors Kandidatur aus persönlichen Gründen und aus Gründen, die mit seiner Familie und seinem Wahlkreis zu tun hatten – darunter die große Beliebtheit des Mannes, gegen dessen Kandidaten er antrat –, fehlgeschlagen war, würde dem Exfinanzminister nach der Wahl auch nicht helfen. Er wäre einer der außerordentlich wenigen Besiegten in einem Meer der Erfolgreichen. Sympathie mit den Verlierern nützt wenig in der Politik. Mahesh Kapoor wäre, so hoffte Professor Mishra inständig, ein für allemal erledigt; und sein Sohn, dieser Emporkömmling, der Joyce liebte und sich gestandenen Professoren widersetzte, würde bald merken, daß er in diesem Institut keine Zukunft hatte – ebensowenig wie sein jüngerer Bruder eine Zukunft in der zivilisierten Gesellschaft hatte.

Und doch – und doch – konnten Professor Mishras Pläne schiefgehen? Die fünfköpfige Berufungskommission bestand aus ihm selbst (als Institutsdirektor), dem Vize-Kanzler der Universität (der der Kommission vorsaß), einer vom Kanzler benannten Person (in diesem Fall ein berühmter, aber etwas schwächlicher pensionierter Geschichtsprofessor) und zwei Experten von außerhalb, die anhand einer vom akademischen Rat gebilligten Liste ausgewählt worden waren. Professor Mishra hatte die Liste gewissenhaft studiert und sich für zwei Namen entschieden, die der Vizekanzler ohne Diskussion und auf der Stelle akzeptiert hatte. »Sie wissen, was Sie tun«, hatte er aufmunternd zu Professor Mishra gesagt. Sie hatten die gleichen Interessen.

Die beiden Experten, die sich gerade aus unterschiedlichen Richtungen Brahmpur näherten, waren Professor Jaikumar und Dr. Ila Chattopadhyay. Professor Jaikumar war ein sanftmütiger Mensch aus Madras, der sich auf Shelley spezialisiert hatte und im Gegensatz zu diesem unbeständigen, hitzigen Geist fest an die Stabilität des Kosmos und die Nichtexistenz von Fraktionen innerhalb eines Instituts glaubte. Professor Mishra hatte ihn an dem Tag durchs Institut geführt, als Pran zufällig seinen Zusammenbruch erlitten hatte.

Dr. Ila Chattopadhyay stellte kein Problem dar. Sie war Professor Mishra zu Dank verpflichtet. Er war Mitglied der Berufungskommission gewesen, die ihr vor Jahren eine Professorenstelle zuerkannt hatte, und er hatte ihr gegenüber sofort danach und noch oftmals später seinen besonderen Einsatz für sie betont. Salbungsvoll und beflissen hatte er ihr Buch über Donne gelobt. Er war sicher, sie würde willfährig sein. Als ihr Zug im Bahnhof von Brahmpur einfuhr, erwartete er sie und begleitete sie zum Gästehaus der Universität.

Unterwegs versuchte er voreilig, das Gespräch auf die für den nächsten Tag anberaumte Sitzung zu bringen. Aber Dr. Ila Chattopadhyay schien überhaupt nicht versessen darauf, jetzt schon über die Stellenbewerber zu reden, was Professor Mishra enttäuschte. »Warum warten wir nicht die Gespräche mit den Kandidaten ab?« fragte sie.

»Genau, genau, verehrte Dame, das wollte ich auch vorschlagen. Aber der

Hintergrund – ich bin sicher, daß Sie gerne informiert wären über – ach, wir sind da.«

»Ich bin müde«, sagte Dr. Ila Chattopadhyay und sah sich um. »Was für ein schreckliches Zimmer.«

Jemandem, der sich schon oft in solchen Räumlichkeiten hatte aufhalten müssen, hätte das Zimmer nicht außergewöhnlich schrecklich erscheinen dürfen, aber es war wirklich etwas deprimierend, stimmte Professor Mishra zu. Das Gästehaus der Universität bestand aus einer Reihe dunkler Zimmer, die durch einen Korridor verbunden waren. Statt Teppichen lagen Kokosfasermatten auf dem Boden, die Tische waren zu niedrig, um daran schreiben zu können. Ein Bett, zwei Stühle, ein paar schwache Lampen, ein Hahn, aus dem Wasser lief, auch wenn er zugedreht war, und eine Toilettenspülung, aus der, egal, wie heftig man daran zog, kaum Wasser kam: Das war mehr oder weniger die Einrichtung. Wie zum Ausgleich hing viel schmuddlige und überflüssige Spitze herum: an den Fenstern, als Lampenschirme, auf den Stuhllehnen.

»Mrs. Mishra und ich würden uns sehr freuen, wenn Sie zu uns zum Abendessen kämen«, murmelte Professor Mishra. »Die Essensmöglichkeiten hier sind, nun, bestenfalls angemessen.«

»Ich habe schon gegessen«, sagte Dr. Ila Chattopadhyay und schüttelte heftig den Kopf. »Und ich bin wirklich müde. Ich nehme jetzt ein Aspirin und gehe sofort zu Bett. Und morgen werde ich an dieser dummen Sitzung teilnehmen, keine Angst.«

Professor Mishra ging, etwas verstört von Dr. Ila Chattopadhyays ungewöhnlicher Einstellung.

Wenn man es nicht hätte falsch auslegen können, hätte er sie in seinem Haus untergebracht. Genau das tat er mit Professor Jaikumar.

»Das jist äußerst – unendlich freundlich«, sagte Professor Jaikumar.

Professor Mishra zuckte zusammen, wie er es fast immer tat, wenn er mit seinem Kollegen sprach. Professor Jaikumar hatte dem Hilfsverb ein »j« vorangesetzt. Die Maske der Janarchie! dachte Professor Mishra.

»Keine Ursache, keine Ursache«, schmeichelte er seinem Gast. »Sie sind der Quell der zukünftigen Stabilität unseres Instituts. Und so ist es nur das mindeste, Sie hier willkommen zu heißen.«

»Ja, willkommen, willkommen«, sagte Mrs. Mishra hastig und unterwürfig und machte Namasté.

»Gewiß haben Sie sich die Bewerbungen der Kandidaten schon angesehen«, sagte Professor Mishra jovial.

Professor Jaikumar war etwas überrascht. »Ja«, sagte er.

»Nun, wenn ich Sie auf einige wenige Dinge hinweisen darf, die uns die Entscheidungsfindung und die Arbeit morgen erleichtern werden«, fuhr Professor Mishra fort. »Eine Art Vorgeschmack auf die Sitzung, sozusagen. Nur um uns Zeit und Mühe zu sparen. Ich weiß, daß Sie morgen abend den Sieben-Uhr-Zug erreichen müssen.«

Professor Jaikumar schwieg. Höflichkeit und Anstand zwangen ihn dazu. Professor Mishra interpretierte sein Schweigen als Zustimmung und sprach weiter. Professor Jaikumar nickte ab und zu, sagte jedoch kein Wort.

»Also ...« endete Professor Mishra.

»Vielen Dank, das war sehr hilfreich«, sagte Professor Jaikumar. »Jetzt bin ich vorgewarnt und gerüstet für die Jeinstellungsgespräche.« Beim letzten Wort zuckte Professor Mishra zusammen. »Ja – sehr hilfreich«, wiederholte Professor Jaikumar unverbindlich. »Jetzt muß ich eine kleine Puja verrichten.«

»Natürlich, natürlich.« Professor Mishra erschrak über diese plötzliche Frömmigkeit. Er hoffte nur, daß es sich nicht um ein Reinigungsritual handelte.

18.9

Am nächsten Vormittag kurz vor elf Uhr versammelte sich die Kommission im dunkel getäfelten, üppig ausgestatteten Büro des Vize-Kanzlers. Auch der Verwaltungsdirektor war anwesend, nahm aber nicht aktiv teil. Ein paar Bewerber warteten bereits im Vorzimmer. Nach Tee, Keksen, Cashewnüssen und etwas beiläufigem geselligem Geplauder blickte der Vize-Kanzler auf seine Uhr und nickte dem Verwaltungsdirektor zu. Der erste Kandidat wurde hereingebeten.

Professor Mishra war nicht ganz zufrieden damit, wie die Dinge im Vorfeld gelaufen waren. Abgesehen von Dr. Ila Chattopadhyay, die auch heute vormittag ihre abrupte Art beibehielt, machte ihm noch etwas anderes Sorgen. Er wußte nicht, was mit Prans Vater war. Er wußte nur, daß die Stimmenauszählung aus irgendeinem Grund zu dem Zeitpunkt, als am Vorabend die Nachrichten im Radio gesendet wurden, noch nicht beendet war, denn sonst hätte man den Namen des Wahlsiegers bekanntgegeben. Mehr wußte er nicht, und es war ihm nicht gelungen, sich mit seinem persönlichen Informanten in Verbindung zu setzen. Zu Hause hatte er die Anweisung hinterlassen, man solle ihn sofort anrufen, sobald es Neuigkeiten in dieser Sache gäbe. Jeder Vorwand war recht; im Notfall sollte ihm die Nachricht in einem versiegelten Umschlag gebracht werden. Der Vize-Kanzler, ein vielbeschäftigter Mann, der stolz darauf war, unterbrach die Sitzung ständig, um Telefonanrufe entgegenzunehmen, und unterschrieb bisweilen sogar Briefe, die ihm ein Peon vorlegte.

Die Gespräche mit den Bewerbern gingen weiter. Die klare Februarsonne schien durch das Fenster und erwärmte die imposante, aber klamme Atmosphäre des Raumes. Die Bewerber – dreizehn Männer und zwei Frauen, alle Dozenten – wurden vom Vize-Kanzler nicht als Kollegen, sondern als Bittsteller behandelt; nur dem Neffen des Chefministers brachten sowohl er als auch Professor Mishra außerordentlichen Respekt entgegen. Immer wieder wurde die Sitzung durch einen Telefonanruf gestört. Nach einer Weile schritt Dr. Ila

Chattopadhyay ein: »Vizekanzler, können Sie Ihren Hörer nicht von der Gabel nehmen?«

Der Vizekanzler war verblüfft.

»Aber meine werte Dame«, sagte Professor Mishra.

»Wir haben eine nicht unerhebliche Wegstrecke zurückgelegt, um hierzusein«, sagte Dr. Ila Chattopadhyay. »Zumindest zwei von uns. Berufungskommissionen sind Arbeit, kein Vergnügen. Bislang haben wir noch nicht *einen* passablen Kandidaten gehört. Heute abend wollen wir wieder abreisen, und wenn es so weitergeht, bin ich nicht sicher, ob wir das schaffen. Ich sehe nicht ein, warum unsere Qualen durch diese ständigen Unterbrechungen noch weiter verlängert werden müssen.«

Ihr Ausbruch zeigte Wirkung. Während der nächsten Stunde ließ der Vize-Kanzler jedem Anrufer ausrichten, daß er sich in einer wichtigen Besprechung befand.

Das Mittagessen wurde unter akademischem Geplauder in einem Nebenzimmer eingenommen. Professor Mishra entschuldigte sich und ging mit der Begründung nach Hause, daß es einem seiner Söhne nicht gutging. Professor Jaikumar war etwas überrascht.

Kaum zu Hause, rief Professor Mishra seinen Informanten an.

»Was ist los, Badri Nath?« fragte er unwirsch. »Warum haben Sie sich nicht gemeldet?«

»Wegen George VI. natürlich.«

»Wovon reden Sie? George VI. ist tot. Hören Sie keine Nachrichten?«

»Das ist es ja eben.« Am anderen Ende wurde gekichert.

»Reden Sie vernünftig, Badri Nathji. Ja, ich habe Sie gehört. George VI. ist tot. Das weiß ich. Ich habe es im Radio gehört, und alle Fahnen stehen auf halbmast. Aber was hat das mit mir zu tun?«

»Sie haben die Stimmenauszählung unterbrochen.«

»Das können sie nicht tun!« rief Professor Mishra. Das war Wahnsinn.

»Doch, das können sie. Sie haben spät angefangen – ich glaube, weil der Jeep des DMs eine Panne hatte – und waren bis Mitternacht nicht fertig. Und um Mitternacht haben sie aufgehört zu zählen. Im ganzen Land. Als Zeichen des Respekts.« Badri Nath fand das komisch und kicherte wieder.

Professor Mishra fand es überhaupt nicht komisch. Warum mußte der frühere König und Kaiser von Indien ausgerechnet jetzt sterben?

»Wie weit sind sie mit der Auszählung gekommen?«

»Das versuche ich gerade herauszufinden«, sagte Badri Nath.

»Bitte, finden Sie es heraus. Und informieren Sie mich über den Trend.«

»Welchen Trend?«

»Können Sie mir nicht wenigstens sagen, wer vorne liegt?«

»Hier liegt niemand vorn oder zurück, Mishraji. Sie zählen zuerst die Stimmen des einen Kandidaten, dann die des nächsten und so weiter.«

»Aha.« In Professor Mishras Kopf begann es zu pochen.

»Machen Sie sich keine Sorgen – er hat verloren. Glauben Sie mir. Alle meine Quellen bestätigen es. Ich garantiere es Ihnen«, sagte Badri Nath.

Professor Mishra wünschte aus ganzem Herzen, ihm glauben zu können. Aber ein nagender kleiner Zweifel veranlaßte ihn zu sagen: »Bitte rufen Sie mich um vier Uhr im Büro des Vize-Kanzlers an. Seine Nummer ist 623. Ich muß wissen, was los ist, bevor wir mit der Diskussion über die Kandidaten beginnen.«

»Wer hätte das gedacht!« sagte Badri Nath. »Die Engländer beherrschen noch immer unser Leben.«

Professor Mishra legte auf. »Wo ist mein Mittagessen?« fragte er seine Frau ungehalten.

»Aber du hast gesagt, daß du …« Sie sah seine Miene. »Ich mach schnell etwas.«

18.10

Prans Vorstellungsgespräch fand am frühen Nachmittag statt. Der Vize-Kanzler stellte ihm die üblichen Fragen zur Relevanz des Englischunterrichts in Indien. Professor Jaikumar stellte ihm eine vorsichtige Frage zu *Scrutiny* und F. R. Leavis. Professor Mishra erkundigte sich besorgt nach seiner Gesundheit und salbaderte über die ehrenvollen Belastungen akademischer Würden. Der alte Geschichtsprofessor, den der Kanzler entsandt hatte, sagte überhaupt nichts.

Mit Dr. Ila Chattopadhyay verstand sich Pran ausgezeichnet. Sie verwickelte Pran in eine Unterhaltung über *Das Wintermärchen*, eins von Prans Lieblingsstücken, und sie wurden beide davongetragen, sprachen freimütig über den unplausiblen Plot, die Schwierigkeiten, sich manche Szenen vorzustellen oder auf die Bühne zu bringen, und den absurden, aber zutiefst bewegenden Höhepunkt. Beide meinten, daß es unbedingt in den Lehrplan gehöre. Sie stimmten leidenschaftlich überein und waren auf angenehme Weise unterschiedlicher Meinung. Einmal sagte Dr. Chattopadhyay ihm geradewegs ins Gesicht, daß er Unsinn rede, und Professor Mishras besorgte Miene erstrahlte in einem Lächeln. Aber auch wenn sie Prans Argument für unsinnig hielt, empfand sie es doch auf sehr anregende Weise als unsinnig; sie brauchte ihre ganze Aufmerksamkeit, um ihn zu widerlegen.

Prans Gespräch mit ihr dauerte doppelt so lange, wie eigentlich vorgesehen. Aber andere Kandidaten, so bemerkte Dr. Ila Chattopadhyay, waren innerhalb von fünf Minuten abgefertigt worden. Sie freute sich schon auf weitere Bewerber von Prans Kaliber.

Um vier Uhr wurde der letzte Kandidat verabschiedet, und es folgte eine kurze Teepause. Der Peon, der den Tee brachte, behandelte niemanden außer den

Vize-Kanzler respektvoll. Das wurmte Professor Mishra, dessen nachmittäglicher Tee in der Regel durch ein bißchen Katzbuckeln versüßt wurde.

»Sie sehen sehr nachdenklich aus, Professor Mishra«, sagte Professor Jaikumar.

»Nachdenklich?«

»Ja.«

»Also, ich frage mich gerade, warum indische Akademiker so wenig publizieren. Kaum einer unserer Bewerber hat Bemerkenswertes veröffentlicht. Dr. Chattopadhyay ist selbstredend eine rühmliche Ausnahme. Ich erinnere mich daran, daß ich vor vielen Monden, meine verehrte Dame«, er wandte sich ihr zu, »sehr beeindruckt war von Ihrem Buch über Metaphysik. Das war lange bevor ich Mitglied der Kommission wurde, die...«

»Wir sind alle nicht mehr jung«, unterbrach ihn Dr. Ila Chattopadhyay, »und keiner von uns hat während der letzten zehn Jahre irgend etwas Beachtenswertes publiziert. Das ist das eigentlich Verwunderliche.«

Während sich Professor Mishra noch von diesem Schlag erholte, lieferte Professor Jaikumar eine Erklärung, die ihn ebenfalls schmerzte. »Unser typischer junger Universitätsdozent«, begann er, »ist schon als Berufsanfänger überarbeitet – er muß jelementare Prosa lehren und Jenglisch als Pflichtfach. Wenn er wirklich gewissenhaft jist, hat er keine Zeit mehr für jirgend jetwas anderes. Das Feuer jist erloschen...«

»Wenn es jemals gebrannt hat«, fügte Dr. Ila Chattopadhyay hinzu.

»... und die Familie wächst, die Jeinkünfte sind gering, damit auszukommen jein Problem. Glücklicherweise jist meine Frau sehr sparsam, und so hatte jich die Möglichkeit, nach Jengland zu gehen und mein Jinteresse für Shelley zu jentwickeln.«

Professor Mishra, den Professor Jaikumars nahezu instinktive Vorliebe für Wörter, die mit einem gefährlichen Vokal begannen, ablenkte, sagte: »Ja, aber ich verstehe nicht, warum wir nicht, sobald wir genügend akademische Erfahrung und Reife und mehr Muße haben...«

»Weil wir dann jin wichtigen Kommissionen wie dieser sitzen«, erläuterte Professor Jaikumar. »Und weil wir dann vielleicht zuviel wissen und kein wirkliches Motiv mehr haben, um zu schreiben. Schreiben als solches heißt jentdecken. Jerklären heißt Jerforschen.« Professor Mishra schauderte, während sein Kollege fortfuhr: »Reife jist nicht alles. Reif an Jahren und jim Glauben, daß er jim akademischen Bereich alles weiß, wendet sich unser Universitätsdozent vielleicht von der Wissenschaft ab und der Religion zu – von Gyaan zu Bhakti. Die Rationalität hat nur jeinen sehr lockeren Zugriff auf die jindische Psyche.« (Er reimte es auf Küche.) »Sogar der große Shankara, Adi-Shankara, der in seiner Advaita sagte, daß die große unendliche Jidee die des Brahman jist – das der Mensch in seiner Verständnislosigkeit zum schieren Jishvara reduziert hat – zu wem hat jer gebetet? Zu Durga!« Professor Jaikumar sah kopfnickend von einem zum anderen, besonders zu Dr. Ila Chattopadhyay. »Zu Durga!«

»Ja, ja«, sagte Dr. Ila Chattopadhyay. »Aber ich muß meinen Zug erwischen.«

»Gut«, sagte der Vize-Kanzler. »Kommen wir zur Entscheidungsfindung.«

»Das sollte nicht lange dauern«, sagte Dr. Ila Chattopadhyay. »Dieser dünne dunkle Mann, Prem Khanna, er ist allen anderen haushoch überlegen.«

»Pran Kapoor«, korrigierte Professor Mishra, wobei er jede Silbe mit unüberhörbarem Widerwillen aussprach.

»Ja, Prem, Pran, Prem, Pran. Solche Namen verwechsle ich dauernd. Manchmal frage ich mich wirklich, was mit meinem Hirn los ist. Aber Sie wissen, wen ich meine.«

»Also.« Professor Mishra schürzte die Lippen. »Da könnte es einige Schwierigkeiten geben. Lassen Sie uns noch mehr Möglichkeiten in Betracht ziehen – um den anderen Kandidaten Gerechtigkeit widerfahren zu lassen.«

»Was für Schwierigkeiten?« fragte Dr. Ila Chattopadhyay ohne Umschweife und dachte dabei an eine weitere Nacht zwischen Kokosmatten und Spitzendeckchen. Sie war entschlossen, diese Diskussion möglichst kurz zu halten.

»Nun, er hat vor kurzem ein Familienmitglied verloren. Seine arme Mutter. Er wird nicht in der Verfassung sein ...«

»Jedenfalls hat ihn der Gedanke an seine tote Mutter bei seinem Auftritt heute nachmittag nicht behindert.«

»Ja, als er sagte, daß Shakespeare nicht plausibel sei«, sagte Professor Mishra und schürzte die Lippen, um anzudeuten, wie unvernünftig und sogar ketzerisch Prans Ansichten waren.

»Unsinn!« sagte Dr. Ila Chattopdhyay und sah sich wütend um. »Er hat gesagt, daß der Plot von *Das Wintermärchen* nicht plausibel ist. Und das stimmt. Aber ganz ernsthaft – die Frage Pflicht und Todesfall geht uns nichts an.«

»Verehrte Dame«, sagte Professor Mishra wütend, »ich bin es, der dieses Institut leiten muß. Ich muß dafür sorgen, daß die Lasten gleichmäßig verteilt werden. Professor Jaikumar wird mir bestimmt zustimmen: Man soll das Boot nicht ins Wanken bringen.«

»Und vermutlich sollen diejenigen, deren Unterbringung in der ersten Klasse der Kapitän für überflüssig hält, um jeden Preis im Frachtraum festgehalten werden.«

Sie spürte, daß Professor Mishra Pran nicht mochte. In der folgenden hitzigen Diskussion merkte sie, daß er und der Vize-Kanzler einen Favoriten hatten, den sie für sehr gewöhnlich hielt, den die beiden anderen jedoch überaus höflich behandelt hatten.

Unterstützt vom Vize-Kanzler und mit der höchst schweigsamen Zustimmung des Geschichtsprofessors schlug Professor Mishra eine Bresche für seinen Kandidaten. Pran war als Akademiker tragbar, aber nicht sehr kooperativ, was die Führung des Instituts anbelangte. Er mußte erst noch reifen. Vielleicht könnten sie ihn in zwei Jahren noch einmal in Betracht ziehen. Der andere Bewerber war genauso geeignet und ein größerer Aktivposten. Außerdem hatte Pran die sonderbarsten Ansichten zum Lehrplan. Er war der Meinung, daß man den Studenten Joyce – ja, Joyce – zumuten sollte. Sein Bruder war ein übles

Subjekt und brachte den Namen des Instituts in Verruf; Außenseitern mochte dies als eine nicht zur Sache gehörende Angelegenheit erscheinen, aber gewisse Anstandsregeln mußten gewahrt werden. Und seine Gesundheit war angegriffen; er begann den Unterricht verspätet, Professor Jaikumar war selbst einmal Zeuge davon geworden, wie er während einer Vorlesung zusammengebrochen war. Und es kursierten Gerüchte, daß er ein Verhältnis mit einer Studentin habe. In der Natur der Sache lag es, daß man vernünftigerweise keine konkreten Beweise für diese Gerüchte erwarten durfte, aber ebensowenig durfte man sie übergehen.

»Tja, vermutlich trinkt er auch?« sagte Dr. Ila Chattopadhyay. »Auf dieses Argument warte ich schon die ganze Zeit.«

»Also wirklich!« rief der Vize-Kanzler. »Müssen Sie Professor Mishras Motive verunglimpfen? Sie sollten bereitwillig anerkennen ...«

»Ich werde nicht anerkennen, was eine Schande ist«, sagte Dr. Ila Chattopadhyay. »Ich weiß nicht, was hier vor sich geht, aber es geht etwas vor sich, und ich werde mich nicht einwickeln lassen.« Ebenso wie für defekte sanitäre Installationen hatte sie eine feine Nase für das, was sie ›intellektuelle Verwahrlosung und akademische Fäulnis‹ nannte.

Professor Mishra starrte sie fuchsteufelswild an. Diese heimtückische Undankbarkeit konnte er nicht fassen.

»Ich denke, wir sollten einen kühlen Kopf behalten«, zischte er.

»Einen kühlen Kopf?« schrie Dr. Ila Chattopadhyay. »Einen kühlen Kopf? Wenn ich etwas nicht ausstehen kann, dann ist es Impertinenz!« Sie bemerkte, daß dieses Argument Professor Mishra die Sprache verschlug, und fuhr fort: »Und wenn ich etwas nie tun werde, dann das Verdienst anderer Leute in Abrede zu stellen. Der junge Mann hat sich verdient gemacht. Er kennt sein Fach. Ich bin sicher, daß er ein anregender Lehrer ist. Und aus seinen Unterlagen, aus der Anzahl seiner Mitgliedschaften in Ausschüssen, aus seinen Aktivitäten, die nicht im Lehrplan vorgeschrieben sind, geht hervor, daß er die Lasten, die ihm das Institut und die Universität zuteilen, sehr wohl trägt. Im Gegenteil. Er sollte die Stelle bekommen. Experten von außerhalb wie Professor Jaikumar und ich sind hier, um akademischer ...« Sie wollte eigentlich ›Schurkerei‹ sagen, überlegte es sich jedoch ganz schnell anders. »... Verantwortungslosigkeit Einhalt zu gebieten. Tut mir leid, ich bin nur eine dumme Frau, aber eines habe ich gelernt: Wenn es die Situation erfordert, muß man den Mund aufmachen. Falls wir zu keiner einvernehmlichen Entscheidung kommen können und Sie Ihren Kandidaten durchsetzen, dann werde ich darauf bestehen, daß Sie in Ihren Bericht aufnehmen, daß die auswärtigen Experten mit Ihrer Entscheidung nicht übereinstimmen ...«

Sogar Professor Jaikumar war schockiert. »Selbstbeherrschung führt ins Paradies«, murmelte er in Tamil vor sich hin, »aber ungezügelte Leidenschaft führt zu jimmerwährender Dunkelheit.« Niemals wurde in so einer Angelegenheit ein Sondervotum abgegeben, sondern es wurde ein einstimmiger Beschluß gefaßt. Ein Sondervotum bedeutete, daß die Universitätsleitung entscheiden mußte, und das wollte niemand. Ein Sondervotum hieße, das Boot mit Macht zum Wanken zu bringen, das Ende aller Stabilität, aller Ordnung. Professor Mishra sah Dr. Ila Chattopadhyay an, als hätte er nichts dagegen, sie augenblicklich über Bord zu werfen – in der Hoffnung, daß es im Wasser vor Quallen nur so wimmelte.

»Wenn jich jetwas sagen darf«, sagte Professor Jaikumar und unterbrach jemand anders, was er sonst nie tat. »Jich bin nicht der Meinung, daß jein Sondervotum der auswärtigen Jexperten notwendig jist. Aber es sollte jeine angemessene Jentscheidung getroffen werden.« Er hielt inne. Er war ein durch und durch gebildeter, anständiger, temperamentloser Mensch, den das Tête-à-tête mit seinem Gastgeber am Vorabend gründlich empört hatte. Sofort hatte er beschlossen, nie und nimmer für den auf so irreguläre Weise empfohlenen Bewerber zu stimmen. »Sollten wir nicht jeinen dritten Kandidaten jins Auge fassen?«

»Selbstverständlich nicht«, sagte Dr. Ila Chattopadhyay, in der der Kampfgeist so recht in Wallung gekommen war. »Warum einen drittklassigen Bewerber als Kompromißlösung nehmen, wenn wir einen erstklassigen zur Hand haben?«

»Das jist gewiß richtig«, sagte Professor Jaikumar, »wie jim *Tirukural* geschrieben steht: ›Nachdem festgestellt wurde, daß dieser Mann diese Aufgabe erfüllen kann mit den Fähigkeiten, die jer besitzt, und den Werkzeugen, die er hat, muß diese Aufgabe jihm zugeteilt werden.‹ Aber es steht auch geschrieben: ›Zur Weisheit der Welt gehört es, sich dem Gang der Welt anzupassen.‹ Und an jeiner anderen Stelle steht ...«

Das Telefon klingelte. Professor Mishra sprang auf. Der Vize-Kanzler griff nach dem Hörer. »Hier spricht der Vize-Kanzler ... Tut mir leid, ich bin in einer wichtigen Sitzung ... Ach, es ist für Sie, Professor Mishra. Haben Sie einen Anruf erwartet?«

»Äh, ja, ich habe den Arzt gebeten anzurufen – ja – hier Mishra.«

18.11

»Sie alter Schakal«, sagte Badri Nath. »Ich habe gehört, was Sie eben gesagt haben.«

»Äh, ja, Doktor, gibt es Neuigkeiten?« sagte Professor Mishra in Hindi.

»Schlechte.«

Professor Mishra klappte der Mund auf. Alle starrten ihn an. Die anderen versuchten, sich zu unterhalten, aber es war ihnen unmöglich, ihm nicht zuzuhören.

»Ich verstehe. Wie schlecht?«

»Es wird alphabetisch ausgezählt. Sie haben nach Kapoor und vor Khan aufgehört.«

»Woher wissen Sie dann, wer ...«

»Auf Mahesh Kapoor entfallen 15 575 Stimmen. Es sind nicht mehr genug Stimmen übrig, daß Waris Khan ihn noch schlagen könnte. Mahesh Kapoor wird gewinnen.«

Professor Mishra hob die freie Hand an die Stirn, auf der sich Schweißperlen bildeten.

»Wie meinen Sie das? Woher wissen Sie das? Könnten Sie mir das noch einmal langsam erklären? Ich bin an diesen Jargon nicht gewöhnt.«

»Gut, Professor. Bitten Sie den Vize-Kanzler um Papier und Bleistift.« Badri Nath war zwar offensichtlich mit dem Ergebnis seiner Nachforschungen nicht zufrieden, zog jedoch soviel Vergnügen wie möglich aus der Situation.

»Papier und Bleistift habe ich hier«, sagte Professor Mishra und zog einen Stift und einen Umschlag aus seiner Tasche.

Badri Nath seufzte. »Warum akzeptieren Sie nicht einfach, was ich sage?«

Professor Mishra hielt sich klugerweise zurück und sagte nicht: ›Weil Sie mir heute morgen geraten haben, zu akzeptieren, daß er verloren hat.‹ Statt dessen sagte er: »Ich würde gerne wissen, wie Sie zu dieser Schlußfolgerung kommen?«

Badri Nath fügte sich. Nach einem weiteren Seufzer sagte er langsam und bedächtig: »Hören Sie gut zu, Professor. Es gibt 66 918 Stimmberechtigte. Wenn wir von einer für diesen Landesteil hohen Wahlbeteiligung ausgehen, sagen wir fünfundfünfzig Prozent, dann heißt das, daß 37 000 Stimmen abgegeben wurden. Soll ich weitermachen? Die ersten fünf Kandidaten wurden ausgezählt. Insgesamt entfallen 19 351 Stimmen auf sie. Bleiben also für die übrigen fünf Kandidaten noch ungefähr 18 700 Stimmen. Abgesehen von Waris werden die anderen vier zusammen mindestens 5000 Stimmen bekommen. Dazu gehören der Sozialist, der Kandidat der Jan Sangh und ein ziemlich beliebter und finanzkräftiger Unabhängiger. Wie viele Stimmen kann Waris Khan also bekommen, Professor Sahib? Weniger als 14 000. Und Mahesh Kapoor hat jetzt schon 15 575 Stimmen. Jammerschade, aber Chacha Nehrus Besuch hat das Blatt gewendet. Soll ich die Zahlen noch einmal wiederholen?«

»Nein, nein, danke. Wann – wann machen sie weiter?«

»Wer macht was weiter? Sie meinen die Stimmenzählung?«

»Ja. Die Behandlung.«

»Morgen.«

»Danke. Kann ich Sie abends noch einmal anrufen?«

»Ja, natürlich. Ich bin auf der Unfallstation.« Badri Nath kicherte und legte auf.

Professor Mishra ließ sich auf seinen Stuhl fallen.

»Hoffentlich keine schlechten Nachrichten«, sagte Professor Jaikumar. »Jihre beiden Söhne sahen gestern noch ganz gesund aus.«

»Nein, nein«, sagte Professor Mishra tapfer und wischte sich die Stirn ab.

»Wir haben alle unser eigenes Kreuz zu tragen. Aber wir dürfen unsere Pflicht nicht vergessen. Tut mir leid, daß Sie auf mich warten mußten.«

»Macht nichts«, sagte Dr. Ila Chattopadhyay, die meinte, den armen, massigen Kerl, der sie schließlich einmal unterstützt hatte, etwas hart angegangen zu haben. Aber, dachte sie, durchsetzen darf er sich auf keinen Fall.

Aber Professor Mishras vormals lautstarke Opposition gegen Pran bröckelte ab. Er sagte sogar ein, zwei positive Dinge über ihn. Dr. Ila Chattopadhyay fragte sich, ob er sich angesichts eines möglichen Sondervotums und Skandals ins Unvermeidliche gefügt hatte – oder ob ihm die Krankheit seines Sohnes die ungewisse Zukunft seiner eigenen Seele vor Augen geführt hatte.

Gegen Ende der Sitzung hatte Professor Mishra seine selbstgefällige Haltung weitgehend wiedergewonnen; ganz jedoch hatte er sich von der Wendung, die die Ereignisse genommen hatten, noch nicht erholt.

»Sie haben Ihren Zettel mit den Telefonnummern vergessen«, sagte Professor Jaikumar und reichte ihm den Umschlag.

»Ach ja«, sagte Professor Mishra. »Vielen Dank.«

Später, als er eilig seine Sachen zusammenpackte, wunderte sich Professor Jaikumar, daß beide Söhne Professor Mishras im Freien und kerngesund wie immer spielten.

Im Bahnhof fiel Professor Jaikumar aus heiterem Himmel plötzlich ein, daß die Telefonnummern in Brahmpur stets drei- und nicht fünfstellig waren. Wie merkwürdig, dachte er. Aber er löste weder das eine noch das andere Rätsel.

Professor Mishra machte einen Termin geltend und begleitete ihn nicht zum Bahnhof. Statt dessen sprach er noch kurz mit dem Vize-Kanzler und ging anschließend zu Prans Haus. Er hatte sich damit abgefunden, ihm gratulieren zu müssen.

»Mein lieber Junge«, sagte er und nahm Prans Hände in seine. »Es war eine knappe Entscheidung, eine sehr knappe Entscheidung. Einige der anderen Bewerber waren wirklich ausgezeichnet, aber, nun, ich glaube, wir beide haben eine Übereinkunft, Sie und ich, eine Gleichung, so wie die Dinge nun mal liegen, und – nun, ich sollte es Ihnen eigentlich erst sagen, wenn das Siegel des Umschlags, der unsere Entscheidung enthält, im Akademischen Rat aufgebrochen wird – nicht daß Ihre eigene ausgezeichnete, äh, Vorstellung nicht ebenso zu unserer Entscheidung beigetragen hat wie meine armseligen Worte der Unterstützung...« Professor Mishra seufzte. »Es gab Widerstand. Die einen meinten, Sie seien zu jung, zu unerfahren. ›Das ungeheuerliche Verbrechen, ein junger Mann zu sein ...‹ und so weiter. Aber abgesehen von der Frage des Verdienstes, in dieser für Ihre Familie so traurigen Zeit fühlt man sich verpflichtet, das Seine zu tun. Ich gehöre nicht zu denen, die viele übertriebene Worte über Mitmenschlichkeit machen, aber, nun – war es nicht der große Wordsworth, der von diesen ›kleinen, namenlosen, vergessenen Akten der Freundlichkeit und der Liebe‹ gesprochen hat?«

»Ich glaube, ja«, sagte Pran bedächtig und verwundert, während er Professor Mishras bleiche, schweißnasse Hände schüttelte.

18.12

Mahesh Kapoor war im Collectorate von Rudhia, als mit der Auszählung der Stimmen für Salimpur/Baitar begonnen wurde. Er war spät angekommen, aber auch der Distriktmagistrat hatte sich verspätet, weil die Zündung seines Jeeps versagte. Die Wahlhelfer hatten die Urnen der einzelnen Kandidaten zusammengestellt und begannen mit dem ersten Kandidaten, einem Unabhängigen namens Iqbal Ahmad. Auf jedem von mehreren Tischen wurde eine seiner Urnen geöffnet und die Stimmen – unter den wachsamen Augen der Beobachter aller Kandidaten – gleichzeitig gezählt.

Alle waren zur Geheimhaltung verpflichtet, aber natürlich blieb nichts geheim, und bald sickerte durch, daß Iqbal Ahmad so schlecht abgeschnitten hatte wie erwartet. Da die Wahlscheine bei den ersten allgemeinen Wahlen von den Wählern nicht gekennzeichnet, sondern nur in die Urne eines Kandidaten gesteckt werden mußten, gab es kaum ungültige Stimmen. Die Auszählung ging schnell voran, und hätte sie rechtzeitig angefangen, wäre sie um Mitternacht beendet gewesen. Aber es war bereits elf Uhr abends, alle waren müde, und die Stimmen des Kongreßkandidaten waren noch nicht vollständig gezählt. Er schnitt unerwartet gut ab, hatte mehr als 14 000 Stimmen auf sich vereinigt, und noch mehrere Urnen waren nicht ausgezählt.

In manchen von Mahesh Kapoors Urnen fanden sich neben den Wahlscheinen erstaunlicherweise auch roter Puder und ein paar Münzen. Vermutlich hatten fromme Bauern, die die heiligen Rinder auf der Urne gesehen hatten, zusammen mit ihrem Wahlschein kleine Opfergaben hineingeworfen.

Während der Stimmenzählung, die der Distriktmagistrat und der Unterbezirksbeamte überwachten, ging Mahesh Kapoor hinüber zu Waris, der besorgt dreinblickte, und sagte: »Adaab arz, Waris Sahib.«

»Adaab arz«, erwiderte Waris streitlustig. Das ›Sahib‹ war mit Sicherheit ironisch gemeint.

»Ist mit Firoz alles in Ordnung?«

Es war ohne Groll gesagt, aber in Waris brannte die Scham; augenblicklich waren ihm die rosa Flugblätter eingefallen.

»Warum fragen Sie?«

»Ich wollte es nur wissen«, sagte Mahesh Kapoor sorgenvoll. »Ich habe keine Nachrichten von ihm, und ich dachte, du wüßtest es. Ich sehe den Nawab Sahib nirgendwo. Wird er noch kommen?«

»Er ist kein Kandidat«, sagte Waris schroff. »Ja, Firoz geht es gut.« Er blickte zu Boden, konnte Mahesh Kapoor nicht länger ins Gesicht sehen.

»Das freut mich«, sagte Mahesh Kapoor. Er wollte ihn grüßen lassen, überlegte es sich jedoch anders und wandte sich ab.

Kurz vor Mitternacht sah der Stand folgendermaßen aus:

1. Iqbal Ahmad   Unabhängiger   608
2. Mir Shamsher Ali Unabhängiger   481
3. Mohammed Hussain KMPP   1533
4. Shanti Prasad Jha Ram Rajya Parishad   1154
5. Mahesh Kapoor   Kongreß   15575

Um Mitternacht, nachdem Mahesh Kapoors Urnen vollständig ausgezählt waren, unterbrach der Distriktmagistrat als Verantwortlicher das Zählen zum Zeichen des Respekts für König George VI. Er hatte die Kandidaten und ihre Beobachter schon ein paar Stunden zuvor von seiner Anweisung dazu unterrichtet und sie um ihr Verständnis gebeten. Die Spannung war unerträglich, vor allem weil Waris Khan auf der Liste gleich nach Mahesh Kapoor stand. Aber wegen der frühzeitigen Warnungen kam es nicht zu Protesten. Der Magistrat ließ die ausgezählten und noch nicht ausgezählten Urnen getrennt verschließen, versiegelte persönlich die Türen und kündigte an, daß am 8. Februar weitergezählt würde.

Das vorläufige Ergebnis sprach sich herum, und sowohl in Brahmpur als auch im Wahlkreis stellten die meisten Leute die gleichen Berechnungen an wie Professor Mishras Informant. Auch Mahesh Kapoor war optimistisch. Er übernachtete auf seinem Gut in Rudhia und unterhielt sich mit seinem Verwalter, während sie über die Weizenfelder gingen.

Am Morgen des 8. erwachte Mahesh Kapoor erfrischt und dankbar, weil er das Gefühl hatte, daß ihm zumindest eine seiner Bürden abgenommen worden war.

18.13

Wieder wurde gezählt, und als Waris 10000 Stimmen hatte, begann man mit einem knappen Ausgang zu rechnen. Offensichtlich lag die Wahlbeteiligung in der unmittelbaren Umgebung von Baitar weit über fünfundfünfzig Prozent – auch das schon eine hohe Zahl, verglichen mit anderen Wahlkreisen, deren Ergebnisse bereits bekannt waren.

Als 14000 Stimmen auf Waris entfielen und noch immer mehrere Urnen nicht ausgezählt waren, bemächtigte sich eine große Unruhe des Kongreßlagers. Der Distriktmagistrat ermahnte alle, Ruhe zu bewahren und die Wahlhelfer weiterzählen zu lassen, sonst müsse er die Stimmenauszählung noch einmal unterbrechen.

Das zeigte Wirkung, aber als Waris 15000 Stimmen hatte, entstand ein unglaubliches Tohuwabohu. Einige der reizbareren Kongreßmitglieder begannen von Wahlbetrug zu reden. Mahesh Kapoor rief sie scharf zur Ordnung. Aber seinem Gesicht war das Entsetzen anzusehen, denn mittlerweile fürchtete er zu verlieren. Die gegnerische Seite jubelte bereits vor Vorfreude, die magische Zahl zu überschreiten. Sie mußte nicht lange warten.

Noch immer waren nicht alle von Waris' Urnen ausgezählt, als er 15 576 Stimmen erreichte. Waris sprang auf einen Tisch und schrie vor Freude. Seine Anhänger nahmen ihn auf ihre Schultern, und vor der Distriktverwaltung wurden die üblichen Rufe laut:

»Abgeordneter von Baitar, wer soll es werden, wer?«

»Waris Khan Sahib, einer wie er!«

Waris, überglücklich gewonnen zu haben, überglücklich, daß ›Khan Sahib‹ seinem Namen angefügt wurde, überglücklich, den jungen Nawabzada gerächt zu haben, grinste übers ganze Gesicht. Siegestrunken hatte er seinen schmutzigen Trick mit den Flugblättern vergessen.

Er wurde im wahrsten Sinne des Wortes auf den Boden geholt vom Distriktmagistrat, der drohte, ihn aus dem Collectorate zu werfen, wenn seine Anhänger ihren Krawall nicht einstellten. Waris beruhigte seine Anhängerschar und sagte leise zu einigen von ihnen: »Jetzt, wo ich Abgeordneter bin, werden wir schon sehen, wer zuerst aus dem Collectorate fliegt – er oder ich.«

Mehrere Kongreßmänner drängten Mahesh Kapoor, der sich bislang nicht geäußert hatte, sofort eine Beschwerde einzureichen und die Wahl anzufechten. Es lag auf der Hand, daß zumindest im Hinterland von Baitar die Flugblätter, die fälschlicherweise Firoz' Tod bekanntgaben, sich verheerend ausgewirkt und die Leute aus Hütten und Häusern gelockt hatten, um für Waris zu stimmen.

Aber Mahesh Kapoor, der enttäuscht und verbittert war, wollte nicht noch mehr Bitterkeit verbreiten und weigerte sich, die Wahl anzufechten. Waris hatte 16 748 Stimmen auf sich vereinigt; die Stimmendifferenz war zu groß, um auch nur eine nochmalige Auszählung zu verlangen. Nach einer Weile ging er zu seinem Rivalen und gratulierte ihm; er sah erschüttert aus, vor allem nach der freudigen Vorahnung am Morgen. Waris nahm seine Glückwünsche erhobenen Hauptes entgegen. Der Wahlsieg hatte sein Schamgefühl ausradiert.

Erst nachdem die Stimmen aller Kandidaten ausgezählt waren, erklärte der Distriktmagistrat Waris Khan offiziell zum Sieger. Am Abend wurde das Endergebnis im Radio verkündet:

SALIMPUR/BAITAR (Distrikt Rudhia, Purva Pradesh)
ERGEBNIS DER WAHL ZUM STAATSPARLAMENT

Anzahl der Sitze:	1
Anzahl der Kandidaten:	10
Anzahl der Wahlberechtigten:	66 918
Anz. der abgegebenen gültigen Stimmen:	40 327
Wahlbeteiligung:	60,26 %

NAME	PARTEI/ UNABHÄNGIGER	STIMMEN	% DER STIMMEN
1. Iqbal Ahmad	Unabhängiger	608	1,51
2. Mir Shamsher Ali	Unabhängiger	481	1,19
3. Mohammed Hussain	KMPP	1533	3,80
4. Shanti Prasad Jha	Ram Rajya Parishad	1154	2,86
5. Mahesh Kapoor	Kongreß	15575	38,62
6. Waris Mohammad Khan	Unabhängiger	16748	41,53
7. Mahmud Nasir	Kommunist	774	1,92
8. Madan Mohan Pandey	Unabhängiger	1159	2,87
9. Ramlal Sinha	Sozialist	696	1,73
10. Ramratan Srivastava	Jan Sangh	1599	3,97

Name des gewählten Kandidaten: Waris Mohammad Khan.

18.14

An diesem Abend wurde im Fort von Baitar gefeiert.

Waris ließ ein riesiges Feuer entzünden, ein Dutzend Schafe und ein Dutzend Ziegen schlachten, lud alle ein, die ihm geholfen oder für ihn gestimmt hatten, und fügte hinzu, daß auch alle Hurensöhne, die nicht für ihn gestimmt hatten, willkommen seien. Er war besonnen genug, keinen Alkohol auszuschenken, aber er begrüßte seine Gäste volltrunken, hielt eine Rede – er war mittlerweile ein Meister im Redenhalten – über den Edelmut des Hauses Baitar, die klugen Wähler, den Ruhm Gottes und das Wunder Waris.

Darüber, was er im Parlament tun wollte, schwieg er sich aus; aber insgeheim war er davon überzeugt, daß er sich die parlamentarischen Tricks ebensoschnell aneignen würde, wie er gelernt hatte, im Wahlkampf alle Fäden in der Hand zu halten.

Der ölige Munshi genehmigte alles, was er wollte, ließ das große Tor des Forts mit Blumen schmücken und begrüßte Waris mit gefalteten Händen und Tränen in den Augen. Immer schon liebe er Waris, immer schon habe er seine verborgene Größe geahnt, und jetzt endlich hätten sich seine Gebete erfüllt. Er fiel ihm zu Füßen und bat Waris um seinen Segen, und Waris lallte wohlwollend: »In Ordnung, du Mistkerl, ich segne dich. Jetzt steh endlich auf, oder ich kotz dir auf den Kopf.«

18.15

Eines Nachmittags, ein paar Tage nach der Stimmenauszählung, saß Mahesh Kapoor, der sehr erschöpft wirkte, im Garten von Prem Nivas und sprach mit Abdus Salaam, seinem früheren Parlamentarischen Staatssekretär. Die vielen Implikationen seiner Niederlage wurden ihm allmählich klar. Er hatte seine Arbeit verloren, die seinem Leben Kraft verliehen, ihm die Richtung gewiesen und ihn in die Lage versetzt hatte, Gutes zu tun. Sein Flügel der Kongreßpartei würde im Parlament ohne seinen Rat auskommen müssen. Der Verlust der Macht kratzte nicht nur an seinem Stolz, sondern würde sich auch auf seine Möglichkeiten auswirken, seinem Sohn zu helfen, der demnächst angeklagt werden sollte – weiß Gott wessen. Der Bruch der Freundschaft mit dem Nawab Sahib war ein weiterer schwerer Schlag; er wurde traurig und schämte sich, wenn er daran dachte, was Firoz – und auch dem Nawab Sahib – zugestoßen war. Und jeder Augenblick, den er in Prem Nivas verbrachte, besonders im Garten, erinnerte ihn an den Verlust seiner Frau.

Er sah auf das Blatt Papier in seiner Hand; darauf standen verschiedene Zahlen, die seinen Wahlkampf erläuterten. Einige Minuten lang diskutierte er sie mit Abdus Salaam, interessiert und objektiv wie früher. Wenn sich die KMPP wieder aufgelöst und sich so wie Mahesh Kapoor erneut dem Kongreß angeschlossen hätte, dann hätte ihre gemeinsame Stimmenzahl ausgereicht, um Waris zu besiegen. Wenn seine Frau ihm hätte helfen können, hätte das wie immer den kleinen Unterschied ausgemacht – zweitausend Stimmen, vielleicht mehr. Wenn das Flugblatt über Firoz nicht erschienen wäre oder früh genug, um es richtigzustellen, dann hätte er auch noch gewonnen. Mochte Mahesh Kapoor mittlerweile auch einige der Gerüchte über seinen Freund für wahr halten, er weigerte sich rundheraus zu glauben, daß der Nawab Sahib dieses Flugblatt gutgeheißen hatte. Das ging ausschließlich auf Waris' Kappe. Es konnte nicht anders sein.

Aber jeder noch so objektive Strang dieser Analyse führte zurück zu seiner eigenen mißlichen Lage. Nach einer Weile schloß er die Augen und schwieg.

»Waris ist ein interessantes Phänomen«, sagte Abdus Salaam. »›Ich weiß, was Moral ist, und doch verspüre ich keine Neigung zu ihr, ich weiß, was Unmoral ist, und doch verspüre ich keine Abneigung gegen sie‹ – wie Duryodhana zu Krishna sagt.«

Kurz spiegelte Mahesh Kapoors Miene Wut wider. »Nein«, sagte er und öffnete die Augen. »Waris ist ein anderer Mensch. Er hat kein Empfinden für Bosheit und Unmoral. Ich kenne ihn. Ich habe mit ihm und gegen ihn gekämpft. Er ist die Sorte Mann, die wegen einer Frau oder eines Stücks Land oder wegen Wasser oder einer Fehde einen anderen umbringt, sich dann stellt und damit angibt, daß er ihn fertiggemacht hat – und erwartet, daß alle Welt ihn versteht.«

»Sie werden in der Politik bleiben«, sagte Abdus Salaam voraus.

Mahesh Kapoor lachte kurz auf. »Glauben Sie? Nach meiner Unterhaltung mit Jawaharlal habe ich gedacht, ich könnte Chefminister werden. Was für Ambitionen! Jetzt bin ich nicht mal mehr Abgeordneter. Wie auch immer, hoffentlich lassen Sie sich nicht mit irgendeinem minderen Posten abspeisen. Sie sind zwar noch jung, aber Sie haben hervorragende Arbeit geleistet und sind zum zweitenmal dabei. Egal, wer Chefminister wird, ob Sharma oder Agarwal, sie werden zwei, drei Moslems im Kabinett haben wollen.«

»Vermutlich haben Sie recht«, sagte Abdus Salaam. »Aber ich glaube nicht, daß Agarwal mich nehmen würde – nicht mal, wenn man ihn mit dem Bajonett dazu zwingen wollte.«

»Also geht Sharma nach Delhi?« Mahesh Kapoor beobachtete ein paar Beos, die über den Rasen hüpften.

»Das weiß keiner. Ich jedenfalls nicht. Jedes Gerücht wird durch ein anderes dementiert, das das Gegenteil behauptet.« Abdus Salaam war froh, daß sich Mahesh Kapoor wenigstens sporadisch für die politische Szene interessierte. »Warum fahren Sie nicht für ein paar Tage nach Delhi?«

»Ich werde hierbleiben.« Mahesh Kapoor sah sich still im Garten um.

Abdus Salaam erinnerte sich an Maan und schwieg. Nach einer Weile fragte er: »Was ist aus der Beförderung Ihres älteren Sohnes geworden?«

Mahesh Kapoor zuckte die Achseln. »Er war heute morgen mit meiner Enkeltochter hier. Ich habe ihn danach gefragt. Er hat nur gesagt, daß das Gespräch sehr gut verlaufen sei. Mehr nicht.«

Pran, der Angst hatte, daß sich Professor Mishra noch etwas Unvorstellbares ausdenken könnte, und der seiner mündlichen Mitteilung nicht zu glauben wagte, hatte niemandem – nicht einmal Savita – etwas von der mutmaßlichen Entscheidung der Berufungskommission gesagt. Seine Familie wäre nur noch enttäuschter, wenn sich die gute Nachricht als falsch herausstellte. Er wünschte, es seinem Vater sagen zu können. In seiner düsteren Stimmung hätte es ihm vielleicht ein bißchen gutgetan.

»Ihnen müßte etwas Gutes zustoßen«, sagte Abdus Salaam. »Gott bringt denen Erleichterung, die leiden.«

Das arabische Wort für Gott, das Abdus Salaam ganz selbstverständlich benutzt hatte, erinnerte Mahesh Kapoor daran, wie Religion im Wahlkampf eingesetzt worden war. Wieder schloß er die Augen und schwieg. Er war verzweifelt.

Abdus Salaam spürte, was er dachte. Zumindest ließ seine nächste Bemerkung darauf schließen. »Waris machte sich im Wahlkampf Vorurteile zunutze. Sie hätten sich geschämt, auch nur ein Wort zu sagen, das die Menschen aus religiösen Gründen aufgestachelt hätte. Waris mag zu Anfang ein loyaler Mann gewesen sein, aber die Tatsache, wie er das Flugblatt eingesetzt hat, entlarvt seinen schlechten Charakter.«

Mahesh Kapoor seufzte. »Das ist sinnlose Spekulation. ›Schlechter Charakter‹ ist jedenfalls ein zu starkes Wort. Er mag Firoz, das ist alles. Sein ganzes Leben lang hat er dieser Familie gedient.«

»Bald wird er seine eigene Stellung genauso mögen«, sagte Abdus Salaam.

»Er wird mir im Parlament demnächst gegenüberstehen. Aber worauf ich wirklich neugierig bin: Wie schnell wird er sich gegen den Nawab Sahib wenden?«

»Tja«, sagte Mahesh Kapoor nach einer Weile. »Ich glaube nicht, daß er das tun wird. Und wenn doch, kann man es nicht verhindern. Wenn er, wie Sie meinen, einen schlechten Charakter hat, dann hat er eben einen schlechten Charakter.«

»Das Problem sind jedenfalls nicht die Vorurteile der Menschen mit schlechtem Charakter.«

»Was ist dann das Problem?« fragte Mahesh Kapoor und lächelte kurz.

»Wenn nur Menschen mit schlechtem Charakter Vorurteile hätten, würde sich das nicht so stark auswirken. Die meisten Leute würden sie nicht nachahmen wollen, deswegen hätten ihre Vorurteile keine große Wirkung – höchstens in außergewöhnlichen Zeiten. Die Vorurteile der guten Menschen, die sind gefährlich.«

»Das ist mir zu subtil«, sagte Mahesh Kapoor. »Sie sollten denen die Schuld geben, die schuldig sind. Die die anderen aufhetzen, haben einen schlechten Charakter.«

»Aber viele, die aufgehetzt werden, sind ansonsten gute Menschen.«

»Ich will mich nicht mit Ihnen streiten.«

»Schade.«

Mahesh Kapoor machte einen Laut der Ungeduld, sagte jedoch nichts.

»Der Kongreß wird in Purva Pradesh ungefähr siebzig Prozent der Sitze bekommen. Bei einer Nachwahl werden Sie einen Sitz gewinnen. Die Leute sind vermutlich überrascht, daß Sie die Wahl in Salimpur nicht anfechten.«

»Was die Leute denken ...« Mahesh Kapoor schüttelte den Kopf.

Noch ein letztes Mal unternahm Abdus Salaam einen Versuch, seinen Mentor aus seiner Teilnahmslosigkeit zu reißen. Er setzte zu einer seiner Grübeleien an, zum einen weil er das gern tat, zum anderen weil er den Minister Sahib in Fahrt bringen wollte.

»Interessant ist, wie sehr sich der Kongreß in den nur vier Jahren seit der Unabhängigkeit verändert hat. Die Menschen, die sich im Kampf um die Freiheit die Köpfe haben einschlagen lassen, trachten jetzt danach, sich gegenseitig die Köpfe einzuschlagen. Und wir haben Neuzugänge in der Politik. Wenn ich zum Beispiel ein Verbrecher wäre und ohne große Schwierigkeiten und recht profitabel in die Politik käme, dann würde ich nicht sagen: ›Ich morde und handle mit Drogen, aber die Politik ist mir heilig.‹ Sie wäre mir nicht heiliger als die Prostitution.«

Er blickte zu Mahesh Kapoor, der wieder die Augen geschlossen hatte. Abdus Salaam sprach weiter. »Für den Wahlkampf braucht man immer mehr Geld, und die Politiker werden zunehmend mehr Geld von Geschäftsleuten verlangen. Und korrupt, wie sie selbst sind, werden sie die Korruption im öffentlichen Dienst nicht bekämpfen können. Sie werden es auch gar nicht mehr wollen. Früher oder später wird über die Berufung von Richtern, Wahlleitern, den Spitzenleuten im öffentlichen Dienst und bei der Polizei von korrupten Männern entschieden werden, und alle unsere Institutionen werden zusammenbrechen. Meine einzige Hoffnung ist«, fuhr Abdus Salaam ketzerisch fort, »daß der Kongreß bei der übernächsten Wahl vernichtend geschlagen wird.«

Wie eine einzige in der strengen Struktur eines Ragas falsch gesungene Note einen eingeschlafenen Konzertbesucher aufwecken kann, so ließ Abdus Salaams letzte Bemerkung Mahesh Kapoor die Augen öffnen.

»Abdus Salaam, ich bin nicht in der Stimmung, mit Ihnen zu streiten. Stellen Sie nicht so unsinnige Behauptungen auf.«

»Alles, was ich gesagt habe, ist möglich, sogar wahrscheinlich.«

»Der Kongreß wird nicht vernichtend geschlagen werden.«

»Warum nicht, Minister Sahib? Wir haben weniger als fünfzig Prozent der Stimmen bekommen. Das nächstemal werden unsere politischen Gegner die Wahlarithmetik besser verstehen und sich zusammenschließen. Und Nehru, unser Stimmenfänger, wird bis dahin tot oder im Ruhestand sein. Er wird seine Arbeit nicht länger als die nächsten fünf Jahre machen können. Er wird ausgebrannt sein.«

»Nehru wird mich überleben und Sie wahrscheinlich auch«, sagte Mahesh Kapoor.

»Sollen wir eine Wette abschließen?«

Mahesh Kapoor bewegte sich unruhig. »Wollen Sie mich ärgern?« sagte er.

»Eine freundschaftliche Wette.«

»Gehen Sie jetzt bitte.«

»Gut, Minister Sahib. Ich komme morgen um dieselbe Zeit wieder.«

Mahesh Kapoor erwiderte nichts.

Nach einer Weile sah er wieder in den Garten. Der Kachnarbaum begann zu blühen: Die Knospen sahen aus wie lange grüne Schoten mit einer Spur von dunklem Mauve an den Stellen, an denen die Blüten aufbrechen würden. Etliche kleine Sreifenhörnchen liefen um den Baum herum oder hinauf und spielten miteinander. Der Kolibri flog wie immer im Pampelmusenbaum herum; und irgendwo rief hartnäckig ein Bartvogel. Mahesh Kapoor kannte weder die Hindi- noch die englischen Namen der Pflanzen und Tiere, die ihn umgaben, aber vielleicht genoß er den Garten genau deswegen in seiner gegenwärtigen Stimmung um so mehr. Er war sein einziger Zufluchtsort, namenlos, wortlos, nur das Vogelgezwitscher war zu hören – und beherrscht wurde er – wenn er die Augen schloß – von dem am wenigsten intellektualisierbaren der Sinne – dem des Geruchs.

Als seine Frau noch lebte, hatte sie ihn gelegentlich nach seiner Meinung gefragt, wenn sie ein neues Beet anlegen oder einen Baum hatte pflanzen wollen. Mahesh Kapoor hatte das nur in Rage gebracht. »Mach, was du willst«, hatte er sie angefahren. »Frage ich dich bei meinen Akten um Rat?« Nach einer Weile hatte sie es aufgegeben, ihn zu fragen.

Aber zu Mrs. Mahesh Kapoors großer, wenn auch stiller Freude und zum

Bedauern ihrer verschiedenen imposanten Mitbewerber, die nicht verstehen konnten, was sie ihnen voraushatte an Mitteln oder Kenntnissen oder fremdländischen Pflanzen, hatte der Garten von Prem Nivas viele Preise bei den jährlichen Gartenschauen gewonnen. Und dieses Jahr sollte er den ersten Preis gewinnen: zum erstenmal und – unnötig es zu erwähnen – zum letztenmal.

18.16

An der Mauer von Prans Haus blühte der gelbe Jasmin. Im Haus murmelte Mrs. Rupa Mehra: »Eins rechts, eins links, eins rechts, eins links. Wo ist Lata?«
»Sie wollte ein Buch kaufen«, sagte Savita.
»Was für ein Buch?«
»Ich glaube, sie wußte es selbst noch nicht. Einen Roman wahrscheinlich.«
»Sie sollte keine Romane lesen, sondern für ihre Prüfungen lernen.«
Genau das sagte der Buchhändler nahezu im gleichen Augenblick zu Lata. Zum Glück für sein Geschäft hielten sich die Studenten nur selten an seinen Rat.
Er langte mit einer Hand nach dem Buch und holte sich mit der anderen Schmalz aus dem Ohr.
»Ich habe genug gelernt, Balwantji«, sagte Lata. »Ich habe es satt. Ich habe alles satt«, endete sie dramatisch.
»Sie sehen aus wie Nargis, wenn Sie so aus dem Herzen sprechen«, sagte Balwant.
»Ich habe nur einen Fünf-Rupien-Schein.«
»Macht nichts. Wo ist Ihre Freundin Malatiji? Ich habe sie schon lange nicht mehr gesehen.«
»Weil sie ihre Zeit nicht damit vergeudet, Romane zu kaufen. Sie lernt. Auch ich sehe sie kaum.«
Kabir kam gutgelaunt in die Buchhandlung. Er bemerkte Lata und blieb stehen. Ihr letztes Treffen fiel Lata ein und sofort danach ihr erstes in dieser Buchhandlung. Sie sahen sich ein paar Sekunden lang an, bevor Lata das Schweigen mit einem »Hallo« brach.
»Hallo«, erwiderte Kabir. »Wie ich sehe, willst du gerade gehen.« Wieder hatte der Zufall sie zusammengeführt, und wieder würde ihre Begegnung zweifellos gehemmt verlaufen.
»Ja«, sagte Lata. »Ich wollte einen Wodehouse kaufen, aber es ist eine Jane Austen geworden.«
»Ich möchte, daß du mit mir im Blue Danube einen Kaffee trinkst.« Es war eher eine Feststellung als eine Bitte.
»Ich muß nach Hause. Ich habe Savita gesagt, daß ich in einer Stunde zurück bin.«

»Savita kann warten. Ich wollte ein Buch kaufen, aber das kann auch warten.«
»Was für ein Buch?«
»Spielt das eine Rolle? Ich weiß es nicht. Ich wollte ein bißchen schmökern. Nicht in Gedichten und nicht in Mathematik«, fügte er hinzu.
»Gut«, sagte Lata draufgängerisch.
»Gut. Der Kuchen wird uns zumindest schmecken. Ich weiß natürlich nicht, wie du dich herausreden willst, wenn jemand ins Café kommt, den du kennst.«
»Das ist mir egal.«
»Gut.«
Das Blue Danube war nur zweihundert Meter entfernt. Sie setzten sich und gaben ihre Bestellungen auf.
Zunächst schwiegen sie. Dann sagte Lata: »Im Kricket gibt es gute Neuigkeiten.«
»Sehr gute sogar.« Kaum zu glauben, aber Indien hatte das fünfte Testspiel gegen England in Madras gewonnen.
Nach einer Weile wurde der Kaffee serviert. Kabir rührte langsam in seiner Tasse und sagte: »Hast du es ernst gemeint?«
»Was?«
»Daß du diesem Mann schreibst?«
»Ja.«
»Wie ernst ist es?«
»Ma will, daß ich ihn heirate.«
Kabir erwiderte nichts. Er betrachtete seine rechte Hand, mit der er umrührte.
»Willst du nichts dazu sagen?« fragte Lata.
Er zuckte die Achseln.
»Haßt du mich? Ist es dir egal, wen ich heirate?«
»Red keinen Unsinn.« Kabir klang angewidert. »Und bitte hör auf zu weinen. Von den Tränen wird weder dein Kaffee noch mein Appetit besser.« Denn wieder hatte sie, ohne es selbst richtig zu bemerken, angefangen zu weinen. Eine nach der anderen rollten ihr die Tränen über die Wangen. Sie wischte sie nicht weg und blickte Kabir weiterhin ins Gesicht. Es war ihr gleichgültig, was die Kellner oder irgend jemand anders von ihr dachte. Oder er.
Besorgt rührte er weiter in seinem Kaffee.
»Ich weiß von zwei Mischehen ...« setzte er an.
»Unsere würde nicht funktionieren. Sie würden es nicht zulassen. Und ich kann mir selbst nicht mehr trauen.«
»Warum sitzt du dann hier mit mir?«
»Ich weiß es nicht.«
»Und warum weinst du?«
Lata schwieg.
»Mein Taschentuch ist gebraucht«, sagte Kabir. »Wenn du keins hast, dann nimm die Serviette.«
Lata tupfte sich die Augen ab.

»Komm, iß deinen Kuchen, das wird dir guttun. Ich bin derjenige, der zurückgewiesen wurde, und ich weine mir nicht mein armes kleines Herz aus.«

Sie schüttelte den Kopf. »Ich muß jetzt gehen. Danke.«

Kabir versuchte nicht, sie aufzuhalten.

»Vergiß dein Buch nicht«, sagte er. »*Mansfield Park?* Das habe ich nicht gelesen. Sag mir, wenn's gut ist.«

Keiner von beiden wandte sich um, als Lata zur Tür ging.

18.17

So aufgewühlt war Lata von ihrer Begegnung mit Kabir – aber wann hatte ein Treffen mit Kabir sie nicht aufgewühlt? –, daß sie einen langen Spaziergang zum Banyanbaum machte. Sie setzte sich auf die dicke gewundene Wurzel, dachte an ihren ersten Kuß, fütterte die Affen und verfiel in eine Träumerei.

Spaziergänge sind das Allheilmittel für mich, dachte sie bitter, und mein Ersatz für Entscheidungen und Taten.

Am nächsten Tag jedoch tat sie etwas höchst Entschiedenes.

Am Morgen brachte der Postbote zwei Briefe für Lata. Sie setzte sich auf die Veranda neben den gelben Jasmin und öffnete beide Umschläge. Mrs. Rupa Mehra war nicht zu Hause. Sie hätte die Handschriften erkannt und sofort über den Inhalt der Briefe aufgeklärt werden wollen.

Der erste Brief enthielt acht Zeilen und eine Überschrift, war mit der Schreibmaschine getippt und nicht unterschrieben:

EIN BESCHEIDENER VORSCHLAG

Auf Deine Bitte – nach schwarz auf weiß hast Du gefragt –
möcht' ich Dir diese Zeilen senden
in der Hoffnung, daß Du schließlich ja sagst,
trotz all Deiner Skrupel und Bedenken.

Los komm, den Bund fürs Leben mit mir schließ.
Auch wenn Du zauderst, eins steht fest:
Tatsächlich, wir könnten uns so nah sein wie dies
Akrostichon es lang schon vermuten läßt.

Lata mußte lachen. Das Gedicht war ein bißchen platt, aber geschickt geschrieben und sehr persönlich, und es gefiel ihr. Sie versuchte sich daran zu erinnern, was genau sie gesagt hatte; hatte sie wirklich um schwarz auf weiß gebeten, oder hatte sie bloß gesagt, daß sie ihm nur schwarz auf weiß glauben würde? Und wie ernst war dieser ›bescheidene‹ Vorschlag eigentlich gemeint? Nachdem sie darüber nachgedacht hatte, war sie geneigt anzunehmen, daß er ernst gemeint war, und daraufhin gefiel er ihr etwas weniger.

Wenn er ganz entschieden düster und leidenschaftlich gewesen wäre, hätte er ihr dann besser gefallen? Oder hätte Amit ihn gar nicht machen sollen? Hätte ein leidenschaftlicher Antrag überhaupt zu Amits Art gepaßt – oder zumindest zu seiner Art ihr gegenüber? Viele seiner Gedichte waren in keinem Sinn des Wortes leicht, aber es schien fast, als ob er diese Seite vor ihr versteckte – aus Angst, sein düsterer, pessimistischer Zynismus würde sie erschrecken und vergraulen.

Und was hatte er zu ihrem eigenen Gedicht, in dem Verzweiflung zum Ausdruck kam und das sie ihm nur zögernd gezeigt hatte, gemeint? Daß er es mochte – aber nur, so hatte er angedeutet, als Gedicht. Wenn er Schwermut mißbilligte, warum war er überhaupt Dichter? Wäre er dann nicht – zumindest um seiner selbst willen – als Jurist besser dran? Aber vielleicht mißbilligte er nicht Schwermut bei sich selbst oder bei anderen, sondern nur das sinnlose Dabeiverweilen – was sie, sie mußte es zugeben, in ihrem Gedicht getan hatte. Ganz eindeutig waren das Leid oder die Beklommenheit von Amits stärksten Gedichten nicht typisch für sein alltägliches Verhalten, sondern nur für gewisse intensive Augenblicke. Trotzdem meinte Lata, daß sich hohe Berge nicht direkt und unvermittelt aus der Ebene erheben. Deswegen mußte es auch eine tiefere organische Verbindung zwischen dem Autor des *Fiebervogels* und dem ihr bekannten Amit Chatterji geben, als er sie und andere glauben machen wollte.

Und wie wäre es, mit so einem Mann verheiratet zu sein? Lata stand auf und wanderte ruhelos über die Veranda. Wie sollte sie ihn ernsthaft in Betracht ziehen – den Bruder von Meenakshi und Kuku, ihren Freund und Führer durch Kalkutta, den Lieferanten von Ananas und Züchtiger von Cuddles? Er war einfach Amit – ihn in einen Ehemann zu verwandeln wäre schlichtweg absurd. Bei diesem Gedanken schüttelte Lata lächelnd den Kopf. Sie setzte sich wieder, las das Gedicht noch einmal und blickte dann über die Hecke zum Campus und dem schrägen Schieferdach des Prüfungsgebäudes in der Ferne. Ihr wurde bewußt, daß sie das Gedicht bereits auswendig konnte – ebenso wie das frühere Akrostichon, den *Fiebervogel* und andere Gedichte. Ohne irgendeine Anstrengung ihrerseits, sie auswendig zu lernen, waren sie zu einem Teil ihrer selbst geworden.

18.18

Der zweite Brief war von Haresh.

Meine liebste Lata,
ich hoffe, Dir und Deiner Familie geht es gut. Während der letzten Wochen habe ich so viel gearbeitet, daß ich jeden Tag völlig erschöpft nach Hause gekommen bin und nicht in der Stimmung war, in der Du von mir zu hören verdienst. Aber die Goodyear-randgenäht-Schuhserie wird immer erfolgreicher, und ich habe das Management sogar überreden können, einem Plan von mir zuzustimmen, der vorsieht, daß die Oberleder außerhalb hergestellt und hier bei Praha nur weiterverarbeitet werden. Das gilt natürlich auch für andere Serien, für Herrenhalbschuhe zum Beispiel. Insgesamt glaube ich, ihnen bewiesen zu haben, daß es kein Fehler war, mich einzustellen, und daß ich nicht jemand bin, den Mr. Khandelwal ihnen zu Unrecht aufgedrängt hat.
Es gibt gute Nachrichten. Man will mich vielleicht bald zum Gruppenvorarbeiter befördern. Wenn ja, dann kommt das keinen Augenblick zu früh, weil ich Schwierigkeiten habe, meine Ausgaben gering zu halten. Ich bin von Natur aus ein bißchen verschwenderisch, und es wird nur gut sein, wenn jemand mich diesbezüglich ein wenig an die Kandare nimmt. Falls das gelingt, dann wird eintreffen, was man immer sagt, nämlich daß zwei billiger leben können als einer.
Ich habe ein paarmal mit Arun und Meenkashi telefoniert, obwohl die Verbindung von Prahapore nach Kalkutta nicht so störungsfrei ist, wie sie sein könnte. Leider haben sie viele Verpflichtungen, aber sie haben mir versprochen, in naher Zukunft einmal zum Abendessen zu kommen.
Meiner Familie geht es gut. Mein skeptischer Onkel Umesh war beeindruckt, daß ich so schnell so eine gute Stelle gefunden habe. Meine Stiefmutter, die für mich wie eine richtige Mutter ist, freut sich ebenfalls. Als ich nach England ging, sagte sie: »Sohn, die Leute gehen nach England, um Arzt, Ingenieur oder Anwalt zu werden. Warum willst du so weit weg, nur um Schuster zu werden?« Damals mußte ich lächeln, und auch heute noch muß ich lächeln, wenn ich daran denke. Aber ich bin froh, daß ich ihnen nicht zur Last falle, daß ich auf eigenen Füßen stehe und daß meine Arbeit auf ihre Weise auch eine sinnvolle ist.
Du wirst Dich freuen zu erfahren, daß ich das Paanessen aufgegeben habe. Kalpana hat mich gewarnt, daß Deine Familie es nicht gutheißt, und was immer ich davon halte, ich habe beschlossen, mich in dieser Hinsicht anzupassen. Ich hoffe, Du bist beeindruckt von meinen Bemühungen, mich zu mehraisieren.
Es gibt etwas, was ich in meinen letzten beiden Briefen nicht angesprochen habe, und es war auch gut, daß Du es nicht erwähnt hast. Wie Du weißt, war ich sehr aufgebracht wegen eines Wortes, das Du benutzt hast. Im nachhinein ist mir klargeworden, daß Du es nicht so gemeint hast, wie ich es aufgefaßt habe.

Ich habe noch am gleichen Abend Kalpana deswegen geschrieben, weil ich das Gefühl hatte, mein Herz ausschütten zu müssen. Aus irgendeinem Grund war ich auch sonst beunruhigt. Sie hat mich für meine »dickhäutige Empfindlichkeit« gescholten (mit Worten konnte sie schon im College umgehen) und mir geraten, mich sofort zu entschuldigen und nicht trotzig zu sein. Da es mir nicht leid getan hat, habe ich nicht geschrieben. Aber im Lauf der Wochen habe ich eingesehen, daß ich falsch reagiert habe.

Ich bin ein praktischer Mann, und ich bin stolz darauf – aber manchmal finde ich mich in Situationen wieder, mit denen ich trotz meiner klaren Ansichten nichts anzufangen weiß, und dann denke ich, daß ich vielleicht doch nicht so viele Gründe habe, stolz zu sein, wie ich glaube. Bitte nimm meine Entschuldigung an, Lata, und verzeih mir, daß ich den Neujahrstag auf so unerfreuliche Weise beendet habe.

Ich hoffe, wenn wir heiraten – und ich hoffe, es handelt sich um ein *Wenn* und nicht ein *Falls* –, daß Du mir dann sagen und dabei auf Deine hübsche stille Art lächeln wirst, wenn ich etwas übelnehme, was nicht so gemeint war.

Baoji hat sich nach meinen Heiratsplänen erkundigt, aber darüber habe ich ihm keine endgültigen Auskünfte geben können. Sobald Du sicher bist, daß ich der richtige Mann für Dich bin, laß es mich bitte wissen. Jeden Tag bin ich dankbar, daß ich Dich getroffen habe und daß wir uns durch Briefe und Begegnungen kennenlernen konnten. Meine Gefühle für Dich werden von Tag zu Tag stärker und beschäftigen mich im Gegensatz zu meinen Schuhen auch an Samstagen und Sonntagen. Unnötig zu erwähnen, daß Dein Foto gerahmt vor mir auf dem Schreibtisch steht; es weckt in mir zärtliche Gedanken an das Original.

Abgesehen von dem, was ich bisweilen in den Kalkuttaer Zeitungen lese, habe ich auch durch meine geschäftlichen Beziehungen zu Kedarnath Neuigkeiten von der Familie Kapoor erfahren, und ich empfinde tiefes Mitgefühl für sie. Sie müssen eine schreckliche Zeit durchmachen. Kedarnath sagt, daß Veena und Bhaskar sehr mitgenommen sind, aber von seinen eigenen Ängsten macht er kein Aufhebens. Ich kann mir auch vorstellen, wie schwer es für Pran mit den Schwierigkeiten, in denen sein Bruder steckt, und dem zeitgleichen Tod seiner Mutter sein muß. Gut, daß Savita ihr Baby hat und ihr Jurastudium, um sie auf andere Gedanken zu bringen, aber bestimmt ist es nicht einfach, sich zu konzentrieren, vor allem auf ein so schwieriges Fach wie Jura. Ich weiß nicht, ob ich irgendwie helfen kann, aber wenn es etwas gibt, was ich tun kann, dann laß es mich bitte wissen. Manche Dinge – die neuesten juristischen Fachbücher und so weiter – sind, glaube ich, in Kalkutta besser erhältlich als in Brahmpur.

Ich hoffe, Du kannst trotz der vielen Ereignisse lernen. Ich drücke Dir die Daumen und bin ganz zuversichtlich, daß Du, meine Lata, glänzend abschneiden wirst.

Liebe Grüße an Ma, der ich im Geiste oft dafür danke, daß sie mit Dir nach Kanpur gekommen ist, und an Pran, Savita und das Baby. Wenn Du zufälligerweise Kedarnath triffst, dann richte ihm bitte aus, daß ich ihm demnächst schreiben werde, wahrscheinlich noch diese Woche, je nachdem, wie hier bestimmte Verhandlungen ausgehen.

Ich schicke Dir all meine Liebe
Dein Haresh

18.19

Während sie las, mußte Lata ab und zu lächeln. Er hatte ›Cawnpore‹ durchgestrichen und ›Kanpur‹ geschrieben. Als sie fertig war, las sie den Brief noch einmal. Sie freute sich, daß Onkel Umeshs Zweifel zerstreut waren. Sie konnte sich vorstellen, daß Hareshs Vater eine ähnliche Entschlossenheit verlangte, was seine eigenen Fragen betraf.

Im Verlauf der Monate hatte sich ihre Welt mit den Menschen bevölkert, die Haresh ständig erwähnte. Sie vermißte sogar Simran; Haresh schrieb wahrscheinlich nichts mehr über sie, weil er Angst hatte, damit einen wunden Punkt bei ihr zu treffen. Erstaunt stellte Lata fest, daß sie, so sehr sie Haresh mochte, nicht eifersüchtig auf Simran war.

Und wer waren diese Menschen in Wirklichkeit? Sie dachte an Haresh: Er war großzügig, robust, optimistisch, ungeduldig, verantwortungsbewußt. Da stand er in Prahapore, solide wie ein Paar Goodyear randgenähte Schuhe, blinzelte sie aus den Seiten seines Briefes liebevoll an und gab ihr so gut er konnte zu verstehen, daß er ohne sie einsam war.

Aber Haresh stand allein da: Onkel Umesh, Simran, sein Stiefvater, alle diese Menschen, die sie zu kennen glaubte, waren vielleicht völlig anders, als sie sie sich vorstellte. Und seine Familie konservativer Khatris aus Old Delhi: Konnte sie sich mit ihnen so verhalten wie mit Kuku oder Dipankar oder Richter Chatterji? Worüber sollte sie mit den Tschechen reden? Aber es hatte für sie etwas Abenteuerliches, sich vorbehaltlos in eine ihr unbekannte Welt zu begeben mit einem Mann, dem sie vertraute und den sie zu bewundern begann – und auf dessen tiefe Zuneigung zu ihr Verlaß war. Sie stellte sich einen paanlosen Haresh vor, der sie auf seine offene Art anlächelte; sie setzte ihn an einen Tisch, so daß sie seine zweifarbigen Schuhe nicht sah; sie zerzauste sein Haar ein bißchen – und plötzlich war er ziemlich attraktiv! Sie mochte ihn. Vielleicht würde sie ihn im Lauf der Zeit und mit ein bißchen Glück sogar lieben lernen.

18.20

Am Nachmittag traf ein Brief von Arun ein und half ihr, ihre Gedanken weiter zu klären:

Meine liebe Lata,
Du wirst es mir nicht verübeln, wenn ich mir als Dein älterer Bruder das Vorrecht herausnehme, Dir in einer Angelegenheit von großer Bedeutung für Deine Zukunft und die Zukunft unserer Familie zu schreiben. Wir stehen uns in unserer Familie außerordentlich nahe und sind vielleicht wegen Daddys Tod noch enger aneinander gebunden. Wenn Daddy noch leben würde, hätte ich nicht die Verantwortung auf mich nehmen müssen, die ich auf mich genommen habe. Varun würde wahrscheinlich nicht bei mir wohnen, und es wäre auch nicht meine Aufgabe, ihm zu raten, seinem Leben eine Richtung zu geben. Ich fürchte, sich selbst überlassen, würde er keine Neigung dazu verspüren. Und ich hätte nicht das Gefühl, daß ich für Dich sozusagen loco parentis einnehme.

Vermutlich weißt Du bereits, auf welche Angelegenheit ich anspiele. Ich habe aus jeder nur möglichen Perspektive darüber nachgedacht und stimme mit Mas Urteil in dieser Sache nicht überein. Deswegen dieser Brief. Ma hat die Tendenz, sich zu sehr von Gefühlen leiten zu lassen, und sie scheint für Haresh eine irrational starke Sympathie zu empfinden und für andere Personen eine ebenso starke – irrational oder nicht – Antipathie. Eine ähnliche Haltung hat sie auch an den Tag gelegt, was meine Ehe betrifft, die sich entgegen ihren Erwartungen als glücklich herausgestellt hat, basierend auf gegenseitiger Zuneigung und wechselseitigem Vertrauen. Ich glaube, daß ich, was die Entscheidung anbelangt, vor der Du stehst, infolgedessen überaus objektiv urteilen kann.

Mal ganz abgesehen von Deiner derzeitigen Verliebtheit in eine gewisse Person in Brahmpur, über die am besten kein Wort verloren wird, hast Du auch nicht viel Erfahrung im undurchdringlichen Dschungel des Lebens. Und bislang hattest Du auch nicht die Gelegenheit, Kriterien zu entwickeln, um, auf Dich allein gestellt, diverse Alternativen abzuwägen. In diesem Kontext biete ich Dir meinen Rat.

Ich glaube, daß Haresh ein paar ausgezeichnete Eigenschaften besitzt. Er arbeitet hart, er ist in gewisser Weise ein Mann, der es aus eigener Kraft zu etwas gebracht hat, und er ist in den Vorzug gekommen, eins der besseren Colleges in Indien zu besuchen – oder er hat dort zumindest einen Abschluß gemacht. Er ist, nach allem, was man hört, kompetent in seinem Beruf. Er ist selbstbewußt und macht aus seinem Herzen keine Mördergrube. All das muß man ihm zugute halten. So, nachdem ich das gesagt habe, muß ich auch deutlich machen, daß ich ihn nicht für geeignet halte, ein Mitglied unserer Familie zu werden, und das aus folgenden Gründen:

1. Obwohl er in St. Stephen Englisch studiert und zwei Jahre in England gelebt hat, läßt die Art, wie er die englische Sprache gebraucht, eine ganze Men-

ge zu wünschen übrig. Das ist kein banaler Punkt. Das Gespräch zwischen Mann und Frau ist wesentlicher Bestandteil einer Ehe, die sich auf ein wahres Verständnis füreinander gründet. Sie müssen in der Lage sein, miteinander zu kommunizieren, sie müssen, wie man sagt, dieselbe Wellenlänge haben. Haresh hat einfach nicht dieselbe Wellenlänge wie Du – oder irgendeiner von uns. Das ist nicht nur eine Frage seines Akzents, an dem man sofort erkennt, daß Englisch keinesfalls seine Muttersprache ist; es ist eine Frage seines Idioms und seiner Diktion, seines Gespürs für das, was tatsächlich gesagt wurde. Ich bin froh, daß ich nicht zu Hause war, als sich dieser groteske Zwischenfall wegen des Wortes »gemein« ereignete. Aber wie du weißt, hat mich Ma (tränenreich und detailliert) darüber informiert, kaum kamen Meenakshi und ich zur Tür herein. Wenn Du der Ansicht bist, daß Mutter weiß, was am besten ist, und Dich mit diesem Mann verlobst, wirst Du Dich ständig in solch beklagenswerten und absurden Situationen wiederfinden.

2. Ein zweiter, damit in Beziehung stehender Punkt ist, daß Haresh sich nicht in den gleichen gesellschaftlichen Kreisen bewegt wie wir und auch nicht darauf hoffen kann. Ein Vorarbeiter ist kein Mitarbeiter einer britischen Firma, Praha ist einfach nicht Bentsen Pryce. Dem Namen haftet unauslöschlich der Geruch von Leder an; die Tschechen, die seine Chefs sind, sind Techniker, können manchmal kaum Englisch, haben nicht an den besten Universitäten Englands studiert. Auf gewisse Weise hat sich Haresh, weil er nach seinem Studium ein Handwerk statt eines richtigen Berufes gewählt hat, selbst degradiert. Ich hoffe, Du nimmst es mir nicht übel, daß ich so offen über etwas spreche, was so wichtig für Dein zukünftiges Glück ist. Die Gesellschaft ist wichtig, und die Gesellschaft ist streng und grausam. Du wirst von bestimmten Kreisen ausgeschlossen sein, einfach nur, weil Du Mrs. Khanna bist.

Auch können Hareshs familiärer Hintergrund und sein Benehmen den Praha-Stempel nicht ausgleichen. Im Gegensatz zur Familie von Meenakshi oder Amit, deren Vater und Großvater Richter am Hohen Gericht waren und sind, besteht seine Familie aus kleinen Leuten aus Old Delhi, die sich, um es schonungslos auszudrücken, durch nichts ausgezeichnet haben. Gewiß spricht es für ihn, daß er es zu etwas gebracht hat; aber da er ein Mann ist, der es aus eigener Kraft geschafft hat, neigt er zur Selbstgefälligkeit – und durchaus auch zur Wichtigtuerei. Mir ist aufgefallen, daß das sehr typisch ist für kleine Menschen. Gut möglich, daß er deswegen einen Komplex hat. Ich weiß, daß Ma ihn für einen Rohdiamanten hält. Dazu kann ich nur sagen, daß bei einem Edelstein der Schnitt und der Schliff zählen. Man trägt keinen Rohdiamanten – oder einen angeschlagenen – in seinem Ehering.

Um es offen zu sagen, die Familie bricht immer durch. Man sieht es an Hareshs Art, sich zu kleiden, an seiner Vorliebe für Schnupftabak und Paan, an der Tatsache, daß es ihm im Kleinen an Taktgefühl mangelt. Als sich Pran und Savita verlobten, habe ich Ma auf den Familienhintergrund hingewiesen, aber sie wollte nicht auf mich hören. Und gesellschaftlich gesehen ist das Ergebnis eine schmachvolle Verbindung – durch uns – zwischen der Familie eines Galgenvogels und eines Richters. Auch das ist ein Grund, warum ich es als Pflicht empfinde, Dir zu schreiben, bevor es zu spät ist.

3. Euer zukünftiges Familieneinkommen wird Euch aller Wahrscheinlichkeit nach nicht gestatten, Eure Kinder in die Schulen zu schicken – zum Beispiel St. George, St. Sophia, Jheel, Mayo, Loreto oder Doon –, auf die unsere Kinder – Meenakshis und meine – gehen werden. Aber auch wenn Ihr es Euch leisten könntet, hat Haresh vielleicht ganz andere Ansichten über Kindererziehung oder darüber, wieviel man für Schulen ausgeben sollte. Da Savitas Mann Akademiker ist, habe ich in dieser Hinsicht bei ihnen keine Befürchtungen. Bei Haresh jedoch habe ich sie, und ich will Dir das nicht verheimlichen. Ich möchte, daß die Familie sich nahe bleibt, ja, ich fühle mich für die Aufrechterhaltung dieser Nähe verantwortlich. Ein unterschiedliches Bildungsniveau unserer Kinder wird uns im Lauf der Zeit auseinanderbringen, und Dir wird es sehr viel Schmerz verursachen.

Ich bitte Dich, diesen Brief als ganz persönlich zu behandeln. Denk gründlich über seinen Inhalt nach, aber sprich nicht mit der Familie darüber. Ma würde ihn zweifellos übelnehmen und Savita vermutlich auch. Um noch einmal zum Gegenstand dieses Briefes zurückzukehren: Er hat uns mit gastfreundlichen Angeboten genervt. Wir haben ihm die kalte Schulter gezeigt und bislang vermieden, noch einmal zu einem gewaltigen Mittagessen nach Prahapore zu fahren. Wir glauben, daß er sich nicht als Familienmitglied fühlen sollte, solange er es nicht tatsächlich ist. Unnötig zu erwähnen, daß Du selbst entscheiden mußt. Wir werden Deinen Mann im Rahmen unserer Möglichkeiten willkommen heißen, wer immer er ist. Aber es hat keinen Sinn, es gut zu meinen, wenn man nicht freiheraus sprechen kann, und das habe ich in diesem Brief getan.

Bei anderer Gelegenheit werde ich Neuigkeiten und Klatsch berichten. Jetzt beende ich diesen Brief in Liebe und mit meinen besten Hoffnungen für Dein zukünftiges Glück. Ebenso Meenakshi, die mit mir in allen Punkten übereinstimmt.

Dein Arun Bhai

Lata las den Brief mehrmals. Zuerst – wegen Aruns wüster Handschrift – sehr langsam. Dann dachte sie, wie ihr Arun aufgetragen hatte, gründlich über seinen Inhalt nach. Anschließend hätte sie am liebsten ein Gespräch von Herz zu Herz mit Savita oder Malati oder ihrer Mutter oder allen dreien geführt. Aber was würde es nützen? Es würde sie nur verwirren. *Sie* mußte eine Entscheidung treffen.

Am Abend desselben Tages schrieb sie Haresh und nahm dankbar – und voller Herzlichkeit – seinen oftmals wiederholten Heiratsantrag an.

18.21

»Nein!« schrie Malati und starrte Lata an. »Das darf nicht wahr sein. Hast du den Brief schon abgeschickt?«

»Ja«, sagte Lata.

Sie saßen im Schatten des Forts auf dem Pul-Mela-Gelände und blickten hinaus auf die warme graue Ganga, die im Sonnenschein glitzerte.

»Du bist verrückt – vollkommen verrückt. Wie konntest du nur so etwas tun?«

»Red nicht wie meine Mutter – ›Oh, meine arme Lata, oh, meine arme Lata!‹«

»Hat sie so reagiert? Ich dachte, sie war ganz wild auf Haresh. Auf dich kann man sich verlassen, du tust, was Mama sagt. Aber ich lasse es nicht zu, Lata, du kannst dein Leben nicht einfach so ruinieren.«

»Ich ruiniere mein Leben nicht«, sagte Lata hitzig. »Und, ja, genau so hätte sie reagieren können. Aus irgendeinem Grund hat sie plötzlich was gegen Haresh. Und Arun war von Anfang an gegen ihn. Aber Mama hat nicht so reagiert. Mama weiß es nämlich noch gar nicht. Du bist die erste, der ich's erzähle, und du solltest nicht versuchen, mich unglücklich zu machen.«

»Doch, doch. Hoffentlich geht's dir richtig schlecht.« In Malatis Augen funkelte grünes Feuer. »Dann kommst du vielleicht wieder zur Vernunft und machst rückgängig, was du getan hast. Du liebst Kabir, und du mußt ihn heiraten.«

»Nichts muß ich! Heirate doch du ihn«, sagte Lata. Ihre Wangen hatten sich gerötet. »Nein – tu's nicht. Tu's nicht. Das würde ich dir nie verzeihen. Sprich nicht über Kabir, Malu, bitte.«

»Du wirst es bitter bereuen«, sagte Malati. »Das sage ich dir.«

»Tja, das sind meine Aussichten.« Lata versuchte sich zu beherrschen.

»Warum hast du mich nicht gefragt, bevor du dich entschieden hast? Wen hast du überhaupt zu Rate gezogen? Oder hast du diese alberne Entscheidung allein getroffen?«

»Ich habe meinen Affen zu Rate gezogen«, sagte Lata seelenruhig.

Malati verspürte den starken Impuls, ihr eine Ohrfeige zu geben, weil sie auch noch dumme Witze machte.

»Und ein Buch mit Gedichten«, fügte Lata hinzu.

»Gedichte!« sagte Malati verächtlich. »Gedichte sind dein Ruin. Du bist zu gescheit, um deinen Verstand an englische Literatur zu verschwenden. Oder vielleicht doch nicht.«

»Du warst die erste, die mir gesagt hat, ich soll ihn mir aus dem Kopf schlagen«, sagte Lata. »Das hast du gesagt. Hast du es vergessen?«

»Ich habe es mir anders überlegt. Und das weißt du auch. Ich habe mich getäuscht, schrecklich getäuscht. Schau dir nur mal die Gefahren an, die der Welt durch diese Art Einstellung drohen ...«

»Was glaubst du, warum ich ihn aufgebe?« fragte Lata und wandte sich ihrer Freundin zu.

»Weil er Moslem ist.«

»Nein, nicht deswegen«, sagte Lata nach einer Weile. »Nicht nur deswegen. Es gibt keinen *einzelnen* Grund.«

Malati schnaubte verächtlich angesichts dieser erbärmlichen Ausflucht.

Lata seufzte. »Malati, ich kann es nicht beschreiben – meine Gefühle für ihn sind wirr. Ich bin nicht ich selbst, wenn ich mit ihm zusammen bin. Ich frage mich, wer das ist – diese eifersüchtige, besessene Frau, die diesen Mann nicht vergessen kann – warum sollte ich so leiden wollen? Ich weiß, daß es immer so sein wird, wenn ich mit ihm zusammen bin.«

»Oh, Lata – sei doch nicht so blind«, rief Malati. »Das zeigt doch nur, wie leidenschaftlich du ihn liebst...«

»Das will ich aber nicht. Das will ich aber nicht. Wenn das Leidenschaft ist, dann will ich nichts damit zu tun haben. Schau nur, was Leidenschaft unserer Familie angetan hat. Maan ist ein gebrochener Mann, seine Mutter tot, sein Vater verzweifelt. Wenn ich daran gedacht habe, daß Kabir sich mit einer anderen trifft, hatte ich so starke Gefühle, daß ich die Leidenschaft jetzt hasse. Leidenschaftlich und für immer.«

»Es ist meine Schuld«, sagte Malati bitter und schüttelte den Kopf. »Ich wünschte, ich hätte dir nie diesen Brief geschrieben. Und du wirst es auch wünschen.«

»Es ist nicht deine Schuld, Malati. Und ich wünsche es nicht. Gott sei Dank hast du ihn geschrieben.«

Malati sah Lata gequält und unglücklich an. »Dir ist einfach nicht klar, was du wegwirfst, Lata. Du hast dich für den falschen Mann entschieden. Bleib noch eine Weile unverheiratet. Laß dir Zeit. Oder heirate nie – das ist auch nicht tragisch.«

Lata schwieg. Mit der Hand, die Malati nicht sehen konnte, spielte sie im Sand.

»Was ist mit dem anderen?« fragte Malati. »Dem Dichter? Amit? Wie ist er aus dem Rennen geschieden?«

Beim Gedanken an Amit mußte Lata lächeln. »Also, er wäre nicht mein Ruin, wie du es ausdrücken würdest, aber als seine Frau sehe ich mich auch nicht. Wir sind uns zu ähnlich. Seine Stimmungen schwanken und ändern sich so stürmisch wie meine. Kannst du dir das Leben unserer armen Kinder vorstellen? Und ich weiß nicht, ob er überhaupt noch Zeit für mich hätte, wenn er an einem Buch arbeitet. Sensible Menschen sind in der Regel so unsensibel – ich weiß das am besten. Aber er hat mir gerade einen Heiratsantrag gemacht.«

Malati schien schockiert und wütend. »Nie erzählst du mir irgendwas.«

»Alles ist ganz plötzlich gestern passiert«, sagte Lata und holte Amits Akrostichon aus der Tasche ihres Kameez. »Ich habe ihn mitgebracht, weil du ja immer die Dokumente sehen willst.«

Malati las schweigend, dann sagte sie: »Ich würde jeden Mann heiraten, der mir so etwas schreibt.«

»Er ist noch zu haben.« Lata lachte. »Und gegen diese Heirat hätte ich nichts.« Sie legte den Arm um Malatis Schultern. »Es wäre Wahnsinn, wenn ich Amit heiraten würde. Ganz abgesehen von allem anderen würde ich auch ständig meinen Bruder Arun sehen. Fünf Minuten von ihm entfernt zu leben wäre der Gipfel des Irrsinns.«

»Ihr könntet woanders leben.«

»Nein«, sagte Lata und stellte sich Amit in seinem Zimmer vor, wie er auf den blühenden Goldregen hinaussah. »Er ist Dichter und Schriftsteller. Er will, daß alles für ihn da ist. Essen, heißes Wasser, ein funktionierender Haushalt, ein Hund, ein Garten, eine Muse. Und warum auch nicht? Schließlich hat er den *Fiebervogel* geschrieben. Aber er wird nicht schreiben können, wenn er fern von seiner Familie für sich selbst sorgen muß. Alle scheinen dir recht zu sein, nur Haresh nicht. Warum? Warum bist du so strikt gegen ihn?«

»Weil ihr beide nichts, aber auch gar nichts gemeinsam habt«, sagte Malati. »Und es ist doch sonnenklar, daß du ihn nicht liebst. Hast du es dir gut überlegt, Lata, oder hast du dich in einer Art Trance entschieden? Wie diese Nonnensache, von der Ma immer redet. Denk nach. Kannst du dir vorstellen, alles, was dir gehört, mit diesem Mann zu teilen? Mit ihm zu schlafen? Findest du ihn attraktiv? Wirst du mit den Dingen fertig, die dich an ihm irritieren – Cawnpore und Paan und so weiter? Bitte, bitte, Lata, mach keine Dummheiten. Gebrauch deinen Verstand. Was ist mit dieser Simran – stört sie dich nicht? Und was willst du selbst machen, nachdem du ihn geheiratet hast – oder wirst du zufrieden damit sein, in einer eingemauerten Wohnanlage voller Tschechen die Hausfrau zu spielen?«

»Meinst du, ich hätte darüber nicht nachgedacht?« sagte Lata und nahm verärgert den Arm von Malatis Schultern. »Oder ich hätte mir nicht vorgestellt, wie das Leben mit ihm aussehen wird? Ich glaube, daß es interessant sein wird. Haresh ist praktisch, er ist energisch, und er ist nicht zynisch. Er packt an und hilft anderen, ohne ein großes Theater darum zu machen. Für Kedarnath und Veena hat er viel getan.«

»Na und?... Wird er dich unterrichten lassen?«

»Ja, das wird er.«

»Hast du ihn gefragt?«

»Nein. Aber das ist keine schlechte Idee. Doch, ich bin mir sicher. Ich glaube, ich kenne ihn mittlerweile gut genug. Er haßt es, wenn jemand sein Talent verschwendet. Er ermutigt die Menschen. Und er macht sich Sorgen um sie – um mich, um Maan, um Savita und ihr Studium, um Bhaskar...«

»... der zufälligerweise nur dank Kabir noch am Leben ist«, mußte Malati einflechten.

»Das bestreite ich nicht.« Lata seufzte tief und sah sich auf dem warmen Sandufer um. Beide schwiegen eine Weile.

»Aber was hat er getan, Lata?« sagte Malati still. »Was hat er falsch gemacht, daß du ihn so behandelst? Er liebt dich und hat es nicht verdient, daß man an ihm zweifelt. Ist das fair? Überleg doch mal, ist das fair?«

»Ich weiß es nicht«, sagte Lata und blickte zum anderen Ufer hinüber. »Nein, vermutlich ist es das nicht. Aber das Leben ist schließlich nicht immer gerecht, oder? Wie heißt es doch gleich? – ›Behandelt jeden Menschen nach seinem Verdienst, und wer ist vor Schlägen sicher?‹ Aber andersherum stimmt es auch. Jeder Mensch nach seinem Verdienst, und du wirst ein vollkommenes seelisches Wrack.«

»Das ist eine wirklich gemeine Weltanschauung«, sagte Malati.

»Nenn mich nicht gemein«, rief Lata voller Leidenschaft.

Malati sah sie erstaunt an.

Lata schauderte. »Ich wollte nur sagen, daß ich zu nichts mehr zu gebrauchen bin, wenn ich mit Kabir zusammen bin oder auch nur an ihn denke. Es ist, als ob ich mich nicht mehr unter Kontrolle habe – wie ein Boot, das gegen die Felsen schlägt –, und ich will kein Wrack aus mir machen.«

»Du wirst also versuchen, nicht mehr an ihn zu denken?«

»Wenn ich kann«, sagte Lata leise zu sich selbst.

»Was hast du gesagt? Sprich lauter.« Malati hätte Lata am liebsten so lange geschüttelt, bis sie wieder Vernunft annahm.

»Wenn ich kann.«

»Wie kannst du dich selbst so hintergehen?«

Lata schwieg. »Malu, ich will nicht mit dir streiten«, sagte sie nach einer Weile. »Du liegst mir ebenso am Herzen wie diese Männer, und so wird es auch bleiben. Aber ich werde nichts rückgängig machen. Ich liebe Haresh wirklich, und ich ...«

»Was?« rief Malati und sah Lata an, als ob sie schwachsinnig wäre.

»Ja, das tue ich.«

»Du steckst heute voller Überraschungen«, sagte Malati, die jetzt wirklich wütend war.

»Und du bist heute wirklich sehr ungläubig. Aber ich liebe ihn. Oder ich glaube, daß ich ihn liebe. Gott sei Dank sind es nicht solche Gefühle, wie ich sie für Kabir empfinde.«

»Ich glaube dir einfach nicht. Das denkst du dir nur aus.«

»Du mußt mir glauben. Er ist mir ans Herz gewachsen, wirklich. Ich finde ihn nicht unattraktiv. Und noch etwas – bei ihm werde ich nicht das Gefühl haben, einen Narren aus mir zu machen, was – also – was Sex anbelangt.«

Malati starrte sie an. So etwas Verrücktes. »Und mit Kabir wäre es so?«

»Mit Kabir – ich weiß es nicht ...«

Malati schwieg. Sie schüttelte langsam den Kopf, sah dabei Lata nicht an, sondern hing ihren eigenen Gedanken nach.

»Kennst du die Zeilen von Clough, die lauten: ›Ich glaube, es gibt zwei verschiedene Arten von Anziehung unter den Menschen.‹?« fragte Lata.

Malati schüttelte den Kopf.
»Sie lauten ungefähr so:

›Ich glaube, es gibt zwei verschiedene Arten von Anziehung unter den Menschen.
Die eine Art regt auf, beunruhigt und schafft Unbehagen; die andere ...‹

Ach, ich erinnere mich nicht genau, aber er spricht von einer stilleren, weniger aufgeregten Liebe, die einen dort weiterwachsen läßt, wo man bereits begonnen hat zu wachsen, ›um zu leben, wo ich bislang nur sehnte‹ – ich hab's erst gestern gelesen und kann's noch nicht auswendig, aber es hat auf den Punkt gebracht, wofür mir die Worte fehlten. Verstehst du, was ich meine? ... Malati?«
»Ich verstehe nur, daß man nicht von den Worten anderer Menschen leben kann. Du wirfst das goldene Kästchen fort und das silberne, und du scheinst zu glauben, daß du mit dem bronzenen Kästchen so glücklich wirst, wie es dir deine englische Literatur einredet. Ich hoffe, du hast recht, das hoffe ich wirklich. Aber so wird es nicht sein. Du wirst nicht glücklich werden.«
»Du wirst ihn auch mögen, Malati.«
Malati erwiderte nichts.
»Du hast ihn noch nicht einmal kennengelernt«, fuhr Lata lächelnd fort. »Und am Anfang hast du dich auch geweigert, Pran zu mögen.«
»Hoffentlich hast du recht.« Malati klang erschöpft. Ihr schmerzte das Herz für Lata und für Kabir.
»Es ist mehr Nala und Damyanti als Porzia und Bassanio«, sagte Lata in dem Versuch, sie aufzuheitern. »Haresh steht mit beiden Füßen auf dem Boden und ist staubig und verschwitzt, und er wirft einen Schatten. Die anderen beiden sind ein bißchen zu gottähnlich und ätherisch, um für mich gut zu sein.«
»Du bist also im reinen mit dir«, sagte Malati und sah ihrer Freundin ins Gesicht. »Du bist mit dir im reinen. Und du weißt genau, was du vorhast. Aber sag mir – ich frage nur aus Neugier –, wirst du es Kabir erzählen, bevor du ihn endgültig abschreibst?«
Latas Lippen begannen zu zittern. »Ich bin nicht im reinen mit mir – ich bin es nicht«, rief Lata. »Es ist nicht leicht, Malu – wie kannst du nur glauben, daß es leicht ist? Ich weiß kaum, wer ich bin oder was ich tue – ich kann zur Zeit weder lernen noch nachdenken –, so viel stürmt auf mich ein. Ich ertrage es nicht, mit ihm zu sein, und ich ertrage es nicht, ohne ihn zu sein. Woher soll ich wissen, was ich tun oder lassen soll? Ich hoffe nur, daß ich den Mut habe, bei meiner Entscheidung zu bleiben.«

18.22

Maan saß im Haus oder mit seinem Vater im Garten, oder er besuchte Pran oder Veena. Abgesehen davon unternahm er nicht viel. Als er noch im Gefängnis war, hatte er es kaum erwarten können, Saeeda Bai zu sehen, aber jetzt, da er auf freiem Fuß war, verspürte er das Bedürfnis unerklärlicherweise nicht mehr. Sie schickte ihm eine Nachricht, auf die er nicht antwortete. Sie schickte ihm eine zweite, dringlichere, schalt ihn dafür, daß er sie verlassen hatte, aber vergeblich.

Maan las nicht sehr gern, aber zur Zeit verbrachte er ganze Vormittage über der Zeitung. Er las alles, von den internationalen Nachrichten bis zu den Anzeigen. Da Firoz außer Lebensgefahr war, begann er, sich um sich selbst Sorgen zu machen. Was würde mit ihm geschehen, wenn die Anklage feststand?

Nachdem Firoz zwanzig Tage im Krankenhaus gelegen hatte, stimmten die Ärzte zu, ihn nach Baitar House zu entlassen. Er war körperlich geschwächt, befand sich jedoch auf dem Weg der Besserung. Imtiaz kümmerte sich um ihn, Zainab blieb in Brahmpur, um ihn zu pflegen, der Nawab Sahib wachte bei ihm und betete um seine vollständige Genesung. Denn noch immer war Firoz bisweilen verwirrt und aufgeregt, und manchmal sprach und schrie er im Schlaf. Seine Worte, die früher niemand verstanden hätte, ergaben jetzt im Rahmen der Gerüchte einen Sinn für jeden, der an seinem Bett saß.

Vor fast zwei Jahrzehnten hatte sich der Nawab Sahib der Religion zugewandt, zum einen weil er voll Entsetzen erkannt hatte, was er nach einer seiner schlimmsten Sauftouren getan hatte, zum anderen aufgrund des unmerklichen Einflusses seiner Frau. Er hatte schon immer an gelehrten und analytischen Studien Geschmack gefunden, aber da er auch ein sinnlicher Mensch war, hatte er seinen drängenderen Bedürfnissen und Vergnügungen den Vorzug gegeben. Die Veränderung in seinem Leben war plötzlich eingetreten; und er hatte gehofft, seine eigenen Kinder vor den Sünden und der Buße, die er sich auferlegt hatte, bewahren zu können. Seine Söhne wußten, daß er ihren Alkoholgenuß mißbilligte, und tranken nie in seiner Gegenwart. Seine Enkelkinder waren nicht in der Lage, ihn sich als jungen Mann – oder auch nur als Mann mittleren Alters – vorzustellen. Zeit ihres Lebens kannten sie ihren Nana-jaan als stillen, frommen alten Mann, den nur sie in der Bibliothek stören durften – und den sie mühelos dazu bringen konnten, ihnen vor dem Einschlafen noch eine Gespenstergeschichte zu erzählen. Der Nawab Sahib verstand die Untreue ihres Vaters nur zu gut, und sie erinnerte ihn an das Leid, das er früher seiner eigenen Frau zugefügt hatte. Er empfand tiefes Mitgefühl für seine Tochter. Zainab wollte nicht, daß er mit ihrem Mann sprach. Sie brauchte Trost und erwartete keine Erleichterung.

Wieder litt der Nawab Sahib, aber jetzt nicht nur wegen der Vergangenheit, sondern auch wegen der gegenwärtigen Meinung der Öffentlichkeit, und – das war am schlimmsten – er fürchtete sich vor dem, was seine Kinder von ihm denken mochten. Er wußte nicht, wie er Saeeda Bais Zurückweisung seiner finanziellen Unterstützung interpretieren sollte. Er war mehr besorgt als erleichtert. Er dachte an Tasneem nicht als an seine Tochter und verspürte auch keine Zuneigung für dieses nie gesehene Wesen, aber er wollte nicht, daß sie litt. Ebensowenig wollte er, daß Saeeda Bai die Welt jetzt alles wissen ließ, was sie sie wissen lassen wollte. Er bat Gott, ihm seine unwürdigen Sorgen zu verzeihen, aber er konnte sie auch nicht beiseite schieben.

Während des letzten Monats hatte er sich noch mehr in seiner Bibliothek verkrochen, aber jeder Gang zu Firoz' Bett, jedes in Gesellschaft eingenommene Mahl war unendlich qualvoll für ihn. Seine Kinder hatten Verständnis dafür und verhielten sich ihm gegenüber so respektvoll wie zuvor. Firoz' Krankheit oder die ferne Vergangenheit durften die Familie nicht sprengen. Der Segen wurde gesprochen, der Braten herumgereicht, die Kababs serviert, die Erlaubnis aufzustehen mit dem gewohnten Anstand angenommen. Nichts wurde gesagt oder getan, was ihn noch mehr aus dem Gleichgewicht gebracht hätte. Von den Flugblättern, die Firoz' Tod verkündeten, hatte er noch nicht gehört.

Und wenn ich gestorben wäre, dachte Firoz, was hätte es der Welt schon ausgemacht? Was habe ich in meinem Leben für andere getan? Ich bin ein Mann ohne Eigenschaften, sehr gut aussehend, zum Vergessen. Imtiaz ist ein bedeutender Mann, von Nutzen für die Welt. Von mir wären nur ein Spazierstock, die Trauer meiner Familie und eine schreckliche Gefahr für meinen Freund übriggeblieben.

Ein-, zweimal hatte er gebeten, daß Maan ihn besuchen sollte, aber niemand hatte die Bitte nach Prem Nivas weitergeleitet. Imtiaz glaubte, daß bei einem Besuch nichts Gutes herauskäme, weder für seinen Bruder noch für seinen Vater. Er kannte Maan gut genug, um zu wissen, daß der Stoß mit dem Messer im Affekt erfolgt war, ohne Vorsatz, ohne Absicht. Aber sein Vater sah es nicht so; und Imtiaz wollte ihm jeden vermeidbaren emotionalen Schock, Haß- und Schuldgefühle ersparen. Imtiaz glaubte, daß Mrs. Mahesh Kapoors Tod in der Tat durch die plötzlichen, schrecklichen Ereignisse beschleunigt worden war. Er wollte nicht, daß seinem Vater Ähnliches zustieß und sich Firoz wegen Maan oder, durch die Erinnerung an jenen Abend, wegen Tasneem unnötig aufregte.

Tasneem bedeutete Imtiaz nichts, obwohl sie zweifellos seine Halbschwester war. Zainab war zwar neugierig, aber sie wußte, daß es weiser war, sich kein Bild von ihr zu machen.

Schließlich schrieb Firoz eine Nachricht für Maan. »Lieber Maan, bitte besuche mich. Mir geht es gut genug. Firoz.« Er hatte seinen Bruder im Verdacht, ihn zu verhätscheln, und davon hatte er genug. Er gab die Nachricht Ghulam Rusool mit der Anweisung, dafür zu sorgen, daß sie in Prem Nivas ankam.

Maan erhielt die Botschaft am späten Nachmittag und zögerte nicht. Ohne seinem Vater Bescheid zu sagen, der auf einer Bank saß und Akten studierte, ging er nach Baitar House. Vielleicht hatte er in seinem Zustand untätiger Angespanntheit mehr auf diesen Ruf gewartet als auf eine gerichtliche Vorladung. Als er sich dem großen Haupttor näherte, sah er sich instinktiv um und dachte an die Äffin, die ihn hier einmal angegriffen hatte. Diesmal hatte er keinen Spazierstock bei sich.

Ein Dienstbote ließ ihn ein. Aber als zufällig der Sekretär des Nawab Sahib, Murtaza Ali, vorbeikam, fragte dieser ihn streng und höflich zugleich, was er hier wolle. Er hatte strikte Anweisung, niemanden von Mahesh Kapoors Familie einzulassen. Maan, der vor nicht allzu langer Zeit noch erwidert hätte, er solle sich zum Teufel scheren, war durch die Zeit im Gefängnis gelehrt worden, sich den Anordnungen gesellschaftlich unter ihm Stehender zu fügen. Er zeigte ihm Firoz' Zettel.

Murtaza Ali war besorgt und dachte schnell nach. Imtiaz war im Krankenhaus, Zainab war in der Zenana, und der Nawab Sahib verrichtete seine Gebete. Firoz' Nachricht war unzweideutig. Er wies Ghulam Rusool an, Maan für ein paar Minuten zu Firoz zu führen, und fragte Maan, ob er etwas zu trinken wünsche.

Maan hätte am liebsten eine Gallone Whisky getrunken, um sich zu stärken. »Nein, danke«, erwiderte er.

Firoz' Züge hellten sich auf, als er seinen Freund sah. »Da bist du ja!« sagte er. »Ich komme mir hier wie im Gefängnis vor. Seit einer Woche will ich dich sehen, aber der Chef läßt keine Nachrichten durch. Hoffentlich hast du mir Whisky mitgebracht.«

Maan begann zu weinen. Firoz sah so blaß aus – als wäre er gerade von den Toten auferstanden.

»Schau dir meine Narbe an«, sagte Firoz und versuchte, die Situation aufzuheitern. Er schob das Leintuch weg und zog seine Kurta hoch.

»Beeindruckend«, sagte Maan noch immer in Tränen. »Tausendfüßler.«

Er ging zu Firoz und berührte sein Gesicht.

Ein paar Minuten lang sprachen sie miteinander und versuchten dabei, alles zu vermeiden, was dem anderen Schmerz zugefügt hätte.

»Du siehst gut aus«, sagte Maan.

»Du bist ein schlechter Lügner«, sagte Firoz. »Ich würde dich nicht als Mandanten nehmen ... Ich kann mich zur Zeit nicht konzentrieren. Meine Gedanken schweifen ab. Das ist ziemlich interessant«, fügte er lächelnd hinzu.

Sie schwiegen eine Weile. Maan berührte mit seiner Stirn Firoz' Stirn und seufzte gequält. Er sagte nicht, wie leid ihm tat, was er getan hatte.

Er setzte sich neben Firoz. »Tut es weh?« fragte er.

»Ja, manchmal.«

»Geht es deiner Familie gut?«

»Ja«, sagte Firoz. »Wie – wie geht es deinem Vater?«

»So gut, wie es die Umstände gestatten«, sagte Maan.

Firoz erwähnte nicht, wie sehr er den Tod von Maans Mutter bedauerte, aber er schüttelte den Kopf, und Maan verstand.

Nach einer Weile stand Maan auf.

»Komm wieder«, sagte Firoz.

»Wann? Morgen?«

»Nein, in zwei, drei Tagen.«

»Du wirst mir wieder eine Nachricht zukommen lassen müssen. Sonst werfen sie mich hinaus.«

»Gib mir die alte. Ich schreibe ein neues Datum drauf«, sagte Firoz und lächelte.

Auf dem Heimweg wurde Maan plötzlich klar, daß sie weder über Saeeda Bai noch über Tasneem, weder über seinen Gefängnisaufenthalt noch über den bevorstehenden Prozeß gegen ihn gesprochen hatten, und er war froh darüber.

18.23

Am Abend kam Dr. Bilgrami nach Prem Nivas, um mit Maan zu sprechen. Er richtete ihm aus, daß Saeeda Bai ihn sehen wolle. Dr. Bilgrami schien erschöpft, und Maan ging mit ihm. Die Begegnung verlief quälend.

Saeeda Bais Stimme war noch nicht ganz wiederhergestellt, aber äußerlich war ihr nichts mehr anzusehen. Sie machte Maan Vorwürfe, daß er sie nicht besucht hatte, seit er aus dem Gefängnis entlassen worden war. Hatte er sich so verändert? fragte sie ihn lächelnd. Hatte sie sich verändert? Hatte er ihre Botschaften nicht bekommen? Was hatte ihn von ihr ferngehalten? Sie war krank, sie war verzweifelt vor Sehnsucht nach ihm. Ihre Stimme brach. Ohne ihn wurde sie langsam verrückt. Ungeduldig schickte sie Dr. Bilgrami hinaus und wandte sich voll Sehnsucht und Mitleid Maan zu. Wie ging es ihm? Er sah so dünn aus. Was hatten sie ihm angetan?

»Dagh Sahib – was ist mit dir geschehen? Was wird mit dir geschehen?«

»Ich weiß es nicht.« Er sah sich im Zimmer um. »Das Blut?« fragte er.

»Welches Blut?« Es war ein Monat vergangen.

Das Zimmer roch nach Rosenessenz und nach Saeeda Bai selbst. Traurig und sinnlich lehnte sie sich in die Kissen zurück. Aber Maan glaubte eine Narbe in ihrem Gesicht zu sehen, und ihr Gesicht verwandelte sich in das Gesicht der fettleibigen Victoria.

So erschüttert hatten ihn der Tod seiner Mutter, Firoz' lebensgefährlicher Zustand, seine eigene Schande und seine schrecklichen Schuldgefühle, daß er einen heftigen Gefühlsumschwung erlitten hatte, was Saeeda Bai und ihn betraf. Vielleicht sah er auch sie als Opfer. Aber sein Verständnis der Lage ermöglichte ihm keine Kontrolle über seine Gefühle. Das, was geschehen war, hatte ihn zu sehr mitgenommen, und seine Vision von ihr erfüllte ihn mit Entsetzen. Er starrte in ihr Gesicht.

Ich werde wie Rasheed, dachte er. Ich sehe Dinge, die nicht existieren.

Er stand auf, sein Gesicht war blaß. »Ich gehe.«

»Es geht dir nicht gut«, sagte sie.

»Nein – nein, es geht mir nicht gut.«

Verletzt und enttäuscht von seinem Verhalten, wollte sie ihn für sein Benehmen zurechtweisen, für das, was er ihrem Haushalt, ihrem Ruf und Tasneem angetan hatte. Aber ein Blick in sein verwirrtes Gesicht sagte ihr, daß es sinnlos wäre. Er war in einer anderen Welt – unerreichbar für ihre Zuneigung oder ihre Reize. Sie schlug die Hände vors Gesicht.

»Geht es dir nicht gut?« fragte Maan unsicher, als ob er sich einen Weg in die Vergangenheit ertastete. »Ich bin schuld an allem, was geschehen ist.«

»Du liebst mich nicht – sag mir nicht, daß du mich liebst –, ich sehe es dir an.« Sie weinte.

»Liebe…« sagte Maan. »Liebe?« Auf einmal klang er wütend.

»Und das Schultertuch, das mir meine Mutter geschenkt hat…« sagte Saeeda Bai.

Er verstand kein Wort.

»Laß nicht zu, daß sie dir etwas antun«, sagte sie, ohne aufzuschauen. Dieses eine Mal wollte sie nicht, daß er ihre Tränen sah. Maan blickte zur Seite.

18.24

Am 29. Februar mußte Maan vor dem gleichen Richter wie schon einmal erscheinen. Die Polizei hatte ihre Position aufgrund der Beweise revidiert. Maan hatte nicht die Absicht gehabt, Firoz zu töten, aber die Polizei war jetzt der Überzeugung, daß er ›eine Körperverletzung hatte verursachen wollen, die unter normalen Umständen ausreicht, um den Tod herbeizuführen‹. Damit fiel seine Tat unter den Paragraphen, der versuchten Mord zum Gegenstand hatte. Der Richter war zufrieden mit den Ergebnissen der Untersuchung und formulierte die Anklage:

»Ich, Suresh Mathur, Richter erster Klasse in Brahmpur, klage Sie, Maan Kapoor, hiermit folgender Vergehen an:

Am oder um den vierten Tag des Januars 1952 haben Sie in Brahmpur folgende Tat begangen: Sie haben mit einem Messer auf einen Nawabzada Firoz Ali Khan von Baitar eingestochen, wohl wissend und unter solchen Umständen, daß Sie, wenn Sie durch diese Tat den Tod des Nawabzada Firoz Ali Khan von Baitar verursacht hätten, des Mordes schuldig gewesen wären. Durch besagte Tat haben Sie den besagten Nawabzada Firoz Ali Khan von Baitar schwer verletzt und also ein Vergehen begangen, das nach Paragraph 307 des Indischen Strafgesetzbuches strafbar ist und unter die Zuständigkeit dieses Gerichts fällt.

Und hiermit verfüge ich, daß Ihnen von besagtem Gericht unter besagter Anklage der Prozeß gemacht wird.«

Der Richter klagte Maan zudem der schweren Körperverletzung mit einer gefährlichen Waffe an. Auf beide Vergehen stand als Höchststrafe lebenslange Haft. Keines von beiden gestattete eine Freilassung auf Kaution. Der Richter verfügte, daß Maan wieder ins Gefängnis eingewiesen wurde, um dort auf seinen Prozeß zu warten.

18.25

Am 29. Februar wurde auch Prans Berufung als Professor ans Institut für Anglistik der Universität von Brahmpur vom Akademischen Rat bestätigt. Aber er, seine Familie und sein Vater waren in solch düsterer Stimmung, daß diese gute Nachricht sie nicht aufzuheitern vermochte.

Pran, der in diesen Tagen oft über den Tod nachdachte, ging wieder einmal durch den Kopf, was Ramjap Baba auf der Pul Mela zu seiner Mutter gesagt hatte. Wenn seine Berufung wirklich an einen Todesfall gekoppelt war, wessen Tod hatte der Baba dann gemeint? Sicher, seine Mutter war gestorben; aber ebenso sicher war, daß ihr Tod die Berufungskommission nicht beeinflußt haben konnte. Oder hatte Professor Mishra es tatsächlich ernst gemeint, als er behauptete, aus Sympathie für Prans Familie seine Interessen vertreten zu haben?

Ich werde auch schon abergläubisch, sagte sich Pran. Als nächster ist mein Vater dran. Aber abgesehen davon, daß er versuchte, Maans Verteidigung zu organisieren, war sein Vater, zum Glück für seine geistige Verfassung, zur Zeit noch anderweitig beschäftigt.

18.26

Anfang März wurde Mahesh Kapoor, obwohl er bei den Wahlen eine Niederlage erlitten hatte, noch einmal gebeten, seine Pflichten als Abgeordneter zu erfüllen. Das neue Staatsparlament von Purva Pradesh war zwar gewählt worden, aber die indirekten Wahlen zum Oberhaus hatten noch nicht stattgefunden. Die Legislative war deshalb noch nicht komplett. Die Verfassung gestattete nicht, daß ein halbes Jahr zwischen zwei Sitzungen der gesetzgebenden Körperschaft verstrich, und so mußte das alte Staatsparlament noch einmal zusammentreten. Es war Zeit, den Haushalt zu verabschieden. Obwohl der Anstand verlangte, daß das neugewählte Parlament den Haushalt verabschiedete, mußte der Finanzbetrieb irgendwie weiterlaufen. Dies sollte durch eine ›Teilbewilligung‹ für die Monate April bis Juli 1952, das erste Drittel des nächsten Finanzjahres, erfolgen. Die Teilbewilligung mußte der alte, bald nicht mehr existierende Landtag, dem Mahesh Kapoor angehörte, verabschieden.

Anfang März traten die beiden Häuser zu einer gemeinsamen Sitzung zusammen, um die Ansprache des Gouverneurs zu hören. Die auf die Danksagung an den Gouverneur folgende Debatte wurde zu einer hitzigen und lauten Kontroverse über die Kongreßregierung: ihre Politik und die Art, wie sie den Wahlkampf geführt hatte. Am lautesten äußerten sich vor allem diejenigen, die nicht wiedergewählt worden waren und deren Stimmen in dem riesigen runden Saal bald nicht mehr gehört werden würden – zumindest nicht während der nächsten fünf Jahre. Da der Gouverneur das verfassungsmäßige (und in erster Linie formelle) Staatsoberhaupt war, war seine Rede zum größten Teil von Chefminister S. S. Sharma verfaßt worden.

Der Gouverneur sprach kurz die jüngsten Ereignisse an, die Leistungen der Regierung und Pläne für die Zukunft. Die Kongreßpartei hatte zwei Drittel der Sitze im Unterhaus gewonnen und würde notwendigerweise (durch das indirekte Wahlsystem) über eine große Mehrheit im Oberhaus verfügen. Als er auf die Wahlen zu sprechen kam, sagte der Gouverneur beiläufig: »Ich bin sicher, daß die Wiederwahl fast aller meiner Minister für Sie ebenso ein Grund zur Freude ist wie für mich.« An dieser Stelle wandten sich viele Köpfe Mahesh Kapoor zu.

Der Gouverneur erwähnte auch eine ›bedauerliche Angelegenheit‹, nämlich daß das Inkrafttreten des Purva Pradesh Zamindari and Land Reform Act ›aus Gründen verzögert wird, auf die meine Regierung keinen Einfluß hat‹. Er meinte damit, daß die Verfassungsmäßigkeit des Gesetzes erst noch vom Obersten Gericht in Delhi bestätigt werden mußte. »Aber«, fuhr er fort, »ich versichere Ihnen, daß wir keine Zeit verlieren werden, es in Kraft zu setzen, sobald wir rechtlich die Möglichkeit dazu haben.«

In der folgenden Debatte sprach Begum Abida Khan beide Punkte an. In einem Atemzug wütete sie dagegen, daß die Regierung sich unfairer Methoden bedient hatte – darunter die Benutzung von Dienstwagen für Ministerreisen –, um die Wahlen zu gewinnen, und daß der Minister, den die Öffentlichkeit am meisten mit dem Landraub an den Zamindars in Verbindung brachte, trotz dieses Mißbrauchs seinen Sitz verdientermaßen verloren hatte. Begum Abida Khan war wiedergewählt worden, aber die meisten anderen Mitglieder ihrer Partei nicht, und das erboste sie.

Ihr Beitrag verursachte einen höllischen Aufruhr. Die Kongreßmitglieder waren entrüstet über ihren Versuch, die Glut einer abgeschlossenen Gesetzgebung erneut anzufachen. Und sogar L. N. Agarwal, der sich insgeheim über Mahesh Kapoors Niederlage freute, verurteilte die Mittel, die in diesem speziellen Fall nicht der Kongreß, sondern ›widerwärtige Glaubenskrieger‹ angewandt hatten. Daraufhin sprach Begum Abida Khan von einem versuchten Mord und einem ›abscheulichen Komplott, die Glaubensminderheit in der uns allen gemeinsamen Provinz auszurotten‹. Schließlich mußte der Parlamentspräsident sie stoppen, indem er sie daran erinnerte, daß erstens der Fall, auf den sie sich vermutlich bezog, noch nicht verhandelt war und daß zweitens dieses Thema vollkommen irrelevant für die Frage war, ob das Haus darüber abstimmen sollte, dem Gouverneur für seine Ansprache zu danken.

Mahesh Kapoor saß die ganze Zeit über mit gesenktem Kopf da, schwieg und reagierte nicht. Er war anwesend, weil es seine Pflicht war. Er wäre überall lieber gewesen als hier. Begum Abida Khan, die an ihren Neffen dachte, wie er auf dem Bett lag, das gut sein Totenbett hätte werden können, appellierte lauthals an den Parlamentspräsidenten und an Gott, Gerechtigkeit walten zu lassen, damit der Schlächter, der dieses Verbrechen zu verantworten hatte, gebührend bestraft wurde. Voller Dramatik deutete sie mit dem Finger zuerst auf Mahesh Kapoor und dann himmelwärts. Mahesh Kapoor schloß die Augen und sah Maan im Gefängnis vor sich. Er wußte nur zu gut, daß er nicht mehr über die Macht und den Einfluß verfügte, seinen Sohn zu retten.

Wie erwartet wurde dem Gouverneur mit überwältigender Mehrheit gedankt. Verschiedene andere Themen wurden kurz angesprochen – zum Beispiel die Zustimmung des Staatspräsidenten oder des Gouverneurs zu diversen Gesetzen, die Verabschiedung einiger Abgeordneter, die als Parlamentarier nach Delhi gingen, die Vorlage verschiedener Anträge, die während der sitzungsfreien Zeit in der *State Gazette* hatten veröffentlicht werden müssen. Dann wurde die Sitzung über Holi für mehrere Tage unterbrochen; anschließend sollte nach kurzer Debatte die Teilbewilligung des Haushalts verabschiedet werden.

18.27

Holi wurde in diesem Jahr weder in Prem Nivas noch in Prans Haus gefeiert. Maan und Imtiaz, berauscht von Bhang, wie sie Professor Mishra in eine große Wanne mit rosa Wasser drängten; Savita, von oben bis unten mit Farbe beschmiert, wie sie lachte, weinte und Rache schwor; Mrs. Mahesh Kapoor, wie sie ihre Großnichten und -neffen aus Rudhia mit ihren Lieblingssüßigkeiten versorgte; die juwelengeschmückte Saeeda Bai, wie sie Gasele sang vor hingerissenen Männern, während deren Frauen fasziniert und mißbilligend vom Balkon herunterblickten: Jedem, der sich an diese Szenen erinnerte, mußten sie als Phantasiebilder erscheinen.

Pran verrieb ein bißchen trockenes rosa und grünes Pulver auf der Stirn seiner Tochter, mehr nicht. Es war ihr erstes Holi, und er empfand es als Segen, daß sie sich all der Düsternis und Trübsal in der Welt nicht bewußt war.

Lata versuchte zu lernen, aber sie war nicht fähig dazu. Ihr Herz war schwer. Wegen Maan und des tiefen Kummers seiner Familie genauso wie wegen ihrer bevorstehenden Hochzeit. Als Mrs. Rupa Mehra von Latas einsamer Entscheidung erfuhr, war sie sowohl wütend als auch überglücklich. Lata richtete ihrer Mutter zuerst Hareshs Grüße und Entschuldigung aus, bevor sie mit der eigentlichen Neuigkeit herausrückte. Hin- und hergerissen zwischen dem Wunsch, ihre Tochter an den Busen zu drücken, und dem Impuls, ihr zumindest eine Ohrfeige zu geben, weil sie sie nicht um Rat gefragt hatte, brach Mrs. Rupa Mehra in Tränen aus.

Die Hochzeit in Prem Nivas abzuhalten kam nicht in Frage. Weil sie Aruns Ansichten über Haresh kannte, weigerte sich Lata, in Sunny Park zu heiraten. Das Haus der Chatterjis in Ballygunge schied aus mehreren Gründen aus. So blieb nur das Haus von Dr. Kishen Chand Seth.

Wäre Dr. Kishen Chand Seth an Mrs. Rupa Mehras Stelle gewesen, hätte er Lata sicherlich eine Ohrfeige gegeben. Schließlich hatte er Mrs. Rupa Mehra noch geschlagen, als Arun schon ein Jahr alt war, weil er glaubte, daß sie ihr Baby nicht richtig behandelte. Für Unfähigkeit und Ungehorsam hatte er noch nie etwas übrig gehabt. Er weigerte sich rundheraus, die Eheschließung einer Enkeltochter zu unterstützen, geschweige denn auszurichten, die ihn dazu nie zu Rate gezogen hatte. Er sagte zu Mrs. Rupa Mehra, daß sein Haus kein Hotel oder Dharamshala sei und daß sie sich woanders umsehen solle.

»Und damit ist die Sache erledigt«, fügte er hinzu.

Mrs. Rupa Mehra drohte mit Selbstmord.

»Nur zu, nur zu«, sagte ihr Vater ungeduldig. Er wußte, daß sie das Leben viel zu sehr liebte, besonders wenn es ihr aus gutem Grund schlechtging.

»Du wirst mich nie wiedersehen«, sagte sie. »In deinem ganzen Leben nicht mehr. Sag mir Lebewohl«, schluchzte sie, »zum letztenmal siehst du heute deine Tochter.« Damit warf sie sich ihm weinend in die Arme.

Dr. Kishen Chand Seth taumelte zurück und ließ beinahe seinen Stock fallen. Mitgerissen von ihrem Gefühlsausbruch und der größeren Realitätsnähe dieser Drohung, begann auch er, heftig zu schluchzen. Er klopfte mehrmals mit seinem Stock auf den Boden, um seinen Gefühlen Luft zu machen. Bald war alles geregelt.

»Hoffentlich macht es Parvati nichts aus«, keuchte Mrs. Rupa Mehra. »Sie ist so gut – so gut ...«

»Wenn ja, werde ich sie aus dem Haus werfen«, rief Dr. Kishen Chand Seth. »Von einer Frau kann man sich scheiden lassen – aber von seinen Kindern – nie!« Nach diesen Worten – die er, so schien ihm, schon einmal gehört hatte – erlitt er erneut einen Weinkrampf.

Als Parvati ein paar Minuten später vom Einkaufen zurückkam, ihm ein Paar rosarote Stöckelschuhe entgegenhielt und sagte: »Kishy, Liebling, schau, was ich bei Lovely gekauft habe«, grinste ihr Mann sie schwach an und hatte entsetzliche Angst, ihr zu gestehen, was für Unannehmlichkeiten er gerade auf sich genommen hatte.

18.28

Der Nawab Sahib hatte davon erfahren, daß sich Mahesh Kapoor bei Waris nach Firoz' Gesundheit erkundigt hatte. Er wußte auch, daß Mahesh Kapoor keine nochmalige Auszählung der Stimmen gefordert hatte. Kurz darauf erzählte ihm sein Munshi, daß er die Wahl auch nicht hatte anfechten lassen.

»Aber warum sollte er die Wahl anfechten lassen? Und weswegen?« fragte der Nawab Sahib.

»Wegen Waris«, erwiderte der Munshi und reichte ihm ein paar der verhängnisvollen rosa Flugblätter.

Der Nawab Sahib las den Text und wurde blaß vor Wut. Das Flugblatt hatte auf so schamlose und gottlose Weise den Tod ins Kalkül gezogen, daß er sich wunderte, warum Gottes Zorn nicht Waris, ihn oder Firoz, den schuldlosen Auslöser dieser Abscheulichkeit, getroffen hatte. Als ob er in der Meinung der Welt nicht schon tief genug gesunken wäre, was mußte jetzt auch noch Mahesh Kapoor von ihm denken?

Firoz – was immer er von seinem Vater halten mochte – war dank der Gnade Gottes endlich außer Lebensgefahr. Und Mahesh Kapoors Sohn saß im Gefängnis und schwebte in Gefahr, für viele Jahre seine Freiheit zu verlieren. Auf wie merkwürdige Weise sich das Blatt gewendet hat, dachte der Nawab Sahib. Und wie wenig Befriedigung er aus Maans Notlage und Mahesh Kapoors Kummer – um die er in seiner Verbitterung gebetet hatte – jetzt zog.

Er schämte sich dafür, nicht zu Mrs. Mahesh Kapoors Chautha gegangen zu sein. Firoz hatte damals unter der Infektion gelitten und in Lebensgefahr geschwebt – aber jetzt fragte sich der Nawab Sahib, ob sein Sohn wirklich so gefährdet gewesen war, daß er ihn nicht für eine halbe Stunde hätte allein lassen können, um den Blicken der Welt standzuhalten und zur Chautha zu gehen. Arme Frau, sie war sicherlich in der Angst gestorben, daß womöglich weder ihr Sohn noch seiner den Sommer erleben würde. Und sie hatte gewußt, daß Maan nicht einmal an ihr Totenbett kommen konnte. Wie qualvoll dieses Wissen gewesen sein mußte; und wie wenig sie das mit ihrer Güte und ihrer Großzügigkeit verdient hatte.

Manchmal saß er in seiner Bibliothek und schlief vor Müdigkeit einfach ein. Ghulam Rusool weckte ihn zum Mittag- oder zum Abendessen. Die Tage wurden wärmer. Aus dem Feigenbaum im Garten erklang beständig der kurze Ruf des Goldbartvogels. Hier in der Bibliothek, versunken in religiöse oder philosophische Betrachtungen oder astronomische Spekulationen, erschien ihm die Welt klein, und persönlicher Besitz und Ehrgeiz, Leid und Schuld wurden belanglos. Wenn er sich in seine geplante Ausgabe der Gedichte von Mast vertiefte, vergaß er bisweilen den Aufruhr in der Welt um sich herum. Aber der Nawab Sahib stellte fest, daß er nicht konzentriert lesen konnte. Er fand sich auf eine Seite starrend wieder und fragte sich, wohin seine Gedanken die letzte Stunde über abgeschweift waren.

Eines Morgens las er im *Brahmpur Chronicle* von Abida Khans höhnischen Bemerkungen ad hominem im Parlament und daß Mahesh Kapoor kein Wort zu seiner Verteidigung oder zur Erklärung erwidert hatte. Sein Herz verkrampfte sich vor Schmerz um seinen Freund. Er rief seine Schwägerin an.

»Abida, warum war es nötig, diese Dinge zu sagen, die ich gerade in der Zeitung gelesen habe?«

Abida lachte. Ihr Schwager war schwach, hatte zu viele Skrupel, war kein Kämpfer. »Es war meine letzte Möglichkeit, diesen Mann von Angesicht zu Angesicht anzugreifen«, sagte sie. »Wenn er nicht wäre, dann wäre dein Erbe und das deiner Söhne nicht bedroht. Und wenn wir schon von Erbe reden, wie geht es Firoz?«

»Abida, es gibt Grenzen.«

»Wenn ich sie erreiche, werde ich entweder anhalten, oder ich stürze in den Abgrund. Aber das laß meine Sorge sein.«

»Abida, hast du kein Mitgefühl ...«

»*Mitgefühl?* Hatte der Sohn dieses Mannes Mitgefühl mit Firoz? Oder mit dieser hilflosen Frau ...« Abida hielt inne. Vielleicht spürte sie, daß sie an eine Grenze gestoßen war. Lange herrschte Schweigen. Dann sagte sie: »Gut, ich nehme deinen Rat an. Aber ich hoffe, daß dieser Schlächter im Gefängnis verfaulen wird.« Sie dachte an die Frau des Nawab Sahib, ihren einzigen Lichtblick in den Jahren der Zenana, und fügte hinzu: »Für viele Jahre.«

Der Nawab Sahib wußte, daß Maan Firoz zweimal in Baitar House besucht hatte, bevor er wieder ins Gefängnis eingewiesen worden war. Murtaza Ali hatte es ihm erzählt, ebenso daß Firoz um diese Besuche gebeten hatte. Jetzt fragte sich der Nawab Sahib: Wenn Firoz seinem Freund vergeben hat, was war schon das Gesetz, daß es darauf bestand, Maans Leben zu zerstören?

Am Abend aß er allein mit Firoz, was normalerweise quälend verlief, da sie versuchten, miteinander zu reden, ohne wirklich über etwas zu sprechen. Aber jetzt wandte er sich an seinen Sohn und sagte: »Firoz, welche Beweise gibt es gegen den Jungen?«

»Beweise, Abba?«

»Ich meine, aus der Sicht des Gerichts?«

»Er hat bei der Polizei gestanden.«

»Hat er vor einem Richter gestanden?«

Firoz war ein wenig überrascht, daß sein Vater und nicht er auf diesen legalistischen Gedanken gekommen war. »Du hast recht, Abba«, sagte er. »Aber es gibt noch andere Beweise – seine Flucht, er ist identifiziert worden, unsere Aussagen – meine und die von den anderen, die anwesend waren.« Er sah seinen Vater aufmerksam an und dachte, wie schwer es für ihn sein mußte, seine Verletzung und ihren Hintergrund auch nur indirekt anzusprechen. Nach einer Weile sagte er: »Als ich meine Aussage machte, war ich sehr krank, ich war natürlich etwas verwirrt. Vielleicht bin ich das immer noch – ich hätte daran denken müssen, nicht du.«

Wieder schwiegen sie. Dann fuhr Firoz fort: »Wenn ich in das Messer gefallen bin – sozusagen gestolpert – und er es in der Hand gehalten hat, dann hat er natürlich denken müssen, daß er es getan hat, er war schließlich betrunken – und so denken könnten, könnten auch ...«

»Die anderen.«

»Ja – die anderen. Das würde ihre Aussagen erklären – und sein Verschwinden«, fuhr Firoz fort, als ob die Szene noch einmal deutlich und langsam vor seinem Auge abliefe. Aber etwas, was vor ein paar Sekunden noch ganz deutlich war, verschwamm plötzlich.

»In Prem Nivas ist genug passiert«, sagte sein Vater. »Und Fakten können auf vielfältige Weise interpretiert werden.«

Der letzte Satz beschwor bei beiden unterschiedliche Gedanken herauf.

»Ja, Abba«, sagte Firoz still und dankbar. In seinem Herzen hatte sich der alte Respekt für seinen Vater erneuert.

18.29

Zwei Wochen später fand Maans Verhandlung vor dem Distriktstrafgericht statt. Sowohl der Nawab Sahib als auch Mahesh Kapoor waren in dem kleinen Gerichtssaal anwesend. Firoz mußte als einer der ersten Zeugen aussagen. Der Staatsanwalt, der Firoz mit stiller Zuversicht seine Aussage bei der Polizei vorgelesen hatte, erschrak, als er ihn sagen hörte: »Und dann bin ich gestolpert und in das Messer gefallen.«

»Wie bitte?« fragte der Anklagevertreter. »Was haben Sie gesagt?«

»Ich sagte, daß ich gestolpert und in das Messer gefallen bin, das er in der Hand hielt.«

Der Staatsanwalt war entsetzt. Er konnte versuchen, was er wollte, aber es gelang ihm nicht, Firoz' Aussage zu erschüttern. Er beschwerte sich beim Richter, daß der Zeuge sich gegen den Staat wandte, und bat um Erlaubnis, ihn ins Kreuzverhör nehmen zu dürfen. Er legte Firoz dar, daß seine jetzige Aussage nicht mit seiner früheren bei der Polizei übereinstimmte. Firoz entgegnete, daß er damals krank und seine Erinnerung verschwommen gewesen sei. Erst nach seiner Genesung hätte er sich wieder klar und deutlich erinnern können. Der Staatsanwalt wies Firoz darauf hin, daß er selbst Anwalt sei und unter Eid stehe. Firoz, der noch immer blaß war, erwiderte lächelnd, daß er sich dessen sehr wohl bewußt sei, aber auch Anwälte hätten kein unfehlbares Gedächtnis. Er habe die Szene im nachhinein viele Male durchlebt und sei sich jetzt sicher, daß er über etwas – vielleicht ein Polster – gestolpert und in das Messer gefallen sei, das Maan kurz zuvor Saeeda Bai entwunden habe. »Er stand einfach nur da. Ich glaube, er dachte, daß es seine Schuld war«, fügte Firoz hilfreich hinzu, obwohl er die Grenzen von Beweisen, die auf Hörensagen oder der Interpretation der Gedanken anderer beruhten, sehr wohl kannte.

Maan saß auf der Anklagebank, starrte seinen Freund an und begriff erst nicht, was los war. Langsam breitete sich ein Ausdruck verwirrten Erstaunens auf seinem Gesicht aus.

Saeeda Bai wurde als nächste Zeugin aufgerufen. Sie stand im Zeugenstand, ihr Gesicht von der Burqa verhüllt, und sprach leise. Sie bestätigte gern die Behauptung des Verteidigers, daß das, was sie gesehen hatte, mit dieser Deutung der Ereignisse in Einklang stand. Bibbo desgleichen. Die anderen Beweise – Firoz' Blut auf dem Schultertuch, Maans Identifikation durch den Bahnbeamten, die Aussage des Wachmanns und so weiter – warfen kein Licht auf die Frage, was während der zwei, drei entscheidenden, beinahe verhängnisvollen Sekunden passiert war. Und wenn Maan Firoz nicht angegriffen hatte, sondern Firoz schlicht in das Messer in seiner Hand gestürzt war, dann war die Frage, ob er ›eine Körperverletzung hatte verursachen wollen, die unter normalen Umständen ausreicht, um den Tod herbeizuführen‹, irrelevant.

Der Richter konnte keinen Grund erkennen, warum ein Mann, der so schwer verletzt worden war, alles tun sollte, um denjenigen zu schützen, der ihm diese Verletzung absichtlich zugefügt hatte. Es gab keine Beweise, daß sich die Zeugen abgesprochen hätten, keine Versuche seitens der Verteidigung, jemanden zum Meineid anzustiften. Er kam zu der unausweichlichen Schlußfolgerung, daß Maan nicht schuldig war.

Er sprach Maan von beiden Anklagepunkten frei und ordnete seine sofortige Freilassung an.

Mahesh Kapoor schloß seinen Sohn in die Arme. Auch er war wie vor den Kopf gestoßen. Er wandte sich dem Gerichtssaal zu, in dem jetzt ein großes Durcheinander herrschte, und sah den Nawab Sahib mit Firoz sprechen. Einen Augenblick lang trafen sich ihre Blicke. Mahesh Kapoor schaute ihn verblüfft und dankbar an.

Der Nawab Sahib schüttelte unmerklich den Kopf, als ob er eine Verantwortung abstreiten wollte, und wandte sich wieder seinem Sohn zu.

18.30

Pran hatte unrecht, wenn er glaubte, als nächster würde sein Vater abergläubisch werden. Aber Mahesh Kapoor machte einen unsicheren Schritt in Richtung Unterstützung des Aberglaubens. Ende März, ein paar Tage vor Ramnavami, gab er der Bitte Veenas und der alten Mrs. Tandon nach, in Prem Nivas die Ramcharitmanas für die Familie und ein paar Freunde lesen zu lassen.

Warum er zustimmte, wußte er selbst nicht genau. Im vergangenen Jahr hatte seine Frau darum gebeten, und er verband die Bitte mit ihr. Sie hatte sogar auf dem Totenbett darum gebeten, ihr einen Teil der Ramcharitmanas – den Teil, der Hanumans Aufenthalt in Lanka beschreibt – vorzulesen. Vielleicht tat es Mahesh Kapoor leid, daß er in der Vergangenheit ihre Bitte abgelehnt hatte – oder vielleicht war er einfach zu erschöpft, um irgend jemandem noch irgend etwas abzuschlagen. Oder vielleicht wollte er sich nur dankbar erweisen für etwas Wohltätiges und Geheimnisvolles außerhalb seiner Kontrolle, das seinen Sohn gerettet hatte, als er verloren schien, und ihm neue Hoffnung auf Freundschaft mit dem Nawab Sahib gegeben hatte, als sie für immer zerstört schien. Aber diesen Grund hätte er höchstwahrscheinlich weit von sich gewiesen.

Die alte Mrs. Tandon war die einzige der drei Samdhins, die anwesend war. Mrs. Rupa Mehra war in Kalkutta und machte hektisch Hochzeitseinkäufe. Und Mrs. Mahesh Kapoors kleines Glöckchen klingelte nicht mehr in dem winzigen Alkoven, in dem sie stets ihre Puja verrichtet hatte.

Eines Morgens kam während der Lesung eine weiße Eule in das Zimmer, in dem die Zuhörer saßen. Sie blieb ein paar Minuten und ging dann langsam wieder hinaus. Alle waren beunruhigt über das Erscheinen dieses unheilvollen Vogels am hellichten Tag und faßten es als schlechtes Omen auf. Aber Veena war anderer Meinung. Sie sagte, daß die weiße Eule, die das Tragtier Lakshmis war, in Bengalen ein Glückssymbol sei. Vielleicht war sie ein Abgesandter aus der anderen Welt, der ihnen Glück bringen und mit guten Nachrichten zurückkehren sollte.

18.31

Als Maan im Gefängnis saß, dachte er häufig an Rasheed, seine Qualen, seinen Irrsinn, seine Verblendung. Sie waren beide Ausgestoßene, auch wenn sein eigener Wahn nur vorübergehender Natur gewesen war. Der Unterschied zwischen ihnen bestand darin, so glaubte Maan, daß seine Familie ihm ihre Liebe bewahrt hatte, obwohl er eingesperrt war.

Er hatte Pran gebeten, Rasheed etwas Geld zukommen zu lassen, nicht als Zeichen der Sühne, sondern weil er meinte, es könne von praktischem Nutzen sein. Er erinnerte sich daran, wie ausgemergelt und hager Rasheed an jenem Tag im Curzon Park ausgesehen hatte, und er fragte sich, ob das, was ihm sein Onkel schickte, zusammen mit seinem eigenen Verdienst ausreichte, um die Miete zu bezahlen und Lebensmittel zu kaufen. Maan befürchtete, daß es früher oder später auch mit den Nachhilfestunden zu Ende sein würde.

Als er auf Kaution freigelassen wurde, suchte er Rasheed nicht auf, schickte ihm jedoch noch einmal Geld, per Post und anonym. Er war der Meinung, daß ein Besuch von ihm, der eine Gewalttat vollbracht hatte, auf unvorhersehbare Weise ausgelegt werden und unabsehbare Konsequenzen haben könnte. Jedenfalls wäre er Rasheeds geistigem Gleichgewicht nicht förderlich.

Als Maan für unschuldig befunden und endgültig freigelassen wurde, kehrten seine Gedanken erneut zu seinem früheren Lehrer und Freund zurück. Aber auch jetzt war er sich nicht sicher, ob es eine gute Idee wäre, ihn zu besuchen, deswegen schrieb er zuerst einen Brief. Er erhielt keine Antwort.

Als auch auf einen zweiten Brief keine Reaktion erfolgte und der Brief auch nicht zurückkam, entschied Maan, daß er zumindest nicht abschlägig beschieden worden war. Er ging zu Rasheeds Adresse, aber Rasheed wohnte dort nicht mehr. Er sprach mit dem Hausbesitzer und seiner Frau und sagte, daß er ein Freund von Rasheed sei. Er spürte, daß sie nicht sehr erfreut waren. Er fragte sie nach Rasheeds neuer Adresse, aber sie behaupteten, sie nicht zu kennen. Als er erzählte, daß er vor kurzem zwei Briefe an Rasheed geschrieben habe, und sich nach ihrem Verbleib erkundigte, sah der Mann seine Frau an, schien einen Entschluß zu fällen, holte beide Briefe und gab sie Maan. Sie waren ungeöffnet.

Maan hatte keine Ahnung, ob Rasheed das Geld erhalten hatte. Er fragte den Hausbesitzer, wann genau Rasheed ausgezogen war und ob er frühere Briefe erhalten hatte. Sie antworteten, daß er vor geraumer Zeit ausgezogen sei, Genaueres erfuhr er nicht. Sie schienen verärgert, ob über ihn oder über Rasheed, war unklar.

Maan, der sich jetzt Sorgen machte, bat Pran, Rasheed entweder über das Institut für Geschichte oder über das Büro des Verwaltungsdirektors ausfindig zu machen. Niemand wußte, wo er war. Ein Beamter im Büro des Verwaltungsdirektors fand heraus, daß sich Rasheed schon lange nicht mehr in der Universität hatte blicken lassen; er hatte sich geweigert, Veranstaltungen zu besuchen, als man ihn zum Wohl des Landes im Wahlkampf brauchte.

Als nächstes schrieb Maan in seinem unbeholfenen Urdu an Baba und Rasheeds Vater, bat um Neuigkeiten über Rasheed und seine derzeitige Adresse. Vielleicht, so schrieb Maan, wisse ja der Bär, wo er sich aufhalte. Er bekam eine kurze und nicht unfreundliche Antwort. Baba schrieb, daß sich in Debaria alle sehr über seinen Freispruch freuten und seinen Vater grüßen ließen. Außerdem hätten sowohl der Bär als auch der Guppi darum gebeten, Maan zu grüßen. Der Guppi sei von den Berichten über die dramatischen Ereignisse vor Gericht so beeindruckt gewesen, daß er daran denke, zu Maans Gunsten auf das Erfinden von Geschichten zu verzichten.

Was Rasheed anbelangte, so wußten sie nichts von ihm, auch nicht seine neue Adresse. Zum letztenmal hatten sie ihn während des Wahlkampfes gesehen, als er die Menschen noch stärker gegen sich aufgebracht und seiner Partei mit wüsten Anklagen und Beleidigungen geschadet hatte. Seine Frau habe sich sehr aufgeregt, und jetzt, da er verschwunden sei, sei sie über die Maßen beunruhigt. Meher gehe es gut, aber – und an dieser Stelle machte Baba aus seiner Entrüstung keinen Hehl – ihr Großvater mütterlicherseits versuchte durchzusetzen, daß sie zusammen mit ihrer Mutter und ihrer kleinen Schwester in seinem Dorf aufwuchs.

Sollte Maan etwas von Rasheed hören, möge er sie so bald wie möglich davon in Kenntnis setzen. Sie wären sehr dankbar. Im Augenblick wisse leider nicht einmal der Bär etwas von ihm.

18.32

Sofort nach ihrer Aussage hatte Saeeda Bai den Gerichtssaal verlassen, aber keine halbe Stunde nach der Urteilsverkündung wußte sie von Maans Freispruch. Sie dankte Gott dafür, daß er ihn gerettet hatte. Sie war klug genug oder erfahren genug, zu wissen, daß er für sie verloren war, aber ihr fiel ein schwerer Stein vom Herzen, weil er nicht den Rest seiner Jugend in einem elenden Gefängnis verbringen mußte. Sie sah Maan mit all seinen Fehlern, aber sie konnte nicht aufhören, ihn zu lieben.

Vielleicht war es das erstemal, daß Saeeda Bai liebte, ohne daß ihre Liebe erwidert wurde. Wieder und wieder sah sie Maan vor sich, wie sie ihn zum erstenmal erlebt hatte: der unermüdliche Dagh Sahib an jenem Abend in Prem Nivas, lebhaft, charmant, entschlossen und liebevoll.

Manchmal dachte sie an den Nawab Sahib – und an ihre Mutter – und an sich selbst als fünfzehnjährige Mutter. »Laß die Biene nicht in den Garten«, murmelte sie die berühmte Zeile vor sich hin, »damit die Motte nicht ungerechterweise getötet wird.« Und doch konnte der seltsame, bisweilen unmerkliche Zusammenhang von Ursache und Wirkung auch Positives hervorbringen. Aus der Schande und Schändung ihrer Jugend war ihre geliebte Tasneem hervorgegangen.

Bibbo tadelte Saeeda Bai, weil sie derzeit so oft ins Leere starrte. »Singen Sie wenigstens!« sagte sie. »Sogar der Sittich wird stumm, weil er sich an Ihnen ein Beispiel nimmt.«

»Halt den Mund, Bibbo!« erwiderte Saeeda Bai unduldsam.

Aber Bibbo, die sich freute, ihrer Herrin wenigstens eine Reaktion entlockt zu haben, ließ nicht locker. »Danken Sie Gott dafür, daß es Bilgrami Sahib gibt. Wo wären wir alle ohne ihn?«

Saeeda Bai schnalzte mit der Zunge und machte eine wegwerfende Handbewegung.

»Und danken Sie Ihrem mächtigsten Verehrer, daß er uns in letzter Zeit mit seinen Aufmerksamkeiten verschont hat«, fuhr Bibbo fort.

Saeeda Bai starrte finster vor sich hin. Der Radscha von Marh hielt sich offensichtlich nur zurück, weil er mit seinem Vorhaben, seinen Tempel mit der Aufstellung des alten Shiva-linga zu weihen, beschäftigt war.

»Armer Miya Mitthu«, murmelte Bibbo betrübt. »Er wird noch vergessen, wie man ›Whisky‹ kreischt.«

Um Bibbos geistloses Geschwätz, das verletzender als beabsichtigt war, zu unterbinden, befahl ihr Saeeda Bai eines Tages, ihr das Harmonium zu bringen. Sie ließ ihre Finger über die Tasten aus Perlmutter gleiten. Aber vor dem Instrument konnte sie ihre Gedanken ebensowenig kontrollieren wie in ihrem Schlafzimmer, in dem das gerahmte Bild aus Maans Buch von der Wand auf sie heruntersah. Sie ließ sich das Buch bringen, legte es auf das Harmonium und blätterte eine Seite nach der anderen um. Sie las nicht die Gedichte, sondern betrachtete die Illustrationen. Sie studierte das Bild der gramgebeugten Frau auf dem Friedhof.

Seit einem Monat habe ich das Grab meiner Mutter nicht mehr besucht, dachte sie. In meiner neuerworbenen Albernheit als zurückgewiesene Geliebte vergesse ich meine Pflichten als Tochter. Aber je mehr sie versuchte, nicht an sich und die Hoffnungslosigkeit ihrer Liebe zu Maan zu denken, desto mehr bedrückte sie sie.

Und was ist mit Tasneem? fragte sich Saeeda Bai. Für sie ist es schlimmer als für mich. Das bedauernswerte Mädchen war schweigsamer geworden als der verfluchte Sittich. Ishaq, Rasheed, Firoz – drei Männer waren in ihr Leben getreten, einer unmöglicher als der andere, und jedesmal hatte sie schweigend ihre Zuneigung wachsen lassen und ihr plötzliches Verschwinden schweigend erduldet. Sie hatte Firoz verletzt gesehen, ihre Schwester halb erwürgt; wahrscheinlich hatte sie von den Gerüchten gehört, die sie selbst betrafen, aber ihrem seltsamen Schweigen war nichts zu entnehmen. Was hielt sie jetzt von Männern? Oder von Saeeda Bai, wenn sie den Gerüchten glaubte?

Wie kann ich ihr nur helfen? dachte Saeeda Bai. Aber sie konnte nichts tun. Mit Tasneem über irgend etwas von Bedeutung zu sprechen lag nicht im Bereich der Möglichkeiten.

Obwohl es erst Abend war und gerade die ersten Sterne am Himmel funkelten, begann Saeeda Bai, Minais Gedicht vor sich hin zu summen, das die Ankunft der Morgendämmerung verkündete. Es erinnerte sie an den Garten von Prem Nivas an jenem sorglosen Abend und an all den Kummer und den Schmerz, die darauf gefolgt waren. Tränen schwangen in ihrer Stimme mit, aber ihre Augen waren trocken. Bibbo trat ein und hörte zu, und auch Tasneem verließ ihr Zimmer und kam herauf, um zu hören, was nur noch ganz selten zu hören war. Sie kannte das Gedicht auswendig, aber die Stimme ihrer Schwester verzauberte sie so, daß sie die Worte nicht einmal leise mitmurmelte:

>»Die Versammlung hat sich aufgelöst; die Motten
> nehmen Abschied vom Kerzenlicht.
> Es dämmert, am Himmel stehen nur noch
> ein paar Sterne, mehr nicht.

> Was noch ist, wird nicht bleiben:
> Auch sie werden gleich erlöschen.
> Das ist der Lauf der Welt, obwohl wir sie
> im Schlaf vergessen haben.«

18.33

Rasheed schritt die Brüstung des Barsaat Mahal entlang, seine Gedanken wirr vor Hunger und Desorientierung.
    Dunkelheit und der Fluß und die kühle Mauer aus Marmor.
    Irgendwo, wo nirgendwo ist.
    Es nagt an mir. Sie sind überall um mich herum, die Dorfältesten von Sagal.
    Kein Vater, keine Mutter, kein Kind, keine Frau.
    Wie ein Juwel auf dem Wasser. Die Brüstung, der Garten, unterhalb dessen ein Fluß fließt.
    Kein Satan, kein Gott, kein Iblis, kein Gabriel.
    Ewig, ewig, ewig, ewig, die Wasser der Ganga.
    Die Sterne oben, die Sterne unten.

> … andere erfaßte der Schrei, und wieder andre
> verschlang die Erde, und andre ertränkten Wir.
> Und nicht tat Allah ihnen Unrecht an,
> sondern sie selbst übten Unrecht wider sich.

Frieden. Keine Gebete. Keine Gebete mehr.
    Schlafen ist besser als beten.
    O mein Geschöpf, du hast dein Leben zu früh gelassen. Ich verweigere dir den Eintritt ins Paradies.
    Eine Quelle im Paradies.
    O Gott. O Gott.

18.34

Flußabwärts wurde ein anderes Vorhaben mit allem erdenklichen Pomp in Szene gesetzt.
    Das berühmte Shiva-linga war etwa so groß, wie es die Mantras des Priesters vorhergesagt hatten, und lag ziemlich genau an der von ihm beschriebenen

Stelle in der Ganga, bedeckt von dicken Schichten Sand und Schlick. Es dauerte ein paar Tage, bis es in dem schlammigen Wasser freigelegt war, und noch ein paar Tage länger, bis es mit Winden auf die erste breite Stufe des Verbrennungsghats gehievt worden war. Dort lag es neben der Ganga, in der es jahrhundertelang versunken gewesen war, zuerst noch von einer getrockneten Schlammschicht überzogen, dann mit Wasser, Milch und Ghee gereinigt, bis der schwarze granitene Zylinder in der Sonne glänzte.

Die Menschen kamen von weit her, um es mit offenem Mund anzustarren, zu bewundern und anzubeten. Alte Frauen verrichteten ihre Puja: Sie sangen, beteten, brachten Blumen dar und verrieben Sandelholzpaste auf dem Kopf des alten Pujari. Es war eine glückverheißende Kombination: das Linga Shivas und der Fluß, der aus seinem Haar entsprungen war.

Der Radscha von Marh hatte Historiker, Ingenieure, Astrologen und Priester herbeizitiert, denn die Reise des Shiva-linga die große Treppe des Verbrennungsghats hinauf, durch das Gassenlabyrinth von Old Brahmpur, über den offenen Platz des Chowk und von dort bis zu seinem endgültigen, triumphalen neugeweihten Stellplatz, dem Allerheiligsten des fertiggestellten Tempels, mußte vorbereitet werden.

Die Historiker informierten sich über die Logistik ähnlicher Unternehmen, zum Beispiel über den Transport der Ashoka-Säule vom nahen Ambala nach Delhi durch Schah Firoz – eine buddhistische Säule, die von einem moslemischen König verlagert worden war, dachte der Radscha von Marh mit doppelter Verachtung. Die Ingenieure berechneten, daß zweihundert Männer nötig waren, um das steinerne Linga, das siebeneinhalb Meter lang war, einen Durchmesser von sechzig Zentimeter hatte und über sechs Tonnen wog, unbeschadet die steile Treppe des Ghats hinaufzubefördern. (Der Radscha hatte den Einsatz von Winden und Flaschenzügen für diese einmalige und dramatische Zeremonie verboten.) Die Astrologen ermittelten den günstigsten Zeitpunkt und unterrichteten den Radscha davon, daß die Aufgabe innerhalb der nächsten Woche vollendet sein mußte oder daß weitere vier Monate zu warten wäre. Und die neuernannten Priester des neuen Chandrachur-Tempels bereiteten die glückverheißenden Rituale für unterwegs und den großartigen, festlichen Empfang des Lingas an seinem Bestimmungsort vor, ganz nahe der Stelle, an der es zu Zeiten Aurangzebs gestanden hatte.

Die Moslems hatten über das Alamgiri-Masjid-Hifaazat-Komitee versucht, die Aufstellung des profanen Monolithen hinter der westlichen Wand gerichtlich verbieten zu lassen – vergebens. Der Radscha war der rechtmäßige Eigentümer des Grundstücks gewesen, auf dem der Tempel stand. Die Überschreibung an eine Stiftung des Linga Rakshak Samiti, die er dominierte, war rechtlich einwandfrei.

Aber auch unter den Hindus waren etliche der Ansicht, daß das Linga beim Verbrennungsghat aufgestellt werden sollte – denn dort hatten es zehn Generationen von Pujaris traurig und in bitterer Armut verehrt. Und dort würde es die Gläubigen nicht nur an die schöpferische Kraft von Shiva Mahadeva erinnern, sondern auch an sein zerstörerisches Potential. Der jetzige Pujari, der in einem Zustand der Ekstase zu dem geborgenen Linga gebetet hatte, behauptete nachdrücklich, daß es seinen angemessenen Platz bereits gefunden habe. Es sollte auf der breiten Stufe aufgestellt werden, auf der es zufällig jetzt gestrandet war und auf der es die Menschen erneut zu Gesicht bekommen und zu ihm gebetet hatten – und so wie die Ganga mit den Jahreszeiten stieg und sank, sollte es scheinbar im Wasser versinken und wieder daraus aufsteigen.

Aber der Radscha von Marh und der Linga Rakshak Samiti wollten davon nichts hören. Der Pujari hatte seine Aufgabe als Informant erfüllt. Das Linga war gefunden und aus dem Wasser geborgen worden und würde seine Reise fortsetzen. Dieser zerlumpte, ekstatische Pujari würde ein Unternehmen von solch großer Bedeutung nicht verhindern.

Barken brachten abgerundete Baumstämme zum Schauplatz des Geschehens. Die ganze Länge der Treppe bis oben hinauf wurden jeweils vier Stämme im Abstand von drei Metern nebeneinander ausgelegt. In fünfzig Meter Höhe, wo die breite Treppe in eine schmale Gasse überging, die nach rechts abbog, wurden weitere Stämme auf den Erdboden gelegt, um eine sanfte Kurve zu schaffen. Von hier an würde das Linga diagonal zur Straße getragen werden müssen, und seine Richtung mußte nach einer exakt berechneten und komplizierten Methode geändert werden.

Lange bevor die Vögel zu zwitschern begannen, ertönte am festgelegten Tag der laute, klagende, entrückte Ruf der Tritonshörner. Das Linga wurde noch einmal gewaschen, dann in Tücher aus Seide und Baumwolle gehüllt und schließlich mit Jutematten bedeckt. Die dicken braunen Jutematten wurden mit mächtigen Seilen umwunden, von denen dünnere Seile unterschiedlicher Länge abgingen. Zehntausende von Ringelblumenblüten und Rosenblättern schmückten die Matten. Jemand begann, die kleine Trommel – Shivas Damaru – auf durchdringende, hypnotisierende Weise zu schlagen, und Lautsprecher übertrugen den ununterbrochenen Singsang der Priester, der den Lärm der Menge übertönte.

Mittags, während der größten Hitze, zum günstigsten Zeitpunkt, begannen zweihundert barfüßige junge Novizen einer berühmten shivaitischen Akhara – auf jeder der zwanzig Stufen fünf rechts und links von den Stämmen –, an den Seilen zu ziehen, die in ihre nackten Schultern schnitten, und das Linga treppauf zu bewegen. Die Stämme knarzten, das Linga rollte langsam und klaglos aufwärts, und die singende, betende, plaudernde Menge verstummte und hielt ehrfürchtig den Atem an.

Die Doms ließen ihre Arbeit auf dem Verbrennungsghat im Stich, um verwundert den langsamen Aufstieg des Lingas zu verfolgen, während die Leichen unbeaufsichtigt weiterbrannten.

Nur der Pujari, dessen Rat mißachtet worden war, und einige Gläubige schrien bekümmert auf.

Stufe für Stufe rollte das Linga die Treppe hinauf, von oben gezogen in genau bemessenen Rucken und von unten geschoben von Männern mit Brechstangen. Immer wieder stützten sie es mit Keilen ab, damit die Männer, die das Linga zogen, eine Weile ausruhen konnten.

Auf den steilen, unregelmäßigen Stufen versengten sie sich die Fußsohlen, und von oben brannte die Sonne auf sie herab. Sie keuchten vor Anstrengung und Durst. Aber ihr Rhythmus blieb gleichmäßig, und nach einer Stunde befand sich das Linga zwanzig Meter über der Ganga.

Der Radscha von Marh, der oben an der Treppe stand, blickte zufrieden hinunter und brüllte laut und freudig: »Har har Mahadeva!« Er trug trotz der Hitze seine weißseidene Hoftracht und war mit echten Perlen und Perlen aus Schweiß übersät. In der rechten Hand hielt er einen großen goldenen Dreizack.

Der junge Rajkumar von Marh, auf seinem Gesicht ein arrogantes Lächeln, das dem seines Vaters ähnelte, rief wie besessen: »Schneller! Schneller!« Er schlug den jungen Novizen auf den Rücken, über die Maßen erregt von dem Blut, das unter den Seilen aus ihren Schultern sickerte.

Die Männer versuchten, schneller zu ziehen. Der Rhythmus ihrer Bewegung wurde abrupter.

Die Seile über ihren Schultern, die mit Blut und Schweiß verschmiert waren, verloren an Zugkraft.

In der Kurve, wo sich die Treppe zur Gasse verengte, mußte das Linga seitwärts gedreht werden. Von hier an war die Ganga nicht mehr zu sehen.

Zu Beginn der Kurve riß ein Seil, und ein Mann stolperte. Der Ruck verursachte eine winzige, unerwartete Bewegung, und ein weiteres Seil riß, und noch eins, das Linga begann unmerklich wegzurutschen, und eine Woge der Panik lief durch die Formation.

»Stützt es mit den Keilen – stützt es mit den Keilen!«

»Nicht loslassen ...«

»Bleibt da – wartet – bringt uns nicht um ...«

»Macht, daß ihr davonkommt – wir können es nicht länger halten ...«

»Geht eine Stufe zurück – zurück – lockert die Seile ...«

»Zieht fester ...«

»Laßt die Seile los – sonst reißen sie euch mit ...«

»Har har Mahadeva ...«

»Lauft – lauft um euer Leben ...«

»Die Keile – die Keile ...«

Noch ein Seil riß und noch eins, und das Linga glitt langsam ein Stück nach unten. Die Schreie der Männer, die auf der Treppe nach hinten gerissen wurden, vermischten sich mit dem leisen, aber um so grauenhafteren Geräusch des rutschenden, gleitenden Monolithen und der brechenden Baumstämme. Die Männer weiter unten taumelten aus dem Weg. Die Männer oben ließen die blutigen Seile los und zogen ihre verletzten und fassungslosen Gefährten zur Seite, starrten auf das orangefarbene Linga. Die Ringelblumenblüten waren jetzt vollkommen in die Jutematten gepreßt. Das Trommeln verstummte. Die Menge schrie entsetzt auf und stob auseinander. Die Stufen unterhalb des Lingas waren plötzlich menschenleer, und ganz unten rannten die Doms und die Verwandten der brennenden Leichen davon.

Das Linga widersetzte sich den hastig daruntergeschobenen Keilen. Aber während der nächsten halben Minute bewegte es sich, wenn überhaupt, nur ein unendlich kleines Stück.

Dann rutschte es. Ein Keil brach. Wieder rutschte es ein Stück, die restlichen Keile gaben nach, und es begann endgültig, die Strecke hinunterzurollen, die es heraufgezogen worden war.

Über die Stämme rollte das Linga von einer Stufe zur nächsten und zur übernächsten und wurde dabei immer schneller. Die Stämme brachen unter seinem Gewicht, es glitt nach links, dann nach rechts, aber immer hinunter, schneller und schneller der Ganga entgegen, zermalmte den Pujari, der sich ihm mit hocherhobenen Armen entgegenstellte, rollte über die brennenden Scheiterhaufen des Verbrennungsghats, schlug schließlich im Wasser der Ganga auf und sank über die letzten Steinstufen in sein schlammiges Bett.

Wieder ruhte das Shiva-linga in der Ganga, ihr trübes Wasser floß darüber und wusch langsam die Blutflecken weg.

NEUNZEHNTER TEIL

19.1

Liebste Kalpana,
ich schreibe in Eile, weil Varun Ende Februar nach Delhi kommen wird, um an der mündlichen Aufnahmeprüfung für den IAS teilzunehmen, und wir hoffen, daß Du und Dein Vater ihn für ein paar Tage aufnehmen könnt. Es ist, als ob ein Traum wahr geworden wäre, obwohl nur einer von fünf Kandidaten für die mündliche Prüfung dann tatsächlich auch in den öffentlichen Dienst aufgenommen wird. Wir können nur hoffen und beten – solche Dinge liegen gänzlich in Seiner Hand. Aber Varun hat sich durch die erste Hürde gequetscht, denn Tausende junger Männer legen die schriftliche Prüfung für den IAS und IFS ab, und nur ganz wenige werden nach Delhi eingeladen.

Als der Brief mit der Mitteilung für Varun kam, weigerte sich Arun, es zu glauben, und benutzte beim Frühstück harsche Ausdrücke, obwohl Aparna und die Dienstboten dabei waren, die meiner Meinung nach jedes Wort verstehen. Er sagte, es müsse ein Fehler vorliegen, aber es stimmt. Ich war nicht dabei, sondern in Brahmpur; es war um die Zeit, als Lata und Haresh ihre freudige Nachricht verkündeten, aber als mir Varun einen Brief schrieb, habe ich keine Kosten gescheut und von Prans Haus ein Ferngespräch nach Kalkutta angemeldet, um meinem lieben Jungen zu gratulieren, und ich habe mir alle Einzelheiten und Reaktionen von ihm erzählen lassen, was nur möglich war, weil Arun und Meenakshi auf eine Party gegangen waren, was sie ja häufig tun. Varun klang ziemlich überrascht, aber ich habe ihm gesagt, daß wir im Leben nur bekommen, was wir verdienen. So Gott will, wird er uns in der mündlichen Prüfung noch einmal überraschen. Es liegt an Dir, liebste Kalpana, dafür zu sorgen, daß er gut ißt und nicht nervös wird und sich anständig benimmt und sich in Schale wirft. Auch daß er schlechte Gesellschaft meidet und Alkohol, für den er – ich muß es leider sagen – ein bißchen empfänglich ist. Ich weiß, daß Du Dich um ihn kümmern wirst, er braucht einfach jemand, der sein Selbstbewußtsein stärkt.

Ich schreibe keine anderen Neuigkeiten, weil ich in Eile bin und Dir die freudige Nachricht von Lata und Haresh schon in meinem letzten Brief mitgeteilt habe, auf den ich noch keine Antwort und keine Glückwünsche bekommen habe, aber Du mußt wegen der Hüftoperation Deines Vaters sehr beschäftigt sein. Ich hoffe, daß er jetzt wieder ganz gesund ist. Es muß schwer für ihn sein, weil er doch auf Krankheiten so ungeduldig reagiert, und jetzt ist er selbst krank. Paß gut auf Dich auf. Gesundheit ist unser wertvollster Besitz.
    Die liebsten Grüße sendet Dir

Deine Ma
(Mrs. Rupa Mehra)

P. S. Bitte schicke mir nach der Prüfung ein Telegramm, sonst kann ich nicht schlafen.

Varun sah sich nervös unter den Mitreisenden um, während die kalte, trockene, flache Landschaft vor Delhi am Zugfenster vorbeizog. Niemand schien zu bemerken, von welcher Tragweite diese Reise für ihn war. Nachdem er die Delhi-Ausgabe der *Times of India* von der ersten bis zur letzten Seite und wieder zurück gelesen hatte – wer konnte schon wissen, zu welchen aktuellen Themen diese Gauner von Prüfern ihn befragen würden? –, starrte er verstohlen auf eine Anzeige, die ihn anzuspringen schien:

> Dr. Dugle. Hoch geehrt und allseits empfohlen von vielen bedeutenden Persönlichkeiten, Radschas, Maharadschas, Häuptlingen für seine sozialen Dienstleistungen (im In- und Ausland). Dr. Dugle. Indiens führender, international berühmter Spezialist für chronische Krankheiten – zum Beispiel nervöse Störungen, frühzeitiges Altern, Erschöpfungszustände, Energie- und Vitalitätsmangel – und akute Krankheiten ähnlicher Art. Konsultationen in absolut vertraulicher Atmosphäre.

Trübsinnig dachte Varun über seine zahllosen sozialen, intellektuellen und anderen Unzulänglichkeiten nach. Dann zog eine andere Anzeige seine Aufmerksamkeit auf sich:

> Bringen Sie Ihr Haar mit den cremigen Ölen von Brylcreem in Form. Warum cremige Öle? Brylcreem ist eine *cremige* Mischung aus belebenden Ölen. Sie ist einfacher anzuwenden, sauberer im Gebrauch, und ihre *Cremigkeit* sorgt dafür, daß jedesmal die richtige Menge aller Brylcreem-Bestandteile gleichmäßig verteilt wird. Brylcreem verleiht dem Haar den weichen, sanften Schimmer, den die Frauen so bewundern. Kaufen Sie noch heute Brylcreem.

Varun fühlte sich plötzlich elend. Er war sich sicher, daß ihm auch Brylcreem die Bewunderung der Frauen nicht einbringen würde. Er wußte, daß er sich in der mündlichen Prüfung – wie immer und überall – blamieren würde.

»Die Dienstboten kommen in einer halben Stunde«, flüsterte Kalpana Gaur zärtlich und stieß Varun sanft aus ihrem Bett.
»Oh.«
»Leg dich noch eine halbe Stunde in dein eigenes Bett, damit sie sich nicht wundern.«
Varun sah sie erstaunt an. Sie hatte die hellgrüne Decke bis ans Kinn gezogen und lächelte ihn irgendwie mütterlich an.
»Und dann mußt du frühstücken und dich für die Prüfung fertigmachen. Heute ist dein großer Tag.«
»Ah.« Varun war sprachlos.
»Also, Varun, sei nicht so maulfaul, das geht nicht – zumindest heute nicht. Du mußt sie beeindrucken und um den Finger wickeln. Ich habe deiner Mutter versprochen, mich um dich zu kümmern und dein Selbstbewußtsein zu stärken. Fühlst du dich gestärkt?«
Varun wurde rot und lächelte schief. »Hä hä«, lachte er ängstlich und fragte sich, wie er ohne Peinlichkeiten aus Kalpanas Bett kommen könnte. Und in Delhi war es verglichen mit Kalkutta bitterkalt. Frühmorgens gab es Frost.
»Es ist so kalt«, murmelte er.
»Weißt du was?« sagte Kalpana Gaur. »Manchmal habe ich heiße Stellen auf den Fußsohlen, und nachts spüre ich sie immer. Letzte Nacht habe ich gar nichts gespürt. Du warst wunderbar, Varun. Vergiß nicht, wenn du während der Prüfung Angst kriegst, dann denk an letzte Nacht und sag dir: ›Ich bin das Stahlgerüst Indiens.‹«
Varun sah noch immer etwas benommen aus, aber nicht mehr unglücklich.
»Nimm meinen Bademantel«, schlug Kalpana Gaur vor.
Varun warf ihr einen dankbaren, verwirrten Blick zu.
Zwei Stunden später, nach dem Frühstück, unterzog sie seine Erscheinung einer kritischen Prüfung, strich seine Taschen glatt, zog seine Krawatte zurecht, entfernte übermäßige Brylcreem aus seinem Haar und kämmte es neu.
»Aber ...« protestierte Varun.
»Und jetzt werde ich dafür sorgen, daß du zur rechten Zeit am rechten Ort bist.«
»Das ist nicht nötig«, sagte Varun, der keine Umstände machen wollte.
»Es liegt auf dem Weg zum Krankenhaus.«
»Ähm, grüß deinen Vater von mir.«
»Natürlich.«
»Kalpana?«
»Ja, Varun?«

»Was ist aus deiner mysteriösen Krankheit geworden, von der Ma uns erzählt hat? Es waren doch noch mehr Symptome als nur heiße Stellen.«

»Ach«, Kalpana blickte nachdenklich drein. »In dem Augenblick, als mein Vater ins Krankenhaus kam, sind sie verschwunden. Es hat einfach keinen Sinn, wenn wir beide krank sind.«

Der Bundesausschuß für den öffentlichen Dienst hielt die mündliche Aufnahmeprüfung in einem provisorischen Gebäude am Connaught Place ab, das während des Krieges errichtet und noch nicht wieder abgerissen worden war. Im Taxi drückte Kalpana Gaur Varuns Hand. »Sei ein bißchen wacher«, sagte sie. »Und vergiß nicht, sag nie ›Ich weiß nicht‹, sondern immer ›Tut mir leid, ich habe nicht die leiseste Ahnung.‹ Du siehst sehr gut aus, Varun. Viel besser als dein Bruder.«

Varun sah sie verwundert und voller Zärtlichkeit an und stieg aus.

Im Wartezimmer befanden sich zwei Kandidaten, die wie Südinder aussahen. Sie zitterten, weil sie noch weniger als er auf die Kälte in Delhi vorbereitet waren, und es war ein besonders kalter Tag. Einer sagte zum anderen: »Und es heißt, daß der Vorsitzende dich auf den ersten Blick richtig einschätzt. Sobald du zur Tür hereinkommst. Jede Schwachstelle deiner Persönlichkeit erkennt er innerhalb von Sekunden.«

Varun bekam schwache Knie. Er ging auf die Toilette, förderte eine kleine Flasche ans Tageslicht, die er heimlich hatte einstecken können, und trank schnell zwei Schluck. Seine Knie trugen ihn wieder, und er kam zu der Überzeugung, daß er letztlich doch einen hervorragenden Eindruck hinterlassen würde.

»Tut mir leid, ich habe nicht die leiseste Ahnung«, sagte er zu sich selbst.

»Wovon?« fragte einer der anderen Kandidaten.

»Ich weiß es nicht«, sagte Varun. »Ich meine, tut mir leid, aber ich habe keine Ahnung.«

»Und dann sagte ich: ›Guten Morgen‹, und alle nickten, aber der Vorsitzende, der aussah wie eine Bulldogge, sagte: ›Namasté‹. Einen Augenblick war ich schockiert, aber irgendwie hab ich's überwunden.«

»Und dann?« fragte Kalpana ungeduldig.

»Und dann bat er mich, mich zu setzen. Es war ein ovaler Tisch, und ich saß an einem Ende und die Bulldogge am anderen, und er hat mich angesehen, als ob er jeden meiner Gedanken lesen könnte, noch bevor ich ihn gedacht habe. Mr. Chatterji – nein, Mr. Bannerji nannten sie ihn. Und da war ein Vizekanzler und jemand aus dem Außenministerium und ...«

»Aber wie ist es gelaufen?« fragte Kalpana. »Meinst du, es ist gut gelaufen?«

»Ich weiß es nicht. Sie stellten mir eine Frage über die Prohibition, weißt du, und ich hatte gerade was getrunken, deswegen wurde ich natürlich nervös ...«

»Du hast *was*?«

»Ach«, sagte Varun schuldbewußt. »Nur einen oder zwei Schluck. Dann fragte mich jemand, ob ich in Gesellschaft ab und zu etwas trinke, und ich sagte ja. Aber meine Kehle wurde ganz trocken, und die Bulldogge sah mich unverwandt an, und dann hat er ein bißchen geschnüffelt und sich etwas notiert. Und dann sagte er: ›Mr. Mehra, was wäre, wenn Sie in einen Staat wie Bombay versetzt würden oder in einen Distrikt wie Kanpur, wo Alkohol verboten ist? Würden Sie sich dann verpflichtet fühlen, auf Alkoholgenuß zu verzichten?‹ Ich sagte, selbstverständlich würde ich das. Dann fragte jemand zu meiner Rechten: ›Wenn Sie dann in Kalkutta Freunde besuchen und die Ihnen einen Drink anbieten, würden Sie ihn – als Repräsentant einer alkoholfreien Gegend – ablehnen?‹ Und sie starrten mich alle an, zehn Augenpaare, und dann dachte ich plötzlich: ›Ich bin das Stahlgerüst. Wer sind die überhaupt?‹ und sagte: ›Nein, dafür sehe ich keinen Grund, ich würde ihn mit einem Vergnügen trinken, das dank meiner vorhergehenden Abstinenz noch größer wäre‹ – das habe ich gesagt. ›Das dank meiner vorhergehenden Abstinenz noch größer wäre.‹«

Kalpana lachte.

»Ja«, sagte Varun voller Zweifel. »Ihnen scheint meine Antwort auch gefallen zu haben. Ich glaube, das war nicht ich, der die ganzen Fragen beantwortet hat. Eine Art Arun-Persönlichkeit schien sich meiner bemächtigt zu haben. Vielleicht weil ich seine Krawatte getragen habe.«

»Was haben sie noch gefragt?«

»Irgend etwas über drei Bücher, die ich auf eine einsame Insel mitnehmen würde, und ob ich wüßte, was die drei Buchstaben M. I. T. bedeuten, und ob ich einen Krieg mit Pakistan für wahrscheinlich halte – ich kann mich wirklich nicht mehr erinnern, Kalpana, nur daran, daß die Bulldogge zwei Armbanduhren hatte, eine an der Innenseite des Handgelenks und eine an der Außenseite. Ich starrte darauf, um ihm nicht ins Gesicht zu starren. Gott sei Dank ist es vorbei«, sagte Varun verdrießlich. »Es hat eine Dreiviertelstunde gedauert und mich ein Jahr meines Lebens gekostet.«

»Eine ganze Dreiviertelstunde?« fragte Kalpana aufgeregt.

»Ja.«

»Ich muß deiner Mutter sofort ein Telegramm schicken. Und ich habe beschlossen, daß du noch zwei Tage in Delhi bleiben mußt. Daß du hier bist, tut mir gut.«

»Wirklich?« Varun wurde rot.

Er fragte sich, ob es vielleicht an Brylcreem lag.

VARUN GESTÄRKT PRÜFUNG ABGESCHLOSSEN DAUMEN DRÜCKEN VATER BESSER GRÜSSE KALPANA

Kalpana tut einfach immer das Richtige, dachte Mrs. Rupa Mehra zufrieden.

19.2

In Kalkutta lief Mrs. Rupa Mehra herum wie ein Wirbelwind und kaufte Saris, rief ihre Familie zu Konferenzen zusammen, besuchte ihren Schwiegersohn in spe zweimal wöchentlich, beschlagnahmte Autos (darunter den großen weißen Humber der Chatterjis) für ihre Einkäufe und Besuche bei Freunden, schrieb lange Briefe an all ihre Verwandten, entwarf eine Einladungskarte, beanspruchte auf Kakoli-Art das Telefon ausschließlich für sich, weinte abwechselnd aus Freude über die bevorstehende Heirat ihrer Tochter, aus Sorge um ihre Tochter in der Hochzeitsnacht und aus Kummer, weil der verstorbene Raghubir Mehra nicht dabeisein würde.

In einer Buchhandlung in der Park Street nahm sie ein Exemplar von Van de Veldes *Die ideale Ehe* in die Hand – und kaufte es entschlossen, obwohl sie angesichts des Inhalts errötete. »Es ist für meine Tochter«, sagte sie zu dem Verkäufer, der gähnte und nickte.

Arun verhinderte, daß sie eine Rose im Entwurf für die Hochzeitseinladung unterbrachte. »Mach dich nicht lächerlich, Ma«, sagte er. »Was sollen denn die Leute denken, wenn sie diesen Ghich-pich bekommen? Das werde ich nie wiedergutmachen können. Halte den Entwurf schlicht.« Es hatte ihn zutiefst gekränkt, daß sich Lata, nachdem sie seinen unverschämten Brief erhalten hatte, weigerte, sich in seinem Haus verheiraten zu lassen, und er versuchte seinen Verlust an Autorität durch den kommissarischen Versuch auszugleichen, die praktischen Vorbereitungen für die Hochzeit zu übernehmen – zumindest diejenigen, die in Kalkutta erledigt werden konnten. Dabei mußte er es allerdings mit den mächtigen Persönlichkeiten seiner Mutter und seines Großvaters aufnehmen, die beide ihre eigenen Vorstellungen hatten.

Obwohl sich seine Einstellung zu Haresh nicht geändert hatte, beugte er sich – oder senkte zumindest den Kopf – vor dem Unvermeidlichen und versuchte, sich anständig zu verhalten. Er aß noch einmal zwischen den Tschechen zu Mittag und lud Haresh im Gegenzug nach Sunny Park ein.

Als Mrs. Rupa Mehra Haresh nach einem Termin für die Hochzeit fragte, strahlte er übers ganze Gesicht und sagte: »Je früher, desto besser.« Aber angesichts von Latas Prüfungen und der Tatsache, daß seine Stiefeltern einer Eheschließung im letzten, nicht gerade glückverheißenden Monat des Hindu-Jahres nur ungern zustimmten, wurde die Hochzeit statt für Anfang April für Ende April festgesetzt.

Hareshs Eltern forderten auch Latas Horoskop an, um sicherzugehen, daß ihre Stern- und Planetenkonstellationen zu denjenigen ihres Mannes paßten. Besonders beunruhigt hätte sie, wenn Lata eine ›Manglik‹ – in manchen astrologischen Definitionen ein ›unter dem Einfluß von Mars stehender Mensch‹ – wäre, weil Haresh, der selbst ein Nicht-Manglik war, in diesem Fall mit einem frühen Tod rechnen müßte.

Als Haresh die Bitte weiterleitete, reagierte Mrs. Rupa Mehra ungehalten. »Wenn in diesen Horoskopen auch nur ein Fünkchen Wahrheit stecken würde, gäbe es keine jungen Witwen«, sagte sie.

»Ganz meine Meinung«, sagte Haresh. »Ich werde ihnen schreiben, daß von Lata nie ein Horoskop erstellt wurde.«

Aber daraufhin baten seine Eltern um Angaben über Latas Geburtstag, -zeit und -ort. Sie wollten ihr Horoskop in Auftrag geben.

Haresh ging zu einem Astrologen in Kalkutta, nannte ihm Latas Geburtsort und -tag und ließ sich eine sichere Zeit errechnen, damit ihre Sterne zu seinen paßten. Der Astrologe nannte ihm zwei, drei sichere Tageszeiten, eine davon schrieb er seinen Eltern. Glücklicherweise arbeitete ihr Astrologe nach den gleichen Prinzipien und Kalkulationen wie seiner. Hareshs Eltern waren beruhigt.

Unnötig zu erwähnen, daß Amit enttäuscht war, aber nicht so sehr, wie er es hätte sein können. Er kam jetzt, da er sich nicht mehr wegen der Verwaltung des Chatterjischen Besitzes sorgen mußte, mit seinem Roman gut voran, und wesentlich bedeutendere Ereignisse trugen sich auf dem Papier zu als in seinem Leben. Er versank tiefer und tiefer in seinen Roman und benutzte – etwas angewidert von sich selbst – seine Enttäuschung und Traurigkeit, um damit eine Figur zu charakterisieren, die günstigerweise gerade zur Hand war.

Er schrieb einen kurzen Brief – nicht in Versform –, um Lata zu gratulieren, und versuchte, ein guter Verlierer zu sein. Mrs. Rupa Mehra ließ auch gar nichts anderes zu. Die Chatterji-Kinder wurden wie der Chatterji-Wagen mit Beschlag belegt. Amit, Kuku, Dipankar und sogar Tapan (wenn er nicht gerade Hausaufgaben für St. Xavier's machen mußte) bekamen unterschiedliche Aufgaben zugewiesen: die Aufstellung von Gästelisten, die Auswahl von Geschenken, das Abholen von Bestellungen in den Geschäften. Vielleicht hatte Lata gewußt, daß sie von den drei Männern, die ihr den Hof gemacht hatten, einzig Amit zurückweisen konnte, ohne dabei seine Freundschaft aufs Spiel zu setzen.

19.3

Als Mrs. Rupa Mehra eines Nachmittags Meenakshi aufforderte, mit ihr zu einem Juwelier zu gehen, um einen Ehering für Haresh zu kaufen oder zumindest auszusuchen, reckte Meenakshi faul den Hals und sagte: »Ach, Ma, ich muß heute nachmittag weg.«

»Aber du spielst doch erst morgen Canasta.«

»Tja«, sagte Meenakshi und lächelte träge und katzenhaft. »Das Leben besteht nicht nur aus Canasta und Rommé.«

»Wohin gehst du?« fragte ihre Schwiegermutter.

»Hierhin, dorthin, nirgendwo groß«, erwiderte Meenakshi und fügte an Aparna gewandt hinzu: »Schätzchen, bitte laß mein Haar los.«

Mrs. Rupa Mehra, der der Kakoli-Zweizeiler entgangen war, reagierte verärgert. »Aber ich will zu den Juwelieren, die du mir empfohlen hast. Wenn du mitkommst, wird man mich besser bedienen. Wenn du nicht mitkommst, muß ich zu Lokkhi Babu gehen.«

»O nein, Ma, dort solltest du nicht hingehen. Geh zu Jauhri. Er hat auch meine kleinen goldenen Ohrringe gemacht.« Mit dem knallroten Nagel ihres Mittelfingers fuhr sich Meenakshi über den Hals knapp unterhalb des Ohres.

Mrs. Rupa Mehra kochte vor Wut. »Gut«, sagte sie, »wenn dir so wenig an der Hochzeit deiner Schwägerin liegt, dann treib dich in der Stadt herum. Mein Varun wird mich begleiten.«

Im Laden hatte Mrs. Rupa Mehra keinerlei Schwierigkeiten, Mr. Jauhri zu becircen. Innerhalb von zwei Minuten wußte er Bescheid über Bentsen Pryce und den IAS und Hareshs Zeugnisse. Nachdem er ihr versichert hatte, daß er alles innerhalb von drei Wochen nach ihren Wünschen fertigen könne, gab sie eine Champakali-Halskette (»Sie ist so hübsch mit den hohlen Knospen und nicht zu schwer für Lata«) und ein Jaipur-Kundan-Set – Halskette und Ohrringe aus Glas, Gold und Emaille – in Auftrag.

Mrs. Rupa Mehra plauderte glücklich über ihre Tochter, und Mr. Jauhri, ein geselliger Mann, kommentierte und gratulierte. Als sie ihren verstorbenen Mann erwähnte, der bei der Eisenbahn gearbeitet hatte, klagte Mr. Jauhri über den Niedergang des Bahnbetriebs. Nach einer Weile, als alles zufriedenstellend geregelt war, wollte sie aufbrechen. Sie holte ihren Mont-Blanc-Füller heraus und notierte ihren Namen, ihre Adresse und ihre Telefonnummer.

»Aha.« Mr. Jauhri war verblüfft. Er hatte Familiennamen und Adresse wiedererkannt.

»Ja«, sagte Mrs. Rupa Mehra. »Meine Schwiegertochter war schon einmal hier.«

»Mrs. Mehra – war es die Goldmedaille Ihres Mannes, die sie mir gegeben hat, um daraus eine Kette und Ohrringe machen zu lassen? Wunderschöne Ohrringe – wie Tropfen?«

»Ja«, sagte Mrs. Rupa Mehra und kämpfte gegen die Tränen. »Ich werde in drei Wochen wiederkommen. Bitte, behandeln Sie den Auftrag als dringend.«

»Madam, lassen Sie mich in meinem Kalender und in meinem Auftragsbuch nachsehen. Vielleicht sind die Sachen schon in zweieinhalb Wochen fertig.« Er verschwand im Hinterzimmer. Als er zurückkehrte, stellte er eine kleine rote Schachtel auf den Ladentisch und öffnete sie.

Darin lag auf einem Kissen aus weißer Seide Raghubir Mehras Goldmedaille für Ingenieurwissenschaft.

19.4

Zweimal fuhr Mrs. Rupa Mehra in diesem Monat zwischen Kalkutta und Brahmpur hin und her.

Sie war so überglücklich, daß die Medaille noch existierte (»Tatsache ist nun einmal, Madam, daß ich es nicht übers Herz brachte, sie einzuschmelzen«), daß sie sie augenblicklich zurückkaufte, ihren Ersparnissen das Notwendige entnahm und versuchte, bei den Ausgaben für die Hochzeit etwas hauszuhalten. Sie war – zumindest ein paar Tage lang – vollkommen versöhnt mit Meenakshi und ihrer Art. Denn wenn Meenakshi die Medaille nicht zu Mr. Jauhri gebracht hätte, wäre sie zusammen mit dem Schmuck aus dem Haus in Sunny Park gestohlen worden und wie die Medaille für Physik endgültig verloren gewesen. Und auch Meenakshi wirkte glücklich und zufrieden, als sie – von wo immer sie gewesen war – nach Hause kam, und behandelte ihre Schwiegermutter und Varun ausnehmend freundlich. Als sie von der Medaille erfuhr, zögerte sie nicht, die positive Wendung der Geschichte perverserweise für sich zu beanspruchen – und ihre Schwiegermutter widersprach ihr nicht.

Als Mrs. Rupa Mehra in Brahmpur eintraf, zeigte sie die Medaille triumphierend allen Familienmitgliedern, und alle freuten sich über ihr Glück.

»Du mußt fleißig lernen, Lata, es sind nur noch wenige Tage«, mahnte Mrs. Rupa Mehra ihre Tochter. »Sonst wirst du es nie zu solchen akademischen Ehren bringen wie dein Daddy. Laß dich nicht von deiner Heirat und anderen Dingen ablenken.« Und damit überreichte sie ihr *Die ideale Ehe*, sorgfältig in die bräutlichen Farben Rot und Gold gewickelt.

»Aus diesem Buch wirst du alles erfahren – über MÄNNER«, sagte sie, aus unerfindlichem Grund flüsternd. »Sogar unsere Sita und unsere Savitri mußten diese Erfahrungen machen.«

»Danke, Ma«, sagte Lata ein bißchen beunruhigt.

Mrs. Rupa Mehra war die Angelegenheit plötzlich peinlich, und sie verschwand mit der Ausrede, ihren Vater anrufen zu müssen, im Nebenzimmer.

Lata packte das Buch sofort aus, vergaß ihre Prüfungen und begann, die Ratschläge des niederländischen Sexologen zu studieren. Das, was er zu bieten hatte, stieß sie ebenso ab, wie es sie faszinierte.

Da waren zahlreiche Graphiken, die das Ansteigen und Abflachen der männlichen wie weiblichen Erregung unter mannigfachen Umständen beschrieben, zum Beispiel beim Coitus interruptus oder bei dem, was der Autor ›die ideale Vereinigung‹ nannte. Sie betrachtete vielfarbige, wortreich erläuterte, nicht gerade ansprechende Querschnitte diverser Organe. ›Die Ehe ist eine Wissenschaft (H. de Balzac)‹ lautete das Motto des Buches, und Dr. Van de Velde nahm diesen Aphorismus offenbar sehr ernst, nicht nur in seinen Abbildungen, sondern auch in seiner Taxonomie. Er unterteilte, was er verschämt seine ›Typologie‹ nannte, in einander zu- und abgewandten Stellungen, und diese unterteilte er wiederum in die gewöhnliche oder Durchschnittsstellung, die erste liegende Stellung, die zweite liegende Stellung (hängend/schwebend), gebeugte Stellung (ihm zufolge von den Chinesen bevorzugt), die Reiterstellung (in der Martial Hektor und Andromache beschrieb), die sitzende Stellung, die seitliche Stellung von vorne, die ventrale Stellung, die seitliche Stellung von hinten, die gebeugte, einander abgewandte Stellung und die sitzende Stellung von hinten. Lata staunte über die Möglichkeiten: Ihr war nur eine bekannt gewesen. (Auch Malati hatte nur eine erwähnt.) Sie fragte sich, was die Nonnen in St. Sophia's von so einem Buch halten würden.

Eine Fußnote lautete folgendermaßen:

Mittlerweile werden auch Dr. Van de Veldes Gelees (›Eugam‹) hergestellt: Sie machen gleitfähig und wirken empfängnisverhindernd oder empfängnisfördernd. Sie werden gefertigt von Messrs. Harman Freese, 32 Great Dover Street, London, S.E.1, die auch andere Präparate des Autors und Pessare (›Gamophile‹) herstellen, die in dem Kapitel ›Fruchtbarkeit und Sterilität in der Ehe‹ beschrieben werden.

Ab und zu zitierte Dr. Van de Velde beifällig den niederländischen Dichter Cats, dessen Volksweisheiten in der Übersetzung jedoch nicht wirklich zum Tragen kamen:

> Doch Schönheit entfaltet sich ganz pur
> im Auge des Betrachters nur.

Trotzdem war Lata froh, daß ihre Mutter ihre Verlegenheit überwunden und ihr das Buch geschenkt hatte. Noch hatte sie ein paar Wochen Zeit, um sich auf das LEBEN vorzubereiten.

Während des Abendessens war Lata ungewöhnlich nachdenklich, warf Pran und Savita verstohlene Blicke zu und fragte sich, ob auch Savita vor ihrer Heirat ein Exemplar von *Die ideale Ehe* bekommen hatte. Als Nachtisch gab es Wakkelpudding, und zur Verwirrung von Mrs. Rupa Mehra und aller anderen mußte Lata lachen und weigerte sich zu erklären, warum.

19.5

Lata machte ihre Abschlußprüfungen in einem tranceartigen Zustand: Bisweilen hatte sie das Gefühl, nicht sie selbst zu sein. Sie glaubte, gut abgeschnitten zu haben, aber damit verbunden war eine sonderbare Empfindung – es war keine Panik wie im vergangenen Jahr, aber das Gefühl, als würde sie über ihrem

Körper schweben und von großer Höhe auf sich selbst hinuntersehen. Nach einer Prüfung schlenderte sie vom Prüfungsgebäude zu dem Gol-Mohur-Baum und setzte sich auf die Bank darunter. Wieder bedeckte ein dicker Teppich aus orangefarbenen Blüten den Boden. War erst ein Jahr vergangen, seit sie ihn kennengelernt hatte?

Wenn du ihn so sehr liebst, wie kannst du ihn dann unglücklich zurücklassen?

Wo war er? Vielleicht legte er im selben Gebäude seine Prüfungen ab, aber sie sah ihn hinterher nicht auf der Treppe stehen. Er kam auch nicht an der Bank vorbei.

Nach der letzten Prüfung ging sie mit Malati zu einem Konzert von Ustad Majeed Khan. Kabir war nirgendwo zu entdecken.

Amit hatte ihr kurz geschrieben und gratuliert, aber Kabir war – nachdem sie ihn das letztemal in der Buchhandlung und im Café gesehen hatte – verschwunden.

Wessen Leben lebe ich? fragte sich Lata. War meine Annahme des Heiratsantrags nur eine Reaktion?

Trotz der aufmunternden Briefe Hareshs und ihrer optimistischen Antworten begann Lata, sich unsicher und sehr einsam zu fühlen.

Manchmal setzte sie sich auf die Wurzeln des Banyanbaumes und sah hinunter auf die Ganga, erinnerte sich an das, woran sich zu erinnern sinnlos war. Wäre sie mit ihm glücklich geworden? Oder er mit ihr? Er war jetzt so eifersüchtig, so drängend, so vehement, so anders als der selbstvergessene, lachende Kricketspieler, den sie vor einem Jahr beim Training beobachtet hatte. Wie anders war er jetzt als der ritterliche junge Mann, der sie auf der Bank unter dem Gol-Mohur-Baum und bei Mr. Nowrojee gerettet hatte.

Und ich? fragte sich Lata. Wie hätte ich an seiner Stelle reagiert? Mit einem jovialen Versuch, ein guter Freund zu sein? Auch jetzt noch habe ich das Gefühl, daß er es war, der mich verlassen hat – und das ertrage ich nicht.

Noch zwei Wochen, dachte sie, und ich bin die Braut von Goodyear, randgenäht.

Oh, Kabir, Kabir, schluchzte sie.

Ich sollte fortlaufen, dachte sie.

Ich sollte fortlaufen von Haresh, von Kabir, weit fort von Arun und Varun und Ma und dem ganzen Chatterji-Clan, weit fort von Pran und Maan und Hindus und Moslems und leidenschaftlicher Liebe und leidenschaftlichem Haß und allen lauten Geräuschen – nur ich und Malati und Savita und das Baby.

Wir sollten uns ans andere Ufer der Ganga setzen und ein, zwei Jahre lang schlafen.

19.6

Die Hochzeitsvorbereitungen wurden mit großer Energie und unter zahlreichen Kontroversen fortgesetzt. Mrs. Rupa Mehra, Malati, Dr. Kishen Chand Seth und Arun, jeder versuchte als Majordomus aufzutreten.

Dr. Kishen Chand Seth bestand darauf, daß Saeeda Bai auf der Hochzeit singen sollte. »Wen sonst sollte man fragen«, sagte er, »wo Saeeda Bai doch in Brahmpur lebt? Seitdem sie fast erdrosselt wurde, hat sie eine noch vollere Stimme, heißt es.«

Erst als ihm klar wurde, daß das gesamte Prem-Nivas-Kontingent die Hochzeit boykottieren würde, gab er nach. Aber sofort stürzte er sich auf etwas anderes: die Gästeliste. Sie war zu lang, behauptete er: Sein Garten würde zertrampelt, seine Taschen bis auf die letzte Rupie geleert werden.

Jeder versicherte ihm, daß er sich mit Einladungen zurückhalten würde, und keiner hielt sich daran, sondern lud ein, wen er gerade traf. Und Dr. Kishen Chand Seth selbst war der schlimmste von allen: Der halbe Subzipore Club und die halbe Ärzteschaft Brahmpurs wurden eingeladen und fast alle, mit denen er jemals Bridge gespielt hatte. »Eine Hochzeit ist eine gute Gelegenheit, alte Rechnungen zu begleichen«, meinte er kryptisch.

Arun traf ein paar Tage vor der Hochzeit ein und wollte seinem Großvater die Organisation aus der Hand nehmen. Aber Parvati, die sah, wie gut es ihrem Mann tat, sich bis zur Erschöpfung aufzuregen, vereitelte seine Versuche, alles an sich zu reißen. Sie schrie Arun sogar vor den Dienstboten an, und daraufhin ging er ›dieser Schreckschraube‹ aus dem Weg.

Die Ankunft des Baraat – der Verwandten und Bekannten des Bräutigams – aus Delhi sorgte für neue Aufregung und Komplikationen. Hareshs Stiefeltern waren mit dem Horoskop zufrieden, seine Mutter bestand jedoch auf bestimmten Vorsichtsmaßnahmen, was die Zubereitung ihres Essens betraf. Sie wäre entsetzt gewesen, hätte sie gewußt, daß Prans Koch Moslem war. Als sie einmal in Prans Haus aß, wurde er für die Zeit ihres Aufenthalts deswegen von Mateen in Matadeen umbenannt.

Mit dem Baraat kamen zwei von Hareshs Stiefbrüdern mit ihren Frauen und der skeptische Onkel Umesh. Sie sprachen ein miserables Englisch, ihr Sinn für Pünktlichkeit war so gut wie überhaupt nicht ausgebildet, und insgesamt bestätigten sie Aruns schlimmste Befürchtungen. Mrs. Rupa Mehra jedoch schenkte allen Frauen Saris und plauderte endlos mit ihnen.

Sie waren mit Lata einverstanden.

Haresh durfte Lata nicht sehen. Er wohnte bei Sunil Patwardhan, und das Gästekontingent von St. Stephen versammelte sich jeden Abend, um sich über Haresh lustig zu machen und ihm Szenen aus dem EHELEBEN vorzuspielen. Der massige Sunil übernahm meist die Rolle der zierlichen Braut.

Haresh besuchte Kedarnath in Misri Mandi. Er drückte Veena sein Mitgefühl wegen des Todes von Mrs. Mahesh Kapoor und der vielen Ängste aus, die die Familie hatte durchstehen müssen. Die alte Mrs. Tandon und Bhaskar freuten sich über seinen Besuch. Und Haresh freute sich, Kedarnath mitteilen zu können, daß der Auftrag für Herrenhalbschuhe im Lauf der nächsten Woche zusammen mit einem kurzfristigen Darlehen, um Material zu kaufen, aus Prahapore eintreffen würde.

19.7

An einem Morgen fuhr Haresh auch nach Ravidaspur. Er brachte Bananen für Jagat Rams Kinder mit, die gute Nachricht von dem Praha-Auftrag und eine Einladung zur Hochzeit.

Das Obst war Luxus; in Ravidaspur gab es keine Obstverkäufer. Die barfüßigen Söhne des Schusters nahmen die Bananen nur widerstrebend und argwöhnisch an, aßen sie mit großem Genuß und warfen die Schalen in die Abflußrinne vor dem Haus.

Die Nachricht vom Auftrag für Praha wurde mit Befriedigung aufgenommen, und die Tatsache, daß ein Darlehen zum Erwerb der Rohmaterialien gewährt wurde, sorgte für große Erleichterung. Jagat Ram sieht niedergeschlagen aus, dachte Haresh. Er hatte mit freudiger Hochstimmung gerechnet.

Jagat Ram reagierte auf Hareshs Einladung zu seiner Hochzeit sichtlich schockiert, nicht weil Haresh heiratete, noch dazu in Brahmpur, sondern weil er ihn dazu einlud.

Obwohl er gerührt war, lehnte er die Einladung ab. Die zwei Welten paßten nicht zueinander. So war das Leben, und er wußte es. Ein Jatav aus Ravidaspur als Gast bei einer Hochzeit im Haus von Dr. Kishen Chand Seth würde für soziale Spannungen sorgen, deren Mittelpunkt er nicht sein wollte. Das wäre unvereinbar mit seiner Würde. Abgesehen von den praktischen Problemen – er wußte nicht, was er anziehen und was er als Geschenk mitbringen sollte – war er sich ganz sicher, daß er das Fest nicht genießen, sondern sich nur verlegen und befangen fühlen würde.

Haresh, der nur halb den Grund für die Ablehnung ahnte, reagierte schroff, aber nicht taktlos: »Sie sollen kein Geschenk mitbringen. An Hochzeitsgeschenken liegt mir nichts. Aber Sie müssen kommen. Wir sind Kollegen. Ich will keine Absage hören. Und die Einladung gilt selbstverständlich auch für Ihre Frau, wenn sie mitkommen will.«

Nur sehr widerwillig stimmte Jagat Ram schließlich zu. Die rot-goldene Einladungskarte wurde unterdessen von den Jungen von Hand zu Hand gereicht.

»Haben sie nichts für Ihre Tochter übriggelassen?« fragte Haresh, als die letzte Banane verschwunden war.

»Ihre Asche hat der Fluß fortgeschwemmt«, sagte Jagat Ram ohne sichtliche Regung.
»Was?« Haresh war entsetzt.
Jagat Ram schüttelte den Kopf. »Ich will damit sagen ...« Er konnte nicht weitersprechen.
»Was um Himmels willen ist passiert?«
»Sie hatte eine Infektion. Meine Frau meinte, daß es ernst ist, aber ich habe gedacht, Kinder kriegen so schnell hohes Fieber, und genauso schnell vergeht es wieder. Und deswegen habe ich gezögert. Auch wegen des Geldes. Und die Ärzte hier behandeln uns so – so von oben herab.«
»Ihre arme Frau ...«
»Meine Frau hat nichts gesagt, sie hat mir keine Vorwürfe gemacht. Was sie denkt, weiß ich nicht.« Nach einer Weile zitierte er:

»Zerreiß den Faden der Liebe nicht, hat Raheem gesagt.
Wenn man ihn wieder zusammenfügt, ist ein Knoten darin.«

Als Haresh ihm sein Beileid ausdrückte, seufzte er nur tief und schüttelte den Kopf.

19.8

Als Haresh bei Sunil ankam, wartete sein Vater ungeduldig auf ihn.
»Wo warst du?« fragte er Haresh und rümpfte die Nase. »Es ist gleich zehn. Der Standesbeamte wird in ein paar Minuten bei Dr. Seth sein.«
»Oh!« sagte Haresh überrascht. »Ich will nur schnell duschen.«
Er hatte die standesamtliche Zeremonie völlig vergessen, die – Mrs. Rupa Mehra bestand darauf – einen Tag vor der eigentlichen Hochzeit stattfand. Sie meinte ihre Tochter vor den Ungerechtigkeiten des traditionellen Hindu-Gesetzes schützen zu müssen; von einem Standesbeamten vollzogene Trauungen unterlagen Gesetzen, die Frauen wesentlich fairer behandelten.
Die standesamtliche Trauung war jedoch eine so kurze und trockene Angelegenheit, daß ihr kaum jemand Bedeutung beimaß, obwohl Haresh und Lata danach offiziell Mann und Frau waren. Es war ein knappes Dutzend Personen anwesend, und Haresh wurde von seiner Mutter gescholten, weil er zu spät kam.
Lata hatte während der letzten Woche zwischen heiterem Optimismus und schrecklichen Anfällen von Unsicherheit geschwankt. Nach der Trauungszeremonie fühlte sie sich ruhig und nahezu glücklich. Sie mochte Haresh mehr als je zuvor. Während der Trauung hatte er sie ab und zu angelächelt, als ob er genau wüßte, wann sie beruhigt werden mußte.

19.9

Amit, Kakoli, Dipankar, Meenakshi, Tapan, Aparna, Varun und Hans trafen früh an diesem Morgen aus Kalkutta ein und waren während der standesamtlichen Trauung anwesend. Prans Haus platzte aus allen Nähten. Ebenso Dr. Kishen Chand Seths Haus. Nur Prem Nivas, in dem die Hausherrin fehlte, war nahezu menschenleer.

Alle möglichen bekannten und unbekannten Menschen gingen in Dr. Kishen Chand Seths Haus ein und aus. Da er beschlossen hatte, sich an die ungewöhnlich friedfertige Prämisse zu halten, daß jeder, den er nicht kannte, von jemand anders eingeladen worden sein mußte oder für die Beleuchtungsfirma arbeitete oder für das Essen verantwortlich war, bedrohte er nur sehr wenige Personen mit seinem Spazierstock. Parvati hatte ein Auge auf ihn und sorgte dafür, daß niemand Schaden nahm.

Es war ein heißer Tag. Die Vögel – Beos, Schwätzer, Spatzen, Bulbuls und Bartvögel – wurden ständig von einer lärmenden, geschäftigen Menschenmenge beim Nisten gestört. In den Beeten war gerade frisch ausgesät worden, und außer ein paar Tabakpflanzen blühten keine Blumen. Aber die Bäume – Champa, Jakaranda und Sita-Ashoka – waren voller weißer, mauvefarbener oder roter Blüten, und orangefarbene, rote, rosa und magentarote Bougainvilleablüten hingen massenhaft an den Hauswänden und den Baumstämmen herab. Ab und zu war in dem beständigen Gezwitscher, das die Bartvögel veranstalteten, deutlich der ferne, hohe, beharrliche Ruf eines Gehirnfiebervogels zu hören.

Lata saß mit den anderen Frauen in einem Raum des Hauses, in dem gesungen wurde und die Henna-Zeremonie stattfand. Kuku und Meenakshi, Malati und Savita, Mrs. Rupa Mehra, Veena, Hema und ihre Taiji sorgten für ihre eigene Unterhaltung und lenkten Lata ab, indem sie Hochzeitslieder sangen – einige waren unschuldig, andere gewagt – und zum Rhythmus des Dholak tanzten, während eine alte Frau sie mit gläsernen Armreifen ihrer Wahl – aus Firozabad, wie sie behauptete – versorgte und eine andere alte Frau ihre Hände und Füße mit auffälligen, aber zarten Mustern aus Henna verzierte. Lata betrachtete ihre Hände, die mit einem noch feuchten, wunderschönen Geflecht überzogen waren, und begann zu weinen.

Sie fragte sich, wie lange es wohl dauern würde, bis es trocken wäre. Savita nahm ein Taschentuch und wischte ihr die Tränen vom Gesicht.

Veena begann rasch, ein Lied über ihre zierlichen Hände zu singen und daß sie aus dem öffentlichen Brunnen kein Wasser holen konnte. Sie war der Liebling ihres Schwiegervaters; aus Mitleid mit ihr hatte er ihr einen eigenen Brunnen im Garten des Hauses gegraben. Sie war der Liebling des älteren Bruders ihres Mannes; er hatte ihr einen goldenen Kessel für das Wasser geschenkt. Sie war der Liebling des jüngeren Bruders ihres Mannes; er hatte ihr eine seidene Schnur für den Eimer geschenkt. Ihr Mann liebte sie über alles und hatte zwei Wasserträger für sie angestellt. Aber die Schwester und die Mutter ihres Mannes waren eifersüchtig auf sie und hatten den Brunnen heimlich zugedeckt.

In einem anderen Lied schlief die eifersüchtige Schwiegermutter neben der frisch verheirateten Braut, so daß ihr Mann nachts nicht zu ihr kommen konnte. Mrs. Rupa Mehra fand wie immer großen Gefallen an diesen Liedern, wahrscheinlich weil sie sich selbst in solch einer Rolle überhaupt nicht vorstellen konnte.

Malati sang zusammen mit ihrer Mutter, die plötzlich in Brahmpur aufgetaucht war: »Dicke, mahle die Gewürze, damit wir essen können!«

Kakoli klatschte in die Hände, während das Henna darauf noch grün und feucht war, und verschmierte das Muster. Ihr musikalischer Beitrag war eine Variante von *Heimlich, still und leise*, die sie – ihre Mutter war nicht da – zu der Melodie eines Tagore-Liedes sang:

»Heimlich, still und leise schleicht Mr. Kohli
langsam die Trepp hinauf.
Die heilig strenge Mrs. Kohli
hält ihn auf der Stelle auf.

Niederträchtig ist Mr. Kohli,
starrt auf Choli, träumt von Lust.
Die heilig strenge Mrs. Kohli
schnell bedeckt die eigne Brust.«

19.10

Am nächsten Tag, vor Einbruch der Dunkelheit, versammelten sich zum Klang der Shehnai die Gäste auf dem Rasen.

Die männlichen Familienmitglieder standen am Tor und begrüßten sie. Arun und Varun trugen schöne gestärkte weiße Kurta-Pajamas mit Chikan-Stickerei. Pran hatte den weißen Sherwani aus Kammgarn an, den er auch bei seiner eigenen Hochzeit getragen hatte – obwohl es damals Winter gewesen war.

Wie üblich war Mrs. Rupa Mehras Bruder aus Madras angereist, aber zu spät für die Reifenzeremonie, bei der er hätte behilflich sein sollen. Er kannte fast niemanden von den Leuten, die er begrüßte, und nur wenige Gesichter kamen ihm vage bekannt vor, vielleicht noch von Savitas Hochzeit. Er begrüßte jeden, wie es die Schicklichkeit erforderte. Dr. Kishen Chand Seth, dem es in der Zwangsjacke eines hautengen schwarzen Achkans zu heiß wurde, hatte dieses endlose Empfangen und Begrüßen allmählich satt. Er schrie seinen Sohn an, den er über ein Jahr lang nicht gesehen hatte, machte ein paar Knöpfe auf und trollte sich, um angeblich irgend etwas zu überwachen. Er hatte sich geweigert, für seinen verstorbenen Schwiegersohn bei der Trauungszeremonie einzuspringen, und das damit begründet, daß es sowohl seinen Kreislauf als auch seine ausgezeichnete Stimmung ruinieren würde, wenn er stillsitzen und den Priestern zuhören müßte.

Mrs. Rupa Mehra trug einen beigefarbenen Sari aus Chiffon mit einer wunderschönen Goldbordüre – ein Geschenk ihrer Schwiegertochter, das sie endgültig den Zwischenfall mit der Lackschachtel vergessen ließ. Sie wußte, daß es *ihm* nicht gefallen hätte, wenn sie sich anläßlich der Hochzeit ihrer jüngeren Tochter wie eine Witwe gekleidet hätte.

Die Gesellschaft des Bräutigams hatte sich bereits eine Viertelstunde verspätet. Mrs. Rupa Mehra war am Verhungern; sie durfte erst essen, wenn sie ihre Tochter fortgegeben hatte, und sie war froh, daß die Astrologen die Zeit für die Trauung auf acht Uhr festgesetzt hatten und nicht auf, sagen wir, elf.

»Wo sind sie?« fragte sie Maan, der zufällig neben ihr stand und zum Tor blickte.

»Tut mir leid, Ma«, sagte Maan. »Wen meinen Sie?« Er hatte nach Firoz Ausschau gehalten.

»Den Baraat natürlich.«

»Ach ja, der Baraat – tja, sie müßten eigentlich jeden Augenblick kommen. Sollten sie nicht schon hiersein?«

»Doch«, sagte Mrs. Rupa Mehra so ungeduldig und ängstlich wie der Junge auf dem brennenden Deck. »Doch, natürlich sollten sie schon hiersein.«

Schließlich wurde der Baraat gesichtet, und alle drängten zum Tor. Ein großer, brauner, mit Blumen geschmückter Chevrolet fuhr vor. Mit knapper Not vermied er es, Dr. Kishen Chand Seths grauen Buick zu schrammen, der in der Nähe des Tors den Weg verstellte. Haresh stieg aus. Er wurde begleitet von seinen Eltern, seinen Brüdern und der buntgemischten Schar seiner Freunde aus dem College. Arun und Varun führten ihn auf die Veranda. Lata trat aus dem Haus, gekleidet in einen rot-goldenen Sari und mit gesenktem Blick, wie es sich für eine Braut schickt. Sie legten sich gegenseitig Blumengirlanden um den Hals. Sunil Patwardhan brach in laute Jubelschreie aus, und der Fotograf knipste drauflos.

Sie gingen durch den Garten zur Plattform, die für die Zeremonie errichtet und mit Rosen und Tuberosen geschmückt worden war, und setzten sich dem jungen Priester aus dem örtlichen Arya-Samaj-Tempel gegenüber. Er zündete das Feuer an und begann mit der Zeremonie. Hareshs Stiefeltern setzten sich neben Haresh, Mrs. Rupa Mehra nahm neben Lata Platz, und Arun und Varun setzten sich hinter sie.

»Sitz gerade«, sagte Arun zu Varun.

»Ich sitze gerade!« erwiderte Varun Mehra, IAS, wütend. Er bemerkte, daß

Lata die Girlande von der linken Schulter gerutscht war, und half ihr, sie wieder richtig zu drapieren. Seinem Bruder warf er einen finsteren Blick zu.

Die Gäste waren während der Zeremonie erstaunlich still und aufmerksam. Mrs. Rupa Mehra schluchzte während der Sanskritpassagen, Savita weinte ebenfalls, und bald fing auch Lata an zu weinen. Als ihre Mutter ihre Hand nahm, Rosenblüten in sie hineinlegte und die Worte sprach: »O Bräutigam, nimm diese reichgeschmückte Braut namens Lata«, gab der Priester Haresh einen Wink, so daß er Latas Hand fest in die seine nahm und die Worte sprach: »Ich danke dir und nehme sie gerne an.«

»Schau nicht so finster«, fügte er auf englisch hinzu. »Ich hoffe, daß du das nicht noch einmal durchmachen mußt.« Und Lata lächelte tatsächlich, vielleicht weil der Gedanke sie aufheiterte, vielleicht wegen seines Tonfalls.

Alles verlief reibungslos. Ihre Brüder warfen jedesmal, wenn sie und Haresh das Feuer umrundeten, Puffreis auf ihre Hände und in die Flammen. Ihre Schals wurden mit einem Knoten verbunden, und auf Latas Scheitel wurde mit dem goldenen Ring, den Haresh ihr schenkte, hellroter Sindoor verteilt. Diese Zeremonie mit dem Ring verwirrte den Priester (sie paßte nicht zu seiner Vorstellung von Arya-Samaj-Ritualen), aber weil Mrs. Rupa Mehra darauf bestand, machte er mit.

Zwei Kinder zankten sich tränenreich um ein paar Rosenblätter; eine starrköpfige alte Frau versuchte vergeblich, den Priester dazu zu bringen, im Lauf seiner Liturgie Babé Lalu, die Hausgottheit der Khannas, zu erwähnen. Ansonsten verlief alles sehr harmonisch.

Als die versammelte Gästeschar vor dem Feuer dreimal das Gayatri Mantra aufsagte, blickte Pran zu Maan und sah, daß dieser den Kopf gesenkt hielt und mit zitternden Lippen die Worte murmelte. Wie sein älterer Bruder konnte Maan nicht vergessen, bei welcher Gelegenheit und vor welchem anderen Feuer er diese uralten Worte zum letztenmal rezitiert hatte.

19.11

Es war ein warmer Abend. Es gab weniger Seide und mehr edle Baumwolle zu sehen als auf Savitas Hochzeit, aber die Juwelen funkelten nicht minder prächtig. Meenakshis kleine tropfenförmige Ohrringe, Veenas Navratan und Malatis Smaragde schimmerten durch den Garten und raunten einander die Geschichten ihrer Besitzerinnen zu.

Die jungen Chatterjis waren vollzählig, aber es waren kaum Politiker da, und keine Kinder aus Rudhia tollten herum. Zwei leitende Angestellte der kleinen Praha-Fabrik in Brahmpur waren anwesend und ein paar Zwischenhändler vom Brahmpur Shoe Mart.

Auch Jagat Ram war gekommen, aber ohne seine Frau. Er stand allein herum, bis Kedarnath ihn sah und zu sich winkte.

Als er ihn der alten Mrs. Tandon vorstellte, war sie nicht in der Lage, ihr Unbehagen zu verbergen. Sie sah ihn an, als würde er schlecht riechen, und begrüßte ihn mit einem angedeuteten Namasté.

Jagat Ram sagte zu Kedarnath: »Ich muß jetzt gehen. Würden Sie das Haresh Sahib und seiner Braut übergeben?« Und er reichte ihm eine kleine, in braunes Papier gewickelte Schuhschachtel.

»Aber wollen Sie ihm nicht selbst Glück wünschen?«

»Es stehen so viele Leute an«, sagte Jagat Ram und zupfte an seinem Schnurrbart. »Bitte, tun Sie das für mich.«

Die alte Mrs. Tandon hatte sich Hareshs Eltern zugewandt und unterhielt sich mit ihnen über Neel Darvaza, wo sie als Kind gewesen war. Sie wünschte ihnen Glück und konnte im Lauf des Gesprächs einflechten, daß Lata für ihr Empfinden etwas zu viel für Musik übrig hatte.

»Oh, gut«, sagte Hareshs Stiefvater. »Auch wir mögen Musik.«

Die alte Mrs. Tandon war enttäuscht und beschloß, nichts mehr zu sagen.

Malati redete währenddessen mit den Musikern, einem Shehnai-Spieler, der ein Bekannter ihres Musikerfreundes war, und dem Tabla-Spieler Motu Chand.

Motu, der sich von jenem Tag, als er im Haridas College of Music für seinen Freund eingesprungen war, an Malati erinnerte, erkundigte sich nach Ustad Majeed Khan und seinem berühmten Schüler Ishaq, den er dieser Tage bedauerlicherweise nur selten sah. Malati erzählte ihm von dem Konzert, das sie vor kurzem besucht hatte, lobte Ishaqs Musikalität und erwähnte, daß sie sich über die Nachsicht gewundert hatte, die der arrogante Maestro ihm gegenüber übte: Nur selten unterbrach er Ishaq mit einer eigenen dominierenden Improvisation. In einer Welt der Eifersucht und Rivalität sogar zwischen Lehrer und Schüler ergänzten sie sich auf wunderbare Weise.

Von Ishaq wurde mittlerweile behauptet – und das nur ein knappes Jahr nachdem er zum erstenmal vor seinem Ustad die Tambura gespielt hatte –, daß er das Zeug zu einem großen Sänger habe.

»Tja«, sagte Motu Chand, »ohne ihn ist es dort, wo ich arbeite, nicht mehr so wie früher.« Er seufzte. Dann bemerkte er Malatis etwas verständnislosen Ausdruck und fragte: »Waren Sie letztes Jahr an Holi nicht in Prem Nivas?«

»Nein«, sagte Malati und schloß aus der Frage, daß Motu Saeeda Bais Tabla-Spieler sein mußte. »Und dieses Jahr wurde selbstverständlich nicht ...«

»Selbstverständlich nicht«, sagte Motu betrübt. »Schrecklich, schrecklich ... Und jetzt auch noch der Selbstmord dieses Rasheed ... Er unterrichtete Saeeda Bais, tja, Schwester, wissen Sie ... Aber er hat so viel Ärger verursacht, daß der Wachmann ihn einmal verprügeln mußte ... Und als wir später erfuhren ... Es gibt so viel Unglück auf der Welt, so viel Unglück.« Er begann, auf die kleinen hölzernen Zylinder an seiner Tabla einzuhämmern, um die Riemen zu spannen und die Tonhöhe einzustellen. Der Shehnai-Spieler nickte ihm zu.

»Dieser Rasheed, von dem Sie gesprochen haben...« sagte Malati, die plötzlich besorgt wirkte. »Sie meinen doch nicht den Sozialisten, oder? Den Geschichtsstudenten?«

»Doch, den meine ich«, sagte Motu und streckte die Finger. Er und der Shehnai-Spieler begannen wieder zu spielen.

19.12

Maan, der dem Wetter entsprechend eine Kurta-Pajama trug, stand etwas abseits und bekam nichts von dieser Unterhaltung mit. Er wirkte traurig, fast ungesellig.

Für einen Augenblick wunderte er sich, wo der Harsingarbaum war, dann kam ihm zu Bewußtsein, daß er sich in einem ganz anderen Garten befand. Firoz schlenderte zu ihm, und schweigend standen sie eine Weile nebeneinander. Ein paar Rosenblüten schwebten von irgendwo auf sie herab, aber keiner von beiden machte sich die Mühe, sie zu entfernen. Nach einer Weile gesellte sich Imtiaz zu ihnen, kurz darauf der Nawab Sahib und Mahesh Kapoor.

»Im großen und ganzen ist es so am besten«, sagte Mahesh Kapoor. »Wenn ich Abgeordneter wäre, hätte mich Agarwal in sein Kabinett aufnehmen müssen, und das hätte ich nicht ertragen.«

»Ob es so am besten ist oder nicht, es ist eben so«, sagte der Nawab Sahib.

Sie schwiegen. Alle waren freundlich, aber sie wußten nicht so recht, worüber sie reden sollten. Jedes Thema schien aus dem einen oder anderen Grund ausgeschlossen. Weder Recht und Gesetz noch Ärzte oder Krankenhäuser wurden erwähnt, weder Gärten noch Musik, noch zukünftige Pläne oder Erinnerungen an die Vergangenheit, weder Politik noch Religion, noch Bienen und Lotosblüten.

Die Richter des Obersten Gerichts waren übereingekommen, daß die Zamindari-Gesetze verfassungsmäßig waren; sie arbeiteten gerade die Urteilsbegründung aus, die in ein paar Tagen der Öffentlichkeit zugänglich gemacht werden sollte.

S.S. Sharma war nach Delhi gegangen. Die Kongreßabgeordneten von Purva Pradesh hatten L.N. Agarwal zum Chefminister gewählt. Erstaunlicherweise war eine seiner ersten Amtshandlungen ein entschlossener Brief an den Radscha von Marh gewesen, in dem er ihm jedwede Regierungshilfe oder Polizeischutz für weitere Versuche, das Linga zu bergen, verweigerte.

Die Leute in Benares hatten entschieden, daß Maan nicht länger eine gute Partie war, und Mahesh Kapoor davon unterrichtet.

Alle dachten an diese und andere Dinge, aber keiner sprach davon.

Meenakshi und Kakoli entdeckten den berühmt-berüchtigten Maan und schwebten in einer schimmernden Chiffonwolke heran. Sogar Mahesh Kapoor war nicht unglücklich über die Abwechslung, die sie mit sich brachten. Bevor sie zur Stelle waren, bemerkte Maan Professor Mishra, der in der Nähe herumschlich, und verschwand still und leise.

Als sie erfuhren, daß Firoz und Imtiaz Zwillinge waren, reagierten Meenakshi und Kakoli begeistert.

»Sollte ich Zwillinge bekommen«, sagte Kuku, »werde ich sie Prabodhini und Shayani nennen. Wenn der eine schläft, ist der andere wach.«

»Wie dumm von dir, Kuku«, sagte Meenakshi. »Dann wirst du selbst nie mehr schlafen können. Und sie werden sich überhaupt nicht kennenlernen. Wer von Ihnen ist der ältere?«

»Ich«, sagte Imtiaz.

»Nein, sind Sie nicht«, widersprach Meenakshi.

»Ich versichere Ihnen, Mrs. Mehra, ich bin der ältere. Fragen Sie meinen Vater.«

»Er wird es nicht wissen«, sagte Meenakshi. »Ein sehr netter Mann, der mir eine kleine Lackschachtel geschenkt hat, erzählte mir, daß die Japaner behaupten, das Baby, das als zweites geboren wird, sei älter, weil es so höflich und reif war, seinem jüngeren Bruder den Vortritt zu lassen.«

»Mrs. Mehra«, sagte Firoz und lachte, »ich kann Ihnen nicht genug danken.«

»Ach, nennen Sie mich Meenakshi. Eine nette Vorstellung, nicht wahr? Wenn ich Zwillinge bekomme, werde ich sie Etah und Etawah nennen! Oder Kumbha und Karna. Oder Bentsen und Pryce. Oder irgend etwas ähnlich Unvergeßliches. Etawah Mehra – wie wunderbar exotisch. Wo steckt Aparna? Und wer sind die beiden Fremden, die mit Arun und Hans reden?« Sie reckte träge den langen Hals und streckte einen rotlackierten Finger einer kunstvoll mit Henna verzierten Hand aus.

»Sie sind vom örtlichen Praha-Werk«, sagte Mahesh Kapoor.

»Wie schrecklich!« rief Kuku. »Womöglich reden sie über die deutsche Besetzung der Tschechoslowakei. Oder waren es die Kommunisten? Ich muß sie sofort trennen. Oder ihnen zumindest zuhören. Ich langweile mich schrecklich. In Brahmpur geschieht nie irgendwas. Komm, Meenakshi. Und wir haben Ma und Luts noch nicht von Herzen gratuliert. Nicht daß sie es verdienen würden. Wie dumm von ihr, Amit zu verschmähen. Jetzt wird er nie heiraten, da bin ich sicher, sondern so ein Nörgler wie Cuddles werden. Aber sie können natürlich immer noch eine heiße Affäre haben«, fügte sie hoffnungsvoll hinzu.

Und die Chatterjis mit den gewagten Cholis kehrten ihnen den blanken Rücken zu und zogen von dannen.

19.13

»Sie hat den falschen Mann geheiratet«, sagte Malati zu ihrer Mutter. »Und das bricht mir das Herz.«

»Malati«, sagte ihre Mutter, »jeder muß seine eigenen Fehler machen. Warum bist du so sicher, daß es ein Fehler war?«

»Es war ein Fehler, ich weiß es!« sagte Malati leidenschaftlich. »Aber das wird sie selbst schnell genug herausfinden.« Sie war entschlossen, Lata dazu zu bringen, Kabir zumindest einen Brief zu schreiben. Gewiß würde der vernünftige Haresh, in dessen nebulösem Hintergrund eine Simran albern lächelte, nichts dagegen haben.

»Malati«, sagte ihre Mutter gelassen, »säe keine Zwietracht in anderer Leute Ehe. Heirate lieber selbst. Was ist mit den fünf jungen Männern, deren Vater du in Nainital kennengelernt hast?«

Malati blickte über die Menge zu Varun, der Kalpana Gaur schief lächelnd anhimmelte.

»Würde es dir gefallen, wenn ich einen IAS-Beamten heirate?« fragte sie ihre Mutter. »Den süßesten, willensschwächsten und begriffsstutzigsten, den ich je kennengelernt habe?«

»Du wirst jemanden heiraten, der charakterstark ist«, erwiderte ihre Mutter. »Jemanden wie deinen Vater. Jemanden, den man nicht herumstoßen kann. Das ist es, was du willst.«

Auch Mrs. Rupa Mehra starrte zu Kalpana Gaur und Varun und traute ihren Augen nicht. Das darf nicht wahr sein! dachte sie. Kalpana, die wie eine Tochter für sie war: Wie hatte sie nur ihren armen Sohn um den Finger wickeln können? Bilde ich es mir nur ein? fragte sie sich. Aber Varun war so arglos – oder vielmehr so ungeschickt, wenn er arglistig sein wollte –, daß die Symptome seines Verhaltens unverwechselbar waren: Er war verknallt.

Wie und wann hatte das geschehen können?

»Ja, ja, vielen Dank, danke«, sagte Mrs. Rupa Mehra ungeduldig zu irgend jemandem, der ihr gratulierte.

Was konnte sie tun, um eine Katastrophe zu verhindern? Kalpana war ein paar Jahre älter als Varun, und obwohl Mrs. Rupa Mehra wie eine Mutter für sie empfand, hatte sie nicht die Absicht, sie als Schwiegertochter hinzunehmen. Und jetzt stand auch noch Malati (›das Mädchen, das immer für Ärger sorgt‹) neben Varun und schaute mit ihren unvergleichlichen grünen Augen tief, tief in seine. Varuns Mund klappte ein Stück auf, und er schien zu stammeln.

Mrs. Rupa Mehra überließ Lata und Haresh ihrem Schicksal und marschierte zu Varun.

»Hallo, Ma«, sagte Kalpana Gaur. »Herzlichen Glückwunsch. Was für eine schöne Hochzeit. Und irgendwie fühle ich mich dafür verantwortlich.«

»Ja«, sagte Mrs. Rupa Mehra kurz angebunden.

»Hallo, Ma«, sagte Malati. »Ja, auch ich möchte Ihnen gratulieren.« Da sie keine Antwort erhielt, fuhr sie gedankenlos fort: »Diese Gulab-jamuns schmekken köstlich. Sie müssen eins versuchen.«

Diese Erwähnung verbotener Süßigkeiten verärgerte Mrs. Rupa Mehra noch mehr. Finster starrte sie auf das anstößige Objekt der Begierde.

»Was ist los, Malati?« fragte sie nahezu barsch. »Du siehst etwas unpäßlich aus – du bist zuviel herumgelaufen, kein Wunder –, und, Kalpana, mitten in der Menge zu stehen ist bestimmt nicht gut für deine heißen Stellen. Setz dich sofort da drüben auf die Bank, dort ist es kühler. Ich muß ein ernstes Wort mit Varun sprechen, der seine Pflichten als Gastgeber vernachlässigt.«

Sie zog ihn beiseite.

»Auch du wirst eine Frau heiraten, die ich aussuche«, sagte Mrs. Rupa Mehra in bestimmtem Ton zu ihrem jüngeren Sohn.

»Aber – aber, Ma …« Varun verlagerte sein Gewicht von einem Bein aufs andere.

»Eine gute Partie will ich für dich«, sagte Mrs. Rupa Mehra mahnend. »Das hätte auch dein Daddy gewollt. Eine gute Partie, davon gibt's keine Ausnahme.«

Während Varun versuchte, die Implikationen des letzten Satzes zu ergründen, gesellten sich Arun und Aparna, die in der einen Hand die Hand ihres Vaters hielt und in der anderen ein Eis, zu ihnen.

»Kein Pistazieneis, Daadi«, verkündete sie enttäuscht.

»Mach dir nichts draus, Schätzchen«, sagte Mrs. Rupa Mehra. »Morgen kriegst du soviel Pistazieneis, wie du willst.«

»Im Zoo.«

»Ja, im Zoo«, sagte Mrs. Rupa Mehra in Gedanken. Sie runzelte die Stirn. »Schätzchen, es ist zu heiß, um in den Zoo zu gehen.«

»Aber du hast es versprochen.«

»Habe ich das, Schätzchen? Wann?«

»Jetzt. Jetzt!«

»Dein Daddy wird mit dir hingehen«, sagte Mrs. Rupa Mehra.

»Dein Varun Chacha wird mit dir hingehen«, sagte Arun.

»Und Tante Kalpana wird mitkommen«, sagte Varun.

»Nein«, sagte Mrs. Rupa Mehra. »Ich werde mich morgen mit ihr über alte Zeiten und andere Dinge unterhalten.«

»Warum kann Lata Bua nicht mitkommen?« fragte Aparna.

»Weil sie morgen mit Haresh Phupha nach Kalkutta fährt«, sagte Varun.

»Weil sie verheiratet sind?«

»Weil sie verheiratet sind.«

»Aha. Und Bhaskar und Tapan Dada können mitkommen.«

»Ja. Aber Tapan hat gesagt, er will gar nichts tun, außer Comics lesen und schlafen.«

»Und unser Baby.«

»Uma ist noch zu klein für den Zoo«, erklärte Varun. »Die Schlangen würden ihr nur angst machen. Womöglich verschlingen sie sie.« Er lachte zu Aparnas großer Freude böse und rieb sich den Bauch.

Uma selbst war in diesem Augenblick Objekt des Entzückens und der Bewunderung. Savitas Tanten konnten sich gar nicht satt sehen an ihr und waren hoch erfreut, daß sie trotz ihrer Voraussagen nicht ›so schwarz wie ihr Vater‹ ausgefallen war. Das sagten sie in Hörweite von Pran, der darüber lachte. Für Hareshs Hautfarbe hatten sie nur Lob übrig; sie würde Latas mangelhaften Teint ausgleichen.

Über solche Mendelschen Gesetzmäßigkeiten unterhielten sich die Tanten aus Lucknow, Kanpur, Benares und Madras.

»Lata wird ein schwarzes Baby kriegen«, meinte Pran. »So etwas gleicht sich innerhalb einer Familie aus.«

»Chhi, chhi, wie kannst du so etwas nur sagen?« sagte Mrs. Kakkar.

»Pran hat nur Babys im Sinn«, sagte Savita.

Pran grinste – sehr jungenhaft, dachte Savita.

Am ersten April dieses Jahres hatte er einen Telefonanruf bekommen und war strahlend an den Frühstückstisch zurückgekehrt. Parvati schien schwanger zu sein. Mrs. Rupa Mehra war entsetzt.

Auch als ihr das Datum wieder einfiel, blieb sie verärgert. »Wie kannst du solche Scherze machen, wo dieses Jahr alles so traurig ist?« fragte sie Pran. Aber Pran war der Ansicht, daß man trotz der traurigen Lage versuchen sollte, fröhlich zu sein. Und außerdem wäre es gar nicht so schrecklich, wenn Parvati und Kishy ein Kind bekämen. Jetzt dominierten sie einander. Ein Baby wäre ein dritter Faktor in der Gleichung.

»Was ist schlecht daran, Babys im Sinn zu haben?« fragte Pran die versammelte Tantenschar. »Veena ist schwanger, und Bhaskar und Kedarnath scheinen glücklich darüber zu sein. Das ist eine gute Nachricht in einem traurigen Jahr. Und Uma wird früher oder später einen Bruder oder eine Schwester brauchen. Mit meinem neuen Gehalt entspannt sich unsere Lage ein bißchen.«

»Ganz recht«, stimmten die Tanten zu. »Erst mit drei Kindern ist eine Familie eine richtige Familie.«

»Vorausgesetzt Vertragsrecht und zivilrechtliche Delikte gestatten es«, sagte Savita. Die Beschäftigung mit der Juristerei hatte sie nicht hart gemacht: In dem blau-goldenen Sari sah sie so schön und sanft aus wie immer.

»Ja, Liebling«, sagte Pran. »Vorausgesetzt Vertragsrecht und zivilrechtliche Delikte gestatten es.«

»Herzlichen Glückwunsch, Dr. Kapoor«, sagte eine erstaunlich leise Stimme hinter Pran.

Pran wurde in den kleinen Kreis literarischer Koryphäen gezogen, bestehend aus Mr. Barua, Mr. Nowrojee und Sunil Patwardhan.

»Danke«, sagte Pran. »Aber meine Hochzeit war vor eineinhalb Jahren.«

Über Mr. Nowrojees Gesicht huschte ein flüchtiges, winterliches Lächeln.

»Ich meinte natürlich, herzlichen Glückwunsch zu Ihrer kürzlich erfolgten

Beförderung«, er lächelte traurig, »die Sie so sehr verdient haben. Und schon seit Monaten will ich Ihnen sagen, wie sehr mir Ihr *Was ihr wollt* gefallen hat. Aber nach der Chatterji-Lesung sind Sie so schnell gegangen. Wie ich gesehen habe, ist er heute abend auch hier – ich habe ihm vor einem Monat einige Villanellen geschickt, aber bislang noch keine Antwort erhalten. Sollte ich ihn vielleicht darauf ansprechen?«

»Letztes Jahr war Mr. Barua der Regisseur, Mr. Nowrojee«, antwortete Pran. »Ich habe im Jahr davor *Julius Cäsar* inszeniert.«

»Ach ja, natürlich, natürlich, obwohl man sich bei Shakespeare häufig fragt – wie ich schon zu E. M. Forster gesagt habe – wann war das? – 1913...«

»Du hast es also geschafft, Joyce auf den Lehrplan zu setzen, altes Haus«, mischte sich Sunil Patwardhan ein. »Ein schrecklicher Beschluß, wirklich ein schrecklicher Beschluß. Ich habe gerade mit Professor Mishra gesprochen. Er grämt sich furchtbar.«

»Bleib bei der Mathematik, Sunil.«

»Das habe ich auch vor«, sagte Sunil. »Hast du gelesen, was Joyce über den Klang von Kricketschlägern geschrieben hat?« fragte er und wandte sich Mr. Barua und Mr. Nowrojee zu. »›Pick, pack, pock, puck: wie Wassertropfen, die in eine überlaufende Schale fallen.‹ Und das war der frühe Joyce! Soll ich *Finnegans Wake* vorspielen?«

»Nein«, sagte Pran. »Erspar uns die Freude.«

19.14

Am anderen Ende des Gartens wurde das Essen serviert, und die Gäste wanderten herum, begrüßten einander, füllten ihre Teller nach und wünschten der Braut, dem Bräutigam und ihren Familien Glück. In der Nähe der geschmückten Schaukel, auf der die beiden jetzt saßen, türmten sich Geschenke und Umschläge mit Geld. Einen nach dem anderen begrüßte Lata jetzt die Menschen, mit denen sie noch nicht gesprochen hatte.

Kalpana Gaur sagte: »Ich weiß nicht, wer ich bin – ich weiß nicht, ob ich zu den Gästen des Bräutigams oder der Braut zähle.«

»Ja«, sagte Haresh, »das ist wirklich ein Problem. Ein ernstes Problem. Das erste Problem unserer Ehe.«

Während Haresh über die ausgelassenen Witze seiner Freunde lachte, mit ihnen scherzte und ihre Glückwünsche entgegennahm, sagte Lata sehr wenig.

Als sich ihnen Mr. Sahgal, ihr Onkel aus Lucknow, widerwärtig lächelnd näherte, hielt sie Hareshs Hand ganz fest.

»Was ist los?« fragte Haresh.

»Nichts«, sagte Lata.

»Aber es muß irgend etwas ...«

Mr. Sahgal streckte Haresh die Hand entgegen, um ihm zu gratulieren. »Ich wünsche Ihnen viel Glück«, sagte er. »Ich habe gleich gesehen, daß Sie beide heiraten werden – es war einfach vorherbestimmt –, es ist eine Ehe, die Latas Vater gutgeheißen hätte. Sie ist ein sehr, sehr braves Mädchen.« Lata hatte die Augen geschlossen. Er sah ihr ins Gesicht, auf den Lippenstift auf ihrem Mund, und grinste verächtlich, bevor er wieder ging.

An anderer Stelle aß Dr. Durrani gedankenverloren Kulfi und unterhielt sich mit Pran, Kedarnath, Veena und Bhaskar. »Sehr, ähm, interessant, ähm, wie ich schon zu Ihrem Sohn gesagt habe, diese ständige Wiederkehr der Zahl Sieben ... Sieben, ähm, Stufen und sieben, ähm, Umrundungen des, ähm, Feuers. Sieben, ähm, Noten der Tonleiter, wenn man von Moduln spricht, natürlich, und die sieben Tage der, ähm, Woche.« Plötzlich fiel ihm etwas ein. Er runzelte die Stirn und zog die buschigen Augenbrauen in die Höhe. »Es ist, ähm, Donnerstag, deswegen muß ich, ähm, meinen Sohn, ähm, meinen ältesten Sohn entschuldigen. Er konnte, ähm, nicht kommen. Er mußte, ähm, woandershin ...«

Daß die Durranis eingeladen worden waren, war in Mrs. Rupa Mehras Augen ein schrecklicher Fehler – aber da sie nun einmal eingeladen waren, konnte man sie nicht mehr ausladen. »Kommen Sie – und bringen Sie Ihre Familie mit«, hatte Dr. Kishen Chand Seth beim Bridge zu ihm gesagt. Aber Dr. Seth war enttäuscht, daß die verrückte Frau und der schurkische Sohn nicht aufgetaucht waren. Dr. Durrani selbst war ohne böse Absicht so zerstreut, daß er nicht einmal den Bräutigam auf dessen eigener Hochzeit bemerkte.

Amit wurde von zwei älteren Damen belagert, von denen eine einen wunderschönen Rubinanhänger trug, der wie ein Stern auf ihrem Dekolleté funkelte.

Sie sagte: »Dieser Mann dort hat uns erzählt, daß Sie der Sohn von Richter Chatterji sind.«

»Das stimmt.« Amit lächelte.

»Wir kennen Ihren Vater sehr gut aus früheren Zeiten in Darjeeling. Während der Puja-Feiertage ist er jedes Jahr gekommen.«

»Manchmal tut er es auch jetzt noch.«

»Ja, aber wir fahren nicht mehr hin. Sie müssen ihn von uns grüßen. Sagen Sie, sind Sie der Gescheite?«

»Ja«, sagte Amit resigniert. »Ich bin der Gescheite.«

Das freute die funkelnde Dame. »Ich kannte Sie schon, als Sie noch *so* klein waren«, rief sie. »Auch damals waren Sie schon sehr gescheit, deshalb überrascht es mich nicht, daß Sie alle diese Bücher geschrieben haben.«

»Nein«, sagte Amit.

Um nicht im Abseits zu stehen, beteuerte die andere Dame, daß sie ihn schon gekannt hatte, als er noch im Bauch seiner Mutter steckte.

»Aber zweifellos war ich damals auch schon sehr gescheit«, sagte Amit.

»Aber, aber«, meinte die Dame.

Am Tor gab es Unruhe. Fünf Hermaphroditen, die erfahren hatten, daß hier eine Hochzeit gefeiert wurde, waren hergezogen, sangen, tanzten und verlangten Geld. Ihre Gesten waren so schamlos, daß sich die Gäste in ihrer Nähe schockiert abwandten, aber Sunil Patwardhan und seine Freunde liefen herbei, um sich den Spaß anzusehen. Dr. Kishen Chand Seth schwang seinen Spazierstock und versuchte, sie zu vertreiben, aber sie machten anzügliche Bemerkungen über seinen Stock und ihn. Sie würden erst verschwinden, wenn man ihnen Geld gab. Er bot ihnen zwanzig Rupien an, aber ihr Anführer beschied ihn, daß sie ihm für diesen Betrag nicht einmal zu Diensten sein würden. Dr. Kishen Chand Seth hüpfte wütend herum, aber er war machtlos. Sie verlangten fünfzig Rupien und bekamen sie.

»Das ist Erpressung«, schrie Dr. Kishen Chand Seth wütend. »Reine Erpressung.« Er hatte es satt, den Gastgeber dieser Hochzeit zu spielen. Er marschierte ins Haus, um sich hinzulegen und sich zu beruhigen, und schlief bald ein.

Mrs. Rupa Mehra hatte zwar ihr Fasten gebrochen, aber nicht mit ihrem üblichen Gusto, weil sie gleichzeitig Glückwünsche entgegennehmen, die Gäste einander vorstellen, auf Haresh und Lata aufpassen, argwöhnisch Varun im Auge behalten und die Verpflegung überwachen mußte. Aber sie war auf tränenreiche Weise glücklich, und als sie sich umschaute, fühlte sie sich noch glücklicher, weil sie Pran mit Professor Mishra reden, den Nawab Sahib mit Mahesh Kapoor sprechen und Maan und Firoz miteinander lachen sah.

Sunil Patwardhan kam zu ihr. »Herzlichen Glückwunsch, Mrs. Mehra.«

»Vielen Dank, Sunil. Ich freue mich so, daß Sie hier sind. Haben Sie vielleicht irgendwo meinen Vater gesehen?«

»Leider nicht – nicht nach der Auseinandersetzung am Tor. Mrs. Mehra, ich habe ein kleines Problem. Haresh hat diese Manschettenknöpfe bei mir vergessen und mir gesagt, ich soll sie in das Zimmer legen, in dem er heute nacht schlafen wird.« Sunil holte ein Paar Manschettenknöpfe aus seiner Hosentasche. »Wenn Sie mir sagen könnten, wo ich sie hinbringen soll ...«

Aber Mrs. Rupa Mehra ließ sich nicht so leicht hinters Licht führen. Sie war vor Sunil Patwardhans Späßen und üblen Streichen gewarnt worden und würde nicht zulassen, daß er ihre Tochter nächtens beim Vollzug der *Idealen Ehe* störte.

»Geben Sie sie mir«, sagte sie und machte Sunil entschlossen einen Strich durch die Rechnung, dann nahm sie sie entgegen. »Ich werde dafür sorgen, daß er sie bekommt.« Und so wurde Haresh um ein Paar Manschettenknöpfe aus schwarzem Onyx reicher – und Sunil ärmer.

19.15

Kabir hatte es nicht über sich gebracht, zur Hochzeit zu gehen. Aber obwohl es Donnerstagabend war, besuchte er auch seine Mutter nicht. Statt dessen machte er einen Spaziergang an der Ganga: am Banyanbaum zum Fluß hinunter, flußaufwärts am Dhobighat vorbei, über das Pul-Mela-Gelände unterhalb des Forts, das Ufer bei der Altstadt entlang folgte er meilenweit dem schwarzen Wasserlauf bis zum Barsaat Mahal.

Im Schatten einer Mauer setzte er sich eine Stunde lang in den Sand, den Kopf in den Händen vergraben.

Dann stand er auf, stieg die Treppe hinauf und über die Brüstung und ging zur anderen Seite der Anlage.

Nach einer Weile kam er zu einer Fabrik, deren Mauern bis zur Ganga hinunterreichten und ihn am Weitergehen hinderten. Müde preßte er den Kopf gegen die Mauer.

Die Zeremonie müßte mittlerweile vorbei sein, dachte er.

Er heuerte einen Fährmann an und fuhr den Fluß hinunter bis zum Universitätsgelände und zum Haus seines Vaters.

19.16

Am Morgen nach der Hochzeit beschloß Haresh beim Frühstück plötzlich, da er schon einmal in Brahmpur war, dem örtlichen Praha-Werk einen Besuch abzustatten.

»Aber du kannst mich doch nicht einfach so allein lassen«, sagte Lata und stellte verwundert ihre Teetasse ab. Sie saßen an einem kleinen Tisch im Brautzimmer im Haus ihres Großvaters.

»Nein«, sagte Haresh. »Das kann ich nicht. Warum kommst du nicht mit? Vielleicht wird es dir sogar Spaß machen.«

»Ich glaube, ich gehe zu Savita«, sagte Lata und nahm ihre Teetasse wieder auf.

»Was ist in der Schuhschachtel?« fragte Haresh und machte sie auf.

Darin lag eine kleine geschnitzte Katze, die wissend lächelte.

Lata nahm sie in die Hand und betrachtete sie voll Freude.

»Sie ist von einem Schuster, den ich später noch treffen muß«, sagte Haresh.

»Sie gefällt mir«, sagte Lata.

Haresh küßte sie und ging.

Nach einer Weile trat Lata ans Fenster und sah etwas verwirrt hinaus auf die Bougainvilleen. Das war eine seltsame Art, das Eheleben zu beginnen. Aber dann dachte sie eine Weile darüber nach und kam zu dem Schluß, daß es vielleicht besser war, wenn Haresh nicht den Tag mit ihr verbrachte und mit ihr durch Brahmpur schlenderte, wenn er nicht mit ihr zur Universität ging, zu den Ghats, zum Barsaat Mahal. Da sie ein neues Leben beginnen würden, war es besser, es an einem anderen Ort zu beginnen.

Hareshs Familie reiste an diesem Tag wieder nach Delhi, und Arun und Varun und die anderen fuhren zurück nach Kalkutta. Und am nächsten Tag saßen auch Lata und Haresh in einem Zug nach Kalkutta. Wegen der vielen Arbeit konnte Haresh nicht sofort in die Flitterwochen fahren, aber er versprach, es bald nachzuholen. Er war jetzt noch rücksichtsvoller zu ihr als auf der Fahrt von Kanpur nach Lucknow. Lata meinte lächelnd, er solle nicht so ein Theater um sie machen, aber sie genoß es.

Ihre Mutter war zusammen mit Savita und Pran zum Bahnhof gekommen, um sie zu verabschieden. Es war heiß und laut. Mit ihrem parfümierten Taschentuch tupfte sich Mrs. Rupa Mehra zuerst die Stirn ab, dann die Augen. Sie stand auf dem Bahnsteig zwischen ihren beiden Töchtern und deren Männern und wußte nicht, wie sie es ohne die eine oder die andere aushalten sollte. Plötzlich war sie versucht, mit Lata und Haresh zu fahren, aber glücklicherweise riß sie sich zusammen.

Statt dessen vergewisserte sie sich, daß sie genug Proviant bei sich hatten. Sie hatte ihnen für den Fall, daß sie es selbst vergessen hätten, noch einen Extravorrat mitgebracht, darunter eine große Schachtel mit der Aufschrift *Shiv Markt: Köstliche Bonbons* und eine Thermosflasche mit kaltem Kaffee.

Sie umarmte Haresh und klammerte sich an Lata, als würde sie sie nie wiedersehen. Tatsächlich jedoch plante sie, am 20. Juni – dem Geburtstag einer lieben Freundin – nach Kalkutta zu reisen und gleich am Tag ihrer Ankunft nach Prahapore weiterzufahren. Sie war begeistert, daß es jetzt ein weiteres Zuhause gab, das sie von nun an besuchen konnte.

Lata winkte aus dem Fenster, als der Zug aus dem Bahnhof von Brahmpur fuhr. Haresh wirkte entspannt und glücklich, und sie stellte fest, daß das auch sie glücklich machte. Als sie an ihre Mutter dachte, stiegen ihr Tränen in die Augen. Sie blickte kurz zu Haresh und dann wieder aus dem Fenster. In ein paar Minuten würde die Stadt hinter ihnen liegen.

Ungefähr eine Stunde später, als sie in einem Provinzbahnhof hielten, sah sie eine kleine Horde Affen. Sie bemerkten, daß sie sie beobachtete, witterten eine mitfühlende Seele und näherten sich ihrem Fenster. Sie sah zu Haresh: Er war eingeschlafen. Es erstaunte sie, daß er überall und jederzeit zehn, zwanzig Minuten schlafen konnte.

Sie warf den Affen ein paar Kekse hin. Sie scharten sich kreischend darum. Einen Augenblick betrachtete sie ihre Hände mit dem Muster aus Henna, dann nahm sie eine Musammi, schälte sorgfältig die dicke grüne Schale ab und verteilte die einzelnen Schnitze. Die Affen verschlangen sie augenblicklich. Der Pfiff der Lokomotive war schon ertönt, als Lata einen ziemlich alten Affen fast am Ende des Bahnsteigs für sich allein sitzen sah.

Er musterte sie eingehend, ohne etwas zu fordern.

Als sich der Zug in Bewegung setzte, holte Lata schnell eine andere Musammi aus der Tüte und warf sie in seine Richtung. Er bewegte sich darauf zu, aber die anderen, die sie auf dem Boden rollen sahen, rannten ebenfalls. Und bevor Lata sehen konnte, wer die Musammi als erster erreichte, hatte der Zug den Bahnhof bereits verlassen.

GLOSSAR

Aachha: gut; in Ordnung
Aachha, toomi choop thako!: Sei still!
Aai jao bhaiyya, aai jao. chalo ho!: Los, kommt und schiebt den Bus!
Abba: Vater
Achkan: knielanger, durchgeknöpfter Mantel mit hohem Kragen
Adaab/Adaab arz: Gott schütze dich; Begrüßung, wobei die Hände aneinandergelegt und an die Stirn geführt werden
Adda: regelmäßiges Treffen bestimmter Personen an einem bestimmten Ort und zu einem festgesetzten Zeitpunkt
Advaita von Adi-Shankara: Adi-Shankara (788–820 n. Chr.) war der Gründer der sogenannten nicht dualistischen (advaita) Schule innerhalb der *Vedanta-*Philosophie
Al-Biruni: 973–1048, arab. Gelehrter, lebte in Persien und Indien, schrieb in arabischer Sprache Werke über Astronomie, Mathematik, Physik, Mineralogie, Pharmazie, Geographie und Geschichte
Alaap: Einleitungsphase eines Ragas
Alif, Dhal, Mim: ABC
Almirah: großer Schrank mit Schubfächern
Alu Paratha: dünner Pfannkuchen aus Mehl, Wasser und geklärter Butter mit würziger Kartoffelfüllung
Alu tikki: Kartoffeln mit Zwiebeln
Amma: Mutter
Andhi: der Verdunkler (des Himmels)
Angarkha: langer bestickter Mantel aus Seide
Anjapa jaap: das Mantra ist anjapa jaap: Das Mantra wird bei jeder Perle der Gebetsschnur gesprochen

Anna: frühere indische Münzeinheit, eine Sechzehntel-Rupie
Arati: Lichtopfer
Aré: he, he da!
Aré, du-char jané utari aauu. Dhakka lagaauu!: He, aussteigen und anschieben!
Aschram: Einsiedelei eines Asketen; einem Kloster ähnliche Anlage; dient den Anhängern einer Lehre zur Meditation
Ashoka: a. kleiner immergrüner Baum (Saraca india), der im Januar/Februar orangefarben und scharlachrot blüht; *Sita* wird von *Ravana* in einem Ashokahain gefangengehalten; wird von Hindus und Buddhisten als heiliger Baum verehrt; der Legende nach blüht er erst, wenn ihn eine junge Frau berührt hat.
b. Ashoka (geb. um 290 v. Chr.; ca. 272–232 v. Chr. Kaiser) erster indischer Herrscher; ließ seine Sittenlehre im ganzen Reich in Felsen und Säulen einmeißeln; das Lotoskapitell der Säulen wurde nach der Unabhängigkeit zum Staatswappen; symbolische Tiergestalten (Löwe) krönen die Säulen.
Aurangzeb: indischer Großmogul (1658–1707)
Avatar: Inkarnation; »Herabkunft« einer Gottheit zur Erde
Ayah: Kindermädchen
Azaan: der Ruf des Muezzins zum Gebet, der fünfmal am Tag erschallt
Baba: wörtlich Großvater, aber auch liebevolle Anrede für einen älteren Mann oder Jungen
Babu: eigentlich Herr; während der britischen Kolonialherrschaft Bezeichnung für kleine Angestellte, niedere Beamte, Schreiber u. ä.
Bai: Titel einer Sängerin und Kurtisane
Bakr-Id: moslemischer Festtag im Gedenken daran, daß Abraham auf Gottes Befehl hin seinen Sohn opfern wollte; wird mit Tieropfern (meist Ziegen) begangen
Ballishta: Muskelprotz
Bandar-log: Äffchen
Bangla: bengalisch
Bania: Kaste der Händler, Kaufleute und Geldverleiher
Bao: Vater
Barfi: geraspelte Kokosnuß mit Milch und Zucker
Begum: eigentlich Titel moslemischer Fürstinnen; Anrede für moslemische Frauen
Behayaa: schamlos
Besharam: schamlos
Bhabhi: Schwägerin
Bhadralok: Kalkuttas Oberschicht (basierend sowohl auf Geburt als auch Beruf)

Bhagavad Gita: wörtlich: Der Gesang des Erhabenen; Dialog zwischen dem Gott Krishna (der achten Inkarnation Vishnus) und dem Prinzen Arjuna aus dem *Mahabharata*; Quintessenz indischer Philosphie
Bhai: Bruder
Bhai-Duj: Bruder-Fest
Bhajan: volkstümliches religiöses Lied der Hindus
Bhakti: Liebe zu Gott; Selbstverleugnung und Hingabe an Gott
Bhang: Blätter und Triebe der Hanfpflanze; Haschisch, das geraucht oder auch in Milch aufgelöst getrunken wird
Bharat Milaap: Wiedersehen von *Rama* und *Bharata* nach 14jähriger Trennung; s. *Ramayana*
Bharata: Bruder *Ramas*, der statt seiner 14 Jahre das Reich regieren soll, s. *Ramayana*
Bharatiya Sanskriti: indische Kultur
Bharatnatyam: hinduistischer Tempeltanz, urspr. aus der Gegend von Madras
Bigha: indisches Flächenmaß; variiert zwischen 1200 m² und 2500 m²
Bijoya: im Oktober gefeiertes bengalisches Fest
Bilkul: völlig, ganz
Bindi: Punkt auf der Stirn verheirateter Hindu-Frauen
Biri: aus einem Tabakblatt gerollte Zigaretten
Biryani: gewürztes Reisgericht mit Fleisch
Bismillah: die Formel »Im Nahmen Allahs, des Erbarmers, des Barmherzigen!«, mit der jede Handlung begonnen werden soll
Brahmo: Anhänger der *Brahmo Samaj*
Brahmo Samaj: von Rammohan Roy (1772–1833), einem Finanzbeamten der britischen East India Company, begründete reformistische monotheistische Strömung des Hinduismus in Bengalen, beeinflußt von der europäischen bürgerlichen Kultur und dem Christentum; sozialreformerischer Versuch, den Hinduismus an die moderne Entwicklung Indiens anzupassen
Braj: Geburtsort Krishnas
Brinjal: Aubergine
Bua: Tante, Vaterschwester
Bulbul: Nachtigall
Bundi: Weste
Burqa: Umhang oder Schleier, der den Körper von Kopf bis Fuß verhüllt
Burra Sahib/Burri Memsahib: respektvolle Anrede des Familienoberhaupts, eines Vorgesetzten usw.
Chaat: Fruchtsalat mit Gewürzen
Chacha: Onkel, Vaterbruder
Chachi: Frau des Vaterbruders

Chakra: Vishnus Diskus, der die Sonne darstellt, davon abgeleitet Zentrum spiritueller Kraft im Körper
Chamar: Kaste der Abdecker und Gerber
Chana-jor-garam: geröstete, gewürzte Kichererbsen
Chanderi-Sari: Chanderi: Kleinstadt in Madhya Pradesh, berühmt für ihre Saris
Chané ki daal: Kichererbsencurry
Chapati: ungesäuertes Fladenbrot
Chappals: Ledersandalen
Charpoy: traditionelles indisches Bett: ein vierbeiniger, mit Stoffgurten bespannter Holzrahmen
Chaupar: indische Form des Mensch-ärgere-dich-nicht
Chautha: Trauerfeier
Chholé: Kichererbsen
Chikan: Perlenstickerei aus Lucknow
Choli: unter dem Sari getragenes Leibchen
Chowk: Basarviertel
Chumchum: in Zuckerwasser gekochte Quarkbällchen mit getrockneten Früchten
Chunni: Halstuch, das zum Salwar-Kameez getragen wird
Collectorate: von den Briten angelegte Amtsgebäude eines Bezirks (Bezirksgericht, Finanzamt, Polizeistation, andere Verwaltungen)
Crore: einhundert Lakh = 10 Millionen
Da: Anrede für einen älteren Bruder
Daadi: Großmutter
Dacoit: Mörder und Räuber
Dada: älterer Bruder; repektvolle Anrede für ältere männliche Personen
Dadra: Lied im klassischen nordindischen Stil
Dal: Linsengericht mit Curry; allgemein: getrocknete Hülsenfrüchte
Damaru: die kleine Trommel, die der tanzende Shiva in der oberen rechten Hand hält
Darshan: Sanskritwort für Philosophie, abgeleitet von ›drishti‹, was ›Sehen‹ im physischen und metaphysischen Sinn bedeutet; schon der Anblick hat etwas Erhebendes und wird um seiner selbst willen gesucht
Desi: örtlich, lokal
Dharamshala: Pilgerunterkunft
Dhobi-ghat: Treppe der Wäscher
Dholak: Tamburin
Dhoti: eine sechs Meter lange Stoffbahn, die um die Hüften geschlungen, dann zwischen den Beinen durchgezogen und zu einer Art Pluderhose drapiert wird

Dichter vom See: Wordsworth
Divali: Lampenfest der Hindus oder Sikhs, gefeiert im Oktober oder November
Dom: die Unberührbaren, die für die Verbrennung der Leichen zuständig sind
Dowager Rani: Mutter eines Radschas
Draupadi: Frau der fünf *Pandavas*; wird im *Mahabharata* beim Würfelspiel als Pfand gesetzt; als der Gewinner sie entehren und ihr die Kleider vom Leib reißen will, schreiten die Götter ein und lassen ihren Sari unendlich lang werden
Dschinn: böser Geist im islamischen Volksglauben
Dupatta: Frauenkopftuch aus dünnem Stoff; Schal
Durbar: ursprünglich Audienzhalle; Hofamt, Hof halten
Durga: eine der Erscheinungsformen von Shivas Frau; zerstört den Dämon Mahisa und verfolgt überall das Böse
Duryodhana: König der Kauravas, der das Würfelspiel mit den *Pandavas* veranlaßt; s. *Draupadi*
Dussehra: neuntägiges Fest, mit dem der Krieg gegen den Dämonenkönig Ravana von Lanka gefeiert wird; s. *Ramayana*
Etah und Etawah: zwei Kleinstädte in Uttar Pradesch
Farishta: Engel
Fatiha: erste Sure des Korans
Gajak: knusprige Süßigkeit aus Rohrzucker mit Sesam oder Erdnüssen
Ganga: Ganges; in Indien sind Flüsse weibliche Gottheiten; die Göttin Ganga verleiht Wohlstand und Erlösung, Moksha
Ganga Mata ki jai!: Hoch lebe Mutter *Ganga*
Ganja: Marihuana
Gayatri Mantra: der heiligste der heiligen Verse aus dem Rigveda; gerichtet an den alten Sonnengott Savitr; sinngemäß: »Laßt uns an die Herrlichkeit des Gottes Savitr denken, auf daß er unsere Gedanken inspiriert.«
Ghalib: türkischer Dichter (1757–1799)
Ghat: Treppe
Ghee: geklärte Butter
Ghich-pich: Durcheinander, das nicht mehr zu entziffern ist
Goli kabab: Fleischbällchen auf Spießen
Gopi: Schäferin
Government of India Act von 1935: indische Verfassung von 1935, die nach der Unabhängigkeit weitgehend übernommen wurde
Gulab jamun: wörtlich: Rosenwasser-Pflaume; fritierte Quark- oder Milchbällchen in Zucker- oder Rosensirup
Gunda: Gangster; aber auch professionelle Unruhestifter, die angeheuert werden
Gup-shup: Geplapper

Gur: Zucker aus Palmsirup
Gurdwara: Sikh-Tempel
Guru: Lehrer; respektvolle Anrede für ein geistiges Vorbild
Gyaan: Wissen
Gymkhana: Sportplatz
Haafiz: islamischer Gelehrter
Hadith: wörtlich: Aussprüche des Propheten; die nicht-kanonischen islamischen Schriften
Hai, hai!: O weh! Ach! Ausruf der Verzweiflung
Hana lo, hana lo: statt: Naha lo! Nehmt ein Bad!
Har har Mahadeva!: Schlachtruf der Marathen; Mahadeva ist ein Name Shivas
Hari Om: Hari ist ein Name für Vishnu; Om ist eine mystische Silbe; Ausdruck und Bestätigung der Ganzheit der Schöpfung
Haveli: üppig dekoriertes Haus eines Händlers vor allem in Rajasthan
Heilige Schnur: unabdingbares Element der Bekleidung der drei höheren Kasten (Brahmanen, Kshatriyas und Vaishyas); verläuft von der linken Schulter über den Leib zur rechten Hüfte; aus unterschiedlichem Material gefertigt, wird sie zu einem Unterscheidungsmerkmal der Kasten; das Anlegen erfolgt zwischen dem achten und zwölften Lebensjahr
Holi: bewegliches, zwischen Februar und März ausgelassen gefeiertes Frühlingsfest der Hindus, bei dem die Schranken zwischen den Kasten vorübergehend bewußt mißachtet werden
Hookah: Wasserpfeife
Huzoor: indischer Potentat oder jede hochgestellte oder bedeutende Persönlichkeit, Anrede, entspricht etwa dem englischen Sir
IAS: Indian Administrative Service, nach britischem Vorbild *(ICS)* ausgebildete Beamtenelite
Iblis: Satan
ICS: Indian Civil Service; Beamtenelite unter den Briten
Id: Fest, besonders der Tag, an dem das Ende des Fastenmonats Ramadan gefeiert wird
Idgah: offener Platz für die Id-Gebete im Westen eines Ortes
Imambara: Gebäude, in dem die Gerätschaften für die *Moharram*-Feierlichkeiten aufbewahrt werden
Isha Upanishad: eine der Upanishaden; s. *Veden*
Ishvara: Weltenherr; Lord Shiva
Izzat: persönliches Prestige, Ansehen
-jaan: die Nachsilbe *-jaan* ist Ausdruck respektvoller Zuneigung
Jaggery: s. *Gur*
Jai Hind!: Heil Indien! Ḥind setzt Inder- und Hindu-Sein miteinander gleich

Jai Shankar!: Heil Shankar! (Shankar ist ein Name Shivas)
Jai Siyaram!: Heil Sita und Rama!
Jalebi: sehr süßes, fritiertes Gebäck
Jamjar: Löffel
Janamashtami: Fest anläßlich der Geburt Krishnas
Jatav: Schuster
Jayanti: Geburtstag
Jaymala: Das Umlegen der Blumengirlanden bei einer Hochzeit
Jeeti raho, beti: Gott segne dich, Tochter
Jeth: Juni
Jhaal-muri: geröstete, scharf gewürzte Kichererbsen
Ji ki: lang lebe
-ji: die Nachsilbe *-ji* ist, wie die Nachsilbe *-jaan*, Ausdruck respektvoller Zuneigung
Jodhpurs: Reithosen, die zwischen Knie und Knöchel eng anliegen
Jushanda: Erkältungstee
Jutis: Slipper mit nach oben gebogenem Zehenteil
Jyotishtirtha: astrologische Qualifikation
Kachauri: Teigtaschen mit Gewürzen
Kafir: abschätzig für jemanden, der nicht dem islamischen Glauben angehört
Kahar: sehr niedere Kaste, mußte ehedem die Sänften der Herren tragen
Kailash: größter hinduistischer Höhlentempel; mythischer Berg des Gottes Shiva, dessen Wohnstätte er ist
Kaki: Tante
Kali: neben *Durga, Parvati* u. a. ein Name der Muttergöttin Shakti, ihre schreckenerregende, zerstörerische Gestalt verkörpert Tod, Hunger und Krankheit; Frau Shivas
Kanungo: Beamter
Karhi: Soße aus lange und langsam gekochtem Joghurt, Kichererbsenmehl und Gewürzen
Karma: wörtlich: Tat, Handlung; Konsequenzen, die sich aus den ›Taten‹ (Gedanken, Worte, Werke) für das nächste Leben ergeben; abhängig von der Befolgung des Dharma, d. h. aller Pflichten, die sich aus der Kastenzugehörigkeit ergeben.
Karma-yoga: Selbstverwirklichung in der opfermutigen Tat, auf die man sich nichts zugute hält
Kartik: November
Karva Chauth: 4. Tag des Neumondes im Oktober, an dem die Frauen für die Gesundheit ihrer Männer fasten
Kathak: klassischer nordindischer Tanz, bei dem sich pantomimische Darstellung und schnelle rhythmische Passagen abwechseln

Keshob Chandra Sen: (1838–1884) einer der bedeutendsten, einflußreichsten und radikalsten Führer der *Brahmo Samaj*; Sozialreformer und Förderer der Frauenemanzipation
Khadi-Kurta: Kurta aus handgesponnenem und handgewebtem Tuch
Khatauni: Akten, Register
Khatri: Geldverleiher- und Händlerkaste (urspr. aus dem Pandschab)
Kheer: Reispudding mit Kardamom und Mandeln
Khuda haafiz: Gott schütze dich; Abschiedsgruß
Khyaal: kunstvoller, getragener nordindischer Gesangsstil
Ki korchho tumi: Was machst du?
Kirtan: von allen gemeinsam gesungenes religiöses Lied
Kulfi: Eiscreme
Kumbhakarna: Bruder des *Ravana*; Gigant, der am liebsten schläft und frißt und nur unter großen Mühen aufzuwecken ist; s. *Ramayana*
Kurmi: Kaste der kleinen Landbesitzer
Kurta: weites, kragenloses Oberhemd
Kutcha: unrein, gewöhnlich, roh, vorläufig, weich
Kutti: Kindersprache; sinngemäß: »Ich rede nicht mehr mit dir.«
Laddu: süßes Gebäck
Ladycannings: gurkenähnliches Gemüse
Lakh: die Zahl 100 000
Lakshmana, Bharata, Shatrughna: Brüder *Ramas*
Lakshmi: Gemahlin Vishnus, Göttin des Glücks und des Reichtums
Lala: Händler, Krämer
Lassi: Joghurtgetränk
Lathi: langer, eisenbeschlagener Knüppel der indischen Polizisten
Lila: Spiel, Laune, Spiel des Universums
Lobongolatas: mit Nelken gewürzte Süßigkeit
Lota: ein kleiner Topf aus Messing oder Kupfer; Wasserkanne
Löwe und Einhorn: Heraldik: der Löwe symbolisiert England, das Einhorn Schottland
Luchi: Brot aus fritiertem Weizenmehl
Lungi: Männergewand; eine vier Meter lange Stoffbahn, die um die Hüften geschlungen und nicht zwischen den Beinen durchgezogen wird
Maama: Onkel, Mutterbruder
Mago: Bengali für Mutter
Maha: groß
Mahabharata: altindisches Epos, dem der Vetternkrieg zwischen den nordindischen Heldengeschlechtern, den Kauravas und den *Pandavas*, zugrunde liegt
Mahant: Vorsteher eines religiösen Ordens oder eines Klosters

Mahmud von Ghazna: (971–1030) afghanischer Herrscher und Eroberer; plünderte in 17 Kriegszügen Nordindien; s. *Somnath*
Maidan: rasenbewachsenes offenes Feld, Parade- und Exerzierplatz
Mali: Gärtner
Mallah: Kaste der Bootsführer
Maloos: Bengali für Schwiegermutter
Mamu: s. *Maama*
Managing Agency: britische Holdinggesellschaft, die viele verschiedene Unternehmen unter einem Dach vereinigte, war meist nur am Export interessiert, nicht am indischen Binnenmarkt; Zentrum Kalkutta
Mangalsutra: Halskette verheirateter Frauen
Mantra: Gebet, Vers, Zauberformel
Marathi: indischer Volksstamm aus Maharashtra
Mardana: Männergemächer
Marwari: Händlerkaste (urspr. aus Rajasthan), traten in Kalkutta an die Stelle der Briten
Masala: allgemein Gewürzmischung
Mashallah: Ausruf: So Gott (Allah) will!
Masi: Tante, Mutterschwester
Masjid: Moschee
Mataji: liebe Mutter
Matthri: fritiertes Salzgebäck
Maulana: moslemischer Gelehrter
Maulvi: moslemischer Lehrer, der Arabisch beherrscht
Maund: indische Gewichtseinheit; ca. 20 kg
Mausa: Onkel, Mann der Mutterschwester
Maya: Illusion, Täuschung, Selbsttäuschung, Blendwerk
Maya-vadi: jemand, der an die Illusion glaubt
Meenakshi: fischäugige Gefährtin Shivas
Mela: Volksfest, Jahrmarkt
Memsahib: Europäerin, Bezeichnung für eine verheiratete Frau, Anrede
Mihidana: fritierte Bällchen aus Kichererbsenmehl mit Zuckersirup
Mir: Mir Taqi Mir († 1810) Urdu-Dichter
Mishtan: von auswärts im Gegensatz zu *desi*: aus dem Ort
Mishti doi: süßer Joghurt
Miya Mitthu: jemand, der nur sich selbst preist
Moharram: erster Monat des islamischen Jahrs; zehntägige Zeit der Trauer im Andenken an Hasan und Husain, Alis ermordete Söhne
Mullah: Titel islamischer Rechts- und Religionslehrer
Mumani: Tante, Frau des Mutterbruders

Mundan-Zeremonie: die erste Tonsur von Hindu-Jungen, meist im Alter von 3 Jahren
Munshi: Sekretär, Dolmetscher, Sprachlehrer
Munsif-Richter: Richter aus einem erstinstanzlichen Gericht
Muttergöttin: Shakti, verkörpert die schöpferische, weibliche Kraft
Naan: leicht säuerliche Brotfladen
Nagas: Anhänger des shivaitischen Nagakultes; Asketen
Nala und Damayanti: indische Sage; Damayanti verkörpert das indische Ideal der guten Ehefrau
Namaaz: Gebet; persisch-türkisch für ›Pflichtgebet‹, das im Koran ›salat‹ heißt
Namasté: traditionelle Grußform der Hindus; man verneigt sich leicht, wobei die Hände aneinandergelegt und an die Stirn geführt werden; wörtlich:»Ich grüße alle göttlichen Eingeschaften in dir«
Nana: Bezeichnung für Kindermädchen
Nanak und Kabir: Nanak (1469–1539) erster Guru der Sikhs; vertrat ähnliche Ideen wie Kabir (1440–1518), Hindu-Mystiker und Reformer der beiden großen indischen Religionen Hinduismus und Islam
Nawab: moslemischer Fürstentitel in Indien; reicher Moslem
Nawabzada: Sohn des *Nawabs*
O. B. E.: Officer of the British Empire
Om alokam. Om andandam: Gott ist überall. Er möge uns Freude geben
Om Namah Shivaya: an Shiva gerichtetes *Mantra*
Paan: ein mit Kalk bestrichens Blatt des Betelpfeffers, mit Kardamom, Betelnuß oder Tabak gefüllt und zu einem Päckchen gefaltet
Paara: Sure
Paisa: Münze im Wert von 1/100 Rupie
Pajama: weite, um die Hüfte gebundene Hose
Palankin: geschlossene Sänfte, die von vier oder sechs Männern getragen wird
Pallu: freies Ende des Saris, das von der Schulter hängt oder über den Kopf gezogen wird
Panchayat: Stadt- oder Dorfrat; Fünferrat
Pandavas: fünf Pandavas; s. *Mahabharata*
Pandit: brahmanischer Gelehrter
Pani: Wasser
Pao: Maß für Gemüse und Obst; entspricht 250 Gramm
Paratha: dünner Pfannkuchen aus Mehl, Wasser und geklärter Butter
Parvati: mondgleiche Frau Shivas; Tochter des Himalaja
Patel: Vallabhbhai Patel (1875–1950), erster indischer Innenminister und Stellvertreter Nehrus
Pathanen: afghanischer Volksstamm; heute überwiegend in Pakistan lebend
Patwari: Dorfschulze

Peon: Bürodiener, Amtsbote
Peri: Nymphe
Phataphat: schnell, Beeilung
Phirni: Milchpudding mit Rosenwasser, Mandeln und Pistazien
Phulkas: kleine Chapatis
Phupha: Onkel, Mann der Vaterschwester
Pitthu: Spiel, wobei mit einem kleinen Ball sieben aufeinander gehäufte Steine umgeworfen werden müssen
Prabodhini und Shayani: Namen, die »geistig wach« bedeuten
Prasad: wörtlich: göttliche Gnade; der Gottheit geopferte Speisen und Blumen, die unter die Gläubigen verteilt werden
Puja: Anbetung, religiöses Fest; tägliche Opferandacht der Hindus für ihre Schutzgottheit; Kulthandlung
Pujari: Priester
Pukka: rein, fein, gekocht, endgültig, fest; entspricht dem französischen ›comme il faut‹
Purana: wörtlich: alt; Textsammlung mit legendären Erzählungen aus alten Zeiten (ca. 100 v. Chr. – 600 n. Chr.)
Purdah: Frauenschleier, Vorhang, um die Frauengemächer abzuschirmen; im übertragenen Sinn das zurückgezogene Leben der moslemischen Frauen
Puri: fritiertes Brot aus Vollkornweizenmehl
Quran Sharif: der edle Koran
Raga: zyklisches Melodienmuster, in dessen Rahmen improvisiert wird
Rai Bahadur: der ehrenwerte Held
Raj: (Sanskrit) Reich, Herrschaft, im übertragenen Sinn die britische Kolonialmacht
Rajkumar: Sohn eines Radschas; Kronprinz
Rama: siebte Inkarnation Vishnus; Held des *Ramayana*
Ramakrishna: 1834/36–1886 hinduistischer Reformer, Bengale, Verbreiter einer Philosophie, die sich an die Bhagavad Gita anlehnt
Ramakrishna-Mission: Reformbewegung des Hinduismus, basierend auf der *Vedanta*
Ramayana: indisches Nationalepos, erzählt die Geschichte des Königssohns *Rama* (einer Inkarnation Vishnus) und dessen Sieg über den despotischen König von Lanka
Ramchandra ji ki jai!: Lang lebe Gott Rama!
Ramcharitmanas: von *Tulsidas* in Versform verfaßte Geschichte *Ramas*
Ramlila: s. *Dussehra*, Drama wie es in Nordindien auf Freilichtbühnen aufgeführt wird
Ramnavami: neuntägiges Fest anläßlich *Ramas* Geburtstag
Ramu und Shamu: Rama und Krishna

Rani: Fürstin
Rasagulla: Quarkbällchen mit Sirup
Rasmalai: in Milch gekochte Quarkbällchen
Ravana: zehnköpfiger Dämonenkönig, der *Ramas* Gattin *Sita* raubt; mit Hilfe des Affenheers des Affenhelden Hanuman gelingt Rama der Sieg über *Ravana*
Registrierte Kasten: Unberührbare
Reifenzeremonie: das Anlegen der nur bei der Hochzeit getragenen Armreifen
Rishi: wörtlich: Seher; Dichter, Philosoph, Weiser
Robert Bruce und die Spinne: während Robert Bruce (König von Schottland) sich im Kampf gegen die Vorherrschaft Edwards I. auf der Insel Rathlin versteckte, beobachtete er eine Spinne, die sechsmal versuchte, ein Netz an einem Dachbalken zu spinnen. Beim siebtenmal gelang es ihr, und Bruce, der gegen die Engländer ebenfalls sechsmal gescheitert war, nahm sich ein Beispiel an ihr und machte einen erfolgreichen siebten Versuch
Roti: s. *Chapati*
Sadhu: Hinduasket, Heiliger
Sahib: Bezeichnung für Herr, Anrede
Saki: Kurtisane
Sala: Hurensohn, Mistkerl
Salaam: wörtlich: Friede; Begrüßung der Moslems mit über der Brust gekreuzten Armen
Salwaar-Kameez: Kleidungsstück, bestehend aus einer Pluderhose (Salwaar) und einem Hemd (Kameez)
Samdhin: Anrede unter Schwiegermüttern: Mit-Schwiegermutter
Samosa: mit Fleisch oder Gemüse gefüllte, fritierte Teigtasche
Sandesh: bengalische Süßigkeit
Sankirtan: s. *Kirtan*
Sannyaa: Entsagung, Verzicht
Sarangi: indische Geige mit vier Saiten, die mit einem mit Pferdehaar bespannten Bogen gestrichen wird
Saraswati: Göttin der Weisheit, Kunst und Gelehrsamkeit
Sardar: (An-) Führer, Haupt
Sardarni: Anrede für Frauen
sat-chit-ananda: sat: das reine Sein; chit: Bewußtheit; ananda: Seligkeit; der Adept der *Vedanta*-Philosophie muß jede Form der Selbsttäuschung überwinden, damit er die Anonymität des Seins, der Bewußtheit und der Seligkeit als überpersönliche Essenz seines eigentlichen Selbst erreicht
Savitri: Brahmas Frau
Sayyed: höchster Stand unter den Moslems
Sepoy: indischer Soldat in britischen Diensten
Shahensha: Seine Majestät

Shaikh: ursprünglich: alter weiser Mann, dann Titel; in Indo-Pakistan auch Familien, deren Vorfahren vom Hinduismus zum Islam konvertierten
Shalimar: wörtlich: Wohnstätte der Liebe, berühmte Gartenanlage bei Lahore
Shami kabab: Frikadellen aus Lammhackfleisch
Shamiana: Baldachin aus Stoff
Shankara: Shiva; oder Gründer der nichtdualistischen Schule innerhalb der Vedanta-Philosophie (*Advaita*-Vedanta)
Sharad: Oktober
Shehnai: indisches Windinstrument, ähnlich der Windharfe
Sherwani: bis zu den Knien reichender Mantel für Männer
Shia: Partei des vierten Kalifen, Ali Ibn Abi Talib, Vetter und Schwiegersohn Mohammeds, die ihn und seine Nachkommen als einzig rechtmäßige Nachfolger des Propheten anerkennt; spaltete sich als religiöse Gruppe (Schiiten) innerhalb des Islams ab
Shiva: neben Brahma (Weltschöpfer) und Vishnu (Welterhalter) einer der drei Hauptgötter des Hinduismus, verkörpert das Prinzip der Zerstörung
Shiva-linga: Phallussymbol des Gottes Shiva
Shloka: heilige Sanskrit-Verse
Shonkochero bihvalata nijere apoman: sinngemäß: Wenn man Angst hat, beleidigt man sich selbst!
Shri Bhagvad Charit: s. Bhagavad Gita
Shravan: August
Sihr: indische Gewichtseinheit, etwa 1 kg
Sindoor: zinnoberroter Puder, meist mit Senföl vermischt, wird in Bengalen von verheirateten Frauen auf den Scheitel aufgetragen
Sita: Frau *Ramas*; s. *Ramayana*
Snataak: Schüler, der seine Lehrzeit beendet hat
Sola topi: Tropenhelm
Sollishta: ein körperlich normal gebauter Mensch
Somnath: shivaitischer Tempel von Somnath (im heutigen Gujarat); heiligster Tempel Nordwestindiens; 1025 von Sultan *Mahmud von Ghazna* zerstört
Sundara Kanda: 5. Buch des *Ramayama*; wörtlich: Der schöne Abschnitt
Supari: Betelnuß
Swaha: Opfergabe, die zu Asche wird
Swaraj: wörtlich: Selbstregierung; im übertragenen Sinn Autonomie, Freiheit
Swaroops: Schauspieler, die die Gottheiten spielen
Sweeper: (Feger) Angehöriger einer sehr niederen Kaste, deren Tätigkeit traditionell im Fegen und Putzen besteht
Tabla: indisches Schlaginstrument, zwei kleine Trommeln, die mit den Händen geschlagen werden
Tahiri: Reisgericht mit Erbsen

Talaq, talaq: Scheidungsformel nach islamischem Recht
Taluqdar: kleiner Grundbesitzer
Tamasisch: eingedeutscht für tamas; die menschlichen Charaktereigenschaften werden unter drei Begriffen subsumiert: sattva (der Wahrheit und Weisheit zugewandt; Helligkeit, Licht), rajas (vom Streben nach Macht beherrscht; Leidenschaft, Begierde) und tamas (den Sinneseindrücken ergeben; Trübsal, Dunkelheit)
Tambura: indisches Saiteninstrument, eine Art Cello
Tansen: der berühmteste Musiker an Akbars Hof
Tantras: rituelle Bücher des Tantrismus = besondere Richtung des Hinduismus, verbunden mit der Verehrung der göttlichen weiblichen Kraft (Shakti)
Tantrikacharya: Qualifikation, die auf ein abgeschlossenes Studium von Tantrismus und Astrologie hinweist
Tawa: runde, konkav geformte gußeiserne Platte zum Kochen
Tehsil: Unterbezirk (in Nordindien)
Tehsildar: kleiner Beamter auf lokaler Ebene, Steuereintreiber
Thakur: Angehöriger der Kshatriyas, d. h. der Kriegerkaste
Thali: Teller aus Metall; auch vegetarisches Mahl
Thandai: mit Mandeln, Kardamom, Honigmelonenkernen, schwarzem Pfeffer und Zucker gekochte Milch
Thumri: romantisch-trauriger Gesangsstil, geeignet für Liebeslieder
Tiffin: leichte Zwischenmahlzeit
Tika: auf die Stirn gemalter roter Punkt, Kastenzeichen, versinnbildlicht das dritte Auge, mit dem man die Wirklichkeit jenseits des Scheins wahrzunehmen vermag
Tinda: Gemüseart
Tirukural: Meisterwerk der klassischen Tamil-Literatur; Morallehre in Versform (ca. 500 n. Chr.)
Toba: Nie wieder! Tu's/Sag's nie wieder! Allgemein: Ausruf des Schreckens
Tonga: leichter, zweirädriger, von einem Pferd gezogener Wagen
Tota: Papagei
Tulsi: heilige Basilikumpflanze
Tulsidas: (1532–1623) gilt als Indiens größter Mystiker der neueren Zeit
Upanishaden: 150 Abhandlungen esoterischer Doktrin (vermutlich 600 v. Chr.); Ursprung metaphysischer Spekulation im Hinduismus
Ustad: Meister oder Lehrer
Vakil: indischer Advokatentitel
Valmiki: ein Weiser; Autor des Ramayanas
Vande Mataram: Ich grüße Mutter Indien
Vedanta: Philosophie, die die Befangenheit der Seele in der Illusion der individuellen Existenz und die Befreiung von dieser Illusion zum Gegenstand hat

Veden: die vier großen heiligen Texte Indiens (Rigveda, Yajurveda, Samaveda und Atharvaveda)
Vibhuti: Machtentfaltung
Vivekananda: 1863–1902, Bengale, bedeutendster Schüler *Ramakrishnas* und Begründer der *Ramakrishna-Mission*
Wah: Ausdruck der Beifallsbekundung
Wallah: Partikel, das die Position/Tätigkeit einer Person bezeichnet.
Waqf: moslemische fromme Stiftung; häufig eingerichtet, um den Zugriff auf ein Erbe zu verhindern
Wina: südindisches Saiteninstrument, vergleichbar der Gitarre
Yajurveda: Hymnus, in dem sich das Weltall und seine Geschöpfe als Nahrung, die Stoff und Kraft vereint, offenbaren
Yama: der erste Sterbliche in der Hindu-Mythologie, Gott des Todes
Zamindar: Großgrundbesitzer, meist Mitglieder hoher Kasten: Brahmanen, Rajputen, Bhumihars, Kayasthas. Das Zamindari-System wurde zwischen 1951 und 1956 abgeschafft
Zari-Stickerei: Stickerei mit Goldfäden
Zenana: die durch einen Vorhang (*Purdah*) abgetrennten Frauengemächer
Zindabad: Lang lebe